唐宋文舉要

上

高步瀛 箋釋

陳廷燁 整理

長江出版傳媒
崇文書局

圖書在版編目（CIP）數據

唐宋文舉要：上中下 / 高步瀛箋釋；陳廷煒整理 .
— 武漢：崇文書局，2019.10（2020.2 重印）
ISBN 978-7-5403-5679-8
Ⅰ. ① 唐…
Ⅱ. ① 高… ② 陳…
Ⅲ. ① 古典散文－散文集－中國－唐宋時期
Ⅳ. ① I264
中國版本圖書館 CIP 數據核字（2019）第 189629 號

唐宋文舉要（上中下）

作　　者　高步瀛（箋釋）　陳廷煒（整理）
責任編輯　梅文輝（mwh902@163.com）
排　　版　賀天作坊（bxlzbtpap@163.com）
封面設計　吴元瑛
出版發行　長江出版傳媒｜崇文書局
地　　址　武漢市雄楚大街 268 號出版城 C 座 11 層
電　　話　027-87680797　　郵　編　430070
印　　刷　武漢市金港彩印有限公司
開　　本　850×1194mm　1/32
印　　張　56.75
字　　數　1470 千字
版　　次　2019 年 10 月第 1 版
印　　次　2020 年 2 月第 2 次印刷
定　　價　398.00 元

（讀者服務電話：027—87679738）

目録

唐宋文舉要甲編卷二　唐文二十首

唐宋文舉要甲編卷三　唐文二十四首……三〇七

唐宋文舉要甲編卷四　唐文二十五首

唐宋文舉要甲編卷五　唐文十三首…………五七一

唐宋文舉要甲編卷六　宋文二十七首……六七九

唐宋文舉要甲編卷七　宋文三十一首

唐宋文舉要甲編卷八　宋文二十首……一〇一三

唐宋文舉要乙編卷一　唐文十五首……一一八九

唐宋文舉要乙編卷二　唐文十五首……一三七一

唐宋文舉要乙編卷三　唐文十六首

唐宋文舉要乙編卷四　宋文二十四首……一六六一

唐宋文舉要甲編卷一　唐文十八首

霸縣高步瀛學

明清之世，言唐宋文者，必歸宿於八家。考八家之選，始於宋吕東萊文章關鍵。然於韓、柳、歐陽、曾、三蘇外，有宛丘而無半山，且亦未立八家之名。今所謂八家者，始於明朱右所録八先生文集，而其書今不傳。唐順之所著文編，其於唐宋文，則八家外無所取。茅鹿門因之，有唐宋八大家文鈔。後人迭相祖述，不可勝舉。而以方望溪、劉海峯評録爲精善，誠可謂藝苑之南車、文家之壎篪已。然學唐宋文者，宗八家則可，謂八家外唐宋更無文焉則不可。是以姚姬傳古文辭類纂於唐增元次山、李習之，於宋增鼂无咎、張子厚；曾文正經史百家雜鈔更增陸敬輿、范希文，而於周濂溪通書、馬端臨文獻通考序亦全録焉；吾師吴摯甫先生曾採録唐文，於韓柳外更取九十三家以爲輔翼。然則古今精於文者，曷嘗暖姝於一先生之言哉？近人好爲立異，乃或擯斥八家，别取鄙陋拙滯之作以代之，夫鄙陋拙滯尚安得謂之文？斯亦不足辨也已。今約取唐宋文若干首，加以箋釋，分爲甲乙編，用備學者習肄。竊嘗謂今日爲學，門户之見不可存，而門徑之辨則不可不審。區區文藝，特其一端云爾。

魏玄成

魏徵，字玄成，鉅鹿人，後徙家相州之内黄。（此依貞觀政要卷二。吴兢，唐人，所載當得其實。舊唐書徵傳作鉅鹿曲城人，新唐書徵傳作魏州曲城人。考漢有曲成縣，晉書地理志作曲城縣，太平寰宇記謂「隋大業二年廢，唐武德四年復，六年又廢」，在今山東掖縣東北，與鉅鹿、魏郡皆無涉。南齊書州郡志冀州北東海郡有曲城縣，乃僑置縣，與鉅鹿、魏郡尤無涉。新唐書宰相世系表中列徵爲館陶魏氏。清統志於直隸省正定府人物載魏徵，而辨之曰：「館陶，漢縣，屬魏郡，唐屬魏州。廣平府有曲周縣，東南至館陶百里，而館陶故城又在今縣治西四十里，則唐時館陶去曲周不過數十里。曲周在唐屬洺州，而後漢嘗省入鉅鹿郡，以此推之，兩史之曲城，明係曲周之訛。」案：此説不爲無見。然館陶、曲周雖相近，不聞館陶併入曲周，似不應遽以館陶爲曲周也。萬姓統譜卷九十四載魏徵爲下曲陽人，黄彭年等畿輔通志卷二百二曰：「宰相世系表魏徵父長賢，北史長賢傳言是收之族父。收，鉅鹿下曲陽人，下曲陽，漢鉅鹿郡，今直隸正定府晉州西，則曲城當即下曲陽，便文而言曲城也。」案此説似近之。廣輿記卷一以魏徵爲晉州人，亦以魏徵墓在晉州也，即今河北晉縣。）少落拓有大志。嘗出家爲道士，好讀書，多所通涉。見天下漸亂，尤屬意縱横之説，以十策干李密，密不能用。後隨密降唐，隱太子建成引爲洗馬。太子敗，太宗引爲詹事主簿。及踐阼，擢諫議大夫，封鉅鹿縣男。太宗勵精政道，數引至臥內，訪以得失。徵亦喜逢知己之主，思竭其用，知無不言。凡二百餘奏，無不剴切。遷尚書左丞，又遷祕書監，參預朝政，進侍中，封鄭國公。固請遜位，乃拜特進，仍知門下省事。拜太子太師，卒，贈司空，謚文貞。新舊唐書皆有傳。

十漸不克終疏

貞觀政要卷十曰：「貞觀十三年，魏徵恐太宗不能克終儉約，近歲頗好奢縱，上疏諫。疏奏，太宗謂徵曰：

『人臣事主，順旨甚易，忤情尤難。公作朕耳目股肱，當論思獻納。朕今聞過能改，庶幾克終善事。若違此言，更何顔與公相見，復欲何方以理天下？自得公疏，反覆研尋，深覺詞强理直，遂列爲屏障，朝夕瞻仰，又録付史司，冀千載之下，識君臣之義。』乃賜徵黄金十斤、廄馬二匹。」新唐書魏徵傳曰：「貞觀十三年，阿史那結社率作亂，雲陽石然，自冬至五月不雨，徵上疏極諫。」案：此篇文句皆依政要，全唐文同，新唐書載此文頗多改竄，今不著。

臣觀自古帝王，受圖定鼎，皆欲傳之萬代，貽厥孫謀。故其垂拱巖廊，布政天下，其語道也，必先淳朴而抑浮華；其論人也，必貴忠良而鄙邪佞；言制度也，則絶奢靡而崇儉約；談物産也，則重穀帛而賤珍奇。然受命之初，皆遵之以成治；稍安之後，多反之而敗俗。其故何哉？豈不以居萬乘之尊，有四海之富，出言而莫己逆，所爲而人必從，公道溺於私情，禮節虧於嗜欲故也。語曰：「非知之難，行之惟難；非行之難，終之斯難。」所言信矣。以上言帝王之道當慎終如始。

太平御覽皇王部四引龍魚河圖曰：「黄龍負圖，鱗甲成字，從河中出，付黄帝，令侍臣自寫以示天下。」又引尚書中候曰：「河龍出圖，洛龜書威，赤文像字，以授軒轅。」又班孟堅東都賦曰：「天子受四海之圖籍。」左宣三年：「王孫滿曰：昔成王定鼎於郟鄏。」○詩文王有聲曰：「貽厥孫謀。」○管子任法篇曰：「垂拱而天下治。」書僞古文武成襄之，孔疏曰：「説文：『拱，斂手也。』謂任得人，人皆稱職，手無所營，下垂其拱。」○漢書董仲舒傳：「制曰：蓋聞虞舜之時，游於巖郎之上。」注引晉灼曰：「堂邊廡。巖郎，謂嚴峻之郎也。」王益吾（先謙）補注曰：「説文無『廊』字，借『郎』爲之。周書作雒解『重亢重郎』，韓勑後碑『庫室中郎』，並以『郎』爲『廊』。説文新附以爲『廊，東西序』，是也。不當釋作屋廡。」後漢順紀、靈紀注並云：「廡，廊屋也。」侯覽傳注：「廡，廊下周屋也。」據此，則廡是廊下之屋，而廊但是東西廂之上有周檐下無屋壁者，蓋今所謂遊廊。○漢書刑法志曰：「天子兵車萬乘，故稱萬乘之主。」孟子梁惠王上趙注曰：「萬乘謂天子也。」○禮記中庸曰：「富有四海之内。」○左昭十年：「子皮曰：非知之實難，將在行之。」書僞古文襲之，説命中曰：「非知之艱，行之惟艱。」左襄三十一年：「北宮文子曰：終之實難。」

伏惟陛下年甫弱冠，大拯横流，削平區宇，肇開帝業。貞觀之初，時方克壯，抑損嗜欲，躬行節儉，内外康寧，遂臻至治。論功則湯武不足方，語德則堯舜未爲遠。臣自擢居左右，十有餘年，每侍帷幄，屢奉明旨。常許仁義之道，守之而不失，儉約之志，終始而不渝。一言興邦，斯之謂也。德音在耳，敢忘之乎？而頃年已來，稍乖曩志。敦朴之理，漸不克終。謹以所聞列之如左：以上慮太宗仁義之道、儉約之志，漸不克終。

獨斷卷上曰：「陛下者，陛階也，所由升堂也。天子必有近臣執兵，陳於陛側，以戒不虞。謂之陛下者，羣臣與天子言，不敢指斥，故呼在陛下者而告之，因卑達尊之意也。上書亦如之。及羣臣庶士相與言殿下、閤下、足下、侍者、執事之屬，皆此類也。」○禮記曲禮上曰：「二十曰弱冠。」案：舊唐書太宗本紀曰：「太宗皇帝諱世民，高祖第二子也。及高祖之守太原，太宗時年十八。時隋祚已終，太宗潛圖義舉，每折節下士，推財養客。及義兵起，乃率兵略徇西河尅之。高祖受禪，拜尚書令、右武候大將軍，進封秦王。」○穀梁傳序曰：「孔子覩滄海之横流。」楊疏曰：「滄海是水之大者。滄海横流，喻害萬物之大。」又曰：「拯頹綱。」疏曰：「拯者救溺之名。」○史孝山出師頌曰：「渾一區宇。」案：秦王於武德元年滅薛仁杲；三年，敗宋金剛，走劉武周；四年，擒竇建德，俘王世充；五年破劉黑闥；七年，禦突厥等，皆所謂削平區宇也。○爾雅釋詁曰：「肇，始也。」○舊唐書太宗本紀曰：「武德九年，皇太子建成、齊王元吉謀害太宗。六月四日，太宗率長孫無忌、尉遲敬德等於玄武門誅之。甲子，立爲皇太子。八月癸亥，高祖傳位於皇太子，太子即位於東宫顯德殿。貞觀元年春正月乙酉，改元。」曲禮上曰：「三十曰壯。」詩采芑曰：「克壯其猷。」案：貞觀政要卷十：「太宗曰：朕年十八便舉兵，年二十四定天下，年二十九昇爲天子。」此指武德九年即位而言，至貞觀元年正三十歲。○史記留侯世家：「高帝曰：運籌策帷幄中，決勝千里外，子房功也。」○貞觀政要卷五：「貞觀元年，太宗曰：『朕看古來帝王，以仁義爲治者，國祚延長；任法御人者，雖救弊於一時，敗亡亦促。既見前王成事，足是元龜。今欲專以仁義誠信爲治，望革近代之澆薄也。』」二年，太宗謂侍臣曰：『爲國之道，必須撫之以仁義，示之以威信。』」○貞觀政要卷六：「貞觀四年，太宗謂侍臣曰：『崇飾宫宇，遊賞池臺，帝王之所欲，百姓之所不欲。帝王所欲者放逸，百姓所不欲者勞弊。孔子云：「有一言可以終身行之者，其恕乎！己所不欲，勿施於人。」勞弊之事誠不可施於百姓。朕尊爲帝王，富有四海，每事由己，誠能自節，若百姓不欲，必能順其情也。』」○論語子路篇曰：「定公問：一言而可以興邦，有諸？」

陛下貞觀之初，無爲無欲。清静之化，遠被遐荒。考之於今，其風漸墜。聽言則遠超於上聖，論事則未踰於中主。何以言之？漢文、晉武，俱非上哲。漢文辭千里之馬，晉武焚雉頭之裘。今則求駿馬於萬里，市珍奇於域外，取怪於道路，見輕於戎狄。此其漸不克終一也。以上求馬市珍，清靜寡欲之心漸不克終。

老子卷下曰：「我無爲而民自化，我無欲而民自樸。」又曰：「清靜爲天下正。」○政要卷一曰：「貞觀初，太宗謂侍臣曰：『若安天下必須先正其身，未有身正而影曲，上理而下亂者。朕每思傷其身者不在外物，皆由嗜欲以成其禍。若躭嗜滋味，玩悦聲色，所欲既多，所損亦大。既妨政事，又擾生人。且復出一非理之言，萬姓爲之解體。怨讟既作，離叛亦興。朕每思此，不敢縱逸。』」○漢書賈捐之傳：「捐之對曰：『孝文皇帝時有獻千里馬者，詔曰：「鸞旗在前，屬車在後，吉行日五十里，師行三十里，朕乘千里之馬，獨先安之？」於是還馬與道里費，而下詔曰：「朕不受獻也，其令四方毋求來獻。」』」○晉書武帝紀曰：「咸寧四年十一月辛巳，太醫司馬程據獻雉頭裘，帝以奇技異服典禮所禁，焚之於殿前。甲申，勑内外敢有犯者罪之。」

昔子貢問理人於孔子，孔子曰：「懍乎若朽索之馭六馬。」子貢曰：「何其畏哉？」子曰：「不以道遵之，則吾讎也。若何其無畏？」故書曰：「民惟邦本，本固邦寧。爲人上者，奈何不敬？」陛下貞觀之始，視人如傷。恤其勤勞，愛民猶子。每存簡約，無所營爲。頃年已來，意在奢縱，忽忘卑儉，輕用人力。乃云百姓無事則驕逸，勞役則易使。自古已來，未有由百姓逸樂而致傾敗者也。何有逆畏其驕逸而故欲勞役者哉？恐非興邦之至言，豈安人之長算？此其漸不克終二也。以上輕用民力，節儉愛人之心漸不克終。

説苑政理篇：「子貢問治民於孔子，孔子曰：『懔懔焉如以腐索御奔馬。』子貢曰：『何其畏也？』孔子曰：『夫通達之國皆人也，以道導之則吾畜也，不以道導之則吾讎也。若何而毋畏？』」又見家語觀思篇[一]，「懔懔」句作「懔懔焉若持腐索之扞馬」。此文作「懔乎若朽索之馭六馬」，蓋參用書僞古文五子之歌。續漢書輿服志上劉補注引其文而駁之曰：「逸禮王度記曰：『天子駕六馬，諸侯駕四，大夫三，士二，庶人一。』周禮：『四馬爲乘。』毛詩：『天子至大夫同駕四，士駕二。』易京氏、春秋公羊説皆云：『天子駕六。』許慎以爲：『天子駕六，諸侯及卿駕四，大夫駕三，士駕二，庶人駕一。』史記曰：『秦始皇以水數制乘六馬。』鄭玄以爲：『天子四馬。周禮，乘馬有四圉，各養一馬也，諸侯亦四馬，顧命時，諸侯皆獻乘黄朱，乘亦四馬也。』今帝者駕六，此自漢制，與古異耳。」惠定宇尚書古文攷、王西莊尚書後案皆據此證僞古文之謬。玄成引此，亦沿其失耳。○「民惟邦本」四句，皆五子之歌。○政要卷六曰：「貞觀元年，太宗謂侍臣曰：『自古帝王，凡有興造，必須貴順物情。昔大禹鑿九山，通九江，用人力極廣而無怨讟者，物情所欲而衆所共有故也。秦始皇營建宫室而人多謗議者，爲徇其私欲不與衆共故也。朕今欲造一殿，材木已具，遠想秦皇之事，遂不復作也。』又二年，公卿奏曰：『依禮，季夏之月可以居臺榭，今夏暑未退，秋霖方始，宫中卑

[一] 觀思篇：孔子家語劉氏玉海堂影宋本作「觀思篇」，四部叢刊影明黄魯曾翻宋本、毛氏汲古閣刊本、日本寬永本、四庫全書本、王廣謀句解本、何孟春注本、陳士珂疏證本，并作「致思篇」。

涇，請營一閣以居之。』太宗曰：『朕有氣疾，豈宜下溼？若遂來請，糜費良多。昔漢文將起露臺，而惜十家之產。朕德不逮于漢帝，而所費過之，豈爲人父母之道也？』固請至于再三，竟不許。」

陛下貞觀之初，損己以利物。至於今日，縱欲以勞人。卑儉之迹歲改，驕侈之情日異。雖憂人之言不絕於口，而樂身之事實切於心。或時欲有所營，慮人致諫，乃云若不爲此不便我身。人臣之情，何可復争？此直意在杜諫者之口，豈曰擇善而行者乎？此其漸不克終三也。以上縱欲拒諫，損己利物之心漸不克終。

政要卷二曰：「貞觀四年，詔發卒修洛陽之乾元殿以備巡狩。給事中張玄素上書諫曰：『臣聞阿房成，秦人散；章華就，楚衆離；乾元畢工，隋人解體。且以陛下今時功力，何如隋日？承凋殘之後，役瘡痍之人，費億萬之功，襲百王之弊。以此言之，恐甚於煬帝遠矣。深願陛下思之，無爲由余所笑，則天下幸甚矣。』太宗謂玄素曰：『卿以我不如煬帝，何如桀、紂？』對曰：『若此殿卒興，所謂同歸於亂。』太宗歎曰：『我不思量，遂至於此。』顧謂房玄齡曰：『今玄素上表，洛陽實亦未宜修造，後必事理須行，露坐亦復何苦？所有作役宜即停之。然以卑干尊，古來不易。非其忠直，安能如此？且衆人之唯唯，不如一士之諤諤，可賜絹五百匹。』」通鑑卷一百九十四曰：「貞觀八年，中牟丞皇甫德參上言：『修洛陽宫勞人，收地租厚斂，俗好高髻，蓋宫中所化。』上怒謂房玄齡等曰：『德參欲國家不役一人，不收斗租，宫人皆無髪，乃可其意邪？』欲治其謗訕之罪。魏徵諫曰：『賈誼當漢文帝時上書，云可爲痛哭者一，可爲流涕者二。自古上書不激切不能動人主之心。所謂狂夫之言，聖人擇焉。唯陛下裁察。』上曰：『朕罪斯人則誰敢復言？』乃賜絹二十四。」〇政要卷十戈直注曰：「争，讀曰諍。」

立身成敗，在於所染。蘭芷鮑魚，與之俱化。慎乎所習，不可不思。陛下貞觀之初，砥礪名節，不私於物，唯善是與，親愛君子，疎斥小人。今則不然。輕褻小人，禮重君子。重君子也，敬而遠之；輕小人也，狎而近之。近之則不見其非，遠之則莫知其是。莫知其是，則不閒而自疎；不見其非，則有時而自昵。昵近小人，非致理之道；疎遠君子，豈興邦之義？此其漸不克終四也。以上遠君子近小人，慎習與善之心漸不克終。

墨子所染篇曰：「舜染於許由、伯陽，禹染於皋陶、伯益，湯染於伊尹、仲虺，武王染於太公、周公。此四王者所染當，故王天下，立爲天子，功名蔽天地。夏桀染於干辛、推哆，殷紂染於崇侯、惡來，厲王染於厲公長父、榮夷終，幽王染於傅公夷、蔡公穀。此四王者所染不當，故國殘身死，爲天下僇。」又見吕氏春秋當染篇。〇説苑雜言篇：「孔子曰：『與善人居，如入蘭芷之室，久而不聞其香，則與之化矣。與惡人居，如入鮑魚之肆，久而不聞其臭，亦與之化矣。』」又見家語六本篇，「蘭芷」作「芝蘭」。〇隋唐嘉話卷上曰：「太宗嘗止一樹下曰：『此嘉樹。』宇文士及從而美之不容口。帝正色曰：『魏公常勸我遠佞人，我不悟佞人爲誰，意常疑汝而未明也。今日果然。』士及叩頭謝曰：『南衙羣官面折廷争，陛下嘗不得舉手。今臣幸左右，若不少有順從，陛下雖貴爲天子，復何聊乎？』帝意復解。」

書曰：「不作無益害有益，功乃成；不貴異物賤用物，人乃足。犬馬非其土性不畜，珍禽奇獸弗育於國。」陛下貞觀之初，動遵堯舜，捐金抵璧，反朴還淳。頃年已來，好尚奇異。難得之貨無遠不臻，珍玩之作無時能止。上好奢靡而望下敦朴，未之有也。末作滋興而求豐實，其不可得亦已明矣。此其漸不克終五也。以上好尚奢靡，敦朴賤末之心漸不克終。

「不作無益」至「弗育於國」，皆書僞古文旅獒之文。○抱朴子安貧篇曰：「上智不貴難得之財，故唐、虞捐金而抵璧。」○梁書明山賓傳：「阮孝緒曰：此言足使還淳反朴。」○政要卷六曰：「貞觀十年，治書侍御史權萬紀上言：『宣、饒二州諸山大有銀坑，採之極是利益，每歲可得錢數百萬貫。』太宗曰：『朕貴爲天子，是事無所少之，惟須納嘉言，進善事，有益於百姓者。且國家賸得數百萬貫錢，何如得一有才行人？不見卿推賢進善之事，又不能按舉不法，震肅權豪，惟道稅鬻銀坑以爲利益。昔堯舜抵璧於山林，投珠於淵谷，由是崇名美號見稱千載；後漢桓靈二帝好利賤義，爲近代庸暗之主。卿遂欲將我比桓靈耶？』是日敕放令萬紀還第。」○韓非子姦劫弒臣篇曰：「商君説秦孝公以變法易俗，困末作而利本事。」漢書文帝紀注引李奇曰：「本，農也；末，賈也。」

貞觀之初，求賢如渴。善人所舉，信而任之。取其所長，恒恐不及。近歲已來，由心好惡。或衆善舉而用之，或一人毁而棄之；或積年任而用之，或一朝疑而遠之。夫行有素履，事有成跡。所毀之人，未必可信於所舉；積年之行，不應頓失於一朝。君子之懷，蹈仁義而弘大德；小人之性，好讒佞以爲身謀。陛下不審察其根源，而輕爲之臧否，是使守道者日疎，干求者日進。所以人思苟免，莫能盡力。此其漸不克終六也。以上輕爲臧否，任賢不貳之心漸不克終。

政要卷三曰：「貞觀二年，太宗謂房玄齡、杜如晦曰：『公爲僕射，當助朕憂勞，廣開耳目，求訪賢哲。比聞公等聽受辭訟，日有數百，此則讀符牒不暇，安能助朕求賢哉？』因敕尚書省細碎務皆付左右丞，惟冤滯大事合聞奏者，關於僕射。」又曰：「貞觀二年，太宗謂右僕射封德彝曰：『致安之本，惟在得人。比來命卿舉賢，未嘗有所推薦。天下事重，卿宜分朕憂勞。卿既不言，朕將安寄？』對曰：『臣愚豈敢不盡情？但今未見有奇才異能。』太宗曰：『前代明王，使人如器，皆取士於當時，不借才於異代。豈得待夢傳說、逢呂尚然後爲政乎？且何代無賢？但患遺而不知耳。』德彝慙赧而退。」○蜀志諸葛亮傳：「亮曰：將軍總攬英雄，思賢如渴。」○政要卷二曰：「貞觀五年，治書侍御史權萬紀、侍御史李仁發俱以告訐譖毀數蒙引見。魏徵奏曰：『權萬紀、李仁發並是小人，不識大體，以譖毀爲是，告訐爲直，凡所彈射，皆非有罪。陛下掩其所短，收其一切，乃騁其姦計，附下罔上，多行無禮以取强直之名。誣房玄齡，斥退張亮，無所肅厲，徒損聖明。道路之人，皆興謗議。臣伏度聖心，必不以爲謀慮深長，可委以棟梁之任，將以其無所避忌，欲以警厲羣臣。若信狎回邪，猶不可以小謀大，羣臣素無矯僞，空使臣下離心。以玄齡、亮之徒，猶不可得伸其枉直，其餘疎賤，孰能免其欺罔？伏願陛下留意再思。』太宗欣然納之，賜徵絹五百匹。其萬紀又姦狀漸露，仁發亦解黜，萬紀貶連州司馬。朝廷咸相慶賀焉。」

陛下初登大位，高居深視，事惟清静，心無嗜欲。内除畢弋之物，外絶畋獵之源。數載之後，不能固志。雖無十旬之逸，或過三驅之禮，遂使盤遊之娛見譏於百姓，鷹犬之貢遠及於四夷。或時教習之處，道路遥遠，侵晨而出，入夜方還。以馳騁爲歡，莫慮不虞之變，事之不測，其可救乎？此其漸不克終七也。以上馳騁田獵，警戒盤遊之心漸不克終。

齊語：「桓公曰：田狩畢弋。」韋注曰：「畢，掩雉兔之網也；弋，繳也。」○政要卷十曰：「祕書監虞世南以太宗頗好畋獵，上疏諫曰：『伏惟陛下因聽覽之餘辰，順天道以殺伐，舉旗効獲，式遵前古。然黄屋之尊，金輿之貴，八方之所仰德，萬國之所繫心。清道而行，猶戒銜橜。斯蓋重慎防微，爲社稷也。是以馬卿直諫於前，張昭變色於後。臣誠細微，敢忘斯義？且天弧星畢，所殪已多，頒禽賜獲，皇恩亦溥。伏願時息獵車，且韜長戟。不拒芻蕘之請，降納涓澮之流。袒裼徒搏，任之羣下，則貽範百王，永光萬代。』太宗深嘉其言。」○書僞古文五子之歌曰：「太康尸位，以逸豫滅厥德，黎民咸貳，乃盤遊無度，畋于有洛之表，十旬弗反。」○易比九五曰：「王用三驅。」孔疏曰：「『三驅之禮，先儒皆云：『三度驅禽而射之也，三度則已。』』左氏春秋經桓四年孔疏引鄭注曰：「王者習兵於蒐狩，驅禽而射之三則已，法軍禮也。」孔疏所引先儒，當即習鄭學者。易比釋文謂：「驅，鄭作『敺』。」周易姚氏學曰：「案大司馬：『中冬，教大閲，鼓戒三闋，車三發，徒三刺。』鄭注曰：『鼓戒，戒攻敵。鼓一闋，車一轉，徒一刺，三而止，象敵服。』此所謂三則已也。

張衡東京賦云：『馬足未極，輿徒不勞，禮成三驅，解罘放麟。』其意亦以三驅爲三度驅禽，與鄭同。」步瀛案：三驅之説，以鄭爲是，得姚仲虞引周禮以證，其義益明。釋文引馬注曰：「三驅者，一曰乾豆，二曰賓客，三曰君庖。」此三品，非三驅也。王輔嗣注曰：「三驅之禮，禽逆來趣己則舍之，背己而走則射之，愛於來而惡於去也。」此鄭釋下句「失前禽」之義，非解「三驅」，王殆誤會。孔疏又引褚氏諸儒，以爲三面著人驅禽，亦與「失前禽」爲一義，與「三驅」之本旨未合。○爾雅釋詁曰：「般，樂也。」盤，「般」之通借字。

孔子曰：「君使臣以禮，臣事君以忠。」然則君之待臣，義不可薄。陛下初踐大位，敬以接下。君恩下流，臣情上達，咸思竭力，心無所隱。頃年已來，多所忽略。或外官充使，奏事入朝，思覩闕庭，將陳所見。欲言則顔色不接，欲請又恩禮不加。閒因所短，詰其細過，雖有聰辯之略，莫能申其忠款。而望上下同心，君臣交泰，不亦難乎？此其漸不克終八也。以上上下睽隔，敬以接下之心漸不克終。

「君使臣以禮」二句，見論語八佾篇。○政要卷三曰：「貞觀三年，太宗謂侍臣曰：『君臣本同治亂，共安危，若主納忠諫，臣進直言，斯故君臣合契，古來所重。若君自賢，臣不匡正，欲不危亡，不可得也。』」○易泰象傳曰：「天地交泰。」左太沖魏都賦曰：「乾坤交泰而絪縕。」

傲不可長，欲不可縱，樂不可極，志不可滿。四者前王所以致福，通賢以爲深誡。陛下貞觀之初，孜孜不怠，屈己從人，恒若不足。頃年已來，微有矜放。恃功業之大，意蔑前王；負聖智之明，心輕當代。此傲之長也。欲有所爲，皆取遂意。縱或抑情從諫，終是不能忘懷。此欲之縱也。志在嬉遊，情無厭倦。雖未全妨政事，不復專心治道。此樂將極也。率土乂安，四夷款服，仍遠勞士馬，問罪遐裔。此志將滿也。親狎者阿旨而不肯言，疏遠者畏威而莫敢諫，積而不已，將虧聖德。此其漸不克終九也。以上傲長欲縱、樂極志滿，前此謙恭戒慎之心漸不克終。

「傲不可長」四句，禮記曲禮上之文。○政要卷六曰：「貞觀三年，太宗問給事中孔穎達曰：『論語云：「以能問於不能，以多問於寡，有若無，實若虛。」何謂也？』穎達對曰：『聖人設教，欲人謙光，己雖有能，不自矜大，仍就不能之人求訪能事。己之才藝雖多，猶病以爲少，仍就寡少之人更求所益。己之雖有，其狀若無；己之雖實，其容若虛。非惟匹庶，帝王之德亦當如此。若其位居尊極，炫耀聰明，以才陵人，飾非拒諫，則上下情隔，君臣道乖，自古滅亡，莫不由此也。』太宗曰：『易云：「勞謙君子，有終，吉。」誠如卿言。』詔賜物二百段。」又卷二曰：「貞觀六年，匈奴克平，遠夷入貢，符瑞日至，年穀頻登，岳牧等屢請封禪，羣臣等又稱述功德，以爲：『時不可失，天不可違，今行之，臣等猶謂其晚。』惟魏徵以爲不可。太宗曰：『朕欲得卿直言之，勿有所隱。朕功不高耶？』曰：『高矣。』『德未厚耶？』曰：『厚矣。』『華夏未安耶？』曰：『安矣。』『遠夷未慕耶？』曰：『慕矣。』『符瑞未至耶？』曰：『至矣。』『年穀未登耶？』曰：

『登矣。』『然則何爲不可？』對曰：『隋氏之亂，非止十年，陛下爲之良醫，除其疾苦，雖已乂安，未甚充實。告成天地，臣竊有疑。且陛下東封，萬國咸萃，要荒之外，莫不奔馳。今自伊洛之東，暨乎海岱，萑莽巨澤，茫茫千里，人煙斷絶，雞犬不聞，道路蕭條，進退艱阻。寧可引彼戎狄，示以虚弱？竭財以賞，未厭遠人之望；加年給復，不償百姓之勞。或遇水旱之災，風雨之變，庸夫邪議，悔不可追。豈獨臣之誠懇，亦有輿人之論。』太宗稱善，於是乃止。」

昔陶唐、成湯之時，非無災患，而稱其聖德者，以其有始有終，無爲無欲，遇災則極其憂勤，時安則不驕不逸故也。貞觀之初，頻年霜旱。畿内户口，並就關外。攜負老幼，來往數千，曾無一户逃亡，一人怨苦。此誠由識陛下矜育之懷，所以至死無攜貳。頃年已來，疲於徭役。關中之人，勞弊尤甚。雜匠之徒，下日悉留和雇；正兵之輩，上番多别驅使。和市之物，不絶於鄉閭；遞送之夫，相繼於道路。既有所弊，易爲驚擾。脱因水旱，穀麥不收，恐百姓之心，不能如前日之寧帖。此其漸不克終十也。以上民既勞弊，偶有水旱，易爲驚擾，遇災憂勤之心漸不克終。

漢書食貨志上：「晁錯説上曰：堯、禹有九年之水，湯有七年之旱，而國亡捐瘠者，以畜積多而備先具也。」○政要卷一曰：「太宗自即位之始，霜旱爲災，米穀踴貴，突厥侵擾，州縣騷然。帝志在憂人，鋭精爲政，崇尚節儉，大布恩德。是時，自京師及河東、河南、隴右，饑饉尤甚，一匹絹纔得一斗米。百姓雖東西逐食，未嘗嗟怨，莫不自安。至貞觀三年，關中豐熟，咸自歸鄉，竟無一人逃散。」○史記高祖本紀索隱引三輔舊事曰：「西以散關爲限，東以函谷爲界，二關之中，謂之關中。」漢書高紀顏注曰：「自函谷以西，總名關中。」○新唐書食貨志曰：「用人之力，歲二十日，閏加二日，不役者，日爲絹三尺，謂之庸。有事而加役二十五日者免調，三十日者租調皆免，通正役不過五十日。」案：唐力役之制如此。下日，謂滿役而下之日也。雜匠之徒，則官府與以雇值而留之，故曰和雇。舊書后妃傳上徐賢妃傳：「妃上疏曰：假使和雇取人，不無煩擾之弊。」唐會要卷八十六：「貞元四年二月敕：京城内莊宅使界諸街坊牆有破壞，宜令取兩税錢和雇工匠。」皆是。○新唐書兵志曰：「府兵之制，太宗貞觀十年，諸府總曰折衝府。凡天下十道，置府六百三十四，皆有名號。而關内二百六十有一，皆以隸諸衛。凡府三等，兵千二百人爲上，千人爲中，八百人爲下。府置折衝都尉一人，左右果毅都尉各一人，長史、兵曹、别將各一人，校尉六人，士以三百人爲團，團有校尉，五十人爲隊，隊有正，十人爲火，火有長。凡民年二十爲兵，六十而免。凡當宿衛者番上，兵部以遠近給番，五百里爲五番，千里七番，一千五百里八番，二千里十番，外爲十二番，皆一月上。若簡留直衛者，五百里爲七番，千里八番，二千里十番，外爲十二番，亦月上。」○官府市物與以值曰和市。新書百官志：「户部金部郎中，掌互市、和市之事。」是也。

臣聞禍福無門，唯人所召。人無釁焉，妖不妄作。伏惟陛下統天御寓，十有三年。道洽寰中，威加海外。年穀豐稔，禮教聿興。比屋踰於可封，菽粟同於水火。暨乎今歲，天災流行。炎氣致旱，乃遠被於郡國；凶醜作孽，忽近起於轂下。夫天何言哉？垂象示誡。斯誡陛下驚懼之辰，憂勤之日也。若見誡而懼，擇善而從，同周文之小心，追殷湯之罪己，前王所以致理者勤而行之，今時所以敗德者思而改之，與物更新，易人視聽，則寶祚無疆，普天幸甚。何禍敗之有乎？然則社稷安危，國家理亂，在於一人而已。當今太平之基，既崇極天之峻；九仞之積，猶虧一簣之功。千載休期，時難再得。明主可爲而不爲，微臣所以鬱結而長歎者也。臣誠愚鄙，不達事機，略舉所見十條，輒以上聞聖聽。伏願陛下採臣狂瞽之言，參以芻蕘之議，冀千慮一得，衮職有補，則死日生年，甘從斧鉞。以上冀太宗納其言。○鄭公之文雖用偶句，而詞旨剴切，氣勢雄駿，與六朝駢文儷黄妃白者迥然殊途。陸宣公獻納之文即出於此，後來歐、蘇奏議皆用其體，應用之文以此爲宜。

左襄二十三年：「閔子馬曰：禍福無門，唯人所召。」○左莊十四年：「申繻曰：人無釁焉，妖不自作。」○易乾象傳曰：「萬物資始乃統天。」晉書武帝紀：「制曰：握圖御宇。」案：寓，「宇」之古文。○穀梁隱元年釋文曰：「寰內，圻內也。」文選魏都賦張孟陽注引尹更始穀梁傳注曰：「天子以千里爲畿。」○史記高祖本紀：「高祖歌曰：威加海內兮歸故鄉。」○説文曰：「稔，穀熟也。」○漢書王莽傳上：「莽上奏曰：唐虞之時，可比屋而封。」論衡藝增篇曰：「儒書又言，堯舜之民可比户而封。」○孟子盡心上曰：「聖人之治天下，使有菽粟如水火。」○資治通鑑卷一百九十五曰：「太宗貞觀十三年夏四月戊寅，上幸九成宮。初，突厥突利可汗之弟結社率從突利入朝，歷位中郎將，居家無賴，怨突利斥之，乃誣告其謀反。上由是薄之，久不進秩。結社率陰結故部落，得四十餘人，謀因晉王治四鼓出宮，開門辟仗，馳入宮門，直指御帳，可有大功。甲申，擁突利之子賀邏鶻夜伏於宮外。會大風，晉王未出。結社率恐曉，遂犯行宮，踰四重幕，弓矢亂發，衛士死者數十人，折衝孫武開等帥衆奮擊，久之乃退。馳入御廄，盜馬二十餘匹，北走度渭，欲奔其部落，追獲斬之。原賀邏鶻，投于嶺表。」○司馬長卿諫獵書曰：「是胡越起于轂下。」○論語陽貨篇：「子曰：天何言哉！」○易繫辭上曰：「天垂象，見吉凶。」○詩文王曰：「唯此文王，小心翼翼。」○左莊十一年：「臧文仲曰：禹、湯罪己，其興也勃焉。」○詩序曰：「南山有臺，樂得賢也。得賢則能爲邦家立太平之基矣。」○詩崧高曰：「峻極于天。」○書僞古文旅獒曰：「爲山九仞，功虧一簣。」○漢書蓋寬饒諸葛豐等傳贊曰：「諸葛、劉、鄭，雖云狂瞽，有異志焉。」○詩板曰：「詢于芻蕘。」○史記淮陰侯傳：「廣武君曰：臣聞，智者千慮，必有一失；愚者千慮，必有一得。」○詩烝民曰：「衮職有闕，維仲山甫補之。」○文選曹子建求自試表李善注引傅武仲與荆文姜書曰：「雖死之日，猶生之年。」

陳伯玉

陳子昂，字伯玉，梓州射洪人（今四川射洪縣）。擢進士第。（新唐書本傳曰：「文明初，舉進士。」唐才子傳曰：「開耀二年許且榜進士。」徐星伯登科記考曰：「永樂大典引潼川志：陳子昂，文明初舉進士。」又趙儋故拾遺陳公旌德之碑亦云：「子昂年二十四，文明元年進士。」與才子傳異。考碑言射策高第在高宗崩之前，當以才子傳爲是。盧藏用陳子昂别傳：「年二十一始東入咸京，遊太學，由是爲遠近所稱籍甚，以進士對策高第。」）高宗崩，梓宫將遷長安，子昂詣闕上書，盛陳東都形勝，可營山陵，關中旱儉，靈駕西行不便。武后奇其才，召見，擢麟臺正字，遷右衛胄曹參軍。以母喪去官，服終擢右拾遺。武攸宜討契丹，表子昂參謀。聖曆初，以父老，表解官歸侍。會父喪，廬墓次，每哀慟，聞者爲涕。縣令段簡聞其富，欲害子昂，因事收繫獄中，憂憤而卒。舊唐書入文苑傳，新唐書自有傳。○韓退之薦士詩曰：「國朝盛文章，子昂始高蹈。」又送孟東野序，於唐文人首稱之。柳子厚楊評事文集後序謂：「著述比興，秉筆之士恒偏勝獨得，而罕有兼者焉。唐興以來，稱是選而不怍者，梓潼陳拾遺也。」新唐書本傳曰：「唐興，文章承徐庾餘風，天下祖尚，子昂始變雅正。」直齋書録解題卷十六曰：「子昂詩文，在唐初實首起八代之衰者。」由以上諸説觀之，則韓公以前，文章復古之功，不能不推原伯玉已。

諫用刑書

舊唐書刑法志曰：「則天嚴於用刑，屬徐敬業及豫、博兵起之後，恐人心動摇，欲以威制天下，漸引酷吏，務令深文以案刑獄。時周興、來俊臣等相次受制，推究大獄。俊臣又與侍御史侯思止、王弘義等招集告事數百人，共爲羅織，以陷良善。前後枉遭殺害者，不可勝數。是時海内懾懼，道路以目。麟臺正字陳子昂上書云云，疏奏不省。」案：通鑑卷二百三唐紀十九載此書於垂拱二年之春，舊唐書言豫、博兵起之後。考豫州刺史越王貞、博州刺史琅邪王沖起兵在垂拱四年，蓋通鑑特連類敘及，伯玉上書當在垂拱四年後也。

將仕郎守麟臺正字臣陳子昂謹頓首冒死詣闕上疏：臣本蜀之匹夫，宦不望達。陛下過意，擢臣草莽之下，升在麟臺之閣。光寵自天，卓若日月。微臣固陋，將何克負？然臣聞忠臣事君，有死無二。懷佞不諫，罪莫大焉。況在明聖之朝，當不諱之日，方復鉗口下列，俛仰偷榮，非臣之始願也。不勝愚惑，輒奏狂昧之說，伏惟陛下少加察焉！以上進諫之意。

唐六典卷二曰：「從九品下曰將仕郎。」又卷十曰：「祕書監正字，正九品下。」又卷二曰：「凡任官，階卑而擬高則曰守，階高而擬卑則曰行。」○唐會要卷六十五曰：「祕書省，光宅元年九月五日改爲麟臺監。」（唐六典作天授初改，新書百官志作垂拱元年改，胡梅磵注通鑑依會要。）○文苑英華「宦」作「官」。○孟子萬章下曰：「在野曰草莽之臣。」○文苑「閣」作「閈」。○有死無二，見左傳僖十五年。○楊子雲解嘲曰：「處不諱之朝。」○賈生過秦論曰：「拑口而不言。」漢書爰盎傳曰：「閉箝天下之口。」顏注曰：「箝，籋也。」

案：拑、鉗，皆「箝」之通假字。

臣聞古之御天下者，其政有三：王者化之，用仁義也；霸者威之，任權智也；强國脅之，務刑罰也。是以化之不足然後威之，威之不足然後刑之。故至於刑，則非王者所貴矣。況欲光宅天下，追功上皇，專任刑殺以爲威斷，可謂策之失者也。以上言刑殺不可任。

舊唐書「不變」作「不足」，「王者」下有「之」字，文苑亦有「之」字。○書序曰：「昔在帝堯，光宅天下。」○莊子天運篇曰：「治成德備，監照下土，天下載之，此謂上皇。」

臣伏覩陛下聖德聰明，遊心太古。將制静宇宙，保乂黎人。發號施令，出於誠慊。天下蒼生，莫不想望聖風，冀見神化。道德爲政，將待於陛下矣。且臣聞之，聖人出必有驅除，蓋天人之符應休命也。日者東南微孽，敢謀亂常，陛下順天行誅，罪惡咸服。豈非天意欲彰陛下神武之功哉？而執事者不察天心，以爲人意。惡其首亂倡禍，法合誅屠，將息姦源，窮其黨與。遂使陛下大開詔獄，重設嚴刑，冀以懲創觀於天下。逆黨親屬及其交遊，有跡涉嫌疑，辭相逮引，莫不窮捕考訊，枝葉蟠拏，大或流血，小禦魑魅。至有姦人熒惑，乘險相誣，糾告疑似，冀圖爵賞，叫于闕下者，日有數矣。於時朝廷皇皇，莫能自固，海内傾聽，以相驚恐。賴陛下仁慈，憫斯危懼，賜以恩詔，許其大功已上一切勿論。時人獲泰，謂生再造。愚臣竊亦欣然賀陛下聖明，得天下之機也。不謂議者異見，又執前圖，比者刑獄紛紛復起。陛下不深思天意，以順休期，尚以督察爲理，威刑爲務，使前者之詔不信於人。愚臣昧焉，竊恐非五帝三王伐罪弔人之意也。以上言刑獄紛起，與前恩詔相反。

漢書朱邑傳：「張敞與邑書曰：明主遊心太古。」○書君奭：「保乂有殷。」僞孔傳訓「保乂」爲「安治」。○書堯典：「黎民於變時雍。」僞孔傳曰：「黎，衆也。」舊書「黎人」作「黎民」，今依本集，唐避太宗諱也。○書僞古文冏命曰：「發號施令，罔有不臧。」○孟子公孫丑上趙注曰：「慊，快也。」齊策一高注曰：「慊猶善也。」○書皋陶謨曰：「至於海隅蒼生。」（僞古文分入益稷）文選出師頌李善注曰：「蒼生，黔首也。」○舊書「想」作「懸」。○舊書「臣聞」上無「且」字。○史記秦楚之際月表曰：「鄉秦之禁，適足以資賢者爲驅除難耳。」吳志呂蒙傳：「孫權曰：『子敬答孤書云：帝王之起，皆有驅除。』」○後漢書循吏傳曰：「王景作金人論，頌洛邑之美，天人之符，文有可採。」○舊唐書則天皇后本紀曰：「嗣聖元年二月，廢皇帝爲廬陵王，立豫王輪（改名旦）爲皇帝，改元文明，皇太后仍臨朝稱制。九月，柳州司馬徐敬業據揚州起兵，自稱上將，以匡復爲辭。冬十月，命左玉鈐衛大將軍李孝逸爲大總管，率兵三十萬以討之。」新書則天本紀曰：「十月丁酉，復敬業姓徐氏。十一月乙酉，徐敬業將王那相殺敬業降。」舊書李勣傳曰：「勣孫敬業。高宗崩，則天皇后臨朝，既而廢帝爲廬陵王，立相王爲皇帝，而政由天后。時敬業坐事左授柳州司馬，其弟盩厔令敬猷亦坐累左遷，俱在揚州，敬業遂據揚州，鳩聚民衆，旬日之間，勝兵有十餘萬。」○易繫辭上曰：「神武而不殺者夫。」案：舊書「神」作「威」。○舊書「倡」作「唱」。案：倡，即「唱」之通借字。○本集「姦」作「奸」，今依舊書及文苑。案：「奸」乃「姦」之後出字。○舊書「懲創」作「懲姦」。○爾雅釋言曰：「觀，示也。」考工記㮚氏曰：「以觀四國。」釋文曰：「觀，古亂反，示也。」○舊書「涉」上無「跡」字，又「逮引」作「連及」，「考訊」作「考校」，文苑作「考劾」。○說文曰：「挐，牽引也。」案：「挐」當作「掔」，說文「挐」「掔」互誤（見手部段注），此亦因轉寫淆亂。○舊書「大」或作「大忽」。○左傳文十八年曰：「投諸四裔，以禦螭魅。」案：螭，俗作「魑」。○舊書「叫」作「刑」。○皇，「惶」之通借字，文苑作「惶」。廣雅釋詁二曰：「惶，懼也。」釋訓曰：「惶惶，劇也。」舊書作「徨」，同。○舊書「憫斯」作「憫其」。○新唐書禮樂志載五服之制，從兄弟、庶孫，女子子適人者，姑、姊妹適人者，皆爲服大功。○舊書「時人」作「人時」。○舊書「竊亦」作「竊以」，「得天下」無「下」字。○五帝，衆說紛紜，當依大戴禮五帝德、史記五帝本紀，以黄帝、顓頊、帝嚳、堯、舜爲五帝。又白虎通號篇曰：「五帝者何謂也？禮曰：『黄帝、顓頊、帝嚳、帝堯、帝舜，五帝也。』三王者何謂也？夏、殷、周也。」案：本集及文苑作「三皇五帝」，今依舊書。○鄭語上：「史伯曰：奉辭伐罪（僞大禹謨同），無不克矣。」大戴禮王言篇：「孔子曰：致弔其民。」魏明帝櫂歌行曰：「伐罪以弔民。」案：唐諱「民」爲「人」，後並同。

臣竊觀當今天下百姓思安久矣。曩屬北胡侵塞，西戎寇邊，兵革相屠，向歷十載。關河自北，轉輸幽燕，秦蜀之西，馳騖湟海，當時天下疲極矣。重以大兵之後，屢遭凶年，流離飢餓，死喪略半。幸賴陛下以至聖之德，撫寧兆人，邊境獲安，中國無事，陰陽大順，年穀累登，天下父子始得相養矣。故揚州構禍，殆有五旬，而海内晏然，纖塵不動，豈非天下蒸庶厭凶亂哉？臣以此卜之，知百姓思安久矣。今陛下不務玄默以救疲人，而反任威刑以失其望，欲以察察爲政，肅理寰區。臣愚暗昧，竊有大惑。且臣聞，刑者，政之末節也。先王以禁暴整亂，不得已而用之。今天下幸安，萬物思泰。陛下乃以末節之法，察理平人，臣愚以爲非適變隨時之義也。頃年以來，伏見諸方告密，囚累百千輩，大抵所告皆以揚州爲名。及其窮究，百無一實。陛下仁恕，又屈法容之。傍訐他事，亦爲推劾。遂使姦惡之黨，快意相讎，睚眦之嫌，即稱有密。一人被訟，百人滿獄。使者推捕，冠蓋如雲。或謂陛下愛一人而害百人，天下喁喁，莫知寧所。以上言大兵之後百姓思安，不得以威刑悚懼之。

北胡，謂突厥。通典邊防典十三曰：「突厥之先，平涼雜胡也。蓋匈奴之別種，姓阿史那氏。」舊唐書突厥傳上曰：「突厥別部有車鼻者，亦阿史那之族也，自稱乙注車鼻可汗。車鼻既破之後，突厥盡爲封疆之臣，於是分置單于、瀚海二都護府。單于都護領狼山、雲中、桑乾三都督，蘇農等二十四州。瀚海都護領金微、新黎等七都督，仙萼、賀蘭等八州。各以其首領爲都督刺史。自永徽已後，殆三十年，北鄙無事。調露元年，單于管內突厥首領阿史德温傅、奉職二部落始相率反叛，立泥孰匐爲可汗，二十四州並叛應之。高宗遣鴻臚卿蕭嗣業、右千牛將軍李景嘉率衆討之，反爲温傅所敗，兵士死者萬餘人。又詔禮部尚書裴行儉爲定襄道行軍大總管，率太僕少卿李思文、營州都督周道務等，統衆三十餘萬討擊温傅，大破之，泥孰匐爲其下所殺，并擒奉職而還。永隆元年，突厥有迎頡利兄之子阿史那伏念於夏州，將渡河立爲可汗，諸部落復響應從之。又詔裴行儉率將軍曹繼叔、程務挺、李崇直、李文暕等討之，伏念窘急，詣行儉降。行儉遂虜伏念詣京師，斬于東市。永淳二年，突厥阿史那骨咄禄復反叛。骨咄禄者，頡利之疎屬，亦姓阿史那氏。永淳二年，進寇蔚州，豐州都督崔智辯擊之，反爲賊所殺。文明元年，又寇朔州，殺掠人吏。則天詔左武威衞大將軍程務挺爲單于道安撫大使以備之。垂拱二年，骨咄禄又寇朔、代等州，左玉鈐衞中郎將淳于處平爲陽曲道總管，與副將中郎將蒲英節率兵赴援，行至忻州，與賊戰，大敗，死者五千餘人。三年，骨咄禄及元珍又寇昌平，詔左鷹揚衞大將軍黑齒常之擊卻之。其年八月，又寇朔州，復以常之爲燕然道大總管，擊賊於黄花堆，大破之，追奔四十餘里，賊衆遂散走磧北。」〇西戎，謂吐蕃。舊唐書吐蕃傳上曰：「吐蕃在長安之西八千里，本漢西羌之地也。其種落莫知所出，或云南涼秃髮利鹿孤之後也。利鹿孤有子曰樊尼，及利鹿孤卒，樊尼尚幼，弟傉檀嗣位，以樊尼爲安西將軍。後魏神瑞元年，傉檀爲西秦乞佛熾盤所滅，樊尼招集餘衆以投沮渠蒙遜，蒙遜以爲臨松太守。及蒙遜滅，尼乃率衆西奔，濟黄河，逾積石，於羌中建國，開地千里。樊尼威惠夙著，爲羣羌所懷，皆撫以恩信，歸之如市，遂改姓爲窣勃野，以秃髮爲國號，語訛謂之吐蕃。其後子孫繁昌，又侵伐不息，土宇漸廣，歷周及隋，猶隔諸羌，未通於中國。其國人號其王爲贊普，相爲大論、小論，以統理國事。後與吐谷渾不和，率兵以擊吐谷渾，吐谷渾遣使告急。咸亨元年四月，詔以右威衞大將軍薛仁貴爲邏娑道行軍大總管，率衆十餘萬以討之，軍至大非川，爲吐蕃大將論欽陵所敗，自是吐蕃連歲寇邊。上元三年，進寇鄯、廓等州，殺掠人吏。高宗命尚書左僕射劉仁軌往洮河軍鎮守以禦之。儀鳳三年，又命中書令李敬玄兼鄯州都督，往代仁軌，於洮河鎮守。其年秋，敬玄與工部尚書劉審禮率兵與吐蕃戰于青海，官軍敗績，審禮没于陣。尋而，黑齒常之破吐蕃大將贊婆及素和貴於良非川，殺獲二千餘級，吐蕃遂引退。詔以常之爲河源軍使。則天臨朝，命文昌右相韋待價爲安息道大總管，安西大都護閻温古爲副。永昌元年，率兵往征吐蕃，遲留不進，待價坐流浦州，温古處斬。」○文苑「屠」作「圖」。○元和郡縣志曰：「隴右道鄯州湟水縣：湟河，出青海東北亂山中，東南流至蘭州西南入黄河。」清統志卷四百十二曰：「湟河，蕃名波克布拉斯河，在西寧邊外西北，青海之東，源出噶威臧嶺。」卷二百七曰：「甘肅西寧府：湟水，自塞外流經西寧縣北，又東逕碾伯縣南，又東南歷涼州府平番縣至蘭州界（皋蘭縣西）入河。」卷四百十二曰：「青海，在西寧府西五百餘里，一名西海，又名禾卑羌海，即古鮮水也。」（漢書地理志金城郡臨羌縣原注曰：「西北至塞外，有仙海、鹽池，北則湟水所出。」）○老子曰：「大軍之後，必有凶年。」○文苑「餓」作「殍」。○舊書「屢」作「屬」。○禮記曲禮下曰：「年穀不登。」鄭注曰：「登，成也。」○舊書「揚州」上無「故」字。○舊書「蒸」作「烝」，字通。詩烝民毛傳曰：「烝，衆也。」孟子告子上引作「蒸」。○舊書「百姓」上無「知」字。○漢書賈誼傳贊曰：「追觀孝文，玄默躬行，以移風俗。」周禮秋官大司寇：「以嘉石平罷民。」罷，即「疲」之通借字。舊書「疲民」作「疲人」，蓋後人所改。又「反任」作「又任」。○老子曰：「其政察察，其民缺缺。」晉書顧和傳：「和答王導曰：何緣採聽風聞，以察察爲政？」○後漢書逸民傳曰：「自致寰區之外。」文選五臣注吕延濟曰：「寰宇，國之封域也。」○舊書「整亂」作「釐亂」。○舊書「臣愚」作「愚臣」。○易隨彖傳曰：「隨時之義大矣哉[一]！」案：集「義」作「議」，全唐文同，今依舊書。○舊書「究」作「竟」。○論語陽貨篇集解引包注曰：「訐，謂發人之陰私也。」○舊書「姦惡」作「姦臣」。○集「快意」作「決意」，文苑同，今依舊書。○史記范睢傳曰：「睚眦之怨必報。」

[一] 隨時之義：阮刻十三經注疏校勘記曰：「石經、岳本、閩、監、毛本同。釋文：王肅本作『隨之時義』。」

漢書杜欽傳：「子業上書言方進報睚眦怨。」顔注曰：「睚音厓，睚，舉眼也；眦，即『眥』字，謂目匡也；言舉目相忤者即報之。一説，睚音五懈反，眦音仕懈反，睚眦，瞋目貌也。」○舊書「被訟」作「被告」。○班孟堅西都賦曰：「冠蓋如雲。」案：舊書「如雲」作「如市」。○漢書司馬相如傳顔注曰：「喁喁，衆口向上也。」

臣聞自非聖人，不有外患，必有内憂，物理之自然也。臣不敢以遠古言之，請借隋而況。臣聞長老言，隋之末代，天下猶平。煬帝不龔，窮毒威武。猒居皇極，自總元戎，以百萬之師觀兵遼海，天下始騷然矣。遂使楊玄感挾不臣之勢，有大盜之心，欲因人謀，以竊皇業。乃稱兵中夏，將據洛陽，哮闞之勢傾宇宙矣。然亂未踰月，而首足異處，何者？天下之弊，未有土崩，蒸人之心，猶望樂業。煬帝不悟，暗忽人機，自以爲元惡既誅，天下無巨猾也。皇極之任，可以刑罰理之。遂使兵部尚書樊子蓋專行屠戮，大窮黨與，海内豪士，無不罹殃。遂至殺人如麻，流血成澤。天下靡然，始思爲亂矣。於是蕭銑、朱粲起於荆南，李密、竇建德亂於河北。四海雲摇，遂並起而亡隋族矣。豈不哀哉？長老至今談之，委曲如是。臣竊以此上觀三代夏、殷、周興亡，下逮秦、漢、魏、晉理亂，莫不皆以毒刑而致敗壞也。夫大獄一起，不能無濫，何者？刀筆之吏，寡識大方；斷獄能者，名在急刻。文深網密，則共稱至公。爰及人主，亦謂其奉法。於是利在殺人，害在平恕。故獄吏相誡以殺爲詞，非憎於人也，而利在己。故上以希人主之旨，下以圖榮身之利。徇利既多，則不能無濫。濫及良善，則淫刑逞矣。夫人情莫不自愛其身，陛下以此察之，豈能無濫也？冤人吁嗟，或傷和氣。和氣悖亂，羣生癘疫。水旱隨之，則有凶年。人既失業，則禍亂之心怵然而生矣。頃來亢陽愆候，密雲而不雨，農夫釋耒，瞻望嗷嗷。豈不由陛下之有聖德而不降澤於下人也？倘旱遂過春，廢於時種，今年稼穡，必有損矣。陛下何不敬承天意以澤恤人？臣聞古者明王重慎刑罰，蓋懼此也。書不云乎：「與其殺不辜，寧失不經。」陛下奈何以堂堂之聖猶務彊霸之威哉？愚臣竊爲陛下不取也。以上言當鑑於前代，而以濫刑爲戒。

左傳成十六年：「范文子曰：唯聖人能外內無患，自非聖人，外寧必有內憂。」○舊書「理」下無「之」字，「遠古」作「古遠」，「借」作「指」，「況」作「說」。漢書高惠高后孝文功臣表顏注曰：「況，譬也。」○舊書「言」作「云」，「末代」作「末世」。案：唐避「世」字，此蓋後人所改。○隋書煬帝本紀曰：「大業七年二月，幸涿郡。詔曰：『高麗高元虧失藩禮，將欲問罪遼左。』八年春正月，大軍集於涿郡。詔曰：『朕躬馭元戎，爲其節度，涉遼而東，循海之右，解倒懸於遐裔，問疾苦於遺黎。』三月，圍遼東。既而高麗各城守，攻之不下。七月，宇文述等敗績於薩水，九軍並陷，將帥奔還，亡者二千餘騎。九月，上至東都。九年二月，又徵兵討高麗。夏四月，車駕度遼。六月，禮部尚書楊玄感反於黎陽，逼東都。上班師，遣左翊衛大將軍宇文述等發兵討玄感。八月，宇文述等破玄感於閿鄉，斬之，餘黨悉平。」詳見東夷高麗傳及楊玄感傳。○舊書、文苑「龔」作「恭」，字通。書堯典「象恭」，漢書王尊傳作「龔」。○後漢書班固傳章懷注曰：「中夏，中國也。」○詩常武：「闞如虓虎。」毛傳曰：「虎之自怒虓然。」鄭箋曰：「闞然如虎之怒。」文選七啓李善注曰：「哮與虓同也。」案：舊書「哮闞」作「哮虓」，非是。○舊書「踰」作「逾」，「首」作「頭」。○史記主父偃傳：「徐樂上書曰：天下之患，在於土崩。」○煬帝紀曰：「大業七年五月，以武威太守樊子蓋爲民部尚書。九年三月，幸遼東，以越王侗、民部尚書樊子蓋留守東都。」以下兩見皆云民部尚書，樊子蓋傳亦不言爲兵部尚書，疑轉寫之誤。○史記天官書曰：「死人如亂麻。」○本集「流血」作「血流」。○舊書「思」上無「始」字。○煬帝紀曰：「大業十一年，譙郡人朱粲擁衆數十萬寇荆襄，僭稱楚帝。十三年春正月，勃海賊竇建德設壇於河閒之樂壽，自稱長樂王。二月，賊帥李密、翟讓等陷興洛倉，李密自號魏公。冬十月，羅令蕭銑以縣反，鄱陽人董景珍以郡反，迎銑於羅縣，號爲梁王。」詳見新舊唐書各本傳（朱粲附李子通傳）。○賈生過秦論曰：「山東豪俊遂並起而亡秦族矣。」○舊書無「臣竊以此上」五字，「下逮」作「已下至」三字。○賈生陳政事疏曰：「俗吏之所務，在於刀筆筐篋而不知大體。」漢書蕭何曹參傳顏注曰：「刀以削書也，古者用簡牒，故吏皆以刀筆自隨也。」○漢書酷吏趙禹傳：「亞夫曰：禹文深，不可以居大府。」注應劭曰：「禹持文法深刻。」又刑法志曰：「姦猾巧法，轉相比況，禁罔寖密。」案：「網」「罔」字同。○文苑「害在」作「罕能」。○左傳僖二十三年曰：「淫刑以逞，誰則無罪？」○舊書「豈能」作「豈非」，字誤。○淮南子原道篇高注曰：「怵然猶惕然。」文苑「然」作「焉」。○洪範五行傳曰：「君持亢陽之節，暴虐於下，故旱災應也。」（太平御覽卷八百七十九引）○本集「愆」作「僭」，全唐文同，蓋「僭」字之譌。「僭」與「愆」同，今依舊書。○易小畜曰：「密雲不雨。」案：舊書「雲」上無「密」字，文苑下無「而」字。○舊書「釋耒」作「失耒」。○漢書董仲舒傳顔注曰：「嗷嗷，衆怨愁聲也。」○舊書「豈不由」，「由」作「尤」，字誤。又，「人也」上無「下」字。○舊書「何不」作「可不」。○「與其殺不辜」二句，見僞古文大禹謨。○論語子張篇皇疏引江熙曰：「堂堂，德宇廣也。」○舊書「彊霸」作「强國」。又，「威」下無「哉」字，「取」下無「也」字。

且愚人安則樂生，危則思變。故事有招禍，而法有起姦。倘大獄未休，支黨日廣，天下疑惑，相恐無辜，人情之變，不可不察。昔漢武帝時，巫蠱獄起。劉江充行詐，作亂京師。致使太子奔走，兵交宫闕，無辜被害者以千萬數。劉氏宗廟幾傾覆矣。賴武帝得壺關三老上書，幡然感悟，夷江充三族，餘獄不論，天下少以安爾。臣每讀漢書至此，未嘗不爲戾太子流涕也。古人云：「前事之不忘，後事之師。」伏願陛下念之。以上引漢武帝戾太子事爲戒。○吴摯甫先生曰：「保全中宗，全用微詞感動。」

舊書「法」上無「而」字，「倘」作「儻」，字同。○漢書武五子傳曰：「衛皇后生戾太子，戾太子據，元狩元年立爲皇太子。武帝末，衛后寵衰，江充用事。充與太子及衛氏有隙，恐上晏駕後爲太子所誅。會巫蠱事起，充遂至太子宮掘蠱，得桐木人。時上疾，辟暑甘泉宮，獨皇后、太子在。太子召問少傅石德，德懼爲師傅并誅，謂太子曰：『可矯以節收捕充等繫獄，窮治其姦詐。』太子急，然德言。征和二年七月壬午，乃使客爲使者收捕充等，乃斬充以徇。遂部賓客爲將率，與丞相劉屈氂等戰。太子兵敗，亡，不得。壺關三老茂（漢紀曰令狐茂）上書言太子寃。上遂擢千秋爲丞相，而族滅江充家。上憐太子無辜，乃作思子宮，爲歸來望思之臺於湖，天下聞而悲之。」○本集「行詐」作「作詐」，「作亂」作「惑亂」。○舊書「千萬」作「萬千」。○文苑「劉氏」下有「當此之時」四字。○舊書無「氏」字「廟」字，「傾覆」作「覆滅」。○幡然，集及全唐文作「廓然」，今依舊書。孟子萬章上「既而幡然改曰」，趙注曰：「幡，反。」音義引張鎰曰：「與『翻』同。」○舊書「每讀漢書」無「每」字、「漢」字。○趙策一：「張孟談曰：前事不忘，後事之師。」賈生過秦論曰：「野諺曰：前事之不忘，後之師也[二]。」案：舊書「前事」下無「之」字。○案：武后廢中宗遷於房州，立豫王旦爲皇帝，旋改國號曰周，自稱皇帝，以豫王爲皇嗣。有告皇嗣謀反者，太常工人安金藏剖心以明皇嗣不反，乃得免。然則伯玉此言，非獨保全中宗，亦大有裨於睿宗矣。

臣不避湯鑊之罪，以螻蟻之命輕觸宸嚴，臣非不惡死而貪生也，誠恐負陛下

[二] 後之師：史記秦始皇本紀引賈生言作「後事之師」，賈子新書無「事」字。

恩遇。臣不敢以微命蔽塞聰明，亦非敢欲陛下頓息刑罰，望在恤刑爾。乞與三事大夫圖其可否。夫往者不可諫，來者猶可追。無以臣微而忽其奏，天下幸甚。臣子昂誠惶誠恐死罪死罪。結與起段相應。○氣體樸厚，語意剴摯，猶存西漢風格。

舊書「臣」上有「今」字。○史記藺相如傳：「相如曰：請就湯鑊。」○司馬子長報任少卿書曰：「假令僕伏法受誅，若九牛亡一毛，與螻蟻何以異？」○江文通建平王辭闕表曰：「託慕宸嚴。」説文曰：「宸，屋宇也。」廣韻十七真曰：「宸，天子所居。」○舊書「誠恐」作「誠以」，下句無「臣不敢」三字。○舊書「刑罰」作「嚴刑」。○書堯典曰：「惟刑之恤哉。」（僞古文分入舜典）詩雨無正曰：「三事大夫。」鄭箋釋爲「三公」。孔疏曰：「卿則當有六人，孤則無主事，故知三事大夫惟三公耳。公雖無職，而地官云『二鄉則公一人』，鄭亦云『外與六鄉之事』。（周禮地官序官注。案：「鄉」元作「卿」，誤，今正。六鄉之事，「事」當作「教」。）謂之大夫者，大夫，丈夫之成名，可以上通公卿。」○本集及全唐文「往者」上無「夫」字，今依舊書。○往者不可諫，見論語微子篇。○獨斷卷上曰：「凡羣臣上書於天子者有四名：一曰章，二曰奏，三曰表，四曰駮議。表者上言『臣某言』，下言『臣某誠惶誠恐頓首頓首死罪死罪』。」

堂弟孜墓誌銘

錢竹汀（大昕）恒言録卷三曰：「舊唐書中宗紀：『封堂兄左金吾將軍鬱林郡公千里爲成紀郡王。』通典載宋庾蔚之説：『今人謂從父昆弟爲同堂，蓋六朝人猶稱同堂，唐時省去「同」字。』」案：錢引通典見卷九十二凶禮十四。又魏書公孫表傳曰：「邃、叡爲從父兄弟，祖季真每云：二公孫同堂兄弟耳，吉凶集會便有士庶之異。」又崔光韶傳：「廣陵王欣曰：北海、長樂俱是同堂兄弟。」可知南北朝均有同堂兄弟之稱。舊唐書張獻誠傳曰：「以疾上表，乞歸私第，仍薦堂弟獻恭以自代。」因話録卷二曰：「司徒鄭真公堂兄文憲公，前後相德宗。」卷三曰：「伯仲昆弟以史筆繼業，家藏書最多者，蘇少常景徹、堂弟尚書滌，諸家無比。」又曰：「滎陽鄭還古有堂弟浪跡，好吹觱篥。」皆唐人省去「同」字之證。然玉泉子曰：「相國李石同堂昆弟三人。」是統言昆弟者亦稱同，而特稱者則省稱堂兄堂弟耳。

君諱孜，字無怠，其先陳國人也。六代祖太樂，梁大同中爲本郡大司馬。生五代祖方慶，屬梁亂，始居新城郡武東山。生高祖湯，爲郡主簿。生曾祖通，早卒。通生皇祖辯，少習儒學，然以豪英剛烈著聞，是以名節爲州國所服。皇祖生考元爽，保植先人茂德，降生於君。以上先世。

新唐書宰相世系表曰：「陳氏出自嬀姓，虞帝舜之後。夏禹封舜子商均於虞城，三十二世孫遏父爲周陶正，武王妻以元女大姬，生滿，封之於陳，賜姓嬀，以奉舜祀，是爲胡公。九世孫厲公他生敬仲完，奔齊，以國爲姓。」案：左襄二十五年：「子産曰：『昔虞閼父爲周陶正，以服事我先王，我先王賴其利器用也，與其神明之後也，庸以元女大姬配胡公，而封諸陳，以備三恪。』」杜注曰：「閼父，舜之後，當周之興，爲武王陶正。元女，武王之長女。胡公，閼父王子滿也。」案：遏父即閼父。鄭君毛詩陳譜亦依左氏爲説，是大姬配胡公滿，非配閼父生滿也。此表誤。○伯玉先府君有周居士文林郎陳公墓誌銘曰：「五世祖太樂，梁大同中爲新城郡司馬。」案：南齊書州郡志下益州有新城郡。元和郡縣志曰：「劍南道梓州：宋於此置新城郡，梁武陵王蕭紀於郡置新州，隋開皇末改爲梓州。」案：即今四川三臺縣治。通典職官典十五曰：「司馬本主武之官，自魏晉以後，刺史多帶將軍開府者，則置府僚，司馬爲軍府之官，理軍事。宋制，司馬銅印墨綬，絳朝服武冠。」又案：伯玉之父爲孜之世父，其自六代祖五代祖者，皆離身數之。沈果堂集卷三與沈六如論東湖行述書曰：「凡高祖之父連身數之爲六世，離身數之爲五世。後漢書蔡邕傳『邕六世祖勳』，勳乃邕高祖之父，則連身數之也。按古文尚書云：『七世之廟，可以觀德。』陳子昂誌父墓，柳子厚表父神道，於高祖之上一世皆稱五代祖，則離身數之也。荀子云：『有一國者事五世，有五乘之地者事三世。』（禮論篇）是祖禰而上皆身所治，數世離身，實本古制，故韓退之撰薛戎墓銘稱高祖爲四世祖。」○伯玉先府君墓誌曰：「方慶好道，得墨子五行祕書、白虎七變法，遂隱於郡武東山。」輿地紀勝曰：「潼川府路潼川府：武東山，在射洪縣東十里。」清統志曰：「四川潼川府：武東山，在射洪縣東七里。」○本集「高祖」上無「生」字，依全唐文增。○隋書百官志下曰：「郡置太守、丞、尉、正，光初功曹，光初主簿。」通典職官典十五曰：「主簿謂主諸簿目。」○詩還毛傳曰：「茂，美也。」

君幼孤，天資雄植，英秀獨茂。性嚴簡而尚倜儻之奇，愛廉貞而不拘介獨之操。始通詩禮，略觀史傳，即懷軌物之標，希曠代之業。故言不宿諾，行不苟從。率身克己，服道崇德。閨門穆穆如也，鄉黨恂恂如也。至乃雄以濟義，勇以存仁，貞以立事，毅以守節，獨斷於心，每若由己。實爲時輩所高，而莫敢與倫也。以上行誼。

方言十二曰：「植，立也。」○本集「茂」作「邁」，今依文苑。○文選魯靈光殿賦李善注曰：「倜儻，非常也。」○淮南子原道篇高注曰：「軌，法也。」孫興公喻道論曰：「應世軌物。」陸佐公新刻漏銘曰：「寧可以軌物字民。」皆謂爲法於事物，與左隱五年「君將納民于軌物」，字同義異。○論語顏淵篇曰：「子路無宿諾。」○禮記坊記曰：「閨門之內，戲而不歎。」華陽國志劉先主志曰：「廣陵太守陳登謂功曹陳矯曰：閨門雍穆有行，吾敬陳元方父子。」○論語鄉黨篇曰：「孔子於鄉黨，恂恂如也。」集解引王肅曰：「恂恂，温恭之貌。」○易乾文言傳曰：「貞固足以幹事。」○論語顏淵篇曰：「爲仁由己。」○禮記中庸鄭注曰：「倫猶比也。」宋策高注曰：「倫，等也。」

是以鄉里長幼，望風而靡；邦國賢豪，聞名而悦服。方謂拂羽喬木，緬昇高雲，而遭命大過，棟橈而殞。嗚呼，天咎予乎！時年三十五，是歲龍集癸巳，有周天授二年秋七月。卜兆不吉，權殯於真諦寺之北園。始以今甲午歲獻春一月乙酉朔二十五日己酉，窆於石溪山之北岡，陪考域也。君家世墳壠在武東山，昭穆崇封，松柏成列，至君考遺令，獨愛石溪之岡，故君從先志祔葬於此。嗚呼哀哉！以上卒葬。

史記淮陰侯傳：「廣武君曰：燕從風而靡。」漢書楊惲傳報孫會宗書曰：「猶隨風而靡。」○禮記月令曰：「嗚

○穀梁莊三年釋文曰：「緬，遠也。」○本集「遭」下無「命」字，非是。○易大過象傳曰：「棟橈，本末弱也。」釋文曰：「橈，乃教反，曲折也。」○公羊哀十四年曰：「顏淵死，子曰：『噫，天喪予！』子路死，子曰：『噫，天祝予！』」本集「咎予」作「降弔」。○左襄二十八年杜注曰：「龍，歲星也。」周禮保章氏鄭注曰：「歲謂太歲，歲星與日同次之月，斗所建之辰也。鄭司農云：太歲所在，歲星所居。」賈疏曰：「昭十五年，有事於武宮之歲，龍度天門。龍，歲星也。龍，東方宿，天德之貴神。」王伯申經義述聞卷二十九太歲考曰：「太歲所以紀歲也，其名有六：太歲一也，太陰二也，歲陰三也，天一四也，攝提五也，青龍六也。淮南子天文篇曰：『天神之貴者，莫貴於青龍，或曰天一，或曰太陰。』爾雅謂之太歲，史記天官書謂之歲陰，甘氏星經謂之攝提，其實一也。」○舊唐書則天皇后本紀曰：「載初元年九月九日壬午，革唐命，改國號爲周，改元爲天授。」○周禮春官小宗伯曰：「卜葬兆。」鄭注曰：「兆墓塋域。」○潼川府志卷六曰：「射洪縣真諦寺在縣東武東山上，有陳子昂故宅，寺在其左。」步瀛案：杜子美有謁真諦寺禪師詩，當與陳拾遺故宅、贈射洪李四丈等詩同編於梓州作，今各本編入夔州詩，疑誤。○甲午歲爲長壽三年，是年五月改元爲延載。○楚辭招魂曰：「獻歲發春兮，汩吾南征。」王注曰：「獻，進，言歲始來進也。」本集「乙酉」作「己酉」，全唐文同，皆誤。二十五日爲己酉，朔日當爲乙酉也，今正。○儀禮既夕禮鄭注曰：「窆，下棺也。」釋文曰：「窆，彼驗反。」○潼川府志卷七曰：「唐陳孜墓在縣治石溪山之北岡。」而不言山之所在，卷二山川亦未載石溪山名。○禮記曲禮下曰：「生曰父，死曰考。」案：集「域」作「墳」，今依文苑。○禮記祭統曰：「昭穆者，所以別父子遠近長幼親疏之序而無亂也。」檀弓上曰：「於是封之崇四尺。」○文選古詩十九首李善注引仲長子昌言曰：「古之葬者，松柏梧桐以識其墳。」○集「成列」作「列盛」，今依文苑。

始君伯父，海內之文人也，含純剛之德，有高代之行。每見君，歎曰：「吾家代雖儒術傳嗣，然豪英雄秀，濟濟不泯，常懼後來光烈不象先風。每一見爾，慰吾家道。」實謂君有逸羣之骨，拔俗之標，超山越壑可以駿邁也。豈其夭絕，喪茲良圖。嗚呼，其元命歟？遭命歟？天不忱歟？道固謬歟？大圓蒼蒼，大方茫茫。賢聖同此，爾之何傷！以上言孜嘗爲其伯父所稱重，而惜其早夭。

孜之伯父即伯玉之父。墓誌銘曰：「公諱元敬，字某，性英雄而志尚玄默，羣書祕學，無所不覽。年弱冠，早爲州閭所服，耆老童幼見之若大賓。二十二，鄉貢明經擢第，拜文林郎，屬憂艱不仕。潛道育德，穆其清風，邦人馴致，如衆鳥之從鳳也。時有決訟，不取州郡之命，而信公之言。四方豪傑，望風景附，朝廷聞名。」○集「高代」上無「有」字。○蜀志諸葛亮傳：「陳壽等上諸葛氏集表曰：亮少有逸羣之才。」案：「逸」「軼」字通。○後漢書仲長統傳：「長統詩曰：達士拔俗。」孔德璋北山移文曰：「耿介拔俗之標。」○陳孔璋答東阿王牋曰：「飛兔流星，超山越海。」○書呂刑曰：「自作元命。」○論衡命義篇曰：「傳曰説命有三：一曰正命，二曰隨命，三曰遭命。遭命者，行善得惡，非所冀望，逢遭於外，而得凶禍，故曰遭命。」○詩大明曰：「天難忱斯。」毛傳曰：「忱，信也。」案：文苑「忱」作「佑」。○呂氏春秋序意篇曰：「嘗得學黄帝之所以誨顓頊矣，爰有大圜在上，大矩在下。」高注曰：「圜，天也；矩，方，地也。」莊子逍遥遊曰：「天之蒼蒼，其正色邪。」淮南子俶真篇曰：「是故能戴大員者履大方。」高注曰：「言能戴天履地之道。」左襄四年引辛甲虞人之箴曰：「芒芒禹迹。」「芒」與「茫」同。

古人有言：「珠玉而瘞，是暴骸於中原。」況吾家道尚儉，名訓未墜，封樹之禮，吾敢過焉？是用錫爾瓦木之器，塗芻之靈，堯舜之典，忠孝之經，昭示後代，以安爾形。以上葬必以禮，不求奢靡。銘曰：

吕氏春秋安死篇曰：「魯季孫有喪，孔子往弔之，主人以璵璠收，孔子歷級而上，曰：以寶玉收，猶暴骸中原也。」又家語曲禮子夏問篇曰：「季平子卒，將以君之璵璠斂，贈以珠玉。孔子初爲中都宰，聞之，歷級而救焉，曰：『送死（御覽禮儀部二十九引有「人」字）而以寶玉，是猶曝尸於中原也。其示民以姦利之端而有害於死者，安用之？』」○易繫辭下曰：「古之葬者，不封不樹。」○禮記檀弓上曰：「瓦不成味，木不成斲。其曰明器，神明之也。」鄭注曰：「成猶善也；『味』當作『沬』，沬，靧也。」孔疏曰：「味猶黑光也，今世亦呼黑爲沬也。瓦不善沬，謂瓦器無澤也。」○檀弓下曰：「塗車芻靈，自古有之。」鄭注曰：「芻靈，束茅爲人馬，謂之靈者，神之類。」陸士衡士庶挽歌曰：「埏埴爲塗車，束薪作芻靈。」○「堯舜之典」二句，謂以書附葬，爲帝王之典與言忠孝之書耳，不宜泥定尚書之堯典、舜典，孔子爲曾子所陳之孝經，及宋以後僞撰之馬融忠經也。

我祖之葳蕤兮邈於陳，緬遥裔兮此江濆。五代崇光兮至夫君，徽烈英曜兮始蓋薀。何意嚴霜兮降青春，玉樹摧落兮成黄塵。南山無隙兮永幽淪，悠悠昭代兮卜爾辰。吾慟感傷兮號蒼旻，問之蓍策兮立茲墳，乃言千載兮衣冠來臻。

黄頭之子白服人，嗟爾黄頭兮勿傷神。雄俊倜儻，韓公先導。

說文曰：「蕤，艸木華垂貌。」左太沖蜀都賦「敷蘂葳蕤」是也。（與司馬長卿子虛賦「葳蕤」義别。）此借以喻名德之盛耳。○離騷曰：「帝高陽之苗裔兮。」王注曰：「裔，末也。」朱注曰：「裔者，衣裾之末，衣之餘也，故以爲遠末子孫之稱也。」說文曰：「潰，水厓也。」○楚辭九歌湘君曰：「望夫君兮未來。」案：夫音扶。○玉篇艸部曰：「莶，扶文切；菖，於云切。莶菖，盛貌。」案：集作「氛氲」。○楚辭大招曰：「青春受謝。」○世説新語傷逝篇曰：「庾文康（亮）亡，何揚州（充）臨葬云：埋玉樹箸土中，使人情何能已已？」○漢書張釋之傳曰：「上顧謂羣臣曰：『嗟乎，以北山石爲椁，用紵絮斮陳漆其閒，豈可動哉？』左右皆曰『善』。釋之前曰：『使其中有可欲，雖錮南山猶有隙；使其中亡可欲，雖亡石椁，又何戚焉？』文帝稱善。」○爾雅釋天曰：「春爲蒼天。」郭注曰：「萬物蒼蒼然生。」又曰：「秋爲旻天。」注曰：「旻猶愍也，愍萬物彫落。」案：文苑「號」作「哭」。○淮南子覽冥篇曰：「蓍策日施。」楚辭卜居朱注曰：「策，蓍莖。」○魏書游雅傳曰：「雅字伯度，小字黄頭，高允將婚于邢氏，雅勸允娶于其族，允不從。雅曰：『人貴河閒邢，不勝廣平游。人自棄伯度，我自敬黄頭。』」○史記儒林傳曰：「公孫弘以春秋，白衣爲天子三公。」案：此謂孜之子猶衣庶民之服，然卜地既吉，子孫將大，蔚爲衣冠之族，故令孜勿傷神也。○文苑「嗟爾」作「嗚呼」。

張道濟

張説，字道濟，一字説之。其先范陽人，徙河南之洛陽。武后策賢良方正，説對第一，后署乙等，授太子校書郎。中宗朝，歷工部、兵部侍郎，加弘文館學士。睿宗即位，遷中書侍郎。景雲二年，同中書門下平章事，轉尚書左丞，罷政事。既而拜中書令，封燕國公。開元九年，拜兵部尚書、同中書門下三品。明年爲朔方節度大使。十七年，復爲右丞相，遷左丞相，授開府儀同三司。十八年卒，謚文貞。新舊唐書皆有傳。○皇甫持正諭業曰：「燕公之文，如楩木枏枝，締構大厦，上棟下宇，孕育氣象，可以變陰陽而閲寒暑，坐天子而朝羣后。」（持正集卷一）舊唐書説傳曰：「爲文俊麗，用思精密，朝廷大手筆，皆特承中旨譔述，天下詞人咸諷誦之。尤長於碑文、墓誌，當代無能及者。」

貞節君碣

全唐文作「墓碑」，此依本集。唐六典卷四載碑碣之制曰：「五品以上立碑，螭首龜趺，趺上高不過九尺。七品以上立碣，圭首方趺，趺上高不過四尺。若隱淪道素，孝義著聞，雖不仕亦立碣。」據此則作「碣」爲是，作「碑」者特通稱耳。（如隸釋六載孔謙碣、孔君墓碣，據金石萃編九記此二石皆短小，宜稱爲「碣」。而集古録二、金石録一皆稱孔謙碣爲孔德讓碑，山左金石志卷八亦稱孔君墓碣爲孔君墓碑，即其證也。）

神功元年十月乙丑，陽鴻卒於雩都縣。友人沛國朱敬則、清河孟乾祚、范陽盧禹等，哀鴻抱德没地，繼體未識，考行定謚，葬於舊域。以上卒葬。

神功，武后年號。○唐江南道虔州雩都縣，今江西雩都縣治。○舊唐書朱敬則傳曰：「字少連，亳州永城人也。長壽中，累除右補闕。長安三年，累遷正諫大夫。」與此時正相當。此云沛國，蓋指舊族郡望。元和姓纂有沛國相縣朱氏。○周書謚法篇曰：「謚者，行之迹也。」穀梁桓十七年傳曰：「謚所以成德也。」○廣雅釋丘曰：「域，葬地也。」

鴻字季翔，平恩人也。其先著族右北平郡。大父真陽宰，適茲樂土，爰定我居，維桑與梓，既重世矣。以上著籍。

唐河北道洺州平恩縣，在今山東丘縣西。○廣韻十陽注曰：「陽姓出右北平，本自周景王封少子於陽樊，後裔避周之亂，適燕，家於無終，因邑命氏。秦置右北平，子孫仍屬焉。」○唐河南道蔡州真陽縣，在今河南正陽縣北。○詩碩鼠曰：「適彼樂土，爰得我所。」○詩小弁曰：「維桑與梓，必恭敬止。」毛傳曰：「父之所樹，已尚不敢不恭敬。」王勉夫野客叢書卷十曰：「詩意謂桑梓，人賴其用，猶不敢殘毀，寓恭敬之意，而況父子相與非直桑梓而已，非謂桑梓爲鄉里也。然自東漢以來，乃以桑梓爲鄉里用矣。」（杭大宗訂譌類篇卷一曰：「漫叟詩話亦以爲非。」）案：張平子南都賦曰：「永世克孝，懷桑梓焉；真人南巡，覩舊里焉。」自此以後，文家皆相承作鄉里用之。日知録卷三十二引據甚詳，又謂：「漢人之文必有所據。齊、魯、韓三家之詩不傳，未可知其説也。」後人謂平子習魯詩，故或以爲即魯詩之説。○庾子山哀江南賦曰：「居負洛而重世。」

鴻倜儻奇傑，瓌瑋博達。貫涉六籍百家之言，其要在霸王大略，奇正大旨，君親大義，忠孝大節而已。章句之徒，不之視也。嘗陋漢史地理志、周禮職方志，時異虛記，心不厭焉。乃攀恒岱，浮洞庭，窺河源，踐岷衡，稽四海之風俗，筭九州之險易，與趙國貫高圖獻其議，遇火焚盪，天下壯其志而痛其事。以上學識及著作。

倜儻，已見陳伯玉堂弟孜墓誌銘注。「倜儻」又作「俶黨」。廣雅釋訓曰：「俶黨，卓異也。」莊子天下篇曰：「其書雖瓌瑋。」釋文曰：「瓌瑋，奇特也。」○周禮職方志，謂周禮夏官職方氏所志也。蓋以漢書、周禮所記與今時有異，後人沿襲，是爲虛記，故陋而心不厭足爾。周語中韋注曰：「猒，足也。」厭，「猒」之通借字，又作「饜」。○元和郡縣志：「河北道定州恒陽縣：恒山，在縣北一百四十里，是爲北嶽。」新唐書地理志曰：「定州曲陽：本恒陽，元和十五年更名。」案：唐曲陽縣即今河北曲陽縣治。○元和郡縣志：「河南道兗州乾封縣：泰山，一曰岱宗，在縣西北三十里。」案：唐乾封縣在今山東泰安縣東南。○元和郡縣志：「江南道岳州巴陵縣：洞庭湖，在縣西南一里五十步，周迴二百六十里。」清統志曰：「湖南岳州府：洞庭湖，在巴陵縣南，每夏秋水漲，周圍八百餘里。」案：巴陵縣今改岳陽縣。○舊唐書吐谷渾傳曰：「侯君集與江夏王道宗趣南路，登漢哭山，飲馬烏海，經途二千餘里，又達于柏梁，北望積石山，觀河源之所出焉。」史記夏本紀正義引括地志曰：「積石山，今名小積石山，在河州枹罕縣西七里。」正義曰：「河州有小積石山，即禹貢『浮於積石至於龍門』者。然黄河源從西南下出大崑崙東北隅，東北流經于闐入鹽澤，即東南潛行入吐谷渾界大積石山，又東北流至小積石山。」元和郡縣志曰：「隴右道河州枹罕縣：積石山，一名唐述山，今名小積石山，在縣西北七十里。按河出積石山，在西南羌中，注於蒲昌海，潛行地下，出於積石，爲中國河，故今人目彼山爲大積石，此山爲小積石。」案：據此唐人以河源在大積石山，而以甘肅導河縣西北之積石爲禹所導之積石，故後漢書段熲傳章懷注、通典州郡典四，皆以鄯州龍支山縣南之積石爲禹貢之導河積石，而不言大積石，與張守節史記正義本無不合。禹貢錐指卷十三上謂唐初太子賢注後漢書誤認龍支之積石爲禹貢之積石，中葉已知其非，獨杜佑不審耳，未必然也。元史地理志河源附録以吐番朵甘斯東北之大雪山爲崑崙山。清統志卷四百十二之下青海部謂即唐人所謂大積石山，乃真禹貢之積石也。董方立水經注圖説殘藁卷一曰：「中國諸山之脈，皆起自西藏阿里部落東北岡底斯山，緜亘東北數千里，至青海之玉樹土司境，爲巴顔哈喇山，河源出焉。河源左右之山統名枯爾坤，即崑崙之轉音，蓋自岡底斯山東，皆崑崙之脊，古所稱崑崙墟即在乎此。」案：河源所在，唐人雖略能知之，未必能親至其地，此云窺河源，不過言其大略耳。○史記夏本紀正義引括地志曰：「岷山，在岷州溢樂（元作「洛」，誤）南一里，連綿至蜀二千里，皆名岷山。」又曰：「岷山，在茂州汶川縣。」案：唐隴右道岷州溢樂縣，今甘肅岷縣治；劍南道茂州汶川縣，在今四川汶川縣西。雖皆稱岷山，然江源所在，當爲今四川松潘縣西北之岷山，舊爲松潘廳。清統志曰：「岷山，在廳西北，書禹貢『岷山導江』，漢書地理志『湔氐道：禹貢岷山在西徼外，江水所出』是也。」○元和郡縣志曰：「江南道衡州衡山縣：衡山，南嶽也，在縣西三十里。」案：在今湖南衡山縣西。

養徒閭里，不應賓辟。儀鳳中，河北大使薛公舉鴻行勵貪鄙。天子嘉之，寘用于吏，乃尉汲、曲阿，主簿龍門、雩都。夫其屏居十年，一方德化，歷佐四邑，諸侯觀政。惜乎有大才無貴仕，命也。以上歷仕。

文選郭有道碑文曰：「遂辟司徒掾。」李善注曰：「辟猶召也。」○舊唐書高宗本紀曰：「儀鳳元年十二月，遣使分道巡撫，宰相來恒河南道，薛元超河北道。」薛收傳曰：「收，蒲州汾陰人。子元超襲爵汾陰男。上元三年，遷中書侍郎，尋同中書門下三品。」○唐六典卷三十曰：「諸州上縣尉二人，從九品下。」案元和郡縣志，汲縣緊，丹陽縣（即曲阿，見下）望，皆同上縣也。〇唐河北道衞州汲縣，今河南汲縣治。〇元和郡縣志曰：「江南道潤州丹陽縣：本舊雲陽縣地。秦時望氣者云有王氣，故鑿之以敗其勢，截其直道使之曲阿，故曰曲阿。天寶元年改爲丹陽縣。」清統志曰：「江蘇鎮江府：曲阿故城，今丹陽縣治。」〇唐六典卷三十曰：「諸州上縣主簿一人，正九品下。」案元和志，龍門縣望畿，雩都縣上。〇唐河東道絳州龍門縣，在今山西河津縣西。

初，鴻遊太學，有書生山東李思言物故南館，鴻傷其終遠家屬，有喪無主，乃躬駕柩車送歸東土。及在曲阿，敬業作難潤州，藉鴻得人，歷旬堅守，城既陷而猶鬬，力雖屈而蹈節，寇義而脱之，因僞加朝散大夫，即署曲阿令。鴻貞而不諒，詭應求伸，既入邑，則焚服闔門而設拒矣。故得殿邦奮旅，一境賴存。淮海底績，答勳效功。卒不言賞，賞亦不及。以上敍送喪、守城二事，以見其平生節槩。

通典吉禮十二曰：「西京國子監領六學：一曰國子學，生徒三百人；二曰大學，生徒五百人；三曰四門學，生徒千三百人；四曰律學，生徒五十人；五曰書學，生徒三十人；六曰算學，生徒三十人。凡諸學皆博士助教授。」〇釋名釋喪制曰：「漢以來謂死爲物故，言其諸物皆就朽故也。」〇徐星伯唐兩京城坊攷卷二曰：「西京外城郭朱雀門街東第二街，街東從北第一務本坊，半以西國子監，領國子監、大學、四門、律、書、算六學。」案：六學，唐人亦謂之六館，此南館殆即指大學也。〇舊唐書李敬業傳（附其祖勣傳）曰：「敬業據揚州，乃開三府：一曰匡復府，二曰英公府，三曰揚州大都督府。敬業自稱匡復府上將，領揚州大都督。旬日之閒，勝兵有十餘萬。敬業兵集，圖其所向。薛璋曰：『金陵王氣猶在，大江設險，可以自固，且取常、潤等州以爲霸基，然後治兵北渡。』魏思温曰：『兵貴神速，但宜早渡淮而北，招合山東豪傑，乘其未集，直取東都，據關決戰，此上策也。』敬業不從，十月率衆渡江，攻拔潤州，殺刺史李思文。」餘見陳伯玉諫用刑書注。○唐六典卷二曰：「從五品下曰朝散大夫。」○論語衞靈公篇曰：「君子貞而不諒。」皇疏曰：「貞，正也；諒，信也。君子權變無常，若爲事苟合道得理之正，君子爲之，不必存於小信自經於溝瀆也。」○後漢書鄭太傳章懷注曰：「詭猶詐也。」○詩采菽曰：「樂只君子，殿天子之邦。」毛傳曰：「殿，鎮也。」○楊子雲趙充國頌曰：「請奮其旅。」○書禹貢曰：「淮海惟揚州。」又曰：「和夷底績。」○左僖二十四年曰：「介之推不言禄，禄亦弗及。」

君子以爲，急友成哀，高義也；臨危抗節，秉禮也；矯寇違禍，明智也；保邑匿勳，近仁也。義以利物，智以周身，禮以和衆，仁以安人。道有五常，鴻擅其四；武有七德，鴻秉其二。大慮克就之謂貞，好廉自克之謂節，粤若夫子，可謚爲「貞節」也已！於是紀名垂述，表墓勒石。其詞曰：以上立石表德。

易乾文言曰：「利物足以和義。」○杜元凱春秋序曰：「聖人包周身之防。」○「安人」即「安民」，唐避諱耳。○白虎通情性篇曰：「五常者何（盧校「常」作「性」）？謂仁義禮智信也。故人生而應八卦之體，得五氣以爲常，仁義禮智信也。」○左宣十二年：「楚子曰：『夫武，禁暴、戢兵、保大、定功、安民、和衆、豐財者也。武有七德，我無一焉。』」○周書謚法篇曰：「大慮克就曰貞。」又曰：「好廉自克曰節。」○漢書翟義傳顏注曰：「粤，發語詞也。」

倬良士，縱自天。辨方物，覈山川。厥志大哉！峻剛節，殷義聲。返旅櫬，宴窮城。厥德邁哉！哀斯人，命莫贖。德不朽，温如玉。軌來世哉！雅絜淵懿，中郎遺則。

詩棫樸毛傳曰：「倬，大也。」○論語子罕篇：「子貢曰：固天縱之將聖。」○書僞古文旅獒曰：「畢獻方物。」○文選西京賦薛注曰：「覈，驗也。」○儀禮士喪禮鄭注曰：「殷，盛也。」○説文曰：「櫬，棺也。」○易需釋文曰：「宴，安也。」史孝山出師頌曰：「窮城極邊。」案：本集「宴」作「晏」，今依全唐文。○左莊八年引夏書曰：「皋陶邁種德。」（僞大禹謨襲之）杜注曰：「邁，勉也。」○左襄二十四年：「穆叔曰：豹聞之，太上有立德，其次有立功，其次有立言，雖久不廢，此之謂不朽。」○詩小戎曰：「言念君子，温其如玉。」○文選東京賦薛注曰：「軌，法也。」○「天」「川」韻，「聲」「城」韻，「贖」「玉」韻，「大」「邁」「世」韻。

齊黄門侍郎盧思道碑

爲盧氏，家於北燕。自漢世中郎將植至侍中，陽烏以上先世。○「陽烏」下疑尚有脱文。有齊黄門侍郎范陽盧公諱思道，字子行，涿人也。其先姜姓，世祚東海，別

思道，隋書有傳，北史附劉玄傳，與此碑所述閒有同異，當以碑正其失。又思道歷仕齊、周、隋三朝，此獨取其先仕之朝所終之官，亦金石文中一例也。

王伯申經傳釋詞卷三曰：「有，語助也。一字不成詞，則加有字以配之。若虞、夏、殷、周皆國名，而曰有虞、有夏、有殷、有周是也。凡國名之上加『有』字者，放此。」○隋書百官志中曰：「後齊門下省，掌獻納諫正及司進御之職，侍中、給事黄門侍郎各六人。」○隋書盧思道傳曰：「范陽人也。」地理志冀州涿郡涿縣原注曰：「舊置范陽郡，開皇初郡廢。」太平寰宇記卷七十曰：「河北道涿州：漢高六年分燕置涿郡，後漢爲涿郡，魏初因之。至黄初七年，文帝改爲范陽郡，取漢涿縣在范水之陽以爲名。晉武泰始元年，又改爲范陽國。後魏又改爲范陽郡。隋開皇二年，罷郡。大業三年，以幽州爲涿郡，縣仍屬焉。唐武德元年，郡廢，復爲幽州之屬邑。七年，改涿縣爲范陽縣。」案：清統志曰：「順天府：涿縣故城，今涿州治（今改縣）。」○元和姓纂卷三曰：「盧，姜姓，齊太公之後，至文公子高，高孫傒食采于盧，因姓盧氏。」新唐書宰相世系表曰：「田和篡齊，盧氏散居燕、秦之間。秦有博士敖，子孫家于涿水之上，遂爲范陽涿人。裔孫植，字子幹，漢北中郎將。生毓字子象，魏司空、容城成侯。三子：欽、簡、珽。珽三子：浮、皓、志。志三子：諶、謐、詵。諶五子：勗、凝、融、偃、徵。勗居巷南，號南祖；偃居北，號北祖。偃二子：邈、闡。邈生玄。玄二子：巡、度世。度世四子：陽烏、敏、昶、尚之，號四房盧氏。」又：「陽烏字伯源，後魏祕書監、固安懿侯。子道亮，字仲業。」隋書盧思道傳曰：「父道亮，隱居不仕。」案：此文似應敘及道亮，下「徵君」字始有著，疑誤脱。

徵君之子，稟天靈傑，承家令軌。清明虚受，磊落標奇。言不詭隨，行不苟合。遊必英俊，門無塵雜。至於求己勵學，探道覩奥，思若泉湧，文若春華，精微入虚無，變化合飛動，斯固非學徒竭才仰鑽之所逮也。以上品行及文學。

「徵君」句上疑當有「君」字。後漢書黄憲傳曰：「初舉孝廉，又辟公府，友人勸其仕，憲亦不拒之，暫到京師而還，竟無所就，天下號曰徵君。」案：徵君之稱始此。○宋武帝與臧燾敕曰：「明發搜訪，想聞令軌。」○易咸象傳曰：「君子以虚受人。」○世説新語言語篇：「孫子荆曰：其人磊落而英多。」○詩民勞曰：「無縱詭隨。」○曹子建王仲宣誄曰：「思若湧泉。」○班孟堅答賓戲曰：「摛藻如春華。」○文苑「合」作「含」。○論語子罕篇：「顔淵喟然歎曰：仰之彌高，鑽之彌堅，欲罷不能，既竭吾才。」

事齊，歷散騎侍郎，以文翰直中書。中廢復進，至給事黄門侍郎，待詔文林館。武平末，天子總兵禦寇，太子監國于晉陽，公留綜宫朝，兼典樞密。及皇輿敗績於外，而百寮蕩析於内，公節義獨存，侍從趣鄴，告至行賞，授儀同三司。入周，除御正上士。定省歸郡，郡人祖英伯作難，公脅在其旅。幽都既平，玉石將燎，賴元帥宇文公神舉，以舊有令聞引謁，因命草露板立就，駭其麗，異其敏，釋於齊斧之下，揖於羣士之上，除掌教上士。隋高祖爲丞相也，遷武陽太守，以母老乞解職，優詔許之。後復徵爲散騎侍郎，奏内史郎事。隋開皇六年，春秋五十有二，終於長安，反葬故里。凡更臣三代，易官十七，再降，一免，二去職，八平除，擢遷者四而已。以上歷仕。○仕蹟於此段述之，以下皆稱其文學，是文字用意處。○總括數語以收束前半篇，此法出自史記曹相國世家、絳侯周勃世家、樊噲列傳等。

隋書盧思道傳曰：「左僕射楊遵彦薦之於朝，解褐司空行參軍、長兼員外散騎侍郎、直中書省。後漏泄省中語，出爲丞相西閤祭酒，歷太子舍人、司徒録事參軍。每居官多被譴辱，後以擅用庫錢，免歸於家。數年，復爲京畿主簿，歷主客郎、給事黄門侍郎、待詔文林館。」案：文苑「文翰」作「翰林」。○隋書百官志中曰：「齊制，集書省散騎常侍二十人。」又曰：「中書省，掌管司王言及司進御之音樂。」○唐六典卷八曰：「北齊有文林館，後周有崇文館，或典校理，或司撰著。」又卷九曰：「北齊有文林館學士，後周麟趾殿學士，皆掌著述。」○北齊書後主紀曰：「武平七年冬十月景辰（唐諱「丙」爲「景」），周師攻晉州。甲子，出兵大集晉祠。庚午，帝發晉陽。」案：太子監國於晉陽，當在此時，特史未備耳。通鑑地理通釋卷四曰：「齊高氏繼東魏都鄴，以鄴爲上都，晉陽爲下都。」清統志曰：「山西太原府：晉陽故城，即今太原縣治。」○北齊書後主紀曰：「武平七年十一月，周武帝退還長安，留偏師守晉州，高阿那肱等圍晉州城。十二月戊申，武帝來救晉州。庚申，戰于城南，我軍大敗，帝棄軍先還。癸丑，入晉陽，憂懼不知所之。丁巳，大赦，改武平七年爲隆化元年。詔除安德王延宗爲相國，委以備禦，帝乃夜斬五龍門而出，欲走突厥，從官多散，領軍梅勝郎叩馬諫，乃迴之鄴。」元和郡縣志曰：「河東道晉州：即堯、舜、禹所都平陽也，今州即漢河東郡之平陽縣也。後魏太武帝於此置東雍州，孝明帝改爲唐州，尋又改爲晉州，因晉國以爲名也。高齊武成帝於此置行臺。」又曰：「河北道相州鄴縣：本漢舊縣，屬魏郡，東魏、高齊並都於此。」清統志曰：「山西平陽府：白馬故城，即今府治（今臨汾縣）。元魏及唐晉州皆治此。」又曰：「河南彰德府：鄴縣故城，在臨漳縣西。」○離騷曰：「恐皇輿之敗績。」○書皋陶謨曰：「百僚師師。」爾雅釋詁曰：「僚，官也。」案：寮，「僚」之通借字。書盤庚下曰：「今我民用，蕩析離居。」○左桓二年曰：「公至自唐，告于廟也。凡公行告于宗廟，反行飲至，舍爵策勳焉，禮也。」○通典職官十六曰：「漢文帝元年，始用宋昌爲衛將軍，位亞三司。後漢章帝建初三年，始使車騎將軍馬防班同三司，『同三司』之名自此始也。殤帝延平九年，鄧騭爲車騎將軍、儀同三司，『儀同』之名自此始也。魏黄權以車騎將軍開府儀同三司，『開府』之名自此始也。」案：子行受儀同三司，據碑當在齊末。傳云「周武帝平齊，授儀同三司」，隋書、北史皆同，殆誤，當以碑正之。又，周滅齊在建德六年，周書盧辯傳曰：「建德四年，改儀同三司爲儀同大將軍。」是此時已無復儀同三司之名，史之誤益明矣。○隋書百官志中載周制「上士三命」。○隋書盧思道傳曰：「以母疾還鄉，遇同郡祖英伯及從兄昌期、宋護等舉兵作亂，思道預焉。周遣柱國宇文神舉討平之，罪當法，已在死中。神舉素聞其名，引出之，令作露布，思道援筆立成，文無加點，神舉嘉而宥之。」○陳孔璋檄吴將校部曲文曰：「大兵一放，玉石俱碎。」書僞胤征曰：「玉石俱焚。」○周書宇文神舉傳曰：「神舉，太祖之從子也。幽州人盧昌期、祖英伯等聚衆據范陽反，詔神舉率兵擒之。齊黄門侍郎盧思道亦在反中，賊平見獲，解衣將伏法，神舉素欽其才名，乃釋而禮之，即令草露布，其待士禮賢如此。」案：文苑「舉」上無「神」字，集「神」作「特」，皆轉寫之誤，今依隋書校正。○隋書禮儀志三曰：「後魏每攻戰克捷，欲天下知聞，乃書帛揭於竿，名爲露布，其後相因施行。」（案：賈叔業爲馬超作露布，見魏志王朗傳注；袁彦伯爲桓温作北伐露布，見世説新語文學篇。露布之文，其來已久，特書帛揭竿自魏始爾。）文心雕龍移檄篇曰：「明白之文，或稱露布。露布者，蓋露板不封，布諸視聽也。」（「露布者」至「不封」八字，今本無，又「布諸」作「播諸」，今並依御覽文部十三引增訂。）易旅九四曰：「得其資斧。」釋文曰：「子夏傳及衆家並作『齊斧』。張軌云：『齊斧，蓋黄鉞斧也。』張晏曰：『整齊也。』應劭云：『齊，利也。』虞喜志林云：『「齊」當作「齋」，齋戒入廟而受斧。』」○隋書盧思道傳曰：「高祖爲丞相，遷武陽太守，非其好也。開皇初，以母老表請辭職，優詔許之。思道自恃才地，多所陵轢，由是官塗淪滯，歲餘被徵，奉詔郊勞陳使，頃之遭母憂，未幾起爲散騎侍郎，奏内史侍郎事。是歲卒于京師，時年五十二，上甚惜之，遣使弔祭焉。」○隋書高祖紀上曰：「高祖文皇帝姓楊氏，諱堅，弘農郡華陰人也。襲爵隋國公。武帝聘高祖長女爲皇太子妃。宣帝即位，以后父徵拜上柱國、大司馬。大象二年五月，帝崩，時静帝幼沖。庚戌，拜高祖假黄鉞、左大丞相，百寮總己而聽焉。十二月，進公爵爲王，備九錫之禮。大定元年二月，禪位於隋。開皇元年二月甲子，上即皇帝位於臨光殿。」

公處屯安貞，賦詩頳飲，視得失蔑如也。臨難無懾，在黜無慍，危不去主，仕不違親，休明有賓禮之盛，顛覆無淪胥之禍，其大雅者歟！夫禮儀損益，公能言之，故與熊安生詳定齊禮；三墳五典，公能讀之，故與薛道衡侍學儲后。公國華人望，光照鄰邦，故所居之朝，應對賓客。脩詞抗議，允執其中，故青瑣黄縑，異代咸掌。大名之下，豈誣也哉！以上就其際遇證明其品行、文學。

詩桑柔鄭箋曰：「蔑猶輕也。」○後漢書張步傳曰：「王閎諂步，步待以上賓之禮。」○詩雨無正曰：「淪胥以鋪。」毛傳曰：「淪，率也。」○文選班孟堅西都賦曰：「大雅宏達，於茲爲羣。」李善注曰：「大雅謂有大雅之才，詩有大雅，故以立稱焉。」○論語爲政篇曰：「殷因於夏禮，所損益可知也。」八佾篇：「子曰：夏禮吾能言之。」○周書儒林傳曰：「熊安生，字植之，長樂阜城人也。齊河清中，陽休之特奏爲國子博士。」案：詳定齊禮事，熊安生傳亦不載，隋書經籍志史部儀注有後齊儀注二百九十卷，未知是盧、熊等所撰否。

○左昭十二年：「左史倚相趨過，王曰：是良史也，是能讀三墳、五典、八索、九丘。」孔疏引賈逵曰：「三墳，三皇之書；五典，五帝之典。」周禮春官外史：「掌三皇五帝之書。」鄭注曰：「楚靈王所謂三墳、五典。」尚書僞孔序曰：「三墳言大道也，五典言常道也。」○隋書薛道衡傳曰：「字玄卿，河東汾陰人也。武平初，詔與諸儒脩定三禮，除尚書左外兵郎、待詔文林館。與范陽盧思道、安平李德林齊名友善，復以本官直中書省，尋拜中書侍郎，仍參太子侍讀。」儲后謂太子，猶言儲君也。○魯語中：「季文子曰：吾聞以德榮爲國華。」後漢書盧植傳：「議郎彭伯曰：盧尚書海內大儒，人之望也。」○易明夷象傳曰：「初登于天，照四國也。」○應對賓客，如郊迎陳使是，已見上。○論語堯曰篇曰：「允執其中。」○漢書元后傳曰：「赤墀青瑣。」注孟康曰：「以青畫户邊鏤中。」顏師古曰：「青瑣者，刻爲連環文而青塗之也。」續漢書百官志三劉補注引漢舊儀曰：「黄門郎屬黄門令，日暮入對青瑣門拜，名曰夕郎。」後漢書光武十王楚王英傳曰：「英遣郎中令奉黄縑白紈三十匹以贖愆辠。」案：黄縑猶言黄卷也。○孔文舉論盛孝章書曰：「孝章要爲有天下大名。」後漢書黄瓊傳曰：「李固以書遺之曰：盛名之下，其實難副。」

昔仲尼之後，世載文學。魯有游夏，楚有屈宋，漢興有賈馬王楊，後漢有班張崔蔡，魏有曹王徐陳應劉，晉有潘陸張左孫郭，宋齊有顏謝江鮑，梁陳有任王何劉沈謝徐庾，而北齊有温邢盧薛，皆應世翰林之秀者也。吟詠情性，紀述事業，潤色王道，發揮聖門，天下之人，謂之文伯。於戲！國有校，家有塾，禄位以勸，風雅猶存。然千數百年，羣心相尚，競稱者若斯之鮮矣。

才難，不其然乎！然則飛黄虚騁，百轡遺路；鶤鵬天運，萬翼無階。文士擅名當時，垂聲後代，亦云才力之絕衆故爾。以上深美其文學。吴先生曰：「孤情遠韻，瑰放出奇。」

論語先進篇曰：「文學：子游、子夏。」史記仲尼弟子列傳曰：「言偃，吴人，字子游。卜商，字子夏。」家語七十二弟子篇曰：「卜商，衛人。」案：此言在魯者，以學於孔子，子游又嘗爲武城宰也。○史記屈原傳曰：「屈原者，名平，楚之同姓也。憂愁幽思而作離騷。楚有宋玉、唐勒、景差之徒者，皆妙文辭，而以賦見稱，皆祖屈原。」王叔師楚辭九辯章句曰：「宋玉者，屈原弟子也。」○賈誼，雒陽人；司馬相如，字長卿，蜀郡成都人，史記、漢書皆有傳。王褒，字子淵，蜀人；楊雄，字子雲，蜀郡成都人，漢書皆有傳。○班固，字孟堅，扶風安陵人；張衡，字平子，南陽西鄂人；崔駰，字亭伯，涿郡安平人；蔡邕，字伯喈，陳留圉人，後漢書皆有傳。○曹植，字子建，魏武帝操子，文帝丕弟，沛國譙人；王粲，字仲宣，山陽高平人；徐幹，字偉長，北海人；陳琳，字孔彰，廣陵人；應瑒，字德璉，汝南人；劉楨，字公幹，東平人，三國魏志皆有傳。○潘岳，字安仁，滎陽中牟人；陸機，字士衡，吴郡人；張載，字孟陽，安平人；孫綽，字興公，太原中都人；郭璞，字景純，河東聞喜人，晉書皆有傳。左思，字太沖，齊國臨淄人，晉書入文苑傳。○顔延之，字延年，琅邪臨沂人；謝靈運，襲封康樂公，陳國夏陽人，宋書、南史皆有傳。鮑照，字明遠，東海人，（虞炎鮑氏集序曰：「本上黨人。」）宋書、南史皆附臨川王劉道規傳。謝朓，字玄暉，南齊書有傳，南史附謝裕傳。江淹，字文通，濟陽考城人，梁書、南史皆有傳。案：文通嘗仕宋，而仕齊至祕書監，故此文列入宋齊。○任昉，字彦昇，樂安博昌人；沈約，字休文，吴興武康人，梁書、南史皆有傳。王筠，字元禮，一字德柔，琅邪臨沂人，梁書有傳，南史附王裕傳。劉孝綽，字孝綽，本名冉，彭城人，梁書有傳，南史附劉勔傳。謝朏，字敬沖，陳郡夏陽人，梁書有傳，南史附謝弘微傳。何遜，字仲言，東海郯人，梁書入文學傳，南史附何承天傳。徐陵，字孝穆，東海郯人，陳書有傳，南史附父摛傳。庾信，字子山，周書、北史皆有傳，皆列於梁陳者，以子山初仕於梁也。○温子昇，字鵬舉，濟陰冤句人，自云温嶠後，本太原人，魏書、北史皆入文苑傳。案：子昇雖未入北齊，然嘗爲高澄大將軍府諮議參軍，故此文亦數入北齊。邢卲，字子才，河間鄚人，北齊書有傳，北史附邢巒傳。薛道衡，已見上。○文苑「應世」作「歷代」。○漢書楊雄傳曰：「上長陽賦，聊因筆墨之成文章，故藉翰林以爲主人，子墨爲客卿以風。」文選長楊賦注引韋昭曰：「翰，筆也。」李善曰：「翰林，文翰之多若林也，翰林猶儒林之義也。」胡廣曰：「博士爲儒雅之林是也。」○文苑「性情」作「情性」。○班孟堅兩都賦序曰：「潤色鴻業。」○三國吴志張紘傳注引吴書曰：「紘見陳琳作武庫賦、應機論，與琳書深歎美之。琳答曰：自僕在河北，與天下隔，此閒率少於文章，易爲雄伯，故使僕受此過差之譚，非其實也。」○詩烈文曰：「於乎！前王不忘。」禮記大學篇引作「於戲」。釋文曰：「於音烏；戲，好胡反。」匡謬正俗卷二曰：「烏呼，歎辭也，或嘉其美，或傷其悲，其語備在詩書，不可具載。文有古今之變，義無美惡之别。末代文字輒爲體例，若哀誄祭文即爲『嗚呼』，其封拜册命即爲『於戲』，於讀如字，戲讀爲羲，謂『嗚呼』爲哀傷，『於戲』爲歎美，妄爲穿鑿，不究根本。且許氏説文解字、李登聲類並云：『於』即古『烏』字也。」步瀛案：説文「烏」古文作「於」，段注曰：「古者短言『於』，長言『烏呼』，『於』『烏』一字也。」按經傳、漢書，「烏呼」無有作「嗚呼」者，唐石經誤爲「嗚」者十之一耳，近今學者無不加口作「嗚」，殊乖大雅。朱豐芑通訓定聲豫部曰：「小爾雅廣訓：『烏乎，吁嗟也。』書洪範『嗚呼』，漢書五行志作『烏嘑』，禮記大學『於戲』，詩雲漢『於乎』，漢書武帝紀『烏虖』，北海相景君碑『歍歔』，皆同。」○禮記學記曰：「古之教者，家有塾，黨有庠，術有序，國有學。」

漢書平帝紀：「元始三年立學官，郡國曰學，縣、道、邑、侯國曰校。」○漢書儒林傳贊曰：「自武帝立五經博士，開弟子員，設科射策，勸以官禄，訖於元始，百有餘年，傳業者寖盛，支葉蕃滋，一經説至百餘萬言，大師衆至千餘人，蓋禄利之路然也。」○論語泰伯篇：「子曰：才難，不其然乎！」○淮南子覽冥篇曰：「飛黄伏皁。」高注曰：「飛黄，乘黄也，出西方，狀如狐，背上有角，壽千歲。」海外西經曰：「白民之國有乘黄，其狀如狐，其背上有角，乘之壽二千歲。」（博物志卷十作「三千歲」。）郭注曰：「周書曰：白民乘黄似狐，背上有兩角，即飛黄也。」（今周書王會篇「似狐」作「似騏」。）漢書禮樂志郊祀歌日出入曰：「訾黄其何不來下。」注應劭曰：「訾黄，一名乘黄，龍翼而馬身，黄帝乘之而仙。」初學記獸部引符瑞圖曰：「騰黄者，神馬也，其色黄，一名乘黄，亦曰飛黄，或作古黄，或曰翠黄，一名紫黄。」○集及全唐文「鷦」作「鵾」，今依文苑。史記司馬相如傳上林賦曰：「掩焦明。」集解曰：「焦明似鳳。」漢書相如傳顔注引張揖曰：「西方之鳥也。」文選上林賦李善注引樂緯叶圖徵曰：「焦明狀似鳳皇。」説文鳥部曰：「五方神鳥也：東方發明，南方焦明，西方鸕鷞，北方幽昌，中央鳳皇。」亦作「鷦明」，楚辭九歎遠遊曰：「從玄鶴與鷦明。」王注曰：「鷦明，俊鳥也。」亦作「鷦䳟」，文選吴都賦曰：「稽鷦䳟。」劉淵林注引楚辭亦作「鷦䳟」。文苑及全唐文「䳟」作「鵬」。案：鵾、鵬亦皆鳳也。楚辭九辯曰：「鵾雞啁哳而悲鳴。」文選西京賦李善注曰：「鵾與鶤同。」淮南子覽冥篇曰：「軼鶤雞於姑餘。」高注曰：「鶤雞，鳳皇之别名。」説文曰：「朋，古文『鳳』象形；鵬，亦古文『鳳』。」

開皇以來，百三十餘載，天贊唐德，生此多士。公之玄孫曰藏用，濟美文館，重禄黄門。永惟衣冠子孫，邑里多改，先人封樹，歲代將平。迺假詞菲才，刊石表隧。庶乎涉齊地者不薪柳惠之隴，過邢山者無惑子産之墓。至矣乎，盧氏之子其用心也遠矣。銘曰：（以上作碑銘之意。）

思道傳：「開皇初，著勞生論，有『余年五十』之語，歲餘被徵，頃之遭母憂，未幾起爲散騎侍郎，于時議置六卿云云。」是歲卒于京師，年五十二，則思道之卒當在開皇三年癸卯。自隋開皇元年辛丑至唐中宗景龍四年庚戌，正一百三十年。○舊唐書盧藏用傳曰：「字子潛，度支尚書承慶之姪孫也。（承慶傳曰：「隋武陽太守思道孫也。」）景龍中爲吏部侍郎，又遷黄門侍郎、兼昭文館學士。」○左文十八年曰：「世濟其美。」○方言十三曰：「菲，薄也。」○詩桑柔毛傳曰：「隧，道也。」案：此謂墓道，然與左傳僖二十五年「隧爲王之葬禮」者不同。○戰國策齊策四：「顔斶曰：『昔者秦攻齊，令曰：有敢去柳下季壟而樵采者死不赦。』」文選陶徵士誄引鄭康成論語注曰：「柳下惠，魯大夫展禽，食采柳下，謚曰惠。」閻百詩四書釋地續曰：「古人多葬於食邑，壟所在即邑所在，則柳下自當在齊南魯之北，二國接壤處，方昔爲魯地，後爲齊有也。」樊廷枚補注曰：「秦伐齊，先徑魯，則柳下季壟當屬魯地。」○邢，當作「陘」，此蓋借字。續漢書郡國志司隸密縣有陘山，劉注引杜預遺令曰：「山上有冢，或曰子産，邪東北向新鄭城，不忘本也。」水經潩水注曰：「陘山上有鄭祭仲冢，冢西有子産墓，累石爲方墳，墳東有廟，並東北向鄭城，杜元凱言不忘本，際廟舊有一枯柏樹，其塵根故株之上，多生稚柏成林，列秀青青，望之奇可嘉矣。」清統志曰：「河南開封府：子産墓，在新鄭縣西南陘山上。」

彧彧黄門，實天生德。才蓋一世，榮聞四國。文王既没，文在人弘。公爲宗匠，當朝與能。龍躍春霄，鳳鳴朝升。或頌或變，或雅或承。理以神合，聲以妙徵。高視睢渙，與君代興。人之云亡，十有一紀。斯文未喪，施于孫子。新作豐碑，德音不已。淵懿樸茂，自宜獨步一時。

廣雅釋詁三曰：「彧，文也。」○論語述而篇：「子曰：天生德于予。」○論語子罕篇：「子曰：文王既没，文不在兹乎？」○衛靈公篇：「子曰：人能弘道。」○袁彦伯三國名臣贊序曰：「莫不宗匠陶鈞而羣才緝熙。」○易繫辭下曰：「百姓與能。」○孔文舉薦禰衡表曰：「如得龍躍天衢。」○詩卷阿曰：「鳳皇鳴矣，於彼朝陽。」○晉書褚陶傳：「張華謂陸機曰：君兄弟龍躍雲津，顧彦先鳳鳴朝陽。」○詩序曰：「雅者，正也，言王政之所由廢興也。頌者，美盛德之形容，以其成功告於神明者也。」案：「或頌」二句，猶言「或頌而變，或雅而承」也。頌雅互文見義，以喻一切文章，言生平爲文，或因雅頌而變其體，或因雅頌而繼其業耳。○文選陳孔璋爲曹洪與魏文帝書曰：「遊睢渙者學藻繢之綵。」李善注引陳留記曰：「襄邑，渙水出其南，睢水出其北，傳云睢渙之閒出文章，故其黼黻絺繡日月華蟲以奉宗廟御服焉。」○左昭十二年：「齊侯舉矢曰：『有酒如澠，有肉如陵。寡人中此，與君代興。』」案：文借用此語以喻文學古今代興，猶序仲尼之後世載文學之意，「君」字不必泥。○詩瞻卬曰：「人之云亡。」○晉語四韋注曰：「十二年歲星一周爲一紀。」案：十一紀，一百三十二年也。○論語子罕篇：「子曰：天之未喪斯文也。」○詩皇矣曰：「施于孫子。」鄭箋曰：「施猶易也、延也。」○禮記檀弓下曰：「公室視豐碑。」○詩皇矣曰：「貊其德音。」

王摩詰

王維，字摩詰，太原祁人（今山西祁縣）。開元十九年擢進士第。（舊書作「九年」，今依唐才子傳。徐星伯唐登科記考曰：「舊書『九』上脱『十』字。」）天寶末，爲給事中。安禄山陷兩都，維爲賊所得，服藥陽瘖，賊平，責授太子中允，後仕至尚書右丞。舊唐書入文苑傳，新唐書入文藝傳。

山中與裴迪秀才書

舊唐書王維傳曰：「維得宋之問藍田别墅，在輞口，輞水周于舍下，别漲竹洲花塢，與道友裴迪浮舟往來，彈琴賦詩，嘯詠終日。」新傳曰：「别墅在輞川，地奇勝，有華子岡、欹湖、竹里館、柳浪、茱萸沜、辛夷塢，與裴迪遊其中，賦詩相酬爲樂。」唐詩紀事卷十六曰：「迪初與王維俱居終南，天寶後爲蜀州刺史，（杜子美有和裴迪登新津寺寄王侍郎詩，原注曰：「王時爲蜀牧。」蔡夢弼曰：「王侍郎乃王維之弟縉也。維有别業在輞川，裴迪從之遊，迪從縉來蜀。縉守蜀州，蓋在高適之後。」見千家注杜詩卷八。是刺蜀州者乃王縉，非裴迪也，紀事似誤。）與杜甫友善。」唐詩品彙詩人爵里詳節曰：「裴迪，關中人。」

近臘月下，景氣和暢，故山殊可。過足下，方温經，猥不敢相煩，輒便往山中，憩感配寺，與山僧飯訖而去。以上還山。北涉玄灞，清月暎郭，夜登華子岡，輞水淪漣，與月上下，寒山遠火，明滅林外，深巷寒犬，吠聲如豹，村墟夜春，復與疎鐘相聞。此時獨坐，僮僕静默。多思曩昔，攜手賦詩，步仄逕臨清流也。以上因歸途夜中見聞，回憶昔日同遊之樂。當待春中，草木蔓發，春山可望，輕鯈出水，白鷗矯翼，露溼青皋，麥隴朝雊，斯之不遠，儻能從我遊乎？非子天機清妙者，豈能以此不急之務相邀？然是中有深趣矣，無忽！因馱黄蘗人往，不一。以上招其明春來遊并寄書。

山中人王維白。昔人謂摩詰「詩中有畫，畫中有詩」。此文幽雋華妙，有畫所不到處。

風俗通祀典篇曰：「謹按禮傳，夏曰嘉平，殷曰清祀，周曰大蜡。漢改爲臘。臘者，獵也，言田獵取獸以祭祀其先祖也。或曰：臘者，接也，新故交接，故大祭以報功也。」案：左僖五年：「宫之奇曰：虞不臘矣。」杜注曰：「臘，歲終祭衆神之名。」孔疏曰：「月令『孟冬臘門閭及先祖五祀』，秦本紀『惠王十二年初臘』，始皇三十一年更改臘曰嘉平』。此言『虞不臘矣』，明當時有臘祭。周時臘與大蜡各爲一祭，秦漢改爲臘。」案：臘爲祭名，後世遂以臘祭之月名爲臘月。○殷仲文南州桓公九井詩曰：「景氣多明遠。」王逸少蘭亭詩序曰：「惠風和暢。」○元和郡縣志曰：「關内道雍州藍田縣：藍田山，一名玉山，一名覆車山，在縣東二十八里。」清統志曰：「陝西西安府：藍田山，在藍田縣東。」○後漢書皇甫規傳章懷注曰：「可猶宜也。」○足下，見魏玄成十漸疏「陛下」注引獨斷。又王彦輔麈史卷中曰：「段成式酉陽雜俎云：『秦漢以來，於天子言陛下，皇太子言殿下，將言麾下，使者言節下、轂下，二千石長史言閣下，父母言膝下，通類相與言足下。』（今本雜俎無此文）比蔡所言蓋已詳而有等矣。然予觀秦漢閒，卑對尊者亦稱足下，如史謂『大王足下』者是也（蘇秦等傳），則非特通類相與者之言也。」案：異苑卷十謂：「介子推抱樹燒死，晉文公每懷割股之功，俯視其屐曰：『悲乎足下！』『足下』之稱起此。」此特小説家傅會之言，不足信也。○廣雅釋言曰：「猥，頓也。」王懷祖疏證曰：「月令鄭注云：『總猶猥卒也。』卒與猝同，猥、猝皆頓也。」又讀書雜志四之九曰：「猥猶猝也。」朱豐芑説文通訓定聲十五曰：「猥，實亦發聲之詞。」○詩甘棠毛傳曰：「憩，息也。」感配寺，疑當作化感寺。王摩詰有過感化寺曇興上人山院及遊感化寺詩，文苑英華卷二百三十四皆作化感寺。嚴挺之大智禪師碑銘曰：「至京師遊於終南化感寺。」（全唐文卷二百八十）舊唐書方伎傳曰：「義福初止藍田化感寺。」其地正合。○潘安仁西征賦曰：「南有玄灞素滻。」李善注曰：「玄、素，水色也；灞、滻，二水名也。」水經渭水注三曰：「霸者，水上地名也，古曰滋水矣，出藍田縣藍田谷，西北有銅谷水，次東有輞谷水，二水合而西注，又西流入涇水。涇水西北流入霸，霸水又北歷藍田川逕藍田縣東。」清統志曰：「陝西西安府：霸水，在咸寧縣（今併入長安縣）東，源出藍田縣谷水，經縣東南流至咸寧縣界，又北入渭水。」○王摩詰輞川集序曰：「余別業在輞川山谷，其遊止有孟城坳、華子岡、文杏館、斤竹嶺、鹿柴、木蘭柴、茱萸沜、宮槐陌、臨湖亭、南垞、欹湖、柳浪、欒家瀨、金屑泉、白石灘、北垞、竹里館、辛夷塢、漆園、椒園等，與裴迪閒暇各賦絶句云爾。」案：文選謝靈運入華子岡是麻源第三谷詩李善注引謝靈運山居圖曰：「華子岡，麻山第三谷。故老相傳，華子期者，禄里弟子，翔集此頂，故華子爲稱也。」考彼岡在今江西南城縣西，輞川華子岡殆沿其名歟？○長安志卷十六曰：「藍田輞川在縣南二十里，輞谷水出南山輞谷，北流入霸水。」清統志曰：「輞谷，在藍田縣西南二十里。雍大記：商嶺水流至藍橋，伏流至輞谷，如車輞環輳，唐右丞王維莊在焉，所謂輞川也。」○詩伐檀曰：「河水清且漣猗。」毛傳曰：「風行水成文曰漣。」又曰：「河水清且淪猗。」毛傳曰：「小風水成文轉如輪也。」○説文曰：「舂，擣粟也。」○嵇叔夜琴賦曰：「臨清流，賦新詩。」○莊子秋水篇曰：「莊子與惠子遊於濠梁之上，莊子曰：儵魚出遊從容，是魚之樂也。」

釋文曰：「鯈，徐音條，李音由，白魚也。爾雅云：『鮂，黑鰦。』郭注：『即白鯈也。』」案：説文曰：「鯈，魚也。」「鯈」乃通借字，釋魚作「鮂」，淮南子覽冥篇曰：「若觀鯈魚。」高注曰：「鯈，小魚也。」○文選楊子雲解嘲曰：「矯翼厲翮。」五臣注李周翰曰：「矯，舉也。」○枚叔七發曰：「麥秀蔪兮雉朝飛。」詩小弁曰：「雉之朝雊，尚求其雌。」説文曰：「雊，雄雉鳴也。」○曹子建七啓曰：「子能從我而游之乎？」○玉篇曰：「馱，馬負皃。」案：此謂入山馱蘗者。説文曰：「檗，黄木也，一名檀桓。」案：檗，俗作「蘗」，證類本草卷十二引圖經曰：「蘗木，黄蘗也。木高數丈，葉類茱萸及椿，根葉經冬不凋，皮外白裏深黄色，根如松下茯苓，作結塊，五月六月採皮去皺麄暴乾，用其根，名檀桓。」○楚辭九歌山鬼曰：「山中人兮芳杜若。」

李遐叔

李華，字遐叔，趙州贊皇人（今河北贊皇縣）。舉開元二十三年進士，天寶二年博學宏詞，皆爲科首。天寶十一年，拜監察御史。宰相楊國忠支婭所在横猾，遐叔出使，劾按不橈，州縣肅然，爲權幸所疾，徙右補闕。安禄山反，玄宗入蜀，華母在鄴，欲輦以逃，爲賊所得，僞署鳳閣舍人。賊平，貶杭州司户參軍。上元中，召爲左補闕、司封員外郎，稱疾不拜。李峴領選江南，表置幕府，擢檢校吏部員外郎，苦風痹去官，客隱山陽。大曆初，卒。舊唐書人文苑傳，新書人文藝傳。

卜論

禮記曲禮上曰：「龜爲卜，筴爲筮，卜筮者，先王之所以使民信時日、敬鬼神、畏法令也，所以使民決嫌疑、定猶與也。」舊唐書文苑李華傳曰：「華著論言龜卜可廢，通人當其言。」

天地之大德曰生。舜好生之德，治於人心。五福首乎壽。麟鳳龜龍謂之四靈，龜不傷物，呼吸元氣，於介蟲爲長而壽。古之聖者，刳而焌之，觀其裂畫，以定吉凶。殘其生，剿其壽，既剿殘之而求其靈，夫何故？愚未知夫天地之心，聖達之謨。靈之壽之而夭戮之，脱其肉，鑽其骸，精氣復於無物，而貞悔發乎焦朽，不其反耶？以上言龜如有靈，不應剿殘，既經朽腐，安望有靈？

易繫辭下曰：「天地之大德曰生。」○「好生之德」二句，書僞古文大禹謨臯陶稱舜之言。○書洪範曰：「五福，一曰壽。」○禮記禮運曰：「麟鳳龜龍謂之四靈。」○史記龜策傳曰：「江旁家人常畜龜飲食之，以爲能導引致氣，有益于助衰養老。」褚先生曰：「龜能行氣導引。」○大戴禮易本命篇曰：「有甲之蟲三百六十，而神龜爲之長。」家語本命篇亦作「甲蟲」，執轡篇王注曰：「介，甲蟲也。」禮記月令曰：「其蟲介。」又曰：「介蟲敗穀。」○周禮春官龜人曰：「凡取龜用秋時，攻龜用春時。」鄭注曰：「秋取龜，及萬物成也。攻，治也。治龜骨以春，是時乾解不發傷也。」胡曉滄（煦）卜法詳考卷一曰：「此云『攻龜用春時』，又云『歷冬至春而乾』，可知取龜之時即殺龜之時也。若是生龜，歷冬至春，何乾之可言？取之在秋，攻之在春，攻龜爲釁龜而言，非謂至春始殺之也。」步瀛案：古人無卜用生龜之説，至明季本卜筮論、楊時喬龜卜辨始臆剏其説。卜法詳考卷一載楊氏書本序曰：「考之六經，唯言龜卜，不言卜理卜法。洪範言之，特舉其端。史記龜策傳、褚氏補傳皆食墨鑽灼，觀坼釁龜，又皆敗龜之事。竊意神龜至靈，知天道，出即爲瑞。聖人重其靈瑞，敬爲居室藏之，建官守之，繼世遺之，凡占必以圭璧盛禮求之，至重至慎，而聖德好生，凡物愛之各盡其性，安得剥殺之？且靈龜食息能先知，亦安能致其剥殺之者？唐李氏華作卜論曾疑及此。近日季氏本作卜筮論，謂殺龜鑽灼釁牲禳不祥，乃後世術家小法行于雞卜等物者。周末、秦、漢時君惡龜卜言吉凶，害其所爲，遂以殺龜爲古制。史記兩傳首引宋元王事爲徵，注周禮者誤信以爲然，至今以妄傳妄，令龜卜古道不明於世，可慨矣。」胡氏駁之曰：「按漢去古未遠，當宗史記。若李氏、季氏，皆後儒也，必謂生龜始爲至靈，則未知聖人用敗龜之道矣。聖人之以筮卜教也，非直前知之具爲占而已也，將直以此爲道之寓也。其用敗龜與蓍草也，使知朽骨腐草無不含天地之至靈。此正天地一元之布濩，陰陽造化之靈機，即物而存，顯而易見者也。史記所言，皆敗龜之事，鄭、王二氏注釋周禮，悉以敗龜爲言，非其傳流有據，能臆爲之解乎？唐之李氏，明之季氏、楊氏，去古既遥，乃爲翻新出奇之論，何見之陋也？」案：胡氏駁生龜之説甚確。然楊氏援李遐叔以證其卜用生龜之説，殊不明遐叔之意而妄爲傳會。遐叔主廢龜卜，故謂龜若有靈，不應殘殺之，其意見龜之非靈，非主卜用生龜也。楊氏既妄引之，而胡氏并遐叔、季氏、楊氏同斥之。清四庫書目提要卷一百九及羅叔言殷商貞卜文字攷亦稱：「胡氏駁李華、季本、楊時喬卜用生龜之説，明析精確。」皆未取遐叔之文而一觀之也。○莊子外物篇曰：「宋元君夜半而夢人被髮闚阿門，曰：『予自宰路之淵，予爲清江使河伯之所，漁者余且得予。』元君覺，使人占之，曰：『此神龜也。』君曰：『漁者有余且乎？』左右曰：『有。』君曰：『令余且會朝。』明日，余且朝。君曰：『漁何得？』對曰：『且之網得白龜焉，箕圓五尺。』君曰：『獻若之龜。』龜至，君再欲殺之，再欲活之，心疑，卜之，曰：『殺龜以卜吉。』乃刳龜，七十二鑽而無遺筴。仲尼曰：『神龜能見夢於元君，而不能避余且之網；知能七十二鑽而無遺筴，不能避刳腸之患。如是，則知有所困，神有所不及也。』」○周禮春官菙氏：「掌共燋契，以待卜事。凡卜，以明火爇燋，遂歙其焌，契以授卜師，遂役之。」杜子春曰：「燋，讀爲『細目燋』之『燋』。（段懋堂曰：「『讀爲』當作『讀如』，『細目燋』讀同『焦』，其字不當從火，轉寫誤。」）或曰如『薪樵』之『樵』，（段曰：「『曰如』二字當作『讀爲』。」）謂所爇灼龜之木也，故謂之樵。契，謂契龜之鑿也。詩云：『爰始爰謀，爰契我龜。』焌，讀爲『英俊』之『俊』，書亦或爲『俊』。」鄭注曰：「士喪禮曰：『楚焞置于燋，在龜東。』楚焞，即契所用灼龜也。燋謂炬，其存火。焌，讀如『戈鐏』之『鐏』，謂以契柱燋火而吹之也。契既然，以授卜師，用作龜也。」孫仲容正義曰：「杜意燋爲灼龜木，別有鑿龜之器謂之契，蓋以金爲之，若鑽鑿之類。引詩大雅緜文，彼說太王卜都之事，毛傳云：『契，開也。』開、刻義近，即謂鑿之。杜意詩契龜亦爲鑿刻，故引以爲證。鄭則不取鑿龜之義，故彼箋云：『契，灼其龜而卜之。』與毛、杜異也。杜但讀『焌』爲『俊』，而未釋其義，以意推之，似以焌爲燋之耑，故爇而吹之。其『契』則屬下『以授卜師』爲句。杜說契以鑿龜，不以灼龜，不得與焌并吹其火也。說文火部曰：『焌，然火也，從火夋聲。周禮曰：「遂籥其焌。」焌火在前，以焞焯龜。』許讀焌如字，雖與杜不同，而云焌火在前，亦即謂燋之前耑火所爇者。又讀『遂歙其焌』句絕，蓋亦以『契』下屬，與杜義訓略同，與鄭讀『遂歙其焌契』爲句異也。」步瀛案：卜法詳考卷一曰：「契者，刻劃之稱，謂刻劃其龜板之下方，以定其上下內外之限。周禮所云開龜是也。此猶在未灼時，契而後燋，必於所契之地，故曰焌契，火非吹不燃，故曰歙其焌契。」案：胡氏以焌契連讀，與杜、許不同，而以契爲刻劃，又與鄭不同，而與杜合，如其說則當作「歙以焌契」方合，經既作「其」，當如孫氏謂「契」字下屬爲句是也。羅叔言曰：「杜詁最確，康成誤以鑿與灼爲一事。毛傳訓契爲開，開者，先契所欲灼之處。又有鑽與鑿之別，乃予據目驗而得之者。予所藏龜甲獸骨有鑽有鑿，鑽形圓，鑿形則橢圓，又有鑽而復鑿者，蓋灼處欲其薄，乃易坼也。大率龜甲皆鑿，未見鑽者。骨則鑽者十一，鑿者十九。此鑽與鑿之別也。」○文苑「焌」作「䐇」。○裂畫，謂兆也，亦以「兆」爲之。禮記玉藻曰：「卜人定龜，史定墨，君定體。」鄭注曰：「定龜，謂靈射之屬所當用者；（周禮春官龜人：「掌六龜之屬，天龜曰靈屬，地龜曰繹屬。」爾雅釋魚「繹」作「謝」，並與「射」字通。）定墨，視兆坼也；定體，視兆所得也。」周禮春官占人曰：「凡卜簭，君卜體，大夫占色，史占墨，卜人占坼。」鄭注曰：「體，兆象也；色，兆氣也；墨，兆廣也；坼，兆釁也。體有吉凶，色有善惡，墨有大小，坼有微明。尊者視兆象而已，卑者以次詳其餘也。」卜師曰：「揚火以作龜致其墨。」鄭注曰：「致其墨者，孰灼之明其兆。」大卜曰：「掌三兆之灋，一曰玉兆，二曰瓦兆，三曰原兆。」鄭注曰：「兆者，灼龜發於火，其形可占者，其象似玉瓦原之璺罅，是用名之焉。上古以來作其灋可用者有三。原，原田也。」羅叔言曰：「龜卜之事，蓋先取龜之下甲，（自注曰：「予所藏之龜從未見上甲。」）於其腹之裏面先鑿爲穴，而不令穿，此之謂契。灼火於穴中，色乃焦黑，此之謂灼。與致墨灼於裏，則縱橫之坼自現於表，此之謂兆。凡此諸兆，皆於表面得見之，於受灼之裏面不得見也，其灼而得兆之故，蓋由於鑿甲令薄。鑿處多爲橢圓形，契之刃斜入，故外博而內狹，其狹處骨尤薄，故由此而得縱坼，又由縱坼而旁出横坼也。」○易繫辭上曰：「八卦定吉凶。」周禮春官占人曰：「凡卜簭既事，則毄幣以比其命。」杜子春曰：「毄幣者，以帛書其占，毄之於龜也。」鄭曰：「謂既卜筮，史必書其命龜之事及兆於策，毄其禮神之幣而合藏焉。」羅曰：「鄭與杜異義，杜謂書占於帛，鄭謂書事於策，均不言刻辭於龜，今甲與骨之刻辭即在兆側。」○剿同剿。說文曰：「剿，絕也。」○書洪範曰：「乃命卜筮，曰雨，曰霽，曰蒙，曰驛，曰克，曰貞，曰悔。」史記宋世家集解鄭注曰：「內卦曰貞，貞正也；外卦曰悔，悔之言晦也，晦猶終也。」左傳僖十五年曰：「蠱之貞，風也。其悔，山也。」杜注曰：「巽下艮上，蠱。內卦爲貞，外卦爲悔。巽爲風，艮爲山。」孔疏曰：「筮之畫卦，從下而始，故以下爲內，上爲外。」

夫大人與天地合其德，與日月合其明，與四時合其序，與鬼神合其吉凶，不當妄也。壽而夭之，豈合其德乎？因物求微，豈合其明乎？毒靈介而徼其神，豈合其序乎？假枯殼而決狐疑，豈合其吉凶乎？洪範曰：「爾有大疑，謀及卜筮。」聖人不當有疑於人以筮也。夫祭有尸，自虞、夏、商、周不變，戰國蕩古法，祭無尸，尸之重，重於卜，則明廢龜可也。以上以尸之不行於今，明龜卜亦可廢。

「夫大人」者以下四句，易乾文言傳之文。○漢書嚴安傳顔注曰：「徼，要求也，音工堯反。」○楚辭卜居曰：「龜，枯骨也。」離騷曰：「心猶豫而狐疑。」○詩天保毛傳曰：「尸，主也。孝子之祭，不見親之形象，心無所繫，立尸而主意焉。」公羊宣八年何注曰：「祭必有尸者，節神也。禮，天子以卿爲尸，諸侯以大夫爲尸，大夫以下以孫爲尸。夏立尸，殷坐尸，周旅酬六尸。」案：禮記禮器曰：「夏立尸而卒祭。」鄭注曰：「夏禮，尸有事乃坐。」「殷立尸」注曰：「無事猶坐。」「周旅酬六尸」注曰：「使之相酌也。后稷之尸，發爵不受旅。」孔疏曰：「旅酬六尸，謂祫祭時，聚羣廟之主於太祖后稷廟中，后稷在室西壁東嚮，爲發爵之主，尊，不與子孫爲酬酢，餘自文、武二尸，就親廟中，凡六，在后稷之東，南北對爲昭穆，更相次序以酬也。殷但坐尸，未有旅酬之禮，而周益之也。然大祫多主，而唯云六尸者，先儒與王肅並云：毁廟無尸，但有主也。」又案：儀禮經傳通解續卷二十二引尚書大傳曰：「惟十有三祀，帝乃稱王，而入唐郊，猶以丹朱爲尸。是有虞氏時已有尸矣。」○江慎修羣經補義卷三曰：「周禮雖極文，然猶有俗沿太古近於夷而不能革者，如祭祀用尸，席地而坐，食飯食肉以手，食醬以指，醬用蟻子，行禮偏袒肉袒，脱屨升堂，跣足而燕，皆今人所不宜者，而古人安之。」姚姬傳惜抱軒文集卷六再復袁簡齋書曰：「夫聖人制禮，其始必因乎俗，故曰禮俗。祭之有尸，始蓋亦出於上古之俗，而聖人因以爲禮，此亦仁孝之極思，使聖人生乎今世，天下但有厭祭而無尸矣。固必不更行設尸以祭之禮，然不可因此遂譏古人之爲謬也。」案：姚氏此説最爲平允。李悉伯越縵堂日記第四册謂：「祭之用尸，夏、商所未見，疑是公劉遷豳以先，習於戎翟之俗而不能改。」亦非也。虞、夏、商皆有尸，明見於尚書大傳及禮運，悉伯殆偶忘之耳。

又聞夫鑄刀劍者不成，則屠犬衅血而祭之，被髮而哭之，則成而利，蓋不祥器也。其神者躍爲龍蛇，穿木石，入泉源，以至發炯光聲音。人不能自神，因天地之氣，化天地之物而爲神，固無悉然，是亦爲怪。古者成宫室必落之，鐘鼓器械必釁之，豈神明貴殺享膻腥歟？今亡其禮，未聞屋室不安身而器物不利用。由是而言，則卜筮陰陽之流皆妄作也。以上落室釁器之禮可廢，知龜卜亦可廢。

周禮夏官小子言「釁軍器」，後世鑄刀劍塗血被髮等説，蓋傳會其事而神之。吴越春秋闔閭内傳曰：「干將者，吴人也；莫耶，干將之妻也。干將作劍，三月不成。莫耶曰：『夫神物之化，須人而成，今夫子作劍，得無得其人而後成乎？』干將曰：『昔吾師作冶，金鐵之類不銷，夫妻俱入冶爐中，然後成物。至今後世即山作冶，麻絰菱服，然後敢鑄金於山。今吾作劍不變化者，其若斯耶？』莫耶曰：『師知爍身以成物，吾何難哉？』於是干將妻乃斷髮翦爪投於爐中，遂以成劍。」拾遺記卷五曰：「漢太上皇微時，佩一刀，長三尺，上有銘，其字難識，疑是殷高宗伐鬼方時所作也。上皇遊豐沛山中，寓居窮谷裏，有人歐冶鑄，上皇息其傍，問曰：『此鑄何器？』工者笑而答曰：『爲天子鑄劍，慎勿泄言。』上皇謂爲戲言而無疑色。工人曰：『今所鑄鐵，鋼礪難成，若得公腰間佩刀而冶之，即成神器，可以克定天下，星精爲輔佐，以殲三猾，木衰火盛，此爲異兆也。』上皇則解匕首投于爐中，俄而煙焰衝天，日爲晝晦。及乎劍成，殺三牲以釁祭之，工人即持劍授上皇。上皇以賜高祖，高祖常佩於身，以殲三猾。及天下已定，呂后藏於寶庫，庫中守藏者，見白氣如雲出於户外，狀如龍蛇，呂后改庫名曰靈金藏。」又見三輔黄圖卷六。○晉書張華傳曰：「華補雷焕爲豐城令，焕到縣，掘獄屋基入地四丈餘，得一石函，光氣非常，中有雙劍，並刻題，一曰龍泉，一曰太阿。使送一劍與華，留一自佩。華得劍愛之，常置坐側。報焕書曰：『詳觀劍文，乃干將也，莫耶何復不至？雖然，天生神物，終當合耳。』華誅，失劍所在。焕卒，子華爲州從事，持劍行經延平津，劍忽於腰間躍出墮水，使人没水取之，不見劍，但見兩龍各長數丈，蟠縈有文章，没者懼而反。」案：躍爲龍蛇之説，此類是也。○「固無悉然」二句，謂刀劍之爲龍蛇變化固不盡然，然俗有此説，亦足爲怪矣。○左昭七年曰：「楚子成章華之臺，願以諸侯落之。」杜注曰：「宫室始成祭之爲落。」禮記雜記下：「成廟則釁之，路寢成則考之而不釁。釁屋者，交神明之道也。」鄭注曰：「廟新成而釁之，尊而神之也。路寢者，生人所居，不釁者，不神之也。考之者，設飲食以落之爾。」檀弓曰：『晉獻文子成室，諸大夫發焉。』（今檀弓下「諸」作「晉」。）是也。」是據鄭注，宫室落而不釁。昭七年孔疏曰：「杜言『宫室始成，祭之爲落』者，以其言落，必是以酒澆落之，雖不如廟以血塗其上，當祭中霤之神以安之。」○孟子梁惠王上曰：「將以釁鐘。」趙注曰：「新鑄鐘，殺牲以血塗其釁郄，因以祭之，曰釁。」呂氏春秋愼大篇曰：「釁鐘鼓甲兵。」高注曰：「殺牲祭，以牲血塗之曰釁。」周禮春官天府曰：「上春釁寶鎮及寶器。」鄭注曰：「釁謂殺牲以血血之。」又夏官小子曰：「釁邦器及軍器。」鄭注曰：「邦器謂禮樂之器及祭器之屬。」禮記雜記下曰：「凡宗廟之器，其名者成，則釁之以豭豚。」是古人於鐘鼓器械之成皆釁之也。但血祭曰釁，殺牲以血塗器之釁郤亦曰釁。趙注孟子、高注呂覽皆兼此二義言之。然春官大祝作「隋釁」，鄭注曰：「謂薦血也。凡血祭曰釁。」賈疏引馬氏云：「血以塗鐘鼓。」而鄭不從。案：據此則血祭與釁器，鄭以爲二事也。○嵇叔夜與山巨源絶交書曰：「手薦鸞刀，漫之羶腥。」列子周穆王篇曰：「化人以爲王之嬪御膻惡而不可親。」殷氏釋文曰：「膻音羶。」案：即「羶」之通借字，唐文粹正作「羶」。○史記太史公自序述其父談論六家之要指曰：「陰陽之術，大祥而衆忌諱，使人拘而多所畏。」漢書藝文志曰：「陰陽家者流，蓋出於羲和之官。」

夫潔壇墠而布精誠，求福之來，緬不可致。耕夫蠶婦，神一草木，禱一禽畜，鼓而舞之，謂妖祥如答，實歟？妄歟？犧文之易，更周孔之述，以爲至矣。楊子雲爲太玄，設卦辨吉凶，如易之告。若使後代有如子雲，又爲一書可筮，則象數之變其可既乎？專任道德以貫之，則天地之理盡矣，又焉假夫蓍龜乎？又焉徵夫鬼神乎？子不語是，存乎道義也。以上言任數術不如任道義，結出本旨。○吳先生曰：「遐叔識議如此，宜其名一世也。」

禮記祭法鄭注曰：「封土曰壇，除地曰墠。」○文苑「誠」作「意」。○詩旱麓曰：「求福不回。」○穀梁莊三年傳釋文曰：「緬，遠也。」○周書蘇綽傳：「綽爲六條詔書，奏施行，其三『盡地利』曰：『皆宜少長悉力，男女併功，然後可使農夫不廢其業，蠶婦得就其功。』」○易繫辭上曰：「鼓之舞之以盡神。」○班孟堅東都賦曰：「講羲文之易。」易繫辭下曰：「古者包犧氏之王天下也，始作八卦，以通神明之德，以類萬物之情。」漢書藝文志曰：「宓戲氏始作八卦，至於殷周之際，文王重易六爻爲上下篇，孔子爲之彖、象、繫辭、文言、序卦之屬十篇，故曰：易道深矣，人更三聖，世歷三古。」是西漢人說易不以爻辭爲周公作也。孔沖遠周易正義論卦辭爻辭誰作曰：「一說卦辭爻辭並是文王所作。知者案繫辭云：『易之興也，其於中古乎？作易者其有憂患乎？』又曰：『易之興也，其當殷之末世、周之盛德邪？當文王與紂之事邪？』（並繫辭下）又乾鑿度云：『垂皇策者犧，卦道演德者文，成命者孔。』通卦驗又云：『蒼牙通靈昌之成，孔演命明道經。』準此諸文，『伏犧制卦，文王繫辭，孔子作十翼』，易歷三聖，只謂此也。故史遷云『文王囚而演易』，即是『作易者其有憂患乎』。鄭學之徒並依此說也。二以爲驗爻辭多是文王後事。案升卦六四『王用亨于岐山』，武王克殷之後，始追號文王爲王，若爻辭是文王所制，不應云『王用亨于岐山』；又明夷六五『箕子之明夷』，武王觀兵之後，箕子始被囚奴，文王不宜豫言箕子之明夷；又既濟九五『東鄰殺牛，不如西鄰之禴祭』，說者皆云西鄰謂文王，東鄰謂紂，文王之時，紂尚南面，豈容自言已德受福勝殷，又欲抗君之國，遂言東西相鄰而已。又左傳韓宣子適魯，見易象，云『吾乃知周公之德』（昭二年），周公被流言之謗，亦得爲憂患也。驗此諸說，以爲卦辭文王，爻辭周公，馬融、陸績等並同此說。今依而用之，所以只言三聖，不數周公者，以父統子業故也。」○漢書楊雄傳下曰：「雄大潭思渾天，參摹而四分之，極於八十一。旁則三摹九据，極之七百二十九贊，亦自然之道也。故觀易者見其卦而名之，觀玄者數其畫而定之。玄首四重者，非卦也，數也。其用自天元推一晝一夜陰陽數度律曆之紀，九九大運，與天終始，故玄三方、九州、二十七部、八十一家、二百四十三表、七百二十九贊，分爲三卷，曰一二三，與泰初曆相應。亦有顓頊之曆焉。

擲之以三策，開之以休咎，絣之以象類，播之以人事，文之以五行，擬之以道德仁義禮知。無主無名，要合五經，苟非其事，文不虛生。爲其泰曼漶而不可知，故有首、衝、錯、測、攡、瑩、數、文、掜、圖、告十一篇，皆以解剥玄體，離散其文，章句尚不存焉。」○論語里仁篇：「子曰：『參乎，吾道一以貫之。』曾子曰：『唯。』」○曲禮上曰：「凡卜筮日，曰：爲日，假爾泰龜有常，假爾泰筮有常。」孔疏曰：「命龜筮辭也。假，因也；泰，大中之大也。欲褒美此龜筮，故謂爲泰龜泰筮也。」○論語述而篇曰：「子不語怪力亂神。」○易繫辭上曰：「成性存存，道義之門。」

蘇源明

源明初名預，字弱夫，京兆武功人。天寶中進士，更試集賢院。累遷太子喻德。出爲東平太守，召拜國子司業。安禄山陷京師，以病不受僞署。肅宗復兩京，擢考功郎中、知制誥，仕至祕書少監。新唐書入文藝傳。○韓退之送孟東野序於唐代文人稱及蘇源明。新唐書藝文志載有蘇源明前集三十卷，久佚。唐文粹載其讌集序二首，清輯全唐文未録，而録入全唐詩中。今録其一，以見吉光片羽焉。

秋夜小洞庭離讌序

清統志曰：「山東泰安府：小洞庭湖，在東平州北三十里鼉尾山下，唐蘇源明宴小洞庭詩序所謂『左拂鼉尾』者也。」案：彼序亦載唐文粹，題爲小洞庭五太守讌集序，序曰：「天寶十二載七月辛丑，東平太守扶風蘇源明觴濮陽太守清河崔公季重、魯郡太守隴西李公蘭、濟南太守太原田公琦、濟陽太守隴西李公倰於回源亭，前此濟陽以河隄之虞，夫役之弊，請南略我宿及魯之中都，宿人訟其不便。源明請廢濟陽，以平陰、長清屬濟南，盧、東阿歸我，陽穀隸濮陽，不可則分我壽西入濮陽，東入濟陽，魯之中都北入於我。書貢閭闔，旨下，陳留太守王公，命屬官湖城主簿王子説會五太守於東平議，縣乃不割，郡亦仍舊云云。」是天寶十二年其事未決也。新唐書文藝傳曰：「既而卒廢濟陽，以縣皆隸東平。（舊唐書地理志亦云：「天寶十三載六月一日廢濟州，盧、長清、平陰、東阿、陽穀等五縣並入鄆州。」然長清實屬齊州，則此及舊志皆誤也。新唐書地理志曰：「濟州，天寶元年更名濟陽郡，十三載郡廢，以長清隸齊州，以盧、平陰、東阿、陽穀來屬。」是也。）召源明爲國子司業。」此文作於從東平太守徵爲司業之時，則在天寶十三年也。

源明從東平太守徵國子司業。須昌外尉袁廣載酒於回源亭，明日遂行。及夜留讌，會莊子若訥過歸莒，相里子同禕過如魏，陽穀管城、青陽權衡二主簿在座，皆故人也。以上因遷秩餞別，並集故人。徹饌新尊，移方舟中，有宿鼓，有汶簧，濟上嫣然能歌者五六人共載。止回源東柳門，入小洞庭，遲夷傍徨，眇緬曠漾，流商雜徵，與長言者啾焉合引，潛魚驚或躍，宿鳥飛復下，真嬉遊之擇耳。以上遊宴。源明歌曰：「浮漲湖兮莽條遥。川后禮兮扈予橈。横增沃兮蓬僊延。川后福兮易予舷。月澄凝兮明空波。星磊落兮耿秋河。夜既良兮酒且多。樂方作兮奈別何。」曲闋，袁子曰：「君公行當揮翰右垣，豈止典胄米廩邪？廣不敢受賜，獨不念四三賢？」源明醉曰：「所不與吾子及四三賢同恐懼安樂，有如秋水。」以上作歌及致詞。晨前而歸，及醒，或説嚮之陳事。源明局局然笑曰：「狂夫之言，不足罪也。」乃志爲序。以上作序。○戞戞獨造，宜爲韓公所稱。○弱夫兩序皆矜創，惟彼篇多用儷語，猶與顔、鮑相近，故置彼録此。

舊唐書地理志一曰：「河南道鄆州：隋東平郡之須昌縣。武德四年，置鄆州。天寶元年，改鄆州爲東平郡。」（乾元元年復爲鄆州。）案：唐天寶時，東平郡治須昌縣，在今山東東平縣西北。新唐書百官志曰：「上州刺史一人，從三品。（鄆州，上。）天寶元年，改刺史曰太守。」○唐六典卷二十一曰：「國子監司業二人，從四品下，掌儒學訓導之政令。」○唐六典卷三十曰：「諸州上縣尉二人，從九品下，縣尉親理庶務，分判衆曹，收率課調。」案：紫薇詩話言：「開封縣兩尉，一尉治内，一尉治外，外尉失因云云。」此言外尉，始亦治外者歟？○令狐愨士（楚）刻蘇公二文記曰：「余爲考尋詢訪耆老，自五六日至子旬時，茫然曾不得回源亭渦泊依稀髣髴者。」○唐河南道密州（天寶元年改高密郡）莒縣，今山東莒縣治。○相里，複姓；同禕名。莊子天下篇相里勤，釋文曰：「姓相里名勤。」元和姓纂曰：「相里，咎繇之後，晉大夫里克爲惠公所滅，克妻攜少子逃居相城，因爲相里氏。漢有相里斥，唐有相里造等。」新唐書孝友傳有相里志降。○爾雅釋詁曰：「如，往也。」案：唐河北道魏州（天寶元年改魏郡）治貴鄉縣，在今直隸大名縣東。○陽穀、青陽，二縣名；管城、權衡，蓋二主簿姓名。（管城亦縣名，然此處當是人姓名。）唐鄆州陽穀縣（天寶十三年前屬濟陽郡），在今山東陽穀縣東北；唐江南道池州青陽縣，今安徽青陽縣治。○新尊，新其尊也，與上「徹饌」對文。說文：「尊，酒器也。」字亦作「樽」、作「罇」。○詩大明疏引爾雅釋水李巡注曰：「併兩舩曰方舟。」○宿鼓、汶篁、濟上歌者，皆所謂樂操土風也。元和郡縣志曰：「鄆州須昌縣：隋改爲宿城縣。」又曰：「無鹽故城，在縣東三十六里，古宿國也。」又曰：「濟水南自鄆城縣界流入，去縣西二里。」水經汶水篇曰：「又西南過無鹽縣南，又西南過壽張縣北，又西南至安民亭入於濟。」潘安仁笙賦曰：「鄒魯之珍，有汶陽之孤篠焉。」戴凱之竹譜曰：「魯郡鄒山有篠，宜爲笙管。」說文曰：「篁，笙中簧也。」○宋玉登徒子好色賦曰：「嫣然一笑。」○遲夷即遲迟。漢書楊雄傳甘泉賦曰：「靈遲迟兮。」顏注曰：「遲音栖，迟音又夷反。」文選作「遲迟」，李善注曰：「即棲遲也。」然字書無「迟」字，五臣作「棲遲」。又說文「遲」「迟」同字，甘泉「迟」字疑本作「𡰥」。玉篇曰：「𡰥，古夷字，傳寫者加『辵』耳。又作『犀徲』。」集韻曰：「休息也，或作『徲』。」○史記刺客傳：「高漸離傍偟不能去。」詩黍離序作「彷徨」。莊子逍遥遊：「彷徨乎無爲其側。」釋文曰：「彷徨猶翶翔也。」○眇緬，遠貌，（楚辭九章哀郢王注曰：「眇，遠也。」穀梁莊三年釋文曰：「緬，遠也。」）同眇綿。法言先知篇李注曰：「眇綿，遠視。又同冥緬。」水經溫水注曰：「幽煙冥眇。」冥眇一聲之轉，眇緬倒之爲緬眇，同綿眇。文選郭景純江賦曰：「江妃含頻而矊眇。」李善曰：「遠視貌。又同緜邈。」上林賦曰：「微睇綿邈。」郭景純曰：「遠視貌。」（文選注）顏師古曰：「小視也。」（漢書司馬相如傳注）王懷祖曰：「好視貌。」（讀書雜志四之一）胡枕泉曰：「微視貌。」（文選箋證卷十）皆通。此文則但形其遠耳。○曠漾，即曠瀁。馬季長長笛賦曰：「曠瀁敞罔。」劉良注曰：「寬大閑幽貌。又同瀇漾。」後漢書馬融傳廣成頌曰：「瀇漾沆漭。」章懷注曰：「並水貌也。」又同潢洋。楚辭九辯曰：「然潢洋而不可帶。」王注曰：「潢洋猶浩蕩也。」○宋玉對楚王問曰：「引商刻羽，雜以流徵。」○史記五帝本紀曰：「謌，長言。」集解引馬融曰：「謌所以長言，詩之意也。」○文選答賓戲注引項岱曰：「啾，口吟也。」又洞簫賦曰：「啾咇嚌而將吟兮。」李注曰：「啾，衆聲也。」○淮南本經篇高誘注曰：「擇，選也。」（漢書武帝紀顔注曰：「選，善也。」）○小爾雅廣詁曰：「莽，大也。」○條遥，長遠貌。詩椒聊毛傳曰：「條，長也。」案：條遥即迢遥。江文通橫吹賦曰：「迢遥衡山。」○文選洛神賦曰：「川后静波。」李善注曰：「川后，河伯也。」○上林賦曰：「扈從橫行。」封氏聞見記卷五、葉氏石林燕語卷四皆謂從駕爲扈從，此「扈」字義同。楚辭九歌湘君王注曰：「橈，船小楫也。」○「增」「層」字通。廣雅釋詁四曰：「增，重也。」列子黄帝篇曰：「沃水之潘爲淵。」爾雅釋水曰：「沃泉縣出。縣出，下出也。」○莊子逍遥遊郭注曰：「蓬，非直達者也。」釋文引向曰：「蓬者短不暢。」左襄十四年杜注曰：「遷延，卻退也。」蓬遷延者，逡遁不能暢行之意，與上「莽條遥」爲對文。字書無「僊」字，疑即「遷」之俗字。全唐詩遷作「仙」字，謂招延蓬島之僊人也。（列子湯問篇曰：「渤海之東，其中有五山焉：一曰岱輿，二曰員嶠，三曰方壺，四曰瀛洲，五曰蓬萊。所居之人皆仙聖之種，一日一夕飛相往來者，不可數焉。」）未知孰是。○廣韻：「易，羊益切，轉也。」集韻：「舷，船邊也。」兩頭纖纖詩曰：「磊磊落落向曙星。」謝玄暉暫使下都詩曰：「秋河曙耿耿。」○禮記文王世子鄭注曰：「闕，終也。」○右垣，謂中書省。唐六典卷七曰：「宣政殿前東廊曰日華門，門東門下省；殿前西廊曰月華門，門西中書省。」又卷八曰：「門下省，龍朔二年改爲東臺。」卷九曰：「中書省，龍朔二年改爲西臺，咸亨元年復舊。」初學記職官部上引漢官儀曰：「前世文士以中書在右，因謂中書爲右曹，又稱西掖。」（御覽職官部十八引同）劉公幹贈徐幹詩曰：「隔此西掖垣。」○書舜典（僞古文所分）：「帝曰：夔，命汝典樂，教胄子。」禮記明堂位曰：「米廩有虞氏之庠也。」案：此喻國子司業。○左傳僖二十四年：「公子曰：所不與舅氏同心者，有如白水。」○莊子天地篇曰：「季徹局局然笑。」釋文曰：「局局，大笑之貌。」○漢書鼂錯傳：「錯上言兵事曰：『傳曰：狂夫之言，而明主擇焉。』」

賈幼鄰

賈至，字幼鄰，河南洛陽人。父曾，開元初知制誥，仕至禮部侍郎。至擢明經第，爲單父尉。從玄宗幸蜀，拜起居中書舍人、知制誥。帝稱其父子繼美。肅宗擢爲中書舍人，坐小法，貶岳州司馬。寶應初，召復故官，遷尚書左丞，轉禮部侍郎、待制集賢院。大曆初，徙兵部。累封信都縣伯。進京兆尹、右散騎常侍。卒，謚曰文。舊唐書附文苑其父曾傳，新唐書亦附曾傳。○皇甫持正諭業曰：「賈常侍之文，如高冠華簪，曳裾鳴玉，立於廟廊，非法不言，可以望爲羽儀，資以道義。」

工部侍郎李公集序

新唐書文藝傳曰：「李適，字子至，京兆萬年人。舉進士，再調猗氏尉。武后脩三教珠英書，以李嶠、張昌宗爲使，取文學士綴集。於是適與王無競、尹元凱、富嘉謨、宋之問、沈佺期、閻朝隱、劉允濟在選。書成，遷户部員外郎，俄兼脩書學士。景龍初，又擢脩文館學士。睿宗時，待詔宣光閣，再遷工部侍郎，卒。」（舊唐書亦入文苑傳）又，藝文志丁部別集類有李適集十卷。

易曰：「觀乎天文，以察時變；觀乎人文，以化成天下。」然則唐虞賡歌，殷周雅頌，美文之盛也。厥後四夷交侵，諸侯征伐，文王之道將墜地，於是仲尼删詩、述易、作春秋而敍帝王之書，三代文章炳然可觀。洎騷人怨靡，楊馬詭麗，班張崔蔡，曹王潘陸，揚波扇飈，大變風雅，宋齊梁隋，盪而不返。昔延陵聽樂，知諸侯之興亡。覽數代述作，固足驗夫理亂之源也。以上言文章盛衰有關國家之治亂。

「觀乎天文」四句，易賁卦彖傳之文。○書益稷：（當爲皋陶謨，僞古文分爲益稷。）「帝庸作歌曰：『股肱喜哉，元首起哉，百工熙哉！』皋陶拜手稽首，乃賡載歌曰：『元首明哉，股肱良哉，庶事康哉！』」○毛詩序曰：「雅者，正也，言王政之所由廢興也。政有小大，故有小雅焉，有大雅焉。頌者，美盛德之形容，以其成功告於神明者也。」又曰：「有正考甫者，得商頌十二篇於周之大師，以那爲首。」鄭君詩譜序曰：「文武之德，光熙前緒，以集大命於厥身。其時詩風有周南、召南，雅有鹿鳴、文王之屬，及成王、周公致大平，制禮作樂，而有頌聲興焉，盛之至也。本之由此風雅而來，故皆録之，謂之詩之正經。後王稍更陵遲，懿王始受譖亨齊哀公。夷身失禮之後，邶不尊賢。自是而下，厲也，幽也，政教尤衰，周室大壞。十月之交、民勞、板、蕩，勃爾俱作。衆國紛然，刺怨相尋。五霸之末，上無天子，下無方伯。善者誰賞，惡者誰罰？紀綱絶矣。故孔子録懿王、夷王時詩，訖於陳靈公淫亂之事，謂之變風、變雅。」○詩序曰：「小雅盡廢，則四夷交侵，中國危矣。」○論語季氏篇曰：「天下無道，則禮樂征伐自諸侯出。」○論語子張篇：「子貢曰：文武之道，未墜於地，在人。」○史記孔子世家曰：「古者詩三千餘篇，及至孔子去其重，取可施於禮義，上采契、后稷，中述殷、周之盛，至幽、厲之缺，始於衽席。故曰：『關雎之亂以爲風始，鹿鳴爲小雅始，文王爲大雅始，清廟爲頌始。』三百五篇，孔子皆弦歌之，以求合韶、武、雅、頌之音，禮樂自此可得而述，以備王道，成六藝。孔子晚而喜易，序彖、繫、象、説卦、文言，讀易韋編三絶，曰：『假我數年，若是我於易則彬彬矣。』」又曰：「乃因史記作春秋，上至隱公，下訖哀公十四年，十二公，據魯、親周、故殷，運之三代，約其文辭而指博。春秋之義行，則天下亂臣賊子懼焉。」又曰：「序書傳，上紀唐虞之際，下至秦繆，編次其事。」漢書藝文志曰：「書之所起遠矣，至孔子纂焉，上斷於堯，下訖于秦，凡百篇，而爲之序。」○班孟堅兩都賦序曰：「而後大漢之文章，炳然與三代同風。」○史記屈原傳曰：「屈原之作離騷，蓋自怨生也。」○「楊馬」以下，並見張道濟盧黃門碑注。○左襄二十九年曰：「吴公子札來聘，請觀於周樂。使工爲之歌周南、召南，曰：『美哉！始基之矣，猶未也，然勤而不怨矣。』爲之歌邶、鄘、衛，曰：『美哉淵乎！憂而不困者也。吾聞衛康叔、武公之德如是，是其衛風乎！』爲之歌王，曰：『美哉！思而不懼，其周之東乎！』爲之歌鄭，曰：『美哉！其細已甚，民弗堪也。是其先亡乎！』爲之歌齊，曰：『美哉泱泱乎，大風也哉！表東海者，其大公乎！國未可量也。』爲之歌豳，曰：『美哉蕩乎！樂而不淫，其周公之東乎！』爲之歌秦，曰：『此之謂夏聲。夫能夏則大，大之至也，其周之舊乎！』爲之歌魏，曰：『美哉渢渢乎！大而婉，險而易行，以德輔此，則明主也。』爲之歌唐，曰：『思深哉！其有陶唐氏之遺民乎！不然，何憂之遠也？非令德之後，誰能若是？』爲之歌陳，曰：『國無主，其能久乎？』自鄶以下，無譏焉。」

皇唐紹周繼漢，頌聲大作。神龍中興，朝稱多士。濟濟儒術，焕乎文章。則我李公，傑立當代。於戲！斯文將喪久矣。習鄭衛者，難與言咸護之節；被氈裘者，難與議周公之服。而公當頹靡之中，振洋洋之聲，吴先生曰：「二句一篇之主，知前之議論有爲而發，頌揚乃是詭變，而從斯文將喪引入，所謂滅盡鍼綫迹者。」可謂深見堯舜之道，宣尼之旨，鮮哉希矣！以上揭明主旨。

史記周本紀曰：「成王興正禮樂，度制於是改，而民和睦，頌聲興。」公羊宣十五年何注曰：「頌聲者，太平歌頌之聲。」○舊唐書中宗紀曰：「嗣聖元年二月，皇太后廢帝爲廬陵王，幽於別所。其年五月，遷於均州，尋徙居房陵。聖曆元年，召還東都，立爲皇太子，依舊名顯。時張易之與弟昌宗潛圖逆亂。神龍元年正月，鳳閣侍郎張柬之、鸞臺侍郎崔玄暐、左羽林將軍敬暉、右羽林將軍桓彦範、司刑少卿袁恕己等定策，率羽林兵誅易之、昌宗，迎皇太子監國，總司庶政，大赦天下。乙巳，則天傳位於皇太子。丙午，即皇帝位於通天宮。」○詩文王曰：「濟濟多士。」毛傳曰：「濟濟，多威儀也。」○論語泰伯篇曰：「焕乎其有文章。」○論語子罕篇：「子曰：天之將喪斯文也，後死者不得與於斯文也。」○樂記曰：「鄭衛之音，亂世之音也，比於慢矣。」○周禮春官大司樂曰：「以樂舞教國子，舞雲門、大卷、大咸、大磬、大夏、大濩、大武。」鄭注曰：「大咸，咸池，堯樂也。堯能禪，均刑灋以儀民，言其德無所不施。大濩，湯樂也。湯以寬治民而除其邪，言其德能使天下得所也。」文選東京賦薛注曰：「咸池，堯樂。」白虎通禮樂篇曰：「黄帝樂曰咸池，咸池者，言大施天下之道而行之，天之所生，地之所載，咸蒙德施也。」案：莊子天運篇、天下篇，吕氏春秋古樂篇，風俗通聲音篇，文選東京賦李善注引樂緯動聲儀，初學記樂部上引五經通義、又引樂緯叶圖徵，皆以咸池爲黄帝樂。樂記曰：「咸池備矣。」鄭注曰：「黄帝所作樂名也，堯增修而用之。」則兩説皆是也。白虎通禮樂篇曰：「湯樂曰大濩，大濩者，言湯承衰能濩民之急也。」風俗通聲音篇曰：「濩，言救民也。」春秋繁露楚莊王篇曰：「護者救也。」廣雅釋詁四曰：「護，濩也。」字亦作『護』。」○史記匈奴傳曰：「自君王以下，咸被旃裘。」案：旃，「氈」之通借字。蘇秦傳「旃裘」，趙策二作「氈裘」。釋名釋牀帳曰：「氈，旃也，毛相著旃旃然也。」○莊子天運篇曰：「今取猨狙而衣以周公之服，彼必齕齧挽裂，盡去而後慊。」○論語泰伯篇曰：「師摯之始，關雎之亂，洋洋乎盈耳哉。」○漢書平帝紀曰：「元始元年，追謚孔子曰褒成宣尼公。」左太沖詠史詩曰：「言論準宣尼。」

觀作者之意，得易之變，知書之達，究詩之微，極春秋之褒貶，可謂孔門之弟，洙泗遺徒。至其逸韻，揚波扇飈，餔糟啜醨，時有婉麗之什，浮豔之句，皆牽於詔旨，迫於時事。然亦言近而興深，語細而諷大，罔有不含六經之奥義，覽者其知夫子之牆乎。以上評其文之優長。

禮記經解：「孔子曰：其爲人也温柔敦厚，詩教也；疏通知遠，書教也；廣博易良，樂教也；屬辭比事，春秋教也。」史記滑稽傳曰：「書以道事，詩以達意，易以神化，春秋以義。」杜元凱春秋序曰：「指行事以正褒貶。」○孟子梁惠王上趙注曰：「孔子之門徒頌述宓戲以來至文、武、周公之法制耳。」○禮記檀弓上：「曾子曰：吾與女事夫子於洙泗之閒。」鄭注曰：「洙、泗，二水名。」水經泗水注曰：「洙、泗二水，交于魯城東北，闕里背洙面泗，南北百二十步，東西六十步，四門各有石閫，北門去洙水百步餘。」又洙水注曰：「洙水又西南流于卞城，西入泗水，亂流西南至魯縣東北，又分爲二水，水側有故城，兩水之分會也。洙水西北流逕孔里北，是謂洙泗之閒矣。」清統志曰：「山東兖州府：闕里，在曲阜縣城中。」○文苑「至」作「失」；「逸韻」作「韻俗」，蓋誤。○楚辭漁父曰：「衆人皆醉，何不餔其糟而歠其醨？」文選五臣注吕向曰：「餔，食也。歠，飲也。糟、醨皆酒滓。」案：説文：「啜，嘗也。歠，飲也。」二字義别，此蓋借「啜」爲「歠」。○文苑「言近」作「音近」。○論語子張篇：「子貢曰：夫子之牆數仞，不得其門而入，不見宗廟之美，百官之富。」

至先大夫與公有皮鮑之知，公嗣子吏部侍郎季卿與至有聲譽之好。德業度量，弱歲聞之於趨庭；文學編簡，中年得之於吏部。所見異辭，所傳異文，敢不序焉？夫其游夏之文學，不備顏子之德行；許郭之機覽，未聞班張之贊述。而公文與行協，識與才并。是故大名震於當代，德慶流於後葉，不其偉歟！

以上作序之旨。○淵懿綿渺，具有遠神。○開、天之間，力矯六朝詞勝之弊，故其議論如此。然當時之文尚純駁互見，非獨子至之文體格未純，即幼鄰亦未免此。起衰八代之譽獨歸韓公，豈偶然哉？

左昭十三年曰：「子産歸聞子皮卒，哭且曰：吾已，無爲爲善矣，唯夫子知我。」史記管晏列傳：「管仲曰：生我者父母，知我者鮑子也。」○新唐書文藝中李適傳曰：「子季卿亦能文，舉明經博學宏辭，調鄠尉。肅宗時，爲中書舍人，以累貶通州別駕。代宗立，遷爲京兆少尹，復授舍人，進吏部侍郎。」唐六典卷二曰：「尚書吏部侍郎二人，正四品上。吏部尚書、侍郎之職，掌天下官吏選授、勳封、考課之政令。」○後漢書馮衍傳：「衍説鮑永曰：天下無變，則足以顯聲譽。」○論語季氏篇：「伯魚曰：他日嘗獨立，鯉趨而過庭。」○公羊隱元年曰：「所見異辭，所聞異辭，所傳聞異辭。」○論語先進篇曰：「德行：顏淵；文學：子游、子夏。」○後漢書郭太（本名泰，范蔚宗避父諱改。）傳曰：「太字林宗，太原界休人也。性明知人，好獎訓士類。」許劭傳曰：「劭字子將，汝南平輿人也。好人倫，多所賞識。故天下言拔士者，咸稱許、郭。」○詩長發毛傳曰：「葉，世也。」蜀志吕凱傳：「凱答檄曰：皆流名後葉，世歌其美。」○莊子大宗師釋文引向注曰：「偉，美也。」

元次山

元結，字次山，河南人。後魏常山王遵十五代孫。少不羈，十七乃折節向學。天寶十三載，擢進士第。會天下亂，國子司業蘇源明見肅宗，問天下士，薦結可用。結上時議三篇，擢右金吾兵曹參軍，攝監察御史，爲山南西道節度參謀。以討史思明功，遷監察御史裏行，進水部員外郎，佐荆南節度使呂諲府，又參山南東道來瑱府。瑱誅，結攝府事。代宗立，固辭，授著作郎，拜道州刺史。進授容管經略使，加左金吾將軍，罷還京師，卒，贈禮部侍郎。新唐書有傳。○韓退之送孟東野序於唐代文人稱及次山。皇甫持正題浯溪石詩曰：「次山有文章，可惋只在碎。然長於指敍，約潔有餘態。心語適相應，出句多分外。於諸作者閒，拔戟成一隊。」鼂子止郡齋讀書志卷十七曰：「結性耿介，有憂道憫世之意。逢天寶之亂，或仕或隱，自謂與世聱牙，豈獨其行事而然？其文辭亦如之。然其辭義幽約，譬古鐘磬，不諧於俚耳而可尋玩。」高續古子略卷四曰：「次山平生辭章，奇古峻絕，不蹈襲古今。」清四庫書目卷一百四十九曰：「唐文在韓愈以前毅然自爲者，自結始，亦可謂耿介拔俗之姿矣。」

謝上表

原注曰：「廣德二年，道州進顏清之元君墓碑曰：起家爲道州刺史，州爲西原賊所陷，人十無一，户纔滿千，君下軍行古人之政，二年閒歸者萬餘家，賊亦懷畏不敢犯。」

臣某言：去年九月，勑授道州刺史，屬西戎侵軼，至十二月，臣始於鄂州授勑牒，即日赴任。臣州先被西原賊屠陷，節度使已差官攝刺史，兼又聞奏，臣在道路，待恩命者三月，臣以五月二十二日到州上訖。以上到任。

「敕命」字當作「敕」，「勑」其通借字。○唐江南道道州治弘道縣，今湖南道縣治。唐六典卷三十曰：「中州（道州，中。）刺史一人，正四品上。」○西戎，謂吐蕃。舊唐書代宗本紀曰：「寶應二年秋七月，改元曰廣德。九月己丑，吐蕃寇涇州，刺史高暉以城降，因爲吐蕃鄉導。冬十月庚午朔，辛未，高暉引吐蕃犯京畿，寇奉天、武功、盩厔等縣，蕃軍自司竹園渡渭，循南山而東。丙子，駕幸陝州。庚寅，郭子儀收京城。十二月甲午，上至自陝州。」左傳隱九年：「公子突曰：懼其侵軼我也。」杜注曰：「軼，突也。」○唐江南道鄂州治江夏縣，今湖北武昌縣治。○新唐書元結傳曰：「初，西原蠻掠居人數萬去，遺户裁四千。」南蠻傳曰：「西原蠻居廣、容之南，邕、桂之西。」（唐廣州治南海縣，今廣東番禺縣治；容州治北流縣，今廣西北流縣治；邕州治宣化縣，今廣西武鳴縣治；桂州治臨桂縣，今廣西桂林縣治。）案地理志嶺南道羈縻州，西原州領縣三，羅和、古林、羅淡，隸安南都護府，後没於蠻。清統志曰：「廣西南寧府：西原廢州，在新寧州（今改扶南縣）西南。」○新唐書方鎮表曰：「上元二年，荆南節度使增領涪、衡、潭、岳、郴、邵、永、道、連九州。廣德二年，以衡、潭、邵、永、道五州隸湖南觀察使。」又曰：「廣德二年，置湖南都團練守捉觀察處置使，領衡、潭、邵、永、道五州。」是道州屬湖南觀察使。然二年未置以前，自當屬荆南節度使，故節度使得差官攝道州刺史也。

耆老見臣，俯伏而泣。官吏見臣，已無菜色。城池井邑，但生荒草。登高極望，不見人烟。嶺南數州，與臣接近，餘寇蟻聚，尚未歸降。臣見招輯流亡，率勸貧弱，保守城邑，畬種山林，冀望秋後少可全活。以上本州情況。

禮記王制曰：「民無菜色。」鄭注曰：「菜色，食菜之色。」○元和郡縣志曰：「江南道道州：南踰嶺至賀州四百四十里，正南踰嶺至韶州四百二十里。」案：二州唐皆屬嶺南道。又案：唐道州領五縣：弘道、永明、延唐、大歷、江華。延唐在今湖南寧遠縣東，大歷在今湖南新田縣西，永明、江華今縣同。廣西之全縣、灌陽、恭城、富川、賀縣，廣東之樂昌、連山，皆其鄰縣。然全縣唐爲湘源縣，與灌陽縣同屬永州，尚隸江南道。恭城唐屬昭州，賀縣唐爲臨賀縣，與富川縣並屬賀州，樂昌縣唐屬韶州，三州皆屬嶺南道也。連山縣唐屬連州，元和志及舊唐書地理志並屬江南道。新唐志屬嶺南道。太平寰宇記曰：「江南西道連州：按十道記云：『連州自貞觀中屬江南道，開元、天寶中屬嶺南道，乾元後屬湖南管，據嶺及浖水言之，合屬嶺南道。』」新唐志屬嶺南道，而不言何年復改屬，則廣德時未知連州即屬嶺南否。○孔德璋陳通和之策表曰：「蟻聚蜂攢，窮誅不盡。」○畬種，即火耕也。史記貨殖傳：「楚越之地，地廣人希，或火耕而水耨。」漢書孝武紀：「元鼎二年詔曰：江南之地，火耕水耨。」杜子美戲作俳諧體解悶詩曰：「畬田費火耕。」廣韻九麻曰：「畬，式車反，燒榛種田。」

臣愚以爲，今日刺史，若無武略以制暴亂，若無文才以救疲弊，若不清廉以身率下，若不變通以救時須，一州之人不叛則亂將作矣。豈止一州者乎？臣料今日州縣，堪征税者無幾，已破敗者實多。百姓戀墳墓者蓋少，思流亡者乃衆。則刺史宜精選慎擇以委任之，固不可拘限官次，得之貨賄，出之權門者也。以上陳選吏之法。

慎擇，本集「擇」字上空字，注曰「御名」，蓋沿南宋本避孝宗諱也。全唐文作「謹」字，疑非，下同。○後漢書明帝紀：「詔曰：今選舉不實，邪佞未去，權門請託，殘吏放手。」○拘限官次，謂不應選補而由賄賂，或權貴援引而得之者也。

凡授刺史，特望陛下一年問其流亡歸復幾何，田疇墾闢幾何；二年問畜養比初年幾倍，可税比初年幾倍；三年計其功過，必行賞罰，則人皆不敢冀望僥倖，苟有所求。以上陳課吏之法。

唐會要卷六十八：「天授二年，獲嘉縣主簿劉知幾上疏曰：『歷觀兩漢已降，迄乎魏晉之年，方伯岳牧，臨州按郡，或十年不易，或一紀仍留，莫不盡其化民之方，責以治人之術。既而日就月將，風加草靡，故能化行千里，恩漸百城。臣望自今已後，刺史非三歲已上，不可遷官，仍以明察功過，精甄賞罰，冀宏共治之風，以贊垂衣之化。』景龍二年，御史中丞盧懷慎上疏曰：『臣竊見比來州牧、上佐等，在任多者一二年，少者三五月，遂即遷改，不論課最，争求冒進，不顧廉恥，亦何暇爲陛下宣風布化，求瘼恤民哉？户口所以流散，倉庫所以空虚，百姓所以凋弊，日更滋甚，職爲此也。臣請望諸州都督、刺史、上佐等，在任未經四考已上，不許遷除，察其課効尤異者，或錫以車裘，或就加禄秩，或降使臨問，并璽書慰勉。若公卿有缺，則擢以勸能，其政績無聞，及犯貪暴者，放歸田里。則萬方之民，一變於道，致此之美，革彼之弊，易於反掌。』」皆可與次山此表互證。

臣實孱弱，辱陛下符節。陛下必當慎擇，臣固宜廢歸山野，供給井税。臣不任懇款之至，謹遣某官奉表陳謝以聞。以上陳謝。○真摯剴切，不事華藻而自能動人，此世閒有用文字。但賞其用筆峻削，猶末也。

史記張耳傳集解引孟康曰：「孱，音如潺湲之潺，冀州人謂懦弱爲孱。」○次山春陵行曰：「安人天子命，符節我所持。」○魏書李安世傳（附李孝伯傳）：「安世上疏曰：量地畫野，經國大式，邑地相參，致治之本，井税之興，其來日久。」

大唐中興頌 并序

集古録跋尾卷七曰：「大唐中興頌，元結撰，顏真卿書。書字尤奇偉，而文辭古雅，世多模以黄絹爲圖障。碑在永州，摩崖石而刻之。」輿地紀勝曰：「荆湖南路永州：大唐中興頌，在祁陽浯溪石崖上，元結文，顏真卿書，大曆六年刻，俗謂之磨崖碑。」案：金石萃編卷九十六載大唐中興頌，署云「尚書水部員外郎、兼殿中侍御史、荆南節度判官元結撰，金紫光禄大夫、前行撫州刺史、上柱國、魯郡開國公顏真卿書」，末云「上元二年秋八月撰，大曆六年夏六月刻」。王蘭泉曰：「新唐書傳：『史思明亂，命結發軍挫賊南鋒，結屯洛陽，守險全十五城，以討賊功，遷監察御史裏行。荆南節度使吕諲請益兵拒賊，帝進結水部員外郎，佐諲府。』與碑題銜合。吕諲傳稱：『上元初，拜荆州長史、澧朗峽忠等五州節度使。』則結之爲判官，亦在其時。頌撰于上元二年，正與兩傳合也。顔真卿官撫州刺史，亦在大曆六年，則是元結撰頌後十年而後書且刻也。碑頌肅宗中興、即位靈武、收復兩京、上皇還京等事。唐書肅宗本紀：『至德二載十二月丙午，上皇天帝至自蜀郡。』則撰頌又在還京後四年。頌磨崖在祁陽縣（今湖南屬縣）浯溪，結判荆南時寓居於此。」

○辛良史唐才子傳卷三元結傳曰：「中興頌一文，燦爛金石，清奪湘流。」

天寶十四載，安禄山陷洛陽。明年，陷長安。天子幸蜀，太子即位於靈武。明年，皇帝移軍鳳翔，其年復兩京，上皇還京師。於戲！前代帝王，有盛德大業者，必見於歌頌。若今歌頌大業，刻之金石，非老於文學，其誰宜爲？

頌曰：序文簡括嚴肅，金石文宜如是。

新唐書玄宗本紀曰：「天寶三載正月丙申，改年爲載。十四載十一月，安禄山反，陷河北諸郡。十二月丁酉，陷東京。十五載六月丙戌，哥舒翰及安禄山戰于靈寶西原，敗績。辛卯，蕃將火拔歸仁執哥舒翰叛降於安禄山，遂陷潼關、上洛郡。甲午，詔親征。（舊唐書玄宗本紀曰：「甲午，謀幸蜀，乃下詔親征。乙未，凌晨自延秋門出，微雨霑溼，扈從惟宰相楊國忠、韋見素，内侍高力士，及太子、親王，妃主、皇孫已下多從之不及。」）丁酉，次馬嵬，左龍武大將軍陳玄禮殺楊國忠，賜貴妃楊氏死。（舊唐書玄宗本紀曰：「丁酉，將發馬嵬驛，幸扶風，百姓遮道乞留皇太子，願戮力破賊，收復京城，因留太子。」）己亥，禄山陷京師。七月丁卯，皇太子爲天下兵馬元帥。庚辰，次蜀郡。八月癸巳，皇太子即皇帝位于靈武以聞。庚子，上皇天帝詔遣韋見素、房琯、崔渙奉皇帝册于靈武。至德二載十月丁巳，皇帝復京師以聞。十二月丁未，至自蜀郡，居于興慶宮。」（舊唐書本紀作：「丙午，上皇至自蜀。」通鑑二百二十唐紀三十六曰：「十二月丙午，上皇至咸陽，上備法駕迎於望賢宮。丁未，將發行宮，上親爲上皇習馬而進之。上皇自開遠門入大明宮，即日幸興慶宮，遂居之。」）肅宗本紀曰：「肅宗諱亨，玄宗第三子也，立爲皇太子。天寶十五載，玄宗避賊，行至馬嵬，父老遮道請留太子討賊，玄宗許之，太子乃還。六月辛丑，次平涼郡，朔方留後支度副使杜鴻漸迎太子治兵於朔方。庚戌，次豐寧，見大河之險，將保之，會天大風，迴趨靈武。七月辛酉，至于靈武。甲子，即皇帝位于靈武，尊皇帝曰上皇天帝，改元至德。二載正月乙卯，安慶緒弒其父禄山。二月戊子，次于鳳翔。八月閏月丁卯，廣平郡王俶爲天下兵馬元帥，郭子儀副之，以朔方、安西、回紇、南蠻、大食兵討安慶緒。九月壬寅，廣平郡王俶及慶緒戰于灃水，敗之。癸卯，復京師，慶緒奔于陝郡。十月戊申，廣平郡王俶及安慶緒戰于新店，敗之，克陝郡。壬子，復東京。癸亥，遣太子太師韋見素迎上皇天帝于蜀郡。十二月丙午，上皇天帝至自蜀郡。」逆臣傳曰：「安禄山，營州柳城胡也。本姓康，母阿史德爲覡，居突厥中，禱子於軋犖山，及生，遂字軋犖山。天寶元年，以平盧爲節度，禄山爲之。又爲范陽節度、河北採訪使，仍領平盧軍。時宰相李林甫請顓用蕃將，故帝寵禄山益牢，卒亂天下。」○碑「載」作「年」，文粹同。○唐以河南府（治洛陽、河南二縣，今併入洛陽。）爲東都，亦曰東京，（元和志曰：「河南道河南府：武德四年爲洛州，顯慶二年置東都，開元元年改洛州爲河南府，天寶元年改東都爲東京，至德元年復爲東都。」）故以京兆府（治萬年、長安二縣，萬年即咸寧，今併入長安。）爲西京，（新唐書地理志曰：「初曰京城，天寶元年曰西京，至德二載曰中京，上元二年復曰西京，代宗元年曰上都。」）合言之曰兩京。（唐韋述有兩京新記。）○元和郡縣志曰：「劍南道成都府（治成都縣）：隋蜀郡。武德元年改爲益州總管府，天寶元年改蜀郡大都督府。十五年，玄宗幸蜀，改爲成都府。」（新唐志曰：「至德二載曰南京，上元元年罷京。」）○舊唐書地理志曰：「關內道鳳翔府：隋扶風郡。武德元年改爲岐州，天寶元年改爲扶風郡。至德二年，肅宗幸扶風郡，置天興縣（郡治）。其年十月，克復兩京。十二月，置鳳翔府，號爲西京，與成都、京兆、河南、太原爲五京。後罷京名。」○元和郡縣志曰：「關內道靈州：（治迴樂縣，在今甘肅靈縣西南。）隋靈武郡。武德元年改爲靈州，天寶元年改爲靈武郡。至德元年，肅宗幸靈武即位，昇爲大都督府。乾元元年復爲靈州。」○於戲，見張道濟齊黃門侍郎盧思道碑注。○易繫辭上曰：「富有之謂大業，日新之謂盛德。」

噫嘻前朝，孽臣姦驕，爲昏爲妖。邊將騁兵，毒亂國經，羣生失寧。大駕南巡，百寮竄身，奉賊稱臣。天將昌唐，繄睨我皇，匹馬北方。獨立一呼，千麾萬旟，戎卒前驅。我師其東，儲皇撫戎，蕩攘羣兇。復服指期，曾不逾時，有國無之。事有至難，宗廟再安，二聖重歡。地闢天開，蠲除袄災，瑞慶大來。兇徒逆儔，涵濡天休，死生堪羞。功勞位尊，忠烈名存，澤流子孫。盛德之興，山高日昇，萬福是膺。能令大君，聲容沄沄，不在斯文。湘江東西，中直浯溪，石崖天齊。可磨可鐫，刊此頌焉，何千萬年！姚姬傳曰：「峻偉雄剛，詞與事稱，宋人無此興象。」

詩噫嘻毛傳曰：「噫，嘻也；嘻，敕也。」○晉語十韋注曰：「昏，闇亂。」案：碑「昏」作「惛」。晉語六韋注曰：「妖，惡也。」○吳語韋注曰：「毒，暴也。」左宣十二年杜注曰：「經，法也。」○後漢書儒林傳注引胡廣漢制度曰：「天子出有大駕、法駕、小駕。」獨斷卷下同。此則但指天子出幸耳，非備大駕乃出也。○唐文粹、觀瀾集及全唐文「寮」作「僚」，集與碑皆作「寮」。「寮」即「僚」之借字。書皋陶謨「百僚師師」，僞孔傳曰：「僚，官也。」新書逆臣傳曰：「禄山未至長安，士人皆逃入山谷，東西絡繹二百里，宮嬪散匿行哭，將相第家委寶貨不貲，羣不逞争取之，累日不能盡。」○通鑑唐紀三十四曰：「禄山遺孫孝哲將兵入長安，命搜捕百官、宦者、宮女等，每獲數百人，輒以兵衛送洛陽。王侯將相扈從車駕，家留長安者，誅及嬰孩。陳希烈以晚節失恩怨上，與張均、張垍皆降於賊，禄山以希烈、垍爲相，自餘朝士，皆授以官。」○左隱元年杜注曰：「繄，語助。」釋文曰：「繄，烏兮反，又烏帝反。」哀十三年注曰：「睆，視也。」案：集「睆」作「曉」，誤。○次山時議上篇曰：「往年逆亂之兵，可謂强矣，當時人心，已不固矣。天子獨以數騎僅至靈武，引聚餘弱，憑陵强寇，頓軍岐陽，師及渭西，曾不踰時，竟能摧堅鋭，復兩京，逃降逆類，悉收河南州縣云云。」可與此頌相證。（新唐書結傳載此議，「數騎」作「匹馬」，餘亦多異。）○麾，本字作「摩」。說文曰：「旌旗所以指也。」周禮春官司常曰：「鳥隼爲旟。」○集「戎」作「我」，誤。詩伯兮曰：「爲王前驅。」○儲皇，謂廣平王俶也。新唐書代宗紀曰：「代宗諱豫，肅宗長子也，初名俶，封廣平郡王。至德二載九月，以廣平郡王爲天下兵馬元帥。」蔡伯喈勸學篇曰：「儲，副君也。」（見玄應一切經音義卷二引）左閔二年曰：「太子從曰撫軍，守曰監國。」○左僖四年杜注曰：「攘，除也。」○碑「復服」作「復復」。馬永卿懶真子卷五引漢書匡衡傳「所更或不可行而復復之」、何武傳「後皆復復故」，注云：「依其舊也，謂上音服，下音福。」吴先生曰：「此乃碑誤，服謂九服也。」（九服，見周禮夏官職方氏，謂侯服、甸服、男服、采服、衞服、蠻服、夷服、鎮服、藩服也。）○有國無之，言恢復之速，爲有國以來所未有也。○二聖，謂玄宗、肅宗。○廣雅釋詁三曰：「蠲，除也。」觀瀾「祆」作「妖」。說文曰：「地反物爲䄏也。」今字作「祆」，經傳多以「妖」爲之。集「災」作「灾」。「災」「灾」同「烖」，皆「巛」之借字。說文曰：「巛，害也。」○碑「兇徒」之「兇」作「凶」，「兇」乃「凶」之借字。○書君奭曰：「天休滋至。」○詩天保曰：「如日之升。」案：「升」「昇」字同。○楚辭天問王注曰：「膺，受也。」○易師上六曰：「大君有命。」○詩序曰：「頌者，美盛德之形容。」宋書樂志二昭德凱容樂舞歌詞曰：「寫德聲容。」楚辭九思哀歲注曰：「沄沄，沸流。」案：此以水之沸流喻聲容之盛也。宋史樂志酌獻英宗室樂章曰：「聲容沄沄，被于八荒。」即用此語。○不在，在也。不，語詞。玉篇曰：「不，辭也。」毛詩車攻傳曰：「不警，警也；不盈，盈也。」桑扈傳曰：「不戢，戢也；不難，難也；不多，多也。」生民傳曰：「不寧，寧也；不康，康也。」義皆同。詳見王伯申經傳釋詞。○次山浯溪銘序曰：「浯溪，在湘水之南，北匯于湘，愛其勝異，遂家溪畔。溪世無名稱者也，爲自愛之，故命曰浯溪。」清統志曰：「湖南永州府：湘江至湘口入瀟水，北流一百四十里，入祁陽縣境。浯溪，在祁陽縣西南五里。」○說文曰：「鐫，一曰破石也。」廣韻二仙曰：「鐫，鑽也，斵也，子泉切。」

右溪記

輿地紀勝曰：「荆湖南路道州：右溪，在城西百餘步，元次山有記。」清統志曰：「湖南永州府：右溪，在道州西（今改道縣）。」

道州城西百餘步有小溪，南流數十步合營溪，水抵兩岸，悉皆怪石，欹嵌盤屈，不可名狀。清流觸石，洄懸激注，休木異竹，垂陰相蔭。此溪若在山野，則宜逸民退士之所遊處，在人間可爲都邑之勝境，靜者之林亭。而置州已來，無人賞愛，徘徊溪上，爲之悵然。乃疏鑿蕪穢，俾爲亭宇，植松與桂，兼之香草，以裨形勝。爲溪在州右，遂命之曰右溪。刻銘石上，彰示來者。吴先生曰：「次山放恣山水，實開子厚先聲。文字幽眇芳潔，亦能自成境趣。」

舊唐書地理志曰：「江南西道道州：隋零陵郡之永陽縣。武德四年置營州，五年又改南營州，貞觀八年改爲道州，天寶元年改爲江華郡，乾元元年復爲道州。」案：餘見謝上表注。○元和郡縣志曰：「道州江華縣：營水出縣東北。」太平寰宇記曰：「道州營道縣：（元豐九域志曰：「建隆三年復改弘道縣爲營道。」）營水，在縣西一里，經故城，合巢水，（當複「巢水」二字。）自東南來西流，於故城南合營水，謂之營陽峽。」○全唐文「盤屈」作「盤缺」。○華嚴經音義下引三蒼曰：「水轉曰洄也。」○爾雅釋詁曰：「休，美也。」案：全唐文「休」作「佳」。○全唐文「可爲」上有「則」字。○郭景純江賦曰：「夏后疏鑿。」

獨孤至之

獨孤及，字至之，河南洛陽人。天寶十三載，以洞曉玄經對策上第。（見梁肅之常州刺史獨孤公行狀）補華陰尉。江淮都統李峘辟掌書記。代宗召爲左拾遺，遷禮部員外郎，歷濠、舒二州刺史，加檢校司封郎中，徙常州，卒，謚曰憲。新唐書有傳。○韓退之爲至之子郁墓誌銘曰：「憲公躬孝，踐行篤實，而辯於文，勸飭指誨，以進後生。」舊唐書韓愈傳曰：「大曆、貞元之間，文字多尚古學，効楊雄、董仲舒之述作，而獨孤及、梁肅最稱淵奥，儒林推重。愈從其徒遊，鋭意鑽仰，欲自振於一代。」鼂子止郡齋讀書志卷十七曰：「及爲文，以立憲誡世、褒賢過惡爲用，長於議論。唐實録稱韓愈師其爲文云。」案：退之之文，非至之所能及，實録所言，未知信否。本傳言梁肅、高參、崔元翰、陳京、唐次、齊抗皆師事之，而不言退之。皇甫持正諭業曰：「獨孤尚書之文，如危峰絶壁，穿倚霄漢，長松怪石，傾倒谿壑，然而略無和暢，雅德者避之。」案：此評亦未甚確。

吴季子札論

左傳襄十四年曰：「吴子諸樊既除喪，將立季札，季札辭曰：『曹宣公之卒也，諸侯與曹人不義曹君，將立子臧，子臧去之，遂弗爲也，以成曹君。（見成十三年）君子曰：「能守節。」君，義嗣也，誰敢奸君？有國，非吾節也。札雖不才，願附於子臧，以無失節。』固立之，棄其室而耕，乃舍之。」又昭二十七年曰：「吴子使延州來季子聘于上國，遂聘于晉，以觀諸侯。公子光遂弑王。季子至，曰：『苟先君無廢祀，民人無廢主，社稷有奉，國家無傾，乃吾君也。哀死事生，以待天命，非我生亂，立者從之，先人之道也。』復命哭墓，復位而待。」史記吴世家曰：「壽夢有子四人：長曰諸樊，次曰餘祭，次曰餘眛，次曰季札。季札賢而壽夢欲立之，季札讓不可。於是乃立長子諸樊，攝行事當國。諸樊已除喪，讓位季札，季札謝曰云云，乃舍之。十三年，王諸樊卒，有命授弟餘祭，欲傳以次，必致國於季札而止，以稱先王壽夢之意，且嘉季札之義，兄弟皆欲致國，令以漸至焉。季札封於延陵，故號曰延陵季子。十七年，王餘祭卒，弟餘眛立。四年，王餘眛卒，欲授弟季札，季札讓逃去，於是乃立王餘眛之子僚爲王。十三年，使季札於晉，公子光遂弑王僚，代立爲王，季子至曰云云。」○崔貽孫（祐甫）撰獨孤至之神道碑曰：「著論延陵，君子謂其評議之精在古人右。」即指此文，是當時已得大名。以今觀之，文雖佳，尚未臻其極。且季子之賢，自孔子以下，左丘明、太史公、劉子政皆無異辭。文中子述史篇始斥季札不知樂，實亦大言欺人耳。至唐中葉，論古漸刻，遂開宋人之先聲矣。

謹按季子三以吳國讓，而春秋褒之。余徵其前聞於舊史氏，竊謂廢先君之命，非孝也；附子臧之義，非公也；執禮全節，使國簒君弑，非仁也；出能觀變，入不討亂，非智也。左丘明、太史公書而無譏，余有惑焉。以上疑季札不得爲賢。

公羊襄二十九年曰：「吳子使札來聘。吳無君無大夫，此何以有君有大夫？賢季子也。何賢乎季子？讓國也。」又穀梁傳曰：「吳其稱子何也？善使延陵季子，故進之也。」○文苑「聞」作「文」。○文粹「非孝」「非公」「非仁」「非智」下皆無「也」字。

夫國之大經，實在擇嗣。王者慎德之不建，故以賢則廢年，以義則廢卜，以君命則廢禮。是以太伯之奔句吳也，蓋避季歷。季歷以先王所屬，故簒服嗣位而不私。太伯知公器有歸，亦斷髮文身而無怨。及武王繼統，受命作周，不以配天之業讓伯邑考，官天下也。彼諸樊無季歷之賢，王僚無武王之聖，而季子爲太伯之讓，是徇名也，豈曰至德？且使争端興於上替，禍機作於內室，遂錯命於子光，覆師於夫差，陵夷不返，二代而吴滅。以上言季札讓國，終致吴亡，不得與太伯比。

全唐文「慎」上有「所」字，非。文苑「之」作「而」。○左襄三十一年：「穆叔曰：太子死，有母弟則立之，無則立長，年鈞擇賢，義鈞則卜，古之道也。」又昭二十六年：「王子朝使告于諸侯曰：『昔先王之命曰：王后無適（同「嫡」），則擇立長，年鈞以德，德鈞以卜，王不立愛，公卿無私，古之制也。』」○史記吴世家曰：「吴太伯、太伯弟仲雍，皆周太王之子，而王季歷之兄也。季歷賢而有聖子昌，太王欲立季歷，以及昌，於是太伯、仲雍二人乃犇荆蠻，文身斷髮，示不可用，以避季歷。季歷果立，是爲王季，而昌爲文王，太伯之犇荆蠻，自號句吴。」○禮記檀弓上曰：「文王舍伯邑考而立武王。」○論語泰伯篇曰：「泰伯其可謂至德也已矣。三以天下讓，民無得而稱焉。」案：「泰」「太」字通。○左昭二十七年曰：「夏四月，光伏甲於堀室而享王，光僞足疾，入于堀室，鱄設諸真劍於魚中以進，抽劍刺王，遂弑王。」史記刺客傳曰：「專諸者，吴堂邑人也。伍子胥進專諸於公子光。光之父曰吴王諸樊。諸樊弟三人：次曰餘祭，次曰夷眛，次曰季子札。諸樊知季子札賢，而不立太子，以次傳三弟，欲卒致國于季子札。諸樊既死，傳餘祭，餘祭死，傳夷眛，夷眛死，當傳季子札，季子札逃不肯立，吴人乃立夷眛之子僚爲王。公子光曰：『使以兄弟次邪，季子當立；必以子乎，則光真適嗣，當立。』故嘗陰養謀臣以求立。光既得專諸，善客待之。光伏甲士於窟室中，而具酒請王僚。王僚使兵陳自宫至光之家，門户階陛左右皆王僚之親戚也。夾立侍，皆持長鈹。酒既酣，公子光詳爲足疾，入窟室中，使專諸置匕首魚炙之腹中而進之。既至王前，專諸擘魚，因以匕首刺王僚，王僚立死。左右亦殺專諸，王人擾亂。公子光出其伏甲以攻王僚之徒，盡滅之，遂自立爲王，是爲闔閭。」○吴世家曰：「王夫差十八年，越益彊，越王句踐率兵使伐，敗吴師於笠澤。二十年，越王句踐復伐吴。二十一年，遂圍吴。二十三年十一月丁卯，越敗吴，越王句踐欲遷吴王夫差於甬東，予百家居之。

吴王曰：『孤老矣，不能事君王也。』遂自剄死。越王滅吴。」案：二代，謂闔閭、夫差。

以季子之閎達博物，慕義無窮，向使當壽夢之眷命，接餘昧之絶統，必能光啓周道，以霸荆蠻，則大業用康，多難不作。闔閭安得謀於窟室？專諸何所施其匕首？以上言季札若不讓國而立，則吴可興。

吴世家太史公曰：「延陵季子之心，慕義無窮，見微而知清濁。嗚呼！又何其閎覽博物君子也。」○文苑「闔閭」作「闔廬」。案：左傳（始昭二十七年），國語楚語下，公羊、穀梁定四年，史記吴世家、越世家、孫子傳、伍子胥傳，漢書人表，吕氏春秋當染篇、簡選篇、越絶書（始卷二）皆作「闔廬」；齊策五、史記楚世家、墨子所染篇、吕氏春秋尊師篇、淮南子泰族篇、吴越春秋（始卷三）皆作「闔閭」，並同。

嗚呼！全身不顧其業，專讓不奪其志，所去者忠，所存者節。善自牧矣，謂先君何？與其觀變周樂，慮危戚鍾，曷若以蕭牆爲心，社稷是恤？復命哭墓，哀死事生，孰與先釁而動，治其未亂？棄室以表義，挂劍以明信，孰與奉君父之命，慰神祇之心？則獨守純白，不義于嗣，是潔己而遺國也。吴之覆亡，君實階禍。且曰非我生亂，其孰生之哉？其孰生之哉？以上實指季札讓國之禍。○所論雖未必是，而筆力尚廉悍可取，録之以存一格。

易謙初九象傳曰：「卑以自牧也。」王注曰：「牧，養也。」文苑「自」作「身」，蓋誤。○左襄二十九年曰：「吴公子季札來聘，請觀於周樂。」又曰：「將宿於戚，聞鐘聲焉，曰：『異哉！吾聞之，辯而不德，必加於戮。夫子獲罪於君以在此，懼猶不足，而又何樂？夫子之在此也，猶燕之巢於幕上，君又在殯，而可以樂乎？』遂去之。文子聞之，終身不聽琴瑟。」案：孫文子林父，衛大夫，逐衛獻公，後獻公返國，林父奔戚。戚在今河北大名縣北。○論語季氏篇曰：「季孫之憂在蕭牆之内也。」集解引鄭注曰：「蕭之言肅也，牆謂屏也。君臣相見之禮，至屏而加肅敬焉，是以謂之蕭牆。」漢書五行志下之下曰：「成帝建始三年十二月戊申朔，其夜未央殿中地震，谷永對曰：地震蕭牆之内。」是蕭牆之内，指宫廷而言也。○爾雅釋詁曰：「恤，憂也。」○「復命」二句，見題注。○棄室，見題注。○吴世家曰：「季札之初使，北過徐君，徐君好季札劍，口弗敢言。季札心知之，爲使上國未獻。還至徐，徐君已死。於是乃解其寶劍，繫之徐君冢樹而去。從者曰：『徐君已死，尚誰予乎？』季子曰：『不然，始吾心已許之，豈以死倍吾心哉？』」又見新序節士篇。○文粹「吴」作「國」。○左隱三年：「石碏曰：若猶未也，階之爲禍。」○生亂，見題注。

仙掌銘并序

文選張平子西京賦曰：「綴以二華，巨靈贔屓，高掌遠蹠，以流河曲，厥跡猶存。」薛敬文（綜）注曰：「華，山名也。巨靈，河神也。古語云：『此本一山，當河水過之而曲行，河之神以手擘開其上，足蹋離其下，中分爲二，以通河流，手足之跡，于今尚在。』」案：太平御覽地部四引薛注曰：「華山對河東首陽山，黄河流於二山之閒。古語云：『本一山，當河，河水過之而曲行云云。』今覩手跡於華嶽上，足跡在首陽山下，俱存焉。」與今文選注引小異，蓋經李善删節也。藝文類聚山部引述征記與薛注略同。水經河水注四曰：「華岳本一山，當河，河水過而曲行，河神巨靈手盪脚蹋，開而爲兩，今掌足之迹仍存。」華巖開山圖曰：「有巨靈胡者，偏得坤元之道，能造山川，出江河，（西京賦李注引同。）所謂『巨靈贔屭，首冠靈山』者也。」（左太沖吴都賦作「巨鼇」，此引誤。）清統志曰：「陝西同州府：太華山，在華陰縣南十里，即西嶽也。華嶽志：嶽頂東峯曰仙人掌，峯側石上有痕，自下望之，宛然一掌，五指俱備，人呼爲仙掌。」○崔貽孫獨孤至之神道碑曰：「古函谷關、仙掌二銘，格高理精，當代詞人無不畏服。」可見此銘極見重於當時。後王廣津（涯）有仙掌辨，與此文相反，持論雖正，而文則平平無奇矣。

陰陽開闔，元氣變化，泄爲百川，凝爲崇山，山川之作，與天地並，疑有真宰而未知尸其功者。有若巨靈贔屭，攘臂其閒，左排首陽，右拓太華，絕地軸使中裂，坼山脊爲兩道，然後導河而東，俾無有害，留此巨跡於峯之顛。後代揭厲於玄蹤者，聆其風而駭之，或謂詼詭不經，存而不議。以上言巨靈擘山之説，人以爲詼詭不經。

淮南子原道篇曰：「與陰俱閉，與陽俱開。」班孟堅西都賦曰：「順陰陽以開闔。」案：文苑「闔」作「闢」。○文選東都賦李善注引春秋命厤序曰：「元氣正則天地八卦孳。」○文選魏都賦曰：「流而爲江海，結而爲山嶽。」遊天台山賦曰：「融而爲川瀆，結而爲山阜。」李注引班固終南山賦曰：「流澤遂而成水，停積結而爲山。」○莊子齊物論篇曰：「是有真宰而特不得其眹。」○西京賦薛注曰：「贔屓，作力之貌也。」李注曰：「贔，扶祕切；屓，許備切。」吴都賦劉淵林注曰：「贔屓，用力貌。」朱蘭坡文選集釋卷二曰：「贔，俗字，依説文當作『巤』。㞑，或作『㞑』，亦俗訛誤，說文作『眉』。」○論語季氏篇集解引馬融曰：「首陽山在河東蒲坂縣，華山之北，河曲之中也。」史記五帝本紀正義引括地志云：「蒲州河東縣：雷首山，亦名首陽山。」清統志曰：「山西蒲州府：雷首山，在永濟縣南。」○御覽地部一引河圖括地象曰：「崑崙者，地之中也，下有八柱，柱廣十萬里，有三千六百軸，互相牽制，名山大川孔穴相通。」○爾雅釋山曰：「山脊，岡。」○文粹「顛」作「巔」，俗字。○論語憲問篇曰：「深則厲，淺則揭。」爾雅釋水曰：「揭者，揭衣也。以衣涉水爲厲，繇膝以下爲揭，繇膝以上爲涉，繇帶以上爲厲。」案：此揭厲以涉水，喻探求古跡也。遊天台山賦曰：「躡二老之玄蹤。」

及以爲學者拘其一域，則惑於餘方。曾不知創宇宙，作萬象，月而日之，星而辰之，使輪轉環繞，箭馳風疾，可駭於俗有甚於此者。徒觀其陰隲無眹，未嘗駭焉。而巨靈特以有跡駭世，世果惑矣。天地有官，陰陽有藏，鍛鍊六氣，作爲萬形。形有不遂其性，氣有不達於物，則造物者取元精之和，合而散之，財而成之，如埏埴鑪錘之爲瓶缶，爲鉤爲棘，規者矩者，大者細者。蓋萬然則黄河、華嶽之在六合，猶陶冶之有瓶缶鉤棘也。巨靈之作於自然，蓋萬化之一工也。天機冥動而聖功啓，元精密惑而外物應。故有無跡之跡，介於石焉。可以見神行無方，妙用不測。彼管窺者乃循跡而求之，揣其所至於巨細之境，則道斯遠矣。以上言天道變化，巨靈之事殊不足怪。

文粹「拘」作「揔」，此依文苑。○王深寧困學紀聞卷十七曰：「楊植許由廟碣云：『堯而許之，日而月之。』獨孤及仙掌銘序云：『月而日之，星而辰之。』同一句法。」方樸山曰：「其原出於莊子之『尸而祝之，社而稷之』（庚桑楚）。」程易田曰：「史記孔子世家『綱而紀之，統而理之』。」屠繼序曰：「管子小問『五而六之，九而十之』，吳子治兵『圓而方之，坐而起之』，子張問入官篇『優而柔之，揆而度之』，東方朔（答客難）、杜預（春秋左氏傳序）用之。」○御覽天部二引楊泉物理論曰：「渾天說天，言天如車輪而轉，日月旦從上過，夜從下過，故得出卯入酉。」西京賦曰：「譬衆星之環極。」○書洪範曰：「惟天陰騭下民。」釋文引馬融曰：「陰，覆也；騭，升也，升猶舉也，舉猶生也。」莊子齊物論釋文曰：「眹，李除忍反（此當是李軌音），兆也。」○莊子在宥篇：「廣成子曰：天地有官，陰陽有藏。」案：文苑「官」作「觀」。○莊子逍遥遊篇曰：「御六氣之辯。」釋文引司馬彪曰：「陰、陽、風、雨、晦、明也。」楚辭遠遊王注曰：「陵陽子明經言：『春食朝霞，朝霞者，日始欲出赤黄氣也。秋食淪陰，淪陰者，日没以後赤黄氣也。冬飲沆瀣，沆瀣者，北方夜半氣也。夏食正陽，正陽者，南方日中氣也。并天地玄黄之氣，是爲六氣也。』」○易泰象傳曰：「后以財成天地之道。」釋文曰：「財，荀作『裁』。」○老子曰：「埏埴以爲器。」釋文本「埏」作「挻」，引河上公注曰：「挻，和也；埴，土也。」又引聲類曰：「挻，柔也。」案：説文無「埏」字，「埏」乃徐氏新附者，作「挻」是。荀子性惡篇曰：「陶人埏埴而爲器。」楊注曰：「陶人，瓦工也；埏，擊也；埴，黏土也。擊黏土而成器。」「埏」亦當作「挻」。○莊子大宗師篇曰：「皆在鑪捶之閒耳。」郭注曰：「自然之理，亦有須冶鍛而爲器耳。」釋文曰：「捶，本又作『錘』，徐（徐邈）之睡反。」○漢書韓延壽傳顔注曰：「鉤，亦兵器也，似劍而曲，所以鉤殺人也。」禮記明堂位鄭注曰：「棘，戟也。」○淮南子原道篇高注曰：「四方上下爲六合。」

○作於自然，集「作」作「居」，文苑作「居也」。○元精，集作「至精」，今依文苑、文粹。○易豫六二曰：「介于石。」釋文曰：「古文作『砎』，鄭云『謂磨砎也』。馬作『扴』，云『觸小石聲』。」○莊子秋水篇曰：「是直用管闚天。」東方曼倩答客難曰：「以管窺天。」

夫以手執大象，力持化權，指揮太極，蹴蹋顥氣，立乎無閒，行乎無窮，則捩長河如措杯，擘太華若破塊，不足駭也。世人方以禹鑿龍門以導西河爲神奇，可不爲大哀乎？峩峩靈掌，仙指如畫，隱轔磅礴，上揮太清。遠而視之，如欲捫青天以掬皓露，攀扶桑而捧白日，不去不來，若飛若動，非至神曷以至此？以上言巨靈之神。○於仙掌稍加點綴，亦詞章所不可少者。

老子曰：「執大象，天下往。」○易繫辭上曰：「易有太極。」○文苑「蹋」作「踏」。○漢書司馬相如傳顔注曰：「顥，言氣顥汗也。」○淮南子原道篇引老子曰：「出於無有，入於無閒。」又曰：「窮無窮，極無極。」○文粹「捩」作「據」。○莊子田子方篇曰：「列御寇爲伯昏無人射，引之盈貫，措杯水其肘上。」又逍遥遊篇曰：「覆杯水於坳堂之上，則芥爲之舟，置杯焉則膠。」案：措杯，字用田子方篇，而義則同逍遥遊。○董仲舒雨雹對曰：「太平之世，雨不破塊。」○吕氏春秋古樂篇曰：「禹立，勤勞天下，鑿龍門，降通漻水以導河。」史記夏本紀正義引括地志曰：「龍門山，在同州韓城縣北五十里。李奇云：禹鑿河水處，廣八十步。」（孫淵如書禹貢疏曰：「夏陽，今陝西韓城縣，山在縣東北八十里。」）正義又曰：「河在冀州西，故云西河。」○文選上林賦曰：「隱轔鬱壘。」郭注曰：「堆壠不平貌。」莊子逍遥遊篇曰：「將旁礴萬物。」釋文曰：「旁，又作『磅』。」引司馬曰：「旁礴猶混同也。」○淮南子本經篇曰：「太清之始也，和順以寂寞。」後漢書蔡邕傳章懷注曰：「太清謂天也。」鶡冠子度萬篇曰：「上及太清。」陸農師注同。○楚辭九章悲回風曰：「遂儵忽而捫天。」史記封禪書曰：「其後又作柏梁、銅柱、承露仙人掌之屬矣。」○離騷曰：「總余轡乎扶桑。」魏志程昱傳注引魏書曰：「昱夢兩手捧日。」○易繫辭上曰：「非天下之至神，其孰能與於此？」

唐興百三十有八載，余尉於華陰，華人以爲紀崦嵫，勒之罘，頌嶧山，銘燕然，舊典也。玄聖巨跡，豈帝者巡省伐國之不若歟？其古之闕文以俟知言歟？仰之歎之，斐然琢石爲志。其詞曰：（以上作銘。）

梁敬之獨孤君行狀曰：「天寶十三載，應詔至京師，以洞曉玄經對策高第，解褐拜華陰尉。」案：此文當作於天寶十四年。自唐高祖武德元年己卯至玄宗天寶十四年乙未，正一百三十八年。○唐關內道華州華陰縣，今陝西華陰縣治。○穆天子傳三曰：「天子遂驅升于弇山，乃紀丌跡于弇山之石。」郭注曰：「弇，弇茲山，日所入也。」離騷曰：「望崦嵫而勿迫。」王注曰：「崦嵫，日所入山也。」山海經西山經郭注同。案：崦嵫，古但作奄茲。清統志曰：「甘肅秦州（今天水縣）：崦嵫山，在州西五十里。」○史記秦始皇本紀曰：「二十八年，始皇東行郡縣，上鄒嶧山立石，與魯諸儒生議刻石頌秦德。於是乃並勃海以東，過黃腄，窮成山，登之罘，立石頌秦德焉。」清統志曰：「山東登州府：之罘山，在福山縣東北三十里。兗州府：鄒嶧山，在鄒縣東南二十里，本名嶧山。」○後漢書竇憲傳曰：「憲擊匈奴，與北單于戰於稽落山，大破之，遂登燕然山，去塞三千餘里，刻石勒功，紀漢威德，令班固作銘。」清統志謂喀爾杭愛山當即古之燕然山也。○書僞古文湯誥傳釋「玄聖」爲「大聖」。○論語公冶長篇皇疏曰：「斐然，文章貌也。」○文苑「石」作「玉」。

周禮春官保章氏鄭注曰：「志，古文識。識，記也。」

天作高山，設險西方。至精未分，川壅而傷。帝命巨靈，經啓地脈。乃眷斯顧，高掌遠跖。砉如剖竹，騞若裂帛。川開山破，天動地坼。黄河太華，自此而闢。神返虚極，跡挂石壁。跡豈我名，神非我靈。變化翕忽，希夷杳冥。道本不生，化亦無形。天何言哉，山川以寧。斷鼇補天，世未覩焉。夸父愚公，莫知其蹤。屹彼靈掌，懸諸巃嵸。介二大都，亭亭高聳。霞艶煙噴，雲抱花捧。百神依憑，萬峯朝拱。長於上古，以閱羣動。下視衆山，蜉蝣蠛蠓。彼邦人士，永揖遺烈。瞻之在前，如揭日月。三川有竭，此掌不滅。巨靈擘山之説，本詼詭不經，文中略見正意，隨即斥去，一以詼詭出之，石破天驚，雅與題稱。○古來神怪之説，其妄誕易知，有不待辨者，而文家反得借以發其雄奇，若概以迷信目之，反爲古人所欺矣。

詩周頌曰：「天作高山。」○國語周語上：「邵公曰：川壅而潰，傷人必多。」○詩靈臺毛傳曰：「經，度之也。」○詩皇矣曰：「乃眷西顧。」○「高掌」句，出西京賦。説文曰：「跖，足下也。」文選西京賦作「蹠」，乃借字。○莊子養生主篇曰：「砉然嚮然，奏刀騞然。」釋文曰：「砉，向（秀）呼鵙反，司馬（彪）云：『皮骨相離聲。』騞，呼獲反，崔（譔）云：『音近獲，聲大於砉也。』」史記趙世家曰：「襄子親自剖竹。」左傳昭元年曰：「叔孫豹裂裳帛而與之。」○「跡豈我名」二句，與謝惠連雪賦「節豈我名，潔豈我貞」二句句法相同。○張景陽七命曰：「翕忽揮霍。」○老子曰：「視之不見名曰夷，聽之不聞名曰希。」○老子曰：「天地所以能長且久者，以其不自生故能長生。」又曰：「大象無形。」○論語陽貨篇：「子曰：天何言哉！」○淮南子覽冥篇曰：「往古之時，四極廢，九州裂，天不兼覆，地不周載，於是女媧鍊五色石以補蒼天，斷鼇足以立四極。」○山海經海外北經曰：「夸父與日逐，走入日，渴欲得飲，飲於河、渭，河、渭不足，北飲大澤，未至，道渴而死。棄其杖，化爲鄧林。」郭注曰：「夸父者，蓋神人之名也。」列子湯問篇曰：「太形（張湛注曰：「形，當作『行』。」）王屋二山，方七百里，高萬仞，本在冀州之南，河陽之北。北山愚公者，年且九十，面山而居，懲山北之塞，出入之迂也，聚室而謀曰：『與汝畢力平險，指通豫南，達於漢陰，可乎？』雜然相許。河曲智叟笑而止之。愚公曰：『雖我之死，有子存焉，子子孫孫，無窮匱也，而山不加增，何苦而不平？』帝感其誠，命夸蛾氏二子負二山，一厝朔東，一厝雍南，自此冀之南、漢之陰無隴斷焉。」○上林賦曰：「於是乎崇山巃嵸崔巍。」郭注曰：「皆高峻貌也。」○左傳襄三十一年曰：「介于大國。」杜注曰：「介猶閒也。」案：二大都，謂關內道華州與河東道河中府，言介於華州、河中之閒也。○西京賦薛注曰：「亭亭，高貌也。」○玄應一切經音義十九引字林曰：「赩，赤貌也。」○御覽地部四引華山記曰：「山頂有池，生千葉蓮花。」○杜子美望岳詩曰：「西岳崚嶒竦處尊，諸峯羅立似兒孫。」與此銘「萬峯朝拱」云云，可以互證。○爾雅釋蟲曰：「蜉蝣，渠略。」郭注曰：「似蛣蜣，身狹而長，有角，黄黑色，叢生糞土中，朝生暮死，豬好啖之。」淮南子說林篇曰：「蜉蝣不食不飲，三日而死。」詮言篇曰：「浮游不過三日。」許注曰：「浮游，渠略也，生三日死。」（蓋高本作「蜉蝣」，許本作「浮游」。）此銘言蜉蝣者，喻衆山後成先毁耳。釋蟲又曰：「蠓，蠛蠓。」郭注曰：「小蟲似蜹，喜亂飛。」楊子雲甘泉賦曰：「浮蠛蠓而撇天。」李善注引孫炎爾雅注曰：「蠛蠓，蟲，小於蚊。」案：蠛蠓，又喻衆山之小。又案：此文「蜉蝣」疑本作「浮游」，不作蟲名解。莊子山木篇曰：「若夫乘道德而浮游者則不然。」史記屈原傳曰：「以浮游塵埃之外。」皆是。甘泉賦吕向注曰：「蟣蠓，游氣也。」後漢書張衡傳注引甘泉賦作「蔑蒙」，曰：「蔑蒙，氣也。」（胡枕泉文選箋證卷八曰：「曰蔑蒙，語之轉，義並爲小。塵細小謂之蔑蒙，猶飛蟲細小謂之蟣蠓。」）言下視衆山，浮游於塵氣之中也。轉寫者並加蟲旁耳。○論語子罕篇：「顔淵曰：瞻之在前。」○莊子達生篇曰：「昭昭乎如揭日月而行也。」又見山木篇。○周語上曰：「幽王二年，西周三川皆震。是歲也，三川竭，岐山崩。」韋注曰：「三川，涇、渭、洛，出於岐山也。」

陸敬輿

陸贄，字敬輿，蘇州嘉興人（今浙江嘉興縣治）。大曆八年進士第，以博學宏詞登科，授鄭縣尉，又以書判拔萃科，調渭南縣主簿，遷監察御史。德宗即位，以爲翰林學士，由祠部員外轉考工郎中。朱泚之亂，從幸奉天。詔書旁午，灑翰即成，無不曲盡事情，中於機會。還京爲中書舍人，俄以母憂去職。服除，權知兵部侍郎，復爲學士。貞元七年，罷學士，以兵部侍郎知貢舉。明年，拜中書侍郎、門下同平章事，旋爲裴延齡所閒，罷爲太子賓客，又貶忠州别駕。卒，謚曰宣。新舊唐書皆有傳。○新唐書陸贄傳贊曰：「觀贄論諫數十百篇，譏陳時病，皆本仁義，可爲後世法。」清四庫書目卷一百五十日：「新唐書例不録排偶之作，獨取贄文十篇餘，司馬光作資治通鑑，尤重贄議論，採奏疏三十九篇，其後蘇軾亦乞以贄文校正進讀。蓋其文雖多出一時匡救規切之語，而於古今來政治得失之故，無不深切著明，有足爲萬世龜鑑者，故歷代寶重焉。」曾滌生（國藩）鳴原堂論文卷上曰：「駢體文爲大雅所羞稱，以其不能發揮精義，并恐以蕪累傷其氣也。陸公則無一句不對，無一字不諧平仄，無一聯不調馬蹄。而義理之精，足以比隆濂洛；氣勢之盛，亦堪方駕韓蘇。退之本爲陸公所取士，（退之與祠部陸員外書：「往者陸相公司貢士，考文章甚詳，愈時亦幸在得中。」孫良臣注曰：「貞元八年，陸贄知貢舉，賈棱等二十二人登第，公與焉。」新唐書文藝歐陽詹傳曰：「舉進士，與韓愈、李觀、李絳、崔羣、王涯、馮宿、庚承宣聯第，皆天下選，時稱龍虎榜。」）子瞻奏議終身效法陸公（子瞻有乞校正陸贄奏議上進劄子）。而公之剖晰事理，精當不移，則非韓蘇所能及。」

奉天請罷瓊林大盈二庫狀

郎晦之（曄）陸宣公奏議注曰：「德宗於行宮廡下，貯諸道貢獻之物，榜曰瓊林、大盈庫，贄以爲戰守之功，賞賚未行，而遽私別庫，則士卒怨望，無復鬭志，乃上此奏。帝悟，即命去其榜。」案：舊唐書德宗紀曰：「建中四年八月，李希烈攻哥舒曜於襄城。冬十月丙午，詔涇原節度使姚令言率涇原之師救哥舒曜。丁未，涇原軍出京城，至滻水，倒戈謀叛，姚令言不能禁。上令載繒綵二車，遣普王（普，原作「晉」，誤。）往慰諭之。亂兵已陳於丹鳳闕下。促神策軍拒之，無一人至者。與太子諸王妃主出苑北門，右龍武軍使令狐建方教射於軍中，聞難，聚射士得四百人扈從。其夕至咸陽。戊申，至奉天。」元和郡縣志曰：「關內道京兆府奉天縣：梁山，高宗天皇大帝乾陵所在，因名曰奉天。」（奉天故城，今陝西乾縣治。）

右：臣聞作法於涼，其弊猶貪；作法於貪，弊將安救？示人以義，其患猶私；示人以私，患必難弭。故聖人之立教也，賤貨而尊讓，遠利而尚廉。天子不問有無，諸侯不言多少。百乘之室，不畜聚斂之臣。夫豈皆能忘其欲賄之心哉？誠懼賄之生人心而開禍端，傷風教而亂邦家耳。是以務鳩斂而厚其帑櫝之積者，匹夫之富也；務散發而收其兆庶之心者，天子之富也。天子所作，與天同方。生之長之，而不恃其爲；成之收之，而不私其有。付物以道，混然忘情。取之不爲貪，散之不爲費。以言乎體則博大，以言乎術則精微。亦何必撓廢公方，崇聚私貨，降至尊而代有司之守，辱萬乘以效匹夫之藏，虧法失人，誘姦聚怨？以斯制事，豈不過哉？以上言天子不蓄私財。

案進狀之式，以所論列之事或人物列於前行，故文首多用「右」字。○左昭四年曰：「鄭子産作丘賦，渾罕曰：君子作法於涼，其敝猶貪；作法於貪，敝將若之何？」案：宣公集「弊」作「獘」，「獘」本字，「弊」或體字，「敝」通借字耳。○詩沔水毛傳曰：「弭，止也。」○荀子大略篇曰：「天子不言多少，諸侯不言利害。」又見韓詩外傳四、鹽鐵論本議篇。○禮記大學：「孟獻子曰：百乘之家，不畜聚斂之臣。」○文粹「夫豈」下無「皆」字。○翰苑集「懼」作「恐」，「禍」作「貨」。○文粹「同方」作「地同」。又「取之」「散之」二句，皆無「之」字。○爾雅釋詁曰：「鳩，聚也。」○通鑑二百二十九唐紀四十五胡注曰：「撓，屈曲也；方，法也。」○儀禮喪服傳曰：「天子，至尊也。」○孟子梁惠王上趙注曰：「萬乘謂天子也。」○翰苑集「斯」作「私」。

今之瓊林、大盈，自古悉無其制。傳諸耆舊之説，皆云創自開元。貴臣貪權，飾巧求媚，乃言：「郡邑貢賦所用，盍各區分？稅賦當委之有司，以給經用；貢獻宜歸乎天子，以奉私求。」玄宗悅之，新是二庫。蕩心侈欲，萌柢於茲。迨乎失邦，終以餌寇。記曰：「貨悖而入，必悖而出。」豈非其明效歟？以上言瓊林、大盈二庫置自開元，及玄宗幸蜀，徒以資賊。

文粹「今」下無「之」字。○舊唐書王鉷傳曰：「鉷，太原祁人也。天寶二載，遷户部郎中。四載，加勾户口色役使。玄宗在位多載，妃御承恩多賞賜，不欲頻於左右藏取之。鉷探旨意，歲進錢寶百億萬，便貯於內庫，以恣主恩賜賚。鉷云此是常年額外物，非征稅物，玄宗以爲鉷有富國之術，利於主用，益厚待之。」新唐書食貨志曰：「王鉷爲户口色役使，歲進錢百億萬緡，非租庸正額者，積百寶大盈庫，以供天子燕私。及安祿山反，司空楊國忠以爲正庫物不可以給士，遣侍御史崔衆至太原納錢度僧尼道士，旬日得百萬緡而已。」又逆臣傳曰：「祿山未至長安，士人皆逃入山谷，將相第家委寶貨不貲，羣不逞爭取之，累日不能盡。又剽左藏大盈庫，百司帑藏竭，乃火其餘。祿山至，怒，乃大索三日，民閒財貲盡掠之，府縣因株根牽連，句剥苛急，百姓愈騷。」○文粹「稅賦」作「賦稅」，「歸乎」作「歸于」。○文粹「萌柢」作「萌蒂」。○禮記大學曰：「貨悖而入者，亦悖而出。」案：文粹「記」作「禮」。○豈非，一本無「非」字。

陛下嗣位之初，務遵理道。敦行約儉，斥遠貪饕。雖內庫舊藏，未歸太府；而諸方曲獻，不入禁闈。清風肅然，海內丕變。議者咸謂漢文卻馬、晉武焚裘之事，復見於當今矣。近以寇逆亂常，鑾輿外幸。既屬憂危之運，宜增儆勵之誠。臣昨奉使軍營，出由行殿，忽覩右廊之下，牓列二庫之名，矍然若驚，不識所以。何則？天衢尚梗，師旅方殷。瘡痛呻吟之聲，噢咻未息。忠勤戰守之效，賞賚未行。而諸道貢珍，遽私別庫。萬目所視，孰能忘懷？竊揣軍情，或生觖望。試詢候館之吏，兼採道路之言，果如所虞，積憾已甚。或忿形謗讟，或醜肆謳謡，頗含思亂之情，亦有悔忠之意。是知甿俗昏鄙，識昧高卑，不可以尊極臨，而可以誠義感。頃者六師初降，百物無儲。外扞兇徒，內防危堞，晝夜不息，迨將五旬。凍餒交侵，死傷相枕，畢命同力，竟夷大艱。良以陛下不厚其身，不私其欲，絕甘以同卒伍，輟食以啗功勞。無猛制而人不攜，懷所感也；無厚賞而人不怨，悉所無也。今者攻圍已解，衣食已豐，而謡讟方興，軍情稍阻。豈不以勇夫恒性，嗜貨矜功，其患難既與之同憂，而好樂不與之同利，苟異恬默，能無怨咨？此理之常，固不足怪。記曰：「財散則人聚，財聚則人散。」豈非其殷鑒歟？衆怒難任，蓄怨終泄。

其患豈徒人散而已？亦將慮有締姦鼓亂干紀而强取者焉。以上言大難未平，遽置二庫，軍情離怨，爲患其大。

舊書德宗紀曰：「大曆十四年五月辛酉，代宗崩。癸亥，即位於太極殿。」○離騷王注曰：「愛財曰貪，愛食曰婪。」左文十八年杜注曰：「貪財爲饕，貪食爲餮。」○舊書楊炎傳曰：「國家舊制，天下財賦皆納於左藏庫，而太府四時以數聞，尚書比部覆其出入。及第五琦爲度支鹽鐵使（至德初年），京師多豪將，求取無節，琦不能禁，乃悉以租賦進入大盈內庫，以中人主之意，天子以取給爲便，故不復出。是以天下公賦爲人君私藏，有司不得窺其多少，國用不能計其羸縮。中官以冗名持簿書，領其事者三百人，皆奉給其間，不可動。及炎作相，頓首於上前論之。詔曰：凡財賦皆歸左藏庫，一用舊式，每歲於數中量進三五十萬入大盈，而度支先以其全數聞。」案：楊炎作相，在建中二年。○文粹「舊藏」作「大藏」。○舊書德宗紀曰：「大曆十四年五月閏月丙子，詔諸州府、新羅、渤海歲貢鷹鷂皆停。戊寅，詔山南枇杷、江南柑橘歲一貢以供宗廟，餘貢皆停。辛巳，罷邕府歲貢奴婢。癸未，停梨園使及伶官之冗食者三百人，留者皆隸太常。劍南歲貢春酒十斛罷之。丙戌，詔禁天下不得貢珍禽異獸，銀器勿以金飾。丁亥，詔文單國所獻舞象三十二令放荆山之陽，五坊鷹犬皆放之，出宮女百餘人。六月己未，揚州每年貢端午日江心所鑄鏡，幽州貢麝香，皆罷之。秋七月癸酉，減宮中服御常貢者千數。庚辰，罷商州歲貢穡膠。辛卯，罷天下榷酒。建中元年夏四月癸丑，上誕日，不納中外之貢，唯李正己、田悦各獻縑三萬匹，詔付度支。」通鑑卷二百二十五唐紀四十一曰：「大曆十四年，內莊宅使上言有官租萬四千餘斛，上令分給所在充軍儲。先是諸國屢獻馴象，凡四十有二，上曰：『象費豢養而違物性，將安用之？』命縱於荆山之陽，及豹、貀、鬬雞、獵犬之類悉縱之；又出宮女數百人。於是中外皆悦。淄青軍士至投兵相顧曰：『明主出矣，吾屬猶反乎？』」曾曰：「曲獻，猶曰私獻。」○書盤庚上曰：「民用丕變。」○漢文卻馬、晉武焚裘事，並見魏玄成十漸不克終疏注。○宣公集、翰苑集「當今」下皆無「矣」字。○説文曰：「鑾，人君乘車，四馬鑣，八鑾，鈴象鸞鳥之聲，和則敬也。」○出由，一本「由」作「游」。○文選非有先生論曰：「吴王懼然改容。」廣雅釋詁一曰：「懼，驚也。」案：文粹作「矍」，同，「若驚」作「自驚」。○易大畜上九曰：「何天之衢。」張平子西京賦曰：「豈伊不虔，思於天衢。」詩桑柔毛傳曰：「梗，病也。」曾曰：「天衢尚梗，言世亂也，猶皇路清夷，言世治也。」○列子周穆王篇曰：「尹氏有老役夫，晝則呻吟而即事。」○左昭三年：「晏子曰：民人痛疾而或燠休之，其愛之如父母而歸之如流水。」杜注曰：「燠休，痛念之聲。」玉篇「噢」「咻」字訓同。○文粹「忠勤」作「辛勤」。○集「忘懷」作「忍懷」。○史記荆燕世家：「田生説張卿曰：今營陵侯澤，諸劉爲大將軍，獨此尚觖望。」索隱曰：「觖音決。」又盧綰傳集解引傳瓚曰：「謂相觖而怨望也。」周禮地官遺人曰：「凡國野之道，五十里有市，市有候館，候館有積。」曾曰：「公時奉使出外，故詢候館之吏。今之馳驛者，州縣皆至公館迎候。」○左定四年：「衛侯使祝佗私於萇弘曰：聞諸道路，不知信否。」○曾曰：「果如所虞，即果如所慮也。不作慮者，調平仄馬蹄耳。」○通鑑二百二十九胡注曰：「天子之行，必有六師以爲營衛，不敢指言自京師出居奉天，故微其辭曰六師初降。」○舊書德宗紀曰：「建中四年冬十月，亂兵既剽京城，迎朱泚爲帥。」通鑑二百二十九曰：「朱泚攻圍奉天經月，（十月，即圍奉天。）城中資糧俱盡。時供御纔有糲米二斛，每伺賊之休息，夜縋人於城外采蕪菁根而進之。上召公卿將吏謂曰：『朕以不德，自陷危亡，固其宜也。公輩無罪，宜早降以救室家。』羣臣皆頓首流涕，期盡死力，故將士雖困急而鋭氣不衰。」新書渾瑊傳曰：「泚治攻具，矢石四集如雨，晝夜不息，凡浹日，鑿塹圜城，城中死者可藉。」○詩出車毛傳曰：「夷，平也。」○司馬子長報任少卿書曰：「李陵素與士大夫絶甘分少，能得人之死力。」○漢書張良傳曰：「漢王輟食吐哺。」韓信傳：「信曰：漢王推食食我。」又高帝紀顔注曰：「啗者，本謂食啗耳，音徒敢反。以食餧人，令其啗食，音則變爲徒濫反。」○潘安仁藉田賦曰：「豈嚴刑而猛制之哉？」○「財散」二句亦大學文。唐避「民」爲「人」，奏議郎注本兩「人」字作「民」，蓋後人所改，全唐文同。○詩蕩曰：「殷鑒不遠，在夏后之世。」案：文粹、翰苑集「豈」下無「非」字。○左襄十年：「子産曰：衆怒難犯，專欲難成。」○文粹、宣公集「締」作「構」，全唐文同。

夫國家作事，以公共爲心者，人必樂而從之；以私奉爲心者，人必咈而叛之。故燕昭築金臺，天下稱其賢；殷紂作玉杯，百代傳其惡。蓋爲人與爲己殊也。周文之囿百里，時患其尚小；齊宣之囿四十里，時病其太大。蓋同利與專利異也。爲人上者，當辨察茲理，洒濯其心，奉三無私，以壹有衆。人或不率，於是用刑。然則宣其利而禁其私，天子所恃以理天下之具也。捨此不務，而壅利行私，欲人無貪，不可得已。今茲二庫，珍幣所歸，不領度支，是行私也。不給經費，非宣利也。物情離怨，不亦宜乎？以上言所以離怨之故。

説文曰：「咈，違也。」○奏議郎注本「金臺」上有「黄」字，曰：「韻語陽秋云：『李白古風有「燕昭延郭隗，遂築黄金臺」之句，予考史記不載黄金臺，云「昭王爲郭隗改築宮而師事之」（燕世家）。』」案：黄金臺所在及築臺何人，諸説不同。孔文舉論盛孝章書曰：「昭王築臺以尊郭隗。」猶未言「黄金」之名也。蔡夢弼杜工部草堂詩箋卷三十五（晚晴詩）引春秋後語曰：「郭隗曰：『王能築臺於碣石山前，尊隗爲師，天下賢士必自至也。』王如其言，作臺以黄金飾之，號曰黄金臺。」文選鮑明遠放歌行李善注引上谷郡圖經曰：「黄金臺，易水東南十八里，燕昭王置千金於臺上，以延天下之士。」則皆以臺爲昭王築。又引王隱晋書曰：「段匹磾討石勒，進屯故安縣故燕太子丹金臺。」則以爲太子丹臺。水經易水注謂：「昭創於前，丹踵於後。」則二説皆是也。然水經注及上谷圖經以爲在易水，今河北省易縣東南之黄金臺是。述異記謂在幽州燕王故宫中，今北平市東南之黄金臺，殆後人依此説倣築之。其他定興、徐水皆有黄金臺，隨地附會，不足據也。○韓子喻老篇曰：「昔者紂爲象箸而箕子怖，以爲象箸必不加於土鉶，必將犀玉之杯，象箸玉杯，必不羹菽藿，必旄象豹胎。」○「文王之囿方七十里，與民同之，民猶以爲小；齊宣王之囿方四十里，殺其麋鹿者如殺人之罪，故民以爲大。」見孟子梁惠王下。楊子雲羽獵賦曰：「文王囿百里，民以爲尚小；齊宣王囿四十里，民以爲大。」袁宏後漢紀卷二十四靈帝紀中：「任芝、樂松等曰：昔宣王囿五十里，民以爲大；文王百里，民以爲小。」後漢書楊賜傳亦載其語，殆此文所本，與孟子言「文王囿七十里」小異。○周語上：「芮良夫曰：榮夷公好專利。」○翰苑集「辨」作「辯」，「茲」作「此」。○左襄二十一年：「臧武仲曰：在上位者，洒濯其心，壹以待人。」案：翰苑集「洒」作「灑」。○禮記孔子閒居曰：「奉三無私以勞天下。」天無私覆，地無私載，日月無私照。奉斯三者以勞天下，此之謂三無私。」○書僞古文大禹謨曰：「濟濟有衆。」曾曰：「壹對三，有衆對無私，開後世借對之法，究不宜學。」○左襄十一年曰：「毋壅利。」

智者因危而建安，明者矯失而成德。以陛下天姿英聖，儻加之見善必遷，是將化蓄怨爲銜恩，反過差爲至當，促殄遺孽，永垂鴻名，易如轉規，指顧可致。然事有未可知者，但在陛下行與否耳。能則安，否則危，能則成德，否則失道，此乃必定之理也。願陛下慎之惜之。陛下誠能近想重圍之殷憂，追戒平居之專欲，器用取給，不在過豐，衣食所安，必以分下。凡在二庫貨賄，盡令出賜有功，坦然布懷，與衆同欲。是後納貢，必歸有司，每獲珍華，先給軍賞，瓌異纖麗，一無上供。推赤心於其腹中，降殊恩於其望外。將卒慕陛下必信之賞，人思建功；兆庶悅陛下改過之誠，孰不歸德。如此則亂必靖，賊必平，徐駕六龍，旋復都邑，興行墜典，整緝棼綱，乘輿有舊儀，郡國有恒賦，天子之貴，豈當憂貧？是乃散其小儲而成其大儲也，損其小寶而固其大寶也。舉一事而衆美具，行之又何疑焉？吝少失多，廉賈不處；溺近迷遠，中人所非。況乎大聖應機，固當不俟終日。不勝管窺願效之至，謹陳冒以聞，謹奏。

以上請改過散財。○指陳利害，剴切動聽，文章得此，無不盡之懷。至析理精當，則曾氏之評盡之矣。

文粹「天姿」作「資」。○易益象傳曰：「君子以見善則遷，有過則改。」○司馬長卿封禪文曰：「永保鴻名。」○後漢書馬援傳：「朱勃詣闕上書曰：勢如轉規。」章懷注曰：「規，員也。孫子曰：戰如轉員石於萬仞之山者，勢也。（勢篇）」○班孟堅東都賦曰：「指顧倏忽。」○劉越石勸進表曰：「或殷憂以啓聖明。」○後漢書光武紀上：「降者更相語曰：蕭王推赤心置人腹中。」○易乾彖傳曰：「時乘六龍以御天。」續漢書輿服志上曰：「天子乘輿駕六馬。」禮記月令「駕蒼龍」，鄭注曰：「馬八尺以上爲龍。」公羊隱元年何注曰：「天子馬曰龍，高七尺以上。」徐疏引五經異義曰：「公羊説引易經云：『時乘六龍以馭天也。』知天子駕六。」又引許君謹案，亦從公羊説。引王度記云：「天子駕六。」又引鄭君駁曰：「易經『時乘六龍』者，謂陰陽六爻上下耳，豈故爲禮制？王度記云『今天子駕六』者，自是漢法。」（周書王會篇曰：「天子車立馬車六，」荀子勸學篇曰：「六馬仰秣。」修身篇曰：「六驥不致。」議兵篇曰：「六馬不和。」御覽珍寶部十二引莊子曰：「金鐵蒙以大緤，載六驥之上，則致千里。」恐周代已有駕六之制。）案：許、鄭二君説雖不同，而此文六龍則固喻天子之馬也。○獨斷上曰：「天子至尊，不敢渫瀆言之，故託之于乘輿，乘猶載也，輿猶車也。天子以天下爲家，不以京師宫室爲常處，則當乘車輿以行天下，故羣臣託乘輿以言之。」○易繫辭下曰：「聖人之大寶曰位。」○文粹「整」作「總」。案：棼，「紛」之通借字。左隱四年釋文曰：「棼，亂也。」○文粹「吝」作「悋」，集同。「吝」「悋」同字。○史記貨殖傳曰：「廉賈五之。」○易繫辭下曰：「君子見幾而作，不俟終日。」○管窺，見獨孤至之仙掌銘注。○願效之至，郎注本止此。

權載之

權德輿，字載之，天水略陽人（今甘肅秦安縣東北），徙潤州丹徒（今江蘇丹徒縣治）。未冠，以文名。韓洄黜陟河南，辟置幕府，復從江西觀察使李兼府爲判官。杜佑、裴胄交辟之。德宗聞其材，召爲太常博士，改左補闕，遷起居舍人、兼知制誥，進中書舍人。貞元十七年，知禮部貢舉。明年，拜真侍郎。元和初，歷兵部、吏部侍郎，遷太常卿。五年，拜禮部尚書、同中書門下平章事，罷，以檢校吏部尚書留守東都，進扶風郡公，復拜太常卿，徙刑部尚書，復檢校吏部尚書，出爲山南西道節度使。後二年，以病乞還，卒於道，贈尚書左僕射，謚曰文。新舊唐書皆有傳。○舊唐書權德輿傳曰：「於述作特盛，六經百氏，游詠漸漬，其文雅正而弘博，時人以爲宗匠焉。」皇甫持正諭業曰：「權文公之文，如朱門大第，而氣勢宏敞，廊廡廩廄，户牖悉周，然而不能有新規勝槩，令人竦觀。」

兩漢辨亡論

新唐書權德輿傳曰：「嘗著論辨漢所以亡，西京以張禹，東京以胡廣，大指有補於世。」案：陸士衡有辨亡論。

言兩漢所以亡者，皆曰莽卓。予以爲莽卓篡逆，汙神器以亂齊民，自貫夷滅，天下耳目，顯然聞知。静徵厥初，則亡西京者張禹，亡東京者胡廣，皆以假道儒術，得伸其邪心，徼一時大名，致位公輔。詞氣所發，損益繫之。而多方善柔，保位持禄。或陷時君以滋厲階，或附凶沴以結禍胎。故其蕩覆之機，篡奪之兆，皆指導馴致之。雖年祀相遠，猶手授頤指之然也。其爲賊害也，豈直莽卓之比乎？以上言禹廣之害，甚於莽卓。

漢書王莽傳曰：「莽字巨君，孝元皇后之弟子也。永始元年，封爲新都侯，國南陽新野之都鄉，千五百户。

元始元年正月丙辰，拜爲太傅，賜號安漢公。平帝崩，迺選廣戚侯子嬰，年二歲，太后下詔令安漢公居攝踐阼，如周公故事，明年改元曰居攝。初始元年，即真天子位，定有天下之號曰新。始建國元年，莽策命孺子爲定安公。」○後漢書董卓傳曰：「卓字仲穎，隴西臨洮人也。靈帝拜卓爲并州牧。及帝崩，大將軍何進、司隸校尉袁紹謀誅閹宦，而太后不許，乃私呼卓將兵入朝，以脅太后。卓得召，即時就道。兵士大盛，乃諷朝廷策免司空劉弘而自代之，廢少帝爲弘農王，乃立陳留王，是爲獻帝。遷天子西都。於是盡徙洛陽人數百萬口於長安，悉燒宮廟官府居家，二百里內，無復孑遺。」○老子曰：「天下神器，不可爲也。」文選張平子東京賦曰：「巨猾閒舋，竊弄神器。」薛注曰：「神器，帝位也。」○漢書食貨志下注如淳曰：「齊，等也。無有貴賤，謂之齊民，若今言平民矣。」○左桓十年「賈害」，杜注曰：「賈，賣也。」釋文曰：「賈音古。」案：王莽傳曰：「初，世祖族兄聖公，在平林兵中，平林、新市、下江兵將王常、朱鮪等共立聖公爲帝，改年爲更始元年，拜置百官。十月（莽建丑也，故通鑑徑作九月。）戊申朔，兵從宣平門入，莽就車之漸臺，衆兵追之，圍數百重，商人杜吴殺莽，取其綬，校尉東海公賓就斬莽首，軍人分裂莽身，傳莽首詣更始，縣宛市。」董卓傳曰：「王允與吕布及僕射士孫瑞謀誅卓，帝病新愈，大會未央殿，允令騎都尉李肅與布同心勇士十餘人，僞著衛士服，於北掖門以待卓，卓入門，肅以戟刺之，卓衷甲不入，傷臂墮軍，顧大呼曰：『吕布何在？』布曰：『有詔討賊。』持矛刺卓，趣兵殺之，盡滅其族。」○漢書張禹傳曰：「禹字子文，河内軹人也。至禹父徙家蓮勺。禹至長安學，從沛郡施讎受易，琅邪王陽、膠東庸生問論語，既皆明習，有徒衆，舉爲郡文學。甘露中，諸儒薦禹，有詔太子太傅蕭望之問禹，對易及論語大義，望之善焉。奏禹經學精習，有師法，可試事，奏寢罷歸故官，久之試爲博士。初元中，立皇太子，而博士鄭寬中以尚書授太子，薦言禹善論語，詔令禹授太子論語。由是遷光禄大夫。數歲，出爲東平内史。元帝崩，成帝即位，徵禹、寬中，皆以師賜爵關內侯，拜爲諸吏光禄大夫，秩中二千石，給事中，領尚書事。河平四年，代王商爲丞相，封安昌侯。」○後漢書胡廣傳曰：「廣字伯始，南郡華容人也。舉孝廉。既到京師，試以章奏，安帝以廣爲天下第一，旬月拜尚書郎，五遷尚書僕射。廣典機事十年，出爲濟陰太守，以舉吏不實免，復爲汝南太守，入拜大司農。漢安元年，遷司徒。質帝崩，代李固爲太尉，録尚書事。以定策立桓帝，封育陽安樂鄉侯。」○論語季氏篇：「孔子曰：友善柔，損矣。」○漢書匡衡張禹等傳贊曰：「自孝武興學，公孫弘以儒相，其後蔡義、韋賢、玄成、匡衡、張禹、翟方進、孔光、平當、馬宮及當子晏，咸以儒宗居宰相位，然皆持禄保位，被阿諛之譏。」○詩桑柔曰：「誰生厲階，至今爲梗。」○漢書五行志中之上注引服虔曰：「沴，害也。」又引如淳曰：「沴，音拂戾之戾。」枚叔説吴書曰：「禍生有胎。」○易坤象傳曰：「馴致其道，至堅冰也。」○漢書賈誼傳：「誼復上疏曰：頤指如意。」注引如淳曰：「但動頤指麾，則所欲皆如意。」○文粹「害」下無「也」字。

禹以經術爲帝師，身備漢相，特見尊信。當主臣之重，極儒者之貴。永始、元延之閒，天地之眚屢見，言事者皆譏切王氏顓政，時成帝亦悔懼天變，而未有以決。駕至禹第，辟左右以問之，須其一言，以爲律度。爲禹計者，亦宜陳大易堅冰之誡，誦小雅十月之刺，乘其嚮納，痛言得失。反以罕言命不語怪爲詞，致成帝不疑之心，授王氏寖盛之勢。上下恬然，唵忽亡國。儻帝慮不至是，猶當開陳切劘，面別廷辯。矧當就第宴閒之際，虛懷訪決之時，方且視小男於牀下，官子壻於近郡，款款然用家人匹婦爲心，以圖身安，不恤國患，致使羣盜世權，迭執魁柄，禍稔毒流，至於新都，不可遏也，斯可憤也。逮至東都順桓之閒，國統三絕，胡廣以鉅儒柄用，位極上台。初，梁冀席外戚之重，貪戾當國，既鴆質帝，議立嗣君，公卿大臣皆以清河王蒜年長有德，屬最尊親，可以靖人，亦既定策。冀乃憚其明哲，且不利長君，私於蠡吾，獨異羣議。爲廣計者，亦當中立如石，介然不回，率趙戒之徒，同李、杜所守，然後與三事百工正詞於朝。雖冀之暴恣，豈能一旦盡誅漢廷羣公耶？反徇一息之安，首鼠畏懦，竟使清河徙廢，蠡吾爲梗，邦家陵夷，漢道日蹙，結黨錮之獄，成閹寺之禍，禍亂循環，以至董卓。赫赫漢室，化爲當塗，蓋棟橈鼎折之所由來久矣。彼梅福以孤遠上疏，張鋼以卑秩埋輪，獨何人哉？而不是思也。以上就禹廣之事，證明其爲害於兩漢。

漢書張禹傳曰：「禹雖家居，以特進爲天子師，國家每有大政，必與定議。永始、元延之閒，日蝕地震尤數，吏民多上書言災異之應，譏切王氏專政所致。上懼變異數見，意頗然之，未有以明見。迺車駕至禹第，辟左右，親問禹以天變，因用吏民所言王氏事示禹。禹自見年老，子孫弱，又與曲陽侯不平，恐爲所怨。禹則謂上曰：『春秋二百四十二年間，日蝕三十餘，地震五十六，或爲諸侯相殺，或夷狄侵中國。災變之意，深遠難見，故聖人罕言命，不語怪神，性與天道自子贛之屬不得聞，何況淺見鄙儒之所言？陛下宜修政事，以善應之，與下同其福善，此經義意也。新學小生，亂道誤人，宜無信用，以經術斷之。』上雅信愛禹，由此不疑王氏。後曲陽侯根及諸王子弟聞知禹言，皆喜説，遂親就禹。」案：永始、元延，皆成帝年號。○漢書郊祀志下：「張敞上議曰：『今鼎出于郊東，中有刻書曰：王命尸臣。』」顏注曰：「尸臣，主事之臣也。」案：此主臣猶言尸臣，與「陳平謝曰主臣」義異也。○儒者之貴，見上注。○易訟釋文引子夏易傳曰：「妖祥曰眚。」○文粹「顓」作「專」。案：「專」「顓」，皆「嫥」之借字。凡專壹、專權，本字當作「嫥」。○漢書禹傳顏注曰：「辟讀曰闢。」○文苑「亦宜」作「亦須」。○易坤初六曰：「履霜堅冰至。」文言傳曰：「臣弑其君，子弑其父，非一朝一夕之故，其所由來漸矣，由辯之不早辯也。易曰：『履霜堅冰至。』蓋言順也。」○詩序曰：「十月之交，大夫刺幽王也。」鄭箋曰：「當爲刺厲王，作詁訓傳時，移其篇第，因改之耳。節刺師尹不平，亂靡有定，此篇譏皇父擅恣，日月告凶。正月惡褒姒滅周，此篇疾豔妻煽方處。又幽王時，司徒乃鄭桓公友，非此篇之所云番也，是以知然。」陳碩甫（奐）疏曰：「此詩爲周幽王時，十月辛卯朔，日有食之。鄭箋用緯説，改爲周厲王時日食，儀徵阮元云：『大衍術日蝕議曰：「小雅十月之交，梁虞劆以術推之，在幽王六年。開元術定交分四萬三千四百二十九入食限。」授時術議曰：「幽王六年十月辛卯朔，泛交十四日五千七百九分入食限。」蓋自來推步家未有不與緯説異者。本朝時憲書密合天行，爲往古所無，今遵後編法，推幽王六年十月朔，正得入交，如謂厲王時事者，斷難執以争矣。』」阮説詳揅經室集（一集卷四）。陳勉甫（懋齡）經書算學天文考亦推爲周幽王六年。○論語子罕篇曰：「子罕言利，與命與仁。」○論語述而篇曰：「子不語怪力亂神。」○漢書酷吏嚴延年傳曰：「奄忽如神。」漢敦煌長史武班碑曰：「晻忽徂逝。」（隸釋卷六）則「奄」「晻」字通。○漢書賈鄒枚路等傳贊曰：「賈山自下劘上。」注孟康曰：「劘謂剴切之也。」蘇林曰：「劘音摩，厲也。」○全唐文「面列」作「面折」。史記呂后本紀：「陳平、絳侯曰：於今面折廷爭，臣不如君。」○文苑、文粹「宴」皆作「燕」，「燕」乃「宴」之借字。○張禹傳曰：「天子愈益厚禹，禹每病，輒以起居聞，車駕自臨問之，上親拜禹牀下。禹頓首謝恩歸誠，言老臣有四男一女，愛女甚於男，遠嫁爲張掖太守蕭咸妻，不勝父子私情，思與相近。上即時徙咸爲弘農太守。又禹小子未有官，上臨候禹，禹數視其小子，上即禹牀下拜爲黄門郎給事中。」○文苑「匹婦」作「匹夫」。○文粹「世權」作「弄權」。○漢書梅福傳：「福復上書曰：今迺尊寵其位，授以魁柄。」顔曰：「以斗爲喻也，斗身爲魁。」○左僖二年杜注曰：「稔，熟也。」○新都，見上。清統志曰：「河南南陽府：新都故城，在新野縣東。」○後漢書李固傳：「固與冀書曰：頻年之閒，國祚三絶。」章懷注曰：「順帝崩，沖帝立，一年崩，質帝立，一年崩。」順沖質帝紀曰：「孝順皇帝諱保，安帝之子也。建康元年八月庚午，帝崩於玉堂前殿，時年三十（在位十九年）。孝沖皇帝諱炳，順帝之子也。建康元年立爲皇太子，其年八月庚午，即皇帝位，年二歲，太后臨朝。永嘉元年春正月戊戌，帝崩於王堂前殿，年三歲。孝質皇帝諱纘，肅宗玄孫，曾祖父千乘貞王伉，祖父樂安夷王寵，父勃海孝王鴻，母陳夫人。沖帝不豫，大將軍梁冀徵帝到洛陽都亭，及沖帝崩，皇太后與冀定策禁中。丙辰，使冀持節，以王青蓋車迎帝入南宮。丁巳，封爲建平侯，其日即皇帝位，年八歲。本初元年六月，閏月甲申，大將軍梁冀潛行鴆弑，帝崩于玉堂前殿，年九歲。」桓帝紀曰：「孝桓皇帝諱志，肅宗曾孫也。祖父河閒孝王開，父蠡吾侯翼。翼卒，帝襲爵爲侯。本初元年，梁太后徵帝到夏門亭，將妻以女弟，會質帝崩，太后遂與兄大將軍冀定策禁中。閏月庚寅，使冀持節以王青蓋車迎帝入南宮，其日即皇帝位，時年十五，太后猶臨朝政。」案：文苑「三絕」作「亡絕」，非。○漢書谷永傳曰：「永知王鳳方見柄用。」顏注曰：「言任用之授以權也。」○晉書天文志上曰：「三台六星，兩兩而居，起文昌列抵太微，一曰天柱，三公之位也。在人曰三公，在天曰三台，西近文昌二星曰上台，次二星曰中台，東二星曰下台。」○後漢書梁冀傳（附梁統傳後）曰：「冀字伯車，順帝拜冀爲大將軍。及帝崩，冀立質帝。帝少而聰慧，知冀驕横，嘗朝羣臣，目冀曰：『此跋扈將軍也。』冀聞，深惡之，遂令左右進鴆加煮餅，帝即日崩。復立桓帝，而枉害李固及前太尉杜喬，海内嗟懼。」后妃紀下梁皇后紀曰：「順烈梁皇后諱妠，大將軍商之女。陽嘉元年，立爲皇后。建康元年，帝崩，后無子，美人虞氏子炳立，是爲沖帝，尊后爲皇太后。太后臨朝，沖帝尋崩，復立質帝，猶秉朝政。兄大將軍冀鴆殺質帝，專權暴濫，忌害忠良，數以邪説疑誤太后，遂立桓帝。」○後漢書章帝八王清河孝王慶傳曰：「慶立二十五年薨，子愍王虎威嗣，虎威立三年薨，亦無子，鄧太后復立樂安王寵子延平爲清河王，是爲恭王，立三十五年薨，子蒜嗣。沖帝崩，徵蒜詣京師，將議爲嗣。會大將軍梁冀與梁太后立質帝，罷歸國。蒜爲人嚴重，動止有度，朝臣太尉李固等莫不歸心焉。初，中常侍曹騰謁蒜，蒜不爲禮，宦者由此惡之。及帝崩，公卿皆正義立蒜，而騰説梁冀不聽，遂立桓帝。蒜由此得罪。建和元年，甘陵人劉文與南郡妖賊劉鮪交通，訛言清河王當統天下，欲共立蒜，事發覺，有司因劾奏蒜，坐貶爵爲尉氏侯，徙桂陽，自殺，立三年國絕。」案：後漢清河國，在今山東清平縣南。○後漢書李固傳曰：「固字子堅，漢中南鄭人。沖帝即位，以固爲太尉，與梁冀參録尚書事。明年，帝崩，固以清河王蒜年長有德，欲立之。謂梁冀曰：『今當立帝，宜擇長年高明有德，任親政事者，願將軍審詳大計。』冀不從，乃立樂安王子纘，年八歲，是爲質帝。冀忌帝聰慧，恐爲後患，遂令左右進鴆，帝苦煩甚，使促召固。固入，前問陛下得患所由，帝尚能言曰：『食煮餅，令腹中悶，得水尚可活。』時冀亦在側，曰：『恐吐，不可飲水。』語未絕而崩。固伏尸號哭，推舉侍醫。冀慮其事泄，大惡之。因議立嗣，固引司徒胡廣、司空趙戒，先與冀書曰：『國之興衰，在此一舉。』冀得書，乃召三公、中二千石、列侯大議所立。固、廣、戒及大鴻臚杜喬皆以爲清河王蒜明德著聞，又屬最尊親，宜立爲嗣。先是蠡吾侯志當取冀妹，時在京師，冀欲立之，衆論既異，憤憤不得意，而未有以相奪。中常侍曹騰等聞，而夜往説冀曰：『將軍累世有椒房之親，秉攝萬機，賓客縱橫，多有過差。清河王嚴明，若果立，則將軍受禍不久矣。不如立蠡吾侯，富貴可長保也。』冀然其言，明日重會公卿，冀意氣凶凶而言辭激切，自胡廣、趙戒以下，莫不懾憚之，皆曰惟大將軍令。而固獨與杜喬堅守本議，冀厲聲曰：『罷會。』固意既不從，猶望衆心可立，復以書勸，冀愈激怒，乃説太后先策免固。竟立蠡吾侯，是爲桓帝。」杜喬傳曰：「喬字叔榮，河內林慮人也。」案：後漢蠡吾國，在今河北博野縣西南。○易繫辭下曰：「介如石焉，寧用終日。」○三事，見陳伯玉諫用刑書注。書堯典曰：「允釐百工。」僞孔傳曰：「工，官也。」○史記魏其武安傳：「蚡怒曰：何爲首鼠兩端？」後漢書鄧訓傳（附禹傳後）曰：「首施兩端。」章懷注曰：「首施猶首鼠也。」○後漢書黨錮傳曰：「太學諸生三萬餘人，郭林宗、賈偉節爲其冠，並與李膺、陳蕃、王暢更相褒重。又勃海公族進階、扶風魏齊卿並危言深論，不隱豪強，自公卿以下，莫不畏其貶議，屣履到門。時河內張成善説風角，推占當赦，遂教子殺人。李膺爲河南尹，督捉收捕，既而逢宥獲免，膺愈懷憤疾，竟案殺之。初，成以方伎交通宦官，帝亦頗誶其占。成弟子牢修因上書誣告膺等養太學遊士，交結諸郡生徒，更相驅馳，共爲部黨，誹訕朝廷，疑亂風俗。於是天子震怒，班下郡國，逮捕黨人，布告天下。遂收執膺等，其辭所連及陳寔之徒二百餘人，或有逃遁不獲，皆懸金構募，使者四出，相望於道。明年，尚書霍諝、城門校尉竇武並表爲請，帝意稍解，乃皆赦歸田里，禁錮終身，而黨人之名，猶書王府。自是正直廢放，邪枉熾結，海内希風之流，遂共相摽搒，指天下名士，爲之稱號。上曰三君，次曰八俊，次曰八顧，次曰八及，次曰八廚，猶古之八元八凱也。又張儉鄉人朱竝承望中常侍侯覽意旨，上書告儉與同鄉二十四人别相署號，共爲部黨，圖危社稷。靈帝詔刊章捕儉等，大長秋曹節因此諷有司奏捕前黨故司空虞放、太僕杜密、長樂少府李膺、司隸校尉朱寓、潁川太守巴肅、沛相荀昱、河内太守魏朗、山陽太守翟超、任城相劉儒、太尉掾范滂等百餘人，皆死獄中。餘或先殁不及，或亡命獲免。自此諸爲怨隙者，因相陷害，睚眦之忿，濫入黨中。又州郡承旨，或有未嘗交關，亦離禍毒，其死徙廢禁者六七百人。熹平五年，永昌太守曹鸞上書大訟黨人，言甚方切，帝省奏大怒，即詔司隸益州檻車收鸞，送槐里獄掠殺之。於是又詔州郡更考黨人，門生故吏，父子兄弟，其在位者，免官禁錮。中平元年，黄巾賊起，中常侍吕彊言於帝曰：『黨錮久積，人情多怨。若久不赦宥，輕與張角合謀，爲變滋大，悔之無救。』帝懼其言，乃大赦黨人，誅徙之家皆歸故郡。其後黄巾遂盛，朝野崩離，綱紀文章蕩然矣。」○後漢書宦者傳曰：「單超，河南人；徐璜，下邳良城人；具瑗，魏郡元城人；左悺，河南平陰人；唐衡，潁川郾人也。桓帝初，超、璜、瑗爲中常侍，悺、衡爲小黄門史。梁冀自誅太尉李固、杜喬等，驕横益甚，皇后乘勢忌恣，多所鴆毒，上下鉗口，莫有言者。帝逼畏久，恒有不平，恐言泄不敢謀之。延熹二年，皇后崩，帝因如廁，獨呼衡問：『左右與外舍不相得者皆誰乎？』衡對曰：『單超、左悺前詣河南尹不疑，禮敬小簡，不疑收其兄弟送洛陽獄，二人詣門謝，乃得解。徐璜、具瑗常私忿疾，外舍放横，口不敢道。』於是帝呼超、悺入室，謂曰：『梁將軍兄弟專固國朝，迫脅外内，公卿以下，從其風旨，今欲誅之。』更召璜、瑗等五人，遂定其議。於是詔收冀及宗親黨與，悉誅之。悺、衡遷中常侍，封超新豐侯，璜武原侯，瑗東武陽侯，悺上蔡侯，衡汝陽侯。自是權歸宦官，朝廷日亂矣。」又曰：「張讓者，潁川人；趙忠者，安平人也。中軍校尉袁紹説大將軍何進，令誅中官，以悦天下，謀泄，讓、忠等因進入省，遂共殺進。而紹勒兵斬忠，捕宦官無少長悉斬之。讓等數十人劫質天子，走河上，追急，讓等皆投河而死。」○三國魏志文帝紀裴注引獻帝傳曰：「太史丞許芝條魏代漢見讖緯於魏王曰：『故白馬令李雲上事曰：「許昌氣見於當塗高，當塗高者，當昌於許。」當塗高者，魏也；象魏者，兩觀闕是也；當道而高大者魏。魏當代漢。』」○易大過九三曰：「棟橈凶。」鼎九四曰：「鼎折足，覆公餗。」○漢書梅福傳曰：「福字子真，九江壽春人也。是時，成帝委任大將軍王鳳，鳳專勢擅朝，而京兆尹王章素忠直，譏刺鳳，爲鳳所誅。王氏浸盛，災異數見，羣下莫敢正言。福復上書曰：『漢興以來，社稷三危。吕、霍、上官，皆母后之家也。親親之道，全之爲右。當與之賢師良傅，教以忠孝之道。今迺尊寵其位，授以魁柄，使之驕逆，至於夷滅，此失親親之大者也。勢陵於君，權隆於主，然後防之，亦亡及已。』上不納。」○後漢書張綱傳（附皓傳後）曰：「綱字文紀。漢安元年，選遣八使，徇行風俗，皆耆儒知名，多歷顯位。唯綱年少，官次最微。餘人受命之部，而綱獨埋其車輪於洛陽都亭，曰：『豺狼當路，安問狐狸？』遂奏曰：『大將軍冀、河南尹不疑，蒙外戚之援，荷國厚恩，以芻蕘之資，居阿衡之任，不能敷揚五教，翼贊日月，而專爲封豕長蛇，肆其貪叨，甘心好貨，縱恣無底，多樹諂諛，以害忠良，誠天威所不赦，大辟所宜加也。謹條其無君之心十五事，斯皆臣子所切齒者也。』書御，京師震竦。」

噫嘻！就利違害，榮通醜窮，大凡有生之常性也。暨乎手持政柄，體國存亡，則謹之於初，决之於始，以導善氣，以遏亂源。若禍胎既萌，則死而後已。白刃可蹈，鴻毛斯輕。奈何禹廣於完安之時，則務小忠而立細行，數數然獻吉筮於露蓍，沮立后於探籌。及夫安危之際，邦家之大，則甘心結舌，陰拱觀變。豈止然也？方又熾燄燄以燎原，決湯湯以襄陵，投天下於煙煨，擠萬民於昏墊。百代之下，無所指名，雖史贊粗言，而不究論本末。且出不越境，書弒君之惡；言僞而辯，有兩觀之誅。若當春秋之時，明禹廣之罪，作誡來世，可勝既乎？向若西京抑損王氏，尊君卑臣，則庶乎無哀平之壞；東京登庸清河，主明臣忠，則庶乎無靈獻之亂。大漢之祚，未易知也。以上明禹廣之罪，以爲後人之誡。

論語泰伯篇曰：「死而後已。」○禮記中庸曰：「白刃可蹈也。」○司馬子長報任少卿書曰：「死有重於泰山，或輕於鴻毛。」○文粹「完安」作「宴安」。○莊子逍遥遊曰：「未數數然也。」釋文曰：「數音朔，司馬云猶汲汲也。」○張禹傳曰：「禹見時有變異，若上體不安，擇日絜齋露蓍，正衣冠立筮，得吉卦則獻其占，如有不吉，禹爲感動憂色。」注服虔曰：「露筮易蓍於星宿下，明日乃用，言得天氣也。」顔師古曰：「蓍，草名，筮者所用也。」○胡廣傳曰：「遷尚書僕射，順帝欲立皇后，而貴人有寵四人，莫之所建，議欲探籌，以神定選。廣與尚書郭虔、史敞上疏諫曰：『竊見詔書以立后事大，謙不自專，欲假之籌策，決疑靈神，篇籍所記，祖宗典故，未嘗有也。恃神任筮，既不必當賢，就值其人，猶非德選。夫岐嶷形於自然，俔天必有異表。宜參良家，簡求有德，德同以年，年鈞以貌，稽之典經，斷之聖慮。政令猶汗，往而不反，詔文一下，形之四方。臣職在拾遺，憂深責重，是以焦心冒昧陳聞。』帝從之，以梁貴人良家子，定立爲皇后。」

○漢書李尋傳：「尋曰：智者結舌。」顔注曰：「不敢出言也。」○漢書英布傳：「隨何曰：陰拱而觀其孰勝。」顔注曰：「斂手曰拱，言不動揺，坐觀成敗也。」○書洛誥曰：「無若火始燄燄。」盤庚上曰：「若火之燎于原。」○書堯典：「帝曰：湯湯洪水方割，蕩蕩懷山襄陵。」僞孔傳曰：「湯湯，流貌；襄，上也。」釋文曰：「湯音傷。」○廣雅釋言曰：「煨，夷也。」○書益稷：「禹曰：下民昏墊。」僞孔傳曰：「言天下民昏瞀墊溺，皆困水災。」○禹傳班孟堅贊，但譏以持禄保位；廣傳范蔚宗論，但誚以晏安爲戒，故載之以爲粗言不究本末也。○左宣二年曰：「趙穿攻靈公於桃園，宣子未出山而復，大史書曰『趙盾弑其君』，以示於朝。宣子曰：『不然。』對曰：『子爲正卿，亡不越竟，反不討賊，非子而誰？』」○家語始誅篇曰：「孔子爲魯司寇，攝行相事，七日而誅亂政大夫少正卯，戮之於兩觀之下，尸於朝三日。子貢進曰：『夫少正卯，魯之聞人也，今夫子爲政而始誅之，或者爲失乎？』孔子曰：『居，吾語女以其故。天下有大惡者五，而竊盜不與焉。一曰心逆而險，二曰行辟而堅，三曰言僞而辯，四曰記醜而博，五曰順非而澤。此五者有一於人，則不免君子之誅，而少正卯皆兼有之。其居處足以撮徒成黨，其談説足以飾褒熒衆，其强禦足以返是獨立，此乃人之姦雄者也，不可以不除。』」○左宣十二年：「廚子曰：董澤之蒲，可勝既乎？」杜注曰：「既，盡也。」案：文粹「既」作「紀」，全唐文同。○文粹「向若」作「向者」，全唐文同。

或以國之興亡，皆有陰騭之數，非人謀能亢。則但取瞽矇者而相之，立土木偶而尊之，被以章組，列於廊廟，斯可矣。何堯舜之或咨或吁，殷周之或夢或卜，憂勤日昃之若是，然後爲理耶？予因肄古史，且嗜春秋褒貶之學，心所憤激，故辨其所以然。以上言公輔有國家興亡之資，不得委於氣運，以見禹廣之罪不可逭。○持議正大，可爲小人儒下一鍼砭。

書洪範曰：「惟天陰騭下民。」僞孔傳曰：「騭，定也。天不言而默定下民。」釋文曰：「陰，默也。」○文粹「矇」作「聾」。○史記蘇秦傳曰：「孟嘗君將入秦，蘇代謂曰：今旦代從外來，見木偶人與土偶人相與語。」○曹子建七啓曰：「華組之纓。」○史記貨殖傳曰：「賢人深謀於廊廟。」○書堯典：「帝曰：『疇咨若予采！』帝曰：『吁！嚚訟可乎？』」舜典曰：「舜曰：咨，四岳！」○書序曰：「高宗夢得説，使百工營求諸野，得諸傅巖，作説命三篇。」史記殷本紀曰：「武丁夜夢得聖人，名曰説，以夢所見，視羣臣百吏，皆非也。於是迺使百工營求之野，得説於傅險中。是時説爲胥靡，築於傅險，見於武丁。武丁曰：『是也。』得而與之語，果聖人，舉以爲相，殷國大治。故遂以傅險姓之，號曰傅説。」齊太公世家曰：「西伯將出獵，卜之，曰：『所獲非龍非彲，非虎非羆，所獲霸王之輔。』於是周西伯獵，果遇太公於渭之陽，與語大説，曰：『自吾先君太公曰：「當有聖人適周，周以興。」子真是耶！吾太公望子久矣。』故號曰太公望，載與俱歸，立爲師。」○書無逸曰：「自朝至于日中昃，不遑暇食。」釋文曰：「昃音側，亦作『仄』。」○文苑「古」作「右」。○杜元凱春秋序曰：「指行事以正褒貶。」

梁敬之

梁肅，字敬之，一字寬中，隋刑部尚書毗五世孫，（隋書梁毗傳曰：「安定烏氏人。」案：在今甘肅平涼縣西北。崔元翰梁君墓誌曰：「其先安定人。」）世居陸渾（在今河南嵩縣東北）。建中初，中文辭清麗科。（唐會要卷七十六曰：「建中元年，文辭清麗科，奚涉、梁肅、劉公亮、鄭轅、沈封、吴通元及第。」）蕭復薦之，擢授右拾遺，修史，以母老病辭。淮南節度使杜佑辟掌書記，表爲殿中侍御史。召爲監察御史，轉右補闕、翰林學士、皇太子諸王侍讀，卒。新唐書附文藝傳蘇源明後。○摭言卷七曰：「貞元中，李元賓、韓愈、李絳、崔羣同年進士。先是四君子定交久矣，共遊梁補闕之門。」卷八曰：「陸忠州牓，梁補闕肅、王郎中礎佐之，肅薦八人俱捷，事見韓文公與陸傪員外書。」據此知敬之爲韓公知己，陸宣公之得韓，亦敬之之力也。

代太常答蘇端駁楊綰謚議

舊唐書楊綰傳曰：「綰字公權，華州華陰人也（今陝西屬縣）。舉進士，調太子正字。天寶十三年，玄宗御勤政樓，試博通墳典、洞曉玄經、辭藻宏麗、軍謀出衆各舉人。取辭藻宏麗外，別試詩賦各一首。時登科者三人，綰爲之首，超授右拾遺。安祿山反，肅宗即位於靈武，綰冒難赴行在，拜起居舍人、知制誥，歷司勳員外郎、職方郎中，遷中書舍人，再遷禮部侍郎。上疏條奏貢舉之弊。再遷吏部侍郎，歷典選舉，精覈人物，以公平稱。時元載秉政，公卿多附之。綰孤立中道，清貞自守，未嘗私謁，載以綰雅望素高，外示尊重，心實疏忌。會魚朝恩死，載乃奏爲國子祭酒，實欲以散地處之。載貪冒日甚，天下清議亦歸於綰，上深知之。以載久在樞衡，未即罷遣，仍遷綰爲太常卿，充禮儀使，以郊廟禮久廢，藉綰振起之也，亦以觀其效用。是年（大曆十二年）三月，載伏誅，上乃拜綰中書侍郎、同中書門下平章事、集賢殿崇文館大學士、兼修國史。綰久積公輔之望，及詔出，朝野相賀。綰累表懇讓，上屬意稍重，綰不敢辭。綰素以德行著聞，質性貞廉，車服儉朴，居廟堂未數月，人心自化。綰有宿痼疾，居職旬日中風，優詔令就中書省攝養。綰累表抗疏辭位，頻詔敦勉不許。及綰疾亟，上日發中使就第存問，尚書御醫旦夕在側，數日薨。

中使馳奏，代宗震悼，輟朝三日，詔謚文簡。」新書綰傳曰：「太常謚曰文貞。比部郎中蘇端，憸人也，持異議，宰相常衮陰助之。帝以其言醜險不實，貶端巴州員外司馬，猶賜謚曰文簡。」通典卷一百四禮典曰：「大曆十三年，太常謚贈司徒楊綰曰文貞，工部郎中蘇端駁曰[一]：『夫道德博聞曰文，清白守節曰貞。且元載與司徒友敬殊深，推爲長者，首舉清要，人莫與京。及司徒寵望漸高，載畏其偪。旋又知載隳壞綱紀，心貳於君，既懼其疑，因爲疏簡。有口皆知載惡，而獨曾無一言。或有發載之惡，證告未明，抱誠坐法者，司徒時居上列，奏達非難，不能因此披衷陳詞，全志士之命。露凶狡之私，而乃宴安自泰，優游過日。使元載禍大滅身，竟勞聖上防伺之慮，豈守節不隱邪？豈懷道無毒邪？非謂「文貞」明矣。洎元載啚恩於下，招怨於上，使北塞人勞，有過時之戍；西郊虜入，無弔災之惠；磁邢堅義之士，將死復生；梁宋傷夷之人，或寒或餒。搜訪旌恤，中外所急，載皆絕之，使王澤不及於下，爲行路所嗟。而楊公當聖上惟新之日，居天下得賢之望，誠宜不俟終日，造次速言，乃寂寥啓悟，噤閉謀猷，貪食萬錢之賜，虛承一心之顧，豈惠愛人乎？既曰不慈不惠，何以謂之文？有隱有毒，何以謂之貞乎？古者諸侯有國，卿大夫有家，上以報祖宗，下以處子孫之義也。楊公歷處厚俸，人謂儒宗，曾不立家，又無私廟，寧使人老闕敬祖之禮，位極亡祭禰之宮，凡在衣冠，誰不歎恨，又乖大義克就、愍仁接禮之義矣。曰文與貞，曷可以議？聖人立謚，盡公而無私之謂也。所以周宣不敢私於父，謚曰厲；漢宣不敢私於祖，謚曰戾。百王明制，歷聖通則。昔公叔文子有死衛之節，脩班制之勤，社稷不辱，方居此謚。爰及太宗初，魏公徵有匡救公直之忠，中宗末，

[一] 工部：通典浙江書局本作「工部」，北宋本、傅增湘校本以及舊唐書卷一一九、新唐書卷一四二、唐會要卷八〇、册府元龜卷五百九十五作「比部」。

蘇公瓌有保安不奪之節，所以諸賢甚衆，謚『文貞』者不過數公。至於燕國公張説，先朝輸能，名節昭著，省司尚謂不可，至今人故稱之。由是言之，焉可比德？請牒太常，更詳他謚，以守彝章。』」又見唐會要卷八十、册府元龜卷五百九十五、文苑英華卷八百四十。元龜載詔曰：「自古謚終之典，皆賜以美名。謚法曰：『忠信愛人曰文，平易不懈曰簡。』宜謚曰『文簡』，以其簡儉之風厚於俗也。」（會要載爲十三年二月二十二日別敕，舊書綰傳載蘇端駁議於此詔後，非也。）○唐六典卷十四曰：「太常寺太常博士，凡王公以上擬謚，皆跡其功德而爲之褒貶。」原注曰：「議謚，職事官三品已上，散官二品已上，佐史録行狀，申考功勘校，下太常擬謚訖，申省議定奏聞。」卷二曰：「吏部考功郎中，其謚議之法，古之通典，皆審其事以爲不刊。」原注曰：「諸職事官三品已上，散官二品已上，身亡者，其佐史録行狀申考功，考功責歷任勘校，下太常寺擬謚訖，覆申考功，於都堂集省内官議定，然後奏聞。」

議曰：有國之典，存以位敍其德，没以謚易其名。名之大小，視德之美惡，蓋書其著而略其微，要其終而明其義。故曰謚以尊名，節以一惠，恥名之浮於行也。楊文貞體淳素之質，協時中之德。爰自下列，至于宰司。秉心不渝，動必由道。與夫立功立事，開物濟衆，不同日語矣。而清儉厲俗，明哲保身，曰文與貞，在我惟允。秉公議者，其誰曰不然？今奉符謂公與元載交游，嘗爲載薦引，載之咎惡悉歸於公，斯乃昧於觀行定謚之義，且非君子成人之美也。請區而評之。以上言「文貞」之謚最允，而今奉駁文，故特辨之。

禮記檀弓下曰：「公叔文子卒，其子戍請於君曰：日月有時，將葬矣，請所以易其名者。」○周書謚法篇曰：「謚者行之迹也，號者功之表也，車服者位之章也。是以大行受大名，細行受細名。行出於己，名生於人。」○禮記表記：「子曰：先王謚以尊名，節以壹惠，恥名之浮於行也。」鄭注曰：「謚者行之迹也，名者謂聲譽也，言先王論行以爲謚，以尊名者，使聲譽可得而尊信也。壹讀爲一，惠猶善也，言聲譽雖有衆多者，節以其行一大善者爲謚耳。在上曰浮，君子勤行成功，聲譽踰行是所恥。」○蔡伯喈漢太尉楊公碑曰：「受天醇素。」○禮記中庸曰：「君子而時中。」○詩桑柔曰：「秉心無競。」鄭風羔裘毛傳曰：「渝，變也。」○左襄二十四年：「穆叔曰：太上有立德，其次有立功。」詩桑扈：「之屏之翰。」鄭箋曰：「內能立功立事爲之楨榦。」○易繫辭上曰：「開物成務。」論語雍也篇：「子貢曰：如有博施於民而能濟衆。」○賈生過秦論曰：「則不可同日而語矣。」○漢書王貢兩龔傳曰：「其風聲足以激貪厲俗。」○詩烝民曰：「既明且哲，以保其身。」○左隱元年：「潁考叔曰：其誰曰不然？」○新唐書元載傳曰：「載字公輔，鳳翔岐山人。天寶初，下詔舉明莊老列文四子學者，載策入高等，補新平尉。韋鎰監選黔中，苗晉卿東都留守，皆署判官。至德初，擢祠部員外郎。累遷户部侍郎，充度支、江淮轉運等使。帝不豫，李輔國用事，輔國妻，載宗女也，因相締昵。拜同中書門下平章事，領使如故。代宗立，拜中書侍郎、許昌縣子。載智略開果，久得君，以爲文武才略莫己若。外委主書卓英倩、李待榮，內劫婦言，縱諸子關通貨賄，京師要司及方面，皆擠遺忠良，進貪猥。凡仕進干請，不結子弟則謁主書。城中開南北二第，室宇奢廣，當時爲冠。近郊作觀榭，帳帟什器不徙而供，膏腴別墅，疆畛相望，且數十區。名姝異伎，雖禁中不逮。帝盡得其狀。載嘗獨見，帝深戒之，謷然不悛。會李少良上書詆其醜狀，載怒，奏殺少良，道路目語，不敢復議。載由是非黨與不復接。帝積怒，大曆十二年三月庚辰，仗下，帝御延英殿，遣左金吾大將軍吴湊收載及王縉，繫政事堂，分捕親吏、諸子下獄，乃下詔賜載自盡，妻王及子揚州兵曹參軍伯和、祠部員外郎仲武、校書郎季能並賜死。」○論語顔淵篇：「子曰：君子成人之美。」○華嚴經音義上引論語子張篇馬注曰：「區，別也。」

昔荀爽爲董卓所舉，致位三公。及卓戮亂漢致，可謂甚矣。而漢史曾不以卓之過累於慈明。晏子、陳氏俱事齊侯，陳志邪而晏志正，春秋亦不以陳之惡延於平仲。是知道不必合，事不必同，則載之於公，其事可見。況當載秉鈞而公不參大政，載以時望慕我，我則静而守中。因疏爲簡，適見清節。又有發載之惡，皆漏泄致亂，患自掇也，庸可救乎？及夫載覆其餗，公膺大任。任職日淺，屢以疾辭。位且不安，安可以啓悟寂寥而責之乎？以上辨綰雖經元載之薦，不得以載之咎惡歸之；又爲相在位日淺，更不得以無所啓悟責之。

後漢書荀爽傳（附父淑傳）曰：「爽字慈明，徵命不應，何進薦爲侍中，及進敗而詔命中絕。獻帝即位，董卓輔政，復徵之。爽欲遁命，吏持之急，不得去，因復就拜平原相。行至宛陵，復追爲光禄勳，視事三日，進拜司空。爽自被徵命，及登台司，九十五日。因從遷都長安。爽見董卓忍暴滋甚，必危社稷，其所辟舉，皆取才略之士，將共圖之，亦與司徒王允及卓長史何顒等爲内謀，會病薨。」○白虎通封公侯篇曰：「司馬主兵，司徒主人，司空主地。王者受命爲天地人之職，故分職以置三公，各主其一，以効其功。」○書洪範僞孔傳曰：「斁，敗也。」案：斁，「殬」之通借字。說文曰：「殬，敗也。」○左昭三年曰：「齊侯使晏嬰請繼室於晉，既成昏，晏子受禮，叔向從之宴，相與語。叔向曰：『齊其何如？』晏子曰：『齊其爲陳氏矣。公棄其民而歸於陳氏。』」又曰：「及晏子如晉，公更其宅，既拜，乃毀之，卒復其舊宅。公弗許，因陳桓子以請，乃許之。」論語公冶長篇晏平仲，集解引周曰：「齊大夫晏姓，平謚，名嬰。」史記管晏列傳索隱曰：「平謚，仲字，名嬰。」○適見清節，案：此上駁蘇端「有口皆知載惡，而獨曾言」等語。○詩節南山曰：「秉國之均。」漢書律曆志上引作「鈞」，說者以爲齊詩。○左襄十四年：「范宣子曰：蓋言語漏洩。」案：文苑「亂」作「辭」。○廣雅釋詁一曰：「掇，取也。」○庸可救乎，案：此上駁「不能披衷陳詞」等語。○覆餗，已見權載之兩漢辨亡論注。易鼎卦釋文引馬曰：「餗，饘也。」鄭曰：「菜也。」○文苑「日」作「月」。○啓悟寂寥，言啓悟君心者之少耳。文苑作「寂寥啓悟」，全唐文同。案：此上駁「寂寥啓悟，噤閉謀猷」等語。

昔季文子相三君，無食粟之馬，衣帛之妾，君子以爲忠。楊公以大名厚位，出入三朝，無宅一區，無馬一駟，志於清白，交不諂瀆，可不謂貞乎？掌訓誥，秉銓衡，處成均，貳宗伯，潤色王度，無替厥美，加以敏而好學，見善如不及，可不謂文乎？謹按謚法，稱貞之例有三：清白守節曰貞，大慮克就曰貞，憂國忘死曰貞；文之義有六：經緯天地曰文，道德博聞曰文，慜人惠禮曰文，不恥下問曰文，慈惠愛人曰文，修德來遠曰文。名既不備，事亦殊貫，又安可以二王三恪私廟家祭之闕，併責於一名哉？若具美果在一名，則士文伯、孔文子且無經緯天地之文，孟武伯、甯武子又非克定禍亂之武。若以廢禮不稱其名，則臧孫辰縱逆祀不得謚文，管夷吾臺門反坫不得謚敬。是知議名之道，取其所長，則捨其所短；志其大行，則遺其小節。使善惡決於一字，褒貶垂於將來，蓋先王制謚之方也。若綜覈名實，形於公論，宜取坦然明白、彰於遐邇者。今或乘人之意，肆誣謗之辭，所謂抉瑕刺骨之說，非正議也。以上言綰已合「文貞」之謚，安得更以不立家廟而疵之？

左襄五年曰：「季文子卒，大夫入斂，公在位，宰庀家器爲葬備，無衣帛之妾，無食粟之馬，無藏金玉，無重器備，君子是以知季文子之忠於公室也。相三君矣，而無私積，可不謂忠乎？」○三朝，玄宗、肅宗、代宗。○説文曰：「駟，一乘也。」楚辭招魂王注曰：「四馬曰駟。」○易繫辭下：「子曰：君子上交不諂，下交不瀆。」○謝希逸上封禪儀注表曰：「辨明訓誥。」案：此謂綰知制誥也。○文選任彦昇爲范尚書讓吏部封侯第一表李善注引陸士衡顧譚誄曰：「遷吏部尚書，才長於銓衡，而綜核人物。」案：此謂綰再遷吏部侍郎也。案：文苑校曰：「秉，集作『持』。」○周禮春官大司樂「掌成均之灋」，鄭注曰：「董仲舒云：成均，五帝之學。」案：此謂綰爲國子祭酒也。○貳宗伯，唐六典卷四曰「禮部侍郎」，原注曰：「周之春官小宗伯。」

案：此謂綰再遷禮部侍郎也。○班孟堅兩都賦序曰：「潤色鴻業。」左昭十二年：「祈招之詩曰：思我王度，式如玉，式如金。」○書僞古文微子之命曰：「無替朕命。」○論語公冶長篇：「子貢問曰：『孔文子何以謂之文也？』子曰：『敏而好學，不恥下問，是以謂之文也。』」○論語季氏篇曰：「見善如不及。」○文粹「謚法」下無「稱」字。○周書謚法篇曰：「清白守節曰貞，大慮克就曰貞，不隱無屈曰貞。」史記正義載謚法與周書同。檀弓下孔疏引謚法：「外内用情曰貞。」唐會要七十九，貞凡六，「圖國忘死曰貞，内外無懷曰貞，直道不撓曰貞」，此三者周書所無，餘與周書同。此文作「憂國忘死」，與會要異。文苑「大慮」作「大憲」，似形近而誤。又周書：「經緯天地曰文，道德博厚曰文，勤學好問曰文，慈惠愛民曰文，愍民惠禮曰文，錫民爵位曰文。」史記正義「博厚」作「博聞」，「錫」作「賜」，餘並同。會要與周書同。左傳文公下釋文引謚法：「忠信接禮曰文。」檀弓下：「君曰：夫子聽衛國之政，脩其班制，以與四鄰交，衛國之社稷不辱。」與此文「修德來遠」，亦皆周書所無。文苑「經緯天地」作「經天緯地」，「惠禮」作「接禮」。○詩序曰：「振鷺，二王之後來助祭也。」禮記郊特牲曰：「天子存二代之後，猶尊賢也。」孔疏曰：「案異義：『公羊說，存二王之後，所以通天三統之義，引此文；古春秋左氏說，周家封夏、殷二王之後，以爲上公，封黄帝、堯、舜之後，謂之三恪。』許慎謹案云：『治魯詩丞相韋玄成、治易施犨等說引外傳曰：「三王之樂，可得觀乎？」知王者所封，三代而已。』不與左氏說同。鄭駮之云：『所存二王之後者，命使郊天，以天子之禮祭其始祖受命之王，自行其正朔服色。恪者敬也，敬其先聖而封其後，與諸侯無殊異，何得比夏、殷之後？』如鄭此言，公羊自據二王之後，左氏兼論三恪，義不乖異也。」左襄二十五年：「子産曰：『昔虞閼父爲周陶正，以服事我先王。我先王賴其利器用也，與其神明之後也，庸以元女大姬配胡公，而封諸陳，以備三恪。』」孔疏曰：「鄭玄以杞、宋爲二代之後，薊、祝、陳爲三恪。」案：此文引二王三恪，似以綰爲隋後。然新書世系表，綰實出後魏楊津，與隋文帝、煬帝及鄺國公侑皆無關，以證私廟家祭殊屬不合。故淵鑑逕删此四字。○左襄三十年士文伯，杜注曰：「文伯，士弱之子。」三十一年釋文曰：「匄，本作『丐』，士文伯名也，士文伯字伯瑕。」○論語公冶長篇集解引孔安國曰：「孔文子，衛大夫孔叔圉也。文，謚也。」左哀十五年孔圉，杜注曰：「孔文子也。」論語憲問篇又稱仲叔圉。○論語爲政篇孟武伯，集解引馬融曰：「武伯，懿子之子仲孫彘。武，謚也。」劉楚楨正義曰：「左哀十一年孟孺子洩，杜注：『孺子，孟懿子之子武伯彘。』疑彘是名，洩是字也。」○論語公冶長篇甯武子，集解引馬融曰：「衛大夫甯俞。武，謚也。」左僖二十八年杜注曰：「武子，甯俞也。」○周書謚法篇曰：「克定禍亂曰武。」○論語公冶長集解引包曰：「臧文仲，魯大夫臧孫辰。文，謚也。」春秋莊二十八年杜注曰：「臧孫辰，魯大夫臧文仲。」又文二年八月：「丁卯，大事於大廟，躋僖公。」杜注曰：「大事，禘也。躋，升也。僖公，閔公庶兄，繼閔而立廟，坐宜次閔下，今升在閔上，故書而譏之。」左傳曰：「逆祀也，於是夏父弗忌爲宗伯，尊僖公，君子以爲失禮。仲尼曰：臧文仲作虛器，縱逆祀，祀爰居，三不知也。」杜曰：「僖是閔兄，不得爲父子，嘗爲臣，位應在下，令居閔上，故曰逆祀。」○左莊九年稱管夷吾，三十二年稱管仲，閔元年稱管敬仲。杜注曰：「敬仲，管夷吾。」孔疏曰：「謚法：『夙夜勤事曰敬。』仲，字；管，氏；夷吾，名。」○禮記禮器曰：「家不臺門。」鄭注曰：「闍者謂之臺。」孔疏曰：「兩邊築闍爲基，基上起屋曰臺門。諸侯有保障之重，故爲臺門，而大夫輕，故不得也。」郊特牲曰：「臺門而旅樹反坫，大夫之僭禮也。」鄭注曰：「言此皆諸侯之禮也。旅，道也，屏謂之樹，樹所以蔽行道，管氏樹塞門，塞猶蔽也。禮，天子外屏，諸侯內屏，大夫以簾，士以帷。反坫，反爵之坫也，蓋在尊南，兩君相見，主君既獻，於反爵焉。」案：記雖臺門與旅樹反坫並舉，而不言爲管仲。論語言樹塞門反坫，不及臺門，或以三歸爲臺門，非也。臺門似當作塞門。論語八佾篇曰：「邦君樹塞門，管氏亦樹塞門，邦君爲兩君之好有反坫，管氏亦有反坫。」集解引鄭注曰：「反坫，反爵之坫也，在兩楹之門，人君有別外內，於門樹屏以蔽之，若與鄰國君爲好會，其獻酢之禮更酌，酌畢則各反爵於坫上，今管仲皆僭爲之，如是是不知禮也。」皇疏曰：「邦君謂諸侯也。樹塞門，謂立屏以障隔門，別外內。禮，天子、諸侯並有之也。臣來朝君，至屏而起敬，天子尊遠，故外屏於路門之外爲之，諸侯尊近，故內屏於內門之內爲之，卿大夫以簾，士以帷，又並不得施之於門，政當在庭階之處耳。管仲是大夫，亦學諸侯於門立屏，故云亦樹塞門。」案：皇曰內門，未指爲何門。曲禮下孔疏曰：「諸侯內屏，在路門之內，天子外屏，在路門之外，近應門。」江慎修鄉黨圖考謂：「屏設於正門，天子以應門爲正門，屏應在應門外；諸侯以雉門爲正門，屏在雉門內。」以孔疏爲非。劉楚楨論語正義曰：「吴語謂『越王入命夫人，王背屏』，此當在路門內。或春秋時不如制矣。」皇疏又曰：「禮，諸侯與鄰國君相見，共於廟飲燕，有反坫之禮。坫者，築土爲之，形如土堆，在於兩楹之閒，飲酒行獻酬之禮更酌，酌畢則各反其酒爵於坫上，故謂此堆爲反坫，大夫無此禮，而管仲亦僭爲之，故云亦有反坫也。」金誠齋（鶚）求古録禮説卷九曰：「兩楹之閒，古人以爲行禮之節。士昏禮：『納采、問名、納吉、納徵、請期皆用雁，授于楹閒。』鄉飲酒禮：『介授主人爵于兩楹閒，司正立于楹閒以相拜。』此固大夫、士之禮，然諸侯若行昏禮及兩君燕飲，亦必如是矣。又聘禮：『公受玉于中堂與東楹之閒。』中堂謂東西之中，此時君雖稍偏於東，而賓必與君並立方可授受，賓在君西，則正當兩楹之中閒矣。古者以牖户之閒爲客位，正當東西之中，所以尊賓也。聘禮，君立偏東，賓立正中，亦尊賓之意也。然則兩楹之閒，正賓主行禮之處，安得設坫于此乎？鄉飲酒尊于房户閒，燕禮尊于東楹之西，房户閒正當東楹，東楹之西，去楹亦當不遠，是二者設尊相近，燕則兩君燕飲設尊，亦必在東矣。兩君敵體，與鄉飲一類，是亦宜尊于房户之閒，與東楹相當。然鄉飲無坫，經文明言房户閒，尊當在東楹北，兩君燕飲有坫，尊當在東楹南，此爲異耳。兩君之坫，猶鄉飲之篚，篚設于尊南，與尊同處，則坫亦必與尊同處可知。明堂位云：『反坫出尊，天子之廟飾也。』天子反坫在尊南，則諸侯反坫當在尊北，雖南北不同，要無不與尊同處，尊以盛酒，爵以酌酒，其事一類，故所設之處同也。由是言之，坫不在兩楹之閒明矣。或者以燕禮爲諸侯之事，兩君好會，當與燕禮同尊于東楹之西，東楹之西亦可謂兩楹之閒也。夫謂兩君之燕，亦尊于東楹之西，是君臣無別，而謂東楹之西即兩楹之閒，其名亦混。禮經或言兩楹之閒，或言東楹之西，正所以別其同異，豈可混而一之乎？」案：金説是。○文苑「取」作「録」。○漢書宣帝紀贊曰：「綜覈名實。」○文苑「於公論」上無「形」字。○後漢書陳元傳：「元詣闕上疏曰：竊見博士范升等所議，抉瑕擿釁，掩其弘美。」案：刺骨，文苑校曰：「刺，集作『次』。」史記酷吏杜周傳曰：「内深次骨。」集解引李奇曰：「其用罪深刻至骨。」

且聖無全能，才不必備。以鄭公徵立言正色，恥君不如堯舜，其節大矣，而昧於知人。許公瓌固執遺詔，廷沮邪計，其志明矣，終不能守。故春秋爲賢者諱過，傳稱不以一眚掩大德，語曰無求備於一人。蓋二公所以爲文貞也。若曰百行所歸，九德咸事，如周公之文、宣父之宣，然後擬議，則千古莫嗣，而謚典絶矣。安在一二蘇魏足爲定制乎？謹上參典禮，近考故事，楊公之名請如前議云爾。以上言善善從長，不宜求全責備。○淵鑑評云：「義以典而能確，詞以恕而能公。持此核人，可以論世不爽矣。」

列子天瑞篇曰：「天地無全功，聖人無全能，萬物無全用。」案：文粹「且聖」下有「人」字。○禮記文王帝曰：「徵」，新唐書魏徵傳：「帝曰：『徵蹈履仁義，以弼朕躬，欲致之堯舜。』」○舊唐書魏徵傳曰：「嘗密薦中書侍郎杜正倫及吏部尚書侯君集有宰相之材。徵卒後，正倫以罪黜，君集犯逆伏誅，太宗始疑徵阿黨。」○舊唐書蘇瓌傳曰：「瓌字昌容，京兆武功人。景龍三年，轉尚書右僕射、同中書門下三品，進封許國公。四年，中宗崩，祕不發喪，韋庶人召諸宰相韋安石、韋巨源、蕭至忠、宗楚客、紀處訥、韋温、李嶠、韋嗣立、唐休璟、趙彥昭及瓌等十人，入禁中會議。初，遺制遣韋庶人輔少主知政事，授安國相王太尉，參謀輔政。中書令宗楚客謂温曰：『今須請皇太后臨朝，宜停相王輔政。且皇太后於相王，居嫂叔不通問之地，甚難爲儀注，理全不可。』瓌獨正色拒之，謂楚客等曰：『遺制是先帝意，安可更改？』楚客及韋温大怒，遂削相王輔政而宣行焉。薨，謚曰文貞。」案：文粹「遺詔」作「條詔」。○公羊莊四年曰：「春秋爲賢者諱。」○左僖三十三年曰：「秦伯素服郊次，鄉師而哭曰：『大夫何罪？且吾不以一眚掩大德。』」杜注曰：「眚，過也。」○論語微子篇：「周公謂魯公曰：無求備於一人。」○詩氓鄭箋曰：「士有百行，可以功過相除。」○書皋陶謨曰：「九德咸事。」僞孔傳曰：「使九德之人皆用事。」○周語中富辰引周文公之詩，韋注曰：「文公之詩者，周公旦之所作。」鄭康成詩周南召南譜曰：「周公封魯，死，謚曰文。」○宣父，見賈幼鄰工部侍郎李公集序注。文粹「宣父」作「宣王」，文苑「之宣」作「之德」。○安在一二蘇魏足爲定制乎，此駁蘇端引魏、蘇及「謚『文貞』者不過數公」等語。○吳華石經詞衍釋卷三曰：「云爾，猶如此也。」案：爾，乃「尒」之通借字。說文曰：「尒，詞之必然也。」朱豐芑説文通訓定聲十二曰：「猶言如此也。」

韓雲卿

雲卿，南陽人。（此據李太白韓君去思頌碑，韓君即退之父仲卿也。南陽，説詳韓退之下。）父叡素，桂州長史。有四子仲卿、少卿、雲卿、紳卿。仲卿即退之之父也。（亦據太白去思頌碑。又退之虢州司户韓府君墓誌曰：「叡素有子四人，最季曰紳卿。」與碑正合。而新唐書世系表載叡素子七人：晉卿、季卿、子卿、仲卿、雲卿、紳卿、升卿。與碑並異。昌黎集注曰：「公仲卿之子，而紳卿姪也。寧有敍其家世而故誤耶？當以誌爲正。」）雲卿仕肅宗、代宗朝，以文章名，歷監察御史、禮部郎中、試鴻臚卿、兼御史中丞，終禮部侍郎。新舊唐書皆無傳。新書但云雲卿禮部郎中，今據李太白武昌宰韓君去思頌碑、皇甫持正韓文公神道碑及韓退之科斗書後記五百家注引樊澤之（汝霖）注。○退之科斗書後記曰：「愈叔父（即雲卿）當大曆世，文辭獨行中朝，天下之欲銘述其先人功行、取信來世者，咸歸韓氏。」李太白去思頌碑曰：「雲卿文章冠世。」皇甫持正韓文公神道碑曰：「叔父雲卿，當肅宗、代宗時，獨爲文章官。」李習之韓君夫人韋氏墓誌銘曰：「禮部郎中雲卿好立節義，有大功於昭陵，其文章出於時，而官不甚高。」案：觀以上諸家之言，則雲卿之文爲時所重可知，而退之之家學之淵源亦可知矣。

平蠻頌并序

陳思寶刻叢編卷十九曰：「西原蠻在唐爲患久矣。自肅宗至德以來，百餘年閒，諸蠻更相雄長，乍服乍叛，攻桂管一十八州，所至焚掠。此碑序昌夔勳烈如此之著，其列傳偶闕而不書。（案：李昌夔，新舊書無傳。）

歐、趙集金石文又不得此碑入録，鄉非事著於碑，而碑録於余，其遂無聞矣。」輿地紀勝廣南西路静江府載韓雲卿平蠻頌，通志金石略亦載之。清統志曰：「廣西名宦唐李昌巙，大曆間討蠻賊潘長安有功，吏士刻平蠻頌于鎮南山下。」案：金石續編卷八載平蠻頌署云「□□郎守尚書禮部郎中上柱國韓雲卿撰，□議郎守梁州都督府長史武陽縣開國男翰林待詔韓秀實書，□□□□□李陽冰篆額」，末云「大唐大曆十二年□月二十五日□」。陸紹聞（耀遹）曰：「額題『平蠻碑』三字，在廣西桂林府（舊治臨桂縣，今改桂林縣。）城北鎮南峯摩崖。」廣西通志金石略曰：「案代宗紀（舊唐書）：『大曆八年九月，以辰錦觀察使李昌巙爲桂州刺史、防禦觀察使。』至是蓋莅官之五年也。潘長安稱安南王事，唐書、通鑑皆不載，惟南蠻傳（新書）：『大曆中，以潘歸國部落置龍武州。』歸國蓋長安之族。」

維大曆十二年，桂林、象郡之外，有西原賊率潘長安，僞稱安南王。誘脅夷蠻，連跨州邑，鼠伏蟻聚，賊害平人。南距雕題、交趾，西控昆明、夜郎，北洎黔、巫、衡、湘，彌亘萬里，人不解甲。天子命隴西縣男昌巙，領桂州都督、兼御史中丞，持節招討。斬首二百餘級，擒獲元惡，并其下將率八十四人，生獻闕下。其餘逼逐俘虜二十餘萬，並給耕牛種糧，令還舊居。統外一十八州牧守，羈縻反覆，歷代不賓，皆授首請罪，願爲臣妾。嘉其自新，俾守厥舊。商農漁樵，各復其業，悼耋鰥寡，各安其宅。變氛沴爲陽煦，化險阻爲夷途。五嶺之人，若出玄泉而觀白日，如蹈烈火而蒙寒冰。書上聞，優詔嘉焉，公卿百辟，將校耆艾，咸願歌頌勛烈，以銘於石。其辭曰：

大曆，代宗年號。○史記秦始皇本紀曰：「三十三年，略取陸梁地爲桂林、象郡、南海。」漢書地理志鬱林郡元注曰：「故秦桂林郡。」日南郡元注曰：「故秦象郡。」通典州郡十四桂林注曰：「今始安、平樂、蒙山、開江、潯江、蒼梧、臨江、鬱林、平琴、安城、賀水、常林、象郡、龍城、融水、朗寧、懷澤、寧浦、横山、修德、龍池、永定等郡是。」象郡注曰：「今招義、南潘、普寧、陵水、南昌、定川、寧越、安南、武峨、龍水、忻城、九真、福禄、文陽、日南、承化、玉山、合浦、安樂、海康、温水、湯泉等郡是。」西原蠻，見元次山謝上表注。○左襄二十三年：「臧紇曰：夫鼠，晝伏夜動。」水經温水注曰：「范佛蟻聚，連壘五十餘里。」○禮記王制曰：「南方曰蠻。雕題、交趾，有不火食者矣。」鄭注曰：「雕，文，謂刻其肌以丹青涅之；交趾，足相鄉，然浴則同川，臥則僢。」孔疏曰：「彫謂刻也，題謂額也，謂以丹青彫刻其額也。蠻臥時頭嚮外而足在內而相交，故云交趾。」范致能桂海虞衡志曰：「交趾之名，其來最久，王制與雕題同言，則其人形必小異。交州記云：『交趾之人，出南定縣。足骨無節，身有毛，臥者更相扶始得起。』山海經亦言『交脛』（海外南經）。郭璞云：『脚脛曲戾相交，故謂之交趾。』今安南地乃漢唐郡縣，其人百骸與華無異，何嘗有交脛等説？或傳安南有播流山，環數百里皆如鐵圍，不可攀躋，中有土田，惟一竅可入，而嘗自窒之，疑此是古交趾地。」（見文獻通考輿地九引，今本虞衡志無之。）孫紹周（希旦）禮記集解曰：「交趾之説，注疏殊不明。范氏以爲形必有異，是也。然交趾地甚廣，而欲以一山當之可乎？蓋古時交趾之人，其足趾必與華不同，故以此爲名。其後漸染華風，與中國通婚嫁，故形體遂變，此乃事理之常，不足怪也。」○史記西南夷傳曰：「西南夷君長以什數，夜郎最大，其外西自同師以東，北至楪榆，名爲嶲、昆明。」漢書顔師古注曰：「夜郎後爲縣，屬牂柯郡。嶲即今之嶲州也。昆明又在其西南，即今之南寧州。諸爨所居，是其地也。」清統志曰：「貴州南籠府：秦以前爲夜郎地。」又曰：「遵義府：夜郎廢縣，在桐梓縣東。」按：漢夜郎縣即故國，在今貴州省西界。王益吾漢書補注曰：「據志稿，夜郎今霑益州，亦兼宣威州地，（屬雲南，今並改爲縣。）當在宣威、霑益西界。考西南夷傳，成帝河平中尚有夜郎王興，未除其爵，是縣自爲縣，國自爲國。夜郎疆域較大，不必同在一地也。」案：清統志曰：「雲南曲靖府：南寧故城，在南寧縣西十五里平川中。」○唐江南道黔州治彭水縣，今四川彭水縣治。巫州（大曆五年改爲敍州）治龍標縣，今湖南黔陽縣治。衡州治衡陽縣，今湖南衡陽縣治。潭州在秦爲長沙郡，漢爲長沙國，宋兼置湘州，隋爲潭州，治長沙縣，今湖南長沙縣治。○魏志陶謙傳注引吴書：「謙上書曰：若承命解甲，弱國自虚。」案：「人不解甲」，碑作「流毒如彼其廣」，「天子命」下有「我」字。○唐六典卷二曰：「縣男從五品，食邑三百户。」卷十三曰：「御史臺中丞二人，正五品。」通典職官十四曰：「都督，晉使持節爲上，持節次之，假節爲下。使持節得殺二千石以下，持節殺無官位人，若軍事，得與使持節同。大唐諸州復有總管，亦加號使持節，刺史加號持節。武德七年，改大總管府爲大都督府。太極初，以并、益、荆、揚爲四大都督府。開元十七年，加潞州爲五焉。其餘都督定爲上中下等。」元和志曰：「嶺南道桂州：中都督府。」（新書地理志同，舊志作「下都督府」。）新唐書百官志曰：「中都督府都督一人，正三品。」（下都督府都督從三品。）○後漢書光武紀上注曰：「秦法，斬首一，賜爵一級，故因謂斬首爲級。」○書康誥曰：「元惡大憝。」○碑「將」下無「率」字。○新書南蠻傳言，四原蠻至德初攻桂管十八州，（元和志載桂管十二州，舊書地理志載桂管十五州，新書方鎮表言「開耀後置桂管經略使，領十四州」。三書所載，惟桂、梧、柳、富、昭、蒙、融、龔八州相同；賀、嚴、思唐三州，元和志與表同；象州，元和志與舊書同；其餘舊唐書之潯、鬱林、平琴、賓、澄、繡六州，表之連、瓊、古三州，皆不相同，未知大曆前桂管十八州沿革何如也。又新書方鎮表言：「廣德二年，廢邕州管內都防禦使，以所管州隸桂管經略使。大曆五年，復置邕州都防禦使，桂管觀察使罷領邕管諸州。八年，罷桂管觀察使，以諸州隸邕管。貞元元年，復置桂管經略招討使。七年，桂管經略使罷領招討使。」考之舊書代宗紀：「大曆八年九月戊戌，以辰錦觀察使李昌巙爲桂州刺史、桂管防禦觀察使。」所載亦不合。且此文招討字雖活用，非確指爲招討使，然表謂「貞元元年復置招討使」，疑亦有誤。）此文言「統外」，則似指羈縻州，非指桂管之州也。而唐代羈縻州亦時有損益，不能詳考。案：碑「牧守」作「守牧」。○司馬長卿難蜀父老曰：「蓋聞天子之牧夷狄也，其義羈縻勿絕而已。」○周禮秋官象胥曰：「若以時入賓。」論衡宣漢篇曰：「化不賓爲齊民。」○潘元茂册魏公九錫文曰：「蘄陽之役，橋蕤授首。」○史記吴世家曰：「越王請委國爲臣妾。」○漢書匡衡傳：「衡上疏曰：使百姓得改行自新。」○禮記曲禮上曰：「七年曰悼。」爾雅釋言注曰：「耋，老也。」公羊宣十二年注、左僖九年疏引爾雅舍人注，皆以六十爲耆。易離釋文引馬融注、詩車鄰疏及爾雅釋詁疏引鄭玄易注、詩疏及禮記射義疏引左傳服注、左傳杜注，皆以七十爲耋。詩車鄰毛傳、說文、釋名釋長幼、易釋文引王肅注、爾雅釋言郭注、方言一郭注、鹽鐵論孝養篇，皆以八十爲耋。孟子梁惠王下曰：「老而無妻曰鰥，老而無夫曰寡。」○漢書元帝紀注曰：「氛，惡氣也。」案：「沴」字，已見權載之兩漢辨亡論注。○五嶺，「嶺」本字作「領」。漢書張耳陳餘傳顔師古注曰：「領者，西自衡山之南，東窮於海，一山之限耳，而別標名，則有五焉。裴氏廣州記云：『大庾、始安、臨賀、桂陽、揭陽，是爲五領。』鄧德明南康記曰：『大庾領一也，桂陽騎田領二也，九真都龐領三也，臨賀萌渚領四也，始安越城領五也。』」後漢書吴祐傳章懷注同。（異字皆彼注轉寫之誤，當依此正。）水經溱水注曰：「連水出南康縣涼熱山連溪，山即大庾嶺也，五嶺之最東矣。」耒水注曰：「黃水出黃岑山，山則騎田之嶠，五嶺之第二嶺也。」鍾水注曰：「都山即都龐之嶠，（都龐，元作「部龍」，今依戴東原校改。趙誠夫水經注釋曰：「考班志九真郡有都龐縣，應劭曰『龐音龍』，師古曰『音聾』。而桂陽之部龍乃嶺嶠之名，輿地紀勝曰：『山之絕頂曰「都逢」，土人語訛曰「龐」也。』不知『都』『部』字相似，『龐』『龍』音相聯，而强以『都逢』爲土音『山之絕頂』之說，殆因嶺嶠而傅會耶？此與九真之都龐縣無涉，酈記誤也，當以南平部龍爲是。」楊惺吾水經注疏要刪曰：「據南康記，五嶺由東而西，則第三嶺自當在桂陽、臨賀之閒，若九真之都龐已至極南，不得爲第三。按南平自有都龐，宋本寰宇記：『藍山，本漢南平也，有黃蘗山，今謂之都龐山，即是五嶺從東第三都龐嶺也。』而『部龍』之名無聞焉，然則作『都龐』是也。南康記『九真』二字，或淺人求都龐於南平不得，但見九真有都龐縣而增改之與？」案：楊氏說是。）五嶺之第三嶺也。」湘水注曰：「萌渚水南出于萌渚之嶠，五嶺之第四嶺也。」灕水注曰：「湘灕之閒陸地廣百餘步，謂之始安嶠，嶠即越城嶠也。」元和郡縣志曰：「嶺南道桂州全義縣：越城嶠，在縣北三里，即五嶺之最西嶺也。」案：以今地輿考之，大庾嶺在江西大庾縣，一也；黃岑山一名騎田嶺，在湖南郴縣南，二也；黃蘗山即都龐嶺，在湖南藍山縣北，三也；萌渚嶺在湖南江華縣西南，四也；越城嶺在廣西興安縣北，五也。○班孟堅終南山賦曰：「玄泉落落。」○詩烈文曰：「百辟其刑之。」禮記月令曰：「百辟卿士。」○爾雅釋詁曰：「耆艾，長也。」禮記曲禮上曰：「六十曰耆。」吴語韋注、周書謚法篇孔注、釋名釋長幼、禮記射義釋文、荀子致仕篇楊注並同。後漢書韋彪傳注引禮記「七十曰耆」，殆誤也。曲禮曰：「五十曰艾。」釋名荀子注、後漢書注並同，而鹽鐵論未通篇謂「五十以上曰艾」。曲禮疏載熊氏引中候運衡注、中候準讖注，周書謚法篇孔注皆謂「七十曰艾」。○碑「勳」下無「烈」字，「辭」上無「其」字。

皇帝嗣位，十有五載。淳風橫流，聲教無外。蠢茲蠻陬，肆其蜂蠆。恃遠怙險，爲人螫賊。爰命隴西，授節討綏。訓我師徒，如熊如羆。捲旗釋甲，先喻德澤。稔惡弗懲，含蠆弗息。矯矯隴西，礪爾矛鋋。鼓奮重泉，兵揚九天。出其不意，億萬踣顛。來者面縛，亡者染鍔。搜洞索穴，覆其巢宅。若鼓洪爐，燎彼毛毳。若振飄風，摧乎朽脆。海嶠濛濛，再開天光。俾祲作和，化戎爲農。三軍臥鼓，四鄙罷柝。原野蕭條，萬里澄廓。明主是嘉，罷人是康。銘之嶺門，用垂無疆。

吴先生曰：「雄直勁厲，造語奇崛，已開退之先聲。」

寶應元年壬寅四月，肅宗崩，代宗即位。明年癸卯七月，改元廣德。又明年乙巳，改元永泰。二年丁未十一月，改元大曆。自即位至大曆十二年，凡十五載。○司馬長卿封禪文曰：「協氣橫流。」○書禹貢曰：「朔南暨聲教。」公羊僖二十四年曰：「王者無外。」○詩采芑曰：「蠢爾蠻荆。」僞大禹謨曰：「蠢茲有苗。」左太沖魏都賦曰：「蠻陬夷落。」○左僖二十二年：「臧文仲曰：蠭蠆有毒，而況國乎？」○詩大田曰：「去其螟螣，及其蟊賊。」毛傳曰：「食根曰蟊，食節曰賊。」（爾雅釋蟲同）左成十三年：「晉侯使吕相絶秦曰：帥我螫賊以來，蕩摇我邊疆。」螫，「蟊」之借字。案：素問寶命全形篇「賊」與「代」韻，蓋此文所本。○書牧誓曰：「尚桓桓，如虎如貔，如熊如羆。」○碑「旗」作「旂」。○吴語韋注曰：「稔，熟也。」○詩泮水曰：「矯矯虎臣。」鄭箋曰：「矯矯，武貌。」○書牧誓曰：「立爾矛。」費誓曰：「礪乃鋒刃。」説文曰：「鋋，小矛也。」○孫子形篇曰：「善守者，藏於九地之下；善攻者，動於九天之上。」又計篇曰：「攻其無備，出其不意。」○詩伐檀毛傳曰：「萬萬曰億。」假樂鄭箋曰：「十萬曰億。」楚語下韋注曰：「十萬曰億，此古數也，今人乃以萬萬爲億。」○左僖六年曰：「許男面縛銜璧。」宋微子世家曰：「微子造於軍門，肉袒面縛。」漢書項籍傳：「馬童面之。」顔注曰：「面謂背之，不面向也。面縛亦謂反背而縛之。杜元凱以爲但見其面，非也。」○班孟堅封燕然山銘曰：「血尸逐以染鍔。」○碑「索」下空一字，「宅」作「穴」。○魏志陳琳傳：「琳諫何進曰：以此行事，無異於鼓洪爐以燎毛髮。」説文曰：「毳，獸細毛也。」○後漢書鄭太傳：「太曰：以膠固之衆，當解合之勢，猶以烈風埽彼枯葉。」○列子湯問篇曰：「渤海之東，有大壑焉，其中有五山焉，一曰岱輿，二曰員嶠。」案：碑「嶠」作「宇」。○左莊二十二年曰：「有山之材，而照之以天光。」○左昭十五年杜注曰：「祲，妖氛也。」○陳孔璋正欲賦「濛」與「藏」韻；潘安仁藉出賦「農」與「芳」韻。（「芳」字據文選五臣注及晉書潘岳傳，李善本作「茅」。）案：「濛」古音在東部，「農」在冬部，皆與陽部「光」字可通轉。○後漢書隗囂傳：「囂移檄告郡國曰：興滅繼絶，封定萬國，然後還師振旅，櫜弓臥鼓。」○張茂先遊獵篇曰：「囂聲振四鄙。」張平子西京賦曰：「城尉不弛柝，而内外潛通。」李善注曰：「鄭玄周禮注曰：欜，戒夜者所擊也。（宮正注）」「柝」與「欜」同。○班孟堅西都賦曰：「原野蕭條，目極四裔。」○罷，「疲」之借字。

唐宋文舉要甲編卷二　唐文二十首

霸縣高步瀛學

韓退之

韓愈，字退之，鄧州南陽人，（今河南南陽縣。案：李太白武昌宰韓君去思頌碑曰：「仲卿，南陽人，即愈之父也。」皇甫持正韓文公神道碑敘其先世，亦云「後居南陽」。故新唐書愈傳曰：「鄧州南陽人。」或以南陽爲修武，非是。左傳僖二十五年：「晉啓南陽。」戰國策亦屢稱之。然自秦名脩武之後，漢以來稱南陽者，皆指南陽郡，不指修武。即以韓集考之，如南陽樊紹述墓誌銘，樊本河中人，其曰南陽，乃舉郡望，則退之爲南陽人，亦爲郡望可知。不得以退之家居河陽，遂以南陽爲修武也。惟據元和姓纂及新唐書宰相世系表，退之之族出于潁川，與居南陽之赭陽後徙昌黎之棘城者，别爲二族，故後人頗以爲疑。然譜系之書，本不盡可信。退之文中，恒署昌黎韓愈，李習之撰韓公行狀亦云「昌黎人」，舊書愈傳因之，當必有據，特今不可考。朱子韓文考異謂「昌黎族盛，故隨稱之」，則未免輕誣前賢矣。至昌黎之棘城，後魏併入龍城縣，當在今奉天錦縣等處，與河北昌黎縣無涉也。顧亭林日知録卷三十一謂昌黎有五，而河北徐水縣西遂城故城，後魏僑置昌黎郡，尚不與焉。此後魏孝武帝永熙二年韓瓚爲南營州刺史僑置，唯瓚與愈之先祖茂族屬如何，亦不可考矣。）貞元八年進士第，董晉爲宣武節度使，表署觀察推官。晉卒，武寧節度使張建封辟府推官。調四門博士，遷監察御史。上疏極論宫市，貶陽山令，改江陵法曹參軍。元和初，權知國子博士，分司東都，三歲爲真。改都官員外郎，即拜河南令。遷職方員外郎，復爲博士，改比部郎中、史館脩撰，轉考功、知制誥，進中書舍人。裴度宣慰淮西，奏愈行軍司馬。元濟平，遷刑部侍郎。憲宗遣使者往鳳翔迎佛骨，愈上表極諫，帝大怒，貶潮州刺史。召拜國子祭酒，轉兵部侍郎，又轉吏部侍郎。長慶四年卒，贈禮部尚書，謚曰文。新舊唐書皆有傳。○新唐書愈傳曰：「愈每言文章自漢司馬相如、太史公、劉向、楊雄後，作者不世出，故愈深探本原，卓然樹立，成一家言。其原道、原性、師説等數十篇，皆奥衍閎深，與孟軻、楊雄相表裏，而佐佑六經云。至它文造端置辭，要爲不襲蹈前人者，然惟愈爲之，沛然若有餘，至其徒李翶、李漢、皇甫湜從而效之，遽不及遠甚。」唐才子傳卷五曰：「公英偉間生，才名冠世。繼道德之統，明列聖之心，獨濟狂瀾，詞彩燦爛。齊梁綺豔，毫髮都捐。有冠冕佩玉之氣，宫商金石之音。爲一代文宗，使頹綱復振。豈易言也哉？固無辭足以贊述云。」

原道

韓集五百家注引樊澤之（汝霖）曰：「淮南子以原道首篇，許氏箋云：原，本也。」（後引樊注皆見五百家本）步瀛案：高誘注同。漢書薛宣傳顔師古注曰：「原，謂尋其本也。」錢曉徵（大昕）十駕齋養新録卷十六曰：「『原道』二字，出淮南原道訓，（陸朗甫切問齋集卷二與王惺齋論韓文書謂：「韓公即淮南之題，作此以反之。」恐未確。）劉氏文心雕龍亦有原道篇。」○五百家補注曰：「山谷嘗曰：『文章必謹布置。每見後學，必告以原道命意曲折，後以此槩求古人法度，如老杜贈韋見素詩，（此杜子美奉贈韋左丞丈詩，乃韋濟，非見素也。此沿范元實之誤。）布置最得正體，如官府甲第，廳堂房室，各有定處，不可亂也。韓文公原道與書之堯典蓋如此。』（此范元實潛溪詩眼之説，苕溪漁隱叢話前集卷十引之。）」

博愛之謂仁，行而宜之之謂義，由是而之焉之謂道，足乎己無待於外之謂德。仁與義爲定名，道與德爲虚位。故道有君子小人，而德有凶有吉。老子之小仁義，茅順甫謂以下數句是一篇之律，蓋因老子有道德經，故據此立論闢之。非毁之也，其見者小也。坐井而觀天，曰天小者，非天小也。彼以煦煦爲仁，孑孑爲義，其小之也則宜。其所謂道，道其所道，非吾所謂道也。其所謂德，德其所德，非吾所謂德也。凡吾所謂道德云者，合仁與義言之也，天下之公言也。老子之所謂道德云者，去仁與義言之也，一人之私言也。吴北江曰：「以上從辨老子之道德論發起。」

論語顔淵篇：「樊遲問仁，子曰：愛人。」孟子離婁下曰：「仁者愛人。」説苑修文篇曰：「積愛爲仁。」國語周語下韋注曰：「博愛於人爲仁。」○禮記中庸曰：「義者，宜也。」孟子離婁上曰：「義，人之正路也。」○禮記中庸曰：「率性之謂道。」鄭注曰：「循性行之之謂道。」又曰：「道猶道路也。」○禮記樂記曰：「德者，得也。」周禮師氏鄭注曰：「在心爲德。」詩皇矣孔疏引服虔曰：「在己爲德。」○黄氏日抄卷五十九曰：「程録嘗以虚位之説爲非（程氏遺書十九伊川先生語），此決非程氏之言也。夫道二，仁與不仁而已。此正孟子之言（離婁上）。豈可反以道德虚位非原道哉？仁與義爲道德，去仁與義亦自以爲道德，故特指其位爲虚，而未嘗以道德爲虛也。」錢曉徵曰：「二語勝於宋儒。」○易泰彖傳曰：「君子道長，小人道消也。」否彖傳曰：「小人道長，君子道消也。」繫辭下曰：「陽一君而二民，君子之道也。陰二君而一民，小人之道也。」禮記中庸曰：「君子之道闇然而日章，小人之道的然而日亡。」○左文十八年曰：「孝敬忠信爲吉德，盜賊藏姦爲凶德。」○老子曰：「大道廢有仁義。」又曰：「失道而後德，失德而後仁，失仁而後義。」○朱子韓文考異曰：「非天小也，小，方作『罪』，（此謂方崧卿韓文舉正，音註本亦作「罪」。）云：『尸子曰：井中視星，所視不過數星。』（羣書治要卷三十六載尸子此二語在廣澤篇，「井」上有「因」字，藝文類聚天部一，太平御覽天部六、人事部七十引，「因」並作「自」，下「視」字作「見」。又人事部引上「視」字作「窺」。）今按：韓公未必用尸子語，正使用之，作『罪』亦非文意。」○韓集五百家注引孫良臣（汝聽）曰：「煦煦，小惠貌。」（後引孫注皆見五百家本）案：煦，與「呴」「姁」字並通借。漢書東方朔傳：「愉愉呴呴。」顏注曰：「呴呴，言語順也。」韓信傳：「言語姁姁。」顏注曰：「姁姁，和好貌也。」○釋名釋兵曰：「狹而短者曰孑盾。孑，小稱也。」是孑孑亦小貌。或曰：「漢書高惠高后文功臣表顏注曰：孑然，獨立貌。」○錢曉徵曰：「老氏云失道而後德云云（已見上），所謂去仁與義言之也。孟子曰：『堯舜之道，孝弟而已矣。』（滕文公上）『仁之實，事親是也；義之實，從兄是也。』（離婁上）『道在邇而求諸遠，事在易而求諸難。人人親其親，長其長，而天下平。』（離婁上）所謂合仁與義言之也。退之原道一篇，與孟子言仁義同功。」

周道衰，孔子没，火于秦，黄老于漢，佛于晉、魏、梁、隋之閒，其言道德仁義者，不入于楊，則入于墨；不入于老，則入于佛。入于彼，必出于此。入者主之，出者奴之；入者附之，出者汙之。噫！後之人其欲聞仁義道德之說，孰從而聽之？老者曰：「孔子，吾師之弟子也。」佛者曰：「孔子，吾師之弟子也。」爲孔子者，習聞其說，樂其誕而自小也，亦曰：「吾師亦嘗師之云爾。」不惟舉之于其口，而又筆之于其書。噫！後之人雖欲聞仁義道德之說，其孰從而求之？吴北江曰：「以上慨異端之害道。」

史記秦始皇本紀曰：「三十四年，李斯請史官非秦記皆燒之，非博士官所職，天下敢有藏詩、書、百家語者，悉詣守尉雜燒之。」○漢書曹參傳曰：「參聞膠西有蓋公，善治黄老言，使人厚幣請之。」外戚傳曰：「竇太后好黄帝、老子言，景帝及諸竇不得不讀老子，尊其術。」又竇嬰田蚡傳、儒林傳並言竇太后好黄老。隋書經籍志曰：「自黄帝以下，聖哲之士，所言道者，傳之其人，世無師説。漢時曹參始薦蓋公能言黄老，文帝宗之。自是相傳，道學衆矣。」王西莊十七史商榷卷六曰：「漢初黄老之學極盛，君如文、景，宫闈如竇太后，宗室如劉德，將相如曹參、陳平，名臣如張良、汲黯、鄭當時、直不疑（自劉德以下皆見漢書各本傳）、班嗣（漢書敍傳）、處士如蓋公、鄧章（鼂錯傳）、王生（張釋之傳，又蓋寬饒傳别爲一人）、黄子（司馬遷傳，即儒林傳之黄生）、楊王孫（本傳）、安丘望之（後漢書耿弇傳）等皆宗之。東方朔戒子以「首陽爲拙，柱下爲工」（漢書本傳贊中引之），是亦宗黄老者。」○隋書經籍志曰：「後漢明帝夜夢金人飛行殿庭，以問於朝，而傅毅以佛對。帝遣郎中蔡愔及秦景使天竺求之，得佛經四十二章。魏黄初中，中國人始依佛戒，剃髮爲僧。甘露中，有朱仕行者，往西域，至于闐國，得經九十章。晋元康中，至鄴譯之。太始中，有月支沙門竺法護西遊諸國，大得佛經，至洛翻譯部數甚多。佛教東流，自此而盛。梁武大崇佛法，於華林園中總集釋氏經典，凡五千四百卷。後魏時，太武帝焚破佛像，長安僧徒一時殲滅。文成之世，又使修復。熙平中，遣沙門慧生使西域，采經律。至周武帝時，一切廢毀。開皇元年，普詔天下，任聽出家，仍令計口出錢，營造經像，天下之人，從風而靡。」案：後漢書西域傳載佛法入中國在後漢明帝時。世説新語文學篇注引牟子同。又引劉子政列仙傳曰：「歷觀百家之中，以相檢驗，得仙者百四十六人，其七十四人，已在佛經。」又引魚豢魏略西戎傳曰：「漢哀帝元壽元年，博士弟子景盧（魏書釋老志作秦景憲，法苑珠林千佛篇作景憲。）受大月氏王使伊存口傳浮屠經。」又引漢武故事曰：「昆邪王殺休屠王來降，得其金人之神，置之甘泉宮，金人皆長丈餘，其祭不用牛羊，唯燒香禮拜，謂此神全類於佛。」魏書釋老志謂：「劉歆著七略，班固志藝文，釋氏之學，所未曾記。」則劉向已見佛經之事，恐未足信。顔氏家訓書證篇亦云：「列仙傳贊云『七十四人出佛經』，由後人所羼，非本文也。」蓋佛法在西漢時，已嘗入中國，事或有之。至法苑珠林千佛篇引釋道安、朱士行等經録目言：「秦始皇時，有沙門釋利防等十八人，賫佛經來化始皇。」敬佛篇引陸元暢言：「周穆王時，文殊、目連來化，穆王從之。」即列子所謂化人者是也。化人示穆王：「高四臺是迦葉説法處。」又言秦穆公時，扶風獲一石佛，皆僧徒附會之説，不足信也。（困學紀聞卷十以列子仲尼篇稱西方聖人、周穆王篇稱西極化人，因謂佛已聞於中國，不知列子寓言，且亦僞託也。）○孟子滕文公下曰：「楊朱、墨翟之言盈天下，天下之言不歸楊則歸墨。」莊子寓言篇曰：「楊子居南之沛。」釋文曰：「姓楊名朱。」列子楊朱篇殷敬順釋文曰：「字子居，戰國時人，後於墨。」漢書藝文志墨家有墨子七十一篇，元注曰：「名翟，爲宋大夫，在孔子後。」○孫曰：「老者謂學老子者。」案：莊子德充符曰：「無趾語老聃曰：『孔丘之於至人，其未邪？彼何賓賓以學子爲？』」天運篇曰：「孔子行年五十有一而不聞道，乃南之沛見老聃。」○孫曰：「佛者亦謂學佛者。」案：困學紀聞卷十七曰：「佛者曰：『孔子，吾師之弟子也。』蓋用佛書三聖弟子之説，謂老子、仲尼、顔子也。緯文瑣語云。」萬蔚亭（希槐）集證曰：「陳耀文天中紀引唐釋法琳破邪論云：『佛遣三弟子震旦教化，儒童菩薩彼稱孔子，光浄菩薩彼稱顔回，摩訶迦葉彼稱老子。』」步瀛案：此説出清浄法行經，釋道安二教論引之，見釋道宣廣弘明集卷八。○吕氏春秋應言篇高注曰：「誕，詐也。」○亦嘗師之云爾，方本無「師之」二字，考異及世綵堂本皆從之。文粹同，今依音註本、五百家注本、文苑、觀瀾文乙集。○吕伯恭觀瀾文乙集注曰：「家語觀周篇：『孔子謂南宫敬叔曰：「吾聞老聃博古知今，通禮樂之原，明道德之歸，則吾師也，今將往矣。」敬叔與俱至周，問禮於老聃。』」步瀛案：後人以家語爲王肅僞撰，可爲筆之於書之證。又列子仲尼篇：「商太宰曰：『孰者爲聖？』孔子曰：『西方之人，有聖者焉。』」此亦後人僞託，然竟以孔子爲知有佛矣。

甚矣，人之好怪也，不求其端，不訊其末，惟怪之欲聞。吴摯甫先生曰：「後凡所發明聖人作爲，皆求端訊末之事；凡所譏於老、佛者，皆怪也。」吴北江曰：「『不求其端』三句，提挈爲一篇綱領。」古之爲民者四，今之爲民者六；古之教者處其一，今之教者處其三。農之家一，而食粟之家六；工之家一，而用器之家六；賈之家一，而資焉之家六。奈之何民不窮且盜也？吴北江曰：「以上言二氏與儒並主教化，民所以窮。」説文曰：「訊，問也。」○穀梁成元年曰：「古者有四民，有士民，有商民，有農民，有工民。」○孫曰：「士、農、工、賈，加佛、老爲六。」○孫曰：「聖人之教一，加佛、老爲三。」○賈音古。

古之時，人之害多矣。有聖人者立，然後教之以相生養之道。爲之君，爲之師，驅其蟲蛇禽獸，而處之中土。寒然後爲之衣，飢然後爲之食。木處而顛，土處而病也，然後爲之宮室。爲之工以贍其器用，爲之賈以通其有無，爲之醫藥以濟其夭死，爲之葬埋祭祀以長其恩愛，爲之禮以次其先後，爲之樂以宣其湮鬱，爲之政以率其怠勧，爲之刑以鋤其强梗。相欺也，爲之符璽斗斛權衡以信之；相奪也，爲之城郭甲兵以守之。害至而爲之備，患生而爲之防。今其言曰：「聖人不死，大盜不止。剖斗折衡，而民不争。」嗚呼！其亦不思而已矣。如古之無聖人，人之類滅久矣。何也？無羽毛鱗介以居寒熱也，無爪牙以争食也。姚姬傳曰：「此段闢老。」吴先生曰：「此因二家之爲民害發端，遂縱論聖人生養人之法，是求其端之事。彼欲離其聖人者，怪也。」又曰：「此段仁。」

孟子梁惠王下引書曰：「天降下民，作之君，作之師。」○孟子滕文公上曰：「益烈山澤而焚之，禽獸逃匿。」滕文公下曰：「禹驅蛇龍而放之菹。」又曰：「周公驅猛獸。」○詩蕩毛傳曰：「顛，仆也。」○易繫辭下曰：「上古穴居而野處，後世聖人易之以宫室。」○湮鬱，考異依方崧卿本作「壹鬱」，文粹同，今依音註、五百家、文苑、觀瀾乙集。方曰：「按史記賈誼傳：『獨湮鬱其誰語？』（史記「鬱」下有「兮」字。）漢書作『壹鬱』。『壹』當作『壹』，集韻音咽，壹鬱不得泄也。平、入聲通用。『湮』與『壹』亦音義同也，作『壹』字則非。」朱曰：「字書：『壹壹，吉凶在壺中不得泄也。』即今之『氤氳』字。『壹』『湮』古蓋通用，故漢書但作『壹』耳。」步瀛案：說文曰：「壹，壹壹也，从凶从壺。壺不得渫，凶也。易曰：天地壹壹。」今繫辭下作「絪緼」，思玄賦作「烟煴」，是「壹壺」「絪緼」「烟煴」「氤氳」並同，「湮」與「壹」一聲之轉。○音註曰：「『勸』與『倦』同，疲也，懈也。莊子：『學道不勸。』（大宗師篇）」案：近人以音註爲祝充撰，然此注與五百家注引不同，豈魏氏節取之耶？抑此非祝氏書耶？故仍引作音註，而五百家引者則作祝充。○方言二曰：「梗，猛也。韓趙之閒曰梗。」○説文曰：「符，信也。漢制以竹長六寸分而相合。」又曰：「璽，王者之印也。璽，籒文从玉。」周禮地官司市：「凡通貨賄，以璽節出入之。」鄭注曰：「璽節印章，如今斗檢封矣。」秋官職金注引鄭司農曰：「璽者，印也。」○「聖人不死」四句，見莊子胠篋篇。

是故，君者，出令者也；臣者，行君之令而致之民者也；民者，出粟米麻絲、作器皿、通貨財以事其上者也。君不出令，則失其所以爲君。臣不行君之令而致之民，民不出粟米麻絲、作器皿、通貨財以事其上，則誅。今其法曰：「必棄而君臣，去而父子，禁而相生養之道，以求其所謂清浄寂滅者。」嗚呼！其亦幸而出於三代之後，不見黜於禹、湯、文、武、周公、孔子也；其亦不幸而不出於三代之前，不見正於禹、湯、文、武、周公、孔子也。姚曰：「此段闢佛。」吴先生曰：「因聖人之生養人，於是始有君臣民之常職，是訊其末之事。彼欲棄去之者，尤怪也。」又曰：「此段義。」

管子重令篇曰：「尊君在乎行令，故曰虧令者死，益令者死，不行令者死，留令者死，不從令者死。」○「而致之民」下，音註、五百家、文苑皆有「則失其所以爲臣」七字，非是。○廣雅釋詁一曰：「誅，責也。」

禮記曲禮上鄭注曰：「誅，罰也。」案：「民不出粟米麻絲」云云，近人多訾之，然在民權未明之時，所見止如此。即孟子固云民爲貴者，亦云治於人者食人，又何能獨責退之邪？○孫曰：「而，皆謂汝也。」○袁彦伯後漢紀卷十曰：「浮屠者，佛也，其教以修善慈心爲主，專務清浄。」俱舍論十六曰：「諸身語意三種妙行，名身語意三種清浄，暫永遠離一切惡行煩惱垢，故名爲清浄。」維摩詰所説經佛國品曰：「悉已清浄，永離蓋纏。」弟子品曰：「法本不然，今則無滅，是寂滅義。」妙法蓮華經序品曰：「或有菩薩説寂滅法。」

帝之與王，其號名殊，其所以爲聖一也；夏葛而冬裘，渴飲而飢食，其事殊，其所以爲智一也。今其言曰：「曷不爲太古之無事？」是亦責冬之裘者曰：「曷不爲葛之之易也？」責飢之食者曰：「曷不爲飲之之易也？」茅順甫曰：「正譬雜遝，各無數語，筆力天縱。」姚曰：「此段闢老。仍承上患至爲備，害生爲防意。」吴先生曰：「彼欲去天常，禁相生養者，且以太古無事藉口，故又明帝王殊施，而天下國家之不可外，以折之。」又曰：「此段義。」

白虎通號篇曰：「帝王者何？號也。號者，功之表也。所以表功明德，號令臣下者也。德合天地者稱帝，仁義合者稱王。」○莊子胠篋篇曰：「昔者容成氏、大庭氏、伯皇氏、中央氏、栗陸氏、驪畜氏、軒轅氏、赫胥氏、尊盧氏、祝融氏、伏戲氏、神農氏。當是時也，民結繩而用之，甘其食，美其服，樂其俗，安其居，鄰國相望，雞狗之音相聞，民至老死而不相往來。」

傳曰：「古之欲明明德於天下者，先治其國。欲治其國者，先齊其家。欲其齊家者，先脩其身。欲脩其身者，先正其心。欲正其心者，先誠其意。」然則古之所謂正心而誠意者，將以有爲也。今也欲治其心而外天下國家，滅其天常，子焉而不父其父，臣焉而不君其君，民焉而不事其事。孔子之作春秋也，諸侯用夷禮則夷之，進於中國則中國之。經曰：「夷狄之有君，不如諸夏之亡。」詩曰：「戎狄是膺，荆舒是懲。」今也舉夷狄之法而加之先王之教之上，幾何其不胥而爲夷也？姚曰：「此段闢佛，仍承棄君臣父子意。」吳先生曰：「此段仁。」

「傳曰」以下至「先誠其意」，見禮記大學。黃氏日抄曰：「程録又載：『昌黎言治國平天下，止及正心而不及致知格物。』（程氏遺書二十五伊川先生語）此殆程子一時偶然之言也。孔子言脩己以安百姓（論語憲問篇），孟子言篤恭而天下平（中庸，非孟子），皆不過舉其要而言，豈必盡及致知格物之條目，而後可以爲自修，而顧乃以此非原道哉？異端言心而外其天下國家者，故昌黎言治國平天下而特推其本於正心耳。原道不可非也。」○孫曰：「天常，猶言天倫也。」○春秋僖二十三年：「杞子卒。」左氏傳曰：「書曰子，杞，夷也。」二十七年：「杞子來朝。」左氏傳曰：「用夷禮，故曰子。」桓十五年：「邾婁人（左氏、穀梁經無「婁」字）、牟人、葛人來朝。」公羊傳曰：「皆何以稱人？夷狄之也。」昭二十三年：「戊辰，吳敗頓、胡、沈、蔡、陳、許之師于雞父（穀梁作「甫」）。」公羊傳曰：「此偏戰也，曷以爲詐戰之辭言之？不與夷狄之主中國也。然則曷爲不使中國主之？中國亦新夷狄也。」隱七年：「戎伐凡伯于楚丘以歸。」穀梁傳曰：「戎者，衞也。」昭十二年：「晉伐鮮虞。」穀梁傳曰：「其曰晉，狄之也。」皆「用夷禮則夷之」之例。○春秋莊二十三年：「荆人來聘。」公羊傳曰：「荆何以稱人？始能聘也。」何劭公解詁曰：「明夷狄能慕王化，脩聘禮，受正朔者，當進之，故使稱人也。」文九年：「楚子使椒來聘。」公羊傳曰：「椒者何？楚大夫也。楚無大夫，此何以書？始有大夫也。」穀梁「椒」作「萩」，傳曰：「其曰萩何也？以其來，我褒之也。」襄二十九年：「吴子使札來聘。」公羊傳曰：「吴無君、無大夫，此何以有君、有大夫？賢季子也。」穀梁傳曰：「吴其稱子何也？善使延陵季子，故進之也。」皆「進於中國則中國之」之例。○論語八佾篇集解引包咸曰：「諸夏，中國也。亡，無也。」皇侃義疏曰：「言夷狄雖有君主，而不及中國無君也。故孫綽曰：『諸夏有時無君，道不都喪，夷狄强者爲師，理同禽獸也。』釋惠琳曰：『有君無禮，不如有禮無君也。』」邢叔明（昺）疏曰：「言夷狄雖有君長而無禮義，中國雖偶無君，若周召共和之年，而禮義不廢。」亦同皇義。至程子始謂：「此孔子言當時天下大亂無君之甚，若曰夷狄猶有君，不若是諸夏之亡君也。」（程氏遺書九，二先生語）朱子論語集注從之。今本皇疏作：「周室既衰，諸侯放恣，禮樂征伐之權，不復出自天子，反不如夷狄之國，尚有尊長統屬，不至如我國之無君也。」乃清四庫本爲滿洲諱，取程朱之義而妄改耳。○「戎狄是膺」二句，魯頌閟宫之文。毛傳曰：「膺，當也。」鄭箋曰：「懲，艾也。」孔疏曰：「楚，一名荆。羣舒，楚之與國。」孟子滕文公上引此文，趙注曰：「膺，擊也。」

夫所謂先王之教者何也？吴先生曰：「怪端既闢，此下明不怪以詔之。」吴北江曰：「此下一氣回旋到底，如長江大河，渾灝流轉，波濤起伏，而卒輸於海，文字之鉅觀也。」博愛之謂仁，行而宜之之謂義，由是而之焉之謂道，足乎己無待於外之謂德。其文：詩、書、易、春秋；其法：禮、樂、刑、政；其民：士、農、工、賈；其位：君臣、父子、師友、賓主、昆弟、夫婦；其服：麻、絲；其居：宫室；其食：

粟米、果蔬、魚肉。其爲道易明，而其爲教易行也。吳先生曰：「不怪。」是故，以之爲己，則順而祥；以之爲人，則愛而公；以之爲心，則和而平；以之爲天下國家，無所處而不當。是故，生則得其情，吳北江曰：「兩用『是故』，皆提挈行氣之處。」死則盡其常，郊焉而天神假，廟焉而人鬼饗。吳北江曰：「頓束處十分酣足。」曰：「斯道也，何道也？」曰：「斯吾所謂道也，非向所謂老與佛之道也。吳北江曰：「文太長則恐氣不振拔，故復加一問以警醒之，且與起處照應，以便首尾一氣貫注。」堯以是傳之舜，舜以是傳之禹，禹以是傳之湯，湯以是傳之文、武、周公，文、武、周公傳之孔子，孔子傳之孟軻。軻之死，不得其傳焉。荀與楊也，擇焉而不精，語焉而不詳。張廉卿曰：「插入荀楊二語，極奇宕恣肆。」吳北江曰：「橫截二句，如海流之有島嶼、沙灘，否則一瀉無餘，無復屈折盤旋之致矣。」由周公而上，上而爲君，故其事行；由周公而下，下而爲臣，故其說長。」「然則如之何而可也？」曰：「不塞不流，不止不行。人其人，火其書，廬其居，明先王之道以道之，鰥寡孤獨廢疾者有養也，其亦庶乎其可也！」先王之道既明，自可行消弭異端之法，用結全文，極爲有力。○劉海峯曰：「老蘇稱公文如長江大河，渾灝流轉，魚黿蛟龍，萬怪惶惑，惟此文足以當之。」

孫曰：「周禮：『祀天神，祭地示，饗人鬼。』假，至也。人鬼，祖宗也。」步瀛案：見周禮春官大宗伯。假音格。又案：自「順而祥」以下皆用韻。「祥」「當」「常」「饗」「詳」「行」「長」，古音陽部；「公」東部，「情」「精」耕部，皆通轉爲韻。又退之此日足可惜詩則合東、冬、江、陽、唐、庚、耕、青而通用之矣，可與此文相證。○史記孟子荀卿列傳曰：「孟子，騶人也，受業子思之門人。（索隱曰：「王劭以『人』爲衍字。」案：列女傳母儀鄒孟軻母傳、漢書藝文志、風俗通窮通篇，皆以孟子受業子思，故王劭以「人」爲衍字。然以年代計之，家語本姓解言孔子十九歲生伯魚，史記孔子世家言伯魚年五十先孔子卒，孔子卒年七十三，則伯魚當卒于魯哀公十二年。又言子思年六十二，則不得與魯穆公同時。毛大可四書賸言卷三以爲八十二之誤，當卒于周威烈王二十二年。六國表，周顯王三十三年孟子至梁，即孟子首章孟子見梁惠王也。赧王三年，秦敗楚將屈丐，即孟子告子下所謂秦楚構兵也。是年燕人立公子平，即孟子公孫丑下所謂燕人畔也。自威烈王末年至此凡九十年，則孟子非壽逾百歲，不能及親受業子思，故後人頗以爲疑。萬季野羣書疑辨卷五引孟子世譜言孟子生于周烈王四年，卒于赧王二十六年，年八十有四。然以六國表核之，其所言孟子年歲、事實皆不合，恐不足信。而通鑑卷一周紀於安王二十五年載子思言苟變於衛侯，自魯哀十二年至此一百有六年，然則子思之壽又不止八十二，豈孔子世家言六十二者指下作中庸而言，非謂其所卒之年，與前後言伯魚、子上等年若干者不同耶？果如此，則孟子受業子思，尚屬可及。然困學紀聞卷十謂子思之年過於壽考，是終可疑也。且孟子離婁下自言私淑諸人，不言受業子思，則史記「人」字又似非衍字。大抵子夏、子思、孟子、荀卿皆壽考，後人不能確定其年。焦里堂孟子正義於孟子受業子思但存疑義，不遽下斷語，得多聞闕疑之義矣。）所如者不合，退而與萬章之徒序詩書，述仲尼之意，作孟子七篇。」餘見讀荀子注。○程氏遺書卷十八（伊川先生語，劉元承編）曰：「退之晚年爲文，所得處甚多。如曰軻之死不得其傳，似此言語非是蹈襲前人，又非鑿空撰得出，必有所見。若無所見，不知言所傳者何事。」步瀛案：

孟子末章歷敘由堯、舜至湯，由湯至文王，由文王至孔子，各五百有餘歲，皆聞而知之；由孔子以來，百有餘歲，無見知之者，以自寓願學孔子之志。退之此文，即孟子末章之旨。至宋儒遂起道統之説，恐非孟子之意，亦未必爲退之之意也。○史記孟子荀卿列傳曰：「荀卿，趙人，推儒、墨、道德之行事興壞，序列著數萬言。」索隱曰：「名況。卿者，時人相尊而號爲卿也。」餘見讀荀子注。○漢書楊雄傳曰：「雄字子雲，蜀郡成都人也。以爲經莫大於易，故作太玄；傳莫大於論語，作法言。」藝文志儒家「楊雄所序三十八篇」原注曰：「太玄十九，法言十三，樂四，箴二。」案：韓集各本楊雄姓皆作「揚」，吴斗南兩漢刊誤補遺卷十曰：「楊震傳：『八世祖喜，封赤泉侯。』刊誤曰：『楊氏有兩族，赤泉氏從木，子雲從扌。而楊脩稱曰脩家子雲（答臨淄侯牋），又似震族亦是「揚」。今書中華陰之族從木從扌相半，未知所從。仁傑按子雲自序其先食采于晉之楊，號曰楊侯，「楊」「揚」字畫易相亂爾。今於千姓編有從木之「楊」而無從扌之「揚」。集韻亦云：「楊，木也。又姓。」至「揚」則云：「飛舉也。又州名。」陸法言字書從木之「楊」注云：「本自周宣王子，幽王邑諸楊，號曰楊侯。後并于晉，因爲氏。」與子雲自序同。然則子雲、伯起皆氏木名之「楊」明矣。』」段懋堂經韻樓集卷五書漢書楊雄傳後曰：「劉貢父漢書注云：『楊氏兩族，赤泉氏从木，子雲自敘其受氏从扌，而楊脩書稱脩家子雲，又似震族。』貢父所見雄自序，必是唐以後僞作。雄果自序其受氏从扌不从木，漢書音義及師古注必載其説，何唐以前並無此論，至宋而後有之？（案：吴斗南引劉貢父兩漢刊誤未及子雲自序，斗南按語始引之，正指漢書雄傳耳，無所謂唐以後僞序也。段氏此説似誤。）左傳、漢書家未有謂其字从扌者，脩與雄姓果不同字，斷不曰脩家子雲，以啓臨淄侯之坎笑。脩語正可爲辨僞之一證矣。」王懷祖讀書雜志四之三曰：「漢郎中鄭固碑云：『君之子有楊烏之才。』烏即雄之子也，而其子從木，則雄姓之不從手益明矣。」案：諸家説是，今據以校正，後並同。○程氏遺書卷一（二先生語，李端伯録）

曰：「韓愈亦近世豪傑之士，如斷曰『孟子醇乎醇』（讀荀子），又曰『荀與楊，擇焉而不精，語焉而不詳』。若不是他見得，豈千年後便能斷得如此分明也？」○「不塞不流」二句，孫曰：「言佛老之道不塞不止，則聖人之教不流不行也。」○禮記禮運曰：「矜寡孤獨廢疾者皆有所養。」釋文曰：「矜，古頑反。」案：「矜」「鰥」字通。（朱豐芑說文通訓定聲十五謂「鰥」「矜」皆「㦖」之叚借。）孟子梁惠王下曰：「老而無妻曰鰥，老而無夫曰寡，老而無子曰獨，幼而無父曰孤。」

雜說 四首録二

龍噓氣成雲，李剛己曰：「起句破空而入，卓如山立。韓文於起筆尤擅勝場。」雲固弗靈於龍也。汪武曹曰：「此言雲是龍所爲。」李曰：「逆筆。」然龍乘是氣，茫洋窮乎玄閒，薄日月，伏光景，感震電，神變化，水下土，汩陵谷，雲亦靈怪矣哉！汪曰：「此言雲是龍所憑依，用正筆。」雲，龍之所能使爲靈也。汪曰：「申龍噓氣成雲，言雲是龍所爲。」若龍之靈，則非雲之所能使爲靈也。李曰：「此上四句逆筆。」然龍弗得雲無以神其靈矣。失其所憑依，信不可歟！汪曰：「就上龍乘是氣意，翻轉說發雲是龍所憑依。」李曰：「此上四句正筆。」異哉！其所憑依，乃其所自爲也。汪曰：「就上逆說，轉歸重在龍。」李曰：「挽轉首句之意。」易曰：「雲從龍。」既曰龍，雲從之矣。汪曰：「既是龍，自能噓氣爲雲而憑依之。」李曰：「結筆窈然無際。」○曾滌生曰：「龍以喻其身，雲以喻其文章，憑依其所自爲，猶曰文書自傳道，不仗史筆垂。」○張廉卿曰：「純從空際轉運翔舞。」又曰：「其神妙尤在中閒奇宕處，與轉捩變化無述可尋處。」

莊子齊物論篇釋文曰：「吐氣曰噓。」○茫洋，猶漭瀁。家語致思篇王注曰：「漭養，廣大貌，與『茫洋』同。」○說文曰：「玄，幽遠也。」孫曰：「玄閒，天地之表。」○廣雅釋言曰：「薄，附也。」○晉語二韋注曰：「伏，隱也。」○淮南原道篇高注曰：「感，動也。」詩十月之交：「爗爗震電。」毛傳曰：「震，雷也。」○管子水地篇曰：「龍生於水，被五色而游，故神欲小則化如蠶蠋，欲大則藏於天下，欲上則凌於雲氣，欲下則入於深泉，變化無日，上下無時，謂之神。」○韓集舊注曰：「水，浸也。」（五百家注不載明某氏者統稱舊注，世綵堂本注亦然。注雖成於廖瑩中，然實雜采諸家，故不稱廖注。）案：水，如左昭三十年「防山以水之」之「水」。○舊注曰：「汩，漂没也，越筆切。」案：說文「汩」从水曰聲，于筆切，與从川曰聲訓爲水流之「𡿧」字，从水冥省聲訓爲汨羅淵之「汨」字，皆不同。段注曰：「汩，俗音古忽切，訓汩没、汩亂。」○易乾文言傳曰：「雲從龍，風從虎。」○案：此首本集爲「四首之一」，文粹、觀瀾同，惟文苑作「四首之二」。

世有伯樂然後有千里馬。姚曰：「一句斷。」李曰：「將通篇主意一筆揭明。」千里馬常有，而伯樂不常有。故雖有名馬，秖辱於奴隸人之手，駢死於槽櫪之間，不以千里稱也。李曰：「此段反對起句，言無伯樂則無千里馬，意較淺，筆較輕。」馬之千里者，一食或盡粟一石。食馬者不知其能千里而食也，是馬也，雖有千里之能，張廉卿曰：「折筆以取遒勁之勢。」食不飽，力不足，才美不外見，且欲與常馬等不可得，張曰：「更折入一層，以取沈著痛快。」安求其能千里也？李曰：「此段發明無伯樂則無千里馬之故，意較深，筆較重。」策之不以其道，食之不能盡其材，鳴之而不能通其意，執策而臨之曰：「天下無馬。」李曰：「自『策之不以其道』以下，純用逆筆噴薄而出，其真不知馬邪！李曰：「一句收轉，筆力千鈞。」汪曰：「總結上文，以詠歎結之。」○奇縱無匹。」

嗚呼！其真無馬邪？李曰：「前文語勢過於峻急，故用宕漾之筆以疏其氣。」張曰：「昌黎諸短篇，遒古而波折自曲，簡峻而規模自宏，最有法度，而轉換變化處更多，學韓者宜從此入。」

莊子馬蹄篇曰：「伯樂曰：我善治馬。」釋文曰：「樂音洛。姓孫名陽，善馭馬。」韓詩外傳卷七曰：「使驥不得伯樂，安得千里之足？造父亦無千里之手矣。」○秖，當作「衹」，今俗作「祇」。五經文字衣部曰：「衹，止移切，適也。作『祇』，訛。」說文示部「祇」字段注曰：「唐石經『衹』字皆從衣，正用張參字樣。而張參以前，顏師古注竇嬰傳曰：『衹，適也，音支，其字從衣。』（今本「衹」作「祇」亦誤，「衹」字不音支。）豈師古太宗朝刊定經籍皆用此說歟？宋類篇『衹』『祇』皆云『適也』，韻會則從示之『祇』訓『適也』。近日經典訓『適』者皆不從衣，與唐不合。」○漢書楊雄傳顏注曰：「駢，並也。」說文曰：「槽，養畜之食器。」方言卷五曰：「櫪，或謂之皁。」郭注曰：「養馬器也。」錢子樂（繹）箋疏曰：「『槽』『皁』聲義並近。」○說文「石」字從禾，經典皆以「石」字爲之。說苑辨物篇曰：「十斗爲一石。」○「食馬」「而食」及下「食之」之「食」，並相吏切，音寺。餘皆乘力切，音蝕。○楚策四：「汗明見春申君曰：『夫驥之齒至矣，服鹽車而上太行，中坂遷延，負轅不能上，伯樂遭之，下車攀而哭之，解紵衣以冪之，驥於是俛而噴，仰而鳴，聲達於天，若出金石聲者，何也？彼見伯樂之知己也。』」此文反用其意。○左襄十七年孔疏引服虔曰：「策，馬捶也。」呂覽知士篇曰：「今有千里之馬於此，非得良工，猶若弗取。良工之與馬也，相得則然後成。（太平御覽獸部八引無「則」字。）譬之若枹之與鼓。夫士亦有千里，高節死義，此士之千里也，能使士待千里者，其惟賢者也。」（御覽引「待」作「行」，「也」作「乎」。）與此文可以相證。○末句「邪」字，考異依方本作「也」。今依音註、五百家、文粹、觀瀾乙集。惟音註「知」作「識」，觀瀾同。文粹「邪」上有「也」

字。○案：此首本集爲「四首之四」，文苑、文粹、觀瀾並同。

讀荀子

漢書藝文志儒家「孫卿子三十三篇」原注曰：「名況，趙人，爲齊稷下祭酒。」劉子政孫卿書録曰：「所校讐中孫卿書凡三百二十二篇，以相校，除復重二百九十篇，定著三十二篇，皆以定殺青，簡書可繕寫。」王深寧漢藝文志攷證曰：「當云三十二篇。」沈文起（欽韓）漢書疏證卷二十五曰：「志云三十三篇，或連向敍也。」案：沈説殆是。隋書及舊唐書經籍志並載孫卿子十二卷，新唐書藝文志同，新志又載楊倞注荀子二十卷。案：楊倞荀子注序曰：「分舊十二卷三十二篇爲二十卷。又改孫卿新書爲荀子，其篇第亦頗有移易，使以類相從。」沈文起韓集補注曰：「楊倞注荀子，多引韓侍郎，（勸學、脩身、成相篇注皆引之。案：倞注荀子，序署元和十三年，退之於十二年十二月爲刑部侍郎，時代正合。）蓋倞承公意而爲注也。」又藝文志顔師古注曰：「本曰荀卿，避宣帝諱，故曰『孫』。」史記孟荀列傳索隱説同。謝崑城（墉）荀子箋釋序曰：「漢不避嫌名，荀淑、荀爽俱用本字，左傳荀息以下並不改字，何獨於荀卿改之？蓋『荀』『孫』二字同音，語遂移易，如荆卿又爲慶卿也。」胡子威（元儀）郇卿别傳攷證謂：「荀子姓當作郇，以國爲氏。又稱孫者，蓋郇伯公孫之後，以孫爲氏也。潛夫論志姓氏篇：『王孫氏、公孫氏，國自有之。孫氏者，或王孫之班，或公孫之班也。』是各國公孫之後皆有孫氏矣。郇也，孫也，皆是也。如陳公子完奔齊，史記稱田完，其後陳恒亦云田常，陳仲子亦云田仲，陳駢亦云田駢。田、陳皆氏，故兩稱之。」王益吾漢書補注謂胡氏説尤碻，王氏又據孫卿書録云：「蘭陵人喜字爲『卿』，以法孫卿也，蓋若今人自稱『甫』矣。」○考異從方本無「子」

字，文粹同。今依音註及五百家本。

始吾讀孟軻書，然後知孔子之道尊，聖人之道易行，王易王，霸易霸也。以爲孔子之徒沒，尊聖人者孟氏而已。晚得楊雄書，益尊信孟氏。因雄書而孟氏益尊，則雄者亦聖人之徒歟！以上論孟及楊。聖人之道張廉卿曰：「突起雄闊。」不傳於世，周之衰，好事者各以其說干時君，紛紛籍籍相亂，張曰：「不醇。」六經與百家之說錯雜。然老師大儒猶在。火於秦，張曰：「突轉。」黄老於漢，其存而醇者孟軻氏而止耳，楊雄氏而止耳。及得荀氏書，於是又知有荀氏者也。考其辭，時若不粹，張曰：「小疵。」要其歸，與孔子異者鮮矣。張曰：「大醇。」抑猶在軻、雄之閒乎！以上荀在孟、楊之閒。孔子刪詩、書，筆削春秋，合於道者著之，離於道者黜去之，故詩、書、春秋無疵。余欲削荀氏之不合者，附於聖人之籍，亦孔子之志歟！以上欲刪荀書之不合者。孟氏醇乎醇者也，荀與楊大醇而小疵。方曰：「止如槁木。自周以後，惟太史公、韓退之有此，以所讀皆周人之書故也」張曰：「通篇斷制處。」又曰：「歸宿。」○曾曰：「矜愼之至，一字不苟，文氣類史公年表序。」○張曰：「卓識偉論，上下千古，其文勢甚雄闊，而以盤勁之致行之，彌覺聲光鬱然。」又曰：「此文雖爲讀荀子作，然直是自抒己意，論孟、荀、楊三家耳，而其中賓主秩然不亂。」

孟軻，見原道注。漢書藝文志儒家有孟子十一篇，蓋兼外書四篇而言。趙邠卿孟子題辭曰：「著書七篇，二百六十一章，三萬四千六百八十五字。又有外書四篇：性善、辯文、説孝經、爲政。其文不能宏深，不與內篇相似，似非孟子本真，後世依放而託之者也。」又曰：「孟子名軻，字則未聞。」藝文志顏注曰：「聖證論云：軻字子車。」困學紀聞卷八曰：「孟子字未聞。孔叢子云『子車』，注：『一作子居。居貧坎軻，故名軻，字子居，亦稱字子輿。』疑皆附會。」原注曰：「聖證論云：『子思書、孔叢子有孟子居，即是軻也。傅子云孟子輿。』」案：王引聖證論作子居，與顏引異。今孔叢子雜訓篇宋咸注作：「一字子輿。」御覽人事部四引聖證論曰：「學者不知孟軻字。」按：「子思書及孔叢子有孟子居，即是軻也。」「軻少居坎軻，故名軻，字子居也。」皆王氏所謂附會者也。○孟子公孫丑上曰：「乃所願，則學孔子也。」又曰：「自有生民以來，未有孔子也。」又曰：「以齊王，由反手也。」滕文公下曰：「大則以王，小則以霸。」○法言吾子篇曰：「古者楊、墨塞路，孟子辭而闢之，廓如也。後之塞路者有矣，竊自比於孟子。」淵騫篇曰：「請問：『孟軻之勇。』曰：『勇於義而果於德，不以貧富、貴賤、死生動其心，於勇也，其庶乎！』」又君子篇曰：「或問：『孟子知言之要、知德之奥。』曰：『非苟知之，亦允蹈之。』或曰：『子小諸子，孟子非諸子乎？』曰：『諸子者，以其異於孔子者也。孟子異乎？不異。』」案：子雲推尊孟子如此，故云「因雄書而孟氏益尊」也。○好事者各以其説干時君，孫曰：「如韓非、申不害、田駢、慎到之屬。」○漢書劉屈氂傳顏注曰：「籍籍猶紛紛也。」○莊子天運篇曰：「丘治詩、書、禮、樂、易、春秋六經。」天下篇曰：「其在於詩、書、禮、樂者，鄒魯之士、縉紳先生多能明之。詩以道志，書以道事，禮以道行，樂以道和，易以道陰陽，春秋以道名分。其數散於天下而設於中國者，百家之學，時或稱而道之。天下大亂，賢聖不明，天下多得一察焉以自好。」○史記孟子荀卿列傳曰：「齊襄王時，荀卿最爲老師。」列女傳母儀孟母傳曰：「及孟子長，學六藝，卒成大儒之名。」案：此文尚未指實荀卿，則但渾言之耳。○「火於秦」二句，見原道注。○考異曰：「抑猶，『抑』下或有『其』字。」吴先生曰：「有『其』字是。抑其猶，意其。」步瀛案：王懷祖讀書雜志三之四曰：「『抑』『意』，古字通。論語學而篇『抑與之與』，漢石經『抑』作『意』。」○删詩書筆削春秋，已見賈幼鄰工部侍郎李公集序注。又孔子世家曰：「孔子在位聽訟，文辭有可與人共者，弗獨有也。至於爲春秋，筆則筆，削則削，子夏之徒不能贊一辭。」（文選曹子建與楊德祖書李善注引史記，「子夏」上有「子游」二字。）○「孟氏醇乎醇者也」二語，宋儒程氏極稱之，見原道注。然伊川又謂：「荀、楊可謂大駁矣，韓子責人甚恕。」（程氏遺書十八）又謂：「韓退之言孟子醇乎醇，此言極好，非見得孟子意亦道不到，其言荀、楊大醇小疵則非也。荀子極偏駁，只一句性惡，大本已失。楊子雖少過，然已自不識性，更説甚道。」（遺書十九）其他攻斥之言，不一而足，自是宋儒講學皆貶荀子。清儒漢學家多反其説，而錢曉徵、汪容甫之説最爲平允。錢氏跋謝刻本荀子曰：「蓋自仲尼既殁，儒家以孟、荀爲最醇，太史公敍列諸子，獨以孟、荀標目。韓退之於荀氏雖有大醇小疵之譏，然其云吐辭爲經，優入聖域（進學解），則與孟氏並稱，無異詞也。宋儒所訾議者，惟性惡一篇。愚謂孟言性善，欲人之盡性而樂於善；荀言性惡，欲人之化性而勉於善。立言雖殊，其教人以善則一也。宋儒言性雖主孟氏，然必分義理與氣質而二之，則已兼取孟、荀二義。至其教人以變化氣質爲先，實暗用荀子化性之説。然則荀子書詎可以小疵訾之哉？古書『僞』與『爲』通，荀子所云：『人之性惡，其善者僞也。』此『僞』字即『作爲』之『爲』，非『詐僞』之『僞』。故又申其義云：『不可學，不可事，而在人者，謂之性；可學而能，可事而成之在人者，謂之僞。』堯典『平秩南訛』，史記作『南爲』（五帝本紀），漢書王莽傳作『南僞』，此『僞』即『爲』之證也。」（潛研堂集卷一十七又有跋荀子一篇，與此意同，不復録。）汪氏荀卿子通論曰：「荀卿之學，出於孔子，而尤有功於諸經。經典敍録毛詩一云：『子夏傳曾申，申傳魏人李克，克傳魯人孟仲子，孟仲子傳根牟子，根牟子傳趙人孫卿子，孫卿子傳魯人大毛公。』由是言之，毛詩，荀卿子之傳也。漢書楚元王交傳：『少時嘗與魯穆生、白生、申公同受詩於浮邱伯。伯者，孫卿門人也。』漢書儒林傳：『申公，魯人也，少與楚元王交俱事齊人浮邱伯受詩。』由是言之，魯詩，荀卿子之傳也。韓詩之存者，外傳而已，其引荀卿子以説詩者四十有四。由是言之，韓詩，荀卿子之別子也。經典敍録云：『左丘明作傳以授曾申，申傳衛人吴起，起傳其子期，期傳楚人鐸椒，椒傳趙人虞卿，卿傳同郡荀卿，名況，況傳武威（自注曰：「武威，據史記張丞相傳當作陽武。」）張蒼，蒼傳洛陽賈誼。』由是言之，左氏春秋，荀卿子之傳也。儒林傳云：『瑕丘江公受穀梁春秋及詩于魯申公，傳子至孫爲博士。』由是言之，穀梁春秋，荀卿子之傳也。荀卿所學，本長于禮。儒林傳云：『東海蘭陵孟卿善爲禮、春秋，授后蒼、疏廣。』劉向敍云：『蘭陵多善爲學，蓋以荀卿也，長老至今稱之，曰蘭陵人喜字爲「卿」，蓋以法荀卿。』又二戴禮並傳自荀卿，大戴曾子立事篇載修身、大略二篇文，小戴樂記、三年問、鄉飲酒義篇載禮論、樂論篇文。由是言之，曲臺之禮，荀卿之支與餘裔也。蓋自七十子之徒既殁，漢諸儒未興，中更戰國、暴秦之亂，六藝之傳賴以不絶者，荀卿也。」（胡子威郇卿別傳攷異所攷尤詳，然大體不出此，故不復録。）步瀛案：因性惡之説攻荀卿，宋儒則然；韓所謂小疵者，殆不在此。退之原性言性有三品，非獨不同荀之性惡、楊之善惡混，即孟子之性善亦不謂然，知非以此判醇疵也。或謂韓尊孟子，荀非十二子篇兼非子思、孟子，小疵者殆指此，恐亦不然。楊固尊孟者，（君子篇亦斥荀卿之非，子思、孟子爲同門異户。）何以同列之小疵邪？然則韓所謂荀、楊小疵者安在乎？吴先生曰：「堯問篇末言孫卿，孔子弗過，世皆知其徒所爲矣，其他與卿言不類者，亦皆其徒之言也。夫卿既言治生於君子，亂生於小人矣（王制篇）；顧又言便嬖左右者，人主之所以窺遠收衆之門户（君道篇）。既言巧敏佞説、善取寵乎上爲態臣矣（臣道篇）；又言事聖君之義，以順上爲志（同上）。安得一人之言詭易如此？凡此類必韓非、李斯之徒所竄易者，其非卿言决也。退之能辨古書正譌，意其欲削者，其此類也歟？」

張中丞傳後敍

新唐書藝文志史部雜傳記類有李翰張巡姚誾傳二卷。舊唐書忠義傳曰：「張巡，蒲州河東人。」新書忠義張巡傳曰：「張巡字巡，鄧州南陽人。」通鑑卷二百十七唐紀云「河東張巡」，與舊傳同。太平寰宇記則河東、南陽兩載之。明清統志皆載於河南南陽府，云南陽人，從新傳也。又新傳曰：「巡開元末擢進士第。繇太子通事舍人出爲清河令，更調真源令。安祿山反，天寶十五載，譙郡太守楊萬石降賊，逼巡爲長史，使西迎賊軍。巡率吏哭玄元皇帝祠，遂起兵討賊，從者千餘。單父尉賈賁引軍至雍丘，巡與之合，有衆二千。是時雍丘令令狐潮舉縣附賊，東敗淮陽兵，虜其衆，暫出行部，淮陽囚更解縛起殺守者，迎賁等入。潮還攻雍丘，賁趨門，爲衆躪死。士乃奉巡主軍，賊常數萬，而巡衆纔千餘，每戰輒克。河南節度使嗣號王巨屯彭城，假巡先鋒。俄而魯東平陷賊，巨引兵東走臨淮。賊將楊朝宗謀趨寧陵，絕巡餉路。巡拔衆保寧陵，馬裁三百，兵三千。至睢陽，與太守許遠、城父令姚誾等合。有詔拜巡主客郎中，副河南節度使。至德二載，詔拜巡御史中丞。」○方望溪曰：「前三段乃議論，不得曰『讀張中丞傳』；後二段乃敍事，不得曰『記張中丞遺事』，故標以張中丞傳敍。」

元和二年四月十三日夜，愈與吳郡張籍閱家中舊書，得李翰所爲張巡傳。翰以文章自名，爲此傳頗詳密。然尚恨有闕者，不爲許遠立傳，又不載雷萬春事首尾。以上論李翰所爲張巡傳之闕。○吴北江曰：「此文前半發明許遠，後半附記霽雲，先著此二語以爲關鍵。」

洪慶善韓子年譜曰：「憲宗元和元年夏，召爲國子博士，二年分教東都生。魏仲舉謂夏末出京，則四月十三日尚在京師，故云與籍閲家中舊書也。」○張籍，字文昌，新唐書籍傳稱和州烏江人，此云吴郡，蓋其族望也。唐蘇州亦曰吴郡，詳見後張文昌文注。○舊書文苑傳曰：「李華，趙郡人（新書文藝傳曰趙州贊皇人）。華宗人翰，亦以進士知名。禄山之亂，翰從友人張巡客宋州，巡率州人守城，賊攻圍經年，食盡矢窮方陷。當時薄巡者言其降賊，翰乃序巡守城事迹，撰張巡姚誾等傳兩卷，上之肅宗，方明巡之忠義，士友稱之。」閻百詩潛邱劄記卷五曰：「通鑑考異引張中丞傳，是司馬文正時猶傳，今遂亡逸，惜哉。」○舊書忠義許遠傳曰：「許遠者，杭州鹽官人也。禄山之亂，或薦遠素練戎事。玄宗召見，拜睢陽太守。」案：新書忠義傳曰：「許遠者，右相許敬宗曾孫。」舊書許敬宗傳、新書姦臣許敬宗傳皆言杭州新城人。太平寰宇記卷九十三、輿地紀勝卷二皆言遠爲杭州新城人。敬宗爲善心子，隋書許善心傳曰：「高陽北新城人。」善心祖懋，梁書、南史許懋傳皆云高陽新城人。北新城故城，在今河北省徐水縣西南，南北朝時其地屬北朝，而善心祖父皆仕南朝，則新城乃其族望，可無疑也。杭州鹽官爲今浙江海寧縣，新城爲今新登縣，相去不遠。清統志載：「許遠墓，在海寧州（今改縣）東北五十里洛塘，唐大曆二年遠子玫招魂葬此。」畿輔通志卷二百主遠爲北新城人，反謂以遠爲鹽官人者，因杭州有許遠墓而誤，殆偏見也。○新書忠義雷萬春傳曰：「雷萬春者，不知所來，事巡爲偏將。萬春將兵方略不及霽雲，而彊毅用命，每戰，巡任之與霽雲鈞。」李耆卿文章精義曰：「雷萬春，俗本誤耳。前半篇是説巡、遠，後半篇是南霽雲，即不及雷萬春事。」茅順甫韓文鈔亦謂雷萬春疑當作南霽雲，閻百詩潛邱劄記卷五亦謂作南霽雲爲是。

遠雖材若不及巡者，開門納巡，位本在巡上，授之柄而處其下，無所疑忌，竟與巡俱守死，成功名。城陷而虜，與巡死先後異耳。兩家子弟材智下，不能通知二父志。以爲巡死而遠就虜，疑畏死而辭服於賊。遠誠畏死，何苦守尺寸之地，食其所愛之肉，以與賊抗而不降乎？當其圍守時，外無蚍蜉蟻子之援，所欲忠者，國與主耳。吳曰：「提唱而入，淋漓生動。」而賊語以國亡主滅，遠見救援不至，而賊來益衆，必以其言爲信。外無待而猶死守，張廉卿曰：「此數句最擔力，如兵家并力疾戰也。」人相食且盡，雖愚人亦能數日而知死處矣。張曰：「頓挫。」吳曰：「極盤鬱跌宕之勢。」遠之不畏死亦明矣。張曰：「所謂聽之有聲，捫之有稜。」烏有城壞其徒俱死，獨蒙愧恥求活？吳曰：「再提，此下咽住。」雖至愚者不忍爲。吳曰：「再折一句，盤礴宕激。」嗚呼！而謂遠之賢而爲之邪？張曰：「此段辯遠必死。」

新書巡傳曰：「遠自以材不及巡，請稟軍事而居其下，巡受不辭，遠專治軍糧戰具。」○新書巡傳曰：「城陷，送遠洛陽，至偃師，亦以不屈死。」舊書忠義許遠傳曰：「城陷，尹子奇執送洛陽，與哥舒翰、程千里俱囚之客省。及安慶緒敗，渡河北走，使嚴莊皆害之。」方雪齋（成珪）韓集箋正卷三曰：「二史紀事互異，當以新史爲實録。」步瀛案：舊巡、遠傳疎略，歐陽永叔已議之矣。（集古録跋尾八）○新書遠傳曰：「大曆中，巡子去疾上書曰：『孽胡南侵，父巡與睢陽太守遠各守一面，城陷，賊所入自遠分，尹子琦分郡部曲各一方，巡及將校三十餘皆割心剖肌，慘毒備盡，而遠與麾下無傷。故遠心向背，梁、宋人皆知之，則遠於臣不共戴天，請追奪官爵以刷冤恥。』詔下尚書省，使去疾與許峴及百官議，皆以去疾證狀最明者，城陷而遠獨生也。且遠本守睢陽，凡屠城，以生致主將爲功，則遠後巡死不足惑。若曰後死者與賊，其先巡死者謂巡當叛可乎？當此時，去疾尚幼，事未詳知，且艱難以來，忠烈未有先二人者，事載簡書若日星，不可妄輕重。議乃罷。」○新書巡傳曰：「巡士多餓死，存者皆痍傷氣乏，巡出愛妾殺以大饗，遠亦殺奴僮以哺卒。」○爾雅釋蟲曰：「蚍蜉，大螘。」郭注曰：「俗呼馬蚍蜉。」○賊語以國亡主滅，沈文起補注曰：「當睢陽被圍，賊以此言誘脅，雖無文，亦理所應有。舊注以巡雍邱時，令狐潮所以語巡者當之，與許遠無涉。」○説文曰：「數，計也。音所矩反。」○孟子萬章上曰：「鄉黨自好者不爲，而謂賢者爲之乎？」

説者又謂，遠與巡分城而守，城之陷，自遠所分始，以此詬遠。此又與兒童之見無異。人之將死，其藏腑必有先受其病者。引繩而絶之，其絶必有處。觀者見其然，從而尤之，其亦不達於理矣。小人之好議論，不樂成人之美，如是哉！吳曰：「再提再振，長篇多用提振之筆，以縱蕩其神氣，恐其曼衍不振而入於靡弱也。」如巡、遠之所成就如此卓卓，猶不得免，其他則又何説？姚曰：「此文上兩段皆專爲遠辯當時之誣，下一段申翰等之論，兼爲張、許辯謗，而以『小人之好議論』五句爲上下文作紐。」張曰：「此段辯城陷自遠始祇數語，明直簡勁，與前後二段疏密相間，段末遂作感憤，爲上下關鍵樞紐。」

孫曰：「巡守東北，遠守西南。」○姚薑塢曰：「大曆中，巡子去疾上書言：『城陷，賊所入自遠分。』則當時有妄爲是語者，去疾不詳而苟同之也。」（見古文辭類纂卷七）○詩載馳毛傳曰：「尤，過也。」○論語顏淵篇：「子曰：君子成人之美，不成人之惡；小人反是。」○新書巡傳曰：「時議者或謂巡始守睢陽，衆六萬，既糧盡，不持滿，按隊出再生之路，與夫食人，寧若全人。於是張澹、李紓、董南史、張建封、樊晃、朱巨川、李翰咸謂巡蔽遮江淮，沮賊勢，天下不亡，其功也。翰等皆有名士，由是天下無異言。」

當二公之初守也，寧能知人之卒不救，棄城而逆遁？苟此不能守，雖避之他處何益？及其無救而且窮也，將其創殘餓羸之餘，雖欲去必不達。二公之賢，其講之精矣。守一城，捍天下，張曰：「突接。」吳曰：「句勢軒昂突起，如崇山峻嶺，矗立天半。」以千百就盡之卒，戰百萬日滋之師，蔽遮江淮，沮遏其勢。天下之不亡，其誰之功也？吳曰：「英駿雄邁，震古鑠今。」當是時，棄城而圖存者，不可一二數，擅强兵坐而觀者相環也。吳曰：「崢嶸生動。」不追議此，吳曰：「逆折勁峭。」而責二公以死守，亦見其自比於逆亂，設淫辭而助之攻也。張曰：「此段辯二公死守。」吳曰：「以上二節，蹈厲奮發，制一篇之勝。」愈嘗從事於汴、徐二府，屢道於兩州閒，親祭於其所謂雙廟者，其老人往往說巡、遠時事云。吳曰：「數語結上遞下，蓋下載南霽雲事，實亦得之故老所傳聞也。」

新書巡傳曰：「賊知外援絕，圍益急，衆議東奔，巡、遠議，以睢陽江淮保障也，若棄之，賊乘勝鼓而南，江淮必亡，且師饑，衆行必不達。」○棄城而逆遁，吳北江曰：「此破棄城他去之說。」○二公之賢其講之精矣，吳北江曰：「此謂李翰等講明巡、遠之功。」○「捍」「扞」字同。左傳桓十二年杜注曰：「扞，衛也。」

成十二年注曰：「扞，蔽也。」○李翰進張巡中丞傳表曰：「張巡率烏合之衆，當漁陽之鋒。賊時竊據洛陽，控引幽朔，驅其猛鋭，吞噬河南。巡前守雍邱，潰其心腹，及魯炅十萬之師棄甲於宛、葉，哥舒以天下之衆敗績於潼關，兩宮出居，萬國波蕩。賊遂僭盗神器，鴟峙兩京，南臨漢江，西逼岐雍。羣帥遷延而不進，列郡望風而出奔。而巡獨守孤城，不爲之卻。賊乃繞出巡後，議圖江淮。巡退軍睢陽，扼其咽領，前後拒守，自春徂冬。大戰數十，小戰數百，以少擊衆，以弱制强，出奇無窮，制勝如神，殺其兇醜凡九十餘萬。賊所以不敢越睢陽而取江淮，江淮所以保全者，巡之力也。」（此據唐文粹節引之，新書文藝傳載此表尤多删節。）通鑑考異曰：「唐人皆以全江淮爲巡、遠功。按睢陽雖當江淮之路，城既被圍，賊若取江淮，繞出其外，睢陽豈能障之哉？蓋巡善用兵，賊畏巡爲後患，不滅巡則不敢越過其南耳。」○沈文起曰：「通鑑（卷二百十九）：『至德二載五月，山南東道節度使魯炅棄南陽，奔襄陽。八月，靈昌太守許叔冀奔彭城。睢陽士卒死傷之餘，纔六百人。是時，叔冀在譙郡，尚衡在彭城，賀蘭進明在臨淮，皆擁兵不救。』」○論語爲政篇集解引孔安國曰：「阿黨爲比。」釋文曰：「比，毗志反。」○孟子公孫丑上曰：「淫辭知其所陷。」○吴先生曰：『棄城』句結前，『擅兵』句開後霽雲乞救事。」○孫曰：「董晉鎮汴州，張建封鎮徐州，公皆爲從事。」案：李習之韓吏部行狀曰：「汴州亂，詔以舊相東都留守董晉爲平章事、宣武軍節度使，以平汴州。晉辟公以行，遂入汴州，得試祕書省校書郎，爲觀察推官。（晉兼觀察使。）晉卒，公從晉喪以出，四日而汴州亂，武寧軍節度使張建封奏爲節度推官。」韓子年譜曰「貞元十二年秋，爲汴州觀察推官。十五年秋，爲徐州節度推官。」舊唐書地理志曰：「宣武軍節度使治汴州，武寧軍節度使治徐州。」案：唐汴州治開封縣，今河南開封縣治；徐州治彭城縣，今江蘇銅山縣治。又案：汴、徐二府，謂二州幕府也，兩州謂汴州、徐州也。韓集「兩州」誤作「兩府」，吴先生依文粹校改，今從之。○樊曰：「時詔贈巡揚州大都督，遠荆州大都督，皆立廟睢陽，歲時致祭，號雙廟。」

南霽雲之乞救於賀蘭也，賀蘭嫉巡、遠之聲威功績出己上，不肯出師救。愛霽雲之勇且壯，不聽其語，强留之，具食與樂，延霽雲坐。霽雲慷慨語曰：「雲來時，睢陽之人不食月餘日矣。雲雖欲獨食，義不忍；雖食，且不下咽。」吴曰：「敍述激昂有生氣。」因拔所佩刀斷一指，血淋漓，以示賀蘭，一座大驚，皆感激爲雲泣下。吴曰：「頓爲兩層，沈著刻至。」雲知賀蘭終無爲雲出師意，即馳去。將出城，抽矢射佛寺浮圖，矢著其上甎半箭，曰：「吾歸破賊，必滅賀蘭，此矢所以志也。」吴曰：「加入此層，神態愈覺超逸，此頰上添毫之筆，乃生氣之溢出者。文章死活高下，全争此等。左傳中此境獨多，史記亦往往有之，唐以後則殆絶矣。韓公之文所以振起八代，有生龍活虎之精神者，以此也。」愈貞元中過泗州，船上人猶指以相語。城陷，賊以刃脅降巡，巡不屈，即牽去，將斬之，又降霽雲。雲未應，巡呼雲曰：「南八，男兒死耳，不可爲不義屈。」雲笑曰：「欲將以有爲也。公有言，雲敢不死？」即不屈。方曰：「此段記己所聞見。」

新書忠義南霽雲傳曰：「南霽雲者，魏州頓邱人。少微賤，爲人操舟。禄山反，鉅野尉張沼起兵討賊，拔以爲將。尚衡擊汴州賊李廷望，以爲先鋒，遣至睢陽與張巡計事。退謂人曰：『張公開心待人，真吾所事也。』遂留巡所。」又巡傳曰：「御史大夫賀蘭進明屯臨淮，許叔冀、尚衡次彭城，巡使霽雲如叔冀請師，不應。

巡復遣如臨淮告急，引精騎三十冒圍出，賊萬衆遮之，霽雲左右射，皆披靡。」○舊書地理志曰：「河南道宋州：天寶元年改睢陽郡。」案：唐睢陽郡治宋城縣，在今河南商邱縣南。○樊曰：「舊傳云：『霽雲曰：請嚙一指，留於大夫，示之以信，歸報本州。』而此云：『因拔佩刀斷一指。』柳子厚作霽雲碑則云：『自嚙其指曰：噉此足矣。』司馬温公考異從舊傳。又按新傳云：『請置一指以示信，歸報中丞也，因拔佩刀斷一指，一座大驚。』新舊傳與公書大略同，此最爲有理。至如『嚙其指曰噉此足矣』，則無謂也。」○魏書釋老志曰：「凡宮塔制度，猶依天竺舊狀而重構之，從一級至三五七九，世人相承，謂之浮圖，或云佛圖。」翻譯名義集卷二十曰：「窣堵波，西域記云浮圖，此翻方墳，亦翻圓塚，亦翻高顯，義翻靈廟，又梵名塔婆。」○志，「識」之古文，已見獨孤至之仙掌銘注。○唐河南道泗州治臨淮縣。元和郡縣志曰：「開元二十三年，自宿遷縣移於今理。」清統志曰：「安徽泗州：臨淮故城，在今州治東南。」（州今改縣）

張籍曰：有于嵩者，少依於巡，及巡起事，嵩常在圍中。籍大曆中，於和州烏江縣見嵩，嵩時年六十餘矣。以巡初嘗得臨渙縣尉，好學無所不讀。籍時尚小，粗問巡、遠事，不能細也。云巡長七尺餘，鬚髯若神。嘗見嵩讀漢書，謂嵩曰：「何爲久讀此？」嵩曰：「未熟也。」巡曰：「吾於書讀不過三徧，終身不忘也。」因誦嵩所讀書，盡卷不錯一字。嵩驚，以爲巡偶熟此卷，因亂抽他帙以試，無不盡然。嵩又取架上諸書，試以問巡，巡應口誦無疑。嵩從巡久，亦不見巡常讀書也。爲文章，操紙筆立書，未嘗起草。初守睢陽時，士卒僅萬人，城中居人，户亦且數萬。巡因一見問姓名，其後無不識者。巡怒，鬚髯輒張。及城陷，賊縛巡等數十人坐，且將戮，巡起，旋，其衆見巡起，或起或泣。巡曰：「汝勿怖，死，命也。」衆泣不能仰視。巡就戮時，顔色不亂，陽陽如平常。吴曰：「著此一段，與前記巡死時相照應。古人文字皆雙雙對照也，特加以參差變化，令人不覺耳。」遠寬厚長者，貌如其心，與巡同年生，月日後於巡，呼巡爲兄，死時年四十九。嵩貞元初死於亳、宋閒，或傳嵩有田在亳、宋閒，武人奪而有之，嵩將詣州訟理，爲所殺。嵩無子。張籍云。方曰：「此段記張籍所聞。」吴曰：「『張籍曰』以下，專記張籍之言，乃知章首預提張籍之故。」○茅曰：「通篇句字氣皆太史公髓，非昌黎本色。」方曰：「退之敍事文不學史記，而生氣奮動處不覺與之相近。」又曰：「截然五段，不用鈎連，而神氣流注，章法渾成，惟退之有此。」汪曰：「筆力如蛟龍之翔，如虎鳳之躍，此正昌黎本色。鹿門止因昌黎碑文造語古奥，遂謂此非昌黎本色，謬也。」張曰：「其屈盤遒勁，雄岸自遂處，仍係退之本色。」

唐淮南道和州有烏江縣。清統志曰：「安徽和州：烏江廢城，在州東北。」（今改縣）○孫曰：「以巡者，以巡立功故得官。」元和郡縣志河南道亳州有臨涣縣，（舊書地理志言：「太和元年割屬宿州。」）注「緊」字。（通典職官典曰：「大唐縣有赤、畿、望、緊、上、中、下七等之差。」）舊書職官志曰：「諸州上縣，尉二人，從九品上。」清統志曰：「安徽鳳陽府：臨涣故城，在宿州西南（今改縣）。」○樊曰：「巡，開元二十四年進士。劉夢得嘉話載其謝加金吾表有云：『主辱臣死，當臣致命之時；惡稔罪盈，是賊滅亡之日。』激勵將士賦詩有云：『裹瘡猶出陣，飲血更登陴。』又夜聞笛聲詩有云：『營開星月近，戰苦陣雲深。』（案：嘉話録二詩皆載全首，此特節引。）觀此則巡之文章可見矣。」案：侯鯖録（卷六）曰：「張巡之守睢陽，其謝金吾將軍表詞甚忠勇。許遠亦有祭文，爲時所重，所謂『太乙先鋒，蚩尤後殿，蒼龍持弓，白虎捧箭』。又祭城隍文，皆文武雄健，志氣不衰，真忠烈之士也。」○「僅」字有多、少二義，此蓋用其多義。又與李翺書曰：「家累僅三十口。」杜子美泊岳陽城下詩曰：「山樓僅百層。」皆與此同，今人則作「儘」字。○新書巡傳曰：「子琦謂巡曰：『聞公督戰，大呼輒眥裂血面，嚼齒皆碎，何至是？』答曰：『吾欲氣吞逆賊，顧力屈耳。』子琦怒，以刀抉其口，齒存者三四。」○楚辭招魂王注曰：「旋，轉也。」左傳定三年杜注曰：「旋，小便也。」此處兩義均通。○詩君子陽陽毛傳曰：「陽陽，無所用其心也。」○新書遠傳曰：「遠與巡同年生而長，故巡呼爲兄。」與此異。○唐河南道亳州治譙縣。清統志曰：「安徽潁州府：譙縣故城，今亳州治（今改縣）。」

禘祫議

説文曰：「禘，禘祭也。（金誠齋禮説七謂：「禘字从示从帝。帝謂天帝也，圜丘祭天，是禘之本義。宗廟之禘，乃始取審諦之義。」）祫，大合祭先祖親疏遠近也。」禘之説諸家不同。但以鄭義言之，一爲禘郊之禘，一爲禘祫之禘。禘郊之禘有五：一圜丘，二方丘，三南郊，四北郊，五明堂。（王子雍謂祫爲五年祭宗廟之名，非圜丘及郊，又謂圜丘與郊爲一，與鄭異。見禮記郊特牲、祭法，左桓五年孔疏，孝經邢疏，及魏書禮志一，通典吉禮八引。）禘祫之禘有二：一吉禘，二大禘。本議專屬禘祫，故禘郊之義不述。而禘祫之説諸家又各不同。魏晉以後，大抵以鄭、王之義互爲從違，今約述之，他家姑從略焉。禮記王制鄭注曰：「魯禮，三年喪畢而祫于太祖，明年春禘於羣廟，自是之後，五年而再殷祭，一祫一禘。」周禮春官大宗伯注同。賈疏曰：「春秋文公二年：『秋八月，大事於大廟。』以僖三十三年十二月薨，至文二年秋八月，二十一月。於禮雖少四月，（王制疏謂：「鄭志答趙商云：於禮少六月者，通禫月言之也。」）猶是三年喪畢而爲祫祭也。」案：僖公八年及宣公八年皆有禘文，則知僖公、宣公三年春有禘，以文公二年祫，則知僖公、宣公二年亦有祫，僖公、宣公二年既爲祫，則明年是三年春禘，四年、五年、六年秋祫，是三年祫，更加七年八年添前爲五年禘也。「五年而再殷祭」，公羊傳文。殷，大也。「一祫一禘」，是禮讖文。（案：韋玄成傳亦言「五年再殷祭，一禘一祫」。）詩雝孔疏曰：「三年一祫，五年一禘，每於五年之內爲此二禮。據其年端數之，故言三年五年耳，其實禘、祫自相距各五年，非祫多而禘少也。」案：鄭著禘祫志（後漢書鄭玄傳作魯禮禘祫義），以春秋推祫禘甚詳，孔、賈皆依此爲說。蓋鄭意謂喪畢而祫，明年春禘，是爲吉禘，自吉禘之後，三年一祫，五年一禘，則爲大禘。而祫與祫相距，禘與禘相距，各爲五年也。（詩玄鳥鄭箋一本曰：「古者君喪三年既畢，禘於其廟而後祫于太祖，明年春禘于羣廟。」與注禮異。釋文謂箋有兩本，前本與禮注同，而以此爲後本。孔疏謂定本無「禘於其廟」之文，且以此有者爲誤。然王制疏又引之而説爲「練時遷主遞廟」，且引鬯人「廟用脩」注謂「始禘時」以證之，與玄鳥疏又異。蓋未定之説也。鄭義仍當以禮注及禘祫志爲是。）是鄭以祫合、禘分也。王制疏引王肅聖證論曰：「賈逵説『吉禘于莊公』：『禘者遞也，審遞昭穆，遷主遞位，孫居王父之處，又禘於太廟。』逸禮『其昭尸穆尸，其祝辭總稱孝子孝孫』，則是父子並列。逸禮又云『皆合升於其祖』。所以劉歆、賈逵、鄭衆、馬融等皆以爲然。」通典吉禮八引王肅奏曰：「近尚書難臣以曾子問『唯祫於太祖，羣主皆從，而不言禘，知禘不合食』，臣答以爲：『禘祫殷祭，羣主皆合，舉祫則禘可知也。論語：「孔子曰：禘自既灌而往者，吾不欲觀之矣。」所以特禘者，以禘大祭，故欲觀其成也[二]。禘祫大祭，獨舉禘，則祫亦可知也。』」是謂禘祫皆合食也。禘祫皆合食，故二祭爲一。通典引賈逵、劉歆曰：「一祭二名，禮無差降。」魏書禮志曰：「王肅稱禘祫一名也，合而祭之，故稱祫，審諦之，故稱禘，非兩祭之名。」則以禘祫爲合祭，與鄭異也。公羊文二年傳曰：「大祫者何？合祭也。毀廟之主，陳于大祖，未毀廟之主，皆升合食于大祖。」穀梁傳同。王制疏述鄭義曰：「祫謂祭於始祖之廟，毀廟之主及未毀廟之主，皆在始祖廟中，始祖之主於西方東面，始祖之子爲昭，北方南面，始祖之孫爲穆，南方北面。自此以下皆然，從西爲上。禘則太王、王季以上，遷主祭於后稷之廟，其坐位乃與祫相似。其文、武以下遷主，若穆之遷主祭於文王之廟，文王東面，穆主皆北面，無昭主。若昭之遷主祭於武王之廟，武王東面，其昭主皆南面，無穆主。又祭親廟四，其四時之祭，惟后稷、文、武及親四廟也。」通典引王肅奏曰：「漢光武時言祭禮，以禘者毀廟之主皆合於太祖，祫者唯未毀之主合而已矣。」則又與鄭異也。詩雝序箋曰：「禘，大祭也，大於四時而小於祫。」孔疏曰：「春秋文二年『大事於太廟』，公羊傳曰『大事者，大祫也』；昭二十五年『有事於武宮』。祫言大事，禘言有事，是祫大於祭也。」王制疏謂王肅以禘爲大，祫爲小，通典亦引王肅云禘大祫小，（杜邠卿則主鄭義，申之極詳。）則又與鄭異也。詩天保疏引禘祫志曰：「王制記先王之法度，宗廟之祭，春曰礿（同禴），夏曰禘，秋曰嘗，冬曰烝。祫爲大祭，於夏於秋於冬。周公制禮，乃改夏爲禴，禘又爲大祭。」閟宮疏引禘祫志曰：「周改先王夏祭之名爲礿，故禘以夏，先王祫於三時，周則一焉，則宜

[二] 成：通典浙江書局本作「成禮」，北宋本、傅增湘校本作「盛禮」。

以秋。」宋書禮志，朱膺之引鄭曰：「禘以孟夏，祫以孟秋。」通典載，魏武宣皇后太和四年六月崩，至六年三月，有司以今年四月禘告。王肅議曰：「今宜以崩年數。按春秋魯閔公二年夏禘於莊公，是時縗絰之中，至二十五月大祥，便禘不復禫，故譏其速也。去四年六月武宣皇后崩，二十六日晚葬除服即吉，四時之祭皆親行事。今當計始除服日數當如禮，須到禫月乃禘。」則又與鄭異也。但舉數端，其聚訟已如此。其三代沿革説又不同。王制曰：「天子犆礿、祫禘、祫嘗、祫烝。」鄭注曰：「犆，猶一也。祫，合也。天子諸侯之喪畢，合先君之主於祖廟而祭之謂之祫，後因以爲常。天子先祫而後時祭，諸侯先時祭而後祫。凡祫之歲，春一礿而已。不祫，以物無成者不殷祭，周改夏祭曰礿，以禘爲殷祭也。」又曰：「諸侯礿則不禘，禘則不嘗，嘗則不烝，烝則不礿。」注曰：「虞、夏之制，諸侯歲朝，廢一時祭。」又曰：「諸侯礿犆，禘一犆一祫。嘗祫，烝祫。」注曰：「下天子也，祫歲不禘。」初學記禮部上引五經異義：「許君謹按：三歲一祫，五歲一禘，此周禮也；三歲一禘，疑先王之禮也。」（原作：「三歲一祫，此周禮也；五歲一禘，疑先王之禮也。」藝文類聚禮部上、太平御覽禮儀部七並同。陳恭甫五經異義卷上據册府元龜掌禮部奏議十七、舊唐書禮儀志開元二十七年太常議，謂當如此，今從之。）詩長發孔疏引鄭君駁曰：「三年一祫，五年一禘，百王通義。」以爲禮讖云殷之五年殷祭，亦名禘也。又周禘祫之禮，經傳無明文，鄭以魯禮推之，故禘祫志曰：「明堂位曰：『魯，王禮也。』以此相推況可知。」（王制疏又玄鳥疏）大宗伯賈疏曰：「周衰禮廢，無文可明。春秋左氏傳云『周禮盡在魯』（昭二年），即以春秋爲魯禮，是鄭以春秋推魯，即以魯況周也。」通典引王肅曰：「周公以聖德用殷之禮，故魯人亦遂以禘爲夏祭之名，是以左傳所謂『禘於武宫』（昭十五），又曰『烝嘗禘于廟』（僖三十三年），是四時祀，非祭之禘也。鄭據春秋，與大義乖。」此説三代禘祫之制，王與鄭又異也。至漢魏以降，制度又復不同。漢自高帝以下，皆別立廟，又未定迭毀之禮。至元成閒，匡衡、貢禹及韋玄成先後議定，太祖以下五廟皆迭毀，毀廟之主臧乎太祖，五年而再殷祭。言壹禘壹祫也。祫祭者，毀廟與未毀之主皆合食於太祖，父爲昭，子爲穆，孫復爲昭，以合古制。（漢書韋玄成傳）然未及行，至平帝時始行之。故後漢：「張純言：『舊制，三年一祫，毀廟之主，合食高廟，存廟主未嘗合。元始中（孝平），始行禘禮。父爲昭，南嚮；子爲穆，北嚮。父子不並坐，而孫從王父。』」（後漢書張純傳、續漢書祭祀志下）漢舊儀言：「高祖南面，昭西面，穆東面。」（祭祀志下劉注引）後漢：「光武帝從張純之議，三年冬祫，五年夏禘，而難復立廟，遂合祭於高廟。後以祫禘之時，但就陳祭毀廟主而已，謂之殷。太祖東面，惠、文、武、元帝爲昭，景、宣帝爲穆，惠、景、昭三帝非殷祭時不祭。」（祭祀志下）此兩漢禘祫之制可考見者也。魏明帝太和八年，用王肅議。（通典吉禮八）於是禘祫殷祭，羣主皆合。晉宋以來，殷祭率用冬夏，閒用孟秋，特非常典。（宋書禮志三：「大明七年周景遠議，引晉義熙初博士徐乾言，晉咸康六年七月殷祠不專用冬夏，議得遷用孟秋，詔可。」）又通典載晉徐邈議，五年再殷，凡六十月分中，每三十月殷也。又載晉義熙三年劉瑾議曰：「永和十年，用三十月輒殷。」則三十月輒殷之制，行之已久，又不始於邈矣。梁武帝用謝廣議，三年一禘，五年一祫，謂之殷祭，禘以夏，祫以冬。（隋書禮儀志二）北魏孝文帝十三年，詔羣臣議禮，卒用王肅說，禘祫并爲一名。（魏書禮志一）北齊與梁制同。（隋志）至隋則三年一祫，以孟冬遷主合食於太祖之廟；五年一禘，以孟夏其遷主各食於其所遷之廟，未遷之主各於其廟。禘祫之月，則停時饗。從鄭義也。唐以前禘祫年月及分合大略如此。新唐書卷十三禮儀志曰：「禮禘祫，太祖位于西而東向，其子孫列爲昭穆，昭南向而穆北向。雖已毀廟之主，皆出而序于昭穆。殷周之興，太祖世遠，而羣廟之主皆出其後，故其禮易明。漢魏以來，其興也暴，又其上世微，故創國之君爲太祖而世近，毀廟之主皆在太祖之上，於是禘祫不得如古。」案：漢以高帝爲太祖，而太上皇別立廟，故太祖得全東向之尊。（前引漢舊儀言高祖南面，則漢初尚未定東面之制，至後漢始定耳。）而魏以武帝操爲太祖，上及處士萌、萌子高皇騰、騰養子太皇嵩，三世。晉以宣帝懿爲太祖，而上及征西將軍鈞、豫章太守量、潁川大守儁、京兆尹防，四世。其始太祖皆在昭穆之列，故虚東向之位，待太祖以上之主既遷，則太祖東向之位可正。特魏、晉傳祚既促，故魏武、晉宣未及正東面之位，而國祚已移。除後魏外，如宋、齊迄隋，皆與魏、晉相同，故張薦謂詳魏、晉、宋、齊、梁、周、北齊、隋所述，禘祫並虚東向，（通典）是也。唐高祖有天下，追尊高祖金門鎮將熙爲宣簡公，曾祖幢主天賜爲懿王，祖唐公虎爲景皇帝，廟號太祖，父唐公昞爲元皇帝，廟號世祖。高宗咸亨五年，又追尊熙爲宣皇帝，天賜爲光皇帝。玄宗開元十一年，追號熙曰獻祖，天賜曰懿祖，而熙之父爲弘農太守重耳，重耳之父爲涼王歆，歆之父即涼武昭王暠也。玄宗天寶二年，又追尊咎繇爲德明皇帝，涼武昭王爲興聖皇帝，並立廟焉。唐初太廟四室，太宗貞觀九年，從王肅天子七廟之義，增弘農及高祖二室爲六室。開元十一年，增爲九室，而景帝猶居昭穆之列，故禘祫時虚東向之位。觀唐代禘祫之禮，其屬於年月分合者，皆易定。惟獻、懿及太祖之位則屢經集議，歷十八年乃決，蓋其難也。高宗上元三年十月當祫，有司疑其年數，乃用太學博士史元璨議，三年一祫，五年一禘，從鄭義也。唐初沿隋制，祫序昭穆，禘各於其室，猶從鄭祫合禘分之義。至開元十七年，禮官太常卿韋韜等奏禘各于其廟，則與常祭不異，請依古禮序列昭穆，從之，則用王肅義矣。先是開元六年，睿宗喪畢而祫，明年而禘，自此祫禘各自紀年，不相通數。至二十七年，經五禘七祫，而禘祫並在一歲，於是太常議三十月一殷祭，又用徐邈議矣。（唐六典卷四曰：「四孟月及臘日，大享太廟，凡三年一祫，享以孟冬，五年一禘，享以孟夏。」案：六典成於開元二十七年，猶未兼取徐邈議也。）然此皆所謂易定者也。代宗即位，禘玄宗、肅宗而遷獻祖、懿祖於夾室，於是太祖居第一室，禘祫得正其位而東向，而獻、懿不合食。（以上見通典、唐會要、新舊唐志等。）然太祖東向之位雖定，而獻、懿之主當有所位置，於是羣議興焉。唐會要卷十三曰：「建中二年九月四日，太常博士陳京上疏言：『今年十月祫享太廟，并合享遷廟獻祖、懿祖二神主。伏請據魏晉舊制爲比，東晉以征西等四府君爲別廟，至祫禘之時，則於太廟正太祖之位，以伸其尊，別廟祭高皇、太皇、征西等四府君，以敍其親。國家若用此義，則宜別爲獻祖、懿祖立廟。伏以德明、興聖二皇帝曩既立廟，至禘祫之時，當用享禮，今則別廟之制，便就興聖廟藏祔爲宜。』勅下尚書省，百寮集議。禮儀使、太子少師顏真卿議曰：『議者或云，獻祖、懿祖親遠廟遷，不當祫享，宜永閟于西夾室；又議者云，二祖宜同祫享于太祖，並列昭穆，而空太祖東向之位；又議者曰，二祖若同祫享，即太祖之位永不得正，宜奉遷二祖神主，祔藏于德明皇帝廟。臣伏以三議俱未爲允。太祖景皇帝以受命始封之君，處百代不遷之廟，（代，會要作「世」，今依顏魯公集、通典、新舊書改，下同。）配天崇享，是極尊嚴。且至禘祫之時，暫居昭穆之位，屈己伸孝，敬奉祖宗，緣齒族之禮，廣尊先之道，此實太祖明神蒸蒸之本意，亦所以化被天下，率循孝悌也。請依晉蔡謨等議，至十月祫享之日，（集「十月」上有「五年」二字。）奉獻祖神主，居東面之位，自懿祖、太祖洎諸祖宗，遵左昭右穆之例，此有以彰國家重本尚順之明義，足爲萬代不易之令典也。又議者請奉遷二祖神主于德明皇帝廟，行祫祭之禮。夫祫者，合也，故公羊傳云：「大事者何？祫也。」若祫祭不陳于太廟，而享于德明廟，斯乃分食也，豈謂合食乎？名實既乖，尤失禮意，固不可行也。』（新唐書陳京傳曰：「於是還獻、懿祫于廟，如真卿議。」）貞元七年十一月二十八日，太常卿裴郁奏曰：『景皇帝始封唐公，實爲太祖。中間世數既近，在三昭三穆之內，故皇家太廟惟有六室。其弘農府君，宣、光二祖，尊于太祖，親盡則遷，不在昭穆之數。開元中加置九廟，獻、懿二祖皆在昭穆，是以太祖景皇帝未得居東向之尊，今二祖已祧，九室惟序，太祖之位，安可不正？伏以太祖，上配天地，百世不遷，而居昭穆，獻、懿二祖，親盡廟遷，而居東向，徵諸故實，實所未安。請下百僚會議，敕旨依行。』八年三月十二日，祠部奏郁議狀，至十一年七月十二日敕：『于頎等議狀，所請各殊，宜令尚書省會百寮與國子監儒官切磋舊狀，定其可否，仍令所司奏聞。』其月二十八日，左司郎中陸淳奏曰：『臣竊尋七年百寮所議，雖有一十六狀，總其歸趣，三端而已。于頎等一十四狀並云復太祖之位，張薦狀則云並列昭穆而虚東向之位，韋武狀則云當祫之歲，獻祖居于東向，行禘之禮，太祖復延于西。謹按禮經及先儒之説，復太祖之位，位既正也，義在不疑。太祖之位既正，獻、懿二主當有所歸。詳考十四狀，其義有四：一曰藏諸夾室，二曰置之别廟，三曰遷于園寢，四曰祔于興聖。藏諸夾室，是無享獻之期，異乎周人藏于二祧之義，禮不可行也。置之别廟，始于魏明之説，禮經實無其文。晉義熙九年雖立此義，已後亦無行者。遷于園寢，是亂宗廟之儀，殊乖禮志。惟有祔于興聖之廟，禘祫之歲乃一祭之，庶乎亡于禮者之禮，而得變之正也。』」卷十四曰：「十九年三月，給事中、集賢學士陳京奏：『禘是大合祖宗之祭，必尊太祖之位以正昭穆，今年遇禘，伏恐須定向來所議之禮。』是月敕：『禘祫之祭，禮之大者，先有衆議猶未精詳，宜令百寮集議以聞。』時尚書左僕射姚南仲等奏議狀五十七道，有進止送尚書省更集百寮都商議定奏聞。户部尚書王紹等五十五人奏議，請奉遷獻祖、懿祖神主祔于德明、興聖廟，爲修廟未成，（舊書禮儀志作「緣二十四日禘祭修廟未成」。）請于德明、興聖廟東北，量地之宜，權設幕屋，候新廟成，準禮遷祔神主入新廟，每至禘祫年，各於本室行享禮。其月十五日王紹等又奏請於德明、興聖殿南垣内陳設四室，權安神主。敕旨從之。（此兩奏當在四月。舊書德宗紀：「貞元十九年，今年孟夏禘饗。」又：「夏四月戊戌，百官以祔廟畢舞蹈稱賀。」以四月辛巳朔推之，則十八日戊戌，二十四日乙未，是十五日祔廟，十八日稱賀，二十四日祫享，皆在四月也。舊志載王紹等奏言二十四日禘祭，無明月字，則此奏亦在四月可知，會要及舊志均脱「四月」字耳。）是月十五日，徙二祖神主于德明、興聖廟，二十四日，有司行祫享于太廟，自此景皇帝始居東向之尊，元皇帝已下，依左昭右穆之列矣。時鴻臚卿王權議曰：『按祭法曰「周人祖文王而宗武王」，故毛詩清廟章云「清廟，祀文王也」，不言太王、王季也。又按雍禘章疏云「太王、王季已上皆祔于后稷之廟」，蓋以太祖東向之位，至尊也。太王、王季之尊，私禮也，祔之后稷之廟，不敢以私奪公也。又按鄭玄注云：「祭法曰，古者先生遷廟之主，以昭穆合藏于始祖廟。」今獻祖、懿祖之主，竊以爲宜祔于興聖廟，不當祭于太廟也。如此則太祖東向之位得其尊，獻祖、懿祖之位得其所也。』時前後議者，亦多言祔于興聖廟，然引據無文，上意不決。及覽權議，引據詩、禮成文，上意遂定，遷二祖于德明、興聖廟，每禘祫年一享，遂正太祖東向之位。」新書陳京傳曰：「京自博士獻議，彌二十年乃決，諸儒無後言。」案：據通典、會要、新舊唐書所載考之，則退之此議當在貞元十九年百寮集議時。洪慶善（興祖）韓子年譜謂議禘祫在十九年春，是也。程致道（俱）韓文公歷官記載獻禘祫議，在授四門博士後，十九年之前；孫良臣以爲在貞元十八年（文苑題下注同），未知何據。或因陳京傳載此議於十九年京復奏之前，遂以爲十八年，不知京傳載此議，並不依先後次敘。此議前爲李嶸、柳冕、張薦、裴樞、陳京、韋武、仲子陵等議，皆在貞元八年，此議後繼以柳冕。又，上禘祫議證十四篇亦在八年（會要及舊志），是時退之初及進士第，并未爲四門博士也。此下又繼以帝詔尚書省集議及陸淳奏，則在貞元十一年，此下乃載十九年京復奏。是以京傳考之，亦不得謂在十八年矣。而新唐書禮樂志，貞元七年裴郁上言，又誤作十七年。（京傳作「七年」，不誤。）乃魏仲舉不知其誤，反謂此議實在貞元十七年，尤爲疏謬。朱子考異曰：「今按韓公本意，獻祖爲始祖，其主當居初室，百世不遷。懿祖之主，則當遷於太廟之西夾室。而太祖以下，以次列於諸室。四時之享，則惟懿祖不與，而獻祖、太祖以下各祭於其室。室自爲尊，不相降厭，所謂所伸之祭常多者也。禘祫則惟獻祖居東向之位，而懿祖、太祖以下皆序昭穆，南北相向於前，所謂祖以孫尊，孫以祖屈，而所屈之祭常少者也。韓公禮學精深，蓋諸儒所不及，故其所議獨深，得夫孝子慈孫報本反始不忘其所生之本意，真可謂萬世之通法，不但可施於一時也。」姚董塢援鶉堂筆記四十二曰：「按唐之獻祖，乃金門鎮將李熙也，既非有開國之鴻構，而其上世則有弘農太守重耳，又其上則有歆，又其上則涼武昭王李暠也，則獻祖非始祖，何云百世不遷乎？又懿祖者，太祖之父，獻祖者，太祖之祖，祖當四時之享，而父不與，此何禮也？且韓子前云獻、懿二祖，即毀廟主也。又云禘祫之時，當與合祭之列耳，非云必當居初室也。又云常祭甚衆，合祭甚寡，太祖所屈之祭至少，所伸之祭至多，亦非謂居初室也。蓋平時仍藏之夾室，至禘祫則於太廟東向進耳。朱子嘗論宋世當以僖祖爲太祖，亦姑取韓公之説而附之歟？」又曰：「韓公之意，謂獻、懿二祖宜藏於祧廟，則祫祭乃以獻祖正東向之位，故云事異殷周，禮從而變。然從王紹等議，何嘗非事異殷周，禮從而變也？」沈文起韓集補注曰：「案貞元時，獻、懿二祖廟已祧毀，諸儒紛紛不決，但爲合食一事。公之此議，謂太祖所屈之祭至少，所伸之祭至多，亦僅欲獻、懿二祖一與於禘祫，初無廟不當毀之意。考異謂韓公本意以獻祖爲始祖，其主當居初室，百世不遷。信如所云，則太祖乃常屈於下，何云太祖所屈至少乎？朱氏附王安石、程頤之説，始終欲以宋之僖祖爲太祖，而藝祖常居昭穆。馬氏通考深折其謬矣。乃操此説以厚誣韓公。然文字俱存，豈其然乎？」案：姚、沈兩説所辨皆確。沈雖詆朱不無過當，然其言不可易也。姚惜抱書顔魯公集乃謂唐不用真卿及退之之説爲可惜，則偏信朱子，遂袒退之，并上及魯公，而於韓、朱異同不暇辨白也。秦味經五禮通考卷九十八方宜田（觀承）案亦辨朱説之非，謂：「觀韓子請遷玄宗廟議，專以景皇爲太祖，比周之后稷，則獻、懿俱在祧遷之列，可知其説亦確。」又云：「但其以禘祫俱爲合祭，而禘祫之分則未有其義，此直沿唐之制而未及考古以正之。」其説是也。第方所謂禘祫之分者，實主陸淳、趙匡之説，朱子論語集注取之，然實與古義亦不合，清儒多能言其失矣。

右今月十六日勑旨，宜令百僚議，限五日内聞奏者。將仕郎守國子監四門博士臣韓愈謹獻議曰：伏以陛下追孝祖宗，肅敬祀事。凡在擬議，不敢自專。聿求厥中，延訪羣下。然而禮文繁漫，所執各殊。自建中之初，迄至今歲，屢經禘祫，未合適從。臣生遭聖明，涵泳恩澤，雖賤不及議，而志切效忠，今輒先舉衆議之非，然後申明其説。以上建議之大意。

文首有「右」字，知此議以狀進也。沈曰：「案會要則貞元十九年三月也。」步瀛案：舊唐書德宗紀曰：「貞元十九年三月丁卯，以今年孟夏禘饗，前議太祖、獻、懿之位未決，至此禘祭，方正太祖東向之位。」舊書是年三月壬子朔，則丁卯正是十六日，與此文合。沈説是也。○權載之獻懿二祖遷廟奏議曰：「右伏維今月十六日敕，禘祫之祭，禮之大者，先有衆議，猶未精詳，宜更令百寮議，限至二十六日内聞奏者。」其限日與此不同，疑奉到敕旨之日有先後也。（權載之集卷二十九，此題誤與上篇末行「貞元十五年九月奏」相連。此奏所引敕旨與會要十九年三月敕旨合，又有「獲貳宗伯」之言，與退之權公墓碑「十八年拜尚書禮部侍郎」又合，則在十九年無疑也。）○沈曰：「六典（卷二）：『從九品下曰將仕郎。』凡任官階卑而擬高則曰守，階高而擬卑則曰行。四門博士正七品上，階卑官高，故稱守也。」步瀛案：唐六典卷二十一曰：「國子監六學：一曰國子，二曰太學，三曰四門，四曰律學，五曰書學，六曰算學。四門博士三人，正七品上，掌教文武官七品已上及侯伯子男子之爲生者，若庶人子爲俊士生者，五分其經以爲之業，每經各百人。」又案韓子年譜，調授四門博士在貞元十八年。方崧卿韓譜同。魏仲舉謂：「當在十七年之秋。公十九年上京兆尹李實書首云『將仕郎前守四門博士』，是上書之日官已滿矣。唐制，博士皆二年滿。施士丏由四門助教至爲太學博士，秩滿當去，諸生輒留。公今年與崔羣書亦曰『官滿便終老嵩下』，以滿日計之，當自十七年始也。又公論停選舉狀曰：『臣雖非朝官，月受俸錢。』停選舉在十九年七月，是公是月猶在職也。公與李實書曰：『今年以來，不雨者百餘日。』考之史，十九年自正月至七月不雨，是公官滿上書，當在是年秋冬之交也。」案：如魏說，則十九年三月尚未滿博士秩矣。○左昭二十六年杜注曰：「聿，惟也。」案：聿，語詞。○左僖五年：「士蔿賦曰：『一國三公，吾誰適從？』」釋文曰：「適，丁歷反。」案：建中二年陳京建議，已見題注。○陳少章（景雲）韓集點勘曰：「唐代都省集議，惟朝官得與，國子博士非朝官，故曰賤不及議也。朝官亦名常參官，文官五品以上及兩省供奉官、監察御史、員外郎、太常博士。」

一曰：「獻、懿廟主宜永藏之夾室。」臣以爲不可。夫祫者合也，毀廟之主皆當合食於太祖。獻、懿二祖，即毀廟主也，今雖藏於夾室，至禘祫之時，豈得不食於太廟乎？名曰合祭，而二祖不得祭焉，不可謂之合矣。以上駮藏夾室之議。

通典吉禮九曰：「貞元八年正月，太子左庶子李嶸等七人議曰：『晉朝博士孫欽議云：「王者受命太祖及諸侯始封之君，其以前神主，據以上數，過五代即毀其廟，禘祫不復及也。禘祫所及者，謂受命太祖之後，迭毀上升藏於二祧者。雖百代，禘祫及之。」伏以獻、懿二祖，則太祖以前親盡之主也，據三代以降之制，則禘祫不及矣。代祖（即世祖）神主，則太祖以下毀廟之主也，則公羊傳所謂「已毀廟之主，陳於太祖」者是也。謹按：漢元帝下詔議罷郡國廟及親盡之祖，丞相韋玄成議：「太上、孝惠廟皆親盡宜毀，太上廟主宜瘞於園，（於園，元作「北園」，今依會要改，下同。）孝惠神主遷於太祖廟。」奏可。太上，則太祖以前之主，瘞於園，禘祫不及故也，則今獻、懿二祖之比也。孝惠遷於太祖廟，明太祖以下子孫，則禘祫所及，則今代祖元皇帝神主之比也。自魏、晉及宋、齊、陳、隋相承，始受命之君皆立六廟，虛太祖之位。自太祖之後至七代君，則太祖當東向位，乃成七廟。太祖以前之主，魏明帝則遷處士主置於園邑，歲時使令丞奉薦，代數猶近故也。至東晉明帝崩，以征西等三祖遷入西除，名之曰祧。至康帝崩，穆帝立，於是京兆遷入西除，同謂之祧，並禘祫不及。國朝始饗四廟，宣、光并太祖、代祖神主祔於廟。至貞觀九年，將祔高祖於太廟。朱子奢請準禮立七廟，其三昭三穆，各置神主。太祖，依晉、宋以來故事，虛其位，待遞遷，方處之東嚮位。於是始祔弘農府君及高祖爲六室，虛太祖之位而行禘祫。至二十三年，太宗祔廟，弘農府君乃藏於西夾室。文明元年，高宗祔廟，始遷宣皇於西夾室。開元十年，玄宗特立九廟，追尊宣皇帝爲獻祖，復列於正室，光皇帝爲懿祖，以備九室，禘祫猶虛太祖之位。至寶應二年，祔玄宗、肅宗於廟，遷獻、懿二祖於西夾室，始以太祖當東嚮位次，獻、懿二祖爲是太祖以前親盡神主，準禮禘祫不及，凡十八年。至建中二年十月，將祫饗，禮儀使顏真卿狀奏，合出獻、懿二祖神主，準東晉蔡謨等議爲定。遂以獻祖當東嚮，以懿祖於昭位南嚮，以太祖於穆位北嚮，以次左昭右穆，陳列行事。且蔡謨當時雖有其議，事竟不行，（晉書禮志上曰：「穆帝永和二年七月，有司奏：『十月殷祭，京兆府君當遷祧室。昔征西、豫章、潁川三府君毀主，中興之初，權居天府，在廟門之西。咸康中，太常馮懷表續太廟，奉還於西儲夾室，謂之爲祧，疑亦非禮。』領司徒蔡謨議：『四府君宜改築別室，若未展者，當入就太廟之室，人莫敢卑其祖，文、武不先不窋。殷祭之日，征西東面，處宣皇之上。其後遷廟之主，藏於征西之祧，祭薦不絕。』護軍將軍馮懷議：『可立別室藏之，至殷禘則祭于壇。』輔國將軍譙王司馬無忌等議：『府君遷主宜在宣帝廟中。今無寢室，宜變通而改築。又殷祫太廟，征西東面。』尚書郎孫綽議同。尚書郎徐禪議：『禮，去祧爲壇，去壇爲墠，歲祫則祭之。今四祖遷主，可藏之石室，有禱則祭於壇墠。』又遣禪訪處士虞喜，喜答曰：『漢世韋玄成等以毀主瘞於園，魏朝議者云應埋兩階之閒。且神主本在太廟，若今側室而祭，則不如永藏。又四君無追號之禮，益明應毀而無祭。』是時簡文爲撫軍將軍，與尚書郎劉劭等奏：『四祖同居西祧，藏主石室，禘祫乃祭，如先朝舊儀。』」）而我唐廟祧，豈可爲準？臣嶸等伏以嘗禘郊社，尊無二上，瘞毀遷藏，禮有義斷。獻、懿以爲親盡之主，太祖以當東嚮之尊，一朝改移，實非典故。宜效先朝故事，獻、懿神主藏於西夾室，以類祭法所謂「遠廟爲祧，去祧爲壇，去壇爲墠，壇墠有禱則祭，無禱則止」。太祖既昭配天地，位當東嚮之尊，庶符合經義，不失舊章。』」案：此藏之夾室之議也。

二曰：「獻、懿廟主宜毀之瘞之。」臣又以爲不可。謹按禮記：「天子立七廟，一壇一墠。」其毀廟之主，皆藏於祧廟，雖百代不毀，祫則陳於太廟而饗焉。自魏晉以降，始有毀瘞之議，事非經據，竟不可施行。今國家德厚流光，創立九廟，以周制推之，獻、懿二祖猶在壇墠之位，況於毀瘞而不禘祫乎？以上駁毀瘞之議。

此條無專名，孫以李嶸等議有引韋玄成「太上皇主瘞園」之文，遂以嶸議當之，非也。權載之遷廟奏議曰：「八年春，有于頎等一十六狀（合張薦、韋武計之）。至十一年，有陸淳、宇文炫二狀，前後異同有七家。至于藏夾室，虛東向，遠遷園寢，分饗禘祫，加幣玉虞主而枚卜瘞埋，膚引滋多，皆失禮意。臣等細審討論，惟置別廟及袝于德明、興聖二説最爲可據。」又辨五家不安之説，其「埋瘞」一條曰：「右議者引古者貴祖，命斂幣玉藏諸兩階之閒（曾子問），又埋虞主於廟門外之道左（禮記雜記上注又檀弓下孔疏引鄭駁異義），以爲比類，即此議所主也。」○朱曰：「毀之瘞之，上『之』字疑當作『而』。」案：文苑作「宜毀之宜瘞之」，校曰：「集作『宜毀而瘞之』。」○禮記祭法曰：「王立七廟，一壇一墠，曰考廟，曰王考廟，曰皇考廟，曰顯考廟，曰祖考廟，皆月祭之，遠廟爲祧，有二祧，享嘗乃止，去祧爲壇，去壇爲墠，壇墠有禱焉祭之，無禱乃止，去墠曰鬼。」鄭注曰：「祧之言超也，超上去意也。封土曰壇。除地曰墠。天子遷廟之主，以昭穆合藏於二祧之中。享嘗謂時之祭。天子諸侯爲壇墠。所禱謂後遷在祧者也。（盧召弓曰：「『所』當作『祈』。」）既事則反其主於祧，鬼亦在祧，顧遠之於無事，祫乃祭之爾。」釋文曰：「墠音善。」孔疏曰：「有文、武二廟不遷，故云有二祧焉。昭之遷主其數雖多，總合藏武王祧中，穆之遷主總合藏文王祧中。故鄭注周禮守祧：先公遷主藏於后稷之廟，先王遷主藏於文、武之廟。」王制曰：「天子七廟，三昭三穆，與大祖之廟而七。」鄭注曰：「此周制。七者，大祖及文王、武王之祧，與親廟四。大祖后稷。殷則六廟，契及湯與二昭二穆。夏則五廟，無大祖，禹與二昭二穆而已。」孔疏謂鄭說本禮緯稽命徵及孝經緯鉤命決。王肅則以爲天子七廟者，謂高祖之父及高祖之祖廟爲二祧，并始祖及親廟四爲七。故聖證論難鄭云：「周之文、武，受命之王，不遷之廟，權禮所施，非常廟之數。殷之三宗，宗其德而存其廟，亦不以爲數。凡七廟者，皆不稱周室。禮器云：『有以多爲貴者，天子七廟。』孫卿云：『有天下者事七世。』（禮論篇今本「七」誤「十」。）又云：『自上以下，降殺以兩。』（荀子無此文，此見左襄二十六年傳，今本「降」作「隆」，宋石經殘本作「降」，韋玄成傳劉歆引亦作「降」。）今使天子諸侯立廟並親廟四而止，則君臣同制，尊卑不別。禮，名位不同，禮亦異數。（左傳莊十八年文）況其君臣乎？又儒者難鄭云：『祭法：「遠廟爲祧。」鄭注周禮云：「遷主所藏曰祧。」違經正文。鄭又云：「先公之遷主藏於后稷之廟，先王之遷主藏於文、武之廟。」便有三祧，何得祭法云有二祧？』」難鄭之義大略如此。步瀛案：漢書韋玄成傳：「玄成等言：毀廟之主，臧乎太祖，王舜、劉歆議天子七廟，宗不在此數中。」即王肅所本也。又援鶡堂筆記謂百世不毁，未詳韓子所據，大姚殆誤會韓意。不毁者據主言，不據廟言，謂毁廟之主百代猶存耳，豈不毁廟耶？○毁瘞，見題注及文中各注。自漢韋玄成已有此議，見漢書玄成傳，李嶸等已引之，故不復録其原文。○穀梁傳僖十五年曰：「天子七廟，諸侯五，大夫三，士二。故德厚者流光，德薄者流卑。」荀子禮論篇曰：「積厚者流澤。」大戴禮禮三本篇、史記禮書並同。漢書韋玄成傳：「王舜、劉歆議曰：德厚者流光。」顔注曰：「流謂流風餘福。」○通典吉禮六曰：「開元十年制移中宗神主就正廟，仍創立九室，其後制獻祖、懿祖、太祖、代祖、高祖、太宗、高宗、中宗、睿宗太廟九室也。」○寶應二年，祔玄宗、肅宗于廟，遷獻、懿二主于西夾室，故云猶在壇墠之位。

三曰：「獻、懿廟主宜各遷於其陵所。」臣又以爲不可。二祖之祭於京師，列於太廟也，二百年矣。今一朝遷之，豈惟人聽疑惑？抑恐二祖之靈眷顧依遲，不即饗於下國也。此駁遷主陵所之議。

通典吉禮九曰：「司勳員外郎裴樞議曰：『禮云：「親親故尊祖，尊祖故敬宗，敬宗故收族，收族故宗廟嚴，宗廟嚴故重社稷。」（大傳）由是言之，太祖之上，復有追尊之祖，則親親尊祖之義，無乃乖乎？太廟之外，輕置别祭之廟，則宗廟無乃不嚴、社稷無乃不重乎？且漢丞相韋玄成請瘞于園，晉徵士虞喜請瘞于廟兩階之間。喜又引左氏説，古者先王日祭於祖考，月祀於高曾，時享及二祧，歲祫及壇墠，終禘及郊宗石室，是爲郊宗之上，復有石室之祖，斯最近矣。但當時議所處石室，未有準的，喜請于夾室中。愚以爲石室可據，所以處之之道未安。何者？夾室謂居太祖之下毁主，非是安太祖之上藏主也。未有卑處正位，尊在傍居，考理即心（會要「即」作「印」），恐非允協。今若建石室於園寢，遷神主以永安，庶乎春秋變禮之正，動也中者焉。』」○文苑「二」作「五」，誤。自唐高祖武德元年至德宗貞元十九年，凡一百八十六年，言二百者，舉其成數耳。○朱曰：「甘泉賦：『徠祇郊禋，神所依兮，徘徊招摇，靈屖迟兮。』（漢書楊雄傳作「遲迟」，文選作「屖迟」。）屖音栖，『迟』與『遲』同，皆徐行也。『言神久留安處，不即去也。』（此二句顏師古注）」○方言十二曰：「即，就也。」說文曰：「即，就食也。」文選魯靈光殿賦李注曰：「以天子爲上國，故諸侯爲下國。」案：此下國對京師言，謂外郡耳。唐會要卷一曰：「獻祖宣皇帝葬建初陵，在趙州昭慶縣界，儀鳳二年追封爲建昌陵，開元二十八年詔改爲建初陵。懿祖光皇帝葬啓運陵，在趙州昭慶縣界，儀鳳二年追封爲延光陵，開元二十八年詔改爲啓運陵。」元和郡縣志曰：「河北道趙州昭慶縣：建初陵、啓運陵，二陵共塋，在縣西南二十里。」清統志曰：「直隸趙州：唐祖陵在隆平縣南。」

四曰：「獻、懿廟主宜祔於興聖廟而不禘祫。」臣又以爲不可。傳曰：「祭如在。」景皇帝雖太祖，其於屬，乃獻、懿之子孫也。今欲正其子東向之位，廢其父之大祭，固不可爲典矣。此駁祔興聖廟之議。

唐會要十三曰：「考功員外郎陳京議曰：『臣前爲太常博士，已于建中二年九月四日，奏請祫饗獻、懿二祖所安之位。其時禮儀使顏真卿與京議異，京議未行。伏見去年十一月，太常卿裴郁所奏，大旨與京舊議相合。伏以興聖皇帝則獻祖之曾祖、懿祖之高祖，夫以曾孫、玄孫祔列于高、曾之廟，豈禮之不可哉？實人情之大順也。』同官縣尉仲子陵議曰：『今儒者援「子雖齊聖，不先父食」之語，欲令已祧獻祖權居東向配天，太祖屈居昭穆，此不通之甚也。凡左氏「不先食」之言，且以正文公之逆祀，儒者安知非夏后廟數未足之時而言禹不先鯀乎？且漢之禘祫蓋不足徵，魏晉已還，太祖皆近，是太祖之上皆有遷主。歷代所疑，或引閟宫之詩而永閟，或因虞主之義而瘞園，或緣遠廟爲祧以築宫，或言太祖實卑而虚位。惟東晉蔡謨憑左氏「不先食」以爲説，令征西東向，詳其數事，此最不安。且蔡謨此議，非晉所行，前有司不本謨改築之言，取「征西東向」之一句爲萬世法，此其不可甚也。臣又思之，永閟、瘞園，則臣子之心有所不安，權虚正位，則太祖之尊無時而定。别築一室，義差可安。且興聖之於獻祖，乃曾祖也，昭穆有序，享祀以時。伏請奉獻、懿二祖遷祔于德明、興聖廟，此大順也。或以祫者合也，今二祖别廟，是分食也，何合之爲？臣以爲，德明、興聖二廟，每禘祫之年，亦皆饗薦，是亦合食，奚疑於二祖乎？』」案：陸淳、王權、王紹等皆主此説，後遂爲定議，見題注。〇祭如在，論語八佾篇文。〇爾雅釋詁曰：「典，常也。」詩維清毛傳曰：「典，法也。」

五曰：「獻、懿二祖宜别立廟於京師。」臣又以爲不可。夫禮有所降，情有所殺，是故去廟爲祧，去祧爲壇，去壇爲墠，去墠爲鬼，漸而之遠，其祭益稀。昔者魯立煬宫，春秋非之，以爲不當取已毁之廟、既藏之主而復築宫以祭。今之所議，與此正同。又雖違禮立廟，至於禘祫也，合食則禘無其所，廢祭則於義不通。此駁别立廟之議。曾曰：「以上備舉五説之不可。」

通典吉禮九曰：「吏部郎中柳冕等十二人議曰：『天子受命之君，諸侯始封之祖，皆爲太廟[一]。故雖天子，必有尊也，是以尊太祖也。故太祖以下，親盡而毀。洎秦滅學，漢不及禮，不列昭穆，不建迭毀。晉既失之，宋又因之。於是有違五廟之制[二]，於是有虚太祖之位。不列昭穆，非所以示人有序也；不建迭毀，非所以示人有殺也。違五廟之制，非所以示人有別也；虚太祖之位，非所以示人有尊也。此禮之所由廢也。謹按禮：「父爲士，子爲天子，祭以天子，葬以士。」（喪服小記）今獻祖祧也，懿祖亦祧也，唐未受命，猶士禮也。是故高祖、太宗以天子之禮祭之，不敢以太祖之位易之。今而易之，無乃亂先王之序乎？昔周有天下，追王太王、王季以天子之禮，及其祭也，親盡而毀之。漢有天下，尊太上皇以天子之禮，及其祭也，親盡而毀之。唐有天下，追王獻、懿二祖以天子之禮，及其祭也，親盡而毀之。則不可代太祖之位明矣。又按周禮，有先王之祧，先公之祧。先公之遷主，藏乎后稷之廟，其周未受命之祧乎？先王之遷主，藏之文、武之廟，其周已受命之祧乎？故有二祧，所以異廟也。今獻祖以下之祧，猶先公也；太祖以下之祧，猶先王也。請築別廟以居二祖，則行周之禮，復古之道也。』」○周禮地官廩人鄭注曰：「殺猶減也。」釋文曰：「殺，所界反。」○「去廟爲祧」四句，禮記祭法之文，已見上注。○春秋定元年：「立煬宫。」公羊傳曰：「煬宫者何？煬公之宫也。立者何？立者不宜立也。立煬宫，非禮也。」穀梁傳曰：「立者，不宜立者也。」左傳曰：「昭公出，故季平子禱于煬公。九月，立煬宫。」杜注曰：「煬公，伯禽子也，其廟已毁，季氏禱之而立其宫，書以譏之。」孔疏曰：「好内怠政曰煬。」○合食則禘無其所，朱曰：「此言若作別廟，則不當禘

[一] 廟：通典浙江書局本作「廟」，北宋本、傳增湘校本作「祖」。
[二] 五：通典浙江書局本作「五」，北宋本、傳增湘校本作「王」。下「五廟之制」同。

於太廟，又不當禘於别廟，故云禘無其所，若以無可禘祫之所，而遂直廢其祭，則於義又有不可通者。」

此五説者，皆所不可。故臣博采前聞，求其折中。以爲殷祖玄王，周祖后稷，太祖之上，皆自爲帝。又其代數已遠，不復祭之。故太祖得正東向之位，子孫從昭穆之列。禮所稱者，蓋以紀一時之宜，非傳於後代之法也。傳曰：「子雖齊聖，不先父食。」蓋言子爲父屈也。景皇帝雖太祖也，其於獻、懿，則子孫也。當禘祫之時，獻祖宜居東向之位，景皇帝宜從昭穆之列，祖以孫尊，孫以祖屈，求之神道，豈遠人情？又常祭甚衆，合祭甚寡，則是太祖所屈之祭至少，所伸之祭至多。比於伸孫之尊，廢祖之祭，不亦順乎？事異殷周，禮從而變，非所失禮也。以上自陳所主。

禮記祭法曰：「殷人祖契而宗湯。」周語下：「衛彪傒曰：玄王勤商，十有四世而興。」韋注曰：「玄王，契也。」詩長發：「玄王桓撥。」毛傳曰：「玄王，契也。」鄭箋曰：「承黑帝而立子，故謂契爲玄王。」○周語下：「太子晉曰：自后稷之始基靖民，十五王而文始平之。」祭法曰：「周人禘嚳而郊稷。」魯語上同。韋注曰：「稷，周始祖也。」孝經曰：「郊祀后稷以配天。」○左文二年曰：「子雖齊聖，不先父食，久矣。故禹不先鯀，湯不先契，文、武不先不窋。」杜注曰：「齊，肅也。」釋文曰：「先，悉薦反。」○朱曰：「『所』字疑衍。」吴北江曰：「朱説非是。非所失禮，猶云非所謂失禮耳。信陵君諫攻韓書『非所施厚積德也』，正與此同。」

臣伏以制禮作樂者，天子之職也。陛下以臣議有可采，靐合天心，斷而行之，是則爲禮。如以爲猶或可疑，乞召臣對，面陳得失，庶有發明。謹議。朱曰：「此等公家文字，或施於君上，或布之吏民，只用當時體式，直述事意，乃易曉而通行，非如詩篇銘記可以時出奇怪也。故韓公之文雖曰高古，然於此等亦未嘗敢故爲新巧，以失莊敬平易之體。但其閒反覆曲折，説盡事理，便是真文章，他人自不能及耳。」○此篇議禮制，實未盡合，而明辨以哲，縝密以栗，可爲作考據文字之法。若專事鈔胥，不知裁翦，不得謂之文矣。

禮記樂記曰：「王者功成作樂，治定制禮。」

與孟尚書書

考異曰：「『孟』下一有『簡』字。」案：音註、五百家、觀瀾乙集皆有『簡』字。舊唐書憲宗紀曰：「元和十三年五月，以户部侍郎孟簡檢校工部尚書、襄州刺史、山南東道節度使。」又孟簡傳曰：「簡字幾道，平昌人。元和十三年，出爲襄州刺史、山南東道節度使。十四年，改授太子賓客，分司東都。十五年，穆宗即位，貶吉州司馬。」退之貽書，即在是年。題曰「尚書」，稱以前官也。新唐書孟簡傳曰：「簡佞佛過甚，常與劉伯芻、歸登、蕭俛譯次梵言。」樊曰：「公元和十四年以言佛骨貶潮州，與潮僧大顛游，人遂云奉佛氏，其冬移袁州，明年簡遺書言及，公作此書答之。」

愈白：行官自南迴，過吉州，得吾兄二十四日手書數番，忻悚兼至，未審入秋來眠食何似，伏惟萬福。以上問勞。

沈曰：「通鑑二百十六：『行官王韜等，平日構高仙芝於夫蒙靈詧。』（胡梅磵注曰：「行官主將命往來京師及鄰道。」）此節度使行官也。册府元龜一百五十三：『懿宗咸通十年八月，和州防禦行官石忭等一百三十人，狀訴刺史崔雍降賊龐勛。』此刺史行官也。」○孫曰：「元和十五年，貶太子賓客分司孟簡吉州司馬。」元和郡縣志曰：「江南道吉州：有吉水，因爲名焉。」案：唐吉州治廬陵縣，今江西吉安縣治。○說文曰：「欣，笑喜也。」「忻」與「欣」同；又曰：「慢，懼也。」「悚」與「慢」同。

來示云，有人傳愈近少信奉釋氏，此傳之者妄也。潮州時，有一老僧，號大顛，頗聰明，識道理。遠地無可與語者，故自山召至州郭，留十數日，實能外形骸，以理自勝，不爲事物侵亂。與之語，雖不盡解，要自胸中無滯礙。以爲難得，因與來往。及祭神至海上，遂造其廬。及來袁州，留衣服爲別，乃人之情，非崇信其法求福田利益也。孔子云：「丘之禱久矣。」凡君子行己立身，自有法度。聖賢事業，具在方册，可效可師。仰不愧天，俯不愧人，內不愧心。積善積惡，殃慶自各以其類至。何有去聖人之道，捨先王之法，而從夷狄之教，以求福利也？吳北江曰：「此等處質直光明，磊落正大，最近似孟子。」詩不云乎：「愷悌君子，求福不回。」傳又曰：「不爲威惕，不爲利疚。」假如釋氏能與人爲禍祟，非守道君子之所懼也。況萬萬無此理。且彼佛者，果何人哉？其行事類君子邪，小人邪？若君子也，必不妄加禍於守道之人。如小人也，其身已死，其鬼不靈，天地神祇，昭布森列，非可誣也。又肯令其鬼行胸臆作威福於其閒哉？進退無所據，而信奉之，亦且惑矣。以上言佛不足信。

元和郡縣志曰：「嶺南道潮州：以潮流往復，因以爲名。」案：唐潮州治海陽縣，今廣東潮陽縣治。○景德傳燈録卷十四曰：「潮州大顛和尚，初參石頭（希遷大師），言下大悟，後辭往潮州靈山隱居，學者四集。」釋氏禮古略曰：「潮州靈山大巔禪師，諱寶通，潮州楊氏子。」（輿地紀勝曰：「潮州僧大顛，姓陳氏，舊云煬帝之後，其祖以宦遊留于此。然隋楊姓，今師豈王之裔哉？」）潮州府志卷三十曰：「寶通號大顛，俗姓陳氏，或曰楊姓，先世爲潁川人。生于開元末。大曆中，與藥山惟儼並師事惠照於西山，即復與之同遊南嶽，參石頭。貞元六年，開闢牛巖，立精舍。七年，又於邑西幽嶺下，創建禪院，名曰靈山。時已大悟宗旨，得曹溪之緒，門人傳法者千餘人，自號爲大顛和尚。」○輿地紀勝曰：「廣南東路潮州：靈山院，故爲大頭師開山之地。」明統志曰：「廣東潮州府：靈山，在潮陽縣治西，唐僧大顛居此，今爲大道場，邦人事之甚謹。」清統志曰：「靈山，在潮陽縣西少北五十里，唐元和中僧大顛居此。」○孫曰：「是歲十月，公移袁州刺史。」元和郡縣志曰：「江南道袁州：因袁山爲名。」案：唐袁州治宜春縣，今江西宜春縣治。○法苑珠林福田篇曰：「優婆塞戒經云：『佛言世閒福田凡有三種：一報恩田，二功德田，三貧窮田。』又門毗曇甘露味經云：『福田好有三種：一大德田，二貧苦田，三大德貧苦田。』」蘇子瞻雜説曰：「韓退之喜大顛，如喜澄觀、文暢意耳，非信佛法也。而妄撰退之與大顛書，其詞凡鄙，退之家奴亦無此語。」○孔子云云，見論語述而篇。○禮記中庸篇：「布在方策。」鄭注曰：「方，板也；策，簡也。」案：策，乃「册」之借字。説文曰：「册象其札，一長一短，中有二編之形。」○孟子盡心上曰：「仰不愧於天，俯不怍於人。」史記田儋傳：「田横曰：我獨不愧於心乎？」魏其武安傳：「韓安國曰：魏其必内愧。」○易坤文言傳曰：「積善之家必有餘慶，積不善之家必有餘殃。」○詩大雅旱麓篇文，鄭箋曰：「不回者，不違先祖之德。」毛詩「愷悌」作「豈弟」，釋文曰：「豈，本亦作『愷』，又作『凱』。弟，一作『悌』。豈，樂也；弟，易也。」（周語中、韓詩外傳、淮南泰族篇、新序義勇篇引並作「愷悌」，禮記表記、吕覽知分篇引並作「凱弟」。）○左傳哀十六年曰：「不爲利諂，不爲威惕。」昭二十年曰：「君子不爲利疚。」○莊子天地篇釋文引李頤曰：「祟，禍也。」○吕覽季冬紀高注曰：「天曰神，地曰祇。」説文曰：「天神引出萬物者也，地祇提出萬物也。」朱曰：「布森，方作『森布』，今按公進平淮西碑狀亦有『森列』字可考。」

且愈不助釋氏而排之者，其亦有説。吴曰：「提筆軒爽，以下發明己之學識，故特鄭重而出之。」孟子云：「今天下不之楊則之墨。」方望溪曰：「二語開後。」楊墨交亂而聖賢之道不明，則三綱淪而九法斁，禮樂崩而夷狄横，幾何其不爲禽獸也？故曰：「能言距楊墨者，聖人之徒也。」楊子雲云：「古者楊墨塞路，孟子辭而闢之，廓如也。」夫楊墨行，劉海峯曰：「以下屈盤瘦硬，千回百折，有真氣行乎其間，具江河沛然之勢。」正道廢，且將數百年，以至於秦，卒滅先王之法，燒除其經，坑殺學士，天下遂大亂。及秦滅，漢興且百年，尚未知脩明先王之道。其後始除挾書之律，稍求亡書，招學士，經雖少得，尚皆殘缺，十亡二三。故學士多老死，新者不見全經，不能盡知先王之事，各以所見爲守，分離乖隔，不合不公。二帝三王羣聖人之道於是大壞。後之學者無所尋逐，以至於今，泯泯也。其禍出於楊墨肆行而莫之禁故也。孟子雖賢聖，張廉卿曰：「突接逆接。」不得位，空言無施，雖切何補？然賴其言，而今學者尚知宗孔氏，崇仁義，貴王賤霸而已。吳曰：「極力頓挫。」其大經大法皆亡滅而不救，壞爛而不收，所謂存十一於千百，安在其能廓如也？汪武曹曰：「以翻爲應。」張曰：「極力翻起，爲下文作勢。」然向無孟氏，則皆服左衽而言侏離矣。張曰：「止二句而孟氏之功極矣。」故愈嘗推尊孟氏，張曰：「前文無數轉折頓挫，方入此句，格外出力。」以爲功不在禹下者爲此也。吳曰：「極力盤旋。」漢氏已來，羣儒區區脩補，百孔千瘡，隨亂隨失，其危如一髮引千鈞，緜緜延延，寖以微滅。於是時也，而倡釋老於其間，鼓天下之衆而從之。嗚呼！其亦不仁甚矣。釋老之害，張曰：「突轉逆勢。」過於楊墨。韓愈之賢，不及孟子。孟子不能救之於未亡之前，而韓愈乃欲全之於已壞之後。嗚呼！其亦不量其力，且見其身之危，莫之救天地鬼神，（張曰：「轉折有拔山之力。」）雖滅死萬萬無恨。雖然，使其道由愈而粗傳，（方曰：「二語抱前。」）臨之在上，質之在旁。又安得因一摧折，自毀其道以從於邪也？（張曰：「縱筆絕奇，有呵斥鬼神之概。」）以死也。（以上言闢佛所以衛道，雖死不變。）

孔子之淮南原道篇高注曰：「排猶斥也。」○孟子滕文公下曰：「天下之言不歸楊則歸墨，楊墨之道不熄，孔子之道不著。」○白虎通三綱六紀篇曰：「三綱者何謂也？謂君臣、父子、夫婦也。故含文嘉曰：君爲臣綱，父爲子綱，夫爲妻綱。」孫曰：「九法，九疇之法。斁，敗也。書：彝倫攸斁。（洪範）」音註曰：「斁音妒。」○音註曰：「橫，下孟切。」○「能言」二句，見孟子滕文公下。案：距，乃「歫」之借字，方作「拒」，俗字。○楊子雲云云，見法言吾子篇。○漢書惠帝紀曰：「四年三月，除挾書律。」注應劭曰：「挾，藏也。」張晏曰：「秦律，敢有挾書者族。」○漢書藝文志曰：「漢興，改秦之敗，收篇籍，廣開獻書之路，迄孝武世，書缺簡脱，禮壞樂崩。於是建藏書之策，置寫書之官，下及諸子傳説，皆充祕府。至成帝時，以書頗散亡，使謁者陳農求遺書於天下。」○劉子駿移讓太常博士書曰：「魯恭王壞孔子宅，欲以爲宮，而得古文於壞壁之中，逸禮有三十九，書十六篇。天漢之後，孔安國獻之，遭巫蠱倉卒之難，未及施行。及春秋左氏，丘明所修，皆古文舊書，多者二十餘通，藏於祕府，伏而未發。孝成皇帝閔學殘文缺，稍離其真，乃陳發祕藏，校理舊文，得此三事，以考學官所傳，經或脱簡，傳或閒編，傳問民閒，則有魯國桓公、趙國貫公、膠東庸生之遺學與此同。」○文選魏都賦李善注引春秋説題辭曰：「二帝之迹，三王之義。」漢書楊雄傳上注引應劭曰：「二帝，堯、舜；三王，夏、殷、周。」○書呂刑：「泯泯棼棼。」釋文曰：「泯，面忍反，徐音民。」周書祭公篇曰：「汝無泯泯芬芬。」孔注曰：「泯芬，亂也。」○論語憲問篇：「子曰：微管仲，吾其被髮左衽矣。」邢疏曰：「夷狄之人，被髮左衽。」説文曰：「衽，衣襟也。」後漢書南蠻傳曰：「言語侏離。」章懷注曰：「侏離，蠻夷語聲也。」○孟子滕文公下曰：「昔者禹抑洪水，而天下平；周公兼夷狄，驅猛獸，而百姓寧；孔子成春秋，而亂臣賊子懼。我亦欲正人心，息邪説，距詖行，以承三聖者。」退之謂「功不在禹下」，蓋本此。○廣雅釋訓曰：「區區，小也。」○爾雅釋詁曰：「亂，治也。」○列子仲尼篇曰：「髮引千鈞。」枚叔上書諫吴王曰：「夫以一縷之任，繫千鈞之重，雖甚愚之人，猶知哀其將絶也。」○廣雅釋訓曰：「緜緜延延，長也。」○漢書成帝紀顔注曰：「寖，漸也。」

籍、湜輩雖屢指教，不知果能不叛去否。辱吾兄眷厚，而不獲承命，惟增慙懼，死罪死罪，愈再拜。方曰：「理足氣盛，浩然如江河之達。」曾曰：「此爲韓公第一等文字，當與原道並讀。」張曰：「渾灝變化，千轉百折，而氣愈勁。其雄肆之氣，奇傑之辭，並臻上乘，北宋諸家無能爲役。」

孫曰：「皇甫湜，字持正，睦州新安人。」案：籍、湜，新唐書皆附韓愈傳，又别詳後。○侯鯖録卷一曰：「短啓出於晉宋，兵革之閒，時國禁書疏，非弔喪問疾，不得輒行尺牘，故羲之書首云『死罪』，是違制令是也。」張孟奇（萱）疑曜卷六曰：「漢董仲舒詣丞相公孫弘記室書（見古文苑卷十），已前用之矣。」案：書首云「死罪」者，特自謙干冒威嚴宜有罪耳，趙德麟違制令之説謬矣。此書以違孟簡之意，故云「死罪死罪」，又與董、王書不同也。

答李翊書

樊曰：「公答李翊二書，或作李翺，非也。貞元十八年，陸傪佐主司權德輿於禮部，公以李翊薦於傪，用是其年登第。此書其十七年所作歟？」案：摭言卷八曰：「貞元十八年，權德輿主文，陸傪員外通牓帖，韓文公薦十人於傪，其上四人曰侯喜、侯雲長、劉述古、韋紓，其次六人沈杞、張苰、尉遲汾、李紳、張後餘、李翊，而權公凡三牓，共放六人，而苰、紳、後餘不出五年内皆捷矣。」又容齋四筆卷五引登科記曰：「貞元十八年，權德輿以中書舍人知舉，放進士二十三人，尉遲汾、侯雲長、韋紓、沈杞、李翊登第。」又案：退之有與祠部陸員外書薦侯喜及翊。吴先生曰：「當依別本作『答李翺』。篇中所論，翊殆不足與聞。重答翊書謂其汲汲於知待之殊，亦非不志乎利者也。」

六月二十六日愈白李生足下：生之書辭甚高，而其問何下而恭也？能如是，誰不欲告生以其道？道德之歸也有日矣，況其外之文乎？抑愈所謂望孔子之門牆而不入於其宫者，焉足以知是且非邪？雖然，不可不爲生言之。以上答其來問之旨。○李剛己曰：「此上雖係閒文，然用筆曲折盡致，無一語平直。」

生所謂立言者是也。論語子張篇：子貢曰：「譬之宫牆，夫子之牆數仞，不得其門而入，不見宗廟之美，百官之富。」生所爲者，與所期者，甚似而幾矣。抑不知生之志，蘄勝於人，而取於人邪？李曰：「純用盤旋頓宕之筆，爲下文作勢。」將蘄至於古之立言者邪？蘄勝於人而取於人，則固勝於人而可取於人矣。李曰：「再頓一筆，取足逆勢。」將蘄至於古之立言者，李曰：「轉捩有力。」則無望其速成，無誘於勢利。汪武曹曰：「通篇主義。」養其根而竢其實，加其膏而希其光。根之茂者其實遂，膏之沃者其光曄，仁義之人，其言藹如也。方曰：「通篇言文之所以成，而推本於仁義，故以二語爲樞紐。」李曰：「自『無望速成』以下，揭明正意，氣遒語鍊，字字騰躍而出。」○以上告以學文之道，必先務本。

禮記樂記鄭注曰：「幾，近也。」釋文曰：「幾音譏，一音巨依切。」○「蘄」「祈」字通。莊子養生主篇郭注曰：「蘄，求也。」釋文曰：「蘄音祈。」案：兩「於」字用法不同。「勝於人」猶言「勝乎人」，「取於人」言「爲人所取」，猶言「見取於人」也。○論語憲問篇曰：「闕黨童子將命，子曰：非求益者也，欲速成者也。」○爾雅釋詁曰：「竢，待也。」音註、五百家、觀瀾皆作「俟」，通借字。○魯語下韋注曰：「沃，肥美也。」廣雅釋詁三曰：「曄，明也。」○朱豐芑說文通訓定聲卷十三曰：「藹，言之美也。故曰仁義之人，其言藹如。藹如，單辭形況字。」

抑又有難者，愈之所爲，不自知其至猶未也。李曰：「先用此句逆探下文，所謂凌空倒影之筆。」雖然，學之二十餘年矣。李曰：「總束一筆，然後從始至終，逐層追敍，文勢便不散漫。」始者，非三代、兩漢之書不敢觀，非聖人之志不敢存。處若忘，行若遺，儼乎其若思，茫乎其若迷。當其取於心而注於手也，惟陳言之務去，戛戛乎其難哉！張曰：「逐處刻意摹繪。」其觀於人，不知其非笑之爲非笑也。李曰：「此句與下『笑之則以爲喜』二句，均發明無望速成之意。蓋人非不爲毀譽所搖，決不能無望其速成也。」○茅曰：「此是第一級。」如是者亦有年，猶不改。李曰：「頓挫生姿。」然後識古書之正僞，與雖正而不至焉者，昭昭然白黑分矣。而務去之，乃徐有得也。李曰：「瀠洄盡致。」當其取於心而注於手也，汩汩然來矣。汪曰：「『汩汩然來』『浩乎其沛然』『然後肆焉』『不可不養』等句，皆是說氣，故曰『氣，水也』云云。」其觀於人也，笑之則以爲喜，譽之則以爲憂，以其猶有人之說者存也。茅曰：「第二級。」如是者亦有年，然後浩乎其沛然矣。茅曰：「第三級。」吾又懼其雜也，張曰：「筆陣奇恣，巧構形似之言，精妙入微，與莊子養生主篇絕相似。」迎而距之，平心而察之，其皆醇也，然後肆焉。茅曰：「第四級。」雖然，不可以不養也。行之乎仁義之途，方曰：「退之知立言之道，在行之仁義之途，所以能約六經之旨而成文也。」游之乎詩書之源，張曰：「無一字苟下。」無迷其途，無絕其源，終吾身而已矣。方曰：「與前『根茂實遂』『膏沃光曄』相應。」○茅曰：「第五級。」氣，水也；言，浮物也，水大而物之浮者大小畢浮。氣之與言猶是也，氣盛，則言之長短與聲之高下者皆宜。李曰：「自『抑有難者』以下，轉接超忽，起落迅疾，筆勢如飄風，如湧泉，令讀者心駭目眩。至此數句，忽換用凝重之筆，遂變爲淵渟岳峙之概。所謂前有浮聲，後有切響，即此法也。」○以上言學文功夫，所謂無望其速成也。

禮記曲禮上曰：「儼若思。」鄭注曰：「儼，矜莊貌。」○書皋陶謨：「夔曰：戛擊鳴球。」（僞古文分入益稷）

釋文引馬融曰：「戛，擽也。」（廣雅釋詁三曰：「擽，擊也。」）此戛戛，蓋重言形況用力之意。○方言六曰：「汩，疾行也。」郭注曰：「汩汩，急流也。」案：汩，本字作「𡿧」。説文曰：「𡿧，水流也，从川曰聲。」廣雅釋訓曰：「𡿧𡿧，流也。」曹憲音于密反。○廣雅釋訓曰：「浩浩，流也。」後漢書袁術傳注曰：「沛然，自恣縱貌也。」

雖如是，其敢自謂幾於成乎？雖幾於成，其用於人也奚取焉？方曰：「抱篇首『蘄勝於人而取於人』。」李曰：「轉入『無誘於勢力』一層，筆勢矯變。」雖然，待用於人者，其肖於器邪？用與舍屬諸人。君子則不然，處心有道，行己有方，用則施諸人，舍則傳諸其徒，垂諸文而爲後世法。如是者，其亦足樂乎？其無足樂也？以上又言文章爲己之事，非有待於人，所謂無誘於勢利也。

「舍」「捨」字通。

有志乎古者希矣，方曰：「抱篇首『將蘄至於古之立言者』。」志乎古必遺乎今，吾誠樂而悲之。李曰：「語語深至，如聞慨歎之聲。」亟稱其人，所以勸之，非敢褒其可褒而貶其可貶也。問於愈者多矣，念生之言不志乎利，聊相爲言之。愈白。再明答書之旨，與首段相應。○姚曰：「此文學莊子。」張曰：「退之自道所得，字字從精心撰出，故自絕倫。」又曰：「學莊子而得其沈著精刻者，惟退之此書而已。」李曰：「昔歸熙甫論爲文之法，謂如兒童放紙鳶，愈放愈高，要在手中綫索牢，此文中幅歷敘平生爲學之方，一層深一層，即所謂愈放愈高也。而其行文則一綫穿成，半絲不亂，即所謂手中綫索牢也。」○養氣之説，發自孟子，論衡自紀篇亦言之。而以氣論文，則始自魏文帝典論論文，其言文以氣爲主，遂開後來養氣之功。文心雕龍風骨篇、顏氏家訓文章篇皆有所闡發，而公言「氣盛則言之短長與聲之高下者皆宜」，尤爲深造自得之言。

爾雅釋詁曰：「希，罕也。」

答呂毉山人書

山人之稱，蓋盛於唐。新唐書武后紀曰：「延載元年七月癸未，嵩嶽山人武什方爲正諫大夫、同鳳閣鸞臺平章事。」李泌傳曰：「著白者山人。」厥後「水南山人」「水北山人」「少室山人」之號紛紛矣。呂毉山人特未知何許人耳。

愈白：惠書責以不能如信陵執轡者。李曰：「直起斬截。」夫信陵，戰國公子，欲以取士聲勢傾天下而然耳。李曰：「折筆矯健明快。」如僕者，自度若世無孔子，不當在弟子之列。吳先生曰：「斷。」李曰：「乘勢將本意揭出，文筆奇縱，如風起水湧。」○以上先破其所見之非。史記魏公子傳曰：「公子爲人，仁而下士。魏有隱士曰侯嬴，年七十，家貧，爲大梁夷門監者。公子從車騎，虛左自迎侯生。侯生攝弊衣冠直上，載公子上座不讓，欲以觀公子，公子執轡愈恭。」○史記呂不韋傳曰：「當是時，魏有信陵君，楚有春申君，趙有平原君，齊有孟嘗君，皆下士喜賓客以相傾。」以吾子始自山出，有朴茂之美意，恐未礱磨以世事。又自周後文弊，百子爲書，各自名家，亂聖人之宗，後生習傳，雜而不貫，故設問以觀吾子。李曰：「此文雖有凌邁無前之概，然如此等處，辭氣固極淳厚，故爾足貴。若純以巉巖峭刻爲奇，則非君子立言之體矣。」其已成熟乎，將以爲友也；其未成熟乎，將以講去其非而趨是耳。不如六國公子有市於道者也。吴先生曰：「續。」李曰：「回應首段，筆勢横厲絕倫，與尋常前後呼應一味掉弄虚機者不同。」○張曰：「此段言己所以造就山人之意。」

説文曰：「礱，礲也。」廣雅釋詁三曰：「礱，磨也。」字並同。○禮記表記曰：「殷周之道，不勝其敝。」又曰：「殷周之文，不勝其質。」史記高祖本紀太史公曰：「夏之道忠，忠之敝小人以野，故殷人承之以敬，敬之敝小人以鬼，故周人承之以文，文之敝小人以僿。」

方今天下入仕，吴先生曰：「斷。」惟以進士、明經，及卿大夫之世耳。其人率皆習熟時俗，工於語言，識形勢，善候人主意。故天下靡靡，日入於衰壞，恐不復振起。李曰：「自『方今天下』句至此，全係凌空起步，而體勢雄直，辭指沈鬱，與劉子駿移讓太常博士書相近。」務欲進足下趨死不顧利害去就之人於朝，以争救之耳，非謂當今公卿閒無足下輩文學知識也。吴先生曰：「再續。」不得以信陵比。李曰：「再覆一句，文勢愈加峻邁。」○張曰：「此段言己所取於山人之意。」

唐六典卷二曰：「吏部考功員外郎，掌天下貢舉之職。凡諸州每歲貢人，其類有六：一曰秀才，二曰明經，三曰進士，四曰明法，五曰書，六曰算。正經有九，禮記、左傳爲大經，毛詩、周禮、儀禮爲中經，周易、尚書、公羊、穀梁爲小經。通二經者，一大一小，若兩中經；通三經者，大小中各一；通五經者，大經並通。其孝經、論語並須兼習。諸明經試兩經，進士一經，每經十帖。孝經二帖，論語八帖。每帖三言。通六已上，然後試策：周禮、左氏、禮記各四條，餘經各三條，孝經、論語共三條，皆録經文及注意爲問。其答者須辨明義理，然後爲通。通十爲上上，通八爲上中，通七爲上下，通六爲中上。其通三經者，全通爲上上，通十爲上中，通九爲上下，通八爲中上，通七及二經通五爲不第。其進士帖一小經及老子，皆經注兼帖，試雜文兩首，策時務五條，文須洞識文律，策須義理愜當者爲通。其經、策全通爲甲，策通四、帖通六已上爲乙，已下爲不第。」（新唐書選舉志曰：「開元二十四年，考功員外郎李昂爲舉人詆訶，帝以員外郎望輕，遂移貢選於禮部，以侍郎主之，禮部選士自此始。」）通典選舉三曰：「大唐貢士之法，上郡歲三人，中郡二人，下郡一人，有才能者無常數。其常貢之科，有秀才，有明經，有進士，有明法，有書，有算。自京師郡縣皆有學焉。每歲仲冬，郡縣館監課試其成者，長吏會屬僚，行鄉飲酒禮。既餞，而與計偕。其不在館學而舉者，謂之鄉貢。到尚書省，始由户部集閲，而關於考功課試，可者爲第。初，秀才科第最高，試方略策五條，有上上、上中、上下、中上凡四等。貞觀中，有舉而不第者，坐其州長，由是廢絶。自是士族所趣嚮，唯明經、進士而已。」○卿大夫之世，指恩蔭言。新唐書選舉志曰：「凡用蔭，一品子正七品上，二品子正七品下，三品子從七品上，從三品子從七品下，正四品子正八品上，從四品子正八品下，正五品子從八品上，從五品及國公子從八品下。」○文選琴賦李善注曰：「靡靡，順風貌。」

然足下衣破衣，繫麻鞋，率然叩吾門。吾待足下，雖未盡賓主之道，不可謂無意者。足下行天下，得此於人蓋寡。李曰：「有此一段，意義愈覺圓足，局勢愈覺展拓，所謂筆力破餘地者也。」乃遂能責不足於我，吳先生曰：「變幻。」此真僕所汲汲求者。李曰：「轉捩無跡，乘勢遞人結意。」議雖未中節，張曰：「拗一句，勢愈勁。」其不肯阿曲以事人者，灼灼明矣。方將坐足下三浴而三熏之，聽僕之所爲，少安無躁。張曰：「結尤奇詭不可測。」愈頓首。茅曰：「奇氣。」張曰：「此文生殺出入，擒縱抑揚，奇變不可方物，可謂極文章之能事矣。」又曰：「筆力似孟子，機趣似國策，侯、魏學之，徒得矜氣，所以病也。」吳先生曰：「此篇似諫獵書。」○此等文最能增人筆力，然不善學之，易流爲客氣，亦不可不知。

馬縞古今注卷中曰：「麻鞋起自伊尹，以草爲之，名曰草屩，周文王以麻爲之，名曰麻鞋。」能改齋漫録卷七曰：「王叡炙轂子云：『夏、商以草爲屩。左氏曰：「扉，屨也。」（僖四年）至周以麻爲之，謂之麻鞋，貴賤通著。』」○廣雅釋訓曰：「彶彶，劇也。」汲，借字。○吕氏春秋達鬱篇曰：「非以阿君也。」高注曰：「阿，曲媚也。」廣雅釋詁二曰：「阿，衺也。」○以事人者，吳先生校刪「者」字。○廣雅釋訓曰：「灼灼，明也。」○齊語曰：「魯莊公將殺管仲，齊使者請曰：『寡君欲以親爲戮，請生之。』於是莊公使束縛以予齊使，齊使受之而退，比至，三釁三浴之。」韋注曰：「以香塗身曰釁，亦或爲薰。」案：「薰」即「熏」之借字。

與汝州盧郎中論薦侯喜狀

韓仲韶（醇）韓集詁訓曰：「盧郎中名虔，時爲汝州刺史，名氏見於侯喜所作汝州復黄陂記。（集古録跋尾卷八曰：「復黄陂記，唐侯喜撰。黄陂在汝州，記云：『至貞元辛未，刺史盧虔始復之。』辛未，貞元七年也。碑以元和三年建。」又集古録目卷四曰：「唐復黄陂記，前鄉貢進士侯喜撰。」案：碑立於元和三年，故稱前進士也。）公既已薦喜於盧汝州，十八年，陸傪佐主司權德輿，又薦於陸傪，後一年喜登第，誠可謂知己矣。」舊唐書盧從史傳曰：「其先自元魏已來，冠冕頗盛。父虔舉進士，歷御史府三院，刑部郎中，江、汝二州刺史，祕書監。」唐六典卷六曰：「刑部郎中，從五品上。」卷三十曰：「上州刺史，從三品。」（元和郡縣志：「河南道汝州：望。」案：望與上州同。）陳少章曰：「汝州刺史領防禦使，不隸大名，故亦得舉進士。」案：唐河南道汝州治梁縣，今河南臨汝縣治。退之贈侯生詩曰「吾黨侯生字叔迟」，（方崧卿舉正曰：「迟，古『起』字。」）題李生壁曰「上谷侯喜」。與祠部陸員外（修）書曰：「文章之尤者，有侯喜者。喜之家在開元中，衣冠而朝者兄弟五六人，及喜之父仕不達，棄官而歸，喜率兄弟操耒耜而耕于野，地薄而賦多，不足以養其親，則以其耕之暇，讀書而爲文，以干於有位者而取足焉。喜之文章，學西京而爲也。舉進士十五六年矣。」五百家補注曰：「貞元十九年，喜中進士第，終於國子主簿。」案：公又有祭主簿文。韓子年譜魏仲舉按曰：「公薦侯喜於盧汝州，實在十七年之秋。今年三月自京還，夏秋居于洛，喜五月至洛，七月二十二日與公釣魚溫水，洛北惠林寺有題名尚存，其薦喜于盧，蓋是秋也。」○方本「論」下無「薦」字，今依音註及五百家本，文苑作「論侯喜書」，非是。

進士侯喜

吴北江曰：「此唐時論薦狀格式也。姚選刪去此行，則所謂『右其人』云云者，不可通矣。」

右其人爲文甚古，立志甚堅，行止取捨有士君子之操。家貧親老，無援於朝，在舉場十餘年，竟無知遇。愈常慕其才而恨其屈，與之還往，歲月已多。嘗欲薦之於主司，言之於上位，名卑官賤，其路無由。觀其所爲文，未嘗不掩卷長歎。以上敍其學行，即反跌下文。

國史補卷下曰：「進士其都會謂之舉場。」案：十餘年，見與陸員外書，題注已引之。○史記孟荀列傳太史公曰：「余讀孟子書，至梁惠王問『何以利吾國』，未嘗不廢書而歎也。」

去年愈從調選，本欲攜持同行，適遇其人自有家事，迍邅坎軻，又廢一年。及春末自京還，怪其久絶消息，五月初至此，自言爲閤下所知。辭氣激揚，面有矜色。曰：「侯喜死不恨矣。吳曰：「淡語皆見血性。」喜辭親入關，羈旅道路，見王公數百，未嘗有如盧公之知我也。比者分將委棄泥塗，老死草野，今胸中之氣勃勃然復有仕進之路矣。」吳曰：「宕激鬱至。」○以上述其感深知己之言。

樊曰：「此謂貞元十六年，去徐來洛水，官京師。」韓子年譜曰：「貞元十六年夏五月，題李生壁云：『余黜於徐州，將西居洛陽。』是年五月十三日庚戌，張建封卒，十五日壬子，徐軍亂，公以十四日題李生壁，則建封未死時已去徐矣。送僧澄觀詩唐本注云：『十六年詩云「洛陽窮秋厭窮獨」，即今年秋也。』」魏仲舉按曰：「公是冬如京師，縣齋有懷詩所謂『求官去東洛，犯雪過西華』，乃此時也。」○迍，當作屯。易屯六二：「屯如邅如。」釋文引馬融曰：「邅如，難行之貌。」說文曰：「屯，難也。」楚辭七諫怨世曰：「然埳軻而留滯。」王注曰：「埳坷，不遇。」洪補注曰：「埳軻，又音坎可。」說文曰：「坷，坎坷也。」漢書楊雄傳顏注曰：「坎坷，不平貌。坷音口貨反。」○樊曰：「此謂十七年自京還洛，五月初與喜會於洛也。」○閤下，已見魏玄成十漸疏「陛下」注。又因話録卷五曰：「古者三公開閤，郡守比古之侯伯，亦有閤，所以世之書題有閤下之稱。前輩呼刺史、太守亦曰節下，與宰相、大僚書往往呼執事，言閤下之執事人耳。其記室本繫王侯賓佐之稱，他人亦非所宜，執事則指斥其左右之人，尊卑皆可通稱，侍者士庶盡可用之。近日官至使府御史及畿令，悉呼閣下。至于初命賓佐，猶呼記室。今則一例閣下，可謂上下無別矣。」墨客揮犀卷四同。案：漢書王尊傳：「直符史詣閣下，從太守受其事。」故太守、刺史可稱閣下。「閤」乃本字，俗以止扉「閣」字爲之。顧亭林日知録卷二十四、梁茝林稱謂録卷三十二攷「閣下」皆甚詳，不具録。○廣雅釋詁三曰：「比，近也。」文選盧子諒贈劉琨詩李善注曰：「分謂己所當得也。」○左傳襄三十年：「趙孟曰：使吾子辱在泥塗久矣。」○韓子説難曰：「草野而倨侮。」○廣雅釋訓曰：「勃勃，盛也。」

愈感其言，賀之以酒。沈確士曰：「空中設色。」謂之曰：「盧公，天下之賢刺史也，不聞有所推引，蓋難其人而重其事。今子鬱爲選首，其言死不恨，固宜也。古所謂知己者，正如此耳。身在貧賤，爲天下所不知，獨見遇於大賢，乃可貴耳。吴曰：「極力頓宕，以取盤鬱之致。」若自有名聲，又託形勢，此乃市道之事，又何足貴乎？子之遇知於盧公，真所謂知己者也。吴曰：「淋漓盡致。」士之修身立節而竟不遇知己，前古已來不可勝數。故曰：『士爲知己者死。』吴曰：「再加頓挫。」或曰接膝而不相知，或異世而相慕，以其遭逢之難，吴曰：「極力盤旋。」不其然乎？不其然乎！」吴曰：「重言詠歎，以盡嗟頌之情。以上文淋漓頓挫，盤鬱已極，非此不足以承之也。」又曰：「意無殊絶，特筆勢盤鬱，能使性情意氣一時坌涌并出，騰躍紙上，令人鼓舞興起。」○以上賀其幸得知己。

文選海賦李善注曰：「鬱，盛貌。」後漢書李固傳章懷注曰：「鬱泱，雲起貌。」此處亦有興起意。又漢書董仲舒傳：「制曰：今子大夫裒然爲舉首。」陳少章曰：「鬱爲選首者，蓋州家牒送舉進士之首，如張籍舉進士，由汴州牒送，是其證也。」○市道，已見答呂毉山人書注。○陶淵明閑情賦曰：「願接膝以交言。」○陳書蕭允傳曰：「經延陵季子廟，設蘋藻之薦，託爲異代之交。」○趙策一：「豫讓曰：士爲知己者死，女爲悦己者容。」又見史記刺客豫讓傳。

閤下既已知侯生，而愈復以侯生言於閤下者，非爲侯生謀也。感知己之難遇，大閤下之德，而憐侯生之心，故因其行而獻於左右焉。謹狀。以上因遇知之難，冀終成其德，并非專爲侯生謀也。○吴先生曰：「韓公俠氣，本之天賦，故於此等言之特沈鬱激昂。」

送董邵南遊河北序

樊曰：「邵南，壽州安豐人。舉進士不得志，去遊河北，公作此送之。公詩有嗟哉董生行，亦爲邵南作也。」朱曰：「此篇言燕趙之士，仁義出於其性，乃故反其辭以深譏其不臣而習亂之意，故其卒章又爲道上威德以警動而招徠之，其旨微矣。」陳曰：「董生不得志於有司，事在貞元中，詳見公詩。時仕路壅滯，兩河諸侯競引豪傑爲謀主，由是藩鎮益强，朝廷旰食。此開成初宰相李石告文宗云爾。董生北游，正幕府急才、王室多事之日。文中立言，尚欲招燕趙之士，則鬱鬱適兹土者，其亦可以息駕矣。送之所以留之，其辭絞而婉矣。」案：朱、陳説皆是。或謂此韓公望董生以仁義化河北，使堅事朝廷，則全失語妙矣。且如此則當莊言以告，如送幽州李端公序可也。何爲隱約其詞微言相諷乎？乃歎朱、陳皆深達古人之意，其説爲不可易也。吳先生曰：「嗟哉董生行稱唐貞元時，此序亦當貞元時作，殆十八年爲四門博士時也。」○考異無「遊河北」三字，今依音註、五百家及文苑。

燕趙古稱多感慨悲歌之士。吳曰：「韓公爲文，每爭起句，凝鍊矜重，獨刱奇格，故老相傳姚姬傳先生每誦此句，必數易其氣而始成聲，足見古人經營之苦矣。」董生舉進士，連不得志於有司，懷抱利器，鬱鬱適茲土，李曰：「折落題面，承明首句，如無此語，則起筆爲無著矣。」吾知其必有合也。董生勉乎哉！以上言其不遇而去燕趙，或有所遇。

夫以子之不遇時，苟慕義彊仁者皆愛惜焉，矧燕趙之士出乎其性者哉！吳曰：「心否詞唯，最爲深曲。」然吾嘗聞風俗與化移易，吾惡知其今不異於古所云邪？汪曰：「結處遂引古爲諷，望諸君及昔時屠狗者，皆古也。」○古也感慨悲歌，今也犯上作亂，風化不同，故古今亦異，諷意昭然可知。乃有妄解悲歌之士即隱喻犯上作亂者，則望諸君一語不可通矣。因泥定風俗與化移易專就好一面說，遂生此謬解耳。」聊以吾子之行卜之也。吳曰：「跌宕有態。」董生勉乎哉！以上言古今不同，仍難必其有合。

吾因子有所感矣。吳曰：「蹴起下文。」爲我弔望諸君之墓，綽約緜眇，不從人間世來。而觀於其市，復有昔時屠狗者乎？爲我謝曰：「明天子在上，可以出而仕矣。」以上諷其當仕於王朝，不宜效命藩鎮。○張曰：「收處寄興無端，如此乃謂之妙遠不測。」李曰：「末段託意高妙，措辭深婉，文境頗近司馬子長。」○謝疊山曰：「文章有短而轉折多氣長者，此序是也。」劉海峯曰：「微情妙旨，寄之筆墨之外，昌黎平生作文，不欲託史記籬下，獨此爲近。」曾曰：「沈鬱往復，去膚存液。」

感慨悲歌之士，孫曰：「謂荊軻、高漸離之屬。」史記刺客傳曰：「荊軻既至燕，愛燕之狗屠及善擊筑者高漸離。荊軻嗜酒，日與狗屠及高漸離飲於燕市，酒酣以往，高漸離擊筑，荊軻和而歌於市中，相樂也，已而相泣，旁若無人者。」漢書地理志曰：「趙、中山地薄人衆，丈夫相聚游戲，悲歌忼慨。」○退之嗟哉董生行曰：「壽州屬縣有安豐，唐貞元時，縣人董生邵南隱居行義於其中，刺史不能薦，天子不聞名聲，爵祿不及門，門外惟有吏，日來徵租更索錢。」○魏志陳思王植傳曰：「植常自憤怨抱利器而無所施。」○鄒陽於獄中上書自明曰：「行合於志，慕義無窮也。」○禮記表記曰：「畏罪者强仁。」孟子盡心上曰：「强恕而行，求仁莫近焉。」○惡音烏。○史記樂毅傳曰：「趙封樂毅於觀津，號曰望諸君。」集解引張華曰：「望諸君冢，在邯鄲西數里。」元和郡縣志曰：「磁州邯鄲縣：樂毅墓，在縣西南十八里。」太平寰宇記同，皆墓在趙之證。魏書盧道將傳曰：「爲燕郡太守，下車表樂毅之墓。」柳子厚弔樂毅文序曰：「許縱自燕來，曰燕之南有墓焉，其志曰樂生之墓。」皇甫鑒城冢記曰：「燕廣城君樂毅墓，在良鄉縣南三里。」名勝志、清統志、日下舊聞均引之，皆墓在燕之證。或謂毅卒於趙，墓當在邯鄲，或謂蓋返葬於燕，故名勝志、明清統志良鄉、邯鄲皆載有樂毅墓。此文興會所到，託意於是，固不必辯其在燕在趙也。

送王含秀才序

樊曰：「含，元和八年進士。」徐星伯登科記考卷十八曰：「是年進士三十人。」（見文獻通考選舉二）文苑英華有履春冰詩（卷百八十二），是此年試題。知貢舉爲中書舍人韋貫之。（見唐語林卷八補遺）○考異「秀才」下無「含」字，曰：「一作『進士王含』。」案：今依音註及五百家本，觀瀾文丙集、古文關鍵並同。

吾少時讀醉鄉記，汪曰：「舉其先世遺文作議論，後所謂悲醉鄉之文辭也。」私怪隱居者無所累於世，而猶有是言，豈誠旨於味邪？既讀阮籍、陶潛詩，汪曰：「引阮、陶二人以伴醉鄉。」乃知彼雖偃蹇，不欲與世接，然猶未能平其心，或爲事物是非相感發[一]。若顏氏子操瓢與簞，曾參歌聲若出金石。汪曰：「又引顏、曾二人以壓倒醉鄉。」彼得聖人而師之，汲汲每若不可及。其於外也固不暇，尚何麴蘖之託而昏冥之逃邪？吾又以爲悲醉鄉之徒不遇也。以上借醉鄉發端，下文「吾力不能振之」云云，含蓋求仕宦而不遂者，故勉以師聖人，而不必如醉鄉之徒有託而逃，則區區仕宦得失，又不足介於胸中矣。通篇用意在此，而以縹緲凌虛之筆出之，遂令人淵然莫測其際。

舊唐書隱逸王績傳曰：「績字無功，絳州龍門人。嘗遊北山，躬耕於東皋，故時人號東皋子。」新書隱逸傳曰：「績著醉鄉記，以次劉伶酒德頌。」○晉書阮籍傳曰：「籍字嗣宗，陳留尉氏人也。作詠懷詩八十餘篇，爲世所重。」又隱逸陶潛傳曰：「潛字元亮，（宋書隱逸陶潛傳曰「字淵明，或云淵明字元亮」；梁昭明太子陶淵明傳曰「字元亮，或云潛字淵明」；南史隱逸陶潛傳曰「或云名元亮」。案：昔人謂在晉名淵明，在宋名潛，元亮之字則一，或曰本名潛字淵明，後以字爲名，字元亮。）大司馬侃之曾孫也。（宋書曰：「尋陽柴桑人。」）爲彭澤令，郡遣督郵至縣，吏白應束帶見之。潛歎曰：『吾不能爲五斗米折腰，事鄉里小人。』解印去縣，乃賦歸去來辭。」鍾仲偉詩品卷上曰：「晉步兵阮籍詠懷之作，可以陶性靈，發幽思，言在耳目之內，情寄八荒之表，洋洋乎會於風雅，使人忘其鄙近，自致遠大，頗多感慨之詞，厥旨淵放，歸趣難求。」卷中曰：「宋徵士陶潛文體省靜，殆無長語，篤意真古，辭興婉愜，每觀其文，想其人德，古今隱逸詩人之

[一] 舉要蓋依廖瑩中世綵堂本昌黎先生集。陳景雲韓集點勘曰：「『或爲事物是非相感發』下脱『於是有託而逃焉者也』一句，當從諸本增入。」

宗也。」案：文選卷二十三阮嗣宗詠懷詩李善注載顔延年、沈約等注曰：「嗣宗身仕亂朝，常恐罹謗遇禍，因茲發詠，故每有憂生之嗟，雖志在刺譏，而文多隱避，百代之下，難以情測。」江文通雜詩擬阮步兵詠懷曰：「精衛銜木石，誰能測幽微。」皆能會阮之微旨者也。陶淵明述酒詩李公煥注引韓子蒼曰：「『山陽歸下國』之句，蓋用山陽公事，疑是義熙以後有所感而作也，故有『流淚抱中歎，平王去舊京』之語。」又引趙泉山曰：「晉恭帝元熙二年六月十一日，宋王裕迫帝禪位，既而廢帝爲零陵王。明年九月，潛行弑逆。故靖節詩中引用漢獻事。今推子蒼意，考其退休所作詩，類多悼國傷時感諷之語，然不欲顯斥，故命篇云雜詩，或託以述酒、飲酒、擬古，惟述酒間寓以他語，使漫奥不可指摘。今於各篇姑見其一二句警要者，餘章自可意逆也。如『豫章抗高門，重華固靈墳』，此豈述酒語耶？『三季多此事，慷慨争此場，忽值山河改』（擬古），其微旨端有在矣。」又陶集何孟春本附録引真西山曰：「淵明惓惓王室，蓋有乃祖長沙公之心，獨以力不得爲，故肥遯以自絶，食薇飲水之言（擬古），銜木填海之喻（讀山海經），至深痛切。」○左哀六年：「陳乞言諸大夫曰：彼皆偃蹇。」杜注曰：「偃蹇，驕敖。」○易繫辭下：「子曰：顔氏之子，其殆庶幾乎！」論語雍也篇：「子曰：賢哉回也，一簞食，一瓢飲。」曲禮上鄭注曰：「簞笥，盛飯食者，圜曰簞，方曰笥。」○莊子讓王篇曰：「曾子居衛，曳縱而歌商頌，聲滿天地，若出金石。」○説文曰：「櫱，牙米也。」禮記月令曰：「麴櫱必時。」王無功醉鄉記曰：「醉之鄉，去中國不知其幾千里也，其土曠然無涯，無丘陵阪險，其氣和平一揆，無晦明寒暑，其俗大同，無邑居聚落，其人甚精，無愛憎喜怒，吸風飲露，不食五穀，其寢于于，其行徐徐，與鳥獸魚鼈雜處，不知有舟車器械之用。阮嗣宗、陶淵明等十數人，並遊于醉鄉，没身不返，死葬其壤，中國以爲酒仙云。」○吾又以爲，朱曰：「『爲』字疑衍。」○孫曰：「不遇，謂不遇聖人。」

建中初，天子嗣位，有意貞觀、開元之丕績，在廷之臣争言事。當此時，醉鄉之後世又以直廢。以上又以良臣見廢，陪含之求仕不遂。樊曰：「大曆十四年，德宗即位。十五年正月，改元建中。」○嚴沖甫（有翼）曰：「貞觀，太宗時；開元，明皇時。河南同官記云：建中初，天子始紀年更元，命官司舉貞觀、開元之烈，羣臣惕栗奉職，命才登良，不敢私違。」（嚴注亦見五百家，後並同。）書僞大禹謨曰：「嘉乃丕績。」僞孔傳曰：「丕，大也。」○良臣，其人與事史不具。

吾既悲醉鄉之文辭，而又嘉良臣之烈，汪曰：「良臣之烈，即以醉鄉貫。」思識其子孫。今子之來見我也無所挾，吾猶將張之，況文與行不失其世守，渾然端且厚。惜乎吾力不能振之，而其言不見信於世也。於其行，姑與之飲酒。以上惜不能引之顯達，以飲酒作結，妙不可測。茅曰：「昔人以不用人醉鄉，今與之飲酒，有無限意。」○劉曰：「含蓄深婉，頗近子長。退之文以雄奇勝人，獨董邵南及此篇，深微屈曲，讀之覺高情遠韻，可望不可及。」○曾曰：「澹宕夷猶，風神絕遠。」○張曰：「此篇與退之他文，有陽剛陰柔之別，然空中起步，其來無端，則一也。」

詩韓奕毛傳曰：「張，大也。」

送幽州李端公序

韓曰：「端公名益，宰相揆之族子。大曆四年登第，貞元中，幽州盧龍節度使劉濟辟爲府從事。公因益來東都，序以送之，勉其歸，使爲濟言帥先來覲奉職如開元時也。」案：柳子厚先君石表陰先友記曰：「李益，隴西姑臧人。風流有文詞。少有癖疾，以故不得用。年老常望仕，非其志，復爲尚書郎。」舊唐書李益傳曰：

「益少有癡病，而多猜忌，防嫌妻妾，過爲苛酷，故時謂妬癡爲李益疾。以是久之不調，而流輩皆居顯位，益不得意。北遊河朔，幽州劉濟辟爲從事，常與濟詩有『不上望京樓』之句。」新唐書人文藝傳。唐才子傳、全唐詩話並云益字君虞。陳少章曰：「貞元間，劉禹錫在杜佑淮南幕府，與僚友會飲聯句，李端公益爲坐客之首。」唐人稱御史爲端公，蓋是時已爲使府御史矣。後佑入朝，府罷，端公官久不調，因遊河朔，入幽帥劉濟幕，嘗作詩有『不上望京樓』之句，蓋中之鬱鬱深矣。及至東都，而韓子送之歸府，諷其效忠燕帥，脩開元時藩臣之禮，蓋深以乃心王室勗之。觀舊史所載端公在幽州詩，則知斯序立言之旨矣。」

元年，今相國李公爲吏部員外郎，愈嘗與偕朝，道語幽州司徒公之賢。曰：「某前年被詔，告禮幽州，入其地，迓勞之使里至，每進益恭。及郊，司徒公紅帓首，韡袴，握刀在左，右雜佩弓韔服矢插房，俯立迎道左。某禮辭曰：『公天子之宰，禮不可如是。』及府，又以其服即事，某又曰：『公三公，不可以將服承命。』卒不得辭，上堂即客階，坐必東向。」吴曰：「隨事鋪寫，便有禮經意致。」○以上述李相道劉濟尊君命之義。

祝曰：「元和元年。」○今相國，李藩也。案：舊唐書李藩傳曰：「藩字叔翰，趙郡人。（新書藩鎮傳曰：「其先趙州人。」）除祕書郎，遷主客員外郎，尋改吏部員外郎。元和初，遷吏部郎中、給事中。鄭絪罷免，遂拜藩門下侍郎、同平章事。」新書宰相表曰：「元和四年二月丁卯，給事中李藩爲門下侍郎、同中書門下平章事。六年二月壬申，藩罷爲太子詹事。」唐六典卷二曰：「吏部員外郎二人，從六品上。」○樊曰：「元年六月，公自江陵召爲國子博士。」○舊唐書劉怦傳曰：「怦，幽州昌平人也。子濟，（新書藩鎮傳曰：「濟字濟。」）繼爲幽州節度使，累加至檢校兵部尚書。貞元五年，遷左僕射、充幽州節度使。順宗即位，再遷檢校司徒。」○孫曰：「貞元二十一年正月，德宗崩，以藩爲告哀使，故至幽州。」沈文起曰：「按李翺楊於陵墓志銘，改祕書少監。德宗崩，爲太原、幽、鎮等十道告哀使，則藩是時爲告哀副使也。」案：唐河北道幽州，爲幽州節度使治所。（唐幽州治薊縣，在今北平市西南。）○禮記曲禮下釋文曰：「勞，力報反。」孔疏曰：「勞，慰勞也。」○玉篇曰：「帓，亡撥、莫瞎二切。帓，巾也。」釋名釋衣服曰：「袴，跨也，兩股各跨別也。鞾，跨也，兩足各以一跨騎也。」朱曰：「帓，或作『帕』。」案：退之元和聖德詩曰：「以紅帕首。」送鄭尚書序曰：「帕首袴鞾，迎郊。」皆作帕。○考異「刀」下無「在」字。朱曰：「方從杭本『刀』下有『在』字，而讀連下文『左』字爲句，謝本又校作『在右』。今按：若如方意，則當云『左握刀右雜佩』矣，不應云『握刀在左』，亦不應惟右有佩也，『在』爲衍字無疑，杭本誤也。禮疏云：『帶劍之法在左，右手抽之爲便。』（見少儀）則刀不當在右，謝本亦非矣。『左右雜佩』當自爲一句，內則所謂『左右佩用』者也。」姚曰：「此當從杭本作『握刀在左』。蓋握刀者，其佩刀之名，若不連在左二字，則真爲手持刀而見，無是理也。此雜佩止是戎事之用，如射決之類，與內則之雜佩不同，右有而左無，無害，弓矢亦在右，『右雜佩弓韔服矢插房』九字相連。送鄭尚書序『左握刀，右屬弓矢』，文正與此同。」○詩采綠曰：「言韔其弓。」釋文曰：「韔，勑亮反，弢也。」禮記檀弓下：「工尹商陽韔弓。」鄭注曰：「韔，韜也。」服，「箙」之借字。說文曰：「箙，弩矢箙也。」周禮夏官司弓矢鄭注曰：「箙，盛矢器也。」左宣十二年：「抽矢菆納諸廚子之房。」杜注曰：「房，箭舍也。」○儀禮士冠禮「賓禮辭」，鄭注曰：「禮辭，一辭而許也。再辭而許曰固辭，三辭曰終辭不許也。」案：下文云「終不得辭」，則此禮辭但言以禮辭謝，不必「一辭而許」如士冠所言也。○公天子之宰，此指濟檢校左僕射言。通典職官典四曰：「大唐左右二僕射因前代，本副尚書令，自尚書令廢闕，二僕射則爲宰相。」○公三公，此指濟檢校司徒言。新唐書百官志曰：「太尉、司徒、司空，是爲三公。」○孫曰：「將服謂將士之服。」○卒不得辭，朱曰：「『卒』上或有『及館又如是』一句，方從閣，杭、苑、粹無之。今按：此據次第，當有此句，但下文云『上堂即客階，坐必東嚮』，若至館如此，即是常禮不足言，唯在府如此，乃見其尊事天子使者，不敢以主禮自居之意。當從方本爲是。」援鶉堂筆記卷四十二曰：「按朱子據『天子無客禮，莫敢爲主焉，君適其臣，升自阼階』之文。（禮記郊特牲）但唐時詔使至諸鎮，其儀不可考。即古者天子使至於諸侯，亦未聞如天子之至於諸侯也。且劉濟之自處如此，則使者即位於堂南面邪？抑居主位而西面也？南嚮於禮不衷。且果爾，則文應特箸以示異，不必言鎮帥之升階即坐以爲恭也。如謂濟之尊使者，李藩之升階即坐如此，則豈他郡有不爾者？此未足以爲異也。或者賓主則東西坐，是時劉濟不敢以客禮待詔使，而自居於主也，亦從藩而東面坐乎？」又曰：「或云唐時平昔升階與坐，疑亦如今時客升東階坐西向，不如古，至是一正其禮耶？然檢唐書如盧簡求鎮太原，其子汝弼後依李克用。太原府子亭，簡求所署多在，每宴亭中，未嘗居賓位，西向俯首。（新唐書盧簡求附簡辭傳。）其他志傳及小說言主司待舉人尚西向，猶可考，不得以今俗儀覈唐禮也。」王宋賢（元啓）讀韓記疑曰：「或云使者持節南向，故主人東向坐。愚謂上文及府承命，是宣詔時堂下拜命之事。此云上堂，則是改服後以賓主禮見。古禮，客上西階坐東向，主人上東階坐西向。然如此則居然以主禮自居，非敬事王人之道，故反自居賓客，以主位讓使者，若尊者南向，則侍立者當西向，不應東向。唐時悉遵古禮，或說全非。」

愈曰：「國家失太平，於今六十年矣。吴曰：「接筆妙遠不測。姚姬傳作劉海峯壽序：『舒黃之閒天下奇山水』一段，全從此脫化。」夫十日十二子相配，數窮六十，其將復平。平必自幽州始，亂之所出也。吴曰：「前似儀禮，此又似左傳。」今天子大聖，司徒公勤於禮，庶幾帥先河南北之將來覲奉職如開元時乎！」吴曰：「意在諷厲效順，而借往事著筆，又參以術數之説，痕迹都化，一片空靈，意態自爾雋逸，若以莊語出之，則失之拙滯矣。」李公曰：「然。」以上述與李相應對之語，以諷幽州效順，而借術數之説爲點染，語意便覺靈活，非真有取於術數家言也。

周禮春官馮相氏「掌十有二辰十日」，秋官哲蔟氏「以方書十日之號十有二辰之號」，鄭注曰：「日謂從甲至癸，辰謂從子至亥。」考工記匠人賈疏曰：「甲乙丙丁之屬十日爲母，子丑寅卯等十二辰爲子。」左傳昭七年曰：「天有十日。」杜注曰：「甲至癸。」史記律書載十母十二子，十母即甲至癸，十二子即子至亥也。又續漢書律曆志上劉注引蔡邕月令章句曰：「大撓始作甲乙以名日，謂之幹，作子丑以名月，謂之枝。枝幹相配，以成六旬。」○其將復平，朱曰：「平，方作『乎』。今按：若作『乎』字而屬上句，則下文不應便重出『如開元時乎』，下句但云『必自幽州始』，而上無『平』字，即又不成文理，今定作『平』。」案：音註本亦作「平」，文粹同。○樊曰：「按天寶十四年，范陽節度使安禄山反。范陽，幽州也。其年歲在乙未，至元和九年甲午，數窮六十，一甲子終矣。公此序元和四年二月以後爲之，故云。其後濟禆將譚忠亦説濟子總曰：『天地之數合必離，離必合，河北與天下離六十年，數窮必合。今兵騷騷北來，趙人已獻德、棣十二城助魏破齊，惟燕無一日勞，後世子孫得無事乎？爲君憂之。』總因上疏願奉朝請，且欲割所治爲三，以盧龍軍八州歸於有司。忠説總在元和十四年，其所云數窮必合者，豈用公語耶？何其相似也。」案：王宋賢據序云「端公來壽其親東都」，意是元和五年公爲河南令時作。

今李公既朝夕左右，必數數爲上言，元年之言殆合矣。端公歲時來壽其親東都，東都之大夫士莫不拜於門，其爲人佐甚忠，意欲司徒公功名流千萬歲，請以愈言爲使歸之獻。結出本意。○方曰：「虞伯生云：命意高，結體奇，轉掣從天降。」又曰：「體製字法，皆仿三傳、三禮。」劉曰：「諷司徒以來覲奉職，而運詞簡古穠麗。」曾曰：「骨俊上而詞瑰瑋，極用意之作。」張曰：「用意高妙，造言瑰奇，可想下筆時捭落一切。」吴曰：「宣明朝廷威德，諷諭藩鎮，最見公之偉抱，文亦英偉軼蕩非常。」

孫曰：「李公即藩也，朝夕左右，謂爲相。」○漢書賈山傳顔注曰：「數，屢也。」論語里仁篇釋文引何晏曰：「數，色角反。」○孫曰：「益父時官洛陽。」案：益父名虬，見新唐書世系表。通典職官典六曰：「侍御史之職有四，謂推（原注曰：「掌推鞫也。」）彈（原注曰：「掌彈舉。」）公廨（原注曰：「知公廨事。」）雜事（原注曰：「臺事悉總判之。」）。定殿中監察以下職事及進名改轉，臺内之事悉主之，號曰臺端，他人稱之曰端公。」元和郡縣志曰：「河南道河南府：顯慶二年置東都，天寶元年改東都爲東京，至德元年復爲東都。」案：唐河南府治洛陽、河南二縣，宋因之，金并河南縣於洛陽縣。○韓子年譜曰：「元和四年己丑，改都官員外郎守東都省。五年庚寅，爲河南縣令。」○孫曰：「佐，謂爲幽州從事。」

送高閑上人序

贊寧高僧傳卷三十曰：「湖州開元寺釋高閑，本烏程人也。後入長安，於薦福、西明等寺肄習經律，克精講貫。宣宗重興佛法，召入對御前草聖，遂賜紫衣。閑常好將霅川白紵書真草之蹤，與人爲學法焉。」米海嶽書史卷六曰：「唐僧高閑草書千文，楮紙上真迹，在李熙處。」又曰：「唐高閑書令狐楚詩，在尚書李常家。」能改齋漫録卷七曰：「唐詩多以僧爲上人。按摩訶般若經云：『何名上人？佛言若菩薩一心行阿耨菩提，心不散亂，是名上人。』十誦律云：『人有四種：一麤人，二濁人，三中間人，四上人。』」又案：南史劉顯傳曰：「武帝時有沙門訟田，帝大署曰貞，顯曰：貞字文爲與上人。」則上人之稱已見於梁矣。沈文起曰：「張祜集高閑上人詩云：『卷軸朝廷餞，書函內庫收。』張籍集有送閑師歸江南詩，蓋與公同時作也。」王宋賢曰：「按宣宗即位，距公卒已二十二年，此序當屬長慶中作。」

苟可以寓其巧智，使機應於心，不挫於氣，則神完而守固。雖外物至，不膠於心。姚曰：「機應於心，故物不膠於心，不挫於氣，故神完守固。韓公此言，本自狀所得於文事者，然以之論道亦然。牢籠萬物之態，而物皆爲我用者，技之精也；曲應萬物之情，而事循其天者，道之至也。必離去事物而後靜其心，是韓公所斥解外膠泊然淡然者也，以是爲道，其道淺矣，以是爲技，其技粗矣。」**堯、舜、禹、湯治天下，養叔治射，庖丁治牛，師曠治音聲，扁鵲治病，僚之於丸，秋之於奕，伯倫之於酒，樂之終身不厭，奚暇外慕？夫外慕徙業者，皆不造其堂不嚌其胾者也。**以上言不專一其心者，業必不能精。

禮記王制鄭注曰：「膠之言糾也。」莊子逍遥遊釋文引李曰：「膠，黏也。」○左傳襄十三年杜注曰：「養叔，養由基也。」西周策：「蘇厲謂周君曰：楚有養由基者善射。」○莊子養生主曰：「庖丁爲文惠君解牛，手之所觸，肩之所倚，足之所履，膝之所踦，砉然嚮然，奏刀騞然，莫不中音，合於桑林之舞，乃中經首之會。文惠君曰：『譆，善哉！技蓋至此乎？』庖丁釋刀對曰：『始臣之解牛之時，所見無非牛者。三年之後，未嘗見全牛也。方今之時，臣以神遇而不以目視，官知止而神欲行，依乎天理，批大郤，導大窾，因其固然，技經肯綮之未嘗，而況大軱乎？』」釋文曰：「庖人，丁其名也。」○孟子離婁上曰：「師曠之聰。」趙注曰：「師曠，晉平公之樂太師也。」又告子上曰：「至於聲，天下期於師曠。」○史記扁鵲傳曰：「扁鵲者，渤海郡鄭人也。（集解引徐廣曰：「『鄭』當爲『鄚』。鄚，縣名，今屬河閒。」案：漢書地理志鄚縣屬涿郡，續志屬河間郡。此云渤海，當在漢前。鄭縣故城，在今河北任邱縣東北鄭州鎮。）姓秦氏，名越人。少時爲人舍長，舍客長桑君與語曰：『我有禁方，年老欲傳與公。』乃出其懷中藥予扁鵲：『飲是以上池之水，三十日當知物矣。』乃悉取其禁方書盡與扁鵲。扁鵲以其言飲藥三十日，視見垣一方人。以此視病，盡見五藏癥結，特以診脈爲名耳。」○莊子徐無鬼篇曰：「市南宜僚弄丸而兩家之難解。」釋文引司馬彪曰：「宜僚，楚之勇士也，善弄丸。楚白公勝將作亂，殺令尹子西、子期（「子期」上當有「司馬」二字）。石乞曰：『市南有熊宜僚者，若得之，可以當五百人。』乃往告之，不許也。承之以劍，不動，弄丸如故。曰：『吾亦不泄子。』（事見左傳哀公十六年，左不言弄丸事，但載勝曰：「不爲利諂，不爲威惕，不洩人言以求媚者，去之。」不以「不泄」爲宜僚語。淮南主術篇高注曰：「宜僚弄丸不輟，心志不懼，曰不能從子爲亂，亦不泄子之事。」蓋司馬所本。）白公遂殺子西、子期。歎息兩家而已，宜僚不預其患。」又山木篇曰：「市南宜僚見魯侯。」釋文引司馬彪曰：「熊宜僚也，居市南，因爲號也。」又引李頤曰：「姓熊名宜僚。」（淮南注：「宜僚，姓也，名熊。「姓」「名」二字蓋互誤。」）淮南主術篇曰：「市南宜僚弄丸而兩家無所關其辭。」○孟子告子上曰：「奕秋，通國之善奕者也。」趙注曰：「有人名秋，通一國皆謂之善奕，故曰奕秋。」說文曰：「奕，圍棊也。」弈，通借字。○晉書劉伶傳曰：「伶字伯倫，沛國人也。放情肆志，常以細宇宙齊萬物爲心。嘗乘鹿車，攜一壺酒，使人荷鍤而隨之，謂曰：『死便埋我。』其遺形骸如此。著酒德頌。」○說文曰：「嚌，嘗也；胾，大臠也。」玉篇曰：「嚌，在細切；胾，側吏切。」沈曰：「三飯始食胾，（禮記曲禮上曰：「三飯，主人延客食胾，然後辯殽。」）後於脯醢，先於骨體也。（曲禮上鄭注曰：「殽，骨體也。」）以故胾對堂。」

往時張旭善草書，不治他伎。汪曰：「即無外慕意。」喜怒窘窮，憂悲愉佚，怨恨思慕，酣醉無聊不平，有動於心，必於草書焉發之。觀於物，汪曰：「又作兩層敘。」見山水崖谷，鳥獸蟲魚，草木之花實，日月列星，風雨水火，雷霆霹靂，歌舞戰鬭，天地事物之變，可喜可愕，一寓於書。故旭之書變動猶鬼神，不可端倪，以此終其身而名後世。以上言旭之專一於書。

新唐書文藝傳曰：「張旭，蘇州吳人。嗜酒，每大醉呼叫狂走乃下筆，或以頭濡墨而書，既醒自視以爲神，不可復得也。世呼張顛。旭自言始見公主擔夫爭道，又聞鼓吹而得筆法意，觀倡公孫舞劍器得其神。」（見杜子美觀公孫大娘弟子舞劍器行序）杜子美飲中八仙歌曰：「張旭三杯草聖傳。」朱曰：「善，方作『喜』。」案：音註作「喜」，吴先生校韓集改從「喜」。○五百家本「伎」作「技」。案：伎，「技」之借字。○說文曰：「霆，靁餘聲也，鈴鈴所以挺出萬物。」爾雅釋天曰：「疾雷爲霆。」（「霆」下元有「霓」字，依郝蘭皋義疏删。）郭注曰：「雷之急激者謂霹靂。」郝疏曰：「說文云：震，劈歷振物者。」一切經音義十五引蒼頡篇曰：「霆，礔礰也。」（文選西京賦薛注引「礔礰」作「霹靂」。）是霆爲疾雷。穀梁隱九年傳云：「震，雷也；電，霆也。」（左襄十四年釋文曰：「霆，電也。」）是霆、電通名。淮南兵略篇云：「疾雷不及塞耳，疾霆不暇掩目。」亦以霆爲電。○莊子大宗師篇曰：「反覆終始，不知端倪。」

今閑之於草書，有旭之心哉？不得其心而逐其跡，未見其能旭也。爲旭有道，利害必明，無遺錙銖，情炎於中，利欲鬭進，有得有喪，勃然不釋，然後一決於書，而後旭可幾也。今閑師浮屠氏，一死生，解外膠。是其爲心，必泊然無所起；其於世，必淡然無所嗜。泊與淡相遭，頽墮委靡，潰敗不可收拾，則其於書得無象之然乎？以上言學浮屠者，離事物以静其心，恐其學書不能如旭之專一，而難底於成。

錙銖之數，諸説不同。説文金部曰：「錙，六銖也。」淮南子説山篇高注曰：「六銖曰錙。」與説文合。而詮言篇注曰：「六兩曰錙。」此許注也，與説文反異。疑「兩」爲「銖」字之誤，否則二説互爲傳寫之訛也。又禮記儒行篇鄭注曰：「八兩曰錙。」風俗通曰：「銖六則錘，二錘則錙。」（玄應一切經音義卷二十引）此錙之諸説不同也。説文金部「銖」字下曰：「權，十分黍之重也。」禾部「稱」字下曰：「十二粟爲一分，十二分爲一銖。」與淮南天文篇合。桂未谷據此改「銖」下「十分黍」爲「十二分黍」，王菉友從之，此一義也。玉篇曰：「銖，十二分也。」段懋堂改「十分黍」爲「十絫黍」，曰「十絫黍者，謂百黍也」。漢書律曆志曰：「一龠容千二百黍，重十二銖。」許説與漢志合。步瀛案：漢志注引應劭曰：「十黍爲絫，十絫爲銖。」此又一義也。説苑辨物篇曰：「十六黍爲一豆，六豆爲一銖。」則又異。此銖之數諸説不同也。〇朱曰：「諸本作『膠』，方從杭、歐、謝本作『繆』，云：『繆，莫侯切，猶綢繆也。』莊子：『内韄者不可繆而捉。』（庚桑楚篇釋文曰：「繆，結也。」）義蓋同此。今按：膠者，黏著之物，而其力之潰敗不黏爲解，今以下文『頽墮』『潰敗』之語反之，當定作『膠』。」步瀛案：文苑作「繆」，吴先生校韓集改從「繆」。〇五百家補注曰：「東坡送參寥詩云：『退之論草書，萬事未嘗屏。憂愁不平氣，一寓筆所騁。頗怪浮屠人，視身如丘井。頽然寄淡泊，誰與發豪猛。』」正謂此一段立意也。

然吾聞浮屠人善幻，多伎能，閑如通其術，則吾不能知矣。掉轉作收，以解脱爲譏諷。○方曰：「子厚天説，似類莊子，若退之爲之，並其精神意氣皆得之矣。觀高閑序可辨。」劉曰：「奇崛之文，倚天拔地。」張曰：「退之奇處，最在横空而來，鑿險縋幽之思，籋雲乘風之勢，殆窮極文章之變矣。」

後漢紀卷十明帝紀曰：「浮屠者，佛也。西域天竺有佛道焉。佛者，漢言覺，將悟羣生也。」魏書釋老志曰：「浮屠正號曰佛陁，佛陁與浮屠聲相近，皆西方言，其來轉爲二音，華言譯之則謂淨覺。」○朱曰：「漢書西域傳有『善眩』之語。顔注云：『眩讀與幻同。眩，相詐惑也。』即今吞刀吐火、植瓜種樹、屠截人馬之術。韓公蓋用此語。」

方崧卿曰：「此文全篇皆本於莊子，所謂宋元君畫圖，有一史後至，解衣槃礴羸。」（見田子方篇。「槃」作「般」，釋文曰：「又作『槃』。」）郭注曰：「内足者神閒而意定。」又曰：「王彦法謂退之此數語，乃深得祖師向上休歇一路，其見處勝裴休遠甚。」朱曰：「今按韓公本意，但謂人必有不平之心，鬱積之久，而後發之，則其氣勇決而伎必精。今高閑既無是心，則其爲伎宜其潰敗委靡而不能奇，但恐其善幻多伎，則不可知耳。此自韓公所見，非如畫史祖師之説也。」王宋賢曰：「公不喜浮屠，故立論必故與相反。朱子謂此自韓公所見，極爲知言。方氏畫史祖師之説，朱子譏其非是，吾併謂公論亦非學書之道本然。」步瀛案：韓公闢佛之旨，送浮屠文暢師序既以莊論出之矣，然不能每送釋子即發此論也。故此文别出手眼，以爲習釋氏者，其心泊然澹然，無勇決之氣，即學書亦不能精，仍以旁見側出，寓其闢釋氏之旨耳。文心何等靈妙！若認爲爲學書者説法，則幾於癡人説夢矣。

送廖道士序

五岳於中州，衡山最遠。南方之山，巍然高而大者以百數，獨衡爲宗。最遠而獨爲宗，其神必靈。衡之南八九百里，地益高，山益峻，水清而益駛。其最高而横絕南北者嶺。郴之爲州在嶺之上，測其高下，得三之二焉。中州清淑之氣於是焉窮。氣之所窮，盛而不過，必蜿蟺扶輿磅礴而鬱積。衡山之神既靈，而郴之爲州又當中州清淑之氣蜿蟺扶輿磅薄而鬱積。其水土之所生，神氣之所感，白金水銀丹砂石英鍾乳，橘柚之包，竹箭之美，千尋之名材，不能獨當也。極力蹴起，以縱爲奇。意必有魁奇忠信材德之民生其閒，再蹴一句，以縱爲奇。而吾又未見也。忽又颺開，奇變不測。其無乃迷惑溺没於老佛之學而不出邪？忽又蹴起，奇變不測。○以上從山川物産引入人才。

周禮春官大宗伯鄭注曰：「五嶽，東曰岱宗，南曰衡山，西曰華山，北曰恒山，中曰嵩高山。」清統志曰：「湖南衡州府：衡山，在衡山縣西三十里，五嶽之一也。」○漢書司馬相如傳顔注曰：「中州，中國也。」○玉篇曰：「駛，山利切，疾也。」○五嶺，已見韓雲卿平蠻頌注。○元和郡縣志曰：「江南道郴州：本漢長沙國地，後漢分長沙南境立桂陽郡，理郴縣。」案：郴州治郴縣，即今湖南郴縣治。○文選長笛賦：「緸冤蜿蟺。」李善注曰：「盤屈摇動貌。蜿，於阮切。蟺音善。」史記司馬相如傳子虛賦曰：「扶輿猗靡。」集解引郭注曰：「淮南所謂『曾折摩地，扶輿猗委』也。」今淮南修務篇作「扶旋」。高注曰：「扶轉周旋。」此「扶輿」即「扶旋」之意。晉書摯虞傳思游賦曰：「乘雲車電鞭之扶輿委移兮。」「扶輿」字與此同。莊子逍遥遊篇：「將旁礴萬物。」釋文曰：「旁，又作『磅』。」引司馬彪云：「旁礴猶混同也。」○證類本草卷三「石鍾乳」引陶隱居曰：「第一出始興，而江陵及東境名山石洞亦皆有，惟通中輕薄，如鵝翎管，碎如爪甲，中無鴈齒，光明者爲善。」又引唐本草注曰：「鍾乳第一始興，其次廣、連、澧、朗、郴等州者，雖厚而光潤可愛，餌之並佳。」○書禹貢：「厥包橘柚。」僞孔傳曰：「小曰橘，大曰柚，其所包裹而致者。」○爾雅釋地郭注曰：「竹箭，篠也。」○詩閟宮毛傳曰：「八尺曰尋。」説文作「㝷」，曰：「度人之兩臂爲㝷，八尺也。」注家多以八尺爲言，惟史記張儀傳索隱曰：「七尺爲尋。」

廖師郴民，而學於衡山，氣專而容寂，多藝而善遊，豈吾所謂魁奇而迷溺者邪？此句落下所謂魁奇忠信材德之民將屬之廖師矣。此下忽又颺開，如海上三神山，望之如雲，及到，風輒引去。廖師善知人，若不在其身，必在其所與遊，訪之而不吾告，何也？愈轉愈妙，魁奇之目至此，廖師乃絶望矣，而文境轉悠然不盡。於其別申以問之。劉曰：「此文如黑雲漫空，疾風迅雷甚雨驟至，電光閃閃，頃刻淨埽陰霾，皎然日出，文境奇絶。」曾曰：「磊落而迷離，收處絶詭變。」

送温處士赴河陽軍序

舊唐書温造傳曰：「造字簡輿，河内人（此蓋稱其族望）。幼嗜學，不喜試吏，隱居王屋以漁釣逍遥爲事。」

新書温大雅傳曰：「大雅，并州祁人。四世孫佶，佶子造。造隱王屋山，人號其居曰處士墅。壽州刺史張建封聞其名，書幣招禮，造欣然往從之，建封雖咨謀而不敢縻以職事。及節度徐州，造謝歸下邳，慨然有高世心。建封恐失造，因妻以兄子。時李希烈反，攻陷城邑，天下兵鎮陰相撼，逐主帥自立。德宗患之，以劉濟方納忠于朝，密詔建封擇縱横士往說濟，建封彊署造節度參謀，使幽州。造與濟語未訖，濟俯伏流涕，願效死節。造還，建封以聞，詔馳馹入奏。天子愛其才，將用爲諫官，以語泄乃止。復去隱東都，烏重胤奏置幕府。」案：處士之稱，見孟子滕文公下、荀子非十二子篇。魏道輔（泰）臨漢隱居詩話曰：「李固謂處士純盜虚名，韓愈雖與石洪、温造、李渤游，而多侮薄之，所謂『水北山人得名聲，去年去作幕下士。水南山人今又往（此三字韓詩作「又繼往」），鞍馬僕從照閭里。少室山人索價高，兩以諫官徵不起。彼皆刺口論時事，有力未免遭驅使』（見寄盧仝詩）。」步瀛案：簡與爲侍御史，劾大金吾李祐違詔進馬，及後平興元軍之亂，其風裁功績非無可觀者。故韓公愛其才而譏其輕出，亦所以深惜之也。送石處士序韓注曰：「元和五年四月，詔用烏重胤爲河陽軍節度使、御史大夫，治孟州。」案：舊書憲宗紀曰：「元和五年夏四月，以潞州左司馬烏重胤爲懷州刺史、河陽三城懷州節度使。」地理志曰：「河陽三城節度使治孟州。」韓説蓋本此。然武宗會昌三年始升河陽爲孟州，（唐會要七十曰：「會昌三年九月，中書門下奏河陽縣改爲孟州，從之。」太平寰宇記五十二曰：「會昌三年，河陽升爲孟州，時河陽節度使以懷州爲理所，四年仍移理所于孟州。」）元和時不當云孟州也。新書方鎮表言：「貞元十二年復置河陽懷州節度，治河陽。」而元和郡縣志言，河北道懷州爲河陽三城懷州節度使理所。宏憲（李吉甫）此書上於元和八年，而自河陽徙治懷州，未知何年，故烏重胤出鎮，亦無從確指其治河陽抑治懷州也。又案：唐懷州治河内縣，今河南沁陽縣治；唐河陽縣在今河南孟縣西。○音註、五百家及文苑「温」下有「造」字。

伯樂一過冀北之野，而馬羣遂空。方展卿曰：「起得超忽突兀，從鄭風叔于田『巷無居人』章來。」吳曰：「矜鍊刱調。」夫冀北馬多於天下，伯樂雖善知馬，安能空其羣邪？解之者曰：「吾所謂空，非無馬也，無良馬也。伯樂知馬，遇其良輒取之，羣無留良焉。苟無良，雖謂無馬不爲虚語矣。」先以譬喻引起。

伯樂，已見雜説注。○左昭四年：「司馬侯曰：冀之北土，馬之所生。」○考異「多」下無「於」字，今依音註、五百家及文苑。

東都，固士大夫之冀北也。吳曰：「横空逆接。」恃才能深藏而不市者，洛之北涯曰石生，其南涯曰温生。大夫烏公以鈇鉞鎮河陽之三月，以石生爲才，以禮爲羅，羅而致之幕下。未數月也，以温生爲才，於是以石生爲媒，以禮爲羅，又羅而致之幕下。東都雖信多才士，方展卿曰：「此文境盤旋頓挫處。」朝取一人焉拔其尤，吳曰：「此下純是跌宕風神。」暮取一人焉拔其尤。自居守河南尹以及百司之執事，與吾輩二縣之大夫，政有所不通，事有所可疑，奚所諮而處焉？汪曰：「發東都處士無人，用旁見側出法。」又曰：「四種人四樣句法。」吳先生曰：「止爲『處士之廬無人』一語，不可輕出，故盡力蓄勢。」士大夫之去位而巷處者，誰與嬉遊？小子後生於何考德而問業焉？搢紳之東西行過是都者，無所禮於其廬。吳曰：「極意跌宕，不肯輕下。」若是而稱曰：方展卿曰：「生動飛揚。」「大夫烏公一鎮河陽，而東都處士之廬無人焉，豈不可也？」吴曰：「詼調語以澹宕出之，諧妙獨絶。」又曰：「前半幅文字，專爲頓出此句，遂爾精采四射，看其用思何等靈幻奇絶。伯時畫馬，先畫馬鼻，鼻之俯仰偃側，全馬之勢因之，若是以下數語，全文中之馬鼻也。」○以上惜東都處士之無人。

嚴曰：「石洪、温造二處士皆居洛陽，北涯曰石生，南涯曰温生，即贈盧仝詩（集「贈」作「寄」）所謂水北山人、水南山人是也。」案：新唐書烏重胤傳曰：「石洪者，字濬川，其先姓烏石蘭，後獨以石爲氏。有至行，舉明經，爲黄州録事參軍，罷歸東都，十餘年，隱居不出，公卿數薦皆不答。重胤鎮河陽，求賢者以自重，或薦洪。重胤曰：『彼無求於人，其肯爲我來邪？』乃具書幣邀辟，洪亦謂重胤知己，故欣然戒行。」後漢書馬融傳章懷注曰：「涯，水濱也。」○新唐書烏重胤傳曰：「重胤字保君，河東將承玭子也。少爲潞牙將、兼左司馬。節度使盧從史奉詔討王承宗，陰與賊連，吐突承璀將圖之，以告重胤。乃縛從史帳下，士持兵合讙，重胤叱曰：『天子有命，從者賞，違者斬。』士斂手還部，無敢動。憲宗嘉其功，擢河陽節度使。」百官志曰：「兵部，凡將出征，告廟，授斧鉞，不從令，大將專決。」又曰：「節度使掌總軍旅，顓誅殺。」○説文曰：「羅，以絲罟鳥也。」○韓子年譜曰：「元和六年辛卯，寄盧仝云：『水北山人得名聲，去年去作幕下士。水南山人又繼往，鞍馬僕從塞閭里。』公有送石洪温造序，唐本云送石在五年，送温在今年。」魏仲舉曰：「送石與温二序，當附之五年。公寄盧仝詩，蓋今年之春。其曰『水南山人又繼往』，只去年事也。送温序云『未數月也』云云，以未數月之言考之，恐不應在今年也。或辟命在去冬而春首行，然實無所考也。」案：王宋賢謂此五年冬公初令河南日作。○文選射雉賦徐爰注曰：「媒者，少養雉子，至長狎人，能招引野雉，因名曰媒。」○韓曰：「居守，謂東都留後鄭餘慶。」案：河南尹，韓注不言爲何人。舊唐書憲宗紀曰：「元和三年六月，以河南尹鄭餘慶爲東都留守。六年夏四月，以東都留守鄭餘慶爲兵部尚書，依前留守。」鄭餘慶傳曰：「餘慶字居業，滎陽人。拜河南尹。三年，檢校兵部尚書、兼東都留守。六年四月，正拜兵部尚書。」又憲宗紀曰：「元和四年十二月，以陝虢觀察使房式爲河南尹。五年十二月，以河南尹房式爲宣州刺史、宣歙池觀察采石軍使，以鄂岳觀察使郗士美爲河南尹。六年三月乙未朔，以河南尹郗士美檢校工部尚書、兼潞府長史、昭義軍節度使。」而不言繼者何人。以韓集證之，蓋李素以少尹行之。退之李素墓誌銘曰：「拜河南少尹行大尹事。」樊曰：「六年三月，以河南尹郗士美爲昭義軍節度使，以素爲少尹行大尹事。溫赴河陽，洪魏有二説，未能確定爲何時，故爲河南尹者，亦未能確定爲何人。若在元和五年十二月之前，當爲房式；（式，新舊唐書皆附房琯傳，舊書云琯之姪，新書云琯姪孫。琯，河南人。）十二月之後或六年三月之前，當爲郗士美；（士美字和夫，高平金鄉人，新舊書皆有傳。）六年三月後，當爲李素也。（沈曰：「素字貞一。」）如王宋賢説，則當爲房式矣。」唐會要卷六十七曰：「貞觀十七年，太宗親征遼東，令太子太傅房玄齡充京城留守，東都留守以蕭瑀爲之，是爲置留守之始。」唐六典卷三十曰：「河南尹一人，正三品。」○孫曰：「東都郭下二邑，洛陽、河南也。公爲河南令。」王宋賢曰：「時竇牟爲洛陽令。」步瀛案：退之故國子司業竇公墓誌銘曰：「元和五年，真拜尚書虞部郎中，轉洛陽令。」王説是。○史記封禪書集解引李奇曰：「搢，插也。插笏於紳，紳，大帶。」

夫南面而聽天下，茅曰：「推開一步，才正大而地位高。」其所託重而恃力者，惟相與將耳。又以相陪出將。相爲天子得人於朝廷，將爲天子得文武士於幕下，求內外無治，不可得也。愈縻於兹，不能自引去，資二生以待老。今皆爲有力者奪之，其何能無介然於懷邪？

吳曰：「借寓微旨。」生既至，拜公於軍門，其爲吾以前所稱爲天下賀，以後所稱爲吾致私怨於盡取也。以上烏公得人可賀，而私怨其取盡，致東都無人。

易說卦傳曰：「聖人南面而聽天下，嚮明而治。」○廣雅釋詁二曰：「縻，係也。」○後漢書孔融傳注曰：「介猶蒂芥也。」

留守相公首爲四韻詩歌其事，愈因推其意而序之。以上作序。○吳曰：「韓公嶔奇尚節之士，於温、石等之趨迎大吏，意皆不以爲然。寄盧仝詩所謂『彼皆哆口論世事，有力未免遭驅使』者也。此文意含諧諷，詞特屈曲盤旋，在集中亦不可多得之文字。」又曰：「凡文字以意在言外，委婉不盡，爲最上乘。左氏傳最爲擅場，史記亦數數見之，韓文中類此者，蓋可指數。自餘各家，於此微恉寥乎絕矣。夫爲文不能涵泳微意，則詞盡而意與之盡，平直淺近，復何蘊藉之可言乎？此自唐以後文章之所以日衰，而高尚理想之不復存在也，豈小失哉？」

餘慶於貞元十四年七月，以工部侍郎爲中書侍郎、同中書門下平章事。十六年九月，貶爲郴州司馬。永貞元年八月，以尚書左丞同中書門下平章事。元和元年五月，罷爲太子賓客。嘗再爲相，故稱相公也。○新唐書藝文志有鄭餘慶集十卷，今佚，全唐詩僅載餘慶詩二首，無此篇。

送李愿歸盤谷序

樊曰：「貞元十七年作，時公年三十四，脱汴、徐之亂，來居洛，方且求官京師，鬱於中而見於外，故其辭如此。」五百家注載唐人跋盤谷序後曰：「隴西李愿，隱者也，不干譽以求進，每韜光而自晦，跡寄人世，心游□清樂人智於□之閒，信古今一時也。昌黎韓愈知名之士，高愿之賢，故敘而送之，于□縣大夫博陵崔俠（野客叢書引作崔君徠）披其文，稽其實，是用命工勒石于谷之西偏，以旌不朽。大唐貞元辛□歲（樊曰：「貞元十七年歲在辛巳。」）建丑月渤海高從□□。」集古録跋尾卷八曰：「盤谷，在孟州濟源縣。貞元中，縣令刻石於其側，令姓崔，其名浹，（王勉夫謂「浹」與「徠」必有一誤。）今已摩滅。其後書云『昌黎韓愈，知名士也』，當時退之官尚未顯，其道未爲當世所宗師，故但云知名士也。然當時送愿者不爲少，而獨刻此序，蓋其文章已重於時也。以余家集本校之，或小不同，疑刻石誤，集本世已大行，刻石乃當時物，存之以爲佳翫爾。其小失不足較也。」朱曰：「此篇諸校本多從石本，而樊、洪兩石已自不同，未知孰是。其有同者，亦或無理，未可盡信。按歐公集古録跋尾云云，最爲通論。近世論者專以石本爲正，然其謬可考而知也。」案：王勉夫野客叢書卷二十六言其家有魯直所校石本，與今刊本差異，今以校舉正、考異所舉洪、樊石本，又各有不同者。今以各書具在，不悉録。

太行之陽有盤谷，盤谷之閒，泉甘而土肥，草木藂茂，居民鮮少。或曰：「謂其環兩山之閒，故曰盤。」或曰：「是谷也，宅幽而勢阻，隱者之所盤旋。」茅曰：「兩『或曰』文多跌宕，結胎在『隱者所盤旋』一句上。」汪曰：「兩『或曰』奇古。檀弓（下）『或曰由魯嫁，或曰外祖母也』，公羊傳『高子來盟』（閔二年），及『晉人敗秦于殽』（僖三十三年），傳俱用兩『或曰』。」友人李愿居之。以上言盤谷爲隱者所居。○李曰：「起段詞筆簡宕。」又曰：「凡爲文，宜專就篇中緊要之處極力抒寫，其餘閒文末節，不宜浪費筆墨。如此文緊要處在中三段，故作者精神全注於此。起段則但求簡浄，不求精采也。」

孫曰：「太行，山名，在懷州。陽，南也。盤谷，地名，在孟州濟源縣。」案：穀梁僖二十八年曰：「山南爲陽。」元和郡縣志曰：「河北道懷州河内縣：太行山，在縣北二十五里。」又引述征記曰：「太行山，首始於河内，自河内北至幽州，凡百嶺，連亘十二州之界。」清統志曰：「河南懷慶府：太行山，一名五行山，府境河内（今沁陽）、濟源、修武三縣，皆在其麓。」又曰：「盤谷，在濟源縣北二十里。」○困學紀聞卷十七閻百詩箋曰：「昌黎年譜：『貞元十七年辛巳在京師，有送李愿歸盤谷序。』舊唐書李愿傳：『父晟，立大勳，即拜太子賓客、上柱國，爲興元元年甲子。』此豈終身官不挂朝籍者？新書李晟傳：『貞元七年，以臨洮未復，請附貫萬年，詔可。』是愿又當爲長安人，於盤谷不得曰『歸』，蓋送者乃别一人耳。」何義門補箋曰：「元和御覽詩中有李愿二首，疑即其人。」援鶉堂筆記卷四十四曰：「名勝志云：『唐使院石幢題名，在徐州州治儀門下，題名「金紫光禄大夫，簡校尚書右僕射，使持節徐州諸軍事兼徐州刺史、御史大夫，充武寧軍節度，管内支度、營田，徐泗宿濠等州觀察處置等使，襲岐國公，食實封七百五十户李愿」，幢建於元和六年。』按愿本傳云：『元和初，領夏綏銀宥節度使，後徙武寧軍。』又云：『晟立功時，諸子未官，宰相以聞，即日詔授太子賓客、上柱國。故事，柱國門列戟，遂父子皆賜。』按：晟立功已在建中、貞元之際，愿貴已久，而公此序作於十七年，其非一人明矣。」步瀛案：退之又有和盧郎中雲夫寄示送盤谷子詩，韓仲韶注以爲元和七年冬長安作。（王宋賢以爲或六年作。）蔡聞之（世遠）曰：「西平之子李愬之兄亦名愿，史言其以荒侈敗，結納權近，與篇中所述正復相反，明非一人矣。公又有和盧郎中送盤谷子詩序，作於貞元十七年，西平子方官環列，詩和於元和七年，西平子正擁節旄，更非棄官高蹈者可知。」（古文雅正評語）○友人，方曰：「樊氏石本作『有人』，野客叢書言石本同。俞蔭甫曲園雜纂卷二十五讀昌黎集從之，且引山海經大荒南經『有人三身』『有人鑿齒』『有人名曰張宏』、大荒西經『有人衣青』等爲證。然按之此文，義殊不安，不足取也。」

愿之言曰：李曰：「忽開異境。」「人之稱大丈夫者，我知之矣。利澤施於人，名聲昭於時，坐於廟朝，進退百官，而佐天子出令。其在外，則樹旗旄，羅弓矢，武夫前呵，從者塞途，供給之人，各執其物，夾道而疾馳，喜有賞，怒有刑，才畯滿前，道古今而譽盛德，入耳而不煩。曲眉豐頰，清聲而便體，秀外而惠中，飄輕裾，翳長袖，粉白黛緑者，列屋而閒居，妒寵而負恃，争妍而取憐。大丈夫之遇知於天子，用力於當世者之所爲也。吾非惡此而逃之，是有命焉（李曰：「逆折有力。」）不可幸而致也。（以上功名利達一流。沈確士曰：「此段賓。」）

古者天子、諸侯皆三朝：曰外朝，曰治朝，曰内朝。宗廟在治朝之左，聘享必於廟，命官必於廟，謀事必於廟。禮記祭統曰：「廟中者，境内之象。」凡國功曰廟，謨曰廟算，與朝廷出政並重，故廟朝並言也。○周禮春官司常曰：「交龍爲旂，熊虎爲旗。」説文曰：「熊旗九游，以象伐星，士卒以爲期。」釋名釋兵曰：「熊虎爲旗。旗，期也，言與衆期於下。軍將所建，象其猛如熊虎也。」案：「旂」「旗」散文亦通。孫曰：「旄，幢旗類，以犛牛尾注於竿首，故因以爲名。」案：此説本詩干旄毛傳及後漢書東平王傳注。説文曰：「旄，幢也。」段注曰：「旄是旌旗之名，漢之羽葆幢，以犛牛尾爲之，亦有羽，羽或全或析，言旄不言羽者，舉一以晐二，其字从㫃从毛，亦舉一以晐二也。以犛牛尾注旗竿，故謂此旗爲旄，因而謂犛牛尾曰旄，謂犛牛曰旄牛，名之相因者也。」○畯，「俊」之通借字，文苑、文粹、觀瀾乙集、崇古文訣皆作「俊」。○文選上林賦郭注曰：「便嬛，輕利也。」「惠」「慧」字通。論語衛靈公篇曰：「好行小慧。」釋文曰：「魯讀慧爲惠。」

皇疏本作「惠」。列子湯問篇：「河曲智叟曰：甚矣汝之不惠。」亦作「惠」。○方言十三曰：「翳，掩也。」○楚策三：「張子（儀）曰：彼鄭周之女，粉白黛黑，立於衢閭，非知而見之者以爲神。」說文曰：「黱，畫眉黑也。」（依小徐本）段注曰：「『黛』者『黱』之俗。」釋名釋首飾曰：「黛，代也，滅眉毛去之，以此畫代其處也。」

「窮居而野處，升高而望遠，坐茂樹以終日，濯清泉以自潔，採於山，美可茹，釣於水，鮮可食，起居無時，惟適之安。與其有譽於前，孰若無毁於其後？與其有樂於身，孰若無憂於其心？汪曰：「紐上一段。」車服不維，刀鋸不加，理亂不知，黜陟不聞，大丈夫不遇於時者之所爲也，我則行之。以上隱逸一流。沈曰：「此段主。」

廣雅釋詁二曰：「茹，食也。」詩蒸民孔疏曰：「茹者，噉食之名，故取菜之入口名爲茹。」○書舜典曰：「車服以庸。」廣雅釋詁三曰：「維，係也。」○魯語上：「臧文仲曰：中刑用刀鋸。」

「伺候於公卿之門，奔走於形勢之途，足將進而趑趄，口將言而囁嚅，處穢污而不羞，觸刑辟而誅戮，徼倖於萬一，老死而後止者，其於爲人賢不肖何如也？」汪曰：「此句與『丈夫遇知天子不遇時』二句相對照。」張曰：「含蓄無盡。」○以上於上二段之外，寫一種人，即以一句收束，結構甚奇。○李曰：「自愿之言至此，三段文字，奇氣歕涌，異采怒發，正如蜃樓海市，一轉瞬而消歸烏有，洵天下之奇觀也。初學悟此，於文章構境設色之法，思過半矣。」

說文人部新附「伺」字曰：「候望也。」○易夬九四曰：「其行次且。」釋文曰：「次，本亦作『趑』，或作『跋』，鄭作『趦』，同，七私反。且，本亦作『趄』，或作『跙』，同，七餘反。王肅云：『趦趄，行止之礙也。』」案：說文曰：「趑趄，行不進也。」○孫曰：「囁嚅，不敢出口也。上之舌切，又而舌切，下女居切。」案：說文無「囁」字，言部曰：「讘，多言也。」玉篇引埤蒼曰：「囁嚅，多言也。」與此文義異，退之之意，疑當用「懾懦」字，說文：「懾，失氣也；懦，駑弱也。」因屬語言故書爲「囁嚅」耳。○說文曰：「辟，法也。」○儌，「徼」之通借字。說文曰：「儌，幸也。」又曰：「幸吉而免凶也。」本字作「㚔」，隸變爲「幸」，或加人作「倖」。

昌黎韓愈聞其言而壯之。李曰：「簡勁。」與之酒而爲之歌曰：「盤之中，維子之宮。盤之土，可以稼。盤之泉，可濯可沿。盤之阻，誰爭子所。窈而深，廓其有容。繚而曲，如往而復。嗟盤之樂兮，樂且無央。虎豹遠跡兮，蛟龍遁藏。鬼神守護兮，呵禁不祥。飲且食兮，壽而康。無不足兮，奚所望？膏吾車兮，秣吾馬，從子於盤兮，終吾生以徜徉。」李曰：「按此歌詞意頗爲危悚，『虎豹遠跡，蛟龍遁藏』等語，皆寓遠引避害之意。蓋是時朝政昏亂，藩臣驕恣，退之浮沈其閒，不能無懼禍之心歟？」○茅曰：「通篇全舉李愿說話，自說只數語，此又別是一格。」劉曰：「兼用偶儷之體，而非偶儷之文，則哲匠之妙用也。」惲子居曰：「字字有本，句句自造，事事披根，惟退之有此。」曾曰：「別出奇徑，跌宕自喜。」○日本賴山陽曰：「此文有六代風習，雖不深於文者亦知之，惟其造語依然昌黎本色，試以六代文字來比較之，何人手筆得彷彿於此？是非深於文者不知也。」步瀛案：退之之文，日人且能深知之，而今日不知文者，妄加排斥，良可慨已。「中」「宮」韻。○「土」「稼」韻。顧亭林詩本音曰：「稼，古音古。」○說文曰：「沿，緣水而下也。」方崧卿曰：「按公論語筆解，以『浴于沂』作『沿于沂』，（「于」當作「乎」，見筆解卷下。）政與此『沿』同義。」

朱曰：「方以古韻爲據，舍石、杭、閣本而去『湘』從『沿』，其説當矣。然必以筆解爲説，又似太拘。今世所傳筆解，蓋未必韓公本真也。」吴北江曰：「筆解以『浴』爲『沿』之誤，未知果出公説否。然公此句實即本此。」步瀛案：王宋賢曰：「『濯』即『濯纓』『濯足』之『濯』，與『沿』爲二事。公詩有『沿涯宛轉』之句，（郴口詩曰：「沿涯宛轉到深處。」）即此所謂『可沿』也。」○「泉」「沿」韻。○楚辭天問王注曰：「阻，險也。」案：「阻」「所」韻。廣韻八語曰：「所，疎舉切。」○方曰：「以『容』叶『深』，以易恒卦小象考之，亦合古韻。」步瀛案：恒以「深」「中」「容」「禽」爲韻，詩小戎以「中」「驂」爲韻，楚辭七諫「怨思」「容」「心」韻，九歎「逢」「紛」「容」「讒」韻。案：「深」古音侵部，「容」古音東部，本通轉爲韻也。○廣韻二十九篠曰：「繚，繞纏也，力小切。」一屋曰：「復，返也，方六切。」案：「曲」「復」韻。○無央，方曰：「閣、杭、蜀本皆作『央』。王逸離騷注曰：『央，盡也，已也。』考異作『殃』。」朱曰：「方從洪校石本作『央』。今按：作『殃』於義爲得。」案：音註、五百家、文苑、文粹、文訣皆作「央」。俞蔭甫讀昌黎集以作「央」者爲是。吴先生校韓集亦改爲「央」。今從之。○孫曰：「不祥謂魑魅之屬。」○飲且，考異從方作「則」，音註、文粹、觀瀾、文訣並同。今依五百家本及文苑。○詩閟宫曰：「俾爾壽而康。」○音註曰：「望音忘。」○五百家注曰：「膏音告。」案：膏車即脂車也。詩泉水曰：「載脂載舝。」毛傳曰：「脂舝其車。」陳碩甫疏曰：「説文：『鐧，車軸鐵也；釭，車轂中鐵也；舝，車軸耑鍵也，一曰車轄；軹，軍轂小穿也；軎，車軸耑也，或作轊。』軹爲轂末，轊爲軸末，軸轂皆有鐵以錔之，盛膏於釭中，則鐵與鐵相摩，使之滑利，是曰脂。又於軸末以木鍵之，是曰舝，轄與舝同。」○詩漢廣：「言秣其馬。」毛傳曰：「秣，養也。」又鴛鴦：「摧之秣之。」傳曰：「秣，粟也。」説文作「䬴」，曰：「食馬穀也。」○廣雅釋訓曰：「徜徉，戲蕩也。」廣韻十陽曰：「徜徉猶徘徊也。徜，市羊切；徉，與章切。」案：徜徉，疊韻連語，故或作「尚羊」

（楚辭惜誓），或作「常羊」（漢書禮樂志郊祀歌），或作「尚佯」（淮南覽冥篇），或作「倘佯」（文選風賦），或作「徜徉」（文選恩玄賦尤本），又或作「相羊」（離騷）、「相佯」（後漢書張衡傳）、「襄羊」（史記司馬相如傳）、「儴佯」（文選上林賦五臣本）、「儴佯」（廣雅釋訓）、「方羊」（左哀十七年）、「方洋」（漢書吴王濞傳）、「彷徉」（史記吴王濞傳）、「仿佯」（楚辭遠遊）、「仿洋」（淮南原道篇），皆音近義同。○「央」「藏」「祥」「康」「望」「徉」韻。

東坡題跋卷一跋退之送李愿序曰：「歐陽文忠公嘗謂『晉無文章，惟陶淵明歸去來一篇而已』。余亦以謂『唐無文章，惟韓退之送李愿歸盤谷一篇而已』。平生願効此作一篇，每執筆輒罷，因自笑曰：『不若且放教退之獨步。』」王從之（若虚）滹南集卷三十五辨文曰：「東坡云云，蓋亦一時之戲語耳。古之作者，各自名家，其所長不可强而同，其優劣不可比擬而定，使其必模仿而成，亦未必可貴也。」汪武曹曰：「宋朝諸名家爲文，無有不自韓文出者。蘇公之稱韓公，至比之孟子，而曰文起八代之衰，謂之唐無文章可乎？且盤谷序非韓文之最者，何故獨推一篇？予謂此必非東坡之言，如萬石君羅文、江瑶柱傳之類，皆妄庸者託之耳。」（八家文讀本二集）步瀛案：武曹此説，先得我心。宋時常有妄人評古人詩文，必託名人之言以欺世，如歐陽永叔謂晉無文章，蘇子瞻謂唐無文章，已不成語。且送李愿序，在韓公文中，亦非其至者，徒以奇瑰爲流俗所喜，遂妄爲此言，託之子瞻耳。大抵東坡題跋，其中真贋參半，七集内殊無此等文，後人無識，概收入全集中，即使此語果出子瞻，亦正如王從之所謂一時戲語，殊不足爲典要。況子瞻未必果有此語乎？故附録之，以破俗人之惑。

故金紫光禄大夫檢校尚書左僕射同中書門下平章事兼汴州刺史充宣武軍節度副大使知節度事管内支度營田汴宋亳潁等州觀察處置等使上柱國隴西郡開國公贈太傅董公行狀

韓曰：「公嘗從晉於汴州，爲觀察推官，故知晉行甚詳，唐史晉傳，皆取公行狀爲之。」

曾祖仁琬，皇任梁州博士；

祖大禮，皇贈右散騎常侍；

父伯良，皇贈尚書左僕射。

文選任彦昇齊竟陵文宣王行狀，首二行列題「祖太祖高皇帝，父世祖武皇帝」，又「南徐州南蘭陵郡縣中都鄉中都里蕭公年三十五行狀」（古鈔本無「行」字）。何義門讀書記文選卷五曰：「漢書：『高祖求賢詔書曰：詣相國府，署行義年。』蘇林云：『行狀、年紀也。』此行狀所自始。後則太常議謚、史官紀事皆取之。首行必書幾歲，猶其遺也。柳河東集中此體僅存，韓、李爲人所刊削汩亂也。」姚姬傳古文辭類纂卷四十五附注曰：「何論太拘，昌黎業以董公鄉邑年紀敍入行狀之内，則知首行本未題列，非人汩亂也。」○舊唐書地理志曰：「山南西道梁州興元府：天寶元年改爲漢中郡，乾元元年復爲梁州，興元元年升爲興元府。」案：唐梁州治南鄭縣，今陝西南鄭縣治。唐六典卷三十曰：「上州經學博士一人，正九品上，醫學博士一人，從九品下。」○唐六典卷八曰：「門下省左散騎常侍二人，從三品，掌侍奉規諷，備顧問應對。」卷九曰：「中書省右散騎常侍二人，從三品，掌如左散騎常侍之職。」○新唐書百官志曰：「尚書省左右僕射各一人，從二品，掌統理六官，爲令之貳。」

公諱晉，字混成，河中虞鄉萬歲里人。少以明經上第。宣皇帝居原州，公在原州。宰相以公善爲文任翰林之選聞，召見，拜祕書省校書郎，入翰林爲學士。三年，出入左右，天子以爲謹愿，賜緋魚袋，累升爲衞尉寺丞，出翰林，以疾辭，拜汾州司馬。崔圓爲揚州，詔以公爲圓節度判官，攝殿中侍御史。以軍事如京師朝，天子識之，拜殿中侍御史內供奉。由殿中爲侍御史，入尚書省爲主客員外郎，由主客爲祠部郎中。曾曰：「以上科第歷官。」

援鶉堂筆記四十二曰：「唐所置虞鄉縣，在今蒲州臨晉縣之南，今有廢虞鄉縣城，（自注曰：「今虞鄉縣乃分臨晉縣之東置縣。」）臨晉之北爲榮河縣，縣有萬歲宮，即古汾陰縣也。萬歲里或取宮而名之歟？然縣去虞鄉百餘里。」步瀛案：清統志曰：「山西蒲州府：虞鄉故城，即今虞鄉縣治。元和志：『虞鄉縣西至河中府七十里，本漢解縣地。』舊唐書地理志：『隋虞鄉縣，武德元年改爲解縣，蒲州別置虞鄉縣。』元史地理志：『至元三年省虞鄉入臨晉，舊志虞鄉縣今爲虞鄉鎮。』按寰宇記『後周末於解縣西五十里別置虞鄉縣』，即今治，不知省於何時，仍移綏化故城。唐所置縣當即周末之治，今所置縣亦即唐時縣治也。」以上二說不同，姑並存之。又案：世綵堂本「里」上敚「歲」字，東雅堂本承其誤，他本皆有，文苑同，今據增。○舊唐書肅宗紀曰：「羣臣上謚曰文明武德大聖大孝宣皇帝。」舊書、通鑑唐紀並載，至德元載六月辛丑至平涼，（新唐書地理志曰：「原州：平涼郡。」）董晉詣肅宗，當在此時。而新舊晉傳並曰：「肅宗自靈武幸彭原，晉上書謁見。」蓋誤，當以行狀爲正。孫注謂：「至德元載十月，肅宗幸原州。」考舊書及通鑑，十月幸彭原郡，彭原郡乃寧州，非原州，孫説亦誤也。唐關内道原州平涼郡治平高縣，今甘肅固原縣治。○唐六典卷十曰：「祕書省校書郎八人，正九品上，掌讎校典籍。」○唐會要卷五十七曰：「翰林院，開元初置，已前掌内文書，至德以後，軍國務殷，其入直者，並以文詞共掌詔敕，自此翰林院始有學士之名。」○新書車服志曰：「開元初，駙馬都尉從五品者，假紫金魚袋，都督刺史品卑者，假緋魚袋，五品以上檢校試判官皆佩魚，中書令張嘉貞奏致仕者佩魚終身，自是百官賞緋紫必兼魚袋，謂之章服。」○唐六典卷十六曰：「衛尉寺丞二人，從六品上，掌判寺事。」○唐六典卷三十曰：「上州司馬，從五品下，掌貳府之事。」○舊書崔圓傳曰：「清河東武城人也。（新書圓傳曰：「字有裕，貝州武城人。」元和志曰：「河北道貝州東武城縣屬清河郡，隋開皇三年改屬貝州，皇朝因之。清河諸崔即此邑人。」）李光弼用爲懷州刺史，改汾州刺史，皆以理行稱，拜揚州大都督府長史、淮南節度觀察使。」案：唐淮南道揚州爲淮南節度使治所，附郭爲江都縣，今江蘇江都縣治。○孫曰：「貞元二年二月，以前汾州刺史崔圓爲淮南節度使，奏晉以本官攝御史、充判官。」案：通典職官典十四曰：「節度使有判官二人。」原注曰：「分判倉、兵、騎、胄四曹事。」唐六典卷十三曰：「御史臺殿中侍御史六人，從七品下，掌殿廷供奉之儀式。」○孫曰：「尋歸臺授本官。」案：唐六典卷十三曰：「御史臺侍御史四人，從六品下，掌糾舉百僚，推鞫獄訟。」原注曰：「又置内供奉員，不過本數，其遷改與正官資望亦齊。」○唐六典卷一曰：「尚書省尚書令，掌總領百官，其屬有六尚書：一曰吏部，二曰户部，三曰禮部，四曰兵部，五曰刑部，六曰工部。」卷四曰：「禮部尚書、侍郎之職，掌天下禮儀、祠祭、燕饗、貢舉之政令，其屬有四：一曰禮部，二曰祠部，三曰膳部，四曰主客。祠部郎中從五品上，掌祠祀享祭、天文漏刻、國忌廟諱、卜筮醫藥、道佛之事。主客郎中從五品上，員外郎從六品上，掌二王後及諸蕃朝聘之事。」

先皇帝時，兵部侍郎李涵如回紇立可敦，詔公兼侍御史、賜紫金魚袋，爲涵判官。回紇之人來曰：「唐之復土疆，取回紇力焉。約我爲市，馬既入，而歸我賄不足，我於使人乎取之。」涵懼不敢對，視公，公與之言曰：「我之復土疆，爾信有力焉。吾非無馬，而與爾爲市，爲賜不既多乎？爾之馬歲至，吾數皮而歸資，邊吏請致詰也，天子念爾有勞，故下詔禁侵犯，諸戎畏我大國之爾與也，莫敢校焉。爾之父子寧而畜馬蕃者，非我誰使之？」於是其衆皆環公拜，既又相率南面序拜，皆兩舉手曰：「不敢復有意大國。」自回紇歸，拜司勳郎中，未嘗言回紇之事。曾曰：「以上副使回紇。」

舊唐書代宗紀曰：「大曆四年五月辛卯，以僕固懷恩女爲崇徽公主，嫁回紇可汗，仍令兵部侍郎李涵往册命。」新書宗室傳曰：「涵簡素忠謹，爲宗室儁，擢給事中，遷兵部侍郎。」叛臣傳曰：「僕固懷恩，鐵勒部人。初，肅宗以寧國公主下嫁毗伽闕可汗，又爲少子請婚，故以懷恩女妻之。少子立，號發里可汗，而懷恩女爲可敦。」回鶻傳曰：「回紇，其先匈奴也，至隋曰韋紇，稱回紇。」（又曰：「元和四年，改爲回鶻，義取回旋輕捷如鶻也。）突厥傳曰：「號可汗，猶單于也，妻曰可敦。」○孫曰：「李涵奏晉爲判官。」○新書回鶻傳曰：「磨延啜立，號葛勒可汗，肅宗即位，使者來請助討祿山，於是可汗自將，與朔方節度使郭子儀合討，俄以大將軍多攬等造朝，及太子葉護身將四千騎來，惟所命。帝命廣平王見葉護，約爲昆弟。香積之戰，陳澧上，賊詭伏騎於王師左，僕固懷恩麾回紇馳之，盡翦其伏，乃出賊背，與鎮西北庭節度使李嗣業夾虜之，賊大敗，進收長安，安慶緒棄東京北渡河。」○「壃」與「疆」字同。說文曰：「畺，界也。」重文作「疆」。○唐六典卷二曰：「吏部其屬有四，三曰司勳。司勳郎中一人，從五品上，掌邦國官人之勳級。」

遷祕書少監，歷太府、太常二寺亞卿，爲左金吾衛將軍。今上即位，以大行皇帝山陵出財賦，拜太府卿。由太府爲左散騎常侍，兼御史中丞知臺事、三司使。選擢才俊，有威風。始公爲金吾，未盡一月拜太府，九日又爲中丞，朝夕入議事，於是宰相請以公爲華州刺史。拜華州刺史、潼關防禦鎮國軍使。汪曰：「留華州事在汴州後帶敘，以此處人不下也。」朱泚之亂，加御史大夫。詔至于上所，又拜國子祭酒、兼御史大夫，宣慰恒州。於是朱滔自范陽以回紇之師助亂，人大恐，公既至恒州，恒州即日奉詔出兵與滔戰，大破走之。以上敘歷官及宣慰恒州。

唐六典卷十曰：「祕書省少監二人，從四品上。祕書監之職，掌邦國經籍圖書之事。少監爲之貳。」○唐六典卷二十曰：「太府寺卿一人，從三品，少卿二人，從四品上。太府卿之職，掌邦國財貨之政令。少卿爲之貳。」○唐六典卷十四曰：「太常寺卿一人，正三品，少卿二人，正四品上。太常卿之職，掌邦國禮樂、郊廟、社稷之事。少卿爲之貳。」○唐六典卷二十五曰：「左右金吾衞大將軍，正三品，將軍從三品，掌宫中及京城晝夜巡警之法，以執禦非違。」○孫曰：「大曆十四年五月，德宗即位。」○舊書代宗紀曰：「大曆十四年五月辛酉，詔皇太子監國，是夕上崩于紫宸之内殿，遺詔皇太子柩前即位。壬戌，遷神柩于太極殿發喪。」通典禮典凶一引漢舊儀曰：「帝初登遐，朝臣稱曰大行皇帝。」又引風俗通曰：「天命有終，往而不返，故曰大行。天子新崩，梓宫在殯，太子已即位，存亡有别，不可但稱皇帝，未及定謚，故曰大行皇帝。」水經卷十九渭水注曰：「秦名天子冢曰山，漢曰陵，故通曰山陵矣。」通鑑卷二百二十五唐紀四十一曰：「大曆十四年六月制：應山陵制度，務從優厚，當竭帑藏以供其費。」○唐六典卷十三曰：「御史臺御史大夫，從三品，中丞正五品。御史大夫之職，掌邦國刑憲典章之政令，以肅正朝列。中丞爲之貳。」又曰：「侍御史其職有六，二曰三司，凡三司理事，則與給事中、中書舍人更直於朝堂受表。」唐會要卷六十曰：「大曆十四年六月三日，勑御史中丞董晉、中書舍人薛播、給事中劉迺宜充三司使。仍取右金吾廳一所充使院，并於西朝堂置幕屋，收詞訟。」通鑑唐紀四十一曰：「大曆十四年六月，詔天下冤滯，州府不爲理，聽詣三司使，以中丞、舍人、給事中各一人，日於朝堂受詞推決。」○舊書地理志曰：「關内道華州：上輔。」唐六典卷三十曰：「上州刺史一人，從三品，掌清肅邦畿，考覈官吏，宣布德化，撫和齊人，勸課農桑，教諭五教。」案：唐華州治鄭縣，今陝西華縣治。○舊書地理志曰：「潼關防禦鎮國軍使，華州刺史領之。」又曰：「至德之後，中原用兵，刺史皆治軍戎，遂有防禦、團練、制置之名。要衝大郡，皆有節度之類，寇盗稍息，則易以觀察之號。」新書方鎮表曰：「乾元二年，置陝虢華節度，領潼關防禦、團練、鎮守等使。上元元年，改陝虢華節度爲陝西節度，兼神策軍使。二年，陝西節度罷領華州，以華州置鎮國節度，亦曰關東節度。

廣德元年，罷鎮國軍節度。」錢曉徵廿二史攷異四十六曰：「按舊史本紀，廣德元年有同華節度使李懷讓（代宗紀），懷讓死而周智光繼之。至大曆二年，智光伏誅，始不除節度。表云廣德二年罷節度者非也。」案：錢説是。寰宇記曰：「華州華陰縣：潼關，玄宗開元十三年于華岳祠南通衢立碑，御製其文，並書，是新關南路也。舊路在岳北，是後牧是州者，多帶防禦潼關軍使。」又案：唐潼關，今潼關縣治。○新書逆臣傳曰：「朱泚，幽州昌平人。李希烈圍哥舒曜於襄城，詔涇原節度使姚令言督鎮兵五千東救曜，過闕下。師次滻水，京兆尹王雄使吏供軍，糲飯菜肴，衆怒不肯食，乃盡甲反旗而鼓。帝聞，命中人持賜往，人二縑，士愈悖，射中人。乘輿奔奉天，賊無屬，畏不能久，以泚昔在涇有恩，令言率百餘騎見泚，夜數百騎復往，泚知不僞，乃擁徒向闕下。」○孫曰：「建中四年，以晉代孫宿爲華州刺史，又兼御史中丞、潼關防禦鎮國軍（當有「使」字），久之加兼御史大夫。」○舊書董晉傳曰：「朱泚僭逆於京師，使兇黨仇敬、何望之侵逼華州，晉奔遁赴行在，授國子祭酒。」○唐六典卷二十一曰：「國子監祭酒，從三品，掌邦國儒學訓導之政令。」○舊書德宗紀曰：「建中三年六月甲子，恒冀觀察使王武俊反。四年十二月癸酉，命華州刺史董晉河北宣慰。（通鑑卷二百二十九唐紀四十五曰：「十二月，以國子祭酒董晉爲河北宣慰使。」）興元元年春正月癸酉朔，上在奉天行宮受朝賀，詔大赦天下，改建中五年爲興元元年。李希烈、田悦、王武俊、李納咸復其爵位，仍即遣使宣諭。」新書方鎮表曰：「建中三年，罷成德軍，置恒冀都團練觀察使，治恒州。興元元年，廢恒冀、深趙二觀察，復置成德軍節度使，治恒州。」案：唐恒州治真定縣，今河北正定縣治。○舊書朱滔傳曰：「賊泚之弟也，建中二年，加檢校司徒，爲幽州盧龍軍節度使，以德、棣二州隸焉。朝廷以康日知爲深、趙二州團練使，王武俊爲恒、冀二州團練使。滔怒失深州，武俊怒失寶臣故地，滔構武俊同己反。興元元年正月，滔驅率燕薊之衆及回紇雜虜攻圍貝州。」地理志曰：「幽州節度使治幽州。」新書方鎮表曰：「寶應元年，范陽節度使復爲幽州節度使，及平盧陷，又兼盧龍節度使。」○舊書德宗紀曰：「興元元年二月戊寅，王武俊効順，加中書門下平章事、兼幽州節度使，令討朱滔。五月丙子，李抱真、王武俊及朱滔戰于京城，敗之。」朱滔傳曰：「德宗在山南，遣授王武俊平章事，令與李抱真叶力擊滔。四月，恒、潞兩軍次涇城北。五月四日，進軍距貝州三十里而軍。翌日兩軍既合，鼓譟震地，滔陣亂東走，兩邊追斬，俘馘數萬計，是夜滔以殘衆千人奔德州。」

還至河中，李懷光反，上如梁州。懷光所率皆朔方兵，公知其謀與朱泚合也，患之。造懷光言曰：「公之功，天下無與敵；公之過，未有聞於人。某至上所，言公之情，上寬明，將無不赦宥焉，乃能爲朱泚臣乎？彼爲臣而背其君，苟得志，於公何有？且公既爲太尉矣，彼雖寵公，何以加此？彼不能事君，能以臣事公乎？公能事彼，而有不能事君乎？彼知天下之怒，朝夕戮死者也，故求其同罪而與之比，公何所利焉？公之敵彼有餘力，不如明告之絕，而起兵襲取之，清宮而迎天子，庶人服而請罪有司，雖有大過，猶將揜焉。如公則誰敢議？」語已，懷光拜曰：「天賜公活懷光之命。」喜且泣，公亦泣。則又語其將卒，如語懷光者。將卒呼曰：「天賜公活吾三軍之命。」拜且泣，公亦泣。故懷光卒不與朱泚。當是時懷光幾不反。此處既敘其效，又顧事實，斟酌盡當，具見苦心。公氣仁，語若不能出口。及當事，乃更疎亮捷給。其詞忠，其容貌温然，故有言於人無不信。曾曰：「以上說李懷光。」

唐河東道河中府治河東縣，今山西永濟縣治。○舊書德宗紀曰：「興元元年二月，李晟以懷光反狀已明，請上幸蜀。甲子，加李懷光太尉，仍賜鐵券赦三死罪。懷光怒曰：『凡人臣反逆，乃賜鐵券，今賜懷光，是反必矣。』乃投之於地，是日人心恐駭，懷光奪楊惠元、李建徽所將兵，惠元被害。丁卯，車駕幸梁州。」李懷光傳曰：「懷光，勃海靺鞨人也。本姓茹，其先徙於幽州，常爲朔方列將。德宗即位，以懷光檢校刑部尚書、兼邠寧慶晉絳慈節度，遷朔方節度。涇原之卒叛，上居奉天。朱泚既僭大號，懷光率軍奔命。時屬泥淖，懷光奮厲軍士，道自蒲津渡河，敗泚騎兵於醴泉，又敗泚兵於魯店。泚乃解兵還。懷光性麤厲疎愎，緣道數言盧杞、趙贊、白志貞等姦佞，且曰：『吾見上，當請誅之。』杞等微知之，懼甚。因說上令懷光乘勝逐泚，收復京師，不可許至奉天。德宗從之。懷光屯軍咸陽，數上表暴揚杞等罪惡。上不得已爲貶杞、贊、志貞以慰安之。懷光既不敢進軍，遷延自疑，因謀爲亂。且宣言曰：『吾今與朱泚連和，車駕當須引避。』由是上遽幸梁州。」案：懷光之反，在王武俊與朱滔戰前，此重其事，故特於此敘之。

明年，上復京師，拜左金吾衛大將軍。由大金吾爲尚書左丞，又爲太常卿，由太常拜門下侍郎、平章事，在宰相位凡五年。所奏於上前者，皆二帝三王之道，由秦漢以降未嘗言。退歸，未嘗言所言於上者於人。子弟有私問者，公曰：「宰相所職繫天下，天下安危，宰相之能與否可見。欲知宰相之能與否，如此視之其可。凡所謀議於上前者不足道也。」故其事卒不聞。以疾病辭於上前者不記，退以表辭者八，方許之。拜禮部尚書。制曰：「事上盡大臣之節。」又曰：「一心奉公。」於是天下知公之有言於上也。初，公爲宰相時，五汪曰：「追敍。」月朔，會朝，天子在位，公卿百執事在廷。侍中贊，百僚賀。中書侍郎、平章事竇參攝中書令，當傳詔，疾作不能事。凡將大朝會，當事者既受命，皆先日習儀。於時未有詔，公卿相顧。公逡巡進，北面言曰：「攝中書令臣某病不能事，臣請代某事。」於是南面宣致詔詞，事已復位，進退甚詳。曾曰：「以上爲宰相。」○吴先生曰：「爲相時著宣詔一事，文最凝重，意最妙遠。」

舊書德宗紀曰：「興元元年六月癸卯，李晟上收京城露布，田希鑒斬姚令言，韓旻斬朱泚，並傳首至行在。戊午，車駕還京。秋七月壬午，至自興元。」是與德宗如梁州同在一年，此云明年，蓋就下文晉拜官之年言耳。○唐六典卷一曰：「尚書左丞一人，正四品上。左右丞掌管轄省事，糾舉憲章，以辨六官之儀制，而正百僚之文法，分而視焉。」孫曰：「貞元二年七月，以晉爲尚書左丞。時尚書右丞元琇判度支使，爲韓滉所擠貶黜，晉罪滉之黨，見宰相極言非罪，舉朝稱之，復拜太常卿。」案：舊書德宗紀：「貞元二年己巳，以金吾大將軍董晉爲尚書右丞。」以上文七月戊子、乙未、己酉推之，七月不得有己巳，上文戊午已屬八月，舊紀誤脱「八月」二字耳。孫氏云「七月」，失考。又新書晉傳曰：「右丞元琇爲韓滉排笮得罪，滉勢振朝廷，晉見宰相，誦元琇非罪，士大夫壯其節。」孫注亦未明晰。○舊書德宗紀曰：「貞元五年二月庚子，以大理卿董晉爲門下侍郎、（大理卿，當作太常卿，新書宰相表亦誤。權載之董公神道碑、通鑑唐紀皆不言爲大理卿，與行狀合，知新舊書皆誤也。文苑載此碑作貞元五年春三月，「三」字亦誤。是年三月無庚子也，當依集作二月。）同中書門下平章事。」新書百官志曰：「僕射與侍中、中書令號爲宰相。貞觀八年，僕射李靖以疾辭位，詔疾小瘳，三兩日一至中書門下平章事，而『平章事』之名蓋起於此。其後李勣以太子詹事同中書門下三品，謂同侍中、中書令也，而『同三品』之名蓋起於此。自高宗以後，爲宰相者，必加『同中書門下三品』。永淳元年，以黄門侍郎郭待舉等同中書門下平章事，『平章事』入銜自待舉等始，終唐之世不能改。初，三省長官議事于門下省之政事堂，其後裴炎自侍中遷中書令，乃徙政事堂於中書省。開元中，張説爲相，又改政事堂號中書門下。」志又曰：「門下侍郎，正三品，掌貳侍中之職。」○樊曰：「時政事決在竇參，晉但奉詔書唯諾而已。八年，參以其姪給事中申爲吏部侍郎，諷晉以聞。帝正色曰：『無乃參迫卿爲之耶？』晉不敢隱，因問以參過失，晉具奏之。旬日參貶官，晉皇恐上疏固辭位。」○樊曰：「九年五月罷相，改禮部尚書。」唐六典卷四曰：「禮部尚書一人，正三品，掌天下禮儀、祠祭、燕饗、貢舉之政令。」○唐會要卷二十四曰：「貞元七年四月二十八日敕：自此以後，每年五月一日御宣政殿，與文武百寮相見，宜令所司即量定禮法頒示，仍永編禮式。」原注曰：「本以五月一日陰生，臣子道長，君父道消，非善月也，因創是月朝見之儀。元和三年，上以術數之説，禮經不載，遂罷之。」○唐六典卷八曰：「門下省侍中二人，正三品，掌出納帝命，緝熙皇極，總典吏職，贊相禮儀，以和萬邦，以弼庶務，所謂佐天子而統大政者也。凡軍國之務，與中書令參而總焉。」○舊書德宗紀曰：「貞元五年二月庚子，以御史中丞竇參爲中書侍郎、平章事、兼轉運使。」竇參傳曰：「參字時中（岐州平陸人），拜中書侍郎、同平章事、領度支鹽鐵轉運使。每宰相間日於延英召對，諸相皆出，參必居後。久之，以度支爲辭，實專大政。」○唐六典卷九曰：「中書省中書令二人，正三品，掌軍國之政令，緝熙帝載，統和天人，入則告之，出則奉之，以釐萬邦，以度百揆，蓋以佐天子而執大政也。中書侍郎二人，正四品上，掌貳令之職。」

爲禮部四年，拜兵部尚書。入謝，上語問日晏。復有入謝者，上喜曰：「董某疾且損矣。」出語人曰：「董公且復相。」既二日，拜東都留守、判東都尚書省事、充東都畿汝州都防禦使、兼御史大夫，仍爲兵部尚書。由留守未盡五月，拜檢校尚書左僕射，同中書門下平章事，汴州刺史，宣武軍節度副大使知節度事，管內支度、營田、汴宋亳潁等州觀察處置等使。曾曰：「以上以東都留守，授節度汴州之任。」

唐六典卷五曰：「兵部尚書一人，正三品，掌天下軍衛武官選授之政令。」○舊書德宗紀曰：「貞元十二年三月戊申，以兵部尚書董晉充東都留守、判東都尚書省、東畿汝州都防禦使（「畿」上當有「都」字）。」新書方鎮表曰：「貞元元年，廢東都畿汝州節度，置都防禦使，以東都留守兼之，增領唐、鄧二州。二年，升東都畿汝州都防禦使爲都防禦觀察使。（廿二史攷異四十六曰：「按舊本紀：『貞元元年，以賈耽兼東都留守、都畿汝州防禦使。二年，加東都留守賈耽東都畿唐汝鄧都防禦觀察使。』蓋耽本以留守兼防禦，止領汝州，至是始進爲都防禦，增領唐、鄧二州也。表於上年已書都防禦增領唐、鄧，似不如舊紀之得其實矣。是歲耿移鎮義成。其明年除嗣曹王皋爲山南東道節度使，乃割唐、鄧隸之。）五年，罷東都畿汝州觀察使，置都防禦使，汝州別置防禦使。」唐會要卷六十曰：「元和三年五月敕，承前東都留守無防禦使名，往因權宜，遂有制置。」案：唐河南道汝州治梁縣，在今河南臨汝縣西。○通典職官一曰：「神龍二年，置員外官二千餘人，遂有員外、檢校、試、攝、判、知之官。」原注曰：「檢校者，云檢校某官；判者，云判某官事；知者，云知某官事，皆是詔除而非正命。」李微之（心傳）建炎以來朝野雜記甲集卷十二曰：「檢校官者，自唐以來有之。凡內職崇班（原注曰：「今修武郎。」）、武臣副率以上，初除及加恩皆帶。若文臣則樞密、宣徽、節度使始帶焉。自三公（原注曰：「謂太尉、司徒、司空。」）、三師、僕射、尚書、常侍至賓客、祭酒凡十餘等。」○新書方鎮表曰：「建中二年，置宋亳潁節度使，治宋州，尋號宣武軍節度使。興元元年，徙治汴州。」沈文起曰：「唐制，親王遙領節度使，不之官，其正任者，降名號以避之，故有副大使知節度使之號。」會要（七十八）：「貞元九年十二月，以通王諶爲宣武軍節度使，董晉故稱副大使也。」○舊書德宗紀曰：「貞元十二年七月乙未，以東都留守、兵部尚書董晉檢校左僕射、同中書門下平章事、宣武軍節度使、宋亳潁觀察使。時李萬榮病，萬榮子迺自署爲兵馬使，軍人又逐迺，汴州亂，故命董晉帥之。」唐會要卷七十八曰：「景雲二年四月，賀拔延嗣除涼州都督、充河西節度使。始有『節度』之號。至開元二年四月，除陽執一，又兼赤水九姓本道支度、營田等使。」又曰：「開元二十二年二月十九日，初置十道採訪處置使。乾元元年四月十一日，詔採訪使并諸道黜陟使便宜且停。」原注曰：「其年改爲觀察處置使。」又曰：「初，景雲、開元間，節度、支度、營田等使諸道並置（文獻通考職官考作「並不置」），又一人兼領者甚少。艱難以來，優寵節將，天下擁旄者常不下三十人，例銜節度、支度、營田、觀察使。」案：唐河南道汴州治浚儀縣，今河南開封縣治；宋州治宋城縣，在今商邱縣南；亳州治譙縣，今安徽亳縣治；潁州治汝陰縣，今阜陽縣治。

汴州自大曆來多兵事，劉玄佐益其師至十萬。玄佐死，子士寧代之，畋遊無度，其將李萬榮乘其畋也逐之。萬榮爲節度一年，其將韓惟清、張彥林作亂，求殺萬榮不克。三年，萬榮病風，昏不知事，其子迺復欲爲士寧之故。監軍使俱文珍與其將鄧惟恭執之歸京師，而萬榮死。詔未至，惟恭權軍事。公既受命遂行，劉宗經、韋弘景、韓愈實從，不以兵衞。及鄭州，逆者不至。鄭州人爲公懼，或勸公止以待。有自汴州出者，言於公曰：「不可入。」公不對，遂行，宿圃田。明日，食中牟，逆者至，宿八角。明日，惟恭及諸將至，遂逆以入。及郛，三軍緣道讙聲，庶人壯者呼，老者泣，婦人啼，遂入以居。汪曰：「諸『遂』字相承。」初，玄佐死，吴湊代之。及鞏，聞亂歸。士寧、萬榮皆自爲而後命。軍士將以爲常，故惟恭亦有志。以公之速也，不及謀，遂出逆。既而私其人觀公之所爲以告，曰：「公無爲。」惟恭喜，知公之無害己也，委心焉。進見公者，退皆曰：「公仁人也。」聞公言者皆曰：「公仁人也。」環以相告，故大和。

曾曰：「以上速入汴州，不以兵衞。」

舊書代宗紀曰：「大曆十一年八月，李靈耀據汴州叛。甲申，命淮西李忠臣、滑州李勉、（滑，元誤「渭」，據新舊書劉玄佐傳、新書方鎮表、通鑑唐紀四十一校改。）河陽馬燧三鎮兵討之。」劉玄佐傳曰：「玄佐本名洽，滑州匡城人也。大曆中爲永平軍衙將，李靈耀據汴州，洽將兵乘其無備，徑入宋州，遂詔以州隸永平軍，節度使李勉奏署宋州刺史。建中二年，加兼御史中丞、亳潁節度等使。李希烈攻汴州，德宗在奉天，連戰，賊稍卻。興元初，進加檢校左僕射，加平章事。希烈棄汴州，洽率軍收汴，詔加汴宋節度。無幾，授本管及陳州諸軍行營都統，賜名玄佐。」○舊書德宗紀曰：「貞元八年（當有「三月」二字。劉玄佐傳作「貞元三年三月」，「三年」乃「八年」之誤，「三月」字則是也。）庚午，宣武軍節度使、司徒、平章事劉玄佐卒。己卯，以陝虢觀察使吴湊爲汴州刺史、宣武軍節度、汴宋等州觀察使。夏四月庚寅，以汴州長史劉士寧爲汴州刺史、宣武軍節度使。時吴湊行次汜水，聞其有變而還。」新書藩鎮傳曰：「玄佐假子樂士朝私玄佐嬖妾，懼事覺，酖玄佐死，年五十八，贈太傅，謚曰壯武。軍中匿喪俟代，帝亦爲隱，踰三日乃發喪。使至，帝問所欲立。曰：『陝虢觀察使吴湊可乎？』監軍孟介、行軍（當依通鑑增「司馬」二字）盧瑗以爲便，乃拜湊爲節度使。至汜水，玄佐柩將遷，士請具禮，瑗不許，衆皆怒。陵晨，甲而譟，起玄佐子士寧於喪，尊爲留後。介以聞，帝召宰相計議。竇參曰：『汴人挾李納以邀命，若不許，勢且合，不可解。』遂以士寧爲左金吾衞將軍，嗣節度。」○舊書德宗紀曰：「貞元九年十二月丙辰（通鑑唐紀五十作「乙卯」），宣武軍亂，逐節度使劉士寧。壬戌，以宣武軍節度使副使李萬榮爲汴州刺史、宣武軍節度、汴宋等州觀察留後。」劉玄佐傳曰：「士寧初授節制，諸將多不悦服，性忍暴淫亂，每出畋獵，數日方還，軍府苦之。其大將李萬榮與其父玄佐同里閈，少相善，寬厚得衆心，士寧疑之，去其兵權，令攝汴州事。萬榮深怨之。十年正月（此誤，本在九年十二月），士寧以衆二萬畋於城南，萬榮晨入士寧廨舍，召其所留心腹兵千餘人，矯謂之曰：『有詔徵大夫入朝，俾吾掌留務，汝輩人賜錢三千貫，無他憂也。』兵士皆拜。萬榮既約親兵於內，又召各營兵於外，以是言令之，軍士皆聽命。萬榮乃分兵閉城門，馳使白士寧曰：『詔徵大夫，宜速即路。若遷延不行，當傳首以獻。』士寧知衆不爲用，乃走歸京師。萬榮斬士寧所親之將，以令於軍，凡賞軍士錢二十萬貫，詔令籍没士寧家財以分賞焉。遂授萬榮宣武軍兵馬留後。」○舊書劉玄佐傳曰：「初，萬榮遣兵三千備秋於京西，有親兵三百，前爲劉士寧所驕者，日益横。萬榮惡之，悉置行籍中，由是深怨萬榮。大將韓惟清、張彦琳請將往，不許，惟清、彦琳不得志，因親兵銜怨，乃作亂，共攻萬榮。萬榮分兵擊之，叛卒兵械少，戰不勝，乃刧轉運財貨及居人而潰。韓惟清走鄭州，張彦琳走東都，以束身歸罪，宥以不死，並流竄焉。萬榮悉捕逃叛將卒妻孥數千人，皆誅之。」案：張彦林，新書、通鑑並作「琳」，與舊書同。又案：通鑑曰：「貞元十年夏四月庚午，宣武軍亂，留後李萬榮討平之。」○舊書玄佐傳曰：「十一年五月，授萬榮宣武軍節度使。其年八月，萬榮病，遂署其子迺爲司馬，乃勒大將李湛、伊婁涚、張伾往外鎮，尋皆令殺之。涚、伾皆已死，惟尉氏鎮將不肯殺湛。是夜軍士逐出李迺，遂執送京師。萬榮以其日病卒。迺至京師，付京兆府杖殺。」案：此傳當有脱誤，迺被執及萬榮死，皆十二年事，而德宗紀十二年七月乙未下云：「是日汴州節度使李萬榮卒。」新書德宗紀曰：「十二年六月己丑，宣武節度使李萬榮卒，其子迺自稱兵馬使，伏誅。」藩鎮傳曰：「萬榮死，是夜惟恭與監軍倶文珍執迺送京師。」所紀均不同，舊傳不言十二年六月，實有脱誤，而新紀作六月己丑，於事亦不合。通鑑卷二百三十五唐紀五十一曰：「十二年六月，宣武軍節度使李萬榮病風，昏不知事，其子迺爲兵馬使。甲申，迺集諸將責李湛、伊婁說、張丕以不憂軍事，斥之外縣。迺又殺伊婁說、張丕。都虞候匡城鄧惟恭與萬榮鄉里相善，萬榮常委以腹心，迺亦倚之。至是惟恭與監軍俱文珍謀，執迺送京師。秋七月乙未，以東都留守董晉同平章事、兼宣武節度使，以萬榮爲太子少保，貶迺虔州司馬。丙申，萬榮薨。鄧惟恭既執李迺，遂權軍事。」舊書宦官傳曰：「俱文珍，貞元末宦官，後從義父姓，曰劉貞亮。」新書宦者傳曰：「劉貞亮本俱氏，名文珍，出監宣武軍，自置親兵千人。」○其子迺，韓集各本「迺」皆作「乃」，文苑作「迴」，皆「迺」之誤，今正。○韋弘景，京兆人，貞元中進士。舊書有傳。○唐河南道鄭州治管城縣，今河南鄭縣治。○通鑑唐紀曰：「鄧惟恭自謂當代萬榮，不使人迎董晉。」○穆天子傳五曰：「天子里圃田之路。」漢書地理志河南郡中牟縣原注曰：「圃田澤在西，豫州藪。」案：古圃田澤甚廣，見水經渠水注及閻百詩潛邱劄記卷五。元和郡縣志河南道鄭州，於管城縣言「圃田澤在縣東三里」，中牟縣言「在縣西北七里」。此文言「宿圃田，明日食中牟，宿八角」，則圃田非謂圃田澤而指圃田城也。太平寰宇記曰：「河南道開封府中牟縣：後周武帝保定五年移于今縣西三十里圃田城，隋避諱改爲内牟。開皇十六年，于中牟舊城置郲城縣。十八年，又于圃田城中爲圃田縣，以界内澤爲名。大業二年，廢郲城縣，又移圃田縣于中牟城。唐武德初，復改爲中牟。」是宿圃田城之明日行三十里而食於中牟也。唐鄭州中牟縣在今河南中牟縣東六里，今中牟縣在開封縣西七十里。是日宿八角鎮，鎮距開封三十里，是由中牟食後又行四十六里而宿八角，明日行三十里遂至開封矣。○元豐九域志東京開封府祥符縣有八角鎮。清統志曰：「河南開封府：八角鎮，在祥符縣西南三十里。」（祥符縣今改開封縣）○説文曰：「郛，郭也。」○舊書董晉傳曰：「晉既受命，唯將幕官傔從等十數人，都不召集兵馬。既至鄭州，宣武軍迎候將吏無至者。晉左右及鄭州官吏皆懼，共勸晉且遲迴以俟事勢。晉曰：『奉詔爲汴州節度使，即合準勑赴官，何可妄爲逗留？』人皆憂其不測，晉獨恬然。未至汴州十數里，鄧惟恭方來迎候，晉俾不下馬，既入，乃委惟恭以軍政，衆皆服。」○吳湊及鞏聞亂歸，舊書德宗紀、玄佐傳，新書藩鎮傳及通鑑皆言至汜水，樊注同。案：唐河南道河南府鞏縣今河南鞏縣治，唐河北道孟州汜水縣今河南汜水縣治，兩地非一，而新舊書吳湊傳皆不言所至之地。（舊書湊附外戚傳。）新傳曰：「湊，章敬皇后弟也。」（肅宗后，濮州濮陽人。）○舊書晉傳曰：「晉明於事體機變，而未測其深淺，惟恭心常鞅鞅，竟以驕盈慢法，潛圖不軌，配流嶺南。」

初，玄佐遇軍士厚，士寧懼，復加厚焉。至萬榮，如士寧志。及韓、張亂，又加厚以懷之。至於惟恭，每加厚焉。故士卒驕不能禦。則置腹心之士幕於公庭廡下，挾弓執劍以須，日出而入，前者去，日入而出，後者至。寒暑時至，則加勞賜酒肉。公至之明日，皆罷之。貞元十二年七月也。曾曰：「以上罷庭廡弓劍之士。」禦，「御」之通借字。荀子榮辱篇楊倞注曰：「御，制也，或作『禦』。」○須，「頿」之通借字。説文曰：「頿，待也。」

八月，上命汝州刺史陸長源爲御史大夫、行軍司馬，楊凝自左司郎中爲檢校吏部郎中、觀察判官，杜倫自前殿中侍御史爲檢校工部員外郎、節度判官，孟叔度自殿中侍御史爲檢校金部員外郎、支度營田判官。職事脩，人俗化，嘉禾生，白鵲集，蒼烏來巢，嘉瓜同帶聯實。四方至者，歸以告其帥，小大威懷。有所疑，輒使來問。有交惡者，公與平之。曾曰：「以上治汴僚佐效驗。」

舊書陸長源傳曰：「長源字泳之，（新書長源傳曰：「吴人，字泳。」）爲汝州刺史。貞元十二年，（舊書德宗紀云「八月丙子」。）授檢校禮部尚書、宣武軍行軍司馬，汴州政事皆決斷之。」通典職官十四曰：「節度使有行軍司馬一人。」原注曰：「申習法令。」新書百官志曰：「行軍司馬掌弼戎政，居則習蒐狩，有役則申戰守之法，器械、糧糒、軍籍、賜予皆專焉。」○舊書晉傳曰：「朝廷恐晉柔懦，尋以汝州刺史陸長源爲晉行軍司馬。晉謙恭簡儉，每事因循多可，故亂兵粗安。長源好更張，數請改易舊事，務從削刻。晉初皆然之，及案牘已成，晉乃命且罷。又委錢穀支計於判官孟叔度，叔度輕佻好慢易，軍人皆惡之。」唐六典卷二曰：「尚書省左司郎中一人，右司郎中一人，並從五品上，各掌付十有二司之事，以舉正稽違，省署符目，都事監而受焉。」卷三曰：「户部金部郎中一人，從五品上，掌庫藏出納之節，金寶財貨之用，權衡度量之制，皆總其文籍而頒其節制。」新書百官志曰：「節度使、副大使知節度事有行軍司馬、判官各一人，兼觀察使又有判官一人，兼支度、營田使有判官一人。」○文苑卷六百四十三有韓公奏汴州封丘縣得嘉禾浚儀得嘉瓜狀（集無）。方曰：「蓋爲董晉作。」又曰：「瑞應圖有蒼烏。」案：藝文類聚祥瑞部下引孫氏瑞應圖曰：「文王時見蒼烏，王者孝悌則至。」吴先生曰：「此等皆董公所深信，故皆著之。」○左襄三十一年：「北宫文子曰：『周書數文王之德曰：大國畏其力，小國懷其德。』」（書僞武成襲之）此云「小大威懷」，意本於此。○左隱四年曰：「周、鄭交惡。」

累請朝，不許。及有疾，又請之。且曰：「人心易動，軍旅多虞。及臣之生，計不先定，至於他日，事或難期。」猶不許。十五年二月三日，薨於位。上三日罷朝，贈太傅，使吏部員外郎楊於陵來祭，弔其子，贈布帛米有加。公之將薨也，命其子三日斂，既斂而行。於行之四日，汴州亂。故君子以公爲知人。公之薨也，汴州人歌之曰：「濁流洋洋，有闢其郛。闐道讙呼，公來之初。今公之歸，公在喪車。」又歌曰：「公既來止，東人以完。今公歿矣，人誰與安？」曾曰：「以上薨汴。」

權載之董公神道碑曰：「十五年二月丁丑薨於位，享年七十六。」舊書德宗紀及通鑑並同。舊書十五年正月丙午朔，正月小月，則二月朔爲乙亥，三日爲丁丑，與行狀合。禮記曲禮下曰：「諸侯死曰薨。」鄭注曰：「薨，顛壞之聲。」白虎通崩薨篇曰：「薨之言奄也，奄然亡也。」○唐會要卷二十五曰：「是月七日拜陵官發，其日本視事，適會董晉卒，廢朝。」○唐六典卷一曰：「太傅，正一品，三師訓導之官也，其名即周之三公，近代多以爲贈官。」○舊書楊於陵傳曰：「於陵字達夫，弘農人。貞元八年始入朝，爲膳部員外郎，歷考功吏部三員外，判南曹。」新傳曰：「以南曹郎出弔宣武軍。」唐六典卷二曰：「吏部員外郎二人，從八品上，一人掌選院，謂之南曹，一人掌曹務。」○舊書德宗紀曰：「十五年二月乙酉，以行軍司馬陸長源檢校禮部尚書，汴州刺史，御史大夫，宣武軍節度、度支、營田、汴宋亳潁節察等使（「節察」當作「觀察」）。是日汴州軍亂，殺陸長源及節度判官孟叔度、丘潁，軍人臠而食之。」陸長源傳曰：「晉卒，令長源知留後事，長源揚言曰：『將士多弛慢，不守憲章，當以法繩之。』由是人人恐懼。舊例，使長薨，放散布帛於三軍制服，至是人請服，長源不允，軍人求之不已。長源等議給其布直，叔度高其鹽價而賤爲布直，每人不過得鹽三二觔，軍情大變。或勸長源，故事有大變皆賞三軍，三軍乃安。長源曰：『不可使我同河北賊，以錢買健兒取旌節。』兵士怨怒滋甚，乃執長源及叔度等臠而食之。」○汴人兩歌，外集五祭汴州董相公文同，（惟「今公歿矣」作「公既没矣」。）蓋退之本汴人之意而自撰其詞也。

始公爲華州，亦有惠愛，人思之。公居處恭，無妾媵，不飲酒，不諂笑，好惡無所偏，與人交，泊如也。未嘗言兵，有問者，曰：「吾志於教化。」享年七十六，階累升爲金紫光禄大夫，勳累升爲上柱國，爵累升爲隴西郡開國公。娶南陽張氏夫人，後娶京兆韋氏夫人，皆先公終。四子：全道、溪、全素、瀣。全道、全素皆上所賜名。全道爲祕書省著作郎，溪爲祕書省祕書郎，全素爲大理評事，瀣爲太常寺太祝，皆善士，有學行。

汪曰：「追華州事作類敍，亦字聯上。」

曾曰：「以上道德及妻子。」

方崧卿曰：「諸本『溪』作『全溪』，『瀣』作『全瀣』。考世系表、董溪志，溪、瀣皆無『全』字，蓋全道、全素出於賜名也。」洪曰：「按董府君墓志云『公諱溪字惟深，隴西公第二子』，則『溪』當作『溪』；又云『其季弟瀣問名於太史氏韓愈』，并無『全』字；此云『全道、全素皆上所賜名』，則『全溪』『全瀣』誤矣。」樊曰：「按宰相世系表，全道殿中少監、溪商州刺史、全素太子中舍人、瀣太常寺太祝，當從溪墓志及世系表。」魏仲舉曰：「按墓志，全溪、全瀣之名止作溪、瀣，豈全溪後名溪而全瀣後去『全』名瀣耶？」步瀛案：「全溪」「全瀣」兩「全」字，蓋因全道、全素而衍，「溪」亦「溪」字之誤。董公神道碑云：「有四子：

祕書省著作郎全道、祕書郎溪、大理評事全素、太常寺太祝澥。」與行狀正合。載之與退之同時，所載皆同，則非後來改名可知。魏説非也。○唐六典卷二曰：「凡敍階二十九，正三品曰金紫光禄大夫。（敍階掌自吏部郎中。）凡勳十有二等，十二轉爲上柱國，比正二品。（勳級掌自司勳郎中。）封爵凡有九等，四曰郡公（百官志作「開國郡公」），正二品，食邑二千户。（封爵掌自司封郎中。）」○唐六典卷十曰：「祕書省祕書郎四人，從六品上，掌四部之圖籍，分庫以藏之，以甲乙景丁爲之部目。著作局著作郎二人，從五品上，掌修撰碑誌、祝文、祭文，與佐郎分判局事。」卷十八曰：「大理寺評事十二人，從八品下，掌出使推案。」卷十四曰：「太常寺太祝三人，正九品，掌出納神主于太廟之九室，而奉享薦禘祫之儀。」

謹具歷官行事狀，伏請牒考功，并牒太常，議所謚，牒史館，請垂編録。謹狀。

以上進行狀。○方望溪曰：「此韓文之最詳者，然所詳不過三事，其餘官階宦迹皆列數，其爲人則於序事中夾帶一二語，北宋以後，此種義法不講矣。」姚薑塢曰：「此等何足以跨壓北宋？望溪沾沾於詳略，講義法，非篤論也。」曾曰：「著意在喻回紇、喻李懷光、入汴州三事，餘皆不甚措意，唯有所略，故詳者震聳異常。」張曰：「退之諸碑誌序事，並簡嚴奇奥，此文則一以左、馬史法行之，金石之文與史傳體裁自别也。」

韓集文後别行低格署曰：「貞元十五年五月十八日，故吏前汴宋亳潁等州觀察推官、將仕郎、試祕書省校書郎韓愈狀。」○考功太常議謚，已見梁敬之代太常答蘇端駁楊綰謚議注。唐六典卷九曰：「中書省史館史官（新書百官志曰：「修撰四人。」）掌修國史。」案：晉謚恭惠，見神道碑及新傳。

毛穎傳

柳子厚讀毛穎傳後題曰：「自吾居夷，不與中州人通書，有來南者，時言韓愈爲毛穎傳，不能舉其辭，而獨大笑以爲怪，而吾久不克見。楊子誨之來，始持其書，索而讀之，若捕龍蛇，搏虎豹，急與之角而力不敢暇，信韓之怪於文也。世之模擬竄竊，取青媲白，肥皮厚肉，柔筋脆骨，而以爲辭者之讀之也，其大笑固宜。」又與楊誨之書曰：「足下所持毛穎傳來，僕甚奇其書，恐世人非之。今作數百言，知前聖不必罪俳也。」李肇國史補卷下曰：「沈既濟撰枕中記，莊生寓言之類，韓愈撰毛穎傳，其文尤高，不下史遷。」葉少蘊避暑録話卷下曰：「韓退之作毛穎傳，此本南朝俳諧文驢九錫、雞九錫之類而小變之耳。俳諧文雖出於戲，實以譏切當世封爵之濫，而退之所致意，亦正在『中書君老不任事，今不中書』等數語，不徒作也。文章最忌祖襲，此體但可一試之耳。下邳侯傳世已疑非退之作，而後世乃因緣模倣不已，司空圖作容城侯傳，其後又有松滋侯傳，近歲温陶君、黄甘、緑吉、江瑶柱、萬石君傳紛然不勝其多，至有託之蘇子瞻者。妄庸之徒，遂争信之。子瞻豈若是之陋耶？」洪曰：「退之毛穎傳，其流出於莊周寓言，舊史云愈作毛穎傳，譏戲不近人情，此文章之甚紕繆者，天下有識者固少，而舊史所見如此，可發一笑。」吴先生曰：「柳以貞元二十一年貶永州司馬，則此傳爲元和一二年作矣。」

毛穎者，中山人也。其先明眎，佐禹治東方土，養萬物有功，因封於卯地，死爲十二神。嘗曰：「吾子孫神明之後，不可與物同，當吐而生。」已而果然。李曰：「敘述此事頗難措辭，此乃就『死爲十二神』句化出，奇妙不測。」明眎八世孫𩿡，世傳當殷時居中山，得神仙之術，能匿光使物，竊恒娥，騎蟾蜍入月，其後代遂隱不仕云。居東郭者曰㕙，汪曰：「先旁敘，亦得史記敘世次法。」狡而善走，與韓盧爭能，盧不及。盧怒，與宋鵲謀而殺之，醢其家。以上敘其先世。李曰：「此段猶史傳中之敘述世次，其用筆之疏宕，敍事之簡潔，不讓史公。」

孫曰：「中山，國名，今定州。」馬永卿嬾真子卷五曰：「退之以毛穎爲中山人者，蓋出於右軍經云：『唯趙國豪中用。』蓋趙國平原廣澤無襍木，唯有細草，是以兔肥，肥則豪長而鋭，此良筆也。」是皆以中山爲古中山國，即今河北定縣也。元和郡縣志曰：「江南道宣州溧水縣：中山，在縣東南一十五里，出兔毫，爲筆精妙。」太平寰宇記曰：「江南東道昇州溧水縣：中山，又名獨山，在縣東南十五里，不與羣山連結，古老相傳中山有白兔，世稱爲筆最精。」輿地紀勝曰：「江南東路建康府：中山，在溧水縣東南十五里，出兔豪，爲筆最精，韓退之毛穎傳云：惟居中山者能繼父業。」是皆以中山爲今江蘇溧水縣東南之山也。陳少章、沈文起皆以輿地紀勝爲據。陳又曰：「中山兔豪亦見白樂天雞距筆賦，白又有紫毫筆詩，則云貢自宣城，以新史地理志參證，宣州貢筆，與詩語合，而溧水則宣之屬縣也，則宣城之貢即出自中山明矣。」俞蔭甫讀昌黎集曰：「朱子謂中山在秦東北。則固指定州而言，非指溧水而言也。且溧水之中山其名不著，而定州之中山則本國名，戰國策中列爲一國。韓文所云中山自當指此。漢書地理志云：『趙地北有信都、真定、常山、中山。』然則韓公所謂中山毛穎，即右軍所謂趙國豪。嬾真子之言自是可信。」步瀛案：下文「南伐楚，次中山」，朱子謂「中山在秦東北，非伐楚所當次，此固寓言，然亦不爲無失」。是朱子以中山爲定州。文既寓言，似不應過泥。然若從溧水之説，則雖寓言，於地勢亦甚合。楚自考烈王徙都壽春，在今安徽壽縣，則伐楚時，次江蘇溧水縣之中山，於用兵亦宜，並免朱子所譏矣。王逸少筆經亦僞撰，未足信，（方雪齋謂王逸少筆經中山亦指溧水之中山，則非是。逸少明言「趙國豪中用」，嬾真子所引與御覽文部二十一引筆經正合，不宜改爲中山也。）俞氏據嬾真子所引遽定中山爲定州，非也。○禮記曲禮下曰：「兔曰明視。」孔疏曰：「兔肥則目開而視明也，故王云：目精明，皆肥貌也。」説文「視」重文作「眎」，曰：「古文从目爪聲。」玉篇作「眎」，曰：「亦古文『視』。」○朱曰：「東方卯位。」○孫曰：「十二神謂子丑寅卯之類。」案：論衡物勢篇曰：「寅木也，其禽虎也；戌土也，其禽犬也；丑未亦土也，丑禽牛，未禽羊也；亥水也，其禽豕也；巳火也，其禽虵也；子亦水也，其禽鼠也；午亦火也，其禽馬也；酉鷄也，卯兔也，申猴也。」又言毒篇曰：「辰爲龍。」困學紀聞卷九謂十二物出此。○朱仲覺（翌）猗覺寮雜記卷下曰：「『神明之後』四字，子產獻陳捷於晉語也（左襄二十五年）。退之爲文，用古人語如己出，所以爲奇。」○論衡奇怪篇曰：「兔吮豪而懷子，及其子生，從口而出。」博物志卷二曰：「兔舐毫望月而孕，口中吐子。舊有此說，余自所見也。」（自所見，一作「目所未見」。）朱豐芑說文通訓定聲卷九曰：「以兔爲吐，聲訓之法，必非實事。兔生子極易，人不見其生，但見其舐，故有是說。」○爾雅釋獸曰：「兔子，嬎。」郭注曰：「俗呼曰䨲。」廣雅釋獸曰：「䨲，兔子也。」集韻曰：「䨲，奴侯切。江東呼兔子爲䨲。」○殷時居中山，案：下言恒娥乃羿妻，羿雖善射者之通名，然堯臣外，惟有窮君，殷時無聞焉，蓋游戲之文，固無庸刻舟求劍也。○史記封禪書曰：「李少君能使物却老。」孝武紀集解引如淳曰：「物，鬼物也。」○淮南子覽冥篇曰：「羿請不死之藥於西王母，恒娥竊以奔月。」續漢書天文志上劉注引張衡靈憲曰：「羿請無死之藥於西王母，姮娥竊之以奔月，將往，枚筮之於有黃，有黃筮之，曰：『吉。翩翩歸妹，獨將西行，逢天晦芒，毋驚毋恐，後其大昌。』姮娥遂託身於月，是爲蟾蠩。」初學記天部上引五經通義曰：「月中有兔，與蟾蠩並。月陰也，蟾蠩陽也，而與兔並，明陰係於陽也。」太平御覽天部四引詩推度災曰：「月三日成魄，八日成光，蟾蠩體就，穴鼻始萌。」宋均注曰：「穴，決也，決鼻兔也。」又引春秋元命苞曰：「月之爲言闕也，兩設以蟾蠩與兔者，陰陽雙居，明陽之制陰，陰之倚陽。」爾雅釋魚曰：「鼁䵶，蟾諸。」郭注曰：「似蝦蟆，居陸地。」釋文本「諸」作「蠩」。說文無「蟾蠩」字，虫部、黽部皆作「詹諸」，俗作「蟾蜍」。○齊策三：「淳于髡謂齊王曰：東郭逡者，海內之狡兔也。」

鮑注曰：「『逡』『鵔』同，狡兔名。」新序雜事五：「宋玉曰：昔者齊有良兔曰東郭鵔，蓋一旦而走五百里。」玉篇曰：「鵔，子徇、且倫二切。」藝文類聚獸部中引策作「兔」，蓋「鵔」之誤。初學記獸部引作「俊」，又引作「鵔」，御覽獸部十八引春秋後語亦作「俊」。○廣雅釋詁二曰：「狡，健也。」齊策三：「淳于髡曰：『韓子盧者，（詩盧令孔疏、文選西京賦李注引並作「韓國盧」。）天下之疾犬也。韓子盧逐東郭逡，環山者三，騰山者五，兔極於前，犬廢於後。』」新序雜事五：「宋玉曰：齊有良狗曰韓盧，亦一旦而走五百里。」説苑善説篇：「孟嘗君客曰：韓氏之盧，天下疾狗也。」秦策三：「范雎曰：馳韓盧而逐蹇兔也。」漢書王莽傳下：「嚴尤曰：紲韓盧而責之獲。」顔注曰：「韓盧，古韓國之名犬也。黑色曰盧。」博物志卷四曰：「韓國有黑犬名盧。」廣雅釋獸作「韓獹」，初學記獸部、御覽獸部十六並引呂忱字林曰：「獹，韓良犬也。」御覽獸部引後語亦作「獹」。○禮記少儀曰：「守犬田犬則授，擯者既受，乃問犬名。」鄭注曰：「名謂若韓盧、宋鵲之屬。」孔叢子執節篇：「申叔問曰：『犬馬之名，皆因其形色而名焉，唯韓盧、宋鵲獨否，何也？』子順答曰：『盧，黑色；鵲，白色，非色而何邪？』」博物志卷四曰：「宋有駿犬曰鵲。」廣雅釋獸作「宋猩」，初學記、御覽引字林曰：「猩，宋良犬也。」初學記又作「宋淖」，引莊子曰：「介闕閭里有狗，宋人之駑狗也，其家命之爲淖。」○離騷王注曰：「肉醬曰醢。」

秦始皇時，蒙將軍恬南伐楚，次中山，將大獵以懼楚。召左右庶長與軍尉，以連山筮之，得天與人文之兆。筮者賀曰：「今日之獲，不角不牙，衣褐之徒，缺口而長鬚，八竅而趺居，獨取其髦，李曰：「雙關語。」簡牘是資，天下其同書。汪曰：「託筮語題前摹寫，亦是化實爲虛法。」李曰：「筮詞奇古絕倫，置之左傳占筮辭中，當無以復別。」秦其遂兼諸侯乎！」遂獵，圍毛氏之族，拔其豪，李曰：「亦雙關語。」載穎而歸，獻俘於章臺宮，聚其族而加束縛焉。秦皇帝使恬賜之湯沐，而封諸管城。李曰：「『湯沐』『管城』等字，皆取雙關之意。」號曰管城子，日見親寵任事。以上敘其由俘虜而見用。李曰：「首段專就兔言，此段方敘取毫爲筆，行文步驟極嚴。」

初學記文部引博物志曰：「蒙恬造筆。」古今注卷下：「牛亨問曰：『自古有書契以來便應有筆，世稱蒙恬造筆，何也？』答曰：『蒙恬始造，即秦筆耳，以柘木爲管，鹿毫爲柱，羊毛爲被，所謂蒼毫，非兔毫竹管也。』」案：方崧卿引此證蒙恬造筆非兔豪，又曰：「公豈它有所自邪？」方雪齋曰：「此等游戲之文，不嫌假借，無庸深究其所自也。」○秦制，爵二十級，左庶長第十，右庶長十一，見漢書百官公卿表上，顏注曰：「庶長，言爲衆之長也。」表又曰：「護軍都尉，秦官。」○周禮春官大卜：「掌三易之法，一曰連山。」鄭注曰：「名曰連山，似山出內氣也。（左襄九年疏引「氣」上有「雲」字。）」杜子春云：「連山虙戲，歸藏黃帝。」賈疏曰：「鄭志答趙商云：『非無明文，改之無據，且從子春說。近師皆以爲夏、殷也。』鄭既爲此說，故易贊云：『夏曰連山，殷曰歸藏。』蓋子春之意，虙戲、黃帝造其名，夏、殷因其名以作易，是以皇甫謐記亦云：『夏人因炎帝曰連山，殷人因黃帝曰歸藏。』雖炎帝與子春虙戲不同，（虙戲元誤黃帝，從孫仲容正義改。）是亦相因之意也。」○易賁彖傳曰：「觀乎天文以察時變，觀乎人文以化成天下。」○古今注卷中曰：「兔口有缺，尻有九孔。」○博物志卷二曰：「九竅若胎化，八竅者卵生。」埤雅卷三曰：「咀嚼者九竅而胎，獨兔雌雄八竅。」文選補亡詩李善注曰：「跗與趺同。」左成十六年杜注曰：「跗謂足。」廣韻十虞曰：「跗，足趾也，甫無切。趺同。」○廣雅釋器曰：「髦，毛也。」爾雅釋言釋文曰：「毛中之長毫曰髦。」詩棫樸曰：「髦士攸宜。」毛傳曰：「髦，俊也。」○廣雅釋器曰：「笧謂之簡。牘，板也。」釋名釋書契曰：「簡，間也，編之篇篇有閒也。牘，睦也，手執之以進見，所以爲恭睦也。」○史記秦始皇本紀：「琅邪臺立石曰：書同文字。」許叔重說文解字敘曰：「七國文字異形，秦始皇帝初兼天下，丞相李斯乃奏同之，罷其不與秦文合者。」○方崧卿曰：「筮詞皆用古韻。詩祈父：『予王之爪牙，靡所止居。』古『牙』『吾』通，『髦』與『資』亦然。」朱曰：「『髦』『資』與『居』『書』叶，今北人語猶謂『髦』爲『謨』，公作董生詩『咨』與『書』『漁』叶，皆可證也。」步瀛案：「獲」「牙」「徒」「鬚」「居」「書」，古音皆魚部。髦，宵部；資，脂部，亦得與魚部通轉爲韻。又案：吴才老韻補九魚收「髦」「資」二字，本此。○說文曰：「俘，軍所獲也。」史記藺相如傳曰：「秦王坐章臺見相如。」○太平御覽文部二十一引筆墨法曰：「作筆常以鐵梳梳兔毫及羊青毛，去其穢毛，使不髯，茹青羊爲心，名曰筆柱。」○公羊隱八年曰：「邴者何？鄭湯沐之邑也。」何注曰：「當沐浴潔齊以致其敬，故謂之湯沐邑也。」漢書高帝紀下顔注曰：「凡言湯沐邑者，謂以其賦稅以供湯沐之具也。」左宣十二年杜注曰：「滎陽京縣東北有管城。」孔疏曰：「古管國也。」清統志曰：「河南開封府：管城故城，即今鄭州治（今改鄭縣）。」

穎爲人强記而便敏，自結繩之代以及秦事，無不纂録。陰陽、卜筮、占相、醫方、族氏、山經、地志、字書、圖畫、九流百家、天人之書，乃至浮圖、老子、外國之說，皆所詳悉。又通於當代之務，官府簿書、市井貨錢注記，惟上所使。自秦皇帝及太子扶蘇、胡亥、丞相斯、中車府令高，下及國人，無不愛重。又善隨人意，正直、邪曲、巧拙，一隨其人。雖後見廢棄，終默不洩。惟不喜武士，然見請亦時往。以上敘其性情才能。李曰：「此段猶史傳中之撮舉行能，行文縱橫恣肆，不可羈勒，然却無語不精，無字不切，所以爲妙。『惟不喜武士』二句，筆勢尤爲奇宕。」

史記孟子荀卿列傳曰：「淳于髡博聞彊記。」○易繫辭下曰：「上古結繩而治。」○孫曰：「九流謂儒、道、陰陽、法、墨、縱横、雜、農九家者流。」案：漢書藝文志有儒家者流、道家者流、陰陽家者流、法家者流、名家者流、墨家者流、從横家者流、農家者流、小説家者流，曰「諸子十家，其可觀者，九家而已」。又敘傳述藝文志曰：「劉向司籍，九流以別。」郭景純爾雅序曰：「誠九流之津涉。」范武子穀梁傳序曰：「九流分而微言隱。」楊士勛疏引藝文志，自儒家至農家爲九流，而不數小説家，邢叔明爾雅疏同。王深寧小學紺珠卷四謂：「小説家爲十家。或曰九流者，別乎儒家而言也。」孫氏不數名家，非是。○浮圖，與浮屠同，後漢書桓帝紀曰：「設華蓋以祠浮圖、老子。」章懷注曰：「浮圖，佛也。」襄楷傳：「或言老子入夷狄爲浮屠。」案：或言此文「浮圖」二字信筆寫入，以秦時佛尚未入中國也，或言周末秦初已有佛（見原道注），其説皆泥。○説文敘曰：「丞相李斯作倉頡篇，中車府令趙高作爰歷篇。」漢書藝文志曰：「倉頡七章，秦丞相李斯所作也；爰歷六章者，中車府令趙高所作也。」○雖後，考異無「後」字，音註、五百家、文苑、文粹、觀瀾丙集皆有，今從之。○漢書周仁傳曰：「仁爲人陰重不泄。」

累拜中書令，與上益狎，上嘗呼爲中書君。上親決事，以衡石自程，雖宫人不得立左右，獨潁與執燭者常侍，上休乃罷。潁與絳人陳玄、弘農陶泓及會稽褚先生友善，相推致，其出處必偕。上召潁，三人者不待詔輒俱往，上未嘗怪焉。以上敘其共任職之人。李曰：「以上因筆推及紙墨硯三物。」

漢書百官公卿表上：「中書謁者令屬少府。」續百官志「尚書令」本注曰：「丞秦所置，武帝用宦者更爲中書謁者令，成帝用士人復故。」○左襄十六年杜注曰：「狎，親習也。」○史記秦始皇本紀曰：「天下之事，無小大皆決於上，上至以衡石量書，日夜有呈，不中呈不得休息。」案：「呈」「程」字通。○乃罷，各本「乃」作「方」，文苑校曰：「蜀本作『乃』。」五百家本同，今從之。○沈曰：「通典（食貨六）：『絳郡今絳州，歲貢墨千四百七十挺；（唐絳州治正平縣，今山西新絳縣治。）弘農郡今虢州，歲貢硯瓦十具。（唐虢州治弘農縣，在今河南靈寶縣南。）』語林：『王右軍爲會稽，（藝文類聚雜文部、初學記文部引皆有「令」字，非是。）謝公就乞牋紙，庫中惟有九萬枚，（北堂書鈔文藝部十作「九百萬」，誤。）悉與之。』」案新唐書地理志，河東道絳州絳郡土貢墨，河南道虢州弘農郡土貢瓦硯，江南道越州會稽郡土貢紙。（唐越州治會稽縣，今浙江紹興縣治。）

後因進見，上將有任使，拂拭之，因免冠謝，上見其髮禿，又所摹畫不能稱上意。上嘻笑曰：「中書君老而禿，不任吾用。吾嘗謂君中書，君今不中書耶？」對曰：「臣所謂盡心者。」茅曰：「澹蕩。」因不復召，歸封邑，終於管城。以上退廢。

其子孫甚多，散處中國、夷狄，皆冒管城，惟居中山者能繼父祖業。以上後裔。

史記始皇本紀曰：「吾前收天下書，不中用者盡去之。」「不中」字本此。

太史公曰：此文摹史記，故並託爲太史公之言。毛氏有兩族，其一姬姓，文王之子，封於毛，所謂魯、衞、毛、聃者也，戰國時有毛公、毛遂。茅曰：「客。」汪曰：「先就客説，亦史公法。」李曰：「以實證虚，奇妙不測。」獨中山之族，不知其本所出，子孫最爲蕃昌。春秋之成，見絶於孔子而非其罪。李曰：「此二語筆勢横溢，出人意表。」及蒙將軍拔中山之豪，始皇封諸管城，世遂有名，而姬姓之毛無聞。汪曰：「又顧客一筆。」李曰：「縈拂盡致。」穎始以俘見，卒見任使，秦之滅諸侯，穎與有功，賞不酬勞，以老見疏，秦真少恩哉！李曰：「結末感喟無端，頓挫有節，尤爲史公神境。」○茅曰：「設虚景摹寫，工極古今，其連翩跌宕，刻畫司馬子長。」曾曰：「東坡詩云：『退之仙人也，游戲於斯文。』凡韓文無不狡獪變化，具大神通，此文尤作劇耳。」張廉卿曰：「游戲之文，借以抒其胸中之奇，洸洋自恣，而部勒一絲不亂，後人無從學步。」

左僖二十四年：「富辰曰：魯、衞、毛、聃，文之昭也。」春秋傳説彙纂曰：「毛，今河南河南府宜陽縣界。」○史記魏公子傳曰：「公子聞趙有毛公，藏於博徒。」平原君傳曰：「門下有毛遂者，前自贊於平原君。」○杜元凱春秋序曰：「絶筆於獲麟之一句者，所感而起，固所以爲終也。」○與音預。

平淮西碑

樊曰：「宰臣裴度爲淮西宣慰處置等使，公爲行軍司馬，蔡平，隨度還朝，詔撰平淮西碑。公以吴元濟之平，由度能固天子意，得不赦，卒擒之，多歸度功。而李愬特以入蔡功居第一，愬妻唐安公主女也，出入禁中，訴碑不實。帝詔斲其文，更命翰林學士段文昌爲之。見舊史公傳及新史吴元濟傳（即藩鎮傳）。羅隱乃爲石烈士説，（當依唐文粹卷一百、羅昭諫集卷五作説石烈士。）言石孝忠者，事李愬爲前驅，韓侍郎撰平蔡碑，孝忠熟視恚怒，因推去其碑，僅傾者再三，吏執詣獄，又以枷尾拉殺一吏，事聞，天子怒，詔械送闕下，孝忠頓首明愬功，請就刑，上赦之。劉公嘉話云：『韓碑石，本吴少誠德政碑，與狄梁公對立，其韓文（原文作「吴碑」）忽流汗成泥，不十日中使至，磨韓之作而刊改制焉。』嘉話涉怪，而隱所書與史異，其云改命文昌爲之，則一也。（俞理初癸巳存稿卷十二曰：「丁用晦芝田録亦言老卒推倒之。李商隱韓碑詩云：『長繩百尺拽碑倒，麤沙大石相磨治。』而唐語林以爲碑未立，無推倒碑事。今檢嘉話録云：『蔡州紫極宫韓碑石，本吴少誠德政碑磨刻韓文。』是此碑石經再磨也。」）文昌之文，見姚鉉文粹。（文苑英華卷八百七十二韓、段兩碑皆載之。）其與公作，不待較而明。蘇内翰録臨江驛小詩云：『淮西功業冠吾唐，吏部文章日月光。千載斷碑人膾炙，不知世有段文昌。』盡之矣。」（蘇子瞻記臨驛詩凡二首，趙德麟侯鯖録卷二、陳子象庚溪詩話卷下、胡元任苕溪漁隱叢話前集卷三十九皆載之。樊以太白一首與淮西無關，故未引。又侯鯖録言時貶東坡，毁上清宫碑，令蔡京别撰，詩蓋隱喻其事，詩爲江幾隣子我作，或云張文潛作。漁隱叢話言：「或云乃東坡竄海外時作，蓋自况也。」）援鶉堂筆記卷四十二曰：「自元和九年用兵淮蔡，至十二年而始平，銘及之，其閒命將出師，攻城降卒，俱非一時事，亦非盡命裴度後事也，而序皆類之若一時事者。蓋序所以聳唐憲奮武耆功、申命伐叛之威，裴度以宰相宣慰，君臣協謀，亦應特書，著度之勳，而主威益隆，此江漢、常武之義也，於以見保大定功，綏馭震疊之謨。若詳著入蔡禽一叛臣，其於推崇唐宗威德替矣。此公表所云『詩書之文，各有品章條貫』者也（見退之上平淮西碑表）。而宋子京乃云：『公以元濟之平，繇度能固天子意，得不赦，故諸將不敢首鼠，卒禽之，多歸度功，此與義山詩見處同耳。』（韓碑詩曰：「帝曰汝度功第一。」）未達撰次之旨也。但序事非實，王介甫有類俳之譏，或以是與？或云銘詞當出於序之外，補序所不及，僅以避重文複説者，其亦未達詩書之殊軌，文質之異用矣。」案：大姚此説，可釋讀者之惑。（錢曉徵潛研堂文集卷十三曰：「韓退之平淮西碑文，工則工矣，繩以史法，殊未盡善。如光顔、重胤除授於元和九年，公武、文通於十年，愬於十一年，並不同時，碑但云『曰某曰某』，而總之云『各以其兵進戰』，文雖簡而事未核也。又碑云『顔、胤皆加司空』，不書檢校，何以别於正授之司空？云『道古進大夫』，不書御史，何以别於散官之大夫？光顔、重胤、公武皆二名，篇中兩稱顔、胤、武，一稱顔、胤，非史法也。且書裴度爲丞相，則唐時無丞相之名。云『庚申，予其臨門送女』，有日而無年月，此學尚書而失之者也。且淮西之役，裴相雖以身任之，然所責功者，廑光顔一路，其勝負正未可知也。唐鄧隨之帥，始用高霞寓，再用袁滋，三易而得李愬，不逾年遂成入蔡之功，視光顔等合攻三年纔克一二縣者，優劣懸殊矣。退之敍其功，但與諸將伍，得毋以雪夜之襲不由裴相所遣，有意抑之邪？」案：錢氏所舉中閒數事，皆屬小節，惟首尾兩事，關係較鉅，亦讀韓文者通有之疑問，得大姚此説，可以釋然。且此碑敍入蔡，並未没愬之功，安得謂有意抑之邪？）惟於介甫所謂類俳者，恐亦誤解其意。王介甫和董伯懿詠裴晉公平淮將佐題名詩云：「退之道此尤儁偉，當鏤玉牒東燔柴。欲編詩書播後嗣，筆墨雖巧終類俳。」案：鏤玉牒、編詩書，皆見退之潮州上表，與此碑無涉。蓋介甫於淮西之功未甚滿意，謂如退之所言，竟以此封禪告功，雖有退之之文，恐亦類俳耳。非謂此碑序事不實，譏其類俳也。李鴈湖注已誤解介甫之意，大姚復沿其失耳。○音註、五百家本「碑」下皆有「奉敕撰」三字，又注「并序」二字。

天以唐克肖其德，聖子神孫，繼繼承承，於千萬年，敬戒不怠，全「天子」二字誰能如此詮發？

既除既治。高祖太宗，既除既治。（沈確士曰：「起大手筆，必如此纔領得一篇文字。」）高宗中睿，休養生息。至于玄宗，受報收功，極熾而豐。物衆地大，孽牙其閒。（茅曰：「回護卻好。」）肅宗代宗，德祖順考，以勤以容。大慝適去，稂莠不薅。相臣將臣，文恬武嬉，習熟見聞，以爲當然。（曾曰：「以上敘唐之先朝。」）

春秋繁露順命篇曰：「德侔天地者，皇天右而子之，號稱天子。」○悉主悉臣，五百家補注曰：「謂悉以爲主而臣之也。」○既除既治，補注曰：「除謂除亂也。」○高宗治，太宗子。中宗哲、睿宗旦，皆高宗子。○玄宗隆基，睿宗子。○爾雅釋言曰：「熾，盛也。」○「牙」「芽」字通。說文曰：「芽，萌芽也。」此猶言孽生其閒耳，蓋指安史之亂。○肅宗亨，玄宗子。代宗豫，肅宗子。○德宗适，代宗子。順宗誦，德宗子。禮記曲禮下曰：「父曰皇考。」又曰：「生曰父，死曰考。」○廣雅釋詁三曰：「容，寬也。」案：勤故能去大慝，容故稂莠猶存。○新唐書藩鎮傳序曰：「安、史亂天下，至肅宗大難削平，君臣皆幸安，故瓜分河北地付授叛將，護養孽萌，以成禍根。」即此文所謂「稂莠不薅」之意。然此承上肅、代、德、順四代，則大慝兼指安、史及朱泚、李希烈等，稂莠兼指安、史餘黨降唐爲藩鎮，及後來自稱留後者。詩民勞毛傳曰：「慝，惡也。」大田毛傳曰：「稂，童粱也；莠，似苗也。」爾雅釋草曰：「稂，童粱。」說文曰：「蓈，禾粟之采生而不成者，（段據詩大田及爾雅釋草釋文改「采」作「莠」。）謂之童蓈。」重文作「稂」。又曰：「禾粟下揚生莠。」胡墨莊毛詩後箋卷二十一曰：「蓈爲莠之未成者，莠則已成而揚起者。說文皆連禾粟爲言，自是禾粟閒一種相似之草。」是也。又別有狼尾、狗尾草，亦曰稂莠。釋草曰：「孟，狼尾。」說文曰：「莨，草也。」

史記司馬相如傳集解引漢書音義曰：「莨，莨尾草也，中山經作『蓈』。」是與童粱之「蓈」異物，或亦借字作「稂」耳。太平御覽百卉部五、羅願爾雅翼卷八並引韋曜問答曰：『「甫田「維莠」今何草？』答曰：『今之狗尾也。』」焦里堂孟子正義卷二十三曰：「今狗尾草徧野，皆一種自生，不關粟秕所種。」則狗尾草亦名莠，與下揚所生之莠亦異物。胡墨莊曰：「狼尾名莨，狗尾名莠，或因禾粟之稂莠以爲名，而實非一物也。」詩良耜曰：「以薅荼蓼。」釋文曰：「薅，呼毛反。」說文曰：「薅，拔去田草也。」

睿聖文武皇帝既受羣臣朝，乃考圖數貢，曰：汪曰：「説入憲宗，覺精采一變，便含斷字意。」「嗚呼！天既全付予有家，今傳次在予，予不能事事，其何以見于郊廟？」羣臣震懾，奔走率職。明年平夏，又明年平蜀，又明年平江東，又明年平澤潞，遂定易定，致魏博貝衛澶相，無不從志。茅曰：「客。」皇帝曰：「不可究武，予其少息。」沈曰：「頓挫。」○曾曰：「以上憲宗前此武功。」

舊唐書憲宗紀曰：「元和三年春正月癸巳，羣臣上尊號睿聖文武皇帝，御宣政殿受册。」○舊書憲宗紀曰：「憲宗皇帝諱純，順宗長子也。順宗即位之年（貞元二十一年，即永貞元年）四月，册爲皇太子。七月乙未，權勾當軍國政事。八月丁酉朔，受内禪。乙巳，即皇帝位於宣政殿。」○「考圖」句，祝曰：「謂考輿圖之廣狹，計貢賦之至與不至。」○郊廟，謂祭天於郊，祭祖於廟。○舊書憲宗紀曰：「元和元年三月，先是韓全義入朝，（德宗紀曰：「貞元十四年閏五月，以左神策行營節度韓全義爲夏州刺史、兼鹽夏綏銀節度使。」又全義傳曰：「憲宗即位，全義入覲，詔以太子太保致仕，其年七月卒。」）令其甥楊惠琳知留後，俄有詔除李演爲節度，代全義。演赴任，惠琳據城叛，詔發河東、天德兵討之，（時河東節度使嚴綬，天德軍都防禦團練使任迪簡。綬遣牙將阿跌光進、光顏將兵赴之。）辛巳，夏州兵馬使張承金斬惠琳。」元和郡縣志曰：「關內道夏州爲夏銀綏節度理所。」（舊書德紀：「貞元十九年，以李興幹爲鹽州刺史，許專達于上，不隸夏州。」）案：唐夏州治朔方縣，在今陝西橫山縣西。○新書憲宗紀曰：「永貞元年八月癸丑，劍南西川節度使韋皋卒，行軍司馬劉闢自稱留後。元和元年正月癸未，長武城使高崇文爲左神策行營節度使，以討劉闢。九月辛亥，高崇文克成都。十月戊子，劉闢伏誅。」舊書劉闢傳（附韋皋傳，新傳曰「闢字太初」。）曰：「永貞元年八月，韋皋卒，闢自爲西川節度留後，率成都將校上表請降節鉞。朝廷不許，除給事中，使令赴闕。闢不奉詔。時憲宗初即位，以無事息人爲務，遂授闢檢校工部尚書、充劍南西川節度使。闢益兇悖，出不臣之言，而求都統三川，遂舉兵圍梓州。憲宗難於用兵，宰相杜黃裳奏：『劉闢一狂蹶書生耳，王師鼓行而俘之，兵不血刃，臣知神策軍使高崇文驍勇可任，舉以成功。』帝數日方從之。於是令高崇文、李元奕將神策京西行營兵相續進發，令與嚴礪、李康犄角相應以討之。元和元年正月，崇文出師。三月，收復東川。九月，崇文收成都府，劉闢以數十騎遁走，投水不死，騎將酈定進入水擒闢於成都府西洋灌田（新書闢傳及通鑑二百三十七「洋」作「羊」），檻送京師。上御興安樓受俘馘，令獻太廟郊社，即日戮於子城西南隅（新書作「城西南獨柳下」）。」梁谿漫志卷五曰：「元和元年三月辛巳，楊惠琳伏誅，十月戊子，劉闢伏誅，事皆在元和元年。而退之平淮西碑云『明年平夏，又明年平蜀』，蓋誤也。新唐書載此碑，删去『明年平夏』一句。」案新書但删去「又明年」三字，非删去「明年平夏」一句也。下文「五年平澤潞」，敍於二年平江東之下，亦曰「又明年」，似此文「明年」「又明年」字，但爲約計之辭耳。然繩以史法，不免疏忽，此等處亦無容諱也。元和郡縣志曰：「劍南道成都府爲西川節度使理所。」案：唐成都府治成都縣，今四川成都縣治。○舊書憲宗紀曰：「元和二年十月己酉，以浙西節度使李錡爲左僕射，以御史大夫李元素爲潤州刺史、鎮海軍浙西節度使。庚申，李錡據潤州反。壬戌，詔以淮南節度使王鍔充諸道行營招討使，內官薛尚衍爲監軍，率汴、徐、鄂、淮南、宣歙之師，取宣州路進討。癸酉，潤州大將張子良、（原作「文良」，誤，今依新書憲紀、新舊書李錡傳及通鑑改。）李奉僊等執李錡以獻。十一月甲申，斬李錡於獨柳樹下。」李錡傳（附其父李國貞傳。國貞，淮安王神通子，淄川王孝同曾孫。）曰：「錡遷潤州刺史，德宗於潤州置鎮海軍，以錡爲節度使。憲宗即位已二年，諸道倔强者入朝，錡不自安，亦請入朝，乃拜錡左僕射，署判官王澹爲留後。既而遷延發期，諷將士殺澹，遂稱兵。初，錡以宣州富饒，有并吞之意，遣兵馬使張子良、李奉仙、田少卿領兵三千，分略宣、池等州。三將夙有向順志，而錡甥裴行立亦思向順，乃迴戈趨城，執錡於幕，縋而出之。」新書叛臣李錡傳曰：「子良以監軍命曉諭城中，且呼錡束身還朝，左右以幕縋而出之，神策兵自長興驛送至闕下，與子師回腰斬于城西南。」元和志曰：「江南道潤州爲浙西節度使理所。」案：唐潤州治丹徒縣，今江蘇丹徒縣治。○舊書憲宗紀曰：「元和五年夏四月甲申，鎮州行營招討使吐突承璀執昭義節度使盧從史，載從史送京師。」盧從史傳曰：「從史其先世自元魏已來，冠冕頗盛，從史善迎奉中使，得授昭義軍節度。丁父憂，朝旨未議起復，屬王士真卒，從史竊獻誅承宗計以希上意，用是起授，委其成功。及詔下討賊，兵出，逗留不進，陰與承宗通謀，令軍士潛懷賊號；又高其芻粟之價，售於度支，諷朝廷求宰相；且誣奏諸軍與賊通，兵不可進，上深患之。護軍中尉吐突承璀將神策兵與之對壘，從史往往過其營博戲。上知其事，取裴垍之謀，因戒承璀伺其來博，揖語，幕下伏壯士，突起，持捽出帳後縛之，內車內，馳以赴闕。從者驚亂，斬十數人，餘號令乃定，且宣諭密詔，詔赴闕庭。都將烏重胤素懷忠順，乃嚴戒其軍，衆不敢動。會夜，使疾驅，未明出境，道路人莫知。元和五年四月制，盧從史貶驩州司馬。」新書從史傳曰：「貶驩州賜死。」方鎮表曰：「建中元年，昭義軍節度兼領澤、潞二州。」元和志曰：「河東道潞州爲澤潞節度使理所。」案：唐潞州治上黨縣，今山西長治縣治；澤州治晉城縣，今山西晉城縣治。○新書憲宗紀曰：「元和五年十月，義武軍節度使張茂昭以易、定二州歸于有司。」舊書張茂昭傳（附其父張孝忠傳，孝忠本奚之種類。）曰：「茂昭本名昇雲。貞元七年，德宗以邕王諒爲義武軍節度大使、易定觀察使，以昇雲爲定州刺史，起復左金吾衞大將軍、充節度觀察留後，賜名茂昭（新傳曰「字豐明」）。九年正月，（「九年」原誤「元年」，德宗紀作「九年二月」。）授節度使。二十年十月，入朝。元和二年，又請入覲，五上章懇切，憲宗許之。冬十月，至京師，留數月，詔令歸鎮。茂昭願奉朝請於闕下，不許。自安史之亂，兩河藩帥多阻命自固，父死子代，唯茂昭表請舉族還朝，鄰藩累遣遊客間說，茂昭志意堅決，拜表求代者數四。上乃命左庶子任迪簡（元誤「簡迪」，依新傳改。）爲其行軍司馬，乘驛赴之。時五年冬也。」元和志曰：「河北道定州爲易定節度使理所。」案：唐河北道定州治安喜縣，今河北定縣治；易州治易縣，今河北易縣治。○新書憲宗紀曰：「元和七年十月，魏博節度使田興以六州歸於有司。」田弘正傳曰：「弘正字安道，父廷玠，與承嗣爲從昆弟。（舊書承嗣傳曰「平州人」。）弘正幼通兵法，善騎射，承嗣愛之，以爲必興吾宗，名之曰興。季安時爲衙內兵馬使、同節度副使，封沂國公。季安內忌，欲誅之。弘正陽痹病，臥家不出，乃免。季安死，子懷諫襲節度，召還舊職。懷諫委政于家奴，措置不平，衆怒，咸曰：『兵馬使，吾帥也。』牙兵即詣其家迎之，弘正拒不納。衆譁於門，弘正出，衆拜之，脅還府。弘正頓于地，度不免，即令于軍曰：『今與公等約，能聽命否？』皆曰：『惟公命。』因曰：『吾欲守天子法，舉六州版籍請吏于朝。苟天子未命，敢有請吾旗節者死，殺人及掠人者死。』皆曰：『諾。』遂到府。於是圖魏、博、相、衞、貝、澶之地，籍其入以獻，不敢署僚屬，而待王官。憲宗美其誠，詔檢校工部尚書、充魏博節度使，且賜今名。」元和志曰：

「河北道魏州爲魏博節度使理所。」案：唐魏州治貴鄉縣，在今河北大名縣東；博州治聊城縣，在今山東聊城縣西北；貝州治清河縣，今河北清河縣治；衛州治汲縣，今河南汲縣治；澶州治頓丘縣，在今河北清豐縣西南；相州治安陽縣，今河南安陽縣治。○爾雅釋言曰：「究，窮也。」廣雅釋詁一曰：「息，安也。」

九年，蔡將死，蔡人立其子元濟以請，不許。遂燒舞陽，犯葉、襄城，以動東都，放兵四刼。皇帝歷問于朝，一二臣外茅曰：「主。」伏下。皆曰：「蔡帥之不廷授，于今五十年，傳三姓四將，其樹本堅，兵利卒頑，不與他等。因撫而有，順且無事。」大官臆決唱聲，萬口和附，并爲一談，牢不可破。汪曰：「極敍卿士莫隨意，襯得起斷字。」皇帝曰：「惟天惟祖宗所以付任予者，庶其在此，予何敢不力？汪曰：「斷。」況一二臣同，不爲無助。」以上決計伐蔡。

新書憲宗紀曰：「元和九年閏八月丙辰，彰義軍節度使吴少陽卒，（舊書憲宗紀，少陽卒在九月己丑下壬辰上，吴少陽傳亦言少陽元和九年九月卒。通鑑卷二百三十九從新書憲宗紀，考異曰：「實録，少陽卒在閏月己丑下壬辰上，而并元濟焚舞陽言之。統紀、舊紀，少陽卒皆在九月。按舊傳曰：『少陽卒，凡四十日，不爲輟朝。』唐紀『張弘靖請爲少陽廢朝贈官』，而實録『辛丑贈少陽右僕射』，然則己丑至辛丑，才十二日耳，豈容四十日不輟朝乎？今從新紀。」步瀛案：舊紀，元和九年閏八月乙巳朔，九月甲戌朔，則閏月中不得有己丑、壬辰，九月中不得有乙丑，舊紀「乙丑」乃「己丑」之訛。閏月丙辰爲十二日，九月辛丑爲二十八日，相去四十六日，與「四十日不輟朝」事相合，故通鑑從新紀也。）其子元濟自稱知軍事。」藩鎮傳曰：「少陽，滄州清池人。少誠病亟，家奴召少陽至，攝副使，總軍事，於是殺少誠子元慶，自稱留後。憲宗以王承宗方叛，故詔以少陽領留後。居三年，進拜節度使。不肯朝，然屢獻牧馬以自解，帝亦因善之。九年死，子元濟匿不發喪，以病聞，僞表請元濟主兵。帝遣太醫往視，即陽言少愈，不得見。有董重質者，少誠壻也，勇悍，久將，善爲兵，元濟倚之。少陽死四十日，帝不爲輟朝。會傳言重質殺元濟，族其家，宰相李吉甫因請爲少陽輟朝，遣使弔賻，贈尚書右僕射。」元和志曰：「河南道蔡州爲蔡州節度使理所。」案：唐蔡州治汝南縣，今河南汝南縣治。○新書藩鎮傳曰：「元濟不得命，乃悉兵四出，焚舞陽及葉，掠襄城、陽翟。時許、汝居人皆竄伏榛莽閒，剽係千餘里，關東大震。」案：唐河南道許州舞陽縣，今河南舞陽縣治；汝州葉縣，今河南葉縣治；汝州襄城縣，今河南襄城縣治。○左昭十六年杜注曰：「放，縱也。」○朱曰：「下文『一二臣同，不爲無助』，指武元衡、裴度贊伐蔡之謀者，而其外羣臣皆以爲不可耳。」步瀛案：朱說是，沈文起謂一二臣指李吉甫、武元衡，而不及裴度，非也。此文固以度爲重耳。○孫曰：「廣德元年七月以李忠臣爲淮西節度使，貞元二年四月以陳奇（當作「陳仙奇」），十月以吳少誠爲之，是爲三姓。（忠臣本姓董名秦。）大曆十四年三月，忠臣爲其將李希烈所逐，自爲節度。忠臣、希烈、少誠、少陽，是爲四將。」步瀛案：李忠臣爲淮西節度，舊書忠臣傳在寶應元年七月，孫注作廣德元年，誤。舊紀以吳少誠爲蔡州刺史在貞元二年秋七月己酉，通鑑同，孫注十月亦七月之誤。又案：自寶應元年至元和九年，凡五十三年，孫於三姓既數陳仙奇，則四將亦宜數仙奇而去忠臣。此文曰傳，謂自忠臣傳之，故忠臣可不數也。蓋希烈逐忠臣，仙奇使人毒殺希烈，少誠殺仙奇，少陽又殺少誠子元慶自稱留後。李、陳、吳，凡三姓；希烈、仙奇、少誠、少陽，凡四將也。○祝曰：「本謂根本。」○祝曰：「臆決謂以己意決之。」王宋賢曰：「此句滿朝羣貴皆爲削色，李逢吉尤應愧死。然則仆碑之舉，有主之者，恐不盡由唐安之入訴也。」○舊注曰：「和，去聲。」○沈曰：「通鑑（唐紀五十五及五十六）：『十一年正月，翰林學士、中書舍人錢徽，駕部郎中、知制誥蕭俛，各解職，守本官。時羣臣請罷兵者衆，上患之，故黜徽、俛以警其餘。八月，中書侍郎、同平章事韋貫之數請罷用兵，罷爲吏部侍郎。』（以上卷二百三十九）『十二年，宰相李逢吉欲罷兵，裴度請自往督戰。八月庚申，度赴淮西，翰林學士令狐楚與逢吉善，度言其草制失辭。壬戌，罷楚爲中書舍人。』（以上卷二百四十）又衞次公傳：『亦請罷兵。』又裴度傳（據舊傳）：『宰相李逢吉、王涯等三人以勞師意欲罷兵。』（時韋貫之已罷，崔羣未命。「三人」字似誤。）」

曰：「光顔，曾曰：「敘諸將皆述皇帝詔言，故文氣振拔異常，通首得勢在此。」汝爲陳許帥，維是河東、魏博、郃陽三軍之在行者，汝皆將之。」曰：「重胤，汝故有河陽、懷，今益以汝，維是朔方、義成、陝、益、鳳翔、延、慶七軍之在行者，汝皆將之。」曰：「弘，汝以卒萬二千，屬而子公武往討之。」曰：「文通，汝守壽，維是宣武、淮南、宣歙、浙西四軍之行于壽者，汝皆將之。」曰：「道古，汝其觀察鄂岳。」曰：「愬，汝帥唐鄧隨，各以其兵進戰。」曰：「度，汝長御史，其往視師。」曰：「度，惟汝予同，應前「一二臣同」。汝遂相予，以賞罰用命不用命。」曰：「弘，汝其以節都統諸軍。」曰：「守謙，汝出入左右，汝惟近臣，其往撫師。」曰：「度，茅曰：「歸重在度，凡三見。」汝其往，衣服飲食予士，無寒無飢。以既厥事，遂生蔡人。賜汝節斧，通天御帶，衛卒三百。凡茲廷臣，汝擇自從，惟其賢能，無憚大吏。庚申，予其臨門送汝。」曰：「御史，予閔士大夫戰甚苦，自今以往，非郊廟祠祀，其無用樂。」汪曰：「用意著閒語，有事外遠致。」曾曰：「以上部署諸將相。」

舊書憲紀曰：「元和九年九月甲戌朔，以洛州刺史李光顏爲陳州刺史、忠武軍都知兵馬使。冬十月壬戌，以忠武軍節度副使、兼陳州刺史李光顏爲許州刺史、忠武軍節度使。」李光顏傳（附其兄李光進傳，新傳同。舊傳曰：「光進本河曲部落稽阿跌之族也，賜姓李氏。」新傳曰：「姓阿跌氏。」又曰：「光顏字光遠。」）曰：「光顏自憲宗元和已來，歷授代、洺二州刺史、兼御史大夫。九年，將討淮蔡，九月，遷陳州刺史、忠武軍都知兵馬使。踰月，遷忠武軍節度使。會朝廷討吳元濟，詔光顏以本軍獨當一面，光顏於是引兵臨溵水，抗洄曲。」元和志曰：「河南道陳州爲陳許節度使理所。」案：唐陳州治宛丘縣，今河南淮陽縣治；許州治長社縣，今許昌縣治。○樊曰：「元和十年正月，命宣武等十六道進軍討元濟，以光顏等分掌行營。二月，命神策軍部陽鎮遏將索日進以涇原兵六百人會李光顏。」沈曰：「是時鎮河東者王鍔、張弘靖，王鍔于十年十二月卒，史未有河東遣將助討淮西之文，蓋漏落也。」步瀛案：段墨卿平淮西碑言：「光顏總魏博、河陽、部陽，凡三軍，自臨潁而前。」（文苑、文粹、觀瀾文丙集、全唐文並同。）則河東又作河陽，然河陽是時屬烏重胤，其軍似不應屬光顏，（下文宣武軍不屬韓公武而屬李文通，與此不同。）疑段碑字誤。又案：是時魏博節度爲田弘正。舊書憲紀曰：「元和十年二月，田弘正子布、韓弘子公武各率師隸李光顏討賊。」元和志曰：「河東道太原府爲河東節度使理所。」案：唐太原府治太原、晉陽二縣，太原在今山西太原縣東北，晉陽今山西太原縣治；魏博，見上；唐關内道同州郃陽縣，今陝西郃陽縣治。○舊書憲紀曰：「元和五年夏四月壬申，以昭義都知兵馬使烏重胤爲懷州刺史、河陽三城懷州節度使。九年閏八月辛酉，以河陽節度使烏重胤兼汝州刺史。」烏重胤傳曰：「會討淮蔡，用重胤壓境，仍割汝州隸河陽。」餘見送温處士赴河陽軍序及與汝州盧郎中薦侯喜狀注。○新書藩鎮傳載此碑，「延、慶」作「鄜延、寧慶」。段碑言：「重胤總朔方、義成、陝虢、劍南西川、鳳翔、延州、寧慶，凡七軍，由襄陽而進。」元和志曰：「關内道靈州常爲朔方節度使理所，河南道滑州爲鄭滑節度使理所，（方鎮表曰：「貞元元年號義成軍節度。」）陝州爲陝虢節度使理所。」蜀爲西川節度使，已見上，又曰「武德元年爲益州總管府」。「關内道鳳翔府爲鳳翔節度使理所。鄜州爲鄜坊節度使理所，管州四：鄜州、坊州、丹州、延州。」又：「邠州爲邠寧節度使理所，管州三：邠州、寧州、慶州。」案：唐靈州治迴樂縣，在今甘肅靈武縣西南；滑州治白馬縣，在今河南滑縣東；陝州治陝縣，今河南陝縣治；成都，見上；鳳翔府治天興縣，今陝西鳳翔縣治；延州治膚施縣，在今陝西膚施縣東；慶州治順化縣，今甘肅慶陽縣治。○舊書韓弘傳曰：「弘，潁川人，世居滑之匡城。憲宗欲用形勢以臨淮西，弘方鎮汴州，當兩河賊之衝要，朝廷慮其異志，欲以兵柄授之，而令李光顔、烏重胤實當旗鼓，乃授弘淮西諸軍行營都統。弘令其子公武率師三千隸李光顔軍。」又曰：「公武自宣武馬步都虞候將兵誅蔡。」新書公武傳（亦附弘傳）曰：「公武字從偃，爲宣武行營兵馬使。」案：段碑言：「宣武帥韓弘請以子公武領精卒一萬三千時集洄曲。」退之撰弘神道碑（見後）亦云：「請使子公武以兵萬三千會討蔡。」與段碑同。而此云「萬二千」，「二」字疑「三」字之譌。新舊書弘傳皆云「三千」，蓋脱去「萬」字。○通鑑卷二百三十九曰：「元和十年二月，壽州團練使令狐通爲淮西兵所敗。癸丑，以左金吾大將軍李文通代之。」案：唐淮南道壽州治壽春縣，今安徽壽縣治。○新書「四軍」作「五軍」，上有「徐泗」字。段碑亦言：「文通總宣武、淮南、宣歙、浙西、淮泗，凡五軍，扼固始之險。」考異以有「徐泗」字及「四」作「五」爲非，而不言何故。元和志曰：「河南道汴州爲汴宋節度使理所。」方鎮表曰：「興元元年，宣武軍節度使徙治汴州。」舊書地理志曰：「淮南節度使治揚州。」元和志曰：「江南道宣州爲宣歙觀察使理所，河南道徐州爲徐泗節度使理所。」浙西，見上。案：唐汴州、揚州，並見董公行狀注；宣州治宣城縣，今安徽宣城縣治；歙州治歙縣，今安徽歙縣治；徐州治彭城縣，今江蘇銅山縣治；泗州治臨淮縣，在今安徽泗縣東南。○舊書李道古傳（附其父李皋傳。皋，曹王明玄孫。）曰：「道古由黔中觀察爲鄂岳沔蘄黄團練觀察使，時元和十一年也。初，以柳公綽在鎮無功，議將代之。裴度言：『道古嗣曹王皋之子，皋常以江漢兵遏李希烈之亂，威惠至今在人，復用其子，必能繼美。』憲宗然之，故有此授。」新書道古傳（附太宗諸子曹王明傳）曰：「柳公綽鎮鄂岳，爲飛譖上聞，會道古自黔中觀察使入朝，乃代公綽。」元和志曰：「江南道鄂州爲鄂岳觀察使理所。」案：唐鄂州治江夏縣，今湖北武昌縣治；岳州治巴陵縣，今湖南岳陽縣治。○舊書憲紀曰：「元和十一年十二月甲寅，以閑廄宫苑使李愬檢校左散騎常侍、兼鄧州刺史、充唐隨鄧等州節度使。」新書李愬傳（附其父李晟傳。晟，洮州臨潭人。舊書晟傳曰：「隴右臨洮人。」唐洮州，隋臨洮郡，天寶時亦稱臨洮郡。）曰：「愬字元直。憲宗討吴元濟，唐鄧節度使高霞寓既敗，以袁滋代將，復無功。愬求自試，宰相李逢吉亦以愬可用，遂檢校左散騎常侍，爲隨唐鄧節度使。」段碑言：「愬以山南東道、荆南凡兩軍自文成而東。」方鎮表曰：「元和十年，置唐鄧隨三州節度使，治唐州。十一年廢，是年復置，徙治隨州。」案：唐山南道唐州治比陽縣，今河南泌源縣治；鄧州治鄧縣，在今河南鄧縣東南；隨州治穰縣，今湖北隨縣治。○舊書裴度傳曰：「度字中立，河東聞喜人，拜中書舍人。九年十月，改御史中丞，尋兼刑部侍郎，奉使蔡州行營，宣慰諸軍。」通鑑曰：「元和十年，諸軍討淮西，久未有功。五月，上遣中丞裴度詣行營宣慰，察用兵形勢，度還言淮西必可取之狀，上悅。」○補注曰：「同謂同謀。」○舊書憲紀曰：「元和十年六月乙丑，制以朝議郎、守御史中丞、兼刑部侍郎裴度爲朝請大夫、刑部侍郎、同中書門下平章事。」裴度傳曰：「度自蔡州勞軍還，益聽其言。初，元衡遇害，或請罷度官以安二鎮之心。憲宗大怒曰：『若罷度官，是姦計得行，朝綱何以振舉？吾用度一人，足以破二賊矣。』度亦以平賊爲己任。時羣盜干紀，變起都城，朝野恐駭，及度命相制下，人情始安。」○書甘誓曰：「用命賞於祖，不用命戮於社。」○舊書憲紀曰：「元和十年九月癸酉，以宣武軍節度使韓弘充淮西行營兵馬都統。」○舊書憲紀曰：「元和十一年十一月（三字據通鑑增）辛巳，命内侍梁守謙監淮西行營諸軍事。」通鑑曰：「上怒諸將久無功，命知樞密梁守謙宣慰，因留監其軍。」○陳少章曰：「按漢書李廣傳司馬法曰：振旅撫師，以征不服。」○儀禮鄉飲酒禮鄭注曰：「既，卒也。」○舊書憲紀曰：「元和十二年秋七月丙辰，制以中書侍郎、平章事裴度守門下侍郎、同平章事、使持節蔡州諸軍事、蔡州刺史，充彰義軍節度、申光蔡觀察處置等使，仍充淮西宣慰處置使。」裴度傳曰：「宰相李逢吉、王涯等三人以勞師弊賦，意欲罷兵，見上互陳利害。度獨無言。帝問之，對曰：『臣請身自督戰。』明日，延英重議，逢吉等出，獨留度謂之曰：『卿必能爲朕行乎？』度俯伏流涕曰：『臣誓不與此賊偕全。』上亦爲之改容。翌日，詔裴度可門下侍郎、同中書門下平章事、蔡州刺史，充彰義軍節度、申光蔡觀察等使，仍充淮西宣慰招討處置使。詔出，度以韓弘爲淮西行營都統，不欲更爲招討，請祇稱宣慰處置使，從之。十二年八月三日，度赴淮西，詔以神策軍三百騎衛從，上御通化門慰勉之。度樓下銜涕而辭，賜之犀帶。度名雖宣慰，其實行元帥事。」○杜陽雜編卷中曰：「吴元濟之亂淮西，以宰臣裴度爲元帥，及對於殿上，度曰：『微臣無狀，叨蒙大用。唯慮一丸之卵，不足以勝太山；款段之馬，不足以行千里。但竭臣至忠，以仗宗廟之靈。臣雖不才，敢以死效命。』泣下沾濡，若不勝語，上亦爲之動容。」○酉陽雜俎卷十六曰：「犀之通天者，其理有倒插、正插、腰鼓插。」○舊書憲紀曰：「以刑部侍郎馬總兼御史大夫、充淮西行營諸軍宣慰副使；以太子右庶子韓愈兼御史中丞、充彰義軍行軍司馬；以司勳員外郎李正封、都官員外郎馮宿、禮部員外郎李宗閔皆兼侍御史，爲判官、書記，從度出征。」○舊書憲紀曰：「八月庚申，裴度發赴行營，敕神策軍三百人衞從，上御通化門勞遣之。」長安志卷五曰：「唐京城東面三門，北曰通化門。」

顔、胤、武合攻其北，大戰十六，得栅城縣二十三，降人卒四萬。汪曰：「敍諸將戰功，與前分命諸將相應。」道古攻其東南，八戰，降萬三千，再入申，破其外城。文通戰其東，十餘通，降萬二千。愬入其西，得賊將，輒釋不殺，用其策，戰比有功。茅曰：「略。」十二年八月，丞相度至師，茅曰：「歸重度上。」都統弘責戰益急，顔、胤、武合戰益用命。汪曰：「留元濟盡并其衆洄曲以備。十月壬申，愬用所得賊將，自文城，因天大雪，疾馳百二十里，用夜半到蔡，破其門，茅曰：「詳。」取元濟以獻，盡得其屬人卒。辛巳，丞相度入蔡，汪曰：「書成功亦歸重度。」以皇帝命赦其人。汪曰：「得體。」淮西平，大饗賚功。師還之日，因以其食賜蔡人。汪曰：「前所謂『遂生蔡人』，頌所謂『天子活之』。」凡蔡卒三萬五千，其不樂爲兵願歸爲農者十九，悉縱之。斬元濟京師。曾曰：「以上平蔡戰功。」

王宋賢曰：「此下敍諸將戰功。十年五月，光顏大破賊時曲，時諸鎮相顧不前，獨光顏先破賊，又與烏重胤破賊小溵河。十一年，遂拔凌雲柵。十二年四月，敗賊于郾城，守將鄧懷金降。」○通鑑卷二百四十曰：「元和十二年二月，鄂岳觀察使李道古引兵出穆陵關，甲寅，攻申州，克其外郭。」舊書道古傳曰：「自帥兵出木陵，士卒驕惰，賜給多闕，其度支供軍錢，道古半以奉權倖，半以没己，人皆怨怒，不肯力戰，賊亦易道古，以羸兵抵之，故道古前後再破申州外城而不能拔，至李愬入蔡州乃降。」案：唐申州治義陽縣，在今河南信陽縣南。○王宋賢曰：「文通引兵與賊將王覽、董重質戰史蔟岡，馘覽首。十一年，敗賊于固始，拔鐵山，其秋以兵銜枚夜出九女原，屠堡壁三十所，分兵西北並安陽山，破屯邏數百人，降者萬餘，執兩將。」○新書愬傳曰：「賊來降，輒聽其便，或父母與孤未葬者，給粟帛遣還。平青陵城，禽丁士良，異其才不殺，署捉生將。士良謝曰：『吴秀琳不可破者，陳光洽爲之謀也，我能爲公取之。』乃禽以獻。於是秀琳舉文城柵降，愬署以爲將。秀琳爲愬策曰：『必破賊，非李祐無與成功者。』祐，賊健將也，守興橋柵。愬候祐護穫於野，遣史用誠以壯騎三百伏其旁，見羸卒若將燔聚者，祐果輕出，用誠禽而還。諸將素苦祐，請殺之，愬不聽，以爲客，待閒，召祐及李忠義屏人語至夜艾，忠義亦賊將，所謂李憲者。軍中多諫此二人不可近，愬待益厚。」○禮記投壺釋文曰：「比，毗志反，頻也。」○舊書憲紀曰：「詔以郾城爲行蔡州治所。八月甲申，裴度至郾城。」案：唐蔡州郾城縣，今河南郾城縣治。○舊書度傳曰：「二十七日至郾城，巡撫諸軍，宣達上旨，士皆賈勇。時諸道兵皆有中使監陣，進退不由主將，度至行營，並奏去之，兵柄專制之於將，衆皆喜悦，軍法嚴肅，號令畫一，以是出戰皆捷。」○通鑑卷二百四十曰：「十二年夏四月，吴元濟以蔡人董昌齡爲郾城令，守將鄧懷金勸之歸國。乙未，昌齡、懷金舉城降，光顏引兵入據之，吴元濟聞郾城不守，甚懼。時董重質守洄曲，元濟悉發親近及守城卒詣重質以拒之。」胡注曰：「據新書李光顏傳，洄曲即時曲，蓋溵水於此回曲，因以爲名。」清統志曰：「河南陳州府：時曲栅，在商水縣西南五十里，一名洄曲。」又曰：「許州：洄曲河，在郾城縣東南三十里。唐元和中，吴元濟叛，以重兵委董重質守洄曲，即此。」援鶉堂筆記曰：「方輿紀要，郾城縣有蔡水，在城東南五里，即汝水也。源自汝州魯山縣來，亦曰汝河。又有澧河，經縣南境，至縣東漯灣渡北流合汝河，又東南流，其處謂之洄曲也。余按：洄曲是汝水自郾城縣流入商水縣，呼『洄』爲『時』，音變耳。」○新書藩鎮傳曰：「祐爲愬謀曰：『蔡之守者，市人疲卒耳，勁兵皆在外，若直擣懸瓠，（元和志曰：「蔡州：古懸瓠城也，汝水屈曲，形若垂瓠，故城取名焉。」）賊成禽矣。』愬然之，以精騎夜襲蔡，坎垣入之，戍者不知也。賊恃董重質兵在洄曲，不虞師之至，及愬攻内城，防卒尚千餘接戰，元濟始驚，被甲乘城以待重質。重質降愬，而李進誠取賊庫兵即攻之。明日，燒其門，民相率抱薪增火，王師縱射，城上鏃可拾也。居二日，（即入蔡之明日，非入後復居二日也。）門壞，執元濟，舉族傳之長安。」愬傳曰：「祐以突將三千爲前鋒，李忠義副之，愬率中軍三千，李進誠以下軍殿，出文城栅，令曰：『引而東。』六十里止，襲張柴，殲其戍。敕士少休，益治鞍鎧，發刃彀弓。會大雨雪，天晦，凛風偃旗裂膚，馬皆縮慄，士抱戈凍死於道十一二。始發，吏請所向。愬曰：『入蔡州取吴元濟。』士失色，監軍使者泣曰：『果落祐計。』然業從愬，人人不敢自爲計。愬道分輕兵斷橋以絶洄曲道，又以兵絶朗山道。行七十里，夜半至懸瓠城，雪甚，城旁皆鵝鶩池，愬令擊之以亂軍聲。賊恃吴房、朗山戍，宴然無知者。祐等坎墉先登，衆從之，殺門者，發關，留持柝傳夜自如。黎明雪止，愬入駐元濟外宅。蔡吏驚曰：『城陷矣。』元濟尚不信，曰：『是洄曲子弟來索褚衣爾。』及聞號令曰：『常侍傳語。』始驚曰：『何常侍得至此？』率左右登牙城，李進誠兵薄之。愬計元濟且望救於董重質，乃訪其家慰安之，使無怖，以書召重質，重質以單騎白衣降，愬待以禮。進誠火南門，元濟請罪，梯而下，檻送京師。」通鑑考異卷二十曰：「十月戊午朔，壬申即十五日也。」案舊書憲紀，九月丁亥朔，十月朔不得爲戊午。九月三十日，十月朔爲丁巳，數至壬申爲十六日。段碑曰「十月既望」，正合。韓子年譜謂入蔡十六日，平蔡十七日，是也。又自文城出師，此不言夜發，而新舊愬傳、舊元濟傳皆言夜。然舊愬傳云十日夜，新愬傳云己卯夜，皆非是。通鑑從平蔡録，以爲辛未自文城出師，夜至張柴村，命士少休，復夜出，壬申四鼓至城下。攷自文城至張柴六十里，張柴至懸瓠七十里，而所經乃幾兩日夜，襲人之師當不如是遲滯也。舊憲紀言己卯入蔡州，蓋本憲宗實録。然考異謂實録己卯執元濟，乃奏到之日，非平蔡之日。（舊度傳云十一日，尤誤。）新書憲紀言癸酉克蔡州，癸酉正十七日，與韓、段所記皆合，爲可信也。胡梅磵通鑑注曰：「文城柵，在蔡州西南一百二十里。」清統志曰：「河南汝寧府：文城柵，在遂平縣西南五十里。」○通鑑曰：「是日申、光二州及諸鎮兵二萬餘人相繼來降。」○通鑑曰：「庚辰，裴度遣馬總先入蔡州慰撫。辛巳，度建彰義軍節，將降卒萬餘人入城。」○詩序曰：「賚，予也。」説文曰：「賚，賜也。」○舊書憲紀曰：「十月甲申，詔淮西立功將士，委韓弘、裴度條疏奏聞，淮西軍人一切不問，宜準元敕，給復二年。」○舊書憲紀曰：「十一月丙戌朔，御興安門，受淮西之俘，以吴元濟徇兩市，斬於獨柳樹。」

册功：汪曰：「次賞功次第，又與戰功相應。」弘加侍中；愬爲左僕射，帥山南東道；顔、胤皆加司空；公武以散騎常侍帥鄜坊丹延；道古進大夫；文通加散騎常侍。丞相度朝京師，道封晉國公，進階金紫光禄大夫，以舊官相；而以其副總爲工部尚書，領蔡任。既還奏，羣臣請紀聖功，茅曰：「得體。」被之金石。皇帝以命臣愈，臣愈再拜稽首

而獻文，曰：以上行賞及撰碑文。

舊書憲紀曰：「十一月，録平淮西功，加宣武軍節度使韓弘兼侍中。」○舊書憲紀曰：「隨唐節度使、檢校左散騎常侍李愬檢校尚書左僕射、襄州刺史，充山南東道節度、襄鄧隨唐復郢均房等州觀察等使。」（復，原誤「福」，今依樊注改。）新書方鎮表曰：「至德二載，升襄陽防禦使爲山南東道節度使，治襄州。元和十二年，廢唐隨鄧節度使，以唐、隨、鄧三州還隸山南東道。」又案：唐襄州治襄陽縣，今湖北襄陽縣治。○舊書憲紀曰：「忠武軍節度使李光顏、河陽節度使烏重胤並檢校司空。」樊曰：「光顏封武威郡公，重胤邠國公。」唐六典卷一曰：「司空，正一品。」○舊書憲紀曰：「以宣武軍都虞候韓公武檢校左散騎常侍、鄜州刺史、鄜坊丹延節度使。」元和志曰：「關内道鄜州爲鄜坊節度使理所，管鄜、坊、丹、延四州。」案：唐鄜州治洛交縣，今陝西鄜縣治；坊州治中部縣，今陝西中部縣治；丹州治義川縣，今陝西宜川縣治；延州，見上。○新書道古傳曰：「淮西平，加檢校御史大夫。」○舊書憲紀曰：「十二月壬戌，以彰義軍節度、淮西宣慰處置使、門下侍郎、同平章事裴度守本官，賜上柱國、晉國公、食邑三千户。」度傳曰：「詔加度金紫光禄大夫、弘文館大學士，復知政事。」○舊書憲紀曰：「十一月戊申，以淮西宣慰副使、刑部侍郎馬總爲彰義軍節度留後。十二月壬戌，以蔡州留後馬總檢校工部尚書、蔡州刺史、彰義軍節度使、溵州（以郾城置，析上蔡、西平、遂平三縣隸焉。方鎮表曰：「元和十二年，彰義軍節度復爲淮西節度，增領溵州，未幾，以溵州隸忠武軍節度。」）潁陳許節度使。」馬總傳曰：「總字會元，扶風人。吴元濟誅，度留總蔡州知彰義軍留後，尋檢校工部尚書、蔡州刺史、兼御史大夫、充淮西節度使。總以申、光、蔡等州久陷賊寇，人不知法，威刑勸導，咸令率化，奏改彰義軍曰淮西，賊之僞迹，一皆削盪。」新書總傳曰：「蔡人習僞惡，相掉訐，獷戾有夷貊風。總爲設教令，明賞罰，磨治洗汰，其俗一變。」

唐承天命，遂臣萬邦；孰居近土，襲盗以狂。往在玄宗，崇極而圮；河北悍驕，河南附起。何義門曰：「從河北説到河南，源委分明，以下『魏將首義』等語，節節有根。」四聖不宥，屢興師征；有不能克，益戍以兵。夫耕不食，婦織不裳；輸之以車，爲卒賜糧。外多失朝，曠不岳狩；百隸怠官，事亡其舊。曾曰：「以上唐中興後，方鎮多叛。」

爾雅釋詁曰：「圮，毁也。」○孫曰：「安史既平，燕、趙、魏相繼而起。」案：燕謂盧龍，趙謂成德，魏謂魏博。盧龍朱滔，成德王武俊，魏博田承嗣、田悦等，皆嘗反。○孫曰：「謂汴、蔡之屬居河南者。」案：汴雖屢亂，然與蔡叛命究不同，此當指淄青、淮蔡。淄青，唐屬河南也。淄青李惟岳、李納，淮蔡李希烈、吴少誠等，皆嘗反。○補注曰：「肅、代、德、順，四聖也。」○退之韻文本合東、冬、鍾、江、陽、唐、庚、耕、清、青等爲一韻，「兵」字古音補芒切，與下「裳」「糧」同部，則「征」字可讀之良切。但此文四句一韻，其今韻能合者，以下皆不復注。○孫曰：「夫耕不得食，婦織不得裳，皆以爲卒之賜糧也。」○孫曰：「謂爲亂者所隔，故不得朝覲也。」○祝曰：「謂巡狩四岳之禮多曠廢也。」

帝時繼位，顧瞻咨嗟；惟汝文武，孰恤予家。汪曰：「含同德意。」既斬吴蜀，旋取山東；魏將首義，六州降從。茅曰：「客。」淮蔡不順，自以爲强；提兵叫讙，欲事故常。茅曰：「主。」始命討之，遂連姦鄰；陰遣刺客，來賊相臣。刺武元衡事，於此補敘。汪曰：「極敘淮蔡之强，與卿士不隨，小大並疑，以振起斷字意。」方戰未利，内驚京師；羣公上言，莫若惠來。帝爲不聞，與神爲謀；汪曰：「斷。」乃相同德，以訖天誅。曾曰：「以上憲宗與裴相同謀。」

補注曰：「帝謂憲宗。」○既斬吳蜀，謂平江東、平蜀。○取山東，謂平澤潞。案：澤潞，唐屬河東道；言山東者，謂華山之東，如戰國所謂山東六國也。○六州降從，謂致魏、博、貝、衞、澶、相。○廣韻曰：「讙，呼官切，讙諠。」○故常，謂表請主兵，如少誠、少陽故事。○姦鄰，指鄆州李師道及恒州王承宗也。王舊唐書李師道傳（附李正己傳）曰：「師道兼鄆州大都督府長史、充平盧軍及淄青節度副大使知節度事。王師討蔡州，師道使賊燒河陰倉，斷建陵橋。」又王承宗傳（附王武俊傳）曰：「王師討吳元濟，承宗與李師道繼獻章表，請宥元濟，姦計百端，以沮用兵。」○新書憲紀曰：「元和八年三月甲子，劍南西川節度使武元衡爲門下侍郎、同中書門下平章事。十年六月癸卯，盜殺武元衡。」舊書武元衡傳曰：「元衡字伯蒼，河南緱氏人。上討淮蔡，悉以機務委之。時王承宗遣使奏事，請赦吳元濟，請事於宰相，辭禮悖慢，元衡叱之，承宗因飛章詆元衡，咎怨頗結。元衡宅在静安里。十年六月三日（舊紀「六月辛丑朔」），將朝，出里東門，有暗中叱使滅燭者，導騎訶之，賊射之中肩，又有匿樹陰突出者，以棓擊元衡左股，其徒馭已爲賊所格奔逸，賊乃持元衡馬東南行十餘步害之，批其顱骨懷去，及衆呼偕至，持火照之，見元衡已踣於血中，即元衡宅東北隅牆之外。時夜漏未盡，陌上多朝騎及行人，鋪卒連呼十餘里，皆云賊殺宰相，聲達朝堂，百官恟恟，未知死者誰也。須臾，元衡馬走至，遇人始辨之。既明，仗至紫宸門，有司以元衡遇害聞。上震驚，卻朝而坐延英，召見宰相，惋慟者久之，爲之再不食。冊贈司徒，輟朝五日，謚曰忠愍。」裴度傳曰：「王承宗、李師道俱遣刺客刺宰相武元衡，亦令刺度。是日，度出通化里，盜三以劍擊度，初斷鞾帶，次中背，纔絕單衣，後微傷其首，度墮馬。會度帶氈帽，故瘡不至深。賊又揮刃追度，度從人王義乃持賊，連呼甚急，賊反刃斷義手，乃得去。度已墮溝中，賊謂度已死，乃捨去。居三日，詔以度爲門下侍郎、同中書門下平章事。」案：楚辭招魂王注曰：「賊，害也。」○舊書元衡傳曰：「自是京師大恐，城門加衛兵，察其出入，物色伺之。」通鑑卷二百三十九曰：「京城大駭，於是詔宰相出入加金吾騎士，張弦露刃以衛之，所過坊門，呵索甚嚴。朝士未曉不敢出門，上或御殿久之，班猶未齊。賊遺紙於金吾及府縣曰：『毋急捕我，我先殺汝。』故捕賊者不敢甚急。兵部侍郎許孟容見上曰：『自古未有宰相横尸路隅而盜不獲者，此朝廷之辱也。』因涕泣。又詣中書，揮涕言請奏起裴中丞爲相，大索賊黨，窮其姦源。戊申，詔中外所在搜捕，獲賊者賞錢萬緡、官五品，敢庇匿者，舉族誅之。於是京城大索，公卿家有複壁重橑者皆索之。成德軍進奏院有恒州卒張晏等數人行止無狀，衆多疑之。庚戌，神策將軍王士則等告王承宗遣晏等刺元衡，吏捕得晏等八人，命京兆尹裴武、監察御史陳中師鞫之。陳中師按張晏等，具服殺武元衡，張弘靖疑其不實，屢言於上，上不聽。戊辰，斬晏等五人，殺其黨十四人。李師道客竟潛匿亡去。」（考異曰：「舊張弘靖傳曰：『及田弘正入鄆，按簿書，亦有殺元衡者。』舊吕元膺傳：『獲李師道將訾嘉珍、門察，皆稱害武元衡者。』然則元衡之死，必師道所爲也。但以元衡叱尹少卿，及承宗上表詆元衡，故時人皆指承宗耳。今從薛圖存河南記。」）○「師」「來」通轉爲韻。○帝爲不聞，嚴曰：「謂不聽其言也。」○謀，讀曰謨，與「誅」通轉爲韻。

○漢書王莽傳下顔注曰：「訖猶竟也。」

乃敕顔胤，愬武古通；咸統于弘，各奏汝功。三方分攻，五萬其師；大軍北乘，厥數倍之。常兵時曲，軍士蠢蠢；既翦陵雲，蔡卒大窘。勝之邵陵，郾城來降；何曰：「補前所略。」自夏入秋，復屯相望。兵頓不勵，告功不時；汪曰：「又含小大並疑意。」帝哀征夫，命相往釐。汪曰：「斷。」士飽而歌，馬騰于槽；茅曰：「工而細。」試之新城，賊遇敗逃。盡抽其有，聚以防我；西師躍入，道無留者。曾曰：「以上破蔡。」

陳少章曰：「按三方分攻，即上所謂『道古攻其東南』『文通戰其東』『愬入其西』也。三方中即已伏後『西師』之根矣。至『大軍北乘』二句，始詳敘『顏、胤、武合攻其北』之事。自『常兵時曲』至『郾城來降』，乃挈前文『大戰十六，得柵城縣二十三』之要而言之。『試之新城』二句，則所謂『顏、胤、武合戰益用命』也。自是賊勢日蹙，專備北境，故西師得成搗虛之功。『西師』句尤與上『分攻』相應。」○時曲，即洄曲，已見上注。左昭二十四年杜注曰：「蠢蠢，動擾貌。」通鑑曰：「十年八月乙丑，李光顏敗於時曲。」王宋賢引沈曰（疑是沈德毓之說）：「常，當作『嘗』。左氏『嘗寇』（隱九年）、史記『先嘗秦軍』（張耳陳餘傳），公語本此。」吳先生曰：「常猶嘗也，此言先攻時曲，蔡之軍士猶蠢蠢然動以拒王師也。」○舊書光顏傳曰：「十一年，光顏連敗元濟之衆，拔賊凌雲柵。」通鑑曰：「十一年九月乙酉，李光顏、烏重胤奏拔吳元濟陵雲柵。」胡注曰：「陵雲柵，在溵水西南，郾城東北，蔡人立柵於此，以陵雲爲名。」清統志曰：「陳州府：陵雲柵，在商水縣故溵水城西南，溵水故城即今商水縣治。」廣韻曰：「窘，急迫也，渠殞切。」○舊書李光顏傳曰：「十二年四月，光顏敗元濟之衆三萬于郾城，其將張伯良奔于蔡州，郾城守將鄧懷金請以城降，光顏許之，而收郾城。」清統志曰：「河南許州：召陵故城，在郾城縣東三十五里。」又曰：「元和十二年，李光顏敗淮西於郾城，即今治。」○朱曰：「復，或作『複』。」步瀛案：「復」「複」字通。望，武方切。○「頓」「鈍」通，「勵」「厲」通。秦策一高注曰：「厲，利也。」○王宋賢曰：「自四月敗賊郾城之後，五月愬又敗之於張柴，自此以後，軍不奏捷者三月，八月重胤又有賈店之敗，故曰『告功不時』。」○孫曰：「相謂裴度。

一條引大戴禮『大功以下唯唯，小功以下頷頷』，云弔賓以下望之頷頷然，此似符銘義。又按劉熙釋名：『頷，鳌，理也。（詩臣工箋）」○沈文起曰：「李光顏傳（舊傳）：『裴度至行營，於方城沱口觀板築，（自注曰：「九域志許州郾城縣有駝口，胡三省引作沱口。」）五溝賊遽至，（自注曰：「紀要郾城縣南七里曰五溝。」）光顏決戰於前以却之。』此即所謂『試之新城』也。金史志郾城縣有新寨鎮。」○聚以防我，孫曰：「謂董重質兵守洄曲。」○「西師」二句，補注曰：「謂李愬入蔡之師。」○「可」「者」通轉爲韻。

頷頷蔡城，其壃千里；既入而有，莫不順俟。帝有恩言，相度來宣：汪曰：「頌君之體，所謂『遂生蔡人』，所謂『天子活之』。」「誅止其魁，釋其下人。」蔡之卒夫，投甲呼舞；蔡之婦女，迎門笑語。蔡人告飢，船粟往哺；蔡人告寒，賜以繒布。始時蔡人，禁不往來；今相從戲，里門夜開。始時蔡人，進戰退戮；今旰而起，左飧右粥。今昔相形，寫出樂生之心，的是妙筆。爲之擇人，以收餘憊；選吏賜牛，教而不稅。蔡人有言，始迷不知；今乃大覺，羞前之爲。蔡人有言，汪曰：「用蔡人語，以感動鄰鎮。」天子明聖；不順族誅，順保性命。汝不吾信，視此蔡方；孰爲不順，往斧其吭。凡叛有數，聲勢相倚；何曰：「應前遂連姦鄰。」吾強不支，汝弱奚恃。汪曰：「應自以爲強。」其告而長，而父而兄；奔走偕來，同我太平。以上懷柔蔡人。

祝曰：「頷頷，大貌也。」援鶉堂筆記曰：「注引書『罔晝夜頷頷』（本在皋陶謨，今僞古文分入益稷）。按柳雅『無恃頷頷』，注者引書或本此，以言城，不類矣。按儀禮喪服傳『斬衰』條下賈疏鄭注『三年練冠』一條引大戴禮『大功以下唯唯，小功以下頷頷』，云弔賓以下望之頷頷然，此似符銘義。又按劉熙釋名：『頷，鄂也，有垠鄂也，故幽州人謂之鄂。』（釋形體）據此，頟頟亦讀鄂。」○廣韻曰：「侅，林史切。」○補注曰：「恩言，謂詔令也。」○詩江漢曰：「王命召虎，來旬來宣。」鴻雁毛傳曰：「宣，示也。」○「言」「宣」「人」通轉爲韻。釋其下人，即詔淮西軍人一切不問也。○禮記禮運鄭注曰：「幣帛曰繒。」○舊書度傳曰：「舊令途無偶語，夜不然燭，人或以酒食相過從者，以軍法論。度約法，唯盜賊鬬殺外，餘盡除之，其往來者，不以晝夜爲限。於是蔡之遺黎始知有生人之樂。」○説文曰：「旰，晚也。」案：音註、五百家及觀瀾甲集、文訣「飱」皆作「餐」。方曰：「舊本皆作『飱』。」朱曰：「『還予受子之粲兮』（詩緇衣）傳云『粲，餐也』，史記『餐未及下咽，酒未及濡脣』（秦始皇本紀後附班孟堅論秦王子嬰語），漢書『令其裨將傳餐』（韓信傳），則『餐』字亦有義。公祭鄭夫人文『念寒而衣，念飢而餐』，固以『衣』對『餐』也，或當作『餐』。」步瀛案：「飱」不成字，當作「飧」，音孫。詩伐檀毛傳曰：「熟食曰飧。」是也。或作「餐」，義亦通。列子説符張注曰：「餐，水澆飯也。」○藩鎮傳曰：「以元濟獻廟社，徇于市斬之，年二十五，妻沈没入掖庭，二弟三男子流江陵，皆殺之。」○新書度傳曰：「度入朝，會帝以二劍付監軍梁守謙，使悉誅賊將。度遇諸郾城，復與入蔡，商罪議誅，守謙請如詔，度固不然，騰奏申解，全宥者甚衆。」○舊注曰：「吭，喉也，古郎切。」○凡叛有數，孫曰：「謂叛者數鎮，如王承宗之類也。」吴北江曰：「數者術數，猶言叛亦有法也。文本當云『凡叛有道』，然叛不可言道，故改言數，足見公用字下句縝密。孫注乃云『叛者數鎮』，則失其義矣。」步瀛案：據下文「吾强」「汝弱」云云，孫注似亦可通。舊書王承宗傳：「誅吴元濟，承宗始懼，求救於田弘正。元和十三年三月，弘正遣人送承宗男知感、知信及其牙將石汎等詣闕，又獻德、棣二州圖印，兼請入管内租税，除補官吏。」○補注曰：「而皆謂汝也。」

淮蔡爲亂，天子伐之；既伐而飢，天子活之。始議伐蔡，卿士莫隨；既伐四年，小大並疑。不赦不疑，由天子明；凡此蔡功，惟斷乃成。二句全篇之歸宿。既定淮蔡，四夷畢來；汪曰：「仍舊始『四海九州』『悉主悉臣』矣。」遂開明堂，坐以治之。茅曰：「頌文淋漓縱橫，並合繩斧。」大姚曰：「昔人謂序似書，銘似詩。（後山詩話卷二曰：「龍圖孫學士覺喜論文，謂退之淮西碑敘如書，銘如詩。」）余謂銘詞酣恣奮動，正以不全似詩爲佳。而柳子厚乃以淮蔡雅矜出其上，謬矣。（唐語林卷二曰劉禹錫云：「『柳八駁韓十八平淮西碑云：『「左餐右粥」何如我平淮西雅云「仰父俯子」？』禹錫曰：『美憲宗俯下之道盡矣。』柳曰：『韓碑兼有冒子，使我爲之，便說用兵討叛矣。』」案：此疑出劉賓客嘉話，今嘉話無此條，以非完書也。汪武曹曰：「用兵伐叛，卻從天眷唐德説起，作本朝文字，最爲得體。碑冒子之説，託于柳子厚，必非其實也。」案：汪說得之，非徒子厚未必有此語，即嘉話亦韋絢所輯，即果出其書，亦未必果爲夢得語也。）規撫章句，何處得此生氣橫出耶？」張曰：「此文自秦後，殆無能爲之者，殆欲度越盛漢，與周人並席矣。」

書洪範曰：「謀及卿士。」秦策一高注曰：「隨，從也。」○小大並疑，詩泮水曰：「無小無大，從公于邁。」鄭箋釋「大小」爲「尊卑」，此亦謂小臣大臣也。○嚴曰：「集有論淮西事宜狀云：『以三小州殘弊困劇之餘，而當天下之全力，其破敗可立而待，所未可知者，在陛下斷與不斷爾。』傳曰：『斷而後行，鬼神避之。』（史記李斯傳：「趙高曰：『斷而敢行，鬼神避之。』」）遲疑不斷，未有能成事者也。』故此終篇以『惟斷乃成』爲言也。」○禮記明堂位曰：「昔者周公朝諸侯於明堂之位。」周書明堂篇曰：「明堂者，明諸侯之尊卑也。」古木蘭詞曰：「天子坐明堂。」○「來」「之」古音同部。

唐宋文舉要甲編卷三　唐文二十四首

霸縣高步瀛學

韓退之

南海神廟碑

韓集舊注曰：「此碑有石刻，其首云『使持節袁州諸軍事守袁州刺史韓愈撰，使持節循州諸軍事守循州刺史陳諫書并篆額』，其後云『元和十五年十月一日建』。」（金石萃編卷一百七曰：「此碑今裝本『陳諫書』下失『并篆額』三字，并失其後年月一行。」）集古録跋尾卷八曰：「昌黎集頗多訛舛，惟南海碑不舛者，以此刻石人家多有故也。」集古録目卷四曰：「此碑在南海廟中。」韓子年譜曰：「碑云『元和十二年詔用魯國孔公爲廣州刺史』，又云『至州之明年』，即十三年；『明年祀歸』，即十四年；『明年其時，公又固往』，即十五年。戣墓誌云：『祠部歲下廣州祭南海廟，廟入海口，爲州者皆憚之，不自奉事，唯公歲自常行，官吏刻石爲詞美之。』（考異本「自常」作「常自」，「詞」作「詩」，皆是。）十五年，遷吏部侍郎。而舊史云：『戣每受詔，自犯風波而往，愈在潮州，作詩美之。』（新舊書戣皆附孔巢父傳）按：十五年，退之已移袁州，（退之移袁州，在十四年十月二十四日，十五年正月八日到任，見袁州謝表。）舊史誤也。」魏仲舉曰：「公在潮州，孔戣待公特厚，舊史所謂作詩美之，蓋南海廟碑也，碑云繫之以詩故也。碑立在元和十五年十月，時公亦去袁矣。（舊書穆宗紀：「元和十五年九月辛酉，以袁州刺史韓愈爲朝散大夫守國子祭酒。」以是月庚子朔推之，爲二十二日。滕王閣記署曰「元和十五年十月某日，袁州刺史韓愈記」，考異謂「某，一作『五』」，是十月五日前尚未受國子祭酒之命，南海碑立于十月一日，則退之猶未去袁州明矣。至祭湘君夫人文乃云「十五年十月某日，朝散大夫守國子祭酒」，則在受命後矣。洪譜謂「命下在九月，受命在十月」，是也。洪謂明年春到闕，魏謂今年冬到闕，則十月去袁，亦未可知，然五日以前，決未去袁也。）然公誌孔戣墓云『官吏刻石爲詞美之』，是立碑之日，公亦不應尚稱官吏，（碑云「咸願刻廟石以著厥美」，墓誌言「官吏」指此，非退之自稱也，此説亦非是。）蓋墓誌與傳皆推本而言之也。」清統志曰：「廣東廣州府：南海神廟，在番禺縣東南。」○朱曰：「神，或作『東』，此篇方從石本。」五百家補注曰：「趙本作『南海東廟碑』。」案：文粹、觀瀾文甲集「碑」下有「文」字，集古録跋尾、金石録目録皆作「南海神廟碑」，集古録目作「南海廣利王廟碑」，蓋從石本也。武虚谷授堂金石文字續跋卷五曰：「碑題作『南海神廟碑』，石本闌入『廣利王』三字。」錢曉徵金石文跋尾卷八曰：「碑首行題字與全文大小疎密不類，似經後人磨改，昌黎集本題中無『廣利王』三字，此碑有之，蓋磨治添入者。」○補注曰：「蘇内翰嘗移書楊康功（原作「公」，誤），使遷廟文登，因古廟而新之，（何曰：「遷廟文登乃東海神廟。」）楊不從，故蘇詩云：『退之仙人也，游戲於斯文。笑談出奇偉，鼓舞南海神。』（次王定國韻，見蘇詩施注本卷三十三）」

海於天地閒爲物最鉅，起句卓如山立，韓公往往有此。自三代聖王莫不祀事。考於傳記，而南海神次最貴，在北東西三神河伯之上，號爲祝融。天寶中，天子以爲古爵莫貴於公侯，故海嶽之祝，犧幣之數，放而依之，所以致崇極於大神。今王亦爵也，而禮海嶽尚循公侯之事，虛王儀而不用，非致崇極之意也。由是册尊南海神爲廣利王，祝號祭式，與次俱昇。因其故廟，易而新之，在今廣州治之東南，海道八十里，扶胥之口，黄木之灣，汪曰：「即詳廟之道里處所，以爲委事于副，及親供祠事者立案，而本題建碑，亦在此生。」常以立夏氣至，命廣州刺史行事祠下，事訖驛聞。以上南海王祀典及其廟所在。

太平御覽神鬼部二引太公金匱曰：「武王都洛邑未成，陰寒雨雪十餘日，深丈餘。甲子旦，有五丈夫乘車馬從兩騎止王門外，欲謁武王，武王將不出見，太公曰：『不可。雪深丈餘而車騎無跡，恐是聖人。』太公乃持一器粥出，開門而進五車兩騎，曰：『王在內未有出意，時天寒，故進熱粥以禦寒，未知長幼從何起？』兩騎曰：『先進南海君，次東海君，次西海君，次北海君，次河伯雨師。』粥既畢，使者具告太公，太公謂武王曰：『前可見矣。五車兩騎，四海之神與河伯雨師耳。南海之神曰祝融，東海之神曰勾芒，北海之神曰玄冥，西海之神曰蓐收，請使謁者各以其名召之。』武王乃於殿上，謁者於殿下，門外引祝融進，五神皆驚，相視而歎，祝融拜，武王曰：『天陰乃遠來，何以教之？』皆曰：『天伐殷立周，謹來受命，願勅風伯雨師，各使奉其職。』」天部十二亦引之，與此互有詳略，藝文類聚天部下節引之，（洪引此作「北海之神曰顓頊」，蓋誤。）初學記天部下引太公伏符陰謀五行大義卷五論諸官引周書，皆與此略同。（伏符陰謀四海神名下又云「河伯名馮修」，五百家載樊注亦引之。）朱曰：「今按：東海神名阿明，南海祝融，西海巨乘，北海禺强，亦見養生雜書，（御覽鬼神部一引龍魚河圖曰：「東海君姓馮名修青，夫人姓朱名隱娥；南海君姓視名赤，夫人姓翳名逸寥；西海君姓勾大名丘百，夫人姓靈名素簡；北海君姓是名禹帳里，夫人姓結名連翹；河伯名公子，夫人姓馮名夷，姓名尤奇。」）然公言南海神次最貴，則是據太公書矣。」○通典禮典吉禮五曰：「天寶十載正月，以東海爲廣德王，南海爲廣利王，西海爲廣潤王，北海爲廣澤王，分命卿監諸岳瀆及山[二]，取三月十七日一時備禮兼册祭。儀具開元禮。」舊唐書禮儀志四曰：「天寶十載正月，四海並封爲王，遣太子中允李隨祭東海廣德王，義王府長史張九章祭南海廣利王，太子中允柳奕祭西海廣潤王，太子洗馬李齊榮祭北海廣澤王。」（册府元龜帝王部三十三，封四海爲王在正月丁未，遣官分祭在二月己亥，加王位且行册禮。）新書禮樂志五曰：「祭東海於萊州，南海於廣州，西海於同州，北海於河南。」○輿地紀勝廣南東路廣州黄木灣但引此碑文（「八十里」誤作「十八里」）。清統志：「廣東廣州府：南海神廟，在番禺縣東南。」嶺海見聞記曰：「廟在波羅江上。」廣東通志卷一百一曰：「廣州府番禺縣：波羅江，韓愈碑『扶胥之口，黄木之灣』即此，在南海神廟前，嶺南諸水之會也。羅浮夜半見日，然在山巔高處，此從卑處見之，若凌空倒影，最爲奇觀，在府城東八十里。」○通典吉禮五曰：「武德、貞觀之制，五岳四鎮，四海四瀆，年别一祭，各以五郊迎氣日祭之，其牲皆用太牢，祀官以當界都督刺史充。」又開元禮曰：「諸嶽鎮海瀆，每年一祭，各以五郊迎氣日祭之。」

而刺史常節度五嶺諸軍，仍觀察其郡邑，於南方事無所不統。地大以遠，故常選用重人。既貴而富，且不習海事，又當祀時，海常多大風，沈確士曰：「開下波瀾，怪怪奇奇，俱從此生出。」將

[二] 諸：通典浙江書局本作「諸」，北宋本、傅增湘校本作「詣」。

往，皆憂感，既進，觀顧怖悸，故常以疾爲解，而委事於其副。其來已久，故明宮齋廬，上雨旁風，無所蓋障，汪曰：「引出本題建廟。」牲酒瘠酸，取具臨時，水陸之品，狼籍籩豆，薦裸興俯，不中儀式。吏滋不供，神不顧享。盲風怪雨，發作無節，人蒙其害。以上言昔時刺史遇祭皆不肯親往，是以多不如禮，故不爲神佑。

孫曰：「唐制，嶺南爲五府，而嶺南節度使觀察四府事。」元和郡縣志曰：「嶺南道廣州：開元二十一年置節度經略使，式遏四夷。廣州爲嶺南五府經略使理所，統經略軍（原注曰：「南海郡係本州，城內有經略軍額，管鎮兵五千四百人。」）清海軍（原注曰：「恩平郡管兵一千人。」恩平，今恩州。）桂管經略使（原注曰：「始安郡管兵一千人。」）容管經略使（原注曰：「普寧郡管兵一千一百人。」）鎮南經略使（原注曰：「安南都護府管兵四千二百人。」）邕管經略使（原注曰：「朗寧郡管兵一千七百人。」）。」案舊書地理志四嶺南道，廣州都督府、桂州都督府、邕州都督府、容州都督府、安南都督府五府，亦曰五管，皆隸嶺南節度使。又案：唐廣州治南海縣，今廣東番禺縣治；五嶺，已見韓雲卿平蠻頌注。○說文心部曰：「悸，心動也。」○舊唐書職官志三曰：「節度副使一人。」○禮記郊特牲曰：「籩豆之實，水土之品也。」又曰：「恒豆之菹，水草之和氣也。其臨，陸産之物也。」史記滑稽傳：「淳于髡曰：杯盤狼籍。」○說文曰：「裸，灌祭也。」○左襄八年杜注曰：「滋，益也。」○方曰：「或謂祕閣本『盲』作『𧈢』，字見吕氏春秋（仲秋紀）。考石本只作『盲』。月令『盲風至』，注『疾風也』。山海經：『符陽之山多怪雨，風雲之所出也。』（西山經）」步瀛案：月令「仲秋之月盲風至」，吕氏春秋作「涼風至」，與「孟秋之月涼風至」無別。據方氏此注，知仲秋「涼風」爲「盲風」之誤。盲、𧍯皆從亡聲，故通用，然實皆「䖟」之借字。廣雅釋詁一曰：「䖟，遽也。」故鄭注月令訓爲疾風。孔疏引皇侃曰：「秦人謂疾風爲盲風。」玉燭寶典卷八引蔡邕月令章句曰：「秦人謂蓼風爲盲風。」（初學記歲時部、御覽時序部十引同。歲時廣記引作「蓼花風」，大謬。）「蓼」「飂」字通。吕氏春秋有始覽曰：「西方曰飂風。」高注曰：「一曰閶闔風。」淮南天文篇曰：「涼風至，四十五日閶闔風至。」即月令之盲風也。（淮南時則篇「仲秋之月涼風至」，疑亦誤。又寶典引淮南子「八風」，「西方曰飂風」，注云：「兑氣所生，一曰閶闔。」今墬形篇高注無「一曰閶闔」四字。）

元和十二年，始詔用前尚書右丞、國子祭酒魯國孔公爲廣州刺史、兼御史大夫，以殿南服。公正直方嚴，中心樂易，祗慎所職，治人以明，事神以誠，汪曰：「治人是賓，事神是主，賓主並提，御先賓後主，以下便接主句正敘。」方望溪曰：「神依人而行，故先言治人。」內外單盡，不爲表襮。以上治人事神並提，開下二段。至州之明年，將夏，祝册自京師至，吏以時告。汪曰：「以下正敘事神。」公乃齋祓視册，誓羣有司曰：「册有皇帝名，乃上所自署，其文曰『嗣天子某，謹遣官某敬祭』。茅曰：「詳册文，頓覺生色。」其恭且嚴如是，敢有不承？明日，吾將宿廟下，以供晨事。」明日，吏以風雨白，不聽。於是州府文武吏士凡百數，交謁更諫，皆揖而退。公遂陞舟，風雨少弛，沈曰：「以下語語反對前文。」櫂夫奏功，雲陰解駮，日光穿漏，波伏不興。省牲之夕，載暘載陰。

將事之夜，天地開除，月星明概。五鼓既作，牽牛正中，公乃盛服執笏，以入即事，文武賓屬，俯首聽位，各執其職。牲肥酒香，罇爵靜潔，降登有數，神具醉飽，海之百靈祕怪，慌惚畢出，蜿蜿虵虵，來享飲食。闔廟旋艫，祥飈送颿，旗纛旄麾，飛揚晻藹，鐃鼓嘲轟，高管噭譟，武夫奮櫂，工師唱和，穹龜長魚，踊躍後先，乾端坤倪，軒豁呈露。（張曰：「瓌詭奇麗，似出張平子西京賦。」）祀之之歲，風災熄滅，人厭魚蟹，五穀胥熟。明年祀歸，又廣廟宮而大之，治其庭壇，改作東西兩序，齋庖之房，百用具脩。（茅曰：「詳于祀事而省于此，此射雕手也。」汪曰：「纔入本題建廟，對上『明宮齋廬』三句。」）明年其時，公又固往，不懈益虔，歲仍大和，耋艾歌詠。（方曰：「以上事神。」）

退之尚書左丞孔公墓誌銘曰：「孔子之後三十八世有孫曰戣，字君嚴。元和九年，權知尚書右丞。明年，拜右丞。（考異曰：「或作『拜左丞』。」方曰：「戣在元和中未嘗爲左丞，蓋權右丞事，踰年而正除右丞。長慶二年，還自廣州，乃爲左丞耳。新舊史戣傳皆誤，石本可考也。」）十二年，自國子祭酒拜御史大夫、嶺南節度等使。」舊書憲宗紀曰：「元和十二年秋七月庚戌，以國子祭酒孔戣爲廣州刺史、嶺南節度使。」孔戣傳（附其從父孔巢父傳，云：「巢父，冀州人。」）曰：「十二年，嶺南節度使崔詠卒，三軍請帥，宰相奏擬皆不稱旨。因入對，上謂裴度曰：『嘗有上疏論南海進蚶菜者，詞甚忠正。（新書戣傳云：「明州歲貢淡菜蚶蛤之屬，戣以爲自海抵京師，道路役凡四十三萬人，奏罷之。」通鑑從新書。）此人何在？卿第求之。』度退訪之，或曰：『祭酒孔戣嘗論此事。』度微疏進之，即日授廣州刺史、兼御史大夫、嶺南節度使。」○詩采菽曰：「殿天子之邦。」毛傳曰：「殿，鎮也。」周語中：「富辰曰：鄭伯南也。」韋注引賈侍中曰：「南者，在南服之侯伯也。」○禮記郊特牲鄭注曰：「易，和說也。」○爾雅釋詁曰：「祗，敬也。」○「單」「殫」通。說文曰：「殫，殛盡也。」詩天保箋曰：「單，盡也。」此文「單盡」連讀。○廣雅釋詁四曰：「瀑，表也。」王懷祖疏證曰：「襄三十一年左傳『不敢暴露』，『暴』與『瀑』聲近而義同。」○孫曰：「册謂祝版。」樊曰：「唐制，岳瀆以上祝版御署，附中使送往。」○小爾雅廣詁曰：「祓，潔也。」○通典吉禮五曰：「貞元四年五月，太常卿董晉奏：『五岳四瀆，其神版並合御署。至上元元年，中祠小祠，一切權停。自後因循，不請御署其祝版。欲至饗祭日所司準程先進取御署，附驛發遣。敕旨宜依，仍委所司每至時先奏，附中使送往。』」册府元龜帝王部三十四同。（唐會要二十二作「貞元二年」，文獻通考郊社考十六因之，皆誤也。舊書德宗紀，貞元二年晉爲金吾大將軍及尚書右丞，爲太常卿尚在其後，至五年由太常卿拜平章事，見前董公行狀，則爲太常卿時所奏。當依通典及册府元龜作「四年」爲是。）○謹遣官某敬祭，朱曰：「『官』上或有『某』字。今按石本，『官』上無『某』字，或以爲用左傳『其官臣偃』之語（襄十八年）。」步瀛案：通典載開元禮七祭嶽瀆祝文，作「維某年歲次月朔日子嗣天子某謹遣某官某」，是當日册文當署「某官某」，石本不具耳，殊不必以左傳例之。音註、五百家、文苑、文粹、觀瀾、文訣「官」上皆有「某」字。○晨事，魏仲舉曰：「事，祀事也。質明行事（郊特牲），故曰晨事。」○皆揖而退，孫曰：「謂揖而退之，不從其言。」○廣雅釋詁二曰：「弛，緩也。」○五百家補注曰：「櫂夫，舟人；奏功，効力也。」○解駮，案：「駮」「駁」字通，謂雲色斑駁。○省牲之夕，孫曰：「謂祭之前一日，省牲、視滌濯也。」步瀛案：周禮天官太宰之職「及執事，眂滌濯」，鄭注曰：「執事初爲祭祀，前祭日之夕；滌濯，謂溉祭器及甑甗之屬。」春官大宗伯、小宗伯皆省牲、省滌濯連言，雖同在祭之前一夕，而省牲與視滌濯爲二事。孫注未晰。通典載開元禮七祭嶽鎮海瀆，原注曰：「其牲各隨方色。」○説文曰：「暘，日出也。」○方曰：「概，几利切，説文『稠也』，文選何晏景福殿賦『概若幽星之纚連』，李善音古愛切。蜀本作『概』，非是。」案：今文選「概」作「概」，文苑、文粹、觀瀾、文訣皆作「概」。景福殿賦云：「其奥祕則翳蔽曖昧，髣髴退概，若幽星之纚連也。」「髣髴退概」四字連讀，方截一「概」字屬下，非也。援鶉堂筆記四十二曰：「翳蔽曖昧、髣髴退概，皆謂幽深不明也。」作「概」當是，今刊本誤。方氏謂公文出此，則未必爾，至從説文以「概」爲「稠」，文義自符，引何賦則誤。○顔氏家訓書證篇曰：「或問：『一夜何故五更？更何所訓？』答曰：『漢魏以來，謂爲甲夜乙夜丙夜丁夜戊夜；又云鼓，一鼓二鼓三鼓四鼓五鼓；亦云一更二更三更四更五更，皆以五爲節。更，歷也，經也，故曰五更爾。』」○方曰：「月令：季春之月，旦牽牛中。」上文言立夏行事，正此時也。祝曰：「牽牛，星名，一名河鼓。」步瀛案：星有歲差，唐之中星自異周、秦，立夏五鼓，牽牛正中，得諸目驗，非泥月令也。○左桓二年：「臧哀伯曰：夫德儉而有度，登降有數。」杜注曰：「登降，謂上下尊卑。」○詩楚茨曰：「神具醉止。」○張平子西京賦曰：「狀蜿蜿以蝹蝹。」薛注曰：「蜿蜿蝹蝹，龍形貌也。」集古録跋尾卷八曰：「集本云『蜿蜿蜒蜒』，而碑云『蜿蜿虵虵』，小異，當以碑爲正。」案：音註、五百家、文粹、觀瀾皆作「蜒蜒」。○闔廟旋艫，孫曰：「謂祭畢而歸。艫，舟後持船處。」案：小爾雅廣器曰：「船頭謂之舳，船後謂之艫。」吴都賦劉淵林注曰：「舳，船頭也；艫，船後也。」廣韻十一模曰：「艫，舟後。」皆孫所本也。説文曰：「舳，舳艫也。漢律名船方長爲舳艫。」段注謂「長」當作「丈」。蓋漢時計船以丈，每方丈爲舳艫也。此釋「舳艫」之謂二字不加分析者。宋于庭小爾雅訓纂曰：「『舳』『艫』雙聲字，當依漢律『舳艫』連言爲正。」是也。説文又曰：「舳，一曰船尾；艫，一曰船頭。」方言九曰：「舟首謂之閤閭，後曰舳。舳，制水也。」

郭注曰：「今江東呼船頭屋謂之飛閭是也。」漢書武帝紀注引李斐曰：「舳，船後持柁處也；艫，船前頭刺櫂處也。」文選江賦李善注曰：「舳，船尾也；艫，船頭也。」皆與小爾雅互異。戴東原方言疏證謂：「艫即閣閭，吴都賦注前後二字互訛。」朱蘭坡文選集釋卷七謂：「方言郭注『今江東呼舳爲柁』，未聞柁有在前者，當從戴説。」胡枕泉文選箋證卷五謂：「舳爲船後持柁處。舳者軸也，如車之有軸以利轉也。舳在舟尾，則艫爲船頭可知。艫者顱也。説文：『顱，首骨也。』首骨謂之『顱』，故船首亦謂之『艫』。」其説皆是。案：舳艫，或如漢律不分船前後則可；如分之，則舳後艫前之義爲長。（原本玉篇舟部引説文及方言郭注、漢書李斐注是主舳後艫前之説，而今本玉篇「艫」下云「在船後」，疑後人誤改。）○王子淵聖主得賢臣頌曰：「恩從祥風翺。」吴都賦劉注曰：「颿，船帳也。」○爾雅釋言曰：「翢，纛也。」郭注曰：「今之羽葆幢。」廣韻三十七號：「纛，徒到切。」二沃：「纛，徒沃切。」説文曰：「旄，幢也。」麾，説文作「摩」，曰：「旌旗，所以指摩也。」文選思玄賦舊注曰：「麾執旄以指撝也，秦漢以來，即以所執之旄名曰麾，謂麾幢曲蓋者也。」○離騷曰：「揚雲霓之晻藹兮。」王注曰：「晻藹猶蓊鬱，蔭貌也。」文選五臣注李周翰曰：「晻藹，旌旗蔽日貌。」○周禮地官鼓人鄭注曰：「鐃如鈴，無舌有秉，執而鳴之，以止擊鼓。」釋文曰：「鐃，女交反。」○説文曰：「噭，吼也。」又曰：「譟，擾也。」穀梁定十年范注曰：「羣呼曰譟。」○爾雅釋詁曰：「穹，大也。」○孫曰：「謂天地開霽，皆見端倪。」案：莊子大宗師曰：「不知端倪。」成玄英疏曰：「端，緒也；倪，畔也。」案：端，假借爲「耑」；倪，假借爲「兒」。耑者，草之微；兒者，人之始也。○祀之，朱曰：「祀，方從石本作『祝』。」今按：祝，當作「祀」，其理甚明，疑或誤刻，今從諸本。○石本「厭」作「猒」。説文曰：「猒，飽也。」諸本作「厭」，通借字。○祀歸，朱曰：「諸本、石本皆作『祀』，方作『祝』誤。」○楚辭大招王注曰：「壇猶堂也。」淮南説林篇高注曰：「楚人謂中庭爲壇。」○爾雅釋宮曰：「東西牆謂之序。」邵二雲正義曰：「堂兩旁爲東西夾室，中有牆以隔之，謂之東西序。顧命言『西序東序』，孔疏謂『序者，牆之別名』是也。」郝蘭皋義疏曰：「書顧命正義引孫炎曰：『堂東西牆，所以別序内外也。』御覽引舍人曰：『殿東西堂，序尊卑處。』按：東西堂，即東西廂，舍人本『牆』蓋作『廂』，故書正義（顧命）及文選（靈光殿賦注）、後漢書注（劉愉傳）、御覽（居處部十三）並引爾雅作『東西廂』，從舍人本也。郭從孫炎本作『牆』，與説文合。」步瀛案：此文當指東西廂言。○耋艾，並見平蠻頌注。

始公之至，盡除他名之税，罷衣食於官之可去者。四方之使，不以資交，以身爲帥。燕享有時，賞與以節，公藏私畜，上下與足。於是免屬州負逋之緡錢廿有四萬，米三萬二千斛。賦金之州，耗金一歲八百，困不能償，皆以丐之。加西南守長之俸，誅其尤無良不聽令者，由是皆自重慎法。人士之落南不能歸者，與流徙之胄百廿八族，用其才良，而稟其無告者，其女子可嫁，與之錢財，令無失時。刑德並流，方地數千里，不識盜賊，山行海宿，不擇處所。事神治人，其可謂備至耳矣。咸願刻廟石，以著厥美，而繫以詩，乃作詩曰：

茅曰：「以下並紀孔公政績。」沈曰：「公之政只用補敍，故高。」

方曰：「以上治人。」

汪曰：「就治人并將事神雙收，以與前『治人以明，事神以誠』二句相應。」

孔公墓誌曰：「境内諸州負錢至二百萬，悉放不收。蕃舶之至泊步，有下碇之税，始至有闗貨之燕，犀珠磊落，賄及僕隸，公皆罷之。」○廿有四萬，朱曰：「或作『十有八萬』。廿，方誤作『二十』。」步瀛案：諸本皆作「十八萬」，新書戣傳同。○三萬二千斛，朱曰：「三，或作『八』。」步瀛案：諸本皆作「八萬二千斛」，新書戣傳作「八萬斛」。○皆以丐之，說文曰：「匄，气也。」案：「匄」亦作「丐」，「气」亦作「乞」。左傳昭十六年孔疏曰：「『气』之與『乞』，一字也，取則入聲，與則去聲也。此『匄』亦有取與。」案：此文「丐」字當解爲「與」。漢書西域傳曰：「我匄若馬。」顏注曰：「丐，與也。」退之調張籍詩曰：「乞君飛霞佩。」即「與君」也，與此「丐」字義同。○沈文起曰：「全唐文（六百九十二）有孔戣奏加嶺南州縣官祿科錢狀。」○曲禮上鄭注曰：「誅，罰也。」○沈曰：「名勝志：廣州府城北一里有廣恩館，唐節度使孔戣建，以居南謫子孫不能自存者，歲撥田租千五百石以贍之。」○說文曰：「胄，胤也。」左襄十四年杜注曰：「胄，後也。」

南海陰墟，祝融之宅。即祀於旁，帝命南伯。吏惰不躬，正自今公。明用享錫，右我家邦。惟明天子，惟慎厥使。我公在官，神人致喜。海嶺之陬，既足既濡。胡不均弘，俾執事樞。公行勿遲，公無遽歸。匪我私公，神人具依。

劉曰：「昌黎文集大成，此文以所得於相如、子雲者爲文，故敍祠祀而子虛、上林、甘泉、羽獵之體奔赴腕下，富麗雄奇，極才人之能事。」曾曰：「四字句凡百二十句，漢賦之氣體也。」又曰：「古來文士并以賦物爲難，蓋繪三才，刻畫萬態，而不可剽襲一字，故其難也。後人惟綴前人字句爲文，又不究事物之情狀，淺矣。」

南伯，孫曰：「謂南方邦伯也。」○說文曰：「右，助也。」（段曰：「李燾本及集韻如是，二徐本皆作『手口相助也』。」步瀛案：說文「ナ又」字作「又」，今作「右」；「左右」字作「右」，今作「佑」。示部曰：「祐，助也。」蓋取神助意。段曰：「古祇作右。」）○邦，古音在東部，與「公」韻。○爾雅釋天釋文曰：「陬，隅也。」

柳州羅池廟碑

韓注曰：「羅池神，子厚也。其碑石本首云『尚書吏部侍郎、賜紫金魚袋韓愈撰，中書舍人、史館修撰、賜紫金魚袋沈傳師書』，其後云『朝議郎、桂管觀察使、試太常寺協律郎、上柱國陳曾篆額』。（陳少章曰：「當依方氏舉正「使」上增「支」字。支使之職，與書記同。」王宋賢曰：「百官志『節度觀察使趙宗儒父驊嘗爲陳留採訪使郭納支使』，是採訪亦有支使。志雖不言支使品秩，然與判、推等官並列，類皆使府自辟，然後列爵於朝，故其官多用試銜。若觀察乃係大使，豈協律所得驟躋此位？陳據舉正本增『支』字極當。」）長慶元年正月十一日，桂管都防禦先鋒兵馬使、朝散大夫、試左衛長史孫季雄建立。」集古録跋尾卷八曰：「按穆宗實録，長慶二年二月，傳師自尚書兵部郎中、翰林學士爲中書舍人、史館修撰，其九月愈自兵部侍郎遷吏部。碑言柳侯死後三年廟成，明年愈爲柳人書羅池事。子厚以元和十四年卒，至愈作碑時，當是長慶三年。考二君官與此碑同，但不應在元年正月，蓋後人傳模者誤刻之爾。」（王宋賢曰：「子厚卒元和十四年，後三年立廟，爲長慶二年，廟成之明年，始來請文京師，則已在長慶之三年，碑文『元年』之誤，不待遠徵實録而知。又碑言是春謝寧來請文，則急歸柳州刻石，亦恐不副正月十一之期，是石本日月亦誤。朱子每云石本不足信，即此亦其一證。」）太平寰宇記曰：「嶺南道柳州馬平縣：羅池神廟，在州北半里，即故刺史柳宗元也，韓愈爲碑文。」清統志曰：「廣西柳州府（舊治馬平縣）：柳侯祠，在府治北，舊名羅池廟，祀唐刺史柳宗元，内有韓愈羅池廟碑。」○舊唐書韓愈傳謂：「韓文時有恃才肆意，盩孔孟之旨，若南人妄以柳宗元爲羅池神，而愈譔碑以實之，頗爲當代所非。」新書柳宗元傳曰：「宗元既没，柳人懷之，託言降于州之堂，人有慢者輒死，廟于羅池，愈因碑以實之。」觀瀾文乙集吕伯恭（祖謙）注引石敏若曰：「世以韓愈羅池碑爲語怪，非也。士有抱負不克施，遭流落以死，其不平之氣上干牛斗，爲明神烈鬼，福善禍淫，巍峩廟食，此理也。豈隨臭腐漂壞等庸人哉？」朱子楚辭後語引晁補之曰：「夫神不可知，孔子迺不語。然此非銘羅池神之文，愈弔宗元之文也。」吴先生曰：「此因柳人神之，遂著其死後精魄凛凛，以見生時之屈抑，所謂深痛惜之，意怡最爲沈鬱。史官乃妄議之，不知此乃左氏之神境也。」○朱曰：「此篇方從石本。」劉太乙（青藜）金石續録卷三曰：「按集古録，羅池廟碑沈傳師書，搨本（凡言石本皆指此）未見，而坡公所書荔子丹辭，傳者甚多，（但書銘辭後語謂之啇羅池。）據跋語乃長沙帥安公藏本以授柳州推官刻之廟中者也。字大徑尺，奇偉雄健，與退之辭，可稱兩絶。」

羅池廟者，故刺史柳侯廟也。直起簡老。柳侯爲州，不鄙夷其民，動以禮法。三年，民各自矜奮：「茲土雖遠京師，吾等亦天氓，今天幸惠仁侯，若不化服，我則非人。」語皆刻摯。於是老少相教語，莫違侯令。凡有所爲於其鄉閭及於其家，皆曰：「吾侯聞之，得無不可於意否？」莫不忖度而後從事。凡令之期，民勸趨之，無有後先，必以其時。於是民業有經，公無負租，流逋四歸，樂生興事，宅有新屋，步有新船，池園潔脩，豬牛鴨雞，肥大蕃息，子嚴父詔，婦順夫指，嫁娶葬送，各有條法，出相弟長，入相慈孝。寫柳民悦喜入微。先時民貧，汪曰：「追敘實政。」以男女相質，久不得贖，盡没爲隸。我侯之至，按國之故，以傭除本，悉奪歸之。

大脩孔子廟，城郭巷道，皆治使端正，樹以名木，柳民既皆悦喜。曾曰：「以上生能澤其民。」

舊唐書憲宗紀曰：「元和十年三月乙酉，以永州司馬柳宗元爲柳州刺史。」案：唐柳州治馬平縣，今廣西馬平縣治。○不鄙夷其民，祝曰：「謂不鄙之以爲夷。柳州古百粤之地，故云。」案：鄙，邊鄙，與「夷」連文對舉，謂不以柳民爲鄙爲夷而賤視之也。○後漢書張衡傳注曰：「矜，竦也。」○音註本「奮」下有「曰」字，注曰：「石本無『曰』字。」朱曰：「宜有『曰』字，然石本無之，不欲補也。」案：文苑、文粹、觀瀾乙集、文訣皆有「曰」字。○詩巧言：「予忖度之。」釋文曰：「忖，七損反；度，符洛反。」○小爾雅廣詁曰：「勸，力也。」呂覽爲欲篇高注曰：「勸，樂也。」史記商君傳曰：「秦人皆趨令。」索隱曰：「趨者，向也，附也。」○廣雅釋詁一曰：「經，常也。」○述異記卷下曰：「水際謂之步。瓜步，在吴中，吴人賣瓜於江畔，用以名焉。吴江中有魚步、龜步，湘中有靈妃步。按：吴楚閒謂浦爲步，語之訛耳。」青箱雜記卷三曰：「韓退之羅池廟碑言『步有新船』，或以步爲涉，誤也。蓋嶺南謂水津爲步，言步之所及，故有罾步，即漁者施罾處，有船步，即衆人渡船處，然今亦謂之步，故揚州有瓜步，洪州有觀步，閩中謂水涯爲溪步。」案：子厚永州鐵爐步志曰：「江之滸，凡舟可縻而上下者曰步。」朱曰：「孔戣志亦有『泊步』字。」○呂氏春秋審分篇高注曰：「詔，教也。」○「指」「恉」通，説文曰：「恉，意也。」○玄應一切經音義二十五引周禮司厲鄭衆注曰：「隸，奴也，役也。」○孫曰：「柳州之俗，以男女質錢，約不時贖，子本相侔，則没爲奴婢。宗元爲設方計，悉令贖歸，其尤貧力不能者，令書其傭足相當，則使歸其質。觀察使下其法於它州，比一歲，免而歸者且千人。傭，賃直也。」案：此本子厚墓誌銘，見後。○柳子厚柳州文宣王新修廟碑曰：「元和十年八月，州之廟屋壞，幾毀神位，刺史柳宗元始至，大懼不任，以墜教基。丁未奠薦，法齊時事，禮不克施，乃合初亞終獻三官衣布，洎于羸財，取土木金石，徵工僦功，完舊益新。十月乙丑，王宫正室成。」

嘗與其部將魏忠、謝寧、歐陽翼飲酒驛亭，謂曰：「吾棄於時，[汪曰：「在子厚口中點出廢不用。」]而寄於此，與若等好也。[吴先生曰：「此摹史記汲黯傳『黯棄於外，不得與朝廷議也』句法。」]明年，吾將死，死而爲神，後三年，爲廟祀我。」[汪曰：「在生時先敍此段，極生色。」]及期而死。三年孟秋辛卯，侯降於州之後堂，歐陽翼等見而拜之。其夕，夢翼而告曰：「館我於羅池。」其月景辰，廟成，大祭。過客李儀醉酒，慢侮堂上，得疾，扶出廟門即死。[曾曰：「以上死能食其土。」]

柳子厚墓誌云：「元和十四年十一月八日卒。」本又作「十月五日卒」。○舊注曰：「長慶三年七月辛卯。」案：三年七月癸丑朔，是月無辛卯，舊注誤。卒後三年乃長慶二年。舊書穆宗紀「長慶二年七月己丑朔」，則辛卯乃三日也。○清統志曰：「廣西柳州府：羅池，在馬平縣東。」○唐避高祖父李昞諱，以「景」代「丙」。

明年春，魏忠、歐陽翼使謝寧來京師，請書其事于石。余謂柳侯生能澤其民，死能驚動福禍之，以食其土，可謂靈也已。[茅曰：「結束通篇。」]作迎享送神詩，遺柳民，俾歌以祀焉，而并刻之。[王念豐曰：「劉熊碑系詩三章，張君神碑系詩九章，皆漢碑中殊體，爲後來碑版迎送神歌所自起。」]柳侯，河東人，諱宗元，字子厚。賢而有文章，嘗位於朝，光顯矣，已而擯不用。[以上補敍子厚生平。]其辭曰：

新書宗元傳曰：「其先河東人。」宰相世系表曰：「秦并天下，柳氏遷於河東。」漢書地理志河東郡原注曰：「秦置。」案水經涑水注，河東郡治安邑縣，今山西夏縣北。○新書宗元傳曰：「善王叔文、韋執誼，二人者奇其才，及得政，引內禁近，與計事，擢禮部員外郎，欲大進用。俄而叔文敗，貶邵州刺史，不半道，貶永州司馬。」餘見子厚墓誌銘。

荔子丹兮蕉黃，雜肴蔬兮進侯堂。侯之船兮兩旗，度中流兮風泊之，待侯不來兮不知我悲。侯乘駒兮入廟，慰我民兮不嚬以笑。鵝之山兮柳之水，桂樹團團兮白石齒齒。侯朝出游兮暮來歸，春與猿吟兮秋鶴與飛。北方之人兮爲侯是非，千秋萬歲兮侯無我違。福我兮壽我，驅厲鬼兮山之左。下無苦溼兮高無乾，秔稌充羨兮蛇蛟結蟠。我民報事兮無怠，其始自今兮欽於世世。茅曰：「追九歌。」沈確士曰：「迎送神詞，宛然九歌，宜朱子采附楚辭之後。」○曾曰：「此文情韻不匱，聲調鏗鏘，乃文章第一妙境。情以生文，文亦足以生情，文以引聲，聲亦足以引文。循環互發，油然不能已，庶可漸入佳境。」

南方草木狀卷下曰：「荔枝樹高五六丈餘，如桂樹，綠葉蓬蓬，冬夏榮茂，青華朱實，實大如雞子，核黃黑似熟蓮，實白如肪，甘而多汁。」又卷上曰：「甘蔗望之如樹，株大者一圍餘，葉長一丈，或七八尺，廣尺餘，二尺許，花大如酒杯形，色如芙蓉，著莖末百餘子，大名爲房，相連累，剥其子上皮黃白，味似葡萄，甜而脆。」○五百家注引朱廷玉羅池廟碑全解曰：「湖湘士人云：柳人迎神，其俗以一船兩旗，置木馬偶人於舟，作樂而導之，登岸而趨於廟。」陳曰：「舟中樹兩旗，設禺馬以迎神，此嶺外祀神舊俗，見南宋臨邛韓本注，蓋『侯船』及『乘駒』諸句，皆紀其實也。」○風泊之，謂風飄泊其旗也，此與晉書王濬傳所言風利不得泊義異。彼「泊」字謂逆風迴舟，此謂順風行舟也。何義門讀書記昌黎集卷四從蘇本定作「汨」，釋爲亂，非是。○文選江賦李善注曰：「嘲，蹙，憂貌。」○孫曰：「『鵝』字疑當作『峨』。按子厚柳州山水記云：『峨山在野中無麓，峨水出焉，東流入於潯水。』」元和郡縣志曰：「嶺南道柳州馬平縣：柳江，在縣南三十步。」太平寰宇記曰：「柳州馬平縣：潯江，在州南三十步，亦名柳江。」輿地紀勝曰：「廣南西路柳州：鵝山，在馬平縣西十里，山巔有石，狀如鵝，故名。鵝水出焉。柳水，一名潯水，源自牂牁，出辰、沅，經融州西北一百里曰龍水，北八十里曰古清江，南十五里曰三江，東五十里曰桂江，東會於郡，又東過潯、藤至廣州，入於海。」清統志曰：「柳州府：峨山，在馬平縣西三里，亦曰鵝山。柳江，即古潭水也，經柳城縣，環繞縣南，名潭江，亦名柳江。」○南方草木狀卷中曰：「桂有三種，葉如柏葉皮赤者爲丹桂，似柿葉者爲菌桂，其葉似枇杷者爲牡桂。」朱豐芑離騷補注曰：「凡經傳言桂，皆非今之木犀，唐以後始名木犀爲桂花。」○朱廷玉曰：「桂樹團團，木茂也；白石齒齒，石險也。」○集古録跋尾卷八曰：「春與猿吟兮秋鶴與飛，疑碑之誤。」夢溪筆談卷十四曰：「古人多用此格，如楚辭『吉日兮良辰』，又『蕙肴蒸兮蘭藉，奠桂酒兮椒漿』，蓋欲相錯成文，則語勢矯健耳。杜子美詩『紅稻（一作『香稻』）啄餘鸚鵡粒，碧梧棲老鳳皇枝』（秋興），亦語反意全。」（能改齋漫録卷三亦以沈説爲是，捫蝨新語卷五謂此法本自春秋僖十六年「隕石于宋五」「六鷁退飛過宋都」，困學紀聞卷二十又引論語鄉黨篇「迅雷風烈必變」，皆爲此等句法之始。）○「北方之人」二句，劉海峯曰：「此祝其安於南方，猶招魂言北方不可以止也。爲侯是非者，即子厚書所所謂爲侯是非者此也。」○邵氏聞見後録卷十四曰：「時柳義曹已死，若曰國中於侯或是或非，公言未出，謂『羣言沸騰，詆訶萬端』者也。」陳曰：「據唐史，子厚從永州召還，復有嶺外之行，蓋深爲言路所排，不如遠即羅池之人，千萬年奉嘗不忘也。」○樊曰：「子厚龍城録：『羅池北役者得白石，上有刻書云：龍城柳，神所守，馳厲鬼，山女首，福土氓，制九醜。』」步瀛案：龍城録，乃王性之僞撰，非子厚作，恐不足據。○説文曰：「秔，稻屬；稌，稻也。」（秔爲稻之不黏者，稌爲稻之黏者。）詩十月之交毛傳曰：「羡，餘也。」○「息」「世」通轉爲韻。○樊曰：「元祐七年六月，詔賜唐柳州刺史，羅池神廟爲靈文之廟，以郡人言其雨暘應祈故也。」陳曰：「宋邱崇重修羅池廟記略云：『柳侯祠羅池三百餘年，英靈猶存。元祐五年，賜額曰靈文廟。（續資治通鑑長編卷四百七十四亦在元祐七年六月，與樊注同，此作「五年」恐誤。）崇寧三年，賜爵曰文惠侯。承糈踐籩，袂嘗相屬，所謂施利錢者，歲不知幾何，率以十萬爲公帑，用餘則廟得之以備營繕。』此記乃政和初作，施利錢即後代香錢也。至紹興末，加封文惠昭靈侯，致和元年，又進封文惠昭靈公，見元史（泰定帝紀）。蓋柳侯著靈南土，州人祀之，久而益虔，碑文所謂『欽於世世』者，信矣。」

曹成王碑

曹成王李皋，舊唐書有傳，新唐書附太宗諸子曹王明傳。○洪曰：「曹成王碑造語法子雲也。」

王姓李氏，諱皋，字子蘭，諡曰成。其先王明，以太宗子國曹，絶復封，汪曰：「書始封之祖。」傳五王至成王。汪曰：「三世皆不書，下文因事載其母，亦不書姓。」成王嗣封在玄宗世，蓋於時年十七八。紹爵三年，而河南北兵作，天下震擾。王奉母太妃逃禍民伍，得間走蜀從天子。以上嗣封後，遭亂奉母，走蜀從君。天子念之，汪曰：「敘其忠孝。」自都水使者拜左領軍衛將軍，轉貳國子祕書。

周書謚法篇曰：「安民立政曰成。」○新書太宗諸子傳曰：「曹王明母，本巢王妃。貞觀二十一年，始王曹，累爲都督刺史，高宗詔出後巢王。永隆中，坐太子賢事，降王零陵，徙黔州，都督謝祐逼殺之。帝聞悼甚，黔官吏皆坐免。（金鑾密記以謝祐逼殺明在則天朝，恐誤。）三子：俊、傑、備。俊嗣王，南州別駕。傑爲黎國公，垂拱時並及誅。神龍初，以傑子胤爲嗣曹王，後備自南還，詔停胤封而封備，薨。開元十二年復封胤，薨，子戢嗣，位左衛率府中郎將，子皋嗣。」李庭堅嗣曹王墓誌銘曰：「王諱戢，字仲和。」（今有石本，又見芒洛冢墓遺文續補。）○孫曰：「天寶十一年，皋嗣封，年二十。」案：舊書皋傳曰：「天寶十一載，嗣封，貞元八年三月，暴卒于位，年六十。」是皋生于開元二十一年，至天寶十一載正二十歲，碑誤。○新書玄宗紀曰：「天寶十四載十一月，安祿山反，陷河北諸郡。十二月丁酉，陷東京。十五載六月辛卯，安祿山陷潼關、上洛郡。甲午，詔親征。（舊紀曰：「乙未凌晨，自延秋門出。」）七月庚辰，次蜀郡。」○新書皋傳曰：「事母太妃鄭以孝聞，安祿山反，奉母逃民閒，閒走蜀，謁玄宗，由都水使者遷左領軍將軍。」穆與直（員）嗣曹王妃滎陽鄭氏墓誌銘曰：「太妃諱中（文苑卷九百六十六、全唐文七百八十五並作「仲」），字正和，恒州司兵文恪之孫，郴州司户休叡之子。年十有四，歸於公族，居廿四歲，而先嗣王即世。」（今有石本，又見芒洛冢墓遺文續補。文苑「居廿四歲」誤作「又十四歲」，全唐文因之，遂致戢卒之年亦誤，幸有石本可正。）○舊書皋傳曰：「授都水使者，三遷至祕書少監。」唐六典卷二十三曰：「都水監使者，正五品上，掌川澤津梁之政令。」卷二十四曰：「左右領軍衛大將軍，正三品，將軍從三品，掌統領宮庭警衛之法令，以督其屬之隊仗，而總諸曹之職務。」卷二十一曰：「國子監司業，從四品下。」（餘見董公行狀注）卷一曰：「祕書省少監，從四品上。祕書監之職，掌邦國經籍圖書之事。少監爲之貳焉。」「左領軍衛」下音註及五百家本皆有「大」字。

王生十年而失先王，哭泣哀悲，弔客不忍聞。喪除，痛刮磨豪習，委己於學。

稍長，重知人情，急世之要，恥一不通。侍太妃從天子于蜀，既孝既忠。持官持身，內外斬斬。由是朝廷滋欲試之於民。汪曰：「爲下治民之綱。」上元元年，除温州長史，行刺史事。江東新刳於兵，郡旱飢，民交走死無弔。王及州，不解衣，下令掊鎖擴門，悉棄倉實與民，活數十萬人。奏報，升秩少府。與平袁賊，仍徙祕書，兼州別駕，部告無事，遷真于衡。法成令脩，治出張施，聲生勢長，觀察使噎媢不能出氣，誣以過犯，御史助之，貶潮州刺史。楊炎起道州，相德宗，還王于衡，以直前謾。王之遭誣在理，念太妃老，將驚而戚，出則囚服就辯，入則擁笏垂魚，坦坦施施。即貶于潮，以遷入賀。及是，然後跪謝告實。以上治温州、衡州，及貶潮還衡。

孫曰：「開元二十一年，父戢卒。」步瀛案：開元二十一年，乃皐生之年，生十年則當天寶元年，孫説誤也。然碑言「生十年」，應作「生十五年」，當天寶六載。嗣曹王墓誌曰：「開元廿九載丁父憂，服闋，上獲寶符之二載，除寧遠將軍守左衞率府中郎。又以大都之地，封王子弟，錫之山川，土田附庸，受册命。四載良月，拜慶獻歲入朝，遘疾薨於京蘭陵之里，以六載十二月廿日，葬于河南縣平樂鄉北邙山。」是戢丁父憂在開元廿九年，服闋在天寶二年，是歲嗣封，受封四年，正當天寶六載，十月卒，十二月葬。又妃鄭氏墓誌曰：「以建中三年薨，壽七十有二。」是妃生于景雲二年，誌言「年十有四，歸于公族」，當開元十二年，又云「居廿四歲，而先嗣王即世」，當天寶六年，與曹王墓誌正合，是戢之卒在天寶六載，無疑也。是年，皋十五歲，碑言「生十年」，誤。若如碑，則皋生開元廿六年，十七八紹爵，則當天寶十四五載，與下言「紹爵三年，河南北兵作」，亦不合。則此碑之誤可斷言矣。○沈文起曰：「舊傳：『造攲器進入内中。』南卓羯鼓録：『嗣曹王皋有巧思，精于器用。』杜牧集池州造刻漏記：『建中時，曹王皋命處士王易簡爲之。』」步瀛案：法言君子篇曰：「恥一物之不知。」曹王妃墓志曰：「太妃念嗣王之壯，必及經綸，不患不貴，患不更賤，不患不聞先王之訓，患不知下人之生，率以仲尼鄙事爲教。」○斬斬，齊肅之意。○小爾雅廣詁曰：「滋，益也。」○舊書肅宗紀曰：「乾元三年閏四月，改乾元爲上元。」○舊傳曰：「上元初，京師旱，米㪷直數千，死者甚多。（新傳亦云「上元初旱歉」，然舊書肅宗紀言「上元元年，自四月雨至閏月末不止，米價翔貴，人相食」，是因淫雨爲災，非旱也。新舊五行志是年水旱皆不載，未知水旱兼致邪，抑新舊傳因此碑下言「温州旱飢」而誤屬京師邪？）皋度俸不足養，亟請外官，不允，乃故抵微法，貶温州長史，無幾攝行州事。」（沈曰：「新書李泌傳云：『時京官禄薄。薛邕由左丞貶歙州刺史，家人恨降之晚；崔祐甫任吏部員外郎，求爲洪州別駕，使府賓佐有所忤者，薦爲郎官，其當遷臺閣者皆不赴，取罪而去。』蓋未加京官俸前情事如此。」）元和郡縣志曰：「江南道温州：上。」唐六典卷三十曰：「上州刺史從三品，長史從五品上。」案：唐温州治永嘉縣，今浙江永嘉縣治。○刳於兵，五百家補注曰：「謂爲兵所刳割也。」案：舊書肅宗紀：「上元元年十一月，宋州刺史劉展赴鎮，揚州長史鄧景山以兵拒之，爲展所敗，展進陷揚、潤、昇等州。二年春正月乙卯，平盧軍兵馬使田神功生擒劉展，揚、潤平。」通鑑唐紀三十八曰：「展更率衆力戰，將軍賈隱林射展中目而仆，遂斬之。（考異卷十六曰：「實録云生擒，舊神功傳亦然，今從劉展亂紀。」）餘黨皆平，平盧軍大掠十餘日。安史之亂，亂兵不及江淮，至是其民始罹荼毒矣。」○方曰：「交，或作『皆』。」朱曰：「唐人語多用『交』字，如陸宣公奏議云『交駭物聽』『交下不存濟者』之類，意猶曰『即今』云爾。」（案：前引「交駭物聽」，見論宣令除裴延齡度支使狀。後引見請遣使臣宣撫諸道遭水州縣狀，本作「應家有溺死，及漂没居産都盡，父子不存，濟者各量賜粟帛」，是「交下」二字乃「父子」之譌，「濟者」當屬下句。朱子所見蓋誤本，遂致句讀既誤，理解亦乖。）王宋賢曰：「小爾雅（廣言）云：『交，俱也。』朱子『即今』訓，未知所出。」吴北江曰：「交，猶蹄踵交道之交，猶云縱横也。」步瀛案：説文曰：「弔，問終也。」○莊子逍遥遊釋文引司馬注曰：「掊，擊破也。」○舊傳曰：「歲儉，州有官粟數十萬斛，皋欲行賑救，掾吏叩頭乞候上旨。皋曰：『夫人日不再食，當死，安暇稟命？若殺我一身，活數千人命，利莫大焉。』於是開倉盡散之。以擅貸之罪，飛章自劾，天子聞而嘉之，答以優詔，就加少府監。」唐六典卷二十二曰：「少府監，從三品，掌百工伎巧之政令。」○舊書代宗紀曰：「寶應元年八月，台州賊袁晁陷台州，連陷浙東州縣。二年四月庚辰，河南副元帥李光弼奏生擒袁晁，浙東州縣盡平。」（是年七月，改元廣德。）通鑑唐紀三十八曰：「寶應元年八月，台州賊帥袁晁攻陷浙東諸州，改元寶勝，民疲於賦斂者多歸之。李光弼遣兵擊晁於衢州，破之。九月，袁晁陷信州。冬十月，袁晁陷温州。廣德元年（即明年）夏四月庚辰，李光弼奏擒袁晁，浙東皆平。時晁聚衆近二十萬，轉攻州縣，光弼使部將張伯儀將兵討平之。」音註曰：「與，音預。」○舊傳曰：「改處州別駕，行州事，以良政聞。」樊曰：「按傳作『處州别駕』，而此云『兼州』，必其字誤。」朱曰：「兼，方作『處』，云『考舊傳，合』。今按：成王本以温州長史行刺史事，今兩奏功而得處州別駕，又不行州事，則於地望、事權皆爲左降矣。以事理推之，不應如此，疑方本誤，而諸本作『兼』者爲是，蓋以本官仍兼本州别駕以寵之爾。又云『部告無事』，則謂温州前此旱飢，而今始無事也。又云『遷真于衡』，則是自行刺史事而爲真刺史也。其閒不應復有處州一節明矣。舊史亦承集誤，不足爲據。」何義門讀書記昌黎集四曰：「唐故事，以宗室爲州別駕，見孔若思傳。」沈曰：「按職官志（舊書），上州別駕一人，從四品下，長史一人，從五品上。是別駕與長史有隔品之崇，豈得爲左遷？」步瀛案：以「部告無事」句觀之，則作「兼」爲長。先是温州陷賊，不僅旱飢也。○舊傳曰：「徵至京，未召見，因上書言理道，拜衡州刺史。」樊曰：「初在處州行州事，至是始除刺史，故云『遷真』。」王宋賢曰：「新書直云自温州還，不言處州，益知上文『處』字乃誤文。」○元和郡縣志曰：「江南道衡州：上。」案：唐江南道衡州治衡陽縣，今湖南衡陽縣治。○朱曰：「施，或作『弛』。」王宋賢曰：「『張施』字與『治出』不耦，疑『張』係『章』字之訛。章施謂章條施下也。」步瀛案：此不必與「治出」相耦，張施猶言張設也。○史記五宗世家曰：「王后亦以妬媢不當侍病。」索隱引郭璞注三蒼云：「媢，丈夫妬也。」又云：「妬，女爲媢。」是媢訓妬。玄應一切經音義二十二引通俗文曰：「塞喉曰噎。」方言一曰：「凡怒而噎噫，謂之脅閱。」則噎媢謂妬極而怒至於喉塞，故曰「不能出氣」也。○通鑑唐紀四十二曰：「衡州刺史曹王皋有治行，湖南觀察使辛京杲疾之，陷以法，貶潮州。」元和郡縣志曰：「嶺南道潮州：下。」唐六典卷三十曰：「下州刺史，正四品下。」案：餘見與孟尚書書注。○舊書代宗紀曰：「大曆十二年夏四月癸未，貶吏部侍郎楊炎爲道州司馬。」（道，元作「遠」，誤。）德宗紀曰：「大曆十四年五月辛酉，代宗崩。癸亥，即位於太極殿。八月庚辰，以道州司馬楊炎爲門下侍郎、同平章事。」（「司馬」下元有「司正」二字，無「同」字，蓋誤。今依炎傳訂。）楊炎傳曰：「炎字公南，鳳翔人。」○舊傳曰：「楊炎謫官道州，知皋事直，及爲相，復拜衡州。」○漢書文帝紀顏注曰：「謾，欺也。」○唐會要三十二曰：「開元八年九月，勑：諸笏三品已上前屈後直；五品已上前屈後挫，並用象；九品已上竹木，上挫下方。」垂魚，見董公行狀注。○援鶉堂筆記卷二十八曰：「管子樞言：『坦坦之利不以功，坦坦之備不以用。』然公本易『履道坦坦』。」步瀛案：易履卦孔疏曰：「坦坦，平易之貌。」廣雅釋訓曰：「坦坦，平也。」孟子離婁篇趙注曰：「施施扁扁，喜悅之貌。」

初，觀察使虐，使將國良往戍界，良以武岡叛，戍衆萬人，斂兵荆、黔、洪、桂伐之。二年尤張，於是以王帥湖南，將五萬士，以討良爲事。王至則屏兵，投良以書，中其忌諱。良羞畏乞降，狐鼠進退。王即假爲使者，從一騎，踔五百里，抵良壁，鞭其門，大呼：「我曹王，來受良降，良今安在？」汪曰：「敍得極生色。」良不得已，錯愕迎拜，盡降其軍。以上招降王國良。

韓曰：「邵州賊王國良，本湖南衙將，辛京杲使鎮武岡縣，以扞西原蠻。京杲貪暴，國良家富，京杲以死罪加之，國良危懼，因人所苦，遂散財聚衆，據縣以叛。聚衆千人，侵掠州縣，瀕湖千里，皆被其害。詔荆、黔、洪、桂諸道合兵討之，連歲不能下。」步瀛案：韓注本新舊傳，參以通鑑唐紀四十二也。舊書地理志曰：「荆南節度使治江陵府，黔中觀察使治黔州，江南西道觀察使治洪州，桂管經略觀察使治桂州。」案：唐山南東道江陵府治江陵縣，今湖北江陵縣治；黔中道黔州治彭水縣，今四川彭水縣治；江南道洪州治南昌縣，今江西南昌縣治；嶺南道桂州治臨桂縣，今廣西桂林縣治。○方曰：「閣、杭、蜀本『察使』下有殘字，而無『國』字。馬大年（永卿）所得柴氏善本無殘字，『良』下有『往』字，以『虐』字屬下句，（見嬾真子卷二）云良不願往而辛强使之也。然按舊史云前使貪殘，新史亦云前帥貪虐，國良以富獲譴，則馬說爲非是。國良只稱良，猶南霽雲只稱雲、李光顔只稱顔也。」朱曰：「國良初見，當全書二名，其後乃可單出。

（王宋賢曰：「按二名單出一字，此自韓公創例，不得遂據爲紀事文通例。」步瀛案：左傳晉文公重耳，定四年稱晉重；左丘明，司馬子長報任少卿書稱左丘。知古有此例，非韓公所創也。）如霽雲、光顔，亦先全書，後乃單出也。」吴北江曰：「『虐』字句絶。」○舊書德宗紀曰：「建中元年夏四月壬戌，以衡州刺史嗣曹王皋爲潭州刺史、湖南團練觀察使。」元和志曰：「江南道潭州爲湖南觀察使理所。」案：唐潭州治長沙縣，今湖南長沙縣治。○舊傳曰：「皋遣使遺國良書曰：『觀將軍非敢大逆，蓋遭讒嫉，救誤死而已。將軍遇我，何不速降？我與將軍同爲辛京杲所構，我已蒙聖朝昭雪，使我何心持刃殺將軍耶？將軍以爲不然，我以陣術破將軍陣，以攻法屠將軍城，非將軍所度也』。國良捧書，且憂且喜。」新傳曰：「國良得書喜且畏，因請降，然内尚首鼠。」荀子榮辱篇楊注曰：「屏，却也。」音註、五百家「鼠」皆作「疑」。離騷曰：「心猶豫而狐疑。」史記武安侯傳：「武安怒曰：何爲首鼠兩端？」新傳即作「首鼠」。今從考異作「狐鼠」，蓋兼二事用之。○漢書楊雄傳顔注曰：「踔，走也，音丑教反。」○後漢書寒朗傳章懷注曰：「錯愕猶倉卒也。錯音七故反，愕音五故反。」○舊傳曰：「皋即日赴縣受降，中道有候騎馳告曰：『國良軍中有變，言降是詐也。』皋曰：『非爾輩所知。』遂留麾下兵，單騎，假稱使者，徑入國良壘中，國良召使者入，皋遂大叫軍中曰：『有人識曹王否？只我是。國良何不速降？』軍愕眙不敢動，適有識者走至，傳呼曰：『是。』良匍匐叩頭請罪。皋執手約爲兄弟，盡焚攻守之備，散倉庫，給兵士，令復農桑。有詔赦國良罪，賜名維新。」曹王妃鄭氏墓誌曰：「初，湖南將有王國良者，當危疑負固，歷年不下。嗣王爲帥，恭太妃之教，以子召之，國良捧檄如歸，撫之以信，其後入衞中禁，錫名維新。哀請赴葬，上嘉而許之。其執禮致慕，視於苦由。」可與此碑互證。

太妃薨，王棄部，隨喪之河南葬，及荆，被詔責還。會梁崇義反，王遂不敢辭，以還。升秩散騎常侍。以上母喪起復。

舊傳曰：「建中二年，丁母艱，奉喪至江陵，會梁崇義反，乃授起復左衛大將軍，復還湖南。」新傳略同。又新書德宗紀曰：「建中二年二月，山南東道節度使梁崇義反。八月壬子，梁崇義伏誅。」是皋丁鄭太妃憂，當在梁崇義反前。而曹王妃鄭氏墓誌曰：「以建中三年冬十月九日，遘疾薨于潭州官舍之寢，壽七十有二，嗣王奉喪歸葬，達于南荆。國難方興，天下否塞，朝廷倚宗周維城之固，加於郡帥一等，迺用魯公伯禽有爲爲之之變，（見禮記曾子問篇，即征淮夷徐戎作費誓事。）俾復其位，且使即其次而窆焉。嗣王銜恤奉詔，以戰克，以攻拔，統江西，援江陵。其展墓也，如生平之侍，其哀號也，執干戈者悲之。」則皋丁母憂在建中三年，其起復也，由李希烈之反，皆與此碑異。又案舊書德宗紀，以皋爲江西節度在三年十月辛亥，是月庚戌朔，則辛亥乃二日，尚在鄭太妃未薨之前，蓋朝命改帥在二日，丁母憂在九日，時道路梗塞，王命未達，故皋丁憂後，奉喪歸葬，及荆南，因希烈反，朝命起復。復位者，蓋回江西，非回湖南也。故至洪州後，即哀兵大選，親教士卒，至明年之春，遂與賊戰，以墓志推之，其情事當如此。舊傳雖從此碑，而德紀蓋從實録，尚有日月可考，新書則崇信韓公，於碑外不復他考。（墓誌，皋屬穆員爲之。碑，由皋子道古所述，恐不如墓誌之確也。）

明年，李希烈反。遷御史大夫，授節帥江西，以討希烈。命至，王出止外舍，禁無以家事關我。裒兵大選洪州，羣能著職，王親教之摶力勾卒嬴越之法，曹誅五畀。艦步二萬人，以與賊遌，嘬鋒蔡山，踣之，剜蘄之黄梅，大鞣長還大膊蘄水界，行跳汉川，筴漢陽，掇黄岡，撇蘄水，掀蘄春，鏺廣濟，平，十抽其州，梏其州，蹈隨光化，標光之北山，斬僞刺史，誅其州，披安三縣，中，一推，取五州十九縣。大小之戰三十有二，開軍受降。救兵州東北厲鄉還，民老幼婦女不驚，市買不變，田之果穀下無一跡。加銀青光禄大夫、工部尚書，改户部，再换節臨荆及襄，真食三百。汪曰：「本傳尚有政蹟，然此處却入不下，故不書，而再就戰功洗發，可以知結構之緊。」王之在兵，天子西巡于梁。希烈北取汴鄭，東略宋圍陳，西取汝，薄東都。王坐南方北向，落其角距，賊死咋不能入寸尺。奇拗可喜。亡將卒十萬，盡輸其南州。曾曰：「以上帥江西討李希烈，而於帥荆襄事略之。」

新書德宗紀曰：「建中三年十月，李希烈反。」逆臣傳曰：「李希烈，燕州遼西人。少籍平盧軍，從李忠臣浮海戰河北有勞，及忠臣在淮西，因署偏裨，試光禄卿。會忠臣荒縱不事，得閒衆逐忠臣，代宗使專留後事。德宗立，加御史大夫，即拜節度使，名其軍曰淮寧以寵之。梁崇義之反，勑諸道進討，詔進希烈南平郡王、漢南北招討處置使，又拜諸軍都統。平崇義功多，擁兵欲有其地。會山南節度使李承至，不克，猶大掠而去。李納叛，以檢校司空、兼淄青節度使討之。希烈擁衆三萬，次許州不進，約納爲脣齒，遣使者約河北朱滔、田悦等連和。俄而滔等自相王，遣使者來奉牋，希烈亦自號建興王、天下都元帥。」○舊書德宗紀曰：「建中三年冬十月辛亥，以湖南觀察使嗣曹王皋爲洪州刺史、江西節度使。」（新書方鎮表，升江南西道都防禦團練觀察使爲節度使在建中四年，似應作三年。）○出止外舍，王宋賢曰：「此謂湖南帥府之外舍。此時臯初承命，猶未至江西也。」○關我，案：關謂關白也。○裒兵大選洪州，爾雅釋詁曰：「裒，聚也。」考異「洪」作「江」，音註同。朱曰：「方作『洪』，考新舊史皆作『洪』。今按：洪州即江西帥治所，若只大選洪州，乃是未曾出門一步，無足書者，選兵江州，蓋爲北向進討之勢，故其下文遂攻蘄州，道里亦便。史承集誤，不足據。當從諸本作『江』爲是。」王宋賢曰：「考異之意，殆疑臯先授節江西，討希烈之命又在其後，故謂作洪州則是『未嘗出門一步』。不知帥江西討希烈乃一時之命，臯初聞命，猶在湖南，至洪州，乃始選兵署職，故宜從方本及新舊史作『洪』。又舊史伊慎傳：『臯始至鍾陵，大集將吏。』鍾陵即洪州，慎傳如此，恐不得謂亦承韓集之誤。」步瀛案：據新書方鎮表，貞元四年，江州始隸江西觀察使，建中二年，隸浙江西道。是臯帥江西時，江州不隸江西節度，豈有治所不加教練，及出境外始行教練者乎？宋賢說是。五百家亦作「洪」。又案：洪州，見上；江州治潯陽縣，今江西九江縣治。○舊傳曰：「臯至州，集將吏而令曰：『嘗有功未申者，別爲行；有策謀及器能堪佐軍者，別爲行。』有裨將伊慎、李伯潛、劉旻皆自占。臯察其詞氣，驗其有功，悉補大將，擢王鍔委之中軍，以馬彝、許孟容爲賓佐。」○朱曰：「摶，新史作『團』；嬴，或作『嬴』。方云：『樊澤之、馬大年皆云作「嬴」非是，「嬴」謂秦也，「越」謂句踐伐吳之兵法也。』今按：秦紀、越語、世家皆無「摶力句卒」之文，不知諸家之說何所據。」步瀛案：嬾真子卷二曰：「摶力者，結集其力也；句卒者，伍相句連也；嬴越之法，『嬴』當爲『嬴』，謂秦商君、越句踐教兵之法。」世綵堂本引姚令威集注曰：「商子農戰篇：『凡治國者，患民之散不可摶也，是以聖人作一以摶之。』又曰：『摶民以待外事，然後患可以去而王可致。』則摶力知其爲秦法也。」左傳哀公十七年：「越子伐吳，吳子禦之笠澤，夾水而陣。越子爲左右句卒。」杜預注云：「句卒，句伍相著，別爲左右屯。」則句卒知其爲越法也。新傳曰：「治戰艦，裒兵二萬。以士二千五百，委伊愼等教之，自將五百人，教以秦兵團力法，聯其賞罰，弛張如一。乃約以五百人擊愼卒二千五百，莫能當其鋒，既盡以教之。」沈文起曰：「按此借摶力以喻團結之兵。『摶』『團』字同。六典府兵三百人爲一團，又差衞士征戍鎮防亦有團伍。吴語『明日將舟戰於江，及昏乃令左軍銜枚泝江五里以須，亦令右軍銜枚踰江五里以須』，即左右句卒。又史記『句踐發習流二千伐吴』（越世家），則句卒正謂水軍。」○朱曰：「畀，或作『卑』。方云：『「曹五」字，見馬融廣成頌「曹伍相保」。』是也。馬大年云：『曹誅五畀，敗則誅及其曹，有獲則分畀其伍。』新書『皋自將五百人，教以秦兵團力法』云云，即約此碑語爲文也。」沈曰：「尉繚子戰誅之法，什長得，誅十人，伯長得，誅什長。又束伍之令，五人爲伍，共一符，收於將吏之所，得伍而不亡有賞。」（樊引或云「畀音畀」，大姚謂説文引春秋傳「晉人或以廣隊，楚人畀之」，黄顥説「廣車陷，楚人爲舉之，即宣十二傳楚人惎之脱扃，以惎爲畀，即或説所本」。步瀛案：畀，當作「畀」，詳段注，然以釋此文，恐亦未合，故不取。）○祝曰：「艦，禦敵船。釋名『上下重板曰艦』（釋船）。艦謂舟師，步謂步兵。」○文選思玄賦舊注曰：「遻，遇也。」案：此含有牴牾相持之意。○禮記曲禮上鄭注曰：「嘬，謂一舉盡臠。」孔疏曰：「併食之曰嘬。」釋文曰：「嘬，初怪反。」左襄十四年杜注曰：「踣，僵也。」釋文曰：「踣，蒲北反。」新傳曰：「賊柵蔡山不可攻，皋聲言西取蘄，引兵艦循厓泝江上，賊聞，以羸師保柵，悉軍行江北，與皋直，西去蔡山三百里，皋遣步士悉登舟，順流下攻蔡山，拔之。」通鑑唐紀四十四胡注曰：「蔡山在黄梅界。」清統志曰：「湖北黄州府：蔡山，在黄梅縣西北四十里。」○玄應一切經音義四引埤蒼曰：「剜，削也，謂抉取肉也。」通鑑唐紀四十四曰：「建中四年三月戊寅，江西節度使曹王皋敗李希烈將韓霜露於黄梅，斬之。」胡注曰：「蘄音祁。」案：唐江南道蘄州黄梅縣，在今湖北黄梅縣西北。○吴北江曰：「鞣，即『蹂』之借字。」祝曰：「長平地無考。」沈曰：「九域志陳州西華縣有長平鎮，與此遠。名勝志隆平山在黄梅縣北三十里，一名龍平，豈即長平乎？」○説文曰：「鏺，兩刃木柄，可以刈艸，讀若撥。」釋名釋用器曰：「鏺，殺也，言殺草也。」（何義門曰：「審配獻袁譚書『放兵鈔鏺』。」步瀛案：魏志袁紹傳注引魏晉春秋作「鈔撥」，後漢書袁紹傳作「鈔突」。）案：唐蘄州廣濟縣，今湖北廣濟縣治。○説文曰：「掀，舉出也。」廣韻曰：「掀，以手高舉，虚言切。」新傳曰：「取蘄州，降其將李良。」案：唐蘄州治蘄春縣，今湖北蘄春縣治。○説文曰：「擊，一曰擊也。」文選四子講德論李善注曰：「『擊』與『撳』同，疋設切。」案：唐蘄州蘄水縣，今湖北蘄水縣治。○説文曰：「掇，拾取也。」通鑑唐紀四十四曰：「建中四年三月辛卯，拔黄州。」舊傳曰：「又取黄州，斬首千餘，兵益振。」案：唐江南道黄州治黄岡縣，今湖北黄岡縣治。○筴，「策」之通借字。説文曰：「策，馬箠也。」吴北江曰：「謂鞭箠之也。」步瀛案：又疑「夾」之通借字。「夾」「鋏」字通。周禮夏官射鳥氏注引鄭司農曰：「并夾鍼箭具。」説文曰：「鋏，可以持器鑄鎔者。」唐江南道沔州治漢陽縣，今湖北漢陽縣治。○廣雅釋詁二曰：「跐，蹋也。」釋名釋姿容曰：「跐，弭也，足踐之使弭服也。」廣韻四紙曰：「跐，雌氏切，蹈也。」案：唐沔州汉川縣，在今湖北漢川縣北。○「膊」「搏」字通，書作「膊」，並見肉搏之義。樊曰：「左傳成二年『殺而膊諸城上』，注『膊，磔也』。」沈曰：「本傳（舊傳）：『李希烈已屠汴州，又遣驍將杜少誠將步騎萬餘來寇蘄、黄，將絶江道。皋遣伊慎將七千衆禦之，遇于永安戍。慎列三栅，相去纔四里，列鼓角中栅。少誠至，分兵圍之，部隊未嚴，鼓聲而三栅齊出奮擊，不爲行陣，賊亂，少誠敗走。』符載集有保安鎮陣圖記亦指此事。」一統志：「蘄口鎮在蘄州（今改蘄春縣）西三十里，蘄水入江之口也，古名永安戍，今謂之掛口塘。胡三省曰『永安戍在黄岡』，蓋誤以永安故城在黄岡者當之也。」○祝曰：「廣韻：『拔，開也，裂也。』」方本『詠』作『拔』，曰：『拔，或作「誅」，或作「株」。』馬本作『詠』。」朱曰：「左傳云『又拔其邑』（昭五年）。安三縣，安州三縣也，其州安州也。」步瀛案：嬾真子卷二曰：「柴本『誅』字作『訹』，蓋言披剥安州之三縣，故以威名訹懼其州人，使斬不當爲刺史者，蓋當時刺史，李希烈之黨也。」吴先生曰：「當依馬大年本作『訹』。」吴北江曰：「馬謂以威訹懼其州，是也；謂使州人自斬其刺史，非也。『斬僞刺史』句不與上屬，仍謂臯斬之耳。」步瀛又案：舊傳曰：「又遣伊慎、王鍔攻安州，希烈遣甥劉戒虚將步騎八千來援，臯命李伯潛迎擊於應山，獲戒虚及大將二，裨將二十，斬首千餘。面縛戒虚等之城下，乃使人説之，賊曰：『得大將及賓佐一二人爲信，當降。』臯乃使王鍔、馬彝縋城而入，城中大呼，乃出降。」新傳曰：「遂下安州，斬僞刺史王嘉祥。」案：唐安州治安陸縣，今湖北安陸縣治。○「標」「摽」字通。説文曰：「摽，擊也。」又通「勡」，説文曰：「勡，劫也。」祝曰：「光州有光山縣，無北山，恐誤。」步瀛案：元和郡縣志曰：「河南道光州本屬淮南道，貞元以後隷蔡州節度使。」又曰：「光山縣：光山，一名弋山，在縣西北八十里。」蓋北山即指光山，與上「光」字避複耳。唐光州治定城縣，今河南潢川縣治；光山縣今光山縣治。沈曰：「光州屬淮西，安、黄既平，固宜揚威於其境矣。」○説文曰：「磖，歠也。」玉篇曰：「磖，通答切，大食也。」案：唐山南道隨州治隨縣，已見平淮西碑注，光化故城在縣東。○祝曰：「後漢『捁羽羣』（馬融傳），注『案字書从手，即古文「攪」字，謂攪擾也。』」步瀛案：説文無「捁」字，「捁」即「攪」之或體字也。然王師討叛，不應取攪擾之義，且臯欲取隨州，非徒攪擾之也。舊注曰：「捁，一作『梏』，械也。」古書从手从木之字往往相亂，亦常相通。王宋賢曰：「字當从木，作『桎梏』之『梏』，謂四面攻圍，使合城俱不得動摇，故曰梏。」案：王説得之。○宋次道（敏求）春明退朝録卷上曰：「吴正肅（育）言律令有丁推，『推』字不通，少壯之意當是『丁稚』。唐以大帝諱避之，（唐高宗諱治，「稚」嫌名耳。）損其點畫云。」陳履常（無己）後山叢談卷二曰：「唐令民年二十爲丁，其下爲推。（此下引宋次道之説，又引）吕縉叔（夏卿）曰：『推者椎也，獨髻爲椎，傳者誤爾。』蓋唐人初不諱嫌名，縉叔説是也。」朱曰：「史記、漢書陸賈傳有『魋結』字，注讀爲『椎髻』，故唐令以『椎』爲未冠之稱，此云十抽一推者，十椎而取其一以爲兵，即杜詩所謂無丁而選中男者也（新安吏）。然唐志但云『十六爲中』而無『椎』字，會要亦然，未詳其説。」困學紀聞卷十曰：「按史記秦始皇紀『王翦什推二人從軍』，索隱云『什中推擇一人』，文公語本此，不必改爲『椎』。」（萬蔚亭集證引仲長統昌言損益篇證之而未甚確，不録。）沈曰：「言十丁抽一丁爲卒。舊注謂推爲稚，又謂椎髻，皆謬。」步瀛案：沈説與困學紀聞合，蓋十人推一丁爲卒，後遂謂所推之丁爲推，一推猶云一丁也，而上「推」字别以「抽」字代之，故曰「十抽一推」也。吾友徐行可曰：「施、顧二家注本蘇詩卷四十二夢歸白鶴山居作云『時節供丁推』，注引宋敏求春明退朝録云云。（文已見上，惟唐大帝引作唐高宗。）按坡公以『推』字入韻，吴正肅所見律文又與後山叢談所引唐令合，則吕縉叔疑『推』爲『椎』誤者，亦爲肊測。」案：如蘇詩尤可爲「推」即「丁推」之證。（或謂「十抽」一爲句，「推」當作「椎」，椎擊也，屬下爲句，非是。）○兵州，陳少章曰：「文章正宗作『其州』，是，蓋蒙上『掊其州』之文，謂隨州也。」姚氏類纂亦依正宗作「其州」。吴北江曰：「『兵』字是，『其』字殊弱。且兵出而僅救一鄉，亦不足道。」○考異「厲」作「屬」，音註同，方及五百家作「厲」。朱曰：「厲鄉當屬亳州，去安州尚遠，當作『屬』。」陳曰：「屬鄉，方本作『厲鄉』，與唐史合。又權德輿伊慎碑『引兵攻隨，走康叔於厲鄉』，康叔，李希烈所遣將也，蓋曹王遣慎擊走希烈兵之在厲鄉者，故曰救耳。權、韓兩碑尤可互證。」步瀛案：亳州厲鄉，乃老子所生，見史記老子韓非列傳，在今河南鹿邑縣東，與碑所言厲鄉無涉。舊傳曰：「希烈又遣兵援隨州，臯令伊慎擊於厲鄉，大破之，復平静、白雁等關。」新傳同。通鑑唐紀四十七曰：「興元元年秋七月，曹王臯遣其將伊慎、王鍔圍安州，安州降，以伊慎爲安州刺史。又擊希烈將康叔夜於厲鄉，走之。」胡注曰：「祭法『厲山氏之有天下也』，注『厲山氏，炎帝也，起於厲山西』。漢書地理志注云『隨，故厲國』（此孟堅原注）。皇甫謐曰『今隨之厲鄉』（史記三皇本紀索隱引同）。九域志『隨州厲鄉村有厲山，今自棗陽至厲鄉，道路交錯，號九十九岡』。」清統志曰：「湖北德安府：厲鄉，在隨州北，今名厲山店。又，平靖關、百雁關（即白雁關）皆在應山縣東北。」○韓曰：「未幾，李惠登以隨州降。」（通鑑作李思登，載其事於唐紀四十八，貞元元年四月皋爲荆南節度使下。）沈曰：「册府元龜（將帥部八十七）：伊慎爲安州刺史，時李希烈死，李惠登爲賊守隨州，慎飛書招諭，惠登隨以城降，因密奏惠登可用，詔授隨州刺史。」○樊曰：「五州，謂蘄、黄、安、沔、隨也。舊史云『凡下州四縣十七』，按地理志，蘄四縣（蘄春、黄梅、蘄水、廣濟），安六縣（安陸、應山、雲夢、孝昌、吉陽、應城），黄三縣（黄岡、黄陂、麻城），隨四縣（隨、光化、棗陽、唐城），凡十七縣，傳止書其取蘄、安、黄、隨，故云『四州十七縣』。公又書沔州漢陽、汊川二縣，故云『五州十九縣』。」王宋賢曰：「漢陽、汊川一節，自不應删，舊史蓋脱漏耳。又新史云『取州五縣二十』，蓋并黄梅之長平亦誤指爲縣，故云二十。」○買，正宗作「賈」，荆川文編、姚纂皆從之，韓集各本皆作「買」。○田之果穀下無一跡，新傳曰：「師所過，不敢伐桑棗，踐禾稼。」○唐六典卷二曰：「凡敍階二十有九，從三品曰銀青光禄大夫。」卷七曰：「工部尚書正三品，掌天下百工、屯田、山澤之政令。」卷三曰：「户部尚書正三品，掌天下户口井田之政令。凡徭賦職貢之方，經費賙給之算，藏貨贏儲之準，悉以咨之。」○舊書德宗紀曰：「貞元元年夏四月丁丑，以江西節度嗣曹王皋爲江陵尹、荆南節度使。三年閏五月癸亥，以荆南節度使、檢校户部尚書嗣曹王皋爲襄州刺史、山南東道節度、襄鄧郢安隨唐等州觀察使。」案：荆南，已見上；山南東道節度治襄州，見平淮西碑注。○真食三百，謂封邑三百户。○天子西巡于梁，見董公行狀注。○舊書德宗紀曰：「建中四年十二月庚午，李希烈陷汴州。」李勉傳曰：「李忠臣爲麾下所逐，詔加勉汴宋節度使，移理汴州。建中元年，充河南汴宋滑亳河陽等道都統，餘如故。四年，李希烈反，悉衆來寇汴州，勉城守累月，救援莫至，遂潛師潰圍南奔宋州。」通鑑唐紀四十五曰：「建中四年十二月庚午，希烈陷大梁。興元元年正月，希烈即皇帝位，國號大楚，改元武成，以汴州爲大梁府。」案：汴、鄭，見董公行狀注。○唐河南道宋州治宋城縣，今河南商邱縣治；陳，見平淮西碑。○舊書李希烈傳曰：「建中四年，希烈遣其將李克誠襲陷汝州，執別駕李元平而去，（德宗紀「元平」作「元吉」，誤。）東都大擾亂。」通鑑唐紀四十四曰：「建中四年春正月庚寅，李希烈遣其將李克誠襲陷汝州，執別駕李元平。又遣別將董待名等四出抄掠，取尉氏，圍鄭州，官軍數爲所敗，邏騎西至彭婆，（胡注曰：九域志河南府河南縣有彭婆鎮。）東都士民震駭，竄匿山谷。」淮南子精神篇高注曰：「薄者，迫也。」汝，見董公行狀注；東都，見送幽州李端公序注。○説文曰：「距，鷄爪也。」○淮南子脩務篇高注曰：「咋，齧也。」

王始政於温，終政於襄。恒平物估，賤斂貴出，民用有經。一吏軌民，使令家聽户視，姦宄無所宿。府中不聞急步疾呼，治民用兵，各有條次，世傳爲法。汪曰：「另總敘治民，并將用兵雙收。」任馬彛，將慎，將鍔，將潛，偕盡其力能。薨，贈右僕射。曾曰：「以上總敘治民用兵。」元和初，以子道古在朝，更贈太子太師。

舊傳曰：「皋性勤儉，知人疾苦，所至常平物價，貴出賣之，給將吏廩俸，豪家不得擅其利。」○淮南子原道篇高注曰：「軌，法也。」○使令家聽户視，案：「使令」二字連用，見孟子梁惠王上，謂或指使之，或命令之也。方謂疑衍一字，非是。家聽户視，謂人民自察姦宄。王宋賢謂「使令」二字爲句，解「家聽户視」

爲「率從」，亦非。○左傳成十七年：「長魚矯曰：亂在外爲姦，在内爲軌。」釋文曰：「軌，本又作『宄』。」（玄應一切經音義一引三蒼，與此相反。）詩九罭毛傳曰：「宿猶處也。」廣雅釋言曰：「宿，留也。」○舊傳曰：「設監司，能參聽下持將吏短長，賞罰必信。」○方曰：「潛，李伯潛也。時馬彝掌幕府，故不言將。」案：舊傳曰：「初，扶風馬彝未知名，皋始辟之，卒以正直稱。」舊書伊慎傳曰：「兖州人。」新書慎傳曰：「字寡悔。」又新舊書王鍔傳皆曰：「字昆吾，自言太原人。」○史記李斯傳：「上書曰：上幸盡其能力。」○舊傳曰：「貞元八年三月，暴卒于位，（舊德宗紀「乙丑」上脱書「三月」字，見董公行狀注。）年六十。廢朝三日，贈右僕射，賻弔有差，謚曰成。」新書百官志曰：「尚書省左右僕射各一人，從二品，掌統理六官，爲令之貳。」○唐六典卷一曰：「太子太師，從一品下。」

道古進士，司門郎，刺利隨唐睦，徵爲少宗正、兼御史中丞，以節督黔中。朝京師，改命觀察鄂岳蘄沔安黄，提其師以伐蔡。且行，泣曰：「先王討蔡，實取沔蘄安黄，寄惠未亡，今余亦受命有事于蔡，而四州適在吾封，庶其有集。先王薨，於今二十五年，吾昆弟在，而墓碑不刻，無文，其實有待，子無用辭！」乃序而詩之，以上子道古請爲碑文。辭曰：

補注曰：「貞元五年，道古登第。」案：退之道古墓誌銘曰：「公以進士舉及第，獻文輿三十卷，拜校書郎、集賢學士，四遷至宗正丞。憲宗即位，遷尚書司門員外郎。」唐六典卷六曰：「刑部司門員外郎，從六品上。司門郎中、員外郎，掌天下諸門，及關出入往來之籍賦而審其政。」○墓誌曰：「以選爲利、隨、唐、睦州刺史。」案：唐山南道利州治廣元縣；隨、唐二州，已見平淮西碑注；江南道睦州治建德縣，今浙江建德縣治。○墓誌曰：「遷少宗正。」唐六典卷十六曰：「宗正寺少卿，從四品上。宗正卿之職，掌皇九族六親之屬籍，以別昭穆之序，紀親疏之別。少卿爲之貳。」○墓誌曰：「元和九年，以御史中丞持節鎮黔中。」舊書憲宗紀曰：「元和八年冬十月己巳，以宗正少卿李道古爲黔中觀察使。」案：黔州，見上注。○墓誌曰：「十一年來朝，遷鎮鄂州，以鄂岳道兵會平淮西。」餘見平淮西碑注。蘄、沔（治漢陽）、安、黄，並見上注。○於今二十五年，補注曰：「即元和十一年。」王宋賢曰：「自貞元八年至元和十一年，道古奉命伐蔡，首尾二十五年。」○舊傳曰：「皋子：象古、復古、道古。」

太支十三，曹於弟季；或亡或微，曹始就事。曹之祖王，畏塞絕遷；零王黎公，不聞僅存。子父易封，三王守名；延延百載，以有成王。成王之作，一自其躬；文被明章，武薦畯功。蘇枯弱彊，齦其姦猖；以報于宗，以昭于王。王亦有子，處王之所，唯舊之視；蹶蹶陛陛，實取實似，刻詩其碑，爲示無止。

方望溪曰：「此韓碑之最詳者，然所詳僅討希烈一事耳。自轉國子祕書以上，著以宗藩承王官之由也。除温州長史行刺史以上，出試郡之由也。貶潮還衡，跌而復起之迹也。被召還鄉，衰絰即戎之義也。討國良則虛言其方略，討希烈始實次戰績而不及其兵謀，末乃總括治行，按之無一語可汰損者。後敘湘南、江西戰績，故此第曰『與平袁賊』，一字不可增。」曾曰：「貶潮與降良事小振，平李希烈事大振，凡敘事皆分大小爲賓主，驟看乃似直敘漫鋪。」張廉卿曰：「退之敘事簡嚴生動，一變東漢之格，後人無從追步，直敘處多本東漢舊法，出退之手，便簡古不可及，卻與東漢不同。於此能辨，則於敘事之法思過半矣。」

祝曰：「太宗十四子，其一高宗也，其餘支子十三人，曹王爲季。嬾真子卷二曰：『曹王明之母楊氏，乃齊王元吉之妃也，後太宗以明出繼元吉後，此人倫之大惡也，故退之爲國諱。既言其先王明以太宗子國曹，又云「太支十三，曹於弟季」，其言弟季，尤有深意。蓋元吉之變，在於蚤年，及其暮年，乃有曹王，故曰弟季，蓋非東昏奴之比也。（案：梁武帝子豫章王綜乃東昏侯子。）前輩用意皆出忠厚，誠可法哉。』」步瀛案：大年此說未必爲退之本意，而見仁見知，各自不同，故録之。又案：舊書太宗諸子傳爲恒山王承乾、楚王寬、吴王恪、濮王泰、庶人祐、蜀王愔、蔣王惲、越王貞、紀王慎、江王囂、代王簡、趙王福、曹王明。○方曰：「曹始封於貞觀二十一年，時太宗十三子，三早卒（寬、囂、簡），二貶死（承乾、祐），泰與愔亦皆遷降也。」○曹之祖王，朱曰：「曹，方作『明』。宋景文云：『豈有爲人作銘而名其祖者？當作「曹」。』」（大姚曰：「房啓誌，融、縮皆名之。」）案：爾雅釋詁曰：「祖，始也。」○畏塞絶遷，方曰：「明坐太子賢事，（舊書高宗諸子章懷太子賢傳曰：「調露二年，明崇儼爲盗所殺，則天疑賢所爲，俄使人發其陰謀事，乃廢賢爲庶人。」）降零陵王，徙黔州，都督謝祐逼殺之。」朱曰：「銘文四字未詳其義。疑『畏』如『畏、厭、溺』之『畏』（禮記檀弓上），『塞』如其『行塞』之『塞』（易鼎九三爻辭），言見殺於閉塞之中，而封絶於遷謫之時也。方説近是。」沈曰：「『塞』爲『竄』。説文『竄，塞也』，虞書『竄三苗於三危』，𩑦最切，即今之『竄』字。檀弓云：『死而不弔者三：畏、厭、溺。』白虎通喪服：『畏者兵死也。』此文猶云誅於竄、絶於遷耳。」○韓曰：「明二子，俊嗣封零陵王，傑封黎國公。」吴北江曰：「不聞僅存，四字作二句讀，言其事實不存，但僅存而已。」步瀛案：「遷」「存」韻，古音同部。○子父易封，孫曰：「傑子胤封曹王後，傑弟備自南還，詔停胤封而封備，後備卒，復以胤爲嗣曹王。」王宋賢曰：「太史公自序云『子父易名』，此公句法所本。」○孫曰：「三王，謂備、胤、戢也。守名，言但有空名耳。」○「延延百載」二句，廣雅釋訓曰：「延延，長也。」王宋賢曰：「自貞觀二十一年，明始王曹，至天寶十一載，臯嗣爵，凡百有六載。」案：

「名」「王」韻，退之韻文多陽、耕通用。○「畯」「俊」字通。夏小正「時有俊風」，傳曰「俊，大也」。○說文曰：「齷，齧也。」祝曰：「謂屢破希烈之衆。」王宋賢曰：「蘇枯弱彊，治民之事；齷其姦猖，用兵之事。」○王亦有子，方曰：「或云語下脱一句。今按公爲銘不必偶句用韻，劉昌裔、王仲舒碑可見。」○處王之所，王宋賢曰：「所謂『四州適在吾封』是也。」○唯舊之視，言以四州討蔡也。○爾雅釋訓曰：「蹶蹶，敏也。」詩蟋蟀毛傳曰：「蹶蹶，動而敏於事。」方密之通雅卷九曰：「比比，猶櫛比之比。退之用陛陛，亦猶比比，言衆多而層次也。」沈曰：「廣雅：坒，次也。（釋詁三）」步瀛案：方説猶是望文生義，沈以「陛」爲「坒」之通借字近之，蓋言敏於事而有次第也。○禮記儒行曰：「力行以待取。」鄭注曰：「進取位也。」詩斯干毛傳曰：「似，嗣也。」

司徒兼侍中中書令贈太尉許國公神道碑銘

韓注曰：「韓弘新史有傳，多本碑詞，傳閒有誤處，當以碑爲正。蓋淮西之役，弘爲行營都統，公爲行軍司馬，其知弘非一日也。」案：弘，舊書亦有傳。○姚姬傳古文辭類纂卷四十一附注曰：「觀弘本傳及李光顔傳，載弘以女子閙撓光顔事，與誌正相反。退之諛墓亦已甚矣。」吴先生曰：「唐書多採小説，殆即飛謀鉤謗之詞，當以碑爲正。碑云首變兩河事，亦公之所惡，則弘本末自見，不爲諛墓也。」步瀛案：舊書弘傳言弘不欲諸軍立功，每聞獻捷，輒數日不怡。光顔傳又載弘以美婦人遺光顔，陰圖撓屈其力戰。新書弘傳、光顔傳皆與舊書略同。又李義山記齊魯二生：「劉乂持退之金數斤曰：此諛墓中人所得耳，不若與劉君爲壽。」「諛墓」字出此。姚薑塢援鶉堂筆記卷四十二曰：「弘挾賊自重，飾女以撓李光顔，聽李師道輸鹽於蔡，陰爲逗撓，以危國邀功，諸將告捷，輒累日不怡。公於弘碑文，乃書其忠勤不異純臣，何耶？」惜抱説本此。然聞捷不怡之説，資治通鑑考異卷二十已駁之曰：「弘承宣武積亂之後，鎮定一方，居彊寇之間，威望甚著，若有異志，與諸鎮連衡跋扈，如反掌耳。然觀其始末，未嘗失臣節，朝廷若疑其有異志，而更用爲都統，則光顔、重胤更受其節制，非所以防之也。且數日不怡，有何狀可尋，恐毁之過其實耳。」步瀛案：温公此言，可與吴先生説互證。大抵韓弘爲人，頗有權術，雖不必爲純臣，然平時坐鎮宣武，既不與淄青、淮蔡連結，及伐淮蔡，又使其子公武帥師敵王所愾，實未嘗稍失臣節。退之既爲撰其碑文，自當稱述其美，擇其事之共見者載之，安得斥爲諛墓？且劉乂譏言，亦何足據？而姚氏以此譏之，非也。○神道之名，始見於漢。漢書高惠高后文功臣表：「戚圉侯季信成，元狩五年，坐爲太常縱丞相侵神道爲隸。」（雲谷雜記卷四謂此疑宗廟之路，非是。漢書武帝紀：「元狩五年，丞相李蔡有罪自殺。」文穎曰：「坐侵陵壖地，則非宗廟之路明矣。」）霍光傳曰：「太夫人顯，改光時所自造塋制而侈大之，起三出闕，築神道，北臨昭靈，南出承恩。」後漢書光武十王中山簡王焉傳曰：「永元二年薨，詔大爲脩冢塋，開神道。」章懷注曰：「墓前開道建石柱以爲標，謂之神道。」劉楚楨（寶楠）漢石例卷一謂神道即羨道，引周禮地官墓人鄭注及左氏僖二十五年傳、史記秦始皇本紀、續漢書禮儀志下以證，其説甚是。潘景梁（昂霄）金石例卷一謂地理家言以東南爲神道，蓋後起之説也。然神道與碑當屬二事。隸釋卷十三所載交阯都尉沈君二神道、緜竹令王君神道、上庸長司馬夢臺神道、韋氏神道，隸續卷二所載征南將軍劉君神道，卷三所載太尉劉寬神道二，及芒洛冢墓遺文續補所載蘇君神道，皆但題某官某某之神道，而隸釋卷十三所載馮焕神道題「故尚書侍郎河南京令豫州幽州刺史馮使君神道」二十字，又有殘碑記其名字歷仕事迹。（有「永寧二年」字，洪景伯以爲是其卒之年。）馮柳東（登府）金石綜例卷三謂此爲神道碑之始。集古録跋尾四所載宋文帝神道碑，止「太祖文皇帝之神道」八字，故李香子（富孫）漢魏六朝墓銘纂例卷三引葉氏奕苞曰：「或更有碑，此其神道，如漢人墓闕題識。」案：馮、李之説皆是。又集古録跋尾二曰：「楊震碑首題云『漢故太尉楊公神道碑銘』，神道碑之名，此最爲顯矣。」

韓，姬姓，以國氏。其先有自潁川徙陽夏者，其地於今爲陳之太康。汪曰：「虛就先世敍其里居。」太康之韓，其稱蓋久，然自公始大著。公諱弘，公之父曰海，汪曰：「敍先世用虛説，即入本人，然後逆出其父。」爲人魁偉沈塞，以武勇游仕許、汴之閒，寡言自可，不與人校，衆推以爲鉅人長者，官至游擊將軍，贈太師。娶鄉邑劉氏女，生公，是爲齊國太夫人。以上先世。

嚴曰：「唐韻云：『韓姓出自唐叔虞之後，曲沃桓叔之子萬，食邑於韓，因以爲氏。代爲晉卿，後分晉爲國，韓爲秦滅，復以國爲氏，出潁川，（史記韓世家曰：「秦虜王安，盡入其地爲潁川郡。」）後避王莽之亂，居南陽。』」（廣韻作「後韓騫避王莽亂，移居南陽，故有潁川、南陽二望」。）案：元和姓纂（孫氏、洪氏，據祕笈新書增，又見古今姓氏書辨證卷八引。）與唐韻略同。案：三代姓與氏有別。左隱八年：「衆仲曰：『天子建德，因生以賜姓，胙之土而命之氏。諸侯以字爲謚，因以爲族。』」杜注曰：「因其所由生以賜姓，謂若舜由嬀汭，故陳爲嬀姓，報之以土而命氏曰陳，諸侯位卑，不得賜姓，故其臣因氏其王父字。」此姓與氏之別也。然三代以下，即以氏爲姓，故秦始皇本紀曰：「姓趙氏。」高祖本紀曰：「姓劉氏。」孔子世家曰：「姓孔氏。」〇新唐書宰相世系表曰：「韓氏，河南尹騫避王莽亂居赭陽（今河南葉縣西南），九世孫河東太守術，生河東太守純，純生魏司徒南鄉（此「南鄉」元作「甫鄉」，與下不合，蓋形近而誤，今改正。姓氏書辨證作「甫陽」。）恭侯暨。」又曰：「南鄉恭侯暨子孫其後徙陽夏。」表於此系載望、垂、弘，是弘係出陽夏，與碑合。然廣韻言韓騫徙南陽，表言居赭陽，是非逕由潁川徙陽夏矣。元和姓纂綴弘系於東郡下，又異。大抵譜牒之書，傳聞不同，亦難言其孰是也。漢潁川郡治陽翟縣，今河南禹縣治；淮陽國有陽夏縣，今河南太康縣治。○隋書地理志中淮陽郡太康縣原注曰：「舊曰陽夏，開皇七年更名。」元和郡縣志曰：「河南道陳州太康縣：本漢陽夏縣地。」○舊書弘傳曰：「潁川人，其祖父無聞，世居滑之匡城。」新傳曰：「滑州匡城人。」此云太康者，蓋據其先世而言也。又案：唐河南道滑州匡城縣，今河北長垣縣西南。○公之父曰海，新書世系表作「垂」。○沈塞，案：塞，「寋」之通借字，說文曰：「寋，實也。」○不與人校，考異「校」作「交」，今依音註、五百家及文粹。○通典職官十曰：「游擊將軍爲五品以上武散官。」又十六曰：「游擊將軍，漢置，晉及陳並有之，大唐因之。」○唐六典卷一曰：「太師正一品，近代多以爲贈官，皇朝因之。」○生公，補注曰：「海二子：弘、充。」案：詳見下注。

夫人之兄曰司徒玄佐，茅曰：「入劉玄佐處有法。」又曰：「根。」有功建中、貞元之間，爲宣武軍帥，有汴宋亳潁四州之地，兵士十萬人。公少依舅氏，讀書習騎射，事親孝謹，偘偘自將，不縱爲子弟華靡遨放事，出入敬恭，軍中皆目之。嘗一抵京師，就明經試。退曰：「此不足發名成業。」復去從舅氏學，將兵數百人，悉識其材鄙怯勇，指付必堪其事。司徒歎奇之，士卒屬心，諸老將皆自以爲不及。汪曰：「敍其功與才，爲柄授張本。」司徒卒，去爲宋南城將，比六七歲，汴軍連亂不定。貞元十五年，劉逸淮死，軍中皆曰：「此軍司徒所樹，必擇其骨肉爲士卒所慕賴者付之。今見在人莫如韓甥，且其功最大，而材又俊。」即柄授之，而請命於天子，天子以爲然。遂自大理評事拜工部尚書，代逸淮爲宣武軍節度使，悉有其舅司徒之兵與地，應上地人。衆果大悅便之。曾曰：「以上敍許公所以得鎮汴。」

劉玄佐，見董公行狀注。○祝曰：「偘，和樂貌。」考異曰：「偘偘，或作『侃侃』，字與『侃』同。」論語鄉黨篇集解引孔安國曰：「侃侃，和樂貌也。」○明經，見答呂毉山人書注。○司徒卒，見董公行狀注。○舊書弘傳曰：「事玄佐爲州掾，累奏試大理評事，玄佐卒，子士寧被逐，弘出汴州，爲宋州南城將。」方輿紀要曰：「河南歸德府：唐爲宋州，建中時亦爲宣武軍城，（興元初，宣武軍移置汴州。）城有三。」原注曰：「長慶二年，宣武叛將李㝏攻宋州，陷南城，刺史高承簡保北二城，與賊戰卻之。咸通十年，徐賊龎勛襲攻宋州，陷南城，刺史鄭處沖守北城以拒賊。」（案：事見通鑑唐紀五十八及六十七。）○汴州連亂不定，已見董公行狀。孫曰：「貞元十五年二月，晉卒，以行軍司馬陸長源爲使，軍亂，殺長源，以宋州刺史劉逸淮爲使。」○新書德宗紀曰：「貞元十五年九月庚戌，宣武軍節度使劉全諒卒。」陸長源傳曰：「長源死，監軍俱文珍密召宋州刺史劉全諒使總後務，全諒至，其夜軍復亂，殺大將及部曲五百人乃定。帝即詔全諒檢校工部尚書、宣武節度使。全諒始名逸淮，至是賜名，本懷州武陟人也。視事凡八月，卒，贈尚書右僕射。軍中立韓弘代節度云。」步瀛案：劉全諒卒，舊書德宗紀繫八月下，然是年八月壬申朔，是月不宜有庚戌，上文「丙午」上已脱「九月」二字也。通鑑唐紀五十一改爲「庚辰」，然下文丙辰、辛酉仍非八月所有，亦誤脱「九月」二字而不悟耳。舊書全諒傳言「二月」，尤誤。又案：新舊書德宗紀及全諒傳皆作「逸準」，通鑑同，新書長源傳作「逸淮」，與此碑合。○舊書德宗紀曰：「貞元十五年（是年脱「九月」字，見上。）辛酉，以大理評事、宣武軍都知兵馬使韓弘檢校工部尚書，兼汴州刺史、御史大夫、宣武軍節度使。」弘傳曰：「貞元十五年，全諒卒，汴軍懷玄佐之惠，又以弘長厚，共請爲留後，環監軍使請表其事，朝廷許之。自試大理評事檢校工部尚書、汴州刺史、兼御史大夫、宣武軍節度副大使知節度事、宋亳汴潁觀察等使。」唐六典卷十八曰：「大理寺評事，從八品下。」○世綵堂本無「衆果大悦便之」六字。

當此時，陳許帥曲環死，而吴少誠反，自將圍許，求援於逸淮，啗之以陳歸汴，使數輩在館，公悉驅出斬之，選卒三千人，會諸軍擊少誠許下，少誠失勢以走，河南無事。曾曰：「以上拒蔡。」

舊書德宗紀曰：「貞元十五年八月丙申，陳許節度使、檢校尚書右僕射、許州刺史曲環卒。」曲環傳曰：「陝州安邑人也。」案：陳許，見平淮西碑注。○新書德宗紀曰：「貞元十五年三月甲寅，彰義軍節度使吴少誠反。九月丙午，少誠寇許州。」舊書吴少誠傳曰：「少誠，幽州潞縣人。李希烈征梁崇義，以少誠爲前鋒。希烈叛，少誠頗爲其用。希烈死，少誠等初推陳仙奇統戎事，尋爲少誠所殺。衆推少誠知留務，朝廷遂授以留後，尋正授節度。貞元十五年，陳許節度曲環卒，少誠擅出兵攻掠臨潁縣，節度留後上官涚遣兵赴救，救兵三千餘人悉擒縛而去。九月，遂圍許州。」○説文曰：「啗，食也。」朱豐芑説文通訓定聲卷四曰：「自食爲啖，食人爲啗。」案：字亦作「嚪」，史記樂毅傳曰：「令趙嚪秦以伐齊之利。」集解引徐廣曰：「嚪，進說之意。」○新傳曰：「先是曲環死，吳少誠與全諒謀襲陳許，使數輩仍在館。弘始得帥，欲以忠自表於衆，即驅出斬之，選卒三千會諸軍擊少誠，敗之。」

公曰：「自吾舅殁，（汪曰：「收舅氏案。」）五亂於汴者，吾苗薅而髮櫛之幾盡，然不一揃刈，不足令震駴。」命劉鍔以其卒三百人待命於門，數之以「數與於亂，自以爲功」，并斬之以徇，血流波道。（何曰：「先提擊走少誠，然後敘誅劉鍔，事便不平直，此左氏敘事法也。」）自是訖公之朝京師廿有一年，莫敢有讙呶叫號于城郭者。（曾曰：「以上治汴。」）

淮南子兵略篇曰：「聖人之用兵也，若櫛髮耨苗，所去者少而所利者多。」「薅」字，已見平淮西碑注。通鑑唐紀五十一曰：「宣武軍自劉玄佐薨，凡五作亂。」胡注曰：「貞元八年玄佐薨，汴卒拒吳湊而立其子士寧，李萬榮既逐士寧，十年韓惟清等亂，十二年萬榮死，其子迺以兵亂，董晉既入汴，鄧惟恭復謀亂，十四年晉薨，兵又亂，殺留後，凡五亂。」○說文曰：「揃，滅也。」莊子外物篇釋文曰：「揃，子淺反。三蒼云：揃，猶翦也。」說文曰：「乂，芟草也。」重文作「刈」，曰：「或又从刀。」○說文曰：「駭，驚也。」文選西京賦李注曰：「『駭』與『駴』同。」○「數之」數，所矩切。「數與」數，所角切。與音預。○舊傳曰：「汴州自劉士寧之後，軍益驕恣，及陸長源遇害，頗輕主帥，其爲亂魁黨數十百人，弘視事數月，皆知其人。有部將劉鍔者，兇卒之魁也。弘欲大振威望，一日（通鑑在貞元十六年三月）引短兵於衙門，召鍔與其黨三百，數其罪，盡斬之以徇，血流道中，弘對賓僚言笑自若。」○說文曰：「廿，二十并也。」大徐音人汁切。○詩賓之初筵毛傳曰：「號呶，號呼讙呶也。」釋文曰：「號，呼毛反；呶，女交反；讙，呼端反。」

李師古作言起事，屯兵于曹，以嚇滑帥，且告假道。公使謂曰：「汝能越吾界而爲盗邪？有以相待，無爲空言。」滑帥告急，公使謂曰：「吾在此，公無恐。」或告曰：「翦棘夷道，兵且至矣。請備之。」公曰：「兵來不除道也。」不爲應。師古詐窮變索，遷延旋軍。少誠以牛皮鞵材遺師古，師古以鹽資少誠，潛過公界，覺，皆留輸之庫，曰：「此於法不得以私相餽。」以上拒鄆、蔡。

舊書李正己傳曰：「正己，高麗人也。授平盧淄青節度觀察使，徙居鄆州，卒，子納擅總兵政。興元元年四月歸順，詔加檢校工部尚書、平盧軍節度、淄青等州觀察使。子師古累奏至青州刺史。貞元八年，納死，軍中以師古代其位而上請，朝廷因而授之。及德宗遺詔下，告哀使未至，義成軍節度使李元素録遺詔報師古。師古遂集將士，引元素使者謂曰：『李元素僞録遺詔，不可以不討。』遂杖元素使者，遽出兵以討元素爲名，冀因國喪以侵州縣。」案：唐河南道曹州治濟陰縣，在今山東曹縣西北。○新書李元素傳曰：「元素字太朴，邢國公密裔孫。鄭滑節度使盧羣卒，拜元素檢校工部尚書，節度其軍。」方鎮表曰：「興元元年，永平軍節度徙治滑州。貞元元年，改號義成軍節度。」餘見平淮西碑注。○滑帥告急，考異「帥」作「師」，今依音註、五百家及文粹。○左僖二年曰：「晉荀息請假道于虞以伐虢。」○左成十六年杜注曰：「夷，平也。」○儀禮鄉射禮鄭注曰：「索猶盡也。」左襄十四年杜注曰：「遷延，却退。」舊書李正己傳曰：「師古聞順宗即位，乃罷兵。」

田弘正之開魏博，李師道使來告曰：「我代與田氏約相保援，今弘正非其族，又首變兩河事，亦公之所惡，微言。我將與成德合軍討之，敢告。」公謂其使曰：「我不知利害，知奉詔行事耳。若兵北過河，我即東兵以取曹。」师道懼，不敢動，弘正以濟。以上拒鄆以成田弘正歸朝之志。

田弘正事，見平淮西碑注。○舊書憲宗紀曰：「元和元年閏六月壬戌朔，（壬戌原誤壬子，以七月壬辰朔推之，當是壬戌，今依新紀及通鑑改。）淄青李師古卒。八月己巳，以建王審爲鄆州大都督、平盧淄青節度使，以節度副使李師道權知鄆州事、充節度留後。十月（二字依傳補）壬午，以淄青節度使留後李師道檢校工部尚書、兼鄆州大都督府長史、充平盧淄青節度副大使知節度事。」李正己傳曰：「師道，師古異母弟，師古死，其奴不發喪，潛使迎師道而奉之。憲宗以蜀川方擾，不能加兵於師道。元和元年七月，遂命建王審遥領節度，授師道淄青節度留後。十月，充平盧軍及淄青節度副大使知節度事。」○舊書田悦傳（附田承嗣傳後）曰：「悦充魏博七州節度使，李勉增廣汴州城，李正己聞而猜懼，以兵萬人屯曹州，遣使説悦，同爲拒命。悦乃與正己謀阻兵。正己卒，子納求節鉞，朝廷不允，遂與納同謀叛逆。河東節度使馬燧、河陽李艽與昭義軍討悦，李納遣兵八千人助悦。」又曰：「朱滔稱冀王，悦稱魏王，又請李納稱齊王。」○弘正父廷玠與田承嗣爲從昆弟，故承嗣愛之，以爲必興吾宗，見弘正傳。（已見平淮西碑注）今云非其族，明師道誣詞。○首變兩河事，謂河南北藩鎮皆私其土，而弘正舉六州版籍請吏於朝，爲首變兩河事也。田弘正開魏博在元和七年，是時成德軍節度爲王承宗。新書憲宗紀曰：「元和四年三月乙酉，成德軍節度王士真卒，其子承宗自稱留後。十月辛巳，成德軍節度使王承宗反。五年七月丁未，赦王承宗。」藩鎮傳曰：「王武俊本出契丹怒皆部。興元元年，拜檢校工部尚書、恒冀深趙節度使。貞元十七年死，士真襲位，其長子也。元和四年死，軍中推其子承宗爲留後。」○時曹州屬平盧淄青節度。

誅吴元濟也，命公都統諸軍，曰：「無自行，以遏北寇。」公使子公武以兵萬三千人會討蔡下，歸財與糧以濟諸軍，卒擒蔡姦。於是以公爲侍中，而以公武爲鄜坊丹延節度使。曾曰：「以上平蔡。」

孫曰：「元和十年九月，以弘充淮西行營都統使。」案：已見平淮西碑。新書百官志曰：「都統掌征伐，兵罷則省。」又曰：「都統總諸道兵馬，不賜旌節。」○萬三千人，考異曰：「淮西碑『三』作『二』。」步瀛案：當以此碑爲是，見彼注。○儀禮聘禮記鄭注曰：「今文『歸』作『饋』。」案：歸，「饋」之通借字。説文曰：「饋，餉也。」

師道之誅，曾曰：「若他手爲之，則曰『誅李師道也』，與上文對舉矣。退之隨手變換，無所不可。」公以兵東下，進圍考城，克之，遂進迫曹，曹寇乞降。曾曰：「以上平鄆。」

舊書憲宗紀曰：「元和十三年秋七月乙酉，詔削奪淄青節度使李師道在身官爵，仍令宣武、魏博、義成、武寧、横海等五鎮之師分路進討。」通鑑唐紀五十六曰：「初，李師道謀逆命，判官高沐與同僚郭旴、李公度屢諫之，師道殺沐并囚郭旴。及淮西平，師道憂懼，不知所爲。李公度及牙將李英曇説之，使納質獻地以自贖。師道從之，遣使奉表請使長子入侍，并獻沂、密、海三州，上許之。師道暗弱，軍府大事獨與妻魏氏、奴胡惟堪、楊自温、婢蒲氏、袁氏及孔目王再升謀之，大將及幕僚莫得預焉。魏氏不欲其子入質，與蒲氏、袁氏言於師道曰：『自先司徒以來，有此十二州，奈何無故割而獻之？若力戰不勝，獻之未晚。』師道乃大悔，表言軍情不聽納質割地，上怒，決意討之。秋七月乙酉，下制罪狀李師道，令宣武、魏博、義成、武寧、横海兵共討之。」（舊李正己傳、新藩鎮傳互有歧異，今姑從通鑑。）○通鑑唐紀五十六曰：「吴元濟既平，韓弘懼。九月，自將兵擊李師道，圍曹州。十四年春正月，拔考城，殺二千餘人。」（樊注：「二」作「三」。）胡注曰：「考城，漢古縣，唐屬曹州。」案：唐曹州考城縣，今河南考城縣治。

鄆部既平，公曰：「吾無事於此，其朝京師。」天子曰：「大臣不可以暑行，其秋之待。」公曰：「君爲仁，臣爲恭，可矣。」遂行，既至，獻馬三千匹，絹五十萬匹，他錦紈綺纈又三萬，金銀器千。而汴之庫廏錢以貫數者尚餘百萬，絹亦合百餘萬匹，馬七千，糧三百萬斛，兵械多至不可數。初，公有汴，承五亂之後，汪曰：「前誅劉鍔，從五亂說來，見其定亂。此因入朝獻馬幣，又自五亂說來，以見其財足。」又曰：「敍定亂則說到入朝之無敢或譁，敍財足則追前五亂之恒無宿儲，一是終言之，一是追言之，乃史家妙法。」掠賞之餘，且斂且給，恒無宿儲。至是公私充塞，至於露積不垣。何曰：「又一束，瀠洄曲折不可一覽而盡。」又曰：「自是訖『公之朝京師』『初，公有汴』，周環一綫。」

○以上因入朝而敍治汴之功。

舊書憲宗紀曰：「元和十四年二月壬戌，田弘正奏：『今月九日，（舊書是月己酉朔，則九日爲丁巳；新紀作戊午，則十日也。）淄青都知兵馬使劉悟斬李師道并男二人首請降，師道所管十二州平。』甲子，上御宣政殿受賀。」李正己傳曰：「元和十三年十月，魏博節度使田弘正率本軍破賊，師道使劉悟將兵當魏博軍，既敗，數令促戰，師未進，乃使奴召悟計事。悟知其來殺己，乃稱病不出，召將吏謀，迎其使而斬之。遂賫師道追牒以兵趣鄆州，及夜至門，示以師道追牒，乃得入，兵士繼進，擒師道而斬其首，送于魏博軍。元和十四年二月也。」元和郡縣志曰：「河南道鄆州：淄青節度使理所。」案：唐鄆州治東平縣，今山東東平縣西北。○樊曰：「元和十四年二月，李師道伏誅，收復河南十二州（舊傳脱「十」字），弘大懼，因請入朝。七月，擕汴之牙校千人入覲。」○絹五十萬匹，音註、五百家「五十萬」並作「七千」，並注曰：「一作『五千』，一作『三千』，一作『五十萬』。」文粹無此句。○舊傳曰：「弘進絹三十五萬匹，絁三萬匹，銀器二百七十件。」與碑所載不同。通鑑以碑所載之數（惟「絹五十萬匹」作「五千」）爲弘七月戊寅入朝所獻，舊書所載之數（惟「絹三十五萬匹」作「二十五萬匹」）爲甲午所再獻。新傳與碑同，惟删「金銀器千」一句。○廣韻十六屑曰：「纈，綵。纈，胡結切。」

册拜司徒、兼中書令，進見上殿，拜跪給扶。贊元經體，不治細微，天子敬之。元和十五年，今天子即位，公爲冢宰，又除河中節度使。在鎮三年，以疾乞歸，復拜司徒、中書令。病不能朝，以長慶二年十二月三日，薨於永崇里第，年五十八。天子爲之罷朝三日，贈太尉，賜布粟，其葬物有司官給之，京兆尹監護。明年七月某日，葬于萬年縣少陵原，京城東南三十里，楚國夫人翟氏祔。子男二人：長曰肅元，某官；次曰公武，某官。肅元早死。公之將薨，公武暴病先卒，公哀傷之，月餘遂薨。無子，以公武子孫紹宗爲主後。以上歷官及卒葬。

舊書憲宗紀曰：「元和十四年八月己酉制：『宣武軍節度副大使知節度事、汴宋亳潁等州觀察處置等使、開府儀同三司、守司徒、兼侍中、汴州刺史、許國公、食邑三千户韓弘，可守司徒、兼中書令。』弘堅辭戎鎮故也。」弘傳曰：「三上章堅辭戎務，願留京師奉朝請，詔守司徒、兼中書令。」唐六典卷一曰：「司徒，正一品。」餘見董公行狀注。○舊傳曰：「弘入覲，對於便殿，拜舞之際，以其足疾，命中使掖之。」沈曰：「晉宋故事，位尊年耆者，加兵給扶。」玉海（一百六十）「楊綰對延英給扶」，則唐自有給扶之制。○退之河南同官記曰：「登槐贊元。」祝曰：「贊元，謂輔贊元首。」案：周禮序官曰：「體國經野。」或曰如祝説，則體猶股肱，謂羣臣也。淮南原道篇高注曰：「經，理也。」謂上贊元首，下理羣臣也。○舊書穆宗紀曰：「穆宗諱恒，憲宗第三子。元和十五年正月庚子，憲宗崩。丙午，即皇帝位於太極殿東序。」弘傳曰：「憲宗崩，以弘攝冢宰。」論語憲問篇曰：「君薨，百官總己以聽於冢宰三年。」孟子滕文公上、禮記檀弓下並同，後世人君不行三年之喪。穆宗正月丙午即位，正月丁卯與羣臣皆釋服從吉，（舊紀）則冢宰亦虛文而已。周禮天官冢宰疏引鄭目録曰：「冢，大也。」○舊書穆宗紀曰：「元和十五年六月丁丑，以司徒、兼中書令韓弘爲河中尹、充河中晉絳慈隰等州節度使。」元和郡縣志曰：「河東道河中府爲河中節度使理所。」案：餘見董公行狀注。○舊書穆宗紀曰：「長慶二年冬十月壬戌，前河中晉絳慈隰等州節度使（「前」字疑「制」字之誤）、開府儀同三司、守司徒、中書令、河中尹、上柱國、許國公韓弘，可守司徒、兼中書令。」弘傳曰：

「二年，請老，乞罷戎鎮，三表，從之，依前守司徒、中書令。」○舊書穆宗紀曰：「長慶二年十二月丁亥朔，庚寅，是夜司徒、中書令韓弘卒。」案：碑言三日，當爲己丑。舊紀言庚寅夜，蓋即己丑之夜也。方雪齋曰：「弘卒後二日辛卯，穆宗即于紫宸殿見百官，則所謂罷朝三日者，亦徒有其名而無其實耳。」沈曰：「長安志（卷八）：皇城東第一街永崇坊，有司徒、兼中書令韓弘宅。」○年五十八，朱曰：「或作『八十』。方考新舊史，定從今本。」步瀛案：音註、五百家及文粹並作「八十」，以給扶、請老等事觀之，疑作「八十」爲是。○唐六典卷一曰：「太尉正一品。」新傳曰：「謚曰隱。」援鶉堂筆記曰：「碑不書，想以非美謚耳。」○舊傳曰：「贈太尉，賻絹二千匹，布七百端，米粟千碩。」（韓注本「碩」，一作『石』。案：説文作「柘」，「石」「碩」皆借字。）○陳曰：「時韓方尹京兆，監護其喪者即公也，故公祭韓令公文中有云『錫祕物之必周，余將命而臨視』是也。祭文乃門人沈亞之代作，亞之時爲櫟陽尉，京兆屬邑也。」案：韓子年譜「長慶三年夏爲京兆尹」，引穆宗實録曰：「三年六月辛卯，吏部侍郎韓愈兼御史大夫。」唐六典卷三十曰：「京兆尹從三品，掌清肅邦畿，考覈官吏，宣布德化，撫和齊人，勸課農桑，教諭五教。」○通典州郡一京兆府萬年縣原注曰：「有少陵原，漢宣許后陵。」長安志卷十一曰：「萬年縣少陵原在縣南四十里，即漢鴻固原也。宣帝許皇后葬於此，俗號少陵原。」清統志曰：「陝西西安府咸寧縣：唐萬年縣，少陵原在長安縣南，南接咸寧縣界。」（咸寧今併入長安。）○長曰肅元某官，案：世系表亦不著其官。○舊傳曰：「公武自宣武馬步都虞候將兵誅蔡，賊平，檢校右散騎常侍、鄜坊等州節度使。丁所生憂，起復金吾將軍。十四年，父弘入朝，公武乞罷節度，入爲右金吾將軍。既而弘出鎮河中，季父充移鎮宣武，公武歎曰：『二父聯居重鎮，吾以孺子當執金吾職，家門之盛，懼不克勝。』堅辭宿衛，改右驍衛將軍。弘罷河中，居永崇里第，公武居宣陽里之北門。因省父，無疾暴卒，贈户部尚書。」新傳曰：「謚曰恭。」又見平淮西碑注。○舊書穆宗紀曰：

「長慶二年閏十月壬辰，右驍衛大將軍韓公武卒，廢朝。」

二寇患公居閒，爲己不利，以閒汴之南則蔡，北則鄆，曾曰：「敍次既畢，復摘尤大者著議以最其功，筆端大廉悍，亦其位置裁布有以顯之也。」卑身佞辭，求與公好，薦女請昏，使日月至。既不可得，則飛謀鉤謗，以閒染我。公先事候情，壞其機牙，姦不得發，王誅以成。最功定次，孰與高下？曾曰：「以總敍帥汴之功。」

左昭五年：「薳啓彊曰：『晉之事君，臣曰可矣。求昏而薦女。』」○舉正、考異、音註、五百家「鉤」作「鈎」，並注曰：「一作『鉤』。」吳先生校韓集定作「鉤」。案：「鉤」「句」字通。說文曰：「句，曲也；鉤，曲鉤也。」鬼谷子飛箝篇曰：「引鉤箝之辭。」陸農師注曰：「謂誘致其情也。」○機牙，禮記緇衣鄭注曰：「機，弩牙也。」案：此以弩爲喻。○史記衛將軍驃騎列傳索隱曰：「最，凡計也。」步瀛案：最，當作「冣」，說文曰：「冣，積也。」段注曰：「古凡云殿冣者，皆當从冖作冣，讀才句切。」朱豐芑曰：「凡『冣目』『冣括』『殿冣』字皆當作『冣』，六朝以後皆譌作『最』。」

公子公武，與公一時俱授弓鉞，處藩爲將，疆土相望。公武以母憂去鎮，公母弟充，自金吾代將渭北。公以司徒、中書令治蒲，于時弟充自鄭滑節度平宣武之亂，以司空居汴。自唐以來，莫與爲比。曾曰：「以上子弟同秉節鉞。」○何曰：「此段又敍國家報功之厚，淋漓有餘情，極設色之工，然於事未嘗有所增加，宋以後人不及也。」

禮記王制曰：「諸侯賜弓矢然後征，賜鈇鉞然後殺。」○孫曰：「元和十二年十一月，以公武爲渭北鄜坊節度使。十四年十一月，以母憂去官。十五年正月，以弘弟充代公武領渭北。」○蒲即河中府。元和郡縣志曰：「河東道河中府：本舜所都蒲坂也，今州即秦河東郡地，後魏太武帝於今州理置雍州，延和元年改爲秦州，周明帝改爲蒲州，因蒲坂以爲名。隋大業三年，罷州，又置河東郡。武德元年，罷郡置蒲州，開元元年，改爲河中府。」○新書弘傳曰：「弟充，本名璀。」元和姓纂曰：「弘弟權右金吾將軍。」疑「權」即「璀」字之誤，世系表及姓氏書辨證但言充，不聞別有弟也。○舊書穆宗紀曰：「長慶二年二月癸酉，以鄜坊丹節度使韓充爲義成軍節度使。秋七月戊戌，汴州軍亂，逐節度使李愿，立牙將李岕爲留後。（岕，原誤「充」，今改。）丙午，以鄭滑節度使韓充爲汴州刺史、宣武軍節度使、汴宋亳潁觀察等使，鄭滑如故，以宣武軍節度押衙李岕爲右金吾衛將軍。八月癸酉，韓充奏今月六日發軍入汴州界，營于千塔。丙子，汴州監軍姚文壽與兵馬使李質同謀，斬李岕及其黨薛志忠、秦隣等。丁丑，韓充入汴州。」新書充傳曰：「爲義成軍節度使，會汴軍逐李愿，以李岕主留事，帝謂充素爲汴士悦向，詔節度宣武兼統義成兵討岕，戰郭橋，破之。會李質斬岕，遂入汴。加檢校司空。籍岕所脅爲兵者三萬悉縱之，又責首亂者千餘斥出境，令曰敢後者斬。由是內外按堵，人愛賴之。」通鑑唐紀五十八曰：「長慶二年八月壬申，韓充敗宣武兵於郭橋，斬首千餘級，進軍萬勝。初，李岕既爲留後，以都知兵馬使李質爲腹心，岕疽發於首，悉以軍事屬質。丙子，質與監軍姚文壽擒岕殺之，執岕四子送京師。」是入汴之前先戰郭橋，舊傳言不戰而入大梁，非也。又，岕爲李質所殺，舊傳云送岕歸京師，亦非也。

公之爲治，嚴不爲煩，止除害本，不多教條，與人必信，方望溪曰：「雖淡語，而丰稜治法，具見於此，故以結束通篇。」

吏得其職，賦入無所漏失，人安樂之，在所以富。公與人有畛域，不爲戲狎，人得一笑語，重於金帛之賜。其罪殺人，不發聲色，問法何如，不自爲輕重，故無敢犯者。以上并敘其性情。其銘曰：

在貞元世，汴兵五猘；將得其人，衆乃一愒。莊子秋水篇：「其無所畛域。」成玄英疏以「畛界限域」釋之。其人爲誰，韓姓許公；磔其梟狼，養以雨風；桑穀奮張，厥壤大豐。貞元元孫，命正我宇；公爲臣宗，處得地所。河流兩壖，盜連爲羣；雄唱雌和，首尾一身。公居其間，爲帝督姦；察其嚬呻，與其睨眴；左顧失視，右顧而跽。蔡先鄆鉏，三年而墟；槁乾四呼，終莫敢濡；常山幽都，孰陪孰扶；天施不留，其討不逋；許公預焉，其賚何如。悠悠四方，既廣既長。無有外事，朝廷之治。許公來朝，車馬干戈；相乎將乎，威儀之多。將則是矣，相則三公；釋師十萬，歸居廟堂。上之宅憂，公讓太宰；養安蒲坂，萬邦絶等。有弟有子，提兵守藩；一時三侯，人莫敢扳。生莫與榮，殁莫與令。刻文此碑，以鴻厥慶。方望溪曰：「韓碑惟此總括始終事迹以爲銘，然切究碑文，正直書其事，而當日兩河之情事，公之材武忠順，宜受寵命，保有天禄，必得銘詞乃曲暢，與會撮前文別無意義可尋者異矣。」何曰：「銘詩亦偉麗絶世。」○何曰：「通篇大意，只説韓弘帥汴，居蔡、鄆之交，而能屹然中立，制之使不得逞，卒成朝廷翦逆之功。首尾只一節，但敍得逐層變化耳。」姚薑塢曰：「碑文嚴毅威重，與其人相稱。」姚姬傳曰：「雄偉，首尾無一字懈，精神奕然。」

猘，同「狾」。左襄十七年釋文引字林曰：「狾，九世反，狂犬也。」祝曰：「自劉玄佐死，汴州五亂。」○詩民勞毛傳曰：「愒，息也。」釋文曰：「愒，起例反。」○史記李斯傳索隱曰：「磔謂裂其肢體而殺之。」○書金縢曰：「惟爾元孫某。」韓曰：「貞元皇帝之孫憲宗。」○史記河渠書集解引韋昭曰：「堧音而緣反，謂緣河邊也。」○盜連爲羣，案：指鄆、蔡。○素問陰陽應象大論王砅注曰：「呻，吟聲也。」○説文曰：「睆，袞視也。」又曰：「旬，目摇也。」重文作「眴」，曰：「旬，或从目，旬（段曰「句聲」）。」莊子田子方篇釋文曰：「眴，李音荀。」○説文曰：「跽，長跪也。」大徐音渠几切。案：二句言鄆、蔡居左右，以弘鎮汴故，左右顧之，彼皆帖服不敢逞也。○補注曰：「常山，成德軍；幽都，幽州也。」案：書堯典「宅朔方曰幽都」。莊子在宥篇「流共工於幽都」，釋文引李曰：「即幽州也。尚書作幽都。」舊書憲宗紀曰：「元和五年九月壬戌，以瀛州刺史劉總起復授幽州長史、充幽州盧龍節度使。」地理志曰：「幽州節度治幽州。」餘見送李端公序注。○詩載馳毛傳曰：「悠悠，遠貌。」○無有外事，謂蔡、鄆既平。○相則三公，謂册拜司徒也。已見送幽州李端公序注。○「公」「堂」韻，東、陽通。○補注曰：「上謂穆宗。」案：書僞説命上曰：「王宅憂，諒闇三年。」○周禮天官冢宰曰：「大宰之職。」賈疏曰：「言冢宰者，據總攝六職，若據當職，則稱大宰也。」釋文曰：「大音泰。」○蒲坂，見上注。○「扳」「攀」「攀」並同，本字作「𠬜」，説文曰：「引也。」○論語子張篇：「子貢曰：夫子其生也榮。」○爾雅釋詁曰：「令，善也。」○淮南原道篇高注曰：「鴻，大也。」

柳子厚墓誌銘

韓曰：「公元和十五年九月二十二日，始自袁州召還，此誌作於袁州。公之誌子厚詳矣，其祭文推許尤厚。」劉夢得祭子厚文曰：「退之承命，改牧宜陽，勒石垂後，屬於伊人。」其後序其集曰：「子厚之喪，昌黎韓退之誌其墓，且以書來弔曰：『哀哉若人之不淑，吾嘗評其文，雄深雅健似司馬子長，崔蔡不足多也。』安定皇甫湜於文章少推許，（劉賓客集「少」下有「所」字，「許」作「讓」，柳集序同。）亦以退之之言爲然。凡子厚之名氏，（劉集無「之」字，柳集序同。）與仕與年，暨行己之大方，有退之之誌若祭文在。」夢得與子厚俱以文推，及誌其墓，夢得則屬於公而不敢當，公之文在當時爲儕輩所服如此。○王宋賢曰：「標題不書官位，止書姓字，以子厚姓字，人所共知，故與李元賓墓銘一例。歐公尹師魯、梅聖俞二誌標題，即倣公李、柳二誌。歐囑尹氏子弟勿于碑額添書官位，可知專書姓字正自有義。或疑此文失當時碑額，非也。」步瀛案：韓集各本皆然，可知退之正以不書官位見義。而文苑作柳州刺史柳君墓誌銘，文粹作唐柳州刺史柳子厚墓誌，觀瀾文乙集同，唯無「唐」字，疑各以意署，非韓集有此也。

子厚，諱宗元。汪曰：「起處不書姓，於『衆謂柳氏有子』見之。」七世祖慶，爲拓跋魏侍中，封濟陰公。曾伯祖奭，爲唐宰相，與褚遂良、韓瑗俱得罪武后，死高宗朝。吴曰：「敘祖德亦與其生平相發，蓋文章義例，每篇中不得有一冗詞濫語與主旨無涉者。今人不知此義矣。」皇考諱鎮，以事母，棄太常博士，求爲縣令江南；其後以不能媚權貴，失御史；權貴人死，乃復拜侍御史；號爲剛直，所與游皆當世名人。以上先世。

柳子厚先侍御史府君神道表曰：「六代祖諱慶，後魏侍中、平齊公。五代祖諱旦，周中書侍郎、濟陰公。」周書柳慶傳曰：「字更興，解人也。孝閔帝踐阼，進爵平齊公。」不言封濟陰。北史柳慶傳（附兄虯傳）、新書宰相世系表、元和姓纂皆無封濟陰之文。然退之與子厚至交，敍其先世不應有誤。或此文「侍中」下本有「封平齊公，六世祖旦爲周中書侍郎」等字，傳寫者脱去；抑或慶嘗改封濟陰而史不具，皆未可知也。（隋書、北史旦傳，世系表，姓纂亦不言旦封濟陰。）魏書帝紀曰：「黄帝子昌意少子受封北土。黄帝以土德王，北俗謂土爲拓，謂后爲跋，故以爲氏。」姓纂曰：「黄帝土德王，北人謂爲拓后跋氏，後拓后跋氏從省文爲拓跋氏。孝文帝遷洛陽，改爲元氏。」○神道表曰：「曾伯祖諱奭，字子燕，唐中書令。」姓纂曰：「慶生機、弘、旦、肅、勃，旦生燮、則、綽、楷、融、亨，則生奭。」新書世系表亦云奭字子燕。柳奭傳（附柳澤傳）曰：「奭字子邵。」案：奭爲子厚父之曾伯祖，與子厚之高祖子夏爲從父昆弟，此當云高伯祖，「曾」字疑傳寫之誤。然詩維天之命曰：「曾孫篤之。」鄭箋曰：「曾猶重也，自孫之子而下，享先祖皆稱曾孫。」或祖之父以上亦可通稱曾祖歟？○舊書柳奭傳（附柳亨傳）曰：「奭，貞觀中累遷中書舍人，後以外生女爲皇太子妃，擢拜兵部侍郎。妃爲皇后，（舊書后妃傳曰：「高宗廢后王氏，并州祁人也。永徽初，立爲皇后。」）奭又遷中書侍郎。永徽三年，代褚遂良爲中書令。及后廢，累貶愛州刺史，尋爲許敬宗、李義府所構，云奭潛通宫掖，謀行鴆毒，又與褚遂良等朋黨構扇，罪當大逆。高宗遣使就愛州殺之。」褚遂良傳曰：「遂良，散騎常侍亮之子也。（亮傳曰：「杭州錢塘人。」新書遂良傳曰：「字登善。」）永徽三年，拜吏部尚書、同中書門下三品。四年，爲尚書右僕射，依舊知政事。六年，高宗將廢皇后王氏，立昭儀武氏爲皇后，遂良曰：『皇后出自名家，無僭婦德。先帝不豫，執陛下手以語臣曰：「我好兒好婦，今將付卿。」陛下親承德音，言猶在耳，皇后恐不可廢。』帝立昭儀爲皇后，左遷遂良潭州都督。顯慶二年，轉桂州都督。未幾，又貶爲愛州刺史。明年，卒官。」韓瑗傳曰：「瑗，雍州三原人也。（新傳曰：「字伯玉。」）永徽四年，同中書門下三品。六年，遷侍中。時高宗欲廢王皇后，瑗涕泣諫，帝不納。明日，瑗又諫，悲泣不能自勝。帝大怒，促令引出。尋而尚書左僕射褚遂良以忤旨左授潭州都督，瑗復上疏理之，帝竟不納。顯慶二年，許敬宗、李義府誣奏瑗與遂良潛謀不軌，於是更貶遂良爲愛州刺史，左授瑗振州刺史。四年，卒官。」○神道表曰：「先君諱鎮，字某。高祖諱楷，隋刺齊、房、蘭、廓四州。曾祖諱子夏，徐州長史。祖諱從裕，滄州清池令。皇考諱察躬，湖州德清令。」姓纂曰：「察躬生鎮，侍御史。」屈原離騷曰：「朕皇考曰伯庸。」禮記曲禮下曰：「父曰皇考。」○神道表曰：「常吏部命爲太常博士，先君固曰：『有尊老孤弱在吳，願爲宣城令。』三辭而後獲徙爲宣城。」韓仲雅（醇）柳集詁訓曰：「常吏部名袞。」案：新舊書袞傳皆不言爲吏部。唐六典卷十四曰：「太常寺博士四人，從七品上，掌辨五禮之儀式，奉先王之法制，適變隨時而損益焉。」案：唐江南道宣州宣城縣，今安徽宣城縣治。○神道表曰：「遷殿中侍御史，會宰相與憲府比周，誣陷正士，以校私讎，有擊登聞鼓以聞於上，上命先君總三司以聽理，至則平反之。羣冤獲宥，邪黨側目。逾年卒中以他事，貶夔州司馬。」音辯曰：「貞元四年，陝虢觀察使盧岳卒，岳妻分貲不及妾子，妾訴之。（舊書穆贊傳曰：「盧岳妾裴氏。」）中丞盧佋欲重妾罪，侍御史穆贊不聽，佋與竇參共誣贊受金，捕送獄。（舊贊傳曰：「侍御史杜倫希其意，誣贊受裴之金，鞭其使以成其獄甚急，弟賞馳詣闕撾登聞鼓。」）詔殿中侍御史柳鎮與刑部員外郎李覿、大理卿楊瑀爲三司，覆治無之。」（柳集音辯引）○神道表曰：「居三年，醜類就殛，拜侍御史。制書曰：守正爲心，疾惡不懼。」舊書德宗紀曰：「貞元八年夏四月乙未，貶中書侍郎、平章事竇參爲郴州別駕。」

○子厚先君石表陰先友記曰：「先君之所與友，凡天下善士舉集焉。」

子厚少精敏，無不通達。逮其父時，雖少年已自成人，能取進士第，嶄然見頭角。衆謂柳氏有子矣。其後以博學宏詞，授集賢殿正字、藍田尉。儁傑廉悍，議論證據今古，出入經史百子，踔厲風發，率常屈其座人。名聲大振，一時皆慕與之交，諸公要人爭欲令出我門下，交口薦譽之。貞元十九年，拜監察御史。王叔文、韋執誼用事，拜尚書禮部員外郎，且將大用。遇叔文等敗，例出爲刺史。未至，又例貶永州司馬。吴曰：「以上敍少時聲譽及遭貶。」

神道表曰：「貞元九年，宗元得進士第。上問有司曰：『得無以朝士子冒進者乎？』有司以聞，上曰：『是固抗姦臣竇參者耶？吾知其不爲子求舉矣。』」又與楊誨之第二書曰：「吾年十七求進士，四年乃得舉。」又送苑論登第後歸覲詩序曰：「八年冬，余與馬邑苑言揚聯貢于京師。是歲小司徒顧公守春官之缺，而權擇士之柄。明年春，同趨權衡之下，並就重輕之試。二月丙子，有司題甲乙之科揭於南宮，余與兄又聯登焉。」音辯曰：「户部侍郎顧少連權禮部侍郎，知貢舉。」樊曰：「貞元九年登第，年二十一。」○廣雅釋訓曰：「嶄嶄，高也。」曹憲音讒。援鶉堂筆記卷四十二曰：「按『頭角』，見禮記學記『開而未達』，鄭注『開爲發其頭角』。」○孫曰：「貞元十四年中此科，以將仕郎守集賢殿正字。」案：子厚與楊誨之第二書曰：「二十四求博學宏詞，二年乃得仕。」子厚年二十四，當貞元十二年，（徐星伯登科紀考卷十四列子厚於十二年博學宏詞科。）又二年則十四年也。新書百官志曰：「中書省集賢殿正字，從九品上。」○唐六典卷三十曰：「京兆諸縣尉，正九品下。」案：唐關内道京兆府藍田縣，今陝西藍田縣治。○考異無「藍田尉」三字，文苑、文粹、觀瀾同，音註、五百家皆有此三字，吴先生校增。○史記貨殖傳索隱曰：「踔，遠騰貌也。」○文安禮柳先生年譜曰：

「貞元十九年爲監察御史裏行。劉夢得集序云：『十有九年爲材御史。』是也。」唐六典卷十三曰：「御史臺監察御史，正八品上，掌分察百僚，巡按郡縣，糾視刑獄，肅整朝儀。」（原注曰：「貞觀二十二年，置監察御史裏行，其始自馬周以布衣太宗令於監察御史裏行自便，置裏行之名。」）考異「十九年」下有「由藍田尉」四字，音註、五百家皆無，今從之。○唐六典卷四曰：「禮部員外郎一人，從六品上。禮部郎中員外，掌貳尚書侍郎，舉其儀制而辨其名數。」案：唐吏、户、禮、兵、刑、工六部皆屬尚書省，故曰尚書禮部。新書王叔文傳曰：「叔文，越州山陰人。德宗詔直東宮，太子引以侍讀，宮中事咸與參計。順宗立，拜起居郎、翰林學士，遷户部侍郎。」韋執誼傳曰：「執誼，京兆舊族也。順宗立，以疾不親政，叔文用事，擢執誼爲尚書左丞、同中書門下平章事。」○祝曰：「順宗即位，叔文、執誼用事，尤奇待宗元，與呂溫引納禁近，與計事，擢禮部員外郎。」○「王叔文、韋執誼用事」至「遇叔文等敗，例出爲刺史」，方本作「順宗即位，拜禮部員外郎，遇用事者得罪，例出爲刺史」。朱曰：「今按方本得婉微之體，疑初本直書，後乃更定之。」步瀛案：文苑、文粹同，今依音註及五百家、觀瀾同。吴先生曰：「此宜直書，房啓碑云『王叔文之用事，材公之爲』，亦此類也。」○樊曰：「永貞元年八月，憲宗即位，貶叔文渝州司户參軍。九月，宗元與同輩七人，皆坐王叔文黨同貶，宗元邵州刺史。十一月，道貶永州司馬。」案：元和郡縣志：「永州：中。」唐六典卷三十曰：「中州司馬，正六品下。」又案：唐江南道永州治零陵縣，今湖南零陵縣治。

居閑益自刻苦，務記覽，爲詞章。汪曰：「後所謂斥久窮極，自力於文學辭章者也。」汎濫停蓄，爲深博無涯涘，而自肆於山水閒。元和中，嘗例召至京师，又偕出爲刺史，而子厚得柳州。茅曰：「伏代劉禹錫請播一節。」既至，歎曰：「是豈不足爲政邪？」因其土俗，爲設教禁，州人順賴。何曰：「簡括。」又曰：

「誌所重在文章必傳於後，區區下州之理，特餘事也，故只用三語虛括。」其俗以男女質錢，約不時贖，子本相侔，則没爲奴婢。子厚與設方計，悉令贖歸。其尤貧力不能者，令書其傭，足相當，則使歸其質。觀察使下其法於他州，比一歲，免而歸者且千人。茅曰：「柳州之政可書者，詳見羅池廟碑，此獨書贖子一節，撮其最有德於民之大者。」吳曰：「政績不得備書，記其大者一二端，具見崖略足矣。此史公法也。」衡湘以南爲進士者，皆以子厚爲師，其經承子厚口講指畫爲文詞者，悉有法度可觀。何曰：「通篇重文學，故此事不得略。」○吳曰：「以上貶後學問及政績。」

新書宗元傳曰：「宗元既竄斥，地又荒癘，因自放山澤間，其堙厄感鬱，一寓諸文，倣離騷數十篇，讀者咸悲惻。」○閑，「閒」之通借字。○召至京師，補注曰：「元和九年冬。」○舊書憲宗紀曰：「元和十年三月乙酉，以柳宗元爲柳州刺史。」通鑑唐紀五十五曰：「王叔文之黨坐謫官者，凡十年不量移，執政有憐其才欲漸進之者，悉召至京師。諫官争言其不可，上與武元衡亦惡之。三月乙酉，皆以爲遠州刺史，官雖進而地益遠。」柳州，見羅池廟碑注。○元和郡縣志，桂管經略使管州十二，柳州其一也。舊書地理志稱桂管經略觀察使。○衡山，見送廖道士序注。元和郡縣志曰：「嶺南道桂州全義縣：湘水，出縣東南八十里陽朔山，經零陵郡西。江南道永州零陵縣：湘水，經州西十餘里。」清統志曰：「廣西桂林府：湘江，源出興安縣陽海山，至靈渠分爲湘水，東經全州（今改縣）。湖南永州府：湘江，自廣西全州流入東安縣境，一百七十里至石期市入零陵縣境。」

其召至京師而復爲刺史也，中山劉夢得禹錫亦在遣中，當詣播州。子厚泣曰：

「播州非人所居，而夢得親在堂，吾不忍夢得之窮，無辭以白其大人；且萬無母子俱往理。」請於朝，將拜疏，願以柳易播，雖重得罪，死不恨。遇有以夢得事白上者，夢得於是改刺連州。嗚呼！士窮乃見節義。今夫平居里巷相慕悦，酒食游戲相徵逐，詡詡强笑語以相取下，握手出肺肝相示，指天日涕泣，誓生死不相背負，真若可信。一旦臨小利害，僅如毛髮比，反眼若不相（吳曰：「字字透切。」）識，落陷穽不一引平救，（吳曰：「一層。」）反擠之，（吳曰：「二層。」）又下石焉者，（吳曰：「三層。」）皆是也。（吳曰：「一句中凡分三層，其委曲切盡如此。」）（吳曰：「以上因子厚以柳易播之請，感慨世塗交態之薄，激宕沈鬱，悼歎無窮，生氣遠出。」）此宜禽獸夷狄所不忍爲，而其人自視以爲得計。聞子厚之風，亦可以少媿矣。

劉夢得自傳曰：「劉子名禹錫，字夢得。其先漢景帝賈夫人子勝，封中山王，諡曰靖，子孫因封爲中山人也。」舊書劉禹錫傳曰：「禹錫，彭城人。貞元末，王叔文於東宮用事，禹錫爲叔文所知。轉屯田員外郎、判度支鹽鐵案、兼崇陵使判官。叔文敗，坐貶連州刺史，在道貶朗州司馬。元和十年召還，宰相欲置之郎署。時禹錫作遊玄都觀詠看花君子詩，語涉譏刺，執政不悦，復出爲播州刺史。」案：唐江南道播州治遵義縣，在今貴州遵義縣西。○沈曰：「漢書高帝紀『始大人常以臣無賴』，此稱其父也；後漢書『范滂白母曰：惟大人割不可忍之恩』（黨錮傳），此稱其母也；樂府詩集焦仲卿妻詩『三口斷一匹，大人尚嫌遲』，此婦稱其姑也。」陔餘叢攷卷三十七曰：「家語『曾子曰：參得罪大人』（六本篇），史記『范蠡之長子曰：今弟有罪而大人不遺，是吾不肖也』（越王句踐世家）、『霍去病曰：不早自知爲大人遺體』（漢書霍光傳），此皆以呼其父也；漢書『疏受叩頭曰：從大人議』（疏廣傳），此以呼其叔也；『張博詐淮陽王，欲上書爲大人乞骸骨去』（宣元六王傳），此以稱其母也。柳宗元稱劉禹錫『無辭以白其大人』，亦謂禹錫母。」○新書禹錫傳曰：「御史中丞裴度爲言播極遠，猿狖所宅，禹錫母八十餘，不能往，當與其子死訣，恐傷陛下孝治，請稍內遷。乃易連州。」案：唐嶺南道連州治桂陽縣，今廣東連縣治。○漢書張敞傳注引孟康曰：「北方人謂媚好爲詡。」○說文曰：「媿，慙也，或體作『愧』。」

子厚前時少年，勇於爲人，不自貴重顧藉，謂功業可立就，故坐廢退；吴曰：「一頓。」既退，又無相知有氣力得位者推挽，故卒死於窮裔。吴曰：「於子厚之過差絕不迴護，乃爲直友信筆。」材不爲世用，道不行於時也。吴曰：「再頓。」使子厚在臺省時，自持其身，已能如司馬、刺史時，亦自不斥；吴曰：「加二語盤旋。」斥時有人力能舉之，且必復用不窮。吴曰：「再接。」然子厚斥不久，窮不極，吴曰：「三頓。」雖有出於人，其文學辭章，必不能自力以致必傳於後如今無疑也。吴曰：「四頓。」雖使子厚得所願，爲將相於一時，以彼易此，孰得孰失？必有能辨之者。吴曰：「極力頓挫，以見其文章必傳之可貴。」又曰：「再複數語以厚其勢，使人玩味無窮。」又曰：「以上總論子厚生平，而決其必傳後世。」

勇於爲人，王宋賢曰：「爲讀去聲，爲人即謂黨助叔文。」○劉海峯曰：「顧，顧惜也；藉，藉賴也。上留守鄭相公啓『不啻如窶涕泗唾無一分顧藉心』，可證。」步瀛案：莊子應帝王篇釋文引崔譔曰：「藉，繫也。」

顧藉，蓋謂顧惜繫戀也。○左傳襄十四年曰：「或輓之，或推之。」○集賢殿屬中書省，御史屬御史臺。案：潘岳司空鄭袞碑曰：「顯績成于臺省。」

子厚以元和十四年十一月八日卒，年四十七，以十五年七月十日歸葬萬年先人墓側。子厚有子男二人，長曰周六，始四歲，季曰周七，子厚卒乃生；女子二人，皆幼。其得歸葬也，費皆出觀察使河東裴君行立。行立有節概，重然諾，與子厚結交，子厚亦爲之盡，竟賴其力。葬子厚於萬年之墓者，舅弟盧遵。遵，涿人，性謹慎，學問不厭。自子厚之斥，遵從而家焉，逮其死不去。既往葬子厚，又將經紀其家，庶幾有始終者。吴曰：「以上卒葬後事。」又曰：「記此二人與子厚交厚，亦以媿他人之不然者也。與文中議論處相貫注。」銘曰：

十一月八日，舉正、考異如此，文苑同，音註、五百家、文粹、觀瀾、舊唐書宗元傳皆作「十月五日」。○神道表曰：「葬于萬年縣栖鳳原。」先太夫人河東縣君歸祔志曰：「安祔于京兆萬年棲鳳原，先侍御府君之墓。」案：唐關内道京兆府萬年縣，在今陝西長安縣東。○任子淵（淵）曰：「咸通四年，右常侍蕭倣知舉，試謙光賦、澄心如水詩，中第者二十五人，柳告第三人，韓綰第八人。告即子厚之子，字用益，綰即退之之孫。」（五百家注引）王宋賢曰：「按咸通四年歲在癸未，子厚之卒歲在己亥，告即生于子厚卒年，至是已四十有五矣。然則所云柳告者，豈即周七其人邪？」○孫曰：「元和十二年，行立爲桂管觀察使。」案：新書裴守真傳曰：「絳州稷山人，曾孫行立，行立重然諾，徙桂管觀察使。」舊書地理志曰：「桂管經略觀察使治桂州。」○歸祔志曰：「先夫人姓盧氏，諱某，世家涿郡。」又上桂州李中丞薦盧遵啓曰：「內弟盧遵，其行類諸父，靜專溫雅，好禮而信，飾以文墨，達於政事。」案：唐河北道涿州治范陽縣，今河北涿縣治。○重然諾，考異「重」作「立」，諸本皆作「重」。

是爲子厚之室，既固既安，以利其嗣人。方望溪曰：「羅池碑載治柳政蹟甚詳，此以三語括之，而獨書免歸奴婢一事，可知文尚體要，各有所宜。」劉曰：「柳州之政，止載一事，而於其交友文章，反覆感歎，淋漓生氣。」汪曰：「韓公誌文，用筆謹嚴，不尚馳騁。茲獨異於他篇，行議論於敘事中，在昌黎諸碑誌文中爲變調。」吳曰：「韓、柳至交，此文以全力發明子厚之文學風義，其酣恣淋漓頓挫盤鬱處乃韓公真實本領，而視所爲墓銘以雕琢奇詭勝者，反爲別調。蓋至性至情之所發，而文字之變格也。」又曰：「金石文字當以嚴重簡奧爲宜，此文偶出變格，固無不可。歐公作墓銘，乃專用其平日條暢之體，以就己性之所近，而文體遂爲所壞。此歐公之過，不得以韓此文爲借口也。」

何曰：「子厚已矣，不復能伸其志矣，庶幾以待後之人乎？銘詞蓋深痛之也。」○「安」「人」通轉爲韻。

案：史以黨王叔文爲子厚罪，後人不察，幾以子厚爲失身比匪者。至宋范希文（仲淹）始爲昭雪。文正集卷六述夢詩序曰：「劉（禹錫）與柳宗元、呂温數人，坐王叔文黨，貶廢不用，覽數君子之述作，禮意精密，涉道非淺，如叔文狂甚，義必不交。叔文以藝進東宮，人望素輕，然傳稱知書，好論理道，爲太子所信。順宗即位，遂見用，引禹錫等決事禁中，及議罷中人兵權，牾俱文珍輩，又絕韋皋私請，欲斬劉闢，其意非忠乎？皋銜之，會順宗病篤，皋揣知太子意，請監國而誅叔文，憲宗納皋之謀而行內禪，故當朝左右謂之黨人者，豈復見雪？唐書蕪駁，因其成敗而書之，無所裁正。韓退之欲作唐之一經，誅姦諛於既死，發潛德之幽光，豈有意於諸君子乎？」嚴沖甫（有翼）柳文序曰：「子厚不幸，其進於朝，適當王叔文用事之時。叔文工言治道，順宗在東宮頗信重之，迨其踐阼，方欲有所施爲，然與文珍、韋皋等相忤，內外譏謗，交口詆誣，一時在朝，例遭竄逐，而八司馬之號紛然出矣。作史者不復審訂其是非，第以一時成敗論人，故黨人之名不可湔洗。嗚呼！子厚亦可謂重不幸矣。」（見世綵堂柳河東集附録）亦能發子厚之枉。至清儒集中，亦多爲子厚辨者，而馮山公（景）、王西莊（鳴盛）二家説尤爲詳碻。馮氏解春集卷十讀柳子曰：「史第言八司馬爲黨，卒無一事可實著其黨之罪以斥劉、柳者，既以黨得罪，尚欲以柳易播，是其同道爲朋，不以黨爲諱也。且夫叔文固小人，然素自愛。其過在專權自用，欲誅宦官、强公室，反爲所勝，被禍耳，亦無他殃民誤國之罪。觀順宗實録，如罷宮市、貶李實、停月進、出宮女，禁五坊小兒、遣教坊女妓、焚容州所進毒藥、委常參官各舉所知，及敍用姜公輔、蘇弁、鄭餘慶、陸贄、陽城於貶所，史皆稱其人情大悦。而叔文侍東宮時，自言讀書知理道，乘閒常言人閒疾苦。順宗將大論宮市事，叔文説中上意，則其機辯亦非無深識遠慮者可比。因言某可爲將，某可爲相，幸異日用之。然則劉、柳無求於叔文，而叔文引劉、柳以自重，此則情之所有也。奈何後世君子不察，遽斥爲黨哉？幸當時大賢如陽亢宗、陸敬輿，皆未聞詔而卒於貶所耳。設爲引用，亦誅二公爲黨人否？在當日有所拘忌，不得不深排而力詆之，今已千載，猶爾邪？宋子京作柳子厚傳，言衆畏其才高，懲艾復進，故無用力者。今讀貶永州後與人諸書，既不文過，又嘗自訟，此君子引咎傷痛之詞則然，而後世且據以爲口實。嗚呼！小人論古無識，亦見其好議論不樂成人之美如此也。」王氏十七史商榷卷七十四曰：「王叔文爲人輕躁，其用心則忠，後世惡之太甚，而不加詳察。舊書亦狥衆論，然順宗本紀所書一時善政甚多。如二月辛酉，貶京兆尹李實爲通州長史；甲子，諸道除正敕率税外，諸色雜税並宜禁斷，除上供外，不得別有進奉；三月庚午，出宮女三百人於安國寺，又出掖庭教坊女樂六百人於九仙門，召其親族歸之；五月己巳，以右金吾衛大將軍范希朝爲右神策統軍、充左右神策京西諸城鎮行營兵馬節度使；六月丙申，二十一年十月已前百姓所欠諸色課利、租賦、錢帛，共五十二萬六千八百四十一貫、石、匹、束，並除免；七月丙子，贈故忠州別駕陸贄兵部尚書，謚曰宣，贈故道州刺史陽城爲左散騎常侍。以上數事，自天寶以至貞元，少有及此者。而以范希朝領神策行營，尤爲扼要。蓋其意本欲內抑宦官，外制方鎮，攝天下之財賦、兵力而盡歸之朝廷。總計叔文之謬，不過在躁進，若求其真實罪名，本無可罪。」案：由以上諸説，叔文且有可取，則子厚更不待辨而明矣。

唐故朝散大夫尚書庫部郎中鄭君墓誌銘

韓曰：「公在江陵，與鄭羣同官，詩有鄭羣贈簟，即其人，至是銘之。」○茅氏韓文鈔無「唐故朝散大夫」六字，類纂、雜鈔皆從之，今依集。唐六典卷二曰：「從五品下，曰朝散大夫。」

君諱羣，字弘之，世爲滎陽人。其祖於元魏時，有假封襄城公者，子孫因稱以自別。曾祖匡時，晉州霍邑令。祖千尋，彭州九隴丞。父迪，鄂州唐年令，娶河南獨孤氏女，生二子，君其季也。以上先世。

元和姓纂卷九曰：「周厲王少子受封於鄭，是爲桓公，至幽公爲韓所滅，子孫播於陳、宋，以國爲氏。幽公六代孫榮生當時，當時六代孫稺，漢末自陳徙開封，晉置滎陽郡，開封隸焉，遂爲郡人。」○周書鄭偉傳曰：「偉字子直，滎陽開封人也。魏孝武西遷，偉亦歸鄉里。大統三年，糺合州里，建義於陳留，率衆來附，封武陽縣伯，進爵襄城郡公。」案：襄城郡時屬東魏，故云「假封」，今河南襄城縣治。○唐河東道晉州霍邑縣，今山西霍縣治。○唐劍南道彭州九隴縣，今四川彭縣治。○唐江南道鄂州唐年縣，在今湖北崇陽縣西。

以進士選吏部考功所，試判爲上等，授正字。唐荆川曰：「先敘歷官。」自鄠縣尉拜監察御史，佐鄂岳使。裴均之爲江陵，以殿中侍御史佐其軍。均之徵也，遷虞部員外郎。均鎮襄陽，復以君爲襄府左司馬、刑部員外郎，副其支度使事。均卒，李夷簡代之，因以故職留君。歲餘，拜復州刺史。遷祠部郎中。會衢州無刺史，方選人，君願行，宰相即以君應詔。治衢五年，復入爲庫部郎中。行及揚州，遇疾，居月餘，以長慶元年八月二十四日卒，春秋六十。即以其年十一月二十二日，從葬於鄭州廣武原先人之墓次。曾曰：「以上歷官、卒葬。」

樊曰：「貞元四年，羣登進士第。」步瀛案：鄭羣蓋以進士登科復試書判也。册府元龜卷六百三十九曰：「宏辭、拔萃、平判，皆吏部主之。」又曰：「有官階出身者，吏部主之。」唐六典卷二曰：「吏部考功員外郎，掌天下貢舉之職。（原注曰：「開元二十四年敕以爲權輕，專令禮部侍郎一人知貢舉。」）書判爲吏部所主，故曰選。吏部考功所選，如選舉之選，非銓選之選也。」五百家補注曰：「試判，謂試書判。舊書韋温傳曰：『以書判拔萃，調補祕書省校書郎。』可證。」大姚疑「判」爲「判補」之「判」，非是。○集賢殿正字，已見柳子厚墓誌銘注。又新書百官志：「祕書省正字四人，著作局正字二人，皆正九品下。」此但云正字，未知何屬。○唐六典卷三十曰：「京兆諸縣尉二人，正九品下。」案：唐關内道京兆府鄠縣，今陝西鄠縣治。○監察御史，見柳子厚墓誌銘注。○舊書德宗紀曰：「貞元十八年三月己巳，以蘄州刺史鄭紳爲鄂州刺史、鄂岳蘄沔觀察使。」羣所佐者或紳歟？○舊書德宗紀曰：「貞元十九年五月乙未，以荆南行軍司馬裴筠（當作「均」）爲江陵尹、兼御史大夫、荆南節度使。」新書裴行儉傳曰：「絳州聞喜人。」附均傳（均，行儉玄孫）曰：「均字君齊，擢荆南節度行軍司馬，就拜荆南節度使，已見曹成王碑注；殿中侍御史，已見董公行狀注。樊曰：「公時亦爲江陵法曹，與羣同官。」○舊書憲宗紀曰：「元和三年夏四月丁丑，以荆南節度使裴均爲右僕射，判度支。」○唐六典卷七曰：「工部尚書其屬有四：一曰工部，二曰屯田，三曰虞部，四曰水部。虞部員外郎一人，從六品上。虞部郎中、員外郎，掌天下虞衡、山澤之事。」○舊書憲宗紀曰：「三年九月庚寅，以右僕射裴均檢校左僕射、同平章事、襄州長史、充山南東道節度使。」元和郡縣志曰：「山南道襄州：今爲襄陽節度使理所。」又曰：「永貞九年，升爲大都督府。」唐六典卷三十曰：「大都督府司馬二人，從四品下。」通典職官十五曰：「長安元年，洛、雍、并、荆、揚、益置左右司馬各一員。四年，復舊。太極元年，又置四大都督府，置左右司馬各一員。」案：襄陽節度使，已見曹成王碑注。○唐六典卷六曰：「刑部員外郎二人，從六品上。刑部郎中、員外郎，掌貳尚書侍郎，舉其典憲而辨其輕重。」○副其支度使事，補注曰：「爲支度副使。」案：新書百官志曰：「節度使兼支度、營田、招討、經略使，則有副使、判官各一人。」○舊書憲紀曰：「元和六年夏四月庚午，以户部侍郎、判度支李夷簡檢校禮部尚書、襄州大都督府長史、山南東道節度使。五月丙午，前山南東道節度使、檢校左僕射、平章事裴均卒。」新書宗室宰相傳曰：「李夷簡，字易之，鄭惠王元懿四世孫，檢校禮部尚書、山南東道節度使。」○唐山南道復州治竟陵縣，今湖北天門縣治。○祠部郎中，見董公行狀注。○唐江南道衢州治信安縣，今浙江衢縣治。○唐六典卷五曰：「兵部尚書其屬有四，四曰庫部。庫部郎中一人，從五品上，掌邦國軍州之戎器、儀仗，及冬至、元正之陳設，并祠祭、喪葬之羽儀，諸軍州之甲仗，皆辨其出入之數，量其繕造之功，以分給焉。」

○揚州，見董公行狀注。○廣武原，即廣武山之原也。元和郡縣志曰：「河南道鄭州滎澤縣：廣武山，在縣西二十里。」清統志曰：「河南開封府：廣武山，在滎澤縣西。」

君天性和樂，唐曰：「後敍爲人。」居家事人，與待交遊，初持一心，唐曰：「造語。」未嘗變節有所緩急曲直薄厚疎數也。不爲翕翕熱，亦不爲崖岸斬絶之行。俸禄入門，與其所過逢，吹笙彈箏，飲酒舞歌，詼調醉呼，連日夜不厭，費盡不復顧問。茅曰：「使氣。」或分挈以去，一無所愛惜，不爲後日毫髮計留也。遇其空無時，客至，清坐相看，或竟日不能設食，客主各自引退，亦不爲辭謝，與之遊者，自少及老，未嘗見其言色有若憂歎者。茅曰：「又澹宕。」豈列禦寇、莊周等所謂近於道者邪！其治官守身，茅曰：「傳入正誼。」又極謹慎，不挂於過差，去官而人民思之，身死而親故無所怨議，哭之皆哀，又可尚也。曾曰：「以上性情、治行。」

廣韻四覺：「數，煩數，音朔。」○廣雅釋詁三曰：「翕，熾也，字又作『熻』。」釋詁二曰：「熻，爇也。」○考異曰：「斬，或作『嶄』。」案：廣雅釋訓曰：「嶄嶄，高也。」○音註曰：「詼音恢。」○周語中韋注曰：「猒，足也。」厭，乃「猒」之通借字。○列子黄帝篇言：「不知樂生，不知惡死，不知親己，不知疎物，都無所愛惜，都無所畏忌。」莊子天下篇言：「上與造物者遊，而下與外死生無終始者爲友。」皆是。

初娶吏部侍郎京兆韋肇女，生二女一男，長女嫁京兆韋詞，次嫁蘭陵蕭儹。後娶河南少尹趙郡李則女，生一女二男。其餘男二人女四人，皆幼。嗣子退思，韋氏生也。曾曰：「以上妻子。」銘曰：

唐六典卷二曰：「吏部侍郎二人，正四品上。」韓曰：「肇，京兆人，大曆中爲中書舍人，累上疏言得失，爲元載所惡，左遷京兆少尹。載卒，除吏部侍郎，卒。」沈曰：「按代宗紀（舊書），大曆九年以中書舍人楊炎、祕書少監韋肇並爲吏部侍郎。元載之誅在大曆十二年，舊注不著其所出書，難可盡信。」○韋詞，孫曰：「詞字致用。」步瀛案：舊書韋辭傳曰：「字踐之。」未知即一人否？音註曰：「一作嗣宗。」○沈曰：「因話録：儹爲太常博士。（卷六）」○唐六典卷三十曰：「河南少尹二人，從四品下。」

再鳴以文進塗闢，佐三府治藹厥蹟。郎官郡守愈著白，洞然渾樸絶瑕謫。甲子一終反玄宅。茅曰：「雋才逸興。」劉曰：「韓公文法，勁挺獨造，獨此篇敍述遒逸，風神略近史公。」○歐陽永叔墓誌多出此種。

孫曰：「再鳴，謂進士及書判拔萃也。」○補注曰：「三府，謂鄂岳、江陵、襄府。」案：說文曰：「藹，臣盡力之美。」廣雅釋訓曰：「藹藹，盛也。」○音註曰：「渾，胡本切；樸，一作『璞』。」案：世說新語賞譽篇上曰：「王戎目山巨源如璞玉渾金，人皆欽其寶，莫知名其器。」老子曰：「名言無瑕謫。」釋文曰：「瑕，疵過也；謫，譴責也。」○韓曰：「甲子一終，即誌所謂『春秋六十』是也。後漢書馬融傳章懷注曰：『玄猶幽也。』」

試大理評事王君墓誌銘

五百家注引劉曰：「王荆公云：退之善爲銘，如王適、張徹銘尤奇也。」（五百家注卷首列所引諸家姓名，劉氏凡六人，此未知何屬。）

君諱適，姓王氏。好讀書，懷奇負氣，不肯隨人後舉選。見功業有道路可指取有，名節可以戾契致，困於無資地，不能自出，乃以干諸公貴人，借助聲勢。諸公貴人既志得，皆樂熟軟媚耳目者，不喜聞生語，一見輒戒門以絕。上初即位，以四科募天下士。君笑曰：「此非吾時邪！」即提所作書，緣道歌吟，趨直言試。既至，對語驚人。不中第，益困。曾曰：「以上所如不遇。」

朱曰：「『取』下『有』字當屬上句，言功業可指取而有之，名節可以戾契而致之也。」○方曰：「戾，力結切；契，詰結切，字本作『奊』。通俗文曰：『奊，多節目謂之奊。』奊，方言作『⿰言奊詬』，賈誼傳『奊詬亡節』。」祝曰：「『戾契』與『类㝔』字同。廣韻云：『多節目也。』」步瀛案：方言今無「⿰言奊詬」字。廣雅釋詁四曰：「⿰言奊詬，恥也。」説文言部曰：「謑，恥也，从言奚聲。」（大徐音胡禮切，小徐音亦啓反。）重文作「⿰言奊」，曰：「謑，或从奊。」「詬」下曰：「謑詬，恥也。」漢書賈誼傳省「⿰言奊」爲「奊」，顏師古注曰：「奊詬，謂無志分也。」然與此處「戾契」義不甚合，似方引通俗文爲近。（任幼植小學鉤沈、馬竹吾玉函山房所輯通俗文皆未及此條。）廣韻十六屑作「类㝔」，説文無「类」字。玉篇曰：「类，力結切，奊也。奊，具眉切，顧也。」又與廣韻不同，疑「㚗」「㚘」皆後出之譌俗字。說文曰：「㚘，頭衺骫㚘態也，从夨圭聲（音胡結切）。𡗝，頭傾也，從夨吉聲，讀若孑（音古屑切）。」蓋皆頭不正之貌，以喻奇衺不正之行，竦動世俗，亦可以致名節也，似又不惟多節目矣。「戾契」與「㚘𡗝」音義相同。○上初即位，補注曰：「謂憲宗。」○四科，五百家注引程曰：「元和元年四月，試博通墳典達於教化科、才識兼茂明於體用科、達於吏理可使從政科、軍謀宏遠堪任將帥科。」（五百家列程氏凡三人，此未知何屬。）案唐會要卷七十六所載，元和元年，惟才識兼茂明于體用科及達于吏治可使從政科，僅兩科。而二年四月，賢良方正能直言極諫科，牛僧孺等及第；博通墳典達于教化科，馮芑等及第；軍謀宏達堪任將帥科，樊宗師及第；達于吏治可使從政科（雲麓漫鈔卷六作「詳明政術可以理人」），蕭睦及第。（册府元龜選舉六同。）是二年四科並舉，王適所應爲直言，則當在二年也，程說似未核。○摭言卷十三曰：「王適侍御初舉賢良方正直言極諫科，太直見黜，故韓文公誌適墓云云。」

久之，聞金吾李將軍年少喜士，可撼，乃踏門告曰：「天下奇男子王適，願見將軍白事。」一見語合意，往來門下。盧從史既節度昭義軍，張甚，奴視法度士，欲聞無顧忌大語。有以君生平告者，即遣客鉤致。君曰：「狂子不足以共事。」立謝客。何曰：「此事略見其名節。」汪曰：「得此段相形，見其懷奇負氣而非狂誖。」李將軍由是待益厚，奏爲其衛胄曹參軍，充引駕仗判官，盡用其言。將軍遷帥鳳翔，君隨往。改試大理評事，攝監察御史、觀察判官。櫛垢爬痒，民獲蘇醒。何曰：「二句略見其功業。」○曾曰：「以上從李將軍。」

金吾李將軍，樊曰：「李惟簡。」案：舊書李寶臣傳曰：「惟簡，寶臣第三子，元和初，檢校户部尚書、左金吾衛大將軍、充街使。」案：金吾將軍，已見董公行狀注。○踏門，考異「踏」作「蹹」，音註、五百家同，今依方本。○盧從史節度昭義軍，已見平淮西碑注。○左桓六年杜注曰：「張，自侈大也。」釋文曰：「張，豬亮反。」○唐六典卷二十五曰：「左右金吾衛冑曹參軍事，正八品下，掌軍戎、器械及其公廨興造、決罰之事。」○新書百官志曰：「左右金吾衛判官各二人。」原注曰：「引駕仗三衛六十人。」○舊書憲宗紀曰：「元和六年五月庚子，以左金吾衛將軍（「將軍」上當有「大」字）李惟簡檢校户部尚書、鳳翔尹、隴右節度使。」地理志曰：「鳳翔隴節度使治鳳翔府。」新書方鎮表曰：「貞元三年，以鳳翔節度使領隴右支度、營田、觀察使。」餘見平淮西碑注。○新書百官志曰：「大理寺評事，從八品下，掌出使推按，長吏當停務禁錮者，請魚書以往。」○新書百官志曰：「觀察使副使、支使、判官各一人。」

居歲餘，如有所不樂，一旦載妻子入閿鄉南山不顧。中書舍人王涯、獨孤郁，吏部郎中張惟素，比部郎中韓愈，日發書問訊，顧不可强起，不即薦。明年九月疾病，輿醫京師，其月某日卒，年四十四。十一月某日，即葬京城西南長安縣界中。曾祖爽，洪州武寧令。祖微，右衛騎曹參軍。父嵩，蘇州崑山丞。妻上谷侯氏，處士高女。曾曰：「以上卒葬及家世。」

漢書武五子傳曰：「以湖閿鄉邪里聚爲戾園。」顏注曰：「『閿』字本從『昊』，其後轉寫訛誤，遂作『門中受』耳。」廣韻二十文「閿」音文，曰：「俗作『閿』，弘農湖縣有閿鄉。」案：唐河南道虢州閿鄉縣，今河南閿鄉縣治。○舊書王涯傳曰：「涯字廣津，太原人。貞元八年進士擢第，登宏辭科。貞元五年，爲吏部員外郎。七年，改兵部員外郎、知制誥。九年八月，正拜舍人。」唐六典卷九曰：「中書省中書舍人，正五品上，掌侍奉進奏，參議表章。凡詔旨、制敕及璽書、册命，皆按典故起草進畫；既下，則署而行之。」○舊書獨孤郁傳曰：「郁，河南人。（新書附其父及傳，曰：「郁字古風。」）貞元十四年，登進士第。元和八年，轉駕部郎中，復召爲翰林學士。九年，以疾辭内職，改祕書少監。」新舊傳皆不言郁爲中書舍人。○唐六典卷二曰：「吏部郎中二人，從五品上。一人掌考天下文吏之班、秩、品、命，一人掌小選。」○韓曰：「元和八年三月，以公爲比部郎中。」唐六典卷六曰：「刑部尚書其屬有四：一曰刑部，二曰都官，三曰比部，四曰司門。比部郎中一人，從五品上。比部郎中、員外郎，掌司諸司百寮俸料、公廨、贓贖。」○其月某日卒，樊曰：「按上文觀之，當是元和九年卒。」○唐京兆府長安縣，今陝西長安縣治。○元和郡縣志曰：「江南道洪州武寧縣：上。」唐六典三十曰：「諸州上縣令，從六品上。」案：唐武寧縣，今江西武寧縣治。○唐六典二十四曰：「左右衛騎曹參軍事，正八品下。」○新書地理志江南道蘇州崑山縣注曰「望」。唐六典三十曰：「上縣丞，從八品下。」案：唐崑山縣，今江蘇崑山縣治。○李習之故處士侯高墓誌曰：「侯高字玄覽，上谷人。少爲道士，居廬山，號華陽居士。達奚撫爲楚州，起攝盱眙；祭酒李公遜刺衢州，請治信安，其觀察浙東，又宰于剡。三縣皆有政，不幸得心疾，留其子狗兒於翺家，而歸廬山，不到，卒江西。其子壻王適使傭吉勉求君所如，值君卒，吉勉以君喪殯於袁州之野，而復於適。適又死，適之妻使吉勉來告於翺，翺以狗兒歸適妻，居二年，適妻又死。」元和郡縣志曰：「河北道易州：秦上谷郡，隋大業初爲上谷郡，遥取漢上谷以爲名。」舊書地理志曰：「易州：天寶元年改爲上谷郡，乾元元年復爲易州。」案：餘見平淮西碑注。

高固奇士，自方阿衡、太師，何曰：「亦懷奇。」世莫能用吾言，再試吏，再怒去，何曰：「亦負氣。」發狂投江水。敍侯高事亦與適相映。初，處士將嫁其女，懲曰：「吾以齟齬窮，一女憐之，必嫁官人，不以與凡子。」君曰：「吾求婦氏久矣，唯此翁可人意。且聞其女賢，不可以失。」即謾謂媒嫗：「吾明經及第，且選，即官人。侯翁女幸嫁，若能令翁許我，請進百金爲嫗謝。」諾許，白翁，翁曰：「誠官人邪？取文書來。」君計窮吐實，嫗曰：「無苦，翁大人不疑人欺我，得一卷書粗若告身者，我袖以往，翁見，未必取眎。幸而聽，我行其謀。」翁望見文書銜袖，果信不疑，曰：「足矣。」以女與王氏。曾曰：「以上取婦之奇。」○何曰：「一妻耳，猶謾言官人而乃得之，則何事不困於無資地而不能自出乎？書此以見其窮，所謂微而顯也。」○汪曰：「司馬相如傳詳敍文君事，則此載娶婦事何妨？」又曰：「筆高故不類小說。」步瀛案：汪氏「筆高」之評甚是。今人或謂事有關係者，便不類小說，則殊不然。文君事既如汪所云矣，史記外戚世家竇廣國見皇后一段，漢書外戚傳趙昭儀聞許美人生子詰成帝一段，皆描寫盡致，而顧不類小說，何邪？

自方阿衡、太師，案：謂其比伊、吕也。詩長發曰：「實維阿衡。」毛傳曰：「阿衡，伊尹也。」鄭箋曰：「阿，倚也；衡，平也。伊尹，湯所依倚而取平，故以爲官名。」詩大明曰：「維師尚父。」毛傳曰：「師，太師也。」左傳襄十四年：「王使劉定公賜齊侯命曰：昔伯舅太公右我先王，世胙太師，以表東海。」○說文曰：「齟齬，齒不相值也。」（從段注訂）齟，亦作「齟」。廣韻八語曰：「齟齬，不相當也。」又曰：「或作『鉏鋙』。」○廣雅釋詁二曰：「謾，欺也。」明經，已見答呂毉山人注。○「眎」同「視」。○銜袖，考異曰：「袖，或作『軸』。」沈曰：「作『軸』者是。唐會要（七十五）：元和八年，吏部奏請差文武官告紙軸之色物，六品下朝官，裝寫大花綾紙及小花綾裹，檀木軸。」步瀛案：沈說聊備一解，此應上文，作「袖」是。

生三子，一男二女，男三歲夭死，長女嫁亳州永城尉姚侹，其季始十歲。以上後嗣。銘曰：

縣尉，見柳子厚墓誌銘注。唐河南道亳州永城縣，今河南永城縣治。案：世綵堂本「侹」作「挺」。

鼎也不可以柱車，馬也不可使守閭。佩王長裾，不利走趨。祇繫其逢，不繫巧愚。不諧其須，有銜不祛。鑽石埋辭，以列幽墟。茅曰：「澹宕多奇。」曾曰：「以蔡伯喈碑文律之，此等文已失古意。然能者遊戲，無所不可，末流效之，乃墮惡趣矣。」張廉卿曰：「寫嫖姚俶儻之概於譎絕奇宕之中，其閒翩若驚鴻處，往往使讀者洒悚欲絕。」

廣雅釋器曰：「柱，距也。」○洪曰：「淮南子：『柱不可以摘齒，筐不可以持屋，馬不可以服重，牛不可以追速。』（見齊俗篇）公取此意。」○淮南子氾論篇曰：「楚王之佩玦而逐菟，爲走而破其玦也，因佩兩玦以爲之豫，兩玦相觸，破乃愈疾。」○有銜不祛，孫曰：「言有所懷不得用也。」沈曰：「銜，馬勒口。」廣雅釋詁（三）：「祛，開也。」莊子作「胠」，司馬云：「從旁開爲胠。」（胠篋篇）言不合其所需，至銜結而不開。

故幽州節度判官贈給事中清河張君墓誌銘

新舊書徹事並載張弘靖傳。（舊書弘靖附延賞傳，新書附嘉貞傳。）清河，徹族望。新書世系表曰：「清河東武城張，本出漢留侯裔孫魏太山太守岱，自河内徙清河。」

張君名徹，字某，以進士累官至范陽府監察御史。汪曰：「觀『累官』二字，則餘官皆略之，餘事亦略之矣。」長慶元年，今牛宰相爲御史中丞，奏君名迹中御史選，詔即以爲御史。其府惜不敢留，遣之，而密奏：「幽州將父子繼續，不廷選且久，今新收，臣又始至，孤怯，須强佐乃濟。」姚姬傳曰：「昌黎蓋鄙張弘靖，故没其名，噎喑以爲生者，蓋即謂之邪？」發半道，有詔以君還之，仍遷殿中侍御史，加賜朱衣銀魚。至數日，軍亂，怨其府從事，盡殺之，而囚其帥，且相約：「張御史長者，毋侮辱轢蹙我事，無罪無庸殺。」置之帥所。曾曰：「以上在幽州值軍亂。」

新書「徹」作「澈」。○祝曰：「徹中進士第在元和四年。」○范陽府即幽州節度使署，已見送幽州李端公序注。案：唐官制，使府並無專御史官，監察御史隸御史臺，徹蓋以刺官而檢校之也。（李君虞佐幽州府而稱端公，亦檢校御史耳。）下文云詔即以爲御史，乃補真，故雖還幽州，仍遷殿中侍御史。說者以爲使署有御史，非也。新書百官志曰：「節度使判官一人。」○舊書穆宗紀曰：「元和十五年十二月己丑，以庫部郎中、知制誥牛僧孺爲御史中丞。」牛僧孺傳曰：「僧孺字思黯，隋僕射奇章公弘之後。（隋書牛弘傳曰：「安定鶉觚人，本姓寮氏，父允仕魏，賜姓爲牛。」）長慶二年正月，拜户部侍郎。三年三月，以本官同平章事。」考異曰：「陳齊之云：『常疑牛僧孺之爲人。』觀此語，則知韓公亦不喜其人矣。然『牛宰相』三字，或作『今宰相牛公』，未知孰是。」（何曰：「好惡予奪，固不在此，作『今宰相牛公』爲是。」）案：御史中丞，已見董公行狀注。○舊書穆宗紀曰：「長慶元年二月己卯，幽州節度使劉總奏請去位落髮爲僧，又請分割幽州所管爲三道，請支三軍賞設錢一百萬貫。三月癸丑，以宣武軍節度使、檢校右僕射、同平章事張弘靖爲檢校司空、同平章事、兼幽州大都督府長史、充幽州盧龍軍節度使，從劉總所奏故也。」劉怦傳曰：「怦，幽州昌平人也。朱滔將兵討田承嗣，奏署怦領留府事。滔卒，三軍推怦權撫軍府事，朝廷因授怦幽州大都督府長史，兼御史大夫，幽州盧龍節度副大使知節度事，管内營田、觀察、押奚契丹、經略盧龍軍使。居位三月，以貞元元年九月卒。子濟，繼爲幽州節度使，濟在鎮二十餘年，雖輸忠欵，竟不入覲。總，濟之第二子也，性陰賊險譎。元和五年，濟奉詔討王承宗，使長子緄假爲副使，領留務。師久無功，總與判官張玘、孔目官成國寶及帳内小將爲謀，使詐自京至曰：『朝廷以相公逗留不進，除副大使爲節度使矣。』乃追緄，以張玘兄皋代知留務。濟自朝至日晏不食，渴索飲，總因寘毒而進之。濟死，緄行至涿州，總矯以父命杖殺之，總遂領軍務。朝廷不知其事，因授以斧鉞。及吴元濟就擒，李師道梟首，王承宗憂死，田弘正入鎮州，總既無黨援，懷懼，每謀自安之計。初，總弑逆後，每見父兄爲祟甚慘，晚年恐悸尤甚，故請落髮爲僧，冀以脱禍。乃以判官張皋爲留後。總以落髮上表歸朝，穆宗授天平軍節度使。既聞落髮，乃賜紫，號大覺師，總行至易州界暴卒。先是總請分割所理之地，欲以幽、涿、營州爲一道，請弘靖理之；瀛州、漠州爲一道，請盧士玫理之；平，薊、嬀、檀爲一道，請薛平理之，仍籍軍中宿將盡薦於闕下，因望朝廷升獎，使幽薊之人皆有希羡爵禄之意。及疏上，穆宗且欲速得范陽，宰臣崔植、杜元穎又不爲久大經略，但欲重弘靖所授，惟瀛、漠兩州許置觀察使，其他郡縣悉命弘靖統之。時總所薦將校又俱在京師旅舍中，久而不問，如朱克融輩不勝其困。及除弘靖，又命悉還本軍，克融輩雖得復歸，皆深懷觖望，其後果爲叛亂。」○舊書穆宗紀曰：「長慶元年秋七月甲寅，幽州監軍使奏今月十日軍亂，囚節度使張弘靖别館，害判官韋雍、張宗元、崔仲卿、鄭塤，軍人取朱滔子洄爲留後。」張延賞傳曰：「延賞，中書嘉貞之子。（新書嘉貞傳曰：「本范陽舊姓，高祖子吒，仕隋終河東郡丞，遂家蒲州，爲猗氏人。」）子弘靖字元理，劉總請弘靖代己，制加檢校司空、平章事，充幽州盧龍等軍節度使。弘靖之入幽州也，薊人無老幼男女，皆夾道而觀焉。河朔軍帥冒寒暑多與士卒同，無張蓋安輿之别。弘靖久富貴，又不知風土，入燕之時，肩輿於三軍之中，薊人頗駭之。弘靖以禄山、思明之亂始自幽州，（新傳曰：「俗謂禄山、思明爲二聖。」）欲於事初盡革其俗，乃發禄山墓，毁其棺柩，人尤失望。從事有韋雍、張宗厚（通鑑作「張宗元」，考異曰「從實録」。）數輩，復輕肆嗜酒，常夜飲醉歸，燭火滿街，前後阿叱，薊人所不習之事。又雍等詬責吏卒，多以反虜名之，謂軍士曰：『今天下無事，汝輩挽得兩石力弓，不如識一丁字。』軍中以意氣自負，深恨之。劉總歸朝，以錢一百萬貫賜軍士，弘靖留二十萬貫充軍府雜用，薊人不勝其憤，遂相率以叛，因弘靖於薊門館，執韋雍、張宗厚輩數人皆殺之。」通鑑唐紀五十八曰：「長慶元年秋七月甲辰，韋雍出，逢小將策馬衝其前導，雍命曳下，欲於街中杖之，河朔軍士不貫受杖，不服，雍以白弘靖，弘靖命軍虞候繫治之。是夕，士卒連營呼譟作亂，將校不能制，遂入府舍，掠弘靖貨財婦女，因弘靖於薊門館。」胡注曰：「薊門館，幽州驛館也。」○漢書酷吏傳顔注曰：「轢，謂陵踐也，音來的反。」○無罪，考異無此一字，方本及音註、五百家皆有，吴先生校韓文據增。

居月餘，聞有中貴人自京師至。君謂其帥：「公無負此士人，上使至，可因請見自辨，幸得脱免歸。」即推門求出，守者以告其魁，魁與其徒皆駭曰：「必張御史。張御史忠義，必爲其帥告此餘人，不如遷之别館。」即與衆出君，君出門，罵衆曰：「汝何敢反？前日吴元濟斬東市，昨日李师道斬於軍中，同惡者父母妻子皆屠死，肉餧狗鼠鴟鵶，汝何敢反？汝何敢反！」曾曰：「著語極有精神。」行且罵，衆畏惡其言，不忍聞，且虞生變，即擊君以死。君抵死口不絶罵，衆皆曰：「義士！義士！」或收瘞之以俟。曾曰：「以上遇害。」

史記李將軍傳曰：「天子使中貴人從廣。」集解引漢書音義曰：「内官之幸貴者。」○姚曰：「餘人非畔者黨也，恐以其言動之。」○吴元濟斬東市，見平淮西碑注。○李師道斬於軍中，見許國公神道碑注。○肉餧狗鼠鴟鵶，樊曰：「新史書徹事，大抵出公此誌，其所書罵賊語，凡削六字改一字。筆削固史氏事，然而改『餧』爲『飽』，則不若公語，且有來處，此前漢陳餘所謂以肉餧虎也。（漢書張耳陳餘傳）」步瀛案：新書削「昨日」字、「於」字、「皆屠死」字，共六字。○舊傳曰：「續有張徹者，自遠使迴，軍人以其無過，不欲加害，將引置館中。徹不知其心，遂索弘靖所在，大罵軍人，亦爲亂兵所殺。」與墓誌不合。通鑑考異卷二十引實録曰：「徹到職纔數日，軍人不之殺，與弘靖同館處之，後數日，軍人恐徹與弘靖爲謀，將移之它所。徹自疑就戮，因抗聲大罵，復遇害。」又引舊傳及墓誌而斷之曰：「據舊傳，徹以弘靖因時被殺；實録云後數日；墓誌云居月餘，三書各不同。按：此月丁巳弘靖已貶官，月餘則離幽州，今從實録參以墓誌。」步瀛案：新傳依墓誌而删「居月餘」字，且敘於軍中以朱克融主留後之前，是宋子京之意殆與司馬温公同；而通鑑敘於衆奉克融之後，（通鑑曰：「明日軍士稍稍自悔，悉詣館謝弘靖，請改心事之，凡三請，弘靖不應。軍士乃相謂曰：『相公不言，是不赦吾曹，軍中豈可一日無帥？』乃相與迎舊將朱洄，奉以爲留後，洄，克融之父也，自辭老病，請使克融，衆從之。」以下始敘徹事。新傳則於殺徹後乃云：「數日克卒稍自悔，詣館謝弘靖云。」）似爲得之。然温公謂月餘則離幽州，亦誤。舊書穆宗紀曰：「長慶元年七月丁巳，貶張弘靖爲太子賓客分司（新傳有東都二字），己未，再貶弘靖爲吉州刺史。二年二月甲子，以前吉州刺史張弘靖爲撫州刺史。弘靖初貶官尚在幽州，拘留半歲，克融授節（元年十二月乙酉），始得還，故有是命。」新傳亦曰：「明年出幽州。」皆可證。當以墓誌爲是。

事聞，天子壯之，贈給事中。其友侯雲長佐鄆使，請於其帥馬僕射，爲之選於軍中，得故與君相知張恭、李元實者，使以幣請之范陽。范陽人義而歸之，以聞。詔所在給船轝，傳歸其家，賜錢物以葬。長慶四年四月某日，其妻子以君之喪，葬于某州某所。曾曰：「以上歸葬。」

唐六典卷八曰：「門下省給事中四人，正五品上。」○侯雲長，貞元十八年進士登第，已見答李翊書注。○馬僕射，新書馬總傳曰：「李師道平，析鄆、曹、濮等爲一道，除總節度，賜號天平軍。長慶二年，檢校尚書左僕射。」（案：下云「總卒，贈右僕射」，疑「左」「右」字互誤，舊傳亦同。）餘見平淮西碑注。○「轝」「輿」字同。○左成四年杜注曰：「傳，驛也。」史記衛將軍傳索隱曰：「傳猶轉也。」○長慶四年，方曰：「舊本或作『二年』，或作『三年』。按：鄆帥，馬總也，總以二年秋遷右僕射，明年夏召還，當作『二年』或『三年』也。」朱曰：「方説雖如此，而其所定之本却作『四年』，今姑從之。蓋或喪歸踰年，馬既召還，乃克葬也。」

君弟復，亦進士，佐汴宋，得疾，變易喪心，驚惑不常。君得閒，即自視衣褥薄厚，節時其飲食，而匕筯進養之，禁其家無敢高語出聲。醫餌之藥，其物多空青、雄黄諸奇怪物，劑錢至十數萬。營治勤劇，皆自君手，不假之人。家貧，妻子常有飢色。曾曰：「以上內行。」

孫曰：「元和元年，復中進士。案徐星伯登科記考卷十六引幽閑鼓吹『元稹在鄂州，張復爲從事』云云，今檢顧氏文房小説本、寶顏堂祕笈普集本皆作『周復』，恐徐引誤。」〇節時其飲食，莊子人閒世篇曰：「時其飢飽。」〇嚴曰：「空青，山出銅處，銅精熏則生空青，腹中空如楊梅者勝。雄黄出武都山，塊方數寸，明澈如雞冠者佳。」案：嚴説本本草圖經，類證本草卷三四引之，又引日華子曰：「空青大者如雞子，小者如相思子，其青厚如荔支，殼內有漿酸甜，能點多年青盲內障瞖膜，養精氣。」又曰：「雄黄微毒，治疥癬、風邪、癲癇、嵐障、一切蛇蟲犬獸傷咬。」又載掌禹錫等引吴普曰：「雄黄，神農『苦』，山陰有丹，雄黄生山之陽，故曰雄是丹之雄，所以名雄黄也。」

祖某，某官；父某，某官。妻韓氏，禮部郎中某之孫，汴州開封尉某之女，於余爲叔父孫女。君常從余學，選於諸生而嫁與之。孝順祇修，羣女效其所爲，男若干人曰某，女子曰某。曾曰：「以上家世。」銘曰：

音註、五百家作「祖踐某官，父休某官」。○妻韓氏禮部郎中某某孫，祝曰：「雲卿之孫。」案：雲卿，退之之叔父，已見前。唐六典卷四曰：「禮部郎中一人，從五品上。」餘見柳子厚墓誌銘注。○汴州開封尉某之女，祝曰：「俞之女。」案：新書世系表曰：「俞，開封令。」年譜曰：「公誌周況妻韓氏云：『俞，開封尉，卓越豪縱，不治資業。』唐史誤云：『開封令，壻張徹及況也。』」○爲叔父孫女，案年譜，愈祖叡素子四人：仲卿、少卿、雲卿、紳卿；仲卿子三人：會、介、愈；雲卿子二人：俞、弇。世系表叡素子：晉卿、季卿、子卿、仲卿、雲卿、紳卿、升卿，雲卿子不列弇，皆非是。洪曰：「公誌從兄岌曰：『安定桓王五世孫叡素爲桂州刺史，化行南方，有子四人，最季曰紳卿。』李太白武昌碑云：『考叡素，朝散大夫、桂州都督府長史，君乃長史之元子也。少卿當塗丞，雲卿監察御史，紳卿高郵尉。』新史韓氏世系，無少卿而有晉卿、季卿、子卿、升卿，凡七子，蓋誤矣。」

嗚呼徹也！世慕顧以行，子揭揭也；噎喑以爲生，子獨割也。爲彼不清，作玉雪也；仁義以爲兵，用不缺折也。知死不失名，得猛厲也；自申于闇明，莫之奪也。我銘以貞之，不肖者之呾也。劉曰：「於罵叛卒及視弟疾二事摹寫生色。」張曰：「介甫論韓文：「惟王適、張徹墓誌最奇。」王文敍事立意閒架，實從此二篇化出，而未能自然，所以未及退之也。」

沈曰：「説文：『揭，高舉也。』言世人皆顧望趨舍，子獨高舉其義。」○詩黍離孔疏曰：「噎者，咽喉閉塞之名。」○沈曰：「周禮『宮正職糾禁』，注：『糾猶割也，察也。』則糾治不阿，謂徹之當官。」徐行可曰：「『割』字當與上『噎喑』字對文，韓非揚權篇上『操度量以割其下』，説難篇『明割利害以致其功』，解老篇『理定而物易割也』，論衡自紀篇『入爲治中，材小任大，職在刺割』，皆是。張官監察，刺舉正其所職，故云『割』也。」○陳少章曰：「按張平子靈憲中論日之明云『由明瞻闇，闇還自奪』，韓子語似本此。」吴先生曰：「靈憲謂：『繇闇視明，明無所屈，是以望之若大；繇明視明，明遥自奪，故望之若小。』公蓋鎔此數語成文。」又曰：「『明』字句絶，考異謂『闇明』互倒及『闇』字絶句，並非。」○周易集解乾文言引何妥曰：「貞，信也。」○玄應一切經音義卷一引韻集曰：「呾嗟，語不正也。」廣韻十二曷：「呾，相呵，當割切。」（徐行可曰：「顏延年庭誥：『妲語以敵要義。』『呾』乃『誕』之後出字，『妲』爲『誕』之通借字，『誕』俗體作『譠』，聲形皆相通轉，則銘中『呾』字或亦本之顏誥也。賈子『反必爲呾』，亦『誕』之借字。」）○方曰：「此銘以『徹』『揭』『割』『雪』『折』『厲』『奪』『呾』爲韻，而『行』『生』『清』『兵』『名』『闇』『貞』復自爲韻。厲音烈。闇，當讀如『諒闇』之『闇』。」朱曰：「方説多得之，此銘蓋法兔罝、魚麗等詩，隔句用韻耳。詩隔句用韻，先儒所未知，觀公此銘，則既識之矣。但『闇明』二字乙之則韻自叶，而義亦勝，若如方説則雖讀『闇』作『鷂』，韻終不叶，而義亦不通也。」步瀛案：「闇」不得與「行」「生」「清」等爲韻，朱説是也。然欲乙「闇明」字，蓋以「明」句絶，「闇」字屬下句耳，不知「闇明」二字連讀也。如云「行」「生」「清」「兵」「名」「明」「貞」復自爲韻，則合矣。

南陽樊紹述墓誌銘

紹述名宗師，新書附其父澤傳。澤，河中人，此云南陽者，蓋其族望也。元和姓纂卷四曰：「周太王子虞仲支孫爲周卿士，食采於樊，因命氏，今河内陽樊是也。周有樊穆仲字山甫，樊仲皮、樊齊並其後，樊齊之後，漢有舞陽侯樊噲，曾孫嘉爲南陽太守，因家焉。」○樊曰：「紹述作絳守居園池記，乃長慶三年五月十七日，而公卒以四年十二月，則此誌疑在長慶三四年閒。」王宋賢曰：「按紹述卒官絳州，誌言絳人至今感其德，則此誌必在卒後之年，當屬長慶四年。」○歐陽永叔論尹師魯墓誌曰：「修見韓退之與孟郊聯句，頗似孟郊，與樊宗師作誌，便似樊文。」（外集卷二十三）後山詩話卷二曰：「歐陽公謂退之爲樊宗師誌，便似樊文，其始出於司馬子長爲長卿傳如其文，惟其過之，故兼之也。」步瀛案：退之固能兼紹述，子長未必遂能兼長卿，且司馬相如傳蓋即本長卿之自敍，與漢書楊雄傳即本子雲之自敍同。隋書儒林劉炫傳：「炫自爲贊曰：通人司馬相如、楊子雲、馬季長、鄭康成等皆自敍風徽，傳芳來葉。」史通序傳篇曰：「司馬相如始以自敍爲傳。」皆其證也。又案：國史補卷下曰：「元和已後爲文筆，則學奇詭于韓愈，學苦澀于樊宗師。」歐陽永叔集古録跋尾卷九曰：「絳守居園池記，唐樊宗師撰。元和之際，文章之盛極矣，其怪奇至於如此。」又題絳守居園池詩曰：「嘗聞紹述絳守居，偶來覽登周四隅。異哉樊子怪可吁，心欲獨出無古初。窮荒探幽入有無，一語詰曲百盤紆。孰云已出不剽襲，句斷欲學盤庚書。」（居士集卷二）洪曰：「退之作樊墓誌，稱其爲文不剽襲，觀絳守居園池記，誠然，然亦太奇澀矣。本朝王晟、劉忱皆爲之注解，如『瑶翻碧瀲』『鬼眼傾耳』等語，皆前人所未道也。」邵氏聞見後録卷十四曰：「樊宗師之文怪矣，退之但取其不相襲而已，其評曰：『多乎哉？古未有也。』又曰：『然而必出於己，不襲蹈前人一言一句，又何其難也？』又曰：『紹述於斯術，可謂至於斯極者矣。』曰未有，曰難，曰極，特取其不相襲耳，不直以爲美也。故其銘曰：『惟古於詞必己出，降而不能乃剽賊，後皆指前公相襲，從漢迄今用一律。』蓋斥班固而下相襲者。退之於文吝許可如此。」步瀛案：退之於同時之人論文多所推獎，如李元賓、歐陽行周皆然，不獨樊紹述也。或以絳守居、越王樓二文皆艱澀，幾難句讀，疑銘詞所謂文從字順者爲反譏之詞，則不然。今人所見者止此二篇，安知其他文不有精粹者邪？退之推獎從厚則有之，必非加以譏誚。邵公濟以爲吝許可，亦未甚確。○儲同人曰：「公志文壹題官閥；惟李元賓、柳子厚、樊紹述稱字，親之也；施士匄、孟東野稱先生，尊之也。」

樊紹述既卒，且葬，愈將銘之，從其家求書。方望溪曰：「樊，文士也，故首舉所著書。」得書號魁紀公者三十卷，曰樊子者又三十卷，春秋集傳十五卷，表牋、狀策、書序、傳記、紀誌、說論、今文讚銘凡二百九十一篇，道路所遇及器物門里雜銘二百二十，賦十，詩七百又十九。曰：「多矣哉！古未嘗有也。然而必出於己，不襲蹈前人一言一句，又何其難也！曾曰：「退之言屬文，皆親切有味。」必出入仁義，汪曰：「修詞之本。」其富若生蓄，萬物必具，海含地負，放恣橫從，無所統紀，然而不煩於繩削而自合也。嗚呼！紹述於斯術，其可謂至於斯極者矣。」曾曰：「以上著作之多。」

沈曰：「新書志收魁紀入雜家。」步瀛案：新書藝文志，樊子亦入雜家。○樊曰：「今以藝文志考之，皆有其目，獨銘、賦、詩亡焉，所謂表箋、狀策等文凡二百九十一篇，曰樊宗師集，二百九十一卷，數同，而以卷爲篇，疑誌之字誤也。」沈曰：「今僅傳絳守居園池記、綿州越王樓詩并序。宋史藝文志樊宗師集，僅存一卷。案：舊唐志闕開元以後別集，恐新志據此碑而誤也。」步瀛案：漢人所著之文，皆曰若干篇，不曰若干卷，蓋退之意亦然。新書藝文志誤以篇爲卷耳，沈説是也。○地負，補注曰：「負，載也。」○詩南山「衡從其畝」，釋文曰：「衡，一作『横』；從，足容反。」案：「從」「縱」字通。○繩削，案：繩以正曲，削以去繁。

生而其家貴富，長而不有其藏一錢，妻子告不足，顧且笑曰：「我道蓋是也。」汪曰：「敘其性情，亦與文詞相關合，蓋其文詞必出入仁義也。」皆應曰然，無不意滿。嘗以金部郎中告哀南方還，言某師不治，罷之，以此出爲綿州刺史。一年，徵拜左司郎中，又出刺絳州。綿絳之人至今皆曰於我有德。汪曰：「吏治只虚虚帶過，亦與仁義關合。」以爲諫議大夫，命且下，遂病以卒，年若干。曾曰：「以上居家、居官。」

新書宗師傳曰：「始，宗師家饒于財，悉散施姻舊賓客，妻子告不給，宗師笑不答。」○我道蓋是也，孫曰：「言蓋如是也。」○退之薦樊宗師狀曰：「孝友忠信，稱於宗族朋友，可以厚風俗；勤於藝學，多所通解，議論平正有經據，可以備顧問；謹潔和敏，持身甚苦，遇物仁恕，有材有識，可任以事。」此誌皆從略。○樊曰：「元和十五年正月，憲宗崩，宗師以金部郎中告哀南方。」案：金部郎中，已見董公行狀注。○某師，考異曰：「師，或作『帥』。」案：五百家本作「帥」。○唐劍南道綿州治巴西縣，今四川綿陽縣治。○左司郎中，已見董公行狀注。○唐河東道絳州治正平縣，今山西新絳縣治。○唐六典卷八曰：「門下省諫議大夫四人，正五品上，掌侍從贊相、規諫諷諭。」○案：紹述出身歷官，此亦從略。新傳曰：「始爲國子主簿，元和三年，擢軍謀宏遠科，授著作佐郎。」據退之與鄭相公（餘慶）書，稱太子舍人樊宗師，比持服在東都；與袁相公（滋）書，稱朝議郎前太子舍人樊宗師，是紹述嘗爲太子舍人也；薦狀題爲「攝山南西道節度副使、朝議郎、前檢校水部員外郎、兼殿中御史、賜緋魚袋樊宗師」，皆爲金部郎中以前所歷官也。

紹述諱宗師；父諱澤，嘗帥襄陽、江陵，官至右僕射，贈某官；祖某官，諱泳。汪曰：「止載二代，逆敍。」自祖及紹述，汪曰：「順說下。」三世皆以軍謀堪將帥策上第以進。汪曰：「與文學相激射。」曾曰：「以上家世。」

舊書德宗紀曰：「興元元年春正月丙申，以山南東道行軍司馬樊澤爲襄州刺史、山南東道節度使。貞元三年五月閏月癸亥，以山南東道節度使樊澤爲江陵尹、荆南節度使。八年（當有「三月」字，元脱，見曹成王碑注。孫以爲二月，非是。）丙子，以荆南節度使樊澤爲襄州刺史、山南東道節度使。十四年九月己酉，山南東道節度使、檢校尚書右僕射、襄州刺史樊澤卒。」樊澤傳曰：「澤字安時，河中人也。建中元年，舉賢良對策，禮部侍郎于邵厚遇之，爲山南東道行軍司馬，尋代賈耽爲襄州刺史、兼御史大夫、山南東道節度觀察使。三年，代張伯儀爲荆南節度觀察使、江陵尹、兼御史大夫。三歲，加檢校禮部尚書。會襄州節度曹王臯卒於鎮，軍中剽劫擾亂，以澤威惠素著於襄漢，復代曹王臯爲襄州刺史、山南東道節度使。十二年，加檢校右僕射。卒，贈司空。」○舊書樊澤傳曰：「父詠，開元中舉草澤，授試大理評事，累贈兵部尚書。」案：「詠」字與此作「泳」異。○孫曰：「開元中，泳舉草澤科；建中元年，澤舉賢良方正直言極諫科；元和三年四月，宗師舉軍謀宏遠堪任將帥科。」沈曰：「册府元龜（貢舉部）：『開元十五年，武足安邊科，鄭昉、樊衡及第。』是紹述之祖與紹述同科，傳以爲草澤科，誤也。傳與此誌同云諱泳（傳作「詠」），而册府、會要（七十六）並作『衡』，或後來改名泳也。誌以樊澤三世同科，傳云澤中賢良方正科，亦誤。」步瀛案：沈據此誌以訂舊書之誤，然新傳亦云澤舉賢良方正，宋子京多從韓柳文，而此仍同舊傳，當有所據。沈以「泳」爲樊衡改名，亦武斷。据崔顥薦樊衡書，謂衛相州人，與泳恐非一人也。

紹述無所不學，於辭於聲，天得也。在衆若無能者，嘗與觀樂，問曰：「何如？」曰：「後當然。」已而果然。

汪曰：「以知樂結，仍就文辭貫出。」曾曰：「以上知音。」又曰：「若敍知聲如敍其於辭，則冗長不警拔矣。」

銘曰：

於聲，補注曰：「聲，樂也，下言觀樂是已。」

惟古於詞必己出，降而不能乃剽賊，後皆指前公相襲，從漢迄今用一律。寥寥久哉莫覺屬，神徂聖伏道絶塞。既極乃通發紹述，文從字順各識職。有欲求之此其躅。

方望溪曰：「守官一語括之。蓋誌以文爲主，詳其行身治官，則於首尾不稱。樊文甚奇，恐世無識，故並舉其辭與聲之學，以其於聲有獨得，證其於詞無可疑耳。章法與藍田縣丞廳壁記同。」劉曰：「紹述非真能文者，公特與其交好，又與己務去陳言之意相合，以著詞必己出之宗爾。」（此與聞見後録意同）

漢書江充傳顔注曰：「剽，劫也，音頰妙反。」○公相襲，孫曰：「公然相襲。」○爾雅釋詁曰：「徂，往也。」○文從，禮記樂記鄭注曰：「從，順也。」○漢書敍傳顔注曰：「躅，迹也。」

貞曜先生墓誌銘

韓曰：「先生，孟郊也，湖州武康人，以詩名。唐人謂孟詩韓筆，故公誌及銘皆以詩稱之。」援鶉堂筆記卷四十二曰：「按昌黎與楊生書（集「生」作「子」）稱平昌孟東野，唐志德州有平昌縣（今山東德平縣治）。誌中稱同姓簡，於世次爲叔父，檢孟簡傳，舊書平昌人，新書德州平昌人。」步瀛案：李習之薦所知於徐州張僕射書及侯高墓誌，皆云平昌孟郊，新舊書孟郊傳皆云武康人（今屬浙江），唐才子傳卷五云洛陽人。蓋平昌其族望，武康後來所居。誌稱鄠、郢，皆在江南，唐武康屬湖州，湖州隸江南道也。洛陽其先世所居，誌又云「葬之洛陽東，其先人墓左」，是也。

唐元和九年，歲在甲午，八月己亥，汪曰：「冠以唐字，又書『歲在甲午』，繁而不殺，見貞曜爲唐一代人物。」貞曜先生孟氏卒，無子，其配鄭氏以告。汪曰：「即在此敘其子及其妻之姓。」愈走位哭，且召張籍會哭。汪曰：「隨手伏張籍。」明日，使以錢如東都供葬事，諸嘗與往來者，咸來哭弔韓氏。遂以書告興元尹故相餘慶。閏月，樊宗師使來弔，告葬期，徵銘。愈哭曰：「嗚呼！吾尚忍銘吾友也夫！」興元人以幣如孟氏賻，且來商家事。樊子使來速銘曰：「不則無以掩諸幽。」乃序而銘之。曾曰：「以上敘弔賻雜事。」

愈走位哭，孫曰：「當作『愈赴位哭』，謂爲位以祭而哭也。」沈文起曰：「奔喪注引逸奔喪禮曰：『哭朋友于祖，寢門外，壹哭而已，不踊。』疏云：『本是無服，故但哭，不爲位。』案韓孟交誼，比於朋友，同在他邦，免，故爲位哭，亦爲有來弔者與敍親疏也。」步瀛案：韓子年譜：「元和八年春，守尚書比部郎中，史館修撰。至九年，始改考功郎中。」○咸來哭弔韓氏，禮記檀弓上曰：「伯高死於衛，赴於孔子，孔子曰：『夫由賜也見我，吾哭諸賜氏。』遂命子貢爲之主。」方望溪、何義門、王宋賢皆引此以證，得東野赴後，退之爲之主，嘗與往來者，咸哭弔於韓氏也。舊讀「哭弔」句絶，非是。○舊書憲宗紀曰：「元和九年三月辛酉，以太子少傅鄭餘慶檢校右僕射、興元尹、山南西道節度使。」又鄭餘慶傳曰：「餘慶字居業，滎陽人。」元和郡縣志曰：「山南道興元府：山南西道節度使理所。」案：唐興元府治南鄭縣，已見董公行狀注。鄭餘慶貞元十四年七月、永貞元年八月，皆嘗爲同中書門下平章事，故曰故相。○閏月，補注曰：「是歲閏八月。」○祝曰：「時宗師自太子舍人持母喪在東都。」補注曰：「來弔，弔公也。」案：已見上南陽樊紹述墓誌銘及注。○孫曰：「餘慶給錢數萬，送贍給其家。賻，助也，所以贈終。」○補注曰：「家事謂孟郊家事。公集有與鄭餘慶書云：『再奉示問，皆緣孟家事。』又云：『樊宗師在東都，經營孟家事，不啻如己。』其言大抵與此誌合。」

先生諱郊，字東野。父庭玢，娶裴氏女，而選爲崑山尉。生先生及二季酆、郢而卒。先生生六七年，端序則見，長而愈騫，涵而揉之，內外完好，色夷氣清，可畏而親。及其爲詩，汪曰：「以昌其詩作主。」劌目鉥心，刃迎縷解，鉤章棘句，掐擢胃腎，神施鬼設，間見層出。唯其大翫於詞，而與世抹摋，人皆劫劫，我獨有餘。曾曰：「以上敍其人與詩。」

廣韻十七真：「玢音彬。」○崑山尉，見王君墓誌銘注。○先生生六七年，補注曰：「天寶十年，郊生。」○「鶱」「鶱」字通。說文曰：「鶱，飛貌。」廣雅釋訓曰：「鶱鶱，飛也。」○詩草蟲鄭箋曰：「夷，平也。」○禮記聘義鄭注曰：「劌，傷也。」釋文曰：「劌，音九衛反，字林云『利也』。」說文曰：「鈢，綦鍼也。」管子輕重乙曰：「一女必有一刀一錐一鍼一鈢。」尹注曰：「鈢，時橘切，長鍼也。」案：此取鍼刺之義。○說文曰：「搯，捾也，从手舀聲。周書曰：『師乃搯。』（段曰：「尚書大誓文。尚書大傳『師乃慆』，鄭云『慆，喜也』，此今文大誓也；許所稱作『師乃搯』，此古文大誓也。」）搯者，拔（段據詩清人釋文引改「播」）兵刃以習擊刺也。詩曰：『左旋右搯。』（今詩清人作「抽」。）」大徐音土刀切。說文曰：「搯，捾也。」方言三曰：「擢，拔也。」○閒音古莧切。○方曰：「字林：『抹摋，埽滅也。』漢書谷永傳：『末殺災異。』」步瀛案：顏師古注曰：「末殺，埽滅也。」釋名釋姿容曰：「摩娑猶末殺也，手上下之言也。」此言東野專心詩詞，而埽卻世之名利，故其爲詩沛然有餘力也。○沈曰：「荀子解蔽注：劫，迫也。」

有以後時開先生者，曰：「吾既擠而與之矣，其猶足存邪？」汪曰：「就昌其詩串出維執不猗，以引其卒不施。」年幾五十，汪曰：「以下敍其出處，是出不訾、卒不施處。」始以尊夫人之命，來集京師，從進士試。既得即去。閒四年，又以命來，選爲溧陽尉，迎侍溧上。去尉二年，而故相鄭公尹河南，汪曰：「鄭公前書名，此書姓。」奏爲水陸轉運從事，試協律郎，親拜其母於門內。母卒五年，而鄭公以節領興元軍，奏爲其軍參謀，試大理評事。曾曰：「以上科第、官階。」

有以後時開先生者，謂勸其及時而取功名也。○淮南兵略篇許注曰：「擠，排，推也。」（廣雅釋詁三曰：「排，推也。」）謂功名之事，吾既推而讓人矣，其猶足存於心邪？擠而與之，即上所謂「與世抹摋」也。○樊曰：「貞元十二年呂渭知舉，郊登第，年五十四。」唐才子傳曰：「孟郊，貞元十二年李程榜進士。」○閒四年，王宋賢曰：「謂登第後中隔十三至十六，四年不入京，其選溧陽，實在貞元十七年也。」○又以命來，考異無「以」字，曰：「或有『以』字。」案：今從吴先生校增。○元和郡縣志江南道宣州溧陽縣注曰「緊」。新書地理志：「江南道昇州溧陽縣：上元元年隸昇州，州廢，（上元二年廢，光啓三年復。）還隸宣州。」案：貞元中，昇州未復，溧陽屬宣州也。唐溧陽縣，今江蘇溧陽縣治。唐六典卷三十曰：「上縣尉二人，從九品下。」○孫曰：「溧陽有投金瀨、平陵城，林薄蒙翳，下有積水，郊閒往坐水旁，裴回賦詩，而曹務多廢，令白府以假尉代之，分其半俸。」○孫曰：「元和元年十一月，以鄭餘慶爲河南尹、水陸轉運使。李翺分司洛中，與郊善，薦之餘慶，以爲判官。」唐六典卷三十曰：「京兆、河南、太原尹一人，從三品。」百官志曰：「掌宣德化，歲巡屬縣，觀風俗，録囚，恤鰥寡。」文獻通考職官十五曰：「唐先天二年，李傑始爲水陸發運使，蓋使名之起。開元二十一年，裴耀卿以侍中充江南淮南轉運使，而崔希逸、蕭旲爲副，蓋副使始此。天寶中，以韋堅充句當轉運使，第五琦充諸色轉運使，劉晏充諸路轉運使，其後韓滉、杜悰、杜讓能、崔昭緯，皆以宰相充使，而諸道分置巡院，皆統於此。」案：唐代轉運使大略具此，以非品官，故官制中皆不列也。○轉運，音註、五百家皆無「轉」字，考異曰：「或有『轉』字。」今從吴先生校增。○「協」「協」字通。唐六典卷十四曰：「太常寺協律郎，正八品，掌和六律六呂，以辨四時之氣，八風五音之節。」○親拜其母於門內，何曰：「此鄭拜孟母耳。拜從事母，真盛德事。」○王宋賢曰：「郊母以四年正月卒，見李翺來南録。至九年三月餘慶尹興元，適五年矣。」○興元，已見上注。樊曰：「郊有詩謝餘慶云：『國老出爲將，紅旗入青山。再招門下生，結束余病孱。自笑騎馬醜，强從驅驅閒。傾傾摩天路，裊裊鏡下顔。文魄既飛越，官情誰等閒。羨他白面少，多是清朝班。惜命非所報，慎行誠獨艱。悠悠去住心，兩説何能删。』」

挈其妻行，之興元，次於閿鄉，暴疾卒，年六十四。買棺以斂，以二人輿歸。鄭、郢皆在江南。十月庚申，樊子合凡贈賻，而葬之洛陽東，其先人墓左，以餘財附其家而供祀。將葬，張籍曰：「先生揭德振華，於古有光。賢者故事有易名，況士哉？如曰貞曜先生，則姓名字行有載，不待講説而明。」皆曰：「然。」遂用之。曾曰：「以上死葬、私謚。」

閿鄉，見王君墓誌銘注。○以二人輿歸，王宋賢曰：「謂歸東都，蓋舊爲河南從事，寓家於此。」○補注曰：「鄭、郢家湖州武康縣。」○明統志曰：「河南河南府：孟郊墓，在府城東北。」清統志曰：「墓在洛陽縣東。」○易名，見梁敬之代太常答蘇端謚議。援鶉堂筆記曰：「按賢者雖無位於時尚有私謚，而東野以進士從事幕府得官，蓋亦士之列矣，語意或如此。」○朱曰：「待，或作『從』。」

初，先生所與俱學同姓簡，於世次爲叔父，由給事中觀察浙東。曰：「生吾不能舉，死吾知恤其家。」曾曰：「補敘孟簡。」○吳曰：「意頗譏刺孟簡，而反用其語出之，斯爲微妙。」銘曰：

沈曰：「爾雅釋親族：『舅弟之子相謂爲親同姓。』按：郊與孟簡同出平昌望。」步瀛案：孟簡，已見與孟尚書書注。○舊書憲宗紀曰：「元和九年九月戊戌，以給事中孟簡爲越州刺史、浙東觀察使。」

於戲貞曜！維執不猗，維出不訾，維卒不施，以昌其詩。方曰：「於當官無一語贊美，位卑職散，不足言也。」又曰：「此篇前後載朋友哀戚賻恤，中間志其高才而窮，故末用閒語總結。」沈確士曰：「句削字鍊，此公極用意文。」

詩節南山鄭注曰：「猗，倚也。」齊語韋注曰：「訾，量也。」何義門讀書記昌黎集卷四曰：「執不猗，言其進之難；出不訾，言其文之盛也。上言貞，下言曜也。」吴北江曰：「此曰其才智所出不可量也，然卒不施，則以昌其詩而已矣。」

殿中少監馬君墓誌銘

音註、五百家，「殿」上有「唐故」二字，「誌」下無「銘」字。考異曰：「或有『銘』字。」案：正宗作馬少監墓誌銘，文編、文鈔、類纂、雜鈔皆有「銘」字。姚姬傳曰：「古者書旌柩前，即謂之銘，故不必有韻之文始可稱銘。」步瀛案：儀禮士喪禮曰：「爲銘各以其物，亡則以緇，長半幅，赬末，長終幅，廣三寸，書銘于末（周禮春官小祝鄭司農引「書銘」作「書名」），曰某氏某之柩。」（鄭注曰：「銘，明旌也，雜帛爲物，大夫士之所建也。亡，無也，無旌不命之士也，半幅一尺，終幅二尺。在棺爲柩。」）周禮春官「小祝置銘」，注引鄭司農曰：「銘書死者名於旌，今謂之柩。」（賈疏曰：「銘所以表柩，故漢時謂銘爲柩。」）禮記檀弓下曰：「銘，明旌也，以死者爲不可别已，故以其旗識之。（據釋文本士喪禮鄭注、小祝杜子春注引並復「識」字。盧召弓曰：「識，古『幟』字，亦旗類。上『識』字是『幟』，下『識』字乃『記』也。」）愛之斯録之矣，敬之斯盡其道焉耳。」姚謂「書旐柩前，即謂之銘」，本此。黄梨洲（宗羲）金石要例曰：「墓誌而無銘者，蓋敘事即銘也。昌黎張圓之誌云『敘次其族世、名字、事始終而銘曰云云』，蓋所謂誌銘者，通一篇而言之，非以敘事屬志，韻語屬銘，猶如作賦者末有『重曰』『亂曰』，揔之是賦，不可謂重是重、亂是亂也。故無銘者，猶賦之無重無亂者也。」援鶉堂筆記卷四十四曰：「誌止是立石爲辭以誌之，銘即誌耳，故或稱誌銘，或稱銘誌。劉顯卒，友人劉之遴啓皇太子爲之銘誌，今梁書載其辭。觀前人石刻墓銘，有『有序』二字以目其散文，文選謝朓和伏武昌詩李善注引徐冕伏曼容墓誌序云云是也。若後無韻語，則即散文亦可謂之誌，唐宋諸公集皆有之；若有韻語，前當謂之序。歐公論尹師魯墓誌銘云『誌言云云』『銘言云云』，是以誌、銘分爲二，以序獨爲誌，蓋是誤也。北史敘傳言『李行之口授墓誌以紀，其誌云云』，下又云『乃爲銘曰云云』，所謂其誌者，兼目下序及銘辭，非以誌、銘爲二，如歐公意也。」（姚姬傳類纂敘目謂：「爲之銘者，所以誌之之辭也。然恐人觀之不詳，故又爲序。世或分誌銘二之，獨呼前序曰誌者，失其義，蓋自歐陽公不能辨矣。」語即本此。）梁曜北（玉繩）誌銘廣例卷一曰：「墓石之文，分言之則前序爲誌，韻語爲銘；通言之則誌即是銘，銘即是誌。漢聞熹長韓仁銘乃令牒，無韻語，而謂之銘；韓文公法曹張君誌銘敘次其族世、名字、事始終，别無銘辭，而曰是爲銘；虞部張季友、考功盧東美、襄陽盧丞、司法李楚金、博士李于諸篇皆然。陳了齋鄒公埋銘序而無銘，惟結以『某官陳某敘次』一語；葉適水心集媛女瘞銘，只敘其病夭卒葬，結以『龍泉葉某記』一語，是誌即銘也。柳河東集中諸誌皆有銘辭，而題止稱誌；白香山范陽張公仲方墓誌亦然。文選任彦升劉先生夫人墓誌無誌但銘，而題獨稱誌；蘇文忠李太師墓誌、朱亥墓誌亦然，是銘即誌也。」

君諱繼祖，汪曰：「不書姓，亦不書字。」司徒贈太師北平莊武王之孫，樓迂齋曰：「尊之不書諱。又名字顯，人所皆知。」少府監贈太子少傅諱暢之子。汪曰：「敍父祖乃誌文之常，此却即爲通篇之案。」生四歲，以門功拜太子舍人。積三十四年，五轉而至殿中少監。茅曰：「總而略。」年三十七以卒。有男八人，女二人。以上先世及歷官、年歲、子女。

國史補卷上曰：「馬司徒孫始生，德宗命之曰繼祖，退而笑曰：此有二義，意謂以索繫祖也。」案：退之扶風郡夫人（即暢妻）墓誌銘曰：「長子殿中丞繼祖，孝友以類。」考異曰：「諸本『子』下有『敖』字，或作『敎』，或作『敦』。晁本作『長子繼祖，殿中丞，孝友嗣類』，本或『孝友』上有『承考』二字。方云：『此碑謂少府監者馬暢也。暢子繼祖，公嘗誌其墓。新舊傳，暢只有此一子；世系表，燧之子彙、暢，彙子赦、敭，暢子亦只有繼祖，豈繼祖先名「敖」邪？或「敖」字當刪。』今按馬少監墓誌云『君諱繼祖』，則方説得之，仍當更從晁本刪『敖』字，但以其兄弟連名考之，（謂彙子赦、敭與敖皆从攴爲連名。然説文「赦」「敭」从攴，「敖」从放，亦小異。且從父兄弟亦不必定連名也。）則又疑作『敖』爲是。而其下或有『承考』二字者，乃言敖能繼北平，承少傅，而孝友似之也。少監誌云『諱繼祖』，或是反用此誌誤本補足，而世系表又承集誤。然不可考，姑從晁本而并著其所疑如此云。」王宋賢曰：「方云暢只一子，則此文『長』字已贅，前文母有多子，後文所謂諸孤者又誰哉？方據表、傳，竊恐表、傳尚多脱漏也。又按少監誌樊引國史補云云，則少監誌並非有誤，且賜名在始生之初，亦非先名敖，『敖』字畢竟當刪。樊又云『暢生二子，長曰敖，次繼祖』，則恐反據此文誤本臆説。以誌中多子諸孤推之，暢子不止有二。」步瀛案：王説是也。新舊史雖據韓集，未必不更參他書，國史補即由韓集傳會，而諸家注韓集不言此誌繼祖有作「敖」之本；且使敖果爲長子，則新舊傳、世系表決不舍「敖」而稱繼祖。又，元和姓纂成於元和七年以前，退之尚未撰扶風夫人誌，斷非根據韓集者。其卷九云「暢少府監，生繼祖」，不一言「敖」，亦一證也。○舊書馬燧傳曰：「燧字洵美（權載之馬公行狀作「珣美」），汝州郟城人。（元和姓纂，燧不系郟城而系臨安，未知何據。）其先自右扶風徙焉。興元元年，加檢校司徒，封北平郡王。貞元二年閏五月，侍中渾瑊與蕃相尚結贊盟于平涼，爲蕃軍所劫，燧坐是奪兵權。六月，以燧守司徒、兼侍中，北平王如故。貞元十一年八月，薨，時年七十，册贈太尉，謚曰莊武。」新書燧傳曰：「贈太傅。」○舊傳曰：「燧子彙、暢，暢以父蔭，累遷至鴻臚少卿，終少府監，贈工部尚書。」新傳同。少府監，已見曹成王碑注。唐六典卷二十六曰：「太子少傅一人，正二品。」舊注曰：「按傳，燧贈太傅，此云贈太師，暢贈工部尚書，公元和九年爲其夫人作墓誌，亦云贈工部尚書，此云贈太子少傅，豈其後累贈至此耶？」○唐六典卷二十六曰：「太子中舍人二人，正五品上。」原注曰：「本漢魏太子舍人也。」○唐六典卷十一曰：「殿中省少監二人，從四品上。殿中監之職，掌乘輿、服御之政令，總尚食、尚藥、尚衣、尚乘、尚舍、尚輦六局之官屬，備其禮物而供其職事。少監爲之貳。」

始余初冠，應進士貢在京師，窮不自存。以故人稚弟，拜北平王於馬前，王問而憐之，因得見於安邑里第。王軫其寒飢，賜食與衣，召二子使爲之主。其季遇我特厚，（樓曰：「過接妙。」）少府監贈太子少傅者也。姆抱幼子立側，眉眼如畫，髮漆黑，肌肉玉雪可念，殿中君也。（李剛己曰：「此上追溯往事，由莊武遞入少傅，由少府遞入少監，敍次極爲曲折敏妙。」）當是時，見王於北亭，猶高山深林鉅谷，龍虎變化不測，傑魁人也；退見少傅，翠竹碧梧，鸞鵠停峙，能守其業者也；幼子娟好静秀，瑶環瑜珥，何曰：「帶補服飾一句。」蘭茁其芽，稱其家兒也。李曰：「以上摹寫少監三世狀態，歷歷入畫，雖未嘗敍述一事，而其人之精神意象，無不畢見，是爲神妙。然自下文言之，則皆係逆筆，與平鋪直敍者迥别。」○以上敍與馬氏三世交誼，正三世並存之時。

孫曰：「貞元三年，公年二十。」（王宋賢曰：「公以貞元二年年十九入京，初冠則年始二十，蓋公見馬燧在貞元三年也。」）○退之歐陽生哀辭曰：「貞元三年，余始至京師，舉進士。」又答崔立之書曰：「及年二十時，苦家貧，衣食不足，及來京師，見有舉進士者，人多貴之，因詣州縣求舉。」○以故人稚弟，樊曰：「貞元三年平涼之盟，馬燧預議，韓弇時以殿中侍御史爲判官，死焉。其年罷兵，燧奉朝請京師。弇，公之兄也。」案：新書德宗紀曰：「貞元三年閏五月辛未，渾瑊及吐蕃盟于平涼，吐蕃執會盟副使兵部尚書崔漢衡，殺判官殿中侍御史韓弇。」李習之殿中侍御史韓君夫人韋氏墓誌銘曰：「夫人執婦道于昌黎韓氏，府君諱弇，進士及第，（韓子年譜引唐科名記曰：「建中四年登第。」）朔方節度請掌書記，得秘書省校書郎，累遷殿中侍御史。貞元三年，吐蕃乞盟，詔朔方節度使即塞上與之盟，賓客皆從。其五月，吐蕃不肯盟，殿中君於是遇害。」又曰：「殿中君從父弟愈。」（案年譜，愈父仲卿，弇父雲卿，皆叡素子，故弇、愈爲從父兄弟。）○宋次道長安志卷八曰：「朱雀街東第四街，即皇城之東第一街，街東從北第五安邑坊奉誠園。司徒、侍中馬燧宅在安邑里。燧子少府監暢，以貲甲天下，暢亦善殖財。貞元末，神策中尉申志廉諷使納田産，遂獻舊第爲奉誠園。」○楚辭九章哀郢王注曰：「軫，痛也。」○儀禮士昏禮鄭注曰：「姆，婦人年五十無子出而不復嫁，能以婦道教人者，若今時乳母。」○方曰：「左思嬌女詩『眉目璨如畫』。」○可念猶可愛，方曰：「姤記云：王丞相（當依世説新語輕詆篇引增「曹夫人」三字；又下「觀有」，世説作「望見」。）於青疎臺中觀有兩三兒騎羊，皆端正可念。」○舊傳曰：「燧姿度魁異，長六尺二寸。」○文選射雉賦徐爰注曰：「峙，立也。」孫曰：「謂猶鸑鷟停於竹梧之上。」○能守其業者也，案：唐會要卷八十載，太常博士林寶議馬暢謚曰「敬」，工部郎中崔備、兵部員外郎韋奕皆駁之，下太常重定其議。博士崔韶改謚曰「縱」，議曰：「馬暢承籍故業，歷居通顯，家富於財，以奢縱自處，不能撫安嫂姪，使之離析，其干進也，趨利如轉圜，其居家也，揉下如束溼，故時論鄙之。謹按國史，宇文士及居家侈縱，議謚爲『縱』；暢之行己，同於士及，請以『縱』爲謚可也。」觀此，則暢之爲人，殊不足取，退之僅謂能守其業，亦非深許之也。○說文新附字曰：「娟，嬋也。」廣韻二仙曰：「嬋娟，好姿態皃，於緣切。」○楚辭九歌東皇太一王注曰：「瑤，石之次玉者也。」爾雅釋器曰：「肉好若一謂之環。」說文曰：「瑜瑾，美玉也。珥，瑱也，瑱，以玉充耳也。」○稱，昌孕切。說苑雜言篇曰：「孔子家兒不知罵，曾子家兒不知怒，所以然者，生而善教也。」

後四五年，吾成進士，去而東游，哭北平王於客舍；後十五六年，吾爲尚書都官郎，分司東都，而分府少傅卒，哭之；又十餘年，至今哭少監焉。以上哭馬氏祖子孫三世。○蔣曰：「哭三世用筆變換。」李曰：「此段係正筆，然神氣已直注於末段。」

樊曰：「公貞元八年登第。」○樊曰：「十一年五月，公東歸河陽。八月，燧卒。」○唐六典卷六曰：「都官員外郎一人，從六品上。都官郎中、員外郎，掌配没隸，簿録俘囚，以給衣糧、藥療，以理訴競、雪免。」韓文公歷官記曰：「元和三年，改真博士。明年爲都官員外郎，分司東都，判祠部。」韓子年譜曰：「元和四年，改都官員外郎，守東都省。」魏仲舉曰：「制詞云：朝議郎、守國子博士、分司東都、上騎都尉韓愈，直亮而廉潔，博達而沈厚云云，可尚書都官員外郎、分司東都。」○分府少傅卒，樊曰：「元和五年，暢卒。自貞元十一年至是，凡十六年。」步瀛案：扶風郡夫人墓誌銘曰：「元和五年，尚書薨。」舊傳曰：「燧既卒，暢承舊業，屢爲豪幸邀取。貞元末，中尉申志廉諷暢令獻田園第宅，順宗復賜暢。初爲彙妻所訴，析其産，中貴又逼取，仍指使施於佛寺，暢不敢丞。晚年財産並盡，身没之後，諸子無室可居，以至凍餒。今奉誠園亭館，即暢舊第也。」又案：少府監故曰分府，朱誤屬上，以爲當時分司分官之名，非是。沈文起引隋書長孫平傳：「周宣帝即位，置東宫官屬，以平爲小司寇，與小宗伯趙芬分掌六府。」蓋誤以東宫官爲東京官，以分掌六府證分府，尤爲傅會。○孫曰：「長慶初年，繼祖卒。」

嗚呼！吾未耄老，自始至今，未四十年，而哭其祖子孫三世，于人世何如也！人欲久不死，而觀居此世者何也？茅曰：「只數句，無限悲涼。」李曰：「此段感歎深至，乃通篇作意所在，結筆尤有淡宕不收之音。」○唐荆川曰：「此歐文黄夢升、張應之諸作之祖。」何曰：「如此俯仰淋漓，仍是簡古，不覺繁溢。」方望溪曰：「他無可述，故載死生離合之迹。」劉曰：「少監無一事可紀，乃以三世交游作兩番摹寫，古色古聲，造出奇偉，於此見公之才力。六一屢仿效之而未能也。」曾曰：「情韻不匱。」又曰：「凡誌墓之文，懼千百年後谷遷陵改，見者不知誰氏之墓，故刻石以文告之也，語氣須是對不知誰何之人説話，此文少乖，似哀誄文序。」

王宋賢曰：「其後燧第改爲奉誠園，諸孫至有丐于路者，見吴融敷水道見丐者一詩。使公後死若干年，親見此事，其感慨更當何如也？」

鄆州谿堂詩并序

樊曰：「長安薛氏有皇甫湜手帖云：『鄆塘（塘，當作「堂」，下同。）特高古風，敢樹降旗，而作者之下，何人能及矣？崔侍御前日稱歎終席，滿座不覺繼燭，我唐有國，退之文宗一人，不任欽慰之極。湜上侍郎宗伯。』鄆塘，正謂此鄆州谿堂也。公時爲兵部侍郎。曰宗伯者，文章宗伯也。」案：趙明誠金石録目録九，唐谿堂詩列長慶二年諸石刻後，注曰：「韓愈撰，牛僧孺正書。」清統志曰：「山東泰安府：溪堂，在東平州西（今改縣）故鄆州城内，唐鄆曹濮觀察使馬總建，以爲饗士大夫之所，韓愈爲序並係以詩，有碑，牛僧孺立。」

憲宗之十四年，始定東平，三分其地，以華州刺史、禮部尚書、兼御史大夫扶風馬公爲鄆曹濮節度觀察等使，鎮其地。汪曰：「始至其地，安以治之，一層。」既一年，褒其軍號曰天平軍。上即位之二年，召公入，且將用之，以其人之安公也，復歸之鎮。上之三年，公爲政於鄆曹濮也，適四年矣。治成制定，汪曰：「上勤。」衆志大固，惡絶於心，仁形於色，溥心一力，以供國家之職。汪曰：「下順。」于時沂密始分而殘其帥，其後幽、鎮、魏不悦於政，相扇繼變，復歸於舊，徐亦乘勢逐帥自置，同於三方。惟鄆也截然中居，四鄰望之，若防之制水，恃以無恐。汪曰：「教之成，不扇而變，又一層。」吴曰：「文氣亦淵渟嶽峙，如歸震川所云盛得水住者。」又曰：「以上敘馬公坐鎮之能。」

舊書憲宗紀曰：「元和十四年二月壬戌，田弘正奏今月九日，淄青都知兵馬使劉悟，斬李師道請降，師道所管十二州平。三月戊子，以華州刺史馬總爲鄆濮曹等州觀察等使。己丑，以義成軍節度使薛平爲青州刺史，充平盧軍節度、淄青齊登萊等州觀察等使；以淄青四面行營供軍使王遂爲沂州刺史、充沂海兗密等州都團練觀察等使。析李師道所據十二州爲三鎮也。」新書方鎮表曰：「元和十四年，淄青平盧節度使領青、淄、齊、登、萊等州，復治青州；置鄆曹濮節度使，治鄆州；置沂海觀察使，領沂、海、兖、密四州，治沂州。」馬總傳曰：「總字會元，系出扶風。李師道平，析鄆、曹、濮等爲一道，除總節度，賜號天平軍。」案：唐河南道濮州治鄄城縣，在今山東濮縣東；華州，見董公行狀注；鄆州、曹州，見許國公神道碑及平淮西碑注。○舊書穆宗紀曰：「元和十五年秋七月乙巳，鄆曹濮等州節度賜號天平軍，從馬總奏也。」○韓曰：「穆宗以元和十五年正月即位，其曰上即位之二年，則長慶元年，上之三年，則長慶二年也。」案：穆宗即位，已見許國公碑注。○新書馬總傳曰：「長慶初，劉總上幽鎮地，詔總徙天平（此劉總）。而詔總還（此馬總），將大用之。會總卒，（此又劉總。通鑑唐紀五十七曰：「長慶元年二月，盧龍節度使劉總奏乞弃官爲僧。三月癸丑，以劉總兼侍中、充天平節度使，總削髮爲憎遁去。癸亥，卒于定州之境。」）穆宗以鄆人附賴總（此又馬總），復詔還鎮。」○説文曰：「溥，等也。」齊語韋注同。廣雅釋詁四曰：「溥，齊也。」又與「嫥」字通，説文曰：「嫥，壹也。」經傳以「專」爲之。○新書憲宗紀曰：「元和十四年七月辛卯，沂海將王弁殺其觀察使王遂，自稱留後。」案：唐河南道沂州治臨沂縣，今山東臨沂縣治；密州治諸城縣，今山東諸城縣治。○新書穆宗紀曰：「長慶元年七月甲辰，幽州盧龍軍都知兵馬使朱克融囚其節度使張弘靖以反。壬戌，成德軍大將王廷湊殺其節度使田弘正以反。二年正月癸卯，魏博節度使田布自殺，兵馬使史憲誠自稱留後。」田弘正傳曰：「穆宗立，王承元以成德軍請帥，帝詔弘正兼中書令爲節度使。弘正以新與鎮人戰（討王承宗），有父兄怨，取魏兵二千自衛，入其軍。時天子賜錢一百萬緡不時至，軍有怨言，弘正親加撫喻乃安，仍請留魏兵爲紀綱，以持眾心。度支崔倰吝其稟，沮卻之。（舊傳曰：「時度支使崔倰不知大體，故阻其請，凡四上表不報。」）長慶元年七月，歸衛卒於魏，是月軍亂，并家屬將吏三百餘人皆遇害。弘正子布，字敦禮。

弘正遇害，魏博節度使李愬病不能軍，穆宗遽召布，解縗，拜檢校工部尚書、魏博節度使，乘傳以行。布號泣固辭，不聽。布以牙將史憲誠出麾下可任，乃委以精鋭。時中人屢趣戰，而度支饋餉不繼。布輒以六州租賦給軍，引兵三萬進屯南宫，破賊二壘。於是朱克融據幽州，與王廷湊脣齒，河朔三鎮舊連衡，桀驁自私，而憲誠蓄異志，陰欲乘釁。又魏軍驕，憚格戰，會大雪，師寒糧乏，憲誠得間，因以摇亂。會有詔分布軍合李光顔救深州，兵怒不肯東，衆遂潰，皆歸憲誠，唯中軍不動。布以中軍還魏。明日會諸將議事，衆譁曰：『公能行河朔舊事，則生死從公，不然不可以戰。』布度衆且亂，歎曰：『功無成矣。』即爲書謝帝訖，乃入至几筵，引刀刺心，曰：『上以謝君父，下以示三軍。』言訖而絶。」藩鎮傳曰：「王廷湊本回紇阿布思之族，王承宗時爲兵馬使，田弘正至鎮州，廷湊害弘正，自稱留後，脅監軍表請節，又取冀州，殺刺史王進岌。穆宗怒，以弘正子布爲魏博節度使，率軍進討，仍勅横海、昭義、河東、義武軍并力。會朱克融囚張弘靖，以幽州亂，乃合從拒王師。明年，魏牙將史憲誠叛。帝不得已，乃赦廷湊，檢校右散騎常侍、成德軍節度使。廷湊與克融、憲誠深相結爲輔車。」舊書地理志曰：「鎮州：常山郡，本恒州，元和十五年，避穆宗名更。」案：恒州，已見董公行狀注。幽州囚張弘靖，已見清河張君墓誌銘。○新書穆宗紀曰：「長慶二年二月乙巳，武寧軍節度副使王智興逐其節度使崔羣。」王智興傳曰：「智興字匡諫，懷州温人。長慶初，河朔用兵，充武寧軍副使、河北行營諸軍都知兵馬使，帥兵三千度河。屬朝廷用崔羣爲武寧節度使，羣畏智興難制，密請追還京師，（羣傳曰：「羣以其副王智興得士心，不若假以節度。」舊書羣傳曰：「表請授智興旄鉞。」智興傳曰：「羣慮其旋軍難制，密表請追赴闕，授以他官。」兩説不同。通鑑唐紀五十八曰：「羣奏請即用智興爲節度使，不則召詣闕，除以它官。」蓋兼取之。）未報，會赦王廷湊，諸節度班師。智興還，羣遣寮屬迎之，令士委甲而入，智興因勒兵斬關入，殺異己者十餘輩，然後謁羣，謝曰：『此軍情也。』

羣乃治裝去，智興以兵衛送還朝。」方鎮表曰：「武寧軍節度使治徐州。」今江蘇銅山縣治。○孫曰：「三方，幽、鎮、魏也。」○左襄二十五年杜注曰：「防，隄也。」

然而皆曰：「鄆爲虜巢，且六十年，將彊卒武。曹、濮於鄆，州大而近，軍所根柢，皆驕以易怨。而公承死亡之後，掇拾之餘，剥膚椎髓，公私掃地赤立，新舊不相保持，萬目睽睽。茅曰：「極力摹寫鎮鄆之難。」吳曰：「字字矜創，此爲韓公正格。」公於此時能安以治之，其功爲大；若幽、鎮、魏、徐之亂不扇而變，此功反小，何也？公之始至，衆未孰化，以武則忿以憾，以恩則横而肆，一以爲赤子，一以爲龍蛇，憊心罷精，磨以歲月，然後致之，難也；及教之行，衆皆戴公爲親父母，夫叛父母，從仇讎，非人之情，故曰易。」吳曰：「議既驚創，文亦奇矯，斡回兜殺，具有千鈞之力，此韓文絕大神通處。」又曰：「以上著議論以發明之。」

孫曰：「永泰元年七月，以平盧兵馬使李正己爲本軍節度使，傳子納，納子師道（師道上宜有師古字），至元和十四年敗，凡五十五年。」○易剥六四曰：「剥牀以膚。」（杜陽雜編卷中載憲宗謂左右曰：「豈可剥膚椎髓，强娱耳目？」疑蘇德祥即取退之之語潤色之。）漢書楊雄傳「刮野埽地」，顏注曰：「言無遺餘也。」朱豐芑說文通訓定聲卷九曰：「赤地赤族，皆顯然盡露，蓋蔽無存之意。赤體赤脚亦同。」○睽睽猶睽睢，文選魯靈光殿賦李善注曰：「睽睢，張目貌。」（朱竹垞經義考卷二：「以歸藏之瞿，當周易之睽。」是睽睽猶瞿瞿。玉藻「瞿瞿」，孔疏曰：「驚懼之貌。」）○說文曰：「孰，飪食也。」音註、五百家作「熟」同，與後兩

「埶」字義異。○補注曰：「横，去聲。」○孫曰：「以恩待之，故若赤子；以武威之，故若龍蛇。」○易遯釋文引鄭注曰：「憊，困也。」列子天瑞篇釋文曰：「憊，疲也。」漢書高帝紀顔注曰：「罷，讀曰疲。」案：罷，「疲」之借字。

於是天子以公爲尚書右僕射，封扶風縣開國伯以褒嘉之。公亦樂衆之和，知人之悦，而侈上之賜也，於是爲堂於其居之西北隅，號曰谿堂，以饗士大夫，通上下之志。既饗，其從事陳曾謂其衆言：「公之畜此邦，其勤不亦至乎？此邦之人，纍公之化，惟所令之，不亦順乎？上勤下順，遂濟登茲，不亦休乎？昔者人謂斯何？今者人謂斯何？吴曰：「收束亦極簡峭。」雖然，斯堂之作，意其有謂，而喑無詩歌，是不考引公德而接邦人於道也。」乃使來請。吴曰：「以上作堂原委。」其詩曰：

孫曰：「是歲就加總尚書右僕射。」步瀛案：舊書穆紀及新舊傳作「左僕射」，疑誤。新書百官志曰：「開國縣伯，食邑七百户，正四品。」○陳曾，孫曰：「曾元和十五年登進士第。」○詩節南山「以畜萬邦」，鄭箋曰：「畜，養也。」○説文曰：「纍，綴得理也。」音力追反，字亦作「縲」作「累」。禮記儒行鄭注曰：「累，繫也。」與「絫」字聲義皆異。○爾雅釋詁曰：「休，美也。」○説苑正諫篇曰：「無言則謂之喑。」案：喑，「瘖」之借字，説文曰：「瘖，不能言也。」○韓子年譜引穆宗實録曰：「長慶二年九月庚寅，兵部侍郎韓愈爲吏部侍郎。」

帝奠九壥，有葉有年。有荒不條，河岱之閒。及我憲考，一收正之。視邦選侯，以公來尸。公來尸之，人始未信。公不飲食，以訓以徇。孰饑無食，孰呻孰歎。孰冤不問，不得分願。孰爲邦蟊，節根之螟。羊很狼貪，以口覆城。吹之喣之，摩手拊之。箴之石之，膊而磔之。吳曰：「奇麗壯偉，至此已極。」凡公四封，既富以彊。謂公吾父，孰違公令。可以師征，吳曰：「單句承上，四言中奇格也。」不寧守邦。吳曰：「以上敘公勳績，以下詠谿堂。」公作谿堂，播播流水。淺有蒲蓮，深有蒹葦。公以賓燕，其鼓駭駭。公燕谿堂，賓校醉飽。流有跳魚，岸有集鳥。既歌以舞，其鼓考考。公在谿堂，公御琴瑟。公暨賓贊，稽經諏律。施用不差，人用不屈。谿有薲苽，有龜有魚。公在中流，右詩左書。無我斁遺，此邦是麻。劉曰：「此詩直追風雅。」吳曰：「四言之體，自三百篇而後，已成絕響。其後惟曹子建爲之至工，惜不多見。韓公崛起，精鍊矜捌，蔚爲巨觀，前無古人，後無來者，可謂奇偉獨絕矣。此詩在韓集中尤爲精詣，以其通體磨瑩，字字日光玉潔，如錯金碧，如刺韮繡，奇而不詭於正，怪而不損其華，雖韓公他作駭愕或過之，而精絕終不逮也。」

孫曰：「九壥，九州也。」朱曰：「壥，與『廛』同。」○詩長發毛傳曰：「葉，世也。」○文選四子講德論李善注曰：「條猶理也。」○孫曰：「河岱，皆天平之境。」元和郡縣志曰：「河南道兖州乾封縣：泰山，亦曰岱宗，在縣西北三十里。鄆州陽穀縣：黃河，在縣北十二里。」鄆州爲天平軍治所，兖州則沂海觀察使治所，非天平境也。此指李師道竊據青淄十二州時而言，不必泥定天平，然以鄆州言，正在河岱之閒也。清統志曰：「山東泰安府：泰山在泰安縣北，古黃河在東平州西五十里。」○詩采蘋毛傳曰：「尸，主也。」○「徇」「夠」通。說文曰：「夠，行示也。」左桓十三年杜注曰：「徇，宣令也。」廣韻二十二稕：「徇、夠，並辭閏切。」○爾雅釋蟲曰：「食苗心螟，食節賊，食根蟊。」○史記項羽本紀：「宋義下令軍中曰：猛如虎，很如羊，貪如狼者，皆斬之。」○以口覆城，孫曰：「謂以利口傾覆之也。」○呴，同「欨」，說文曰：「欨，吹也。」○說文曰：「拊，揗也。」○漢書藝文志曰：「用度箴石，湯火所施。」顏注曰：「箴所以刺病也，石謂砭石，即石箴也。古者攻病則有砭，今其術絕矣。」案：「箴」「鍼」字通。（說文曰：「箴，綴衣箴也。鍼，所以縫也。」段曰：「以竹爲之，僅可聯綴衣；以金爲之，乃可縫衣。」案：古籍多以「箴」爲「鍼」。）○說文曰：「膊，薄脯，膊之屋上，从肉專聲。」又曰：「磔，辜也，從桀石聲。」周禮秋官掌戮鄭注曰：「膊謂去衣磔之。」左傳成二年曰：「殺而膊諸城上。」杜注曰：「膊，磔也。」釋文曰：「膊，普各反；磔，陟百反。」○左成二年杜注曰：「封，竟也。」案：竟，「境」之本字。四封，謂四境也。○「封」「彊」「令」「征」「邦」韻，退之詩文多合東、冬、鍾、江、陽、唐、庚、耕、清、青爲一部也。○補注曰：「播播，流水貌。」○說文曰：「蒹，雚之未秀者；葦，大葭也。」段注曰：「凡經言『雚葦』、言『蒹葭』、言『葭菼』，皆並舉二物。蒹、菼、雚一也，今人所謂荻也；葭、葦一也，今人所謂蘆也。」○周禮夏官大司馬「鼓皆駴」，鄭注曰：「疾雷擊鼓曰駴。」釋文曰：「駴，本亦作『駭』。」張平子西京賦曰：「駴雷鼓。」五臣本作「駭」。○賓校，謂賓客將校也。漢書胡建傳「護軍諸校」，顏注曰：「校者，軍之諸部校也。」○詩山有樞曰：「子有鍾鼓，弗鼓弗考。」毛傳曰：「考，擊也。」孫曰：「駭駭、考考皆鼓聲。」○孫曰：「賓贊謂幕僚。」○周禮地官質人鄭注曰：「稽，考也。」廣雅釋詁二曰：「稽，問也。」釋言曰：「稽，考也。」左襄四年：「穆叔曰：臣聞之，咨事爲諏。」爾雅釋詁曰：「諏，謀也。」○孫曰：「用，謂由是也。施由是而不差，人由是而不屈，言皆得其宜也。」步瀛案：稽經故施不差，諏律故人不屈。○說文曰：「蕡，大蓱也。」又曰：「苙，雕苙，一名蔣。」案：「蕡」字亦作「蘋」，爾雅釋草曰：「苹，蓱，其大者蘋。」「苙」字亦作「菰」，楚辭大招曰：「設菰粱只。」王注曰：「菰，粱蔣實。」○詩葛覃毛傳曰：「斁，厭也。」釋文曰：「斁音亦。」孫曰：「言無厭弃我而去。」○爾雅釋言曰：「庥，蔭也。」孫曰：「言且庥茈是邦也。」○「苙」「魚」「流」「書」「遺」「庥」韻，退之通支、脂、之、魚、虞、模、尤、侯、幽爲一部也。

藍田縣丞廳壁記

韓子年譜曰：「藍田縣丞廳壁記，唐本云元和十年。」步瀛案：退之有雪後寄崔二十六丞詩曰：「藍田十月雪塞關。」舊注謂元和十年十月，是也。藍田，見柳子厚墓誌銘注。封氏聞見記卷五曰：「朝廷百司諸廳皆有壁記，敍官秩創置及遷授始末，原其作意，蓋欲著前政履歷而發將來健羨焉。故爲記之體，貴其說事詳雅，不爲苟飾。韋氏兩京記云：『郎官盛寫壁記，以紀當廳前後遷除出入，寖以成俗。』然則壁記之由，當是國朝以來，始自臺省，遂流郡邑耳。」容齋四筆卷五曰：「韓退之作藍田縣丞廳壁記，柳子厚作武功縣丞廳壁記，二縣皆京兆屬城，在唐爲畿甸，事體正同，而韓文雄拔超俊，光前絕後。」

丞之職，所以貳令，於一邑無所不當問。其下主簿、尉，主簿、尉乃有分職。丞位高而偪，例以嫌不可否事。文書行，吏抱成案詣丞，卷其前，鉗以左手，右手摘紙尾，鴈鶩行以進，平立，睨丞曰：「當署。」丞涉筆占位，署惟謹。形容刻酷。目吏問「可不可」，吏曰「得」，則退，不敢略省，漫不知何事。官雖尊，力勢反出主簿、尉下，諺數慢，必曰丞，至以相訾謷。丞之設，豈端使然哉？以上極言丞之無能爲。

唐六典卷三十曰：「京兆、河南、太原，（除萬年、長安、河南、洛陽、奉先、太原、晋陽爲赤縣，餘皆畿縣。通典職官十五曰：「京、都所治爲赤縣，京之旁邑爲畿縣。」步瀛案：藍田，唐爲畿縣。）令一人，正六品上，丞一人，正八品上，主簿一人，正九品上，尉二人，正九品下。」原注曰：「隋九等縣丞、尉以下皆有，本縣人爲之，高宗始爲品官。」通典職官十五曰：「大唐縣有令而置七司，一如郡制，丞爲副貳，主簿上轄，尉分理諸曹。」原注曰：「主簿如録事參軍，其曹謂之録事司，并司功以下六曹（司功、司倉、司户、司兵、司法、司士）總之爲七司。」○鉗，「拑」之借字。説文曰：「拑，脅持也。（段曰：「謂脅制而持之也。」）鉗，以鐵有所劫束也。（段曰：「劫者，以力脅止也；束者，縛也。」）箝，籋也。（段曰：「以竹脅持之曰箝。」）」朱豐芑説文通訓定聲卷四曰：「以手曰拑，以竹籋拑曰箝，以鐵鈷拑曰鉗。」步瀛案：書傳多通用之。○宋書蔡廓傳：「廓曰：我不能爲徐干木署紙尾。」○爾雅釋鳥曰：「舒鴈鵝。」郭注曰：「禮記曰：出如舒鴈。（儀禮聘禮記）」釋鳥又曰：「舒鳧鶩。」郭注曰：「鴨也。」説文曰：「鴈，鵝也。（段曰：『「鴈」與「雁」各字。許意隹部「雁」爲鴻雁，鳥部「鴈」爲鵝。今字「雁」「鴈」不分久矣。禮經單言「鴈」者，皆鴻雁也；言「舒鴈」者，則鵝也。』）鶩，舒鳧也。」禮記内則孔疏引李巡爾雅注曰：「野曰鴈，家曰鵝；野曰鳧，家曰鶩。」莊子天道篇曰：「士成綺鴈行。」○莊子天下篇釋文引李曰：「睨，側視也。」○沈曰：「占位者，丞書名在令之下，簿、尉之上也。」○禮記大學釋文曰：「諺，俗語也。」晋語七韋注曰：「數，計也。」方曰：「謂諺語之所舉計者，以丞爲慢之最，且至以相訾謷也。數，所矩切。」陳曰：「按公酬崔少府詩云：『但聞赤縣尉，不比博士慢。』與此記『慢』字同義，即公論鹽法狀中所謂散慢官也。諺數慢必曰丞者，蓋當時俗語歷數內外官職之慢，莫若丞耳。數讀上聲，方説得之。」○禮記曲禮上釋文曰：「呰，音紫，毁也。」爾雅釋訓：「敖，傲也。」釋文曰：「本又作『謷』，五高反。」又引舍人注曰：「謷謷，衆口毁人之貌。」○禮記禮器鄭注曰：「端，本也。」

博陵崔斯立，種學績文，以蓄其有。泓涵演迤，日大以肆。貞元初，挾其能，戰藝於京師，再進再屈千人。元和初，以前大理評事言得失黜官，再轉而爲丞茲邑。始至，喟曰：「官無卑，顧材不足塞職。」既噤不得施用，又喟曰：「丞哉丞哉，余不負丞而丞負余！」曾曰：「此文純用戲謔，而憐才共命之意沈痛處自在言外。」則盡枿去牙角，一躡故跡，破崖岸而爲之。以上崔立之爲藍田，欲有爲而不能。

退之贈崔立之評事詩韓注曰：「崔斯立字立之，博陵人。」（補注曰「清河人」，未知何據。新書世系表，博陵、清河各系，均不載斯立。）案：博陵安平崔氏，安平漢屬涿郡，後漢屬安平國，晉置博陵國，後魏爲博陵郡治，今河北安平縣治。○禮記禮運曰：「修禮以耕之，陳義以種之，講學以耨之。」「種學」之義本此。詩七月曰：「八月載績，載玄載黄，我朱孔陽。」「績文」之義本此。王宋賢曰：「曰種曰織，以耕織爲比。」是也。○漢書五行志上顔注曰：「演，廣也。」詩秦譜孔疏曰：「迆，謂靡迆，境界廣被之意。」案：「迆」「迤」字同。○方曰：「斯立貞元四年進士，六年中博學宏詞，再進而屈千人也。」案：朱子以方從文苑作「千」爲誤，謂唐人試宏詞者甚少，如貞元九年僅三十二人而已，作「千人」恐非，故放穆天子傳闕其字，作一空格。王宋賢曰：「試宏詞者雖少，以進士試禮部者歲三千人，今統進士、宏詞二科言之，即云『再屈千人』，似亦無害。」（世綵堂本題下注曰：「公嘗寄其詩云：『連年收科第，如摘頷下髭。』記謂『再進再屈于人』，『屈』當作『出』字，乃與詩意合。」陳曰：「此條乃樊澤之語，其說是也。又『出于人』三字，亦見柳子厚誌文，尤可證樊說之有據。王宋賢亦謂當從樊氏引，或定作『再出于人』。聯句云『鬬場再鳴先』，與此文『再出于人』同意。」步瀛案：作「屈千人」是，不必依樊說改。）步瀛案：屈千人者，如杜子美醉歌行所謂「筆陣橫掃千人軍」也，不必問試者數目，朱說似泥。退之寄崔二十六立之詩曰：「連年收科第，如摘頷底髭。」乃喻其易；此言「再屈千人」，則喻服者之多也。○離騷王注曰：「喟，歎貌。」○說文曰：「噤，口閉也。」大徐音巨禁切。○桁，同「櫱」。詩長發「苞有三櫱」，釋文引韓詩曰：「櫱，絕也。」說文曰：「巘，伐木餘也。」或體作「櫱」，古文作「不」，又作「梓」。○陳曰：「漢書鄒陽傳『人主必襲按劍相眄之迹』，師古注：『言躡其故迹。』」○破崖岸而爲之，考異曰：「方無『而』字，『之』作『文』而讀連下句，曰『爲文丞』，猶言『文具』也。」（容齋四筆卷五曰：「莆田方崧卿得蜀本，數處與今文小異。其『破崖岸而爲文』一句，繼以『丞廳故有記』，蜀本無『而』字，攷其語脈，乃『破崖岸爲文丞』是句絕。文丞者，猶言文具備員而已。語尤奇崛，若以『丞』字屬下句，則既是丞廳記矣，而又云『丞廳故有記』，雖初學爲文者不肯爾也。」步瀛案：洪說非是。丞廳故有記，言舊有記耳。）今按：文丞，不成文理。方說之僻，類如此。

丞廳故有記，壞漏污不可讀。斯立易桷與瓦，墁治壁，悉書前任人名氏。庭有老槐四行，南牆鉅竹千梃，儼立若相持，水㶁㶁循除鳴。斯立痛掃漑，對樹二松，日哦其間。有問者，輒對曰：「余方有公事，子姑去。」汪曰：「以此爲公事，收丞之不得盡職，巧妙絕倫。」○以上修治廳壁而日以吟哦爲事，見丞終不得盡職。

考功郎中、知制誥韓愈記。何曰：「極意摹寫，見其流失非一日，既爲斯立發其憤懣，亦望爲政者聞之，使無失其官守也。」張曰：「此文純以恢詭出之，當從敖睨一切處翫其神味。」

爾雅釋宫曰：「桷，謂之榱。」郭注曰：「榱，屋椽。」○墁，同「槾」。説文曰：「槾，杇也。」又曰：「鏝，鐵杇也。」廣韻二十六桓「鏝」「槾」「墁」並同母官切。○方曰：「梃，从木。説文：梃，一枚也。」○禮記曲禮上鄭注曰：「儼，矜莊貌。」○説文曰：「㶁，水裂去也。」大徐音古伯切。切韻九魚曰：「除，階也。」○詩匪風毛傳曰：「溉，滌也。」○玉篇曰：「哦，吾哥切，吟哦也。」切韻九歌曰：「哦，美吟。」○韓子年譜曰：「貞元九年甲午冬，爲考功郎中、知制誥。」引實録云：「九年十月甲子，韓愈考功郎中依前史館修撰。十二月戊午，以考功知制誥。」年譜又曰：「十年乙未。」引唐本云：「元和十年，公知制誥。」新書百官志曰：「中書省舍人，以久次者一人爲閣老，判本省雜事；又一人知制誥，顓進畫。開元初，以它官掌詔敕策命，謂之『兼知制誥』。」

畫記

蘇子瞻記歐陽論退之文曰：「妄庸者作歐陽永叔語云：『吾不能爲退之畫記。』此大妄也。僕嘗謂退之畫記，近似甲乙帳耳，了無可觀，世人識真者少，可歎亦可愍也。」

雜古今人物小畫共一卷。一句總起。騎而立者五人，騎而被甲載兵立者十人，一人騎執大旗前立，（茅曰：「倒。」）騎而被甲載兵行且下牽者十人，騎且負者二人，騎執器者二人，騎擁田犬者一人，騎而牽者二人，騎而驅者三人，執羈靮立者二人，騎而下倚馬臂隼而立者一人，騎而驅涉者二人，徒而驅牧者二人，坐而指使者一人，甲胄手弓矢鈇鉞植者七人，甲胄執幟植者十人，負者七人，偃寢休者二人，甲胄坐睡者一人，方涉者一人，方涉坐而脱足者一人，寒附火者一人，雜執器物役者八人，奉壺矢者一人，舍而具食者十有一人，挹且注者四人，牛牽者二人，驢驅者四人，一人杖而負者，（汪曰：「倒。」）婦人以孺子載而可見者六人，載而上下者三人，孺子戲者九人。凡人之事三十有二，爲人大小百二十有三，而莫有同者焉。（以上記人之狀與數。）

詩駟驖「載獫歇驕」，毛傳曰：「獫、歇驕，田犬也。長喙曰獫，短喙曰歇驕。」禮記少儀曰：「犬則執緤，守犬、田犬則授擯者，既受，乃問犬名。」孔疏曰：「犬有三種：一曰守犬，守禦宅舍者也；二曰田犬，田獵所用也；三曰食犬，充君子庖厨庶羞用也。」○離騷王注曰：「革絡頭曰羈。」禮記檀弓下曰：「如皆守社稷，則孰執羈靮而從？」鄭注曰：「靮，紖也。」釋文曰：「羈，音基；靮，丁歷切。」○詩采芑「鴥彼飛隼」，鄭箋曰：「隼，急疾之鳥也。」孔疏引説文曰：「隼，鷙鳥也。」（今説文以「隼」爲「鵻」之或體字。沈西雝説文古本考、徐子遠説文解字注箋皆辨其誤。）又引陸氏毛詩疏曰：「隼，鷂屬也，齊人謂之擊征，或謂之題肩，或謂之雀鷹。」○禮記檀弓下：「陳弃疾謂工尹商陽曰：子手弓而可。」説文曰：「鈇，莝斫刀也；戉，大斧也。」經典多以「鉞」爲之。吕覽知度篇高注曰：「植，立也。」○説文新附「幟」字曰：「旌旗之屬。」○論語顔淵篇皇疏曰：「偃，臥也。」○「坐」字上「方涉」二字，吴先生據方本增，今從之。○補注引筆墨閑録云：「予嘗愛附火語工，乃王弼云：『火有其炎，寒者附之。』（周易比卦注）附，近也。」○禮記曲禮下曰：「凡奉者當心。」釋文曰：「奉，本亦作『捧』，同，芳勇反。」又投壺曰：「主人奉矢，使人執壺。」鄭注曰：「矢，所以投者也。」釋文曰：「壺，器名，以矢投其中，射之類；奉，音捧，芳勇反。」○孫曰：「舍，屋下也。」○詩泂酌曰：「挹彼注兹。」○以孺子載，詩江有汜鄭箋曰：「以猶與也。」

馬大者九匹。於馬之中，又有上者、下者、行者、牽者、涉者、陸者、翹者、顧者、鳴者、寢者、訛者、立者、人立者、齕者、飲者、溲者、陟者、降者、痒磨樹者、嘘者、嗅者、喜相戲者、怒相踶齧者、秣者、騎者、驟者、走者、載服物者、載狐兔者。汪曰：「文法取諸莊子齊物論，若再如前逐匹數去，便不成文字矣。」凡馬之事二十有七，爲馬大小八十有三，而莫有同者焉。以上記馬之狀與數。

陸者，朱曰：「此承『涉者』，則陸爲方出水也。」案：此「陸」疑「踛」之通假字。莊子馬蹄篇曰：「翹足而陸。」釋文引司馬曰：「陸，跳也。」文選江賦注引作「翹尾而踛」，司馬彪曰：「踛，跳也。」○翹，「蹻」之通借字。説文曰：「蹻，舉足行高也。」○詩無羊曰：「或寢或訛。」毛傳曰：「訛，動也。」案：訛，當作

「吪」，說文：「吪，動也。」玉篇引詩作「吪」。○左莊八年曰：「豕人立而啼。」○莊子馬蹄篇曰：「齕草飲水。」釋文曰：「齕，恨發反，又胡切反。」成玄英疏曰：「齕，齧也。」○史記酈生傳索隱曰：「溲，所由反，即溺也。」○說文曰：「蛘，搔蛘也。」字亦作「癢」，書傳或以「痒」爲之。○莊子齊物論篇釋文曰：「吐氣爲嘘。」引向秀曰：「息也。」○說文曰：「鼻，以鼻就臭也。」廣韻四十九宥曰：「鼻，以臭取氣，亦作『嗅』，許救切。」○莊子馬蹄篇曰：「夫馬陸居則食草飲水，喜則交頸相靡（靡，「摩」之通借字），怒則分背相踶。」釋文曰：「踶，大計反，又徒兮反。李云：『踶，蹋也。』通俗文云：『小蹋謂之踶。』」說文曰：「齧，噬也。」○秣，已見送李愿歸盤谷序注。○說文曰：「驟，馬疾步也。」

牛大小十一頭，橐駝三頭，驢如橐駝之數而加其一焉，隼一，犬羊狐兔麋鹿共三十。旃車三兩，雜兵器弓矢、旌旗、刀劍、矛楯、弓服、矢房、甲胄之屬，鉼盂簦笠、筐筥、錡釜飲食服用之器，壺矢博弈之具，二百五十有一。以上諸畜及器物之數。

橐駝，文選上林賦注引韋昭曰：「背上有肉似橐，故曰橐駝也。」漢書司馬相如傳顏注曰：「橐駝者，言其可負橐囊而駝物，故以名云。」與韋說異，而兩說皆通。○說文曰：「旃，旗曲柄也。」字又作「旜」，周禮夏官大司馬之職「師都載旜」，蓋建旃車上，故曰旃車。又疑旃車即氈車，氈旃通借。南齊書豫章王嶷傳曰：「上謀北伐，以虜所獻氈車賜嶷。」書牧誓序孔疏引風俗通說：「車有兩輪，故稱兩。」廣韻四十一漾曰：「兩，車數，力讓切。」○周禮春官司常曰：「熊虎爲旗，析羽爲旌。」說文曰：「盾，瞂也，所以扞身蔽目。」「楯」

皆曲極其妙。一句總束。○以上記人物之狀及數。

乃「盾」之借字。説文曰：「箙，弩矢箙也。」周禮夏官司弓矢鄭注曰：「箙，盛矢器也。」左傳宣十二年：「抽矢菆納諸厨子之房。」杜注曰：「房，箭舍。」是箙與房爲一物，此言弓服，但指弓衣耳。説文曰：「韔，弓衣也。」孫曰：「服，弓衣。」是也。○史記虞卿傳集解引徐廣曰：「簦，長柄笠，音登。」詩采蘋毛傳曰：「方曰筐，圓曰筥。錡，釜屬，有足曰錡，無足曰釜。」釋文曰：「錡，其綺反，三足釜也。」○「博」「簙」字通。説文曰：「簙，局戲也，六箸十二棊也。」又曰：「弈，圍棊也。」

貞元甲戌年，余在京師，甚無事，同居有獨孤生申叔者，始得此畫，而與余彈棊，余幸勝而獲焉。意甚惜之，以爲非一工人之所能運思，蓋叢集衆工人之所長耳，雖百金不願易也。以上得畫。明年，出京師，至河陽，與二三客論畫品格，因出而觀之。坐有趙侍御者，君子人也，見之戚然若有感然，少而進曰：「噫！余之手摸也[一]，亡之且二十年矣。余少時常有志乎兹事，得國本，絶人事而模得之[二]，遊閩中而喪焉。居閑處獨，時往來余懷也，以其始爲之勞而夙好之篤也。今雖遇之，力不能爲已，且命工人存其大都焉。」余既甚愛之，

[一] 摸：世綵堂本、音註本、舉正、考異并作「摸」。考異曰：「或作『手之所摹』。」五百家本作「摹」，曰：「摹，亦作『模』。」

[二] 模：世綵堂本、音註本作「模」；五百家本作「摹」，曰：「摹，一作『模』。」

又感趙君之事，因以贈之。以上贈人。而記其人物之形狀與數，而時觀之以自釋焉。

以上作記之因，一語收盡通篇。茅曰：「尚不忘情，亦文字密處。」○方望溪曰：「周人以後，無此種格力。歐公自謂不能爲，所謂曉其深處；而東坡以所傳爲妄，於此見知言之難。」張廉卿曰：「讀此文，固須求其參錯之妙，尤當玩其精整。」徐幼錚曰：「先有精整，乃有所謂參錯，參錯而不精整，則雜而無章矣。」又曰：「此文佳處，全在句法錯綜，繁而明，簡而曲，質而不俚，段與段句法變換，而段之中各句又自爲變換。不然，與雜貨單何異？何得爲文？歐公自謂不能爲者，自是不能仿爲之意。此種文字，長篇大幅中偶摹效一二句，尚覺生色，若全篇仿此，試問有何趣味？遽謂周人以後無此格力，未免過當；蓋無是題耳，且有是題，亦不必作是調耳，非無是文也。」

甲戌，樊曰：「即貞元十年也。」○退之有獨孤申叔哀辭，柳子厚獨孤君墓碣曰：「君諱申叔，字子重。二十二，舉進士。又二年，用博學宏詞爲校書郎。又三年，居父喪，未練而没。蓋貞元十八年四月五日也。」○文選魏文帝與朝歌令吴質書李善注引藝經曰：「棊正彈法，二人對局，白黑棊各六枚，先列棊相當，更先控三彈，不得各去控一棊，先補角。」（御覽引「相當」句下作「下呼上擊之」。）太平御覽工藝部十二引彈棊經序曰：「昔漢武帝平西域，得胡人善蹴鞠者，蓋衒其便捷跳躍，帝好而爲之，羣臣不能諫。侍臣東方朔因以此藝進之，帝就捨蹴鞠而上彈棊焉。習之者多在宫禁中，故時人莫得而傳。至王莽末，赤眉凌亂，西京傾覆，此藝因宫人所傳，故散落人間。及章帝御宇，好諸技藝，此戲乃盛於當時。」又引彈棊經後序曰：「自後漢沖、質已後，此藝中絶。至獻帝建安中，曹公執政，博弈之具皆不得妄寘宫中，宫人因以金釵、玉梳戲於粧奩之上，即取類於彈棊也。及魏文帝受禪，宫人所爲，更習彈棊焉。當時朝臣名士無不争能，故帝與吴季重書曰『彈棊閒設』者也。」世説新語巧藝篇曰：「彈棊始自魏，宫内用粉奩戲，文帝以此戲特妙，用手巾角拂之，無不中。有客自云能，帝使爲之，客著葛巾角低頭拂棊，妙踰於帝。」劉孝標注曰：「傅玄彈棊賦敍曰：『漢成帝（御覽引作武帝，誤。）好蹴鞠，劉向以謂勞人體竭人力，非至尊所宜御，乃因其體作彈棊。（西京雜記上亦載之）今觀其道，蹴鞠道也。』按玄此言，則彈棊之戲其來久矣。」沈存中（括）夢溪筆談卷十八曰：「彈棊今人罕爲之，有譜一卷，蓋唐人所爲。其局方二尺，中心高如覆盂，其巔爲小壺，四角微隆起，今大名開元寺佛殿上有一石局，亦唐時物也。李商隱詩曰：『玉作彈棊局，中心最不平。』（無題）謂其中高也。白樂天詩：『彈棊局上事，最妙是長斜。』（和春深）長斜謂抹角斜彈，一發過半局，今譜中具有此法。柳子厚敘棊用二十四棊者，即此戲也。漢書注云：『兩人對局，白黑子各六枚。』（此後漢書梁冀傳注引藝經，「子」當作「棊」。）與子厚所引小異。」○叢，方本作「藂」，考異從之。今依音註及五百家。藂，乃「叢」之或體後出字。○明年，樊曰：「當是貞元十一年。」孫曰：「河陽，公家世所葬。」步瀛案：祭十二郎文曰：「吾年十九，始來京城，其後四年，而歸視汝，又四年，吾往河陽省墳墓。」樊注謂在十一年。方崧卿韓文年表載在十年，如方說，則非此文所言「至河陽」。感二鳥賦序曰：「貞元十一年五月戊辰，愈東歸。」則至河陽殆在此時。故顧俠君韓詩集注所載年譜於十年、十一年皆云「歸河陽」也。案：河陽，已見送石處士序注。○沈曰：「張彥遠歷代名畫記（卷十）：『趙博宣亦解畫。弟博文，畫子母犬兔，善寫貌。』案：趙博宣，尚書左丞涓子。畫史會要云：『博文、博宣皆師周昉。』疑即是趙待御。」○說文曰：「摹，規撫也。」字亦作「摸」，廣雅釋言曰：「摸，撫也。」○得國本，補注曰：「國，一作『故』。」○考異曰：「『往』下或有『日』字。」案：五百家本有之，吴先生校韓文增「日」字於「往」字上。○孫曰：「大都，大略也。」

五箴并序

人患不知其過，既知之，不能改，是無勇也。余生三十有八年，髮之短者日益白，齒之揺者日益脱，聰明不及於前時，道德日負於初心，其不至於君子而卒爲小人也昭昭矣。李曰：「此序詞簡意摯，無一字浮浪，讀韓文宜深玩此等，不宜專學其奇倔之作，以其易涉叫囂也。」作五箴以訟其惡云：

韓子年譜曰：「永貞元年乙酉，移江陵法曹參軍。五箴序云『余生三十有八年』，即此年也。一作『四十八』。按貞元十八年與崔羣書云：『左車第二牙脱去，兩鬢半白，頭髮五分亦白其一。』祭老成云：『吾年未四十，而視茫茫，而髮蒼蒼，而齒牙動揺，自今年來，蒼蒼者或化而爲白矣，動揺者或脱而落矣。』此云：『髮之短者日益白，齒之揺者日益脱。』明年感春云：『冠欹感髮禿，語誤悲齒墮。』以此觀之，公未四十時屢有此歎，知作『四十八』爲誤也。」

游箴

案古書之式，小題當在本章之後，然韓集已列各章之前，各本皆同，姑因之。

余少之時，將求多能，蚤夜以孜孜；余今之時，既飽而嬉，蚤夜以無爲。李曰：「筆勢飛動。」嗚呼余乎，其無知乎！君子之棄，而小人之歸乎！李曰：「後四句語意極爲沈摯。」

蚤，「早」之借字。説文曰：「早，晨也。」又曰：「孜，汲汲也。」周書大誓「爾其孜孜」，（僞孔傳：「孜孜，勸勉不怠。」）詩大明孔疏引大誓曰：「師乃鼓譟，前歌後舞，格於上天下地，咸曰孜孜無怠。」史記周本紀「孜」作「孳」，字通。○「時」「能」（古音在之部）「孜」「嬉」「爲」「知」「歸」韻。

言箴

不知言之人，烏可與言；知言之人，默焉而其意已傳。李曰：「起四句語意警動。」幕中之辯，人反以汝爲叛；臺中之評，人反以汝爲傾。汝不懲邪，而呶呶以害其生邪？李曰：「結筆有悠揚不盡之意。」

幕中之辯，樊曰：「此謂佐董晉、張建封于汴、徐二州時。」韓子年譜曰：「貞元十二年丙子秋，爲汴州觀察推官。十五年己卯秋，爲徐州節度推官。公行狀云：『九月一日上建封書，論晨人夜歸事，其後有諫擊毬書及詩。舊史云：「發言真率，無所畏忌，操行堅正，拙於世務。」公豈拙於世務者？特不能取容於俗耳。』」○臺中之評，樊曰：「此謂爲監察御史，坐論天旱人飢，出爲陽山令。」韓子年譜曰：「貞元十九年癸未，拜監察御史，冬，貶連州陽山令。是時有詔以旱飢蠲租之半，有司徵愈急，公與張署、李方叔上疏請寬民徭，而免田租之弊，天子惻然，卒爲幸臣所讒，貶連州陽山令。幸臣，李實也。」○說文曰：「呶，讙聲也。」大徐音女交切。○「言」「傳」韻，「辯」「叛」韻，「評」「傾」「懲」「生」韻。

行箴

行與義乖，言與法違，後雖無害，汝可以悔；行也無邪，言也無頗，死而不死，汝悔而何。（李曰：「起八句曲折盡意，令讀者忘其爲有韻之文。」）宜悔而休，（李曰：「承上文前四句。」）汝惡曷瘳；宜休而悔，（李曰：「承上文後四句。」）汝善安在？悔不可追，悔不可爲。思而斯得，汝則弗思。（李曰：「結末筆勢拗折。」）

廣雅釋詁二曰：「頗，衺也。」○死而不死，吳北江曰：「此謂雖死猶生也。」○汝悔而何，沈曰：「言不當悔。匡衡傳『解何』與此同義。」○呂氏春秋觀表篇高注曰：「休，止也。」○詩何彼襛矣鄭箋曰：「曷，何也。」風雨毛傳曰：「瘳，愈也。」釋文曰：「瘳，勑留反。」○吳曰：「言當悔而不悔，則惡不能改矣；不當悔而悔，則善亦亡矣。悔不可追，謂當悔也；悔不可爲，謂不當悔也。通篇兩意相承到底。○「乖」「違」韻，「害」「悔」韻，「邪」「頗」「何」韻，「休」「瘳」韻，「悔」「在」韻，「追」「爲」「思」韻。

好惡箴

無善而好，不觀其道；無悖而惡，不詳其故。前之所好，今見其尤。從也爲比，捨也爲讎。前之所惡，今見其臧。從也爲愧，捨也爲狂。維讎維比，維狂維愧。於身不祥，於德不義。不義不祥，維惡之大。幾如是爲，而不顛沛？齒之尚少，庸有不思？今其老矣，不慎胡爲？（李曰：「此首筆勢尤爲縱橫跌宕，不可羈勒，其析理之精，亦不讓宋賢也。」）

詩載馳毛傳曰：「尤，過也。」○論語爲政篇集解引孔曰：「阿黨爲比。」○爾雅釋詁曰：「臧，善也。」○廣雅釋詁三曰：「狂，癡也。」○禮記坊記鄭注曰：「齒，年也。」○「好」「道」韻，（「愛好」之「好」與「美好」之「好」，古本同讀；後人「愛好」字讀去聲，「美好」字讀上聲。此箴「好」與「道」韻，讀上聲，而仍作「愛好」解。)「惡」(去聲)「故」韻，「尤」「讐」韻，「臧」「狂」韻，「比」「愧」「義」韻，「大」「沛」韻，「思」「爲」韻。

知名箴

內不足者，急於人知。霈焉有餘，厥聞四馳。今日告汝，知名之法。勿病無聞，病其曄曄。昔者子路，惟恐有聞。赫然千載，德譽愈尊。矜汝文章，負汝言語。乘人不能，揜以自取。汝非其父，汝非其師。不請而教，誰云不欺？欺以賈憎，揜以媒怨。汝曾不寤，以及於難。小人在辱，亦克知悔。及其既寧，終莫能戒。既出汝心，又銘汝前。汝如不顧，禍亦宜然。李曰：「讀此等文字，細玩其往來向背之勢，可以悟古人用筆之妙。」又曰：「漢氏以降，爲四言韻語者，自太史公、楊子雲之外，鮮能出三百篇之範圍，惟韓公不襲取三百篇形貌，而力足與之並。如此五首，詞旨深切，筆勢奇宕，實周成小毖、衛武抑戒之嗣音也。」

霈，同「沛」。公羊文十四年解詁曰：「沛，有餘貌。」○說文曰：「曅，光也。」字亦作「曄」，後漢書班固傳章懷注曰：「曄曄，美茂之貌。」又與「爗」通，漢書楊雄傳反離騷顏注曰：「爗爗，光盛。」○論語公冶長篇曰：「子路有聞，未之能行，唯恐有聞。」集解引孔曰：「前所聞未及行，故恐後有聞不得並行也。」退之引此與舊注異。樊引蘇子瞻解曰：「或曰：『聞，聲聞也，未能行其實而得其聲，故不欲其有聞也。』蓋即用此說。」○詩生民毛傳曰：「赫，顯也。」○周禮夏官大司馬鄭注曰：「負猶恃也。」○左桓十年：「虞叔曰：『將焉用此？其以賈害也。』」杜注曰：「賈，買也。」釋文曰：「賈音古。」○漢書司馬遷傳顏注曰：「媒，如媒娉之媒。」○孟子公孫丑上趙注曰：「曾猶乃也。」案：「痦」「悟」字通。○廣韻二十八翰曰：「難，患也，奴案切。」○李曰：「按柳子厚答韋中立論師道書云：『今之世不聞有師，有輒譁笑之以爲狂人。獨韓愈奮不顧流俗，犯笑侮，收召後學，作師説，因抗顔而爲師。世果羣怪聚罵，指目牽引，而增與爲言辭。愈以是得狂名，居長安，炊不暇熟，又挈挈而東。』公此文自『矜汝文章』以下，蓋指其事。」

子産不毀鄉校頌

左襄三十一年曰：「鄭人游于鄉校，以論執政。然明謂子産曰：（襄二十四年杜注曰：「然明，鬷蔑。」）『毀鄉校，何如？』子産曰：『何爲？夫人朝夕退而游焉，以議執政之善否，其所善者，吾則行之，其所惡者，吾則改之，是吾師也，若之何毀之？我聞忠善以損怨，不聞作威以防怨。豈不遽止？然猶防川，大決所犯，傷人必多，吾不克救也。不如小決使道，不如吾聞而藥之也。』仲尼聞是語也，曰：『以是觀之，人謂子産不仁，吾不信也。』」杜注曰：「鄉校，鄉之學校。」李剛己曰：「按德宗貞元十四年，國子司業陽城出爲道州刺史，太學生王魯卿、李儻等二百七十人詣闕乞留，經數日，吏遮止之，疏不得上。是時朝廷必有忌疾太學諸生之意。此文蓋因是而作，反覆詠歎於子産之事，所以諷切當時君相，其旨微矣。又按：是時柳子厚亦有與太學諸生書，推獎甚至，蓋當時公論皆重惜陽公之去位，而深予諸生之所爲也。」步瀛案：貞元十四年，退之方從董晉於汴州，通鑑唐紀五十一載陽城左遷道州刺史於是年，非也。考異卷十九曰：「實録、新舊傳無年月，柳宗元陽公遺愛碣曰：『四年五月，起陽公爲諫議大夫。後七年，遷國子司業。又四年九月己巳，出拜道州刺史。』今從之。」如其説則當在十五年。且通鑑既載城改國子司業於十一年，則又四年正當十五年矣。故韓集太學生何蕃傳樊注謂：「貞元十五年九月，以城爲道州刺史。」柳子厚年譜亦載國子司業陽城遺愛碣及與太學諸生書於十五年。陳曰：「集中與太學諸生書題下注貞元十四年，乃後人承通鑑之文而失之。當據譜釐正其說。」是也。退之是年秋從張建封於徐州，而冬嘗至京師，故歐陽生哀辭曰：「十五年冬，余以徐州從事朝正於京師，詹爲國子助教，將率其徒伏闕下，舉余爲博士，會監有獄，不果上。」所謂監有獄者，不知爲何事。竊意當日太學諸生必於朝政有所建議，而觸當道之忌疾，固不僅乞留陽司業一事也。即以陽事言，其左遷之故，由於步送太學生薛約，約之得罪由於直言，則當日朝廷惡太學之意可以推見。此子厚所以比之李元禮，而退之所以託意於子產也歟！

我思古人，伊鄭之僑。以禮相國，人未安其教。遊于鄉之校，衆口囂囂。或謂子產：「毀鄉校則止。」曰：「何患焉？可以成美。夫豈多言，亦各其志。善也吾行，不善吾避。維善維否，我於此視。川不可防，言不可弭。下塞上聾，邦其傾矣。」李曰：「以上檃括左傳所記事實，文氣極爲疏宕。」既鄉校不毀，而鄭國以理。李曰：「東頓有力。此等處乃文字筋節，不可忽也。」

伊，發聲之詞。爾雅釋詁曰：「伊，維也。」孫曰：「國僑，字子產，鄭大夫穆公之孫，子國之子。」○左襄二十六年：「公孫揮曰：子產其將知政矣，讓不失禮。」廣韻五肴：「教，古肴切。」○詩十月之交曰：「讒口囂囂。」鄭箋曰：「囂囂，衆多貌。」○論語先進篇曰：「亦各言其志也已矣。」○周語上：「召公曰：防民之口，甚於防川。」韋注曰：「弭，止也。」○穀梁文六年曰：「上泄則下闇，下闇則上聾，且闇且聾，無以相通。」○廣雅釋詁三曰：「理，治也。」

在周之興，養老乞言。及其已衰，謗者使監。成敗之迹，昭哉可觀。維是子產，執政之式。維其不遇，化止一國。李曰：「文勢略頓，旋用縱筆。」誠率是道，相天下君。交暢旁達，施及無垠。李曰：「四句筆勢奇縱，在韻語中尤爲難得。」於虖！四海所以不理，有君無臣，誰其嗣之，我思古人。李曰：「詠歎作結，有含蓄不盡之意。」○茅曰：「子產之識遠，故不毀鄉校；退之之思深，故爲頌。」吳摯甫先生云：「縱橫跌宕，使人忘其爲有韻之文。」

詩序曰：「行葦，忠厚也。周家忠厚，仁及草木，故能內睦九族，外尊事黃耇，養老乞言，以成其福祿焉。」○周語上曰：「厲王虐，國人謗王，王怒，得衛巫，使監謗者，以告則殺之。」案：監，廣韻入二十七銜，古音在談部，本閉口音，變音轉元部，此蓋以談、鹽、添、咸、銜、嚴、凡、含，合元、魂、痕、寒、桓、删、山、先、仙爲一部。○文選答賓戲李善注曰：「垠，限也。」○左襄三十年曰：「子產從政一年，輿人誦之曰：『取我衣冠而褚之，取我田疇而伍之，孰殺子產，吾其與之。』三年又誦之曰：『我有子弟，子產誨之；我有田疇，子產殖之；子產而死，誰其嗣之。』」

進學解

禮記經解孔疏引皇氏曰：「解者，分析之名。」說文曰：「解，判也。」廣雅釋詁三曰：「解，說也。」舊書韓愈傳曰：「復爲國子博士，愈自以才高累被擯黜，作進學解以自喻。執政覽其文，以爲有史才，改比部郎中、史館修撰。」○孫可之與王霖秀才書曰：「韓吏部進學解，拔地倚天，句句欲活，讀之如赤手捕長蛇，不施鞚勒騎生馬，急不得暇，莫可捉搦。」

國子先生晨入太學，招諸生立館下，誨之曰：「業精于勤，荒于嬉；業該學與文。行成于思，毁于隨。行兼包言。方今聖賢相逢，沈確士曰：「伏宰臣一段。」治具畢張。拔去兇邪，登崇畯良。占小善者率以録，名一藝者無不庸。沈曰：「伏惟器是適。」爬羅剔抉，刮垢磨光。蓋有幸而獲選，孰云多而不揚。沈曰：「伏登明選公。」諸生業患不能精，無患有司之不明；行患不能成，無患有司之不公。」沈曰：「進學正義止此，跌起翻駁。」○以上設爲誨諸生之言以發端。

新書百官志曰：「國子監祭酒總國子、太學、廣文、四門、律、書、算凡七學。國子監博士，正五品上，掌教三品以上及國公子孫、從二品以上曾孫爲生者，五分其經以爲業。」案：唐國子、太學分爲二學，退之爲國子博士，此文太學自指國子監，蓋唐之國子監當古之太學也。韓子年譜曰：「元和七年春，復爲國子博士。」韓注謂此文作於元和八年三月二十三日。○「嬉」「隨」韻。○漢書王褒傳曰：「詔褒爲聖主得賢臣，頌其意。」又酷史傳序曰：「法令者，治之具。」○考異曰：「畯，或作『俊』。」案：音註、五百家、文苑、文訣並作「俊」。孟子公孫丑上趙注曰：「俊，美才出衆者也。」「畯」乃「俊」之通借字。○史記平準書索隱曰：「自占，自隱度也。」朱豐芑説文通訓定聲卷四曰：「占，假借爲『帖』。凡訓隱度，皆傅會本意，其實帖寫之意，猶云自署也。」○説文曰：「庸，用也。」○考異曰：「爬，或作『把』。」祝曰：「『爬』與『杷』字同。」廣韻九麻曰：「爬，搔也，蒲巴切。」説文曰：「剔，解也；抉，挑也。」○禮記明堂位鄭注曰：「刮，摩也。」説文曰：「垢，濁也。」案：此二句言搜擇人材而磨礲之，使底於成也。○小爾雅廣言曰：「揚，舉也。」○

「逢」「張」「良」「庸」「光」「揚」「精」「明」「成」「公」皆韻。

先生口不言未既，有笑于列者曰：「先生欺余哉！弟子事先生，于茲有年矣。先生口不絕吟於六藝之文，手不停披於百家之編。記事者必提其要，纂言者必鉤其玄。樓曰：「二句讀書之法。」貪多務得，細大不捐。焚膏油以繼晷，恒兀兀以窮年。先生之業，可謂勤矣。何曰：「此段是學。」觝排異端，攘斥佛老。補苴罅漏，張皇幽眇。尋墜緒之茫茫，獨旁搜而遠紹。障百川而東之，迴狂瀾於既倒。先生之於儒，可謂有勞矣。何曰：「此段是言。」沈浸醲郁，含英咀華。作爲文章，其書滿家。上規姚姒，渾渾無涯。周誥殷盤，佶屈聱牙。春秋謹嚴，左氏浮誇。易奇而法，詩正而葩。下逮莊騷，太史所録。子雲相如，同工異曲。曾曰：「韓文於文用力絕勤，故言之切當有味如此。」先生之於文，可謂閎其中而肆其外矣。何曰：「此段是文。」少始知學，勇於敢爲。長通於方，左右具宜。先生之於爲人，可謂成矣。何曰：「此段是行。」又曰：「以上四段發明『多』字。」然而公不見信於人，私不見助於友。跋前躓後，動輒得咎。暫爲御史，遂竄南夷。三年博士，冗不見治。命與仇謀，取敗幾時。冬煖而兒號寒，年豐而妻啼飢。頭童齒豁，竟死何裨？不知慮此，而反教人爲？」以上設爲弟子難詞。

穀梁桓三年曰：「既者，盡也。」○文選上林賦李善注曰：「六藝，六經也。」○莊子天下篇曰：「百家之學，時或稱而道之。」○漢書藝文志有楊雄訓纂篇，又司馬遷傳贊曰：「至孔氏籑之。」顏注曰：「『籑』與『撰』同。撰，說文作『譔』，是『纂』『籑』『撰』『譔』字並通。」說文曰：「玄，幽遠也。」○說文曰：「捐，棄也。」○左氏春秋序孔疏曰：「脂之澤者爲膏。」說文曰：「晷，日景也。」○漢書王褒傳聖主得賢臣頌曰：「終日矻矻。」注引應劭曰：「矻矻，勞極貌。」如淳曰：「健作貌。」顏曰：「如淳說是，矻音口骨反。」考異本「矻矻」作「兀兀」，曰「或作矻」。案：新舊唐書、文苑、觀瀾甲集、文粹、文訣皆作「矻」；五百家本作「兀」，引孫曰：「兀兀，用心貌。」恐臆說。○「年」「文」「編」「玄」「捐」「勤」皆韻。蓋退之合真、諄、臻、文、欣、元、魂、痕、寒、恒、删、山、先、仙爲一部也。○「觝」同「牴」。說文曰：「牴，觸也。」又爲「抵」之通借字。說文曰：「抵，擠也。」論語爲政篇曰：「攻乎異端。」楚辭七諫沈江王注曰：「攘，排也。」○漢書賈誼傳「冠雖敝不以苴履」，顏注曰：「苴，履中之藉也。」引申之爲填塞虛空之義。說文曰：「罅，裂也。」大徐音呼訝切。廣雅釋詁一，「張」「皇」皆訓大。爾雅釋詁曰：「幽，微也。」方言十三曰：「眇，小也。」此言罅漏者補苴之，微眇者張大之，喻闡明道義也。○文選魏都賦注曰：「茫茫，遠貌也。」○說文曰：「紹，繼也。」○障，「墇」之通借字。說文曰：「墇，擁也。」呂覽達鬱篇高注曰：「障，防也。」○周禮夏官司勳曰：「事功曰勞。」○「老」「眇」「紹」「倒」「勞」韻。○說文曰：「醲，厚酒也。」廣雅釋詁三曰：「醲，厚也。」上林賦曰：「酷烈淑郁。」郭注曰：「香氣盛也。」○說文曰：「咀，含味也。」○祝曰：「劉孝綽安成康王碑曰：虞夏革運，姚姒之姓已分。」案：廣韻四宵曰：「姚，舜姓。」六止曰：「姒，夏姓。」法言問神篇曰：「虞夏之書渾渾爾。」李注曰：「深大。」孫曰：「謂規學此虞夏之書也。」○孫曰：「周誥謂大誥、康誥、酒誥、洛誥之屬，殷盤謂盤庚三篇。佶屈聱牙，皆艱澀貌。」步瀛案：佶屈即結絀。廣雅釋詁一曰：「結，曲也。」釋詁四曰：「結，絀也。」又作「詰詘」。説文敍「隨體詰詘」，段注曰：「詰詘猶今言屈曲也。」玉篇曰：「聱，五苞、魚幽二切。」○二程遺書卷二上：「二先生語曰：『春秋之法，中國而用夷禮則夷之。韓愈言春秋謹嚴，深得其旨。』」困學紀聞卷六曰：「春秋之法，韓文『謹嚴』二字盡之。」○范武子穀梁傳集解序曰：「左氏豔而富，其失也巫。」○易言「龍戰于野」（坤上六）、「載鬼一車」（睽上九），奇矣；而「天地盈虛，與時消息」（豐彖），故曰法。○「詩三百，一言以蔽之曰：思無邪」（論語爲政篇），故曰正；「多識於鳥獸草木之名」（論語陽貨篇），故曰葩。○「華」「家」「涯」「誇」「葩」韻。○孫曰：「莊謂莊子，騷謂離騷，太史所録謂司馬遷史記。」案：漢書藝文志太史公百三十篇，即史記也。○補注引陳齊之語録曰：「『沈浸醲郁，含英咀華』，至『子雲相如，同工異曲』，此退之作文法：『記事者必提其要，纂言者必鉤其玄』，是亦學文術也。」○「録」「曲」韻。○楚辭九歎遠逝王注曰：「閎，大也。」法言君子篇曰：「或問：『君子言則成文，動則成德，何以也？』曰：『以其弸中而彪外也。』」○呂氏春秋必己篇高注曰：「方，術也。」○「爲」「宜」韻。○「文」「人」自爲韻。○詩猗嗟鄭箋曰：「成謂備也。」論語憲問篇曰：「可以爲成人矣。」○詩豳風「狼跋其胡，載疐其尾」，毛傳曰：「跋，躐；疐，跲也。老狼有胡，進則躐其胡，退則跲其尾，進退有難。」説文曰：「躓，跲也。詩曰：載躓其尾。」蓋三家詩作「躓」，毛則借「疐」爲「躓」耳。考異曰：「躓，或作『疐』。」案：文苑、文訣、五百家本並同，文粹、文瀾作「疌」，則又「疐」之誤。文瀾注云「疾也」，竟不辨「疌」爲誤字，尤非。○「友」「咎」韻。○年譜曰：「貞元十九年，拜監察御史，冬，貶連州陽山令。」○年譜曰：「元和元年夏，召爲國子博士。二年，分教東都生。三年，公自元年爲博士至今三年。行狀云：權知三年，改真博士也。」樊曰：「公元和初權知國子博士，避謗求分教東都，三歲即真也。舊傳作

『三爲博士』。蓋公貞元十八年爲四門博士，元和初自江陵掾入爲國子博士，至是元和七年自尚書外郎爲之，作『三爲博士』亦可。」朱曰：「按洪譜當作『三年』，唐本詩注、行狀皆有『三年』字，何煩曲説乎？」韓曰：「楚詞：雖過失猶弗治。」步瀛案：韓引見九章惜誦，謂職雖冗曠，君相猶不治其罪也。王宋賢曰：「見音現，謂官冗不足彰治理之才。」沈曰：「言善最弗聞。周禮小宰『二曰以敍進其治』，注：『治功狀也。』」案：王、沈二説較舊説義長，然「治」雖作「功狀」解，而仍讀平聲，古人用韻之文例多如此。○釋名釋長幼曰：「牛羊之無角者曰童，山無草木曰童。」案：人老髮禿，如山無草木，故曰頭童。漢書楊雄傳顏注曰：「豁，開也。」○詩瞻卬鄭箋曰：「竟猶終也。」鄭語韋注曰：「裨，益也。」廣韻五支：「裨音卑，又音陴。」○「夷」「治」「時」「飢」「裨」爲韻。

先生曰：吁！子來前。夫大木爲杗，細木爲桷，張曰：「此皆偏宕之詞。」欂櫨侏儒，椳闑扂楔，各得其宜，施以成室者，匠氏之工也。玉札丹砂，赤箭青芝，牛溲馬勃，敗鼓之皮，俱收並蓄，待用無遺者，醫師之良也。登明選公，雜進巧拙，紆餘爲妍，卓犖爲傑，校短量長，惟器是適者，宰相之方也。昔者孟軻好辯，孔道以明，轍環天下，卒老于行。荀卿守正，大論是弘，逃讒于楚，廢死蘭陵。是二儒者，吐辭爲經，舉足爲法，絕類離倫，優入聖域。其遇於世何如也？今先生學雖勤而不繇其統，言雖多而不要其中，文雖奇而不濟於用，行雖修而不顯於衆，汪曰：「對『業成』四段，仍是患不精患不成意。」猶且月費俸錢，歲靡廩粟。子不知耕，婦不知織。乘馬從徒，安坐而食。踵常途之促促，窺陳編以盜竊。然而聖主不加誅，宰臣不見斥。非其幸歟？動而得謗，名亦隨之。茅曰：「占地位。」何曰：「不遇者名高，則不公不明之失重矣，妙有含蓄。」投閑置散，乃分之宜。若夫商財賄之有亡，計班資之崇庳。忘己量之所稱，指前人之瑕疵。是所謂諸匠氏之不以杙爲楹，而訾醫師以昌陽引年欲進其豨苓也。汪曰：「抱前匠、醫二喻作收，無限風韻。」○以上假設答詞。曾曰：「做客難、解嘲，氣味之淵懿不及，而論道論文二段，精實處過之。」

郝蘭皋義疏曰：「宊廇中央斯謂之梁。說文以棟訓宊，非以棟爲梁也。」釋宮又曰：「桷謂之榱。」郭曰：「屋椽。」說文曰：「桷，榱也，椽方曰桷。」○說文曰：「欂櫨，柱上枅也。」（今「枅」作「栭」，段氏依文選注改，今從之。）又曰：「楶，欂櫨也。」爾雅釋宮曰：「栭謂之楶。」郭注曰：「即櫨也。」釋文曰：「楶，舊本及論語、禮記皆作『節』。」禮記明堂位「山節」，鄭注曰：「刻欂櫨爲山也。」論語公冶篇「山節」，皇疏曰：「節如今栱斗也。」是欂櫨與枅楶爲一物也。○爾雅釋宮曰：「梁上楹謂之梲。」郭曰：「侏儒，柱也。」明堂位「藻梲」，鄭注曰：「畫侏儒柱爲藻文也。」釋名釋宮室曰：「棳儒，梁上短柱也。」「棳儒」猶「侏儒」，短，故以名之也。○釋宮曰：「樞謂之椳。」郭曰：「門户扉樞。」釋文曰：「椳，烏回反。」御覽居處部十二引孫炎曰：「門户扇樞閒可依蔽爲椳也。」○釋宮曰：「橛謂之闑。」郭注曰：「門閫。」說文曰：「闑，門梱也。」此郭注所本。

爾雅釋宮曰：「宊廇謂之梁。」郭注曰：「屋大梁也。」釋文曰：「宊音亡。」說文曰：「宊，棟也。」

郝蘭皋曰：「曲禮云『由闑右』，士冠禮云『布席於門中闑西』，鄭注並以『門橛』爲釋。橛是豎木，設於門中，其旁曰棖，其中曰闑。玉藻曰『大夫中棖與闑之閒』，蓋門中閒豎一短木，東曰闑東，西曰闑西，梱是門限，横木爲之，闑是門橛，豎木爲之。説者多誤。」（岠，各本作「限」，段氏據南都賦注引改。）顔氏家訓書證篇曰：「古樂府歌百里奚詞曰『吹扊扅』，『吹』當作『炊煮』之『炊』。」案：蔡邕月令章句曰：「鍵，關牡也，所以止扉，或謂之剡移。」聲類作「扊」，又或作「扂」。案：切韻三十六忝曰：「扂，閉户，徒玷反。」集韻五十一忝曰：「扂，户牡，或作『扊』。」玄應一切經音義十五引通俗文曰：「門鍵曰弗。」又引蒼頡篇作「攓」。廣雅釋宫曰：「扊，户牡也。」字並同。○釋宫曰：「棖謂之楔。」郭曰：「門兩旁木。」釋文曰：「楔，古黠反。」郝蘭皋曰：「説文『櫼』『楔』互訓，繫傳引爾雅而申之云：『即今府署大門脱限者，兩旁斜柱兩木於橛之耑是也。』據繫傳，『楔』音當先結切。」○「梢」「楔」「室」韻。○「玉札丹砂」至「敗鼓之皮」，孫曰：「七者皆藥名也。」證類本草卷三曰：「玉泉一名玉札。」引陶隱居曰：「藍田出美玉，此當是玉之精華，白者質色明徹，可消之爲水，故名玉泉。」又「丹砂」引陶隱居曰：「按此化爲汞，及名真朱者，即是今朱砂也。」又引圖經曰：「丹砂生符陵山谷，今出辰州者最勝，謂之辰砂。」○證類本草卷六曰：「赤箭一名離母，一名鬼督郵，生陳倉川谷、雍州及太山、少室。」引唐本注曰：「莖似箭簳，赤色，端有花葉，遠看如箭有羽，根、皮、肉汁與天門冬同，惟無心脈。去根五六寸，有十餘子衛，似芋。其實似苦楝子，核作五六棱，中肉如麪，日暴則枯萎也。」又曰：「青芝一名龍芝，生泰山。」○證類本草卷十二曰：「黄犍牛、烏牯牛溺，主水腫、腹脹、脚滿，利小便。」卷十一曰：「馬勃主惡瘡、馬疥，一名馬疕，生園中久腐處。」陶隱居云：『俗人呼爲馬窠勃，紫色虚軟，狀如狗肺，彈之粉出，傳諸瘡用之，甚良也。』蜀本圖經云：『此馬屁菌也。』」○證類本草卷十八曰：「敗鼓皮主中蠱毒。」引陶隱居曰：「此用穿敗者，燒作屑，水和服之。」○淮南子主術篇曰：「賢主之用人也，猶巧工之制木也，大者以爲舟航柱梁，小者以爲椄槢（元作「楫楔」，依王懷祖校改），脩者以爲櫚榱，短者以爲朱儒枅櫨，無大小脩短，各得其所宜，規矩方圓，各有所施。天下之物莫凶於奚毒（元作「鷄毒」，亦依王校改），然而良醫橐而藏之，有所用也。是故林莽之材猶無可棄者，而況人乎？」文中語意蓋本此。○「芝」「皮」「遺」韻。○後漢書班固傳下章懷注曰：「卓犖猶超絶也。」○「拙」「傑」「適」韻。○「工」「良」「方」自爲韻。○孟子滕文公下曰：「予豈好辯哉？予不得已也。」又曰：「楊墨之道不息，孔子之道不著。」○孫曰：「轍，車跡也；行，循環也。」○「明」「行」韻。○史記荀卿傳曰：「荀卿推儒、墨、道德之行事興壞，序列著數萬言。」○荀卿傳曰：「齊襄王時，荀卿最爲老師，齊尚脩列大夫之缺，而三爲祭酒。齊人或讒荀卿，荀卿乃適楚，而春申君以爲蘭陵令。春申君死而荀卿廢，因家蘭陵，而卒葬蘭陵。」正義曰：「蘭陵縣屬東海郡，今沂州承縣有蘭陵山。」清統志曰：「山東沂州府：荀卿墓，在蘭山縣西南（今改臨沂縣）。」○「弘」「陵」韻。○「法」「域」韻。○中，陟仲反。○「統」「中」「用」「衆」韻。○越語下韋注曰：「靡，損也。」○孫曰：「徒謂徒御也。」○方曰：「促音齪。公張署墓志『抑首促促就食』，與此同。史記『申屠嘉娖娖廉謹』，（「娖娖廉謹」四字雖見申屠嘉傳，乃指許昌、薛澤等，非謂嘉也，引未晰。）『娖』與『促』音義通。」朱曰：「促促，諸本多作『役役』。」案：音註、五百家、文粹、觀瀾、文訣皆作「役役」。○「粟」「織」「食」「竊」「斥」韻。○分，扶問切。○法言孝至篇李注曰：「庳，下也。」○稱，尺證切。○孫曰：「前人謂在己之前，謂貴顯者。」○「之」「宜」「庳」「疵」韻。○廣雅釋詁一曰：「詰，責也。」爾雅釋宮曰：「樴謂之杙。」郭注曰：「杙，橜也。」莊子人間世篇曰：「求狙猴之杙者斬之。」釋文曰：「杙，以職反，又羊植反。」案：杙，「弋」之借字，說文曰：「弋，橜也；楹，柱也。」孫曰：「杙小而楹大，故愈以杙自喻。」○禮記曲禮上釋文曰：「訾音紫，毀也。」○廣雅釋草曰：「昌陽，菖蒲也。」莊子徐無鬼篇曰：「藥也其實，堇也，桔梗也，雞廱也，豕零也，是時爲帝者也。」釋文曰：「豕零，司馬本作『豕囊』，云：『一名豬苓，根似豬卵，可以治渴。』」證類本草卷六曰：「菖蒲久服輕身，聰耳明目，延年益心智。一名昌陽，生上洛池澤及蜀郡嚴道。」卷十三曰：「猪苓利水道，一名豭猪屎。圖經曰：『生衡山山谷，及濟陰宛句，今蜀州、眉州亦有之。舊説是楓木苓，今則不必楓根下乃有。生土底，皮黑作塊，似猪糞，故以名之。』」祝曰：「楚人呼豬爲豨，（方言八曰：「豬，南楚謂之『豨』。」）豨苓乃豬苓也。」

祭張員外文

樊曰：「張署爲河南令，既數月，棄官去，遂卒。時公從裴度討蔡，元和十二年八月也。誌其墓，爲文以祭之。」韓子年譜曰：「張署墓志，爲庶子時作，至祭署時，已爲司馬，云『銘君之績，納石壤下』，蓋祭文在墓誌後也。」案：退之河南令張君墓誌銘曰：「君諱署，字某，河閒人。遷刑部員外郎，改河南令，以病辭免，死年六十。」○韓集各本「張」上有「河南」二字，姚選、曾鈔無此二字，今從之。又音註及五百家本「張」下皆有「署」字。

維年月日，彰義軍行軍司馬、守太子右庶子、兼御史中丞韓愈，謹遣某乙，以庶羞清酌之奠，祭于亡友故河南縣令張十二員外之靈。貞元十九，君爲御史；余以無能，同詔並跱。君德渾剛，標高揭己；有不吾如，唾猶泥滓。余戇而狂，年未三紀；乘氣加人，無挾自恃。曾曰：「以上同官御史。」

舊書韓愈傳曰：「元和十二年八月，宰臣裴度爲淮西宣慰處置使、兼彰義軍節度使，請愈爲行軍司馬。」李習之韓公行狀曰：「遷中書舍人，改太子右庶子。元和十二年，上命裴丞相爲淮西節度使，丞相請公以行，於是以公爲御史中丞，賜三品衣魚，爲行軍司馬。」唐六典卷二十六曰：「太子右春坊右庶子，正四品下，掌侍從、獻納、啓奏。」行軍司馬、御史中丞，並見董公行狀注。六典卷二曰：「凡任官，階卑而擬高則曰守，階高而擬卑則曰行。」案：退之沂國公先廟碑撰於元和八年，署曰朝議郎；徐偃王廟碑撰於元和十年，韓注引石刻亦曰朝議郎；黃陵廟碑撰於長慶元年，石本署曰通議大夫。其進階在何年，譜均不載，要必在平蔡之後。此時官階自應是朝議郎。按六典，朝議郎正六品上，而右庶子正四品下，御史中丞正五品（新舊唐志皆正四品下），階卑職高，故稱守也。○方言十二郭注曰：「熟食爲羞。」禮記曲禮下曰：「酒曰清酌。」○退之與署贈和詩皆稱「十一」，（洞庭湖阻風贈張十一署、李花贈張十一署、憶昨行和張十一、答張十一功曹、湘中酬張十一功曹、題張十一旅舍，皆是。）此文「十二」疑亦當作「十一」。○墓誌曰：「以進士（補注曰：「署，貞元二年進士第。」）舉博學宏詞，爲校書郎，自京兆武功尉拜監察御史。」韓子年譜曰：「貞元十九年，拜監察御史。」文選西京賦薛注曰：「跱，猶置也。」關中詩五臣注呂向曰：「跱，立也。」○文選東京賦薛注曰：「揭猶表也。」○說文曰：「滓，澱也。」○說文曰：「戇，愚也。」○嚴曰：「退之大曆戊申歲生，至貞元十九年癸未，三十六年矣。」案：晉語四韋注曰：「十二年歲星一周爲一紀。」

彼婉孌者，實憚吾曹。側肩帖耳，有舌如刀。我落陽山，以尹鷗猱。君飄臨武，山林之牢。歲弊寒兇，雪虐風饕。顛於馬下，我泗君咷。夜息南山，同臥一席。守隸防夫，觝頂交跖。洞庭漫汗，粘天無壁。風濤相豗，中作霹靂。追程盲進，颿船箭激。有萬怪惶惑、震炫耳目之勢，在韻文中尤爲難得。南上湘水，屈氏所沈。二妃行迷，淚蹤染林。山哀浦思，鳥獸叫音。余唱君和，百篇在吟。曾曰：「以上同南遷。」

詩甫田「婉兮孌兮」，毛傳曰：「婉孌，少好貌。」案：此借喻羣小。○史記平準書索隱引如淳曰：「曹，輩也。」○有舌如刀，嚴曰：「謂讒人以言傷人也。退之與張署、李方叔同爲御史，時方旱飢，上疏乞寬民徭，爲李實所讒，俱貶南方縣令，又與署同赴貶所。」案：墓誌曰：「爲幸臣所讒，與同輩韓愈、李方叔三人俱爲南方縣令。」孫曰：「貞元十九年冬，三人皆以言事得罪，署貶郴州陽武令，公貶連州陽山令。」○年譜曰：「貞元十九年冬，貶連州陽山令。」退之劉生詩曰：「陽山窮邑惟猿猴。」漢書地理志顏注曰：「尹，主也。」此言爲鼯猱之主也。鼯鼠，一名夷由，一名飛生，一名獑猱，即獮猴也。爾雅釋獸釋文曰：「猱，奴刀反。」唐嶺南道連州陽山縣，今廣東陽山縣治。○唐江南道郴州臨武縣，今湖南臨武縣治。○說文曰：「牢，閑養牛馬圈也。」又釋名釋宮室曰：「獄，又謂之牢。」○文選枚叔上書諫吴王李善注曰：「弊，盡也。」○廣雅釋詁二曰：「饕，貪也。」言風寒惡如貪饕也。○詩蕩毛傳曰：「顛，仆也。」又澤陂毛傳曰：「自目曰涕，自鼻曰泗。」易同人曰：「同人先號咷而後笑。」釋文曰：「咷，道刀反。號咷，啼呼也。」○退之答張徹詩曰：「疊雪走商嶺，飛波航洞庭。」又赴江陵途中寄贈三學士詩曰：「商山季冬月，冰凍絕行輈。」此云南山，即商山也。史記蘇秦傳曰：「韓西有商阪之塞。」索隱引劉伯莊曰：「蓋在商、洛之閒，適秦、楚之險塞也。」正義曰：「即商山也。」太平寰宇記山南西道商州上洛縣引帝王世紀曰：「南山曰商山，又名地肺山，亦稱楚山。」清統志曰：「陝西商州：商山在州東。」（今改縣）蓋退之遭貶，與署同出長安，南赴荊湘，故路經商山也。○祝曰：「觝，觸也，謂以頂相觝觸；跖，足也。」○海內東經郭注曰：「洞庭地穴，在長沙巴陵也。」清統志曰：「湖南岳州府：洞庭湖，在巴陵縣西南（今改岳陽縣）。」文選木玄虛海賦曰：「洪濤瀾汗。」又曰：「浮天無岸。」李善注曰：「瀾汗，長貌。」瀾汗、漫汗，並疊韻連語。補注曰：「漫汗，廣大也。漫音瞞，汗音寒。」（見詠雪贈張籍詩）○海賦曰：「磊匒匌而相豗。」李善注曰：「豗，呼迴切，相豗相擊也。」○爾雅釋天郭注曰：「雷之急激者謂霹靂。」○文選吳都賦曰：「樓船舉颿而過肆。」劉淵林注曰：「颿者船帳也。」考異曰：「颿，或作『帆』。」太平御覽地部二十六引愼子曰：「西河下龍門，其流駛如竹箭。」○史記屈原傳曰：「屈原乃作懷沙之賦，於是懷石，遂自投汨羅以死。」水經湘水注曰：「湘水又北，汨水注之，水東出豫章艾縣桓山西南，西逕羅縣北，謂之羅水，又西逕玉笥山，又西爲屈潭，即汨羅淵也。屈原懷沙自沈于此，故淵潭以屈爲名。」清統志曰：「湖南長沙府：羅縣故城，在湘陰縣東北，汨水在湘陰縣北七十里，自岳州府平江縣流入，西注湘水。」○博物志卷十曰：「堯之二女，舜之二妃，曰湘夫人。舜崩，二女啼，以涕揮竹，竹盡斑。」述異記上曰：「昔舜南巡，而葬於蒼梧之野，堯之二女娥皇、女英追之不及，相與慟哭，淚下沾竹，竹上文爲之斑斑然。」困學紀聞卷十二引張耒詩曰：「重瞳陟方時，二妃蓋老人。安肯泣路旁，洒淚留翠筠。」（翁注曰：「今本柯山集五十卷不載此詩。」案：文津閣宛丘集七十六卷及陸剛莆羣書校補柯山集十二卷皆無此詩。）則以染竹之說爲妄，其義甚正。然詞賦家故事相沿，大多類此，其妄亦人所易知，似無庸辨也。○張署有贈韓退之詩，韓子年譜以爲作於是時，退之有湘中詩，方扶南韓詩編年箋注以爲作於是時，餘不可考，蓋不復存也。然百篇亦第言其多耳。方謂唱和百篇，或一時興至之談，未必有之，亦太泥矣。

君止于縣，我又南踰。把觴相飲，後期有無。期宿界上，一夕相語。自別幾時，遽變寒暑。枕臂欹眠，加余以股。僕來告言，虎入廄處。無敢驚逐，以我驝去。君云是物，不駿於乘。虎取而往，來寅其徵。我預在此，與君俱膺。就虎取驝事，寫出禍福相同，非徒見交誼之厚，而改官江陵，即從此遞入，文心何等捷便。孟首果信，惡禱而憑。曾曰：「以上在陽山、臨武時，兩人相約會於界上。」

年譜曰：「臨武屬郴州，在陽山之北，憶昨云『陽山鳥路出臨武』是也。」○玉篇曰：「琖，側簡切，亦作『盞』『醆』。」説文新附「琖」字曰：「玉爵也。」廣韻二十六産曰：「玉琖，小杯。」○年譜曰：「公以十九年冬末貶官，二十年春到陽山，二公以今秋冬期宿界上。」清統志曰：「湖南桂陽州臨武縣：南至廣東連州界五十里，西南至連州界三十五里。」○後漢書逸民嚴光傳曰：「帝共偃臥，光以足加帝腹上。」此蓋隱用其事。○説文曰：「驝，驢子也。」玉篇曰：「亡東切。」廣韻一東作「驝」，曰「莫紅切」。猗覺寮記卷上曰：「唐韻『驢子曰驝』，亦見何承天纂文。」○爾雅釋詁郭注曰：「駿猶迅也。」○樊曰：「公貞元十九年與張俱令南方，明年冬會宿臨武界上，虎入公廄取驝去。驝，驢子也，虎，寅屬也，公載張語云云。已而順宗即位，皆改江陵府掾，公法曹，張功曹。」○詩閟宮毛傳曰：「膺，當也。」楚辭天問王注曰：「膺，受也。」○孟首，各本作「猛獸」。洪曰：「『僕來告言，虎入廄處』而下，予以問葛魯卿，葛云：『驢不駿，去之則亨矣，虎取而去，疑其亨也，故「來寅望徵，猛獸果信」者，言虎取驝果亨，遂有府掾之命，不待禱而有所憑也。』」方曰：「獸，蜀本作『首』，李本校作『孟首』。」朱曰：「洪、謝本皆作『孟首』，謂正月孟春之首也，然且作『猛獸』亦通。」案：吴先生校韓文改「孟首」，今從之。又案：惡音烏，此著當日無聊之慰藉，以見憂患相同，望歸之切，非真信其兆之驗也。此皆韓文詼詭處。

余出嶺中，君竢州下。偕掾江陵，非余望者。郴山奇變，其水清寫。泊砂倚石，有遌無捨。衡陽放酒，熊咆虎嗥。不存令章，罰籌蝟毛。委舟湘流，往觀南嶽。雲壁潭潭，穹林攸擢。避風太湖，七日鹿角。鉤登大鮎，怒頰豕豞。臠盤炙酒，羣奴餘啄。走官階下，首下尻高。下馬伏塗，從事是遭。寫歸途中情事，極豪放。寫到官後情事，又極局促，極文章恢詭之觀。○曾曰：「以上同改掾江陵，同遊南嶽、洞庭。」

州，謂郴州。通典州郡十三曰：「郴州有騎田嶺，今謂之臘嶺，即五嶺之一。」唐江南道郴州治郴縣，今湖南郴縣治。○墓誌曰：「二年逢恩，俱徙掾江陵。」年譜曰：「順宗永貞元年，移江陵法曹參軍。蓋公今春遇赦，夏秋離陽山，俟命於郴州者三月，其受命在秋末也。祭李郴州云：『俟新命於衡陽，費薪芻於館候。輟行謀於俄頃，見秋月之三彀。逮天書之下降，猶低回以宿留。』」郴在衡山之陽，故曰衡陽。玉篇曰：「掾，與絹切。」六書故曰：「掾乃屬官通稱。」○郴山，謂郴州之山。寫，「瀉」之本字。漢書司馬相如傳顏注曰：「寫，吐也。」輿地紀勝曰：「荆湖南路郴州：郴水，在郴縣南四十里，源出黃岑山，至郴口耒水，灌田二百四十頃，韓愈所謂『其水清瀉，泊砂倚石』是也。」清統志曰：「郴州：黃岑山，在州南八十里，又名騎田嶺，郴江發源黃岑山。」○文選幽通賦曹大家注曰：「遌，遇也。」○年譜曰：「自郴至衡，有合江亭寄刺史鄒君詩。」孫曰：「衡陽，衡州。」案唐江南道衡州治衡陽縣，今湖南衡陽縣治。○説文曰：「咆，嗥也。」廣韻五肴曰：「咆，虓，熊虎聲，薄交切。」六豪曰：「嗥，熊虎聲，胡刀切。」○周禮春官司尊彝鄭注曰：「存，省也。」爾雅釋詁曰：「存，察也。」後漢書馬援傳注曰：「存猶問也。」方曰：「唐人會飲，以籌記罰，劉夢得詩『罰籌長樹纛』（浙西李大夫述夢四十韻）是也。」朱曰：「章謂酒令，違令則以籌記其罰也。」案：蝟毛，喻多也。漢書賈誼傳：「誼諫封淮南王四子疏曰：反者如蝟毛而起。」○年譜曰：「公有謁衡岳廟遂宿岳寺題門樓詩云：我來正逢秋雨節，陰氣晦昧無清風。」案：衡山，已見送廖道士序注。○漢書楊雄傳顔注曰：「潭，深也。」又陳涉傳注引應劭曰：「沈沈，宮室深邃之貌也。沈音長含反。」退之符讀書城南詩曰「潭潭府中居」，是「潭潭」與「沈沈」同。○爾雅釋詁曰：「穹，大也。」廣雅釋詁三曰：「擢，拔也。」○嚴曰：「太湖，即上文洞庭是也。集有洞庭阻風贈張十一詩。」○元微之長慶集鹿角鎮詩原注曰：「洞庭湖中地名。」清統志曰：「湖南岳州府：鹿角山，在巴陵縣南五十里（今改岳陽縣）洞庭湖濱。」○爾雅釋魚「鮎」，郭注曰：「別名鯷，江東呼鮎爲鮧。」釋文曰：「鮎，郭奴謙反。」說文曰：「鮷，大鮎也。」廣雅釋魚曰：「鮷，鯷，鮎也。」是鮷與鮧、鯷同。爾雅翼卷二十九曰：「鮧魚偃額，兩目上陳，頭大尾小，身滑無鱗，謂之鮎魚，言其黏滑也。」廣韻四覺曰：「狗，豕聲，許角切。」方扶南謂叉魚招張功曹詩作於此時。○說文曰：「臠，一曰切肉臠也。」○餘啄，謂啄其飲也。○走官階下，謂赴江陵後也。○玉篇曰：「尻，苦高切，髖也。」漢書東方朔傳曰：「尻益高。」○沈曰：「公爲江陵判司，是郡掾，從事等乃幕僚，故須下馬避道也。」

余徵博士，君以使已。相見京師，過願之始。分教東生，君掾雍首。兩都相望，於別何有。解手背面，遂十一年。君出我入，如相避然。生闊死休，吞不復宣。汪曰：「將後事一總，先透出死別，此韻語中用凌駕法也。」○曾曰：「以上自在京別後，不復相見。」

年譜曰：「元和元年夏，召爲國子博士。」○墓誌曰：「邕管奏君爲判官，改殿中侍御史，不行。」孫曰：「貞元二十一年八月，路恕爲邕管經略使，表署判官。」○左傳成十八年：「周子曰：孤始願不及此。」○年譜曰：

「元和二年，分教東都生。」○墓誌曰：「拜京兆府司録。」韓曰：「貞元二十一年十月，李鄘爲京兆尹，表署爲府司録參軍。」元和郡縣志曰：「關内道京兆府，禹貢雍州之地。」沈曰：「御史臺記：録事持糾曹之權，當要害之地，判曹事，故云掾首也。」步瀛案：即指司録參軍，見後劉夢得令狐家廟碑注。○唐以京兆爲西京，亦曰上都；河南爲東京，亦曰東都。京兆附郭爲萬年、長安二縣；河南附郭爲河南、洛陽二縣。萬年、長安今爲陝西長安縣，河南、洛陽今爲河南洛陽縣。○案：退之自掾江陵後，元和元年爲國子博士，二年分教東都，四年改都官員外郎，守東都省，五年爲河南縣令，六年行尚書職方員外郎，七年復爲國子博士，八年守尚書比部郎中、史館修撰，九年爲考功郎中、知制誥，十一年遷中書舍人，降爲右庶子。署自掾江陵後，邕管表爲判官，不往，爲京兆司録，改鳳翔判官，旋謝歸，又爲三原令，爲刑部員外郎，改虔州刺史，復改澧州，罷，又爲河南令，卒。十一年者，括前後言之耳。○廣雅釋詁三曰：「闊，疏也。」

刑官屬郎，引章訐奪。權臣不愛，南康是斡。明條謹獄，氓獠户歌。用遷澧浦，爲人受瘥。還家東都，起令河南。屈拜後生，憤所不堪。屢以正免，身伸事蹇。竟死不昇，孰勸爲善？曾曰：「以上張之末年，潦倒而死。」

墓誌曰：「遷尚書刑部員外郎，守法争議，棘棘不阿，改虔州刺史。」史記賈生傳集解引如淳曰：「斡，轉也。」廣韻十三末曰：「斡，烏括切。」案：唐虔州南康郡治贛縣，今江西贛縣治。韓集各本南康誤南昌，今依考異校改。○墓誌曰：「民俗相朋黨，不訴殺牛，牛以大耗，又多捕生鳥雀魚鼈，可食與不可食相買賣，時節脱放，期爲福祥。君視事一皆禁督立絕，使通經吏與諸生之旁大郡，學鄉飲酒、喪、婚禮，張施講説，民吏觀聽，從化大喜。度支符州，折民户租，歲徵綿六千屯，比郡承命，惶怖立期日，唯恐不及事，被罪，君獨疏言治迫嶺下，民不識蠶桑，月餘免符下，民相扶攜，守州門叫讙爲賀。」說文曰：「氓，民也。」廣韻三十二晧曰：「獠，西南夷名，『獠』同。」○墓誌曰：「改澧州刺史。民歲出雜産物與錢，尚書有經數，觀察使牒州徵民錢倍經，君曰：『刺史可爲法，不可貪官害民。』留牒不肯從，竟以代罷。」爾雅釋詁曰：「瘥，病也。」釋文曰：「瘥，阻何切。」水經澧水篇曰：「澧水出武陵充縣西歷山，東過其縣南，又東過零陽縣之北，又東過作唐縣北，又東至長沙下雋縣西北，東入於江。」酈注曰：「澧水流注於洞庭湖，俗謂之曰澧江口也。」清統志曰：「湖南澧州：澧水在州南。」（今改縣）案：唐山南道澧州治澧陽縣，今湖南澧縣治。吴先生曰：「人，唐避『民』字諱。」○墓誌曰：「改河南令，而河南尹適君平生所不好者，君年且老，當日日拜走仰望階下，不得已就官，數月大不適，即以病辭免。公卿欲其一至京師，君以再不得意於守令，恨曰：『義不可更辱，又奚爲於京師閒？』竟閉門死。」○「蹇」與「伸」相對，有屈意。漢書司馬相如傳顔注引張揖曰：「蹇産，屈折也。」○左宣四年：「楚子曰：子文無後，何以勸善？」

丞相南討，余辱司馬。議兵大梁，走出洛下。哭不憑棺，奠不親斝。不撫其子，葬不送野。望君傷懷，有隕如瀉。銘君之績，納石壤中。爰及祖考，紀德事功。外著後世，鬼神與通。君其奚憾，不余鑒衷。曾曰：「以上述哀。」嗚乎哀哉，尚饗！

茅曰：「公之奇崛戰鬬鬼神處，令人神眩。」大姚曰：「淒麗處獨以健倔出之，層見疊聳，而筆力堅浄，他人無此也。」劉曰：「昌黎善爲奇險光怪之語以驚人，而與張員外同出貶竄，其所經過山川險阻患難，適足供其役遣，故能雄肆如此。」曾曰：「以奇崛鳴其悲鬱，鏖戰鬼神，層疊可愕。」

「丞相南討」二句，見上注，事具平淮西碑。○新書韓愈傳曰：「度奏愈行軍司馬，愈請乘遽入汴，說韓弘協力。」元和郡縣志曰：「河南道汴州：戰國魏都，即今浚儀縣（唐浚儀縣在今河南開封縣西北）。」○詩行葦毛傳曰：「斝，爵也。」釋文曰：「斝，古雅反。」○墓誌曰：「二子：昇奴、胡師。」

祭柳子厚文

舊注曰：「子厚以元和十四年十月五日（墓誌作十一月八日，一本同此，見彼注。）卒于柳州，公其月自潮即袁，明年自袁召爲國子祭酒，此文袁州作也。故劉夢得祭子厚文有云：『退之承命，改牧宜陽，亦馳一函，候子便道。』其後序柳集又云：『凡子厚行己之大方，有退之之誌若祭文在。』祭文蓋謂此也。」

維年月日，韓愈謹以清酌庶羞之奠祭于亡友柳子厚之靈。嗟嗟子厚，而至然邪？自古莫不然，我又何嗟？李曰：「起四句反覆嗟歎，痛惜之意溢於言表。」吳曰：「此數語在公亦率意爲之，而流俗相沿，幾成祭文惡調，後有作者，切忌再襲。」人之生世，如夢一覺。其間利害，竟亦何校？當其夢時，有樂有悲。及其既覺，豈足追惟？吳曰：「絕世名言。」○曾曰：「以上言死生常理。」李曰：「此段全用比喻。」

考異曰：「文苑英華作『維某年（今本作「維元和十五年」）歲次庚子五月壬寅朔五日景午』。」○考異曰：「『柳』下或有『君』字。」案：文苑有。○莊子齊物論篇曰：「方其夢也，不知其夢也，覺而後知其夢也。」釋文曰：「覺音教。」○漢書嚴助傳顏注曰：「校，計也。」○爾雅釋詁曰：「惟，思也。」

凡物之生，李曰：「此下正喻錯雜，造語尤爲奇瑰。」又曰：「凡古人爲文，遇幽隱難顯之意，多以譬況出之，周秦諸子文章妙處全在於此。至有韻之文，尤非正喻雜糅無以盡其變化，觀毛詩、楚辭及兩漢以來詩歌箴銘之類，可以見矣。」

不願爲材。犧尊青黄，乃木之災。李曰：「逆筆。」子之中棄，天脱馽羈。玉佩瓊琚，大放厥辭。李曰：「正筆。」富貴無能，磨滅誰紀。李曰：「逆筆。」子之自著，表表愈偉。李曰：「正筆。」不善爲斵，血指汗顔。巧匠旁觀，縮手袖閒。李曰：「逆筆。」吴曰：「此非僅喻文事，而『不善爲斵』亦非公所以自喻也。下乃續以『文章用世』云云，蓋特假以亂之耳，實則用意與『羣飛刺天』句相應也。」子之文章，而不用世。乃令吾徒，掌帝之制。李曰：「正筆。」子之視人，自以無前。李曰：「逆筆。」一斥不復，羣飛刺天。李曰：「正筆。」又曰：「此二句妙處，在先言子厚之不得志，而後言他人之得志者，以反襯之，故筆下有蒼茫不盡之勢。若凡手爲之，將二句之意，上下顛倒，則奄奄無生氣矣。」○曾曰：「以上言柳之才高不用。」

莊子人閒世篇：「子綦曰：『此果不材之木也，以至於此其大也。嗟乎！神人以此不材。』」○莊子天地篇曰：「百年之木，破爲犧樽，青黄而文之，其斷在溝中。比犧樽於溝中之斷，則美惡有閒矣，其於失性一也。」案：「尊」「樽」字同。○莊子馬蹄篇曰：「連之以羈馽。」釋文曰：「羈，居宜反，廣雅云『勒也』（釋器）；馽，丁邑反，絆也。」案：馽，説文作「䮝」，曰：「絆馬足也，从馬，O其足，讀若輒。」重文作「縶」，曰：「䮝，或从糸執聲。」羈，説文作「䩭」，曰：「馬絡頭也，从网从馽。馽，馬絆也。」重文作「羇」，曰：「䩭，或从革。」○玉瓊喻文章之貴，佩琚喻音節之美。詩木瓜曰：「報之以瓊琚。」毛傳曰：「瓊，玉之美者；琚，佩玉名。」（段懋堂改爲「佩玉石」，曰：「佩玉石者，謂雜佩納閒之石也。」胡墨莊曰：「此説非也，佩玉名者，雜佩非一，其中有名琚者耳。」）有女同車曰：「佩玉瓊琚。」毛傳曰：「佩有琚瑀，所以納閒。」陳碩甫疏曰：「凡佩玉繫於革帶，其繫於帶之組謂之綬，繫綬之組則有環，環下垂爲三組，其中組之末曰衝牙，其左右組皆上珩下璜，衝牙在前後兩璜之閒，琚瑀在上珩下璜之閒，蠙珠又在中組之閒，故衝牙、琚瑀、蠙珠皆爲納閒也。」○東京賦薛注曰：「紀，録也。」○孫曰：「表表，卓立之貌。」○老子曰：「夫代大匠斲者，希不傷其手矣。」○韓子年譜曰：「元和元年冬，爲考功員外郎、知制誥。」○自以無前，即墓誌所謂「勇於爲人」也。

嗟嗟子厚，今也則亡。臨絶之音，一何琅琅。徧告諸友，以寄厥子。不鄙謂余，亦託以死。凡今之交，觀勢厚薄。余豈可保，能承子託。李曰：「逆筆。」吳曰：「反跌下文，以明子厚相知之深，託己之重。」非我知子，子實命我。猶有鬼神，寧敢遺墮。李曰：「正筆。」又曰：「語意真摯，可貫金石。」吳曰：「止此已足，血誠自任之語，似淡而實深，極沈鬱惻怛之致。」念子永歸，無復來期。設祭棺前，矢心以辭。嗚呼哀哉，尚饗！曾曰：「以上述哀。」

琅琅，以玉聲爲喻。○沈曰：「劉禹錫祭柳員外文：『伸紙窮竟，得君遺書。初託遺嗣，知其不孤。末言歸輤，從附先域。凡此數事，職在吾徒。永言素交，索居多遠。鄂渚差近，表臣分深。（自注曰：「表臣，李程字。」）已命所使，持書逕行。退之承命，改牧宜陽。亦馳一函，候於道旁。勒石垂後，屬於斯人。安平宣英，（自注曰：「韓泰、韓曄字。」）會有還使。悉已如稱，形於其書。』觀此文則知子厚訣别諸友，皆夢得爲之分馳也。」○猶有鬼神，左傳襄二十年甯惠子語。○廣韻三十四果：「墮，他果切，又徒果切。」

歐陽生哀辭并序

韓曰：「歐陽名詹，字行周，泉州晉江人也。卒年四十餘。集十卷行世。新史於文藝立傳。」○御覽文部十二引文章流別論曰：「哀辭者，誄之流也。崔瑗、蘇順、馬融等爲之，率以施於童殤夭折不以壽終者。哀辭之體，以哀痛爲主，緣以嘆息之辭。」文心雕龍哀弔篇曰：「賦憲之謚（賦憲，字出周書謚法篇），短折曰哀。哀者依也，悲實依心，故曰哀也。以辭遣哀，蓋不淚之悼，故不在黄髮，必施夭昏。原夫哀辭大體，情主於痛傷，而辭窮乎愛惜，必使情往會悲，文來引泣，乃爲貴耳。」

歐陽詹世居閩越，自詹已上，皆爲閩越官。至州佐縣令者，累累有焉。閩越地肥衍，有山泉禽魚之樂。雖有長材秀民通文書吏事與上國齒者，未嘗肯出仕。今上初，故宰相常衮爲福建諸州觀察使，治其地。衮以文辭進，有名於時，又作大官，臨莅其民。鄉縣小民有能誦書作文辭者，衮親與之爲客主人之禮。史公喜用此等句法，退之亦時有之。觀游宴饗，必召與之。時未幾，皆化翕然。詹于時獨秀出，衮加敬愛，諸生皆推服。閩越之人舉進士繇詹始。以上家世及舉進士。

元和郡縣志曰：「江南道福州：禹貢揚州之域，本閩越。秦并天下，以閩中郡作三十六郡之數，今州即閩中郡之地也。漢初又爲閩越國。」又曰：「泉州晉江縣：開元六年析南安縣置，在晉江之北，因名。」清統志曰：

「福建泉州府：秦閩中郡地，晉江縣，附郭。」○輿地紀勝福建路泉州府載歐陽詹讀書堂在龜巖。清統志曰：「福建泉州府：歐陽書院，在府城東北泉山之龜巖。」又曰：「泉山，在晉江縣北。」○穀梁哀十三年范注曰：「累累猶數數也。」案：此「累」字當作「絫」，與「纍」異。○今上，謂唐德宗。○新書常衮傳曰：「衮，京兆人。文采贍蔚，長於應用，譽重一時。拜門下侍郎、同中書門下平章事。德宗即位，衮奏貶崔祐甫爲河南少尹，帝怒，使與祐甫换秩，再貶爲潮州刺史。建中初，楊炎輔政，起爲福建觀察使。」元和郡縣志曰：「福州爲福建觀察使理所。」（福州府舊治閩、侯官二縣，今并爲閩侯縣。）○客主人之禮，考異自「衮以文辭進」至此，皆從吕汲公本，「主」下無「人」字。吴先生依方本增。○舊注曰：「與，讀爲預，或作『預』。」○新書常衮傳曰：「始閩人未知學，衮至爲設鄉校，使作爲文章，親加講導，與爲客主鈞禮，觀游燕饗與焉，由是俗一變，歲貢士與内州等。」沈曰：「獨孤及集福州都督府新學碑銘言：『大曆七年，李錡都督福建，領觀察等使，始興學校，貢士於宗伯。』是衮繼其後，宜其翕然胥化。」○王宋賢曰：「按李貽孫爲詹集序，言衮爲觀察，比詹爲芝英，他語亦一一與此文相合。」○方雪齋曰：「按新史詹傳，初詹與羅山甫同隱潘湖，往見衮，衮奇之，辭歸，泛舟飲餞，此可爲加敬愛之一證。」○唐摭言卷一曰：「貞元八年，歐陽詹居第三人。」孫曰：「貞元八年，詹與公同登第。」嚴曰：「此言閩人舉進士自詹始，及觀林藴泉山銘敘，則謂閩川貞元以前未有文進者也。因廉使李𨟠公錡（據獨孤及之福州都督府新學碑銘及新書宗室世系表蜀王房後，當作李成公椅，成，謚也。輿地紀勝福建路福州引圖經作李錡，又引重修學記作李椅，以别於憲宗潤州之李錡。）興啓庠序，請獨孤常州及爲記，中有辭云：『縵胡之纓化爲青衿。』其兄藻與友歐陽詹繼登正第。以其年考之，則藻之登第又在詹之前。然長溪薛令之以中宗神龍二年擢第，則又在藻之前矣。退之謂由詹始，豈考之未詳耶？」沈曰：「藻貞元七年登第，見摭言；（摭言不載林藻，蓋誤記也。能改齋漫録卷四引趙傪登科記，藻登第在貞元七年，是年試題爲珠還合浦賦，見文苑一百十七，青雲干呂詩，見文苑一百八十一，並載林藻詩。太平廣記一百八十、能改齋漫録四引閩川名士傳亦載藻七年及第事。王宋賢并斥林藻貞元七年及第爲不足信，亦過矣。）薛令之亦見摭言（十五）。」又曰：「歐陽詹集與王式書云：『公範與羣公可予以進士之目，而有令予觀國之心。建中初，因當道廉察故相國常公、本州中書舍人薛公，（自注曰：「薛公爲薛播。」）南澗之談，西湖之禮，丹青目下，程準前期。』又文苑李貽孫四門助教歐陽詹文集序：（此見文粹卷九十三，文苑無，沈亦誤記。）『建中、貞元時，文詞崛興，遂大震耀甌閩之鄉，不知有他人也。』以此推之，則詹登第在林藻後，充貢在藻前耳。盧熊蘇州府志：『林披字彦則，莆田人，年二十以經業擢第，爲汀州別駕。大曆中，御史大夫李栖筠奏授太子詹事、兼蘇州別駕。』此又林藻之先世擢第者也。」步瀛案：經業擢第，蓋明經非進士，退之言閩越人舉進士繇詹始，固不誤也。又案：「由」字，漢書皆以「繇」爲之。

建中、貞元間，余就食江南，未接人事，往往聞詹名閭巷間。詹之稱於江南也久。貞元三年，余始至京師舉進士，聞詹名尤甚。八年春，遂與詹文辭同考試登第，始相識。自後詹歸閩中，余或在京師他處，不見詹久者，惟詹歸閩中時爲然。其他時與詹離，率不歷歲，移時則必合，合必兩忘其所趨，久然後去。故余與詹相知爲深。以上相知之深。

就食江南，孫曰：「時公家于宣州。」韓子年譜曰：「建中二年，成德、魏博、山南、平盧節度相繼稱亂。三年，王武俊、李希烈反。四年，涇原姚令言犯京師，德宗幸奉天，朱泚犯奉天。興元元年，李懷光反，如梁州。公以中原多故，避地江左。祭嫂云：『既克返葬，遭時艱難，百口偕行，避地江濆。』韓氏有別業在宣城，見示爽詩。」○貞元三年余始至京師，韓曰：「當作『二年』。」案：五百家本「余」下有「年十九」三字。韓子年譜曰：「貞元二年丙寅，祭老成云『吾年十九，始來京城』，即此年也。答崔立之書云：『年二十時，苦家貧，及來京師，見有舉進士者，人多貴之，因詣州縣求舉。』公舉進士在此年後也。縣齋有懷云『濯纓起江湖』，謂自江南入京師。」步瀛案：若作「二年」，則當有「年十九」三字，否則就舉進士之年言之，正當作「三年」。○年譜曰：「唐科名記云：『貞元八年，陸贄主司，試明水賦、御溝新柳詩，其人賈稜、陳羽、歐陽詹、李博、李觀、馮宿、王涯、張季友、齊孝若、劉遵古、許季同、侯繼、穆贄、韓愈、李絳、溫商、庾承宣、員結、胡諒、崔羣、邢册、裴光輔、萬瑨。是年一牓多天下孤雋偉傑之士，號龍虎牓。』」○歐陽行周集有泉州席使君宴邑中赴舉秀才於東湖亭序「貞元癸酉歲」，沈曰：「癸酉乃貞元九年，詹登第後嘗歸省覲也。」○韓文公歷官記曰：「貞元二年，始至京師，舉進士。凡四舉，至八年乃登第。三選於吏部，不得官。聞吏部有博學宏辭選者，再試纔一得，又黜於中書。十一年正月，三上書時相，不報，五月，去京師，過潼關，遊鳳翔，以書抵邢君牙，不得意去。十二年秋七月，董晉節度汴州，辟署試校書郎，汴宋亳潁四州觀察推官。十五年二月，晉薨，隨晉喪出，四日而汴州亂，愈從喪至洛，還孟津，渡汜水，出陳許閒，抵徐州。節度使張建封居之于符離睢上，及秋，將辭去，建封奏爲節度推官、試協律郎。」

詹事父母盡孝道，仁於妻子，於朋友義以誠。三句句法三變。氣醇以方，容貌嶷嶷然，其燕私善謔以和。其文章切深，喜往復，善自道。讀其書，知其於慈孝最隆也。十五年冬，余以徐州從事朝正于京師，詹爲國子監四門助教，將率其徒伏闕下，舉余爲博士。會監有獄，不果上。觀其心，有益於余，將忘其身之賤而爲之也。嗚呼！詹今其死矣。以上性情事實及其死。

方雪齋曰：「新史詹傳：『初，徐晦舉進士不中，詹數稱之。明年高第，仕爲福建觀察使，語及詹，必流涕。』亦其義以誠之所感也。」○史記五帝本紀曰：「帝嚳其德嶷嶷。」索隱曰：「嶷嶷，德高也。」案：此蓋言容貌高大也。詩生民「克岐克嶷」，毛傳曰：「嶷，識也。」鄭箋曰：「其貌嶷嶷然有所識別也。」「嶷」之借字，（淮南本經篇及說文引並作「嶷」。）與此不同。○徐州從事，孫曰：「公爲徐州節度推官。」○唐六典卷二十一曰：「國子監國子助教，從六品上，掌佐博士分經以教授；四門助教，從八品上，掌同國子。」○舉余爲博士，見子産不毀鄉校頌注。○王宋賢曰：「按詹死不知何年，然此直承前文舉公爲博士言之，當在十五年朝正京師以後，去公得官博士尚遠。若既爲博士，則雖非詹薦，亦足慰其幽靈，序中必宜略及。又，此文編次獨孤申叔之前，當是十六年冬赴京參調，十七年春未出京師時作。」

詹，閩越人也。父母老矣，捨朝夕之養以來京師，其心將以有得於是，而歸爲父母榮也。雖其父母之心亦皆然。詹在側，雖無離憂，其志不樂也。詹在京師，雖有離憂，其志樂也。曾曰：「油然人情。」若詹者，所謂以志養志者歟？詹雖未得位，其名聲流於人人，其德行信於朋友，雖詹與其父母，皆可無憾也。以上言詹離父母而死，不失爲孝。

孟子離婁上曰：「若曾子則可謂養志也。」鹽鐵論孝養篇曰：「上孝養志。」

詹之事業文章，李翺既爲之傳，故作哀辭，以舒余哀，以傳于後，以遺其父母，而解其悲哀，以卒詹志云。以上作哀辭。

求仕與友兮，遠違其鄉。父母之命兮，子奉以行。友則既獲兮，祿實不豐。以志爲養兮，何有牛羊。事實既修兮，名譽又光。父母忻忻兮，常若在旁。命雖云短兮，其存者長。終要必死兮，願不永傷。友朋親視兮，藥物甚良。飲食孔時兮，所欲無妨。壽命不齊兮，人道之常。在側與遠兮，非有不同。山川阻深兮，魂魄流行。祀祭則及兮，勿謂不通。哭泣無益兮，抑哀自彊。推生知死兮，以慰孝誠。嗚呼哀哉兮，是亦難忘。

沈曰：「翺集不存此傳。唐詩紀事，詹子賈早死，有孫灊，見摭言（十）。」

方望溪曰：「退之文每至親懿故舊，存亡離合，怨思慕戀，惻然自肺腑流出，使讀者氣厚。」曾曰：「前半敘述矜當，後半就父母老矣反復低回，絕難紬頌。」

沈曰：「閩川名士傳：『孟簡賦詩敘言，閩歐陽生游太原，悅一妓，留賞累月，既而南轅，妓請同行，生約以至都來迎。後不克如約，過期，乃遣乘密往迎妓，妓已積望成疾，不可爲也，乃翦髻寄生，生爲之慟怨，涉旬亦殁。則韓退之所謂歐陽生，詹者也。』案詹集有發太原途中寄所思詩云：『一履不出門，一車無停輪。流萍與繫匏，早晚期相親。』當即其人也。然生以不貲之躬，而爲一妓死，此友朋所諱者也。公以慰其父母，故云藥物甚良，所欲無妨，而終誘諸壽命，其全人父子之恩當如此，亦立言之體要也。」步瀛案：真景元（德秀）西山文集跋歐陽四門集曰：「嘉定己卯，郡士林彬之爲余言：『四門之文之行，昌黎韓文公蓋亟稱之。至黄璞爲閩中名士傳，乃記太原妓一節，觀者疑焉。近歲黄君介、喻君良能皆嘗爲文以辨，謂宜登載編末，以澡千載之誣。』余曰：『四門之行，獲稱於昌黎，而見毁於黄璞，後之君子將惟昌黎是信乎？抑惟璞之惑乎？二君雖無言，可也；不載之编末，亦可也。』」直齋書録解題卷十六曰：「詹之爲人，有哀辭可信矣。黄璞何人？斯乃有太原函髻之謗，好事者喜傳之，不信愈而信璞，異哉！『高城已不見』之句，樂府類此多矣，不得以爲實也；然詩題云『途中寄太原所思』，蓋亦有以召其疑也。昔人以曖昧受謗，傳之千古，尚未能明，孰謂今人行己而可不謹哉？」清四庫書目卷一百五十曰：「考閩川名士傳載詹游太原始末甚詳，所載孟簡一詩（全唐詩亦載入）乃同時之作，亦必無舛誤。又考邵博聞見後録載，妓家至宋，猶隸樂籍，珍藏詹之手迹，博嘗見之，（後録卷十九曰：「迪孺云：『歐陽詹爲并州妓賦：「高城已不見，况乃城中人。」今其家尚爲妓，詹詩本亦尚在。』」是聞喻迪孺所言，非博親見也。此引小誤。）則不可謂竟無其事。蓋唐宋官妓，士大夫往往狎游，不以爲訝，見於諸家詩集者甚多，亦其時風氣使然，固不必獎其風流，亦不必諱爲瑕垢也。」

○此文「鄉」「羊」「長」「傷」「良」「妨」「常」「彊」「忘」入陽韻，「光」「旁」入唐韻，古音皆陽部也。「行」入庚韻（「行列」之「行」，唐韻），古音亦陽部也。「豐」「同」「通」入東韻，古音東部。「誠」入清韻，古音耕部。退之詩文，率通爲一部用之。○退之題哀辭後曰：「愈性不喜書，自爲此文，惟自書兩通。其一通遺清河崔羣，羣與余皆歐陽生友也，哀生之不得位而死，哭之過時而悲；其一通今書以遺彭城劉君伉，君喜古文，以吾所爲合於古，詣吾廬而來請者八九至，而其色不怨，志益堅。凡愈之爲此文，蓋哀歐陽生之不顯榮於前，又懼其泯滅於後也。今劉君之請，未必知歐陽生，其志在古文耳。雖然，愈之爲古文，豈獨取其句讀不類於今者邪？思古人而不得見，學古道則欲兼通其辭，通其辭者，本志乎古道者也。古之道不苟譽毀於人，劉君好其辭，則其知歐陽生也無惑焉。」

唐宋文舉要甲編卷四　唐文二十五首

霸縣高步瀛學

柳子厚

柳宗元，字子厚，其先河東人。新舊書皆有傳，事蹟已見韓退之柳子厚墓誌銘及柳州羅池廟碑。

封建論

東坡志林論封建曰：「昔之論封建者，曹元首、陸機、劉頌及唐太宗時魏徵、李百藥、顏師古，其後則劉秩、杜佑、柳宗元。宗元之論出，而諸子之論廢矣。雖聖人復起，不能易也。」

天地果無初乎？吾不得而知之也。[沈確士曰：「發端便奇傑。」]生人果有初乎？吾不得而知之也。然則孰爲近？曰：有初爲近。孰明之？由封建而明之也。[汪武曹曰：「入封建洒然。」]彼封建者，更古聖王堯舜禹湯文武而莫能去之。蓋非不欲去之也，勢不可也。勢之來，彼其初與萬物皆生，草木榛榛，鹿豕狉狉，人不能搏噬，而且無毛羽，莫克自奉自衛，荀卿有言「必將假物以爲用」者也。（沈曰：「如衣食之類。」）夫假物者必爭，爭而不已，必就其能斷曲直者而聽命焉。其智而明者，所伏必衆，告之以直而不改，必痛之而後畏，由是君長刑政生焉。故近者聚而爲羣。（下「里胥」「大夫」皆包「羣」字。）羣之分，其爭必大，大而後有兵有德。又有大者，衆羣之長又就而聽命焉，以安其屬，於是有諸侯之列，則其爭又有大者焉。德又大者，諸侯之列又就而聽命焉，以安其封，於是有方伯連帥之類，則其爭又有大者焉。德又大者，方伯連帥之類又就而聽命焉，以安其人，然後天下會於一。（逆說到上，由小以成大，方見積勢。）是故有里胥而後有縣大夫，有縣大夫而後有諸侯，有諸侯而後有方伯連帥，有方伯連帥而後有天子。（汪曰：「上兩層自下逆說到上，此自上順說到下。」）自天子至於里胥，其德在人者，死必求其嗣而奉之。（汪曰：「申明上文意，總說一番，極精彩。」）故封建非聖人意也，勢也。（樓迂齋曰：「封建本意。」汪曰：「『勢』字作一束。」〇曾滌生曰：「以上封建大勢。」）

其生人之初乎？不初，無以有封建。封建，非聖人意也。（沈曰：「非聖人意即是勢。」）（沈曰：「『勢』字爲一篇主腦。」汪曰：「已下就有初推封建所由始，以明其勢。」）

漢書司馬相如傳顏注曰：「榛榛，盛貌。」楊雄傳顏注曰：「榛榛，梗穢貌也。」○廣雅釋訓曰：「駓駓，走也。」又曰：「伾伾，眾也。」王懷祖疏證曰：「魯頌駉篇毛傳云：『伾伾，有力也。』釋文云：『字林作「駓」，走也。』說文『俟』字引小雅吉日篇『伾伾俟俟』。後漢書馬融傳『鄙騃譟讙』，李賢注云：『鄙騃，獸奮迅貌也。』引韓詩『駓駓騃騃』。文選西京賦『羣獸䯄騃』，李善注引薛君韓詩章句云：『趨曰駓駓，行曰騃騃。』毛詩作『儦儦俟俟』。楚辭招魂『逐人駓駓些』，王逸注云：『駓駓，走貌也。』『䯄』『駓』『伾』『鄙』『儦』，五字並聲近而通用。」步瀛案：狉，又後出字，集韻五支：「狉，貧悲切，音邳。」○荀子勸學篇曰：「假輿馬者，非利足也，而致千里；假舟檝者，非能水也，而絕江河。君子生非異也，善假於物也。」○說文曰：「封，爵諸侯之土也。」案：「封」「邦」古通用。○禮記王制曰：「千里之外，設方伯；十國以爲連，連有帥；二百一十國以爲州，州有伯。」○姚姬傳曰：「本篇『叛人』『人怨』等『人』字，皆是『民』字，避諱，後未改耳。」（類纂卷二附注）步瀛案：以安其人，恐亦是「民」字，下亦多類此。○周禮地官序官：「閭胥每閭中士一人，里宰每里下士一人，州長每州中大夫一人，縣正每縣下大夫一人。」方望溪曰：「周官閭胥、里宰，皆二十五家之長耳；州長、縣正，二千五百家之吏耳。吏必擇人，雖縣大夫不能求其嗣而奉之也，況里胥乎？」（柳文約選評語）步瀛案：柳州之意，在所治之大小，聊借後世里胥縣大夫之名以指示之耳。方以周制繩之，固宜其不合也。

夫堯舜禹湯之事遠矣，（汪曰：「撇去堯舜禹湯，專論周。」）及有周而甚詳。周有天下，裂土田而瓜分之，設五等，邦羣后，布履星羅，四周於天下，輪運而輻集。合爲朝覲會同，離爲守臣扞城。然而降於夷王，害禮傷尊，下堂而迎覲者。歷於宣王，挾中興復古之德，雄南征北伐之威，卒不能定魯侯之嗣。陵夷迄於幽平，王室東徙，而自列爲諸侯。厥後問鼎之輕重者有之，射王中肩者有之，伐凡伯、誅萇弘者有之。（汪曰：「此處句法尚未變化。」）天下乖盭，無君君之心。余以爲周之喪久矣，徒建空名於公侯之上耳，得非諸侯之盛强，末大不掉之咎歟？遂判爲十二，合爲七國，威分於陪臣之邦，國殄於後封之秦。（汪曰：「串出秦。」）則周之敗端，其在乎此矣。（曾曰：「以上周。」）

漢書賈誼傳：「誼上疏曰：高皇帝瓜分天下，以王功臣。」○漢書諸侯王表曰：「昔周監於二代，三聖制法，立爵五等，封國八百，同姓五十有餘。」顏注曰：「五等，公侯伯子男。」○左傳僖四年：「管仲曰：賜我先君履。」杜注曰：「履，所踐履之界。」柳集舊注曰：「履，一作『濩』。濩，散也。」（柳集增廣注釋音辯及五百家注不言某氏者，皆統稱舊注，世綵堂本注亦然。此條即世綵堂注也。）唐文粹亦作「濩」。漢書司馬相如傳「氾布濩之」，顏注曰：「布濩，遍布也。」史記「濩」作「濩」。楊雄羽獵賦曰：「焕若天星之羅。」班固西都賦曰：「星羅雲布。」○魏策一：「張儀曰：諸侯四通輻湊。」淮南子主術篇曰：「羣臣輻湊。」（文子上仁篇同）文選東都賦曰：「萬方輻湊。」李善注引張湛曰：「如衆輻之集於轂。」○周禮春官大宗伯曰：「以賓禮親邦國，春見曰朝，夏見曰宗，秋見曰覲，冬見曰遇，時見曰會，殷見曰同。」○禮記玉藻曰：「諸侯之於天子，曰某土之守臣某。」左傳成十二年：「郤至曰：此公侯之所以扞城其民也。」杜注曰：「扞，蔽也，言享宴結好鄰國，所以蔽扞其民。」釋文曰：「扞，户旦反。」○禮記郊特牲曰：「覲禮，天子不下堂而見諸侯。下堂而見諸侯，天子之失禮也，由夷王以下。」案：史記周本紀曰：「孝王崩，諸侯復立懿王太子燮，是爲夷王。」○詩序曰：「六月，宣王北伐也。采芑，宣王南征也。車攻，宣王復古也。烝民，尹吉甫美宣王也，任賢使能，周室中興焉。」釋文曰：「中，張仲反。」案釋文則「中」讀去聲。孔疏曰：「周室既衰，中道復興。則『中』讀平聲。」王觀國學林（卷二）謂：「『中』字有鐘眾二音。音鐘者，當二者之中，首尾均也；音眾者，首尾不必均，但在二者之閒耳。中興者，在一世之閒，因王道衰而有能復興者，斯謂之中，與首尾先後不必均也。」其説殊泥。唐人詩「中興」字，亦平去兩用也。（如宋延清入瀧州江詩：「運啓中興歷，時逢外域清。」則「中」字平聲。杜子美喜達行在所詩：「今朝漢社稷，新數中興年。」則「中」字去聲。）○周語上曰：「魯武公以括與戲見王，王立戲。樊仲山父諫曰：『不可立也。不順必犯，犯王命必誅。今天子立諸侯而建其少，是教逆也。』王卒立之。魯侯歸而卒，及魯人殺懿公而立伯御。三十二年，宣王伐魯，立孝公。諸侯從是而不睦。」○漢書成帝紀顏注曰：「陵，丘陵也；夷，平也。言其頽替若丘陵之漸平也。」又曰：「陵遲，亦言如丘陵之逶遲稍卑下也。」王懷祖曰：「師古以陵爲丘陵，非也。陵與夷皆平也。文選長楊賦注引薛君韓詩章句曰：『四平曰陵。』是丘陵之陵，本取陵夷之義，非陵夷之取義於丘陵也。史記高祖功臣侯年表『陵夷衰微』，四字平列，陵夷不可謂如陵之夷，猶衰微不可謂如衰之微也。陵夷之爲陵遲，猶逶夷之爲逶遲。故王肅家語注曰：『陵遲猶陂池也。』淮南泰族篇曰：『河以逶蛇故能遠，山以陵遲故能高。』逶蛇、陵遲相對爲文。又説文：『夌，夌徲也。』其字作『夌』，不作『陵』，則非丘陵之陵益明矣。」（讀書雜志四之十六）○幽平，柳集各本「平」作「厲」。林少穎觀瀾文乙集作「平」，疑北宋本柳集有作「平」者，故少穎從之。吕東萊古文關鍵同。方望溪疑作「幽王」，失考。○詩黍離序鄭箋曰：「幽王之亂，而宗周滅；平王東遷，政遂衰弱，下列於諸侯。」周本紀曰：「申侯與繒、西夷犬戎攻幽王，遂殺幽王驪山下。於是諸侯乃即申侯而共立故幽王太子宜臼，是爲平王，以奉周祀。平王立，東遷于雒邑。」○爲諸侯，世綵堂本「侯」下有「矣」字，汪曰：「一無『矣』字。」案：今依音辯。（本編柳文多依世綵堂本，不悉注。）○左傳宣三年曰：「楚子伐陸渾之戎，遂至於雒，觀兵于周疆，定王使王孫滿勞楚子，楚子問鼎之大小輕重焉。」杜注曰：「示欲偪周取天下。」○左傳桓五年曰：「王以諸侯伐鄭，鄭伯禦之，王卒大敗，祝聃射王中肩。」○左傳隱七年曰：「王使凡伯來聘，還，戎伐之於楚丘以歸。」（穀梁傳以戎爲衛，見原道注。）哀三年曰：「劉氏、范氏世爲婚姻，萇弘事劉文公，故周與范氏。趙鞅以爲討。六月癸卯，周人殺萇弘。」昭十一年杜注曰：「萇弘，周大夫。」○漢書賈誼傳顏注曰：「盭，古『戾』字。」○左昭十一年曰：「末大必折，尾大不掉。」説文曰：「掉，搖也。」○漢書楊雄傳解謿曰：「離爲十二，合爲六七。」顏注曰：「十二謂魯、衛、齊、楚、宋、鄭、燕、秦、韓、趙、魏、中山也。」案：子厚言判，自本此，方望溪譏之，非也。○史記六國年表索隱曰：「六國乃魏、韓、趙、楚、燕、齊，并秦凡七國，號七雄。」○陪臣，謂趙魏韓分晉、田氏篡齊也。禮記曲禮下曰：「列國之大夫入天子之國曰某士，自稱曰陪臣某。」鄭注曰：「陪，重也。」○史記秦本紀曰：「非子居犬丘，周孝王使主馬於汧渭之閒，馬大蕃息，爲附庸，邑之秦。」又曰：「莊襄王元年，東周君與諸侯謀秦，秦使相國呂不韋誅之，盡入其國，秦不絕其祀，以陽人地賜周君，奉其祭祀。」爾雅釋詁曰：「殄，盡也。」又曰：「絕也。」

秦有天下，裂都會而爲之郡邑，廢侯衛而爲之守宰，據天下之雄圖，都六合之上游，攝制四海，運於掌握之內。此其所以爲得也。不數載而天下大壞，其有由矣。汪曰：「此言秦之亡，非郡縣之制失。」亟役萬人，暴其威刑，竭其貨賄，負鋤梃謫戍之徒，圜視而合從，大呼而成羣。時則有叛人而無叛吏。汪曰：「無叛吏、無叛郡、無叛州，見郡縣之制得。」人怨於下，而吏畏於上，天下相合，殺守劫令而並起。咎在人怨，非郡邑之制失也。曾曰：「以上秦。」

史記秦始皇本紀曰：「二十六年，丞相綰等言：『諸侯初破，燕、齊、荆地遠，不爲置王，毋以填之。請立諸子。』始皇下其議於羣臣。廷尉李斯議曰：『周文武所封子弟同姓甚衆，然后屬疏遠，相攻擊如仇讐，諸侯更相誅伐，周天子弗能禁止。今海內一統，皆爲郡縣，諸子功臣以公賦税重賞賜之，甚足易制，天下無異意，則安寧之術也。置諸侯不便。』始皇曰：『廷尉議是。』分天下以爲三十六郡，郡置守、尉、監。」廣雅釋詁一曰：「裂，分也。」周禮夏官職方氏曰：「方千里曰王畿，其外方百里曰侯服，又其外方五百里曰甸服，又其外方五百里曰男服，又其外方五百里曰采服，又其外方五百里曰衛服。」○吕氏春秋審分篇高誘注曰：「六合，四方上下也。」○史記高祖本紀：「田肯曰：秦，形勝之國，地勢便利，其以下兵於諸侯，譬猶居高屋之上建瓴水也。」又曰：「二世繁刑嚴誅，吏治刻深；賞罰不當，賦斂無度。天下多事，吏弗能紀；百姓困窮，而主弗收恤。天下苦之。是以陳涉奮臂於大澤，而天下響應者，其民危也。」○漢書賈誼傳：「誼陳政事疏曰：動一親戚，天下圜視而起。」○秦始皇本紀曰：「陳勝遣諸將徇地山東，郡縣少年苦秦吏，皆殺其守尉令丞反，以應陳涉。」

漢有天下，矯秦之枉，徇周之制，剖海內而立宗子，封功臣。汪曰：「插周秦。」數年之間，奔命扶傷之不暇。困平城，病流矢，陵遲不救者三代。後乃謀臣獻畫，而離削自守矣。然而封建之始，郡邑居半，時則有叛國而無叛郡。（汪曰：「就郡國明封建之失。」）秦制之得，亦以明矣。（汪曰：「言漢初封建之失，卻以秦制之得收住，分明以秦爲主。」）繼漢而帝者，雖百代可知也。（曾曰：「以上漢。」）

漢書諸侯王表序曰：「漢興之初，懲戒亡秦孤立之敗，於是剖裂疆土，立二等之爵。功臣侯者，百有餘邑；尊王子弟，大啓九國。而藩國大者，夸州兼郡，連城數十，宫室百官，同制京師，可謂撟枉過其正矣。」顔注曰：「『撟』與『矯』同；枉，曲也。正曲曰矯。」又高惠高后文功臣表序曰：「五年，東克項羽，即皇帝位，八載而天下迺平。始論功臣而定封，訖十二年，侯者百四十有三人。」○漢書高帝紀下曰：「七年，上自將擊韓王信，信亡走匈奴。上從晉陽連戰，乘勝逐北，遂至平城，爲匈奴所圍七日，用陳平祕計得出。」匈奴傳曰：「高帝先至平城，冒頓縱精兵三十餘萬騎圍高帝於白登七日。」史記高祖本紀正義引括地志曰：「朔州定襄縣，本漢平城縣，縣東北三十里有白登山，山上有臺，名曰白登臺。漢書匈奴傳云『冒頓圍高帝於白登七日』，即此也。」清統志曰：「山西大同府：平城故城，在大同縣東；白登山，在大同縣東，一名白登臺。」○史記高祖本紀曰：「十一年，淮南王黥布反，高祖自往擊之。十二年，布走。高祖擊布時，爲流矢所中，行道病。」○漢書諸侯王表序曰：「高祖創業，日不暇給；孝惠享國又淺；高后女主攝位。諸侯小者淫荒越法，大者睽孤横逆，以害身喪國。故文帝采賈生之議，分齊、趙；景帝用鼂錯之計，削吴、楚；武帝施主父之册，下推恩之令，使諸侯王得分户邑以封子弟，不行黜陟而藩國自析。」○叛國，謂七國之類。漢書吴王濞傳曰：「諸侯既新削罰，震恐，多怨錯。及削吴會稽、豫章郡書至，則吴王先起兵誅漢吏二千石以下，膠西、膠東、甾川、濟南、楚、趙亦皆反，閩、東越亦發兵從。」○亦以明矣，案：「以」「已」字同。○論語爲政篇曰：「其或繼周者，雖百世可知也。」案：唐避太宗諱，以「代」爲「世」。

唐興，制州邑，立守宰，此其所以爲宜也。然猶桀猾時起，虐害方域者，失不在於州，而在於兵，時則有叛將而無叛州。州縣之設，固不可革也。汪曰：「亦隱然以秦制之得收住。」○曾曰：「以上唐。」

新唐書地理志曰：「唐興，高祖改郡爲州，太守爲刺史，又置都督府以治之。然天下初定，權置州郡頗多。太宗元年，始命併省。又因山川形便，分天下爲十道。」○叛將，謂魏博、盧龍之類。新唐書藩鎮傳曰：「安史亂天下，至肅宗大難略平，君臣皆幸安，故瓜分河北地付授叛將。護養孽萌，以成禍根。」案：代宗大曆十年，魏博田承嗣反；德宗建中二年，魏博田悦反，成德李惟岳、淄青李納皆自稱留後；三年，盧龍朱滔、恒冀王武俊反；貞元十五年，彰義吴少誠反，見本紀及藩鎮傳。又，建中二年，山南東道節度使梁崇義反；興元元年，朔方節度使李懷光反，見本紀及叛臣傳。建中三年，淮寧節度使李希烈反，見本紀及逆臣傳。

或者曰：儲同人曰：「前列四代，示利害之門，此設三難，破庸人之論。」「封建者，必私其土，子其人，適其俗，修其理，施化易也。守宰者，苟其心，思遷其秩而已，何能理乎？」汪曰：「已上是言諸侯、郡縣之叛服，此下方是言諸侯、郡縣之于民利病。」余又非之。周之事跡，斷可見矣。列侯驕盈，黷貨事戎。大凡亂國多，理國寡。侯伯不得變其政，天子不得變其君。私土子人者，百不有一。失在於制，不在於政，周事然也。秦之事跡，亦斷可見矣。有理人之制，而不委郡邑，是矣。有理人之臣，而不使守宰，是矣。郡邑不得正其制，守宰不得行其理，酷刑苦役，而萬人側目。失在於政，不在於制，秦事然也。漢興，天子之政行於郡，不行於國；制其守宰，不制其侯王。侯王雖亂，不可變也；國人雖病，不可除也。及夫大逆不道，然後掩捕而遷之，勒兵而夷之耳。大逆未彰，姦利浚財，怙勢作威，大刻於民者，無如之何。及夫郡邑，方曰：「氣弱。」可謂理且安矣，何以言之？且漢知孟舒於田叔，吳先生曰：「柳文用『且』字皆古義。」得魏尚於馮唐，聞黃霸之明審，覩汲黯之簡靖，拜之可也，復其位可也，臥而委之以輯一方可也。以三句承上四句，得變化之法。有罪得以黜，有能得以賞。朝拜而不道，夕斥之矣；夕受而不法，朝斥之矣。設使漢室盡城邑而侯王之，汪曰：「此一翻，又就郡國明封建之失，議論明快，筆力馳騁。」縱令其亂人，戚之而已。孟舒、魏尚之術莫得而施，黃霸、汲黯之化莫得而行。明譴而導之，拜受而退已違矣。下令而削之，締交合從之謀周於同列，則相顧裂眦，勃然而起。幸而不起，則削其半，削其半，民猶瘁矣，汪曰：「此一層更妙。」曷若舉而移之以全其人乎？漢事然也。今國家盡制郡邑，連置守宰，其不可變也固矣。善制兵，謹擇守，則理平矣。曾曰：「以上校論封建與郡縣之治亂。」

陸士衡五等諸侯論曰：「五等之君，爲己思治；郡縣之長，爲利圖物。何以徵之？蓋企及進取，仕子之常志；修己安民，良士之所希及。夫進取之情鋭，而安民之譽遲。是故侵百姓以利己者，在位所不憚；損實事以養之者，官長所夙夜也。君無卒歲之圖，臣挾一時之志。五等則不然。知國爲己土，衆皆我民，民安己受其利，國傷家嬰其病。故前人欲以垂後，後嗣思其堂構。爲上無苟且之心，羣下知膠固之義。使其並賢居治，則功有厚薄；兩愚處亂，則過有深淺。然則八代之制，幾可以一理貫；秦漢之典，殆可以一言蔽矣。」○廣雅釋詁三曰：「理，治也。」案：唐諱「治」爲「理」。舊校曰：「理，一作『治』。」○柳集舊注曰：「事戎謂用兵。」○姚曰：「理人之臣，治統於丞相、御史大夫及監郡御史，不使守宰專擅。」○史記酷吏郅都傳曰：「列侯宗室見都，側目而視。」○「大逆不道」云云，如淮南厲王孝文六年謀反，廢徙蜀；楚王戊孝景三年反，誅之；等類是也。○左傳襄二十四年杜注曰：「浚，取也。」書微子篇孔疏曰：「刻者，傷害之義。」○史記田叔傳曰：「叔爲漢中守十餘年，孝文帝召田叔問之曰：『公知天下長者乎？』叔頓首曰：『故雲中守孟舒，長者也。』是時孟舒坐虜大入塞盜劫雲中尤甚，免，上復召孟舒以爲雲中守。」○史記馮唐傳曰：「唐以孝著，爲中郎署長，事文帝。上既聞廉頗、李牧爲人良，説而搏髀曰：『嗟乎，吾獨不得廉頗、李牧時爲吾將，吾豈憂匈奴哉？』唐曰：『陛下雖得廉頗、李牧，弗能用也。今臣竊聞魏尚爲雲中守，坐上功首虜差六級，陛下下之吏，削其爵，罰作之。由此言之，陛下雖得廉頗、李牧，弗能用也。』文帝説。是日令馮唐持節赦魏尚，復以爲雲中守。」○漢書循吏傳曰：「黄霸，字次公，淮陽陽夏人也，徙雲陵。霸爲潁川太守，外寬内明，得吏民心，户口歲增，治爲天下第一。徵守京兆尹，連貶秩。有詔歸潁川太守官，前後八年，郡中愈治。」○史記汲黯傳曰：「汲黯，字長孺，濮陽人也。遷爲東海太守。黯學黄老之言，治官理民，好清静，擇丞史而任之。其治責大指而已，不苛小。黯多病，臥閨閤内不出，歲餘，東海大治。」又曰：「召拜黯爲淮陽太守，黯伏謝不受印，詔數强予，然後奉詔。詔召見黯，上曰：『淮陽吏民不相得，吾徒得君之重，臥而治之。』黯居郡如故治，淮陽政清。」○爾雅釋詁曰：「輯，和也。」○戚，「慽」之借字。説文曰：「慼，慽也。」字亦作「慼」，廣雅釋詁一曰：「慼，憂也。」○賈生過秦曰：「合從締交，相與爲一。」案：如景帝三年七國反是也。○説文曰：「眥，目厓也。」漢書敘傳注引字林曰：「眥，才賜反。」又司馬相如傳顔注曰：「眦，即『眥』字。」

或者又曰：「夏商周漢封建而延，秦郡邑而促。」尤非所謂知理者也。魏之承漢也，封爵猶建；晉之承魏也，因循不革。而二姓陵替，不聞延祚。今矯而變之，垂二百祀，大業彌固，何繫於諸侯哉？曾曰：「以上校論封建與郡邑祚之久暫。」

爾雅釋詁曰：「延，長也。」○漢書諸侯王表序曰：「周歷載八百餘年，數極德盡，號位已絶於天下，尚猶枝葉相持。秦竊自號爲皇帝，而子弟爲匹夫，内亡骨肉根本之輔，外亡尺土藩翼之衛。陳、吴奮其白梃，劉、項隨而斃之。故曰周過其歷，秦不及期，國執然也。」曹元首六代論曰：「昔夏、殷、周之歷世數十，而秦二世而亡，何則？三代之君，與天下共其民，故天下同其憂；秦王獨制其民，故傾危而莫救。」晉書劉頌傳：「頌在郡上疏曰：『三代並建明德，及興王之顯親，列爵五等，開國承家，以藩屏帝室。延祚久長，近者五六百歲，遠者僅將千載。逮至秦氏，罷侯置守，子弟不分尺土，孤立無輔，二世而亡。』」○通典職官一曰：「封爵：魏，王、公、侯、伯、子、男，次縣侯，次鄉侯，次亭侯，次關内侯，凡九等。晉亦有王、公、侯、伯、子、男，又有開國郡公、縣公、郡侯、縣侯、伯、子、男及鄉亭、關内等侯，凡十五等。」○舊唐書李百藥傳曰：「朝廷議將封建諸侯，百藥上封建論，太宗從其議。」資治通鑑唐記九曰：「初，上令羣臣議封建。魏徵以爲若封建諸侯，則卿大夫咸資俸禄，必致厚斂；又京畿賦税不多，所資畿外，若盡以封國邑，經費頓闕；又燕、秦、趙、代俱帶外夷，若有警急，追兵内地，難以奔赴。禮部侍郎李百藥以爲運祚修短，定命自天，今使勳戚子孫皆有民有社，易世之後，將驕淫自恣，攻戰相殘，害民尤深，不若守令之迭居也。」

或者又以爲：「殷周聖王也，而不革其制，固不當復議也。」是大不然。夫殷周之不革者，是不得已也。蓋以諸侯歸殷者三千焉，資以黜夏，湯不得而廢；歸周者八百焉，資以勝殷，武王不得而易。徇之以爲安，仍之以爲俗，湯武之所不得已也。夫不得已，非公之大者也，私其力於己也，私其衛於子孫也。秦之所以革之者，其爲制，公之大者也；其情私也，私其一己之威也，私其盡臣畜於我也。然而公天下之端自秦始。夫天下之道，理安，斯得人者也。使賢者居上，不肖者居下，而後可以理安。今夫封建者，繼世而理，繼世而理者，上果賢乎？下果不肖乎？則生人之理亂未可知也。將欲利其社稷，以一其人之視聽，則又有世大夫世食禄邑，以盡其封略。聖賢生於其時，亦無以立於天下，

樓曰：「應前『封建非聖人意』。」

汪曰：「此較前『有德在人心，死必求其嗣奉之』又進一層，蓋前言封建所由始，此則言封建之不可革也，皆勢也。」

石破天驚，小儒咋舌。

汪曰：「前言封建必叛天子，又言封建必

虐民，此則言封建不肖居上，而聖賢不能得位行道。」

封建者爲之也。豈聖人之制使至於是乎？汪曰：「收『非聖人意』。」**吾固曰：「非聖人之意也，勢也。」**汪曰：「『勢』字結。」○曾曰：「以上論公私。」○真西山曰：「此篇間架宏闊，辯論雄俊，真可爲作文之法。」方望溪曰：「深切事情，雖攻者多端，而卒不可拔。」吳先生曰：「體勢雄俊，辭理廉悍勁古，宋以來無之。」

陸士衡五等諸侯論曰：「五等之制，始於黃、唐；郡縣之治，創自秦、漢。」又曰：「昔者成湯親照夏后之鑒，公旦目涉商人之戒，文質相濟，損益有物。故五等之禮，不革于時，封畛之制，有隆焉爾者，豈玩二王之禍而闇經世之算乎？固知百事非可懸御，善制不能無弊。而侵弱之辱，愈於殄祀；土崩之困，痛於陵夷也。」○太平御覽皇王部八引尚書大傳曰：「湯放桀而歸於亳，三千諸侯大會，湯取天子之璽，置之於天子之坐，左復而再拜，從諸侯之位，三千諸侯莫敢即位，然後湯即天子之位。」○史記周本紀曰：「九年，武王上祭于畢，東觀兵至于盟津，武王渡河。是時諸侯不期而會盟津者，八百諸侯。諸侯皆曰：『紂可伐矣。』武王曰：『女未知天命，未可也。』乃還師歸。居二年，聞紂昏亂暴虐滋甚，於是武王徧告諸侯曰：『殷有重罪，不可以不畢伐。』十一年十二月戊午，師畢渡盟津，諸侯咸會。」○春秋隱三年：「夏四月辛卯，尹氏卒（左氏經「尹」作「君」）。」公羊傳曰：「尹氏者何？天子之大夫也。其稱尹氏何？貶。曷爲貶？譏世卿，世卿非禮也。」何劭公解詁曰：「世卿者，父死子繼也。禮，公卿大夫、士皆選賢而用之。卿大夫任重職大，不當世。」○「固」「故」字通。

桐葉封弟辯

呂氏春秋重言篇曰：「成王與唐叔虞燕居，援桐葉以爲珪，（説苑「援」作「翦」，下有「梧」字。）而授唐叔虞，曰：『余以此封女。』叔虞喜，以告周公。周公以請曰：『天子其封虞耶？』成王曰：『余一人與虞戲也。』（説苑無「人」字。）周公對曰：『臣聞之，天子無戲言。天子言則史書之，工誦之，士稱之。』於是遂封叔虞于晉。」説苑君道篇同。史記晉世家曰：「唐叔虞者，周武王子，而成王弟。武王崩，成王立，唐有亂，周公誅滅唐。成王與叔虞戲，削桐葉爲珪以與叔虞，曰：『以此封若。』史佚因請擇日立叔虞。成王曰：『吾與之戲耳。』史佚曰：『天子無戲言，言則史書之，禮成之，樂歌之。』於是遂封叔虞於唐。」漢書地理志潁川郡父城縣應劭注引韓詩外傳、史記梁孝王世家褚先生補，皆言成王以桐葉戲封者爲應侯。傳瓚、顔師古、張守節均斥其非。

古之傳者有言，汪曰：「下字便含有不可信意。」成王以桐葉與小弱弟，戲曰：「以封汝。」周公入賀。王曰：「戲也。」周公曰：「天子不可戲。」汪曰：「説逢其失而爲之辭，帶束縛之急意。」乃封小弱弟於唐。以上立案。吾意不然。一句轉正。李剛己曰：「轉捩迅捷。」按此雖常語，然使非先著此句，駁倒上文，揭明主意，則以下數行文字均散緩不得勢矣。

舊注曰：「傳，去聲。」案：釋名釋典藝曰：「傳，傳也，以傳示後人也。」○左傳昭元年：「子産曰：『當武王邑姜方震大叔，夢帝謂己：「余命而子曰虞，將與之唐。」及生，有文其手曰「虞」，遂以命之。及成王滅唐，而封大叔焉。』」史記晉世家曰：「唐叔虞姓姬氏，字子于。」○唐地有數説。晉世家曰：「唐在河汾之東，方百里，故曰唐叔虞。唐叔子燮是爲晉侯。」正義曰：「封于河汾之東，方百里，正合在晉州平陽縣。」又引宗國都城記曰：「唐叔虞之子燮父徙居晉水旁。」毛詩唐風譜孔疏引帝王世紀曰：「堯始封于唐，今中山唐縣是也。後徙晉陽。及爲天子，都平陽，於詩爲唐國。」案平陽故城在今山西臨汾縣西南，是唐叔始封平陽，至燮父始徙居太原；以臨晉水，更名曰晉。蓋史公舊説也。漢書地理志太原郡晉陽縣原注曰：「故詩唐國，周成王滅唐，封弟叔虞。」鄭君毛詩唐風譜曰：「唐者，帝堯舊都之地，今曰太原晉陽，是堯始居此，後乃遷河東平陽。成王封母弟叔虞於堯之故墟曰唐侯，南有晉水，至子燮改爲晉侯。」水經晉水篇曰：「晉水出晉陽縣西懸甕山。」注曰：「縣故唐國也。」案晉陽故城今山西太原縣治，是唐叔始封即在晉陽，班掾、鄭君説同，後世地志等書多從此説也。而與平陽相近，合於晉世家所言河汾之東者，又有三説。晉世家正義引括地志曰：「故唐城在絳州翼城縣西二十里，即堯裔子所封。」左定四年曰：「命以唐誥而封于夏虚。」服虔曰：「大夏在汾澮之閒。」顧亭林日知録卷三十一據此，疑唐叔之封以至侯緡之滅，並在於翼。案冀城故城在今山西翼城縣西南十里，此一説也。晉世家集解引世本曰：「唐叔虞居鄂。」宋忠曰：「鄂地在今大夏。」正義曰：「括地志云：『故鄂城在慈州昌寧縣東二里。』按：與絳州夏縣相近。」今案昌寧故城在今山西鄉寧縣西，此又一説也。地理志太原郡晉陽下注引傅瓚曰：「所謂唐，今河東永安是也，去晉四百里。」詩譜疏亦引之，疏又引傅瓚曰：「堯居唐，東於彘十里。」又引應劭曰：「順帝改彘曰永安。」案唐城在今山西霍縣西，此又一説也。然詩譜疏言「昭侯以下徙於翼」，又左隱六年「晉侯居鄂，謂之鄂侯」，恐皆非唐叔所封。至傅瓚以永安爲唐，唯顏師古是之，諸家皆以爲誤也。

王之弟當封耶？周公宜以時言於王，不待其戲而賀以成之也。汪曰：「本是言戲言不可行，却自先有不待戲一層，説得極周帀。」不當封耶？周公乃成其不中之戲，以地以人與小弱者爲之主，其得爲聖乎？李曰：「自『王之弟當封邪』以下，純用宕漾之筆，以展拓文勢。」且周公以王之言不可苟焉而已，必從而成之耶？設有不幸，王以桐葉戲婦寺，亦將舉而從之乎？汪曰：「較小弱者更進一層。」李曰：「此數語駁辯至爲透快，然其用筆則仍取宕漾之勢。」唐荊川曰：「轉。」凡王者之德，在行之何若。唐曰：「轉。」設未得其當，雖十易之不爲病；要於其當，不可使易也。汪曰：「上文說戲言不可必行，此又再上一層言，即使真實，所行不當，不妨屢易，則戲言之不當成之愈見矣。此意說得更周帀。」而況以其戲乎？若戲而必行之，是周公教王遂過也。謝疊山曰：「此一轉尤妙。」李曰：「自『凡王者之德』以下，爲前半篇文字結穴，筆勢雖仍屈曲盤旋，然較上文則爲堅重。即此可悟浮聲切響之法。」○以上言周公必不因君戲言以成其事。

舊注曰：「中，去聲。」○詩卬瞻曰：「時維婦寺。」毛傳曰：「寺，近也。」周禮天官寺人鄭注曰：「寺之言侍也。」○舊注曰：「當，丁浪切。」○易，羊益切。○孟子公孫丑下曰：「今之君子，過則順之。」周語下韋注曰：「遂猶順也。」

吾意周公輔成王，唐曰：「轉。」宜以道從容優樂，要歸之大中而已，沈曰：「與『不中』應。」必不逢其失而爲之辭。汪曰：「上文皆說不當逢其失而爲之辭，此處說宜從容輔導，却仍從不當逢其失說來，乃牽上搭下法。」又不當束縛之，馳驟之，使若牛馬然，急則敗矣。且家人父子尚不能以此自克，況號爲君臣者耶？李曰：「此數語提頓有力。」是直小丈夫缺缺者之事，非周公所宜用，故不可信。汪曰：「收周公開出結句。」李曰：「斷制森嚴。」○以上又以輔君之道斷其不然。或曰：唐曰：「轉。」「封唐叔，史佚成之。」李曰：「結筆妙遠不測。」○呂東萊曰：「此一篇文字，一段好似一段。大抵作文字須留好意思在後，令人讀一段好似一段。」方望溪曰：「此篇苦效韓公子郤克分謗篇，筆墨之迹，劃然可尋。」李曰：「此文名言至論，閒見層出，令人應接不暇，此製局之妙也。」

孟子告子下曰：「逢君之惡其罪大。」公孫丑下曰：「今之君子豈徒順之，又從而爲之辭。」○孟子公孫丑下曰：「予豈若是小丈夫然哉？」老子曰：「其政察察，其民缺缺。」河上公注本作「䦆䦆」，乃俗字。案：缺，「䀗」之借字，說文曰：「䀗，睊也。」○左僖十五年杜注曰：「史佚，周武王時太史，名佚。」大戴禮保傅篇曰：「承者，承天子之遺忘者也，常立于後，是史佚也。」盧注曰：「史佚，周太史尹佚也。」史記周本紀稱史佚，亦稱尹佚，周書世俘篇稱史佚，克殷篇稱尹逸，書洛誥稱逸。」

論語辯二篇

漢書藝文志曰：「論語者，孔子應答弟子時人，及弟子相與言而接聞於夫子之語也。當時弟子各有所記，夫子既卒，門人相與輯而論篹，故謂之論語。」何平叔（晏）論語集解序曰：「漢中壘校尉劉向言，魯論語二十篇，皆孔子弟子記諸善言也；齊論語二十二篇，其二十篇中章句頗多於魯論，故有魯論，有齊論。魯恭王時，嘗欲以孔子宅爲宮，壞，得古文論語。齊論有問王、知道，（漢藝文志注引如淳曰：「問王、知道，皆篇名也。」王深寧玫證曰：「說文：『逸論語曰：玉粲之瑟兮，其瑮猛也，如玉之瑩。』又曰：『璵璠，魯之寶玉也。孔子曰：「美哉璵璠！遠而望之奐若也，近而眎之瑟若也。一則理勝，二則孚勝。」』初學記亦謂逸論語之文。愚謂問王疑即問玉也，篆文相似。」）多於魯論二篇。古論亦無此二篇，分堯曰下章子張問以爲一篇，有兩子張，凡二十一篇，篇次不與齊魯論同。安昌侯張禹本受魯論，兼講齊說，善者從之，號曰張侯論。古論唯博士孔安國爲之訓說，而世不傳。至順帝之時，南郡太守馬融亦爲之訓說。漢末大司農鄭玄就魯論篇章，考之齊、古，以爲之注。」

或問曰：「儒者稱論語孔子弟子所記，信乎？」曰：「未然也。孔子弟子，曾參最少，少孔子四十六歲。曾子老而死，是書記曾子之死，則去孔子也遠矣。曾子之死，孔子弟子略無存者矣。讀書得間。吾意曾子弟子之爲之也，何哉？且是書載弟子必以字，獨曾子、有子不然，由是言之，弟子之號之也。」「然則有子何以稱子？」曰：「孔子之歿也，諸弟子以有子爲似夫子，立而師之，其後不能對諸子之問，乃叱避而退，則固嘗有師之號矣。今所記獨曾子最後死，余是以知之。蓋樂正子春、子思之徒與爲之爾。」或曰：「孔子弟子嘗雜記其言。然而卒成其書者，曾氏之徒也。」何曰：「收處甚密。」

經典釋文論語音義引鄭康成曰：「仲弓、子夏、子游等撰。」趙邠卿孟子題辭曰：「七十子之疇，會集夫子所言，以爲論語。」○曾子少孔子四十六歲，見史記仲尼弟子列傳、家語七十二弟子解。○曾子死，見論語泰伯篇。○仲尼弟子列傳曰：「孔子既没，弟子思慕，有若狀似孔子，弟子相與共立爲師，師之如夫子時也。他日，弟子進問曰：『昔夫子當行，使弟子持雨具，已而果雨。弟子問曰：「夫子何以知之？」夫子曰：「詩不云乎：『月離于畢，俾滂沱矣。』昨暮月不宿畢乎？」他日，月宿畢，竟不雨。商瞿年長無子，其母爲取室。孔子使之齊，瞿母請之。孔子曰：「無憂。瞿年四十後，當有五丈夫子。」已而果然。敢問夫子何以知此？』有若默然無以應。弟子起曰：『有子避之，此非子之座也。』」案：此事後儒多駁之。史通暗惑篇曰：「有若名不隸於四科，譽無偕於十哲。逮尼父既没，方取爲師，以不答所問，始令避坐。此乃童兒相戲，非復長老所爲。」容齋隨筆卷十五曰：「此兩事殆近于星曆卜祝之學，何足以爲聖人？有若不能知，何所加損？而弟子遽以是斥退之乎？孟子稱子夏、子張、子游以有若似聖人，欲以所事孔子事之，曾子不可，但言『江漢、秋陽不可尚』而已（滕文公上），未嘗深詆也。且門人所傳者道也，豈應以狀貌之似而師之邪？」困學紀聞卷七曰：「此太史公采雜説之謬，宋子京、蘇子由辨之矣。孟子謂子夏、子張、子游以有若似聖人，欲以所事孔子事之。朱子云：『蓋其言行氣象有似之者，如檀弓所記子游謂有若之言似夫子之類是也。』（集注）豈謂貌似之哉？」又卷十一曰：「宋景文曰：『此鄒魯閒野人語耳。觀孟子書，則始嘗謀之，後弗克舉，安有撤座之論乎？』」○舊注曰：「樂正子、子思二人，曾子弟子。」案：禮記檀弓上：「曾子疾病，樂正子春坐於牀下。」鄭注曰：「子春，曾參弟子。」而子思爲曾子弟子，未見漢人有此説。韓退之送王秀才塤序曰：「子思之學，蓋出曾子。」與子厚同，然猶作推測之詞。自宋以後，竟成定論矣。○卒成其書者曾氏之徒也，姚姬傳曰：「此語程子亦取之，朱子載之集注前。然鼐疑其未必然。檀弓最推子游，似子游之徒所爲，而於子游稱字，曾子、有子稱子，似聖門相沿，稱皆如此，非以字與子爲重輕也。」步瀛案：程氏遺書外書卷六：「伊川曰：論語，曾子、有子弟子論譔，所以知者，唯曾子、有子不名。」論語集注序説引程子曰：「論語之書，成於有子、曾子之門人，故其書獨二子以子稱。」案：即伊川之語，其説本於子厚。然集注先進篇引胡氏説，（胡寅有論語詳説，胡宏有論語指南，胡憲有論語會義，此所引未知誰屬。）疑閔子門人所記；憲問篇引胡氏説，疑原憲所記。蓋朱子之意，亦不以論語一書皆有子、曾子門人所記也。陸象山全集卷三十四語録上曰：「夫子平生所言，豈止如論語所載？特當時弟子所載止此耳。今觀有子、曾子獨稱子，或多是有若、曾子門人。」與子厚之説相合。又卷三十五語録下曰：「王肅、鄭康成謂論語乃子夏、子游所編，亦有可考者。如學而篇，子曰次章便載有若一章，又子曰而下載曾子一章，皆不名而以子稱之。蓋子夏輩平昔所尊者，此二人耳。」可申鄭君之説。（兼言王肅，未知何本。）此説溯其原，前説要其終，亦並不相背也。魏華甫（了翁）鶴山集卷四十六常孰縣重脩學記，反子厚之記，以爲字尊於子；閻百詩四書釋地三續稱之，以爲足廣序説之未備，然實失之牽强。檀弓於有子、曾子亦皆稱子，故姚氏以爲孔門相沿之稱，似爲近之。然此稱何由而來，豈果如象山所云邪？〇以上第一首。

堯曰：「咨，爾舜！天之曆數在爾躬。四海困窮，天禄永終。」舜亦以命禹，曰：「余小子履，敢用玄牡，敢昭告于皇天后土：『有罪不敢赦。萬方有罪，罪在朕躬；朕躬有罪，無以爾萬方。』」或問之曰：「論語書記問對之辭爾。今卒篇之首，章然有是，何也？」柳先生曰：「論語之大，莫大乎是也。是乃孔子常常諷道之辭云爾。彼孔子者，覆生人之器也。上之堯舜之不遭，而禪不及己；下之無湯之勢，而己不得爲天吏。生人無以澤其德，日視聞其勞死怨呼，而己之德涸焉無所依而施，故於常常諷道云爾而止也。此聖人之大志也，弟子或知之，或疑之不能明，相與傳之。故無容問對於其間。此皆於「無」字處讀書，真所謂善讀書矣。於其爲書也，卒篇之首，嚴而立之。」方望溪曰：「觀此二篇，可知古人讀書，必洞見垣一方人，而後的然無疑。不如此，則朱子所謂以意包籠，如從數里外望見城郭，輒云我已知此地者。」又曰：「摽然若秋雲之遠，使人可望而不可及。如出自宋以後人，即所見到此，文境亦不能如此清深曠邈。」

論語堯曰篇集解曰：「曆數謂列次也。」史記曆書曰：「堯立羲和之官，明時正度，則陰陽調，風雨節，茂氣至，民無夭疫。年耆禪舜，申戒文祖云：天之曆數在爾躬。」班叔皮王命論曰：「昔在帝堯之禪，曰：『咨，爾舜！天之曆數在爾躬。』」○集解引包咸曰：「困，極也；永，長也。言能窮極四海，天禄所以長終。」朱注曰：「四海之人困窮，則君禄亦永絶矣，戒之也。」閻百詩尚書古文疏證卷七曰：「四海困窮，自不得如漢注作好；天禄永終，亦不得如朱注作不好。蓋四海困窮，欲其俯而恤人之窮；天禄永終，則欲仰而承天之福。」毛大可論語稽求篇卷四曰：「閻潛邱云：『四海困窮是儆辭，天禄永終是勉辭，四海常念其困窮，天禄當期其永終。』金縢『惟永終是圖』，周易歸妹象『君子以永終知敝』，則『永終』二字原非惡辭。班彪王命論云：『福祚流子孫，天禄其永終矣。』雋不疑謂暴勝之曰：『樹功揚名，永終天禄。』（漢書雋不疑傳）章賢傳：『匡衡曰：其道應天，故天禄永終。』靈帝立皇后詔曰：『無替朕命，永終天禄。』（續漢書禮儀志中補注引蔡質典儀）凡用此語者，無不以永長爲辭。及三國魏志：『山陽公深識天禄永終之運，禪位文皇帝。』又曰：『山陽公昔知天命，永終于己。』（並見明帝紀注引獻帝傳）嗣後以『天禄永終』爲却位絶天之辭」○集解引孔安國曰：「舜亦以堯命己之辭命禹也。」○論語，「皇天后土」作「皇皇后帝」。集解引孔曰：「履，殷湯名也。此伐桀告天文也。殷家尚白，未變夏禮，故用玄牡也。皇，大也；后，君也。大大君帝，謂天帝也。墨子引湯誓，其辭若此也。」步瀛案：墨子兼愛下曰：「雖子墨子之所謂兼者，（孫仲容閒詁曰：『雖』

與『唯』通。」）於文王取法焉，且不唯泰誓爲然，雖禹誓亦猶是也，且不唯禹誓爲然，雖湯説即亦猶是也。湯曰：『惟予小子履，敢用玄牡，告于上天后曰：今天大旱，即當朕身，履未知得罪于上下，有善不敢蔽，有罪不敢赦，簡在帝心，萬方有罪，即當朕身，朕身有罪，無及萬方。』」呂氏春秋順民篇曰：「昔者湯克夏而正天下，天大旱，五年不收。湯乃以身禱於桑林曰：余一人有罪，無及萬夫；萬夫有罪，在余一人。」皆以爲禱雨之辭，與孔注謂伐桀告天之文不同。於是沈西雝（濤）論語孔注辨僞、丁儉卿（晏）論語孔注證僞、俞蔭甫（樾）羣經平議、劉公僥（恭冕）論語正義，皆據以攻論語孔注之僞。竊謂僞孔注固無庸曲護，然魏以前作僞之人，必多見古書。墨子兼愛下明言湯説，不言湯誓，且有「今天大旱」之文，必非僞孔所引。今墨子書已有闕佚，安知所引湯誓不即在闕佚内乎？周語上：「内史過曰：『在湯誓曰：余一人有罪，無以萬夫，萬夫有罪，在余一人。』」韋注曰：「湯誓，商書伐桀之誓也。今湯誓無此言，則散亡矣。」白虎通三軍篇曰：「論語曰：『予小子履，敢用玄牡，敢昭告于皇天上帝。』此湯伐桀告天，用夏家之牲也。」僞孔注正合，固不得以伐桀之説爲無據矣。且僞古文尚書以此文綴入湯誥，而此注引墨子，不引湯誥，以斯知論語僞孔注又在尚書僞孔傳前矣。（論語僞孔注，沈濤以爲出於何晏，丁晏以爲出於王肅，皆無確據。）又湯誥孔疏引鄭曰：「用玄牡者，爲舜命禹事，於時總告五方之神，莫適用用皇天大帝之牲。」案：鄭注本蓋無履字，故以爲舜命禹事，而不以爲湯誥，然此文堯、舜、湯並言，則亦不從鄭義也。○集解引包曰：「順天奉法，有罪者不敢擅赦。」○無以爾萬方，以上皆論語堯曰篇之文，「萬方」二句在「朕躬」二句下，又無「爾」字。孔曰：「無以萬方，萬方不與也；萬方有罪，我身之過。」羣書治要載尸子綽子篇曰：「湯曰：朕身有罪，無及萬方；萬方有罪，朕身受之。」○禮記坊記鄭注曰：「章，明也。」○説文曰：「諷，誦也。」○覆生人之器也，世綵堂本「器」下有「者」字，今依音辯。○孟子公孫丑下趙注曰：「天吏，天使也。」

○楚辭七諫謬諫王注曰：「涸，塞也，」世綵堂本「焉」作「然」，今依音辯。○以上第二首。

辯列子

漢書藝文志道家有列子八篇，原注曰：「姓列名圄寇，先莊子，莊子稱之。」隋書經籍志道家有列子八卷，原注曰：「鄭之隱人列禦寇撰，東晉光禄大夫張湛注。」新唐書藝文志曰：「天寶元年詔號列子爲沖虚真經。」步瀛案：莊子有列御寇篇，韓策二史疾治列子圄寇之言，是「圄」「圉」「禦」「御」並通。

劉向古稱博極羣書，然其録列子獨曰「鄭穆公時人」。穆公在孔子前幾百歲，列子書言鄭國皆云子産、鄧析，不知向何以言之如此？史記，鄭繻公二十四年，楚悼王四年，圍鄭，鄭殺其相駟子陽。子陽正與列子同時，是歲周安王三年，秦惠王、韓烈侯、趙武侯二年，魏文侯二十七年，燕釐公五年，齊康公七年，宋悼公六年，魯穆公十年。不知向言魯穆公時遂誤爲鄭耶？不然，何乖錯至如是？其後張湛徒知怪列子書言穆公後事，亦不能推知其時。以上辯列子時代之誤。

漢書楚元王傳曰：「向字子政。」藝文志曰：「成帝時，詔光禄大夫劉向校經傳、諸子、詩賦，步兵校尉任宏校兵書，太史令尹咸校數術，侍醫李柱國校方技。每一書已，向輒條其篇目，撮其指意，録而奏之。」案：

子政列子書録曰：「所校中書列子五篇，臣向謹與長社尉臣參校讎太常書三篇、太史書四篇。臣向書六篇，臣參書二篇。内外書凡二十篇，以校除復重十二篇，定著八篇。列子者，鄭人也，與鄭繆公同時，蓋有道者也。其學本於黄帝、老子，號曰道家。道家者，秉要執本，清虚無爲，及其治身接物，務崇不競，合於六經。而穆王、湯問二篇迂誕恢詭，非君子之言也。其於力命篇，一推分命；楊子之篇，唯貴放逸。二義乖背，不似一家之書，然各有所明，亦有可觀者。孝景皇帝時貴黄老術，此書頗行於世，及後遺落，散在民閒，未有傳者。且多寓言，與莊周相類，故太史公司馬遷不爲列傳。」殷敬順列子釋文曰：「繆音穆。」步瀛案：「繆」「穆」字通。莊子逍遥遊釋文引李頤曰：「列子，鄭人，名御寇，與鄭穆公同時。」則此説其來久矣。子厚以鄭穆當爲魯穆，似涉上鄭字而誤。葉榮甫（大慶）考古質疑卷三謂鄭繆公疑鄭繻公之誤，「繆」「繻」从糸，遂致誤，較子厚説尤爲近之。至朱子語類卷一百二十六謂爲鄭頃公，則無他證也。胡元瑞（應麟）少室山房筆談卷二十七九流諸論上曰：「『繻』與『繆』字相近，非魯穆公故也。余以中壘博極羣書，不應乖錯至是，當是向序本作繻公，後人不解，因見秦、魯二公皆謚『繆』，遂改繻公爲繆公。『繆』『穆』音義本同，故『繆』再譌爲『穆』，而與『繻』迥不同矣。張湛注亦以穆公爲疑，則知晉世已誤，不始唐也。」○春秋宣公三年：「冬十月丙戌，鄭伯蘭卒。」史記十二諸侯年表曰：「鄭文公二十四年生穆公蘭，當周襄王三年、魯釐公十一年。鄭文公四十五年薨，明年爲穆公元年，二十二年薨，當周定王元年、魯宣公三年。」又見鄭世家，與春秋合。是穆公在位二十二年，年四十四歲，自其所生之年至周靈王二十一年、魯襄公二十二年，孔子生，（公、穀皆書孔子生於魯襄二十一年，史記孔子世家作二十二年，孔牧堂先聖生卒年月日考以史記爲是，今從之。）凡九十九年，故曰幾百年矣。易屯釋文曰：「幾音機，近也。」○列子力命篇曰：「鄧析操兩可之説，設無窮之辭，當子産執政，作竹刑，鄭國用之，數難子産之治，子産執而戮之，俄而誅之。」（張注曰：「列子及孫卿並云子産殺鄧析。據左傳，昭公二十年子産卒，定公九年駟顓殺鄧析而用其竹刑，則非子産所殺也。」步瀛案：注引孫卿，見荀子宥坐篇，而呂覽離謂篇亦載其事，劉子政鄧析書録則引左傳以辨子産殺鄧析之誤。）楊朱篇曰：「子産相鄭，專國之政，而有兄曰公孫朝，有弟曰公孫穆，朝好酒，穆好色，子産日夜以爲戚，密造鄧析而謀之。」仲尼篇曰：「圃澤之役，有伯豐子者，行過東里，遇鄧析。」○鄭繻公二十四年，案：「四」當作「五」，蓋涉下文「四」字而誤。此下皆依史記六國表，其不合者，殆皆傳寫之誤。○周安王三年，何義門讀書記河東集卷一曰：「當是四年。」步瀛案：依六國表「三」當作「四」。（李刻古文辭類篹改「四」，而前後之誤皆失改。）○秦惠王，何曰：「惠王當是惠公。」○列子張注序曰：「湛聞之先父曰：『吾先君與劉正輿、傅穎根，皆王氏之甥也，並少遊外家。舅始周，始周從兄正宗、輔嗣皆好集文籍，先併得仲宣家書，幾將萬卷。傅氏亦世爲學門。三君總角，競録奇書。及長，遭永嘉之亂，與穎根同避難南行，車重，各稱力並有所載，而寇虜彌盛，前途尚遠。張謂傅曰：「今將不能盡全所載，且共料簡世所希有者，各各保録，令無遺棄。」穎根於是唯齎其祖玄父咸子集，先君所録書中有列子八篇。及至江南，僅有存者。列子唯餘楊朱、説符、目録三卷。比亂，正輿爲揚州刺史，先來過江，復在其家得四卷，尋從輔嗣女壻趙季子家得六卷。參校有無，始得全備，遂注之。』」釋文曰：「張湛字處度，晉光禄勳。始周，張湛祖之舅。」據此，則王輔嗣乃湛曾祖母之從父兄弟。清四庫書目卷一百四十六謂湛母爲王弼從姊妹，大謬。○列子仲尼篇曰：「中山公子牟者，魏國之賢公子也。好與賢人游，不恤國事，而悦趙人公孫龍。」張注曰：「公子牟，文侯子，作書四篇，號曰道家。魏伐得中山，以邑子牟，因曰中山公子牟也。公子牟、公孫龍似在列子後，而今稱之，恐後人所增益以廣書義。」步瀛案：黄帝篇又載惠盎見宋康王之事。考古質疑卷三曰：「公孫龍乃平原之客，赧王十七年，趙王封其弟勝爲平原君，則公孫龍之事，蓋後于子陽之死一百年矣，而宋康王事又後于公孫龍十餘年，列子烏得而豫書之？信乎後人所增，有如張湛之言矣。」

然其書亦多增竄，非其實。要之，莊周爲放依其辭，此說未是。乃列放依莊，非莊放依列也。其稱夏棘、狙公、紀渻子、季咸等，皆出列子，不可盡紀。雖不槩於孔子道，然其虛泊寥闊，居亂世遠於利，禍不得逮乎身，而其心不窮，易之遁世無悶者，其近是歟？風神澹逸。余故取焉。以上列子亦有可取者。

亦多增竄，舊注曰：「一本『多』下有『遭』字。」○莊子逍遥遊篇曰：「湯之問棘也是已。」釋文引李曰：「棘，湯時賢人。又云是棘子。」列子湯問篇曰：「湯問於夏革。」張注曰：「夏棘字子棘，爲湯大夫。」步瀛案：「棘」「革」字通。莊子齊物論篇曰：「狙公賦芧。」釋文引司馬彪曰：「狙公，典狙官也。」又引崔譔曰：「養猨狙者也。」又引李曰：「老狙也。」列子黃帝篇曰：「宋有狙公者，愛狙，養之成羣。」張注曰：「狙公，好養猿猴者。」莊子達生篇曰：「紀渻子爲王養鬭雞。」釋文曰：「紀渻，人姓名也。渻，所景反，一本作『消』。」引司馬彪曰：「王，齊王也。」列子黃帝篇曰：「紀渻子爲周宣王養鬭雞。」張注曰：「姓紀名渻，或作『消』。」盧重元注本作「消」。莊子應帝王篇曰：「鄭有神巫曰季咸。」列子黃帝篇曰：「有神巫自齊來處於鄭，命曰季咸。」皆其事之互見者。此外，天瑞篇「子列子適衛，食於道，從者見百歲髑髏」，見莊子至樂篇；又「舜問乎丞」，見知北游篇；黃帝篇「列子問關尹」，見達生篇；又「列禦寇爲伯昏瞀人射」，見田子方篇；又「顏回問乎仲尼」「孔子觀於吕梁」「仲尼適楚出於林中」，並見達生篇；「子列子之齊，中道而反」，見列御寇篇；「楊朱有之沛」，見寓言篇；「楊朱過宋，東之於逆旅」，見山木篇；湯問篇「荆之南有冥靈」，見逍遥遊篇。

其他字句相同者，不可悉舉。高續古（似孫）子略卷二曰：「太史公殊不傳列子。如莊周所載許由、務光之事，遷猶疑之。所謂禦寇之説，獨見於寓言耳，遷於此詎得不致疑耶？莊周末篇敍墨翟、禽滑釐、慎到、田駢、關尹之徒以及於周，而禦寇獨不在其列，豈禦寇者其亦所謂鴻蒙、列缺者歟？然則是書與莊子合者十七章，其閒尤有淺近迂怪者，特出後人會萃而成之耳。」清四庫書目卷一百四十六曰：「爾雅疏引尸子廣澤篇曰：『墨子貴兼，孔子貴公，皇子貴衷，田子貴均，列子貴虛，料子貴別（「料」當作「宋」）。』是當時實有列子，非莊周之寓名。」步瀛案：韓策二史疾治列子之言，亦可證實有其人。姚首源（際恒）古今僞書考曰：「意戰國時本有其書，或莊子之徒依託爲之者，但自無多，其餘盡後人所附益也。以莊稱列，則列在莊前，故多取莊書以入之。至其言西方聖人，則直指佛氏，殆屬明帝後人所附益無疑。佛氏無論戰國未有，即劉向時又寧有耶？則向之序亦安知不爲其人所託而傳乎？夫向博極羣書，不應有鄭繆公之謬，此亦可證其爲非向作也。後人不察，咸以列子中有莊子，謂莊子用列子，不知實列子用莊子也。莊子之書，洸洋自恣，獨有千古，豈蹈襲人作者？」案：子政書録似非僞撰，特所見之周穆王篇，未知與今本同否耳。至列襲莊非莊襲列，則姚説是也。〇楚辭惜誓王注曰：「槩，平也。」〇易乾文言傳曰：「遯世无悶。」又遯卦釋文曰：「遯，又作『遁』，同。」

其文辭類莊子，而尤質厚少爲作。此評亦未確，姚首源已譏之矣。好文者可廢耶？其楊朱、力命，疑其楊子書；其言魏牟、孔穿，皆出列子後，不可信。以上又辯楊朱、力命二篇出列子後，不可信。

姚首源僞書考曰：「莊之敍事，回環鬱勃，不即了了，故爲真古文。列子敍事，簡浄有法，是名作家耳。後人反言列愈于莊。柳子厚曰：『列較莊尤質厚。』洪景盧曰：『列子書事，簡勁宏妙，多出莊子之右。』（容齋續筆卷十二）宋景濂曰：『列子書簡勁宏妙，似勝于周。』（宋文憲集卷六十二辯諸子）王元美曰：『列子與莊子同敍事，而簡勁有力。』（四部稿卷一百一十二讀列子）如此之類，代代相仍，以諸公號能文者，而于文字尚不能盡知，況識別古書乎？又況其下者乎？」○少爲作，猶言少造作，其文自然也。方、姚選「爲」字作「僞」。「僞」「爲」雖通用，然柳集各本皆作「爲」，不作「僞」。○好文者，舊注曰：「一本有『其』字。」○楊朱、力命，列子二篇名。案：楊朱書不傳，賴此稍見大略，雖亦後人僞託，然或輯他書，或舊説相傳，未必全出臆造也。○列子仲尼篇曰：「樂正子輿之徒笑之，子牟曰：『子何笑？』子輿曰：『吾笑龍之詒孔穿。』」張曰：「孔穿，孔子之孫。」案：公子牟，又見趙策三、吕氏春秋審爲篇、莊子讓王篇、淮南道應篇，並稱中山公子牟；莊子秋水篇、荀子非十二子篇並稱魏牟。楊倞注曰：「韓詩外傳作范魏牟。牟，魏公子，封於中山。漢書藝文志道家有公子牟四篇，班固曰：『先莊子，莊子稱之。』今莊子有公子牟稱莊子之言以折公孫龍，據即與莊子同時也。又列子稱公子牟解公孫龍之言，公孫龍，平原君之客，而張湛以爲文侯子，據年代非也。説苑曰：『公子牟東行，穰侯送之。』未知何者爲定也。」（楊引外傳及説苑，今本皆無。）步瀛案：史記孔子世家曰：「子思生白，字子上；子上生求，字子家；子家生箕，字子京；子京生穿，字子高。」四庫書目曰：「湯問篇中併有鄒衍吹律事，不止魏牟、孔穿，其不出禦寇之手，更無疑義。」

然觀其辭，亦足通知古之多異術也。讀焉者慎取之而已矣。以上讀列子之法。○方望溪曰：「古雅澹蕩。」張廉卿曰：「史公論贊，用意反側蕩漾，尺幅具尋丈之勢。惟孫吳、白起、魏其傳，另是一體，子厚辯諸子文從此出。」又曰：「柳州辯諸子極峻，與退之相上下。韓柳之峻，時時提起，直接直轉，極具鑪錘，如高山深谷，可尋階級而上。半山之峻，破空而來，意取直上，斗然險絕，如峭壁懸崖，故文境較瘦削，而氣味之厚則遜。」

異術，舊注曰：「術，一本作『述』。」

辯文子

漢書藝文志道家有文子九篇，原注曰：「老子弟子，與孔子並時，而稱周平王問，似依託者也。」（文子道德篇：「平王問文子曰：吾聞子得道於老聃。」徐注曰：「平王，周平王也。」）隋書經籍志道家有文子十二卷，原注曰：「七略有九篇，梁七録十卷，亡。」新唐書藝文志有徐靈府、李暹注文子各十二卷，原注曰：「天寶元年詔號文子爲通玄真經。」晁子止郡齋讀書志卷十一曰：「李進注文子十二卷。其傳曰：『姓辛，葵丘濮上人，號曰計然，范蠡師事之，本受業於老子，録其遺言爲十二篇云。』按劉向録文子，九篇而已，唐志録暹注與今篇次同，豈暹析之歟？」又曰：「默希子注文子十二卷。默希子，徐靈府自號也。」陳伯玉直齋書録解題卷九曰：「案史記貨殖傳徐廣注：『計然，范蠡師，名鈃。』裴駰曰：『計然，葵丘濮上人，姓辛氏，字文子。』默希子引以爲據。然自班固時已疑其依託，況又未必當時本書乎？至以文子爲計然之字，尤不可攷信，柳子厚亦辨其爲駁書，而亦頗有取焉。」洪景盧容齋續筆卷十六曰：「漢書貨殖傳：『昔粵王句踐困於會稽之上，迺用范蠡、計然，遂報彊吳。』孟康注曰：『姓計名然，越臣也。』蔡謨曰：『計然者，范蠡所著書篇名耳，非人也。謂之計然者，所計而然也。羣書所稱句踐之賢佐，種、蠡爲首，豈復聞有姓計名然者乎？若有此人，越但用半策便以致霸，是功重于范蠡，而書籍不見其名，史遷不述其傳乎？』顔師古曰：『蔡説謬矣。古今人表，計然列在第四等；一號計研，班固賓戲「研、桑心計于無垠」，即謂此耳。計然者，濮上人也，嘗南游越，范蠡卑身事之。其書則有萬物録事，見皇覽及晉中經簿。又吴越春秋及越絶書並作計倪，此則「倪」「研」及「然」聲皆相近，寔一人耳，何云書籍不見哉？』予按唐貞元中馬總所述意林一書，抄類諸子百餘家，有范子十二卷，云：『計然者，葵丘濮上人，姓辛字文子，其先晉國之公子也。爲人有內無外，狀貌似不及人，少而明，學陰陽，見微知著，其志沈沈，不肯自顯，天下莫知，故稱曰計然。時遨遊海澤，號曰漁父。范蠡請其見越王，計然曰：「越王爲人鳥喙，不可與同利也。」』據此，則計然姓名出處，皎然可見。裴駰注史記亦知引范子。北史蕭大圜云：『留侯追蹤于松子，陶朱成術于辛文。』正用此事。曹子建表引文子，李善注以爲計然，師古蓋未能盡也。而文子十二卷，李暹注其序以謂范子所稱計然，但其書一切以老子爲宗，略無與范蠡謀議之事。意林所編文子正與此同。所謂范子乃別是一書，亦十二卷，馬總只載其敍計然及他三事，云『餘並陰陽曆數，故不取』。則與文子了不同，李暹之説誤也。唐藝文志范子計然十五卷，注云『范蠡問，計然答』，列于農家，其是矣，而今不存。」步瀛案：王深寧漢藝文志攷證卷六亦同此說。清四庫書目卷一百四十六曰：「文子二卷，漢隋二志所載，不過篇數有多寡耳，無異說也。北魏李暹作注，以計然、文子合爲一人。案馬總意林，列文子十二卷，又列范子十二卷，是截然兩人兩書，更無疑義，暹移甲爲乙，謬之甚矣。柳宗元集有辯文子一篇云云，是其書不出一手，唐人固已言之。然宗元所刊之本，高似孫子略已稱不可見，今所行者，仍十二篇之本。」步瀛案：今道藏本通玄真經默希子注十二卷、杜道堅纘義十二卷、朱弁（字正儀）注七卷（八卷以下逸），凡三種。

文子書十二篇。其傳曰：「老子弟子。」其辭時有若可取，其指意皆本老子。以上揭明其大旨。然考其書，蓋駁書也。其渾而類者少，竊取他書以合之者多。凡孟管輩數家，皆見剽竊，嶢然而出其類，其意緒文辭，叉牙相抵而不合。不知人之增益之歟？或者衆爲聚斂以成其書歟？以上辯其爲駁書。然觀其往往有可立者，又頗惜之。憫其爲之也勞，今刊去謬惡亂雜者，取其似是者，又頗爲發其意，藏於家。以上刊削雜亂者，著爲定本，並發其意。○方曰：「意致妙遠，在筆墨之外。」

有若，舊注曰：「一去『若』字。」○音辯「考」作「考」，曰『考』即『考』字」。步瀛案：「丁」應書作「丂」，蓋亦傳寫致誤耳。「稽攷」字當作「攷」，「考」借字，「攷」「考」皆从丂聲。○凡孟管輩數家皆見剽竊，案：如精誠篇「憂民之憂者」云云，出孟子梁惠王下，「處于不傾之地」云云，出管子牧民篇，皆直襲其語；又上德篇「濯足濯纓」之語，本孟子離婁上，「酌水車薪」之語，本孟子告子上；自然篇「海不讓水潦」之語，本管子形勢解；其餘襲其意而異其文者，不可枚舉。要之，文子一書，襲用淮南子者最多，而管、孟以及莊、荀、呂、韓等次之，其爲剽竊諸書而成無疑也。（容齋三筆卷十五謂孟子「杯水車薪」之語本文子，則倒置矣。）玉篇曰：「剽，孚妙切，削也，截也。」○凡孟管，舊注曰：「一本作『劫』。」○玉篇曰：「嶢，午幺切，高峻貌。」音辯引童宗説音注曰：「嶢音堯，山高貌，或作『堯』。」○叉牙，疊韻連語，又作「杈材」。文選魯靈光殿賦曰：「枝撐杈枒而斜據。」李注曰：「杈枒，參差之貌。」○爲之也勞，舊注曰：「一無『也』字。」

辯鬼谷子

史記蘇秦傳曰：「東事師於齊，而習之於鬼谷先生。」集解曰：「徐廣曰：『潁川陽城有鬼谷，蓋是其人所居，因爲號。』駰案風俗通義曰：『鬼谷先生，六國時從横家。』」索隱曰：「樂壹注鬼谷子書云：蘇秦欲神祕其道，故假名鬼谷。」隋書經籍志縱横家有鬼谷子，皇甫謐注、樂壹注各三卷，原注曰：「鬼谷子，周世隱於鬼谷。」新舊唐志皆以爲蘇秦撰，蓋從樂壹説也；又載尹知章注三卷。玉海藝文五十三引中興書目曰：「鬼谷子三卷，周時高士，無鄉里族姓名字，以其所隱，自號鬼谷先生。蘇秦、張儀事之，授以捭闔下至符言等十有二篇，及轉圓、本經、持樞、中經等篇亦以告儀、秦者也。一本始末皆晉陶弘景注，一本捭闔、反應、内揵、抵巇四篇不詳何人訓釋，中下二卷與弘景所注同。」郡齋讀書志卷十一曰：「按史記，戰國時隱居潁川陽城之鬼谷，因以自號，長於養性治身，蘇秦、張儀師之，敍謂此書即授之二子者。陸龜蒙詩謂鬼谷先生名詡。」（文獻通考經籍三十九引此作「訓」，案檢魯望詩無此語，秦刻鬼谷子引作「詡」，真仙通鑑卷六云鬼谷子王詡。）少室山房筆叢卷三十一四部正譌中曰：「鬼谷子，漢志絕無其書，文體亦不類戰國，晉皇甫謐序傳之。按漢志縱横家有蘇秦三十一篇、張儀十篇，隋經籍志已亡。蓋東漢人本二書之言，會萃附益爲此，或即謐手所成，而託名鬼谷，若子虛、亡是云耳。隋志占氣家又有鬼谷一卷，今不傳。」（楊用修丹鉛總録卷十四謂鬼谷即鬼容區，胡氏筆叢已駁之，此謬説不足存。）清四庫書目卷一百十七謂：「胡氏此言頗爲近理，然亦終無確證。隋志稱皇甫謐注，則爲魏晉以來書，固無疑耳。」秦敦夫（恩復）刻鬼谷子陶弘景（清避諱「弘」作「宏」）注三卷序曰：「漢書縱横家別有蘇子三十二篇，其文與鬼谷不類。使蘇秦託名鬼谷，班固何以略而不注？陸龜蒙以鬼谷爲王詡，王嘉拾遺記以鬼谷爲歸谷（卷四），蓋『歸』『鬼』聲轉，爾雅曰：『鬼之爲言歸也。』（釋詁）其謂蘇秦假託者，以儀、秦師事鬼谷，而史紀蘇秦傳有『簡練揣摩』之語，鬼谷書適有揣摩二篇，遂附會其説，實無所據。書凡三卷，自捭闔至符言十二篇，轉丸、胠篋二篇舊亡，又有本經陰符七術及持樞[二]、中經，共二十一篇。」

元冀好讀古書，然甚賢鬼谷子，爲其指要幾千言。以上元冀著鬼谷子指要。鬼谷子要爲無取。漢時劉向、班固録書無鬼谷子。鬼谷子後出，而險盭峭薄，恐其妄言亂世，斷制謹嚴。難信，學者宜其不道。而世之言縱横者，時葆其書，尤者，晚乃益出七術，怪謬異甚，不可考校。其言益奇，而道益陿，使人狙狂失守，而易於陷墜。以上極言鬼谷子之無可取。幸矣，人之葆之者少。空際宕漾，筆妙不測。今元子又文之以指要，轉入捷便。嗚呼，其爲好術也過矣！意嚴而語有含蓄，便不流於淺直。○方曰：「破空而游，邈然難攀。」

元冀鬼谷子指要，舊唐經籍志、新唐藝文志皆不載，蓋其書不傳。玉海卷五十三曰：「鬼谷子，元冀爲指要幾千言。」蓋亦據子厚此文，未見其書也。○劉子政録書，已見辯列子注。藝文志又曰：「會向卒，帝復使向子侍中、奉車都尉歆卒父業，歆於是總羣書而奏其七略，故有輯略，有六藝略，有諸子略，有詩賦略，有兵書略，有術數略，有方技略，今删其要以備篇籍。」又敍傳曰：「劉向司籍，九流以别；爰著目録，略序洪烈。述藝文志第十。」○史記司馬相如傳索隱引張揖曰：「盭，古『戾』字。」○「葆」「保」字通。○鬼谷子本經陰符七篇曰「盛神法五龍、養志法靈龜、實意法螣蛇、分威法伏熊、散勢法鷙鳥、轉圓法猛獸、

[二] 本經陰符七術：鬼谷子江都秦氏嘉慶十年刊本作「本經陰符七術」，秦氏乾隆五十四年刊本作「本經陰符七篇」，正統道藏本篇名亦作「本經陰符七篇」。

損兑法靈蓍」，即七術也。○舊注曰：「陿，音洽，『狹』同。」步瀛案：説文曰：「陜，隘也。」字又作「陿」、作「狹」。○漢書諸侯王表序曰：「騁狙詐之兵。」敘傳曰：「孫吴狙詐。」案：狙狂，猶狙詐也，「狂」「誑」字通。説文曰：「誑，欺也。」○來鵠讀鬼谷子曰：「鬼谷子者，鬼谷先生之書也，六國時所作。其教人容動色理氣意之閒，以詭紿激訐、恌固呼哩、離合揣測、反覆檢滑之術，悉備於章旨。余讀之，知六國之時，得術是書者，惟秦、儀而已。至如捭闔、飛箝，實時之常態，是知漸醨之後，不讀鬼谷之書者，其行事皆得自然符契也。」（文粹卷四十六）可與子厚此文互證。故晁子止讀書志曰：「世人欲知鬼谷子者，觀二子之言略盡矣。」

辯鶡冠子

漢書藝文志道家有鶡冠子一篇，原注曰：「楚人居深山，以鶡爲冠。」隋書經籍志道家有鶡冠子三卷，原注曰：「楚之隱人。」新舊唐志並三卷。韓退之讀鶡冠子言十有六篇。（考異作十有九篇，蓋後人據鶡冠子篇數所改。）陸農師鶡冠子序謂：「自博選篇至武靈問凡十有九篇，而退之讀此，云十有六篇者，非全書也。」通考經籍考三十八引崇文總目曰：「今書十五篇。」（蓋無世賢以下四篇。）郡齊讀書志卷十一曰：「按四庫書目，鶡冠子十六篇，與愈合，（「十」上原有「三」字，胡元瑞以其數不合疑之，不知「三」字乃誤衍。）已非漢志之舊。今書乃八卷，前三卷十三篇，與今所傳墨子書同；中三卷十九篇，愈所稱博選、學問兩篇皆在；宗元非之者，篇名世兵，亦在後兩卷，有十九論，多稱引漢以後事，皆後人雜亂附益之。今削去前後五卷，止存十九篇，庶得其真。」直齊書録解題卷九亦稱三卷十九篇。宋史藝文志但稱三卷，不言篇數。玉海卷五十三言：「今本博選至學問分爲四卷。」漢藝文志攷證卷六言「四卷十五篇」。案：今通行之本，則三卷十九篇爲最著也。劉彦和文心雕龍諸子篇曰：「鶡冠緜緜，亟發深言。」韓退之讀鶡冠子曰：「其詞雜黄老刑名，其博選篇『四稽』『五至』之説當矣。使其人遇時，援其道而施於國家，功德豈少哉？學問篇稱『賤生於無所用，中流失船，一壺千金』者，余三讀其辭而悲之。」與子厚此文斥爲好事者僞爲，所見不同。讀書志、書録解題及困學紀聞卷十皆以子厚之説爲是。案：朱子語類卷一百三十九曰：「韓退之議論正，規模闊大，然不如柳子厚較精密。」又曰：「鶡冠子，柳子厚謂其書乃寫賈誼鵩鳥賦之類，故只有此處好。柳子厚看得文字精，以其人刻深，故如此。韓較有些王道意思，每事較含洪，便不能如此。」胡元瑞筆叢卷三十一四部正譌中曰：「賈誼鵩鳥賦所云，初非出鶡冠子。後世僞鶡冠者，剽誼賦中語以文飾其陋，唐人不能辯，以鶡冠在誼前，遂指爲誼所引。河東之説極得之。昌黎嚴於二氏，而恕於百家。若抉邪摘僞，判别妄真，子厚之裁鑒，良不可誣。」案：朱、胡二説極爲平允。然通考引周氏涉筆謂，王鈇篇所載全用楚制，又似非賈誼後所爲。胡元瑞又曰：「此書蕪紊不馴，誠難據爲戰國文字，然詞氣瑰特渾奥，時時有之，似非東京後人所辦。蓋其書殘逸斷缺，後人之鄙淺者，以己意增益傅之。」姚首源僞書考曰：「鶡冠子，漢志止一篇，逐代增多，何也？意者原本無多，餘悉後人增入與？」案：二家説是。至宋時十五篇之本，蓋無世賢、天權、能天、武靈王四篇。胡元瑞曰：「藝文志兵家有龐煖三篇，鶡冠子兵政稱『龐煖問』，而世賢、武靈等篇直稱煖語，豈煖學於鶡冠，而此二篇自是煖書，後人因鶡冠與煖問答，因取以附之與？」沈文起漢書疏證卷二十五亦謂：「其中龐煖論兵法，漢志本在兵家，爲後人傅合耳。」與胡氏説合。（案：藝文志班氏原注：「蓋因鶡冠子已入道家，故兵權謀家重出者，省不復列。」）又鶡冠子，漢志以來皆入道家。韓退之謂其雜黄老刑名；陸農師謂其雖雜黄老刑名，而要其宿時若散亂而無家者。清四庫書目改入雜家。

余讀賈誼鵩賦，嘉其辭，而學者以爲盡出鶡冠子。余往來京師，求鶡冠子無所見。至長沙，始得其書。讀之，盡鄙淺言也，唯誼所引用爲美，餘無可者。吾意好事者僞爲其書，反用鵩賦以文飾之，非誼有所取之，決也。（以上言鶡冠子襲取鵩鳥賦。）太史公伯夷列傳稱賈子曰：「貪夫殉財，烈士殉名，夸者死權。」不稱鶡冠子。遷號爲博極羣書，假令當時有其書，遷豈不見耶？假令真有鶡冠子書，亦必不取鵩賦以充入之者。何以知其然耶？曰：「不類。」（以上又據史公不引鶡冠，以明其僞。○左證既確，文字亦極操縱之能。○辨别古書真僞，清儒尤擅其長。後世學者羡前人之得名也，於是鹵莽滅裂，不肯深思切究，稍有所疑，輒斥爲僞書，以迎合淺人不悦學之心理，而博取高名，遂致古書竟無可讀者。其流毒遂不可勝言。昔吾友劉際唐斥爲仇士良愚主之術，雖爲笑謔之言，亦深中其欺世盗名之心矣。讀子厚諸篇，能不爲之三歎耶？）

史記賈生傳曰：「賈生爲長沙王太傅三年，有鴞飛入賈生舍，止於坐隅。楚人命鴞曰服。賈生既以適居長沙，長沙卑溼，自以爲壽不得長，傷悼之，乃爲賦以自廣。」漢書賈誼傳曰：「服似鴞，不祥鳥也。」與史記異。文選從漢書，又「服」作「鵩」（古鈔本作「服」）。史記索隱引荆州記曰：「巫縣有鳥如雌雞，其雄爲鴞，楚人謂之服。」案：周禮夏官硩蔟氏賈疏曰：「鴞之與服，二鳥俱夜爲惡聲者。」此以鴞、服爲二鳥，與漢書合。孔叢子連叢載孔臧鴞賦曰：「昔在賈生，有識之士。忌兹服鳥，卒用喪己。」則以爲一物，與史記合。漢書補注卷四十八載王慧英（先慎）曰：「毛詩義疏云：『鴞大如鳩，綠色，惡聲鳥也，入人家凶。賈誼所賦是也。』」案：賈子在長沙作服鳥賦，蓋從楚地之名耳，非有二物也。當從史記爲是。周禮賈疏蓋沿班書而誤也。」〇鵩鳥賦之文，多見鶡冠子世兵篇，今並載於下。賦曰：「萬物變化兮，（漢書句末皆無「兮」字。）固無休息。斡流而遷兮，或推而還。」鶡曰：「斡流遷徙，固無休息。」賦曰：「沕穆無窮兮，（漢書「窮」作「閒」。）胡可勝言？」鶡曰：「芴芒無貌。」又曰：「變化無窮，何可勝言？」賦曰：「禍兮福所倚，福兮禍所伏。」鶡曰：「禍乎福之所倚，福乎禍之所伏。」賦曰：「憂喜聚門兮，吉凶同域。」鶡曰：「憂喜聚門，吉凶同域。」賦曰：「彼吳彊大兮，夫差以敗。越棲會稽兮，句踐霸世。」（漢書「越」作「粤」，「霸」作「伯」。）鶡曰：「吳大兵强，夫差以困。越棲會稽，句踐霸世。」賦曰：「夫禍之與福兮，何異糾纆？」鶡曰：「禍與福如糾纆。」賦曰：「命不可說兮，孰知其極？」鶡曰：「終則有始，孰知其極？」賦曰：「水激則旱兮，矢激則遠。萬物迴薄兮，振蕩相轉。」（漢書「迴」作「回」，「振」作「震」。）鶡曰：「水激則旱，矢激則遠。精神迴薄，振蕩相轉。」賦曰：「坱軋無垠。」（漢、選「軋」作「圠」。）鶡曰：「坱軋無垠。」賦曰：「天不可與慮兮，道不可與謀。」（選兩「與」字皆作「預」。）鶡曰：「天不可與謀，地不可與慮。」（選注引「與」作「預」，「地」作「道」。）賦曰：「遲數有命兮，惡識其時？」（漢、選「數」皆作「速」；漢「惡」作「烏」，選作「焉」。）又曰：「合散消息兮，安有常則？」鶡曰：「遲速有命，（選注引「有命」作「止息」。）必中三五。合散消息，孰識其時？」又曰：「交解形狀，孰知其則？」又曰：「盛衰死生，孰識其期？」賦曰：「忽然爲人兮，何足控摶？」（漢「摶」作「揣」。）鶡曰：「彼時之至，安可復還？安可控摶？」賦曰：「小知自私兮，（漢、選「知」作「智」。）賤彼貴我。」鶡曰：「小知立趣，（選注引「知」亦作「智」。）好惡自懼。」賦曰：「達人大觀兮，物無不可。」（漢「無」作「亡」。）鶡曰：「達人大觀，乃見其可。」（選注引「可」作「符」。）賦曰：「貪夫殉財兮，列士殉名。」鶡曰：「列士徇名，貪夫徇財。」賦曰：「夸者死權兮，品庶馮生。」（漢「馮」作「每」。）鶡曰：「夸者死權，自貴矜容。」賦曰：「拘士繫俗兮。」（漢、選「拘」作「愚」。）鶡曰：「不肖繫俗。」賦曰：「至人遺物兮，獨與道俱。」鵩曰：「至人遺物，獨與道俱。」又曰：「聖人捐物。」賦曰：「衆人或或兮，（漢、選「或或」作「惑惑」。）好惡積意。」（選「意」作「億」。）鵩曰：「衆人域域，（選注引作「惑惑」。）迫於嗜慾。」賦曰：「寥廓忽荒兮，與道翱翔。乘流則逝兮，得坻則止。」鵩曰：「乘流以逝，與道翱翔。」賦曰：「縱軀委命兮，不私與己。」鵩曰：「縱軀委命，與時往來。」賦曰：「氾乎若不繫之舟。」（選「氾」作「泛」，漢「乎」作「虖」。）鵩曰：「泛泛乎若不繫之舟。」賦曰：「細故蔕芥，何足以疑？」鵩曰：「細故褩蒯，（選注引作「蒯」。）奚足以疑？」○至長沙，案：當是子厚貶永州時，路出於此。唐江南道潭州長沙縣，今湖南長沙縣治。○烈士，漢書「烈」作「列」，史記汲古閣本、文選古鈔本並同。○困學紀聞卷十曰：「鶡冠子博選篇用戰國策郭隗之言，王鈇篇用齊語管子之言，不但用賈生鵩賦而已。柳子之辯，其知言哉。」

與李翰林建書

元微之贈工部尚書李公墓誌銘曰：「公諱建，字杓直，始以進士第二人試校祕書郎。會德宗皇帝選文學，公被薦，上使居翰林中，就拜左拾遺。會德宗崩，鄜帥擅師于曹，詔歸之，公不肯與姑息。後一年，司直給事府（「給」疑當作「詹」）。會朝廷以觀察防禦事授路恕，治於鄜，（舊書憲宗紀在元和三年。）詔賜五品服供奉殿中，以貳焉。罷歸爲殿中侍御史，尋爲員外比部郎，轉兵部、吏部。」據柳譜，此書作於元和四年，疑建爲殿中侍御史時也。新舊書建並附兄遜傳，（遜，後魏申公發之後，於趙郡謂之申公房。）皆甚疏略。（舊書云「元和六年降詹事府司直」，六年蓋元年之誤。新書云「左除太子詹事」，蓋脱「府司直」三字。）

陳少章曰：「李入翰林在貞元末年，未久即解內職，此蓋追呼其前官耳。」

杓直足下：州傳遽至，得足下書，又於夢得處得足下前次一書，意皆勤厚。莊周言：「逃蓬藋者，聞人足音，則跫然喜。」僕在蠻夷中，比得足下二書，及致藥餌，喜復何言！僕自去年八月來，痞疾稍已，往時間一二日作，今一月乃二三作。用南人檳榔餘甘，破決壅隔大過，陰邪雖敗，已傷正氣，行則膝顫，坐則髀痹。所欲者補氣豐血，彊筋骨，輔心力，有與此宜者，更致數物，得良方偕至，益善。以上得書及近狀，並望致藥物。

禮記玉藻鄭注曰：「傳遽，以車馬給使者也。」釋文曰：「傳，陟戀反；遽，其庶反。」○夢得，劉禹錫字，時貶朗州司馬。○莊子徐無鬼篇曰：「夫逃虛空者，藜藋柱乎鼪鼬之逕，良位其空，聞人足音，跫然而喜矣。」釋文曰：「藋，徒弔反。跫然，郭巨恭反，李曲恭反，又曲勇反，徐苦江反；司馬云『喜貌』，崔云『行人之聲』。」案：子厚用司馬紹緒義也。○文選吳都賦劉淵林注引薛瑩荆楊已南異物志曰：「餘甘如梅李，核有刺，初食之味苦，後口中更甘。高涼、建安皆有之。檳榔樹高六七丈，正直無枝，葉從心生，大如楯，其實作房，從心中出，一房數百實，實如雞子，皆有殼，肉滿殼中，正白，味苦澀，得扶留藤與古賁灰合食之，則柔滑而美。交趾、日南、九真皆有之。」證類本草卷十三曰：「檳榔，味辛，溫，無毒，主消穀逐水，除痰癖，殺三蟲、伏尸，療寸白，生南海。菴摩勒，味苦甘，寒，無毒，主風虛熱氣，一名餘甘，生嶺南交、廣、愛等州。」○瘴隔，舊注曰：「隔，一作『塞』。」○舊注曰：「顫音戰，寒動也。」○素問痹論篇：「岐伯曰：風寒溼三氣雜至，合而爲痹也。」說文曰：「痹，溼病也。」大徐音必至切。○世綵堂本「得良方」上有「忽」字，音辯無。

永州於楚爲最南，狀與越相類。僕悶即出游，游復多恐。涉野有蝮虺大蜂，仰空視地，寸步勞倦；近水即畏射工沙蝨，含怒竊發，中人形影，動成瘡痏。時到幽樹好石，暫得一笑，已復不樂。（工於寫情。）何者？譬如囚拘圜土，一遇和景，負牆搔摩，伸展支體，當此之時，亦以爲適。然顧地窺天，不過尋丈，終不得出，豈復能久爲舒暢哉？明時百姓，皆獲歡樂，僕士人，頗識古今理道，獨愴愴如此。誠不足爲理世下執事，至比愚夫愚婦又不可得，竊自悼也。（淒戾，令人不忍卒讀。）

○以上謫居異域之苦。○蝮虺大蜂，射工沙蝨等，雖屬實物，而意含比況。若果盡如此，則永州諸遊記烏能作哉？

永州，已見韓退之柳子厚墓誌銘注。○楚辭大招曰：「王虺騫只。」王注曰：「王虺，大蛇也。」引爾雅釋魚「蟒，王蛇」，是蝮虺即蝮蛇。舊注分爲二物，殆非是。子厚宥蝮蛇文曰：「蝮蛇犯於人，死不治。然或慊不得於人，則愈怒，反齧草木，草木立死。後人來觸死莖，猶墮指、攣腕、腫足，爲廢病。」又曰：「目兼蜂蠆，色混泥塗。其頸蹙恧，其腹次且。褰鼻鉤牙，穴出榛居。蓄怒而蟠，銜毒而趨。」是其狀也。○酉陽雜俎卷十七曰：「毒蜂，嶺南有毒菌，夜明，經雨而腐，化爲巨蜂，黑色，喙若鋸，長三分餘，夜入人耳鼻，斷人心繫。」○抱朴子登陟篇曰：「又有短狐，一名蜮，一名射工，一名射影，其實水蟲也。口中有橫物，如角弩，聞人聲，緣口中角弩，以氣爲矢，因水而射人，中人身者即發瘡，中影者亦病。又有沙蝨，其大如毛髮之端，初著人，便入其皮裹，其所在如芒刺之狀，小犯大痛，可以針挑取之，若不挑之，蟲鑽至骨，便周行走人身，其與射工相似，皆殺人。」○文選西京賦薛綜注曰：「創痏，謂瘢痕也。」○周禮秋官大司寇曰：「以圜土聚教罷民。」鄭注曰：「圜土，獄城也。」○和景，舊注曰：「『景』下一有『出』字。」○誠不足爲理世下執事，言誠不能爲治世之下等執事者。

僕曩時所犯，足下適在禁中，備觀本末，不復一一言之。今僕癃殘頑鄙，不死幸甚。苟爲堯人，不必立事程功。唯欲爲量移官，差輕罪累，即便耕田藝麻，取老農女爲妻，生男育孫，以供力役，時時作文，以詠太平。摧傷之餘，氣力可想。假令病盡已，身復壯，悠悠人世，越不過爲三十年客耳。注曰：「一翻更可哀。」前過三十七年，與瞬息無異。復所得者，其不足把翫，亦已審矣。杓直以爲誠然乎？以上願爲老農沒世且不可得，念歲月易逝，愈增悲愴。

足下適在禁中，舊注曰：「時建爲翰林學士。」案：唐會要卷五十七曰：「翰林院置在右銀臺門內；駕在興慶宮，院在金明門內；駕在大內，院在明福門內。」又曰：「翰林院者，本在銀臺門內，麟德殿西廂重廊之後。學士院者，開元二十六年之所置，在翰林之南，別户東向。」○説文曰：「癃，罷病也。」○堯人，舊注曰：

「避『民』爲『人』。」論衡藝增篇曰：「儒書又言：堯舜之民，可比屋而封。」○廣雅釋詁三曰：「差，次也。」廣韻五支曰：「差，楚宜切。」○詩南山曰：「蓺麻如之何？」毛傳曰：「蓺，樹也。」釋文曰：「蓺，本或作『藝』。」○公羊宣十五年何注曰：「頌聲者，太平歌頌之聲。」○呂氏春秋至忠篇高注曰：「已猶愈。」○吴先生曰：「本集答友人求文章書亦云：『越不過數十人耳。』越不過，蓋當時語。」步瀛案：音辯本無「越」字，非是。○司馬法嚴位篇曰：「一人之禁，無過瞬息。」案子厚墓誌，以元和十四年卒，年四十七。距此十年，則三十七歲，正當元和四年。

僕近求得經史諸子數百卷，常候戰悸稍定，時即伏讀，頗見聖人用心，賢士君子立志之分。著書亦數十篇，心病，言少次第，不足遠寄，但用自釋。貧者士之常，今僕雖羸餒，亦甘如飴矣。以上讀書安貧。

說文曰：「悸，心動也。」○列子天瑞篇：「榮啓期曰：貧者，士之常也，死者，人之終也，處常得終，尚何憂哉？」○吴越春秋句踐歸國外傳曰：「采葛之婦，傷越王用心之苦，乃作苦之詩曰：嘗膽不苦甘如飴。」

足下言已白常州煦僕，僕豈敢衆人待常州耶？若衆人，即不復煦僕矣。然常州未嘗有書遺僕，僕安敢先焉？裴應叔、蕭思謙，僕各有書，足下求取觀之，相戒勿示人。敦詩在近地，簡人事，今不能致書，足下默以此書見之。勉盡志慮，輔成一王之法，以宥罪戾。以上致書，並希其援手。不悉。宗元白。劉曰：「前寫永州風物之惡，後感人生歲月之促，造語極工。」

陳曰：「常州，謂建兄遜也，時方刺常州，及明年，已自常遷領浙東矣。舊史憲宗紀與此書合，（憲宗紀曰：「元和五年八月，以常州刺史李遜爲越州刺史、浙東觀察使。」）新舊史遜傳不言爲常州，云自衢遷浙東者，誤也。」步瀛案：遜字友道。禮記樂記「煦嫗覆有萬物」，鄭注曰：「氣曰煦，體曰嫗。」○裴應叔、蕭思謙，音辯曰：「裴塤、蕭俛也。」案：子厚有與裴塤書及與蕭翰林俛書。舊書俛傳曰：「元和六年召充翰林學士。」柳譜，與俛書亦作於元和四年。陳少章謂舉其後來之官，是也。若思謙方爲翰林學士，則與崔敦詩同在近地，不得致書矣。○敦詩在近地，音辯曰：「敦詩，崔羣字。」陳曰：「崔羣時爲翰林學士，唐時官翰林者，自以職親地禁，例不與人相聞，故書云爾。」步瀛案：舊書崔羣傳曰：「元和初，召爲翰林學士，歷中書舍人。羣在內職，常以讜言正論聞於時。」○易乾釋文曰：「見，賢遍反，示也。」○漢書儒林傳序曰：「孔子因魯春秋，舉十二公行事，繩之以文武之道，成一王法。」

方望溪曰：「子厚在貶所寄諸故人書，事本叢細，情雖幽苦，而與自反而無怍者異，故不覺其氣之薾。相其風格，不過與嵇叔夜絕山巨源書相近耳。而鹿門以擬太史公報任安書，是未察其形，並未辨其貌也。」又曰：「退之云『氣盛則言之短長與聲之高下皆宜』，此數篇詞旨淒厲，而其氣實未充，三復可見。」姚曰：「子厚永州與諸故人書，茅順甫比之司馬子長、韓退之，誠爲不逮遠甚。而方侍郎遽云『相其風格，不過如與山巨源絕交書』，則評亦失公矣。子厚氣格緊健，自有得於古人。若叔夜文，雖有韻致，而輕弱不出魏晉文格。如子厚山水記，閒用水經注興象，然子厚豈酈道元所能逮耶？」吳先生曰：「方氏議其氣未充可也，至云與自反無作者異，乃隨俗是非，不既事實，子厚有何媿怍？正坐名高氣盛，見忌時流，遂至一斥不復耳。范文正嘗論此，最允當。」步瀛案：范文正說，已見柳子厚墓誌附注。劉曰：「子厚寄許（孟容）、蕭（俛）、李三書，未嘗不自報任安來，但史公刑不當罪，故悲憤而其氣豪壯，子厚自反不縮，故氣象衰颯，然撰造苦語絶工，足以動人矜閔。鹿門比之胡笳塞曲，褒貶極當。」吴北江曰：「此由二家筆勢不同，未可遽爲訾議。」

故襄陽丞趙君墓誌

舊注曰：「趙公矜（誌稱「公」，「公」非其名也，此似誤會，故陳少章以爲衍。）之死，自貞元十八年至元和十三年，凡十七載之久，來章乃能求於人所不知者而歸之，公此誌非以神其事，所以大其孝也。十三年作。」陳曰：「趙丞名矜，曾祖弘安，新史附見其弟弘智傳後，矜與子來章皆詳載，並採此志也。」○荆川文編「誌」下有「銘」字。

貞元十八年月日，天水趙公矜，年四十二，客死于柳州，官爲斂葬于城北之野。汪曰：「先提清。」元和十三年，孤來章始壯，自襄州徒行求其葬，不得，徵書而名其人，皆死，無能知者。來章日哭于野，凡十九日，惟人事之窮，汪曰：「引出卜來，不苟。」則庶于卜筮。五月甲辰，卜秦誗兆之曰：「金食其墨，而火以貴。其墓直丑，在道之右。南有貴神，冢土是守。乙巳于野，宜遇西人。汪曰：「就卜生出叟來。」深目而髯，其得實因。七日發之，乃覿其神。」汪曰：「摹史公。」明日求諸野，汪曰：「應『乙巳』。」有叟荷杖而東者，汪曰：「應上『西人』。」問之，曰：「是故趙丞兒耶？吾爲曹信，是邇吾墓。噫，今則夷矣。直社之北，二百舉武，（汪曰：「應『冢土』。」）吾爲子蕝焉。」辛亥，啓土，（汪曰：「應『七日發之』。」）有木焉，發之，緋衣纁衾，凡自家之物皆在。州之人皆爲出涕，誠來章之孝，神付是叟，以與龜偶。（汪曰：「就叟紐合卜。」）不然，其協焉如此哉？（以上敘得墓情事。）

元和姓纂卷七曰：「趙，帝顓頊伯益嬴姓之後，益十三代孫造父封趙城，因以爲氏。衰、盾之後，分晉，爲諸侯，都邯鄲。王遷，爲秦所滅，子代王嘉，嘉子公輔，主西戎，居隴西郡天水縣西。」（世系表亦云居隴西天水縣西，然漢書地理志西縣屬隴西郡，而武帝元鼎三年以前未置天水郡，其地本屬隴西，故與西縣連言之。水經渭水注曰：「濛水逕上邽縣故城西，側城南出。上邽，故邽戎國也。秦武公十年，伐邽，縣之。舊天水郡治，五城相接，北城中有湖水，有白龍出是湖，風雨隨之，故漢武帝元鼎三年改爲天水郡。」是天水郡初治上邽，而上邽後仍屬隴西郡，故趙氏、上官氏皆有天水望，而漢書趙充國上官桀傳皆言隴西上邽人，則此云天水，即指上邽也。）又曰：「新安，稱自天水徙焉。後周有肅，生軌，軌生弘智，唐黄門侍郎，兄弘安，度支郎中。」新書趙弘智傳曰：「弘智，河南（舊書孝友傳作洛州）新安人，國子祭酒，卒謚曰宣。兄弘安亦終國子祭酒，曾孫矜。」○年四十二，舊注曰：「『四』或作『三』。」○柳州，已見韓退之柳州羅池廟碑注。○襄州，已見韓退之鄭君墓誌銘注。○惟，集作「唯」，此依文鈔。爾雅釋詁曰：「惟，思也。」○詩素冠毛傳曰：「庶，幸也。」○廣韻二十四鹽：「⿰言利，直廉切。」曰：「言利美也。又人名，字書無。」舊注曰：「⿰言利，晏本作『利』。」○說文曰：「𠧞，灼龜坼也，从卜兆，象形，古文作『兆』。」淮南本經篇高注曰：「兆，契龜之兆也。」○書洛誥曰：「惟洛食。」孔疏曰：「凡卜之者，必先以墨畫龜，要坼依此墨，然後灼之，求其兆，順食此墨畫之處，故云『惟洛食』。」案：僞孔釋洛食，與鄭注以食爲「服田相食」之義不合，（鄭注見詩王風譜孔疏引。）故清儒言尚書者多從鄭駁孔。又周禮春官卜師曰：「揚火以作龜，致其墨。」鄭注曰：「致其墨者，孰灼之，明其兆。」占人曰：「史占墨。」鄭注曰：「墨，兆廣也。」禮記玉藻曰：「史定墨。」鄭注曰：「視兆坼也。」孔疏曰：「凡卜必以墨畫龜，求其吉兆。若卜從墨而兆廣，謂之下從。」胡曉滄卜法詳考卷一駁之曰：「周禮明曰致其墨矣，有因而致之者，其非畫也可知。蓋火之所兆，必將有黑色形焉，故曰致其墨，黑色既形，其坼必著。」羅叔言貞卜文字考曰：「胡氏申鄭駁孔，其説至當。今徵目驗，則灼痕以外，更不見墨迹，知唐之初葉，古代卜法失傳已久。」步瀛案：僞孔及孔疏之説洛誥，與殷周卜法雖不合，然唐代卜法實如此，可證此文「食墨」也。左哀九年「晉趙鞅卜救鄭，遇水適火」，孔疏引服虔曰：「兆南行適火。卜法横者爲土，立者爲木，邪向經者爲金，背經者爲火，因兆而細曲者爲水。」書洪範孔疏説同。（周禮占人賈疏曰：「凡卜欲作龜之時，灼龜之四足，依四時而灼之，其兆直上向背者爲木兆，直下向足者爲水兆，邪向背者爲火兆，邪向下者爲金兆，横者爲木兆。」與服、孔稍異。）唐六典卷十四曰：「太常寺太卜署太卜令，掌卜筮之法。凡兆以千里徑爲母，兩翼爲外，正立爲木，正横爲土，内高爲金，外高爲火，細長芒動爲水。」蘇氏演義卷上曰：「龜經云：『欲得知龜聖，但看千里徑。』諸龜腹下豎文，數之千里路，五行支兆之文，悉以千里路爲準也。凡文頭上向千里路，下向外者，爲金兆也；文頭上向外，下向千里路者，爲火兆也；豎爲木兆；平爲土兆；下垂而細者爲水兆。」又見太白陰經龜卜篇，雖小有異，而大致相同。○「墨」「貴」韻。○詩緜「迺立冢土」，毛傳曰：「冢土，大社也。」禮記祭法曰：「王爲羣姓立社曰大社，大社在王宮路寢之西。」案：此文所謂大社，不必泥祭法之義，即後世所謂廟社、村社者耳。○「丑」「右」「守」韻。○詩桃夭毛傳曰：「于，往也。」○漢書高帝紀上顔注曰：「在頤曰須，在頰曰髯。」○「人」「因」韻。○廣韻三十三哿曰：「荷，負荷也，胡可切。」○曹信，音辯曰：「信，一本作『於是』。」○左成十六年

「塞井夷竈」，杜注曰：「夷，平也。」○禮記曲禮上曰：「堂上接武，堂下布武。」鄭注曰：「武，迹也」○晉語八：「叔向曰：置茆蕝。」韋注曰：「蕝，謂束茅而立之，所以縮酒。」（此别一義）史記叔孫通傳索隱引賈逵曰：「束茅以表位爲蕝。」又引纂文曰：「蕝，今之『纂』字。」史記、漢書叔孫通傳皆曰「爲緜蕞」，集解引如淳曰：「置設綿索，爲習肄處。蕞謂以茅翦樹地爲纂位。」顏曰：「『蕞』與『蕝』同，並音子悦反。」○説文新附「緋」字曰：「緋，帛赤色也。」考工記鍾氏曰：「五入爲緅。」鄭注曰：「染纁者三入，又再染以黑，則爲緅。」釋文曰：「緅，側留反。」○自家，舊注曰：「一無『自』字。」○爾雅釋詁曰：「偶，合也。」

六月某日就道，月日葬于汝州龍興縣期城之原。夫人河南源氏，先没而祔之。矜之父曰漸，南鄭尉。祖曰倩之，鄆州司馬。曾祖曰弘安，金紫光禄大夫、國子祭酒。始矜由明經爲舞陽主簿，蔡帥反，犯難來歸，擢授襄城主簿、賜緋魚袋，後爲襄陽丞。其墓自曾祖以下，皆族以位。時宗元刺柳，用相其事，哀而旌之以銘。以上歸葬及先世并爲銘。銘曰：

唐河南道汝州龍興縣，今河南寶豐縣治。案：龍興，諸本皆誤「龍城」，今依世綵堂本改。（龍城，疑當作襄城，新書地理志汝州襄城縣下原注曰：「武德元年，以縣置汝州，並置汝墳、期城二縣。貞觀元年州廢，省汝墳、期城，以襄城隸許州。開元二十七年來屬，二十八年還隸許州。天寶七年復來屬。」是期城之原，當屬襄城縣也。今姑從世綵堂本，而仍記所疑於此。）南鄭，見韓退之董公行狀注。○鄆州，見韓退之許國公碑注。○舞陽，見韓退之平淮西碑注。○新書德宗紀曰：「貞元十五年三月甲寅，彰義軍節度使吴少誠反。」

趙弘智傳曰：「矜調舞陽主簿，吴少誠反，以縣歸。」○襄城，見平淮西碑注。○襄陽縣爲襄州治，亦見平淮西碑注。○皆族以位，周禮春官墓大夫：「令國民族葬，而掌其禁令，正其位，掌其度數。」鄭注曰：「族葬各從其親，位謂昭穆也。」○刺柳，見韓退之柳州羅池廟碑注。○詩生民毛傳曰：「相，助也。」

詷也挈之，信也蕝之。有朱其紱，神具列之。懇懇來章，神實恫汝。錫之老叟，告以兆語。靈其鼓舞，從而父祖。孝斯有終，宜福是與。百越蓁蓁，羈鬼相望。有子而孝，獨歸故鄉。同病相憐，故語尤沈痛。涕盈其銘，旌爾勿忘！何曰：「兩漢金石之文。」○淵雅樸茂，雅近中郎。子厚諸碑誌，皆不逮退之，惟此篇庶可相從，如驂之靳。

詩緜曰：「爰契我龜。」毛傳曰：「契，開也。」釋文曰：「契，本又作『挈』。」漢書敍傳顔注引作「挈」，餘見李遐叔卜論注。○易困六二曰：「朱紱方來。」釋文曰：「紱音弗。」説文曰：「市，韠也。」篆文作「韍」，今字或作「紱」。○「挈」「蕝」「列」韻。○詩思齊曰：「神罔時恫。」毛傳曰：「恫，痛也。」○「汝」「語」「舞」「祖」「與」韻。○通典州郡十四曰：「自嶺而南是百越之地。」「蓁」「榛」字通。漢書楊雄傳顔注曰：「榛榛，梗穢貌。」○舊注曰：「望音忘。」○「望」「鄉」「忘」韻。

游黄溪記

輿地紀勝曰：「荆湖南路永州：黄溪，在州北九十里。」又曰：「黄溪水，在零陵縣東七十里，蓋九疑之西境，柳宗元遊彼，愛其山水。」清統志曰：「湖南永州府：黄溪，在零陵縣東七十里。府志：源出陽明山（在今零陵縣東一百里），流經福田山（在零陵縣東五十里），又北至祁陽縣，合白水入湘。」○「游」「遊」通用，柳集皆作「游」。

北之晉，西適豳，東極吴，南至楚越之交，其閒名山水而州者以百數，永最善。環永之治百里，北至于浯溪，西至于湘之源，南至于瀧泉，東至于黄溪、東屯，其閒名山水而村者以百數，黄溪最善。以上言永州山水，黄溪最善。

時子厚爲永州司馬。案：晉謂山西，豳謂陜西，吴謂江西、江蘇、安徽，楚謂兩湖、兩廣、浙江、福建等。○元次山浯溪銘序曰：「浯溪在湘之南山，匯于湘，愛其勝異，遂家溪畔。溪世無名稱者也，爲自愛之，故命曰浯溪。」輿地紀勝曰：「永州浯溪，在祁陽縣南五里，唐上元中元結居此，又有峿臺、庴亭諸銘。陳衍題浯溪圖云：『元氏始命之意，因水以爲浯溪，因山以爲峿山，作屋以爲庴亭，三吾之稱我所自也，制字從水從山從广，我所命也，三者之自，皆自吾焉，我所擅而有也。』」清統志曰：「永州府：浯溪，在祁陽縣西南五里。」○元和郡縣志曰：「江南道永州湘源縣：東北至州一百三十里，湘水經縣東。」又曰：「嶺南道桂州全義縣：湘水出縣東南陽朔山下，即零陵山也。」案：唐湘源縣在今廣西全縣西，唐全義縣在今廣西興安縣東。○柳集舊注曰：「瀧音雙，水名。瀧，泉奔湍也。」○漢書陳勝傳顔注曰：「人所聚曰屯。」○困學紀聞卷十七曰：「游黄溪記，倣太史公西南夷傳。」案：史記西南夷傳曰：「西南夷君長以什數，夜郎最大；其西靡莫之屬以什數，滇最大；自滇以北，君長以什數，邛都最大。」

黃溪距州治七十里，由東屯南行六百步，至黃神祠。祠之上，兩山牆立，丹碧之華葉駢植，與山升降。狀物極工。其缺者爲崖，峭巖窟水之中，皆小石平布。黃神之上，揭水八十步，至初潭，最奇麗，殆不可狀。其略若剖大甕，沈曰：「工於形容。」側立千尺，溪水積焉，黛蓄膏渟，來若白虹，沈沈無聲。有魚數百尾，方來會石下。南去，又行百步，至第二潭，石皆巍然，臨峻流，若頦頷齗齶。其下大石離列，可坐飲食。有鳥赤首烏翼，大如鵠，方東嚮立。自是又南數里，地皆一狀，樹益壯，石益瘦，水鳴皆鏘然。又南一里，至大冥之川，山舒水緩，有土田。沈曰：「善形平遠。」以上黃溪山水之善。

清統志曰：「黃神祠，在零陵縣東七十里。」○漢書楊雄傳顔注曰：「駢，並也。」音辯「丹碧」上有「如」字，舊注曰：「一無『如』字。」沈引虞伯生曰：「『丹碧』『華葉』皆實景，著『如』字不得。」○詩匏有苦葉曰：「淺則揭。」毛傳曰：「揭，褰衣也。」釋文曰：「揭，芳例反，褰衣渡水也。」○積焉，音辯「積」作「即」，曰「一作『積』」，世綵堂本作「積」。○説文曰：「黱，畫眉墨也。」字亦作「黛」。左氏春秋序孔疏曰：「脂之澤者爲膏。」文選長笛賦李善注引埤蒼曰：「渟，水止也。」○舊注曰：「來，一作『采』。」禮記聘義：「孔子曰：夫昔者君子比德於玉焉。氣如白虹，天也。」○數百尾，舊注曰：「楚越之人數魚以『尾』，不以『頭』也。」○後漢書朱浮傳注曰：「峻，嚴急也。」○玉篇曰：「頦，胡來切，頤下，又在記切。頷，户感切，又音含。」釋名釋形體曰：「頤，或曰頷車。」素問至真要大論注曰：「頷，頰車前牙之下也。」玉篇曰：「齗，魚斤切，齒根肉；齶，五各切，齗也。」○離列，後漢書皇后紀注曰：「離，並也。」音辯曰：「離，一作『雜』。」案：世綵堂本作「雜」。○急就篇顏師古注曰：「鵠，黄鵠也，一舉千里，其鳴聲鵠鵠然。」朱豐芑說文通訓定聲卷六曰：「鵠形似鶴，色蒼黄，亦有白者，其翔極高，一名天鵝。」○姚曰：「朱子謂山海經所記異物有云東西嚮者，蓋以其有圖畫在前故也。（見語類卷一百三十八）此言最當，子厚不悟，作山水記效之，蓋無謂也；後人又有以子厚此等爲工而效法者，益失之矣。」吴先生曰：「此與上文『方來會石下』，皆當時所見，即景爲文，不必效山經也，不爲病。」○禮記玉藻曰：「然後玉鏘鳴也。」

始黄神爲人時，居其地。傳者曰：「黄神王姓，莽之世也。莽既死，神更號黄氏，逃來，擇其深峭者潛焉。」始莽嘗曰：「余黄虞之後也。」故號其女曰黄皇室主。黄與王聲相邇，而又有本，其所以傳言者益驗。神既居是，民咸安焉。以爲有道，死乃俎豆之，爲立祠。後稍徙近乎民，今祠在山陰溪水上。元和八年五月十六日，既歸爲記，以啓後之好游者。以上黄神始末。案：此隱以黄神自喻。○方曰：「子厚諸記，以身閒境寂，又得山水以盪其精神，故言皆稱心，探幽發奇而出之，若不經意。」李曰：「子厚山水諸作，其寄興之曠遠、狀物之工妙，直合陶謝之詩、楊馬之賦，鎔爲一鑪，洵屬文家絕境。」

詩序曰：「裳裳者華，刺幽王也，絕功臣之世焉。」孔疏曰：「世謂繼也。」○漢書王莽傳下曰：「莽之漸臺，衆兵追之，圍數百重。莽入室，衆兵上臺，商人杜吴殺莽，取其綬。校尉東海公賓就殺莽首。」○王莽傳中曰：「莽曰：『王氏，虞帝之後也，出自帝嚳，虞氏之先受姓曰姚，其在陶唐曰嬀，在周曰陳，在齊曰田，在濟南曰王。凡五姓者，皆黄虞苗裔，予之同族也，其令天下上此五姓名籍于秩宗，皆以爲宗室。』」○漢書外戚傳曰：「孝平王皇后，安漢公、太傅、大司馬莽女也。平帝即位，年九歲，莽欲依霍光故事，以女配帝。平帝崩，莽立孝宣帝玄孫嬰爲孺子。莽攝帝位，尊皇后爲皇太后。三年，莽即真，以嬰爲定安公，改皇太后號爲定安公太后。自劉氏廢，常稱疾不朝，莽欲嫁之，乃更號爲黄皇室主。」王莽傳曰：「改定安太后號曰黄皇室主，絶之於漢也。」○猗覺寮雜記卷上曰：「黄、王不分，江南之音也，嶺外尤甚。柳子厚黄溪記云云，以此考之，自唐以來已然矣。」○莊子庚桑楚篇曰：「今以畏壘之細民，而竊竊焉欲俎豆予于賢人之間。」

始得西山宴游記

輿地紀勝曰：「永州：西山，在零陵縣西五里，柳子厚愛其勝境，有西山宴游記。」清統志曰：「永州府：西山，在零陵縣西。縣志：在縣西隔河二里，自朝陽巖起，至黄茅嶺北，長亘數里，皆西山也。」

自余爲僇人，居是州，恒惴慄，其隟也，則施施而行，漫漫而游，日與其徒，上高山，入深林，窮迴谿，幽泉怪石，無遠不到。汪曰：「極力寫前此之游，以托起篇末『然後知吾嚮之未嘗游』句。」到則披草而坐，傾壺而醉，何曰：「帶出『宴』字。」醉則更相枕以卧。意有所極，夢亦同趣。二句似從楚辭抽思得來，而形貌決不相似。覺而起，起而歸，以爲凡是州之山有異態者，皆我有也。李曰：「以上極言平日游覽之勝，以反跌下文。」又曰：「此與鈷鉧潭記以下七篇文字，首尾呼應，脈絡貫輸，合之可爲一文。此段語意確是第一首發端，移置他篇不得。」而未始知西山之怪特。茅曰：「此句正見『始得』，與末一句相應。」汪曰：「反剔『始得』。」李曰：「入題飄忽。」

舊注曰：「僇與戮同。」案：謂遭貶謫也，僇人即戮民。莊子大宗師篇：「孔子曰：丘，天之戮民也。」○孟子公孫丑上趙注曰：「惴，懼也。」廣雅釋訓曰：「慄慄，懼也。」詩黄鳥曰：「惴惴其慄。」○舊注曰：「隟與隙同。」潘仲寶（緯）音義曰：「施，如字，徐行貌。」步瀛案：楚語下韋注曰：「隙，空閒時也。」詩邱中有麻曰：「將其來施施。」鄭箋曰：「施施，舒行，伺閒獨來之貌。」釋文曰：「施，如字。」孟子離婁下「施施從外來」，孫宗古（奭）音義曰：「施施，丁（丁公著）依字，張（張鎰）音怡。」後漢書仲長統傳注曰：「漫漫，猶縱逸也。」○世綵堂本以「臥」下有「臥而夢」三字。○爾雅釋詁曰：「極，至也。」漢書王吉傳顏注曰：「趣，向也。」○世綵堂本「之山」下有「水」字，非是。

今年九月二十八日，因坐法華西亭，望西山，始指異之。沈曰：「點『始』字。」遂命僕過湘江，緣染溪，斫榛莽，焚茅茷，窮山之高而止。攀援而登，箕踞而遨，則凡數州之土壤，皆在衽席之下。李曰：「自此以下，形容西山之高峻，純從對面著筆，構意絶妙，撰語絶工。」其高下之勢，岈然洼然，若垤若穴，尺寸千里，攢蹙累積，莫得遯隱。縈青繚白，外與天際，四望如一。李曰：「此三句氣象尤爲雄遠。」然後知是山之特出，不與培塿爲類。沈曰：「始得神理。」悠悠乎與灝氣俱，而莫得其涯；洋洋乎與造物者游，而不知其所窮。引觴滿酌，頹然就醉，不知日之入。沈曰：「此寫宴游。」蒼然暮色，自遠而至。李曰：「寫景微妙。」至無所見，而猶不欲歸。汪曰：「極狀始得之喜。」心凝形釋，何曰：「破惴慄。」與萬化冥合。李曰：「詞旨精奥，似晚周諸子。」然後知吾嚮之未始游，汪曰：「又反剔一筆作襯。」游於是乎始。沈曰：「正收『始』字。」李曰：「迴應首段。」故爲之文以志，是歲元和四年也。沈曰：「從『始得』著意，人皆知之，蒼勁秀削，一歸元化，人巧既盡，渾然天工矣。此篇領起後諸小記。」何曰：「中多寓言，不惟寫物之工。」

子厚永州法華寺新作西亭記曰：「法華寺居永州，地最高。有僧曰覺照，照居寺西廡下。廡之外，有大竹數萬，又其外，山形下絕，然而薪蒸篠簜，蒙雜擁蔽，吾意伐而除之，必將有見焉。遂命僕人持刀斧，羣而翦焉，叢莽下頽，萬類皆出，曠然茫然，天爲之益高，地爲之加闢。余時謫爲州司馬，官外常員，而心得無事，乃取官之禄秩以爲其亭。」輿地紀勝曰：「西亭，在零陵之法華寺。」清統志曰：「法華寺，在零陵縣東山。」○元和郡縣志曰：「永州零陵縣：湘水經州西十餘里。」世綵堂本「僕」下有「人」字。○子厚愚溪詩序曰：「灌水之陽有溪焉，東流入于瀟水。或曰冉氏嘗居也，故姓是溪爲冉溪；或曰可以染也，名之以其能，故謂之染溪。余以愚觸罪，謫瀟水上，愛是溪，入二三里，得其尤絶者家焉。古有愚公谷，今予家是溪，而名莫能定，士之居者猶齗齗然，不可以不更也，故更之爲愚溪。」輿地紀勝曰：「永州：愚溪在州西一里，水色藍，謂之染水；或曰冉氏嘗居於此，故名冉溪；又曰染溪，柳子厚更名曰愚溪。」清統志曰：「愚溪，在零陵縣西南。」○淮南子原道篇高注曰：「蘩木曰榛。」説文曰：「茻，衆草也，經傳皆以『莽』爲之。」○「茷」「茇」字通。楚辭招隱士曰：「林木茷骫。」洪興祖校：「茷，一作『茇』。」説文曰：「茇，草根也，一曰草之白華爲茇。」○漢書張耳傳顏注曰：「箕踞者，謂申兩脚其形如箕。」又丙吉傳顏注曰：「敖，游戲也。」案：「敖」「遨」字同。○禮記曲禮上鄭注曰：「衽，臥席也。」釋文曰：「衽，而審反。」○玉篇曰：「岈，火加切。峆岈，山深之狀。」說文曰：「洼，深地也。」廣韻九麻曰：「洼，深也，烏瓜切，又於佳切。」○說文曰：「垤，螘封也。」大徐音徒結切。○說文曰：「繚，纏也。」大徐音盧鳥切。廣韻二十九篠曰：「繚繞，纏也。」○淮南精神篇高注曰：「際，合也。」○左傳襄二十四年：「子太叔曰：部婁無松柏。」杜注曰：「部婁，小阜。」釋文曰：「部，蒲口反；婁，路口反，徐力侯反。」文選魏都賦李善注引作「培塿」。方言十三曰：「冢，秦晉之閒或謂之培，自關而東謂之丘，小者謂之塿。」郭注曰：「培塿，亦堆高之貌。」○「灝」「顥」「昊」字並通。漢書律曆志上顏注曰：「昊天言天氣廣大也。」漢書司馬相如傳下顏注曰：「顥言氣顥汗也。」○詩衡門毛傳曰：「洋洋，廣大也。」莊子大宗師篇曰：「彼方且與造物者爲人，而遊乎天地之一氣。」又天下篇曰：「上與造物者遊。」

鈷鉧潭記

潘仲寶曰：「鈷音古。鉧，諸韻無從『母』字，集韻作『鉧』，蒲補、母朗二切，並注云『鈷鉧，温器』。」西溪叢語卷下曰：「宜都山水記：『佷山溪有釜灘，其石大者如釜，小者如鈷鉧。』柳子厚鈷鉧潭記，『鉧』字字書無之，集韻『鈷』『鉧』並音胡，又『鉧，滿補反。鈷鉧，温器』，言潭石如此大小爾。」案：玉篇曰：「鈷，阿母切，鈷鉧也；鉧，莫朗切，又莫補切。」正字通曰：「『鉧』同『鉧』。」范致能（成大）驂鸞録曰：「渡瀟水即至愚溪，溪上愚亭以祠子厚，路旁有鈷鉧潭。鈷鉧，熨斗也，潭狀似之。其地如大小石渠石澗之類，詢之皆蕪没篁竹中，無能的知其處者。」輿地紀勝曰：「永州：鈷鉧潭，在州西五里，即冉溪别派也，其閒水石尤異，柳子厚有記。」清統志曰：「永州府：鈷鉧潭，在零陵縣西三里，中有小泉，經愚溪入瀟水。」陳曰：「隋書地理志：『長沙諸郡雜夷名莫傜，婚嫁用鐵鈷鉧爲聘財。』字正作『鉧』。」朱碧山（亦棟）羣書札記卷十六曰：「世説新語夙慧篇：『韓康伯曰：火在熨斗中而柄熱。』則温器之爲熨斗也明矣。」

鈷鉧潭在西山西，汪曰：「劈頭即點清鈷鉧潭，跟上篇西山來。」其始蓋冉水自南奔注，抵山石，屈折東流，其顛委勢峻，盪擊益暴，齧其涯，故旁廣而中深，畢至石乃止。沈曰：「句句巔削，乃有此詣，稍一放筆，平常語矣。」流沫成輪，然後徐行。摹寫工細。其清而平者且十畝，有樹環焉，有泉懸焉。以上潭之形狀。其上有居者，以予之亟游也，一旦款門來告曰：「不勝官租私券之委積，既芟山而更居，願以潭上田貿財以緩禍。」予樂而如其言，則崇其臺，延其檻，行其泉於高者墜之潭，有聲潨然。尤與中秋觀月爲宜，於以見天之高，氣之迥。孰使予樂居夷而忘故土者，非茲潭也歟？以上得潭之始末。劉曰：「結處極幽冷之趣，而情甚悽楚。」徐幼錚曰：「結語哀怨之音，反用一『樂』字托出，在諸記中尤令人淚隨聲下。」

魏策二曰：「欒水齧其墓。」呂覽開春篇同，此「齧」字所本。○詩伐檀曰：「河水清且淪猗。」毛傳曰：「小風水成文，轉如輪也。」○世綵堂本「畝」下有「餘」字。○左隱元年釋文曰：「亟，欺冀反，數也。」○廣韻二十四緩曰：「款，叩也，苦管切。」○詩載芟毛傳曰：「除草曰芟。」釋文曰：「芟，所銜反。」○爾雅釋水曰潨。」大徐音徂紅切。案：此蓋狀小水入大水之聲。○論語子罕篇曰：「子欲居九夷。」言曰：「貿，買也。」○爾雅釋詁曰：「延，長也。」○世綵堂本「墜」上有「而」字。○說文曰：「小水入大

鈷鉧潭西小丘記

明統志曰：「湖廣永州府：小丘，在鈷鉧潭西。」清統志曰：「小丘，在零陵縣西。」容齋三筆卷九曰：「柳子厚鈷鉧潭西小丘記云：『賈四百，連歲不能售。』蘇子美滄浪記云：『以錢四萬得之。』予謂二境之勝絕如此，至於人棄不售，安知其後卒爲名人賞踐？滄浪亭者，今爲韓蘄王家所有，價直數百萬矣；但鈷鉧復埋没不可識。士之處世，遇與不遇，其亦如是哉？」

得西山後八日，沈曰：「亦跟西山入。」汪曰：「書『八日』，含不市旬意。」尋山口西北道二百步，又得鈷鉧潭。汪曰：「從鈷鉧潭說來，含得異地二。」潭西二十五步，當湍而浚者爲魚梁，梁之上有丘焉，生竹樹。其石之突怒偃蹇，負土而出，爭爲奇狀者，殆不可數。其嶔然相累而下者，若牛馬之飲於溪；其衝然角列而上者，若熊羆之登於山。形容得出。○以上小丘之形狀。丘之小不能一畝，可以籠而有之。問其主，曰：「唐氏之棄地，何曰：「棄地比遷客。」貨而不售。」問其價，曰：「止四百。」余憐而售之。李深源、元克己時同游，皆大喜出自意外。即更取

器用，剷刈穢草，伐去惡木，烈火而焚之。嘉木立，美竹露，奇石顯。由其中以望，則山之高，雲之浮，溪之流，鳥獸之遨遊，舉熙熙然迴巧獻技，以効茲丘之下。枕席而卧，則清泠之狀與目謀，瀯瀯之聲與耳謀，悠然而虚者與神謀，淵然而静者與心謀。何曰：「四『與謀』字，爲『遭』字起本。『心』『神』二句，寓己之可貴。」不匝旬而得異地者二，雖古好事之士，或未能至焉。以上得丘之始末。噫！以茲丘之勝，沈曰：「全爲放臣寫照。」致之灃、鎬、鄠、杜，則貴游之士争買者，日增千金而愈不可得。今棄是州也，農夫漁父過而陋之，賈四百，連歲不能售。而我與深源、克己獨喜得之，是其果有遭乎？書於石，所以賀茲丘之遭也。以上因賤直得丘而發感慨，即隱以自喻。○劉曰：「前寫小丘之勝，後寫棄擲之感，轉摺獨見幽泠。」

説文曰：「湍，疾瀨也。」詩小弁毛傳曰：「浚，深也。」谷風毛傳曰：「梁，魚梁。」周禮天官𩋙人「掌以時𩋙爲梁」，鄭司農曰：「梁，水偃也。」○離騷王注曰：「偃蹇，高貌。」左傳哀六年杜注曰：「偃蹇，驕敖也。」○玉篇曰：「嶔，錡金切。嶔崟，山勢也。」○文選射雉賦徐爰注曰：「角，邪也。」○音辯本「賈」作「價」，「價」後出字。○潘曰：「剷，諸韻、玉篇皆無此字，義當作『剗』，平也。」步瀛案：剷，即「鏟」之俗字。説文曰：「鏟，鏶也，一曰平鐵。」字又作「剗」。玉篇曰：「剗，楚簡切。剗，削也。」○老子曰：「衆人熙熙，如登春臺。」漢書禮樂志顔注曰：「熙熙，和樂貌。」○禮記曲禮上鄭注曰：「效猶呈也。」左傳襄二十七年杜注曰：「效，致也。」案：効，「效」之或體字。○童宗説音註曰：「瀯音營，水回也。」○莊子應帝王篇郭注曰：「淵者，靜默之謂。」案：考工記曰：「進則與馬謀，退則與人謀。」此文蓋師其句法。○說文曰：「帀，周也。」俗作「匝」。○灃，水名；豐，邑名。此蓋借「灃」爲「豐」，古皆作「豐」。說文曰：「酆，周文王所都，在京兆杜陵西南。」續漢書郡國志曰：「京兆尹：鄗，在上林苑中。」注引孟康曰：「長安西南有鎬池。」水經渭水注曰：「鎬水上承鎬池於昆明池北，周武王之所都也。自漢武帝穿昆明池於是地，基構淪褫，今無可究。」漢書地理志右扶風鄠縣原注曰：「古國。」京兆尹杜陵縣原注曰：「故杜國。」清統志曰：「陝西西安府：古豐邑，在鄠縣東；古鎬京，在長安縣西南；鄠縣故城，在今鄠縣治；杜陵故城，在咸寧縣東南（今併入長安縣）。」○周禮地官師氏曰：「凡國之貴遊子弟學焉。」鄭注曰：「遊，無官司者。」

至小丘西小石潭記

明統志曰：「永州府：小石潭，在小丘西。」清統志曰：「小石潭，在零陵縣西小丘之西。」

從小丘西行百二十步，沈曰：「因上篇來。」隔篁竹，聞水聲，如鳴佩環，李曰：「從水聲引入，行文曲折有逸致。」心樂之。伐竹取道，下見小潭，水尤清洌。以上得小潭。全石以爲底，何曰：「敍明『石』字，先寫四面竹樹。」近岸卷石底以出，爲坻爲嶼，爲嵁爲巖。青樹翠蔓，蒙絡搖綴，參差披拂。李曰：「此上皆就『石』言。青樹翠蔓，即附石而生者也。」潭中魚可百許頭，皆若空遊無所依。日光下澈，影布石上，佁然不動，俶爾遠逝，往來翕忽，似與游者相樂。劉曰：「摹寫魚之游行澄水中，如化工肖物。」李曰：「此上皆就『水』言，摹寫魚之游行，正以見水之清洌。」又曰：「此八句摹寫物狀，尤爲窮微盡妙，具此筆力，可以鐫鑱造化，雕刻百態矣。」潭西南而望，斗折蛇行，明滅可見。其岸勢犬牙差互，不可知其源。何曰：「石岸差互，故水流皆作斗折蛇行之勢，爲岸所蔽，雖明滅可見，莫知其源也。」李曰：「此五句溯潭水之來源，語妙而神遠。」坐潭上，四面竹樹環合，寂寥無人，淒神寒骨，悄愴幽邃。以其境過清，不可久居，沈曰：「『過清』二字，收盡通篇。」乃記之而去。李曰：「此數句文境，亦極悄愴幽邃，塵勞中讀之，可以滌煩襟而釋躁念，此古人所謂一卷冰雪文也。」同遊者，吴武陵、龔古，余弟宗玄；隸而從者，崔氏二小生，曰恕己，曰奉壹。沈曰：「記潭中魚數語，動定得妙，後全在不盡，故意境彌深。」

舊注曰：「篁，竹田也，一曰竹名。」○舊注曰：「聞，一作『閒』，絕句。」○說文曰：「洌，水清也。」易井卦王注曰：「洌，潔也。」釋文曰：「洌音列。」文選東京賦曰：「玄泉洌清。」薛注曰：「洌，澄清貌。」世綵堂本「洌」作「冽」，詩大東孔疏引說文曰：「冽，寒貌。」（今說文有「瀨」字無「冽」字，段懋堂改「瀨」爲「冽」，嚴鐵橋謂篆當爲「冽」。）此處文義兩通。○爾雅釋水曰：「小沚曰坻。」釋文曰：「坻，直基反。」○說文曰：「嶼，島也。」玉篇曰：「嶼，似與切，海中洲上有山石。」○莊子在宥篇曰：「故賢者伏處大山嵁巖之下。」釋文曰：「嵁，苦巖反，一音苦咸反，又苦嚴反。」○「潭中魚」二句，楊用修升菴詩話卷九曰：「此語本之酈道元水經注『淥水平潭，清潔澄深，俯視游魚，類若乘空』（洧水注），沈佺期詩『魚似鏡中懸』（釣竿篇），亦同酈意也。」○集「佁」作「怡」，文苑作「佁」，吴先生曰：「作『佁』是。」步瀛案：說文曰：「佁，癡皃，讀若駭。」玉篇曰：「佁，丑利、夷在二切。」廣韻七至曰：「佁儗，不前。」○方言十二曰：「俶，動也。」○文選吴都賦劉淵林注曰：「翕忽，疾貌。」莊子秋水篇曰：「莊子與惠子遊於濠梁之上，莊子曰：儵魚出游從容，是魚樂也。」○後漢書竇融傳注曰：「斗，峻絕也。」案：俗作「陡」。○秦策一高注曰：「蛇行，匍匐曳地也。」○史記孝文紀：「宋昌進曰：高帝封王子弟，地犬牙相制。」索隱曰：「言封子弟，境土交接，若犬之牙，不正相當，而相銜入也。」○楚辭九思逢尤注曰：「悄，猶慘也。」廣雅釋詁三曰：「邃，深也。」○吴武陵，濮陽人，見後。○柳先生年譜曰：「子厚之從兄弟見於集者，宗一、宗玄、宗直等，世系不可得而詳。」○舊注曰：「崔氏二小生，崔簡之子也。」又永州刺史崔君權厝志舊注曰：「崔簡字子敬，子厚之姊夫。」案：子厚有亡姊崔氏夫人墓誌，蓋石文即崔簡妻也，不著其子之名。權厝志曰：「出刺連、永二州，未至永，而連之人愬君，御史按章具獄，坐流驩州，幼弟訟諸朝，天子黜連帥，罷御史，小吏咸死，投之荒外，而君不克復。元和七年正月二十六日卒，孤處道洎守訥，奉君之喪踰海水，不幸遇暴風，二孤溺死。」新唐書世系表崔氏博陵安平房，簡子二，曰鐸曰鐔，所載皆不同。舊注以恕己、奉壹爲簡子，當有所據，然今不能詳也。

袁家渴記

輿地紀勝曰：「永州：袁家渴，在州南十里，嘗有姓袁者居之，兩岸木石奇怪，子厚記敍之。」清統志曰：「永州府：袁家渴，在零陵縣南。」○蘇子瞻書子厚夢得造語曰：「『每風自四山而下，振動大木，掩苒衆草，紛紅駭緑，蓊葧香氣。』子厚善造語，若此句殆入妙矣。」

由冉溪西南水行十里，山水之可取者五，莫若鈷鉧潭；由溪口而西，陸行可取者八九，莫若西山；由朝陽巖東南，水行至蕪江，可取者三，莫若袁家渴。

皆永中幽麗奇處也。（吴先生曰：「此與遊黄溪起法，皆樵史記西南夷傳。○以上以鈷鉧潭、西山陪出袁家渴。」）楚越之閒方言，謂水之反流者爲渴，音若衣褐之褐。渴上與南館高嶂合，下與百家瀨合。其中重洲小溪，澄潭淺渚，閒廁曲折，平者深墨，峻者沸白，舟行若窮，忽又無際。（沈曰：「八字已抵一篇遊記。」○以上渴之得名及其形狀。）

有小山出水中，山皆美石，石上生青叢，冬夏常蔚然。其旁多巖洞，其下多白礫。其樹多楓、柟、石楠、楩、櫧、樟、柚，草則蘭、芷，又有異卉，類合歡而蔓生，轇轕水石。每風自四山而下，振動大木，掩苒衆草，紛紅駭緑，蓊葧香氣，衝濤旋瀨，退貯谿谷，摇颺葳蕤，與時推移。（沈曰：「四時不同。」汪曰：「就風將山木草一并收在水上，造語又精妙之極。」）其大都如此，余無以窮其狀。（沈曰：「此處逗『窮』字，爲後二篇作地。」○以上寫水中之山，山上草木受風之狀。）永之人未嘗遊焉，余得之不敢專也，出而傳於世。其地主袁氏，故以名焉。（以上渴名袁家之故。○李厚菴曰：「末段言風處，亦以興己。」姚曰：「風賦『邸華葉而振氣』云云，文特就賦意而演之。七發云『衆芳芬鬱，亂於五風』云云，亦本風賦。秦漢人文，善學者得其片言隻字，即可推演成妙文。」）

元次山朝陽巖銘序曰：「永泰丙午，自春陵詣都使計兵，至零陵，愛其郭中有水石之異，泊舟尋之，得巖與洞，此邦之形勝也。自古荒之而無名稱，以其東向，遂以朝陽命焉。」輿地紀勝曰：「朝陽巖，在零陵縣南二里，下臨瀟江，有洞，石澗自中出，流入湘江，亭臺凡十六所，自唐迄今，名賢留題，皆鑱於石。」明統志曰：「永州府：朝陽巖，在府城西瀟江之滸。」清統志曰：「在零陵縣西南。」○舊注曰：「蕪江未詳，或云疑是『瀟』字之誤。」○反流，世綵堂本作「支流」，音辯及文苑皆作「反」。何曰：「作『反』是。」步瀛案：爾雅釋詁曰：「涸，渴也。」説文曰：「渴，盡也。」後漢書宦者張讓傳「渴烏」，章懷注曰：「爲曲筒，以氣引水上也。」「渴」字之義取此，故以作「反流」爲是。○孟子滕文公上曰：「許行其徒數十人，皆衣褐。」○清統志曰：「百家渡，在零陵縣南二里，即古百家瀨也，宋蘇軾有詩。」步瀛案：蘇集作柏家渡。湖南通志卷十八曰：「永州府零陵縣：百家瀨，在縣南里許，一泓寒碧，其容如練。」○爾雅釋水曰：「小洲曰陼。」説文引作「渚」。○文選秋興賦李善注引蒼頡篇曰：「廁，次也，雜也。」○音辯及世綵堂本「美石」下無「石」字，皆注曰「一有『石』字」，今從一本。○漢書陳勝傳顏注曰：「叢，謂草木岑蔚者也。」○説文曰：「礫，小石也。」○爾雅釋木曰：「楓，欇欇。」郭注曰：「楓樹似白楊，葉圓而歧，有脂，今之楓香是。」釋木又曰：「梅，柟。」説文曰：「柟，梅也。」詩終南孔疏引孫炎曰：「荆州曰梅，揚州曰柟。」又引陸璣曰：「梅樹皮葉似豫樟，豫樟葉大如牛耳，一頭尖，赤心，華赤黄，子青不可食。柟葉大，可三四葉一藂，木理細緻於豫章，子赤者材堅，子白者材脆。」案：柟，俗作「枏」，又作「楠」。石楠，當作「石南」。證類本草卷十四引陶隱居曰：「石南葉狀如枇杷葉。」又引圖經曰：「石南生於石上，株極有高大者。江湖閒出者，葉如枇杷葉，有小刺，凌冬不凋，春生白花成簇，秋結細紅實。」漢書司馬相如傳顏師古注曰：「楩音便，又音步田反，即今黄楩木也。」中山經曰：「前山其本多櫧。」郭注曰：「似柞，子可食，冬夏生，作屋柱難腐。」音諸，或作「儲」。漢書司馬相如傳顏注引張揖曰：「櫧似柃，葉冬不凋。」玉篇曰：「柃，木名，可染。」其字在「柞」上，當爲柞類。史記司馬相如傳正義引温活人曰：「豫，今之枕木也；章，今之樟木也。二木生至七年，枕、樟乃可分别。」本草綱目卷三十四曰：「樟木高丈餘，小葉似楠而尖長，背有黄赤茸毛，四時不凋，夏開細花，結小子，木大者數抱，肌理細而錯縱有文，宜於雕刻，氣甚芬烈。」釋木曰：「柚，條。」郭曰：「似橙，實酢。」史記司馬相如傳正義曰：「小曰橘，大曰柚，樹有刺，冬不凋，葉青花白，子黄，亦二樹相似。」○古說文曰：「蘭，香艸也。」漢書司馬相如傳顔注曰：「蘭，即今澤蘭也。」又引張揖曰：「芷，白芷也。」○今注下曰：「合歡樹似梧桐，枝葉互相交結，每風來，輒身相解，了不相牽綴。」證類本草卷十三引圖經曰：「合歡，夜合也，木似梧桐，枝甚柔弱，葉似皂莢、槐等，極細而繁密，其葉至暮而合，故一名合昏。五月花發紅白色，瓣上若絲茸然，至秋而實，作莢，子極薄細。」○文選東京賦曰：「闟戟轇轕。」薛注曰：「轇轕，雜亂貌。」羽獵賦曰：「縱橫轇轕。」李善注曰：「轕音葛。」漢書楊雄傳「轕」作「輵」。○掩苒，疊韻聯語，此狀衆草被風之態。○玉篇曰：「蓊，烏公、烏孔二切；教，蒲骨切，又作『葧』。」舊注曰：「蓊葧，草茂貌。」步瀛案：此狀香味之盛耳。○玉篇曰：「葳，於歸切；蕤，汝誰切。葳蕤，草木實垂貌。」○楚辭漁父曰：「聖人不凝滯於物，而能與世推移。」

石渠記

自渴西南行，不能百步，得石渠，民橋其上。有泉幽幽然，其鳴乍大乍細。渠之廣，或咫尺，或倍尺，其長可十許步。其流抵大石，伏出其下，踰石而往，有石泓，昌蒲被之，青鮮環周。又折西行，旁陷巖石下。北墮小潭，潭幅員減百尺，清深多儵魚。又北曲行紆餘，睨若無窮，然卒入于渴。其側皆詭石怪木，奇卉美箭，可列坐而庥焉。風摇其巔，韻動崖谷，視之既静，其聽始遠。李厚菴曰：「名理。」沈曰：「亦善寫風，前篇駭動，此篇静遠。」〇以上石渠之景物。予從州牧得之，攬去翳朽，決疏土石，既崇而焚，既釃而盈。惜其未始有傳焉者，故累記其所屬，遺之其人，書之其陽，俾後好事者求之得以易。元和七年正月八日，蠲渠至大石。十月十九日，踰石得石泓小潭。渠之美於是始窮也。沈曰：「應『窮』字。」〇以上得石渠後加以修治。〇茅曰：「清洌。」

風俗通山澤篇曰：「渠者，水所居也。」吕氏春秋上農篇高注曰：「渠，溝也。」〇説文曰：「中婦手長八寸謂之咫，周尺也。」文選長楊賦李注引賈逵國語注曰：「八寸曰咫。」〇説文曰：「泓，下深皃。」〇昌蒲，「昌」字亦作「菖」。證類本草卷六引陶隱居曰：「菖蒲生石磧上，在下溼地，大根者名昌陽，止主風溼，不堪服食。真菖蒲葉有脊，一如劍刃，四月、五月亦作小釐華也。」又引圖經曰：「菖蒲春生青葉，長一二尺許，其葉中心有脊，狀如劍，無花實，即石菖蒲也。又有水菖蒲，生溪澗水澤中甚多，但中心無脊。」〇文選登徒子好色賦李注曰：「鮮，榮華也。」〇詩長發曰：「幅隕既長。」毛傳曰：「幅，廣也；隕，均也。」鄭箋曰：「隕，當作『圓』，圓謂周也。」步瀛案：毛以「隕」爲「員」之借字，（詩玄鳥「景員維河」，毛傳曰：「員，均也。」）鄭以「隕」爲「圓」之借字。「幅隕」字俗又作「幁」。〇説文曰：「儵，魚也。」或以「儵」爲之。莊子秋水篇曰：「儵魚出游從容。」釋文曰：「儵，徐音條，李音由，白魚也，一音篠。」淮南子覽冥篇高注曰：「儵魚，小魚也。」〇周禮夏官職方氏曰：「其利竹箭。」鄭注曰：「箭，篠也。」〇其聽始遠，何曰：「遠者，虚谷相應，故此貌已静，彼聲轉遠也。」〇州牧，蓋即謂永州刺史。漢書百官公卿表曰：「武帝元封五年，初置部刺史，掌奉詔條察州。成帝綏和元年，更名牧。」（日知録卷九曰：「漢之刺史，猶今之巡按御史。魏晉以下之刺史，猶今之總督。隋以後之刺史，猶今之知府及直隸州也。」）故唐人於州刺史亦借稱之。子厚永州韋使君新堂記舊注曰：「韓本注『刺史韋彪』。公貶永州十年，其州刺史見公集者六：元和元年刺史韋公，見賀改元表；二、三年刺史馮公，見修浄土院記；五年以前刺史崔君敏（當删「君」字），見南池讌集序及墓誌；後又有崔簡者，未上，以罪去，見簡墓誌等文；十年刺史崔能，見湘源二妃廟碑、萬石亭記；所謂韋公，蓋在七、八年閒者也，見上嶺南鄭相公啓及黄溪祈雨詩。」步瀛案：此記作于元和七年，州牧或即韋彪歟？○説文曰：「擥，撮持也。」字亦作「攬」。離騷「夕攬州之宿莽」，王注曰：「攬，采也。」洪校：「攬，一作『擥』。」釋名釋姿容曰：「攬，斂也。」詩皇矣毛傳曰：「木自斃曰翳。」○漢書溝洫志曰：「迺釃二渠以引其河。」注引孟康曰：「釃，分也。」顔曰：「釃音山支反。」○穀梁傳僖二十八年曰：「水北爲陽。」○方言三曰：「蠲，亦除也。」詩天保毛傳曰：「蠲，潔也。」

石澗記

石渠之事既窮，汪曰：「起法又變。」上由橋西北，下土山之陰，民又橋焉。其水之大，倍石渠三之。亘石爲底，達于兩涯。若牀若堂，若陳筵席，若限閫奥。水平布其上，流若織文，響若操琴。揭跣而往，折竹掃陳葉，排腐木，可羅胡牀十八九居之。交絡之流，觸激之音，皆在牀下；翠羽之木，龍鱗之石，均蔭其上。古之人其有樂乎此耶？後之來者，有能追予之踐履耶？得意之日，與石渠同。吴先生曰：「襟抱偶然一露，是謂神到。」

由渴而來者，先石渠，後石澗；由百家瀨上而來者，先石澗，後石渠。澗之可窮者，皆出石城村東南，其閒可樂者數焉。其上深山幽林，逾峭險，道狹不可窮也。以上石澗之形狀及景物。

沈曰：「去路悠然。」汪曰：「結法與上各別。」○沈曰：「連袁家渴、石渠二篇，俱以『窮』字作線索。」又曰：「柳州遊山水記諸篇，有次第，有聯絡，而又不顯然露次第聯絡之跡，所以別於後人。」

世綵堂本「三之」下有「一」字，今依音辯。○禮記檀弓上鄭注曰：「堂，形四方而高。」○說文曰：「梱，門橛也。」曲禮上鄭注曰：「梱，門限也。」釋文曰：「梱，本又作『閫』。」爾雅釋宫曰：「西南隅謂之奥。」郭注曰：「室中隱奥之處。」釋文曰：「奥，本或作『隩』。」○書禹貢曰：「厥篚織文。」○揭，已見游黄溪記注。○太平御覽服用部八引風俗通曰：「靈帝好胡牀，董卓權胡兵之應也。」（服用部引曰：「靈帝好胡服帳。」後人有謂趙武靈王作胡牀，殆由此誤。）魏志武帝紀裴注引曹瞞傳曰：「公將過河，前隊適渡，超等掩至（馬超），公猶坐胡牀不起。」（藝文類聚服飾部下亦引之，較詳。）演繁露卷十曰：「今之交牀，制本自虜來，始名胡牀。『桓伊下馬據胡牀，取笛三弄』（晉書桓伊傳）是也。隋以讖有胡，改名交牀。」張端義貴耳集卷下曰：「今之交椅，古之胡牀也。」

小石城山記

輿地紀勝曰：「石城山，在城之東北，（「城之」二字當據明統志作「西山」。）柳子厚有小石城山記。（小，元誤「上」。）清統志曰：「石城山，在零陵縣西。縣志：此山與石城相似而差小，故名。」

自西山道口徑北，踰黃茅嶺而下，有二道。其一西出，尋之無所得。其一少北而東，不過四十丈，土斷而川分。有積石橫當其垠，其上爲睥睨梁欐之形，其旁出堡塢，有若門焉，窺之正黑，投以小石，洞然有水聲，其響之激越，良久乃已。環之可上，望甚遠，無土壤而生嘉樹美箭，益奇而堅。其疏數偃仰，沈曰：「四字盡山水之妙。」類智者所施設也。汪曰：「開出下文。」○以上小石城山之形狀。噫！吾疑造物者之有無久矣。發出異想。及是愈以爲誠有，又怪其不爲之於中州，而列是夷狄，更千百年不得一售其伎。茅曰：「暗影自家。」是固勞而無用，神者儻不宜如是，則其果無乎？或曰：「以慰夫賢而辱於此者。」吳北江曰：「此句淺露，非有度者之言。」或曰：「其氣之靈，不爲偉人，而獨爲是物，故楚之南少人而多石。」沈曰：「即片石可語意。」是二者，余未信之。茅曰：「不了語，讀之有遠音。」又曰：「借石之瑰瑋，以吐胷中之氣。」○儲同人曰：「惝怳然疑，摠東永州諸山水記，千古絕調。」

史記大宛傳集解曰：「徑，直也。」○楚辭九歎遠逝王注曰：「垠，岸涯也。」釋名釋宮室曰：「城上牆曰睥睨，言於其孔中睥睨非常也。」廣雅釋宮（從王氏訂）曰：「埤堄，女牆也。」王懷祖疏證曰：「埤堄，或作『俾倪』，或作『睥睨』，或作『僻倪』。玉篇引倉頡篇云：『堄，城上小垣也。』說文：『陴，城上女牆俾倪也。』宣十二年左傳『守陴者皆哭』，杜注云：『陴，城上僻倪。』」列子湯問篇：「秦青顧謂其友曰：昔韓娥東之齊，匱糧，過雍門，鬻歌假食，既去而餘音繞梁欐，三日不絕。」殷敬順釋文曰：「梁欐音麗，屋棟也。」莊子秋水篇曰：「梁麗可以衝城，而不可以窒穴，言殊器也。」釋文曰：「梁麗，司馬、李音禮，一音如字。司馬云：『梁麗，小船也。』崔云：『屋棟也。』」成玄英疏曰：「梁，屋梁也；麗，屋棟也。」步瀛案：「梁麗」「梁欐」字同，此文與「睥睨」連舉，當從崔譔「屋棟」之訓。（俞陰甫諸子平議卷十八謂：「梁麗，疑是衝車之有樓者。」郭孟純莊子集釋駁之謂：「列子力命篇『居則連欐』、文選司馬長卿上林賦『連卷欐佹』，注：『欐佹，支柱也。』欐者附著，佹者交午，『欐』與『麗』同。廣韻：『麗，著也。』玉篇：『麗，偶也。』柱偶曰麗，棟梁相附著亦曰麗，正謂椽柱之屬，當從崔說爲勝。爲梁麗必材之大者，故可用以衝城，不當泥視。」）○廣韻三十二皓曰：「堢，障小城，博抱切，『堡』同。」又曰：「塢，村塢，亦壁壘。」說文曰：「小障也，一曰庳城也，安古切，『隖』同。」通俗文曰：「營居曰塢。」○左昭二年曰：「韓宣子來聘，宴于季氏，有嘉樹焉。」美箭，見石渠記注。○左文十六年杜注曰：「數，不疏。」釋文曰：「數音朔。」詩北山：「或棲遲偃仰。」孟子滕文公上趙注曰：「偃，伏也。」○中州，已見韓退之送廖道士序注。○伎，「技」通借字。

柳州山水近治可游者記

柳集此上爲柳州東亭記，作於元和十二年九月。此文舊注曰：「記不書其年月，然當與前記先後作。」

古之州治，在潯水南山石閒，今徙在水北，直平四十里，南北東西皆水匯。汪曰：「總一句。」北有雙山，夾道嶄然，曰背石山。有支川，東流入于潯水。潯水因是北而東，盡大壁下。其壁曰龍壁，其下多秀石，可硯。南絶水，有山無麓，廣百尋，高五丈，下上若一，曰甑山。山之南皆大山，多奇，又南且西曰駕鶴山，壯聳環立，古州治負焉。汪曰：「隨手又帶古州治。」有泉在坎下，恒盈而不流。南有山，正方而崇類屏者曰屏山，其西曰四姥山，皆獨立不倚，北流潯水瀨下。又西曰仙弈之山，山之西可上，其上有穴，穴有屏有室有宇，其宇下有流石成形，如肺肝，如茄房，或積于下，如人如禽如器物甚衆。何曰：「先敍山之所有。」東西九十尺，南北少半。東登入小穴，常有四尺，則廓然甚大，無竅，正黑，燭之，高僅見其宇，皆流石怪狀。由屏南室中入小穴，倍常而上，始黑，已而大明，爲上室，由上室而上，有穴，北出之，乃臨大野，飛鳥皆視其背。蔣曰：「極形其高。」其始登者，得石枰於上，黑肌而赤脈，十有八道，可弈，故以云。何曰：「始敘山之所由名。」其山多檉，多櫧，多篔簹之竹，多橐吾，其鳥多秭歸。以上按東西南北，寫諸山水之形狀及景物。

元和郡縣志曰：「嶺南道柳州：本漢鬱林郡潭中縣之地。隋開皇十一年，改潭中爲桂林縣，仍析桂林爲馬平縣，屬象州。武德四年，於此置昆州，又改爲南昆州。貞觀八年，改爲柳州，因柳江爲名。」輿地紀勝曰：「柳州：柳水，一名潯水。」案：已見韓退之柳州羅池廟碑注。○玄應一切經音義三引三蒼曰：「匯，水迴也。」○玉篇曰：「嶃，仕咸切，山石高峻皃。」輿地紀勝引「嶄」作「軒」。○明統志曰：「廣西柳州府：夾道雙山在府城北一十里，東山曰桃竹，西山曰雀兒（名勝志作「雀岡」）。」清統志曰：「背石山，在馬平縣西北三十里。」○明統志曰：「柳州府：龍壁山，在府城東北一十五里，中有石壁峭立，下臨灘瀨。」清統志曰：「龍壁山，在馬平縣東北二十五里。」○詩旱麓毛傳曰：「麓，山足也。」○輿地紀勝曰：「甑山，在馬平縣東南一里，如甑。」玄應一切經音義十引字林曰：「甑，炊器也。」○輿地紀勝曰：「駕鶴山，在馬平縣，傍臨大江。」清統志曰：「駕鶴山，在馬平縣東南，縣志：在縣東南隅，隔江聳立如弧鶴，下有長塘，冬夏皆不涸。」○易說卦傳曰：「坎，陷也。」○輿地紀勝曰：「屏山，在馬平縣東南一里，其山方正類屏，故名。」○明統志曰：「柳州府：四姥山，在府城西五里，其山四面對峙，故名。」○北流潯水瀨下，音辯曰：「流，一本作『沈』。」世綵堂本作「沈」。李穆堂（紱）別稾卷三十六曰：「『流』當作『枕』。」姚姬傳類纂取之。吳先生曰：「李說非是，史記天官書『中國山川東北流』，此『流』字所本也。」又曰：「『北流潯水瀨下』六字，承『潯水因是北而東』爲文，此上諸山皆在潯水南，此山在潯水北也。」○太平寰宇記曰：「嶺南道柳州：

仙人山，在州西南山上，有石形如仙人。」清統志曰：「仙弈山，在馬平縣西南，亦名仙人山。」○茄房，即蓮房。說文曰：「茄，夫渠莖。」文選西京賦「蔕倒茄於藻井」，薛注曰：「茄，藕莖也。」漢書楊雄傳反騷曰：「矜芰茄之緑衣兮。」顔注曰：「茄，亦『荷』字，見張揖古今字譜。」○考工記鄭注曰：「八尺曰尋，倍尋曰常。」○玉篇曰：「枰，博局也。」○文選吴都賦曰：「其竹則篔簹箖箊。」劉注曰：「皆竹名也。」異物志曰：「篔簹生水邊，長數丈，圍一尺六寸，一節相去六七尺，或相去一丈，廬陵界有之。」○爾雅釋草曰：「菟奚顆涷。」郭注曰：「款冬也，紫赤花，生水中。」釋文曰：「案本草云：款冬，一名橐吾，一名顆涷，一名虎鬚，一名菟奚，一名氐冬。」廣雅釋草曰：「苦萃，款涷也。」（王懷祖曰：「『款』或作『款』，『凍』或作『涷』。」）急就篇曰：「半夏皁莢艾橐吾。」顔師古注曰：「橐吾，似款冬，而腹中有絲，生陸地，華黄色，一名獸須。」（王深寧曰：「獸須，虎鬚也。」步瀛案：唐諱「虎」字曰「獸」；「須」乃「鬚」之本字。）急就篇又曰：「款東貝母薑狼牙。」顔注曰：「款東，即款冬也，亦曰款涷，以其凌寒叩冰而生，故爲此名也。生水中，華紫赤色，一名兔奚，亦曰顆東。」王深寧補注曰：「本草以款冬爲橐吾，此又有款冬，則橐吾別是一物，當考。」王懷祖廣雅疏證曰：「案藝文類聚引吴普本草云『款冬十二月花黄白』（卷八十一草部上），陶隱居本草注云：『款冬第一出河北，其形如宿蓴，未舒者佳，其腹裏有絲。』（證類本草七引之）然則腹有絲而華黄者即是款冬，顔師古以此爲橐吾，未審所據。」郝蘭皋爾雅義疏曰：「本草，款冬、橐吾爲一物；如急就篇，橐吾、款冬又爲二物。顔師古注以『款冬生水中，華紫赤色；橐吾腹中有絲，生陸，華黄色』，然陶注言腹有絲者，即是款冬，非橐吾，則此蓋一類二種也。」○爾雅釋鳥曰：「巂周。」郭注曰：「子巂鳥出蜀中。」說文曰：「巂，周燕也。一曰蜀王望帝婬其相妻，慙，亡去，爲子巂鳥，故蜀人聞子巂鳴，皆起曰是望帝也。」廣雅釋鳥曰：「鶤鴂，鷤鴂，子鳺也。」王懷祖疏證曰：「子鳺，劉逵蜀都賦注引蜀記作『子規』，御覽引蜀王本紀作『子鳺』（羽族部十），華陽國志作『子鵑』（蜀志）。案蕭該漢書音義云『蘇林鷤鳺音殄絹』（楊雄傳），是『鳺』『鵑』同聲也。『子鳺』之轉聲則爲『姊歸』，高唐賦『姊歸思婦，其鳴喈喈』，李善注引郭璞釋爾雅『巂周』云：『或曰即子規，一名姊歸。』今爾雅注無之，蓋音義之文也。御覽引臨海異物志云：『鷤鳺，一名杜鵑，春三月鳴，晝夜不正，當陸子孰，鳴乃得止耳。』邵二雲爾雅正義曰：「史記曆書云『百草奮興，姊鳺先滜』，徐廣以爲即子規也。」步瀛案：此作「秭歸」，亦猶高唐賦之作「姊歸」，史記曆書之作「秭鳺」也。

石魚之山，（汪曰：「石魚山及雷山，陡然直起，而下文將『在多秭歸西』『在立魚南』二句組合，點法奇變，此斷續法也。」）全石，無大草木，山小而高，其形如立魚，在多秭歸西。有穴，類仙弈。入其穴，東出，其西北靈泉在東趾下，有麓環之，泉大類轂雷鳴，（沈曰：「隨敘隨釋，類水經注。」）西奔二十尺，有洄，在石澗，因伏無所見，多緑青之魚，多石鯽，多鯈。雷山兩崖皆東面，雷水出焉，蓄崖中曰雷塘，能出雲氣，作雷雨，變見有光，禱用俎魚、豆彘、脩形、糈稌、陰酒，虔則應，在立魚南。其閒多美山，無名而深。（沈曰：「又用虛敘。」）峨山在野中，無麓。（汪曰：「點法又變。」）峨水出焉，東流入于潯水。（汪曰：「一句組合潯水。」○茅曰：「全是敘事，不著一句議論，卻澹宕風雅。」汪曰：「零零碎碎敘去，而其中自有線索，打成一片，此天下奇文也。若但以其將南北東西分敘，而謂爲似史記天官書，猶皮相耳。」何曰：「此篇多擬山經。」）

輿地紀勝曰：「立魚山，在馬平縣，狀如植鰭，下有巖，巖出靈泉，甘而冽。」清統志曰：「石魚山，在馬平縣西南二里。」○說文曰：「轂，輻所湊也。」○玄應一切經音義一引三蒼曰：「洄，水轉也。」○證類本草二十引圖經曰：「鯽魚，似鯉魚，色黑而身促，肚大而脊高，亦有大者，至重二三斤。又黔州有一種重脣石鯽魚，亦其類也。」○儵，已見石渠記注。○清統志曰：「雷山，在馬平縣南十里。」○皆東面，各本作「西」，姚曰：「『西』字當作『面』。」吴先生曰：「姚説是。」今從之。○輿地紀勝曰：「雷塘，在水南，距城七里，四壁高山，巖穴黝黑，神靈所憑，直下有潭無底，遇旱，沈以牲幣，能興雲致雨。」清統志曰：「雷塘廟，在馬平縣南十里雷山，唐柳宗元有禱雨文。」○説文曰：「脩，脯也。」方望溪曰：「形，當作『鉶』。」案：周禮天官内饔曰：「掌共羞、脩、刑、膴、胖、骨、鱐，以待共膳。」外饔曰：「共其脯脩刑膴。」鄭注曰：「脩，鍛脯也；刑，鉶羹也。」粇，當從禾作「稌」，南山經曰：「糈用稌米。」郭注曰：「糈，祀神之米，名稌稻也。」玉篇曰：「糈，先吕切。」太平御覽飲食部一引春秋緯曰：「凡黍爲酒，陽據陰乃能動，故以麴釀黍爲酒。」注曰：「麴，陰也。是先漬麴，黍後入，故曰陽相感皆據陰也。相得而沸，是其動也。凡物陰陽相感，非唯作酒。」○峨山，見韓退之羅池廟碑注。○明統志曰：「柳州府：鵝水，在府城西南四十里，流入柳江。」清統志曰：「鵝江，在馬平縣西南四十里，即峨水也。」○輿地紀勝曰：「柳水，一名潯水。」清統志曰：「府志：柳江環府城西南東三面，折而東南，與鷲江、洛清江會，曰三江口，即雒容縣之江口鎮。」

伊尹五就桀贊

孟子告子下曰：「五就湯，五就桀者，伊尹也。」趙注曰：「伊尹爲湯見貢於桀，桀不用而歸湯，湯復貢之，如此者五。思濟民，冀得施與其道也。」鬼谷子忤合篇曰：「伊尹五就湯，五就桀，然後合於湯。」淮南子泰族篇曰：「伊尹五就桀，五就湯，將欲以濁爲清，以危爲寧也。」蘇子瞻書柳子厚論伊尹曰：「讀柳宗元五就桀贊，終篇皆言伊尹往來兩國之閒，俟其有意，欲教誨桀而全其國耶。不然，湯之當王也久矣，伊尹何疑焉？桀改過而免於討，可庶幾也。能用伊尹而得志於天下，雖至愚知其不然。宗元意欲自解其從王叔文之罪也。」韓仲雅曰：「按子厚以附王叔文見逐，嘗與許京兆（孟容）書云：『早歲與負罪者親善，始奇其能，謂可以共立仁義，裨教化，過不自料，廑廑勉勵，惟以忠正信義爲志，以興堯、舜、孔子之道，利安元元爲務，不知愚陋不可力强。』其素志如此，今又作此陰自解說，以言居勢順便可以速得志耳。」吴先生曰：「此子厚解嘲之作，非强顔作高語，其所自負故如此也。」又評蘇文曰：「用伊尹而得志於天下，理固有之，桀治而湯固終身侯服，不必王也。」

伊尹五就桀，或疑曰：「湯之仁，聞且見矣；桀之不仁，聞且見矣。夫胡去就之亟也？」柳子曰：「惡！是吾所以見伊尹之大者也。彼伊尹，聖人也。聖人出於天下，不夏商其心，心乎生民而已。」曰：「孰能由吾言？由吾言者爲堯舜，而吾生人堯舜人矣。」退而思曰：「湯誠仁，其功遲；桀誠不仁，朝吾從而暮及於天下可也。」於是就桀。桀果不可得，反而從湯。」既而又思曰：「尚可十一乎？使斯人蚤被其澤也。」又往就桀，桀不可，而又從湯。以至於百一、千一、萬一，卒不可，乃相湯伐桀，俾湯爲堯舜，而人爲堯舜之人。是吾所以見伊尹之大者也。吴北江曰：「英壯磊落，由其理盛，故其詞岸偉而其氣雄厚。」仁至於湯矣，四去之；不仁至於桀矣，五就之。大人之欲速其功如此。不然，湯、桀之辨，一恒人盡之矣，又奚以憧憧聖人之足觀乎？吾觀聖人之急生人，莫若伊尹；伊尹之大，莫若於五就桀。作伊尹五就桀贊：

左傳隱元年釋文曰：「亟，欺冀反，數也。」○孟子公孫丑上趙注曰：「曰惡者，深嗟歎也。」音義曰：「惡音烏。」○吾生人堯舜人矣，「人」即「民」字，下「人」字除「大人」「恒人」「聖人」外，餘亦皆「民」字。○孟子萬章上曰：「伊尹思天下之民，匹夫匹婦有不被堯舜之澤者，若己推而內之溝中。」○孟子萬章上曰：「伊尹曰：『吾豈若使是君爲堯舜之君哉？吾豈若使是民爲堯舜之民哉？』」○易咸九四曰：「憧憧往來。」釋文引劉瓛曰：「憧憧，意未定也。」

聖有伊尹，思德於民，往歸湯之仁。曰仁則仁矣，非久不親。退思其速之道，宜夏是因。就焉不可，復反亳殷。猶不忍其遲，亟往以觀。庶狂作聖，一日勝殘。至千萬冀一，卒無其端。五往不疲，其心乃安。遂升自陑，黜桀尊湯，遺民以完。大人無形，與道爲偶。道之爲大，爲人父母。大矣伊尹，惟聖之首。既得其仁，猶病其久。恒人所疑，我之所大。嗚呼遠哉，志以爲誨。序意態孱岸，贊筆意從橫，而句句遏抑之，使人忘其爲有韻之文。

書序曰：「盤庚五遷，將治亳殷。」史記殷本紀集解引鄭玄曰：「治於亳之殷地，商家自此徙，而改號曰殷亳。」殷本紀曰：「湯始居亳。」漢書地理志河南郡偃師縣原注曰：「尸鄉，殷湯所都。」殷本紀正義引括地志曰：「亳邑故城，在洛州偃師縣西十四里，本帝嚳之墟，商湯之都也。」清統志曰：「河南府：亳城，在偃師縣西，亦曰尸鄉。」○「民」「仁」「親」「因」「殷」韻。○書多方曰：「惟狂克念作聖。」○論語子路篇曰：「善人爲邦百年，亦可以勝殘去殺矣。」集解引王肅曰：「勝殘者，勝殘暴之人，使不爲惡也。」○書序曰：「伊尹相湯伐桀，升自陑，遂與桀戰于鳴條之野。」僞孔傳曰：「陑，在河曲之南。」孔疏曰：「蓋在今潼關左右。」○「觀」「殘」「端」「安」「完」韻。○淮南子原道篇曰：「夫道者，包裹天地，稟授無形。」（文子道原襲之）○詩泂酌曰：「豈弟君子，民之父母。」○「偶」「母」「首」「久」「大」「誨」韻。（韓柳韻文，不泥今韻，而亦不盡與古韻相合，當分別觀之。）

劉夢得

劉禹錫，字夢得，彭城人（今江蘇銅山縣），自言系出中山。貞元九年，擢進士第，登博學宏詞科。王叔文用事，引參謀議，轉屯田員外郎、判度支鹽鐵。叔文敗，貶連州刺史，在道貶朗州司馬。元和十年召還，宰相欲置之郎署，時禹錫作遊玄都觀詠看花君子詩，語涉譏刺，執政不悦，復出爲播州刺史。裴度爲言憲宗：「禹錫母老不能往，當與其子死訣，恐傷陛下孝治。」乃改授連州，徙夔、和二州。久之，徵入，拜主客郎中，復作游玄都觀詩，人薄其行，俄分司東都。宰相裴度雅知禹錫，欲令知制誥，薦爲禮部郎中、集賢院直學士。度罷，又出刺蘇州，徙汝、同，遷太子賓客，復分司東都。會昌時，加檢校禮部尚書。卒，贈户部尚書。新舊唐書皆有傳。○吴先生曰：「韋處厚子蕃，請李翺之爲其父作集序，許而未就，後謂蕃曰：『翺昔與韓吏部退之爲文章盟主，同時倫輩柳儀曹宗元、劉賓客夢得耳。韓柳逝久矣，今翺又被病。有孤前言，子將薦誠於劉君乎？』翺之卒後，夢得序韋集，具載翺之此語，殆當時公評也。」

唐故尚書禮部員外郎柳君集紀

夢得父名緒，故避嫌名，以「紀」爲「序」。論衡自紀，即自序也。

八音與政通，而文章與時高下。三代之文，至戰國而病，涉秦漢復起。漢之文至列國而病，唐興復起。夫政厖而土裂，三光五嶽之氣分，大音不完，故必混一而後大振。以上文章關乎國運盛衰。

禮記樂記曰：「聲音之道，與政通矣。」○書僞周官僞孔傳曰：「厖，亂也。」柳集載此序舊注曰：「分，扶問切，羣經音辨：分，限也。」○老子曰：「大音希聲。」

初，貞元中，上方嚮文章，昭回之光，下飾萬物，天下文士，争執所長，與時而奮，粲焉如繁星麗天，而芒寒色正，人望而敬者，五行而已。河東柳子厚，斯人望而敬者歟！以上子厚之文見重當時。

詩棫樸曰：「倬彼雲漢，昭回於天。」○左傳襄二十八年孔疏曰：「五星者，五行之精也。」

子厚始以童子有奇名於貞元初，至九年爲名進士，十有九年爲材御史，二十有一年以文章稱首，入尚書，爲禮部員外郎。是歲，以疎雋少檢獲訕，出牧邵州，又謫佐永州。居十年，詔書徵不用，遂爲柳州刺史，五歲不得召歸。以上子厚事迹大略。

子厚事實，已見韓退之所撰墓志及注。○唐江南道邵州治邵陽縣，今湖南邵陽縣治。○左宣十五年杜注曰：「雋，絕異也。」○集無「歸」字。

病且革，留書抵其友中山劉禹錫曰：「我不幸卒以謫死，以遺草累故人。」禹錫執書以泣，遂編次爲三十通行於世。以上編次子厚遺集。

柳集舊注曰：「革音亟，急也。」○新唐書藝文志載柳子厚集三十卷，與此序合。柳集改爲四十五，乃後人所增，非劉夢得所編之舊矣。

子厚之喪，昌黎韓退之誌其墓，且以書來弔曰：「哀哉若人之不淑！吾嘗評其文，雄深雅健似司馬子長，崔蔡不足多也。」安定皇甫湜於文章少所推讓，亦以退之之言爲然。凡子厚名氏與仕與年，暨行己之大方，有退之之誌若祭文在，今附於第一通之末云。以上論其文，並附墓誌、祭文於集末。○雅健與子厚相近。古人爲人作文集序，往往即肖其人之文，此文亦是也。

司馬遷字，史記、漢書皆不載，楊子法言寡見、君子二篇稱司馬子長，論衡變動、須頌、超奇、案書、自紀等篇，張衡應間，皆稱之。文選報任安書題曰司馬子長。○文選沈休文宋書謝靈運傳論曰：「王褒、劉向、楊、班、崔、蔡之徒，異軌同奔，遞相祖述。」李善注曰：「范曄後漢書曰：『崔駰年十三，能通百家，善屬文。』又曰：『蔡邕少博學，好辭章。』」案：駰傳曰：「字亭伯，涿郡安平人。」邕傳曰：「字伯喈，陳留圉人。」○漢書張耳陳餘傳注曰：「多，猶重也。」

彭陽侯令狐氏先廟碑

舊唐書令狐楚傳曰：「楚字慤士，自言德棻之裔。（舊唐書德棻傳曰：「宜州華原人。」新傳曰：「其先乃敦煌右族。」）弱冠應進士，貞元七年登第。元和十四年，授朝議大夫、中書侍郎、同平章事。穆宗即位，出爲宣歙觀察使，再貶衡州刺史。長慶元年，分司東都。敬宗即位，用楚爲河南尹、兼御史大夫。其年九月，檢校禮部尚書，汴州刺史，宣武軍節度、汴宋亳觀察等使。太和二年九月，徵爲户部尚書。三年三月，檢校兵部尚書、東都留守。」又曰：「九年六月，進封彭陽郡開國公。」案：新舊書皆不言楚何年爲彭陽侯，劉夢得令狐公集紀亦略而不言，以此文攷之，當即在留守東都時也。又案：李義山集有代彭陽公遺表，徐藝初（樹穀）箋曰：「漢地理志安定郡有彭陽縣，匈奴傳『單于遂至彭陽』，師古曰：『即今彭陽縣。』是其故城在今陝西平涼府鎮原縣東八十里也（今屬甘肅）。周封令狐熙之父以此，唐無彭陽，其封楚，蓋仍其先祖之號耳。」○文苑作東都留守令狐楚家廟碑，全唐文從之，文粹作唐宣武軍節度副大使檢校禮部尚書令狐公先廟碑銘并序，今依本集。

今上元年七月十三日，汴州刺史、宣武軍節度副大使知節度事、汴宋亳等州觀察處置使、銀青光禄大夫、檢校禮部尚書、兼御史大夫、上柱國、彭陽縣開國伯令狐公西鄉拜章上言：「守臣楚蒙被恩澤，列爲元侯，得立家廟，以奉常祀。」制書下其奏于有司，於是善相考祥，得地于京師通濟里。居無何，新廟成。公以守藩故，申命季弟監察御史定卜牲練日。越八月丁亥，祔饗三室，焰墉以尚幽，設幄以迎精，禮無尤違，神用寧謐。第一室曰秦州上邽縣尉諱濬，以妣贈太原郡夫人河東柳氏配；第二室曰緜州昌明縣令贈吏部尚書諱崇亮，以妣贈太原王氏配；第三室曰太原府功曹參軍贈太子太保諱承簡，以妣贈魏國太夫人富春孫氏配。以上立廟。

今上元年，文宗太和元年也。舊書文宗紀曰：「諱昂，穆宗第二子，封江王。寶曆二年十二月八日，敬宗遇害，樞密使王守澄、中尉梁守謙迎上于江邸。乙巳，即位於宣政殿。」○汴州刺史以下，並見韓退之董公行狀注。唐六典卷二曰：「吏部郎中凡敍階二十九，從二品曰銀青光禄大夫。」又曰：「司封郎中封爵凡有九等，七曰縣伯，正四品，食邑七百户。」○左襄四年：「穆叔曰：三夏，天子所以享元侯也。」杜注曰：「元侯，牧、伯。」○唐六典卷四曰：「祠部郎中、員外郎，掌祠祀享祭，凡官爵二品以上祠四廟，五品以上祠三廟。」

唐會要卷十九曰：「開元十二年敕：一品許祭四廟，三品許祭三廟。」○易履上九曰：「視履考祥。」○長安志卷八：「朱雀街東第三街，即皇城東之第一街，街東從北而南，次十七爲通濟坊，（原注曰：「坊南街抵城之南面。」）有山南西道節度使（此舉其最後之官）令狐楚家廟。」○新書宰相世系表曰：「定字履常。」餘見後。○禮記祭義曰：「古者天子、諸侯必有養獸之官，及歲時，齊戒沐浴而躬朝之，犧、牷祭牲必於是乎取之。君召牛，納而視之，擇其毛而卜之，吉，然後養之。」漢書禮樂志郊祀歌曰：「練時日。」顔注曰：「練，選也。」○書洛誥「越六日」「越三日」，僞孔傳及孔疏皆訓「越」爲「於」。案舊書文宗紀「元年八月庚寅朔」，是月不當有丁亥，疑有誤。○三品祭三廟，故有三室。韓退之烏氏廟碑曰：「八月廟成，三屋同宇。」魏博節度使先廟碑亦曰「得立廟祭三代」，下云「初室、二室、東室」。夢得興元節度使王公先廟碑亦云「祔其主於三室」，後以王涯拜司空乃增第四室也。皆可與此相證，其餘不可勝舉。○埳墉，謂藏主之處。通典吉禮七引公羊説：「主藏太廟室西壁中，以備火災。」注曰：「西方長老之處，尊之也。」左昭十八年疏引白虎通曰：「主祏納之西壁。」即本公羊説也。穀梁文二年疏亦引之。又載麋信引衛次仲曰：「宗廟主皆用栗，若祭訖，則内於西壁埳中，去地一尺六寸。」續漢書禮儀志下劉注引漢舊儀曰：「高帝崩三日，小斂室中墉下。（元作「牖下」，誤。陳卓人公羊義疏三十八、白虎通疏證十二引皆作「墉下」，今從之，下同。）作栗木主，置墉中。已葬，收主。爲木函，藏廟太室中西牆壁埳中。」又祭祀志下注引摯仲洽決疑要注曰：「毀廟主藏廟外户之外，西墉之中，（「墉」亦誤「牖」，今依通典吉禮七引改。）有石函，名曰宗祏，函中有笥以盛主。」陳卓人白虎通疏證卷十二曰：「以西者，長老之處，地道尊右，鬼神幽陰故也。」○周禮天官掌次曰：「凡祭祀，張尸次。」鄭注曰：「尸則有幄。」又幕人注曰：「四合象宫室曰幄。」○詩四月鄭箋曰：「尤，過也。」○爾雅釋詁曰：「謐，静也。」○唐隴右道秦州上邽縣，在今甘肅天水縣西南。○唐劍南道巂州昌明縣，今四川彰明縣治。○新書世系表曰：「承簡字居易，太原功曹參軍。」唐六典卷三十曰：「京兆、河南、太原府功曹參軍事二人，正七品下。」○富春縣，漢屬會稽郡，後屬吳郡，今浙江富陽縣治。

明年十月，公由浚郊，以介圭入覲，真拜户部尚書，進爵爲魯侯。既辭戎旃，得以列侯謁三廟。是歲南至，上不視朝，又得以時展祭。先期致齋，栗然以敬，既齋盡志，歆然永思，奉其百順，陳以具物，始躋而虔恭，終獻而汍瀾。既卒事，顧麗牲之石，宜有刊紀，乃俾家老，授其牒于所知云。以上請撰碑銘。

夢得令狐公集紀曰：「文宗纂服，三年冬，上表以大臣未識天子，願朝正月。制曰『可』。操節入覲，遷户部尚書。」案：士懿入朝在太和二年，此云三年，殆合寶曆二年即位計之耳，否則「三」爲「二」字之誤。舊書文宗紀曰：「太和二年冬十月癸酉，以李逢吉爲宣武軍節度使，代令狐楚，以楚爲户部尚書。」○詩干旄曰：「在浚之郊。」元和郡縣志曰：「河南道汴州：今爲汴宋節度使理所。戰國魏都，史記『魏惠王自安邑徙理大梁』，（魏世家「理」作「治」，唐避諱改。）即今之浚儀縣，秦爲三川郡地，漢陳留郡之浚儀縣也。」清統志曰：「河南開封府：浚儀故城，在祥符縣（今開封縣）西北。」○唐六典卷二曰：「封爵九等，六曰縣侯，從三品，食邑一千户。」○文選謝玄暉拜中軍記室辭隨王牋曰：「契闊戎旃。」李善注曰：「周禮九旗，通帛曰旃。」案：春官司常作「旜」，字同。○詩韓奕曰：「以其介圭，入覲于王。」崧高鄭箋曰：「圭長尺二寸，謂之介，非諸侯之圭。諸侯之瑞圭，自九寸而下。」○左僖五年曰：「春王正月辛亥，朔，日南至。」杜注曰：「周正月，今十一月，冬至之日，日南至。」唐會要卷二十四曰：「建中二年十一月二十日敕：宜以冬至日受朝賀。」又曰：「元和十一年十一月日南至，不受朝賀，以司徒馬燧出葬故也。」太和二年十一月日南至不朝，新舊文紀皆不載。○晉語二韋注曰：「展，伸也。」○禮記祭義曰：「致齊於內。」釋文曰：「齊，側皆反。」祭統曰：「致齊三日。」案：齊，「齋」之通借字。○書皋陶謨「寬而栗」，僞孔傳釋爲「莊栗」，此文同。○祭統曰：「外則盡物，內則盡志，此祭之心也。」○周語下韋注曰：「歆猶欣欣喜服也。」（明道本無「欣欣」二字，「喜」作「嘉」。）祭義曰：「齋之日，思其居處，思其笑語，思其志意，思其所樂，思其所嗜。」○祭統曰：「賢者之祭也，必受其福。福者，備也，備者，百順之名也。」○祭義曰：「比時具物不可以不備。」○穀梁文二年傳曰：「躋，升也。」左莊二十四年杜注曰：「虔，敬也。」○文選歐陽堅石臨終詩曰：「揮筆泣汍瀾。」陸士衡弔魏武帝文曰：「涕垂睫而汍瀾。」漢書息夫躬傳絕命辭曰：「涕泣流兮萑蘭。」注引傳瓚曰：「萑蘭，涕泣闌干也。」案：「萑蘭」與「汍瀾」同。○祭義曰：「祭之日，君牽牲，既入廟門，麗于碑。」孔疏曰：「麗，繫也。君牽牲入廟門，繫著中庭碑也。」文心雕龍誄碑篇曰：「宗廟有碑，樹之兩楹，事止麗牲，未勒勳績，而庸器漸缺，故後代用碑，以石代金，同乎不朽。」徐楚金說文繫傳卷十八曰：「按古宗廟立碑以繫牲耳，後人因其上紀功德。銘勒功德，當始於宗廟麗牲之碑也。」○儀禮聘禮鄭注曰：「老，家臣也。」○說文曰：「牒，札也。」集作「諜」，文苑、文粹皆作「牒」，全唐文同，今從之。

令狐，晉邑也，晉大夫魏顆以輔氏之功始封焉。其易名曰文，國語所謂令狐文子是已。其先周文王之昭，畢公高之裔，畢萬爲晉卿，始封于魏，自萬至顆蓋四世。其後三十七世藍田侯虯，仕拓跋魏，爲燉煌郡太守，子孫因家，遂占數爲郡人。藍田之孫熙，在隋爲納言。惟上邽府君，納言之玄孫，道克肖而位不至；惟尚書府君，西州之右族，光未耀而德已基；惟太保府君，志爲君子儒，以經明居上第，調補陽安縣主簿，歷正平尉、汾州司法參軍、陜州大都督府兵曹，終于太原府首掾。始以顓經進，既仕，旁通百家，愛穀梁子清而婉，左丘明國語辨而工，司馬遷史記文而不華，咸手筆朱墨，究其微旨。愷悌以肥家，信誼以急人，德充齒耋，獨享天爵，故休祐集于身後，徽章流乎佳城。凡以子貴，承澤降命書告第者，始贈尚書祠部郎中，再贈禮部尚書，三加右僕射，四進太保，五爲上公。先夫人亦四徙封，蜜印纍纍，邦族聳慕。以上詳敘先世。

左僖二十四年：「晉公子濟河，圍令狐。」文七年：「晉敗秦師于令狐。」杜注曰：「令狐在河東。」水經涑水注曰：「涑水又西逕猗氏縣故城北。」闞駰曰：「令狐即猗氏也。」史記秦本紀正義引括地志曰：「令狐故城，在蒲州猗氏縣界十五里。」清統志曰：「山西蒲州府：令狐城，在猗氏縣西，縣志：今名令狐村。」○元和姓纂卷五曰：「令狐，周文王、畢公高之後，有畢萬仕晉，孫魏犨武子生顆，别封令狐，因氏焉。」左宣十五年曰：「秋七月，秦桓公伐晉，次于輔氏，魏顆敗秦師于輔氏，獲杜回，秦之力人也。」杜注曰：「輔氏，晉地。」清統志曰：「陝西同州府：輔氏城，在朝邑縣西北，縣志：在縣西北十三里。」○令狐文子，乃魏顆子頡也，此文誤。晉語七曰：「公即位（悼公），使彘恭子將新軍，使令狐文子佐之，曰：昔魏顆以其身却退秦師于輔氏，親止杜回，其勳銘於景鐘，至于今不育，其子不可不興也。」韋注曰：「文子，魏犨之孫，顆之子魏頡也。」左成十八年曰：「使魏頡爲卿。」杜注曰：「頡，魏顆子。」案：易名，見梁敬之答蘇端駁楊綰謚議注。○左閔元年曰：「晉侯賜畢萬魏。」史記魏世家曰：「魏之先，畢公高之後也，畢公高與周同姓。」索隱曰：「左傳（僖二十四年）富辰説文王之子十六國，有畢、原、酆、豐，言畢公是文王之子；此云與周同姓，似不用左氏之説。馬融亦云：畢、毛，文王庶子。」新書世系表曰：「令狐氏出自姬姓，周文王子畢公高裔孫畢萬爲晉大夫，生芒季，芒季生武子魏犨，犨生顆，以獲秦將杜回功，列封令狐，生文子頡，因以爲氏。」案：魏世家云「畢萬生武子」，無芒季一代，索隱引世本「畢萬生芒季，芒季生武仲州」，謂「州與犨聲相近，字異耳，代亦不同」。步瀛案：此云四世，則數芒季一代，從世本也。○新書世系表曰：「令狐氏世居太原。秦有太原守五馬亭侯範。十四世孫漢建威將軍邁，與翟義起兵討王莽，兵敗死之。三子伯友、文公、稱，皆奔燉煌，伯友入龜茲，文公入疏勒，稱爲故吏所匿，遂居効轂。（當作「穀」，縣名，在今燉煌縣西。）稱六子：扶、堅、由、羨、瑾、猛。由字仲平，後漢伊吾都尉，六子：禹、霸、容、明、渙、淳。禹字巨先，博陵太守，四子：輝、洽、延、溥。溥字文悟，蒼梧太守，三子：璜、叡、瑒。溥五世孫晉諫議大夫馨，馨孫亞，字就胤，前涼西海太守、安人亭侯，二子：璉、綏。亞孫敏，字永昌，前涼鳴沙令，四子：達、忠、襄、越。敏五世孫虯，字惠獻，後魏燉煌郡太守、鸇陰縣子。」案此則自頡至虯當爲三十五世，此云「三十七世」，亦不合。蓋譜牒之數難悉究也。周書令狐整傳曰：「整字延保，燉煌人也。世爲西土冠冕。曾祖嗣，祖詔安（北史整傳作「紹安」），並官至郡守。父虯，仕歷瓜州司馬、燉煌郡守、郢州刺史，封長城縣子。」不言封藍田侯。案：拓跋魏，已見韓退之柳子厚墓誌銘注。魏書地形志瓜州下郡縣闕，隋書地理志上敦煌郡注曰：「舊置瓜州。」敦煌縣注曰：「舊敦煌郡，後周併效穀、壽皇二郡入焉。又併敦煌、鳴沙、平康、效穀、東鄉、龍勒六縣爲鳴沙縣。開皇初郡廢，大業置敦煌郡，改鳴沙爲敦煌。」案：今甘肅敦煌縣治。○隋書令狐熙傳曰：「熙字長熙，敦煌人也。父整，仕周，官至大將軍，始、豐二州刺史。熙襲爵彭陽縣公，歷司勳、吏部二曹大夫。高祖受禪之際，熙以本官行納言事，尋除司徒長史，加上儀同，進爵河南郡公。」案：熙仕至安州刺史，此云納言，據隋初而言耳。隋書百官志下曰：「門下省納言二人。」唐六典卷八曰：「後魏侍中六人。後周天官府置伯御中大夫二人；武帝改爲納言，蓋侍中之職也；宣帝末，又別置侍中，爲加官。隋氏諱忠，改爲納言，置二人，正三品，掌陪從。」○爾雅釋親曰：「曾孫之子爲玄孫。」○晉書歐陽建傳曰：「世爲冀方右族。」史記孝文本紀索隱曰：「右，猶高也。」後漢書郭伋傳注曰：「右姓，猶高姓也。」○論語雍也篇：「子謂子夏曰：汝爲君子儒，無爲小人儒。」集解引馬融曰：「君子爲儒，將以明其道；小人爲儒，則矜其名也。」○顓經，文苑作「明經」，文粹作「經學」。案：明經，已見韓退之答呂毉山人書注。○唐河北道相州安陽縣，今河南安陽縣治；河東道絳州正平縣，今山西絳縣治。○元和郡縣志河東道汾州注曰：「望。」唐六典三十曰：「上州司法參軍二人，從七品下。」案：唐汾州治西河縣，今山西汾陽縣治。○元和郡縣志曰：「河南道陝州：廣德元年改爲大都督府。」唐六典三十曰：「大都督府兵曹參軍二人，正七品下。」案：唐陝州治陝縣，今河南陝縣治。○首掾，蓋謂司録參軍事也。唐六典三十曰：「太原府司録參軍事二人，正七品上。」又互見韓退之祭張員外文注。○范武子穀梁傳集解序曰：「穀梁清而婉，其失也短。」○魏志王朗傳附董遇裴注引魏略曰：「遇善左氏傳，更爲朱墨別異。」○詩旱麓曰：「豈弟君子，干禄豈弟。」毛傳曰：「君子得以干禄樂易。」釋文曰：「豈，本亦作『愷』，又作『凱』；弟，本亦作

『悌』。」禮記禮運曰：「父子篤，兄弟睦，夫婦和，家之肥也。」○莊子德充符篇郭注曰：「德充於內，物應於外。」爾雅釋言曰：「耋，老也。」○孟子告子上曰：「仁義忠信，樂善不倦，此天爵也。」○班孟堅西都賦曰：「究休祐之所用。」案：文粹「祐」作「祜」。○詩角弓毛傳曰：「徽，美也。」案：即「媄」之借字，與齊策一「變其徽章」「徽」爲「徽」之借字者異。西京雜記卷下曰：「滕公駕至東都門，馬嘶，跼不肯前，以足跑地久之。滕公使士卒掘馬所跑地，入三尺所，得石槨。滕公以燭照之，有銘焉，乃以水洗其文，文字皆古異，左右莫能知。以問叔孫通，通曰：『科斗書也。』以今文寫之，曰：『佳城鬱鬱，三千年見白日，吁嗟滕公居此室。』滕公曰：『嗟乎！天也！吾死其即安此乎？』死遂葬焉。」○晉書山濤傳曰：「以太康四年薨，策賜司徒，蜜印紫綬。」漢書佞幸石顯傳：「民歌之曰：印何纍纍，綬若若邪！」顏注曰：「纍纍，重積也。」○詩黃鳥曰：「復我邦族。」楚語上韋注曰：「聳，敬也。」

生三子皆才，彭陽公爲嗣。次子從，端實肅給，今爲檢校膳部郎中，參河東軍事。季子前所謂監察御史，今主柱下方書，温敏而有文，綽綽然真令兄弟。

以上楚與從、定並敍。

唐六典卷四曰：「禮部尚書、侍郎之職，其屬有四，三曰膳部，膳部郎中一人，從五品上。膳部郎中、員外郎，掌邦之牲豆、酒膳，辨其品數。」○舊書地理志一曰：「河東節度使治太原府，管汾、遼、沁、嵐、石、忻、憲等州。」○舊書令狐楚傳曰：「楚弟定，字履常，元和十一年進士及第，累辟使府。大和九年，累遷至職方員外郎、弘文館直學士、檢校右散騎常侍、桂州刺史、桂管都防禦觀察等使。卒，贈禮部尚書。」唐六典卷八曰：「門下省弘文館學士，掌詳正圖籍。」○詩角弓曰：「此令兄弟，綽綽有裕。」毛傳曰：「綽綽，寬也。」

唯彭陽以詞筆取科名，累參侍從，由博士主尚書牋奏，典內外書命，遂登樞衡，言文章者以爲冠。擁節總戎，率身和衆，留惠于盟津，變風于浚都，言方略者以爲能。夫浚師嚄唶難治，乘釁竊發，寖成習俗。莅止五載，飲和革心，束馬來朝，熊羆隕涕，問公還期，觴必祝之。留爲常伯，旋命居守。汴人聞公之東，近而愈懷，翹翹瞿瞿，盡西其首，造語似韓。言遺愛者可紀焉。貴而率禮，老而能慕，怵惕乎霜露，齋莊乎廟祧，睦其仲季，施及鄉黨，言孝悌者歸厚焉。勒名于碑，以代夷鼎。以上特敘楚之勳德。文曰：

舊書楚傳曰：「弱冠應進士，貞元七年登第，桂管觀察使王拱愛其才，欲以禮辟召，懼楚不從，乃先聞奏而後致聘。楚以父掾太原，登第後，徑往桂林謝拱，不預宴遊，乞歸奉養，即還太原，人皆義之。李說、嚴綬、鄭儋相繼鎮太原，高其行義，皆辟爲從事。自掌書記至節度判官，歷殿中侍御史。楚才思俊麗，德宗好文，每太原奏至，能辨楚之所爲，頗稱之。丁父憂，以孝聞。免喪，徵拜右拾遺，改太常博士、禮部員外郎。母憂去官。服闋，以刑部員外郎徵，轉職方員外郎、知制誥。元和九年，入翰林充學士，遷職方郎中、中書舍人。十二年，罷內職，守中書舍人。十三年四月，出爲華州刺史。其年十月，皇甫鎛作相，其月，以楚爲河陽懷節度使。十四年七月，皇甫鎛薦楚入朝，自朝議郎授朝議大夫、中書侍郎、同平章事。」

○累參侍從，文粹作「翰飛參侍從」。○北史序傳：「孝文曰：僕射執我樞衡，總釐朝務。」○盟津句，即謂爲河陽懷節度使也。書禹貢孟津，史記夏本紀作盟津，索隱曰：「盟，古『孟』字。孟津在河陽。十三州記云：『河陽縣在河上，即孟津是也。』」正義引括地志云：「盟津：周武王伐紂，與八百諸侯會盟津，亦曰孟津，又曰富平津。水經云小平津（河水注），今云河陽津是也。」元和郡縣志卷五曰：「河陽縣：南城，在縣西，四面臨河，即孟津之地，亦謂之富平津。」清統志曰：「河南懷慶府：孟津，在孟縣南十八里。」餘見韓退之送温處士赴河陽軍序注。○浚郊，見上。○史記驃騎將軍傳：「天子嘗欲教之孫吴兵法，對曰：顧方略何如耳。」○史記魏公子傳：「公子曰：晉鄙嚄唶宿將。」集解曰：「上音烏百反，下音莊白反。」索隱曰：「嚄唶，謂多詞句也。」正義引聲類曰：「嚄，大笑；唶，大呼。」文選風賦李善注引聲類曰：「嚄，大喚也。」蓋嚄唶形容軍士讙譁之狀耳。舊書楚傳曰：「汴軍素驕，累逐主帥，前後韓弘兄弟率以峻法繩之，人皆偷生，未能革志。楚長於撫理，前鎮河陽，代烏重胤，移鎮滄州，以河陽軍三千人爲牙卒，卒咸不願從，中路叛歸，又不敢歸州，聚於境上。楚初赴任，聞之，乃疾驅赴懷州，潰卒亦至，楚單騎喻之，咸令櫜弓解甲，用爲前驅，卒不敢亂。及莅汴州，解其酷法，以仁惠爲治，去其太甚，軍民咸悦，翕然從化，後竟爲善地。」○莊子則陽篇曰：「故或不言而飲人以和。」○管子小匡篇曰：「縣車束馬，踰大行與卑耳之谿。」（原誤「貉」，依義證改。）○書牧誓曰：「如熊如羆。」○公羊襄二十九年曰：「飲食必祝。」趙策四曰：「祭祀必祝之。」○常伯，指户部尚書也。唐六典卷三曰：「户部尚書，隋初曰度支尚書，開皇三年改爲民部，皇朝因之。貞觀二十三年，改爲户部。顯慶元年，改爲度支。龍朔二年，改爲司元太常伯。咸亨元年，復爲户部。」令狐公集紀曰：「遷户部尚書，俄爲東都留守。」○廣雅釋訓曰：「翹翹，衆也。」詩漢廣疏曰：「翹翹，高貌。」案：此狀衆人高望之貌。荀子非十二子楊注曰：「瞿瞿，瞪視之貌。」○左昭二十年曰：「及子産卒，仲尼聞之出涕曰：古之遺愛也。」○孟子萬章上曰：「大孝終身慕父母。」○祭義曰：「霜露既降，君子履之，必有悽愴之心，非其寒之謂也；春雨露既濡，君子履之，必有怵惕之心，如將見之。」○禮記祭法曰：「設廟祧壇墠而祭之，乃爲親數多少之數。」鄭注曰：「廟之言貌也，宗廟者先祖之尊貌也；祧之言超也，超上去義也。」○祭義：「衞孔悝之鼎銘曰：勤大命，施於烝彝鼎。」鄭注曰：「彝，尊也。」

已孤之孝，莫如備物。顯顯新廟，四阿三室。時惟仲月，卜用柔日。醴醆苾芬，牲牷博腯。籩甒在堂，蕭膋在庭。孝孫烝烝，躬若奉盈。低簪委紳，薦俎登鉶。肸蠁交感，涕流緣纓。禮以備儀，誠以致美。祖考來格，錫之丕祉。工祝告訖，退循軒陛。乃授風人，作詩以紀。以上奉祀先廟。

備物，見上。○考工紀匠人曰：「四阿重屋。」鄭注曰：「四阿若今四柱屋。」賈疏曰：「燕禮云『設洗當東霤』，則此四阿四霤者也。」周書作雒解曰：「乃位五宮，大廟、宗宮、考宮、路寢、明堂，咸有四阿。」孔注曰：「宮廟四下曰阿。」蓋本鄭注。（焦里堂羣經宮室圖卷一謂：「四阿爲四棟，非四霤。明堂位言『複廟重檐』，爲天子廟制，諸侯不重屋，阿何有四？」又謂：「燕禮之東霤，乃兩下屋檐之東角，非四阿，且非四注。」其說甚辯。然如其說，則令狐家廟不得爲四阿之制，此文四阿，自當以四霤言，與鄭、賈義同。）○仲月，此十一月，爲仲冬之月。○禮記曲禮上曰：「外事以剛日，內事以柔日。」鄭注曰：「順其出爲陽也，出郊爲外事；順其居內爲陰。」孔疏曰：「外事，郊外之事也；剛，奇日也；十日有五奇五偶，甲丙戊庚壬五奇爲剛也。內事，郊內之事也，乙丁己辛癸五偶爲柔也。」○禮運曰：「醴醆在户。」鄭注曰：「周禮五齊：一曰泛齊，二曰醴齊，三曰盎齊，四曰醍齊，五曰沈齊。字雖異，醆與盎，蓋同物也。」周禮天官酒正鄭注曰：「醴猶體也，成而汁滓相將，如今恬酒矣。盎猶翁也，成而翁翁然葱白色，如今酇白矣。」詩楚茨曰：「苾芬孝祀。」鄭箋曰：「苾苾芬芬，有馨香矣。」○左桓六年：「隨侯曰：吾牲牷肥腯。」杜注曰：「牲，牛羊豕也；牷，純色完全也；腯亦肥也。」釋文曰：「牷音全；腯，徒忽反。」○爾雅釋器曰：「竹豆謂之籩。」禮記禮器「君尊瓦甒」，鄭注曰：「瓦甒五斗。」孔疏曰：「即燕禮公尊瓦大也。」雜記上釋文曰：「甒音武，瓦器。」○禮記郊特牲曰：「然後焫蕭合羶薌。」鄭注曰：「蕭，薌蒿也。」詩生民曰：「取蕭祭脂。」毛傳曰：「取蕭合黍稷，臭達牆屋，先奠而後爇蕭合馨香也。」又信南山曰：「取其血膋。」鄭箋曰：「膋，脂膏也，血以告殺，膋以升臭，合之黍稷，實之於蕭，合馨香也。」○詩楚茨曰：「孝孫有慶。」廣雅釋訓曰：「蒸蒸，孝也。」○祭義曰：「孝子如執玉，如奉盈。」釋文曰：「奉，芳勇反。」○文選左太沖招隱詩李善注引蒼頡篇曰：「簪，笄也，所以持冠也。」又謝惠連擣衣詩注引魏臺訪議曰：「簪，以玉爲笄也，古曰笄，今曰簪。」禮記雜記下鄭注曰：「紳，大帶也。」玉藻注曰：「紳，帶之垂者也。」○說文曰：「俎，禮俎也，從半肉在且上。」左隱五年杜注曰：「俎，祭宗廟器。」銂，見柳子厚柳州山水記注。○文選上林賦曰：「肸蠁布寫。」李善注引說文曰：「肸蠁，布也。」甘泉賦曰：「肸蠁豐融。」又蜀都賦曰：「景福肸蠁而興作。」今說文十部作：「肸蠁，布也。」段據文選注引改作「蠁」，曰：「虫部『蠁，知聲蟲也』，肸蠁者，蓋如知聲之蟲一時雲集也。」王伯申春秋名字解詁上曰：「肸蠁者，寫之貌也，凡動而四布者，皆謂之肸蠁。肸之言肹也，佾也。說文曰：『肹，動作切切。』又曰：『佾，振也。』肸從佾聲，故有振起之義也。」（經義述聞卷二十二）朱碧山羣經札記卷二曰：「甘泉賦：『肸蠁豐融，懿懿芬芬，已作其香，始升解矣。』後人用之祭祀，蓋本此也。」○書益稷：（本合皋陶謨，僞古文分。）「夔曰：祖考來格。」○詩楚茨曰：「工祝致告，徂賚孝孫。」毛傳曰：「善其事曰工。」

又曰：「孝孫徂位，工祝致告。」毛傳曰：「致告，告利成也。」○文選魏都賦李善注曰：「軒，長廊之有窗也。」書顧命僞孔傳曰：「堂廉曰戺。」○曹子建求通親親表曰：「是以雍雍穆穆，風人詠之。」

猗歟彭陽之寵，光佐憲皇穆皇。西省東臺，迭爲侍郎。國之大政，咨爾平章。敬宗凝旒，俾鎮雝丘。入爲地官，令守東周。彭陽之忠厚，宜介福以壽。東郊既釐，可復朝右。繇繇其胄，系于周舊。由我顯起，必昌其後。大和紀元，作廟之首。刻碑廟門，龍集己酉。以上楚之功德必昌其後。○矜鍊雅健，金石文之正軌，非宋賢所能及。

詩那曰：「猗與那與。」毛傳曰：「猗，歎辭。」漢書武帝紀顔注曰：「猗，美也。」○左襄二十七年：「王曰：宜其光輔五君，以爲盟主也。」沈休文郊居賦曰：「明光佐於此時。」案：憲皇、穆皇，謂憲宗、穆宗也。文苑脱下「皇」字，文粹本不誤，今許刻從全唐文改「穆皇」爲「穆穆皇皇」，大謬。○新書楚傳曰：「皇甫鎛薦楚爲中書侍郎、同中書門下平章事。穆宗即位，進門下侍郎。」唐六典卷八曰：「自晉始有門下省。歷宋、齊、梁、陳、後魏、北齊、隋、國初，皆曰門下省。龍朔二年，改爲東臺左相，咸亨元年復舊。」卷九曰：「隋改中書省爲内史省，煬帝十二年改爲内書省。武德初，爲内史省。三年，改爲中書省。龍朔二年，改省爲西臺，令爲右相。咸亨元年復舊。」○禮運曰：「禮者，君之大柄也。」○平章，見韓退之董公行狀注。○許延族奉和詠雨應詔詩曰：「宸盼俯凝旒。」○「雝」「雍」字同。雍丘，謂宣武軍汴州也。漢書地理志陳留郡雍丘縣原注曰：「故杞國也。」元和郡縣志曰：「河南道汴州雍丘縣：雍丘故城，今縣城是也，北臨汴河。」清統志曰：「河南開封府：雍丘故城，今杞縣治。」案：此以雍丘屬汴州，故借用之。○唐六典卷三曰：

「户部尚書，周之地官卿也。後周依周制，置地官府大司徒。」○令守東周，即謂東都留守也。○詩小明曰：「介爾景福。」毛傳曰：「介、景皆大也。」鄭箋曰：「介，助也。」○書僞畢命曰：「以成周之衆，命畢公保釐東郊。」僞孔傳曰：「用成周之民衆，命畢公使安理正治成周東郊，令得所。」○詩緜曰：「緜緜瓜瓞。」毛傳曰：「緜緜，不絶貌。」説文曰：「胄，胤也。」○令狐本周後，故云周舊。○詩雝曰：「克昌厥後。」○大音泰。○龍集，見陳子昂堂弟孜墓誌注。案：己酉，太和三年也。

吕和叔

吕温，字和叔，一字化光，河中人。（唐河中府治河東縣，今山西永濟縣治。）貞元末登進士第，與韋執誼厚，因善王叔文，再遷爲左拾遺。二十年冬，以侍御史副工部侍郎張薦使吐蕃。明年，德宗崩，順宗即位，薦卒於青海，吐蕃以中國有喪，留温不遣。時叔文秉權，與游者皆貴顯，温在絶域，常自悲歎。元和元年使還，而柳宗元等皆坐叔文貶，唯温以奉使免。進户部員外郎，累遷刑部郎中，貶均州刺史，再貶道州。久之，徙衡州，卒。新舊唐書皆有傳（附其父渭傳後）。○李慈伯桃華聖解盦日記庚集曰：「和叔之文，當時擬之左丘、班固，誠非其倫。然根柢深厚，自不在同時劉夢得、張文昌之下。此以見八司馬中固多君子，其氣勢格律，皆出於學問，非李元賓輩所可及也。」（越縵堂日記第十八册）

成皋銘

元和郡縣志曰：「河南道河南府：汜水縣，古東虢國，鄭之制邑，漢之成皋縣，一名虎牢。穆天子傳曰：天子獵于鄭圃，有獸在葭中，七萃之士擒之以獻，天子命蓄之東虞，因曰虎牢。」隋開皇十八年，改成皋爲汜水縣。大業十三年，陷於王世充。武德四年，討平充，復於縣理置鄭州。貞觀七年，移鄭州於管城，以縣屬焉。顯慶二年，改屬河南府。垂拱四年，改名廣武縣。神龍元年，復爲汜水。開元二十九年，自虎牢城移於今理。」又曰：「成皋故關，在縣東南二里。」清統志曰：「河南開封府：成皋故城，在汜水縣西北。」

茫茫大野，萬邦錯峙。惟王守國，設險於此。呀谷成塹，崇巔若壘。勢軼赤霄，氣吞千里。洪河在下，太室旁倚。岡盤嶺蹙，虎伏龍起。鑠天中區，控地四鄙。出必由户，入皆同軌。拒昏納明，閉亂開理。以上成皋形勢。

易坎彖傳曰：「王公設險以守其國。」○文選西都賦曰：「呀周池而成淵。」李善注引字林曰：「呀，大空貌，火加切。」説文曰：「塹，阬也。」案：「壍」同。○淮南子人閒篇曰：「鴻鵠膺摩赤霄。」許注曰：「赤霄，飛雲也。」後漢書仲長統傳注曰：「霄，摩天赤氣也。」○西都賦曰：「帶以洪河、涇、渭之川。」元和郡縣志曰：「汜水縣：黄河，自鞏縣界流入。」○左昭四年：「司馬侯曰：四嶽、三塗、陽城、太室、荆山、中南，九州之險也。」元和郡縣志曰：「河南府登封縣：嵩高山，在縣北八里，亦名外方山。」又云：「東曰太室，西曰少室，嵩高總名，即中岳也。山高二十里，周迴一百三十里。」○鑠，同「鎖」，俗作「鎻」。皇甫士安三都賦序曰：「魏跨中區之衍。」○周語中韋注曰：「鄙，四鄙也。」吴語注曰：「鄙，邊邑也。」張茂先遊獵篇曰：

「翾聲振四鄙。」○論語雍也篇曰：「誰能出不由户？」○禮記中庸篇曰：「車同軌。」左隱元年曰：「同軌畢至。」○張孟陽劍閣銘曰：「世濁則逆，道清斯順。閉由往漢，開自有晉。」

昔在秦亡，雷雨晦冥。劉項分險，扼喉而争。漢飛鎬京，羽斬東城。德有厚薄，此山無情。以上前代興亡。

史記高祖本紀曰：「高祖沛豐邑中陽里人，姓劉氏，字季。父曰太公，母曰劉媪。其先劉媪嘗息大澤之陂，夢與神遇。是時雷電晦冥，太公往視，則見蛟龍於其上，已而有身，遂産高祖。」○史記項羽本紀曰：「漢之四年，項王進兵圍成臯，漢王跳，獨與滕公出成臯北門，渡河走修武，從張耳、韓信軍，諸將稍稍得出成臯從漢王。漢王得淮陰侯兵，欲渡河南，鄭忠説漢王，乃止壁河內。使劉賈將兵佐彭越，燒楚積聚，項王東擊破之，走彭越。漢王則引兵渡河，復取成臯，軍廣武，就敖倉食。」高祖本紀曰：「四年，項羽謂海春侯大司馬曹咎曰：『謹守成臯，若漢挑戰，慎勿與戰，勿令得東而已。我十五日必定梁地，復從將軍。』乃行擊陳留、外黄、睢陽，下之。漢果數挑楚軍，楚軍不出。使人辱之五六日，大司馬怒，度兵汜水。士卒半渡，漢擊之，大破楚軍，盡得楚國金玉貨賂。大司馬咎、長史欣皆自剄汜水上。」○史記高祖本紀曰：「五年正月，諸侯及將相相與共尊漢王爲皇帝。甲午，（集解引徐廣曰：「二月甲午。」）乃即皇帝位汜水之陽。高祖都雒陽，齊人劉敬説及留侯勸上入都關中，高祖是日駕入都關中。」案：鎬京即謂長安也。詩下武曰：「宅是鎬京。」又案：已見柳子厚鈷鉧潭西小丘記注。○史記項羽本紀曰：「項王乃復引兵而東，至東城，漢騎追者數千人，項王欲東渡烏江，乃令騎皆下馬步行，持短兵接戰，獨籍所殺漢軍數百人，項王身亦被十餘創。顧見漢騎司馬呂馬童曰：『若非吾故人乎？』馬童面之，指王翳曰：『此項王也。』項王乃曰：『吾聞漢購我頭千金，邑萬户，吾爲若德。』乃自刎而死。王翳取其頭，餘騎相蹂踐爭項王，相殺者數十人，最其後郎中騎楊喜、騎司馬吕馬童、郎中吕勝、楊武各得其一體。」集解：「漢書音義曰：東城，縣名，屬臨淮。」案漢書地理志，東城縣屬九江郡，在今安徽定遠縣東南。

維唐初興，時未大同。王于東征，烈火順風。乘高建瓴，擒建係充。奄有天下，斯焉定功。以上唐初得成皋以興。

禮運曰：「是故謀閉而不興，盜竊亂賊而不作，故外户而不閉，是謂大同。」〇舊唐書高祖本紀曰：「武德三年秋七月，命秦王率諸軍討王世充。」太宗本紀曰：「七月，總率諸軍攻王世充於洛邑，師次穀州。世充率精兵三萬陣於慈澗，太宗以輕騎挑之，時衆寡不敵，陷於重圍。世充驍將單雄信數百騎夾道來逼，太宗幾爲所敗。太宗左右射之，無不應弦而倒，獲其大將燕頎，世充乃拔慈澗之鎮歸於東都，大軍進屯邙山。」〇庾子山賀平鄴都表曰：「威風所振，烈火之遇鴻毛；旗鼓所臨，衝風之卷秋葉。」史記游俠傳曰：「比如順風而呼，聲非加疾，其勢激也。」〇史記高祖本紀：「田肯説高祖曰：秦，形勝之國，地勢便利，其以下兵於諸侯，譬猶居高屋之上建瓴水也。」集解如淳曰：「瓴，盛水瓶也。居高屋之上而幡瓴水，言其向下之勢易也。」〇舊書高祖紀曰：「武德四年三月，竇建德來援王世充。夏五月己未，秦王大破竇建德之衆於武牢（即虎牢，唐避諱），擒建德，河北悉平。丙寅，王世充舉東都降，河南平。秋七月，秦王凱旋，獻俘於太廟。丁卯，大赦天下，斬竇建德於市，流王世充於蜀，未發，爲讎人所害。」王世充傳曰：「世充字行滿，本姓支，西域胡人也。越王侗嗣位於東都，拜世充爲吏部尚書，封鄭國公。二年三月，策相國，總百揆，封鄭王，加九錫。四月，世充僭即皇帝位，建元曰開明，國號鄭。鴆殺侗，謚曰恭皇帝。四年三月，秦王擒建德，世充請降。」竇建德傳曰：「貝州漳南人也。大業十三年，自稱長樂王，年號丁丑。武德元年，改年爲五鳳，稱夏國。秦王攻王世充於洛陽，世充乞師于建德。四年，軍次成皋，築宫于板渚，以示必戰，於是悉衆進逼武牢，結陣於汜水。秦王大破之，建德中槍，竄於牛口渚，車騎將白士讓、楊武威生獲之。」○詩皇矣曰：「奄有四方。」毛傳曰：「奄，大也。」説文曰：「奄，覆也。」○左宣十二年：「楚子曰：保大定功。」

二百年間，大朴既還。周道如砥，成皋不關。順至則平，逆者惟艱。政迹成敗，勒銘孱顔。

以上作銘爲後世之鑒。○李忞伯謂此文置之韓柳集中，亦爲高作。步瀛以爲此文較韓則不能及，與柳庶如驂之靳耳。其義意體格，亦頗與張孟陽劍閣銘相近。

嵇叔夜難自然好學論曰：「洪荒之世，大朴未虧。」○詩大東曰：「周道如砥。」毛傳曰：「如砥，貢賦平均也。」孟子萬章下引「砥」作「底」，本字當作「厎」，説文曰：「厎，柔石也。」重文作「砥」。○漢書司馬相如傳大人賦曰：「放散畔岸，驤以孱顔。」顔注曰：「孱顔，不齊也。」案：孱顔，亦謂山勢不平耳。

張荆州畫讃并序

舊書張九齡傳曰：「九齡字子壽，一字博物。曾祖君政，韶州别駕，因家于始興，今爲曲江人。（唐嶺南道韶州曲江縣，在今廣東曲江縣西。）登進士第，應舉登乙第，拜校書郎。玄宗在東宫，舉天下文藻之士，親加策問，九齡對策高第，遷右拾遺。初，張説知集賢院事，常薦九齡堪爲學士。説卒後，上思其言，召拜九齡爲祕書少監、集賢院學士、副知院事，再遷中書侍郎。常密有陳奏，多見納用。尋丁母喪，歸鄉里。二十一年十二月，起復，拜中書侍郎、同中書門下平章事。明年，遷中書令，兼修國史。二十三年，加金紫光禄大夫，累封始興縣伯。李林甫自無學術，以九齡文行爲上所知，心頗忌之，乃引牛仙客知政事。九齡屢言不可，帝不悦。二十四年，選尚書右丞相，罷知政事。初，九齡爲相，薦長安尉周子諒爲監察御史，至是子諒以妄陳休咎，上親加詰問，令於朝決殺之，九齡坐引非其人，左遷荆州大都督府長史。俄請歸拜墓，因遇疾卒，年六十八。贈荆州大都督，謚曰文獻。」（原作「文憲」，誤，今依新書九齡傳改，唐會要卷八十亦作「文獻」。）

中書令始興文獻公，有唐之鯁亮臣也。開元二十二年後，玄宗春秋高矣，以太平自致，頗易天下，綜覈稍怠，推納寖廣。君子小人，摩肩于朝，直聲遂寢，邪氣始勝。中興之業衰焉。公於是以生人爲身，社稷自任，抗危言而無所避，秉大節而不可奪。小必諫，大必諍，攀帝檻，歷天階，犯雷霆之威，不霽不止。日月之蝕，爲公却明。虎而冠者，不敢猛視。羣賢倚賴，天下仰息。凜凜乎千載之望矣。不虞天將啓幽薊之禍，俾姦臣乘釁，以速致戎，詐成讒勝，聖不能保，褫我公衮，寘于侯服。身雖遠而諫愈切，道既塞而誠彌堅，憂而不怨，終老南國。以上荆州以忠言見遠。

唐嶺南道韶州始興縣，在今廣東始興縣西。○史記陳丞相世家：「平曰：彼項王骨鯁之臣，不過數人耳。」爾雅釋詁曰：「亮，信也。」案：鯁亮猶直諒。○開元二十二年後，文苑無下「二」字，文粹無「後」字，皆非。○陳鴻長恨歌傳曰：「開元中，泰階平，四海無事。玄宗在位歲久，倦於旰食宵衣，政無大小，始委於右丞相。深居遊宴，以聲色自娛。」高力士外傳曰：「上因大同殿思念神道，左右無人，謂高公曰：『朕自住關內，向欲十年。俗阜人安，中外無事。高止黄屋，吐故納新。軍國之謀，委以林甫。』至十年，上又言曰：『朕年事漸高，心力有限。朝廷細務，委以宰臣。藩戎不讋，付之邊將。自然無事，日益寛閑。』」案：開元二十二年，玄宗年五十。○漢書宣帝紀贊曰：「孝宣之治，信賞必罰，綜核名實。」○推納，謂推舉引納也。徐孝穆陳公九錫文曰「推納藩枝」，義同；與孟子萬章上「推而納之溝中」，義異。○齊策一：「蘇秦説齊宣王曰：臨淄之途，車轂擊，人肩摩。」○漢書禮樂志顔注曰：「寢，息也。」○新書九齡傳曰：「范陽節度使張守珪以斬可突干功，帝欲以爲侍中。九齡曰：『宰相代天治物，有其人然後授，不可以賞功。國家之敗，由官邪也。』帝曰：『假其名若何？』對曰：『名器不可假也。有如平東北二虜，陛下何以加之？』遂止。又將以涼州都督牛仙客爲尚書，九齡不可。帝怒曰：『豈以仙客寒士嫌之邪？卿固素有門閥哉！』九齡頓首曰：『臣荒陬孤生，陛下過聽，以文學用臣。仙客擢胥史，目不知書。韓信，淮陰一壯夫，羞絳、灌等列。陛下必用仙客，臣實恥之。』帝不悦。」又曰：「當是時，帝在位久，稍怠於政，故九齡議論必極言得失，所推引皆正人。武惠妃謀陷太子瑛，九齡執不可，妃密遣宦奴牛貴兒告之曰：『廢必有興，公爲援，宰相可長處。』九齡叱曰：『房幄安有外言哉？』遽奏之，帝爲動色，故卒九齡相而太子無患。安禄山初以范陽偏校入奏，氣驕蹇，九齡謂裴光庭曰：『亂幽州者，此胡雛也。』及討奚、契丹敗，張守珪執如京師，九齡署其狀曰：『穰苴出師而誅莊賈，孫武習戰猶戮宫嬪，守珪法行于軍，禄山不容免死。』帝不許，赦之。九齡曰：『禄山狼子野心，有逆相，宜即事誅之，以絶後患。』帝曰：『卿無以王衍知石勒而害忠良。』卒不用。帝後在蜀，思其忠，爲泣下。」○論語泰伯篇：「曾子曰：臨大節而不可奪也。」○漢書朱雲傳：「雲曰：『臣顧賜尚方斬馬劍，斷佞臣一人以厲其餘。』上問：『誰也？』對曰：『安昌侯張禹。』上大怒曰：『小臣居下訕上，廷辱師傅，罪死不赦。』御史將雲下，雲攀殿檻，檻折，雲呼曰：『臣得下從龍逄、比干遊於地下足矣。』」○禮記檀弓下曰：「知悼子卒，未葬，平公飲酒。杜蕢入寢，歷階而升。平公曰：寡人亦有過焉。」張平子東京賦曰：「登聖皇於天階。」○漢書賈山傳至言曰：「今人主之威非特雷霆也。」○左傳宣十二年：「士貞子曰：如日月之食焉，何損於明？」說文曰：「蝕，敗創也。」字亦作「蝕」。史記天官書曰：「日月薄蝕。」集解曰：「虧毀曰蝕。」經傳以「食」爲之。○史記齊悼惠王世家：「琅邪王及大臣曰：齊王母家駟鈞惡戾，虎而冠者也。」集解引張晏曰：「言鈞惡戾，如虎而著冠。」○舊書安禄山傳曰：「安禄山，營州柳城雜種胡人也。開元二十八年，爲平盧兵馬使，授營州都督、平盧軍使。天寶元年，以平盧爲節度，以禄山攝中丞爲使。三載，代裴寬爲范陽節度、河北採訪、平盧軍等使如故。十四載十一月，反於范陽。」地理志曰：「范陽節度使理幽州。」又曰：「幽州大都督府，開元十八年割漁陽、玉田、三河置薊州。天寶九年，改范陽郡。乾元元年，復爲幽州。薊（縣）州所治，古之燕國都。」案：即今北平市。○新書逆臣安禄山傳曰：「時宰相李林甫嫌儒臣以戰功進，尊寵閒己，乃請專用蕃將。故帝寵禄山益牢，羣議不能軋，卒亂天下，林甫啓之也。」○舊書李林甫傳曰：「張九齡爲中書令，林甫爲禮部尚書、同中書門下三品。太子瑛、鄂王瑤、光王琚皆以母失愛而有怨言。駙馬都尉楊洄白惠妃，玄宗怒，謀於宰臣，將罪之。九齡曰：『陛下三箇成人兒不可得，太子國本，長在宮中，受陛下義方，人未見過，陛下奈何以喜怒閒忍欲廢之？臣不敢奉詔。』玄宗不悅，林甫惘然而退，初無言，既而謂中貴人曰：『家事何須謀及於人？』時朔方節度使牛仙客在鎮有政能，玄宗加實封。九齡又奏曰：『邊將訓兵秣馬，儲蓄軍實，常務耳。陛下賞之可也，欲賜實賦，恐未得宜，惟聖慮思之。』帝默然。林甫以其言告仙客，仙客翌日見上，泣讓官爵。玄宗欲行實封之命，兼爲尚書，九齡執奏如初。林甫退而言曰：『但有材識，何必辭學？天子用人，何有不可？』玄宗滋不悅。九齡與中書侍郎嚴挺之善，玄宗以九齡有黨，罷知政事，拜右丞相。即日林甫代九齡爲中書集賢殿大學士，拜牛仙客工部尚書、同中書門下平章事、知門下省事。監察御史周子諒言仙客非宰相器，玄宗怒而殺之。林甫言子諒本九齡引用，乃貶九齡爲荆州長史。」○易訟上九曰：「或錫之鞶帶，終朝三褫之。」釋文引王肅曰：「褫，解也。」禮記王制曰：「制三公一命卷。」鄭注曰：「『卷』俗讀也，其通則曰『衮』。」孔疏曰：「周禮司服及覲禮皆作『衮』。」○書禹貢曰：「五百里侯服。」案：此謂貶九齡爲荆州長史。○南國，謂荆州。

於戲！功業見乎變，而其變有二。在否則通，在泰則窮。開元初，天子新出艱難，久憤荒政，樂與羣下勵精致理，於是乎有否極之變。姚宋坐而乘之，舉爲時要，動中上意，天光照身，宇宙在手，勢若舟檝相得，當洪流而鼓迅風，崇朝萬里，不足怪也。開元末，天子倦于勤而安其安，高視穆清，霈然大滿，於是乎有泰極之變。荆州起而扶之，舉爲時害，動咈上欲，日與讒黨抗衡于交戟之中，勢若微陽戰陰，衝密雲而吐丹氣，欻耀而滅，又何歎乎？以上傷荆州當泰極之窮，不能如姚宋之功業。

易否卦釋文曰：「否，備鄙反，閉也，塞也。」泰卦釋文曰：「鄭云『通也』，馬云『大也』。」○新書玄宗紀曰：「庶人韋氏，已弑中宗，矯詔稱制。玄宗定策討亂，遂誅韋氏。睿宗即位，立爲皇太子。景雲二年，監國，八月庚子，即皇帝位。」諸公主傳曰：「太平公主，則天皇后所生。睿宗即位，主權震天下，朝廷大政事非關決不下。間不朝，則宰相就第咨判，天子殆畫可而已。左羽林大將軍常元楷、知羽林軍李慈皆私謁主。先天二年，謀廢太子，使元楷、慈舉羽林兵殺太子。太子得其姦，前一日梟元楷、慈於闕下，主賜死于第。」○新書姚崇傳曰：「崇字元之，陝州硤石人。睿宗立，拜兵部尚書、同中書門下三品，進中書令。玄宗在東宮，太平公主干政，宋王成器等分典閑廄、禁兵，崇與宋璟建請主就東都，出諸王爲刺史，以壹人心。帝以謂主，主怒，太子懼，上疏以崇等甚閒王室，請加罪，貶爲申州刺史。先天二年，玄宗講武新豐，密召崇，崇至，帝曰：『卿宜相朕。』崇知帝大度，鋭于治，乃先設事以堅帝意，即陽不謝。帝怪之，崇因跪奏：『臣願以十事聞。』帝曰：『朕能行之。』崇乃頓首謝。翌日，拜兵部尚書、同中書門下三品，封梁國公。」宋璟傳曰：「璟，邢州南和人。睿宗立，以吏部尚書、同中書門下三品，與姚崇白奏出公主、諸王於外，貶楚州刺史。歷兗冀魏三州、河北按察使，進幽州都督，以國子祭酒留守東都，遷雍州長史。玄宗開元初，以雍州爲京兆府，復爲尹，進御史大夫，坐小累爲睦州刺史，徙廣州都督，召拜刑部尚書。四年，遷吏部，兼侍中。」（舊傳曰：「兼黄門監。明年，官名改，易爲侍中。」）贊曰：「姚崇以十事要説天子，開元初皆已施行。宋璟剛正，又過於崇。玄宗素所尊憚，常屈意聽納。故唐史臣稱崇善應變，以成天下之務；璟善守文，以持天下之正。二人道不同，同歸于治，此天所以佐唐使中興也。」○左莊二十二年曰：「有山之材，而照之以天光。」○書僞古文説命上曰：「若濟巨川，用汝作舟楫。」○詩蝃蝀曰：「崇朝其雨。」毛傳曰：「崇，終也，從旦至食時爲終朝。」○書僞古文大禹謨曰：「耄期倦于勤。」○史記太史公自序曰：「受命於穆清。」曹子建七啓曰：「天下穆清。」○霈，同「沛」。公羊文十四年何注曰：「沛，有餘貌。」魯語下：「閔馬父曰：笑吾子之大滿也。」（明道本無「滿」字）韋注曰：「謂驕滿也。」○説文曰：「咈，違也。」○漢書劉向傳：「向上封事曰：今佞邪與賢臣並在交戟之內，合黨共謀，違善依惡。」○易坤文言傳曰：「陰疑於陽，必戰。」○說文曰：「欻，有所吹起也，讀若忽。」文選西京賦曰：「欻忽背見。」薛注曰：「欻之言，忽也。」案：「欻」與「欸」同。

所痛者，逢一時，事一聖，踐其迹，執其柄，而有可有不可，有成有不成，况乎差池草茅、沈落光耀者，復何言哉？復何言哉？以上因荆州而發身世之感，然只以言外見意，使人低徊不盡，若刺刺不休，則乏味矣。

說苑善說篇：「晉獻公之時，東郭民有祖朝者，上書獻公曰：草茅臣東郭氏祖朝，願請聞國家之計。」

曹溪沙門靈澈雖脱離世務，而猶好正直，得其圖像，因以示予，覩而感之，

乃作讚曰：以上作讚。

輿地紀勝曰：「廣南東路韶州：曹溪水，在曲江縣東南三十五里，源出本縣界牛嶺下，西流五十里合大江。」清統志曰：「廣東韶州府：曹溪，在曲江縣東南五十里，源出西界狗耳嶺，西流三十里合溱水。以土人曹叔良捨宅爲寺，故名。」翻譯名義卷四曰：「沙門，或云桑門，或名沙迦懣囊，皆訛。正言室摩那拏，或舍羅磨拏，此言功勞，言修道有多勞也。什師云：佛法及外道，凡出家者，皆名沙門。」劉夢得澈上人文集紀曰：「上人生於會稽，本湯氏子，聰察嗜學，不肯爲凡夫，因辭父兄出家，號靈澈，字源澄。雖受經論，一心好篇章，從越客嚴維學爲詩，遂籍籍有聞。維卒，乃抵吴興，與長老詩僧皎然游，講藝益至。皎然以書薦於詞人包侍郎佶，包得之大喜，又以書致於李侍郎紓。以是上人之名，由二公而颺。貞元中，西游京師，名

振輦下。緇流疾之，造飛語激動中貴人，因侵誣得罪，徙汀州，會赦，歸東越。時吴楚閒諸侯，多賓禮招延之。元和十一年，終於宣州開元寺。」而不言至曹溪。權載之送靈澈上人歸沃州序言沃州澈上人，亦不及曹溪。吕和叔有戲贈靈澈上人詩，而劉文房、權載之、柳子厚、張承吉詩皆涉及靈澈，以及國史補卷下、唐詩紀事卷七十二、釋氏稽古略卷三載靈澈事，皆不及曹溪，俟再考。

唐有棟臣，往矣其邈。世傳遺像，以覺後覺。德容恢異，天骨峻擢。波澄東溟，日照太岳。具瞻崇崇，起敬起忠。貌與神會，凜然生風。氣蘊逆鱗，色形匪躬。當時曲直，如在胷中。鯤鱗初脱，激海以化。羊角中頽，摩天而下。無喜無慍，亦如此畫。嗚呼爲臣，儆爾夙夜！光明瑰偉，實能寫出荆州胸次，即以爲自己寫照。大家詩文，皆有自己在也。

魏志高柔傳：「柔上疏曰：今公輔之臣，皆國之棟梁。」○孟子萬章上：「伊尹曰：使先覺覺後覺也。」○魏志管輅傳引輅别傳：「孔曜曰：有一騏驥，不得騁天骨、起風塵。」○詩節南山曰：「民具爾瞻。」○韓非子説難篇曰：「夫龍之爲蟲也，柔可狎而騎也，然其喉下有逆鱗徑尺，若人有嬰之者，則必殺人。人主亦有逆鱗，説者能無嬰人主之逆鱗，則幾矣。」○易蹇六二曰：「王臣蹇蹇，匪躬之故。」孔疏曰：「志匡王室，能涉蹇難而往濟蹇，故曰『王臣蹇蹇』也；盡忠於君，匪以私身之故而不往濟君，故曰『匪躬之故』。」○莊子逍遥遊曰：「北溟有魚，其名爲鯤，化而爲鵬，怒而飛，其翼若垂天之雲。」又曰：「摶扶摇羊角而上者九萬里，絶雲氣，負青天，然後圖南，且適南溟也。」釋文引司馬彪曰：「風曲上行若羊角。」説文曰：「隤，下隊也。」或體作「積」，今作「頽」。案：此喻明皇用子壽而不終也。○論語公冶長篇：「子張問曰：令尹子文三仕爲令尹，無喜色；三已之，無愠色。」○詩烝民曰：「夙夜匪解，以事一人。」

唐宋文舉要

中

高步瀛 箋釋

陳廷煒 整理

長江出版傳媒

崇文書局

唐宋文舉要甲編卷五　唐文十三首

霸縣高步瀛學

李習之

李翱，字習之，涼武昭王之後。（暠，隴西狄道人。）貞元十四年登進士第，授校書郎，三遷至京兆府司録參軍。元和中，轉国子博士、史館修撰，歷禮部郎中、廬州刺史。太和初爲諫議大夫，尋以本官知制誥，拜中書舍人，歷官至户部侍郎、檢校户部尚書、襄州刺史、充山南東道節度使。卒，謚曰文。○皇甫持正諭業曰：「李襄陽之文，如燕市夜鴻、華亭曉鶴，嘹唳亦足驚聽，然而才力偕鮮，悠然高遠。」案：評習之之文，蘇明允爲最允（見後）。蘇子美（舜欽）稱其詞不逮韓，而理過於柳。（郡齋讀書志卷十七引蘇舜欽李文公集序，今蘇學士集無此文。）陳伯玉（振孫）謂習之爲文，源委於退之，但才氣不能及。（直齋書録解題卷十六）皆可爲定評。葉夢得逕謂習之學力實過韓退之，（巖下放言卷下。全謝山鮚埼亭集外編三十七李習之論亦取其説。）則推崇太過矣。

題燕太子丹傳後

史記燕太子丹無傳，隋唐志小說家有燕丹子，疑指此書。今燕丹子有斷美人手事，而無促檻車駕秦王如燕之語，蓋亦非全書。孫淵如疑今本卷末以下尚有闕文（平津館刻本校語），然恐不但卷末也。

荆軻感燕丹之義，高雨農曰：「一起已注末節。」函匕首入秦劫始皇，將以存燕霸諸侯。事雖不成，拗一句以取勢。然亦壯士也。翻起。惜其智謀不足以知變識機。捷轉。始皇之道，異於齊桓，曹沫功成，荆軻殺身，其所遭者然也。前段急促，故此紆徐以緩其氣。及欲促檻車駕秦王以如燕，童子婦人且明其不能，而軻行之，其弗就也非不幸。高曰：「繳智謀不足。」燕丹之心，苟可以報秦，雖舉燕國猶不顧，況美人哉？高曰：「寫足起句燕丹之義。」○筆意飛翥，有昂頭天外之勢。軻不曉而當之，陋矣。冷雋。○儲同人曰：「摹子長。」吳先生曰：「筆筆轉，句句變，皆從空中折換，極頓挫反側之勢。是太史公神妙之境，不易到也。」

史記刺客傳曰：「荆軻者，衛人也。其先乃齊人，徙於衛。衛人謂之慶卿。而之燕，燕人謂之荆卿。燕之處士田光先生善待之，知其非庸人也。燕太子丹質秦亡歸燕，求爲報秦王者。田光先生見荆卿曰：『願足下過太子於宮。』荆軻見太子，太子避席頓首曰：『丹之私計，愚以爲誠得天下之勇士使於秦，闚以重利，秦王貪，其勢必得所願矣。誠得劫秦王，使悉反諸侯侵地，若曹沫之與齊桓公，則大善矣。則不可，因而刺殺之，彼秦大將擅兵於外，而內有亂，則君臣相疑，以其閒諸侯得合從，其破秦必矣。此丹之上願，而不知所委命，唯荆卿留意焉。』於是尊荆卿爲上卿，舍上舍，太子日造門下供太牢，具異物，閒進車騎美女，恣荆軻所欲，以順適其意。」○刺客傳曰：「秦將王翦破趙，進兵至燕南界，太子恐懼，乃請荆軻。荆軻曰：『今毋信而行，則秦未可親。夫樊將軍，秦王購之金千斤，邑萬家。誠得樊將軍首與燕督亢之地圖，奉獻秦王，秦王必説見臣，臣乃有以報。』太子曰：『樊將軍窮困來歸丹，丹不忍以己之私，傷長者之意，願足下更慮之。』荆軻知太子不忍，乃遂私見樊於期，樊於期遂自剄。乃盛樊於期首，函封之，於是太子豫求天下之利匕首，得趙人徐夫人匕首，取之百金，使工以藥焠之，以試人，血濡縷，人無不立死者。乃裝爲遣荆卿，令秦舞陽爲副，遂發。」○刺客傳曰：「曹沫者，魯人也，爲魯將，與齊戰，三敗北。魯莊公懼，乃獻邊邑之地以和，齊桓公許與魯會于柯而盟。桓公與莊公既盟於壇上，曹沫執匕首劫齊桓公，桓公乃許歸魯之侵地。曹沫三戰所亡地盡復予魯。」○刺客傳曰：「秦王見燕使者咸陽宫，荆軻奉樊於期頭函，而秦舞陽奉地圖匣，以次進。秦王謂軻曰：『取舞陽所持地圖。』軻既取圖奏之，秦王發圖，圖窮而匕首見。因左手把秦王之袖，而右手持匕首揕之。未至身，秦王驚，自引而起，袖絶，拔劍，劍長操其室，時惶急，劍堅，故不可立拔。荆軻逐秦王，秦王環柱而走，卒惶急不知所爲。左右乃曰：『王負劍！負劍！』遂拔以擊荆軻，斷其左股。荆軻廢，乃引其匕首以擿秦王，不中，中銅柱，秦王復擊軻，軻被八創，軻自知事不就，倚柱而笑，箕踞以駡曰：『事所以不成者，以欲生劫之，必得約契以報太子也。』於是左右既前殺軻。」燕丹子曰：「秦王發圖，圖窮而匕首出，軻左手把秦王袖，右手揕其胷數之曰：『足下負燕日久，貪暴海内，不知厭足，於期無罪而夷其族，軻將爲海内報讎。今燕王母病，與軻促期，從吾計則生，不從則死。』秦王曰：『今日之事，從子計耳，乞聽琴聲而死。』召姬人鼓琴。琴聲曰：『羅縠單衣，可掣而絶。八尺屏風，可超而越。鹿盧之劍，可負而拔。』軻不解音，秦王從琴聲，負劍拔之，於是奮袖超屏風而走，軻拔匕首擿之，決秦王耳，入銅柱，火出然，秦王還斷軻兩手，軻因倚柱而笑，箕踞而罵曰：『吾坐輕易，爲豎子所欺，燕國之不報，我事之不立哉！』」案：此小說家言，恐不足據。○史記淮南王傳集解引漢書音義曰：「檻車，有檻封也。」○燕丹子曰：「太子置酒華陽之臺，酒中，太子出美人能琴者。軻曰：『好手琴者。』太子即進之，軻曰：『愛其手耳。』太子即斷其手，盛以玉槃奉之。」

與陸傪書

傪，字公佐，吳郡人，爲祠部員外郎，出刺歙州，卒於道。見習之陸歙州述，韓退之有與祠部陸員外薦士書。

李觀之文章如此，高曰：「書文先李觀，故首及之，體如跋然，又以知是書繫三文後也。」官止於太子校書郎，年止於二十九，雖有名於時俗，其卒深知其至者果誰哉？信乎天地鬼神之無情於善人，而不罰罪也，甚矣，爲善者將安所歸乎？沈鬱切摯。翱書其人贈於兄。贈於兄，蓋思君子之知我也。以上與書之意。

韓退之李元賓墓誌銘曰：「李觀，字元賓，其先隴西人。始來自江之東，食太學之祿，年二十四舉進士，三年登上第，又舉博學宏辭，得太子校書，又一年年二十九，客死於京師。」○新書百官志曰：「東宮官崇文館校書郎二人，從九品下，掌校理書籍。」

予與觀平生不得相往來，及其死也，則見其文。嘗謂使李觀若永年，則不遠於楊子雲矣。書己之文次，忽然若觀之文亦見知於君也。高曰：「曲折詳緩，極川雲嶺月之妙。」故書苦雨賦綴於前，當下筆時，復得詠其文，則觀也雖不永年，亦不甚遠於楊子雲矣。以上書李文。

李元賓集有苦雨賦。

書苦雨之辭既，又思我友韓愈。非茲世之文，古之文也；非茲世之人，古之人也。其詞與其意適，則孟軻既没，亦不見有過於斯者。高曰：「風神怡悦，其韻在絃外。」當其下筆時，如他人疾書之，寫誦之，不是過也。其詞乃能如此。嘗書其一章曰獲麟解，其他可以類知也。以上書韓文。

公羊宣元年何注曰：「既，事畢也。」○韓集有獲麟解。

窮愁不能無所述，高曰：「入己書用重筆遞落，然觀二『亦』字，似翻主作客，其實隆主敵客也，而措語嚴謹，寓任於謙，微妙不可思議。」適有書寄弟正辭，及其終，亦有覺不甚下尋常之所爲者，亦書以贈焉。以上書己文。亦惟讀觀、愈之辭既，試一詳焉。高曰：「合收側落法密。」儲曰：「書己文忽及李，忽及韓，翩翩超忽，筆意可玩。」翶再拜。高曰：「神味之妙，如天仙化人，不可思議。」

寄從弟正辭書

知爾京兆府取解，不得如其所懷念，勿在意。凡人之窮達，所遇亦各有時爾，何獨至於賢丈夫而反無其時哉？跌宕。此非吾徒之所憂也。其所憂者何？畏吾之道未能到於古之人爾。其心既自以爲到，且無謬，則吾何往而不得所樂？何必與夫時俗之人同得失憂喜而動於心乎？以上言得失無足動於心。

新書選舉志曰：「唐制，取士之科，多因隋舊，由選舉不由館學者，謂之鄉貢，皆懷牒自列于州縣，試已，長吏以鄉飲酒禮會屬僚。」唐摭言卷一曰：「解送之日，行鄉飲禮。」國史補卷下曰：「進士爲時所尚久矣。京兆府考而升者，謂之等第；外府不試而貢者，謂之拔解。」

借如用汝之所知，分爲十焉，用其九學聖人之道而知其心，使有餘以與時世進退俯仰。如可求也，則不啻富且貴矣；如非吾力也，雖盡用其十，祇益勞其心矣，安能有所得乎？以上言重在學聖人之道，不當重應接世務。

司馬子長報任少卿書曰：「與時俯仰。」

汝勿信人號文章爲一藝。夫所謂一藝者，乃時世所好之文，或有盛名於近代者是也。其能到古人者，則仁義之辭也。儲曰：「所以可樂之實，以下只發明此句。」惡得以一藝而名之哉？卓識名言，可破庸俗人之見。仲尼、孟軻歿千餘年矣，高曰：「神怡味厚。」吾不及見其人，吾能知其聖且賢者，以吾讀其辭而得之者也。後來者不可期，高曰：「轉落全以神行。」安知其讀吾辭也而不知吾心之所存乎？亦未可誣也。夫性於仁義者，未見其無文也；有文而能到者，吾未見其不力於仁義也。由仁義而後文者，性也；由文而後仁義者，習也，猶誠明之必相依爾。以上勗以由仁義爲文章。禮記中庸曰：「自誠明，謂之性；自明誠，謂之教；誠則明矣，明則誠矣。」貴與富，在乎外者也，吾不能知其有無也，非吾求而能至者也。吾何愛而屑屑於其閒哉？仁義與文章，生乎內者也，吾知其有也，吾能求而充之者也。吾何懼而不爲哉？汝雖性過於人，然而未能浩浩於其心，吾故書其所懷以張汝，且以樂言吾道云耳。結出本旨。○親切有味。習之學文學道之功，於此可見。

說文曰：「屑，動作切切也。」字又作「屑」。漢書王莽傳上曰：「晨夜屑屑。」○廣雅釋詁一曰：「張，大也。」

故正議大夫行尚書吏部侍郎上柱國賜紫金魚袋贈禮部尚書韓公行狀

唐六典卷二曰：「正四品上曰正議大夫。」又曰：「吏部侍郎二人，正四品上。吏部尚書、侍郎之職，掌天下官吏選授、勳封、考課之政令，凡職官銓綜之典，封爵策勳之制，權衡殿最之法，悉以咨之。」唐會要卷三十一曰：「景雲三年四月敕文：魚袋著紫者金裝，著緋者銀裝。」上柱國禮部尚書，見韓退之董公行狀注。

曾祖泰，皇任曹州司馬。

元和郡縣志：「河南道曹州：上。」唐六典卷三十曰：「上州司馬一人，從五品下。」案：唐曹州治濟陰縣，在今山東曹縣西。

祖濬素，皇任桂州長史。

李太白武昌宰韓君去思碑曰：「考睿素，朝散大夫、桂州都督長史。」皇甫持正韓文公神道碑曰：「叡素爲唐桂州長史，善化行於江嶺之閒。」新唐書世系表亦作濬素。元和郡縣志：「嶺南道桂州：中都督府。」唐六典卷三十曰：「中都督府長史一人，正五品上。」案：唐桂州治始安縣，今廣西桂林縣治。

父仲卿，皇任祕書郎，贈尚書左僕射。

韓君去思碑曰：「君名仲卿，南陽人也。自潞州銅鞮尉調補武昌令。相公崔公渙特奏授鄱陽令。」神道碑曰：「贈尚書左僕射，諱仲卿。」祕書郎，見韓退之董公行狀注；左僕射，見曹成王碑注。案：以上三行原在文首，與下文相連，今依董公行狀，改列如右，說詳彼篇注。

公諱愈，字退之，昌黎某人。生三歲，父殁，養於兄會舍。及長，讀書能記他生之所習。年二十五，上進士第。汴州亂，詔以舊相東都留守董晉爲平章事、宣武軍節度使，以平汴州。晉辟公以行，遂入汴州，得試祕書省校書郎，爲觀察推官。晉卒，公從晉喪以出，四日而汴州亂，凡從事之居者皆殺死。武寧軍節度使張建封奏爲節度推官，得試太常寺協律郎。以上少壯及初入仕。

昌黎，某蓋謂昌黎棘城也，已見卷二韓退之注。○退之祭鄭夫人文曰：「敢昭告于六嫂滎陽鄭氏夫人之靈：『我生不辰，三歲而孤。蒙幼未知，鞠我者兄。又罹讒口，承命南遷。』」孫注曰：「大曆十二年，宰相元載得罪，四月，會坐黨與，自起居舍人貶韶州刺史。」柳子厚先友紀曰：「韓會，昌黎人，善清言，有文章，名最高，然以故多謗，至起居郎，貶官卒。」○韓子年譜曰：「貞元八年壬申春，登進士第。」餘見韓退之歐陽生哀辭注。○汴州事，見董公行狀及彼注。○唐六典卷十曰：「祕書省校書郎八人，正九品上。」○年譜曰：「貞元十五年己卯秋，爲徐州節度推官。此日足可惜贈張籍云：『夜聞汴州亂，繞壁行傍徨。我時留妻子，倉卒不及將。俄有東來說，我家免罹殃。乘船下汴水，東去趨彭城。』時公妻子自汴之徐也。『從喪朝至洛，旋走不及停。假道經盟津，出入行澗岡。甲午憩時門，臨泉窺鬬龍。』是年二月乙亥朔，甲午二十日也。『行行二月暮，乃及徐南疆。僕射南陽公，宅我睢水陽。』即與東野書云『主人與余有故，居余符離睢上』者；南陽公，張建封也；符離，舊隸徐州。」又曰：「十六年庚辰夏五月，題李生壁云：『余黜於徐州，將西居於洛陽。』按公黜于徐，蓋以骾言無所忌，雖建封之知己，亦不能容也。是年五月十三日庚戌，建封卒。十五日壬子，徐軍亂。公以十四日題李生壁，則建封未死時已去徐矣。」○舊唐書張建封傳曰：「建封字本立，兗州人。貞元四年爲徐州刺史，徐泗濠節度、支度、營田、觀察使。十六年，卒。」○協律郎，見韓退之貞曜先生墓誌銘注。

選授四門博士，遷監察御史。爲幸臣所惡，出守連州陽山縣令。政有惠於下，及公去，百姓多以公之姓名其子。改江陵府法曹參軍，入爲權知國子博士。宰相有愛公文者，將以文學職處公。有争先者，構公語以非之。公恐及難，遂求分司東都。權知三年，改真博士。入省，爲分司都官員外郎。改河南縣令，日以職分辨於留守及尹，故軍士莫敢犯禁。入爲職方員外郎。華州刺史奏華陰縣令柳澗有罪，遂將貶之；公上疏，請發御史辨曲直，方可處以罪，則下不受屈；既柳澗有犯，公由是復爲國子博士。改比部郎中、史館修撰，轉考功郎中，修撰如故。數月，以考功知制誥。以上歷仕。

年譜曰：「貞元十八年壬午，調授國子四門博士。」魏仲舉曰：「按公除四門博士，當在去歲之秋或冬首也。洪、樊二譜皆以爲今年，誤也。公貞元十九年上京兆尹李實書首云『將仕郎前守四門博士』，是上書之日，官已滿矣。唐制，博士皆二年滿。施士匄由四門助教至爲太學博士，秩滿當去，諸生輒留。公今年與崔羣書亦曰『官滿便終老嵩下』，以滿日計之，當自十七年始也。」○唐六典卷二十一曰：「國子監四門博士三人，正七品上，掌教文武官七品已上及侯伯子男子之爲生者，若庶人子爲俊士生者。」又卷十三曰：「御史臺監察御史十人，正八品上，掌分察百僚、巡按郡縣、糾視刑獄、肅整朝儀。」○年譜曰：「貞元十九年癸未，拜監察御史；冬，貶連州陽山令。順宗實録云：『是時，春夏旱，京畿乏食，李實一不以介意，方務聚斂徵求，以給進奉，勇於殺害，人吏不聊生。是時有詔以旱饑蠲租之半，有司徵愈急。公與張署、李方叔上疏言關中天下根本，民急如是，請寬民傜，而免田租之弊。天子惻然，卒爲幸臣所讒，貶連州陽山令。』幸臣，李實也。餘見韓退之祭張員外文注。案：集「陽山」下無「縣」字，吴先生依文苑增，今從之。○姓名，集作「姓以命」，吴先生依文苑改，曰：「文苑校云集作『命』，不云有『以』字，則『以』乃誤衍。」○年譜曰：「順宗永貞元年乙酉，移江陵法曹參軍。」新唐書百官志曰：「江陵府法曹參軍二人，正七品下。」○年譜曰：「憲宗元和元年丙戌夏，召爲國子博士。二年丁亥，分教東都生。釋言云：『拜國子博士，始進見今相國鄭公。後數日，有來謂愈，有讒子於相國者。既累月，又有來謂愈曰：「有讒子於翰林舍人李公與裴公者。」既累月，上命李公相，客謂愈曰：「子前被言於一相，今李公又相，子其危矣。」公分教東都生，正以避謗爾。』鄭絪，憲宗即位，爲中書侍郎、同平章事，公所見鄭公，即絪也。去年十二月，李吉甫、裴垍皆爲翰林學士、中書舍人，李即吉甫，裴即垍也。今年正月己酉，吉甫爲中書侍郎、同平章事，李公又相，即吉甫也。」○愛公文，文苑無「文」字；又，非，文苑作「飛」，誤。○年譜曰：「元和四年己丑，改都官員外郎，守東都省。五年庚寅，爲河南縣令。」○舊書憲宗紀曰：「元和三年八月，以鄭餘慶爲東都留守。四年十一月，河南尹杜兼卒；十二月，以陝虢觀察使房式爲河南尹。五年十二月，以鄂岳觀察使郗士美爲河南尹。」○年譜曰：「六年辛卯，行尚書職方員外郎。」唐六典卷五曰：「兵部職方員外郎一人，從六品上。職方郎中、員外郎，掌天下之地圖及城隍、鎮戍、烽候之數。」○年譜曰：「七年壬辰春，復爲國子博士。憲宗實録云：『七年二月乙未，職方員外郎韓愈爲國子博士。』舊史云：『華州刺史閻濟美以公事停華陰令柳澗縣務，居數月，濟美罷郡，澗諷百姓遮道索前年軍頓役直。後刺史趙昌至，按得澗罪以聞，貶房州司馬。時愈因使過華，以爲刺史相黨，上疏理澗。詔遣監察御史李宗奭按得澗贓狀，再貶封溪尉。以愈妄論，復爲國子博士。』柳澗，建中四年進士也。公自去年以來未嘗出使，或云即公赴職方時，過華覩其事，遂疏于朝爾。」○年譜曰：「八年癸巳春，守尚書比部郎中、史館修撰。」新書百官志曰：「史館修撰四人，掌修國史。」○年譜曰：「九年冬，爲考功郎中、知制誥。實録云：九年十月甲子，韓愈考功郎中依前史館修撰；十二月戊午，以考功知制誥。」唐六典卷二曰：「吏部考功郎中一人，從五品上，掌内外文武官吏之考課。」新書百官志曰：「中書省舍人六人，一人知制誥。開元初，以它官掌詔勅策命，謂之兼知制誥。」

上將平蔡州，先命御史中丞裴公度使諸軍以視兵。及還，奏兵可用，賊勢可以滅，頗與宰相意忤。既數月，盜殺宰相；又害中丞，不克，中丞微傷，馬逸以免。遂爲宰相，以主東兵。自安禄山起范陽，陷兩京，河南北六七鎮節度使，身死則立其子，作軍士表以請，朝廷因而與之。高曰：「不迴護，而仍得體。」及貞元季年，雖順地節將死，多即軍中取行軍副使將校以授之節，習以成故矣。頓住，筆力凝重。朝廷之賢，恬於所安，以苟不用兵爲貴，議多與裴丞相異。唯公以爲：「盜殺宰相而遂息兵，其爲懦甚大，兵不可以息。以天下力取三州，尚何不可？」與裴丞相議合，故兵遂用。高曰：「史筆卓絕。」而宰相有不便之者，月滿，遷中書舍人、賜緋魚袋，後竟以他事改太子右庶子。元和十二年秋，以兵老久屯，賊未滅，上命裴丞相爲淮西節度使以招討之，丞相請公以行。於是以公兼御史中丞，賜三品衣魚，爲行軍司馬，從丞相居於郾城。公知蔡州精卒悉聚界上以拒官軍，守城者率老弱，且不過千人，亟白丞相，請以兵三千人間道以入，必擒吴元濟。丞相未及行，高曰：「五字度脈簡穆。」而李愬自唐州文城壘，提其卒以夜入蔡州，果得元濟。蔡州既平，布衣柏耆以計謁公，公與語奇之，遂白丞相曰：「淮西滅，王承宗膽破，可不勞用衆，宜使辯士奉相公書，明禍福以招之，彼必服。」丞相然之。公令柏耆口占爲丞相書，明禍福，使柏耆袖之以至鎮州。承宗果大恐，上表請割德、棣二州以獻。丞相歸京師，公遷刑部侍郎。以上從裴相平蔡州。

平蔡州事，已見平淮西碑及注。○頗與宰相意忤，此宰相當指韋貫之。（李逢吉尚未相。）時宰相爲武元衡、韋貫之，元衡乃主討蔡者，則此宰相當指韋，下文「盗殺宰相」，則武元衡也。見平淮西碑及注。○六七鎮，集無「六」字，吳先生依文苑增。○年譜引實録曰：「十一年正月丙戌，考功郎中、知制誥韓愈中書舍人。丙申，賜服緋魚。」又曰：「五月癸未，降爲太子右庶子。本傳云：『初，憲宗將平蔡，命裴度視賊，及還，言賊可滅，與宰相議不合。』時宰相李逢吉、韋貫之也。愈亦奏言云云，執政不喜，俄有不悦愈者，摭其舊事，坐是改右庶子。」唐六典卷九曰：「中書省中書舍人六人，正五品上，掌侍奉進奏、參議表章，凡詔旨制敕及璽書册命，皆按典故起草進畫，既下則署而行之。」又卷二十六曰：「太子右春坊右庶子二人，正四品下，掌侍從、獻納、啓奏。」○年譜曰：「十二年丁酉秋，爲彰義行軍司馬，冬爲刑部侍郎。」○舊書柏耆傳曰：「耆，將軍良器之子（魏州人），學縱横家流。於蔡州行營以畫干裴度，請以朝旨奉使鎮州，授左拾遺。既見承宗，以大義陳説，承宗泣下，請質二男，獻兩郡。」王承宗傳曰：「承宗求救於田弘正。十三年三月，弘正遣人送承宗男知感、知信及其牙將石汎等詣闕請命，又獻德、棣二州圖印，兼請入管内租税，除補官吏，上以弘正表疏相繼，重違其意，乃下詔云云。」○唐河北道德州治安德縣，今山東陵縣治；棣州治厭次縣，在今山東惠民縣南。○唐六典卷六曰：「刑部侍郎一人，正四品下。刑部尚書、侍郎之職，掌天下刑法及徒隸、句覆、關禁之政令。」

歲餘，佛骨自鳳翔至，傳京師諸寺，百姓有燒指與頂以祈福者。公奏疏言：「自伏羲至周文武時，皆未有佛，而年多至百歲，有過之者。自佛法入中國，帝王事之，壽不能長。梁武帝事之最謹，而國大亂。請燒棄佛骨。」疏入，貶潮州刺史，移袁州刺史。百姓以男女爲人隸者，公皆計傭以償其直，而出歸之。以上諫迎佛骨，貶潮州刺史，移袁州。

舊書愈傳曰：「鳳翔法門寺有護國真身塔，塔內有釋迦文佛指骨一節，其書本傳法，三十年一開則歲豐人泰。十四年正月，上令中使杜英奇押宮人三十人，持香花赴臨皋驛迎佛骨。自光順門入大內，留禁中三日，乃送諸寺，王公士庶，奔走捨施，唯恐在後。百姓有廢業破產、燒頂灼臂而求供養者。愈素不喜佛，上疏諫云云。疏奏，憲宗怒甚。間一日，出疏以示宰臣，將加極法。裴度、崔羣奏曰：『韓愈上忤尊聽，誠宜得罪，然而非內懷忠懇，不避黜責，豈能至此？伏乞稍賜寬容，以來諫者。』上曰：『愈言我奉佛太過，我猶爲容之。至謂東漢奉佛之後，帝王咸致夭促，何言之乖剌也？愈爲人臣，敢爾狂妄，固不可赦。』于是人情驚惋，乃至國戚諸貴亦以罪愈太重，因事言之，乃貶爲潮州刺史。」○集「百姓」上有「時」字，依文苑刪。○年譜曰：「十四年己亥春，貶潮州刺史，冬移袁州。」唐嶺南道潮州，治海陽縣，今廣東海陽縣治；江南道袁州治宜春縣，今江西宜春縣治。○退之典貼良人男女狀曰：「准律不許典貼良人男女，作奴婢驅使。臣往任袁州刺史日，檢到州界內得七百三十一人，並是良人男女，准律例計傭折直，一時放免。原其本末，或因水旱不熟，或因公私債負，遂相典貼，漸以成風。名目雖殊，奴婢不別，鞭笞役使，至死乃休，既乖律文，實虧政理云云。」

入遷國子祭酒，有直講能說禮而陋於容，學官多豪族子，擯之不得共食。公命吏曰：「召直講來，與祭酒共食。」學官由此不敢賤直講。奏儒生爲學官，日使會講，生徒多奔走聽聞，皆相喜曰：「韓公來爲祭酒，國子監不寂寞矣。」

高曰：「生色語，一何蘊藉。」

改兵部侍郎。

以上入爲國子祭酒，改兵部侍郎。

年譜曰：「十五年秋，召爲國子祭酒；是年閏正月，穆宗即位。」唐六典卷二十一曰：「國子監祭酒一人，從三品，掌邦國儒學之政令。直講四人，掌佐博士助教之職，專以經術教授。」○集「喜」上無「相」字，依文苑增。○年譜曰：「穆宗長慶元年辛丑秋，遷兵部侍郎。」唐六典卷五曰：「兵部侍郎二人，正四品下。兵部尚書、侍郎之職，掌天下軍衛武官選授之政令，凡軍師卒戍之籍、山川要害之圖、廄牧甲仗之數，悉以咨之。」

鎮州亂，殺其帥田弘正，征之不克，遂以王廷湊爲節度使。詔公往宣撫，既行，衆皆危之。元稹奏曰：「韓愈可惜。」穆宗亦悔，有詔令至境觀事勢，無必於入。公曰：「安有受君命而滯留自顧？」遂疾驅入，廷湊嚴兵拔刃弦弓矢以逆。及館，甲士羅於庭，公與廷湊、監軍使三人就位。既坐，廷湊言曰：「所以紛紛者，乃此士卒所爲，本非廷湊心。」公大聲曰：「天子以爲尚書有將帥材，故賜之以節。高曰：「嚴正得體。」實不知公共健兒語未得，乃大錯。」甲士前奮言曰：「先太史爲國打朱滔，滔遂敗走，血衣皆在，此軍何負朝廷，乃以爲賊乎？」公告曰：「兒郎等且勿語，聽愈言。愈將爲兒郎已不記先太史之功與忠矣，若猶記得，乃大好。高曰：「雄贍而歸於樸，字字精能，史家極筆。」且爲逆與順利害，不能遠引古事，但以天寶來禍福，爲兒郎等明之。安祿山、史思明、李希烈、梁崇義、朱滔、朱泚、吳元濟、李師道，復有若子若孫在乎？亦有居官者乎？」衆皆曰：「無。」又曰：「田令公以魏博六州歸朝廷，爲節度使，後至中書令，父子皆受旄節，子與孫雖在童幼者，亦爲好官。窮富極貴，寵榮耀天下。劉悟、李祐皆居大鎮，王承元年始十七，亦杖節。此皆三軍耳所聞也。」衆乃曰：「田弘正刻此軍，故軍不安。」公曰：「然，汝三軍亦害田令公身，又殘其家矣，復何道？」衆乃讙曰：「侍郎語是，侍郎語是。」重語，傳軍士心動之神。廷湊恐衆心動，遽麾衆散出，因泣謂公曰：「侍郎來，欲令廷湊何所爲？」公曰：「神策六軍之將，如牛元翼比者不少，但朝廷顧大體，不可以棄之耳，而尚書久圍之何也？」廷湊曰：「即出之。」公曰：「若真耳，則無事矣。」因與之宴而歸，而牛元翼果出。及還，於上前盡奏與廷湊及三軍語。上大悅曰：「卿直向伊如此道。」由是有意欲大用之。王武俊贈太師，呼太史者，燕趙人語也。著數語，閒逸有致。○以上宣慰鎮州。

鎮州殺田弘正事，見韓退之鄆州溪堂詩序注。舊書王廷湊傳曰：「廷湊自稱留後、知兵馬使，將吏逼監軍宋惟澄上章，請授廷湊節鉞。穆宗怒，下詔徵鄰道兵，仍以河東節度裴度充幽鎮兩道招撫使，以弘正子涇原節度使布代李愬爲魏博節度使，令率魏軍進討。又以承宗故將深州刺史牛元翼爲成德軍節度使，下詔購誅廷湊。是月，鎮州大將王位等謀殺廷湊泄，坐死者二千餘人，廷湊合幽薊之兵圍深州，梯衝雲合，牛元翼嬰城拒守。二年二月，詔赦廷湊，仍授檢校右散騎常侍，鎮州大都督府長史，成德軍節度、鎮冀深趙等州觀察等使，以牛元翼爲山南東道節度使，遣兵部侍郎韓愈至鎮州宣慰。又遣中使喞命入深州，監元翼赴鎮。廷湊雖受命，而深州之圍不解。三月，元翼率十餘騎突圍出深州赴闕，深州將校臧平以城降，廷湊責其固守，殺將吏一百八十餘人。」○舊書元稹傳曰：「稹字微之，河南人。長慶初，轉祠部郎中、知制誥，無何，召入翰林，爲中書舍人、承旨學士。」○「未得」集作「未嘗」，「乃」作「及」，今依文苑。○舊書王武俊傳曰：「武俊，契丹怒皆部落也。興元元年，德宗罪己，大赦反側，授武俊檢校兵部尚書、成德軍節度使。朱滔圍貝州，賈林説武俊與李抱真合軍同救魏博。五月，武俊、抱真會軍於鉅鹿東。兩軍既交，滔震恐。抱真爲方陣，武俊用奇兵，朱滔傾壘出戰，武俊不擐甲而馳之，滔望風奔潰，自相蹂踐死者十四五，收其輜重、器甲、馬牛不可勝數計，滔夜奔還幽州。貞元十七年六月卒，贈太師。」○説文曰：「朾，撞也。」大徐音宅耕切。段注曰：「『朾』之字俗作『打』，音德泠、都挺二切，近代讀德下切，而無語不用此字。」步瀛案：廣雅釋詁三曰：「打，擊也。」歐陽永叔歸田録卷二曰：「打，偏檢字書無此字，其義主考擊之打，自音滴耿，以字學言之，從手從丁，丁又擊物之聲，故音滴耿爲是，不知何因轉爲丁雅也。」章太炎曰：「宅耕切之『朾』字，依音理不能變作德下切，今揚州鄙人呼此音如鼎，江南、浙西轉如黨，此實『朾』之音變也，而通作德下切者，乃別一字。按『擿』字説文作『箠』，乃舌上音，古無舌上，唯有舌頭，故『擿』

音變爲德下切，正字當爲『箓』，聲轉則爲『笪』。說文：『笪，笞也，音當割切。』又轉而爲『撻』，皆一語之變也。」○新書玄宗紀曰：「天寶十四載十一月，安禄山反。」肅宗紀曰：「至德二載正月，安慶緒弑其父禄山。乾元二年二月，史思明殺安慶緒。上元二年三月，史朝義殺其父思明。」德宗紀曰：「建中二年春，山南東道節度使梁崇義反；八月，梁崇義伏誅。建中三年十月，李希烈反；貞元二年四月，希烈伏誅。建中三年四月，朱滔反；貞元元年六月，幽州盧龍軍節度使朱滔卒。建中四年九月，朱泚反；興元元年六月，朱泚伏誅。」吳元濟，見平淮西碑；李師道，見許國公碑注。○舊書田弘正傳曰：「穆宗以弘正檢校司徒、兼中書令。」案：弘正以魏、博、衛、貝、澶、相六州歸朝廷，已見平淮西碑注。舊書弘正傳曰：「子布爲河陽三城懷節度使，父子俱擁節旄，同日拜命。」案：「田令公」集無「田」字，「旄」作「旌」，今依文苑。○舊書劉悟傳曰：「元和末，憲宗既平淮西，下詔誅師道，遣悟將兵拒魏博軍，而數促悟戰。悟未及進，馳使召之。悟於是立斬其使，以兵取鄆，圍其內城，兼以火攻其門，不數刻，擒師道并男二人，並斬其首以獻。擢拜悟檢校工部尚書、兼御史大夫、義成軍節度使，封彭城郡王。穆宗即位，以恩例遷檢校尚書右僕射。是歲十月，移鎮澤潞，旋以本官兼平章事。」○舊書李祐傳曰：「祐本蔡州牙將。元和十二年，爲李愬所擒。愬知祐有膽略，釋其死，厚遇之，竟以祐破蔡，擒元濟。以功授神武將軍，遷金吾將軍、檢校左散騎常侍、夏州刺史、御史大夫、夏綏銀宥節度使。」○舊書王承元傳曰：「承元，士真第二子。（士真，武俊子。）元和十五年冬，王承宗卒。參謀崔燧密與握兵者謀，乃以祖母涼國夫人之命，告親兵及諸將使拜承元。承元拜泣不受，諸將請之不已。承元曰：『天子使中貴人監軍，有事盍先與議？』及監軍至，因以諸將意贊之，遂於衙門都將所理視事，約左右不得呼留後，事無巨細，決之參佐，密疏請帥。天子嘉之，授銀青光禄大夫，檢校工部尚書，兼滑州刺史，義成軍節度、鄭滑觀察等使。承元出鎮州時年十八，俄而王廷湊殺田弘正，據鎮州叛，移鎮鄜坊丹延節度使。」○侍郎語是，集不複下句，今依文苑增。○唐會要卷七十二曰：「天寶初，哥舒翰破吐蕃於臨洮城西二百餘里，遂請以其地爲神策軍。朝廷以成如璆兼神策軍使。及安禄山反，如璆使其將衞伯玉領神策軍千餘人赴難。相州之敗，伯玉與觀軍容使魚朝恩同保陝州。時西邊土地已没，遂謂伯玉所領軍號神策軍。代宗幸陝，朝恩率神策軍以迎，兼護車駕。京師克平，朝恩以所統軍歸於禁中。李晟出鎮鳳翔，分神策爲左右廂。貞元二年，改爲左右神策軍，每軍置大將軍二人，將軍各一人。」案：左右各三軍，故曰神策六軍也。○新書牛元翼傳曰：「元翼，趙州人。王廷湊反，穆宗以元翼在成德，名出廷湊遠甚，自深州刺史擢爲深翼節度使，以攜其軍。廷湊怒，遣部將王位以鋭兵攻元翼，不勝，乃合朱克融共圍之。長慶二年，詔赦廷湊罪，徙元翼山南東道，以深州賜廷湊，使中人促元翼南。廷湊恨之，已受詔，兵不解。招討使裴度詒書誚讓，克融解而歸，廷湊退舍。詔並加檢校工部尚書，兩悦之。淹月，元翼率十餘騎，冒圍跳德棣，朝京師。」○「及」集作「乃」，又「廷湊」下有「言」字，今皆依文苑。

轉吏部侍郎，凡令史皆不鎖，聽出入。或問公，公曰：「人所以畏鬼者，以其不能見也。鬼如可見，則人不畏之矣。選人不得見令史，故令史勢重，聽其出入，則勢輕。」改京兆尹、兼御史大夫，特詔不就御史臺謁，後不得引爲例。六軍將士皆不敢犯，私相告曰：「是尚欲燒佛骨者，安可忤？」故盗賊止。遇旱，米價不敢上。李紳爲御史中丞，械囚送府，使以尹杖杖之。公曰：「安有此？」使歸其囚。是時紳方幸，宰相欲去之，故以臺與府不協爲請，出紳爲江西觀察使，以公爲兵部侍郎。紳既復留，公入謝，上曰：「卿與李紳争何事？」公因自辨。數日，復爲吏部侍郎。長慶四年，得病，滿百日罷，既罷，以十二月二日卒於靖安里第。以上兩爲吏部侍郎及卒。

年譜曰：「長慶二年壬寅春，奉使鎮州；秋，遷吏部侍郎。三年癸卯夏，爲京兆尹、兼御史大夫；冬，復爲兵部侍郎，又遷吏部侍郎。實録云：『三年六月辛卯，吏部侍郎韓愈京兆尹、兼御史大夫，勑放臺參，後不得爲例。』時宰相李逢吉與李紳不協，及紳爲中丞，乃除愈京兆尹、兼御史大夫，仍放臺參。紳性峭直，屢上疏論其事，遂與愈辭理往復。逢吉乃兩罷之，出紳爲江西觀察使，以公爲兵部侍郎。答友人論京兆尹不臺參書云：『容桂觀察使帶中丞，尚不臺參。京尹，郡國之首，所管神州赤縣，官帶大夫，豈得却不如？事須臺參，是何典故？赤令尚與中丞分道而行，何況京兆尹？聖恩以爲然，便令宣與李紳，不用臺參。』實録云：『十月癸巳，愈爲兵部侍郎；庚子，爲吏部侍郎。』」○集「畏」下無「之」字，今依文苑。○唐六典卷三十曰：「京兆尹一人，從三品。京兆、河南、太原牧及都督刺史，掌清肅邦畿，攷覈官吏，宣布德化，撫和齊人，勸課農桑，教諭五教。」○退之論佛骨表曰：「乞以此骨付之有司，投諸水火。」此云欲燒佛骨，即指此表也。○舊書李紳傳曰：「紳字公垂，潤州無錫人。穆宗召爲翰林學士，與李德裕、元稹同在禁署，時稱三俊，情意相善。長慶二年，拜中書舍人。俄而稹作相，尋爲李逢吉教人告稹陰事，稹罷相，出爲同州刺史。時德裕與牛僧孺俱有相望，德裕恩顧稍深。逢吉欲用僧孺，懼紳與德裕沮於禁中。二年九月，出德裕爲浙西觀察使，乃用僧孺爲平章事，以紳爲御史中丞，冀離内職，易掎摭而逐之。乃以吏部侍郎韓愈爲京兆尹、兼御史大夫，放臺參。知紳剛褊，必與韓愈忿争。制出，紳果移牒往來，論臺府事體。而愈復性訐，言辭不遜，大喧物論，由是兩罷之，愈改兵部侍郎，紳爲江西觀察使。天子待紳素厚，不悟逢吉之嫁禍，爲其心希外任，乃令中使就第宣勞，賜之玉帶。紳對中使泣訴其事，言爲逢吉所排。及中謝日，面自陳訴，帝悟，乃改授户部侍郎。」○滿百日罷，集「罷」作「假」，今依文苑。○長安志卷七曰：「萬年縣所領朱雀街東第二街從北而南第五靖安坊，有尚書吏部侍郎韓愈宅。」

公氣厚性通，論議多大體，與人交，始終不易。凡嫁内外及交友之女無主者十人。幼養於嫂鄭氏，及嫂殁，爲之服朞以報之。深於文章，每以爲自楊雄之後，作者不出，其所爲文，未嘗效前人之言，而固與之並。自貞元末以至於兹，後進之士，其有志於古文者，莫不視公以爲法。有集四十卷，小集十卷。及病，遂請告以罷。每與交友言既終以處妻子之語，且曰：「某伯兄德行高，曉方藥，食必視本草，年止於四十二。某疎愚，食不擇禁忌，位爲侍郎，年出伯兄十五歲矣，如又不足，於何而足？且獲終牖下，幸不至失大節，以下見先人，可謂榮矣。」享年五十七，贈禮部尚書。以上總敍性情、事蹟及文學。謹具任官事跡如前，請牒考功下太常定謚，并牒史館。謹狀。詳而不冗，簡而不略，澹而彌永，朴而彌真，此種境界，非宋賢所能及。○吴先生曰：「方侍郎每論敘事文，所敘事不宜多，多則體擁腫不能自舉，又須用一意貫穿之，使首尾不衝決。若李公敘事，則不厭其多，亦不著意貫穿，而據事直敘，遇提掇處，略著一二語見意，而首尾浩然，氣亦足以自舉，此境乃方侍郎所未及。曩與張廉卿言之，廉卿亦自謂未明也。世頗議桐城文爲法所檢，殆是類歟？今廉卿即世，吾無與析此疑矣。」

年譜曰：「長慶四年甲辰冬，退之没，年五十七，贈禮部尚書，謚曰文。是年正月，敬宗即位。」案：宣室志卷二載退之嘗晝臥，夢許從神人征威梓國，經六月而卒。小説神怪之言，殊不足取。○退之祭鄭夫人文曰：「昔在韶州之行，受命於元兄，曰『爾幼養于嫂，喪服必以朞』。今其敢忘？天實臨之。」案：服朞，集作「朞服」，今依文苑。○伯兄謂會也。韓集孫注曰：「會卒於韶，年四十二。」○左哀二年：「簡子曰：畢萬死於牖下。」杜注曰：「言得壽終。」孔疏曰：「檀弓云：『飯於牖下，小斂於户内，大斂於阼階。』（檀弓上子游之言）則禮之正法，死於牖下。」案：集「終」下有「於」字，今依文苑。

皇甫持正

皇甫湜，字持正，睦州人。（新傳曰：「新安人。」元和郡縣志曰：「江南道睦州：晉爲新安郡，隋析新安縣置睦州。」案：唐睦州治建德縣，今浙江建德縣治。）元和元年進士第，爲陸渾縣尉，仕至工部郎中。新書附韓愈傳。○繆藝風（荃孫）曰：「湜，韓門弟子，句奇語重，不離師法，而琱琢艱深，或格格不能自達其意，較之同時文人，固已超出流輩。」（跋皇甫持正集）

韓文公墓誌銘 并序

韓集五百家本及文粹皆作故吏部侍郎贈禮部尚書昌黎韓先生墓誌銘，今依本集。

長慶四年八月，昌黎韓先生既以疾免吏部侍郎，諭湜曰：「死能令我躬所以不隨世磨滅者唯子。」以爲囑。其年十二月丙子，遂薨。明年正月，其孤昶使奉功緒之録繼訃以至。三月癸酉，葬河南河陽，乃哭而敍銘其墓。其詳將揭之於神道碑云。以上先從銘墓敍人。

文選司馬子長報任少卿書曰：「古者富貴而名摩滅，不可勝記。」五臣本「摩」作「磨」，字同。○韓有之自爲墓誌銘曰：「昌黎韓昶，字有之，生徐之符離，小名曰符。至六七歲，出言成文，張籍奇之。及年十一二，樊宗師大奇之。宗師文學爲人之師，文體與常人不同，昶讀慕之。一旦爲文，宗師大奇其文中字，或出於經史之外，樊讀不能通。稍長，愛進士及第，見進士所爲之文與樊不同，遂改體就之，欲中其彙。年至二十五及第。」退之符城南讀書詩樊注引登科記曰：「昶登進士第，在長慶四年。」○周禮天官宮正「稽其功緒」，鄭注曰：「功，吏職也，緒其志業。」又内宰「展其功緒」，注曰：「緒，業也。」○清統志曰：「河南懷慶府：韓愈墓，在孟縣西十五里。」○持正有韓文公神道碑。

先生諱愈，字退之，後魏安桓王茂六代孫。祖朝散大夫、桂州長史諱叡素。

父祕書郎贈尚書左僕射諱仲卿。先生七歲好學，言出成文。及冠，恣爲書，以傳聖人之道。人始未信，既發不掩，聲震業光，衆方驚爆而萃排之。乘危將顛，不懈益張，卒大信於天下。先生之作，無圓無方，至是歸工。抉經之心，執聖之權，尚友作者，跋邪觝異，以扶孔氏，存皇之極，知與罪非我計。茹古涵今，無有端涯，渾渾灝灝，不可窺校。及其酣放，豪曲快字，凌紙怪發，鯨鏗春麗，驚耀天下。然而栗密窈眇，章妥句適，精能之至，入神出天。嗚呼！極矣，後人無以加之矣，姬氏以來，一人而已矣。王季友曰：「極意推崇，不爲過量之言，文亦鯨鏗春麗，驚耀天下。」○以上敘其文章。

魏書韓茂傳曰：「茂字元興，安定武安人也。進爵安定公，爲侍中、尚書左僕射，加征南將軍。高宗踐祚，拜尚書令，加侍中、征南大將軍。太安二年夏，領太子少師；冬，卒，贈涇州刺史、安定王，謚曰桓王。」新書世系表曰：「茂生二子：備、均。均字天德，定州刺史、安定康公，生晙，雅州都督，生仁泰，曹州司馬。」案：仁泰即叡素之父也，餘見李習之韓公行狀。○大信，案：「信」如字，與上「信」字應，或讀曰「伸」，亦通。○「無圓無方」二句，淵鑑注曰：「言不拘一格，而至當不易，極其匠心也。」○「抉經之心」二句，綜括文心雕龍宗經、徵聖二篇之旨。○說文曰：「跋，蹎跋也。」文選羽獵賦注引韋昭曰：「跋，蹋也。」「觝」同「牴」，說文曰：「牴，觸也。」案：集「跋」作「跂」，非。○孟子萬章下曰：「又尚友古之人。」○

書洪範曰：「建用皇極。」僞孔傳曰：「皇，大；極，中也。」○孟子滕文公下曰：「是故孔子曰：『知我者其惟春秋乎？罪我者其惟春秋乎？』」案：知與罪，集及韓集「與」作「人」，非，今依全唐文。○豪曲快字，「豪」或作「毫」，誤；曲謂心曲，「豪曲」與「快字」相對。○文選東都賦曰：「發鯨魚，鏗華鐘。」李善注引薛綜西京賦注曰：「海中有大魚曰鯨，海邊又有獸名蒲牢，蒲牢素畏鯨，鯨魚擊蒲牢，輒大鳴。凡鐘欲令聲大者，故作蒲牢於上，所以撞之者爲鯨魚。」庾子山慨然成詠詩曰：「新春光景麗。」案：「春」或作「舂」，誤。○姬氏謂周。

始先生以進士三十有一仕，歷官其爲御史、尚書郎、中書舍人，前後三貶，皆以疏陳治事，廷議不隨爲罪。常惋佛老氏法，潰聖人之隄，乃唱而築之。及爲刑部侍郎，遂章言憲宗迎佛骨非是，任爲身恥，上怒天子。先生處之安然，就貶八千里海上。嗚呼，古所謂「非苟知之，亦允蹈之」者耶！吴元濟反，吏兵久屯無功，國涸將疑，衆懼怊怊。先生以右庶子、兼御史中丞、行軍司馬，宰相軍出潼關，請先乘遽至汴，感説都統，師乘遂和，卒擒元濟。王庭湊反，圍牛元翼於深，救兵十萬，望不敢前。詔擇廷臣往諭，衆慄縮，先生勇行。元稹言於上曰：「韓愈可惜。」穆宗悔，馳詔無徑入。先生曰：「止，君之仁；死，臣之義。」遂至賊營，麾其衆責之，賊恇汗伏地，乃出元翼。春秋美臧孫辰告糴於齊，以爲急病，校其難易，孰爲宜褒？嗚呼，先生真古所謂大臣者耶！遷拜京兆尹，斂禁軍，帖旱糴，黜倖臣之銋，再爲吏部侍郎。薨，年五十七，贈禮部尚書。以上敘歷仕事跡，而注重諫佛骨、説韓弘、使王庭湊三事。

韓子年譜曰：「貞元十二年丙子秋，爲汴州觀察推官。而公神道碑云『十四年用進士從董晉平汴州』，墓誌云『先生三十有一而仕』，皆後二年，殊不可曉。豈今年辟公以行，至十四年始有成命邪？亦不應如是之緩也。」○三貶，謂論宫市貶陽山令、言柳澗事復爲博士、言討淮西事改太子右庶子。並詳行狀。○上怒天子，全唐文作「震怒天顔」。○就貶八千里海上，謂潮州也。退之左遷至藍關示姪孫湘詩曰：「一封朝奏九重天，夕貶潮陽路八千。」元和郡縣志曰：「嶺南道潮州潮陽郡海陽縣：南濱大海，故曰海陽。」○法言君子篇曰：「非苟知之，亦允蹈之。」李注曰：「允，信也；蹈，履也。」○「恟」「兇」字同。説文曰：「兇，擾恐也。」左僖二十八年「曹人兇懼」，杜注曰：「兇，恐懼聲。」案：全唐文作「洶洶」。○元和郡縣志曰：「關内道同州華陰縣：潼關，在縣東北三十九里，關西一里有潼水，因以名關。又云河在關内，南流衝激關山，因謂之衝關。」案：即今陝西潼關縣治。○都統謂韓弘。○春秋莊二十八年：「冬，大無麥禾，臧孫辰告糴於齊。」左氏傳曰：「禮也。」魯語上曰：「魯饑，臧文仲言於莊公曰：『夫爲四鄰之援，結諸侯之信，重之以婚姻，申之以盟誓，固國之艱急是爲。鑄名器，藏寶財，固民之殄病是待。今國病矣，君盍以名器請糴於齊？』公曰：『誰使？』對曰：『國有饑饉，卿出告糴，古之制也。辰也備卿，辰請如齊。』公使往。從者曰：『君不命吾子，吾子請之，其爲選事乎？』文仲曰：『賢者急病而讓夷，居官者當事不避難，在位者恤民之患，是以國家無違。今我不如齊，非急病也。在上不衈下，居官而惰，非事君也。』文仲以鬯圭與王磬如齊告糴，齊人歸其玉而予之糴。」○斂禁軍，即李習之韓公行狀所言六軍將士皆不敢犯也。帖旱糴，即行狀所言遇旱米價不敢上也。○論語先進篇曰：「所謂大臣者，以道事君。」○說文曰：「齾，缺齒也。」大徐音五轄切。段注曰：「引伸凡缺皆曰齾。」案：此猶言挫倖臣之鋒鋩，指與李紳爭臺參事。或謂倖臣爲指李逢吉，非是。

先生與人洞朗軒闢，不施戟級。族姻友舊不自立者，必待我然後衣食嫁娶喪葬。平居雖寢食未嘗去書，怠以爲枕，飡以飴口，講評孜孜，以磨諸生。恐不完美，游以詼笑嘯歌，使皆醉義忘歸。嗚呼，可謂樂易君子鉅人長者矣！以上性情、行誼。

戟級，疑猶陛級。班孟堅西都賦曰：「陛戟百重。」後漢書孔融傳曰：「陛級縣遠。」然此文喻衛護森嚴，不使人易見也，與上「洞朗軒闢」相反。○舊書愈傳曰：「愈與洛陽孟郊、東郡張籍友善，二人名位未振，愈不避寒暑，稱薦於公卿，而籍終成科第。退公之隙，即相與談讌，論文賦詩，誘厲後進，館之者十六七，雖晨炊不給，怡然不介意。」○樂易君子，即豈弟君子，已見劉夢得令狐先廟碑「凱悌」注。

夫人高平郡君范陽盧氏，孤前進士昶，壻左拾遺李漢、集賢校理樊宗懿，次女許嫁陳氏，三女未笄。以上妻子。銘曰：

退之故河南府法曹參軍盧君夫人墓誌銘曰：「夫人姓苗氏，上黨人。嫁法曹盧府君諱貽，有文章德行，其族世所謂甲乙者。其季女壻昌黎韓愈爲其誌銘。」處士盧君墓誌銘曰：「處士諱於陵，其先范陽人。父貽爲河南法曹參軍。愈於處士，妹壻也。」盧渾墓誌銘韓注曰：「渾，河南法曹參軍第二子，而公妻弟也。」唐六典卷二曰：「四品若勳官二品，有封母妻爲郡君。」○國史補卷下曰：「得第謂之前進士。」○文粹「集賢」上有「聓」字，非是。持正集及五百家本韓集皆無之，是也。黄梨洲金石要例曰：「韓文公三女，其長女初適李漢，改適樊宗懿。誌書『壻左拾遺李漢，聓集賢校理樊宗懿』，『聓』即『壻』之别名，此皇甫持正變例也。」案：黄所據亦誤本。梁曜北誌銘廣例卷二曰：「案文苑英華張説撰睿宗七女鄎國長公主神道碑銘云：『求之令族，嬪于薛氏，有男子四、女子五。其後君子晨歌，夫人晝哭，朝制斷恩，改降鄭氏，均養七子，休蔭二宗。』沈亞之郭駙馬誌銘：『乃汾陽王第四子曖之少子，尚西河公主。西河主前降吴興沈氏，生子男一人。』皆直書不諱，勒諸碑石。」○禮記曲禮上曰：「女子許嫁，笄而字。」内則曰：「女子十有五年而笄。」案：舊書愈傳言：「穆宗、文宗嘗詔史臣添改順宗實録，時愈壻李漢、蔣係在顯位云云。」又蔣係傳（附父乂傳）曰：「武宗朝，李德裕用事，惡李漢，以係與漢僚壻，出爲桂管都防禦觀察使。」新書係傳：「宰相李德裕惡李漢，以係友壻，出爲桂管觀察使。」爾雅釋親曰：「兩壻相謂爲亞。」郭注曰：「今江東人呼同門爲僚壻。」漢書嚴助傳顏注曰：「友壻，同門之壻也。」此文次女許嫁陳氏，則蔣係當是第三女之夫矣。

維天有道，在我先生。萬頸胥延，坐廟以行。令望絶邪，痌此四方。惟聖有文，乖微歲千。先生起之，焯役於前。彍義滂仁，耿照充天。有如先生，而合亘年。按我章書，經紀大環。唫不時施，昌極後昆。噫嘻永歸，奈知之悲。

淵鑑評曰：「淵奧古崛，殆有意倣昌黎而爲之者。」

「萬頸」二句，謂萬人皆引頸而望公得高位，坐朝廟，以行其道也。○「令望」二句，謂韓公之死爲四方所痛。○「生」「行」「方」韻。○説文曰：「彉，弩滿也。」字亦作「彍」。漢書吾丘壽王傳顏注曰：「彍，引滿也。」玄應一切經音義十二引三蒼曰：「滂，注也，水多流貌也。」義主宜，故以射之引滿爲喻；仁主愛，故以水之盛大爲喻。○文選吴都賦李善注曰：「亘，引也。」案：亘年即延年之意。○「唫」「噤」字通。吕氏春秋重言篇高注曰：「唫，閉也。」太玄唫次二元衡曰：「唫，不通也。」○「文」「千」「前」「仁」「天」「年」「環」「昆」韻。○「歸」「悲」韻。

蔣叔起（超伯）南漘楛語卷一曰：「皇甫湜諭業云：『韓吏部之文，如長江秋注，千里一道，衝飈激浪，汙流不滯。然而施諸灌溉，或寡於用。』湜評如此，並非心折於昌黎也。其韓文公銘『茹古涵今』云云，與『長江秋注』之評，先後矛盾，蓋諛墓之文耳。」步瀛案：人之議論，先後不必盡同，諭業評「韓文施諸灌溉，或寡於用」，亦非貶詞，謂高文不宜世俗之用耳。此云「姬氏以來，一人而已」，雖不免推崇少過，而其形容韓公文字，實能相肖，勝於彼評，不得以諛墓目之。叔起本不知文，且恒有意求韓公之短，故不能平心而出也。

張文昌

張籍，字文昌，和州烏江人。（舊唐書張籍傳不言何郡人，新傳云和州烏江人，唐才子傳從之。郡齋讀書志、全唐詩話、唐詩紀事皆云和州人。韓集五百家注卷十三張中丞傳後敍引孫良臣注曰：「蘇州吴人。」卷二此日足可惜詩注曰：「吴郡人。」案新書宰相世系表，張氏有吴郡房，唐蘇州吴郡治吴縣。云吴人者，蓋因其郡望而言也。退之與孟東野書曰「張籍在和州居喪」，又籍寄蘇州白使君詩曰「題詩今日是州人」，可見籍居和州，而仍稱蘇州人者，以其郡望言之耳。湯季庸（中）跋張司業集據此詩謂：「籍當是生於吴，而常居於和，故寄和州劉使君詩但記遊宴之地，無復桑梓之意。」案：籍是否生吴亦無確證，且與郡守詩豈必皆以州人自名哉？湯説亦固矣。）嘗學於退之。（見退之與馮宿論文書及送孟東野序。）貞元十五年登進士第，（見侯鯖録卷五引唐登科記。案：此日足可惜詩曰：「州家舉進士，選試繆所當。馳辭對我策，章句何煒煌。」孫曰：「汴州舉進士，愈爲考官，試反舌無聲詩，籍中等。」今張集題作徐州試反舌無聲，疑誤。）終國子司業。新舊書皆有傳。

上韓昌黎書

韓集五百家注本卷十四附此書。韓仲雅曰：「新史曰：籍性狷直，嘗責愈喜博塞，及爲駁雜之説，論議好勝人，其排佛老，不能著書若楊雄、孟軻以垂世。（籍傳）」即謂此書也。

古之胥教誨，舉動言語，無非相示以義，非苟相諛悦而已。執事不以籍愚暗，時稱發其善，教所不及，施誠相與，不閒塞於他人之説，是近於古人之道也。籍今不復以義，是執竿而拒歡來者，烏所謂承人以古人之道歟？以上致書之意。

書無逸曰：「古之人胥教誨。」○左傳定四年杜注曰：「復，報也。」○莊子秋水篇曰：「莊子釣於濮水，楚王使大夫二人往先焉，曰：『願以竟內累矣。』莊子持竿不顧。」蜀志秦宓傳：「王商與宓書曰：楚聘莊周，非不廣也，執竿不顧。」

頃承論於執事，嘗以爲世俗陵靡，不及古昔，蓋聖人之道廢弛之所爲也。宣尼没後，楊朱、墨翟恢詭異説，干惑人聽，孟軻作書而正之，聖人之道復存於世。秦氏滅學，漢重以黄老之術教人，使人寖惑，楊雄作法言而辯之，聖人之道猶明。及漢衰末，西域浮屠之法入於中國，中國之人世世譯而廣之，黄老之術，相沿而熾，天下之言善者，惟二者而已矣。昔者聖人以天下生生之道曠，乃物其金木水火土穀藥之用以厚之，因人資善，乃明乎仁義之德以教之，俾人有常，故治生相存而不殊。今天下資於生者，咸備聖人之器用，至於人情，則溺乎異學，而不由乎聖人之道。使君臣、父子、夫婦、朋友之義沈於世，而邦家繼亂，固仁人之所痛也。以上言釋老之害道。

執事，已見魏玄成疏「陛下」注。○楊朱、墨翟及孟軻作書，並見韓退之與孟尚書書注。○漢書楊雄傳曰：「人有問雄者，常用法應之，譔以爲十三卷，象論語，號曰法言。」○浮屠，已見韓退之送高閑上人序注。○左文七年：「郤缺曰：水、火、金、木、土、穀，謂之六府；正德、利用、厚生，謂之三事。」僞古文大禹謨襄曰：「水、火、金、木、土、穀惟修，正德、利用、厚生惟和。」

自揚子雲作法言，至今近千載，莫有言聖人之道者，言之者惟執事焉耳。習俗者聞之，多怪而不信，徒相爲訾，終無裨於教也。執事聰明文章，與孟軻、揚雄相若。盍爲一書，以興存聖人之道，使時之人、後之人知其去絕異學之所爲乎？曷可俯仰於俗，囂囂爲多言之徒哉？以上勸其著書存聖道、絕異學。

左傳成十六年杜注曰：「囂，諠譁也。」

然欲舉聖人之道者，其身亦宜由之也。比見執事多尚駮雜無實之說，使人陳之於前以爲歡，此有以累於令德。又商論之際，或不容人之短，如任私尚勝者，亦有所累也。先王存六藝，自有常矣，有德者不爲，猶以爲損，況爲博塞之戲，與人競財乎？君子固不爲也。今執事爲之，以廢棄時日，竊實不識其然。以上責其尚雜說，好勝人，爲博塞之失。

韓集樊注曰：「駮雜之說，世多指毛穎，蓋因摭言有云：『韓公著毛穎傳，好博塞之戲，張水部以書勸之耳。』而不知籍此書乃與公酬答於貞元佐汴時，而毛穎傳以呂汲公年譜考之，則元和七年所作。又柳子厚書毛穎傳後云：『自吾居夷，不與中州人通書，有來南者，時言韓愈爲毛穎傳。』子厚以永正（宋人辟仁宗嫌名，改「貞」爲「正」。）元年出爲永州司馬，凡十年，則毛穎傳誠元和閒作。後此書十有餘歲，摭言未可憑也。」○博塞，本字作「簙簺」，説文曰：「簙，戲局也，六箸十二棊也。」又曰：「行棊相塞謂之簺。」

且執事言論文章不謬於古人，今所爲或有不出於世之守常者，竊未爲得也。願執事絕博塞之好，棄無實之談，弘廣以接天下士，嗣孟軻、楊雄之作，辯楊墨老釋之説，使聖人之道復見於唐，豈不尚哉？籍誠知之，以材識頑鈍，不敢竊居作者之位，所以咨於執事而爲之爾。若執事守章句之學，因循于時，置不朽之盛事，與夫不知言者亦無以異矣。以上望其改前之所爲，而著書牖世。籍再拜。剛直之氣，流於楮墨閒，文固不可僞爲。

論語堯曰篇曰：「不知言，無以知人也。」

李南紀

李漢，字南紀，淮陽王道明之後。韓愈子壻，少師愈文。元和七年登進士第，歷仕至吏部侍郎，出爲汾州刺史，貶司馬。大中時，召拜宗正卿，卒。舊書有傳，新書附宗室道明傳後。

唐吏部侍郎昌黎先生韓愈文集序

舊書韓愈傳曰：「有文集四十卷，李漢爲之序。」

文者，貫道之器也，不深於斯道，有至焉者不也。易繇爻象，春秋書事，詩詠謌，書禮剔其僞，皆深矣乎！秦漢已前，其氣渾然，迨乎司馬遷、相如、董生、楊雄、劉向之徒，尤所謂傑然者也。至後漢、曹魏，氣象萎苶。司馬氏已來，規範蕩悉，謂易已下爲古文，剽掠潛竊爲工耳。文與道蓁塞，固然莫知也。

以上言文以貫道，六經之文皆深於道者。秦漢以下，文有盛衰，故道有升降。

「不」「否」字通，「也」「邪」字通，「不也」即「否邪」。○左傳閔二年杜注曰：「繇，卦兆之占辭。」釋文曰：「繇，直救反。」易繫辭下曰：「爻也者，效此者也；象也者，像此者也。」○史記太史公自序曰：「夫春秋上明三王之道，下辨人事之紀。」杜元凱春秋序曰：「大事書之於策，小事簡牘而已。」○詩序曰：「詩者志之所之也，嗟歎之不足，故永歌之。」説文曰：「詠，歌也。」永，通借字。又「歌，詠也」，重文作「謌」。○吴先生記寫本尚書後曰：「李漢論六藝曰『書禮剔其僞』，書之僞蓋自此發。且必退之與其徒常所講説云爾，而漢誦述之，不然，漢之智殆不及此。」○韓退之送孟東野序曰：「漢之時，司馬遷、相如、楊雄，最其善鳴者也。其下魏晉氏鳴者，不及於古，然亦未嘗絶也。就其善鳴者，其聲清以浮，其節數以急，其辭淫以哀，其志弛以肆，其爲言也亂雜而無章。」○廣韻十七薛曰：「苶，疲役貌，如列切。」

先生生於大曆戊申，幼孤，隨兄播遷韶嶺。兄卒，鞠於嫂氏，辛勤來歸。自知讀書爲文，日記數千百言。比壯，經書通念曉析。酷排釋氏，諸史百子，皆搜抉無隱。汗瀾卓踔，奫泫澄深，詭然而蛟龍翔，蔚然而虎鳳躍，鏘然而韶鈞鳴。日光玉潔，周情孔思，千態萬貌，卒澤於道德仁義，炳如也。洞視萬古，愍惻當世，遂大拯頹風，教人自爲。時人始而驚，中而笑且排，先生志益堅，終而翕然隨以定。嗚呼！先生於文，摧陷廓清之功，比於武事，可謂雄偉不常者矣。以上韓文之文與道合。

幼孤隨兄播遷韶嶺，已見李習之韓公行狀及皇甫持正韓文公墓誌銘。○文選海賦曰：「洪濤瀾汗。」李善注曰：「瀾汗，長貌。」案：「汗瀾」與「瀾汗」義同；「踔」「趠」字通，說文曰：「趠，遠也。」○文選吳都賦曰：「泓澄奫潫。」注曰：「皆水深廣闊也。奫，於旻切。」又江賦曰：「濆滉囦泫。」李注曰：「皆水深廣之貌。」○莊子齊物論釋文曰：「詭，異也。」○史記趙世家：「簡子曰：我之帝所甚樂，與百神游於鈞天，廣樂九奏萬舞，其聲動人心。」說文曰：「韶，虞舜樂也。」

長慶四年冬，先生歿。門人隴西李漢辱知最厚且親，遂收拾遺文無所墜失，得賦四，古詩二百一十，聯句十一，律詩一百六十，雜著六十五，書啓序九十六，哀詞祭文三十九，碑誌七十六，筆硯鱷魚文三，表狀五十二，總七百，并目録合爲四十一卷，目爲昌黎先生集，傳於代。又有注論語十卷，傳學者。順宗實録五卷，列於史書，不在集中。先生諱愈，字退之，官至吏部侍郎，餘在國史本傳。以上序集。○王季友曰：「漢受知昌黎最深，故言之親切，一『道』字亦得大原。」

韓集考異曰：「總七百，或作『七百一十六』，或作『七百三十八』，方考其數皆不合，而姑從閣本、杭本，以爲唐本舊如此，既非文義所繫，今亦不能深考。」案：文粹作「得賦四，古詩二百五，聯句九，律詩一百七十三，雜箸六十四，書啓序八十六，哀辭祭文三十八，碑誌七十六，筆硯鱷魚文三，表狀四十七」，又與此不同。又，筆硯，謂毛穎傳、瘞硯銘。○新唐書藝文志有韓愈注論語十卷。郡齋讀書志卷十七曰：「韓、李論語筆解十卷，唐韓愈退之、李翺習之撰。然四庫、邯鄲書目皆無之，獨田氏書目有韓愈論語十卷，筆解兩卷。此書題曰筆解，而十卷亦不同。」案：今本筆解二卷，義理頗淺，疑後人僞託。清四庫書目卷三十五謂：「疑愈注論語時，或於簡端有所記録，翺亦閒相討論，附書其閒，迨書成之後，後人得其藁本，採注中所未載者，別録爲二卷行之。題曰筆解，明非所自編也。」未知然否。○今韓集有附順宗實録者，後人所增也。○韓集五百家本題云「門人朝議郎、行屯田員外郎、史館修撰、上柱國、賜緋魚袋李漢編」。

吴武陵

吴武陵，信州人。元和初登進士第。裴度征淮西，韓愈爲司馬，武陵勸愈爲裴度畫謀，時度部分已定，故不見用。入爲太學博士，後出爲韶州刺史，貶播州司户參軍，卒。新書入文藝傳。○吴先生曰：「吴公文最有生氣可喜，亦元和間一健者。」

遺吴元濟書

新唐書文藝傳下吴武陵傳曰：「元和初擢進士第。淮西吴少陽聞其才，遣客鄭平邀之，將待以賓友，武陵不答。俄而少陽子元濟叛，武陵遺以書，自稱東吴王孫云云。」案：吴元濟事，見平淮西碑注。

夫勢有不必得，事有不必疑。徒取暴逆之名，而殄物敗俗，不可謂智。一日破亡，平生親愛，連頭就戮，不可謂仁。支屬繁衍，因緣磨滅，先魂傷餒，不可謂孝。數百里之內，拘若檻穽，常疑死於左右手，低回姑息，不可謂明。且三皇以來，數千萬載，何有悖理亂常而能自畢者哉？先言叛亂之事，自古無成。

左傳宣四年：「子文曰：鬼猶求食，若敖氏之鬼不其餒而。」○司馬子長報任少卿書曰：「及在檻穽之中。」後漢書法雄傳：「移書屬縣曰：毀壞檻穽。」章懷注曰：「檻謂捕獸之機也，穽謂穿地陷獸也。」案：「穽」與「阱」同。○禮記檀弓上：「曾子曰：細人之愛人也以姑息。」鄭注曰：「息猶安也，言苟容取安也。」○三皇之説，諸家不同。史記秦始皇本紀：「博士議曰：古有天皇、地皇、泰皇。」索隱謂「泰皇」當「人皇」。潛夫論五德志作「天皇、地皇、人皇」，初學記帝王部引春秋緯、御覽皇王部三引徐整三五歷紀，皆同此説也。

風俗通皇霸篇引禮含文嘉，以虙戲、燧人、神農爲三皇，又引尚書大傳説「遂人爲遂皇，伏羲爲戲皇，神農爲農皇」，白虎通號篇亦首舉此説。吕氏春秋用衆篇高誘注，曲禮上孔疏引宋均注孝經援神契、引雒書甄耀度，譙周古史考，並同此説也。白虎通引禮，以伏羲、神農、祝融爲三皇，即風俗通皇霸篇引禮號謚記之説也。風俗通又引春秋運斗樞，以伏羲、女媧、神農爲三皇，曲禮上孔疏引熊安生説，鄭康成意同此，故鄭注中候勅省圖引運斗樞爲説也。僞孔安國尚書序，以伏羲、神農、黄帝爲三皇，史記五帝本紀索隱引皇甫謐帝王世紀、孫氏注世本亦同此説也。然黄帝爲五帝首，不宜稱皇，祝融爲炎帝佐，亦不宜稱皇，其餘含文嘉、運斗樞二説，亦難定其孰是，而史記所載秦博士之説，爲較古云。

貞元時，德宗以函容御天下。河北諸鎮專地不臣，朝廷資以爵號，桀黠者自謂得計，以反爲利。於是楊惠琳、劉闢、李錡、盧從史等又亂。皇帝即位，赫然命偏師討之，盡伏其辜，所謂時也。日者張太尉厭垣捍之勤，謝易定爲國老，田尚書知慮絶俗，又以魏博來歸，幽檀、滄景皆爲信臣。以上言是時天子英武，逆者得禍，順者得福。

楊惠琳、劉闢、李錡、盧從史，並見韓退之平淮西碑注。○張太尉茂昭、田尚書弘正，亦見平淮西碑注。○詩板曰：「大師維垣。」左成十二年：「郤至曰：此公侯之所以扞城其民也。」案：「扞」「捍」同。○易定、幽檀，亦同上。○唐河北道滄州，治清池縣，在今河北滄縣東南；景州治弓高縣，在今河北東光縣西。○賈生過秦曰：「信臣精卒，陳利兵而誰何。」

然而與足下者，獨齊、趙耳。夫齊安可爲恃哉？徐壓其首，梁薄其翼，魏斮其脛，滑鍼其腹，淮南承其衝，分兵不足相救，全舉則曹、魯、東平非其有也。彼何苦而自棄哉？若趙則固豎子耳。前日主上以澤潞爲之導，既斥從史，姑赦罪復爵禄之，天下之人，欲討者十八。無何，殘丞相、御史，朝廷以足下故，未加斧鉞也。然則中山薄藁城之險，太原乘井陘之隘，燕徇樂壽，邢扼臨城，清河絕其南，弓高斷其北，孤雛腐鼠求責不暇，又曷以救人哉？二鎮不敢動，亦明矣，足下何待而窮處邪？以上言淄青、成德，皆不能相助。

吕氏春秋順説篇高注曰：「與猶助也。」○齊謂淄青李師道，趙謂成德王承宗也。○梁謂汴州、徐州。汴州，已見韓退之張中丞傳後敍注。小爾雅廣言曰：「薄，迫也。」○魏州、滑州，見韓退之平淮西碑注。楚辭七諫怨世王注曰：「斮，斷也。」○淮南，見平淮西碑注。○魯謂兗州，東平謂鄆州、曹州。鄆州，見許國公碑注。唐河南道兗州治瑕丘縣，在今山東滋陽縣西。○舊書憲宗紀曰：「元和五年秋七月，王承宗遣判官崔遂上表自首，請輸常賦，朝廷除授官吏。丁未，詔昭洗王承宗，復其官爵，待之如初。諸道行營將士，共賜物二十八萬四百三十端匹。時招討非其人，諸軍解體，而藩鄰觀望養寇，空爲逗撓，以弊國賦。而李師道、劉濟亟請昭雪，乃歸罪盧從史而宥承宗，不得已而行之也。」案：澤潞謂盧從史，已見平淮西碑注。○殘丞相、御史，謂刺宰相武元衡及御史中丞裴度。當時以爲王承宗所遣刺客也，故云然。已見平淮西碑注。○中山謂定州，見平淮西碑注。唐河北道恒州藁城縣，今河北藁城縣治。案：史記趙世家曰：「王出九門，爲野臺，以望齊、中山之境。」清統志曰：「直隸正定府：九門故城，在今藁城縣西南。」○太原，已見平淮西碑注。元和郡縣志曰：「河北道恒州獲鹿縣：井陘口，今名土門口，在縣西南十里，即太行八陘之第五陘也。四面高，中央下，似井，故名之。」清統志曰：「正定府：井陘關，在井陘縣東北井陘山上，與獲鹿縣接，亦曰土門口，即吕氏春秋（有始覽）九塞之一也。」○燕謂幽州。唐河北道深州樂壽縣，今河北獻縣治，唐初爲竇建德所都。○唐河東道邢州治龍岡縣，在今河北邢臺縣西南。河北道趙州臨城縣，今河北臨城縣治。○唐貝州清河郡治清河縣，見平淮西碑注。○唐河北道景州治弓高縣，在今河北東光縣西。○後漢書竇憲傳曰：「帝大怒憲，切責曰：國家棄憲，如孤雛腐鼠耳。」

昔僕之師裴道明嘗言：「唐家二百載，有中興主，當其時，很傲者盡滅，河湟之地復矣。」今天子英武任賢，同符太宗，寬仁厚物，有玄宗之度。罰無貸罪，賞無遺功，諸侯豢齊、趙以稔其釁，羣帥築室厲兵，進窺房、蔡，屯田繼漕，前鋒扼喉，後陣撫背，左排右掖，其幾何而不踣邪？以上申言違命者必滅。

左文十八年曰：「傲很明德，以亂天常。」○通鑑唐紀三十九曰：「代宗廣德元年，吐蕃入大震關，陷蘭、廓、河、鄯、洮、岷、秦、成、渭等州，盡取河西隴右之地。」又五十四曰：「憲宗元和五年，上曰：『今兩河數十州，皆國家政令所不及，河湟數千里，淪於左衽。朕日夜思雪祖宗之恥，而財力不贍，故不得不蓄聚耳。』」又六十四曰：「宣宗大中三年，吐蕃秦、原、安樂三州及石門等七關來降。上曰：『憲宗嘗有志復河湟，以中原方用兵，未遂而崩。今乃克成先志耳。』其議加順、憲二廟尊謚，以昭功烈。」清統志曰：「甘肅西寧府：

湟水，自塞外流經西寧縣北，又東逕碾伯縣南，又東南歷涼州府平番縣，至蘭州界入黃河。」○舊書憲宗紀：「史臣蔣係曰：『憲宗嗣位之初，讀列聖實録，見貞觀、開元故事，竦慕不能釋卷，顧謂丞相曰：「太宗之創業如此，玄宗之致理如此，猶須宰執臣僚同心補助，豈朕今日獨能爲理哉？」自是延英議政，晝漏率下五六刻方退，由是中外咸理，紀律再張，果能翦削亂階，誅除羣盜。』」○吴語韋昭注曰：「稔，熟也。」○唐山南道房州治房陵縣，今湖北房縣治。○説文曰：「踣，僵也。」

足下勿謂部曲勿我欺。人心與足下一也，足下反天子，人亦欲反足下。易地而論，則嬰兇横之命，不若奉大君官守矣。枕戈持矛，死不得地，不若坐兼爵命而保胤嗣也。足下苟能挺知幾之烈，莫若發一介，籍士馬土疆，歸之有司。上以覆載之仁，必保納足下，滌垢洗瑕，以倡四海，將校官屬，不失寵且貴。何哉？爲國者不以纖惡蓋大善也。且貳而伐，服而捨，寵榮可厚，胥肉可保，何獨不爲哉？以上勸其歸命國家，可無後禍。

嬰，如漢書蒯通傳「嬰城自守」之「嬰」，其義訓「繞」，此喻受凶横之命，爲所纏繞也。○易師上六曰：「大君有命。」○易繫辭下曰：「知幾其神乎。」○左襄八年曰：「亦不使一介行李告于寡君。」○西都賦曰：「滌瑕盪垢。」○左僖十五年：「陰飴甥曰：貳而執之，服而舍之，德莫厚焉，刑莫威焉。」

三州，至狹也；萬國，至廣也。力不相侔，判然可知。假使官軍百敗，而行陣未嘗乏。足下一敗，則成禽矣。夫一壯士不能當十夫者，以其左右前後咸敵也。矧以一卒欲當百人哉？昏迷不返，諸侯之師集城下，環壘刳塹，灌以流潦，主將怨攜，士卒崩離，田儋、吕嘉發於肘腋，屍不得裹，宗不得祀，臣僕以爲誡，子孫所不祖，生爲暗愎之人，没爲幽憂之鬼，何其痛哉！以上悚以敗滅之禍。○雄駿之筆，噴薄之氣，指陳利害，警悚異常。

淮西有蔡、光、申三州之地。案：見平淮西碑注。○晉書宣帝紀曰：「遼東太守公孫文懿反。帝曰：坐守襄平，此成擒耳。」易井初六曰：「舊井无禽。」集解引崔憬曰：「禽，古『擒』字，禽猶獲也。」○書僞古文大禹謨曰：「昏迷不恭。」○曲禮上釋文曰：「雨水謂之潦。」○史記田儋傳曰：「陳涉使周市略定魏地，北至狄，狄城守。田儋詳爲縛其奴，從少年之廷，欲謁殺奴。見狄令，因擊殺令。」○史記南越傳曰：「嬰齊薨，太子興代立。其相吕嘉相三王，越人信之。吕嘉等遂反，與其弟將卒攻殺王太后及漢使者。」案：「吕嘉」新書作「吕興」。○江徙戎論曰：「害起肘腋。」

劉去華

劉蕡，字去華，幽州昌平人。（唐河北道幽州昌平縣，在今河北昌平縣西。）客梁汴閒。寶曆二年，擢進士第。太和二年，策試賢良方正直言極諫，以忤宦官被黜。令狐楚在興元，牛僧孺鎮襄陽，皆表蕡幕府，授祕書郎，待如師友。而宦官深嫉蕡，誣以罪，貶柳州司户參軍，卒。昭宗時，既誅宦官，贈蕡左諫議大夫。舊書入文苑傳，新書自有傳。

對賢良方正直言極諫策

舊書文苑劉蕡傳曰：「自元和末，閹寺權盛，握兵宮闈，横制天下，天子廢立，由其可否，干撓庶政，當時目爲南北司，愛惡相攻，有同水火。蕡草澤中居常憤惋。文宗即位，恭儉求理。太和二年，策試賢良，時對策者百餘人，所對止循常務，唯蕡切論黄門太横，將危宗社。是歲，左散騎常侍馮宿、太常少卿賈餗、庫部郎中龐嚴爲考策官，三人者，時之文士也。覩蕡條對，歎服嗟悒，以爲漢之鼂、董，無以過之。言論激切，士林感動。時登科者二十二人，而中官當途，考官不敢留蕡在籍中，物論喧然不平之。守道正人，傳讀其文，至有相對垂泣者。諫官御史，扼腕憤發，而執政之臣，從而弭之，以避黄門之怨。唯登科人李郃謂人曰：『劉蕡不第，我輩登科，實厚顔矣。』請以所授官讓蕡。事雖不行，人士多之。」摭言卷十曰：「太和二年，裴休等二十三人登制科，時劉蕡對策萬餘字，深究治亂之本，又多引春秋大義，雖公孫弘、董仲舒，不能肩也。自休以下，靡不斂衽，然以指斥貴幸，不顧忌諱，有司知而不取。時登科人李郃詣闕進疏，請以己之所得，易蕡之所失，疏奏留中。蕡期月之閒，屈聲播於天下。」玉泉子曰：「劉蕡，楊嗣復門生也。對策以直言忤時，中官尤所嫉忌。中尉仇士良謂嗣復曰：『奈何以國家科第，放此風漢耶？』嗣復懼而答曰：『嗣復昔與劉蕡及第時，猶未風耳。』」容齋續筆卷十六曰：「是時宰相乃裴度、韋處厚、竇易直，易直不足言，裴、韋之賢，顧獨失此。蕡既由此不得仕于朝，而李郃亦不顯，蓋無敢用之也。令狐楚、牛僧孺乃能表蕡入幕府，竟爲宦人所嫉，誣貶柳州司户。李商隱贈以詩曰：『漢廷急詔誰先入，楚路高歌自欲翻。萬里相逢歡復泣，鳳巢西隔九重門。』及蕡卒，復以二詩哭之，曰：『一叫千回首，天高不爲聞。』又曰：『已爲秦逐客，復作楚冤魂。併將添恨淚，一洒問乾坤。』其悲之至矣。甘露之事，相去纔七年，未知蕡及見之否乎？」胡致堂（寅）讀史管見卷二十五曰：「劉蕡對策時，執政大臣裴度、韋處厚也，抑諫官御史，不令伸蕡，何也？愚讀蕡策，有三事焉，裴、韋之所避也。一曰閽寺擅權，致陛下不得正其始；二曰誠能挈國權以歸相，則心無不達；三曰何不塞陰邪之路，屏褻狎之臣？一則譏及文宗，二則譽隆宰輔，三則力詆宦寺，此裴、韋所以拒之而不敢當者也。雖然，此常常之見耳。二公累朝舊德，盍以棟國取賢、匡君救弊爲重乎？是時未有一人言及宦寺者，因蕡有言，置之高第，請開延英，召會公卿給舍諫官御史并貴常侍五六人，陳太宗故事及近代之失，咨訪厥中，公議既合，此五六人者，必有自善之謀，納兵之請，因而處之以禮，則不出中昃，大計定矣。乃避遠小嫌，失於事會，宦寺必曰：『晉公尚不敢治我。』是則黜直言之士，增北司之氣，其失豈小也哉？蕡所陳異乎宋申錫、李訓、鄭注者，但欲復之于門户埽除，非有草薙禽獮之意，事必可行。惜乎裴、韋讀之不詳，思之不精也。」葉水心（適）習學記言曰：「唐賢良策惟有劉蕡，余嘗論唐人無識治亂者（此專指對賢良策者而言），惟以文華進身，以氣力任事，隨其所至，裁割而成，如蕡考據經術，條析急務，一時大義，略皆先具，進士之俊傑，無能及矣。然知治與致治不同，惜蕡不一試用，觀其所爲如何也。」步瀛案：宋人論事太易，又好苛責古人，致堂其尤也。唐文宗時，宦寺典兵，大權已經旁落，去華欲復之于門户埽除，雖與訓、注等不同，然實不免與虎謀皮，若云事必可行，恐言之過易。王叔文等即前車之鑒也，韋、裴二相處此亦有不得已之苦心，未可遽加疵議。然如去華之忠直敢言，洵爲可重，唐三百年中，不愧直言敢諫之科者，一人而已。

問：朕聞古先哲王之理也，玄默無爲，端拱司契，陶甿心以居簡，凝日用於不宰，立本以厚下，推誠而建中，繇是天人通，陰陽和，俗躋仁壽，物無疵癘。噫！盛德之所臻，夐乎其莫可及已。（以上古哲盛德之治。）三代令王，質文迭救，而巧僞滋熾，風流寖微，自漢魏已降，足徵益寡。（以上言三代已來，政教日衰，漢魏已後，益不足取。）朕顧昧理道，祇荷丕構，奉若謨訓，不敢荒寧，任賢惕厲，宵衣旰食，（二語言爲國憂勞，亦制策中恒語。去華懷欲陳之意，故據以剴切發揮耳。）詎追三五之遐軌，庶紹祖宗之鴻緒。（以上言憂勤圖治，思紹先業。）而心有所未達，行有所未孚，由中及外，闕政斯廣。是以人不率化，氣或堙厄，災旱竟歲，播植愆時。國廩罕蓄，乏九年之儲；吏道多端，微三載之績。京師爲諸夏之本也，將以觀理，而豪猾時踰檢；大學明教化之源也，期於宣化，而生徒多惰業。列郡在乎頒條，而干禁或未絕；百工在乎按度，而淫巧或未衰。俗墮風靡，積訛成蠹。其擇官濟理也，聽人以言，則枝葉難辨；御下以法，則恥格不形。其阜財發號也，生之寡而食之衆，煩於令而鮮於理。思欲究此繆盭，致之治平，茲心浩然，若涉泉水。（以上歷舉政治之闕失。）故前詔有司，博延羣彥，佇啓宿懵，冀臻時雍。（此明舉行制科之意。）子大夫皆識達古今，志在康濟，造庭待問，副朕虛懷。必當箴主之闕，辨政之疵，明綱條之所紊，稽庶富之所急。何術斯革於前弊？何澤斯惠於下土？何施而理古可近？何道而和氣可充？推之本源，著於條對。以上使就庶政應興應革者，條舉以對。○前所列舉，以事實言；此所臚陳，以方法言。至若夷吾輕重之權，孰輔於理？嚴尤底定之策，孰叶於時？元凱之考課何先？叔子之克平何務？推此龜鑑，擇乎中庸。此又舉理財、馭夷、課吏、懷遠四者古人已有之成法，核其情實，是否可行。期在洽聞，朕將親覽。此問文字暢適，然但就政教等事臚列，無甚精言奧義，當日策問，大都如此。

書康誥曰：「別求聞由古先哲王。」○淮南子主術篇曰：「儼然玄默。」老子曰：「爲無爲則無不治。」○老子曰：「有德司契。」王注曰：「有德之人，念思其契，不念怨生，而後責於人也。」案：舊書作「思道」。○說文曰：「甿，田民也。」案：舊書作「民」。○論語雍也篇曰：「居簡而行簡。」○立本以厚下，文苑校云：諸本作「厚下以立本」。○老子曰：「爲而不宰。」○書僞古文仲虺之誥曰：「建中於民。」○司馬長卿封禪文曰：「觀天人之際。」○禮記樂記曰：「陰陽和而萬物得。」○漢書王吉傳：「吉上疏言得失曰：敺一世之民，躋之仁壽之域。」○莊子逍遥遊曰：「使物不疵癘。」○廣雅釋詁一曰：「敻，遠也。」○詩文王鄭箋曰：「令，善也。」案：新書「王」作「主」。○白虎通三正篇引禮三正記曰：「正朔三而改，文質再而復。」○巧僞，舊書作「百僞」，新書作「百氏」。○自漢魏，兩唐書皆無「魏」字。○論語八佾篇：「子曰：夏禮吾能言之，杞不足徵也；殷禮吾能言之，宋不足徵也。」○顧昧理道，兩唐書皆作「顧惟昧道」。○丕構，書大誥曰：

「若考作室，厥子乃弗肯堂，矧肯構？」魯靈光殿賦曰：「觀其結構。」此亦以作室喻國家大業也。唐玄宗過晉陽宮詩曰：「顧循承丕構。」○書僞古文仲虺之誥曰：「奉若天命。」胤征曰：「聖有謨訓。」○書無逸曰：「不敢荒寧。」案：兩唐書「荒寧」作「怠荒」。○書僞古文大禹謨曰：「任賢勿貳。」冏命曰：「怵惕惟厲。」○漢書鄒陽傳：「奏書吳王曰：始孝文皇帝寒心銷志，不明求衣。」左昭二十年：「伍奢曰：楚君大夫其旰食乎？」徐孝穆陳文帝哀策文曰：「勤民聽政，宵衣旰食。」○後漢書曹褒傳：「元和二年下詔曰：三五步驟。」注引孝經鉤命決曰：「三皇步，五帝驟，三王馳。」○說文曰：「愆，過也。」左昭二十六年杜注曰：「愆，失也。」○禮記王制曰：「三年耕，則有九年之食。」○書舜典曰：「三載考績。」○公羊桓九年曰：「京者何？大也。師者何？衆也。天子之居，必以衆大之詞言之。」西都賦曰：「卓犖諸夏。」案：「京師」下各本無「爲」字，依文粹增。○漢書地理志曰：「漢興，立都長安，五方雜厝，風俗不純，其世家則好禮文，富人則商賈爲利，豪傑則游俠通姦。」酷吏郅都傳曰：「濟南瞯氏，宗人三百餘家豪猾。」案：文苑、文粹、新書皆無「時」字，今依舊書增。○宣化，新書作「變風」。○多惰業，新書無「多」字，文粹同。○晉書武帝紀曰：「泰始四年十二月，班五條詔書於郡國：一曰正身，二曰勤百姓，三曰撫孤寡，四曰敦本息，五曰去人事。」案：「班」「頒」字通。○禮記月令曰：「季春之月，百工咸整，監工日號，毋悖于時，毋或作爲淫巧，以蕩上心。」○墮，新書作「恬」。○禮記表記曰：「天下無道，則辭有枝葉。」鄭注曰：「言有枝葉，是衆虛華也。」○論語爲政篇曰：「道之以德，齊之以禮，有恥且格。」○禮記大學篇曰：「生財有大道，生之者衆，食之者寡。」○漢書刑法志：「元帝詔曰：今律令煩多而不約，斯豈刑中之意哉？」○書大誥曰：「惟予小子，若涉淵水。」案：此作「泉」，避高祖諱，新書改作「泉」，「水」誤「冰」。○說文曰：「懜，不明也。」大徐音武亘切。集韻四十九隥「懜」「懵」同。○書堯典曰：「黎民於變時雍。」○書僞蔡仲之命曰：「康濟小民。」案：志在，舊書作「明於」。○左襄四年：「魏絳曰：昔周辛甲之爲大史也，命百官官箴王闕。」○論語子路篇：「冉有曰：『既庶矣，又何加焉？』曰：『富之。』」○管子有輕重篇凡十九，又明法解曰：「權衡者，所以起輕重之數也。」○漢書匈奴傳下曰：「莽新即位，欲立威，迺拜十二部將率，發郡國勇士，武庫精兵，同時十道並出，窮追匈奴。莽將嚴尤諫曰：『臣聞匈奴爲害，所從來久矣，未聞上世有必征之者也。後世三家，周、秦、漢征之，然皆未有得上策者也。周得中策，漢得下策，秦無策焉。當周宣王時，獫狁内侵，至于涇陽，命將征之，盡境而還。其視戎狄之侵，譬猶蟁蝱之螫，敺之而已，故天下稱明，是爲中策。漢武帝選將練兵，約齎輕糧，深入遠戍，雖有克獲之功，胡輒報之，兵連禍結，三十餘年，中國罷耗，匈奴亦創艾，而天下稱武，是爲下策。秦始皇不忍小恥，而輕民力，築長城之固，延袤萬里，轉輸之行，起於負海，疆境既完，中國内竭，以喪社稷，是爲無策。』」○晉書杜預傳曰：「預字元凱，京兆杜陵人也。泰始中，守河南尹，受詔爲黜陟之課。其略曰：『今科舉優劣，莫若委任達官，各考所統，在官一年以後，每歲言優者一人爲上第，劣者一人爲下第，因計偕以名聞。如此六載，主者總集採案，其六歲處優舉者，超用之；六歲處劣舉者，奏免之；其優多劣少者，敘用之；劣多優少者，左遷之。』」○晉書羊祜傳曰：「祜字叔子，泰山南城人也。帝將有滅吳之志，以祜爲都督荆州諸軍事。祜每與吳人交兵，剋日方戰，不爲掩襲之計。將帥有欲進譎詐之策者，輒飲以醇酒，使不得言。祜出軍行吳境，刈穀爲糧，皆計所侵，送絹償之。每會衆江沔，游獵常止晉地，若禽獸先爲吳人所傷，而爲晉兵所得者，皆封還之。於是吳人翕然悅服，稱爲羊公，不之名也。」○北史長孫紹遠傳：「上遺表曰：揚搉而言，足爲龜鏡。」案：舊書「鑑」作「鏡」，文粹同。○禮記中庸篇曰：「擇乎中庸，則拳拳服膺，而弗失之矣。」

對：褐衣小臣蕡，沐浴齋戒，伏於彤庭之下，謹頓首上言皇帝陛下。臣誠不佞，有匡國致君之術，無位而不得行；有犯顔敢諫之心，無路而不得達。但懷憤抑鬱，思有時而一發耳。常欲與庶人議於道，商旅謗於市，得通上聽，一悟主心，雖被妖言之罪，無所悔焉。況逢陛下，以至德嗣興，以大明垂照，詢求過闕，咨訪謨猷，下制中外，舉能直言極諫者。臣既辱斯舉，專承大問，敢不悉意以言。至於上之所忌，時之所禁，權幸之所諱惡，有司之所與奪，臣愚不識，伏惟陛下少加優容，不使聖朝有讜直而受戮者，乃天下之幸也，非臣之所望也。謹昧死以對。以上進言之大意。

後漢書陳元傳注曰：「褐，織毛爲布，賤者之服也。」又趙典傳注曰：「褐，織毛布之衣，貧者所服。」○文粹「小臣」作「小生」，無「賁」字。○班孟堅西都賦曰：「玉階彤庭。」案：文粹「下」作「内」。○左襄十四年：「師曠曰：庶人謗，商旅于市。」漢書賈山傳：「山上至言曰：聖王之制，庶人謗於道，商旅議於市。」○爾雅釋詁郭注曰：「世以妖言爲訛。」○下制，兩唐書、文粹皆作「制詔」。○能直言極諫，兩唐書、文粹皆無「能」字。○文粹「不識」下有「大體」二字，非是。不識者，謂不識上所云忌禁、諱惡、與奪也。○後漢書班固傳章懷注曰：「讜，直言也。」案：新書「直」作「言」。

伏以聖策有思先古之理，念玄默之化，將欲通天人以濟俗，和陰陽以煦物，見陛下慕道之誠也[一]。臣以爲哲王之理，其則不遠，惟陛下致之之道何如耳。伏以聖策有祗荷丕構，而不敢荒寧，奉若謨訓，而罔有怠忽，見陛下憂勞之至也。若夫任賢惕厲，宵衣旰食，宜黜左右之纖佞，進股肱之大臣。若夫追蹤三五，紹復祖宗，宜鑒前古之興亡，明當時之成敗。心有所未達，以下情蔽而不得上通；行有所未孚，以上澤壅而不得下浹。欲俗之化也，在脩己以先之；欲氣之和也，在遂性以導之。救災旱在致乎精誠，廣播植在視乎食力。國廩罕蓄，本乎冗食尚繁；吏道多端，本乎選用失當。豪猾踰檢，由中外之法殊；生徒惰業，由學校之官廢。列郡干禁，由授任非人；百工淫巧，由制度不立。伏以聖策有擇官濟理之心，阜財發號之歎，見陛下教化之本也。且進人以行，則枝葉安有難辨乎？防下以禮，則恥格安有不形乎？念生寡而食衆，則可罷斥惰游；念令煩而理鮮，要在察其行否。博延羣彥，願陛下必納

[一] 誠：文苑英華作「誠」，兩唐書、唐文粹作「深」。

其言；造廷待問，則小臣其敢愛死。伏以聖策有求賢箴闕之言，審政辨疵之令，見陛下咨訪之勤也。遂小臣屏奸豪之志，則弊革於前；守陛下念康濟之言，則惠敷於下。邪正之道分，而理古可近；禮樂之方著，而和氣克充。至若夷吾之法，非皇王之權；嚴尤所陳，無最上之策。元凱之所先，不若唐堯之考績；叔子之所務，不若虞舜之舞干。且俱非大德之中庸，未可爲上聖之龜鑑，又何足爲陛下道之哉？或有以繫安危之機，兆存亡之變者，臣請披瀝肝膽，爲陛下別白而重言之。以上先逐對策問諸條，即以爲綱，以下乃逐條申明之。

舊書「伏以」作「伏維」，下同。○詩伐柯曰：「其則不遠。」鄭箋曰：「則，法也。」○憂勞之至也，舊書「至」作「志」。○書益稷：「帝曰：臣作朕股肱耳目。」○班孟堅兩都賦序曰：「或以抒下情而通諷諭，或以宣上德而盡忠孝。」○下情蔽，舊書「蔽」作「塞」。○下浹，文苑「浹」作「達」。○災旱，舊書作「災患」，又「踰檢」作「踰制」。○其敢，兩唐書、文粹作「安敢」。○辨疵之令，舊書「令」作「念」。○咨訪之勤也，文苑、文粹「勤」上皆有「心」字，今依兩唐書。○韓非子五蠹篇曰：「當舜之時，有苗不服，禹將伐之。舜曰：『不可，上德不厚而行武，非道也。』乃修教三年，執干戚舞，有苗乃服。」書僞古文大禹謨曰：「帝乃誕敷文德，舞干羽於兩階，七旬，有苗格。」○漢書路温舒傳：「上書曰：大將軍受命武帝，股肱漢國，披肝膽，決大計。」沈初明爲陳武帝與王僧辯盟文曰：「瀝膽抽腸，共誅奸佞。」

臣前所謂「哲王之理，其則不遠」者，在陛下慎思之，力行之，始終不懈而已。臣謹按春秋，元者氣之始也，春者歲之始也。春秋以元加於歲，以春加於正，明王者當奉若天道，以謹其始也。又舉時以終歲，舉月以終時，春秋雖無事，必書首月以存時，明王者當奉若天道，以謹其終也。王者動作，始終必法於天者，以其運行不息也。陛下既能謹其始，又能謹其終，懋而脩之，勤而行之，則可以執契而居簡，無爲而不宰矣，廣立本之大業，崇建中之盛德矣。又安有三代循環之弊，而爲巧僞滋熾之漸乎？臣故曰：「惟陛下致之之道何如耳。」以上申言思古先之道，重在實行，且總括以下諸事。

文苑此第一，「所謂」作「所言」。○禮記中庸曰：「慎思之，篤行之。」○公羊隱元年傳曰：「元年者何？君之始年也。春者何？歲之始也。王者孰謂？謂文王也。曷爲先言王而後言正月？王正月也。何言乎王正月？大一統也。」何劭公解詁曰：「元者氣也，無形以起，有形以分，造起天地，天地之始也，故上無所繫，而使春繫之也。統者始也，總繫之辭。夫王者始受命，改制布政，施教於天下，自公侯至於庶人，自山川至於草木昆蟲，莫不一一繫於正月，故云政教之始。」徐疏引春秋說曰：「元者，端也。氣泉。」注曰：「元爲氣之始，如水之有泉，泉流之原，無形以起，有形以分，窺之不見，聽之不聞。」宋氏曰：「無形以起，在天成象，有形以分，在地成形也。」何劭公又曰：「公即位者，一國之始，政莫大於正始，故春秋以元之氣，正天之端，以天之端，正王之政，以王之政，正諸侯之即位，以諸侯之即位，正竟內之治。諸侯不上奉王之政，則不得即位，故先言正月而後言即位；政不由王出，則不得爲政，故先言王而後言正月也；王者不承天以制號令，則無法，故先言春而後言王；天不深正其元，則不能成其化，故先言元而後言春。五者同日並見，相須成體，乃天人之大本，萬物之所繫，不可不察也。」漢書路温舒傳：「上疏曰：春秋正即位，大一統而慎始也。」○穀梁隱元年傳曰：「雖無事必舉正月，謹始也。」○書僞説命中曰：「明王奉若天道。」爾雅釋言曰：「若，順也。」○易乾象傳曰：「天行健，君子以自强不息。」○老子曰：「聖人執左契而不責於人。」○史記高祖本紀太史公曰：「夏之政忠，忠之敝小人以野，故殷人承之以敬，敬之敝小人以鬼，故周人承之以文，文之敝小人以僿，（集解引徐廣曰：一作「薄」。）故救僿莫若以忠。三王之道若循環，終而復始。」

臣前所謂「若夫任賢惕厲，宵衣旰食，宜黜左右之纖佞，進股肱之大臣」者，實以陛下憂勞之至也。臣聞不宜憂而憂者國必衰，宜憂而不憂者國必危。今陛下不以國家存亡之計，社稷安危之策，而降於清問，臣未知陛下以爲布衣之臣，不足以定大計耶？或萬機之勤，而聖慮有所未至耶？不然，何宜憂者而不先憂乎？臣以爲陛下之所憂者，宜憂宮闈將變，社稷將危，天下將傾，海內將亂。此四者，乃國家已然之兆，故臣謂聖慮宜先及之。夫帝業既艱難而成之，胡可容易而守之？昔太祖肇其基，高祖勤其績，太宗定其業，玄宗繼其明，至於陛下，二百有餘載矣。其間明聖相因，擾亂繼作，未有不委用賢士，親近正人，而能紹興徽烈者也。或一日不念，則顛覆大器，宗廟之耻，萬古爲恨。臣謹按春秋：人君之道，在體元以居正。昔董仲舒爲漢武帝言之略矣，其所未盡者，臣得爲陛下備而陳之。夫繼故必書即位，所以正其始也；終必書所終之地，所以正其終也。故君者，所發必正言，所履必正道，所居必正位，所近必正人。臣又按春秋：閽寺弑吴子餘祭，書其名，春秋譏其疎遠賢士，昵近刑人，有不君之道矣。伏惟陛下，思祖宗開國之勤，念春秋繼故之戒。將明法度之端，則發正言而履正道；將杜篡弑之漸，則居正位而近正人。遠刀鋸之殘，親骨鯁之直，輔臣得以專其任，庶寮得以守其官。奈何以褻近五六人，總天下之大政？外專陛下之命，内竊陛下之權。威懾朝廷，勢傾海内。羣臣莫敢指其狀，天子不得制其心。禍稔蕭牆，奸生帷幄，臣恐曹節、侯覽復生於今日矣。此宫闈之所以將變也。臣謹按春秋：魯定公元年，春王不書正月者，春秋以爲先君不得正其終，則後君不得正其始，故曰定無正也。今忠賢無腹心之寄，閽寺專廢立之權，陷先帝不得正其終，致陛下不得正其始。況皇儲未建，郊祀未脩，將相之職不歸，名分之宜不定，此社稷之所以將危也。臣謹按春秋：王札子殺召伯、毛伯。春秋之義，兩下相殺不書，而此書者，重其專王命也。夫天之所授者在君，君之所操者在命。操其命而失之者，是不君也；侵其命而專之者，是不臣也。君不君，臣不臣，此天下所以將傾也。臣謹按春秋：晉趙鞅以晉陽之兵叛，入于晉，書其歸者，以其能逐君側之惡人以安其君，故春秋善之。今威柄陵夷，藩臣跋扈。或有不達人臣之節，首亂者以安君爲名；不究春秋之微，稱兵者以逐惡爲義。則政刑不由乎天子，征伐必自於諸侯。（朱梁之禍，有如蓍龜。）此海內所以將亂也。故樊噲排闥而雪涕，袁盎當車以抗詞，京房發憤以殞身，竇武不顧而畢命。此陛下皆明知之耳。臣謹按春秋：晉狐射姑殺陽處父，書襄公殺之者，以其君漏言也；襄公不能固陰重之機，處父所以及戕賊之禍，故春秋非之。夫上漏其情，則下不敢盡意；上洩其事，則下不敢盡言。故傳有造膝詭詞之文，易有失身害成之戒。今公卿大臣，非不欲爲陛下言之，慮陛下必不能用之；陛下既忽之而不用，必洩其言；臣下既言之而不行，必嬰其禍。適足以鉗直臣之口，而重姦臣之威。是以欲盡其言，則有失身之懼；欲盡其意，則有害成之憂。故低徊鬱塞，以俟陛下感悟，然後盡其啓沃耳。陛下何不以聽朝之餘，明御便殿，召當時賢相，與舊德老臣，訪持變安危之謀，求定傾救亂之術，塞陰邪之路，屏褻狎之臣，制侵陵迫脅之心，復門户埽除之役，戒其所宜戒，憂其所宜憂。既不得理於前，當理於後；不得正其始，當正其終。則可以虔奉典謨，克承丕構，終任賢之效，無旰食之憂矣。以上就文宗憂勞之心，而進以憂所當憂，指陳閹宦之禍，危言悚論，驚心動魄，尤爲一篇極用意之處。

存亡之計，舊書「計」作「事」。○書呂刑曰：「皇帝清問下民。」○諸葛孔明出師表曰：「臣本布衣，躬耕於南陽。」○不足以，新書「以」作「與」。案：詩江有汜鄭箋曰：「以猶與也。」○書皋陶謨曰：「一日二日萬幾。」漢書王嘉傳，嘉上疏引作「萬機」。○之所憂者，文苑「憂」作「慮」，舊書作「宜先憂者」，新書作「所先憂者」。○宜憂，文苑「宜」下有「先」字，兩唐書不再出此二字。○太祖，唐公李虎也，見韓退之禘祫議注。書僞武成曰：「至于大王，肇基王迹。」○舊書「擾亂」作「憂亂」。○漢書賈誼傳：「誼上疏曰：天下，大器也。」○備而陳之，舊書「陳」作「論」。○故君者，舊書「君」上有「爲」字。○書其名，舊書作「不書其君」。○漢書董仲舒傳：「仲舒對曰：『臣謹按春秋謂一元之意。一者，萬物之所從始也；元者，辭之所謂本也；（本，原作「大」，此依王懷祖校。）謂一爲元者，視大始而欲正本也。春秋深探其本，而反自貴者始。故爲人君者，正心以正朝廷，正朝廷以正百官，正百官以正萬民，正萬民以正四方。四方正，遠近莫敢不壹於正，而亡有邪氣奸其閒者。』」春秋隱元年杜注曰：「隱公之元年，周王之正月也。凡人君即位，欲其體元以居正，故不言一年一月也。」○穀梁桓元年曰：「繼故不言即位，正也。先君不以其道終，則子弟不忍即位也。」范武子集解曰：「故謂弑也，哀痛之至，故不忍行即位之禮。」○春秋隱十一年：「冬十有一月，公薨。」穀梁傳曰：「公薨不地，故也，隱之，不忍地也。」范曰：「隱猶痛也。」莊三十二年：「八月癸亥，公薨于路寢。」穀梁傳曰：「路寢，正寢也。寢疾居正寢，正也。男子不絕于婦人之手，以齊終也。」○春秋襄二十九年：「閽弑吴子餘祭。」左氏傳曰：「吴人伐楚，獲俘焉，以爲閽，使守舟。吴子餘祭觀舟，閽以刀弑之。」公羊傳曰：「閽者何？門人也。刑人則曷爲謂之閽？刑人非其人也，君子不近刑人，近刑人，則輕死之道也。」穀梁傳曰：「禮，君不使無恥，不近刑人，不狎敵，不邇怨；賤人非所貴也，貴人非所刑也，刑人非所近也。舉至賤而加之吴子，吴子近刑人也；閽弑吴子餘祭，仇之也。」○史記晉世家：「宦者履鞮曰：臣刀鋸之餘。」案：舊書「殘」作「賤」。○骨鯁，見呂和叔張荆州畫讚注。○輔臣，兩唐書、文粹作「輔相」。○專其任，舊書「專」作「顓」。「專」「顓」皆「嫥」之借字。○庶寮，新書「寮」作「僚」。寮，「僚」之借字。舊書作「職」。○左僖二年杜注曰：「稔，熟也。」論語季氏篇：「孔子曰：吾恐季孫之憂，不在顓臾，而在蕭牆之内也。」集解引鄭曰：「蕭之言肅也，牆謂屏也。君臣相見之禮，至屏而加肅敬焉，是以謂之蕭牆。」釋名釋宮室曰：「蕭牆在門内。蕭，肅也。臣將入，於此自肅敬之處也。」○後漢書宦者傳序曰：「帷幄稱制，不得不委用刑人，寄之國命。」○曹節，南陽新野人。桓帝時爲中常侍。靈帝即位，封長安鄉侯。大將軍竇武、太傅陳蕃欲誅宦官，節等矯詔以長樂食監王甫爲黃門令，將兵誅武。詳見後。侯覽，山陽防東人。桓帝時爲中常侍，封高鄉侯。督郵張儉奏請誅覽，覽遂誣儉爲鉤黨，及故長樂少府李膺、太僕杜密等，皆夷滅之。後漢並入宦者傳。○春秋定元年穀梁傳曰：「元年春王，不言正月，定無正也。定之無正何也？昭公之終，非正終也；定之始，非正始也；昭無正終，故定無正始；不言即位，喪在外也。」「夏六月癸亥，公之喪至自乾侯」（昭公），「戊辰，公即位」（定公），傳曰：「殯，然後即位也。定無正，見無以正也，先君無正終，則後君無正始也。」○舊書敬宗本紀曰：「諱湛，穆宗長子。長慶二年十二月，立爲皇太子。四年正月壬申，穆宗崩。癸酉，皇太子即位柩前，時年十六。寶曆二年十二月，帝夜獵還宫，與中官劉克明、田務成、許文端打毬，將軍蘇佐明、王嘉憲、石定寬等二十八人飲酒，帝方酣，入室更衣，殿上燭忽滅，劉克明等同謀害帝，即時殂於室内，時年十八。」案：文宗，見劉夢得令狐先廟碑注。○春秋宣十五年：「王札子殺召伯、毛伯。」穀梁傳曰：「王札子殺召伯、毛伯。王札子者，當上之辭也。殺召伯、毛伯，不言其何也？兩下相殺也。兩下相殺，不志乎春秋，此其志何也？矯王命以殺之，非忿怒相殺也，故曰以王命殺也。以王命殺，則何志焉？爲天下主者天也，繼天者君也，君之所存者命也。爲人臣而侵其君之命而用之，是不臣也；爲人君而失其命，是不君也。君不君，臣不臣，此天下所以傾也。」○所操，舊書「操」作「授」，新書作「存」，又「在命」作「在令」，文粹並同。○春秋定十三年：「秋，晉趙鞅入于晉陽以叛。冬，晉荀寅及士吉射入于朝歌以叛，晉趙鞅歸于晉。」公羊傳曰：「此叛也，其言歸何？以地正國也。其以地正國奈何？晉趙鞅取晉陽之甲以逐荀寅與士吉射。荀寅與士吉射者曷爲者也？君側之惡人也。此逐君側之惡人，曷爲以叛言之？無君命也。」穀梁傳曰：「此叛也，其以歸言之何也？貴其以地反也。貴其以地反，則是大利也？非大利也，許悔過也。許悔過，則何言叛也？以地正國也。以地正國，則何以言叛？其入無君命也。」○後漢書馮衍傳注曰：「跋扈猶彊梁也。」○春秋之微，通鑑唐紀五十九節録此文，胡注曰：「微爲春秋之微旨也。蕢蓋慮夫强藩首亂稱兵，以逐君側惡臣爲名耳。」○論語季氏篇曰：「天下無道，則禮樂征伐自諸侯出。」胡曰：「昭宗之世，岐、汴交兵，以誅宦官爲名，卒如劉蕢之言。」○史記樊噲傳曰：「先黥布反時，高祖嘗病甚，惡見人，臥禁中，詔户者無得入羣臣。羣臣絳、灌等莫敢入。十餘日，噲乃排闥直入，大臣隨之，上獨枕一宦者臥，噲等見上，流涕曰：『始陛下與臣等起豐沛，定天下，何其壯也！今天下已定，又何憊也！且陛下病甚，大臣震恐，不見臣等計事，顧獨與一宦者絕乎？且陛下獨不見趙高之事乎？』高帝笑而起。」○史記袁盎傳曰：「宦者趙同（漢書作「談」）以數幸，常害袁盎，袁盎患之。盎兄子種爲常侍，騎持節夾乘，說盎曰：『君與鬬，廷辱之，使其毀不用。』孝文帝出，趙同參乘，袁盎伏車前曰：『臣聞天子所與共六尺輿者，皆天下豪英。今漢雖乏人，陛下獨奈何與刀鋸餘人載？』於是上笑，下趙同，趙同泣下車。」○漢書京房傳曰：「房字君明，東郡頓丘人也。治易，事梁人焦延壽，其說長於災變。是時中書令石顯顓權，房嘗宴見，問上曰：『幽厲之君何以危？所任者何人也？』上曰：『君不明，而所任者巧佞。』房曰：『臣恐後之視今，猶今之視前也。』上良久迺曰：『今爲亂者誰哉？』房曰：『明主宜自知之。』上曰：『不知也，如知，何故用之？』房曰：『上最所信任，與圖事帷幄之中，進退天下之士者，是矣。』房指謂石顯，上亦知之，謂房曰：『已諭。』石顯、五鹿充宗皆疾房，欲遠之，建言宜試以房爲郡守。元帝於是以房爲魏郡太守。顯告房非謗政治，歸惡天子，棄市。」○後漢書竇武傳曰：「武字游平，扶風平陵人。長女立爲皇后，武封槐里侯。靈帝立，更封武爲聞喜侯。武既輔朝政，常有誅翦宦官之意。太傅陳蕃亦素有謀，私謂武曰：『中常侍曹節、王甫等，自先帝時，操弄國權，濁亂海內，百姓匈匈，歸咎於此。今不誅節等，後必難圖。』武深然之，白太后，太后冘豫未忍。武奏免黄門令魏彪，以所親小黄門山冰代之。使冰奏素狡猾尤無狀者長樂尚書鄭颯，送北寺獄，令冰與尹勳雜考颯，辭連及曹節、王甫，勳、冰即奏收節等。

節召尚書官屬，脅以白刃，使作詔板，拜王甫爲黄門令，出鄭颯，還共劫太后，奪璽書，收捕武等。武不受詔，馳入步兵營，召會北軍五校士數千人，屯都亭下。王甫將虎賁、羽林合千餘人，與武對陳。武軍歸甫略盡，武自殺，收捕宗親、賓客、姻屬，悉誅之。」○明知之耳，舊書「耳」作「矣」。○春秋文六年：「晉殺其大夫陽處父。」公羊傳曰：「稱國以殺何？君漏言也。其漏言奈何？君將使射姑將，陽處父諫曰：『射姑民衆不説，不可使將。』於是廢將。陽處父出，射姑入，君謂射姑曰：『陽處父言曰：射姑民衆不説，不可使將。』射姑怒，出刺陽處父於朝而走。」穀梁傳曰：「晉將與狄戰，使狐夜姑爲將軍，趙盾佐之。陽處父曰：『不可。古者君之使臣也，使仁者佐賢者，不使賢者佐仁者。今趙盾賢，夜姑仁，其不可乎？』襄公曰：『諾。』謂夜姑曰：『吾始使盾佐女，今女佐盾矣。』夜姑曰：『敬諾。』襄公死，處父主竟上之事，夜姑使人殺之。君漏言也。故士造辟而言，（經義述聞卷二十五謂「辟」當作「膝」。）詭辭而出，曰：『用我則可，不用我，則無亂其德。』」晉書羊祜傳：「祜曰：夫入則造膝，出則詭辭，君臣不密之誡，吾惟懼其不及。」○易繫辭上曰：「亂之生也，則言語以爲階。君不密則失臣，臣不密則失身，幾事不密則害成，是以君子慎密而不出也。」○陛下必不能用之，文粹作「慮陛下忽而不用之」。○低徊，舊書作「排徊」，新書作「裴回」。○書僞説命上曰：「啓乃心，沃朕心。」○周禮天官：「閽人掌埽門庭。」禮記月令曰：「仲冬之月，命閹尹審門閭，謹房室。」

臣前所謂「若夫追蹤三五，紹復祖宗，宜鑒前古之興亡，明當時之成敗」者。臣聞堯舜之爲君，而天下大理者，以其能任九官四岳十二牧，不失其舉，不二其業，不侵其職，居官惟其能，左右惟其賢。元凱在下，雖微而必舉；四凶在朝，雖强而必誅。考其安危，明其取舍。至秦之二代，漢之元成，咸願措國如唐虞，致身如堯舜，而終敗亡者，以其不見安危之機，不明取舍之道，不任大臣，不辨姦人，不親忠良，不遠讒佞。伏願陛下察唐虞之所以興，而景行於前；鑒秦漢之所以亡，而戒懼於後。陛下無謂廟堂無賢相，庶官無賢士。今綱紀未絶，典刑猶在，人誰不欲致身爲王臣，致時爲升平？陛下何忽而不用之邪？又有居官非其能，左右非其賢，其惡如四凶，其詐如趙高，其姦如恭顯者，陛下又何憚而不去之邪？神器固有歸，天命固有分，祖宗固有靈，忠臣固有心。陛下其念之哉！排奡動宕。昔秦之亡也，失於强暴；漢之亡也，失於微弱。强暴則賊臣畏死而害上，微弱則姦臣擅權而震主。臣伏見敬宗皇帝，不虞亡秦之禍，不翦其萌。伏惟陛下深軫亡漢之憂，以杜其漸，則祖宗之鴻緒可紹，三五之遐軌可追矣。以上申言宜鑒前古之興亡，明當時之成敗，在用賢去惡，力絶閹禍。

而天下大理者，舊書「大」作「之人」。○書堯典：「帝曰：咨，四岳！」舜典（僞古文分）：「詢于四岳，咨十有二牧。」又，伯禹作司空，棄作后稷，契作司徒，皋陶作士，垂作共工，益作虞，伯夷作秩宗，夔典樂，龍作納言，是九官也。○左文十八年：「季文子使太史克對曰：『昔高陽氏有才子八人，蒼舒、隤敳、檮戭、大臨、尨降、庭堅、仲容、叔達，天下之民謂之八凱；高辛氏有才子八人，伯奮、仲堪、叔獻、季仲、伯虎、仲熊、叔豹、季貍，天下之民謂之八元。舜臣堯，舉八凱，使主后土，舉八元，使布五教于四方。昔帝鴻氏有不才子，天下之民謂之渾敦；少皞氏有不才子，天下之民謂之窮奇；顓頊氏有不才子，天下之民謂之檮杌；縉雲氏有不才子，天下之民謂之饕餮。舜臣堯，流四凶族。』」○取舍，兩唐書、文粹「舍」作「捨」，下同。「舍」乃「捨」之通借字。○二代，即秦二世也。○姦人，文苑「姦」作「奸」，俗字。○伏願，舊書「願」作「惟」，文粹同。○詩車舝曰：「景行行止。」○詩棫樸曰：「綱紀四方。」○詩：「文王曰咨，雖無老成人，尚有典刑。」○升平，舊書作「太平」。公羊隱元年解詁曰：「於所聞之世，見治升平，至所見之世，著治太平。」文苑「升」作「昇」。○史記蒙恬傳曰：「趙高者，諸趙疏遠屬也。趙高昆弟數人，皆生隱宮，其母被刑戮，世世卑賤。秦王聞高彊力，通於獄法，舉以爲中府車令。」○漢書佞幸傳曰：「石顯，濟南人，弘恭，沛人也，皆少坐法腐刑，爲中黄門，以選爲中尚書。宣帝時，任中書官，恭爲令，顯爲僕射。元帝即位，數年，恭死，顯代爲中書令。」○老子曰：「天下神器，不可爲也。」○姦臣畏死而害上，胡曰：「謂趙高也。」彊臣竊權而震主，胡曰：「謂外戚宦官，蕡意專指宦官。」○「臣伏見敬宗皇帝」至「以杜其漸」，胡曰：「蕡蓋謂敬宗以荒暴喪身，又恐文宗以仁弱不能制宦官也。」案：舊書無「臣」字。

臣前所謂「陛下心有所未達，以下情塞而不得上通；行有所未孚，以上澤壅而不得下浹」者。且百姓有塗炭之苦，陛下無由而知；則陛下有子惠之心，百姓無由而信。臣謹按春秋：書梁亡，不書取者，梁自亡也。以其思慮昏而耳目塞，上出惡政，人爲寇盜，皆不知其所以然，以其自取滅亡也。臣聞國君之所以尊者，重其社稷也。社稷之所以重者，存其百姓也。苟百姓之不存，則雖社稷不得固其重。苟社稷之不重，則雖國君不得保其尊。故理天下者，不可不知百姓之情也。夫百姓者，陛下之赤子，陛下宜命慈仁者親之育之，如保傅焉，如乳哺焉，如師之教導焉。故人之於上也，敬之如神明，愛之如父母。今或不然，陛下親近貴倖，分曹建署，補除卒吏，召致賓客，因其貨賄，假其氣勢，大者統藩方，小者爲牧守。居上無清惠之政，而有饕餮之害；居下無忠誠之節，而有姦欺之罪。故人之於上也，畏之如豺狼，惡之如讎敵。今四海困窮，處處流散，饑者不得食，寒者不得衣，鰥寡孤獨者不得存，老幼疾病者不得養。加以國權兵柄，專在左右，貪臣聚斂以固寵，姦吏夤緣而弄法，冤痛之聲，上達於九天，下入於九泉，鬼神爲之怨怒，陰陽爲之愆錯。君門九重，而不得告訴，士人無所歸化，百姓無所歸命。官亂人貧，盜賊並起，土崩之勢，憂在旦夕。即不幸因之以師旅，繼之以凶荒，臣以謂陳勝、吳廣不獨生於秦；赤眉、黄巾不獨生於漢。臣所以爲陛下發憤扼腕腐心泣血也。如此，則百姓有塗炭之苦，陛下何由而知之乎？陛下有子惠之心，百姓安得而信之乎？致使陛下行有所未孚，心有所未達者，固其然也。臣聞昔漢元帝即位之初，更制七十餘事，其心甚誠，其稱甚美。然紀綱日紊，國祚日衰，姦宄日强，黎元日困者，以其不能擇賢明而任之，失其操柄也。自陛下御宇，憂勤兆庶，屢降德音，四海之内，莫不抗首而長息，自喜復生於死亡之中也。伏願陛下慎終如始，以塞萬方之望。誠宜揭國權以歸其相，持兵柄以歸其將，去貪臣聚斂之政，除姦吏賁緣之害，惟忠賢是近，惟正直是用，内寵便辟無所聽焉。選清慎之官，擇仁惠之長，毓之以利，煦之以和，教之以孝慈，導之以德義，去耳目之塞，通上下之情，俾萬國歡康，兆人蘇息，則心無所不達，而信無所不孚矣。以上申言上下不能相通之害。

書僞仲虺之誥曰：「民墜塗炭。」○書僞太甲中曰：「先王子惠困窮。」案：舊書「子惠」作「子育」。○春秋僖十九年：「梁亡。」公羊傳曰：「此未有伐者，其言梁亡何？自亡也。其自亡奈何？魚爛而亡也。」穀梁傳曰：「自亡也，涵於酒，淫於色，心昏耳目塞，上無正長之治，大臣背叛，民爲寇盜。梁亡，自亡也。」○孟子盡心下曰：「民爲貴，社稷次之，君爲輕。」○漢書循吏龔遂傳：「遂對曰：陛下赤子，盜弄陛下之兵於潢池中耳。」○左襄十四年：「師曠曰：『良君將賞善而刑淫，養民如子，蓋之如天，容之如地。民奉其君，愛之如父母，仰之如日月，敬之如神明，畏之如雷霆。』」○舊書「建」作「補」，「補」作「建」，文粹同。○左文十八年杜注曰：「貪財爲饕，貪食爲餮。」釋文曰：「饕，他刀反；餮，他結反。」○書僞大禹謨曰：「四海困窮。」案：舊書「四海」作「海內」，文粹同。○孟子梁惠王上曰：「飢者弗食。」案：「饑」「飢」字通。○國權兵柄，舊書作「國之權柄」。○夤緣，字見左太沖吳都賦，兩唐書、文粹作「因緣」。○淮南子原道篇曰：「上通九天。」案：九泉即九淵（唐避高祖諱），九淵之名，見列子黃帝篇。○楚辭九辯曰：「君之門以九重。」案：兩唐書作「君門萬里」。管子法法篇曰：「門庭遠於萬里。」○漢書徐樂傳：「上書曰：天下之患，在於土崩。」○論語先進篇：「子路曰：加之以師旅，因之以饑饉。」案：師旅，舊書作「疾癘」，新書作「病癘」。○史記陳涉世家曰：「陳勝者，陽城人也，字涉；吳廣者，陽夏人也，字叔。陳勝自立爲將軍，吳廣爲都尉，攻大澤鄉。」○後漢書劉盆子傳曰：「琅邪人樊崇起兵於莒，轉入太山。時青、徐大饑，寇賊蜂起，羣盜以崇勇猛，皆附之。王莽遣廉丹、王匡擊之，崇等欲戰，恐其衆與莽兵亂，乃皆朱其眉以相識別，由是號曰赤眉。」又靈帝紀曰：「中平元年春二月，鉅鹿人張角，自稱黃天，其部師有三十六萬，皆著黃巾，同日反叛。」○史記刺客傳：「樊於期偏袒搤捥而進曰：此臣之日夜切齒腐心也。」詩正月曰：「鼠思泣血。」○漢書元帝紀曰：「初元五年，省刑罰七十餘事。」（此專指刑罰。通鑑漢紀二十，初元五年亦有此文，胡注言在元二年[二]，誤。又後漢書梁統傳注引東觀漢紀曰：「元帝初元五年，輕殊死刑三十四事。」則專就死刑計之耳。）姦宄，書舜典曰：「寇賊姦宄。」僞孔傳曰：「在外曰姦，在内曰宄。」案：文苑作「奸宄」。○漢書朱雲傳曰：「抗首而請。」顏注曰：「抗，舉也。」○伏願，舊書作「伏惟」。○書僞太甲下曰：「慎終于始。」○誠宜，舊書作「誠能」。○便辟，孟子梁惠王上曰：「便嬖不足使令於前與。」「辟」乃「嬖」之借字。舊書作「僻」，非。○舊書「毓」作「敏」，誤。

臣前所謂「欲人之化也，在脩己以先之」者。臣聞德以脩己，教以導人。脩己也，則人不勸而自至；導人也，則人敦行而率從。是以君子欲政之必行也，故以身先之；欲人之從化也，故以道御之。今陛下先之以身而政未必行，御之以道而人未從化，豈不以立教之旨未盡其方耶？夫立教之方，在乎君以明制之，臣以忠行之，君以知人爲明，臣以匡時爲忠，知人則任賢而去邪，匡時則固本而守法。賢不任則重賞不足以勸善，邪不去則嚴刑不足以禁非，本不固則人流，法不守則政散，而欲教之使必至，化之使必行，不可得也。陛下能斥姦邪不私其左右，舉賢正不遺其疏遠，則化洽於朝廷矣。愛人以敦本，

[二] 胡注言在元二年：通鑑漢紀二十「省刑罰七十餘事」下并無胡注，疑有誤。

分職而奉法，脩其身以及其人，始於中而成於外，則化行於天下矣。以上申言脩己以及人，君明而臣忠，自可化行天下。

文苑自此下「所謂」皆作「所言」。○論語憲問篇曰：「脩己以安人。」又曰：「脩己以安百姓。」○脩己也，兩唐書「己」作「之」，文類作「脩之德」。○導人也，兩唐書「人」作「之」，文類作「導之教」。○書臯陶謨曰：「在知人。」○爾雅釋言曰：「匡，正也。」○文粹「愛人」作「勸人」。

臣前所謂「欲氣之和也，在遂性以導之」者，當納人於仁壽也。夫欲人之仁壽也，在乎立制度，脩教化。夫制度立則財用省，財用省則賦斂輕，賦斂輕則人富矣。教化脩則爭競息，爭競息則刑罰清，刑罰清則人安矣。既富矣則仁義興焉，既安矣則壽考生焉。仁壽之心感於下，和平之氣應於上，故災害不作，休祥薦臻，四方底寧，萬物咸遂矣。以上申言遂性以導民，使富且安，則自躋於仁壽。

遂性，文苑作「安其情」，非是。○漢書董仲舒傳對册曰：「故堯舜行德則民仁壽。」○既富矣、既安矣，文苑無兩「矣」字。○詩雲漢毛傳曰：「薦，重；臻，至也。」○左昭元年杜注曰：「底，致也。」

臣前所謂「救旱災在致乎精誠」者。臣謹按春秋：魯僖公一年之中三書不雨者，以其人君有恤人之志也；魯文公二年之中一書不雨者，以其人君無憫人之心也。故僖致精誠，而旱不害物；文無憫恤，而變則成災。陛下誠能有恤人之心，則無成災之變矣。以上申言致精誠以救旱災。

春秋僖三年：「春王正月，不雨。」穀梁傳曰：「不雨者，勤雨也。」「夏四月，不雨。」傳曰：「不雨者，閔雨也。閔雨者，有志乎民者也。」「六月，雨。」傳曰：「雨云者，喜雨也。喜雨者，志乎民者也。」案：一年，舊書作「七月」。○人君，舊書無「人」字，下同。○春秋文二年：「自十有二月不雨，至于秋七月。」穀梁傳曰：「歷時而不雨，文不憂雨也。不憂雨者，無志乎民也。」十年「自正月不雨，至於秋七月」，傳與二年同。○旱不害物，文苑無「旱」字。○變則成災，文苑無「則」字，舊書「變」作「旱」。

臣前所謂「廣播植在視乎食力」者。臣謹按春秋：君人者，必時視人之所勤。人勤於力則功築罕，人勤於財則貢賦少，人勤於食則百事廢。今財食與人力皆勤矣，願陛下廢百事之用，以廣三時之務，則播植不愆矣。以上申言視食力以廣播植。

文苑「植」作「殖」，下同。○春秋莊二十九年：「春，新延廄。」穀梁傳曰：「延廄者，法廄也，其言新，有故也。有故則何爲書也？古之君人者，必時視民之所勤。民勤於力則功築罕，民勤於財則貢賦少，民勤於食則百事廢矣。」范注曰：「凶荒殺禮。」○財食與人力，舊書作「食與財力」。○後漢書明帝紀注曰：「三時謂春夏秋。」

臣前所謂「國廩罕蓄本乎冗食尚繁」者。臣謹按春秋：臧孫辰告糴於齊，春秋譏其國無九年之蓄，一年不登而百姓饑。臣願斥游惰之徒，以督其耕植，省不急之務，以贍其黎元，則廪蓄不乏矣。以上申言省冗食。

春秋莊二十八年：「臧孫辰告糴于齊。」穀梁傳曰：「國無三年之畜，曰國非其國也。一年不升，告糴諸侯。告，請也。糴，糴也。不正，故舉臧孫辰以爲私行也。國無九年之畜曰不足，無六年之畜曰急，無三年之畜曰國非其國也。諸侯無粟，諸侯相歸粟，正也。臧孫辰告糴于齊，告然後與之，言内之無外交也。古者税什一，豐年補敗，不外求而上下皆足也。雖累凶年，民弗病也。一年不艾而百姓饑，君子非之。不言如，爲内諱也。」○斥游惰之徒，兩唐書「徒」作「人」。○以督，兩唐書、文粹「督」作「篤」。○省不急之務，兩唐書、文粹「務」作「費」。

臣前所謂「吏道多端，本乎選用失當」者，由國家取人不盡其材，任人不明其要故也。今陛下之用人也，求其聲而不求其實，故人之趨進也，務其末而不務其本。臣願覈考課之實，定遷序之制，則多端之吏道息矣。以上申言慎選吏。

漢書京房傳曰：「房奏考功課吏法，上令公卿朝臣與房會議温室。」

臣前所謂「豪猾踰檢，由中外之法殊」者，以其官禁不一也。臣謹按春秋：齊桓公盟諸侯不書日，而葵丘之盟特以日者，美其能宣明天子之禁，率奉王官之法，故春秋備而書之。夫官者，五帝三王之所建也；法者，高祖、太宗之所制也。法宜畫一，官宜正名。今又分外官中官之員，立南司北司之局。或犯禁於南，則亡命於北；或正刑於外，則破律於中。法出多門，人無所措，實由兵農勢異，而中外法殊也。臣聞古者因井田以制軍職，閒農事以脩武備，提封約卒乘之數，命將在公卿之列，故兵農一致，而文武同方。可以保乂邦家，式遏亂略。暨太宗皇帝肇建邦典，亦置府兵，臺省軍衞，文武參掌。居閑歲則櫜弓力穡，將有事則釋耒荷戈。所以脩復古制，不廢舊物。今則不然。夏官不知兵籍，止於奉朝請；大將不主兵事，止於養勳階。軍容合中官之政，戎律附内臣之職。首一戴武弁，嫉文職如仇讎；足一蹈軍門，視農夫如草芥。謀不足以翦除姦兇，而詐足以抑揚威福。勇不足以鎮衞社稷，而暴足以侵軼里閭。羈紲藩臣，干陵宰輔，隳裂王度，汩亂朝經。張武夫之威，上以制君父；假天子之命，下以馭英豪。有藏姦觀釁之心，無仗節死難之義。豈先王經文緯武之旨耶？臣願陛下貫文武之道，均兵農之功，正貴賤之名，一中外之法，還軍伍之職，脩省署之官，近崇貞觀之規，遠復成周之制，自邦畿以刑於萬國，始天子以達於諸侯，則可以制豪猾之强，而無踰檢之患矣。以上申言欲制豪猾，當一中外之法。而藩臣專制，閹寺典兵，爲患甚大，皆當收其權，歸天子之將。

春秋僖九年：「九月戊辰，諸侯盟于葵丘。」穀梁傳曰：「桓盟不日，此何以日？美之也。爲見天子之禁，故備之也。葵丘之會，陳牲而不殺，讀書加于牲上，壹明天子之禁曰：毋雍泉，毋訖糴，毋易樹子，毋以妾爲妻，毋使婦人與國事。」○胡曰：「百官赴南牙朝會者，謂之外官，亦謂之南司。（舊書宋申錫傳：「內官馬存亮曰：何不召南司會議？」）宦官列局於玄武門內，兩軍中尉護諸營於苑中，謂之中官，亦謂之北司。」（新書宦者田令孜傳曰：「左拾遺孟昭圖上疏言：天下非北司之天下，天子非北司之天子，北司豈悉忠於南司？」是也。）○漢書刑法志曰：「司馬之官，設六軍之衆，因井田而制軍賦。地方一里爲井，井十爲通，通十爲成，成方十里。成十爲終，終十爲同，同方百里。同十爲封，封十爲畿，畿方千里。有税有賦，税以足食，賦以足兵。故四井爲邑，四邑爲丘，丘十六井也，有戎馬一匹，牛三頭。四丘爲甸，甸六十四井也，有戎馬四匹，兵車一乘，牛十二頭，甲士三人，卒七十二人，干戈備具，是謂乘馬之法。一同百里，提封萬井，除山川沈斥，城池邑居，園囿術路，三千六百井，定出賦六千四百井，戎馬四百匹，兵車百乘，此卿大夫采地之大者也，是謂百乘之家。一封三百一十六里，提封十萬井，定出賦六萬四千井，戎馬四千匹，兵車千乘，此諸侯之大者也，是謂千乘之國。天子畿方千里，提封百萬井，定出賦六十四萬井，戎馬四萬匹，兵車萬乘，故稱萬乘之主。戎馬車徒干戈素具，春振旅以搜，夏拔舍以苗，秋治兵以獮，冬大閱以狩，皆於農隙以講事焉。」○漢書刑法志注引李奇曰：「提，舉也，舉四封之內也。」文選西都賦「提封五萬」，注引臣瓚案舊説云：「提，撮凡也，言大舉頃畝也。」又引韋昭曰：「積土爲封限也。」匡謬正俗卷五曰：

「凡言提封者，謂提舉封疆大數以爲率耳。」廣雅釋訓曰：「堤封，都凡也。」王懷祖疏證謂：「堤封亦大數之名，猶今人言通共也。提封即都凡之轉，堤封與提封同。」力辨舊注之非，其説甚確。此文「提封」與下「命將」對文，則從舊注耳。○書康王之誥曰：「保乂王家。」○詩民勞曰：「式遏寇虐。」書僞武成曰：「以遏亂略。」案：舊書「亂略」作「禍亂」。○新書兵志曰：「府兵之制，起自西魏、後周，而備於隋，唐因之。隋制十二衛，皆有將軍，以分統諸府之兵。府有郎將、副郎將、坊主、團主，以相統治。又有驃騎、車騎二府，皆有將軍。後更驃騎曰鷹揚郎將，車騎曰副郎將，別置折衝、果毅。自高祖初起，開大將軍府。武德初，始置軍府，以驃騎、車騎兩將軍府領之，析關中爲十二道，皆置府。太宗貞觀十年，更號統軍爲折衝都尉，別將爲果毅都尉，諸府總曰折衝府。凡天下十道，置府六百三十四，皆有名號，而關内二百六十有一，皆以隸諸衛。凡府三等，兵千二百人爲上，千人爲中，八百人爲下。府置折衝都尉一人，左右果毅都尉各一人，長史、兵曹、別將各一人，校尉六人。士以三百人爲團，團有校尉；五十人爲隊，隊有正；十人爲火，火有長。凡當宿衛者，兵部以遠近給番，皆一月上。初府兵之置，居無事時耕於野，其番上者，宿衛京師而已。若四方有事，則命將以出，事解輒罷，兵散于府，將歸于朝。故士不失業，而將帥無握兵之重，所以防微漸，絶禍亂之萌也。」○詩時邁曰：「載櫜弓矢。」毛傳曰：「櫜，韜也。」書盤庚上曰：「若農服田力嗇。」○史記酈生傳：「酈生曰：農夫釋耒。」詩候人曰：「何戈與殳。」説文曰：「何，儋也。」後人借「荷」爲之。○左哀元年：「伍員曰：不失舊物。」○胡曰：「兵部，古夏官之職。」案：唐六典卷五曰：「兵部尚書，周禮夏官卿也。」案：此謂貞元以來，方鎮之兵統於節度，京師之兵統於宦官，兵部不知其籍，但如散官奉朝請而已。○大將，兩唐書作「六軍」，通鑑同。胡曰：「六軍，上將軍、大將軍、將軍、統軍皆以養勳階。」案：唐六典卷五：「武官自從一品驃騎大將軍，至從九品下陪戎副尉，凡階二十九等。」又卷二：「自十二轉上柱國，比正二品，至一轉武騎尉，比從七品，凡勳十二等。」○「軍容合中官之政」二句，胡曰：「謂軍容使及諸監軍使也。」案：舊書宦官傳序曰：「玄宗在位既久，中官稍稱旨者即授三品左右監門將軍，後李輔國從幸靈武，程元振翼衞代宗，干預國政，亦未全握兵權。代宗時，特立觀軍容宣慰使，命魚朝恩爲之，然自有統帥，亦監領而已。德宗避涇師之難，幸山南，內官竇文場、霍仙鳴擁從，賊平之後，不欲武臣典重兵，其左右神策、天威等軍，欲委宦者主之，乃置護軍中尉兩員，中護軍兩員，分掌禁兵，以文場、仙鳴爲兩中尉。自是神策親軍之權，全歸於宦者矣。」○姦宄，新書、文粹作「宄逆」。○左隱九年：「鄭伯曰：懼其侵軼我也。」杜注曰：「軼，突也。」釋文曰：「軼，直結反，又音逸。」○尹義尚與徐僕射書曰：「緯武經文，方儔四貴。」○萬國，兩唐書、文粹作「下國」。○以達，文苑「以」作「而」。

臣前所謂「生徒惰業，由學校之官廢」者，蓋以國家貴其禄而殘其能，先其事而後其行，故庶官乏通經之學，諸生無脩業之心矣。以上申言學校官廢之害。

後漢書質帝紀曰：「令千石、六百石、四府掾屬、三署郎、四姓小侯，先能通經者，各令隨家法。」

臣前所謂「列郡干禁，由授任非人」者。臣以爲刺史之任，理亂之根本繫焉，朝廷之法制在焉。權可以抑豪猾，恩可以惠孤寡，强可以禦姦寇，政可以移風俗。其將校有曾經戰陣，及功臣子弟，各請隨宜酬賞。如無理人之術者，不當授任此官，則絕干禁之患矣。申言去任用非人之弊。臣前所謂「百工淫巧，由制度不立」

者。臣請以官位祿秩，制其器用車服，禁以金銀珠玉，錦繡雕鏤，不蓄於私室，則無蕩心之巧矣。申言百工宜立制度。臣前所謂「辨枝葉」者，在考言以詢行也。欲不惑枝葉，考言詢行。臣前所謂「形恥格」者，在導德而齊禮也。欲民恥格，在導德齊禮。臣前所謂「念生寡而食衆，可罷斥游惰」者，已備之於前矣。斥游惰，則可免生寡食衆之害，以已具於前，故不復論。臣前所謂「令煩而理鮮，要在察其行否」者。臣聞號令者，乃理國之具也。君審而出之，臣奉而行之，或虧益止留，罪在不赦。今陛下令煩而理鮮，得非持之者爲所蔽欺乎？去蔽欺，則可免令煩治鮮之失。○以上皆非去華對策所注重，故不詳說。

如無理人之術者，新書「如」作「苟」。○禁以，兩唐書、文粹「以」作「人」。○導德，兩唐書、文苑「導」作「道」，字通。書舜典曰：「詢事考言。」○管子重令篇曰：「凡君國之重器，莫重於令。令重則君尊，君尊則國安；令輕則君卑，君卑則國危。故安國在乎尊君，尊君在乎行令，行令在乎嚴罰。故曰虧令者死，益令者死，不行令者死，留令者死，不從令者死。」案：虧益止留，舊書、文粹作「或虧上旨」。

臣前所謂「博延羣彥，願陛下必納其言；造庭待問，則小臣其敢愛死」者。臣聞晁錯爲漢畫削諸侯之策，非不知其禍之將至也。忠臣之心，壯夫之節，苟利社稷，死無悔焉。今臣非不知言發而禍應，計行而身戮，蓋所以痛社稷之危，哀生人之困，豈忍姑息時忌，竊陛下一命之寵哉？昔龍逢死而啓殷，比干死而啓周，韓非死而啓漢，陳蕃死而啓魏。今臣之來也，有司或不敢薦臣之言，陛下又無以察臣之心，退必受戮於權臣之手。臣幸得從四子遊於地下，固臣之願也。所不知殺臣者，臣死之後，將孰爲啓之哉？於臣不敢愛死，尤加意申明，蓋去華本知此對不爲權閹所容，而迫於患憤，不忍不言也。至於人主之闕，政教之疵，前日之弊，臣既言之矣。若迺流下士之惠，脩近古之理，而致和平者，在陛下行之而已。箴闕、辯疵、革弊，前已發揮盡致，故不復言，而敷惠、治古、和平三者，亦可從略。惟順勢點明行字，與上行之「何如耳」一段相應，全篇有如一筆書之妙。

其敢愛死，舊書「其」作「不」，文苑、文粹作「豈」。○史記鼂錯傳曰：「鼂錯者，潁川人也。遷爲御史大夫，請諸侯之罪過，削其地，諸侯皆諠譁疾錯。吳楚七國反，以誅錯爲名。及竇嬰、袁盎進説，上令鼂錯衣朝衣斬東市。」袁盎傳曰：「袁盎夜見竇嬰，爲言吳所反者，願至上前口對狀。竇嬰入言上，上乃召袁盎入見。鼂錯在前，及盎請辟人賜閒，錯去，固恨甚。袁盎具言吳所以反狀，以錯故，獨急斬錯以謝吳，吳兵乃可罷。」吳王濞傳曰：「於是上嘿然良久曰：『顧誠何如，吾不愛一人以謝天下。』使中尉召錯，紿載行東市，錯衣朝衣斬東市。」○周禮春官大宗伯曰：「壹命受職。」鄭注曰：「王之下士亦一命。」胡曰：「後世以受初品官爲一命。」○韓詩外傳四曰：「桀爲酒池，關龍逢進諫曰：『古之人君，身行禮義，愛民節財，故國安而身壽。今君用財若無窮，殺人若恐弗勝，君若弗革，天殃必降，而誅必至矣。君其革之。』立而不去朝，桀因而殺之。」御覽人事部九十八引符子曰：「龍逢進諫桀曰：『臣嘗觀君之冕，非其冕也，而冕危石；君之履，非其履也，而履春冰。未有冠危石而不壓，踰春冰而不陷者也。』桀乃笑而應之曰：『子且就炮烙之刑。』龍逢布武而趨，赴火而死。」○史記殷本紀曰：「比干强諫紂，紂怒曰：『吾聞聖人心有七竅。』剖比干觀其心。」韓詩外傳四曰：「紂作炮烙之刑，王子比干曰：『主暴不諫，非忠也；畏死不言，非勇也。見過即諫，不用即死，忠之至也。』遂諫，三日不去朝，紂囚殺之。」○史記韓非傳曰：「韓非者，韓之諸公子也，喜刑名法術之學，而其歸本於老子。韓王遣非使秦，秦王悦之，未信用。李斯、姚賈害之，毁之曰：『韓非，韓之諸公子也。今王欲并諸侯，非終爲韓不爲秦，此人之情也，不如以過法誅之。』秦王以爲然，下吏治非。李斯使人遺非藥，使自殺，韓非欲自陳不得見。秦王後悔之，使人赦之，非已死矣。」○後漢書陳蕃傳曰：「蕃字仲舉，汝南平輿人也。曹節矯詔誅武等，蕃時年七十餘，聞難作，將官屬諸生八十餘人，並拔刃突入承明門，攘臂呼曰：『大將軍忠以衛國，黄門反逆，何云竇氏不道邪？』王甫時出，與蕃相迕，蕃拔劍叱甫，甫兵不敢近，乃益人圍之數十重，遂執蕃送黄門北寺獄，即日害之。」○漢書朱雲傳：「雲呼曰：臣得下從龍逢、比干遊於地下，足矣。」

然上之所陳者，實以臣親承聖問，敢不條對？雖臣之愚，以爲未及教化之大端，皇王之要道。伏惟陛下，事天地以教人敬，奉宗廟以教人孝，養高年以教人悌，育百姓以教人慈，調元氣以煦育，扇太和於仁壽，可以逍遥而無爲，端拱而成化。至若念陶鈞之道，在擇宰相而任之，使權造化之柄；念保定之功，在擇將帥而任之，使脩閫外之寄；念百度之未貞，在擇庶官而任之，使專職業之守；念萬姓之愁痛，在擇長吏而任之，使明惠養之術。自然言足以爲天下教，動足以爲天下法，仁足以勸善，義足以禁非，又何必宵衣旰食勞神惕慮然後以致其理哉？總束全文。謹對。剴切光明，到底不懈。○陳子端曰：「其經術綜三傳之緒言，其識略切當世之要務，至觸冒忌諱，不顧利害，尤能言人所難言，洵唐宋以來制策之冠冕也。」

未及，兩唐書、文粹作「未極」。○兩唐書「悌」下有「長」字，「慈」下有「幼」字。○端拱，兩唐書、文粹作「垂拱」。書僞畢命曰：「予小子垂拱仰成。」○漢書鄒陽傳：「從獄上書曰：是以聖王制世御俗，獨化於陶鈞之上。」顔注曰：「陶家名轉者爲鈞，蓋取周回調鈞耳。聖王制馭天下，亦猶陶人轉鈞也。」○文苑脱「在擇將帥」至「未貞」十九字。○史記馮唐傳唐對曰：「臣聞上古王者之遣將也，跪而推轂曰：閫以外者，將軍制之。」○書僞旅獒曰：「百度惟貞。」新書「未貞」作「求正」，避宋仁宗嫌名改。○禮記中庸曰：「言而世爲天下法，行而世爲天下則。」○以致，文粹無「以」字。

杜牧之

杜牧，字牧之，京兆萬年人（在今陝西長安縣東）。太和二年第進士，復舉賢良方正，授弘文館校書郎，試左武衛兵曹參軍。沈傳師表爲江西團練巡官，又爲牛僧孺淮南節度府掌書記。擢監察御史，累遷左補闕，轉膳部比部員外郎。宰相李德裕素奇其才，劉稹叛，命詔諸鎮兵討之，牧移書德裕，後澤潞平如其策。歷黄、池、睦三州刺史。入爲司勳員外郎，轉吏部，復乞爲湖州刺史，入拜考功員外郎、知制誥，遷中書舍人，卒。新舊書皆附杜佑傳。

罪言

新書牧傳曰：「是時劉從諫守澤潞，何進滔據魏博，頗驕蹇不循法度。牧追咎長慶以來，朝廷措置亡術，復失山東。鉅封劇鎮，所以繫天下輕重，不得承襲輕授，皆國家大事，嫌不當位而言實有罪，故作罪言。」

國家大事，某不當官，言之實有罪，故作罪言。

文苑「言之實」作「實言之」，「故作罪言」作「故以云」，文粹同，今依本集。

生人常病兵，兵祖於山東，胤於天下，不得山東，兵不可死。舊評曰：「奇確。」山東之地，禹畫九土，一曰冀州，舜以其分太大，離爲幽州，爲并州。程其水土，與河南等，常重十一二。故其人沈鷙多材力，重許可，能辛苦。自魏晉已下，胤浮羨淫，工機纖雜，意態百出，俗益卑弊，人益脆弱。唯山東敦五種，本兵矢，他不能蕩，而自若也。復産健馬，下者日馳二百里，所以兵常當天下。

冀州，以其恃强不循理，冀其必破弱，雖已破，冀其復强大也。并州，力足以并吞也。幽州，幽陰慘殺也，故聖人因其風俗以爲之名。以上言山東關係兵事，爲最重要。

生人，文苑作「人生」。○爾雅釋詁曰：「祖，始也；胤，繼也。」新書牧傳載此，「胤」作「羨」。○兵不可死，新書「死」作「去」。○山東，戰國時指華山之東而言。通鑑卷二胡梅磵注曰：「山自鳥鼠同穴，連延爲長安南山，至於泰華，秦國在山之西，韓、魏、趙、齊、楚、燕六國，皆在山以東。」是也。杜子美兵車行曰：「君不見漢家山東二百州」，九家注引趙彥材（次公）曰：「山東者，太行山之東也。昔言山東，即古之晉地，今之河北也。今言山東，則謂太山之東，昔之齊地，今之京東路也。」閻百詩潛邱劄記卷三駁之，引通鑑注及史記太史公自序正義、漢書趙充國辛慶忌傳贊以證之，其說甚是。然牧之此文所謂山東者，自當指河北而言，不宜泛及華山以東。趙謂太行山以東，解杜詩則非，解此則是也。○史記五帝本紀集解引馬融曰：「禹分水土，置九州。舜以冀州之北廣大，分置并州，燕、齊遼遠，分燕置幽州，分齊置營州，於是爲十二州也。」案：一曰冀州，集作曰「冀州野」，新書無「一」字。○文苑「分」下有「野」字。案：分，讀如「分星」之「分」。周禮春官保章氏曰：「所封封域，皆有分星。」鄭注曰：「大界則曰九州，州中諸國之封域，於星亦有分焉。」釋文曰：「分，扶問反。」○漢書食貨志上曰：「能風與旱。」顏注曰：「能，讀曰耐也。」穀梁成七年釋文曰：「能」亦作「耐」。○胤浮羨淫，詩十月之交毛傳曰：「羨，餘也。」案：新書刪此四字。○卑弊，集作「蕩弊」。○周禮夏官職方氏鄭注曰：「五種，黍、稷、菽、麥、稻。」○左昭四年曰：「冀之北土，馬之所生。」○釋名釋州國曰：「冀州亦取地以爲名也。冀，易也，其地有險有易也。又帝王所都，亂則冀治，弱則冀彊，荒則冀豐也。并州西土兼北，其州或并設，故因以爲名也。幽州在北，幽昧之地也。」爾雅釋地釋文引李巡曰：「兩河間其氣清，厥性相近，故曰冀，冀，近也。燕，其氣深要，厥性剽疾，故曰幽，幽，要也。或云北方太陰，故以幽冥爲號。」案：牧之説名州之義，與劉、李不盡同。

黄帝時，蚩尤爲兵階，自後帝王多居其地，豈尚其俗都之邪？自周劣齊霸，不一世晉大，常傭役諸侯。至秦萃鋭三晉，經六世乃能得韓，遂折天下脊，復得趙，因拾取諸國。秦末，韓信聯齊有之，故蒯通知漢、楚輕重在信。光武始於上谷，成於鄗。魏武舉官渡，三分天下有其二。晉亂胡作，至宋武號爲英雄，得蜀，得關中，盡得河南地，十分天下有八，然不能使一人渡河以窺胡。至於高齊荒蕩，宇文取得，隋文因以滅陳，五百年間，天下乃一家。隋文非宋武敵也，是宋不得山東，隋得山東，故隋爲王，宋爲霸。舊評曰：「綜論甚確。」由此言之，山東王者不得不可爲王，霸者不得不可爲霸，猾賊得之是以致天下不安。以上更就歷代成敗，證山東之重要。

蚩尤爲兵階，原注曰：「阪泉，在今嬀川縣。」新書地理志河北道嬀州懷戎縣注曰：「天寶中，析置嬀川縣，尋省。」案：唐懷戎縣，即今綏遠懷來縣治。阪泉乃黄帝與炎帝戰地，而與蚩尤戰於涿鹿，相去不遠，故以阪泉證之也。史記五帝本紀曰：「黄帝與炎帝戰於阪泉之野，三戰然後得其志。蚩尤作亂，不用帝命，於是黄帝乃與蚩尤戰於涿鹿之野，遂禽殺蚩尤。」正義曰：「括地志云：『阪泉今名黄帝泉，在嬀州懷戎縣東五十六里，出五里，至涿鹿東北，與涿水合。又有涿鹿故城，在嬀州東南五十里，本黄帝所都也。』晉太康地里志云：『涿鹿城東一里有阪泉。』」案：涿鹿故城，在今綏遠涿鹿縣南。大荒北經曰：「蚩尤作兵伐黄帝。」管子地數篇曰：「蚩尤受葛盧山之金，而作劍鎧矛戟。」太平御覽兵部一引世本曰：「蚩尤作兵。」○晉大常傭役諸侯，謂晉爲霸主，常役使諸侯如傭也。集宋本誤「晉大」爲「皆太」，明本又臆改爲「晉文」，皆非。文苑、文粹「大」亦誤爲「太」，今依新書。○孟子梁惠王上趙注曰：「韓、趙、魏本晉六卿，（合范氏、中行氏、知氏言之。）號三晉。」○漢書陳勝項籍傳引賈生過秦曰：「及至秦王，奮六世之餘烈。」顏注曰：「孝公、惠文王、武王、昭襄王、孝文王、莊襄王，凡六君也。」○史記秦始皇本紀曰：「十七年，内史騰攻韓，得韓王安，盡納其地，以其地爲郡，命曰潁川。」張儀傳：「説楚王曰：席卷常山之險，必折天下之脊。」索隱曰：「常山於天下在北，有若人之背脊。」○史記淮陰侯傳曰：「韓信渡河，襲齊歷下軍，田廣走高密，使使之楚請救。韓信已定臨菑，遂東逐廣，至高密西，楚使龍且救齊，信擊殺龍且，齊王廣亡去，遂平齊。漢王遣張良立信爲齊王。」又曰：「齊人蒯通知天下權在韓信，説信曰：足下爲漢則漢勝，與楚則楚勝。」○後漢書光武帝紀曰：「上谷太守耿況遣其將寇恂將突騎來助擊王郎。」又曰：「諸將議上尊號，行至鄗，羣臣因復奏。於是命有司設壇場於鄗南千秋亭五成陌。六月己未，即皇帝位，建元爲建武，改鄗爲高邑。」案：漢上谷郡治沮陽縣，在今綏遠懷來縣南；高邑縣在今河北柏鄉縣北。○魏志武帝紀曰：「建安五年，袁紹進臨官渡，相拒連月。冬十月，紹遣車運穀，使淳于瓊等五人將兵萬餘人送之，宿紹營北四十里。公自將步騎五千人大破瓊等，皆斬之，紹衆大潰。」水經渠水注曰：「渠水又左經陽武縣故城南，東爲官渡水，又經曹太祖壘北，有高臺，謂之官渡臺，渡在中牟，故又謂之中牟臺。建安五年，太祖營官渡，紹進臨官渡，起土山地道以逼壘，公亦起高臺以捍之，即中牟臺也。今臺北土山猶在，山之東悉紹舊營，遺基並存。」清統志曰：「河南開封府：官渡城，在中牟縣東北。」○論語泰伯篇曰：「三分天下有其二。」○晉亂胡作，謂五胡亂華也。劉淵漢爲匈奴，石趙爲羯，苻秦爲氐，姚秦爲羌，慕容燕爲鮮卑，是爲五胡。○宋書武帝紀曰：「高祖武皇帝諱裕，字德輿，彭城縣綏里人[二]。」又曰：「初，僞燕主（南燕）慕容德僭號於青州，德死，兄子超襲位。義熙五年，公抗表北討。六年二月，屠廣固，超踰城走，征虜賊曹喬胥獲之，送超京師，斬于建康市。八年，以西陽太守朱齡石爲益州刺史，率衆伐蜀。九年七月，朱齡石平蜀，斬僞蜀主譙縱，傳首京師。十二年，羌主（後秦）姚興死，子泓立，公乃北討。十三年八月，克長安，生擒泓。九月，執送姚泓，斬於建康市。」○有八，新書「有」作「之」，文苑「有」下有「其」字。○北齊書後主紀曰：「後主諱緯，字仁綱，武成皇帝之長子也。（武成帝乃神武帝高歡第九子。）帝言語澀訥，無志度，不喜見朝士。自以爲策無遺算，乃益驕縱。盛爲無愁之曲，帝自彈琵琶而唱之，侍和之者以百數，人閒謂之無愁天子。嘗出見羣厲，盡殺之，或剥人面而視之。任陸令萱、和士開、高阿那肱、穆提婆、韓長鸞等，宰割天下，官由財進，政以賄成，其所以亂政害人，難以備載。」○周書文帝紀曰：「太祖文皇帝姓宇文，諱泰，代武川人也。其先有葛烏菟者，鮮卑奉以爲主，其後曰普回，因狩得玉璽三紐，有文曰皇帝璽，普回以爲天授。其俗謂天曰宇，謂君曰文，因號宇文國，并以爲氏焉。」武帝紀曰：「高祖武皇帝諱邕，太祖第四子也。建

[二] 綏里：宋書符瑞志中曰：「元嘉二十一年四月，甘露降彭城綏輿里。」南史宋本紀上作「彭城縣綏輿里人」。御覽一二八引徐爰宋書作「彭城綏輿里人」。元和姓纂劉彭城下曰：「楚元王交子孫居彭城，分居三里：叢亭、綏輿、安上里。」資治通鑑宋紀一胡注曰「彭城綏德里人」。

德五年，并州平。六年春正月乙亥，齊主（即後主）傳其位于太子恒，自號爲太上皇，齊主先於城外掘塹竪柵。癸巳，帝率諸軍圍之，遂平鄴。齊主率數十騎走青州。遣大將軍尉遲勤追之，擒齊主及太子恒于青州。二月，齊諸行臺州鎮悉降，關東平。合州五十五，郡一百六十二，縣三百八十五，户三百三十萬二千五百二十八，口二千萬六千六百八十六。」○取得，新書作「取之」。○隋書高祖紀曰：「高祖文皇帝姓楊氏，諱堅，弘農郡華陰人。周帝遣大宗伯趙煚奉皇帝璽綬，百官勸進，高祖乃受焉。開皇元年二月甲子，即皇帝位于臨光殿。八年冬十月，命晉王廣、秦王俊、清河公楊素並爲行軍元帥，以伐陳。九年春正月，韓擒虎進師入建鄴，獲陳主叔寶，陳國平。合州三十，郡一百，縣四百。」○五百年閒，「五」當作「三」。自晉惠帝永興元年甲子劉淵稱漢王，十六國之亂自此始，至隋文帝開皇九年己酉平陳，凡二百八十六年。言三百者，舉成數耳。○是以，新書作「足以」。

國家天寶末，燕盜徐起，出入成皋、函、潼閒，若涉無人地。郭、李輩常以兵五十萬，不能過鄴。自爾一百餘城，天下力盡，不得尺寸。人望之若回鶻、吐蕃，義無有敢窺者。國家因之畦河脩障戍，塞其術蹊。齊、魯、梁、蔡，被其風流，因亦爲寇，以裏拓表，以表撐裏，混澒迴轉，顛倒横斜，未嘗五年閒不戰。生人日頓委，四夷日昌熾，天子因之幸陜、幸漢中，焦焦然七十餘年矣。嗚呼！運遭孝武，澣衣一肉，不畋不樂，自卑冗中，拔取將相，凡十三年，乃能盡得河南、山西地，洗削更革，罔不順適。唯山東不服，亦再攻之，皆不利以返，豈天使生人未至於帖泰邪？豈其人謀未至邪？何其艱哉！何其艱哉！以上唐代山東不服之害。

新書玄宗紀曰：「天寶十四載十一月，安禄山反，陷河北諸郡。十二月丙申，封常清及安禄山戰于罌子谷，（舊書玄宗紀作成皋罌子谷。清統志曰：「河南府：罌子谷，在鞏縣東二十里，接汜水縣界。」）敗績。癸卯，哥舒翰持節統領處置太子先鋒兵馬副元帥，守潼關。十五載六月丙戌，哥舒翰及安禄山戰于靈寶西原，敗績。辛卯，蕃將火拔歸仁執哥舒翰，叛降于安禄山，遂陷潼關、上洛郡。」元和郡縣志曰：「河南道陝州靈寶縣：函谷故城，在縣南十里。」成皋，見呂和叔成皋銘注；潼關，見皇甫持正韓文公墓誌銘注。○舊書肅宗紀曰：「乾元元年九月庚寅，大舉討安慶緒於相州，命朔方節度郭子儀、河東節度李光弼、關内潞州節度王思禮、淮西襄陽節度魯炅、興平節度李奂、滑濮節度許叔冀、平盧兵馬使董秦、北庭行營節度使李嗣業、鄭蔡節度使季廣琛等九節度之師，以開府魚朝恩爲觀軍容使，圍相州。慶緒食盡，求於史思明，率衆來援。二年三月壬申，郭子儀等與賊史思明戰，王師不利，九節度兵潰。」地理志曰：「河北道相州：天寶元年改爲鄴郡，乾元元年復爲相州。」案：唐河北道相州治鄴縣，在今河南臨漳縣西南。○楚辭招魂王注曰：「畦猶區也。」○文選北征賦注引蒼頡篇曰：「障，小城也。」○廣雅釋宫曰：「街、術、蹊、徑，道也。」案：術，集作「街」，文苑同。○齊、魯謂淄青、平盧；梁謂宣武，即汴州；蔡謂淮西，即蔡州也。○混澒猶鴻絧。文選羽獵賦注曰：「相連貌也。」○舊書代宗紀曰：「寶應二年秋七月，改元爲廣德。冬十月，吐蕃犯京畿，寇奉天、武功、盩厔等縣，蕃軍自司竹園渡渭，循南山而東。丙子，駕幸陝州。」案：唐河南道陝州治陝縣，今河南陝縣治。○幸漢中，即德宗幸梁州也，已見韓退之董公行狀注。○七十餘年，案：自天寶十五年至文宗六年，凡七十七年。○孝武，謂代宗也。舊書代宗紀曰：「謚曰睿文孝武皇帝，廟號代宗。」案：文苑作「章武」，非也。又案：代宗在位十七年，此云十三年者，謂大曆十年以前也。新書代宗紀曰：「大曆十年正月戊申，田承嗣反。六月甲戌，成德軍節度使李寶臣及田承嗣戰于冀州，敗之。十月甲子，昭義軍節度使李承昭及田承嗣戰于清水，敗之。十二年三月庚子，赦田承嗣。」○帖泰，新書「帖」作「怗」，字同。廣雅釋詁一曰：「怗，安也。」釋詁四曰：「怗，静也。」

今日天子聖明，超出古昔，志於平理。若欲悉使生人無事，其要在於去兵。不得山東，兵不可去，是兵殺人無有已也。今者上策莫如自治。何者？當貞元時，山東有燕、趙、魏叛，河南有齊、蔡叛，梁、徐、陳、汝、白馬津、盟津、襄、鄧、安、黄、壽春皆戍厚兵，凡此十餘所，纔足自護治所，實不輟一人以他使，遂使我力解勢弛，孰視不軌者無可奈何。階此蜀亦叛，吴亦叛，其他未叛者，皆迎時上下，不可保信。自元和初至今二十九年間，得蜀，得吴，得蔡，得齊，凡收郡縣二百餘城。所未能得，唯山東百城耳。土地人户，財物甲兵，校之往年，豈不綽綽乎？亦足自以爲治也。法令制度，品式條章，果自治乎？賢才奸惡，搜選置捨，果自治乎？障戍鎮守，干戈車馬，果自治乎？井閭阡陌，倉廩財賦，果自治乎？如不果自治，是助虜爲虐，環土三千里，植根七十年，復有天下陰爲之助，則安可以取？故曰：上策莫如自治。以上自治爲上策。

是兵殺人無有已也，新書删此句。○燕謂幽州盧龍，趙謂恒冀（成德），魏謂魏博，齊謂淄青（平盧），蔡謂淮蔡也。新書德宗紀曰：「建中二年正月，成德軍節度使李寶臣卒，其子惟岳自稱留後，幽州盧龍軍節度使朱滔討之，魏博節度使田悦反。二月，山南東道節度使梁崇義反。六月，淮寧軍節度使李希烈爲漢南漢北招討使，以討梁崇義。八月，平盧軍節度使李正己卒，其子納自稱留後，梁崇義伏誅。三年正月閏月，惟岳伏誅。四月，朱滔反。六月，恒冀觀察使王武俊反。十月，李希烈反。」舊書德宗紀曰：「建中三年十一月，朱滔、田悦、王武俊各相推奬，僭稱王號。滔稱大冀王，武俊稱趙王，悦稱魏王，又勸李納稱齊王，李希烈自稱天下都元帥、太尉、建興王，與朱滔等四盜膠固爲逆。」案：燕、趙等叛，皆在德宗初年。興元元年大赦，已復李希烈、田悦、王武俊、李納官爵。貞元元年，朱滔卒。二年，李希烈爲大將陳仙奇所殺，吴少誠又殺仙奇。十五年，少誠反，乃在貞元時。此不過大略言之，不必拘定年之先後。下文蜀劉闢、吴李錡之反，則元和初二年，亦類及之耳。○梁、徐，見上；陳、汝，見韓退之平淮西碑注。○白馬津，元和郡縣志曰：「河北道衛州黎陽縣：白馬故關，在縣東一里五步，酈食其説高祖曰『杜白馬之津』，即此地也。」清統志曰：「河南衛輝府：白馬水，在滑縣北，舊爲河水分流處，一曰白馬津。」○盟津，已見成皋銘注。○襄、鄧、壽春，見平淮西碑注；安、黄，見曹成王碑注。○實不轂，文粹「實」作「資」，上屬，非是。○左襄二十七年：「子罕曰：兵之設久矣，所以威不軌而昭文德也。」華嚴經音義上引國語賈注曰：「軌，法也。」○二十九年，謂憲宗元和十五年，穆宗長慶四年，敬宗寶曆二年，自元和元年至文宗太和六年，正二十九年。集作「一十九年」，誤。○得蜀、得吴、得蔡，並見平淮西碑；平齊，見許國公碑。○綽綽，已見劉夢得令狐先廟碑注。○史記秦本紀索隱引風俗通曰：「南北曰阡，東西曰陌。河東以東西爲阡，南北爲陌。」漢書成帝紀顔注曰：「阡陌，田閒道也。」

中策莫如取魏。魏於山東最重，於河南亦最重。何者？魏在山東，以其能遮趙也，既不可越魏以取趙，固不可越趙以取燕，是燕、趙常取重於魏，魏常操燕、趙之性命也。故魏在山東最重。黎陽距白馬津三十里，新鄉距盟津一百五十里，陴壘相望，朝駕暮戰，是二津虜能潰一，則馳入成皋，不數日閒。故魏於河南閒亦最重。今者願以近事明之。元和中，纂天下兵，誅蔡誅齊，頓之五年，無山東憂者，以能得魏也。昨日誅滄，頓之三年，無山東憂者，亦以能得魏也。長慶初誅趙，一日五諸侯兵，四出潰解，以失魏也。昨日誅趙，一日罷，如長慶時，亦以失魏也。故河南、山東之輕重，常懸在魏，明白可知也。非魏强大能致如此，地形使然也。故曰：取魏爲中策。以上取魏爲中策。

原注曰：「黎陽、新鄉，並屬衞州。」水經河水篇曰：「又東北過黎陽縣南。」注曰：「晉灼曰：『黎山在其南，河水逕其東，其山上碑云：取山之名，取水之陽，以爲名也。』」元和郡縣志曰：「河北道衞州黎陽縣：黎陽鎮故城，在縣東南一里。」清統志曰：「河南衞輝府：黎陽故城，在濬縣東北。」○唐河北道衞州新鄉縣，今河南新鄉縣治。○以能得魏也，原注：「田弘正來降。」案：已見平淮西碑及韓公行狀注。○亦以其能得魏也，原注曰：「史憲誠來降。」案：新書敬宗紀曰：「寶曆二年四月，橫海軍節度使李全略卒，其子同捷反。」文宗紀曰：「太和元年，橫海軍節度使烏重胤討李同捷。二年，魏博節度使史憲誠及同捷戰于平原，敗之。三年四月，滄景節度使李祐克德州，李同捷降，滄德宣慰使柏耆以同捷歸于京師，殺之于將陵。」舊書史憲誠傳曰：「憲誠其先出於奚虜，今爲靈武建康人。田布引決，憲誠爲中軍都知兵馬使，乘亂，以河朔舊事動其人心，諸軍即擁而歸魏，共立爲帥，國家因而命之。大和二年，滄景節度使李全略卒，其子同捷竊據軍城，表邀符節，舉兵伐之。先是憲誠與全略婚媾，及同捷叛，復潛以軍餉爲助，遣驍將至闕，恣爲張大。宰相韋處厚以語挫折之，憲誠不敢復與同捷爲應。時憲誠示出師共討同捷。」通鑑唐紀五十九曰：「太和二年三月閏月，史憲誠奏遣其子副大使唐、都知兵馬使亓志紹將兵二萬五千趣德州，討李同捷。時憲誠欲助同捷，唐泣諫，且請發兵討之，憲誠不能違。九月，以李寰爲夏綏節度使，以傅良弼爲橫海節度使。傅良弼薨，以李祐爲橫海節度使。三年二月，李祐帥諸道行營兵擊李同捷，破之，進攻德州。史憲誠聞滄景將平而懼，其子唐勸之入朝。憲誠使唐奉表請入朝，且請以所管聽命。夏四月，李祐拔德州，李同捷與祐書請降，祐並奏其書。諫議大夫柏耆受詔宣慰行營，好張大聲勢，自將數百騎馳入滄州，取同捷及其家屬詣京師。至將陵（唐德州屬縣），或言王庭湊欲以奇兵篡同捷，乃斬同捷，傳首，滄景悉平。」新書方鎮表曰：

「貞元三年，置横海軍節度使，領滄、景二州，治滄州。」餘見吴武陵遺吴元濟書注。○以失魏也，原注曰：「田布死。」案：已見韓退之鄆州谿堂詩序注、李習之韓公行狀注。○亦以失魏也，原注曰：「李聽敗。」案：舊書文宗紀曰：「太和二年九月甲午，詔削奪王庭湊官爵，鄰道接界隨便進討。三年六月辛亥，以魏博節度使史憲誠檢校司徒、兼侍中、河中尹、充河中晉絳節度使，以義成軍節度使李聽兼充魏博節度使，以魏博節度副使、檢校工部尚書史孝章（史唐改名）爲相衛節度使。秋七月癸未，中使劉弘逸送史憲誠旌節自魏州還，稱六月二十六日夜，魏博軍亂，殺史憲誠，立大將何進滔爲留後，其新節度使李聽入城不得。（以下當有「八月」二字）壬子，詔以魏博都知兵馬使何進滔檢校左散騎常侍、充魏博節度使。壬申，詔雪王庭湊，復官爵。」李聽傳（李晟子，附晟傳後，新書曰：「聽字正思。」）曰：「史憲誠欲入覲，竭其府庫，魏人怨之，殺憲誠。衙軍立其大將何進滔。詔聽兼領魏博節度使，將兵北渡。魏人不納聽，乘城拒守，乃屯兵館陶。魏人遽襲聽，不爲備，其軍大敗，無復部伍，晝夜奔走，僅而獲免，喪師過半，輜車兵仗，並皆委棄。」通鑑唐紀五十九曰：「太和二年，王庭湊陰以兵及鹽糧助李同捷，上欲討之。秋七月，下詔罪狀庭湊，命鄰道各嚴兵守備，聽其自新。」又六十曰：「三年六月，以史憲誠爲兼侍中、河中節度使，以李聽兼魏博節度使，分相、衛、澶三州，以史孝章爲節度使。時李聽自貝州還，軍館陶，遷延未進，憲誠竭府庫以治行。甲戌，軍亂，殺憲誠，奉牙内都知兵馬使靈武何進滔知留後。李聽至魏州，進滔拒之，不得入。秋七月，進滔出兵擊李聽，聽大敗，昭義兵救之，僅而得免，歸于滑臺。河北久用兵，饋運不給，朝廷厭苦之。八月壬子，以進滔爲魏博節度使，復以相、衛、澶三州歸之。王庭湊因鄰道微露請服之意，壬申，赦庭湊及將士，復其官爵。」

最下策爲浪戰，不計地勢，不審攻守是也。兵多粟多，敺人使戰者，便於守；

兵少粟少，人不敺自戰者，便於戰。故我常失於戰，虜常困於守。山東之人，叛且三五世矣，今之後生所見，言語舉止，無非叛也，以爲事理正當如此，沈酣入骨髓，無以爲非者。指示順向，詆侵族黨，語曰叛去，酋酋起矣。至於有圍急食盡，餤屍以戰。以此爲俗，豈可與決一勝一負哉？自十餘年來，凡三收趙，食盡且下。堯山敗，趙復振，下博敗，趙復振，館陶敗，趙復振。故曰：不計地勢，不審攻守爲浪戰，最下策也。以上浪戰爲下策，實無策也。○舊評曰：「剖辨形勢，揣悉事機，如畫沙聚米，宛在目中，此經濟大文也。」（朱近情、吴于庭合評本，未知專屬誰氏，故以「舊評」稱之。）徐健菴曰：「筆勢縱橫，蘇氏父子近之，而牧之氣較遒上，力追短長。」

太玄中次七曰：「酋酋火魁。」范注曰：「酋，就也。」案：此疑「遒」之借字，廣雅釋詁一曰：「遒，急也。」○爾雅釋詁曰：「餤，進也。」龍龕手鑑卷四引爾雅舊注曰：「甘之進也。」史記趙世家：「蘇厲遺趙王書曰：故以齊餤天下。」樂毅傳曰：「令趙嚪秦以伐齊之利。」索隱曰：「『嚪』與『啗』同。」漢書王吉傳：「婦取棗以啖吉。」則「啖」與「啗」同「餤」，音義皆近。○堯山敗，原注曰：「郗尚書。」（文苑下有士美二字，文粹作郗士美。）案：舊書憲宗紀曰：「元和十二年三月，昭義郗士美兵敗于柏鄉，兵士死者千人。」郗士美傳曰：「士美字和夫，高平金鄉人也。元和五年，拜河南尹。明年三月，檢校工部尚書、潞州大都督長史、昭義節度。」通鑑唐紀五十五曰：「元和十一年春正月，制削王承宗官爵，命河東、幽州、義武、橫海、魏博、昭義六道進討。八月，諸軍討王承宗者，互相觀望。獨昭義節度使郗士美引精兵壓其境，士美奏大破承宗之衆於柏鄉，殺千餘人，降者亦如之，爲三壘以環柏鄉。」又五十六曰：「十二年三月，郗士美敗於柏鄉，拔營而歸，士卒死者千餘人。」清統志曰：「直隸趙州：堯峯，在臨城縣東二里，近唐山堯都，故名。順德府：堯山，在唐山縣西北八里。」案：二縣皆與柏鄉接境。○下博敗，原注曰：「杜叔良。」案：通鑑唐紀五十八曰：「長慶元年十一月，横海節度使杜叔良將諸道兵與鎮人戰，遇敵輒北，鎮人知其無勇，常先犯之。十二月，監軍謝良通奏叔良大敗於博野，失亡七千餘人，叔良脱身還營，喪其旌節。」胡注曰：「博野，漢涿郡蠡吾縣之地，後漢分置博陵縣，後魏改爲博野，唐屬深州。」清統志曰：「直隸保定府：蠡吾故城，在博野縣西南。今之博野乃漢之蠡吾，今之蠡縣乃漢之博陵、後魏及唐宋以來之博野。」○館陶敗，見上。胡注曰：「館陶在魏州北四十五里。」案：在今山東館陶縣西南。

原十六衛

通典職官十曰：「隋煬帝以左右衛、左右屯衛、左右禦衛、左右候衛，凡十二衛，各置大將軍一人，將軍二人，以總府事。蓋魏、周十二大將軍之遺制。大唐武德二年七月，高祖以天下未定，事資武力，將舉關中之衆以臨四方，乃置十二軍，分關中諸府以隸焉。每軍將一人，副一人，取威名素重者爲之，督耕戰之備。自是士馬强勁，無敵於天下。五年省，七年以突厥寇掠，復置十二軍，後又省之。其後定制有左右衛、左右驍、左右武、左右威、左右領軍、左右金吾、左右監門、左右千牛，凡十六衛。」

國家始踵隋制，開十六衛，將軍總三十員，屬官總一百二十八員，置守分部，夾峙禁省，厥初歷今，未始替削。然自今觀之，設官言無謂者，其十六衞乎。本原事跡，其實天下之大命也。以上言十六衞之官非虛設。

通典職官十曰：「十六衞大將軍各一人，將軍總三十人。」原注曰：「左右衞及左右金吾，總謂之四衞，其餘謂之雜衞。左右千牛衞將軍各一人，餘衞各二人。」案：此云將軍總三十員，與通典合。唐六典卷二十五曰：「左右千牛衞將軍各一人。」此文亦合。惟舊書職官志云「左右千牛衞將軍各二員」，新書百官志亦云「二人」，此其不同者也。又案六典二十四五兩卷所載，左右衞長史各一人，録事參軍事各一人，倉曹、兵曹參軍事各二人，騎曹、冑曹參軍事各一人。左右驍衞、左右武衞、左右威衞、左右領軍衞、左右金吾衞並同。惟左右監門衞有中郎將各四人，而兵曹參軍事各一人兼倉曹，冑曹參軍事一人兼騎曹。新舊志同。總計屬官當一百二十四員，與此文數亦不合。○集「置守」作「署守」。

始自貞觀中，既武遂文，內以十六衞畜養戎臣，外開折衝果毅府五百七十四，以儲兵伍。或有不幸，方二三千里爲寇土，數十百萬人爲寇兵，蠻夷戎狄，踐踏四作，此時戎臣當提兵居外。至如天下平一，暴勃消削，單車一符，將命四走，莫不信順，此時戎臣當提兵居內。當其居內也，官爲將軍，綬有朱紫，章有金銀，千百騎趨奉朝謁，第觀車馬，歌兒舞女，念功賞勞，出於曲賜。所部之兵，散舍諸府，上府不越一千二百人。三時耕稼，襏襫耞耒，一時治武，騎劍兵矢，裨衛以課，父兄相言，不得業他。籍藏將府，伍散田畝，力解勢破，人人自愛。雖有蚩尤爲師帥，雅亦不可使爲亂耳。及其當居外也，緣部之兵，被檄乃來，受命於朝，不見妻子，斧鉞在前，爵賞在後，以首争首，以力搏力，飄暴交捽，豈暇異略？雖有蚩尤爲師帥，雅亦無能爲叛也。自貞觀至于開元末，百三十年間，戎臣兵伍，未始逆篡，此聖人所能柄統輕重，制障表裏，聖筭神術也。以上府兵制度之善。

府兵，見劉去華對策注。陸敬輿論關中事宜狀曰：「太宗文皇帝既定大業，萬方底乂，猶務戎備，不忘慮危，列置府兵，分隸禁衛。大凡諸府八百餘所，而在關中者殆五百焉。舉天下不敵關中，則居重馭輕之意明矣。」唐會要七十二曰：「關内置府二百六十一，積兵士十六萬。」又曰：「通計舊府六百三十三。」案：以上二者所載折衝府之數，與新書兵志所言「天下十道，置府六百三十四」，又各不同。蓋時有增減，各就所據言之耳。○畜養戎臣，原注曰：「褒公、鄂公之徒並爲諸衛將軍。」案：舊書段志玄傳曰：「改封褒國公，拜右衛大將軍。」尉遲敬德傳曰：「拜右武候大將軍，（左右武候衛，高宗龍朔二年改左右金吾衛。）加封鄂國公。」又李勣傳曰：「加武候大將軍，遷左監門大將軍。」秦叔寶傳曰：「拜武衛大將軍。」程知節傳曰：「遷右武衛大將軍。」薛萬徹傳曰：「遷右衛大將軍。」盛彦師傳曰：「拜武衛將軍。」皆是也。又案：文粹、觀瀾乙集「戎」作「武」。○通典嘉禮八曰：「北齊制，二品以上並金章紫綬，三品銀章青綬。」舊書輿服志曰：「親王纁朱綬，四綵，赤、黄、縹、紺。二品三品紫綬，三綵，紫、黄、赤。」○朝謁，文苑作「朝廟」。○上府不越一千二百人，原注曰：「五百七十四府，凡有四十萬人。」○管子中匡篇曰：「今夫農身服襏襫。」尹注曰：「襏襫謂麤堅之衣，可以任苦著者也。」廣韻十三末曰：「襏襫，蓑雨衣也。襏，北末切。」二十二昔：「襫，施隻切。」説文曰：「拂，擊禾連枷也。枷，柫也，淮南謂之柍。」案：「耞」與「枷」同。説文曰：「耒，耕曲木也。」○蚩尤，已見罪言注。案：蚩尤爲何如人，諸説紛紜。有以爲炎帝臣者。周書嘗麥篇曰：「赤帝分正二卿，命蚩尤宇于少昊，以臨四方。」孔注曰：「蚩尤，古諸侯，即二卿之一。」御覽兵部一引世本宋衷注曰：「蚩尤，神農臣也。」莊子盜跖篇釋文曰：「蚩尤，神農時諸侯。」此一説也。有以爲黄帝臣者。管子五行篇曰：「昔者黄帝得蚩尤而明於天道。」又曰：「蚩尤明乎天道，故使爲當時。」尹注曰：「謂知天時之所當也。」越絶書計倪内經曰：「黄帝於是上事天，下治地，故少昊治西方，蚩尤佐之，使主金。」此又一説也。有以爲古天子者。史記高祖本紀集解引應劭漢書注曰：「蚩尤，古天子。」漢書高紀注引同。此又一説也。有以爲庶人者。周禮肆師疏引五經異義：「謹案三朝記曰：蚩尤，庶人之强者。」漢書高紀臣瓚引孔子三朝記「强」作「貪」，與大戴禮用兵篇同。史記五帝本紀索隱引劉向别録曰：「孔子見魯哀公問政，比三朝，退而爲此記，故曰三朝，凡七篇，並入大戴禮。」案：用兵篇即三朝記七篇之一，盧景宣注曰：「或云蚩尤古之諸侯，妄耳。一曰衆人之貪者也。」此又一説也。有以爲九黎之君者。尚書吕刑釋文引孔季長曰：「蚩尤，少昊之末，九黎君名。」孔疏引鄭康成曰：「蚩尤霸天下，黄帝所伐者。」又曰：「學蚩尤爲此者，九黎之君，在少昊之代也。」吕氏春秋蕩兵篇、秦策高誘注並同。吕刑僞孔傳曰：「九黎之君，號曰蚩尤，黄帝所滅。」孔疏曰：「楚語曰：『少昊氏之衰也，九黎亂德，顓頊受之，使復舊常。』則九黎在少昊之末，黄帝雖滅蚩尤，種族尚在，故至少昊之末復爲亂。」案：鄭以九黎之君學蚩尤，僞孔以九黎之君稱蚩尤，説雖小異，而以爲少昊末之九黎，非炎帝時之蚩尤則同。蓋蚩尤爲九黎之族，蚩尤既誅之後，九黎猶有襲蚩尤之名者，且非獨少昊之時，帝嚳時殆亦有之。後漢書張衡傳：「衡上疏曰：凡讖皆云黃帝伐蚩尤，而詩讖獨以爲蚩尤敗，然後堯受命。」其説非無因也。路史後紀四引陰經遁甲云：「蚩尤者，炎帝之後。」則妄説不足據。要之，蚩尤崛起庶人之中，統其民族而君之，故或曰天子，或曰諸侯，以當時天子諸侯尚無定名也。其時值炎帝之衰，黃帝初盛，蓋嘗歸伏二帝，故或曰炎帝臣，或曰黃帝臣。當上古洪荒，文化初開之世，君臣之分非如後世之嚴，故或曰庶人，或曰諸侯，或曰君，或曰天子，或曰炎帝臣，或曰黃帝臣，蓋各據所聞而言耳。○雅亦不可使爲亂耳，史記高帝本紀集解引服虔曰：「雅，故也。」案：文粹無「雅」字。○雅亦無能爲叛也，文粹無「雅」字，文苑「也」作「者」。○説文曰：「捽，持頭髮也。」○百三十年間，自太宗貞觀元年丁亥，至玄宗開元二十九年辛巳，共一百一十五年，加天寶十五年，正一百三十年。集「三」作「五」固誤，文苑、文粹、觀瀾作「三」是也。然開元二字作天寶方合，否則爲開天之誤，蓋綜開元、天寶計之耳。○全唐文「筭」作「算」，説文曰：「算，數也。」「筭」乃通借字。

至于開元末，愚儒奏章曰：「天下文勝矣，請罷府兵。」詔曰「可」。武夫奏章曰：「天下力强矣，請搏四夷。」詔曰「可」。於是府兵內剷，邊兵外作，戎臣兵伍，湍奔矢往，內無一人矣。起遼走蜀，繚絡萬里，事五强寇，十餘年中，亡百萬人，尾大中乾，成燕偏重。而天下掀然，根萌燼燃，七聖旰食，求欲除之，且不能也。由此觀之，戎臣兵伍，豈可一日使出落鈐鍵哉？然爲國者不能無也。居外則叛，居內則篡。使外不叛內不篡，兵不離伍，無自焚之患，將保頸領，無烹狗之諭，古今已還，法術最長，其置府立衞乎！以上觀府兵既廢後之亂，益知府兵制善。

舊書張說傳曰：「先是緣邊鎮兵，常六十餘萬，說以時無彊寇，不假師衆，奏罷二十餘萬，勒還營農。玄宗頗以爲疑，說奏曰：『臣久在疆埸，具悉邊事。軍將但欲自衞，及雜使營私，若禦敵制勝，不在多擁閑冗，以妨農務。以陛下之明，四夷畏服，必不慮減兵而招寇也。』上乃從之。時當番衞士，浸以貧弱，逃亡略盡。說又建策，請一切召募强壯，令其宿衞，不簡色役，優爲條例，逋逃者必争來應募。上從之。旬日得精兵一十三萬人，分繫諸衞，更番上下，以實京師。其後彍騎是也。」新書兵志曰：「玄宗開元六年，始詔折衝府兵每六歲一簡。自高宗、武后時，天下久不用兵，府兵之法寖壞，番役更代多不以時，衞士稍稍亡匿，至是益耗散，宿衞不能給。宰相張說乃請一切募士宿衞。十一年，取京兆、蒲、同、岐、華府兵及白丁，而益以潞州長從兵，共十二萬，號長從宿衞，歲二番，命尚書左丞蕭嵩與州吏共選之。明年，更號曰彍騎。自天寶以後，彍騎之法又稍變廢，士皆失拊循。八載，折衝諸府至無兵可交，李林甫遂請停上下魚書。其後徒有兵額、官吏，而戎器、馱馬、鍋幕、糗糧並廢矣。故時府人目番上宿衞者曰侍官，言侍衞天子。至是衞佐悉以假人爲童奴，京師人恥之，至相罵辱必曰侍官。而六軍宿衞皆市人，富者販繒綵、食粱肉，壯者爲角觝、拔河、翹木、扛鐵之戲。及祿山反，皆不能受甲矣。」○通鑑唐紀二十九曰：「開元十五年春正月辛丑，涼州都督王君㚟破吐蕃於青海之西。初，吐蕃自恃其彊，致書用敵國禮，辭指悖慢，上意常怒之。返自東封，張說言於上曰：『吐蕃無禮，誠宜誅夷。但連兵十餘年，甘、涼、河、鄯不勝其弊，雖師屢捷，所得不償所亡。聞其悔過求和，願聽其款服，以紓邊人。』上曰：『俟吾與王君㚟議之。』及君㚟入朝，果請深入討之。去冬，吐蕃大將悉諾邏寇大斗谷，進攻甘州，焚掠而去。君㚟度其兵疲，勒兵躡其後，會大雪，虜凍死者甚衆，自積石軍西歸。君㚟先遣人間道入虜境，燒道旁草。悉諾邏至大非川，欲休士馬，而野草皆盡，馬死過半。君㚟與秦州都督張景順追之，及於青海之西，乘冰而度，悉諾邏已去，破其後軍，獲其輜重羊馬萬計而還。君㚟以功遷羽林大將軍，上由是益事邊功。」○説文曰：「湍，急瀨也。」漢書溝洫志顏注曰：「急流曰湍。」案：湍矢，喻急也。○水經曰：「大遼水出塞外衛皋山，（皋，原誤「白平」二字，趙氏、孫氏據海內東經謂作「皋」，是也，今從之。）東南入塞，過遼東襄平縣西。及玄菟高句麗縣有遼山，小遼水所出，西南至遼隊縣入于大遼水。」清統志卷三十八曰：「遼河即古句驪河也，今名巨流河。」○五强寇，舊注曰：「奚、契丹、吐蕃、雲南、大食國。」案：以下云「十餘年中，亡百萬人」，姑從天寶後計之。通鑑唐紀：「天寶四載，安禄山欲以邊功市寵，數侵掠奚、契丹，奚、契丹叛，禄山討破之。九載十月，安禄山屢誘奚、契丹，爲設會飲，以莨菪酒醉而阬之，動數千人，函其酋長之首以獻，前後數四，至是入朝，獻奚俘八千人。十載八月，禄山將三道兵六萬，（舊書北狄傳言發幽州、雲中、平盧、河東兵十萬。）討契丹，以奚騎二千爲鄉導，至契丹牙帳，奚復叛，夾擊唐兵，殺傷殆盡。十一載三月，安禄山發蕃漢步騎二十萬擊契丹。」皆事奚、契丹者也。「天寶元年十二月，隴右節度使皇甫惟明奏破吐蕃、大嶺等軍。戊戌，又奏破青海道莽布支營三萬餘衆，斬獲五千餘級。庚子，河西節度使王倕奏破吐蕃漁海及遊弈等軍。二年三月，皇甫惟明引軍出西平擊吐蕃，攻洪濟城，破之。四載九月，隴右節度使皇甫惟明與吐蕃戰于石堡城，爲虜所敗。五載，以王忠嗣爲河西隴右節度使，與吐蕃戰於青海積石，皆大捷。六載，上欲使王忠嗣攻吐蕃石堡城，忠嗣上言，非殺數萬人不能克。將軍董延光自請將兵取石堡城，上命忠嗣分兵助之。延光言忠嗣沮撓軍計，敕徵忠嗣入朝，以哥舒翰充隴右節度使。七載十二月，哥舒翰築神威軍於青海上，又築城於青海中龍駒島，謂之應龍城，吐蕃不敢近青海。八載五月，上命哥舒翰帥隴右、河西及突厥阿布思兵，益以朔方、河東兵，凡六萬三千，攻石城堡，拔之。唐士卒死者數萬，果如王忠嗣之言。」皆事吐蕃者也。雲南當作南詔。「天寶九載，楊國忠德鮮于仲通，薦爲劍南節度使。仲通性褊急，失蠻夷心。故事，南詔常與妻子俱謁都督，過雲南，雲南太守張虔陀皆私之，又多所徵求。南詔王閤羅鳳不應，虔陀遣人詈辱之，仍密奏其罪。閤羅鳳忿怨，是歲發兵反，攻陷雲南，殺虔陀，取夷州三十。二十載夏四月，鮮于仲通討南詔蠻，大敗於瀘南。時仲通將兵八萬，分二道出戎、嶲州，至曲州、靖州，南詔王閤羅鳳謝罪，請還所俘掠，城雲南而去。仲通不許，囚其使，進軍至西洱河，與閤羅鳳戰，軍大敗，士卒死者六萬人，仲通僅以身免。」此事南詔者也。又（同上）：「高仙芝將蕃漢三萬（考異曰：「馬宇段秀實別傳云『蕃漢六萬衆』，今從唐曆。」）衆擊大食，深入七百餘里，至恒羅斯城[二]，與大食遇，相持五日，葛羅禄部衆叛，與大食夾攻唐軍，仙芝大敗，士卒死亡略盡，所餘纔數千人。」此事大食國者也。又案：大食，今阿剌伯，○左昭十一年：「申無宇曰：末大必折，尾大不掉。」僖十五年：「慶鄭曰：外强中乾。」○左成十六年釋文引字林曰：「掀，舉出也，火氣也。」下蓋別義，字當作「焮」。昭十七年曰：「行火所焮。」杜注曰：「焮，炙也。」○七聖，謂玄、肅、代、德、順、憲、穆七帝也。旰食，見劉去華對策注。○郭景純爾雅序注曰：「六藝之鈐鍵。」○居外則叛，原注曰：「韓、黥、七國及禄山、僕固懷恩是也。」○居内則篡，原注曰：「莽、卓、曹、馬已下是也。」○左隱四年：「衆仲曰：夫兵，火也，不戢將自焚也。」○左隱五年：「宋穆公曰：得保首領以没。」○史記淮陰侯傳：「信曰：果如人言，狡兔死，良狗烹。」

[二] 恒羅斯城：通鑑胡注曰「或作怛羅斯城」。

近代已來，於其將也，弊復爲甚。人囂曰：「廷詔命將矣。」名出視之，率市兒輩。蓋多賂金玉，負倚幽陰，折券交貨所能也。絕不識父兄禮義之教，復無慷慨感槩之氣。百城千里，一朝得之。其强傑愎勃者，則撓削法制，不使縛己，斬族忠良，不使違己，力壹勢便，罔不爲寇。其陰泥巧狡者，亦能家算口斂，委於邪倖，由卿市公，去郡得都，四履所治，指爲別館。或一夫不幸而壽，則戛割生人，略市天下。是以天下每每兵亂涌溢，齊人乾耗。鄉黨風俗，淫窳衰薄，教化恩澤，擁抑不下，召來災沴，被及牛馬。嗟乎！自愚而知之，人其盡知之乎？以上更言近日兵制之弊。

舊書郭子儀傳：「子儀附章論奏曰：『近因吐蕃凌逼，鑾駕東巡，蓋以六軍之兵，素非精練，皆市肆屠沽之人，務挂虛名，苟避征賦，及驅以就戰，百無一堪，亦有潛輸貨財，因以求免。又中官掩蔽，庶政多荒，遂令陛下振蕩不安，退居陝服。斯蓋關於委任失所，豈可謂秦地非良者哉？』」○史紀欒布傳太史公曰：「夫婢妾賤人，感慨而自殺者，非能勇也。」集解徐廣曰：「『慨』或作『概』，字音義同。」漢書欒布傳贊作「槩」，顏曰：「感槩，謂感念局狹爲小節。槩音工代反。」案：說文「忼慨」字作「慨」，「嘅嘆」字作「嘅」，依徐音則「概」爲「嘅」之通借字，顏以爲「節」，「槩」字亦通。又案：文苑「氣」作「節」。○左僖十五年杜注曰：「愎，戾也。」勃，「誖」之通借字，說文曰：「誖，亂也。」○舊注曰：「泥，去聲。」○漢書蕭望之傳：

「上疏曰：户賦口斂。」顏注曰：「率户而賦，計口而斂也。」○左僖四年：「管仲曰：賜我先君履，東至于海，西至于河，南至于穆陵，北至于無棣。」杜注曰：「履，所踐履之界。」宋書武帝紀：「義熙十二年十月，天子詔曰：營丘表海，四履有聞。」○書益稷釋文引馬融曰：「戛，擽也。」○莊子胠篋篇曰：「故天下每每大亂。」釋文引李曰：「每每猶昏昏也。」○漢書食貨志下注引如淳曰：「齊，等也，無有貴賤，謂之齊民，若今言平民矣。」案：唐避諱作「人」。○漢書地理志下注引晉灼曰：「窳，惰也。」○擁抑，集「擁」作「壅」。案：説文本字作「邕」，「壅」後出字，「擁」通借字。○漢書五行志中之上曰：「氣相傷謂之沴。」注引如淳曰：「沴，音『拂戾』之『戾』，義亦同。」

且武者任誅，如天時有秋；文者任治，如天時有春。是天不能倒春秋，是豪傑不能總文武。是此輩受鉞誅暴乎？曰於是乎在。某人行教乎？曰於是乎在。欲禍蠹不作者，未之有也。伏惟文皇帝十六衛之旨，誰復而原，其實天下之大命也，故作原十六衛。以上結出本意。○舊評曰：「府兵壞而藩鎮重，尾大之禍，唐卒不振，篇中利利害害，辨如列眉，惟中有感憤，故言之切摯也。」王季友曰：「唐初府兵之設，最爲得策，一變而爲彍騎，再變而爲召募，遂成藩鎮之患，宜樊川激切言之。」

御覽時序部三引三禮義宗曰：「古之學者，干戈之舞，得從春夏，羽籥之職，得入秋冬，四事之中，有文有武，故得分之。」

李悪伯受禮廬日記上集曰：「樊川集上池州李使君書有曰：『今之言者，必曰使聖人微旨不傳，乃鄭玄輩爲注解之罪。僕觀其所解釋，明白完具，雖聖人復生，必挈置數子，坐于游、夏之位。若使玄輩解釋不足爲師，要得聖人復生，如周公、夫子，親授微旨，然後爲學，是則聖人不生，終不爲學。假使聖人復生，即亦隨而猾之矣。』此等議論，唐中葉以後所罕知。樊川文章風槩，卓絕一代，其學問識力，亦復如是。予向推爲晚唐第一人，非虚誣也。」（越縵堂日記第八册）

孫可之

孫樵，字可之（讀書志作隱之），韓退之之門人。大中九年進士第。廣明初，黄巢犯闕，赴岐、隴，授職方員外郎。時詔書曰行在三絕，以常侍李鷲有曾閔之行，前進士司空圖有巢由之風，樵有楊馬之文，遂輯所著名經緯集。見可之文集自序、新書藝文志、郡齋讀書志卷十八。○儲同人曰：「可之之文，幽懷孤憤，章章激烈，生乎懿、僖，每念不忘貞觀、開元之盛，其言不得不激，不得不愁。按其詞意淵源之自出，信昌黎先生嫡傳也。」

書褒城驛壁

唐山南道興元府褒城縣，在今陝西褒城縣西南。

褒城驛號天下第一。及得寓目，視其沼則淺混而茅，視其舟則離敗而膠，庭除甚蕪，堂廡甚殘，烏覩其所謂宏麗者？訊於驛吏，則曰：「忠穆公嘗牧梁州。

以褒城控二節度治所，龍節虎旗，馳驛奔軺，以去以來，轂交蹄劘，由是崇侈其驛，以示雄大。蓋當時視他驛爲壯。且一歲賓至者，不下數百輩，苟夕得其庇，飢得其飽，皆暮至朝去，寧有顧惜心邪？至如棹舟，則必折篙破舷碎鷁而後止，漁釣則必枯泉汨泥盡魚而後止。至有飼馬於軒，宿隼於堂，凡所以汙敗室廬，糜毀器用。官小者其下雖氣猛可制，官大者其下益暴横難禁。由是日益破碎，不與曩類。其曹八九輩，雖以供饋之隙，一二力治之，其能補數十百人殘暴乎？」以上記驛之所以蕪毀。

莊子逍遥遊釋文引崔譔曰：「膠，著地也。」○甚殘，文苑「殘」作「淺」。○新唐書嚴震傳曰：「震字遐聞，梓州鹽亭人。遷山南西道節度使。天子至梁州，詔改梁州爲興元府，即用震爲尹。貞元十五年卒，贈太保，謚曰忠穆。」○控二節度治所，元和郡縣志曰：「山南道興元府爲山南西道節度理所。（興元府治南鄭縣，今陝西南鄭縣東。）褒城縣東至府三十三里，褒谷山在縣北五里，南口爲褒，北口爲斜，長四百七十里。關内道鳳翔府爲鳳翔節度使理所。（鳳翔府治天興縣，今陝西鳳翔縣治。）郿縣西北至府一百里，縣理城亦曰斜谷城，城南斜谷以爲名，斜谷南口曰褒，北口曰斜。」（郿縣，今陝西郿縣治。）文粹作「二節度治所」，正合。集及文苑「二」作「三」，豈兼涇原節度使治所言之邪？然當以「二」字爲確。○周禮地官掌節曰：「澤國用龍節。」春官司常曰：「熊虎爲旗。」○説文曰：「軺，小車也。」○漢書賈鄒枚路列傳贊注引孟康曰：「靡謂磑切之也。」蘇林曰：「劘音摩，厲也。」案：「劘」與「摩」同，說文曰：「摩，研也。」○集「朝去」下有「者」字，文粹同。○淮南子本經篇曰：「龍舟鷁首。」高注曰：「鷁，大鳥也，畫其象著船頭，故曰鷁首。」○列子黄帝篇張注曰：「曩，昔也。」○一二力治之，文苑作「葺治之」。

語未既，有老甿笑於旁，且曰：「舉今州縣，皆驛也。吾聞開元中，天下富蓄，號爲理平，踵千里者不裹糧，長子孫者不知兵。今者天下無金革之聲，而户口日益破，疆埸無侵削之虞，而墾田日益寡，生民日益困，財力日益竭，其故何哉？凡與天子共治天下者，刺史縣令而已。以其耳目接於民，而政令速於行也。今朝廷命官，既已輕任刺史縣令，而又促數於更易。且刺史縣令，遠者三歲一更，近者一二歲再更，故州縣之政，苟有不利於民，可以出意革去其甚者。在刺史曰：『明日我即去，何用如此？』在縣令亦曰：『明日我即去，何用如此？』當愁醉醲，當飢飽鮮，囊帛櫝金，笑與秩終。」以上借老甿之言，以明州縣同於驛。淵鑒評曰：「前幅似主而實賓，後幅似賓而實主，此文家變化錯綜之法。」

說文曰：「甿，田民也。」○莊子逍遥遊曰：「適千里者，三月聚糧。」詩篤公劉曰：「乃裹餱糧。」○漢書王嘉傳：「嘉上疏曰：孝文時，吏居官者，或長子孫，以官爲氏。」○禮記中庸孔疏曰：「金革謂軍戎器械也。」

案：此云金革之聲，則指鉦鼓言。文選東京賦薛注曰：「金鉦，鐲鐃之屬也。」禮記月令疏引易通卦驗注曰：「革爲鼓。」○户口，文苑作「編户」。○樂記鄭注曰：「趨數讀爲促速。」釋文曰：「數音速。」○其甚者，文苑作「者其」二字。○當愁醉醲當飢飽鮮，説文曰：「醲，厚酒也。」説文曰：「鱻，新魚鯖也。」經傳多以「鮮」爲之。文苑作「愁當飲，饑當飽」。

嗚呼，州縣者，真驛邪！矧更代之隙，黠吏因緣，恣爲奸欺，以賣州縣者乎？如此而欲望生民不困，財力不竭，户口不破，墾田不寡，難哉！予既揖退老吏，條其言，書於褒城驛屋壁。以上書驛壁。○高江村曰：「因驛而發明郡縣遷代不宜促數之故，可謂深達物情，有關治體。」

與王霖秀才書

唐六典卷四曰：「凡舉試之制，其科有六。一曰秀才，試方略策五條，此科取人稍峻，貞觀已後遂絶。」通典選舉三曰：「秀才，貞觀中有舉而不第者，坐其州長，由是遂絶。（新書選舉志曰：「高宗永徽二年，始停秀才。」）開元二十四年以後，復有此舉，其時進士漸難，而秀才本科無帖經及雜文之限，反易於進士。主司以其科廢，不欲收奬，應者多落之，三十年無及第者。至天寶初，侍郎韋陟始奏有堪此舉者，令長官特薦，其常年舉送者並停。」國史補卷下曰：「進士通稱，謂之秀才。」案：此題「秀才」，蓋通稱耳。

太原君足下：雷賦逾千六言，推之大易，參之玄象，其旨甚微，其辭甚奇。

如觀駭濤於重溟，徒知褫魄眙目，莫得畔岸，誠謂足下怪於文。方舉降旗，將大誇朋從閒，且疑子雲復生。無何，足下繼以翼旨及雜題十七篇，則與雷賦相闊數百里。足下未到其壼，則非樵所敢與知。既入其城，設不如意，亦宜上下銖兩，不當如此懸隔。不知足下以此見嘗耶？抑以背時戾衆，且欲哺粕啜醨，以苟其合耶？何自待則淺，而徇人反深？以上因其文前後相懸，疑其中惑而徇世俗。

太原，疑王霖字或別號。○千六，全唐文作「六千」。○易說卦傳曰：「震爲雷。」○太玄釋次三曰：「風動雷興。」○魏文帝滄海賦曰：「驚濤暴駭。」○文選吴都賦曰：「魂褫氣懾。」李善注曰：「褫，奪也。」說文曰：「眙，直視也。」○詩氓曰：「淇則有岸，隰則有泮。」鄭箋曰：「泮讀爲畔，畔，涯也。」○爾雅釋宫曰：「宫中衖謂之壼。」此文當爲「梱」之借字。詩既醉曰：「室家之壼。」鄭箋曰：「壼之言梱也。」說文曰：「梱，門橜也。」○其城，全唐文「城」作「域」。○小爾雅釋言曰：「嘗，試也。」○哺，全唐文作「餔」。楚辭漁父曰：「衆人皆醉，何不餔其糟而歠其釃？」文選「釃」作「醨」，五臣注吕向曰：「餔，食也；歠，飲也。糟、醨皆酒滓。」案：說文曰：「哺，哺咀也。歠，飲也。」「餔」「啜」皆借字。○苟其合，集作「其苟合」，吴先生依全唐文乙，今從之。

鸞鳳之音必傾聽，雷霆之聲必駭心。龍章虎皮，是何等物？日月五星，是何等象？儲思必深，摛辭必高，道人之所不道，到人之所不到，趨怪走奇，中病歸正。以之明道，則顯而微；以之揚名，則久而傳。前輩作者正如是。譬玉川子月蝕詩、楊司成華山賦、韓吏部進學解、馮常侍清河壁記，莫不拔地倚天，句句欲活，讀之如赤手捕長蛇，不施控騎生馬。急不得暇，莫可捉搦。善狀難狀之情。又似遠人入大興城，茫然自失，詎比十家縣，足未及東郭，目已極西郭耶。尚節之曰：「可之論文如此，以得真訣自負，豈妄哉？」○以上論作文之旨趣。

文選荅賓戲曰：「摛藻如春華。」注引韋昭曰：「摛，布也。」○新書盧仝傳曰：「仝居東都，韓愈爲河南令，愛其詩，厚禮之。仝自號玉川子，嘗爲月蝕詩，以譏切元和逆黨，愈稱其工。」○新書楊敬之傳（附其祖楊憑傳後。憑，虢州弘農人。）曰：「敬之字茂孝。元和初，擢進士第，檢校工部尚書、兼祭酒，卒。敬之嘗爲華山賦示韓愈，愈稱之，士林一時傳布。」案：華山賦見文苑卷二十八、文粹卷六。唐六典卷二十一曰：「國子監祭酒，龍朔二年改爲大司成，咸亨中復舊。」各本「成」作「城」，誤。○進學解，已見第三卷。○新書馮宿傳曰：「宿字拱之，婺州東陽人。貞元中擢進士第，進中書舍人，徙左散騎常侍。」案：清河壁記今佚。○「控」字亦作「鞚」，同。初學記武部引通俗文曰：「所以制馬曰鞚。」御覽兵部八十九引埤蒼曰：「鞚，馬勒也。」○莫可，集「莫」作「不」，今依全唐文。○樂府詩集卷二十五引古今樂録曰：「梁樂府，胡吹舊曲有捉搦，而不言其義。」舊書代宗紀曰：「廣德二年二月，禁鈿作珠翠等，委所司切加捉搦。」李德裕傳曰：「寶曆二年，亳州言出聖水。德裕奏曰：兩浙、福建百姓渡江者，日三五十人，臣於蒜山已加捉搦。」新書韓琬傳（附其父思彦傳後）：「琬上言曰：不務省事而務捉搦。」蓋即後人所謂「捉拏」之義也。○隋書地理志京兆郡大興縣原注曰：「開皇三年置，後周舊郡，置縣曰萬年。高祖龍潛，封號大興，故至是改焉。」元和郡縣志曰：「關内道京兆府萬年縣：周明帝二年，始於長安城中置萬年縣。隋開皇三年遷都，改爲大興縣，理宣陽坊。武德元年，復爲萬年。」

樵嘗得爲文真訣於來無擇，來無擇得之於皇甫持正，皇甫持正得之於韓吏部退之。然樵未始與人言及文章，且懼得罪於時，今足下有意於此，而自疑尚多，其可無言乎？以上自明爲文之傳授。樵再拜。可之之文，得韓之奇崛，讀此可知其平日用力之所在。

唐宋文舉要甲編卷六　宋文二十七首

霸縣高步瀛學

柳仲塗

柳開，字仲塗，大名人。（宋河北道大名府大名縣，在今河北濮陽縣東。）五代文格淺弱，開慕韓柳爲文，因名肖愈，字紹元，既而改名字，以爲能開聖道之塗也。著書自號東郊野夫，又號補亡先生。宋開寶六年舉進士第，補宋州司寇參軍。太平興國中，擢右贊善大夫，選知常州，徙潤州，拜監察御史，後爲崇儀使，知全州，又知曹、邢二州。真宗即位，加如京使，知代州，徙忻州刺史。及契丹犯邊，開上書請車駕觀兵河朔，徙滄州，道病卒。宋史入文苑傳。○邵氏聞見録卷十五曰：「本朝古文，柳開仲塗、穆脩伯長首爲之唱。」清四庫書目卷百五十二曰：「宋朝變偶儷爲古文，實自開始。惟體近艱澀，是其所短耳。要其轉移風氣，於文格實爲有功也。」

應責

盛如梓庶齋老學叢談卷中之上引柳仲塗云「古文非在辭澀言苦」云云，即出此篇。王阮亭池北偶談卷十七曰：「予讀河東集但覺苦澀，初無好處，豈能言之而不能行耶？」清四庫書目卷一百五十二曰：「謂之明而未融則可，以爲初無好處，則已甚之詞也。」

或責曰：子處今之世，好古文與古人之道，其不思乎。苟思之，則子胡能食乎粟，衣乎帛，安于衆哉？衆人所鄙賤之，子獨貴尚之，孰從子之化也？忽焉將見子窮餓而死矣。以上設爲責者之言。

漢人所謂古文者，以字體言，以別於當時通行之今文耳。六朝人趨重藻采，故以有韻者謂之文，無韻者謂之筆。（文心雕龍總術曰：「今之常言，有文有筆，無韻者筆，有韻者文。」阮伯元曰：「所謂韻者，乃章句中之音韻，非但句末之韻脚也。」詳見梁茝林退菴隨筆卷十九。）至北周時，言文體者，有今古文之分。（周書柳虯傳曰：「時人論文體，有今古之分。」）及唐宋人所謂古文者，則以五經、周、秦、西漢爲宗，而別乎六朝之駢儷矣。（文筆之分，乃晉以後之俗説，抱朴子百家篇已知其非，而或者據之，以爲後人所謂古文者，乃古人所謂筆，此偏宕之言，不足信也。且如昌黎之文，原本五經，豈六朝人謂之筆者所能同日語？唐人謂孟詩韓筆，亦沿六朝之鄙説耳。）○獨貴，宋文鑑「獨」作「猶」。

柳子應之曰：於乎！天生德于人，聖賢異代而同出。其出之也，豈以汲汲于富貴，私豐于己之身也？將以區區于仁義，公行于古之道也。己身之不足，道之足，何患乎不足？道之不足，身之足，則孰與足？今之世與古之世同矣，今之人與古之人亦同矣。古之教民，以道德仁義；今之教民，亦以道德仁義。是今與古胡有異哉？以上言道不以古今而異。

於，古文「烏」字，「於乎」即「烏乎」，亦即「嗚呼」，已見張道濟盧思道碑注。○漢書楊雄傳顏注曰：「汲汲，欲速之意。」○漢書楊王孫傳曰：「何必區區獨守所聞？」此文「區區」，有局守區域之意。○論語顏淵篇：「有若曰：『百姓足，君孰與不足？百姓不足，君孰與足？』」此文略倣其句法。

古之教民者，得其位，則以言化之，是得其言也，衆從之矣。不得其位，則以書于後，傳授其人，俾知聖人之道易行。尊君，敬長，孝乎父，慈乎子，大哉斯道也，非吾一人之私者也，天下之至公者也。是吾行之，豈有過哉？且吾今栖栖草野，位不及身，將以言化于人，胡從于吾乎？故吾著書自廣，亦將以傳授于人也。以上言文所以傳道。

司馬子長報任少卿書曰：「僕誠以著此書，藏之名山，傳之其人，通邑大都。」○論語憲問篇：「微生畝謂孔子曰：何爲是栖栖者與？」韓非説難篇曰：「則以爲草野而倨侮。」案：集「栖」作「恓」，非是，今依文鑑。○吾乎，集「乎」作「矣」，文鑑同，吾友徐行可據拜經樓所藏舊鈔本校作「乎」，今從之。

子責我以好古文，子之言何謂爲古文？古文者，非在辭澀言苦，使人難讀誦之，在于古其理，高其意，隨言短長，應變作制，同古人之行事，是謂古文也。子不能味吾書，取吾意，今而視之，今而誦之，不以古道觀吾心，不以古道觀吾志，吾文無過矣。吾若從世之文也，安可垂教于民哉？亦自愧于心矣。以上言古文之法，非俗人所知。

古其理高其意，庶齋老學叢談引同。鈔本「理」「意」二字互易。○「今而視之」二句，言以今世之文視之誦之也。

欲行古人之道，反類今人之文，譬乎遊于海者乘之以驥，可乎哉？苟不可，則吾從于古文。吾以此道化于民，若鳴金石于宮中，衆豈曰絲竹之音，則以金石而聽之矣。食乎粟，衣乎帛，何不能安于衆哉？苟不從于吾，非吾不幸也，是衆人之不幸也。吾豈以衆人之不幸，易我之幸乎？縱吾窮餓而死，死即死矣，吾之道豈能窮餓而死之哉？吾之道，孔子、孟軻、楊雄、韓愈之道；吾之文，孔子、孟軻、楊雄、韓愈之文也。以上言好古文古道，未必即不安于衆，且即窮死，亦非所悔。

詩白華曰：「鼓鐘于宮。」○衆豈，文鑑「豈」作「且」，又句末有「也」字。○豈以，文鑑作「非以」。

子不思其言而妄責于我，責于我也即可矣，責于吾之文吾之道也，即子爲我罪人乎！結應起段。○河東文多苦澀，此篇則暢朗可誦，其論文尤見心得，可爲集中之冠。

孟子告子下曰：「五霸者，三王之罪人也。」

范希文

范仲淹，字希文，其先邠州人，後徙家江南，遂爲蘇州吳縣人。大中祥符八年，登進士第。仁宗時，西夏趙元昊反，仲淹爲陝西經略安撫招討副使，歷知延州、耀州，徙慶州，遷環慶路經略安撫緣邊招討使。復置陝西四路經略安撫招討使，以仲淹與韓琦、龐籍分領之。及元昊請和，召拜樞密副使、參知政事，尋出爲陝西河東宣撫使、兼陝西四路安撫使，歷知鄧、杭、青三州，徙知潁州，卒，贈兵部尚書，謚文正。宋史有傳。（詳見後歐陽永叔范公神道碑）

岳陽樓記

范文正公年譜曰：「慶曆六年丙戌，年五十八歲，公在鄧，（五年十一月乙未，轉給事中、資政殿學士、知鄧州。）九月十五日，作岳陽樓記，中有『先天下之憂而憂，後天下之樂而樂』之句，蓋允蹈之言也。」案：太平寰宇記曰：「江南西道岳州巴陵縣：岳陽樓，唐開元四年，張說自中書令爲岳州刺史，常與才士登此樓，有詩百餘篇，列於樓壁。」（此據古逸叢書補本，輿地紀勝亦引之。）案元豐九域志荆湖路，咸平二年分南北二路，岳州巴陵郡屬北路。輿地紀勝荆湖北路岳州引岳陽風土記曰：「岳陽樓，城西門樓也，下瞰洞庭，景物寬廣。」清統志曰：「湖南岳州府：岳陽樓，在巴陵縣（今岳陽縣）西門上。」○後山詩話卷二曰：「范文正公爲岳陽樓記，用對語説時景，世以爲奇，尹師魯讀之曰：『傳奇體爾。』」傳奇，唐裴鉶所著小説也。」

慶曆四年春，滕子京謫守巴陵郡。越明年，政通人和，百廢具興，乃重脩岳陽樓，增其舊制，刻唐賢今人詩賦于其上，屬余作文以記之。以上作記之由。

宋史滕宗諒傳曰：「宗諒字子京，河南人。與范仲淹同年舉進士。元昊反，知涇州。仲淹薦以自代，擢天章閣待制，徙慶州。御史梁堅劾奏宗諒，前在涇州費公錢十六萬貫。仲淹時參知政事，力救之，止降一官知虢州。中丞王拱辰論奏不已，復徙岳州。」元豐九域志曰：「荆湖北路岳州：巴陵郡，軍事，治巴陵縣。」案：即今湖南岳陽縣治。

余觀夫巴陵勝狀，在洞庭一湖。銜遠山，吞長江，浩浩湯湯，横無際涯，朝暉夕陰，氣象萬千。此則岳陽樓之大觀也，前人之述備矣。然則北通巫峽，南極瀟湘，遷客騷人，多會於此，覽物之情，得無異乎！以上略去巴陵形狀，而就登樓者覽物之情言之，引起「悲樂」二段。

元和郡縣志曰：「江南道岳州巴陵縣：昔羿屠巴蛇於洞庭，其骨若陵，故曰巴陵。」（輿地紀勝謂蜀劉巴卒葬岳陽，後人因號岳陽爲巴陵，恐非。）○水經湘水注曰：「湘水左會清水口，資水也，世謂之益陽江。湘水左則沅水注之，謂之横房口，東對微湖，世或謂之麇湖也。右屬微水，西流注於江，謂之麇湖口。湘水又北，左則澧水注之，世謂之武陵江。凡此四水，同注洞庭，北會大江，湖水廣圓五百餘里，日月若出没于其中。」元和郡縣志曰：「江南道岳州巴陵縣：洞庭湖，在縣西南一里五十步，周迴二百六十里。」清統志曰：「湖南岳州府：洞庭湖，在巴陵縣西南，每夏秋水漲，周圍八百餘里。」○書堯典僞孔傳曰：「湯湯，流貌；浩浩，盛大。」釋文曰：「湯音傷。」○水經江水注二曰：「江水又東逕巫峽，杜宇所鑿以通江水也。江水歷峽東逕新崩灘，其閒首尾百六十里，謂之巫峽，蓋因山爲名也。」清統志曰：「四川夔州府：巫山，在巫山縣東。」○中山經曰：「洞庭之山，帝之二女居之，是常遊于江淵，澧沅之風交瀟湘之淵。」郝蘭皋箋疏曰：「『瀟』當作『潚』，説文云：『潚，深清也。』水經云：『湘水北過羅縣西。』注云：『瀟者，水清深也。湘中記曰：湘川清照五六丈，是納瀟湘之名矣。』」案：清統志曰：「湖南永州府：湘江，自廣西全州（今改縣）流至黄沙河入東安縣境，一百七十里至石期市，入零陽縣境，又東流七十里，至湘口合瀟水，北流一百四十里，入祁陽縣境，又東北入衡州府常寧縣界。營水源出寧遠縣南，西流逕江華縣東，又北流逕道州（今改縣）東，又北流至零陵縣西入湘水。自道州以上，今謂之沲水，自道州以下，今謂之瀟水。」又曰：「瀟水在道州北，源出瀟山，東流入營水。州志：『瀟水源有三。一出瀟山，東流繞宜山，亦曰宜水，從州東北宜江口入沲水。一曰小瀟水，在小西門穿城入，由瀟源環繞玉城出，從玉城橋入沲水。一出寧遠縣九疑山，下流俱入湘。』今細考之，唯道州北出瀟山者爲瀟水，其下流皆營水故道也。出九疑山者，乃水經注之泠水，北合都溪以入營水者也。又零陵蔣本厚山水志云：『瀟水，一支出江華，一支出永明，一支出濂溪。』唯出濂溪者，猶爲近之；出江華者，乃以沲水爲瀟水；出永明者，以掩水爲瀟水。蓋後人以營水所經，統謂之瀟水，而遂不知有營水矣。」○騷人，已見賈幼鄰工部侍郎李公集序。○多會，集「多」作「都」，今依觀瀾文甲集及文鑑。

若夫霪雨霏霏，連月不開，陰風怒號，濁浪排空，日星隱耀，山岳潛形，商旅不行，檣傾檝摧，薄暮冥冥，虎嘯猨啼。登斯樓也，則有去國懷鄉，憂讒畏譏，滿目蕭然，感極而悲者矣。以上覽物而悲者。

爾雅釋天曰：「久雨謂之淫。」案：霪，後出字。○連月，文鑑「月」作「日」。○莊子齊物論曰：「夫大塊噫氣，其名爲風，作則萬竅怒呺。」○文選江賦李善注引埤蒼曰：「檣，帆柱也，才羊切。」○文鑑「檝」作「楫」，說文曰：「楫，櫂也。」「檝」與「楫」字同。

至若春和景明，波瀾不驚，上下天光，一碧萬頃，沙鷗翔集，錦鱗游泳，岸芷汀蘭，郁郁青青。此春晝景物。而或長煙一空，皓月千里，浮光躍金，靜影沈璧，漁歌互答，此樂何極。此秋夜景物。登斯樓也，則有心曠神怡，寵辱皆忘，把酒臨風，其喜洋洋者矣。以上覽物而喜者。○二段稍近俗豔，故師魯譏爲傳奇體也。

說文曰：「景，日光也。」○鮑明遠芙蓉賦曰：「戲錦鱗而夕映。」○後漢書馮衍傳注曰：「郁郁，香氣也。」詩淇澳「綠竹青青」，毛傳曰：「青青，茂盛貌。」釋文曰：「青，子丁反，本或作『菁』，音同。」○王子安上巳浮江序曰：「漁歌互起。」○皆忘，文鑑「皆」作「偕」。○詩衡門毛傳曰：「洋洋，廣大也。」

嗟夫！予嘗求古仁人之心，或異二者之爲，何哉？不以物喜，不以己悲。居廟堂之高，則憂其民；處江湖之遠，則憂其君。是進亦憂，退亦憂。然則何時而樂耶？其必曰：「先天下之憂而憂，後天下之樂而樂乎！」噫，微斯人，吾誰與歸？以上揭明主旨作結。時六年九月十五日。此文坊本多選之，其中二段寫情景處，殊失古澤，故或以爲俳。然「先天下而憂，後天下而樂」，實爲千古名言，故姚選不取而曾氏雜鈔録入也。

莊子讓王篇：「中山公子牟謂瞻子曰：身在江海之上，心居乎魏闕之下，奈何？」○「先天下之憂而憂」二句，神道碑以爲平日自誦之言（見後），蓋爲此記又自用之耳。觀瀾「乎」作「歟」。○禮記檀弓下：「趙文子曰：死者如可作也，吾誰與歸？」

穆伯長

穆脩，字伯長，鄆州人。（宋初河南道鄆州治須城縣，今山東東平縣治。）真宗東封泰山，詔舉齊魯經行之士，脩預選，賜進士出身，調泰州司理參軍。負才與衆齟齬，通判忌之，使人誣告其罪，貶池州。居歲餘，遇赦，久之，補潁州文學參軍，徙蔡州，卒。宋史入文苑傳。○宋史文苑傳曰：「自五代文敝，國初柳開始爲古文，其後楊億、劉筠尚聲偶之辭，天下學者靡然從之。脩於是時獨以古文稱，蘇舜欽兄弟多從之遊。」李㤅伯孟學齋日記乙集中曰：「參軍才無過人，學亦不競，惟生崑體極盛之世，獨矯割裂排比之習，以文從字順爲文，而說理明確。尹氏、歐陽出而推尊之，故名遂震爆。」（越縵堂日記第六册）

答喬適書

近辱書并示文十篇，終始讀之，其命意甚高。自及淮西來，嘗見人言足下少年樂古文，固耳聞而心存之。但未敢輒輕信人説，今遂果知足下能然。以上讀其文，知其果能樂古文。

本集文首有「月日河南穆脩白秀才足下」十一字，今依文鑑。○樂古文，文鑑「古」作「喜」。○輒輕信，文鑑無「輒」字。○今遂，文鑑無「今」字。

蓋古道息絶，不行于時已久。今世士子，習尚淺近，非章句聲偶之辭，不置耳目。浮軌濫轍，相跡而奔，靡有異塗焉。其間獨取以古文語者，則與語怪者同也。衆又排詬之，罪毁之，不目以爲迂，則指以爲惑，謂之背時遠名，闊于富貴。先進則莫有譽之者，同儕則莫有附之者。其人苟無自知之明，守之不以固，持之不以堅，則莫不懼而疑，悔而思，忽焉且復去此而即彼矣。噫！仁義忠正之士，豈獨多出于古，而鮮出于今哉？亦由時風衆勢，驅遷溺染之，使不得從乎道也。以上言古道不行于今。

章句聲偶，皆指作文，與經學家所謂章句者（如漢書藝文志所稱易施、孟、梁丘章句，書歐陽章句、大小夏侯章句等。）不同。文心雕龍章句篇所謂「宅情曰章，位言曰句」是也。聲謂聲律，文心雕龍聲律篇所謂「聲含宮商」是也。偶謂對偶，文心雕龍麗辭篇所謂「體植必兩，辭動有配」是也。○漢書平當傳顔注曰：「迹謂求其縱迹也。」案：「跡」與「迹」同。○塗，集作「途」，字同。○獨取，集「取」作「敢」。○爾雅釋詁曰：「闊，遠也。」○苟無，文鑑「無」作「失」。○忠正，文鑑「忠」作「中」。

觀足下十篇之文，則信有志于古矣。其書之問，則曰：「將學于今，則慮成淺陋，將學于古，則懼不得取名于世，學宜何旨？」引韓先生師説之説以求解惑爲請。足下當少秀之年，懷進取之機，又學古于仁義不勝之時，與之者寡，非之者衆，不得無惑于中焉，是以枉書見問。某不才而棄于時者也，何足爲人質其是非可否？徒以退拙無所用心，因得從事于不急之學，知舊者不識其愚且戇，或謂之爲好古焉，故足下以是厚相期待者，蓋感其聲而求其類乎？可不少復其意耶？試爲足下言之。以上因其以學古學今之惑來問而答之。

有志於古矣，集「古」下有「文」字，今依文鑑。○韓退之師説曰：「古之學者必有師，師者所以傳道受業解惑也。人非生而知之，孰能無惑？惑而不從師，其爲惑也終不解矣。」又學古，集「又」作「反」。○不識，文鑑作「不知」。○説文曰：「戇，愚也。」段注曰：「舊音下感反，今音讀竹巷反。」

夫學乎古者，所以爲道；學乎今者，所以爲名。道者，仁義之謂也；名者，爵祿之謂也。然則行道者有以兼乎名，守名者無以兼乎道。何者？行夫道者，雖固有窮達云耳，然而達于上也，則爲賢公卿，窮于下也，則爲令君子。其在上，則禮成乎君，而治加乎人；其在下，則順悦乎親，而勤脩乎身。窮也達也，皆本于善稱焉。守夫名者，亦固有窮達云耳，而皆反于是也。達于上也，何賢公卿乎？窮于下也，何令君子乎？其在上，則無所成乎君而加乎人；其在下，則無所悦乎親而脩乎身。窮也達也，皆離于善稱焉。故曰行道者有以兼乎名，守名者無以兼乎道。有其道而無其名，則窮不失爲君子；有其名而無其道，則達不失爲小人。與其爲名達之小人，孰若爲道窮之君子？矧窮達又各繫其時遇，豈古之道有負于人耶？以上言行道守名之得失，當求道不求名。

集「守」作「中」。○易繫辭上曰：「言出乎身加乎民。」○禮記中庸篇曰：「順乎親有道。反諸身不誠，不順乎親矣。」孟子離婁上「順」作「悦」。○豈古之道，文鑑「之」作「人」。

足下有志乎道而未忘乎名，樂聞于古而喜求于今，二者之心苟交存而無擇，將懼純明之性寖微，浮躁之氣驟勝矣。足下心明乎仁義，又學識其歸嚮，在固守而弗離，堅持而弗奪，力行而弗止，則必立乎名之大者矣。學之正僞有分，則文之指用自得，何惑焉？以上告以求道之方，所以解其惑也。不宣，某白。學古人之文以求其道，自昌黎以後，訖宋歐、曾、王諸家，皆同此法。伯長之文，雖未精奥深美，而明白曉暢，不用澀語奇字，自是文家正軌。

文選楊德祖答臨淄侯牋曰：「反荅造次，不能宣備。」吴虎臣（曾）能改齋漫録謂書尾用「不宣」語起此。（今漫録無此條，見野客叢書引。）王勉夫（楙）野客叢書卷十五謂，漢高祖初定天下，諸侯王上疏云云，末云「大王之德，著於後世，不宣，昧死再拜」，此正「不宣」之語所從出也。案：漢書高帝紀下本作「大王功德之著，後世不宣」，顔師古注曰：「言位號不殊，則功德之著明者，不宣於後世也，」是「後世不宣」四字爲句，與書尾所用「不宣」語意皆不同，王説非是。「不宣」二字，仍以楊德祖牋爲始也。魏道輔（泰）東軒筆録卷十五曰：「近世書問，自尊與卑，即曰『不具』；自卑上尊，即曰『不備』；朋友交馳，即曰『不宣』。三字義皆同，而創爲輕重之説，不知何人，世莫敢亂，亦可怪也。」周昭禮（煇）清波别志卷上曰：「五代劉岳書儀，以『不宣』『不備』分輕重，今之尺牘尤謹於此。文選楊修答臨淄王書末云云，乃併言之，蓋著裁剡不克周悉意，二字其果有輕重耶？」（今已無此分别）

尹師魯

尹洙，字師魯，河南人。（宋京西北路河南府河南縣，今河南洛陽縣治。）天聖二年進士第，舉書判拔萃，以王曙薦，充館閣校勘，遷太子中允。范仲淹貶知饒州，洙上疏請同貶，貶監郢州酒税。趙元昊反，大將葛懷敏辟爲經略判官，後知渭州，兼領涇原路經略公事，坐城水洛事與邊將異議，徙知慶州，又改晉州。董士廉詣闕上書，訟洙在渭州以公使錢貸部將，貶崇信軍節度副使，徙監均州酒稅。得疾，無醫藥，舁至南陽，卒。宋史有傳。○范希文尹師魯河南集序曰：「唐正元（即貞元）、元和之間，韓退之主盟于文，而古道最盛，懿、僖以降，寖及五代，其體薄弱。皇朝柳仲塗起而麾之，髦俊率從焉。仲塗門人能師經探道，有文於天下者多矣。洎楊大年以應用之才，獨步當世，學者刻辭鏤意，有希髣髴，未暇及古也。其間甚者，專事藻飾，破碎大雅，反謂古道不適於用，廢而弗學者久之。洛陽尹師魯，少有高識，不逐時輩，從穆伯長游，力爲古文。而師魯深於春秋，故其文謹嚴，辭約而理精，章奏疏議，大見風采，士林方聳慕焉。遽得歐陽永叔，從而大振之，由是天下之文一變，而其深有功於道歟！」

敍燕

歐陽永叔尹師魯墓誌銘曰：「師魯當天下無事時，獨喜論兵，爲敍燕、息戍二篇行于世。」宋史尹洙傳曰：「西北久安，洙作敍燕、息戍二篇，以爲武備不可弛。」

戰國世，燕最弱。二漢叛臣，持燕挾虜，蔑能自固。以公孫伯珪之彊，卒制於袁氏。獨慕容乘石虎亂乃并趙。雖勝敗異術，大概論其彊弱，燕不能加趙，趙、魏一，則燕固不敵。唐三盜連衡百餘年，虜未嘗越燕侵趙、魏，是燕獨能支虜也。自燕覆於虜，虜日熾大。顯德世，雖復三關，尚未盡燕南地。國初，虜與并合，勢益張，然止命偏師備禦，王師伐蜀伐吳，泰然不以兩河爲顧，是趙、魏足以制虜明矣。以上論趙、魏足以制燕，契丹雖得燕不足患。

趙策二：「蘇秦説趙王曰：燕固弱國，不足畏也。」○二漢叛臣，蓋指盧綰、盧芳等。漢書盧綰傳曰：「下詔立綰爲燕王，綰立六年以陳豨事見疑而敗。高祖崩，綰遂將其衆亡入匈奴。」後漢書盧芳傳曰：「立芳爲代王，芳入朝，南及昌平，有詔止令更朝明歲，芳自道還，憂恐，遂反，匈奴遣數百騎迎芳及妻子出塞。」○魏志公孫瓚傳曰：「瓚字伯珪，遼西令支人也。光和中，假瓚都督行事，到薊中，朝議以劉虞爲幽州牧，虞爲瓚所敗，出奔居庸，瓚攻拔居庸，執虞還薊，斬虞。袁紹遣麴義及虞子和擊瓚，瓚軍數敗，乃走還易京固守。建安四年，紹悉軍圍之，瓚乃自殺。」○晉書載記十曰：「慕容儁僭即燕王位，是時石季龍死，趙、魏大亂，儁將圖兼并之計，簡精卒二十餘萬以待期，及冉閔殺石祗，僭稱大號，儁遣慕容恪及相國封奕討冉閔於安喜，擒閔送之，斬於龍城。」十六國春秋後趙録曰：「石虎字季龍，勒之從子也。建武元年，廢勒子弘，稱居攝趙天王。三年，又僭稱大趙天王。太寧元年，僭皇帝位于南郊。」又曰：「石閔，虎之養孫也。本姓冉。」（虎卒，子世立。世兄遵殺世自立。其兄鑒又殺遵自立。閔又殺鑒自立，稱魏。）○唐三盜，謂盧龍、成德、魏博，即燕、趙、魏也。○新五代史記晉本紀曰：「高祖天福元年九月，敬瑭夜出北門，見耶律德光，約爲父子。十一月丁酉，皇帝即位，國號晉，以幽、涿、薊、檀、順、瀛、漠、蔚、朔、雲、應、新、嬀、儒、武、寰州入于契丹。」周本紀曰：「世宗顯德六年三月甲戌，北征。夏四月辛丑，取益津關，以爲霸州。癸卯，取瓦橋關，以爲雄州。」注曰：「世宗下三關，瓦橋、益津以建州及見，淤口關止置寨，故舊史、實録皆闕不書，遂不見其取得時日，今信安軍是也。」○新五代史東漢世家（宋史稱北漢）曰：「劉旻，漢高祖母弟也。初名崇。以周廣順元年正月戊寅，即皇帝位于太原。遣通事舍人李𧦬閒行使于契丹，契丹永康王兀欲與旻約爲父子之國。旻乃遣宰相鄭珙致書兀欲，稱姪皇帝，以叔父事之而已。旻卒，子承鈞立。承鈞遣人奉表契丹，自稱『男』，述律荅之以『詔』，呼承鈞爲『兒』，許其嗣位。」○元和郡縣志曰：「河東太原府：禹貢冀州之域。」禹貢曰「既修太原」，注曰：「高平曰原，今以爲郡名。」舜典曰「肇十有二州」，王肅注曰：「舜爲冀州之北太廣，分置并州。至夏復爲九州，省并州合於冀州。周之九州，復置并州。」釋名曰：「并，兼也。言其州或并或設，因以爲名。」（釋州國）○左桓六年杜注曰：「張，自侈大也。」釋文曰：「張，豬亮反。」○左宣十二年曰：「彘子以偏師陷。」○宋史太祖本紀曰：「乾德二年十一月甲戌，命忠武軍節度使王全斌爲西川行營前軍兵馬都部署，武信軍節度崔彦進副之，將步騎三萬出鳳州道；江寧軍節度使劉光義爲西川行營前軍兵馬都部署，樞密承旨曹彬副之，將步騎二萬出歸州道，以伐蜀。三年春正月乙酉，蜀主孟昶降，得州四十五，縣一百九十八，户五十三萬四千三十有九。開寶七年九月癸亥，命宣徽南院使、義成軍節度使曹彬爲西南路行營馬步軍戰櫂都部署，山南東道節度使潘美爲都監，潁州團練使曹翰爲先鋒都指揮使，將兵十萬出荆南，以伐江南。八年十一月乙未，曹彬克昇州，俘其國主煜，江南平，凡得州十九，軍三，縣一百八十，户六十五萬五千六十。」

并寇既平，悉天下鋭，專力於虜，不能攘尺寸地。頃嘗以百萬衆駐趙、魏，訖敵退莫敢抗，世多咎其不戰。然我衆負城，有内顧心，戰不必勝，不勝則事亟矣，故不戰未當咎也。原其弊，在兵不分。設兵爲三，壁于争地，掎角以疑其兵，頓堅城之下，乘閒夾擊，無不勝矣。蓋兵不分有六弊：使敵畜勇以待戰，無他支梧，一也；我衆則士怠，二也；前世善將兵者，必問幾何，今以中才盡主之，三也；大衆儻北，彼遂長驅，無復顧忌，四也；重兵一屬，根本虛弱，纖人易以干説，五也；雖委大柄，不無疑貳，復命貴臣監督，進退皆由中御，失於應變，六也。兵分則盡易其弊，是有六利也。以上論兵不分之害。

宋史太宗紀曰：「太平興國四年春正月，遣官分督諸州軍儲，輸太原行營。庚寅，以宣徽南院使潘美爲北路都招討制置使，分命節度使河陽崔彦進、彰德李漢瓊、彰信劉遇、桂州觀察使曹翰，副以衞府將直四面進討。辛卯，命雲州觀察使郭進爲太原石嶺關都部署，以斷燕薊援師。夏四月辛未，幸太原城，詔諭北漢主劉繼元使降。五月甲申，繼元降，北漢平，凡得州十，縣四十，户三萬五千二百二十。」○左傳四年杜注曰：「攘，除也。」案：此猶言「開斥」，司馬長卿難蜀父老曰：「隨流而攘。」○「百萬衆駐趙、魏」云云，按之真宗時事殊不合。咸平二年、四年、六年，契丹入寇，皆與之戰，不得云「訖敵退莫敢抗」。至景德元年，真宗親征，幸澶州，契丹數戰不利，和議始成，雖戒諸臣勿出兵要其歸路，而楊延朗獨率所部兵抵契丹界，破古城，俘馘甚衆。此云莫敢抗者，亦與當日情形不甚合。唯仁宗天聖二年冬，契丹大閲，聲言獵幽州，朝廷患之，以問二府，皆請備粟練師，以待不虞。樞密副使張知白獨言：「契丹修好未遠，今其舉兵者，以上初政，覦試朝廷耳，豈可自生釁耶？若終以爲疑，莫如因今河決，以防河爲名，萬一有變，亦足應用。」未幾，契丹果罷去。（續資治通鑑長編卷一百二）疑此時有駐兵趙、魏之事，恐未及百萬衆耳。豈史有不詳耶？抑就景德元年事而甚言之耶？○左襄十四年：「戎子駒支曰：譬如捕鹿，晉人角之，諸戎掎之。」○史記淮陰侯傳：「廣武君曰：今將軍欲舉倦弊之兵，頓之燕堅城之下。」○史記項羽本紀曰：「諸將皆慴服，莫敢枝梧。」集解引如淳曰：「梧音悟，『枝梧』猶『枝捍』也。」又引傅瓚曰：「小柱爲枝，斜柱爲梧，今屋枝邪柱是也。」「支梧」即「枝梧」，文鑑作「捂」。捂，「牾」之借字；捂，「牾」之俗字。○史記淮陰侯傳：「上問曰：『如我能將幾何？』信曰：『陛下不過能將十萬，臣多多而益善耳。陛下不能將兵而善將將。』」○史記樂書曰：「北者，敗也。」○長驅，集無「長」字，依文鑑增。○說文曰：「纖，細也。」案：細人謂小人也。文中子事君篇曰：「謝莊、王融，古之纖人也，其文碎。」與此異。

勝敗兵家常勢，悉內以擊外，失則舉所有以棄之，苻堅淝水、哥舒翰潼關是也。是則制敵在謀不在衆。以趙、魏、燕南，益以山西，民足以守，兵足以戰，分而帥之，將得專制，就使偏師挫衄，它衆尚奮，詎能繫國安危哉？故師覆於外，而本根不搖者，善敗也。昔者，六國有地千里，師敗于秦，散而復振，幾百戰猶未及其都，守國之固也。陳勝、項梁舉關東之衆，朝敗而夕滅，新造之勢也。以天下之廣，謀其國不若千里之固，而襲新造之勢，徼幸於一戰，庸非惑哉？以上論兵分而國本益固。

舊唐書裴度傳：「憲宗曰：一勝一負，兵家常勢。」○晉書孝武紀曰：「太元八年八月，苻堅帥衆渡淮，遣征討都督謝石、冠軍將軍謝玄、輔國將軍謝琰、西中郎將桓伊等距之。冬十月，諸將及苻堅戰于肥水，大破之，俘斬數萬計。」通鑑晉紀二十七曰：「孝武帝太元八年，秦王堅下詔大舉入寇。八月戊午，堅遣陽平公融督張蚝、慕容垂等步騎二十五萬爲前鋒。十一月，秦兵逼肥水而陳，晉兵不得渡。謝玄遣使謂融曰：『君懸軍深入，而置陳逼水，此乃持久之計，非欲速戰者也。若移陳少卻，使晉兵得渡以決勝負，不亦善乎？』融遂麾兵使卻，秦兵遂退，不可復止。謝玄、謝琰、桓伊等引兵渡水擊之，融馬倒，爲晉兵所殺，秦兵遂潰。玄等乘勝追擊，至于青岡，秦兵大敗，自相蹈藉而死者，蔽野塞川，其走者，聞風聲鶴唳，皆以爲晉兵且至，晝夜不敢息。草行露宿，重以飢凍，死者什七八。初，秦兵少卻，朱序在陳後呼曰：『秦兵敗矣。』衆遂大奔。堅中流矢，單騎走至淮北，謂張夫人曰：『吾今復何面目治天下乎？』」○舊唐書玄宗紀曰：「天寶十四載十一月，范陽節度使安禄山率蕃漢之兵十餘萬，自幽州南向詣闕，以誅楊國忠爲名。十二月，以哥舒翰爲太子先鋒兵馬元帥，守潼關。十五載六月，哥舒翰將兵八萬，與賊將崔乾祐戰于靈寶西原，官軍大敗，死者十六七。哥舒翰至潼關，爲其帳下火拔歸仁以左右數十騎執之降賊，關門不守。」哥舒翰傳曰：「翰至潼關，素有疾，至是頗甚，委政於司馬田良丘，教令不一，人無鬬志。先是翰數奏，禄山雖竊河朔，而不得人心，請持重以弊之，擒茲寇矣。楊國忠恐其謀已，屢奏使出兵，中使相繼督責。翰不得已，引師出關。六月四日，次於靈寶縣之西原。八日，與賊交戰，官軍南迫險峭，北臨黄河。崔乾祐以數千人先據險要，翰及良丘等浮船中流，以觀進退，謂乾祐兵少，輕之。遂促將士令進，争路擁塞，無復隊伍。午後東風急，乾祐以草車數十乘，縱火焚之，烟燄亘天，將士掩面，開目不得，因爲凶徒所乘，王師自相排擠，墜於河。後者見前軍陷敗，悉潰，填委於河，死者數萬人。軍既敗，翰與數百騎馳而西歸，爲火拔歸仁執於賊。」○史記陳涉世家曰：「章邯進兵擊陳西張賀軍，陳王出監戰，軍破，張賀死。臘月，陳王之汝陰，還至下城父，其御莊賈殺以降秦。陳勝葬碭，謚曰隱王。」項羽本紀曰：「項梁再破秦軍，項羽等又斬李由，益輕秦，有驕色。秦悉起兵益章邯，擊楚軍，大破之定陶，項梁死。」

兵久弭，士大夫誦聖，謂百世不復用，非甚妄者不談。然兵果廢則已，儻後世復用之，鑒此少以悟世主，故迹其勝敗云。以上揭明作文本旨。○氣勢雖未雄厚，而議論剴切，無拔劍張弓之態，可見學養，若一味叫囂，品斯下矣。

左襄二十七年曰：「宋向戌欲弭諸侯之兵。」○賈生陳政事疏曰：「後世誦聖。」李㤅伯曰：「師魯文筆警特，議論通達，似唐之杜牧之，而正平較勝，色澤差減耳。然宋人如張、晁以下，皆不及也。歐陽文忠稱其簡而有法，知言哉！」（荀學齋日記丁集下）

歐陽永叔

歐陽脩，字永叔，廬陵人。（宋江南西路吉州廬陵縣，今江西廬陵縣治。）天聖八年舉進士，試南宮第一，擢甲科，試祕書省校書郎，充西京留守推官，入朝爲館閣校勘。坐范仲淹貶，貽書責高若訥，貶夷陵令。久之，復校勘，進集賢校理。慶曆三年，知諫院，拜右正言，知制誥。時杜衍、富弼、范仲淹等以黨議去朝，脩慨然上疏，於是敵黨益忌之，因其甥張氏獄誣以罪，雖得白，猶左遷知滁州。嘉祐五年，拜樞密副使。六年，參知政事，與韓琦同心輔政。神宗即位，力求退，罷爲觀文殿學士、刑部尚書，知亳州、青州，徙蔡州，連乞謝事。又以請止散青苗錢，爲王安石所詆，故求歸愈切。熙寧四年，以太子少師致仕。五年，卒，贈太子太師，謚文忠。宋史有傳。○永叔之文，蘇明允（上歐陽內翰書）、王介甫（祭歐陽公文）形容最肖。此外可參酌者，韓稚圭曰：「公與尹師魯專以古文相尚，而公得之自然，非學所至，超然獨騖，衆莫能及。自漢司馬遷没，幾千年，而唐韓愈出。愈之後又數百年，而公始繼之。氣燄相薄，莫較高下。」（歐陽公墓誌銘）蘇子瞻曰：「歐陽子論大道似韓愈，論事似陸贄，記事似司馬遷。」（居士集序）蘇子由曰：「公之於文，天材有餘，豐約中度，雍容俯仰，不大聲色，而義理自勝，短章大論，施無不可。」（歐陽公神道碑）雖不免推崇太過，然亦各有所見。要之，永叔學昌黎，而才力不逮，然能變化，自成一家，故可繼韓公之後，而雄視一代也。

五代史記一行傳序

郡齋讀書志卷五曰：「五代史記七十五卷，歐陽永叔以薛居正史繁猥失實，重加修定，藏於家。永叔没後，朝廷聞之，取以付國子監刊行。」清四庫書目曰：「本名新五代史記，世稱五代史者，省其文也。」案：歐史七十四卷，此合目録一卷計之，故云七十五卷。○范蔚宗後漢書有獨行傳，此云一行，蓋取其意。

嗚呼！五代之亂極矣，傳所謂「天地閉，賢人隱」之時歟！當此之時，臣弑其君，子弑其父，而搢紳之士安其禄而立其朝，充然無復廉恥之色者，皆是也。吾以謂自古忠臣義士，多出於亂世，而怪當時可道者何少也。感喟無窮。豈果無其人哉？虚轉，不落平實。雖曰干戈興，學校廢，而禮義衰，風俗隳壞，至於如此，頓挫。然自古天下未嘗無人也。吾意必有潔身自負之士，嫉世遠去而不可見者。自古賢材，有韞于中而不見於外。再提，總不使一直筆。或窮居陋巷，委身草莽。雖顏子之行，不遇仲尼而名不彰。得此爲證，乃不空衍。況世變多故，而君子道消之時乎？吾又以謂必有負材能，修節義，而沈淪於下，泯没而無聞者。汪武曹曰：「惜其泯没無聞是主。」總敘立傳之旨，而一字百轉，淋漓感慨，悲涼嗚咽，最爲歐公長技。求之傳記，而亂世崩離，文字殘缺，不可復得，然僅得者四五人而已。

歐陽文忠集附歐陽伯和（名發，永叔子）等述曰：「先公撰五代史七十四卷，褒貶善惡，爲法精密，發論必以『嗚呼』，曰：『此亂世之書也。』」○易坤文言曰：「天地閉，賢人隱。」又曰：「臣弑其君，子弑其父，非一朝一夕之故，其所由來者漸矣。」案：弑君，如梁太祖朱全忠、唐廢帝王從珂、晉高祖石敬瑭、周太祖郭威皆是；弑父，梁郢王朱友珪是。○史記封禪書集解引李奇曰：「搢，插也。插笏於紳，紳，大帶。」漢書郊祀志作「縉」。荀子禮論篇楊倞注曰：「『縉』與『搢』同。」史記五帝本紀贊曰：「薦紳先生難言之。」集解引徐廣曰：「薦紳即搢紳也，古字假借。」○荀子子道篇曰：「顏色充盈。」○論語雍也篇：「子曰：『賢哉回也！在陋巷不改其樂。』」○孟子萬章下曰：「在野曰草莽之臣。」○史記伯夷傳曰：「伯夷、叔齊雖賢，得夫子而名益彰；顏子雖篤學，附驥尾而行益顯。」

處乎山林而羣麋鹿，雖不足以爲中道，然與其食人之禄，俛首而包羞，孰若無愧於心，放身而自得？吾得二人焉，曰鄭遨、張薦明。此隱居不污者。勢利不屈其心，去就不違其義，吾得一人焉，曰石昂。此以義自守者。苟利於君，以忠獲罪，而何必自明？有至死而不言者，此古之義士也，吾得一人焉，曰程福贇。此以忠獲罪者。五代之亂，君不君，臣不臣，父不父，子不子，至於兄弟夫婦，人倫之際，無不大壞，而天理幾乎其滅矣。於此之時，能以孝弟自修於一鄉，而風行於天下者，猶或有之，然其事迹不著，而無可紀次，獨其名氏或因見於書者，吾亦不敢没。而其略可録者，吾得一人焉，曰李自倫。此篤於倫紀者。作一行傳。劉海峯曰：「慨歎淋漓，風神蕭颯。」

劉孝標廣絶交論曰：「獨立高山之頂，歡與麋鹿爲羣。」○説文曰：「頫，低頭也。」重文作「俛」。易否六三曰：「包羞。」○鄭遨張薦明傳略曰：「鄭遨，字雲叟，滑州白馬人也。入少室山爲道士。唐明宗時以左拾遺，晉高祖時以諫議大夫召之，皆不起，即賜號爲逍遥先生。與遨同時有張薦明者，燕人也。少以儒學遊河朔，後去爲道士，通老子、莊周之説，高祖賜號通玄先生。」○石昂傳略曰：「石昂，青州臨淄人也。節度使符彦習高其行，召以爲臨淄令。習入朝京師，監軍楊彦朗知留後事，昂以公事至府上謁，贊者以彦朗諱『石』，更其姓曰『右』，昂趨于庭，仰責彦朗曰：『内侍奈何以私害公？昂姓石，非右也。』昂即趨出，解官還于家。」○程福贇傳略曰：「程福贇者，不知其世家。晉出帝時，爲奉國右廂都指揮使。開運中，契丹入寇，出帝北征，奉國軍士乘閒，夜縱火焚宮，欲因以爲亂。福贇身自救火被傷，火滅而亂者不得發。福贇以爲契丹且大至，而天子在軍，京師空虚，不宜以小故動摇人聽，因匿其事不以聞。軍將李殷誣福贇與亂者同謀，不然何以不奏？出帝下福贇獄，人皆以爲冤。福贇終不自辯，以見殺。」○「君不君」四句，見論語顏淵篇齊景公語。○禮記樂記曰：「好惡無節於內，知誘於外，不能反躬，天理滅矣。」○李自倫傳略曰：「李自倫者，深州人也。天福四年正月，尚書户部奏，深州司功參軍李自倫，六世同居。按驗不妄，敕以所居飛鳧鄉爲孝義鄉，匡聖里爲仁和里，准式旌表門閭。」

五代史記伶官傳序

嗚呼！盛衰之理，雖曰天命，豈非人事哉？汪曰：「『盛衰』二字是眼目，人事是主意。」李剛己曰：「三句縮攝通篇。」○起勢橫空而來，神氣甚遠，惜爲後人襲成濫調，不可復用矣。原莊宗之所以得天下，與其所以失之者，可以知之矣。三句弱，故劉海峯擬刪去。然古人之文，心知其失可也，不宜以意妄改。

世言晉王之將終也，以三矢賜莊宗，而告之曰：「梁，吾仇也。燕王吾所立，契丹與吾約爲兄弟，而皆背晉以歸梁。此三者，吾遺恨也，與爾三矢，爾其無忘乃父之志。」莊宗受而藏之于廟，其後用兵，則遣從事以一少牢告廟，請其矢，盛以錦囊，負而前驅，及凱旋而納之。李曰：「此段敘事，筆勢騫舉。」○張廉卿曰：「敘事華嚴處，得自史記，子固、介甫所希。」

新五代史記唐本紀曰：「沙陀朱邪赤心，賜姓名曰李國昌，國昌子克用，用破黄巢功，封克用隴西郡王。乾寧二年，拜克用忠正平難功臣，封晉王。天祐五年正月辛卯，克用卒。」舊五代史唐書武皇紀曰：「太祖武皇帝諱克用，本姓朱邪氏。天祐五年，崩于晉陽。莊宗即位，追謚武皇帝，廟號太祖。」○舊五代史唐書莊宗紀曰：「莊宗諱存勗，武皇帝之長子也。天成元年，有司上謚曰光聖神閔孝皇帝，廟號莊宗。」○王元之（禹偁）五代史闕文曰：「世傳武皇臨薨，以三矢付莊宗，曰：『一矢討劉仁恭，汝不先下幽州，河南未可圖也。一矢擊契丹。』且曰：『阿保機與吾把臂而盟，結爲兄弟，誓復唐家社稷，今背約附梁，汝必伐之。一矢滅朱温。汝能成吾志，死無憾矣。』莊宗藏三矢於武皇廟廷。及討劉仁恭，命幕吏以少牢告廟，請一矢，盛以錦囊，使親將負之，以爲前驅。凱旋之日，隨俘馘納矢於太廟。伐契丹、滅朱氏亦如之。」案：此蓋永叔所本。通鑑考異卷二十八曰：「按薛史契丹傳：『莊宗初嗣位，亦遣使告哀，賂以金繒，求騎軍以救潞州，契丹荅其使曰：「我與先王爲兄弟，兒即吾兒也，寧有父不助子邪？」許出師，會潞州平而止。』廣本：『劉守光爲守文所攻，屢求救於晉。晉王遣將部兵五千救之。』然則於時莊宗未與契丹及守光爲仇也，此蓋後人因莊宗成功，撰此事以誇其英武耳。」胡梅磵曰：「晉王實怨燕與契丹，垂没以屬莊宗，容有此理。莊宗之告哀於阿保機，與遣兵救劉守光，此兵法所謂將欲取之，必固與之也，其心豈忘父之治命哉？觀後來之事可見已。」姚薑塢援鶉堂筆記卷三十四曰：「劉仁恭父子未嘗事梁，又克用爲燕攻潞州以解梁圍，迄守光之立，克用之卒，未有交兵事。又契丹傳云：『晉王憾契丹之附梁，臨卒，以一箭授莊宗，期必滅契丹。』則云滅燕還矢事虚也。想考異不過有疑於此，然公云世言，想别有本，又不載之傳記，而虚寄之於論以致慨，又何害也？」○新史唐紀曰：「中和四年，黄巢脱身走，克用追之，不及而還，過汴州，朱全忠饗克用於上源驛，夜酒罷，克用醉卧，伏兵發，火起，侍者郭景銖滅燭，匿克用牀下，以水醒面而告以難。會天大雨滅火，克用隨電光，縋尉氏門出，還軍中。七月至于太原，訟其事于京師，請加兵於汴。僖宗和解之。克用八上表請討全忠，僖宗不許。天復二年，梁軍圍太原，克用大懼，謀出奔，未決，梁軍大疫，解去。七年，梁滅唐，克用稱天祐四年。」○新史唐紀曰：「乾寧元年冬，攻幽州，李匡儔棄城走，以劉仁恭爲留後。」又雜傳劉守光傳曰：「守光，深州樂壽人也。其父仁恭，事幽州李可舉，可舉死，子匡威使戍蔚州。匡威爲弟匡儔所逐，仁恭攻幽州，戰敗，奔于晉。乾寧元年，晉擊破匡儔，乃以仁恭爲幽州留後，留其親信燕留得等十餘人監其軍。爲之請命于唐，拜檢校司空、盧龍軍節度使。」案：守光始稱燕王，此則指仁恭，蓋統言之耳。○新史唐紀曰：「天復五年，克用會契丹阿保機於雲中，約爲兄弟。」四夷附録曰：「晉王李克用使人聘於契丹，阿保機以兵三十萬會克用於雲州東城，置酒。酒酣，握手約爲兄弟。克用贈以金帛甚厚，期共舉兵擊梁。阿保機遺晉馬千匹。」○舊史僭僞劉守光傳曰：「乾寧三年，武皇遣李存信攻魏州，徵兵于燕。仁恭託以契丹入寇，俟敵退聽命。四年，復徵兵于仁恭，數月之間，使車結轍。仁恭辭旨不遜，武皇以書讓之。仁恭覽書嫚罵，拘其使人，晉之戍兵在燕者，皆拘之。八月，武皇討仁恭。九月，次安塞軍，渡木瓜澗，大爲燕軍所敗，死傷大半。既而仁恭告捷于梁祖，梁祖表仁恭加平章事。」新史四夷附録曰：「阿保機既歸而背約，遣使者袍笏梅老聘梁，梁遣太府卿高頃、軍將郎公遠等報聘。逾年，頃還，阿保機遣使者解里隨頃以良馬、貂裘、朝霞錦聘梁，奉表稱臣，以求封册。」○通典職官十四曰：「漢制，部郡國有從事史，漢魏之際，復增祭酒、文學從事員，晉又有武猛從事員。」唐以來無從事官名，此則泛指掾屬耳。○儀禮少牢饋食禮賈疏引鄭目録曰：「羊豕曰少牢。」○「凱」「愷」字同。周禮大司馬鄭注曰：「兵樂曰愷。」左僖二十八年曰：「振旅愷以入于晉。」

方其係燕父子以組，函梁君臣之首，入於太廟，還矢先王，而告以成功，其意氣之盛，可謂壯哉！沈確士曰：「頓挫雄健。」李曰：「迴應『盛』字。」○曾曰：「以上『盛』。」及仇讎已滅，天下已定，一夫夜呼，亂者四應，倉皇東出，未及見賊，而士卒離散，君臣相顧不知所歸，至於誓天斷髮，泣下沾襟，何其衰也！李曰：「迴應『衰』字。」又曰：「自『方其係燕父子以組』以下數行文字，橫空而來，如風水相搏，洪濤鉅浪，忽起忽落，極天下之壯觀，而聲情之沈鬱，氣勢之淋漓，與史公亦極爲相近也。」〇曾曰：「以上『衰』。」豈得之難而失之易歟？李曰：「迴應『得』『失』二字。」抑本其成敗之迹，而皆自於人歟？李曰：「迴應『豈非人事』。」又曰：「歸重人事，是通篇主意所在，妙在用筆紆徐宕漾，不參死語，故文外有含蓄不盡之意。」書曰：「滿招損，謙受益。」憂勞可以興國，逸豫可以亡身，自然之理也。汪曰：「抉出所以盛衰之故，歸在人事上。」故方其盛也，舉天下之豪傑，莫能與之爭；李曰：「承上文『方其係燕父子以組』數句言。」及其衰也，數十伶人困之，而身死國滅，爲天下笑。李曰：「承上文『及仇讎已滅』數句言。」又曰：「此數語雖仍就後唐之盛衰反覆詠歎，而神氣已直注於結末三句。」夫禍患常積於忽微，而智勇多困於所溺，李曰：「千古名言。」豈獨伶人也哉？汪曰：「推廣言之，更見包舉。要之，不重在推廣上，只是不肯用正筆順筆作收耳。」李曰：「推開作結，有煙波不盡之勢，所謂篇終接混茫者也。」作伶官傳。茅鹿門曰：「此等文章，千年絕調。」沈曰：「抑揚頓挫，得史記神髓，五代史中第一篇文字。」劉曰：「跌宕遒逸，風神絕似史遷。」

新史劉守光傳曰：「梁乾化元年八月，自號大燕皇帝，改元曰應天。明年，晉遣周德威攻燕，破其城，執仁恭及其家族三百口。守光走滄州，被擒送幽州，晉王命械守光並其父仁恭以從軍。晉王至太原，仁恭父子曳以組練，獻於太廟。」〇舊史梁書末帝紀曰：「末帝諱瑱，初名友貞，太祖第四子也。（新史云第三子，此兼假子友文數之。）龍德三年十月，唐軍長驅將至，帝召控鶴都將皇甫麟謂之曰：『吾與晉人世讎，不可俟彼刀鋸，卿可盡我命。』麟進刀於建國樓之廊下，帝崩。麟即時自剄。唐帝入東京，詔河南尹張全義收葬之，其首藏於太社。」通鑑後唐紀一曰：「同光元年冬十月辛巳，詔王瓚收朱友貞尸，殯於佛寺，漆其首函之，藏於太社。」○舊史莊宗紀曰：「同光四年，郭崇韜誅，人情震駭。訛言云，帝已晏駕，其言播於鄴市。貝州軍士皇甫暉等，因夜聚蒲博不勝，遂作亂。帝命元行欽討，久而無功，乃命嗣源行營。三月壬子，李嗣源領軍至鄴都，是夜城下軍亂，迫嗣源爲帝。元行欽請車駕幸汴州，嗣源已入於汴。帝聞諸軍離散，精神沮喪，至萬勝鎮，即命旋師，登路旁荒塚置酒，視諸將流涕。甲戌，次石橋，帝置酒野次，悲啼不樂，謂元行欽等曰：『卿等如何？』元行欽等百餘人垂泣而奏曰：『乞申後効，以報國恩。』於是百餘人皆援刀截髮，以斷首自誓，上下無不悲號。」○「滿招損」二句，書僞大禹謨之文。案：新史「受」作「得」，崇古文訣依書作「受」，今從之。○本傳曰：「敗政亂國者，有景進、史彥瓊、郭門高三人爲最。郭門高者，名從謙，門高其優名也。李嗣源兵反嚮京師，莊宗東幸汴州，至萬勝，不得進而還，軍士離散。居數日，復東幸汜水。四月丁亥朔，朝羣臣于中興殿。莊宗入食內殿。從謙自營中露刃注矢，馳攻興教門，與黃甲軍相射。莊宗聞亂，率諸王衞士擊亂兵，出門，亂兵縱火焚門，緣城而入，從樓上射帝，帝傷重，踣于絳霄殿廊下。至午時，帝崩。」趙策一曰：「知伯身死國亡地分，爲天下笑。」

蘇氏文集序

居士集原注曰：「皇祐三年。」○宋史藝文志有蘇舜欽集十六卷。郡齋讀書志卷十九、直齋書録解題卷十七、文獻通考經籍考六十一，皆載蘇舜欽滄浪集十五卷。通志藝文略八亦稱蘇子美集十五卷。永叔序言十卷。今蘇學士集十六卷，與宋志同。清四庫書目卷一百五十二謂後人又有所續入，是也。

予友蘇子美之亡後四年，始得其平生文章遺藁於太子太傅杜公之家，而集録之，以爲十卷。子美，杜氏壻也，遂以其集歸之，而告于公曰：斯文，金玉也，棄擲埋没糞土，不能銷蝕。其見遺于一時，必有收而寶之于後世者。雖其埋没而未出，其精氣光怪，已能常自發見，而物亦不能掩也。故方其擯斥摧挫，流離窮厄之時，文章已自行于天下。雖其怨家仇人，及嘗能出力而擠之死者，至其文章，則不能少毁而揜蔽之也。唐介軒曰：「極力摹寫，大爲文章吐氣。」凡人之情，忽近而貴遠，唐曰：「又推進一層。」子美屈于今世猶若此，其伸于後世宜如何也。公其可無恨。曾曰：「以上言子美文必伸於後世。」

永叔湖州長史蘇君墓志銘曰：「君諱舜欽，字子美。其上世居蜀，後徙開封，爲開封人。舉進士中第，范文正公薦君，召試，得集賢校理。於是時，范文正公與今富丞相多所設施，而小人不便，思有以撼動，未得其根。以君文正公之所薦，而宰相杜公壻也，乃以事中君，坐監進奏院祠神奏用市故紙錢會客爲自盜，除名。君攜妻子居蘇州，買水石作滄浪亭，居數年，復得湖州長史。慶曆八年十二月某日，以疾卒於蘇州，享年四十有一。」案：慶曆八年，明年改元皇祐，故皇祐三年，正子美亡後四年也。○永叔杜祁公墓誌銘曰：「杜公諱衍，字世昌，越州山陰人也。以太子太師致仕，累遷太子太保、太傅、太師，封祁國公於其家。女，長適集賢校理蘇舜欽。」宋史職官志曰：「太子太師、太傅、太保爲從一品。」○蘇君墓誌銘曰：「故湖州長史蘇君有賢妻杜氏，自君之喪，布衣疏食，居數歲，提君之孤子，斂其平生文章走南京，（宋以應天府爲南京，今河南商丘縣。杜衍致仕後，寓居南京。）號泣於其父曰：『吾夫屈於生，猶可伸於死。』其父太子太師以告於予，予爲集次其文而序之。」又曰：「君先娶鄭氏（子美有亡妻鄭氏墓誌銘），後娶杜氏。」〇「蔽」字下，居士集原注曰：「一無此字。」〇漢書楊雄傳贊：「桓譚曰：凡人賤近而貴遠。」

予嘗考前世文章政理之盛衰，沈曰：「開。」而怪唐太宗致治幾乎三王之盛，而文章不能革五代之餘習。後百有餘年，韓李之徒出，然後元和之文始復于古。唐衰兵亂，又百餘年，而聖宋興，天下一定，晏然無事，又幾百年，而古文始盛于今。自古治時少而亂時多，幸時治矣，文章或不能純粹，或遲久而不相及，何其難之若是歟？豈非難得其人歟？沈曰：「極言振興文運之難，愈見子美之可惜。」苟一有其人，又幸而及出于治世，世其可不爲之貴重而愛惜之歟？嗟吾子美！嗚咽之音，千古如見，此等提接之法，最爲可愛。以一酒食之過，至廢爲民，而流落以死，此其可以歎息流涕，而爲當世仁人君子之職位宜與國家樂育賢材者惜也。沈曰：「此當作長句一氣讀。」〇曾曰：「以上言子美生於治世又能文，而竟以才廢。」

新唐書太宗本紀贊曰：「盛哉太宗之烈也！其除隋之亂，比迹湯武；致治之美，庶幾成康。自古功德兼隆，自漢以來未之有也。」〇北史序傳曰：「洎紫氣南浮，黃旗東徙，時更五代，年且三百。」是五代指晉、宋、齊、梁、陳也。續通鑑長編卷二百七十五：「熙寧九年五月癸酉，上曰：唐太宗亦英主也，乃學庾信爲文，此亦識見無以勝俗故也。」蘇子瞻書潭州石刻法帖曰：「唐太宗作詩至多，亦有徐庾風氣，世不傳，獨於初學記時時見之。」（見容齋四筆卷十）困學紀聞卷十四曰：「鄭毅夫謂：『唐太宗功業雄卓，然所爲文章，纖靡浮麗，嫣然婦人小兒嬉笑之聲，不與其功業稱。甚矣，淫辭之溺人也。』神宗聖訓亦云：『唐太宗英主，乃學徐庾爲文。』」原注曰：「温泉銘、小山賦之類可見。」○唐懿宗、僖宗朝，龐勛、王仙芝、黄巢先後爲亂，歷昭宗，至昭宣帝天祐四年丁卯爲梁所篡，梁二主十七年，後唐三姓四主十四年，晉二主十二年，漢二主四年，周二姓三主十年。自懿宗咸通元年庚辰至宋太祖建隆元年庚申，凡一百有一年。○幾百年，詩瞻卬鄭箋曰：「幾，近也。」案：宋太祖乾德元年平荆南、湖南，三年平蜀，開寶四年平南漢，八年平南唐，太宗太平興國三年吴越納土，四年平北漢，天下統一。自太祖建隆元年庚申至仁宗皇祐二年辛卯，凡九十二年。○續通鑑長編卷一百五十三曰：「慶曆四年十一月甲子，監進奏院右班殿直劉巽，大理評事、集賢校理蘇舜欽並除名勒停。工部員外郎、直龍圖閣、兼天章閣侍講、史館檢討王洙落侍講檢討，知濠州。太常博士、集賢校理刁約通判海州，殿中丞、集賢校理江休復監蔡州税，殿中丞、集賢校理王益柔監復州税，並落校理。太常博士周延雋爲祕書丞，太常丞、集賢校理章岷通判江州，著作郎、直集賢院、同修起居注吕溱知楚州，殿中丞周延讓監宿州税，館閣校勘宋敏求簽書集慶軍節度判官事，將作監丞徐綬監汝州葉縣税。先是杜衍、范仲淹、富弼等同執政，多引用一時聞人，欲更張庶事。御史中丞王拱辰等不便其所爲。而舜欽，仲淹所薦，其妻又衍女也。少年能文章議論，稍侵權貴。會進奏院祠神，（葉少藴石林燕語卷五曰：「京師百司胥吏每至秋，必醵錢爲賽神會，往往因劇飲終日。蘇子美進奏院會正坐此。余嘗問其何神，曰：『蒼王。』蓋以蒼頡造字，故胥吏祖之。可笑。」）舜欽循前例，用鬻故紙公錢召妓女開席會賓客，拱辰廉得之，諷其屬魚周詢、劉元瑜等劾奏，因欲動摇衍，事下開封府治，於是舜欽及巽俱坐自盜，洙等與妓女雜坐，而休復、約、延雋、延讓又服慘未除，益柔并以謗訕周孔坐之。（原注曰：「王拱辰行狀云：『或作傲歌，有「醉臥北極遣帝佛，周公孔子驅爲奴」，蓋益柔所作也。』」）同時斥逐者，多知名士，世以爲過薄，而拱辰等方自喜曰：『吾一舉網盡矣。』獄事起，樞密副使韓琦言于上曰：『舜欽等一醉飽之過，止可付有司治之，何至是？』上悔見於色。」（子美有與歐陽公書，自辯甚析。見費補之衮梁谿漫志卷八，以文長今不録。）王聖塗（闕之）澠水燕談録卷七曰：「蘇子美慶曆末謫居姑蘇，以詩自放。一日觀魚滄浪亭，有詩云：『我嗟不及游魚樂，虛作人閒半世人。』識者以爲不祥，未幾果卒，年四十一，士大夫嗟惜之。」○詩序曰：「菁菁者莪，樂育才也。」

子美之齒少於予，而予學古文反在其後。天聖之閒，予舉進士于有司，見時學者務以言語聲偶擿裂，號爲時文以相誇尚，而子美獨與其兄才翁及穆參軍伯長作爲古謌詩雜文。時人頗共非笑之，而子美不顧也。其後天子患時文之弊，下詔書諷勉學者以近古，由是其風漸息，而學者稍趨於古焉。獨子美爲於舉世不爲之時，其始終自守，不牽世俗趨舍，可謂特立之士也。汪曰：「歸美子美身上，見其人之可貴重，奈何以一酒食之過，使廢爲民，而流落以死乎？」○曾曰：「以上言子美爲古文於舉世不爲之時。」

歐陽文忠年譜，永叔生於宋真宗景德四年丁未，至慶曆八年戊子，年四十二。子美卒於是年，年四十一，則生景德五年，少永叔一歲。○年譜曰：「天聖九年三月，公至西京。錢文僖公（惟演）爲留守，幕府多名士。與尹師魯（洙）、梅聖俞（堯臣）尤善，日爲古文歌詩，遂以文章名冠天下。」○年譜曰：「天聖七年春，試國子監爲第一，補廣文館生，秋赴國學解試又第一。八年正月，試禮部，翰林學士晏公（殊）知貢舉，公復爲第一。三月，御試崇政殿，公甲科第十四名。五月，授將仕郎、試祕書省校書郎、充西京留守推官。」○宋史文苑蘇舜欽傳曰：「天聖中，學者爲文，多病偶對，舜欽與河南穆脩好爲古文歌詩，一時豪傑多從之游。兄舜元，字才翁，爲歌詩亦豪健。」案：穆伯長嘗爲泰州司理參軍，已見前穆伯長事略。○長編卷一百一十三曰：「明道二年冬十月辛亥，上諭輔臣曰：近歲進士所試詩賦多浮華，而學古者或不可以自進，宜令有司兼以策論取之。」又慶曆四年三月乙亥，詔曰：「儒者通天地人之理，明古今治亂之源，可謂博矣。然學者不得騁其說，而有司務先聲病章句以拘牽之，則夫英俊奇偉之士何以奮焉？」此序所言下詔書諷勉，殆指此等。○禮記儒行曰：「其特立獨行有如此者。」

子美官至大理評事、集賢校理而廢，後爲湖州長史以卒，享年四十有一。其狀貌奇偉，望之昂然，而即之温温，久而愈可愛慕。其材雖高，而人亦不甚嫉忌，其擊而去之者，意不在子美也。賴天子聰明仁聖，凡當時所指名而排斥，二三大臣而下，欲以子美爲根而累之者，皆蒙保全，今並列於榮寵。雖與子美同時飲酒得罪之人，多一時之豪俊，亦被收采，進顯於朝廷，而子美獨不幸死矣。汪曰：「兩『獨』字相映，極爲可悲。」豈非其命也？悲夫！曾曰：「以上言同時得罪者，多復進用，獨子美不幸早死。」廬陵歐陽脩序。

劉曰：「沈著痛快，足爲子美舒其憤懣。」

宋史職官志曰：「大理寺，國初大理正、丞、評事皆有定員，分掌斷獄。其後擇他官明法令者，若常參官則兼正，未常參官則兼丞，謂之詳斷官。舊六人，後加至十二人，又去兼正丞之名。」又曰：「大理評事爲正八品。」文獻通考職官十曰：「宋大理寺評事，國初爲京官寄禄，視後來承事郎。」○隆平集卷一曰：「三館，集賢、昭文置大學士，史館置監修國史，皆以宰相兼領。又置學士、修撰、直館、校理之職，以他官領之。」江少虞皇朝類苑（本名皇宋事實類苑）卷二十五曰：「唐兩京皆有三館，而各爲之所。本朝三館合爲一，並在崇文院中。」卷二十九曰：「三館謂弘文館、史館、集賢院。建隆元年二月，避諱字，詔易名昭文館。」又曰：「集賢有直院有校理。端拱初，以李宗諤爲集賢校理；淳化初，以和濛爲直集賢院。則本朝直集賢校理，自和濛、李宗諤始也。」文獻通考職官五曰：「集賢殿書院，開元中置，宋爲集賢院。直院校理，以京官以上充，無常員。」○職官志曰：「諸州長史爲正九品。」案：宋兩浙路湖州治烏程、歸安二縣，今併爲浙江吳興縣。○論語子張篇：「子夏曰：君子望之儼然，即之也温。」○長編卷一百五十四曰：「慶曆五年春正月乙酉，參知政事范仲淹爲資政殿學士、知邠州，樞密副使富弼爲資政殿學士、京東西路安撫使、知鄆州。丙戌，侍郎、平章事、兼樞密使杜衍，罷爲尚書左丞、知兖州。自蘇舜欽等斥逐，衍迹危矣。陳執中在中書，又數與衍異，因譖衍。上入其言，故與仲淹、弼俱罷。衍爲宰相纔百二十日也。」○二三大臣，指范、富、杜諸公。欲以子美累之者，蔡襄、孫甫、余靖以及永叔皆是，特蔡襄之去，在子美獄前耳。長編一百五十二曰：「慶曆四年冬十月，祕書丞、直史館、同修起居注、知諫院蔡襄，以親老乞鄉郡。己酉，授右正言，知福州。襄與孫甫俱論陳執中不可執政，既不從，於是兩人俱求出，而襄先得請。時甫使契丹未還也。」一百五十四曰：「五年春正月甲戌，右正言、祕閣校理孫甫爲右司諫、知鄧州。先是甫言陳執中，又劾丁度，度指甫爲衍門人，及甫自契丹還，亟命出守。六年秋七月丙申，右正言、知制誥、知吉州余靖爲將作少監，分司南京，許居韶州。」案：永叔落龍圖閣直學士，降知制誥、知滁州，即在慶曆五年八月也。厥後孫歷江南、兩浙轉運使，再遷兵部員外郎，改直史館，知陝府（據永叔撰孫公墓誌銘）。蔡爲福建路轉運使，判三司鹽鐵句院，復修起居注（據永叔撰蔡公墓誌銘）。余則遷光禄少卿于家，皇祐三年，知虔州（據永叔余襄公神道碑）。永叔於皇祐二年知應天府、兼留守司事，故曰「並列榮寵」也。○與子美飲酒同得罪者，宋敏求慶曆五年九月爲館閣校勘（長編一百七十五）；王洙皇祐二年三月同判太常寺（長編百六十八），三年知制誥（長編百七十一）；吕溱皇祐二年八月爲右正言（長編百六十九）；王益柔黜監復州酒稅後，久之爲開封府推官、鹽鐵判官（宋史王曙傳）；江休復黜監蔡州商稅後，久之知奉符縣事，後復得集賢校理（永叔江鄰幾墓誌銘），皆進顯於朝廷也。

江鄰幾文集序

居士集原注曰：「熙寧四年。」案：永叔江鄰幾墓誌銘曰：「文集二十卷。」宋史文苑江休復傳同，讀書志、書録解題皆不載，文獻通考經籍考六十一有江鄰幾文集二十卷，隆平集卷十五云「三十卷」，宋史藝文志作「四十卷」，又各不同，今其文已佚，不可考。

余竊不自揆，少習爲銘章，因得論次當世賢士大夫功行，自明道、景祐以來，名卿鉅公，往往見於余文矣。至於朋友故舊，平居握手言笑，意氣偉然，可謂一時之盛，而方從其遊，遽哭其死，遂銘其藏者，是可歎也！以上先從爲友人作誌銘引起。禮記檀弓上曰：「葬也者，藏也，藏也者，欲人之弗得見也。」荀子禮論篇曰：「葬埋，敬藏其形也。」蓋自尹師魯之亡，逮今二十五年之閒，相繼而歿，爲之銘者，至二十人，又有余不及銘，與雖銘而非交且舊者，皆不與焉。嗚呼，何其多也！不獨善人君子難得易失，而交游零落如此，反顧身世死生盛衰之際，又可悲夫。而其閒又有不幸罹憂患，觸網羅，至困阨流離以死，與夫仕宦連蹇，志不獲伸而歿，獨其文章尚見於世者，則又可哀也歟。沈曰：「上概説交游，此説到同罹憂患，文章可傳，此行文淺深法。」然則雖其殘篇斷藁，猶爲可惜，況其可以垂世而行遠也。故余於聖俞、子美之歿，既已銘其壙，又類集其文而序之，其言尤感切而殷勤者，以此也。以上由銘墓説入序文，以聖俞、子美爲鄰幾影子，今昔俯仰，感喟蒼涼，使人情爲之移。

據韓稚圭（琦）故崇信軍節度副使檢校尚書工部員外郎尹公墓表，師魯卒于慶曆七年四月，至熙寧四年，正二十五年也。○二十人固不必泥定，其文亦未必悉載集中，但以居士集及外集墓誌銘約略計之，如尹師魯（洙，慶曆八年）、杜祁公（衍，同上）、尹子漸（源，至和元年）、梅君讓（讓，皇祐元年）、蘇子美（舜欽，嘉祐元年）、王原叔（源，嘉祐二年）、許子春（元，嘉祐二年）、吴春卿（育，嘉祐四年）、孫之翰（甫，嘉祐五年）、梅堯臣（聖俞，嘉祐六年）、江鄰幾（同上）、石守道（介，治平二年）、薛元卿（長孺，治平三年）、薛得之（良儒，同上）、薛宗道（塾，同上）、蘇明允（洵，治平四年）、胡武平（宿，同上）、蔡君謨（襄，熙寧元年）、劉原父（敞，熙寧二年），亦得二十人也。○漢書楊雄傳顔注曰：「連蹇，難也。」○永叔梅聖俞墓誌銘曰：「嘉祐五年，京師大疫。四月乙亥，聖俞得疾，卧城東汴陽坊。居八日，癸未，聖俞卒。聖俞，字也，其名堯臣，姓梅氏，宣州宣城人也。自其家世頗能詩，而從父詢以仕顯，至聖俞遂以詩聞。初，以從父蔭補太廟齋郎，歷桐城、河南、河陽三縣主簿，以德興縣令知建德縣，又知襄城縣，監湖州鹽税，簽署忠武、鎮安兩軍節度判官，監永濟倉，國子監直講，累官至尚書都官員外郎。嘗奏其所撰唐載二十六卷，多補正舊史闕繆，乃命編修唐書，書成未奏而卒，享年五十有九。」又梅聖俞詩集序曰：「聖俞詩既多不自收拾，其妻之兄子謝景初懼其多而易失也，取其自洛陽至于吴興已來所作，次爲十卷。予嘗嗜聖俞詩，而患不能盡得之，遽喜謝氏之能類次也，輒序而藏之。其後十五年，聖俞以疾卒于京師，予既哭而銘之，因索于其家，得其遺藁千餘篇，并舊所藏，掇其尤者六百七十七篇，爲一十五卷。」案：宋史藝文志梅堯臣集六十卷、後集二卷，郡齋讀書志卷十九梅聖俞宛陵集二十卷、外集十卷，直齋書録解題卷十七、文獻通考經籍考六十一並同。今本六十卷附録一卷，清四庫書目卷一百五十三謂：「卷數與通考合，惟無外集，祇有補遺三篇及贈答詩文、墓誌一卷，亦不知何人所附。陳振孫謂：外集多與正集附出，或後人删汰重複，故所録者止此耶？」

陳留江君鄰幾常與聖俞、子美遊，而又與聖俞同時以卒。余既誌而銘之，後十有五年，來守淮西，又於其家得其文集而序之。鄰幾，毅然仁厚君子也。

雖知名於時，仕宦久而不進，晚而朝廷方將用之，未及而卒。其學問通博，文辭雅正深粹，而論議多所發明，詩尤清淡閑肆可喜。然其文已自行於世矣，固不待余言以爲輕重。而余特區區於是者，蓋發於有感而云然。以上作序之意。熙寧四年三月日，六一居士序。茅曰：「江鄰幾文今不傳，當非其文之至者，而歐陽公序之，衹道其故舊凋落之意，隱然可見。」劉曰：「情韻之美，歐公獨擅千古，而此篇尤勝。」

永叔江鄰幾墓誌銘曰：「君諱休復，字鄰幾。其爲文章淳雅，尤長於詩，淡泊閒遠，往往造人之不至。舉進士及第，召試充集賢校理，判尚書刑部。當慶曆時，小人不便大臣執政者，欲累以事去之。君友蘇子美，杜丞相壻也。以祠神會飲得罪，一時知名士皆被逐，君坐落職監蔡州商稅。久之，知奉符縣事，改太常博士，通判睦州，徙廬州，復得集賢校理，累遷刑部郎中。嘉祐五年四月乙亥，以疾卒于京師。君姓江氏，開封陳留人也。」案：宋東京開封府陳留縣，今河南陳留縣治。○年譜曰：「熙寧三年七月辛卯，改知蔡州。九月甲寅，至蔡。」案：自嘉祐五年至熙寧三年，凡十一年，即以作序之年計之，亦僅十二年耳。此序云十有五年，「五」字蓋傳寫之誤。○中山詩話曰：「江鄰幾善爲詩，清淡有古風。蘇子美坐奏進院事謫官，後死吳中，江作詩云：『郡邸獄冤誰與辯，皋橋客死世同悲。』用事甚精當。」○永叔六一居士傳曰：「六一居士初謫滁州，自號醉翁，既老而衰且病，將退休於潁水之上，則又更號六一居士。客有問曰：『「六一」何謂也？』居士曰：『吾家藏書一萬卷，集録三代以來金石遺文一千卷，有琴一張，有棊一局，而常置酒一壺。』客曰：『是爲「五一」爾，奈何？』居士曰：『以吾一翁老於此五物之間，是豈不爲「六一」乎？』」

釋祕演詩集序

居士集原注曰：「慶曆二年。」○案：永叔既爲演作此序，蘇子美贈以詩（見蘇學士集卷二），尹師魯復爲作序（見河南集卷五）。文獻通考經籍考六十一祕演詩集不載卷數，惟載永叔此序，宋史藝文志僧祕演詩集二卷。

予少以進士遊京師，因得盡交當世之賢豪，然猶以謂國家臣一四海，休兵革，養息天下以無事者四十年，而智謀雄偉非常之士，無所用其能者，往往伏而不出，山林屠販，必有老死而世莫見者，欲從而求之不可得。逆折。其後得吾亡友石曼卿。汪曰：「客。」○以上言天下太平，奇士不易見。

永叔以仁宗天聖八年舉進士，回溯太宗淳化初年，正四十年。其時北漢已平，李繼遷以銀州內屬，乃宋代全盛時也。○石曼卿名延年，宋城人，見後永叔石曼卿墓表。

曼卿爲人，廓然有大志，時人不能用其材，曼卿亦不屈以求合。無所放其意，則往往從布衣野老，酣嬉淋漓，顛倒而不猒。汪曰：「引出祕演，先透出極飲大醉意。」予疑所謂伏而不見者，庶幾狎而得之，故嘗喜從曼卿遊，欲因以陰求天下奇士。以上與曼卿遊，以求天下奇士。

詩皇矣毛傳曰：「廓，大也。」○猒，經傳多以「厭」爲之，後漢書劉盆子傳注曰：「厭，倦也。」

浮屠祕演者，汪曰：「主。」與曼卿交最久，亦能遺外世俗，以氣節相高。二人懽然無所閒。曼卿隱於酒，祕演隱於浮屠，皆奇男子也。汪曰：「主客合說。」又曰：「應奇士。」然喜爲歌詩以自娱，汪曰：「入詩。」當其極飲大醉，歌吟笑呼，以適天下之樂，何其壯也！一時賢士，皆願從其遊，予亦時至其室。唐曰：「攙入自己。」十年之閒，祕演北渡河，東之濟、鄆，無所合，困而歸，曼卿已死，祕演亦老病。嗟夫！二人者，予乃見其盛衰，汪曰：「說二人之盛衰，就自己見之說。」則予亦將老矣夫。沈曰：「寫盡盛衰俯仰頓挫。」○以上敍己與曼卿、祕演三人蹤跡。

浮屠，居士集原注曰：「二字一作『僧』。」案：浮屠，已見韓退之送高閑上人序注，字亦作「浮圖」。湘山野録卷下曰：「蘇子美有贈祕演師詩，中有『垂頤孤坐若癡虎，眼吻開合猶光精』之句。人謂與演寫真，演頷額方厚，顧視徐緩，喉中含其聲，嘗若鼾睡然，其始云『眼吻開合無光精』，演以濃筆塗去『無』字，自改爲『猶』字，子美訴之。演曰：『吾尚活，豈當曰無光精耶？』中又有一聯云『賣藥得錢秖沽酒，一飲數斗猶惺惺』，又都抹去。蘇曰：『吾之作誰敢點竄耶？』演曰：『君之詩出，則傳四海，吾不能斷葷酒，爲浮圖罪人，何堪更爲君詩所暴？』子美亦笑而從之。」○永叔歸田録卷上曰：「石曼卿磊落奇才，知名當世，氣貌雄偉，飲酒過人。有劉潛者，亦志義之士也。常與曼卿爲酒敵，聞京師沙行王氏新開酒樓，遂往造焉。對飲終日，不交一言，至夕殊無酒色，相揖而去。明日都下喧傳王氏酒樓有二酒仙來飲，久之乃知劉、石也。」○極飲大醉，居士集原注曰：「一作『臨水望月』。」○從其，居士集原注曰：「其，一作『之』。」○太平寰宇記曰：「濟州：濟陽郡，今理鉅野縣。鄆州：東平郡，今理須城縣。」（宋鉅野縣在今山東鉅野縣南，須城縣今山東東平縣治。）○曼卿墓表曰：「年四十八，康定二年二月四日，以太子中允、祕閣校理卒于京師。」〇嗟夫，居士集原注曰：「嗟，一作『若』。」〇案年譜，慶曆二年，永叔年三十六歲。

曼卿詩辭清絕，尤稱祕演之作，以爲雅健有詩人之意。汪曰：「又從曼卿之詩串出祕演之作。」祕演狀貌雄傑，其胸中浩然，既習于佛，無所用，獨其詩可行于世。汪曰：「完『智謀非常之士無所用其能』案，以側出詩來。」而懶不自惜，唐曰：「宕折。」已老，胠其橐，尚得三四百篇，皆可喜者。以上敘祕演之詩。

莊子胠篋篇釋文曰：「李云『胠，起居反』，司馬云『從旁開爲胠，一云發也』。」

曼卿死，汪曰：「完客案。」祕演漠然無所向，聞東南多山水，其巔崖崛峍，江濤洶湧，甚可壯也，遂欲往遊焉，足以知其老而志在也。又開奇境，煙波無際。於其將行，爲敘其詩，因道其盛時，以悲其衰。汪曰：「以盛衰鎖尾，收通篇。」慶曆二年十二月二十八日，廬陵歐陽脩序。

茅鹿門曰：「多慷慨嗚咽之音，命意最曠而逸，得司馬子長之神髓矣。」張廉卿曰：「直起直落，直轉直接，具無窮變化，純是潛氣內轉，可與子長諸表序參看。」

文選上林賦「摧萎崛崎」，李善注引張揖曰：「崛崎，斗絕也。」子虛賦「隆崇峍崒」，史記司馬相如傳「峍」作「嵂」，漢書作「律」，字通。集韻曰：「崛，渠勿切。峍，勒没切。」〇上林賦「洶湧澎湃」，注引司馬彪曰：「洶湧，跳起也。」

送田畫秀才寧親萬州序

居士集原注曰：「景祐四年。」案：永叔是時爲夷陵令，集中又有代贈田文初詩，亦是年在夷陵作。是文初頗預游宴之樂，序言文初之祖從諸將平成都及南攻金陵，則未詳爲何人。萬姓統譜曰：「田畫字承君，陽翟人。」然攷宋史作田畫，畫字承君，畫字文初，各有意義，統譜乃誤作「畫」耳。畫乃田況從子，況父延昭（東都事略「昭」作「招」），官至太子率府，生八男，多知名，見王介甫田況墓誌銘及東都事略、宋史田況傳。永叔有與況書及詩，畫是否即畫之易名，抑其兄弟行，皆不可攷。或指文初之祖爲田仁朗，亦無據。攷宋史仁朗傳，不言平江南，而田欽祚、田紹斌二傳，皆有平蜀及江南事，又安知非欽祚、紹斌乎？此等處止應闕疑，未可臆斷也。宋夔州路萬州治南浦縣，今四川萬縣治。

五代之初，天下分爲十三四，及建隆之際，或滅或微，其在者猶七國，而蜀與江南地最大。沈曰：「送文初歸蜀，以其祖有功於蜀立論，江南又是帶說。」以周世宗之雄，三至淮上，不能舉李氏，而蜀亦恃險爲阻。汪曰：「『險』字爲下二『險』字之根。」秦隴、山南，皆被侵奪，而荆人縮手歸、峽，不敢西窺以争故地。及太祖受天命，用兵不過萬人，舉兩國如一郡縣吏，何其偉歟！當此時，文初之祖，從諸將西平成都。及南攻金陵，汪曰：「說主帶客。」功最多，於時語名將者稱田氏。田氏功書史官，禄世于家，至今而不絕。汪曰：「以蜀之恃險爲阻，引出蜀之山川險怪奇絕之可愛；以田氏之祖之武功，引出文初之文儒；以田氏之祖之西平成都，引出文初之覽其山川，慨然而賦。」及天下已定，將率無所用其武，士君子爭以文儒進，故文初將家子，茅曰：「纔入秀才。」反衣白衣，從鄉進士舉於有司。彼此一時，亦各遭其勢而然也。吳北江曰：「專以風韻取姿態，亦微惜功臣之後之落拓也。」○以上言國初取蜀時，文初之祖有功，而感古今時勢之不同。

新五代史職方考曰：「梁初，天下別爲十一，南有吳、浙、荆、湖、閩、漢，西有岐、蜀，北有燕、晉。」案：吳，楊渥也；浙即吳越，錢鏐也；荆即南平，高季興也；湖即楚，馬殷也；閩，王審知也；漢，劉隱也；岐，楊茂貞也；蜀，王建也；燕，劉守光也；晉，李克用及子存勗也；合朱梁，凡十一國。此云十三四者，蓋就唐代末年計之，如成德之王鎔，魏博之羅紹威，平盧之王師範等，亦可約數之爲十三四矣。○建隆，宋太祖年號。○職方考曰：「周末，閩已先亡，而在者七國。自江南以下二十一州爲南唐（李昪篡吳爲南唐），自劍以南及山南西道四十六州爲蜀，自湖南北十州爲楚，自浙東西十三州爲吳越，自嶺南北四十七州爲南漢，自太原以北十州爲東漢（宋史稱北漢），而荆、歸、峽三州爲南平。」案：楚馬氏亡於周廣順元年。職方考及此序，皆言大略耳。○舊五代史周世宗紀曰：「世宗諱榮，太祖之養子，聖穆皇后之姪也。本姓柴氏，封晉王。顯德元年正月壬辰，太祖崩。丙申，晉王榮即皇帝位。顯德三年正月乙卯，車駕渡淮。丙辰，至壽州城下。五月戊戌，車駕還京。四年二月乙酉，次下蔡。三月戊申，幸壽州城北。丙辰，車駕發下蔡還京。十月戊辰，詔暫幸淮上。十一月癸巳，帝統率諸軍攻濠州。乙巳，至泗州。五年三月辛卯，幸迎鑾江口。丙申，江南李景遣其臣兵部侍郎陳覺奉表陳情，兼貢羅穀紬絹、乳茶、香藥犀象等。己亥，李景遣其臣劉承遇奉表以廬、舒、蘄、黄等四州來獻，且請以江爲界。四月乙卯，車駕發揚州，還京。」新五代史南唐世家曰：「李昪復姓李氏，改其國號曰唐。七年，卒，子景立，（景初名景通，既立，改名璟，後避周諱，改名景。）改元保大。十五年五月，景下令去帝號，稱國主，奉周正朔。」○新五代史前蜀世家曰：「王建並有兩川之地。天復元年，天子幸鳳翔，建遣王宗滌將兵五萬，聲言迎駕，以攻興元，于是並有山南西道。七年（唐天祐四年）九月，建即皇帝位。永平五年，遣王宗儔等攻岐，取其秦、鳳、階、成四州。」後蜀世家曰：「孟知祥即皇帝位，國號蜀。山南西道節度使張虔釗、武定軍節度使孫漢韶，皆以其地附于蜀。知祥卒，子昶立。是時契丹滅晉，漢高祖起于太原，中國多故，雄武軍節度使何建以秦、成、階三州附於蜀。昶因遣孫漢韶攻下鳳州，于是悉有王衍故地。」○居士集原注曰：「一本注云：往時忠、萬、夔、施皆屬荆南，五代之際爲蜀所侵。」案：前蜀世家曰：「荆南成汭死，襄州趙匡凝遣其弟匡明襲據之。建乘其閒，攻下夔、施、忠、萬四州。天復六年，又取歸州，於是並有三峽。」南平世家曰：「高季興同光三年封南平王。唐兵伐蜀，季興請以本道兵，自取夔、忠、萬、歸、峽等州，乃以季興爲峽路東南面招討使，而季興未嘗出兵。魏王已破蜀，而明宗入立，季興因請夔、忠等州爲屬郡，雖不得已與之，而唐猶自除刺史。季興拒而不納，明宗乃以襄州劉訓爲招討使，攻之不克，而唐別將西方鄴克其夔、忠、萬三州，季興遂以荆、歸、峽三州臣于吳。天成三年卒，子從誨立，楚王馬殷爲之請命于唐，長興元年，拜從誨節度使。」清統志曰：「湖北荆州府：五代時爲南平國。宜昌府：歸州，五代初屬蜀，後屬南平；峽州故城，在長陽縣東。」（荆州府舊治江陵縣，今裁府留縣，歸州今改秭歸縣。）○西攻成都、南平金陵，已見尹師魯叙燕注。案：依宋史太祖本紀，伐蜀用步騎五萬（長編合步騎六萬），伐江南用十萬，此言不過萬人，特極言其取之易耳。又案：蜀都成都，今四川成都縣治；南唐都金陵，即今京師。○原注曰：「過，一作『及』；歟，一作『哉』；攻，一作『破』。」○周禮夏官司勳曰：「戰功曰多。」案：原注曰：「功最多，一作『最有功』。」○孟子梁惠王下曰：「仕者世祿。」書僞畢命曰：「世祿之家。」○及天下已定，原注曰：「一作『天下既平久矣』。」○説文曰：「衛，將衛也。」「將率」字當作「衛」，「率」「帥」皆借字。○晉書載記五：「石勒謂徐光曰：大雅愔愔，殊不似將家子。」○史記儒林傳曰：「公孫弘以春秋，白衣爲天子三公。」宋史選舉志曰：「宋之科目有進士，有諸科，而進士得人爲盛。禮部貢舉皆秋取解，冬集禮部，春攷試，合格及第者，列名放榜於尚書省。凡進士試詩、賦、論各一首，策五道，帖論語十，帖對春秋或禮記墨義十條。」○孟子公孫丑下曰：「彼一時，此一時也。」

文初辭業通敏，爲人敦潔可喜。歲之仲春，自荊南西拜其親於萬州，維舟夷陵，予與之登高以遠望，遂遊東山，窺緑蘿溪，坐磐石。文初愛之，汪曰：「引起『乃可愛』句。」數日乃去。夷陵者，其地志云：「北有夷山以爲名。或曰巴峽之險，至此地始平夷。」蓋今文初所見，尚未爲山川之勝者。由此而上泝江湍，入三峽，險怪奇絶，乃可愛也。吴曰：「此等跌宕，亦專取風神處。」當王師伐蜀時，沈曰：「忽然迴合。」兵出兩道，一自鳳州以入，一自歸州以取忠萬以西。今之所經，皆王師嚮所用武處，覽其山川，可以慨然而賦矣。汪曰：「回顧起處『西平成都』，不惟首尾相應，而『覽其山川，可慨然而賦』，更能將用武收攝入文儒中，妙極。」吴曰：「風韻獨絶。」○茅曰：「風韻跌宕。」劉曰：「歐公序文，惟此篇有蒼古雄邁之氣，不易得也。」

自荊南西，原注曰：「一作『自荊南而西將』。」○方言九郭注曰：「繫船爲維。」原注曰：「維，一作『繫』。」○宋荊湖北路峽州夷陵縣，今湖北宜昌縣東南。○遠望，原注曰：「一作『望山川』。」○陸務觀入蜀記卷六曰：「至峽州，遊西山甘露寺，至一泉，曰孝婦泉，歐陽文忠詩曰：『江上孤峯蔽緑蘿』，初讀之，但謂孤峯蒙藤蘿耳，及至此，乃知山下爲緑蘿谿也。及至東山寺，亦見歐公詩，距望京門五里，寺外一亭臨小池，有山如屏環之，頗佳。」案：輿地紀勝荆湖北路峽州有緑蘿溪，引此序文。○宋書樂志三魏武帝秋胡行曰：「坐盤石之上。」案：「盤」「磐」字通借。文選海賦李善注引聲類曰：「磐，大石也。」○「文初愛之」句下原注曰：「一有『留』字。」○乃去，原注曰：「去，一作『行』。」○漢書地理志南郡夷陵縣注引應劭曰：「夷山在西北。」水經江水注二曰：「夷陵縣故城，南臨大江。秦令白起伐楚，三戰而燒夷陵者也。應劭曰『夷山在西北』，蓋因山以名縣也。」舊唐書地理志曰：「夷陵有夷山在西北，因爲名。」清統志曰：「湖北宜昌府：西陵峽，在東湖縣（今改宜昌縣）西北二十五里，一名夷山。」步瀛案：輿地紀勝屢引夷陵志，未知孰撰。○清統志曰：「湖北宜昌府：巴峽，在巴東縣西二十里。」○左傳哀四年杜注曰：「逆流曰泝。」廣雅釋水曰：「湍，瀨也。」○文選左太沖蜀都賦曰：「經三峽之崢嶸。」劉淵林注曰：「三峽，巴東永安縣有高山相對，相去可二十丈，左右崖甚高，人謂之峽，江水過其中。」水經江水注二曰：「江水又東逕廣溪峽，斯乃三峽之首也，其閒三十里，頹巖倚木，厥勢殆交。峽中有瞿塘、黄龕二灘。」又曰：「江水又東逕巫峽，歷峽東逕新崩灘，其閒首尾百六十里，謂之巫峽，蓋因山爲名也。自三峽七百里中，兩岸連山，略無闕處，重巖疊嶂，隱天蔽日。每至晴初霜旦，林寒澗肅，常有高猿長嘯，屬引淒異，空谷傳響，哀轉久絶，故漁者歌曰：巴東三峽巫峽長，猿鳴三聲淚沾裳。」又曰：「江水又東逕西陵峽。宜都記曰：自黄牛灘東入西陵界，至峽口百許里，山水紆曲，而兩岸高山重障，非日中夜半，不見日月，所謂三峽，此其一也。」是酈善長以廣溪、巫峽、西陵爲三峽，王深寧小學紺珠卷二從之。顧震滄方輿紀要卷七十五曰：「三峽者，一爲廣溪峽，即瞿塘峽也，在四川夔州府奉節縣東三里（清統志作十三里）；一爲巫峽，在夔州府巫山縣東三十里，因山爲名；一爲西陵峽，在夷陵州西二十五里（夷陵州今改宜昌縣），峽長二十里。」亦本水經注。言三峽者，當以此爲據，此外説三峽者甚多，今不具述。○乃可，原注曰：「乃，一作『直』。」○清統志曰：「陝西漢中府鳳縣：五代初屬岐，後屬蜀，改軍曰武興，宋仍曰鳳州。四川忠州：五代屬蜀，宋亦曰忠州。」案：宋鳳州治梁泉縣，今陝西鳳縣治；宋忠州治臨江縣，今四川忠縣治。○「今之所經」二句，原注曰：「一作『今文初所歷，皆嚮時王師用武處』。」○詩定之方中毛傳曰：「升高能賦，山川能説。」

送徐無黨南歸序

居士集原注曰：「至和二年。」案：兩浙名賢録文苑傳曰：「徐無黨，永康人。從歐陽脩學古文詞，嘗注五代史，妙得良史筆意。皇祐中以南省第一人登進士第，仕止郡教授而卒。」

草木鳥獸之爲物，衆人之爲人，其爲生雖異，而爲死則同，一歸於腐壞澌盡泯滅而已。洒然而來。而衆人之中，有聖賢者，汪曰：「就衆人引入聖賢。」固亦生且死於其間，而獨異於草木鳥獸衆人者，雖死而不朽，逾遠而彌存也。其所以爲聖賢者，修之於身，施之於事，見之於言，是三者所以能不朽而存也。唐曰：「三項平例而側注，須看他手法。」修於身者，無所不獲；施於事者，有得有不得焉；其見於言者，則又有能有不能也。施於事矣，不見於言，可也。唐曰：「撇去言。」自詩、書、史記所傳，其人豈必皆能言之士哉？修於身矣，而不施於事，不見於言，亦可也。唐曰：「並撇去事。」孔子弟子，有能政事者矣，有能言語者矣。若顏回者，在陋巷曲肱飢臥而已，其羣居則默然終日如愚人。然自當時羣弟子皆推尊之，以爲不敢望而及，而後世更百千歲亦未有能及之者。其不朽而存者，唐曰：「應『不朽而存』。」固不待施於事，況於言乎？唐曰：「歸到言不足重上。」○姚仲實曰：「以上言聖人所以異於鳥獸草木衆人者，修之於身，施之於事，見之於言，而三者之中，以修身爲尤重。」

禮記曲禮下鄭注曰：「死之言澌也，精神斯盡也。」孔疏曰：「今俗呼盡爲澌。」○左傳襄二十四年：「穆叔曰：豹聞之，太上有立德，其次有立功，其次有立言，雖久不廢，此之謂不朽。」○論語先進篇曰：「言語：宰我、子貢；政事：冉有、季路。」○論語雍也篇：「子曰：『賢哉回也！一簞食，一瓢飲，在陋巷，人不堪其憂，回也不改其樂。』」述而篇：「子曰：飯疏食飲水，曲肱而枕之，樂亦在其中矣。」○論語爲政篇：「子曰：吾與回言終日，不違如愚。」○論語公冶長篇：「子貢曰：賜也，何敢望回？」

予讀班固藝文志、唐四庫書目，見其所列，自三代、秦、漢以來，著書之士，多者至百餘篇，少者猶三四十篇，其人不可勝數，而散亡磨滅，百不一二存焉。予竊悲其人，文章麗矣，言語工矣，無異草木榮華之飄風，鳥獸好音之過耳也。唐曰：「忽然打轉草木鳥獸。」方其用心與力之勞，亦何異衆人之汲汲營營？唐曰：「忽然打轉衆人。」而忽焉以死者，雖有遲有速，而卒與三者同歸於泯滅。汪曰：「上應處分說，此則合說。」夫言之不可恃也蓋如此。唐曰：「主意。」今之學者，莫不慕古聖賢之不朽，唐曰：「又應不朽。」而勤一世以盡心於文字間者，皆可悲也。姚仲實曰：「以上又申論言不足恃。」

漢書敘傳曰：「劉向司籍，九流以別，爰著目録，略序鴻烈。述藝文志第十。」○新唐書藝文志曰：「至唐始分爲四類，曰經、史、子、集，而藏書之盛，莫盛於開元，其著録者，五萬三千九百一十五卷，而唐之學者自爲之書，又二萬八千四百六十九卷。」○爾雅釋草曰：「木謂之華，草謂之榮。」○詩凱風曰：「睍睆黄鳥，載好其音。」○漢書楊雄傳顔注曰：「汲汲，欲速之義；營營，周旋貌。」

東陽徐生，少從予學爲文章，稍稍見稱於人。既去，而與羣士試於禮部，得高第，由是知名。其文辭日進，如水涌而山出。予欲摧其盛氣而勉其思也，故於其歸，告以是言。然予固亦喜爲文辭者，亦因以自警焉。汪曰：「扯自己在內，更有波瀾，不平順。」○姚仲實曰：「以上言所以贈徐生此語之由。」○方展卿曰：「反復感歎，抑揚頓挫。」吴先生曰：「波瀾出之自然，不見照應之迹，故佳。」尚節之曰：「須知此文句句言文之不可恃，實則句句歎文之難工，而虞傳世之不易，所謂愛之深則言之切，乃歐文之最詼詭者，細細涵咏，自得其意。」

宋永康縣屬兩浙路婺州東陽郡，今浙江永康縣治。此東陽指其所隷之郡，非指今之東陽縣也。○廣雅釋詁一曰：「摧，折也。」

資政殿學士户部侍郎文正范公神道碑銘并序

居士集原注曰：「至和元年。」案：范文正公集附褒賢集卷一載此碑額，作「褒賢之碑」四字，宋仁宗皇帝篆額，題云「觀文殿學士、光禄大夫、行禮部尚書、知河南府、兼西京留守事、畿內勸農使、上柱國臣王舉正題」。今搨本皆無之，署云「宋推誠保德功臣資政殿學士金紫光禄大夫尚書户部侍郎護軍汝南郡開國公食邑二千三百户食實封六百户（搨本「六百」作「陸伯」）贈兵部尚書謚文正范公神道碑銘并序（二字旁寫），翰林學士、尚書吏部郎中、知制誥、充史館修撰歐陽脩文，翰林學士、兼侍講、尚書吏部郎中、知制誥、充史館修撰王洙書」。搨本亦多剥泐，但搨本此二行在碑文前，而褒賢集在碑文後，非碑之原式也。又碑文後署「至和三年二月□□建」，褒賢集但載「至和三年二月」六字，誤連於永叔銜上，則刻本之誤耳。畢秋帆（沅）中州金石記卷四曰：「范仲淹神道碑，至和三年二月立，歐陽脩撰，王洙隸書，在洛陽。」王蘭泉（昶）金石萃編卷一百三十四曰：「此碑中多泐字。史傳稱：『既葬，帝親書其碑曰「褒賢之碑」。』今搨亦未見，不知存佚何如也。」○宋文鑑題作資政殿學士禮部侍郎范文正公神道碑銘，王蘭泉曰：「禮部侍郎，文正未嘗居此官，文鑑誤也。然户部侍郎，文內并不敘及，據東都事略及史傳，皆云『加給事中，知杭州，再遷户部侍郎，知青州』，則碑漏也。」步瀛案：碑中於加官多不書，非漏也。茅鈔無「户部侍郎」四字，方、姚皆從之，今依居士集。

皇祐四年五月甲子，資政殿學士、尚書户部侍郎汝南文正公薨于徐州，汪曰：「起處即書其薨之時與地，其所終之官及謚，皆見於此。」以其年十有二月壬申葬于河南尹樊里之萬安山下。公諱仲淹，汪曰：「不書姓，在銘中見之。」字希文。五代之際，世家蘇州，事吳越。太宗皇帝時，吳越獻其地，公之皇考，汪曰：「考之名留在後與曾祖、祖一處書。」從錢俶朝京師，後爲武寧軍掌書記以卒。公生二歲而孤，母夫人貧無依，汪曰：「亦留其姓在後。」再適長山朱氏。既長，知其世家，感泣，去之南都，入學舍，掃一室，晝夜講誦。其起居飲食，人所不堪，而公自刻益苦。居五年，大通六經之旨，爲文章論説，必本于仁義。祥符八年，舉進士，禮部選第一，遂中乙科，爲廣德軍司理參軍，始歸迎其母以養。及公既貴，天子贈公曾祖蘇州糧料判官諱夢齡爲太保，祖祕書監諱贊時爲太傅，考諱墉爲太師，妣謝氏爲吳國夫人。汪曰：「三代不敍于前，亦不敍于篇末，卻因迎養其母，就勢敍出。既貴而贈其三代，敍法變化，且他篇皆曰曾祖諱某某官贈某官，而此則曰天子贈公曾祖云云，亦變。」又曰：「三代止書其母。」○曾曰：「以上先世及孤寒科第。」

宋史職官志曰：「資政殿在龍圖閣之東序。景德二年，王欽若罷參政，特置資政殿學士以寵之。十二月，復以欽若爲大學士，班在文明殿學士之下、翰林學士承旨之上。資政殿置大學士，自欽若始。康定二年，詔大學士置二員，學士三員。」又曰：「資政殿學士爲正三品。」○宋史職官志曰：「户部尚書一人，侍郎二人，掌軍國用度，以周知其出入盈虛之數。凡州縣廢置，户口登耗，則稽其版籍。若貢賦征税，斂散移用，則會其數而頒其政令焉。」又曰：「列曹侍郎爲從三品。」○富彥國范公墓誌銘曰：「公之先始居河內，後徙長安。唐垂拱中，履冰相則天，以文章稱，實公之遠祖也。」范文正公年譜曰：「公昔遠祖博士范滂爲清詔使，裔孫履冰爲唐丞相鸞臺鳳閣平章事。」案：後漢書黨錮傳曰：「范滂，汝南征羌人。」章懷注引謝承後漢書曰：「汝南細陽人。」（後漢書來歙傳章懷注曰：「征羌故城，在今豫州郾城縣東南。」案：郾城故城，在今河南郾城縣南；細陽故城，在今安徽太和縣東。）元和姓纂以汝南爲金鄉范式後，河内爲范滂後。新唐書宰相世系表亦云：「范氏至後漢博士滂，世居河内。」未知孰是。宋史仲淹傳曰：「其先邠州人。」范文正集補編載家傳曰：「其先邠州人也。高祖隋，唐懿宗時調官處州麗水縣丞，因徙家江南，遂爲蘇州吳縣人。」范能濬附注曰：「按：唐宰相，懷州河内人（舊唐書文苑傳、新唐書文藝傳，履冰附元萬頃傳）；麗水丞，幽州人（世系表但云隋麗水丞）。此云邠州人，當是麗水丞之先世，復遷居於此。」案：此說亦無他證。○元豐九域志曰：「京東西路大都督府徐州：彭城郡，武寧軍節度，治彭城縣。」案：今江蘇銅山縣治。又案：九域志所載分路，如京東路分東路、西路，陝西路分永興軍路、鳳翔路等，皆熙寧中所分，范文正時尚未分也。他皆倣此。○墓誌曰：「以是年十二月一日壬申葬於河南縣萬安山尹樊里先隴之側。」太平寰宇記曰：「河南府洛陽縣：大石山，一名萬安山，在縣西南四十五里。」（「西」當作「東」。明統志、方輿紀要皆云在府城東南四十里，清統志、乾隆府廳州縣志皆云在洛陽縣東南四十里。）清統志曰：「河南河南府：河南故城，在洛陽縣西五里；宋范仲淹墓，在洛陽縣東南萬安山下。」○墓誌曰：「四代祖隋，唐末爲幽州良鄉縣主簿，遭亂奔二淛，家於蘇之吳縣，自爾遂爲吳人。時中原多故，王澤不能逮遠，於是世食錢氏之禄。」年譜曰：「四世祖上柱國隋，懿宗朝咸通二年任幽州良鄉主簿，詔書猶存。至十一年遷處州麗水縣丞，一支渡江，中原亂離，不克歸，子孫遂爲中吳人。」案新五代史職方考，蘇州屬吳越。九域志曰：「兩浙路蘇州：吳郡，平江軍節度，僞唐中吳軍節度，（輿地廣記亦曰：「南唐升爲中吳軍節度。」）皇朝太平興國三年改平江軍，治吳、長洲二縣。」案：今江蘇長洲併入吳縣。○宋史太宗紀曰：「太平興國三年三月己酉，吳越國王錢俶來朝。夏四月，錢俶乞罷所封吳越國王，及解天下兵馬大元帥，并寢書詔不名之命，歸其兵甲求還，不許。五月乙酉，錢俶獻其兩浙諸州，凡得州十三，軍一，縣八十六，户五十五萬六百八十，兵一十一萬五千三十六。丁亥，封錢俶爲淮海國王。」○年譜曰：「父墉，從錢俶歸宋，任武寧軍節度掌書記，封太師、周國公。文正公即書記第三子也。」家傳曰：「終徐州節度掌書記。」案：武寧軍，已見上。宋史職官志，幕職官有節度掌書記。○年譜曰：「太宗皇帝端拱二年己丑秋八月丁丑，公生於徐州節度掌書記官舍。（總敘謂以八月二日丁丑辛丑時生。）淳化元年庚寅，丁父太師憂，年二歲。」○墓誌曰：「吳國太夫人以北歸之初，亡親戚故舊，貧而無依，再適長山朱氏。」年譜曰：「母夫人謝氏貧無依，再適淄州長山朱氏，亦以朱爲姓，名説。（家傳范能濬附注曰：「周國公卒時，中舍最長，方六歲，次鎡亦不過四五齡。考宋官制，掌書記秩列三班之末，周國從錢氏歸朝，十餘年間，自冀而蜀而徐，匍匐以就禄，一旦捐館，去鄉千里，三稚幼弱，此太夫人所以貧而無依也。厥後中舍二兄歸吳，而文正未離襁褓，遂隨育於朱氏。」）上長白山僧舍修學。」（清統志曰：「山東濟南府：長白山，在鄒平縣南二十里，東北屬長山，北屬鄒平；醴泉寺，在鄒平縣西南三十里，宋范仲淹嘗讀書寺中。」）案：宋京東東路淄州長山縣，今山東長山縣治。○年譜曰：「真宗皇帝大中祥符四年辛亥，年二十三，詢知家世，感泣，去之南都，入學舍。按家録云：『公以朱氏兄弟浪費不節，數勸止之，朱氏兄弟不樂，曰：「吾自用朱氏錢，何預汝事？」公聞此疑駭，有告者曰：「公乃姑蘇范氏子也，太夫人攜公適朱氏。」公感憤自立，決欲自樹立門户，佩琴劍徑趨南都，謝夫人亟使人追之，既及，公語之故，期十年登第來迎親。』」宋史仲淹傳曰：「去之應天府，依戚同文學。」（宋史隱逸傳曰：「戚同文，字同文，宋之楚丘人。」）九域志曰：「南京應天府：睢陽郡，治宋城縣。」案：在今河南商丘縣南。又案：

文鑑「都」作「郡」，誤。○年譜曰：「五年壬子，年二十四，以朱說名，舉進士禮部第一。七年甲寅，有睢陽學舍書懷詩。按遺事云：『公處南都學舍，晝夜苦學。五年未嘗解衣就枕，夜或昏怠，輒以水沃面，往往饘粥不充，日昃始食。』八年乙卯，登蔡齊榜，中乙科第九十七名，試置天下如置器賦、君子以恐懼脩省詩、順時知微何先論，調廣德軍司理參軍。按張唐英撰公傳云：『祥符八年登進士第，朱說者是也。』」○汪彥章廣德軍范文正公祠堂記曰：「公以進士解褐爲廣德軍司理參軍，日抱具獄，與太守争是非，守數以盛怒臨公，公未嘗少撓，歸必記其往復辯論之語于屏上，比去，至字無所容。貧止一馬，鬻馬徒步而歸。初，廣德人未知學，公得名士三人爲之師，於是郡人之擢進士第者，相繼於時。」宋史職官志曰：「司理參軍掌訟獄勘鞫之事。」又曰：「中下州諸司參軍爲從九品。」九域志曰：「江南東路廣德軍（同下州）治廣德縣。」案：今安徽廣德縣治。又案：石本「廣德」下無「軍」字。○年譜曰：「公既登仕版，始迎其母以養。天禧元年丁巳，年二十九，遷文林郎，權集慶軍節度推官，始復范姓。其表略曰：『名非霸越，乘舟偶效於陶朱；志在投秦，入境遂稱於張禄。』用事最爲親切。」（容齋三筆卷八曰：「用范睢、范蠡，皆當家故事。」）家傳曰：「始還姓，更今名。」年譜曰：「初任廣德軍司理，後迎侍母夫人至姑蘇，欲還范姓，而族人有難之者。公堅請云：『止欲歸本姓，他無所覬。』始許焉。至天禧元年，爲亳州節度推官，始奏復范姓。」又言行拾遺事録曰：「公以朱氏長育有恩，常思厚報之。及貴，用南郊所加恩，乞贈朱氏父太常博士。暨朱氏諸兄弟，皆公爲葬之，歲别爲饗祭。朱氏子弟以公蔭，得補官者三人。」名臣言行録前集卷七亦載之。○墓誌曰：「蘇州糧料判官夢齡，以才德雄江右，即公之曾王父也。判官生贊時，幼聰警，嘗舉神童，任祕書監，集春秋泊歷朝史爲資談録六十卷行於時。祕監生墉，博學善屬文，累佐諸王幕府。端拱初，隨錢俶納國，終武寧軍節度掌書記。公即掌記之第二子也。朝廷以公貴，用太保、太傅、太師追贈三代，又擇徐、許、越、吴四大國，追封王妣陳氏、妣陳氏、謝氏爲太夫人。」年譜曰：「曾祖夢齡，仕吴越中吴節度判官，宋贈太師、徐國公。祖贊時，仕吴越，九歲童子出身，終祕書監，宋贈太師、唐國公。」宋史職官志曰：「宋承唐制，以太師、太傅、太保爲三師。」又曰：「太師、太傅、太保爲正一品，開國郡公爲正二品。」又，內外命婦之號十有四，六爲國夫人。案：文鑑「諱」下皆不書名，但作「某」字。

公少有大節，於富貴、貧賤、毀譽、歡戚，不一動其心，而慨然有志於天下。常自誦曰：「士當先天下之憂而憂，後天下之樂而樂也。」汪曰：「提出公平生大志，以爲通篇綱領。」又曰：「篇中敘建言，敘將略，敘參政事，皆著公之大節先天下而憂處，末所謂係于天下國家之大者也。」其事上遇人，一以自信，不擇利害爲趨捨。其所有爲，必盡其方，曰：「爲之自我者當如是，其成與否，有不在我者，雖聖賢不能必，吾豈苟哉？」汪曰：「就自言中，伏卒壞于成意。」○曾曰：「以上行己大節。」

於富貴貧賤，石本「於」上有「其」字。○「士當先天下之憂而憂」二句，范希文岳陽樓記亦有此二語，石本無「士」字。

天聖中，晏丞相薦公文學，以大理寺丞爲祕閣校理，以言事忤章獻太后旨，通判河中府。久之，上記其忠，召拜右司諫。當太后臨朝聽政時，以至日大會前殿，上將率百官爲壽，有司已具，公上疏言天子無北面，且開後世弱人主以彊母后之漸，其事遂已。又上書請還政天子，不報。及太后崩，言事者希旨，多求太后時事，欲深治之。公獨以謂太后受託先帝，保佑聖躬，始終十年，未見過失，宜掩其小故，以全大德。儲同人曰：「忤太后于臨朝聽政之時，而護持于身後攻擊之日，此趨捨不避利害之大者。」初，太后有遺命，立楊太妃代爲太后。公諫曰：「太后，母號也，自古無代立者。」由是罷其册命。是歲大旱蝗，奉使安撫東南。使還，會廓皇后廢，率諫官御史伏閤争，不能得，貶知睦州，又徙蘇州。歲餘，即拜禮部員外郎、天章閣待制，召還。益論時政闕失，而大臣權倖多忌惡之。居數月，以公知開封府。開封素號難治，公治有聲，事日益簡。汪曰：「能治開封只輕撇，而敘其進言。」暇則益取古今治亂安危爲上開說，又爲百官圖以獻，曰：「任人各以其材而百職脩，堯舜之治，不過此也。」因指其遷進遲速次序，曰：「如此而可以爲公，可以爲私，亦不可以不察。」由是呂丞相怒，至交論上前，公求對，辨語切，坐落職，知饒州。明年，呂公亦罷，公徙潤州，又徙越州。以上諫章獻太后，諫册楊太妃，諫廢郭皇后，及忤呂丞相，皆其趨捨不避利害也。

年譜曰：「天禧三年己未，年三十一，除祕書省校書郎。四年庚申，是歲校書芸省，守官集慶。五年辛酉，監泰州西溪鎮鹽倉。仁宗皇帝天聖元年癸亥，年三十五，徙楚州糧料院。二年甲子，遷大理寺丞。四年丙寅，丁母夫人憂。五年丁卯，時公寓南京應天府。按公言行録云：『時晏丞相殊爲留守，遂請公掌府學。公嘗宿學中，訓督學者，皆有法度，勤勞恭謹，以身先之，由是四方從學者輻湊。』六年戊辰，年四十歲，是歲服除。冬十二月甲子，以公爲祕閣校理，晏丞相殊之薦也。」宋史晏殊傳曰：「殊字同叔，撫州臨川人。康定初，知樞密院事，遂爲樞密使，進同中書門下平章事。慶曆中，拜集賢殿學士、同平章事、兼樞密使。殊平居好賢，當世知名之士，如范仲淹、孔道輔，皆出其門。及爲相，益務進賢材，而仲淹、韓琦、富弼皆進用。」○大理寺丞，見蘇氏文集序「大理評事」注。職官志曰：「寺丞，正八品。」江少虞皇朝類苑卷二十九曰：「本朝三館之外，復有祕閣，故祕閣置直閣，又置校理。咸平初，以杜鎬爲祕閣校理，後充直祕閣。則本朝直祕閣、祕閣校理，皆自杜鎬始也。」又曰：「端拱元年五月，詔置祕閣於崇文院之中堂。」職官志曰：「祕書省祕閣，淳化元年詔次三館置直閣，以朝官充，校理以京官充。」○涑水記聞卷十曰：「仲淹上宰相書言朝政得失、民間利病，凡萬餘言，王曾見而偉之。時晏殊亦在京師，薦一人爲館職，曾謂殊曰：『公知范仲淹，舍不薦而薦斯人乎？已爲公置不行，宜更薦仲淹也。』殊從之，遂除館職。頃之，冬至立仗，禮官定議，欲媚章獻太后，請天子率百官獻壽於庭。仲淹奏以爲不可。晏殊大懼，召仲淹怒責之，以爲狂。仲淹正色抗言曰：『仲淹受明公誤知，常懼不稱，爲知己羞，不意今日更以正論得罪于門下也。』殊慙無以應。」宋史后妃傳曰：「真宗章獻明肅劉皇后，其先家太原，後徙益州，爲華陽人。真宗崩，遺詔尊后爲皇太后，軍國重事權取處分。於是五日一御承明殿，帝位左，太后位右，垂簾決事。崩，謚章獻明肅皇后。舊制，皇后皆二謚，稱制皆四謚。」○石本「漸」上無之「字」。○通判河中府，居士集原注曰：「一有陳州。」長編卷一百八曰：「天聖七年十一月癸亥，冬至，上率百官上皇太后壽於會慶殿，乃御天安殿受朝。祕閣校理范仲淹奏疏言：『天子有事親之道，無爲臣之禮；有南面之位，無北面之儀。若奉親於內，行家人禮，可也。今顧與百官同列，虧君體，損主威，不可爲後世法。』疏入不報。又奏疏請皇太后還政，亦不報。遂乞補外，尋出爲河中府通判。」年譜曰：「九年辛未三月，公遷太常博士，通判陳州。」職官志曰：「宋初懲五代藩鎮之弊，乾德初，下湖南，始置諸州通判。建隆四年，詔知府公事，並須長史、通判簽議連書，方許行下。時大郡置二員，餘置一員，州不及萬户不置。武臣知州，小郡亦特置焉。職掌倅貳郡政，凡兵民錢穀、户口賦役、獄訟聽斷之事，可否裁決，與守臣通簽書施行。所部官有善否，及職事脩廢，得刺舉以聞。」案：宋陝西永興軍路河中府治河東縣，今山西永濟縣治；京西北路陳州（宣和元年，升淮寧府）治宛丘縣，今河南淮陽縣治。○年譜曰：「明道二年癸酉，是年三月甲午（元作「甲子」，誤），太后崩。帝始親政，裁抑僥倖，中外大悦。時公爲陳州通判、太常博士。四月，公被詔赴闕，爲右司諫。」職官志曰：「門下省左司諫，掌規諫諷諭，凡朝政闕失，大臣至百官任非其人，三省至百司事有違失，皆得諫正。中書省右司諫同，但左屬門下，右屬中書。」又曰：「左右司諫爲正七品。」○宋史禮志賓禮一曰：「宋承前代之制，以元日、五月朔、冬至，行大朝會之禮。」○其事遂已，長編卷一百八原注曰：「歐陽脩作仲淹神道碑云『太后將至日大會前殿』云云，按：仲淹書入不報，上壽會慶殿未嘗已也。豈脩謂止在便殿，不在前殿，爲聽仲淹之言乎？然供張便殿，實自王曾執奏，非由仲淹矣。脩蓋誤。富弼作仲淹墓碑（當作「誌」）亦云：『疏奏，遂罷上壽儀，然后頗不懌。尋出爲河中府通判。』弼亦誤。僧文瑩以爲仲淹時任右司諫，太后先遣中使諭令勿言（見續湘山野録）。此妄也，今不取。」年譜曰：「東坡志林云：『先君奉詔修太常因革禮，求之故府，朝正案牘具在，考其始末，無諫止之事，而有已行之明驗，質之於文忠公，公曰：范公實諫，而卒不從，墓碑誤也，當以案牘爲正。』」今按涑水記聞（卷十），亦但云奏以爲不可，而不言見從與否，則蘇公所記疑若可信。但諸書皆云冬至，而蘇獨云朝正，則誤也。」步瀛案：東都事略范仲淹傳言元日，亦誤。○長編百十二曰：「仁宗明道二年五月癸酉，詔曰：『大行皇太后保佑沖人十有二年，恩勤至矣。而言者罔識大體，務訐一時之事，非所以慰朕孝思也。其垂簾日詔命，中外毋輒以言。』太后崩，言者多追斥垂簾時事，右司諫范仲淹言於帝曰：『太后受遺先帝，保佑聖躬，十餘年矣，宜掩其小故，以全大德。』帝大感悟，乃降是詔。」○墓誌曰：「爲右司諫。屬朝廷用章獻遺令，策太妃楊氏爲皇太后，與政。制出，都下詾詾。公上疏極諫，上悟，第加后位號而止。」長編百十二曰：「仁宗明道二年夏四月，太常博士、祕閣校理范仲淹爲右司諫。仲淹初聞遺詔，以太妃爲皇太后，參決軍國事，亟上疏言：『太后，母號也，未聞因保育而代立者。今一太后崩，又立一太后，天下且疑陛下不可一日無母后之助矣。』時已删去參決等語，然太后之號訖不改，止罷其册命而已。」宋史后妃傳曰：「楊淑妃，益州郫人。真宗崩，遺制以爲皇太妃。始仁宗在乳褓，章獻使妃護視，凡起居飲食，必與之俱，所以擁佑扶持，恩意勤備。章獻遺誥，尊爲皇太后，居宫中，與皇帝同議軍國事，閤門趣，百僚賀。御史中丞蔡齊目臺吏毋追班，乃入白執政曰：『上春秋長，習知天下情僞，今始親政事，豈宜使女后相繼稱制乎？』乃詔删去遺誥『同議軍國事』語，第存后號。後名其所居宫曰保慶，稱保慶皇太后。」（楊謚章惠。案：涑水記聞卷八曰：「上幼沖即位，章獻性嚴，動以禮法禁約之，未嘗假以顏色，章惠以恩撫之。上怨章獻而親章惠，謂章獻爲大孃，章惠爲小孃，及章獻崩，尊章惠爲太后，所以奉事，曲盡恩意。」）○長編百十二曰：「明道二年秋七月，先是右司諫范仲淹以江淮、京東災傷，請遣使巡行，未報。仲淹請閒曰：『宫掖中半日不食當如何？今數路艱食，安可置而不卹？』甲申，命仲淹安撫江淮。所至開倉廪，賑乏絕，毀淫祀，奏蠲廬舒折役茶、江東丁口鹽錢。飢民有食烏昧草者，擷草進御，請示六宫貴戚，以戒侈心。又陳八事，上嘉納之。」○墓誌曰：「還朝，適議廢郭皇后。上書曰：『后者君稱，以天子之配至尊，故稱后，后所以長養陰教而母萬國也。故繫如此之重，未宜以過失輕廢立。且人孰無過？陛下當面諭后失，放之別館，揀妃嬪之老而仁者，朝夕勸導，俟其悔而復其宮，則上有常尊而下無輕議矣。』書奏不納。明日，又率其屬及羣御史伏閤門論列，如前日語。上遣中貴人揮之，令詣中書省。宰相擴取漢唐廢后事爲解。時呂夷簡爲相，公曰：『陛下天資如堯舜，公宜因而輔成之，奈何欲以前世弊法累盛德耶？』中丞孔道輔名骨骾，亦扶公議，論甚切直。又明日晨，率道輔將留百辟班，揖宰相廷辨。抵漏舍，會降知睦州，臺吏促上道。」年譜曰：「二年癸酉，十二月，郭皇后廢，率諫官御史伏閤諫，詔出知睦州。」宋史后妃傳曰：「仁宗郭皇后，其先應州金城人，平盧軍節度使崇之孫也。天聖二年，立爲皇后。其後尚美人、楊美人俱幸，數與后忿爭。一日尚氏於上前有侵后語，后不勝忿，批其頰，上自起救之，誤批上頰，上大怒。入內都知閻文應因與上謀廢后，且勸帝以爪痕示執政，上以示呂夷簡，且告之故。夷簡亦以前罷相怨后，乃曰：『古亦有之。』后遂廢。於是中丞孔道輔、諫官御史范仲淹、段少連等十人伏閤言后無過，不可廢。道輔等俱被黜責。」九域志曰：「兩浙路睦州：新安郡，治建德縣。」案：今浙江建德縣治。○年譜曰：「景祐元年甲戌，年四十六。是歲春正月，出守睦州。夏六月壬申，徙蘇州。蘇爲公鄉郡，地濱震澤，田多水患，募游手疏五河，導積水入海。有上呂相公并呈中丞諮目，言水利事。秋八月，徙明州轉運使。上言公治水有緒，願留以畢其役。九月，詔復知蘇州。」○年譜曰：「景祐二年乙亥，冬十月，除尚書禮部員外郎、天章閣待制。」宋史職官志曰：「禮部郎中、員外郎，參領禮樂祭祀、朝會宴享、學校貢舉之事，有所損益，則審訂以次諮決。」又曰：「尚書諸司員外郎爲正七品。」又曰：「天章閣，天禧四年建，在會慶殿之西、龍圖閣之北。明年，仁宗即位，修天章閣畢，以奉安真宗御製，以在位受天書祥符，改曰天章，取『爲章于天』之義。天聖八年，置待制。」又曰：「天章閣待制爲從四品。」○墓誌曰：「公自還闕，論事益急，宰相陰使人諷公：『待制主侍從，非口舌任也。』公曰：『論思者，正侍臣之事，予敢不勉？』宰相知不可誘，乃命知開封府，欲撓以劇煩，而不暇他議，亦幸其有失，即罷去。公處之穼月，威斷如神，吏縮手不敢侮其奸，京邑肅然稱治。』長編百十七曰：「景祐二年十二月癸亥，禮部員外郎、天章閣待制范仲淹爲吏部員外郎、權知開封府。」（年譜在十月後十二月前，與碑言「居數月」不合，疑非。）職官志曰：「開封府牧尹不常置，權知府一人，以待制以上充，掌尹正京畿之事，以教法導民而勸課之，中都之獄訟，皆受而聽焉，小事則專決，大事則稟奏。」○張次功（唐英）名臣傳曰：「執政命知開封府，欲處以煩劇，而不暇他議。仲淹明敏通照，決事如神，京師謠曰：朝廷無憂有范君，京師無事有希文。」○長編百十八曰：「景祐三年五月丙戌，天章閣待制、權知開封府范仲淹落職知饒州。仲淹言事無所避，大臣權倖多惡之。時呂夷簡執政，進者往往出其門，仲淹言官人之法，人主當知其遲速升降之序，其進退近臣不宜全委宰相。又上百官圖，指其次第曰：『如此爲序遷，如此爲不次，如此則公，如此則私，不可不察也。』夷簡滋不悅。帝嘗以遷都事訪諸夷簡，夷簡曰：『仲淹迂闊，務名無實。』仲淹聞之，爲四論以獻：一曰帝王好尚，二曰選賢任能，三曰近名，四曰推委。大詆譏指時政。又言漢成帝信張禹，不疑舅家，故終有王莽之亂，臣恐今日朝廷亦有張禹，壞陛下家法。夷簡大怒，以仲淹語辨於帝前，且訴仲淹越職言事，薦引朋黨，離間君臣。仲淹亦交章對訴，辭愈切，由是降黜。」東都事略呂夷簡傳曰：「夷簡字坦夫，河南人。（宋史夷簡傳曰：「先世萊州人。」案：唐萊州屬河南道。）祖龜祥，嘗知壽州，遂以家焉。夷簡擢進士，又舉制科。天聖七年，以戶部侍郎拜同中書門下平章事、集賢殿大學士。明道二年，罷爲武勝軍節度使。是歲復入爲門下侍郎、兼吏部尚書、同平章事、昭文館大學士。」○王聖塗（闢之）澠水燕談録卷二曰：「景祐中，范文正公以言事觸宰相，黜守饒州。到任謝表云：『此而爲郡，練優優布政之方，必也立朝，增蹇蹇匪躬之節。』天下歎公至誠於國，始終不渝，不以進退易其守也。」九域志曰：「江南東路饒州：鄱陽郡，治鄱陽縣。」案：今江西鄱陽縣治。〇明年吕公亦罷，石本無此六字，即堯夫所删者。〇宋史仁宗紀曰：「景祐四年夏四月甲子，吕夷簡、王曾、宋綬、蔡齊罷。」宰輔表曰：「景祐四年四月甲子，吕夷簡自右僕射、中國公以鎮安軍節度使、同平章事、判許州。」東都事略曰：「始，王曾薦吕夷簡爲相，未幾曾罷，夷簡爲首相。及王曾復相，夷簡專決政事，曾不能平，因對，斥夷簡嘗納賄市恩。仁宗以問夷簡，夷簡請置對，曾亦請罪求去。（長編百二十曰：「時外傳夷簡納知秦州王繼明饋賂，曾因及之，夷簡乞置對，而曾言亦有失實者。」）遂以曾知鄆州，亦除夷簡鎮安軍節度使、同平章事、判許州，徙天雄軍。」〇長編百二十曰：「景祐四年十二月壬辰，徙知饒州范仲淹知潤州，上諭執政令移近地故也。先是京師地震，直史館葉清臣上疏曰：『頃范仲淹、余靖以言事被黜，天下之人齰舌不敢議朝政者，行將二年。願陛下深自咎責，詳延忠直敢言之士，庶幾明威降鑒，而善應來集也。』書奏，數日，仲淹等皆得近徙。范仲淹既徙潤州，讒者恐其復用，遽誣以事。語入，上怒，亟命置之嶺南。參知政事程琳辨其不然，仲淹訖得免。自仲淹貶而朋黨之論起，朝事牽連，出語及仲淹者，皆指爲黨人，琳獨爲上開說，上意解乃已。」九域志曰：「兩浙路潤州：丹陽郡，鎮江軍節度，治丹徒縣。」案：今江蘇丹徒縣治。〇年譜曰：「寶元元年戊寅，年五十歲，春正月十三日，赴潤州。冬十一月，徙知越州。按：公文集有刻唐祖先生墓誌於賀監祠堂序，題曰『寶元元年，知越州范某序』。」九域志曰：「兩浙路大都督府越州：會稽郡，鎮東軍節度，治會稽、山陰二縣。」案：今併二縣爲浙江紹興縣。

而趙元昊反河西，（汪曰：「用轉筆作提筆。」）上復召相吕公，乃以公爲陝西經略安撫副使，遷龍圖閣直學士。（汪曰：「敘西事層次甚多，卻妙在一氣貫下。此等筆法，何減史、漢？」）是時，新失大將，延州危。公請自守鄜延扞賊，乃知延州。元昊遣人遺書以求和，公以謂無事請和難信，且書有僭號，不可以聞，乃自爲書，告以逆順成敗之說甚辯。坐擅復書，奪一官，知耀州。未逾月，徙知慶州。既而四路置帥，以公爲環慶路經略安撫招討使、兵馬都部署，累遷諫議大夫、樞密直學士。汪曰：「先總敘其在陝西之歷官，而下乃總敘其將略。」

宋史仁宗紀曰：「寶元元年十二月丙寅，鄜延路言趙元昊反。甲戌，禁邊人與元昊互市。二年春正月癸丑，趙元昊表請稱帝改元。六月壬午，削趙元昊官爵，除屬籍。」夏國傳曰：「李彝興，夏州人也，本姓拓跋氏。唐貞觀初，有拓跋赤辭者，歸唐，太宗賜姓李，置静邊等州以處之。其後析居夏州者，號平夏部。唐末，拓跋思恭鎮夏州，統銀、夏、綏、宥、静五州地。討黃巢有功，復賜姓李彝興，封西平王，卒，子克睿立，卒，子繼筠立，卒，弟繼捧立。以太平興國七年率族人入朝，賜姓趙氏，更名保忠。繼遷，繼捧族弟也，起夏州，襲銀州據之，遼册爲夏國王。咸平五年，攻陷靈州，以爲西平府。六年春，遂都于靈州，詔遣張崇貴、王涉議和，割河西銀、夏等五州與之。卒，子德明立，德明城懷遠鎮爲興州以居。卒，子曩霄，本名元昊，宋寶元元年（寶元，原誤寶慶，今改），即皇帝位。」○上復召相呂公，石本無此六字，亦堯夫所删。尚節之曰：「明年呂公亦罷者，示深惡呂公也；上復召相呂公者，著文正再起之由也。此皆信史，而削之可乎？」○長編百二十七曰：「康定元年五月壬戌，鎮安節度使、同平章事、判天雄軍呂夷簡行右僕射、兼門下侍郎、平章事。」○長編百二十六曰：「康定元年三月戊寅，吏部員外郎、知越州范仲淹復天章閣待制、知永興軍，始用韓琦之言也。四月癸丑，改爲陝西都轉運使。五月己卯，以起居舍人、知制誥韓琦爲樞密直學士、陝西都轉運使，吏部員外郎、天章閣待制范仲淹爲龍圖閣直學士，並爲陝西經略安撫副使，同管勾都部署司事。（是月戊寅，徙知涇州、忠武節度使、涇原秦鳳路緣邊經略安撫使，夏竦爲陝西都部署、兼經略安撫使、緣邊招討使、知永興軍。）初，仲淹與吕夷簡有隙，及議加職，夷簡請超遷之。上悦，以夷簡爲長者。既而仲淹入謝，帝諭仲淹令釋前憾，仲淹頓首曰：「臣向所論蓋國事，于夷簡何憾也？」宋史職官志曰：「經略安撫司經略安撫使一人，（不言副，蓋不常置。）以直祕閣以上充，掌一路兵民之事；皆帥其屬而聽其獄訟，頒其禁令，定其賞罰，稽其錢穀、甲械出納之名籍，而行以法。若事難專決，則具可否具奏。即干機速、邊防及士卒抵罪者，聽以便宜裁斷。」又曰：「龍圖閣，大中祥符中建，在會慶閣西偏，北連禁中，閣東曰資政殿，西曰述古殿，閣上以奉太宗御書御製文集，及典籍圖畫寶瑞之物，及宗正寺所進屬籍世譜。直學士，景德四年置，班在樞密學士下。祥符六年，詔結銜在本官之上。」又曰：「龍圖閣直學士爲從三品。」○宋史仁宗紀曰：「康定元年春正月，元昊寇延州，執鄜延、環慶兩路副都總管劉平、鄜延副都總管石元孫。」長編百二十六曰：「初，西賊自承平寨退，聲言將攻延州。范雍聞之懼甚，（寶元元年十二月癸酉，范雍爲振武節度使、知延州。）即奏疏請濟師，未報。而元昊詐遣人乞和，雍信之，不爲備。元昊乃盛兵攻保安軍，自土門路入。壬申，聲言取金明寨，李士彬嚴兵以待之，夜分不至，士彬釋甲而寢，翌日奄至，士彬父子俱被擒，遂乘勝抵延州城下。雍先以檄召鄜延、環慶副都部署劉平於慶州，使至保安，與鄜延副都部署石元孫合軍趨土門。及是，雍復召平、元孫還軍救延州。平得雍初檄，即率騎兵三千發慶州，行四日，至保安，與元孫合軍趨土門。而雍後檄尋到，元孫遂引還。乙亥，復至保安。平晝夜倍道兼行。丁丑，至萬安鎮。平、元孫領騎兵先發，步軍繼進，夜至三川口西十里止營，令騎兵先趨延州奪門。時鄜延都監黄德和將二千餘人屯保安北碎金谷，巡檢万俟政、郭遵各將所部分屯。雍皆召之爲外援，平亦使人趣其行。戊寅，五將合步騎萬餘，結陣東行五里，平令諸軍齊進。至三川口，遇賊，時平地雪數寸，平與賊皆爲偃月陣相嚮。有頃，賊兵涉水橫陣，官軍爭奮，殺賊騎五七百人，乃退。賊復蔽盾爲陣，官軍亦擊卻之，奪盾，殺獲及溺死者又八九百人。平左耳右脛皆中流矢。日暮，賊輕兵薄戰，官軍卻引二十餘步。黄德和居陣後，見軍卻，率麾下軍走保西南山，衆軍隨皆潰。平遣軍校以劍遮留士卒，得千餘人，力戰拒賊退還水東。平率餘衆保西南山下，立七寨自固。賊夜麾騎士四出，合擊官軍，平與元孫巡陣東偏，賊衝陣分爲二，遂與元孫皆被執。賊圍延州凡七日，及失二將，城中憂沮，不知所爲。會是夕大雪，賊解去，城得不陷。」九域志曰：「陝西路延州：延安郡，彰武軍節度，治膚施縣。」案：今陝西膚施縣治。○墓誌曰：「至部，首按鄜延。時延安始困兵火，障戍埽地，城外即寇壤，巋然孤壘，人心危恐，廢食待竄。凡朝廷遣守，皆以事避免，遷延不時往。公遂留不行，騎奏願兼領延州事，以待寇之復來。上嘉而從之。」長編百二十八曰：「康定元年八月庚戌，陝西經略安撫副使范仲淹兼知延州，徙知延州張存知澤州。先是存自陝西都轉運使徙延州，遷延不即行，既至，與仲淹議邊事，乃云素不知兵，且以親年八十求内徙。仲淹因自請代存，從之。」九域志曰：「陝西路鄜州：洛交郡，保大軍節度，治洛交縣。」案：今陝西鄜縣治。○長編百三十曰：「慶曆元年春正月，元昊使人於涇原乞和，又遣塞主高延德詣延州與范仲淹約言。己卯，至保安軍，仲淹既見延德，察元昊未肯順事，且無表章，不敢聞於朝廷，乃自爲書諭以逆順，遣監押韓周，同延德還抵元昊。」（此書文集所載，與長編互有詳略，今以文長不録。）又百三十一曰：「韓周等持仲淹書入西界，逆者禮意殊善。行既兩日，聞山外諸將敗亡。（二月，任福等敗于好水川。）周等抵夏州，留四十餘日，元昊俾其親信葉勒旺榮爲書報仲淹，别遣使與周俱還，書辭益慢。仲淹對使者焚其書，而潛録副本以聞，書凡二十六紙，其不可以聞者二十紙，仲淹悉焚之，餘又略加删改。」○涑水記聞卷八曰：「范文正公知延州，移書諭趙元昊以利害，元昊復書，語極悖慢。文正具奏其狀，焚其書不以聞。時宋相庠爲參知政事。先是許公執政，諸公唯諾書紙尾而已，不敢有所預。宋公多與之論辨，許公不悦。一日二人獨在中書，許公從容言曰：『人臣無外交，希文乃擅與元昊書，得其書又焚去不奏，他人敢爾耶？』宋公以爲許公誠深罪范也。時朝廷命文正分析，文正奏：『臣始聞虜有悔過之意，故以書誘諭之，會任福敗，虜勢益振，故復書悖慢，臣以爲朝廷見之而不能討，則辱在朝廷，乃對官屬焚之，使若朝廷初不知者，則辱在臣矣。』奏上，兩府共進。宋公遽曰：『范仲淹可斬。』杜祁公時爲樞密副使，曰：『仲淹之志出于忠，果欲爲朝廷招叛耳，何可深罪？』争之甚切。宋公謂許公必有言相助也，而許公默然終無一語。上顧問許公如何，許公曰：『杜衍之言是，止可薄責而已。』乃降一官知耀州。於是論者喧然，而宋公不知爲許公所賣也，亦尋出知揚州。」長編百三十一曰：「慶曆元年夏四月癸未，降陝西經略安撫副使、兼知延州、龍圖閣直學士、户部郎中范仲淹爲户部員外郎、知耀州，職如故。」九域志曰：「陝西永興軍路耀州：華原郡，感德軍節度，治華原縣。」案：今陝西耀縣治。○長編百三十二曰：「慶曆元年五月壬申，徙知耀州、龍圖閣直學士范仲淹知慶州、兼管勾環慶路部署司事。初，元昊反，陰誘屬羌爲助，環慶酋長六百餘人，約與賊爲鄉導，後雖首露，猶懷去就。仲淹至部，即奏行邊，以詔書犒賞諸羌，閲其人馬，立條約。諸羌受命悦服，自是始爲漢用。」九域志曰：「陝西永興軍路慶州：安化郡，治安化縣。」案：今甘肅慶陽縣治。○以公爲環慶路，石本無「以」字。○長編百三十四曰：「慶曆元年冬十月甲午，始分陝西爲四路，管勾秦鳳路部署司事、兼知秦州韓琦爲禮部郎中，管勾涇原路部署司事、兼知渭州王沿爲右司郎中，龍圖閣直學士、户部郎中、管勾環慶路部署司事、兼知慶州范仲淹爲左司郎中，管勾鄜延路部署司事、兼知延州龐籍爲吏部郎中，並兼本路馬步軍都部署、經略安撫緣邊招討使。」又百三十八曰：「二年冬十月辛亥，以環慶路都部署、經略安撫緣邊招討使、龍圖閣直學士、左司郎中、兼知慶州范仲淹爲樞密直學士、右諫議大夫。葛懷敏敗，（是年九月癸巳，涇原副都部署與元昊戰，没於定川寨。）賊大掠至潘原，關中震恐，居民多竄山谷閒。仲淹率衆六千，由邠、涇援之，知賊已出寨，乃還。帝始聞定川事，按圖謂左右曰：『若仲淹出援，吾無慮矣。』奏至，帝大喜曰：『吾固知仲淹可用。』並加職進官，仲淹以西師久無功，密疏乞賜貶降，以謝邊陲，辭不受命，不聽。十一月，復置陝西四路都部署、經略安撫兼緣邊招討使，命韓琦、范仲淹、龐籍分領之。仲淹與韓琦開府涇州，從仲淹之請也。」職官志曰：「招討使，掌收招討殺盜賊之事，不常置。」又曰：「樞密直學士爲正三品，左右諫議大夫爲從四品。」案：左右諫議大夫，職與左右司諫同，已見上「右司諫」注。○累遷，石本無「累」字。

公爲將，務持重，不急近功小利。汪曰：「爲將略提綱。」於延州，築青澗城，墾營田，復承平、永平廢寨，熟羌歸業者數萬户。於慶州，城大順以據要害，又城細腰、胡蘆，於是明珠、滅臧等大族，皆去賊爲中國用。自邊制久隳，至兵與將常不相識。公始分延州兵爲六將，訓練齊整，諸路皆用以爲法。公之所在，賊不敢犯。人或疑公見敵應變爲如何。沈曰：「延、慶二州城，築營屯田類敘。」至其城大順也，汪曰：「又抽出城大順另敘，以見公之見敵應變。」一旦引兵出，諸將不知所向，軍至柔遠，始號令告其地處，使往築城。至於版築之用，大小畢具，而軍中初不知。賊以騎三萬來爭，公戒諸將：「戰而賊走，追勿過河。」已而賊果走，追者不渡，而河外果有伏。賊失計，乃引去。於是諸將皆服公爲不可及。汪曰：「與『人或疑』句應。」公待將吏，汪曰：「就『諸將皆服』搭上。」必使畏法而愛己，所得賜賚，皆以上意分賜諸將，使自爲謝。諸蕃質子，汪曰：「因待將吏，連類而及於待諸蕃。」縱其出入，無一人逃者。蕃酋來見，召之臥內，屏人徹衞，與語不疑。公居三歲，士勇邊實，恩信大洽，乃決策謀取横山，復靈武，而元昊數遣使稱臣請和，上亦召公歸矣。汪曰：「總上陝西事，即起下柄用，前後一片。」初，西人籍爲鄉兵者十數萬，汪曰：「籍兵事另敍，却連在召歸上。」既而黥以爲軍。惟公所部，但刺其手，公去兵罷，獨得復爲民。其於兩路，既得熟羌爲用，汪曰：「又收兩州事，俱在召歸時敍出。」使以守邊，因徙屯兵，就食内地，而紓西人饋輓之勞。其所設施，去而人德之，與守其法不敢變者，至今尤多。曾曰：「以上經略西夏。」

長編百二十八曰：「康定元年九月庚午，大理寺丞、簽書定國節度使判官种世衡爲内殿承制、知延州青澗城。安遠寨門既陷賊，東路無藩籬，賊益内侵。世衡言于范仲淹，請營故寬州，州西南直延安二百里，當賊衝，右捍延安，左可致河東粟，北可圖銀、夏。仲淹爲請于朝，詔世衡即廢壘興築，壘近敵，屢出争，世衡且戰且城，城成，賜名青澗，世衡改秩主之。世衡開營田一千頃，募商賈貸以本錢，使通貨得利，城遂富實，間出行部族，慰勞酋長，屬羌皆樂爲用。」九域志：「青澗城，在延州東北一百八十五里。」○家傳曰：「公又請修承平、永平等砦，稍招還流亡，完保障，通斥候，城十二砦，於是羌、漢之民，相踵歸業。」東都事略亦曰：「復承平、永平廢砦。」九域志延州延川縣有綏平、永平等寨，不載承平寨。案：「寨」「砦」同，

「寨」乃「柴」之俗字。（説文木部「柴」字下徐鼎臣曰：「師行野次，豎散木爲區落，名曰柴籬，後人語譌，轉入去聲，又別作『寨』字，非是。」）集韻十五卦曰：「柴，藩落也，仕懈切，或作『砦』。」○墓誌曰：「成青澗城，復散亡屬羌萬餘帳，開營田數千頃以收軍實，人視邊塞，其完固如山立不可動。」○墓誌曰：「有馬砦者，素爲賊衝，久不能城。公自領牙兵，出不意駐柔遠砦，別遣蕃將取其地。得之，先命長子入據以率衆，公亦親往勞士。有頃，賊三萬騎叩城下，公麾兵出戰，賊遽北，戒諸將勿追，已而果有伏兵夜遁。城既立，詔名大順。」長編百三十六曰：「慶之西北馬鋪寨，當後橋川口，深在賊腹中。范仲淹欲城之，度賊必爭，密遣子純祐與蕃將趙明先據其地，引兵隨其後，諸將初不知所向，行至柔遠，始號令之。版築畢具，旬日城成，是歲三月也（慶曆二年）。尋賜名大順。賊覺，以騎三萬來戰，佯北，仲淹戒勿追，已而果有伏。大順既城，白豹、金湯皆截然不敢動，環慶自是寇益少。」九域志陝西永興軍路慶州安化縣有大順城。清統志曰：「甘肅慶陽府：大順城，在安化縣（今慶陽縣）北一百五十里。」○以據要害，原注曰：「一本有『奪賊地而耕之』六字」。案：石本有此六字。○墓誌曰：「又城細腰，復胡盧等寨，招明珠、滅臧二强族各萬餘人及並環千餘帳內附。自是環慶屬羌悉爲吾用。」長編百三十八曰：「慶曆二年冬十月，原州屬羌敏珠爾、密桑（即明珠、滅臧）二族兵數萬，與元昊首尾，隔絶鄰道。范仲淹聞涇原欲襲討之，己巳，奏言：『二族道險不可攻。今討之，必與賊爲表裏，南入原州，西擾鎮戎，東侵環州，邊患未艾也。宜因昊賊別路大入之際，即并兵取細腰、蘆泉（史傳、家傳，「蘆泉」並作「胡蘆衆泉」。）爲堡障，以斷賊路，則二族自安，（長編百三十五：「是年正月，仲淹奏曰：『環州定邊寨、鎮戎軍乾興寨，相望八十餘里，二寨之閒有胡蘆泉，今屬賊界，爲義渠、朝那二郡之交，其南有敏珠爾、密桑之族，若進兵據葫蘆泉爲軍壁，北斷賊路，則二族自安。』」與此可以互證。）而環州、鎮戎徑道通徹，則可亡憂矣。』後二歲，遂築細腰、葫蘆諸寨。」

原注曰：「此年三月己未，涇原請於細腰城屬羌地内建築堡寨，雖許之，竟不聞興役，仲淹十月己巳乃有此奏。當是爲二族所隔，未能建築，將欲討之，故仲淹以爲不可。至四年十二月，乃卒城細腰也。」（時仲淹爲陝西河東宣撫使，檄知環州种世衡與知原州蔣偕共幹其事。明年正月，城成而世衡卒。）清統志曰：「甘肅慶陽府：細腰城，在環縣西。平涼府：懷德廢軍，在固原州北，州志：細腰、葫蘆峽城，在州東一百五十里。」案：固原州今改縣。○細腰、胡蘆，石本「蘆」作「盧」，文鑑同。○邊制，文鑑「制」作「壘」。○墓誌曰：「屬忘戰日久，兵無紀律，猝有外警，蕩然不支。公於是大閲州兵，得萬八千，析爲六將，分命裨佐訓飭。不數月，舉爲精鋭，士氣大振，莫不思戰。而寇知我有備，即引去。朝廷推其畫，諸路皆以爲法。」長編百二十八曰：「先是，詔分邊兵，部署領萬人，鈐轄領五千人，都監領三千人，有寇則官卑者先出。仲淹曰：『不量賊衆而出戰，以官爲先後，取敗之道也。』爲分州兵爲六將，將三千人，分部教之，量賊衆寡使更出禦賊，賊不敢犯。既而諸路皆取法焉。」○名臣傳曰：「仲淹閲兵得萬八千，選六將，俾領之，日夕訓練，號爲精兵焉。賊聞之，第戒曰：『無以延州爲意，今小范老子腹中有數萬甲兵，不比大范老子可欺。』戎州呼知州爲老子，大范謂范雍也。」（燕談録卷二曰：「范文正公以龍圖閣直學士帥邠、延、涇、慶四郡，威德著聞，夷夏聳服，屬户蕃部率稱曰龍圖老子，至于元昊亦以是稱之。」）○城大順，石本無「城」字。○軍至柔遠，石本無「軍」字。○九域志慶州安化縣有柔遠城。清統志曰：「慶陽府：柔遠砦，在安化縣北一百四十里。」○版築之用，石本無「用」字。○賊失計，「賊」下舊注曰：「有『既』字。」案：石本同。○左隱三年：「周、鄭交質。」釋文曰：「質音致。」○蕃酋，文鑑作「諸羌」。○墓誌曰：「朝廷尋盡以西路委公，置府于涇州，授陝西四路經略安撫招討使。方謀取横山故地，漸復靈、夏，然後可以誅賊。賊知亡無日，懼不克當，因遣使講和。明年春，召公爲樞密副使。」名臣傳曰：「公與韓琦協謀，必欲收復靈、夏、橫山之地。邊上謠曰：『軍中有一韓，西賊聞之心骨寒；軍中有一范，西賊聞之驚破膽。』元昊大懼，遂稱臣。」長編百三十八曰：「慶曆二年十一月，先是帝以涇原傷夷，欲令范仲淹與文彥博對易，遣內侍王懷德喻旨。仲淹對曰：『涇原地重，臣恐不足以獨當，願與韓琦同經略涇原，並駐涇州，琦兼秦鳳，臣兼環慶。一則事不率易；二則可相應援；三則通修環州、鎮戎諸寨，藉此兩路力，必能速有成功；四則臣與韓琦日夜計議，選練兵將，漸復橫山，以斷賊臂，不數年間，可期平定。』於是復置陝西四路都部署、經略安撫兼招討使，仲淹與琦開府涇州。」又百三十九曰：「三年春正月癸巳，延州言元昊遣僞六宅使、伊州刺史賀從勗來納欵。」又百四十曰：「三月癸卯，著作佐郎、簽書保安軍判官事邵良佐假著作郎，使夏州。先是，良佐與賀從勗詣闕，館於都亭西驛，承受使臣取元昊書至中書、樞密院，諭：『文字名體未正，名上一字又犯聖祖諱，不敢進，卻令齎回。其稱男，情意雖見恭順，（元昊書稱「男邦泥鼎國烏珠郎霄上書父大宋皇帝」。）然父子亦無不稱臣之禮。自今上表，只稱舊名，朝廷當行封册爲夏國主，賜詔不名，許自置官屬。歲賜絹十萬匹、茶三萬斤，生日與十月一日賜賚之。』仍命良佐與從勗等同往議定以聞。甲辰，以陝西四路馬步軍都部署、兼經略安撫招討等使、樞密直學士、右諫議大夫韓琦、范仲淹並爲樞密副使，琦、仲淹凡五讓，不許，乃就道。」○宋史地理志陝西慶陽府（宋初曰慶州，至宣和七年始改府。）安化縣橫山砦原注曰：「地名西擦嘐，元符元年建築，賜名。」清統志曰：「甘肅慶陽府：橫山砦，在安化縣北。」案：橫山砦，至哲宗時始築而名之，則此文所謂橫山者尚不在此。長編百四十九，韓琦、范仲淹所上四策，其三曰：「元昊巢穴，實在河外，河外之兵，懦而罕戰。惟橫山一帶蕃部，東至麟、府，西至原、渭，二千餘里，人馬精勁，慣習戰鬭之事，與漢界相附。」又曰：「若元昊失橫山之勢，可謂斷其右臂矣。」明統志曰：「陝西慶陽府：子午山，在合水縣東五十里，一名橋山，南連耀州，北抵鹽州，東接延安，緜亘八百餘里。橫嶺在寧州（今甘肅寧縣）東一百里，蓋子午山別阜也。」清統志曰：「陝西榆林府：橫山，在懷遠縣南，舊志橫山即古橋山，與延安府安定縣接界。」案：通鑑輯覽卷七十四注同。○西夏都靈武，即今甘肅靈武縣治，已見元次山大唐中興頌注。○長編百三十八曰：「慶曆二年冬十月，韓琦奏：『自逆昊寇擾西鄙，乃於陝西點民爲弓手以助防守，有警則赴集，無事則歸農。武藝廢而不修，禁約輕而易犯，至有父子兄弟，疎屬外戚，或則顧人應名，更相爲代，而官中了不可別。請黥爲禁軍，人給刺面錢二千。』詔從琦請，簡陝西弓手悉刺面充保捷指揮，仍給例物。」○墓誌曰：「朝廷以戍卒屢衄，議黥鄉人，懼甚，竄匿不願黥。公改命但刺其手，非校戰，請農于家。及罷兵，獨環慶路鄉軍得復爲民，民德公至于今不忘。」○說文曰：「紓，緩也。」漢書主父偃傳顏注曰：「輓謂引車船也。」

自公坐呂公貶，汪曰：「又追前建言坐貶，以轉入知政事，總成一片。」羣士大夫各持二公曲直，呂公患之，凡直公者，皆指爲黨，或坐竄逐。及呂公復相，公亦再起被用，於是二公驩然相約，勠力平賊。天下之士，皆以此多二公。然朋黨之論，遂起而不能止。上既賢公可大用，故卒置羣議而用之。汪曰：「置羣議用之，即爲下嫉公者埋根。」○以上敘與呂相交驩戮力，而即揭出黨論，有此段乃氣脈貫注，局勢闊遠，非徒爲上下綰紐也。

居士集孫謙益校正曰：「按司馬文正公記聞：『景祐中，呂許公執政，范文正公知開封，屢攻呂短，坐落職，知饒州。康定元年，復舊職，知永興。會許公復相，言於仁宗曰：「仲淹賢者，朝廷將用之，豈可但除舊職？」即除龍圖閣直學士、陝西經略安撫副使。上以許公爲長者，天下亦以許公不念舊惡。』（見涑水記聞卷八，此所引詞句多異而意同。又，下云：「文正面謝曰：『向以公事，忤犯相公，不意相公乃爾獎拔。』許公曰：

『夷簡豈敢復以舊事爲念耶？』」）又蘇文定公龍川志：『范文正自饒州還朝，出領西事，恐中公不爲之地，無以成功，乃爲書自咎解仇而去。故歐陽公作文正碑，有「二公晚年懽然相得」之語。後生不知，皆咎歐陽公。予見張公安道言之，乃信。』（見龍川別志卷上，詞句亦多異而意同。）又邵氏聞見録：『當時文正子堯夫不以爲然，從歐陽公辯，不可得，則自削去「驩然」「勠力」等語。公不樂，謂蘇明允曰：「范公碑爲其子弟擅於石本改動文字，令人恨之。」』（見後録卷二十一，詞句亦有異。）故今羅氏本於『坐落職知饒州』下無『明年吕公亦罷』六字，『爲陝西經略安撫副使』上無『上復召相吕公』六字，又無『自公坐吕公貶』已下至『故卒置羣議而用之』一段。以此觀之，諸家本乃當時定本也，羅氏本堯夫改本也，今從衆而載堯夫所改如此。陳無己談叢敍二公曲折，未必盡然。（後山叢談卷一曰：「某公惡韓、富、范三公，欲廢之而不能。軍興，以韓、范爲西帥，遣富使北，名用仇而實間之。又不克軍罷而請老，盡用三公及宋莒公、夏英公於二府，皆其仇也。又以其黨賈文元公、陳恭公間焉，猶欲因以傾之。」所云某公，即吕文靖也。又曰：「某公及老，大事猶問，西北相攻，請出大臣行三邊，於是范公使河東、陝西。范公既奉使，宿道者院，而某在焉。范公往見之，某佯曰：『參政求去邪？』范公以對，某曰：『大臣豈可一日去君側，去則不復還矣。今萬里奉使，故疑求去耳。』范公私笑之。久而覺報緩而請不獲，召堂吏而問曰：『吾爲西帥，每奏即下，而請輒得。今以執政奉使，而請報不追，何也？』曰：『某別置司專行鄜延事，故速而必得耳。』范公始以前言爲然，乃請守邊矣。」此與東軒筆録卷四、邵氏聞見録卷八所記，語意大異。又曰：「某薨，范公自爲祭文歸重而自訟云。」）文靖吕公薨，范公雖有祭文，蓋交際常禮，今載集中，詞意亦平平，無已謂『歸重而自訟』，過矣。」（續文章正宗録入孫氏校語，而沈氏、姚氏皆取之，以爲真西山語，殊失考。吴先生曰：「孫校歐文，在紹熙二年，正宗續刻，在咸淳二年。其時西山已卒，門人彙輯而成，故列孫語而詞不辨別，非西山手定也。」步瀛案：西山卒於端平二年五月。）案范文正祭吕相公文云：「某素遊大鈞，猥居近輔。得公遺書，適在邊土。就哭不逮，追想無窮。心存目斷，千里悲風。」殊無自訟之語，故孫駁後山之説也。張子賢（邦基）墨莊漫録卷八曰：「歐陽文忠公初以范希文事得罪於吕相，坐黨人，遠貶三峽（夷陵），流落累年，比吕公罷相，公始被進擢。及後爲范作神道碑，言西事，吕公擢用希文，盛稱二人之賢，能釋私怨而共力於國家。希文子純仁大以爲不然，刻石時輒削去此一節，云『我父至死未嘗解仇』。公亦歎曰：『我亦得罪於吕丞相者，惟其言公，所以信於後世也。吾嘗聞范公自言「平生無怨惡於一人」，兼其與吕公解仇書，見在范集中，豈有父自言無怨惡於一人，而其子不使解仇於地下？父子之性不同如此。』」朱文公答周益公書（文集卷三十八答周益公有三書，其第二、第三皆論吕、范事，續文章正宗皆節録之，姚氏節取其第三書中語。）曰：「蓋嘗竊謂吕公用事之時，舉措之不合衆心者，蓋亦多矣，而又惡忠賢之異己，必力排之，使不得容於朝廷而後已。逮其晚節，知天下之公議不可以終拂，亦以老病將歸，而不復有所畏忌。又慮夫天下之事，或終至于危亂，不可如何，而彼衆賢之排去者，或將起而復用，則其罪必歸於我，而并及于吾之子孫，是以寧損故怨，以爲收之桑榆之計。蓋其慮患之意，雖未必盡出于至公，而其補過之善，天下實被其賜。則與世之遂非長惡，力戰天下之公議，以貽患于國家者，相去遠矣。至若范公之心，則其正大光明，固無宿怨，而惓惓之義，實在國家，故承其善意，起而樂爲之用。其自訟之書，所謂『相公有汾陽之心之德，仲淹無臨淮之才之力』者，亦不可不謂之傾倒而無餘矣。此書今不見于集中，恐亦以忠宣刊去而不傳也。此最爲范公之盛德，而他人之難者。歐陽公亦識其意而特書之，摭實而言之，但曰：『吕公前日未免蔽賢之罪，而其後日誠有補過之功。』范、歐二公之心，則其終始本末如青天白日，無一毫之可議。若范公所謂『平生無怨惡于一人』者，尤足以見其心量之廣大高明，可爲百世之師表。至于忠宣，則所見雖狹，然亦不害其爲守正，則不費詞説，而名正言順，無復可疑矣。」（依姚氏節録）案：文公此論，最爲平允，然猶未及文字也。尚節之曰：「堯夫所删碑文，皆歐陽公所最注意處。以事論，則持議公平，允爲信史；以文論，則通篇氣脈，非此不足以貫輸振動，而取宏遠之勢。此皆史、漢中扼要文字，且於范公名德，固無礙也。而皆爲堯夫鑱去，學者試讀原碑，由堯夫所删，則文之生者死矣，曲者直矣，深厚者而淺薄矣，此誣爲文者耳，宜歐公恨恨不已也。」

慶曆三年春，召爲樞密副使，汪曰：「遙應『召公歸』句。」五讓，不許，乃就道。既至數月，以爲參知政事。每進見，必以太平責之。公歎曰：「上之用我者至矣，然事有先後，而革弊於久安，非朝夕可也。」既而上再賜手詔，趣使條天下事，又開天章閣，召見賜坐，授以紙筆，使疏於前。公惶恐避席，始退而條列時所宜先者十數事上之。其詔天下興學取士先德行不專文辭，革磨勘例遷以別能否，減任子之數而除濫官，用農桑考課守宰等事。方施行，而磨勘、任子之法，汪曰：「就磨勘、任子二事，轉出公之不得久任朝廷。」僥倖之人皆不便，因相與騰口，而嫉公者亦幸外有言，喜爲之佐佑。會邊奏有警，公即請行，乃以公爲河東陝西宣撫使。至則上書願復守邊，即拜資政殿學士、知邠州、兼陝西四路安撫使。其知政事，纔一歲而罷，有司悉奏罷公前所施行而復其故。言者遂以危事中之，賴上察其忠，不聽。以上參知政事，未久再出帥，知邠州。

長編百四十二曰：「慶曆三年夏四月甲辰，以陝西四路馬步軍都部署、兼經略安撫招討等使、樞密直學士、右諫議大夫韓琦、范仲淹，並爲樞密副使。」是碑「春」字當作「夏」。又曰：「秋七月（年譜作「六月」，誤。）丁丑，以樞密副使、右諫議大夫范仲淹爲參知政事。仲淹曰：『執政可由諫官而得乎？』固辭不拜。甲申，范仲淹爲陝西宣撫使。仲淹既辭參知政事，願與韓琦迭出行邊，上因付以西事。八月丁未，以范仲淹爲參知政事。」職官志曰：「樞密院，掌軍國機務、兵防、邊備、戎馬之政令，出納密命，以佐邦治。樞密使知院事，佐天子執兵政，而同知、副使、簽書爲之貳。參知政事，掌副宰相毗大政，參庶務。至道元年，詔宰相與參政輪班知印，同升政事堂，押敕齊銜，行則並馬。」又曰：「參知政事爲正二品。」○又開天章閣，墓誌作「開龍圖閣」。長編、東都事略、史傳、家傳、年譜皆作天章閣。○長編百四十三曰：「慶曆三年九月，上既擢范仲淹、韓琦、富弼等，每進見，必以太平責之，數令條奏當世務。上再賜手詔促曰：『比以中外人望，不次用卿等，今琦暫往陝西，仲淹、弼宜與宰臣章得象盡心國事，毋或有所顧避。其當世急務有可建明者，悉爲朕陳之。』既又開天章閣召對，賜坐給筆札，使疏於前。仲淹、弼皆皇恐避席，退而列奏：『一曰明黜陟，（長編注曰：「十一月壬戌施行。」）二曰抑僥倖，（注曰：「十一月癸未，試館職；丁亥，減任子。」）三曰精貢舉，（注曰：「明年三月乙亥，施行貢舉新制。」）四曰擇官長，（注曰：「十月丙午施行。」案：史傳、家傳作「擇長官」。）五曰均公田，（注曰：「十一月壬戌施行。」）六曰厚農桑，七曰修武備，八曰減徭役，（注曰：「明年五月己丑施行。」案：史傳作「推恩信」，家傳同。）九曰覃恩信，（史傳、家傳作

「重命令」。）十曰重命令。（史傳、家傳作「減徭役」。）』上方信嚮仲淹等，悉用其說。當著爲令者，皆以詔書畫一，次第頒下。獨府兵，輔臣共以爲不可而止。」○長編百四十七曰：「慶曆四年三月乙亥，詔曰：『今朕建學興善，有司其務嚴訓導，精察舉，以稱朕意。學者其進德修業，無失其時。凡所科條，可爲永式。』其令曰：『州若縣皆立學。本道使者選屬部官爲教授，三年而代。選於吏員不足，取於鄉里宿學有道業者，三年無私譴，以名聞。士須在學習業三百日，乃聽預秋試。舊嘗充試者，百日而止。親老無兼侍，取保任，聽學於家，而令試於州者相保任。進士試三場，先策，次論，次詩賦，通考爲去取，而罷帖經墨義。士子通經術，願對大義者，試十道，以曉析意義爲通，五通爲中格。三史科取其明史意，而文理可采者。明法科試斷案，假立甲乙罪，合律令，知法意，文理優，爲上等。』」○長編百四十四曰：「慶曆三年冬十月壬戌，詔曰：『祥符之際，治致昇平，考最則有限年之制，入官則有循資之格。及比年事邊，因緣多故，數披官簿，審閱朝行，思得應務之才，知虧素養之道。然非褒沮善惡，則不激礪；非甄別流品，則不憤發。特頒程式，以懋官成。自今兩地臣僚，非有勳德善狀，不得非時進秩，非次罷免者，毋以轉官帶職爲例。兩省以上，舊法四年一遷官，今具履歷聽旨。京朝官磨勘年限，有私罪及歷任嘗有贓罪，先以情重輕及勤績與舉者數奏聽旨。若朝官遷員外郎，須三年無私罪，而有監司若清望官五人爲保引，乃磨勘。遷郎中、少卿監亦如之。舉者數不足，增二年。遷大卿監、諫議大夫，弗爲常例，悉聽旨。又定制，監物務入親民，次升通判，通判升知州，皆用舉者。舉數不足，毋輒關陞。』」○長編百四十五曰：「慶曆三年十一月丁亥，詔曰：『今之蔭法，推恩太廣，以致疏宗蒙澤，稚齒授官。未知立身之道，從政之方，而並階仕進，非所以審政重民也。其著爲令，使夫冢嗣先録，以篤爲後之體，支子限年，以明入官之重。設考課之格，立保家之條。咨爾庶位，體茲意焉。蔭長子孫，皆不限年，諸子孫須年過十五，若弟姪須年過二十，必五服親乃得蔭。已嘗蔭而物故者，無子孫禄仕，聽再蔭。』自是任子之恩殺矣，然猶未大艾也。」○等事，文鑑無「事」字。○易咸上六象傳曰：「滕，口説也。」釋文曰：「滕，徒登反，達也。」案：「滕」乃「騰」之借字。○長編百五十曰：「慶曆四年六月壬子，參知政事范仲淹爲陝西河東路宣撫使。始，仲淹以忤吕夷簡，放逐者數年。及陝西用兵，天子以仲淹士望所屬，拔用護邊。及夷簡罷，召還，倚以爲治。中外想望其功業，而仲淹亦感激眷遇，以天下爲己任，遂與富弼日夜謀慮，興致太平。然規摹闊大，論者以爲難行。及按察使多所舉劾，人心不自安，任子恩薄，磨勘法密，僥倖者不便。於是謗毁浸盛，而朋黨之論滋不可解。然仲淹、弼守所議弗變。先是，石介奏記於弼，責以行伊周之事，夏竦怨介斥己，（介作慶曆聖德詩斥竦爲大姦。）又欲因是傾弼等，乃使女奴陰習介書，久之習成，遂改伊周曰伊霍，而僞作介爲弼撰廢立詔草，飛語上聞。帝雖不信，而仲淹、弼始恐懼，不敢自安於朝，皆請出按西北邊，未許。適有邊奏，仲淹固請行，乃使宣撫陝西、河東。」○長編百五十四曰：「慶曆五年春正月乙酉，右諫議大夫、參知政事范仲淹爲資政殿學士、知邠州、兼陝西四路緣邊安撫使。樞密副使富弼爲資政殿學士、京東西路安撫使、知鄆州。仲淹、弼既出使，（四年八月甲午，富弼爲河北宣撫使。）讒者益甚，兩人在朝所施爲，亦稍沮止。獨杜衍左右之，上頗惑焉。仲淹愈不自安，因疏奏乞罷政事。上欲聽其請，章得象曰：『仲淹素有虚名，今一請即罷，恐天下謂陛下輕黜賢臣。不若且賜詔不允，若仲淹即有謝表，則是挾詐要君，乃可罷也。』上從之，仲淹果奏表謝，上愈信得象言。於是，弼自河北還，將及國門，右正言錢明逸希得象等意，言弼更張綱紀，紛擾國經，凡所推薦，多挾朋黨心，傾朝共畏，與仲淹同；又言：『仲淹去年受命宣撫河東、陝西，聞有詔戒勵朋黨，心懼彰露，稱疾乞醫，纔見朝廷別無行遣，遂拜章乞罷政事，知邠州，欲固己位以弭人言，欺詐之迹甚明。乞早廢黜，以安天下之心。』疏奏，即降詔罷仲淹、弼。是夕，併鏁學士院草制罷衍。」九域志曰：「陝西永興軍路邠州：新平郡，静難軍節度，治新平縣。」案：今陝西邠縣治。○陝西四路，文鑑無「四」字。○「故言者」至「不聽」十六字，文鑑無，蓋脱，石本無「遂」字。

是時夏人已稱臣，公因以疾請鄧州。守鄧三歲，求知杭州，又徙青州。公益病，又求知潁州，肩舁至徐，遂不起。享年六十有四。方公之病，上賜藥存問，既薨，輟朝一日。以其遺表無所請，使就問其家所欲，贈以兵部尚書，所以哀卹之甚厚。以上因疾請知鄧、杭等州及薨逝。

是時，文鑑無「是」字。○長編百四十九曰：「慶曆四年五月丙戌，元昊始稱臣，自號夏國主。」百五十三曰：「十二月乙未，册命元昊爲夏國主，更名曩霄。」○年譜曰：「慶曆五年乙酉，年五十七歲。十一月，詔以邊事寧息，盜賊衰止，罷公陝西四路安撫使，並罷富弼安撫。其實讒者謂石介謀亂，弼將舉一路兵應之，故也。公先引疾求解邊任，遂改知鄧州。（長編百五十七載在十一月乙未。）是月乙未，轉給事中、資政殿學士、知鄧州。」九域志曰：「京西南路鄧州：南陽郡，武勝軍節度，治穰縣。」案：在今河南鄧縣東南。○年譜曰：「八年戊子，年六十歲。春正月丙寅，徙知荆南府，鄧人愛之，遮使者請留，公亦願留，從其請也。」○文鑑「守鄧」下有「州」字。○年譜曰：「皇祐元年乙丑，公知杭州。」夢溪筆談卷十一曰：「皇祐二年，吴中大饑，殍殣枕路。是時范文正領浙西，發粟及募民存餉，爲術甚備。吴人喜競渡，好爲佛事，希文乃縱民競渡，太守日出宴於湖上，自春至夏，居民空巷出遊。又召諸佛寺主首，諭之曰：『饑歲工價至賤，可以大興土木之役。』於是諸寺工作鼎興，又新敖倉吏舍，日役千夫。監司奏劾杭州不恤荒政，嬉遊不節，及公私興造，傷耗民力。文正乃自條敘所以宴遊及興造，皆欲以發有餘之財，以惠貧者。貿易飲食、工技服力之人，仰食於公私者，日無慮數萬人，荒政之施，莫此爲大。是歲兩浙唯杭州晏然，民不流徙，皆文正之惠也。」九域志曰：「兩浙路杭州：餘杭郡，寧海軍節度，治錢塘、仁和兩縣。」案：今併二縣爲浙江杭縣。○年譜曰：「皇祐三年辛卯，年六十三歲。是歲公以户部侍郎知青州、充淄濰等州安撫使。」湘山野録卷中曰：「范文正公鎮青社，會河朔艱食，青之輿賦，移博州置納，青民大患輦置之苦，而河朔斛價不甚翔踴。公止戒民本州納，價每斗三鍰，給抄與之，俾簽幕者輓金往幹，曰：『博守席君夷亮，余嘗薦論，又足下之婦翁也。攜書就彼，坐倉以倍價招之，事必可集。賫巨榜數十道，介其境則張之。設郡中不肯假廩，寄僧舍可也。』簽稾教行焉，至則皆如公料。村斛時爲厚價所誘，貿者山積，不五日遂足。而博斛亦衍，斛金尚餘數千緡，隨等差給還。青民因立像祠焉。」九域志曰：「京東東路青州：北海郡，鎮海軍節度，治益都縣。」案：今山東益都縣治。○年譜曰：「四年壬辰，年六十四。春正月戊午，徙知潁州。」九域志曰：「京西北路潁州：汝陰郡，順昌軍節度，治汝陰縣。」案：今安徽阜陽縣治。○墓誌曰：「肩輿至彭門，（「輿」「舁」字通，「門」疑作「城」。）遂不起。年六十四。」家傳曰：「時皇祐四年壬辰五月二十日甲子也。」（長編載在五月丁卯，是二十三日，蓋據奏到之日記之。）○宋史職官志曰：「兵部尚書，掌兵衞、武選、車輦甲械、廄牧之政令，以天下郡國之圖，而周知其地域。」又曰：「兵部尚書爲從二品。」○所欲，原注曰：「一有『爲』。」

案：石本有「爲」字。

公爲人，外和內剛，樂善汎愛。喪其母時尚貧，終身非賓客食不重肉。臨財好施，意豁如也。及退而視其私，妻子僅給衣食。汪曰：「此係敘其後樂如此。」其爲政所至，民多立祠畫像。其行己臨事，自山林處士、里閭田野之人，外至夷狄，莫不知其名字，而樂道其事者甚衆。及其世次、官爵，誌于墓、譜于家、藏于有司者，皆不論著。汪曰：「此碑妻子皆不書。」著其繫天下國家之大者，亦公之志也歟！汪曰：「應『慨然志于天下』。」○曾曰：「以上總述其盛德善政。」銘曰：

澠水燕談録卷二曰：「范文正公知邠州，暇日率僚屬，登樓置酒。未舉觴，見縗絰數人，營理喪具，公亟令詢之，乃寄居士人卒于邠，將出殯近郊，賵斂棺槨，皆所未具。公憮然，即徹宴席，厚賙給之，使畢其事。坐客感歎，有泣下者。」又卷四曰：「范文正公輕財好施，尤厚於族人。既貴，於姑蘇近郭，買良田數千畝爲義莊，以養羣從貧者。擇族人長而賢者一人，主其出納，人日米一升，歲衣縑一匹，嫁娶喪葬，皆有贍給，聚族人僅百口。公没逾四十年，子孫賢令，至今奉公之法，不敢廢弛。」○史記高祖本紀曰：「愛人喜施，意豁如也。」集解引服虔曰：「豁，達也。」漢書高帝紀顔注曰：「豁然開大之貌。」○言行拾遺事録卷一曰：「公既貴，常以儉約率家人，且戒諸子曰：『吾貧時，與汝母養吾親，汝母躬執爨，而吾親甘旨未嘗充也。今而得厚禄，欲以養親，親不在矣。汝母又已蚤世，吾所恨者，忍令若曹享富貴之樂也？』」又曰：「公子純仁娶婦將歸，或傳婦以羅爲帷幔，公聞之不悦，曰：『羅綺豈帷幔之物耶？吾家素清儉，安得亂吾家法？敢持歸吾家，當火於庭。』」○論語子路篇曰：「行己有恥。」○石本「行」下無「己」字，誤脱。○山林，舊注曰：「一作『搢紳』。」案：石本作「搢紳」。○史記留侯世家曰：「所與上從容言天下事甚衆，非天下所以存亡，故不著。」永叔正用此法。

范於吳越，世實陪臣。俶納山川，及其士民。范始來北，中閒幾息。公奮自躬，與時偕逢。事有罪功，言有違從。豈公必能，天子用公。其艱其勞，一其初終。夏童跳邊，乘吏怠安。帝命公往，問彼驕頑。有不聽順，鋤其穴根。公居三年，怯勇隳完。兒憐獸擾，卒俾來臣。夏人在廷，其事方議。帝趣公來，以就予治。公拜稽首，茲惟難哉。初匪其難，在其終之。羣言營營，卒壞于成。匪惡其成，惟公是傾。不傾不危，天子之明。存有顯榮，歿有贈謚。藏其子孫，寵及後世。惟百有位，可勸無怠。茅曰：「歐陽公碑文正公，僅于四百言，而公之生平已盡。蘇長公狀司馬溫公，幾萬言而上，似猶有餘旨。蓋歐得史遷之髓，故于敘事處裁節有法，自不繁而體已完。蘇則所長在策論縱橫，于史家學或短，此兩公互有短長，不可不知。」何義門曰：「敘范、吕本末，特微而顯，公文之至者。」

陪臣，已見柳子厚封建論注。○石本「川」作「水」。○「臣」「民」韻。○「北」「息」韻。○「躬」「逢」「功」「從」「公」「終」韻。○「邊」「安」「頑」「根」「完」「臣」韻。○怠安，原注曰：「怠，一作『殆』。」○石本「鋤」作「鉏」，「隳」作「墮」，「來」作「徠」，字並同。○「議」「治」韻。○難哉，原注曰：「難，一作『艱』。」案：文鑑「惟」作「爲」，左襄三十一年：「北宮文子曰：『詩云：「靡不有初，鮮克有終。」終之實難。』」○「哉」「之」韻。○詩「營營青蠅」，毛傳曰：「營營，往來貌。」鄭箋曰：「蠅之爲蟲，汙白使黑，汙黑使白，喻佞人變亂善惡也。」

石曼卿墓表

居士集原注曰：「慶曆元年。」（康定二年十一月，改元慶曆。）案：宋史石延年入文苑傳。

曼卿諱延年，姓石氏，其上世爲幽州人。幽州入于契丹，其祖自成始以其族閒走南歸，天子嘉其來，將禄之，不可，乃家于宋州之宋城。父諱補之，官至太常博士。以上先世。

唐河北道幽州，范陽節度使治所。（唐幽州治薊縣，在今北平市西南。）○幽州入于契丹，已見尹師魯叙燕注。○太平寰宇記曰：「河南道宋州治宋城縣。」（九域志曰：「宋州：景德三年升應天府，大中祥符七年升南京。」）案：今河南商丘縣南。○嘉其來，原注曰：「嘉，一作『喜』。」○宋史職官志曰：「太常寺博士，掌講定五禮儀式。有改革則據經審議。凡於法應謚者，攷其行狀，撰定謚文。有祠事，則監視儀物，掌凡贊導之事。」又曰：「太常博士，正八品。」

幽燕俗勁武，而曼卿少亦以氣自豪。汪曰：「就幽燕土風，引出曼卿以氣自豪。」讀書不治章句，獨慕古人奇節偉行非常之功，視世俗屑屑無足動其意者。自顧不合於時，乃一混以酒，然好劇飲大醉，頹然自放，由是益與時不合。而人之從其遊者，皆知愛曼卿落落可奇，而不知其才之有以用也。茅曰：「一篇柱子。」汪曰：「才氣是通篇骨子。」年四十八，康定二年二月四日，以太子中允、祕閣校理卒于京師。汪曰：「總提後，即書其卒，即書所終之官，見其不得中壽，而不克少施于世，以致哀之之意。」○以上敘其才氣及所終之官。

文鑑「以」上無「亦」字，「獨慕」作「獨參」。○後漢書崔駰傳注曰：「屑屑猶區區也。」○混以酒，原注曰：「以，一作『于』。」案：曼卿混於酒事，見釋祕演詩集序。○續通典卷三十四曰：「太子中允，唐置二人，宋東宮官，中不設，以中允爲階官。」祕閣校理，見范文正神道碑注。

曼卿少舉進士，不中，真宗推恩，三舉進士皆補奉職。曼卿初不肯就，張文節公素奇之，汪曰：「應上『奇』字。」謂曰：「母老，乃擇禄耶？」曼卿矍然起就之，遷殿直，久之，改太常寺太祝、知濟州金鄉縣。歎曰：「此亦可以爲政也。」縣有治聲，通判乾寧軍。丁母永安縣君李氏憂，汪曰：「母之姓及封在此見。」服除，通判永靜軍。皆有能名。汪曰：「才之有用，結穴在談兵，然曰『縣有治聲』，曰『皆有能名』，亦見其才。」充館閣校勘，累遷大理寺丞、通判海州，還爲校理。以上歷官。

宋史選舉志曰：「宋之科目，進士得人爲盛。」日知録卷十六曰：「進士乃諸科目中之一科，傳中有言舉進士者，有言舉進士不第者，不若今人已登科而後謂之進士也。」○「不中」下原注曰：「一有『第』字。」○宋史文苑傳曰：「真宗録三舉（「三」原誤「二」，今據墓表及東都事略文藝傳改。）進士，以爲三班奉職。」職官志，武臣敍遷之制，三班借職轉三班奉職，（太宗紀曰：「淳化二年春正月，改殿前承旨爲三班奉職。」）三班奉職轉右班殿直，右班殿直轉左班殿直。○宋史張知白傳曰：「字用晦，滄州清池人，謚文節。」○韓詩外傳一曰：「家貧親老者，不擇官而仕。」○說文曰：「矍，一曰視遽皃。」大徐音九縛切。案：矍，當爲「界」之借字，說文曰：「界，舉目驚界然也。」經傳多以「瞿」或「矍」爲之。○文苑傳曰：「後以右班殿直改太常寺太祝。」職官志曰：「太常寺太祝，掌讀册辭，授搏黍以嘏告，飲福則進爵，酌酒受其虚爵。」又曰：「太常寺太祝，從八品。」又武臣敍遷之制，右班殿直轉左班殿直，左班殿直轉右侍禁，右侍禁轉左侍禁。文臣换左職之制，太常寺太祝换左侍禁，武臣换文資當同此例。蓋曼卿轉爲左侍禁，始得改爲太常寺太祝也。○宋京東西路濟州金鄉縣，今山東金鄉縣治。○「通判乾寧軍」上原注曰：「一有『用薦者』三字。」元豐九域志曰：「河北東路乾寧軍：太平興國七年以滄州永安縣置軍。」（熙寧六年省爲鎮。）案：今河北青縣治。○九域志曰：「河北東路永静軍治東光縣。」案：今河北東光縣治。○容齋隨筆卷十六曰：「國朝館閣之選，皆天下英俊，然必試而後命，一經此職，遂爲名流。其高者曰集賢殿修撰，史館修撰，直龍圖閣，直昭文館、史館、集賢院、祕閣；次曰集賢、祕閣校理；官卑者曰館閣校勘，史館檢討，均謂之館職。」○九域志曰：「淮南東路海州：東海郡，治朐山縣。」案：今江蘇灌雲縣治。

莊獻明肅太后臨朝，曼卿上書，請還政天子。汪曰：「此是奇節，故抽出另敍，不挨年月次第也。」其後太后崩，范諷以言見幸，引嘗言太后事者，遽得顯官，欲引曼卿，曼卿固止之，乃已。以上請太后歸政。

莊獻明肅太后即章獻太后，已見范文正神道碑注。仁宗紀曰：「明道二年三月甲午，皇太后崩。夏四月癸亥，上大行太后謚曰莊獻明肅。慶曆四年十一月己卯，改上莊獻明肅皇太后曰章獻明肅。」案：作此墓表時尚未改謚，故曰莊獻明肅。○宋史范諷傳（附其父正辭傳。正辭，齊州人。）曰：「諷字補之，權御史中丞，以龍圖閣直學士權三司使。」

自契丹通中國，德明盡有河南而臣屬，遂務休兵養息，天下晏然，內外弛武三十餘年。汪曰：「提時事另起，却直從上文『不知其才之有用』說來。」曼卿上書言十事，不報，已而元昊反，西方用兵，始思其言，召見。稍用其說，籍河北、河東、陝西之民，得鄉兵數十萬。曼卿奉使籍兵河東，還，稱旨，賜緋衣銀魚。天子方思盡其才，茅曰：「轉。」而且病矣。汪曰：「照定『才之有用』句，如此轉出病來，有無限哀之之意。」既而聞邊將有欲以鄉兵扞賊者，笑曰：茅曰：「又轉。」「此得吾粗也。汪曰：「就上籍鄉兵，再作一層洗發。」夫不教之兵，勇怯相雜，若怯者見敵而動，則勇者亦牽而潰矣。今或不暇教，不若募其敢行者，則人人皆勝兵也。」以上論募兵。

宋史真宗紀曰：「景德二年春正月庚戌朔，以契丹講和，大赦天下。」○河南即河西。東都事略文藝石延年傳皆作「西」。又永叔文正王公神道碑銘曰：「是時契丹初請盟，趙德明亦納誓約，願守河西故地。」又文正范公神道碑銘曰：「趙元昊反河西。」皆其證也。○宋史真宗紀曰：「景德三年九月，夏州趙德明奉表歸款。冬十月，以趙德明爲定難軍節度、兼侍中，封西平王。」夏國傳曰：「德明小字阿移，遣牙將王旻奉表歸順。三年，復遣牙將仁勗奉誓表，請藏盟府。」○天下晏然，集無「晏」字，「然」下屬，文鑑、文編皆同。茅選有「晏」字，姚、曾從之。案：說文曰：「宴，安也。」「宴」乃「晏」之通借字。○元昊反，見范文正神道碑注。○籍河北，原注曰：「一無『河北』二字。」○長編百二十七曰：「仁宗康定元年夏四月丁亥，大理寺丞、祕閣校理石延年往河東路同計置催促糧草。明道中，延年嘗建言：『天下不識戰三十餘年，請選將練兵，爲二邊之備。』不報。及西邊數警，始召見，命副吴遵路使河東，時方用延年之説，籍鄉丁爲兵故也。」澠水燕談録卷四曰：「康定中，河西用兵，石曼卿與安道（吴遵路字）奉使河東。既行，安道晝訪夕思，所至郡縣，考圖籍，見守令，按視民兵芻粟，山川道路，莫不究盡利害。而曼卿飲酒吟詩，若不爲意者。一日，安道曰：『以曼卿才，如略加之意，則事無遺舉矣。』曼卿笑曰：『延年已熟計之矣。』因條舉將兵之勇怯、芻糧之多寡、山川之險易、道路之通塞，纖悉具備，如宿所經慮者。安道乃大驚服，以爲天下之奇才，且歎其不可及也。」○新唐書車服志曰：「紫爲三品之服，緋爲四品之服，淺緋爲五品之服。」宋史輿服志曰：「宋因唐制，三品以上服紫，五品以上服朱，七品以上服緑，九品以上服青。」又曰：「魚袋，其制自唐始，凡服紫者飾以金，服緋者飾以銀，廷賜紫則給金塗銀者，賜緋亦有特給者。」石林燕語卷三曰：「服色凡言賜者，謂於官品未合服而特賜也。故執事服紫，雖侍從以上官，未當其品，亦皆言賜。」○「敢行者」下原注曰：「一有『用』字。」

其視世事，蔑若不足爲。汪曰：「應『屑屑無足動意』作翻。」及聽其施設之方，雖精思深慮，不能過也。汪曰：「對針上『得吾粗』句。」狀貌偉然，喜酒自豪，若不可繩以法度。汪曰：「應『劇飲大醉』作翻。」退而質其平生趣舍大節，無一悖于理者。遇人無賢愚，皆盡忻懽，汪曰：「應『從其游者之愛曼卿』作翻。」及閒而可否天下是非善惡，當其意者無幾人。上下兩層相勘，寫出其人懷抱，永叔常用此法。其爲文章，勁健稱其意氣。汪曰：「串人『氣』字。」

○以上論其爲人及文章。

趣舍，原注曰：「趣，一作『取』。」案：「趣舍」「取捨」字並通。莊子齊物論篇郭注曰：「趣舍不同。」釋文曰：「趣，七喻反，字或作『取』；舍音捨。」○忻懽，原注曰：「一作『歡忻』。」案：文鑑作「忻歡」。○茅選無「閒而」二字，集「否」作「不」，今從文鑑。○廣韻四十七證曰：「稱，昌孕切。」

有子濟、滋。天子聞其喪，汪曰：「與上『天子方思盡其才』關合。」官其一子，使禄其家。既卒之三十七日，葬於太清之先塋。以上恩蔭及葬。其友歐陽脩表於其墓曰：

長編卷一百曰：「慶曆元年二月，録故太子中允、祕閣校理石延年子濟爲太廟齋郎。延年與天章閣待制吴遵路同使河東，及卒，遵路爲言於朝，特恤之。」○太清，蓋永城縣之鄉名。

嗚呼曼卿！寧自混以爲高，不少屈以合世，可謂自重之士矣。士之所負者愈大，茅曰：「一轉尤妙。」則其自顧也愈重，自顧愈重，則其合愈難。然欲與共大事，立奇功，非得難合自重之士，不可爲也。古之魁雄之人，未始不負高世之志，故寧或毁身污迹，卒困於無聞。茅曰：「悲慨。」或老且死，而幸一遇，汪曰：「又翻進一層，重在『老幸一遇』上。」猶克少施于世。若曼卿者，非徒與世難合，而不克所施，亦其不幸不得至乎中壽，汪曰：「對古人老且死幸一遇。」其命也夫！其可哀也夫！方望溪曰：「章法極變化，語亦不蔓。」

非得，原注曰：「一無『得』字。」○左傳僖三十二年：「公使謂之曰：『爾何知？中壽。』」孔疏曰：「上壽百二十歲，中壽百，下壽八十。」莊子盜跖篇曰：「人上壽百歲，中壽八十，下壽六十。」

胡先生墓表

居士集原注曰：「嘉祐六年。」案：宋史胡瑗入儒林傳。○文鑑作胡翼之墓表。

先生諱瑗，字翼之，姓胡氏。其上世爲陵州人，後爲泰州如皋人。先生爲人師，以「師道」作主。言行而身化之，使誠明者達，昏愚者勵，而頑傲者革。故其爲法嚴而信，爲道久而尊。師道廢久矣。自明道、景祐以來，學者有師，惟先生暨泰山孫明復、石守道三人，而先生之徒最盛。汪曰：「請二客陪說，即鉤清主位。」○以上先總敘胡先生之能爲人師。

陵州，原注曰：「一作京兆。」○如皋，原注曰：「一作海陵。」○蔡君謨太常博士致仕胡君（瑗）墓誌銘曰：「胡氏世居長安。詢爲唐兵部尚書，其孫韜因亂留蜀，爲僞陵州刺史，蜀平歸京師，終衞尉卿，於君爲曾祖。生泰州司寇參軍諱修己，卒葬海陵。司寇生海寧軍節度推官諱訥，贈太子中允，博學善屬文，吕文靖公夷簡嘗薦其書備修國史。君其長子也。」案：宋史儒林傳言瑗泰州海陵人，長編卷百十八亦言海陵人。隆平集卷十五、名臣言行録前集卷十、黄氏日抄卷四十五皆但言泰州人。宋淮南路泰州治海陵縣，今江蘇泰縣治。泰州有如皋縣，今江蘇如皋縣治。又唐劍南道陵州治仁壽縣，五代屬蜀，今四川仁壽縣治。宋元學案安定學案曰：「先生世居安定，（元和姓纂曰：「安定，漢有胡建始居焉。」）流寓陵州，父訥爲寧海節度推官，隨任生于泰州寧海鄉，先生故址也。人稱之爲安定先生，溯其源也。」○黄氏日抄卷五十曰：「安定胡先生明體用之學。師道之立，自先生始。然其始讀書泰山，十年不歸，及既教授，猶夙夜勤瘁，二十餘年，人始信服，立己立人之難如此，非篤實力行何以哉？」○永叔孫明復先生墓誌銘曰：「先生諱復，字明復，姓孫氏，晉州平陽人也。少舉進士不中，退居泰山之陽，學春秋，著尊王發微。魯多學者，其尤賢而有道者石介。自介而下，皆以弟子事之。慶曆二年，樞密副使范仲淹、資政殿學士富弼言其道德經術宜在朝廷，詔拜校書郎、國子監直講。」○永叔徂徠石先生墓誌銘曰：「徂徠先生姓石氏，名介，字守道，兗州奉符人也。徂徠，魯東山，而先生非隱者也，其仕嘗位於朝矣。魯之人不稱其官而稱其德，以爲徂徠魯之望，先生魯人之所尊，故因其所居山以配其有德之稱，曰徂徠先生者，魯人之志也。先生年二十六，舉進士甲科，召入國子監直講、拜太子中允、直集賢院、通判濮州。」○名臣言行録前集卷十引翼之曾孫滁所記曰：「侍講布衣時，與孫明復、石守道同讀書泰山，攻苦食淡，終夜不寢，十年不歸。」

其在湖州之學，弟子去來常數百人，各以其經轉相傳授，其教學之法最備。行之數年，東南之士莫不以仁義禮樂爲學。先敍湖州學教授之法。慶曆四年，天子開天章閣，與大臣講天下事，始慨然詔州縣皆立學。於是建太學於京師，而有司請下湖州，取先生之法以爲太學法，至今爲著令。汪曰：「前敍其在湖學，後敍其在太學，此將湖學、太學紐合，以作過文。」○以上湖州學之法，太學取之，並定爲著令。

墓誌曰：「先生尤患隋唐已來仕進尚文詞而遺經業，苟趨禄利。及爲蘇、湖二州教授，嚴條約以身先之。雖大暑，必公服終日，以見諸生，嚴師弟子之禮。解經至有要義，懇懇爲諸生言其所以治己而後治乎人者。學徒千數，日月刮劘。爲文章皆傳經義，必以理勝，信其師說，敦尚行實。」名臣言行録前集卷十引呂氏家塾記曰：「時方尚詞賦，獨湖學以經義及時務，學中故有經義齋、治事齋。經義齋者，擇疏通有器局者居之。治事齋者，人各治一事，又兼一事，如邊防、水利之類。故天下謂湖學多秀異，其出而筮仕，往往取高第，及爲政，多適於世用，若老於吏事者。由講習有素也。」黃氏日抄卷四十五曰：「先生寶元初，始以一命主學東南，訓誨諸生，過於父兄之訓子弟，諸生有善，若己有之，諸生有過，若己蹈之。東南之人，知以經行爲先，道德爲本，實先生始之也。」案：湖州，見蘇氏文集序注。○慶曆四年興學，已見范公神道碑注。○爲著令，居士集及文鑑、續正宗、文編、文鈔皆同，姚選「著」字在「爲」字上。（宋史作「取其法著爲令」，殆姚所本。）漢書景帝紀：「元年詔曰：更議著令。」似當從集。

後十餘年，先生始來居太學，學者自遠而至，太學不能容，取旁官署以爲學舍。禮部貢舉，歲所得士，先生弟子十常居四五。其高第者，知名當時，或取甲科，居顯仕，其餘散在四方，隨其人賢愚，皆循循雅飭。其言談舉止，遇之不問可知爲先生弟子。其學者相語稱先生，不問可知爲胡公也。就弟子一面摹出胡公，妙妙。何曰：「文氣一收束。」張廉卿曰：「從史記李廣程不識一段化出。」○以上在太學。

墓誌曰：「後爲太學，四方歸之，庠舍不能容，旁拓步軍居署以廣之。」李方叔（廌）師友談記曰：「呂元明希哲侍講爲廌言：『頃仁皇時，太學之法寬簡，國子先生必求天下賢士真可爲人師表者，就其中又擇其尤賢者，專委掌教導規矩之事。胡翼之瑗初爲直講，有旨專掌一學之政。胡文學行義，一代高之，既專學政，遂推誠教育，多士身率，天下之士不遠萬里來就師之。方是時，游太學者，端爲道藝，稱弟子者，中心悅而誠服之也。胡亦甄別人物，擇其過人遠甚人畏服者，獎之激之，以勵其志。又各因其所好，類聚而別居之。故好尚經術者，好談兵戰者，好文藝者，好尚節義者，皆使之（使之，元作「所以」，依名臣録引改。）以類羣居，相與講習。胡亦時召之，使論其所學，爲定其理；或自出一義，使人人以對，爲可否之；時取當時政事，俾之折衷，故人皆樂從而有成。今朝廷近臣，往往胡之徒也。』」○名臣言行録前集卷十引李廌書曰：「在湖學時，福唐鄭彝中（「中」上當有「執」字。執中，彝字也。）往從之。學者數百人，彝爲高弟。熙寧二年召對，上問曰：『胡瑗文章，與王安石孰優？』彝曰：『胡瑗以道德仁義教東南諸生，時王安石方在場屋，修進士業。臣聞聖人之道有體有用有文。君臣父子仁義禮樂，歷世不可變者，其體也；詩書史傳子集，垂法後世者，文也；舉而措之天下，能潤澤其民，歸于皇極者，其用也。國家累朝取士，不以體用爲本，而尚其聲律浮華之詞，是以風俗媮薄。臣師瑗當明道、寶元之閒，尤病其失，遂明體用之學，以授諸生。夙夜勤瘁，二十餘年，專切學校，始自蘇、湖，終于太學，出其門者，無慮二千餘人。故今學者，明夫聖人體用，以爲政教之本，皆臣師之功也。』上曰：『其門人今在朝者爲誰？』對曰：『若錢藻之淵篤，孫覺之純明，范純仁之直温，錢公輔之簡諒，此陛下所知也。其在外明道適用，教于民者，迨數十輩，其餘政事、文學粗出於人者，不可勝數。』」黄氏日抄卷四十五曰：「其高第錢藻之、孫覺、范純仁、錢公輔、顧臨、吴孜、徐積、滕甫。」邵氏聞見録卷八曰：「胡先生瑗判國子監，其教育諸生皆有法。先生每語諸生，食飽未可據案，或久坐，皆於氣血有傷，當習射投壺游息焉。是亦『食不語寢不言』之遺意也。程伊川曰：『凡從安定先生學者，其醇厚和易之氣，望之可知也。』」

先生初以白衣見天子論樂，拜祕書省校書郎，辟丹州軍事推官，改密州觀察推官。丁父憂去職。服除，爲保寧軍節度推官，遂居湖學。召爲諸王宮教授，以疾免。已而以太子中舍致仕，遷殿中丞於家。皇祐中，驛召至京師議樂，復以爲大理評事、兼太常寺主簿，又以疾辭。歲餘，爲光禄寺丞、國子監直講，迺居太學。遷大理寺丞，賜緋衣銀魚。嘉祐元年，遷太子中允、充天章閣侍講，仍居太學。以上歷官，而敘次亦歸重教授。

隆平集卷十五曰：「胡瑗累舉進士不中。景祐中，求知音者，白衣召至京師，與李照、阮逸定樂，除祕書郎。」長編卷百十八曰：「景祐二年二月丙辰，詔翰林學士馮元、禮賓副使鄧保信與鎮江節度推官阮逸、湖州鄉貢進士胡瑗，較定舊鍾律。瑗以經術教授吴中，范仲淹前知蘇州，薦瑗知音，白衣召對崇政殿，與逸俱命。」百十九曰：「景祐三年九月壬辰，以阮逸爲鎮安節度掌書記、知城父縣，胡瑗試校書郎。初，召逸、瑗作鍾磬律度，按之雖與古多不合，猶推恩而遣之。」東都事略儒學傳曰：「瑗所議樂，多變古法，其樂制以一黍之廣，爲分以制尺，其律徑三分四釐六毫四絲，其圍十分三釐九毫三絲，其聲比舊樂下半律，又鍾磬大小，一以黄鍾爲律焉。」○文獻通考職官十曰：「祕書省校書郎，宋初爲寄禄官，元豐後，校書郎四人，掌校讎典籍。」○「拜」下原注曰：「一有『試』字。」○史傳曰：「范仲淹經略陝西，辟丹州推官。」九域志曰：「陝西路丹州：咸寧郡，軍事，治宜川縣。」案：今陝西宜川縣治。職官志曰：「軍事推官爲從八品。」墓誌曰：「君雖老於訓導，在丹州，實與帥府事，建議更陳法，製兵器，開廢地爲營田，募土人爲兵，給錢使自市勁馬，漸以代東兵之不任戰者。雖軍校蓄酋、亭障廝役以事見，輒飲之酒，訪被邊利害，以資帥府。府多武人，初謂君徒能知古書耳，既觀君之所爲不以異己，又翕然稱之。」○九域志曰：「京東路密州：高密郡，安化軍節度，治諸城縣。」案：今山東諸城縣治。職官志曰：「觀察推官爲從八品。」○墓誌曰：「丁父憂，舉其族之亡於遠者九喪歸葬。」○九域志曰：「兩浙路婺州：東陽郡，保寧軍節度，治金華縣。」案：今浙江金華縣治。職官志曰：「節度推官爲從八品。」○職官志曰：「親王府，凡諸宮皆有教授，初無定員。」○職官志曰：「太子中舍人、舍人，至道、天禧各置一人。」又曰：「太子中舍人爲從七品。」又曰：「殿中省監、丞各一人。」○史傳曰：「皇祐中，更鑄太常鐘磬，驛召瑗、逸與近臣太常官議于祕閣，遂典作樂事。」又樂志曰：「皇祐二年九月，帝既閱雅樂，謂輔臣曰：『作樂崇德，薦之上帝，以配祖考。今將有事於明堂，然世鮮知，其令太常並加講求。』時言者以爲鎛鐘、特磬，未協音律，詔令鄧保信、阮逸、盧昭序同太常檢詳典禮，別行鑄造。太常薦太子中舍致仕胡瑗曉音，詔同定鐘磬制度。」○大理評事，見蘇氏文集序注。○職官志曰：「太常寺主簿一人。」又曰：「主簿爲從八品。」○長編百七十三曰：「皇祐四年冬十月甲戌，殿中丞胡瑗落致仕爲光禄寺丞、國子監直講，同議大樂。」職官志曰：「光禄寺卿，掌祭祀、朝會、宴饗酒醴膳羞之事，修其儲備而謹其出納之政。少卿爲之貳，丞參領之。」又曰：「寺丞爲正八品。」又曰：「國子監直講八人，以京官選人充，掌以經術教授諸生。」○長編百八十四曰：「嘉祐元年十二月乙卯，太子中允、天章閣侍講胡瑗管勾太學。瑗既爲學官，其徒益衆，於是擢與經筵，治太學猶如故。」（原注曰：「實録稱瑗以天章閣侍講管勾太學，然不見初除天章閣侍講是何日月，當考。」）太子中允，見石曼卿墓表注。職官志曰：「侍講爲正七品。」

已而病不能朝，天子數遣使者存問，又以太常博士致仕。東歸之日，太學之諸生與朝廷賢士大夫送之東門，執弟子禮，路人嗟歎以爲榮。以四年六月六日，卒于杭州，享年六十有七。以明年十月五日，葬於烏程何山之原。其世次、官邑與其行事，莆陽蔡君謨具誌于幽堂。以上致仕、卒葬。

太常博士，見石曼卿墓表注。○墓誌曰：「侍邇英講，不以諱忌爲避。既疾，上數遣中貴人就問安否，蓋亦有所待矣。比去京，諸生詣闕下乞留者累日，公卿祖送，都門甚盛，莫不惜其行也。」安定學案曰：「弟子祖帳，百里不絕。」○江鄰幾雜志曰：「胡瑗翼之卒，凶訃至京，錢公輔學士與太學生徒百餘人詣興國戒壇院舉哀，又自陳師喪，給假二日，近時無此事。」○太平寰宇記曰：「江南東道湖州烏程縣：何口山，在縣南十里山下，當何山等路，昔曰何山，亦曰金蓋山。晉何楷居之，修儒業，楷後爲吳興太守，改金蓋山爲何山。」清統志曰：「浙江湖州府：何山，在烏程縣南少西十四里；宋胡瑗墓，在烏程縣南何山。」案：烏程今併歸安，爲浙江吳興縣。○墓誌曰：「母隨氏，贈京兆尹太君。娶王氏，封長安縣君。有子三人，志康進士及第，志寧、志正皆力學。長女婿大理寺滕希魯，次進士王伯起，季女尚幼。孫守約。」○宋史蔡襄傳曰：「襄字君謨，興化仙遊人。」寰宇記曰：「江南東道興化軍，本泉州莆田縣地也。」九域志曰：「福建路興化軍治莆田縣。」又曰：「縣三：莆田、仙遊、興化。」案：仙遊縣，今福建仙遊縣治；莆田縣，今莆田縣治。○蔡君謨胡君墓誌銘，見忠惠集卷三十三。○具誌，原注曰：「具，一作『且』。」

嗚呼！先生之德在乎人，不待表而見於後世，然非此無以慰學者之思，梁曜北曰：「仍歸『師道』上說。」乃揭于其墓之原。以上表墓。六年八月三日，廬陵歐陽脩述。沈曰：「作文必尋一事作主，此篇以『師道』爲主，蓋主意既立，而枝葉從之，所以能一線貫穿也。後人草志傳，必期事事羅列，既表其言行，復揚其文章功業，本末鉅細，一一兼該，如散錢無索，宜識者貶爲諛墓辭矣。」劉曰：「敍安定之善於教學，而摹寫其弟子之盛且賢，淋漓生氣。末及東歸，而諸生執弟子禮，以爲餘波。」

瀧岡阡表

居士集原注曰：「熙寧三年。」案：獨醒雜誌卷二曰：「兩府例得墳院，歐陽公既參大政，以素惡釋氏，久而不請。韓公爲言之，乃請瀧岡之道觀。又以崇公之諱，因奏改爲西陽宮，今隸吉之永豐。後公罷政，出守青社，自爲阡表，刻碑以歸，江行過采石，舟裂碑沉。舟人曰：『神如有知，石將出。』有頃，石果見，遂得以歸，立于其宮。紹興乙卯，宮焚，不餘一瓦，碑亭獨無恙，信有神物護持云。」（神龍借觀諸怪説，蓋由此傅會而出，不復録。）又卷三曰：「歐陽之父崇公與母韓國太夫人，皆葬於沙溪瀧岡，胥、楊兩夫人之喪，亦歸祔葬。（歐公胥夫人，偃女；楊夫人，大雅女。）公辭政日，屢乞豫章，欲歸省墳墓，竟不得請。里中父老至今相傳云，公葬太夫人時，常指其山之中曰：『此處他日當葬老夫。』後葬於新鄭，非公意也。」鶴林玉露卷一曰：「歐陽公居永豐縣之沙溪，其考崇公葬焉，所謂瀧岡阡是也。厥後奉母鄭夫人之喪歸合葬，載青州石鐫阡表，石緑色，高丈餘，光可鑑。」金石萃編卷一百三十七曰：「碑連額高八尺一寸五分，廣三尺五寸，二十七行，行五十六字，連額並正書，在永豐縣。」

嗚呼！惟我皇考崇公，卜吉于瀧岡之六十年，其子脩始克表於其阡，非敢緩也，蓋有待也。沈曰：「一篇以『有待』作主。」

永叔歐陽氏圖譜，崇公諱觀，字仲賓。韓稚圭歐陽文忠公墓誌銘曰：「父諱觀，性至孝，力學。咸平中，擢進士第，終於泰州軍事推官，累贈太師、中書令，封鄭國公。」吴沖卿（充）歐陽公行狀、蘇子由神道碑，皆稱鄭國公，年譜亦然。（今坊本改崇國公，蓋後改封也。）禮記曲禮下曰：「父曰皇考。」又曰：「生曰父，死曰考。」鄭注曰：「皇，君也；考，成也。」○歐陽文忠公年譜曰：「大中祥符三年，鄭公終於泰州軍事判官。四年，葬鄭公于吉州吉水縣瀧岡。」原注曰：「其後至和元年，析吉水縣之報恩鎮置永豐縣，遂隸永豐。」清統志曰：「江西吉安府：宋歐陽觀墓，在永豐縣南瀧岡阡，即歐陽脩父。」廣韻四江曰：「瀧，吕江切，又音雙。」案：自宋真宗祥符四年辛亥，至神宗熙寧三年庚戌，正六十年。○文鑑無「岡」字，蓋脱。

脩不幸，生四歲而孤，太夫人守節自誓，居窮，自力於衣食，以長以教，俾至于成人。梁曜北曰：「先敘母德。」太夫人告之曰：「汝父爲吏廉，梁曰：「次敘亡父遺訓。」而好施與，喜賓客，其俸禄雖薄，常不使有餘，曰：『毋以是爲我累。』汪曰：「好施與，收入廉內。」故其亡也，無一瓦之覆，一壠之植，以庇而爲生。吾何恃而能自守邪？吾於汝父，知其一二，以有待於汝也。唐曰：「起下『能養』『有後』。」汪曰：「『待』字是起處『待』字之根。」自吾爲汝家婦，不及事吾姑，然知汝父之能養也。汝孤而幼，吾不能知汝之必有立，然知汝父之必將有後也。沈曰：「『能養』『有後』雙提。」吾之始歸也，汝父免於母喪方逾年。歲時祭祀，則必涕泣曰：『祭而豐，不如養之薄也。』閒御酒食，則又涕泣曰：『昔常不足，而今有餘，其何及也？』吾始一二見之，以爲新免於喪適然耳。既而其後常然，至其終身未嘗不然。吾雖不及事姑，而以此知汝父之能養也。以上申「能養」。汝父爲吏，嘗夜燭治官書，屢廢而歎。吾問之，則曰：『此死獄也，我求其生不得爾。』吾曰：『生可求乎？』曰：『求其生而不得，則死者與我皆無恨也，唐曰：「情深語摯。」矧求而有得邪？以其有得，則知不求而死者有恨也。夫常求其生，猶失之死，而世常求其死也。』回顧乳者劍汝而立于旁，吴先生曰：「此學霍光傳『太后曰止』一段文法。」因指而歎曰：『術者謂我歲行在戌將死，沈曰：「忽接乳者抱子及術者等言，字字悲愴。」使其言然，吾不及見兒之立也，後當以我語告之。』其平居教他子弟，常用此語，吾耳熟焉，故能詳也。其施於外事，吾不能知。其居於家，無所矜飾，而所爲如此，是真發於中者邪。嗚呼，其心厚於仁者邪！此吾知汝父之必將有後也。以上申「有後」。汝其勉之！夫養不必豐，要於孝；利雖不得博於物，要其心之厚於仁。吾不能教汝，此汝父之志也。」茅曰：「以上並母之言。」汪曰：「敍其母述父之言，而母之賢達自見。」○「其平居教子弟」至此一段，又上「吾雖不及事姑」二句下「治其家」之「其」字，方氏、劉氏皆刪削。吴北江曰：「方、劉於古人文字輒好刪削，殆是習氣。『養不必豐』二語，總括大旨，尤不宜去。」脩泣而志之，不敢忘。沈曰：「結一語，爲不辱其親作案。」梁曰：「東住太夫人訓語。」○曾曰：「以上太夫人述崇公之盛德遺訓。」

居窮，原注曰：「窮，一作『貧』。」案：石本作「貧」。○行狀曰：「皇考之捐舍，公纔四歲，太夫人守節自誓，而教公以讀書爲文，及公成人，太夫人自力衣食，不以家事累公，使專務爲學。」又曰：「公幼孤，家貧無資，太夫人以荻畫地，教以字書。」○告之曰，文鑑「之」作「脩」。○毋以是，文鑑「毋」作「無」。○一壠之植，石本「植」作「殖」。○庇而，齊策一高注曰：「而，汝也。」○史記項羽本紀：「陳嬰母謂嬰曰：自我爲汝家婦，未嘗聞汝先古之有貴者。」文用此語。○韓詩外傳七：「曾子曰：『往而不可還者親也，至而不可加者年也，是故孝子欲養而親不待也，木欲直而時不待也。是故椎牛而祭墓，不如鷄豚逮親存也。』」○昔常，原注曰：「常，一作『吾』。」案：文鑑作「吾」。○吾始，石本作「始吾」。○適然耳，石本「耳」作「爾」。案：「耳」「爾」皆「尒」之通借字。○治官書，石本「治」作「清」。周禮天官宰夫曰：「六曰吏，掌官書以贊治。」鄭注曰：「贊治若今起文書草也。」○屢廢，石本「廢」作「癈」。案：癈，「廢」之通借字。○不得爾，石本「爾」作「尔」，即「尒」之俗字。○皆無恨也，原注曰：「一無『也』字。」案：文鑑無「也」字。○以其有得，原注曰：「一本『有得』作『求而得』。」案：石本作「求而得」。○有恨也，文鑑無「有」字。○而世常求，原注曰：「世，一作『況』。」案：文鑑作「況」。○何義門讀書記歐陽文忠公文卷下曰：「孔叢載孔子曰：『古之聽訟者，惡其意不惡其人，求所以生之，不得其所以生乃刑之，君必與衆共焉，愛民而重棄之也。今之聽訟者，不惡其意而惡其人，求所以殺，是反古之道也。』（刑論篇）歐公所述崇公之言，全本于此。」○姚令威（寬）西溪叢語卷下曰：「歐公父墓表云：『回顧乳者劍汝於其旁。』曲禮曰：『負劍辟咡詔之。』注云：『負謂置之於背，劍謂挾之於旁。』」容齋隨筆卷五説同。案：原注曰：「劍，一作『抱』。」文鑑作「抱」，當以「劍」字爲是。

先公少孤力學。梁曰：「次敘崇公履歷。」咸平三年，進士及第，爲道州判官，泗、綿二州推官，又爲泰州判官。享年五十有九，葬沙溪之瀧岡。曾曰：「以上崇公科第、官階、卒葬。」

文獻通考選舉五曰：「咸平三年進士四百九人，諸科一千一百二十九人，省元李庶幾，狀元陳堯咨。」（長編四十六曰：「咸平三年三月甲午，上御崇政殿親試，賜陳堯咨以下二百七十一人進士及第，一百四十三人同本科及三傳學究出身。又命考校諸科，得四百三十二人，賜及第同出身。又試進士五舉，諸科八舉，及嘗經御試，或年踰五十者，論一篇，得進士二百六十人，諸科六百九十七人。」數與通考不同，未知孰是。）○九域志曰：「荆湖南路道州：江華郡，治營道縣。」案：今湖南道縣治。○九域志曰：「淮南路泗州：臨淮郡，治盱眙縣。成都府路（咸平四年爲益州路，嘉祐四年改成都府路。）綿州：巴西郡，治巴西縣。」案：宋盱眙縣，在今安徽盱眙縣東北；巴西縣，今四川綿陽縣治。○九域志曰：「淮南路泰州：海陵郡，治海陵縣。」今江蘇泰縣治。

太夫人姓鄭氏，梁曰：「次敘太夫人履歷。」考諱德儀，世爲江南名族。太夫人恭儉仁愛而有禮，初封福昌縣太君，進封樂安、安康、彭城三郡太君。自其家少微時，治其家以儉約，其後常不使過之，曰：「吾兒不能苟合於世，儉薄所以居患難也。」其後脩貶夷陵，太夫人言笑自若，曰：「汝家故貧賤也，吾處之有素矣。汝能安之，吾亦安矣。」曾曰：「以上太夫人盛德遺訓。」

少微，原注曰：「微，一作『賤』。」案：文鑑作「賤」。○年譜曰：「景祐三年丙子，公年三十。是歲，天章閣待制、權知開封府范仲淹言事忤宰相落職，知饒州，公切責司諫高若訥，若訥以其書聞。五月戊戌，降爲峽州夷陵縣令。公自京師沿汴絕淮泝江，奉母夫人赴貶所。十月，至夷陵。」案：夷陵，已見送田畫秀才序注。○汝家故貧賤也，石本無此六字。

自先公之亡二十年，脩始得禄而養。又十有二年，列官于朝，始得贈封其親。又十年，脩爲龍圖閣直學士、尚書吏部郎中、留守南京，太夫人以疾終于官舍，享年七十有二。又八年，脩以非才，入副樞密，遂參政事。又七年而罷。汪曰：「其備載年數，正是醒起處『有待』之義。」自登二府，天子推恩，褒其三世，故自嘉祐以來，逢國大慶，必加寵錫。皇曾祖府君累贈金紫光禄大夫、太師、中書令，汪曰：「俱不書諱。」曾祖妣累封楚國太夫人。汪曰：「不書姓。」皇祖府君累贈金紫光禄大夫、太師、中書令，兼尚書令，祖妣累封吴國太夫人。皇考崇公累贈金紫光禄大夫、太師、中書令、兼尚書令，皇妣累封越國太夫人。今上初郊，皇考賜爵爲崇國公，太夫人進號魏國。曾曰：「以上自敍禄位，親得爵封。」

行狀曰：「天聖中，進士甲科，補西京留守推官。」年譜曰：「天聖八年庚午，公年二十四。正月，試禮部，翰林學士晏公殊知貢舉，公復爲第一。三月，御試崇政殿，公甲科第十四名。五月，授將仕郎、試祕書省校書郎、充西京留守推官。」職官志曰：「奉禄，留守推官十五千，春冬絹各五匹，冬綿十兩。」案：文鑑「二十」作「三十」，誤。自祥符三年庚戌，至宋仁宗天聖八年庚午，凡二十一年，實計正二十年也。○年譜曰：「康定元年庚辰六月辛亥，復充館閣校勘，仍修崇文總目。十月，轉太子中允。慶曆元年辛巳五月庚戌，權同知太常禮院，以見修崇文總目辭，許之。十一月丙寅，祀南郊，攝太常博士，引終獻。十二月，加騎都尉。」長編百三十四曰：「慶曆元年十一月丙寅，祀天地於圜丘。十二月丙子朔，加恩百官。」○年譜曰：「皇祐元年己丑四月丙戌，轉禮部郎中。八月辛未，復龍圖閣直學士。二年庚寅七月丙戌，改知應天府、兼南京留守司事。己酉至府。十月己未，明堂覃恩，轉吏部郎中、加輕車都尉。」案：龍圖閣直學士，已見范文正神道碑注。職官志曰：「吏部郎中，主管尚書左右選、侍郎左右選，各一人，參掌選事而分治之。」又曰：「尚書諸司郎中爲從六品。」○尚書吏部郎中，原注曰：「一無『尚書』字。」案：文鑑無。○文獻通考職官十七曰：「留守，司掌宮鑰及京城守衛修葺彈壓之事，畿内錢穀兵民之政。」○年譜曰：「皇祐四年壬辰三月壬戌，丁母夫人憂，歸潁川。」原注曰：「終，一作『卒』。」文鑑作「卒」。○年譜曰：「嘉祐五年庚子十一月辛丑，拜樞密副使。」案：樞密副使，已見范文正碑注。○年譜曰：「嘉祐六年辛丑八月辛丑，轉户部侍郎，參知政事。治平四年丁未正月丁巳，神宗即位。三月，御史彭思永、蔣之奇以飛語汙公，上察其誣，斥之，公力求去。三月壬申，除觀文殿學士、轉刑部尚書、知亳州。」○職官志曰：「宋初循唐、五代之制，置樞密院，與中書對持文武二柄，號爲二府。」○故自，原注曰：「故，一作『蓋』。」案：石本及文鑑、續正宗、文編並作「蓋」。○墓誌曰：「曾祖諱郴，孝悌之行，鄉里師服。仕南唐爲武昌令，（行狀曰：「檢校右散騎常侍、兼御史大夫。」）累贈太師、中書令。曾祖妣劉氏追封楚國太夫人。」職官志曰：「金紫光禄大夫爲正二品。」又曰：「中書令，國朝未嘗真拜，以他官兼領者不與政事，然止曹佾一人，餘皆贈官。」○墓誌曰：「祖諱偃，彊學善屬文。南唐時，獻所爲文十餘萬言，召試，補南京街院判官，累贈太師、中書令、兼尚書令。祖妣李氏追封吳國太夫人。」職官志曰：「尚書令與三師、三公、侍中、中書令，俱以册拜，自建隆以來不除。」○宋史神宗紀曰：「熙寧元年十一月丁亥，祀天地于圜丘，大赦，羣臣進秩有差。」○魏國，原注曰：「魏，一作『韓』。」案：文鑑作「韓」。

於是小子脩泣而言曰：「嗚呼！爲善無不報，而遲速有時，此理之常也。儲曰：「明繳『有待』意，而歸功祖考，字字得體。」汪曰：「醒『有待』意。」惟我祖考，積善成德，宜享其隆。雖不克有於其躬，而賜爵受封，顯榮褒大，實有三朝之錫命。是足以表見於後世，而庇賴其子孫矣。」乃列其世譜，具刻于碑，既又載我皇考崇公之遺訓，太夫人之所以教，而有待於脩者，並揭于阡，汪曰：「結『待』字。」俾知夫小子脩之德薄能鮮，遭時竊位，而幸全大節，不辱其先者，其來有自。唐荊川曰：「地步。」熙寧三年，歲次庚戌，四月辛酉朔，十有五日乙亥，男推誠保德崇仁翊戴功臣、觀文殿學士、特進、行兵部尚書、知青州軍州事、兼管內勸農使、充京東東路安撫使、上柱國、樂安郡開國公、食邑四千三百户、食實封一千二百户脩表。唐曰：「列官亦是有關係文字。」○曾曰：「以上著立表之意。」○沈曰：「不特不鋪陳己之顯揚，並不實陳崇公行事，只從太夫人語中傳述一二，而崇之爲孝子仁人，足以庇賴其子孫者，千古如見，此至文也。若出近代鉅公，必揚其先人爲周孔矣。」

幸全大節，何義門曰：「韓吏部行狀『幸不至大失節以下見先人，可謂榮矣』，公蓋本此語。」○莊子人間世曰：「隱將芘其所藾。」釋文曰：「『芘』一作『庇』，『藾』一作『賴』。」○錢竹汀金石跋尾卷十三曰：「按文獻通考及宋史職官志，文武臣僚功臣號無『推誠』而有『推忠』，然史又稱中書、樞密則『推忠協謀』，親王則『崇仁佐運』，餘官則『推誠保德翊戴』，則『推忠』之號惟兩府專之，其餘文武諸臣但當爲『推誠』耳。通考及史文作『推忠』者，誤也。歐公嘗任執政，此所賜功臣號止稱『推誠保德』者，宋制，中書、樞密所賜，若罷免或出鎮，則改之。予又記狄武襄神道碑（王珪撰）稱『推誠保德守正翊戴功臣』，狄公由樞密使出鎮，故所賜功臣號，亦用餘官之例也。表作于熙寧三年四月，時公以觀文殿學士知青州。按宰輔編年録，是年四月，除宣徽南院使、判太原府。方作表之時，除命未下也。」步瀛案：年譜曰：「嘉祐七年壬寅九月辛亥，大饗明堂。己未，賜推忠佐理功臣。八年癸卯四月壬申，英宗即位。甲申，覃恩轉户部侍郎，仍賜推忠協謀佐理功臣。治平四年丁未正月丁巳，神宗即位。戊辰，覃恩轉尚書左丞，仍賜推忠協謀同德佐理功臣。三月壬申，知亳州，改賜推誠保德崇仁翊戴功臣。」○職官志曰：「觀文殿，本隋煬帝殿名。國初爲文明殿學士。慶曆七年，改爲紫宸殿學士，以參知政事丁度爲之。八年，御史何郯以爲『紫宸』不可爲官稱，於是改延恩殿爲觀文殿，即殿名置學士，仍以度爲之。自後非曾任執政者弗除。」又曰：「觀文殿學士爲正三品。」○年譜曰：「嘉祐七年九月己未，進階正奉大夫。八年四月甲申，進階金紫光禄大夫。治平二年乙巳十一月壬申，祀南郊，進階光禄大夫。治平四年正月戊辰，進階特進。」職官志：「文散官特進，正二品。」○年譜曰：「熙寧元年戊申八月乙巳，轉兵部尚書，改知青州，充京東東路安撫使。」案：兵部尚書，已見范文正碑注。○宋史食貨志曰：「景德三年，丁謂等請少卿監爲刺史、閤門使以上知州者，兼管內勸農使。」（長編六十二載在景德三年二月丙子，言勸農使入銜自此始。）職官志曰：「安撫使，總一路兵政，以知州兼充，太中大夫以上或曾歷侍從，乃得之。」○年譜曰：「慶曆四年甲申十一月，南郊恩封信都縣開國子，食邑五百户。七年丁亥十二月，以南郊恩進封開國伯，加食邑三百户。嘉祐元年丙申九月，進封安樂郡開國侯，加食邑五百户。四年己亥十月丁丑，加護軍，食實封二百户。五年庚子十一月辛丑，加食邑五百户，食實封二百户。六年辛丑八月辛丑，進封開國公，加食邑五百户，食實封二百户。七年九月己未，加柱國。八年四月甲申，加食邑五百户，食實封二百户。治平二年十一月，加上柱國，食邑五百户。四年正月戊辰，加食邑五百户，食實封二百户。熙寧元年十一月丁亥，郊祀恩加食邑五百户，食實封二百户。」職官志曰：「上柱國爲正二品。」郡公，見范文正碑注。○梁曜北（玉繩）讀歐記疑曰：「表後一年辛亥六月致仕，又明年壬子閏七月公薨，距立表時二歲有餘。」

王仲言（明清）揮麈後録卷六曰：「『歐陽觀，本盧陵人，家世冠冕，一祖兄弟，自江南至今，擢進士第者六七人。觀少有辭學，應數舉，屢階魁薦。咸平三年登第，授道州軍州推官。考滿，以前官遷于泗州，當淮、汴之口，天下舟航漕運鱗萃之所。因運使至觀傲睨不即見，郡守設食召之不赴，因爲所彈奏怠于職務，遂移西渠州，迨成資而卒于任所。觀有目疾，不能遠視，苟矚讀行句，去牘不遠寸。其爲人義行頗腆。先出其婦，有子隨母所育，及登科，其子詣之，待以庶人，常致之于外。寒燠之服，每苦于單弊，而親信僕隸，至死曾不得侍宴語。然其骨殖，卒賴其子而收葬焉。』右龍衮字君章所著江南野録載歐陽觀傳。觀乃文忠父。文忠自識其父墓云：『太僕府君長子諱觀，字仲賓，咸平三年進士及第，以文行稱於鄉里。少孤，事母至孝。丁潘原太君憂時尚貧，其後終身非賓客食不重肉，歲時祭祀，涕泗嗚咽，至老猶如平生。喜待士，戒家人俸勿留餘。而居官以廉恕爲本，官至泰州軍州判官。卒年五十九，（原注曰：「大中祥符三年三月二十四日終于官。」）葬吉水縣沙溪保之瀧岡。累贈兵部郎中。夫人彭城郡太君鄭氏，年二十九而公卒，居貧子幼，守節自誓，家無紙筆，以荻畫地，教其子脩學書，卒年七十二，（原注曰：「皇祐四年三月十七日卒于南京留守廨舍。」）祔葬瀧岡。（原注曰：墓志，起居舍人、知制誥呂臻撰，工部郎中、知制誥王洙篆蓋，大理平事陸經書石。）有子曰□，早卒；曰脩。』觀文忠所述，則觀初無出婦之玷，文忠又敍其考妣之賢如此。袞，螺江人，與文忠爲鄉曲，豈非平時有宿憾，與夫祈望不至云爾？信夫毀譽不可深信，不獨碧雲騢一書而已，不可不爲之辯。文忠公親筆，今藏其孫伋家，明清親見之。」李微之（心傳）舊聞證誤卷二曰：「按歐陽公瀧岡阡表，以熙寧三年立，而云『既葬之六十年』，逆數之，葬時公才四歲耳。表中雖不見出婦事，然以志考之，觀年五十九卒官，而鄭夫人年方二十九，必非元配。蓋觀已出婦，其子固難言之。歐陽公撰族譜云觀二子，昞當是其前婦之子，所謂『卒賴以葬』者也。文忠後任昞之子嗣立爲廬陵尉，見焚黄祭文中。又文忠貶滁州謝上表云『同母之親，惟有一妹』，足見昞爲前母之子無疑。仲言雖欲爲歐陽公諱之，其意甚美，然非事實。況觀之前婦實有過，亦未可知。孔子，子思尚明言之，特歐公不可自言，他人何諱之有？」（宋刻殘本二卷無此條，此從清四庫四卷本由永樂大典輯成者也。又宋史李心傳傳云「字微之」，殘本則作「伯微」。）

張子野墓誌銘

居士集原注曰：「康定元年。」案：宋史張遜傳曰：「遜，博州高唐人，子敏中。敏中子先，進士及第。」周公謹齊東野語卷十五曰：「本朝有兩張先，皆字子野。其一博州人，天聖三年進士，歐陽公爲作墓誌。其一天聖八年進士，則吾州人也。」（湖州人。案：即蘇子瞻張子野年八十五尚聞買妾述古令作詩者。）

吾友張子野既亡之二年，其弟充以書來請曰：「吾兄之喪，將以今年三月某日葬于開封，不可以不銘，銘之莫如子宜。」嗚呼！予雖不能銘，然樂道天下之善以傳焉。唐介軒曰：「一層。」況若吾子野者，非獨其善可銘，又有平生之舊，朋友之恩，唐曰：「二層。」與其可哀者，唐曰：「三層。」皆宜見於予文，宜其來請於予也。以上子野之卒宜銘。

論語季氏篇曰：「益者三樂，樂節禮樂，樂道人之善，樂多賢友，益矣。」

初，天聖九年，予爲西京留守推官，是時陳郡謝希深、南陽張堯夫與吾子野，尚皆無恙。沈曰：「將希深、堯夫並敘，而子野夾敘其閒，是主客雙行法。」於時一府之士，皆魁傑賢豪，日相往來，飲酒歌呼，上下角逐，爭相先後，以爲笑樂。唐曰：「寫歡聚時，淋漓盡致。」而堯夫、子野，退然其閒，不動聲氣，衆皆指爲長者。予時尚少，心壯志得，以爲洛陽東西之衝，賢豪所聚者多，爲適然耳。唐曰：「曲筆敏妙。」其後去洛來京師，南走夷陵，並江漢，其行萬三四千里，山砠水厓，窮居獨遊，思從曩人，邈不可得。唐曰：「寫得離散寂寞無聊。」然雖洛人至今，皆以謂無如嚮時之盛，何曰：「此句剔得好。」然後知世之賢豪不常聚，而交遊之難得，爲可惜也。梁曰：「敘平生之舊。」初在洛時，已哭堯夫而銘之，其後六年，又哭希深而銘之，今又哭吾子野而銘。於是又知非徒相得之難，而善人君子，欲使幸而久在於世，亦不可得。嗚呼！可哀也已。梁曰：「敘朋友之恩。」○以上十年來，友朋離合聚散，已可感惜，而逝者尤爲可哀。

爲西京推官，已見瀧岡阡表注。邵氏聞見録卷八曰：「天聖、明道中，錢文僖公自樞密留守西都，謝希深爲通判，歐陽永叔爲推官，尹師魯爲掌書記，梅聖俞爲主簿，皆天下之士，錢相遇之甚厚。」又曰：「謝希深、歐陽永叔官洛陽時，同游嵩山，自潁陽歸，暮抵龍門香山，雪作，登石樓望都城，各有所懷。忽於煙靄中，有策馬渡伊水來者，既至，乃錢相遣廚傳歌妓至，吏傳公言曰：『山行良勞，當少留龍門賞雪，府事簡，無遽歸也。』錢相遇諸公之厚類此。」○永叔尚書兵部員外郎知制誥謝公墓誌銘曰：「公諱絳，字希深，其先出於黃帝之後。至晉宋間，謝氏出陳郡者，始爲盛族。以寶元二年四月丁卯來治鄧，其年十一月己酉，以疫卒於官。公年十五，起家試祕書省校書郎，復舉進士中甲科，與修真宗國史，遷祠部員外郎、直集賢院、通判河南府。」○河南府司録張君墓表曰：「故大理寺丞、河南府司録張君，諱汝士，字堯夫，開封襄邑人也。明道二年八月壬寅，卒於官。初，天聖、明道之間，錢文僖公守河南，公王家子，特以文學仕至貴顯，所至多招集文士，而河南吏屬，適皆當世賢材知名士，故其幕府號爲天下之盛，君其一人也。文僖公善待士，未嘗責以吏職，而河南又多名山水，竹林茂樹，奇花怪石，其平臺清池，上下荒墟草莽之間，余得日從賢人長者，賦詩飲酒以爲樂。」東軒筆録卷三曰：「錢文僖公惟演，以使相留守西京，時通判謝絳、掌書記尹洙、留府推官歐陽脩，皆一時文士。遊宴吟詠，未嘗不同，洛下多水竹奇花，凡園囿之勝，無不到者。」○歌呼，茅鈔作「懽呼」。○年譜曰：「景祐元年甲戌三月，西京秩滿歸襄城。五月，如京師，會前留守王文康公曙入樞府，薦召試學士院。閏六月乙酉，授宣德郎、試大理評事、兼監察御史、充鎮南軍節度掌書記、館閣校勘。」○夷陵，已見送田畫秀才序注。○史記秦始皇本紀集解引服虔曰：「並音傍，傍，依也。」○詩卷耳「陟彼砠矣」，毛傳曰：「石山戴土曰砠。」釋文作「岨」，曰：「本亦『砠』。」説文作「岨」，曰：「石戴土也。」釋名釋山曰：「石戴土曰岨。岨臚然也。」皆與毛合。爾雅釋山曰：「土戴石爲砠。」與毛相反。卷耳孔疏疑毛傳傳寫誤。玉篇於「岨」字從毛傳，於「砠」字從爾雅，而云「亦作『岨』」，蓋並存二説。段懋堂謂：「二文互異而義則一。戴者，增益也。釋山謂用土戴於石上，毛謂石而戴之以土。以絲衣戴弁例之，則毛之立文爲善矣。」馬元伯曰：「毛傳多本爾雅，今爾雅與毛傳互異，蓋爾雅傳寫誤也。孔疏轉疑毛傳爲誤，失矣。」步瀛案：段氏義主調停，轉不如馬説爲直截。郝蘭皋從之，謂毛、許、劉所見爾雅古本俱不誤。爾雅釋水曰：「滸，水厓。」郭注曰：「水邊地。」釋丘曰：「涘爲厓。」郭注曰：「謂水邊。」○亦不可得，原注曰：「一有『之』字。」

子野之世，曰贈太子太師諱某，曾祖也；宣徽北院使、樞密副使、累贈尚書令諱遜，皇祖也；尚書比部郎中諱敏中，皇考也。曾祖妣李氏，隴西郡夫人；祖妣宋氏，昭應郡夫人，孝章皇后之妹也；妣李氏，永安縣太君。子野家聯后姻，世久貴仕，而被服操履，甚於寒儒。好學自力，善筆札。天聖二年舉進士，歷漢陽軍司理參軍、開封府咸平主簿、河南法曹參軍。王文康公、錢思公、謝希深與今參知政事宋公，咸薦其能，改著作佐郎、監鄭州酒稅、知閬州閬中縣、就拜祕書丞。秩滿，知亳州鹿邑縣。寶元二年二月丁未，以疾卒于官，享年四十有八。子伸，郊社掌坐，次從，次幼未名；女五人，一適人矣。妻劉氏，長安縣君。以上家世及歷仕。

宋史張遜傳曰：「遜，博州高唐人。雍熙三年，授宣徽北院使、簽署樞密院事，未幾兼樞密副使知院事。」職官志曰：「宣徽南院使、北院使，掌總內諸司及三班內侍之籍，郊祀、朝會、宴饗供帳之儀，應內外進奉，悉檢視其名物。舊制以檢校爲使，或領節及兩使留後，闕則樞密副使一人兼領二使，亦有兼樞密副使、簽書樞密院者。」○張遜傳曰：「子敏中，初補供奉官，遜在宣徽，表言嘗業文，願改秩，即換大理寺丞，累至比部郎中。」職官志曰：「刑部其屬三：曰都官，曰比部，曰司門。比部郎中、員外郎，掌勾覆中外帳籍。凡場務、倉庫出納在官之物，皆月計、季考、歲會，從所隸監司檢察以上比部。至則審覆其多寡登耗之數，有陷失，則理納。鈎考百司經費，有隱昧，則會問同否而理其侵負。」○職官志曰：「吏部司封郎中、員外郎，掌官封、敘贈、承襲之事。命婦之號十有四，七曰郡夫人。」○宋史后妃傳曰：「太祖孝章宋皇后，河南洛陽人，左衛上將軍偓之長女也，母漢永寧公主。」○宋荊湖北路漢陽軍治漢陽縣，今湖北漢陽縣治。司理參軍，見范公神道碑注。○宋東京開封府咸平縣，今河南許縣治。職官志曰：「京畿縣主簿爲正九品。」○職官志曰：「河南府法曹專掌讞議。」又曰：「京府諸曹參軍事爲從八品。」○宋史王曙傳曰：「曙字晦叔，世居河汾，後爲河南人。再知河南府，召爲樞密使，拜同中書門下平章事。卒謚文康。」○宋史錢惟演傳曰：

「惟演字希聖，吳越王俶之子也。天聖七年，改武勝軍節度使。明年來朝，上言先壠在洛陽，願守宮鑰，即以判河南府。」又曰：「卒，特贈侍中。太常張瓌按謚法『敏而好學曰文，貪而敗官曰墨』，請謚『文墨』。其家訴于朝，詔章得象等覆議。以惟演無貪黷狀，而晚節率職，有惶懼可憐之意，取謚法『追悔前過曰思』，改謚曰『思』。慶曆閒，子曖復訴前議，乃改謚曰『文僖』。」康定時尚未改謚，故稱思公也。○宋史宋庠傳曰：「庠字公序，安州安陸人，後徙開封之雍丘。天聖初，舉進士，開封、試禮部皆第一。庠初名郊，李淑恐其先己，以奇中之，言曰：『宋，受命之號；郊，交也。合姓名言之爲不祥。』帝弗爲意，他日以諭之，因改名庠。寶元中，以右諫議大夫參知政事。」○職官志曰：「祕書省著作郎一人，著作佐郎二人，掌修纂日曆。」又曰：「著作佐郎爲正八品。」○宋京西北路鄭州治管城縣，今河南鄭縣治。○九域志曰：「利州路閬州：閬中郡，治閬中縣。」案：今四川閬中縣治。○宋淮南路亳州鹿邑縣，今河南鹿邑縣治。○職官志：「吏部流内銓諸色人流及循資磨勘選格入流：郊社齋郎、試銜白衣送銓注官、司士、文學、參軍、長史、司馬、助教得正官，並班行試換文資，入下州判官，中下縣簿、尉。」原注曰：「舊長坐同。」案：「長」疑當作「掌」。

子野爲人，外雖愉怡，中自刻苦，遇人渾渾，不見圭角，而志守端直，臨事敢決。唐曰：「補寫『其善可銘』，仍歸到『可哀』上。」平居酒半，脱冠垂頭，童然禿且白矣。予固已悲其早衰，而遂止於此，豈其中亦有不自得者邪？梁曰：「書其可哀者。」○以上爲人。

禮記儒行鄭注曰：「去己之大圭角。」○敢決，原注曰：「敢，一作『果』。」案：茅鈔作「果」。

子野諱先，其上世博州高堂人，自曾祖已來，家京師而葬開封，今爲開封人也。補出名及籍貫。銘曰：

高堂，當作「高唐」。宋河北東路博州高唐縣，今山東高唐縣治。

嗟夫子野，質厚材良。孰屯其亨，孰短其長？豈其中有不自得，而外物有以戕？開封之原，新里之鄉。三世于此，其歸其藏。茅曰：「總寫交遊之情，而自任及樂善，宛然言外。」劉曰：「以交遊之聚散生死，感歎成文，淋漓鬱勃。」

黃夢升墓誌銘

居士集原注曰：「慶曆三年。」孫謙益校正附載別本，即真蹟，作南陽主簿黃君墓誌銘，文後又載永叔與黃渭小簡曰：「脩啓：多事不及周謹。鄙文或可刊石，望只依首尾，不須添他語，亦不必平空，及不用官銜，惟書刻人欲署姓名無妨，墨本乞三五紙。乍別保愛。脩再拜。」又載黃山谷跋曰：「叔祖夢升，學問文章、五兵從横制作之意，似徐陵、庾信，使同時遇合，未知孰先孰後也。然不幸得人間四十年尔，使之白髮角逐於英俊之場，又未知與歐陽文忠公孰先孰後也。夢升既乖牾不逢，嘗以文哭世父長善云：『高明之家，尚爲鬼瞰。子之文章，豈無物憾？』蓋自道也。安世十三弟，秀而不實，使人氣塞，於今孫曾特多英妙之質，力學不休，安知來者之不如今也？紹聖元年五月，諸孫庭堅記。」（山谷別集題作跋歐陽文忠公撰七叔祖主簿墓誌後）又附跋曰：「右黄夢升墓誌銘，公年三十八所作，真蹟今藏興國軍吴氏，字畫端麗，雖似浄本，然亦閒有塗改。校今衆本，凡增損異同七十餘字，疑公後嘗修潤，或傳寫差訛，今録示後人，併以元帖并山谷跋附焉。」

予友黄君夢升，其先婺州金華人，後徙洪州之分寧。其曾祖諱某，祖諱某，父諱某，皆不仕。黄氏世爲江南大族，自其祖父以來，樂以家貲賑鄉里，多聚書以招四方之士。夢升兄弟皆好學，尤以文章意氣自豪。汪曰：「文章意氣作柱，下分應却重在文章。」○以上先世。

唐江南道婺州治金華縣，今浙江金華縣治。○黄山谷叔父給事行狀曰：「黄氏本婺州金華人，公高祖諱贍，當李氏時，來游江南，以策干中主不能用，授著作佐郎、知分寧縣，解官去游湘中。久之，念藏器以待時，無兵革之憂，莫如分寧，遂以安輿奉二親來居分寧，因葬焉。」又叔父和叔墓碣曰：「黄氏自婺州來者諱贍，以策干江南李氏，不用，用爲著作佐郎、知分寧縣。分寧，吴、楚地犬牙相入處也。著作爲縣，使兩地民不得相侵陵，水旱相移食，故湖南馬氏亦授以兵馬副使，將楚兵者二十年。其後吴、楚政益衰，著作乃去官游湖湘閒。久之，念山川重深，可以辟世，無若分寧者，遂將家居焉，而葬於白土。」案：唐江南道洪州，南唐爲南昌府，分寧縣屬焉，今江西修水縣治。○其曾祖諱某至父諱某，真蹟本如此，文鑑同，集作「曾祖諱元吉，祖諱某，父諱中雅」，乃後人妄填，遂致大謬。中雅爲元吉子，元吉乃贍子。山谷叔父和叔墓碣曰：「著作生元吉，豪傑士也，買田聚書，長雄一縣，始宅於修溪之上，而葬於馬鞍山。馬鞍君生中理，贈光禄卿。」又周來軒（季鳳）山谷先生别傳曰：「贍生元吉，元吉生中理，中理生湜，湜生庶，庶實生先生。」又山谷集載世系圖：始祖贍，子元績、元吉；元吉子中理、中雅；中理、中雅各五子，中理子湜，即山谷之祖；中雅子注，即夢升，山谷所稱爲七叔祖者也。由此言之，此文當作「曾祖諱贍，祖諱元吉，父諱中雅」乃合。○皆不仕，案：贍嘗仕南唐著作佐郎、知分寧縣，又兼爲楚兵馬副使，非不仕者。永叔謂爲不仕，意或以去官游湖湘，終老于分寧，雖謂之不仕，亦可也。○江南，真蹟作江西。○賑，「振」之俗字，真蹟「賑」下有「施」字。○以招，真蹟「招」下有「延」字。○墓碣曰：「光禄始築書館於櫻桃洞、芝臺，兩館游士來學者，常數十百人，故諸子多以學問文章知名。」

予少家隨，夢升從其兄茂宗官于隨。予爲童子，立諸兄側，見夢升年十七八，眉目明秀，善飲酒談笑。汪曰：「以飲酒作綫。」予雖幼，心已獨奇夢升。以上少壯。

年譜曰：「大中祥符九年，公年十歲，在隨。」九域志曰：「京西南路隨州：漢東郡，崇信軍節度，治隨縣。」案：今湖北隨縣治。真蹟「隨」作「隋州」。○墓碣曰：「光禄生茂宗，字昌裔，高材篤行，爲書館游士之師，子弟文學淵源，皆出於昌裔。祥符中，國學試進士以木鐸賦，有司以王交爲第一，而黜昌裔。昌裔抱屈歸，次尉氏，遇翰林學士胥公偃，見昌裔賦大驚，與俱還，以昌裔賦示考試官曰：『使舉子能爲此賦，何以處之？』皆曰：『王交不得爲第一矣。』胥則以實告，諸公相顧絶歎，考校時實不見。因懷賦上殿，有詔特收試。及試禮部，參知政事趙公安仁、翰林學士劉公筠擢昌裔在十人中，登科授崇信軍節度判官。」真蹟無「茂宗」二字。○予爲童子，真蹟「予」下有「時」字。○立諸兄側，真蹟無此四字。○眉目，真蹟無「目」字。○心已獨奇夢升，真蹟作「已能知夢升爲可奇」。

後七年，予與夢升皆舉進士於京師，夢升得丙科，初任興國軍永興主簿，快怏不得志，以疾去。汪曰：「世不知。」久之，復調江陵府公安主簿。時予謫夷陵令，遇之于江陵。夢升顏色憔悴，初不可識。汪曰：「對上『眉目明秀』。」久而握手嘘嚱，相飲以酒，夜醉起舞，歌呼大噱，予益悲夢升志雖衰，而少時意氣尚在也。沈曰：「悲壯。」汪曰：「應『意氣』。」○以上雖不得志，而意氣尚在。

後七年，真蹟作「其後八九年」。○予與夢升，真蹟作「與予」。○宋史選舉志曰：「景德四年，定親試進士條例。其考第之制凡五等：學識優長、詞理精純爲第一，才思該通、文理周率爲第二，文理俱通爲第三，文理中平爲第四，文理疎淺爲第五。然後臨軒唱第，上二等曰及第，三等曰出身，四等五等曰同出身。」日知録卷十六曰：「甲乙丙科，始見漢書儒林傳『平帝時，歲課博士弟子，甲科四十人爲郎中，乙科二十人爲太子舍人，丙科四十人補文學掌故』、蕭望之傳『以射策甲科爲郎』、匡衡傳『數射策不中，至九乃中丙科』。（原注曰：「褚先生補史記。」）」案：宋時進士定制，無丙科之名，蓋時謂同出身者爲丙科耳。○九域志曰：「江南西路興國軍治永興縣。」案：今江西興國縣治。宋史職官志曰：「諸州上中下縣主簿爲從九品。」○説文曰：「怏，不服懟也。」玄應一切經音義卷十八引蒼頡篇曰：「怏，懟也，亦怏怏然心不服也。」○以疾去，真蹟「疾」下有「解」字。○宋荆湖北路江陵府公安縣，今湖北公安縣治。○時予謫夷陵令，真蹟「時予」作「予時」。案：已見瀧岡表及送田畫秀才序注。○永叔與尹師魯書曰：「始謀陸赴夷陵，以大暑又無馬，乃作此行，沿汴絶淮泛大江，凡五千里，用一百一十程，纔至荆南。」九域志曰：「荆湖北路江陵府：江陵郡，荆南節度，治江陵縣。」案：今湖北江陵縣治。○楚辭漁父曰：「屈原既放，顏色憔悴。」案：真蹟「可」

作「能」。○集韻五支曰：「巇，虛宜切。嗚戲，歎辭，或从口。」案：「巇」俗字，「噓巇」當作「歔欷」。離騷曰：「曾歔欷余鬱邑兮。」或作「噓唏」。枚叔七發曰：「噓唏煩酲。」真蹟「噓」作「吁」，「飲」作「勞」。○大噱，說文曰：「噱，大笑也。」大徐音其虐切。案：真蹟「大噱」作「自若」。

後二年，予徙乾德令，夢升復調南陽主簿，又遇之于鄧。間常問其平生所爲文章幾何，夢升慨然歎曰：「吾已諱之矣，窮達有命，非世之人不知我，我羞道於世人也。」求之不肯出，遂飲之酒，復大醉，起舞歌呼。因笑曰：「子知我者。」乃肯出其文。讀之，博辨雄偉，其意氣奔放，猶不可禦。予又益悲夢升，志雖困而獨其文章未衰也。沈曰：「傳出豪氣未除，愈見可悲。」○以上文章猶未衰。

後二年，真蹟「後」下有「又」字。○年譜曰：「景祐四年十二月壬辰，移光化軍乾德縣令。」案：宋京西南路光化軍治乾德縣，在今湖北光化縣西。○南陽即鄧州，已見范公神道碑注。○年譜曰：「寶元二年二月，知制誥謝希深出守鄧州。五月，公謁告往會，留數日而還。」○慨然歎曰，真蹟無「歎」字。○我羞，真蹟「我」上有「乃」字。○遂飲之酒，真蹟「之」作「以」。○因笑曰，真蹟「因」下有「大」字。○子知我者，真蹟「子」上有「獨」字，「者」下有「也」字。○讀之，真蹟作「其」。○猶不可禦，真蹟「猶」下有「若」字。案：茅選去「猶」存「若」。○獨其，原注曰：「一無二字。」案：真蹟「獨」字在「未」字上。

是時謝希深出守鄧州，尤喜稱道天下士，予因手書夢升文一通，欲以示希深，未及而希深卒，予亦去鄧。後之守鄧者皆俗吏，不復知夢升。汪曰：「世不知。」夢升素剛，不苟合，負其所有，常怏怏無所施，卒以不得志，死于南陽。汪曰：「收不得志。」夢升諱注，以寶元二年四月二十五日卒，享年四十有二。其平生所爲文，曰破碎集、公安集、南陽集，凡三十卷。以上不得志以死，而獨有文章在。

希深出守鄧州，已見張子野墓誌銘注。案：真蹟無「出」字。○欲以，真蹟作「將」。○年譜曰：「寶元二年六月甲申，復舊官，權武成軍節度判官廳公事，公自乾德奉母夫人待次於南陽，冬暫如襄城。康定元年庚辰春，赴滑州。」○俗吏，真蹟作「庸人」。○怏怏，真蹟作「憤憤」。○二年，當作「三年」。攷謝希深於寶元二年四月來鄧，十一月卒于官，永叔去鄧亦在是年之冬。夢升若卒於二年四月，是希深尚未卒，永叔亦未去鄧也。明年二月丙午，改元康定，實即寶元三年，後人未深考，疑寶元無三年，乃改「三」爲「二」；事實皆不合矣。孫附真蹟有一本作「三年」者是也，當從之。○黄山谷跋七叔祖主簿與族伯侍御書曰：「叔祖夢升是時年四十，文章妙一世，歐陽永叔愛歎其才，稱之不容口，不幸明月遂捐館舍於南陽耳。」又跋七叔祖主簿墓誌後曰：「不幸得人間四十年爾。」與墓誌言「四十二」小異，豈山谷但舉成數言之歟？○破碎集、公安集、南陽集，宋史藝文志及諸家書目皆不載，蓋佚。○二十五日，真蹟作「某日」。○三十卷，真蹟作「若干卷」。

娶潘氏，生四男二女。將以慶曆四年某月某日葬于董坊之先塋。妻子及葬。

潘氏，真蹟作「温氏」。○生四男，原注曰：「一作『三』。」○「將以慶曆四年」至「先塋」，真蹟作「以某年某月某日葬于先塋之側」。

其弟渭汪曰：「不脱『兄弟』二字。」泣而來告曰：「吾兄患世之莫吾知，汪曰：「收『世不知』。」孰可爲其銘？」

予素悲夢升者，汪曰：「收上兩『悲』字。」因爲之銘曰：以上爲銘。

莫吾知，真蹟無「吾」字。○因，真蹟作「乃」。

予嘗讀夢升之文，至於哭其兄子庠之詞，曰：「子之文章，電激雷震，雨雹忽止，闃然滅泯。」未嘗不諷誦歎息而不已。沈曰：「即用夢升詞而益以數言，便覺可悲。」嗟夫夢升，曾不及庠。不震不驚，鬱塞埋藏。孰與其有，不使其施。吾不知所歸咎，徒爲夢升而悲。

汪曰：「收『悲』字。」○劉曰：「歐公敍事之文，獨得史遷風神。此篇遒宕古逸，當爲墓誌第一。」吴先生曰：「此文音節之美，句句可歌。」

嘗讀，真蹟「讀」上有「喜」字。○宋史文苑傳曰：「黄庠，字長善，洪州分寧人。名聲動京師，所作程文，傳誦天下，聞於外夷，近世布衣罕匹也。」涑水記聞卷九曰：「黄庠，洪州人。文章精贍，取國子監進士解，貢院奏名皆第一，聲名赫然，天下之士皆服爲之下，及就殿試，病不能執筆，有詔復舉就殿試，未及期而卒。」○易豐上六曰：「闃其無人。」釋文曰：「闃，苦鶪反。字林云『静也』。」○未嘗，真蹟「嘗」作「始」。○歎息，真蹟「歎」作「嘆」。○孰與，真蹟「與」作「予」。○知所，真蹟「所」作「夫」。

尹師魯墓誌銘

居士集原注曰：「慶曆八年。」案：外集卷二十三論尹師魯墓誌曰：「誌言天下之人，識與不識，皆知師魯文學、議論、材能，則文學之長，議論之高，材能之美，不言可知。又恐太略，故條析其事，再述於後。述其文，則曰簡而有法。此一句，在孔子六經惟春秋可當之，其他經非孔子自作文章，故雖有法而不簡也。脩於師魯之文不薄矣，而世之無識者，不考文之輕重，但責言之多少，云師魯文章不合祇著一句道了。既述其文，則又述其學，曰通知古今，此語若必求其可當者，惟孔孟也。既述其學，則又述其論議，云是是非非，務盡其道理，不苟止而妄隨，亦非孟子不可當此語。既述其論議，則又述其材能，備言師魯歷貶，自兵興便在陝西，尤深知西事，未及施爲，而元昊臣，師魯得罪，使天下之人盡知師魯材能。此三者，皆君子之極美，然在師魯猶爲末事。其大節乃篤於仁義，窮達禍福，不媿古人。其事不可徧舉，故舉其要者一兩事以取信。如上書論范公，而自請同貶，臨死而語不及私，則平生忠義可知也，其臨窮達禍福不媿古人，又可知也。既已具言其文、其學、其論議、其材能、其忠義，遂又言其爲仇人挾情論告以貶死，又言其死後妻子困窮之狀，欲使後世知有如此人，以如此事廢死，至於妻子如此困窮，所以深痛死者，而切責當世君子致斯人之及此也。春秋之義，痛之益至則其辭益深，『子般卒』是也（莊公三十二年）；詩人之意，責之愈切則其言愈緩，君子偕老是也。（毛詩序曰：「刺衛夫人也。」）不必號天叫屈，然後爲師魯稱冤也。故於其銘文但云：『藏之深，固之密。石可朽，銘不滅。』意謂舉世無可告語，但深藏牢埋此銘，使其不朽，則後世必有知師魯者。其語愈緩，其意愈切，詩人之義也。而世之無識者，乃云銘文不合不講德，不辯師魯以非罪，蓋爲前言其窮達禍福無媿古人，則必不犯法，況是仇人所告，故不必區區曲辯也。今止直言所作，自然知非罪矣。添之無害，故勉徇議者添之。若作古文自師魯始，則前有穆修、鄭條輩（困學紀聞十五曰：「館閣書目有鄭條集一卷。條，蜀人，自號金斗先生，名其文金斗集。」）及有大宋先達甚多，不敢斷自師魯始也。偶儷之文，苟合于理，未必爲非，故不是此而非彼也。若謂近年古文自師魯始，則范公祭文已言之矣，（范希文祭尹師魯文曰：「天生師魯，有益當世。爲學之初，時文方麗。子師何人，獨有古意。韓柳宗經，班馬敍事。衆莫子知，子特弗移。是非迺定，英俊迺隨。聖朝之文，與唐等夷。繫子之功，多士所推。」）可以互見，不必重出也。皇甫湜韓文公墓誌、李翺行狀不必同，亦互見之也。誌云師魯喜論兵。論兵，儒者末事，言喜無害。喜非嬉戲之戲，喜者，好也，君子固有所好矣。孔子言回也好學，豈是薄顏回乎？後生小子，未經師友，苟恣所見，豈足聽哉？脩見韓退之與孟郊聯句便似孟郊詩，與樊宗師作誌便似樊文，慕其如此。故師魯之誌，用意特深而語簡，蓋爲師魯文簡而意深。又思平生作文，惟師魯一見，展卷疾讀，五行俱下，便曉人深處。固謂死者有知，必受此文，所以慰吾亡友爾，豈恤小子輩哉？」又書簡卷七答孔嗣宗（字紹伯）二通。其一曰：「尹君誌文，前所辨釋詳矣。某於師魯，豈有所惜，而待門生親友勤勤然以書之邪？幸無他疑也。餘俟他時相見可道，不欲忉忉於筆墨。加察加察。」其二曰：「東方學生皆自石守道誘倡，此人專以教學爲己任，於東諸生有大功，與師魯同時人也，亦負謗而死。若言師魯倡道，則當舉天下言之，石遂見掩，於義可乎？若分限方域而言之，則不可，故此事難言之也。察之。」（以上皆皇祐元年）又與尹材曰：「墓銘刻石時，首尾更不要留官銜、題目及撰人、書人、刻字人等姓名，秖依此寫。晉以前碑皆不著撰人姓名，此古人有深意，況久遠自知。篆蓋秖著『尹師魯墓』四字。」（慶曆八年）又外集卷十九與杜訢論祁公墓誌書曰：「脩文字簡略，止記大節，期於久遠，恐難滿孝子意。但自報知己，盡心於紀録則可耳，更乞裁擇。范公家神刻，爲其子擅自增損，不免更作文字發明，欲後世以家集爲信，續得録呈。尹氏子卒請韓太尉别爲墓表。以此見朋友、門生、故吏與孝子用心常異，脩豈負知己者？范、尹二家亦可爲鑒，更思之。然能有意於傳，則須紀大而略小，此可與通識之士語，足下必深曉此。但因葬期速，恐倉卒不及，遂及斯言也。」又外集卷二十三編校者附跋曰：「此卷論尹師魯墓誌，即辨誌也。遂寧府有石刻，載師魯妻初怒誌文簡略，新進士孔嗣宗請詣潁州與公辨論，凡留半月，公爲添换并遺辨誌，又答嗣宗兩帖。與今本書簡第七卷同，但增一節云：『此不當辨，爲世人多云云，恐尹氏惑之，故其妻子不足，故須委曲。近曾録寄范公，今録奉呈，爲語尹氏，凡三十九字。』據此則所謂添换尚或可疑，姑附於此。」又曰：「外集第十九卷與杜訢書云『尹氏子卒請韓太尉别爲墓表』云云，然則當時固無甚添换也。」步瀛案：范碑、尹誌，爲歐公碑誌中兩重公案，故備録其事，公與杜訢書言「有意傳久，須紀大而略小」，尤可爲作碑誌之標準，因並録之。

師魯，河南人，姓尹氏，諱洙。然天下之士，識與不識，皆稱之曰師魯。蓋其名重當世，而世之知師魯者，或推其文學，或高其議論，或多其材能，至其忠義之節，處窮達，臨禍福，無愧於古君子，則天下之稱師魯者，未必盡知之。汪曰：「他文説爲人處，就本身説，此獨就世人稱之説，凌空著筆，飛動。」師魯爲文章，簡而有法，博學彊記，通知今古，長於春秋。茅曰：「文學。」其與人言，是是非非，務窮盡道理乃已，不爲苟止而妄隨，而人亦罕能過也。茅曰：「議論。」遇事無難易，而勇於敢爲。汪曰：「材能。」其所以見稱於世者，亦所以取嫉於人。梁曰：「隨筆埽去，實處皆空。」故其卒窮以死。曾曰：「以上志節、文章。」

今古，原注曰：「一作『古今』。」○而勇，「而」下原注曰：「一無此字。」

師魯少舉進士及第，爲絳州正平縣主簿、河南府户曹參軍、邵武軍判官。舉書判拔萃，遷山南東道掌書記、知伊陽縣。王文康公薦其才，召試，充館閣校勘，遷太子中允。天章閣待制范公貶饒州，諫官御史不肯言，師魯上書，言仲淹臣之師友，願得俱貶。茅曰：「忠義。」貶監郢州酒税，又徙唐州。遭父喪，服除，復得太子中允、知河南縣。趙元昊反，陝西用兵，大將葛懷敏奏起爲經略判官。師魯雖用懷敏辟，而尤爲經略使韓公所深知。汪曰：「從懷敏側重韓公，用聯絡法，不另起頭。」其後諸將敗於好水，韓公降知秦州，師魯亦徙通判濠州。久之，韓公奏得通判秦州，遷知涇州，又知渭州，兼涇原路經略部署。坐城水洛與邊臣異議，徙知晉州，又知潞州，爲政有惠愛，潞州人至今思之。累遷官至起居舍人、直龍圖閣。曾曰：「以上歷官。」

韓稚圭尹公墓表曰：「天聖二年，登進士第。」○九域志曰：「河東路絳州：絳郡，治正平縣。」案：今山西絳縣治。○主簿，見黃夢升墓誌注。○職官志曰：「開封府功曹、倉曹、户曹、兵曹、法曹、士曹參軍事各一人，視其官曹，分職涖事。河南、應天府户曹、法曹、士曹掌同。開封府户曹，通掌府院户籍，考課税賦。」又曰：「京府諸曹參軍事爲從八品。」○九域志曰：「福建路邵武軍治邵武縣。」案：今福建邵武縣治。○長編一百九曰：「天聖八年六月乙巳，御崇政殿試書判拔萃科。戊申，以書判拔萃人安德節度推官河南尹洙爲武勝節度掌書記、知伊陽縣。」（原作河陽，疑沿獨醒雜志之誤，從墓表及誌銘改正。）獨醒雜志卷一言中選者六人，文獻通考選舉五言八年二人、九年四人，與長編卷一百十合，疑雜志誤。又問題十通，載雜志，今不録。○武勝軍即鄧州，見范文正碑注。案九域志，襄州爲山南東道節度。此以武勝軍爲山南東道者，太平寰宇記鄧州屬山南東道也。○宋西京河南府伊陽縣，今河南嵩縣治。○墓表曰：「文康王公知而薦之，召試，充館閣校勘，遷太子中允。」案：師魯除館閣校勘，在景祐元年九月，而王文康曙卒於八月。長編卷一百十附注謂洙得館職，據會要爲王曙所薦，是年九月洙初除館閣校勘，蓋曙先薦之也。○太子中允，見石曼卿墓表注。○職官志曰：「天章閣待制爲從四品。」○墓表曰：「時文正范公治開封府，每奏事，見上論時政，指丞相過失，貶知饒州。余公安道（靖）上疏論救，坐以朋黨，貶監筠州酒税。公慨然上書曰：『臣以仲淹忠諒有素，義兼師友，以靖比臣，臣當從坐。』貶崇信軍節度掌書記，監郢州商税。歐陽公永叔移書讓諫官不言，又貶夷陵令。當是時，天下稱爲四賢。」九域志曰：「京西南路郢州：富水郡，治長壽縣。」案：今湖北鍾祥縣治。○九域志曰：「京西南路唐州：淮安郡，治泌陽縣。」案：今河南泌陽縣治。○墓表曰：「丁父憂，服除，復得太子中允，知河南府長水縣。」案：宋京西北路河南府長水縣，在今河南洛寧縣西南。○長編卷百二十六曰：「康定元年三月癸酉，太子中允、知長水縣尹洙權簽書涇原秦鳳經略安撫司判官事，從葛懷敏之辟也。」原注曰：「洙先從葛懷敏辟，爲涇原秦鳳兩路經略安撫判官，其後夏竦、韓、范復辟洙，始爲陝西路經略判官。」○宋史葛霸傳曰：「霸，真定人，子懷敏。」又懷敏傳曰：「陝西用兵，起爲涇原路馬步軍副總管、兼涇原秦鳳兩路經略安撫副使、知延州。范仲淹言其不知兵，復徙涇原路，兼招討經略安撫使。」○宋史韓琦傳曰：「琦字稚圭，相州安陽人。弱冠舉進士，名在第二。趙元昊反，琦論西師形勢甚悉，即命爲陝西安撫使，進樞密直學士，副夏竦爲經略安撫招討使。詔遣使督出兵，琦亦欲先發以制賊，而合府固争。元昊遂寇鎮戎。琦畫攻守二策，馳入奏。仁宗欲用攻策，執政者難之。琦言元昊雖傾國入寇，衆不過四五萬人，吾逐路重兵自爲守，勢分力弱，遇敵輒不支，若併出一道，鼓行而前，乘賊驕惰，破之必矣。乃詔鄜延、涇原同出征。琦悉兵付大將任福，令自懷遠城趨德勝砦，出賊後，如未可戰，即據險置伏要其歸。及行，戒之至再，又移檄申約，苟違節度，雖有功亦斬。福竟爲賊誘，没于好水川。竦使人收散兵，得琦檄於福衣帶閒，言罪不在琦，琦亦上章自劾，獨奪一官，知秦州。」長編百三十一曰：「慶曆元年二月乙丑，琦亟趨鎮戎軍，盡出其兵，又募敢勇凡八千人，使福將以擊賊。涇原駐泊都監桑懌爲先鋒，鈐轄朱觀、涇州都監武英繼之，行營都監王珪、參軍事耿傅皆從。琦面授福等方略。翌日福分輕騎數千趨懷遠城，薄暮，福、懌合軍屯好水川，朱觀、武英爲一軍屯龍落川，約明日會兵。邏者傳賊少，故福等輕之，路益遠，芻糧不繼，人馬已乏食三日。福等不知賊之誘也，悉力逐之。癸巳，至龍竿城北，遇賊大軍循川行，出六盤山下，距揚博隆城五里，結陣以抗官軍。諸將乃知墮計，勢不可留，因前接戰。懌馳犯其鋒，福陣未成列，賊縱鐵騎衝突，自辰至午，陣動，衆傅山欲據勝地，賊發伏自山背下擊，士卒多墮崖塹相覆壓，懌戰死。賊分兵數千斷官兵後，福力戰，身被十餘矢，揮四刃鐵簡，挺身決鬭，槍中左頰，絶其喉而死。福子懷亮亦死之。先是琦命渭州都監趙律將瓦亭騎兵二千二百爲軍後繼，是日與觀、英會兵於姚家川。福既死，賊并兵攻觀、英等，戰既合，珪自揚博隆城以屯兵四千五百來，陣於觀軍西，屢出略陣，堅不可破。英重傷不能視軍，自午至申，賊兵益至，東偏步兵先潰，衆隨大奔，英、律、珪、傅皆死之，指使及軍校死者數百人，軍士死者六千餘人。夏四月辛巳，降陝西經略安撫副使、樞密直學士、起居舍人韓琦爲右司諫，知秦州職如故。」○水經渭水注曰：「渭水又東，與新陽崖水合，即隴水也，東北出隴山，其水西流，右逕瓦亭南。一水亦出隴山，東南流歷瓦橋北，又西南合一水，謂之瓦亭川。」清統志曰：「甘肅平涼府：隴水，源出隆德縣東，西南流，至静寧州（今改縣）西南，與州之西瓦亭水合，又南入秦安縣界。舊志，隴水二源，一爲甜水河，源出隆德縣六盤山，亦名六盤水，西南流逕縣北半里，又西過神林堡，入静寧州界，逕州南一里，至州西南與苦水會。宋時謂之好水，即水經之隴水，苦水即瓦亭水也。」九域志曰：「陝西秦鳳路秦州：天水郡，雄武軍節度，治成紀縣。」案：今陝西天水縣治。○長編百三十一曰：「始朝廷既從陝西都部署司所上攻策，經略安撫判官尹洙以正月丙子至延州，與范仲淹謀出兵。越三日，仲淹言已得旨，聽兵勿出。洙留延州幾兩旬，仲淹堅持不可。辛巳，洙還至慶州，乃知任福敗績，賊侵劉璠堡未退，因遣權延慶路都監劉政將鋭卒數千往援，未至，賊引去。夏竦尋劾奏洙擅發兵，降通判濠州。」○九域志曰：「淮南西路濠州：鍾離郡，治鍾離縣。」案：在今安徽鳳陽縣東少北。○長編百三十三曰：「慶曆元年九月辛巳，知秦州韓琦復爲起居舍人、知慶州。」又百三十七曰：「慶曆二年閏九月壬午，太子中允、集賢校理、通判秦州尹洙直集賢院。」○長編百三十九曰：「慶曆三年春正月戊寅，太子中允、直集賢院、通判秦州尹洙爲太常丞、知涇州。」九域志曰：「陝西秦鳳路涇州治保定縣。」案：在今甘肅涇縣北。○長編百四十二曰：「慶曆三年秋七月甲戌，以太常丞、直集賢院、知涇州尹洙爲右司諫、知渭州、兼管勾涇原路安撫都部署司事。」九域志曰：「陝西秦鳳路渭州：隴西郡，治平涼縣。」案：今甘肅平涼縣治。○長編百四十四曰：「慶曆三年冬十月甲子，陝西四路經略安撫招討使鄭戩言：『德順軍生户大壬家族元寧等，以水洛城來獻。尋遣静邊寨主劉滬招集其酋長，皆願納質子，求補漢官。今若就其地築城，可得蕃兵三五萬人及弓箭手，共捍西賊，實爲封疆之利。』從之。」百四十六曰：「慶曆四年春正月戊辰，詔陝西都部署司涇原經略司罷修水洛城，從宣撫使韓琦奏請也。然劉滬時已興役，鄭戩又遣著作佐郎董士廉將兵助之矣。」墓表曰：「時宣徽使鄭公爲陝西四路帥，主静邊寨主劉滬議，遣其屬官著作佐郎董士廉與滬於章川堡南入諸羌中，開道二百里，修水洛城，以通秦之援兵。公曰：『賊數犯塞，必併兵一道。五路帥之戰兵，嘗不登二萬人，而當賊昊舉國之衆，吾兵所以屢爲賊困者。由黄石河路來援，雖遠水洛路二日，而援師安然以濟。今無故奪諸羌田二百里，列堡屯師，坐耗芻糧不勝計，以冀秦援一二日之速，則吾兵愈分而邊用不給矣。』乃奏罷之便，詔從之。會鄭以府罷，改知永興軍，乃署前帥牒，飭滬等督役如初，二人者遂不奉詔，興作不已。公遣人召滬者再，不至，乃命瓦亭寨主張忠代滬，滬復不受代，部署狄公於是親至德順軍攝滬、士廉下獄，差官按問。而鄭比奏本道沮滬等功，朝廷卒薄滬等罪，徙公慶州而城水洛焉。會慶帥孫公請終任，改知晉州。慶曆四年，契丹遣使報西戎元昊，詔河陝三路要郡皆擇人，徙知潞州。」○邊臣，原注曰：「臣，一作『將』。」○九域志曰：「陝西秦鳳路德順軍：水洛城，在軍西一百里。」清統志曰：「甘肅平涼府：水洛故城，在隆德縣東南。」○九域志曰：「河東路晉州：平陽郡，治臨汾縣。潞州：上黨郡，治上黨縣。」案：宋臨汾縣，今山西臨汾縣治；上黨縣，今山西長治縣治。○職官志曰：「門下省起居郎，掌記天子言動，大朝會則與起居舍人對立殿下螭首之側。凡朝廷命令赦宥、禮樂法度損益因革，賞罰勸懲、羣臣進對、文武臣除授及祭祀宴享、臨幸引見之事，四時氣候、四方符瑞、户口增減、州縣廢置，皆書以授著作官。」又曰：「起居舍人爲從六品，直龍圖閣爲正七品。」

師魯當天下無事時，獨喜論兵，爲敘燕、息戍二篇行于世。汪曰：「此段敘師魯材能，而帶議論、文學說。」自西兵起，凡五六歲，未嘗不在其間，故其論議益精密，而于西事尤習其詳。

其爲兵制之説，述戰守勝敗之要，盡當今之利害。又欲訓士兵代戍卒，以減邊用，爲禦戎長久之策。皆未及施爲，而元昊臣，西兵解嚴，師魯亦去而得罪矣。然則天下之稱師魯者，於其材能亦未必盡知之也。汪曰：「較起處又進一步，亦字從『不知其忠義』生出。」梁曰：「文特曲折有情。」○曾曰：「以上論兵材略。」

敘燕，已見前。其息戍篇大意謂：「國家割棄朔方，西師不出三十年，而亭徼千重，環重兵以戍之，計費六百餘億。爲今之計，莫若籍丁民爲兵，擬唐置府，頗損其數，料京兆西北數郡，上户可十餘萬，中家半之，當得兵六七萬。若寇至，以關西、河東勁兵傅之，盡罷京師禁旅，慎簡守帥，分其統，專其任。分統則柄不重，專任則將益勵，堅於守備，習其形勢，積粟多，教士鋭，使虜衆無隙可窺，不戰而懾，其廟勝之策乎？」○益精密，原注曰：「『益』，一作『亦』。」○兵制篇大意謂：「今與戎狄戰，未嘗一勝，非夷狄之兵彊，中國之兵弱，法制之失也。何謂法制之失？以吏事而制戎事也。策之長在戰與守，策之失在禦與救。廢策之長，用策之失，所以亟敗也。假以虜事言之，若聞其將寇我境，我之大將不計敵衆寡之勢，不論戰遲速之利，必分兵禦之。禦之不勝，制令者曰『吾知出兵而已』，行者曰『吾知奮命而已』。朝廷必薄其責，議者亦置其罪。苟不禦之，雖全其師，朝廷誅其逗留，議者稱其畏懦，此所以禦之也。若聞一城被圍，不計受攻之急緩，不論城壘之堅脆，必盡鋭救之，救之不勝，制令者曰『吾知救之而已』，行者曰『吾知死之而已』。朝廷必薄其責，議者亦置其罪。苟不救之，雖城獲全，朝廷咎其不進，議者言其坐觀，此所以必救之也。夫禦與救非利戰，不得已而戰也，非我利則敵之利也。所謂戰者，我利則戰，不利則不戰，先計而後戰者也。所謂守者，方面之守，非一堡一障之守也。使城自守，毋望救兵之出，蓋兵不出則勢不分，勢不分則有以待之。夫待之者，不戰則敵疑，作戰則敵懼，必戰則敵北，能守所以辨戰，能戰所以濟守。明戰守之利，而不得志於夷狄者，未之有也。」○師魯乞募土兵劄子略曰：「臣欲乞于涇州別立軍額，召募兵衆，武勇才力，明立科式，定作三等。第一等使充本軍人員，更不刺面；第二等充十將將虞候；第三等充承局押營。其兵士但取强壯堪任教習者，不以身材尺寸爲限。科錢三百文至五百文爲額，唯乞優賜例物，其節級以上，别作等第支給。若涇原一路，可得萬人，以此禦敵，軍威爲振。」○元昊臣，見范文正碑注。

初，師魯在渭州，將吏有違其節度者，欲按軍法斬之而不果。其後吏至京師，上書訟師魯以公使錢貸部將，貶崇信軍節度副使，徙監均州酒税，得疾，無醫藥，舁至南陽求醫，疾革，隱几而坐。顧稚子在前，無甚憐之色，與賓客言，終不及其私。汪曰：「處窮達，臨禍福，無愧君子處，所謂忠義之節也。」享年四十有六以卒。曾曰：「以上貶官、病卒。」

長編百五十六曰：「慶曆五年秋七月辛丑，貶起居舍人、直龍圖閣、知潞州尹洙爲崇信節度副使。洙前在渭州，有部將孫用者，由軍校補邊，自京師貸息錢到官，亡以償。洙惜其才可用，恐以犯法罷去，嘗假公使錢爲償之，又以公使錢不足，假軍資錢回易充用。及董士廉詣闕，訟洙欺隱官錢，詔洙分析。而監察御史李京又言，韓琦因處置邊機不當，罷樞密副使，琦過實自洙始，請并責洙。洙復奏章與京辨，執政不悦，遣殿中侍御史劉湜往渭州鞫之，洙竟坐貸公使錢與孫用及私自貸，該甲申德音，當追兩官勒停。特有是命。湜頗傅致重法，蓋希執政意也。」墓表曰：「貶公崇信軍節度副使，徙監均州酒税。」崇信軍即隨州，已見黄夢升墓誌銘注。九域志曰：「京西南路均州：武當郡，防禦，治武當縣。」案：在今湖北均縣北。○而不果，原注曰：「不，一作『未』。」○諡師魯以公使錢貸部將，原注曰：「一作『諡師魯自盜』。」○墓表曰：「得疾，沿牒至南陽訪醫藥，疾革，對賓客妻子無一感言，整冠帶盥濯，怡然隱几而卒，時年四十七，慶曆七年四月十日也。」案：此與墓誌言四十六不同，史傳、東都事略皆從墓表，韓、范祭文皆云七年。○范文正公尺牘卷中與韓魏公曰：「師魯去赴均州時，已覺疾作。至均，寢食或進或退，僅百餘日。得提刑司文字，舁疾來鄧，以存没見託，至五日而啓手足。苦痛苦痛！至終不亂，初相見時，却且著灸，不談後事。疾勢漸危，遂中夜詣驛看他，告伊云：『足下平生節行用心，待與韓公、歐陽公各做文字，垂于不朽。』他舉手叩頭。又告伊云：『待與諸公分俸贍家，不令失所。』他又舉手云：『渭州有二兒子。』即就枕，更不他語。來日與趙學士看他，云：『夜來示諭並記得，已相別矣。』顧家人則云：『我自了當，不復管汝。』略無憂戚。又兩日，猶能扶行，忽索灌漱訖，憑案而化。衆人無不悲，無不欽服其明也。（原注曰：「別趙學士云『不怛化』，別韓倅云『少年樹德』，別賈狀元云『亦無鬼神，亦無煩惱』。」）官員又問以家事，答云：『參以人事，則不樂也。』終更無言。莊、老、釋氏齊生死之説，師魯盡得之，奇異奇異！尋常見他於兒女多愛，不謂能了了如此。初九日夜四更有事，十日晚殯於西禪，送終之禮甚備，官員舉人無不至者。家且寄此，候秋涼歸洛。已去安州之翰處作行狀，待送永叔作墓誌，（原注曰：「某不敢作，恐知他當年事不備故也。却待作文集序，此中上人多收得他文字。」）明公可與他作墓表也。看他永訣時，實無不足意。」案：此簡述師魯死時情事甚詳盡，且最爲可信，其他涑水記聞卷十、邵氏聞見録卷八、夢溪筆談卷二十、冷齋夜話卷八，記師魯死時情狀互有同異，蓋皆得之傳聞也，今不取。○禮記檀弓上：「曾元曰：夫子之病革矣。」鄭注曰：「革，急也。」釋文曰：「革，紀力反。」○孟子公孫丑下：「隱几而臥。」趙注曰：「隱，倚其几而臥也。」説文曰：「㞐，所依據也。」「隱」即「㥯」之通假字。案：原注曰：「隱，一作『憑』。」

師魯娶張氏，某縣君。有兄源，字子漸，亦以文學知名，前一歲卒。師魯凡十年間，三貶官，喪其父，又喪其兄，有子四人，連喪其三，女一，適人，亦卒，而其身終以貶死。一子三歲，四女未嫁，家無餘貲。何曰：「此句兼具不辨之辨。」客其喪于南陽不能歸。平生故人，無遠邇皆往賻之，然後妻子得以其柩歸河南，以某年某月某日，葬于先塋之次。曾曰：「以上兄弟妻子。」余與師魯兄弟交，嘗銘其父之墓矣，故不復次其世家焉。梁曰：「此作墓誌文之通例。」銘曰：

墓表曰：「娶張氏，鹿邑縣君。」○兄源字子漸，墓誌銘見下。梁曜北曰：「子漸卒慶曆五年二月，師魯七年四月，當云『前二年卒』。」○凡十年間三貶官，案：景祐三年五月，貶崇信軍節度掌書記、監郢州酒稅；慶曆元年二月，降通判濠州；五年七月，貶崇信軍節度副使、監均州酒稅。自景祐三年至慶曆五年，凡十年。○墓表曰：「子男四人，長曰朴，奇儁博學，有父風；其二未名，俱早世；其幼曰構。」又尹君（朴）墓誌銘曰：「河南尹君名朴字處厚，師魯之長子也。幼博學能文，通春秋，知古今。嘗一舉進士，誤爲有司所絀，反笑曰：『是豈足以盡吾才耶？』余嘗稱於公卿間，謂其學必能繼師魯，其才必爲朝廷所用，不幸年二十五而亡，良可哀已。處厚娶王氏，再娶宗氏，一男曰渙，一女尚幼。」○墓表曰：「女五人，長適虞部員外郎張景憲，次繼適張氏，次適太常寺太祝謝景平，次二人未嫁。」是卒者即長女，墓表作於至和元年，六七年中又嫁二女矣。○一子三歲，墓表曰：「其幼曰構，今方十歲。」時在至和元年，上距慶曆八年，凡七年，故正十歲也。永叔奏議乞與尹構一官狀曰：「今洙孤幼並在西京，家道屢空，衣食不給。洙止一男構，年方十餘歲，惸然無依，實可嗟惻。伏見將來祫享大禮在近，羣臣皆得奏蔭子孫，伏望聖慈，録洙遺忠，憫洙不幸，特賜其子一官，庶霑寸禄，以免饑寒。」此狀作於嘉祐四年，則構十五歲矣。范堯夫尹判官（構）墓誌銘曰：「君姓尹氏，諱構，字嗣復，師魯第三子也。慶曆七年，先君文正公守南陽，時予侍行，師魯自鄖鄉輿疾而來，託先公以後事。予得省疾于臥内，見嬰兒扶牀方二三歲，眉宇秀爽，師魯指謂予曰：『此吾兒也。』予始識君，而愛其神俊異常。君以翰林諸公薦，名臣之後，特恩補太廟齋郎，年未應調，魏公奏爲相州安陽縣主簿，黠吏易君少而爲姦，君得其情，皆按以法，一邑驚服。魏公鎮大名，復辟監倉草場，秩滿，調泗州觀察判官。未行，以熙寧八年六月十四日，卒于許昌之長葛縣，享年三十有一。娶李氏，予舅氏司農少卿諱禹卿之女，生一子照，尚幼。」○邵氏聞見録卷十六曰：「皇祐初，洛陽南資福院有僧録義琛者，素出入尹師魯門下。師魯自平涼帥謫崇信軍節度副使、均州監酒，過洛，義琛見之曰：『欲邀龍圖略至院中，可乎？』師魯從之。義琛曰：『鄉里門徒數人，欲一望見龍圖。』有頃，諸人出，一喏而去，皆洛中大豪。義琛已密約，貸錢爲師魯買洛城南宫南村負郭美田三十頃。師魯初不知，後義琛復以歲所得地利償諸人。至師魯卒，喪歸洛，義琛哭柩前，納其券於師魯家。師魯素貧，子孫賴此以生。嗚呼！在仁宗朝，一僧尚負義如此，風俗可謂厚矣。」○遠邇，原注曰：「邇，一作『近』。」○永叔尚書虞部員外郎尹公（仲宣）墓誌銘曰：「公諱仲宣，姓尹氏，尹氏世居太原，無顯者。由公之父贈刑部侍郎諱文化始，舉毛詩登某科，以材敏稱於當時，仕至尚書都官郎中。於今人士語尹氏者，往往能稱其名字，由是始有聞人。刑部葬其父於河南，今爲河南人。公舉周易，咸平三年中第，歷梓州銅山、鳳翔麟遊二主簿，京兆府司理參軍，最後知郢州。至州之三日，晨起衣冠，得疾卒，實景祐四年三月七日也，年七十一。以五年十一月二十八日葬壽安。（宋京西北路河南府壽安縣，今河南宜陽縣治。）母鄭氏，德興縣太君。妻張氏，壽安縣君。子七人，源、洙、湘、沖、淑、沂、泳，諸孫十餘人。」○梁曰：「公與韓魏公簡，師魯、子漸同以至和元年十二月葬，子漸誌蓋在卜葬得日之後，故書之特詳。此誌前數年作，并年月俱闕。」

藏之深，固之密。石可朽，銘不滅。何曰：「銘詞非公自言之，固未易測其用意之深至此也。」○方曰：「歐公誌諸朋好，悲思激宕，風格最近太史公。」何曰：「謹嚴而淒婉。」

太常博士尹君墓誌銘

居士集原注曰：「至和元年。」

君諱源，字子漸，姓尹氏，與其弟洙師魯，俱有名於當世。汪曰：「以師魯作客相形，爲通篇立案。」其論議文章，博學強記，皆有以過人。梁曰：「兄弟二人合說。」而師魯好辯，果於有爲。梁曰：「此下分說。」子漸爲人，剛簡不矜飾，能自晦藏，梁曰：「與師魯異處，用三句提綱。」與人居，久而莫知。梁曰：「自晦處。」至其一有所發，則人必驚伏。其視世事，若不干其意，梁曰：「不矜飾處。」已而榷其情僞，計其成敗，後多如其言。其性不能容常人，梁曰：「剛簡處。」而善與人交，久而益篤。梁曰：「承前作三項摹寫，逐層皆作一抑一揚，故筆特夭矯不平。」自天聖、明道之閒，予與其兄弟交，梁曰：「合說。」其得於子漸者如此。梁曰：「分說。」○曾曰：「以上狀其性情、器識。」

宋史道學尹焞傳曰：「曾祖仲宣七子，而二子有名。長子源，字子漸，是爲河內先生；次子洙，字師魯，是爲河南先生。」○朱豐芑說文通訓定聲七曰：「榷，段借爲『覈』，吳都賦『商榷萬俗』。」○論語公冶長篇：「子曰：晏平仲善與人交，久而敬之。」○宋史歐陽脩傳曰：「從尹洙游，爲古文，議論當世事，迭相師友。」

其曾祖諱誼，贈光祿少卿。祖諱文化，官至都官郎中，贈刑部侍郎。父諱仲宣，官至虞部員外郎，贈工部郎中。子漸初以祖廕，補三班借職，稍遷左班殿直。天聖八年，舉進士及第，爲奉禮郎，累遷太常博士，歷知芮城、河陽二縣，僉署孟州判官事，又知新鄭縣，通判涇州、慶州，知懷州。以慶曆五年三月十四日卒于官。曾曰：「以上先世及歷官、卒日。」

宋史職官志曰：「刑部都官郎中，掌徒流配隸。凡天下役人，與在京百司吏職，皆有籍以攷其役放，及增損廢置之數。」○職官志曰：「工部虞部員外郎，掌山澤、苑囿、場冶之事，辨其地產，而爲之厲禁。」○宋史選舉志曰：「文臣至郎中及員外郎任館閣職者，止許蔭子若孫一人。」案：三班借職，已見石曼卿墓表注。○職官志曰：「太常寺奉禮郎，掌奉幣帛授初獻官，大禮則設親祠板位。」又曰：「太常寺奉禮郎，從八品。」○宋陝西永興軍路陝州芮城縣，今山西芮城縣治；宋京西北路孟州河陽縣，即孟州治，在今河南孟縣西。○宋京西北路鄭州新鄭縣，今河南新鄭縣治。○涇州，已見尹師魯墓誌銘注；慶州，已見范文正公碑注；

宋河北西路懷州治河內縣，今河南沁陽縣治。

趙元昊寇邊，圍定川堡，大將葛懷敏發涇原兵救之。君遺懷敏書曰：「賊舉其國而來，其利不在城堡，而兵法有不得而救者。且吾軍畏法，見敵必赴而不計利害，此其所以數敗也。宜駐兵瓦亭，見利而後動。」汪曰：「所謂『権其情僞，計其成敗，多如其言』者也。」懷敏不能用其言，遂以敗死。劉渙知滄州，杖一卒不服，渙命斬之，以聞，坐專殺，降之密州。君上書爲渙論直，得復知滄州。范文正公常薦君材可以居館閣，汪曰：「即逗范公，爲下文之根。」召試，不用，遂知懷州，至期月，大治。曾曰：「以上在官事蹟。」

宋史仁宗紀曰：「慶曆二年閏九月，元昊寇定川砦。」九域志：「陝西秦鳳路鎮戎軍：定川寨，在軍西北二十五里。」清統志曰：「甘肅平涼府：定川砦，在固原州（今改縣）西北二十五里。」○九域志秦鳳路渭州平涼縣有瓦亭寨。清統志曰：「平涼府：瓦亭驛，在華亭縣西北一百八十里。」○宋史葛霸傳附子懷敏傳曰：「慶曆二年，元昊寇鎮戎軍，懷敏出瓦亭砦，入保定川砦，敵毀板橋，斷其歸路，別爲二十四道以過軍，環圍之，又絕定川水泉上流，以飢渴其衆。懷敏謀結陣走鎮戎軍，至長城壕，路已斷，敵周圍之，遂與諸將皆遇害。」○賊舉其國，「其」下原注曰：「一無此字。」○宋史劉質夫傳曰：「保州保寨人，子渙。」又渙傳曰：「字仲章，由工部郎中知滄州。」案：宋河北東路滄州治清池縣，今河北滄縣東南。○以聞，原注曰：「聞，一作『徇』。」○宋京東東路密州治諸城縣，今山東諸城縣治。○宋史文苑尹源傳曰：「范仲淹、韓琦薦其才，召試學士院，源素不喜賦，請以論易賦，主試者方以賦進，不悅其言，第其文下。」〇期，本字作「稘」，說文曰：「稘，復其時也。」經傳以「期」爲之，又作「朞」。論語子路篇皇疏曰：「朞月，謂年一周也。」

是時天子用范文正公，梁曰：「用重筆提頓。」與今觀文殿學士富公、武康軍節度使韓公，欲更置天下事，而權倖小人不便，三公皆罷去。茅曰：「慶曆初，韓、范、富公罷相，歐公所最感傷處，故凡於當時名士序誌之文，往往及此。」而師魯與時賢士，多被誣枉得罪。汪曰：「說賢士多被誣，獨鈎出師魯。」君歎息憂悲發憤，以謂生可厭而死可樂也，往往被酒，哀歌泣下，朋友皆竊怪之。已而以疾卒，享年五十。至和元年十有二月十三日，其子材葬君于河南府壽安縣甘泉鄉龍澗里。其平生所爲文章六十篇，皆行於世。子男四人，曰材、植、機、桴。曾曰：「以上感憤卒葬。」

長編百七十五曰：「皇祐五年八月壬子，禮部侍郎、知河陽富弼爲户部侍郎、觀文殿學士。」宋史富弼傳曰：「字彥國，河南人。」職官志曰：「慶曆八年，改延恩殿爲觀文殿，即殿名置學士。自後，非曾任執政者，弗除。」〇長編百七十四曰：「皇祐五年春正月壬戌，觀文殿學士、吏部侍郎、知定州韓琦爲武康節度使、知并州。」九域志曰：「利州路洋州：洋川郡，武康軍節度，治興道縣。」太平寰宇記曰：「河東道并州理陽曲縣。」輿地廣記曰：「河東路，太平興國四年降爲并州，嘉祐四年升爲太原府、河東節度。」案：此云知并州，在未改名之前。宋陽曲縣，今山西陽曲縣治；興道縣，今陝西洋縣治。軍與州相去甚遠，蓋遥領其節度使耳。〇范文正公事，見神道碑。宋史富弼傳曰：「慶曆三年七月，復拜樞密副使。帝銳以太平責成宰輔，數下詔督弼與范仲淹等，又開天章閣，給筆札使書其所欲爲，且命仲淹主西事，弼主北事。弼上當世之務十餘條，及安邊十三策，大略以進賢退不肖、止僥倖去宿弊爲本，欲漸易監司之不才者，使澄汰所部吏，於是小人始不悦矣。夏竦不得志，中弼以飛語，弼懼，求宣撫河北，還以資政殿學士出知鄆州。歲餘讒不驗，加給事中，移青州，兼京東路宣撫使。明年復以爲禮部侍郎，又辭不受。遷大學士，徙知鄭、蔡、河陽，加觀文殿學士。」韓琦傳曰：「召爲樞密副使。琦與范仲淹、富弼皆以海内人望，同時登用，中外跂想其勳業。仲淹等亦以天下爲己任，羣小不便之，毁言日聞。仲淹、弼繼罷，琦爲辨析，不報。尹洙與劉滬争城水洛事，琦右洙，朝論不謂然，乃請外，以資政殿學士知揚州，徙鄆州、成德軍、定州，兼安撫使，進大學士，進觀文殿學士，拜武康軍節度使、知并州。」○以謂，「以」下原注曰：「一無此字。」○宋京西北路壽安縣，今河南宜陽縣治。案：原注曰：「龍，一作『龕』。」茅選「澗」作「洲」。○書録解題卷十七曰：「尹子漸集六卷，太常博士、知懷州河南尹源子漸撰。」通考經籍六十一同。

嗚呼！師魯常勞其智於事物，梁曰：「仍用師魯伴說，與首相應。」而卒蹈憂患以窮死。若子漸者，曠然不有累其心，而無所屈其志，然其壽考亦以不長。豈其所謂短長得失者，皆非此之謂歟？其所以然者，不可得而知歟？汪曰：「起處以師魯與子漸之性情相形，此處就其壽俱不永發論。」曾曰：「以上與師魯互勘，與篇首相應。」

銘曰：事皆見師魯墓誌銘。

有韞於中不以施，一憤樂死其如歸，豈其志之將衰？茅曰：「宕。」不然，世果可嫉其如斯。茅曰：「無限深情。」○茅曰：「主客相形，分合有法。」劉曰：「中閒天子用韓、范、富三公繼而罷去，從史記氣脈得來。」張曰：「歐公誌銘，當以此篇爲最古，感喟深摯，神氣跌蕩，誦之使人心醉。」

文選古詩李善注引老萊子曰：「人生於天地之閒，寄也，寄者固歸。」列子天瑞篇曰：「古者謂死人爲歸人。」

豐樂亭記

居士集原注曰：「慶曆六年。」案：輿地紀勝曰：「淮南路滁州：豐樂亭，在幽谷寺，慶曆中太守歐陽脩建。」清統志曰：「安徽滁州（今改縣）：豐樂亭，在州西南瑯琊山幽谷泉上，宋歐陽脩建，自爲記，蘇軾書，刻石。」金石萃編卷百四十曰：「豐樂亭記碑共三石，在全椒縣。」

脩既治滁之明年夏，始飲滁水而甘，問諸滁人，得於州南百步之近。其上豐山，聳然而特立；下則幽谷，窈然而深藏；中有清泉，滃然而仰出。俯仰左右，顧而樂之。於是疏泉鑿石，闢地以爲亭，而與滁人往遊其閒。何曰：「虛舍同樂。」○吳北江曰：「以上築亭緣起。」○李剛己曰：「此文精神團結之處，全在中幅，故前後皆用輕筆，此即濃淡相濟之法也。」

年譜曰：「慶曆五年，知滁州，十月甲戌至郡。六年，公在滁。」○州南，原注曰：「一作『城西』。」○輿地紀勝曰：「滁州：豐山，在清流縣西南五里，上有漢高祖廟。唐梁載言十道四番志『滁州有豐亭山』，疑即此山。」清統志曰：「滁州：豐山，在州西南五里。」廣韻二腫曰：「聳，高也。」○輿地紀勝曰：「滁州：紫微泉，在瑯琊山，舊名幽谷。」清統志曰：「滁州：紫微泉，在州西南豐樂亭下，一名幽谷。」廣雅釋詁三曰：

「窈，深也。」○説文曰：「滃，雲氣起也。」音烏孔切。○「仰」字下原注曰：「一無此字。」○往遊，原注曰：「遊，一作『還』，一有『於』字。」

滁於五代干戈之際，用武之地也。李曰：「頓開異境，按此乃凌空倒影之筆，近則反對『天下之平久矣』句，遠則反對『及宋受命』『今滁介於江淮之閒』兩節語意。」昔太祖皇帝，嘗以周師破李景兵十五萬於清流山下，生擒其將皇甫暉、姚鳳於滁東門之外，遂以平滁。脩嘗考其山川，按其圖記，升高山以望清流之關，欲求暉、鳳就擒之所，而故老皆無在者。蓋天下之平久矣。李曰：「跌出正意。」又曰：「自『滁於五代干戈之際』以下，數行文字，橫空而來，興象超遠，氣勢淋漓，極瞻高眺深之概。」自唐失其政，茅曰：「又宕開說。」李曰：「再用提掇之筆。」海內分裂，豪傑並起而争，所在爲敵國者，何可勝數？李曰：「此數語皆係逆筆。」及宋受天命，聖人出而四海一。嚮之憑恃險阻，剗削消磨。百年之閒，漠然徒見山高而水清。汪曰：「說無事之時，即粘山水說。」欲問其事，而遺老盡矣。唐介軒曰：「再疊一筆，虛神無盡。」今滁介於江淮之閒，舟車商賈四方賓客之所不至。民生不見外事，而安於畎畝衣食，以樂生送死，而孰知上之功德休養生息涵煦百年之深也？汪曰：「說風俗之美，歸之主上功德，所謂宣上德意也。」李曰：「此乃一篇作意所在，騰踔而出，魄力絕大，文外有一片沖瀜駿邈之氣。」○吳北江曰：「以上追憶開國之功。」

輿地紀勝曰：「滁州：五代僞吳楊氏據有其地，南唐繼之，周世宗征淮，地入于周。」晉書宗室譙王承傳：「帝謂承曰：『湘州南楚險固，是用武之國也。』」○宋史太祖紀曰：「太祖皇帝諱匡胤，姓趙氏，涿郡人也。世宗三年春，從征淮南，南唐節度皇甫暉、姚鳳衆號十五萬，塞清流關，擊走之。」東都事略太祖紀同，皆與此文兵數合。舊五代史周書世宗紀曰：「顯德三年二月壬申，今上奏破淮賊萬五千人于清流山。」王性之（銍）默記曰：「李景命大將皇甫暉、監軍姚鳳提兵十萬扼其地。」兵數各不同。太平寰宇記曰：「滁州清流縣：清流關，山在縣西二十二里。」輿地紀勝曰：「清流關，在清流縣西南二十餘里，舊傳南唐置關，地尤險要，今關已廢。」清統志曰：「滁州：清流山，在州西南二十五里，關在山上。」案：唐主李璟避周諱改爲景，見送田畫秀才序注。○通鑑卷二百九十二後周紀三曰：「世宗顯德三年，上命太祖皇帝倍道襲清流關，皇甫暉等陳於山下，方與前鋒戰，太祖引兵出山後，暉等大驚，走入滁州，欲斷橋自守。太祖躍馬麾兵涉水，直抵城下。暉曰：『人各爲其主，願容成列而戰。』太祖笑而許之。暉整衆而出，太祖擁馬頸突陳而入，手劍擊暉中腦，生擒之，並擒姚鳳，遂克滁州。」新五代史雜傳曰：「皇甫暉，魏州人也，（馬令南唐書皇甫暉傳曰：「山東人也。」）周師征淮，景以暉爲北面行營應援使，屯清流關，爲周師所敗，并其都監姚鳳皆被擒。」陸務觀南唐書皇甫暉傳曰：「周師攻淮南，爲北面行營應援使。會劉彦貞、姚鳳兵以行，彦貞躁撓，人測其必敗。暉獨持重，部分甚整，士亦樂爲用，周人頗憚之。劉彦貞死，暉、鳳退保清流關，周世宗親率衆盡鋭攻壽州，而分兵襲清流關，陳山下，周兵出山後要擊，暉大敗，猶收兵且行入滁州。滁州刺史王紹顔已委城遯，暉無所歸，方斷橋自守，周兵涉水踰城入，執暉、鳳送壽州行在。」（默記謂：「周師大敗，暉入憩滁州，太祖訪趙學究，用其計，夜浮西澗，破城奪門而入，暉與太祖戰，三擒而三縱之。」揮麈後録卷一謂：「趙韓王教村童於山下，太祖用其計，夜浮西澗，入自北門，暉奔東郊，太祖追擒之，姚鳳降。」通鑑及東都事略太祖紀、趙普傳，名臣言行録，宋史趙普傳皆不言入滁之謀出於普，且三縱三擒，尤似兒戲，暉奔東郊，亦與他書不合。蓋王氏父子皆采自里巷傳聞，未足信也。）○「考其山川」二句，原注「一本『考』

『按』二字互易。」○「所在」上原注曰：「一有『而』字。」○「爲敵」上原注曰：「一有『自』字。」○休養生息，原注曰：「一作『覆被休養』。」○禮記樂記曰：「煦嫗覆育萬物。」鄭注曰：「氣曰煦。」張說之集大唐祀封禪頌曰：「菌蠢滋育，氤氳涵煦，若天地之覆載，日月之照臨。」

脩之來此，樂其地僻而事簡，又愛其俗之安閑。既得斯泉于山谷之間，乃日與滁人仰而望山，俯而聽泉，掇幽芳而蔭喬木。吳北江曰：「此等詞藻，皆失古澤矣。」風霜冰雪，刻露清秀，四時之景，無不可愛。李曰：「此數句於景物略加點綴，雖非要義，然不可少。」又幸其民樂其歲物之豐成，而喜與予游也。因爲本其山川，道其風俗之美，使民知所以安此豐年之樂者，幸生無事之時也。沈曰：「結『天下之平久矣』。」李曰：「此數語乃通篇關鍵。」夫宣上恩德，以與民共樂，刺史之事也。李曰：「結末復加提振，文勢便不衰弱。」遂書以名其亭焉。以上作記之意。慶曆丙戌六月日，右正言、知制誥、知滁州軍州事歐陽脩記。劉曰：「滁昔日用武，而今則承平已久，於此生出感歎，情文並美，是歐公所長，且與豐樂之名相應。」吳先生曰：「此與送田晝序並佳絕，其撫今思昔亦同，而彼篇作於謫宦之中，心曠而神怡，此篇作於豐樂之時，憂深而思遠，蓋賢人君子之意量如此。」姚叔節曰：「宋代兵革不修，釀成積弱之禍，公蓋預見及此，特言之以諷當世，足見經世之略，而文情抑揚吞吐，絕不輕露，所以爲高。」

「乃」字下原注曰：「一無此字。」○漢書王褒傳曰：「益州刺史王襄欲宣風化於衆庶，使褒作中和、樂職、宣布詩。」班孟堅西都賦序曰：「或以宣上德而盡忠孝。」孟子梁惠王下曰：「與民同樂也。」○丙戌，慶曆六年。

祭尹師魯文

居士集原注曰：「慶曆八年。」

維年月日，具官歐陽脩謹以清酌庶羞之奠，祭于亡友師魯十二兄之靈曰：嗟乎師魯！辯足以窮萬物，而不能當一獄吏；志可以狹四海，而無所措其一身。汪曰：「首一段言師魯被貶以死，將辯與志之奇偉，俱收入此中，不用呆疏。」窮山之崖，野水之濱，猿猱之窟，麋鹿之羣，猶不能容於其閒兮，遂即萬鬼而爲鄰。一起如風雨波濤之驟至，爲一篇之勝。汪曰：「敍貶謫亦用駕過，即滾出死來，不是呆疏。」又曰：「貶猶不已，而至于死，正無可措身處。」嗟乎師魯！世之惡子之多，未必若愛子者之衆。何其窮而至此兮，得非命在乎天而不在乎人？伏下「通乎性命」意。汪曰：「歸之於天，爲之寬解而愈悲憤。」○以上言其窮困至死，然亦由於天命。

年譜曰：「慶曆八年閏正月乙卯，轉起居舍人，仍舊知制誥，徙揚州。二月庚寅，至揚州。」案：祭文具官當書全銜，稿中省作「具官」二字耳。○不能當一獄吏，指軍吏訟師魯事，已見墓誌銘注。獄吏，指治其獄者。史記絳侯世家：「絳侯曰：吾嘗將百萬軍，然安知獄吏之貴乎？」○禮記禮器鄭注曰：「措，置也。」○師魯徙監均州酒稅，「窮山」「野水」，指其地也。○陸士衡挽歌曰：「昔居四民宅，今託萬鬼鄰。」○「身」「濱」「羣」「鄰」「人」韻。

方其奔顛斥逐，困厄艱屯，舉世皆冤，而語言未嘗以自及，以窮至死，而妻子不見其悲忻。用捨進退，屈伸語默，夫何能然？乃學之力。汪曰：「此一段將其貶斥而死，俱收入學力中。」至其握手爲訣，隱几待終，顏色不變，笑言從容。死生之間，既已能通於性命；憂患之至，宜其不累於心胸。汪曰：「若只順敘憂患不累于死生，能通于性命，便是凡筆。此妙在就死生逆打轉憂患，則其敘死時之從容，亦不是呆疏。」○以上言其不以得失死生動心。

事並見墓誌銘。○屈伸，原注曰：「一作『出處』。」○「屯」「冤」「忻」韻。○「默」「力」韻。○「終」「容」「胸」韻。

自子云逝，善人宜哀。汪曰：「先透出『宜哀』。」子能自達，予又何悲？汪曰：「頂上段翻起下意。」惟其師友之益，平生之舊，情之難忘，言不可究。以上言師魯雖不以死生爲念，而朋友不能忘情。

左文六年曰：「秦伯任好卒，以子車氏之三子奄息、仲行、鍼虎爲殉，皆秦之良也。國人哀之，爲之賦黃鳥。君子曰：先王違世，猶詒之法，而況奪之善人乎？」○「哀」「悲」韻。○世說新語傷逝篇：「王戎曰：『聖人忘情，最下不及情。情之所鍾，正在我輩。』」○「舊」「究」韻。

嗟乎師魯！自古有死，皆歸無物。惟聖與賢，雖埋不没。尤於文章，焯若星日。汪曰：「留文章在後另敘。」子之所爲，後世師法。雖嗣子尚幼，未足以付予，而世人藏之，庶可無於墜失。以上言其文章必傳。

論語子路篇曰：「自古皆有死。」○說文曰：「焯，明也。」○「物」「没」「日」韻。○「法」「失」韻。

子於衆人，最愛予文。寓辭千里，侑此一罇。冀以慰子，聞乎不聞？尚饗！

以上致祭。○汪曰：「敘事全用議論駕過，筆筆凌空，不是呆疏。」

詩楚茨毛傳曰：「侑，勸也。」案：上云「寓辭千里」，當是在揚州遣人致祭也，疑在四月師魯之卒周年時。○「文」「罇」「聞」韻。

祭蘇子美文

居士集原注曰：「慶曆八年。」

維年月日，具官歐陽脩謹以清酌庶羞之奠，致祭于亡友湖州長史蘇君子美之靈曰：哀哀子美，命止斯邪！小人之幸，君子之嗟。以上悼其死。子之心胸，蟠屈龍蛇。風雲變化，雨雹交加。忽然揮斧，霹靂轟車。人有遭之，心驚膽落，震仆如麻。須臾霽止，而回顧百里，山川草木，開發萌芽。子於文章，雄豪放肆，有如此者，吁可怪邪！以上讚其文之詼奇。

晉語四：「司空季子曰：震，雷也，車也。」莊子達生篇：「皇子曰：委蛇惡聞雷車之聲。」魏志袁紹傳曰：「太祖爲發石車，擊紹樓皆破，紹衆號曰霹靂車。」說文曰：「轟，羣車聲也。」續博物志卷一曰：「細石形如小斧，謂之霹靂斧。」○釋名釋姿容曰：「仆，踣也。頓，踣而前也。」史記天官書曰：「死人如亂麻。」○「邪」「嗟」「蛇」「加」「車」「麻」「芽」「邪」韻。

嗟乎世人，知此而已，貪悅其外，不窺其內。欲知子心，窮達之際。金石雖堅，尚可破壞。子於窮達，始終仁義。惟人不知，乃窮至此，蘊而不見，遂以没地。獨留文章，照耀後世。樓迂齋曰：「仍舊結轉文章，前後相應。」汪曰：「就人不知其仁義，打轉但知其文章，筆如游龍，不爲聲韻所縛。」○以上言子美蘊仁義而不見，惟以文章傳後。

遂以，原注曰：「遂，一作『遽』。」○「内」「際」「壞」「義」「地」「世」韻。

嗟世之愚，掩抑毁傷。譬如磨鑑，不滅愈光。一世之短，萬世之長。其間得失，不待較量。樓曰：「不說盡。」哀哀子美，來舉予觴。尚饗！以上慰藉作收。○樓曰：「卓犖俊邁。」何曰：「激昂。」

祭石曼卿文

居士集原注曰：「治平四年。」○原注曰：「祭，一作『弔』。」案：曼卿，已見墓表。

維治平四年七月日，具官歐陽脩謹遣尚書都省令史李敭至于太清，以清酌庶羞之奠，致祭于亡友曼卿之墓下，而弔之以文曰：嗚呼曼卿！生而爲英，死而爲靈。汪曰：「含起世之名說起。」其同乎萬物生死，而復歸於無物者，暫聚之形；不與萬物共盡，而卓然其不朽者，後世之名。此自古聖賢，莫不皆然，而著在簡册者，昭如日星。汪曰：「後世之名不朽。」

年譜曰：「治平四年三月壬申，除觀文殿學士、轉刑部尚書、知亳州。五月甲辰，至亳州。」○太清，已見墓表。○「生」「靈」「形」「名」「星」韻，「賢」「然」自爲韻。

嗚呼曼卿！吾不見子久矣，猶能髣髴子之平生。其軒昂磊落，突兀崢嶸，而埋藏於地下者，汪曰：「頂生平說，正是生英死靈。」意其不化爲朽壤，而爲金玉之精。不然，生長松之千尺，產靈芝而九莖。汪曰：「又說一層，筆意馳騁。」奈何荒煙野蔓，荆棘縱橫。風淒露下，走燐飛螢。但見牧童樵叟，歌唫而上下，與夫驚禽駭獸，悲鳴躑躅而咿嚶。今固如此，更千秋而萬歲兮，安知其不穴藏狐貉與鼯鼪？汪曰：「是同乎萬物生死，而歸于無物，筆力馳騁。」此自古聖賢亦皆然兮，汪曰：「『亦』字從上『莫不皆然』生出。」獨不見夫纍纍乎曠野與荒城？汪曰：「大意言既有不朽之名，則暫聚之形，雖與萬物同歸於無物，固其常理，而不必悲哀。」

文心雕龍明詩篇曰：「磊落以使才。」○後漢書班固傳上注曰：「崢嶸，高峻也。」○漢書武帝紀曰：「元封二年，甘泉宮產芝九莖。」案：原注曰：「而，一作『之』。」○淮南氾論篇曰：「久血爲燐。」高注曰：「血精在地，暴露百日則爲燐，遥望炯炯若燃火也。」論衡論死篇曰：「燐者，死人之血也。」詩東山孔疏曰：「燐者，鬼火之名。」禮記月令鄭注曰：「螢，飛蟲螢火也。」○荀子禮論篇曰：「今夫大鳥獸則失亡其羣匹，越月踰時，鉛過故鄉則徘徊焉，鳴號焉，躑躅焉，踟蹰焉，然後能去也。」楊注曰：「『鉛』與『沿』同。躑躅，以足擊地也。」韓集赤藤杖歌五百家注引字林曰：「咿，内悲也。」文選琴賦李善注引蒼頡篇曰：「嚶嚶，鳥聲也。」咿嚶雙聲，蓋狀鳥悲鳴之聲。○楚策一：「王仰天而笑曰：寡人萬歲千秋之後，誰與樂此矣？」○爾雅釋獸曰：「貒子，貆。」説文曰：「貒似狐，善睡獸也。」作「貉」者借字。釋鳥曰：「鼯鼠夷由。」郭注曰：「狀如小狐，似蝙蝠，肉翅，翅尾項脅毛紫赤色，背上蒼艾色，腹下黄，喙頷雜白，脚短爪長，尾三尺許，飛且乳，亦謂之飛生，聲如人呼，食火煙，能從高赴下，不能從下上高。」釋獸曰：「鼬鼠。」郭注曰：「今鼬似貂，赤黄色，大尾，啖鼠，江東呼爲鼪，音牲。」郝蘭皋曰：「今俗通呼黄鼠狼，順天人呼黄鼬，以其尾毛爲筆，所謂狼毫者也。」○古詩曰：「松柏冢纍纍。」文選張景陽七哀詩曰：「北芒何壘壘？」李善注曰：「壘壘，冢相次之貌。」案：「纍」「壘」字通。○「生」「嶸」「精」「莖」「横」「螢」「嚶」「鼪」「城」韻。

嗚呼曼卿！盛衰之理，吾固知其如此，而感念疇昔，悲涼悽愴，不覺臨風而隕涕者，有媿乎太上之忘情。收到祭弔。尚饗！汪曰：「本重在後世之名，却反結穴在同乎萬物復歸無物上，用筆變化。」○茅曰：「淒清逸調。」○歐公此等文，最爲世俗所喜，然不善學之，易流於俗豔，故何義門頗譏之，然竟斥爲無味，則太過矣。

「情」字與「上」爲韻，「理」「此」「涕」自爲韻。

集古録跋尾 録二首

吴沖卿歐陽公行狀、韓稚圭歐陽公墓誌銘、蘇子由歐陽公神道碑皆稱著集古録跋尾十卷，直齋書録解題卷八、文獻通考經籍三十四並同。今本集所載及通行卷數相同。又宋史藝文志目録類有歐陽脩集古録五卷，與此不合，蓋别一本也。小學類又有集古録六卷，通考有歐公親書集古録六卷。趙君錫（希弁）郡齋讀書志附志入法帖類（又有拾遺一卷），蓋即此本也。書録解題又有集古目録二十卷，公子禮部郎官棐叔弼撰，通考同，今本止四卷。清四庫書目卷八十四曰：「集古録十卷，宋歐陽脩撰。脩採摭佚遺，積至千卷，撮其大要，各爲之説。至嘉祐、治平閒，脩在政府，又各書其卷尾，於是文或小異，蓋隨時有所竄定也。脩自書其後，題嘉祐癸卯。至熙寧二年己酉，脩季子棐復摭其略，别爲目録，上距癸卯蓋六年。而棐記稱録既成之八年，則是録之成當在嘉祐六年辛丑。（步瀛案：當在七年壬寅，己酉亦八年也。）其真蹟跋尾，則多係治平初年所書，亦閒有在熙寧初者，知棐之目録，固承脩之命而爲之也。諸碑跋今皆具脩集中，其跋自爲書，則自宋方崧卿裒聚真蹟，刻於廬陵。曾宏父石刻鋪敍稱有二百四十六跋，陳振孫書録解題稱有三百五十跋，脩子棐所記則曰凡二百九十六跋，脩又自云凡四百餘篇有跋。近日刻集古録者，又爲之説曰：『世所傳集古跋四百餘篇，而棐乃謂二百九十六，雖是時脩尚無恙，然續跋不應多逾百篇，因疑寫本誤以三百爲二百。』以今考之，則通此十卷，乃正符四百餘跋之數，蓋以集本與真蹟合編，與專據集本者不同。宋時廬陵之刻，今已不傳，無從核定，不必以棐記爲疑矣。」○曾文正論古文陽剛之美，莫要於「雄、直、怪、麗」四字，陰柔之美，莫要於「茹、遠、潔、適」四字。又爲之贊，其「適」字贊曰：「心境兩閒，無營無待，柳集歐跋，得大自在。」案：永叔之文，多以風神姿媚勝，往往不能蒼古，而跋尾時有蒼古之氣，蓋得心應手，不求工而益工矣。

隋太平寺碑

原注曰：「開皇九年。」案：趙德甫（明誠）金石録書目三載此碑，注云「開皇九年八月」，亦不著書撰人，通志金石略云未詳。

右太平寺碑，不著書撰人名氏。南北文章，至於陳隋，其弊極矣。以唐太宗之致治，幾乎三王之盛，獨於文章，不能少變其體。豈其積習之勢，其來也遠，非久而衆勝之，則不可以驟革也？是以羣賢奮力，墾闢芟除，至於元和，然後蕪穢蕩平，嘉禾秀草争出，而葩華美實，爛然在目矣。比況真確，文亦精采。○以上言唐代文章，至元和而後醇。此碑在隋，尤爲文字淺陋者，疑其俚巷庸人所爲。然視其字畫，又非常俗所能。蓋當時流弊，以爲文章止此爲佳矣。文辭既尔無取，而浮圖固吾儕所貶，所以録於此者，第不忍棄其書爾。以上言存此碑之意。治平元年三月十六日書。

唐太宗之致治云云，已見蘇氏文集序注。○尔，「尒」之俗字，猶言如此也。○所貶，此依真蹟，原注曰：「貶，集本作『鄙』。」

唐田布碑

原注曰：「長慶四年。」案：田布事蹟，已見韓退之鄆州谿堂詩序及杜牧之罪言注，文苑英華卷九百十四載
庾承宣魏博節度使田布碑。

右田布碑，庾承宣撰。布之事壯矣，承宣不能發於文也，蓋其力不足爾。布
之風烈，非得左丘明、司馬遷筆，不能書也。故世有不顧其死，以成後世之
名者，有幸不幸，各視其所遭如何爾。以上惜庾之文不能發田布之風烈。今有道史漢時事者，其人偉
然甚著，而市兒俚嫗猶能道之。舉史以包左。自魏晉以下，不爲無人，而其顯赫不及
於前者，無左丘明、司馬遷之筆以起其文也。申明前說，不必更收明田布，而意自足。治平甲辰秋社日書。

庾承宣，貞元八年進士，見新唐書文藝歐陽詹傳。太和九年，由太常卿檢校吏部尚書、充天平軍節度使，
見舊書文宗紀。○漢書藝文志春秋家有左氏傳三十卷，原注曰：「左丘明，魯太史。」案：劉子駿移讓太常
博士書曰：「春秋，左氏丘明所修。」藝文志亦稱：「丘明恐弟子各安其意，以失其真。」元和姓纂載左氏爲
丘明之後。則左，氏，丘明，名，無疑。太史公報任少卿書稱「左丘失明」，省「明」字以避句累。且左丘
明之稱左丘，猶晉重耳之稱晉重，古書往往有此也。段懋堂有駁山東巡撫請以丘姓人充先賢左丘明後博士
議（經韻樓集卷四）最爲精確，一切妄説，均不足復辯矣。○史記太史公自序曰：「著十二紀、十表、八書、
三十世家、七十列傳，凡百三十篇，爲太史公書。序略。」漢書藝文志太史公書百二十篇。案：史記，漢稱
太史公書（漢書宣六王東平王宇傳），或曰太史公記（漢書楊惲傳、楊雄傳），或曰太史公（漢書藝文志，
後漢書竇融傳、范升傳、陳元傳），或曰太史記（風俗通正失篇）。至荀仲豫漢紀卷三十曰：「班固，明帝時

爲郎，據太史公司馬遷史記云云。」又卷四十曰：「司馬子長既遭李陵之禍，喟然而歎，幽而發憤，遂著史記。」稱司馬遷書爲史記蓋始此。而隋書經籍志遂逕稱史記矣。○有幸不幸，此依真蹟，句上原注曰：「集本有『猶』字。」句下原注云：「集本有『焉』字。」○歲華紀麗卷三曰：「八月，擇元日，命民社，（二句禮記月令之文。）謂近秋分前後戊日。」東京夢華録卷八曰：「八月秋社，各以社糕社酒相賫送。」案：宋英宗治平元年甲辰八月甲午朔，若戊戌，當爲五日也。

吴北江曰：「歐公之文，丰采敷腴，風華掩映，神韻之美，冠絶百代。蓋公之得於天者，非可仿效而襲似也。自此體易爲人所慕悦，而學步者益多，多而又不能至，而去古人戛戛獨造之風益遠矣。蓋周秦三代之文，自東漢以降，興於唐之韓退之，而復衰於宋，宋以後無復真古文矣。歐公雖不尸其咎，然公之文實導人於平易，而不能引人日上，則昭然無可疑也。」

劉原父

劉敞，字原父，（永叔劉公墓誌云：「字仲原父。」）臨江新喻人。（宋臨江軍新喻縣，今江西新喻縣治。案：此依宋史本傳，永叔劉公墓誌銘云：「吉州臨江人。」名臣言行録後集卷四同。東都事略云：「袁州臨江人。」淳化以前，新喻縣屬袁州，豈新喻嘗改名臨江，又嘗屬吉州耶？）慶曆六年進士第，以大理評事通判蔡州，召試學士院，選太子中允、直集賢院、判登聞鼓院，改吏部南曹兼考功事。争夏竦謚，遂改「文正」曰「文莊」。遷右正言、知制誥，歷知揚、鄆二州及永興軍，召還，判三班院太常寺，出知衛州，未行，徙汝州，改集賢學士、判南京留司御史臺，卒。宋史有傳。○郡齋讀書志卷十九曰：「劉公是集七十五卷。皇朝劉敞，爲人明白俊偉，自六經百氏，下至傳記，無所不通，爲文章尤敏贍，好摹倣古語句度。在西掖時，嘗食頃草九制，各得其體。英宗嘗語及原父，韓魏公對以有文學，歐陽公曰：其文章未佳，特博學可稱耳。」避暑録話卷上曰：「慶曆後，歐陽文忠公以文章擅天下，世莫敢有抗衡者。劉原甫雖出其後，以博學通經自許，文忠亦以是推之。作五代史、新唐書凡例，多問春秋於原甫。及書梁入閣事之類，原甫即爲剖析，辭辨風生。文忠論春秋多取平易，而原甫每深言經旨，文忠有不同，原甫間以謔語酬之。文忠久或不能平，原甫復忤韓魏公，終不得爲翰林學士。」清四庫書目提要卷一百五十三曰：「今攷脩草敞知制誥詔曰：『議論宏博，詞章爛然。』（此内制集賜起居舍人知制誥劉敞等奬諭詔也，謂草敞知制誥詔，誤。）又作其父立之墓誌曰：『敞與攽皆賢而有文章。』又作敞墓誌曰：『於學博云云，爲文章尤敏贍云云。其銘詞曰：惟其文章燦日星云云。』則脩亦雅重之。晁氏、葉氏所言，殆非其實歟？」（提要以葉氏爲葉適，前引石林燕語之文作習學記言，皆誤。）朱子語類卷百三十九曰：「劉原父才思極多，湧將出來，每作文多法古，絶相似。」

先秦古器記

孫淵如（星衍）寰宇訪碑録卷六曰：「先秦古器記，劉敞撰，正書，嘉祐八年六月，在陝西長安。」

先秦古器，十有一物，制作精巧，有款識，皆科斗書，爲古學者莫能盡通。以他書參之，廼十得五六。就其可知者校其世，或出周文武時，于今蓋二千有餘歲矣。以上記其器之古。嗟乎！三王之事，萬不存一，詩書所記，聖王所立，有可長太息者矣，獨器也乎哉？推開說，以感慨出之，故佳。兑之戈、和之弓、離磬、崇鼎，三代傳以爲寶，非賴其用也，亦云上古而已矣。孔子曰：「多見而識之，知之次也。」衆不可概，安知天下無能盡辨之者哉？使工模其文刻于石，又并圖其象，以俟好古博雅君子焉。以上重其器之古而刻石。終此意者，禮家明其制度，小學正其文字，譜牒次其世謚，迺爲能盡之。以上考求此器，宜合數家之學爲之。○文字簡古，而神氣極遠，頗近歐公集古録跋尾之文。

晉書衛恒傳（附其父瓘傳後）四體書勢曰：「漢武時，魯恭王壞孔子宅，得尚書、春秋、論語、孝經，時人以不復知有古文，謂之科斗書。」束晳傳曰：「時有人於嵩高山下，得竹簡一枚，上兩行科斗書，傳以相示，莫有知者。司空張華以問晳，晳曰：『此漢明帝顯節陵中策文也。』檢驗果然，時人伏其博識。」○漢書賈誼傳：「上疏曰：可爲長太息者此也。」○書顧命曰：「兑之戈，和之弓，垂之竹矢，在東房。」周禮春官天府疏引鄭注曰：「兑也，和也，皆古人造此物者之名。」僞孔傳曰：「兑、和，古之巧人，所爲皆中法，故亦傳寶之。」○禮記明堂位曰：「垂之和鍾，叔之離磬。」鄭注曰：「叔，未聞也。和、離，謂次序其聲縣也。」世本作曰：「無句作磬。」孔疏曰：「言縣磬之時，其磬希疏相離。世本，書名，有作篇。皇氏云：『無句，叔之別名。』義或然也。」明堂位曰：「崇鼎，天子之器也。」鄭注曰：「崇，國名，文王伐崇。古者伐國，遷其重器以分同姓。」左昭三年讒鼎之銘，孔疏曰：「服虔云：『讒鼎，疾讒之鼎，明堂位所云崇鼎是也。』一云：『讒，地名，禹鑄九鼎於甘讒之地。』」困學紀聞卷六曰：「韓子說林曰：『齊伐魯，索讒鼎。』新序（節士篇）、呂氏春秋（審己篇）皆曰『岑鼎』，二字音相近。然則讒鼎，魯鼎也。明堂位『魯有崇鼎』，服注不爲無據。」

案：「崇」「讒」「岑」皆古音通轉，服解以「疾讒」，不免望文生義。李次白春秋服賈注輯述謂：「文王疾崇侯之譖，故伐而得其鼎，名之曰讒鼎。」亦傅會服説而失之。甘讒之説尤無據。○論語述而篇：「子曰：多見而識之，知之次也。」○文鑑「概」作「蓋」。○僞孔安國尚書序曰：「若好古博雅君子與我同志，亦所不隱也。」○漢書藝文志，凡禮十三家，百六十五篇；凡小學十家，四十五篇。史記十二諸侯年表序曰：「儒家斷其義，馳説者騁其辭，不務綜其終始。曆人取其年月，數家隆於神運，譜牒獨記世謚，其辭略，欲一觀諸要難。」此文略仿其句法而變其意。

天子五門議

周禮天官閽人注曰：「鄭司農云：『王有五門，外曰皋門，二曰雉門，三曰庫門，四曰應門，五曰路門。路門一曰畢門。』玄謂雉門，三門也。春秋傳曰：『雉門災，及兩觀。』」秋官朝士注引鄭司農説五門之次，與閽人注同。後鄭曰：「玄謂明堂位説魯公宮曰：『庫門，天子皋門；雉門，天子應門。』此名制二兼四，則魯無皋門、應門矣。檀弓曰：『魯莊公之喪，既葬，而絰不入庫門。』言其除喪而反，由外來，是庫門在雉門外必矣。如是，王五門，雉門爲中門，雉門設兩觀，與今之宮門同。閽人幾出入者，窮民蓋不得入也。郊特牲譏繹於庫門內，言遠，當於廟門，廟在庫門之內，見於此矣。小宗伯職曰：『建國之神位，右社稷，左宗廟。』然則外朝在庫門之外，皋門之內與？」禮記明堂位注曰：「天子五門：皋、庫、雉、應、路。魯有雉、庫、路，則諸侯三門與？」綜以上注，是鄭君以天子五門曰皋、庫、雉、應、路也。

禮說：「天子五門，曰皋門，曰庫門，曰雉門，曰應門，曰路門。」此有五門之名，無五門之實。以詩、書、禮、春秋攷之，天子有皋門，無庫門，有應門，無雉門，有畢門，無路門。諸侯有庫門，無皋門，有雉門，無應門，有路門，無畢門。天子三門，諸侯三門，門同也，而名不同。三同也，而制不同。以上言天子、諸侯皆三門。

見題注。禮說，即指鄭君禮注也。通典禮典賓二：「說曰：『天子路寢門有五焉。其最外曰皋門，二曰庫門，三曰雉門，四曰應門，五曰路門，路門之內則路寢也。皋門之外曰外朝。庫門之內有宗廟、社稷。雉門之外有兩觀連門，雉門內有百官宿衛之廨。應門內曰中朝，中朝東有九卿理事之處。外朝之法，朝有疑獄，王集而聽之。故禮云王會三公會其朝者，諸侯未去，亦於此也。廣問之義，詢於芻蕘之謀，三刺問以定其法。燕朝者，路寢之朝。羣公以下，常日於此朝見君，位其位，太僕掌之。』」亦本鄭義爲說也。（禮典吉一自注曰：「凡義有經典文字，其理深奧者，則於後說之以發明，皆云『說曰』。」）

何以言之耶？詩曰：「乃立皋門，皋門有伉。乃立應門，應門將將。」書曰：「二人雀弁，執惠，立于畢門之內。」又曰：「王出在應門之內。」此皆道天子之禮者也。無道庫門、雉門者，非天子門故也。明確。雖然，畢門或謂之虎門，或謂之路門。路門者，建路鼓于此門之外，太僕司之。指路鼓而言，故曰路門。虎門者，王在國，則虎賁氏守王之宮，蓋居此門。故太保命仲桓、南宮毛，俾爰齊侯呂伋，爲天子虎賁也。指虎賁而言，故曰虎門。其實一也。以上證天子三門，無庫門、雉門。

詩緜曰：「迺立皋門，皋門有伉。迺立應門，應門將將。」毛傳曰：「王之郭門曰皋門。伉，高貌。王之正門曰應門。將將，嚴正也。美大王作郭門以致皋門，作正門以致應門焉。」鄭箋曰：「諸侯之宮，外曰皋門，朝門曰應門，內有路門。天子之宮，加以庫、雉。」釋文曰：「伉，本又作『亢』，苦浪反。將，七羊反。」孔疏曰：「大王實非天子，本作郭門、正門耳。在後文王之興，以爲皋門、應門。雖遷都於豐，用岐周舊制，故云致得爲之也。」案：原父不從鄭「天子加庫、雉」之說。○書顧命曰：「二人雀弁，執惠，立于畢門之內。」僞孔傳曰：「士衛殯與在廟同，故雀韋弁。惠，三隅矛。路寢門，一名畢門。」孔疏引鄭注曰：「赤黑曰雀，言如雀頭色也。雀弁制如冕，黑色，但無藻耳。惠狀，蓋斜刃，宜芟刈。」○書康王之誥曰：「王出，在應門之內。」僞孔傳曰：「出畢門，立應門內之中庭，南面。」○周禮夏官太僕曰：「建路鼓于大寢之門外，而掌其政。」鄭注曰：「大寢，路寢也。其門外則內朝之中，如今宮殿端門下也。」水經穀水注曰：「路門，一曰畢門，亦曰虎門也。」周禮天官宮人賈疏曰：「路，大也，人君所居皆曰路。」案：路門當以路寢爲名，原文以爲指路鼓而言，欲別於諸侯名路門之義，恐未確。○周禮春官師氏：「居虎門之左，司王朝。」鄭注曰：「虎門，路寢門也。王日視朝於路寢門外，畫虎焉，以明勇猛，於守宜也。」虎賁氏曰：「王在國則守王宮。」孫仲容正義曰：「劉敞云云，案司士治朝之位，虎士在路門右，蓋虎士分守五門，自内而出，以路門爲始，劉説亦足備一義。」○書顧命曰：「太保命仲桓、南宮毛，俾爰齊侯吕伋，以二干戈、虎賁百人，逆子釗於南門之外。」僞孔傳曰：「冢宰攝政，故命二臣。桓、毛，名。臣子皆侍左右，將正太子之尊，故出於路寢門外。使桓、毛二臣各執干戈，於齊侯吕伋索虎賁百人，更新逆門外，所以殊之。伋爲天子虎賁氏。」

明堂位曰：「庫門，天子皋門。雉門，天子應門。」此言魯之庫門，制如皋門，魯之雉門，制如應門也。魯用王禮，故門同王門，其制雖同，而名不同也。諸侯有路寢，路寢之門，是謂路門。此諸侯三門也。無道皋門、畢門、應門者，非諸侯門故也。明確。春秋曰：「雉門及兩觀災。」子家曰：「設兩觀，乘大輅，諸侯之僭禮也。」譏兩觀不譏雉門，雉門者，諸侯之禮，兩觀者，天子之禮也。以上證諸侯三門，無皋門、畢門、應門。

禮記明堂位：「大廟，天子明堂。庫門，天子皋門。雉門，天子應門。」鄭注曰：「言廟及門如天子制也。」○明堂位曰：「成王以周公爲有勳勞於天下，命魯公世世祀周公以天子之禮樂。」○禮記文王世子世子之記曰：「朝夕至于大寢之門外。」鄭注曰：「大寢，路寢。」春秋莊三十一年：「八月辛亥，公薨于路寢。」公羊傳曰：「路寢者何？正寢也。」○春秋定二年：「夏五月壬辰，雉門及兩觀災。」公羊傳曰：「其言雉門及兩觀災何？兩觀微也。」何注曰：「雉門、兩觀，皆天子之制。門爲主，觀爲其飾，故微也。」又昭二十五年傳：

「子家駒曰：『諸侯僭於天子，大夫僭於諸侯，久矣。』公曰：『吾何僭矣哉？』子家駒曰：『設兩觀，乘大路，朱干，玉戚，以舞大夏，八佾以舞大武，此皆天子之禮也。』」何注曰：「禮，天子諸侯臺門，天子外闕兩觀，諸侯內闕一觀。」陳卓人（立）義疏曰：「爾雅釋宮云：『觀謂之闕。』孫炎云：『宮門雙闕者，舊懸法象，謂使民觀之處，因謂之闕。』熊氏云：『當門闕處，以通行路，既言雙闕，明是門之兩旁，相對爲雙。』熊氏得焉。然觀與闕同在一處，而非一物。闕者，其制則在門兩旁，故孫、郭說爾雅，皆云宮門雙闕。據緯文，則天子外，諸侯內耳。故水經注引白虎通云：『闕者，所以飾門別尊卑也。』（見穀水注，前引緯文同。）是也。中華古今注謂：『兩觀其上可居，登之則可遠觀，故謂之觀。』則觀可升上，故禮運云『出遊于觀之上也』。天子二觀，諸侯一觀，其制差耳。若闕則宜皆有二。」案：陳說是也。何注公羊，以雉門亦天子之制，原父以子家駒不言雉門，可以正何之失。又明堂位鄭注曰：「天子五門：皋、庫、雉、應、路。魯有庫、雉、路，則諸侯三門與？詩云：『乃立皋門，皋門有伉。乃立應門，應門將將。』」孔疏曰：「此經有庫門、雉門。又檀弓云：『魯莊公之喪，既葬而絰，不入庫門。』定二年『雉門災』，是魯有庫、雉，則又有路門可知。魯既有三門，則餘諸侯亦有三門，但其餘諸侯有皋門、應門及路門也。引詩『乃立皋門、應門』者，證諸侯有皋門、應門也。」然孔疏又引家語云：「衞莊公反國，孔子譏其繹之於庫門內。」（公西赤問篇）是衞有庫門也。與前說已自牴牾。江慎修鄉黨圖考曰：「朱子云：『春秋書魯有雉門，禮記云魯有庫門，家語云衞有庫門，皆無云諸侯有皋、應者。則皋、應爲天子之門明矣。此爲定說。注疏云魯有庫、雉，他國諸侯有皋、應者，皆非。』」案此可與原父之說相證。

天子三朝，諸侯三朝。天子外朝，在皋門之外。諸侯外朝，在庫門之內。天子內朝，在畢門之內。諸侯內朝，在路門之內。其建國之神位，左宗廟，右社稷，皆夾治朝。此春秋所云「閈于兩社，爲公室輔」者也。禮說以爲廟于庫門之內。誠然者，仲尼助祭于廟，事畢，出游觀之上。觀者，雉門也，雉門在內，庫門在外，當言入游，不當言出也。讀書得閒。祭畢而出游，乃得至觀之上，明廟在治朝之左，庫門之內也。奏刀騞然，如土委地。郊特牲曰：「繹之于庫門內，失之矣。」繹當于廟，即廟在庫門者，無失也。又曰：「獻命庫門之內，戒百官也，太廟之命，戒百姓也。」百官疎，故戒之于外朝，百姓親，故戒之于太廟。此亦魯事也。魯之有庫門，審也，天子無庫門也。以上更以天子、諸侯皆三朝，證天子、諸侯皆三門。

周禮秋官朝士鄭注曰：「周天子、諸侯皆有三朝，外朝一，內朝二。內朝之在路門內者，或謂之燕朝。」賈疏曰：「天子外朝一者，即朝士所掌者是也。內朝二者，司士所掌正朝（即治朝），大僕所掌路寢朝，是二也。諸侯內朝二者，玉藻云：『朝于內朝。朝，羣臣辨色始入。君日出而視朝，退適路寢，使人視大夫，大夫退，然後適小寢。』彼亦路門外內二者爲內朝二。閔二年，季友將生，卜人云：『閈于兩社，爲公室輔。』兩社，周社、亳社，是兩社在大門內、中門外，爲外朝。」又掌訝疏曰：「解諸侯外朝之法有二。或解取閔公『季友將生，閈于兩社，爲公室輔』，注云：『兩社，周社、亳社。』此二社在大門內，內門外，則外朝所在也。或解以爲聘禮，聘賓在外卒，以柩造朝，柩不可入公門。造朝，朝在大門外可知。是其兩解不同。」

賈以掌訝云「至于朝，詔其位」，謂「于朝」者，即是大門外陳賓介之處，言朝，即外朝，在大門外，於義可矣。是賈主外朝在皋門外也。然戴東原集卷二三朝三門考、焦里堂羣經宮室圖卷一、金誠齋求古録禮説卷五，皆主外朝在皋門内。蓋朝必有門，若在皋門外，則外朝無門。朝必有廷，廷必有門以限之，若在皋門外，則外朝無廷。無門無廷，安得謂之朝？且路門外有朝，則應門外亦宜有朝，乃越應門而遠設於皋門外，亦失置朝之意。又外朝門外，亦可通謂之朝，賈氏泥於外朝之廷，故有「柩入公門」之疑，不知大門外亦可通名曰朝。則外朝在大門内，即皋門内，無疑矣。劉氏猶沿賈公彦之説也。○周禮春官小宗伯曰：「掌建國之神位，右社稷，左宗廟。」鄭注曰：「庫門内雉門外之左右。」案：原父以爲夾治朝，當在雉門内也。○左閔二年曰：「成季之將生也，桓公使卜楚丘之父卜之，曰：『男也。其名曰友，在公之右。閒于兩社，爲公室輔。』」杜注曰：「兩社，周社、亳社，兩社之閒，朝廷執政所在。」孔疏曰：「周禮朝士所掌外朝之位，乃在雉門之外耳。雉門之外，左有亳社，右有周社。閒於兩社，是在兩社之閒，朝廷詢謀大事，則在此處，是執政之所在也。」案：原父亦以爲夾治朝，與孔疏異。戴氏、金氏皆謂諸侯廟在雉門内，天子廟在應門内，從劉氏之説。○禮記禮運曰：「昔者仲尼與於蜡賓，事畢，出遊於觀之上。」鄭注曰：「蜡者，索也。歲十二月，合聚萬物而索饗之，亦祭宗廟。時孔子仕魯，在助祭之中。」○禮記郊特牲：「孔子曰：繹之於庫門内，祊之於東方，朝市之於西方，失之矣。」鄭注曰：「祊之禮，宜於廟門外之西室，繹又於其堂，神位在西也。此二者同時，而大名繹。其祭禮簡，而事尸禮大。」孔疏曰：「祊是室内求神，繹是堂上接尸，一時之事，故云『二者同時』。案春秋宣八年壬午『猶繹』，釋者云：『繹，又祭。』詩絲衣云：『繹賓尸。』但有繹名，而無祊稱，是大名曰繹。其祭之明日，於廟門外西室，及堂而行禮也。」求古録禮説補遺曰：「此言三事皆失。繹與祊，各爲一事也。若以祊、繹爲一事，統謂之繹，豈朝市亦得爲繹乎？鄭、孔于楚茨『祝祭于祊』，及郊特牲『索祭祝于祊』，指爲正祭之祊。而以『祊之于東方』，及禮器『爲祊乎外』，則故爲繹祭之祊。且以繹祭之祊爲正，而謂正祭之祊假繹祭而名，其亦傎矣。祊祭當在廟門外之西室，繹則于廟門內之西堂，禮器『爲祊乎外』，對設祭于堂言，可知祊在門外，門內與堂不可分內外也。祭統言『出于祊』，出者，出門也。郊特牲言『祊求諸遠』，亦可知爲門外也。蓋必于門外求之，斯遠之至矣。郊特牲以繹于庫門內爲失，言庫門不言廟門，是失在于庫門，不在于門內，可知繹祭當在廟門內也。繹爲又祭，當與正祭相似，而殺其禮，與祊祭迥異。繹祭有牲，絲衣詩可證。」案：誠齋此說，似與原父意合，蓋謂繹在廟門內，假使廟在庫門內，則繹于庫門內者，無失矣。無如諸侯之廟在雉門內，故繹于庫門，不在廟中，而爲失也。

○郊特牲曰：「獻命庫門之內，戒百官也。太廟之命，戒百姓也。」鄭注曰：「王自澤宮而還，以誓命重相申勑也。庫門在雉門之外，入庫門則至廟門外矣。大廟者，祖廟也。百官，公卿以下也。百姓，王之親也。入廟戒，親之也。」案：原父意以廟在雉門內，故親於庫門。

何謂畢門？畢者趩也，王出于此則趩也，師氏掌焉。何謂應門？應者應也，王居治朝，正天下之政，則四海之內，罔不敬應也。何謂皋門？皋者告也，王居外朝，則播告萬民，謀大事也，此亦春秋大言天子也。何謂庫門、路門、雉門？諸侯不敢戚天子，名門以其所近也。庫者，府庫所在也。雉者，治朝所在也。謂之雉，猶治也。路者，路寢所在也。此亦小言諸侯也。以上釋天子三門、諸侯三門之名，所謂『門同而名不同，三同而制不同』也。

周禮天官閽人賈疏曰：「言畢門者，從外而入，路門爲終畢。」原父以「蹕」爲訓，亦通。閽人曰：「蹕宮門。」鄭注曰：「蹕止行者。」説文曰：「趩，止行也。」「蹕」同。○玉海卷一百六十九引三禮義宗曰：「應門，謂應接諸侯羣臣，常在此門之内也。」原父以四海敬應解之，亦通。○明堂位鄭注曰：「臯之爲言，高也。」玉海引三禮義宗曰：「臯之爲言高也，謂其制高顯也。」原父取聲訓亦通。周禮春官樂師「臯舞」，鄭司農曰：「臯，當爲『告』。」是也。○公羊桓九年曰：「京師者何？天子居也。京者何？大也。師者何？衆也。天子之居，必以衆大之辭言之。」○禮記大傳曰：「族人不得以其戚戚君，位也。」鄭注曰：「族人皆臣也，不得以父兄子弟之親自戚於君。位，謂齒列也。所以尊君別嫌也。」又小爾雅廣詁曰：「戚，近也。」○玉海引三禮義宗曰：「庫門，因其近庫，即以爲名也。」原父意同。○三禮義宗曰：「雉門，雉，施也，其上有觀闕以藏法，故以施布政教爲名也。」原父亦異，似勝舊解。方言六曰：「雉，理也。」廣雅釋詁二同。又釋詁三曰：「理，治也。」

或問：「子之所言，宮室門户之閒道歟？」曰：「然，固正宮室門户之道也。」

以上明所釋者，爲宮室之正門。○引據精確，斷制謹嚴，可爲考據文之法。

原父此説，清儒戴氏、焦氏、金氏，以暨邵二雲爾雅正義、郝蘭臯爾雅義疏、黄元同（以周）禮書通故，皆從其説。林薌谿（昌彝）三禮通釋卷六十六雖列鄭義，而無所發明。曹叔彦（元弼）禮經校釋卷九復申鄭義，有可供禮家考正者，並附録於左。

曹曰：「古者天子諸侯皆三門，外曰郭門，中曰正門，内曰寢門。大王居岐，依此制度，文王受命，改制更崇大之，名郭門爲皋門，正門爲應門，寢門爲路門。詩人本其王道之興，由於大王，故詩曰：『迺立皋門，皋門有伉。迺立應門，應門將將。』傳：『王之郭門曰皋門，王之正門曰應門，美大王作郭門以致皋門，作正門以致應門焉。』按王者孰謂？謂文王也。未稱王時，爲郭門、正門，既稱王後，爲皋門、應門。然門名雖異，其數與制猶未異於古。周公制禮，乃於皋門內加庫門，應門外加雉門，雉門設兩觀以望雲物，懸法象，施政教，移應門內之宗廟社稷於其左右。禮儀制度於是爲盛，而三門惟爲諸侯之制。其名則依周初，稱皋、應、路。猶上文云：『乃召司空，乃召司徒。』當時惟有三卿，後立六官，而三卿遂定爲諸侯之制。故箋云：『諸侯之宮，外門曰皋門，朝門曰應門，內有路門。天子之宮，加以庫、雉。』鄭據制禮後言之也。成王以周公爲有勳勞於天下，特假魯以庫、雉之名，而制如天子之皋、應，故明堂位曰：『庫門，天子皋門。雉門，天子應門。』名爲庫、雉，實爲皋、應者，以二門之內皆有朝，宜爲皋、應朝門之制，且庫、雉制非諸侯所得用。雉門有兩觀。通典引三禮義宗云：『雉門，雉，施也，其上有觀闕，以藏法象魏，故以施政教爲名。』是雉門之名，因兩觀而立，諸侯無之，魯雖名應門爲雉門，仍不設兩觀。煬公始僭其制，故子家子曰：『設兩觀，僭於天子，久矣。』春秋書『雉門及兩觀災』，新作雉門及兩觀以譏之，雉門如此，庫門可知。魯之雉、庫，尚如皋、應本制，諸侯皆立皋、應可知。蓋皋、應，朝門也；庫、雉，非朝門也。天子、諸侯之宮，皆有三朝，每朝皆有門，古之制也。天子三朝，三門之閒，特加二門，周之制也。後人不知庫、雉之非朝門，皋、應爲王侯朝門之通名，乃謂諸侯無皋、應，或謂天子三門有皋、應無庫、雉，諸侯三門有庫、雉無皋、應，皆誤。郊特牲云：『獻命庫門之內。』周書作雒解：『路寢明堂，咸有庫臺。』庫，庫門；臺，臺門，即雉門。是天子有庫、雉矣。詩緜正義引春秋傳『皋門之晳』，必據古本及賈、服舊誼，是諸侯有皋門矣。皋、應相將，有皋門則有應門可知。既有皋、應，明無庫、雉。檀弓記諸侯禮，屢言庫門者，記禮者多魯人，假魯禮言之。郊特牲：『孔子曰：繹之於庫門內。』正義明謂譏魯失禮，僞家語以爲衞事，先儒皆知其爲王肅竄改。如諸侯得有庫門，豈亦得有雉門、兩觀乎？然則以三門言，內曰路門，其內爲燕朝，其外殷人設宗廟、社稷。次曰應門，其內爲內朝，其外周諸侯設宗廟、社稷。外曰皋門，其內爲外朝。以周天子五門言，應門外加雉門，外設兩觀，左宗廟，右社稷，皋門內加庫門，二門內皆無朝，在內朝外朝之閒。先鄭注朝士，以內朝爲外朝，然外朝不得反在宗廟、社稷內。故後鄭不從，謂當在皋門內，明皋門爲朝門也。周天子、諸侯，宗廟、社稷皆在中門外。書顧命：『諸侯出廟門俟。』王出在應門之內，大保率西方諸侯入應門左，畢公率東方諸侯入應門右。兩言出者，出廟門也。出廟門至應門而言入，則廟在應門外可知。（自注曰：「諸侯位在廟門外。」）儀禮聘禮云：『公出送賓，及大門內。』出廟門即言及大門內，則廟在大門內可知。大門內即中門外，故周官司儀云：『出，及中門之外。』出廟門即及中門外，猶蜡賓事畢，出遊於觀，觀在中門外，出廟即得至觀也。檀弓：『君復於小寢、大寢、小祖、大祖、庫門、四郊。』庫門與祖連言，明祖在庫門內也。郊特牲：『繹之於庫門內，失之矣。』廟與庫門近，故失之者，得於庫門內。若廟在雉門內，魯雖失禮，安得至庫門內乎？又云：『獻命庫門之內，戒百官也；大廟之命，戒百姓也。』廟在庫門內，此其明文。是以禮家相承，皆云宗廟、社稷在中門外。玉海引五經通義云：『大社在中門之外，稷在西。』白虎通云：『社稷在中門之外，外門之內何？尊而親之，與先祖同也。不置中門內何？敬之示不褻瀆也。』論語曰：『譬諸宮牆，不得其門而入，不見宗廟之美，百官之富。』祭義曰：『右社稷，左宗廟。』蔡氏獨斷義略同。是宗廟、社稷在中門外，古無異辭。」案：曹氏此說，洵可羽翼鄭注，然以周書「庫臺」爲庫門、雉門，終不甚確。家語雖王肅僞撰，然皆有所本，斷不至以魯爲衞也。姑存其說，以備考焉。

唐宋文舉要甲編卷七　宋文三十一首

霸縣高步瀛學

曾子固

曾鞏，字子固，建昌南豐人。（宋建昌軍南豐縣，今江西南豐縣治。）甫冠，名聞四方。歐陽脩見其文，奇之。中嘉祐二年進士第，調太平州司法參軍，召編校史館書籍，遷館閣校理、集賢校理，爲實録檢討官，出通判越州，歷襄州，加直龍圖閣，知福州，徙明、亳、滄三州。神宗召見勞問，留判三班院。會新官制行，拜中書舍人。丁母艱去，又數月，卒。宋史有傳。○宋史曾鞏傳曰：「鞏一出其力爲文章，上下馳騁，愈出而愈工，本原六經，斟酌於司馬遷、韓愈，一時工作文詞者，鮮能過也。」

唐論

成康殁，而民生不見先王之治，何義門曰：「起句中即伏後意。」日入於亂，以至於秦，盡除前聖數千載之法。天下既攻秦而亡之，以歸於漢。漢之爲漢，更二十四君，東西再有天下，垂四百年。吕東萊曰：「都包漢盡，此是句法。」然大抵多用秦法，其改更秦事，亦多附己意，非放先王之法，而有天下之志也。有天下之志者，文帝而已。然而天下之材不足，故仁聞雖美矣，而當世之法度，亦不能放於三代。漢之亡，而强者遂分天下之地，晉與隋雖能合天下於一，然而合之未久而已亡，其爲不足議也。以上自三代後至隋，皆不能復見先王之治。

班孟堅兩都賦序曰：「昔成康没而頌聲寢。」案：「殁」「歾」同，「没」借字。○西漢，高帝、惠帝、高后、文帝、景帝、武帝、昭帝、宣帝、元帝、成帝、哀帝、平帝，凡十二帝。自高帝元年乙未，至孺子嬰初始元年戊辰，凡二百十四年。東漢，光武帝、明帝、章帝、和帝、殤帝、安帝、順帝、沖帝、質帝、桓帝、靈帝、獻帝，凡十二帝，自光武建武元年乙酉，至獻帝建安二十五庚子，凡一百九十六年。自高帝元年至此，共四百二十六年。○漢書刑法志曰：「相國蕭何，攈摭秦法，取其宜於時者，作律九章。」案：非徒刑法如是，一切制度莫不沿秦之舊。如叔孫通起朝儀，兼采古禮與秦儀，見叔孫通傳；職官多因秦名，見百官公卿表；郡縣亦因秦制，見地理志。故史記六國表序曰：「秦取天下多暴，然世異變，成功大。傳曰『法後王』，何也？以其近己而俗變相類，議卑而易行也。」即譏漢多用秦法也。○亦多附己意，文鑑「意」上有「之」字。○史記孝文本紀曰：「漢興，至孝文四十有餘載，德至盛也。廩廩鄉改正服封禪矣，謙讓未成於今。嗚呼，豈不仁哉！」○天下之材不足，何義門讀書記元豐類稿卷二曰：「文帝有一賈生而不能用，然則所患者，非材之不足，而帝之志誠卑也。文帝所長者，能休養天下之民而已。」步瀛案：惟一賈生，亦可謂不足矣。○孟子離婁上曰：「今有仁心仁聞。」孫宗古音義曰：「聞音問。」○漢書賈誼傳曰：「誼以爲，漢興二十餘年，天下和洽，宜當改正朔，易服色制度，定官名，興禮樂。迺草具其儀法，文帝謙讓未皇也。」○漢亡，魏、蜀、吴三國分立，魏陳留王奐景元四年蜀亡，咸熙二年魏亡，晉武帝泰始元年篡魏，十六年改太康元年，平吴統一天下。至惠帝後，五胡十六國迭起，歷懷、愍而亡。東晉後，南北朝分立。西晉，武帝、惠帝、懷帝、愍帝，凡四帝。自泰始元年乙酉，至建業四年丙子，凡五十二年。東晉，元帝、明帝、成帝、康帝、穆帝、哀帝、廢帝、簡文帝、孝武帝、安帝、恭帝，凡十一帝，自元帝建武元年丁丑，至恭帝元熙二年庚申，凡一百四年。兩晉共一百五十六年。隋文帝開皇元年篡周，九年平陳，統一天下；煬帝末年，羣雄並起；恭帝侑義寧二年亡；恭帝侗皇泰二年亡，凡四帝，共三十九年。

代隋者唐，呂曰：「又接過。」更十八君，垂三百年，而其治莫盛於太宗。太宗之爲君也，詘己從諫，仁心愛人，可謂有天下之志。以租庸任民，以府衛任兵，以職事任官，以材能任職，以興義任俗，以尊本任衆。提六句作綱，以下兩次承接，而句法迭有變化。賦役有定制，兵農有定業，官無虛名，職無廢事，人習於善行，離於末作。以上分承。使之操於上者，要而不煩，取於下者，寡而易供。四句總說。民有農之實，而兵之備存；有兵之名，而農之利在。事之分有歸，而禄之出不浮；材之品不遺，而治之體相承。其廉恥日以篤，其田野日以闢。以上分承。以其法修則安且治，廢則危且亂，二句再總。可謂有天下之材。行之數歲，粟米之賤，斗至數錢，居者有餘蓄，行者有餘資，人人自厚，幾致刑措，可謂有治天下之效。以上皆褒，以下乃致不滿之意。夫有天下之志，有天下之材，又有治天下之效，然而不得與先王並者，法度之行，擬之先王未備也；禮樂之具，田疇之制，庠序之教，擬之先王未備也；躬親行陣之閒，戰必勝，攻必克，天下莫不以爲武，而非先王之所尚也；四夷萬里，古所未及以政者，莫不服從，天下莫不以爲盛，而非先王之所務也。太宗之爲政於天下者，得失如此。以上歷舉唐太宗之得失。

唐，高祖、太宗、高宗、武后、中宗、睿宗、玄宗、肅宗、代宗、德宗、順宗、憲宗、穆宗、敬宗、文宗、武宗、宣宗、懿宗、僖宗、昭宗、昭宣帝，凡二十一帝。新舊唐書本紀同。即去武后亦二十君，此言十八者，豈以昭宗以後，政由朱氏，遂不復數歟？自高祖武德元年戊寅，至昭宣天祐四年丁卯，凡二百九十年。○而其治莫盛於太宗，此下文鑑、關鍵、續正宗並複「太宗」二字，今從之。○舊唐書太宗本紀曰：「用人如貞觀之初，納諫比魏徵之日。況周發、周成之世襲，我有遺妍；較漢文、漢武之恢弘，彼多慙德。迹其聽斷不惑，從善如流，千載可稱，一人而已！」○新唐書食貨志曰：「凡授田者，丁歲輸粟二斛，稻三斛，謂之租。丁隨鄉所出，歲輸絹二匹，綾、絁二丈，布加五之一，綿三兩，麻三斤，非蠶鄉則輸銀十四兩，謂之調。用人之力，歲二十日，閏加二日，不役者日爲絹三尺，謂之庸。」○府兵，見劉去華對策注。○史記平準書曰：「先本絀末。」後漢書班固傳章懷注引漢書音義曰：「本，農也；末，賈也。」○有兵之名，文鑑「有」上有「兵」字。○以其法，文鑑、關鍵、續正宗無「以」字。○新唐書食貨志曰：「貞觀初，户不及三百萬，絹一匹易米一斗。至四年，米斗四五錢，外户不閉者數月，馬牛被野，人行數千里不齎糧，民物蕃息。是歲天下斷獄，死罪者二十九人，號稱太平。」魏徵傳曰：「帝即位四年，歲斷死二十九，幾至刑措。」史記周本紀曰：「成康之際，天下安寧，刑錯四十餘年不用。」集解引應劭曰：「錯，置也。民不犯法，無所置刑。」案：錯，「措」之通借字。文鑑、關鍵「致」作「於」。○新唐書太宗本紀曰：「貞觀四年四月，西北君長請上號爲天可汗。」又北狄傳贊曰：「唐之德大矣，際天所覆，悉臣而屬之，薄海內外，無不州縣，遂尊天子曰天可汗。三王以來，未有以過之。」案：文鑑「萬里」作「萬國」。○孟子盡心上曰：「易其田疇。」趙注曰：「疇，一井也。」說文曰：「疇，耕治之田也。」○孟子梁惠王上曰：「謹庠序之教。」趙注曰：「庠序者，教化之宫也，殷曰序，周曰庠。」禮記鄉飲酒義鄭注曰：「州黨爲序，鄉學曰庠。」○擬之先王未備也，何曰：「其不得與先王並者，非爲制之猶有不備，而德之不能建其極也。」

由唐虞之治，何曰：「追溯成康以前。」五百餘年而有湯之治，由湯之治，五百餘年而有文武之治，由文武之治，千有餘年而始有太宗之爲君。有天下之志，有天下之材，又有治天下之效，然而又以其未備也，不得與先王並，而稱極治之時。是則人生於文武之前者，率五百餘年而一遇治世；生於文武之後者，千有餘年而未遇極治之時也。筆勢跌宕。非獨民之生於是時者之不幸也。拗一句，使不平，愈見跌宕。士之生於文武之前者，高瞻遠矚，氣象不凡。如舜、禹之於唐，八元、八凱之於舜，伊尹之於湯，太公之於文武，率五百餘年而一遇；生於文武之後，千有餘年，雖孔子之聖孟軻之賢而不遇，雖太宗之爲君而未可以必得志於其時也。是亦士民之生於是時者之不幸也。宛轉低徊，神氣如生。故述其是非得失之迹，非獨爲人君者可以考焉，士之有志於道，而欲仕於上者，可以鑒矣。微旨。○何曰：「峻潔。」又曰：「此等議論，自曾、王以前，無人道來。」劉海峯曰：「後半上下古今，俛仰慨然，而漓淋遒逸，有百川歸海之致。」○此文未知作於何時，味其語意，似在熙寧之時，疑爲介甫而發。新政咈民，故慨想乎唐太宗之盛，然太宗猶不得比於三代之治，則夫青苗、理財諸政，當慎所從事矣。

孟子盡心下曰：「由堯、舜至於湯，五百有餘歲，若禹、皋陶，則見而知之，若湯，則聞而知之。由湯至於文王，五百有餘歲，若伊尹、萊朱，則見而知之，若文王，則聞而知之。由文王至於孔子，五百有餘歲，若太公望、散宜生，則見而知之，若孔子，則聞而知之。」○八元、八凱，見劉去華對策注。「凱」「愷」字通。○論語里仁篇曰：「士志於道。」

列女傳目録序

漢書藝文志儒家有劉向所序六十七篇，原注曰：「新序、説苑、世説、列女傳頌圖也。」郡齋讀書志卷九曰：「古列女傳八卷，續列女傳一卷，漢劉向撰。」直齋書録解題卷七曰：「隋唐志及崇文總目皆十五卷，蓋以七篇分爲上下，并頌爲十五卷，而自陳嬰母以下十六人附入其中，或在向後者，皆好事者所益也。王回、曾鞏二序辨訂詳矣。」清四庫書目卷五十七曰：「古列女傳七卷，續列女傳一卷。前七卷及頌題向名，續傳一卷，不署撰人。」

劉向所敍列女傳凡八篇，事具漢書向列傳，而隋書及崇文總目皆稱向列女傳十五篇，曹大家注。以頌義考之，蓋大家所注，離其七篇爲十四，與頌義凡十五篇，而益以陳嬰母及東漢以來凡十六事，非向書本然也。蓋向舊書之亡久矣。嘉祐中，集賢校理蘇頌，始以頌義爲篇次，復定其書爲八篇，與十五篇者並藏於館閣。而隋書以頌義爲劉歆作，與向列傳不合，今驗頌義之文，蓋向之自敍。又藝文志有向列女傳頌圖，明非歆作也。自唐之亂，古書之在者少矣，而唐志録列女傳凡十六家，至大家注十五篇者亦無録。然其書今在，則古書之或有録而亡，或無録而在者，亦衆矣，非可惜哉？今校讐其八篇及其十五篇者已定，可繕寫。曾曰：「以上敍書之存亡分合。」

漢書劉向傳（附楚元王傳後）曰：「向字子政，本名更生。向睹俗彌奢淫，而趙、衛之屬起微賤，踰禮制，以爲王教由內及外，自近者始，故採取詩書所載，賢妃貞婦，興國顯家，可法則，及孽嬖亂亡者，序次爲列女傳，凡八篇，以戒天子。」○郡齋讀書志卷九曰：「崇文總目一卷，皇朝崇文院書目也。」又曰：「崇文總目六十四卷，皇朝王堯臣等撰。景祐中，詔張觀、李若谷、宋庠取昭文、史館、集賢、祕閣書，刊正譌謬，條次之，凡四十六類，計三萬六百六十九卷。康定二年書成。」直齋書録解題卷八曰：「崇文總目一卷，景祐初，學士王堯臣同聶冠卿、郭稹、吕公綽、王洙、歐陽脩等撰定，凡六十六卷。歐公文集頗見數條。今此惟六十六卷之目耳，題云紹興改定。」案：天一閣所藏本一册，朱錫鬯（彝尊）謂因鄭漁仲（樵）之言，而去其序釋。（曝書亭集卷四十四崇文總目跋。案：鄭説見通志校讐略及文獻通考經籍三十四。）清四庫書目卷八十五亦取其説，非也。杭堇浦（世駿）道古堂文集卷二十八、錢竹汀十駕齋養新録卷十四，皆駁朱説之失矣。錢曰：「續宋會要載紹興十二年十二月，權發遣盱眙軍向子堅言，乞下本省以唐藝文志及崇文總目所闕之書，注闕字於其下，付諸州軍照應搜訪。是今所傳者，即紹興中頒下諸州軍搜訪之本，有目無釋，取其便於尋檢耳。」錢同人（侗）崇文總目輯釋小引謂晁子止、陳伯玉所見即今世傳本，紹興中從向子固言改定者是也。又晁氏所載一本六十四卷，文獻通考經籍三十四同，長編一百三十四作六十卷，玉海五十二同。玉海引中興書目作六十六卷，敍録一卷，皇朝類苑卷三十作六十七卷，蓋合敍録數之。宋史藝文志、通志藝文略作六十六卷，殆不數敍録也。是則一卷本之外，又有六十卷、六十四卷、六十六卷三本。錢同人謂馬貴與、王伯厚所見，乃當時原本，而佚其後半帙者，則非也。伯厚所見六十卷，與長編正合，安得謂長編所紀即佚後半帙耶？今清四庫本從永樂大典輯出者十二卷，錢同人輯釋本五卷，補遺一卷，而原書不可見矣。○後漢書列女傳曰：「扶風曹世叔妻者，同郡班彪之女也，名昭，字惠班，一名姬。博學高才。和帝數召入宫，令皇后諸貴人師事焉，號曰大家。」○王深父（回）列女傳序曰：「古列女傳八篇，劉向所序也。向爲漢成帝光禄大夫，當趙后姊娣嬖寵時，奏此書以諷宫中，故有母儀、賢明、仁智、貞慎（今本作「順」，蓋南宋人避諱改）、節義、辯通、嬖孼等篇，而各頌其義，圖其狀，總爲卒篇，傳如太史公記，頌如詩之四言，而圖爲屏風云。然世所行班氏注向書，乃分傳每篇上下并頌爲十五卷，其十二傳無頌，三傳其同時人，五傳其後人，而通題曰向譔，題其頌曰向子歆譔，與漢史不合。故崇文總目以陳嬰母十六傳爲後人所附。予以頌考之，每篇皆十五傳耳，則凡無頌者，宜皆非向所奏書，不特自陳嬰母爲斷也。頌有齊倉公女等，亦漢時人，而秦已上女史，見於他書而此顧不録者猶衆，亦不特周郊婦等四人而已。頌云畫之屏風，而史有頌圖在八篇中，今直祕閣吕縉叔、集賢校理蘇子容、象山令林次中各言嘗見母儀、賢明四卷於江南人家，其畫爲古佩服，而各題其頌像側。然崇文及三君北遊諸藏書家，皆無此本，不知其傳果向之頌圖歟？抑後好事者據其頌，取古佩服而圖之歟？莫得而考已。余讀向書，每愛其文，嘉其志，而惜其所序散亡脱繆，於千歲之間，幸存而完者，此一書耳。復爲他手竄疑於其真，故并録其目而以頌證之，删爲八篇，號古列女傳。蓋凡以列女名書者，皆祖之劉氏，故云。餘二十傳，其文亦奥雅可喜，非魏晉諸史所能作也。故又自周郊婦至東漢梁嫕等以時次之，别爲一篇，號續列女傳。」案：曾子固此序謂：「嘉祐中，集賢校理蘇頌始以頌義爲編次，復定其書爲八篇。」是蘇子容、王深父皆有所更定。而蔡驥謂：「今人以向所撰列女傳七篇，并續列女傳二十傳爲一篇，共計八篇，今止依此，將頌義大序列於目録前，小序七篇散見目録中間，頌見各人傳後。」（見宋建安余氏本目録後，顧氏、阮氏所刻，皆仿此本也。頌義大序已佚，又母儀傳十四傳，蓋佚一傳。）似又與蘇、王所定不同也。○宋史蘇頌傳曰：「頌字子容，泉州南安人。第進士。皇祐五年，召試館閣校勘、同知太常禮院。至和中，遷集賢校理，編定書籍。」○爲篇次，文鑑無「爲」字。○何義門讀書記元豐類稿二曰：「隋書，列女傳頌一卷，劉歆撰，與曹植頌一卷、繆襲贊一卷，録於向書十五卷之後。或歆亦自有頌，至宋已亡，未可知也。」清四庫書目卷五十七曰：「頌本向所作，曾鞏及回所言不誤，而晁公武讀書志乃執隋志之文，詆其誤，信顏籀之注，不知漢志舊注凡稱師古者，乃籀注，其不題姓氏者，皆班固之自注，以頌圖屬向，乃固説，非籀説也。考顏氏家訓稱列女傳劉向所造，其子歆又作頌（見書證篇），是謂傳頌爲歆作，始於六朝，修隋志時，去之推僅四五十年，襲其誤耳。豈可遽以駁漢書乎？」○舊唐書經籍志雜傳一百九十四部列女傳十六家。案：子固云云，指舊唐書也。曹大家注，新唐書藝文志已著録矣。○文選魏都賦李善注引風俗通曰：「案劉向别録：讎校，一人讀書，校其上下，得繆誤爲校，一人持本，一人讀書，若怨家相對。」（考異曰：「下當有『爲讎』二字。」案：御覽學部十二引作「故曰讎也」。）

初，漢承秦之敝，風俗已大壞矣。而成帝後宮趙、衛之屬尤自放，向以謂王政必自内始，故列古女善惡所以致興亡者，以戒天子，此向述作之大意也。以上揭明向作列女傳本旨。

漢書賈誼傳：「上疏曰：曩之爲秦者，今轉而爲漢矣，然其遺風餘俗，猶尚未改。」○漢書外戚傳曰：「孝成趙皇后，本長安宮人，屬陽阿主家學歌舞，號曰飛燕。成帝嘗微行，出過陽阿主作樂，上見飛燕而説之，召入宮大幸，有女弟復召入，俱爲倢伃，貴傾後宮。許后之廢也，乃立倢伃爲皇后。」又曰：「班倢伃進侍者李平，平得幸，立爲倢伃。上曰：『始衛皇后亦從微起。』迺賜平姓曰衛，所謂衛倢伃也。其後趙飛燕娣弟，亦從自微賤興，踰越禮制，寖盛於前。」

其言大任之娠文王也，何曰：「獨提一事發端。」目不視惡色，耳不聽淫聲，口不出敖言，汪曰：「對上『自放』。」

又以謂古之人胎教者皆如此。夫能正其視聽言動者，皆大人之事，而有道者之所畏也。顧令天下之女子能之，何其盛也？以臣所聞，蓋爲之師傅保姆之助，詩書圖史之戒，珩璜琚瑀之節，威儀動作之度，其教之者，雖有此具，然古之君子，未嘗不以身化也。汪曰：「就王政必自內始，又推極根本。」故家人之義，歸於反身，二南之業，本於文王，夫豈自外至哉？世皆知文王之所以興，能得內助，而不知其所以然者，蓋本於文王之躬化。汪曰：「內治之本。」故內則后妃有關雎之行，汪曰：「從躬化說到內助。」外則羣臣有二南之美，與之相成。其推而及遠，則商辛之昏俗，江漢之小國，兔罝之野人，莫不好善而不自知。汪曰：「又就內助推說去，所謂王政自內始也。」此所謂身修故家國天下治者也。後世自問學之士，汪曰：「就士洗發。」多徇於外物，而不安其守，其家室既不見可法，故競於邪侈，豈獨無相成之道哉？汪曰：「對上『與之相成』。」士之苟於自恕，顧利冒恥，而不知反己者，往往以家自累故也。故曰：「身不行道，不行於妻子。」信哉！如此人者，非素處顯也。然去二南之風，亦已遠矣，汪曰：「打轉二南。」況於南鄉天下之主哉？汪曰：「就士鈎醒人主，應王政必自內始。」向之所述，勸戒之意，可謂篤矣。汪曰：「前云此向述作之大意也，此云向之所述勸戒之意，可謂篤矣，乃通篇關鍵。」○以上發明向書大義，歸重躬化，以諷切時君，爲一篇之主旨。

列女傳母儀傳曰：「太任者，文王之母，摯任氏中女也。王季娶爲妃。及其有娠，目不視惡色，耳不聽淫聲，口不出敖言，能以胎教。」爾雅釋詁曰：「敖，戲也。」案：文鑑「敖」作「惡」。○母儀傳曰：「古者婦人妊子，寢不側，坐不邊，立不蹕（賈子新書卷十作「跛」），不食邪味，割不正不食，席不正不坐，目不視于邪色，耳不聽于淫聲，夜則令瞽誦詩道正事，如此則生子形容端正，才德必過人矣。」○詩葛覃毛傳曰：「師，女師也。古者女師教以婦德、婦言、婦容、婦功。祖廟未毀，教於公宮三月，祖廟既毀，教於宗室。」內則曰：「擇於諸母，必求其寬裕慈惠、温良恭敬、慎而寡言者，使爲子師。其次爲慈母，其次爲保母。」鄭注曰：「子師教示以善道者，保母安其居處者。」公羊襄三十年：「伯姬曰：吾聞之也，婦人夜出，不見傅母不下堂。」釋文曰：「母，又作『姆』。」士昏禮鄭注曰：「姆婦人年五十無子，出而不復嫁，能以婦道教人者，若今時乳母矣。」○漢書谷永傳：「永對曰：『書曰：「迺用婦人之言，自絕於天。」詩曰：「赫赫宗周，褒姒威之。」皆詩書之戒也。』」外戚傳：「班倢伃曰：觀古圖畫，賢聖之君，皆有名臣在側，三代末主，迺有嬖女。」後漢書皇后紀序曰：「女史彤管，記功書過。」案：此皆圖史之戒也。○詩鄭風雞鳴毛傳曰：「雜佩者，珩、璜、琚、瑀、衝牙之類。」釋文曰：「珩音衡，佩上玉也；璜音黄，半璧曰璜；琚音居，佩玉名；瑀音禹，石次玉也。」大戴禮保傅篇曰：「琚瑀以雜之。」盧注曰：「赤者曰琚，白者曰瑀。」○雖有此具，文鑑無「雖」字。○漢書匡衡傳：「衡上疏戒妃匹，勸經學威儀之則，曰：情欲之感無介乎容儀，宴私之意不形乎動静。」○易家人象傳曰：「威如之吉，反身之謂也。」○詩序曰：「關雎、麟趾之化，王者之風，故繫之周公。南，言化自北而南也。鵲巢、騶虞之德，諸侯之風也，故繫之召公。周南、召南，正始之道，王化之基。」○夫豈自外，文鑑無「夫」字。○母儀傳曰：「太姒者，武王之母，禹後有莘姒氏之女。仁而明道，文王嘉之，親迎于渭。太姒號曰文母，文王治外，文母治內。」○詩序曰：「關雎，后妃之德也。關雎，樂得淑女以配君子，愛在進賢，不淫其色，哀窈窕，思賢才，而無傷善之心焉，是關雎之義也。」○詩序曰：「行露，召伯聽訟也。衰亂之俗微，貞信之教興，彊暴之男，不能侵陵貞女也。」又曰：「野有死麕，惡無禮也。天下大亂，彊暴相陵，遂成淫風，被文王之化，雖當亂世，猶惡無禮也。」史記殷本紀曰：「帝辛，天下謂之紂。」○詩序曰：「漢廣，德廣所及也。文王之道，被于南國，美化行乎江漢之間。」○詩序曰：「兔罝，后妃之化也。關雎之化行，則莫不好德，賢人衆多也。」鄭箋曰：「罝兔之人，鄙賤之事，猶能恭敬，則是賢者衆多也。」○禮記大學篇曰：「身修而后家齊，家齊而后國治，國治而后天下平。」○家室，文鑑作「室家」。○「身不行道」二句，孟子盡心下之文。趙注曰：「身不自履行道德，而使人行道德，雖妻子不肯行之，言無所則效。」○易説卦傳曰：「聖人南面而聽天下，嚮明而治。」

然向號博極羣書，而此傳稱詩芣苢、柏舟、大車之類，與今序詩者之説尤乖異，蓋不可考。至於式微之一篇，又以謂二人之作，豈其所取者博，故不能無失歟？其言象計謀殺舜，及舜所以自脱者，頗合於孟子，然此傳或有之而孟子所不道者，蓋亦不足道也。凡後世諸儒之言經傳者，固多如此，覽者采其有補，而擇其是非可也。故爲之敍論，以發其端云。以上論所採之事，間有駁雜。○王遵巖曰：「宋人敍古人集，及古人所著書，往往有此家數。然多以考訂次第，爲一篇之文而已。不能如先生更有一段大議論，以成其篇也。」劉海峯曰：「子政胎教之言，已足千古，子固更進一層，歸之身化，深入理奧，而文亦粲然成章。」

列女傳貞順傳曰：「蔡人之妻者，宋人之女也。既嫁於蔡，而夫有惡疾，其母將改嫁之，女曰：『夫之不幸，乃妾之不幸也，奈何去之？』乃作芣苢之詩。」又曰：「衞宣夫人者，齊侯之女也，嫁於衞，至城門，君死，保母曰：『可以還矣。』女不聽，遂入，持三年之喪，畢，弟立，請曰：『衞，小國也，不容二庖，請願同庖。』終不聽。衞君使人愬於齊兄弟，齊兄弟皆欲與君，使人告女，女終不聽，乃作詩曰：『我心匪石，不可轉也。我心匪席，不可卷也。』」又曰：「息君夫人者，息君之夫人也。楚伐息，破之，虜其君使守門，將妻其夫人，而納之於宮。楚王出遊，夫人遂出見息君，謂之曰：『人生要一死而已，何至自苦？妾無須臾而忘君也，終不以身更貳醮。生離於地上，豈如死歸於地下哉？』乃作詩曰：『穀則異室，死則同穴。謂予不信，有如皦日。』遂自殺。」毛詩序曰：「芣苢，后妃之美也（召南）。柏舟，言仁而不遇也（邶風）。大車，刺周大夫也（王風）。」與列女傳迥異。漢書楚元王傳曰：「元王交少時，嘗與申公俱受詩於浮丘伯，申公始爲詩傳，號魯詩，元王亦次之詩傳，號曰元王詩。」向爲元王四世孫，所稱蓋魯詩説。詩序傳自毛公，其家法故不同也。又文選辨命論李善注引韓詩曰：「芣苡，傷夫有惡疾也。」毛詩李黃集解引韓詩説：「柏舟，衞宣姜自誓所作。」與魯詩同。而輯魯詩者，如馬竹吾（國翰）輯魯詩故，陳樸園（喬樅）魯詩遺説攷以及王婉佺（照圓）、梁無非（端）列女傳注，並據太平御覽卷四百四十一引作衞寡夫人，與本傳魯寡陶嬰、梁寡高行、陳寡孝婦同，其説良是。然王伯厚詩考引已作「宣」，今鮑刻御覽亦作「宣」，豈後人因誤本列女傳而改與？○貞順傳曰：「黎莊夫人者，衞侯之女，黎莊公之夫人也。既往而不同欲，所務者異，未嘗得見，甚不得意。其傳母謂夫人曰：『夫婦之道，有義則合，無義則去。今不得意，胡不去乎？』乃作詩曰：『式微式微胡不歸？』夫人曰：『婦人之道，壹而已矣。彼雖不吾以，吾何可以離於婦道乎？』乃作詩曰：『微君之故，胡爲乎中路？』」困學紀聞卷十八曰：「列女傳，式微二人之作，聯句始此。」○項安世家説四曰：「按列女傳，芣苢，蔡人之妻作也；行露，申人之女作也；邶柏舟，衛宣夫人作也；式微，黎莊公夫人作也；碩人，莊姜傅母作也；大車，息夫人作也。劉向父子世受魯詩，故其作列女傳所載如此。去古既遠，獨毛詩存，韓詩猶有外傳及薛君章句，（薛君章句今亦佚，玉函山房有輯本。）齊、魯二家不復可識，因此亦略見魯詩之一二。」案：項氏此説，能推知子政説詩之淵源，子固乃執毛詩以繩之，殆昧於三家之別矣。○母儀傳曰：「有虞二妃者，帝堯之二女也，長娥皇，次女英。瞽瞍與象謀殺舜，使塗廩，舜歸告二女曰：『父母使我塗廩，我其往。』二女曰：『往哉。』舜既治廩，乃捐階，瞽叟焚廩，舜往飛出。象復與父母謀使舜浚井，舜乃告二女，二女曰：『俞往哉。』舜往浚井，格其出入從掩，舜潛出。時既不能殺舜，瞽叟又速舜飲酒，舜告二女，二女乃與舜藥浴汪，遂往，舜終日飲酒不醉。」案：治廩、浚井事，見孟子萬章上；飲酒浴汪，則孟子所不道也。○固多如此，文鑑「固」作「故」，字通。○余本列女傳序末有「編校館閣書籍臣曾鞏序」十字，集一本同。

戰國策目録序

漢書藝文志春秋家有戰國策三十三篇，原注曰：「記春秋後。」

劉向所定戰國策三十三篇，崇文總目稱第十一篇者闕，臣訪之士大夫家，始盡得其書，正其誤謬，而疑其不可考者，然後戰國策三十三篇復完。

劉子政戰國策書録曰：「所校中戰國策書，中書餘卷，錯亂相糅莒，又有國別者八篇，少不足。臣向因國別者，略以時次之，分别不以序者以相補。除復重，得三十三篇。『本』字多誤脱爲『半』字，以『趙』爲『肖』，以『齊』爲『立』，如此字（姚氏本校曰：「字，一本作『類』字。」）者多。中書本號，或曰國策，或曰國事，或曰短長，或曰事語，或曰長書，或曰修書。臣向以爲戰國時游士輔所用之國，爲之筴謀，宜爲戰國策。其事繼春秋以後訖楚漢之起，二百四十五（當作「五十」）年閒之事，皆定以殺青書，可繕寫。」

敍曰：「向敍此書，言周之先，明教化，修法度，所以大治。及其後，謀詐用，而仁義之路塞，所以大亂。」汪曰：「先略揚，後痛抑。」其説既美矣。卒以謂此書，戰國之謀士，度時君之所能行，不得不然，則可謂惑於流俗，而不篤於自信者也。汪曰：「用此二句，斷劉向之失，後文只用暗收。」夫孔孟之時，茅曰：「舉孔孟以折戰國之失，所謂羣言淆亂折諸聖。」去周之初已數百歲，其舊法已亡，舊俗已熄久矣。二子乃獨明先王之道以謂不可改者，豈將强天下之主以後世之所不可爲哉？亦將因其所遇之時，所遭之變，而爲當世之法，使不失乎先王之意而已。二帝三王之治，呂曰：「轉换好，接得自然處。」其變固殊，其法固異，而其爲國家天下之意，本末先後，未嘗不同也。二子之道，如是而已。蓋法者，所以適變也，不必盡同；道者，所以立本也，不可不一。議論精湛。此理之不易者也。故二子者守此，豈好爲異論哉？能勿苟而已矣。汪曰：「孔孟知道之可信，而不樂于説之易合。」可謂不惑乎流俗，而篤於自信者也。茅曰：「與向相反。」○曾曰：「以上言法以適變不必同，道以立本不可改。」

先王之道，集無「之道」二字，觀瀾文乙集、文鑑、關鍵、續正宗、文訣皆有此二字，今據增。○以後世之所不可爲哉，集無「所」字，觀瀾、文鑑、關鍵等皆有，今據增。此理之不易者也，觀瀾無此句。

戰國之游士則不然，不知道之可信，而樂於説之易合，其設心注意，偷爲一切之計而已。故論詐之便而諱其敗，言戰之善而蔽其患。其相率而爲之者，莫不有利焉，而不勝其害也，有得焉，而不勝其失也。卒至蘇秦、商鞅、孫臏、吳起、李斯之徒，以亡其身，而諸侯及秦用之者，亦滅其國，其爲世之大禍明矣。汪曰：「頂『不勝其害與失』。」而俗猶莫之寤也。汪曰：「打著劉向暗收。」惟先王之道，因時適變，爲法不同，而考之無疵，用之無弊，故古之聖賢未有以此而易彼也。曾曰：「以上言戰國遊士之説，爲世大禍。」

漢書平帝紀顔注曰：「一切者，權宜之事，非經常也，猶如以刀切物，苟取整齊，不顧長短縱横，故言一切。」○史記蘇秦傳曰：「蘇秦者，東周雒陽人也。齊宣王以爲客卿。齊宣王卒，湣王即位，説湣王厚葬以明孝，高宮室，大苑囿，以明得意，欲破敝齊而爲燕。其後齊大夫多與蘇秦争寵者，而使人刺蘇秦，蘇秦不死，殊而走，齊王使人求賊不得，蘇秦且死，乃謂齊王曰：『臣即死，車裂臣以徇於市，曰：「蘇秦爲燕作亂於齊。」則臣之賊必得矣。』於是如其言，而殺蘇秦者果自出，齊王因而誅之。」○史記商君傳曰：「商君者，衛之諸庶孽公子也，名鞅，姓公孫氏。秦封之於商十五邑，號爲商君。商君相秦十年，宗室貴戚多怨望者，孝公卒，太子立，公子虔之徒告商君欲反，發吏捕商君。商君去之魏，魏人弗受，商君復入秦，走商邑，與其徒屬發邑兵北出擊鄭，秦發兵攻商君，殺之於鄭黽池。秦惠王車裂商君以徇，曰：『莫如商鞅反者。』遂滅商君之家。」○孫子吳起傳曰：「孫臏生阿鄄之閒，孫武之後世子孫也。孫臏嘗與龐涓俱學兵法。龐涓既事魏，得爲惠王將軍，而自以爲能不及孫臏，乃陰使召孫臏。臏至，龐涓恐其賢於己，疾之，則以法刑斷其兩足而黥之。」案：孫臏未亡身，但臏足耳，此因其受刑，故類及之。○吳起傳曰：「吳起者，衛人也。魏文侯以爲將，爲西河守，甚有賢聲，武侯疑之，吳起遂去之楚。楚悼王素聞起賢，至則相楚。及悼王死，宗室大臣作亂而攻吳起，吳起走之王尸而伏之。擊起之徒因射刺吳起，并中悼王。」○史記李斯傳曰：「李斯者，楚上蔡人也。秦王用其計謀，竟并天下，尊主爲皇帝，以斯爲丞相。始皇至沙丘崩，趙高乃相與謀，詐爲受始皇詔，立子胡亥爲太子。太子立爲二世皇帝，二年七月，具斯五刑論，胥斬咸陽市。」○寤，「悟」之通借字，說文曰：「悟，覺也。」

或曰：「邪說之害正也，宜放而絕之。則此書之不泯其可乎？」對曰：「君子之禁邪說也，固將明其說於天下，使當世之人，皆知其說之不可從，然後以禁則齊；使後世之人，皆知其說之不可爲，然後以戒則明。豈必滅其籍哉？放而絕之，莫善於是。是以孟子之書，有爲神農之言者，有爲墨子之言者，皆著而非之。至於此書之作，汪曰：「轉到本題，見其書不可泯，所以當校定。」則上繼春秋，下至楚漢之起，二百四五十年之閒，載其行事，固不可得而廢也。」曾曰：「以上言籍不可沒。」

說文曰：「放，逐也。」小爾雅廣言曰：「放，棄也。」〇不泯，本集原注曰：「一作『不泯泯』。」〇孟子滕文公上曰：「有爲神農之言者許行。」趙注曰：「神農，三皇之君炎帝，神農氏。許，姓，行，名也，治爲神農之道者。」〇孟子滕文公上曰：「墨者夷之。」趙注曰：「夷之治墨家之道者。」〇四五十年，類藁作「四十五年」，茅選同。觀瀾、文鑑、關鍵、續正宗並作「四五十年」，文訣無「五」字。案：作「四五十」者是也。此二百四五十年，蓋約略言之。然史記六國表，自周元王元年至秦二世三年，共二百七十年，若依公、穀春秋終於哀公十四年，當敬王三十九年，敬王在位四十三年，應再加四年，凡二百七十四年。即依左氏所記終哀公二十七年，當定王元年，（今本六國表在二年，蓋誤也。當據左傳釋文引改在元年。）減去九年，凡二百六十一年。或依杜預世族譜，春秋終於元王十年，亦二百六十一年。（杜以敬王四十二年崩，子仁王十年，與史表仁王八年異。）〇而廢也，文訣止此。

此書有高誘注者二十一篇，或曰三十二篇，崇文總目存者八篇，今存者十篇。以上高誘注之存者。〇王遵巖曰：「此序與新序序相類，而此篇爲英爽軼宕。」方曰：「南豐之文，長於道古，故序古書尤佳，而此篇及列女傳、新序目録序尤勝，淳古明潔，所以能與歐、王並驅，而争先於蘇氏也。」

隋書經籍志載高誘注二十一卷。新唐志作三十二卷，與曾舉或說同。關鍵及茅選作二十二篇，非是。〇清四庫書目卷五十一曰：「戰國策注三十三卷，舊本題漢高誘注，今考其書，實宋姚宏校本也。汲古閣影宋鈔本，雖三十三皆題曰高誘注，而有誘注者僅二卷至四卷，六卷至十卷，與崇文總目八篇數合。又最末三十二、三十三兩卷，合前八卷，與曾鞏序十篇數合，而其餘二十三卷，則但有考異而無注，其有注者，多冠以『續』字，其偶遺『續』字者，如趙策一郄疵注、雒陽注皆引唐林寶元和姓纂，趙策二甌越注引魏孔衍春秋後語，魏策三芒卯注引淮南子注。衍與寶在誘後，而淮南子注即誘所自作，其非誘注，可無庸置辨。蓋鞏校書之時，官本所少之十二篇，誘書適有其十，惟闕第五第三十一。誘書所闕，則官書悉有之，亦惟闕第五第三十一，意必以誘書足官書，而又於他家書内摭二卷補之，此官書、誘書合爲一本之由。然鞏不言校誘注，則所取惟正文也。迨姚宏重校之時，乃併所存誘注入之，故其自序稱：『不題校人并題「續注」者，皆余所益。』知爲先載誘注，故以『續』爲别。且凡有誘注復加校正者，並於夾行之中又爲夾行，與無注之卷不同，知校正之時，注已與正文並列矣。」○姚本戰國策序末有「編校史館書籍臣曾鞏序」十字，集一本同。

先大夫集後序

王介甫贈諫議大夫曾公墓誌銘曰：「公諱致堯，字正臣，南豐人。」又載所著直言集五卷、文集六十卷，與此序異。宋史藝文志載曾致堯直言集一卷，又不同。文獻通考經籍六十一載曾致堯文集十卷，與序合。

公所爲書，號僊鳧羽翼者三十卷，西陲要紀者十卷，清邊前要五十卷，廣中台志八十卷，爲臣要紀三卷，四聲韻五卷，總一百七十八卷，皆刊行於世。今類次詩賦書奏一百二十三篇，又自爲十卷，藏於家。曾曰：「以上書目。」

僊鳧羽翼，墓誌作雙鳧羽翼，疑誤。崇文總目入類書類，宋志入子部類事類，玉海卷五十五藝文引中興書目曰：「淳化中，光禄丞曾致堯采經史子集中可爲詩賦論題者集之，據本經注解其下，取興國八年御製賜進士詩名篇。」案：通志藝文略卷七載此書，而曾致堯誤作「僧智曉」，大謬。○清邊前要，崇文總目入兵書類，宋志入史部故事類。○廣中台記，宋史入史部傳記類，玉海卷五十七藝文載李筌中台志十卷，引中興書目曰：「景德中，曾致堯以筌敍事簡略，褒貶未當，乃爲廣中台志八十卷，自黄帝得六相而下，至于唐末，類事爲二十四類。」○爲臣要紀，玉海卷五十七稱十五篇。

方五代之際，儒學既擯焉，後生小子，治術業於閭巷，文多淺近。是時公雖少，所學已皆知治亂得失興壞之理，汪曰：「與下『勇言得失』對筍。」其爲文閎深雋美，而長於諷諭，今類次樂府已下是也。曾曰：「以上五代時著作。」

後漢書張衡傳注曰：「儐，棄也。」案：「擯」與「儐」同。

宋既平天下，公始出仕。當此之時，太祖、太宗已綱紀大法矣。汪曰：「見大綱已舉，作本朝文字，如此方得體。」公於是勇言當世之得失，其在朝廷，疾當事者不忠，汪曰：「一篇骨子。」故凡言天下之要，必本天子憂憐百姓、勞心萬事之意，汪曰：「得體。」而推大臣從官執事之人，觀望懷奸，不稱天子屬任之心，故治久未洽。至其難言，則人有所不敢言者，雖屢不合而出，全篇關紐。而所言益切，不以利害禍福動其意也。汪曰：「此一段舉其生平大概。」曾曰：「以上仕宋後奏議。」

墓誌曰：「李氏有江南，撫州上公進士第一，（續正宗作「卒」）不就。太平興國八年，乃舉進士中第，選主符離簿，歲餘，授興元府司録，道遷大理評事。」

始公尤見奇於太宗，茅曰：「此一段從『屢不合而出』一句翻出。」自光禄寺丞、越州監酒税召見，以爲直史館，遂爲兩浙轉運使。未久而真宗即位，益以材見知，初試以知制誥。及西兵起，又以爲自陜以西經略判官。而公嘗激切論大臣，汪曰：「疾當事者不忠。」當時皆不悦，故不果用。然真宗終感其言，汪曰：「含天子受盡言。」故爲泉州未盡一歲，拜蘇州，五日又爲揚州，將復召之也。而公於是時又上書，語斥大臣尤切，故卒以齟齬終。汪曰：「此段敘『屢不合而出』。」○曾曰：「以上太宗、真宗時再進再絀。」

宋史職官志曰：「光禄寺卿、少卿、丞各一人，卿掌祭祀、朝會、宴饗酒醴膳羞之事，修其儲備而謹其出納之政，少卿爲之貳，丞參領之。」○職官志曰：「監當官，掌茶、鹽、酒税場務征輸及冶鑄之事，諸州軍隨事置官。」太平寰宇記曰：「江南東道（太宗至道三年，改爲兩浙路。）越州：會稽郡，今理會稽、山陰兩縣。」案：今併二縣改爲浙江紹興縣。○職官志曰：「國初以史館、昭文館、集賢院爲三館，皆寓崇文院。太宗端拱元年，詔就崇文院中堂建祕閣，直院則謂之館職，以他官兼者謂之貼職。」○歐陽永叔曾公神道碑曰：「累遷光禄寺丞、監越州酒税，數上書言事，獻文章。太宗奇之，召拜著作佐郎、直史館，使行視汴河漕運，稱旨，遷祕書丞，爲兩浙轉運使。」職官志曰：「轉運使，掌經度一路財賦，而察其登耗，有以足上供及郡縣之費。」○宋史真宗紀曰：「諱恒，太宗第三子也。至道三年二月，太宗崩，奉遺制即皇帝位。」○職官志曰：「翰林學士院知制誥，掌制、誥、詔、令撰述之事。」○神道碑曰：「再遷主客員外郎、判三司鹽鐵勾院。

是時李繼捧以銀、夏五州歸朝廷，其弟繼遷亡入磧中爲寇，太宗遽遣繼捧往招之，至則誘其兄以陰合，卒復圖而囚之，自陝以西，既苦兵矣。真宗初即位，益欲來以恩德，許還其地，使聽約束，公獨以謂繼遷反覆不可予。繼遷已得五州，後二年，果叛圍靈武，議者又欲予之，公益争以爲不可。言雖不從，真宗知其材，將召以知制誥，而大臣有不可者，乃已，出爲京西轉運使。繼遷兵既久不解，丞相張齊賢經略環慶以西，署公判官以從，公度言終不合，乃辭行。會召賜金紫，公謝曰：『臣嘗言丞相某事未效，不敢受賜。』由是貶黄州團練副使。」墓誌曰：「會召賜金紫，公曰：『丞相敏中以非功德進官，臣論其不可用，今臣受命，事未有效，不敢以冒賜。』固辭。上繇此貶爲黄州團練副使。」宋史向敏中傳曰：「敏中字常之，開封人。咸平初拜兵部侍郎、參知政事，四年以本官同平章事。」○公嘗激切論大臣，集一本「嘗」作「常」，無「激」字，茅選同。一本「嘗激切」作「常且方」，何義門所見本作「常日方切」，皆誤。姚薑塢曰：「大臣即向文簡也。」步瀛案：文簡，向敏中謚。○墓誌曰：「會南郊恩，復官知泰州。丁母夫人陳氏憂，服除，授吏部員外郎、知泉州，移知蘇州，至五日移知揚州。」案：宋福建路泉州治晉江縣，今福建晉江縣治；淮南路揚州治江都縣，今江蘇江都縣治；蘇州，已見范文正碑注。○墓誌曰：「天子方崇符瑞，興昭應諸宫，且出幸祠。公疏言：『王者受命，必修人事以稱天所以命之之意，不舉屬之天以怠人事也。』終曰：『陛下始即位，以爵禄待君子；近年以來，以爵禄畜盜賊。』大臣愈不懌，移知鄂州。封泰山恩，遷禮部郎中，始解揚州。受添支差多一月，公尋自言，惡公者因復絀公監江寧鹽酒。西祀恩，遷户部郎中。以祥符五年五月丁亥疾不起，年六十六。」○齟齬，已見韓退之王君墓誌銘注。

公之言，其大者，汪曰：「抽出公勇言得失之大者發揮，見人所不敢言，而天子之能受盡言。」以自唐之衰，民窮久矣，海内既集，天子方修法度，而用事者尚多煩碎，治財利之臣又益急。公獨以謂宜遵簡易，汪曰：「對『瑣碎』。」罷筦榷，汪曰：「對『財利』。」以與民休息，汪曰：「對『民窮久』。」塞天下望。祥符初，四方争言符應，天子因之，遂用事泰山，祠汾陰，而道家之説亦滋甚，自京師至四方，皆大治宫觀。公益諍，以謂天命不可專任，汪曰：「對『符瑞』。」宜絀姦臣，汪曰：「疾當事者不忠。」修人事，汪曰：「對『用事泰山，道家説滋甚』。」反覆至數百千言。嗚呼！公之盡忠，天子之受盡言，何必古人？汪曰：「歸美天子能受盡言，隱然見大臣雖忌之，而天子終能容之也。」此非傳之所謂主聖臣直者乎？何其盛也，何其盛也！曾曰：「以上敘奏議，在太宗時不言財利，在真宗時不言符瑞。」

史記平準書曰：「大農筦鹽鐵。」漢書武帝紀曰：「天漢三年，初榷酒酤。」注如淳曰：「榷音較。」韋昭曰：「以木渡水曰榷，謂禁酤釀，獨官開置，如道路設木爲榷，獨取利也。」○宋史真宗本紀曰：「大中祥符元年春正月乙丑，有黄帛曳左承天門南鴟尾上，有司以聞。上召羣臣拜迎於朝元殿，啓封號稱天書。三月甲戌，兗州父老千二百人，詣闕請封禪；丁卯，兗州並諸路進士等八百四十人，詣闕請封禪；壬午，文武官、將校、蠻夷、耆壽、僧道二萬四千三百七十餘人，詣闕請封禪，不允。自是表凡五上。夏四月甲午，詔以十月有事于泰山。五月壬戌，王欽若言泰山醴泉出，錫山蒼龍見。六月乙未，天書再降於泰山醴泉北。九月甲子，奉天書告太廟，悉陳諸州所上芝草、嘉禾、瑞木於仗内。庚辰，趙安仁獻五色金玉丹、紫芝八千七百餘本。冬十月辛卯，車駕發京師。戊申，王欽若等獻泰山芝草三萬八千餘本。辛亥，享昊天上帝於圜臺。

壬子，禪社首，如封祀儀。三年秋七月辛丑，文武官、將校等三上表請祠汾陰后土。八月丁未朔，詔明年春有事於汾陰。冬十月辛亥，河中民獲靈寶真文。庚申，丁謂等上大中祥符封禪記。四年春正月丁酉，奉天書發京師。二月辛酉，祀后土地祇。」清統志曰：「山東泰安府：泰山，在泰安縣北五里。山西蒲州府：后土祠，在榮河縣北。」〇説文曰：「滋，益也。」〇玉海卷一百郊祀載：「祥符元年四月丙午，詔於京邑擇地建宫，天波門外殿直班院，吉。二年四月己亥，命丁謂爲修宫使。七月辛未，賜宫名玉清昭應。七年十月癸亥，宫成，凡二千六百一十區。祥符五年八月己未，命丁謂等建觀南薰門外以奉五岳。七年九月壬子，名曰會靈。九年五月丙辰，觀成。此宫觀之在京師者也。祥符七年春正月乙卯，車駕次應天府。丙辰，升爲南京，詔南京新修聖祖殿，宜號曰鴻慶宫，仍奉安太祖、太宗像。此在南京者也。祥符元年孟冬辛亥，圜臺禮成。壬子，禪社首，詔泰山奉高宫改爲會真宫，增葺室宇。四年二月辛酉，祠后土，詔改奉祇宫曰太寧宫，設后土聖母像。四月壬戌，增葺宫廟。五年七月癸未，太寧宫廟成，總六百四十六區。祥符二年十月甲午，詔州郡建天慶觀。五年閏十月癸酉，增設聖祖殿。祥符五年閏十月戊寅，詔兖州曲阜縣爲仙源縣，壽丘建道宫奉聖祖，以景靈爲名，建道觀奉聖祖母，以太極爲名。八年七月丙辰，詔王欽若討閲道藏，得趙氏神仙四十人事迹，分畫廊廡。九年五月丙辰，宫成。祥符六年八月戊子，詔泗州新造觀名延祥。又亳州瀨鄉老子宅，唐爲太清宫，淳化四年修，祥符六年，制奉上真元皇帝號曰太上老君混元上德皇帝。十一月甲午，賜真源縣行宫名曰奉元。七年正月己酉，改奉元宫曰明道宫，奉安玉皇像。九年三月庚午，明道宫成，總四百八十區。此皆宫觀之在四方者也。」〇周語下：「單子曰：『唯善人能受盡言。』」〇漢書薛廣德傳曰：「上欲御樓船，廣德當乘輿免冠頓首，曰：『宜從橋。』光禄大夫張猛進曰：『臣聞主聖臣直，御史大夫言可聽。』」

公在兩浙，奏罷苛税二百三十餘條，在京西，又與三司争論免民租，釋逋負之在民者，蓋公之所試如此。汪曰：「對上『在朝廷』，蓋上既抽出公言之大者，此乃是公在外而言之已試者。」所試者大，其庶幾矣。公所嘗言甚衆，言之大者及已試者，既敘於前，此以包埽出之，敘事之法也。其在上前及書亡者，蓋不得而集，其或從或否，而後常可思者，與歷官行事，廬陵歐陽脩公已銘公之碑特詳焉。此故不論，論其不盡載者。公卒以齟齬終，汪曰：「遥接前文，完『屢不合』意。」其功行或不得在史氏記。藉令記之，當時好公者少，史其果可信歟？後有君子，欲推而考之，讀公之碑與其書，及予小子之序其意者，具見其表裏，其於虛實之論可覈矣。曾曰：「以上言當時毁譽虛實難盡信。」

九域志曰：「京西路：太平興國三年，分南北路，後併一路。」○宋史職官志曰：「三司之職，國初沿五代之制，置使以總國計，應四方貢賦之人，朝廷不預，一歸三司，通管鹽鐵、度支、户部，號曰計省，位亞執政，目爲計相。」○與其書，茅選無「其」字。

公卒乃贈諫議大夫，姓曾氏，諱某，南豐人。序其書者，公之孫鞏也。至和元年十二月二日謹序。王遵巖曰：「先生之文，如此篇之委曲感慨，而氣不迫晦者，亦不多有。」茅曰：「子固闡揚先世所不得志處有大體，而文章措注處極渾雄。」劉曰：「稱述先人之忠諫，而反復致慨於當時朝臣之齟齬，及天子優容之盛德，渾然磅礴。」

諫議大夫，已見范文正碑注。○墓志曰：「始公娶黄氏，生子男七人，仕者三人。易占嘗爲太常博士，以能文稱，公以博士故，贈至右諫議大夫。公殁八年，而博士子鞏生。」

范貫之奏議集序

宋史范師道傳曰：「師道字貫之，蘇州長洲人。進士及第，爲撫州判官，累遷都官員外郎。吴育舉爲御史，出知常州，召爲鹽鐵判官，遷起居舍人、同知諫院、管勾國子監，遷兵部員外郎、兼侍御史，數奏樞密副使陳升之不當用。升之罷，師道亦出知福州。頃之以工部郎中入爲三司鹽鐵副使，遷户部、直龍圖閣、知明州，卒。」通考經籍七十四有范貫之奏議十卷，直龍圖閣范師道貫之撰。○集序，荆川文編作「後序」。

尚書户部郎中、直龍圖閣范公貫之之奏議，凡若干篇，其子世京集爲十卷，而屬予序之。以上作序。

户部郎中，已見范文正碑注；直龍圖閣，已見張子野墓誌銘注。○漢書食貨志下顏注曰：「若干，且設數之言也，干猶箇也，謂言如此箇數耳。」

蓋自至和已後十餘年間，公常以言事任職。汪曰：「『至和已後十餘年』句，即含『仁宗在位歲久』意，下文乃提出暢言之。」吴北江曰：「自此以下，曲折頓挫，而一氣舒卷，驅邁淋漓之氣，勃鬱紙上。」自天子大臣至於羣下，自掖庭至于四方幽隱，一有得失善惡，關於政理，汪曰：「便見得是公議。」公無不極意反復，爲上力言。或矯拂情欲，或切劘計慮，或辨別忠佞，而處其進退。章有一再，或至於十餘上。事有陰争獨陳，或悉引諫官御史合議肆言。汪曰：「連用五『或』字，敘臣之進言。」仁宗常虛心采納，爲之變命令，更廢舉，近或立從，遠或越月踰時，或至於其後卒皆聽用。吳曰：「排疊而下，文氣醇厚。」蓋當是時，吳曰：「提。」仁宗在位歲久，熟於人事之情僞，與羣臣之能否，汪曰：「就仁宗發論，正見得上下相成，其時難得。」方以仁厚清靜休養元元，至於是非與奪，則一歸之公議，而不自用也。吳曰：「極言仁宗之德化，以其適與當時相反，故津津言之，以爲借鑒。」又曰：「覆述一徧，氣愈寬博敦厚，所以爲淵懿也。」其所引拔以言爲職者，吳曰：「再開。」如公皆一時之選。而公與同時之士，亦皆樂得其言，不曲從苟止。故天下之情，因得畢聞於上，而事之害理者，常不果行。至於奇衺恣睢，有爲之者，亦輒敗悔。故當此之時，吳曰：「再開。」常委事七八大臣，而朝政無大闕失。羣臣奉法遵職，海內乂安。吳曰：「述此等語，詳切如此，亦以見時政非是，而今之不能然也。」夫因人而不自用者天也，吳曰：「再提。」仁宗之所以其仁如天，至於享國四十餘年，能承太平之業者，繇是而已。吳曰：「至此稍一停頓，然後再振作起來。」後世得公之遺文而論其世，見其上下之際相成如此，必將低回感慕，有不可及之歎。然後知其時之難得，則公言之不没，豈獨見其志？所以明先帝之盛德於無窮也。吴曰：「感慨時政之非，追慕先代之盛，而歎其迥不相及。雖前文已詳言之，猶自以爲未足，再振筆加倍摹寫，以盡其感歎低徊之意。句句轉换，盤旋曲至，悱惻纏綿，使人反覆詠歎自不能已。而於譏切當時之旨，始終含蓄茹咽，未嘗稍露。文情高邈軒翥，夐不可及。」○以上因范公敢言，而歸美於仁宗能納諫，極道當時君臣相遇之盛。

漢書賈山傳贊顔注引孟康曰：「劘謂剴切之也。」又蘇林曰：「劘音摩，厲也。」○而處其進退，吴北江曰：「處，處分之也。」○宋史范師道傳曰：「仁宗晚年尤恭儉，而四方無事。師道言雖過，每優容之。師道勵風操，前後在言責，有聞即言，或獨争，或列奏。如陳執中家人殺婢，王拱辰宣徽使、李淑翰林學士，及王德用、程戡領樞密，宦官石全彬、閻士良升進，皆嘗奏數其罪焉。」○卒皆聽用，集「皆」作「從」，今依文鑑。○仁宗在位四十一年，自至和初元至嘉祐八年，凡十年，師道嘗爲諫官也。何義門曰：「仁宗初年，母后臨朝，其繼有廢郭后逐言者之失。及西北事起，召用賢俊，而亦爲羣小沮敗，不能有爲。惟晚年定繼嗣，託韓琦，使四十年太平克有其終，斯優於漢唐享國久長之主耳。」○左僖二十八年曰：「民之情僞，盡知之矣。」○秦策一：「蘇秦曰：子元元。」高誘注曰：「元元，善也。」史記孝文本紀索隱曰：「按姚察云：『古人謂人云善人也，因善爲元，故云黎元，其言元元者，非一人也。』顧野王云：『元元猶喁喁，可憐愛貌。』未安其説，聊記異也。」案：後漢書光武紀上注曰：「元元謂黎庶也。」則用姚説。又曰：「元元猶言喁喁，可矜怜之辭也。」兼用顧説。○周禮天官宫正曰：「去其淫怠，與其奇衺之民。」鄭注曰：「奇邪，譎觚非常。」釋文曰：「奇音羈；衺，似嗟反，亦作『邪』。」史記伯夷列傳「暴戾恣睢」，索隱曰：「鄒誕生『恣音資，睢音千餘反』，劉氏『恣音如字，睢音休季反』。恣睢謂恣行爲睢惡之貌也。」正義曰：「睢，仰白目，怒貌也，言盜蹠兇暴，惡戾，恣性，怒白目也。」案：説文曰：「睢，仰目也，从目隹聲。」與从隹且聲之字迥異。○史記封禪書：「文帝制曰：方内乂安。」爾雅釋詁曰：「乂，治也。」○「繇」「由」字通，漢書「由」字皆作

「繇」。○管子勢篇曰：「天因人，聖人因天。」又見越語下范蠡語。○史記五帝本紀曰：「帝堯者，其仁如天。」○歎，集作「嘆」，此依文鑑。案：説文曰：「嘆，吞嘆也；歎，吟也。」是「悲嘆」作「嘆」，「咏歎」作「歎」，然經傳往往通用。

公爲人温良慈恕，其從政寬易愛人。及在朝廷，危言正色，人有所不能及也。凡同時與公有言責者，後多至大官，而公獨早卒。何曰：「又因奏議而略及平生，見貫之之言，真出於忠愛，非劘上以邀名，惜其早卒，見仁宗之誠於聽用，非陰棄其身也。」公諱師道，其世次州里、歷官行事，有今資政殿學士趙公抃爲公之墓銘云。以上略敘爲人從政，而歸重直諫。○朱文公曰：「氣脈渾厚。」王遵巖曰：「沈著頓挫，光采自露。且序人奏議，發明直氣切諫，而能形容聖朝之氣象，治世之精華，真大家數手段。」儲同人曰：「宋至熙寧，而公議廢斥，無一足存，揚厲仁宗，義猶魚藻。」

趙公抃，集「抃」作「忭」，今依文鑑。蘇子瞻趙清獻公神道碑曰：「公諱抃，字閲道，其先京兆奉天人。祖諱湘，廬州廬江尉，始家于衢，遂爲西安人。擢右諫議大夫、參知政事。熙寧三年，除資政殿學士、知杭州。元豐二年致仕，以疾還衢，有大星隕焉，二日而公薨。實七年八月癸巳也。」名臣言行録後集卷五、東都事略及宋史趙抃傳皆作「抃」。

寄歐陽舍人書

援鶉堂筆記卷四十五曰：「歐公爲曾致堯神道碑云『慶曆六年夏，其孫鞏稱父命』云云，則求碑文於是年。」

楊鐵傭（希閔）曾文定公年譜曰：「慶曆七年，上歐陽公謝爲作誌銘書。」步瀛案：歐陽文忠年譜曰：「慶曆五年八月甲戌，降知制誥、知滁州。八年閏正月乙卯，轉起居舍人，依舊知制誥，徙知揚州。」是慶曆七年永叔在滁州，明年始轉舍人也。然子固上歐陽舍人書，稱「當世之急有三」云云，在慶曆六年已稱舍人先生，豈因其嘗知制誥而通稱之邪？宋史職官志曰：「中書省舍人，掌行命令、爲制誥。」又曰：「中書舍人爲正四品。」

鞏頓首載拜舍人先生：去秋人還，蒙賜書，及所譔先大父墓碑銘。反復觀誦，感與慚并。夫銘誌之著於世，義近於史，而亦有與史異者。茅曰：「挑剔出來。」汪曰：「言銘之近乎史，以見銘之所係如此其重，便於篇末追睎祖德，及數美之歸于歐公生根。」蓋史之於善惡，無所不書。而銘者，蓋古之人有功德材行志義之美者，懼後世之不知，則必銘而見之。或納于廟，或存于墓，一也。苟其人之惡，則於銘乎何有？此其所以與史異也。其辭之作，所以使死者無有所憾，生者得致其嚴。而善人喜於見傳，則勇於自立；惡人無有所紀，則以媿而懼。至於通材達識，義烈節士，嘉言善狀，皆見於篇，則足爲後法。警勸之道，非近乎史，其將安近？唐介軒曰：「拓進一步，反語束住。」○以上言銘所係之重。

永叔尚書户部郎中贈右諫議大夫曾公神道碑銘曰：「公諱致堯，字某，撫州南豐人也。慶曆六年夏，其孫鞏稱其父命以來請曰『願有述』，遂爲之述。」○禮記祭統曰：「銘者，自名也，自名以稱揚其先祖之美，而明著之後世者也。爲先祖者，莫不有美焉，莫不有惡焉，銘之義，稱美而不稱惡，此孝子孝孫之心也。」○或納于廟，何義門讀書記元豐類稿卷三曰：「碑本以麗牲，故曰『或納于廟』。」步瀛案：此廟碑之始。古之碑制有二。一宮中廟中之碑，所以識日景，祭時用以麗牲者，儀禮聘禮鄭注曰：「宮必有碑，所以識日景引陰陽也。（儀禮經傳通解卷二十二曰：「引，疑當作『別』。」阮伯元儀禮校勘記卷二十一引周學健曰：「『別』字固直截，或以繩著碑，引之而定方位，則『引』字亦可解。」）凡碑引物者，宗廟則麗牲焉，以取毛血。」禮記祭義曰：「君牽牲，既入廟門，麗于碑。」鄭注曰：「麗猶繫也。」一壙閒之碑，葬時用以下棺者。禮記檀弓下：「公肩假曰：公室視豐碑。」鄭注曰：「豐碑，斲大木爲之，形如石碑，於槨前後四角樹之，穿中，於閒爲鹿盧，下棺以綍繞。」（孔疏曰：「綍即紼也。以紼之一頭繫棺緘，以一頭繞鹿盧。既訖，而人各背碑負紼末頭，聽鼓聲，以漸卻行而下之。」）喪服大記曰：「凡封，用綍去碑負引。」鄭注曰：「封，周禮作『窆』。窆，下棺也。此『封』或皆作『斂』。棺之入坎爲斂，與斂尸相似，記時同之耳。凡柩車及壙，說載除飾，而屬紼於棺之緘，又樹碑於壙之前後，以紼繞碑閒之鹿盧，輓棺而下之。此時棺下窆，使輓者皆繫紼而繞要，負引，舒縱之，備失脱也。用紼去碑者，謂縱下之時也。」又聘禮鄭注曰：「其材宮廟以石，窆用木。」（徐楚金謂廟碑非石，儀禮經傳通解謂下窆之碑用石，與鄭説異。）而後來更刻以文字。説文曰：「碑豎石記功德。」（小徐本）釋名釋典藝曰：「碑，被也。此本葬時所設也，施鹿盧，以繩被其上，引以下棺也。臣子追述君父之功美，以書其上，後人因焉，無故建於道陌之頭，（御覽文部引「焉」作「爲」，「無」作「焉」。）顯見之處，名其文就，謂之碑也。」又互見劉夢得令狐氏先廟碑注。又古代鐘鼎銘亦納於廟。禮記祭統曰：「衞孔悝之鼎銘曰：六月丁亥，公假于大廟。」此鼎銘之納於廟者。雖與碑銘不同，子固之意，或亦兼用之也。至於墓銘最古者，史記秦本紀曰：「蜚廉爲紂石北方，還，無所報，爲壇霍太山而報，得石棺，銘曰：

『帝令處父不與殷亂，賜爾石棺以華氏。』死，遂葬於霍太山。」莊子則陽篇曰：「衛靈公死，卜葬於故墓不吉，卜葬於沙丘而吉，掘之數仞，得石槨焉，洗而視之，有銘焉，曰：『不馮其子。』靈公奪而里之。」雖近神怪，然其傳已久矣。○孝經曰：「祭則致其嚴。」禮記學記鄭注曰：「嚴，尊敬也。」

及世之衰，人之子孫者，一欲褒揚其親而不本乎理。故雖惡人，皆務勒銘，以誇後世。立言者既莫之拒而不爲，又以其子孫之所請也。書其惡焉，則人情之所不得，於是乎銘始不實。後之作銘者，常觀其人，茅曰：「又挑出來。」汪曰：「此言銘必託之得人乃傳，虛虛列入歐公身上。」苟託之非人，將到又離，不然便失之平衍矣。則書之非公與是，則不足以行世而傳後。故千百年來，公卿大夫至于里巷之士，莫不有銘，而傳者蓋少。其故非他，託之非人，書之非公與是故也。以上傳後之難。○汪曰：「傳之難有兩層，公與是乃一層，辭之工又一層，却在公與是下，先將傳之難作一束。」

常觀，一本「常」作「當」，茅選同。

然則孰爲其人，而能盡公與是歟？非畜道德而能文章者，無以爲也。茅曰：「纔徐徐引入歐公身上。」汪曰：「孰爲其人中兼畜道德能文章？上文公與是，乃畜道德者；下文文章兼勝，乃能文章者。若于公與是下，即接又在文章兼勝，恐犯平順，故將此二句插在中間。」蓋有道德者之於惡人，則不受而銘之，於衆人則能辨焉。而人之行，有情善而迹非，有意姦而外淑，有善惡相懸而不可以實指，有實大於名，有名侈於實。猶之用人，非畜道德者，惡能辨之不惑，議之不徇？不惑不徇，則公且是矣。而其辭之不工，則世猶不傳，唐曰：「從道德側到文章，鄭重曲折。」於是又在其文章兼勝焉。故曰：「非畜道德而能文章者，無以爲也。」豈非然哉？以上又言非道德而文章兼勝者，不能任。

爾雅釋詁曰：「淑，善也。」

然畜道德而能文章者，雖或並世而有，亦或數十年或一二百年而有之。其傳之難如此，其遇之難又如此。倍形鄭重，又加此層。若先生之道德文章，固所謂數百年而有者也。先祖之言行卓卓，幸遇而得銘其公與是，其傳世行後無疑也。而世之學者，每觀傳記所書古人之事，至其所可感，則往往衋然不知涕之流落也，況其子孫也哉？況鞏也哉？唐曰：「懇切。」其追睎祖德，而思所以傳之之繇，則知先生推一賜於鞏而及其三世，其感與報，宜若何而圖之？以上言己之感德。

說文曰：「衋，傷也。」又曰：「睎，望也。」

抑又思，若鞏之淺薄滯拙，而先生進之；先祖之屯蹷否塞以死，而先生顯之。則世之魁閎豪傑不世出之士，其誰不願進於門？唐曰：「拓開一步，遙應前段『警勸之道』。」潛遁幽抑之士，其誰不有望於世？善誰不爲，而惡誰不愧以懼？爲人之父祖者，孰不欲教其子孫？爲人之子孫者，孰不欲寵榮其父祖？此數美者，一歸於先生，既拜賜之辱，且敢進其所以然。以上歸衆美于歐公。所諭世族之次，敢不承教而加詳焉？附及一事。愧甚，不宣，鞏再拜。茅曰：「此書紆徐百折，而感慨嗚咽之氣，博大幽深之識，溢于言外。」方曰：「必發人所未見之義，然後其文傳，而傳之顯晦，又視其落筆時精神機趣，如此文蓋兼得之。」劉曰：「文亦雍容温雅，而前半歷敍作銘源流，不免拙蹇。」

先祖之屯蹷否塞以死，見子固先大夫集後序。○永叔與曾鞏論氏族書曰：「示及見託撰次碑文事，脩於人事多故，不近文字久矣，大懼不能稱述世德之萬一，以滿足下之意。然近世士大夫，於氏族尤不明，其遷徙世次，多失其序，至於始封得姓，亦或不具。如足下所示，云曾元之曾孫樂，爲漢都鄉侯，至四世孫據，遭王莽亂，始出都鄉，而家豫章。考於史記，皆不合。蓋曾元去漢近二百年，自元至樂，似非曾孫，然亦當仕漢初，則據遭莽世，失侯而徙，蓋又二百年，疑亦非四世。以諸侯年表推之，雖大功德之侯，亦未有終前漢而國不絕者，亦無自高祖之世至平帝時，侯纔四傳者。宣帝時，分宗室趙頃王之子景，封爲都鄉侯，則據之去國，亦不在莽世，而都鄉已先別封宗室矣。又樂、據姓名，皆不見於年表，蓋世次久遠而難詳如此。若曾氏出於鄫者，蓋其支庶自別有爲曾氏者爾，非鄫子之後皆姓曾也，蓋今所謂鄫氏者是也。楊允恭，據國史所書，嘗以西京作坊使爲江浙發運制置茶鹽使，乃至道之間耳，今云洛苑使者，雖且從所述，皆宜更加考正。」○諭，茅選作「論」。

宜黃縣學記

元豐九域志：「宜黃縣屬江南西路撫州臨川郡。」清統志曰：「江西撫州府：宜黃縣學，在縣治北。宋皇祐初，始建於社稷壇右。」○集複「縣」字，續正宗不複，茅選同，今從之。○朱子語類卷百三十九曰：「南豐作宜黃、筠州二學記好，說得古人教學意出。」

古之人，自家至於天子之國，皆有學，自幼至於長，未嘗去於學之中。學有詩書六藝、汪曰：「言禮樂節文之詳，卻從詩書說起，即伏後『典籍在而可考可求』意。」弦歌洗爵、俯仰之容、升降之節，以習其心體、耳目、手足之舉措；又有祭祀、鄉射、養老之禮，以習其恭讓；進材、論獄、出兵授捷之法，以習其從事。師友以解其惑，勸懲以勉其進，戒其不率，其所以爲具如此。而其大要，則務使人人學其性，不獨防其邪僻放肆也。汪曰：「從外說到內。」雖有剛柔緩急之異，皆可以進之於中，而無過不及。使其識之明，氣之充於其心，則用之於進退語默之際，而無不得其宜，臨之以禍福死生之故，而無足動其意者。爲天下之士，而所以養其身之備如此。汪曰：「以上言修身之事。」則又使知天地事物之變，古今治亂之理，至於損益廢置、先後終始之要，無所不知。汪曰：「此言爲國家天下之事。」其在堂户之上，而四海九州之業、萬世之策皆得，及出而履天下之任，列百官之中，則隨所施爲無不可者。何則？其素所學問然也。汪曰：「倒鉤轉學作一鎖，下文總承上意而透發之。」蓋凡人之起居、飲食、動作之小事，至於修身爲國家天下之大體，皆自學出，而無斯須去於教也。其動於視聽四支者，必使其洽於內；其謹於初者，必使其要於終。馴之以自然，而待之以積久。噫，何其至也！故其俗之成，則刑罰措；其材之成，則三公百官得其士。其爲法之永，則中材可以守；其入人之深，則雖更衰世而不亂。爲教之極至此，鼓舞天下，而人不知其從之，豈用力也哉？以上古代教法之備，成材之衆。

禮記學記曰：「古之教者，家有塾，黨有庠，術有序，國有學。」鄭注曰：「術，當爲『遂』，聲之誤也。古者仕焉而已者，皆歸教於閭里，朝夕坐於門，門側之堂謂之塾。周禮，五百家爲黨，萬二千五百家爲遂。黨屬於鄉，遂在遠郊之外。」孔疏曰：「周禮，百里之內，二十五家爲閭，同共一巷，巷首有門，門邊有塾，謂民在家之時，朝夕出入，恒受教於塾，故云家有塾。黨謂周禮五百家也。庠，學名也，於黨中立學，教閭中所升者也。術，遂也。周禮萬二千五百家爲遂，遂有序，亦學名。於遂中立學，教黨學所升者也。國謂天子所都，及諸侯國中也。周禮，天子立四代學，以教世子、羣后之子，及鄉中俊選所升之士也。而尊魯，亦立四代學，餘諸侯於國，但立時王之學，故云國有學也。」陳用之（祥道）禮書卷四十八曰：「士之致仕者，教子弟於閭塾之基，則家有塾云者，非家塾也。合二十五家而教之於閭塾，謂之家有塾，則合二十五黨而教之鄉庠，謂之黨有庠可也。周禮遂官各降鄉官一等，則遂之學亦降鄉一等矣。降鄉一等而謂之州長，其爵與州大夫同，則遂之學其名與州序同可也。」王制曰：「小學在公宮南之左，大學在郊，天子曰辟雝，諸侯曰頖宮。」鄭注曰：「此小學、大學，殷之制。」案：鄭謂周制大學在國，小學在郊也。○大戴禮保傅篇曰：「古者年八歲而出就外舍，學小藝焉，履小節焉。束髮而就大學，學大藝焉，履大節焉。」盧注曰：「小學謂庠門，師保之學也。大學，王宮之東者。束髮謂成童。」公羊僖十年何注曰：「禮，諸侯之子，八歲受之少傅，教之以小學，業小道焉，履小節焉。十五受太傅，教之以大學，業大道焉，履大節焉。」白虎通辟雍篇曰：「八歲毀齒，始有識知，入學學書計，七八十五，陰陽備，故十五成童志明，入大學，學經籍。」漢書食貨志上曰：「八歲入小學，學六甲五方書計之事，始知室家長幼之節。十五入大學，學先聖禮樂，而知朝廷君臣之禮。其有秀異者，移鄉學于庠序。」則所謂入小學、大學者，似謂學程非學地，與專指天子太子、諸侯世子之制説，蓋異也。賈子新書容經謂「九歲入小學」，又稍有不同。儀禮經傳通解卷九引尚書大傳曰：「歲事已畢，餘子皆入學，十五始入小學，見小節，踐小義。十八入大學，見大節，踐大義焉。」此與食貨志所述上下文略同，但入學之年不同耳。而説者以爲卿大夫適子之制，亦未必然也。○周禮地官大司徒曰：「以鄉三物教萬民而賓興之，三曰六藝：禮、樂、射、御、書、數。」○禮記文王世子曰：「春誦夏弦。」鄭注曰：「誦謂歌樂也，弦謂以絲播詩。」案：古者鄉射、鄉飲酒，於庠序行之，皆有洗爵之禮。○禮記文王世子曰：「凡祭與養老乞言，合語之禮，皆小樂正詔之於東序。」鄭注曰：「學以三者之威儀也。養老乞言，養老人之賢者，因從乞善言可行者也。合語謂鄉射、鄉飲酒、大射、燕射之屬也。鄉射記曰：古者於旅也語。」孔疏曰：「一是祭，二是養老乞言，三是合語之禮。」案：學中之祭祀，兼釋奠、釋菜而言，而鄉射、養老，亦於學中行之。周禮地官州長曰：「春秋以禮會民，而射於州序。」鄭注曰：「序，州黨之學也。」王制曰：「有虞氏養國老於上庠，養庶老於下庠。夏后氏養國老於東序，養庶老於西序。殷人養國老於右學，養庶老於左學。周人養國老於東膠，養庶老於虞庠，虞庠在國之西郊。」○王制曰：「命鄉論秀士，升之司徒，曰選士。司徒論選士之秀者，而升之學，曰俊士。升之司徒者，不征於鄉，升於學者，不征於司徒，曰造士。大樂正論造士之秀者，以告於王，而升諸司馬，曰進士。司馬辨論官材，論進士之賢者，以告于王，而定其論，論定然後官之。」又曰：「天子將出征，受成於學，出征執有罪，反釋奠於學，以訊馘告。」詩魯頌泮水曰：「矯矯虎臣，在泮獻馘。淑問如皋陶，在泮獻囚。」案：論獄，一作「論德」。○勸懲，一作「勸戒」。○戒其，一作「警其」。○學記曰：「五年視博習親師，七年視論學取友。」○王制曰：「命鄉簡不率教者以告，耆老皆朝于庠，元日習射上功，習鄉上齒。大司徒帥國之俊士與執事焉。不變，命國之右鄉簡不率教者移之左，命國之左鄉簡不率教者移之右，如初禮。不變，移之郊，如初禮。不變，移之遂，如初禮。不變，屏之遠方，終身不齒。將出學，小胥、大胥、小樂正簡不率教者，以告于大樂正，大樂正以告于王，王命三公、九卿、大夫、元士皆入學。不變，王親視學。不變，王三日不舉，屏之遠方，西方曰棘，東方曰寄，終身不齒。」○論語爲政曰：「殷因於夏禮，所損益可知也；周因於殷禮，所損益可知也。」禮記大學曰：「物有本末，事有終始，知所先後，則近道矣。」案：終始，集作「始終」，今依正宗，茅選同。○禮記樂記曰：「禮樂不可斯須去身。」鄭注曰：「斯須猶須臾也。」

及三代衰，聖人之制作盡壞，千餘年之閒，學有存者，亦非古法。人之體性之舉動，惟其所自肆，汪曰：「對上『養其身之備』。」而臨政治人之方，固不素講。汪曰：「對上『爲國家天下之大體』。」士有聰明樸茂之質，而無教養之漸，則其材之不成夫然。汪曰：「人材不出。」蓋以不學未成之材，而爲天下之吏，又承衰敝之後，而治不教之民。嗚呼！仁政之所以不行，盜賊刑罰之所以積，汪曰：「風俗不成。」其不以此也歟？以上教法衰敝之害。

樸茂，正宗「樸」作「朴」，茅選同。案：朴，「樸」之通借字。○則其材之不成夫然，姚姬傳曰：「夫，疑『固』。」吳先生曰：「『夫』爲誤字，正宗作『天』亦誤。」○盜賊，集作「賊盜」，今依正宗，茅選同。

宋興幾百年矣。慶曆三年，天子圖當世之務，而以學爲先，於是天下之學乃得立。而方此之時，撫州之宜黃，猶不能有學，士之學者，皆相率而寓於州，以羣聚講習。其明年，天下之學復廢，士亦皆散去。而春秋釋奠之事，以著於令，則常以廟祀孔氏，廟又不復理。皇祐元年，會令李君詳至，始議立學。而縣之士某某與其徒，皆自以謂得發憤於此，莫不相勵而趨爲之。故其材不賦而羨，匠不發而多。其成也，積屋之區若干，而門序正位，講藝之堂、棲士之舍皆足。積器之數若干，而祀飲寢食之用皆具。其像孔氏而下，從祭之士皆備。其書經史百氏、翰林子墨之文章，無外求者。其相基會作之本末，總爲日若干而已。何其周且速也！以上宜黄立學始末。

自宋太祖建隆元年，至仁宗皇祐元年，凡九十年。廣韻八微曰：「幾，近也，渠希切。」○宋史職官志曰：「慶曆四年，詔諸路州軍監，各令立學，學者二百人以上，許更置縣學。」○長編百五十五曰：「慶曆五年三月辛未，詔曰：『頃者嘗詔方州，增置學官，而吏貪崇儒之虛名，務增室屋，使四方游士，競起而趨之，輕去鄉閭，浸不可止。自今有學州縣，毋得輒容非本土人入居聽習。』」○禮記文王世子曰：「凡學，春官釋奠于其先師，秋冬亦如之。」鄭注曰：「不言夏，夏從春可知也。釋奠者，設薦饌酌奠而已，無迎尸以下之事。」文王世子又曰：「凡始立學者，必釋奠于先聖先師。及行事，必以幣。」孔疏曰：「立學爲重，故及先聖。此經始立學，故奠先聖先師。」又曰：「凡釋奠有六：立學釋奠一也；四時釋奠有四，通前五也；王制，師還釋奠于學，六也。」黄元同禮書通故三十二曰：「『天子視學，祭先聖先師』，是四時常奠亦祭先聖也。此不言者，古重先師，言先師足以賅先聖。孔疏、陳禮書謂四時常奠，不祭先聖，止祭先師，其説殊偏。」又曰：「大祝『大會同造于廟，宜于社，反行舍奠』，甸祝『掌四時之田，舍奠于祖禰』（並周禮春官）。舍奠即釋奠。廟社山川亦有釋奠禮，是不止有六也。孔疏直舉學中言之耳。然始立學之釋奠，馘告之釋奠，皆非常祀。其常祀者，四時釋奠也。」案：黄氏説是。後世釋奠之禮，通典吉禮十二曰：「隋制，國子寺每歲四仲月上丁，釋奠于先聖先師。州縣學則以春秋仲月釋奠。」文獻通考學校四曰：「宋初，春秋二丁，及仲冬上丁，貢舉人詣先聖先師，命官行釋奠之禮，皆如舊典。」○論語述而篇曰：「不憤不啓。」皇疏曰：「憤謂學者之心，思義未得，而憤憤然也。」述而篇又曰：「發憤忘食。」莊子徐無鬼篇釋文曰：「趨音促，急也。」○詩十月之交毛傳曰：「羨，餘也。」○爾雅釋宫曰：「堂東西牆謂之序。」○文獻通考學校四曰：「宋初增修先聖及亞聖、十哲塑像，七十二賢及先儒二十一人皆畫像於東西廊之板壁，太祖親撰先聖及亞聖贊，從祀賢哲先儒並命當時文臣爲之贊。」○漢書楊雄傳曰：「雄上長楊賦，聊因筆墨之成文章，故藉翰林以爲主人，子墨爲客卿以風。」

當四方學廢之初，有司之議，固以謂學者人情之所不樂。及觀此學之作，在其廢學數年之後，唯其令之一唱，而四境之內響應而圖之，如恐不及。則夫言人之情不樂於學者，其果然也歟？宜黃之學者，固多良士，而李君之爲令，威行愛立，訟清事舉，其政又良也。夫及良令之時，而順其慕學發憤之俗，作爲宮室教肄之所，以至圖書器用之須，莫不皆有以養其良材之士。雖古之去今遠矣，然聖人之典籍皆在，其言可考，其法可求。使其相與學而明之，禮樂節文之詳，固有所不得爲者。若夫正心修身，爲國家天下之大務，則在其進之而已。使一人之行修移之於一家，一家之行修移之於鄉鄰族黨，則一縣之風俗成人材出矣。汪曰：「收風俗、人材。」教化之行，道德之歸，非遠人也，可不勉歟？縣之士來請曰：「願有記。」故記之。十二月某日也。以上致勉結出作記之意。○方曰：「觀此等文，可知子固篤於經學，頗能窺見先王禮樂教化之意，故朱子愛而做仿之。」姚曰：「隨筆曲注，而渾雄博厚之氣，鬱於紙上。」

嚮應，集「嚮」作「響」，今依正宗，茅選同。○禮記中庸曰：「道不遠人。」○故記之，集「故」作「其」，今依茅選。

越州趙公救菑記

趙公即趙抃也，已見范貫之奏議集序注。案：涑水記聞卷十五曰：「趙閱道抃，熙寧中以資政殿大學士知越州，兩浙旱蝗，米價踴貴，飢死者十五六，諸州皆牓衢路立賞，禁人增米價。閱道獨牓衢路令有米者任增價糶之，于是諸州米商輻輳，米價更賤，民無餓死者。」蘇子瞻趙清獻公神道碑曰：「吳越大饑，民死者過半，公盡所以救荒之術，發廩勸分，而以家貲先之，民樂從焉。生者得食，病者得藥，死者得藏，下令修城，使民食其力，故越人雖饑而不怨。」又見宋史趙抃傳。越州，已見歐陽永叔文正范公神道碑注。說文曰：「巛，害也。」「菑」乃「巛」之通借字，經傳或作「烖」作「災」，亦借字。

熙寧八年夏，吳越大旱。九月，資政殿大學士、右諫議大夫、知越州趙公，前民之未饑，汪曰：「先事爲計。」爲書問屬縣，菑所被者幾鄉？民能自食者有幾？當廩於官者幾人？溝防構築可僦民使治之者幾所？庫錢倉粟可發者幾何？富人可募出粟者幾家？僧道士食之羨粟書於籍者其幾具存？汪曰：「妙在先將各項劈頭提清，乃史記法也。」使各書以對，而謹其備。劉曰：「此段從管子問篇來。」○曾曰：「以上豫事。」

長編二百六十五曰：「熙寧八年六月，詔淮南、兩浙、江南、荆湖路轉運司，具旱災州軍以聞。」○神道碑曰：「以大學士知成都，居二歲，乞守東南爲歸老計，得越州。」長編二百五十四曰：「熙寧七年六月壬辰，知成都府、資政殿大學士趙抃知越州，從所乞也。」職官志曰：「資政殿大學士爲正三品。」

州縣吏録民之孤老疾弱不能自食者，二萬一千九百餘人以告。故事，歲廪窮人，當給粟三千石而止。公斂富人所輸，及僧道士食之羨者，得粟四萬八千餘石，佐其費。使自十月朔，人受粟日一升，幼小半之。憂其衆相蹂也，使受粟者，男女異日，而人受二日之食。憂其且流亡也，於城市郊野，爲給粟之所，凡五十有七，使各以便受之，而告以去其家者勿給。計官爲不足用也，取吏之不在職而寓於境者，給其食而任以事。不能自食者，有是具也。曾曰：「以上給粟不能自食者。」

玄應一切經音義九曰：「蹂，古文『厹』同（説文「厹」篆作「蹂」），仁求、仁柳二切。蒼頡篇云：『蹂，踐也。』」案：蹂，集作「躁」，誤，今依續正宗。

能自食者，爲之告富人，無得閉糶。又爲之出官粟，得五萬二千餘石，平其價予民，爲糶粟之所凡十有八，使糴者自便如受粟。曾曰：「以上平糶。」

左傳僖十五年曰：「秦饑，晉閉之糴。」

又僦民完城四千一百丈，爲工三萬八千，計其傭與錢，又與粟再倍之。民取息錢者，告富人縱予之，而待熟，官爲責其償。棄男女者，使人得收養之。曾曰：「以上以工代賑。」

廣雅釋言曰：「僦，賃也。」

明年春大疫，爲病坊，處疾病之無歸者。募僧二人，屬以視醫藥飲食，令無失所恃。凡死者，使在處隨收瘞之。曾曰：「以上醫病瘞死。」

大戴禮曾子天圓篇盧注曰：「瘞，埋也。」○恃，集作「時」，今依正宗。

法廩窮人，盡三月當止，是歲盡五月止。事有非便文者，公一以自任，不以累其屬。有上請者，或便宜，多輒行。公於此時，蚤夜憊心力不少懈，事細鉅必躬親。給病者藥食，多出私錢，民不幸罹旱疫，得免於轉死。雖死，得無失斂埋。皆公力也。以上旱疫總束。

後漢書章帝紀注曰：「廩，給也。」○正宗「止」字上有「而」字，茅選在「止」字下。○茅選「累」作「煩」，「細鉅」作「鉅細」。

是時旱疫被吳越，民饑饉疾癘死者殆半，菑未有鉅於此也。天子東向憂勞，州縣推布上恩，人人盡其力。公所拊循，民尤以爲得其依歸。所以經營綏輯，先後終始之際，委曲纖悉，無不備者。其施雖在越，其仁足以示天下；其事雖行於一時，其法足以傳後。汪曰：「所謂『荒政可師者』。」蓋菑沴之行，治世不能使之無，而能爲之備。民病而後圖之，與夫先事而爲計者，則有閒矣；不習而有爲，與夫素得之者，則有閒矣。汪曰：「就『示天下』『傳後』說，乃作記之意也。」予故采於越，得公所推行，樂爲之識其詳，豈獨以慰越人之思？汪曰：「撇越州，正所以收越州。」將使吏之有志於民者，不幸而遇歲之菑，推公之所已試，其科條可不待頃而具，則公之澤豈小且近乎？

茅選「被」下有「於」字。○史記吳王濞傳曰：「郡國諸侯，各務自拊循其民。」○茅選「終始」作「始終」。○淮南子俶真篇曰：「則醜美有閒矣。」高注曰：「閒，遠也。」

公元豐二年，以大學士加太子少保致仕，家于衢。其直道正行，在於朝廷，豈弟之實，在於身者，此不著。汪曰：「公之生平，以撇爲敘。」著其荒政可師者，以爲越州趙公救菑記云。方曰：「敘瑣事而不俚，非熟於經書及管、商諸子，不能爲此等文。」劉曰：「詳悉如書，有用之文，起處用管子問篇文法，極古。」

神道碑曰：「公年未七十，告老于朝，不許，請之不已。元豐二年二月，加太子少保致仕，時年七十二矣。退居于衢，有溪石松竹之勝，東南高士多從之游。」九域志曰：「兩浙路衢州：信安郡，治西安縣。」案：今浙江西安縣治。

張子厚

張載，字子厚，長安人。舉進士，爲祁州司法參軍、雲巖令，政事以敦本善俗爲先。熙寧初，御史中丞呂公著薦之，召見，以爲崇文院校書，移疾屏居南山下，敝衣蔬食，與諸生講學，每告以知禮成性、變化氣質之道，學必如聖人而後已。以爲知人而不知天，求爲賢人而不求爲聖人，此秦漢以來學者大蔽也。故其學尊禮貴德，樂天安命，以易爲宗，以中庸爲體，以孔孟爲法。呂大防薦之，詔知太常禮院，與有司議禮不合，復以疾歸。中道疾甚，沐浴更衣而寢，旦而卒。世稱爲横渠先生。宋史入道學傳。

西銘

宋史道學傳曰：「張載作西銘，程頤嘗言：西銘明理一而分殊，擴前聖所未發。」朱文公近思録卷二原注曰：「横渠學堂雙牖，右書『訂頑』，左書『砭愚』。伊川曰：『是起争端。』改『訂頑』曰『西銘』，『砭愚』曰『東銘』。」朱文公西銘解曰：「天地之閒，理一而已。然乾道成男，坤道成女，二氣交感，化生萬物，則其大小之分，親疎之等，至於十百千萬而不能齊也。不有聖賢出，孰能因其異而反其同哉？西銘之作，意蓋如此。」

乾稱父，坤稱母。予茲藐焉，乃混然中處。故天地之塞吾其體，天地之帥吾其性。民吾同胞，物吾與也。理既精粹，文亦警悚異常。大君者，吾父母宗子。其大臣，宗子之家相也。尊高年，所以長其長；慈孤弱，所以幼其幼。聖其合德，賢其秀也。凡天下疲癃殘疾，惸獨鰥寡，皆吾兄弟之顛連而無告者也。詞高理粹，文章家道不出。于時保之，子之翼也。樂且不憂，純乎孝者也。違曰悖德，害仁曰賊。濟惡者不才，其踐形惟肖者也。知化則善述其事，窮神則善繼其志。不愧屋漏爲無忝，存心養性爲匪懈。惡旨酒，崇伯子之顧養；育英才，潁封人之錫類。不弛勞而底豫，舜其功也；無所逃而待烹，申生其恭也。體其受而歸全者，參乎；勇於從而順令者，伯奇也。富貴福澤，將厚吾之生也；貧賤憂戚，庸玉女於成也。存，吾順事；没，吾寧也。逕住高絕。○姚曰：「豈獨理美，其文亦未易幾也。」

易說卦曰：「乾，天也，故稱乎父；坤，地也，故稱乎母。」○廣雅釋詁二曰：「藐，小也。」○語類卷九十八曰：「塞如孟子說『塞乎天地之間』，塞只是氣，吾之體即天地之氣；帥是主宰，乃天地之常理也。吾之性即天地之理。」○說文曰：「胞，兒生裹也。」文選西征賦李善注曰：「與，黨與也。」○易師上六曰：「大君有命。」禮記曲禮下曰：「祭必告於宗子。」又曰：「士不名家相。」孔疏曰：「家相謂助知家者也。」○孟子梁惠王上曰：「老吾老以及人之老，幼吾幼以及人之幼。」○易乾文言曰：「大人者，與天地合其德。」○漢書高帝紀顔注曰：「癃，疲病也，音隆。」詩正月曰：「哀此惸獨。」孟子梁惠王下引作「煢」，離騷王逸注曰：「煢，孤也。」孟子曰：「老而無妻曰鰥，老而無夫曰寡，老而無子曰獨，幼而無父曰孤。此四者，天下之窮民而無告者。」案：文鑑「兄弟」下無「之」字。○詩我將曰：「畏天之威，於時保之。」廣雅釋訓曰：「翼翼，敬也。」○易繫辭上曰：「樂天知命，故不憂。」左隱元年曰：「潁考叔，純孝也。」○孝經曰：「不愛其親而愛他人者，謂之悖德。」○孟子梁惠王下曰：「賊仁者謂之賊。」○左傳文十八年曰：「此三族也，世濟其凶，增其惡名。」○孟子盡心上曰：「惟聖人然後可以踐形。」○易繫辭下曰：「窮神知化，德之盛也。」中庸曰：「夫孝者，善繼人之志善述人之事者也。」朱子語類九十八曰：「林聞一問：『西銘只是言仁孝繼志述事？』曰：『是以父母比較乾坤，主意不是説孝，只是以人所易曉者，明其所難曉者耳。』」○詩抑曰：「相在爾室，尚不愧於屋漏。」毛傳曰：「西北隅謂之屋漏。」○詩小宛曰：「夙興夜寐，無忝爾所生。」毛傳曰：「忝，辱也。」又烝民曰：「夙夜匪懈，以事一人。」孝經皆引之。孟子盡心上曰：「存其心養其性，所以事天也。」○孟子離婁下曰：「禹惡旨酒。」周語下：「太子晉曰：其在有虞，有崇伯鮌。」韋注曰：「鮌，禹父；崇，鮌國；伯，爵也。」孟子離婁下曰：「不顧父母之養。」○盡心上曰：「得天下英才而教育之，三樂也。」左傳隱元年曰：「潁考叔爲潁谷封人。君子曰：『潁考叔，純孝也，愛其母施及莊公。詩曰：「孝子不匱，永錫爾類。」其是之謂乎！』」杜注曰：「封人，典封疆者。」孔疏曰：「此詩大雅既醉之五章。錫，予也。」○孟子萬章上曰：「父母惡之，勞而不怨。」離婁上曰：「舜盡事親之道，而瞽瞍底豫。」趙注曰：「底，致也；豫，樂也。」案：全書「弛」作「施」，乃「弛」之通借字。○待烹，文鑑「烹」作「亨」。説文曰：「亯，獻也，从高省，曰象孰物形。」段注曰：「禮經言饋食者，薦孰也，許兩切。『亯』象薦孰，因以爲飪物之稱，故又讀普庚切。『亯』之義訓薦神，誠意可通於神，故又讀許庚切。其形薦神作『亨』亦作『享』，飪物作『亨』

亦作『烹』，易之『元亨』則皆作『亨』，皆今字也。」禮記檀弓上曰：「晉獻公將殺其世子申生，重耳謂之曰：『蓋行乎？』曰：『不可。君謂我欲弒君也，天下豈有無父之國哉？吾何行如之？』再拜稽首，乃卒。是以爲恭世子也。」又見左傳僖五年、十年。語類九十八曰：「問：『西銘謂潁封人之錫類，申生其恭，二子皆不能無失處，豈能盡得孝道乎？』曰：『西銘本不是說孝，只是說事天，但推事親之心事天耳。』」又曰：「問：『申生未盡子道，何故取之？』曰：『天不到得似獻公也。人有妄，天則無妄。若教自家死，便是理合如此，只得聽受之。』」○孝經曰：「身體髮膚，受之父母，不敢毀傷，孝之始也。」禮記祭義篇：「樂正子春曰：『吾聞諸曾子，曾子聞諸夫子曰：「天之所生，地之所養，無人爲大。父母全而生之，子全而歸之，可謂孝矣。不虧其體，不辱其身，可謂全矣。」』」○琴操曰：「履霜操者，尹吉甫之子伯奇所作也。吉甫，周上卿也，有子伯奇。伯奇母死，吉甫更娶後妻，生子曰伯邦，乃譖伯奇於吉甫曰：『伯奇見妾有美色，然有欲心。』吉甫大怒，放伯奇於野，伯奇編水荷而衣之，采楟花而食之，清朝履霜，自傷無罪見逐，乃援琴而鼓之，曰：『履朝霜兮採晨寒，考不明其心兮聽讒言云云。』宣王聞之，曰：『此孝子之辭也。』」○將厚，文鑑「將」下有「以」字。○詩民勞曰：「王欲玉女。」鄭箋曰：「玉者，君子比德焉。王乎？我欲令女如玉然。」案：文鑑「女」作「汝」。○朱子解曰：「孝子之身存，則其事親也，不違其志而已，沒則安而無所愧於親也；仁人之身存，則其事天也，不逆其理而已，沒則安而無所愧於天也。蓋所謂朝聞夕死，吾得正而斃焉者，故張子之銘以是終焉。」○宋史「沒」作「歿」。

王介甫

王安石，字介甫，臨川人（今江西臨川縣治）。擢進士上第，簽書淮南判官。舊制，秩滿，許獻文求試館職。安石獨否，再調知鄞縣，通判舒州，後知常州，移提點江東刑獄，入爲度支判官。安石慨然有矯世變俗之志，於是上萬言書。後安石當國，其所注措，大抵皆祖此書也。俄直集賢院、知制誥，糾察在京刑獄，以母憂去。終英宗世，召不赴。神宗在藩邸，聞其名，甫即位，命知江寧府。數月，召爲翰林學士兼侍講。熙寧二年二月，拜參知政事，設置三司條例司，而農田、水利、青苗、均輸、保甲、免役、市易、保馬、方田諸役，相繼並興，號爲新法。三年十二月，拜同中書門下平章事。七年，罷爲觀文殿大學士、知江寧府。自禮部侍郎超九轉爲吏部尚書。八年二月，復拜相。三經義成，加尚書左僕射、兼門下侍郎，屢謝病求去，罷爲鎮南軍節度使、同平章事、判江寧府。明年，改集禧觀使，封舒國公。屢乞還將相印。元豐三年，復拜左僕射、觀文殿大學士，換特進，改封荆。哲宗立，加司空。元祐元年卒，贈太傅。紹聖中謚曰文。宋史有傳。○茅鹿門曰：「王荆公湛深之識，幽渺之思，大較並本之古六藝之旨，而於其中別自爲調，鑱刻萬物，鼓鑄羣情，以成一家之言者也。」又曰：「匠心所注，意在言外，神在象先，如幽林邃谷，而杳然洞天，恐亦古人所罕者。」吴北江曰：「荆公崛起宋代，力追韓軌，其倔强之氣，峭折之勢，樸奥之詞，均臻閫奥，獨其規摹稍狹，故不及韓之縱横排蕩，變化噴薄，不可端倪。然戛戛獨造，亦可謂不離其宗者矣。」

周禮義序

宋史神宗紀曰：「熙寧六年三月，置經局，命王安石提舉。八年六月己酉，頒王安石詩書周禮義于學官。」藝文志有王安石新經周禮義二十二卷。郡齋讀書志卷二、文獻通考經籍考八、玉海藝文三十九並同。直齋書録解題卷二作周禮新義，卷數同。清四庫書目提要卷十九曰：「周官新義十六卷，附考工記解二卷，宋王安石撰。周禮新義本二十二卷，明萬曆中重編内閣書目尚載其名，故朱彝尊經義考卷二十二不敢著其『已佚』，但注曰『未見』。然外間實無傳本，即明以來内閣舊籍亦實無此書，惟永樂大典中所載最夥。蓋内閣書目據文淵閣書目，文淵閣書目即修永樂大典所徵之書，其時尚有完帙，故采之最詳也。考蔡絛鐵圍山叢談（卷三）曰：『王元澤（雱）奉詔爲三經義時，王丞相介甫爲之提舉，詩、書蓋多出元澤及諸門弟子手。周禮新義實丞相親爲之筆削者。政和中，有司上言天府所籍吴氏資多有王丞相文書，於是朝廷悉藏諸祕閣，用是吾得見之。周禮新義筆蹟如斜風細雨，誠介甫親書云云。』然則三經義中，惟周禮爲安石手著矣。今永樂大典闕地官、夏官二卷，安石本未解考工記，而永樂大典乃備載其說。據晁公武讀書志，蓋鄭宗顏輯安石字說爲之。」

士弊於俗學久矣，聖上閔焉，以經術造之，乃集儒臣，訓釋厥旨，將播之校學，而臣某實董周官。以上承命修周官義。

長編二百四十三曰：「熙寧六年三月庚戌，命知制誥呂惠卿兼修撰國子監經義，太子中允、崇政殿説書王雱兼同修撰。先是上諭執政曰：『舉人對策，多欲朝廷早修經義，使義理歸一。』乃命惠卿及雱，而安石以判國子監沈季常親嫌，固辭雱命，上弗許。已而又命安石提舉，安石又辭，亦弗許。」

惟道之在政事，其貴賤有位，其後先有序，其多寡有數，其遲數有時。制而用之存乎法，推而行之存乎人。其人足以任官，吴北江曰：「文勢峻急直下，句句勁挺，此荆公長處。」其官足以行法，莫盛乎成周之時；其法可施於後世，其文有見於載籍，莫具乎周官之書。蓋其因習以崇之，庚續以終之，至於後世無以復加，則豈特文、武、周公之力哉？猶四時之運，陰陽積而成寒暑，非一日也。吴北江曰：「以上括周官大旨。」

「數」「速」字通。禮記樂記鄭注曰：「數讀爲速。」○漢書藝文志周官經六篇。漢紀卷二十五曰：「劉歆以周官經爲周禮。王莽時，歆奏以爲禮經，置博士。」釋文序録曰：「王莽時，劉歆爲國師，始建立周官經爲周禮。」（王實齋周禮學曰：「天官『惟王建國』注云：『周公居攝，而作六典之職，謂之周禮。』據此則周公作此書，本名周禮，至漢復出之時，師承久絕，人見其所載皆是官職，又因尚書序有周官篇目，世儒未見其書，或欲以此當之。自劉歆以來，乃復其本名。」）賈公彦序周禮廢興曰：「周禮起於成帝、劉歆，而成於鄭玄，附離之者大半。故林孝存（後漢書鄭玄傳作臨孝存。案：孝存，林碩字也，「臨」「林」字通。）以爲武帝知周官末世瀆亂不驗之書，故作十論、七難以排棄之。何休亦以爲六國陰謀之書。唯有鄭玄偏覽羣經，知周禮者乃周公致太平之迹，故能答林碩之論、難，使周禮義得條通。故鄭氏傳曰：『玄以爲括囊大典，網羅衆家。』是以周禮大行，後王之法。易曰：『神而化之，存乎其人。』此之謂也。」○詩大東毛傳曰：「庚，續也。」茅選作「賡」，爾雅釋詁曰：「賡，續也。」

自周之衰，以至于今，歷歲千數百矣。太平之遺迹，掃蕩幾盡，學者所見，無復全經。汪曰：「襯起訓發之難。」於是時也，乃欲訓而發之，臣誠不自揆，然知其難也。吴北江曰：「鄭重出之，自謙，實自負也。」以訓而發之之爲難，則又以知夫立政造事追而復之之爲難。吴先生曰：「逆捲回抱，前後融成一片，篇法完密。」吴北江曰：「由訓釋遞至立政，文情綿邈而温懿。蓋荆公所學所行，一本於周禮，其經世之具，固不專在訓釋其文也。用筆綿褫而下，意指實有所專注，而行文特爲委宛周至。」○以上因訓發之難，而知追復之難。

經典釋文敍録曰：「或曰：河間獻王開獻書之路，時有李氏上周官五篇，失事官一篇，乃購千金不得，取考工記以補之。」周禮正義序周禮廢興曰：「周官，孝武之時始出，祕而不傳。至孝成皇帝，劉向子歆校理祕書，始得列序，著于録、略，然其冬官一篇，以考工記足之。」韓退之與孟尚書書曰：「故學士多老死，新者不見全經。」

然竊觀聖上致法就功，取成於心，訓迪在位，有馮有翼，亹亹乎鄉六服承德之世矣。汪曰：「此轉言主上立政造事，已追而復之。」吴北江曰：「詞藻亦多取之於經，所以澤乎爾雅。蓋爲文之法，一字一語之不慎，則全篇氣體胥爲之累也。夫豈可以輕心掉之哉？」以所觀乎今，考所學乎古，汪曰：「就神宗致德就功，轉到周官之書，極爲圓緊。」吴北江曰：「頓挫紆徐，以取遲重之勢。」所謂見而知之者。臣誠不自揆，妄以爲庶幾焉，故遂昧冒自竭，而忘其材之弗及也。以上言神宗有志追復，故己不覺訓發之難。

詩卷阿「有馮有翼」，毛傳曰：「道可馮依以爲輔翼也。」釋文曰：「馮，符冰反。」○爾雅釋詁曰：「亹亹，勉也。」荀子儒效篇楊注曰：「鄉，讀曰向。」書僞古文周官曰：「六服羣辟，罔不承德。」僞孔傳曰：「六服諸侯，奉承周德。」孔疏曰：「周禮九服，此惟言六服者，夷、鎮、蕃三服在九州之外，夷狄之地。王者之於夷狄，羈縻之而已，不可同於華夏，故惟舉六服。」○見而知之，已見曾子固唐論注。

謹列其書爲二十有二卷，凡十餘萬言。上之御府，副在有司，以待制詔頒焉。以上請以制詔頒布。謹序。方曰：「三經義序，指意雖未能盡應於義理，而辭氣芳潔，風味邈然，於歐、曾、蘇氏諸家外，別開户牖。」汪曰：「莊重謹言，一字不可增損。」又曰：「順逆反復，筆法圓緊之極。」

詩義序

郡齋讀書志卷二曰：「新經毛詩義二十卷。熙寧中，置三經義局，撰三經義，皆本安石說。毛詩先命王雱訓其辭，復命安石訓其義，書成，以賜太學，布之天下，以取士云。」宋史藝文志書名與卷數皆同。直齋書録解題卷二、通考經籍六，皆云新經詩義三十卷。經義考卷一百四曰：「王氏安石新經毛詩義，佚。」

詩三百十一篇，其義具存，其辭亡者，六篇而已。上既使臣雱訓其辭，又命臣某等訓其義，書成，以賜太學，布之天下，又使臣某爲之序。謹拜手稽首言曰：詩上通乎道德，下止乎禮義。放其言之文，君子以興焉；循其道之序，聖人以成焉。然以孔子之門人，賜也商也，有得於一言，則孔子悦而進之，蓋其説之難明如此。則自周衰以迄于今，泯泯紛紛，豈不宜哉？汪曰：「襯起神宗之自得，又引起己之代匱。」○曾曰：「以上言詩義難明。」

亡者六篇，謂南陔、白華、華黍、由庚、崇丘、由儀笙詩六篇也。毛詩序曰：「南陔，孝子相戒以養也。白華，孝子之絜白也。華黍，時和歲豐，宜黍稷也。有其義而亡其辭。」鄭箋曰：「此三篇者，鄉飲酒、燕禮用焉，曰『笙入立于縣中，奏南陔、白華、華黍』（燕禮之文）是也。孔子論詩，雅頌各得其所，時俱在耳。遭戰國及秦之世而亡之。」序又曰：「由庚，萬物得由其道也。崇丘，萬物得極其高大也。由儀，萬物之生各得其宜也。有其義而亡其辭。」箋曰：「此三篇者，鄉飲酒、燕禮亦用焉，曰『乃閒歌魚麗，笙由庚，歌南有嘉魚，笙崇丘，歌南山有臺，笙由儀』（鄉飲酒禮之文，燕禮同）。亦遭世亂而亡之。」步瀛案：六篇，鄭注儀禮鄉飲酒禮、燕禮以爲亡在孔子前，箋詩以爲亡在孔子後。賈疏曰：「鄭君注禮之時，未見毛傳，以爲此篇孔子前亡。注詩之時，既見毛傳，以爲孔子後失是也。」鄉飲酒禮賈疏曰：「堂上歌魚麗終，堂下笙中吹由庚續之。以下皆然。堂上歌者不亡，堂下笙者即亡，蓋當時方以類聚，笙歌之時，各自一處，故存者併存，亡者併亡也。」是六詩之亡，自漢至唐，殊無異議。朱子集傳言笙詩有聲無辭，於是聚訟紛紜，不可詰究。介甫言亡者六篇，正從古説，故諸家辨難不復録焉。○毛詩序曰：「變風發乎情，止乎禮義。」○論語學而篇：「子曰：賜也，始可與言詩已矣。」八佾篇：「子曰：起予者商也，始可與言詩已矣。」○書呂刑曰：「泯泯棼棼。」周書祭公篇曰：「泯泯芬芬。」孔注曰：「泯、芬，亂也。」論衡寒温篇曰：「泯泯紛紛。」「紛」「棼」「芬」字並通。

伏惟皇帝陛下，內德純茂，則神罔時恫。吳北江曰：「此下遣詞立義，一取於本經，淵然晬然，珠暉玉潤，真非凡手所能望到。」外行恂達，則四方以無侮。日就月將，學有緝熙於光明，則頌之所形容，蓋有不足道也。

微言奥義，既自得之，又命承學之臣，訓釋厥遺，樂與天下共之。顧臣等所聞，如爝火焉，豈足以庚日月之餘光？姑承明制，代匱而已。以上奉制作詩義。

詩還毛傳曰：「茂，美也。」又思齊曰：「神罔時恫。」毛傳曰：「恫，痛也。」○方言一曰：「恂，信也。」詩皇矣曰：「四方以無侮。」○詩敬之曰：「日就月將，學有緝熙于光明。」毛傳曰：「將，行也；光，廣也。」又昊天有成命傳曰：「緝，明；熙，廣也。」○詩序曰：「頌者，美盛德之形容，以其成功告於神明者也。」○莊子逍遥遊篇曰：「爝火不息。」「爝」乃「燋」之借字，説文曰：「燋所以持然火也。」段注曰：「少儀『執燭抱燋』，凡執之曰燭，未爇曰燋，燋即燭也。」○庚，茅選作「賡」。○詩谷風鄭箋曰：「匱，乏也。」

傳曰：「美成在久。」吴北江曰：「收束又出一意，深思遐望，神味尤爲雋美。」故棫樸之作人，以壽考爲言，蓋將有來者焉，追琢其章，纘聖志而成之也。臣衰且老矣，尚庶幾及見之。以上望詩教之成，仍説到己身作結。謹序。吴先生曰：「自然采藻，不得移之他經。」吴北江曰：「此等文字，意量神韻，殆不作三代下想，虛心而諷詠之，自爾釋躁平矜，怡然理順，而涣然意解，淵淵乎金聲玉振之文也。」

莊子人間世篇曰：「美成在久。」郭注曰：「美成者，任其時化，譬之種植，不可一朝成。」○詩棫樸曰：「周王壽考，遐不作人。」詩序曰：「棫樸，文王能官人也。」○詩棫樸曰：「追琢其章。」毛傳曰：「追，雕也。金曰雕，玉曰琢。」釋文曰：「追，對回反。」○獨醒雜志卷一曰：「王荆公詩經義成書，神宗令以進呈，閲其序篇未畢，謂荆公曰：『卿謂朕比德文王，朕不敢當也。』公曰：『陛下進德不倦，從諫弗咈，於文王何愧？』上曰：『詩稱陟降庭止之類，豈朕所能？』公曰：『人皆可以爲堯舜，陛下何自謙如此？』上摇首曰：『不若改之。』」案：此小説家言，未足爲據，以有關文中之義，故附録之。

書義序

郡齋讀書志卷一曰：「新經尚書十三卷，皇朝王雱撰。雱，安石之子也。熙寧六年，命吕惠卿兼修撰國子監經義，王雱兼同修撰，王安石提舉，而雱董是經。頒於學官，用以取士，或少違異，輒不中程。由是獨行於世者六十年，而天下學者喜攻其短，自開黨禁，世人鮮稱焉。」直齋書録解題卷二曰：「書義十三卷，侍講臨川王雱元澤撰。雱蓋述其父之學，王氏三經義，此其一也。初熙寧六年，命知制誥吕惠卿充修撰經義，以安石提舉修定，又以安石子雱、惠卿弟升卿爲修撰官。八年，安石復入相，新傳乃成。雱蓋主是經者也。」通考經籍四、玉海藝文三十七並作新經尚書。宋史藝文志作新經書義，宋志署王安石，以安石提舉也，而卷數皆同。朱竹垞經義考卷七十九曰：「王安石子雱新經尚書義，佚。」

熙寧二年，臣某以尚書入侍，遂與政。而子雱實嗣講事，有旨爲之説以獻。八年，下其説太學班焉。以上書義已頒行太學。

宋史神宗本紀曰：「熙寧二年二月庚子，以王安石參知政事。」○長編二百二十曰：「熙寧四年二月己卯，前旌德縣尉王雱爲太子中允、崇政殿説書。」宋史王安石傳曰：「子雱。」又雱傳曰：「雱字元澤，性敏甚，未冠，已著書數萬言。舉進士，調旌德尉。召見，除太子中允、崇政殿説書，受詔注詩書義，擢天章閣待制、兼侍講。書成，遷龍圖閣直學士，以病辭不拜。卒時纔三十三。」○長編卷二百六十五曰：「熙寧八年六月己酉，中書言詩書周禮義欲以副本送國子監鏤板頒行，從之。」

惟虞、夏、商、周之遺文，更秦而幾亡，遭漢而僅存，賴學士大夫誦説，以故不泯，而世主莫或知其可用。吴先生曰：「高簡。」○以上言世主不知其可用。

漢書藝文志曰：「書之所起遠矣，至孔子纂焉，上斷於堯，下訖于秦，凡百篇，而爲之序，言其作意。秦燔書禁學，濟南伏生獨壁藏之。漢興亡失，求得二十九篇，以教齊魯之閒。訖孝宣世，有歐陽、大小夏侯氏立於學官。古文尚書者，出孔子壁中。武帝末，魯共王壞孔子宅，欲以廣其宮，而得古文尚書及禮記、論語、孝經凡數十篇，皆古字也。共王往入其宅，聞鼓琴瑟鐘磬之音，於是懼，乃止不壞。孔安國，孔子後也，悉得其書，以考二十九篇，得多十六篇，安國獻之。遭巫蠱事，未列于學官。」

天縱皇帝大知，實始操之以驗物，考之以決事。又命訓其義，兼明天下後世，而臣父子以區區所聞，承乏與榮焉。以上神宗知其可用，故命訓其義。

論語子罕篇曰：「固天縱之將聖。」○左成二年曰：「攝官承乏。」○與音預。

然言之淵懿，而釋以淺陋；命之重大，而承以輕眇。茲榮也，祇所以爲愧歟？吴先生曰：「此用法言成調。」○以上遜謝。謹序。茅曰：「其詞簡，而其法度自典則。」吴北江曰：「情詞粹美。」

法言學行篇曰：「顏苦孔之卓之至也。或人瞿然曰：茲苦也，祇其所以爲樂也與？」茅選「歟」上有「也」字。

讀孟嘗君傳

史記自序曰：「好客喜士，士歸於薛，爲齊扞楚、魏，作孟嘗君列傳第十五。」孟嘗君傳集解曰：「詩云：『居常與許。』鄭玄曰：『常或作嘗，在薛之南。』孟嘗邑于薛城也。」案：詩魯頌閟宮鄭箋曰：「常或作嘗，在薛之旁。春秋魯莊公三十一年：『築臺于薛。』其是與？」孔疏曰：「六國時，齊有孟嘗君，食邑於薛，以其居薛邑而號孟嘗君，則嘗在薛旁，共爲一地也。」案：薛在今山東滕縣東南。

世皆稱孟嘗君能得士，士以故歸之，而卒賴其力以脱於虎豹之秦。汪曰：「三句立案。」李剛己曰：「起數句雖是案語，亦是逆筆。」嗟乎！孟嘗君特雞鳴狗盜之雄耳，吳北江曰：「接筆英壯挺拔。」豈足以言得士？汪曰：「破『能得士』。」李曰：「將上文一筆折倒，辭氣極爲駿快。」不然，沈確士曰：「掉。」擅齊之强，得一士焉，宜可以南面而制秦，汪曰：「從韓子祭田橫墓文得來。」沈曰：「正論。」尚何取雞鳴狗盜之力哉？汪曰：「破『卒賴其力以脱』。」李曰：「此數句即承上文『豈足以言得士』句轉出正論，用筆有高山墜石之勢。」吳曰：「此層尤爲開拓宏放，使局勢一張。」夫雞鳴狗盜之出其門，沈曰：「此轉更不測。」此士之所以不至也。汪曰：「破『士以故歸之』。」李曰：「此二句仍趁上文語勢捩轉，義愈深，勢愈陡，文外尤有蒼茫不盡之意。」吳曰：「收意高絶，用筆亦變幻不測。」〇樓迂齋曰：「轉折有力，首尾無百餘字，嚴勁緊束，而宛轉凡四五處，此筆力之絶。」沈曰：「語語轉，筆筆緊，千秋絶調。」劉曰：「寥寥數言，而文勢如懸崖斷壁，於此見介甫筆力。」李曰：「此文筆勢峭拔，辭氣横厲，寥寥短章之中，凡具四層轉變，真可謂尺幅千里者矣。」吳曰：「此文乃短篇中之極則，雄邁英爽，跌宕變化，故能尺幅中具有萬里波濤之勢。後人多喜摹之，莫能擬似萬一，前人亦無似者。雖荆公他長篇文字，亦未有能似此者也。使其篇篇至此，豈不與昌黎並駕争雄哉？」

史記孟嘗君傳曰：「孟嘗君名文，姓田氏。文之父曰靖郭君田嬰，嬰卒，文代立於薛，是爲孟嘗君。孟嘗君在薛，招致諸侯賓客及亡人有罪者，皆歸孟嘗君。孟嘗君舍業厚遇之，以故傾天下之士，食客數千人。秦昭王聞其賢，乃先使涇陽君爲質於齊，以求見孟嘗君。齊湣王卒使孟嘗君入秦，昭王即以爲秦相。或説秦昭王曰：『孟嘗君賢，又齊族也，今相秦，必先齊而後秦，秦其危矣。』於是秦昭王乃止，囚孟嘗君，謀欲殺之。孟嘗君使人抵昭王幸姬求解，幸姬曰：『妾願得君狐白裘。』此時孟嘗君有一狐白裘，直千金，天下無雙，入秦獻之昭王，更無他裘。孟嘗君患之，徧問客，莫能對。最下坐有能爲狗盜者，曰：『臣能得狐白裘。』乃夜爲狗，以入秦宮藏中，取所獻狐白裘至，以獻秦王幸姬。幸姬爲言昭王，昭王釋孟嘗君，孟嘗君得出，即馳去。夜半，至函谷關，秦昭王後悔出孟嘗君，求之已去，即使人馳傳逐之。孟嘗君至關，關法，雞鳴而出客。孟嘗君恐追至，客之居下坐者，有能爲雞鳴，而雞盡鳴，遂發傳出，乃還。始孟嘗君列此二人於賓客，賓客盡羞之。及孟嘗君有秦難，卒此二人拔之。自是之後，客皆服孟嘗君。」○古來論秦者，皆云虎狼，不云虎豹。吾友曹致堯曰：「『豹』字音節佳耳。予謂庾子山思舊銘序云『項羽之晨起帳中』，本是夜起，而『晨』字音節爲佳，故改『夜』爲『晨』。可見古人以聲選字之法。」○言得士，文鑑無「言」字。○謝疊山文章軌範評此文曰：「一篇得意處，只是『擅齊之强，得一士焉，宜可以南面而制秦，尚何取雞鳴狗盜之力哉？』先得此數句作此一篇文字，然亦是祖述前言。韓文公祭田横墓文云：『當嬴氏之失鹿，得一士而可王。何五百人之擾擾，不能脱夫子於劍鋩？豈所寶之非賢，抑天命之有常？』」陳玉田（錫路）黄嬭餘話卷二曰：「介甫巧偷，卻被疊山抉出，然猝讀之，亦自令人不覺。此正是盗狐白裘手也。」步瀛案：後人用意偶與前人相同者，往往有之，不得逕指爲巧偷。陳氏語言輕薄，殊屬無謂。○尚何取，文鑑無「何」字。

書李文公集後

新唐書藝文志李翺集十卷。直齋書録解題卷十六、（疑當與讀書志同，否則通考當言其異也。姑依今本。）通志藝文略卷八並同。郡齋讀書志卷十七、通考經籍六十、宋史藝文志皆作十八卷，今本同。

文公非董子作仕不遇賦，惜其自待不厚。以予觀之，詩三百發憤於不遇者甚衆，而孔子亦曰：「鳳鳥不至，河不出圖，吾已矣夫。」蓋歎不遇也。文公論高如此，及觀於史，一不得職，則詆宰相以自快。今吾於人也，聽其言而觀其行，言不可獨信久矣。雖然，彼宰相名實固有辨。彼誠小人也，則文公之發，爲不忍於小人可也。爲史者，獨安取其怒之以失職耶？世之淺者，固好以其利心量君子，以爲觸宰相以近禍，非以其私則莫爲也。夫文公之好惡，蓋所謂皆過其分者耳。以上言文公言行不能相副，好惡皆過其分。

李習之答獨孤舍人書曰：「僕嘗怪董子大賢，而著士不遇賦，惜其自待不厚。凡人之蓄道德才智於身，以待世用，蓋將以代天理物，非爲衣服飲食之鮮肥而爲也。董子道德備具，武帝不用爲相，故漢德不如三代，而生人受其顛頓，於董子何苦哉？」案：董仲舒士不遇賦，見藝文類聚人部三十及古文苑，「仕」皆作「士」，此文作「仕」，蓋通借字。孟子公孫丑下「有仕於此」，論衡刺孟篇引作「士」，即其證。○史記太史公自序曰：「詩三百篇，大抵聖賢發憤之所爲作也。」○論語子罕篇曰：「鳳鳥不至，河不出圖，吾已矣夫！」漢書董仲舒傳，仲舒對册引此文而説之曰：「自傷可致此物，而身卑賤不得致也。」○舊唐書李翺傳曰：「翺自負辭藝，以爲合知制誥，以久未如志，鬱鬱不樂。因入中書謁宰相，面數李逢吉之過失，逢吉不之校，翺心不自安，乃請告，滿百日，有司準例停官。逢吉奏授廬州刺史。」○論語公冶長篇：「子曰：今吾於人也，聽其言而觀其行。」

方其不信於天下，更以推賢進善爲急。一士之不顯，至寢食爲之不甘。蓋奔走有力，成其名而後已。士之廢興，彼各有命。身非王公大人之位，取其任而私之，又自以爲賢，僕僕然忘其身之勞也，豈所謂知命者耶？筆勢翩翻，令人神遠。記曰：「道之不行，賢者過之，不肖者不及也。」夫文公之過也，抑其所以爲賢歟？以上言文公爲賢者之過。○茅曰：「看王公文字，須識得他筆力天縱處。」

李習之答韓侍郎書曰：「如鄙人無位於朝，阨摧於時，悽悽惶惶，奔走恥辱，求食不暇，自一千年來，賢士屈厄，未見有如此者。尚汲汲孜孜，引薦賢俊，如朝饑求餐，如久曠思通，如見妖麗而不得親。然若使之有位於朝，如兄儕得志於時，則天下當無屈人矣。」○孟子萬章下曰：「子思以爲鼎肉，使己僕僕爾亟拜也。」趙注曰：「僕僕，煩猥貌。」○禮記中庸篇：「子曰：『道之不行也，我知之矣。知者過之，愚者不及也。道之不明也，我知之矣。賢者過之，不肖者不及也』。」

上仁宗皇帝言事書

宋史王安石傳曰：「移提點江東刑獄，入爲度支判官，時嘉祐三年也。安石議論高奇，能以辨博濟其説，果於自用，慨然有矯世變俗之志，於是上萬言書。後安石當國，其所措注，大抵皆祖此書。」長編百八十八曰：

「嘉祐三年冬十月甲子，提點江南東路刑獄、祠部員外郎王安石爲度支判官，獻書萬言，極陳當世之務。」

案：荆公詩集卷八解使事泊棠陰詩曰：「俛仰换春冬，紛紛空百憂。」李雁湖注曰：「介父三年二月自常州移提點江東刑獄，此言换春冬，去官時當是四年，自是入爲三司判官，獻萬言書，所謂百憂，皆書中所論者。」

案：據雁湖此注，則去官在四年，即上書亦當在四年。長編載於三年十月甲子，蓋據命下之日，又順及上書，特終言其事耳，非謂上書即在此時。蔡元鳳（上翔）王文公年譜考略載在嘉祐三年，殆非也。宋史仁宗紀曰：「嘉祐五年五月己酉，王安石召入爲三司度支判官。」顧震滄（棟高）王荆公年譜從之，並載上萬言書，且謂：「按書中有云『臣蒙恩備使一路』云云，據此當在初還闕庭、未受度支之前所上。」其説誠是。然三年十月下命，不應至五年五月方還闕庭。宋史似據度支判官到任之日，非謂上書亦在此時也。綜其時月，似以李雁湖之説爲合。至元人詹大和王荆文公年譜載在嘉祐六年，尤爲無據也。蔡元鳳曰：「荆公之學，原本經術，其上仁宗書，秦漢而下，未有及此者。自宋承五代之餘，西北世爲邊患，太祖、太宗尚苦於兵。至澶淵之役，和議始成，雖以景德仁愛，有不忍戰其民之心，而金繒歲幣數十萬，歲輸於邊，中原之財賦耗矣。浸尋至仁宗、英宗，天下安於無事，又六十年，而積弱之勢成矣。當是之時，公以不世出之才，而又遇神宗大有爲之君，其汲汲於變法者，蓋欲以救國君積弱之勢，振累世苟且之習，而非以聚斂媚君，以加息厲民，并非假財用不足以利一己之私也。先是范文正公應詔條陳十事，所援易言『窮則變，變則通，通則久』甚切。謂國家革五代之亂，垂八十年，綱紀制度，日削月侵，官壅於上，民困於下，不可不更張以救之。又論明黜陟必三載考績，精貢舉必先策論而後詩賦。此皆爲公書中所必欲行者，而范公已先言之，安有如後人所謂議論高奇哉？」吴先生曰：「王荆公言天變不足畏，祖宗不足法，人言不足恤，世以爲詬厲，而余絕重之，以爲非有英奇閎偉非常之識，不能爲此言也。禮義不僭，何恤人之言？曩哲有傳語矣，爲政當法先王，宋之祖宗有足法者乎？天人相與難言矣，殆非聖人不足以知之。後之言天者，一陷于巫祝禨祥之説，盡鄙瑣見也，而傅之洪範，洪範何嘗有是？春秋之紀日食星變，吾以爲爲曆算家言之耳。近時西洋天文測算之學絕精，而不言占驗，其識殆遠過董仲舒、劉向諸儒，未可以方外之説少之也。」（此先生評新五代史司天考之言，雖非爲此文而發，而最足發明荆公偉抱，故特載之。）

臣愚不肖，蒙恩備使一路，今又蒙恩召還闕廷，有所任屬，而當以使事歸報陛下。不自知其無以稱職，而敢緣使事之所及，冒言天下之事，伏惟陛下詳思而擇其中，幸甚。以上總起。

備使一路，謂提點江東刑獄也。職官志曰：「提點刑獄公事，掌察所部之獄訟，而平其曲直，所至審問囚徒，詳覆案牘，凡禁繫淹延而不決，盜竊逋竄而不獲，皆劾以聞，及舉刺官吏之事。」○而擇，姚選「擇」下有「處」字。

臣竊觀陛下有恭儉之德，有聰明睿智之才，夙興夜寐，無一日之懈，聲色狗馬、觀游玩好之事，無纖介之蔽，而仁民愛物之意，孚於天下，而又公選天下之所願以爲輔相者，屬之以事，而不貳於讒邪傾巧之臣。此雖二帝三王之用心，不過如此而已，宜其家給人足，天下大治。而效不至於此，顧内則不能無以社稷爲憂，外則不能無懼於夷狄，天下之財力日以困窮，而風俗日以衰壞，四方有志之士，諰諰然常恐天下之不久安。此其故何也？患在不知法度故也。以上言天下不治，由於不知法度。今朝廷法嚴令具，無所不有，而臣以謂無法度者，何哉？方今之法度，多不合乎先王之政故也。孟子曰：「有仁心仁聞，而澤不加於百姓者，爲政不法於先王之道故也。」以孟子之說，觀方今之失，正在於此而已。以上言今之法不合先王之道。夫以今之世，去先王之世遠，所遭之變、所遇之勢不一，而欲一二修先王之政，雖甚愚者猶知其難也。然臣以謂今之失，患在不法先王之政者，以謂當法其意而已。夫二帝三王，相去蓋千有餘載，一治一亂，其盛衰之時具矣。其所遭之變、所遇之勢，亦各不同，其施設之方亦皆殊，而其爲天下國家之意，本末先後，未嘗不同也。臣故曰：「當法其意而已。」法其意，則吾所改易更革，不至乎傾駭天下之耳目，囂天下之口，而固已合乎先王之政矣。以上言法先王當法其意。雖然，以方今之勢揆之，陛下雖欲改易更革天下之事，合於先王之意，其勢必不能也。汪曰：「軒然大波忽起。」陛下有恭儉之德，有聰明睿智之才，有仁民愛物之意，誠加之意，則何爲而不成，何欲而不得？然而臣顧以謂陛下雖欲改易更革天下之事，合於先王之意，其勢必不能者，何也？以方今天下之人才不足故也。以上言不能法先王之意，由於人才不足。○人才不足，爲篇中要義。蓋行政在人，荆公變法，本注意於此，後以君子不附，不能不假手小人，而新政乃不可爲矣。悲夫！

孟子滕文公上曰：「明君必恭儉。」禮記中庸曰：「聰明睿知，足以有臨也。」○詩小宛曰：「夙興夜寐。」○後漢書方術傳：「秦密曰：董扶褒秋毫之善，貶纖芥之惡。」○孟子盡心下曰：「君子仁民而愛物。」○沈文起王荆公文集注曰：「長編（百八十七）：『嘉祐三年六月，文彥博罷户部侍郎、平章事、集賢殿大學士。富弼加禮部尚書、昭文殿大學士，樞密使韓琦依前工部尚書、平章事、集賢殿大學士。』」富弼傳：「拜集賢殿大學士，與文彥博並命，宣制之日，士大夫相慶于朝。帝微覘知之，以語學士歐陽脩曰：『古之命相，或得諸夢卜，豈若今日人情如此哉！』脩頓首賀。」容齋五筆（卷三）：「嘉祐中，士大夫相語曰：『富公真宰相，歐陽永叔真翰林學士，包老真中丞，胡公（瑗）真先生。』遂有『四真』之目。」○史記平準書曰：「民則人給家足。」○荀子議兵篇曰：「秦四世有勝，諰諰然常恐天下之一合而軋己也。」楊倞注曰：「漢書『諰』作『鰓』。」蘇林曰：「讀如『慎而無禮則葸』之『葸』，鰓，懼貌也，先禮反。」○不久安，原作「久不安」，吴先生依擬上殿劄子乙爲「不久安」。○孟子離婁上曰：「今有仁心仁聞而民不被其澤，不可法於後世者，不行先王之道也。」○一二，茅選「二」作「一」，今依集。○孟子滕文公下曰：「天下之生久矣，一治一亂。」○詩十月之交曰：「讒口囂囂。」鄭箋曰：「囂囂，衆多貌。」○茅選「材」「才」字雜見，案：「才」乃「材」之通借字。

臣嘗試竊觀天下在位之人，未有乏於此時者也。夫人才乏於上，則有沈廢伏匿在下，而不爲當時所知者矣。臣又求之於閭巷草野之閒，而亦未見其多焉。豈非陶冶而成之者非其道而然乎？臣以謂方今在位之人才不足者，以臣使事之所及則可知矣。今以一路數千里之閒，能推行朝廷之法令，知其所緩急，而一切能使民以修其職事者甚少，而不才苟簡貪鄙之人，至不可勝數。其能講先王之意以合當時之變者，蓋闔郡之閒，往往而絕也。朝廷每一令下，其意雖善，在位者猶不能推行，使膏澤加於民，而吏輒緣之爲姦，以擾百姓。臣故曰：「在位之人才不足，而草野閭巷之閒亦未見其多也。」夫人才不足，則陛下雖欲改易更革天下之事以合先王之意，大臣雖有能當陛下之意而欲領此者，九州之大，四海之遠，孰能稱陛下之指，以一二推行此，而人人蒙其施者乎？臣故曰：「其勢必未能也。」孟子曰：「徒法不能以自行。」非此之謂乎？然則方今之急，在於人才而已。誠能使天下之才衆多，然後在位之才可以擇其人而取足焉。在位者得其才矣，然後稍視時勢之可否，而因人情之患苦，變更天下之弊法，以趨先王之意，甚易也。汪曰：「上言方今患人才不足。此即乘勢說方今若能使人才足，則自可以法先王之意。蓋先在此著本朝說，就人才之足，收法先王，此後只用虛説、反説、借説，若正説便易複矣。此化繁爲簡之法也。」今之天下，亦先王之天下，先王之時，人才嘗衆矣，何至於今而獨不足乎？故曰：「陶冶而成之者非其道故也。」以上言人才不足，由於陶冶之非其道。商之時，天下嘗大亂矣，在位貪毒禍敗，皆非其人，及文王之起，而天下之才嘗少矣。當是時，文王能陶冶天下之士，而使之皆有士君子之才，然後隨其才之所有而官使之。詩曰：「豈弟君子，遐不作人。」此之謂也。及其成也，微賤兔罝之人，猶莫不好德，兔罝之詩是也。又況於在位之人乎？夫文王惟能如此，故以征則服，以守則治。詩曰：「奉璋峨峨，髦士攸宜。」又曰：「周王于邁，六師及之。」言文王所用，文武各得其才，而無廢事也。及至夷厲之亂，天下之才又嘗少矣。至宣王之起，所與圖天下之事者，仲山甫而已。故詩人歎之曰：「德輶如毛，維仲山甫舉之，愛莫助之。」蓋閔人士之少，而山甫之無助也。宣王能用仲山甫，推其類以新美天下之士，而後人才復衆。於是內修政事，外討不庭，而復有文武之境土。故詩人美之曰：「薄言采芑，于彼新田，于此菑畝。」言宣王能新美天下之士，使之有可用之才，如農夫新美其田，

而使之有可采之芑也。由此觀之，人之才，未嘗不自人主陶冶而成之者也。以上申言陶冶

孟子離婁上曰：「諫行言聽，膏澤下於民。」○孟子離婁上曰：「徒法不足以自行。」○詩旱麓曰：「豈弟君子，遐不作人。」又棫樸曰：「周王壽考，遐不作人。」毛傳曰：「遐，遠也，遠不作人也。」鄭箋曰：「周王，文王也，其政變化紂之惡俗，近如新作人也。」案：介甫引旱麓之文以證文王能陶冶天下之士，義蓋與棫樸義同，與旱麓毛、鄭以君子爲太王、王季義異。○兔罝，已見曾子固列女傳序注。○詩棫樸曰：「奉璋峩峩，髦士攸宜。」毛傳曰：「半圭曰璋；峩峩，盛壯也；髦，俊也。」箋曰：「璋，璋瓚也。祭祀之禮，王祼以圭瓚，諸臣助之，亞祼以璋瓚。士，卿士也。奉璋之儀峩峩然，故今俊士之所宜。」又曰：「周王于邁，六師及之。」毛傳曰：「天子六軍。」箋曰：「于，往；邁，行；及，與也。周王往行，謂出兵征伐也。」○史記周本紀曰：「孝王崩，諸侯立懿王太子燮，是爲夷王。夷王崩，子厲王胡立。王行暴虐侈傲，國人畔，襲厲王，厲王出奔於彘。召公、周公二相行政，號曰共和。共和十四年，厲王死于彘，太子静長於召公家，二相乃共立之爲王，是爲宣王。」○詩烝民序曰：「烝民，尹吉甫美宣王也。任賢使能，周室中興焉。」其詩曰：「德輶如毛，民鮮克舉之。我儀圖之，維仲山甫舉之，愛莫助之。」毛傳曰：「仲山甫，樊侯也。」箋曰：「輶，輕也；愛，惜也。仲山甫能獨舉此德而行之，惜乎莫能助之者。」○詩車攻序曰：「宣王内修政事，外攘夷狄，復文武之竟土。」左隱十年曰：「以王命討不庭。」杜注曰：「下之事上，皆成禮於庭中。」○詩序曰：「采芑，宣王南征也。」其詩曰：「薄言采芑，于彼新田，于此菑畝。」毛傳曰：「芑，菜也。田一歲曰菑，二歲曰新田，三歲曰畬。宣王能新天下之士，然後用之。」

人才之重要。

所謂陶冶而成之者，何也？亦教之、養之、取之、任之有其道而已。陶成之道分四項，此先提綱。所謂教之之道何也？古者天子諸侯，自國至於鄉黨皆有學，博置教導之官而嚴其選。朝廷禮樂刑政之事，皆在於學。士所觀而習者，皆先王之法言德行治天下之意，其才亦可以爲天下國家之用。汪曰：「又將法先王之意，組合在教之中，見得人才成，便可行先王法度。」苟不可以爲天下國家之用，則不教也；苟可以爲天下國家之用者，則無不在於學。汪曰：「并含武事。」此教之之道也。以上教之之道。所謂養之之道何也？饒之以財，約之以禮，裁之以法也。養之之道，又分三目。何謂饒之以財？人之情，不足於財，則貪鄙苟得，無所不至。先王知其如此，故其制禄，自庶人之在官者，其禄已足以代其耕矣。由此等而上之，每有加焉，使其足以養廉恥而離於貪鄙之行。猶以爲未也，又推其禄以及其子孫，謂之世禄。使其生也，既於父子、兄弟、妻子之養，昏姻、朋友之接，皆無憾矣；其死也，又於子孫無不足之憂焉。此言饒之以財。何謂約之以禮？人情足於財，而無禮以節之，則又放僻邪侈，無所不至。先王知其如此，故爲之制度、婚喪、祭養、燕享之事，服食、器用之物，皆以命數爲之節，而齊之以律度量衡之法。其命可以爲之，而財不足以具，則弗具也；其財可以具，而命不得爲之者，不使有銖兩分寸之加焉。（此言約之以禮。）何謂裁之以法？先王於天下之士，教之以道藝矣，不帥教，則待之以屏棄遠方、終身不齒之法；約之以禮矣，不循禮，則待之以流、殺之法。王制曰：「變衣服者，其君流。」酒誥曰：「厥或誥曰：『羣飲，汝勿佚。盡執拘以歸于周，予其殺！』」夫羣飲、變衣服，小罪也；流、殺，大刑也。加小罪以大刑，先王所以忍而不疑者，以爲不如是，不足以一天下之俗而成吾治。夫約之以禮，（汪曰：「又帶約之以禮說。」）裁之以法，天下所以服從無抵冒者，又非獨其禁嚴而治察之所能致也。蓋亦以吾至誠懇惻之心，力行而爲之倡。凡在左右通貴之人，皆順上之欲而服行之，有一不帥者，法之加必自此始。夫上以至誠行之，而貴者知避上之所惡矣，則天下之不罰而止者衆矣。（此言裁之以法。）故曰：「此養之之道也。」（以上養之之道。）所謂取之之道者何也？先王之取人也，必於鄉黨，必於庠序，使衆人推其所謂賢能，書之以告于上而察之。誠賢能也，然後隨其德之大小、才之高下而官使之。所謂察之者，非專用耳目之聰明而聽私於一人之口也。欲審知其德，問以行；欲審知其才，問以言。得其言行，則試之以事。所謂察之者，試之以事是也。雖堯之用舜，亦不過如此而已，又況其下乎？若夫九州之大，四海之遠，萬官億醜之賤，所須士大夫之才則衆矣。有天下者，又不可以一二自察之也，又不可以偏屬於一人，而使之於一日二日之閒，考試其行能而進退之也。蓋吾已能察其才行之大者，以爲大官矣，因使之取其類以持久試之，而考其能者以告于上，而後以爵命、禄秩予之而已。此取之之道也。以上取之之道。所謂任之之道者何也？人之才德，高下厚薄不同，其所任有宜有不宜。先王知其如此，故知農者以爲后稷，知工者以爲共工。其德厚而才高者以爲之長，德薄而才下者以爲之佐屬。又以久於其職，則上狃習而知其事，下服馴而安其教，賢者則其功可以至於成，不肖者則其罪可以至於著，故久其任而待之以考績之法。夫如此，故智能才力之士，則得盡其智以赴功，而不患其事之不終、其功之不就也。偷惰苟且之人，雖欲取容於一時，而顧僇辱在其後，安敢不勉乎？若夫無能之人，固知辭避而去矣。居職任事之日久，不勝任之罪不可以幸而免故也。彼且不敢冒而知辭避矣，尚何有比周、讒諂、争進之人乎？取之既已詳，使之既已當，處之既已久，至其任之也又專焉，而不一二以法束縛之，而使之得行其意。堯舜之所以理百官而熙衆工者，以此而已。書曰：「三載考績，三考，黜陟幽明。」此之謂也。然堯舜之時，其所黜者則聞之矣，蓋四凶是也。其所陟者，則皋陶、稷、契，皆終身一官而不徙。蓋其所謂陟者，特加之爵命、禄賜而已耳。此任之之道也。以上任之之道。夫教之、養之、取之、任之之道如此，而當時人君又能與其大臣，悉其耳目心力，至誠惻怛，思念而行之，此其人臣之所以無疑，而於天下國家之事，無所欲爲而不得也。以上言陶冶人才有道之效。

古者自天子諸侯自國至於鄉黨皆有學，已見曾子固宜黄縣學記注。○孟子萬章下曰：「下士與庶人在官者同禄，禄足以代其耕也。」禮記王制鄭注曰：「庶人在官，謂府史之屬，官長所除，不命於天子國君者。」○孟子梁惠王下曰：「昔者文王之治岐也，仕者世禄。」○孟子梁惠王上曰：「苟無恒心，放辟邪侈，無不爲已。」○孟又見滕文公上。○周禮春官典命曰：「上公九命爲伯，其國家、宮室、車旗、衣服、禮儀，皆以九爲節；侯伯七命，其國家、宮室、車旗、衣服、禮儀，皆以七爲節；子男五命，其國家、宮室、車旗、衣服、禮儀，皆以五爲節。王之三公八命，其卿六命，其大夫四命。及其出封，皆加一等，其國家、宮室、車旗、衣服、禮儀亦如之。公之孤四命，以皮帛眡小國之君，其卿三命，其大夫再命，其士一命，其宮室、車旗、衣服、禮儀，各眡其命之數。侯伯之卿大夫士亦如之。子男之卿再命，其大夫一命，其士不命，其宮室、車旗、衣服、禮儀，各眡其命之數。」○周禮地官保氏：「養國子以道，乃教之六藝。」○禮記王制曰：「命鄉簡不帥教者以告，耆老皆朝于庠，元日習射上功，習鄉上齒。大司徒帥國之俊士與執事焉。不變，命國之右鄉簡不帥教者移之左，命國之左鄉簡不帥教者移之右，如初禮。不變，移之郊，如初禮。不變，移之遂，如初禮。不變，屏之遠方，終身不齒。將出學，小胥、大胥、小樂正簡不帥教者，以告于大樂正，大樂正以告于王。王命三公、九卿、大夫、元士皆入學。不變，王親視學。不變，王三日不舉。屏之遠方，西方曰棘，東方曰寄，終身不齒。」釋文曰：「屏，必郢反。」○王制曰：「變禮易樂者爲不從，不從者流；革制度、衣服者爲畔，畔者君討。」荊公蓋約舉之耳。○書酒誥僞孔傳曰：「其有誥汝曰：『民羣聚飲酒，不用上命，則汝收捕之，勿令失也。盡執拘羣飲酒者以歸於京師，我其擇罪重者而殺之。』」蘇氏書傳曰：「予其殺者，未必殺也，猶令法曰『當斬』者，皆具獄以待命，不必死也。然必立法者，欲人畏而不敢犯也。」（蘇氏又謂：「爲羣聚飲酒，謀爲大姦。」其擬進士廷試策亦主此說。蔡元鳳駁之曰：「如使羣飲者謀爲大姦，則罪至重，而酒爲輕，武王又何故諱其至重者，録其少輕者？」案：蔡駁是也，故此下不録。）與僞孔擇罪之意，可以相成。然「盡執拘」，說文引作「盡執抲獻」。（大徐本無「獻」字，此從小徐繫傳本。）王西莊尚書後案曰：「說文：『抲，撝也。』又通作『苛』。天官閽人注『苛其出入』，秋官環人注『苛留』，並作『苛』。而閽人釋文又云：『苛，本又作「呵」。』故天官宮正注『幾呵其衣服持操』，漢李廣傳『霸陵尉呵止廣』，江充傳『館陶公主行馳道中，充呵問之』，皆是也。經言『執』，必不重言『拘』，故當爲『抲』。說文敍俗書之謬云：『廷尉説律至以字斷法，「苛人受錢，苛之字止句也。」』此不合孔氏古文，即此可見。有以『可』誤爲『句』者，僞孔解爲收捕，非矣。」江艮庭尚書集注音疏曰：「獻，當爲『瀛』，瀛，議罪也，從水獻聲，水取其平也。」步瀛案：抲獻罪定而後殺之，可無子瞻「羣飲輒殺，雖桀紂不至此」之疑矣。○周禮地官鄉大夫之職曰：「三年則大比，攷其德行、道藝，而興賢者、能者。厥明，鄉老及鄉大夫羣吏獻賢能之書于王。此謂使民興賢，出使長之；使民興能，入使治之。」○書堯典：「帝曰：『明明揚側陋。』師錫帝曰：『有鰥在下，曰虞舜。』帝曰：『我其試哉！』」孔疏引鄭注曰：「試以爲臣之事。」○爾雅釋詁曰：「醜，類也。」○一二自察，茅選「二」作「一」。○書舜典（僞古文分堯典爲舜典）：「帝曰：『棄，汝后稷，播時百穀。』帝曰：『咨！垂，汝共工。』」釋文曰：「共音恭。」史記周本紀曰：「周后稷名棄，爲兒時，其游戲，好種樹麻、菽，麻、菽美，及爲成人，遂好耕農，相地之宜，宜穀者稼穡焉，民皆法則之。帝堯聞之，舉棄爲農師。」禮記明堂位鄭注曰：「垂，堯之時共工也。」書顧命僞孔傳曰：「垂，舜共工。」淮南子齊俗篇曰：「堯之治天下也，后稷爲大田師，奚仲爲工。」此奚仲疑即垂，非夏時爲車正者也。漢書百官公卿表曰：「書載唐虞之際，棄作后稷，播百穀，垂作共工，利器用。」○「僇」「戮」字通。廣雅釋詁三曰：「戮，辱也。」楚世家索隱曰：「僇，辱也。」○左文十八年曰：「是與比周。」孟子告子下曰：「士止於千里之外，則讒諂面諛之人至矣。」○書堯典曰：「允釐百工，庶績咸熙。」史記五帝本紀作：「信飭百官，衆功皆興。」「工」「功」字通。○書舜典曰：「三載考績，三考，黜陟幽明。」僞孔傳曰：「三年有成，故以考功，九歲則能否幽明有別，黜退其幽者，升進其明者。」○左文十八年曰：「舜臣堯，流四凶族：渾敦、窮奇、檮杌、饕餮。投諸四裔，以禦螭魅。」書舜典曰：「流共工于幽洲[二]，放驩兜于崇山，竄三苗于三危，殛鯀于羽山，四罪而天下咸服。」案史記五帝本紀，四凶與四罪非一事。吴先生尚書故曰：「左傳所云流四凶族，賈、服諸儒以牽合驩兜、共、鯀（見五帝本紀集解引），史記無是説也。至繆雲氏，則賈、服亦不以爲三苗，鄭以左傳文解此四罪，乃謂三苗爲饕餮（書舜典孔疏引）。據史記則流四凶在賓四門時，四罪在攝政後，明非一事。賈、鄭合而一，非其實矣。」

方今州縣雖有學，取牆壁具而已，非有致導之官、長育人才之事也。唯太學有教導之官，而亦未嘗嚴其選。朝廷禮樂刑政之事，未嘗在於學。學者亦漠然自以禮樂刑政爲有司之事，而非己所當知也。學者之所教，講説章句而已。講説章句，固非古者教人之道也。近歲乃始教之以課試之文章。夫課試之文章，非博誦强學、窮日之力則不能。及其能工也，大則不足以用天下國家，小則不足以爲天下國家之用。故雖白首於庠序，窮日之力以帥上之教，及使

[二] 洲，浦鏜十三經注疏正字曰：「孟子作『州』。案張氏弨云：『唐明皇天寶間以隸寫六經，遂雜用俗改字，如「州」復加「水」之類。』」盧文弨羣書拾補曰：「『洲』本是『州』字。禮記注引堯典作『州』，史記正義云：『尚書及大戴作「幽州」。』」阮刻十三經注疏校勘記曰：「説文無『洲』字，水中之地本只作『州』，後人加『水』，相沿已久。惟此句不可作『洲』。觀孔疏直以十二州之幽州釋之，則孔氏所据之經作『州』，與孟子同。若作『洲』，則似別有一地名爲『幽洲』矣。」

之從政，則茫然不知其方者，皆是也。蓋今之教者，非特不能成人之才而已，又從而困苦毀壞之，使不得成才者，何也？夫人之才，成於專而毀於雜。故先王之處民才，處工於官府，處農於畎畝，處商賈於肆，而處士於庠序。使各專其業而不見異物，懼異物之足以害其業也。所謂士者，又非特使之不得見異物而已，一示之以先王之道，而百家諸子之異說，皆屏之而莫敢習者焉。今士之所宜學者，天下國家之用也。今悉使置之不教，而教之以課試之文章，使其耗精疲神，窮日之力以從事於此。及其任之以官也，則又悉使置之，而責之以天下國家之事。夫古之人以朝夕專其業於天下國家之事，而猶才有能有不能。今乃移其精神，奪其日力，以朝夕從事於無補之學。及其任之以事，然後卒然責之以爲天下國家之用。宜其才之足以有爲者少矣。臣故曰：「非特不能成人之才，又從而困苦毀壞之，使不得成才也。」汪曰：「應上作鎖，即乘勢轉出『又有甚害』句。」又有甚害者。先王之時，士之所學者，文武之道也。汪曰：「又生出武事意，又另引古。」士之才，有可以爲公卿大夫，有可以爲士，其才之大小，宜不宜則有矣。至於武事，則隨其才之大小，未有不學者也。故其大者，居則爲六官之卿，出則爲六軍之將也。其次則比閭族黨之師，亦皆卒兩師旅之帥也。故邊疆宿衛，皆得士大夫爲之，而小人不得奸其任。今之學者，以爲文武異事。吾知治文事而已，至於邊疆宿衛之任，則推而屬之於卒伍，往往天下姦悍無賴之人。苟其才行足自託於鄉里者，亦未有肯去親戚而從召募者也。邊疆宿衛，此乃天下之重任，而人主之所當愼重者也。故古者教士，以射御爲急，其他技能，則視其人才之所宜而後教之，其才之所不能，則不强也。至於射，則爲男子之事。人之生，有疾則已，苟無疾，未有去射而不學者也。在庠序之閒，固當從事於射也。有賓客之事則以射，有祭祀之事則以射，別士之行同能偶則以射。於禮樂之事，未嘗不寓以射，而射亦未嘗不在於禮樂祭祀之閒也。易曰：「弧矢之利，以威天下。」先王豈以射爲可以習揖讓之儀而已乎？固以爲射者武事之尤大，而威天下、守國家之具也。居則以是習禮樂，出則以是從戰伐。士既朝夕從事於此而能者衆，則邊疆宿衛之任，皆可以擇而取也。夫士嘗學先王之道，其行義嘗見推於鄉黨矣，然後因其才而託之以邊疆宿衞之事，此古之人君所以推干戈以屬之人，而無內外之虞也。今乃以夫天下之重任，人主所當至慎之選，推而屬之姦悍無賴、才行不足自託於鄉里之人，此方今所以諰諰然常抱邊疆之憂，而虞宿衞之不足恃以爲安也。今孰不知邊疆宿衞之士不足恃以爲安哉？顧以爲天下學士以執兵爲恥，而亦未有能騎射行陣之事者，則非召募之卒伍，孰能任其事者乎？夫不嚴其教、高其選，則士之以執兵爲恥，而未嘗有能騎射行陣之事，固其理也。凡此皆教之非其道故也。以上教之非其道。

沈曰：「職官志：『景祐四年，詔藩鎮始立學，他州勿聽。慶曆四年，詔諸路州軍監各令立學，學者二百人已上，許更置縣學。始置教授，以經術行義訓導諸生，掌其課試之事，委運司及長史于幕職州縣內薦，或本處舉人有德藝者充。熙寧六年，詔諸路學官，委中書門下選差，至是始命於朝廷。』」○沈曰：「職官志：『國子監直講，舊以「講書」爲名，無定員。淳化五年，判監李至奏爲直講，以京兆官充，其後又有「講書」「說書」之名，並以幕職州縣官允，秩滿稍遷京官。皇祐中，始以八人爲額，每員各專一經。』」○沈曰：「選舉志：『慶曆中，國子監每科場詔下，許品官子試藝，給牒充廣文、太學、律學三館學生。初立四門學，自八品至庶人子弟，歲一試補。差學官鎖宿，彌封校其藝，疏名上聞而後給牒。未幾，學廢。』按此蓋如唐立廣文館，令進士專習詩賦者也。」○管子小匡篇曰：「士農工商四民，國之石民也。是故聖王之處士必於閒燕處，農必就田壄處，工必就官府處，商必就市井。少而習焉，其心安焉，不見異物而遷焉。」○漢書董仲舒傳對册曰：「今師異道，人異論，百家殊方，指意不同，是以上亡以持一統，法制數變，下不知所守。臣愚以爲，諸不在六藝之科孔子之術者，皆絶其道，勿使並進。邪辟之説滅息，然後統紀可一，而法度可明，民知所從矣。」○卒然，案：卒讀曰猝。○周禮夏官大司馬序官曰：「凡制軍，萬有二千五百人爲軍，王六軍，大國三軍，次國二軍，小國一軍，軍將皆命卿。二千有五百人爲師，師帥皆中大夫。五百人爲旅，旅帥皆下大夫。百人爲卒，卒長皆上士。二十有五人爲兩，兩司馬皆中士。五人爲伍，伍皆有長。」鄭注曰：「軍、師、旅、卒、兩、伍，皆衆名也。伍一比，兩一閭，卒一族，旅一黨，師一州，軍一鄉，家所出一人。將、帥、長、司馬者，其師吏也。言軍將皆命卿，則凡軍帥不特置，選於六官、六鄉之吏。自卿以下，德任者使兼官焉。」賈疏曰：「此皆據在鄉爲鄉大夫、州長、黨正、族師、閭胥、比長時尊卑命數而言。」地官大司徒曰：「五家爲比，五比爲閭，四閭爲旅，五旅爲黨。」案：卒兩，茅選「兩」作「伍」。○周禮春官大司徒曰：「以鄉三物教萬民而賓興之，三曰六藝，禮、樂、射、御、書、數。」禮記內則曰：「成童舞象，學射御。」○禮記射義曰：「古者天子以射選諸侯、卿、大夫、士。射者，男子之事也。」又曰：「故男子生，桑弧蓬矢六，以射天地四方。天地四方者，男子之所有事也。」內則曰：「國君世子生三日，卜士負之，射人以桑弧蓬矢六，射天地四方。」○禮記曲禮下曰：「君使士射，不能則辭以疾。」○周禮春官大宗伯曰：「以賓射之禮，親故舊朋友。」鄭注曰：「射禮，雖王亦立賓主也。王之故舊朋友，爲世子時共在學者，天子亦有友諸侯之義。」禮記射義曰：「古者諸侯之射也，必先行燕禮；卿、大夫、士之射也，必先行鄉飲酒之禮。」詩賓之初筵毛傳曰：「有燕射之禮。」○禮記射義曰：「天子將祭，必先習射於澤。澤者，所以擇士也。已射於澤，而后射於射宮，射中者得與於祭，不中者不得與於祭。」○漢書食貨志上曰：「諸侯歲貢少學之異者於天子，學于大學，命曰造士。行同能偶，則別之以射，然後爵命焉。」○易繫辭下曰：「弧木爲弓，剡木爲矢，弓矢之利，以威天下。」○沈曰：「兵志：『太祖揀軍强勇者號兵樣，分送諸道，令如樣召募。後更爲木梃，差以尺寸高下，謂之等長杖，委長吏、都監度人材取之。當部送闕者，軍頭司覆驗，引對便坐，分隸諸軍。』」

方今制祿，大抵皆薄。自非朝廷侍從之列，食口稍衆，未有不兼農商之利而能充其養者也。其下州縣之吏，一月所得，多者錢八九千，少者四五千，以守選、待除、守闕通之，蓋六七年而後得三年之祿，計一月所得，乃實不能四五千，少者乃實不能及三四千而已。雖廝養之給，亦窘於此矣，而其養生、喪死、婚姻、葬送之事，皆當於此。夫出中人之上者，雖窮而不失爲君子；出中人之下者，雖泰而不失爲小人。唯中人不然，窮則爲小人，泰則爲君子。計天下之士，出中人之上下者，千百而無十一；窮而爲小人，泰而爲君子者，則天下皆是也。先王以爲衆不可以力勝也，故制行不以己，而以中人爲制。所以因其欲而利道之，以爲中人之所能守，則其制可以行乎天下而推之後世。以今之制祿，而欲士之無毁廉恥，蓋中人之所不能也。故今官大者，往往交賂遺，營貲產，以負貪汙之毁；官小者，販鬻乞丐，無所不爲。夫士已嘗毁廉恥以負累於世矣，則其偷惰取容之意起，而矜奮自强之心息，則職業安得而不弛，治道何從而興乎？又況委法受賂，侵牟百姓者，往往而是也。此所謂不能饒之以財也。以上不能饒之以財。婚喪、奉養、服食、器用之物，皆無制度以爲之節，而天下以奢爲榮，以儉爲恥。苟其財之可以具，則無所爲而不得。有司既不禁，而人又以此爲榮。苟其財不足，而不能自稱於流俗，則其婚喪之際，往往得罪於族人親姻，而人以爲恥矣。故富者貪而不知止，貧者則强勉其不足以追之。此士之所以重困，而廉恥之心毁也。凡此所謂不能約之以禮也。以上不能約之以禮。方今陛下躬行儉約，以率天下，此左右通貴之臣所親見。然而其閨門之內，奢靡無節，犯上之所惡，以傷天下之教者，有已甚者矣，未聞朝廷有所放絀以示天下。昔周之人拘羣飲而被之以殺刑者，以爲酒之末流生害，有至於死者衆矣，故重禁其禍之所自生。重禁禍之所自生，故其施刑極省，而人之抵於禍敗者少矣。今朝廷之法所尤重者，獨貪吏耳。重禁貪吏，而輕奢靡之法，此所謂禁其末而弛其本。然而世之識者，以爲方今官冗，而縣官財用已不足以供之，其亦蔽於理矣。今之入官誠冗矣，然而前世置員蓋甚少，而賦禄又如此之薄，則財用之所不足，蓋亦有説矣，吏禄豈足計哉？臣於財利固未嘗學，然竊觀前世治財之大略矣。蓋因天下之力以生天下之財，取天下之財以供天下之費。自古治世，未嘗以不足爲天下之公患也，患在治財無其道耳。今天下不見兵革之具，而元元安土樂業，人致己力以生天下之財。然而公私常以困窮爲患者，殆以理財未得其道，而有司不能度世之宜而通其變耳。誠能理財以其道而通其變，臣雖愚，固知增吏禄不足以傷經費也。方今法嚴令具，所以羅天下之士，可謂密矣。然而亦嘗教之以道藝，而有不帥教之刑以待之乎？亦嘗約之以制度，而有不循理之刑以待之乎？亦嘗任之以職事，而有不任事之刑以待之乎？夫不先教之以道藝，誠不可以誅其不帥教；不先約之以制度，誠不可以誅其不循禮；不先任之以職事，誠不可以誅其不任事。此三者，先王之法所尤急也，今皆不可得誅。而薄物細故，非害治之急者，爲之法禁，月異而歲不同，爲吏者至於不可勝記，又況能一二避之而無犯者乎？此法令所以玩而不行，小人有幸而免者，君子有不幸而及者焉。此所謂不能裁之以刑也。以上不能裁之以刑。凡此皆治之非其道也。以上養之非其道。

沈曰：「夢溪筆談：『國初時，州縣小官俸入至薄，（此二句筆談所無。）故有「五貫九百六十俸，省錢且作足用」之語。』（筆談卷二十三曰：「嘗有一名公，初任縣尉，有舉人投書索米，戲爲一詩答之云云。」又：「舊三班奉職，月俸錢七百，驛券肉半斤云云。」益可笑。）職官志：『五萬户已上州，録事參軍二十千，司理、司法十二千，司户十千，已下遞減。至不滿五千户州，録事、司理、司法十千，司户七千。五千户已上知縣，朝官二十二千，京官二十千，自此遞減。三千户已下知縣，止命京官，十二千，主簿、尉十二千至七千，有四等。幕職、州縣料錢，諸路支一半見錢，一半折支。』長編（百四十一）：『慶曆三年五月，詔自今巡檢、縣尉月俸並特給見錢，勿折支。』按以他物準折，則名爲十千者一半虛作，實得一二千而已。『景德四年，以庶官食貧，詔令掌事文武官月俸給折支，京師每一千，給實錢六百，在外四百，願給他物者聽。』在上方以爲優給，然其折數僅如此。容齋四筆（卷七）：『黄亞夫（庶）皇祐閒自序所爲伐檀云：「歷佐一府三州，皆爲從事。月廩于官，粟麥常兩斛，錢常七千。」』按亞夫爲録事參軍，仁宗時俸所得僅此數，與志文不同，未知志據何爲額耳。」○史記張耳陳餘傳贊集解：「如淳曰：『廝，賤者也。』韋昭曰：『折薪爲廝，炊烹爲養。』」公羊宣十二年「廝役扈養」，唐石經作「厮」，明監本、毛本作「廝」，「厮」「廝」字同。○皆當於此，吴先生曰：「此下疑脱一『出』字。」○漢書景帝紀「侵牟萬民」，注引李奇曰：「牟，食苗根蟲也。侵牟食民，比之蟊賊也。」○「方今陛下躬行儉約」至「禁其末而弛其本」，姚曰：「此與後段『法嚴令具』

至『不能裁之以刑也』兩段，當前後互易。」荆公集，見一南宋雕本，極多舛錯，世亦無佳本正之。蓋「世之識者」一段補「饒財」之餘意，「陛下躬行」一段補「約以禮，裁以刑」之餘意，均當在「不能裁之以刑也」結句之後，而爲刊本舛誤，遂無覺其文勢之不順者。○沈曰：「王沂公（曾）筆談：『太平興國中，朝士祖吉歷典方部，奸贓事覺，下獄。時郊祀將近，太宗怒其貪墨，遣中使諭旨于執政曰：「祖吉特俾郊祀不宥。」』李元綱（字國紀）厚德録（卷三）：『仁宗嘗謂近臣曰：「比有貪墨之吏，賊民自厚，朕誠惡之。今後曾有贓私罪犯，更不得許臣僚奏舉，審官院、流內銓、三班院更不得引見磨勘轉官。」時士人亦有才高而不能事上官者，或上官以私忿而捃拾米鹽果菜細碎以爲贓私者，遂永不得進用，衆以爲冤。右正言、知制誥、流內銓吴育奏，欲乞應選人中，曾犯贓私之類，除情理重者，無復在官。其餘罪名雖同，事體不一，或以微物致累，或以周防偶虧，而所犯稍輕，故得敍用。候經兩任，如別無私罪，顯有才能，並許奏舉，特爲磨勘。』」○然而世之識者，姚選「識」作「議」，謂此上仍有脱字。沈謂此一節當在前「饒之以財」上。○已不足以供之，姚曰：「下有脱文。」○前世置員蓋甚少，沈曰：「疑有脱誤，玩文義（此七字依寫本增）當云『比諸前世』。漢百官公卿表，吏員自佐史至丞相，十二萬二百八十五人。杜佑通典（職官一），大唐內外文武官員，凡萬八千八百五人，都計文武官及諸色胥吏等，總三十六萬八千六百六十八人。（「都計」以下依職官二十二計算。）元豐類稿議經費劄子：『皇祐官二萬員。』」步瀛案：沈説非也，前世謂前代，指宋初而言。李微之（心傳）建炎以來朝野雜記甲集卷十二曰：「祖宗時，內外文武官通一萬三千餘員。天聖中，兩制兩省不及三千員，京朝官不及二千員，三班使臣不及四千員。慶曆中，兩制兩省至五千員，京朝官二千七百餘員，流內銓選人僅萬計。」據此較宋初爲增多矣。介甫之意，蓋謂今日入官誠冗矣，然前代置官甚少，則財用有餘，而禄宜豐，乃賦禄又如此之薄，是財用亦未見有餘，則知財用不足，不在吏禄也。○元元，已見曾子固范貫之奏議序注。○易繫辭下曰：「通其變，使民不倦。」○一二避之，茅選「二」作「一」。

方今取士，强記博誦而略通於文辭，謂之茂才異等、賢良方正。茂才異等、賢良方正者，公卿之選也。記不必强，誦不必博，略通於文辭，而又嘗學詩賦，則謂之進士。進士之高者，亦公卿之選也。夫此二科所得之技能，不足以爲公卿，不待論而後可知。○論語雍也篇曰：「罔之生也幸而免。」○治之，姚曰：「治，當作『養』。」而世之議者，乃以爲吾常以此取天下之士，而才之可以爲公卿者，常出於此，不必法古之取人而後得士也，其亦蔽於理矣。今悉廢先王之時，盡所以取人之道，猶懼賢者之難進，而不肖者之雜於其閒也。今悉廢先王所以取士之道，而敺天下之才士，悉使爲賢良、進士，則士之才可以爲公卿者，固宜爲賢良、進士，而賢良、進士亦固宜有時而得才之可以爲公卿者也。汪曰：「放寬一筆，用意周密，愈寬愈緊。」然而不肖者，苟能雕蟲篆刻之學，以此進至乎公卿，才之可以爲公卿者，困於無補之學，而以此絀死於巖野，蓋十八九矣。夫古之人有天下者，其所以慎擇者，公卿而已。公卿既得其人，因使推其類以聚因得幸而至乎公卿，今使不肖之人，無不得其人也。於朝廷，則百司庶物，不往往困於無助，而雖有賢智，此朝廷所以多不肖之人，推其類聚之朝廷，又推其類得行其意也。且公卿之不肖，既推其類以聚於朝廷；朝廷之不肖，則雖有同罪舉以備四方之任使；四方之任使者，又各推其不肖以布於州郡。明官之科，豈足恃哉？適足以爲不肖者之資而已。其次九經、五經、學究、未法之科，朝廷固已嘗患其無用於世，而稍責之以大義矣。然大義之所得，亦記有以賢於故也。今朝廷又開明經之選，以進經術之士，然明經之所取，誦而略通於文辭者，則得之矣。彼通先王之意，而可以施於天下國家之用者，顧未必得與於此選也。其次則恩澤子弟，庠序不教之以道藝，官司不考問其才能，父兄不保任其行義，而朝廷輒以官予之，而任之以事。武王數紂之罪，則曰：「官人以世。」夫官人以世，而不計其才行，此乃紂之所以亂亡之道，而治世之所無也。又其次曰流外。朝廷固已擠之於廉恥之外，而限其進取之路矣。顧屬之以州縣之事，使之臨士民之上，豈所謂以賢治不肖者乎？以臣使事之所及，一路數千里之閒，州縣之吏，出於流外者，往往而有，可屬任以事者，殆無二三，而當防閑其姦者，皆是也。蓋古者有賢不肖之分，而無流品之別。故孔子之聖，而嘗爲季氏吏，蓋雖爲吏，而亦不害其爲公卿。及後世有流品之別，則凡在流外者，其所成立，固嘗自置於廉恥之外，而無高人之意矣。夫以近世風俗之流靡，自雖士大夫之才，勢足以進取，而朝廷嘗獎之以禮義者，晚節末路，往往怵而爲姦。況又其素所成立，無高人之意，而朝廷固已擠之於廉恥之外，限其進取者乎？其臨人親職，放僻邪侈，固其理也。至於邊疆宿衛之選，則臣固已言其失矣。凡此皆取之非其道也。以上取之非其道。

禮記曲禮上曰：「博聞强識。」又見韓退之毛穎傳注。〇漢書文帝紀曰：「二年，詔舉賢良方正能直言極諫者。」武帝紀曰：「元封五年，詔令州郡察吏民有茂才異等可爲將相及使絕國者。」此後世二科之始。沈曰：「選舉志：『太祖始置賢良方正能直言極諫、經學優深可爲師法、詳閑吏理達于教化，凡三科，不限前資，見任職官、黄衣草澤，悉許應詔，對策三千言，詞理俱優則中選。景德二年，增置博通墳典達于教化、才識兼茂明于體用、武足安邊、洞明韜略運籌決勝、軍謀宏遠材任邊寄等科。』按徐度（字敦立）却埽篇（卷下）有詳明吏理達于從政，與上爲六科。史志及長編并脱之。時言者以兩漢舉賢良，多因兵荒災變，所以詢訪闕政，今國家受瑞登封，無闕政也，安取此？乃罷其科。長編（卷一百七）：『天聖七年閏二月詔曰：「朕開數路以詳延天下之士，而制舉獨久置不設，意吾豪傑或以故見遺也。其復置此科，曰賢良方正能直言極諫科、博通墳典明于教化科、才識兼茂明于體用科、詳明吏理可使從政科、洞識韜略運籌決勝科、軍謀宏遠材任邊寄科，凡六，以待京朝官之被舉者。又置書判拔萃科，以待選人之應舉者。又置高蹈丘園科、沈淪草澤科、茂才異等科，以待布衣之被舉及應書者。又置武舉，以待方略志勇之士。」』」○又嘗學詩賦則謂之進士，沈曰：「王定保摭言（卷一）：『進士，隋大業所置也。與俊（自注曰：當作「孝」。）秀同源，所試皆答策而已。至神龍元年，方行三場試。』王楙（字叔永）燕翼詒謀録（卷五）：『舊制，御試詩賦論，士人未免上請于殿陛之下，出題官臨軒答之，往復紛紜。景祐元年三月丙子，詔進士題具書史所出，御藥院印給。按進士殿試，亦用詩賦三篇，如唐試宏詞科也。』」（自注曰：「詒謀録卷四曰：『慶曆二年，富弼乞罷殿試，止令尚書禮部奏名，次第唱名，蓋以廷試惟用詩賦，士子多僥倖故也。王堯臣、梁適皆狀元及第，以爲譏己，請如舊制。』」）○法言吾子篇曰：「或問吾子少而好賦，曰：『然。童子雕蟲篆刻。』俄而曰：『壯夫不爲也。』」

○其次九經五經學究明法之科，沈曰：「通典（選舉典三）：『凡課試之法，明經帖經者，以所習經掩其兩端，中間開惟一行，裁紙爲帖，凡帖三字，隨時增損，可否不一，或得四得五得六者爲通。天寶十一載，禮部侍郎楊浚始開爲三行，明經所試，一大經及孝經、論語、爾雅，帖各有差。帖既通而口問之，一經問十義，得六者爲通。問通而後試策，凡三條。三試皆通者爲第。（自注曰：「此上單言學究科。」）進士所試，一大經及爾雅，帖通而後試文詩賦各一篇，文通而後試策，凡五條，三試皆通者爲第。明法試律令各十帖，試策共十條，（自注曰：「律七條，令三條。」）全通爲甲，通八已上爲乙，自七已下爲不第。』按明經之中，有九經、五經之殊，僅通一經者爲學究。選舉志：『凡九經，帖書一百二十帖，對墨義六十條。凡五經，帖書八十帖，對墨義五十條。凡三禮，對墨義六十條。（自注曰：「唐會要卷七十六曰：『貞元九年五月二日，勑諸色人中，有習三禮者，每經問大義三十條，試策三道，義策全通爲上等，特加超獎。』則三禮科起唐中葉。」）凡三傳，一百一十條。（自注曰：「新唐書選舉志：『凡三傳科，左氏傳問大義五十條，公羊、穀梁傳三十條。』」）凡開元禮，凡三史，各對三（自注曰：「按此字衍。」）百條。（自注曰：「唐志：『貞元二年，詔習開元禮者，舉同一經例。』」）凡學究，毛詩對墨義五十條，論語十條，爾雅、孝經共十條，周易、尚書各二十五條。（自注曰：「論語、爾雅、孝經皆兼通。」）凡明法，對律令四十條。』長編（百七十五）：『皇祐五年閏七月，詔禮部貢院，自今諸科舉人，終場問大義十道，每道舉科首一兩句爲問，能以本經注疏對而加以文辭潤色發明之者爲上，或不指明義理而但引注疏備者次之，並爲通。若引注疏及六分者爲麤，其不識本義，或連引他經而文意乖戾、章句斷絶者爲下，並以四通爲合格。九經止問大義，不須注疏全備，其九經場數，並各減二場，仍不問兼經。』」（自注曰：「陸游老學菴筆記卷六曰：『國初舉人對策，皆先寫策題，然策題不過一二十句。其後策題寖多，舉人甚以爲苦。慶曆初，賈文元公爲中丞，始奏罷之。』」）○又開明經之選，宋史選舉志曰：「嘉祐二年下詔：『間歲貢舉，進士、諸科悉解舊額之半。增設明經，試法：凡明兩經或三經、五經，各問大義十條，兩經通八，三經通六，五經通五，爲合格，兼以論語、孝經，策時務三條，出身與進士等。』」○恩澤子弟，沈曰：「選舉志：『凡文臣，三公、宰相子爲諸寺丞；期親，校書郎；餘親，以屬遠近補試銜。至諸司大卿、監子，期親有差。太祖初定任子之法，臺省六品、諸司五品，登朝嘗歷兩任，然後得請。凡誕聖節及三年大祀，皆聽奏一人。諸子孫須年過十五，若弟姪須過二十，必五服親乃許。已嘗蔭而物故者，無子孫禄仕，聽再蔭。凡致仕許奏蔭，又身殁遺表上亦授蔭。』長編（百五十五）：『慶曆五年三月，監察御史包拯言：「臣伏睹先降敕節文：『應奏蔭選人年二十五已上，遇南郊大禮，限半年内許令赴銓投狀，京官每年春季赴國子監投狀，並差兩制官于逐處考試，内習詞業者或論或詩賦，習經業者各專一經試墨義等及格者，與放選注官及差遣。』自敕下之後，天下士大夫之子弟，莫不靡然向風，篤于爲學。詔書所謂『非惟爲國造才，是乃爲臣立家』，實誨人育士之本也。近聞臣僚上言欲罷去，（自注曰：「前事本范仲淹所建十事也，仲淹去位，故言者悉壞之。」）是未之熟思耳。且國家推恩之典，其弊尤甚，遽欲釐革，則務學者日以怠惰，一旦俾臨民莅政，懵然不知，猶未能操刀而使割也。或前條制有未盡事件，欲望只今有司再加詳定，依舊施行。」五月癸未，詔吏部流内銓：「自今始初入官選人，具習文辭者試省題詩或賦論一首，習經者試墨義十道，並注合入官。如所試紕繆，試墨義凡九不中，令守選，候放選再試，又不中，與遠地判司。其年四十已上，依舊格讀律通，即與注官。仍命兩制一員同考試之。」』○書僞泰誓中曰：「官人以世。」○流外，沈曰：「選舉志：『凡流外補選，五省（謂中書、門下、樞密三司也）、御史臺、九寺、三監、金吾司、四方館職掌，每歲遣近臣與判銓曹，就尚書同試律三道，中者補正名，理勞考。三館、祕閣楷書，皆本司試書札，中書覆試，補受。爲職掌者，皆限年，授外州司户、勒留，有至諸衛長史、兩省主事者。』詒謀録（卷三）：『國初，吏人皆士大夫子弟不能自立者，忍恥爲之，犯罪許用蔭贖，吏有所恃，敢于爲奸。天聖七年三月乙丑，三司吏毋士安犯罪，用祖令孫蔭，詔特決之。仍詔今後吏人犯罪，並不用蔭。又詔吏人投募，責狀在身無蔭贖，方聽入役。』」○使之臨士民之上，案職官志流外出官法，有補簿尉之職者。○孟子萬章下曰：「孔子嘗爲委吏矣，嘗爲乘田矣。」趙注曰：「委吏，主委積倉庾之吏也；乘田，苑囿之吏也，主六畜之芻牧者也。」史記孔子世家曰：「孔子貧且賤，及長，嘗爲季氏史，料量平，爲司職吏，而畜蕃息。」○魏志陳羣傳曰：「徙爲尚書，制九品官人之法，羣所建也。」通典選舉二曰：「延康元年，吏部尚書陳羣以天朝選用不盡人才，乃立九品官人之法，州郡皆置中正，以定其選，擇州郡之賢有識鑒者爲之，區別人物，第其高下。」宋書王僧綽傳曰：「徙尚書吏部郎，參掌大選，究識品流，諳悉人物，拔才舉能，咸得其分。」

方今取之既不以其道，汪曰：「亦承取之說。」至於任之，又不問其德之所宜，而問其出身之後先，不論其才之稱否，而論其歷任之多少。以文學進者，且使之治財。已使之治財矣，又轉而使之典獄。已使之典獄矣，又轉而使之治禮。是則一人之身，而責之以百官之所能備，宜其人才之難爲也。夫責人以其所難爲，則人之能爲者少矣。人之能爲者少，則相率而不爲。故使之典禮，未嘗以不知禮爲憂，以今之典禮者，未嘗學禮故也。使之典獄，未嘗以不知獄爲恥，以今之典獄者，未嘗學獄故也。天下之人，亦已漸漬於失教，被服於成俗，見朝廷有所任使，非其資序，則相議而訕之。至於任使之不當其才，未嘗有非之者也。且在位者數徙，則不得久於其官。故上不能狃習而知其事，下不肯服馴而安其教。賢者則其功不可以及於成，不肖者則其罪不可以至於著。若夫迎新將故之勞，緣絕簿書之弊，固其害之小者，不足悉數也。設官大抵皆當久於其任，而至於所部者遠，所任者重，則尤宜久於其官，而後可以責其有爲。而方今尤不得久於其官，往往數日輒遷之矣。取之既已不詳，使之既已不當，處之既已不久，至於任之則又不專，而又一二以法束縛之，不得行其意。臣故知當今在位多非其人，稍假借之權，而不一二以法束縛之，則放恣而無不爲。汪曰：「又生出此意，塞住後路。」雖然，在位非其人，而恃法以爲治，自古及今，未有能治者也。即使在位皆得其人矣，而一二以法束縛之，不使之得行其意，亦自古及今，未有能治者也。夫取之既已不詳，使之既已不當，處之既已不久，任之又不專，而一二之以法束縛之，故雖賢者在位，能者在職，與不肖而無能者，殆無以異。夫如此，故朝廷明知其賢能足以任事，苟非其資序，則不以任事而輒進之，雖進之，士猶不服也。明知其無能而不肖，苟非有罪，爲在事者所劾，不敢以其不勝任而輒退之，雖退之，士猶不服也。彼誠不肖無能，然而士不服者何也？以所謂賢能者任其事，與不肖而無能者，亦無以異故也。臣前以謂不能任人以職事，而無不任事之刑以待之者，蓋謂此也。以上任之非其道。汪曰：「不用『任之非其道』句而應前作收，用筆變。」

論其歷任之多少，沈曰：「詒謀録（卷三）：『舊制，京朝官實歷知縣三任入同判，（自注曰：「容齋隨筆：『章獻太后臨朝，其父諱通，故改同判，後復舊。』王楙誤。」）同判實歷三任入知州。天聖六年七月己亥，詔自今任內有五人同罪，（自注曰：「凡保任皆結令同罪。」）奏舉減一任。同判後改爲通判。』又云：『審官院定差知州、軍，並以資歷，不容超越，資歷當，不容不與。天聖七年九月辛巳，詔審官院定差，并申中書，引上審視，若懦庸老疾不任事者，罷之。今都堂審察，其遺意也。』」○又使之治財又轉而使之典獄已使之典獄矣又轉而使之治禮，沈曰：「治財若三司使屬官，典獄若審刑院詳議官、大理寺詳斷官，治禮若判太常禮院，皆士大夫所揚歷者也。」○尤不得久於其官，沈曰：「若諸路緣邊帥臣兼安撫經略使者。」○一二以法束縛之，茅選「二」作「一」，下並同。○孟子公孫丑上曰：「賢者在位，能者在職。」

夫教之、養之、取之、任之，有一非其道，則足以敗天下之人才。又況兼此四者而有之，（汪曰：「總上當今之弊。」）則在位不才、苟簡、貪鄙之人，至於不可勝數，而草野閭巷之閒，亦少可任之才，固不足怪。詩曰：「國雖靡止，或聖或否。民雖靡膴，或哲或謀，或肅或艾。如彼泉流，無淪胥以敗。」此之謂也。（以上總結教、養、取、任之非道，而痛陳不能陶冶成材之害。）

「國雖靡止」至「無淪胥以敗」，皆詩小旻之文，毛傳曰：「靡止，言小也。人有通聖者，有不能者，亦有明哲者，有聰謀者。艾，治也。有恭肅者，有治理者。」緜傳曰：「膴，美也。」雨無正傳曰：「淪，率也。」王伯申經傳釋詞卷十曰：「無，發聲。無淪胥以敗，淪胥以敗也。言周德日衰，如泉水之流，滔滔不返，無論智愚賢否，將相率而底於敗亡也。」

夫在位之人才不足矣，而閭巷草野之閒，亦少可用之才，則豈特行先王之政而不得也？社稷之託，封疆之守，陛下其能久以天幸爲常，而無一旦之憂乎？蓋漢之張角，三十六萬同日而起，所在郡國，莫能發其謀；唐之黃巢，橫行天下，而所至將吏，無敢與之抗者。漢唐之所以亡，禍自此始。唐既亡矣，陵夷以至五代，而武夫用事，賢者伏匿消沮而不見，在位無復有知君臣之義、上下之禮者也。當是之時，變置社稷，蓋甚於弈棋之易。而元元肝腦塗地，幸而不轉死於溝壑者無幾耳。夫人才不足，其患蓋如此。汪曰：「將人才不足之患一鎖。」而方今公卿大夫，莫肯爲陛下長慮後顧，爲宗廟萬世計，臣竊惑之。汪曰：「又生出苟且因循意。」昔晉武帝趣過目前，而不爲子孫長遠之謀，當時在位亦皆偷合苟容，而風俗蕩然，棄禮儀，捐法制，上下同失，莫以爲非，有識固知其將必亂矣。而其後果海內大擾，中國列於夷狄者二百餘年。伏惟三廟祖宗神靈所以付屬陛下，固將爲萬世血食而大庇元元於無窮也。臣願陛下鑒漢、唐、五代之所以亂亡，懲晉武苟且因循之禍，明詔大臣，思所以陶成天下之才。汪曰：「此句包教、養、取、任在內。」慮之以謀，計之以數，爲之以漸，期爲合於當世之變而無負於先王之意，則天下之人才不勝用矣。人才不勝用，則陛下何求而不得，何欲而不成哉？夫慮之以謀，計之以數，爲之以漸，則成天下之才甚易也。汪曰：「又提上文語説下，文字既長，須時用提掇法、照應法、收鎖法。」臣始讀孟子，見孟子言王政之易行，心則以爲誠然。及見與慎子論齊魯之地，以爲先王之制國，大抵不過百里者。以爲今有王者起，則凡諸侯之地，或千里，或五百里，皆將損之至於數十百里而後止。於是疑孟子雖賢，其仁智足以一天下，亦安能毋劫之以兵革，而使數百千里之强國，一旦肯損其地之十八九，比於先王之諸侯？至其後觀漢武帝用主父偃之策，令諸侯王地悉得推恩封其子弟，而漢親臨定其號名，輒別屬漢。於是諸侯王之子弟，各有分土，而勢强地大者，卒以分析弱小。然後知慮之以謀，計之以數，爲之以漸，則大者固可使小，强者固可使弱，而不至乎傾駭變亂敗傷之釁。孟子之言不爲過。又況今欲改易更革，其勢非若孟子所爲之難也。臣故曰：「慮之以謀，計之以數，爲之以漸，則其爲甚易也。」以上言成天下之才，當慮之以謀，計之以數，爲之以漸。

後漢書靈帝紀曰：「中平元年春二月，鉅鹿人張角自稱黃天，其部師有三十六萬，皆著黃巾，同日反叛。」劉陶傳曰：「時鉅鹿張角，僞託大道，妖惑小民。陶與樂松、袁貢連名上疏言之曰：『四方私言云，角等竊入京師，覘視朝政，州郡忌諱，不欲聞之，但相告語，莫肯公文。宜下明詔，重募角等，賞以國土，有敢回避，與之同罪。』帝殊不悟。明年，張角反亂，海內鼎沸。」○新唐書逆臣傳曰：「黃巢，曹州冤句人。乾符二年，濮名賊王仙芝亂長垣，巢即與羣從八人，募衆得數千人，以應仙芝，轉寇河南十五州，衆遂數萬。廣明元年，陷京師，僭即位，號大齊。」○左襄二十五年：「太叔文子曰：今甯子視君，不如弈棋。」○司馬長卿喻巴蜀檄曰：「肝腦塗中原，膏液潤野草，而不辭也。」○孟子梁惠王下曰：「老弱轉乎溝壑。」○晉書何曾傳曰：「初，曾侍武帝宴，退而告遵等曰：『國家應天受禪，創業垂統，吾每宴見，未嘗聞經國遠圖，惟說生平常事，非貽厥孫謀之兆也。及身而已，後嗣其殆乎！此子孫之憂也。』」文選干令升晉紀總論曰：「朝寡純德之士，鄉乏不二之老。風俗淫僻，恥尚失所。學者以莊老爲宗，而黜六經；談者以虛薄爲辯，而賤名檢；行身者以放濁爲通，而狹節信；進仕者以苟得爲貴，而鄙居正；當官者以望空爲高，而笑勤恪。由是毀譽亂於善惡之實，情慝奔于貨欲之塗。選者爲人擇官，官者爲身擇利。而秉鈞當軸之士，身兼官以十數。大極其尊，小録其要，機事之失，十恒八九。而世族貴戚之子弟，陵邁超越，不拘資次，悠悠風塵，皆奔競之士。列官千百，無讓賢之舉。禮法刑政，於此大壞。如室斯構而去其鑿契，如水斯積而決其隄防，如火斯畜而離其薪燎也。國之將亡，本必先顛，其此之謂乎！」○中國列于夷狄者二百餘年，案：晉惠帝永興元年，劉淵稱漢王，於是五胡十六國之亂起，厥後南北分裂，北魏又分爲東西，迄北周靜帝大象三年之亡，凡二百六十八年。○宋史太祖紀曰：「謚曰英武聖文神德皇帝，廟號太祖。」太宗紀曰：「謚曰神功聖德文武皇帝，廟號太宗。」真宗紀曰：「謚曰文明武定章聖元孝皇帝，廟號真宗。」○左莊六年：「騅甥、聃甥、養甥曰：若不從三臣，抑社稷實不血食。」○孟子言王政之易行，如梁惠王下齊宣問毀明堂章，公孫丑上公孫丑問夫子當路於齊章。○孟子告子下曰：「魯欲使慎子爲將軍。孟子曰：『一戰勝齊，遂有南陽，然且不可。周公之封於魯，爲方百里也；太公之封於齊也，亦爲方百里也。今魯方百里者五，子以爲有王者作，則魯在所損乎，在所益乎？』」○漢書諸侯王表序曰：「武帝施主父偃之册，下推恩之令，使諸侯王得分户邑以封子弟，不行黜陟而藩國自析。」主父偃傳：「偃説上曰：『古者諸侯地不過百里，彊弱之形易制。今諸侯或連城數十，地方千里，緩則驕奢，易爲淫亂，急則阻其彊而合從以逆京師。今以法割削，則逆節萌起，前日朝錯是也。願陛下令諸侯得恩分子弟，以地侯之，彼人人喜得所願，上以德施，實分其國，必稍自銷弱矣。』於是上從其計。」

然先王之爲天下，不患人之不爲，而患人之不能；不患人之不能，而患己之不勉。何謂不患人之不爲，而患人之不能？人之情所願得者，善行、美名、尊爵、厚利也，而先王能操之以臨天下之士。天下之士有能遵之以治者，則悉以其所願得者以與之。士不能則已矣，苟能，則孰肯舍其所願得，而不自勉以爲才？故曰：「不患人之不爲，患人之不能。」何謂不患人之不能，而患己之不勉？先王之法，所以待人者盡矣。自非下愚不可移之才，未有不能赴者也。然而不謀之以至誠惻怛之心，力行而先之，未有能以至誠惻怛之心，力行而應之者也。故曰：「不患人之不能，而患己之不勉。」陛下誠有意乎成天下之才，則臣願陛下勉之而已。以上勉之以成。臣又觀朝廷異時欲有所施爲變革，其始計利害未嘗不熟也，顧有一流俗僥倖之人不悦而非之，則遂止而不敢。夫法度立，則人無獨蒙其幸者。故先王之政，雖足以利天下，而當其承弊壞之後，僥倖之時，其剏法立制，未嘗不艱難也。使其剏法立制，而天下僥倖之人亦順説以趨之，無有齟齬，則先王之法，至今存而不廢矣。惟其剏法立制之艱難，而僥倖之人不肯順悦而趨之，故古之人欲有所爲，未嘗不先之以征誅，而後得其意。詩曰：「是伐是肆，是絶是忽，四方以無拂。」此言文王先征誅，而後得意於天下也。夫先王欲立法度，以變衰壞之俗而成人之才，雖有征誅之難，猶忍而爲之，以爲不若是，不可以有爲也。及至孔子，以匹夫遊諸侯，所至則使其君臣捐所習，逆所順，强所劣，憧憧如也，卒困於排逐。然孔子亦終不爲之變，以爲不如是不可以有爲。此其所守，蓋與文王同意。

汪曰：「紐合。」夫在上之聖人莫如文王，在下之聖人莫如孔子，而欲有所施爲變革，則其事蓋如此矣。今有天下之勢，居先王之位，剏立法制，非有征誅之難也。雖有僥倖之人不悦而非之，固不勝天下順悦之人衆也。然而一有流俗僥倖不悦之言，則遂止而不敢爲者，惑也。陛下誠有意乎成天下之才，則臣又願斷之而已。以上斷之以果。夫慮之以謀，計之以數，爲之以漸，而又勉之以成，斷之以果，然而猶不能成天下之才，則以臣所聞，蓋未有也。以上總結成天下之才。

美名，集「美」誤「矣」，今依姚選。○論語陽貨篇：「子曰：唯上知與下愚不移。」○漢書文帝紀：「後二年詔曰：爲之惻怛不安。」顏曰：「怛音丁曷反。」○未嘗不熟也，集無「不」字，依姚選增。○僥倖之人不悦而非之，沈曰：「此似指范文正執政時事也。」步瀛案：已見歐陽永叔范文正碑、尹師魯墓誌及注。○使其剏法立制，集「使」作「以」，今依姚選。○史記五帝本紀曰：「黄帝與炎帝戰於涿鹿之野，三戰然後得其志。」吴先生曰：「此宰我使民戰栗之説也。」○詩皇矣曰：「是伐是肆，是絕是忽，四方以無拂。」毛傳曰：「肆，疾也；忽，滅也。」釋文引王肅曰：「拂，違也。」○法言五百篇曰：「或問：『孔子之時，諸侯有知其聖者與？』曰：『知之。』『知之則曷爲不用？』曰：『不能。』曰：『知聖而不能用也，可得聞乎？』曰：『用之則宜從之，從之則棄其所習，逆其所順，强其所劣，捐其所能，衝衝如也。非天下之至，孰能用之？』」案：「衝衝」「憧憧」字通，廣雅釋訓曰：「衝衝，行也。」易咸「憧憧往來」，釋文引馬融曰：「行貌。」又引王肅曰：「往來不定貌。」

然臣之所稱，流俗之所不講，而今之議者以謂迂闊而熟爛者也。竊觀近世士大夫所欲悉心力耳目以補助朝廷者有矣，彼其意，非一切利害，則以爲當世所能行者。士大夫既以此希世，而朝廷所取於天下之士，亦不過如此。至於大倫大法、禮義之際，先王之所力學而守者，蓋不及也。一有及此，則羣聚而笑之，以爲迂闊。今朝廷悉心於一切之利害，有司法令於刀筆之閒，非一日也，然其效可觀矣。則夫所謂迂闊而熟爛者，惟陛下亦可以少留神而察之矣。昔唐太宗正觀之初，人人異論，如封德彝之徒，皆以爲非雜用秦漢之政不足以爲天下。能思先王之事開太宗者，魏文正公一人爾。其所施設，雖未能盡當先王之意，汪曰：「借魏鄭公收先王之意。」抑其大略可謂合矣。故能以數年之閒，而天下幾致刑措，中國安寧，蠻夷順服。自三王以來，未有如此盛時也。唐太宗之初，天下之俗，猶今之世也。魏文正公之言，固當時所謂迂闊而熟爛者也，然其效如此。賈誼曰：「今或言德教之不如法令，胡不引商、周、秦、漢以觀之？」

然則唐太宗之事，亦足以觀矣。以上破流俗之論，歸結法先王之意。

漢書王吉傳曰：「上以其言迂闊，不甚異也。」董仲舒傳對册曰：「使習俗薄惡，人民嚚頑，抵冒殊扞，孰爛如此之甚者也。」○有司法令，姚曰：「『有司』下脱字。」○文子徵明篇曰：「察於刀筆之迹者，不知治亂之本。」漢書賈誼傳：「上疏曰：俗吏之所務，在於刀筆筐篋，而不知大體。」顏注曰：「刀所以削書。」○新唐書魏徵傳曰：「帝即位四年，歲斷死二十九，幾至刑措，米斗三錢。先是，帝嘗嘆曰：『今大亂之後，其難治乎！』徵曰：『大亂之易治，譬饑人之易食也。』帝曰：『古不云善人爲邦百年，然後勝殘去殺邪？』答曰：『此不爲聖哲論也。聖哲之治，其應如響，朞月而可，蓋不其難。』封德彝曰：『不然。三代之後，澆詭日滋，秦任法律，漢雜霸道，皆欲治不能，非能治不欲。徵書生，好虚論，徒亂國家，不可聽。』徵曰：『五帝三王不易民以教，行帝道而帝，行王道而王，顧所行何如爾。黄帝逐蚩尤，七十戰而勝其亂，因致無爲。九黎害德，顓頊征之，已克而治。桀爲亂，湯放之；紂無道，武王伐之。湯、武身及太平。若人漸澆詭，不復返朴，今當爲鬼爲魅，尚安得而化哉？』德彝不能對，然心以爲不可。帝納之不疑。至是天下大治。蠻夷君長襲衣冠，帶刀宿衛。東薄海，南踰嶺，户闔不閉，行旅不齎糧，取給於道。帝謂羣臣曰：『此徵勸我行仁義，既效矣。惜不令封德彝見之。』」（沈曰：「封倫傳：『貞觀元年卒。』」）徵薨，謚文貞。」案：貞觀、文貞，此文皆作「正」者，避仁宗嫌名，餘見曾子固唐論注。○漢書賈誼傳上疏陳政事曰：「今或言禮誼之不如法令，教化之不如刑罰，人主胡不引殷、周、秦事以觀之也？」案：宋避諱，改殷爲商。

臣幸以職事歸報陛下，不自知其駑下無以稱職，而敢及國家之大體者，以臣蒙陛下任使，而當歸報。竊謂在位之人才不足，而無以稱朝廷任使之意，而朝廷所以任使天下之士者，或非其理，而士不得盡其才。此亦臣使事之所及，而陛下之所宜先聞者也。釋此不言，而毛舉利害之一二，以汙陛下之聰明，而終無補於世，則非臣所以事陛下惓惓之義也。伏惟陛下詳思而擇其中，天下幸甚！以上言上書之意，應前作結。○茅曰：「此書幾萬餘言，而其絲牽繩聯，如提百萬之兵，而鈎考部曲，無一不貫。」方曰：「歐、蘇諸公上書，多條舉數事，其體出於賈誼陳政事疏。此篇止言一事，而以衆法之善敗經緯其中，義皆貫通，氣能包舉，遂覺高出同時諸公之上。」劉曰：「其行文曲折鬯達，極文章之能事，而局段分析，不及古人之高渾變化。」

文選王命論李善注曰：「今謂馬之下者爲駑。」○以稱，茅選「以」作「所」。○釋此不言，集「不」作「一」，誤，依茅選。○漢書刑法志顏注曰：「毛舉者，言舉豪毛之事，輕小之甚。」○漢書武五子戾太子傳：「壺關三老茂上書曰：臣不勝惓惓。」顏注曰：「惓讀曰拳。」案：廣雅釋訓曰：「拳拳，愛也。」

本朝百年無事劄子

楊仲良通鑑長編紀事本末卷五十九曰：「神宗熙寧元年四月乙巳，詔新除翰林學士王安石越次入對，上問安石：『祖宗守天下，能百年無大變，麤致太平，以何道也？』安石退而書奏曰：『伏惟太祖云云。』」顧震滄荆公年譜曰：「公之傾動主上，得專政柄者，盡在此書。其於宋室中葉之病，言言洞中膏肓矣。」○歸田録卷一曰：「往時學士入劄子不著姓，但云學士臣某。先朝盛度、丁度並爲學士，遂著姓以别之，其後遂皆著姓。」卷二曰：「唐人奏事，非表非狀者，謂之牓子，亦謂之録子，今謂之劄子。凡羣臣百司，上殿奏事，兩制以上，非時有所奏陳，皆用劄子。中書、樞密院事，有不降宣敕者，亦用劄子。與兩府自相往來亦然。若百司申中書，皆用狀，惟學士院用咨報，其實如劄子，亦不書名，但當直學士一人押字而已。謂之咨報，此唐學士舊規也。」（江少虞皇朝類苑卷二十九同）清波別志卷中曰：「故事，在外惟前兩府，在内兩大省，方許用劄子奏事，他官皆上表狀。」○文鑑、正宗「本朝」上皆有「論」字，文鑑入奏疏類，而無「劄子」二字。

臣前蒙陛下問及本朝所以「享國百年，天下無事」之故。臣以淺陋，誤承聖問。迫於日晷，不敢久留，語不及悉，遂辭而退。竊惟念聖問及此，天下之福，而臣遂無一言之獻，非近臣所以事君之義，故敢昧冒而粗有所陳。以上因問上陳。

自太祖建隆元年庚申，至神宗熙寧元年戊申，凡一百一十九年。○說文曰：「晷，日景也。」○昧冒，茅選作「冒昧」，文鑑無此二字。

伏惟太祖躬上智獨見之明，而周知人物之情僞，指揮付託，必盡其材，變置施設，必當其務。故能駕馭將帥，訓齊士卒，外以扞夷狄，内以平中國。於是除苛賦，止虐刑，廢强横之藩鎮，誅貪殘之官吏，躬以簡儉爲天下先。其於出政發令之閒，一以安利元元爲事。太宗承之以聰武，真宗守之以謙仁，以至仁宗、英宗，無有逸德。此所以享國百年，而天下無事也。汪曰：「總上鎖住，下方抽出仁宗專論之。」○以上言太祖開創於前，太宗、真宗、仁宗、英宗守成於後，皆無逸德，故百年無事。

文獻通考田賦四曰：「宋太祖遣使監輸民租，懲五代藩鎮重斂之弊，閻式等坐監輸增羨貶杖，常盈倉吏以多入民租棄市。乾德四年，詔曰：『出納之吝，謂之有司，倘規致於羨餘，必深務於掊克。』知光化軍張全操上言：『三司令諸處倉場主吏，有羨餘粟及萬石，芻五萬束以上者，上其名，請行賞典。此苟非倍納民租，私減軍食，何以致之？宜追寢其事，勿頒行。除官所定正耗外，嚴加止絕。』開寶三年，詔諸州府，兩稅所科物，非土地所宜者，不得抑配。」〇宋史刑法志曰：「開寶八年，有司言自三年至今，詔所貸死罪，凡四千一百八人。帝注意刑辟，哀矜無辜，嘗嘆曰：『堯舜之時，四凶之罪，止於投竄，先王用刑，蓋不獲已，何近代憲網之密耶？』故自開寶以來，犯大辟非情理深害者，多得貸死。」〇長編卷二曰：「太祖建隆二年秋七月。初，上既誅李筠及重進，一日召趙普問曰：『吾欲息天下之兵，爲國家長久計，其道何如？』普曰：『陛下之言及此，天地人神之福也。此非他故，方鎮太重，君弱臣强而已。今所以治之，亦無他奇巧，惟稍奪其權，制其錢穀，收其精兵，則天下自安矣。』語未畢，上曰：『卿無復言，吾已喻矣。』時石守信、王審琦等，皆上故人，各典禁衛，普數言於上，請授以他職，上不許。普乘閒即言之，上曰：『彼等必不吾叛，卿何憂？』普曰：『臣亦不憂其叛也，然熟觀數人者，皆非統御才，恐不能制伏其下，苟不能制伏其下，則軍伍閒萬一有作孽者，彼臨時亦不得自由耳。』上悟，於是召守信等飲，酒酣，屏左右，謂曰：『我非爾曹之力，不得至此，念爾曹之德，無有窮盡。然天子亦大艱難，殊不若爲節度使之樂，吾終夕未嘗敢安枕而臥也。』守信等皆曰：『何故？』上曰：『是不難知矣。居此位者，誰不欲爲之？』守信等皆頓首曰：『陛下何爲出此言？今天命已定，誰敢復有異心？』上曰：『不然。汝曹雖無異心，其如麾下之人欲富貴者，一旦以黃袍加汝之身，汝雖欲不爲，其可得乎？』皆頓首涕泣曰：『臣等愚不及此，惟陛下哀矜，指示可生之途。』

上曰：『人生如白駒之過隙，所爲好富貴者，不過欲多積金錢，厚自娛樂，使子孫無貧乏耳。爾曹何不釋去兵權，出守大藩，擇便好田宅市之，爲子孫立永遠不可動之業，多置歌兒舞女，日飲酒相懽，以終其天年，我且與爾曹約爲婚姻，君臣之閒，兩無猜疑，上下相安，不亦善乎？』皆拜謝曰：『陛下念臣等至此，所謂生死而肉骨也。』明日，皆稱疾請罷，上喜，所以慰撫賜賚之甚厚。庚午，以侍衛都指揮使、歸德節度使石守信爲天平節度使，殿前副都點檢、忠武節度使高懷德爲歸德節度使，殿前都指揮使、義成節度使王審琦爲忠正節度使，侍衛都虞候、鎮安節度使張令鐸爲鎮安節度使，皆罷軍職。獨守信兼侍衛都指揮使如故，其實兵權不在也。殿前副都點檢，自是亦不復除授云。」○宋史太祖本紀贊曰：「建隆以來，釋藩鎮兵權，繩贓吏重法，以塞濁亂之源，州郡司牧，下至令録幕職，躬自引對。」刑法志曰：「乾德伐蜀之役，有軍大校割民妻乳而殺之，太祖召至闕，數其罪，近臣營救頗切。帝曰：『朕興師伐罪，婦人何辜，而殘忍至此？』遂斬之。時郡縣吏承五代之習，黷貨厲民，故尤嚴貪墨之罪。開寶三年，董光吉守英州，月餘，受贓七十餘萬，帝以嶺表初平，欲懲掊克之吏，特詔棄市。」○宋史太祖本紀曰：「宮中葦簾，緣用青布，常服之衣，澣濯至再。魏國長公主襦飾翠羽，戒勿復用，又教之曰：『汝生長富貴，當念惜福。』見孟昶寶裝溺器，擣而碎之，曰：『汝以七寶飾此，當以何器貯食？所爲如是，不亡何待？』」○書立政曰：「乃惟庶習逸德之人，同於厥政。」孔疏曰：「逸德，言以過惡爲德。」○宋史仁宗紀曰：「諱禎，真宗第六子。天禧二年九月丁卯，册爲皇太子。乾興元年二月戊午，真宗崩，即皇帝位。」英宗紀曰：「諱曙，濮安懿王允讓第十三子。四歲，仁宗養於內，嘉祐七年八月，立爲皇子。八年（三月辛未），仁宗崩，夏四月壬申朔，皇后傳遺詔，命帝嗣皇帝位。」神宗紀曰：「諱頊，英宗長子。治平三年十二月壬寅，立爲皇太子。四年正月丁巳，英廟崩，帝即皇帝位。」

仁宗在位，歷年最久，臣於時實備從官，施爲本末，臣所親見。嘗試爲陛下陳其一二，而陛下詳擇其可，亦足以申鑒於方今。汪曰：「申鑒方今，已含篇末『人事不可怠終』意。」伏惟仁宗之爲君也，仰畏天，俯畏人。汪曰：「下文獨留此二語在累朝相繼處總收，文法變。」寬仁恭儉，出於自然，而忠恕誠愨，終始如一。汪曰：「先敍此四句，下文卻留此在後總收，仁宗至説累朝處，又復及之，文法亦變。」未嘗妄興一役，未嘗妄殺一人。斷獄務在生之，而特惡吏之殘擾。寧屈己棄財於夷狄，而終不忍加兵。刑平而公，賞重而信。納用諫官御史，公聽並觀，而不蔽於偏至之讒。因任衆人耳目，拔舉疎遠，而隨之以相坐之法。汪曰：「已上提仁宗之事，已下言其効。」蓋監司之吏以至州縣，無敢暴虐殘酷，擅有調發，以傷百姓。自夏人順服，蠻夷遂無大變。邊人父子夫婦，得免於兵死，而中國之人，安逸蓄息，以至今日者，未嘗妄興一役，未嘗妄殺一人，斷獄務在生之，而特惡吏之殘擾，寧屈己棄財於夷狄，而不忍加兵之効也。大臣貴戚，左右近習，莫敢强橫犯法，其自重慎，或甚於閭巷之人。此刑平而公之効也。募天下驍雄橫猾以爲兵，幾至百萬，非有良將以御之，而謀變者輒敗。聚天下財物，雖有文籍，委之府史，非有能吏以鈎考，而斷盜者輒發。凶年饑歲，流者填道，死者相枕，而寇攘者輒得。此賞重而信之効也。大臣貴戚，左右近習，莫能大擅威福，廣私貨賂，一有姦慝，隨輒上聞。貪邪橫猾，雖間或見用，未嘗得久。此納用諫官御史，公聽並觀，而不蔽於偏至之讒之効也。自縣令京官以至監司臺閣，陞擢之任，雖不皆得人，然一時之所謂才士，亦罕蔽塞而不見收舉者。此因任衆人之耳目，拔舉疎遠，而隨之以相坐之法之効也。升遐之日，天下號慟，如喪考妣，此寬仁恭儉，出於自然，忠恕誠慤，終始如一之効也。以上陳仁宗之美，隱寓善善從長之意。

宋太祖在位十七年，太宗二十二年，真宗二十五年，仁宗四十一年，英宗四年，故曰仁宗在位最久也。書召誥曰：「多歷年所。」○長編百九十一曰：「仁宗嘉祐五年夏四月己卯，度支判官、祠部員外郎、直集賢院王安石同修起居注，安石固辭之，既得請，又申命之，安石復辭，至七、八月乃受。六年六月戊寅，度支判官、刑部員外郎、直集賢院、同修起居注。」故曰「實備從官」也。○爾雅釋詁曰：「惟，思也。」○仰畏天，沈曰：「事實類苑：（即江少虞皇朝類苑，本名皇宋事實類苑，清四庫書目題作皇朝事實類苑，此條見第四卷。）『慶曆二年五月，旱。丁亥，夜雨。戊子，宰相章得象等入賀。上曰：「昨夜朕忽聞微雷，因起露立于庭，仰天百拜以禱，須臾雨至，朕嬪御衣皆沾濕，不敢避去，移刻雨霽，再拜而謝，方敢升階。」得象對曰：「非陛下至誠，何以感動天也？」上曰：「比欲下詔罪己，避寢徹膳，又恐近于崇飾虛名，不若夙夜精白一心密禱爲佳耳。」』」○「寬仁恭儉」二句，沈曰：「類苑（卷四）：『至和初，京師疫，太醫進方者用犀角，內出二株解之，其一株乃通天犀。內侍李舜舉請以爲御服帶，上謂曰：「豈重于服御，而不以療民乎？」命工碎之。』東軒筆録（卷十一）：『仁宗嘗春日步苑中，屢回顧，皆莫測聖意。及還宮中，顧嬪御曰：「渴甚，可速進熟水。」嬪御進水，且曰：「大家何不外面取水，而致久渴耶？」仁宗曰：「吾屢顧不見鐐子，苟問之，即有抵罪者，故忍渴而歸。」』（又卷一）『一日晨興，語近臣曰：「昨夕因不寢而甚飢，思食燒羊。」侍臣曰：「何不降旨取索？」仁宗曰：「比聞禁中每有取索，外面遂以爲例，誠恐自此逐夜宰殺，以備供應，則歲月之久，害物多矣。豈可不忍一日之餒，而啓無窮之殺耶？」』歸田録（卷一）：『仁宗聖性恭儉。至和二年春，不豫，兩府日至寢閤問聖體，見上器服簡質，用素漆唾壺盂子，素瓷盞進藥，御榻上衾褥皆黄絁，色已故暗，宮人遽取新衾覆其上，亦黄絁也。然外人無知者。』聞見後録（卷一）：『帝內宴，十閤分各進饌，有新蟹一品，二十八枚。帝曰：「吾尚未嘗，枚直幾錢？」左右對：「直一千。」帝不悦，曰：「數戒汝輩無侈靡，一下箸爲錢二十八千，吾不忍也。」置不食。』」○「斷獄務在生之」二句，宋史仁宗本紀贊曰：「大辟疑者，皆令上讞，歲常活千餘。吏部選人，一坐失入死罪，皆終身不遷。每諭輔臣曰：『朕未嘗詈人以死，況敢濫用辟乎？』」澠水燕談録卷一曰：「慶曆中，郎官吕覺者勘公事已回，登對自陳衣緋已久，乞改章服。仁宗曰：『待別差遣，與卿換金紫。朕不欲因鞫獄與人恩澤，慮刻薄之徒望風希進，加人深罪耳。』帝寛厚欽恤之德如此。」東軒筆録卷一曰：「仁宗聖性仁恕，尤惡深文，獄官有失入人罪者，終身不復進用。」○寧屈己棄財於夷狄，宋史仁宗本紀曰：「慶曆二年夏四月庚辰，知制誥富弼報使契丹。三年春正月癸巳，元昊自名曩霄，遣人來納款，稱夏國。四年冬十月庚寅，賜曩霄誓詔，歲賜銀絹茶綵凡二十五萬五千。」富弼傳曰：「契丹專欲增幣，曰：『南朝遺我之辭當曰獻，否則曰內。』弼爭之。契丹主曰：『若我擁兵而南，得無悔乎？』弼曰：『本朝兼愛南北，故不憚更成，若不得已，至於用兵，則當以曲直爲勝負，非使臣之所知也。』弼聲色俱厲，契丹知不可奪，乃曰：『吾當自遣人議之。』復使劉六符來，弼歸奏曰：『臣以死拒之，彼氣折矣，可勿許也。』朝廷竟以『納』字與之。」○納用諫官御史，沈曰：「長編（卷百五十）：『慶曆四年六月，開寶寺靈寶塔災，諫官余靖對上極言。靖素不修飾，上入内云：「被一汗臭漢薰殺，噴唾在吾面上。」上優容諫臣如此。』事實類苑（卷五）：『仁宗時，宦官雖有甚蒙聽信者，臺諫言其罪，輒斥之，不吝也，由是不能弄權。』王鞏（字定國）聞見近録：『先公爲諫官，（自注曰：「按：王素。」）論王德用進女口，仁宗初詰之，曰：「此宮禁事，卿何從知之？」先公曰：「臣職在風聞，何至詰其從來也？」仁宗笑曰：「朕真宗之子，卿王某之子，自有世契。德用所進女口實有之，在朕左右，亦甚親近，且留之何如？」先公曰：「若在疏遠，雖留可也。臣之所論，正恐親近。」仁宗色動，呼近璫曰：「王德用所進女口，各支錢三百貫，即令出内東門了，急來奏。」遂涕下。先公曰：「陛下既以臣奏爲然，亦不須如此之遽。」上曰：「朕苟見其泣涕不忍去，則恐朕亦不能出之。」久之，中使奏宮女已出内東門，上復動容而起。』（説郛卷七十五）」○斷盜，文鑑作「欺盜」。○書費誓曰：「無敢寇攘。」詩蕩孔疏引鄭注曰：「寇，劫取也；因其失亡曰攘。」○邵氏聞見後録卷一曰：「仁皇帝崩，遣使赴於契丹，燕境之人無遠近皆聚哭。虜主執使者手號慟曰：『四十二年，不識兵革矣。』其後北朝葬仁皇帝所賜御衣，嚴事之如其祖宗陵墓云。」書舜典曰：「二十有八載，帝乃殂落，百姓如喪考妣。」

然本朝累世因循末俗之弊，而無親友羣臣之議，儲同人曰：「上褒美，下譏切。曰累世，并太祖亦在其中。」人君朝夕與處，不過宦官女子，出而視事，又不過有司之細故。未嘗如古大有爲之君，與學士大夫討論先王之法，以措之天下也。一切因任自然之理勢，而精神之運，有所不加，名實之間，有所不察。君子非不見貴，然小人亦得廁其間；正論非不見容，然邪說亦有時而用。以詩賦記誦求天下之士，而無學校養成之法；以科名資歷敍朝廷之位，而無官司課試之方。監司無檢察之人，守將非選擇之吏。轉徙之亟，既難於考績，而游談之衆，因得以亂真。交私養望者，多得顯官；獨立營職者，或見排沮。故上下偷惰，取容而已。雖有能者在職，亦無以異於庸人。農民壞於繇役，而未嘗特見救恤，又不爲之設官，以修其水土之利。兵士雜於疲老，而未嘗申敕訓練，又不爲之擇將，而久其疆埸之權。宿衛則聚卒伍無賴之人，而未有以變五代姑息羈縻之俗。宗室則無教訓選舉之實，而未有以合先王親疎隆殺之宜。其於理財，大抵無法。故雖儉約而民不富，雖憂勤而國不强。賴非夷狄昌熾之時，又無堯湯水旱之變，故天下無事，過於百年。雖曰人事，亦天助也。蓋累聖相繼，仰畏天，俯畏人，寬仁恭儉，忠恕誠慤，此其所以獲天助也。以上歷陳其失。

孟子公孫丑上曰：「故將大有爲之君，必有所不召之臣。」〇漢書宣帝紀贊曰：「綜核名實。」〇以詩賦記誦求天下之士，見上仁宗書注。〇以科名資歷敍朝廷之位，宋史選舉志曰：「考課，宋初循舊制，文武常參官各曹務閑劇爲月限，考滿即遷。太祖罷歲月敍遷之制，置審官院，考課中外職事。受代京朝官引對磨勘，非有勞績不進秩。其後立法，文臣五年、武臣七年，無贓私罪始得遷職。曾犯贓罪，則文臣七年、武臣十年，中書、樞密院取旨。其七階選人，則考第資歷，無過犯或有勞績者遞遷，謂之循資。」〇漢書食貨志上曰：「繇役横作。」顔曰：「繇讀曰徭。」〇疆埸，集作「疆場」，今依姚選。左桓十七年曰：「疆埸之事，慎守其一而備其不虞。」釋文曰：「埸音亦。」〇漢書食貨志上曰：「始開籍田，躬耕以勸百姓。」鼂錯復説上曰：「堯禹有九年之水，湯有七年之旱。」案：墨子七患篇曰：「夏書曰『禹七年水』，殷書曰『湯五年旱』。」荀子王霸篇曰：「禹十年水，湯七年旱。」

伏惟陛下躬上聖之質，承無窮之緒，知天助之不可常恃，知人事之不可怠終，則大有爲之時，正在今日。臣不敢輒廢將明之義，而苟逃諱忌之誅。伏惟陛下幸赦而留神，則天下之福也。取進止。以上勉神宗以有爲。〇茅曰：「此篇精神骨髓，荆公所以直入神宗之膂，全在説仁廟處，可謂搏虎屠龍手。」吴先生曰：「綱舉目應，章法高古。自首至尾，如一筆書。所謂瓌瑋雄放也。」

詩烝民曰：「肅肅王命，仲山甫將之。邦國若否，仲山甫明之。」毛傳曰：「將，行也。」漢書刑法志曰：「有司既無仲山甫將明之材。」〇石林燕語卷四曰：「臣僚上殿劄子，末概言取進止，猶言進退也。蓋唐日輪清望官兩員於禁中，以待召對，故有進止之辭。崔祐甫奏：『待制官候奏事官盡，然後趨出，於內廊賜食，待進止，至酉時放。』是也。今乃以爲可否取決之辭，自三省大臣論事皆同一體，著爲定式。若爾自當爲取聖旨，蓋沿習唐制不悟也。」葉調笙（廷琯）考異曰：「進止，猶言進退也。唐日輪清望官兩員於禁中，以待召對，故有進止之辭。今乃以爲可否取決之辭。說郛引汪辨云：『高宗永淳元年，郭待舉、岑長倩、郭正一、魏玄同，與中書門下同承受進止平章。又乾封以後，召學士元萬頃、范履冰等於北門候進止，時號爲北門學士。又肅宗即位，明皇令四海軍國事，皆先取皇帝進止，仍候朕知。唐人上疏，初云奉進止，或云某人奉宣進止，末云伏候進止之類，則進止正是可否取決之辭，非專爲待對官設也。』又雲谷雜記（卷四）引隋裴蘊傳云：『大小之獄皆詔付蘊，憲部大理莫敢與奪，必稟承進止，然後決斷。』所謂進止者，候蘊之可否也。當是時不特用於奏御，雖臣下亦通用之。」沈曰：「程大昌演繁露：今奏劄言取進止，猶言此劄之或留或却，合稟承可否也。」（演繁露無此文，雲谷雜記四引作程氏攷古編。）案：文鑑删「取進止」三字。

答司馬諫議書

宋史司馬光傳曰：「光字君實，陝州夏縣人也。神宗即位，擢爲翰林學士。御史中丞王陶罷，光代之。」顧震滄司馬温公年譜曰：「治平四年夏四月，除御史中丞。熙寧三年二月二十七日，公與介甫書。」又王荆公年譜曰：「熙寧二年春二月庚子，公參知政事。三年春正月乙卯，詔諸路散青苗錢，禁抑配。」案：温公集卷七十四有與王介甫書，原注曰：「熙寧三年二月二十七日。」（温公書約三千餘言，蔡元鳳王文公年譜考略卷十六力辨爲僞作，非也，特文長不復載。）

某啓：昨日蒙教，竊以爲與君實游處相好之日久，而議事每不合，所操之術多異故也。雖欲强聒，終必不蒙見察。故略上報，不復一一自辨。重念蒙君實視遇厚，於反覆不宜鹵莽，故今具道所以，冀君實或見恕也。吴北江曰：「以上酬答之詞。」

莊子天下篇曰：「雖天下不取，强聒而不舍者也。」釋文曰：「聒，古活反，謂强聒其耳而語之也。」

蓋儒者所争，尤在於名實。名實已明，而天下之理得矣。今君實所以見教者，以爲侵官、生事、征利、拒諫，以致天下怨謗也。某則以謂受命於人主，議法度而修之於朝廷，以授之於有司，不爲侵官；舉先王之政，以興利除弊，不爲生事；爲天下理財，不爲征利；闢邪説，難壬人，不爲拒諫。至於怨誹之多，則固前知其如此也。汪曰：「敍怨謗，筆法變，且敍得獨多。」人習於苟且非一日，吴北江曰：「挺接處，矗如山立。」士大夫多以不恤國事，同俗自媚於衆爲善。上乃欲變此，吴北江曰：「句句勁折。」而某不量敵之衆寡，欲出力助上以抗之。則衆何爲而不洶洶？吴北江曰：「語甚得勢。」然盤庚之遷，胥怨者民也，非特朝廷士大夫而已。盤庚不爲怨者故改其度，度義而後動，是而不見可悔故也。吴北江曰：「以上逐層申辨。」

名實，已見本朝百年無事劄子注。○春秋文六年：「晉殺其大夫陽處父。」左氏傳曰：「書曰晉殺其大夫，侵官也。」成十六年：「欒鍼曰：侵官，冒也。」○公羊傳桓八年曰：「遂者何？生事也。」何注曰：「生猶造也。」春秋繁露精華篇曰：「無危而擅生事，是卑君也。」淮南詮言篇曰：「欲尸名者必爲善，欲爲善者必生事，事生則釋公而就私，背數而任己。」（文子符言篇襲之）○孟子梁惠王上曰：「上下交征利，而國危矣。」○史記殷本紀曰：「帝紂知足以距諫。」「距」「拒」字通。○書舜典曰：「惇德允元，而難任人。」（僞古文堯典分爲舜典）僞孔傳曰：「任，佞；難，拒也。」爾雅釋詁曰：「任、壬，佞也。」郭注曰：「壬猶任也。」○史記蕭相國世家上曰：「今相國多受賈豎金，而爲民請吾苑，以自媚於民。」○書序曰：「盤庚五遷，將治亳殷，民咨胥怨，作盤庚三篇。」

如君實責我以在位久，未能助上大有爲，以膏澤斯民，則某知罪矣。吳北江曰：「傲岸之氣，奮然涌出。」如曰今日當一切不事事，守前所爲而已，則非某之所敢知。無由會晤，不任區區向往之至。以上言當責其不能有爲，而不當責有爲，以明所責之失。○吳先生曰：「固由兀傲性成，亦理足氣盛，故勁悍廉厲無枝葉如此，不似上皇帝書時，尚有經生習氣也。」吳北江曰：「傲岸崛强，荆公天性，而其生平志量政略，亦具見於此。」

大有爲，已見百年無事劄子注。○膏澤斯民，已見上仁宗皇帝書注。

答姚闢書

宋史文苑蘇洵傳曰：「與陳州項城令姚闢同修禮書。」萬姓統譜卷三十九曰：「姚闢字子張，贍詞博學，授項城令、通州判，所至有聲，黜去詞華，究心經術，一時名士如歐陽文忠、王荆公皆與交游，所著有太常因革禮一百卷。」吴北江曰：「姚蓋精於禮典，故介甫以章句名數譏之。然此時初爲進士，尚在修禮以前也。」

姚君足下：别足下三年於兹，一旦犯大寒，絶不測之江，親屈來門。出所爲文書，與謁并入，若見貴者然。始驚以疑，卒觀文書，詞盛氣豪，於理悖焉者希。吴北江曰：「句法斟酌。」間而論衆經，有所開發，私獨喜故舊之不予遺，而朋友之足望也。以上先謝其來見之誠。

間，去聲。○論語泰伯篇曰：「故舊不遺。」

今冠衣而名進士者，用萬千計，蹈道者有焉，蹈利者有焉。吴曰：「開出文字。」蹈利者則否，蹈道者，則未免離章絶句，解名釋數，遽然自以聖人之術單此者有焉。吴曰：「此以指姚所謂論衆經有所開發者也。」夫聖人之術，修其身，治天下國家，在於安危治亂，不在章句名數焉而已。吴曰：「荆公以經世爲志，不甚以姚所學爲然，而出語特爲輕婉，轉接處筆筆不測，所以爲矯變也。」而曰聖人之術單此者，皆守經而不苟世者也。吴曰：「此處落筆最難，看其接法圓矯。」守經而不苟世，其於道也幾，其去蹈利者則緬然矣。觀足下固已幾於道，姑汲汲乎其可急，於章句名數乎徐徐之，則古之蹈道者，將無以出足下上。足下以爲何如？以上進以經世之學。○吴曰：「勢重語急，而用筆煞有停頓，簡嚴老當，無一枝辭贅字，且能涵茹意思於筆墨之外，最可法。」單，「殫」之借字。爾雅釋詁曰：「殫，盡也。」○穀梁莊三年釋文曰：「緬，遠也。」

廣西轉運使孫君墓碑

君少學問勤苦，寄食浮屠山中，步行借書數百里，升樓誦之而去其階。蓋數年而具衆經，後遂博極天下之書。屬文操筆布紙，謂爲方思，而數百千言已就。以上文學。沈曰：「摭言（卷七）：『王播少孤貧，嘗客揚州惠昭寺木蘭院，隨僧齋餐。徐商相公常於中條山萬固寺泉入院讀書，家廟碑云：「隨僧洗鉢。」韋令公昭度少貧窶，常依左街僧録淨光大師隨僧齋粥。是知貧儒寄食浮屠，由來已久。』」○釋名釋宫室曰：「階，梯也。」

以天聖五年，同學究出身，補滁州來安縣主簿、洪州右司理。再舉進士甲科，遷大理寺丞、知常州晉陵縣，移知潯州。潯當是時，人未趣學，乃改作廟學，召吏民子弟之秀者，親爲據案講説，誘勸以文藝。居未幾，旁州士皆來學，學者由此遂多。以選，通判耀州。兵士有訟財而不直者，安撫使以爲直。君争之不得，乃奏決於大理。大理以君所争爲是，而用君議，編於敕。慶曆二年，擢爲監察御史裏行。於是彈奏狄武襄公不當沮敗劉滬水洛城事。又因日食言陰盛，以後宫爲戒。仁宗大獵于城南，衛士不及整，而歸以夜，明日將復出，有雉隕于殿中。君奏疏，即是夜有詔止獵。蠻唐和寇湖南，以君安撫，奏事有所不合，因自劾。乃知復州，又通判金州，知漢陽軍、吉州，稍遷至尚書都官員外郎、提點江南西路刑獄。有言常平歲凶，當稍貴其粟以利糴本者，詔從之。君言此非常平本意也，詔又從之。以上歷官。

長編一百五曰：「天聖五年三月乙丑，賜進士王堯臣等一百九十七人及第，八十三人同出身，七十一人同學究出身，二十八人試銜。丙寅，賜諸科及第并出身者又六百九十八人。」（文獻通考選舉五作：「天聖五年，進士七十七人，諸科八百九十四人。」與此異，通考傳寫恐誤。）宋史選舉志曰：「舊制，及第即命以官。真宗初，復廷試，賜出身者亦免選，於是策名之士尤衆，雖藝不及格，悉賜同出身。迺詔有司，凡賜同出者，並令守選循用常調，以示甄别。」職官志曰：「學究入中州判司、上縣簿尉。」○宋淮南路滁州來安縣，今安徽來安縣治。○宋江南西路洪州治南昌、新建二縣，即今江西南昌及新建縣治。○再舉進士甲科，沈曰：「此即命官應舉，謂之鎖廳試。」○沈曰：「長編（百二十二）：『寶元元年六月丙子，三司檢法官孫抗請三司刑名之有疑者，如開封府例，許至大理寺商議。從之。』抗之爲檢法官，蓋在其時。」○宋兩浙路常州晉陵縣，今江蘇武進縣治。○宋廣南西路潯州治桂平縣，今廣西桂平縣治。○趨，正宗作「趍」，字通。史記商君傳索隱曰：「趍，向也。」○宋陝西永興軍路耀州治華原縣，今陝西耀縣治。○長編（百五十五）「慶曆五年四月丁未」，原注曰：「孫抗去年十二月癸丑乃自太常博士爲監察御史裏行。」沈曰：「此碑云慶曆二年，蓋誤。」○職官志曰：「御史臺殿中侍御史二人，掌以儀法糾百官之失。凡大朝會及朔望、六參，則東西對立，彈其失儀者。官卑而入殿中者，謂之裏行。」石林燕語卷五曰：「監察御史裏行，監察御史之資淺者也。始唐太宗自布衣擢馬周，令於監察御史裏行，遂以名官。馬周傳不載，而六典言之。」○水洛城事，已見歐陽永叔尹師魯墓誌銘注。宋史劉滬傳（附父文質傳後）曰：「滬字子濬，爲渭州瓦亭砦監押，權静邊砦。去涇陽二百里，中有城曰水洛，川平土沃，又有水輪銀銅之利，環城數萬帳，漢民之逋逃者歸之，教其百工商賈，自成完國。滬密使説城主鐸廝那令内附。會鄭戩行邊，滬遂召鐸廝那及其酋屬來獻結公、水洛、路羅甘地，願爲屬户。戩即令滬將兵往受地，既至而氐情中變，聚兵數萬合圍，期盡殺官軍。滬兵才千人，前後數百里無援，滬指揮進退，一戰氐潰，追奔至石門，酋皆稽顙請服。因盡驅其衆隸麾下，以通秦渭之路。戩以三將兵遣董士廉助築城，功未半，會戩罷四路招討使，而涇原路尹洙以爲不便，令罷築，且召滬，不聽，日增版趣役。洙怒，使狄青械滬、士廉下獄。氐衆驚，收積聚，殺吏民爲亂。朝廷遣魚周詢、程戡往視，氐衆詣周詢，請以牛羊及丁壯助工役，復以滬權水洛城砦主。」沈曰：「長編（百七十四）：

『慶曆四年三月，參知政事范仲淹言：「涇原路走馬承受趙正奏，内殿崇班劉滬、著作佐郎董士廉，被狄青枷送司理院次。竊緣此二人，元稟四路都部署節制，往修水洛城，非是二人擅興。及四路罷後，本路部署司抽回軍馬，其人即合依稟罷修，不合堅執拒抗。臣料其情，蓋本人在彼相殺得功，降下周回蕃部，又已下手修築城寨，懼見中輟之後，本路責其經畫不當，故以死拒抗，一面興修，意望成功，亦求免罪，始末可見。況劉滬是沿邊有名將佐，最有戰功，國家且須愛惜，不可輕棄。恐狄青因怒輒行軍法，則邊上將佐必皆銜冤。其董士廉是朝廷京官，即非將佐，亦將一例枷勘。蓋狄青粗人，未知朝廷事理。萬一二人被戮，逐家骨肉必來訴于闕下，亦更多有臣僚上言紊煩聖聽。雖知將帥行得軍法，即非用兵進退之際，有違節制，自是因爭利害，致犯帥威。望委魚周詢取勘劉滬所犯因依，仍送邠州拘管，一則惜得二人，不致因公被戮；二則惜得狄青、尹洙，免被二家致訟。」』案范公所言，可謂周悉公平。然此碑孫抗彈奏狄武襄，正以是也。」

案：正宗「彈奏」作「奏彈」，狄武襄公作狄青。○仁宗紀曰：「慶曆五年夏四月丁亥朔，司天言日當食，陰晦不見。」長編百五十五曰：「御史李京言：『陛下因天之戒，恐懼修省，故精意感格，日當食而陰雲蔽虧，雖宋景之熒惑退舍，商大戊之桑穀並枯，無以異也。然臣區區竊有所疑者，尚美人棄外館多年，比聞復召入，臣慮假媚道以爲蠱惑，宜亟絶之。苗繼宗嬪御子弟，乃緣恩私爲府界提點，宜割帷薄之愛，重名器之分，庶幾不累聖政。』」是亦以後宮爲戒。孫疏未知在何年，以李京疏證之，或亦在慶曆五年乎？○長編百七十五曰：「慶曆五年冬十月庚午，獵於楊村。」原注曰：「王安石志孫抗墓云『上大獵于城南』云云，按仁宗以五年十月獵于楊村，六年十一月獵于城南之東韓村，七年三月即有詔罷獵。而抗六年三月已罷御史，其諫當是五年冬。然五年冬不歸以夜，又不在城南，其在城南歸以夜，乃六年冬事。何郯奏議可考，恐安石誤也。」○宋史仁宗紀曰：「慶曆三年九月，桂陽洞蠻寇邊，湖南提刑募兵討平之。十二月乙巳，桂陽猺賊復寇邊。四年冬十月癸丑，桂陽蠻降，授蠻酋三人奉職。五年二月癸丑，桂陽監言唐和等復内寇。」長編百四十三曰：「慶曆三年九月乙丑朔，湖南轉運使言桂陽監蠻猺内寇。蠻猺者，居山谷閒，其山自衡州常寧縣屬于桂陽、郴連賀韶四州，環紆千餘里。蠻居其中，不事賦役，謂之猺人。初，有吉州巫黄捉鬼與其兄弟數人，皆習蠻法，往來常寧，出入溪峒，誘蠻衆數百人盜販鹽，殺官軍，逃匿峒中。既招出而殺之，又徙山下民他處，至是其黨遂合五千人，出桂陽藍山縣華陰峒，害巡檢李延祚、潭州都監張克明。詔發兵捕擊之。」又百五十四曰：「五年二月癸丑，桂陽監言黄捉鬼餘黨唐和等復内寇。」○長編百五十七曰：「慶曆五年冬十月戊寅，太常博士、監察御史裹行孫抗爲荆湖南路體量安撫。」又百五十八曰：「六年三月丙午，太常博士、監察御史裹行孫抗落御史裹行，知復州。初，抗受命安撫湖南，奏事不合意，有章自劾，故罷黜之。」案：宋荆湖北路復州治景陵縣，今湖北天門縣治。○宋京南路金州治西城縣，今陝西安康縣治。○宋荆湖北路漢陽軍治漢陽縣，今湖北漢陽縣治。○宋江南西路吉州治廬陵縣，今江西廬陵縣治。○職官志曰：「刑部其屬三，曰都官，曰比部，曰司門。都官郎中、員外郎，掌徒流配隸。凡天下役人，與在京百司，吏部皆有籍以考其役放，及增損廢置之數。」○提點刑獄，見上仁宗書注。○宋史食貨志曰：「景德三年，言事者請於京東西、河北、河東、陝西、江南、淮南、兩浙皆立常平倉，計户口多寡，量留上供錢，自二三千貫至一二萬貫，令轉運使每州擇清幹官主之，領於司農寺，三司無輒移用。歲夏秋，視市價量增以糴糶，減價亦如之，所減不得過本錢。詔三司集議，請如所奏。」

儂智高反，特提儂智高事，以孫君積勞爲多也。君即出兵二千於嶺，以助英、韶。會除廣西轉運使，馳至所部，而智高方煽，天子出大臣部諸將兵數萬擊之。君驅散亡殘敗之吏民，轉芻米於惶擾卒急之間，又以餘力督守吏治城壍、修器械。屬州多完，而師飽以有功，君勞居多，以勞遷尚書司封員外郎。初，君請斬大將之北者，發騎軍以討賊，及後賊所以破滅，皆如君計策。軍罷而人重困，方恃君綏撫。即蹴下卒官得勢。君乘險阻，冒瘴毒，經理出入，啓居無時。以皇祐三年三月初七日卒于治所，年五十四。官至尚書工部郎中，散官至朝奉郎，勳至上輕車都尉。以上以平儂智高之功進官及卒。

宋史蠻夷傳三曰：「廣源州蠻儂氏，州在邕州西南鬱江之源，地峭絶深阻，其先韋氏、黄氏、周氏、儂氏爲首領。自交阯蠻據有安南，而廣源雖號邕管羈縻州，其實服役於交阯。初有儂全福者，知儻猶州，其弟存禄知萬涯州，全福妻弟儂當道知武勒州。一日，全福殺存禄、當道，并有其地。交阯怒，執全福及其子智聰以歸。其妻阿儂本左江武勒族也，遂嫁商人，生子名智高。智高冒儂姓，與其母據儻猶州，建國曰大歷。交阯執智高，釋其罪，使知廣源州，又以雷火頻婆四洞及思浪州附益之。居四年，内怨交阯，襲據安德州，僭稱南天國，改年景瑞。皇祐元年，寇邕州。明年，交阯發兵討之，不克。廣西轉運使蕭固遣邕州指使亓贇往刺侯，而贇擅發兵攻智高，爲所執。贇説智高内屬，乃遣贇還，奉表請歲貢方物，未聽。又以馴象金銀來獻，朝廷以其役屬交阯，拒之。後復齎金函書以請，知邕州陳珙上聞，不報。智高乃謀入寇，一夕焚其巢穴，給其衆曰：『平生積聚，今爲天火焚，無以爲生，計窮矣。當拔邕州，據廣州以自王，否則兵死。』四年四月，率衆五千沿鬱江東下，攻破横山砦，遂破邕州，於是智高僭號仁惠皇帝，改年啓曆。」○宋廣南東路英州治真陽縣，在今廣東英德縣東；韶州治曲江縣，今曲江縣治。○職官志曰：「都轉運使、轉運使，掌經度一路財賦，而察其登耗，有以足上供及郡縣之費。」○宋史狄青傳曰：「皇祐中，廣源州蠻儂智高反，陷邕州，又破沿江九州，圍廣州，嶺外騷動。楊畋等安撫經制蠻事，師久無功。又命孫沔、余靖爲安撫使討賊。仁宗猶以爲憂，青上表請行，遂除宣徽南院使，宣撫荆湖南北路，經制廣南盜賊事。置酒垂拱殿以遣之。」長編百七十三曰：「皇祐四年九月，上問宰相龐籍，誰可將者，籍薦樞密副使狄青，青亦上表請行。翌日入對，自言臣起行伍，非戰伐無以報國，願得蕃落騎數百，益以禁兵，羈賊首致闕下。上壯其言。庚午，改宣徽南院使、荆湖北路宣撫使、提舉廣南東路，經制賊盜事。冬十月丙子，詔鄜延、環慶、涇原路，擇蕃落廣鋭軍曾經戰鬭者各五千人，仍逐路遣使臣一員，押赴廣南行營，從狄青之請也。青言賊便於乘高履險，步兵力不能抗，願得西邊蕃落兵自從。或謂南方非騎兵所宜，樞密使高若訥言蕃落善射，耐艱苦，上下山如平地，當瘴未發時，疾馳破之，必勝之道也。青卒用騎兵破賊。」○仁宗紀曰：「皇祐五年春正月戊午，狄青敗智高於邕州，斬首五千餘級，智高遁去。」狄青傳曰：「時智高還據邕州，青合孫沔、余靖兵次賓州。先是蔣偕、張忠皆輕敵敗死，軍聲大沮。青戒諸將毋妄與賊鬭，聽吾所爲。廣西鈐轄陳曙乘青未至，輒以步卒八千犯賊，潰于崑崙關，殿直袁用等皆遁。青曰：『令之不齊，兵所以敗。』晨會諸將堂上，揖曙起，并召用等三十人，按以敗亡狀，驅出軍門斬之。沔、靖相顧腭眙，諸將股栗。已而頓甲，令軍中休十日，覘者還，以爲軍未即進。青明日乃整軍騎，一晝夜絕崑崙關，出歸仁鋪爲陣，賊既失險，悉出逆戰，前鋒孫節（長編百七十四原注曰：「按武貴傳稱前軍孫節，賈逵傳稱右將孫節，而狄青傳乃稱前鋒孫節，蓋爲前軍之右將，當軍鋒最前爾。張玉實將先鋒，實録即稱節爲先鋒，恐誤，張玉傳可考也。」）搏賊死山下，賊氣鋭甚，沔等懼失色。青執白旗麾騎兵縱左右翼，出賊不意，大敗之，追奔五十里，斬首數千級。其黨黃師宓、儂建中、智中及僞官屬死者五十七人，生擒賊五百餘人。智高夜縱火燒城遁去。」長編百七十四原注曰：「吕晦誌陳曙墓銘，稱曙先與孫抗有隙，抗時爲廣西漕，權桂州，與余靖祕狄青所下令，趣曙出戰，曙遣其副蘇緘詣靖、抗言不可。抗怒，趣戰愈急，曙果戰敗。及狄青至桂州，抗悉以敗軍事歸曙，故坐誅。與國史事異，當考。」步瀛案：曙墓誌恐不足信，然此碑恐亦多溢美。蓋行狀乃抗子邈爲之，荆公殆據狀敘次耳。宋史及東都事略皆無抗傳，羅願新安志有之，蓋取材此碑，故文與事皆與碑同。○君勞居多，正宗無「勞居多」三字。○職官志曰：「吏部其屬有三，曰司封，曰司勳，曰考功。司封郎中、員外郎，掌官封、敘贈、承襲之事。」○皇祐三年三月初七日卒于治所，正宗無「初」字。案：「三年」疑當作「五年」，蓋涉下「三月」字而誤。儂智高之亂，皇祐五年正月始平，若在三年，則狄漢臣尚未出師，安得言軍罷方恃君綏撫耶？姚選作嘉祐三年，則尤謬。抗子適卒于至和二年，若抗卒于嘉祐三年，是反在適卒後矣。○職官志曰：「工部郎中、員外郎，舊制，凡制作營繕計置採伐材物，按程式以授有司，則參掌之。」○職官志：「文散官階二十九，朝奉郎正六品。」○上輕車都尉，集作「上騎都尉」，今依正宗。職官志：「勳級十有二，上輕車都尉正四品，上騎都尉正五品。」

君所爲州，整齊其大體，闊略其細故。與賓客談説，弦歌飲酒，往往終日。而能聽用佐屬盡其力，事以不廢。在御史言事，計曲直利害如何，不顧望大臣，以此無助。所爲文，自少及終，以類集之，至百卷。天德、地業、人事之治，掇拾貫穿，無所不言，而詩爲多。以上總敘莅官大節及文章。

不顧望大臣，沈曰：「長編（百五十五）：慶曆五年四月，韓琦等皆去，章得象居相位自若，監察御史裏行孫抗數以爲言，而得象亦十二章請罷。」○宋史藝文志不載孫抗集，蓋佚。

君諱抗，字和叔，姓孫氏。得姓於衛，得望於富春。其在黟縣，自君之高祖棄廣陵以避孫儒之亂。而至君曾大父諱某，善治生以致富。歲饑，賤出米穀，以斗升付糴者，得驩心於鄉里。大父諱某，始盡棄其産，而能招士以教子。父諱某，當終時，君始十餘歲。後以君故，贈尚書職方員外郎。君初娶張氏，又娶吴氏，又娶舒氏，封太康縣君。五男子：適、邈、迪、适、遘。適嘗從予遊，年十四，論議著書，足以驚人，終永州軍事推官。邈今某州某縣令，亦好學能文。狀君行以求銘者，邈也。君之卒也，天子以适試祕書省校書郎。二女子，一嫁試祕書省校書郎李簡夫，一尚幼。君以其卒之年十二月二十五日葬黟縣懷遠鄉上林村。以上家世。

元和姓纂卷四曰：「孫，周文王第八子衛康叔之後，至武公生惠孫，惠孫生耳，耳生武仲，以王父字爲氏。吴有孫武、孫臏。」又「吴郡富春」下曰：「吴孫武子世居富春。堅、策、權，權爲吴帝。」廣韻二十三魂曰：「周文王子封于衛，至武公子惠孫生耳爲衛上卿，因氏焉。後有孫武、孫臏，俱善兵法，各撰書。」皆不言孫武爲陳後，則富春之孫亦出于衛矣。此蓋荆公所本也。新唐書宰相世系表曰：「孫氏出自姬姓，衛康叔八世孫武公和生公子惠孫，惠孫生耳，爲衛上卿，食采於戚，生武仲乙，以王父字爲氏。又有出自嬀姓。齊田完字敬仲，四世孫桓子無宇，無宇二子，恒、書，書字子占，齊大夫，伐莒有功，景公賜姓孫氏。（通志氏族略以賜姓爲非，謂以字爲氏，何用賜爲？此當是桓子祖父字也。然鄭氏亦臆決無他證。）食采於樂安，生憑，憑生武，字長卿，以田、鮑四族謀爲亂，奔吴爲將軍。三子，馳、明、敵，明食采於富春，自是世爲富春人。」據此則富春之孫出於陳，不出於衛也。譜牒之學，本自難信，不能定其孰是。○唐江南道歙州黟縣，今安徽黟縣治。○新唐書孫儒傳曰：「儒，河南人，以兵屬秦宗權爲都將。宗權遣儒鈔淮南，乘高駢之亂，會楊行密得揚州，宗權使弟宗衡争淮南，以儒爲副。儒斬宗衡，并其衆，有騎七千，因略定旁州，不淹旬，兵數萬，號土團白條軍。文德元年，破揚州。」○曾大父諱某、大父諱某、父諱某，集作「曾大父諱師睦，大父諱旦，父諱遂良」。正宗皆作「某」，臨川集碑誌多不書名，但作「某」字，蓋其稿本皆然。正宗是也。曾子固永州軍事推官孫君墓誌銘曰：「孫氏世家富春，唐有徙歙之黟縣者，諱師睦，始自別爲黟縣之孫氏。師睦生延緒，延緒生旦，旦生遂良，以子恩爲尚書職方員外郎。」據此則此文師睦當作延緒，而棄廣陵以避孫儒之亂者，乃師睦也，疑後人填寫致誤。今依正宗。○曾子固永州軍事推官孫君墓誌銘曰：「黟縣之孫氏，有起進士爲尚書工部郎中、廣南西路轉運使以卒者，諱抗，以文學見于世，其葬在黟之上林。有子亦起進士，爲永州推官以卒，卒時年二十有八者，諱適，亦以文學見稱，葬在其父之左。」又曰：「君年十有四，辭親學問江東，已有聞于人，往從臨川王安石受學，安石稱之。後主越州上虞簿，去，以父恩得永州。父卒，萬里致喪，疾不忍廢事。既葬，攜扶幼老，將就食淮南，疾益革，遂卒于池州大安鎮。實至和二年。」案：宋荆湖南路永州治零陵縣，今湖南零陵縣治。○某州某縣令，集作「潞州上黨縣令」，今從正宗。案：上黨，見歐陽永叔尹師魯墓誌銘注。○試祕書省校書郎，集作「太廟齋郎」，今依正宗。○一尚幼，集作「一嫁進士鄭安平」，今依正宗。○宋江南東路歙州黟縣（後屬徽州），今安徽黟縣治。

歙之爲州，在山嶺澗谷崎嶇之中。自去五代之亂百年，名士大夫亦往往而出，然不能多也。黟尤僻陋，中州能人賢士之所罕至。君孤童子，徒步宦學，茅曰：「應篇首。」終以就立，爲朝廷顯用。論次終始，作爲銘詩，豈特以顯孫氏而慰其子孫，乃亦以詒其鄉里。以上又就所生之地發議論，入爲銘之意。銘曰：

案：宋歙州治歙縣，今安徽歙縣治。○罕至，正宗作「不至」。

在仁宗世，蠻跳不制。魄師牧民，實有膚使。踐艱乘危，條變畫奇。瘭毒既除，膏熨以治。方遷既隕，哀暨山夷。維此膚使，文優以仕。禄則不殖，其書滿笥。書藏于家，銘在墓前。以告黟人，孫氏之阡。茅曰：「歐陽公誌表敘事，多得太史公逸調。荆公獨自出機軸，多巉畫曲折之言。其尤長者，往往於序事中，一面點綴著色，雋永遠出，令人覽之，如走馬於千山萬壑中，層巒疊嶂，應接不暇，序事中之劍戟也。」

法言淵騫篇曰：「張騫、蘇武之奉使也，執節没身，不屈王命，雖古之膚使，其猶劣諸！」李注曰：「膚，美也。」○莊子則陽篇曰：「漂毒疥癰。」釋文曰：「漂，本亦作『瘭』，徐敷妙反，又匹招反，一音必招反。瘭疽謂病瘡膿出也。」○論語子張篇：「子夏曰：學而優則仕。」

寶文閣待制常公墓表

東都事略隱逸傳曰：「常秩字夷甫，潁州汝陰人也。常舉進士不中，退而爲自得之學，尤長于春秋。居于陋巷二十餘年，澹如也。歐陽脩、王安石聞而稱之，士論亦翕然歸重。嘉祐中，脩薦于朝，以爲潁州教授，又除國子監直講，又以爲大理評事、知長葛縣，皆不赴。於是聲名愈高。神宗聞其名，詔有司以禮敦遣，秩入對，神宗以爲右正言、直集賢院，俄兼舍人院，遷天章閣侍講、同修起居注。秩辭直舍人院、修起居注，未幾又求去。神宗驚曰：『方賴卿德義，何遽求去也？』熙寧七年，遷寶文閣待制兼侍讀，明年又求去，已而病不能朝，乃以爲西京留司御史臺，歸潁而卒。初，秩隱居求志，不肯出仕，世以爲必退者也。及王安石更定法令，士大夫沸騰，以爲不便，秩在閭閻，見所下詔，獨以爲是，被召遂起。然在朝亦無所發明，聞望日損。既卒，贈右諫議大夫。臣偁曰：『常秩以隱逸應聘，而不能盡性知命，乃務求苟合，是豈知易所謂君子之道者哉？故雖名列隱逸，殆亦赧然矣。』」案：王季平不滿於夷甫，故特入隱逸傳以愧之，然傳中尚未盡失實。宋史常秩傳言秩長春秋，至斥孫復所學爲不近人情，著講解數十篇，自以爲聖人之道皆在於是，及安石廢春秋，遂諱其學，則出於彭乘墨客揮犀卷七、邵公濟聞見後録卷二十二之言。其他東軒筆録卷七卷十一、澠水燕談録卷十於常夷甫事，皆加以冷嘲熱刺。甚至後録謂後神宗遇秩浸薄，荆公亦鄙之，秩失節怏怏，如病狂易，或云自裁以死，荆公尚表於墓蓋其失。長編二百二十二附注引林希野史謂其自刎而死，王彦輔（明清）塵史卷下引張師正倦游録謂其自經而死，可見一時記載紛然誣枉矣。然王彦輔辨之曰：「王莘樂道奉議，潁人也，從學於常，具道處士得病而卒。師正進士及第，後换西班官，此倦游乃襄漢士人所爲，託名以行。是常夷甫殊無自裁之事，王莘可證明，而倦游録亦魏泰所爲（聞見後録卷十六），宜其與東軒筆記同一誣枉也。」蔡元鳳王荊公年譜攷略卷十九曰：「予觀劉原父雜録所載夷甫行誼甚詳。（雜録曰：「處士之有道者，孫侔、常秩，潁州人。應進舉，初未爲人知，歐陽永叔守潁，令吏較郡中户籍，正其等，秩資薄，在第七，衆人遽請曰：『常秀才廉貧，願寬其等。』永叔怪其有讓，問之，皆曰：『常秀才孝悌有德，非庸衆人也。』永叔爲除其籍，而請秩與相見，悦其爲人，秩由此知名。及張唐公守潁，因薦秩于朝廷，賜以米麥束帛，秩固讓不受，自陳方應舉，無隱者之實，不敢當其賜。是時余守揚州，亦以孫侔聞，朝廷賜之如秩，侔受之而不謝。兩人者取舍異，或議其意，予以秩尚節而侔安禮者也，所謂賙之亦可受矣，尚節者潔而介，安禮者廣而通。」）是時夷甫聲名已大著於賢公卿閒，歐公自治平三年至熙寧三年所稱夷甫詩及尺牘十餘條，歐公長夷甫六年，而乃稱之曰常夫子，又曰『願得幅巾杖屨以從先生長者遊』。夷甫長介甫二年，同常與深交講學者也。乃於其卒也，亦稱之曰公，而夷甫之賢可知矣。治平四年，神宗初立，九月，以王安石爲翰林學士。十月，詔將作監主簿常秩赴闕。此非安石所薦，而夷甫猶在潁數年，至熙寧四年乃始入朝，而新法已偏行於天下，介甫固無藉夷甫爲之助，而夷甫官諫職學政，尤與新法無與也。吾嘗偏閲宋史及南渡後諸雜説，凡屬與安石遊者，無不盡遭詆毀，故雖名德如夷甫、博學如崔公度，皆不免焉。觀其所綴於二人傳末，皆閭巷小兒穢褻不堪之談，而筆之於史，何也？」案：蔡氏此説，可以辨夷甫之枉矣。

右正言、寶文閣待制、特贈右諫議大夫汝陰常公，以熙寧十年二月己酉卒，以五月壬申葬。以上卒葬。臨川王某誌其墓曰：公學不期言也，正其行而已；行不期聞也，信其義而已。所不取也，可使貪者矜焉，而非彫斲以爲廉；所不爲也，可使弱者立焉，而非矯抗以爲勇。以上行誼。官之而不事，召之而不赴，或曰必退者也，終此而已矣。及爲今天子所禮，則出而應焉。以上出處。於是天子悅其至，虛己而問焉。使蒞諫職，以觀其迪己也；使董學政，以觀其造士也。以上歷職。公所言乎上者無傳，然皆知其忠而不阿；所施乎下者無助，然皆見其正而不苟。以上建樹。詩曰：「胡不萬年？」引詩詞爲轉遞之筆，具有神力。惜乎既病而歸死也。以上惜其功績未著。自周道隱，開。觀學者所取舍，大抵時所好也。筆剛健含婀娜。違俗而適己，獨行而特起，嗚呼！公賢遠矣。如此轉折，筆力千鈞。○以上歎其踐行之高。爲銘之旨。○茅曰：「通篇無一實事，特點綴虛景百數十言，當屬一別調。」吳先生曰：「愈排偶愈古勁，獨公文爲然。」傳載公久，莫如以石。石可磨也，亦可泐也，謂公且朽，不可得也。

右正言，見歐陽永叔范文正神道碑注。○宋史職官志曰：「寶文閣，在天章閣之東西序，羣玉蘂珠殿之北，即舊壽昌閣。慶曆改曰寶文。嘉祐八年，英宗即位，詔以仁宗御書御集藏于閣，命王珪撰記立石。治平四年，神宗即位，始置學士、直學士、待制，恩寵如龍圖，英宗御書附于閣。」○右諫議大夫，亦見范公碑注。○汝陰，見范公碑潁州注。案：常秩諸書皆言汝陰人，惟長編百九十一云臨汝人，殆誤。○長編百九十一曰：「嘉祐五年五月己亥，潁州進士常秩爲試將作監主簿、本州州學教授，翰林學士胡宿等言其文行稱於鄉里也。」（宋史、東都事略皆言「又除國子直講，又以爲大理評事」，長編不載。）二百五十曰：「治平二年六月，試將作監主簿常秩爲忠武軍節度使推官、知長社縣（宋史及事略作長葛縣），爲知制誥沈遘、王陶等所薦。

命下，秩辭不赴。」○宋史神宗紀曰：「治平四年冬十月，詔將作監主簿常秩赴闕。」秩傳曰：「神宗即位，三使往聘，辭。熙寧三年，詔郡以禮敦遣，毋聽秩辭。明年始詣闕。」王仲言揮麈餘話卷一曰：「熙寧初，王荊公力薦常夷父，乞以种放之禮召之，上云：『放輩詩酒自娛而已，豈有經世之才？如常秩肯來，朕當以非常之禮待之。』故制詞云：『幡然斯來，副朕虛佇。』蓋宣德音也。」○長編二百二十二曰：「熙寧四年夏四月甲戌，試將作監主簿常秩爲右正言、直集賢院、管勾國子監。初，秩不肯仕宦，世以爲必退者也。及王安石更定法令，士大夫沸騰，以爲不便，秩在閭閻，見所下詔書，獨以爲是，被召遂起。及對垂拱殿，上問秩：『先朝累有除命，何以不起？』秩言：『先帝容臣辭免，故臣得久安里巷。今陛下迫臣，不許稽違詔旨，是以不敢不來，非敢有所辭擇去就也。』上嘉之，徐問：『當今何以免民凍餒？』秩言：『法制不立，庶民食侯食，服侯服，此今之大患也。』且言：『臣不才，不適時用，願得復歸。』上曰：『卿來安得不少留乎？俟異日不能用卿，然後有去就可爾。』」又二百三十曰：「五年二月癸丑，右正言、直集賢院、兼天章閣侍講常秩權判流內銓、兼同修起居注，赴諫院供職。秩免同修注，從之。」又二百四十三曰：「六年三月壬戌，常秩罷天章閣侍講及諫院，從所請也。秩初免修起居注，未幾復面乞罷去，上驚曰：『方賴卿德義，何遽求去也？』於是又以疾求歸，上遣內侍就第諭旨，秩固稱疾，詔賜告，仍聽免二職。」又二百四十五曰：「五月甲子，上批：『常秩在病告已滿百日，聞有司以例停俸，秩家素貧，父子臥病，僦居京師，復罷官俸，則遂絕粥藥之資，甚無以稱朝廷遇秩之意。可自停給月皆給之。』」又二百五十四曰：「七年七月甲辰，右正言、直集賢院、管勾國子監常秩爲寶文閣待制、判國子監。秩疾久，執政屢請進職以慰安之，故有是命。」又二百七十七曰：「九年八月戊子，寶文閣待制、同判國子監常秩提舉中太一宮，秩以疾請故也。」案：夷甫進退職官可考者如此，何嘗無月不除官，如林希野史所言哉？（見卷二百二十二附注）○所言乎上者無傳，案：長編所載秩言，如準朝旨，取索國子直講所出策論義題及試卷，看詳優劣，（二百二十八，熙寧四年十一月戊申。）請賜王回子汾爲郎，（二百四十五，熙寧六年五月癸亥。）禮院官赴太常議事，（二百五十八，熙寧七年十一月己酉。）請立孟子、楊雄像於孔子廟廷，仍加爵號，又請追尊孔子以帝號，（二百五十八，熙寧七年十二月庚寅。）皆非國政之大者。然又載神宗曰：「秩素行爲呂公著、程顥等所師仰，方公著等紛紛之時，秩乃出就禄，必其所見有異故也。比以言事多不聽，故屢求去。」（二百四十五，熙寧六年五月癸亥。）是知秩非默無一言者，特其言不傳耳。姚姬傳謂秩爲諫官，無所獻替，荆公以所親厚爲之飾詞，亦但狃於諸記載所言，未加詳考耳。○長編二百四十三曰：「熙寧六年三月壬戌，王安石白上曰：『風俗患不忠信，無廉恥至甚，如秩美行，宜加崇獎，留之在朝，足以表勵風俗。』又曰：『人各有所用，如秩安貧守節，在朝不爲無用也。』」○詩抑曰：「白圭之玷，尚可磨也。」考工記曰：「石有時以泐。」注引鄭司農曰：「泐讀如再扐而後卦之扐，泐謂石解散也，夏時盛暑大熱則然。」釋文曰：「泐音勒。」

給事中贈尚書工部侍郎孔公墓誌銘

孔道輔，宋史有傳。○正宗作給事孔公墓誌銘，茅同。

宋故朝請大夫，給事中，知鄆州軍州事，兼管內河隄、勸農、同羣牧使，上護軍，魯郡開國侯，食邑一千六百户，實封二百户，賜紫金魚袋孔公者，尚書工部侍郎、贈尚書吏部侍郎諱勗之子，兗州曲阜縣令、襲封文宣公、贈兵部尚書諱仁玉之孫，兗州泗水縣主簿諱光嗣之曾孫，汪曰：「三代逆敘。」而孔子之四十五世孫也。茅曰：「以上序三世，而末一句拖出有法。」○曾曰：「以上先世。」

宋史職官志曰：「朝請大夫爲從六品。」○職官志曰：「門下省給事中，掌讀中外出納，及判後省之事。若政令有失當，除授非其人，則論奏而駁正之。凡章奏，日録目以進，考其稽違而糾治之。」又曰：「給事中爲正四品。」○九域志曰：「京東路鄆州：東平郡，天平軍節度，治須城縣。」案：今山東東平縣治。○宋史河渠志曰：「乾德五年，詔開封、大名府、鄆、澶等州長吏，並兼本州河隄使。」兵志曰：「景德四年，以知樞密院陳堯叟爲羣牧制置使，凡廄牧之政，皆出於羣牧司，諸州有牧監，知州、通判兼領之。」勸農使，已見歐陽永叔瀧岡表注。○職官志：「勳十二，上護軍正三品。」○職官志：「爵十二，開國侯從三品。」○紫金魚袋，見石曼卿墓表注。○實封，集「實」上有「食」字，今依正宗。○宋史孔道輔傳曰：「父勗進士及第，爲太平州推官，以殿中丞通判廣州。會真宗東封，召對，以爲太常博士、知曲阜縣。後爲御史臺推直官，累遷祕書監、分司南京、管勾祖廟，以尚書工部侍郎致仕。」職官志曰：「列曹侍郎從三品。」○宋史儒林孔宜傳曰：「仁玉九歲通春秋。後唐長興元年，以爲曲阜令。仁玉四子：長曰宜，次曰憲，次曰冕，次曰勗。」職官志曰：「各部尚書從二品。」寰宇記曰：「兗州曲阜縣：委曲長七八里，故曰曲阜。」案：宋京東路兗州曲阜縣，今山東曲阜縣治。宋史禮志曰：「景祐二年，詔以孔子四十六世孫宗愿襲封文宣公。至和初，太常博士祖無擇言不可以祖謚而加後嗣，遂詔有司定封宗愿衍聖公。」○儒林傳曰：「光嗣哀帝天祐中爲泗水主簿，奉孔子祀，光嗣生仁玉。」案：唐兗州泗水縣，今山東泗水縣治。

其仕當今天子天聖、寶元之間，以剛毅諒直，名聞天下。唐荊川曰：「斷。」嘗知諫院矣，上書請明肅太后歸政天子。唐曰：「提出一二大事。」而廷奏樞密使曹利用、上御藥羅崇勳罪狀。當是時，崇勳操權利，與士大夫爲市，而利用悍强不遜，内外憚之。嘗爲御史中丞矣，皇后郭氏廢，引諫官御史伏閤以争，又求見上，皆不許，而固争之，得罪然後已。蓋公事君之大節如此。此其所以名聞天下，而士大夫多以公不終於大位，爲天下惜者也。曾曰：「以上諫争大節三事。」

長編九十九曰：「天聖元年八月乙巳，孔延魯、劉隨並爲左正言。」百五曰：「五年十二月己丑，左正言、直史館孔道輔，左司諫、龍圖閣待制。」東都事略、宋史道輔傳並曰：「初名延魯。」職官志曰：「門下省左司諫、左正言，掌規諫諷諭。」又曰：「國初雖置諫院，知院官凡六人，以司諫、正言充職，而他官領者，謂之知諫院。」○章獻太后，已見范文正公碑注。○宋史曹利用傳曰：「利用字用之，趙州寧晉人。大中祥符七年，拜樞密副使。遂拜樞密使、同中書門下平章事。在位既久，頗恃功。章獻太后臨朝，中人與貴戚，稍能軒輊爲禍福，而利用以勳舊自居，不恤也。凡内降恩，力持不予，左右多怨。内侍羅崇勳得罪，太后使利用召崇勳戒敕之，利用去崇勳冠幘，詬斥良久，崇勳恨之。會從子汭爲趙州兵馬監押，州民趙德崇詣闕告汭不法事，崇勳請往按治，遂窮探其獄，汭坐被酒衣黄衣令人呼萬歲，杖死。初汭事起，即罷利用樞密使。（長編百七曰：「天聖七年春正月癸卯，樞密使曹利用罷，以保平節度使、守司空、檢校太師、兼侍中判鄧州。」）及汭誅，謫左千牛衛將軍、知隨州（丙辰）。又坐私貸景靈宮錢，貶崇信軍節度副使，房州安置（二月癸酉）。命内侍楊懷敏護送，宦官多惡利用，行至襄陽驛，懷敏以語逼之，利用素剛，遂投繯而絶，以暴卒聞。」長編百八曰：「曹利用未敗時，道輔嘗言利用及上御藥羅崇勳，竊弄威權，宜早斥去，以清朝廷。立對移刻，太后可其言，乃退。利用既被讒，而崇勳固在云。」（原注曰：「本傳云：『道輔除左正言，受命日，論奏樞密使曹利用、上御藥羅崇勳云云。』按道輔爲左正言，乃天聖元年八月，此時利用及崇勳驕恣之狀猶未著，道輔必不以受命日論此二人，及五年十二月，遷左司諫，或可論矣。然距利用貶絀尚一年餘，遽云太后可其言，亦妄矣。且利用不應與崇勳同論，或道輔同論二人，亦必不在始受命日。傳蓋誤也。」）○職官志曰：「御藥院，勾當四人，以入內侍省充，掌按驗方書，修合藥劑，以待進御。」沈曰：「長編（百六）：『天聖六年二月丁丑，詔上御藥供奉藍元用、張懷德、羅崇勳並落供奉，爲上御藥。』按四年二月，置上御藥供奉四人，至是落『供奉』二字，單名『上御藥』也。明道二年，罷上御藥并上御藥供奉，以入內供奉官勾當御藥院，如故事。羅崇勳永州安置。（長編百十二，夏四月癸丑。）」案：集「上」作「尚」。○長編百十三曰：「明道二年十一月癸亥，龍圖閣待制孔道輔爲右諫議大夫、權御史中丞。」職官志曰：「御史臺，中丞一人爲臺長，舊兼理檢使，凡除中丞而官未至者，皆除右諫議大夫。」又曰：「御史中丞爲從三品。」○宋史仁宗紀曰：「明道二年十二月乙卯，廢皇后郭氏爲浄妃玉京沖妙仙師，居長寧宮。」案：事已見范文正碑注。○宋史孔道輔傳曰：「郭皇后廢，道輔率諫官孫祖德、范仲淹、宋郊、劉渙，御史蔣堂、郭勸、楊偕、馬絳、段少連十人，詣垂拱殿伏奏：『皇后天下之母，不當輕議絀廢。』於是出道輔知泰州。」

公諱道輔，字原魯。初以進士釋褐，補寧州軍事推官。年少耳，然斷獄議事，已能使老吏憚驚。遂遷大理寺丞、知兗州仙源縣事，又有能名。其後嘗直史館、待制龍圖閣、判三司理欠憑由司、登聞檢院、吏部流內銓、糾察在京刑獄、知許徐兗鄆泰五州、留守南京。而兗、鄆、御史中丞皆再至。所至官治，數以争職不阿，或絀或遷，而公持一節以終身，蓋未嘗自詘也。曾曰：「以上歷官。」

沈曰：「本傳『初名延魯』，按長編于天聖元年三年，並稱右正言孔延魯，天聖四年十二月接伴使，始云孔道輔爲左司諫，其改名之時未詳。」○字原魯，正宗作「字厚濟」，東都事略、宋史、名臣言行前録卷九皆云字原魯。○楊子雲解嘲曰：「或釋褐而傳。」文獻通考選舉二曰：「唐進士及第者，未能便解褐入仕，尚有試吏部一關，而宋則一登第之後，即爲入仕之期。」○九域志曰：「陝西永興軍路寧州：彭原郡，軍事，治定安縣，今甘肅寧縣治。」○宋史道輔傳曰：「知仙源縣，主孔子祠事。孔氏故多放縱者，道輔一繩以法，再遷太常博士。」九域志曰：「大中祥符五年，改曲阜縣爲仙源。」○職官志曰：「國初，以史館、昭文館、集賢院爲三館，皆寓崇文院，直館、直院則謂之館職。」○龍圖閣，已見范文正碑注。○職官志曰：「三司都理欠司判司官一人，以朝官充，掌理在京及天下欠負官物之籍，皆立限以促之。都憑由司以判都理欠司官兼，掌在京官物支破之事，凡部支官物，皆覆視無虚謬，則印署而還之，支訖，復據數送勾而銷破之。」○職官志曰：「登聞檢院隸諫議大夫，掌受文武官及士民章奏表疏。」○職官志曰：「吏部判流内銓事二人，以御史知雜以上充，掌節度判官以下州府判司、諸縣令佐擬注對揚、磨勘功過之事。」○孔道輔傳曰：「章獻太后臨朝，召爲左正言，未幾爲直史館、判三司理欠憑由司。奉使契丹，道除右司諫、龍圖閣待制，歷判吏部流内銓、糾察在京刑獄。坐糾事不當，出知鄆州。」○長編一百一十曰：「天聖九年十二月庚申，左司諫、龍圖閣待制孔道輔出知宣州，尋改徐州，又改許州。」原注曰：「道輔出守必有故，當考。明年二月改徐州，三月改許州。」又百十三曰：「明道二年十一月，爲右諫議大夫、權御史中丞，奏皇后不當廢，詔出知泰州。」又百十四曰：「景祐元年二月，新知泰州孔道輔言父母年老，輒暫至兖州寧省，乃赴泰州。詔仍令兖州發遣赴本任。居數月，改知徐州。」又百十七曰：「二年八月爲龍圖閣直學士。」又百二十二曰：「寶元元年十二月甲戌，入爲御史中丞。」又百二十五曰：「二年十一月丁酉，降知鄆州。」東都事略道輔傳曰：「出知鄆州，徙青州，入判流内銓，出知許州，徙應天府，除右諫議大夫、御史中丞，出知泰州，徙徐州、兖州，復入爲御史中丞，出知鄆州。」宋史道輔傳曰：「出知鄆州，徙青州，還判流内銓，遷兵部員外郎，復出知徐、許二州，徙應天府，召爲右諫議大夫、權御史中丞，出知泰州，徙徐州，又徙兖州，進龍圖閣直學士。在兖三年，復入爲御史中丞。會受詔鞫馮士元獄，帝以道輔朋黨大臣，出知鄆州。」長編則五州外多一宣州。徐再至，兖一至。事略、宋史皆多一青州。事略兖一至，宋史則徐再至、兖一至，皆與墓誌不合。宋京西北路許州治長社縣，今河南許昌縣治；京東西路兖州治瑕丘縣，在今山東滋陽縣西；淮南東路泰州治海陵縣，今江蘇泰縣治。○南京留守，已見瀧岡表注。

其在兖州也，近臣有獻詩百篇者，執政請除龍圖閣直學士。上曰：「是詩雖多，不如孔某一言。」乃以公爲龍圖閣直學士。於是人度公爲上所思，且不久於外矣。未幾，果復召，以爲中丞。而宰相使人説公稍折節以待遷，公乃告以不能。於是又度公且不得久居中，而公果出。運筆如風。初，開封府吏馮士元坐獄，語連大臣數人，故移其獄御史。御史劾士元罪止於杖，又多更赦。公見上，上固怪士元以小吏與大臣交私，汙朝廷，而所坐如此，而執政又以謂公爲大臣道地，故出知鄆州。曾曰：「以上再爲中丞、再知鄆州之由兩事。」

長編百十七曰：「時近臣有獻詩百篇，執政請除龍圖閣直學士。上曰：『是詩雖多，不如孔道輔一言。』遂以命道輔。議者因是知前日之斥，果非上意也。」○孔某，集「某」作道輔。○宰相乃張士遜，見下。○於是又度，集「又」上有「人」字。○耆舊續聞卷四曰：「鄭戩知開封府，府吏馮元者（當作馮士元）姦巧，通結權貴，號爲立地京兆尹，戩窮其罪，流於海島。」○長編百二十五曰：「寶元二年十一月丁酉，降知樞密院事盛度爲尚書右丞、知揚州，參知政事程琳爲光祿卿、知潁州，御史中丞孔道輔爲給事中、知鄆州，天章閣待制龐籍知汝州，開封府判官、金部郎中李宗簡追一任官勒停。先是，權知開封府鄭戩按使院行首馮士元姦贓及私藏禁書事，而士元嘗爲度强取其鄰所賃官舍。故樞密副使張遜第在武城坊，其曾孫偕才七歲，貧不自給，乳媪擅出券鬻之。琳陰使士元諭以宜得御寶許鬻，即市取之。籍嘗令士元雇女口。士元既杖脊配沙門島，而宗簡輒私發公案，欲營救之。開封府推官王逵具以白戩，遂奏移鞫御史臺，獄具，上特御延和殿，召宰臣等議決之。初，張士遜素惡琳，而疾道輔不附己，將并逐二人。察帝有不悦琳意，即謂道輔：『上顧程公厚，今爲小人所誣，宜見上爲辨之。』道輔入對，言琳罪薄不足深治。帝果怒，以道輔朋黨大臣，故特貶焉。」蘇子瞻記張士遜中孔道輔事曰：「孔道輔爲御史中丞，勘馮士元事，盡法不阿，仁宗稱之，有意大用。時大臣與士元通姦利最甚者，宰相程琳。道輔既得其情矣。退傅張士遜不喜道輔，欲有以中之。上使道輔送劄子中書，士遜屏人與語久，因言公將大用，道輔喜。士遜云所以致此，誰之力也，非程公不致此。道輔悵然愧而德之。不數日上殿，遂力救琳，上大怒，既貶琳，亦黜道輔兗州（兗當作鄆）。道輔知爲士遜所賣，感憤得疾死中路。元祐三年五月三日，聞之蘇子容。」吳先生曰：「子容所言，殆即執政所謂爲大臣道地之説，非事實也。且張士遜屏人之語，果孰聞而孰傳之？當以此碑爲正。」

公以寶元二年如鄆，道得疾，以十二月壬申卒於滑州之韋城驛，享年五十四。其後詔追復郭皇后位號，而近臣有爲上言公明肅太后時事者，上汪曰：「迴應前文，通體俱靈。」亦記公平生所爲，廷奏曹、羅事，亦暗收在內。故特贈公尚書工部侍郎。公夫人金城郡君尚氏，尚書都官員外郎諱賓之女。生二男子，曰淘，今爲尚書屯田員外郎，曰宗翰，今爲太常博士，皆有行治，世其家。累贈公金紫光禄大夫、尚書兵部侍郎。而以嘉祐七年十月壬寅，葬公孔子墓之西南百步。曾曰：「以上妻子、卒葬。」

宋史道輔傳曰：「道輔知爲士遜所賣，頗憤惋。時天寒上道，行至韋城，發病卒。」九域志韋城縣屬京西北路滑州。清統志曰：「河南衛輝府：韋城廢縣，在滑縣東南。」○宋史仁宗紀曰：「景祐二年十一月戊子，廢后郭氏薨。三年春正月壬辰，追復郭氏爲皇后。」后妃傳曰：「郭皇后廢，出居瑶華宫，屬小疾，遣文應挾醫診視，數日乃言后暴薨，上深悼之，追復皇后，而停謚册祔廟之禮。」○宋史道輔傳曰：「皇祐三年，王素因對，語及道輔，仁宗思其忠，特贈尚書工部侍郎。」○職官志曰：「工部屯田員外郎，掌屯田、營田、職田、學田、官莊之政令，及其租入、種刈、興修、給納之事。」又曰：「諸司員外郎爲正七品。」○東都事略道輔傳曰：「子宗翰，字周翰。」○職官志曰：「金紫光禄大夫爲正二品。」○寰宇記曰：「兖州曲阜縣：孔子墓，高一丈二尺，在縣西北三里。」清統志曰：「山東兖州府：孔林，在曲阜縣北二里；宋孔道輔墓，在曲阜縣孔林內先聖墓西南。」

公廉於財，樂振施，遇故人子，恩厚尤篤，而尤不好鬼神機祥事。在寧州，道士治真武像，有蛇穿其前，敍擊蛇事，即小見大，此頰上添毫法也。數出近人，人傳以爲神。州將欲視驗以聞，故率其屬往拜之，而蛇果出。公即舉笏擊蛇殺之，自州將以下皆大驚，已而又皆大服。公由此始知名。然余觀公數處朝廷大議，視禍福無所擇，其智勇有過人者，勝一蛇之妖，何足道哉？世多以此稱公者，故余亦不得而略也。曾曰：「以上寧州擊蛇。」銘曰：

淮南氾論篇曰：「因鬼神機祥，而爲之立禁。」高誘注曰：「機祥，吉凶也。」○雲麓漫鈔卷九曰：「朱雀、玄武、青龍、白虎，爲四方之神。祥符間，避聖祖諱，始改玄武爲真武。後興醴泉觀，得龜蛇，道士以爲真武現，繪其像爲北方之神，披髮黑衣仗劍踏龜蛇，從者執黑旗。自後奉祀益嚴，加號鎮天佑聖。」澠水燕談録卷四曰：「徂徠先生石守道，嘗爲公擊蛇笏銘。」案：銘見徂徠集卷六及文鑑卷七十三。沈曰：「元郝文忠集卷十楷木杖笏行：今曲阜祖庭有孔道輔擊蛇笏，殷血猶在，以水濯洗，則其色如新濺者。」

展也孔公，維志之求。行有險夷，不改其輈。權彊所忌，讒諂所讐。考終厥位，寵禄優優。維皇好直，是錫公休。序行納銘，爲識諸幽。茅曰：「荆公第一首誌銘，須看他頓挫紆徐，往往敍事中伏議論，風神蕭颯處。」又曰：「於序事中一一點綴，而風韻煥發，若順江流而看兩岸之山，古人所謂應接不暇。」吴先生曰：「筆筆騰踊，句句逆折，故峭勁百倍。」

廣雅釋器曰：「轅謂之輈。」○詩長發曰：「敷政優優，百禄是遒。」○書洪範曰：「惟皇作極。」又曰：「予攸好德，汝則錫之福。」又曰：「三德，一曰正直。」詩小明曰：「好是正直。」○爾雅釋詁曰：「休，美也。」

泰州海陵縣主簿許君墓誌銘

文鑑作許平墓誌銘。

君諱平，字秉之，姓許氏。余嘗譜其世家，所謂今泰州海陵縣主簿者也。君既與兄元相友愛稱天下，而自少卓犖不羈，善辨説，與其兄俱以智畧爲當世大人所器。吴北江曰：「此見其爲趨時之士。」寶元時，朝廷開方略之選，以招天下異能之士，汪曰：「是用説之時，右武之國。」而陝西大帥范文正公、鄭文肅公争以君所爲書以薦。汪曰：「與下貴人薦，皆銘所謂有拔而起之。」於是得召試爲太廟齋郎，已而選泰州海陵縣主簿。貴人多薦君有大才，可試以事，不宜棄之州縣。君亦常慨然自許，欲有所爲。然終不得一用其智能以卒。噫！其可哀也已。吴北江曰：「措詞雋敏，言雖善趨時，終亦不得。」○以上不得大用以卒。

王介甫許氏世譜曰：「許遠孫儒，不義朱梁，自雍州入於江南。儒生稠，稠生規，規生遂、逖、迴三子。逖有子五人：恂，黄州録事參軍；恢，尚書虞部員外郎；怡，今爲太子中舍、簽書淮南節度使判官廳公事；元，今爲江淮荆湖兩浙制置發運使；平，泰州海陵主簿。」○宋史許元傳曰：「字子春，宣州宣城人。歷知揚、越、泰州，卒。元在江淮十三年，以聚斂刻剥爲能，急於進取，多聚珍奇，以賂遺京師權貴。發運使治所在真州，衣冠之求官舟者日數十輩，元視勢家貴族，立榷巨艦與之。即小官惸獨，伺候歲月，有不能得，人以是憤怨，而元自以爲當然，無所愧憚。」○宋史仁宗紀曰：「寶元二年五月癸巳，詔近臣舉方略材武之士各二人。」沈曰：「長編：『寶元二年十二月乙亥，祕書丞田京通判鎮戎軍，著作佐郎令狐挺通判延州，祕書丞夏侯觀爲内園副使、邠州都監，著作佐郎劉質爲内殿承制、寧州都監，並以近臣薦，召試方略，而特命之。』（卷百二十五）『康定元年夏四月甲午，永興軍進士楊著、盧覬上書陳方略，召試舍人院，授渭州、坊州軍事推官。』（卷百二十七）『七月庚午，布衣吕渭、李元振、姚嗣宗皆上封事陳方略，召試學士院。壬申，並授幕職知縣。』（卷百二十八）『十月己丑，命翰林學士王居正、知制誥王拱辰等，于國子監考試方略舉人。甲辰，以滕希仲爲經縣尉[一]，雷子元試校書郎，成鋭太廟齋郎，李遵等十人爲郊社齋郎，張恂等十人諸州司士參軍，王嘉麟三班借職，韓傑下班殿侍差使，李頎等三十八人諸州文學；嘗經南省下第而不願就文學者，免將來文解；不合格者，賜錢十千罷歸。』（卷百二十九）『慶曆元年二月甲申，以應方略人郊社齋郎邱良孫權耀州觀察推官，布衣邵亢權邠州觀察推官。』（卷百三十一）『三年五月乙未，以試方略人仇公綽爲試大理評事，姜潛、許平爲太廟齋郎，楊著爲郊社齋郎，鞠章、張弼爲司士參軍，皆近臣特薦也。』（卷

[一] 經縣：續資治通鑑長編浙江書局本作「經縣」，四庫全書本作「涇縣」。案宋史地理志、元豐九域志無「經縣」，當爲涇縣。

百四十一）』『十一月辛未，以試方略人黄通爲試大理評事，張定方爲祕書省正字，姚光弼、張紘爲試將作監主簿。』（卷百四十五）『熙寧六年，王安石言慶曆邊事，大臣以門客故人之故，開方略之科，因此繆及京師市井閒富人，買策求得官者甚衆。』（卷二百四十三）」○宋史鄭戬傳曰：「戬字天休，蘇州吴縣人，爲陝西四路都總管兼經略招討使，卒謚文肅。」○文獻通考職官九曰：「宋以宗正寺知丞事，掌奉宗廟諸陵薦享之事。室長、齋郎無常數。」○泰州海陵縣，見孔公墓誌銘注。

士固有離世異俗，獨行其意，罵譏笑侮，困辱而不悔。彼皆無衆人之求，而有所待於後世者也，其齟齬固宜。吴北江曰：「擲筆天外，軒然撐起局勢，此公所以自況也。」若夫智謀功名之士，窺時俯仰，以赴勢物之會，而輒不遇者，乃亦不可勝數。吴北江曰：「此正指許平輩也。」辨足以移萬物，而窮於用說之時；謀足以奪三軍，而辱於右武之國。吴北江曰：「以上文猶爲未快，乃更提筆唱歎，以盡其意。」又曰：「若省此四句，以下句直接上文，亦未嘗不順。然局勢直率，無此雄厚恣肆矣。」此又何說哉？吴北江曰：「搖曳以盡唱歎之神。」嗟乎！彼有所待而不悔者，其知之矣。汪曰：「忽紐合有所待而不遇者作收，隱然見得之有命。」吴北江曰：「忽繳前一句，用筆尤爲詭變不測，極縱橫跌宕之致，而託意尤高。」○以上就許平不得大用，發爲感慨，以見趨時之士亦未必得，君子所以貴自守也。俯仰古今，神味無窮。

史記平津侯傳：「天子報曰：守成尚文，遭遇右武。」漢書公孫弘傳顔注曰：「右亦上也，禍亂時則上武耳。」

君年五十九，以嘉祐某年某月某甲子，葬真州之揚子縣甘露鄉某所之原。夫人李氏。子男環，不仕；璋，眞州司户參軍；琦，太廟齋郎；琳，進士。女子五人，已嫁二人，進士周奉先、泰州泰興縣令陶舜元。以上妻子。銘曰：

宋淮南路眞州治揚子縣，今江蘇儀徵縣治。○職官志：「上州諸司參軍從八品。」按九域志，眞州爲上州。○宋淮南東路泰州泰興縣，今江蘇泰興縣治。

有拔而起之，莫擠而止之。嗚呼許君！而已於斯，誰或使之？

吴北江曰：「銘用意與前文同，而筆勢瓌詭，起落無端，精神尤遠出。」○劉曰：「以議論行序事，而感歎深摯，跌宕昭朗。荆公此等誌文最可愛。」姚曰：「按宋史許元傳，元固趨勢之士，平蓋亦非君子。故介甫語含譏刺。」吴北江曰：「縱横開闔，用筆有龍跳虎臥之勢，學韓之文，此爲極則。」

淮南兵略篇許注曰：「擠，排也。」

吴先生曰：「張廉卿初見曾文正公，公爲引聲讀此文，抑揚抗墜，聲之斂侈，無不中節，使文字精神意態盡出。廉卿言下頓悟，不待講説而明。自此研討王文，筆端日益精進。此固見廉卿識解過人，亦見文字高能助學人神智，全在乎精讀也。」

王深父墓誌銘

宋史王回入儒林傳。○文鑑、正宗及茅選標題作深甫，而文中仍作深父，今依集。

吾友深父，書足以致其言，言足以遂其志，志欲以聖人之道爲己任，蓋非至於命弗止也。故不爲小廉曲謹以投衆人耳目，而取舍進退去就必度於仁義。世皆稱其學問文章行治，然真知其人者不多，而多見謂迂闊，不足趣時合變。嗟乎！是乃所以爲深父也。令深父而有以合乎彼，則必無以同乎此矣。以上言深父不求人知。

曾子固王深甫文集序曰：「深甫，吾友也，姓王氏，諱回。當先王之迹熄，六藝殘缺，道術衰微，天下學者無所折衷，深甫於是奮然獨起，因先王之遺文，以求其意，得之於心，行之於己，其動止語默，必考於法度，而窮達得喪，不易其志也。文集二十卷，其辭反復辨達，有所開闡，其卒蓋將歸於簡也，其破去百家傳注，推散缺不全之經，以明聖人之道於千載之後，所以振斯文於將墜，回學者於既溺，可謂道德之要言，非世之別集而已也。後之潛心於聖人者，將必由是而有得，則其於世教豈小補之而已哉？」東都事略儒學傳曰：「回經術粹深，王安石、曾鞏與爲深交，而當時之士，亦以爲雖漢之儒林，不能過也。」○史記孟荀列傳曰：「孟軻適梁，梁惠王不果所言，則見以爲迂遠而闊於事情。」○文鑑「趣」作「趨」，字通。○文鑑「是乃」作「乃是」。

嘗獨以謂天之生夫人也，殆將以壽考成其才，使有待而後顯，以施澤於天下。或者誘其言以明先王之道，覺後世之民。嗚呼！孰以爲道不任於天，德不酬於人，而今死矣。甚哉！聖人君子之難知也。以孟軻之聖，而弟子所願，止於管仲、晏嬰，況餘人乎？至於楊雄，尤當世之所賤簡，其爲門人者，一侯芭而已。芭稱雄書以爲勝周易，易不可勝也，芭尚不爲知雄者。而人皆曰：「古之人生無所遇合，至其没久，而後世莫不知。」若軻、雄者，其没皆過千歲，讀其書，知其意者甚少，則後世所謂知者，未必真也。夫此兩人以老而終，幸能著書，書具在，然尚如此。曲折盡致。嗟乎深父！其智雖能知軻，其於爲雄，雖幾可以無悔，然其志未就，其書未具，而既早死，豈特無所遇於今，又將無所傳於後？天之生夫人也，而命之如此，蓋非余所能知也。以上惜世不能知深父，而發感慨。

孟子公孫丑上：「公孫丑問曰：『夫子當路於齊，管仲、晏子之功，可復許乎？』孟子曰：『子誠齊人也，知管仲、晏子而已矣。』曰：『管仲以其君霸，晏子以其君顯，管仲、晏子猶不足爲與？』」○漢書揚雄傳曰：「鉅鹿侯芭，常從雄居，受其太玄、法言焉。」論衡書案篇曰：「揚子雲作太玄，侯鋪子隨而宣之。」侯鋪子即侯芭也。（「鋪」「芭」古音同，沈文起韓集補注謂鋪子蓋芭字。）韓退之與馮宿論文書曰：「昔楊子雲著太玄，人皆笑之。子雲之言曰：『世不我知，無害也，後世復有楊子雲，必好之矣。』其弟子侯芭頗知之，以爲其師之書勝周易。」○知軻，文鑑「知」作「如」。

深父諱回，本河南王氏，其後自光州之固始遷福州之侯官，爲侯官人者三世。曾祖諱某，某官，祖諱某，某官，考諱某，尚書兵部員外郎。兵部葬潁州之汝陰，故今爲汝陰人。以上先世。深父嘗以進士補亳州衞真縣主簿。歲餘自免去，有勸之仕者，輒辭以養母。結上不求人知。其卒以治平二年七月二十八日，年四十三。於是朝廷用薦者，以爲某軍節度推官、知陳州南頓縣事。書下而深父死矣。夫人曾氏，先若干日卒。子男一人某，女二人，皆尚幼。諸弟以某年某月某日葬深父某縣某鄉某里，以曾氏祔。以上卒葬及妻子。銘曰：

三世，疑當作「五世」，介甫尚書都官員外郎侍御史王公（平）墓碣銘曰：「其先爲漢雁門太守者曰澤，澤後十八世雄，爲唐東都留守，封望太原，族墓在河南，至唐之將亡，雄諸孫頗陵夷，不知幾傳而至護，始居福之侯官，曰本河南人，雄之後也。護生仲，仲生廷簡，當閩王審知時，被署爲安遠使，有勞烈於其國，審知死，遂置其官以老。安遠二子，其季居政，娶邑里姚氏女，生公。自護四世至公，始以文行發名。」胡武平（宿）守侍御史王公（平）墓誌銘曰：「五世祖唐末避地，自徙居閩之侯官。」曾子固王容季（同）墓誌銘曰：「其先世太原人，中徙河南，其後自光州之固始徙福州之侯官。徙侯官者五世矣。」此文若作「五世」，則與諸誌銘皆合。案：唐河南道光州固始縣，今河南固始縣治；唐江南道福州侯官縣，在今福建閩侯縣西。又案：集一本侯官作候官。後漢書鄭弘傳注引晉太康地理志曰：「東冶後改爲東候官。」御覽職官部三十九引臨海記曰：「漢元鼎五年，立都尉府於候官，以鎮撫二越，所謂東南一尉者也。」州郡部十六引郡國志曰：「漢武元鼎六年立都尉，居候官，以禦兩越，所謂東南一尉，西北一候也。」是漢時本名候官。然吴志虞翻傳曰：「翻追隨營護，到東部侯官。」（或謂「部」字衍。）三嗣主孫休傳曰：「永安三年，黜亮爲侯官侯。」晉書地理志揚州晉安郡有侯官縣。宋書州郡志江州晉安郡侯官縣下曰：「後漢曰東侯官，屬會稽。」續漢書郡國志會稽郡東部侯國，錢竹汀廿二史攷異十四以爲東侯官之譌。似後漢已稱侯官矣。○王公墓誌曰：「王審知之據郡也，嘗署大父爲安遠使，已而謝去。考諱居政，以行義稱于州里，及公有位于朝，陪祀延禰室，官至祕書丞。」與介甫所撰墓碣同。王容季墓誌曰：「曾大父諱廷金，仕閩王爲安遠軍使。大父諱居正，贈祕書丞。」「金」字「正」字，均與碣異。○王公墓碣曰：「慶曆五年，天子以尚書都官員外郎、通判荆南府王公爲侍御史，居一年，以入三司爲户部判官，又一年，還之爲言事御史。頃之奏事殿中，疾作歸，翌日卒。公諱某字某，生五男子：回、向、固、同、冏。」墓誌曰：「公諱平，字保衡。章聖後元年，以同進士出身，授許州司理參軍，再爲臨安、扶溝二縣主簿，除開封府法曹參軍。尋除祕書省著作佐郎，在職如故。就遷太常博士，入爲審刑詳議官，除尚書屯田員外郎，通判徐州，未行，丁祕書憂。免喪還臺，出通判荆州府，遷都官員外郎。朝廷高選憲屬，于是有臺端之召。除三司户部判官。享年六十三。」皆不言兵部，此及下「兵部」字疑當作「都官」。○王公墓誌曰：「以皇祐己丑八月十二日葬於汝陰之旌義新安里。」○深甫文集序曰：「深甫，福州侯官人，今家於潁。嘗舉進士中其科，爲亳州衛真縣主簿，未一歲棄去，遂不復仕。」宋史儒林傳曰：「回爲衛真簿，有所不合，稱病自逸，退居潁州。」案：宋淮南路亳州衛真縣，在今河南鹿邑縣東。○曾子固金華縣君曾氏墓誌銘曰：「夫人嫁王氏，爲侍御史諱平妻，姓曾氏，泉州晉江人。子五人，回、向、固、同、冏，皆有學行。回有道，爲儒宗。向、冏尤有文。夫人兄魯公公亮，實爲宰相當國，然夫人處里舍彌約，未嘗以爲泰。」○深甫文集序曰：「卒于治平二年之七月二十八日，年四十有三。天子嘗以某軍節度推官、知陳州南頓縣事就其家命之，而深甫既卒矣。」曾氏墓誌銘曰：「子回，忠武軍節度推官、知陳州南頓縣事。」長編二百五曰：「治平二年六月，前亳州衛真縣主簿王回爲忠武軍節度使推官、知南頓縣，爲知制誥沈遘、王陶等所薦，命下而回卒。」案：宋京西北路許州：許昌郡，忠武軍節度，治長社縣。陳州：南頓縣，在今河南項城縣北。○長編二百四十五曰：「熙寧六年五月癸亥，録故忠武軍節度推官王回子汾爲郊社齋郎。先是右正言、同判國子監常秩言回學術行義：『臣自蒙召對，陛下嘗問及回之爲人，近又被旨進其遺文，今有子汾，望特賜甄録。』故有是命。」王仲言揮麈後録卷六曰：「深父子汶（疑「汾」字傳寫誤），字道原，詩文尤奇，有集，先人作序行於世。」（仲言父性之也。）○曾子固王容季文集序曰：「吾友王氏兄弟曰回深甫，曰向子直，曰冏容季，皆善屬文，長於敘事。深甫尤深，而子直、容季蓋能稱其兄者也。予嘗敘深甫、子直之文，銘容季之墓，而容季之兄固子堅，又集容季之遺稿，屬余序之。」案：冏墓誌亦稱其仲兄固子堅，惟同之字未詳。儒林傳稱弟同字容季，「同」蓋「冏」字之誤。元豐類稾元刊本王容季墓誌銘「冏」亦誤「同」，他本作「冏」，是也。揮麈後録卷六言冏字子直，向字容季，「冏」「向」二字又互誤。又案：曾氏墓誌曰：「回、向、同、冏皆蚤世。」則回諸弟中，惟固壽耳。

嗚呼深父！惟德之仔肩，以迪祖武。厥艱荒遐，力必踐取。莫吾知庸，亦莫吾侮。神則尚反，歸形此土。茅曰：「多沈鬱之思。」吳先生曰：「究極筆勢，跌宕自喜。」

詩敬之曰：「佛時仔肩。」毛傳曰：「仔肩，克也。」○廣雅釋言曰：「迪，蹈也。」詩下武曰：「繩其祖武。」毛傳曰：「武，迹也。」○詩南山毛傳曰：「庸，用也。」小爾雅廣言曰：「庸，善也。」○左昭七年正考父鼎銘曰：「亦莫余敢侮。」○禮記檀弓下曰：「延陵季子適齊，於其反也，其長子死，葬於嬴、博之閒。既封，左袒右還其封且號者三，曰：骨肉歸復於土，命也，若魂氣則無不之也。」祭義曰：「衆生必死，死必歸土，此之謂鬼。骨肉斃于下，陰爲野土，其氣發揚于上，爲昭明，焄蒿悽愴，此百物之精也，神之著也。」

兵部員外郎馬君墓誌銘

馬遵，宋史附吕景初傳。

馬君諱遵，字仲塗，世家饒州之樂平。舉進士，自禮部至於廷，書其等皆第一。守祕書省校書郎，知洪州之奉新縣，移知康州。當是時，天子更置大臣，欲有所爲，求才能之士，以察諸路。茅曰：「點綴如生，筆筆有神。」而君自大理寺丞除太子中允、福建路轉運判官，以憂不赴。憂除，知開封縣，爲江淮荆湖兩浙制置發運判官。於是君爲太常博士，朝廷方尊寵其使事，以監六路，乃以君爲監察御史，又以爲殿中侍御史，遂爲副使。已而還之臺，以爲言事御史。至則彈宰相之爲不法者，宰相用此罷，而君亦以此出知宣州。至宣州一日，移京東路轉運使，又還臺爲右司諫、知諫院，又爲尚書禮部員外郎、兼侍御史、知雜事、同判流内銓。數言時政，多聽用。曾曰：「以上科第、官階。」

宋江南東路饒州樂平縣，今江西樂平縣治。○宋江南西路洪州奉新縣，今江西奉新縣治。○九域志曰：「嶺南東路康州：晉康郡，治端溪縣。」案：今廣東德慶縣治。○轉運使，已見孫君碑注。職官志曰：「都運廢置不常，而正使不廢，若副使若判官，皆隨資之淺深稱焉。」隆平集卷一曰：「轉運判官，開寶六年，廣南路初除徐澤一員，太平興國三年，諸路並置。」○職官志曰：「發運使副判官，掌經度山澤財貨之源，漕淮（淮南路）、浙（兩浙路）、江（江南東西二路）、湖（荆湖南北二路）六路儲廩，以輸中都，而兼制茶鹽泉寶之政，及專舉刺官吏之事。」○歐陽永叔真州東園記曰：「龍圖閣直學士施君正臣、侍御史許君子元之爲使也，得監察御史裏行馬君仲塗爲其判官。」是遵先爲裏行，此誌不言，蓋略之耳。○沈曰：「長編：『慶曆五年正月乙亥，復置言事御史，以殿中侍御史梅摯、監察李京爲之。唐制，御史不專言職，故天禧初始置言事御史六員，其後久不除，至是以諫官員不足，復除之。今御史臺中丞廳之南，有諫官御史廳，蓋御史得兼諫職也。』（百五十四）『皇祐五年八月庚申，新知復州、主客員外郎、殿中侍御史裏行唐介爲殿中丞侍御史、充言事御史。』（百七十五）『至和二年十月己亥，開封府判官、殿中侍御史俞希孟爲言事御史。中丞張昪言希孟論事私邪，向者親發德音，面責希孟，故自言事臺官除開封府判官，中外喜快，今却充言事臺官，士人失望。又言事御史舊雖二員，自來多是止除一員，已有馬遵矣。壬寅，改希孟爲祠部員外郎，除荆湖南路轉運使。』（百八十一）按此即是御史之中，自有許之言事者，愚謂不許言事，亦無明文，惟以御史別受差遣爲重，自然不與言職耳。」○長編百七十六曰：「至和元年秋七月戊辰，禮部侍郎、平章事梁適罷，以本官知鄭州。先是殿中侍御史馬遵等彈適姦邪貪黷，任情循私，且弗戢子弟，不宜久居重位。適表乞與遵等辨，遵等即疏言：『光禄少卿向博師、前淮南轉運使張可久，嘗以贓廢，乃授左曹郎中；又留豪民郭秉在家賣買，奏與恩澤；張掞還自益州，賂適得三司副使。』中丞孫抃言：『適爲宰相，上不能持平權衡，下不能訓督子弟。言事之官，數有論奏，非罷適無以慰清議。』上乃罷之。己巳，殿中侍御史馬遵知宣州，（宣，元誤「宜」，今據誌及宋史正。）殿中侍御史呂景初通判江寧府，主客員外郎、殿中侍御史裏行吳中復通判虔州。梁適之得政也，中官有力焉。及遵等於上前極陳其過，上左右或言御史捃拾宰相，今誰敢當其任者。適既罷，左右欲并遵等去之。始遵等彈適多私，又言：『鹽鐵判官李虞卿，嘗推按茶賈李士宗負貼納錢十四萬緡，法當倍輸。而士宗與司門員外郎劉宗孟共商販，宗孟與適連親，適遽出虞卿提點陝西刑獄。』下開封府鞫其事，宗孟實未嘗與士宗共商販，且非適親，遵等皆坐是黜。」○九域志曰：「江南東路宣州：宣城郡，治宣城縣。」案：今安徽宣城縣治。○沈曰：「隱居詩話：『馬遵謫守宣州，及其去也，郡僚軍民爭欲駐留，至以鐵鎖絕江，遵於餞筵倚醉，令官妓剥榧實而食，眷眷若流連狀。夜使人絕鎖解舟，以水沃櫓牙，使之不鳴，逮曉，舟去遠矣。』」按：遵到官纔一日，吏民何至不忍其去？可見小說家之妄。○宋史馬遵傳曰：「其言事不激訐，故多見推行。杜衍、范仲淹皆稱道之。」

始，君讀書，即以文辭辯麗稱天下。及出仕，所至號爲辦治。論議條鬯，人反覆之而不能窮。平居頽然，若與人無所諧。及遇事有所建，則必得其所守。開封常以權豪請託不可治。客至有所請，君輒善遇之無所拒，客退，視其事，一斷以法。居久之，人知君之不可以私屬也，縣遂無事。及爲諫官御史，又能如此。於是士大夫歎曰：「馬君之智，蓋能時其柔剛以有爲也。」曾曰：「以上居官，剛柔悉協。」

辦治，一本「辦」作「辨」。案：說文刀部曰：「辨，判也。」段注曰：「辨從刀，俗作『辦』，爲『辨』別字，符蹇切。別作從力之『辦』爲『幹辦』字，蒲莧切。古『辨別』『幹辦』無二義，亦無二形二聲也。」○鬯，「暢」之通借字。

嘉祐二年，君以疾，求罷職以出，至五六，乃以爲尚書吏部員外郎、直龍圖閣，猶不許其出。某月某甲子君卒，年四十七。天子以其子某官某爲某官，又官其兄子持國某官。夫人某縣君鄭氏。以某年某月某甲子葬君信州之弋陽縣歸仁鄉裏沙之原。曾曰：「以上卒葬、妻子。」

宋江南東路信州弋陽縣，今江西弋陽縣治。○茅鈔「裏」作「襄」。

君故與予善，予常愛其智略，以爲今士大夫多不能如。惜其不得盡用，亦其不幸早世，不終於貴富也。然世方懲尚賢任智之弊，而操成法以一天下之士，則君雖壽考，且終於貴富，其所畜亦豈能盡用哉？茅曰：「有餘慨。」嗚呼！可悲也已。曾曰：「以上交誼徵銘之由。」

既葬，夫人與其家人謀，而使持國來以請，曰：「願有紀也，使君爲死而不朽。」

墨子有尚賢篇。

乃爲之論次，而繫之以辭曰：以上作銘。

歸以才能兮，茅曰：「銘亦奇。」又予以時。投之遠塗兮，使驟而馳。前無禦者兮，後有推之。忽稅不駕兮，其然奚爲？哀哀煢婦兮，孰慰其思？墓門有石兮，書以余辭。茅曰：「機圓。」

左襄十四年：「臧孫曰：夫二子者，或輓之，或推之。」○方言七曰：「稅，舍車也。」郭注曰：「稅猶脱也。」文選陸士衡招隱詩曰：「稅駕從所欲。」李善注曰：「『脱』與『稅』古字通。」○詩陳風曰：「墓門有棘。」

曾公夫人萬年太君黃氏墓誌銘

曾子固之祖母。

夫人江寧黃氏，兼侍御史、知永安場諱某之子，南豐曾氏贈尚書水部員外郎諱某之婦，贈諫議大夫諱某之妻。凡受縣君封者四：蕭山、江夏、遂昌、雒陽；受縣太君封者二：會稽、萬年。男子四，女子三。以慶曆四年某月日卒於撫州，壽九十有二。明年某月，葬于南豐之某地。以上家世、卒葬。

江寧府，南唐爲西都，宋初爲昇州，真宗天禧中改江寧府。（治上元、江寧二縣，今上元併入江蘇江寧縣。）黃某之仕，未知在何時。又，宋初西京置永安鎮，（真宗景德中升爲縣，在今河南鞏縣西南。）豈鎮置場務官邪？然與侍御史官品亦不合，（宋志，侍御史從六品。）未詳。○介甫户部郎中贈諫議大夫曾公墓誌銘曰：

「公諱致堯，字正臣，其先封鄫，鄫亡，去邑爲氏。王莽亂，都鄉侯據棄侯之豫章家之。蓋豫章之南昌，後分爲南豐，故今爲南豐人。可徒爲沂州刺史。（沂，集作「宜」，今依正宗。）再世生仁旺，贈尚書水部員外郎，公考也。公娶黃氏，生子男七人，仕者三人。（集無「七人仕者」四字，依正宗補。）易占嘗爲太常博士，以能文稱。公以博士故，贈至右諫議大夫。」案：餘見曾子固先大夫集後序注。○宋史職官志曰：「郎中、刺史、（曾致堯嘗爲之。）赤縣令，（曾易占知如皋、玉山，但皆非赤縣。）母封縣太君，妻封縣君。升朝官已上遇恩，並母封縣太君，妻封縣君。」○永叔尚書户部郎中贈右諫議大夫曾公（致堯）神道碑銘曰：「子男七人。」介甫所撰墓誌同。此云四人，豈其三人非黃所生耶？然子固父易占外，他亦不傳。○永叔曾公神道碑曰：「初葬南豐之東園，水壞其墓，某年月日改葬龍池鄉之源頭。慶曆六年夏，其孫鞏稱其父命以來請曰：願有述。」介甫曾公墓誌銘曰：「以祥符五年五月二十日疾不起，以其年某月日歸葬南豐之東園，公没八年而博士子鞏生，生若干年，水潰墓，移葬龍池鄉之原頭，某年月日也。葬有日，（集「若千年」作「三十五年」，而無下十九字，今亦依正宗。）鞏以博士命，次公生平事來請，曰：爲我誌而銘之。」案：碑誌皆不言祔，未詳。

夫人十四歲無母，事永安府君至孝，修家事有法。二十三歲歸曾氏，不及舅水部府君之養。以事永安之孝事姑陳留縣君，以治父母之家治夫家。事姑之黨，稱其所以事姑之禮；事夫與夫之黨，若嚴上然；眂子慈，眂子之黨若子然。以上宜家。每自戒不處白人善否，有問之，曰：「順爲正，婦道也，吾勤此而已。

處白人善否，靡靡然爲聰明，非婦人宜也。」以此爲女與婦，其傳而至於没，與爲女婦時弗差也。以上律己。故內外親無老幼疎近，無智不能，尊者皆愛，輩者皆附，卑者皆慕之。吳先生曰：「空敘，絕峻邁。」爲女婦在其前者，多自歎不及，後來者皆曰：「可矜法也。」其言色在視聽，則皆得所欲，其離别，則涕洟不能捨，有疾皆憂，及喪來弔哭，皆哀有餘。以上德感。於戲！夫人之德如是，總束一句。是宜有銘者。銘曰：

稱，尺證反。○視，古文从目爪聲。爪，「示」之古文也。○孟子滕文公下曰：「以順爲正者，妾婦之道也。」○其傳而至於没，沈曰：「傳謂傳家事於子婦。」○易萃「齎咨涕洟」，釋文曰：「洟，他麗反，又音夷。」鄭云：「自目曰涕，自鼻曰洟。」

女子之德，煦願愉愉。教隳弗行，婦妾乘夫。趨爲亢厲，勵之顓愚。猗嗟夫人，惟德之經。媚于族姻，柔色淑聲。其究女初，不傾不盈。誰疑不信，來監于銘。茅曰：「通篇虛景語，如貫珠，如連環。」○吳先生曰：「整齊變化，廉悍勁健。」

煦願，姚曰：「願，疑『愿』。」步瀛案：願，「愿」之借字。説文曰：「愿，謹也。」爾雅釋訓曰：「愉愉，和也。」○小爾雅廣言曰：「乘，凌也。」○法言序曰：「倥侗顓蒙。」李注曰：「顓蒙，頑愚也。」○詩猗嗟毛傳曰：「猗嗟，歎辭。」○詩思齊曰：「思媚周姜。」毛傳曰：「媚，愛也。」○于銘，吳先生曰：「于，疑『予』。」

度支副使廳壁題名記

介甫嘉祐三年冬十月命爲度支判官，已見上仁宗書注。長編百九十一曰：「嘉祐五年四月己卯，度支判官、祠部員外郎、直集賢院王安石同修起居注。」又介甫同修起居注狀曰：「臣去年始蒙恩特除直集賢院。」是四年已直集賢院，則度支判官到任當在其前。宋史仁宗紀載五年五月己酉，似稍晚，疑誤。蔡元鳳曰：「此公抑兼并之意。詩文屢言之，即異日青苗法行，所謂昔日貧者，舉息之於豪民，今之貧者，舉息之於官是也。」

三司副使，不書前人名姓。嘉祐五年，尚書户部員外郎吕君沖之，始稽之衆史，而自李紘已上至查道，得其名，自楊偕已上，得其官，自郭勸已下，又得其在事之歲時，於是書石而鑱之東壁。以上記廳壁題名。

職官志曰：「三司之職，國初沿五代之制，置使以總國計，應四方貢賦之入，朝廷不預，一歸三司。通管鹽鐵、度支、户部，號曰計省，位亞執政，目爲計相。使一人，以兩省五品以上及知制誥、雜學士、學士充，亦有輔臣罷政出外，召還充使者。掌邦國財用之大計，總鹽鐵、度支、户部之事，以經天下財賦，而均其出入焉。鹽鐵，掌天下山澤之貨，關市、河渠、軍器之事，以資邦國之用。度支，掌天下財賦之數，每歲均其有無，制其出入，以計邦國之用。户部，掌天下户口、税賦之籍，榷酒、工作、衣儲之事，以供邦國之用。副使以員外郎以上歷三路轉運及六路發運使充，判官以朝官以上曾歷諸路轉運、提點刑獄充。三部副使各一人，通簽逐部之事，三部判官各三人，分掌逐案之事。」○宋史吕景初傳曰：「景初，字沖之，開封酸棗人。以户部員外郎、判都水監，改度支副使。」○宋史李昌齡傳曰：「昌齡，宋州楚邱人。從子紘，字仲綱，歷梓州、陝西、河北路轉運使，遷侍御史知雜事，爲三司度支副使。」（長編百十三曰：「明道二年八月戊午，命度支副使、兵部員外郎李紘爲契丹國主生辰使。」知紘爲三司度支副使在明道時。）查道傳曰：「道字湛然，歙州休寧人。咸平四年舉賢良方正之士，策入，拜右正言、直史館，未幾，出爲西京轉運使。六年，始令三司使分部置副，召入，拜工部員外郎、充度支副使。」○宋史楊偕傳曰：「偕字次公，坊州中部人。以尚書户部員外郎、兼侍御史知雜事、判吏部流内銓，徙三司度支副使。（長編百十八：「景祐三年春正月，三司吏孫居中等請復現錢法，度支副使楊偕亦陳三説。」原注曰：「楊偕以此月壬寅始自度支副使除河北都漕。」是偕爲度支副使，至景祐三年始去職。）○宋史郭勸傳曰：「勸字仲褒，鄆州須城人。遷兵部員外郎、兼起居舍人、同知諫院。趙元昊襲父位，以勸爲官告使，所遺百萬，悉拒不受。（元昊襲父位，在明道元年，封元昊西平王，授定難軍節度使。其時旌節官告使爲工部郎中楊告，見長編百十一及宋史夏國傳，非楊偕也。長編百十五：「景祐元年冬十月，元昊酖其母衛慕氏，使來告哀，詔以内殿崇班、閤門祇候王中庸爲致祭使，兵部員外郎、兼起居舍人郭勸爲弔贈兼起復官告使。元昊賂遺勸等百萬，悉拒不受。」夏國傳同。是勸傳「元昊襲父位」當作「元昊母死告哀」也。）還兼侍御史知雜事、權判流内銓，遷工部郎中、度支副使。」（當即繼楊偕。）○玉篇曰：「鑱，仕衫、任懺二切，刺也，鏨也。」

夫合天下之衆者財，理天下之財者法，守天下之法者吏也。吏不良，則有法而莫守；法不善，則有財而莫理。有財而莫理，則阡陌閭巷之賤人，皆能私取予之勢，擅萬物之利，以與人主争黔首，而放其無窮之欲，非必貴强桀大而後能。如是而天子猶爲不失其民者，蓋特號而已耳。雖欲食蔬衣敝，憔悴其身，愁思其心，以幸天下之給足而安吾政，吾知其猶不得也。吴北江曰：「廉悍駿邁，從韓公來。」然則善吾法而擇吏以守之，以理天下之財，雖上古堯舜，猶不能毋以此爲先急，吴曰：「再加一折，不肯輕落，此見荆公筆力强處。」而況於後世之紛紛乎？以上論理財之法。

「桀」「傑」字通。爾雅釋丘郭注曰：「更有魁梧傑大者五。」釋文曰：「傑，今作『桀』。」〇孟子盡心上曰：「堯舜之知，而不徧物，急先務也。」

三司副使，方今之大吏，朝廷所以尊寵之甚備。蓋今理財之法，有不善者，其勢皆得以議於上而改爲之，非特當守成法，吝出入，以從有司之事而已。其職事如此，吴曰：「逆接。」則其人之賢不肖，利害施於天下如何也？觀其人，以其在事之歲時，以求其政事之見於今者，而考其所以佐上理財之方，則其人之賢不肖，與世之治否，吾可以坐而得矣。此蓋吕君之志也。以上揭明題目之用意。〇茅曰：「何等識見，何等筆力！」吴先生曰：「筆力豪悍，有崩山決澤之觀。」

論語子張篇曰：「猶之與人也，出内之吝，謂之有司。」〇以其在事之歲時，詩江有汜鄭箋曰：「以猶與也。」

〇孟子離婁下曰：「可坐而致也。」

祭范潁州文

臨川集原注曰「仲淹」。案：已見歐陽永叔文正范公神道碑。

嗚呼我公，一世之師。由初迄終，名節無疵。茅曰：「四句已括生平。」明肅之盛，身危志殖。瑤華失位，又隨以斥。治功亟聞，尹帝之都。閉姦興良，稚子歌呼。赫赫之家，萬首俯趨。獨繩其私，以走江湖。士争留公，蹈禍不慄。有危其辭，謁與俱出。風俗之衰，駭正怡邪。蹇蹇我初，人以疑嗟。力行不回，慕者興起。儒先酋酋，以節相侈。以上言屢遭貶謫。

明肅二句，謂請太后歸政事。○瑤華二句，謂諫廢郭后事。宋史后妃傳曰：「仁宗郭皇后廢居長樂宮。景祐元年，出居瑤華宮。」○「治功亟聞」四句，謂知開封府事。○「赫赫」四句，謂忤吕夷簡落職知饒州事。詩節南山毛傳曰：「赫赫，顯盛也。」○「士争留公」四句，謂尹師魯請與俱貶，歐陽永叔移書責高若訥，亦坐貶夷陵令。○「風俗之衰」八句，汪武曹曰：「言范公能變風俗之衰，而使之以節相侈也。」○歐陽永叔與尹師魯書曰：「五六十年來，天生此輩，沈默畏慎，布在世間，相師成風，忽見吾輩作此事，下至竈間老婢，亦相驚怪，交口議之，不知此事古人日日有也。」○易蹇六二曰：「王臣蹇蹇，匪躬之故。」○史記匈奴傳曰：「其儒先。」集解曰：「先，先生也。」漢書作「儒生也」。太玄中次七曰：「酋酋火魁。」范注曰：「酋，就也。」陸注曰：「秋物成就，故曰酋酋。」案：此言成就之意。爾雅釋訓曰：「侈，多也。」

公之在貶，愈勇爲忠。稽前引古，誼不營躬。外更三州，施有餘澤。如醨河江，以灌尋尺。宿臟自解，不以刑加。猾盜涵仁，終老無邪。講藝弦歌，慕來千里。溝川障澤，田桑有喜。以上三州政績。

三州，謂饒州、潤州、越州也。○漢書溝洫志注孟康曰：「釃，分也。」顏曰：「釃音山支反。」○論語陽貨篇曰：「子之武城，聞弦歌之聲。」年譜曰：「公遷建饒之郡學。饒之山水，大率秀拔，公識其形勝，曰妙果院一塔高峙，當城之東南，屹立千餘尺，城之下，枕瞰數湖，水脈連秀，於是名之曰文筆峯、硯池。學既建而生徒浸盛。」又潤州與李泰伯書云：「今潤州初建郡學，可能屈節教授。」又越州與李泰伯書云：「此地比丹陽，又似閒暇，可以卜居，請一來講説，因而圖之，誠衆望也。」案：即在三州建學之事。

戎孽猘狂，敢齮我疆。鑄印刻符，公屏一方。取將於伍，後常名顯。收士至佐，維邦之彥。聲之所加，虜不敢瀕。以其餘威，走敵完鄰。昔也始至，瘡痍滿道。汪曰：「追前描寫，極生色。」藥之養之，內外完好。既其無爲，飲酒笑歌。百城晏眠，吏士委蛇。以上經略西夏。

戎孽，指西夏趙元昊也。淮南氾論篇曰：「猘狗之驚，以殺子陽。」「猘」同「狾」。説文曰：「狾，狂犬也。」又曰：「齮，齧也。」○呂氏春秋貴直篇高注曰：「屏，障也。」○「取將於伍」二句，宋史狄青傳曰：「仲淹以左氏春秋授之曰：『將不知古今，匹夫勇爾。』青折節讀書，悉通秦漢以來將帥兵法，由是益知名。」又郭逵傳曰：「爲三班奉職，隸陝西范仲淹麾下，仲淹勉以問學。」又种世衡傳曰：「世衡受知於范仲淹，因立青澗功。」（此見世衡子附傳中。）○「收士至佐」二句，詩鄭風羔裘曰：「邦之彦兮。」毛傳曰：「彦，士之美稱。」案：范文正集有舉歐陽脩充經略掌書記狀、舉張方平經略掌書記狀、舉許渤簽署陝府判官事狀。又言行拾遺事録曰：「公言幕府賓客可爲己師者，乃辟之，雖朋友亦不可辟，蓋爲我敬之爲師，則必心懷尊奉，每事取法，於我有益耳。」宋史范仲淹傳曰：「汎愛樂善，士多出其門下。」石林燕語卷十曰：「范文正公用人，多取氣節，闊略細故，如孫威敏（沔謚）、滕達道（元發字）之徒，皆深所厚者。爲帥府，辟置多謫籍未牽敍人。或以問公，公曰：『人之有才能無瑕纇者，自應用於宰相。惟實有可用，不幸陷於過失者，不因事起之，則遂爲廢人矣。』世咸多公此意。」○虜不敢瀕，姚姬傳曰：「言虜不敢近邊也。」○走敵完鄰，富彦國范文正公墓誌銘曰：「涇原師再喪定川，（宋史仁宗紀曰：「慶曆二年九月，元昊寇定川，涇原路馬步軍副都總管葛懷敏戰没，諸將死者十四人。」）關輔復震，公知，親率兵連夜赴援，且將邀賊歸路擊之。會已出塞，遂班師。因移其兵糴于關輔，人心由是大定。」○説文曰：「痍，傷也。」○詩召南羔羊鄭箋曰：「委蛇，委曲自得之貌。」

上嘉曰材，以副樞密。稽首辭讓，至于六七。遂參宰相，釐我典常。扶賢贊傑，亂冗除荒。官更於朝，士變於鄉。百治具修，偷墮勉强。彼闕不遂，歸侍帝側。卒屏于外，身屯道塞。謂宜耇老，尚有以爲。神乎孰忍，使至於斯。蓋公之才，猶不盡試。肆其經綸，功孰與計？以上入朝未盡其用。

遂參宰相，謂拜參知政事。○扶賢贊傑，謂所舉人才；亂宂除荒，謂所陳十事也。見神道碑注。説文曰：「亂，治也；宂，散也。」文鑑作「冗」，字同，姚選作「穴」，誤。○「官更於朝」四句，指所陳精貢舉、擇官長等事。○「彼閼不遂」四句，謂入爲羣小所排，出爲陝西四路安撫使，歸又出知杭州也。説文曰：「閼，遮壅也。」禮記王制鄭注曰：「屏，猶放去也。」釋文曰：「屏，必郢反。」○易屯象傳曰：「君子以經綸。」案：黄魯直送范德孺知慶州詩曰：「乃翁知國如知兵，塞垣草木識威名。」又曰：「平生端有活國計，百不一試薶九京。」德孺，仲淹子純粹字，「乃翁」謂仲淹也。詩意與此文同。

自公之貴，廏庫逾空。和其色辭，傲訏以容。化于婦妾，不靡珠玉。翼翼公子，弊綈惡粟。閔死憐窮，惟是之奢。孤女以嫁，男成厥家。孰堙于深，孰鍥乎厚？其傳其詳，以法永久。以上述其行事。

傲訏以容，謂傲訏之人皆能容之。神道碑所謂「外和内剛，樂善汎愛」也。○禮記檀弓上鄭注曰：「靡，侈也。」○爾雅釋訓曰：「翼翼，恭也。」説文曰：「綈，厚繒也。」宋史范仲淹傳曰：「四子：純佑、純仁、純禮、純粹。」事見神道碑注。○「孤女以嫁」二句，錢君倚（公輔）義田記曰：「范文正公，蘇人也。平生好施與。方貴顯時，於其里中，買負郭常稔之田千畝，號曰義田，以養濟羣族。族之人日有食，歲有衣，嫁娶凶葬皆有贍。擇族之長而賢者一人，主其計而時其出納焉。日食人米一升，歲衣人衣一縑，嫁女者錢五十千，娶婦者二十千，再嫁者三十千，再娶者十五千，葬者如再嫁者之數，葬幼者十千，族之聚者九十口，入粳稻八百斛，以其所入，給其所聚，霈然有餘而無窮。」○孰堙于深，謂瘞墓誌也。周語下韋注曰：「堙，没也。」（姚本作「湮」，字通。）孰鍥乎厚，謂刻碑銘也。荀子勸學篇楊注曰：「鍥，刻也，苦結反。」

碩人今亡，邦國之憂。矧鄙不肖，辱公知尤。承凶萬里，不往而留。涕洟馳辭，以贊醪羞。以上致祭。○茅曰：「荆公爲人，多氣岸不妄變，所交者皆天下名人，故於其歿也，其文多奇崛之氣，悲愴之思，令人讀之不能不掩卷而涕洟。」方曰：「祭韓、范諸公文，此爲第一。」

詩考槃曰：「碩人之寬。」毛傳曰：「碩，大也。」○顧震滄王荆公年譜曰：「皇祐四年壬辰，公通判舒州。」○涕洟，已見曾公夫人黄氏墓誌銘注。案：集「洟」作「哭」，文鑑同，今依茅選。○説文曰：「醪，汁滓酒也。」方言十二郭注曰：「熟食爲羞。」

祭周幾道文

介甫尚書屯田員外郎周君墓誌銘曰：「君周姓，諱濤，字幾道，中慶曆六年進士甲科，歷亳州觀察推官，撫州軍事推官，著作佐郎，祕書丞，太常博士，尚書屯田員外郎，知汝州梁、杭州錢塘二縣。内行敏能，爲政壹自急飭，視民疾如在己，不肯釋事實爲名聲，要利所在，民愛譽甚於士大夫。治平三年六月，在京師，授簽書梓州判官事，七月十三日以官卒，年四十有四。以其年十月十六日，葬君揚州江都縣同軌南鄉東武里。」

初我見君，皆童而幘。意氣豪悍，崩山決澤。弱冠相視，隱憂阸窮。貌則侔年，心頽如翁。以上追敘少壯時之異。俛仰悲歡，超然一世。皓髮黧黬，分當先弊。反跌下文。孰知君子，赴我稱孤？發封涕洟，擧屋驚呼。以上驚悼其死。行與世乖，逆筆跌下。惟君繾綣。弔禍問疾，書猶在眼。寫交誼真摯。序銘於石，以報德音。設辭雖褊，義不愧心。敘作誌銘。君實愛我，祭其如歆。致祭。○茅曰：「文多淘洗，字字琳瑯。」

釋名釋首飾曰：「幘，蹟也，下齊眉蹟然也。」廣雅釋器曰：「幘，巾覆結也。」○阸窮，集作「困窮」，今依姚選。○禮記曲禮上曰：「二十曰弱冠。」○說文曰：「頫，低頭也。」重文作「俛」。○莊子列御寇篇：「槁項黃馘。」釋文引司馬彪曰：「黃馘謂面黃熟也。」楚辭九歎逢紛王注曰：「黧，黑也。」○儀禮既夕禮鄭注曰：「赴，走告也。」今文「赴」作「訃」。○詩民勞毛傳曰：「繾綣，反復也。」○小爾雅廣言曰：「褊，狹也。」○詩生民毛傳曰：「歆，饗也。」案：如，集作「知」，今依茅選，姚同。

祭曾博士易占文

介甫太常博士曾公墓誌銘曰：「公諱易占，字不疑，姓曾氏，建昌南豐人。中進士第，用舉者監真州裝卸米倉，遷太子中允、太常丞、博士，知泰州之如皋、信州之玉山二縣。知信州錢仙芝者，有所丐於玉山，公不與，即誣公，吏治之，得所以誣公者，仙芝則請出御史，當是時仙芝蓋有所挾，故雖坐誣公抵罪，而公亦卒失博士，歸不仕者十二年。復如京師，至南京病，遂卒。子男六人：曅、鞏、牟、宰、布、肇。

嗚呼！公以罪廢，實以不幸。卒困以夭，亦惟其命。命與才違，人實知之。名之不幸，知者爲誰？江曰：「四句側說，較上又進一層。」公之閭里，宗親黨友。知公之名，於實無有。嗚呼公初，公志如何？孰云不諧，而厄孔多？吳北江曰：「以上惜其不遇，而人不盡知其志。」地大天穹，有時而毀。星日脱敗，山傾谷圮。人居其閒，萬物一偏。固有窮通，世數之然。至其壽夭，尚何憂喜。要之百年，一蜕以死。吳曰：「識議英偉，振古絶今。以四言出之，尤爲奇縱。」方其生時，窘若囚拘。其死以歸，混合空虛。以生易死，死者不祈。唯其不見，生者之悲。吳曰：「警闢未經人道。」又曰：「以上横空發議，局勢開拓，筆力雄偉。」公今有子，能隆公後。惟彼生者，可無甚悼。嗟理則然，其情難忘。哭泣馳辭，往侑奠觴。吳曰：「以上收束。」○茅曰：「悲戚。」吳曰：「議論驚創出色。」

爾雅釋詁曰：「穹，大也。」又曰：「圮，毁也。」○文選賈生鵩鳥賦曰：「愚士繫俗兮，窘若囚拘。」○莊子至樂篇曰：「莊子之楚，見空髑髏，髐然有形，撽以馬捶，因而問之曰：『夫子貪生失理，而爲此乎？將子有亡國之事，斧鉞之誅，而爲此乎？將子有不善之行，愧遺父母妻子之醜，而爲此乎？將子有凍餒之患，而爲此乎？將子之春秋故及此乎？』於是語卒，援髑髏，枕而臥。夜半，髑髏見夢曰：『子之談者，似辯士，諸子所言，皆生人之累也，死則無此矣。子欲聞死之説乎？』莊子曰：『然。』髑髏曰：『死，無君於上，無臣於下，亦無四時之事，從然以天地爲春秋，雖南面王樂不能過也。』莊子不信曰：『吾使司命復生子形，爲子骨肉肌膚，反子父母妻子，閭里知識，子欲之乎？』髑髏深矉蹙頞曰：『吾安能棄南面王樂，而復爲人閒之勞乎？』」此文「以生易死」二句，似隱用此意。

祭高師雄主簿文

師雄事蹟未詳。

我始寄此，與君往還。於時康定、慶曆之閒。奇崛。愛我勤我，急我所難。以上舊日交誼。日月一世，開。疾於跳丸。南北幾時，相見悲歡。以上蹤跡離合。去歲憂除，追尋陳迹。淮水之上，冶城之側。握手笑語，有如一昔。以上去年相見江寧。屈指數日，待君歸舲。安知彌年，乃見哭庭？以上卒。維君家行，可謂修飭。如其智能，亦豈多得？以上行事。垂老一命，終於遠域。豈唯故人，所爲歎惜？撫棺一奠，以告心惻。尚饗！以上致祭。○茅曰：「奇崛之文。」

蔡元鳳王文公年譜考略曰：「寶元二年己卯，十九歲，二月十三日，父益卒，年四十六。楚公（益追封）通判江寧，即卒於官，葬於江寧牛首山，子孫遂家焉。康定元年庚辰，二十歲。明年冬十一月，改元慶曆。憶昨詩曰：『母兄呱呱泣相守，三年厭食鍾山薇。』自寶元二年二月居喪，至慶曆元年服闋。」案：康定、慶曆閒，介甫居憂江寧，蓋嘗與高往還也。○韓退之秋懷詩曰：「日月如跳丸。」○年譜考略曰：「嘉祐八年八月，安石母吳氏卒于京師。治平元年，公在江寧居喪，二年七月服除。三年、四年公在江寧。」案：此云「去歲憂除」，則此文作於治平三年也。○太平寰宇記曰：「江南東道昇州江寧縣：淮水，北去縣一里，源從宣州東南溧水縣烏剎橋西流入百五十里。又上元縣：古冶城，在今縣西五里，本吳鑄冶之地，因以爲名。」九域志曰：「江南東路江寧府：建康軍節度，治上元、江寧二縣。」（今上元併入江寧縣。）○一昔，案：「昔」

「夕」字通，廣雅釋詁四曰：「昔，夜也。」左哀四年曰：「楚人爲一昔之期。」○説文曰：「數，計也。」楚辭九章涉江王注曰：「舲，船有牕牖者。」○禮記檀弓上：「孔子哭子路於中庭。」鄭注曰：「寢中庭也。與哭師同，親之。」○周禮春官大宗伯曰：「壹命受職。」○易井九三曰：「爲我心惻。」

祭丁元珍學士文

介甫司封員外郎祕閣校理丁君墓誌銘曰：「晉陵丁君卒。王某曰：『噫！吾僚也，方吾少時，輔我以仁義者。』君諱寶臣，字元珍，少與其兄宗臣，皆以文行稱鄉里，號爲二丁。知端州，儂智高反，攻至其治所。君出戰，能有所捕斬，然卒不勝，乃與其州人皆去而避之，坐免一官。英宗即位，以尚書屯田員外郎編校祕閣書籍，遂爲校理、同知太常禮院。君質直自守，接上下以恕，雖貧困，未嘗言利，於朋友故舊，無所不盡。故其不幸廢退，則人莫不憐，少進也，則皆爲之喜。居無何，御史論君嘗廢矣，不當復用，遂出通判永州，世皆以咎言者，謂爲不宜。君以治平三年待闕於常州，於是再遷尚書司封員外郎。以四年四月四日卒，年五十八。」案：歐陽永叔有集賢校理丁君墓表，曾子固亦有祭丁元珍文。

我初閉門，汪曰：「從自己説起。」屈首書詩。一出涉世，茫無所知。援挈覆護，免於阽危。吴曰：「逆提。」雖培浸灌，使有華滋。微吾元珍，汪曰：「落到元珍，筆意飄然。」吴曰：「逆接。」我殆弗殖。如何棄我，隕命一昔？汪曰：「乘勢即滚出元珍之死，已下方敘其生平。」以忠出恕，以信行仁。至於白首，困厄窮屯。又從擠之，吴曰：「勁折峭健。」使以躓死。豈伊人尤，吴曰：「逆接。」天實爲此。有槃彼石，可誌於丘。吴曰：「逆提。」雝不屬我，吴曰：「逆接。」我其徂求。吴曰：「此四句蕭閒淡永，韻味可入風詩。」請著君德，銘之九幽。以馳我哀，不在醪羞。吴曰：「逆收。」○茅曰：「情痛而吐辭激昂。」吴曰：「四言之體，自退之後，唯介甫爲工，不及韓之瑰怪恣肆，而矜鍊崛屼，句法亦極錯綜變化，奧樸入古，最爲可觀。其訣專在多用逆折之筆也。」

楚辭離騷王注曰：「阽猶危也。」漢書文帝紀注服虔曰：「阽音反坫之坫。」孟康曰：「阽音屋檐之檐。」如淳曰：「阽近邊欲墮之意。」顔曰：「服、孟二音並通。」○雝，「邕」之借字，今字作「壅」，廣雅釋詁二曰：「壅，障也。」○我殆，集「殆」作「始」，今依姚選。○左昭十八年：「閔馬父曰：夫學殖也，不學將落。」杜注曰：「殖，生長也。」○一昔，見祭高師雄文注。○「槃」「磐」字同，文選海賦李善注引聲類曰：「磐，大石也。」易漸孔疏曰：「山中石磐紆，故稱磐也。」○爾雅釋詁曰：「徂，往也。」○謝希逸爲朝士與袁顗書曰：「德洞九幽，功貫三曜。」

唐宋文舉要甲編卷八　宋文二十首

霸縣高步瀛學

蘇明允

蘇洵，字明允，眉州眉山人（今四川眉縣治）。舉進士及茂材異等，（歐陽永叔蘇明允墓誌銘云「舉茂材異等」，宋史文苑傳從之，東都事略儒學蘇洵傳作「舉賢良」。）皆不中。悉焚常所爲文，閉户益讀書，遂通六經百家之説，下筆頃刻數千言。嘉祐閒，與其二子軾、轍皆至京師，翰林學士歐陽脩上其所著書二十二篇，既出，士大夫争傳之，一時學者競效蘇氏爲文章。宰相韓琦見其書善之，奏於朝，召試舍人院，辭疾不至，遂除祕書省校書郎。會太常修纂建隆以來禮書，乃以爲霸州文安縣主簿，與陳州項城令姚闢同修禮書，爲太常因革禮一百卷，書成，方奏未報，卒。宋史入文苑傳，東都事略入儒學傳。

權書十首録二

宋史文苑傳稱明允所著書二十二篇，即幾策二篇，權書十篇，衡論十篇也。

六國

史記六國年表索隱曰：「六國魏、韓、趙、楚、燕、齊，并秦凡七國，號曰七雄。」○何仲默曰：「老泉論六國賂秦，其實借論宋賂契丹之事，而卒以此亡，可謂深謀先見之識矣。」（杭堇浦訂訛類編續補卷下曰：「老泉者，眉山蘇氏塋有老人泉，子瞻取以自號，故子由祭子瞻文云：『老泉之山，歸骨其旁。』而今人多指爲其父明允之稱，蓋誤于梅都官有老泉詩故也。」）

六國破滅，非兵不利，戰不善，弊在賂秦。汪武曹曰：「劈頭提破。」賂秦而力虧，破滅之道也。或曰：「六國互喪，率賂秦耶？」曰：「不賂者以賂者喪，儲同人曰：「伏齊、趙、燕。」蓋失强援，不能獨完，故曰弊在賂秦也。」以上言六國之滅由賂秦。

案：秦始皇十七年滅韓，十九年滅趙，（趙公子嘉立爲代王，至始皇二十五年始滅。）二十二年滅魏，二十四年滅楚，二十五年滅燕，（二十一年秦拔薊，燕王喜走遼東，至是始滅。）二十六年滅齊。史記秦始皇本紀曰：「二十六年，秦初并天下。」

秦以攻取之外，小則獲邑，大則得城。較秦之所得，與戰勝而得者，其實百倍。諸侯之所亡，與戰敗而亡者，其實亦百倍。則秦之所大欲，諸侯之所大患，固不在戰矣。思厥先祖父，暴霜露，斬荆棘，以有尺寸之地，子孫視之不甚惜，舉以予人，如棄草芥。今日割五城，明日割十城，然後得一夕安寢。

起視四境，而秦兵又至矣。汪曰：「感慨激昂，淋漓痛快。」然則諸侯之地有限，暴秦之欲無厭，奉之彌繁，侵之愈急，故不戰而强弱勝負已判矣。至于顛覆，理固宜然。古人云：「以地事秦，猶抱薪救火，薪不盡，火不滅。」此言得之。以上言割地賂秦之害。

諸侯之所大患，文編無「之」字，茅選同。○左襄十四年：「戎子駒支曰：我諸戎翦除其荆棘。」○舉以予人，茅選「予」作「與」。案：「予」即「與」之通借字。○方言三曰：「芥，草也。自關而西，或曰草，或曰芥。」○史記蘇秦傳：「秦説韓宣惠王曰：大王之地有盡，而秦之求無已，以有盡之地而逆無已之求，此所謂市怨結禍者也，不戰而地已削矣。」又虞卿傳：「虞卿對曰：且王之地有盡，而秦之求無已，以有盡之地而給無已之求，其勢必無趙矣。」兩説語意相同。又蘇秦傳：「蘇代約燕昭王曰：秦之行暴，正告天下。」陸賈傳曰：「皇帝起豐沛，討暴秦。」説文曰：「猒，飽也。」「厭」乃「猒」之借字。○魏策四：「孫臣謂魏王曰：『以地事秦，譬猶抱薪而救火也，薪不盡，則火不止。今大王之地有盡，而秦之求無窮。』」是薪火之説也。史記魏世家：「蘇代謂魏王曰：且夫以地事秦，譬猶抱薪救火，薪不盡，火不滅。」

齊人未嘗賂秦，茅曰：「應。」終繼五國遷滅，何哉？與嬴而不助五國也。五國既喪，齊亦不免矣。汪曰：「齊未嘗賂秦，故抽出另發。」燕、趙之君，始有遠略，能守其土，義不賂秦。汪曰：「燕、趙始亦不賂秦，故亦抽出另發。」是故燕雖小國而後亡，斯用兵之效也。至丹以荆卿爲計，始速禍焉。趙嘗五戰于秦，二敗而三勝，後秦擊趙者再，李牧連卻之，洎牧以讒誅，邯鄲爲郡，惜其用武而不終也。且燕、趙處秦革滅殆盡之際，可謂智力孤危，戰敗而亡，誠不得已。汪曰：「就革滅殆盡，生出『向使』一段，見得前此之時，六國皆存，猶可有爲，宜并力攻秦。」向使三國各愛其地，楚、魏、韓。齊人勿附于秦，刺客不行，燕。良將猶在，趙。則勝負之數，存亡之理，當與秦相較，或未易量。以上不賂者以賂者喪，假使六國同心抗秦，不至破滅。

史記田敬仲完世家曰：「后勝相齊，多受秦閒金，多使賓客入秦。秦又多予金，客皆爲反閒，勸王去從朝秦，不修攻戰之備，不助五國攻秦，五國已亡，秦兵卒入臨淄，民莫敢格者。王建遂降，遷於共。」秦策一高誘注曰：「與猶助也。」○史記燕世家曰：「燕見秦且滅六國，秦兵臨易水，禍且至燕，太子丹陰養壯士二十人，使荆軻獻督亢圖於秦，因襲刺秦王，秦王覺，殺軻，使將軍王翦擊燕，燕王亡徙居遼東，秦拔遼東，虜燕王喜，卒滅燕。」刺客傳曰：「荆軻者，衛人也，而之燕，燕人謂之荆卿。」索隱曰：「卿者，時人尊重之號。」○左隱三年曰：「所以速禍也。」○燕策一：「蘇秦說燕文侯曰：秦、趙五戰，秦再勝而趙三勝。」鮑注曰：「設辭也。」○史記趙世家曰：「趙王遷三年，秦攻赤麗、宜安，李牧率師與戰肥下，卻之。四年，秦攻番吾，李牧與之戰，卻之。」李牧傳曰：「趙以李牧爲大將軍，擊秦軍於宜安，大破秦軍，走秦將桓齮，封李牧爲武安君。居三年，秦攻番吾，李牧擊破秦軍。」案：秦攻番吾在四年，傳云居三年，則在六、七年，然六國表亦在四年。梁曜北史記志疑曰：「當作『居一年』。」是也。又曰：「案趙策，武安君名繓，子活反，則牧有二名。」○趙世家曰：「幽繆王遷七年，秦人攻趙，趙大將李牧、將軍司馬尚將擊之，李牧誅，司馬尚免，趙怱及齊將顔聚代之，趙怱軍破，顔聚亡去，以王遷降。八年十月，邯鄲爲秦。」李牧傳曰：「趙王遷七年，秦使王翦攻趙，趙使李牧、司馬尚禦之，秦多與趙王寵臣郭開金，爲反間，言李牧、司馬尚欲反。趙王乃使趙葱及齊將顔聚代李牧，李牧不受命。趙使人微捕得李牧斬之，廢司馬尚。後三月，王翦因急擊趙，大破殺趙葱，虜趙王遷及其將顔聚，遂滅趙。」清統志曰：「直隸廣平府：邯鄲故城，在今邯鄲縣西南。戰國屬趙，敬侯元年，自晉陽徙都於此。秦始皇十九年置邯鄲郡。」文選東京賦薛注曰：「洎，及也。」

嗚呼！以賂秦之地，封天下之謀臣，以事秦之心，禮天下之奇才，并力西嚮，茅曰：「洗發痛快。」汪曰：「上既總六國説當攻秦，此遂爲畫攻秦之策，妙在即串在賂秦上。」則吾恐秦人食之不得下咽也。茅曰：「宕。」悲夫！有如此之勢，汪曰：「又從攻秦串出賂秦。」而爲秦人積威之所劫，日削月割，以趨於亡。爲國者無使爲積威之所劫哉！以上惜六國爲秦積威所劫。

史記秦始皇本紀後附班孟堅記曰：「餐未及下咽，酒未及濡脣，楚兵已屠關中，真人翔霸上，素車嬰組，奉其符璽以歸帝者。」韓退之張中丞傳後敘曰：「雖食且不下咽。」

夫六國與秦皆諸侯，其勢弱於秦，而猶有可以不賂而勝之之勢。苟以天下之大，下而從六國破亡之故事，是又在六國下矣。結出本意。○茅曰：「一篇議論，由戰國策縱人之説來，卻能與戰國策相伯仲。」儲曰：「謂此悲六國乎？非也。劉六符來求地，歲幣頓增，五城十城之割，如水就下，直易易耳。借古傷心，淋漓深痛。」

下而從，茅選無「下」字。○宋真宗景德元年，與契丹主（聖宗）爲澶淵之盟，宋輸遼歲幣銀十萬兩，絹二十萬匹。仁宗慶曆二年，契丹遣蕭英、劉六符至宋求關南十縣地。富弼再使契丹，卒定盟，加歲幣銀絹各十萬兩匹，且欲改稱「獻」或「納」，弼皆不可。仁宗用晏殊議，竟以「納」字許之。此宋賂契丹之事也。至於西夏，亦復有賂。慶曆三年，元昊上書請和，賜歲幣絹十萬匹，茶三萬斤。見宋史真宗、仁宗本紀，寇準、曹利用、富弼等傳，及續資治通鑑長編。此雖非割地，然幾與割地無異，故明允慨乎其言之也。

項籍

史記項羽本紀曰：「項籍者，下相人也，字羽。」

吾嘗論項籍有取天下之才，而無取天下之慮；曹操有取天下之慮，而無取天下之量；劉備有取天下之量，而無取天下之才。汪曰：「一主二客，平列說起，客中卻又有虛有實。」故三人者，終其身無成焉。且夫不有所弃，茅曰：「虛案。」不可以得天下之勢；不有所忍，不可以盡天下之利。是故地有所不取，城有所不攻，勝有所不就，敗有所不避。其來不喜，其去不怒，肆天下之所爲，而徐制其後，乃克有濟。以上言取天下者，必有所棄與忍。

三國志魏志武帝紀曰：「太祖武皇帝，沛國譙人也，姓曹，諱操，字孟德。」○三國志蜀志先主傳曰：「先主姓劉，諱備，字玄德，涿郡涿縣人。」

嗚呼！項籍有百戰百勝之才，而死於垓下，無惑也。茅曰：「入題一跌。」汪曰：「入題超然。」吾於其戰鉅鹿也，見其慮之不長，量之不大，汪曰：「應『慮』字、『量』字。」未嘗不怪其死於垓下之晚也。汪曰：「怪其死之晚，是進一步擒題法。」方籍之渡河，沛公始整兵嚮關，籍於此時，若急引軍趨秦，及其鋒而用之，可以據咸陽，制天下。茅曰：「本旨。」不知出此，而區區與秦將争一旦之命。既全鉅鹿，汪曰：「又就戰鉅鹿，轉到沛公入關。」而猶徘徊河南、新安間，至函谷，則沛公入咸陽數月矣。夫秦人既已安沛公而讎籍，則其勢不得强而臣。故籍雖遷沛公漢中，而卒都彭城，使沛公得還定三秦，則天下之勢，在漢不在楚。楚雖百戰百勝，汪曰：「對『百戰百勝之才』。」尚何益哉？故曰：「兆垓下之死者，鉅鹿之戰也。」以上論羽當急入關，不宜戰鉅鹿。

孫子謀攻篇曰：「百戰百勝，非善之善者也。」○史記項羽本紀曰：「項王軍壁垓下，兵少食盡，漢軍及諸侯兵圍之數重。項王直夜潰圍南出，馳走，陷大澤中，漢追及之。項王欲東渡，烏江亭長檥船待，謂項王曰：『願大王急渡。』項王笑曰：『天之亡我，我何渡爲？』乃自刎而死。」集解徐廣曰：「垓下在沛之洨縣。」應劭曰：「垓音該。」李奇曰：「沛，洨縣聚邑名也。」索隱曰：「張揖三蒼注云：垓，堤名，在沛郡。」正義曰：「垓下是高岡絶巖，今猶高三四丈，其聚邑及堤在垓之側，因取名焉。今在亳州真源縣東十里。」清統志曰：「安徽鳳陽府：垓下聚，在靈壁縣東南。」○吾於，集「於」作「觀」，三蘇文粹及茅選作「於」，今從之。○項羽本紀曰：「章邯擊趙，大破之，令王離、涉閒圍鉅鹿，章邯軍其南，築甬道而輸之粟。楚王召宋義與計事而大説之，因置以爲上將軍，項羽爲次將，范增爲末將，救趙。諸别將皆屬宋義，號爲卿子冠軍。行至安陽，留四十六日不進。項羽曰：『吾聞秦軍圍趙王鉅鹿，疾引兵渡河，楚擊其外，趙應其內，破秦軍必矣。』宋義曰：『不然。今秦攻趙，戰勝則兵罷，我承其敝。不勝，則我引兵鼓行而西，必舉秦矣。』乃飲酒高會。天寒大雨，士卒凍飢。項羽曰：『將戮力而攻秦，久留不行，乃曰承其敝。夫以秦之彊，攻新造之趙，其勢必舉趙，趙舉而秦彊，何敝之承？』項羽晨朝宋義，即其帳中斬宋義頭，出令軍中曰：『宋義與齊謀反楚，楚王陰令羽誅之。』諸將乃相與共立羽爲假上將軍。使桓楚報命於懷王，懷王因使項羽爲上將軍。項羽乃悉引兵渡河，皆沈船，破釜甑，燒廬舍，持三日糧，以示士卒必死，無一還心。於是至則圍王離，與秦軍遇，九戰，絕其甬道，大破之，殺蘇角，虜王離，涉閒不降楚，自燒殺。當是時，楚兵冠諸侯。」清統志曰：「直隸順德府：鉅鹿故城，今平鄉縣治。」○史記高祖本紀曰：「趙數請救，懷王乃以宋義爲上將軍，項羽爲次將，范增爲末將，北救趙，令沛公西略地入關，與諸將約，先入定關中者，王之。」○史記高祖本紀：「韓信說漢王曰：軍吏士卒皆山東之人也，日夜跂而望歸，及其鋒而用之，可以有大功。」韓王信傳作「及其鋒東鄉，可以爭天下」。案：秦都咸陽。清統志曰：「陝西西安府：渭城故城，在今咸寧縣東（今併入長安縣），即秦所都咸陽也。」○項羽本紀曰：「項羽悉引兵擊秦軍汙水上，大破之。章邯使人見項羽，欲約。項羽乃與期洹水南殷虛上。已盟，章邯見項羽而流涕，爲言趙高。項羽乃立章邯爲雍王，置楚軍中。使長史欣爲上將軍，將秦軍爲前行。到新安，楚軍夜擊阬秦卒二十餘萬人新安城南。行略定秦地，函谷關有兵守關，不得入，又聞沛公已破咸陽，項羽大怒，使當陽君等擊關，項羽遂入至于戲西。」正義引括地志曰：「新安故城，在洛州澠池縣東一十三里，漢新安縣城也，即阬秦卒處。函谷關，在陝西桃林縣西南十二里，秦函谷關也。」清統志曰：「河南河南府：河南故城，在洛陽縣西；新安故城，在澠池縣東，今改爲搭泥鎮。」又曰：「陝州：函谷關，在靈寶縣西南。」○項羽本紀曰：「項羽、范增疑沛公之有天下，又惡負約，恐諸侯叛之，乃陰謀曰：『巴、蜀道險，秦之遷人皆居蜀。』乃曰：『巴、蜀亦關中地也。』故立沛公爲漢王，王巴、蜀、漢中，都南鄭。項王自立爲西楚霸王，王九郡，都彭城。」清統志曰：「陝西漢中府：南鄭故城，在今南鄭縣東。江蘇徐州府：彭城故城，即今府治（今銅山縣治）。」○項羽本紀曰：「三分關中，王秦降將，以距塞漢王。項王乃立章邯爲雍王，王咸陽以西，都廢丘。立司馬欣爲塞王，王咸陽以東至河，都櫟陽。立董翳爲翟王，王上郡，都高奴。」索隱引孟康曰：「廢丘，縣名，今槐里是也。」正義引括地志曰：「犬丘故城，一名廢丘，故城在雍州始平縣東南十里。櫟陽故城，一名萬年城，在雍州櫟陽東北二十五里。延州州城即漢高奴城。」清統志曰：「陝西西安府：槐里故城，在興平縣東南；櫟陽故城，在臨潼縣東北七十里。延安府：高奴故城，在膚施縣東。」項羽本紀又曰：「漢還定三秦。」高祖本紀曰：「漢元年八月，漢王用韓信之計，從故道還襲雍王章邯，章邯迎擊漢陳倉，雍兵敗，還走止戰好畤，又復敗，走廢丘，漢王遂定雍地，東至咸陽，引兵圍雍王廢丘。二年，漢王東略地，塞王欣、翟王翳皆降，引水灌廢丘，廢丘降，章邯自殺。」

或曰：「雖然，籍必能入秦乎？」曰：「項梁死，章邯謂楚不足慮，故移兵伐趙，有輕楚心，而良將勁兵，盡於鉅鹿。籍誠能以必死之士，擊其輕敵寡弱之師，入之易耳。且亡秦之守關，與沛公之守，善否可知也。沛公之攻關，與籍之攻，善否又可知也。以秦之守，而沛公攻入之，沛公之守，而籍攻入之，然則亡秦之守，籍不能入哉？」此言籍之才必能入秦。

項羽本紀曰：「秦悉起兵益章邯，擊楚軍，大破之定陶。項梁死，章邯已破項梁軍，則以爲楚地兵不足憂，乃渡河擊趙。」〇高祖本紀曰：「或説沛公，急使兵守函谷關，無内諸侯軍，稍徵關中兵以自益，距之。沛公然其計，從之。十一月中，項羽果率諸侯兵西入關，關門閉。聞沛公已定關中，大怒，使黥布等攻破函谷關。」

或曰：「秦可入矣，如救趙何？」曰：「虎方捕鹿，羆據其穴，搏其子，虎安得不置鹿而返，返則碎於羆明矣。軍志所謂攻其必救也。使籍入關，王離、涉閒必釋趙自救，籍據關逆擊其前，趙與諸侯救者十餘壁躡其後，覆之必矣。是籍一舉解趙之圍，而收功於秦也。戰國時，魏伐趙，齊救之，田忌引兵疾走大梁，因存趙而破魏。汪曰：「通篇議論，因此事而生。」彼宋義號知兵，殊不達此，屯安陽不進，而曰待秦敝。吾恐秦未敝，而沛公先據關矣。籍與義俱失焉。」汪曰：「引宋義，乃借客作主。」〇以上入關即所以救趙。

孫子虛實篇曰：「故我欲戰，敵雖高壘深溝不得不與我戰者，攻其所必救也。」〇史記秦始皇本紀，琅邪臺立石刻有武城侯王離。又王翦傳曰：「秦使王翦之孫王離擊趙，項羽救趙，擊秦軍，虜王離。」項羽本紀集解引張晏曰：「涉閒，涉姓，閒名，秦將也。」〇項羽本紀曰：「諸侯軍救鉅鹿下者十餘壁，莫敢縱兵，及楚擊秦，諸將皆從壁上觀，楚戰士無不以一當十，諸侯軍無不人人惴恐。」〇史記孫子傳曰：「魏伐趙，趙急，請救於齊，齊威王欲將孫臏，臏辭，乃以田忌爲將，而孫子爲師。田忌欲引兵之趙，孫子曰：『今梁、趙相攻，輕兵鋭卒必竭於外，老弱罷於內，君不若引兵疾走大梁，據其街路，衝其方虛，彼必釋趙而自救，是我一舉解趙之圍，而收弊於魏也。』田忌從之，魏果去邯鄲，與齊戰於桂陵，大破梁軍。」案：魏都大梁，即今河南開封縣。然史記六國年表，齊敗魏桂陵，在魏惠王十八年；而魏世家，三十一年徙治大梁。然集解引竹書紀年曰：「梁惠成王九年四月甲寅，徙都大梁。」小司馬索隱駁之。然以孫子傳證之，則紀年似非無因，或九年徙都，當兩都並重，至三十一年，乃不以安邑爲國都耳。○項羽本紀索隱曰：「今宋州楚丘西北四十里有安陽故城。」清統志曰：「山東曹州府：安陽城，在曹縣東。」

是故，古之取天下者，常先圖所守。諸葛孔明弃荆州而就西蜀，吾知其無能爲也。汪曰：「説孔明所以應劉備也。」且彼未嘗見大險也，彼以爲劍門者可以不亡也。吾嘗觀蜀之險，其守不可出，其出不可繼，兢兢而自完猶且不給，而何足以制中原哉？若夫秦、漢之故都，沃土千里，洪河大山，真可以控天下，又烏事夫不可以措足如劍門者而後曰險哉？今夫富人，必居四通五達之都，使其財布出於天下，然後可以收天下之利。有小丈夫者，得一金櫝而藏諸家，拒户而守之。嗚呼！是求不失也，非求富也。大盜至，劫而取之，又焉知其果不失也？汪曰：「只就客設譬喻結案，不説客，正意不更歸到主，作法奇變。」○茅曰：「蘇氏父子往往按事後成敗立説，而非其至，然其文特雄，近戰國策。」

蜀志諸葛亮傳曰：「建安十六年，益州牧劉璋遣法正迎先主，使擊張魯。亮與關羽鎮荆州，先主自葭萌還攻璋，亮與張飛、趙雲等率衆泝江，分定郡縣，與先主共圍成都。成都平，以亮爲軍師將軍，署左將軍府事。」案：後漢荆州南郡治江陵縣，今湖北江陵縣治；益州蜀郡治成都縣，今四川成都縣治。○水經漾水注曰：「清水又東南經小劍戍，北去大劍三十里，連山絶險，飛閣通衢，故謂之劍閣也。」元和郡縣志曰：「劍州普安縣：大劍山，亦曰梁山，在縣北四十九里，姜維保劍門以拒鍾會，即此也；大劍鎮，在縣東四十八里。劍閣道，自利州益昌縣界西南十里，至大劍鎮合今驛道，諸葛亮相蜀，鑿石駕空爲飛梁閣道，以通行路。」清統志曰：「四川保寧府：大劍山在劍州北，又有小劍山，與大劍山相屬。劍門關，在劍州東北，即劍閣道也。」案：劍州今改劍閣縣。○漢書地理志曰：「秦地沃野千里。」魯語下韋注曰：「沃，肥美也。」班固西都賦曰：「左據函谷、二崤之阻，表以太華、終南之山，右界褒斜、隴首之險，帶以洪河、涇、渭之川。」○沈蓮溪（濂）懷小編卷八曰：「北史魏毛脩之傳：『崔浩與脩之論武侯云：「亮之相備，英雄奮發之時，君臣相得，魚水爲喻，而不能與曹氏争天下，棄荆州，退入巴蜀，守窮崎嶇之地，僭號邊夷之閒，此策之下者。可以趙佗爲偶，而以爲管、蕭之亞匹，不亦過乎？且亮既據蜀，弗量勢力，嚴威切法，控勒蜀人，欲以邊夷之衆，抗衡上國，出兵隴右，再攻岐山，一攻陳倉，疏遲失會，摧衄而反，後入秦川，更求野戰，魏人知其意，以不戰屈之，智窮勢盡，發病而死。由是言之，豈合古人之善將，見可知難乎？」』案：浩之輕詆前賢如此，蓋自負而不自量，卒致族滅取禍，非無由也，視諸葛之一生謹慎何如哉？蘇老泉權書謂『孔明棄荆州而就西蜀，吾知其無能爲』，成敗論人，所見略與崔浩同。」

六經論六首録二

茅曰：「蘇氏父子兄弟，於經術甚疎，故論六經處，大都渺茫不根，特其行文縱横，往往空中布景，絶處逢生，令人有凌雲御風之態。」

禮論

夫人之情，安於其所常爲，無故而變其俗，則其勢必不從。汪武曹曰：「變其俗是虛説，下文使之事君事父事兄，是變其俗之實。又下文坐其君父兄而拜之，又是事君事父事兄之實。」聖人之始作禮也，不因其勢之可以危亡困辱之者，以厭服其心，汪曰：「反筆含『恥』字順説下。」而徒欲使之輕去其舊，而樂就吾法，不能也。故無故而使之事君，無故而使之事父，無故而使之事兄。彼其初非如今之人知君父兄之不事則不可也，而遂翻然以從我者，吾以恥厭服其心也。汪曰：「正筆出清『恥』字，是逆説。」彼爲吾君，彼爲吾父，彼爲吾兄，聖人曰：「彼爲吾君父兄，何以異於我？」汪曰：「拈『異』字生出議論。」於是坐其君與其父以及其兄，而己立於其旁，且俛首屈膝於其前以爲禮，而謂之拜，率天下之人而使之拜其君父兄。夫無故而使之拜其君，無故而使之拜其父，無故而使之拜其兄，則天下之人將復嗤笑以爲迂怪而不從，而君父兄又不可以不得其臣子弟之拜而徒爲其君父兄。沈確士曰：「長句越見筆力。」於是聖人者又有術焉，以厭服其心，而使之肯拜其君父兄。然則聖人者果何術也？恥之而已。汪曰：「就『以恥厭服其心』正面暢言之。上文『恥』字，在『厭服其心』上；此處『恥』字，在『厭服其心』之下。」又曰：「此與上文兩層虛說『恥』字，已下乃『恥之』之實。」○以上聖人使人拜其君父兄，以恥厭服其心。

厭，乃「壓」之本字。說文曰：「厭，笮也。」漢書景帝紀顏注曰：「厭，服也。」廣雅釋言曰：「壓，鎮也。」後人以「壓」爲之。

古之聖人，將欲以禮治天下之民，故先自治其身，使天下皆信其言。曰：「此人也，其言如是，是必不可不如是也。」故聖人曰：「天下有不拜其君父兄者，吾不與之齒。」汪曰：「『恥之』之實。」而天下之人亦曰：「彼將不與我齒也。」於是相率以拜其君父兄，以求齒於聖人。雖然，彼聖人者，必欲天下之拜其君父兄何也？其微權也。以上「恥之」之術，爲聖人之微權。

以禮治天下之民，集「治」作「法」，文粹、文編、茅選皆作「治」，今從之。○禮記王制曰：「終身不齒。」鄭注曰：「齒猶録也。」周禮大司寇曰：「不齒三年。」鄭注曰：「不得以年次列於平民也。」○而天下之人，文編「而」下有「使」字。

彼爲吾君，彼爲吾父，彼爲吾兄，聖人之拜不用於世，吾與之皆坐於此，皆立於此，比肩而行於此，無以異也。吾一旦而怒，奮手舉梃而搏逐之，可也。何則？彼其心常以爲吾儕也，不見其異於吾也。聖人知人之安於逸而苦於勞，汪曰：「『勞』『逸』二字，是此篇歸根。」故使貴者逸而賤者勞。且又知坐之爲逸，而立且拜者之爲勞也，故舉其君父兄坐之於上，而使之立且拜於下。汪曰：「就『異』字發揮。」明日彼將有怒作於心者，徐而自思之，必曰：「此吾鄉之所坐而拜之，且立於其下者也。聖人固使之逸而使我勞，是賤於彼也。奮手舉梃以搏逐之，吾心不安焉。」刻木而爲人，朝夕而拜之，他日析之以爲薪，而猶且忌之。沈曰：「妙喻在於淺。」彼其始木焉，已拜之猶且不敢以爲薪。汪曰：「只就譬喻說住，高極。」故聖人以其微權，而使天下尊其君父兄，而權者又不可以告人，故先之以恥。汪曰：「又就『權』字，歸到『恥』上。」○以上申言以不齒恥之，即聖人教民知禮之權。

小爾雅廣服曰：「杖謂之梃。」廣雅釋詁三曰：「搏，擊也。」○說文曰：「儕，等輩也。」○「不見其異」上集再出「何則」二字，文粹、文編、茅選皆無此二字，今從之。

嗚呼！其事如此，然後君父兄得以安其尊而至于今。今之匹夫匹婦，莫不知拜其君父兄，乃曰：「拜起坐立，禮之末也。」不知聖人其始之教民拜起坐立如此之勞也。此聖人之所慮，而作易以神其教也。汪曰：「去路。」○茅曰：「老蘇以禮爲强世之術，文甚縱横，而議論頗僻矣。」沈曰：「大意謂聖人之微權，在於教民知恥，而所以教民知恥者，在乎自治其身以作之則，而民自習而安之，此防微杜漸之意也。一氣相生，遞折而下，如泰山之雲，起於膚寸，不崇朝而瀰漫六合，是爲宇內偉觀。」○老蘇六經論，亦自成一家言，其議一貫，樂論一篇，全從禮論生出。姚氏録五篇，而獨遺禮論，不惟樂論無所附麗，即易、詩兩論亦無根矣。亦猶今詩選杜子美古蹟詠懷五首，「諸葛大名垂宇宙」一首爲作者命意之歸宿，而姚氏取前四首獨遺此首，皆不可解也。

明允易論曰：「聖人之道，得禮而信，得易而尊，信之而不可廢，尊之而不敢廢，故聖人之道，所以不廢者，禮爲之明，而易爲之幽也。」

樂論

禮之始作也，難而易行；既行也，易而難久。承禮論來。難而易行，總括禮論大意；易而難久，隱隱激起樂之作用來，非複述禮論也。天下未知君之爲君，父之爲父，兄之爲兄，而聖人爲之君父兄。天下未有以異其君父兄，而聖人爲之拜起坐立。天下未肯靡然以從我拜起坐立，而聖人身先之以恥。嗚呼！其亦難矣。天下惡夫死也久矣，聖人招之曰：「來，吾生爾。」儲曰：「告語。」既而其法果可以生天下之人，天下之人，視其嚮也如此之危，而今也如此之安，則宜何從？故當其時，雖難而易行，既行也，天下之人，視君父兄，如頭足之不待別白而後識，視拜起坐立，如寢食之不待告語而後從事。雖然，百人從之，一人不從，則其勢不得遽至乎死。天下之人，不知其初之無禮而死，而見其今之無禮而不至乎死也，則曰：「聖人欺我。」故當其時，雖易而難久。以上言禮易行而難久，以見聖人當更有所作，以濟其窮。

史記儒林傳序曰：「天下之學士，靡然鄉風矣。」○禮記曲禮上曰：「人有禮則安，無禮則危。」○詩相鼠曰：「人而無禮，胡不遄死？」

嗚呼！聖人之所恃以勝天下之勞逸者，獨有死生之説耳。死生之説不信於天下，承禮論「天下皆信其言」來。則勞逸之説將出而勝之，沈曰：「死生之説勝，禮之所以行；勞逸之説勝，禮之所以難久。全從罅縫中著筆。」勞逸之説勝，則聖人之權去矣。酒有鴆，肉有堇，然後人不敢飲食。藥可以生死，然後人不以苦口爲諱。去其鴆，徹其堇，則酒肉之權，固勝於藥。儲曰：「全以喻洗發聖人之權去。」聖人之始作禮也，其亦逆知其勢之將必如此也，沈曰：「空中翻簸。」曰：「告人以誠，而後人信之。」幸今之時，吾之所以告人者，其理誠然，而其事亦然，故人以爲信。吾知其理，而天下之人知其事。事有不必然者，則吾之理不足以折天下之口，此告語之所不及也。沈曰：「非可以口説勝，惟無言之化足以神。」告語之所不及，必有以陰驅而潛率之，於是觀之天地之間，得其至神之機，而竊之以爲樂。以上樂所以濟禮之窮。

魯語上韋注曰：「鴆，鳥也，其羽有毒，漬之酒而飲之，立死。」又晉語二韋注曰：「堇，烏頭也。」○韓子外儲説左上曰：「夫良藥苦於口，而知者勸而飲之，知其入而已疾也。」説苑正諫篇：「孔子曰：良藥苦於口，利於病。」又見家語六本篇，史記留侯世家、淮南王傳。

雨，吾見其所以溼萬物也；日，吾見其所以燥萬物也；風，吾見其所以動萬物也。隱隱谹谹，而謂之雷者，彼何用也？儲曰：「申天地間至神之機。」陰凝而不散，物蹷而不遂，雨之所不能溼，日之所不能燥，風之所不能動，雷一震焉，而凝者散，蹷者遂。曰雨者，曰日者，曰風者，以形用；曰雷者，以神用。用莫神於聲，故聖人因聲以爲樂。爲之君臣父子兄弟者，禮也，禮之所不及，而樂及焉。正聲入乎耳，而人皆有事君事父事兄之心。儲曰：「正講只數句。」則禮者固吾心之所有也，沈曰：「仍歸到禮上，此與孟子事親從兄吻合。」而聖人之説，又何從而不信乎？汪曰：「應『信』字結。」○茅曰：「論樂之旨非是，而文特婀娜百折，無限煙波。」劉曰：「後半風馳雨驟，極揮斥之致，而機勢圓轉如轆轤。」

易説卦傳曰：「風以散之，雨以潤之，日以烜之。」又曰：「撓萬物者莫疾乎風，燥萬物者莫熯乎火，潤萬物者莫潤乎水。」○詩殷其靁毛傳曰：「殷，靁聲也。」釋文曰：「殷音隱。」司馬相如上林賦曰：「沈沈隱隱，砰磅訇磕。」說文曰：「谹，谷中聲也。」廣韻十三耕曰：「谹，户萌切。」字又作「谹」、作「砿」。廣雅釋詁四曰：「砿，聲也。」又作「耾」。宋玉風賦曰：「耾耾雷聲。」法言問道篇曰：「隱隱耾耾。」易豫象傳曰：「雷出地奮，先王以作樂崇德。」○孟子離婁上曰：「仁之實，事親是也；義之實，從兄是也；禮之實，節文斯二者是也；樂之實，樂斯二者。樂則生矣，生則惡可已也？惡可已，則不知足之、蹈之、手之、舞之。」與此文可相證。

上歐陽内翰書

邵氏聞見後録卷十五載雷簡夫上歐陽内翰書曰：「伏見眉州人蘇洵，年踰四十，寡言笑，淳謹好禮，不妄交游，嘗著六經、洪範等論十篇，爲後世計。張益州一見其文，歎曰：『司馬遷死矣，非子吾誰與？』簡夫亦謂之曰：『生，王佐才也。』嗚呼！起洵於貧賤之中，簡夫不能也，然責之亦不在簡夫也。若知洵不以告於人，則簡夫爲有罪矣。用是不敢固其初心，敢以洵聞左右。恭維執事職在翰林，以文章忠義爲天下師，洵之窮達，宜在執事。嚮者洵與執事不相聞，則天下不以是責執事，今也讀簡夫之書，既達於前，而洵又將東見執事於京師，今而後天下將以洵累執事矣。」葉少藴避暑録話卷下曰：「張安道與歐陽文忠素不相能。嘉祐初，安道守成都，文忠在翰林，蘇明允求知安道，安道曰：『吾何足以爲重？其歐陽永叔乎？』不以其隙爲嫌也。乃爲作書辦裝，使人送之京師，謁文忠，文忠得明允所著書，亦不以安道薦之非其類，即極力推轝，天下於是高此兩人。」案：此書作於仁宗嘉祐元年，時永叔爲翰林學士，故曰内翰。○嘉祐集「書」上有「第一」二字。

內翰執事：洵布衣窮居，常竊自歎，以爲天下之人，不能皆賢，不能皆不肖。故賢人君子之處於世，合必離，離必合。汪曰：「總第一段意。」往者天子方有意於治，而范公在相府，富公爲樞密副使，執事與余公、蔡公爲諫官，尹公馳騁上下，用力於兵革之地。汪曰：「合。」方是之時，天下之人，毛髮絲粟之才，紛紛然而起，汪曰：「襯出自己。」合而爲一。而洵也，自度其愚魯無用之身，不足以自奮於其間，退而養其心，幸其道之將成，汪曰：「從『合』字串出己之欲道有成。」而可以復見於當世之賢人君子。汪曰：「『復見』即爲下文『將往見』之根。」又曰：「己之爲文，節次本在第三段中敘述，卻先在第一段中敘諸公離合處插入夾敘。」又曰：「所謂道即末段己之文章是也。」不幸道未成，而范公西，富公北，執事與余公、蔡公分散四出，而尹公亦失勢，奔走於小官。汪曰：「從道之未成串出『離』。」洵時在京師，親見其事，忽忽仰天歎息，以爲斯人之去，而道雖成，不復足以爲榮也。既復自思念，汪曰：「又就『離』字串出己之欲道有成。」往者衆君子之進於朝，其始也必有善人焉推之，今也亦必有小人焉閒之。應「不能皆賢」。今之世，無復有善人也則已矣。應「不能皆不肖」。如其不然也，吾何憂焉？姑養其心，使其道大有成，而待之何傷？退而處十年，雖未敢自謂其道有成矣，然浩浩乎其胸中若與曩者異。而余公適亦有成功於南方，執事與蔡公復相繼登於朝，富公復自外入爲宰相，其勢將復合爲一。汪曰：「就其道之有成，串出離而復合。」喜且自賀，以爲道既已粗成，而果將有以發之也。儲曰：「文勢略頓，隨即提起，屈曲縱放。」既又反而思其向之所慕望愛悅之而不得見之者，蓋有六人焉，今將往見之矣。而六人者，已有范公、尹公二人亡焉，則又爲之潸然出涕以悲。嗚呼！二人者不可復見矣。而所恃以慰此心者，猶有四人也，則又以自解。思其止於四人也，則又汲汲欲一識其面，以發其心之所欲言。汪曰：「『猶有四人』『止於四人』，一意反復說。」而富公又爲天子之宰相，遠方寒士未可遽以言通於其前；儲曰：「卸。」而余公、蔡公，遠者又在萬里外；儲曰：「卸。」獨執事在朝廷間，而其位差不甚貴，可以叫呼扳援而聞之以言。而饑寒衰老之病，又痼而留之，使不克自至於執事之庭。曲折。夫以慕望愛悅其人之心，茅曰：「又掣前來復說一番。」十年而不得見，茅曰：「婉曲。」而其人已死，如范公、尹公二人者，則四人者之中，非其勢不可遽以言通者，何可以不能自往而遽已也？以上敍諸公離合，以致其慕望愛悅之心。

常竊自歎，集「常」作「嘗」，「自」作「有」，觀瀾文乙集亦作「有」。○觀瀾「洵」作「某」，下並同，惟「洵之知」作「洵」。○觀瀾呂東萊注曰：「離合之說，本出國語。」步瀛案：國語無此文。史記周本紀：「周太史儋見秦獻公曰：始周與秦國合而別，別五百載復合，合十七歲而霸王者出焉。」離合之説似出此。豈春秋後語載之，故吕引爲國語歟？○慶曆三年，范文正公參知政事，已見歐陽永叔范公神道碑注。又是年富鄭公爲樞密副使，已見尹子漸墓誌銘注。爲樞密副使，觀瀾作「在樞密」。○長編百四十曰：「慶曆三年三月癸巳，太子中允、集賢校理歐陽脩爲太常丞並知諫院，以太常博士、集賢校理余靖爲右正言，諫院供職。夏四月，著作佐郎、館閣校勘蔡襄爲祕書丞、知諫院。初，王素、余靖、歐陽脩除諫官，襄作詩賀之，辭多激勸。三人者以其詩薦於上，尋有是命。」○慶曆三年，尹師魯知涇州，又知渭州，兼涇原路經略部署，見歐陽永叔尹師魯墓誌銘。○慶曆四年六月，范公爲陝西河東宣撫使。八月，富公爲河北宣撫使。已見范公神道碑、尹子漸墓誌銘注。○歐陽文忠年譜曰：「慶曆五年，時二府杜正獻、范文正、韓忠獻、富文忠公以黨論相繼去，公上書辨之。小人素已憾公，會公孤甥張氏犯法，諫官錢明逸因以財産事及公，下開封鞫治，府尹楊日嚴觀望傅會，上命户部判官蘇安世、入内供奉官王昭明監勘，得無他。八月甲戌，猶落龍圖閣直學士，罷都轉運按察使，降知制誥、知滁州。」長編百五十二曰：「慶曆四年十月，祕書丞、直史館、同修起居注、知諫院蔡襄以親老乞鄉郡。己酉，授右正言、知福州。」（襄謂陳執中不可執政，不從，襄因求出。）百五十五曰：「五年五月，知制誥余靖前後三使契丹，益習外國語，嘗對契丹主爲蕃語詩，侍御史王平、監察御史劉元瑜等劾奏靖失使者體，請加罪。元瑜又言知制誥不當兼領諫職。庚午，出靖知吉州。」○尹公失勢，見尹師魯墓誌銘。○洵時在京師，案：王見大蘇詩總案卷一：「慶曆五年，明允自夔巫下荆渚，將游京師。七年，與史經臣同舉制科。」○宋史余靖傳曰：「知虔州，丁父憂去。儂智高反邕州，乘勝掠九郡，以兵圍廣州。朝廷方顧南事，就喪次起靖爲祕書監、知潭州，改桂州，詔以廣南西路委靖經制，智高西走邕州，靖策其結援交阯，而脅諸峒以自固，乃約李德政會兵擊賊於邕州，備萬人糧以待之，而詔亦給緡錢二萬，助德政興師，且約賊平更賞以緡錢二萬。又募儂、黃諸姓酋長，皆縻以職，使不與智高合。既而朝廷遣狄青、孫沔將兵共討賊，青卻交阯援兵不用。賊平，就遷靖給事中，御史梁蒨言賞薄，又遷尚書工部侍郎。」長編百七十二曰：「皇祐四年六月乙亥，起復前衛尉卿余靖爲祕書監、知潭州。後七日，改爲廣西路安撫使、知桂州。」百七十三曰：「秋七月丙午，命知桂州余靖經制廣南東西路盜賊。」百七十四曰：「五年二月乙酉，知桂州、祕書監余靖爲給事中，仍詔靖留屯邕州，經制餘黨，候處置畢，乃還桂州。五月丁未，給事中、知桂州余靖爲工部侍郎。」○歐陽文忠年譜曰：「至和元年九月辛酉，遷翰林學士。壬戌，兼史館修撰。至和二年六月己丑，上書論宰相陳執中，已而乞外，改翰林侍讀學士、集賢殿修撰，出知蔡州。侍御史趙抃、知制誥劉敞上疏留公。七月戊午，復領舊職。」○永叔端明殿學士蔡公墓誌銘曰：「丁父憂，服闋，除判三司鹽鐵句院，復修起居注。皇祐四年，遷起居舍人。至和元年，遷龍圖閣直學士、知開封府。」○宋史富弼傳曰：「徙知鄭、蔡、河陽，加觀文殿學士，宣徽南院使，判并州。至和二年，召拜同中書門下平章事。」○其勢將復合，集一本無此句。○觀瀾「自賀」作「相賀」。○六人焉，集一本無「焉」字。○范文正卒，見神道碑。尹師魯卒，見墓誌銘。○詩大東曰：「潸焉出涕。」毛傳曰：「潸，涕下貌。」釋文曰：「潸，所姦反。」○歐陽永叔余襄公神道碑銘曰：「公留廣西逾年，撫緝完復，嶺海肅然。又遣人入特磨，襲取智高母及其弟一人，俘于京師，斬之。拜集賢院學士。」又蔡公墓誌銘曰：「至和元年，知開封府。三年，（據長編，「三」當作「二」。）以樞密直學士知泉州，徙知福州，未幾復知泉州。」

執事之文章，天下之人莫不知之。然竊自以爲洵之知之特深，愈於天下之人。汪曰：「此二句與『欲執事知其知我』，乃此一段關鍵。」何者？孟子之文，語約而意盡，不爲巉刻斬絕之言，而其鋒不可犯。韓子之文，如長江大河，渾浩流轉，魚黿蛟龍，萬怪惶惑，而抑遏蔽掩，不使自露，而人望見其淵然之光，蒼然之色，亦自畏避不敢迫視。執事之文，紆餘委備，往復百折，而條達疏暢，無所間斷；氣盡語極，急言竭論，而容與閑易，無艱難勞苦之態。此三者，皆斷然自爲一家之文也。惟李翺之文，其味黯然而長，其光油然而幽，俯仰揖讓，有執事之態；陸贄之文，遺言措意，切近的當，有執事之實。汪曰：「既以孟、韓相較量，又引李、陸形容之，波瀾極闊。」而執事之才，又自有過人者。蓋執事之文，非孟子、韓子之文，而歐陽子之文也。汪曰：「前總斷三家，此以孟、韓鉤清歐公。」夫樂道人之善而不爲諂者，以其人誠足以當之也。彼不知者，則以爲譽人以求其悅己也。夫譽人以求其悅己，洵亦不爲也，而其所以道執事光明盛大之德而不自知止者，亦欲執事之知其知我也。汪曰：「『欲執事知其知我』句，與『執事何從知之』，及『自譽以求人之知己』句，相對針，乃是以己之知歐公，引出欲歐公之知己。」○以上評歐陽公之文，以見己知公之深。

楚辭離騷曰：「遵赤水而容與。」王注曰：「容與，游戲貌。」又九歌湘君曰：「聊逍遥兮容與。」管子水地篇曰：「宋之水輕勁而清，故其民閒易而好正。」「閑」「閒」字通借。○新唐書陸贄傳曰：「卒贈兵部尚書，謚曰宣。」餘見唐文陸敬輿注。藝文志別集有陸贄議論表疏集十二卷，又翰苑集十卷。○論語季氏篇：「孔子曰：樂道人之善，益矣。」

雖然，執事之名滿於天下，雖不見其文，而固已知有歐陽子矣。汪曰：「承『欲執事知其知我』，翻出下『將使執事何從知之』。」而洵也不幸墮在草野泥塗之中，而其知道之心，又近而粗成，欲徒手奉咫尺之書，自託於執事，將使執事何從而知之，何從而信之哉？洵少年不學，生二十五歲始知讀書，從士君子遊，年既已晚，而又不遂刻意厲行，以古人自期，而視與己同列者，皆不勝己，則遂以爲可矣。其後困益甚，然後取古人之文而讀之，始覺其出言用意，與己大異，時復內顧自思其才，則又似夫不遂止於是而已者。由是盡燒其曩時所爲文數百篇，取論語、孟子、韓子及其他聖人賢人之文，而兀然端坐終日以讀之者，七八年矣。方其始也，入其中而惶然，博觀於其外，而駭然以驚。及其久也，讀之益精，而其胸中豁然以明，若人之言固當然者，然猶未敢自出其言也。時既久，胸中之言日益多，不能自制，試出而書之，已而再三讀之，渾渾乎覺其來之易矣，汪曰：「與前『浩浩乎胸中若與曩者異』相應，所謂

『道之粗成』也。」然猶未敢以爲是也。近所爲洪範論、史論凡七篇，執事觀其如何？嘻！區區而自言，不知者又將以爲自譽以求人之知己也。汪曰：「『譽人』『自譽』相照應。」惟執事思其十年之心如是之不偶然也而察之。茅曰：「何等結束。」○以上自述學文之經歷，望歐公之知己。○茅曰：「此書凡三段。一段歷敘諸君子之離合，見己慕望之切；二段稱歐陽公之文，見己知公之深；三段自敘平生經歷，欲歐陽之知之也。而情事婉曲周折，何等意氣，何等風神！」汪曰：「茅評固然，然尤妙在第一段中。歷敘諸君子離合，即將自己於道之成未成夾敘，既爲第一段之綫，又爲第三段之根。則十年慕望愛悅諸君子之心，即十年求道之心，首尾融洽，打成一片矣。若第一段中止敘諸君子離合，見己慕望之切，不將己之於道預爲插入，至第三段乃始更端自敘，其於法不已疎乎？」吳先生曰：「『執事之文章』以下，論文絕精，前幅則頗傷繁。」

傅藻紀年録曰：「明允少不習學，年二十有七，始發憤讀書，六年而大究六經百家之旨。」○左襄三十年：「趙孟曰：使吾子辱在泥塗久矣。」○漢書韓信傳：「廣武君曰：發一乘之使，奉咫尺之書。」顏注曰：「八寸曰咫。咫尺者，言其簡牘或長咫或長尺，喻輕率也。今俗言尺書或言尺牘，蓋其遺語耳。」○然後取，觀瀾作「復取」。○燒其，集一本無「其」字。○宋延清自洪府舟行詩曰：「兀坐去沈滓。」案：「兀」「阢」字通，蓋端坐之貌。○茅選「嘻」上有「噫」字。

送石昌言北使引

蘇子瞻跋送石昌言引曰：「右嘉祐元年九月十九日，先君送石昌言北使文一首，其字則軾年二十一時所書與昌言本也。今蓄於陳履常氏。昌言名揚休，善爲詩，有名當時，終於知制誥。」長編百八十三曰：「仁宗嘉祐元年八月丙寅，刑部員外郎、知制誥石揚休爲契丹國母生辰使。」宋史石揚休傳曰：「揚休，字昌言。其先江都人，後徙京兆，七代祖藏用依其親眉州刺史李滈，遂爲眉州人。」姚曰：「蘇明允之考名序，故蘇氏諱『序』，或曰『引』，或曰『説』。」○文鑑「石昌言」下有「舍人」二字，茅選有「爲」字，集「北使」作「使北」，文訣作「北使」，與蘇子瞻跋合，今從之。

昌言舉進士時，吾始數歲，未學也。憶與羣兒戲先府君側，昌言從旁取棗栗啖我，家居相近，又以親戚故甚狎。昌言舉進士，日有名，吾後漸長，亦稍知讀書，學句讀屬對聲律，未成而廢。昌言聞吾廢學，雖不言，察其意甚恨。後十餘年，昌言及第第四人，守官四方，不相聞。吾日以壯大，乃能感悔，摧折復學。又數年，遊京師，見昌言長安，相與勞問，如平生歡。出文十數首，昌言甚喜稱善。吾晚學無師，雖日爲文，中心自慚，及聞昌言説，乃頗自喜。今十餘年，又來京師，而昌言官兩制，乃爲天子出使萬里外强悍不屈之虜庭。建大旆，從騎數百，送車千乘，出都門，意氣慨然。樓迂齋曰：「語壯。」自思爲兒時，見昌言先府君旁，安知其至此？姚曰：「此明允胸襟陋處，昌黎必不然也。」徐又錚曰：「此數語特與下『驛亭』『介馬』相映濃淡耳，言之正見真趣，未必便是陋處。」富貴不足怪，吾於昌言獨自有感也。大丈夫生不爲將，得爲使，樓曰：「亦老泉平日之志。」折衝口舌之間，足矣。以上從與昌言交遊，敍到奉使。

宋史及東都事略石揚休傳皆不言進士及第之年。明允生於宋真宗大中祥符二年，以此文「始數歲」及下「後十餘年昌言及第」推之，則昌言初舉進士，當在祥符時。祥符四年、五年、八年皆有貢舉，（七年惟試亳州、南京路舉人。長編以狀元張觀非南京路人，謂當是國子監及開封府薦送，實録偶不詳耳。然昌言蜀人，未必得與也。）至仁宗天禧三年貢舉，明允年十歲，恐已入學矣。○蘇子瞻蘇廷評行狀曰：「公諱序，字仲先，眉州眉山人，其先蓋趙郡欒城人也。生三子，季，軾之先人諱洵。」案：顧亭林日知録卷二十四、錢竹汀恒言録卷三皆謂漢人謂郡守爲府君。錢又曰：「太守稱府君，魏晉以下猶然。晉武帝追祭征西將軍、豫章府君、潁川府君、京兆府君與宣皇帝、景皇帝、文皇帝三昭三穆。宣帝曾祖父量，豫章太守；祖雋，潁川太守；父防，京兆尹，故皆稱府君。而征西獨稱將軍，尚有别也。然永和二年有司奏稱征西、豫章、潁川三府君，領司徒蔡謨議亦稱四府君（晉書禮志），則征西亦稱府君矣。宋書禮志：『高祖開封府君，曾祖武原府君，皇祖東安府君，皇考處士府君，七世右北平府君，六世相國掾府君。』開封、武原皆縣令，而相國掾、處士亦冒府君之稱，自是士大夫敍其先世，亦皆通稱府君矣。」步瀛案：韓退之沂國公先廟碑，曾祖以下通稱府君，猶各有官號。司馬温公書儀慰狀格式、朱文公家禮祠堂章皆以無官者稱府君。語類（九十）又謂無爵曰府君，是竟以府君爲無官位之稱，去本義益遠矣。○漢書王吉傳：「吉婦取棗以啖吉。」顔注曰：「啖謂使食之，音徒濫切。」啖，亦「啗」字耳。朱豐芑説文通訓定聲卷四曰：「『啗』與『啖』微别。自食爲啖，食人爲啗。」此則通用也。○左傳襄六年杜注曰：「狎，親習也。」○何劭公公羊傳解詁序曰：「失其句讀。」「讀」字釋文無音，則如字。周禮天官宮正釋文曰：「讀，戚如字，徐音逗。」（陳少章韓集點勘曰：「戚謂梁戚衮，徐謂晉徐邈。陸列戚於徐前，則亦以其讀爲長。」）文選笛賦曰：「察變爲句投。」李善注曰：「逗，止也。「投」與「逗」古字通，音豆，投句之所止也。」韓退之師說：「授之書而習其句讀。」方崧卿舉正曰：「讀音逗。」則「句投」「句逗」並同，然實皆「、」之借字。說文曰：「、，有所絶止而識之也。音知庾切。」朱豐芑說文通訓定聲卷八曰：「今誦讀書，點其句讀，亦其一耑也。句者，乚而止之，讀者，、而留之是也。」○蘇廷評行狀曰：「軾之先人，少時獨不學，已壯猶不知書，公未嘗問。既而果自發憤力學，卒顯於世。」○「後十餘年」二句，以上推之，昌言及第當在天聖、景祐時。天聖二年、五年、八年，景祐元年，皆有貢舉，未能確知其何年也。○宋史石揚休傳曰：「爲同州觀察推官，遷著作郎，知中牟縣，改祕書丞，爲祕閣校理、開封府推官，累遷尚書祠部員外郎，歷三司度支、鹽鐵判官，出知宿州。」○感悔，茅選作「感悟」。○又數年遊京師，當即慶曆五、六年閒，已見上歐陽内翰書注。○史記張耳傳曰：「廷尉以貫高事辭聞，上使泄公持節問之，泄公勞苦如生平驩。」○自慶曆五、六年至嘉祐元年，凡十二三年。○石揚休傳曰：「以刑部員外郎知制誥。」容齋三筆卷十二曰：「國初謂翰林學士、中書舍人爲兩制，言其掌行内外制也。舍人官未至者，則云知制誥。」○茅選「萬里」下有「之」字。○虜庭，文鑑無「庭」字，集一本同。○左傳宣十二年杜注曰：「旆，大旗也。」○大丈夫，集無「大」字。○晏子春秋内篇雜上：「孔子曰：夫不出尊俎之閒，而知千里之外，其晏子之謂也，可謂折衝矣。」

往年彭任從富公使還，爲我言曰：「既出境，宿驛亭，聞介馬數萬騎馳過，劍槊相摩，終夜有聲，樓曰：「語壯。」從者怛然失色。及明，視道上馬迹，尚心掉不自禁。」凡虜所以誇耀中國者，多此類也。中國之人不測也，故或至於震懼而失辭，以爲夷狄笑。嗚呼！何其不思之甚也。昔者奉春君使冒頓，壯士大馬皆匿不見，是以有平城之役。今之匈奴，吾知其無能爲也。孟子曰：「說大人，則藐之。」況於夷狄？茅曰：「結束在此。」請以爲贈。以上勗以不辱君命。○樓迂齋曰：「議論好，筆力頓挫而雄偉，曲盡事情物狀。」茅曰：「文有生色。」劉曰：「波瀾跌宕，極爲老成，句調聲響，中窾合節。」

子瞻跋曰：「彭任字有道，亦蜀人，從富彥國使虜還，得靈河縣主簿以死。石守道稱之曰：『有道長七尺，而膽過其身。一日坐酒肆，與其徒飲且酣，聞彥國當使不測之虜，憤憤椎酒牀，拳皮裂，遂自請行，蓋欲以死捍彥國者也。』」宋史仁宗紀曰：「慶曆二年夏四月庚辰，知制誥富弼報使契丹。」○言曰，集無「曰」字。○左成二年曰：「不介馬而馳之。」杜注曰：「介，甲也。」○列子黃帝篇曰：「怛然內熱，惕然震悸矣。」廣雅釋詁一曰：「怛，驚也。」○史記劉敬傳曰：「婁敬賜姓劉氏，拜爲郎中，號爲奉春君。漢七年，韓王信反，高帝自往擊之，至晉陽，聞信與匈奴欲共擊漢，上大怒，使人使匈奴。匈奴匿其壯士肥牛馬，但見老弱及羸畜，使者十輩來，皆言匈奴可擊。上使劉敬復往使匈奴，還報曰：『兩國相擊，此宜夸矜見所長，今臣往，徒見羸瘠老弱，此必欲見短，伏奇兵以爭利，愚以爲匈奴不可擊也。』上怒，械繫敬廣武，遂往至平城，匈奴果出奇兵，圍高帝白登七日，然後得解。」○大馬，文訣作「健馬」，茅選同。○舊五代史外國傳曰：「契丹者，匈奴之種也。」○孟子盡心下曰：「說大人，則藐之，勿視其巍巍然。」音義曰：「說音稅。藐，丁音邈，藐然輕易之貌，又音眇。」案：集「則」作「者」。

蘇子瞻

蘇軾，字子瞻，一字和仲，眉州眉山人。嘉祐二年進士第，又以對制策入三等，除大理評事，簽書鳳翔府判官。入判登聞鼓院，召試直史館。丁父憂，熙寧二年還朝，判官告院，權開封府推官，出判杭州，知密、徐、湖三州。嘗以詩託諷，御史李定等指爲訕謗，逮赴臺獄，謫黄州團練副使安置，築室於東坡，自號東坡居士，移汝州，乞居常州。哲宗立，復朝奉郎，知登州，召爲禮部郎中，遷起居舍人，尋除翰林學士兼侍讀，拜龍圖閣直學士，出知杭州。召爲翰林承旨，數月知潁州、揚州。復召爲兵部尚書兼侍讀，改禮部，兼端明殿翰林、侍讀兩學士，出知定州。紹聖初，貶寧遠軍節度副使，惠州安置，又貶瓊州別駕，居昌化。徽宗立，移舒州團練副使，徙永州，更三赦，遂提舉玉局觀，復朝奉郎。建中靖國元年，卒于常州。高宗時，諡文忠。宋史有傳。○宋史蘇軾傳曰：「軾嘗自謂作文如行雲流水，初無定質，但常行於所當行，止於所不可不止。雖嬉笑怒駡之辭，皆可書而誦之。其體渾涵光芒，雄視百代，有文章以來，蓋亦鮮矣。」吴北江曰：「東坡天仙化人，其於文章，驅使惟心，無不如志，最爲流俗所慕愛。學者紛紛摹擬，徒滋流弊。不知公文天馬行空，絕去羈絆，固無軌轍之可尋也。」步瀛案：子瞻才由天縱，洵能開拓學者之心胸，推倒一時之豪傑。其議論上下縱横，無不如志，後來論事者多宗之。但其弊有時失之過快。姚南青曰：「凡文字輕利快便，多不入古，纔説仙才，便有此病。李太白詩、蘇東坡文皆有此患。」（援鶉堂筆記卷四十四）學者亦不可不知。

志林

直齋書録解題卷十一小説家類載東坡手澤三卷曰：「蘇軾撰。今俗本大全集中所謂志林者也。東坡七集後集有志林十三首，百川學海本一卷同，而明趙開美刊本五卷，稗海本十二卷，又各不同。」清四庫書目卷百二十子部雜家類載東坡志林五卷曰：「觀所載諸條，多自署年月，又有署讀某書書此者，又有泛稱昨日今日不知何時者，蓋軾隨手所記，後人裒而録之，命曰手澤，而刊軾集者不欲以父書目之，故題曰志林耳。如『張睢陽生猶罵賊』四語，據東坡外紀，乃軾謫儋耳時醉至姜秀才家所書，今亦在卷中，自爲一條，不復別贅一語，是亦蒐輯墨迹之一證矣。此本五卷，較振孫所紀多二卷，蓋其卷帙亦皆後人所分，故多寡各隨其意也。」夏劍丞（敬觀）校印趙刻志林跋曰：「今所傳志林凡三，百川學海一卷，即論古十三首，成化七集本續集載於初八，後集複載之，標題爲志林十三首者也。明萬曆趙開美所刊，與東坡全集本相同，張氏學津討原重校刻之，皆五卷，其論古十三首居第五卷。商氏稗海所刊則十二卷，與趙刊本互有出入，論古十三首則全失載。四庫提要以五卷本著録，其所引『張睢陽生猶罵賊』四句，今檢五卷本無之，乃在稗海所刊中。覆案庫本實十二卷，即稗海本也。振孫所載東坡手澤，今不可見，未知與宋藝文志所載儋耳手澤爲一爲二。而志林之名，始於大全集，其書雖非軾所手定，尚爲宋人裒集之舊，則無疑義。但大全集亦不可見，明刻全集本，較振孫所載手澤溢出二卷，或分卷不同之故歟？」〇茅鹿門曰：「予覽志林十三首，按年譜『子瞻由南海後所作』，公於時經歷已久，故上下古今處，所見尤別。」張廉卿曰：「子瞻志林諸篇，卓識偉論，獨有千古，而其文奇縱高妙，變化於自然，實爲傑作。」吴先生曰：「子瞻志林、歐公金石跋尾，皆振筆直書，得大自在，文家之樂境也。」

平王

東坡七集後集志林十三首，無標目，學海本志林亦然，文鑑録志林三首，亦不列目，趙刻本志林此篇標作東遷失計，續集作論周東遷，郎晦之（曄）經進東坡文集事略作平王論，茅選同，三蘇文粹總標「論」字爲類，此篇作平王，文編亦然，姚選從之。

太史公曰：「學者皆稱周伐紂，居洛邑，其實不然。武王營之，成王使召公卜居之，居九鼎焉，而周復都豐、鎬。至犬戎敗幽王，周乃東徙于洛。」蘇子曰：周之失計，未有如東遷之繆者也。唐荆川曰：「開口道破。」自平王至於亡，非有大無道者也。髭王之神聖，諸侯服享，然終以不振，則東遷之過也。昔武王克商，遷九鼎于洛邑，成王、周公復增營之。周公既没，蓋君陳、畢公更居焉，以重王室而已，非有意於遷也。周公欲葬成周，而成王葬之畢，此豈有意於遷哉？茅曰：「亦是將無作有處。」○以上論周東遷之失計。

「學者稱周伐紂」至「周東徙於洛」，皆史記周本紀之文。○周本紀正義引括地志曰：「故王城，一名河南城，本郟鄏，周公新築，在洛州河南縣北九里內苑內東北隅。自平王以下十二王，皆都於此，至敬王乃遷都成周，至赧王又居王城也。」清統志曰：「河南河南府：洛陽故城，在今洛陽縣東北三十里，即故成周城也；河南故城，在洛陽縣西五里，即故洛邑王城也。」○周本紀：「武王曰：『我南望三塗，北望嶽鄙，顧詹有河，粵瞻雒伊，毋遠天室。』營周居于雒邑而後去。」又見周書度邑篇。○書召誥曰：「惟太保先周公相宅。太保朝至于洛，卜宅。厥既得卜，則經營。」周本紀曰：「七年，成王在豐，使召公復營洛邑，如武王之意，周公復卜申視，卒營築居九鼎焉。」左桓二年曰：「武王克商，遷九鼎于雒邑。」又宣三年杜注曰「九鼎，殷所受夏九鼎也，武王克商，乃營雒邑而後去之，又遷九鼎焉。時但營雒邑，未有都城，至周公乃卒營雒邑，謂之王城，即今河南城也。故傳曰：成王定鼎于郟鄏。」○使召公卜居之居九鼎焉，續集、後集無「之居」二字，郎本、文粹皆有之，茅選、姚選並同。○豐、鎬，已見柳子厚小丘記注。文粹、茅選「豐」作「酆」，後集及學海本志林「鎬」作「鄗」。○周本紀曰：「犬戎殺幽王驪山下，於是諸侯乃即申侯而共立故幽王太子宜臼，是爲平王。平王立，東遷于雒邑。」○史記「徙於洛」下有「邑」字。○未有如東遷之繆者也，郎本「繆」作「謬」，茅選、姚選同。案：「繆」即「謬」之通借字，又郎本無「者」字，茅、姚同，末句亦同。○自平王至於亡，案：平、桓、莊、釐、惠、襄、頃、匡、定、簡、靈、景、悼、敬、元、定、哀、思、考、威烈、安、烈、顯、愼靚、赧，凡二十五王。○左昭二十六年：「王子朝曰：『秦人降妖曰：「周其有髭王，亦克能修其職，諸侯服享。」至于靈王，生而有髭，王甚神聖，無惡於諸侯。』」周本紀曰：「簡王崩，子靈王泄心立。」集解引皇覽曰：「蓋以靈王生而有髭而神，故謚靈王。」○神聖，續集「聖」作「靈」。○書序曰：「周公既没，命君陳分正東郊成周，作君陳。康王命作册畢，分居里，成周郊，作畢命。」禮記坊記篇鄭注曰：「君陳，蓋周公之子，伯禽弟也，名篇在尚書，今亡。」周書和寤篇曰：「召邵公奭、畢公高。」左僖二十四年曰：「畢、原、酆、郇，文之昭也。」漢書古今人表畢公原注曰：「文王子。」史記魏世家索隱引馬融、書顧命孔疏引王肅，皆曰：「畢、毛，文王庶子。」元和姓纂、新唐書宰相世系表皆言「文王第十五子」。惟魏世家曰：「畢公高與周同姓。」不言文王子。案：今書君陳、畢命，皆僞古文。○書序曰：「周公在豐，將没，欲葬成周。公薨，成王葬于畢，告周公，作亳姑。」史記魯世家曰：「周公在豐，病將没，曰：『必葬我成周，以明吾不敢離成王。』周公既卒，成王亦讓，葬周公于畢，從文王，以明予小子不敢臣周公也。」周本紀集解引馬融曰：「畢，文王墓名也。」正義引括地志曰：「文王墓，在雍州萬年縣西南二十八里原上也。」劉端臨（台拱）釋畢郢曰：「括地志云：『安陵故城，在雍州咸陽縣東二十一里，周之程邑也。』其西有畢陌，一名畢原。按畢地有二，其一文王墓地也。太史公曰：『畢在鎬東南杜中。』皇覽云：『周文王、武王、周公冢在京兆長安縣鎬聚東杜中。』而括地志以爲在雍州萬年縣西南二十八里畢原上，則唐亦謂之畢原。是故有咸陽縣之畢原，所謂文王卒于畢郢也；有萬年縣之畢原，所謂文王葬於畢也。一在渭北，一在渭南，異所同名，往往相亂。杜佑言：『畢，初王季都之，後畢公封焉。』此言在渭北者當矣，而以爲文王所葬則失之。帝王世紀云：『文、武葬於畢，畢在杜南。』晉書地道記亦云：『畢在杜南，與畢陌別。』則文、武所葬不在畢陌明矣。是以裴駰辨之云：『皇覽曰：「秦武王冢在扶風安陵縣西北。」畢陌中大冢是也。人以爲周文王冢，非也。周文王冢在杜中。』張守節亦云：『括地志云：「秦惠文王陵在雍州咸陽縣西北一十四里，秦悼武王陵在雍州咸陽縣西十里。」俗名周武王陵，非也。』羣書剖析，具有明文。惟顔師古注漢書劉向傳『文王、周公葬於畢』，用畢陌爲釋，而杜亦云然。自茲以降，莫不謬指秦陵誣稱周墓，傳之方志，載之禮典，誤所從來，非一世矣。」

今夫富民之家，所以遺其子孫者，田宅而已。不幸而有敗，至於乞假以生可也，然終不敢議田宅。今平王舉文、武、成、康之業而大棄之，此一敗而鬻田宅者也。夏、商之王，皆五六百年，其先王之德無以過周，而後至之敗亦不滅周幽、厲，然至於桀、紂而後亡。其未亡也，天下宗之，不如東周之名存而實亡也。是何也？則不鬻田宅之效也。以上夏、商不遷都之效。

續集無「家」字「以」字。○不敢，趙本志林作「不可」。○鬻田宅，後集「鬻」作「粥」，字同，實「賣」之借字，下同。○亦不減周幽、厲，後集無「周」字，諸本同。○至於，後集無「於」字。○續集「東周」下無「之」字。

盤庚之遷也，復殷之舊也。古公遷于岐，方是時，周人如狄人也，逐水草而居，豈所難哉？衛文公東徙渡河，恃齊而存耳。齊遷臨淄，晉遷于絳于新田，皆其盛時，非有所畏也。唐曰：「雖遷無害，却是不由避寇。」其餘避寇而遷都，未有不亡，雖不即亡，未有能復振者也。以上言古來遷都者，情形亦各不同，由避寇而遷者，必不能復興。

書序曰：「盤庚五遷，將治亳殷，民咨胥怨，作盤庚三篇。」史記殷本紀曰：「帝盤庚之時，殷已都河北，盤庚渡河南，復居成湯之故居，迺五遷，無定處。殷民咨胥皆怨，不欲徙。盤庚乃告諭諸侯大夫，遂涉河南，治亳。行湯之政，然後百姓由寧，殷道復興，諸侯來朝，以其遵成湯之德也。」○詩緜曰：「古公亶父，來朝走馬。率西水滸，至于岐下。」毛傳曰：「古公，豳公也。古，言久也；亶父，字，或殷以名言，質也。古公處豳，狄人侵之。事之以皮幣，不得免焉；事之以犬馬，不得免焉；事之以珠玉，不得免焉。乃屬其耆老而告之曰：『狄人之所欲者，吾土地也。』去之，踰梁山，邑乎岐山之下。」陳碩甫疏曰：「父，亦作『甫』。

正義引鄭注中候稷起云：『亶父以字爲號。』白虎通義及趙注孟子，亶父爲名。禮記大傳追王大王、亶甫、王季歷、文王昌，並與傳或説同也。古公辟狄自豳徙岐，孟子梁惠王，莊子讓王，吕覽審爲，淮南子道應、詮言、泰族，説苑至公及書大傳略説，皆紀其事。」步瀛案：周本紀曰：「古公去豳，度漆沮，踰梁山，止於岐下，乃貶戎狄之俗，而營築城郭室屋，而邑別居之。」集解引徐廣曰：「岐山在扶風美陽西北，其南有周原。」清統志曰：「陝西鳳翔府：岐山，在岐山縣東北。」〇史記匈奴傳曰：「逐水草遷徙，毋城郭。」〇左閔二年曰：「狄入衛，宋桓公宵濟，衛之遺民立戴公以廬于曹，齊侯使公子無虧戍曹。」詩序曰：「衛爲狄所滅，東徙渡河，野處漕邑。齊桓公攘戎狄而封之。文公徙居楚丘，始建城市而營宮室，得其時制，百姓説之，國家殷富焉。」史記衛世家曰：「戴公申元年卒，齊桓公以爲衛數亂，乃率諸侯伐翟，爲衛築楚丘，立戴公弟燬爲衛君，是爲文公。」〇詩烝民曰：「王命仲山甫，城彼東方。」毛傳曰：「東方，齊也。古者諸侯之居逼隘，則王者遷其邑而定其居，蓋去薄姑而遷於臨菑也。」史記齊世家曰：「獻公元年，從薄姑都治臨菑。」案：説文無「淄」字，古蓋以「菑」爲之。書禹貢「濰淄其道」，漢書地理志作「菑」。清統志曰：「山東青州府：臨淄故城，在今臨淄縣北八里。」案：後集「淄」作「菑」。〇漢書地理志河東郡絳縣原注曰：「晉武公自曲沃徙此。」史記晉世家曰：「周釐王命曲沃武公爲晉君，更號曰晉武公，晉武公始都晉國。卒，子獻公詭諸立。八年，城聚都之，命曰絳，始都絳。」毛詩譜曰：「穆侯徙於絳，蓋晉始都絳，本自穆侯，武公自曲沃併晉，仍居之，然不名爲絳耳。至獻公始命曰絳。鄭云絳者，蓋用後來之名耳。」左成六年曰：「夏四月丁丑，晉遷于新田。」杜注曰：「今平陽絳邑是。」江慎修春秋地理考實曰：「曲沃武公自曲沃徙都於絳，即漢之絳縣，今絳州（今新絳縣）之北，平陽府太平縣（今汾城縣）之南二十五里。」又曰：「晉既遷新田，又命新田爲絳。括地志：『新田，在絳州曲沃縣南二里。』今之曲沃縣南也。」〇後集無「于絳」二字。

春秋時，楚大饑，羣蠻叛之，申、息之北門不啓。楚人謀徙於阪高。蔿賈曰：「不可。我能往，寇亦能往。」於是乎以秦人、巴人滅庸，而楚始大。蘇峻之亂，晉幾亡矣，宗廟宮室，盡爲灰燼。温嶠欲遷都豫章，三吳之豪欲遷會稽，將從之矣。獨王導不可，曰：「金陵，王者之都也，王者不以豐儉移都。若弘衞文大帛之冠，何適而不可？不然，雖樂土爲墟矣。且北寇方强，一旦示弱，竄於蠻越，望實皆喪矣。」乃不果遷，而晉復安。賢哉導也！可謂能定大事矣。唐曰：「寇難不肯遷都，是爲得計。」嗟夫！平王之初，周雖不如楚之强，顧不愈於東晉之微乎？汪曰：「主客相形，精采之極。」使平王有一王導，定不遷之計，收豐、鎬之遺民，而修文、武、成、康之政，以形勢臨東諸侯，齊、晉雖强，未敢貳也，而秦何自霸哉？以上又以楚與東晉遇寇不遷都，證周東遷之失計。

「春秋時楚大饑」至「而楚始大」，見左文十六年。案：續集「時」上有「之」字。○申、息之北門不啓，春秋傳説彙纂曰：「今河南南陽府南陽縣北有故申城，汝寧府息縣西南七里有息城。」○阪高，杜注曰：「楚險地。」彙纂曰：「阪高，當在襄陽府西境。」沈文起左傳地名補注卷五曰：「阪高，蓋即當陽之長阪也。」輿地紀勝（卷七十七）：「長阪，在荆門州當陽縣東北二十里。」○僖二十七年杜注曰：「蔿賈伯嬴，孫叔敖之父。」○左桓九年杜注曰：「巴國在巴郡江州縣。」彙纂曰：「隋改江州爲巴縣（四川）。」○文十六年杜注曰：

「庸，今上庸縣，屬楚之小國。」江慎修曰：「庸國，今鄖陽府竹山縣及竹谿縣也（並屬湖北）。秦置上庸郡。」○「蘇峻之亂」至「乃不果遷」，見晉書王導傳。○晉書成帝紀曰：「咸和二年十一月，豫州刺史祖約、歷陽太守蘇峻等反。十二月庚申，假護軍將軍庾亮節爲征討都督。三年春正月，平南將軍温嶠帥師救京師，次於尋陽，征西大將軍陶侃遣督護龔登受嶠節度。二月庚戌，峻至于蔣山，假領軍將軍卞壼節，帥六軍及峻戰于西陵，王師敗績。丙辰，峻攻青溪柵，因風縱火，王師又大敗。庾亮又敗于宣陽門內，遂奔尋陽。於是司徒王導等衞帝於太極殿，太常孔愉守宗廟，賊乘勝麾戈，接於帝座，突入太后後宫，左右侍人皆見掠奪。是時太官唯有燒餘米數石以供御膳，百姓號泣，響震都邑。五月乙未，峻逼遷天子于石頭。九月庚午，陶侃使督護楊謙攻峻于石頭，温嶠、庾亮陣于白石，竟陵太守李陽距賊南偏，峻輕騎出戰，墜馬，斬之，衆遂大潰。」叛逆傳曰：「蘇峻，字子高，長廣掖人也。」○灰燼，郎本作「煨燼」。○晉書温嶠傳曰：「嶠字太真，司徒羡弟之子也。」温羡傳曰：「太原祁人。」晉書地理志，揚州豫章郡治南昌縣。案：即今江西南昌縣治。○遷都豫章，郎本及茅選無「都」字。○水經漸江水注曰：「永建中，陽羡周嘉上書，以縣遠赴會至難，求得分置，遂以浙江西爲吴，以東爲會稽。漢高帝十二年，一吴也，後分爲三，世號三吴，吴興、吴郡、會稽其一焉。」晉書成帝紀曰：「咸和三年五月，吴興太守虞潭與庾冰、王舒等起兵於三吴。」又地理志，吴郡治吴縣，今江蘇吴縣治；吴興郡治烏程縣，今浙江吴興縣治。會稽郡治山陰縣，今浙江紹興縣治。○晉書王導傳曰：「導字茂弘，光禄大夫覽之孫也。（晉書王祥傳曰：「琅邪臨沂人，弟覽。」）明帝即位，導受遺詔輔政，遷司徒，封始興郡公，進位太保，司徒如故。帝崩，導復與庾亮等同受遺詔，共輔幼主，是爲成帝。」○王導傳：「導曰：『建康，古之金陵，舊爲帝里。又孫仲謀、劉玄德俱言王者之宅。』」（御覽州郡部一引吴録曰：「劉備使諸葛亮至京，因覩秣陵山阜，歎曰：鍾山龍盤，石頭虎踞，此帝王之宅。」）

清統志曰：「江蘇江寧府：春秋吴地，戰國屬越，後屬楚，置金陵邑。漢爲丹陽郡地。建安十六年，孫權徙治吴，黄龍元年建都。東晉，仍爲都。」又曰：「建康故城，在上元縣南。孫權改秣陵爲建業，晉又改業爲鄴，愍帝立，避諱，改建鄴爲建康。」案：即今南京。○左閔二年曰：「衛文公大布之衣，大帛之冠。」○晉書成帝紀曰：「咸和三年十二月，石勒敗劉曜於洛陽，獲之。是歲，石勒將石季龍攻氐帥蒲洪於隴山，降之。」導所謂北寇，蓋指勒也。○賢哉，郎本「哉」作「者」。○左襄三十一年曰：「馮簡子能斷大事。」○楚之强，趙刻本無「之」字。

魏惠王畏秦，遷于大梁；楚昭王畏吴，遷于鄀；頃襄王畏秦，遷于陳；考烈王畏秦，遷于壽春，皆不復振，有亡徵焉。東漢之末，董卓劫帝，遷于長安，漢遂以亡。近世李景遷于豫章，亦亡。唐曰：「畏寇遷都，是爲失計。」○以上因避寇遷都而失者，證周東遷之失計。故曰：「周之失計，未有如東遷之繆者也。」應上總結。○唐曰：「中間引古事甚碎，而條次整然。」茅曰：「此文以『遷』之字爲案，以無畏而遷者五，以有畏而不果遷者二，以畏而遷者六，共十三國，以錯證存亡處，如一綫矣。」

史記魏世家曰：「武侯卒，子罃立，是爲惠王。惠王三十一年，秦、趙、齊共伐我，秦將商君詐我將軍公子卬，而襲奪其軍，破之。秦用商君，東地至河，而齊、趙數破我，安邑近秦，於是徙治大梁。」清統志曰：「河南開封府：戰國爲魏都，曰大梁。」○左定六年曰：「吴太子終纍敗楚舟師，楚國大惕懼亡，於是乎遷郢於鄀。」史記楚世家曰：「立太子珍，是爲昭王。昭王十年，吴入郢。十一年，楚昭王歸入郢。十二年，吴復伐楚，取番。楚恐，去郢，北徙都鄀。」清統志曰：「湖北襄陽府：若縣故城，在宜城縣東南，春秋鄀國。」

楚滅以爲邑，昭王徙都於此。」案：文編、茅選「都」作「郢」，誤。○楚世家曰：「太子横立，是爲頃襄王。頃襄王二十一年，秦將白起拔郢，楚襄王兵散，遂不復戰，東北保於陳城。」漢書地理志淮陽國陳縣原注曰：「楚頃襄王自郢徙此。」案：即今河南淮陽縣治。○楚世家曰：「頃襄王卒，太子熊元代立，是爲考烈王。考烈王二十二年，與諸侯共伐秦，不利而去。楚東徙都壽春，命曰郢。」清統志曰：「安徽鳳陽府：壽春故城，今壽州治（今改縣）。」○亡徵，郎本「徵」作「兆」。○後漢書獻帝紀曰：「初平元年二月丁亥，遷都長安，董卓驅徙京師百姓，悉西入關。」董卓傳曰：「時脅太后，廢少帝爲弘農王，乃立陳留王，是爲獻帝。及聞東方兵起，懼，乃鴆殺弘農王，徙都長安。」○新五代史南唐世家曰：「交泰元年五月，景下令去帝號，稱國主，奉周正朔。時顯德五年也。景謀遷其都于洪州，乃升洪州爲南昌，建南都。建隆二年，景遷于南都。」案：南昌，已見上注。○故曰，續集故上有「吾」字。

魯隱公

趙刻志林作隱公不幸，續集作論隱公里克李斯鄭小同王允之，郎注本作隱公論，茅選作魯隱公論二，文粹作魯隱公二，姚選去「二」字，今從之。

公子翬請殺桓公以求太宰，隱公曰：「爲其少故也，吾將授之矣。使營菟裘，吾將老焉。」翬懼，反譖公於桓公而弑之。以上立案。

公子翬弑魯隱公，見左傳隱公十一年。杜注曰：「太宰，官名。菟裘，魯邑，在泰山梁父縣南。」案：今在山東泗水縣北。○公子翬，字羽父，魯大夫，見左傳隱公四年杜注。○續集、郎本「弑」作「殺」。郎本「桓」

作「威」，避宋欽宗諱改。

蘇子曰：盜以兵擬人，茅曰：「形容奇特。」人必殺之。夫豈獨其所擬，塗之人皆捕擊之矣。塗之人與盜非仇也，以爲不擊則盜且并殺己也。隱公之智，曾不若是塗之人也，哀哉！汪曰：「筆鋒雋利。」隱公，惠公繼室之子也，其爲非嫡，與桓均爾，而長於桓。隱公追先君之志而授國焉，可不謂仁乎？惜乎其不敏於智也。使隱公誅翬而讓桓，雖夷齊何以尚茲？以上論隱公不殺翬爲不智。

若是塗之人也，續集無「是」字「之」字，後集無「也」字。○左氏傳曰：「惠公元妃孟子。孟子卒，繼室以聲子，生隱公。宋武公生仲子，仲子生而有文在其手，曰爲魯夫人，故仲子歸於我。生桓公而惠公薨，是以隱公立而奉之。」杜注曰：「諸侯始娶，則同姓之國以姪娣媵。元妃死，則次妃攝治內事，猶不得稱夫人，故謂之繼室。隱公，繼室之子，當嗣世，以禎祥之故，追成父志。爲桓尚少，是以立爲太子，帥國人奉之。」釋文曰：「隱公名息姑。」又桓元年釋文曰：「桓公名軌。」○均爾，續集、後集、郎本「爾」作「耳」，文粹、茅選、姚選作「爾」。○讓桓，郎本作「遜威」。○史記伯夷傳曰：「伯夷、叔齊，孤竹君之二子也。父欲立叔齊，及父卒，叔齊讓伯夷。伯夷曰：『父命也。』遂逃去。叔齊亦不肯立而逃之，國人立其中子。」○廣雅釋詁一曰：「尚，上也。」

驪姬欲殺申生，而難里克，則優施來之；二世欲殺扶蘇，而難李斯，則趙高來之。此二人之智，汪曰：「以『智』字與前關合。」若出一人，而其受禍亦不少異。茅曰：「突然入里克、李斯之受禍，以見隱公之不免于翬也。」里克不免於惠公之誅，李斯不免於二世之虐，皆無足哀者，吾獨表而出之以爲世戒。君子之爲仁義也，茅曰：「此就里克、李斯說來，陡然住，陡然起，皆絕奇筆也。」非有計於利害。然君子之所爲，義利常兼，而小人反是。李斯聽趙高之謀，前克、斯並列，此下論斯以見克，更不補明，此文字變化處。非其本意，獨畏蒙氏之奪其位，故勉而聽高。使斯聞高之言，即召百官陳六師而斬之，其德於扶蘇，豈有既乎？何蒙氏之足憂？釋此不爲，而具五刑於市，非下愚而何？以上論里克、李斯之不智。

左莊二十八年曰：「晉獻公烝於齊姜，生太子申生。晉伐驪戎，驪戎男女以驪姬。歸，生奚齊。」晉語二曰：「公之優曰施，通於驪姬。驪姬告優施曰：『君既許我殺太子而立奚齊矣，吾難里克奈何？』優施曰：『吾來里克，一日而已，子爲我具特羊之饗。』驪姬許諾，乃具使優施飲里克酒，中飲，優施起舞，乃歌曰：『暇豫之吾吾，不如鳥烏。人皆集於苑，己獨集於枯。』里克笑曰：『何謂苑？何謂枯？』優施曰：『其母爲夫人，其子爲君，可不謂苑乎？其母既死，其子又有謗，可不謂枯乎？枯且有傷。』優施出，里克夜半召優施，曰：『曩而言戲乎？抑有所聞之乎？』曰：『然。君既許驪姬殺太子而立奚齊，謀既成矣。』里克曰：『中立其免乎？』優施曰：『免。』明日稱疾不朝。三旬難乃成。」韋注曰：「來謂轉里克之心，使來從己用也。」案：「優施」各本作「施優」，今依姚選。○史記秦始皇本紀曰：「三十有七年七月丙寅，始皇崩於沙丘平臺。趙高乃與公子胡亥、丞相斯陰謀破去始皇所封書賜公子扶蘇者，而更詐爲丞相斯受始皇遺詔，立子胡亥爲太子，更爲書賜公子扶蘇、蒙恬，賜死。」李斯傳曰：「始皇崩，趙高謂公子胡亥曰：『方今天下之權，存亡在子與高及丞相耳，願子圖之。』高乃謂丞相曰：『上崩，所賜長子書及符璽，皆在胡亥所，定太子，在君侯與高之口耳。』斯曰：『此非人臣所當議也。』高曰：『長子即位，必用蒙恬爲丞相，君侯終不懷通侯之印歸於鄉里，明矣。胡亥仁慈篤厚，可以爲嗣君。君聽臣之計，即長有封侯，世世稱孤。今釋此而不從，禍及子孫，君何處焉？』於是斯乃聽高。」○此二人之智若出一人，趙刻志林作「此二人所行相同」。○而其受禍，續集無「其」字。○左僖十年曰：「晉侯殺里克以說。」史記晉世家曰：「夷吾立爲晉君，是爲惠公。惠公以重耳在外，畏里克爲變，賜里克死。」○史記李斯傳曰：「二世使高案丞相獄治罪，責斯與子由謀反狀，皆收捕宗族賓客。趙高治斯，掠拷千餘，不勝痛，自誣服。二世二年七月，具五刑，論腰斬咸陽市，而夷三族。」○穀梁桓三年傳曰：「既，盡也。」○漢書刑法志曰：「漢興之初，其大辟尚有夷三族之令。令曰：『當三族者，皆先黥、劓、斬左右止，笞殺之，梟其首，葅其骨肉於市。其誹謗詈詛者，又先斷舌。』故謂之具五刑。」○趙刻志林「虐」作「戮」。○哀者，續集無「者」字。○以爲世戒，續集、後集無「以」字，後集「世」上有「萬」字。○趙刻志林「勉」作「俛」。○而斬之，郎本無「斬」字。○下愚，續集無「下」字。

嗚呼！亂臣賊子，猶蝮蛇也，其所螫草木，猶足以殺人，況其所噬嚙者歟？數語神氣泊湊，似承上起下，又非專爲承起下，曾文正所謂似承非承、似提非提、似突非突、似紆非紆，古人無限妙用，難於領取者也。鄭小同爲高貴鄉公侍中，嘗詣司馬師，師有密疏，未屏也，如廁還，問小同：「見吾疏乎？」曰：「不見。」師曰：「寧我負卿，無卿負我。」遂酖之。王允之從王敦夜飲，辭醉先寢。敦與錢鳳謀逆，允之已醒，悉聞其言。慮敦疑己，遂大吐，衣面皆污。敦果照視之，見允之臥吐中，乃已。敘鄭小同、王允之事。哀哉小同！殆哉岌岌乎允之也！孔子曰：「危邦不入，亂邦不居。」有以也夫！汪曰：「前三人爲一類，後二人爲一類，前三人以『智』字連貫，後二人以『危邦不入，亂邦不居』作收束，亦隱含不智意。」

蝮蛇，已見柳子厚與李翰林書注。○說文曰：「螫，蟲行毒也。」○後漢書鄭玄傳曰：「玄惟有一子益恩，益恩有遺腹子，玄以其手文似己，名之曰小同。」魏志三少帝紀曰：「高貴鄉公諱髦，字彥士，文帝孫，東海定王霖子也。」續漢書百官志曰：「侍中，比二千石，掌侍左右，贊導衆事，顧問應對。」○鄭玄傳注引魏氏春秋曰：「小同，高貴鄉公時爲侍中，嘗詣司馬文王，文王有密疏，未之屏也云云。」晉書景帝紀曰：「諱師，字子元。晉國建，追尊曰景王。」文帝紀曰：「諱昭，字子上，謚曰文王。」是酖小同者，乃司馬昭也，此云師，蓋誤。○晉書王允之傳曰：「允之，字深猷。總角，從伯敦謂爲似己，恒以自隨，出則同輿，入則共寢。敦嘗夜飲，允之辭醉先臥，敦與錢鳳謀爲逆云云。」世說新語假譎篇以爲王羲之事。晉書叛逆傳曰：「王敦，字處仲，司徒導之從父兄也，以沈充、錢鳳爲謀主。鳳字世儀。」案：郎本「王敦」作「王淳」，避宋光宗嫌名改。○孟子萬章上趙注曰：「岌岌，不安貌也。」○「危邦不入」二句，論語泰伯篇文。○有以，趙刻志林「以」作「由」。

吾讀史得魯隱公、晉里克、秦李斯、鄭小同、王允之五人，感其所遇禍福如此，故特書其事，後之君子可以覽觀焉。茅曰：「奇文。」方曰：「事核而理當，直達所見，不用反覆以爲波瀾，於子瞻諸論中，更覺嶢然而出其類。」姚曰：「奇肆飂㕯，其神氣蓋近孟子。」吳先生曰：「其神遠，使人莫測其發端所由。要其感喟貫輸處有以主其辭者，所引五人皆雲霧耳，鱗爪時時一露，身首固未見也。志林多如此。」

趙刻志林，無「魯」「晉」「秦」三字。〇覽觀，郎本作「觀覽」。

戰國任俠

趙刻志林作游士失職之禍，續集作論養士，郎本作六國論，文粹作戰國任俠，文編同，茅選加「論」字，姚選與文粹同，今從之。案：任俠之稱，見史記孟嘗君傳，又季布傳集解引孟康曰：「信交道曰任。」又引如淳曰：「相與信爲任，同是非爲俠。」漢書季布傳注引應劭曰：「任謂有堅完可任託以事也。」顏曰：「任謂任使其氣力，俠之言挾也，以權力俠輔人也。任音人禁反，俠音下頰反。」

春秋之末至于戰國，諸侯卿相皆争養士。自謀夫說客、談天雕龍、堅白同異之流，下至擊劍扛鼎、雞鳴狗盜之徒，莫不賓禮。靡衣玉食，以館於上者，何可勝數？越王句踐有君子六千人，魏無忌、齊田文、趙勝、黄歇、呂不韋皆有客三千人，而田文招致任俠姦人六萬家於薛，齊稷下談者亦千人，魏文侯、燕昭王、太子丹皆致客無數。下至秦漢之閒，張耳、陳餘號多士，賓客厮養皆天下豪傑，而田横亦有士五百人。其略見於傳記者如此，度其餘，當倍官吏而半農夫也。此皆姦民蠹國者，民何以支，而國何以堪乎？唐介軒曰：「先抑一筆，跌出下段議論。」

蘇子曰：此先王之所不能免也。國之有姦也，猶鳥獸之有鷙猛，昆蟲之有毒螫也。區處條理，使各安其處，則有之矣。鋤而盡去之，則無是道也。吾考之世變，知六國之所以久存，而秦之所以速亡者，蓋出於此，不可以不察也。以上姦民不能盡去。

自謀夫，郎注本以「自謀」二字上屬，「夫」字上有「其謀」二字。○詩小旻曰：「謀夫孔多。」史記鄒生傳曰：「鄒生常爲説客。」案：此蓋指蘇張之流。史記孟荀列傳曰：「自騶衍、騶奭之徒，各著書言治亂之事，齊人頌曰：『談天衍，雕龍奭。』趙亦有公孫龍爲堅白同異之辯。」集解引劉向別録曰：「騶衍之所言五德終始，天地廣大，盡言天事，故曰談天。騶奭修衍之文飾，若雕鏤龍文，故曰雕龍。」案：公孫龍子有堅白論。莊子齊物論篇曰：「以堅白之昧終。」德充符篇：「謂惠子曰：子以堅白鳴。」秋水篇：「公孫龍曰：龍合同異，離堅白。」天下篇言：「別墨以堅白同異之辯相訾。」皆是。○之流，後集「流」作「説」。○莊子説劍篇曰：「昔趙文王喜劍，劍士夾門而客三千餘人。」史記秦本紀曰：「武王有力好戲，力士任鄙、烏獲、孟説皆至大官，王與孟説舉鼎，絶臏。」○雞鳴狗盜，已見王介甫讀孟嘗君傳注。○莫不賓禮，文編、茅選無「賓禮」二字。○漢書韓信傳「靡衣媮食」，顔注曰：「靡，輕麗也。」書洪範「惟辟玉食」，釋文引張晏注漢書曰：「玉食，珍食也。」○何可，郎本「何」作「不」。○吴語曰：「越王乃中分其師，以爲左右軍，以其私卒君子六千人爲中軍。」韋注曰：「私卒君子，王所親近有志行者，猶吴所謂賢良，齊所謂士。」史記越王句踐世家曰：「乃發習流二千人，教士四萬人，君子六千人。」集解引虞翻曰：「言君養之如子。」○史記魏公子傳曰：「魏公子無忌爲人，仁而下士，士無賢不肖，皆謙而禮交之，致食客三千人。」孟嘗君傳曰：「孟嘗君時相齊，封萬户於薛，其食客三千人。」平原君傳曰：「勝最賢，喜賓客，賓客蓋至者數千人。」春申君傳曰：「趙平原君使人於春申君，趙使欲夸楚，爲瑇瑁簪，刀劍室以珠玉飾之，請命春申君客，春申君客三千餘人，其上客皆躡珠履以見趙使。趙使大慙。」呂不韋傳曰：「呂不韋者，陽翟大賈人也。莊襄王元年，以呂不韋爲丞相，封文信侯。莊襄王三年薨，太子政立爲王，尊呂不韋爲相國。當是時，魏有信陵君，楚有春申君，趙有平原君，齊有孟嘗君，皆下士喜賓客以相傾。呂不韋以秦之彊，羞不如，亦招致士厚遇之，至食客三千人。」○史記孟嘗君傳太史公曰：「吾嘗過薛，其俗閭里率多暴桀子弟，與鄒魯殊，問其故，曰：孟嘗君招致天下任俠姦人入薛中，蓋六萬餘家矣。」○史記田敬仲完世家曰：「宣王喜文學游説之士，自如騶衍、淳于髡、田駢、接予、慎到、環淵之徒七十六人，皆賜列第，爲上大夫，不治而議論，是以齊稷下學士復盛，且數百千人。」集解引劉向别録曰：「齊有稷門，城門也。談説之士，期會於稷下也。」新序雜事二曰：「齊有稷下先生，喜議政事。」清統志曰：「山東青州府：稷下，在臨淄縣北，古齊城西。」○史記魏世家曰：「桓子之孫曰文侯，（集解引徐廣曰：「世本曰斯也。」）文侯受子夏經藝，客段干木，過其閭未嘗不式也。秦嘗欲伐魏，或曰：魏君賢人是禮，國人稱仁，上下和合，未可圖也。」燕世家曰：「燕人共立太子平，是爲燕昭王。昭王即位，卑身厚幣以招賢者，爲郭隗改築宮而師事之。樂毅自魏往，騶衍自齊往，劇辛自趙往，士争趨燕。」又曰：「今王喜二十三年，太子丹質於秦，亡歸。二十七年，秦滅趙，禍且至燕。太子丹陰養壯士二十人，使荆軻獻督亢地圖於秦，因襲刺秦王。」○史記張耳陳餘傳曰：「張耳者，大梁人也；陳餘者，亦大梁人也。太史公曰：張耳、陳餘，世傳所稱賢者，其賓客廝役，莫非天下俊桀，所居國無不取卿相者。」

案：互見王介甫上仁宗書注。文粹「厮」作「廝」，字同。○豪傑，續集、後集並作「豪俊」，郎本作「俊傑」，文鑑、文粹作「豪傑」，文編、茅選並同。案：豪、傑、俊，皆才智過人之名，而諸書所載不同。有以過千人爲豪者，鶡冠子能天篇、博選篇，楚辭大招王叔師注皆是也；有以過百人爲豪者，淮南泰族篇，吕氏春秋功名、制樂、誠廉、知分篇高注及淮南氾論篇注皆是也；有以爲過十人者，春秋繁露爵國篇、文子上禮篇皆是也。有以萬人爲傑者，白虎通聖人篇引禮别名記，（禮記月令、禮運，左宣十五年孔疏引並作辯名記，又「傑」作「桀」。）孟子公孫丑上趙注，楚辭大招王注，吕氏春秋孟夏紀高注，荀子非相篇、儒效篇楊注皆是也，史記屈原傳索隱引尹文子、吕氏春秋孟秋紀高注作「桀」，同；有以千人爲傑者，吕氏春秋功名篇、淮南子時則篇高注是也，齊策三高注作「桀」，同；有以百人爲傑者，春秋繁露爵國篇、文子上禮篇是也；有以十人爲傑者，淮南泰族篇是也。有以萬人爲俊者，鶡冠子能天篇、博選篇是也；（作「儁」；同。）有以千人爲俊者，淮南子泰族篇，春秋繁露爵國篇，文子上禮篇，史記屈原傳索隱引尹文子，書臯陶謨釋文引馬季長、鄭康成、王子雍注，許叔重説文，吕氏春秋孟夏紀（作「儁」）、孟秋紀（作「雋」），淮南氾論篇高注（作「儁」），楚辭九章懷沙、沈江王注皆是也；有以百人爲俊者，白虎通聖人篇引禮别名記是也；月令、禮運及左宣十五年孔疏引辯名記曰：「十人曰選，倍選曰俊。」雖數各不同，而爲才德過人或兼人，則一也。○史記田儋傳曰：「田儋者，狄人也，故齊王田氏族也。儋從弟田榮，榮弟田横。漢王立爲皇帝，田横懼誅，而與其徒屬五百餘人入海，居島中。高帝聞之，迺使使赦田横罪而召之。田横迺與其客二人乘傳詣雒陽，未至三十里，遂自剄，令客奉其頭，從使者馳奏之高帝。高帝以王者禮葬田横。既葬，二客穿其冢旁孔，皆自剄下從之。高帝聞之迺大驚，以田横之客皆賢，其餘五百人在海中，使使召之，至則聞田横死，亦皆自殺。於是乃知田横兄弟能得士也。」○其略見於傳記者如此，郎本無「略」字，文鑑無

「記」字。○姦民蠹國，郎本作「役人以自養」。○有姦也，續集、後集、郎本無「也」字。○禮記儒行鄭注曰：「鷙蟲，猛鳥猛獸也。」案：鷙猛，文編、茅選作「猛鷙」。○郎本「條理」作「條別」，「使各」作「各使」。○郎本「鋤」作「鉏」，說文曰：「鉏，立薅所用也。」案：「鋤」與「鉏」同。○不可以，郎本無「以」字。

夫智勇辯力，此四者皆天民之秀傑也，類不能惡衣食以養人，皆役人以自養者也。故先王分天下之富貴，與此四者共之。此四者不失職，則民靖矣。四者雖異，先王因俗設法，使出於一。三代以上出於學，戰國至秦出於客，唐介軒曰：「此句是主。」漢以後出於郡縣吏，魏晉以來出於九品中正，隋唐至今出於科舉。雖不盡然，取其多者論之。以上區處條理，使各安其處之法。六國之君，虐用其民，不減始皇、二世，然當是時百姓無一人叛者。以凡民之秀傑者，多以客養之，不失職也。其力耕以奉上，皆椎魯無能爲者，雖欲怨叛，而莫爲之先，此其所以少安而不即亡也。以上六國所以久存。

文編、茅選「秀傑」下有「者」字。○自養者也，郎本無「者」字。○出於學，已見曾子固宜黃縣學記注。○漢取人之法非一途，漢書文帝紀曰：「十五年，詔諸侯王、公卿、郡守舉賢良能直言極諫者。」武帝紀曰：「元光元年，初令郡國舉孝廉各一人。」此出於選舉者也。史記儒林傳曰：「太常擇民年十八已上儀狀端正者，補博士弟子。郡國、縣道邑有好文學、敬長上、肅政教、順鄉里、出入不悖所聞者，令相長丞上屬所二千石，二千石謹察可者，當與計偕，詣太常，得受業如弟子。一歲皆輒試，能通一藝以上，補文學掌故缺，其高第可以爲郎中者，太常籍奏，即有秀才異等，輒以名聞。」此出於學校者也。漢制，郡縣守令得辟屬吏，郡縣吏或以功遷，或以賢舉，前漢如丙吉、路温舒、張敞、王尊等，後漢如胡廣、袁安等，皆由吏出身，見各本傳。此皆出於吏道者也。此文不言選舉及學校者，所謂取其多者論之耳。又子瞻徐州上皇帝書曰：「漢法，郡縣秀民，推選爲吏，攷行察廉，以次遷補，或至二千石，入爲公卿云云。」與此可互證。郎本無「吏」字，故注但引漢書儒林傳，文雖可通，或非子瞻本意矣。○九品中正，已見王介甫上仁宗書注。又通典選舉二曰：「晉依魏氏九品之制，内官吏部尚書、司徒、左長史，外官州有大中正，郡國有小中正，皆掌選舉。若吏部選用，必下中正，徵其人居及父祖官名。」○通典選舉二曰：「隋文帝開皇七年制：『諸州歲貢三人。』煬帝始建進士科。」餘見韓退之答呂毉山人書注。○多以客養之，續集「多」作「皆」。○漢書周勃傳「椎少文」，注引服虔曰：「謂内鈍也。」又引應劭曰：「今俗名拙語爲椎儲。」顏曰：「椎謂樸鈍如椎也，音直推反。」説文曰：「魯，鈍也。」

始皇初欲逐客，用李斯之言而止。既并天下，則以客爲無用，於是任法而不任人，謂民可以恃法而治，謂吏不必才，取能守吾法而已。故墮名城，殺豪傑，民之秀異者，散而歸田畝。汪曰：「對上『力耕者皆椎魯無能爲』。」向之食於四公子、吕不韋之徒者，皆安歸哉？汪曰：「紐合六國。」不知其能槁項黄馘以老死於布褐乎？抑將輟耕太息以俟時也？沈確士曰：「意極危悚，却以宕折之筆行之。」秦之亂雖成於二世，然使始皇知畏此四人者，有以處之，使不失職，秦之亡不至若此速也。汪曰：「反筆。」縱百萬虎狼於山林而飢渴之，不知其將噬人，妙語解頤。世以始皇爲智，吾不信也。以上秦所以速亡。

史記李斯傳曰：「韓人鄭國來閒秦，以作注溉渠，已而覺，秦宗室大臣請一切逐客。李斯議亦在逐中，斯上書，秦王乃除逐客之令。」○賈生過秦論曰：「墮名城，殺豪俊。」○莊子列禦寇篇曰：「槁項黄馘者，商之所短也。」釋文「槁項」引李頤曰：「羸瘦貌。」又引司馬彪曰：「項槁立也。」又黄馘，古獲反，引司馬彪曰：「謂面黄熟也。」○以老，續集作「而老」。○史記陳涉世家曰：「陳涉少時嘗與人庸耕，輟耕之壟上，悵恨久之，曰：『苟富貴，無相忘。』庸者笑而應曰：『若爲庸耕，何富貴也？』陳涉太息曰：『嗟乎！燕雀安知鴻鵠之志哉？』」○太息，續集作「歎息」。

楚漢之禍，生民盡矣，豪傑宜無幾，而代相陳豨從車千乘，蕭曹爲政，莫之禁也。至文、景、武之世，法令至密，然吴濞、淮南、梁王、魏其、武安之流，皆争致賓客，世主不問也。豈懲秦之禍，以爲爵禄不能盡縻天下之士，故少寬之，使得或出於此也邪？以上又以戰國後事爲證，見秦區處之失。

史記韓王信盧綰傳曰：「陳豨者，宛朐人也。以趙相國將，監趙、代邊兵，豨嘗告歸過趙，賓客隨之者千餘乘，邯鄲官舍皆滿。豨所以待賓客如布衣交，皆出客下。」漢書韓信傳曰：「陳豨爲代相，監邊。」是豨又爲代相也。高帝紀曰：「十年九月，代相國陳豨反。」史記高祖本紀作「八月趙相國陳豨反代地」，亦不言代相，此史、漢不同者。○蕭曹爲政，案：此時蕭何爲相國，曹參尚爲齊相。陳豨反在高帝十年，十二年爲樊噲所斬。至孝惠二年，參始代何爲相國，而豨誅久矣。此特連類及之，如論語憲問篇稱禹、稷躬稼也。○文、景、武，續集「武」下有「帝」字。○漢書刑法志曰：「孝武即位，招進張湯、趙禹之屬，條定法令。其後姦猾巧法，轉相比況，禁罔寖密。」案：續集「密」下有「矣」字。○史記吳王濞傳曰：「吳王濞者，高帝兄劉仲之子也。立爲吳王，濞招致天下亡命者，歲時存問茂材，賞賜閭里，佗郡國吏欲來捕亡人者，訟共禁弗予。」淮南王長傳曰：「淮南王長者，高祖少子也。聚收漢諸侯人及有罪亡者，匿與居，爲治家室，賜其財物爵禄田宅。」又曰：「上憐淮南厲王失國蚤死，乃立其子安爲淮南王。」又安傳曰：「淮南王安陰結賓客。」索隱曰：「淮南要略云：安養士數千，高材者八人，蘇非、李尚、左吳、田由、雷被、伍被、毛被、晉昌，號曰八公也。」楚辭招隱士王叔師序曰：「昔淮南王安博雅好古，招懷天下俊偉之士，自八公之徒，咸慕其德而歸其仁。」史記梁孝王世家曰：「梁孝王武者，孝文皇帝子也。孝王招延四方豪傑，自山以東，遊說之士，莫不畢至。」魏其武安侯傳曰：「魏其侯竇嬰者，孝文后從兄子也。諸遊士賓客争歸魏其侯。武安侯田蚡者，孝景后同母弟也。爲相，卑下賓客，進名士家居者貴之，欲以傾魏其諸將相。」惠景閒侯者年表索隱曰：「魏其，縣名，屬琅邪；武安，縣名，屬魏郡。」清統志曰：「山東沂州府：魏其故城，在蘭山縣南（今改臨沂縣）。河南彰德府：武安故城，在今武安縣西南。」案：續集「吳」下有「王」字。○世主不問也，郎本無此五字。○懲秦，續集作「悠於」，誤。○以爲，郎本「爲」作「謂」。○易繫辭上曰：「我有好爵，吾與爾靡之。」釋文曰：「靡，本又作『縻』。」

若夫先王之政則不然，應上先王之世。唐介軒曰：「補出正論，通幅皆化雲煙。」曰：「君子學道則愛人，小人學道則易使也。」嗚呼！此豈秦漢之所及也哉？以上歸結三代出於學作收。○張廉卿曰：「文字之美，最是跌蕩處見態，諸篇尤曲盡其妙。」

論語陽貨篇：「子游對曰：『昔者偃也聞諸夫子曰：君子學道則愛人，小人學道則易使也。』」○嗚呼，後集作「烏乎」，文鑑同。○也哉，郎本無「也」字。

始皇扶蘇

趙刻志林作趙高李斯，續集作論始皇漢宣李斯，郎本作始皇論下，文粹作始皇一，文編、茅選同，關鍵作秦始皇扶蘇，今依姚選。

秦始皇時，趙高有罪，蒙毅按之當死，始皇赦而用之。長子扶蘇好直諫，上怒，使北監蒙恬兵於上郡。始皇東游會稽，並海走琅邪，少子胡亥、李斯、蒙毅、趙高從，道病，使蒙毅還禱山川，未及還，上崩。李斯、趙高矯詔立胡亥，殺扶蘇、蒙恬、蒙毅，卒以亡秦。以上立案。

史記蒙恬傳曰：「趙高者，諸趙疏遠屬也。秦王聞高彊力，通於獄法，舉以爲中車府令。高有大罪，秦王令蒙毅法治之，毅不敢阿法，當高罪死，除其宦籍。帝以高之敦於事也，赦之，復其官爵。」○後集「皇」下有「帝」字，文鑑、關鍵、文編、茅選並同。○後集「按」作「案」，即「按」之通借字。○史記秦始皇本紀曰：「三十五年，使御史悉案問諸生，皆阬之咸陽。始皇長子扶蘇諫，始皇怒，使扶蘇北監蒙恬於上郡。」正義引括地志曰：「上郡故城，在綏州上縣東南五十里，秦之上郡城也。」清統志曰：「陝西綏德州：魏置上郡，秦置膚施縣。」又曰：「膚施故城，在州東南。」（綏德州今改縣）○續集「監」上無「北」字。○始皇本紀曰：「三十七年，始皇出遊，上會稽，祭大禹，望于南海，而立石刻頌秦德。還過吴，從江乘渡，並海上北至琅邪。」正義曰：「今兖州東沂州、密州，即古琅邪也。括地志云：琅邪山，在密州諸城縣東南百四十里。」又蒙恬傳索隱曰：「並音白浪反。走音奏，走猶向也。」清統志曰：「浙江紹興府：秦爲會稽郡。會稽山，在會稽縣東南十三里。（紹興府舊治山陰、會稽二縣，今合并改曰紹興縣。）山東青州府：琅邪山，在諸城縣東南一百五十里。漢置琅邪郡，以此取名。琅邪故城，在諸城縣東南一百五十里琅邪山下。」○蒙毅、趙高，郎本作「趙高、蒙毅」。○未及還上崩，後集作「未返而上崩」，文粹、文編同。○蒙恬傳曰：「太子立爲二世皇帝，趙高日夜毁惡蒙氏，求其罪惡舉劾之。胡亥遣御史曲宫乘傳之代，令蒙毅賜死。毅對曰：『用道治者，不殺無罪。』使者不聽，遂殺之。又遣使者之陽周令蒙恬，蒙恬乃吞藥自殺。」

蘇子曰：始皇制天下輕重之勢，使内外相形，以禁姦備亂者，可謂密矣。蒙恬將三十萬人，威振北方，扶蘇監其軍，吕東萊曰：「外。」而蒙毅侍帷幄爲謀臣，吕曰：「内。」雖有大姦賊，敢睥睨其閒哉？不幸道病，禱祠山川尚有人也，而遣蒙毅，故高、斯得成其謀。始皇之遺毅，毅見始皇病，太子未立，而去左右，皆不可以言智。此意已可成一篇文字，而下復掃去，所見高人數倍。雖然，天之亡人國，其禍敗必出於智所不及。聖人爲天下，不恃智以防亂，吕曰：「警策。」恃吾無致亂之道耳。茅曰：「歸本之論。」始皇致亂之道，在用趙高。夫閹尹之禍，如毒藥猛獸，未有不裂肝碎首者也。自書契以來，惟東漢呂強、後唐張承業二人號稱善良，汪曰：「說閹尹之禍，偏引張、呂二人；說始皇、漢宣英主，偏引桓、靈、肅、代。何等開合，何等頓挫！」豈可望一二於千萬，以徼必亡之禍哉？然世主皆甘心而不悔。如漢桓、靈，唐肅、代，猶不足深怪。始皇、漢宣皆英主，汪曰：「漢宣是客，却主客並舉。」亦湛於趙高、恭、顯之禍。彼自以爲聰明人傑也，呂曰：「精神骨髓處。」奴僕熏腐之餘何能爲？及其亡國亂朝，乃與庸主不異。吾故表而出之，以戒後世人主如始皇、漢宣者。謝疊山曰：「前一段說始皇，罪在用趙高，附入漢宣任恭、顯事。」

輕重，郎本作「重輕」。○蒙恬傳曰：「蒙恬，其先齊人也。恬弟毅。秦已并天下，使蒙恬將三十萬衆，北逐戎狄。始皇甚尊寵蒙氏，信任賢之，而親近蒙毅，位至上卿，出則參乘，入則御前。恬任外事，而毅常爲內謀，名爲忠信，故雖諸將相莫敢爭焉。」○釋名釋宮室曰：「城上垣曰睥睨，言於其孔中睥睨非常也。」又作「辟睨」，漢書竇田灌韓傳顏注曰：「辟睨，傍視也。」○禱祠，關鍵「祠」作「祀」。○雖然，續集、後集、郎本、文鑑皆無「雖」字。○智所不及，關鍵「智」下有「之」字。○禮記月令曰：「命奄尹。」鄭注曰：「奄尹，主領奄豎之官也。」案：「奄」「閹」字通。○後漢書宦者傳曰：「呂強字漢盛，河南成皋人也。少以宦者爲小黃門，再遷爲中常侍，爲人清忠奉公。靈帝時，例封宦者，以強爲都鄉侯，強辭讓懇惻，固不敢當，帝迺聽之。因上疏陳事，帝知其忠，而不能用。」○新五代史張承業傳曰：「張承業，字繼元，唐僖宗宦者也。本姓唐，幼閹爲內常侍張泰養子，爲河東監軍。晉王病且革，以莊宗屬承業，莊宗與梁戰河上十餘年，軍國之事皆委承業。天祐十八年，莊宗已諾諸將即皇帝位。承業諫曰：『不可。』莊宗不聽，承業仰天大哭，歸太原不食而卒。」○漢桓、靈時，宦官如曹節、侯覽等，唐肅、代時，宦官如李輔國、程元振等，皆專權用事，濁亂天下。見後漢書及新唐書宦者傳、舊唐書宦官傳。○漢書佞幸傳曰：「石顯字君房，濟南人。弘恭，沛人也。皆少坐法腐刑，爲中黄門，以選爲中尚書。」説文曰：「湛，没也。」○後漢書宦者傳序曰：「希附權彊者，皆腐身熏子，以自衒達。」章懷注引韋昭曰：「腐刑必熏合之。」案：續集、後集、郎本、關鍵「熏」作「薰」，乃通借字。

或曰：「李斯佐始皇定天下，不可謂不智。汪曰：「以『智』字連貫上下。」扶蘇親始皇子，一層。秦人戴之久矣，二層。陳勝假其名猶足以亂天下，三層。而蒙恬持重兵在外，四層。使二人不即受誅而復請之，則斯、高無遺類矣。以斯之智，而不慮此，何哉？」呂曰：「難得好。」

蘇子曰：嗚呼！秦之失道，有自來矣，豈獨始皇之罪？汪曰：「從始皇逆説到商鞅。」又曰：「本欲深罪始皇，卻反先説『豈惟始皇之罪』，如此落出商鞅，便不平鈍。」自商鞅變法，以殊死爲輕典，以參夷爲常法，汪曰：「以法毒天下，此是虛説。」人臣狼顧脅息，以得死爲幸，汪曰：「襯得下句起。」何暇復請？汪曰：「答上。」方其法之行也，求無不獲，禁無不止，鞅自以爲軼堯舜而駕湯武矣。及其出亡而無所舍，然後知爲法之弊。夫豈獨鞅悔之，秦亦悔之矣。何等妙筆！汪曰：「看他從商鞅落到秦。」荆軻之變，持兵者熟視始皇環柱而走，莫之救者，以秦法重故也。李斯之立胡亥，不復忌二人者，知威令之素行，而臣子不敢復請也。汪曰：「答上，前虛此實，前就商略說，此就李斯詳說。」二人之不敢請，亦知始皇之鷙悍而不可回也，豈料其僞也哉？呂曰：「此一句斷盡。」周公曰：「平易近民，民必歸之。」呂曰：「又生新意，反復論，極正當。」孔子曰：「有一言而可以終身行之，其恕矣乎！」汪曰：「對下『威』『信』。」夫以忠恕爲心，而以平易爲政，則上易知而下易達。汪曰：「對下『不可測』。」雖有賣國之姦，無所投其隙，倉卒之變，無自發焉。然其令行禁止，蓋有不及商鞅者矣。又打轉商鞅，筆如游龍，極行文之樂。而聖人終不以彼易此。聖人應上堯、舜、湯、武。商鞅立信於徙木，立威於棄灰，刑其親戚師傅，汪曰：「以法毒天下，此是實說。」積威信之極以及始皇。汪曰：「此處從商鞅說到始皇，與前不複，則用筆之變也。」秦人視其君如雷電鬼神，不可測也。古者公族有罪，三宥然後制刑，今至使人矯殺其太子而不忌，太子亦不敢請，則威信之過也。故夫以法毒天下者，未有不反中其身及其子孫者也。漢武與始皇，皆果於殺者也。汪曰：「漢武是客，亦主客並舉。」故其子如扶蘇之仁，則寧死而不請；如戾太子之悍，則寧反而不訴，知訴之必不察也。戾太子豈欲反者哉？計出於無聊也。故爲二君之子者，有死與反而已。李斯之智，蓋足以知扶蘇之必不反也。汪曰：「若不收到李斯，便離了『或曰』一問本旨。」吾又表而出之，以戒後世人主之果於殺者。謝曰：「後一段説始皇之果於殺，其禍反及其子孫，附入漢武戾太子事。」○吕曰：「不特文勢雄健，議論亦至當。」方曰：「議論精鑿，文亦通體不懈。」吴先生曰：「雄奇萬變，當爲志林中第一篇文字。」

史記陳涉世家：「勝曰：『天下苦秦久矣。吾聞二世，少子也，不當立，當立者，乃公子扶蘇。扶蘇以數諫故，上使外將兵。今或聞無罪，二世殺之。百姓多聞其賢，未知其死也。項燕爲楚將，數有功，愛士卒，楚人憐之，或以爲死，或以爲亡。今誠以吾衆，詐自稱公子扶蘇、項燕，爲天下唱，宜多應者。』乃詐稱公子扶蘇、項燕，從民欲也。」○受誅，續集「受」作「就」。○蘇子曰嗚呼，郎本無「蘇子嗚呼」四字，後集「嗚呼」作「烏乎」，文鑑同。○李斯傳曰：「斯乃聽高，相與謀，詐爲受始皇詔，立子胡亥爲太子，更爲書賜長子扶蘇賜死，使者至，發書，扶蘇入內舍欲自殺。蒙恬止扶蘇曰：『安知其非詐？請復請，復請而後死，未暮也。』扶蘇爲人仁，謂蒙恬曰：『父而賜子死，尚安復請？』即自殺。」○史記商君傳曰：「孝公以鞅爲左庶長，卒定變法之令。」○莊子在宥篇曰：「今世殊死者相枕也。」後漢書光武帝紀上注曰：「殊死，謂斬刑殊絶也。」○漢書刑法志曰：「秦用商鞅，連相坐之法，造參夷之刑。」顔注曰：「參夷，夷三族。」○史記蘇秦傳曰：「秦雖欲深入，則狼顧。」正義曰：「狼性怯，走常還顧。」漢書酷吏嚴延年傳曰：「豪彊脅息。」顔注曰：「脅，斂也；屏氣而息。」○管子法法篇曰：「求必欲得，禁必欲止，令必欲行。」○史記商君傳曰：「秦孝公卒，太子立。公子虔之徒告商君欲反，發吏捕商君。商君亡，至關下，欲舍客舍，客人不知其是商君也，曰：『商君之法，舍人無驗者坐之。』商君喟然歎曰：『嗟乎，爲法之敝一至此哉！』」案：「敝」「弊」字通，續集作「敝」。○史記刺客荆軻傳曰：「荆軻逐秦王，秦王環柱而走。羣臣皆愕，卒起不意，盡失其度。而秦法，羣臣侍殿上者，不得持尺寸之兵，諸郎中執兵，皆陳殿下，非有詔召不得上。方急時，不及召下兵，以故荆軻乃逐秦王，而卒惶急無以擊軻。」○威令，續集「威」作「法」。○不敢，續集、郎本上有「之」字。○二人之不敢請，續集、郎本「請」上有「復」字。○史記魯世家曰：「周公聞伯禽報政遲，乃歎曰：『夫政不簡不易，民不有近。平易近民，民必歸之。』」○論語衛靈公篇：「子貢問曰：『有一言而可以終身行之者乎？』子曰：『其恕乎！』」○史記蘇秦傳曰：「人有毀蘇秦者曰：左右賣國反覆之臣也。」○然其，續集無「然」字。○荀子王制篇曰：「令行禁止，王者之事畢矣。」○以彼易此，關鍵作「以此易彼」。○商鞅，續集無「商」字，關鍵同。○商君傳曰：「令既具，未布，恐民之不信己，乃立三丈之木於國都市南門，募民有能徙置北門者予十金。民怪之，莫敢徙。復曰：『能徙者予五十金。』一人徙之，輒予五十金，以明不欺。」○李斯傳曰：「商君之法，刑棄灰於道者。」商君傳集解引新序論曰：「棄灰於道者被刑。」○商君傳曰：「太子犯法，衛鞅曰：『法之不行，自上犯之。』刑其傅公子虔，黥其師公孫賈。公子虔復犯約，劓之。」又：「趙良曰：公子虔杜門不出已八年矣，君又殺祝懽而黥公孫賈。」○親戚師傅，文編下有「無惻容」三字。○之極，續集、郎本「極」作「劇」。○以及，續集「及」作「至」。○禮記文王世子曰：「公族無宫刑。獄成，有司讞于公。其死罪，則曰『某之罪在大辟』；其刑罪，則曰『某之罪在小辟』。公曰『宥之』，有司又曰『在辟』，公又曰『宥之』，有司又曰『在辟』。及三宥，不對，走出，致刑於甸人。」○然後制刑，續集「制」作「寘」，關鍵作「而後致刑」。○易師彖傳曰：「以此毒天下。」釋文引馬融曰：「毒，治也。」廣韻一送曰：「中，當也，陟仲切。」○漢書武五子傳曰：「戾太子據，元狩元年立爲皇太子。武帝末，衛后寵衰，江充用事。充與太子及衛氏有隙，恐上晏駕後，爲太子所誅。會巫蠱事起，充至太子宫，掘得桐木人。時上疾，辟暑甘泉宫。太子召問少傅石德，德懼爲師傅并誅，因謂太子曰：『今巫與使者掘地得徵驗，無以自明，可矯以節收捕充等繫獄。上存亡未可知，而姦臣如此，太子將不念秦扶蘇事邪？』太子急，然德言。迺使客爲使者，收捕充等，出武庫兵，發長樂宮衛，遂部賓客爲將率，與丞相劉屈氂等戰。長安中擾亂，言太子反。」○史記吴王濞傳：「吴使者曰：王恐上誅之，計乃無聊。」（盛如梓庶齋老學叢談已引此爲證。又引太史公與任安書「積威約之漸」證上「積威信之極」，謂句法同而意殊耳。）○漢武與始皇，續集無「與」字。

留侯論

史記留侯世家曰：「留侯張良者，其先韓人也。大父開地相韓昭侯、宣惠王、襄哀王，父平相釐王、悼惠王。平卒二十歲，秦滅韓。良年少，未宦仕韓，韓破，良家僮三百人，弟死不葬，悉以家財求客刺秦王，爲韓報仇，以大父、父五世相韓故。良嘗學禮淮陽，東見倉海君，得力士，爲鐵椎重百二十斤。秦皇帝東游，良與客狙擊秦皇帝博浪沙中，誤中副車，秦皇帝大怒，大索天下，求賊甚急，良乃更姓名亡匿下邳。良嘗閒從容步游下邳圯上，有一老父，衣褐，至良所，直墮其履圯下，顧謂良曰：『孺子下取履。』良愕然，欲毆之，爲其老，彊忍下取履。父曰：『履我。』良業爲取履，因長跪履之，父以足受，笑而去。良殊大驚，隨目之，父去里所復還，曰：『孺子可教矣。後五日平明，與我會此。』良因怪之，跪曰：『諾。』五日平明，良往，父已先在，怒曰：『與老人期，後，何也？』去，曰：『後五日早會。』五日雞鳴，良往，父又先在，復怒曰：『後，何也？』去，曰：『後五日復早來。』五日，良夜未半往，有頃父亦來，喜曰：『當如是。』出一編書，曰：『讀此則爲王者師矣。後十年興，十三年孺子見我濟北，穀城山下黄石即我矣。』遂去，無他言，不復見。旦日視其書，乃太公兵法也。」又：「漢六年正月，封功臣，良未嘗有戰鬭功，高帝曰：『運籌策帷幄中，決勝千里外，子房功也。自擇齊三萬户。』良曰：『始，臣起下邳，與上會留，此天以臣授陛下，陛下用臣計，幸而時中，臣願封留足矣，不敢當三萬户。』乃封張良爲留侯。」正義引括地志曰：「故留城，在徐州沛縣東南五十五里，今城内有張良廟也。」清統志曰：「江蘇徐州府：留縣故城，在沛縣東南。」

古之所謂豪傑之士者，必有過人之節，人情有所不能忍者。汪曰：「『忍』字是一篇骨子。」匹夫見辱，拔劍而起，挺身而鬬，此不足爲勇也。天下有大勇者，卒然臨之而不驚，無故加之而不怒，此其所挾持者甚大，而其志甚遠也。以上總括通篇大意，前人謂之總冒，宋人作論多喜用之。

天下有大勇者，文鑑無此句。○卒讀曰猝，下同。○所挾持，關鍵無「所」字。○甚遠，文鑑無「甚」字。

夫子房授書於圯上之老人也，其事甚怪，然亦安知其非秦之世有隱君子者出而試之？觀其所以微見其意者，皆聖賢相與警戒之義，而世不察，以爲鬼物，亦已過矣。此意已可成一篇妙文，而子瞻數語掀過，以下更開妙境，其才力高人數倍。且其意不在書。茅曰：「空中下拳。」沈曰：「一語空際掀翻，如海上潮來，銀山蹴起。」汪曰：「撇開『授書』一句，即起警戒意，翻盡舊案，若不撇開授書，則前『授書』句便無著落。」

授書，茅選「授」作「受」。○史記留侯世家集解引徐廣曰：「圯，橋也，東楚謂之圯，音怡。」索隱曰：「李奇云：下邳人謂橋爲圯。」文穎曰：「沂水上橋也。」姚察見史記本有作土旁者，乃引今會稽東湖大橋名爲靈圯，圯亦音夷，理或然也。」漢書張良傳顔注引服虔曰：「圯音頤，楚人謂橋曰圯。」應劭曰：「汜水之上也。」清官本載張佖曰：「許慎説文云：『東楚謂橋爲圯。』在土部，本從土，傳寫蓋誤從『汜』。」又載劉攽曰：「若本實作『圯』，則應劭無緣解作『汜上』，疑『汜』亦自爲頤音，而釋爲橋也。然則『汜』字從水，亦未爲誤。」案：說文土部曰：「圯，東楚謂橋。」段注曰：「史、漢『張良嘗閒從容步游下邳汜上』，服虔曰：『汜音頤，楚人謂橋爲汜。』按：字當作『圯』，史、漢叚『汜』爲之，故服子慎讀如頤也。或云姚察見史記本有從土旁者。應劭曰：『汜水之上，謂窮瀆無水之上也。』則應說從水作汜爲合，與從土訓橋異。」又說文水部曰：「一曰汜，窮瀆也。」段曰：「漢書『汜上』，服虔讀爲『圯』，音頤，楚人謂橋曰圯。此漢人易字之例也。應劭曰『汜水之上』，此不易字，謂窮瀆無水之上也。下文『直墮其履汜下，良下取履』，其爲無水之瀆了然。史記本亦作『汜』，小司馬云『姚察見史記有作土旁者』，云有，則知史記不皆作土旁也。義本易憭，諸家說皆不察。」王南垓（紹蘭）說文段注訂補卷十一下曰：「段以汜爲無水之瀆，其誤有三。汜上汜下，即橋上橋下也，橋高而瀆卑，故有汜上汜下之分，若汜爲無水之瀆，則地處窪下，可言汜上，不可言汜下矣，下文何以言『墮其履汜下』乎？一誤也。水經沂水注云：『沂水於下邳縣北西流，分爲二水。一水逕城東，屈從縣南注泗，謂之小沂水。水上有橋，徐泗閒以爲圯，昔張子房遇黃石公於圯上，即此處也。』是下邳之橋，爲沂水支流所經，故文穎曰：『汜，沂水上橋也。』而乃以汜爲無水之瀆，二誤也。應劭言『汜水之上』，此是誤以『汜』爲今汜水縣之『汜』，非以爲爾雅之窮瀆也。且應言汜水之上，則非無水明矣，而又以汜水爲無水之瀆，三誤也。王念孫說。（原注曰：「經義述聞。」）紹蘭案：說文土部『圯』字解云：『東楚謂橋爲圯。』即謂張良傳『圯』，橋也。然則許意不以『窮瀆之汜』爲下邳之『圯橋』，明矣。『橋圯』之『圯』爲正字，『汜』爲假借字。漢書借『汜』爲『圯』，服虔正讀爲『圯』，應劭亦借曰『汜』。段氏忽發易字不易字之例，不嫌於『汜』爲正，『圯』爲借乎？漢人固有此例，似不當於此發之，轉滋疑誤。且應劭曰『汜水之上』，既稱汜水，汜水在河南成皋縣，故師古云『不在下邳』。又此水通流，明非窮瀆之汜，履墮其下，直是墮在水中，良安能取而跪進，老人又安能即以足受之乎？以是證之，知不得以『圯橋』解『窮瀆』也。」步瀛案：以上所訂，洵可正段氏之失，則「圯」當訓「橋」，益信矣。沈文起漢書疏證卷二十七引淮南子道應篇注：「氾，水厓也。謂此氾上者，亦下邳之水邊。」王益吾漢書補注：「『沂』與『圻』通，『圻』與『垠』通。」以傅會沈氏「水厓」之說，皆非也。至庚子山吳明徹墓誌銘云「圯橋取履，早見兵書」，李太白經下邳圯橋懷張子房云「我來圯橋上」，則以「圯」爲橋名，實亦相承而誤也。○其事甚怪，留侯世家太史公曰：「學者多言無鬼神，然言有物。至如留侯所見老父予書，亦可怪矣。」○然亦安知其非，文鑑作「而愚以爲或者」。○警戒之義，文鑑「義」作「心」。○而世不察，應詔集作「世人不察」。○論衡自然篇曰：「或曰：張良遊泗水之上，遇黃石公授太公書，蓋天佐漢誅秦，故命令神石爲鬼書授人。」又曰：「論之以爲黃石授書，漢且興之象也，妖氣爲鬼，鬼象人形，自然之道，非或爲之也。」列子黃帝篇曰：「有一人從石壁中出，隨煙燼上下，衆謂鬼物。」案：關鍵「鬼物」作「鬼神」。

當韓之亡，秦之方盛也，以刀鋸鼎鑊待天下之士，其平居無罪夷滅者，不可勝數，雖有賁育，無所復施。夫持法太急者，其鋒不可犯，而其勢未可乘。子房不忍忿忿之心，以匹夫之力，而逞於一擊之閒。沈曰：「不能忍。」當此之時，子房之不死者，其閒不能容髮，蓋亦已危矣。千金之子，不死於盜賊，何者？其身之可愛，而盜賊之不足以死也。汪曰：「著此譬喻，是急脈緩受法。」子房以蓋世之才，不爲伊尹、太公之謀，而特出於荆軻、聶政之計，以僥倖於不死，此圯上老人所爲深惜者也。汪曰：「從子房說到老人。」是故倨傲鮮腆而深折之。汪曰：「警戒虛說。」彼其能有所忍也，然後可以就大事，故曰：「孺子可教也。」以上老人教子房以能忍。

梁元帝忠臣傳諫諍篇序曰：「終知自投鼎鑊，取離刀鋸。」○無罪，關鍵作「無事」。○秦策三：「范雎曰：奔育之勇焉而死。」史記范雎傳作「孟賁、夏育」。集解引許慎曰：「孟賁，衛人。」又引漢書音義曰：「夏育，衛人，力舉千鈞。」漢書司馬相如傳諫獵疏曰：「勇期賁育。」顔注曰：「孟賁，古之勇士也；夏育，亦猛士也。」後漢書馮衍傳：「衍説廉丹曰：勇冠乎賁育。」章懷注曰：「孟賁、夏育，並古之勇士也。」韓非子觀行篇曰：「有賁育之彊，而無法術，不得長生。」○復施，軌範「復」作「獲」。○而其勢，郎本、文鑑無「勢」字，「未」作「末」。○匹夫之力，關鍵「力」作「勇」。○大戴禮曾子天圓篇曰：「律歷迭相治也，其閒不容髮。」枚叔説吴王書曰：「其出不出，閒不容髮。」○蓋亦已危矣，軌範無「已」字。○史記越王句踐世家：「朱公曰：吾聞千金之子，不死于市。」袁盎傳：「盎曰：臣聞千金之子，坐不垂堂。」○荀子臣道篇曰：「殷之伊尹，周之太公，可謂聖臣矣。」吕氏春秋知度篇曰：「伊尹、吕尚、管夷吾、百里奚，此霸王者之船驥也。」○史記刺客傳曰：「聶政者，軹深井里人也。嚴仲子與韓相俠累有郤，聶政至韓，刺殺俠累。」荆軻，見蘇明允權書六國注。○圯上老人，郎本、文粹、文鑑、關鍵、文編、茅選「老人」上有「之」字，集「老人」下有「之」字。○楚辭九歎惜賢曰：「切淟涊之流俗。」王注曰：「垢濁也。」姚曰：「即鮮腆字。」

楚莊王伐鄭，鄭伯肉袒牽羊以迎，唐介軒曰：「能忍一證。」莊王曰：「其君能下人，必能信用其民矣。」遂舍之。句踐之困於會稽而歸，臣妾於吴者，三年而不勸。唐曰：「又一證。」且夫有報人之志，而不能下人者，是匹夫之剛也。汪曰：「從鄭、越之能忍，說到老人憂子房不能忍，須得此三句脱卸。」夫老人者，以爲子房才有餘，而憂其度量之不足，故深折其少年剛鋭之氣，使之忍小忿而就大謀。何則？非有平生之素，卒然相遇於草野之閒，而命以僕妾之役，油然而不怪者，此固秦皇之所不能驚，而項籍之所不能怒也。應上「不驚」「不怒」，卻作結語，非庸筆所能。○以上申言能忍乃能成功，足上警戒之義。

「楚莊王伐鄭」至「遂舍之」，見左傳宣十二年，杜注曰：「肉袒牽牛，示服爲臣僕。」案：集、郎本、文鑑、文编、茅選「迎」作「逆」。○集、文鑑、文编「舍」作「捨」。○左哀元年曰：「吴王夫差敗越于夫椒，遂入越，越子以甲楯五千，保于會稽。」杜注曰：「上會稽山也，在會稽山陰縣南。」釋文曰：「會，古外反；稽，古兮反。」越語下曰：「越王句踐棲於會稽，乃令大夫種行成於吴，吴人許諾，令大夫種守於國，與范蠡入官於吴三年，而吴人遣之。」韋注曰：「官爲臣隸也。」史記越王句踐世家曰：「越王乃以餘兵五千人，保棲於會稽，乃令大夫種行成於吴，膝行頓首曰：句踐請爲臣，妻爲妾。」清統志曰：「浙江紹興府：會稽山，在會稽縣東南十三里。」案：會稽縣今與山陰縣併，改曰紹興縣。○集「勸」作「倦」，字同。○平生，集作「生平」。○秦皇，郎本、文鑑、關鍵及茅選「皇」下有「帝」字。

觀夫高祖之所以勝，而項籍之所以敗者，在能忍與不能忍之閒而已矣。汪曰：「以項籍之不能忍，襯高祖之能忍。」項籍惟不能忍，是以百戰百勝，而輕用其鋒。高祖忍之，養其全鋒，而待其弊。此子房教之也。沈曰：「一語歸鎖。」當淮陰破齊而欲自王，高祖發怒，見於詞色。由此觀之，猶有剛强不忍之氣，非子房其誰全之？汪曰：「又進一步。」○以上又言漢高之能忍，亦由於子房。沈曰：「老人教子房以能忍，是正義，子房又教高祖能忍，是餘意，作文必如此推論。」

茅選「高祖」作「高帝」。○應詔集「弊」作「斃」。○史記淮陰侯傳曰：「信平齊，使人言漢王曰：『齊僞詐多變，反復之國也，南邊楚，不爲假王以鎮之，其勢不定，願爲假王便。』當是時，楚方急圍漢王於滎陽，韓信使者至，發書，漢王大怒，罵曰：『吾困於此，旦暮望若來佐我，乃欲自立爲王。』張良、陳平躡漢王足，因附耳語曰：『漢方不利，寧能禁信之王乎？不如因而立，善遇之，使自爲守。不然，變生。』漢王亦悟，因復罵曰：『大丈夫定諸侯，即爲真王耳，何以假爲？』乃遣張良往立信爲齊王。」茅選「詞」作「辭」。案：「辭」乃「詞」之通借字。

太史公疑子房以爲魁梧奇偉，而其狀貌乃如婦人女子，不稱其志氣。嗚呼，此其所以爲子房歟！王聞修曰：「結極奇而冷。」沈曰：「餘波。」○以上又出一意作結，而與「忍」字能相關。○王遵巖曰：「此文若斷若續，變幻不羈，曲盡文家操縱之妙。」劉曰：「忽出忽入，忽主忽賓，忽淺忽深，忽斷忽續。而納履一事，止隨文帶出，更不正講，尤爲神妙。」

留侯世家太史公曰：「余以爲其人計魁梧奇偉，至見其圖，狀貌如婦人好女。蓋孔子曰：『以貌取人，失之子羽。』留侯亦云。」集解引應劭曰：「魁梧，丘虛壯大之意。」王懷祖讀書雜志四之十六曰：「魁、梧，皆大也，梧之言吴也。方言（十三）曰：吴，大也。」○嗚呼，郎本、文鑑作「而愚以爲」四字。

上皇帝書

宋史蘇軾傳曰：「權開封府推官。會上元，敕府市浙燈，且令損價。軾疏言：『陛下豈以燈爲悦？此不過以奉二宮之歡耳。然百姓不可户曉，皆謂以耳目不急之玩，奪其口體必用之資。此事至小，體則甚大，願追還前命。』即詔罷之。」時安石創行新法，軾上書論其不便，曰：「臣之所欲言者，三言而已云云。」郎晦之注曰：「公嘗有杭州召還乞郡狀云：『王安石新得政，變易法度，臣欲具論安石所爲不可施行狀，然未測聖意待臣淺深。因上元有旨買燈四千椀，有司無狀，虧減市賈，臣即上書論奏。神宗大喜，即時施行，以此少知神宗聖明，能受盡言。上疏六千餘言，極論新法不便。』又於哲宗朝，有辯試館職策問劄子云：『臣事神宗，蒙召對訪問，退而上書數萬言，大抵皆勸神宗忠恕仁厚，含垢納污，屈己以裕人。』公前後所言，皆謂此書。」○文粹、文訣、文編、茅選「皇帝」上有「神宗」二字，郎本作上神宗皇帝，而建類曰萬言書，今依七集奏議，文鑑、正宗、姚選皆同。

熙寧四年二月日，殿中丞、直史館、判官告院、權開封府推官臣蘇軾，謹昧萬死再拜上書皇帝陛下。臣近者不度愚賤，輒上封章，言買燈事。（汪曰：「就前事列入。」）自知瀆犯天威，罪在不赦，席藁私室，以待斧鉞之誅。而側聽逾旬，威命不至，問之府司，則買燈之事，尋已停罷。乃知陛下不惟赦之，又能聽之，驚喜過望，以至感泣。何者？改過不吝，從善如流，此堯舜禹湯之所勉强而力行，秦漢以來之所絶無而僅有。顧此買燈毫髮之失，豈能上累日月之明？而陛下翻然改命，曾不移刻，茅曰：「婉言而入。」則所謂智出天下而聽於至愚，威加四海而屈於匹夫。臣今知陛下可與爲堯舜，可與爲湯武，可與富民而措刑，可與强兵而伏戎虜矣。有君如此，其忍負之？惟當披露腹心，捐棄肝腦，盡力所至，不知其他。乃者，臣亦知天下之事，有大於買燈者矣。而獨區區以此爲先者，蓋未信而諫，聖人不與，交淺言深，君子所戒。是以試論其小者，而其大者固將有待而後言。今陛下果赦而不誅，則是既已許之矣。許而不言，臣則有罪，是以願終言之。茅曰：「以上數轉，無限悽惋曲折。」曾曰：「篇首三百餘字，失之宂漫，漢唐制科對策，往往如此。」臣之所欲言者三，願陛下結人心、厚風俗、存紀綱而已。茅曰：「結人心在無興事，厚風俗在無輕用新進喜事之人，存紀綱在任臺諫以持公義。」○曾曰：「以上總起。」

「熙寧四年」至「皇帝陛下」三十八字，各本多删改，今依奏議及郎本，又二本「日」上皆空一字。○蘇軾傳曰：「父喪除，還朝，適王安石執政，素惡其異己，以判官告院。」又曰：「安石不悦，命權開封府推官，將困之以事。軾決斷精敏，聲聞益遠。」職官志曰：「吏部官告院，主管官一員，以京朝官充。舊制，提舉一人，以知制誥充，判院一人，以帶職京朝官充。掌吏、兵、勳、封官告，以給妃嬪、王公、文武品官、内外命婦及封贈者，各以本司告身印印之。文臣用吏部，武臣用兵部，王公及命婦用司封，加勳用司勳。官制行，四選皆用吏部印，惟蕃官則用兵部印記。凡綾紙幅數褾軸名色，視其品之高下，應奏鈔畫聞者給之。」又曰：「開封府其屬有判官、推官四人，日視推鞫，分事以治，而佐其長。」王宗稷東坡先生年譜曰：「神宗皇帝熙寧二年己酉，先生年三十四，還朝，監官告院。四年辛亥，攝開封府推官。」○子瞻有諫買燈狀。○史記吳王濞傳曰：「膠西王乃袒跣席稾飲水謝太后。」郎注曰：「言將就刑戮，故席藁草。」○書僞仲虺之誥曰：「改過不吝。」○左昭十三年：「叔向曰：齊桓從善如流。」○禮記中庸篇曰：「或勉强而行之。」○孟子萬章上：「伊尹曰：吾豈若使是君爲堯舜之君哉？」公孫丑下：「尹士曰：不識王之不可以爲湯武，則是不明也。」○臣亦知，奏議無「亦」字。○論語子張篇：「子夏曰：君子信而後勞其民，未信則以爲厲己也；信而後諫，未信則以爲謗己也。」○趙策四：「馮忌請見趙王，行人見之。馮忌接手免首，欲言而不敢。王問其故。對曰：『客有見人於服子者，已而請其罪。服子曰：「公之客獨有三罪。望我而笑，是狎也；談語而不稱師，是倍也；交淺而言深，是亂也。」』」淮南齊俗篇作宓子，「宓」「服」字通，許注曰：「宓子，子賤也。」

人莫不有所恃，人臣恃陛下之命，故能役使小民，恃陛下之法，故能勝伏强暴。至於人主所恃者誰歟？書曰：「予臨兆民，懔乎若朽索之馭六馬。」言天下莫危於人主也。聚則爲君臣，散則爲仇讎。聚散之間，不容毫釐。故天下歸往謂之王，人各有心謂之獨夫。由此觀之，人主之所恃者，人心而已。人心之於人主也，如木之有根，如燈之有膏，如魚之有水，如農夫之有田，如商賈之有財。木無根則槁，燈無膏則滅，魚無水則死，農夫無田則飢，商賈無財則貧，人主失人心則亡。沈曰：「疊用引喻，注出此句，是添力法。」汪曰：「即搭上正意，與五喻作一樣句法，得此反筆，洗發痛切。」此理之必然，不可逭之災也。其爲可畏，從古以然。苟非樂禍好亡，狂易喪志，孰敢肆其胷臆，輕犯人心乎？昔子產焚載書以弭衆言，賂伯石以安巨室，以爲衆怒難犯，專欲難成。而孔子亦曰：「信而後勞其民，未信則以爲厲己也。」唯商鞅變法，不顧人言，雖能驟至富强，亦以召怨天下，使其民知利而不知義，見刑而不見德。雖得天下，旋踵而亡。至於其身，亦卒不免。負罪出走，而諸侯不納；車裂以徇，而秦人莫哀。君臣之閒，豈願如此？宋襄公雖行仁義，失衆而亡；田常雖不義，得衆而强。是以君子未論行事之是非，先觀衆心之向背。謝安之用諸桓未必是，而衆之所樂，則國以乂安；庾亮之召蘇峻未必非，而勢有不可，則反爲危辱。自古及今，未有和易同衆而不安，剛果自用而不危者也。汪曰：「收古事列出時事。」○曾曰：「以上渾言結人心，以下臚列失人心之事。」

有所恃，文粹無「所」字。○勝伏，奏議「伏」作「服」。○所恃者誰歟，奏議無「歟」字。○書僞古文五子之歌曰：「予臨兆民，懔乎若朽索之馭六馬。」僞孔傳曰：「十萬曰億，十億曰兆，言多。懔，危貌；朽，腐也。腐索馭六馬，言危懼甚。」案：奏議「懔」作「凜」，今依郎本及文粹，正宗同。説文曰：「癛，寒也。」「凜」「懔」皆後出字。○君臣，奏議、郎本「臣」作「民」。○穀梁莊三年曰：「其曰王者，民之所歸往也。」易乾鑿度卷上曰：「王者，天下所歸往。」吕氏春秋下賢篇曰：「王也者，天下之往也。」春秋繁露滅國篇曰：「王者，民之所往。」韓詩外傳五曰：「王者，往也，天下往之謂王。」風俗通皇霸篇引書大傳曰：「王者，往也，爲天下所歸往也。」白虎通號篇曰：「王者，往也，天下所歸往。」説文曰：「王，天下所歸往也。」○書僞古文泰誓上曰：「受有臣億萬，惟億萬心。」又泰誓下曰：「獨夫受。」○農夫，奏議無「夫」字，文訣、文編、茅選「飢」作「饑」。○此理之必然，文粹「然」下有「也」字，文鑑、正宗作「此必然之理」，文訣、文編、茅選作「此必然之理也」。○書僞古文太甲下曰：「自作孽，不可逭。」（孟子公孫丑上、離婁上引「逭」皆作「活」。禮記緇衣篇引作「逭」，上有「以」字。）僞孔傳曰：「孽，災；逭，逃也。」○好亡，郎本、文粹「亡」作「狂」，文編、茅選同。○周禮天官閽人鄭注曰：「怪民狂易。」釋文曰：「易，以豉反。」郎本、文粹「狂」作「輕」，文編、茅選同。又茅選「喪」作「失」。○孰敢，奏議、郎本「孰上」有「則」字，文粹「孰」作「詎」，文編、茅選同。○輕犯人心乎，奏議、郎本無「乎」字。○左襄十年曰：「子孔當國，爲載書，以位序、聽政辟。大夫、諸司、門子弗順，將誅之。子産止之，請爲之焚書，子孔不可。子産曰：『衆怒難犯，專欲難成。合二難以安國，危之道也。不如焚書以安衆。』乃焚書於倉門之外，衆而後定。」○左襄三十年曰：「子産爲政，有事伯石，賂與之邑。子太叔曰：『國皆其國也，奚獨賂焉？』子産曰：『無欲實難。皆得其欲，以從其事，而要其成，非我有成。其在人乎？何愛於邑，邑將焉往？鄭書有之曰：「安定國家，必大焉先。」姑先安大，以待其所歸。』既伯石懼而歸邑，卒與之。」杜注曰：「伯石，公孫段。」○孔子亦曰信而後勞其民未信則以爲厲己也，此論語子張篇子夏之言，子瞻蓋誤引爲孔子，上云「聖人不與」，即誤爲孔子之證。惟郎本作子夏，雖是，疑後人所改也。○史記商君傳曰：「孝公既用衛鞅，鞅欲變法，恐天下議己。衛鞅曰：『疑行無名，疑事無功。且夫有高人之行者，固見非於世；有獨知之慮者，必見敖於民。愚者闇於成事，知者見於未萌。民不可以慮始，而可與樂成。論至德者，不和於俗；成大功者，不謀於衆。是以聖人苟可以彊國，不法其故；苟可以利民，不循其理。』孝公曰：『善。』」又互見志林始皇扶蘇篇注。○旋踵而亡，奏議「亡」作「失」，下有「也」字。○秦人莫哀，秦策一曰：「商君歸還，惠王車裂之，而秦人不憐。」餘見曾子固戰國策序注。○史記宋世家曰：「襄公之時，修行仁義，欲爲盟主。」穀梁傳僖二十三年曰：「茲父之不葬何也？（茲父，襄公名。不葬，謂春秋不書其葬。）失民也。其失民何也？以其不教民戰，則是棄其師也，爲人君而棄其師，其民孰以爲君哉？」○史記田敬仲完世家曰：「田常復修釐子之政，以大斗出貸，以小斗收，齊人歌之曰：嫗乎采芑，歸乎田成子。」莊子胠篋篇曰：「故田成子有乎盜賊之名，而身處堯舜之安，小國不敢非，大國不敢誅，十二世有齊國。」○晉書謝安傳曰：「時苻堅强盛，安遣弟石及兄子玄等應機征討。玄等既破堅，安以總統功，進拜太保。是時桓沖既卒，荆、江二州並缺，物論以玄勳望，宜以授之。安以父子皆著大勳，恐爲朝廷所疑，又懼桓氏失職，桓石虔復有沔陽之功，乃以桓石民爲荆州，改桓伊於中流，石虔爲豫州。既以三桓據三州，彼此無怨，各得所任。」○晉書庾亮傳曰：「亮字元規，明穆皇后之兄也。徙中書令。太后臨朝，政事一決於亮。亮任法裁物，頗失人心。會南頓王宗謀廢執政，亮殺宗而廢宗兄羕，天下咸以亮翦削宗室。琅邪人卞咸，宗之黨也，與宗俱誅。咸兄闡亡奔蘇峻，亮符峻送闡，而峻保匿之。峻又多納亡命，專用威刑。亮知峻必爲禍亂，徵爲大司農，舉朝謂之不可，平南將軍溫嶠亦累書止之，皆不納。峻遂與祖約俱舉兵反，峻乘勝至于京都，詔假亮節都督征討諸軍事，戰于建陽門外，軍未及陳，士衆棄甲而走，亮攜其三弟懌、條、翼，南奔溫嶠。」〇及今，正宗「及」作「迄」，姚選同。

今陛下亦知人心之不悅矣。汪曰：「入時事，即陡然從失人心說起，下方說出實事，筆意飄忽。」中外之人，無賢不肖，皆言祖宗以來，治財用者，不過三司使副判官。經今百年，未嘗闕事。今者無故又創一司，號曰制置三司條例。汪曰：「首論設條例司之失，蓋條例司是綱，水利、雇役、青苗、均輸，乃條例司所行之事，則其目也。」使六七少年，日夜講求於內，使者四十餘輩，分行營幹於外。造端宏大，民實驚疑；創法新奇，吏皆惶惑。汪曰：「含下水利、雇役、青苗、均輸。」賢者則求其說而不可得，未免於憂；小人則以其意度朝廷，遂以爲謗。汪曰：「分出賢者、小人二者，以見人心皆怨。然卻重在『小人之謗』一節，謗即人言也，其後『謗』字從此生出。」謂陛下以萬乘之主而言利，謂執政以天子之宰而治財。商賈不行，物價騰踊。近自淮甸，遠及川蜀，喧傳萬口，論說百端。或言京師正店，議置監官；夔路深山，當行酒禁；拘收僧尼常住；減刻兵吏廩祿。如此等類，不可勝言。而甚者至以爲欲復肉刑，斯言一出，民且狼顧。陛下與二三大臣亦聞其語矣，然而莫之顧者。汪曰：「與上『亦知人心不悦』相應，所謂『人言不足恤』也。」徒曰我無其事，又無其意，何恤於人言？汪曰：「先代爲分解。」夫人言雖未必皆然，而疑似則有以致謗。人必貪財也，而後人疑其盜；人必好色也，而後人疑其淫。汪曰：「説疑似之致謗極痛切。篇中凡議論譬喻引證，多用雙行，是陸宣公奏議體。」何者？未置此司，則無此謗，豈去歲之人皆忠厚，而今歲之人皆虛浮？孔子曰：「工欲善其事，必先利其器。」又曰：「必也正名乎！」今陛下操其器而諱其事，有其名而辭其意。雖家置一喙以自解，市列千金以購人，人必不信，謗亦不止。夫制置三司條例司，求利之名也；六七少年與使者四十餘輩，求利之器也。驅鷹犬而赴林藪，語人曰「我非獵也」，不如放鷹犬而獸自馴；操罔罟而入江湖，語人曰「我非漁也」，不如捐罔罟而人自信。沈曰：「篇中引喻，往往雙行。」汪曰：「就喻意引出條例司之當罷。」曾曰：「善言事者，每於最難明之處，設譬喻以明之，東坡詩文皆以此擅長。」故臣以爲，消讒慝以召和氣，汪曰：「人言。」復人心而安國本，汪曰：「人心。」則莫若罷制置三司條例司。

夫陛下之所以創此司者，不過以興利除害也。汪曰：「再原其立此司之意，而言其當罷。」使罷之而利不興，害不除，則勿罷。罷之而天下悦，人心安，興利除害，無所不可，則何苦而不罷？陛下欲去積弊而立法，必使宰相熟議而後行。事若不由中書，則是亂世之法。聖君賢相，夫豈其然？必若立法不免由中書，孰議不免使宰相，此司之設，無乃宂長而無名？又就其職務之宂長，而言其當罷。智者所圖，貴於無迹。漢之文景，紀無可書之事；唐之房杜，傳無可載之功。而天下之言治者與文景，言賢者與房杜。蓋事已立而迹不見，功已成而人不知。故曰：「善用兵者，無赫赫之功。」豈惟用兵，事莫不然。今所圖者，萬分未獲其一也，而迹之布於天下，已若泥中之鬬獸，亦可謂拙謀矣。陛下誠欲富國，擇三司官屬與漕運使副，而陛下與二三大臣，孜孜講求，磨以歲月，則積弊自去而人不知。汪曰：「所謂功成人不知，乃智者所圖之無迹也。」但恐立志不堅，中道而廢。孟子有言：「其進鋭者其退速。」若有始有卒，自可徐徐，十年之後，何事不立？孔子曰：「欲速則不達，見小利則大事不成。」使孔子而非聖人，則此言亦不可用。書曰：「謀及卿士，至於庶人。」汪曰：「前言設條例司而招致人言，次言設條例司而事不由宰相。今引書『謀及卿士，至于庶人』，則將事由宰相與不致人言合併爲一矣。」翕然大同，乃底元吉。若逆多而從少，則靜吉而作凶。今自宰相大臣，既已辭免不爲，則外之議論，斷亦可知。宰相人臣也，且不欲以此自污，而陛下獨安受其名而不辭，非臣愚之所識也。姚曰：「此處有抵巇相傾習氣。」曾曰：「『宰相人臣也』四句，有傾軋王介甫之意。」君臣宵旰，幾一年矣，而富國之效，茫如捕風。徒聞內帑出數百萬緡，祠部度五千餘人耳。以此爲術，其誰不能？以上論制置三司條例司之當罷。

宋史神宗紀曰：「熙寧二年二月庚子，以王安石參知政事。甲子，陳升之、王安石創置三司條例，議行新法。」長編拾補卷四曰：「熙寧二年二月甲子，命知樞密院陳升之、參知政事王安石取索三司於條例文字看詳，行具合行事件聞奏，別爲司名曰制置三司條例。先是，上問：『何以得陝西錢重可積邊穀？』安石對曰：『欲錢重，當修天下開闔斂散之法。』因言：『泉府一官，先王所以摧制兼併，均計貧弱，變通天下之財，而使利出於一孔者，以此也。』上曰：『誠如此，今但知有此理者已少，況欲推行？』安石曰：『人才難得亦難知，使能理財，則十人之中容有一二人敗事，況所擇而使者非一人，豈能無此失？』上曰：『自來有一人敗事，則遂廢厥事圖，此所以少成事也。』故置條例司，以講求理財之術焉。」○制置三司條例，文訣下有「司」字。○使六七少年日夜講求於內，郎曰：「安石既置三司條例，別爲一局，聚新進之士數人，如曾布、呂惠卿輩，與相謀議。」案：「使」字或上屬爲句，非。○使者四十餘人分行營幹於外，長編紀事本末卷六十八曰：「熙寧二年閏十一月，條例司奏，差官提舉諸路常平廣惠倉，兼管句農田水利差役事。河東、湖南、梓州、利州、夔州各二員，江西、湖北、成都府、廣東、廣西、福建各一員。又差官同管句，陝西、江西、湖北，成都府、廣東、廣西、福建各一員，並令閤門引上殿。從之。時天下常平錢穀見在一千四百萬貫石，諸路各置提舉二員，以朝官爲之，管句一員，京官爲之，或共置二員，開封府界一員，凡四十一人。」郎曰：「自王廣廉而下凡四十一人，並提舉其事，或爲同管當官。」○則以其意度朝廷，郎本、文粹、正宗無「其」字，意下有「而」字，郎本、文粹「度」下有「於」字，文編同。○減刻，文鑑、正宗、文訣「刻」作「剋」，文編、茅選同。○欲復肉刑，王見大（文誥）蘇詩總案卷六曰：「公言雖不用，而肉刑由此而寢。」案：復肉刑者，殆當時民閒傳聞揣測之談，未必實有此議也，王説亦傅會。○齊策一：「蘇秦説齊宣王曰：秦雖欲深入，則狼顧，恐韓、魏之議其後也。」漢書食貨志上曰：「失時不雨，民且狼顧。」注引李奇曰：「狼性怯，走憙還顧，言民見天不雨，今亦恐也。」○亦聞其語矣，郎本無「矣」字。○左昭四年：「子産引詩曰：禮義不愆，何恤於人言？」荀子正名篇引詩曰：「禮義之不愆兮，何恤人之言兮？」天論篇引「何恤人之言兮」。○此謗，奏議「此」作「其」。○今歲之人，正宗、文訣「人」作「士」，文編、茅選同。○論語衛靈公篇：「子曰：工欲善其事，必先利其器。」○論語子路篇：「子路問曰：『衛君待子而爲政，子將奚先？』子曰：『必也正名乎！』」○夫制置三司條例司，姚曰：「一作『使』。」步瀛案：此「司」字，各本無作「使」者，上號曰「制置三司條例」，下「使」字乃下屬爲句，文編、茅選皆讀「制置三司條例使」，非也。姚氏既未正前失，又誤注此句下，皆非是。○除害也，郎本無「也」字。○使罷，郎本無「使」字。○職官志曰：「制置三司條例司，熙寧二年置，以知樞密院陳升之、參知政事王安石爲之，而蘇轍、程顥等亦皆爲屬官。未幾，升之相，乃言：『條例者，有司事爾，非宰相之職，宜罷之。』帝欲併歸中書，安石請以樞密副使韓絳代升之焉。三年，判大名府韓琦言：『條例司雖大臣所領，然止是定奪之所。今不關中書而徑自行下，則是中書之外又一中書也。』五月，罷歸中書。」又曰：「中書省，掌進擬庶務，宣奉命令，行臺諫章疏、羣臣奏請興剏改革，及中外無法式事應取旨事。凡除省、臺、寺、監長貳以下，及侍從、職事官，外任監司、節鎮、知州軍、通判，武臣遥郡横行以上除授，皆掌之。」○説文曰：「冗，散也。」大徐音而隴切，字亦作「宂」。文選陸士衡文賦「故無取乎冗長」，五臣注：「冗音如勇切，長音停亮切。」劉良曰：「冗長，謂煩多也。」○「漢之文景」二句，郎曰：「文景二紀，止言勸農桑，減租賦，除肉刑，定箠令之類。」○「唐之房杜」二句，舊唐書房杜傳曰：「房喬，字玄齡，齊州臨淄人。杜如晦，字克明，京兆杜陵人。」郎曰：「房杜二傳，止言玄齡善謀，如晦善斷，而史臣亦稱其輔贊彌縫藏諸用，使人由之而不知。」（郎引見新唐書房杜傳。）○孫子軍形篇曰：「故善戰者之勝也，無智名，無勇功。」○漕運使副，已見王介甫孫君墓碑注。○孟子離婁下曰：「其進鋭者其退速。」案：孟子，奏議作孟軻。○論語子張篇：「子夏曰：有始有卒者，其惟聖人乎！」○論語子路篇曰：「子夏爲莒父宰，問政，子曰：『無欲速，無見小利。欲速則不達，見小利則大事不成。』」○書洪範曰：「汝則有大疑，謀及乃心，謀及卿士，謀及庶人，謀及卜筮。汝則從，龜從，筮從，卿士從，庶民從。身其康彊，子孫其逢吉。龜筮共違於人，用静吉，用作凶。」僞孔傳曰：「安以守常則吉，動則凶。」○逆多，奏議、文粹「逆」作「違」。○今自宰相大臣，奏議、文鑑、文訣「今」下有「上」字，文編、茅選並同。○「今自宰相大臣」二句，郎曰：「時大臣如富鄭公弼、曾魯公公亮，皆以議論不合求去。」案：宋史神宗紀曰：「熙寧二年六月丁巳，右諫議大夫、御史中丞吕誨以論王安石，罷知鄧州。冬十月，富弼罷爲武寧軍節度使、判亳州。三年三月丙申，韓琦罷河北安撫使，爲大名府路安撫使。夏四月戊辰，御史中丞吕公著貶知潁州。己卯，趙抃罷知絳州。九月庚子，曾公亮罷爲司空、兼侍中、河陽三城節度使。癸丑，司馬光罷知永興軍。」皆是。然此承制置三司條例司言，宰相大臣似指陳升之所言非宰相事也，郎注失之。○宵旰，已見劉去華對策注。○漢書郊祀志下：「谷永説上曰：諸盛稱奇怪鬼神，及言世有僊人服食不終之藥者，求之盪盪，如係風捕景，終不可得。」○宋史食貨志下八曰：「熙寧二年，以發運使薛向領均輸平準事，賜内藏錢五百萬緡，上供米三百萬石。時議慮其爲擾，多以爲非。向既董其事，乃請設置官屬，神宗使自擇之。於是辟劉忱、衛琪、孫珪、張穆之、陳倩爲屬，又請有司具六路歲當上供數、中都歲用及見儲度可支歲月，凡當計置幾何，皆預降有司。從之。」○職官志曰：「禮部，其屬三：曰祠部，曰主客，曰膳部。祠部郎中、員外郎，掌天下祀典、道釋、祠廟、醫藥之政令，凡宮觀、寺院道、釋，籍其名額，應給度牒。」案：郎本無「餘人」二字。

且遣使縱橫，本非令典。漢武遣繡衣直指，桓帝遣八使，皆以守宰狼籍，盜賊公行，出於無術，行此下策。宋文帝元嘉之政，比於文景，當時責成郡縣，未嘗遣使。及至孝武，以爲郡縣遲緩，始命臺使督之。以至蕭齊，此弊不革。故景陵王子良上疏極言其事，以爲此等朝辭禁門，情態即異；暮宿村縣，威福便行。驅迫郵傳，折辱守宰，公私煩擾，民不聊生。唐開元中，宇文融奏置勸農判官，使裴寬等二十九人並攝御史，分行天下，招攜户口，檢責漏田。時張說、楊瑒、皇甫璟、楊相如皆以爲不便，而相繼罷黜。雖得户八十餘萬，皆州縣希旨，以主爲客，以少爲多。及使百官集議都省，而公卿以下懼融威勢，不敢異辭。陛下試取其傳讀之，觀其所行，爲是爲否？近者均税寬恤，冠蓋相望。沈曰：「引近事爲證。」朝廷亦旋覺其非，而天下至今以爲謗。曾未數歲，是非較然。臣恐後之視今，亦猶今之視昔。且其所遣，尤不適宜。事少而員多，人輕而權重。夫人輕而權重，則人多不服，或致侮慢以興争；事少而員多，則無以爲功，必須生事以塞責。陛下雖嚴賜約束，不許邀功，然人臣事君之常情，不從其令而從其意。今朝廷之意，好動而惡静，好同而惡異，指趣所在，誰敢不從？臣恐陛下赤子，自此無寧歲矣。以上論遣使太多之害。

漢書武帝紀曰：「天漢二年，泰山、琅邪羣盜徐敎等阻山攻城，道路不通，遣直指使暴勝之等衣繡杖斧，分部逐捕，刺史、郡守以下皆伏誅。」百官公卿表曰：「侍御史有繡衣直指，出討姦猾，治大獄。武帝所制，不常置。」○後漢書順帝紀曰：「漢安元年八月丁卯，遣侍中杜喬、光禄大夫周舉、守光禄大夫郭遵、馮羨、欒巴、張綱、周栩、劉班等八人分行州郡，班宣風化，舉實臧否。」案：文引作桓帝，誤。郎本作順帝，注曰：「今諸本皆作威帝，疑傳寫之誤。」案：宋避欽宗諱，以「威」代「桓」，疑原本作「桓」，後人避諱改爲「威」耳。○周禮秋官條狼氏鄭注曰：「狼，狼扈道上。」賈疏曰：「謂不潔之物在道，猶今言狼藉也。」「籍」「藉」字通。漢書燕王旦傳顔注曰：「籍籍，縱横貌。」○盜賊公行，郎本無此四字。○宋書文帝紀曰：「昔漢氏東京常稱建武、永平故事，自時厥後，亦每以元嘉爲言，斯固盛矣。」○郎曰：「齊高帝姓蕭諱道成，國號齊，故謂之蕭齊。」○及至孝武，奏議無「及」字，文編、茅選並同。○南齊書武十七王竟陵文宣王子良傳曰：「宋世元嘉中，皆責成郡縣，孝武徵求急速，以郡縣遲緩，始遣臺使，自此公役勞擾。太祖踐阼，子良陳之曰：『前臺使督逋切調，恒聞相望於道，及臣至郡，亦殊不疎。凡此輩使人，既非詳慎懃順，或貪險崎嶇，要求此役。朝辭禁門，情態即異；暮宿村縣，威福便行。但令朱鼓裁完，鈹槊微具，顧眄左右，叱咤自專。擿宗斷族，排輕斥重，脅遏津埭，恐喝傳郵。破岡水逆，商旅半引，逼令到下，先過己船。浙江風猛，公私畏渡，脱舫在前，驅令俱發。呵蹴行民，固其常理，侮折守宰，出變無窮。既瞻郭望境，便飛下嚴符，但稱行臺，未顯所督。先訶彊寺，却攝羣曹，開亭正榻，便振荆革。其次絳標寸紙，一日數至，徵村切里，俄刻十催。四鄉所召，莫辨枉直，孩老士庶，具令付獄。或尺布之逋，曲以當匹，百錢餘税，且增爲千。或誑應質作尚方，寄繫東冶，萬姓駭迫，人不自固。愚謂凡諸檢課，宜停遣使。』」景陵，姚曰：「『竟』字避宋諱改『景』。」步瀛案：宋翼祖名敬，「竟」蓋嫌名耳。南齊郢州竟陵郡治竟陵縣，在今湖北天門縣西北。○村縣，各本「村」作「州」，奏議作「村」，與南齊書合，今從之。○極言其事，郎本「事」作「弊」。○以爲，郎本「爲」作「謂」。○煩擾，奏議「煩」作「勞」。○民不聊生，秦策一：「蘇秦説惠王曰：民無所聊。」秦策四：「黄歇説昭王曰：百姓不聊生。」高注曰：「聊，賴。」○通典食貨七曰：「開元九年正月，監察御史宇文融陳便宜，奏檢察僞濫兼逃户及籍外賸田。於是令融充使推句，獲僞勳及諸色役甚衆，特加朝散大夫，再遷兵部員外郎、兼侍御史。融遂奏置勸農判官，長安尉裴寬等二十九人並攝御史，分往天下。所在檢責田疇，招攜户口。其新附客户，則免其六年賦調，但輕税入官。」原注「二十九人」：「慕容珣、王冰、張均、宋希玉、宋珣、韋治、薛侃、喬夢松、王誘、徐楚璧、徐諤、裴寬、岑希逸、邊仲寂、班景倩、郭廷倩、元將茂、劉白正、王燾、于儒卿、王忠翼、何千里、梁勛、盧恰、庫狄履温、賈晉、李登、盛廙等，皆知名士。判官得人，於此爲盛，其後多至顯秩。」新唐書宇文融傳亦作二十九人，舊書融傳及通鑑唐紀二十八並作十人。○並攝御史，郎本無此四字。○舊唐書宇文融傳曰：「陽翟尉皇甫憬、左拾遺楊相如上書，咸陳括客爲不便。上方委任融，侍中源乾曜及中書舍人陸堅皆贊成其事，乃貶憬爲盈川尉。於是諸道括得客户凡八十餘萬，田亦稱是。州縣希融旨意，務於獲多，皆虚張其數，亦有以實户爲客者。歲終徵得客户錢數百萬，融於是擢拜御史中丞。言事者猶稱括客損居人，上令集百寮於尚書省議，公卿已下懼融恩勢，皆雷同不敢有異詞。唯户部侍郎楊瑒獨建議以括客不利居人，徵籍外田税，使百姓困弊，所得不補所失。無幾，瑒出爲外職。」又曰：「中書令張説素惡融之爲人，又患其權重，融之所奏，多建議争之。融揣其意，先事圖之。融尋兼户部侍郎，從東封還，又密陳意見，分吏部爲十銓，典選事，所奏又爲説所抑。融乃與御史大夫崔隱甫連名劾説，廷奏其狀，説由是罷知政事。」○試取其傳，奏議、郎本無此四字，文鑑、文訣、文編、茅選皆有之，「傳」下並有「而」字，今依文粹、正宗。○郎曰：「仁宗嘉祐四年，遣使均田減税。五年，又遣使分行天下，訪寬恤民力事。」案：長編百九十曰：「嘉祐四年八月己丑，自郭諮均税之法罷，論者謂朝廷徒卹一時之勞，而失經遠之慮。其後田京知滄州，均無棣田，蔡挺知博州，均聊城、高唐田，歲增賦穀帛之類，無棣總千一百五十二，聊城、高唐總萬四千八百七十四。既而或言滄州民不以爲便，詔諭如舊。是日復遣職方員外郎孫琳、都官員外郎林之純、屯田員外郎席汝言、虞部員外郎李鳳、祕書丞高本分往諸路均田，從中書門下奏請也。本獨以爲田税之制，其廢已久，不可復均。朝廷亦不遽止，雖均數郡田，其於天下不能盡行。」百九十一曰：「五年六月乙亥，遣官分行天下，訪寬恤民力事。」原注曰：「五月丁酉，初置司。張耒明道雜志曰：『韓魏公當國，遣使出諸道，以寬恤民力爲名。既行，魏公大悔之，每見外來賓客，必問寬恤使者不擾郡縣否，意恐詔使騷擾，民重不安也。無幾，皆罷之。』此事當考。今雲安軍下巖寺有石刻，『榮州資官令孔嗣宗奉詔寬恤民力，嘉祐六年十月十五日過此』。不知竟用何時罷遣寬恤使者，然則耒所稱無幾，蓋不然也。」步瀛案：蘇子由潁濱遺老傳曰：「昔嘉祐末，使寬卹諸路，事無所措，行者各務生事，既還奏，例多難行，爲天下笑。」又見宋史蘇轍傳。其言嘉祐末者，似至七、八年猶未罷也。李氏説是。○史記魏公子傳曰：「平原君使者冠蓋相屬於道。」漢書食貨志下曰：「使者分部護，冠蓋相望。」○王逸少蘭亭集敘曰：「後之視今，亦猶今之視昔。」案：文粹、文鑑、正宗、文訣、文編、茅選皆無「亦」字。○約束，郎本作「束約」。○管子法法篇曰：「凡民從上也，不從口之所言，從情所好者也。」○指趣，正宗「趣」作「意」。

至於所行之事，行路皆知其難。汪曰：「二句總冒下水利、雇役、青苗、均輸之難行而言，非只指遣使所言水利也。」何者？汴水濁流，自生民以來，不以種稻。秦人之歌曰：「涇水一石，其泥數斗。且漑且糞，長我禾黍。」何嘗曰「長我粳稻」耶？今欲陂而清之，萬頃之稻，必用千頃之陂，一歲一淤，三歲而滿矣。陛下遽信其說，即使相視地形，萬一官吏苟且順從，真謂陛下有意興作，上糜帑廩，下奪農時，隄防一開，水失故道。雖食議者之肉，何補於民？茅曰：「慨切。」天下久平，民物滋息，四方遺利，蓋略盡矣。今欲鑿空尋訪水利，所謂即鹿無虞，豈惟徒勞，必大煩擾。汪曰：「就汴水而推及天下。」凡所擘畫利害，不問何人，小則隨事酬勞，大則量材録用。若官私格沮，並行黜降，不以赦原。若材力不辦興修，便許申奏替換。賞可謂重，罰可謂輕。然並終不言諸色人妄有申陳，或官私誤興功役，當得何罪？如此，則妄庸輕剽浮浪姦人，自此争言水利矣。成功則有賞，敗事則無誅，官司雖知其疎，豈可便行抑退？所在追集老少，相視可否，吏卒所過，雞犬一空。若非灼然難行，必須且爲興役。何則？格沮之罪重，而誤興之過輕。人多愛身，勢必如此。且古陂廢堰，多爲側近冒耕，歲月既深，已同永業，苟欲興復，必盡追收，人心或摇，甚非善政。（汪曰：「又鉤勒失人心。」）又有好訟之黨，多怨之人，妄言某處可作陂渠，規壞所怨田産，或指人舊業，以爲官陂，冒佃之訟，必倍今日。臣不知朝廷本無一事，何苦而行此哉？（曾曰：「以上論興水利。」）

元豐九域志東京開封府開封、陳留、雍丘、中牟、襄邑等縣並注云：「有汴河。」南京應天府宋城、寧陵、穀熟、下邑等縣並注云：「有汴水。」清統志曰：「河南開封府：汴河，源出滎陽，爲蒗蕩渠，東曰官渡水，曰陰溝，曰汳水，曰浚儀渠，今大河所經，即古汴水故道。」○濁流，奏議作「獨流」。○漢書溝洫志曰：「大始二年，趙中大夫白公穿渠引涇水注渭中，袤二百里，溉田四千五百餘頃，因名曰白渠。民得其饒，歌之曰：『田於何所？池陽、谷口。鄭國在前，白渠起後。舉臿爲雲，決渠爲雨。涇水一石，其泥數斗。且溉且糞，長我禾黍。』」○何嘗曰，奏議、郎本「曰」作「言」。○粳稻，「粳」當作「稉」，説文曰：「秔，稻屬，从禾亢聲，或从更聲。」稉，「秔」之或體字，作「粳」非。○遽信，奏議「遽」作「遂」。○郎曰：「熙寧二年閏十一月，提舉侯叔獻言開封府界夾汴河公私廢田，乞置斗門，泄其餘水，分爲支渠，及引京索河并三十六陂水以灌溉之，則環畿甸間歲可得穀百萬斛。乃命叔獻提舉開封府界。則遽信其説者，指叔獻也。」○順從，郎本「順」作「信」。○上縻，正宗、文訣「縻」作「糜」。案：「縻」「糜」皆「穈」之通借字。○左宣十二年曰：「楚聞晉師既濟，王欲還，嬖人伍參欲戰，令尹孫叔敖弗欲，曰：戰而不捷，參之肉其足食乎？」○郎曰：「熙寧二年，命劉彝等八人分遣諸路，相度農田水利。」案：漢書張騫傳曰：「西北國始通於漢。然騫鑿空，諸後使往者，皆稱博望侯，以爲質於外國。」注蘇林曰：「鑿，開也。」顔曰：「空，孔也，猶言始鑿其孔穴也。」長編二百二十七曰：「熙寧四年十月壬子，頒募役法。」原注曰：「條例司乞選官分行天下，實録在二年四月二十一日，於是遣八人者出使。」又編年備要載八人者爲：劉彝、謝卿材、王廣廉、侯叔獻、程顥、盧秉、王汝翼、曾亢。○尋訪，奏議、文粹作「訪尋」，文編、茅選同。○易屯卦六三爻辭曰：「即鹿无虞。」孔疏曰：「即，就也；虞，謂虞官。如人之田獵，欲從就於鹿，當有虞官助己，乃始得鹿，若无虞官，即虚入于林木之中，必不得鹿。」○凡所擘畫利害，奏議「所」作「有」，又無「利害」二字。○並行，郎本、文粹「並」下皆有「重」字。○不辦，正宗、文編「辦」作「辨」。案：「辦」「辨」本一字，當作「辦」，已見王介甫上仁宗書注。○便許申奏替換，郎曰：「農田利害條約云：『言事人並籍定姓名事件，候施行訖，隨功利大小酬獎，其興利大者，當議量材録用。至四年六月，詔應管幹官等妄有沮廢，並重行黜降，亦不在去官及赦原之限。』又云：『用工致多縣分，若知縣材力不辦，即許申奏對換，或別舉官，或替下官。』」○謂輕，文粹「輕」作「深」，文編同。○然並終，郎本無「並」字。○功役，郎本「功」作「工」。○漢書地理志顔注曰：「剽，急也，輕也，音頻妙反，又音疋妙反。」○隋書食貨志曰：「北齊河清四年，每丁給永業二十畝爲桑田。」○文選東京賦薛注曰：「規，圖也。」○漢書韓安國傳顔注曰：「佃，治田也。」案：奏議「佃」作「田」。

自古役人，必用鄉户，猶食之必用五穀，衣之必用絲麻，濟川之必用舟楫，行地之必用牛馬。雖其間或有以他物充代，然終非天下所可常行。今者徒聞江浙之間，數郡雇役，而欲措之天下，是猶見燕晉之棗栗，岷蜀之蹲鴟，而欲以廢五穀，豈不難哉？先渾言雇役之難行。又欲官賣所在坊場，以充衙前雇直，雖有長役，更無酬勞。長役所得既微，自此必漸衰散，則州郡事體，憔悴可知。士大夫捐親戚，棄墳墓，以從官於四方者，宣力之餘，亦欲取樂，此人之至情也。若凋弊太甚，廚傳蕭然，則似危邦之陋風，恐非太平之盛觀。陛下誠慮及此，必不肯爲。此言官賣坊場，以充雇直之非。且今法令莫嚴於御軍，軍法莫嚴於逃竄，禁軍三犯，廂軍五犯，大率處死。然逃軍常半天下，不知雇人爲役，與廂軍何異？若有逃者，何以罪之？其勢必輕於逃軍，則其逃必甚於今日，爲其官長，不亦難乎？此言雇役必有逃亡之患。近者雖使鄉户頗得雇人，然至於所雇逃亡，鄉户猶任其責。今遂欲於兩税之外，別立一科，謂之庸錢，以備官雇，則雇人之責，官所自任矣。汪曰：「此承上而言，使鄉户任所雇逃亡之責，鄉户固爲累無已，今若另取庸錢以備官雇，則官自任雇人之責，而可免鄉户之累，然却是于常税之外，又生出科名。」自唐楊炎廢租庸調以爲兩税，取大曆十四年應干賦斂之數，以定兩税之額。則是租調與庸，兩税既兼之矣。今兩税如故，奈何復欲取庸？聖人立法，必慮後世，豈可於兩税之外，别立科名？萬一不幸，後世有多欲之君，輔之以聚斂之臣，庸錢不除，差役仍舊，使天下怨毒，推所從來，則必有任其咎者矣。此言兩税外别取庸錢，以備官雇之非。又欲使坊郭等第之民，與鄉户均役；品官形勢之家，與齊民並事。其説曰：「周禮，田不耕者出屋粟，宅不毛者有里布。而漢世宰相之子不免戍邊。」此其所以藉口也。古者官養民，今者民養官。給之以田而不耕，勸之以農而不力，於是乎有里布屋粟夫家之征，而民無以爲生，去爲商賈。事勢當爾，何名役之？且一歲之戍，不過三日，三日之雇，其直三百。今世三大户之役，自公卿以降，無得免者，其費豈特三百而已？大抵事若可行，不必皆有故事。若民所不悦，俗所不安，縱有經典明文，無補於怨。若行此二者，必怨無疑。此言坊郭之民與鄉户均役，品官之家與齊民並事之非。女户單丁，蓋天民之窮者也，古之王者，首務恤此。而今陛下首欲役之，此等苟非户將絶而未亡，則是家有丁而尚幼。若假之數歲，則必成丁而就役，老死而没官。富有四海，忍不加恤？此言役及女户單丁之非。○曾曰：「以上論雇役。」

宋史食貨志上五曰：「宋因前代之制，以衙前主官物，以里正、户長、鄉書手課督賦税，以耆長、弓手、壯丁逐捕盗賊，以承符、人力、手力、散從官給使令。縣曹司至押録，州曹司至孔目官，下至雜職、虞候、揀搯等人，各以鄉户等第定差。京百司補吏，須不礙役乃聽。建隆中，京西轉運使程能請定諸州户爲九等，著於籍，上四等量輕重給役，餘五等免之。後有貧富，隨時升降，詔加裁定。淳化五年，始令諸縣以第一等户爲里正，第二等户爲户長，勿冒名以給役。」○舟楫，正宗、文訣「楫」作「航」。○宋史食貨志上五曰：「熙寧元年，知諫院吴充言：『今鄉役之中，衙前爲重。民間規避重役，土地不敢多耕，而避户等，骨肉不敢義聚，而憚人丁。故近年上户寖少，中下户寖多，役使頻仍，生資不給，則轉爲工商，不得已而爲盗賊。宜早定鄉役利害，以時施行。』後帝閲內藏庫奏，有衙前越千里輸金七錢，庫吏邀乞，踰年不得還者，帝重傷之。乃詔制置條例司講立役法。二年，條例司言：『使民出錢雇役，即先王致民財以禄庶人在官者之意，願以條目遣官分行天下，博盡衆議。』於是條諭諸路曰：『衙前既用重難分數，凡買撲酒税、坊場，舊以酬衙前者，從官自賣，以其錢同役錢，隨分數給之。其廂鎮場務之類，舊酬獎衙前、不可令民買占者，即用舊定分數爲投名衙前酬獎。如部水陸運及領倉驛、場務、公使庫之類，其舊煩擾且使陪備者，今當省使毋費。承符、散從官等舊苦重役償欠者，今當改法除弊，庶使無困。凡有産業物力而舊無役者，今當出錢以助役。』久之，司農寺言：『今立役條，所寬優者，皆村鄉朴惷不能自達之窮甿；所裁取者，乃仕宦兼并能致人言之豪右。若經制一定，則衙司縣吏無以施誅求巧舞之姦，故新法之行尤所不便。欲先自一兩州爲始，候其成就，即令諸州軍倣視施行。若實便百姓，當特獎之。』詔可。於是提點府界公事趙子幾奏上府界所在條目，下之司農，詔判寺鄧綰、曾布更議之。綰、布言：『畿內鄉户，計産業若家資之貧富，上下分爲五等。歲以夏秋隨等輸錢，鄉户自四等，坊郭自六等，以下勿輸。兩縣有産業者，上等各隨縣，中等併一縣輸。析居者隨所析而定，降其等。若官户、女户、寺觀、未成丁，減半輸。皆用其錢募三等以上税户代役，隨役重輕制禄。』然輸錢計等高下，而户等著籍，昔緣巧避失實。乃詔責郡縣，坊郭三年，鄉村五年，農隙集衆，稽其物産，考其貧富，察其詐僞，爲之升降，若故爲高下者，以違制論。募法，三人相任，衙前仍供物産爲抵，弓手試武藝，典史試書計，以三年或二年乃更。爲法既具，揭示一月，民無異辭，著爲令。令下，募者執役，被差者得散去。開封一府，罷衙前八百三十人，畿縣鄉役數千，遂頒其法於天下。天下土俗不同，役輕重不一，民貧富不等，從所便爲法。凡當役人户，以等第出錢，名免役錢。其坊郭等第户及未成丁、單丁、女户、寺觀、品官之家，舊無色役而出錢者，名助役錢。凡敷錢，先視州若縣應用雇直多少，隨户等均取，雇直既已足用，又率其數增取二分，以備水旱欠閣，雖增毋得過二分，謂之免役寬剩錢。」〇文訣「浙」作「淛」，同。〇史記貨殖傳曰：「安邑千樹棗，燕秦千樹栗，其人皆與千户侯等。」案：安邑，漢屬河東郡，春秋時屬晉。〇史記貨殖傳曰：「蜀卓氏曰：吾聞汶山之下沃野，下有蹲鴟，至死不飢。」案：漢書貨殖傳「汶」作「崏」。説文曰：「㟩，山也，在蜀湔氐西徼外。」字亦作「岷」，作「崏」，作「𡵓」，作「峎」，作「㟩」，史記借「汶」字爲之。又漢書「蹲」作「踆」，義同。文選蜀都賦曰：「蹲鴟所伏。」劉淵林注曰：「蹲鴟，大芋也。」〇宋史王安石傳曰：「又令民封狀增價以買坊場。」案：宋役法，以衙前主官物，衙前典幹倉庫、場務、綱運，役最繫，故以坊場錢酬其勞。至是酒税坊場從自賣，以其錢同役錢隨分數給之，坊場墟市，坊場錢即市租也。曾滌生鳴原堂論文卷下曰：「衙前猶差總之名也。凡縣有大役，如運送官物、錢糧之類，則責成衙前爲夫役之總。故宋時派充衙前者，鄉之富民立即貧窮。韓魏公、司馬温公皆有疏論之，王荆公以坊場爲衙前之雇價，較之前此全不給錢者，已稍優矣。」〇書益稷：「帝曰：

予欲宣力四方，汝爲。」（僞古文皋陶謨分爲益稷）案：宣力，奏議作「用力」。○凋弊，奏議「凋」作「彫」；乃通借字。文鑑「弊」作「敝」，案：皆「㡀」之通借字。○廚傳，廣韻三十三線曰：「傳，驛馬，知戀切。」○文獻通考職役一曰：「介甫之行新法，其意勇於任怨，而不爲毀譽所動，然役法之行，坊郭、品官之家盡令輸錢，坊場、酒稅之入盡歸助役，故士夫豪右不能無怨，而實則農民之利。此神宗所以有『於百姓何所不便』之説，而潞公所謂『與士大夫治天下，非與百姓治天下』，與東坡所謂『凋弊太甚，廚傳蕭然』，皆介甫所指以爲流俗干譽不足恤者，是豈足以繩其偏而救其弊乎？」○陛下誠慮及此必不肯爲，郎本無此十字，正宗「誠」作「試」。○宋史兵志一曰：「天子之兵，以守京師，備征戍，曰禁軍。諸軍之鎮兵，以分給役使，曰廂軍。」○今遂欲於，郎本無「欲於」二字。○郎曰：「熙寧四年五月壬辰，司農寺以免役法頒天下。初，舊法應三等以上稅户，差役充衙前胥吏等，而州郡以衙前掌賓廚、驛傳之類，多破家，故役法弊。至是五等户皆輸錢入官以募役，又以其贏入常平司，自是衙前抵當輕，主挽重，多失陷官物，而民聞輸錢，頗苦其擾。故公與楊繪、劉摯等皆論列之。然王安石、曾布主之甚力，故法卒行。」曾曰：「王荆公新法，惟雇役爲善政，當日諸君子亦争之不已。厥後司馬温公改雇役，仍爲差役，東坡又力争之。雇役，猶今軍中雇募民夫，給與飯錢也；差役，猶今擄人當夫，不給錢文也。」步瀛案：無論若何良法，奉行不善，難免弊生，不得謂立法之非也。雇役初行，子瞻既力言其不可行，及元祐初，司馬光罷免役，子瞻又力言其不可罷，由此觀之，子瞻此時所陳，實未爲允矣。○舊唐書楊炎傳曰：「德宗即位，拜門下侍郎、同平章事。國家有租庸調之法，至天寶中，租庸之法弊久矣。迨至德之後，天下兵起，人户凋耗，版圖空虛，凡富人多丁者，率爲官爲僧，以色役免，貧人無所入，則丁存。故課免於上，而賦增於下。炎因奏對，懇言其弊，乃請作兩稅法，以一其名，曰：『凡百役之費，一錢之斂，先度其數而賦於人，量出以制入。户無主客，以見居爲簿；人無丁中，以貧富爲差。不居處而行商者，在所郡縣，税三十之一，度所與居者均，使無僥利。居人之税，秋夏兩徵之，俗有不便者正之，其租庸雜傜悉省，而丁額不廢，申報出入如舊式。其田畝之税，率以大曆十四年墾田之數爲準而均徵之。夏税無過六月，秋税無過十一月。逾歲之後，有户增而税減輕，及人散而失均者，進退長吏，而以尚書度支總統焉。』德宗善而行之。」新唐書食貨志曰：「租庸調之法，以人丁爲本。自開元以後，天下户籍久不更造，丁口轉死，田畝賣易，貧富升降不實。其後國家侈費無節，而大盜起，兵興，財用益屈，而租庸調法弊壞。自代宗時，始以畝定税，而斂以夏秋。至德宗相楊炎，遂作兩税法。天下之民，不土斷而地著，不更版籍，而得其虛實。」○應干賦税，案：干猶言若干，奏議作「下」非。○今兩税如故，奏議無上三字，「故」作「雇」。○豈可於兩税之外，郎本「兩」作「常」，文訣、文編、茅選同，文鑑「兩税」作「常賦」。○別立科名，郎本、奏議、文粹、文編、茅選「別立」作「生出」，又「名」下有「哉」字，正宗、文訣「別立」作「別出」。○不幸後世，奏議「不幸」二字在「後世」下。○漢書汲黯傳：「黯曰：陛下内多欲而外施仁義。」○禮記大學篇：「孟獻子曰：百乘之家，不畜聚斂之臣。」○怨毒，史記伍子胥傳太史公曰：「怨毒之於人甚矣。」案：文鑑、正宗、文訣「毒」作「讟」。○又欲使坊郭等第之民與鄉户均役品官形勢之家與齊民並事，郎曰：「凡此皆司農寺曾布等所陳請者。」案：宋史食貨志上五曰：「初，官八品以下死者，子孫役同編户。景祐中，特詔除之。」文獻通考職役一曰：「按乾興元年，臣僚上言影占傜役之害，自官豪勢要以至衙前將吏，皆避役之人，請立限田之法，命官三十頃，而衙前將吏亦得占十五頃，餘者以違制論。夫均一衙前也，將吏爲之，則可以占田給復，鄉户爲之，則至於賣産破家。然則非衙前之能爲人禍也，蓋官吏侵漁之毒，可施之於愚戇之鄉氓，而不可施之於諳練之將吏故也。此王荆公雇役之法，所以不容不行之熙、豐歟？」○周禮地官載師曰：「凡宅不毛者有里布，凡田不耕者出屋粟。」注曰：「鄭司農云：『宅不毛者，謂不樹桑麻也。里布者，布參印書，廣二寸，長二尺，以爲幣，貿易物。詩云「抱布貿絲」（衛風氓篇文），抱此布也。或曰：「布，泉也。」春秋傳曰：「買之百兩一布。」（左昭二十六年）又廛人職：「掌斂市之次布、儳布、質布、罰布、廛布。」孟子曰：「廛無夫里之布，則天下之民皆悅而願爲其民矣。」（公孫丑上，「其民」作「之氓」。）故曰「宅不毛者有里布」。』玄謂宅不毛者，罰以一里二十五家之泉，空田者，罰以三家之稅粟，（小司徒「攷夫屋」，注曰：「夫三爲屋。」）以共吉凶二服及喪器也。」賈疏引鄭志曰：「趙商問：『載師職，凡宅不毛乃罰以一里布，田不耕者罰屋粟。商以田不耕其罰莫重，宅不毛其罰當輕。宅不毛乃罰以二十五家之布，田不耕則罰以三家之稅粟，未達罰之云爲之旨，輕重之差。』鄭答：『此法各當罰其事於當其有故，何以假他輕重乎？』」案：鄭君此答辭未明晰，或有敓誤。而宅不毛者，出二十五家之布，後儒多疑其太重。惠天牧禮說、江慎修周禮疑義舉要皆以「里」爲「里居」之「里」，孔顨軒禮學卮言更引魯語「賦里以入，而量其有無」爲證，釋「里」字最碻。孫仲容周禮正義謂：「孟子趙注說里布，亦訓里爲居，則漢儒已有此說矣。里與宅同，里布即廛征，亦猶廛人之廛布。蓋當依其宅占地之多少，而差其征，大約五畮之宅，以廛征二十而一之率計之，則所征里布與田征四方畮之一數，當略相等，其所征當甚少。而鄭謂『不論其宅之大小，概令出二十五家之布』，無此理也。」江氏又謂：「屋粟又見旅師，自是當時征稅之名，不知其多少。田不耕有多少，當量田而出粟，豈可限以三夫？」孫氏謂：「亦當依常稅十一至十二五等之率，計畮征其粟。以屋爲井田之小成，故假以名之。」其說較爲近理。○漢書昭帝紀注引如淳曰：「更有三品，有卒更，有踐更，有過更。古者正卒無常人，皆當迭爲之，一月一更，是謂卒更也。貧者欲得雇更錢者，次直者出錢雇之，月二千，是謂踐更也。天下人皆直戍邊三日，亦名爲更，律所謂繇戍也。雖丞相子，亦在戍邊之調。不可人人自行三日戍，又行者當自戍三日，不可往便還，因便住一歲一更。諸不行者，出錢三百入官，官以給戍者，是謂過更也。」○無以爲生，奏議「以」作「所」。○爾，「尔」之借字，奏議、郎本作「耳」。○長編二百五十四曰：「熙寧七年七月，呂惠卿言：『嘉祐敕：造簿，委令佐責户長、三大司，録人户、丁口、税産、物力爲五等。』」○豈特三百而已，文粹、文編「已」下有「矣」字。○首欲役之，郎曰：「司農寺畫一陳請，云坊郭等第及未成丁、單丁、女户、寺觀、品官之家，有産業物力者，自來不着名役，於理合令隨等第均出助役錢。」

孟子曰：「始作俑者，其無後乎！」春秋書「作丘甲」「用田賦」，皆重其始爲民患也。青苗放錢，自昔有禁。今陛下始立成法，每歲常行，雖云不許抑配，而數世之後，暴君污吏，陛下能保之歟？異日天下恨之，國史記之曰，青苗錢自陛下始，豈不惜哉？先言青苗法之難行。且東南買絹，本用見錢；陝西糧草，不許折兑。朝廷既有著令，職司又每舉行。然而買絹未嘗不折鹽，糧草未嘗不折鈔，乃知青苗不許抑配之説，亦是空文。只如治平之初，揀刺義勇，當時詔旨慰諭，明言永不戍邊，著在簡書，有如盟約。於今幾日，議論已揺，或以代還東軍，或欲抵換弓手，約束難恃，豈不明哉？曾曰：「買絹之初，本發見錢，後亦失信；揀刺義勇之初，本言永不戍邊，後亦失信。以喻王介甫放青苗錢之初，本言不許抑配，不久亦必失信也。東坡言事，或引古事以譬之，或引近事以譬之，取其易曉。」縱使此令決行，果不抑配，計其閒願請之户，必皆孤貧不濟之人。家若自有贏餘，何至與官交易？此等鞭撻已急，則繼之逃亡，逃亡之餘，則均之鄰保。勢有必至，理有固然。此言果不抑配，而青苗法亦不可行。且夫常平之爲法也，可謂至矣。所守者約，而所及者廣。借使萬家之邑，止有千斛，而穀貴之際，千斛在市，物價自平。一市之價既平，一邦之食自足，無操瓢乞丐之弊，無里正催驅之勞。今若變爲青苗，家貸一斛，則千户之外，孰救其飢？沈曰：「極言常平、青苗不兩立之勢。」且常平官錢，常患其少。若盡數收糴，則無借貸；若留充借貸，則所糴幾何？乃知常平青苗，其勢不能兩立。壞彼成此，所喪愈多。虧官害民，雖悔何逮？此言常平本善法，若行青苗，必壞常平。臣竊計陛下欲考其實，則必亦問人，汪曰：「此轉更塞住後路。」人知陛下方欲力行，必謂此法有利無害，以臣愚見，恐未可憑。何以明之？臣頃在陝西，見刺義勇，提舉諸縣，臣嘗親行。愁怨之民，哭聲振野，當時奉使還者，皆言民盡樂爲。希合取容，自古如此。沈曰：「舉親見爲例，以實欺蔽之狀。」○曾曰：「又以刺義勇時，民怨而帝不聞，喻青苗一事，亦民怨而帝不聞。」不然，則山東之盜，二世何緣不覺？南詔之敗，明皇何緣不知？今雖未至於斯，亦望陛下審聽而已。曾曰：「以上論青苗錢。」

孟子梁惠王上曰：「仲尼曰：始作俑者，其無後乎！」趙注曰：「俑，偶人也，用之送死。仲尼重人類，謂秦穆公時，以三良殉葬，本由有作俑者也。夫惡其始造，故曰此人其無後嗣乎。」○春秋成元年三月「作丘甲」，杜注曰：「周禮，九夫爲井，四井爲邑，四邑爲丘。丘，十六井，出戎馬一匹，牛三頭。四丘爲甸，甸六十四井，出長轂一乘，戎馬四匹，牛十二頭，甲士三人，步卒七十二人。此甸所賦，今魯使丘出之，譏重斂，故書。」○春秋哀十二年書「用田賦」，左哀十一年傳曰「季孫欲以田賦」，杜注曰：「丘賦之法，因其田賦，通出馬一匹牛三頭，今欲別其田及家財，各爲一賦，故言田賦。」○宋史仁宗紀曰：「天聖五年冬十月辛未，罷陝西青苗錢。」李參傳曰：「參爲陝西轉運使，部多戍兵，苦食少。參令民自度麥粟之贏餘，先貸以錢，俟麥粟熟輸之官，號青苗錢。數年廩有羡糧。」案：此即介甫青苗法所自出，然仁宗時特詔罷之，豈已積久生弊歟？子瞻謂自昔有禁，或指此耶？郎本無「放」字。○郎曰：「熙寧二年十一月壬子，置諸路提舉常平等官，行青苗法。應郡縣每歲春秋未熟，據民等以常平及廣惠倉錢斂散取息。」宋史食貨志上四曰：「安石爲帝言天下財利所當開闔斂散者，帝然其說，遂剏立制置三司條例司。安石請以吕惠卿爲制置司檢詳文字，自是專一講求，立爲新制，欲行青苗之法。會河北轉運司幹當公事王廣廉召議事，廣廉言嘗奏乞度僧牒數千道爲本錢，於陝西轉運司私行青苗法，春散秋斂，與安石意合，至是請施行之河北。於是安石決意行之，而常平、廣惠倉之法，遂變而爲青苗矣。」長編紀事本末卷六十六曰：「熙寧二年九月丁卯，制置三司條例言：『廣惠倉除留給疾貧窮人外，餘并用常平倉轉移法。其給常平、廣惠倉錢，依陝西青苗錢法，於夏秋未熟以前，約逐處收成時酌中物價，立定預支每㪷價，召民願請，仍常以半爲夏科，半爲秋科。』並從之。」○正宗「成法」作「新法」。○郎曰：「俵散青苗條制云：不願請者，不得抑配。」長編紀事本末卷六十八曰：「熙寧三年正月癸丑詔：『諸路常平、廣惠倉散給青苗錢，本爲惠恤貧乏，並取民情願。今慮官吏不體此意，追呼均配抑勒，反成搔擾。其令諸路提點刑獄官，體量覺察，違者禁止，立以名聞。敢沮遏願請者，案罰亦如之。』先是，翰林學士范鎮言：『常平倉始於漢之盛時，賤則貴而斂之，貴則賤而散之。雖唐虞之政，無以易也。而青苗者，唐衰亂之世所爲，苗者青在田，錢估其直[二]，收斂未畢，而必其償，是盜跖之法也。（唐青苗錢始於代宗永泰二年，苗方青即征之，直是計畝加稅，與宋以錢貸民，迥乎不同。詳見趙甌北二十二史劄記卷三十六。）惟陛下觀天地之變，罷青苗之舉。』右正言李常、孫覺亦言：『王廣廉近至京師，倡言取三分之息，又開制置局，欲行其法於天下。乞明詔有司，勿以强民，仍且試之河北、陝西數路。初敕旨放青苗錢，並聽從便，毋得抑勒，而提舉官務以多散爲功。又民富者不願取，而貧者乃欲得之，即令隨户等高下分配，又令貧富相兼，十人爲保首。王廣廉在河北，第一等給十五貫，第二等十貫，第三等五貫，第四等一貫五百，第五等一貫。民間喧然，不以爲便，而廣廉入奏，稱民間歡欣鼓舞，歌頌聖德。』言者既交攻之，朝廷不得已，乃降是詔。」○孟子滕文公上曰：「是故暴君污吏必慢其經界。」○能改齋漫録卷十二曰：「本朝預買紬絹，謂之和買絹。按范蜀公東齋記事，稱是太宗時，馬元方爲三司判官，建言方春乏絶時，豫給庫錢貸之，至夏秋令輸絹於官。預買紬絹，蓋始於此。予讀詩人袁陟世弼所爲墓誌，序其當仁宗時，爲太平州當塗知縣，且言江南和市紬絹，豫給緡錢，郡縣或以私惠人而不及農者，當塗尤甚，世弼自爲約條，細民均得之。乃知太宗之所以惠愛天下多矣，而其後以鹽代錢，以爲綀直，又其後也，鹽亡而額存，然後知左氏所謂『作法于涼』，其說不誣也。」○文獻通考征榷一曰：「熙寧七年，中書議陝西鹽鈔大出，多

[二]長編紀事本末卷六十八云云，蓋録自續資治通鑑長編拾補卷七。苗者青在田錢估其直：宋通鑑長編紀事本末卷六十八作「苗青在田，賤估其直」。

虛鈔而鹽益輕，以鈔折兑糧草，有虛擡邊糴之患，請用西蜀交子法，使其數與錢相當，可濟緩急。」案：此事在子瞻上書後數年，然亦可見糧草折鈔，迄未改也。又案：郎本「鈔」作「抄」。○只如，文粹、文編無「只」字。○郎曰：「英宗治平元年，韓魏公琦建議，請於陝西諸州點刺義勇，凡主户家三丁選一，六丁選二，九丁選三，總得十五萬六千八百七十三人。（案：長編卷二百三同，原注曰：「案英宗紀作十三萬，蓋據會要之數，故與此異。至司馬光傳云『刺義勇二十萬』，則因後韓琦『驟益二十萬』之語而誤也。」又案：今宋史英宗紀作十三萬八千四百六十五人，文獻通考兵四同。）司馬温公光力争以爲不可。琦曰：『今已降敕榜，與民約，永不充軍戍邊。』其後十年，義勇運糧出戍，以爲常矣。」長編二百三曰：「光嘗至中書與韓琦辨，琦曰：『君但見慶曆閒陝西鄉民初刺手臂，後皆刺面充正軍，憂今復然耳。今已降敕牓，與民約，永不充軍戍邊矣。』光曰：『雖光亦未免懷疑也。』琦曰：『吾在此，君無憂此語之不信。』光曰：『相公長在此可也，萬一他人當位，因相公見成之兵，遣使運糧戍邊，反掌閒事耳。』」○議論，文鑑作「論議」，姚選同。○或以，郎本「以」作「已」。○請願之户，郎本、文粹、文鑑、正宗「之户」並作「人户」。○與官，奏議「官」作「言」。○繼之，郎本、文鑑、文編、茅選「之」下有「以」字。○齊策四：「譚拾子曰：事有必至，理有固然。」史記孟嘗君傳：「馮驩曰：夫物有必至，事有固然。」○漢書宣帝紀曰：「五鳳四年，大司農中丞耿壽昌奏設常平倉，以給北邊，省轉漕。」食貨志曰：「壽昌白令邊郡皆築倉，以穀賤時，增其賈而糴，以利農，穀貴時，減賈而糶，名曰常平倉，民便之。」宋史食貨志上四曰：「常平、義倉，漢、隋利民之良法，常平以平穀價，義倉以備凶災。周顯德中，又置惠民倉，以雜配錢分數折粟貯之，歲歉，減價出以惠民。宋兼存其法焉。乾德初，詔諸州於各縣置義倉。淳化三年，京畿大穰，分遣使臣於四城門置場，增價以糴，虛近倉貯之，命曰常平，歲饑，即下其直予民。」○止有，奏議「止」作「已」，茅選同，文粹、文編作「上」。○一邦之食，奏議「邦」作「方」，「食」作「民」。○操瓢，奏議，郎本作「專㪷」。○所喪愈多，郎本作「所得幾何」。○則必亦問人，奏議無「則」字，茅選同，奏議、郎本、文鑑、正宗、茅選「亦」作「然」。○東坡先生年譜曰：「嘉祐六年，授大理評事、鳳翔府簽判。英宗治平元年，官於鳳翔。」案：奏議無「頃」字。○史記秦始皇本紀曰：「謁者使東方來，以盜聞二世，二世怒，下吏。後使者至，上問，對曰：『羣盜，郡守尉方逐捕，今盡得，不足憂。』上悅。」叔孫通傳曰：「陳勝起山東，使者以聞，二世召博士諸儒生問曰：『楚戍卒攻蘄入陳，於公如何？』諸生三十餘人前曰：『願陛下急發兵擊之。』二世怒，作色。叔孫通前曰：『此特羣盜鼠竊狗盜耳，何足置之齒牙閒？郡守尉今捕論，何足憂？』二世喜曰：『善。』盡問諸生，諸生或言反，或言盜，於是二世令御史案諸生言反者下吏，非所宜，諸言盜者皆罷之。賜叔孫通帛二十四，衣一襲，拜爲博士。」○舊唐書玄宗本紀曰：「天寶十載夏四月，劍南節度使鮮于仲通將兵六萬討雲南，與雲南王閤羅鳳戰于瀘川，官軍大敗，死于瀘水者不可勝數。十三載六月，侍御史、劍南留後李宓率兵擊雲南蠻于西洱河，糧盡軍旋，馬足陷橋，爲閤羅鳳所禽，舉軍皆没。」南蠻傳曰：「南詔蠻，本烏蠻之別種也，姓蒙氏，蠻謂王爲詔，自言哀牢之後。天寶七年，閤羅鳳襲雲南王。無何，鮮于仲通爲劍南節度使，張虔陁爲雲南太守。仲通褊急寡謀，虔陁矯詐，待之不以禮。舊事，南詔常與其妻子謁見都督，虔陁皆私之。有所徵求，閤羅鳳多不應。虔陁遣人辱罵之，仍密奏其罪惡。閤羅鳳忿怒，因發兵反，攻圍虔陁，殺之，時天寶九年也。明年，仲通率兵出戎、巂州，閤羅鳳遣使謝罪，仍與雲南録事參軍姜如芝俱來，請還其所虜掠。仲通不許，囚其使，進軍逼大和城，爲南詔所敗。」楊國忠傳曰：「鮮于仲通討南蠻，與羅鳳戰于瀘南，全軍陷没。國忠掩其敗狀，仍敘其戰功。又使李宓率師七萬，再討南蠻，宓渡瀘水，爲蠻所誘，至和城，不戰而敗。李宓死於陣，國忠又隱其敗，以捷書上聞。自仲通、李宓再舉討蠻之軍，凡舉二十萬衆棄之死地，隻輪不還，人銜冤毒，無敢言者。」○於斯，奏議「斯」作「此」。

昔漢武之世，財力匱竭，用賈人桑羊之説，買賤賣貴，謂之均輸。於時商賈不行，盗賊滋熾，幾至於亂。孝昭既立，學者争排其説，霍光順民所欲，從而予之。天下歸心，遂以無事。不意今者，此論復興。立法之初，其説尚淺，徒言徙貴就賤，用近易遠。然而廣置官屬，多出緡錢，豪商大賈皆疑而不敢動，以爲雖不明言販賣，然既已許之變易，變易既行，而不與商賈争利者，未之聞也。先斥其與商賈争利。夫商賈之事，曲折難行。其買也先期而與錢，其賣也後期而取直。多方相濟，委曲相通，倍稱之息，由此而得。今官買是物，必先設官置吏，簿書廩禄，爲費已厚。非良不售，非賄不行。是以官買之價，比民必貴。及其賣也，弊復如前。商賈之利，何緣而得？朝廷不知慮此，乃捐五百萬緡以與之，此錢一出，恐不可復。又言官署與商賈不同，必難得利。縱使其間，薄有所獲，而征商之額，所損必多。又言均輸即獲薄利，商税必致大損。今有人爲其主牧牛羊者，不告其主，以一牛而易五羊。一牛之失，則隱而不言；五羊之獲，則指爲勞績。陛下以爲壞常平而言青苗之功，虧商稅而取均輸之利，何以異此？汪曰：「就上喻兼收青苗、均輸二事。」○曾曰：「以上論均輸。」

史記平準書曰：「孔僅爲大農丞，領鹽鐵事。桑弘羊以計算用事，侍中。弘羊，雒陽賈人子，以心計，年十三侍中。孔僅拜爲大司農，而桑弘羊爲大農丞，筦諸會計事，稍稍置均輸以通貨物矣。」集解引孟康曰：「謂諸當所輸於官者，皆令輸其土地所饒，平其所在時價，官更於佗處賣之。輸者既便，而官有利。」案：桑弘羊去「弘」字，以避宋宣祖趙弘殷諱也。文粹、文鑑以「洪」代「弘」，疑後人所增，文編同姚選作「宏」，皆非。○漢書食貨志下曰：「昭帝即位六年，詔郡國舉賢良文學之士，問以民所疾苦，教化之要，皆對願罷鹽鐵酒榷均輸官，毋與天下爭利，視以儉節，然後教化可興。弘羊難，以爲此國家之大業，所以制四夷、安邊足用之本，不可廢也。迺與丞相千秋共奏罷酒酤。」昭帝紀贊曰：「孝昭委任霍光，承孝武奢侈餘敝，師旅之後，海內虛耗，戶口減半，光知時務之要，輕繇薄賦，與民休息，舉賢良文學，問民所疾苦，議鹽鐵而罷榷酤，尊號曰昭，不亦宜乎？」霍光傳曰：「光字子孟，父中孺，河東河陽人也。上以光爲大司馬大將軍，受遺詔輔少主。武帝崩，太子襲尊號，是爲孝昭皇帝，帝年八歲，政事壹決於光。」論語堯曰篇曰：「天下之民歸心焉。」○爭利者，奏議無「者」字。○郎曰：「熙寧二年七月，條例司言：『發運使實總六路之賦入，宜假以錢貨，繼其用之不給，凡糴買稅斂上供之物，皆得徙貴就賤，用近易遠，從便變轉蓄買，以待上令，所有本司合置官屬，許令辟舉。』並從之。先是草澤魏繼宗請置市易於京師，遂下詔委三司詳定，以判官呂嘉問爲提舉，仍出中御府錢一百萬緡爲市易本。」宋史食貨志下八曰：「熙寧二年，制置三司條例司言：『天下財用無餘，典領之官拘於弊法，內外不相知，盈虛不相補。諸路上供，歲有常數。豐年便道，可以多致而不能贏；年儉物貴，難於供億而不敢不足。遠方有倍蓰之輸，中都有半價之鬻，徒使富商大賈乘公私之急，以擅輕重斂散之權。今發運使實總六路賦入，其職以制置茶、鹽、礬、酒稅爲事，軍儲國用，多所仰給。宜假以錢貨，資其用度，周知六路財貨之有無而移用之，凡糴買稅斂上供之物，皆得徙貴就賤，用近易遠，今預知中都帑藏年支見在之定數，所當供辦者，得以從便變易蓄買，以待上令。稍收輕重斂散之權歸之公上，而制其有無，以便轉輸，省勞費，去重斂，寬農民，庶幾國用可足，民財不匱。』詔本司具條例以聞，而以發運使薛向領均輸平準事，賜內藏錢五百萬緡、上供米百三萬石。時議慮其爲擾，多以爲非。向既董其事，乃請設置官屬，神宗使自擇之。向於是辟劉忱、衛琪、孫珪、張穆之、陳倩爲屬，又請有司具六路歲當上供數、中都歲用及見儲度可支歲月，凡當計置幾何，皆預降有司。從之。」○以與之，奏議「與」作「予」。○牧牛羊者，奏議、郎本無「者」字。○以一牛而易五羊，奏議、文粹「而」字在「以」字上，文編、茅選同。

陛下天機洞照，聖畧如神，此事至明，豈有不曉？必謂已行之事，不欲中變，恐天下以爲執德不一，用人不終，是以遲留歲月，庶幾萬一。汪曰：「揣君心恥過而破之。」臣竊以爲過矣。古之英主，無出漢高，酈生謀撓楚權，欲復六國，高祖曰善，趣刻印。及聞留侯之言，吐哺而罵之，曰趣銷印。夫稱善未幾，繼之以罵，刻印銷印，有同兒戲，何嘗累高祖之知人？適足明聖人之無我。樓曰：「可以破庸人之論。」陛下以爲可而行之，知其不可而罷之，至聖至明，無以加此。議者必謂民可與樂成，難與慮始，汪曰：「又揣議者文過而破之。」故勸陛下堅執不顧，期於必行。此乃戰國貪功之人行險徼幸之說。陛下若信而用之，則是徇高論而逆至情，持空名而邀實禍，未及樂成，而怨已起矣。汪曰：「醒『失人心』。」臣之所願結人心者，此之謂也。曾曰：「以上言不宜堅執前說。」○自「人莫不有所恃」至此，皆言結人心。

此事，郎本「事」作「旨」。○「以爲執德不一」二句，郎本「以」上有「必」字，兩「不」字上各有「之」字。○史記留侯世家曰：「漢三年，項羽急圍漢王滎陽，漢王恐憂，與酈食其謀橈楚權。食其曰：『陛下誠能復立六國後世，畢已受印，楚必斂衽而朝。』漢王曰：『善。趣刻印，先生因行佩之矣。』食其未行，張良從外來謁，漢王方食，曰：『子房前，客有爲我計橈楚權者。』具以酈生語告，曰：『於子房何如？』良曰：『誰爲陛下畫此計者？陛下事去矣。』漢王輟食吐哺，罵曰：『豎儒，幾敗而公事。』令趣銷印。」漢書張良傳顏注曰：「趣讀曰促。」案：各本「罵」下無「之」字，依郎本增。「趣銷印」者非罵之之詞，疑各本誤脱「之」字耳。○史記絳侯周勃世家：「文帝曰：曩者霸上、棘門軍，若兒戲耳。」案：奏議「戲」作「嬉」。○班叔皮王命論曰：「高祖知人善任使。」○「適足」下各本有「之」字，今依郎本及文粹。○論語子罕篇曰：「子絕四：毋意，毋必，毋固，毋我。」莊子逍遥遊篇曰：「至人無我。」○管子法法篇曰：「故民未嘗可與慮始，而可與樂成功。」史記商君傳：「衛鞅曰：民不可與慮始，而可與樂成。」○故勸陛下，奏議、文編、茅選皆無「勸」字。○禮記中庸篇曰：「小人行險以徼幸。」鄭注曰：「險謂傾危之道。」案：説文曰：「儌，幸也。」「徼」乃借字。○所願，文編「願」上有「謂」字，非。

士之進言者，爲不少矣，亦嘗有以國家之所以存亡、曆數之所以長短告陛下者乎？樓曰：「精神全在呼喚助詞。」夫國家之所以存亡者，在道德之淺深，而不在乎强與弱；曆數之所以長短者，在風俗之厚薄，而不在乎富與貧。汪曰：「道德深則風俗厚，故止以厚風俗爲言。」道德誠深，風俗誠厚，雖貧且弱，不害於長而存；道德誠淺，風俗誠薄，雖强且富，不救於短而亡。人主知此，則知所輕重矣。是以古之賢君，不以弱而忘道德，不以貧而傷風俗。而智者觀人之國，亦必以此察之。齊至强也，周公知其後必有簒弒之臣。衛至弱也，季子知其後亡。吳破楚入郢，而陳大夫逢滑知楚之必復。晉武既平吳，何曾知其將亂。隋文既平陳，房喬知其不久。元帝斬郅支，朝呼韓，功多於武宣矣，偷安而王氏之釁生。宣宗收燕趙，復河湟，力强於憲武矣，銷兵而龐勛之亂起。臣願陛下務崇道德而厚風俗，不願陛下急於有功而貪富强。使陛下富如隋，强如秦，西取靈武，北取燕薊，謂之有功可也，而國之長短則不在此。汪曰：「撇開富强，而歸重厚風俗。」夫國之長短，如人之壽夭，茅曰：「善譬。」人之壽夭在元氣，國之長短在風俗。世有尫羸而壽考，亦有盛壯而暴亡。若元氣猶存，則尫羸而無害；及其已耗，則盛壯而愈危。是以善養生者，慎起居，節飲食，導引關節，吐故納新。不得已而用藥，則擇其品之上、性之良、可以久服而無害者，則五藏和平而壽命長。不善養生者，薄節慎之功，遲吐納之效，厭上藥而用下品，伐真氣而助强陽，根本已空，僵仆無日。天下之勢，與此無殊。故臣願陛下愛惜風俗，如護元氣。汪曰：「以上風俗之當厚，以下言厚風俗之道。」曾曰：「以上言培養國脈，不在富强。」

夫國家，奏議無「夫」字。○長而存，奏議作「存而長」。○而忘，奏議、郎本「忘」作「亡」，文編、茅選同。○亦必以此察之，奏議無「必」字，「察」上有「而」字。○呂氏春秋長見篇曰：「呂太公望封於齊，周公旦封於魯，二君者，甚相善也，相謂曰：『何以治國？』太公望曰：『尊賢上功。』周公旦曰：『親親上恩。』太公望曰：『魯自此削矣。』周公旦曰：『魯雖削，有齊者亦必非呂氏也。』其後齊日以大，至於霸，二十四世而田成子有齊國。魯公（當作「日」）以削，至於覲存，三十四世而亡。」韓詩外傳十曰：「昔者太公望、周公旦受封而見，太公問周公：『何以治魯？』周公曰：『尊尊親親。』太公曰：『魯從此弱矣。』周公問太公曰：『何以治齊？』太公曰：『舉賢賞功。』周公曰：『後世必有劫殺之君矣。』」又見淮南子齊俗篇，而史記魯世家、説苑政理篇皆載其事，稍有不同。○必有，奏議無「必」字。○左襄二十九年曰：「吳公子札來聘，請觀於周樂，爲之歌邶、鄘、衛，曰：『美哉淵乎，憂而不困者也。吾聞衛康叔、武公之德如是，是其衛風乎！』適衛，説蘧瑗、史狗、史鰌、公子荆、公叔發、公子朝，曰：『衛多君子，未有患也。』」○左定四年：「十一月庚辰，吳入郢。」五年：「吳師大敗，吳子乃歸。楚子入於郢。」哀元年曰：「吳之入郢也，使召陳懷公，懷公朝國人而問焉，曰：『欲與楚者右，欲與吳者左。陳人從田，無田從黨。』逢滑當公而進曰：『臣聞國之興也以福，其亡也以禍。今吳未有福，楚未有禍，楚未可棄，吳未可從。』公曰：『國勝君亡，非禍而何？』對曰：『國之有是多矣，何必不復？小國猶復，況大國乎？』」○晉武事，已見上仁宗書注。○隋書文帝紀曰：「開皇九年正月景子（唐人諱「丙」爲「景」），賀若弼敗陳師於蔣山，韓擒虎進師入建鄴，獲陳主叔寶，陳國平。」舊唐書房玄齡傳曰：「房喬，字玄齡，青州臨淄人。嘗從父至京師，時天下寧宴，論者咸以國祚方永，玄齡乃避左右告父曰：『隋帝本無功德，但誑惑黔黎，不爲後嗣長計，混諸嫡庶，使相傾奪，諸后藩枝，競崇淫侈，終當內相誅夷，不足保全家國。今雖清平，其亡可翹足而待。』」○漢書元帝紀曰：「建昭三年秋，使護西域騎都尉甘延壽、副校尉陳湯，矯發戊己校尉屯田吏士及西域胡兵，攻郅支單于。冬，斬其首，傳詣京師，縣蠻夷邸門。」陳湯傳曰：「匈奴郅支單于遣使奉獻，因求侍子，願爲內附。漢遣衛司馬谷吉送之，郅支單于竟殺吉等，遂西奔康居，康居欲倚其威以脅諸國。郅支數借兵擊烏孫，又遣使責闔蘇、大宛諸國歲遺，不敢不予。漢遣使三輩，至康居求谷吉等死（同「屍」），郅支困辱使者，不肯奉詔。建昭三年，湯與延壽出西域，湯爲人沈勇有大慮，多策謀，喜奇功。與延壽謀曰：『郅支單于雖在絕遠，蠻夷無金城强弩之守，如發屯田吏士，敺從烏孫衆兵，直指其城下，彼亡則無所之，守則不足自保。千載之功，可一朝而成也。』延壽亦以爲然，欲奏請之。湯曰：『國家與公卿議，大策非凡所見，事必不從。』延壽猶與不聽。會其久病，湯獨矯制發城郭諸國兵，漢兵胡兵合四萬餘人，即日引軍分行，別爲六校，其三校從南道踰葱領徑大宛，其三校都護自將，發温宿國，從北道入赤谷，過烏孫，涉康居界，至闐池西。而康居副王抱闐將數千騎寇赤谷城東，湯縱胡兵擊之，殺四百六十人。入康居東界，令軍不得爲寇。至郅支城，延壽、湯令軍聞鼓音皆薄城下，四面圍城，漢兵縱火，吏士争入，單于被創死。軍候假丞杜勳斬單于首，得漢使節二，及谷吉等所齎帛書，諸鹵獲以畀得者。凡斬閼氏、太子、名王以下千五百一十八級，生虜百四十五人。」○漢書元帝紀曰：「竟寧元年春正月，匈奴虖韓邪單于來朝。」匈奴傳下曰：「郅支既誅，呼韓邪單于且喜且懼，上書言曰：『常願謁見天子，誠以郅支在西方，恐其與烏孫俱來擊臣，今郅支已伏誅，願入朝見。』竟寧元年，單于復入朝。」郎曰：「元帝優游不斷，委政外戚，卒基新莽之禍。」○宣宗收燕趙，案：宣宗無收燕趙事。時盧龍軍爲燕，成德軍爲趙。新唐書宣宗紀曰：「大中三年，幽州盧龍軍節度使張仲武卒，其子直方自稱留後。四年八月，幽州盧龍軍亂，逐其節度使張直方，衙將張允伸自稱留後。八年正月甲申，成德軍節度使王元逵卒，其子紹鼎自稱留後。十一年七月庚子，成德軍節度副大使王紹鼎卒，其弟紹懿自稱留後。」藩鎮傳曰：「紹鼎病死，子幼未能事，宣宗以元逵次子紹懿爲留後以嗣，俄爲節度使。」又曰：「直方襲節度留後，俄進副大使，舉動多不法，畏下變起，乃託出畋，奔京師，軍中以張允伸總後務。直方至，宣宗遣使者郊勞，授金吾大將軍。」子瞻所謂收燕趙者，殆指直方、紹懿二事，然與憲宗之平淮西、平東平，武宗之平澤潞，不可同日而語，謂力强於憲武，則未然也。○舊唐書宣宗紀曰：「大中三年正月丙寅，涇原節度使康季榮奏，吐蕃宰相論恐熱以秦、原、安樂三州及石門等七關之兵民歸國。六月，康季榮奏收復原州、石門驛、藏木峽、制勝、六盤、石峽等六關訖，邠寧張君緒奏收復蕭關，勑於蕭關置武州，改長樂爲威州（靈武節度使朱叔明取長樂州）。八月，鳳翔節度使李玭奏收復秦州。十二月，追謚順宗曰至德大聖大安孝皇帝，憲宗曰昭文彰武大聖孝皇帝。初，以河湟收復，百寮請加徽號，帝曰：『河湟收復，繼成先志，朕欲追尊祖考，以昭功烈。』至是上御宣政殿行事。五年八月，沙州刺史（沙，原作「汝」，誤。）張義潮遣兄義澤以瓜、沙、伊、肅等十一州（新唐書曰：「瓜、沙、伊、肅、鄯、甘、河、西、蘭、岷、廓，十一州。」）户口來獻。自河隴陷番百餘年，至是悉復隴右故地。以義潮爲瓜沙伊等州節度使。」漢書地理志金城郡臨羌縣原注曰：「西北至塞外，有西王母石室、僊海、鹽池。北則湟水所出，至允吾入河。」元和郡縣志曰：「隴右道鄯州湟水縣：本漢破羌縣地，屬金城郡。湟，水名，湟河出青海東北亂山中，東南流至蘭州西南入黄河。」清統志曰：「甘肅西寧府：湟水，自塞外流經西寧縣北，又東經碾伯縣南，又東南歷涼州府平番縣，至蘭州界（在今皋蘭縣西）入黄河。」案：唐隴右道故地，秦、原等州爲河、湟所經，故曰河湟，安史之亂，陷入吐蕃，至是始復。○銷兵而龐勛之亂起，案：銷兵，穆宗時事；龐勛之亂，懿宗時事。此皆歸之宣宗者，蓋以宣宗承穆宗銷兵之後，（新唐書蕭俛傳曰：「穆宗初，兩河底定，俛與段文昌當國，謂四方無虞，勸帝密詔天下鎮兵，十之歲限一爲逃死，不補，謂之銷兵。既而宿卒逋亡無生業，聚爲盜賊，會朱克融、王庭湊亂燕、趙，一日悉收用之。朝廷調兵不克，乃募市人烏合，戰輒北，遂復失河朔。」）懿宗又承宣宗之後，故推言之，由宣宗時之安而忘危耳。然按之時勢，究嫌不確。新書懿宗紀曰：「咸通九年七月，武寧軍節度使糧料判官龐勛反于桂州。十月庚午，陷宿州，丁丑，陷徐州，十一月，陷濠州，十二月，陷和、滁二州。」康承訓傳曰：「咸通中，南詔盜邊，武寧兵七百戍桂州，六歲不得代。列校許佶、趙可立因衆怒，殺都將，詣監軍使丐糧鎧北還，不許，即擅斧庫劫戰械，推糧料判官龐勛爲長，勒衆上道。」○臣願陛下，奏議、文粹、文鑑、文訣「臣願」上皆有「故」字，茅選同。○富如隋，郎曰：「文帝開皇中，有司上言：『府藏皆滿無所容，積於廊廡。』於是更闢左藏院。見食貨志。」○强如秦，郎曰：「秦并六國，其强可知。」○西取靈武，郎曰：「靈武本中國地，真宗咸平五年三月，陷于西蕃李繼遷。」○北取燕薊，郎曰：「燕薊亦中國地，五代時，石敬瑭常求援於契丹，既即位，國號晉，割幽、薊、瀛、莫、涿、檀、順、新、嬀、儒、武、雲、應、寰、朔、蔚十六州，以與契丹，時天福元年也。」案：禮記樂記釋文曰：「薊，今薊縣，即燕國都。」漢書地理志廣陽國薊縣原注曰：「故燕國，召公所封。」新唐書地理志，幽州范陽郡治薊縣。案：在北平市西南。○廣韻十一唐曰：「尪，弱也，烏光切。」五支曰：「羸，瘦也，力爲切。」○

愼起居，郎本「愼」作「謹」，蓋避宋孝宗諱改，文訣同。○莊子刻意篇曰：「吹呴呼吸，吐故納新，熊經鳥申，爲壽而已矣。此道引之士，養形之人，彭祖壽考者之所好也。」釋文引李曰：「吐故氣納新氣也，導氣令和，引體令柔。」釋文曰：「道音導。」○而無害者，奏議無「者」字，文訣同。○節愼，郎本「愼」作「謹」。

古之聖人，非不知深刻之法可以齊衆，勇悍之夫可以集事，忠厚近於迂闊，老成初若遲鈍。然終不肯以彼而易此者，知其所得小而所喪大也。曹參，賢相也，曰「愼無擾獄市」。黃霸，循吏也，曰「治道去泰甚」。或譏謝安以清談廢事，安笑曰：「秦用法吏，二世而亡。」劉晏爲度支，專用果銳少年，務在急速集事，好利之黨，相師成風。德宗初即位，擢崔祐甫爲相，祐甫以道德寬大開廣上意，故建中之政，其聲翕然，天下想望，庶幾正觀。及盧杞爲相，諷上以刑名整齊天下，馴致澆薄，以及播遷。茅曰：「錯敘古今，更又明析。」我仁祖之御天下也，持法至寬，汪曰：「對『苛察』。」用人有敍，汪曰：「對『驟進』。」專務掩覆過失，未嘗經改舊章。然考其成功，則曰未至。以言乎用兵，則十出而九敗；以言其府庫，則僅足而無餘。徒以德澤在人，風俗知義，汪曰：「風俗之厚。」是以升遐之日，天下如喪考妣。社稷長遠，終必賴之。汪曰：「曆數之長。」則仁祖可謂知本矣。今議者不察，徒見其末年，吏多因循，事不振舉，乃欲矯之以苛察，齊之以智能，招來新進勇鋭之人，以圖一切速成之效，未享其利，澆風已成。汪曰：「用新進勇鋭之人，以致風俗之薄。」且大時不齊，人誰無過？國君含垢，至察無徒。汪曰：「承上『苛察』。」若陛下多方包容，則人材取次可用。必欲廣置耳目，務求瑕疵，則人不自安，各圖苟免，恐非朝廷之福，亦豈陛下所願哉？漢文欲用虎圈嗇夫，釋之以爲利口傷俗。今若以口舌捷給而取士，以應對遲鈍而退人，以虚誕無實爲能文，以矯激不仕爲有德，則先王之澤，遂將散微。曾曰：「以上言用人宜求老成忠厚，不取新進鋭深。」

知其，郎本、文鑑、正宗、文訣「知」作「顧」。○史記曹相國世家曰：「參相齊九年，齊國安集，大稱賢相。惠帝二年，蕭何卒，參聞之，告舍人趣治行，吾將入相。居無何，使者果召參。參去，屬其後相曰：『以齊獄市爲寄，慎勿擾也。』後相曰：『治無大於此者乎？』參曰：『不然，夫獄市者，所以并包也，今君擾之，姦人安所容也？吾是以先之。』」案：郎本「慎」作「謹」。○漢書循吏黄霸傳曰：「霸字次公，淮陽陽夏人也。爲潁川太守，許丞老，病聾，督郵白欲逐之。霸曰：『許丞廉吏，且善助之，毋失賢者意。』或問其故，霸曰：『數易長吏，送故迎新之費，及姦吏緣絶簿書，盗財物，公私費秏甚多，皆當出於民。所易新吏又未必賢，或不如其故，徒相益爲亂。凡治道去其泰甚者耳。』」○晉書謝安傳曰：「安嘗與王羲之登冶城，悠然遐想，有高世之志。羲之謂曰：『夏禹勤王，手足胼胝；文王旰食，日不暇給。今四郊多壘，宜思自效，而虚談廢務，浮文妨要，恐非當今所宜。』安曰：『秦任商鞅，二世而亡，豈清談致患耶？』」○舊唐書劉晏傳曰：「寶應二年，遷吏部尚書、平章事，領度支鹽鐵轉運租庸使。罷相爲太子賓客，尋授御史大夫，領東都河南江淮山南等道轉運使如故。凡所任使，多收後進有幹能者，其所總領，務乎急促，趨利者化之，遂以成風。」○舊唐書德宗紀曰：「大曆十四年五月，召崔祐甫爲門下侍郎、同中書門下平章事。八月庚辰，以崔祐甫爲中書侍郎、平章事。建中元年六月甲午朔，中書侍郎、門下平章事崔祐甫卒。二年二月乙巳，以御史大夫盧杞爲門下侍郎、同中書門下平章事。四年冬十月丙午，詔涇原節度使姚令言率涇原之師救哥舒曜。丁未，涇原軍出京城，至滻水，倒戈謀叛，姚令言不能禁。上令載繒綵二車，遣晉王往慰喻之，亂兵已陳于丹鳳闕下。促神策軍拒之，無一人至者。與太子、諸王、妃主百餘人出苑北門。戊申，至奉天。」崔祐甫傳曰：「上初即位，庶務皆委宰司，祐甫謀猷啓沃，多所弘益，天下以爲可復貞觀、開元之太平也。」盧杞傳曰：「初上即位，擢崔祐甫爲相，頗用道德寬大，以弘上意，故建中初政聲藹然，海内想望貞觀之理。及杞爲相，諷上以刑名整齊天下。初，李希烈請討梁崇義，崇義誅而希烈叛，盡據淮右襄、鄧之郡邑。恒州李寶臣死，其子維岳邀節鉞，遂與田悦締結以抗王師。繇是河北、河南連兵不息。是時人心愁怨，涇師乘閒謀亂，奉天之奔播，職杞之由。」○翕然，正宗「翕」作「藹」，奏議作「蕩」，誤。○正觀，宋避仁宗嫌名，以「正」字代「貞」。○御天下，奏議「御」作「馭」。○成功，郎本「功」作「俗」。○十出九敗，如西夏好水川等戰。○其府庫，奏議「其」作「乎」。○升遐之日天下如喪考妣，已見王介甫本朝百年無事劄子注。禮記曲禮下曰：「君天下曰天子，告喪曰天王登假。」鄭注曰：「登，上也；假，已也。上已者，若僊去云耳。」釋文曰：「假音遐。」○齊之，郎本「齊」作「濟」。○大時不齊，各本「大」作「天」，今依郎本注引學記曰：「大信不約，大時不齊。」案：孔疏曰：「大時謂天時也。」故各本作「天時」。○左宣二年：「隨會曰：人誰無過？」○左宣十五年：「伯宗曰：國君含垢。」○大戴禮子張問入官篇曰：「水至清則無魚，人至察則無徒。」又見家語入官篇、漢書東方朔傳答客難。○史記張釋之傳曰：「釋之從行，登虎圈。上問上林尉諸禽獸簿，十餘問，尉左右視，盡不能對。虎圈嗇夫從旁代尉對上所問禽獸簿甚悉，欲以觀其能口對響應無窮者。文帝曰：『吏不當若是邪？尉無賴。』乃詔釋之拜嗇夫爲上林令。釋之久之前曰：『夫絳侯、東陽侯稱爲長者，此兩人言事曾不能出口，豈斆此嗇夫諜諜利口捷給哉？今陛下以嗇夫口辯而超遷之，臣恐天下隨風靡靡，争爲口辯而無其實，且下之化上，疾於景響，舉錯不可不審也。』文帝曰：『善。』乃止不拜嗇夫。」正義曰：「圈，求遠反。虎圈嗇夫掌虎圈，百官表有鄉嗇夫，此其類也。」○不仕，奏議、郎本「仕」作「任」。○遂將，郎本作「將遂」。

自古用人，必須歷試。雖有卓異之器，必有已成之功。一則使其更變而知難，事不輕作；一則待其功高而望重，人自無辭。昔先主以黄忠爲後將軍，而諸葛亮憂其不可，以爲忠之名望，素非關張之倫，若班爵遽同，則必不悦。其後關羽果以爲言。以黄忠豪勇之姿，以先主君臣之契，尚復慮此，而況其他？世嘗謂漢文不用賈生，以爲深恨，臣嘗推究其旨，竊謂不然。賈生固天下之奇才，所言亦一時之良策。然請爲屬國，欲係單于，則是處士之大言，少年之銳氣。昔高祖以三十萬衆，困於平城，當時將相羣臣，豈無賈生之比？三表五餌，人知其疎，而欲以困中行說，尤不可信。兵，凶器也，而易言之，正如趙括之輕秦，李信之易楚。若文帝亟用其說，則天下殆將不安。使賈生嘗歷艱難，亦必自悔其說。用之晚歲，其術必精，不幸喪亡，非意所及。不然，文帝豈棄材之主？絳灌豈蔽賢之士？至於晁錯，尤號刻薄。文帝之世，止於太子家令。而景帝既立，以爲御史大夫。申屠賢相，發憤而死。紛更政令，天下騷然。及至七國發難，而錯之術亦窮矣。文、景優劣，於此可見。大抵名器爵禄，人所奔趨，必使積勞而後遷，以明持久而難得，則人各安其分，不敢躁求。今若多開驟進之門，使有意外之得，公卿侍從，跬步可圖，其得者既不肯以徼幸自名，則不得者必皆以沈淪爲恨。使天下常調，舉生妄心，恥不若人，何所不至？欲望風俗之厚，豈可得哉？選人之改京官，常須十年以上，薦更險阻，計析毫釐，其間一事聱牙，常至終身淪棄。汪曰：「承常調說，見其艱難如此，以見驟進之門，必不可開。」今乃以一人之薦舉而予之，猶恐未稱，章服隨至，使積勞久次而得者，何以厭服哉？夫常調之人，非守則令，員多闕少，久已患之，不可復開多門以待巧進。若巧者侵奪已甚，則拙者迫怵無聊。利害相形，不得不察。故近歲朴拙之人愈少，而巧進之士益多。惟陛下重之惜之，哀之救之。如近日三司獻言，使天下郡選一人，催驅三司文字，許之先次指射以酬其勞，則數年之後，審官吏部，又有三百餘人，得先占闕，常調待次，不其愈難？此外勾當發運均輸，按行農田水利，已據監司之體，各懷進用之心，轉對者望以稱旨而驟遷，奏課者求爲優等而速化，相勝以力，相高以言，而名實亂矣。惟陛下以簡易爲法，以清淨爲心，使姦無所緣，而民德歸厚。臣之所願厚風俗者，此之謂也。曾曰：「以上言不宜躐等用人，不貴驟遷速化。」○自「士之進言者」至此，皆論厚風俗。

自古用人，郎本作「苟欲用之」。○書序曰：「虞舜側微，堯聞之聰明，將使嗣位，歷試諸難。」○已成，奏議、文鑑、文訣作「已試」。○蜀志黄忠傳曰：「先主欲用忠爲後將軍，諸葛亮説先主曰：『忠之名望，素非關、馬之倫也，而今便令同列，馬、張在近，親見其功，尚可喻指。關遥聞之，恐必不悦，得無不可乎？』先主曰：『吾自當解之。』遂與羽等齊位，賜爵關内侯。」費詩傳曰：「先主爲漢中王，遣詩拜關羽爲前將軍。羽聞黄忠爲後將軍，怒曰：『大丈夫終不與老兵同列。』不受拜。詩謂羽曰：『王與君侯，譬猶一體，同休等戚，禍福共之，愚爲君侯不宜計官號之高下、爵禄之多少爲意也。』羽大感悟，遽即拜受。」○豪勇之姿，奏議「姿」作「資」。○尚復，奏議「復」作「須」。○而況其他，奏議作「況他人乎」，茅選同。○世嘗謂，正宗「嘗」作「常」。○史記賈生傳曰：「賈生名誼，雒陽人也。文帝召以爲博士，説之，超遷，一歲中至太中大夫。絳、灌、東陽侯、馮敬之屬盡害之，乃短賈生曰：『雒陽之人，年少初學，專欲擅權，紛亂諸事。』於是天子後亦疏之，不用其議，乃以賈生爲長沙王太傅。」○漢書賈誼傳上疏陳政事曰：「陛下何不試以臣爲屬國之官以主匈奴？行臣之計，請必係單于之頸而制其命，伏中行説而笞其背。」匈奴傳曰：「老上稽粥單于初立，文帝復遣宗人女翁主爲單于閼氏，使宦者燕人中行説傅翁主，説不欲行，漢强使之。説曰：『必我也，爲漢患者。』中行説既至，因降單于。」○欲係，奏議「欲」下有「以」字。○賈子新書匈奴篇曰：「建三表，設五餌，以此與單于争其民，則下匈奴猶振槁也。」漢書賈誼傳贊曰：「欲試屬國，施五餌三表以係單于，其術固已疏矣。」顔曰：「賈誼書（即撮舉匈奴篇之文）謂：『愛人之狀，好人之技，仁道也（今新書無此三字，疑敓）；信爲大操，常義也（今新書「常」作「帝」）；愛好有實，已諾可期，十死一生，彼將必至（今新書「將必」作「必將」）。此三表也。賜之盛服車乘以壞其目；賜之盛食珍味以壞其口；賜之音樂婦人以壞其耳；賜之高堂邃宇府庫奴婢以壞其腹；於來降者，上以召幸之，相娱樂，親酌而手食之，以壞其心。此五餌也。』」○信矣，正宗無「矣」字。○越語下：「范蠡曰：兵者凶器也。」尉繚子議兵篇、説苑指武篇並同。吕氏春秋論威篇曰：「凡兵，天下之凶器也。」○而易言之，郎本無「言」字。○史記趙奢傳（附廉頗藺相如傳）曰：「趙王以括爲將，代廉頗。趙括自少時學兵法，言兵事，以天下莫能當，嘗與其父奢言兵事，奢不能難，然不謂善。括母問奢其故，奢曰：『兵死地也，而括易言之。使趙不將，括即已，若必將之，破趙軍者，必括也。』趙括既代廉頗，悉更約束，易置軍吏。秦將白起聞之，縱奇兵，詳敗走，而絕其糧道，分斷其軍爲二。軍餓，趙括出鋭卒自搏戰，秦軍射殺趙括。括軍敗，數十萬之衆遂降秦，秦悉阬之。趙前後所亡，凡四十五萬。」○史記王翦傳曰：「始皇問李信：『吾欲攻取荆，於將軍度用幾何人而足？』李信曰：『不過用二十萬人。』始皇問王翦，王翦曰：『非六十萬人不可。』始皇曰：『王將軍老矣，何怯也？李將軍果勢壯勇，其言是也。』遂使李信及蒙恬將二十萬伐荆，荆人大破李信軍，入兩壁，殺七都尉，秦軍走。」○史記賈生傳曰：「拜賈生爲梁懷王太傅。數年，懷王騎，墮馬而死，無後。賈生自傷爲傅無狀，哭泣歲餘亦死。賈生之死，時年三十三矣。」○史記鼂錯傳曰：「鼂錯者，潁川人也。文帝以爲太子舍人、門大夫、家令，數上書言削諸侯事及法令可更定者。書數十上，孝文不聽，然奇其材，遷爲中大夫。當是時，太子善錯計策。景帝即位，以錯爲内史。錯嘗數請閒言事，輒聽，寵幸傾九卿，法令多所更定。丞相申屠嘉心弗便，力未有以傷。内史府居太上廟壖中，門東出，不便，錯乃穿兩門南出，鑿廟壖垣。丞相嘉聞，大怒，欲因此過爲奏請誅錯。錯聞之，即夜請閒，具爲上言之。丞相奏事，因言錯擅鑿廟垣爲門，請下廷尉誅。上曰：『此非廟垣，乃壖中垣，不致於法。』丞相謝。罷朝，怒謂長史曰：『吾當先斬以聞，乃先請，爲兒所賣，固誤。』丞相遂發病死。錯以此愈貴。遷爲御史大夫，請諸侯之罪過，削其地，收其枝郡。錯所更令三十章，諸侯皆諠譁疾錯。吴楚七國反，以誅錯爲名。」案：錯，文帝時已爲中大夫，不止太子家令矣。○紛更政令，郎本「紛」作「滋」，正宗作「更法改令」。○使有意外之得，郎曰：「王荆公安石行新法，一時希合者，皆力薦于上，驟加遷擢，如李定以一選人，竟除監察御史，其他可見。」步瀛案：下文始詳論選人。此上論賈生事，蓋諷因開邊而得進者；論晁錯事，蓋諷因變法而得進者。宋史王韶傳曰：「熙寧元年，詣闕，上平戎策三篇，其略以爲西夏可取，欲取西夏，當先復河湟。神宗異其言，召問方略，以韶管幹秦鳳經略司機宜文字。韶又言，渭源至秦州，良田不耕者萬頃，願置市易司，頗籠商賈之利，取其贏以治田。帝從其言，改著作佐郎，仍命韶提舉。」此即因開邊而進者也。其因贊助新法而進者，如呂惠卿輩，不可勝舉。○説文曰：「趌，半步也。」大徐音丘弭切，字亦作「跬」。禮記祭義曰：「君子頃步而弗敢忘孝也。」鄭注曰：「頃，當爲『跬』，聲之誤也。」釋文曰：「一舉足爲跬，再舉足爲步。」淮南説林篇「跬步不休」，高注曰：「跬猶咫尺也。」荀子勸學篇曰：「不積蹞步，無以至千里。」字又作「蹞」。○不肯，郎本、正宗無「肯」字。○則不得者，奏議「則」下有「其」字。○爲恨，奏議「恨」作「歎」。○文獻通考選舉十一曰：「仁宗朝尤以選人遷京官詔增四考爲六考，增舉者四人爲五人，犯私罪又加一考。舉者雖多，無本道使者亦爲不應格。雖有司引對法當與，帝亦省察其當否乃可之。」○荐更險阻，爾雅釋言曰：「荐，再也。」小爾雅廣言曰：「荐，重也。」左定四年杜注曰：「荐，數也。」案：郎本、正宗作「薦」，與「荐」通。詩節南山、雲漢毛傳並曰：「薦，重也。」○玉篇曰：「聱，五包、魚幽二切。廣雅云：『不入人語也。』埤蒼云：『不聽也。』」又見韓退之進學解。○而予之，奏議「予」作「與」。○以待巧進，奏議「進」作「者」。○迫怵，賈生鵩鳥賦曰：「怵迫之徒。」案：奏議、郎本「怵」作「隘」。○近歲，正宗「歲」作「者」。○而巧進，郎本、文鑑、文訣「進」作「佞」。○三司獻議云云，案：此事諸史未見，豈三司但有其議歟，抑因子瞻之言而止歟？○勾當，北史序傳曰：「事無大小，士彦一委仲舉推尋勾當。」新唐書第五琦傳曰：「拜監察御史，勾當江淮租庸。」却埽編下曰：「舊制，諸路監司屬官曰勾當公事。建炎初，避今上嫌名，易爲幹辦。」○已據，奏議、郎本、文粹、文鑑、文訣「據」作「振」。○論語學而篇：「曾子曰：慎終追遠，民德歸厚矣。」

古者建國，使內外相制，輕重相權。如周如唐，則外重而內輕；如秦如魏，則外輕而內重。內重之弊，必有姦臣指鹿之患；外重之弊，必有大國問鼎之憂。聖人方盛而慮衰，常先立法以救弊。我國家租賦總於計省，重兵聚於京師，以古揆今，則似內重。恭惟祖宗所以深計而預慮，固非小臣所能臆度而周知。然觀其委任臺諫之一端，則是聖人過防之至計。汪曰：「結人心、厚風俗二條，先說人心之當結，風俗之當厚，然後轉出結人心之事云何，厚風俗之事云何。此條論存紀綱，獨從任臺諫轉出紀綱賴此而存。」歷觀秦漢以及五代，諫爭而死，蓋數百人。而自建隆以來，未嘗罪一言者，縱有薄責，旋即超升。許以風聞，而無官長，風采所繫，不問尊卑。言及乘輿，則天子改容；事關廊廟，則宰相待罪。故仁宗之世，議者譏宰相但奉行臺諫風旨而已。聖人深意，流俗豈知？擢用臺諫，固未必皆賢，所言亦未必皆是。然須養其鋭氣，借之重權者，豈徒然哉？將以折姦臣之萌，而救內重之弊也。汪曰：「上文云內重必有姦臣之患，承此說來，專以折姦臣立論。」夫姦臣之始，以臺諫折之而有餘；及其既成，以干戈取之而不足。今法令嚴密，朝廷清明，所謂姦臣，萬無此理。然養貓以去鼠，不可以無鼠而養不捕之貓；畜狗以防姦，不可以無姦而畜不吠之狗。陛下得不上念祖宗設此官之意，下爲子孫立萬一之防？朝廷紀綱，孰大於此？以上言朝廷紀綱之大者，在於臺諫。

郎曰：「晚周諸侯紛争，唐末藩鎮跋扈，故謂之外重内輕。」○郎曰：「秦罷侯置守，魏子弟宗室權均匹夫，故謂之外輕内重。」○之弊，奏議、文粹、茅選「弊」作「末」，文編作「失」。○史記秦始皇本紀曰：「趙高欲爲亂，恐羣臣不聽，乃先設驗，持鹿獻於二世，曰：『馬也。』二世笑曰：『丞相誤邪，謂鹿爲馬。』問左右，左右或默，或言馬以阿順趙高。或言鹿者，高因陰中諸言鹿者以法。後羣臣皆畏高。」後漢書竇憲傳：「帝召憲切責曰：趙高指鹿爲馬，久念使人驚怖。」文選西征賦李善注引風俗通曰：「秦相趙高，指鹿爲馬，束蒲爲脯，二世不覺。」○問鼎，已見柳子厚封建論注。○常先，文粹、文訣、文編、茅選「常」作「當」。○計省，已見王介甫度支副使廳壁題名記注。○宋史兵志曰：「禁兵者，天子之衛兵也，殿前、侍衛二司總之。其最親近扈從者，號諸班直，其次總於御前忠佐軍頭司、皇城司、騏驥院，皆以守京師，備征伐。其在外者，非屯駐、屯泊，則就糧軍也。太祖鑒前代之失，萃精鋭於京師，雖曰增損舊制，而規橅宏遠矣。」○深計而預慮，正宗作「預圖而深計」，文粹、文訣作「深計而預圖」。○臆度，文粹、文訣「臆」作「億」。臆，「肊」之或體字；億，「億」之隸變字（本从意不从意）。而「意度」字當作「意」，「臆」「億」皆通借字。○諫争，郎本「争」作「静」，文編、茅選並同，「争」乃「静」之通借字。○郎曰：「通典（職官六）云：『舊例，御史臺不受訴訟。有通詞狀者，即於臺門候御史，御史（二字依通典增）竟往門外收採。如可彈者，（如，原作「知」，今依通典。）略其姓名，皆云風聞訪知。』」案：容齋四筆卷十一曰：「御史許風聞論事，相承有言，而不究所從來。以予攷之，蓋自晉宋以下如此。齊沈約爲御史中丞，（文選沈休文奏彈王源李善注引吴均齊春秋曰：「永明八年，沈約爲中丞。」）奏彈王源曰：『風聞東海王源。』蘇冕會要（卷六十）云：『故事，御史臺無受詞訟之例，有詞狀在門，御史採狀有可彈者，即略其姓名，皆云風聞訪知。其後疾惡公方者少，遞相推倚，通狀人頗壅滯。開元十四年，始定受事御史，人知一日，劾狀遂題告事人名，（通典職官六曰：「永徽中，崔義元爲大夫，始定受事御史，人知一日。」是不始於開元時也，疑會要非是。）乖自古風聞之義。』然則向之所行，今日之短卷是也。二字本見尉佗傳。」○通考職官七曰：「御史臺，宋承唐制，無大夫，以中丞爲臺長，無正員。以兩省給諫權，自中丞以下，掌糾繩內外百官姦慝，肅清朝廷綱紀，大事廷辨，小事奏彈。」案：御史中丞雖爲臺長，而與他省部院館長官不同，故云無官長也。○獨斷上曰：「天子至尊，不敢渫瀆言之，故託之於乘輿，乘猶載也，輿猶車也，天子以天下爲家，不以京師宮室爲常處，則當乘車輿以行天下，故羣臣託乘輿以言之。」○越語下：「范蠡曰：謀之廊廟。」後漢書申屠剛傳章懷注曰：「廊，殿下屋也；廟，太廟也。國事必先謀於廊廟之所也。」○議者譏宰相但奉行臺官風旨，郎曰：「應制科汪輔之嘗以此說譏富丞相弼。」長編百九十曰：「嘉祐四年八月乙亥，御崇政殿，策試應才識兼茂明於體用科明州觀察推官陳舜俞，賢良方正直言極諫旌德尉錢藻、汪輔之。舜俞、藻並入四等，輔之亦入等，監察御史裏行沈起言其無行，罷之。輔之躁忿，因以書誚讓富弼曰：『公爲宰相，但奉臺諫風旨而已，天下何賴焉？』弼不能荅。」○擢用，郎本、文鑑、文訣上有「蓋」字，奏議無此二字。○以去鼠，文粹「以」上有「所」字，下「畜狗」句同。文编、茅選並同。○萬一，郎本、文鑑、文訣、正宗、文编、茅選「一」作「世」，文粹作「一」。吴先生曰：「作『一』是。」今從之。○紀綱，文粹、文鑑、文訣作「綱紀」，文编同。

臣自幼小所記，及聞長老之談，皆謂臺諫所言，常隨天下公議。公議所與，臺諫亦與之；公議所擊，臺諫亦擊之。汪曰：「復生出公議一節，亦因介甫謂人言不足恤，而有此論。」及至英廟之初，始建稱親之議，本非人主大過，亦無典禮明文，徒以衆心未安，公議不允，當時臺諫，以死爭之。今者物論沸騰，怨讟交至，公議所在，亦可知矣，而相顧不發，中外失望。夫彈劾積威之後，雖庸人亦可以奮揚；風采消委之餘，雖豪傑有所不能振起。臣恐自兹以往，習慣成風，盡爲執政私人，以致人主孤立。紀綱一廢，何事不生？曾曰：「以上言介甫之威，足以脅制臺諫，使不敢言。『執政私人』等句，亦有傾軋之意。」孔子曰：「鄙夫可與事君也與哉？其未得之也，患不得之；既得之，患失之；苟患失之，無所不至矣。」臣始讀此書，疑其太過，以爲鄙夫之患失，不過備位而苟容。及觀李斯憂蒙恬之奪其權，則立二世以亡秦；盧杞憂懷光之數其惡，則誤德宗以再亂。其心本生於患失，而其禍乃至於喪邦。孔子之言，良不爲過。是以知爲國者，平居必常有忘軀犯顔之士，則臨難庶幾有徇義守死之臣。苟平居尚不能一言，則臨難何以責其死節？人臣苟皆如此，天下亦曰殆哉。君子和而不同，小人同而不和。和如和羹，同如濟水。故孫寶有言：「周公上聖，召公大賢，猶不相悦，著於經典，兩不相損。」晉之王導，可謂元臣，每與客言，舉坐稱善，而王述不悦，以爲人非堯舜，安得每事盡善？導亦斂衽謝之。若使言無不同，意無不合，更唱迭和，何者非賢？萬一有小人居其閒，則人主何緣得以知覺？臣之所願存紀綱者，此之謂也。以上言臺諫失職之害。○自「古者建國」至此，皆論存紀綱。曾曰：「存紀綱一節，事實太少，議論亦淺，與前二條不相稱，不足平列爲三。」

宋史英宗本紀曰：「治平二年春四月戊戌，詔議崇奉濮安懿王典禮。六月己酉，詔尚書集三省、御史臺議奉濮安懿王典禮。甲寅，罷尚書省集議，（長編原注曰：「三年四月壬午始罷議，此須權罷耳。」）令有司博求典故，務在合經。三年春正月丁丑，皇太后下書中書門下：『封濮安懿王宜如前代故事，王夫人王氏、韓氏、任氏，皇帝可稱親，尊濮安懿王爲皇，夫人爲后。』詔遵慈訓，以塋爲園，置守衛吏，以園立廟，俾王子孫主祠事，如皇太后旨。辛巳，詔臣民避濮安懿王諱，以王子宗懿爲濮國公。壬午，黜御史呂誨、范純仁、呂大防。二月辛酉，黜諫官傅堯俞、御史趙鼎、趙瞻。」呂誨傳曰：「濮議起，侍從請稱王爲皇伯，中書不以爲然。誨引義固争，會秋大水，誨言此簡宗廟之罰也。七上章，不聽，乞解臺職，亦不聽。遂劾宰相韓琦，又與御史范純仁、呂大防共劾歐陽脩首開邪議。已而詔濮王稱親，誨等知言不用，即上還告勑，居家待罪，且言與輔臣勢不兩立。帝猶豫久之，命出御史，既而曰：『不宜責之太重。』乃下遷誨工部員外郎。」案：英宗本濮王允讓子，雖爲仁宗之後，而王珪等議稱濮王爲皇伯，並無經傳可據。歐陽永叔引喪大記：「爲人後者爲其父母降服三年爲期，而不没父母之名。」持論甚正。呂誨等意氣之争，殊不足取。子瞻稱之，亦徇流俗之説耳。案：正宗「禮典」作「典禮」。○盡爲執政私人，郎曰：「温公日記云：謝景温素附介甫，與介甫弟安國爲婚姻家，故介甫用爲知雜御史，仍更不置中丞及諫官，恐其異故。」○郎本「紀綱」作「綱紀」。○「鄙夫可與事君也與哉」至「無所不至矣」，見論語陽貨篇。可與事君也與哉，奏議、郎本無「哉」

字，又下「與」字作「歟」。患不得之，郎本、文粹、文鑑、正宗皆無「不」字，與論語合。然此文疑子瞻特增此字，使意明顯也。集解曰：「患得之，患不能得之。」荀子子道篇：「孔子曰：小人者，其未得也，則憂不得，既已得之，又恐失之。」潛夫論愛日篇曰：「君子病夫未得之也，患不得之，既得之，患失之者。」沈明遠（作喆）寓簡卷二曰：「東坡解云：患得之，當作『患不得之』。予觀退之王承福傳云：『其賢於世之患不得之而患失之，以濟其生之欲者。』古本必如此。」臧玉林（琳）經義雜記卷二十二曰：「古人之言，多氣急而文簡。如毛詩以『不寧』爲『豈不寧』，以『不康』爲『豈不康』；書堯典『試可乃已』，史記五帝本紀云『試不可用而已』，是尚書以『可』爲『不可』也；論語陽貨『其未得之也患得之』，以『得』爲『不得』，猶尚書以『可』爲『不可』也，皆古人語急反言之證。」劉楚楨論語正義曰：「荀子子道篇、潛夫論愛日篇，又毛奇齡賸言引家語『患弗得之』（見在厄篇），皆以訓詁增成其義。王承福傳亦此意，寓簡謂古本必如此，此未達古人立文之法也。」○李斯憂蒙恬奪其權，已見志林魯隱公篇及始皇扶蘇篇注。○舊唐書盧杞傳曰：「德宗在奉天，爲朱泚攻圍，李懷光自魏縣赴難，或謂王翃、趙贊曰：『懷光累歎憤，以爲宰相謀議乖方，度支賦斂煩重，京尹刻薄軍糧，乘輿播遷，三臣之罪也。今懷光勳業崇重，聖上必開襟布誠，詢問得失，使其言入，豈不殆哉？』翃、贊白於杞，杞大駭懼，從容奏曰：『不如使懷光乘勝進收京城。』帝然之，乃詔懷光率衆屯便橋，克期齊進。懷光大怒，遂謀異志。」李懷光傳曰：「懷光性麤厲疎愎，緣道數言盧杞、趙贊、白志貞等姦佞，且曰：『吾見上，當請誅之。』杞等微知之，懼甚，因說上令懷光乘勝逐泚，不可許至奉天，德宗從之。懷光屯軍咸陽，數上表暴揚杞等罪惡，上不得已，爲貶杞、趙贊、白志貞以慰安之。懷光且宣言曰：『吾今與朱泚連和，車駕當須引避。』由是上遽幸梁州。」案：郎本「懷光」上有「李」字。○書秦誓曰：「以不能保我子孫黎民，亦曰殆哉。」○君子和而不同，見論語子路篇。○左昭二十年：「晏子曰：『據（梁丘據）同也，焉得爲和？』公曰：『和與同異乎？』對曰：『異。和如羹焉，水火醯醢鹽梅以烹魚肉，燀之以薪，宰夫和之，齊之以味，濟其不及，以洩其過。君子食之以平其心。若以水濟水，誰能食之？』」○漢書孫寶傳曰：「平帝立，寶爲大司農。會越巂郡上黃龍游江中，太師孔光、大司徒馬宮等咸稱莽功德比周公，宜告祠宗廟。寶曰：『周公大聖，召公大賢，尚猶有不相說，著於經典，兩不相損。今風雨未時，百姓不足，每有一事，羣臣同聲，得無非其美者。』」顏注曰：「周書君奭之序曰：『召公爲保，周公爲師，相成王爲左右，召公不說，周公作君奭。』是也。兩不相損者，言俱有令名也。」案：奏議「孫寶」上無「故」字。○兩不相損，奏議無此四字。○晉書王述傳曰：「嘗見導每發言，一坐莫不贊美。述正色曰：『人非堯舜，何得每事盡善？』導改容謝之。」○得以，奏議、郎本無「得」字，文粹無此二字，文編、茅選同。○所願，文粹、文鑑、文訣、正宗、文編、茅選「所」下有「謂」字，非。今依奏議、郎本删。

臣非敢歷詆新政，苟爲異論。如近日裁減皇族恩例，刊定任子條式，修完器械、閱習鼓旗，皆陛下神算之至明，乾綱之必斷。物議既允，臣敢有辭？然至於所獻三言，則非臣之私見。中外所病，其誰不知？昔禹戒舜曰：「無若丹朱傲，惟慢遊是好。」舜豈有是哉？周公戒成王曰：「無若殷王受之迷亂，酗於酒德哉！」成王豈有是哉？周昌以漢高爲桀紂，劉毅以晉武爲桓靈，當時人君，曾莫之罪，而書之史册，以爲美談。使臣所獻三言，皆朝廷未嘗有此，則天下之幸，臣與有焉。若有萬一似之，則陛下安可不察？然而臣之爲計，可謂愚矣。以螻蟻之命，試雷霆之威，積其狂愚，豈可屢赦？大則身首異處，破壞家門；小則削籍投荒，流離道路。雖然，陛下必不爲此。何也？臣天賦至愚，篤於自信。向者與議學校貢舉，首違大臣本意，已期竄逐，敢意自全？而陛下獨然其言，曲賜召對，從容久之。至謂臣曰：「方今政令，得失安在？雖朕過失，指陳可也。」臣即對曰：「陛下生知之性，天縱文武，不患不明，不患不勤，不患不斷，但患求治太速，進人太鋭，聽言太廣。」（三言與前所陳結人心、厚風俗、存紀綱相對。）又俾具述所以然之狀，陛下頷之曰：「卿所獻三言，朕當熟思之。」臣之狂愚，非獨今日，陛下容之久矣，豈有容之於始而不赦之於終？恃此而言，所以不懼。臣之所懼者，譏刺既衆，怨仇實多，必將詆臣以深文，中臣以危法，使陛下雖欲赦臣而不得，豈不殆哉？死亡不辭，但恐天下以臣爲戒，無復言者。是以思之經月，夜以繼日，書成復毀，至於再三。感陛下聽其一言，懷不能已，卒進其説，惟陛下憐其愚忠而卒赦之。汪曰：「對起處『赦而不誅』。」不勝俯伏待罪憂恐之至。以上總結。

臣軾誠惶誠恐頓首頓首上書。茅曰：「指陳利害似賈誼，明切事情似陸贄。」劉曰：「雖自宣公奏議來，而筆力雄偉，抒詞高朗，宣公不及也。宣公止數陳條達明白，足動人主之聽，故歐、蘇咸效其體。」曾曰：「奏疏總以明顯爲要，時文家有『典』『顯』『淺』三字訣，奏疏能備此三字，則盡善矣。『典』字最難，必熟於前史之事蹟，並熟於本朝之掌故，乃可言『典』。至『顯』『淺』二字，則多本於天授，雖有博學多聞之士，而筆下不能顯豁者多矣。『淺』字與『雅』字相背。白香山詩，務令老嫗皆解，而細求之，皆雅飭而不失之率。吾嘗謂奏疏能如白詩之淺，則遠近易於傳播，而君上亦易感動。此文雖不甚淺，而『典』『顯』二字，則千古所罕見也。」

苟爲異論，茅選「異」作「議」。○裁減皇族恩例，郎曰：「熙寧二年十一月甲戌，詔裁宗子授官法，唯宣祖、太祖、太宗之子孫，擇其後各封國公，世世不絶。其餘玄孫之子，將軍以下，聽出外官；袒免之子，更不賜名授官，許令應舉。」文獻通考帝系十曰：「神宗熙寧二年，中書、樞密院言：『祖宗受命百年，皇族日以蕃衍。臣等今謀定方今可行之制：宣祖、太祖、太宗之子，皆擇其後一人爲宗，世世封公；祖宗袒免親，將軍以下，願出官者聽，仍先經大宗正司陳請；其非袒免親，不賜名授官，許應舉，應進士者，只試策論，明經者，試一大經，試大義及策，初試不成文理者退黜，餘令覆試，取合格者以五分爲限，人數雖多，不得過五十人。』詔依所奏施行。」老學菴筆記卷二曰：「王荆公作相，裁損宗室恩數，於是宗子相率馬首陳狀訴云：『均是宗廟子孫，且告相公看祖宗面。』荆公厲聲曰：『祖宗親盡亦須祧遷，何況賢輩？』於是皆散去。」○刊定任子條式，郎曰：「熙寧元年九月，兩制詳定裁減恩澤，詔並依所定施行。三年十二月，再裁定后妃、公主及臣僚蔭補恩澤。」通考選舉七曰：「熙寧初，裁損奏蔭之法，自宰相、使相而下，併及宮掖、外戚，遞有減損。舊制，諸妃遇聖節，奏親屬一人，間一年許奏三人，郊禮許奏一人，今定諸妃每遇聖節并郊，許奏有服親一人；舊制，皇親妻兩遇郊，許奏親屬一人，今罷；舊制，郡縣主遇郊，許奏親生子及其夫之親，今只許奏親子；舊制，臣僚之妻爲國夫人者，得遺表恩，今除之；舊制，公主每遇聖節、郊禮，許奏夫之親屬一人，并遇公主生日，許奏一人，今罷生日恩，聖節許奏有服親。」○「修完器械」二句，郎曰：「熙寧中，每內閱諸軍，時加旌賞。」通考兵五曰：「神宗即位之初，總治平之兵一百十六萬二千，帝患兵冗不繼，始議銷併，乃親制選練之法，靡不周悉。其立軍之制，非新經科簡，即團併有餘，或特創名，或因舊額增損，指揮之數無常焉。」案：郎本「完」作「營」，文訣作「備」。○「無若丹朱傲」二句，見書益稷。案：本在皋陶謨。史記夏本紀曰：「帝曰：毋若丹朱傲。」論衡問孔篇曰：「尚書曰：『毋若丹朱敖，惟慢遊是好。』謂帝舜敎禹，毋子不肖子也。」又譴告篇曰：「帝戒禹曰：毋若丹朱敖。」（孫淵如今古文尚書注疏曰：「放，當作『敖』。」）後漢書梁冀傳：「袁箸上書曰：昔舜禹相戒，無若丹朱敖。」是漢人皆以此爲舜戒禹之言。僞古文分入益稷，又無「帝曰」二字，僞孔傳以爲禹戒舜之言，非也。子瞻亦承用僞孔之義耳。○書無逸曰：「無若殷王受之迷亂，酗于酒德哉。」案：郎本、文粹、文鑑、文訣有「哉」字，與書合，文編、茅選並同，奏議、郎本、正宗皆無「哉」字。疑子瞻刪節一字，以避下句耳。漢書劉向傳，向上星孛奏，引「毋」作「無」，「受」作「紂」。漢書翼奉傳：「奉上疏曰：『周公猶作詩書，深恐失天下。書則曰：王毋若殷王紂。』」論衡譴告篇曰：「周公勑成王曰：毋若殷王紂。」後漢書梁冀傳：「袁箸上書曰：周公戒成王，無如殷王紂。」翼奉傳顏注引書無逸，「受」亦作「紂」。○漢書周昌傳曰：「昌嘗燕入奏事，高帝方擁戚姬，昌還走。高帝逐得，騎昌項問曰：『我何如主也？』昌仰曰：『陛下即桀紂之主也。』於是上笑之。」○晉書劉毅傳曰：「帝嘗問毅曰：『卿以朕方漢何帝也？』對曰：『可方桓靈。』帝曰：『吾德雖不及古人，猶克己爲政，又平吳會，混一天下，方之桓靈，其已甚乎？』對曰：『桓靈賣官，錢入官庫；陛下賣官，錢入私門。以此言之，殆不如也。』帝大笑曰：『桓靈之世，不聞此言，今有直臣，故不同也。』」案：

郎本「桓」作「威」，避諱。〇屢赦，奏議「屢」作「數」。〇何也，奏議「也」作「哉」。〇子瞻議學校貢舉狀曰：「科舉之法，行之百年，治亂盛衰，初不由此。自文章言之，則策論爲有用，詩賦爲無益；自政事言之，則詩賦、策論均爲無用矣。雖知其無用，然自祖宗以來莫之廢者，以爲設法取士，不過如此也。自唐至今，以詩賦爲名臣者，不可勝數，何負於天下而欲廢之？」案：子瞻此説非是，故他日荆公語神宗曰：「進士科試詩賦，亦多得人，然謂科法已善，則未也。士少壯時，正當講求天下正理，乃閉門學作詩賦，及其入官，世事皆所未習，此科法敗壞人材，致不如古云云。」止此數語，足以破子瞻而有餘。但荆公學校教法，尚未盡善，秀才化爲學究之歎，荆公初念所不料也。〇召對，郎曰：「公墓誌云：『熙寧四年，王介甫欲變更科舉，神宗疑焉，使兩制、三館議之。公議上，神宗悟曰：「吾固疑此，得蘇軾議，意釋然矣。」即日召見。』」〇具述，文鑑、正宗、文訣作「述其」。〇而不得，郎本「不」下有「可」字。〇繼日，奏議、郎本「日」作「晝」。〇書成，奏議、郎本「書」作「表」。〇卒進，郎本、文鑑「進」作「吐」。〇惟陛下，郎本、文鑑無「惟」字。〇頓首頓首上書，文編作「頓首謹書」。案：「臣軾」以下，奏議、郎本、文鑑、文訣等皆删去。

答李端叔書

郎注曰：「端叔名之儀，少登科。元祐中爲祕院編修官，能詩，善爲文，工於尺牘。東坡嘗謂得發遺三昧。」東都事略文藝傳曰：「李之儀，字端叔，姑熟人也。軾帥定武，辟置幕下。及范純仁卒，之儀爲作遺表，爲世傳誦，遂坐黨籍，廢黜終身云。」宋史附李之純傳。紀年録以此書爲元豐三年十二月作。案：蘇集俗本作答李廌書，王見大蘇詩總案據之，以紀年録爲誤，非是。

軾頓首再拜：聞足下名久矣。又於相識處往往見所作詩文。雖不多，亦足以髣髴其爲人矣。尋常不通書問，怠慢之罪，猶可闊略。及足下斬然在疚，亦不能以一字奉慰，舍弟子由至，先蒙惠書，又復懶不即答，頑鈍廢禮，一至於此。而足下終不棄絶，遞中再辱手書，待遇益隆，覽之面熱汗下也。先謝屢未荅書。足下才高識明，不應輕許與人。得非用黄魯直、秦太虚輩語，真以爲然邪？不肖爲人所憎，而二子獨喜見譽，如人嗜昌歜羊棗，未易詰其所以然者。以二子爲妄則不可，遂欲以移之衆口，又大不可也。以上言推譽之言不足信。

左昭十年：「叔向曰：斬焉在衰絰之中。」杜注曰：「既葬未卒哭，故猶服斬衰。」王伯申經義述聞卷十九曰：「斬讀爲慙，慙焉者，哀痛憂傷之貌。晉語（三）曰：『吾君慙焉其亡之不恤，而羣臣是憂。』是也。説文：『憯，痛也。』古聲『憯』『慚』相近，杜説非是。」○詩閔予小子曰：「嬛嬛在疚。」毛傳曰：「疚，病也。」○紀年録曰：「元豐三年正月，至陳，子由自南都來，三日而别。二月一日，到黄州，五月，子由來齊安，以詩迎之。」（九域志曰：「黄州，齊安郡，治黄岡縣。」）蘇詩總案卷二十曰：「元豐三年五月，子由於二月中，奉同安君（子瞻妻王）及迨、過（邁從子瞻）自宋登舟，繚繞江淮，公聞將至黄州，詩以迎之。」（正月十四日，子由自陳州别後，即挈兩房家屬，自應天府登舟，泛汴、泗，出淮揚，過金陵溯皖，公泊家九江以待，而自奉子瞻一房赴黄州，辛勤累月始達，復歸九江，自挈其家，由南康一路，赴筠州貶所。）能改齋漫録卷二曰：「兄稱弟曰舍弟，亦有所本。魏文帝與鍾繇書曰：是以令舍弟子建因荀仲茂時從容喻鄙旨。」○遞中，案：遞謂驛遞。○宋史文苑傳曰：「黄庭堅字魯直，洪州分寧人，與張耒、晁補之、秦觀俱游蘇軾門，天下稱爲四學士。秦觀字少游，一字太虚，揚州高郵人。」○吕氏春秋遇合篇曰：「文王嗜昌蒲菹。」左傳僖三十年：「王使周公閲來聘，饗有昌歜。」杜注曰：「菖蒲菹也。」釋文曰：「歜，在感反。」顧亭林左傳杜注補正卷二曰：「『歜』字誤。玉篇作『䵶』，徂敢切。昌蒲菹。」王伯申經義述聞十七曰：「『䵶』字或省作『𪓰』，『黽』字隸書作『黾』，與『蜀』相似，故傳寫者誤作『歜』。」○孟子盡心下曰：「曾晳嗜羊棗。」爾雅釋木曰：「遵羊棗。」郭注曰：「實小而圓，紫黑色，今俗呼之爲羊矢棗。」

軾少年時，讀書作文，專爲應舉而已。既及進士第，貪得不已，又舉制策，其實何所有？而其科號爲直言極諫，故每紛然誦説古今，考論是非，以應其名耳。人苦不自知，既以此得，因以爲實能之。故譊譊至今，坐此得罪幾死。所謂齊虜以口舌得官，真可笑也。（妙語解頤。）然世人遂以軾爲欲立異同，則過矣。妄論利害，攙説得失，此正制科人習氣。譬之候蟲時鳥，（吴先生曰：「此一接，真乃出入不測。」）自鳴自己，何足爲損益？軾每怪時人待軾過重，而足下又復稱説如此，愈非其實。（以上言己以言得罪，因坐世人待己過重，李不宜復加推譽。）

王宗稷東坡先生年譜曰：「嘉祐二年，先生年二十二，赴試禮部。時歐陽文忠公考試，得先生刑賞忠厚之至論，以爲異人，欲冠多士。疑曾子固所爲，子固，文忠門下士也，乃寘先生第二。復以春秋對義居第一。及殿試，章衡榜中進士乙科。」○子由撰子瞻墓誌銘曰：「五年授河南福昌主簿。文忠（歐陽脩）以直言薦之祕閣，試六論，文義粲然，比答制策，復入三等。」○廣雅釋訓曰：「譊譊，語也。」○墓誌銘曰：「徙知湖州，以表謝上，言事者擿其語以爲謗，遣官逮赴御史獄。初，公既補外，見事有不便於民者，不敢言亦不敢默視也，緣詩人之義，託事以諷，庶幾有補於國。言者從而媒蘗之，上初薄其過，而浸潤不止，至是不得已從其請。既付獄吏，必欲寘之死，鍛鍊久之不決。上終憐之，促具獄，以黄州團練副使安置。」烏臺詩案曰：「元豐二年六月二十七日，權監察御史裏行何正臣劄子：『知湖州蘇軾謝上表，愚弄朝廷，妄自尊大。又，一有水旱之裁、盜賊之變，軾必倡言歸咎新法，喜動顏色。軾所爲譏諷文字，傳於人者甚衆，今獨取鏤板而鬻於市者進呈。』七月二日，權監察御史裏行舒亶劄子：『軾近謝上表，有譏切時事之言，流俗翕然，争相傳誦，忠義之士，無不憤惋。蓋陛下發錢以本業貧民，則曰：「贏得兒童語音好，一年强半在城中。」陛下明法以課試羣吏，則曰：「讀書萬卷不讀律，致君堯舜知無術。」陛下興水利，則曰：「東海若知明主意，應教斥鹵變桑田。」陛下謹鹽禁，則曰：「豈是聞韶解忘味，爾來三月食無鹽。」其他觸物即事，應口所言，無一不以譏謗爲主。小則鏤板，大則刻石，傳播中外，自以爲能。其尤甚者，至遠引衰漢梁竇專朝之士，雜取小説「燕蝠争晨昏」之語，旁屬大臣而緣以指斥乘輿，可謂大不恭矣。雖萬死不足以謝聖時，伏望付軾有司，至印行四册，謹具進呈。』國子博士李宜之狀：『昨任提舉淮東常平，過宿州靈壁鎮，有張碩秀才稱蘇軾與本家撰靈壁張氏園亭記，内稱「古之君子不必仕，不必不仕，必仕則忘其身，必不仕則忘其君」。是教天下之人必無進之心，以亂取士之法，無尊君之義，虧大忠之節，顯涉譏諷，乞賜根勘。』七月三日，權御史中丞李定劄子：『知湖州蘇軾初無學術，濫得時名，偶中異科，遂叨儒館。有可廢之罪四。軾先騰沮毀之論，陛下猶置之不問，容其改過，軾怙終不悔，其惡已著，一也。古人有言曰：「教而不從，然後誅之。」陛下所以俟軾者，可謂盡矣，而狂悖之語日聞，二也。軾所爲文辭，雖不中理，亦足以鼓動流俗，所謂言僞而辨，當官侮慢，不循陛下之法，操心頑愎，不服陛下之化，所謂行僻而堅，先王之法當誅，三也。書：「刑故無小。」軾讀史傳，豈不知事君有禮，訕上者誅？而敢肆其憤心，公爲詆訾，而又應制舉對策，即已有厭弊更法之意，又陛下修明政事，怨不用己，遂一切毀之以爲非是，四也。而尚容於職位，傷教亂俗，莫甚於此。伏望斷自天衷，特行典憲。奉聖旨批四狀，并册子送御史臺根勘聞奏。』」○史記劉敬傳曰：「上使劉敬復往使匈奴，還報曰：『匈奴不可擊也。』上怒，罵劉敬曰：『齊虜以口舌得官，今乃妄言沮吾軍。』械繫敬廣武。」

得罪以來，深自閉塞。扁舟草屨，放浪山水閒，與樵漁雜處，往往爲醉人所推罵，輒自喜漸不爲人識。平生親友，無一字見及，有書與之亦不答，自幸庶幾免矣。足下又復創相推與，甚非所望。以上言幸漸不爲人所識，李不宜復創相推與。

長編三百一曰：「元豐二年十二月庚申，祠部員外郎、直史館蘇軾，責授檢校水部員外郎、黄州團練副使，本州安置，不得簽書公事，令御史臺差人轉押前去。」墓誌銘曰：「公幅巾芒屩，與田父野老相從谿谷之閒，築室於東坡，自號東坡居士。」○推罵，文粹「推」作「摧」。

木有癭，石有暈，犀有通，以取妍於人，皆物之病也。謫居無事，默自觀省，回視三十年以來所爲，多其病者。足下所見，皆故我，非今我也。無乃聞其聲不考其情，取其華而遺其實乎？抑將又有取於此也？茅曰：「却又自留地步。」此事非相見不能盡。自得罪後，不敢作文字，此書雖非文，然信筆書意，不覺累幅，亦不須示人，必喻此意。以上得罪後之情狀。歲行盡，寒苦，惟萬萬節哀強食，不次。劉曰：「本色語，自然工雅，然已開語録之漸。」

吴先生曰：「此文可謂怨而不怒，養到之驗，雖振筆直書，而氣韻自然，非他家所及。」

謝肇淛五雜俎曰：「木之有癭，乃木之病也，而後人乃取其癭瘤砢礧者，截以爲器，蓋有癭而後有旋文，磨而光之，亦自可觀。」按：劉子云：「楩楠鬱蹙，以成縟錦之瘤。」（激通篇）則癭木之見重，自古然矣。○段柯古酉陽雜俎卷十六曰：「犀角通者是其病，然其理有倒插、正插、腰鼓插。倒者一半已下通，正者一半已上通，腰鼓者中斷不通。故波斯謂牙爲白暗，犀爲黑暗。」○回視，郎本「視」作「覩」。○莊子田子方篇：「雖忘乎故吾，吾有不忘者存。」郭注曰：「雖忘故吾，而新吾已至，未始非吾，吾何患焉。」

方山子傳

宋史陳希亮傳曰：「希亮，其先京兆人，唐廣明中遷眉州。子慥，字季常。」子瞻岐亭詩敘曰：「元豐三年正月，余始謫黃州，至岐亭北二十五里，山上有白馬青蓋來迎者，則余故人陳慥季常也，爲留五日，賦詩一篇而去。」

方山子，光黄閒隱人也。李剛己曰：「起二句不敘姓名，留於後文倒點。」少時慕朱家、郭解爲人，茅曰：「一篇領袖。」閭里之俠皆宗之。稍壯，折節讀書，欲以此馳騁當世，然終不遇。晚乃遯於光黄閒曰岐亭，庵居蔬食，不與世相聞，棄車馬，毁冠服，徒步往來山中，人莫識也。見其所著帽方聳而高，曰：「此豈古方山冠之遺像乎？」因謂之方山子。李曰：「首段撮舉生平，而獨不及岐山相見時事，亦留於後文追敘也。此等皆爲文時慘澹經營，取逆避順之法。」○以上總敘其生平及稱方山子之由。

宋淮南西路光州治定城縣，今河南潢川縣治；黄州治黄岡縣，今湖北黄岡縣治。○史記游俠傳曰：「魯朱家者，與高祖同時。魯人皆以儒教，而朱家用俠聞，所藏活豪士以百數。郭解，軹人也，少時以軀借交報仇，年長更折節爲儉，以德報怨，厚施而薄望，然其自喜爲俠益甚。」○元豐九域志曰：「淮南西路黄州：麻城縣，在州北一百七十五里，四鄉有岐亭鎮。」清統志曰：「湖北黄州府：岐亭鎮，在麻城縣西南七十里。」○然終，文鑑無「終」字。○方聳，集「聳」作「屋」，正宗、茅選同。○續漢書輿服志曰：「進賢冠前高七寸，後高三寸，長八寸，方山冠似進賢，以五綵縠爲之。」聶崇義三禮圖引作「纓長八寸」。

余適居于黄，過岐亭，適見焉。曰：「嗚呼！此吾故人陳慥季常也，茅曰：「纔説姓名。」沈曰：「倒點出姓名。」何爲而在此？」李曰：「此二句筆勢奇横，破空而游。」方山子亦矍然問余所以至此者，余告之故，俯而不答，仰而笑，呼余宿其家，環堵蕭然，而妻子奴婢皆有自得之意。余既聳然異之。李曰：「文勢略頓，旋用奇縱之筆。」又曰：「按此數語，自通篇言之，則爲正意，自下文言之，則爲逆筆，以此見順逆之無定也。」○以上敘岐亭相遇。

「矍」「畀」字通，説文曰：「畀，舉目驚畀然也。」○陶淵明五柳先生傳曰：「環堵蕭然，不蔽風日。」○「聳」「慫」字通，説文曰：「慫，驚也。」

獨念方山子少時，使酒好劍，用財如糞土。前十有九年，茅曰：「宕。」余在岐下，見方山子從兩騎，挾二矢，游西山，鵲起于前，使騎逐而射之，不獲，方山子怒馬獨出，一發得之。茅曰：「本没要緊事，卻敘得澹宕有神。」李曰：「插敘瑣事，意態横生，是爲文外遠致，其法本於史公。」因與余馬上論用兵，茅曰：「有此一轉方好。」及古今成敗，自謂一世豪士。沈曰：「悲壯淋漓。」李曰：「以上寫少時豪俠，凛凛有生氣，行文亦跌宕盡致。」今幾日耳，李曰：「頓挫尤爲有力。」精悍之色，猶見於眉間，而豈山中之人哉？沈曰：「前『吾故人』句内，已含此一段文字矣，得此追敘，見隱人本非枯槁寂寞之人。作法之妙，不可思議。」李曰：「自『獨念方山子少時』以下，文勢横空而來，令人莫測其發端所由。至於韻趣之奇逸，神氣之超遠，則坡公本色也。」○以上追敘方山子少時志氣。

岐下，茅選作「岐山」。王見大蘇詩總案卷二十一曰：「公自嘉祐癸卯與季常相識岐下，數至是年元豐辛酉，爲十九年。案嘉祐八年癸卯，子瞻簽判鳳翔。」元豐九域志曰：「秦鳳路鳳翔府：岐山縣，在府東四十里。」○兩騎，文鑑作「二騎」。

然方山子世有勳閥，當得官，使從事於其間，今已顯聞。而其家在洛陽，園宅壯麗，與公侯等。河北有田，歲得帛千匹，亦足以富樂。李曰：「此上補敘其家世之富盛，以反逼下文，尤爲窮盡筆勢。」皆棄不取，獨來窮山中，此豈無得而然哉？沈曰：「應上『自得』。」李曰：「此三句轉落正意。」○以上又就其家世之富盛，寫其人之高尚。

余聞光黄間多異人，往往陽狂垢汙，不可得而見，方山子儻見之與？沈曰：「妙在不了。」李曰：「結末復起一波，有蒼茫不盡之勢。」茅曰：「煙波生色處，能令人涕洟。」沈曰：「生前作傳，故別於尋常傳體，通篇只敘其游俠隱淪，而不及世系與生平行事，此傳中變調也。寫游俠須眉欲動，寫隱淪姓字俱沈，自是傳神能手。」劉曰：「鹿門『煙波生色』四字，足盡此文之妙。」李曰：「東坡文字長於議論，敘事之作不逮韓歐遠甚，惟此篇跌宕有奇氣。」

漢書車千秋傳曰：「千秋無伐閱功勞。」顏注曰：「伐，積功也；閱，經歷也。」

大戴禮保傅篇曰：「箕子被髮陽狂。」史記殷本紀作「詳狂」，韓詩外傳六、史記宋微子世家作「佯狂」，「陽」「詳」皆「昜」之借字，「佯」後出字。

容齋三筆卷三曰：「陳慥，字季常，公弼之子，居于黄州之岐亭，自稱龍丘先生。」又曰：「方山子好賓客，喜畜聲妓，然其妻柳氏絶兇妬，故東坡有詩云：『龍丘居士亦可憐，談空説有夜不眠。忽聞河東師子吼，拄杖落手心茫然。』河東師子，指柳氏也。坡又嘗醉中與季常書云：『一絶乞秀英君。』想是其妾小字。黄魯直元祐中有與季常簡曰：『審柳夫人時須醫藥，今已安平否？公暮年來想漸求清浄之樂，姬媵無新進矣，柳夫人比何所念以致疾邪？』又一帖云：『承諭老境情味，法當如此，所苦既不妨游觀山川，自可損藥石，調護起居飲食而已。河東夫人亦能哀憐老大，一任放不解事邪？』則柳氏之妬名，固彰著于外，是以二公皆言之云。」案：子瞻寄吴德仁兼簡陳季常詩有「龍丘居士亦可憐」云云，王注載趙次公曰：「有王覿字達觀，本嘉州犍爲人，嘗從先生游。達觀爲次公言：季常之妻柳氏最悍妬，每季常設客，有聲伎，柳氏則以杖擊照壁大呼，客至爲散去。」苕溪漁隱叢話前集卷三十八引西清詩話曰：「季常自以爲飽禪學，而其妻柳頗悍忌，季常畏之。東坡因戲之云云。」舊時解蘇詩者，皆以爲季常懼妻而發，（馮星實蘇詩合注卷二十五引劉須溪謂：「河東，暗用杜子美可歎詩『河東女兒身姓柳』爲戲。」盧召弓鍾山札記卷四謂：「獅子吼，出佛説長者女菴提遮獅子吼了義經。」）後世遂以爲季常畏妻柳氏之證，而與此文所云「妻子奴婢皆有自得之意」不相合。王見大蘇詩編注集成卷二十五曰：「張文潛宛丘集吴大夫墓志稱『德仁不喜聞人過』，公素未識面，必不以柳妬告之也。佛説獅吼，皆喻法也，本集有柳簿者，行二，季常之客，即真齡也，其遺鐵拄杖詩有『柳公手中黑蛇滑』句，二人嘗訝公，而語多諧謔。又云：『季常示病，正如小子圓覺，可謂「害脚法師鸚鵡禪，五通氣毬黄門妾」。』餘如秀英君則託諸醉，脊記則託諸戲，而季常雄冠之説，亦云非實語。（以上所引皆見子瞻與陳季常書）詩當參看。」案：如王氏説，則河東獅吼與季常妻無涉，似勝舊解。

表忠觀碑

石本首云「朝奉郎、尚書祠部員外郎、直史館、權知徐州軍州事、騎都尉蘇軾撰并書」，末云「元豐元年八月甲寅」。咸淳臨安志卷七十五曰：「表忠觀在城南龍山。熙寧十年，守趙清獻公以錢氏墳廟蕪廢，請於朝，即龍山廢佛剎妙因院爲觀，詔賜額曰表忠，詳具蘇公所撰碑。」清統志曰：「浙江杭州府：錢武肅王祠，在錢塘縣（今併入杭縣）湧金門外，舊名表忠觀，在縣南龍山。宋熙寧中，趙抃建，祠吴越諸王，蘇軾撰碑文。」王蘭泉金石萃編卷一百三十七曰：「按表忠觀，萬曆杭州府志『宋時觀在龍山，熙寧十年，知杭州趙抃請於朝建，賜名表忠觀，蘇軾作碑記』，即此碑也。西湖志云『表忠觀碑在今錢王祠内，嘉靖三十六年杭州知府陳柯重摹立石』，此則明時重摹本在今錢王祠者也。今之錢王祠，在杭州城湧金門外柳浪聞鶯之南、靈芝寺之左，亦名表忠觀。考表忠觀碑有四，其最初者本四石，兩面刻作行楷書，字大四寸，每石每面六行，行二十字，『元豐元年』之旁尚有小行書兩行，其一行云『表忠觀碑總四片，面背刻字（下文缺）』，第二行云『匡護而樹之此碑遂（下文缺）』。錢文瀚蘇碑考云：『蘇軾表忠觀原碑，舊在龍山觀內。元初西僧楊璉真伽悉輦磚石甃塔基，杭郡碑石爲其所災者已大半矣。此碑乃正德十二年御史宋廷佐，與宋高宗石經同遷于郡庠。乾隆二年，諸暨余蘿村諱懋棅教授郡庠，秋暮，蘿村同年趙石函來寓，循視頹垣下微露石棱，掘土獲斷碑二，即表忠觀碑也，後嵌于郡庠壁者幾年，又倒仆于名宦祠者幾年。歲乙卯，重修表忠觀落成，此碑自郡庠移來，樹于今表忠觀左廡，此東坡手書初刻之碑也。其次則明太守陳柯重摹本，在觀中右廡。又其次行書碑，見王衡緱山集，「陳子吉士出所鐫文忠行書碑文，字僅拇指大」者；又見王荆公題跋，云「子瞻守杭州，作表忠觀碑，余退老鍾山，忽復見過，同憩法雲寺，子瞻忽已寫一通，字字欲飛，袖之而歸」者也。又其次小字表忠觀碑，見竹崦盦金石目，云「在杭州府學，僅二小石，『其臣願以龍山廢佛寺曰妙因院者爲觀』以下俱缺，蓋表忠觀碑之現行于世」者。大凡有此四種。』今所録者，取府學出土本，而以陳柯重摹本補其全。按東坡先生年譜，元豐元年戊午，先生在徐州任，但載八月癸丑黄樓落成，而不敍及撰此碑，是年譜漏略。東坡撰此文，係在徐州任，並非守杭州，不知何以荆公題跋云『子瞻守杭州，作表忠觀碑』，恐此跋亦係誤傳也。」○邵氏聞見後録卷十四曰：「陳叔易言王荆公得東坡表忠觀碑本，顧坐客曰『似何人之文』，自又曰『似司馬遷』，自又曰『似遷何等文』，自又曰『三王世家也』。予以爲不然。司馬遷死，其書亡景帝、武帝二紀，禮書，樂書，漢興以來將相年表，日者、龜策傳，三王世家。至元成間，褚先生者補作武帝紀，三王世家，龜策、日者傳，當時以其言鄙陋，失遷本意。（此張晏說，史記太史公自敍集解、索隱，漢書司馬遷傳顔注皆引之，然晏説凡十篇，邵氏不數律書及傳靳蒯列傳，何也？）荆公豈不知此，而以今三王世家爲遷之書邪？」潘子真詩話曰：「東坡作表忠觀碑，荆公置坐隅，葉致遠、楊德逢在坐，有客問曰：『相公亦喜斯作邪？』公曰：『斯作絕似西漢。』坐客歎譽不已。公笑曰：『西漢誰人可擬？』德逢對曰：『王褒，易之也。』公曰：『不可草草。』德逢復曰：『司馬相如、楊雄之流乎？』公曰：『相如賦子虛、大人泊喻蜀文、封禪書耳，雄所著太玄、法言以推易、論語，未見其敍事典贍如此也。直須與子長馳騁上下。』坐客又從而贊之。公曰：『畢竟似子長何語？』坐客悚然。公徐曰：『楚漢以來諸侯王年表也。』」步瀛案：荆公謂似三王世家，殆指封策言，非指褚少孫所補，又史記漢興以來諸侯王年表，亦不名楚漢以來諸侯王年表。大抵宋人記載，關於荆公、東坡之事，多不足信。孫執升書畫跋跋以爲，三王世家是形似，諸侯年表是神似，亦牽合傅會耳。吴北江曰：「世多謂此文用三王世家體，非也。碑刻豈能用史傳體？漢碑中如史晨、樊毅、無極山碑，皆直録奏語，其例甚多。子瞻自用漢碑體，何必三王世家邪？」○郎本「表忠」上有「錢氏」二字，文鑑「碑」下有「文」字，

熙寧十年十月戊子，資政殿大學士、右諫議大夫、知杭州軍州事臣抃言：「故吴越國王錢氏墳廟，及其父祖妃夫人子孫之墳，在錢塘者二十有六，在臨安者十有一，皆蕪廢不治。父老過之，有流涕者。謹按故武肅王鏐，始以鄉兵破走黄巢，名聞江淮，復以八都兵討劉漢宏，并越州以奉董昌，而自居於杭。及昌以越叛，則誅昌而并越，盡有浙東西之地。傳其子文穆王元瓘，至其孫

忠顯王仁佐，遂破李景兵，取福州。而仁佐之弟忠懿王俶又大出兵攻景，以迎周世宗之師，其後卒以國入覲。三世四王，與五代相終始。汪曰：「揭出此句作主，蓋下文雖功德並舉，而尤重在功上，乃所謂忠也。銘中亦只就功說其忠。」○以上錢氏之有國始末。

王蘭泉曰：「宋史宰輔表：『熙寧三年四月己卯，趙抃自參知政事、右諫議大夫，以資政殿學士知杭州。』此碑載熙寧十年十月，抃猶知杭州，但系銜加大學士，與表不同。蓋出知杭州已八年矣。」宋史職官志曰：「資政殿大學士爲正三品，左右諫議大夫爲從四品，諸州刺史爲從五品。」○輿地紀勝曰：「兩浙西路臨安府（北宋曰杭州，南宋建炎三年改升府）：吳越武肅王墓，在臨安縣城北三十里；吳越文穆王墓，在錢塘縣界龍山之南原；吳越忠獻王墓，在龍山之南原。蘇軾表忠觀碑云『錢氏墳廟，在錢塘者二十有六』，此其著者也。」清統志曰：「浙江杭州府：吳越王錢鏐墓，在臨安縣東安國山；文穆王元瓘、忠獻王宏佐墓，在錢塘縣龍山。」○新五代史吳越世家曰：「錢鏐，字具美，杭州臨安人也。唐乾符二年，浙西裨將王郢作亂，石鑑鎮董昌募鄉兵討賊，表鏐偏將，擊郢破之。是時黃巢衆已數千，攻掠浙東，至臨安。鏐曰：『今鎮兵少而賊兵多，難以力禦，宜出奇兵邀之。』乃與勁卒二十人伏山谷中，巢先鋒度險皆單騎，鏐伏弩射殺其將，巢兵亂，鏐引勁卒蹂之，斬首數百級。（郎注引有「先鋒潰」三字。）鏐曰：『此可一用爾，若大衆至，何可敵耶？』乃引兵趨八百里。八百里，地名也，告道旁媼曰：『後有問者，告曰：臨安兵屯八百里矣。』巢衆至，聞媼語，不知其地名，皆曰：『嚮十餘卒不可敵，況八百里乎？』遂急引兵過。（郎注引「過」作「還」。）都統高駢聞巢不敢犯臨安，壯之。召董昌與鏐俱至廣陵，久之，駢無討賊意，昌等不見用，辭還，駢表昌杭州刺史。」○吳越世家曰：「是時天下已亂，董昌乃團諸縣兵爲八都，以鏐爲都指揮使。中和二年，越州觀察使劉漢宏與昌有隙，鏐率八都兵渡江與漢宏戰，大敗之，漢宏易服以遁。四年，僖宗遣中使焦居璠爲杭越通使，詔昌及漢宏罷兵，皆不奉詔。鏐攻破越州，漢宏走台州，台州刺史執漢宏送於鏐，斬于會稽。鏐乃奏昌代漢宏，而自居杭州。」案：唐越州治會稽縣，今浙江紹興縣治。○吴越世家曰：「光啓三年，拜鏐左衛大將軍、杭州刺史；昌，越州觀察使。昭宗拜鏐杭州防禦使。唐升越州威勝軍，以董昌爲節度使，封隴西郡王；杭州武威軍，拜鏐都團練使。景福二年，拜鏐鎮海軍節度使、潤州刺史。乾寧二年，越州董昌反，自稱皇帝，國號羅平，改元順天。昌乃以書告鏐，鏐以昌反狀聞。昭宗下詔削昌官爵，封鏐彭城郡王、浙江東道招討使。鏐曰：『董氏于吾有恩，不可遽伐。』乃以兵三萬屯迎恩門，遣其客沈滂諭昌使改過。昌以錢二百萬犒軍，自請待罪，鏐乃還兵。昌復拒命，鏐遣顧全武攻昌，昌兵敗，全武執昌歸杭州，行至西小江，昌投水死。昭宗改威勝軍爲鎮東軍，拜鏐鎮海鎮東軍節度使，加檢校太尉、中書令，賜鐵券恕九死。鏐如越州受命，還治錢塘，號越州爲東府。天復二年，封鏐越王。天祐元年，封鏐吴王。梁太祖即位，封鏐吴越王兼淮南節度使。唐明宗長興三年，鏐卒，謚曰武肅。」○吴越世家曰：「元瓘字明寶。鏐卒，元瓘立，襲封吴越國王。天福六年卒，謚曰文穆。」○吴越世家曰：「佐字祐立，時年十三。王延羲、延政兄弟相攻，卓儼明、朱文進、李仁達等自相篡殺，連兵不解者數年。仁達附李景，已而又叛，景兵攻之，仁達求救於佐，（閩王王審知卒，子延翰立，爲其弟延鈞所殺。延鈞立，更名鏻，爲子繼鵬所弑。繼鵬立，更名昶，爲都將連重遇所殺，立審知子延羲，改名曦。曦弟延政爲建州節度使，舉兵相攻。連重遇復殺曦，立都將朱文進，尋又殺之，福州裨將林仁翰殺重遇。南唐李景聞閩亂，發兵攻之。延政遣從子繼昌守福州，福州將李仁達殺繼昌，立雪峯寺僧卓儼明，已而殺之，乃自立，而送欵于李景。景兵又攻破建州，延政降。景召仁達入朝，仁達不從，遂降于吴越。）佐遣統軍使張筠、趙承泰等率兵三萬，水陸赴之。遣將晳軍，號令齊整，鈞等大敗景兵，俘馘萬計，獲其將楊業、蔡遇等，遂取福州而還。開運四年，佐卒，謚曰忠獻。」吴越備史卷三曰：「忠獻王諱弘佐，字元祐，文穆第六子也。」案：通鑑後晉紀三及文獻通考田賦四皆曰弘佐避宋宣祖諱，故新舊五代史、宋史吴越錢氏世家，東都事略錢俶傳，文獻通考封建十七，皆去上一字，但稱佐，猶弘俶之但稱俶也。此碑作仁佐，（郎本上句作佐，下句作仁佐。）與諸家異。又弘佐謚忠獻，新舊史、吴越備史並同，此碑作「忠顯」，東坡集及石本、宋文鑑、觀瀾丙集、崇古文訣、正宗續編等皆作「忠顯」，惟郎本改作「忠獻」。又案：閩王延鈞以福州爲長樂府，宋福建路福州治閩縣，今福建閩侯縣治。○吴越世家曰：「俶字文德。佐卒，弟倧以次立，胡進思廢倧，迎俶立之。俶歷漢、周，襲封吴越國王。世宗征淮南，詔俶攻常、宣二州，以牽李景。周師渡淮，俶乃盡括國中丁民益兵，使邵可遷等以戰船四百艘、水軍萬七千人至于通州以會期。宋興，荆楚諸國相次歸命，俶勢益孤，始傾其國以事貢獻。太祖皇帝時，俶嘗來朝，厚禮遣還國。俶喜，益以器物珍奇爲獻，不可勝數。太祖曰：『此吾帑中物，爾何用獻爲？』太平興國三年，詔俶來朝，俶舉族歸于京師，國除。」東都事略錢俶傳曰：「俶名上字犯宣祖諱，故止稱俶。太平興國三年，復來朝，遂以國歸有司。太宗改封俶淮海國王，改漢南國王。雍熙四年，徙國南陽，既又辭國號，改封許王。端拱元年，徙封鄧王。薨，册封秦國王，謚曰忠懿。」○東都事略曰：「錢氏傳五主，共八十四年。」案：此言四王，不數倧耳。又吴越世家徐無黨注曰：「自唐乾寧二年爲鎮海鎮東軍節度使，兼有兩浙，至太平興國三年國除，凡八十四年。」

「天下大亂，豪傑蜂起。方是時，以數州之地盜名字者，不可勝數。既覆其族，延及于無辜之民，罔有孑遺。而吴越地方千里，帶甲十萬，鑄山煮海，象犀珠玉之富甲於天下，然終不失臣節，貢獻相望於道。是以其民至於老死不識兵革，沈曰：「父老所以流涕。」四時嬉遊歌鼓之聲相聞，至於今不廢，其有德於斯民甚厚。以上有德於民。

漢書項籍傳曰：「楚蠭起之將。」顏注曰：「蠭，古『蜂』字也。蠭起，如蠭之起，言其衆也。」○詩雲漢曰：「周餘黎民，靡有孑遺。」毛傳曰：「孑然遺失也。」孔疏曰：「孑然，孤獨之貌，謂無有孑然得遺漏。」○史記吴王濞傳曰：「吴有豫章郡銅山，（集解引韋昭曰：「今故鄣。」漢書吴王濞傳注引韋昭以「豫」字爲衍。吴先生曰：「豫章自有銅山，非衍。」）濞則招致天下亡命者盜鑄錢，煮海水爲鹽，以無賦，國用富饒。」案：漢豫章郡，唐爲洪州，五代時屬南唐。又，弘佐欲鑄鐵錢，因弟弘億諫而止，此言鑄山煮海，特喻其富饒耳。○老子曰：「民至老死不相往來。」又見莊子胠篋篇。○通鑑後晉紀三曰：「弘佐年十四即位，問倉吏：『今畜積幾何？』對曰：『十年。』王曰：『然則軍食足矣，可以寬吾民。』乃令復境内税三年。」胡致堂讀史管見卷二十九曰：「錢氏當五代時，不廢中國貢獻，又有四鄰之交，史氏乃謂：『自武肅王鏐常理重斂，以事奢侈，下至魚雞卵鷇，必家至而日取，每笞一人以責其負，則諸案吏各持簿立於庭，凡一簿所負，唱其多少，量爲笞數，已則以次唱而笞之，少者猶積數十，多至百餘，人不堪其苦。』（新史吴越世家）信斯言也，是取之盡錙銖，用之如泥沙，安得倉廩有十年之積，而又復境内三年之税？則其養民亦厚矣。故以史所載，則錢氏宜先亡，而享國最久，何也？是故，司馬氏記弘佐復税之事，而五代史不載；歐陽公記錢氏重斂之虐，而通鑑不取，其虚實有證矣。」

「皇宋受命，四方僭亂以次削平。而蜀、江南負其嶮遠，兵至城下，力屈勢窮，然後束手。而河東劉氏，百戰守死，以抗王師，積骸爲城，釃血爲池，竭天下之力，僅乃克之。獨吴越不待告命，封府庫，籍郡縣，請吏於朝，視去其國如去傳舍，其有功於朝廷甚大。以上有功於國，引據甚確。

郎注曰：「太祖建隆元年，昭義節度李筠反，車駕親征，筠赴火而死，澤潞平。四年，王師入荆南，高繼沖舉族歸朝。開寶四年，潘美攻拔廣州，擒劉鋹以獻，嶺南平。」○蜀、江南，見歐陽永叔送田畫秀才序注。○嶮遠，文訣「嶮」作「險」。○史記春申君傳：「黄歇説秦昭王曰：父子老弱，係脰束手，爲羣虜者，相及於路。」後漢書隗囂傳：「詔告囂曰：若束手自詣，父子相見，保無佗也。」○説文曰：「釃，下酒也。」後漢書馬援傳注曰：「釃，濾酒也。」○新五代史東漢世家曰：「王師北征，劉繼元閉城拒守，太祖以詔書招繼元出降，許以平盧節度使，而并人及繼元左右皆欲堅守以拒命。初，太祖命引汾水浸其城，水自城門入，而有積草自城中飄出塞之。是時，王師頓兵甘草地中，會歲暑雨，軍士多疾，乃班師。太平興國四年，王師復北征，繼元窮窘，而并人猶欲堅守。其樞密副使馬峯老疾居於家，舁入見繼元，流涕以興亡諭之，繼元乃降。」宋史太宗本紀曰：「太平興國四年春正月庚寅，以宣徽南院使潘美爲北路都招討制置使，分命節度使河陽崔彦進、彰德李漢瓊、彰信劉遇、桂州觀察使曹翰，副以衛府將直，四面進討。二月甲子，帝發京師。夏四月辛未，幸太原城，詔諭北漢主劉繼元使降。五月甲申，繼元降，北漢平。凡得州十，縣四十，户三萬五千二百二十。」○正宗「視」作「眎」。○後漢書光武紀注曰：「傳舍，客館也。」

「昔竇融以河西歸漢，光武詔右扶風脩理其父祖墳塋，祠以太牢。樓迂齋曰：「用事親切。」今錢氏功德，殆過於融，而未及百年，墳廟不治，行道傷嗟，甚非所以勸獎忠臣、慰答民心之義也。汪曰：「醒出『忠』字，是表忠反面。」○以上傷其墳廟荒蕪。

後漢書竇融傳曰：「帝以融信効著明，益嘉之。詔右扶風修理融父墳塋，祠以太牢。」案：漢右扶風治槐里縣，在今陝西興平縣東南。公羊桓八年何注曰：「牛羊豕凡三牲曰太牢。」

「臣願以龍山廢佛祠曰妙因院者爲觀，使錢氏之孫爲道士曰自然者居之，凡墳廟之在錢塘者，以付自然。其在臨安者，以付其縣之净土寺僧曰道微，歲各度其徒一人，使世掌之。籍其地之所入，以時脩其祠宇，封殖其草木。有不治者，縣令丞察之，甚者易其人。庶幾永終不墜，以稱朝廷待錢氏之意。臣抃昧死以聞。」以上請爲立觀。

輿地紀勝曰：「臨安府：龍山，在城南十里，一名臥龍山，郭璞所謂『龍盤鳳舞』；表忠觀，在城南龍山十五里。」清統志曰：「杭州府：龍山，在錢塘縣南五里，一名臥龍山，又名龍華山，沿江蜿蜒而東，結脈於此。」○妙因院者，文鑑無「者」字。○左昭二年：「季武子曰：宿敢不封殖此樹？」杜注曰：「封，厚也；殖，長也。」○職官志曰：「建隆元年，令天下諸縣除赤、畿外（京都所治爲赤縣，京之旁邑爲畿縣），有望、緊、上、中、下。（以戶口多少、資地美惡爲差。）掌總治民政、勸課農桑、平決獄訟。有德澤禁令，則宣布于治境。凡戶口、賦役、錢穀、振濟、給納之事皆掌之。縣丞初不置，天聖中因蘇耆請，開封兩縣始各置丞一員。熙寧四年，編修條例所言：諸路州軍繁劇縣，令户二萬已上增置丞一員，以幕職官或縣令人充。」案：宋杭州治錢塘、仁和二縣，皆有丞。○獨斷上曰：「漢承秦法，羣臣上書皆言昧死言。」

制曰：「可。其妙因院改賜名曰表忠觀。」樓曰：「不說朝廷如何區處，只收拾在此三字上。」步瀛案：以三字結束，高簡，若複敘如何區處，則冗矣。銘曰：

史記秦始皇本紀曰：「制曰可。」獨斷上曰：「羣臣有所奏請，尚書令奏之，下有司曰制，天子答之曰可。」

天目之山，苕水出焉。龍飛鳳舞，萃于臨安。篤生異人，絕類離羣。奮梃大呼，從者如雲。仰天誓江，月星晦蒙。强弩射潮，江海爲東。雄駿。殺宏誅昌，奄有吴越。金券玉册，虎符龍節。大城其居，包落山川。左江右湖，控引島蠻。歲時歸休，以燕父老。曄如神人，玉帶毬馬。精神寫得出。四十一年，寅畏小心。厥篚相望，大貝南金。即遞入心。○以上錢王之開國。

山海經南山經曰：「浮玉之山，苕水出于其陰。」浮玉山即天目山也。（方輿紀要、清統志皆主此說。酈善長沔水注以羅浮爲浮玉，以羅浮山陰之溪水當苕水，非是。）水經漸江水注曰：「浙江又北逕新城縣，桐溪水注之，水出吴興郡於潛縣北天目山。（此指桐溪水言，郎注徑引作浙江水，非是。）山極高峻，崖嶺竦疊，西臨峻澗，山上有霜木，皆是數百年樹，謂之翔鳳林。（郎注引「翔」作「雙」。）東面有瀑布下注，數畮深沼，名曰浣龍池，池水南流，逕縣西，爲縣之西溪。」元和郡縣志曰：「江南道杭州於潛縣：天目山，在理北六十里，有兩峯，峯頂各一池，左右相對，名曰天目。」太平寰宇記曰：「江南東道杭州於潛縣：天目山，郡國志云：『山上有數百年樹，名曰翔鳳林。』輿地志云：『上有兩湖，若左右目，名天目也。』」輿地紀勝曰：「臨安府：天目山，在臨安縣西五十里，高三千九百丈，周八百里，乃神仙所居。隋唐志皆云於潛有天目山。」清統志曰：「在臨安者曰東天目；在於潛者曰西天目，即古浮玉山也。」○元和郡縣志曰：「江南道湖州烏程縣：霅溪水，一名大溪水，一名苕溪水，西南自長城、安吉兩縣東北流至州南，與餘不溪水、苧溪水合流，入於太湖，在州北三十五里。」寰宇記曰：「江南東道湖州烏程縣：苕溪，在縣南五十步，大溪西從浮玉山，東至興國寺，以其兩岸多生蘆葦，故名苕溪。興國寺今廢爲霅溪館。」又曰：「霅溪，在縣東南一里，凡四水合爲一溪，自浮玉山曰苕溪，（清統志曰：「在孝豐縣東南十五里。」案：此與浮玉即天目之説稍戾。）自銅峴山曰前溪，自天目山曰餘不溪，自德清縣前北流至州南興國寺前曰霅溪，東北流四十里合太湖。」輿地紀勝曰：「苕溪，在於潛、臨安二縣界，東流經餘杭入錢塘，六十里二百步入湖州，夾岸多苕花，秋風飄散如雪。」明統志曰：「浙江杭州府：苕溪，在餘杭縣治前，圖經云：『發源天目山，由於潛、臨安東流餘杭，經錢塘入湖州，而匯於具區。故老相傳，夾岸多苕花，每秋飄散水上如飛雪，故名。』」方輿紀要卷八十九曰：「苕溪有二源。一出自天目山之陽，經杭州府臨安縣西，遶縣南而東，（元注曰：「謂之南溪。」）入餘杭縣界，又東流經餘杭治南，又東流二十七里，入錢塘縣界，又東北入湖州府德清縣境，經縣城東南，（元注曰：「謂之餘不溪。」）又北經府城南，合諸溪之水，（元注曰：「謂之霅溪。」）匯爲城濠，此苕溪之東派也。其一源出天目山之陰，經孝豐縣東南，又北流經安吉州西，折而東，經長興縣南境至府城西，（舊治烏程、歸安二縣，今併縣改爲吴興。）亦謂之苕溪，此苕溪之支派也。兩溪匯流，由小梅、大錢二湖口入於太湖。」

○吴越備史卷一曰：「景福二年，進封彭城郡開國侯，食邑七百户。咸通中，有望氣者言錢塘有王者氣，乃遺侍御史許渾、中使許計齎璧來瘞秦望山之腹，以厭之。使迴，望氣者言必不能止。又郭璞撰臨安地志云：『天目山前兩乳長，龍飛鳳舞到錢塘。海門山起横爲案，五百年生異姓王。』至是果驗。」（郎注引作郭璞杭州歌，輿地紀勝引亦作地記。郎曰：「自東晉訖五代錢鏐時，適當五百年。」）桯史卷二曰：「舊傳讖記曰：『天目山垂兩乳長，龍翥鳳舞到錢塘。山明水秀無人會，五百年間出帝王。』錢氏有國，世臣事中朝，不欲其語之聞，因更其末章三字曰『異姓王』以遷就之，讖實不然也。東坡作表忠觀碑，特表出其事。」○吴越備史卷一曰：「武肅王，杭州安國縣人，（寰宇記曰：「臨安縣，梁開平二年改爲安國，今復舊。」）大中六年壬申二月十有六日生於本縣之衣錦鄉勳貴里，皇考諱寬，皇妣水丘氏。先是，五年，邑中大旱，邑令命道士東方生起龍以祈雨，生曰：『茅山前池中有龍，然不可起，起必大異。』邑令乃止。明年復旱，又召東方生起龍，將臨池，遽指王所居曰：『池龍已生此家矣。』時王誕數日。始誕之夕，皇考方他適，鄰人急走告曰：『適過君家後舍，聞甲馬之聲甚衆，非有盜乎？』皇考乃馳歸，王已誕矣。後有紅光滿室，皇考頗怪之，將棄於井，祖妣知非常人，固不許。因小字曰婆留，而井亦以名焉。」詩大明曰：「篤生武王。」毛傳曰：「篤，厚也。」鄭箋曰：「天降氣于大姒，厚生聖子。」○漢書諸侯王表序曰：「陳吴奮其白梃。」賈生過秦論曰：「陳涉奮臂大呼。」又曰：「天下雲集響應。」詩敝笱曰：「其從如雲。」毛傳曰：「如雲，言盛也。」○吴越備史卷一曰：「中和二年秋七月，浙東觀察使彭城（避錢鏐嫌名，故易劉爲彭城。）漢宏以天子西幸，乃遣弟漢宥、馬步軍都虞候辛約率兵二萬，營於西陵，將圖浙西，董乃遣王率師禦之。是月十二夜將渡江，而星月皎然，兵不可渡，王親掬江沙，呑而祝曰：『吾以義兵討賊，天若見助，願陰雲蔽月，以濟我師。』俄而雲霧四起，咫尺晦暝，王大喜，乃先渡江，竊賊號，縱火斫其營，精兵繼至，破賊殆盡。」○吴越備史卷一曰：「開平四年八月，始築捍海塘，王因江濤衝激，命强弩以射濤頭，遂定基。」楓窗小牘卷上曰：「杭州江隄築自梁開平四年八月，時錢氏始霸，武肅王以候潮、通江二門之外潮水衝齧，版築不就，命强弩數百射之，潮水爲避，擊西陵。」錢塘遺事卷一曰：「五代錢王射潮箭，在臨安府候潮門左首數步，昔江潮每衝激城下，錢氏以壯士數百人，候潮之至，以强弩射之，由此潮頭退避。後遂以鐵鑄成箭樣，其大如杵，作亭泥路之旁，埋箭亭中，出土外猶七尺許，以示鎮壓之意。」○射潮，郎本「潮」作「江」。○詩皇矣曰：「奄有四方。」毛傳曰：「奄，大也。」説文曰：「奄，覆也，大有餘也。」○吴越世家曰：「莊宗入洛，鏐遣使貢獻，求玉册，莊宗乃賜鏐玉册、金印。鏐因以鎮海等軍節度授其子元瓘，自稱吴越國王，更名所居曰宫殿，府曰朝，官屬皆稱臣，起玉册、金券、詔書三樓。」○史記孝文本紀曰：「二年九月，初與郡國守相爲銅虎符。」集解引應劭曰：「銅虎符第一至第五，國家當發兵，遣使者至郡合符，符合，乃聽受之。」周禮地官掌節曰：「澤國用龍節。」鄭注曰：「澤多龍。以金爲節，鑄象焉。」○吴越世家曰：「光化元年，移鎮海軍于杭州，加鏐檢校太師，改鏐鄉里曰廣義鄉勳貴里，鏐素所居營曰衣錦營。昭宗升衣錦營爲衣錦城，石鑑山曰衣錦山，大官山曰功臣山。」通鑑後梁紀二曰：「開平四年八月，吴越王鏐築捍海石唐，廣杭州城，大修臺館，由是錢塘富庶，盛於東南。」郎曰：「鏐增築夾城，環包氏、秦望山三十里，又增羅城，自秦望東屬之江，七十里。」清統志曰：「杭州府：吴越西府，在仁和縣鳳凰山右。唐光化二年，吴越錢鏐即杭州治擴而大之，依山阜以爲宫室，名曰鎮海軍使院。梁開平元年，始建國，外城門十，子城門二，屯營六，所居殿曰握髮、曰仁政。」文選景福殿賦李善注曰：「『落』與『絡』古字通。」○元和郡縣志曰：「杭州錢塘縣：浙江，在縣南一十二里，江源自歙州界，東北流經界石山，又東北經州理北，又東北流入於海。」寰宇記曰：「錢塘縣：西湖，在縣西，周迴三十里，源出武林泉，郡人仰汲于此，爲錢塘之巨澤。」清統志曰：「杭州府：浙江，在府城東南，自嚴州府桐廬縣流入富陽縣爲富春江，經錢塘、仁和兩縣界爲錢塘江，又東至海寧州（今改縣）界海門入海。」又曰：「西湖，在錢塘縣西。」班孟堅西都賦曰：「控引淮湖。」王子安秋日登洪府滕王閣餞別序曰：「控蠻荆而引甌越。」○吴越世家曰：「光化元年，鏐游衣錦城，宴故老，山林皆覆以錦，號其幼所嘗戲大木曰衣錦將軍。天祐四年，升衣錦城爲安國衣錦軍。梁開平二年，改臨安縣爲安國縣，廣義鄉爲衣錦鄉。四年，鏐游衣錦軍，作還鄉歌曰：『三節還鄉兮掛錦衣，父老遠來相追隨。牛斗無孛人無欺，吴越一王駟馬歸。』」吴越備史卷一曰：「天復元年二月，王親巡衣錦營，大會故老賓客，山林樹木皆覆以錦幄，表衣錦之榮也。」又曰：「開平四年冬十月戊寅，王親巡衣錦軍，製還鄉歌，歌曰：『三節還鄉兮掛錦衣，碧天朗兮愛日輝。功臣道上兮列旌旗，父老還來兮相追隨。家山鄉眷兮會時稀，今朝設宴兮觥散飛。斗牛無孛兮天無欺，吴越一王兮駟馬歸。』」楓窗小牘卷上曰：「武肅王還臨安，與父老飲，有三節還鄉之歌。父老多不解，王乃高揭吴音以歌曰：『你輩見儂底歡喜，別是一般滋味子，長在我儂心子裏。』至今狂童遊女，借爲奔期問答之歌，呼其宴處爲歡喜地。」釋文瑩湘山野録卷中曰：「開平元年，梁太祖即位，封錢武肅爲吴越王，改其鄉臨安縣爲衣錦軍。是年省塋壟，延故老，旌鉞鼓吹，振耀山谷，自昔游釣之所盡蒙以錦繡，或樹石至有封官爵者，舊貿鹽肩擔亦裁錦韜之。一鄰媪九十餘，攜壺漿角黍迎於道，鏐下車亟拜，媪撫其背，猶以小字呼之曰：『錢婆留，喜汝長成。』蓋初生時，光怪滿室，父懼，將沈於孑溪，此媪酷留之，遂字焉。爲牛酒，大陳鄉飲，別張蜀錦爲廣幄，以飲鄉婦，凡男女八十已上金樽，百歲已上玉樽，時黃髮飲玉者尚不減十餘人。鏐起執爵於席，自唱還鄉歌以娛賓云云。（詞與備史同，惟字句有小異者，故不復録。）時父老雖聞歌進酒，都不之曉，武肅覺其歡意不甚浹洽，再酌酒，高揭吴喉，唱山歌以見意，詞曰云云（與楓窗小牘同）。歌闋，合聲賡贊，叫笑振席，歡感閭里。今山民尚有能歌者。」案：野録與新史及備史均不盡合，蓋傳聞之言，聊録之以備異聞。○文選神女賦李善注曰：「曄，盛貌。」○吴越世家曰：「梁太祖嘗問吴越進奏吏曰：『錢鏐平生有所好乎？』吏曰：『好玉帶、名馬。』太祖笑曰：『真英雄也。』乃以玉帶一匣、打毬御馬十匹賜之。」○吴越備史卷一曰：「長興三年三月庚戌，王薨於正寢，年八十一，在位四十一年。」案：自唐景福元年鏐爲武威軍團練使，至是凡四十一年。○書無逸曰：「昔在殷王中宗，嚴恭寅畏。」爾雅釋詁曰：「寅，敬也。」詩大明曰：「維此文王，小心翼翼。」○書禹貢：「揚州：厥篚織貝。」（孔疏引鄭曰：「貝，錦名。詩云：『萋兮斐兮，成是貝錦。』凡爲織者，先染其絲乃織之，則文成矣。」東坡書傳曰：「島夷績草木爲服，如今吉貝木棉之類，其文班斕如貝，故曰織貝。」）僞孔傳曰：「織，細紵；貝，水物。」爾雅釋魚：「貝大者魧。」郭注曰：「書大傳曰：大貝如車渠，車渠謂車輞，即魧屬。」詩泮水曰：「憬彼淮夷，来獻其琛。元龜象齒，大賂南金。」

五朝昏亂，罔堪託國。三王相承，以待有德。既獲所歸，弗謀弗咨。先王之志，我維行之。汪曰：「極力發揮其忠，而『先王之志』二句，并見其孝。」天胙忠孝，世有爵邑。汪曰：「再以孝伴忠説，此行文變化不單薄處。」允文允武，子孫千億。以上納國於宋。

五朝謂五代也，集作「王朝」，非是。○劉後村跋錢忠懿王帖曰：「於墨林方氏見忠懿與其子遺墨五幅，草聖奇古，簡而不煩，得鍾王意。時忠懿方自杭朝京師，每書必云『吾極無事』，又云『不用憂心，事已如此』。識天命之有歸，知王者之無敵，脱屣去之，無一毫失國之恨，異乎事窮勢迫，然後面縛，奉降箋，『揮淚對宮娥』者矣（見李後主詞）。」○集「胙」作「祚」，文訣同，字通。文選東京賦薛注曰：「祚，報也。」○東都事略錢俶傳曰：「俶爲太師、中書令者四十年，任元帥者二十年，富貴之盛，無與爲比。七子：惟濬、惟治、惟渲、惟灝、惟溍、惟演、惟濟。惟治官至左驍衛上將軍。惟渲、惟灝俱至團練使。惟溍左龍武將軍。

惟濟保静軍留後，謚曰宣惠。惟濬字巨川，俶封淮海國王，惟濬徙鎮淮南，改鎮山南東道，又鎮安州，封蕭國公，卒追封汾王，謚曰安僖。惟演字希聖，仁宗即位，進兵部尚書，爲樞密使，除保大軍節度使，知河陽，判許州，改鎮武勝，又徙泰寧，判河南，改鎮崇信，卒謚曰文僖。子暄爲寶文閣待制。暄子景臻，尚仁宗女許國大長公主，拜左領軍衛大將軍、駙馬都尉，官至少師、安武節度使，封康國公。臣稱曰：『太祖世，俶來朝，于時太宗及羣臣咸欲留俶而取其地，太祖卒遣還國，且語之故。烏虖，太祖洪人之度如是哉！及太宗即位，俶不待詔命，即以國入覲，蓋有以也。子孫世有爵邑，豈非忠孝之報乎？』」○詩泮水曰：「允文允武。」○詩假樂曰：「子孫千億。」

帝謂守臣，治其祠墳。毋俾樵牧，愧其後昆。龍山之陽，巋焉新宫。匪私于錢，唯以勸忠。非忠無君，非孝無親。凡百有位，視此刻文。以上新宫立碑。○吴先生曰：「雄遠是子瞻本色，至氣體堅蒼古厚，則當爲集中第一篇文字。」吴北江曰：「方望溪謂趙公奏本軒豁老健，故可用，又疑原奏乃子瞻代爲，其説殊迂滯可笑。文雖用趙奏，至其詞，子瞻豈不能删約而潤色之，何必奏本軒豁老健方可用？又何必原奏爲子瞻代爲邪？」

齊策四：「顔斶曰：『昔者秦攻齊，令曰：有敢去柳下季壟五十步而樵采者，死不赦。』」宋孝武帝置自古帝王冢户詔曰：「歷運推移，年代久遠，丘壠殘毁，樵牧相趨，塋兆堙蕪，封樹莫辨。」（太平御覽禮儀部三十九引）僞尚書仲虺之誥曰：「垂裕後昆。」○文選魯靈光殿賦序曰：「靈光巋然獨存。」張孟陽注曰：「巋然，高大堅固貌也。」廣韻五旨曰：「巋然，高峻貌，苦軌切。」六脂曰：「巋，丘追切。」○凡百，郎本「百」作「厥」。

蘇子由

蘇轍，字子由，洵之子，軾之弟也。年十九，與兄軾同登進士科。又同策制舉。仁宗春秋高，轍慮倦勤，因極言得失，宰相以其言過激切，置之下等，授商州軍事推官，徙大名。丁父憂，神宗立二年，轍除喪，上書言事，得召對。時王安石與陳升之領三司條例，命轍爲之屬。吕惠卿附安石，轍與論多相牾。青苗法行，轍以書抵安石，力陳不可，觸其怒，徙他職。後坐兄軾以詩得罪，謫監筠州鹽酒税，五年不得調，移知績溪縣。哲宗即位，召入。元祐元年，爲右司諫。靖國六年，拜尚書右丞，進門下侍郎。紹聖初，落職知汝州，再責知袁州，未至，降秩試少府監、分司南京，筠州居住。三年，責化州別駕，雷州安置，移循州。徽宗即位，徙永州、岳州，已而復太中大夫、奉祠。蔡京當國，又降秩罷祠，居許州，再復太中大夫。致仕，築室于許，號潁濱遺老，卒，追復端明殿學士。淳熙中，謚文定。宋史有傳。

上樞密韓太尉書

觀瀾文乙集吕伯恭注曰：「按子由年譜云：『潁濱年十九及第，有上韓太尉書云「某生十九年矣」，時嘉祐二年，太尉即魏公也。』」案：孫良臣（汝聽）蘇潁濱年表曰：「嘉祐二年丁酉，轍兄弟試禮部中第。三月辛巳，上御崇政殿試進士，丁亥，放章衡以下及第出身，轍中第五甲，有上韓琦樞密書。」宋史職官志曰：「宋承唐制，以太尉、司馬、司空爲三公，爲宰相、親王、使相加官，其特拜者，不預政事。」安陽集附家傳曰：「至和三年（即嘉祐元年）七月，召爲工部尚書、三司使，將上道，除檢校太傅，充樞密使。」不言加太尉，而明允父子皆以此稱之者，沈確士曰：「樞密執兵政，有類漢時太尉，故用古稱。」步瀛案：蓋亦當時俗稱耳，如狄青、童貫，宋人記載皆稱太尉是也。

太尉執事：轍生好爲文，思之至深，以爲文者氣之所形。然文不可以學而能，氣可以養而致。唐介軒曰：「養氣，一篇之主。」孟子曰：「我善養吾浩然之氣。」今觀其文章，寬厚宏博，充乎天地之閒，稱其氣之小大。太史公行天下，周覽四海名山大川，與燕趙閒豪俊交游，故其文疏蕩，頗有奇氣。此二子者，豈嘗執筆學爲如此之文哉？其氣充乎其中，而溢乎其貌，動乎其言，而見乎其文，而不自知也。以上言爲文當有養氣之功。

孟子公孫丑上曰：「敢問夫子惡乎長？曰：我知言，我善養吾浩然之氣。」案：養氣之說，發自孟子，王充論衡自紀篇亦言之，至魏文帝更以氣論文，典論曰：「文以氣爲主，不可力强而致。譬論音樂，曲度雖均，節奏同檢，至於引氣不齊，巧拙有素，雖在父兄，不能以移子弟。」厥後文心雕龍養氣篇、顏氏家訓文章篇益暢其旨。韓退之答李翊書更發其微，子瞻、子由皆祖其說而發明之也。（子瞻潮州韓文公廟碑、答王定國詩皆發其旨。）○史記太史公自序曰：「遷生龍門，耕牧河山之陽，年十歲則誦古文，二十而南游江、淮，上會稽，探禹穴，闚九疑，浮於沅、湘，北涉汶、泗，講業齊魯之都，觀孔子之遺風，鄉射鄒、嶧，戹困鄱、薛、彭城，過梁、楚以歸。」○太史公與田仁善，仁，趙陘城人也。田叔子，見田叔傳。又自序述董生之言。董生，廣川人也，見儒林傳及漢書董仲舒傳。又與徐樂同時，主父偃傳作趙人，漢書徐樂傳作燕郡無終人。皆太史公與燕趙豪俊交游之可見者。

轍生十有九年矣，其居家所與游者，不過其鄰里鄉黨之人，所見不過數百里之間，無高山大野可登覽以自廣。百氏之書雖無所不讀，然皆古人之陳迹，不足以激發其志氣。汪曰：「對上『氣可養而致』『其氣充乎其中』。」恐遂汨没，故決然捨去，求天下奇聞壯觀以知天地之廣大。沈曰：「虛勢領起。」過秦漢之故都，恣觀終南、嵩、華之高，北顧黄河之奔流，慨然想見古之豪傑。至京師，仰觀天子宫闕之壯，與倉廩府庫、城池苑囿之富且大也，而後知天下之巨麗。見翰林歐陽公，聽其議論之宏辯，觀其容貌之秀偉，與其門人賢士大夫游，而後知天下之文章聚乎此也。唐曰：「以奇聞壯觀之三，陪起太尉。」太尉以才略冠天下，天下之所恃以無憂，四夷之所憚以不敢發，入則周公、召公，出則方叔、召虎，而轍也未之見焉。以上求天下奇聞壯觀以養其氣，惜獨未見太尉。

年表曰：「仁宗寶元二年己卯二月丁亥，蘇轍生。」○決然，欒城集「決」作「浹」，觀瀾、文鑑、文訣、文編、茅選皆作「決」，今從之。○輿地廣記曰：「陝西永興軍路京兆府：本周室所居，周平王東遷，地入於秦，至孝公徙都焉，漢高帝都此。西京河南府：漢高帝始欲都此，感奉春君之言而止。光武中興，都雒邑，置河南尹，兼置司隸。」○太平寰宇記曰：「雍州萬年縣：終南山，在縣南五十里。華州華陰縣：太華山，在縣南八里。」九域志曰：「河南府登封有嵩山。」清統志曰：「陝西西安府：終南山，在府城南五十里。河南河南府：嵩山，在登封縣北。陝西同州府：太華山，在華陰縣南一里。」○蘇詩總案卷一曰：「嘉祐元年三月，公與子由赴京秋試，過成都，子由始謁張方平。自閬中出褒斜，發横渠鎮，入鳳翔驛。驛壞，出次逆旅。途次長安，出關中，至河南。馬死二陵間，騎驢至澠池，止於奉閑僧舍，與子由留題壁上。五月，抵京師。」步瀛案：以所行之程核之，則終南、太華、嵩山皆其所經，而黄河正在其北，故曰「北顧黄河之奔流」也。○司馬長卿上林賦曰：「君未覩夫巨麗也，獨不聞天子之上林乎？」○吕曰：「門人賢士大夫，如曾子固、梅聖俞、蘇子美、徐無黨之流是也。」○史記周本紀曰：「召公爲保，周公爲師。」○詩采芑序曰：「宣王南征也。」其詩曰：「方叔涖止。」毛傳曰：「方叔，卿士也，受命而爲將也。」詩又曰：「方叔元老，克壯其猷。」江漢序曰：「尹吉甫美宣王也，能興衰撥亂，命召公平淮夷。」其詩曰：「江漢之滸，王命召虎。」毛傳曰：「召虎，召穆公也。」

且夫人之學也，不志其大，雖多而何爲？轍之來也，於山見終南、嵩、華之高，茅曰：「又覆説前。」於水見黄河之大且深，於人見歐陽公，而猶以爲未見太尉也，故願得觀賢人之光耀，聞一言以自壯，然後可以盡天下之大觀而無憾者矣。以上欲見太尉。

無憾者矣，茅選無「者」字，文編並無「矣」字。

轍年少，未能通習吏事。嚮之來，非有取於斗升之禄，偶然得之，非其所樂。

然幸得賜歸待選，使得優游數年之閒，將歸益治其文，且沈曰：「明應『爲文』，雖不收繳『養氣』，而已上所云氣之浩然可知。」學爲政。太尉苟以爲可教而辱教之，又幸矣。以上自厲。○茅曰：「胸次博大。」劉曰：「文亦有疏宕之氣。」

漢書梅福傳：「福上書曰：民有上書求見者，使詣尚書，問其所言，言可采取者，秩以升斗之禄。」案：斗升，文訣作「升斗」。

武昌九曲亭記

蘇子瞻記樊山曰：「自余所居臨皋亭下，亂流而西，泊於樊山，爲樊口，其上爲廬洲。孫仲謀汎江遇大風，柂師請所之，仲謀欲往廬洲，其僕谷利以刀擬柂師，使泊樊口，遂自樊口鑿山通路歸武昌，今猶謂之吴王峴。循山而南，至寒谿寺，上有曲山，山頂即位壇、九曲亭，皆孫氏遺跡。」清統志曰：「湖北武昌府：九曲亭，在武昌縣（武昌今改鄂城縣）西九曲嶺，爲孫吴遺蹟，宋蘇軾重建，蘇轍有記。」

子瞻遷於齊安，廬於江上。齊安無名山，而江之南武昌諸山，陂陁蔓延，澗谷深密。中有浮圖精舍，西曰西山，東曰寒谿。依山臨壑，隱蔽松櫪，蕭然絶俗，車馬之迹不至。每風止日出，江水伏息，子瞻杖策載酒，乘漁舟亂流而南。山中有二三子，好客而喜遊，聞子瞻至，幅巾迎笑，相攜徜徉而上。

窮山之深，力極而息，埽葉席草，酌酒相勞，意適忘反，往往留宿於山上。以此居齊安三年，不知其久也。沈曰：「虛含後半『適意爲樂』意。」○以上武昌西山爲子瞻所樂游。

齊安即黃州，已見蘇子瞻方山子傳注。○子瞻與朱康叔書曰：「已遷居江上臨皋亭，酌江水飲之。」又與范子豐書曰：「臨皋亭下，不數十里，便是大江。」輿地紀勝曰：「淮南西路黃州：東坡故居，即今之臨皋亭及臨皋館。」清統志曰：「湖北黃州府：臨皋館，在黃岡縣南，亦名臨皋亭。」○水經江水篇曰：「東過邾縣南、鄂縣北。」酈注曰：「江之右岸有鄂縣故城。」九江記曰：「鄂，今武昌也。孫權以魏黃初元年自公安徙此，改曰武昌縣，徙治于袁山東，又以其年立爲江夏郡。至黃龍元年，權遷都建業，以陸遜輔太子鎮武昌，孫皓亦都之。今武昌郡治城南有袁山，即樊山也。」○文選子虛賦曰：「罷池陂陀。」郭注曰：「言旁頹也，陂音婆，陀音駝。」案：「陁」「陀」同。廣韻七歌曰：「陂陀，不平之皃。」○子瞻有遊武昌寒溪西山寺詩，又有與子由同遊寒溪西山詩，又與陳季常書曰：「數日前，率然與道源過江，游寒溪、西山，奇勝殆過於所聞。」張芸叟郴行録曰：「丙寅，招蘇子瞻遊武昌樊山，食罷移舟離黃州，泊對岸樊溪口。蘇子瞻以舟涉江，同詣武昌縣，縣在樊溪之東，隔樊山五里許，即吳之西都，有吳王城。同縣令李觀、佐吳亮、嚴屹及子瞻諸人遊武昌樊山，步出西門，涉寒溪，迤邐步上，凡兩寺在山中，景致幽邃，下寺有觀音泉，澄澈可愛。」（畫墁集卷八）○水經贛水注曰：「散原山疊四周，杳邃有趣，晉隆安末，沙門竺曇顯建精舍于山南，僧徒自遠而至者相繼焉。」翻譯名義卷二十曰：「僧史略云：鴻臚寺者，本禮四夷遠國之邸舍也，尋令別擇洛陽西雍門外蓋一精舍，以白馬馱經來，故用『白馬』爲題。」又曰：「或名精舍者，釋迦譜云：『息心所栖，故曰精舍。』靈裕寺誥曰：『非麤暴者所居，故云精舍。』藝文類聚云：『非由其舍精妙，良由精練行者所居也。』」

○寰宇記曰：「鄂州武昌縣：樊山，在州西一百七十二里，山東十步有岡，岡下有寒溪，溪中有蟠龍石。」又曰：「寒溪浦，在縣西二里樊山下有寒溪，盛暑之月，常有寒氣。」（縣在州東一百七十里。）清統志曰：「樊山，在武昌縣西，一名袁山，一名來山，一名西山，一名壽昌山，一名樊岡，上有九曲嶺。寒溪，在武昌縣西樊山下，有寺又曰西山寺，在武昌縣西，晉建寒溪寺，在武昌縣寒溪上，一名資聖寺。」○文選南都賦曰：「楓柙櫨櫪。」李善注曰：『櫪』與『櫟』同。」案：爾雅釋木曰：「櫟，其實梂。」郭注曰：「有梂彙自裹。」詩晨風「山有苞櫟」，陸疏曰：「秦人謂柞櫟爲櫟。」水經河水注引周處風土記云：「舜所耕於山下多柞樹，吴越之閒名柞爲櫪，故曰歷山。」亦「櫟」「櫪」通用之證。釋木「栩杼」，郭注曰：「柞樹。」説文曰：「栩，柔也，其實皁，一曰樣（即「橡」字）。」詩鴇羽「集于苞栩」，陸疏曰：「今柞櫟也。徐州人謂櫟爲杼，或謂之爲栩，其子爲皁，或言皁斗，其殼爲汁，可以染皁。今京洛及河内多言杼汁，謂櫟爲杼，五方通語也。」證類本草卷十四引圖經曰：「橡實，櫟木子也。木高二三丈，三四月開黄花，八九月結實，其實爲皁斗，槲櫟皆有斗，而以櫟爲勝。」○莊子齊物論篇釋文曰：「策，杖也。」○爾雅釋水曰：「正絶流曰亂。」○後漢書鮑永傳曰：「永幅巾詣河内。」章懷注曰：「幅巾不著冠，但幅巾束首也。」

然將適西山，行於松柏之閒，羊腸九曲而獲小平。遊者至此必息，倚怪石，蔭茂木，俯視大江，仰瞻陵阜，旁矚溪谷，風雲變化，林麓向背，皆效於左右。有廢亭焉，其遺址甚狹，不足以席衆客。其旁古木數十，其大皆百圍千尺，不可加以斤斧。子瞻每至其下，輒睥睨終日。一旦大風雷雨，拔去其一，斥其所據，亭得以廣。子瞻與客入山視之，笑曰：「茲欲以成吾亭耶。」遂相與營之，亭成，而西山之勝始具，子瞻於是最樂。以上九曲亭既成，子瞻最樂。

易林蠱之剥曰：「羊腸九縈。」鮑明遠石帆銘曰：「九折羊腸。」張正見從永陽王遊虎丘山詩曰：「九曲峻羊腸。」○小平，正宗「小」作「少」，茅選同。○禮記曲禮上鄭注曰：「效猶呈也。」○廣雅釋詁一曰：「睥睨，視也。」

昔余少年從子瞻遊，有山可登，有水可浮，子瞻未始不褰裳先之，有不得至，爲之悵然移日。至其翩然獨往，逍遥泉石之上，擷林卉，拾澗實，酌水而飲之，見者以爲僊也。蓋天下之樂無窮，而以適意爲悦。方其得意，萬物無以易之。及其既厭，未有不洒然自笑者也。沈曰：「少陵觀打魚歌云：歸飽歡娱亦蕭瑟。」譬之飲食，雜陳於前，要之一飽，而同委於臭腐。夫孰知得失之所在？惟其無愧於中，無責於外，而姑寓焉。沈曰：「孟子所云『仰不愧，俯不怍』也。又與子瞻超然臺記心焉相印。」此子瞻之所以有樂於是也。以上言得失無常，適意者即爲至樂。○茅曰：「情興心思，俱入佳處。」吴先生曰：「此文後幅實爲超妙，而前之敍次頗繁。」

説文曰：「攘，摳衣也。」經傳以「褰」爲之，詩「褰裳涉溱」。○莊子庚桑楚篇：「畏壘之民相與言曰：庚桑子之始來，吾洒然異之。」釋文曰：「洒，素殄反，又悉禮反。崔、李云：驚貌。」

晁無咎

晁補之，字無咎，濟州鉅野人（在今山東鉅野縣南）。十七歲，從父官杭州，倅以所著七述謁通判蘇軾，軾亟稱之，遂知名。舉進士，試開封及禮部别院，皆第一。元祐初，爲太學正。李清臣薦堪館閣，召試，除祕書省正字，遷校書郎，以祕閣校理通判揚州，召還爲著作佐郎。紹聖初，出知齊州，降應天府通判，改亳州，又貶監處信二州酒税。徽宗立，復以著作召。既至，拜吏部員外郎、禮部郎中。黨論起，出知河中府。後主管鴻慶宫，還家號歸來子。大觀末，起知達州，改泗州，卒。宋史入文苑傳。

新城遊北山記

元豐九域志兩浙路杭州有新城縣。咸淳臨安志曰：「新城縣北山在縣北三十里。」清統志曰：「浙江杭州府：北山，在新城縣北三十里，宋晁无咎有遊北山記。」案：新城縣今改新登縣。

去新城之北三十里，山漸深，草木泉石漸幽。初猶騎行石齒閒，旁皆大松，曲者如蓋，直者如幢，立者如人，臥者如虬。松下草閒有泉，沮洳伏見，墮石井，鏘然而鳴。松閒藤數十尺，蜿蜒如大虺。其上有鳥，黑如鴝鵒，赤冠長喙，俛而啄，磔然有聲。稍西一峯高絕，有蹊介然，僅可步。繫馬石觜，相扶攜而上，篁篠仰不見日，如四五里，乃聞雞聲。有僧布袍躡履來迎，與之語，愕而顧，如麋鹿不可接。頂有屋數十閒，曲折依崖壁爲欄楯，如蝸鼠繚繞乃得出，門牖相值。既坐，山風颯然而至，堂殿鈴鐸皆鳴。二三子相顧而驚，不知身之在何境也。且莫，皆宿。以上遊時所見之景物。

古今注卷上曰：「曲蓋，太公所作也。武王伐紂，大風折蓋，太公因折蓋之形，而制曲蓋焉。」○釋名釋兵曰：「幢，童也，其貌童童然也。」○玄應一切經音義卷一引瑞應圖曰：「虯龍身黑無鱗甲。」○詩沮洳毛傳曰：「沮洳，其漸洳者。」孔疏曰：「沮洳潤澤之處。」釋文曰：「沮，音子預反；洳，音如預反。」○說文曰：「蚖，榮螈，蛇醫，以注鳴者。」爾雅釋魚曰：「蠑螈，守宮也。」陸元恪詩疏曰：「虺蜴，一名蠑螈，水蜴也，或謂之蛇醫，如蜥蜴，青綠色，大如指，形狀可惡。」○孟子盡心下曰：「山徑之蹊閒介然。」趙注曰：「山徑，山之領有微蹊介然。」（說文曰：「介，畫也。」朱子集注以「介然」屬下「用之而成路」爲句。孔巽軒經學卮言卷五謂：「長笛賦『閒介無蹊』，似古讀有以『閒介』絕句者。」）○說文曰：「楯，闌檻也。」○宋玉風賦曰：「有風颯然而至。」○莫，「暮」之本字。

於時九月，天高露清，山空月明，仰視星斗皆光大，如適在人上。奇翃。窗閒竹數十竿相摩戛，聲切切不已。竹閒梅棕森然，如鬼魅離立突鬢之狀，二三子又相顧魄動而不得寐。遲明，皆去。以上夜宿之情況。

書益稷曰：「戛擊鳴球。」○禮記曲禮上「離坐離立」，鄭注曰：「離，兩也。」○莊子說劍篇：「趙太子曰：吾王所見劍士，皆蓬頭突鬢垂冠。」○梅棕，雞肋集「梅」作「海」，今依文鑑。○史記高祖本紀曰：「黎明圍宛城三匝。」漢書高帝紀作「遲明」，王懷祖讀書雜志四之一曰：「黎明、遲明，皆謂比明也。」

既還家數日，猶恍惚若有遇，因追記之。後不復到，然往往想見其事也。以上作記。○摹寫極工，巉刻處直逼柳州。

朱元晦

朱熹，字元晦，一字仲晦，徽州婺源人。（今安徽婺源縣治。案：朱子年譜曰：「先生本歙州人，世居婺源之永平鄉松巖里。宣和末，考韋齋公松，字喬年，爲建州政和縣尉，遭父喪，以貧不能歸，服除，調南劍尤溪縣尉，去官，嘗僑寓建、劍二州。建炎四年，館於尤溪之鄭氏，而先生生焉。是自其父已居福建矣。建炎十三年，十四歲，丁父韋齋先生憂。十四年，葬韋齋先生，墓在崇安縣。建炎二十年，二十一歲，如婺源展墓。淳熙三年丙申，四十七歲，如婺源復遠祖墓，是歸故鄉省先代之墓，爲時皆無多。紹熙二年，歸建陽。三年，築室于建陽之考亭。五年，除宮觀，後復還考亭。六年，卒，葬建陽唐石里之大林谷。」案：政和、尤溪、崇安、建陽，皆今福建屬縣，是朱子始終居閩。傳云婺源人，及自署新安者，皆本先世而言也。）紹興八年，進士第，授泉州同安縣主簿。選邑秀民充弟子員，日與講說修己治人之道。罷歸，以養親請祠。孝宗即位，詔求直言，熹上封事，陳人主誠意正心，及斥與金講和之議。隆興元年，復召入對，除武學博士，待次歸。歷知南康軍、提舉浙東常平茶鹽、提點江西刑獄。光宗朝，歷知漳州、祕閣修撰、主管南京鴻慶宮、知潭州、荆湖南路安撫使。寧宗即位，樞密使趙汝愚首薦熹，除煥章閣待制、侍講。時韓侂胄居中用事，熹上疏斥言左右竊柄之失，在經筵復申言之，以忤侂胄罷侍講。慶元二年，監察御史沈繼祖誣熹十罪，落職罷祠，并禁僞學。四年，申乞致仕。五年，依所請。六年三月卒，冬十一月葬建陽縣唐石里之大林谷。及侂胄死，詔賜熹遺表恩澤，謚曰文。宋史入道學傳。

大學章句序

王白田（懋竑）朱子年譜卷二曰：「淳熙十六年己酉，六十歲，二月甲子，序大學章句，三月戊申，序中庸章句。」引洪璟重刻朱子年譜曰：「二書定著已久，猶時加改不輟，至是以穩洽於心而始序。」考異卷三曰：「按與張吕書，則甲午、乙未大學、中庸已有本矣。與詹帥書在乙巳，尚云『所改極多』，距甲午、乙未十餘年矣。詹帥書已及中庸序，則兩序作於乙巳前，至己酉而後定耳。」案：大學，本禮記一篇。清四庫書目卷三十五曰：「大學，自唐以前無别行之本。（毛大可四書改錯卷一曰：「唐人有大學專本，宋仁宗朝亦曾以大學專本賜及第進士。」）然書録解題（卷二）載司馬光有大學廣義一卷、中庸廣義一卷，已在二程以前，均不自洛閩諸儒始爲表章。特其論説之詳，自二程始；定著四書之名，則自朱子始耳。」（四書改錯卷一曰：「四書合併于北宋，至南宋初，胡安國輩已早舉其名，然並不云合自程氏。若朱氏，則在寧宗朝，雖有開僞學禁，稱朱熹四書，然但舉舊名。且朱氏作注，亦不合稱四書，如大、中稱章句，論、孟稱集注。至元朝用以取士，雖總用朱本，然仍曰『書義用朱熹章句集注二書』，並不溷稱四書注，可驗也。」）又曰：「大學古本爲一篇，朱子則分別經傳，顛倒其舊次，補綴其闕文，中庸亦不從鄭注分節，故均謂之章句。」又曰：「大學章句，諸儒頗有異同，然『所謂誠其意者』以下並用舊文，所特剏者不過補傳一章，要非增於八條目外，既於理無害，又於學者不爲無裨，何必分門角逐歟？」步瀛案：章句之稱起於漢，漢書藝文云「易有施、孟、梁丘章句各二篇，尚書有歐陽章句三十一卷、大小夏侯章句各二十九卷，春秋有公羊章句三十八篇、穀梁章句三十三篇」皆是。焦理堂孟子正義卷一曰：「既分其章，又依句敷衍而發明之，所謂章句也。」

大學之書，古之大學所以教人之法也。蓋自天降生民，則既莫不與之以仁義禮智之性矣。然其氣質之稟或不能齊，是以不能皆有以知其性之所有而全之也。一有聰明睿智能盡其性者出於其閒，則天必命之以爲億兆之君師，使之治而教之以復其性。此伏羲、神農、黃帝、堯、舜所以繼天立極，而司徒之職、典樂之官所由設也。以上言復人之性，必由於教。

禮記大學篇釋文曰：「大，舊音泰，劉（宗昌）直帶反。」章句曰：「大，舊音泰，今讀如字。」案：朱子釋「大學」爲大人之學，以「大學」可讀爲「泰學」，而「大人」不可讀爲「泰人」，故改舊讀也。然古「泰」「大」字通用，「太」乃後出字。○禮記大學篇孔疏引鄭康成目録曰：「名曰大學者，以其記博學可以爲政也。此於別録屬通論。」宋儒説「大學」與漢儒異。程氏遺書二先生語二上曰：「大學乃孔氏遺書，須從此學則不差。」朱子語類卷十四曰：「大學是爲學綱目，先通大學，立定綱領，其他經皆雜説在裏許。通得大學了，去看他經，方見得此是格物致知事，此是正心誠意事，此是修身事，此是齊家治國平天下事。」○穀梁傳隱元年曰：「繼天者君也。」書洪範曰：「皇建其有極。」○書舜典：「帝曰：『契，汝作司徒，敬敷五教。夔，命汝典樂，教胄子。』」周禮地官序官曰：「乃立地官司徒，使帥其屬而掌邦教。」春官大司樂曰：「掌成均之法，以教國子弟。」

三代之隆，其法浸備。然後王宮、國都以及閭巷，莫不有學。人生八歲，則自王公以下，至於庶人之子弟，皆入小學，而教之以灑掃、應對、進退之節，禮、樂、射、御、書、數之文。及其十有五年，則自天子之元子、衆子，以至公、卿、大夫、元士之適子，與凡民之俊秀，皆入大學，而教之以窮理、正心、脩己、治人之道。此又學校之教、大小之節所以分也。以上三代學校之教，有大小之節。

立學、入學，皆見曾子固宜黃縣學記注。○論語子張篇：「子游曰：子夏之門人小子，當灑掃、應對、進退則可矣。」○禮記內則篇曰：「子生六年，教之數與方名。九年，教之數日。十年，出就外傅，居宿於外，學書記，朝夕學幼儀，請肄簡諒。十有三年，學樂、誦詩、舞勺。成童，舞象，學射、御。二十而冠，始學禮，舞大夏。」○周禮地官大司徒：「以鄉三物教萬民而賓興之。三曰六藝：禮、樂、射、御、書、數。」保氏：「掌養國子以道，乃教之六藝：一曰五禮，二曰六樂，三曰五射，四曰五馭，五曰六書，六曰九數。」鄭注曰：「五禮：吉、凶、軍、賓、嘉也。（春官大宗伯鄭注：「吉禮之別十有二，謂三祀、三祭、六享也。凶禮之別有五，謂喪、荒、弔、禬、恤也。賓禮之別有八，謂朝、宗、覲、遇、會、同、問、視也。軍禮之別有五，謂大師、大均、大田、大役、大封也。嘉禮之別有六，謂冠、昏、鄉飲、燕、射、公食也。」）

六樂：雲門、大咸、大韶、大夏、大濩、大武也。（春官大司樂鄭注曰：「黄帝曰雲門。大咸，咸池，堯樂也。大磬，舜樂也。大夏，禹樂也。大濩，湯樂也。大武，武王樂也。」案：「韶」「磬」字同。）鄭司農云：「五射：白矢、參連、剡注、襄尺、井儀也。（賈疏曰：「白矢者，矢在侯而貫侯過，見其鏃白。」廣韻四十禡，「白矢」作「白勺」。孫仲容正義曰：「疑『勺』當爲『勺』之誤。詩小雅賓之初筵云：『發彼有的。』毛傳曰：『的，質也。』的，詩釋文作『勺』，即『的』之省，『白勺』似言射時審擬的質而發耳。」賈疏曰：「參連者，前放一矢，後三矢連續而去也。」惠天牧禮説曰：「新序雜事曰：『左把彈，右攝丸，定操持，審參連。』吴越春秋曰：『射之道，從分望敵，合以參連。』莊子田子方篇云『適矢復沓』，注云：『矢，去也。箭適去，復歃沓也。』然則『復沓』猶『參連』也。列子仲尼篇曰：『善射者，能令後鏃中前括，發發相及，矢矢相屬，前矢造準而無絶落，後矢之括猶銜弦，視之若一焉，是爲參連。』」孫仲容曰：「詩齊風猗嗟云『四矢反兮』，鄭箋云：『反，復也。每射四矢，皆得其故處。』即所謂參連也。」賈疏曰：「剡注者，謂羽頭高鏃低而去，剡剡然。」黄元同禮書通故卷二十五曰：「剡，鋭也，挹彼注此曰注，謂力鋭能貫物而過，因彼注此，詩所謂『一發五豵』也。」賈疏曰：「襄尺者，臣與君射，不與君並立，襄君一尺而退。」釋文曰：「襄，音讓，本作『讓』。」廣韻四十禡，「襄尺」作「讓尺」。孫曰：「白氏六帖射部引亦作『讓』。」步瀛案：宋本白帖卷二十五射部作「襄」。黄元同曰：「襄，古『攘』字，今用『讓』。鄉射記曰：『大夫與士射耦，少退於物。君爲下射，退於物一笴。』笴三尺，少退於物，即襄尺也。」賈疏曰：「井儀者，四矢貫侯，如井之容儀也。」黄曰：「井，古作『丼』，侯有上下舌其形如井，中設正方二尺，如『丼』之『、』。詩行葦曰：『既挾四鍭，四鍭如樹。』樹謂儀表，言四矢之發，悉如丼儀，言其中的之正也。」孫曰：「黄説『井儀』與賈小異，義亦得通。」）五馭：鳴和鸞、逐水曲、過君表、舞交衢、逐禽左。（賈曰：「鳴和鸞者，和在式，鸞在衡。

案：韓詩云：『升車則馬動，馬動則鸞鳴，鸞鳴則和應。』先鄭依此而言。逐水曲者，謂御車逐水勢之屈曲而不墜水也。」孫曰：「君表猶言君位。左昭十一年傳云：『朝有著定，會有表。會朝之言，必聞于表著之位。』杜注云：『野會，設表以爲位。』蓋會同師田，君在則必有表位，凡車過之，常別有儀以致敬，故五御有過君表之法，猶入治朝者申過位之敬矣。晏子春秋諫下篇云：『縣愛槐之令，載過者馳，步過者趨，威儀擬乎君。』然則過君表者，車當馳與？」賈曰：「舞交衢者，衢，道也，謂御車在交道中，車旋應於舞節。云逐禽左者，謂御驅逆之車，逆驅禽獸使左，當人君以射之，人君自左射。故毛傳云：『故自左膘而射之，達於右腢，爲上殺。』又禮記云：『佐車止則百姓田獵。』是也。」）六書：象形、會意、轉注、處事、假借、諧聲也。（說文敍曰：「周禮，八歲入小學，保氏教國子，先以六書。一曰指事，指事者，視而可識、察而見意，『上』『下』是也。二曰象形，象形者，畫成其物，隨體詰詘，『日』『月』是也。三曰形聲，形聲者，以事爲名，取譬相成，『江』『河』是也。四曰會意，會意者，比類合誼，以見指撝，『武』『信』是也。五曰轉注，轉注者，建類一首，同意相受，『考』『老』是也。六曰假借，假借者，本無其字，依聲託事，『令』『長』是也。」漢書藝文志曰：「周官保氏掌養國子，教之六書，謂象形、象事、象意、象聲、轉注、假借，造字之本也。」孫曰：「處事，許作指事，班作象事。諧聲，許作形聲，班作象聲。次第先後，亦與先鄭差異，要其義一也。」）九數：方田、粟米、差分、少廣、商功、均輸、方程、贏不足、旁要。今有重差、夕桀、句股也。（九章算術曰：「方田以御田疇界域，粟米以御交質變易，衰分以御貴賤稟稅，少廣以御積冪方圓，商功以御功程積實，均輸以御遠近勞費，盈不足以御隱雜互見，方程以御錯糅正負，句股以御高深廣遠。」李籍音義曰：「諸田不等，以方爲正，故曰方田。粟者，米之未舂，諸米不等，以粟爲率，故曰粟米。衰，差也，以差而平分，故曰衰分。少廣從多，截從之多，益廣之少，故曰少廣。商，度也，以度其功庸，故曰商功。均，平也，輸，委也，以均平其輸委，故曰均輸。盈者滿也，不足者虛也，滿虛相推，以求其適，故曰盈不足。方者左右也，程者課率也，左右課率，總統羣物，故曰方程。句，短面也，股，長面也，短長相推，以求其弦，故曰句股。」案：差分即衰分，旁要即句股，古今異名耳。先鄭說並本九章。孔顨軒禮學卮言卷六曰：「重差者，重兩句股，取其影差，異乘同除，以知比例，若劉徽海島經是也。少儀正義以重差當差分，誤矣。」張孟彪舒藝室隨筆卷一曰：「夕桀，惟秦九韶數學九章第四篇望敵圓營術有其名，云『以句股求之，夕桀入之』，亦即句股容圓術也。重差者，重疊測望而知其差也。劉徽海島算經序云：『度高者重表，測深者絫矩，孤離者三望，離而又旁求者四望。』此即所謂重差也。旁要、夕桀，蓋皆測望中之一事，旁要測方，夕桀測圓。夕桀云者，廣雅釋詁云：『衺也。』桀者揭也，文選謝靈運擬劉楨詩注：『桀與揭音義同。』又東京賦薛注：『揭猶表也。』蓋樹表而邪望之，即劉徽所云孤離者也。疑重差、夕桀，古人本以旁要該之，其實此三者皆不離於句股，後人强爲之分析耳。」）」〇禮記王制曰：「王大子、王子，羣后之大子，卿、大夫、元士之適子，國之俊選，皆造焉。凡入學以齒。」鄭注曰：「王子，王之庶子也；羣后，公及諸侯。」釋文曰：「適，丁歷反。」案：天子之元子即王大子。儀禮士冠禮：「記曰：天子之元子，士也。」鄭注曰：「元子，世子也。」王制注曰：「元，善也。元士謂命士也。」孔疏曰：「按周禮注：『天子上士三命，中士再命，下士一命。』（春官典命）則上中下之士，皆稱元士也。」白虎通爵篇曰：「天子之士加元，以別於諸侯士也。」適，「嫡」之通借字。王制曰：「命鄉論秀士，升之司徒曰選士，司徒論選士之秀者曰俊士。」

夫以學校之設，其廣如此，教之之術，其次第節目之詳又如此。而其所以爲教，則又皆本之人君躬行心得之餘，不待求之民生日用彝倫之外，是以當世之人無不學。其學焉者，無不有以知其性分之所固有，職分之所當爲，而各俛焉以盡其力。此古昔盛時，所以治隆於上，俗美於下，而非後世之所能及也。以上古代教化之效。

書洪範曰：「彝倫攸敍。」○禮記表記曰：「俛焉日有孳孳。」

及周之衰，賢聖之君不作，學校之政不修，教化陵夷，風俗頽敗。時則有若孔子之聖，而不得君師之位以行其政教，於是獨取先王之法，誦而傳之，以詔後世。若曲禮、少儀、内則、弟子職諸篇，固小學之支流餘裔。而此篇者，則因小學之成功，以著大學之明法。外有以極其規模之大，而内有以盡其節目之詳者也。三千之徒，蓋莫不聞其説，而曾氏之傳，獨得其宗。於是作爲傳義，以發其意。及孟子没，而其傳泯焉，則其書雖存，而知者鮮矣。以上言孔子著大學之法，曾子獨得其傳。

禮記曲禮篇上孔疏引鄭目録曰：「名曰曲禮者，以其篇記五禮之事。祭祀之説，吉禮也。喪荒去國之説，凶禮也。致貢朝會之説，賓禮也。兵車旌鴻之説，軍禮也。事長敬老，執贄納女之説，嘉禮也。此於別録屬制度。」○禮記少儀篇孔疏引鄭目録曰：「名曰少儀者，以其記相見及薦羞之少威儀，少猶小也，此於別録屬制度。」○禮記内則篇孔疏引鄭目録曰：「名曰内則者，以其記男女居室事父母舅姑之法，此於別録屬子法。以閨門之內，軌儀可則，故曰內則。」○管子有弟子職篇。○漢書藝文志小學十家，乃文字訓詁之學。此以幼儀爲小學，亦與漢儒説異。○漢書藝文志曰：「諸子亦六經之支與流裔。」顔曰：「裔，衣末也。其於六經，如水之下流，衣之末裔。」○經義考卷一百五十六曰：「大學不題作者姓氏，或云七十子之徒共撰所聞，或云是子思作。朱子於百世之後，毅然論定爲曾子之書，且析爲經傳，謂：『經一章，蓋孔子言而曾子述之；傳十章，則曾子之意而門人記之。』其答林擇之書云：『傳中引曾子曰，知曾氏門人成之。』而黄岡樊氏曰：『記引曾子之言，決非曾子之書可知。』學者所見，不同如是。」○史記孔子世家曰：「以詩書禮樂教弟子，蓋三千焉。」

自是以來，俗儒記誦詞章之習，其功倍於小學而無用；異端虛無寂滅之教，其高過於大學而無實。其他權謀術數，一切以就功名之説，與夫百家衆技之流，所以惑世誣民、充塞仁義者，又紛然雜出乎其閒。使其君子不幸而不得聞大道之要，其小人不幸而不得蒙至治之澤，晦盲否塞，反覆沈痼，以及五季之衰而壞亂極矣。以上俗學異端，皆非大學之教，大道不聞，而極壞亂。

虛無寂滅，謂佛老也。史記太史公自序述其父談論六家要指曰：「道家無爲。」又曰：「無不爲，其實易行，其辭難知，其術以虛無爲本。」案：寂滅，已見韓退之原道注。○漢書藝文志曰：「兵權謀十三家。權謀者，以正守國，以奇用兵，先計而後戰，兼形勢，包陰陽，用技巧者也。」又曰：「凡數術百九十家。數術者，皆明堂羲和史卜之職也。」○孟子滕文公下曰：「是邪説誣民，充塞仁義也。」○宋史地理志曰：「唐室既衰，五季迭興，五十餘年，更易八姓。」

天運循環，無往不復。宋德隆盛，治教休明。於是河南程氏兩夫子出，而有以接乎孟氏之傳，實始尊信此篇而表章之。既又爲之次其簡編，發其歸趣，然後古者大學教人之法、聖經賢傳之指，粲然復明於世。以上言二程子表章大學。

史記高祖本紀太史公曰：「三王之道若循環。」○易泰九三曰：「无往不復。」○宋史道學程顥傳曰：「顥字伯淳，世居中山，從開封徙河南。自十五六歲時，與弟頤聞汝南周敦頤論學，遂厭科學之習，慨然有求道之志，求諸六經而後得之。卒，文彦博采衆論，題其墓曰明道先生。嘉定十三年，謚曰純公。」道學程頤傳曰：「頤字正叔。其學本於誠，以大學、語、孟、中庸爲標指，而達於六經。動止語默，一以聖人爲師。世稱伊川先生。嘉定十三年，謚曰正公。」○二程遺書程氏經説卷五，明道、伊川皆有改正大學。○漢書武帝紀贊曰：「表章六經。」○荀子非相篇曰：「欲觀聖王之跡，則於其粲然者矣。」楊注曰：「粲然，明白之貌。」

雖以熹之不敏，亦幸私淑而與有聞焉。顧其爲書，猶頗放失。是以忘其固陋，采而輯之，閒以竊附己意，補其闕略，以俟後之君子。極知僭踰無所逃罪，然於國家化民成俗之意、學者脩己治人之方，則未必無小補云。以上撰大學章句之指。淳熙己酉二月甲子新安朱熹序。渾重温純，近似南豐，而説理精粹過之。

論語顔淵篇：「顔淵曰：回雖不敏，請事斯語矣。」○孟子離婁上曰：「予未得爲孔子徒也，予私淑諸人也。」

○禮記學記曰：「君子如欲化民成俗，其必由學乎。」○孟子盡心上曰：「豈曰小補之哉？」○宋孝宗淳熙十六年二月辛酉，朔；壬戌，內禪，光宗即位；甲子，乃初四日也。○輿地紀勝曰：「江南東路徽州：秦置鄣郡。漢武帝改故鄣郡爲丹陽郡。吳孫權分丹陽郡置新都郡。晉武平吳，改新都爲新安郡。隋平陳，置歙州，煬帝改爲新安郡。唐置歙州總管（武德四年），改都督府（武德六年），尋罷（貞觀元年），改新安郡（天寶元年），復爲歙州（乾元元年）。五代吳楊氏、南唐李氏相繼有之。皇朝平江南，始復共職貢（開寶八年），隸江南東路，方寇既平，詔改爲徽州（宣和三年），中興因之。今領縣六（歙、休寧、祁門、婺源、績溪、黟），治歙縣（今安徽歙縣治）。」

送郭拱辰序

郭拱辰，字叔瞻，三山人。登朱晦菴之門，游戲丹青。見樓迂齋（鑰）攻媿集（卷七十九贈寫照郭拱辰）。

世之傳神寫照者，能稍得其形似，已得稱爲良工。今郭君拱辰叔瞻，乃能并與其精神意趣而盡得之，斯亦奇矣。先敍其寫照之善。

晉書文苑顧愷之傳曰：「愷之每畫人成，或數年不點目精，人問其故，答曰：四體妍蚩，本無闕少，於妙處傳神寫照，正在阿堵中。」○蘇子瞻書鄢陵主簿所畫折枝詩曰：「論畫以形似，見與兒童鄰。」

予頃見友人林擇之、游誠之，稱其爲人，而招之不至。今歲惠然來自昭武，里中士夫數人，欲觀其能，或一寫而肖，或稍稍損益，卒無不似，而風神氣韻，妙得其天致，有可笑者。爲予作大小二象，宛然麋鹿之姿，林野之性，持以示人，計雖相聞而不相識者，亦有以知其爲予也。以上作二象極其神似。

萬姓統譜卷六十四曰：「林用中，字擇之，古田人。始從林光朝學，後聞朱文公授徒建安，復往從焉。文公嘗稱其通悟，脩謹嗜學，謂爲畏友。」又卷六十二曰：「游九言，字誠之，建陽人。張南軒高弟，累仕至知光化軍，卒，諡文清」。

然予方將東遊鴈蕩，窺龍湫，登玉霄以望蓬萊，西歷麻源，經玉笥，據祝融之絕頂，以臨洞庭風濤之壯，北出九江，上廬阜，入虎溪，訪陶翁之遺迹，然後歸而思自休焉。彼當有隱君子者，世人所不得見，而予幸將見之，欲圖其形以歸。而郭君以歲晚思親，不能久從予遊矣。予於是有遺恨焉。因其告行，書以爲贈。以上言已將遠遊，以郭不能從行爲憾，因爲序贈之。淳熙元年九月庚子晦翁書。後幅意象甚遠，似從韓公題李生壁化出。

沈存中鴈蕩山記曰：「温州鴈蕩山，天下奇秀，然自古圖譜未嘗言。祥符中，因造玉清宫，伐木取材，方有人見之。此時尚未有名。按西域書，阿羅漢諾詎那居震旦東南大海際，有『鴈蕩經行雲漠漠，龍湫宴坐雨濛濛』之句。此山南有芙蓉驛，前瞰大海，然未知鴈蕩、龍湫所在。後因伐木，始見此山頂有大池，相傳以爲鴈蕩，下有一潭水以詩名之也。」樓迂齋大龍湫詩曰：「北山太行東禹穴，鴈蕩山中最奇絕。龍湫一派天下無，萬衆贊揚同一舌。」清統志曰：「浙江温州府：鴈蕩山，在樂清縣東九十里，盤曲凡數百里，其峯百有一，谷十，洞八，巖三十，争奇競勝，遊歷難遍。鴈之春歸者留宿焉，故曰鴈蕩。有大小龍湫，會諸澗水，懸厓數百丈，飛瀑之勢，如傾萬斛水從天而下。」○輿地紀勝曰：「兩浙東路台州：玉霄峯，在天台縣三十五里，洞天宫上，重崖疊嶂，松竹葱蒨，且産香茆，世號小桐柏焉。」清統志曰：「浙江台州府：桐柏山，在天台縣西北二十五里，有紫霄、翠微、玉泉、卧龍、蓮花、華林、玉女、玉霄、華頂九峯。」○史記封禪書曰：「蓬萊、方丈、瀛洲，此三神山者，其傳在渤海中。」○謝靈運有入華子岡麻源第三谷詩。明統志曰：「江西建昌府：麻源，在府城（今南城縣）西一十五里，循溪而入，多茂林修竹，土田沃衍。」○水經湘水注曰：「汨水又西逕玉笥山。羅含湘中記云：屈潭之左，有玉笥山，道士遺言，此福地也，一曰地腳山。」清統志曰：「湖南長沙府：玉笥山，在湘陰縣東北，一名石帆山。」○杜子美望岳詩曰：「祝融五峯尊。」韓退之謁衡嶽廟遂宿嶽寺題門樓詩曰：「石廩騰擲堆祝融。」清統志曰：「湖南衡州府：衡山，在衡山縣西三十里，祝融峯乃七十二峯最高者，上有青玉壇，方五丈，湘水環帶山下，五折而北去，峯顛有風穴，東有望日臺，西有望月臺。」○水經湘水注曰：「洞庭湖水廣圓五百餘里，日月若出没於其中。」清統志曰：「湖南岳州府：洞庭湖，在巴陵縣西南，每夏秋水漲，周圍八百餘里。」○漢書地理志九江郡注應劭曰：江自廬江尋陽分爲九。」郭景純江賦曰：「流九派乎潯陽。」書禹貢孔疏曰：「九江，謂大江分而爲九，猶大河分爲九河。」其説甚是。又引潯陽記：「九江，一曰烏江，二曰蚌江，三曰烏白江，四曰嘉靡江，五曰畎江，六曰源江，七曰廩江，八曰提江，九曰箘江。」釋文引潯陽地記，「廩江」作「累江」，餘並同。又引張須元緣江圖：「一曰三里江，二曰五州江，三曰嘉靡江，四曰烏土江，五曰白蚌江，六曰白烏江，七曰箘江，八曰沙提江，九曰廩江。」又與潯陽記不同，恐皆後出之名，未足信。元和郡縣志曰：「江州：禹貢荆州云『九江孔殷』，今州西北二十五里九江是也。」清統志曰：「江西九江府：潯陽江，在府城北，亦名九江，即大江也。」○水經廬江水注曰：「王彪之廬山賦敘曰：廬山，彭澤之山也，雖非五嶽之數，穹隆嵯峨，實峻極之名山也。」孫放廬山賦曰：「尋陽郡南有廬山，九江之鎮也。」孟浩然彭蠡湖中望廬山詩曰：「中流見匡阜，勢壓九江雄。」清統志曰：「江西南康府：廬山，在星子縣北二里，北接九江府界，古名南嶂山，一名匡山，總名匡廬。」○蓮社高賢傳曰：「遠法師居東林，其處流泉匝寺，下入於溪，每送客過此，輒有虎號鳴，因名虎溪，後送客未嘗過。」清統志曰：「江西九江府：虎溪，在德化縣南（今九江縣）。」○宋書隱逸傳曰：「陶潛，字淵明，或云淵明字元亮，尋陽柴桑人也。」清統志曰：「江西九江府：陶潛宅，在德化縣西南九十里柴桑里。」○淳熙元年九月乙酉朔，庚子乃十六日，是年朱子五十三歲。

唐宋文舉要

下

高步瀛　箋釋

陳廷燁　整理

長江出版傳媒
崇文書局

唐宋文舉要乙編卷一　唐文十五首

霸縣高步瀛學

唐初文體，沿六朝之習，雖以太宗之雄才，亦學庾子山爲文，此一時風氣使然，殊不關政治污隆。歐陽永叔譏其不能革五代之餘習，鄭毅夫譏其文纖浮靡麗，不與其功業相稱，皆書生之見，實亦囿於風氣而爲此言耳。當時最著者爲四傑，其小品猶存齊梁韻味，而鴻篇鉅製，則務恢而張之。雖閎博瑰麗，震鑠一時，而其弊也或流於重膇，或溺於氾濫，亦學者所當擇也。安成同其風，巨山繼其武。及燕、許以氣格爲主，而風氣一變，於是漸厭齊梁，而崇漢魏矣。然古文之體格未成，駢儷之宗風亦墜，雖見雅飭，殊乏精采。開、天以後，日益蛻化。洎韓、柳出，而駢文益衰，然作者亦未嘗絕也。晚唐温、李齊名，義山隸事精切，藻思周密，實出飛卿之上，然才力漸薄，遂開宋四六之先聲矣。宋初楊、王諸子，尚緣唐體，歐、蘇而後，氣體又一變。南渡以降，浮溪爲前茅，文山爲後勁。有宋一代，作者固不乏人。然其上者，洵能食古而化，推陳出新；其下者，則語意平凡，振采不飛，負聲無力。觀王厚齋之指南，洪容齋之摘句，知漢家自有法度，即以長卿、子雲之才，亦不能不俯而就範也。然駢文家或屏宋體爲不足觀，亦過矣。今并存其梗概，以備學者審擇焉。

王無功

王績，字無功，絳州龍門人。隋大業中，舉孝悌廉潔，授祕書省正字，不樂在朝，求爲六合丞，旋解官還鄉里。唐武德初，以前官待詔門下省。貞觀中爲大樂丞，旋棄官去。績遊北山、東皋，著書自號東皋子。新舊唐書並入隱逸傳。

答刺史杜之松書

吕才東皋子集序曰：「貞觀中，京兆杜之松、清河崔善繼爲本州刺史，皆請與君相見。君曰：『奈何悉欲坐召嚴君平？』竟不見。崔、杜高君調趣，卒不敢屈，但歲時贈以美酒鹿脯，詩書往來不絕。」新唐書隱逸王績傳曰：「杜之松，故人也，爲刺史，請績講禮。荅曰：吾不能揖讓邦君，談糟粕棄醇醪也。」

月日，博士陳龕至，奉處分借家禮，並帙封送，至請領也。又承欲相招講禮，聞命驚笑，不能已已。豈明公前眷或徒與下走相知不熟也？以上答借家禮及其相招之意。

唐六典卷三十：「州有經學博士、醫學博士，各一人。」○無功重答杜使君書言：「先人遺旨，頗曾恭習。」又稱：「先君獻公，因事起義。」知家禮蓋無功之祖所著，文中子王道篇稱爲安康獻公者也。杜淹文中子世家曰：「同州刺史彥，生濟州刺史，一曰安康獻公，安康獻公生銅川府君，諱隆，字伯高，文中子之父也。」○世説新語儉嗇篇曰：「郗公聞之，驚怪不能已已。」傷逝篇曰：「何揚州云使人情何能已已。」○明公之稱，見魏志呂布傳，後漢書同。禮記檀弓上鄭注曰：「徒猶空也。」此言前日眷顧或非真知己而空有此情也。庾子山思舊銘曰：「怨之徒也，何能感焉？」與此「徒」字義同。○漢書蕭望之傳注應劭曰：「下走，僕也。」顔師古曰：「下走者，自謙言趨走之役也。」

下走意疎體放，性有由然。兼棄俗遺名，爲日已久。淵明對酒，非復禮義能拘；叔夜攜琴，惟以烟霞自適。登山臨水，邈矣忘歸；談虛語玄，忽焉終夜。僻居南渚，時來北山。兄弟以俗外相期，鄉閭以狂生見待。歌去來之作，不覺情親；詠招隱之詩，惟憂句盡。帷天席地，友月交風。新年則柏葉爲樽，仲秋則菊花盈把。羅含宅內，自有幽蘭數叢；孫綽庭前，空對長松一樹。高吟朗嘯，挈榼攜壺。直與同志者爲羣，不知老之將至。以上自述。

宋書隱逸傳曰：「陶潛，字淵明，或云淵明字元亮，潯陽柴桑人也。貴賤造之者，有酒輒設，若先醉，便語客：『我醉欲眠，卿可去。』其真率如此。郡將候潛，值其酒熟，取頭上葛巾漉酒，畢，還復著之。」○晉書嵇康傳曰：「康字叔夜，譙國銍人也。常修養性服食之事，彈琴詠詩，自足爲懷。」○宋玉九辯曰：「登山臨水兮送將歸。」○世説新語容止篇曰：「王夷甫妙於談玄。」○無功遊北山賦曰：「獨居南渚，時遊北山。」無功又有北山詩。案：清統志曰：「山西絳州河津縣：魏曰龍門，唐貞觀十七年屬絳州。汾河在州城南門外，西至河津縣南入河。黄河在河津縣西，疏屬山在河津縣東。文中子云：『疏屬之南，汾水之曲，有先人敝廬在。』（事君篇）王通故里，在河津縣南三十里。又，通弟績，隱處東皋村，在縣東。」○無功與馮子華書曰：「家兄知吾縱恣，亦以俗外相待，不拘以家務。」又曰：「吾家三兄生於隋末，傷世擾亂，有德無位。」案：無功兄弟四人，伯兄通字仲淹（文中子世家），即文中子，仲兄凝字叔恬（王福時王氏書雜録），次即績，季弟静字保名（並文中子禮樂篇）。此書稱三兄者，蓋據諸從昆弟之序數之耳。○史記酈生傳曰：「縣中皆謂之狂生。」○陶淵明有歸去來辭，宋書隱逸傳曰：「陶潛解印綬去職，賦歸去來。」○左太沖、陸士衡皆有招隱詩。○劉伯倫酒德頌曰：「幕天席地，縱意所如。」○荆楚歲時記曰：「正月一日，長幼悉正衣冠，以次拜賀，進椒柏酒，飲桃湯。」○藝文類聚草部上引續晉陽秋曰：「陶潛無酒，坐宅邊菊叢中，採摘盈把。」○晉書文苑傳曰：「羅含，字君章，桂陽耒陽人也。累遷散騎常侍、侍中，仍轉廷尉、長沙相。年老，致仕還家，階庭忽蘭菊叢生，以爲德行之感焉。」○晉書孫綽傳（附孫楚傳。楚，太原中都人。）曰：「綽字興公，所居齋前，種一株松，恒自守護。」○酒德頌曰：「動則挈榼提壺。」○論語述而篇曰：「不知老之將至云爾。」

欲令復整理簪屨，修束精神，揖讓邦君之門，低昂刺史之坐，遠談糟粕，近棄醇醪，必不能矣。亦將恐芻狗貽夢，櫟社見嘲。去矣君侯，無落吾事。以上謝不能往。○蔣心餘曰：「能以淡勝，故自高出羣賢。」

莊子天道篇曰：「桓公讀書於堂上，輪扁曰：君之所讀者，古人之糟魄已夫。」釋文曰：「魄，又作『粕』。」○漢書爰盎傳曰：「買二石醇醪。」顏注曰：「醇者不雜，言其醲也；醪，汁滓合之酒也，音牢。」○莊子天運篇：「師金曰：今而夫子亦取先王已陳芻狗，聚弟子遊居寢臥其下，是非其夢邪？」魏志方伎傳曰：「周宣，樂安人也。嘗有問宣曰：『吾昨夜夢見芻狗，其占何也？』宣答曰：『君欲得美食耳。』出行果遇豐膳。

又問宣曰：『昨夜復夢見芻狗，何也？』曰：『君欲墮車折脚。』頃之果如宣言。後又問宣：『昨夜復夢見芻狗，何也？』宣曰：『君家欲失火。』俄遂火起。問宣曰：『三夢芻狗，而其占不同，何也？』宣曰：『芻狗者，祭神之物，故君始夢，當得飲食也。祭祀既訖，則芻狗爲車所轢，故中夢當墮車折脚也。芻狗既車轢之後，必載以爲樵，故後夢憂失火也。』」○莊子人閒世篇曰：「匠石之齊，至乎曲轅，見櫟社樹，曰散木也。匠石歸，櫟社見夢曰：而幾死之散人，又惡知散木？」○莊子天地篇曰：「伯成子高辭爲諸侯而耕，禹往見之，子高曰：夫子闔行邪，無落吾事。」釋文曰：「落猶廢也。」

杜之松

全唐文載：「之松，博陵曲阿人。隋起居舍人，入唐爲河中刺史。」全唐詩同。其云曲阿人（今江蘇丹陽縣），與吕才序言京兆不合。宋計有功唐詩紀事亦云之松貞觀中爲河中刺史。然據元和郡縣志及新舊唐書地理志，改蒲州爲河中府在開元初年，吕才但言之松爲本州刺史，是絳州非蒲州也。（龍門縣，今山西河津縣，隋開皇十六年割屬蒲州，唐武德三年屬泰州，貞觀十七年泰州廢，改屬絳州。）

答王績書

辱書，知不降顧，歎恨何已。僕幸恃故情，庶迴高躅。豈意康成道重，不許太守稱官；老萊家居，羞與諸侯爲友。延佇不獲，如何如何；奇跡獨全，幸甚幸甚！以上王不肯來。

後漢書鄭玄傳曰：「玄字康成，北海高密人也。大將軍袁紹總兵冀州，遣使要玄，大會賓客。時應劭亦歸於紹，因贊曰：『故太山太守應中遠北面稱弟子何如？』玄笑曰：『仲尼之門，考以四科，回賜之徒，不稱官閥。』劭有慙色。」○列女傳賢明傳曰：「楚老萊子逃世，耕于蒙山之陽，人或言之楚王，楚王駕至老萊子之門，曰：『願先生幸臨之。』老萊子曰：『諾。』其妻載畚挾薪樵而來，曰：『何車跡之衆也？』老萊子曰：『楚王欲使吾守國之政。』妻曰：『妾聞之：「可授以官祿者，可隨以鈇鉞。」能免於患乎？』投其畚而去，至江南，老萊子隨其妻而居之。」又見皇甫謐高士傳卷上。

敬想結廬人境，植杖山阿，林壑地之所豐，烟霞性之所適，蔭丹桂，藉白茅，濁酒一杯，清琴數弄，誠足樂也。此真高士，何謂狂生？以上王之高尚。

陶淵明飲酒詩曰：「結廬在人境。」○論語微子篇曰：「植其杖而芸。」陶淵明歸去來辭曰：「或植杖而耘耔。」魏志常林傳曰：「耕種山阿。」○易大過初六曰：「藉用白茅。」○嵇叔夜與山巨源絕交書曰：「濁酒一杯，彈琴一曲，志願畢矣。」

僕憑藉國恩，濫尸貴部。官守有限，就學無因。延頸下風，我勞何極。前因行縣，實欲祇尋。誠恐燉煌孝廉，守琴書而不出；酒泉太守，列鐘鼓而空還。

所以遲迴，遂攬轡也。以上自述，並言前日不敢相尋之故。

莊子胠篋篇曰：「遂至使民延頸舉踵。」○左傳僖十五年曰：「羣臣敢在下風。」○漢書韓延壽傳曰：「不肯出行縣。」○爾雅釋詁曰：「祗，敬也。」○晉書隱逸傳曰：「汜騰，字無忌，敦煌人也。舉孝廉，除郎中。屬天下兵亂，去官還家，柴門灌園，琴書自適。」○太平御覽逸民部三引王隱晉書曰：「宋纖，字令文（晉書作「艾」），敦煌人也，隱於酒泉山。酒泉太守馬岌，高尚之士也，具威儀，鳴鐘鼓（晉書作「鐃鼓」），造纖，纖拒而不見。」○步出夏門行古詞曰：「攬轡爲我御。」

僕雖不敏，頗識前言。道既知尊，榮何足恃。豈不能正平公之坐，敬養亥唐；屈文侯之膝，恭師子夏？雖齊桓德薄，五行無疑；眭夸故人，一來何損。以上仍望其來。

孟子萬章下曰：「晉平公之於亥唐也，入云則入，坐云則坐，食云則食。」又見抱朴子欽士篇及御覽人事部十三引韓非子。（凡兩見，腓脹門作「唐亥」，足門作「唐彥」，「彥」即「亥」字之譌。而逸民部九引嵇康高士傳亦作「亥唐」。）○史記魏世家曰：「文侯受子夏經藝。」又見仲尼弟子列傳。○韓非子難一曰：「齊桓公時有處士曰小臣稷，桓公三往而弗得見，於是五往乃得見之。」又見呂氏春秋下賢篇、新序雜事五。○魏書逸士傳曰：「眭夸，趙郡高邑人也，少與崔浩爲莫逆之交。浩爲司徒，奏徵爲其中郎，辭疾不赴。州郡逼遣，不得已入京師與浩相見，延留數日，惟飲酒談敘平生，不及世利。浩每欲論屈之，竟不能發言，其見敬憚如此。」

蒙借家禮，今見披尋。微而精，簡而備，誠經傳之典略，閨庭之要訓也。其喪禮新義，頗有所疑，謹用條問，具如別帖，想荒宴之餘，爲詮釋也。遲更知聞。以上論所借之書。○蔣心餘曰：「氣體殊佳。」

顔延年五君詠曰：「韜精日沈飲，誰知非荒宴？」○廣韻六至：「遅，直利切，待也。」案：「遅」「遲」字同。（説文「遅」，「遲」之籀文。）

李善

李善，揚州江都人。（江夏縣志云「字次孫」，不足據。）顯慶中，累補太子內率府録事參軍、崇賢館直學士，轉祕書郎。乾封中，出爲涇城令，坐與賀蘭敏之周密，配流姚州，後遇赦得還，以教授爲業，諸生多自遠方而至。載初元年，卒。舊唐書附儒學上曹憲傳；新唐書見文藝中李邕傳，邕，善之子也。

上文選注表

舊唐書儒學李善傳曰：「嘗注解文選，分爲六十卷，表上之，賜絹一百二十匹，詔藏于祕閣。」新唐書文藝李邕傳曰：「父善爲文選注，敷析淵洽，表上之，賜賚頗渥。」舊書經籍志、新書藝文志總集類皆載有李善注文選六十卷。

臣善言：竊以道光九野，縟景緯以照臨；德載八埏，麗山川以錯峙。垂象之文斯著，含章之義聿宣。協人靈以取則，基化成而自遠。以上人文與天文、地文並著。

易益彖傳曰：「其道大光。」呂氏春秋有始篇曰：「天有九野，中央曰鈞天，東方曰蒼天，東北曰變天，北方曰玄天，西北曰幽天，西方曰顥天，西南曰朱天，南方曰炎天，東南曰陽天。」淮南子天文篇同。開元占經卷三引尚書考靈耀、楚辭天問王逸注、廣雅釋天作「東方皞天，南方赤天，西方成天」，餘並同。太玄玄數篇曰：「九天：一爲中天，二爲羨天，三爲從天，四爲更天，五爲睟天，六爲廓天，七爲減天，八爲沈天，九爲成天。」又巽。○漢書王莽傳顏注曰：「縟，繁也。」文選王元長三月三日曲水詩序曰：「揆景緯以裁基。」注曰：「景，日也；緯，星也。」詩日月曰：「照臨下土。」左傳莊二十二年曰：「照之以天光。」○易坤彖傳曰：「坤厚載物，德合無疆。」司馬長卿封禪文曰：「下泝八埏。」李注引孟康曰：「埏若瓮埏，地之八際也。」漢書司馬相如傳顏注曰：「淮南子作『八夤』。」案：今淮南墬形篇作「八殥」。○易離彖傳曰：「百穀草木麗乎土。」周禮小司寇鄭注曰：「麗，附也。」文選射雉賦徐爰注曰：「峙，立也。」○易繫辭傳下曰：「天垂象。」坤六三曰：「含章可貞。」○「協」「協」字通。○書僞太誓上曰：「惟人萬物之靈。」○陸士衡文賦序曰：「取則不遠。」○易恒彖傳曰：「聖人久於其道而天下化成。」

故羲繩之前，飛葛天之浩唱；媯簧之後，掞叢雲之奧詞。步驟分途，星躔殊建；球鍾愈暢，舞詠方滋。楚國詞人，御蘭芬於絕代；漢朝才子，綜鞶帨於遙年。虛玄流正始之音，氣質馳建安之體。長離北度，騰雅詠於圭陰；化龍東騖，煽風流於江左。以上古今文章之變遷。

易繫辭下曰：「古者庖犧氏之王天下也，作結繩而爲罔罟。」又曰：「上古結繩而治，後世聖人易之以書契。」孔疏曰：「大事大結其繩，小事小結其繩。」僞孔安國尚書序曰：「古者伏犧氏之王天下也，始畫八卦，造書契，以代結繩之政，由是文籍生焉。」○吕氏春秋古樂篇曰：「昔葛天氏之樂，三人操牛尾，投足以歌八闋。」高注曰：「葛天氏，古帝名。」○楚辭九歌少司命曰：「臨風怳兮浩歌。」○禮記明堂位曰：「女媧之笙簧。」鄭注引世本作篇曰：「女媧作笙簧。」○漢書禮樂志注引晉灼曰：「掞即光炎字也。」太平御覽天部八引尚書大傳曰：「舜爲賓客，禹爲主人，百工相和而歌卿雲。于時八風循通，卿雲藂藂。」注曰：「言和氣應也。藂，或作『蔟』。」案：「藂」「叢」字同。○後漢書曹褒傳：「元和二年下詔曰：三五步驟。」章懷注引孝經鉤命決曰：「三皇步，五帝驟，三王馳。」○方言十二曰：「日運爲躔。」漢書律曆志顔注曰：「躔，舍也。」公羊傳隱元年何注曰：「夏以斗建寅之月爲正，殷以斗建丑之月爲正，周以斗建子之月爲正。」禮記月令：「孟春之月，日在營室。」鄭注曰：「日月之行，一歲十二會，聖王因其會而分之以爲大數焉，觀斗所建，命其四時。此云孟春者，日月會於諏訾，而斗建寅之辰也。」案：月令據夏正建寅，故正月日在營室；推之殷正建丑，則日在婺女；周正建子，則日在斗。然恒星東移，古今日躔有異，此不過言其大略耳。○書益稷僞孔傳曰：「球，玉磬。」又曰：「鏞，大鍾。」案：「鍾」乃「鐘」之通借字。○禮記樂記曰：「歌詠其聲也，舞動其容也。」○史記屈原傳曰：「屈原者名平，楚之同姓也。憂愁幽思而作離騷。」案：離騷曰：「紉秋蘭以爲佩。」○楊子法言寡見篇曰：「今之學也，非獨爲之華藻也，又從而繡其鞶帨。」內則鄭注曰：「鞶，小囊，盛帨巾者。」○世説新語賞譽篇曰：「王敦爲大將軍，鎮豫章，衛玠避亂，從洛投敦，相見欣然，談話彌日。于時謝鯤爲長史，敦謂鯤曰：不意永嘉之中，復聞正始之音。」劉孝標注引玠别傳曰：「敦謂僚屬曰：『昔王輔嗣吐金聲於中朝，此子今復玉振於江表。微言之緒，絶而復續。不悟永嘉之中，復聞正始之音。』」又見晉書衛玠傳。又王衍傳曰：「魏正始中，何晏、王弼等祖述老莊立論，以爲天地萬物，皆以無爲爲本，無也者，開物成務，無往不存者也。」文心雕龍明詩篇曰：「正始明道，詩雜仙心。何晏之徒，率多浮淺。」魏志三少帝紀曰：「齊王芳即皇帝位，詔曰：以建寅之月爲正始元年正月。」○宋書謝靈運傳論曰：「至于建安，曹氏基命，子建、仲宣，以氣質爲體。」邢子才廣平王碑文曰：「方見建安之體，復聞正始之音。」後漢書獻帝紀曰：「改元建安。」○文選潘安仁爲賈謐作贈陸機詩曰：「婉婉長離，凌江而翔。長離云誰，咨爾陸生。」李善注曰：「長離喻機也。漢書曰：『長麗前掞光耀明。』臣瓚曰：『長離，靈鳥也。「離」與「麗」古字通。』」案：李引漢書，見禮樂志。北度，謂陸機度江入洛陽也。○周禮大司徒之職：「以土圭之灋測土深，正日景，以求地中。日南則景短多暑，日北則景長多寒，日東則景夕多風，日西則景朝多陰。日至之景，尺有五寸，謂之地中。」鄭司農曰：「土圭之長，尺有五寸，以夏至之日，立八尺之表，其景適與土圭等，謂之地中，今潁川陽城地爲然。」案：據先鄭此注，漢潁川郡陽城縣正當地中，陽城爲今河南登封縣地，在洛陽東南一百二十里，則洛陽在其西，與日西則景朝多陰之義合，故云圭陰也。○藝文類聚帝王部三引晉陽秋曰：「太安中，童謡曰：『五馬浮渡江，一馬化爲龍。』永嘉大亂，王室淪覆，唯琅琊、西陽、汝南、南頓、彭城五王獲濟，至是中宗登祚。」又見晉書元帝紀。○宋書謝靈運傳論曰：「在晉中興，玄風獨扇，爲學窮於柱下，博物止乎七篇，馳騁文辭，義殫乎此。」文心雕龍明詩篇曰：「江左篇製，溺於玄風，羞笑徇務之志，崇盛忘機之談。」宋初文詠，體有因革，莊老告退，而山水方滋。」

爰逮有梁，宏材彌劭。昭明太子，業膺守器，譽貞問寢。居肅成而講藝，開博望以招賢。搴中葉之詞林，酌前修之筆海。周巡緜嶠，品盈尺之珍；楚望長瀾，搜徑寸之寶。故撰斯一集，名曰文選。後進英髦，咸資準的。以上昭明之撰文選。

梁書武帝本紀曰：「中興二年三月丙辰，齊帝禪位於梁王。天監元年夏四月丙寅，高祖即皇帝位。」○晉書郭璞傳贊曰：「夙振宏材。」爾雅釋詁曰：「劭，勉也。」○梁書昭明太子傳曰：「昭明太子統，字德施，高祖長子也。以齊中興元年九月生於襄陽。天監元年，立爲皇太子。中大通三年四月乙巳薨，時年三十一，謚曰昭明。所著文選三十卷。」○易序卦傳曰：「主器者莫若長子。」○禮記文王世子曰：「文王之爲世子，朝於王季日三。雞初鳴而衣服，至於寢門外，問内竪之御者曰：今日安否何如？」○三國志魏志文帝紀裴注引王沈魏書曰：「帝初在東宫，集諸儒於肅城門内，講論大義，侃侃無倦。」太平御覽皇王部十八引「肅城」作「肅成」。○漢書武五子傳曰：「戾太子據，元狩元年立爲皇太子，及冠，就宫，上爲立博望苑，使通賓客。」案：梁書昭明太子傳曰：「引納才學之士，賞愛無倦，恒自討論篇籍，或與學士商榷古今，閒則繼以文章著述，率以爲常。于時東宫有書幾三萬卷，名才並集。晉宋以來，未之有也。」○離騷王逸注曰：「搴，取也。」詩殷武曰：「昔在中葉。」毛傳曰：「葉，世也。」文選左太沖蜀都賦曰：「當中葉而擅名。」案：此文中葉，指周秦以來，對上古而言。陸佐公感知己賦曰：「文究詞林。」昭明太子文選序曰：「泛覽辭林。」○離騷曰：「謇吾法夫前脩兮。」王注曰：「上法前世遠賢。」案：「脩」「修」字通用。論衡亂龍篇曰：「劉子駿，漢朝智囊，筆墨淵海。」○「周巡緜嶠」四句，以品珠玉喻選文也。穆天子傳一曰：「乃至于崑崙之丘，以觀春山之珤。」文選陸士衡樂府飲馬長城窟行注曰：「緜，遠也。」（案：此依六臣本。）爾雅釋山曰：「山鋭而高，嶠。」釋文曰：「嶠，渠驕反，郭又音驕，字林作『嶠』，云山鋭而長也，巨照反。」○尹文子大道上曰：「魏田父有耕于野者，得寶玉徑尺。」文選西都賦注亦引之。○淮南子覽冥篇高注曰：「隋侯，漢東之國，姬姓諸侯也。隋侯見大蛇傷斷，以藥傅之，後蛇于江中銜大珠以報之，因曰隋侯之珠，蓋明月珠也。」

西都賦注亦引之。又搜神記卷二十曰：「隋縣溠水側有斷蛇丘。隋侯出行，見大蛇被傷中斷，使人以藥封之，蛇乃能走。歲餘，蛇銜明珠以報之，珠盈徑寸，純白而夜有光明，如月之照，可以燭室，故謂之隋侯珠，亦曰靈蛇珠，又曰明月珠。」案：「隋」字當作「隨」。隨，漢東之國，與楚鄰，後入于楚。長瀾，指江漢也。管子揆度篇曰：「南貴江漢之珠。」史記封禪書曰：「齊桓公曰：南伐至召陵，登熊耳山以望江漢。」爾雅釋水曰：「大波爲瀾。」○爾雅釋言曰：「髦，俊也。」文選辨命論曰：「英髦秀達。」○淮南子兵略篇許注曰：「的，射準也。」

伏惟陛下，經緯成德，文思垂風。則大居尊，耀三辰之珠璧；希聲應物，宣六代之雲英。孰可撮壤崇山，導涓宗海？以上稱頌高宗。

蔡邕獨斷上曰：「天子正號曰皇帝，自稱曰朕，臣民稱之曰陛下。陛下者，陛階也，所由升堂也。天子必有近臣執兵，陳於陛側，以戒不虞。謂之陛下者，羣臣與天子言，不敢指斥，故呼在陛下者而告之，因卑達尊之意也。上書亦如之。」○左傳昭二十八年：「成鱄曰：經緯天地曰文。」書堯典曰：「欽明文思安安。」○論語泰伯篇：「子曰：唯天爲大，唯堯則之。」儀禮喪服：「傳曰：君，至尊也。」○左傳桓二年曰：「三辰旂旗。」杜注曰：「三辰，日月星也。」漢書律曆志曰：「日月如合璧，五星如連珠。」○老子曰：「大音希聲。」○周禮春官大司樂曰：「以樂舞教國子，舞雲門、大卷、大咸、大磬、大夏、大濩、大武。」鄭注曰：「此周所存六代之樂。黄帝曰雲門、大卷；大咸，咸池，堯樂也；大磬，舜樂也；大夏，禹樂也；大濩，湯樂也；大武，武王樂也。」賈疏引樂緯曰：「帝嚳之樂曰六英。」漢書禮樂志曰：「帝嚳作五英。」白虎通義禮樂篇、風俗通義聲音篇、御覽樂部四引樂緯皆作「五英」，廣雅釋樂作「五韺」。○李斯上書曰：「太山不讓土壤，故能成其大；河海不擇細流，故能就其深。」禮記中庸曰：「今夫地，一撮土之多。」○說文曰：「涓，小流也。」書禹貢曰：「江漢朝宗于海。」

臣蓬衡蕞品，樗散陋姿。汾河委筴，夙非成誦；嵩山墜簡，未議澄心。握玩斯文，載移涼燠。有欣永日，實昧通津。故勉十舍之勞，寄三餘之暇。弋釣書部，願言注緝，合成六十卷。以上作注。

禮記儒行曰：「蓬户甕牖。」詩衡門毛傳曰：「衡門，横木爲門，言淺陋也。」左傳昭七年杜注曰：「蕞，小貌。」○莊子逍遥遊篇曰：「惠子謂莊子曰：『吾有大樹，人謂之樗。其大本擁腫而不中繩墨，其小枝卷曲而不中規矩，立之塗，匠者不顧。』」又人閒世篇曰：「匠石之齊，至乎曲轅，見櫟社樹，其大蔽牛，絜之百圍。匠伯不顧，曰：『散木也，以爲舟則沈，以爲棺槨則速腐，以爲器則速毁，以爲門户則液樠，以爲柱則蠹，是不材之木也。』匠石歸，櫟社見夢曰：『而幾死之散人，又惡知散木？』」○「筴」「策」字通，實「册」之借字。漢書張安世傳曰：「上行幸河東，嘗亡書三篋。詔問莫能知，唯安世識之，具作其事。後購求得書以相校，無所遺失。」案武帝紀，元鼎四年十一月，立后土祠于汾陰脽上，此後元封四年、六年，太初二年，天漢元年皆幸河東，祠后土。三篋書亡，安世傳未明言爲何年，然幸河東爲祠汾陰后土，故此文汾河連言。文選漢武帝秋風辭曰：「泛樓船兮濟汾河。」乃元鼎四年幸河東祠后土作，可見幸河東必濟汾河也。○楊德祖答臨淄侯牋曰：「若成誦在心，借書於手。」○嵩山，文選尤本、袁本、茶陵本皆作「崇山」，今依日本古鈔本。案：漢書地理志潁川郡崈高縣顔注曰：「崈，古『崇』字，『嵩』『崇』同字，崇山即嵩山也。」文選任彦昇爲蕭揚州薦士表曰：「竹書無落簡之謬。」注引張騭文士傳曰：「人有嵩山下得竹簡一枚，兩行科斗書，人莫能識。張華以問束晳，晳曰：『此明帝顯節陵策文。』驗校果然。朝廷士庶皆服其博識。」又見晉書束晳傳。○陸士衡文賦曰：「罄澄心以凝思。」○陳孔璋爲曹洪與魏文帝書曰：「讀之喜笑，把玩無猒。」南齊書樂志謝脁雩祭歌辭歌黃帝曰：「涼燠資成化。」○詩山有樞曰：「且以喜樂，且以永日。」○王凝之蘭亭詩曰：「逍遥暎通津。」論語微子篇集解引鄭玄曰：「津，濟渡處也。」案：此謙言，雖喜其書可永朝夕，而實昧其從濟之路。○淮南子齊俗篇曰：「夫騏驥千里，一日而通；駑馬十舍，旬亦及之。」○魏志王肅傳裴注引魏略曰：「董遇言：『讀書百遍，而義自見。』從學者云：『苦渴無日。』遇言：『當以三餘。』或問『三餘』之意，遇言：『冬者歲之餘，夜者日之餘，陰雨者時之餘也。』」文選任彦昇天監三年策秀才文注亦引之，「夜」下有「與陰」二字，「雨」上無「陰」字，未知孰是。○文選嵇叔夜與山巨源絶交書曰：「弋釣草野。」案：此弋釣喻獲取也。隋書經籍志曰：「班固、傅毅並依七略而爲書部。」○詩伯兮曰：「願言思伯。」

殺青甫就，輕用上聞。享帚自珍，緘石知謬。敢有塵於廣內，庶無遺於小說。謹詣闕奉進，伏願鴻慈，曲垂照覽。謹言。以上上表。○闊括瑰麗，較之四傑、崔、李諸家，殊無愧色。知新唐書謂「淹貫古今不能屬辭」者，乃忌者詆毀之詞，不足信也。

後漢書吴祐傳曰：「父恢欲殺青簡以寫經書。」章懷注曰：「殺青者，以火炙簡令汗，取其青易書，復不蠹，謂之殺青，亦謂汗簡。義見劉向別録。」案：初學記果木部、太平御覽文部二十二引風俗通義，亦據劉向別録爲說。○文選魏文帝典論論文曰：「里語曰：家有弊帚，享之千金。」注引東觀漢記光武讓吴漢詔有此二語。○文選百一詩注引闕子曰：「宋之愚人，得燕石於梧臺之側，藏之以爲大寶。周客聞而觀焉，主人齋七日，端冕玄服以發寶，革匱十重，巾十襲。客見俛而掩口，盧胡而笑曰：『此特燕石也，其與瓦甓不殊。』

主人大怒，曰：『商賈之言，醫匠之心。』藏之愈固，守之彌謹。」水經淄水注謂：「古梧宫之臺東，即闞子所謂宋愚人得燕石處。」故馬竹吾玉函山房輯佚書據以輯入闞子，謂太平御覽卷五十一誤作「闞子」，然此注及藝文類聚地部引亦作「闞子」，非誤也。○莊子逍遥遊篇釋文曰：「塵垢猶染汙也。」梁簡文帝上昭明太子集別傳表曰：「請備之延閣，藏之廣内。」○法言學行篇曰：「仰聖人而知衆説之小也。」又，漢書藝文志有小説家。○文選各本此下有「顯慶三年九月日上表」九字，古鈔本作「顯慶三年九月十七日，文林郎、守太子右内率府録事參軍事、崇賢館直學士臣李善上注表」三十六字。

朱少連

朱敬則，字少連，亳州永城人。咸亨中，授洹水尉。長安三年，累遷正諫大夫，尋同鳳閣鸞臺平章事，以老疾請罷知政事，改祭酒，遷冬官侍郎。神龍元年，出爲鄭州刺史，尋以老致仕。侍御史冉祖雍誣奏與王同晈善，貶涪州刺史，既明非其罪，改廬州，卒。睿宗立，贈祕書監，謚曰元。新舊唐書皆有傳。

陳後主論

陳書後主本紀曰：「後主諱叔寶，字元秀，高宗嫡長子也。太建元年立爲皇太子。十四年正月甲寅，高宗崩。乙卯，始興王叔陵作逆伏誅。丁巳，太子即皇帝位於太極前殿。禎明二年十一月，隋遣晉王廣衆軍來伐。三年春正月乙丑朔，隋總管賀若弼自廣陵濟京口，總管韓擒虎趣横江濟采石。辛巳，賀若弼進據鍾山，頓白土岡之東南。甲申，後主遣衆軍與弼合戰，衆軍敗績，弼進攻宮城，燒北掖門。是時，韓擒虎自南掖門而入，於是城內文武百司皆遁出，唯尚書僕射袁憲在殿內。後主聞兵至，從宮人十餘出後堂景陽殿，將自投于井。袁憲侍側，苦諫不從。後閤舍人夏侯公韻又以身蔽井，後主與争久之，方得入焉。及夜爲隋軍所執。三月，後主入於長安。隋仁壽四年十一月，薨於洛陽，追贈大將軍，封長城縣公，謚曰煬。」（隋長城縣，今浙江長興縣東。）

長城公，器識古人，承平嗣主。觀其求忠讜之士，禁左道之人、淫祀妖書、鏤薄假物，即古明哲，何以加焉？先舉其善。

陳書後主紀：「太建十四年三月癸亥，詔曰：『內外卿士，文武衆司，若有智周政術，心練治體，救民俗之疾苦，辯禁網之疎密者，各進忠讜，無所隱諱。』四月庚子，詔曰：『朕臨御區宇，撫育黔黎，方欲康濟澆薄，蠲省繁費，奢僭乖衷，實宜防斷。應鏤金銀薄及庶物化生土木人綵花之屬，及布帛幅尺短狹輕疎者，並傷財廢業，尤成蠹患。又，僧尼道士，挾邪左道，不依經律，民間淫祀妖書，諸珍怪事，詳爲條制，並皆禁絶。』」

但强寇臨邊，南國斯蹙。禮義不舉，苛刻日滋。隣好不敦，驕傲是務。嬖妾五十，盡有珥貂之容；麗服一千，咸取夭桃之色。加以貴妃夾坐，狎客承筵。玉貌絳脣，咀嚼宮徵；花箋綵筆，吟詠烟霞。長夜不疲，略無醒日。於時也，隋德甫隆，南被江漢。厚待閒諜，羊叔子之傾敵人；不伐有喪，楚恭王之結鄰好。加以賀若謀勇，應變如神；擒虎雄風，臨機若電。莫不迎刃自裂，聽鼓争奔。斬張悌之守迷，降薛瑩之知命。紫殿正色，不用袁憲之言；白刃交前，但爲無社之計。嗟乎！龍盤虎踞之地，露草霑衣；千門雙闕之閒，風烟歇絶。臨江離别之感，赴洛嗚咽之悲。五百里之俘囚，纍纍不絶；三百年之王氣，寂寂長空。一國爲一人興，前賢以後愚滅。其來尚矣。以上慨陳之亡。

左傳成十六年曰：「公筮之，史曰：吉，其卦遇復，曰南國蹶。」釋文曰：「蹶，子六反。」案：「蹶」「蹙」字同。○南史陳後主本紀曰：「初，隋文帝受周禪，甚敦鄰好，宣帝（即陳高宗頊）尚不禁侵掠。太建末，隋兵大舉，聞宣帝崩，乃命班師，遣使赴弔，修敵國之禮，書稱姓名頓首。而後主益驕，書末云：『相彼統内如宜，此宇宙清泰。』隋文帝不説，以示朝臣，清河公楊素以爲主辱，再拜請罪，及襄邑公賀若弼並奮求致討。每遣閒諜，隋文帝皆給衣馬，禮遣以歸。後主愈驕，不虞外難，荒於酒色，不恤政事，左右嬖佞珥貂者五十人，婦人美貌麗服巧態以從者千餘人。常使張貴妃、孔貴人等八人夾坐，江總、孔範等十人預宴，號曰狎客。先令八婦人襞采箋，製五言詩，十客一時繼和，遲則罰酒。君臣酣飲，從夕達旦，以此爲常。而盛修宮室，無時休止。税江税市，徵取百端。刑罰酷濫，牢獄常滿。」○左太沖詠史詩曰：「七葉珥漢貂。」○詩桃夭毛傳曰：「桃有華之盛者，夭夭其少壯也。」謝希逸懷園引曰：「夭桃晨暮發。」○陳書后妃傳曰：

「後主張貴妃名麗華，兵家女也，愛傾後宮。」○陳書江總傳曰：「總字總持，濟陽考城人也。後主之世，總當權宰，不持政務，但日與後主遊宴後庭，共陳暄、孔範、王瑗等十餘人，當時謂之狎客。」○鮑明遠蕪城賦曰：「玉貌朱脣。」○曹子建正會詩曰：「咀嚼清商。」嵇叔夜琴賦曰：「宫徵相證。」○潘安仁螢火賦曰：「援綵筆以爲銘。」○沈休文金庭館碑曰：「吐吸烟霞。」○隋書高祖紀曰：「高祖文皇帝姓楊氏，諱堅，弘農郡華陰人也。大定元年二月，周帝禪位於隋。開皇元年二月甲子，即皇帝位。」○詩序曰：「文王之道，被於南國，化行乎江漢之域。」○晉書羊祜傳曰：「祜字叔子，泰山南城人也。武帝以祜爲都督荆州諸軍事，增修德信，懷柔初附。每與吴人交兵，尅日方戰，不爲掩襲之計。人有略吴二兒爲俘者，祜遣送還其家。吴將陳尚、潘景來寇，祜追斬之，美其死節而厚加殯斂。景、尚子弟迎喪，祜以禮遣還。祜出軍行吴境，刈穀爲糧，皆計所侵送絹償之。每會衆江沔游獵，常止晉地，若禽獸先爲吴人所傷，而爲晉兵所得者，皆封還之。於是吴人翕然悦服，稱爲羊公，不之名也。」○隋書高熲傳曰：「開皇二年，長孫覽、元景山等伐陳，令熲節度諸軍。會陳宣帝薨，熲以禮不伐喪，奏請班師。」左傳襄四年曰：「三月，陳成公卒。楚人將伐陳，聞喪乃止。」史記十二諸侯年表，魯襄公四年，楚共王審二十四年。（「共」「恭」字同。）○隋書賀若弼傳曰：「弼字輔伯，河陽雒陽人也。高祖受禪，陰有并江南之志，訪可任者。高熲曰：『朝臣之內，文武才幹無若賀若弼者。』高祖曰：『公得之矣。』於是拜弼爲吴州總管，委以平陳之事。開皇九年，大舉伐陳，以弼爲行軍總管。」○隋書韓擒傳曰：「擒字子通，河南東垣人也。開皇初，高祖潛有吞并江南之志，以擒有文武才用，夙著聲名，於是拜爲廬州總管，委以平陳之任。及大舉伐陳，以擒爲先鋒。」案：唐諱「虎」字，故隋書竟删去。又或以「武」字、「獸」字、「豹」字代之，此文當亦避「虎」字，而爲後人改正也。○晉書杜預傳：「預曰：今兵威已振，譬如破竹，數節之後，皆迎刃而解，無復著手處也。」○荀子議兵篇曰：「聞鼓聲而進。」左傳宣十二年曰：「車馳卒奔。」○吴志三嗣主皓傳曰：「孫皓，天紀三年冬，晉命鎮東大將軍司馬伷向涂中，安東將軍王渾向牛渚，龍驤將軍王濬浮江東下。四年，王渾斬丞相張悌，所在戰克。」裴注引襄陽記曰：「悌字巨先，襄陽人。晉來伐吴，皓使悌督沈瑩、諸葛靚帥衆三萬，渡江逆之，吴軍大敗。諸葛靚與五六百人退走，使過迎悌，悌不肯去，靚自往牽之，悌垂涕曰：『今日是我死日也。』靚流涕放之，去百餘步，已見爲晉軍所殺。」晉書武帝紀曰：「太康元年二月，王渾、周浚與吴丞相張悌戰于版橋，大敗之，斬悌，傳首洛陽。」○吴志薛綜傳曰：「綜，沛郡竹邑人也。子翊，翊弟瑩，字道言，遷光禄勳。天紀四年，晉軍征皓，皓奉書於司馬伷，王渾、王濬請降，其文瑩所造也。」○陳書袁憲傳曰：「憲字德章（陳郡陽夏人），爲尚書僕射。隋軍來伐，賀若弼進燒宮城北掖門，後主遑遽將避匿。憲正色曰：『北兵之入，必無所犯，大事如此，陛下安之。臣願陛下正衣冠，御前殿，依梁武見侯景故事。』後主不從，因下榻馳去。憲從後堂景陽殿入，後主投下井中，憲拜哭而出。」南史後主紀曰：「韓擒虎自南掖門入，袁憲侍側，勸端坐殿上，正色以待之。」○左傳宣十二年：「楚子伐蕭，還無社與司馬卯言，號申叔展。叔展曰：『有麥麴乎？』曰：『無。』『有山鞠窮乎？』曰：『無。』『河魚腹疾奈何？』曰：『目於眢井而拯之。』『若爲茅絰哭井則已。』明日，蕭潰。申叔視其井，則茅絰存焉，號而出之。」杜注曰：「還無社，蕭大夫。」釋文曰：「還音旋。」○御覽州郡部一引吴録曰：「劉備曾使諸葛亮至京，因覩秣陵山阜，歎曰：鍾山龍盤，石頭虎踞，此帝王之宅。」○漢書伍被傳：「被曰：今臣亦將見宫中生荆棘，露霑衣也。」○左太沖吴都賦曰：「朱闕雙立。」○蕪城賦曰：「皆薰歇燼滅，光沈響絶。」○漢書景十三王傳曰：「臨江閔王榮坐侵廟壖地爲宫，上徵榮，榮行，祖道於江陵北門，既上車，軸折車廢，江陵父老流涕竊言曰：吾王不反矣。」○吴志三嗣主傳注引干寶晉紀曰：「陸抗之克步闡，皓意張大，乃使尚廣筮并天下，遇同人之頤，對曰：『吉。庚子歲，青蓋當入洛陽。』故皓不修其政，而恒有窺上國之志。是歲也（謂天紀四年），實在庚子。」○南史陳後主紀曰：「禎明三年三月己巳，後主與王公百司同發，自建鄴之長安，隋文帝遣使迎勞之。使還奏言：自後主以下，大小在路，五百里纍纍不絕。」○庾子山哀江南賦序曰：「將非江表王氣終於三百年乎？」隋書薛道衡傳：「道衡曰：『郭璞有云：江東偏王三百年，還與中國合。』」○文選張士然爲吳令謝詢求爲諸孫置守冢人表曰：「夫一國爲一人興，先賢爲後愚廢。」

或問曰：「安樂公劉禪、歸命侯孫皓、温國公高緯、長城公陳叔寶，並稱域中之大，據天下之尊。或銜璧送降，或逃竄就縶。必不得已，何者爲先？」君子曰：「客所問者，具在方册，請爲吾子陳之，任自擇焉。若乃投井求生，横奔畏死，面縛請罪，膝行待刑，是其謀也。馬上唱無愁之歌，侍宴索達摩之曲。劉禪不思隴蜀，叔寶絕無心肝。對賈充以不忠之詞，和晉帝以鄰國之詠，是其才也。縱黃皓，嬖岑昏，寵高瓌，狎江總，是其任也。剥面鑿眼，孫皓之刑；棄親即讎，高緯之志。其餘細故，不可殫論。聽吾子之懸衡，任夫人之明鏡。」客曰：「入井下策也。」以上較論四君。○筆勢悍摯，後半語雜詼諧，結語尤妙。

蜀志後主傳曰：「後主諱禪，字公嗣，先主子也。景耀六年夏，魏大興徒衆，命征西將軍鄧艾、鎮西將軍鍾會數道並攻，於是遣張翼、廖化等拒之。大赦，改元爲炎興。冬，鄧艾破衛將軍諸葛瞻於綿竹，用光禄大夫譙周策，降於艾。後主舉家東遷，既至洛陽，策命爲安樂縣公。」○吴志三嗣主孫皓傳曰：「皓字元宗，權孫，和子也。天紀四年三月，王濬順流將至，司馬伷、王渾皆臨近境，皓用光禄勳薛瑩、中書令胡沖等計，分遣使奉書於濬、伷、渾，皓舉家西遷。太康元年四月，賜號爲歸命侯。」○北齊書帝紀曰：「後主諱緯，字仁綱，武皇帝之長子也。隆化元年，授位幼主。幼主名恒，帝之長子也。隆化二年春正月乙亥即位，時八歲，改承光元年，尊帝爲太上皇帝。丁丑，太上皇自鄴先趣濟州，周師漸逼。癸未，幼主又自鄴東走，周師燒城西門，太上皇入濟州，幼主禪位於任城王湝，太上皇並太后擕幼主走青州，爲周將所獲，送鄴。周帝與抗賓主禮，並太后幼主送長安，封帝温國公。」○老子曰：「域中有四大，而王居一焉。」王注曰：「四大，道、天、地、王也。」○孟子公孫丑上曰：「天下有達尊三，齒一、爵一、德一。」○銜璧送降，謂蜀、吴二主也。蜀志後主傳曰：「鄧艾至城北，後主輿櫬自縛，詣軍壘門。艾解縛焚櫬，延請相見。」吴志皓傳曰：「王濬最先到，於是受皓之降，解縛焚櫬，延請相見。」左傳僖六年曰：「許男面縛銜璧。」○逃竄就縶，謂齊、陳二主也。北史齊本紀曰：「遣高阿那肱留守，太上皇並皇后擕幼主走青州，爲入陳之計，而高阿那肱召周軍，約生致齊主，而屢使人告賊軍已遠，已令人燒斷橋路，太上所以停緩。周軍奄至青州，太上窘急，將遜於陳，至青州南鄧村，爲周將尉遲綱所獲。」南史陳後主紀曰：「韓擒虎入，袁憲勸端坐殿上以待之。後主曰：『鋒刃之下，未可交當，吾自有計。』乃逃於井。既而軍人窺井而呼之，後主不應，欲下石，乃聞叫聲，以繩引之，驚其太重，及出，乃與張貴妃、孔貴人三人同乘而上。」○左傳隱元年正義曰：「丘明作傳，稱君子之言。」此文蓋倣其意。○禮記中庸曰：「布在方策。」鄭注曰：「方，板也；策，簡也。」案：策，「册」之借字。○張平子西京賦曰：「請爲吾子陳之。」儀禮士冠禮鄭注曰：「吾子，相親之辭。」○史記吴王濞傳曰：「膠西王肉袒叩頭漢軍壁，謁曰：『敢請菹醢之罪。』弓高侯執金鼓見之，王頓首膝行。」○北齊書帝紀曰：「後主驕縱，盛爲無愁之曲。帝自彈胡琵琶而唱之，和之者以百數，人間謂之無愁天子。」隋書音樂志曰：「齊後主自能度曲，親執樂器，別採新聲，爲無愁曲，雖行幸道路，或時馬上奏之。」郭茂倩樂府詩集載温庭筠達磨支曲引樂府雜録曰：「達磨支，健舞曲也。」温飛卿集作達摩支曲，有『無愁高緯花漫漫』之句，豈此曲即緯所奏乎？」○蜀志後主傳注引漢晉春秋曰：「司馬文王問禪曰：『頗思蜀否？』禪曰：『此間樂，不思蜀。』」○南史陳後主紀曰：「後主既見宥，隋文帝給賜甚厚，數得引見，班同三品。每預宴，恐致傷心，爲不奏吴音。後監守者奏言：『叔寶云：既無秩位，每預朝集，願得一官號。』隋文帝曰：『叔寶全無心肝。』」○通鑑晉紀曰：「賈充謂晧曰：『聞君在南方，鑿人目，剥人面皮，此何等刑也？』晧曰：『人臣有弑其君及姦回不忠者，則加此刑耳。』」（胡注曰：「斥充世受魏恩，而姦回附晉，弑高貴鄉公也。」）御覽人事部五又十六兩引語林，皆云：「賈充問孫晧何以好剥人面皮，晧曰：憎其顔之厚。」與此不同。（晉書王濟傳及御覽人事部六又百三十一、工藝部十引語林作答王濟語，又異。）○世説排調篇曰：「晉武帝問孫晧：『聞南人好作爾汝歌，頗能爲不？』晧正飲酒，因舉觴勸帝而言曰：『昔與汝爲鄰，今與汝爲臣。上汝一杯酒，令汝壽萬春。』帝悔之。」（御覽人事部三十一引晉書同）○蜀志後主傳曰：「景耀元年，宦人黄晧始專政。」董允傳曰：「陳祇代允爲侍中，與黄晧互相表裏，晧始預政事。祇死後，晧從黄門令爲中常侍奉車都尉，操弄威柄，終至覆國。」○吴志晧傳曰：「岑昬險諛貴幸，致位九列。天紀四年三月，殿中親近數百人，叩頭請晧殺岑昬，晧惶憒從之。」○北齊書恩倖傳曰：「高阿那肱，善無人也。後主即位，累遷并省尚書左僕射，封淮陰王，又除并省尚書令。初天保中，顯祖自晉陽還鄴，愚僧阿秃師于路中大叫，呼顯祖姓名（高洋），云：『阿那瓌終破你國。』是時茹茹主阿那瓌强盛，顯祖尤忌之。後亡齊者，遂屬阿那肱云。雖作『肱』字，世人皆稱爲『瓌』音。」○吴志晧傳曰：「宫人有不合意者，輒殺流之，或剥人之面，或鑿人之眼。」○北齊書帝紀曰：「後主天統五年正月，殺博陵王濟。二月，殺趙郡王叡。武平二年九月，殺琅邪王儼。三年七月，誅左丞相、咸陽王斛律光。四年五月，殺蘭陵王長恭。」○禮記經解曰：「故衡誠縣，不可欺以輕重。」○淮南子齊俗篇曰：「明鏡便於照形。」○漢書溝洫志：「賈讓奏言：『治河有上中下策。繕完故堤，勞費無已，此最下策也。』」

王子安

王勃，字子安，絳州龍門人，文中子通之孫也。六歲善文詞，未冠應舉及第，授朝散郎。沛王賢聞其名，召署府修撰。是時諸王鬪雞，勃爲文檄英王雞，高宗覽之，怒曰：「此交構之漸。」斥出府。勃既廢，客劍南，久之，補號州參軍。倚才凌藉，僚吏共嫉之。官奴曹達抵罪，勃匿之，又懼事泄，殺之。事覺當誅，會赦除名。父福畤爲雍州司功參軍，坐左遷交阯令。勃往省，渡海溺水，悸而卒。勃與楊炯、盧照鄰、駱賓王以文章齊名，當時號「四傑」。舊唐書人文苑傳，新唐書人文藝傳。

上武侍極啓

新唐書外戚武士護傳曰：「后取賀蘭敏之爲士護後，賜氏武，襲封，累擢左侍極、蘭臺太史令，與名儒李嗣真等參與刊撰。」唐六典（卷八）曰：「門下省左散騎常侍二人，從三品。」注曰：「龍朔二年改爲左侍極。」○子安文多録蔣敬臣清翊注，不逐條標出，以期簡便，非敢掠美，故誌於此。

某啓：某聞玄螭掩耀，光銷赤堇之芒；白鶴摧輝，影滅青胡之寶。由是紫氛霄耿，指牛漢而忘歸；丹水神迷，道驪泉而罔悔。其有龍文已遠，輕圖剸兕之功；魚目濫持，自擬靈虵之色。循榮覽分，朝聞夕可。以上以劍珠爲喻，言寳劍明珠，眇不可得，而求之者，所望甚殷，雖非寳劍明珠，亦可一邀顧眄。

晉書張華傳曰：「吳之未滅也，斗牛閒常有紫氣。吳平之後，紫氣愈明。華聞雷煥妙達緯象，乃要煥宿，登樓仰觀。煥曰：『寳劍之精，上徹於天耳。在豫章豐城。』華即補煥爲豐城令。煥掘獄屋基，得一石函，中有雙劍，並刻題，一曰龍泉，一曰太阿。其夕，斗牛閒氣不復見焉。煥遣使送一劍與華，留一自佩。華誅，失劍所在。煥卒，子華持劍行經延平津，劍忽於腰閒躍出墮水，使人没水取之，不見劍，但見兩龍各長數丈，蟠縈有文章，於是失劍。」說文曰：「螭若龍而黄，北方謂之地螻，或云無角曰螭。」蔣曰：「玄螭，用張華傳劍化龍事。」○越絶書記寳劍曰：「越王句踐有寳劍五。客有能相劍者，名薛燭。王召而問之，取純鈎，薛燭曰：『當造此劍之時，赤堇之山，破而出錫，若邪之溪，涸而出銅，雨師埽灑，雷公擊槖，蛟龍捧鑪，天帝裝炭，太一下觀，天精下之，歐冶乃因天之精神，悉其伎巧，造爲大刑三、小刑二，一曰湛盧，二曰純鈎，三曰勝邪，四曰魚腸，五曰巨闕。』」○易林小畜之萃曰：「白鶴銜珠，夜室待明。」搜神記卷二十曰：「噲參養母至孝，曾有玄鶴，爲弋人所射，窮而歸參，參收養療治其瘡，愈而放之，後鶴雌雄雙至，各銜明珠以報參焉。」○青胡，蔣曰：「未詳。」步瀛案：青胡，疑「青砂」或「青丘」之譌。拾遺記卷一曰：「舜葬蒼梧之野，有鳥銜青砂珠，積成壟阜，名曰珠丘。」○「紫氛」句，蔣曰：「項本作『紫霄氣耿』。」○

爾雅釋天曰：「箕斗之閒，漢津也。」文選古詩曰：「迢迢牽牛星，皎皎河漢女。」○楚辭九歌東君曰：「觀者憺兮忘歸。」○莊子天地篇曰：「黃帝遊乎赤水之北，登乎崑崙之丘而南望，還歸，遺其玄珠。」○莊子列御寇篇曰：「河上有家貧恃緯蕭而食者，其子没於淵，得千金之珠。其父謂其子曰：『取石來鍛之。夫千金之珠，必在九重之淵而驪龍頷下。子能得珠者，必遭其睡也，使驪龍而寤，子尚奚微之有哉？』」釋文曰：「驪龍，黑龍也。」蔣曰：「道，文苑英華：一作『蹈』。」又曰：「唐諱『淵』作『泉』。」○北史王昕傳：「詔曰：俄佩龍文之劍。」淮南子修務篇曰：「苗山之鋋，羊頭之銷，雖水斷龍舟，陸剸兕甲，莫之服帶。」○文選盧子諒贈劉琨詩李善注引雒書曰：「秦失金鏡，魚目入珠。」鄭玄曰：「魚目亂真珠。」○靈蛇，見李善上文選注表注。○庾子山代人乞致仕表曰：「覽分必然，貪榮所忌。」○論語里仁篇曰：「朝聞道，夕死可矣。」

君侯締華椒閣，席寵芝扃。粲貂冕於金軒，藻黿章於玉署。月開鸞鏡，懷精鑒以分形；霜湛虬鐘，蘊希聲而待物。吞九溟於筆海，若控牛涔；抗五岳於詞峯，如臨蟻垤。馳魂霧谷，忻逢紫岫之英；驛思霞邱，佇接青田之響。以上稱武之才學及其愛客。

漢書劉屈氂傳注引如淳曰：「漢儀注：列侯爲丞相稱君侯。」顏曰：「楊惲傳，丘常謂惲爲君侯，是即通呼列侯之尊稱耳，非必在於丞相也。」○謝希逸宋孝武帝哀策文曰：「七景締華。」鮑明遠擬行路難曰：「璇閨玉墀上椒閣。」案：閣即椒房。後漢書皇后紀下注引漢官儀曰：「皇后稱椒房，取其蕃實之義也。」詩云：「椒聊之實，蕃衍盈升。」藝文類聚后妃部引漢官儀曰：「以椒塗室，取温煖祛惡氣也。」武侍極，外戚，故云。又案：賀蘭敏之，乃武后姊韓國夫人子。新唐書外戚傳曰：「士彠娶相里氏，生子元慶、元爽，又娶楊氏，生三女，元女妻賀蘭氏，早寡。（武后爲仲女。）士彠卒，諸子事楊不盡禮，銜之。后立，封楊爲代國夫人，進爲榮國，后姊韓國夫人。於時元慶已官宗正少卿，元爽少府少監，兄子惟良衛尉少卿，楊諷后上疏出元慶等于外。由是元慶斥龍州，元爽濠州，惟良始州。元慶死，元爽流振州。韓國有女在宮中，帝尤愛幸，后導帝幸其母所，惟良等上食，后置堇焉。賀蘭食之暴死，后歸罪惟良等，誅之。諷有司改姓蝮氏，絶屬籍。后取賀蘭敏之爲士彠後，賜氏武。」○書僞古文畢命曰：「兹殷庶士，席寵惟舊。」漢書武帝紀曰：「甘泉宮内中産芝九莖連葉。」○唐六典卷八曰：「散騎常侍金蟬貂。」江文通擬左記室詠史詩曰：「金張服貂冕。」郭景純南郊賦曰：「升金軒，撫太僕。」○漢書百官公卿表顔注曰：「漢舊儀云：銀印皆龜紐，其文曰章，謂刻曰某官之章也。」漢書李尋傳曰：「久污玉堂之署。」顔注曰：「玉堂殿，在未央宮。」劉孝綽校書祕書省詩曰：「終朝守玉署。」○藝文類聚鳥部上引范泰鸞鳥詩序曰：「昔罽賓王獲一鸞鳥，王甚愛之，欲其鳴而不致也。其夫人曰：『嘗聞鳥見其類而後鳴，何不懸鏡以映之？』王從其意，鸞覩形悲鳴，哀響中霄，一奮而絶。」○淮南子説林篇曰：「以鏡視形，曲得其情。」○山海經中山經曰：「豐山有九鐘焉，是知霜鳴。」淮南泰族篇曰：「闔閭伐楚，入郢，破九龍之鐘。」○老子曰：「大音希聲。」禮記學記曰：「善待問者如撞鍾，叩之以小者則小鳴，叩之以大者則大鳴，待其從容，然後盡其聲。」○司馬長卿子虚賦曰：「吞若雲夢者八九，於其胸中曾不蔕芥。」廣韻十五青曰：「溟，海也。」論衡亂龍篇曰：「劉子駿，漢朝智囊，筆墨淵海。」○淮南子俶真篇曰：「夫牛蹏之涔，無尺之鯉。」高注曰：「涔，潦水也。」氾論篇曰：「夫牛蹏之涔，不能生鱣鮪。」高注曰：「涔，雨水也，滿牛蹏跡中，言其小也。」○爾雅釋山曰：「泰山爲東嶽，華山爲西嶽，霍山爲南嶽，恒山爲北嶽，嵩高爲中嶽。」徐孝穆與楊僕射書曰：「足下素挺詞峰。」○韓非子姦劫弑臣篇曰：「猶螘垤之比大陵也。」詩東山毛傳曰：「垤，蟻塚也。」○藝文類聚鳥部上引永嘉郡記曰：「有洙沐溪野青田九里中，有雙白鶴，年年生子，長大便去，只恒餘父母一雙在耳。精白可愛，多云神仙所養。」蔣曰：「此蓋以鶴比隱士也。」四句敍武之愛客。

某北巖曲藝，東皋下節。攀翰苑而思齊，傃文風而立志。迹疲千里，未陪丹轂之遊；葉契三英，尚隔黃衣之夢。謹憑洪貸，輒録舊文。輕敢上呈，列之如右。涓波有託，望日谷以馳誠；鐘鼓無施，伏雷門而假息。謹啓。以上自述呈録舊文，冀其援引之意。○詞采豐腴，筆力健舉，子安文中，當屬佳作。

北巖即北山，北山、東皋，皆子安故居也。見王無功答杜之松書注。○文苑英華二百四十七朱异還東田宅贈朋離詩曰：「窗引北巖雲。」禮記文王世子曰：「曲藝皆誓之。」鄭注曰：「曲藝爲小技能也。」阮嗣宗奏記詣蔣公曰：「方將耕於東皋之陽，輸黍稷之稅。」○郭景純爾雅序曰：「摛翰者之華苑。」○論語里仁篇曰：「見賢思齊焉。」○廣韻十一暮曰：「傃，向也。」案：字當作「泝」，或作「溯」，「傃」，俗字。○曹子建公讌詩曰：「神飆接丹轂，輕輦隨風移。」○詩羔裘曰：「三英粲兮。」毛傳曰：「三英，三德也。」○西京雜記卷上曰：「相如將獻賦，未知所爲，夢一黃衣翁謂之曰：『可爲大人賦。』遂作大人賦，言神仙之事，以獻之，賜錦四匹。」○梁元帝即位詔曰：「逋租宿責，並許弘貸。」○説文曰：「涓，小流也。」洛神賦曰：「託微波而通辭。」○海外東經曰：「湯谷上有扶桑，十日所浴，在黑齒北，居水中，有大木，九日居下枝，一日居上枝。」○鐘鼓，疑「布鼓」之誤。漢書王尊傳：「尊曰：毋持布鼓過雷門。」顔注曰：「雷門，會稽城門也，有大鼓，越擊此鼓，聲聞洛陽。」

秋晚入洛於畢公宅別道王宴序

舊唐書宗室傳曰：「永安王孝基，高祖從父弟也。父璋，周梁州刺史。高祖即位，追封畢王，孝基無子，以從兄韶子道立爲嗣，封高平郡王。九年，降爲縣公。」（新唐書宗室傳以韶爲璋子，誤。）新唐書宗室世系表，畢王房高平郡公子有畢國公景淑，蔣敬臣以爲即此序畢公，蓋是也。又舊唐書高祖二十二子傳曰：「道王元慶，高祖第十六子也。永徽四年，歷滑州刺史，以政績聞。後歷徐、沁、衛三州刺史。麟德元年薨，謚曰孝。子臨海王誘嗣，官至澧州刺史。」案：依子安年歲推之（詳見滕王閣餞別序注），麟德元年以前，年齒尚幼，與序稱「下官」又言「晚讀老莊」句不合，則道王當爲嗣王誘，其王臨淮，未知何時，然其孫微、曾孫錬皆爲嗣道王，新唐書表亦稱嗣王誘，則此序道王爲誘無疑也。

下官才不曠俗，識不動時。充皇王之萬姓，預乾坤之一物。早師周禮，偶愛儒宗；晚讀老莊，動諧真性。進非干物，自疎朝市之機；退不邀榮，誰識王侯之貴。散琴尊於北阜，喜耕鑿於東陂。野老披荷，暫辭幽澗；山人賣藥，忽至神州。驚帝室之威靈，偉皇居之壯麗。朝遊魏闕，見軒冕於南宮；暮宿靈臺，聞絃歌於北里。交情獨放，已厭人間；野性時違，少留都下。以上入洛。

漢書賈誼傳：「誼上疏陳政事曰：罷軟不勝任者，曰下官不職。」「下官」字見此。世説新語棲逸篇曰：「戴安道既屬道東山，而其兄（逯）欲建式遏之功。謝太傅曰：『卿兄弟志業何其太殊？』戴曰：『下官不堪其憂，家弟不改其樂。』」晉書儒林傳：「范弘之與會稽王道子牋曰：下官輕微寒士。」皆自稱「下官」也。○識，一作「寵」，今依張紹和本。○列子天瑞篇張注曰：「我身即天地之一物。」○周禮天官太宰之職曰：「儒以道得民。」○漢書劉向傳：「使其外親上變事，言：董仲舒爲世儒宗，定議有益天下。」○晉書庾敳傳曰：「嘗讀老莊，曰：正與人意闇同。」○莊子馬蹄篇曰：「此馬之真性也。」○秦策一：「張儀曰：臣聞爭名者於朝，爭利者於市。」○文選任彥昇爲齊明帝讓宣城郡公第一表李善注引晉中興書曰：「卞壼表曰：豈敢干祿位以徼時榮乎？」○易蠱上九曰：「不事王侯，高尚其事。」○班孟堅西都賦曰：「睋北阜。」案：北阜，即指北山，已見王無功荅杜之松書。○淮南子齊俗篇曰：「鑿井而飲，耕田而食。」後漢書周燮傳曰：「安帝以玄纁羔幣聘燮，宗族更勸之曰：自先世以來，勳寵相承，君獨何爲守東岡之陂乎？」○漢書藝文志農家有野老十七篇。離騷曰：「製芰荷以爲衣兮。」○楚辭九歌山鬼曰：「山中人兮芳杜若。」後漢書逸民傳曰：「韓康常采藥名山，賣於長安市。」○史記孟子荀卿列傳曰：「中國名曰赤縣神州。」○文選王文考魯靈光殿賦曰：「又似乎帝室之威神。」張載注曰：「威神言尊嚴也。」何平叔景福殿賦曰：「不壯不麗，不足以一民而重威靈。」○景福殿賦曰：「備皇居之制度。」史記高祖本紀：「蕭何曰：天子以四海爲家，非壯麗無以重威。」徐孝穆太極殿銘序曰：「美皇居之壯麗。」○莊子讓王篇：「中山子牟曰：身在江海之上，心居乎魏闕之下。」又見呂氏春秋審爲篇高注曰：「一說魏闕象魏也，懸教象之法，浹日而收之，巍巍高大，故曰魏闕。」又見淮南子俶真篇高注曰：「魏闕，王者門外闕，所以縣教象之書。」○管子法法篇曰：「先王制軒冕，所以著貴賤。」○史記高祖本紀曰：「置酒雒陽南宮。」○後漢書第五倫傳曰：「少子頡爲太中大夫。」章懷注引三輔決録曰：「頡字子陵，爲諫議大夫，洛陽無主人，鄉里無田宅，客止靈臺中，或十日不炊。」水經穀水注曰：「穀水又逕靈臺北，漢光武所築，高六丈，方二十步，亦諫議大夫第五子陵之所居。」○左太沖詠史詩曰：「北里吹笙竽。」○嵇叔夜與山巨源絶交書曰：「縱逸來久，情意傲散。又讀莊老，重增其放。」又曰：「以促中小心之性，統此九患，不有外患，當有内病，寧可久處人間邪？」

道王以天孫之重，分曲阜之新基；畢公以帝室之華，擁平陽之舊館。迹塵鐘鼎，思在江湖。居榮命於中朝，接風期於下走。緑縢朱紱，且混以蘿裳；列榭崇軒，坐均於蓬户。賓主由其莫辨，語默於是同歸。終大王之樂善，備將軍之揖客。以上敍道王、畢公及其交遊。

博物志卷一引孝經援神契曰：「太山，天帝孫也。」○禮記明堂位曰：「封周公於曲阜，地方七百里。」○魏志武文世王公傳曰：「鄧哀王沖亡，命宛侯據子琮奉沖後。正始七年，轉封平陽公。」案：景淑父道立爲畢王孝基後，與平陽公曹琮爲鄧王沖後相同，故以平陽舊館爲喻。蔣敬臣泥於地名，謂平陽有五，今畢公宅在洛陽，而云平陽舊館未詳。偶不照此耳。○漢書劉輔傳曰：「於是中朝左將軍辛慶忌、右將軍廉褒、光禄勳師丹、太中大夫谷永俱上書。」注孟康曰：「中朝，内朝也。」○世説新語言語篇劉孝標注曰：「高逸沙門傳曰：支遁少而任心獨往，風期高亮。」○漢書蕭望之傳：「鄭朋奏記曰：則下走將歸延陵之皋。」注應劭曰：「下走，僕也。」顔師古曰：「下走者，自謙言趨走之役也。」○詩閟宫曰：「公車千乘，朱英緑縢，二矛重弓。」毛傳曰：「英，矛飾也；縢，繩也。」孔疏曰：「言二矛載於車上，皆爲英飾，重弓共在鬯中，以緑縢束之。」易困九二曰：「朱紱方來。」孔疏曰：「紱，祭服也。」又廣雅釋器曰：「紱，綬也。」○楚辭九歌山鬼曰：「若有人兮山之阿，披薜荔兮帶女蘿。」○世説新語言語篇曰：「竺法深在簡文坐，劉尹問：『道人何以遊朱門？』

答曰：『君自見其朱門，貧道如游蓬户。』」○蜀志龐統傳注引襄陽記曰：「司馬德操嘗造德公，值其渡沔，上祀先人墓，德操徑入其室，呼德公妻子，使速作黍：『徐元直向云有客當來就我與龐公譚』。其妻子皆羅列拜於堂下，奔走供設。須臾德公還，直入相就，不知何者是客也。」○易繫辭上曰：「君子之道，或出或處，或默或語。」又繫辭下曰：「天下同歸而殊塗。」○後漢書光武十王東平王蒼傳：「帝手詔國中傳曰：日者問東平王處家何等最樂，王言爲善最樂，其言甚大。」○史記汲黯傳曰：「大將軍青既益尊，姊爲皇后，然黯與亢禮。或説黯曰：『大將軍尊重益貴，君不可以不拜。』黯曰：『夫以大將軍有揖客，反不重耶？』」

是日也，雲繁雨驟，氣爽風馳。高秋九月，王畿千里。高扃向術，似元禮之龍門；甲第臨衢，有當時之驛騎。英王入座，牢醴還陳；高士臨筵，樵蘇不爨。是非雙遣，自然天地之閒；榮賤兩忘，何必山林之下。玄談清論，泉石縱横；雄筆壯詞，煙霞照灼。既而神馳象外，宴洽寰中。白露下而南亭虛，蒼煙生而北林晚。鶢鶋始望，不及牲牢；麋鹿長懷，非忘林藪。先生負局，倦城市之塵埃；遊子横琴，憶汀洲之杜若。以上敍秋晚之宴。

王逸少蘭亭集序曰：「是日也，天朗氣清，惠風和暢。」○文選李少卿答蘇武書曰：「涼秋九月，塞外草衰。」○周禮夏官職方氏曰：「方千里曰王畿。」○文選左太沖蜀都賦曰：「亦有甲第，當衢向術，壇宇顯敞，高門納駟。」劉淵林注曰：「術，道也。」○後漢書李膺傳曰：「以聲名自高，士有被其容接者，名爲登龍門。」章懷注曰：「以魚爲喻也。龍門，河水所下之口，在今絳州龍門縣。辛氏三秦記曰：河津一名龍門，水險不通，魚鼈之屬莫能上，江海大魚薄集龍門下數千，不得上，上則爲龍也。」○史記鄭當時傳曰：「孝景時爲太子舍人，每五日洗沐，常置驛馬長安諸郊，存諸故人，請謝賓客。」○徐孝穆爲貞陽侯重答王太尉書曰：「上黨英王之然諾。」○周禮秋官掌客曰：「掌四方賓客之牢禮。」漢書楚元王傳曰：「元王常爲穆生設醴。」○文選應休璉與侍郎曹長思書曰：「樵蘇不爨，清談而已。」李善注曰：「漢書：『廣武君李左車説成安君曰：樵蘇後爨，師不宿飽。』晉灼曰：『樵，取薪也；蘇，取草也。』」案：見韓信傳。○莊子齊物論曰：「是以聖人和之以是非，而休乎天鈞，是之謂兩行。」○莊子讓王篇曰：「逍遥於天地之間，而心意自得。」○莊子大宗師篇曰：「與其譽堯而非桀也，不如兩忘而化其道。」○史記滑稽傳褚先生補東方朔傳曰：「宫殿中可以避世全身，何必深山之中、蒿廬之下？」○抱朴子嘉遁篇曰：「寶玄談爲金玉。」謝靈運擬鄴中集詩曰：「清論事究萬。」○文選孫興公游天台山賦曰：「散以象外之説。」李善注曰：「象外謂道也。周易曰：『象者，像也。』荀粲列傳：『粲答兄俣云：立象以盡意，此非通乎象外者也；象外之意，故蘊而不出矣。』」○江文通建平王答王太后正位章曰：「禮蔚寰中。」案：宴，疑「道」字之訛。○謝靈運有遊南亭詩。○詩晨風曰：「鬱彼北林。」○魯語上曰：「海鳥曰爰居，止於魯東門之外三日，臧文仲使國人祭之。」莊子至樂篇曰：「昔者海鳥止於魯郊，魯侯御而觴之於廟，奏九韶以爲樂，具太牢以爲膳，鳥乃眩視憂悲，不敢食一臠，不敢飲一杯，三日而死。」釋文引司馬彪注曰：「爰居，一名雜縣，舉頭高八尺。樊光注爾雅云：形似鳳皇。」案：文選江文通雜體詩注引司馬曰：「海鳥，爰居也。」太平御覽羽族部十二引作「海鳥即鶢鶋也」，「鶢鶋」即「爰居」之俗字。○嵇叔夜與山巨源絶交書曰：「此由禽鹿，少見馴育，則服從教制；長而見羈，則狂顧頓纓，赴蹈湯火；雖飾以金鑣，饗以嘉肴，逾思長林而志在豐草也。」○列仙傳下曰：「負局先生者，不知何許人也。語似燕代閒人。常負磨鏡，局徇吳市中，衒磨鏡，一錢因磨之，輒問主人得毋有疾苦者，輒出紫丸藥以與之，得者莫不愈。」○楚辭九歌湘夫人曰：「搴汀洲兮杜若。」

況乎迹不皆遂，時不再來。屬宸駕之方旋，值羣公之畢從。洛城風景，此會無期；戚里笙竽，浮歡易盡。仰雲霞而道意，舍塵事而論心。夏仲御之浮舟，願乘春水；張季鷹之命駕，思動秋風。策藜杖而非遥，敕柴車之有日。青溪數曲，幽人長往；白雲萬里，帝鄉難見。安貞抱樸，已甘心於下走；全忠履道，是所望於羣公。以上敘別。

史記淮陰侯傳：「蒯通曰：時乎時乎不再來。」○廣韻十七真曰：「宸，屋宇，天子所居。」案：此蓋北辰居所之義，後人於天子巡幸，則曰宸遊，亦曰宸駕。高宗時以洛陽爲東都，巡幸常居之。此云方旋，蓋始還長安也。○史記萬石君傳曰：「高祖召其姊爲美人，以奮爲中涓，受書謁，徙其家長安中戚里。」○謝靈運石壁立招提精舍詩曰：「浮歡昧眼前。」○班孟堅弈旨曰：「浄泊自守以道意。」○陶淵明赴假還江陵夜行塗中詩曰：「遂與塵事冥。」陸士衡演連珠曰：「撫臆論心。」○晉書隱逸傳曰：「夏統，字仲御，會稽永興人。母病篤，詣洛市藥。會三月上巳，洛中王公已下並至浮橋。統時在船中曝所市藥，諸貴人車乘來者如雲，統並不之顧。太尉賈充怪而問之，統初不應，重問，乃徐答曰：『會稽夏仲御也。』充問：『卿居海濱，頗能隨水戲乎？』答曰：『可。』統乃操柂正櫓，折旋中流，初作鯔鵃躍，後作鯆䱐引，飛鷁首，掇獸尾，奮長梢而船直逝者三焉。於是風波振駭，雲霧杳冥，俄而白魚跳入船者有八九。觀者皆悚遽，充心尤異之。」○

世説新語鑒識篇曰：「張季鷹辟齊王東曹掾，在洛見秋風起，因思吴中菰菜羹鱸魚膾，曰：『人生貴得適意爾，何能羈宦數千里以要名爵？』遂命駕便歸。」晉書文苑傳曰：「張翰，字季鷹，吴郡吴人。」○韓詩外傳一曰：「原憲楮冠藜杖而應門。」○文選江文通雜體詩陶徵君田居曰：「日暮巾柴車。」李善注引歸去來辭曰：「或巾柴車。」今本作「或駕巾車」。○藝文類聚水部下引俗説曰：「郗僧施青溪中汎，到一曲之處，輒作詩一篇。謝益壽見詩笑曰：青溪之曲，復何窮盡？」○易履九二曰：「履道坦坦，幽人貞吉。」○莊子天地篇：「華封人曰：乘彼白雲，至於帝鄉。」○易坤彖傳曰：「安貞之吉。」老子曰：「見俗抱朴。」○後漢書光武十王東平王蒼傳論曰：「遠隙以全忠。」

倘心迹克諧，去留咸遂。廟堂多暇，返身滄海之隅；軒冕長辭，迴首箕山之路。尋赤松而見及，泛黄菊以相從。雖源水桃花，時時失路；而幽山桂樹，往往逢人。庶公子之來游，幸王孫之畢至。茅君待客，自有金壇；王烈迎賓，還開石架。惟恐一丘風月，侣山水而忘年；三徑蓬蒿，待公卿之來日。對光陰之易晚，惜雲霧之難披。羣公葉縣鳧飛，入朝廷而不出；下走遼川鶴去，謝城闕而依然。敢抒重襟，爰疏短引。式命離前之筆，希存別後之資。凡我故人，其辭云爾！以上惜别及爲詩序。○蔣曰：「鬆秀娟好，徐庾而下，自有此種境地。」

韓非子外儲説左上曰：「身坐於廟堂之上。」○史記伯夷列傳太史公曰：「余登箕山，其上蓋有許由冢云。」

高士傳上曰：「許由，字武仲，陽城槐里人也。遁耕於中岳、潁水之陽，箕山之下。」清統志曰：「河南河南府：箕山，在登封縣東南。」○列仙傳卷上曰：「赤松子者，神農雨師也。」史記留侯世家：「留侯曰：願棄人閒事，欲從赤松子游耳。」神仙傳卷八曰：「墨子年八十有二，乃歎曰：世事已可知，榮位非常保，將委流俗以從赤松子遊耳。」此蓋依張良事而附會之。○禮記月令曰：「季秋之月，鞠有黄華。」西京雜記下曰：「賈佩蘭説：『宫内九月九日飲菊華酒，令人長壽。菊華舒時，并采莖葉，雜黍米釀之，至來年九月九日始熟，就飲焉，故謂之菊華酒。』」案：蘜，乃「蘜華」之本字，經傳多借「鞠」與「菊」爲之。○陶淵明桃花源記曰：「晉太元中，武陵人捕魚，忘路之遠近，忽逢桃花林，林盡水源，便得一山，山有小口，便捨船從口入。行數十步，豁然開朗，土地平曠，屋舍儼然，有良田、美池、桑竹之屬，其中往來種作，男女衣著，悉如外人。見漁人，問所從來，便要還家，設酒殺雞作食。停數日，辭去，既出，得其船，便扶向道，處處誌之。及郡下，詣太守，説如此，太守即遣人隨其往，尋向所誌，遂迷，不復得路。」○楚辭招隱士曰：「桂樹叢生兮山之幽。」○楚辭九歌湘夫人曰：「思公子兮未敢言。」招隱士曰：「王孫遊兮不歸，春草生兮萋萋。」文選西京賦李善注引博物志曰：「王孫、公子，皆古人推敬之詞。」○真誥卷十一曰：「句曲山，秦時名爲句金之壇，以洞天内有金壇百丈，因以致名。漢有三茅君來治其上，時父老又轉名茅君之山。三君往曾各乘一白鵠，各集山之三處，時人互有見者。」○神仙傳卷六曰：「王烈，字長休，邯鄲人。入河東抱犢山中，見一石室，室中有石架，架上有素書兩卷，烈取讀，莫識其文字，不敢取去，卻著架上。暗書得數十字形體，以示嵇康，康盡識其字。烈喜，乃與康共往讀之。至其道徑了了分明，比及，又失其石室所在。」○漢書敍傳曰：「棲遲於一丘，則天下不易其樂。」○文選歸去來辭李善注引三輔決録曰：「蔣詡舍中三徑，唯羊仲、求仲從之遊，皆挫廉逃名不出。」藝文類聚草部下引三輔決録曰：「張仲蔚，平陵人也。隱身不仕，所居蓬蒿没人。」○世説新語賞譽篇上曰：「衛伯玉見樂廣，命子弟造之，曰：此人，人之水鏡也，見之若披雲霧覩青天。」○後漢書方術傳上曰：「王喬者，河東人也。顯宗世，爲葉令。喬有神術，每月朔望，常自縣詣臺朝。帝怪其來數，而不見車騎，密令太史伺望之。言其臨至，輒有雙鳧從東南飛來。於是候鳧至，舉羅張之，但得一隻舄焉。乃詔上方診視，則四年中所賜尚書官屬履也。」○韓詩外傳卷五曰：「朝廷之士爲禄，故入而不出。」○水經曰：「大遼水出塞外衛白平山。（海内東經曰「遼水出衛皋東」，郭注曰：「出塞外衛皋山。水經『白平』二字，疑『皋』字誤分爲二。」）東南入塞，過遼東襄平縣西。」又曰：「玄菟高句麗縣有遼山，小遼水所出。」○搜神後記曰：「丁令威，本遼東人，學道於靈虚山。後化鶴歸遼，集城門華表柱，時有少年舉弓欲射之，鶴乃飛，徘徊空中而言曰：『有鳥有鳥丁令威，去家千歲今始歸，城郭如故人民非，何不學仙冢纍纍？』遂高上沖天。」○左太沖招隱詩曰：「幽蘭間重襟。」○漢書蘇武傳顔注曰：「疏謂條録之。」案：引即序也，陳無功文章緣起注曰：「品秩先後，敘而推之，謂之引。」○陶淵明答龐參軍詩序曰：「且爲別後相思之資。」

還冀州別洛下知己序

李吉甫元和郡縣志曰：「河南道河南府：顯慶二年置東都。」又曰：「河北道冀州：西南至東都一千四百里。」

案：唐河北道冀州治信都縣，今河北冀縣治；唐河南府治河南、洛陽二縣，今河南洛陽治。

東西南北，丘也何從；寒暑陰陽，時哉不與。河陽古樹，無復殘花；洛浦寒烟，空驚墜葉。王生賣畚，入天子之中都；夏統乘舟，屬羣公之大會。風烟匝地，車馬如龍；鐘鼓沸天，美人似玉。芳筵交映，旁徵豹象之胎；華饌重開，直抉蛟龍之髓。季鷹之思吴命駕，果爲秋風；伯鸞之適越登山，以求淥水。以上敍洛下列席。

禮記檀弓上：「孔子曰：今丘也，東西南北之人也。」鄭注曰：「東西南北，言居無常處也。」○鶡冠子近迭篇曰：「陰陽寒暑與時至。」○論語陽貨篇曰：「歲不我與。」劉越石重贈盧諶詩曰：「時哉不我與。」○庾子山枯樹賦曰：「若非金谷滿園樹，即是河陽一縣花。」又鄭偉墓誌銘曰：「河陽古樹，金谷殘花。」白帖卷二十一曰：「潘岳爲河陽令，樹桃李花，人號曰『河陽一縣花』。」清統志曰：「河南懷慶府：河陽故城，在孟縣西三十五里。」○張平子思玄賦曰：「召洛浦之宓妃。」案：各本誤作「合浦」，今依蔣注改。○謝靈運山居賦曰：「送墜葉於秋晏。」○晉書載記附王猛傳曰：「猛字景略，北海劇人，家於魏郡。少貧賤，以鬻畚爲業，嘗貨畚於洛陽。」案：賣畚，集作「賣藥」，今依文苑英華。○夏統，見上篇注。○江文通恨賦曰：「黄塵匝地。」○後漢書皇后紀：「明德馬皇后詔曰：前過濯龍門上，見外家問起居者，車如流水，馬如游龍。」○鮑明遠蕪城賦曰：「歌吹沸天。」○詩汾沮洳曰：「彼其之子，美如玉。」○韓非子喻老篇曰：「象箸玉杯，必不羹菽藿，必旄象豹胎。」○説苑尊賢篇：「淳于髡曰：古者有豹象之胎。」○搜神後記曰：「嵩高山北有大穴。晉初嘗有一人誤墮穴中，尋穴而行，計可十餘日，忽然見明，又有草屋，中有二人，對坐圍棊，局下有一杯白飲。墜者告以飢渴，棊者曰：『可飲此。』遂飲之，氣力十倍。棊者曰：『從此西行有天井，其中多蛟龍，但投身入井，自當出。若餓，取井中食物。』墜者如言，半年許乃出蜀中。歸洛下，問張華，華曰：『此仙館大夫，所飲者玉漿也，所食者龍穴石髓也。』」案：集「抉」作「報」，今依全唐文。○季鷹，見上篇注。○後漢書逸民傳曰：「梁鴻，字伯鸞，扶風平陵人。因東出關過京師，作五噫之歌曰：『陟彼北芒兮，噫！顧覽帝京兮，噫！宮室崔嵬兮，噫！人之劬勞兮，噫！遼遼未央兮，噫！』」文選趙景臻與嵇茂齊書曰：「梁生適越，登岳長謠。」李善注曰：「梁鴻長謠，不由適越，且復以升邙爲登岳，蓋取意而略文也。」日知録卷二十一曰：「梁鴻適吴，云適越者，吴爲越所滅。」○張平子東京賦曰：「渌水澹澹。」

辭故友，謝時人，登鄂坂而迂迴，入邙山而奔走。何年風月，三山滄海之春；是處風花，一曲青溪之路。賓鴻逐暖，孤飛萬里之中；仙鶴隨雲，直去千年之後。悲夫！光陰難再，子卿殷勤於少卿；風景不殊，趙北相望於洛北。鴛鴦雅什，俱爲贈別之資；鸚鵡奇杯，共盡忘憂之酒。以上別後情況及作序之意。○蔣心餘曰：「清圓瀏亮，學六朝者，所當問津。」

列仙傳卷上曰：「王子喬乘白鶴駐山頭，舉手謝時人，數日而去。」○庾子山哀江南賦曰：「逢鄂坂之譏嫌。」元和郡縣志曰：「河南道河南府緱氏縣：鄂嶺坂，在縣東南三十七里。」班叔皮北征賦曰：「涉長路之緜緜兮，遠紆回以樛流。」○應休璉與程文信書曰：「故求遠田，在關之西，南臨洛水，北據邙山。」元和郡縣志曰：「河南道河南府偃師縣：北邙山，在縣北二里，西自洛陽縣界，東入鞏縣界。」○史記封禪書曰：「蓬萊、方丈、瀛洲，此三神山者，其傳在渤海中。」○英華「是處」作「何處」，今依項本。○庾子山詠畫屏風詩曰：「風花直亂迴。」○青溪，已見上篇注。○禮記月令曰：「季秋之月，鴻雁來賓。」鄭注曰：「來賓，言其客止未去也。」呂覽季秋紀高注，「賓」字合下文「爵」字讀，云：「賓爵，老爵也。」淮南時則篇注同，本通卦驗，鄭彼注同，與月令注異。御覽鱗介部十三引淮南許注，「爵」字亦不連上「賓」字，與月令注合。○謝惠連雪賦曰：「瞻雲雁之孤飛。」○鶴去千年，見上篇注。○李少卿與蘇武詩曰：「良辰不再至，離別在須臾。」漢書蘇武傳曰：「字子卿。」又李陵傳曰：「字少卿。」○世說新語言語篇曰：「過江諸人，每至美日，輒相邀新亭，藉卉飲宴，周侯中坐而歎曰：風景不殊，正自有山河之異。」○後漢書公孫瓚傳：「童謠曰：燕南垂，趙北際。」○文選蘇子卿詩曰：「昔爲鴛與鴦，今爲參與辰。」○藝文類聚鱗介部下引南州異物志曰：「鸚鵡螺狀如覆杯，頭如鳥頭，向其腹，視似鸚鵡，故以爲名。人所得，質白而紫，文如鳥形，與觴無異，故因其象鳥，爲作兩目兩翼也。」吳叔庠別新林詩曰：「還傾鸚鵡杯。」○晉書顧榮傳：「榮謂友人張翰曰：惟酒可以忘憂。」

秋日登洪府滕王閣餞別序

元和郡縣志曰：「江南道洪州：豫章，中都督府。」舊唐書高祖二十二子傳曰：「滕王嬰，貞觀十三年受封，授金州刺史。永徽三年，遷蘇州刺史，尋轉洪州都督。」唐韋慤重建滕王閣記曰：「鍾陵郡（唐寶應元年，改豫章縣曰鍾陵。）背郛郭不二百步，有巨閣稱滕王者，考尋結構之始，蓋自永徽後，時滕王作蘇州刺史轉洪州都督之所營造也。」唐摭言卷五曰：「王勃著滕王閣序，時年十四。都督閻公不之信，勃雖在座，而閻公意屬子壻孟學士者爲之，已宿構矣。及以紙筆巡讓賓客，勃不辭讓，公大怒，拂衣而起，專令人伺其下筆。第一報云：『南昌故郡，洪都新府。』公曰：『是亦老生常談。』又報云：『星分翼軫，地接衡廬。』公聞之，沈吟不言。又云：『落霞與孤鶩齊飛，秋水共長天一色。』公矍然而起，曰：『此真天才，當垂不朽矣。』遂亟請宴所，極歡而罷。」案：子安作此序在何時，後人頗有異同。太平廣記卷一百七十五引摭言作「年十三」，與今本摭言不同。新唐書文藝傳曰：「父福時坐勃故，左遷交趾令，勃往省，度海溺水，痵而卒。」下文敍作序事云：「初，道出鍾陵，九月九日都督大宴滕王閣，宿命其壻作序以夸客，因出紙筆徧請，客莫敢當，至勃汎然不辭云云。」即本唐摭言，而不取勃十四歲及孟學士之説，蓋已不能定爲何時。唐才子傳云：「福時左遷交趾令，勃往省覲，途過南昌，時都督閻公新修滕王閣成，九月九日大會賓客云云。」則以爲往交趾省父時，據此則子安十四歲時，福時安得爲交趾令？故蔣氏謂當在福時爲六合令時。考子安集綿州北亭羣公宴序云：「昔往東吳，已有梁鴻之志；今來西蜀，非無張載之懷。」似游蜀之前嘗游吳。又春思賦云：「咸亨二年，余春秋二十有二。」蔣氏謂當作「二十三」，則前此十四歲省父六合，游吳即在此時。蔣説固非無據。然以子安集考之，自龍朔三年至上元元年，中間不見有游吳之事，即使偶出游吳，亦無庸道出洪州。且子安十四歲時，正劉祥道巡察關内時，楊炯王子安集序曰：「年十有四，時譽斯歸，太常伯劉公巡行風俗，見而異之，因加表薦。」是年子安更不得至洪州也。又楊炯序子安之卒云：「春秋二十有八，皇唐上元三年秋八月。」蔣曰：「據此推之，子安蓋生於貞觀二十三年己酉。舊書傳謂殁在二年，新書傳謂卒年二十九，皆誤。」步瀛案：舊書言「上元二年往交趾省父」，與集中鞏鑑圖銘序云「上元二年歲次己亥十有一月庚午朔七日丙子，予將之交趾，旅次南海」云云，正合。下云「渡南海墮水而卒」，蓋即終言其事，特未明言爲次年耳。余竊疑十四歲之説，乃由序中「童子何知」一句傅會而出。然下云「等終軍之弱冠」，又何以解？殆非十四歲時矣。考子安過淮陰謁漢祖廟祭文，署「上元二年歲次乙亥八月十六日」，（蔣注本無此文，見羅叔言永豐鄉人雜著續編載王子安集佚文。）是八月至淮陰，九月至洪州，十一月旅次南海，以李習之南來録證之，行途正合也。又案：據春思賦，咸亨二年，二十二歲。新唐書高宗紀：「龍朔三年命太常伯劉祥道等九人爲持節大使，分行天下。」與楊序「年十四歲」正合。以此推之，當生於高宗永徽元年，則楊序「上元三年二十有八」當作「二十有七」，與蔣主楊序所推相差一年也。附識於此，更俟他日詳考焉。○容齋四筆卷五曰：「韓公滕王閣記云：『江南多游觀之美，而滕王閣獨爲第一，及得三王所爲序、賦、記，壯其文辭。』注謂：『王勃作游閣序。』（韓仲韶、方崧卿注並云：「王勃爲序，王緒爲賦，王仲舒爲記。」）又云：『中丞命爲記，竊喜載名其上，辭列三王之次，有榮耀焉。』則韓之所以推勃，亦爲不淺矣。」

豫章故郡，洪都新府。星分翼軫，地接衡廬。襟三江而帶五湖，控蠻荆而引甌越。物華天寶，龍光射牛斗之墟；人傑地靈，徐孺下陳蕃之榻。雄州霧列，俊采星馳。台隍枕夷夏之交，賓主盡東南之美。都督閻公之雅望，棨戟遥臨；宇文新州之懿範，襜帷暫駐。十旬休假，勝友如雲；千里逢迎，高朋滿坐。騰蛟起鳳，孟學士之詞宗；紫電青霜，王將軍之武庫。家君作宰，路出名區。童子何知，躬逢勝餞。以上由洪州地勢、人才，敍及宴餞。

漢書地理志豫章郡原注曰：「高帝置。」王益吾漢書補注曰：「据水經贛水注，郡治南昌（今江西南昌縣治）。」案：舊唐書地理志曰：「洪州，上都督府，隋豫章郡。」○蔣曰：「豫章，英華：一作『南昌』。」○蔣曰：「越絕書十二：『楚故治郢，今南郡、南陽、汝南、淮陽、六安、九江、廬江、豫章、長沙，翼軫也。』漢書地理志豫章郡入吴地斗牛分野，獨越絶謂是翼軫分野，與子安合。」步瀛案：王觀國學林卷六、葉榮甫考古質疑卷五皆據漢書地理志，楚地翼軫分野用於豫章，與漢志吴地斗牛分野不合，斥子安爲誤。俞蔭甫俞樓雜纂二十七曰：「漢衞尉卿衡方碑云：『州舉尤異，遷會稽東部都尉，將繼南仲、召虎之軌，飛翼軫之旌。』若依漢地理志，會稽亦吴地斗牛分野，則滕王閣序言『星分翼軫』亦未可厚非。蓋吴楚接壤，故下句即言『地接衡廬』，曰接曰分，其立言自有斟酌。」案：俞氏此説亦有理，然不如蔣注引越絶書所據爲確也。○元和郡縣志曰：「江南道衡州衡山縣（今縣屬湖南）：衡山，南嶽也，在縣西三十里。」又：「江南道江州潯陽縣（今江西九江縣治）：廬山，在縣東三十二里。」○秦策四：「黄歇説秦昭王曰：王襟以山東之險，帶以河曲之利。」書禹貢曰：「三江既入，震澤底定。」周禮夏官職方氏曰：「揚州其川三江，其浸五湖。」鄭注曰：「五湖在吴南。」案：禹貢「三江」，當依漢書地理志，詳見金蘂中禮説及成芙卿禹貢班義述，今非必據禹貢「三江」，故不復述。孔沖遠禹貢疏引吴地記曰：「松江東北行七十里，得三江口，東北入海爲婁江，東南入海爲東江，并松江爲三江。」與水經沔水注三引庾仲初揚都賦注相同，即吴越春秋（卷十）所稱范蠡「出三江入五湖」者，非禹貢之「三江」也。以此文「襟三江」之義推之，似「三江」即指此，不必泥禹貢、周禮也。越語下韋注曰：「五湖，今太湖。」文選江賦李善注引張勃吴録曰：「五湖者，太湖之別名也。」史記夏本紀正義曰：「五湖者，菱湖、游湖、莫湖、貢湖、胥湖，皆太湖東岸五灣爲五湖，蓋古時應別，今則相連。」案：以此「帶」字推之，則「五湖」當指此。丹鉛總録卷二謂此文「五湖」則總南方之五湖，并洞庭、青草、彭蠡、宫庭、太湖數之，則失之太闊，非「帶」字義矣。○小爾雅廣詁曰：「控，引也。」詩采芑曰：「蠢爾蠻荆。」○文選謝靈運鄰里相送方山詩曰：「相期憩甌越。」李善注曰：「史記曰：東越王摇都東甌，時俗號東甌王。」（東越傳「時」作「世」。）徐廣曰：「今之永寧也（今浙江永嘉縣）。」○「龍光」句，已見上武侍極啓注。○史記高祖本紀曰：「子房、蕭何、韓信，此三人者，皆人傑也。」韓詩外傳卷八：「天老曰：惟鳳爲能通天祉，應地靈。」○後漢書徐穉傳曰：「穉字孺子，豫章南昌人。時陳蕃爲太守，在郡不接賓客，唯穉來，特設一榻，去則縣之。」○容齋續筆卷三曰：「唐人詩文，或於一句中自成對偶，謂之當句對。如王勃宴滕王閣序一篇皆然，謂若『襟三江』『帶五湖』，『控蠻荆』『引甌越』，『龍光』『牛斗』，『徐孺』『陳蕃』，『騰蛟』『起鳳』，『紫電』『青霜』，『鶴汀』『鳧渚』，『桂殿』『蘭宫』，『鐘鳴』『鼎食』之家，『青雀』『黄龍』之軸，『落霞』『孤鶩』，『秋水』『長天』，『天高』『地迥』，『興盡』『悲來』，『宇宙盈虚』『丘墟已矣』之辭是也。」○何仲言與建安王謝秀才牋曰：「選重雄州。」○説文曰：「俊，材過千人也。」案：采，疑「寀」之借字。爾雅釋詁曰：「寀，寮官也。」江寧吴少府宅餞宴序正作「俊寀」。抱朴子安貧篇曰：「鶩蹇星馳以兼路。」○蔣曰：「采，英華：一作『彩』。」○爾雅釋言曰：「隍，壑也。」郭注曰：「城池空者爲壑。」○爾雅釋地曰：「東南之美者，有會稽之竹箭焉。」世説新語賞譽篇曰：「張華見褚陶，語陸平原曰：君兄弟龍躍雲津，顧彦先鳳鳴朝陽，謂東南之寶已盡，不意復見褚生。」吴志虞翻傳曰：「翻與少府孔融書，并示以所著易注，融答書曰：聞延陵之理樂，覩吾子之治易，乃知東南之美者，非徒會稽之竹箭也。」○唐六典卷三十曰：「大都督府都督一人，從二品；中都督府都督一人，正三品；下都督府都督一人，從三品。」○元和志曰：「洪州：武德元年改爲總管府，七年改爲都督府。」蔣曰：「都督閻公，名不可攷。張遜業校正王勃集序謂是閻伯璵，未知何據。新唐書王勃傳有起居舍人閻伯璵之名，殆因此而誤耶？」○世説新語容止篇曰：「魏王雅望非常。」○漢書韓延壽傳注李奇曰：「棨，戟也。」顔曰：「棨，有衣之戟也，其衣以赤黑繒爲之。」續漢書輿服志曰：「公以下至二千石，騎吏四人，千石以下至三百石，縣長二人，皆帶劍，持棨戟爲前列。」古今注卷上曰：「棨戟，殳之遺象也。殳，前驅之器也，以木爲之。後世滋僞，無復典刑，以赤油韜之，亦謂之油戟，亦謂之棨戟，公王以下，通用之以前驅。」○舊唐書地理志曰：「嶺南道新州：武德四年平蕭銑置。」案：唐新州治新興縣，今廣東新興縣治。宇文名事未詳，或以集中宇文嶠當之，亦無確證。○陸士龍贈顔驃騎詩曰：「思我懿範。」○後漢書郭賀傳曰：「拜荆州刺史，顯宗賜以三公之服，敕行部去襜帷，使百姓見其容服。」○通鑑卷二百四十四唐文宗紀胡身之注曰：「一月三旬，遇旬則下直而休沐，謂之旬休，今謂之旬假是也。」○蔣曰：「假，英華：一作『暇』。」○詩出其東門毛傳曰：「如雲，衆多也。」○燕策三曰：「太子跪而逢迎，却行爲道。」○後漢書孔融傳曰：「及退閒職，賓客日盈其門，常歎曰：坐上客恒滿，尊中酒不空，吾無憂矣。」○西京雜記卷上曰：「董仲舒夢蛟龍入懷，乃作春秋繁露詞。」又曰：「楊雄著太玄經，夢吐鳳皇，集玄之上，頃而滅。」○舊唐書職官志曰：「北齊有文林館學士，後周有麟趾殿學士，皆掌著述。及太宗在蕃府時，有秦府學士十八人，其後弘文、崇文二館皆有。」步瀛案：摭言以孟學士即閻公之壻，未知確否。而章豈績思綺堂集登滕王閣書王子安序後自注引詩話，以閻公壻爲吴子章，恐鄙説不足信也。○古今注上曰：「吴大皇帝有寶劍六，二曰紫電。」西京雜記上曰：「高帝斬白蛇劍，十二年一加磨瑩，刃上常若霜雪。」○徐孝穆爲貞陽侯與王太尉書曰：「霜戈雪戟，無非武庫之兵。」丹鉛總録卷十一謂子安序正用此事。蔣曰：「按唐摭言謂孟學士是閻公之壻，則王將軍者，亦如宇文新州，皆當時坐客耳。用脩此説太牽强。」○班孟堅爲第五倫薦謝夷吾表曰：「應選作宰，惠敷百里。」○王簡栖頭陀寺碑文曰：「惟此名區，禪慧攸託。」○左成十六年傳：「范文子斥其子士匄曰：童子何知焉？」步瀛案：士匄即范宣子，其生卒之年固不可考，然宣子女欒祁爲欒黶妻，生子盈，至襄十八年，黶死，盈將下軍，距成十六年僅二十年。以此觀之，則成十六年，宣子殆三十歲内外矣。又晉語五：「范文子暮退於朝，武子怒曰：爾童子而三掩人於朝。」事在范武子請老之後，當在宣十七年，距范文子斥宣子時僅十七年。由前所推測，其子已三十内外，則文子至少亦在四五十歲，還計其父武子斥爲童子掩人之時，當亦三十內外矣。是不必十三四歲始得稱童子也。嘗疑唐摭言子安十四歲作序之説，乃後人由「童子」二字附會而出，故特辯焉。

時維九月，序屬三秋。潦水盡而寒潭清，烟光凝而暮山紫。儼驂騑於上路，訪風景於崇阿。臨帝子之長洲，得天人之舊館。層臺聳翠，上出重霄；飛閣翔丹，下臨無地。鶴汀鳧渚，窮島嶼之縈迴；桂殿蘭宮，即岡巒之體勢。以上時序及閣之形勢。

考古質疑卷五曰：「唐人以上巳與重陽爲令節，都督既於是日啓宴，勃不應止泛舉九月，蓋『月』乃『日』字之誤也。且既言『九月』，又言『三秋』，是誠贅矣。如云『九日』，則不可無『三秋』字。今之碑本，乃郡守張公澄所書，亦誤以『九日』爲『九月』。」○初學記歲時部上引梁元帝纂要曰：「秋曰三秋、九秋。」○楚辭九辯曰：「寂寥兮收潦而水清。」○禮記檀弓上鄭注曰：「騑馬曰驂。」釋文曰：「驂，夾服馬也。」曲禮上孔疏曰：「車有一轅，而四馬駕之，中央兩馬夾轅者名服馬，兩邊名騑馬，亦曰驂馬。」枚叔上書諫吳王曰：「游曲臺，臨上路。」案：「儼」「嚴」字通，儼驂騑，猶楚辭九思逢尤所云「嚴載駕兮出戲游」也。○謝萬石蘭亭詩曰：「肆眺崇阿。」○漢書孔光傳曰：「定陶王好學多材，於帝子行。」枚叔上書重諫吳王曰：「不如長洲之苑。」○魏志王粲傳邯鄲淳下注引魏略曰：「臨菑侯植求淳，太祖遣淳詣植，歸對其所知，歎植之材，謂之天人。」任彦昇王文憲集序曰：「朝夕舊館。」○楚辭招魂曰：「層臺累榭。」魏書袁翻傳思歸賦曰：「疊千重以聳翠。」○阮嗣宗詠懷詩曰：「翔風拂重霄。」○班孟堅西都賦曰：「修除飛閣。」○頭陀寺碑文曰：「層軒延袤，上出雲霓；飛閣逶迤，下臨無地。」楚辭遠遊曰：「下峥嶸而無地兮。」○西京雜記上曰：「梁孝王築兔園，園中有雁池，池間有鶴洲鳧渚。」○左太沖吳都賦劉淵林注曰：「島，海中山也；嶼，海中洲，上有山石。」魏武帝滄海賦曰：「覽島嶼之所有。」○庾子慎和望月詩曰：「桂殿月偏來。」楚辭九懷匡機曰：「彷徨兮蘭宮。」○張平子西京賦曰：「崗巒參差。」○蔣曰：「即，英華：一作『列』。」

披繡闥，俯雕甍，山原曠其盈視，川澤紆其駭矚。閭閻撲地，鍾鳴鼎食之家；舸艦迷津，青雀黃龍之舳。雲銷雨霽，彩徹區明。落霞與孤鶩齊飛，秋水共長天一色。漁舟唱晚，響窮彭蠡之濱；雁陣驚寒，聲斷衡陽之浦。 以上閣外之景。

江文通丹砂可學賦曰：「幻蓮華於繡闥。」○庾子山登州中新閣詩曰：「雕甍鵬翅張。」○王文考魯靈光殿賦曰：「吁可畏乎，其駭人也。」○蔣曰：「紆，項本一作『吁』。」○史記平準書曰：「守閭閻者食粱肉。」說文曰：「閭，里門也；閻，里中門也。」文選鮑明遠蕪城賦曰：「廛閈撲地。」李善注曰：「方言（卷三）曰：『撲，盡也。』郭璞曰：『今種物皆生，云撲地出也。』」○左哀十四年曰：「左師每食擊鐘。」家語致思篇曰：「子路曰：由也，南游於楚，列鼎而食。」史記貨殖傳曰：「洒削，薄技也，而郅氏鼎食；馬醫，淺方，張里擊鐘。」○方言九曰：「南楚江湘凡船大者謂之舸。」玉篇曰：「艦，版屋舟。」○穆天子傳五曰：「天子乘鳥舟龍舟，浮於大沼。」郭注曰：「舟皆以龍鳥爲形制，今吴之青雀舫，此其遺制。」○方言九曰：「船後曰舳，舳制水也。」郭注曰：「今江東呼柁爲舳。」○坊本「區明」作「雲衢」，甚謬。○爾雅釋鳥曰：「舒鳧，鶩。」郭注曰：「鴨也。」素問六元正紀大論曰：「太虛蒼埃，天山一色。」○螢雪叢説卷下據事始謂落霞乃飛蛾，野鴨逐蛾而欲食之，所以齊飛，其説穿鑿，考古質疑卷五已駁之矣。至此二句機調，六朝人多用之。集古録跋尾卷五、學林卷七、芥隱筆記、苕溪漁隱叢話前集卷七、野客叢書卷十三皆歷舉之，然以庾子山馬射賦及此二語爲最工，而集古録、邵氏聞見後録卷十五皆誚之，困學紀聞卷十七亦謂爲江左卑弱之風，則以古文家所習不同耳。又章豈績思綺堂文集卷六登滕王閣書王子安序後自注引詩話云：「勃死後，常於湖濱風月之下自吟此二句。有士人泊舟於此，聞之輒曰：『曷不去「與」「共」二字乃更佳？』自爾不復吟。」其説甚鄙俗不足道。孔顨軒曰：「『落花』『芝蓋』一聯，若删去『與』『共』二字，便成俗響，則『落霞』『秋水』一聯，可類推矣。」（此顨軒與其甥朱滄湄書中語，見孫淵如儀鄭堂駢儷文序。）○書禹貢曰：「彭蠡既豬。」元和郡縣志曰：「江州都昌縣：彭蠡湖，在縣西六十里。」○易林復之豐曰：「九雁列陣。」○書禹貢曰：「荆及衡陽惟荆州。」張平子西京賦曰：「南翔衡陽。」應德璉侍五官中郎將建章臺集詩曰：「朝雁鳴雲中，音響一何哀。問子游何鄉，戢翼正徘徊。言我寒門來，將就衡陽棲。」

遥襟甫暢，逸興遄飛。爽籟發而清風生，纖歌凝而白雲遏。睢園緑竹，氣凌彭澤之樽；鄴水朱華，光照臨川之筆。四美具，二難并。窮睇眄於中天，極娱遊於暇日。天高地迥，覺宇宙之無窮；興盡悲來，識盈虚之有數。望長安於日下，目吴會於雲間。地勢極而南溟深，天柱高而北辰遠。關山難越，誰悲失路之人；溝水相逢，盡是他鄉之客。懷帝閽而不見，奉宣室以何年。以上因餞別文酒之宴而生身世之感。

法海「襟」作「吟」，坊本「甫」作「俯」，甚謬。○文選殷仲文南州桓公九井作詩曰：「爽籟警幽律。」李善注曰：「爾雅曰：『爽，差也。』（釋言）簫管非一，故言爽焉。莊子：『南郭子綦謂子游曰：「汝聞人籟，而未聞地籟。」子游曰：「地籟則衆竅是已，人籟則比竹是已。」』（齊物論）郭象曰：『人籟，簫也。夫簫管參差，宮商異律，故有長短高下萬殊之聲。』」○列子湯問篇曰：「薛譚學謳於秦青，未窮青之技，自謂盡之，遂辭歸，秦青弗止。餞於郊衢，撫節悲歌，聲振林木，響遏行雲。薛譚終身不敢言歸。」○史記梁孝王世家曰：「孝王築東苑，方三百餘里，廣睢陽城七十里，大治宮室。」西京雜記卷上曰：「梁孝王築兔園。」卷下曰：「梁孝王遊於忘憂之館，集諸遊士使各爲賦。鄒陽爲酒賦。」藝文類聚産業部上引枚叔梁王菟園賦曰：「修竹檀欒夾池水。」○宋書隱逸傳曰：「陶潛爲彭澤令，公田悉令種秫，妻子固請種秔，乃使二頃五十畝種秫，五十畝種秔。」又歸去來辭曰：「攜幼入室，有酒停尊。」（晉書隱逸傳、陶集「停」作「盈」，晉書「尊」作「樽」，集作「罇」。）○文選曹子建公讌詩曰：「朱華冒緑池。」李善注曰：「朱華，芙蓉也。」魏文帝芙蓉池詩曰：「乘輦夜行游，逍遥步西園。雙渠相溉灌，嘉木繞通川。」選又有謝靈運擬魏太子鄴中集詩。太平寰宇記曰：「河北道相州鄴縣：故鄴城，在縣東五十步，魏武帝受封於此。」清統志曰：「河南彰德府：鄴縣故城，在臨漳縣西；西園，在臨漳縣西，魏武所作。」○宋書謝靈運傳曰：「少好學，博覽羣書，文章之美，江左莫逮，太祖以爲臨川内史。」詩品卷上曰：「宋臨川太守謝靈運詩，其源出於陳思。」○文選劉越石答盧諶詩曰：「音以賞奏，味以殊珍。文以明言，言以暢神。之子之往，四美不臻。」李善注曰：「四美，音、味、文、言也。」左莊二十二年傳曰：「天地之美具焉。」○世説規箴篇曰：「何晏、鄧颺令管輅作卦，卦成，輅稱引古義，深以戒之。颺曰：『此老生之常談。』晏曰：『知幾其神乎，古人以爲難；交疎吐誠，今人以爲難。今君一面盡二難之道，可謂明德惟馨。』」案：謝靈運擬魏太子鄴中集序曰：「天下良辰、美景、賞心、樂事，四者難并。」○禮記曲禮上鄭注曰：「淫視，睇眄也。」列子周穆王篇曰：「王執化人之袪騰而上者，中天迺止。」○莊子齊物論釋文引尸子曰：「天地四方曰宇，往古來今曰宙。」○史記滑稽傳：「淳于髡曰：樂極則悲。」○易豐彖傳曰：「天地盈虚，與時消息。」世説夙惠篇曰：「晉明帝數歲，坐元帝膝上。有人從長安來，元帝因問明帝：『汝意謂長安何如日邊遠？』答曰：『日遠，不聞人從日邊來，居然可知。』元帝異之，明日集羣臣宴會，告以此意，更重問之，乃答曰：『日近。』元帝失色曰：『爾何故異昨日之言邪？』答曰：『舉目見日，不見長安。』」○困學紀聞十八曰：「吴會，謂吴、會稽二郡也。魏文帝雜詩：『適與飄風會。』又曰：『行行至吴會。』」吴郡志卷四十八曰：「世多稱吴門爲吴會，意謂吴爲東南一都會也。自唐以來已然，此殊未穩。天下都會之處多矣，未有以其地名冠於『會』之一字而稱之者。吴本秦會稽郡，後漢分爲吴、會稽二郡，後世指二淛之地，通稱吴會，謂吴與會稽也。」嘉泰會稽志卷一曰：「三國志謂吴郡、會稽爲吴會二郡。張紘謂『收兵吴會，則荆揚可一』，孫賁傳云『策已平吴會二郡』，朱桓傳曰『部伍吴會二郡』是也。」通鑑卷六十七漢紀：「建安二十年，觀兵於吴會。」胡身之注曰：「吴會謂吴地爲一都會，會讀如字。一説吴會謂吴、會稽二郡之地，會音工外翻。」顧亭林日知録卷三十一則同前一説，謂漢初原有此名，如曰吴都云爾。錢辛楣通鑑注辯正卷一謂後説是。王西莊十七史商榷卷四十三、趙雲崧陔餘叢攷卷二十一、梁曜北史記志疑卷三十三、張仲雅選學膠言卷十二並同，則吴、會稽二郡之説不可易也。惟子安此序與長安對舉，或亦主吴地爲江南一都會之説歟？○法海「目」作「指」。○易坤象傳曰：「地勢坤。」莊子逍遥遊曰：「南冥者，天池也。」釋文曰：「冥，本亦作『溟』。」○神異經曰：「崑崙之山，有銅柱焉，其高入天，所謂天柱也，圍三千里，周圍如削。」爾雅釋天曰：「北極謂之北辰。」御覽地部一引河圖括地象曰：「崑崙山爲天柱，氣上通天。」○楚辭九章曰：「欲横奔而失路兮。」○古辭白頭吟曰：「今日斗酒會，明旦溝水頭。蹀躞御溝上，溝水東西流。」○英華：「溝，一作『萍』。」法海作「萍」。楚辭九懷曰：「竊哀兮浮萍，汎淫兮無根。」王注曰：「自此如萍，生水瀕。隨水浮遊，乍東西也。」○離騷曰：「吾令帝閽開關兮。」王注曰：「帝謂天帝，闔，主門者也。」案：此喻君門。○史記賈生傳曰：「賈生爲長沙王太傅，後徵見，孝文帝方受釐，坐宣室，上因感鬼神事而問鬼神之本，賈生因具道所以然之狀，至夜半，文帝前席。既罷，曰：吾久不見賈生，自以爲過之，今不及也。」

嗟乎！時運不齊，命途多舛。馮唐易老，李廣難封。屈賈誼於長沙，非無聖主；竄梁鴻於海曲，豈乏明時。所賴君子見幾，達人知命。老當益壯，寧移白首之心；窮且益堅，不墜青雲之志。酌貪泉而覺爽，處涸轍以猶歡。北海雖賒，扶摇可接；東隅已逝，桑榆非晚。孟嘗高潔，空懷報國之情；阮籍猖狂，豈效窮途之哭。以上勉慰。

史記馮唐傳曰：「唐以孝著，爲中郎署長，事文帝，文帝輦過，問唐曰：『父老何自爲郎？家安在？』具以實對。拜唐爲車騎都尉，主中尉及郡國車士。景帝立，唐爲楚相，免。武帝立，求賢良，舉馮唐，唐時年九十餘，不能復爲官。」○史記李將軍傳曰：「李將軍廣者，隴西成紀人。廣嘗與望氣王朔燕語，曰：『自漢擊匈奴，而廣未嘗不在其中，然無尺寸之功以得封邑者，何也？豈吾相不當侯邪？且固命也？』」○史記賈生傳曰：「賈生名誼，雒陽人也。文帝召以爲博士，超遷，一歲中至大中大夫。於是天子議以爲賈生任公卿之位，絳、灌、東陽侯、馮敬之屬盡害之，乃短賈生曰：『雒陽之人，年少初學，專欲擅權，紛亂諸事。』於是天子後亦疏之，不用其議，乃以賈生爲長沙王太傅。」○後漢書逸民傳曰：「梁鴻東出關，過京師，作五噫之歌。肅宗聞而非之，求鴻不得。乃易姓運期、名燿、字侯光，與妻子居齊魯之閒。有頃，又去適吳，遂至吴，依大家皋伯通，居廡下，爲人賃舂。」又互見洛下别知己序。○曹子建求自試表曰：「志欲自效於明時。」○易繫辭下曰：「君子見幾而作，不俟終日。」又曰：「樂天知命故不憂。」賈生服鳥賦曰：「達人大觀兮。」○後漢書馬援傳：「援嘗謂賓客曰：丈夫爲志，窮當益堅，老當益壯。」○史記伯夷傳曰：「非附青雲之士，惡能施於後世哉？」丹鉛總録卷十三曰：「王勃文云云，即論語視富貴如浮雲之旨。」○晉書良吏傳曰：「吴隱之爲廣州刺史，未至州二十里，地名石門，有水曰貪泉，飲者懷無厭之欲。隱之至泉所，酌而飲之，賦詩曰：『古人云此水，一歃懷千金。試使夷齊飲，終當不易心。』清操踰厲。」○莊子外物篇曰：「莊周家貧，故往貸粟於監河侯，監河侯曰：『諾。我將得邑金，將貸子三百金，可乎？』莊周忿然作色曰：『周昨來，有中道而呼者，周顧視，車轍中有鮒魚焉。周問之，對曰：「我東海之波臣也，君豈有斗升之水而活我哉？」周曰：「諾。我且南遊吴越之王，激西江之水而迎子，可乎？」鮒魚忿然作色曰：「吾得斗升之水然活耳，君乃言此，曾不如早索我於枯魚之肆。」』」○莊子逍遥遊曰：「北冥有魚，其名爲鯤，化而爲鳥，其名爲鵬。是鳥也，海運則將徙於南冥。鵬之徙於南冥也，水擊三千里，摶扶搖而上者九萬里，去以六月息者也。」釋文曰：「北冥，北海也。扶搖，風名也。爾雅云：『扶搖謂之飊。』（釋天）郭璞云：『暴風從下上也。』」○後漢書馮異傳：「降璽書勞異曰：可謂失之東隅，收之桑榆。」章懷注曰：「淮南子曰：『至於衡陽，是謂隅中。』（天文篇）前書谷子雲曰：『太白出西方六十日，法當參天，今已過期，尚在桑榆間。』（谷永傳）桑榆謂晚也。」○後漢書循吏傳曰：「孟嘗字伯周，會稽上虞人。嘗少修操行，後策孝廉，舉茂才，拜徐令，遷合浦太守，以病自上，被徵，隱處窮澤。桓帝時，尚書同郡楊喬上書薦嘗，嘗竟不見用，年七十卒於家。」○晉書阮籍傳曰：「籍任性不羈，時率意獨駕，不由徑路，車跡所窮，輒慟哭而返。」○莊子山木篇曰：「猖狂妄行，乃蹈乎大方。」

勃三尺微命，一介書生。無路請纓，等終軍之弱冠；有懷投筆，愛宗慤之長風。舍簪笏於百齡，奉晨昏於萬里。非謝家之寶樹，接孟氏之芳鄰。他日趨庭，叨陪鯉對；今茲捧袂，喜託龍門。楊意不逢，撫凌雲而自惜；鍾期既遇，奏流水以何慚。以上自述。

「三尺」句，蔣氏無注。案：禮記玉藻曰：「紳制，士長三尺。」周禮春官典命鄭注曰：「王之下士一命。」
子安曾爲虢州參軍，故自比於一命之士，曰「三尺微命」也。又疑「三尺」或指法律言。漢書杜周傳：「客
謂周曰：『君不循三尺法。』周曰：『三尺安出哉？』」顏注引孟康曰：「以三尺竹簡書法律也。」舊唐書勃傳
曰：「官奴曹達抵罪，匿勃所，懼事洩，輒殺之，事覺當誅，會赦除名。」三尺微命，自傷曾罹法律，生命
甚微也。○左襄八年傳曰：「亦不使一介行李告於寡君。」○漢書終軍傳曰：「軍字子雲，濟南人。南越與漢
和親，迺遣軍使南越說其王，欲令入朝，比內諸侯。軍自請願受長纓，必羈南越而致之闕下。軍遂往說越
王，越王聽許，請舉國內屬。軍死時年二十餘，故世謂之終童。」禮記曲禮上曰：「二十曰弱冠。」○後漢書
班超傳曰：「家貧，常爲官傭書以供養。久勞苦，嘗輟業投筆歎曰：大丈夫無它志略，猶當效傅介子、張騫
立功異域，以取封侯，安能久事筆研閒乎？」○宋書宗慤傳曰：「慤字元幹，南陽人。叔父炳。慤年少時，
炳問其志，慤曰：願乘長風破萬里浪。」○江總持侍宴婁苑湖詩曰：「簪笏奉周行。」後漢書馮衍傳上：「王
邑報書曰：今百齡之期，未有能至。」○禮記曲禮上曰：「凡爲人子者，昏定而晨省。」案：言「捨簪笏」，
則當在虢州參軍罷官之後；言「萬里」，則當指交趾，非六合矣。○世說言語篇曰：「謝太傅問諸子姪：『子

弟亦何預人事，而正欲使其佳？』車騎答曰：『譬如芝蘭玉樹，欲使其生於階庭耳。』」○列女傳母儀傳曰：「鄒孟軻母舍近墓，孟子之少也，嬉遊爲墓閒之事，孟母曰：『此非吾所以居處子。』乃去舍市傍，其嬉戲爲賈人衒賣之事，又曰：『此非吾所以居處子也。』復徙舍學宮之傍，其嬉遊乃設俎豆，揖讓進退，曰：『真可以居吾子矣。』」○論語季氏篇曰：「嘗獨立，鯉趨而過庭，曰：『學詩乎？』對曰：『未也。』」○英華：「茲，一作『晨』。」○龍門，見別道王宴序注。○史記司馬相如傳曰：「蜀人楊得意爲狗監，侍上。上讀子虛賦而善之，曰：『朕獨不得與此人同時哉！』得意曰：『臣邑人司馬相如自言爲此賦。』」又：「相如既奏大人之頌，天子大說，飄飄有凌雲之氣，似游天地之閒。」○列子湯問篇曰：「伯牙鼓琴，志在流水，鍾子期曰：善哉洋洋兮若江河。」又見呂氏春秋本味篇。

嗚呼！勝地不常，盛筵難再。蘭亭已矣，梓澤丘墟。臨别贈言，幸承恩於偉餞；登高作賦，是所望於羣公。敢竭鄙懷，恭疏短引。一言均賦，四韻俱成。請灑潘江，各傾陸海云爾。以上作序之意。○王益吾曰：「文興到落筆，不無機調過熟之病。而英思壯采，如泉源之涌，流離遷謫，哀感騈集，固是名作，不能末殺。」

洛陽伽藍記卷四曰：「神皋顯敞，實爲勝地。」○王逸少蘭亭集序曰：「永和九年，歲在癸丑，暮春之初，會於會稽山陰之蘭亭，修禊事也。」晉書石崇傳曰：「崇有別館，在河陽之金谷，一名梓澤。」錢曉徵養新録卷十六謂「已矣」「丘墟」以雙聲爲對。○禮記檀弓下曰：「子路去魯，謂顏淵曰：何以贈我？」說苑雜言篇曰：「子路將行，辭於仲尼，曰：『贈汝以車乎，以言乎？』子路曰：『請以言。』」○詩定之方中毛傳曰：「升高能賦。」韓詩外傳七曰：「孔子曰：君子登高必賦。」漢書藝文志曰：「登高能賦，可以爲大夫。」○疏引，見道王宴別序注。○詩品卷上曰：「晉平原相陸機詩，其源出於陳思；晉黃門郎潘岳詩，其源出於仲宣。」余嘗言：「陸才如海，潘才如江。」

益州綿竹縣武都山浄惠寺碑

元和郡縣志曰：「劍南道漢州綿竹縣：武德中屬益州。」清統志曰：「四川綿州（今改縣）：綿竹故城在州東北七十里，武都山在綿竹縣北。」案：惠，一作「慧」，字通。

原夫帝機寥廓，雲雷驅妙有之功；正氣洪荒，清濁構乾元之象。融而爲川瀆，結而爲山岳。五城韜海，接崑閬於大都；八洞藏雲，冠瀛洲於巨闕。造化之所偃薄，靈仙之所啓處。極緹油而縱觀，詠頌寧殫；出宇宙而高尋，風烟罕測。是知玉巵無當，遐荒非視聽之津；金牓所存，城闕盡江湖之致。何必九虬齊騖，直訪銀宮；八駿長驅，遥臨石室？以上言名山爲靈仙所宅，不待遠求。

老子曰：「吾不知誰之子，象帝之先。」王注曰：「天地莫能及之，不亦似帝之先乎？帝，天帝也。」易繫辭傳下曰：「幾者動之微，吉之先見者也。」賈生服鳥賦曰：「寥廓忽荒。」○文選孫興公遊天台山賦曰：「太虛遼廓而無閡，運自然之妙有。」李善注曰：「太虛謂天也，自然謂道也，無閡謂無名，妙有謂一也。言大道運彼自然之妙，而生萬物也。」老子曰：「道生一。」王弼曰：「一，數之始，而物之極也。謂之爲妙有者，欲言有，不見其形，則非有，故謂之妙；欲言其無，物由之以生，則非無，故謂之有也；斯乃無中之有，謂之妙有也。」○文選七啓李善注引春秋命歷序曰：「元氣正，則天地八卦孳也。」法言問道篇曰：「鴻荒之世。」○列子天瑞篇曰：「一者，形變之始也，清輕者上爲天，濁重者下爲地。」淮南子天文篇曰：「道始於虛霩，虛霩生宇宙，宇宙生氣，氣有涯垠，清陽者薄靡而爲天，重濁者凝滯而爲地。」易乾卦曰：「乾，元亨利貞。」○文選遊天台山賦曰：「融而爲川瀆，結而爲山阜。」李善注曰：「融猶銷也。」班孟堅終南山賦曰：「流澤遂而成水，停積結而爲山。」左太沖魏都賦曰：「流而爲江海，結而爲山嶽。」○藝文類聚山部上引河圖曰：「崑崙之墟，五城十二樓，河水出焉。」○水經河水注一曰：「東海方丈，亦有崑崙之稱。」十洲記曰：「崑崙號曰崑崚，在西海之戌地，北海之亥地，去岸十三萬里。三角，其一角正北，干辰之輝，名曰閬風巔；其一角正西，名曰玄圃堂；其一角正東，名曰崑崙宮。」山海經西山經曰：「昆侖之丘，是實惟帝之下都。」郭注曰：「天帝都邑之在下者也。」○王無功游北山賦曰：「游八洞之金室，坐三清之玉宮。」○水經穀水注曰：「今閶闔門外，夾建巨闕，以象天宿。」○莊子大宗師篇曰：「子來有病，子犂往問之，倚其戶，與之語曰：偉哉造化。」漢書王吉傳：「吉上疏諫昌邑王曰：冬則爲風寒之所匽薄。」顏注曰：「『匽』與『偃』同，言遇疾風則偃靡也。薄，迫也。」○仙，原作「谷」，項本作「俗」，今依蔣校。遊天台賦序曰：「靈仙之所窟宅。」詩采薇曰：「不遑啓處。」○緹油，字見漢書循吏黃霸傳，然此文當指帛可爲書者。楊子雲答劉歆書曰：「賫油素四尺。」又「油」爲「紬」之借字，說文曰：「紬，大絲繒也；緹，帛丹黃色。」○韓非子外儲說右上曰：「堂谿公見昭侯曰：今有白玉之巵而無當，有瓦巵而有當，君渴，將何以飲？」○神異經曰：「中央有宮，以金爲牆，門有金牓，以銀鏤，題曰天皇之宮。」○莊子讓王篇：「中山公子牟謂瞻子曰：身在江海之上，心居乎魏闕之下，奈何？」又見呂覽審爲篇、淮南道應篇。○雲笈七籤三洞經教部曰：「元始天王告西王母曰：帝嚳之時，九天真王駕九龍之輿，降收德之臺，授帝此法。」說文曰：「虯，龍子有角者。」○

史記封禪書曰：「三神山者，黄金銀爲宮闕。」○列子周穆王篇曰：「王肆意遠遊，命駕八駿之乘，右服蔛（華）騮而左緑耳，右驂赤驥而左白犧（義）。次車之乘，右服渠黄而左踰輪，左驂盜驪而右山子。馳驅千里，升崑崙之丘，遂賓于西王母，觴於瑶池之上。」列仙傳上曰：「赤松子往返至崑崙山上，常止西王母石室中，隨風雨上下。」

武都山浄惠寺者，梁太清年中之所建也。名山列岳之舊，仙都福地之湊。黄龍負匣，著寶籍於經山；紫鳳銜書，蔭榮光於井絡。須彌峯頂，仍開梵帝之宮；如意山中，即有經行之地。爾其盤基跨險，列嶂憑霄。日月之所竄伏，烟霞之所枕倚。飛泉瀑溜，蕩滌峯崖；緑樹玄藤，網羅丘壑。飛廉作氣，被萬吹於中巖；帝頊司寒，宅千霜於北谷。丹梯碧洞，杳冥林岫之間；桂廡松楹，寂寞風塵之表。是稱英鎮，實瞰崇岡。閭閻當四會之街，城邑辨三分之地。緜溪錦瀆，下浸重巒；玉阜銅陵，旁分絶磴。山川絡繹，崩騰宇宙之心；原隰縱横，隱軫亭皋之勢。以上山寺形勢。

太清，梁武帝年號。○十洲記曰：「滄海島中，有紫石宮室，九老仙都所治。」文選王元長曲水詩序曰：「福地奥區之湊。」李善注引遁甲開山圖曰：「驪山之西原，有阜名曰風涼，雍州之福地。」○「著寶籍」句，蔣曰：「詳譯語意，必梁代於寺供奉經藏。下『紫鳳』句，謂曾紆綸綍也。」○沈休文爲齊竟陵王發講疏曰：

「靈篇寶籍，遠探龍藏。」○全唐文「經山」作「山經」。○十六國春秋後趙録曰：「石虎與皇后在臺上，有詔書以五色紙，著鳳皇口中，鳳既銜詔，侍人放數百丈緋繩，轆轤迴轉，狀若飛翔，飛下端門。鳳以木作之，五色文身，脚皆用金。」○文選蜀都賦劉淵林注引河圖括地象曰：「岷山之地，上爲井絡。言岷山之地，上爲東井維絡，岷山之精，上爲天之井星也。」○法苑珠林三界篇居處部曰：「須彌山頂縱廣四萬由旬，其中有喜見城，縱廣一萬由旬，面別有其千門，三十三天於中止住。」○釋迦譜卷四曰：「四天王遥知佛當用鉢，如人屈伸臂頃，俱到頞那山上，如意所念，石中自然出四鉢。」光明定意經曰：「夜則經行。」○水經湘水注曰：「九疑山下，磐基蒼梧之野。」○大荒西經曰：「西海之外，大荒之中，有方山者，日月所出入也。」○王子淵故陝州刺史馮章碑曰：「山河枕倚。」○集「峯」作「崩」，今依項本。○離騷曰：「後飛廉使奔屬。」王注曰：「飛廉，風伯也。」○莊子齊物論：「子游曰：『敢問天籟？』子綦曰：『夫吹萬不同，而使其自已也。』」○禮記月令曰：「孟冬之月，其帝顓頊。」○文選謝玄暉敬亭山詩曰：「即此陵丹梯。」李善注曰：「丹梯謂山也。」○文選蕪城賦李善注引洛陽記曰：「銅駞二枚，在四會道頭。」説文曰：「街，四通道也。」○禮記王制曰：「方百里者，爲田九十億畝，山陵、林麓、川澤、溝瀆、城郭、宫室、塗巷三分去一，其餘六十億畝。」○漢書地理志廣漢郡緜竹縣原注曰：「紫巖山，綿水所出，東至新都北入雒。」元和郡縣志曰：「劍南道漢州緜竹縣：紫嵓山，在縣西北三十里，緜水出縣紫嵓山，蜀都賦『浸以緜洛』，謂此水也。蜀人稱郫繁曰膏腴，緜洛爲浸沃。」水經江水注曰：「成都笮縣橋南岸道西，故錦官也，言錦工織錦，則濯之江流，而錦至鮮明，濯以他江，則錦色弱矣，遂命之爲錦里也。」○蔣曰：「玉皁，玉壘也。」步瀛案：漢書地理志蜀郡緜虒縣原注曰：「玉壘山，湔水所出。」文選左太沖蜀都賦曰：「包玉壘而爲宇。」劉淵林注曰：「玉壘山在成都西北。」案：在今四川灌縣西北。楊子雲蜀都賦曰：「西有鹽泉鐵冶，橘林銅陵。」後漢書公孫述傳注曰：「蜀有銅陵。」

案：疑即今四川邛崍縣南之銅官山。○抱朴子刺驕篇曰：「何有便當崩騰，競逐彼闒茸之徒，以取容於若曹耶？」○謝靈運入東道路詩曰：「隱軫邑里密。」文選上林賦曰：「亭皋千里，靡不被築。」

頃以黄旗夜徙，紫蓋晨傾，九服失圖，三靈在疚。奸臣躍馬，據折坂而吟雲；壯士聞雞，擁陽關而嘯雨。岷峨失險，化爲鋒鏑之場；江漢横流，非復朝宗之國。禪宇由其覆没，法衆是以凋淪。以上隋末之亂，寺遭毀壞。

文選陸佐公石闕銘李善注引司馬德操與劉恭嗣書曰：「黄旗紫氣，見於東南，終成天下者，揚州之君子。」宋書符瑞志曰：「漢世術士言，黄旗紫蓋見於斗牛之閒，江東有天子氣。」○周禮夏官職方氏曰：「乃辨九服之邦國，方千里曰王畿，其外方五百里曰侯服，又其外方五百里曰甸服，又其外方五百里曰男服，又其外方五百里曰采服，又其外方五百里曰衛服，又其外方五百里曰蠻服，又其外方五百里曰夷服，又其外方五百里曰鎮服，又其外方五百里曰藩服。」左昭七年曰：「悼心失圖。」○文選石闕銘序曰「仰叶三靈」，李善注引春秋元命苞曰：「造起天地，鑄演人君，通靈之貺，交錯同端[一]。」詩閔予小子曰：「嬛嬛在疚。」毛傳曰：「疚，病也。」○左太沖蜀都賦曰：「公孫躍馬而稱帝。」後漢書光武帝紀曰：「公孫述稱王巴蜀。」○水

[一]舉要此處李注蓋録自王子安集蔣注。端：文選陸佐公石闕銘序「仰叶三靈」李善注引春秋元命苞作「瑞」。陸士衡漢高祖功臣頌「三靈改卜」李善注引春秋元命苞曰：「造起天地，鑄演人君，通三靈之貺，交錯同端。」顔延之應詔讌曲水作詩「寔靈所貺」李善注引春秋元命苞曰：「通三靈之貺，交錯同端也。」范蔚宗後漢書光武紀贊「靈貺自甄」李善注引春秋元命苞曰：「通三靈之貺，交錯同端。」

經江水注曰：「崍山，邛崍山也，在漢嘉嚴道縣，一曰新道山，南有九折坂。」元和郡縣志曰：「劍南道雅州榮經縣：九折坂，在縣西八十里。」○晉書祖逖傳曰：「與劉琨共被同寢，中夜聞荒鷄鳴，蹴琨覺，曰：『此非惡聲也。』因起舞。」○華陽國志巴志曰：「巴、楚數相攻伐，故置扞關、陽關及沔關。」水經江水注曰：「江水東逕陽關巴子梁，江之兩岸，猶有梁處，巴之三關，斯爲一也。延熙中，蜀鄧芝爲江州都督，治此。」○說文曰：「嶓山在蜀湔氐西徼外。」小徐繫傳曰：「湔，水名，今俗作『岷』。」蜀都賦劉淵林注曰：「峨眉山在成都南犍爲界。」元和郡縣志曰：「劍南道嘉州峨眉縣：峨眉山，在縣西七里，兩山相對，望之如蛾眉，故名，高七十六里。」○後漢書光武帝紀贊曰：「金湯失險。」○文選過秦論曰：「銷鋒鍉。」李善注引如淳曰：「鍉，箭足也。」鄧展曰：「鍉是扞頭鐵也，鍉音的。」史記陳涉世家集解引徐廣曰：「鍉，一作『鏑』。」○說文曰：「江水出蜀湔氐徼外嶓山入海。」漾水出隴西豲道東至武都爲漢。」華陽國志漢中志曰：「漢有二源，東源出武都氐道漾山，因名漾。禹貢『流漾爲漢』是也。西源出隴西嶓冢山，會白水經葭萌入漢。」○孟子滕文公上曰：「洪水橫流。」○書禹貢曰：「江漢朝宗於海。」○沈休文法王寺碑銘曰：「祁祁法衆。」

國家奄有帝圖，削平天釁。紫宸反照，皇階即敘。萬國順，百靈朝。幽顯再立，華戎一揆。燭龍韜景，避堯日於幽都；雲鵬斂翼，候虞風於晏海。以爲軒階具美，功窮望祲之臺；漢道兼弘，力盡祈年之觀。爰經寶地，大啓禪宮。撫香象而高視，鳴法螺而再唱。龍垣淨土，連帝道而重光；鶴苑崇基，脫皇居而首出。以上唐興復修諸寺。

詩皇矣曰：「奄有四方。」毛傳曰：「奄，大也。」文選顔延年三月三日曲水詩序李善注引孝經鉤命決曰：「丘乃授帝圖，掇祕文。」○班孟堅終南山賦曰：「概青宫，觸紫宸。」○文選漢高祖功臣頌曰：「皇階授木。」李善注引春秋孔演圖曰：「天子皆五帝精，有諸神輔助，使開階立遂。」宋均曰：「遂，道也。」○書禹貢曰：「西戎即敍。」○班孟堅東都賦曰：「懷百靈。」○張平子西京賦曰：「隔閡華戎。」○淮南子墬形篇曰：「燭龍在雁門北，蔽於委羽之山，不見日，其神人面龍身而無足。」高注曰：「龍銜燭以照太陰，蓋長千里。」○史記五帝紀曰：「堯就之如日。」書堯典曰：「宅朔方曰幽都。」淮南子墬形篇高注曰：「古之幽都，在雁門以北。」○莊子逍遥遊曰：「北冥有魚，其名爲鯤，化而爲鵬，怒而飛，其翼若垂天之雲。」○禮記樂記曰：「昔者舜作五絃之琴，以歌南風。」文選新刻漏銘序李善注引禮斗威儀曰：「君乘土而王，其政太平，則河海夷晏。」○漢書東方朔傳：「朔曰：願陳泰階六符。」注孟康曰：「泰階，三台也，每台二星，凡六星。符，六星之符驗也。」應劭曰：「黄帝泰階六符經曰：『太階者，天之三階也。上階爲天子，中階爲諸侯、公卿、大夫，下階爲士、庶人。三階平則陰陽和，風雨時。』」○詩靈臺鄭箋曰：「天子有靈臺者，所以觀祲象，察氣之妖祥也。」釋文曰：「祲，陰陽氣相侵漸成祥。」○漢書敍傳曰：「登我漢道。」○漢書地理志右扶風雍縣原注曰：「祈年宫，德公起。」三輔黄圖卷一曰：「蘄年宫，穆公所造。」○法苑珠林伽藍篇營造部引真諦師傳曰：「過去第六迦葉波佛時，有長者名大旛相，純以七寶徧布其地，奉施如來，起爲住處。」○詩閟宫曰：「大啓爾宇。」○佛報恩經惡友品曰：「能多讀誦六萬香象經典。」俱舍論頌疏一曰：「于時世尊至本國已，講毘婆沙，如是次第，成百頌，攝大婆沙，其義盡，標頌香象，擊鼓宣令云：誰能破者，吾當謝之。」○妙法蓮華經序品曰：「吹大法螺。」○維摩詰所説經佛國品曰：「佛告舍利弗，汝且觀是佛土嚴浄。」海龍王經請佛品曰：「海龍王詣靈鷲山，聞佛説法，信心歡喜，欲請佛至大海龍宫供養，佛許之。龍王即入大海，化作大殿，無量珠寶，種種莊嚴，佛入龍宮，爲説大法。」梁譯攝大乘論卷下曰：「諸佛如來浄土清浄。」大乘義章十九曰：「經中或時名佛地，或稱佛界，或云佛國，或云佛土，或復説爲浄刹、浄首、浄國、浄土。」○莊子天道篇曰：「地道運而無所積，故天下歸。」書顧命曰：「昔君文王、武王宣重光。」○梁簡文帝神山寺碑曰：「耆山鵠苑，布跡人中。」案：「鶴」「鵠」古書多通用。不應拜俗等事序曰：「希風崛岫，啓鶴苑于神畿。」○何平叔景福殿賦曰：「備皇居之制度。」易乾彖傳曰：「首出庶物。」

況乎山精舊壤，下鎮偏隅；天帝遺墟，上干躔次。王舍城之宮闕，白玉猶存；給孤獨之園林，黄金尚在。法物緜其大備，盛德所以相尋。株兵奉天藏之圖，泉女獻山祇之籍。離亭合樹，因岸谷之高低；疊觀連房，就岡巒之曲直。丹崖反照，畫栱相臨；緑嶂斜煙，雕簷閒出。豐隆曉震，次複霤而悽皇；列缺晨奔，望崇軒而愕眙。千香寶樹，自起風煙；九乳仙鐘，獨鳴霜雪。銀龕佛影，遥承雁塔之花；石壁經文，下映龍宮之葉。虹生北澗，即掛新幡；鳳下東岑，還栖舊刹。以上浄惠寺因舊基而修製，極爲壯麗。

後漢書方術傳注引楊雄蜀王本紀曰：「武都丈夫化爲女子，顔色美絶，蓋山精也，蜀王納以爲妃。」○庚子山終南山義谷銘曰：「峥嶸下鎮。」○左太沖蜀都賦曰：「遠則岷山之精，上爲井絡，天帝運期而會昌，景福肸蠁而興作。」○司馬長卿子虚賦曰：「上干青雲。」説文曰：「躔，踐也。」繫傳曰：「星之躔次，星所履行也。」○翻譯名義卷七曰：「摩竭提西域記云：摩竭陀，中印度境，城名王舍。」○法苑珠林千佛篇納妃部之灌頂部曰：「大梵天王，地神堅牢，於菩提樹南，以黃金白玉，造大金剛壇，衆寶莊嚴。」○釋迦譜卷八曰：「舍衛國有一大臣，名曰須達，居家巨富，好喜布施賑濟貧乏及諸孤老，時人因行爲其立號，名給孤獨。到王舍城，爲兒娶竟，辭佛還家，因白佛言：『還到本國，當立精舍，不知模法，唯願世尊使一弟子共往勅示。』世尊思惟，唯舍利弗，去必有益，即使命之，共須達往。案行諸地，唯王太子祇陁有園，其地平正，其樹鬱茂，不遠不近，正得處所。時舍利弗告須達言：『今此園中宜起精舍。』須達歡喜，到太子所，白太子言：『我今欲爲如來起立精舍。太子園好，今欲買之。』太子笑言：『我無所乏。』須達慇懃，乃至再三，太子貪惜，增格求價，謂呼價貴當不能買，語須達言：『汝若能以黃金布地，令閒無空者，便當相與。』須達歡喜，便敕使人象負金出，八十頃中須臾欲滿。祇陁念言：『佛必大德，能使斯人輕寶乃爾。』教齊是止，勿更出金，園地屬卿，樹木屬我，自起門屋上佛，共立精舍。須達歡欣，即然可之。」○法物，即佛家言法衣、法鼓等類。○蔣曰：「酉陽雜俎廣知篇：近佛畫中，有天藏菩薩、地藏菩薩。」案：此天藏，疑取天宮寶藏之義，二句事未詳。○文選顏延年車駕幸京口三月三日侍游曲阿後湖作詩曰：「山祇蹕嶠路。」李善注曰：「山祇，山神也。」案：此句疑用堅牢地祇事。最勝王經八曰：「大地神女名堅牢。」○詩十月之交曰：「高岸爲谷。」○沈休文法王寺碑曰：「連房極睇。」○盧子諒贈劉越石詩曰：「仰熙丹崖。」○盧子行從駕經大慈照寺詩曰：「畫栱疊相承。」○蕭雲英侍皇太子釋奠宴詩曰：「雕簷結綵。」○離騷王叔師注曰：「豐隆，雲師，一曰雷師。」洪慶善補注曰：「歸藏云：豐隆筮雲氣而告之。」（今北堂書鈔天部二引誤，當依此訂。）則雲師也。穆天子傳云：「天子升昆侖，封豐隆之葬。」郭璞曰：「豐隆筮師，（今本無「師」字，此蓋衍。）御雲得大壯，遂爲雷師。」（水經河水注曰：「豐隆，雷公也。」）淮南子曰：「季春三月，豐隆乃出，以將其雨。」（天文篇高注曰：「豐隆，雷也。」）張衡思玄賦云：「豐隆軯其震霆，雲師黮以交集。」（思玄賦舊注曰：「豐隆，雷公也。」李善曰：「諸家之説豐隆，皆曰雲師，此賦别言雲師，明豐隆爲雷也。」後漢書張衡傳注曰：「豐隆，雷公也。」）則豐隆，雷也。○禮記檀弓上曰：「池視重霤。」鄭注曰：「屋之承霤，以木爲之，用行水，亦宫之飾也。今宫中有承霤，云以銅爲之。」説文曰：「霤，屋水流也。」○漢書司馬相如傳大人賦曰：「貫列缺之倒景兮。」注引服虔曰：「列缺，天閃也。」張揖曰：「陵陽子明經曰：列缺氣去地二千四百里。」楊雄傳羽獵賦曰：「辟歷列缺，吐火施鞭。」注引應劭曰：「辟歷，雷也；列缺，天隙電照也。」○文選西都賦曰：「雖輕迅與僄狡，猶愕眙而不能階。」李善注曰：「字書曰：『愕，驚也。』字林曰：『眙，驚貌。』」案：廣韻七志：「眙，丑吏切。」○全唐文「愕眙」作「眙愕」。○佛説無量壽經卷上曰：「其國土七寶諸樹，周滿世界，金樹、銀樹、瑠璃樹、玻璃樹、珊瑚樹、瑪瑙樹、硨磲樹，或有二寶三寶，乃至七寶，轉共合成。」○初學記樂部下引樂叶圖徵曰：「君子鑠金爲鍾，四時九乳。」宋均注曰：「九乳，法九州也。」○山海經中山經曰：「豐山有九鐘焉，是知霜鳴。」郭注曰：「霜降則鳴，故曰知也。」○庾子山麥積崖佛龕銘曰：「壁累經文，龕重佛影。」○大唐西域記卷九曰：「有苾芻（即比丘）經行，忽見羣雁飛翔，戲言曰：『今日僧衆中食不充，摩訶薩埵（大心又大有情）宜知是時。』言聲未絶，一雁退飛，當其僧前，投身自殞。苾芻見已，具白衆僧，聞者悲感，咸相謂曰：『此雁垂誡，誠爲明導，宜旌厚德，傳記終古。』於是建窣堵波（塔），以彼死雁，瘞其下焉。」○龍宫，見上注。史記司馬相如傳大人賦曰：「垂絳幡之素蜺兮。」○藝文類聚歲時部中引晉庾闡三月三日臨曲水詩曰：「高泉吐東岑。」○玄應一切經音義卷一曰：「刹，此譯云土田。」案：刹，書無此字，即「剎」字略也，剎音初一反。浮圖名刹者，訛也，應言剌瑟胝，此譯云竿，人以柱代之，名爲刹柱，以安佛骨，義同土田，故名刹也，以彼西國塔竿頭安舍利故也。（孫淵如曰：「『刹』即『剎』字之壞，而徐鉉增作説文新附，惜未見此書耳。」）

若乃尋曲岪，歷崇隈，周行數里，直上千仞。蒼松蓄吹，臨絕逕而疏寒；黛篠防煙，繞迴疆而結蔭。春巖橘柚，影入山堂；秋壑芙蓉，光浮水殿。亦有山童采葛，入丹竇而忘歸；野老紆花，向青溪而不返。山神獻果，送出菴園；天女持花，來游浄國。實窈冥之祕訣，託幽深之逸境。豈直淮南桂樹，暫得仙家；江左桃源，終迷故老而已？以上地之幽勝。

全唐文「岪」作「岫」。楚辭招隱士曰：「山曲岪。」王逸注曰：「盤詰屈也。」洪補注曰：「岪音佛，山曲也，一音皮筆切。」説文曰：「岪，山脅道也。」繫傳曰：「山半腹旁山而行也。」○管子形勢篇尹注曰：「隈，山曲也。」○王文考魯靈光殿賦曰：「周行數里，仰不見日。」○水經灅水注曰：「山堂水殿，煙寺相望。」○「采葛」事未詳，釋家有所謂葛藤禪者，未知與此有關否。蔣注以詩王風「采葛」證之，未確。○史記貨殖傳曰：「巴蜀寡婦清，其先得丹穴。」禮記禮運鄭注曰：「竇，孔穴也。」○青溪，見別洛下知己序注。○法苑珠林千佛篇成道部：「世尊告諸大菩薩及大弟子曰：『我初踰城時，至彼洴沙國，路逢牧牛女，白我言：「我作此山神經十六大劫，過去諸佛我皆親覲。汝可隨我往至住處，當與汝飲食。過去迦葉佛涅槃時，付我澡罐、香爐及一黄金函，將付仁者。」』」○玄應一切經音義卷八維摩詰所説經音義曰：「菴羅，或言菴婆羅，果名也，形似梨而底鈎曲。彼國名爲王樹，謂在王城種之也。舊譯云奈，應誤也。正言菴没羅，此菴没羅女持園施佛，因以名焉。昔獮猴爲佛穿池，鹿女見千子處，皆在園側也。」○維摩詰所説經觀衆生品曰：「時維摩詰室有一天女，見諸天人，聞所說法，便現其身，即以天華散諸菩薩大弟子上。」○維摩詰所說經佛國品曰：「佛以足指按地，即時三千大千世界，若干百千珍寶嚴飾，譬如寶莊嚴佛，無量功德寶莊嚴土，一切大衆，皆自見坐寶蓮華。佛告舍利弗：『汝且觀是佛土嚴浄。』舍利弗言：『唯然，今佛國土嚴浄悉現。』佛告舍利弗：『我佛國土常浄若此，爲欲度斯下劣人故，示是衆惡不浄土耳。』」○老子曰：「窈兮冥兮，其中有精。」○楚辭招隱士曰：「桂樹叢生兮山之幽。」神仙傳卷四曰：「漢淮南王劉安登山大祭，埋金地中，即白日昇天。」案：王叔師招隱士序以爲淮南小山作，昭明文選以爲淮南王安作。○文選劉越石勸進表曰：「撫寧江左。」李善注曰：「江左，江東也。」桃花源，見別道王宴序注。

爰有寬闍黎者，俗姓楊氏，其先華陰人也。因官徙地，家於緜竹。山分太華，水帶長汾。川岳會同，風雲感召。玄經素論，侍郎居八俊之英；緑綬黄軒，太尉列三台之首。法師玉函降彩，金瓶探色。振八解之遥源，踐三明之廣路。靈機入證，窮象載於初髫；妙締因心，釋羊車於弱冠。三千法界，由廣位而出無明；十二因緣，自普濟而登彼岸。弘宣誓願，大拯沈黎。揮覺劍而破邪山，揚智燈而照昏室。彌綸所被，白馬盡於禺同；權漸所開，黄牛至於嶓冢。虔誠樂土，憩影茲峯。迺以貞觀九年，於寺西院，立七佛堂一僧舍。星毫動牖，月面分階。彩鳳銜旒，神龍負塔。飛煙湧座，黿鼉忉利之天；香霧成臺，樹樹菩提之果。朝散大夫行縣令清河張楚，親承妙業，俯刊貞琰。林宗有道，伯喈無愧。法師夙機少晤，應變多奇。玉山中斷，瓊林下雜。支道林之好事，語默方融；釋惠遠之高居，風埃遂隔。洎乎坐忘遺照，返寂歸真，城肆颯然若遺，空山黯而無色。豈直巖枝泣血，磵户摧梁而已哉？以上寬法師嘗於寺立佛堂僧舍。

玄應一切經音義卷十五曰：「阿闍黎，應言阿遮利夜，譯云正行，又言阿遮剎耶，此云軌範，舊云于善法中教授令知，名阿闍黎也。」○新唐書宰相世系表曰：「楊氏出自姬姓，周宣王子尚父封爲楊侯。一云晉武公子伯僑生文，文生突，羊舌大夫也。」又云：「晉之公族食邑於羊舌，凡三縣，一曰銅鞮，二曰楊氏，三曰平陽。突生職，職子肸，字叔向，晉太傅，食采楊氏，其地平陽楊氏縣是也。叔向生伯石，字食我，以邑爲氏，號曰楊石。晉滅羊舌氏，叔向子孫逃于華山仙谷，遂居華陰。」○元和郡縣志曰：「關内道華州華陰縣：太華山，在縣南八里。」○水經汾水篇曰：「汾水出太原汾陽縣北管涔山，至汾陰縣北，西注於河。」蔣曰：「華陰距汾較遠，疑『河』字之訛。」鮑明遠河清頌序曰：「長河巨濟，異源同清。」○書禹貢曰：「四海會同。」○隋書經籍志有楊子太玄經九卷，文選任彦昇百辟勸進牋李善注引王隱晉書：「劉琨表曰：李術以素論門望，不可與樵采同日也。」○楊子雲解嘲曰：「位不過侍郎。」後漢書黨錮傳曰：「李膺、荀昱、杜密、王暢、劉祐、魏朗、趙典、朱寓爲八俊。俊者，言人之英也。」○漢書百官公卿表曰：「相國緑綬。」藝文類聚職官部一引漢舊儀曰：「丞相聽事閣曰黄閣。」後漢書張奂傳章懷注曰：「軒，殿檻闌板也。」○後漢書楊震傳曰：「震字伯起，弘農華陰人，代劉愷爲太尉。」唐六典卷一曰：「後漢建武二十七年，省大司馬，又置太尉，而與司徒、司空爲三公。」公羊桓八年徐疏引春秋説曰：「法三台以爲三公。」○法苑珠林千佛篇成道部曰：「又有黄金函，内盛大般若，合三十億偈，黄金爲經牒，白玉爲界道，白銀爲字。」○法苑珠林千佛篇納妃部曰：「世尊告諸大衆言：『我初踰城，始出宫門外，有犍闥婆王將領部族，奏百千天樂，來至我所。即問我言：「欲往何所？」我答言：「欲求菩提。」彼語我言：「汝定成正覺。有拘留孫佛欲入涅槃時，付囑我金瓶，瓶中有寶塔，盛七寶，黄金印有二，白銀印有五，將付悉達。」』」○大般若經卷十二曰：「不應觀八解脱，若有相，若無相。」維摩詰所説經佛道品曰：「八解之浴池，定水湛然滿。」案：八解脱者，一有色觀諸色；二内無色想觀外諸色；三浄勝解身作證；四超一切色想，滅有對想，不思維種想，入無邊空處；五超一切空無邊處，入無邊識處；六超一切識無邊處，入無所有處；七超一切無所有處，入非想非非想處；八超一切非想非非想處，入滅想處也。庾子山周廣饒公鄭常神道碑銘曰：「若水遥源。」○維摩詰所説經方便品曰：「佛身者，即法身也。從六通生，從三明生。」僧肇注曰：「天眼、宿命智、漏盡通，爲三明也。」俱舍論二十七曰：「言三明者，一宿住智證明，二死生智證明，三漏盡智證明。名明者如次：對三際愚故，謂宿住智通治前際愚，死生智通治後際愚，漏盡智通治中際愚。」抱朴子暢玄篇曰：「轡策靈機。」○文選頭陀寺碑曰：「正法既没，象教陵夷。」蔣曰：「象載，指内典。」後漢書伏湛傳曰：「髫髮厲志。」章懷注曰：「埤蒼曰：『髫，髮也。髫髮，謂童子垂髮也。』」○詩皇矣曰：「因心則友。」○妙法蓮華經譬喻品曰：「諸子於火宅内樂著游戲，長者告言：『種種羊車、鹿車、牛車，今在門外，可以游戲。汝等於此火宅，宜速出來。』諸子聞説，争出火宅。如來於三界火宅，拔濟衆生，爲説三乘：聲聞、辟支佛、佛乘。」弱冠，見滕王閣餞别序。○法苑珠林三界篇初四洲部曰：「長阿含、起世經等：『四洲地心，即是須彌山。山外别有八山，圍如須彌。山下大海，深八萬四千由旬，其邊八山大海，初廣八千由旬，中有八功德水，如是漸小，至第七山下，水廣一千二百五十由旬，其外鹹海，廣於無際。海外有山，即是大鐵圍山，四周圍輪，並一日月，晝夜迴轉，照四天下，名爲一國土。即以此爲量，數至滿千鐵圍遶訖，名一小千。復至一千鐵圍遶訖，名爲中千世界。即數中千，復滿一千鐵圍遶訖，名爲大千世界。其中四洲、山王、日月，乃至有頂，各有萬億，成則同成，壞則同壞，皆是一化佛所統之處，名爲三千大千世界，號爲娑婆世界。』梵本正音名爲索訶世界。」楞伽阿跋多羅寶經三曰：「法界常住。」○四十二章經曰：「夫見道者，譬如持炬入冥室中，其冥即滅，而明獨存。學道見諦，無明即滅，而明常存矣。」大般涅槃經八曰：「與煩惱諸結俱者，名爲無明；與一切善法俱者，名之爲明。」○妙法蓮華經化城喻品曰：「爾時大通智勝如來，廣説十二因緣法。無明緣行，行緣識，識緣名色，名色緣六入，六入緣觸，觸緣受，受緣愛，愛緣取，取緣有，有緣生，生緣老死憂悲苦惱。無明滅則行滅，行滅則識滅，識滅則名色滅，名色滅則六入滅，六入滅則觸滅，觸滅則受滅，受滅則愛滅，愛滅則取滅，取滅則有滅，有滅則生滅，生滅則老死憂悲苦惱滅。」○佛報恩經序品曰：「欲令一切衆生渡渴愛海，得至彼岸，永得安樂。」○蔣曰：「沈謂沈溺。詩雲漢鄭箋：黎，衆也。」○維摩經菩薩行品曰：「以智慧劍，破煩惱賊。」最勝王經二曰：「生死羂網堅牢縛，願以智劍爲斷除。」○溫鵬舉定國寺碑曰：「顛墜邪山。」○佛報恩經對治品曰：「於大暗室，燃大智燈，照汝生死，無明黑暗。」○易繫辭上曰：「故能彌綸天地之道。」○水經沔水注曰：「沔水又東逕白馬戍南，白馬城一名陽平關。」漢書地理志越嶲郡青蛉縣元注曰：「禺同山有金馬、碧雞。」清統志曰：「陝西漢中府：白馬城，在沔縣西北，即漢陽平關也。雲南楚雄府：青蛉廢縣，今大姚縣治。」○權者實之對，即方便之別名；漸者頓之對，乃教化之次第。八教大義曰：「前佛後佛，自行化他，究其旨歸，咸宗一妙。佛之知見，但機緣差品，應物現形，爲實施權，故分乎八。頓漸祕密，不定化之儀式，譬如藥方，藏通別圓，所化之法，譬如藥味。」又曰：「次從鹿苑，至於般若，名爲漸教。」又曰：「爲實施權，意在於實，卷權歸實，意在於權，權實雖殊，不思議一。」○水經江水注二曰：「江水又東逕黄牛山下，有灘名曰黄牛灘，高崖間有石色，如人負刀牽牛，人黑牛黄，成就分明。」漢書地理志隴西郡西縣元注曰：「禹貢嶓冢山，西漢水所出。」元和郡縣志曰：「山南道興元府金牛縣：嶓冢山，縣東二十八里，漢水所出。」清統志曰：「湖北宜昌府：黄牛山，在東湖縣（今宜昌縣）西北八十里，亦稱黄牛峽。甘肅秦州：嶓冢山，在州（今清水縣）西南六十里。」○庚子山周祀五帝歌曰：「朱紘絳鼓罄虔誠。」阿彌陀經：「佛告舍利弗：從是西方過十萬億佛土，有世界名曰極樂，其土有佛，號阿彌陀。」○法華經序品曰：「佛放眉間白毫相光，照於東方萬八千世界。」釋迦譜一曰：「具三十二相。三十一者，眉間白毫相，輭白如兜羅綿。」○大般若波羅密多經卷三百八十一曰：「世尊面輪，其猶滿月。」○法苑珠林舍利篇引阿育王經曰：「闍王得舍利及髭，還大歡喜，作樂動天。難頭禾龍王化作人身，到泥洹所，道逢闍王還，語王言：『可持一分見與？』王言：『不可得。』龍王言：『我是難頭禾龍，能舉卿國土著八萬里外，磨碎成屑。』闍王恐怖，即奉佛髭與之。龍王即還，須彌山下，高八萬四千里，於下起水精琉璃塔。闍王終後，阿育王得其國土。時有大臣白阿育王言：『難頭禾龍先輕闍王，奪佛髭而去。』阿育王聞大嗔怒，即敕諸鬼神王作鐵網鐵罝，縱罝須彌山下水中，欲縛取龍王。龍大驚怖，共設計言：『阿育事佛，當伺其臥，取宫殿移著須彌山下水中，其嗔必息。』即便遣龍捧取育王宫殿。王臥覺不知是何處，見水精塔，高八萬四千里。」○玄應一切經音義二曰：「忉利，此應訛也，正言多羅夜登陵舍天，此譯云三十三天。」慧苑華嚴經音義上曰：「忉利，梵言，正云怛唎耶怛唎奢。言怛唎耶者，此云三也，怛唎奢者，十三也。謂須彌山頂四方各有八天城，當中有一天城，帝釋所居，總數有三十三處，故從處立名也。」○妙法蓮華經從地湧出品曰：「我於伽耶城菩提樹下坐。」酉陽雜俎廣動植篇曰：「菩提樹出摩伽陀國，在摩訶菩提寺，蓋釋迦如來成道時樹，一名思維樹，莖榦黃白，枝葉青翠，經冬不凋。」○唐六典卷二曰：「凡敍階二十九，從五品下曰朝散大夫。」又：「凡任官，階高而擬卑，則曰行。」又卷三十曰：「諸州上縣令一人，從六品上，諸州中縣令一人，正七品上，諸州中下縣令一人，從七品上，諸州下縣令一人，從七品下。」案：元和志漢州綿竹縣注「緊」字，即上縣也。令從六品上，仍視朝散大夫爲卑，故曰行也。新唐書宰相世系表曰：「清河東武城張氏，本出漢留侯良裔。」○陶通明吳太極左仙公葛公碑曰：「未鐫貞琰。」案：全唐文「琰」作「珉」。○後漢書郭太傳曰：「太字林宗，太原界休人，舉有道，卒，同志者乃共刻石立碑，蔡邕爲文，既而謂涿郡盧植曰：吾爲碑銘多矣，皆有慚德，唯郭有道無愧色耳。」○蔣曰：「唔，項本作『悟』。」○荀子非相篇曰：「應變不窮。」○世說新語容止篇曰：「時人目李安國頽唐如玉山之將崩。」又賞譽篇曰：「世目周侯嶷如斷山。」○世說新語賞譽上篇曰：「王戎云：太尉神姿高徹，如瑤林瓊樹，自然是風塵外物。」○世說新語言語篇劉峻注引高逸沙門傳曰：「支遁字道林，河內林慮人，或曰陳留人，本姓關氏。少而任心獨往，風期高亮，家世奉法，嘗於餘杭山沈思道行，泠然獨暢，年二十五，始釋形入道。」○世說新語文學篇劉峻注引張野遠法師銘曰：「沙門釋慧遠，雁門樓煩人，本姓賈氏，世爲冠族，遇釋道安，以爲師，抽簪落髮，研求法藏，振錫南游，結宇靈嶽，自年六十，不復出山，名被流沙，年八十三而終。」○莊子大宗師篇：「顏回曰：『回坐忘矣。』仲尼蹴然曰：『何謂坐忘？』顏回曰：『墮肢體，黜聰明，離形去知，同於大通，此謂坐忘。』」釋文曰：「坐忘，崔云『端坐而忘』。」易繫辭上韓注曰：「窮理體化，坐忘遺照。」○蓮社高賢傳曰：「遠公歸寂。」列子天瑞篇曰：「鬼，歸也，歸其真宅。」張注曰：「真宅，太虛之域。」○文選沈休文齊故安陸昭王碑文曰：「城府颯然，庶寮如賈。」李善注曰：「颯然，吹木葉落貌。」○英華「山」下脱一字，案：此依項本。○大般涅槃經壽命品曰：「佛在拘尸那國力士生地，阿利羅跋提河邊娑羅雙樹閒。二月十五日臨涅槃時，以佛神力，出大音聲，普告衆生，大覺世尊將欲涅槃，一切衆生若有所疑，今悉可問，爲最後問。爾時世尊於晨朝時，從其面門放種種光，遍照此三千大千佛之世界，乃至十方，亦復如是。是諸衆生見聞是已，心大憂愁，同時舉聲悲啼號哭，其中或有身體戰慄，涕泣哽咽。爾時大地諸山大海，皆悉震動。爾時復有八十百千諸大比丘等，皆阿羅漢，於其晨朝日始初出，離常住處嚼楊枝時，遇佛光明，舉身毛竪，遍體血現，如波羅奢花，涕泣盈目，生大苦惱。」詩雨無正毛傳曰：「無聲曰泣血。」○孔稚圭北山移文曰：「澗户摧絶無與歸。」釋迦如來成道記曰：「始自壞梁之感。」道誠注曰：「大迦葉將涅槃，付法於阿難已，捧佛所付衣，入雞足山入定，待彌勒下生。先阿闍王有約，尊者入滅，必來告我，乃往辭，王睡不見。王於睡夢屋之大梁折乃寤，方知迦葉入滅，不俟駕奔至山前，其山已合。」蔣注引孔子世家「梁柱摧乎」，非是。

縣令劉照，彭城人也。自碭山仗劍，綰鳳歷於雲臺；春郊授鉞，嗣龍圖於白水。玉壘三分之胄，下雜公門；金陵一霸之基，旁參帝緒。翠緌丹瓛，歷今古而先鳴；人傑地靈，冠山川而得儁。君膺岳瀆之秀，挺風雲之會。昆溪劍鍔，直照胸襟；楚澤珪璋，潛周履行。魯恭明德，方昇漢輔之階；潘岳能文，且職河陽之縣。仁徽可被，闔境仰其風猷；威德所加，百城疊其霜彩。尚乃康莊妙域，光開不捨之壇；舟楫愛河，昭暢無生之業。痛鷲林之殄瘁，悲象教之榛蕪。爰命緝興，式光泉藪。武溪龍澗，近分廬岳之圖；金闕瑤臺，更討瀛洲之記。銘曰：以上劉照爲縣令，修葺此寺。

元和姓纂劉彭城下曰：「漢高弟楚元王交生休侯富，富生辟强，辟强生陽城侯德，德生向，向生歆。子孫居彭城，分居三里：叢亭、綏輿、安上里。」○史記高祖本紀曰：「高祖亡匿，隱於芒碭山澤巖石之閒。」集解徐廣曰：「芒，今臨淮縣也；碭縣在梁。」正義引括地志曰：「宋州碭山縣在州東一百五十里，本漢碭縣也，碭山在縣東。」又：「高祖曰：吾以布衣提三尺劍取天下。」○左昭十七年：「郯子曰：鳳鳥氏，歷正也。」杜注曰：「鳳鳥知天時，故以名歷正之官。」又僖五年曰：「春王正月辛亥朔，日南至，公既視朔，遂登觀臺以望而書，禮也。凡分至啓閉，必書雲物爲備，故也。」○後漢書光武帝紀曰：「孝景帝生長沙定王發。武帝世，諸侯得分封子弟，以泠道縣春陵封發中子買爲春陵節侯。元帝時，節侯之孫孝侯請徙南陽，於是以蔡陽白水鄉爲春陵侯封邑。」後漢書光武帝紀上曰：「世祖光武皇帝，南陽蔡陽人。」章懷注曰：「春陵鄉本屬零陵泠道縣，元帝時徙南陽，仍號春陵，故城在今隨州棗陽縣東。」文選東京賦曰：「乃龍飛白水，鳳翔參墟。授鉞四七，共工是除。」薛注曰：「白水謂南陽白水縣也，世祖所起之處也。授，與也；鉞，斧鉞也；四七，二十八將也。」○藝文類聚祥瑞部引龍魚河圖曰：「天授元始建帝號，黄龍負圖，從河中出，付黄帝。」○後漢書獻帝紀曰：「建安二十五年三月，改元延康，十月，魏王丕稱天子。明年，劉備稱帝於蜀，孫權亦自王於吴。於是天下遂三分矣。」蜀志先主傳曰：「姓劉，諱備，涿郡涿縣人，漢景帝子中山靖王勝之後。即皇帝位於成都武擔之南。」○宋書武帝紀曰：「諱裕，彭城縣綏里人，漢高帝弟楚元王交之後。元熙二年，晉帝禪位於王，即皇帝位。」通鑑地理通釋曰：「宋因晉舊，都於建康。」○文選四子講德論曰：「始開帝緒。」李善注引春秋保乾圖曰：「五帝異緒。」宋衷曰：「緒，業也。」○潘安仁西征賦曰：「飛翠緌。」禮記内則鄭注曰：「緌，纓之飾也。」范蔚宗樂遊應詔詩曰：「探己謝丹黻。」李善注曰：「『赤芾在股』（采菽），毛萇曰：

『諸侯赤茀。』鄭玄曰：『茀，太古蔽膝之象。』『韍』與『茀』，古字通。」○左襄二十一年：「州綽曰：平陰之役，先二子鳴。」○「人傑」句，見滕王閣餞別序注。○左莊十一年曰：「得儁曰克。」○文選陳太丘碑文曰：「稟嶽瀆之精。」李善注引孝經援神契曰：「五嶽之精雄聖，四瀆之精仁明。」○吴季重答魏太子牋曰：「值風雲之會。」案：英華：「會，一作『選』。」○中山經曰：「昆吾之山，其上多赤銅。」郭注曰：「此山出名銅，色赤如火，以之作刀，切玉如割泥也。周穆王時，西戎獻之，尸子所謂昆吾之劍也。」吴叔庠寶劍詩曰：「出自昆吾溪。」莊子説劍篇釋文曰：「鍔，司馬云劍刃也，一云劍棱也。」世説新語賞譽篇上：「陳仲舉嘗歎曰：若周子居者，真治國之器，譬諸寶劍，則世之干將。」○韓非子和氏篇曰：「楚人和氏得玉璞楚山中，文王乃使玉人理其璞而得寶焉，遂命曰和氏之璧。」司馬長卿子虚賦曰：「楚有七澤。」詩卷阿曰：「如圭如璋。」○晉書成帝紀：「詔曰：履行修明。」後漢書劉儒傳曰：「郭林宗嘗謂儒口訥心辯，有珪璋之質。」○後漢書魯恭傳曰：「恭字仲康，扶風平陵人。拜中牟令，專以德化爲理，不任刑罰。永元十二年，代吕蓋爲司徒。」又尹敏傳曰：「君無口，爲漢輔。」○晉書潘岳傳曰：「岳才名冠世，爲衆所疾，遂栖遲十年，出爲河陽令。」○詩思齊鄭箋曰：「徽，美也。」○謝靈運撰征賦曰：「迴風猷以昭宣。」○文選曹子建又贈丁儀王粲詩李善注引謝承後漢書曰：「黄琬拜豫州，威邁百城。」詩時邁毛傳曰：「疊，懼也。」○爾雅釋宫曰：「五達謂之康，六達謂之莊。」○不捨之壇，蔣曰：「『壇』是『檀』字之訛。」文選王簡栖頭陀寺碑文曰：「行不捨之檀，而施洽羣有。」李善注曰：「夫心愛衆生而行捨者，捨則增愛，非爲實捨。故大士之捨，見不施之捨者，及於衆生，斯爲不捨。以兹而施，故羣有俱洽。」大品經曰：「不施不慳，是名檀波羅蜜。」僧肇論曰：「賢劫稱無捨之檀，成具美不爲之爲也。」天竺言檀，此言布施。波羅蜜，此言到彼岸也。○佛報恩經慈品曰：「癡愛覆心，覆心重故，愛水所没，不能自出。」楞嚴經四曰：「愛河枯乾，令汝解脱。」○圓覺經卷一曰：「一切衆生，於無生中，妄見生滅，是故説名，輪轉生死。」最勝王經一曰：「無生是實，生是虚妄，愚癡之人，漂溺生死，如來體實，無有虚妄，名爲涅槃。」○法苑珠林君臣篇引智度論曰：「耆闍崛山者，此名鷲頭山，是山頂似鷲，王舍城人因而名之。又王舍城南屍陀林中多諸死人，諸鷲常來食之，還在山頭，時人遂名鷲頭山。是山於五山中最高大，多好林泉，聖人住處。」詩瞻卬曰：「邦國殄瘁。」毛傳曰：「殄，盡；瘁，病也。」○文選頭陀寺碑：「象教陵夷。」李善注曰：「曇無羅讖曰：釋迦佛正法住世五百年，像法一千年，末法一萬年。」梁武帝守視晉宋齊諸陵詔曰：「宿草榛蕪。」○書僞武成曰：「萃淵藪。」（此僞古文也，本左傳昭七年。）唐諱「淵」爲「泉」。○蓮社高賢傳曰：「遠法師居東林，其處流泉匝寺，下入於溪，每送客過此，輒有虎號鳴，因名虎溪。後送客未嘗過。」案：唐諱「虎」爲「武」。周子充廬山後録曰：「所謂天池，今不可到，號曰龍潭，在鐵船峯下，亦有黑龍潭，祈雨則至焉。」續漢書郡國志劉注引釋慧遠廬山紀略曰：「山在尋陽南，南濱宫亭湖，北對小江山，去小江三十餘里，其山大嶺凡七重，圓基周迴，垂三五百里。」徐孝穆與楊僕射書曰：「峰號香爐，依然廬岳。」○史記封禪書曰：「蓬萊、方丈、瀛洲，此三神山，黄金銀爲宫闕。」拾遺記卷十曰：「崑崙山有瑶臺十二，各廣千步，皆五色玉爲臺基。」十洲記曰：「瀛洲在東海中，地方四千里，大抵是對會稽，去西岸七十萬里，洲上多仙家。」

武都仙鎮，靈墟奥域。邑動香城，山開浄國。澗流百道，峯雲五色。谷暗藤斜，山高樹逼。千櫩鶴列，萬栱星懸。分林構址，接磴開廛。臨階竹樹，遶棟風煙。龕前怪石，塔下秋泉。緑崖疏逕，青岑拒室。霧道相縈，煙房互出。

葉濃磎浄，花深嶂密。鳥度難尋，猿驚易失。簷分石竇，地絡金沙。丹丘抗月，碧洞栖霞。松開野路，桂列仙家。仙鑪柏葉，寶座蓮花。砌因巖曲，橋隨峯返。果出天廚，香來仙苑。玉鑰啓曙，金璫照晚。谷思鐘張，山悲鐸遠。閭閻踐勝，銅墨高情。聲飛別邑，望動專城。懸金道肆，刻石山楹。千載之後，于嗟令名。王益吾曰：「此文豐腴而蕭爽，固是子安佳構。」

蔣曰：「靈，項本作『龍』。」○張平子西京賦曰：「實惟地之奥區神皋。」○維摩詰所説經香積佛品曰：「上方界分過四十二恒河沙佛土，有國名衆香，佛號香積，其國香氣，比於十方諸佛世界人天之香，最爲第一，其界一切皆以香作樓閣，經行香地，苑園皆香，其食香氣，周流十方無量世界。」庾子山五張寺經藏碑曰：「並入香城。」○董仲舒雨雹對曰：「雲則五色而爲慶。」○爾雅釋宮曰：「楣謂之梁。」郭注曰：「門户上横梁。」儀禮鄉飲酒禮鄭注曰：「楣，前梁也。」莊子徐無鬼篇曰：「君亦必無盛鶴列於麗譙之閒。」○爾雅釋宮曰：「樴謂之杙，大者謂之栱。」徐孝穆太極殿銘序曰：「萬栱崚層。」王文考魯靈光殿賦曰：「浮柱岹嵽以星懸。」○集韻十二齊，「谿」「溪」「磎」「嵠」四字並載，引説文曰：「山瀆無所通也。」（説文「瀆」作「匵」，「通」下有「者」字。）一曰：「水注川曰谿，或从水，从山、石。」○孔德璋北山移文曰：「山人去兮曉猨驚。」○阿彌陀經曰：「極樂國土，有七寶池，八功德水，充滿其中，池底純以金沙布地。」○初學記歲時部上引繁欽秋思賦曰：「雲朝躋於西汜兮，遂噴薄於丹丘。」○初學記居處部引盛弘之荆州記曰：「城西百餘步有棲霞樓。宋臨川康王置。」古詩曰：「請説銅鑪器，崔巍象南山。上枝似松柏，下枝據銅盤。」梁昭明太子銅博山香鑪賦曰：「爨松柏之火。」○楞伽阿跋多羅寶經卷二曰：「坐大蓮華寶師子座。」○星經曰：「天廚六星，在紫微宮東北維，百官廚人光禄廚象之。」漢武帝内傳曰：「王母自設天廚，真妙非常，豐珍上果，芳華百味，非地上所有。」○上清黄庭内景經七曰：「蕤玉籥，閉兩扉。」案：鑰，文苑英華作「鑄」，今依項本。蔣疑爲「鋪」字之訛，然似「鑰」字爲宜。○文選西都賦曰：「裁金璧以飾璫。」李善注曰：「上林賦曰：『華榱璧璫。』韋昭曰：『裁金爲璧，以當榱頭。』」○法苑珠林卷九十九引感應記曰：「祇洹戒律院内有銅鐘，重三十萬斤，四天王共造，臺高七十丈，其戒場院内，復有八鐘，臺高四百尺，上有金鐘，重十萬斤。」○洛陽伽藍記卷一曰：「永寧寺繡柱金鋪，駭人心目，高風永夜，寶鐸和鳴，鏗鏘之音，聞及十餘里。」又卷三曰：「景明寺金盤寶鐸，焕爛霞表。」○勝踐，集作「踐勝」，今依項本。○漢書百官公卿表曰：「縣令長皆秦官，萬户以上爲令，秩千石至六百石，減萬户爲長，秩五百石至三百石。凡吏秩比六百石以上，皆銅印黑綬。」文選王文長永明十一年策秀才文李善注引漢書作「墨綬」。○司馬長卿封禪文曰：「蜚英聲。」○古辭陌上桑曰：「四十專城居。」○謝靈運撰征賦曰：「方括心於道肆。」案：此云懸金，蓋即布金之意（見上注）。蔣引吕不韋事，恐非。○吴越春秋卷二十曰：「德可刻於金石。」楚辭哀時命曰：「鑿山楹而爲室兮。」○詩騶虞曰：「于嗟乎騶虞。」左閔元年曰：「猶有令名。」

楊炯

楊炯，華陰人。舉神童，授校書郎，充崇文館學士，遷詹事司直，俄坐從父弟神讓與徐敬業起兵討武后，左轉梓州司法參軍，秩滿遷盈川令，卒。舊唐書入文苑傳，新書入文藝傳。

羣官尋楊隱居詩序

舊唐書高宗紀曰：「調露二年二月丁巳，至太室山[一]，又幸隱士田遊巖所居。己未，幸嵩陽觀。」羣官尋楊隱居，疑在此時，而楊隱居名字、事蹟皆未詳。

若夫太華千仞，長河萬里，則吾土之山澤，壯於域中；西漢十輪，東京四代，則吾宗之人物，盛於天下。乃有渾金璞玉，鳳戢龍蟠。方圓作其輿蓋，日月爲其扃牖。天光下燭，懸少微之一星；地氣上騰，發大雲之五色。以不貪爲寶，均珠玉以咳唾；以無事爲貴，比旂常於糞土。諸侯不敢以交遊相得，三府不敢以辟命相期。與夫形在江海，心遊魏闕，跡混朝市，名爲大隱，可得同年而語哉？以上隱居之高上。

西山經曰：「太華之山，削成而四方，其高五千仞，其廣十里。」元和郡縣志曰：「關内道華州華陰縣：太華山，在縣南八里。」○漢書地理志金城郡河關縣元注曰：「積石山在西南羌中，河水行塞外，東北入塞内，至章武入海，過郡十六，行九千四百里。」（河水所經之郡，諸家説頗不同。胡朏明禹貢錐指謂：「水經注

[一] 太室山：舊唐書高宗紀作「少室山」。

黎陽以上，河水所過有金城、天水、武威、安定、北地、朔方、五原、雲中、定襄、鴈門、西河、上郡、河東、馮翊、河南、河內，凡十六郡。黎陽以下，大河故瀆所過有魏郡、東郡、清河、平原、信都、勃海，又六郡，共二十二郡。今考禹河所過，有魏郡、廣平、鉅鹿、信都、勃海，而無東郡、清河、平原，過郡凡二十一也。」王西莊尚書後案於前二十二郡外，又加鉅鹿爲二十三郡。錢獻之新斠注地里志則數金城十六郡，與胡氏同，而以下數東郡、平原、千乘，凡十九郡。洪筠軒漢志水道疏證則依胡氏謂「十六」字誤。未知孰是。楊惺吾前漢地理圖：「金城以下天水、武威、上郡、信都，皆不爲河水所經，清河、平原所經甚少，亦可不數。」則去此六郡，頗與漢志十六郡之數相合，然亦未知確否。）○老子曰：「域中有四大。」○漢書楊惲傳：「報孫會宗書曰：惲家方隆盛時，乘朱輪者十人。」文選李善注曰：「二千石皆得乘朱輪。」○後漢書楊震傳曰：「震字伯起，弘農華陰人也，延光二年代劉愷爲太尉。震子秉，字叔節，延熹五年代劉矩爲太尉。秉子賜，字伯獻，熹平二年代唐珍（依靈帝紀當作宗俱）爲司空，五年代袁隗爲司徒。賜子彪，字文先，中平六年代董卓爲司空，其冬代黃琬爲司徒，興平元年代朱儁爲太尉。」孔融曰：「楊公四世清德，海內所瞻。」○左僖五年：「虞公曰：晉，吾宗也。」○晉書王戎傳曰：「戎有人倫鑒識，常目山濤如璞玉渾金，人皆欽其寶，莫知名其器。」○魏志杜襲傳：「襲曰：龍蟠幽藪，待時鳳翔。」○考工記曰：「軫之方也，以象地也；蓋之圜也，以象天也。」宋玉大言賦曰：「方地爲車，圓天爲蓋。」淮南原道篇曰：「以天爲蓋，以地爲輿。」○劉伯倫酒德頌曰：「日月爲扃牖。」○左莊二十二年曰：「照之以天光。」○晉書天文志曰：「少微四星，第一星處士。」藝文類聚人部二十引晉陽秋曰：「謝敷隱居會稽山，初月犯少微星，一名處士星。時戴逵名重於敷，時人憂之，俄而敷死。故會稽人嘲吴人云：吴中高士，求死不得。」○地氣上騰，禮記月令句。○御覽天部八引京房易飛候曰：「視四方常有大雲五色，其下賢人隱也。」○左襄十五年：「子罕曰：

我以不貪爲寶。」○莊子漁父篇：「孔子曰：幸聞唾咳之音。」○嵇叔夜與山巨源絶交書曰：「以無爲爲貴。」○謝玄暉爲宣城拜章曰：「銘彼旂常，勒斯鐘鼎。」○左襄十四年：「臧紇曰：衛侯其不得入矣，其言糞土也。」○後漢書郭太傳：「或問汝南范滂曰：『郭林宗何如人？』滂曰：『隱不違親，貞不絶俗，天子不得臣，諸侯不得友，吾不知其他。』」○後漢書承宮傳曰：「三府更辟，皆不應。」章懷注曰：「三府謂太尉、司徒、司空府。」莊子讓王篇：「中山公子牟謂瞻子曰：身在江海之上，心居乎魏闕之下，奈何？」○王康琚反招隱詩曰：「大隱隱朝市。」○賈生過秦論曰：「則不可同年而語矣。」

天子巡於下都，望於中嶽。軒皇駐蹕，將尋大隗之居；堯帝省方，終全潁陽之節。羣賢以公私有暇，休沐多閒。忽乎將行，指林壑而非遠；莞爾而笑，覽煙霞而在矚。登坱圠，踐莓苔。阮籍之見蘇門，止聞鸞嘯；盧敖之逢高士，詎識鳶肩。憶桑海而無時，問桃源之易失。寒山四絶，煙霧蒼蒼；古樹千年，藤蘿漠漠。誅茅作室，掛席爲門。石隱磷而環階，水潺湲而匝砌。乃相與旁求勝境，遍窺靈跡。論其八洞，實惟明月之宮；相其五山，即是交風之地。以上羣官相尋。

舊唐書高宗紀曰：「顯慶二年十二月，手詔改洛陽宮爲東都。」西山經曰：「崑崙之丘，是實惟帝之下都。」案：此文本其義，以長安爲上都，故洛陽爲下都也。○爾雅釋地曰：「嵩高爲中嶽。」元和郡縣志曰：「河南道河南府登封縣：嵩高山，在縣北八里。」清統志曰：「河南河南府：嵩山，在登封縣北。」穀梁傳僖三十一年注引鄭君曰：「望者，祭山川之名也。」○史記五帝本紀曰：「黄帝者，名曰軒轅。」張平子同聲歌曰：「天老教軒皇。」莊子徐無鬼篇曰：「黄帝將見大隗乎具茨之山。」釋文曰：「大隗，五罪反，崔本作『泰隗』，或云『大隗』，神名也，一云大道也。具茨，司馬本作『疢』，山名也。司馬云：『在滎陽密縣東，今名泰隗山。』」元和志曰：「河南府密縣：大隗山，在縣東南五十里，本具茨山，黄帝見大隗於具茨之山，故亦謂之大隗山。」○易復象傳曰：「后不省方。」莊子逍遥遊曰：「堯讓天下於許由，許由曰：『歸休乎君！予無所用天下爲。』」釋文曰：「許由，隱人也，隱於箕山。司馬云潁川陽城人。簡文云陽城槐里人。李云字仲武。」史記伯夷傳正義引皇甫謐高士傳云：「許由字武仲（與李説互異），堯聞，致天下而讓焉，乃退而遁於潁水之陽、箕山之下。」○漢書萬石君傳曰：「長子建爲郎中令，每五日洗沐歸。」霍光傳曰：「光時休沐出。」○楚辭九章涉江曰：「忽乎吾將行兮。」○論語陽貨篇曰：「夫子莞爾而笑。」何平叔集解曰：「莞爾，小笑貌也。」○孔稚圭褚白玉碑曰：「泉石依情，煙霞入抱。」○文選賈生鵩鳥賦曰：「坱圠無垠。」（漢書賈誼傳與文選同，史記作「坱軋」。）楊子雲甘泉賦曰：「忽坱圠而亡垠。」（漢書楊雄傳作「軮軋」。）李善注曰：「坱圠，廣大貌。」○孫綽遊天台山賦曰：「踐莓苔之滑石。」○晉書阮籍傳曰：「籍嘗於蘇門山遇孫登，與商略終古，及棲神導氣之術，登皆不應。籍因長嘯而退，至半嶺，聞有聲若鸞鳳之音，響乎巖谷，乃登之嘯也，遂歸，著大人先生傳。」○淮南子道應篇曰：「盧敖遊乎北海，經乎太陰，入乎玄闕，至於蒙轂之上。見一士焉，深目而玄鬢，淚注而鳶肩，豐上而殺下，軒軒然方迎風而舞。盧敖與之語曰：『子殆可與敖爲友乎？』若士者齤然而笑曰：『吾與汗漫期於九垓之外，吾不可以久駐。』若士舉臂而竦身，遂入雲中。」許注曰：「盧敖，燕人，秦始皇召來爲博士，使求神仙，亡而不反也。」○神仙傳卷七：「麻姑曰：接侍以來，已見東海三爲桑田，向到蓬萊，水又淺於往者，會時略半耳，豈將復還爲陵陸乎？」○桃源，見王子安别道王宴序注。○楚辭卜居曰：「寧誅鋤草茅以力耕乎？」庾子山哀江南賦曰：「誅茅宋玉之宅。」○漢書陳平傳曰：「家迺負郭窮巷，以席爲門。」○「隱磷」同「隱轔」，司馬長卿上林賦曰：「隱轔鬱㠥。」郭璞注曰：「堆壠不平貌。」○楚辭九歌湘夫人：「觀流水兮潺湲。」湘君王注曰：「潺湲，流貌。」○八洞，見王子安浄惠寺碑注。○藝文類聚山部引仙經曰：「太室高三十餘丈，自然明燭相見，如日月無異，中有十六仙人。」○初學記地部上曰：「嵩高山者，五岳之中岳也。」張平子東京賦曰：「總風雨之所交，然後以建王城。」案：此言嵩山在河南，爲天地之中。周禮大司徒曰：「日至之景，尺有五寸，謂之地中，天地之所合也，四時之所交也，風雨之所會也，陰陽之所合也。」

仙臺可望，石室猶存。極人生之勝踐，得林野之奇趣。浮杯若聖，已蔑松喬；清論凝神，坐驚河漢。游仙可致，無勞郭璞之言；招隱成文，敢嗣劉安之作。

以上作詩序之意。○骨肉匀停，色味俱美，駢文正則。

御覽地部四引嵩高山記曰：「又有三臺山，漢武東巡過此山，見三學仙女，遂以爲名。」○水經禹貢山水澤地所在篇注引嵩高山記曰：「山下巖中，有一石室，云有自然經書，自然飲食。又云山有玉女臺，言漢武帝嘗見之，因以爲名。」○魏志徐邈傳曰：「時科禁酒，而邈私飲，至於沈醉，校事趙達問以曹事，邈曰：『中聖人。』達白之太祖，太祖甚怒，度遼將軍鮮于輔進曰：『平日醉客謂酒清者爲聖人，濁者爲賢人，邈性脩慎，偶醉言耳。』」（此疑作「循慎」，古「循」「脩」二字多相亂。）案：此蓋兼用嵩山飲玉漿事，已見王子安別洛下知己序「蛟龍之髓」句注。○淮南子泰族篇曰：「王喬、赤松，去塵埃之閒。」秦策三：「蔡澤曰：有喬松之壽。」文選班孟堅西都賦曰：「庶松喬之羣類，時遊從乎斯庭。」李善注引列仙傳曰：「赤松子者，神農時雨師也，服水玉以教神農。」又曰：「王子喬者，周靈王太子晉也，道人浮丘公接以上嵩高山。」○莊子達生篇曰：「用志不分，乃凝于神。」○莊子逍遥遊曰：「肩吾問於連叔曰：吾聞言於接輿，大而無當，往而不反，吾驚怖其言，猶河漢而無極也。」○文選有郭景純游仙詩。○淮南小山招隱士，見王子安浄惠寺碑注。

大周明威將軍梁公神道碑

梁待賓，新舊唐書皆無傳。○金石例曰：「事祖廣記云：『晉宋之世，始又有神道碑，天子及諸侯皆有之。』其刻文止曰某帝或某官神道之碑。今世尚有宋文帝神道碑墨本也。其初由立之於葬兆之東南，地理家言以東南爲神道，故以名碑爾。案後漢『中山簡王焉，詔爲之修冢塋，開神道』（後漢書光武十三王傳），注云：『墓前開道，建石柱以爲標，謂之神道。』是則神道之名，在漢已有之也。晉宋之後，易以碑刻云。」步瀛案：神道之稱，西漢已有之。史記建元以來侯者年表：「樂安侯李蔡，元狩五年以丞相侵盗孝景園神道壖地。」漢書高惠高后文功臣表：「戚侯季信成，元狩五年坐爲太常縱丞相侵神道，爲隸臣。」三輔黄圖：「陽陵西出神道，又茂陵神道，廣四十三丈。」隸釋載兩漢神道，如交阯都尉沈府君神道、征南將軍劉君神道等，皆其證也。惟諸神道皆未有文詞，集古録載宋文帝神道碑亦止「太祖文皇帝之神道」八字，蓋猶神道闕之類，後乃踵事增華耳。

蓋聞君爲元首，臣作股肱。或論道三槐，或折衝千里。至有道存俎豆，藝總干戈。高視翰墨之英，獨布爪牙之旅。究青編於學府，業有多聞；受黄石之兵符，算無遺策。故得九功咸敍，七德攸彰。文武不墜，公實兼美。以上總敍文武之才。

書益稷曰：「帝庸作歌曰：『股肱喜哉，元首起哉，百工熙哉！』皋陶乃賡載歌曰：『元首明哉，股肱良哉，庶事康哉！』」又：「帝曰：臣作朕股肱耳目。」○考工記曰：「坐而論道，謂之王公。」秋官朝士曰：「掌建邦外朝之法，面三槐，三公位焉。」鄭注曰：「槐之言懷也，懷來人於此，欲與之謀。」○晏子春秋内篇雜上曰：「仲尼聞之曰：夫不出於尊俎之閒，而知千里之外，其晏子之謂也，可謂折衝矣。」○論語衛靈公篇曰：「俎豆之事，則嘗聞之矣。」○禮記文王世子曰：「春夏學干戈。」○楊子雲答劉歆書曰：「言詞博覽，翰墨爲事。」漢書楊雄傳曰：「因筆墨之成文章，故藉翰林以爲主人，子墨爲客卿以風。」○詩祈父曰：「予王之爪牙。」漢書李廣傳：「上報曰：將軍國之爪牙也。」○梁簡文宣武王廟碑贊曰：「功書緑字，事燭青編。」南史傳昭傳曰：「昭博極古今，尤善人物，世稱爲學府。」○史記留侯世家曰：「老父出一編書曰：『讀此則爲王者師矣。後十年興，十三年孺子見我濟北，穀城山下黃石即我矣。』旦日視其書，乃太公兵法也。」隋書經籍志有黃石公三略三卷、黃石公三奇法一卷，原注曰：「梁有兵書一卷，張良經與三略往往同，亡。」又有黃石公五壘圖一卷、黃石公陰謀行軍祕法一卷、黃石公兵書三卷。○魏志鍾會傳：「詔曰：會所向摧弊，前無彊敵，謀無遺策，舉無廢功。」○書僞大禹謨曰：「九功維敍。」（出左傳文八年引夏書）○左傳宣十二年：「楚子曰：『夫武，禁暴、戢兵、保大、定公、安民、和衆、豐財者也。武有七德，我無一焉。』」○論語子張篇：「子貢曰：文武之道，未墜於地。」

公諱待賓，安定臨涇人也。竦以英才遠邁，知州縣之徒勞；鴻以抗節遐征，覽帝京而有作。由是五噫標輿，播金石而騰徽；七貴承榮，綰銀黃而疊茂。

貞規盛烈，映史凝圖。粗紀詠歌，無俟詳搉。以上遠代。

漢書地理志安定郡有臨涇縣。元和郡縣志曰：「關内道涇州臨涇縣：本漢舊縣，屬安定郡。隋大業元年，於今理置湫谷縣。十二年，復爲臨涇縣。皇朝因而不改。」清统志曰：「甘肅涇州：臨涇故城，在鎮原縣西二里。」○後漢書梁統傳曰：「統字仲寧，安定烏氏人，竇融爲河西大將軍，以統爲武威太守，爲政嚴猛，威行鄰郡。子松，松弟竦，字叔敬，嘗登高遠望，歎息言曰：『大丈夫居世，生當封侯，死當廟食；如其不然，閑居可以養志，詩書足以自娱；州郡之職，徒勞人耳。』後辟命交至，並無所就。有三男三女，肅宗納其二女，皆爲貴人，小貴人生和帝。」○梁鴻，見王子安别洛下知己序及滕王閣餞别序注。○周禮春官太師曰：「皆播之以八音，金、石、土、革、絲、木、匏、竹。」詩角弓毛傳曰：「徽，美也。」○後漢書梁統傳曰：「冀字伯卓，（統子松、竦，竦子棠、翟、雍，雍子商，商子冀。）一門前後七封侯。」通鑑卷五十四胡梅磵注曰：「冀祖雍封乘氏侯，冀封襄邑侯，及嗣乘氏侯，又封其子胤襄邑侯，弟不疑潁陽侯，蒙西平侯，不疑子馬潁陰侯，胤子桃城父侯，是七封侯也。」○漢書酷吏傳：「上以敕書責楊僕曰：懷銀黄，垂三組，夸鄉里。」顏注曰：「銀，銀印也；黄，金印也。」

高祖禦，後魏駙馬都尉、侍中、少保、金紫光禄大夫、揚州總管，贈太尉，謚昭公，食邑三千户。銀牓增輝，玉壺流渥。位隆三少，化洽五胥。既而幽壠埋魂，終降槐庭之贈；高門納駟，式居茅社之封。曾祖睿，宇文周駙馬都尉、鄜秦二州總管、光禄大夫、兵部尚書，隋益州總管、蔣國公，贈司空，食邑三千户。白水時清，乳虎之謡行息；緑符垂翼，叩馬之諫必申。加以主西序之羣英，名高八座；導文翁之遺訓，學富三巴。茂先榮級，忽光泉壤；漢祖寵章，永存帶礪。祖演，隋沙州刺史、上柱國公。踐仲寧之餘躅，奸邪斂手；簽孝仁之遠蹤，羣胡革面。連州跨郡，邁陶氏之隆基；開國承家，掩張門之累葉。父贊，隋左千牛備身、驪山府上騎、柱國，皇朝豐王府諮議、雲州司馬、冀州長史、蔣國公。襲良弓於簪笏，榮侍紫宮；翼雕戟於巖廊，肅趨丹地。西園坐讌，侶明月而飛文；北土行康，望浮雲而展足。以上高、曾、祖、父。

周書梁禦傳曰：「禦字善通，其先安定人也。後因官北邊，遂家於武川，改姓爲紇豆陵氏。爾朱天光西討，引爲左右，授宣威將軍都將，共平關右，除鎮西將軍，轉征西將軍、金紫光禄大夫。太祖以禦爲大都督、雍州刺史，從太祖復弘農，破沙苑，加侍中、開府儀同三司，進爵廣平郡公，出爲東雍州刺史，四年薨於州，贈太尉、尚書令、雍州刺史，謚曰武昭。」案：此文所敘，與傳互有出入，可以參照。○通典職官典十一曰：「奉車、駙馬、騎三都尉，并漢武帝元鼎二年初置。舊無員，或以冠常侍，或卿、尹、校尉左遷爲之。奉車掌御乘輿車，駙馬掌駙馬，（元注曰：「駙馬非正駕車，皆爲副馬。一曰：駙，近也，疾也。」）騎都尉本監羽林騎。後漢並屬光禄勳，奉朝請，晉後罷奉車、騎二都尉，唯留駙馬都尉奉朝請而已。諸尚公主者劉惔、桓温等皆爲之。宋武帝永初以來，以朝請選雜，其尚主者唯拜駙馬都尉。後魏駙馬都尉亦爲尚公主官。」據此則梁禦在魏時尚主矣。○通典職官典三曰：「侍中，漢代爲親近之職，後魏置六人，加官在其數。」○又職官典二：「後魏以太師、太傅、太保謂之三師，上公也。大司馬、大將軍謂之二大。太尉、司徒、司空謂之三公。後周改三師官謂之三公，兼置三孤以貳之。」（元注曰：「少師、少傅、少保。」）○又職官典十六曰：「後魏有光禄大夫、金紫銀青光禄大夫。」○本傳言東雍州刺史，不言揚州總管，而此文不言東雍州刺史，未知孰是。案：周書文帝紀曰：「魏廢帝三年，改東雍州爲華州，揚州爲潁州。」通典職官典十四曰：「後魏有都督中外諸軍事，後周改爲總管。」○神異經曰：「東方有宫，青石爲牆，門有銀牓。」○御覽器物部六引搜神記曰：「吴王夫差女悦童子韓重，結氣死形見，重將入冢，取崑崙玉壺與之。」○漢書賈誼傳陳政事疏曰：「於是爲置三少，少保、少傅、少師，是與太子宴者也。」○周禮地官有閭胥、胥師、胥，春官有大胥、小胥，五胥殆指此。○庾子山思舊銘曰：「烈士埋魂，即是將軍之墓。」○漢書于定國傳曰：「始定國父于公，其閭門壞，父老方共治之。于公謂曰：少高大閭門，令容駟馬高蓋車。」○史記三王世家：「褚少孫曰：諸侯王始封者，必受土於天子之社，歸立之以爲國社，以歲時祠之。」春秋大傳曰：「天子之國有泰社，東方青，南方赤，西方白，北方黑，上方黄，故將封於東方者取青土，封於南方者取赤土，封於西方者取白土，封於北方者取黑土，封於上方者取黄土，各取其色物，裹以白茅，封以爲社。」○周書文帝紀曰：「太祖文皇帝姓宇文氏，諱泰，代武川人也。」孝閔帝紀曰：「孝閔皇帝諱覺，太祖第三子也。魏恭帝三年十月乙亥，太祖崩。丙子，嗣位太師、大冢宰。十二月丁亥，魏帝封帝爲周公。庚子，禪位於帝。」○隋書梁睿傳曰：「睿字恃德，魏恭帝時拜渭州刺史。周閔帝受禪，徵爲御伯。未幾，出爲中州刺史，拜大將軍，進爵蔣國公。武帝時，歷數州刺史、涼安二州總管。高祖總百揆，代王謙爲益州總管。高祖受禪，顧待彌隆。」○隋書高祖紀曰：「高祖文皇帝姓楊氏，諱堅，弘農郡華陰人也。大定元年二月，周帝禪位於隋。」○

西魏鄜州治中部郡，郡治中部縣，今陝西中部縣；南秦州治天水郡，郡治上邽縣，今甘肅天水縣西南。○隋書地理志蜀郡原注曰：「舊置益州，開皇初廢，後周置總管府。」案：北周益州治蜀郡，郡治成都縣，今四川成都縣治。○爾雅釋水曰：「河出崑崙虛，色白。」後漢書張衡傳注引河圖曰：「崑崙山出五色流水，其白水東南流入中國，名爲河也。」拾遺記一曰：「黄河千年一清。」○史記酷吏傳曰：「關東吏隸郡國出入關者號曰：寧見乳虎，無值寧成之怒。」漢書，「寧成」作「甯成」。○淮南子俶真篇曰：「洛出丹書，河出緑圖。」又「緑」「六」字通，漢書藝文志有泰階六符一卷，詩卷阿鄭箋曰：「翼，助也，言周得緑符垂助，將代西魏而興也。」○史記伯夷傳曰：「武王東伐紂，伯夷、叔齊叩馬而諫。」案：隋書睿傳曰：「睿威惠兼著，民夷悦服，聲望逾重。高祖陰憚之，薛道衡從軍在蜀，因入接宴，説睿曰：『天下之望，已歸于隋。』密令勸進，高祖大悦。」與「叩馬之諫」正相反，文中所言，豈故爲掩飾邪？○書顧命、禮記王制所言「西序」，皆與本文無關。通典職官典四言：「唐神龍初，尚書都堂居中，左右分司，都堂之東，有吏部、户部、禮部三行，每行四司，左司統之；都堂之西，有兵部、刑部、工部三行，每行四司，右司統之。」是「西序」指兵部尚書，蓋以唐制況之也。（漢書尹翁歸傳曰：「田延年爲河東太守，行縣至平陽，召故吏親臨，見令有文者東，有武者西。」是以武屬西，其來久矣。）○通典職官典四曰：「後漢以六曹尚書（三公曹尚書二人，吏曹、二千石曹、民曹、客曹尚書各一人。）并令僕二人，謂之八座。魏以五曹尚書（魏有吏部、左民、客曹、五兵、度支，凡五尚書。）二僕射一令爲八座。宋、齊八座與魏同。隋以六尚書（隋有吏、禮、兵、刑、户、工六部尚書。）左右僕射及令爲八座。」（左右僕射爲一座。）○漢書循吏傳曰：「文翁，廬江舒人也。景帝末爲蜀郡守，見蜀地辟陋，有蠻夷風，文翁欲誘進之，乃選郡縣小吏開敏有才者張叔等十餘人，遣詣京師，受業博士，又修起學官於成都市中，招下縣子弟以爲學官弟子。繇是大化，蜀地學於京師者，比齊魯焉。」○華陽國志巴志曰：「獻帝初平元年，征東中郎將安漢趙穎建議分巴爲二郡。穎白益州牧劉璋，以墊江以上爲巴郡，江南龐羲爲太守，治安漢；以江州至臨江爲永寧郡；朐忍至魚腹爲固陵郡。巴遂分矣。建安六年，魚腹蹇胤白璋争巴名，璋乃改永寧爲巴郡，以固陵爲巴東，徙羲爲巴西太守，是爲三巴。」○晉書張華傳曰：「華字茂先，范陽方城人也，拜右光禄大夫、開府儀同三司、侍中、中書監。趙王倫廢賈后，收華，遂害之於前殿馬道南，夷三族，朝野莫不悲痛之。大安二年，詔曰：『故司空壯武公華，竭其忠貞，思翼朝政，謀謨之勳，每事賴之。華之見害，俱以姦逆圖亂，濫被枉賊，其復華侍中、中書監、司空、公、廣武侯及所没財物與印綬符策，遣使弔祭之。』」又謝玄傳：「玄上疏曰：不令微臣銜恨泉壤。」○史記高祖功臣侯年表序曰：「封爵之誓曰：『使河如帶，泰山若厲。國以永寧，爰及苗裔。』」集解引應劭曰：「封爵之誓，國家欲使功臣傳祚無窮。帶，衣帶也；厲，砥石也。河當何時如衣帶，山當何時如厲石。言如帶厲，國乃絶耳。」案：「厲」「礪」同。○隋書睿傳曰：「卒年六十五，謚曰襄，子洋嗣。」官不及演。○隋無沙州，蓋以先後之名稱之。元和郡縣志曰：「隴右道沙州：漢武帝元鼎六年分酒泉置敦煌郡，今州即其地也。前涼張駿於此置沙州，蓋因鳴沙山爲名。後改爲敦煌郡。後魏太武帝於郡置敦煌鎮，明帝罷鎮，立瓜州。隋大業三年又罷州爲敦煌郡，武德二年置瓜州，五年改爲沙州。」案：唐沙州治敦煌縣，今甘肅敦煌縣治。○隋書百官志曰：「上柱國爲從一品。」案：「公」字上疑脱「蔣國」二字。○仲寧，梁統字，事已見上注。○史記春申君傳：「上書説秦昭王曰：秦、楚合而爲一以臨韓，韓必斂手。」○魏志倉慈傳曰：「慈字孝仁，淮南人也。太和中，遷敦煌太守，抑挫權右，撫恤貧羸，甚得其理。又常日西域雜胡欲來貢獻，而諸豪族多逆斷絶，既與貿遷，欺詐侮易，多不得分明，胡常怨望。慈皆勞之，欲詣洛者，爲封過所，欲從郡還者，官爲平取，輒以府見物與共交市，使吏民護送道路，由是民夷翕然，稱其德惠。」○易革上六曰：「小人革面。」

○晉書陶侃傳曰：「侃字士行，本鄱陽人也，吳平，徙家廬江之尋陽。成帝下詔曰：『故使持節、侍中、大尉、都督荆江雍梁交廣益寧八州諸軍事、荆江二州刺史、長沙郡公，經德藴哲，謀猷弘遠。作藩于外，八州肅清；勤王于內，皇家以寧云云。』侃嘗如廁，見一人朱衣介幘，斂板曰：『以君長者，故來相報。君後當爲公，位至八州都督。』」○易師上六曰：「開國承家，小人勿用。」○晉書張軌傳曰：「軌字士彦，安定烏氏人，拜涼州牧、西平公，在州十三年寢疾，表立子寔爲世子。寔在位六年，子駿年幼，弟茂攝事。茂在位五年，無子，駿嗣位。駿在位二十二年卒。重華，駿之第二子也，自稱涼州牧、西平公、假涼王。」贊曰：「茂、駿、重華，資忠踵武，崎嶇僻陋，無忘本朝，故能西控諸戎，東攘巨猾，綰累葉之珪組，賦絕域之琛寶，振曜遐荒，良由杖順之効矣。」○隋書百官志曰：「左右領左右府，各大將軍一人，將軍二人，掌侍衛左右，供御兵仗，領千牛備身十二人，掌執千牛刀。」又曰：「左右內率，副率各一人，掌領備身已上，有千牛備身八人，掌執千牛刀。」又曰：「千牛備身左右爲正六品。」通典職官十一曰：「千牛，刀名。後漢有千牛備身，掌執御刀，因名職。謝綽宋拾遺『有千牛刀，即人君防身刀也』，其義蓋取莊子云：『庖丁爲文惠君解牛十九年，所割者數千牛，而刀刃若新發於硎。』（養生主）因以爲備身刀名。」案：隋沿北周府兵之制，置十二衛，煬帝大業三年，增改爲十六府。此云驪山府，蓋即十六府所統之府，猶唐初置軍府，以驃騎、車騎兩將軍府統之，析關中爲十二道，曰萬年道、長安道等，皆所置府也。上騎，蓋其職也。○隋書百官志曰：「柱國爲正二品。」○舊唐書玄宗諸王傳，玄宗子珙封豐王；新唐書十一宗諸子傳，昭宗子祁封豐王；唐初封豐王者未詳。唐六典卷二十九曰：「親王府諮議參軍事一人，正五品上。」○元和郡縣志：「河東道雲州：下。」舊唐書地理志：「河北道冀州：上。」唐六典卷三十曰：「下州司馬一人，從六品上。上州長史一人，從五品上。」案：唐雲州治雲中縣，今山西大同縣治；冀州治信都縣，今河北冀縣治。○禮記學記曰：「良治之子，必學爲裘；良弓之子，必學爲箕。」江總持侍宴婁江應詔詩曰：「簪笏奉周行。」○文選西都賦李善注引春秋合誠圖曰：「紫宮，大帝室也。」又西京賦薛注曰：「天有紫微宮，王者象之。」○賀凱九月九日應制詩曰：「玉砌分雕戟。」漢書董仲舒傳：「制曰：蓋聞虞舜之時，游於巖廊之上。」注引晉灼曰：「堂邊廡巖郎，謂巖峻之廊也。」○後漢書班固傳兩都賦章懷注曰：「墀，殿上地。」文選魏都賦李善注引漢典職儀曰：「以丹漆地，故稱丹墀。」○曹子建公讌詩曰：「公子敬愛客，終宴不知疲。清夜遊西園，飛蓋相追隨。明月澄清景，列宿正參差。」班孟堅東都賦曰：「揚光飛文。」○左傳昭四年：「司馬侯曰：冀之北土，馬之所生。」爾雅釋宮曰：「五達謂之康。」晉書戴若思傳：「陸機曰：若得託迹康衢，則能結軌驥騄。」○西京雜記卷上曰：「文帝有良馬九，一名浮雲。」蜀志龐統傳曰：「魯肅遺先主書曰：龐士元非百里才也，使處治中、別駕之任，始當展其驥足耳。」

公漸潤膏腴，發靈川嶽。七年可識，抱杞梓而呈才；千里見知，負騏驥而騁駿。靈臺遠鑒，與霜月而齊明；智府宏深，共煙波而等曠。踐仁義於區域，白璧已輕；許然諾於樞機，黃金豈重。因心孝友，宜於自然；率志謙沖，得乎所性。不脂韋而求達，不詭計而自媒。被玉軸之文章，三冬遽足；窮金壇之祕訣，百戰不孤。譽滿寰中，聲蓋天下。而學優將仕，允屬名家。欲昇鴻漸之姿，終佇鶴鳴之聞。以皇朝麟德二年補左親衛，從資例也。以上才學及入仕。

晉書王國寶傳（附王湛傳）曰：「國寶中興膏腴之族。」南齊書謝瀹傳曰：「世祖嘗問王儉：『當今誰能爲五言詩？』儉對曰：『謝朏得父膏腴。』」（朏，謝莊子，瀹之兄。）王僧孺徐府君集序曰：「稟靈川嶽。」○史記司馬相如傳子虛賦「楩柟豫章」，集解引郭璞曰：「豫章，大木也，生七年乃可知也。」正義引温活人曰：「豫今之枕木也，章今之樟木也，二木生至七年，枕樟乃可分別。」○左傳襄二十六年：「聲子曰：晉卿不如楚，其大夫則賢，皆卿材也，如杞梓、皮革，自楚往也。」顔延年七繹曰：「梓漆簡聲，麗容呈才。」案：才，「材」之借字。○吕氏春秋知士篇曰：「今有千里之馬於此，非得良工，猶若弗取，良工之與馬也，相得則然後成。」莊子秋水篇曰：「騏驥驊騮，一日而馳千里。」爾雅釋詁曰：「駿，速也。」郭注曰：「駿猶迅。」○莊子庚桑楚篇曰：「不可内於靈臺。」郭注曰：「靈臺者，心也。」○淮南子俶真篇曰：「智者心之府也。」○淮南子説山篇曰：「得咼氏之璧，不若得事之所適。」○易繫辭上曰：「言行君子之樞機。」史記季布傳曰：「楚人諺曰：得黄金百斤，不如得季布一諾。」○詩皇矣曰：「因心則友。」○晉書載記：「趙旻等諫姚興曰：殷湯、夏禹，德冠百王，然猶順守謙沖。」○楚辭卜居曰：「如脂如韋。」洪補注曰：「韋，柔皮也。」朱注曰：「脂，肥澤也。」○曹子建求自試表曰：「自衒自媒者，士女之醜行也。」○梁簡文吴郡石像碑曰：「寧須玉軸。」○漢書東方朔傳：「朔上書曰：臣朔年十三學書，三冬文史足用。」○史記淮陰侯傳：「蕭何曰：今拜大將，擇良日，齋戒設壇場，具禮乃可耳。」案：沈休文桐柏山金庭館碑曰：「貽金壇之妙訣。」范彦答句容陶先詩曰：「金壇謁九仙。」皆指道家所築之壇。唐明皇餞王晙巡邊詩曰：「金壇申將禮，玉節授軍符。」王子安九成宫頌曰：「天策神兵，下金壇而決勝。」皆指將壇矣。隋書經籍志兵家有黄石公陰謀行軍祕法一卷、黄帝蚩尤風后行軍祕術二卷。○史記魏世家：「外黄徐子謂太子曰：臣有百戰百勝之術。」○文選魏都賦曰：「殷殷寰内。」張孟陽注引穀梁隱元年傳：「尹更始曰：天子以千里爲寰。」○論語子張篇：「子夏曰：學而優則仕。」○史記甘茂傳：「文信侯言於始皇曰：昔甘茂之孫甘羅年少耳，然名家之子孫，諸侯皆聞之。」○易漸上九：「鴻漸於陸，其羽可用爲儀，吉。」○易中孚九二曰：「鳴鶴在陰，其子和之。我有好爵，吾與爾靡之。」詩：「鶴鳴于九皋，聲聞於天。」○麟德，唐高宗年號。○唐六典卷二十四：「親府等五府中郎將各一人。」原注曰：「隋氏左右親衛，各置開府一人以統之。武德七年，改開府，置中郎將一人，左右郎將各一人，又兵曹參軍事各一人。」案：此但言左親衛，未知所補何職也。

屬金甲出戰，玉帳論兵。從命文昌，問罪遼碣。公提戈赴海，投筆從燕。智者有謀，仁者必勇。孤鋒直進，九種於是克清；匹馬橫行，三韓由其殄滅。疇庸賞最，我有力焉。俯洽恩波，泛承勳級，即授上柱國。公深慚位薄，命舛數奇。雖霑勒石之勳，未展披堅之效。嗟乎！楊子雲之才藻，空疲執戟；馬相如之文詞，猶勞武騎。今古同貫，夫復何言？以上從征高麗，賞不酬功。

新唐書高宗紀曰：「乾封元年十二月（舊書高宗紀作十月，是年十月、十二月皆有己酉，通鑑亦作十二月。舊書東夷傳作十一月，則誤矣。）己酉，李勣爲遼東道行臺大總管，率六總管兵以伐高麗。總章元年九月癸巳，李勣敗高麗王高藏，執之。十二月丁巳，俘高藏以獻。」舊書高宗紀曰：「總章元年九月癸巳，司空、英國公勣破高麗，拔平壤城，擒其王高藏及其大臣男建等以歸，境內盡降，其城一百七十，户六十九萬七千，以其地爲安東都護府，分置四十二州。」案：待賓從征，當在是時也。○蔡文姬悲憤詩曰：「金甲耀日光。」○北齊書顔之推傳觀我生賦曰：「轉絳宮之玉帳。」杜子美送嚴公入朝詩曰：「空留玉帳術。」新唐書藝文志丙部子録兵家類有玉帳經一卷。太白陰經卷十推玉帳法曰：「大將軍居太乙玉帳下，吉。攻之不得，以功曹加月建，前五辰是也。」○史記天官書曰：「斗魁戴匡六星曰文昌宮：一曰上將，二曰次將。」○漢書地理志玄菟郡高句驪縣原注曰：「遼山，遼水所出，西南至遼隊入大遼水。」遼西郡絫縣原注曰：「下官水南入海，又有揭石水南入官。」右北平郡驪成縣原注曰：「大揭石山在縣西南。」唐太宗邊城望月詩曰：「澄輝照遼碣。」○淮南人閒篇曰：「陽虎揚劍提戈而走。」梁元帝告四方檄曰：「提戈蒙險。」○投筆，見王子安滕王閣餞別序注。○史記楚世家：「伍奢曰：胥之爲人，智而好謀。」○論語憲問篇曰：「仁者必有勇。」○後漢書東夷傳曰：「夷有九種，曰畎夷、于夷、方夷、黃夷、白夷、赤夷、玄夷、風夷、陽夷。」○史記季布傳：「樊噲曰：臣願將十萬衆，橫行匈奴中。」○後漢書東夷傳曰：「韓有三種：一曰馬韓，二曰辰韓，三曰弁韓。馬韓在西，有五十四國，辰韓在東，十有二國，弁韓在辰韓之南，亦十有二國，凡七十八國。」清統志曰：「朝鮮，古三韓地，今朝鮮之黃海道、忠清道本古馬韓舊地，全羅道本弁韓地，慶尚道本辰韓地。」○唐六典卷二曰：「凡勳十有二等，十二轉爲上柱國，比正二品。」○史記李將軍傳曰：「大將軍青陰受上誡，以爲李廣老，數奇。」集解引如淳曰：「奇爲不偶也。」○後漢書竇憲傳曰：「遂登燕然山，刻石勒功，紀漢威德。」○史記項羽本紀：「宋義曰：夫被堅執鋭，義不如公。」案：披，「被」之借字。○楊子雲解嘲曰：「位不過侍郎，擢纔給事黃門。」東方曼倩客難曰：「官不過侍郎，位不過執戟。」曹子建與楊德祖書曰：「昔楊子雲先朝執戟之臣耳，猶稱壯夫不爲也。」○史記司馬相如傳曰：「相如以貲爲郎，事孝景帝爲武騎常侍，非其好也。」○郭遐叔贈嵇康詩曰：「唯予與子，鮮不同貫。」

既而從牒隨班，牽絲祗務。起家拜朝議郎。永淳元年正月三十日，授伊州伊吾縣丞，非所好也。路指金河，途連玉塞。塵沙共起，烽火相驚。秋草將腓，胡笳動吹；寒膠欲折，虜騎騰雲。公佐佑多方，掌司攸寄。服叛懷遠，擒奸擿伏。於是寇騎不敢窺邊，歌頌因茲溢境。曾未朞月，政令大行，特簡帝心，超居不次。永淳二年二月四日，制授昭節校尉、守右衛蒲州府佐果毅、仍令長上、兼上陽洛城等門供奉。公洞曉戎章，妙詳兵律。軍國是賴，戎幕允歸。由是徼道長巡，嚴扃每奉。朝求夕警，不怠於風霜；善牧能防，更申於閑皁。其年十月七日，奉勑命於大內祥麟廄檢校馬。公識高東野，職參西極。勵銜策則追風逐日，加翦拂則絕電奔星。駃騠將駙騄齊衡，驥騮共騊駼伏櫪。於是龍媒閒出，麟友挺生。伯樂多謝於精微，日磾有慚於秣養。恩制褒獎，又加崇秩。文明元年二月二十日，遷游擊將軍、仍依舊長上。以上仕唐歷官及功績。

廣雅釋器曰：「牒，板也。」王僧孺授吏部郎表曰：「從班隨牒，自安疏陋。」○文選謝靈運初去郡詩曰：「牽絲及元興。」李善注曰：「牽絲，初仕也。」應璩詩曰：「不悞牽朱絲，三署來相尋。」○唐六典卷二曰：「凡敍階二十九，正六品上曰朝議郎。」○永淳，唐高宗年號。○元和郡縣志：「隴右道伊州伊吾縣：下。」（在今新疆哈密縣南）唐六典卷三十曰：「諸州下丞一人，正九品下。」○隋書地理志榆林郡有金河縣（今綏遠歸綏縣南）。元和志曰：「關内道勝州榆林縣：金河泊，在縣東北二十里，周迴十里。」（今鄂爾多斯左翼後旗地）○宋書樂志四吴鼓吹曲秋風曲曰：「秋風揚沙塵。」○史記周本紀曰：「幽王爲烽燧大鼓，有寇至則舉烽火。」○詩四月曰：「秋日淒淒，百卉具腓。」毛傳曰：「卉，草也；腓，病也。」藝文類聚雜文部載梁元帝擬秋氣摇落曰：「秋風起兮寒鴈歸，寒蟬鳴兮秋草腓。」○文選答蘇武書曰：「胡笳互動。」李善注曰：「杜摯笳賦序曰：『笳者，李伯陽入西戎所作也。』傅玄笳賦序曰：『吹葉爲聲。』説文作『葭』。」○漢書鼂錯傳，錯言徙民塞下，曰：「欲立威者，始於折膠。」注引蘇林曰：「秋氣至，膠可折，弓弩可用，匈奴常以爲候而出軍。」○藝文類聚武部載虞羲霍將軍北伐詩曰：「虜騎入幽并。」○左傳僖七年：「管仲曰：懷遠以德。」○漢書趙廣漢傳曰：「發姦擿伏如神。」顔注曰：「擿謂動發之也，音它狄反。」○漢書陳湯傳曰：「單于遁逃遠舍，不敢近邊。」○晉書劉毅傳（卷八十五）：「毅上表曰：干戈溢境。」○論語子路篇皇侃疏曰：「朞月，謂年一周也。」○論語堯曰篇曰：「簡在帝心。」○漢書東方朔傳曰：「待以不次之位。」顔注曰：「不拘常次，言超擢也。」○唐六典卷五曰：「正六品上曰昭武校尉，正八品上曰宣節校尉。」不言有昭節校尉，疑「昭節」字誤。卷二十五曰：「諸府折衝都尉各一人，左右果毅都尉一人。諸府折衝都尉之職，掌領五校之屬，以備宿衛，以從師役，總其戎具資糧，差點教習之法令。左右果毅都尉，掌貳都尉。」卷二曰：「凡任官，階卑而擬高則曰守。」新唐書兵志曰：「太宗貞觀十年，更號統軍爲折衝都尉，别將爲果毅都尉，諸府總曰折衝府。凡天下十道，置府六百三十四，皆有名號，而關内二百六十有一，皆以隸諸衛。左右衛皆領六十府，諸衛領五十至四十，其餘以隸東宫六率。」地理志曰：「河東道河中府：河東郡，本蒲州，武德三年徙治河東（今山西永濟縣治）。」又原注曰：「有府三十三。」據此文則蒲州三十三府，殆隸右衛歟？○唐六典卷五曰：「凡天下之府五百九十有四，凡應宿衛之官，各從番第。諸衛將軍、中郎將、郎將及諸衛率、副率、千牛備身、備身左右、太子千牛并長上折衝。果毅應宿衛者，並一日上，兩日下。」案：待賓以校尉守果毅，故云仍令長上也。○唐六典卷七曰：「東都城皇城在東城之内，百僚廨署如京城之制，其西北出曰洛城門，洛城南門之西有麗景夾城，自此潛通於上陽焉。上陽宫在皇城之西南，東面三門，南曰提象門，北曰星躔門，提象門内曰觀風門。」案：待賓蓋以長上宿衛東都洛陽皇宫也。○文選西都賦曰：「徼道綺錯。」李善注曰：「漢書曰：『中尉掌徼循京師。』如淳曰：『所謂遊徼，徼循（下「徼」字依百官公卿表注增），禁備盜賊也。』」天文大象賦曰：「大關嚴扃於畢野。」○周禮夏官校人：「掌王馬之政。三乘爲皁，皁一趣馬。天子十有二閑，馬六種。」鄭注曰：「每廄爲一閑。」○雍録卷三曰：「唐都城有三大内。太極宫者，隋大興宫也，高宗建大明宫於太極宫之東北，太極在西，故名西内，大明在東，故名東内。別有興慶宫者，亦在都城東南角，故又號南内也。」唐六典卷十一曰：「尚乘奉御，掌内外閑廄之馬。左右六閑，一曰飛黄，二曰吉良，三曰龍媒，四曰騊駼，五曰駃騠，六曰天苑。左右凡十有二閑，分爲二廄，一曰祥麟，二曰鳳苑，以繫飼馬。」○莊子達生篇曰：「東野稷以御見莊公，進退中繩，左右旋中矩，莊公以爲文弗過也，使之鈎百而反，顔闔遇之，入見曰：『稷之馬將敗。』少焉果敗而返。公曰：『子何以知之？』曰：『其馬力竭矣，而猶求焉，故曰敗。』」釋文曰：「李云：『東野，姓；稷，名也。』莊公，李云：『魯莊公也。』或云：『内篇曰：「顔闔將傅衛靈公太子，問於蘧伯玉。」（人閒世篇）則不與魯莊同時，當是衛莊公。』」案：又見吕氏春秋適威篇，（以爲文弗過也，作「以爲造父不過也」；而反，作「而少及焉」。高注曰：「不達也。」）高誘以爲顔闔魯穆公時人，在莊公後十二世，且謂「咸陽之金，固得載而歸」。梁處素曰：「莊子列禦寇篇言『魯哀公問顔闔』，則此爲衛莊公是也。而荀子哀公篇、韓詩外傳二、新序雜事五、家語顔回篇皆云『魯定公問顔回東野之御』，蓋傳聞異辭耳。又荀、韓、新序、人表、家語『稷』字並作『畢』。」（見吕氏春秋畢秋帆校本載。）案：梁説是，但莊生多喻言，必以莊公爲蒯聵，則亦泥矣。○漢書禮樂志郊祀歌天馬曰：「天馬徠，從西極。」○説文曰：「銜，馬勒口也；策，首箠也。」○御覽獸部九引古今注曰：「秦始皇有七名馬，一曰追風。」（今本無「一曰」二字。）拾遺記三曰：「周穆王馭八龍之駿，四名超影，逐日而行。」○劉孝標廣絶交論曰：「翦拂使其長鳴。」西京雜記上曰：「文帝自代還，有良馬九匹，名浮雲、赤電、絶羣、逸驃、紫鷰騮、緑螭驄、龍子、驎駒、絶塵，號爲九逸。」拾遺記三曰：「周穆王馭八龍之駿，三名奔霄，夜行萬里。」録曰：其有龍文，騕褭之倫，取其電逝而飄逸。」文選陳孔璋答東阿王牋曰：「譬猶飛兔流星，超山越海。」○説文曰：「駃騠，馬父鸁子也。」（段注謂當作「馬父驢母鸁也」六字。）漢書鄒陽傳注引孟康曰：「駃騠生七日而超其母。」（司馬相如傳注引郭璞作「三日」。）顔曰：「駃音決，騠音題。」○魏志王朗傳裴注引魏名臣奏載朗節省奏曰：「中廄則騑騄駙馬六萬餘匹。」○史記秦本紀曰：「周穆王得驥、温驪、驊駵、騄耳之駟。」案：「駵」字亦作「騮」。爾雅釋畜曰：「騊駼，馬。」釋文引字林曰：「騊駼，北狄良馬也。」説文曰：「騊駼，北野之良馬也。」曹孟德步出夏門行龜雖壽曰：「老驥伏櫪，志在千里。」（宋書樂志三作「驥老伏歷」。）○漢書禮樂志郊祀歌天馬曰：「今安匹，龍爲友。」又曰：「天馬徠，龍之媒。」○莊子馬蹏篇曰：「伯樂曰：我善治馬。」釋文曰：「伯樂姓孫名陽，善馭馬。」吕覽觀表篇曰：「善相馬者，若趙之王良，秦之伯樂、九方堙，尤盡其妙矣。」○漢書金日磾傳曰：「金日磾，字翁叔，本匈奴休屠王太子也。以父不降見殺，與母閼氏、弟倫俱没入官，輸黄門養馬，時年十四年矣。久之，武帝游宴見馬，後宮滿側。日磾等數十人牽馬過殿下，莫不竊視，至日磾獨不敢。日磾長八尺二寸，容貌甚嚴，馬又肥好，上異而問之，具以本狀對。上奇焉，即日賜湯沐衣冠，拜爲馬監，遷侍中、駙馬都尉、光禄大夫。」顔注曰：「磾音丁奚反。」詩漢廣毛傳曰：「秣，養也。」又鴛鴦毛傳曰：「秣，穀馬也。」○文明，武后臨朝年號，見下。○唐六典卷五曰：「從五品下曰游擊將軍。」

通典職官典十六曰：「武散官游擊將軍，漢置，武帝以蘇建、韓説爲之，後漢鄧晨亦爲之，晉及陳並有之，大唐因之。」

大周革命，兩儀開闢。爰覃作解之恩，式暢維新之典。勤勞夙著，休望允歸。拜職遷榮，實符僉議。天授元年九月十六日，加威武將軍、守左玉鈐衛翊善府折衝都尉、依舊長上，封安定縣開國男，食邑三百户。公祗奉王庭，職司兵衛。八屯由其增峻，五校於是克宣。翼翼兢心，積劬勞於歲月；勤勤忠志，懷跼蹐於序時。憂能傷人，竟成沈疾。以長壽二年正月六日終於神都旌善里私第，春秋五十。以上仕周歷官及卒。

舊唐書則天皇后本紀曰：「則天皇后武氏，諱曌，并州文水人也。弘道元年十二月丁巳，大帝崩，皇太子顯即位，尊天后爲皇太后，是日自臨朝稱制。嗣聖元年春正月甲申朔，改元。二月戊午，廢皇帝爲廬陵王，幽于别所，仍改賜名哲。己未，立豫王輪爲皇帝，改元文明，皇太后仍臨朝稱制。四年五月，皇太后加尊號曰聖母神皇。載初元年，依周制建子月爲正月，改永昌元年十一月爲載初元年，十二月爲臘月，改舊正月爲一月。九月壬午，革唐命，改國號爲周，改元爲天授，大赦天下。乙酉，加尊號曰聖神皇帝，降皇帝爲皇嗣。丙戌，初立武氏七廟於神都。」易革彖傳曰：「湯武革命。」○易繫辭上曰：「易有太極，是生兩儀。」吕覽大樂篇曰：「太一出兩儀。」高注曰：「兩儀，天地也。」文選魯靈光殿賦李善注引尚書考靈耀曰：「天地開闢，曜滿舒光。」○易解象傳曰：「雷雨作解，君子以赦過宥罪。」○詩文王曰：「周雖舊邦，其命維新。」○書金縢曰：「昔公勤勞王家。」○爾雅釋詁曰：「休，美也。」○沈休文授蕭惠休右僕射詔曰：「入副朝端，僉議斯在。」爾雅釋詁曰：「僉，皆也。」楚辭天問王注曰：「僉，衆也。」○唐六典卷二十四曰：「左右領軍衛，光宅元年改爲左右玉鈐衛。」案：折衝都尉，已見上。唐六典卷二又曰：「司封郎中、員外郎，掌邦之封爵，凡有九等，九曰縣男，從五品，食邑三百户。」○文選西京賦曰：「衛尉八屯，警夜巡晝。」薛注曰：「衛尉帥吏士周宮外，於四方四角，立八屯士。」李善曰：「漢書曰：衛尉掌門衛屯兵。」（見百官公卿表）漢書元帝紀顏注曰：「衛尉有八屯，衛候司馬主衛士徼巡宿衛，每面各二司馬，故謂宮之外門爲司馬門。」案：顏注與薛説合。五臣注呂延濟曰：「屯，營也。八營謂長水、中壘、屯騎、虎賁、越騎、步兵、射聲、胡騎，言此八營皆於衛尉掌之。」與三輔黃圖合。或謂黃圖多後人羼入，恐即取五臣注爲之，仍以薛、顏之説爲長。○漢書百官公卿表：「中壘、屯騎、步兵、越騎、長水、胡騎、射聲、虎賁八校尉，武帝初置。」刑法志曰：「内增七校。」晉灼曰：「胡騎不常置，故此言七也。」昭帝紀曰：「元鳳四年五月，孝文廟正殿火發，中二千石將五校作治，六日成。」顏注曰：「率領五校之士以作治也。」南齊書百官志曰：「屯騎、步兵、射聲、越騎、長水五校尉。」唐六典卷二十五曰：「凡兵馬在府，每歲季冬，折衝都尉率五校之屬，以教其軍陣戰鬬之法。」○詩大明曰：「小心翼翼。」文王毛傳曰：「翼翼，恭敬也。」○詩正月曰：「謂天蓋高，不敢不局；謂地蓋厚，不敢不蹐。」毛傳曰：「局，曲也；蹐，累足也。」釋文曰：「局，本又作『跼』。」○孔文舉論盛孝章書曰：「若使憂能傷人，此子不得永年矣。」○元和志曰：「河南道河南府：顯慶二年置東都，則天改爲神都。」太平寰宇記曰：「光宅元年改東都爲神都。」案：徐星伯唐兩京城坊考：「東京定鼎門街東第二街六坊，最北爲旌善坊，有明威將軍梁待賓宅。」○案：文言「懷跼蹐於序時」，又言「憂能傷人」，蓋皆微詞。

當武后天授、如意、長壽之閒，正誅戮大臣、競行告密之時，豈待賓亦嘗牽入耶？特其事不可考矣。

惟公弱不好弄，卓爾不羣。九歲明詩，七齡通易。月初能對，即謝黃童；日下相酬，還慚夫子。經耳不忘，歷口不遺。性沈深有器度，能倜儻無拓落，尤重交友，雅愛林泉。月幌風襟，每吟謡於箋綵；花新葉早，必賞會於琴樽。加以啼猿落雁之奇，鸞鶩鳳翥之妙，瀉水懸河之辨，背碑覆局之精，標映前哲，公實多敏。至孝過人，雍和絶俗。事父母則造次不違，友兄弟則温柔必盡。既風樹興感，霜露纏悲。聿修之德維新，欲報之恩罔極。虔誠大象，宏誓小乘。廣樹慈仁，庶憑因果。月抽官俸，日減私財，並入薰修，咸資檀施。故得雕檀之妙，俯對禪龕；貝葉之文，式盈梵宇。以上敍其性情、才藝及欲報親恩而推廣佛果。

左僖九年：「郤芮曰：「夷吾弱不好弄。」杜注曰：「弄，戲也。」○漢書景十三王傳贊曰：「夫惟大雅，卓爾不羣，河閒獻王近之矣。」○後漢書班固傳曰：「年九歲，能屬文誦詩書。」○梁書王承傳曰：「承七歲，通周易。」○後漢書黄琬傳曰：「琬字子琰，祖父瓊，初爲魏郡太守，建和元年正月，日食，京師不見，而瓊以狀聞。太后詔問所食多少，瓊思其對，而未知所況。琬年七歲，在傍曰：『何不言日食之餘，如月之初？』瓊大驚，即以其言應詔，而深奇愛之。」○列子湯問篇曰：「孔子東游，見兩小兒辯鬬，一兒曰：『日初出大如車蓋，及日中則如盤盂，此不爲遠者小，而近者大乎？』一兒曰：『日初出滄滄涼涼，及其日中如探湯，此不爲近者熱，而遠者涼乎？』孔子不能決也。兩小兒笑曰：『孰爲汝多知乎？』」○沈休文王茂加侍中詔曰：「器度淹弘。」○文選報任少卿書曰：「唯倜儻非常之人稱焉。」李善注引廣雅曰：「倜儻，卓異也。」（今釋訓作「俶儻」，字同。）漢書楊雄傳解嘲曰：「何爲官之拓落也？」顔注曰：「拓落，不偶也。拓音託。」○文選雪賦曰：「月承幌而通暉。」李善注引文字集略曰：「幌，以帛明牕也。」又風賦曰：「有風颯然而至，王迺披襟而當之。」○陳後主與詹事江總書曰：「頗用譚笑娛情，琴樽閒作。」○淮南子説山篇曰：「楚王有白蝯，王自射之，則搏矢而熙。使養由基射之，始調弓矯矢，未發而蝯擁柱號矣。」楚策四：「魏加曰：『異日者，更羸與魏王處京臺之下，仰見飛鳥，更羸謂魏王曰：「臣爲王引弓虛發而下鳥。」有閒，鴈從東方來，更羸以虛發下之。』」案：更羸，當依魏都賦張孟陽注引作「更嬴」。○索幼安草書狀曰：「漂若驚鸞。」梁武帝草書狀曰：「婆娑而起舞鳳。」成公子安隸書體曰：「鸞鳳翱翔，矯翼欲去。」○世説新語賞譽篇下：「王太尉（衍）云：郭子玄語議如懸河瀉水，注而不竭。」又見晉書郭象傳。○魏志王粲傳曰：「粲與人共行，讀道邊碑，人問曰：『卿能闇誦乎？』曰：『能。』因使背而誦之，不失一字。觀人圍棊局壞，粲爲覆之，棊者不信，以帊蓋局，使更以他局爲之，用相比校，不誤一道。其强記默識如此。」○南史王規傳曰：「皇太子與湘東王繹令曰：王威明風韻遒上，神鋒標映。」○論語里仁篇集解引馬融曰：「造次，急遽也。」○韓詩外傳九曰：「臯魚被褐擁鎌，哭於道旁，孔子辟車與之言曰：『子何哭之悲也？』臯魚曰：『樹欲静而風不止，子欲養而親不待也。往而不可得見者親也，吾請從此辭矣。』立槁而死。」○禮記祭義曰：「霜露既降，君子履之，必有悽愴之心。」○詩文王曰：「聿脩厥德。」○詩蓼莪曰：「父兮生我，母兮鞠我。欲報之德，昊天罔極。」○大日經疏五曰：「摩訶那伽，是如來別號。」可洪音義曰：「摩訶此言大，那伽此云龍，亦云象，合而言之，即云大龍象也。謂世尊爲大龍象者，以彼有大威德，故以譬之。」○小乘者，對大乘而言，求佛果爲大乘，求阿羅漢果辟支佛果爲小乘。楞嚴經卷四曰：「愛念小乘，得少爲足。」法華經方便品曰：「佛自住大乘，如其所得法，定慧力莊嚴，以此度衆生，自證無上道，大乘平等法，若以小乘乃至化一人，我則墮慳貪。」○唐譯楞伽經集一切法品曰：「因有六種，謂當有因、相屬因、相因、能作因、顯了因、觀待因。當有因者，謂內外法作因生果；相屬因者，謂內外法作緣生果；相因者，作無閒相生相續果；能作因者，謂作增上而生果；顯了因者，謂分別生能顯境相；觀待因者，謂滅時相續斷，無妄想生。」○觀無量壽佛經曰：「戒香薰修。」○檀施，見王子安淨慧寺碑注。○大唐西域記卷五曰：「憍賞彌國城內故宮中有大精舍，高六十餘尺，有刻檀佛像，上懸石蓋，鄔陀衍那王之所作也。初如來成正覺已，上昇天宮爲母說法，三月不還，其王思慕，願圖形像。及請尊者没特迦羅子以神通力接工人上天宮，親觀妙相，彫刻旃檀。如來自天宮還也，刻檀之像起迎世尊。世尊慰曰：『教化勞耶？開導末世，實此爲冀。』」○翻譯名義林木篇曰：「多羅舊名貝多，如此方椶櫚，直而且高。西域記云：『南印建那補羅國北不遠，有多羅樹林三十餘里，其葉長廣，其色光潤，諸國書寫，莫不采用。』」酉陽雜俎卷十八曰：「貝多，出摩伽陀國，長六七丈，經冬不凋，此樹有三種，一者多羅娑力叉貝多，二者多梨婆力叉貝多，三者部婆力叉多羅梨。『貝多』是梵語，漢翻爲『葉』，『貝多婆力叉』者，漢言『樹葉』也。西域經書，用此三種皮葉，若能保護，亦得五六百年。」○玄應一切經音義六曰：「梵言梵摩，此譯云寂淨，或清淨，或曰淨潔。」江總持攝山棲霞寺碑曰：「我開梵宇。」

粵以大周長壽二年歲次癸巳二月辛酉朔二十四日甲申，遷窆於雍州藍田縣驪山原舊塋，禮也。葬事之屬，一皆官給。鼓吹儀仗，送至墓所。墳開白日，終留恨於滕城；禮被皇家，忽霑榮於霍隧。嗚呼哀哉！嗣子左千牛去疑，哀纏泣柏，思結餐荼。仰庭禮而不違，覩楹書而增慕。恐玄穹倚杵，碧海成桑。敬勒堅貞，乃爲銘曰：以上葬及碑銘。

舊唐書則天紀曰：「天授三年（四月改元如意）九月，改元爲長壽。」是二月尚在改元之前。○說文曰：「窆，葬下棺也。」元和志曰：「關內道京兆府：隋置雍州，煬帝改爲京兆郡。武德元年，復爲雍州。」清統志曰：「陝西西安府：藍田故城，在今藍田縣西；驪山，在臨潼縣東南，與藍田縣藍田山相連。」○西京雜記卷下曰：「滕公駕至東都門，馬嘶跼不肯前，以足跑地，久之，滕公使士卒掘馬所跑地，入三尺所，得石槨，有銘曰：『佳城鬱鬱，三千年見白日，吁嗟滕公居此室！』滕公曰：『嗟乎天也，吾死其即安此乎？』死遂葬焉。」○漢書霍光傳曰：「光薨，上及皇太后親臨光喪。東園溫明，（王懷祖校：「當增『祕器』二字。」）皆如乘輿制度。載光尸柩以輼輬車，黃屋左纛，發材官輕車北軍五校士軍陳至茂陵，以送其葬。發三河卒穿復土，起冢祠堂，置園邑三百家，長丞奉守如舊法。」後漢書趙咨傳章懷注曰：「隧謂掘地爲埏道，王之葬禮也。」○晉書孝友傳曰：「王裒字偉元，城陽營陵人也。父儀，爲文帝司馬，帝怒斬之。裒痛父非命，未嘗西向而坐，示不臣也。廬于墓側，旦夕常至廬所拜跪，攀柏悲號，淚涕著樹，樹爲之枯。」○爾雅釋草曰：「荼，苦菜。」○論語季氏篇曰：「鯉趨而過庭，曰：『學禮乎？』對曰：『未也。』」○晏子春秋內篇雜下曰：「晏子病將死，鑿楹納書焉，謂其妻曰：楹語也，子壯而示之。」○易坤文言曰：「天玄而地黃。」爾雅釋天曰：「穹蒼，蒼天也。」郭注曰：「天形穹隆，其色蒼蒼，因名云。」初學記天部上引河圖挺佐輔曰：「百代之後，地高天下，如此千歲之後，而天可倚杵，洶洶莫知始終。」○海桑，已見訪楊隱居序注。

大哉嬴國，遠矣少梁。與秦同祖，今則夏陽。爰暨伯翳，胙土惟良。自茲厥後，人物克昌。逮乎漢朝，令望不已。三世連輝，七侯承祉。或顯或晦，有文有史。舄奕圭璋，芬芳蘭芷。少保名揚，司空道泰。惟祖惟禰，蟬聯軒蓋。以上先代。

左傳桓九年杜注曰：「梁國在馮翊夏陽縣。」孔疏曰：「地理志云：馮翊夏陽縣，故少梁也。」僖十七年傳曰：「惠公之在梁也，梁伯妻之。梁嬴孕，過期。」既以國配嬴，則梁爲嬴姓。史記秦本紀索隱曰：「梁，嬴姓。」通志氏族略曰：「梁，氏；嬴，姓；伯，爵。伯益之後，秦仲有功，周平王封其少子康於夏陽梁山。夏陽今爲同州縣，猶有新里城，新里，梁伯所城者。樂史云：新里在澄城，僖十九年秦取之，子孫以國爲氏。」清統志曰：「陝西同州府：夏陽故城，在韓城縣南。」○鄭語：「史伯曰：嬴，伯翳之後也。」韋注曰：「伯翳，舜虞官，少皞之後（當作「顓頊之後」）伯益也。」史記秦本紀曰：「秦之先，帝顓頊之苗裔，大費佐舜，調馴鳥獸，鳥獸多馴服，是爲柏翳，舜賜姓嬴氏。」索隱曰：「大費，秦、趙之祖，嬴姓之先，一名伯翳。尚書謂之伯益，系本（即世本）、漢書謂伯益是也。尋檢史記上下諸文，伯翳與伯益是一人不疑。而陳杞世家敍伯翳與伯益爲二，未知史公疑而未決邪，抑亦誤謬耳？」漢書地理志曰：「秦之先曰伯益，出自帝顓頊，堯時助禹治水，爲舜朕虞，賜姓嬴氏。」顏注曰：「伯益一號伯翳，蓋『翳』『益』聲相近故也。」詩秦譜孔疏曰：「伯翳、伯益，聲轉字異，猶一人也。」（路史分伯翳、伯益爲二人。伯翳爲少昊後，嬴姓，封費；伯益爲高陽後，姬姓，封梁。妄説不足據。）○左傳隱八年：「衆仲曰：天子建德，因生以賜姓，胙之土而命之氏。」杜注訓「胙」爲「報」。○詩雝曰：「克昌厥後。」○詩卷阿曰：「令聞令望。」○三世，謂梁竦，竦子雍，雍子商，商爲大將軍，謚忠侯。○七侯，見上注。○文選典引曰：「舄奕乎千載。」李善注曰：「舄奕，光曜流行貌。」詩卷阿曰：「如圭如璋。」○馮敬通顯志賦曰：「播蘭芷於中廷兮。」○少保、司空，並見上。○公羊傳隱元年何注曰：「生稱父，死稱考，入廟稱禰。」南史王筠傳：「沈約曰：自開闢以來，未聞爵位蟬聯，文彩相映，如王氏之盛者。」鮑明遠詠史詩曰：「軒蓋已雲至。」

挺生令則，在邦之最。丱歲騰芳，髫年超靄。君號神童，晚稱英傑。佩仁服義，既明且哲。七步立成，五行不輟。家惟萬卷，韋實三絕。詞高許下，學富淹中。志惟謹潔，心亦沖融。温淳植性，朗潤在躬。閨門禮洽，朋友財通。思若雲飛，辨同河瀉。兼該小說，邕容大雅。武擅孫吴，文標董賈。樹下啼猿，封中試馬。以上才德。

蔡伯喈陳太丘碑曰：「元方、季方，皆命世挺生。」（此據文選辨命論注引，與今本異。）左太沖蜀都賦曰：「楊雄含章而挺生。」○說文曰部：「最，犯取也。从曰从取。」冖部：「冣，積也，从冖取，取亦聲。」段注曰：「『冣』與『聚』，音義皆同，與『最』音義皆別，今人『最美』『最惡』之云，讀祖會切，於形於音皆失之。」案：觀此文，則唐初亦以「最」爲「冣」，讀祖會切矣。○詩甫田曰：「總角丱兮。」毛傳曰：「丱，幼穉也。」釋文曰：「丱，古患反。」○後漢書伏湛傳注曰：「埤蒼曰：『髫，髦也。』髫髮謂童子垂髮也。」廣韻十四泰曰：「靄，雲狀。」○魏志管輅傳裴注引輅别傳曰：「徐州謂之神童。」○荀子儒效篇曰：「其通也，英傑化之。」○詩嵩高曰：「既明且哲，以保其身。」○世説新語文學篇曰：「文帝嘗令東阿王七步中作詩，不成者行大法。應聲便爲詩曰：『煑豆持作羹，漉菽以爲汁。萁在釜下然，豆在釜中泣。本自同根生，相煎何太急？』帝深有愧色。」○後漢書應奉傳曰：「奉少聰明，讀書五行并下。」○史記孔子世家曰：「孔子晚而喜易，序彖、繫、象、説卦、文言，讀易韋編三絶。」○曹子建與楊德祖書曰：「昔仲宣獨步於漢南，孔璋鷹揚於河朔，偉長擅名於青土，公幹振藻於海隅，德璉發跡於此魏，足下高視於上京。當此之時，人人自謂握靈蛇之珠，家家自謂抱荆山之玉。吾王於是設天網以該之，頓八紘以掩之，今悉集茲國矣。」李善注曰：「德璉，南頓人也，近許都，故曰此魏。」案：此許下，即指許都。魏志武帝紀曰：「建安元年，洛陽殘破，董昭等勸太祖都許。」清統志曰：「河南許州（今改許昌縣）：許昌故城，在州城西南。漢建安元年，曹操迎獻帝都此。魏文帝黄初二年，改許縣爲許昌縣。」○漢書藝文志曰：「禮古經者，出魯淹中。」注引蘇林曰：「里名也。」續漢書郡國志：「魯國，奄國。」劉注引皇覽曰：「奄里，伯公冢在城内祥舍中。」清統志曰：「山東兖州府：奄里，在曲阜縣城東。」案：奄里疑即淹中里也。○禮記仲尼燕居：「子曰：以之閨門之内有禮，故三族和也。」○白虎通三綱六紀篇曰：「朋友之交，貨財通而不計。故論語曰：『子路云：願車馬衣輕裘與朋友共敝之。』（公冶長篇）」○盧子行盧記室誄曰：「壯思雲飛。」案：河瀉，見上注。○漢書藝文志曰：「小説家者流，蓋出於稗官。」○班孟堅兩都賦序曰：「雍容揄揚。」案：「雍」「邕」字同，漢書司馬相如傳注引張揖曰：「詩小雅之材七十四人，大雅之材三十一人。」○史記孫吴列傳曰：「孫子武者，齊人也，以兵法見於吴王闔廬。吴起者，衛人也，好用兵。」漢書藝文志「吴孫子兵法八十二篇」原注曰：「圖九卷。」顔注曰：「孫武也，臣於闔廬。」又「吴起四十八篇」。史記驃騎將軍傳曰：「天子嘗欲教之孫吴兵法。」○漢書董仲舒傳曰：「仲舒，廣川人也。武帝即位，舉賢良文學之士，前後百數，而仲舒以賢良對策焉。」賈誼傳曰：「誼，雒陽人也。文帝召以爲博士，超遷，歲中至大中大夫。」後漢書仲長統傳曰：「繆襲常稱統才章足繼西京董、賈、劉、楊。」○啼猿，見上注。○晉書王湛傳曰：「湛兄子濟所乘馬甚愛之。湛曰：『此馬雖快，然力薄不堪苦行，近見督郵馬當勝，但芻秣不至耳。』濟試養之，當與己馬等。湛又曰：『此馬任重方知之，平路無以別也。』於是當蟻封內試之，濟馬果躓而督郵馬如常。」方言卷十曰：「楚郢以南，蟻土謂之封。」

且文且武，執戟登位。海隅不賓，命我偏帥。既陪勒石，還從飲至。輔翊百里，褒昇佐貳。既總兵權，入司宮掖。徼道宵警，禁門曉闢。式重其駿，載懷斯癖。我馬既良，我軍既雄。折衝千里，趨奉九重。行承芝誥，坐啓茅封。恨深負米，榮暨擊鐘。爰持戒律，思答慈容。將福有徵，謂仁必壽。如何淑德，遭此凶咎。孺慕崩心，惸嫠縮首。夜泉扃閉，天長地久。以上仕績及卒。○此篇不矜才氣，循循矩矱，雅飭可法。

執戟，見上注。史記淮陰侯傳集解：「張晏曰：郎中，宿衛執戟之人也。」○書益稷曰：「至于海隅蒼生。」○左傳隱五年：「臧僖伯曰：三年而治兵，入而振旅，歸而飲至。」○後漢書竇憲傳曰：「憲恃宮掖聲勢。」西都賦曰：「後宮則有掖庭椒房。」李善注引漢官儀曰：「婕妤以下皆居掖庭。」○漢書息夫躬傳曰：「伍宏以醫技得幸，出入禁門。」○晉書王濟傳曰：「杜預謂濟有馬癖。」○「折衝」句，見上注。○楚辭九章惜誦曰：「君之門兮九重。」○御覽皇王部六引春秋運斗樞曰：「黃龍五彩負圖置舜前，圖以黃玉爲匣，白玉檢，黃金繩，芝爲泥，封兩端。」○茅封，見上注。○說苑建本篇：「子路曰：『昔者由事二親之時，常食藜藿之實，而爲親負米百里之外。親没之後，南遊於楚，從車百乘，積粟萬鍾，累茵而坐，列鼎而食。願食藜藿、爲親負米之時，不可復得也。』」又見家語觀思篇。○左襄三十年曰：「鄭伯有夜飲酒擊鍾焉。」○四分戒疏曰：「尸羅，此翻爲戒，義訓警也。毘尼，漢稱爲律，律者法也。」○左傳昭八年：「叔向曰：君子之言，信而有徵。」○論語雍也篇曰：「仁者壽。」○禮記檀弓下曰：「有子與子游立，見孺子慕者。」○張景陽七命曰：「甇釐爲之擗標。」「甇」「惸」字同；釐，「嫠」之借字。○文選古詩曰：「下有陳死人，杳杳即長暮。潛寐黄泉下，千載永不寤。」庾子山慕容寧神道碑曰：「泉扃永閉。」○老子曰：「天長地久。」

彭城公夫人爾朱氏墓誌銘

此篇及伯母東平郡夫人李氏墓誌銘並誤入庾子山集，倪魯玉（璠）注曰：「皆非子山之作。按滕王序，開府文集二十卷，及隋經籍志稱二十一卷，今並不傳，近本皆出文苑英華。英華列此二篇於子山諸誌之後，此篇失名，次篇稱前人（即東平郡夫人李氏墓誌），後人采英華成集，誤爲庾作。又篇内『上元元年』及下篇『永淳二年』，皆唐高宗年號，下篇『烱忝爲詹事司直』，明是楊烱之作也。」步瀛案：倪説是也。唐初，令狐德棻封彭城郡公，然非劉氏；劉德威封彭城郡公，永徽三年卒，其年代亦相當。唯考舊唐書德威傳，其妻氏鄭，繼室爲平壽縣主，非爾朱氏，則亦非德威矣。蘇廷碩高安長公主神道碑稱彭城侯劉知柔，與此時代亦不相值。

夫人爾朱氏，河南洛陽人也。若夫陰山表裏，衡北斗之璣衡；瀚海彌綸，直西街之畢昴。四時銜火，燭龍開照地之光；六月摶風，大鵬運垂天之翼。由是奄有京縣，遂荒中土。車書禮樂，三王之損益可知；將相公侯，百代之山

河不殞。以上先世之勳閥。

魏書爾朱榮傳曰：「其先居於爾朱川，因爲氏焉。常領部落，世爲酋帥。高祖羽健爲領民酋長，拜散騎常侍，以居秀容川，詔割方三百里封之，長爲世業。曾祖鬱德、祖代勤繼爲領民酋長。代勤高宗末假寧南將軍，除肆州刺史，賜爵梁郡公。」○史記匈奴傳曰：「趙武靈王破林胡、樓煩，築長城，自代並陰山下至高闕爲塞。」正義引括地志曰：「陰山，在朔州北塞外突厥界。」清統志曰：「蒙古：陰山，俗名大青山，西自河套北烏喇忒西境，東至歸化城（今綏遠歸綏縣）東北，層巒峻嶺，綿亘五百餘里，土名隨地而異。」左僖二十八年：「子犯曰：表裏山河，必無害也。」○史記天官書曰：「北斗七星，所謂璇璣玉衡以齊七政。」索隱引春秋運斗樞曰：「斗第一天樞，第二旋，第三璣，第四權，第五衡，第六開陽，第七摇光。第一至第四爲魁，第五至第七爲杓，合而爲斗。」○史記驃騎將軍傳曰：「登臨翰海。」漢書霍去病傳注如淳曰：「翰海，北海名也。」吴讓之（熙載）通鑑地理今釋曰：「瀚海，今蘇尼特旗北大戈壁，爲度漠大路。」易繫辭上曰：「故能彌綸天地之道。」○史記天官書曰：「昴畢閒爲天街。其陰，陰國；陽，陽國。」集解引孟康曰：「陰，西南，坤維，河山已北國；陽，河山已南國。」漢書天文志曰：「昴畢閒天街也，街北胡也，街南中國也。」○海外北經曰：「鍾山之神名曰燭陰。」郭注曰：「燭陰，龍也，是燭九陰，因名云。」大荒北經曰：「西北海之外，赤水之北，有章尾山，有神人面蛇身而赤，是燭九陰，是謂燭龍。」（郝蘭皋箋疏謂「鍾」「章」聲轉。畢秋帆校正謂鍾山即陰山，在山西、陝西塞外，「陰」「鍾」聲相近。）郭注引詩含神霧曰：「天不足西北，無有陰陽消息，故有龍銜火精（「火」字據文選雪賦注增），以往照天門中云。」○「六月搏風」及「垂天之翼」，已見王子安滕王閣餞別序「扶摇」，及浄惠寺碑「雲鵬」注。○詩閟宫曰：「奄有龜蒙，遂荒大東。」案：此言爾朱氏從魏入洛也。魏孝文帝太和十八年遷都洛陽。○論語爲政篇曰：「殷因於夏禮，所損益可知也。周因於殷禮，所損益可知也。其或繼周者，雖百世可知也。」○史記高祖功臣表序曰：「封爵之誓曰：『使河如帶，泰山若厲。國以永寧，爰及苗裔。』」

祖敞，隋儀同三司、金紫光禄大夫、岐同金申信臨徐七州總管、兵部尚書、金城郡開國公。天列尚書之星，地標光禄之塞。出身萬里，知吕岱之元勳；專命一方，識劉弘之重寄。父休最，隋左千牛備身、朝散大夫、齊王府司馬，襲封爵金城公。大夫稱伐，諸侯胙土。淮仙致雨，仍攀桂樹之山；楚客臨風，更入芙蓉之水。以上祖、父。

隋書爾朱敞傳曰：「敞字乾羅，秀容契胡人，爾朱榮之族子也。父彦伯官至司徒、博陵王。齊神武誅爾朱氏，敞小，隨母養於宫中。及年十二，自竇而走，詐爲道士，間行微服，西歸於周。太祖見而禮之，拜大都督行臺郎中，封靈壽縣伯。高祖受禪，改封邊城郡公，旋拜金州總管，尋轉徐州總管。」北史敞傳不言徐州，又皆不言岐同申信臨五州，蓋略。○隋書百官志曰：「儀同三司爲正五品。」（通典職官十六曰：「漢文帝元年，始用宋昌爲衛將軍，位亞三司。後漢章帝建初三年，始使車騎將軍馬防班同三司，『同三司』之名自此始也。殤帝建平九年，鄧騭爲車騎將軍、儀同三司，『儀同』之名自此始也。」）又曰：「金紫光禄大夫爲從二品。」又曰：「州置總管者，列爲上中下三等，上總管爲視從二品，中總管爲視正三品，下總管爲視從三品。」又曰：「兵部尚書爲從二品。」又曰：「開國郡公爲從一品。」○隋書地理志，雍州扶風郡，舊置岐州（治雍縣，今陝西鳳翔縣南）；馮翊郡，西魏曰同州（治馮翊縣，今陝西大荔縣治）。梁州西城郡，西魏爲金州

（治金川縣，今陝西安康縣治）。荆州義陽郡，後周曰申州（治義陽縣，今河南信陽縣南）。梁州巴東郡，梁置信州（治人復縣，今四川奉節縣東北）；又臨江縣，後周置臨州（今四川忠縣治）。揚州彭城郡，舊置徐州（治彭城縣，今江蘇銅山縣治）。雍州金城郡治金城縣（今甘肅皋蘭縣治）。案：北魏邊城郡有三，一屬霍州（今安徽六安縣西），一屬揚州（在安徽境），一屬南朔州（在河南境），隋無邊城郡，自移封金城矣。〇晉書天文志曰：「文昌六星，在北斗魁前。一曰上將，大將軍建威武；二曰次將，尚書正左右。」〇漢書匈奴傳曰：「呼韓邪單于自願留居光禄塞下。」顔注曰：「徐自爲所築者也。」吴讓之曰：「光禄塞，今河套東北。」〇吴志吕岱傳曰：「岱字定公，廣陵海陵人也。延康元年，代步騭爲交州刺史，歷年不餉家，妻子飢乏，權聞之歎息，以讓羣臣曰：『吕岱出身萬里，爲國勤事，家門内困，而孤不早知，股肱耳目，其責安在？』於是加賜錢米布絹，歲有常限。」〇晉書劉弘傳曰：「弘字季和，沛國相人也，封宣城公。太安中，張昌爲亂，轉使持節南蠻校尉、荆州刺史。及新野王歆之敗也，以弘代爲鎮南將軍都督荆州諸軍事，遣軍討昌，斬之，悉降其衆。時荆部守宰多闕，弘請補選，帝從之。弘迺敍功銓德，隨才補授，甚爲論者所稱。」〇休最，隋書、北史敞傳皆云「子最」，無「休」字。〇千牛備身，已見上篇注。〇隋書百官志曰：「朝散大夫爲從四品。」又曰：「梁皇弟、皇子府置司馬，陳承梁，皆循其制，皇弟、皇子府司馬千石，高祖又採後周之制，皇伯、叔、昆弟、皇子爲親王，置師友各一人，文學二人，長史、司馬、諮議、參軍事、掾屬各一人。」〇煬三子傳曰：「齊王暕字世朏。煬帝即位，進封齊王。大業二年，轉豫州牧。明年，轉雍州牧，尋徙河南尹、開府儀同三司。」〇左襄十九年：「臧武仲曰：大夫稱伐。」〇胙土，已見上篇注。〇神仙傳卷四曰：「淮南王劉安，漢高帝之孫也。方術之士，不遠千里，卑辭重幣致之。八公告王曰：『聞王好士，故來相從，未審王意有何所欲？吾一人能坐致風雨，立起雲霧。』」〇楚辭淮南小山招隱士曰：「桂樹叢生兮山之幽。」

又曰：「攀桂樹兮聊淹留。」○楚辭九歌少司命曰：「悅臨風兮浩歌。」湘君曰：「搴芙蓉兮木末。」南齊書庾杲之傳曰：「杲之字景行，新野人也。出爲王儉衛軍長史，時人呼入儉府爲芙蓉池。」案：新野，春秋時鄧地，後滅於楚，故曰楚客。入芙蓉水，喻爲齊王府司馬也。

夫人玉臺貞氣，金河仙液。蔡中郎之女子，早聽色絲；謝太傅之閨門，先揚麗則。彭城公發源殷伯，承家漢相。山川氣候，彰白武於皋繇；象緯休徵，下蒼龍於曼倩。三星照夜，佇稽鳴雁之期；七日秉秋，坐薦飛皇之兆。夫人年甫十八，遂歸於我。巫山南眺，逢暮雨於瑶姬；華嶽西臨，降明星於玉女。以上于歸彭城。

漢書禮樂志郊祀歌曰：「觀玉臺。」注引應劭曰：「玉臺，上帝之所居。」○王僧孺禮佛文曰：「窮金河之奥說。」西域記六曰：「阿恃多伐底河，唐言無勝，此世共稱耳。舊云阿利羅跋提河，訛也。典言謂之户賴拏伐底河，譯曰有金河。」○世說新語捷悟篇曰：「魏武嘗過曹娥碑下，楊脩從，碑背上見題作『黄絹幼婦外孫韲臼』八字，魏武謂脩曰：『解不？』脩曰：『解。』魏武曰：『卿未可言，待我思之。』行三十里，魏武乃曰：『吾已得。』令脩別記所知。脩曰：『黄絹，色絲也，於字爲「絶」；幼婦，少女也，於字爲「妙」；外孫，女子也，於字爲「好」；韲臼，受辛也，於字爲「辤」；所謂「絶妙好辭」也。』」○世說新語言語篇曰：「謝太傅寒雪日内集，與兒女講論文義，俄而雪驟，公欣然曰：『白雪紛紛何所似？』兄子胡兒曰：『撒鹽空中差可擬。』兄女曰：『未若柳絮因風起。』公大笑樂。即公大兄無奕女，左將軍王凝之妻也。」劉孝標注引婦人集曰：「謝夫人名道蘊，有文才，所著詩、賦、誄、頌傳於世。」○鄭語曰：「大彭、豕韋爲商伯矣。」韋注曰：「大彭，陸終第三子，曰籛，爲彭姓，封於大彭，謂之彭祖，彭城是也。豕韋，彭姓之別，封於豕韋者也。殷衰，二國相繼爲商伯。」史記楚世家曰：「陸終生子六人，三曰彭祖。」正義引括地志曰：「彭城，古彭祖國也。」○漢書百官公卿表：「征和二年，劉屈氂爲左丞相。」劉屈氂傳曰：「武帝庶兄中山靖王子也。」○藝文類聚祥瑞部引春秋元命苞曰：「堯爲天子，季秋下旬，夢白虎遺吾馬喙子，（御覽時序部九引作「鳥喙子」。）其母曰扶始，升高邱，睹白虎，上有雲感己，（御覽引「雲」下有「如虎」二字。）生皋陶，索扶始問之，如堯言，明於刑法，罪次終始，故立皋陶爲大理。」案：唐諱「虎」爲「武」。○拾遺記二曰：「師延曉明象緯。」書洪範曰：「休徵。」僞孔傳曰：「敍美行之驗。」○淮南子天文篇曰：「東方木也，其神爲歲星，其獸爲蒼龍。」東方朔別傳曰：「朔未死時，謂同舍郎曰：『天下人無能知朔，知朔者惟太王公耳。』朔卒後，武帝得此語，即召太王公問之曰：『爾知東方朔乎？』公對曰：『不知。』『公何所能？』曰：『頗善星歷。』帝問：『諸星皆具在否？』曰：『諸星具在，獨不見歲星十八年，今復見耳。』帝仰天歎曰：『東方朔生在朕傍十八年，而不知是歲星哉！』」○詩綢繆曰：「三星在天。」毛傳曰：「三星，參也。在天謂始見東方也。三星在天，可以嫁娶矣。」○詩匏有苦葉曰：「雝雝鳴鴈。」毛傳曰：「雝雝，鴈聲和也。納采用鴈。」鄭箋曰：「鴈者，隨陽而處，似婦人從夫，故昏禮用焉。」○荆楚歲時記曰：「七月七日，爲牽牛、織女聚會之夜，傳玄擬天問云：『七月七日，牽牛、織女會天河。』此則其事也。」案：「秉」字疑作「乘」。○左莊二十二年曰：「初，懿氏卜妻敬仲，其妻占之，曰：吉，是謂『鳳皇于飛，和鳴鏘鏘』。」○左傳篇首曰：「故仲子歸於我。」○文選宋玉高唐賦李善注引襄陽耆舊傳曰：「赤帝女曰姚姬，未行而卒，葬於巫山之陽，故曰巫山之女。楚懷王遊於高唐，晝寢，夢見與神遇，自稱是巫山之女，王因幸之，遂爲置觀於巫山之南，號爲朝雲。」水經江水注曰：「丹山西即巫山者也，天帝女居焉。宋玉所謂天帝之季女，名曰瑶姬，未行而亡，封於巫山之陽[一]，精魂爲草，實爲靈芝。所謂『巫山之女，高唐之阻[二]，旦爲行雲，暮爲行雨，朝朝暮暮，陽臺之下』。」○西山經郭注曰：「太華之山，上有明星玉女持玉漿，得上服之，即成仙，道險僻不通。詩含神霧云。」

動合詩禮，言成軌則。晨昏展敬，事極於移天；蘋藻絜誠，義申於中饋。女郎砧石，響夜月而思秋風；織婦機牀，聽寒蛩而催絡緯。用曹大家之明訓，執宋伯姬之貞節。加以心依八覺，理會三空。遊智刃於檀林，泛仙舟於法海。幾神獨照，默言象而無施；空有兼忘，束筌蹄而不用。以上闡德。

[一] 陽：舉要從武英殿官本水經注，永樂大典本作「臺」。水經注疏曰：「趙東潛改『臺』作『陽』，云：『御覽（卷五十三）引此文作「陽」，又李善高唐賦注引襄陽耆舊傳曰：「赤帝女姚姬，未行而亡，葬于巫山之陽。」』全（謝山）、戴（東原）改同。守敬按：渚宫故事、御覽（卷三九九）引襄陽耆舊記並作『巫山之臺』，又與注合。」

[二] 阻：舉要從殿本水經注，永樂大典本作「姬」。水經注疏曰：「趙改『姬』作『岨』，云：『寰宇記引江源記曰：「楚辭所謂『巫山之陽，高邱之岨』。」（按寰宇記，楚辭當作宋玉高唐賦。）「岨」字與上下文叶。』全、戴改同。守敬按：渚宫故事引襄陽耆舊記『精魂爲草，摘而爲芝，媚而服焉，則與夢期，所謂巫山之女，高唐之姬』，御覽引亦有『媚而服焉』四句，『姬』與上『芝』『期』爲韻，其下文又云『妾在巫山之陽，高邱之岨，旦爲行雲』云云。趙氏未睹襄陽耆舊記全文，故有改『姬』作『岨』之失，全、戴亦爲所惑。」

曹子建洛神賦曰：「羌習禮而明詩。」○史記律書曰：「物度軌則，壹稟於六律。」晉書后妃傳：「明帝立庾皇后册曰：虔恭中饋，思媚軌則。」○左桓十五年杜注曰：「婦人在室則天父，出則天夫。」儀禮喪服傳曰：「夫者，妻之天也。」○詩采蘋曰：「于以采蘋，南澗之濱。于以采藻，於彼行潦。」序曰：「采蘋，大夫妻能循法度也。」○易家人六二曰：「无攸遂，在中饋。」○水經沔水注上曰：「五丈溪南注漢水，南有女郎山，山上有女郎冢，遠望山墳，嵬嵬然高，及其所裁有墳形。山上直路下出，不生草木，世人謂之女郎道。下有女郎廟及擣衣石，言張魯女也。」述異記上曰：「擣衣山一名靈山，在瑯琊郡君山南，絶險巖，有方石，背有神女於此擣衣，其石明瑩，謂之玉女擣練礎。」○織婦，一作「織女」。御覽地部十六引荆楚歲時記曰：「張騫尋河源，得一石，示東方朔，朔曰：此是天上織女支機石，何至於此？」（今本荆楚歲時記無此文。）古今注中曰：「蟋蟀一名蛩，濟南呼爲懶婦。莎雞一名促織，一名絡緯。促織謂鳴聲如急織，絡緯謂其鳴聲如紡績也。」○後漢書列女傳曰：「扶風曹世叔妻者，同郡班彪之女也，名昭，字惠班，一名姬。和帝數召入宫，令皇后諸貴人師事焉，號曰大家，作女誡七章。」○列女傳貞順傳曰：「伯姬者，魯宣公之女，成公之妹也。嫁於宋恭公，恭公卒，伯姬寡。伯姬嘗夜遇失火，左右曰：『夫人少避火。』伯姬曰：『婦人之義，保傅不俱，夜不下堂，待保傅來也。』保母至矣，傅母未至也，左右又曰：『夫人少避火。』伯姬曰：『婦人之義，傅母不至，夜不可下堂，越義而生，不如守義而死。』遂逮於火而死。」○八大人覺經言：「一世間無常覺，二多欲爲苦覺，三心無厭足覺，四懈怠墜落覺，五愚癡生死覺，六貧苦多怨覺，七五欲過患覺，八生死熾然苦惱無量覺。」○三空謂空、無相、無願之三解脱也。此三者，共明空理，故曰三空。俱舍論三十八曰：「空謂非我，無相謂滅四，無願謂餘十，諸行相相應，此通浄無漏無漏三脱門。」僧肇維摩詰所説經注序曰：「道越三空，非二乘所議。」○王簡栖頭陁寺碑文曰：「智刃所游，日新月故。」涅槃經壽命品曰：

「如旃檀林，純以旃檀而爲圍繞。」西域記敍曰：「擢秀檀林。」○生經四曰：「法爲舟船，度諸未度。」大乘起信論曰：「法性真如海。」○易繫辭上曰：「唯幾也，故能成天下之務。唯神也，故不疾而速，不行而至。」徐孝穆在北齊與楊僕射書曰：「幾神之本，無寄名言。」○任彦昇答陸倕感知賦曰：「言象可廢。」○後漢書西域傳論曰：「詳其清心釋累之訓，空有兼遺之宗，道書之流也。」佛地論四曰：「菩薩藏佛滅後，千載已前一味，千載已後，興空有二論。」○莊子外物篇曰：「荃者所以在魚，得魚而忘荃；蹄者所以在兔，得兔而忘蹄；言者所以在意，得意而忘言。」釋文曰：「荃，香草也，可以餌魚，（從此說，則「筌」爲「荃」之借字。）一云魚笱也。蹄，兔罝也，又云兔弶也，係其脚，故云蹄也。」

人生天地，壽非金石。銀臺竊藥，想奔月而何年；金殿煎香，思反魂而無日。以某年月日終於平康里之私第。越上元三年十月二十日，合葬於城南之畢原，禮也。齊侯寢側，杜氏階前。對文王之畢原，用周公之合葬。偃松千古，長無寡鶴之悲；文梓百尋，還見雙鴛之集。銘曰：以上卒葬。

文選古詩曰：「人生天地閒，忽如遠行客。」又曰：「壽無金石固。」文選張平子思玄賦：「聘王母於銀臺兮。」舊注曰：「銀臺，王母所居。」淮南子覽冥篇曰：「羿請不死之藥於西王母，恒娥竊以奔月。」高注曰：「恒娥，羿妻。」○十洲記曰：「聚窟洲在西海，中有神鳥山，山多大樹，名返魂樹，伐其木根心，於玉釜中煮取汁，更微火煎，令可丸之，名曰驚精香，或名之爲返生香，或名之爲却死香。征和二年，武帝幸安定，西胡月支國王遣使獻香四兩。後元元年，長安城內病者數百，亡者太半，帝試取月支神香燒之，其死未三月者皆活。」金殿，一作「玉釜」，一作「金釜」。○長安志有平康坊。康，一作「原」，恐非。○上元，高宗年號，三年十一月改元儀鳳。○元和郡縣志曰：「京兆府萬年縣：畢原，在縣西南二十八里（今陝西長安縣西南）。」○晏子春秋内篇諫下曰：「景公成路寢之臺，逢於何遭喪，遇晏子於途，再拜乎馬前曰：『於何之母死，兆在路寢之臺牖下，願請命合骨。』晏子曰：『諾。』遂入見公曰：『有逢於何者，母死，兆在路寢，當如之何？願請合骨。』公作色不説，曰：『古之及今，子亦嘗聞請葬人主之宫者乎？』晏子對曰：『古之人君，其宫室節，不侵生民之居，臺榭儉，不殘死人之墓，故未嘗聞諸請葬人主之宫者也。今君侈爲宫室，奪人之居，廣爲臺榭，殘人之墓，是生者愁憂不得安處，死者離易不得合骨。生者不得安，命之曰蓄憂；死者不得葬，命之曰蓄哀。蓄憂者怨，蓄哀者危。君不如許之。』公曰：『諾。』逢於何遂葬其母路寢之牖下。」○禮記檀弓上曰：「季武子成寢，杜氏之葬在西階之下，請合葬焉，許之。」○史記周本紀曰：「武王上祭於畢。」集解引馬融曰：「畢，文王墓地名也。」○檀弓上曰：「季武子曰：周公蓋祔。」鄭注曰：「祔謂合葬，合葬自周公以來。」○抱朴子對俗篇曰：「千歲松樹，有如偃蓋。」王子淵洞簫賦曰：「孤雌寡鶴娱優乎其下。」○搜神記十一曰：「宋康王舍人韓憑娶妻何氏美，康王奪之，憑乃自殺，其妻乃陰腐其衣，王與之登臺，妻遂自投臺，左右攬之，衣不中手而死。遺書於帶曰：『願以屍骨，賜憑合葬。』王怒弗聽，使里人埋之，冢相望也。宿昔之閒，便大梓生於二冢之端，旬日而大盈抱，屈體相就，根交於下，枝錯於上，又有鴛鴦雌雄各一，恒棲樹上，晨夕不去，交頸悲鳴，音聲感人。宋人哀之，遂號其木曰相思樹。」

合葬非古，周公所存。死生千載，棺槨雙魂。野曠風急，天寒日昏。煙霾杳嶂，霧失遥村。紀黄絹之碑表，對青松之墓門。此文極似子山，前人誤入子山集中，正以此故耳。

「合葬」二句，謝惠連祭古冢文。○祭古冢文曰：「還祔雙魂。」○釋名釋天曰：「霾，晦也。」○詩墓門曰：「墓門有梅。」文選丘希範與陳伯之書李注引仲長統昌言曰：「松柏梧桐以識其墳。」潘安仁寡婦賦曰：「長松萋兮振柯。」

盧昇之

盧照鄰，字昇之，或曰子昇字照鄰，幽州范陽人。十歲從曹憲、王義方受蒼雅。調鄧王府典籤，轉新都尉，因染風疾去官，處太白山，得方玄明膏餌之。會父喪號嘔藥輒出，由是疾益甚。客東龍山，疾甚足攣，一手又廢，徙居陽翟之具茨山下，豫爲墓，偃臥其中，病既久，不堪其苦，遂自投潁水而死。舊唐書入文苑傳，新書入文藝傳。

樂府雜詩序

漢書禮樂志曰：「高祖時，叔孫通制宗廟樂，又有房中祠樂。孝惠二年，使樂府令夏侯寬備其簫管。至武帝定郊祀之禮，乃立樂府，采詩夜誦。」顏師古注曰：「樂府之名，蓋起於此。」鄭漁仲通志樂略正聲序論曰：「樂府在漢初雖有其官，然采詩入樂自漢武始。」李孝光郭茂倩樂府詩集序曰：「樂府，教樂之官也，於殷曰瞽宗，周因殷，周官又有大司樂之屬，至漢乃有樂府名。」顧亭林日知録卷二十八曰：「樂府是官署之名，後人乃以樂府所采之詩即名之樂府。」

聞夫歌以永言，庭堅有歌虞之曲；頌以紀德，奚斯有頌魯之篇。四始六義，存亡播矣；八音九闋，哀樂生焉。是以叔譽聞詩，驗同盟之成敗；延陵聽樂，知列國之典彝。王澤竭而頌聲寢，伯功衰而詩道缺。秦皇滅學，星琯千年；漢武崇文，市朝八變。通儒作相，徵博士於諸侯；中使驅車，訪遺編於四海。發詔東觀，縫掖成陰；獻書南宮，丹鉛踵武。王風國詠，共驪翰而升沈；里頌途歌，隨質文而沿革。以少卿長別，起高唱於河梁；平子多愁，寄遥情於壠坂。南浦動關山之役，作者悲離；東京興黨錮之誅，詞人哀怨。以上敍詩之由來及兩漢樂府之作。

書舜典曰：「歌永言。」案：漢書藝文志引作「哥詠言」，張刻幽憂子集亦作「詠」。○書益稷曰：「皋陶拜手稽首，乃賡載歌。」班孟堅西都賦序曰：「皋陶歌虞。」左傳文十八年杜注曰：「庭堅，皋陶字。」○詩序曰：「頌者，美盛德之形容。」○文選兩都賦序曰：「奚斯頌魯。」李善注曰：「韓詩魯頌曰：『新廟奕奕，奚斯所作。』薛君曰：『奚斯，魯公子也。言其新廟奕奕然盛，是詩公子奚斯所作也。』」魯靈光殿賦李善注同。後漢書曹褒傳注引韓詩薛君傳云：「是詩公子奚斯所作也。」法言學行篇曰：「公子奚斯嘗晞正考甫矣。」李弘範（軌）注曰：「奚斯，魯僖公之臣也。慕正考甫作魯頌。」後漢書曹褒傳：「褒謂諸生曰：昔奚斯頌魯，考甫詠殷。」王文考魯靈光殿賦序曰：「奚斯頌僖，歌其路寢。」曹子建承露盤銘序曰：「奚斯頌魯。」皆以閟宮之詩爲奚斯作，與毛傳以爲作廟義異。案左傳閔二年，奚斯，魯大夫公子魚也。○詩序曰：「風、小雅、大雅、頌，是謂四始，詩之至也。」鄭箋曰：「始者，王道興衰之所由。」孔疏引鄭答張逸云：「風也，小雅也，大雅也，頌也，此四者人君行之則爲興，廢之則爲衰。」○詩序曰：「詩有六義焉，一曰風，二曰賦，三曰比，四曰興，五曰雅，六曰頌。」庚子山謝趙王示新詩啓曰：「四始六義，實動性情。」○周禮春官大師曰：「皆播之以八音，金、石、土、革、絲、木、匏、竹。」案：九闋猶九成。禮記文王世子鄭注曰：「闋，成也。」書益稷曰：「簫韶九成。」孔疏引鄭注曰：「成猶終也。」呂氏春秋古樂篇曰：「昔葛天氏之樂，三人操牛尾，投足以歌八闋。」高注曰：「闋，終也。」○禮記樂記曰：「其哀心感者，其聲噍以殺；其樂心感者，其聲嘽以緩。」孔子閒居曰：「哀樂相生。」○左襄二十六年曰：「齊侯、鄭伯如晉，晉侯兼享之。晉侯賦嘉樂。國景子相齊侯，賦蓼蕭。子展相鄭伯，賦緇衣。叔向命晉侯拜二君，曰：寡君敢拜齊君之安我先君之宗祧也，敢拜鄭君之不貳也。」禮記檀弓下曰：「趙文子與叔譽觀乎九原。」鄭注曰：「叔譽，叔向也。」○左襄二十九年曰：「吳公子札來聘，請觀於周樂。使工爲之歌周南、召南，曰：『美哉！始基之矣。』爲之歌邶、鄘、衞，曰：『美哉淵乎！憂而不困者也。吾聞衞康叔、武公之德如是，是其衞風乎！』爲之歌王，曰：『美哉！思而不懼，其周之東乎！』爲之歌鄭，曰：『美哉！其細已甚。』爲之歌齊，曰：『美哉，泱泱乎！大風也哉！表東海者，其太公乎！』爲之歌豳，曰：『美哉，蕩蕩乎！樂而不淫，其周公之東乎！』爲之歌秦，曰：『此之謂夏聲。夫能夏則大，大之至也，其周之舊乎！』爲之歌魏，曰：『美哉，渢渢乎！大而婉，險而易行，以德輔此，則明主也。』爲之歌唐，曰：『思深哉！其有陶唐氏之遺民乎！』爲之歌陳，曰：『國無主，其能久乎？』自鄶以下無譏焉。」○西都賦序曰：「昔成康没而頌聲寢，王澤竭而詩不作。」○詩序曰：「下泉，思治也。曹人疾共公侵刻下民，不得其所，憂而思明王賢伯也。」○史記秦始皇本紀曰：「李斯請史官非秦記皆燒之，非博士官所職，天下敢有藏詩書百家語者，悉詣守尉雜燒之，有敢偶語詩書者棄市，以古非今者族。」○徐孝穆與王僧辯書曰：「彌留星琯。」○史記儒林傳序曰：「及今上即位，趙綰、王臧之屬明儒學，而上亦鄉之。於是招方正賢良文學之士。及竇太后崩，武安侯田蚡爲丞相，絀黃老刑名百家之言，延文學儒者數百人，而公孫弘以春秋白衣爲天子三公，天下之學士靡然鄉風矣。」○陸士衡門有車馬客行曰：「朝市忽遷易。」案：八變謂漢、魏、晉、宋、齊、梁、陳、隋也。○史記儒林傳曰：「王臧爲郎中令，趙綰爲御史大夫，請立明堂，乃言師申公。於是天子使使束帛加璧安車駟馬迎申公。」漢書武帝紀曰：「建元元年，議立明堂，遣使者安車蒲輪束帛加璧徵申公。」楚元王傳曰：「文帝時，申公爲博士。」又儒林傳曰：「公孫弘以治春秋爲丞相封侯，弘爲學官，悼道之鬱滯，與太常臧、博士平等議，爲博士官置弟子五十人。」○漢書藝文志曰：「成帝時，以書頗散亡，使謁者陳農求遺書於天下。」○後漢書和帝紀曰：「永元十三年春正月，帝幸東觀，覽書林，閱篇籍，博選術藝之士，以充其官。」安帝紀曰：「永初四年二月，詔謁者劉珍及五經博士校定東觀五經、諸子、傳記、百家藝術，整齊脱誤，是正文字。」章懷注引洛陽宮殿名曰：「南宮有東觀。」○禮記儒行曰：「衣逢掖之衣。」鄭注曰：「逢猶大也，大掖之衣，大袂禪衣也，此君子有道藝者所衣也。」後漢書吳延史盧趙傳贊曰：「逢掖臨師。」章懷注曰：「逢，相承本作『縫』，義亦通。」劉孝標廣絶交論曰：「鶴蓋成陰。」○後漢書張酺傳曰：「永平九年，顯宗爲四姓小侯開學於南宮。」賈逵傳曰：「建初元年，詔入講南宮雲臺。」○後漢書儒林傳曰：「四方學士，莫不抱負墳策，雲會京師。范升、陳元、鄭興、杜林、衞宏、劉昆、桓榮之徒，繼踵而集。」西京雜記卷上曰：「楊雄懷鉛提槧。」離騷曰：「及前王之踵武。」○詩國風有王風，然此文但謂王朝及諸國之風詠耳，非取不能復雅之義也。○禮記檀弓上曰：「夏后氏尚黑，戎事乘驪；殷人尚白，戎事乘翰。」鄭注曰：「馬黑色曰驪。翰，白色馬也。」○白虎通三正篇引尚書大傳曰：「王者一質一文，據天地之道。」又引禮三正記曰：「質法天，文法地也。」大戴禮少閒篇盧辯注曰：「凡質以天德，文以地德。」禮含文嘉曰：「殷援天而王，周據地而王也。」○李少卿與蘇武詩曰：「携手上河梁，遊子暮何之。」漢書李陵傳曰：「陵字少卿，將步兵五千人出居延，至浚稽山，與單于相直，騎可三萬，圍陵軍。漢軍南行，未至鞮汗山一日，五十萬矢皆盡，士卒多死，遂降。」蘇武傳曰：「武字子卿。天漢元年使匈奴，單于欲降之，徙武北海上無人處，使牧羝。昭帝即位，數年，匈奴與漢和親，漢求武等，於是李陵置酒賀武曰：『異域之人，壹別長絕。』因與武決。」鍾仲偉詩品上曰：「逮漢李陵，始著五言之目。」梁昭明太子文選序曰：「降將著河梁之篇。」皆以河梁詩爲陵作。文心雕龍明詩篇曰：「成帝品録三百餘篇，朝章國采，亦云周備，而辭人遺翰，莫見五言。所以李陵、班婕妤見疑於後代也。」始以陵作爲疑。○文選張平子四愁詩序曰：「張衡不樂久處機密，陽嘉中，出爲河閒相。時天下漸弊，鬱鬱不得志，爲四愁詩。依屈原以美人爲君子，以珍寶爲仁義，以水深雪雰爲小人，思以道術相報，貽於時君，而懼讒邪不得以通云云。」其「三思」曰：「我所思兮在漢陽，欲往從之隴阪長。」李善注曰：「漢書曰：『天水郡，明帝改曰漢陽。』（地理志元注）應劭曰：『天水有大阪，名曰隴阪。』」案：「隴阪」字本當作「隴阪」，此文作「壠」者，通借字，「坂」亦「阪」之或體字。後漢書張衡傳曰：「衡字平子，南陽西鄂人也。」○楚辭九歌河伯曰：「送美人兮南浦。」案：此當指漢橫吹曲隴頭、出關、入關、出塞、入塞等作（見樂府古題要解及樂府詩集）。言南浦者，特借喻送別耳。○後漢書黨錮傳曰：「河內張成善説風角，推占當赦，遂教子殺人。李膺爲河南尹，督促收捕，既而逢宥獲免，膺竟案殺之。初，成以方技交通宦官，帝亦頗誶其占。成弟子牢修因上書誣告膺等。天子震怒，班下郡國，逮捕黨人，遂收執膺等，其辭所連及陳寔之徒二百餘人。明年皆赦歸田里，禁錮終身。自是海內希風之流，遂共相標榜，指天下名士，爲之稱號。張儉鄉人朱並承望中常侍侯覽意旨，上書告儉與同鄉二十四人共爲部黨，圖危社稷。靈帝詔刊章捕儉等，大長秋曹節因此諷有司奏捕前黨故司空虞放、太僕杜密、長樂少府李膺等百餘人，皆死獄中。其死徙廢禁者，六七百人。」案：古樂府豔歌何嘗行曰：「飛來雙白鵠，乃從西北來。十十將五五，羅列行不齊。忽然卒疲病，不能飛相隨。五里一反顧，六里一徘徊。吾欲銜汝去，口噤不能開。吾欲負汝去，羽毛日摧頹云云。」又枯魚渡河泣曰：「枯魚渡河泣，何時悔復及。作書與魴鱮，相教慎出入。」吴摯甫先生評二詩，皆以爲因鈎黨而作，與此文可以相證。

其後鼓吹樂府，新聲起於鄴中；山水風雲，逸韻生於江左。言古興者，多以西漢爲宗；議今文者，或用東朝爲美。落梅芳樹，共體千篇；隴水巫山，殊名一意。亦猶負日於珍狐之下，沈螢於燭龍之前。辛勤逐影，更似悲狂；罕見鑿空，曾未先覺。潘陸顔謝，蹈迷津而不歸；任沈江劉，來亂轍而彌遠。其有發揮新體，孤飛百代之前；開鑿古人，獨步九流之上。自我作古，粤在茲乎！以上言魏晉以後作者，但知效古，罕能創造。

古今注卷中曰：「漢樂有黄門鼓吹。」晉書孫綽傳：「綽每云：三都二京，五經之鼓吹。」○文心雕龍樂府篇曰：「魏之三祖，氣爽才麗，宰割辭調，音靡節平，觀其北上衆引，秋風列篇，或述酣宴，或傷羈戍，志不出於淫蕩，辭不離於哀思，雖三調之正聲，實韶夏之鄭曲也。」詩品序曰：「及建安曹公父子，篤好斯文；平原兄弟（曹子建嘗封平原侯），鬱爲文棟。劉楨、王粲爲其羽翼。次有攀龍託鳳，自致於屬車者，蓋將百計。彬彬之盛，大備於時矣。」案：謝靈運有擬魏太子鄴中集詩。○文選沈休文宋書謝靈運傳論曰：「遺風餘烈，事極江右。有晉中興，玄風獨振。爰逮宋氏，顏謝騰聲。」李善注曰：「江右，西晉也。」案：宋書作江左。文心雕龍明詩篇曰：「江左篇製，溺乎玄風；宋初文詠，體有因革。莊老告退，而山水方滋。儷采百字之偶，爭價一句之奇。情必極貌以寫物，辭必窮力而追新。此近世之所競也。」○宋書樂志四漢鼓吹鐃歌十八曲有芳樹曲，樂府古題要解上橫吹曲有梅花落。樂府詩集卷二十四橫吹曲辭梅花落載鮑照、吳均、陳後主、徐陵、蘇子卿、張正見、江總等作；卷十七鼓吹曲辭芳樹載謝朓、王融、梁武帝、梁元帝、費昶、沈約、丘遲、李爽、顧野王、張正見等作。○宋書樂志四漢鼓吹鐃歌十八曲有巫山高，樂府古題要解上橫吹曲有隴頭吟。（注曰：「一曰隴頭水。」）樂府詩集卷二十一橫吹曲辭隴頭陳後主作，隴頭水載梁元帝、劉孝威、車敳、陳後主、徐陵、顧野王、謝燮、張正見、江總等作；卷十七鼓吹曲辭巫山高載虞羲、王融、劉繪、梁元帝、范雲、費昶、王泰、陳後主、蕭詮等作。○列子楊朱篇曰：「昔者宋有田夫，常衣緼黂，自曝於日，不知天下之有廣廈隩室，緜纊狐狢。顧謂其妻曰：負日之暄，人莫知者，以獻吾君，將有重賞。」○左太沖吳都賦曰：「亦猶棘林螢燿，而與夫槫木龍燭也。」案：餘見楊炯彭城公夫人墓誌注。○枚叔諫吳王書曰：「人性有畏其影而惡其迹，卻背而走，迹逾多，影逾疾。」莊子漁父篇曰：「人有畏影惡迹而去之走者，舉足愈數而迹愈多，走愈疾而影不離身，自以爲尚遲，疾走不休，絕力而死。不知處陰以休影，處靜以息迹，愚亦甚矣。」○漢書張騫傳曰：「然騫鑿空。」注引蘇林曰：「鑿，開也；空，通也。騫始開通西域道也。」顏曰：「空，孔也，猶言始鑿其孔穴也。」○孟子萬章上：「伊尹曰：使先覺覺後覺也。」○晉書潘岳傳曰：「岳字安仁，滎陽中牟人。」陸機傳曰：「機字士衡，吳郡人。」宋書顏延之傳曰：「延之字延年，琅邪臨沂人。」謝靈運傳曰：「靈運，陳郡陽夏人。」論曰：「潘陸謝顏，去之彌遠。」○梁書任昉傳曰：「昉字彦昇，樂安博昌人。」沈約傳曰：「約字休文，吳興武康人。」江淹傳曰：「淹字文通，濟陽考城人。」劉孝綽傳曰：「孝綽字孝綽，彭城人，本名冉。潛字孝儀，孝綽弟也。孝綽嘗曰：『三筆六詩。』三即孝儀，六孝威也。」○謝惠連雪賦曰：「瞻雲鴈之孤飛。」○後漢書逸民戴良傳：「良曰：我獨步天下，誰與爲偶？」○漢書藝文志有儒家者流，道家者流，陰陽家者流，法家者流，名家者流，墨家者流，從横家者流，雜家者流，農家者流，小説家者流，曰「諸子十家，其可觀者，九家而已」。又敍傳述藝文志曰：「劉向司籍，九流以別。」郭璞爾雅序曰：「誠九流之津涉。」范甯穀梁傳序曰：「九流分而微言隱。」楊士勛疏引藝文志，自儒家至農家爲九流，而不數小説家。邢叔明爾雅疏同。或曰九流別乎儒家而言也。○張平子西京賦曰：「自君作故。」

樂府者，侍御史賈君之所作也。君升堂入室，踐黿字以長驅；藏翼蓄鱗，展龍圖以高視。林宗一見，許以王佐之才；士季相看，知有公卿之量。南國蛟龍之燿，下觸詞鋒；東家科斗之書，來游筆海。朝陽弄翮，即踐中京；太行垂耳，先鳴上路。當赤縣之樞鑰，作高臺之羽儀。動息無格於温仁，顛沛安由乎正義。玉階覆奏，謹依汲直之聞；銅術埋輪，先定雍門之罪。霜臺有暇，文律動於京師；繡服無私，錦字飛於天下。以上賈侍御之官守及文學。

賈侍御蓋賈言忠也。舊唐書文苑傳曰：「賈曾，河南洛陽人也。父言忠，乾封中爲侍御史。」新書賈曾傳亦載言忠事，此文言侍御史，官合；新書地理志言乾封中復九成宮，時亦合；文云洛陽之才，地又合，則爲賈言忠殆無疑也。○論語先進篇曰：「由也升堂矣，未入於室也。」法言吾子篇曰：「如孔氏之門用賦也，則賈誼升堂，相如入室矣。」詩品上曰：「孔氏之門如用詩，則公幹升堂，思王入室。」○藝文類聚祥瑞部引尚書中候曰：「河龍圖出，雒龜書威，赤文像字，以授軒轅。」又曰：「堯沈璧於雒，玄龜負書出，背甲赤文，成字止壇。」○成公子安慰志賦曰：「惟潛龍之勿用，戢鱗翼而匿景。」任彥昇宣德皇后令曰：「隱鱗戢翼。」○後漢書王允傳曰：「允字子師，太原祁人也。同郡郭林宗嘗見允而奇之，曰：王生日千里，王佐才也。」蔡伯喈郭有道碑文曰：「先生諱泰，字林宗，太原界休人也。」○世説新語賞譽篇上曰：「王濬沖、裴叔則二人總角詣鍾士季，須臾去，後客問鍾曰：『向二童何如？』鍾曰：『裴楷清通，王戎簡要，後二十年，此二賢當爲吏部尚書，爾時天下無滯才。』」魏志鍾會傳曰：「會字士季，潁川長社人。」○西京雜記上曰：「董仲舒夢蛟龍入懷，乃作春秋繁露詞。」○庾子山周上柱國齊王憲神道碑曰：「水湧詞鋒。」○魏志邴原傳注引原別傳：「孫崧曰：鄭君學覽古今，君乃舍之，所謂以鄭爲東家丘者也。」顏氏家訓慕賢篇曰：「魯人以孔子爲東家丘。」晉書衛恒傳：「恒爲四體書勢曰：漢武時，魯恭王壞孔子宅，得尚書、春秋、論語、孝經，時人以不復知有古文，謂之科斗書。」○筆海，見王子安上武侍極啓注。○詩卷阿曰：「鳳皇鳴矣，於彼高岡。梧桐生矣，於彼朝陽。」郭景純江賦曰：「鵷雛弄翮乎山東。」○楚策四：「汗明見楚春申君曰：夫驥之齒至矣，服鹽車而上太行，中坂遷延，負轅不能上。」賈生弔屈原賦曰：「驥垂兩耳，服鹽車兮。」○左襄二十一年：「州綽曰：平陰之役，先二子鳴。」○史記孟子荀卿列傳曰：「鄒衍以爲儒者所謂中國者，於天下乃八十一分居其一分耳。中國名曰赤縣神州，赤縣神州内自有九州，禹之序九州是也。」○唐六典卷十三曰：「梁、陳、後魏、北齊、隋皆曰御史臺，皇朝因之。」易漸上六曰：「其羽可用爲儀。」○公羊莊三十一年何注曰：「格，拒也。」禮記學記鄭注曰：「扞格，堅不可入之貌。」全唐文「格」作「隔」。漢書河閒獻王傳曰：「王温仁恭儉。」○論語里仁篇曰：「顛沛必於是。」孟子離婁篇曰：「義，人之正路也。」○班孟堅西都賦曰：「玉階彤庭。」○史記汲黯傳曰：「黯字長孺，濮陽人也。內行修潔，好直諫，數犯主之顏色。」案：謹依，全唐文作「依然」。○銅術即銅街。御覽居處部引華延儁洛陽記曰：「銅駝街在洛陽西。」説文曰：「術，邑中道也。」漢書刑法志「園圃術路」顏注曰：「術，大道也。」後漢書張綱傳曰：「漢安元年，選遣八使，徇行風俗，餘人受命之部，而綱獨埋其車輪於洛陽都亭，曰：『豺狼當路，安問狐狸？』遂奏大將軍冀（梁冀）無君之心十五事，書御，京師震竦。」○説苑立節篇曰：「越甲至齊，雍門子狄請死之，曰：『昔者王田於囿，左轂鳴，車右請死之，曰：「爲其鳴吾君也。」遂刎頸而死。今越甲至，其鳴吾君也，豈左轂之下哉？車右可以死左轂，而臣獨不可死越甲也？』遂刎頸而死。是日越人引甲而退七十里。」○通典職官六曰：「御史臺御史爲風霜之任，彈糾不法，百僚震恐，官之雄俊，莫之比焉。」○漢書雋不疑傳曰：「暴勝之爲直指使，衣繡衣，持斧。」○晉書列女傳曰：「竇滔妻蘇氏，名蕙字若蘭。滔，苻堅時秦州刺史，被徙流沙，蘇氏思之，織錦爲迴文旋圖詩以贈滔，凡八百四十字。」案：此借用。

九成宮者，信天子之殊庭，羣山之一都也。五城既遠，得崑閬於神京；三山已沈，見蓬萊於右輔。紫樓金閣，雕石壁而鏤羣峯；碧甃銅池，俯銀津而橫衆壑。離宮地險，丹磵四周；徼道天迴，翠屏千仞。衛尉寢蒙茸之署，將軍無刁斗之警。中巖罷燠，飛霜爲之夏凝；太谷生寒，層厓以之秋沍。天子萬乘，驅鳳輦於西郊；羣公百僚，扈龍軒而北輔。春秋絡繹，冠蓋滿於青山；

寒暑推移，旌節喧於黃道。夕宿雞神之野，朝登鳳女之臺。青鳥時飛，白雲無極。千年啓聖，邈同汾水之陽；七日期仙，頗類緱山之曲。經過者徒知其美，揄揚者未歌其事。恭聞首唱，遂屬洛陽之才；俯視前脩，將麗長安之道。以上賈之雜詩。案：據此知賈詩殆爲九成宮作。

元和郡縣志曰：「關内道鳳翔府麟遊縣：九成宮，在縣西一里（新唐書地理志作「五里」），即隋仁壽宮。義寧元年廢，貞觀五年復修舊宮，以爲避暑之所。」新唐書地理志曰：「永徽二年曰萬年宮，乾封二年復曰九成宮。」清統志曰：「陝西鳳翔府：九成宮，在麟遊縣西。」○史記封禪書曰：「將以望祀蓬萊之屬，冀至殊庭焉。」○五城、崑閬，並見王子安益州綿竹縣浄惠寺碑注。○三山、蓬萊，見王子安還冀州別洛下知己序注。○元和郡縣志曰：「鳳翔府：秦始皇并天下，屬内史。高帝更名中地郡，復屬内史。景帝更名主爵都尉。武帝太初元年，更名右扶風，與京兆尹、左馮翊謂之三輔。」案：文云「右輔」本此，舊作「古輔」，誤，今校改。○鮑明遠舞鶴賦曰：「舞飛容於金閣。」○説文曰：「甃，井壁也。」漢書宣帝紀曰：「金芝九莖産于函德殿銅池中。」○司馬長卿上林賦曰：「離宮別館，彌山跨谷。」○班孟堅西都賦曰：「徼道綺錯。」○張平子西京賦曰：「衛尉八屯。」漢書楊雄傳甘泉賦曰：「蚩尤之倫，飛蒙茸而走陸梁。」注引晉灼曰：「飛者蒙茸而亂，走者陸梁而跳也。」顔曰：「茸音人蒙反。」○史記李將軍傳曰：「廣行無部伍行陣，就善水草屯舍止，人人自便，不擊刁斗以自衛。」集解引孟康曰：「以銅作鐎器受一斗，晝炊飯食，夜擊持行，名曰刁斗。」○曹子建七啓曰：「清空則中夏含霜。」○曹子建贈白馬王彪詩曰：「太谷何寥廓？」案：此則從泛言大谷。○

西京賦曰：「涸陰沍寒。」案：「厓」字舊作「淮」，文義難通，今校改。○孟子梁惠王篇趙注曰：「萬乘，天子也。」○隋煬帝步虛詞曰：「翠霞乘鳳輦。」易小畜曰：「自我西郊。」○書皋陶謨曰：「百僚師師。」○嵇叔夜酒會詩曰：「吐醺龍軒。」○漢書王莽傳下曰：「駱驛道路。」顏注曰：「駱驛言不絶。」案：「駱驛」「絡繹」同。○史記魏公子傳曰：「平原君使者，冠蓋相屬於魏。」○易繫辭上曰：「寒暑相推而歲成焉。」○周禮地官掌節曰：「道路用旌節。」鄭注曰：「旌節，今使者所擁節是也。」漢書天文志曰：「日有中道，中道者黄道。」案：此借用。○史記封禪書曰：「文公獲若石云，於陳倉北阪城祠之。其神或歲不至，或歲數來，來也常以夜，光輝若流星，從東南來集於祠城，則若雄雞，其聲殷云，野雞夜雊。以一牢祠，名曰陳寶。」西京賦曰：「陳寶鳴雞在焉。」○水經渭水注中曰：「雍有五時祠。又有鳳臺、鳳女祠。秦穆公時，有簫史者，善吹簫，能致白鵠、孔雀，穆公女弄玉好之，公爲作鳳臺以居之。積數十年，一旦隨鳳去。云雍宮世有簫管之聲焉。今臺傾祠毀，不復然矣。」○海内北經曰：「蛇巫之山，一曰龜山，西王母梯几而戴勝杖其南，有三青鳥爲西王母取食，在崑崙虛北。」大荒西經曰：「西有王母之山，有沃之國，是謂沃之野，有三青鳥，赤首黑目，一名曰大鶖，一名少鶖，一名曰青鳥。」郭注曰：「皆西王母所使也。」○穆天子傳三曰：「西王母爲天子謠曰：白雲在天，山陎（郭注曰「陵」字）自出。」梁簡文帝與蕭臨川書曰：「白雲在天，蒼波無極。」○莊子逍遥遊曰：「堯見四子藐姑射之山，汾水之陽，窅然喪其天下焉。」○列仙傳上曰：「王子喬，周靈王太子晉也。好吹笙作鳳皇鳴。遊伊洛之閒，道士浮邱公接以上嵩高山。三十餘年後，求之於山上，見桓良，曰：『告我家，七月七日待我於緱氏山巔。』至時，果乘白鶴駐山頭。望之不得到，舉手謝時人，數日而去。亦立廟於緱氏山下，及嵩高首焉。」○班孟堅兩都賦序曰：「雍容揄揚，著於後嗣。」○參同契曰：「一陰首唱繫午後。」○漢書賈誼傳曰：「賈誼，雒陽人也。河南守吴公聞其秀材，召置門下。」潘安仁西征賦曰：「賈生，洛陽之才子。」○離騷曰：「謇吾法夫前修兮。」

平恩公當朝舊相，一顧增榮。親行翰墨之林，先標唱和之雅。於是懷文之士，莫不嚮風靡然。動麟閣之雕章，發鴻都之寶思。雲飛綺札，代郡接於蒼梧；泉湧華篇，岷波連於碣石。萬殊斯應，千里不違。同晨風之鴥北林，似秋水之歸東壑。洋洋盈耳，豈徒懸魯之音；郁郁文哉，非復從周之説。故可論諸典故，被以筆鏞。以上許與賈倡和，遂行於世。

平恩公謂許圉師也。舊唐書許紹傳曰：「紹本高陽人也。（新書紹傳曰：「安州安陸人。」）少子圉師有器幹，博涉藝文，舉進士。顯慶二年，累遷黄門侍郎、同中書門下三品、兼修國史。三年，以修實録封平恩縣男。龍朔中爲左相，俄以子殺人隱而不奏，左遷虔州刺史，尋轉相州刺史。」新書宰相表，圉師同中書門下三品在顯慶四年，爲左相在龍朔元年，雖小不同，而皆在乾封以前，故稱舊相。特圉師不聞進爵爲公，則此文「公」字，乃尊稱而非其爵也。○燕策二：「蘇代説淳于髠曰：人有賣駿馬者，伯樂還而視之，去而顧之，一旦而馬價十倍。」梁書蕭子顯自序曰：「余退謂人曰：一顧之恩，非望而至，遂方賈誼何爲哉？」○漢書楊雄傳曰：「上長楊賦，聊因筆墨之成文章，故藉翰林以爲主人，子墨爲客卿以諷。」○詩籜兮曰：「倡予和女。」左昭十六年杜注「倡」作「唱」，「倡」乃「唱」借字。○史記儒林傳曰：「天下之學士，靡然鄉風矣。」○漢書蘇武傳曰：「甘露三年，單于始入朝，上思股肱之美，迺圖畫其人於麒麟閣。」三輔黄圖六引漢宮殿疏云：「天禄麒麟閣，蕭何造以藏祕書，處賢才。」○後漢書靈帝紀曰：「光和元年，始置鴻都門學生。」章懷注曰：「鴻都，門名也，於內置學。」儒林傳曰：「辟雍、東觀、蘭臺、石室、宣明、鴻都，藏典策文章。」○昇之喬君集序亦以「雕章」「寶思」爲對。○高伯恭徵士頌曰：「華藻雲飛。」○代郡、蒼梧，以南北言。漢書地理志曰：「代郡，秦置；蒼梧郡，武帝元鼎六年開。」案：據水經灅水注，代郡治高柳，在今山西陽高縣西北；據泿水注，蒼梧郡治廣信，今蒼梧縣治。○曹子建王仲宣誄曰：「思若湧泉。」○岷波、碣石，以東西言。漢書地理志蜀郡湔氐道原注曰：「禹貢：崏山在西徼外，江水所出。」右北平郡驪成縣原注曰：「大揭石山在縣西南。」○王逸少蘭亭集序曰：「趣舍萬殊。」○易繫辭上曰：「出其言善，則千里之外應之。」○詩晨風曰：「鴥彼晨風，鬱彼北林。」毛傳曰：「鴥，疾貌。」○禮記郊特牲曰：「水歸其壑。」○論語泰伯篇曰：「師摯之始，關雎之亂，洋洋乎盈耳哉！」○論語八佾篇曰：「郁郁乎文哉，吾從周！」○書益稷曰：「笙鏞以閒。」

爰有中山郎餘令，雅好著書，時稱博物。探亡篇於古壁，徵逸簡於道人。撰而集之，命余爲序。時褫巾三蜀，歸臥一丘。散髮書林，狂歌學市。雖江湖廊廟，賓廡蕭條；綺季留侯，神交髣髴。遂復驅傴幽憂之疾，經緯朝廷之言。凡一百一篇，分爲上下兩卷。俾夫舞雩周道，知小雅之歡娛；擊壤堯年，識太平之歌詠云爾。以上撰輯及作序。○縟采星稠，藻思綺合，極筆歌墨舞之致。

王子安宇文德陽秋夜山亭宴序曰：「中山郎餘令，風流名士。」舊唐書儒林傳曰：「郎餘令，定州新樂人，少以博學知名，舉進士，累轉著作佐郎，卒。」元和郡縣志曰：「河北道定州（今定縣）：戰國時爲中山國。」

案：餘，張本及全唐文並誤「徐」。○左昭元年曰：「晉侯聞子産之言曰：博物君子也。」○漢書景十三王魯恭王傳曰：「魯恭王餘好治宮室，壞孔子舊宅以廣宮，於其壁中得古文經傳。」藝文志曰：「武帝末，魯共王壞孔子宅，欲以廣其宮，而得古文尚書及禮記、論語、孝經凡數十篇，皆古字也。」○晉書束晳傳曰：「有人於嵩高山下得竹簡一枚。」梁書蕭琛傳曰：「始琛在宣城，有北僧南度，惟賫一葫蘆，中有漢書序傳。僧曰：『三輔舊老相傳，以爲班固真本。』琛固求得之。」釋氏要覽曰：「智度論云：得道者名爲道人，餘出家者未得道者，亦名道人[一]。」○易訟上六曰：「或錫之鞶帶，終朝三褫之。」釋文引王肅曰：「褫，解也。」水經江水注曰：「益州舊以蜀郡、廣漢、犍爲爲三蜀。」○漢書序傳曰：「棲遲於一丘。」案：此蓋指去新都尉後，處太白山中也。唐成都府新都縣，今四川新都縣治；太白山在陝西郿縣南。○後漢書袁閎傳曰：「散髮絶世。」楊子雲長楊賦曰：「并包書林。」○漢書王莽傳上曰：「爲學築舍萬區作市。」○世説新語品藻篇曰：「明帝問周伯仁：『自謂何如庾元規？』對曰：『蕭條方外，亮不如臣；從容廊廟，臣不如亮。』」○史記留侯世家曰：「吕后使建成侯吕澤劫留侯曰：『今上欲易太子，君安得高枕而卧乎？』留侯曰：『此難以口舌争也。顧上有不能致者，天下有四人。公誠能無愛金玉璧帛，令太子爲書，卑辭安車，因使辯士固請，宜來。上知此四人賢，則一助也。』於是吕后令吕澤使人奉太子書，卑辭厚禮迎此四人。四人至，客建成侯所。及燕置酒，太子侍，四人從太子，年皆八十有餘，鬚眉皓白，衣冠甚偉。上怪之，問曰：『彼何爲者？』四人前對，各言名姓曰：『東園公、角里先生[二]、綺里季、夏黄公。（夏黄公爲一人，或以「夏」字屬上，非是。）』」

[一] 大智度論作：「如得道者名爲道人，餘出家未得道，因得道者亦名爲道人。」

[二] 徐子遠説文解字注箋曰：「角，古音鹿，漢角里先生即此字。凡古地名、姓名之類，其字音歷久相傳，故多不廢，後人不知其故，

漢書王貢兩龔鮑傳序曰：「漢興有園公、綺里季、夏黃公、角里先生。」顔注曰：「四皓稱號，本起於此，更無姓名可稱。皇甫謐、圈稱之徒及諸地理書說，竟爲四人施安姓字，自相錯互，語又不經，今並棄略，一無取焉。」○班孟堅答賓戲曰：「皆竣命而神交。」○莊子讓王篇：「子州支父曰：我適有幽憂之病。」○左昭二十八年曰：「經緯天地曰文。」○詩周頌噫嘻序曰：「春夏祈穀於上帝也。」鄭箋曰：「月令『孟春祈穀於上帝』『夏則龍見而雩』，是與。」孔疏曰：「謂周公、成王之時，春郊夏雩，以禱求膏雨而成其穀實，爲此祭於上帝。」周禮春官司巫曰：「大旱則帥巫舞雩。」詩小雅甫田曰：「以祈甘雨。」○藝文類聚皇王部一引帝王世紀曰：「帝堯陶唐氏，天下太和，百姓無事，有五十老人，擊壤於道，觀者歎曰：『大哉帝之德也！』老人曰：『吾日出而作，日入而息，鑿井而飲，耕田而食，帝何力於我哉！』」○公羊宣十五年曰：「什一行而頌聲作矣。」何劭公解詁曰：「頌聲者，太平歌頌之聲。」

相樂夫人檀龕讚并序

相樂夫人，益州長史胡樹禮之後母，以集中益州長史胡樹禮爲亡女造畫讚知之。樹禮，新舊唐書皆無傳，事蹟未詳。唐郡縣及封爵，亦不聞有「相樂」之名。

相樂夫人韋氏者，益州都督長史胡公之繼親也。夫人寓跡蘭閨，栖情香岫。

遂妄爲改易，如『角里』改作『甪』，音鹿，以別於『角』，而不知古實一字耳。」

琢磨六行，與三明而並驅；馳騖四禪，將十訓而齊駕。粵以乾封紀歲，流火司辰，敬造靈龕，奉圖真相。青蓮皓月，争華蚊睫之端；寶樹天花，競爽鴻毛之際。納須彌於纖芥，嘗謂徒言；置由旬於方丈，今過其實。重宣此義，敢爲讚云：

唐六典三十曰：「大都督府長史一人，從三品。」○後漢書后妃傳贊曰：「班政蘭闈。」○俱舍論十一曰：「大雪山北，有香醉山，雪北香南，有大池水，出四大河。」○金剛三昧經曰：「大力菩薩言：『云何六行？』佛言：『一者十信行，二者十住行，三者十行行，四者十迴向行，五者十地行，六者等覺行。』」○三明，已見王子安浄惠寺碑注。○四禪言馳騖，似指四禪天言，大品經分初禪、二禪、三禪、四禪。案：初禪天、二禪天、三禪天又各有三天，四禪天有九天，詳見下注。○十訓，未詳，當即十誡。魏書釋老志曰：「其爲沙門，初修十誡。」又或即十諦。法集經曰：「所謂世諦、第一義諦、相諦、差別諦、觀諦、事諦、生諦、盡無生智諦、入道智諦、集如來智諦，是名十諦。」○舊唐書高宗紀曰：「改麟德三年爲乾封元年。」○詩豳風七月曰：「七月流火。」禰正平鸚鵡賦曰：「少昊司辰。」○洛陽伽藍記一曰：「脩梵寺有金剛，菩提達摩云得其真相也。」○法華經妙音品曰：「目如廣大青蓮華葉。」大般若經三百八十一曰：「世尊面輪，其猶滿月。」○晏子春秋外篇第八曰：「景公問晏子曰：『天下有極細乎？』晏子對曰：『有。東海有蟲，巢於蟁睫，再乳再飛，而蟁不爲驚。臣嬰不知其名，而東海漁者命曰焦冥』。」○寶樹，見王子安浄惠寺碑。心地觀經一曰：「六欲諸天來供養，天華亂墜徧虛空。」維摩詰所説經觀衆生品曰：「時維摩詰室有一天女，見諸大人，聞所說法，便現其身，即以天華散諸菩薩大弟子上。」○左傳昭三年曰：「二惠競爽猶可。」三昧經海曰：「若以一華供養佛時，即當作想身諸毛孔，令一毛孔出無數華雲，運想擬意供一切佛。」史記韓安國傳曰：「衝風之末，力不能漂鴻毛。」○維摩經不思議品曰：「若菩薩住是解脱者，以須彌之高廣，內芥子中，無所增減，須彌山王本相如故。而四天王忉利諸天，不覺不知己之所入。唯應度者，乃見須彌入芥子中，是名不可思議解脱法門。」○維摩經不思議品曰：「文殊師利言：東方度三十六恒河沙國，有世界名須彌相，其佛號須彌燈王，今現在，彼佛身八萬四千由旬，其師子座高八萬四千由旬，嚴飾第一。於是長者維摩詰現神通力，即時彼佛遣三萬二千師子座，高廣嚴浄，來入維摩詰室，諸菩薩大弟子釋梵四天王等昔所未見，其室廣博，悉皆包容三萬二千師子之座，無所妨礙。」○翻譯名義數量篇曰：「踰繕那此云限量，又云合應。西域記云：『夫數量之稱踰繕那者，舊曰由旬，又曰踰闍那，又曰由延，皆訛略也。踰繕者，自古聖王一日軍行，舊傳一踰繕那四十里，印度國俗乃三十里，聖教所載唯十六里。』大論云：『由旬三別，大者八十里，中者六十里，下者四十里。』」

猗歟寶相，顯允神功。規模鹿苑，圖寫龍宮。分身諦聽，列坐談空。羣天颯纚，衆寶玲瓏。雕窗引月，鏤網摇風。一窺妙境，高謝塵蒙。研鍊生色。

邢子才文襄金像銘曰：「寶相外宣。」○曹子建寶刀賦曰：「攄神功而造象。」○四十二章經曰：「世尊成道已，於鹿野苑中，轉四諦法輪，度憍陳如等五人，而證道果。」佛國記曰：「仙人鹿野苑，世尊成道已後，後人於此處起精舍。」○海龍王經請佛品曰：「海龍王詣靈鷲山，聞佛說法，信心歡喜，欲請佛至大海龍宮供養，佛許之，龍王即入大海，化作大殿，無量珠寶，種種莊嚴，佛入龍宮，爲說大法。」○法苑珠林卷十一曰：

「依菩薩處胎經云：爾時世尊示現奇特異像，變一切菩薩盡作佛身，光相具足，皆異口同音説法，互相敬奉，各坐七寶極妙高座。」後漢書西域傳論曰：「空有兼遣之宗。」○法苑珠林卷二曰：「婆沙論中説：『天有三十二種，欲界有十，色界有十八，無色界有四，合有三十二天也。第一欲界十天者，一名千手天，二名持華鬘天，三名常放逸天，四名日月星宿天，五名四天王天，六名三十三天，七名炎摩天，八名兜率陀天，九名化樂天，十名他化自在天。第二色界有十八天者，初禪有三天，一名梵衆天，二名梵輔天，三名大梵天；二禪之中有三天，一名少光天，二名無量光天，三名光音天；第三禪中亦有三天，一名少浄天，二名無量浄天，三名遍浄天；第四禪中獨有九天，一名福生天，二名福慶天，三名廣果天，四名無想天，五名無煩天，六名無熱天，七名善現天，八名善見天，九名色究竟天。第三無色界中有四天，一名空處天，二名識處天，三名無所有處天，四名非想非非想處天。』」班孟堅西都賦曰：「紅羅颯纚。」○釋迦譜卷八曰：「龍王出七寶臺，奉上如來，佛言不須此臺，汝但以羅刹石窟施我，諸天聞已，各脱寶衣，以掃佛窟，佛獨入石室，自敷坐具，令此石窟，暫爲七寶。」又曰：「佛踊身入石，猶如明鏡，諸天百千供養佛影。」楊子雲甘泉賦曰：「和氏玲瓏。」○鮑明遠翫月詩曰：「玉鉤隔瑣窗。」○楚辭招魂曰：「網户朱綴。」○無量壽經上曰：「一向專志，莊嚴妙土，所脩佛國，恢廓廣大，超勝獨妙。」○齊書王融傳：「融上疏曰：湔拂塵蒙。」

益州至真觀主黎君碑

趙德甫金石録卷一目録曰：「唐黎尊師碑，盧子昇字照鄰撰，王大義行書，儀鳳二年正月。」又卷二十四跋尾曰：「唐黎尊師碑題曰『盧子昇字照鄰』，按唐史，盧照鄰字昇之，與此碑不合，蓋唐初人多以字爲名爾，至以『子昇』爲『昇之』，則疑史之誤。」

若夫三清上列，瑶闕控日月之圖；八洞深居，貝闕吐山河之鎮。雖復扶桑大帝，傳赤字於東華；安寶神君，受青符於南極。猶未能發揮不宰，復歸無物之功；開鑿妙門，言謝有爲之業。其馮馮翼翼，百姓存焉而不知；杳杳冥冥，萬族死之而無愠。獨爲衆化之宗者，其惟元始天尊乎！以上推崇元始。蓋觀奉三清，元始尤尊也。

雲笈七籤卷二混元混洞開闢劫運部曰：「三清境者，玉清、上清、太清是也。亦名三天，其三天者，清微天、禹餘天、大赤天是也。」（朱子語類卷百二十五曰：「道家之學，出於老子。其所謂三清，蓋倣釋氏三身而爲之爾。佛氏所謂三身，法身者，釋迦之本性也；報身者，釋迦之德業也；肉身者，釋迦之真身，而實有之人也。今之宗其教者，遂分爲三像而駢列之，則既失其旨矣。而道家之徒，欲倣其所爲，遂尊老子，爲三清元始天尊、太上道君、太上老君，而昊天上帝反坐其下，悖戾僭逆，莫此爲甚。且玉清元始天尊既非老子之法身，上清太上道君又非老子之報身，設有二像，又非與老子爲一，而老子又自爲上清太上老君，蓋倣釋氏之失而又失之者也。」）○枕中書曰：「元始天王，在天中心之上，名曰玉京山，山中宫殿，並金玉飾之。」○雲笈七籤開闢劫運部曰：「太初之時，老子從虚空而下，爲太初之師，口吐開天經一部四十八萬卷，一卷有四十八萬字，一字辟方一百里，以教太初。太初得此開天之經，清濁已分，清氣上昇爲天，濁氣下沈爲地，三綱既分，從此始有天地，猶未有日月。天欲化物，無方可適，便乃置生日月在其中，下照闇冥。」○八洞，見王子安浄惠寺碑注。○王子淵四瀆祠碑銘曰：「靈祠嶽立，貝闕雲浮。」七籤開闢劫運部曰：「混沌之時，始有山川，老君下爲師，教示混沌，以治天下。混沌號生二子，大者胡臣，小者胡靈，胡臣死爲山嶽神，胡靈死爲水神，因即名爲五嶽四瀆。」○枕中書曰：「扶桑大帝東王公，號曰元陽父。」又曰：「扶桑大帝住在碧海之中，宅地四面並方三萬里，上有太真宫、碧玉城萬里，多生林木，葉似桑，又有椹樹，長數千丈，二十圍，兩木同根耦生，更相依倚，名爲扶桑。宫第象玉京也。」○太平御覽道部十五引靈寶經曰：「元始洞元靈寶赤書五篇真文者，於元始之先，空洞之中，靈圖革運，元象推遷，乘機應運，於是存焉。」黄庭内景經務成子注敍曰：「扶桑大帝君命暘谷神王傳魏夫人黄庭内景者，一名太上琴心，又一名大帝金書，一名東華玉篇。」注曰：「扶桑大帝君宫中盡誦此經，以金簡刻書之，故曰金書。東華者，方諸宫名也，東海青童君所居也，其中玉女仙人皆誦詠之，刻玉書之，爲玉篇。」○七籤卷一百一青靈始老君紀：「洞玄本行經曰：『東方安寶華林青靈始老帝君者，往在白氣御運於金劫之中，暫生鬱悦金映雲臺那林之天西婁無量玉國浩明玄嶽，厥名元慶。仙道垂成，中值火劫改運，又受氣，寄胎於洪氏，轉爲女子。朱靈元年，歲在丙午，誕於丹童龍羅衞天洞明玉國丹霍之阿，改姓洪，諱那臺。年十四，敬好道法。南極上靈紫虚元君託作傭人，下世教化，授那臺靈寶赤書南方真文。於是那臺勵志殊勤，願得轉身爲男，便從牆上投身擲空，命赴滄海極淵之中，紛然無落，即爲水帝神王以五色飛龍捧接。女身俄頃之閒，已於懸中得化形爲男子，乘龍策虚，飛至道前。於是元始即命仙都，錫加帝號。』」○老子曰：「生而不有，爲而不恃，長而不宰，是謂玄德。」莊子達生篇曰：「長而不宰。」郭注曰：「任其自長耳，非宰而長之。」淮南原道篇高注曰：「宰，主也。」○老子曰：「繩繩不可名，復歸於無物。」又曰：「玄之又玄，衆妙之門。」又曰：「道常無爲而無不爲。」又曰：「損之又損，以至於無爲，無爲而無不爲。」又曰：「我無爲而民自化。」○漢書禮樂志安世房中歌曰：「桂華馮馮翼翼。」顔注曰：「馮馮，盛滿也；翼翼，衆貌也。」○易繫辭上曰：「百姓日用而不知。」

○史記太史公自序述其父談論六家要指曰：「乃合大道，混混冥冥。」○老子曰：「夫萬物芸芸，各復歸其根。」莊子大宗師篇曰：「夫大塊載我以形，勞我以生，佚我以老，息我以死，故善吾生者，乃所以善吾死也。」○初學記道釋部引太玄真一本際經曰：「無宗無上，而獨能爲萬物之始，故名元始；運道一切爲極尊，而常處二清，出諸天上，故稱天尊。」隋書經籍志卷四曰：「道經者，云有元始天尊，生於太元之先，稟自然之氣，沖虛凝遠，莫知其極，所以説天地淪壞，劫數終盡，略與佛經同。以爲天尊之體，常存不滅，每至天地初開，或在玉京之上，或在窮桑之野，授以祕道，謂之開劫度人，然其開劫非一度矣。故有延康、赤明、龍漢、開皇，是其年號，其間相去經四十一億萬載。所度皆諸天仙上品，有太上老君、太上丈人、天真皇人、五方天帝及諸仙官，轉共承受，世人莫之豫也。」

暨乎蹩蹩爲仁，跛跛爲義。鴻臚傳小儒之具，緘縢爲大盜之術。堯禹生而天下火馳，姬孔出而羣方鼎沸。則有氤氳帝祖，發皓鬢於東周；兆朕皇輿，飛紫雲於西道。鳳交開景，返徐甲之營魂；龍光照天，杜宣尼之神氣。得一吹萬，有大造於蒼生；把十蹈五，樹靈基於寶祚。能使秦皇東指，見赤舄而長懷；漢帝北遊，望青煙而下拜。於是靈山水府，俱爲鍊玉之場；甲第離宮，多入空歌之地。青牛道士，按錦節於中都；白鹿仙人，列瑤壇於八表。乃劍門西拒，邛關南望。星橋對斗，像牛漢之秋横；月硤縈城，疑兔輪之曉落。

武騎遷昇之路，冠蓋雲飛；文翁講肆之堂，英靈霧集。巖開菌桂，蘊金碧之祥光；磵吐天桃，積神仙之粹氣。以上道教之興被於益州。

莊子馬蹄篇曰：「蹩躠爲仁，踶跂爲義，而天下始疑矣。」釋文曰：「蹩，步結反。李云：蹩躠、踶跂，皆用心爲仁義之貌。」禮記王制孔疏曰：「跛躃，謂足不能行。」案：此云「跛跛」，亦艱於行義之貌。○莊子外物篇曰：「儒以詩禮發冢。大儒臚傳曰：『東方作矣，事之何若？』小儒曰：『未解裙襦，口中有珠。』詩固有之曰：『青青之麥，生於陵陂。生不布施，死何含珠爲？』接其鬢，壓其顪，儒（王懷祖據藝文類聚寶玉部引校：「儒」當作「而」。）以金椎控其頤，徐別其頰，無傷口中珠。」釋文曰：「蘇林注漢書云：上傳語告下曰臚。」案：漢書百官公卿表曰：「典客，秦官，武帝更名大鴻臚。」注引應劭曰：「郊廟行禮讚九賓，鴻聲臚傳之也。」○莊子胠篋篇曰：「將爲胠篋探囊發匱之盜而爲守備，則必攝緘縢，固扃鐍，此世俗之所謂知也。然而巨盜至，則負匱揭篋擔囊而趨，惟恐緘縢扃鐍之不固也。然則鄉之所謂知者，不乃爲大盜積者也？」釋文曰：「廣雅云：緘、縢皆繩也。（釋器）」○莊子天地篇曰：「堯問於許由曰：『齧缺可以配天乎？』許由曰：『彼且乘人而無天，方且本身而異形，方且尊知而火馳。』」郭注曰：「賢者當位於前，則知見尊於後，奔競而火馳也。」又外物篇曰：「火馳而不顧。」（孫仲容札迻五謂「火」皆當作「穴」，恐未確。）又天地篇曰：「伯成子高辭爲諸侯而耕，禹往見之，子高曰：昔堯治天下，不賞而民勸，不罰而民畏，今子賞罰而民且不仁，德自此衰，刑自此立，後世之亂，自此始矣。」○蔡伯喈釋誨曰：「槃旋乎周孔之庭。」韋弘嗣博弈論曰：「姬公之才。」則稱周公爲姬公。漢書霍光傳曰：「今羣下鼎沸。」○神仙傳卷一曰：「老子者，名重耳，字伯陽，楚國苦縣曲仁里人也。其母感大流星而有娠。或曰母懷之七十二年乃生，生時剖母左腋而出，生而白首，故謂之老子。」拾遺記卷三曰：「老聃在周之末，居反景日室之山，與世人絕跡。」七籤卷一百二混元皇帝聖紀曰：「太上老君者，混元皇帝也，乃生於無始，起於無因，爲萬道之先，元氣之祖也。」又曰：「玄妙玉女生後八十一萬億八十一萬歲，三氣混沌，凝結變化，五色玄黃，大如彈丸，入玄妙口中，玄妙因吞之，八十一年，乃從左腋而生，生而白首，故號爲老子。老子者，老君也。此即道之身也，元氣之祖宗，天地之根本也。」易繫辭下曰：「天地絪縕，萬物化醇。」釋文曰：「絪，本又作『氤』，縕，本又作『氳』。」○淮南詮言篇許注曰：「朕，兆也。」離騷曰：「恐皇輿之敗績。」○史記老子韓非傳曰：「老子見周之衰，迺遂去。至關，關令尹喜曰：『子將隱矣，彊爲我著書。』於是老子迺著書上下篇，言道德之意五千餘言而去，莫知其所終。」集解引列仙傳曰：「關令尹喜者，周大夫也。善內學星宿，服精華，隱德行仁，時人莫知。老子西游，喜先見其氣，知真人當過，候物色而迹之，果得老子。」索隱引列仙傳曰：「老子西遊，關令尹喜望見其有紫氣浮關，而老子果乘青牛而過。」○鳳交蓋，指徐甲締婚事。神仙傳一曰：「老子有客徐甲，少賃於老子，約日雇百錢，計欠七百二十萬錢。甲見老子出關遊行，速索償不可得，乃倩人作辭詣官令，以言老子。而爲作辭者亦不知甲已隨老子二百餘年矣，唯計甲所應得直之多，許以女嫁甲。甲見女美，尤喜，遂通辭於尹。喜得辭大驚，乃見老子。老子問甲曰：『汝久應死，吾昔賃汝，爲官卑家貧，無有使役，故以太玄真生符與汝，以至今日，汝何以言吾？吾語汝，到安息國，固當以黃金計直還汝，汝何以不能忍？』乃使甲張口向地，其太玄真生符立出於地，丹書文字如新，甲成一叢枯骨矣。喜知老子神人，能復使甲生，乃爲甲叩頭請命，乞爲老子出錢還之，老子復以太玄符投之，甲立更生，喜即以錢二百萬與甲，遣之而去。」○老子曰：「載營魄抱一，能無離乎？」河上公注曰：「營魄，魂魄也。」楚辭遠遊曰：「載營魄而登霞兮。」王注曰：「抱我靈魂而上升也。」文選謝靈運石門新營所住詩曰：「得以慰營魂。」李善注引楚辭作「營魂」，又引鍾會老子注曰：「經護爲營。」法言脩身篇曰：「熒魂曠枯。」釋文引柳宗元曰：「熒，明也。熒魂，司見之用者也。」案：「熒」「營」字通。○莊子天運篇曰：「孔子見老聃歸，三日不談，弟子問曰：『夫子見老聃，亦將何規哉？』孔子曰：『吾乃今於是乎見龍，龍合而成體，散而成章，乘雲氣而養乎陰陽，予口張而不能脅，予又何規老聃哉？』」史記淮南王傳：「伍被曰：『徐福爲僞辭曰：至蓬萊山，有使者銅色而龍形，光上照天。』」左太沖詠史詩曰：「言論準宣尼。」○老子曰：「昔之得一者，天得一以清，地得一以寧，神得一以靈，谷得一以盈，萬物得一以生，侯王得一以爲天下貞。」莊子齊物論篇：「子綦曰：夫吹萬不同，而使其自已也。」○左傳成十三年：「吕相絕秦曰：是我有大造於西也。」杜注曰：「造，成也。」書益稷曰：「至于海隅蒼生。」○神仙傳一曰：「老子足蹈三五，手把十文。」○隋書音樂志中元會大饗歌辭曰：「延寶祚，眇無彊。」○列仙傳卷上曰：「安期先生者，瑯琊阜鄉人也。賣藥於東海邊，時人皆言千歲翁。秦始皇東遊，請見，與語三日三夜，賜金璧度數千萬。出於阜鄉亭，皆置去。留書以赤玉舄一量爲報。」○史記封禪書曰：「天子遂東，始立后土祠汾陰脽丘，如寬舒等議。上親望拜，如上帝禮。禮畢，天子遂至滎陽而還。」又曰：「上遂郊雍，至隴西，西登崆峒，幸甘泉。令祠官寬舒等具太一祠壇，天子始郊拜太一。」○左太沖吴都賦曰：「首冠靈山。」鮑明遠河清頌曰：「水府清涓。」○鮑明遠從庾中郎遊園山石室詩曰：「至哉鍊玉人，處此長自畢。」○漢書霍光傳曰：「甲第一區。」高帝紀注引孟康曰：「有甲乙次第，故曰第也。」司馬長卿上林賦曰：「離宮別館，彌山跨谷。」○昇之贈李榮道士詩云：「空歌迥易分。」○神仙傳卷十曰：「封衡，字君達，隴西人也。遇魯女生，授還丹訣及五嶽真形圖，遂周遊天下，故山官水神，潛相迎伺，常駕一青牛，人莫知其名，因號青牛道士。」○昇之贈李榮道士詩曰：「錦節銜天使。」七籤卷五經教相承部曰：「宋廬山簡寂陸先生，諱脩静。門徒得道者，孫遊嶽、李果之最著。後孔德璋與果之書論先生云：先生道冠中都，化流東國。」史記平準書索隱曰：「中都猶都内也。」○神仙傳卷八曰：「衞叔卿者，中山人也。服雲母得仙。漢元封二年八月壬辰，孝武皇帝閒居殿上，忽有一人乘雲車，駕白鹿，從天而下，來集殿前。帝乃驚問曰：『爲誰？』答曰：『吾中山衞叔卿也。』」又卷十曰：「魯女生，長樂人。入華山，去後五十年，先相識者逢女生華山廟前，乘白鹿，從玉女三十人，並令謝其鄉里故人。」○後漢書方術傳序曰：「神經怪牒，玉策金繩，關扃於明靈之府，封縢於瑶壇之上者，靡得而窺也。」太上老君開天經曰：「八表之外，漸漸始分。」○水經漾水注曰：「清水又東南逕小劍戍北，西去大劍三十里，連山絶險，飛閣通衢，故謂之劍閣也。」元和志曰：「劍南道劍州普安縣：大劍山，亦曰梁山，在縣北四十九里，姜維還保劍門以拒鍾會，即此也。劍門縣：梁山，在縣西南二十四里，即劍門山也。」清統志曰：「四川保寧府：大劍山，在劍州北，即古梁山也。又有小劍山，與大劍山相屬。劍門關，在劍州東北（今改劍閣縣），即劍閣道也。」○漢書王尊傳曰：「至邛郲九折阪。」注引應劭曰：「在蜀郡嚴道縣。」臣瓚曰：「郲，山名也。」元和志曰：「劍南道雅州榮經縣：邛來山，在縣西五十里；九折坂，在縣西八十里；邛來鎮，在縣西南八十七里。」太平寰宇記曰：「劍南西道雅州榮經縣：邛郲關，在縣西南七十里，隋大業十年置。」清統志曰：「四川雅州府：邛郲關，在榮經縣西。」○華陽國志蜀志曰：「郡治少城西南兩江有七橋，直西門郫江中沖治橋，西南石牛門曰市橋，城南曰江橋，南渡流曰萬里橋，西上曰夷里橋，上曰笮橋，從沖治橋西出折曰長昇橋，郫江上西有永平橋。長老傳言李冰造七橋，上應七星。故世祖謂吴漢曰：安軍置在七星閒。」○牛漢，見王子安上武侍極啓注。○華陽國志巴志曰：「其郡東枳有明月硤。」太平寰宇記曰：「山南西道渝州巴縣：明月峽，在縣東北八十里。李膺益州記云：廣陽州東七里水南有遮要三槌石，石東二里至明月峽，峽首南岸壁高四十丈，其壁有圓孔形若滿月，因以爲名。」清統志曰：「四川重慶府：明月峽，在巴縣東北。」案：巴縣去成都頗遠，此蓋借用耳。

○初學記天部上引五經通義曰：「月中有兔與蟾蠩何？月，陰也；蟾蠩，陽也。而與兔并明，陰係于陽也。」江總持芳林園大淵池銘曰：「夜浪浮金，疑月輪之馳水府。」庾子山象戲賦曰：「月輪新滿。」○華陽國志蜀志曰：「郡城北十里有昇仙橋，橋有送客觀。司馬相如初入長安，題市門曰：不乘赤車駟馬，不過汝下也。」水經江水注作「高車駟馬」。太平寰宇記曰：「劍南西道益州成都縣：昇遷橋，在縣北十里。」引華陽國志亦作昇遷橋。史記司馬相如傳曰：「相如以貲爲郎，事孝景帝爲武騎常侍，非其好也。」○班孟堅西都賦曰：「冠蓋如雲。」○漢書循吏傳曰：「文翁爲蜀郡守，見蜀地辟陋，乃選郡小吏開敏有才者，遣詣京師受業博士，又修起學官於成都中，招下縣子弟以爲學官弟子。」華陽國志蜀志曰：「始文翁立文學精舍講堂，作石室（一作「玉室」），在城南。永初後，堂遇火，太守陳留高朕更脩立，又增造二石室。」寰宇記曰：「成都縣：文翁學堂，一名周公禮殿。任豫云：『其欒櫨節制，猶古建。堂基高六尺，夏屋三間，皆畫古人之像及禮器瑞物。堂西有二石。』李膺記云：『後漢中平中，火延學觀，廂廊一時蕩盡，惟此堂熛焰不及。構制雖古，巧盡特奇。』」○隋書文學傳序曰：「江漢英靈。」曹子建遊觀賦曰：「會如霧聚。」○文選蜀都賦曰：「菌桂臨崖。」劉淵林注引神農本草經曰：「菌桂圓如竹。」又曰：「其樹則木蘭梫桂。」李善注曰：「梫桂，木桂也。」案：離騷曰：「雜申椒與菌桂兮。」洪慶善補注曰：「菌音窘，本草有菌桂，花白蕊黃，正圓如竹菌。一作『箘』，其字從竹。」朱豐芑補注曰：「菌讀爲麕。箘桂，桂梫也，今肉桂也。凡經傳言桂，皆非今之木犀。唐以後始名木犀爲桂花。」○文選蜀都賦曰：「金馬騁光而絕景，碧雞儵忽而曜儀。」劉淵林注曰：「地理志曰：『金馬、碧雞，在越嶲青蛉縣禺同山（見王子安淨惠寺碑注）。漢宣帝時，方士言益州有金馬、碧雞之神，則以醮祭而致也。（致，原作「置」，今依漢書王襃傳訂。）宣帝使諫議大夫王襃持節而求之，襃道卒，竟不能致也。』」○列仙傳卷上曰：「葛由者，羌人也。周成王時，好刻木羊賣之，一旦乘羊而入西蜀，蜀中王侯貴人追之上綏山。綏山多桃（二字據搜神記卷一增），在峨眉山西南，高無極也。隨之者不復還，皆得僊道。故里諺曰：『得綏山一桃，雖不能僊，亦足以豪。』山下立祠數十處云。」案：夭桃，見朱少連陳後主論注。

至真觀者，隋開皇二年之所立也。尋屬煬帝驕淫，蜀王奢僭。冕旒多事，有慙七聖之遊；几杖不朝，未遑八僊之術。紫臺初構，霜露霑衣；碧洞新開，蓬萊變海。僊居制度，與雲雷而共屯；象帝威儀，將市朝而猶梗。以上隋立觀後，旋遭喪亂。

開皇，隋文帝年號。○隋書煬帝紀曰：「煬皇帝諱廣，一名英，高祖第二子也。自高祖大漸，暨諒闇之中，烝淫無度。山陵始就，即事巡遊。以天下承平日久，士馬全盛，慨然慕秦皇、漢武之事，乃盛治宮室，窮極侈靡。六軍不息，百役繁興，東西游幸，靡有定居。天下土崩，至於就擒，而猶未之寤也。」○隋書文四子傳曰：「庶人秀，高祖第四子。開皇元年，立爲越王，未幾徙封於蜀，拜柱國、益州刺史、總管二十四州諸軍事。二年，進位上柱國，歲餘而罷。十二年，又爲內史令、右領軍大將軍，尋復出鎮於蜀。秀漸奢侈，違犯制度，車馬被服，擬於天子。及太子勇以讒毀廢，晉王廣爲太子，秀意甚不平，皇太子陰令楊素譖之。仁壽二年，徵還京師，付執法者，下詔數其罪。煬帝即位，禁錮如初。」○東方曼倩客難曰：「冕而前旒，所以蔽明。」又見大戴禮子張問入官篇。○莊子徐無鬼曰：「黃帝將見大隗乎具茨之山，方明爲御，昌寓驂乘，張若、謵朋前馬，昆閽、滑稽後車，至於襄城之野，七聖皆迷。」○史記吳王濞傳曰：「於是天子賜吳王几杖，老不朝。」○神仙傳卷四曰：「漢淮南王劉安折節下士，天下道書及方術之士，不遠千里，卑辭重幣請致之。於是乃有八公詣門，皆鬚眉皓白，門吏先密以白王。王使閽人自以意難問之曰：『我王欲求延年長生不老之道，今先生年已耆矣，似無駐衰之術。』八公笑曰：『薄吾老，今則少矣。』言未竟，八公皆變爲童子，年可十四五，角髻青絲，色如桃花。門吏大驚，走以白王。王聞之，足不履跣而迎，執弟子之禮。八童子乃復爲老人，告王曰：『余雖復淺識，備爲先學，吾一人能坐致風雨，立起雲霧，畫地爲江河，撮土爲山嶽。一人能崩高山，塞深泉，收束虎豹，召致蛟龍，使役鬼神。一人能分形易貌，坐存立亡，隱蔽六軍，白日爲暝。一人能乘雲步虛，越海陵波，出入無閒，呼吸千里。一人能入火不灼，入水不濡，刃射不中，冬凍不寒，夏曝不汗。一人能千變萬化，恣意所爲，禽獸草木，萬物立成，移山駐流，行宫易室。一人能煎泥成金，凝鉛爲銀，水鍊八石，飛騰流珠，乘雲駕龍，浮於太清之上。在王所欲。』安乃日夕朝拜，供進酒脯，各試其向所言，無有不效。」○文選恨賦李善注曰：「紫臺猶紫宫也。」御覽道部十六引登真隱訣曰：「上清之境，有丹城紫臺，上皇大帝君王尊集處。」○史記淮南王傳：「伍被曰：今臣亦見宫中生荆棘，露霑衣也。」魏文帝善哉行曰：「霜露沾衣。」○王子安九成宫頌曰：「丹谿碧洞，吐納虹霓。」○蓬萊變海，見楊炯羣官尋楊隱居序注。○易屯象傳曰：「雲雷屯。」○老子曰：「吾不知誰之子，象帝之先。」王輔嗣注曰：「帝，天帝也。」○梁武帝移京邑檄曰：「天邑猶梗。」

皇家纘戎牝谷，乘大道而驅除；盤根瀨鄉，擁真人之閥閲。高祖以汾陽如雪，當金闕之上仙；太宗以崆山順風，屬瑶京之下視。我皇帝凝旒紫閣，懸鏡丹臺。運璇極而正乾坤，坐閶陽而調風雨。變銅渾於九洛，鱗羽登歌；鳴玉鑾於四清，煙霞變色。焚符破璽，更聞繩燧之初；剖斗折衡，重覩人倫之治。銀書紀岱，登日觀以論功；玉牒封梁，下雲丘而校美。千齡胎化，申以駕羽之期；萬歲巖音，獻以華封之壽。耕田鑿井者不知自然，鼓腹擊壤者不知帝力。嗚呼！豈非道風幽贊之效歟！乃迴輿詔蹕，親幸譙谷。奉策老君爲太上皇帝，仍令天下諸州各立觀一所。於是碧樓三襲，上接虹蜺；絳闕九成，下交星雨。乘雲御氣，日夕於闕山；薦璧投金，歲時於岳瀆。以上唐興，尊崇道教。

詩韓奕曰：「纘戎祖考。」老子曰：「谷神不死，是謂玄牝。」○史記秦楚之際月表序曰：「向秦之禁，適足以資賢者爲驅除難耳。」○史記老子韓非傳曰：「老子者，楚苦縣厲鄉曲仁里人也。」正義曰：「厲音賴，晉太康地記云：苦縣城東有瀨鄉祠，老子所生地也。」水經陰溝水注曰：「渦水逕苦縣故城南，又東北屈至賴鄉西，谷水注之。谷水又東逕苦縣故城中，又東逕賴鄉城南，谷水自此東入渦水。渦水又北逕老子廟東，廟前有二碑，在南門外。漢桓帝遣中官管霸祠老子，命陳相邊韶撰文。又北渦水之側，有李母廟，廟在老子廟北，廟前有李母冢，冢東有碑，是永興元年譙令長沙王阜所立。碑云『老子生于曲渦間』。渦水又屈東逕相縣故城南，其城卑小實中，邊韶老子碑文云：『老子，楚相縣人也。相縣虛荒，今屬苦，故城猶存，在賴鄉之東，渦水處其陽。』疑即此城也。」元和志曰：「河南道宋州真源縣：本楚之苦縣。乾封元年，高宗幸瀨鄉，以玄元皇帝生於此縣，遂改爲真源縣。玄元皇帝祠在縣東十四里。」清統志曰：「河南歸德府：賴鄉城，在鹿邑縣東十里，亦名厲鄉。」○莊子大宗師篇曰：「不以心捐道，不以人助天，是之謂真人。」刻意篇曰：「能體純素，謂之真人。」史記高祖功臣侯年表序曰：「古者人臣，功有五品。明其等曰伐，積日曰閱。」漢書車千秋傳曰：「千秋無伐閱功勞。」顏注曰：「伐，積功也；閱，經歷也。」案：閥，後出字（說文大徐新附），古止作「伐」。又案：唐會要卷十五曰：「武德三年五月，晉州人吉善行於羊角山見一老叟，乘白馬朱鬣，儀容甚偉，曰：『爲吾語唐天子：吾汝祖也，今年平賊後，子孫享國千歲。』高祖異之，乃立廟於其地。乾封元年三月二十日，追尊老君爲太上玄元皇帝。」○舊唐書高祖本紀曰：「高祖姓李氏，諱淵，其先隴西狄道人，涼武昭王暠七代孫也。大業十三年，爲太原留守。十一月，立代王侑爲天子，改元爲義寧。二年五月，隋帝遣奉皇帝璽綬于高祖。甲子，即皇帝位於太極殿，改隋義寧二年爲唐武德元年。」○莊子逍遥遊曰：「藐姑射之山，有神人居焉，肌膚若冰雪，淖約若處子。」又曰：「堯往見四子藐姑射之山，汾水之陽，窅然喪其天下焉。」○神仙傳一曰：「老子，或云下三皇時爲金闕帝君。」七籤卷三道教本始部曰：「太清境有九仙，一上仙，二高仙，三大仙，四玄仙，五天仙，六真仙，七神仙，八靈仙，九至仙。最上一天名曰大羅，在玄都玉京之上，紫微金闕，七寶騫樹，麒麟師子，化生其中。」○舊唐書太宗本紀曰：「太宗諱世民，高祖第二子也。武德九年六月甲子，立爲皇太子。八月癸亥，高祖傳位於皇太子。太宗即位於東宮顯德殿。」○莊子在宥篇曰：「黄帝立爲天子十九年，聞廣成子在於空同之上，故往見之。廣成子南首而卧，黄帝順下風膝行而進。」御覽皇王部四引作崆峒。○枕中書曰：「元始天王，在天中心之上，名之曰玉京山，山中宫殿並金玉飾之。」○我皇帝，各本「我」作「武」，蓋傳寫之誤。此文撰於儀鳳二年，當高宗時，不應用武后革唐時稱也。舊唐書高宗本紀曰：「高宗諱治，太宗第九子也。貞觀十七年，立爲皇太子。二十三年五月己巳，太宗崩。六月甲戌朔，皇太子即皇帝位。咸亨五年秋八月，皇帝稱天皇，皇后稱天后，改咸亨五年爲上元元年。三年十一月，改爲儀鳳元年。」○陸士龍喜霽賦曰：「曜六龍於紫閣。」○梁簡文帝謝敕賚中庸講疏啓曰：「未有懸鏡獨曉，仰均神鑒。」藝文類聚靈異部上引真人周君傳曰：「羨門子曰：子名在丹臺玉室之中，何憂不仙？」○史記天官書曰：「北斗七星，所謂『璇璣玉衡，以齊七政』。」楊子雲長楊賦曰：

「高祖奉命，順斗極，運天關。」御覽天部五引春秋運斗樞曰：「北斗，第一天樞，第二璇，第三璣，第四權，第五玉衡，第六闓陽，第七瑶光。」禮記曲禮上孔疏、藝文類聚天部上、史記天官書索隱、後漢書張衡傳思玄賦章懷注、文選思玄賦李善注引皆作「開陽」。「開」「闓」字通。○書舜典孔疏曰：「蔡邕天文志云：『言天體者有三家，一曰周髀，二曰宣夜，三曰渾天。宣夜絶無師説，周髀術數具在，考驗天象，多所違失，故史官不用。唯渾天者近得其情，今史所用候臺銅儀，則其法也。』楊子法言云：『或問渾天，曰：洛下閎營之，鮮于妄人度之，耿中丞象之，幾乎幾乎，莫之能違也。』（重黎篇）閎與妄人，武帝時人。宣帝時，司農中丞耿壽昌始鑄銅爲之象，史官施用焉。後漢張衡作靈憲以説其狀，蔡邕、鄭玄、陸績、吴時王蕃、晉世姜岌、張衡、葛洪皆論渾天之義，並以渾説爲長。江南宋元嘉年，皮延宗又作是渾天論；太史丞錢樂鑄銅作渾天儀，傳於齊、梁。周平江陵，遷其器於長安，今在太史書矣。」（盧召弓謂「書」當作「署」，阮伯元謂當作「臺」。）舊唐書天文志曰：「貞觀初，直太史李淳風言：『靈臺候儀，是後魏遺範，法制疏略，難爲占步。』太宗因令淳風改造渾儀，鑄銅爲之。至七年造成，太宗令置於凝暉閣，以用測候。既在宫中，尋而失其所在。」案：新唐書天文志、唐會要卷四十二，與舊志略同。據此文，似高宗時復有修銅渾之事，特史不具耳。莊子天運篇：「巫咸祒曰：九洛之事，治成德備，監照下土，天下戴之，此謂上皇。」成玄英疏曰：「九洛之事者，九州聚落之事也。」吕吉甫（惠卿）注曰：「九洛即洛書九疇。」（見莊子翼）案：吕説似近之。然武后高宗哀册文曰：「背九洛而移馭，儀八川而從蹕。」李巨山詠洛詩曰：「九洛韶光媚，三川物候新。」是九洛即指洛水。○大戴禮易本命曰：「有羽之蟲三百六十，而鳳皇爲之長；有鱗之蟲三百六十，而蛟龍爲之長。」漢書禮樂志郊祀歌曰：「鸞路龍鱗，罔不肸飾。」又曰：「氣遠條鳳鳥鶣。」又曰：「吾知所樂，獨樂六龍。」鮑明遠河清頌曰：「書史登歌。」○離騷曰：「鳴玉鸞之啾啾。」説文曰：「鑾，人君乗車四馬四鑣，八鑾鈴，象鸞鳥之聲，聲龢則敬也。」案：經傳多借「鸞」字爲之。河清頌曰：「奚斯、吉甫之徒，鳴玉鸞於前。」真靈位業圖，玉清宫有下元宫高清四元君，四清疑指此。（樂有二變四清之分，與此無關。）○莊子胠篋篇曰：「焚符破璽而民朴鄙，掊斗折衡而民不争。」○易繫辭下曰：「上古結繩而治。」藝文類聚帝王部一引禮含文嘉曰：「燧人始鑽木取火，炮生爲熟，令人無腹疾，遂天之意，故爲燧人。」○班孟堅東京賦曰：「四海之内，更造夫婦，肇有父子，君臣初建，人倫寔始，斯乃伏羲氏之所以基皇德也。」○白虎通封禪篇曰：「王者易姓而起，必升封泰山何？報告之義也。始受命之日，改制應天，天下太平，功成封禪，以告太平。所以必於泰山者何？萬物之始，交代之處也。或曰『封者金泥銀繩』，或曰『石泥金繩，封之以印璽』。」巡狩篇曰：「東方爲岱宗者，言萬物更相代於東方也。」○水經汶水注曰：「應劭漢官儀云：『泰山東南山頂名曰日觀。日觀者，雞一鳴時，見日始欲出，長三丈許，故以名焉。』」○史記封禪書曰：「天子至梁父，禮祠地主。乙卯，令侍中儒者，皮弁薦紳，射牛行事，封太山下東方，如郊祠太一之禮，封廣丈二尺，高九尺，其下則有玉牒書，書祕。」白虎通封禪篇曰：「梁甫者，泰山旁山名，三王禪於梁甫之山。梁者信也，甫者輔也，信輔天地之道而行之也。」元和志曰：「河南道兖州乾封縣：泰山，一名岱宗，在縣西北三十里。泗水縣：梁父山，在縣北八十里。」清統志曰：「山東泰安府：泰山，在泰安縣北五里；梁父山，在府南一百十里，新泰縣西四十里。」○史記封禪書曰：「封禪祠，其夜若有光，晝有白雲起封中。」東都賦曰：「案六經而校德，眇古昔而論功。」舊唐書高宗紀曰：「麟德三年春正月戊辰朔，車駕至泰山頓。是日親祀昊天上帝於封祀壇，以高祖、太宗配饗。己巳，帝昇山行封禪之禮。庚子，禪於社首，祭皇地祇，以太穆太皇太后、文德皇太后配饗，皇后爲亞獻，越國太妃燕氏爲終獻。辛未，御降禪壇。壬申，御朝壇受朝賀，改麟德三年爲乾封元年。」○文選舞鶴賦曰：「偉胎化之仙禽。」李善注引相鶴經曰：「鶴千六百年飲而不食，蓋羽族之宗長，仙人之騏驥也。」案：千齡胎化，以仙人控鶴爲喻，故下借人皇駕六羽以喻鶴駕；萬歲巖音，則以山呼萬歲爲喻也。○御覽皇王部三引春秋命歷序曰：「人皇氏九頭，駕六羽，乘雲車，出谷口。」又引三五歷記曰：「有神聖人九頭，號人皇。」馬總云：一百六十五代，合四萬五千六百年。」○封禪書曰：「遂東幸緱氏，禮登中岳太室，從官在山下，聞若有言萬歲云。」○莊子天地篇曰：「堯觀乎華，華封人曰：『嘻，聖人！請祝聖人，使聖人壽。』」○擊壤，見樂府雜詩序注。老子曰：「道法自然。」莊子馬蹄篇曰：「夫赫胥氏之時，民居不知所爲，行不知所之，含哺而熙，鼓腹而遊。」○易説卦傳曰：「幽贊於神明而生蓍。」○梁武帝登北顧樓詩曰：「迴輿暫遊識。」周禮夏官隸僕注引鄭司農曰：「蹕謂止行者清道，若今時儆蹕。」沈初明從駕送軍詩曰：「詔蹕水祇驚。」○舊唐書高宗紀曰：「乾封元年二月己未，次亳州，幸天君廟，追號曰太上玄元皇帝，創造祠堂，其廟置令、丞各一員。改谷陽縣爲真源縣，縣内宗姓特給復一年。」元和志曰：「河南道亳州：春秋時爲陳之焦邑，漢爲譙縣。」又曰：「譙縣：漢舊縣，屬沛郡。晉屬譙郡。後魏無譙縣，有小黄縣。隋大業二年，改小黄縣爲譙縣。三年，以亳州爲譙郡，縣仍屬焉。」又曰：「真源縣：本楚之苦縣，漢苦縣屬陳國，晉屬梁郡，成帝更名谷陽。乾封元年，高宗幸瀨鄉，以玄元皇帝生於此，遂改爲真源縣。」則譙谷即謂譙郡之谷陽也。「譙」一作「樵」，「谷」一作「若」，皆誤。○鮑明遠中興歌曰：「碧樓含夜月。」爾雅釋山曰：「山三襲陟。」郭注曰：「襲亦重。」梁元帝玄覽賦曰：「變青門之三襲。」○班孟堅西都賦曰：「虹霓迴帶於棼楣。」案：「蜺」「霓」字同。○孫子荆遺孫皓書曰：「稽顙絳闕。」吕覽音初篇曰：「有娀氏有二佚女，爲之九成之臺。」高注曰：「成猶重也。」○莊子逍遥遊篇曰：「乘雲氣。」又曰：「御六氣之辯。」（辯，「變」之通借字。）○通典吉禮五曰：「武德、貞觀之制，五岳、四鎮、四海、四瀆，年別一祭。」案：此謂五岳四瀆之地，皆立有玄元廟，歲時致祭也。爾雅釋詁曰：「薦，進也。」薦璧之制，見于祭禮，而投金無聞。吴越春秋言伍子胥投金于水，與此亦不合，蓋投金指捐金興作及布施言耳。

此觀地當樞要，任切會昌。南鄰覆錦之城，西逼吞珠之界。使星連注，皇華結轍。既而緑地榛蕪，朱宫板蕩。非夫位膺金策，名載瓊軒，爲紫帝之羣賓，列黄庭之上格，孰能居此？棟梁平圃，丹雘長樓，大開流電之庭，廣制明霞之宇。以上至真觀亟待主持。

宋書謝莊傳：「大明三年，下詔曰：兼選曹樞要，歷代斯重。」全唐文「樞」作「極」。○蜀志秦宓傳曰：「蜀有汶阜之山，江出其腹，帝以會昌，神以建福。」裴注引河圖括地象曰：「岷山之地，上爲東井絡，帝以會昌，神以建福。」蜀都賦曰：「天地運期而會昌。」○華陽國志蜀志曰：「夷里橋道西城，故錦官也。錦工織錦，濯其中則鮮明，他江則不好，故名曰錦里也。」元和志曰：「劍南道成都府成都縣：錦城，在縣南一十里，故錦官城也。」○蜀志秦宓傳：「宓曰：禹生石紐，今之汶山郡是也。」裴注引帝王世紀曰：「鯀納有莘氏女曰志，是爲修己。上山行，見流星貫昴，夢接意感，又吞神珠，臆圮胸坼，而生禹於石紐。」（史記夏本紀正義、御覽皇王部七引「臆圮」並作「薏苡」。）又引譙周蜀本紀曰：「禹本汶山廣柔縣人也，生於石紐，其地名刳兒坪。見世帝紀。」史記夏本紀正義引括地志曰：「茂州汶川縣：石紐山，在縣西七十三里。」清統志曰：「四川茂州：石紐村，在汶川縣西北。」○後漢書方術李郃傳曰：「善河洛風星，縣召署幕門吏。和帝即位，分遣使者，皆微服單行，各至州縣，觀採風謡。使者二人，當到益部，投郃候舍。時夏夕露坐，郃因仰觀，問曰：『二君發京師時，寧知朝廷遣二使耶？』二人問何以知之，郃指星示云：『有二使星向益州分野，故知之耳。』」秦策四高注曰：「注，屬也。」○詩序曰：「皇皇者華，君遣使臣也。」漢書文帝紀：「後元二年，匈奴和親。詔曰：故遣使者，冠蓋相望，結轍于道。」○梁武帝守護晉宋齊諸陵詔曰：「時事浸遠，宿草榛蕪。」○後漢書楊賜傳：「賜乃書對曰：不念板蕩之作。」章懷注曰：「詩大雅序曰：板，凡伯刺厲王也；蕩，召穆公傷周室大壞也。」○御覽道部十四引茅盈傳曰：「盈命飆車，與二弟詣青州，請書名金簡。」又十五引紫書金根經曰：「凡學者勤尚苦志，則玉皇三元、東華太上，當遣真人，授其真經，後聖衆莫不先奏金簡于東華，投玉札于上清，然後得授大洞真經。」七籤卷九三洞經教部釋洞真中黃老君八道祕言經：「赤松子曰：此經或名八道金策。」○沈初明林屋館碑曰：「瓊軒雲構。」○周禮大宗伯賈疏引春秋元命包曰：「紫微宮爲大帝。」○黃庭經曰：「上有黃庭，下有關元。」○西山經曰：「槐江之山，實惟帝之平圃。」郭注曰：「即玄圃也。」○書梓材曰：「惟其塗丹雘。」釋文引馬融曰：「雘，善丹也。」世説新語言語篇：「顧長康曰：遥望層城，丹樓如霞。」○神異經曰：「東荒山中有大石室，東王公居焉，恒與一玉女投壺，每投千二百矯，矯出而脱誤不接者，天爲之笑。」注曰：「言笑者，天口流火炤灼，今天上不雨而有電光，是天笑也。」○十洲記曰：「崑崙又有墉城金臺玉樓，碧玉之堂，瓊華之室，紫翠丹房，雲錦燭日，朱霞九光，西王母之所治也。」

觀主三洞法師，姓黎諱某，廣漢雒人也。金天命秩，即有天地之官；火正分司，實掌羲和之任。夏殷之際，代爲伯相。或食邑於魯，或書社於衞，故魯之黎城，衞之黎陽，即其地也。魏晉之交，或立功於吴，剖符於蜀。在吴者，其後封於壽春，黎將故城有黎氏之墓，石文石闕之字在焉。在蜀，苻堅時奉爲蜀郡太守，北齊時練山爲益州刺史，故子孫因家於蜀。法師，練山之六代孫也。祖宗，父泉，並爲州郡都主簿平正之職。任文公之好智，固讓朝恩；秦子整之多才，終從郡辟。禮儀體制，鄉校取式於公曹；獄訟章程，府主責成於平正。時無留事，復聞坐嘯之談；野有讓耕，重聽行歌之樂。以上法師之先世。

雲笈七籤卷六三洞經教部引道門大論曰：「三洞者，洞言通也，通玄達妙，其統有三，故云三洞。第一洞真，第二洞玄，第三洞神，乃三景之玄旨，八會之靈章，鳳篆龍書，金編玉字，修服者因茲入悟，研習者得以還原。」唐六典卷四曰：「道士修行有三號，一曰法師，二曰威儀師，三曰律師。」○漢書地理志廣漢郡有雒縣。元和志曰：「劍南道漢州雒縣：本漢舊縣也，屬廣漢郡，南有雒水，因以爲名，隋開皇二年屬益州。」清統志曰：「四川成都府：雒廢縣，在漢州北（今改廣漢縣）。」○楚語下：「觀射父曰：『少皞之衰也，九黎亂德，顓頊受之，乃命南正重司天以屬神，命火正黎司地以屬民，使復舊常，無相侵瀆。其後三苗復九黎之德，堯復育重黎之後，不忘舊者，使復典之，以至于夏、商，故重黎氏世敍天地，而别其分主者也。』」史記太史公自序曰：「昔在顓頊，命南正重以司天，火正黎以司地。唐虞之際，紹重黎之後，使復典之，至于夏、商，故重黎氏世序天地。」又楚世家曰：「楚之先祖，出自帝顓頊高陽，高陽生稱，稱生卷章，卷章生重黎，重黎爲帝嚳高辛居火正，甚有功能，光融天下，帝嚳命曰祝融。共工氏作亂，帝嚳使重黎誅之而不盡，帝以庚寅日誅重黎，而以其弟吳回爲重黎後，復居火正爲祝融。」左傳昭二十九年：「蔡墨曰：木正曰句芒，火正曰祝融，少皞氏有四叔，曰重、曰該、曰脩、曰熙，使重爲句芒。顓頊氏有子曰犂，爲祝融。」

禮記月令鄭注曰：「祝融，顓頊氏之子。黎爲火官。」藝文類聚帝王部一引帝王世紀曰：「少皞號金天氏。」案：重、黎分司天地，在顓頊之世，左傳所言祝融之犂即黎，亦顓頊氏之子，（説者以爲即稱者，殆是也。）與少皞四叔之重無關。此云「金天命秩」，似小誤。又案：羲和即重黎後。吕氏春秋察傳篇曰：「孔子曰：昔者舜欲以樂傳教於天下，乃令夔舉重黎於草莽之中而進之。」法言重黎篇曰：「羲近重，和近黎。」皆其證。又案：史記自序，重、黎爲二人；楚世家，重黎爲一人，後儒多譏之。楚世家索隱引劉伯莊曰：「少昊氏之後曰重，顓頊之後曰重黎。對彼重則單稱黎，若自言當家，則稱重黎。故楚及司馬氏皆重黎之後，非關少昊之重。」其辨最爲明晰。（詁經精舍文集卷二：「陶定山曰：楚世家重黎既爲稱孫，稱是顓頊子，疑稱即是左傳之犂，高辛氏重黎能繼之，故亦稱黎，如共公、夷羿之類，恐混爲一，故加『重』字以別之，與句芒之重無與也。」其説亦自有見，故附識之。）○史記楚世家曰：「吴回生陸終，陸終生子六人，一曰昆吾，三曰彭祖。昆吾氏，夏之時嘗爲侯伯；彭祖氏，殷之世嘗爲侯伯。」○漢書高帝紀：「五年，詔曰：其七大夫以上，皆令食邑。」○史記孔子世家曰：「楚昭王將以書社地七百里封孔子。」集解引服虔曰：「書，籍也。」○漢書地理志東郡黎縣注引孟康曰：「詩黎侯國，今黎陽也。」臣瓚曰：「黎陽在魏郡，非黎縣也。」顔曰：「瓚説是。」水經瓠子河注曰：「瓠河又東逕黎縣故城南，世謂黎侯城，昔黎侯寓於衛，詩所謂『胡爲乎泥中』（式微），毛云：『泥中，邑名。』疑此城也。」元和志：「河南道鄆州鄆城縣：黎丘，在縣西四十五里，春秋時黎侯寓於衛，因以爲名。」清統志曰：「山東曹州府：黎縣故城，在鄆城縣西。左傳哀公十一年，衛太叔疾置其妻娣於犂。『犂』『黎』古字通也。」步瀛案：左哀十一年杜注曰：「犂，衛邑。」此云魯之黎城，恐誤。魯未聞別有黎城也，豈以黎近鄆城，鄆爲魯西邑（成四年杜注），遂並以黎城屬魯歟？○漢書地理志魏郡黎陽縣注引晉灼曰：「黎山在其南，河水經其東，其山上碑云『縣取山之名，取水之陽，以爲名』。」水經淇水注曰：「淇水又東歷枋堰，舊淇水口，東流逕黎陽縣界南入河。」清統志曰：「河南衛輝府：黎陽城，在濬縣東北。」○史記高祖本紀曰：「六年，乃論功，與諸列侯剖符行封。」○在吴者其後封壽春，事亦無考。通典州郡典十一曰：「壽州，戰國時楚地，楚考烈王東徙壽春，命曰郢，即此地也。秦爲九江郡。漢高帝更名淮南國，武帝復爲九江郡，後漢因之，兼置揚州。魏曰淮南郡，仍舊揚州爲重鎮。三國時，江淮爲戰爭之地，其間數百里無復人居。」壽春縣注曰：「漢舊縣。」清統志曰：「安徽鳳陽府：壽春故城，今壽州治（今改縣）。」○黎將，疑即「黎漿」。水經肥水注曰：「陂水北逕孫叔敖祠下，謂之芍陂瀆。又北分爲二水，一水東注黎漿水，黎漿水東逕黎亭南。文欽之叛，吴軍北入，諸葛緒拒之于黎漿（見魏志鄧艾傳），即此水也。東注肥水，謂之黎漿水口。」清統志曰：「鳳陽府：古黎漿亭，在壽州東南。」○十六國春秋前秦録曰：「苻堅，字永固，僭稱大秦天王，即位太極殿，改壽光三年爲永興元年。」案：奉，張本作「秦」，誤。今依全唐文。然黎奉事亦未詳。○北齊無益州，疑北周之譌。此文所敍，蓋據黎氏家牒，徵之史策，多不足信。○通典職官典十四曰：「州之佐史主簿一人，録門下衆事，省署文書，漢制也。歷代至隋皆有。」又曰：「中正，陳勝爲楚王，以朱房爲中正，而不言職事。兩漢無聞。魏司空陳羣以天臺選用，不盡人才，擇州之才優有昭鑒者，除爲中正，自拔人才，銓定九品，州郡皆置。吴有大公平，亦其任也。晉宣帝加置大中正，故有大小中正，其用人甚重。齊梁亦重焉。後魏有之，北齊郡縣皆有，其本州中正，以京官爲之。隋有州都，其任亦重。」注曰：「晉王廣爲雍州牧，司空楊素、太僕高熲，並爲州都。」案：之職，各本誤作「七職」；「職」字下又衍「之」字，今正。其「州郡」下之「都」字疑衍，「平正」疑當作「中正」，涉下文「平正」而誤，以義尚可通，又無他本可證，姑仍之。○後漢書方術傳上曰：「任文公，巴郡閬中人也。以占術馳名，辟司空掾。平帝即位，稱疾歸家。王莽篡後，文公推數，知當大亂，遂奔子公山，十餘年不被兵革。公孫述時，蜀武擔石折，文公曰：『噫，西州智士死，我乃當之。』後三月果卒，故益部爲之語曰：『任文公，智無雙。』」案：各本「任」字下有「蜀」字，非是，蓋上句「職」字下誤衍之字，淺人遂以「任」字屬上而增「蜀」字也，今校改。○蜀志秦宓傳曰：「宓字子勑，廣漢綿竹人也。少有才學，州郡辟命，輒稱疾不往。先主既定益州，廣漢太守夏侯纂請宓爲師友祭酒，領五官掾，益州辟宓爲從事祭酒。建興二年，丞相亮領益州牧，選宓，迎爲別駕。」案：「勑」字亦作「敕」，與「整」字形相近。王子安益州德陽縣善寂寺碑曰：「秦子整之談天。」亦用秦宓事，疑唐本三國志「子勑」作「子整」。○左傳襄三十一年曰：「鄭人游於鄉校，以論執政。」唐六典卷三十曰：「漢魏以下，司隸校尉及州郡，皆有功曹、户曹、賊曹、兵曹等員。北齊諸州，有功曹、倉曹、中兵、外兵、甲曹、法曹、士曹、左户等參軍事。隋諸州有功曹、户曹、兵曹等參軍事，法曹、士曹行參軍，郡有西曹、金曹、户曹、兵曹、法曹、士曹等。」○史記田完世家：「威王曰：吾使人視即墨，官無留事。」○後漢書黨錮傳曰：「汝南太守宗資，任功曹范滂。南陽太守成瑨，亦委功曹岑晊。二郡又爲謡曰：汝南太守范孟博，南陽宗資主畫諾；南陽太守岑公孝，弘農成瑨但坐嘯。」○漢書循吏傳曰：「黃霸爲潁川太守，下詔稱揚曰：潁川太守霸，宣布詔令，百姓鄉化，田者讓畔，道不拾遺。」○漢書王褒傳曰：「益州刺史王襄欲宣風化於衆庶，聞王褒有俊材，請與相見，使褒作中和、樂職、宣布詩，選好事者令依鹿鳴之聲，習而歌之。」

玄珠結慶，剖江漢之圓流；紫胞貽祉，動岷精之垂曜。豫章七歲，非復常材；朝陽五色，豈云凡鳥。初登小學，笑孔墨之神勞；一見玄書，以彭聃爲己任。玉笈雲囊之術，龍緘鳳蘊之圖，莫不吞楚夢於胸中，指魯城於掌上。臨長水而飲犢，不就堯徵；臥巨澤而牧羊，徒勞漢使。冥丘聳駕，左肘符觀化之辰；諄鑿停裝，横目傳栖真之地。以上法師之學道。

莊子天地篇：「黄帝遺其玄珠。」釋文曰：「玄珠，司馬云道真也。」○管子揆度篇曰：「南貴江漢之珠。」文選顔延年贈王太常詩李善注引尸子曰：「凡水其方折者有玉，其圓折者有珠。」○南史梁元帝紀曰：「初，武帝夢眇目僧執香爐，稱託生王宫。天監七年八月丁巳，生帝，舉室中非常香，有紫胞之異。」○左太沖蜀都賦曰：「遠則岷山之精，上爲井絡。」餘見上注。○史記司馬相如傳集解引郭璞曰：「豫章，大木也，生七年乃可知也。」正義引温活人曰：「豫，今之枕木也；章，今之樟木也。二木生至七年，枕、樟乃可分别。」○詩卷阿曰：「鳳皇鳴矣，于彼高岡。梧桐生矣，于彼朝陽。」世説新語賞譽篇曰：「張華語陸平原曰：顧彦先鳳鳴朝陽。」南山經曰：「丹穴之山有鳥焉，狀如雞，五采而文，名曰鳳皇。」○世説簡傲篇曰：「嵇康與吕安善。安後來，直康不在，喜出户延之，不入。題門上作『鳳』字而去，喜不覺，猶以爲忻故作。『鳳』字，凡鳥也。」○漢書藝文志曰：「古者八歲入小學，故周官保氏掌養國子，教之六書。」○史記太史公自序述其父談論六家要指曰：「儒者博而寡要，勞而少功；墨者儉而難遵。」又曰：「神大用則竭，形大勞則敝。」淮南子脩務篇曰：「孔子無黔突，墨子無煖席。」○漢書敘傳幽通賦曰：「若胤彭而偕老兮。」顔注曰：「彭，彭祖也；老，老聃也。」嵇延祖贈石季倫詩曰：「遠希彭聃壽。」○漢武内傳曰：「上元夫人命侍女紀離容徑到扶廣山，敕青真小童出六甲左佐靈飛致神之方十二事。須臾侍女還，捧五色玉笈鳳文之蘊，以出六甲之文。」太平御覽道部十八引三天正法曰：「三天九微元都太真靈籙者，祕在太上靈都之宫，封以紫蕊玉笈，盛以雲錦之囊。」又引黄籙簡文經曰：「投金龍一枚，丹書玉札，青絲纏之。」○司馬長卿子虚賦曰：「吞若雲夢者八九於其胸中，曾不蔕芥。」○十六國春秋南燕録曰：「劉裕過大峴，舉手指天，喜形於色，曰：虜已入吾掌中，勝可必矣。」水經沭水注曰：「峴水北出大峴山。」通鑑卷一百十五晉紀胡注曰：「今有大峴關。」清統志曰：「山東沂州府：春秋魯大峴山，在沂水縣東北二十五里。東莞故城，今沂水縣治，晉屬東莞郡，後屬慕容燕，亦曰團城。」○高士傳卷上曰：「堯讓天下於許由，由於是遁耕於中岳潁水之陽，箕山之下；堯又召爲九州長，由不欲聞之，洗耳於潁水濱。時其友巢父牽犢欲飲之，見由洗耳，問其故，對曰：『堯欲召我爲九州長，惡聞其聲，是故洗耳。』巢父曰：『子若處高岸深谷，人道不通，誰能見子？子故浮游，欲聞求其名譽，污吾犢口。』牽犢上流飲之。」○神仙傳卷二曰：「黄初平者，丹溪人也。年十五，家使牧羊，有道士見其良謹，便將至金華山石室中，四十餘年。」然無漢使事。後漢書儒林傳曰：「孫期字仲彧，濟陰武城人也。家貧，事母至孝，牧豕於大澤中，以奉養焉。郡舉方正，遣吏齎羊酒請期，期驅豕入草不顧，司徒黄琬特辟不行。」此事較合，唯牧羊爲牧豕耳。○莊子至樂篇曰：「支離叔與滑介叔觀於冥伯之丘、崑崙之虚，黄帝之所休。俄而柳生其左肘，其意蹶蹶然惡之。支離叔曰：『子惡之乎？』滑介叔曰：『亡。予何惡？生者假借也，假之而生生者塵垢也。死生爲晝夜。且吾與子觀化而化及我，我又何惡焉？』」○莊子天地篇曰：「諄芒將東之大壑，適遇苑風於東海之濱，苑風曰：『子將奚之？』曰：『將之大壑。』苑風曰：『夫子無意於横目之民乎？』」

貞觀之末，有昭慶大法師，魁岸堂堂，威儀肅肅。裂圓冠而焚俗製，横大帳而抗山谷。聲若坻頽，辯均濤發。仲尼河目，飛電驚人；子貢斗脣，連環動坐。昂昂不雜，如獨鶴之映羣雞；矯矯無雙，狀真龍之對芻狗。於是三蜀耆老，咸相謂曰：「興大道者，其在茲乎！」初襲羽裘，且莅貞陽小觀；纔麾玉柄，已馳天下大名。尋而廣漢士人，固請法師爲靈集觀主。去長桑之故苑，臨隱弁之新丘。經之營之，既雕既琢。銀臺中天而孤出，珠樹市地而叢生。同赤城之建標，有黄房之貞構。觀中先有天尊真人石像，大小萬餘區，年代寖深，儀範凋缺。沈沈寶座，積萬古之埃塵；邈邈瓊顔，被千齡之苔蘚。法師睹斯而流涕曰：「不圖先聖尊容，零落至此。」乃重跰即路，無胈永哀。櫛沐幾於四時，栖遑周於百舍。誓將崇輯事畢，然後寢食爲期。鄉曲争持錢帛，競施珍寶。費餘巨萬，役不崇朝。還開紫翠之容，更表圓明之色。以上爲貞陽、集靈兩觀主及募化重新石像事。

貞觀，唐太宗年號。昭慶大法師，蓋黎法師之師。此文仲尼以上，皆喻昭慶大法師；子貢以下，蓋喻黎法師也。○漢書江充傳曰：「充爲人魁岸，容貌甚壯。」顔注曰：「魁，大也；岸者，廉棱如崖岸之形。」廣雅釋訓曰：「堂堂，容也。」後漢書伏湛傳章懷注曰：「堂堂，盛威儀也。」○左傳襄三十一年曰：「有威而可畏謂之威，有儀而可象謂之儀。」○莊子田子方篇曰：「儒者冠圜冠者知天時，履句屨者知地形。」釋文曰：「圜音圓。」○御覽道部十七引神州經曰：「九河帝君坐玉牀，五色帷帳，内外光明。」○文選楊子雲解嘲曰：「響若坻隤。」漢書楊雄傳「坻」作「阺」，皆當作「氐」。説文曰：「巴蜀名山岸脅之堆旁箸欲落墮者曰氐。氐崩，聲聞數百里。楊雄賦『響若氏隤』。」小徐繫傳曰：「『響若氏隤』，解嘲之文，古皆通謂之賦。」玉篇曰：

「氐，承紙切。」據説文，則漢書當作「阺」，文選當作「坻」，皆「氐」之通借字。故李善注引韋昭曰：「音若是理之是。」而顔師古、李善音丁禮反，皆非。應劭以爲天水隴氐，顔師古已辨其失矣。○班孟堅答賓戲曰：「馳辯如波濤。」○孔叢子嘉言篇：「萇弘語劉文公曰：吾觀孔仲尼有聖人之表，河目而隆顙，黄帝之形貌也。」宋注曰：「河目，言深且廣。」○世説新語容止篇曰：「裴令公（楷）目王安豐（戎）眼爛爛如巖下電。」○文選王文憲集序李善注引論語摘輔相曰：「子貢山庭斗繞口。」（御覽人事部八引作「斗星繞口」。）○莊子天下篇曰：「連環可解也。」○晉書忠義嵇紹傳曰：「紹始入洛，或謂王戎曰：昨於稠人中見嵇紹，昂昂然如野鶴之在雞羣。」○文選東方朔畫贊曰：「矯矯先生。」李善注曰：「矯矯，輕舉之貌也。」○莊子天運篇曰：「孔子西遊於衛，顔淵問師金曰：『以夫子之行爲奚如？』師金曰：『夫芻狗之未陳也，盛以篋衍，巾以文繡，尸祝齊戒以將之；及其已陳也，行者踐其首脊，蘇者取而爨之而已。將復取而盛以篋衍，巾以文繡，遊居寢臥其下，彼不得夢，必且數眯焉。而今夫子亦取先王已陳芻狗，聚弟子遊居寢臥其下。故伐樹於宋，削迹於衛，窮於商周，是非其夢邪？圍於陳蔡之閒，七日不火食，死生相與鄰，是非其眯邪？』」案：真龍，見上注。○華陽國志蜀志曰：「益州以蜀郡、廣漢、犍爲爲三蜀。」禮記王制曰：「耆老皆朝於庠。」○御覽道部十七引三元布經曰：「太素三元君服九色龍錦羽裠。」又引九真中經曰：「蒼華飛羽裠，丹華飛羽裠，白羽飛華裠，亦有墨羽黄羽飛華裠。」○貞陽，全唐文作「真陽」。○世説容止篇曰：「王夷甫（衍）容貌整麗，妙於談玄，恒捉白玉柄麈尾，與手都無分別。」○孔文舉與曹公論盛孝章書曰：「孝章要爲有天下大名。」○元和志曰：「劍南道漢州即廣漢郡之雒縣也。」案：華陽國志蜀志曰：「廣漢郡本治繩鄉，元初二年（後漢安帝年號）移涪，後治雒城。」清統志曰：「四川成都：雒廢縣，在漢州北（今改廣漢縣）。」○史記扁鵲傳曰：「舍客長桑君過，扁鵲獨奇之。」七籤一百二赤明天地紀引洞玄本行經曰：「昔禪黎世界隊王有女字絓音，生乃不言，王怪之，乃棄女於南浮長桑之阿，空山之中。」○莊子知北游篇曰：「知北游於玄水之上，登隱弅之丘。」釋文曰：「弅，符云反，又音紛，又符紛反。李云：隱出弅起，丘貌。」○詩靈臺曰：「經之營之。」○莊子山木篇曰：「既雕既琢，復歸於朴。」○張平子思玄賦曰：「聘王母於銀臺兮。」列子周穆王篇曰：「周穆王時，西極之國，有化人來，化人以爲王之宫室卑陋而不可處，穆王乃爲之改築，五府爲虛，而臺始成，其高千仞，臨終南之上，號曰中天之臺。」○淮南墬形篇曰：「掘昆侖虛以下地中，有增城九重，珠樹、玉樹、琁樹、不死樹在其西。」江文通恨賦曰：「黄塵匝地。」班孟堅西都賦曰：「神木叢生。」○孫興公遊天台山賦曰：「赤城霞起而建標。」○御覽道部十六引上清經曰：「有黄房之室，一名玉容之堂，真晨道君居其中。」○梁簡文大法頌曰：「巍巍寶座。」○梁簡文筆賦曰：「照瓊顔而俯捻。」○莊子天道篇曰：「百舍重趼而不敢息。」釋文引司馬彪曰：「趼，胝也。」○莊子在宥篇曰：「堯舜於是乎股無胈，脛無毛。」釋文曰：「胈，畔末反，李扶蓋反，云白肉也。」天下篇曰：「禹腓無胈，脛無毛，沐甚雨，櫛疾風。」○南史何炯傳曰：「頭不櫛沐。」○班孟堅答賓戲曰：「聖哲之治，棲棲遑遑。」陸士衡演連珠曰：「德表生民，不能救棲遑之辱。」莊子「百舍」，見上，釋文引司馬彪曰：「百舍，百日止宿也。」又宋策曰：「墨子聞之，百舍重繭，往見公輸般。」高誘注曰：「百舍，百里一舍也。」○莊子胠篋篇曰：「治邑屋州閭鄉曲者，曷嘗不法聖人哉？」○史記秦始皇本紀曰：「徐福等費以巨萬計。」左太沖蜀都賦曰：「藏鏹巨萬。」○詩河廣曰：「曾不崇朝。」鄭箋曰：「崇，終也。」○枕中書曰：「崑崙玄圃，金爲墉城，城上安金臺五所，紫翠丹房。」○大戴禮曾子天圓篇曰：「天道曰圓，地道曰方，方曰幽，而圓曰明。」

行益州刺史、駙馬都尉喬君，主壻懿親，勳門盛族。任高方面，寄切西南。

法師道叶半千，神凝正一。而至真福地，荒涼日久。不有上德，其誰振之？又表請師爲至真觀主。法師升堂慷慨，吐納玄科；攝齊嘹喨，分明紫訣。詞峰雲鬱，觸劍石以飛揚；義壑泉奔，横玉輪而浩蕩。入其門者，披煙霧於九天；聞其音者，聽咸韶於三月。由是户外之履，魚貫江水；堂下之賓，雁行關塞。黄老之學，復於今矣。以上爲至真觀主。

新唐書諸公主傳曰：「高祖女廬江公主下嫁喬師望，爲同州刺史。」案：昇之有駙馬都尉喬君集序，當即其人，傳不言爲益州刺史，蓋史略耳。唐六典卷三十曰：「上州刺史從三品。」通典職官十一曰：「大唐駙馬都尉從五品，皆尚主者爲之。」案：凡階高擬卑曰行，師望官階當在金紫光禄大夫正三品以上，特未著明耳。元和志曰：「劍南道成都府：武德元年爲益州總管府，三年置西行臺，龍朔三年復爲大都督府。」○左傳僖二十四年曰：「不廢懿親。」杜注曰：「懿，美也。」○南史文學傳：「卞彬曰：卿以一世勳門，而傲天下國士。」（斥孟頵）○後漢書馮異傳：「異上書謝曰：受任方面，以立微功。」章懷注曰：「謂西方一面，專以委之。」○舊唐書文苑員半千傳：「王義方嘗謂之曰：『五百年一賢，足下當之矣。』因改名半千。」此文或亦取此義。○御覽道部一引正一真人經曰：「道之淳真，非有言也，借言通意，因置元都正一之化，去真遠矣。」○老子曰：「上德不德，是以有德。」○七籤卷八十符圖部：「天尊告太上道君曰：當依玄科，七寶鎮靈，黄金爲壇，授子神真之道。」○論語鄉黨篇曰：「攝齊升堂。」○漢武内傳：「上元夫人語帝曰：地靈素訣，長生紫書。」○張孟陽劍閣銘曰：「積石峩峩。」又見上注。○水經江水注曰：「江水又逕汶江道，汶出徼外滑山西玉輪坂下而南行。」○世説賞譽篇曰：「衛伯玉爲尚書令，見樂廣與中朝名士談議，奇之，命子弟造之曰：此人人之水鏡也，見之若披雲霧覩青天。」○論語述而篇曰：「子在齊聞韶，三月不知肉味。」周禮春官大司樂一曰：「舞大咸、大磬。」鄭注曰：「大咸，咸池，堯樂也；大磬，舜樂也。」案：「韶」「磬」字同。○莊子列御寇篇曰：「列御寇遇伯昏瞀人，伯昏瞀人曰：『善哉觀乎！汝處已，人將保汝矣。無幾何而往，則户外之屨滿矣。』」○魏志鄧艾傳曰：「艾自陰平道行無人之地七百餘里，將士皆攀木懸崖，魚貫而進。」○禮記月令曰：「鴻雁來賓。」○史記曹參世家曰：「參聞膠西有蓋公，善治黄老言。」隋書經籍志四曰：「自黄帝以下，聖哲之士，所言道者，傳之其人，世無師説。漢時曹參，始薦蓋公能言黄老，文帝宗之。自是相傳，道學衆矣。」

則有王孫之黨，都公之倫，名亞春陵，氣高韓魏。鷫裘玉劍，散圓庭以陸離；驥子銀鞍，委山衢而沛艾。法師以茲衆施，即於天宮後起大講堂，并造長廊二十餘丈。琳堂鬱其峙起，星闈忽以環周。仰命寮以嶙峋，下崢嶸以廣朗。陰娥假道，窺玉女於南軒；陽烏迴轡，炤青禽於北閣。又於觀内鑄銅鐘一口，重七十斤；立石壇三級，週迴一百步。懸黍璣於碧落，明月流光；建瓊乳於玄都，飛霜蓄韻。壇開錦砌，類江浦之澄霞；庭列瑶階，疑崑丘之積雪。每至三辰法會，八景真遊。霓裳蕩耀魄之華，羽蓋轉風雲之路。通天亘景，兼造化之全模；帶鳥銜虹，連飛動之奇勢。可謂德光而功濟，道勝而名揚者也。以上至真觀功德。

史記淮陰侯傳：「漂母曰：吾哀王孫而進食。」集解引蘇林曰：「如言公子也。」索隱引劉德曰：「秦末多失國，言王孫公子，尊之也。」○詩都人士孔疏曰：「都者，聚居之處。」漢書眭閎傳顏注曰：「公，長老之號。」案：文選蜀都賦：「王孫之屬，郤公之倫。」劉淵林注曰：「王孫，卓王孫也。」貨殖傳曰：「卓王孫田宅射獵之樂，擬於人君。郤公，豪俠也。」楊雄蜀都賦曰：「若其漁弋郤公之徒，相與如乎巨野。」皆蜀地人。此文疑用之，「郤」字傳寫誤爲「都」耳。○班孟堅西都賦曰：「鄉曲豪舉，遊俠之雄。節慕原嘗，名亞春陵。」李善注曰：「史記曰：『春申君，楚人也，名歇，姓黃氏，考烈王以歇爲相，封春申君，客三千餘人。』（春申君傳）又曰：『魏公子無忌者，魏安釐王弟也，安釐王封公子爲信陵君，食客三千。』（魏公子傳）」○孟子盡心上曰：「附之以韓魏之家。」○西京雜記上曰：「司馬相如初與卓文君還成都，居貧愁懣，以所著鷫鸘裘就市人陽昌市酒，與文君爲歡。」説苑善説篇曰：「襄成君始封之日，衣翠衣，帶玉劍。」○楚辭九章涉江曰：「帶長鋏之陸離兮。」王注曰：「長鋏，劍名也。」文選五臣注吕向曰：「陸離，劍低昂貌。」王懷祖讀書識餘卷下曰：「陸離，長貌。」○易林師之泰曰：「與我驥子。」文選蜀都賦曰：「並乘驥子。」李善注引桓譚新論曰：「善相馬者曰薛公，得馬惡貌而正走，名驥子。」王僧辯奏凱表曰：「鐵馬銀鞍，陵山跨谷。」○爾雅釋宫曰：「四達謂之衢。」漢書司馬相如傳大人賦：「沛艾赳螑，仡以佁儗兮。」注引張揖曰：「沛艾，駊騀也。」文選張平子東京賦曰：「齊騰驤而沛艾。」薛注曰：「沛艾，作姿容貌也。」○七籤卷二十五日月星辰部奔辰飛登五星法曰：「飛登水星之道，常行之十四年，辰星中太玄上皇真君奏聞高上宮，刻琳房玉札，定玉清紫文，位爲上清真公。」西都賦曰：「神明鬱其特起。」○西都賦曰：「煥若列宿，紫宫是環。」西京賦曰：「譬衆星之環極。」○西都賦曰：「又杳窱而不見陽。」西京賦曰：「望窈窱以徑廷。」廣雅釋詁三曰：「窈窕，深也。」「杳窱」「窈窱」「窈窕」並同。魏都賦李善注引埤蒼曰：「嶙峋，山崖之貌也。」○漢書司馬相如傳大人賦曰：「下峥嶸而無地兮。」顔注曰：「峥嶸，深遠貌。」○左太沖蜀都賦曰：「羲和假道於峻岐，陽烏迴翼乎高標。」月中恒娥，已見楊炯彭城公夫人墓誌注。吕氏春秋精通篇曰：「月也者，羣陰之本也。」○文選魯靈光殿賦曰：「玉女闚窗而下視。」李善注引李尤函谷關銘曰：「玉女流眄而下視。」庾子山哀江南賦曰：「倚弓於玉女窻扉。」○蜀都賦李善注引春秋元命包曰：「陽成於三，故日中有三足烏。烏者，陽精。」謝玄暉侍華光殿詩曰：「龍樓迴轡。」○漢書司馬相如傳大人賦曰：「亦幸有三足烏爲之使。」顔注引張揖曰：「三足烏，三足青鳥也。」王元長法樂辭曰：「青禽承逸軌。」○説文曰：「璣，珠不圜者。」度人妙經卷上曰：「元始懸一寶珠，大如黍米，在空玄之中。」又曰：「昔於始青天中，碧落高歌。」上陽子注曰：「始青天乃東方第一天，有碧霞徧滿，是云碧落。」○北堂書鈔樂部四引樂叶圖曰：「君子鑠金爲鐘，四時九乳。」宋均注曰：「九乳，法九州，爲象天也。」考工記曰：「鳧氏爲鍾，篆閒謂之枚。」鄭司農曰：「枚，鐘乳也。」御覽道部十六引玉京經曰：「玄觀玉京山有九寶城，太上無極大道虚皇君之所治也，高仙之玄都焉。」○「飛霜」句，見王子安上武侍極啓注。○謝玄暉晚登三山詩曰：「餘霞散成綺，澄江浄如練。」○穆天子傳卷二曰：「天子升于崑侖之丘，以觀黄帝之宫。」○左傳桓二年杜注曰：「三辰，日月星也。」陳書文學傳曰：「岑之敬年十八，預重雲殿法會。」○玉帝本行經卷上曰：「梵天一切金仙，大乘菩薩，四衆八部，皆乘金碧飛雲玉輿，九霞流景慶霄，四會三辰，吐芳飛香，八湊雨衆妙花，如雲而下，徧覆會前。」七籤卷七三洞經教部曰：「三元既立，五行咸具。三五和合，謂之八景。」真靈位業圖曰：「上清有八景城。」莊子天運篇曰：「古者謂是采真之游。」○楚辭九歌東君曰：「青雲衣兮白霓裳。」周禮春官大宗伯賈疏引春秋文耀鉤曰：「中宮大帝，其北極星下一明者，爲太一之先，合元氣以斗布常，是天皇大帝之號也。」鄭注曰：「天皇北辰曜魄寶。」○度人妙經卷上曰：「羽蓋垂蔭。」○沈休文安陸昭王碑曰：「南接巫衡，風雲之路。」○黄庭經曰：「靈臺通天臨中野。」文選西都賦曰：「激日景而納光。」○莊子大宗師篇曰：「偉哉造化。」左太沖魏都賦曰：「授全模於梓匠。」○漢書郊祀志曰：「或如虹氣，蒼黄若飛鳥，集棫陽宮南。」何平叔景福殿賦曰：「鳥企山峙。」又曰：「施如宛虹。」班孟堅西都賦曰：「虹霓迴帶於棼楣。」

前長史范陽公，一代羽儀，門傾四海；前長史譙國公，兩朝肺腑，威動百城。並屈銀黄，俱伸玄素。法師雍容坐鎮，嘯傲行藏。雖郭先生之禮峻晉侯，蒙莊子之身輕梁相，不能尚也。若夫言出於口，龍驥所不能追；行成於心，王公所不能及。悲懷徇物，風雨晦而逾勤；苦節横秋，冰霜急而逾固。户居環堵，而歲計有餘；道周稊稗，而日用無竭。又於學射靈山，别立仙居一所，即至真之珠庭也。栽松蒔柏，與月樹而交輪；刻桷雕甍，共星樓而接翼。蒼郊郤倚，猶太行之北登；錦肆前通，似灞陵之南望。華表千年之鶴，未見成都；津亭八月之龍，時歸鄉里。法師出家入道，三十餘年，弟子所得襯施，不可稱量。盡入修營，咸供衆用。見諸疾苦，便開五色之囊；遇彼饑寒，輒有千金之費。巾拂之外，餘無所留。凡所經過，洪濟多矣。法師又於咸亨二年五月十八日，寢疾之際，聞空中有聲曰：「天上今欲相煩爲玉京觀主。」法師辭以至真功德未就，固請不行。少選之間，所疾便愈。左右侍者，無不同聞。自是遠近道俗，咸共驚嗟，曰：「天上知余不肖，將棄余矣。」以上法師功德感人。

舊唐書盧承慶傳曰：「承慶（新書曰「字子餘」），幽州范陽人。父赤松，封范陽郡公。承慶少襲父爵，永徽初，出爲益州大都督長史。」○易漸上九曰：「鴻漸于陸，其羽可用爲儀。」○舊唐書宗室傳曰：「河間王孝恭，子崇義嗣王，降封譙國公，歷蒲、同二州刺史，益州都督長史，有威名。」○腑，當作「附」。漢書劉向傳曰：「臣幸得託肺附。」顏注曰：「舊解云：『肺附謂肝肺相附著，猶言心膂也。』一說：『肺謂斫木之肺札也，自言於帝室猶肺札附於大木也。』」王懷祖讀書雜志四之八曰：「一說近之。肺附皆謂木皮也。說文：『朴，木皮也；柿，削木札朴也。』作『肺』者假借字耳。言己爲帝室微末之親，如木皮之託於木也。史記惠景閒侯者表序曰：『諸侯子弟若肺附。』今本『附』作『腑』，因『肺』字而誤，古書『藏府』字亦無作『腑』者。」○庾子山慕容寧神道碑曰：「百城咸勸。」○漢書酷吏傳：「上以敕書責楊僕曰：懷銀黄，垂三組。」顏注曰：「銀，銀印也；黄，金印也。」○七籤卷一道德部引老君指歸略例曰：「玄也者，取乎幽冥之所出也。」列子天瑞篇曰：「太素者，質之始也。」○任彥昇爲蕭揚州薦士表曰：「坐鎮雅俗。」○陶淵明飲酒詩曰：「嘯傲東軒下。」○説苑善説篇曰：「晉獻公之時，東郭民（據下文，「民」當作「氏」。）有祖藏者，上書獻公曰：

『草茅臣東郭氏祖朝，願請聞國之計。』獻公召而見之，三日與語，乃立以爲師也。」晉語四『文公問於郭偃』云云，皆與本文未甚合。郭先生疑是唐先生之誤。御覽人事部十三引韓子曰：「晉平公與唐亥（足門誤作「彥」，此依腓脹門引改。）坐而出，叔向入，公曳一足。叔向問之，曰：『吾侍唐子，腓痛足痺而不敢申。』叔向不悦，公曰：『子欲貴，吾爵子；欲富，吾禄子。夫唐先生，無欲也，非正坐，吾無以養之。』」〇莊子秋水篇曰：「惠子相梁，莊子往見之。或謂惠子：『來欲代子相。』於是惠子恐，搜於國中三日三夜。莊子往見之，曰：『南方有鳥，其名鵷鶵，子知之乎？夫鵷鶵，發於南海，而飛於北海，非梧桐不止，非練實不食，非醴泉不飲。於是鴟得腐鼠，鵷鶵過之，仰而視之，曰：嚇，今子欲以子之梁國而嚇我耶？』」史記老子韓非列傳曰：「莊子者，蒙人也，名周。」集解曰：「地理志蒙縣屬梁國。」〇論語顔淵篇：「子貢曰：惜乎夫子之説君子也，駟不及舌。」集解引鄭注曰：「過言一出，駟馬追之不及。」周禮夏官庾人曰：「馬八尺以上爲龍。」説文曰：「驥，千里馬也。」〇荀子修身篇曰：「禮義重則輕王公矣。」〇詩風雨曰：「風雨如晦。」〇易節上六曰：「苦節。」孔德璋北山移文曰：「霜氣横秋。」〇禮記儒行曰：「環堵之室。」莊子讓王篇曰：「原憲居魯，環堵之室，蓬户不完。」〇莊子庚桑楚篇曰：「今吾日計之而不足，歲計之而有餘。」〇莊子知北遊篇曰：「東郭子問於莊子曰：『所謂道惡乎在？』莊子曰：『在稊稗。』」天下篇曰：「一尺之棰，日取其半，萬世不竭。」〇太平寰宇記曰：「劍南西道益州華陽縣：學射山，一名斛石山，在縣學北十五里。」清統志曰：「四川成都府：學射山，在成都縣北十八里，蜀漢後主嘗習射於此，因名。」下別有珠庭，疑此當作「殊庭」，已見樂府雜詩序注。〇太平御覽天部四引虞喜安天論曰：「俗傳月中仙人桂樹，今視其初生，見仙人之足，漸已成形，桂樹後生焉。」案：月輪，見上。〇楚辭招魂曰：「仰觀刻桷。」案：雕甍，已見王子安滕王閣餞別序注。〇左太沖吴都賦曰：「饗戎旅乎落星之樓。」寰宇記江南東道昇州上元縣引南徐州記曰：「臨沂縣前有落星山，吴大帝時，山西江上置三層高樓，以此爲名。」案：此借用西都賦曰：「列棼橑以布翼。」李善注曰：「翼，屋榮也。」又曰：「接翼側足。」○謝玄暉夏始和劉孱陵詩曰：「威仰弛蒼郊。」○魏武帝樂府苦寒行曰：「北上太行山。」漢書地理志河内郡埜王縣原注曰：「太行山，在西北。」山陽縣原注曰：「東太行山，在西北。」禹貢錐指卷十一上曰：「漢志以在埜王者爲太行，而在山陽者爲東太行，其太行之支峰乎？此山實起於濟源，蓋自河南入山西，迤而東北，延千餘里焉。」○錦肆即錦里，見上注。○西都賦曰：「南望杜霸。」○華表鶴，見王子安別洛下知己序注。○列仙傳卷下曰：「騎龍鳴者，（御覽鱗介部一引「鳴」作「鴻」。）渾亭人也。年二十，於池中求得龍子，狀如守宮者十餘頭，養食結草廬而守之，龍長大，稍稍去。後五十餘年，水壞其廬而去。一旦騎龍來渾亭下，語云：『我馮伯昌孫也，此間人不去五百里，必當死。』信者皆去，不信者以爲妖。至八月果水至，死者萬計。」案：渾亭，此文作津亭，未知孰是。御覽鱗介部一引節去「渾亭」字。○襯，一本作「儭」。廣韻：「儭，裏也，初覲切。」案：與「襯」同。○續齊諧記曰：「弘農鄧紹嘗以八月旦入華山采藥，見一童子，執五綵囊，承柏葉上露。」○魏書釋老志曰：「道家之原，出於老子。其自言也，先天地生，以資萬類。上處玉京，爲神王之宗；下在紫微，爲飛仙之主。」○呂氏春秋音初篇曰：「少選發而視之。」高注曰：「少選，須臾。」

上座監齋某等，並迴流左映，策地景於丹田；浩氣中升，養天倪於紫室。雖復同班玉籍，並列仙宮，每屈宗師之道，仍修弟子之敬。亦猶被衣、齧缺，同德而相尊；雲將、鴻濛，比肩而相下。大弟子並仙庭十哲，道家童師。閉門鍊火，陪嘯父之高煙；卜肆驅筠，託壺公之遠御。咸用輯瓊臺之墜典，正寒樹之頹風。散在人間，敷揚道教。可謂庚桑、畏壘，致大壤以匡時；范相、鴟夷，行計然而濟俗。僉曰：吾師也，韲萬物而不以爲義，利萬代而不以爲仁。逍遥乎有無之表，彷徨乎塵垢之外。東郭順子，無擇存而不論；伯昏瞀人，禦寇論而不議。豈使爲山九仞，道不列於珠庭；築館三休，功未書於瑤版。下官迷方看博，邀赤斧於禺山；失路乘槎，問君平於蜀郡。汾陽處子，目擊而言忘；漢陰丈人，德全而機謝。是用搜奇井絡，題片石於靈丘；觀藝協晨，見乘雲之飛將。蒼蒼中野，同銷地媪之魂；眇眇太初，獨昧天師之化。其詞曰：以上勒碑之意。

老子立德經曰：「道士有上中下，深於道多者名上座。」○黄庭内景經曰：「玄泉幽關高崔巍，三田之中精氣微。」務成子注曰：「道機經云：『天有三光，日月星。人有三寶，丹田中氣，左青右黄，上白下黑也。』」黄庭外景曰：「呼吸廬閒入丹田，玉池清水灌靈根，審能修之可長存。」○莊子齊物論篇曰：「和之以天倪。」郭注曰：「天倪者，自然之分也。」黄庭内景經曰：「二十四真出自然，高拱無爲魂魄安，清浄神見與我言，安在紫房幃幙閒，立坐室外三五玄，燒香接手玉華前，共入太室璇璣門。」務成子注曰：「洞房經云：『天有太室、玉房、雲庭。中央黄老君之所居也。玉房一名紫房，一名絳宫，通名明堂。』」○御覽道部四引後聖例記曰：「若斗中有玄玉籙籍者，皆爲上仙。」○張見頤遊匡山簡寂館詩曰：「銀牓映仙宫。」○莊子大宗師篇郭注曰：「雖天地之大，萬物之富，其所宗而師者，無心也。」○莊子齊物論篇曰：「齧缺問乎王倪。」應帝王篇曰：「四問而四不知，齧缺因躍而大喜，行以告蒲衣子。」釋文曰：「蒲衣子，崔云：即被衣，王倪之師也。」天地篇曰：「許由之師曰齧缺，齧缺之師曰王倪，王倪之師曰被衣。」知北游篇曰：「齧缺問道乎被衣。」徐無鬼篇曰：「齧缺遇許由，曰：『子將奚之？』曰：『將逃堯。』」皆其事也。淮南俶真篇高注曰：「被衣，堯時隱士，姓名不可得而知，見其被衣而行，因曰被衣。」○莊子在宥篇曰：「雲將東遊，過扶摇之枝，而適遭鴻蒙。」○吕氏春秋觀世篇曰：「千里而有一士也。」○歷代名畫記卷七曰：「江陵天皇寺内有柏堂，張僧繇畫盧舍那佛像及仲尼十哲。」論語先進篇：「德行：顔淵、閔子騫、冉伯牛、仲弓；言語：宰我、子貢；政事：冉有、季路；文學：子游、子夏。」後人以爲十哲，然此孔門十哲也。道家十哲，當别有其人，俟考。○史記太史公自序論六家要指曰：「道家使人精神專一，動合無形。」漢書藝文志曰：「道家者流，出於史官。」莊子徐無鬼篇曰：「黄帝遇牧馬童子問塗焉，黄帝再拜稽首，稱天師而退。」○列仙傳卷上曰：「嘯父者，冀州人。梁母得其作火法，臨上三亮山，與梁母别，列數十火而昇天。」張平子東京賦曰：「致高煙乎太一。」○後漢書方術傳曰：「費長房者，汝南人也。曾爲市掾。市中有老翁賣藥，懸一壺於肆頭，及市罷，輒跳入壺中。長房於樓上覩之，異焉。因往再拜，奉酒脯。翁謂之曰：『我神仙之人，以過見責，今事畢當去，子寧能相隨乎？』長房遂欲求道，而顧家人爲憂。翁乃斷一青竹，度與長房身齊，使懸之舍後。家人見之，即長房形也，以爲縊死，遂殯葬之。長房遂隨從入深山，使食糞，糞中有三蟲，臭穢特甚，長房意惡之。翁曰：『子幾得道，恨於此不成，如何？』長房辭歸，翁與一竹杖，曰：『騎此任所之，則自至矣。既至，可以杖投葛陂中也。』又爲作一符，曰：『以此主地上鬼神。』長房乘杖，須臾來歸，即以杖投陂，顧視則龍也。」神仙傳五曰：「壺公者，不知其姓名也。今世所有召軍符、召鬼神治病玉府符，皆出自公，故總名壺公符。」○御覽道部十六引列仙傳曰：「太空瓊臺，太平道君處之。」（此疑非列仙傳文。）○搴樹，當作「騫樹」，已見上注。又七籤卷八引高上太素君曰：「月中樹名騫樹，一名藥王，凡有八樹，在月中也。」頽風，言道教之衰。○莊子庚桑楚篇曰：「老聃之役有庚桑楚者，偏得老聃之道，以北居畏壘之山，擁腫之與居，鞅掌之爲使。居三年，畏壘大壤。」釋文曰：「庚桑楚，司馬云：『楚，名；庚桑，姓也。』太史公書作亢桑（老子韓非傳）。畏，本或作『猥』。壘，崔本作『纍』。李云：『猥壘，山名也，或云在魯，或云在梁州。』壤，而掌反，本又作『穰』，又如羊反，廣雅云：『豐也。』」（釋詁四）○史記貨殖傳曰：「范蠡既雪會稽之恥，乃喟然而歎曰：『計然之策七，越用其五而得意，既已施於國，吾欲用之家。』乃乘扁舟浮於江湖，變姓名爲鴟夷子皮，之陶，爲朱公。」集解徐廣曰：「計然者，范蠡之師也，名研。」裴駰案：范子曰：「計然，葵丘濮上人，姓辛氏，字文子，其先晉國亡公子也。嘗南游于越，范蠡師事之。」○莊子大宗師篇：「許由曰：『吾師乎，吾師乎！韲吾萬物而不爲義，澤及萬世而不爲仁。』」郭注曰：「皆自爾耳，亦無愛於其間也，安所寄其仁義？」釋文曰：「韲，子兮反，司馬云：碎也。」天道篇：「莊子曰：『吾師乎，吾師乎！韲萬物而不爲戾，澤及萬世而不爲仁。』」○莊子大宗師篇曰：「芒然彷徨乎塵垢之外，逍遥乎無爲之業。」○莊子田子方篇曰：「田子方侍坐於魏文侯，數稱谿工。文侯曰：『谿工，子之師邪？』子方曰：『非也，無擇之里人也。稱道數當，故無擇稱之。』文侯曰：『然則子無師邪？』子方曰：『有。』曰：『子之師誰邪？』子方曰：『東郭順子。』文侯曰：『然則夫子何故未嘗稱之？』子方曰：『其爲人也真，人貌而天，無擇何足以稱之？』」釋文曰：「田子方，李云：魏文侯師也，名無擇。」○莊子齊物論篇曰：「六合之外，聖人存而不論；六合之內，聖人論而不議。」○莊子列御寇篇曰：「伯昏瞀人北面而立，敦杖蹙之乎頤，立有閒，不言而出。賓者以告列子，列子提屨，跣而走，暨乎門，曰：『先生既來，曾不發藥乎？』曰：『已矣。吾固告汝曰「人將保汝」，果保汝矣。非汝能使人保汝，而汝不能使人無保汝也。』」○書僞古文旅獒曰：「爲山九仞，功虧一簣。」○盧子行升天行曰：「珠庭謁老君。」○賈子新書退讓篇曰：「楚王饗客於章華之臺，上者三休，而乃至其上。」○宇文逌庾子山集序曰：「名山海上金滕玉版之書。」○鮑明遠擬古詩曰：「迷方獨淪誤。」異苑卷五曰：「昔有人乘馬山行，遥望岫裏有二老翁相對樗蒲，遂下馬造焉，以策注地而觀之，自謂俄頃，視其馬鞭，摧然已爛，顧瞻其馬，鞍骸枯朽，還至家無復親屬，一慟而絕。」○列仙傳卷下曰：「赤斧者，巴戎人也。爲碧雞主簿，能作澒鍊丹與消石，服之三十年，反如童子，毛髮生皆赤。」漢書地理志越巂郡青蛉縣原注曰：「禺同山有金馬、碧雞。」清統志曰：「雲南楚雄府：方山，在大姚縣北三十里，舊志：上有巨人跡及石棋石盤，俗傳仙人對局處，人有懷棋去者，不覺失之，仍歸其所。」方輿紀要卷一百十六曰：「漢志禺同山，或以爲即方山也。」○博物志卷三曰：「舊説云：『天河與海通。』近世有人居海渚者，年年八月，有浮槎去來不失期。人有奇志，立飛閣於槎上，多齎糧乘槎而去。十餘日，奄至一處，有城郭狀，屋舍甚嚴，遥望宫中多織婦。見一丈夫牽牛渚次飲之，牽牛人乃驚問曰：『何由至此？』此人具説來意，並問：『此是何處？』答曰：『君還至蜀郡，訪嚴君平則知之。』竟不上岸，因還如期。後至蜀問君平，曰：『某年月日，有客星犯牽牛宿。』計年月，正是此人到天河時也。」○汾陽處子，已見上注。隋書地理志臨汾郡臨汾縣注云：「有姑射山。」蓋本此。海內經列姑射山在海河洲中，畢秋帆、郝蘭皋皆以此山當之，而東山經有南姑射之山、北姑射之山。列子黃帝篇殷敬順釋文引山海經與前條合。秦近光、李佐周皆謂東山經南北姑射，皆當在海內北經，未知確否。李氏又疑隋志以姑射屬臨汾，或後世據莊子「汾水之陽」一語以名其山，（李氏説，莊子集釋引。）殆是。然此文亦以姑射神人屬之汾水之陽，則亦以姑射在臨汾矣。要之莊生寓言，文人用事，固不必刻舟求劍也。（或謂藐姑射之山，即今之庫頁島，亦傅會之説，恐未足據。）○莊子田子方篇曰：「温伯雪子適齊，舍於魯，仲尼見之而不言。子路曰：『吾子欲見温伯雪子久矣，見之而不言，何邪？』仲尼曰：『若夫人者，目擊而道存矣，亦不可以容聲矣。』」外物篇曰：「得意而忘言。」○莊子天地篇曰：「子貢南遊於楚，反於晉，過漢陰，見一丈人，方將爲圃畦，鑿隧而入井，抱甕而出灌，搰搰然用力甚多而見功寡。子貢曰：『有械於此，鑿木爲機，後重前輕，挈水若抽，數如泆湯，其名爲槔。』爲圃者忿然作色而笑曰：『吾聞之吾師：「有機械者必有機事，有機事者必有機心。」吾非不知，羞而不爲也。』子貢卑陬失色，頊頊然不自得，行三十里而後愈，曰：『吾聞之夫子，事求可，功求成。用力少，見功多者，聖人之道。今徒不然，執道者德全，德全者形全，形全者神全。神全者，聖人之道也。』」○井絡，見上注。○嵇叔夜贈秀才入軍詩曰：「遠登靈丘。」○初學記道釋部引太上決疑經曰：「元始天尊在協晨靈觀。」○御覽道部四引天仙品曰：「飛行雲中，神化輕舉，以爲天仙，亦云飛仙。」案：真靈位業圖曰：「二十四官君將吏，千二百官君將吏。」○大荒南經郭注引歸藏啓筮曰：「空桑之蒼蒼，八極之既張。」○漢書禮樂志郊祀歌曰：「后土富媪。」注引張晏曰：「媪，老母稱也。坤爲母，故稱媪。」又曰：「媪神蕃釐。」注引李奇曰：「媪神，地也。」○列子天地篇曰：「太初者，形之始也。」又見上「日月」注。○天師，見上「童師」注。○魏書釋老志曰：「寇謙之守志嵩岳，精專不懈，以神瑞二年十月乙卯，忽遇大神。乘雲駕龍，導從百靈，仙人玉女，左右侍衛，集止山頂，稱太上老君。謂謙之曰：『往辛亥年，嵩岳鎮靈集仙宮主，表天曹，稱自天師張陵去世已來，地上曠誡，修善之人，無所師授。嵩岳道士上谷寇謙之，立身直理，行合自然，才任範軌，首處師位，吾故來觀汝，授汝天師之位』。」

象帝之先，其誰之子。徒觀其妙，莫究其始。果而勿伐，爲而不恃。强爲之名，謂之道紀。　其一

「象帝」二句，見上注。○老子曰：「常無欲，以觀其妙。」王注曰：「妙者，微之極也，萬物始於微而後成，始於無而後生，故常無欲空虛，可以觀其始物之妙。」老子又曰：「迎之不見其首，隨之不見其後。執古之道，以御今之有。能知古始，是謂道紀。」○老子曰：「果而勿伐。」河上公注曰：「當果敢推讓，勿伐取其美也。」○老子曰：「爲而不恃。」王注曰：「智慧自備，爲則僞也。」○老子曰：「有物混成，先天地生。吾不知其名，字之曰道，强爲之名曰大。」初學記道釋部引靈寶真一自然經訣曰：「大道者，不可彊名也。彊名曰大，彊字曰道。」

太朴云季，孝慈已彰。邈邈帝祖，繩繩帝鄉。曰神曰聖，爲龍爲光。千年受籙，萬古稱王。　其二

嵇叔夜難自然好學論曰：「洪荒之世，大朴未虧。」晉語一韋注曰：「季，末也。」○老子曰：「六親不和有孝慈。」○七籤卷三道教本始部靈寶紀略：「述曰：過去有劫，名曰龍漢，爰生聖人，號曰梵氣天尊。出世以靈寶教化，度人無量，其法光顯大千之界。龍漢一運，經九萬九千九百九十九劫。氣運終極，天淪地崩，四海冥合，乾坤破壞，無復光明。經一億劫，天地乃開，劫名赤明，有大聖出世，號曰元始天尊。以靈寶教化，其法興顯，具如上説。赤明經二劫，天地又壞，無復光明。具更五劫，天地乃開。太上大道君以開皇元年，託胎於西方緑那玉國，寄孕於洪氏之胞，凝神瓊胎之府三千七百年，降誕於其國鬱察山浮羅之獄

丹玄之阿，名曰器度，字上開元。及其長，乃啓悟道真，期心高道，坐枯桑之下，精思百日。而元始天尊下降，授道君靈寶大乘之法十部妙經。元始乃與道君遊履十方，宣布法緣，既畢，然後以法委付道君，則賜太上之號。道君即爲廣宣經籙，傳乎萬世。」○老子曰：「繩繩不可名，復歸於無物。」釋文曰：「繩繩，梁帝云：無涯際之貌。」莊子天地篇曰：「乘彼白雲，至於帝鄉。」○書僞古文大禹謨曰：「乃聖乃神。」○詩蓼蕭曰：「爲龍爲光。」毛傳曰：「龍，寵也。」○七籤卷三道教本始部天尊老君名號歷劫經略曰：「盤古以道治世，萬九千九百九十九載，白日昇仙，上崑崙，登太清天中，授號曰元始天王。」

於鑠帝唐，丕承天秩。道風吹萬，玄猷配一。五載乘雲，三山禮日。薦璧延士，投金訪術。其三

詩酌曰：「於鑠王師。」毛傳曰：「鑠，美也。」釋文曰：「於音烏。」○書君奭曰：「丕承無疆之恤。」孟子滕文公下引書曰：「丕承哉，武王烈。」趙注曰：「丕，大也。」書臯陶謨曰：「天秩有禮。」○吹萬，見上注。又謝靈運九日從宋公戲馬臺集送孔令詩曰：「吹萬羣方悦。」○老子曰：「聖人抱一爲天下式。」○書舜典曰：「五載一巡狩。」韓子難勢篇引愼子曰：「飛龍乘雲。」又漢書異姓諸侯王表序曰：「漢亡尺土之階，繇一劍之任，五載而成帝業。」此蓋以漢興喻唐也。○三山，見王子安洛下別知己序注。○史記封禪書曰：「八神，七曰日主，祠成山，成山斗入海。」又曰：「天子始郊拜太一。朝朝日，夕夕月，則揖。」

地分輿井，城連劍閼。錦瀨開霞，嵋峰吐月。白雲舒卷，青山迴没。菌閣香飛，桃源花發。其四

漢書地理志曰：「秦地於天官，東井輿鬼之分墜也。西南有巴、蜀、廣漢、犍爲、武都，又西南有牂柯、越嶲、益州，皆宜屬焉。」清統志曰：「四川統部：分野，天文井鬼鶉首之次。自魏太史陳卓以諸郡皆爲魏分，而後之言天文者多祖其説，不知益州僻在西南，實邈不相屬也。」案：晉書天文志載魏太史令陳卓所言郡國宿度：「自畢十二度至東井十五度爲實沈，於辰在申，魏之分野，屬益州。自東井十六度至柳八度爲鶉首，於辰在未，秦之分野，屬雍州。」又云：「觜參魏益州，東井輿鬼秦雍州。」隋書地理志引春秋元命包曰：「參伐流爲益州。」史記天官書曰：「觜觿參益州。」開元占經卷六十四曰：「參爲魏之分野，屬益州，漢武帝改梁州爲益州，非魏地益州也。」案：此説最爲分明。蓋漢初本以胃昴畢屬冀州，爲趙星；觜觿參屬益州，爲魏星。自武帝別置益州，談分野者遂以魏之益州，移於梁州所改之益州矣。此文仍依漢志爲説耳。○大小劍山，見上注。華陽國志蜀志曰：「江陽郡江陽縣：郡治江中有大闕小闕，季春黃龍堆没，闕即平。」清統志曰：「四川瀘州：江陽故城，今州治。」（今改縣）○錦瀨即錦江，見上「覆錦之城」注。○華陽國志蜀志曰：「犍爲郡南安縣南有峨眉山，去縣八十里。」左太沖蜀都賦曰：「抗峨眉之重阻。」水經江水注一曰：「南安縣南有峨眉山。」青衣水注引益州記曰：「平鄉江東逕峨眉山，在南安縣界，去成都南千里，然秋日清澄，望若兩山相峙，如蛾眉焉。」清統志曰：「四川嘉定府：峨眉山，在峨眉縣西南。」吴叔庠登八公山詩曰：「疎峰時吐月。」○菌桂、天桃，並見上注。

紫宸高映，丹宮洞開。巖舒金碧，池起樓臺。鶴飛龍度，鸞歌鳳迴。星雨交接，風煙去來。 其五

御覽道部十六引太一洞真經曰：「有太極紫房宫，天帝寶神所處也。」庾子山謝滕王集序啓曰：「紫微懸映。」

○御覽道部十六引上清經曰：「上清南極長生司命君，藏瑶臺丹靈宫。」班孟堅西都賦曰：「門闥洞開。」○陸士衡擬連珠曰：「金碧之巖，必辱鳳舉之使。」○封禪書曰：「其北治大池漸臺，乃立神明臺、井幹樓，輦道相屬焉。」○庾子山西門豹廟詩曰：「鶴飛疑逐舜。」潘安仁任府君畫贊曰：「龍升天路。」○大荒南經曰：「鸞鳥自歌，鳳鳥自舞。」

寶龜涵影，玉顔乃睠。神劍九光，華冠萬變。日軒朝敞，雲歌夕轉。紫樹瓊鐘，玄壇竹院。其六

七籤卷十八三洞經教部引老子中經上曰：「胃爲大海，中有神龜。」又卷十九三洞經教部引老子中經曰：「常以六甲之日，平旦時拊心祝曰：『蒼林玄龜，流水如河；炎火周身，安能知他。道來歸己，道來歸己。』」○詩皇矣曰：「乃眷西顧。」釋文曰：「眷，本又作『睠』。」○御覽道部十七引龜山元録曰：「元始皇上丈人，带九天仙鍊之劍。」又玉珮金璫經曰：「太岳君建三寶九光夜冠。」又上清經曰：「玉真九天丈人，建飛精百變之冠。」

偉與上士，昭哉至人。笙簧道德，粉澤人倫。汾陽處子，箕山外臣。遂荒白屋，奄有玄津。其七

老子曰：「上士聞道，勤而行之。」○詩下武曰：「昭哉嗣服。」莊子逍遥遊篇曰：「至人無己。」○抱朴子安貧篇曰：「夫士以講肄爲鐘鼓，百家爲笙簧，使味道者以辭飽，酣德者以義醒。」○御覽禮儀部二引六韜曰：「太公對文王曰：禮者，治之粉澤也。」○汾陽，見上注。○史記伯夷列傳太史公曰：「余登箕山，其上蓋有

許由冢云。」又見楊炯羣官尋楊隱居序注。左傳成三年：「知罃曰：以賜君之外臣首。」莊子大宗師篇：「孔子曰：彼遊方之外者也。」○詩閟宫曰：「奄有龜蒙，遂荒大東。」漢書蕭望之傳：「望之語霍光曰：恐非周公躬吐握之禮，致白屋之意。」顔注曰：「白屋，賤人所居也。」文選辨命論李善注引尸子曰：「瑶臺九累，而堯白屋。」○文選頭陀寺碑文曰：「玄津重柵。」李善注引僧叡師十二法門序曰：「濟溺喪於玄津。」案：此玄津，借用喻道家。

玉扃將墜，金階無主。草滋紅壁，苔凝繡柱。式佇賢才，崇其矱矩。福庭霞焕，仙徒霧聚。其八

説文曰：「扃，外閉之關也。」○神異經曰：「東北大荒中有金闕，中有金階。」○離騷曰：「求榘矱之所同。」王注曰：「榘，法也；矱，度也。」洪校：「榘，一作『矩』；矱，一作『蒦』。」淮南氾論篇曰：「有本主於中，而以知榘蒦之所周者也。」○福地記曰：「終南周圍數百里，名曰福庭。」○梁昭明太子謝敕參解講啓曰：「服九丹之華，則仙徒可役。」

縹緲四真，雍容十哲。俱升紫宇，並邀清節。松子排煙，焦君臥雪。辨雲懸寓，神遊朗徹。其九

七籤卷四道教經法傳授部上清經述曰：「任城魏華存，字賢安，乃魏陽元之女也。季冬之月，夜半清朗，忽聞室中有鐘鼓之響，笳簫之聲，須臾有虎輦玉輿，隱輪之車，並頓駕來降夫人之静室。凡四真人，其一自曰『我太極真人安度明也』，其一人曰『我東華大神方諸青童君也』，其一人曰『我榑桑碧流暘谷神王景林

真人也』，其一人曰『我清虛真人小有仙人王子登也』。」○十哲，見上。○列仙傳卷上曰：「赤松子者，神農時雨師也，能入火自燒。」○高士傳卷下曰：「焦先，字孝然，世不知其所出也。嘗結草爲廬於河之湄，獨止其中，後野火燒其廬，先因露寢，遭冬雪大至，先袒臥不移，人以爲死，就視如故。」○「辨」「辦」同字。考工記釋文曰：「辨，具也。」小爾雅廣言曰：「辨，使也。」案：使雲，猶言御風耳。說文「寓」「宇」之籀文。江文通爲蕭驃騎上頓上表曰：「草昧縣寓，昭晰區宙。」○列子黃帝篇曰：「華胥之國，蓋非舟車足力之所及，神游而已。」

玉壘庭紳，珠鄉勝踐。鐘鼎紛藹，江山悠緬。薛縣池平，萊州水淺。縣日月於鼇極，播天人於鳳瑑。其十。○瑰麗之詞，排奡之氣，直軼子安而上之，乃知盈川媿在盧前，恥居王後，非無因也。

玉壘，見王子安浄惠寺碑「玉阜」注。案：庭紳，猶言朝紳。○珠鄉，猶言珠庭，見上注。○文選文賦曰：「雖紛藹於此時。」李周翰注曰：「紛藹，繁多也。」○支道林詠懷詩曰：「悠緬歎時往。」楚語上韋注曰：「緬猶邈也。」○說苑善說篇：「雍門子周以琴見孟嘗君，曰：高臺既以壞，曲池既以漸。」史記孟嘗君傳曰：「孟嘗君名文，姓田氏。文之父曰靖郭君田嬰，嬰卒而文代立於薛。」正義曰：「薛故城在今徐州滕縣南四十四里。」案漢書地理志，魯國有薛縣，在今山東滕縣東南。○元和志曰：「河南道萊州掖縣：海在縣北五十二里。」案：今山東掖縣治。水淺，即用麻姑語，見楊炯尋楊隱居詩序注。○淮南子覽冥篇曰：「女媧斷鼇足以立四極。」高注曰：「鼇，大龜。天廢頓，以鼇足柱之。」○考工記玉人鄭注曰：「瑑，文飾也。」七籤卷七三洞經教部曰：「紫鳳赤書經云：此經舊文，藏在太上六合紫房之內，有六頭獅子巨獸夾牆，玉女玉童侍衛鳳文。」案：瑑，或作「椽」，誤。

唐宋文舉要乙編卷二　唐文十五首

霸縣高步瀛學

駱賓王

駱賓王，婺州義烏人。（義烏縣志云「字觀光」，恐未足信。）初爲道王府屬，歷武功縣主簿，調長安主簿，以薦遷侍御史。高宗時，政由武氏，賓王數諷諫，爲當時所忌，繫獄，後遇赦，除臨海縣丞，（新舊唐書皆有誤，此依陳西橋考訂。）棄官去。徐敬業起兵討武氏，署賓王爲府屬，爲敬業傳檄天下，兵敗亡命，不知所之。舊唐書人文苑傳，新書人文藝傳。

爲齊州父老請陪封禪表

舊唐書高宗紀曰：「麟德二年冬十月丁卯，將封泰山，發自東都。十二月丙午，御齊州大廳。乙卯，命有司祭泰山。丙辰，發靈巖頓。三年春正月戊辰朔，車駕至泰山頓，是日親祀昊天上帝於封祀壇。己巳，帝昇山行封禪之禮。庚午，禪於社首，祭皇地祇。辛未，御降禪壇。壬申，御朝壇受朝賀。改麟德三年爲乾封元年，諸行從文武官及朝覲華戎岳牧、致仕老人朝朔望者，三品已上賜爵二等，四品已下七品已上加階，八品以下加一階，勳一轉。諸老人百歲已上，版授下州刺史，婦人郡君；九十、八十，節級。齊州給復一年半，管嶽縣二年。所歷之處，無出今年租賦。乾封元年正月五日已前，大赦天下。」又地理志曰：「河南道齊州：漢濟南郡，隋爲齊郡，武德元年改爲齊州。」案：唐齊州治歷城縣，今山東歷城縣治。○駱集陳西橋（熙晉）注最爲精博，遠非明人舊注所及，今多從之，依前例不盡標出。

臣聞圓天列象，紫宮通北極之尊；大帝凝圖，玄猷暢東巡之禮。是知道隆光宅，既輯玉於雲臺；業紹禋宗，必塗金於日觀。以上言古代帝王皆封禪。

莊子説劍篇曰：「上法圓天，以順三光。」宋玉大言賦曰：「圓天爲蓋。」案：圓，一本作「元」。○易繫辭上曰：「在天成象。」韓康伯注曰：「象謂日月星辰。」○漢書李尋傳：「尋説王根曰：書云天聰明，蓋言紫宮極樞，通位帝紀。」注引孟康曰：「紫宮，天之北宮也；極，天之北極星也；樞是其迴轉者也。」天文志曰：「天極，其一明者，太一常居也。太一，天皇大帝也，與通極爲一體，故曰通位帝紀也。」晉書天文志上曰：「北極五星，鈎陳六星，皆在紫宮中。北極，北辰最尊者也，其紐，星天之樞也。」○上官游韶爲朝臣賀涼州瑞石表曰：「凝圖作紀。」書皋陶謨釋文引馬融曰：「凝，定也。」案：謂定圖籙之瑞也。○魏書尉元傳：「詔曰：尹王法玄猷以御世。」後漢書張純傳：「純奏上宜封禪，曰：『書曰：「歲二月東巡狩，至于岱宗，柴。」則封禪之義也。』」○書序曰：「昔在帝堯，聰明文思，光宅天下。」○書舜典曰：「輯五瑞，既月乃日，覲四岳羣牧，班瑞於羣后。」孔疏曰：「輯是合聚之意。下云『班瑞於羣后』，則知輯者，從羣后而斂之。」陳曰：「五瑞即五玉。」史記五帝本紀集解引鄭玄注曰：「執之曰瑞，陳列曰玉。」○雲臺，蓋指泰山。續漢書祭祀志上劉注引應劭漢官儀馬第伯封禪儀曰：「仰視巖石松樹，鬱鬱蒼蒼，若在雲中。」又曰：「東北百餘步，得封禪所，漢武在其北二十餘步，得北垂圓臺。」是泰山亦可稱曰雲臺。又御覽地部四引袁山松後漢書曰：「光武封泰山，雲氣成宮闕。」陳注引後漢書朱祐等傳論雲臺圖畫中興二十八將事，與上「輯玉」字不合，且與泰山無關也。○舜典曰：「禋于六宗。」釋文引馬融曰：「禋，精意以享也。」孔疏引賈逵曰：「六宗者，天宗三，日、月、星也；地宗三，河、海、岱也。」御覽禮儀部七引五經異義曰：「古尚書説六宗者，天地屬神之尊者，謂天宗三地宗三，天宗日、月、北辰也，地宗岱山、河、海也；日、月爲陰陽宗，北辰爲星宗，岱爲山宗，河爲水宗，海爲澤宗也；祀天則天文從，祀地則地理從。」步瀛案：六宗之説，古今不下數十家，紛紛聚訟，吴先生尚書故曰：「古尚書説者，賈逵説也。岱宗見于尚書，天宗見於月令，河宗見於穆天子傳。盧植注月令云：『天宗，六宗之神。』鄭月令注亦以日、月、星辰爲天宗，并同尚書説。駁異義乃云：『山川言望，則六宗無山川。郊祭主日配月，則郊天并祭日月。』因以星、辰、司中、司命、風師、雨師爲六宗。唐虞時未必有司中、司命等名，此所謂引唐律以斷漢獄者也。郊天并祭日月，蓋亦周制，五帝三王不同物，唐虞未必爾也。鄭謂『山川言望，則六宗無山川』，然周禮注以四望爲五嶽、四鎮、四瀆，而周禮四望之下每別言祀山川（春官大宗伯），則嶽瀆不兼其餘山川矣。此六宗有岱山、河、海，而下復言山川，正與周禮四望山川並舉者同例，不足異也。六宗自漢以來，衆家聚訟，應以古尚書説爲定。」○陳曰：「漢書外戚傳：『切皆銅沓冒，黃金塗。』然此以封禪必和金爲泥封之，故曰塗金也。」步瀛案：白虎通封禪篇曰：「或曰封者，金泥銀繩。」御覽禮儀部十五引漢官儀曰：「封者，以金泥銀繩，印之以璽。」○日觀，見盧昇之黎君碑注。

伏惟陛下乘乾握紀，纂三統之重光；御辯登樞，應千齡之累聖。故得河浮五老，啓赤文於帝期；海薦四神，奉丹書於王會。瑞開三脊，祥洽五雲。既而緝總章之舊文，摭辟雍之故事。非煙翼軑，移玉輦於梁陰；若月乘輪，秘金繩於岱巘。以上高宗時祥瑞。

一本無「伏惟」二字。○陛下，見李善上文選注表。○魏書高祖紀：「太和九年詔曰：朕承乾在位十有五年。」又羊深傳：「上疏曰：大魏承乾統物。」又良吏傳：「竇瑗上表曰：陛下應圖臨宇，握紀承天。」○爾雅釋詁曰：「纂，繼也。」漢書律曆志上曰：「三代各據一統，明三統常合而迭爲首，登降三統之首，周還五行之道也。故三五相包而生。天統之正，始施於子半，日萌色赤。地統受之於丑初，日肇化而黃，至丑半，日牙化而白。人統受之於寅初，日孳成而黑，至寅半，日生成而青。天施復於子，地化自丑畢於辰，人生自寅成於申。故歷數三統，天以甲子，地以甲辰，人以甲申。孟仲季迭用事爲統首。」白虎通三正篇曰：「王者所以存二王之後，何也？所以尊先王，通天下之三統也。」○書顧命曰：「昔君文王、武王宣重光。」○莊子逍遥遊篇曰：「御六氣之辯。」釋文曰：「六氣，司馬云：『陰、陽、風、雨、晦、明也。』李云：『平旦爲朝霞，日中爲正陽，日入爲飛泉，夜半爲沆瀣，天玄、地黃爲六氣。』」又曰：「辯如字，變也。」案：「辯」即「變」之通借字。謝玄暉三日侍宴曲水代人應詔詩曰：「於皇克聖，時乘御辯。」陳曰：「莊子本言道術，此以爲首出在位之義，然謝朓詩已作如此用矣。」顏曰：「樞即天樞也。」○晉書禮志序曰：「創千齡之英範。」魏書高祖紀：「太和八年詔曰：朕承累聖之洪基。」○宋書符瑞志上曰：「帝堯乃潔齋修壇場於河雒，擇良日，率舜等升首山，遵河渚。有五老遊焉，蓋五星之精也。相謂曰：『河圖將來告帝以期，知我者重瞳黃姚。』五老因飛爲流星，上入昴。二月辛丑昧明，禮備，至於日昃，榮光出河，休氣四塞，白雲起，回風摇，乃有龍馬銜甲，赤文緑色，臨壇而止，吐甲圖而去。甲似龜，背廣九尺，其圖以白玉爲檢，赤玉爲字，泥以黃金，約以青繩。檢文曰：『闓色授帝舜。』言虞、夏、殷、周、秦、漢當授天命。帝乃寫其言，藏於東序。」又互見後姚州破賊露布注。○初學記天部下引太公伏符陰謀曰：「武王伐紂，都洛邑，天大陰寒，雨雪十餘日。甲子朝，五車騎止王門之外，欲謁武王。師尚父使人出北門而道之曰：『天子未有出時。』武王曰：『諸神各有名乎？』師尚父曰：『南海神名祝融，北海神名玄冥，東海神名勾芒，西海神名蓐收，河伯名馮脩。』使謁者各以名召之，神皆警而見武王。王曰：『何以教之？』神曰：『天伐殷立周，謹來受命，各奉其使。』武王曰：『予歲時亦無廢禮焉。』」又互見露布注。○宋書符瑞志下曰：「赤雀，周文時銜丹書來至。」周書序曰：「周室既寧，八方會同，各以其職來獻，欲垂法厥後，作王會。」新唐書南蠻傳曰：「西爨之南，有東謝蠻。貞觀三年，其酋元深入朝，冠烏熊皮若注旄，以金銀絡額，被毛帔韋，行縢著履。中書侍郎顏師古上言：『昔周王時，遠國入朝，太史次爲王會篇；今蠻夷入朝，冠服不同，可寫爲王會圖。』詔可。」○管子封禪篇曰：「江淮之閒，一茅三脊，所以爲藉也。」又輕重丁曰：「江淮之閒，有一茅而三脊，毌至其本，名之曰菁茅。請使天子之吏環封而守之。夫天子則封於太山，禪於梁父。號令天下諸侯曰：『諸從天子封於太山、禪於梁父者，必抱菁茅一束以爲禪籍。不如令者，不得從。』」○庾子山周宗廟歌曰：「方定五雲官。」又周祀圓丘歌曰：「五雲飛，三步上。」○御覽禮儀部十二引尸子曰：「黃帝曰合宮，有虞氏曰總章，殷人曰陽館，周人曰明堂。」○禮記王制曰：「天子曰辟廱。」鄭注曰：「辟，明也，廱，和也，所以明和天下。」案：廱，俗作「雍」。白虎通辟雍篇曰：「天子立辟雍何？辟雍所以行禮樂，宣德化也。辟者璧也，象璧圓以法天也，雍之以水，象教化流行也；辟之言積也，積天下之道德，雍之爲言壅也，壅天下之儀則，故謂之辟雍也。」○漢書藝文志曰：「捃摭遺逸。」顏注曰：「捃摭謂拾取之，捃音九問反。」案：捃，一本作「紹」。○史記天官書曰：「若煙非煙，若雲非雲，郁郁紛紛，蕭索輪囷，是謂卿雲。」說文車部曰：「軑，車輨也。」

段注曰：「離騷曰：『齊玉軑而並馳。』王逸釋爲車轄，非也。玉篇、廣韻皆云車轄，『轄』皆『輨』之誤也。」説文又曰：「輨，轂耑錔也。」段曰：「錔者以金有所冒也。轂孔之裏，以金裏之曰釭；轂孔之外，以金表之曰輨。輨之言管也。」方言曰：「關之東西曰輨，南楚曰軑，趙魏之閒曰鍊鏅。」（卷九）軑音大。步瀛案：軑，一本作「馭」。○潘安仁籍田賦曰：「天子乃御玉輦，蔭華蓋。」○梁甫，已見盧昇之黎君碑注。又續漢書祭祀志上曰：「建武三十二年二月二十五日甲午，禪祭地於梁陰。」陳曰：「梁陰謂梁甫之陰也。山北曰陰。」史記封禪書正義引括地志曰：「梁父山在兗州泗水縣北八十里。」○魏書術藝張淵傳：「嘗著觀象賦曰：美景星之繼晝，大唐堯之德盛。」原注曰：「瑞應圖曰：景星大如半月，生於晦朔，助月光明，當堯之時，有此星見。」薛玄卿老氏碑曰：「星光若月，雲氣飛煙。」○金繩，見上注。新唐書禮樂志四曰：「乾封元年，封泰山，爲圓壇，山南四里，號封祀壇。玉策三，以玉爲簡，長一尺二寸，廣一寸二分，厚三分，刻而金文。玉匱一，長一尺三寸，以藏上帝之册。金匱二，以藏配帝之册，纏以金繩五周，金泥玉璽。」

臣等質均芻狗，陰謝桑榆。幸屬堯鏡多輝，照餘光於連石；軒圖廣耀，追盛禮於摐金。然而鄒魯舊邦，臨淄遺俗，俱沐二周之化，咸稱一變之風。境接青疇，俯瞰獲麟之野；山開翠屺，斜連辨馬之峯。豈可使稷下遺氓，頓隔陪封之禮；淹中故老，獨奏告成之儀[一]？是用就日披丹，仰璧輪之三舍；望雲

[一] 奏：陳箋駱集校曰：「一作『奉』。」四部叢刊影上海涵芬樓藏明翻元刊本駱賓王文集、四庫全書本駱丞集作「奉」。

抒素，叫天閽於九重。儻允微誠，許陪大禮。則夢瓊餘息，翫仙闕以相懽；就木殘魂，遊岱宗而載躍。以上請陪封禪。○宏博典麗，而以肅括出之，故端重不佻。

芻狗，見盧昇之黎君碑注。○陳曰：「初學記天部引淮南子云：『日西垂，景在樹端，謂之桑榆。』按今本天文訓中無此語。劉鑠擬古詩『願垂薄暮景，照妾桑榆時』，李善注：『東觀漢記：「光武曰：失之東隅，收之桑榆。」』」○御覽服用部十九引玄中記曰：「尹壽作鏡。」陳曰：「稗史類編玄中記：尹壽，堯臣也。」○淮南子天文篇曰：「日至于連石，是謂下舂。」高注曰：「連石，西北山。連音爛。」○初學記地部中引河圖曰：「黃帝云：『余夢見兩龍，挺白圖，即帝以授余於河之都。』天老曰：『天其授帝圖乎？』試齋以往視之。黃帝乃齋河洛之間，求象見者。至於翠嬀泉，大盧魚折溜而至，乃問天老：『子見中河折溜者乎？』見之，與天老跪而受之。魚汎白圖，蘭采朱文，以授黃帝。舒視之，名曰綠圖。」○文選子虛賦「摐金鼓」，李注引韋昭曰：「摐，擊也。音窗。」沈休文侍遊方山應詔詩曰：「摐金浮水若，聲蹕映山祇。」○漢書韋賢傳：「韋孟在鄒詩曰：濟濟鄒魯，禮義唯恭。」元和郡縣志曰：「河南道兗州：春秋時爲魯國，鄒縣本漢騶縣地，故邾國，魯之附庸，魯穆公改邾爲鄒，因鄒山以爲名。」清統志曰：「山東兗州府：魯國故城，今曲阜縣治；邾國故城，在鄒縣。」○元和郡縣志曰：「河南道青州臨淄縣：古營丘之地，吕望所封，齊之都也。齊州：戰國時屬齊國。」清統志曰：「山東青州府：臨淄故城，在今臨淄縣八里。」陳曰：「鄒魯謂兗州，臨淄謂齊州。」○陳曰：「二周，西周、東周也。」步瀛案：周武王都鎬京爲西周，平王東遷洛邑爲東周。東遷後又有東、西周。史記周本紀曰：「王赧時，東、西周分治。」索隱曰：「西周，河南也；東周，鞏也。」西周策言「楚請道於二周之閒」是也。唐以長安爲西京，洛陽爲東京，故以二周爲喻。李令伯陳情表曰：「沐浴清化。」

○論語述而篇曰：「齊一變至於魯，魯一變至於道。」魏書慕容白曜傳：「爲書喻崔道固曰：臨齊境想一變之清風。」○元和郡縣志曰：「河南道青州：禹貢青州之地。齊州：禹貢兗州之地。」又曰：「鄆州鉅野縣：大野澤：一名鉅野，在縣東五里，南北三百里，東西百餘里。爾雅十藪，魯有大野，西狩獲麟於此澤。」○詩陟屺毛傳曰：「山有草木曰屺。」○論衡書虛篇曰：「傳書或言：『顏淵與孔子俱上魯太山，孔子東南望，吴閶門外有繫白馬，引顏淵指以示之，曰：「若見吴閶門乎？」顏淵曰：「見之。」孔子曰：「門外何有？」曰：「有如繫練之狀。」孔子撫其目而止之，因與俱下。下而顏淵髮白齒落，遂以病死。』」○水經淄水注曰：「系水傍城北流，逕陽門西，水次有故封處，所謂齊之稷下也。劉向別録以稷爲齊城門名也。談説之士，期會於稷門下，故曰稷下也。左傳昭公二十二年：莒子如齊，盟于稷門之外。」○漢書藝文志曰：「禮古經者，出於魯淹中。」注引蘇林曰：「里名也。」續漢書郡國志：「魯國，奄國。」劉昭注引皇覽曰：「奄里，伯公冢在城内祥舍中。」案：「淹」「奄」字通。清統志謂奄里在山東兗州府曲阜縣城東。○禮記禮器曰：「因名山升中於天。」鄭注曰：「名猶大也，升上也，中猶成也，謂巡狩至於嶽，燔柴祭天，告以諸侯之成功也。」白虎通封禪篇曰：「王者易姓而起，必升封泰山，何？報告之義也。始受命之日，改制應天，天下太平，功成封禪，以告太平也。」○史記五帝本紀曰：「帝堯者，就之如日，望之如雲。」○晉書王濬傳：「濬上書自理曰：披布丹心。」○梁簡文帝謝賜新歷表曰：「琯叶璧輪，慶休寶歷。」○淮南子覽冥篇曰：「魯陽公與韓搆難，戰酣，日暮援戈而撝之，日爲之退三舍。」高誘注曰：「舍，次宿也。」文選郭景純遊仙詩李善注引許慎注曰：「二十八宿，一宿爲一舍。」○王子淵聖主得賢臣頌曰：「敢不略陳愚心而抒情素？」○楚辭離騷曰：「吾令帝閽開關兮，倚閶闔而望予。」王注曰：「帝，謂天帝也；閽，主門者。」招魂曰「虎豹九關」，王注曰：「天門九重。」楊子雲甘泉賦曰：「選巫咸兮叫帝閽。」○庚子山爲杞公讓宗師驃騎表曰：「伏願覽青蒲之奏，曲允微誠。」○左成十七年曰：「聲伯夢涉洹，或與己瓊瑰，食之，泣而爲瓊瑰，盈其懷。」○房喬年諫伐高麗表曰：「謹罄殘魂餘息，預代結草之誠。」○左僖公二十三年曰：「公子取季隗。將適齊，謂季隗曰：『待我二十五年，不來而後嫁。』對曰：『我二十五年矣又如是而嫁，則就木焉。請待子。』」杜注曰：「言將死入木。」○文選劉公幹贈五官中郎將詩曰：「常恐遊岱宗，不復見故人。」李善注引孝經援神契曰：「太山，天帝孫也，主招人魂。」尚書曰：「至於岱宗。」太山爲四岳宗也。謝希逸慶皇太子玄服表曰：「率天罄世，莫不載躍。」

和閨情詩啓

集「和」下有「道士」二字，亦作「學士」。秦近光（恩復）曰：「按以代女道士王靈妃贈道士李榮詩證之，似即道士李榮也。」陳西橋曰：「此蓋從學士處得道士所寄詩並序，近本因啓首『學士』二字，遂改題作學士，誤矣。」步瀛案：代贈詩可證爲閨情，未能證其爲和，秦、陳説亦未確。今依文苑英華，但題爲和閨情詩啓，不必强其人以實之。

賓王啓：學士袁慶隆奉宣教旨，垂示閨情詩並序。跪發珠韜，伏膺玉札。類西秦之鏡，照徹心靈；同南指之車，導引迷誤。以上得其來詩。

學士，見王子安滕王閣餞別序注。○陳曰：「袁慶隆，一作袁慶，今從文苑英華。按初學記天部有袁慶奉和煬帝月夜觀星詩，淵鑒類函作袁慶隆，或是隋臣仕唐，抑別有其人，未能詳也。」○晉書王沈傳：「主簿陳厥、褚䂮曰：奉省教旨，伏用感歎。」○魏文帝與鍾大理書曰：「捧匣跪發，五内震駭。」神仙傳卷一老子傳引珠韜玉機、金篇内經。○禮記中庸曰：「則拳拳服膺。」「伏」「服」字通。御覽道部十五引紫書金根經曰：「投玉札於上清。」○西京雜記卷上曰：「高祖初入咸陽宫，周行府庫，金玉珍寶，不可稱言。其尤驚異者，有方鏡，廣四尺，高五尺九寸，表裏有明，人直來照之，影則倒見。以手掩心而來，則見腸胃五臟，歷然無硋。人有疾病在内，掩心而照之，則知病之所在。又女子有邪心，則膽張心動。秦始皇常以照宫人，膽張心動者則殺之。」○隋書經籍志曰：「詩者，所以導達心靈，歌詠情志者也。」○古今注卷上曰：「大駕指南車，起黄帝與蚩尤戰於涿鹿之野，蚩尤作大霧，兵士皆迷，於是作指南車以示四方，遂擒蚩尤而即帝位，故後常建焉。舊説周公所作也。周公治致太平，越裳氏重譯來貢白雉一，黑雉二，象牙一，使者迷其歸路，周公錫以文錦二疋，軿車五乘，皆爲司南之制，使越裳氏載之以南，緣扶南、林邑海際，朞年而至其國。」宋書禮志五曰：「指南車，其始周公所作，以送荒外遠使。地域平漫，迷於東西，造立此車，使常知南北。」鬼谷子云：「鄭人取玉，必載司南，爲其不惑也。」（謀篇）

竊維詩之興作，肇基邃古。唐歌虞詠，始載典謨；商頌周雅，方陳金石。其後言志緣情，二京斯盛；含毫瀝思，魏晉彌繁。布在縑簡，差可商略。李都尉鴛鴦之辭，纏綿巧妙；班婕妤霜雪之句，發越清迴。平子桂林，理在文外；伯喈翠鳥，意盡行間。河朔詞人，王劉爲稱首；洛陽才子，潘左爲先覺。若乃子建之牢籠羣彦，士衡之籍甚當時，並文苑之羽儀，詩人之龜鏡。爰逮江左，謳謡不輟。非有神骨仙才，專事玄風道意。顔謝特挺，戕伐典麗。自茲以降，聲律稍精。其閒沿改，莫能正本。以上古今詩歌之遷變。

文心雕龍明詩篇曰：「大舜云：『詩言志，歌永言。』聖謨所析，義已明矣。昔葛天樂辭，玄鳥在曲；黄帝雲門，樂不空絃。至堯有大章之歌，舜造南風之詩。觀其二文，辭達而已。」案：「歌永言」在舜典（今本），此云「典謨」，通言之耳，亦猶彦和稱爲「聖謨」也。○楚辭天問曰：「遂古之初，誰傳道之？」王而農通釋曰：「『遂』與『邃』通，遠也。」○詩譜曰：「商者，契所封之地，十四世至湯定天下，後世有中宗、高宗，此三王有受命中興之功，時有作詩頌之者。商德之壞，武王伐紂，乃封紂兄微子啓爲宋公，七世至戴公時，大夫正考父者校商之名頌十二篇於周太師，以那爲首，歸以祀其先王。孔子録詩之時，則得五篇而已。」又曰：「小雅、大雅者，周室居西都豐鎬之時詩也。大雅之初，起自文王，至於文王有聲，據隆盛而推原天命，上述祖考之美；小雅自鹿鳴至於魚麗，先其文所以治內，後其武所以治外。此二雅逆順之次，要於極賢聖之情，著天道之助，如此而已矣。」○周禮春官太師曰：「皆播之以八音，金、石、土、革、絲、木、匏、竹。」鄭注曰：「金，鐘鎛也；石，磬也。」班孟堅東都賦曰：「陳金石，布絲竹。」○文選陸士衡文賦曰：「詩緣情而綺靡。」李善注曰：「詩以言志，故曰緣情。」○文賦曰：「或含毫而邈然。」薛元超奉和同太子監守違戀詩曰：「瀝思叶神飆。」○禮記中庸曰：「布在方策。」○蜀志鄧芝等傳曰：「楊戲商略，意在不羣。」○漢書李陵傳曰：「拜爲騎都尉。」鴛鴦，已見王子安别洛下知己序注。初學記人部引作李陵贈蘇武詩，與文選以爲蘇武古詩異。○文賦曰：「誄纏綿而悽愴。」馬季長長笛賦曰：「窮妙極巧。」○漢書外戚傳曰：「孝成班倢伃居增成舍，其後趙飛燕姊弟驕妒，倢伃恐久見危，求共養太后長信宮，上許焉。」案：「倢仔」「婕妤」字同。班婕妤怨歌行曰：「新裂齊紈素，皎潔如霜雪。裁爲合歡扇，團團似明月。出入君懷袖，動摇微風發。常恐秋節至，涼風奪炎熱。棄捐篋笥中，恩情中道絶。」詩品上曰：「漢婕妤班姬團扇短章，詞旨清捷，怨深文綺，得匹婦之致。」文心雕龍明詩篇曰：「成帝品録三百餘篇，朝章國采，亦云周備，而辭人遺翰，莫見五言，所以李陵、班婕妤見疑於後代也。」○隋書文學傳序曰：「江左宫商發越，貴於清綺。」鮑明遠舞鶴賦曰：「抱清迥之明心。」○後漢書張衡傳曰：「衡字平子，南陽西鄂人也。」案：文選張平子四愁詩曰：「我所思兮在桂林，欲往從之湘水深，側身南望涕沾襟。」○文心雕龍隱秀篇曰：「夫隱之爲體，義主文外。」○後漢書蔡邕傳曰：「邕，字伯喈，陳留圉人也。」案：蔡伯喈翠鳥詩曰：「庭陬有若榴，緑葉含丹榮。翠鳥時來集，振翼修形容（二字疑互倒）。回顧生碧色，動摇揚縹青。幸脱虞人機，得親君子庭。馴心託君素，雌雄保百齡。」○梁簡文帝答新渝侯和詩書曰：「風雪吐於行間。」○陳曰：「桂林隱託憂時，故曰理在文外；翠鳥專工賦物，故曰意盡行間。」○曹子建與楊德祖書曰：「孔璋鷹揚於河朔。」陳曰：「魏都鄴，故曰河朔。」○魏志王粲傳曰：「粲字仲宣，山陽高平人也。始文帝爲五官將，及平原侯植，皆好文學，粲與東平劉楨字公幹，並見友善。」詩品序曰：「降及建安，曹公父子篤好斯文，平原兄弟鬱爲文棟，劉楨、王粲爲其羽翼。」晉書陸機傳：「唐太宗制曰：故足遠超枚馬，高躡王劉。」○洛陽才子，見盧昇之樂府雜詩序注。宋書謝靈運傳論曰：「自漢至魏，四百餘年，辭人才子，文體三變。」陳曰：「晉都洛陽。」○晉書文苑傳曰：「左思，字太沖，齊國臨淄人也。」餘見樂府雜詩序注。○魏志陳思王植傳曰：「植字子建，善屬文。」淮南子本經篇曰：「牢籠天地。」周書王褒庾信傳贊曰：「唯王褒、庾信，奇才秀出，牢籠於一代。」○謝玄暉酬德賦曰：「及士衡之藉甚，託壯武之高義。」漢書陸賈傳曰：「名聲籍甚。」案：「藉」「籍」字通。○魏書文苑傳序曰：「曹植信魏世之英，陸機則晉朝之秀。」○文心雕龍才略篇曰：「後漢才林，可參西京；晉世文苑，足儷鄴都。」羽儀，已見盧昇之黎君碑注。班孟堅幽通賦曰：「有羽儀於上京。」○隋書魏澹傳曰：「澹別爲魏史義例曰：此即前代之茂實，後人之龜鏡也。」○宋書謝靈運傳論曰：「遺風餘烈，事極江左。有晉中興，玄風獨振，爲學窮於柱下，博物止乎七篇，馳騁文辭，義單乎此。自建武暨乎義熙，歷載將百，雖綴響聯辭，波屬雲委，莫不寄言上德，託意玄珠，遒麗之辭，無聞焉爾。仲文（殷浩）始革孫（綽）許（詢）之風，叔元（謝混）大變太元（晉武年號）之氣。爰逮宋氏，顔謝騰聲。靈運之興會標舉，延年之體裁明密，並方軌前秀，垂範後昆。」詩品序曰：「永嘉時貴黃老，稍尚虚談，於時篇什，理過其辭，淡乎寡味。爰及江表，微波尚傳。孫綽、許詢、桓、庾諸公詩，皆平典似道德論，建安風力盡矣。」又互見盧昇之樂府雜詩序注。○陳曰：「東晉都建業，故曰江左，宋、齊、梁、陳因之。」○楚辭九思傷時曰：「乘戈龢兮謳謠。」○漢武帝内傳曰：「王母遣侍女郭密香與上元夫人相問云：劉徹好道，適來視之，見徹了了，似可成進，然形慢神穢，骨無津液，雖嘗語之以至道，殆恐非仙才也。」○文選江文通雜詩李善注引李充玄宗賦曰：「慕玄風之遐裔，余皇祖曰伯陽。」○宋書顔延之傳曰：「延之字延年，琅邪臨沂人也。」謝靈運傳曰：「陳郡陽夏人也，襲封康樂公。世共宗之，咸稱謝康樂也。」○陳曰：「自茲以降，謂齊梁諸代。」○謝靈運傳論曰：「夫五色相宣，八音協暢，由乎玄黃律吕，各適物宜，欲使宫羽相變，低昂互節。若前有浮聲，則後須切響。一簡之内，音韻頓殊；兩句之中，輕重悉異。妙達此旨，始可言文。」南齊書文學陸厥傳曰：「永明末，盛爲文章，吴興沈約、陳郡謝朓、琅邪王融，以氣類相推轂，汝南周顒，善識聲韻。約等文皆用宫商，以平上去入爲四聲，以此制韻，不可增減，世呼爲永明體。」又載沈約答陸厥書曰：「宫商之聲有五，文字之别累萬。以累萬之繁，配五聲之韻，高下低昂，非思力所舉。又非若斯而已也。十字之文，顛倒相配，字不過十，巧歷已不能盡，何況復過於此者乎？」隋書文學傳序曰：「梁自大同之後，雅道淪缺，漸乖典則，争馳新巧。簡文、湘東，啓其淫放；徐陵、庾信，分路揚鑣。詞尚輕險，情多哀思。周氏吞併梁、荆，此風扇於關右，流宕忘反，無所取裁。高祖初統萬機，每念斲雕爲樸，發號施令，咸去浮華。然時俗詞藻，猶多淫麗。煬帝初習藝文，有非輕側之論，暨乎即位，一變其風。其與越公書、東都詔、冬至受朝詩及擬飲馬長城窟，並存雅體，歸於典制。雖意在驕淫，而詞無浮蕩，故當時綴文之士，遂得依而取正焉。」

天縱明睿，卓爾不羣。聽新聲，鄙師涓之作；聞古樂，笑文侯之睡。以封魯之才，追自衞之迹。宏茲雅奏，抑彼淫哇。澄五際之源，救四始之弊。固可以用之邦國，厚此人倫。俯屈高調，聊同下里。思入熊巧，文隨手變。俟調慚其曼聲，延年愧其新曲。以上贊其閨情詩之美。

江總持玄圃石室銘曰：「天縱儲睿。」○漢書景十三王傳贊曰：「夫惟大雅，卓爾不羣，河閒獻王近之矣。」○韓子十過篇曰：「昔者衞靈公將之晉，至濮水之上，稅車而放馬，設舍以宿。夜分，而聞鼓新聲者而說之。使人問左右，盡報弗聞。乃召師涓而告之曰：『有鼓新聲者，其狀似鬼神，子爲聽而寫之。』師涓曰：『諾。』因静坐撫琴而寫之。之晉，晉平公觴之於施夷之臺。酒酣，靈公曰：『有新聲，願請以示。』平公曰：『善。』乃召師涓，令坐師曠之旁，援琴鼓之。未終，師曠撫止之，曰：『此亡國之聲，不可遂也。』平公曰：『此道奚出？』師曠曰：『此師延之所作，與紂爲靡靡之樂也。及武王伐紂，師延東走，至於濮水而自投。故聞此聲，必於濮水之上。先聞此聲者，其國必削，不可遂。』平公曰：『寡人所好者音也，子其使遂之。』師涓鼓究之。平公曰：『此所謂何聲也？』師曠曰：『此所謂清商也。』」又見史記樂書。○禮記樂記：「魏文侯問於子夏曰：吾端冕而聽古樂，則唯恐臥。」○史記魯世家曰：「封周公旦於少昊之虚，是爲魯公。」論語泰伯篇曰：「如有周公之才之美。」○論語子罕篇曰：「吾自衞反魯，然後樂正，雅頌各得其所。」○高士廉文思集要序曰：「及曲阜佐周，攝政踐祚，而又闕里自衞，將聖多能。」陳曰：「封魯謂周公，自衞謂孔子。」○法言吾子篇曰：「中正則雅，多哇則鄭。」李注曰：「多哇，淫聲繁越也。」○漢書翼奉傳：「奉奏封事曰：易有陰陽，詩有五際，臣奉竊學齊詩，聞五際之要。」顔注引孟康曰：「詩内傳曰：『五際，卯酉午戌亥也。陰陽終始際會之歲，於此則有變改之政也。』」四始，見樂府雜詩序注。又詩關雎序孔疏曰：「四始者，鄭答張逸云：『風也，小雅也，大雅也，頌也，此四者，人君行之則爲興，廢之則爲衰。』案詩緯汎歷樞云：『大明在亥，水始也；四牡在寅，木始也；嘉魚在巳，火始也；鴻雁在申，金始也。』與此不同者，緯文因金木水火有四始之義，以詩文託之。又鄭作六藝論引春秋緯演孔圖云『詩含五際六情』者，鄭以汎歷樞云：『午亥之際爲革命，卯酉之際爲改正。辰在天門，出入候聽。卯，天保也；酉，祈父也；午，采芑也；亥，大明也。然則亥爲革命，一際也；亥又爲天門出入候聽，二際也；卯爲陰陽交際，三際也；午爲陽謝陰興，四際也；酉爲陰盛陽微，五際也。』」○詩序曰：「關雎，后妃之德也，風之始也，所以風天下而正夫婦也，故用之鄉人焉，用之邦國焉。」又曰：「先王以是經夫婦，成孝敬，厚人倫，美教化，移風俗。」○馬季長長笛賦曰：「號鍾高調。」○宋玉對楚王問曰：「客有歌於郢中者，其始曰下里巴人，國中屬而和者數千人。」○陸士衡文賦曰：「其會意也尚巧。」又曰：「因宜適變。」○淮南子氾論篇曰：「侯同曼聲之歌。」高誘注曰：「二人善歌者。一曰：曼，長。」通典樂典五引許慎曰：「曼聲，長聲也。」蓋即淮南子注，高注後一説即許義。高以侯同、曼聲爲二人，非也。風俗通聲音篇曰：「漢書孝武皇帝賽南越，禱祠太一后土，始用樂人侯調依琴作坎坎之樂，言其坎坎應節奏也，侯以姓冠章耳。」案：據此則侯調爲漢武帝時樂人，即侯同也。「調」从「周」

聲，往往與「同」字相亂。離騷「求榘矱之所同」，「同」與下「調」韻，則當依淮南氾論篇作「周」。（孫仲容札迻卷十二）七諫謬諫「恐榘矱之不同」，舊校：「同，一作『周』。」史記衛將軍傳「大當户銅離」，集解引徐廣曰：「一作『稠離』。」皆其證也。他本侯調作韓娥，雖見列子湯問篇，然恐後人因不知侯調而改之耳。○漢書禮樂志曰：「至武帝乃立樂府，以李延年爲協律都尉，多舉司馬相如等數十人，造爲詩賦，略論律呂，以合八音之調，作十九章之歌。」佞幸傳曰：「李延年，中山人，身及父母兄弟，皆故倡也。延年坐法腐刑，給事狗監中，延年善歌，爲新變聲。是時上方興天地諸祠，欲造樂，令司馬相如等作詩頌，延年輒承意弦歌所造詩，爲之新聲曲。」

走以不敏，謬蒙提及，謹抽詞奉和，輕以上呈。未近詠歌，伏深悚恧。謹啓。以上奉和。○莊雅不佻。

文選東京賦曰：「走雖不敏，庶斯達矣。」薛注曰：「走使之人，如今言僕矣；不敏猶不達也。」李善注曰：「司馬遷書曰『太史公牛馬走』（「牛」當作「先」）。」孝經：「曾子曰：參不敏。」○抽詞，各本作「申」字，陳依文苑英華改。謝惠連雪賦曰：「抽子祕思，騁子妍辭。」○文選任彦昇奉答敕示七夕詩啓李善注引任昉集：「詔曰：『聊爲七夕詩五韻，殊未近詠歌。卿雖訥於言，辨於才，可即制付使者。』（此梁武帝詔）」○梁簡文帝上大法頌表曰：「伏兼悚恧。」

與博昌父老書

元和郡縣志曰：「河南道青州博昌縣：本漢舊縣，屬千乘郡。昌水其勢平博，故曰博昌。後漢以千乘郡爲樂安國，博昌縣仍屬焉。高齊省移樂陵縣，此屬樂安郡。隋開皇三年，罷郡，樂陵縣屬青州。十六年，改爲博昌縣。」清統志曰：「山東青州府：博昌故城，在博興縣南二十里。」樂安故城，今博興縣治，唐總章二年移博昌來治樂安，即書中言移郡就樂安故城也。

某月日，駱賓王謹致書於博昌父老：承並無恙，幸甚幸甚。雲雨俄別，封壤異鄉。春渚青山，載勞延想；秋天白露，幾變光陰。古人云「別易會難」，不其然也？以上離別之感。

顏師古匡謬正俗卷八曰：「應劭風俗通義釋『無恙』云：『上古之時，草居露宿。恙，噬人蟲也，善食人心，人每患苦之。凡相問曰「無恙乎」，非謂疾也。』爾雅云：『恙，憂心也。』（今釋詁無「心」字，邵氏、郝氏皆以爲舊注之文。）楚辭九辯云：『還及君之無恙。』此言及君之無憂，豈謂不被蟲噬乎？漢元帝詔貢禹曰：『今生有疾，何恙不已，乃上疏乞骸骨？』此言病何憂不差而乞骸骨，豈又被蟲食心邪？凡言無恙，謂無憂耳，安得食人之蟲總名恙乎？」邵二雲爾雅正義曰：「顏師古之辨篤矣。應劭本於易緯。據許氏說文當作『它』。」案：馬氏意林：「風俗通曰：按易傳，上古之時，草居露宿，冬則山南，夏則山北，有恙蟲善爲人作患，故人平居曰無恙。」（藝文類聚方術部，史記刺客傳索隱，御覽人事部十七、疾病部二皆引之，互有同異。）周勤補（廣業）注以爲子夏易傳之文，未知何據。邵氏以爲易緯，近之。說文曰：「它，蟲也。上古穴居患它，故問：無它乎？」邵氏申此以抑應氏。然應說亦自有本，古人語源，往往類此。顏氏之辨，亦未必是也。朱豐芑以「恙」爲「蛘」之借字（說文通訓定聲壯部）。陳西橋曰：「此博昌父老先有書貽臨海，故曰『承並無恙』也。」○徐孝穆報尹義尚書曰：「別離二國，雲雨十年。」○謝玄暉與江水曹詩曰：「別後能相思，何嗟異封壤。」案：陳本「封」作「風」，引裴讓之酬徐陵詩曰：「方域殊風壤。」○謝玄暉辭隋王牋曰：「唯待青江可望，候歸艎於春渚。」○魏書宗欽傳：「欽與高允書曰：延想積久。」○江文通別賦曰：「秋露如珠，秋月如珪，明月白露，光陰往來。」○魏文帝燕歌行曰：「別日何易會日難。」顏氏家訓風操篇曰：「別易會難，古人所重。」

自解攜襟袖，一十五年，交臂存亡，略無半在。張學士溘從朝露，辟閭公倏掩夜臺。故吏門人，多遊蒿里；耆年宿德，但見松丘。嗚呼！泉壤殊途，幽明永隔。人理危促，天道奚言。感今懷昔，不覺涕之無從也。過隙不留，藏舟難固。追維逝者，浮生幾何。哀緣物興，事因情感。雖蒙莊一指，殆先覺於勞生；秦佚三號，詎忘情於怛化。啜其泣矣，尚何云哉？以上哀故人之喪逝。

陶淵明閑情賦曰：「願衿袖以緬邈。」陳曰：「按集中有爲齊州父老請陪封禪表，在高宗麟德元年封泰山時作。此書所稱『解攜襟袖，一十五年』，臨海如以麟德元年離齊計，麟德二年、乾封二年、總章二年、咸亨四年、上元二年、儀鳳三年，自麟德至是年，凡十五年，次年即調露元年也。據書中『于役不遑』及『途經密邇』之句，臨海蓋以行役復至齊境也。證以邊夜、蓬萊鎮、使海曲諸詩，當是由燕至齊，疑在調露初也。」○莊子田子方篇曰：「交一臂而失之。」○陸士衡歎逝賦序曰：「余年方四十，而懿親戚屬，亡多存寡，昵交密友，亦不半在。」○漢書蘇武傳：「李陵謂武曰：人生如朝露，何久自苦如此？」江文通別賦曰：「朝露溘至。」離騷王注曰：「溘猶奄也。」（謂奄然也。）○阮元瑜七哀詩曰：「漫浪長夜臺。」陸士衡挽歌詩曰：「送子長夜臺。」○元和姓纂卷十曰：「衞文公支孫，以居楚丘營辟閭里，因爲辟閭氏。」齊乘卷五曰：「辟閭渾墓在壽光西南三十里。渾，晉幽州刺史。」案：渾墓在山東壽光縣，知辟閭氏爲青州著姓，特所稱辟閭公，未詳其名字、事蹟耳。陳曰：「張學士、辟閭公，並是臨海父令博昌時所交遊者，故云。」（又曰：「張學士或作畦學士。」）○後漢書黨錮傳曰：「又詔州郡，用考黨人門生故吏父子兄弟，其在位者，免官禁錮。」○古今注卷中曰：「薤露、蒿里，並喪歌也，出田横門人。横自殺，門人傷之，爲之悲歌，言人命如薤上之露，易晞滅也，亦謂人死魂魄歸乎蒿里，故有二章。一章曰：『薤上朝露何易晞，露晞明朝還復滋，人死一去何時歸？』其二曰：『蒿里誰家地，聚斂魂魄無賢愚。鬼伯一何相催促，人命不得少踟躕。』至孝武時，李延年乃分爲二曲，薤露送王公貴人，蒿里送士大夫庶人，使挽柩者歌之，世呼爲挽歌。」漢書武五子傳：「廣陵厲王胥自歌曰：蒿里召兮郭門閲。」顔注曰：「蒿里，死人里。」○晉書苻生載記：「閻負殊曰：其耆年碩德德侔尚父者，則太師魚遵。」漢書武帝紀曰：「諫大夫皆名儒宿德爲之。」○文選古詩李善注引仲長子昌言曰：「古之葬者，松柏梧桐以識其墳。」○潘安仁寡婦賦曰：「下臨兮泉壤。」又悼亡詩曰：「泉壤永幽隔。」○文選陸士衡樂府塘上行李善注引司馬遷悲士不遇賦曰：「天道悠昧，人理促兮。」○江文通恨賦曰：「人生到此，天道寧論。」○潘安仁爲諸婦祭庾新婦文曰：「伏膺飲淚，感今懷昔。」○禮記檀弓上：「孔子曰：予惡夫涕之無從也。」後漢書耿恭傳論曰：「余覽耿恭疏勒之事，喟然不覺涕之無從。」○禮記三年問曰：「三年之喪，二十五月而畢，若駟之過隙。」釋文：「隙，本又作『郤』，空隙之地也。」莊子知北遊篇曰：「人生天地之閒，若白駒之過隙，忽然而已。」又盜跖篇曰：「天與地無窮，人死者有時，操有時之具而託於無窮之閒，忽然無異騏驥之馳過隙也。」○莊子大宗師曰：「夫藏舟於壑，藏山於澤，謂之固矣。然而夜半有力者負之而走，昧者不知也。」○魏文帝與吳質書曰：「既痛逝者，行自念也。」盧子行勞生論曰：「進惟疇昔，勤矣厥生。」○莊子刻意篇曰：「其生若浮，其死若休。」○陸士衡歎逝賦曰：「哀緣情而來宅。」○文心雕龍明詩篇曰：「人稟七情，應物斯感。」莊子齊物論篇曰：「以指喻指之非指，不若以非指喻指之非指也。以馬喻馬之非馬，不若以非馬喻馬之非馬也。天地一指也，萬物一馬也。」郭注曰：「今是非無主，紛然殽亂，明此區區者，各信其偏見，而同於一致耳。仰觀俯察，莫不皆然。是以至人知天地一指也，萬物一馬也，故浩然大寧，而天地萬物各當其分，同於自得，而無是無非也。」蒙莊，見盧昇之黎君碑注。○莊子大宗師曰：「夫大塊載我以形，勞我以生，佚我以老，息我以死。」○莊子養生主曰：「老聃死，秦失弔之，三號而出。」釋文曰：「失，本又作『佚』。」大宗師篇曰：「子來有病，子犁往問之，曰：叱，避無怛化。」釋文曰：「怛，丁達反，驚也。」○詩中谷有蓷曰：「啜其泣矣，何嗟及矣。」○司馬子長報任安書曰：「如僕尚何言哉，尚何言哉！」

又聞移縣就樂安故城。廨宇邑居，咸徙其地；里閈阡陌，徒有其名。荒徑三秋，蔓草滋於舊館；頹墉四望，拱木多於故人。嗟乎！仙鶴來歸，遼東之城郭猶是；靈烏代謝，漢南之陵谷已非。以上感今昔之變遷。

隋書地理志北海郡博昌縣注曰：「舊曰樂安，開皇十六年改焉。」舊唐書地理志曰：「青州博昌：漢縣，治故郡城。樂安：隋縣，武德二年屬乘州，州廢屬青州，總章二年移治於今所。」○周書藝術黎景熙傳曰：「時外史廨宇屢移，未有定所。」○文選吳都賦劉淵林注曰：「廨猶署也。」○文選蜀都賦曰：「里閈對出。」劉淵林注曰：「閈，里門也。」史記秦本紀索隱引風俗通曰：「南北曰阡，東西曰陌。河東以東西爲阡，南北爲陌。」程易疇通藝録六阡陌考曰：「天下之川皆東流，故川横則澮縱，洫又横，溝又縱，遂又横。遂又横者，其畎必縱，而畝陳於東，是故東畝者，天下之大勢也。遂上有徑，當百畝之閒，故謂之陌，其徑東西行，故曰『東西曰陌』也。遂上之徑東西行，則溝上之畛必南北行，畛當千畝之閒，故謂之阡，而曰『南北曰阡』也。此阡陌之通義，通義出於東畝，東畝者，天下之大勢也。然天下之川大勢雖皆東，而河東之川獨南流，河爲川之最大者，而或南流，則其畝必南陳而爲南畝矣。南畝畎横，則遂縱，徑亦縱，而爲南北行，豈不南北爲陌乎？溝畛亦縱而爲東西行，豈不東西爲阡乎？由是洫又縱，澮又横，而川則縱而南流矣。河東之川獨南流，故特舉之，以爲東西爲阡、南北爲陌之例。物土之宜，以爲阡陌，必具二義也。」○陶淵明歸去來辭曰：「三徑就荒，松菊猶存。」○張景陽雜詩曰：「秋草含緑滋。」○水經江水注一曰：「江水又東逕永安宫南，城周十餘里，背山面江，頽墉四毁，荆棘成林。」又江水注二曰：「陸抗城即山爲墉，四面天險，江南岸有山孤秀，從江中仰望，壁立峻絶，袁山松爲郡，嘗登之矚望焉。故其記云：今自山南上至其嶺，嶺容十許人，四面望諸山，略盡其勢。」○左僖三十二年：「公使謂之曰（秦穆公使人謂蹇叔）：『爾何知？中壽，爾墓之木拱矣。』」江文通恨賦曰：「拱木斂魂。」○「仙鶴」二句，見王子安別洛下知己序注。○吴志吴主傳：「赤烏元年秋八月，詔曰：閒者赤烏集於殿前，朕所親見，若神靈以爲嘉祥者，改年宜以赤烏爲元。」又三嗣主傳曰：「孫休永安三年春三月，西陵言赤烏見。」陸抗傳曰：「永安二年，拜鎮軍將軍，都督西陵。」晋書杜預傳曰：「拜鎮南大將軍，都督荆州諸軍事。預好爲後世名，常言『高岸爲谷，深谷爲陵』，刻石爲二碑，紀其勳績，一沈萬山之下，一立峴山之上，曰：『焉知此後不爲陵谷乎？』」陳曰：「言昔吴今晉，遷謝無常。杜預都督荆州，故曰漢南。」○淮南兵略篇曰：「若春秋有代謝。」

昔吾先君，出宰斯邑，清芬雖遠，遺愛猶存。延首城池，何心天地。雖則山河四塞，是稱無棣之墟；松檟千秋，有切維桑之里。故每懷夙昔，尚想經過。于役不遑，願言徒擁。以上言博昌爲其父作宰之地，每欲再至而未得暇。

史記孔子世家曰：「公之魚曰：昔吾先君用之不終。」陳曰：「臨海父無考。今義烏志稱賓王父履元，官博昌令，殆出私牒，不可爲據。」步瀛案：吴之器臨海丞傳稱賓王父履元，蓋亦據方志爲言耳。○陸士衡文賦曰：「誦先人之清芬。」○左傳昭二十年曰：「及子産卒，仲尼聞之出涕，曰：古之遺愛也。」○藝文類聚山部上引劉公幹黎陽山賦曰：「延首南望，顧瞻舊鄉。桑梓增敬，慘切懷傷。」○徐孝穆在北齊與楊僕射書曰：「瞻望鄉關，何心天地。」○齊策一：「蘇秦説齊宣王曰：齊南有太山，東有琅邪，西有清河，北有渤海，此所謂四塞之國也。」○左傳僖四年：「管仲曰：賜我先君履，東至於海，西至於河，南至於穆陵，北至於無棣。」杜注曰：「穆陵、無棣，皆齊竟也。」水經淇水注曰：「無棣溝又東北，逕一故城北，逕鹽山東北入海。春秋僖公四年，齊楚之盟於召陵也，管仲曰：『昔召康公賜命先君太公履，北至於無棣。』蓋四履之所也。」春秋傳説彙纂曰：「今直隸鹽山縣即古無棣也，縣南有無棣。（今屬河北省）」清統志謂在慶雲縣東。○文選任彦昇爲范始興求立太宰碑表曰：「松檟成行。」李善注曰：「左傳：『伍子胥曰：樹吾墓檟。』（哀十一年）」説文曰：「檟，楸也。」○詩小弁曰：「維桑與梓，必恭敬止。」毛傳曰：「父之所樹，己尚不敢不恭敬。」陳曰：「上裴侍郎書曰：『藜藿無甘旨之膳，松檟缺遷厝之資。』謂母乏養，父未歸葬。此云『松檟千秋』，知臨海之父卒于博昌，即葬其地，不復遷厝故鄉，故云『有切維桑之里』也。」○古樂府飲馬長城窟行曰：「遠道不可思，夙昔夢見之。」○阮嗣宗詠懷詩曰：「趙李相經過。」○詩王風君子于役鄭箋曰：「君子于往行役。」

○謝玄暉辭隋王牋曰：「況迺服義徒擁，歸志莫從。」

今西成有歲，東户無爲。野老清談，恬然自得；田家濁酒，樂以忘憂。故可洽賞當年，相歡卒歲。寧復惠存舊好，追思昔遊？所恨跂予望之，經途密邇。竚中衢而空軫，巾下澤而莫因。風月虛心，形留神往；山川在目，室邇人遐。以此懷勞，增其歎息。情不遺舊，書何盡言？以上慨不能相晤。○蔣心餘曰：「是駱丞集中極澹遠之作，文固不以繁爲貴。」

書堯典曰：「平秩西成。」穀梁桓三年曰：「五穀皆熟爲有年也。」○淮南繆稱篇曰：「昔東户季子之世，道路不拾遺，耒耜餘粮，宿諸畮首。」○劉孝標金華山栖志序曰：「田家野老，提壺共至。」後漢書鄭太傳：「公業對曰：孔公緒清談高論。」○陶淵明桃花源記曰：「黄髪垂髫，並怡然自樂。」隋書房彦謙傳曰：「雖致屢空，怡然自得。」○楊子幼報孫會宗書曰：「田家作苦，歲時伏臘，烹羊炰羔，斗酒自勞。」嵇叔夜與山巨源絶交書曰：「濁酒一杯，彈琴一曲，志願畢矣。」○論語述而篇曰：「樂以忘憂。」○左太沖魏都賦曰：「準當年而爲量。」○左傳襄二十一年：「叔向曰：『詩曰：「優哉游哉，聊以卒歲。」知也。』」○秦策五高注曰：「存，勞問也。」○魏文帝與吴質書曰：「追思昔游，猶在心目。」○詩河廣曰：「誰謂宋遠，跂予望之。」○陸士龍與兄書曰：「經塗轗軻。」梁武帝與何點手詔曰：「密邇物色，勞甚山阿。」○淮南子繆稱篇曰：「聖人之道，中衢而設尊邪。」（今本「設」誤「致」，從王懷祖讀書雜志九之十校改。）文選王元長永明九年策秀才文曰：「紛争空軫。」李善注引方言曰：「軫謂相乖戾也。」（方言三曰：「軫，戾也。」此疑奪「戾也」二字，「謂相乖戾也」乃李氏申方言之語。）○孔叢子記問篇：「夫子遂爲操曰：巾車命駕。」桂味谷札樸卷七曰：「江文通擬陶田居詩『日暮巾柴車』，李善注云：『歸去來曰「或巾柴車」，鄭玄周禮注曰：「巾猶衣也。」』是李善本原作『或巾柴車』，後人改之。張景陽七命『巾雲軒』與『巾柴車』同。」段若膺説文解字卷七下注曰：「以巾拭物曰巾。周禮『巾車』，鄭注：『巾猶衣也。』然吴都賦『吴王乃巾玉路』，陶淵明文『或巾柴車』，皆謂拂拭用之，不同鄭説也。陶句見文選江淹雜體詩注，今本作『或命巾車』，不可通矣。」步瀛案：「巾」字依段説是。○後漢書馬援傳：「援謂官屬曰：『吾從弟少游，常哀吾慷慨多大志，曰：士生一世，但取衣食裁足，乘下澤車，御款段馬，鄉里稱善人，斯可矣。』」章懷注曰：「周禮：車人爲車，行澤者欲短轂，行山者欲長轂，短轂則利，長轂則安也。」○梁書徐勉傳曰：「常與門人夜集，客有虞暠求詹事五官，勉正色答曰：今夕止可談風月，不宜及公事。」○郭遐叔贈嵇康詩曰：「神往形留。」○徐淑答夫秦嘉書曰：「室邇人遐，我勞如何。」○謝宣遠答謝靈運詩曰：「懷勞奏所誠。」○後漢書鮑永傳：「張湛曰：仁不遺舊。」○易繫辭上曰：「書不盡言，言不盡意。」

兵部奏姚州破賊設蒙儉等露布

駱集此篇之前有兵部奏姚州道破逆賊諾没弄楊虔柳露布，陳西橋注曰：「舊唐書高宗紀：『咸亨三年春正月辛丑，發梁、益等一十八州兵，募五千三百人，遣右衛副率梁積壽往姚州擊叛蠻。』新唐書南蠻傳：『姚州境有永昌蠻，咸亨三年叛，高宗以太子右衛副率梁積壽爲姚州道行軍總管，討平之。』案新舊書載高宗時征姚州破賊之事祇此。考舊書張柬之傳：『神功初，出爲合州刺史，尋轉蜀州刺史。舊例，每歲差兵募五百人往姚州鎮守，路越山險，死者甚多。柬之表論其弊曰：「臣竊按姚州者，古哀牢之舊國，絕域荒外，山高水深。本龍朔中武陵縣主簿石子仁奏置之，後長史李孝讓、辛文協並爲羣蠻所殺。前朝遣郎將趙武貴討擊，貴及蜀兵應時破敗，噍類無遺。又使將軍李義總等往征，郎將劉惠基在陣戰死，其州乃廢。至垂拱四年，蠻郎將王善寶、昆州刺史爨乾福又請置州，自此蜀中騷擾，於今不息。伏乞省罷姚州，使隸嶲府。」疏奏，則天不納。』據表中稱前朝，謂高宗也。證之祭趙郎將文（爲李總管祭趙郎將文曰：「姚州道大總管李義祭趙郎將之靈。」陳注以爲即張柬之表稱郎將趙武貴也。）及露布中載劉惠基（破逆賊諾沒弄楊虔柳露布曰：「臣遣左三軍子總管、寧遠將軍、前守右驍騎萬安府長史、折衝都尉、上柱國劉惠基云云。」）俱與柬之表合，則其時之姚州道大總管即李義總也。今滇有唐朝閭印元唐故使持節河東刺史上護軍王府君碑：『招慰奏置姚府西廿餘州，既處於僻界荒垂，不能爲中國輕重，時復廢棄，但云羈縻。然貧戾君長，負遠放命，灾我城邑，延□平人，□州刺史蒙儉實始其亂，咸亨之歲，犬羊大擾，梟將失律，元凶莫懲，君武則虓闞義以憤惋，擐犀衣以奮擊，驅虎旅而先□。勳在王室，藏於盟府。』案王府君名仁求，乃王善寶之父，卒於咸亨五年八月。碑稱『蒙儉實始其亂』，而露布有『蒙儉、含和等有委衆奔馳』之語；碑稱『咸亨之歲，犬羊大擾，梟將失律，元凶莫懲』，與祭趙郎將文『王師失律，凶狡憑陵』相合，所稱『虓闞奮擊』，即此役也。碑云『君長』，又云『刺史蒙儉』，當是蠻酋襲刺史也。『延』字下闕文，疑是『及』字。第『州』上闕文，不知何州，以露布『削左衽而被朝衣，解椎髻而昇華冕』證之，當羈縻廿餘州之一也。柬之表言李義總，不言梁積壽，當是梁積壽、李義總俱爲總管，實只一事。唐本紀言『討平永昌叛蠻』，而柬之表則云『往征之後，其州遂廢』，意蒙儉遁後復叛，尋至州廢，故不敍也。」步瀛案：陳考極爲精詳。通鑑卷二百二唐紀：「咸亨三年春正月辛丑，太子左衛副率梁積壽爲姚州道行軍總管，將兵討叛蠻。」而不詳其事，與新舊唐書同。又張柬之表稱李義總，祭趙郎將文作李義，未知孰是，當即一人也。王仁求碑，金石萃編卷六十二載之，闕字尤多。陳所據蓋別本。萃編「州」上闕二字，則當以彼爲是。又碑云「梟將失律」云云，武授堂金石跋以爲：「咸亨元年，薛仁貴爲吐蕃所敗，吐蕃與南詔蠻接壤，仁求或以姚舊官于姚府，而按師防邊，得制其逃逸。」王蘭泉跋則以爲：「當是薛仁貴敗績，仁求佐梁積壽削平姚州叛蠻。」皆以「梟將失律」屬薛仁貴大非川之敗，似不如陳氏屬趙武貴爲確。惟李義總與梁積壽果同時爲總管，抑先後爲之，亦未能得確證也。元和郡縣志曰：「劍南道姚州：本漢雲南縣之地，武德四年，安撫大使李英以此中人多姓姚，故置姚州，爲瀘南之巨屏。」舊唐書地理志曰：「劍南道姚州：漢益州郡之雲南部，古滇王國，後置永昌郡，雲南、哀牢、博南皆屬邑也。武德四年置姚州，管州二十二。麟德元年，移姚州於弄棟川。」清統志曰：「雲南楚雄府姚州：唐置姚城縣爲姚州治，故城在今州北。」案：今改姚安縣。○文心雕龍移檄篇曰：「明白之文，或稱露布，露布者，蓋露板不封，布諸視聽也。」（「露布者」至「不封」八字今本無，又「布諸」作「播諸」，今並依御覽文部十三引增訂。）隋書禮儀志三曰：「後魏每攻戰克捷，欲天下知聞，乃書帛揭於竿，名爲露布，其後相因施行。」（案：賈叔業爲馬超作露布，見魏志王朗傳注；袁彥伯爲桓温作北伐露布，見世說新語文學篇。露布之文，其來已久，特書帛揭竿，自魏始爾。）新唐書禮樂志六曰：「賊平而宣露布。其日，守宮量設羣官次。露布至，兵部侍郎奉以奏聞，承制集文武羣官、客使於東朝堂。中書令遂宣之，兵部尚書進受露布。」

臣聞七緯經天，星墟分張翼之野；八紘紀地，炎洲限建木之鄉。西距大秦，雜金行而布氣；南通交趾，枕銅柱以爲鄰。俗帶白狼，人習貪殘之性；河淪赤虺，川多風雨之妖。水積炎氛，山涵毒霧。竹浮三節，肇興外域之源；木化九隆，頗爲中原之患。年將千紀，代歷百王。鄭純之化不追，孟獲之風逾煽。故三年疲衆，徒聞定筰之譏；五月出師，未息渡瀘之役。然則大人拯物，上聖乘期。法乾坤以握樞，體剛柔而建極。知仁義不能禁暴，設刑網以勝殘；知揖讓不可濟時，用干戈而靖亂。以上言異族梗化，雖聖人不能不用武。

劉子新論思慎篇曰：「七緯順度以光天象。」陳曰：「七緯，日、月、五星也。」○漢書地理志曰：「周地柳七星，張之分野也，楚地翼軫之分野也。」○淮南子墬形篇曰：「九州之外，乃有八殥，八殥之外，而有八紘。」高注曰：「紘，維也，維落天地而爲之表，故曰紘也。」○十洲記曰：「炎洲在南海中，地方二千里。」淮南子墬形篇曰：「建木在都廣，衆帝所自上下，日中無景，呼而無響，蓋天地之中也。」○後漢書西域傳曰：「大秦國，一名犁鞬，以在海西，亦云海西國。」魏書西域傳曰：「大秦國東南通交趾，又水道通益州永昌郡。」徐松龕瀛環志略卷三曰：「大秦即意大利之羅馬，漢人因其人長大平正，有類中國，故稱爲大秦，其本國並無此名。」○後漢書西羌傳贊曰：「金行氣剛，播生西羌。」案：布，陳注本作「孕」。○史記五帝本紀曰：「南至于交趾。」漢書地理志曰：「交趾郡，武帝元鼎六年開，屬交州。」案：今越南地。○後漢書馬援傳注引廣州記曰：「援到交趾，立銅柱，爲漢之極界也。」水經温水注引林邑記曰：「建武十九年，馬援樹兩銅柱于象林南界，與西屠國分，漢之南疆也。」○文選蜀都賦曰：「陪以白狼，夷歌成章。」劉淵林注曰：「白狼夷在漢嘉西界。」（漢嘉，各本作「漢壽」，今依胡果泉考異校改。）○華陽國志南中志曰：「自僰道至朱提，有水、步道。水道有黑水及羊官水，至險難行；步道渡三津，亦艱阻。故行人爲語曰：猶溪、赤水，盤蛇七曲；盤羊、烏櫳，氣與天通。」讀史方輿紀要卷一百二十三曰：「貴州赤水衛：赤水河，一名赤虺河。」○藝文類聚雜文部三引張衡七辨曰：「桴弱水，越炎氛。」○後漢書馬援傳：「援從容謂官屬曰：當吾在浪泊、西里閒，虜未滅之時，下潦上霧，毒氣重蒸，仰視飛鳶跕跕墮水中。」○後漢書西南夷傳曰：「夜郎者，初有女子浣於遯水，有三節大竹流入足閒，聞其中有號聲，剖竹視之，得一男兒，歸而養之。及長，有才武，自立爲夜郎侯，以竹爲姓。今夜郎縣有竹王三郎神是也。」又見華陽國志南中志及水經温水注。○後漢書西南夷傳曰：「哀牢夷者，其先有婦人名沙壹，居于牢山。嘗捕魚水中，觸沈木若有感，因懷姙，十月産子男十人。後沈木化爲龍，出水，沙壹忽聞龍語曰：『若爲我生子，今悉何在？』九子見龍驚走，獨小子不能去，背龍而坐，龍因舐之。其母鳥語，謂『背』爲『九』，謂『坐』爲『隆』，因名子曰九隆。及後長大，諸兄以九隆爲父所舐而黠，遂共推以爲王。」又見華陽國志南中志，「沙壹」作「沙壺」，「九龍」作「元龍」，疑誤。○華陽國志南中志曰：「益州西部，金銀寶貨之地，居其官者，皆富及十世。孝明帝初，廣漢鄭純獨尚清廉，毫毛不犯，夷漢歌詠，表薦無數，明帝嘉之，因以爲永昌郡，拜純太守。」又士女志曰：「鄭純，字長伯，郪人也。」○華陽國志南中志曰：「越嶲叟帥高定元叛。益州大姓雍闓殺太守正昂，更以蜀郡張裔爲太守，闓執送裔於吴，吴王孫權遥用闓爲永昌太守。丞相諸葛亮以初遭大喪，未便加兵。闓使建寧孟獲説夷叟，夷皆從闓。建興三年春，亮南征。定元部曲殺雍闓，孟獲代闓爲主。亮既斬定元。夏五月，亮渡瀘，進征益州，生虜孟獲。亮以方務在北，而南中好叛亂，宜窮其詐。乃赦獲使還，合軍更戰，凡七虜七赦，獲等心服，夷漢亦思反善。秋，遂平四郡。」○史記司馬相如傳曰：「唐蒙已略通夜郎，因通西南夷道，發巴、蜀、廣漢卒，作者數萬人。治道二歲，道不成，士卒多物故，費以巨萬計。蜀民及漢用事者，多言其不便。是時邛、筰之君長，聞南夷與漢通，得賞賜多，多欲願爲内臣妾，請吏，比南夷。天子乃拜相如爲中郎將，建節往使。司馬長卿便略定西夷，邛、筰、冉、駹、斯榆之君皆請爲内臣。還報天子，天子大説。相如使時，蜀長老多言通西南夷不爲用，唯大臣亦以爲然。相如欲諫，業已建之，不敢，乃著書，籍以蜀父老爲辭，而己詰難之，以風天子。其辭曰：『因朝冉從駹，定筰存邛，東鄉將報，至於蜀都。耆老大夫薦紳先生之徒二十有七人，儼然造焉。辭畢，因進曰：「今罷三郡之士，通夜郎之塗，三年於兹，而功不竟，士卒勞倦，萬民不贍。今又接以西夷，百姓力屈，恐不能卒業，此亦使者之累也。」』」索隱引文穎曰：「筰，今爲定筰縣，屬越巂。」案：筰，漢書作「筰」，文選作「笮」，並同，今四川漢源縣。○諸葛孔明出師表曰：「五月渡瀘，深入不毛。」水經若水注引益州記曰：「瀘水源出曲羅巂，下三百里曰瀘水。兩峰有殺氣，暑月舊不行，故武侯以夏渡爲艱。瀘水又下合諸水而總其目焉，故有瀘江之名矣。」元和郡縣志曰：「劍南道巂州西瀘縣：就水，在縣西一百十二里，諸葛亮征越巂，上疏曰『五月渡瀘，深入不毛』，謂此水也。」方輿紀要卷六十六曰：「四川瀘水出黎州所（今漢源縣）西徼外，其源曰若水，下流曰瀘水，經會川衛西（會川衛，今爲會川縣。）而入金沙江。其水深廣多瘴癘，夏月尤甚，故諸葛武侯以五月渡瀘爲艱也。」又卷一百十三曰：「雲南金沙江源出麗江府西北旄牛徼外，東南流環麗江府之三面，東達四川之會川衛，西南而合瀘水，於是金沙江亦兼瀘水之名，繇會川衛而南過金沙江，即武侯五月渡瀘處也。」清統志曰：「雲南武定州（今改縣）：金沙江，在州北三百八十里，東達四川會理州界之舊黎溪州（在今會理縣西南），沿江多嵐瘴，行人以雨中及夜渡可無虞。」○文選永明十一年策秀才文曰：「秉籙御天，握樞臨極。」李善注引易通卦驗曰：「遂皇氏始出握機矩。」鄭玄曰：「遂皇，遂人也。」○書洪範曰：「皇建其有極。」○左宣十二年：「楚子曰：夫武，禁暴、戢兵、保大、定功、安民、和衆、豐財者也。」○吴志陸抗傳：「上疏曰：清澄刑網。」○論語子路篇：「子曰：善人爲邦百年，亦可以勝殘去殺矣。」

伏惟皇帝陛下，祥摛戴玉，拓地軸以登皇；道契寢繩，掩天紘而踐帝。玄雲入户，纂靈瑞於丹陵；緑錯升壇，薦禎圖於翠渚。垂衣裳以朝萬國，崇玉帛而理百神。昭儉防奢，露臺惜中人之産；宣風布政，明堂法上帝之宫。致羣生於太和，登品物於仁壽。四神踐雪，五老飛星。君囿祥麟，樂班文於仙卉；女牀鳴鳳，韻歸昌於帝梧。四隩同文，五風異色。鄧林萬里，纔疏苑囿之基；曾城九重，未出池隍之域。合璧照臨之地，候月歸琛；大鑪覆載之閒，占風納賮。以上敘唐德化之遠。

御覽皇王部三引春秋命歷序曰：「有神人名石耳，倉色大眉，戴玉理，駕六龍，出地軸[一]，號皇神農，始立地形，甄度四海。」宋衷注曰：「玉理猶玉英、玉勝也。」○淮南子覽冥篇曰：「女媧鍊五色石以補蒼天，斷鼇足以立四極，殺黑龍以濟冀州，積蘆灰以止淫水。蒼天補，四極正，淫水涸，冀州平，狡蟲死，顓民生。背方州，抱圓天，和春陽夏，殺秋約冬，枕方寢繩。」高注曰：「寢繩，直身而卧也。」案：寢繩，一作「書繩」。曹子建與楊德祖書曰：「吾王於是設天網以該之，頓八紘以掩之。」○初學記中宫部引易坤靈圖曰：「其母萌之，玄雲入户，蛟龍守門。」鄭玄注曰：「謂慶都天皇之女，天帝以玄雲覆衛。」又帝王部引帝王世

[一] 地軸：太平御覽作「地輔」。「地軸」陳箋曰：「張華博物志地類：地有三千六百軸。」

紀曰：「堯母曰慶都，孕十四月而生堯於丹陵。」○水經洛水注曰：「舜又習堯禮，沈書于日稷，赤光起，玄龜負書至于稷下，榮光休至，黄龍卷甲，舒圖壇畔，赤文緑錯以授舜。」晉書文苑傳序曰：「温洛禎圖，緑字符其丕業。」御覽皇王部五引龍魚河圖曰：「堯時與羣臣賢者到翠嬀之淵，大龜負圖來出授堯。勑臣下寫取，寫畢，龜還水中。」案：緑錯，一作「蒼籙」。○易繫辭下曰：「黄帝、堯、舜垂衣裳而天下治。」○詩時邁曰：「懷柔百神。」○左桓二年曰：「昭其儉也。」漢書哀帝紀：「詔曰：制節謹度，以防奢淫，爲政所先，百王不易之道也。」○漢書文帝紀贊曰：「孝文皇帝嘗欲作露臺，召匠計之，直百金。上曰：百金，中人十家之産也，吾奉先帝宮室，常恐羞之，何以臺爲？」○後漢書隗囂傳：「移檄告郡國曰：威命四布，宣風中岳。」○禮記明堂位孔疏引五經異義曰：「講學大夫淳于登説云：明堂在國之陽，三里之外，七里之内，丙巳之位，就陽位，上圓下方，八窗四闥，布政之宮，故稱明堂。」詩靈臺孔疏引袁準正論曰：「夫明堂法天之宮。」晉書禮志上曰：「晉初，摯虞議以爲：『漢魏故事，明堂祀五帝之神。新禮，五帝即上帝，即天帝也。明堂除五帝之位，惟祭上帝。』」○漢書董仲舒傳對策曰：「羣生和而萬民殖。」○漢書王吉傳：「上疏言得失曰：敺一世之民，躋之仁壽之域。」○五行大義論諸官曰：「周書云：『武王營洛邑未成，四海之神皆會，曰：「周王神聖，當知我名，若不知，水旱敗之。」明年，雨雪十餘旬，深丈餘。五大夫乘車從兩騎止王門，太公曰：「車騎無迹，謂人之變（御覽鬼神部引太公金匱作「恐是聖人」）。」乃使人持粥進之，曰：「不知客尊卑何從？」騎曰：「先進南海御，次東海御，次北海御，次西海御（御覽引「御」皆作「君」），次河伯，次風伯，次雨師。」武王問太公並何名，太公曰：「南海神名祝融，東海神名句芒，北海神名玄冥，西海神名蓐收。」』」○文選宣德皇后令李善注引論語比考讖：「仲尼曰：『吾聞帝堯率舜等升首山，觀河渚，乃有五老游渚。五老曰：「河圖將浮，龍銜玉苞，刻版題命可卷，金泥玉檢封書成，知我者重瞳黄姚。」視五老，飛爲流星上入昴。』」注曰：「入昴宿則復爲星。」○史記司馬相如傳封禪文曰：「般般之獸，樂我君囿。白質黑章，其儀可嘉。」又曰：「濯濯之麟，游彼靈畤。」文選封禪文李善注引春秋考異郵曰：「虎班文者，陰陽雜也。」王仲宣公讌詩注引字林曰：「卉，草總名也。」○西山經曰：「女牀之山有鳥焉，其狀如翟而五采文，名曰鸞鳥。」廣雅釋鳥曰：「鸞鳥，鳳皇屬也。」說苑辨物篇：「天老曰：夫鳳晨鳴曰發明，晝鳴曰保常（御覽羽族部二引韓詩外傳作「保章」），飛鳴曰上翔（廣雅釋鳥「飛」作「舉」），集鳴曰歸昌。」（爾雅釋鳥釋文引陸璣毛詩疏作：「朝鳴曰發明，晝鳴曰上翔，夕鳴曰滿昌，昏鳴曰固常，夜鳴曰保章。」）又曰：「鳳乃遂集東囿，食帝竹實，棲帝梧樹，終身不去。」（韓詩外傳八作：「鳳乃止帝東囿，集帝梧桐，食帝竹實，沒身不去。」）梁元帝玄覽賦曰：「麒麟五色，飛兔雙翼，集我君囿之旁，遊我帝梧之側。」○書禹貢曰：「四隩既宅。」○文選七發李善注引遁甲開山圖曰：「大庭氏之王有天下，五風異色。」案：五風，一作「五方」，誤。○海外北經曰：「夸父與日逐走，入日（史記禮書集解引作「日入」），渴欲得飲，飲于河渭，河渭不足，北飲大澤。未至，道渴而死。棄其杖，化爲鄧林。」列子湯問篇曰：「夸父棄其杖，尸膏肉所浸，生鄧林，鄧林彌廣數千里焉。」○淮南子墬形篇曰：「掘崑崙以下地，中有增城九重。」高注曰：「增，重也。」陳曰：「古『層』字通作『增』『曾』。」○漢書律曆志上曰：「日月如合璧，五星如連珠。」案：合璧，一作「六合」，非是。○詩日月曰：「日居月諸，照臨下土。」○史記匈奴傳曰：「舉事而候星月。」詩泮水曰：「憬彼淮夷，來獻其琛。」毛傳曰：「琛，寶也。」○莊子大宗師篇曰：「今一以天地爲大鑪。」○十洲記曰：「月支國使者對曰：臣國去此三十萬里，有常占東風入律，百旬不休，青雲干呂，連月不散者，當知中國時有好道之君。」文選赭白馬賦曰：「或踰遠而納賮。」李善注引蒼頡篇曰：「賮，財貨也。」

蠢茲蠻貊，敢亂天常。横赤熛以疏疆，背朱提而設險。石林萬仞，巖邑千尋。

望秦阜以相傾，崤陵失四塞之阻；對梁山而錯峙，劍門成一簣之峰。自謂絕壤遐方，中外足以迷聲教；憑深負固，江山可以逃靈誅。不知玉弩垂芒，凶水無九嬰之沴；瑶階舞戚，洞庭有三苗之墟。以上蠻方背叛。

墨子兼愛下引禹誓曰：「蠢茲有苗。」（僞古文大禹謨襲之）案：蠢，一作「於」。○「貊」字同「貉」，周禮夏官職方氏鄭司農注曰：「北方曰貉狄。」漢書楊雄傳顏注曰：「貉，東北夷也。」此言南蠻，而云苗貊者，貊乃挾字耳。論語憲問篇「禹、稷躬稼而有天下」，即其例也。○左文十八年：「史克曰：傲很明德，以亂天常。」○五行大義論五帝引河圖曰：「南方赤帝赤熛怒，火帝也。」○漢書地理志犍爲郡朱提縣下原注曰：「山出銀。」顔注引蘇林曰：「朱音銖，提音時，北方人名匕曰匙。」（錢獻之新斠地里志曰：「余得漢漢安洗，『朱提』字作『提』。案玉篇『提』即『匙』字，是義與蘇林合。」）水經若水篇曰：「若水至犍爲朱提縣西爲瀘江水。」酈注曰：「朱提，山名也。應劭曰：『在縣西南，縣以氏焉。』犍爲屬國也，在郡南千八百許里。」建安二十年立朱提郡，郡治縣故城。郡西南二百里，得所綰堂琅縣，西北行，上高山，羊腸繩屈八十餘里，或攀木而升，或繩索相牽而上，緣陟者若將階天。」清統志曰：「四川敘州府：朱提山，在宜賓縣西五十里。」○楚辭天問曰：「焉有石林？」左太沖吴都賦曰：「雖有石林之岝峉，請攘臂而靡之。」謝靈運還舊園詩曰：「石林豈爲艱？」案：石，一作「崇」，一作「山」。○左傳隱元年：「鄭莊公曰：制，巖邑也。」○班孟堅西都賦曰：「於是睎秦嶺，睋北阜。」左僖三十二年：「蹇叔曰：殽有二陵焉。」杜注曰：「殽在弘農澠池縣西。大阜曰陵。」釋文曰：「殽，本又作『崤』。」水經河水注四曰：「河之右側，崤水注之。水出河南盤崤山，西北流。歷澗東北流，與石崤水合，水出石崤山。山有二陵。」元和郡縣志曰：「河南道河南府永寧縣：二崤山，又名嶔崟山，在縣北二十八里。」○齊策三曰：「今秦四塞之國。」高注曰：「四面有山關之固，故曰四塞之國也。」○張孟陽劍閣銘曰：「巖巖梁山。」餘見盧昇之黎君碑注。○論語子罕篇曰：「譬如平地，雖覆一簣，進，吾往也。」○文選韋孟諷諫詩曰：「撫寧遐荒。」李善注曰：「荒，荒服也。」○周禮夏官大司馬曰：「負固不服則侵之。」又見司馬法仁本篇。曹元首六代論曰：「吳楚憑江，負固方城。」○沈休文朝丹徒故宮頌曰：「恃峭劍閣，憑深桂嶺。」○陳孔璋檄吳將校部曲文曰：「謂爲舟楫足以距皇威，江湖可以逃靈誅。」○梁簡文帝阻歸賦曰：「逢玉弩之相驚。」○淮南子本經篇曰：「堯乃使羿殺九嬰於凶水之上。」高注曰：「九嬰，水火之怪，爲人害。北狄之地有凶水。」漢書五行志中之上曰「唯金沴水」，注服虔曰：「沴，害也。」如淳曰：「沴音拂戾之戾，義亦同。」○淮南子繆稱篇曰：「禹執干戚，舞於兩階之閒，而三苗服。」齊俗篇曰：「當舜之時，有苗不服，於是舜脩政偃兵，執干戚而舞之。」魏策一：「吳起曰：昔者三苗之居，左彭蠡之波，右洞庭之水。」史記吳起傳作「昔三苗氏，左洞庭，右彭蠡」，與魏策互異。五帝本紀正義引策文而說之曰：「洞庭，湖名，在岳州巴陵（今岳陽縣）西南一里，南與青草湖連，以天子在北，故洞庭在西爲左，彭蠡在東爲右。今江州、鄂州、岳州，三苗之地也。」步瀛案：正義欲調停國策、史記左右之異，故創爲天子在北，西爲左，東爲右之說，然下文所言「左河濟，右泰華」「左孟門，右太行」，仍以東爲左，西爲右，天子固仍在北也，正義亦不能自圓其說矣。考初學記地部下引史記裴駰集解曰：「今太湖中苞山有石穴，其深洞無知其極者，名洞庭。」洞庭對彭蠡，則知此穴之名通呼洞庭，是以今江浙之太湖爲洞庭，與吳起傳言「左洞庭，右彭蠡」相合，今史記吳起傳集解佚此文。蓋漢以前言洞庭者，皆指今湖南之洞庭。楚辭九歌湘君曰：「遭吾道兮洞庭。」中山經曰：「洞庭之山，帝之二女居之，是常遊於江淵，澧沅之風交瀟湘之淵。」皆謂湖南洞庭也。自漢以後言洞庭者，往往以太湖當之。王叔師九歌注曰：「洞庭，太湖也。」劉淵林吳都賦注從之。故史記集解亦本此說，蓋如此方與史文「左右」字合，而不必曲附國策也。然疑史記「左右」字本與國策同，自太湖之說盛行，後人乃改史文，遂與策互異耳。文選陳孔璋檄吴將校部曲文曰：「若使水而可恃，則洞庭無三苗之墟，子陽無荆門之敗。」

臣等謬以散材，忝專分閫。白招乘候，順秋帝以揚旌；絳節臨邊，通夜郎而解辮。營開巂穴，旆轉邛川。峻岐折坂之危，盡忘襟帶；滇池漏江之固，曾莫藩籬。唯逆賊設蒙儉等，未革狼心，仍懷豕突。陸梁方命，旅拒偷生。城接祠雞，竟無希於改旦；山多神鹿，終未息於擇音。臣以大帝宣威，有征無戰；明王仗順，先德後刑。弘聖澤於中孚，緩天誅於大造。庶南薰解慍，仰雲闕以翔魂；東徙變音，叩轅門而頓顙。而祝禽疏網，徒開三面之恩；毒虺挻妖，逾肆九頭之暴。以上言設蒙儉等不可以德化。

散材，已見王無功答杜之松書「櫟社」注。○文心雕龍檄移篇曰：「分閫推轂，奉辭伐罪。」○文選東京賦李善注引河圖曰：「白帝神名白招拒。」周禮春官大宗伯賈疏引春秋緯文耀鉤曰：「秋起白受制，其名白招拒。」隋書禮儀志二曰：「秋迎白招拒者，招，集；拒，大也。言秋時集成萬物，其功大也。」○庾子山贈淮南公詩曰：「傳呼擁降節。」○文選丘希範與陳伯之書曰：「夜郎滇池，解辮請職。」李善注曰：「漢書（西南夷傳）曰：『夜郎、滇池皆椎結，巂、昆明編髮。漢拜唐蒙郎中，遂見夜郎王多同。』」續漢書郡國志益州

「音取茠蔭之處，古字聲同，皆相假借。」孔疏曰：「服虔云：『鹿得美草，呦呦相呼，至於困迫，將死，不暇復擇善音，急之至也。』劉炫從服説，以爲音聲謂不擇音聲而出之。」顧亭林左傳杜解補正曰：「言其鳴切。莊子『獸死不擇音』，郭象注：『譬之野獸，蹴之窮地，意急情盡則和聲不至。』是也。當從服虔説。」○漢書嚴助傳：「淮南王安上書曰：臣聞天子之兵，有征而無戰。」○劉越石勸進表曰：「仗大順以肅宇內。」○管子勢篇曰：「秉時養人，先德後刑。」○易中孚象傳曰：「若子以議獄緩死。」○孟子萬章上引伊訓曰：「天誅造攻自牧宮。」○樂記孔疏曰：「聖證論引尸子及家語（辯樂篇）云：『昔者舜彈五絃之琴，其辭曰：南風之薰兮，可以解吾民之愠兮；南風之時兮，可以阜吾民之財兮。』」○鮑明遠代陸平原君子有所思行曰：「東下望雲闕。」○説苑説叢篇曰：「梟逢鳩，鳩曰：『子將安之？』梟曰：『我將東徙。』鳩曰：『何故？』梟曰：『鄉人皆惡我鳴，以故東徙。』鳩曰：『子能更鳴可矣，不能更鳴，東徙猶惡子之聲。』」案：徙，一本作「律」，非。○史記項羽本紀曰：「召見諸侯將，入轅門，無不膝行而前，莫敢仰視。」集解引張晏曰：「軍行以車爲陣，轅相向爲門，故曰轅門。」後漢書劉玄傳論曰：「莫不折戈頓顙。」○吕氏春秋異用篇曰：「湯見祝網者置四面，其祝曰：『從天墜者，從地出者，從四方來者，皆離吾網。』湯曰：『嘻，盡之矣，非桀其孰爲此也！』湯收其一面，置其三面，更教祝曰：『欲左者左，欲右者右，欲高者高，欲下者下，吾收其犯命者。』漢南之國聞之，曰：『湯之德及禽獸矣。』四十國歸之。」○楚辭招魂曰：「雄虺九首，往來儵忽，吞人以益其心些。」王注曰：「雄虺一身九頭。」

乃鳩集餘衆，蟻結凶徒。儋耳椎髻之渠，千里霧合；鑿齒雕題之孽，一呼雲屯。凌石菌以開營，拒巖椒而峻壘。崇巒切漢，若登藏寶之山；絕壑憑霄，似瞰封泥之谷。以前月十七日，連營布陣，踞險揚兵，東西三十餘里，馬步二十餘萬。聚蚊蚋而成響，聲若雷霆；縱蛇豕以爲羣，氣衝宇宙。以上設蒙儉等阻兵爲亂。

宋書自序曰：「纘統後事，鳩集餘衆。」○任彦昇奏彈曹景宗曰：「故使蝟結蟻聚，水草有依。」徐孝穆陳公九錫文曰：「白羽纔撝，凶徒紛潰。」○後漢書西南夷傳曰：「哀牢人皆穿鼻儋耳。」新唐書地理志曰：「諸蠻州九十二，皆無城邑，椎髻皮服。惟來集於都督府，則衣冠如華人焉。」○書僞古文胤征曰：「殲厥渠魁。」案：渠，一本作「徒」。○淮南子墬形篇曰：「自西南至東南鑿齒民。」高注曰：「鑿齒，吐一齒出口下，長二尺。」禮記王制曰：「南方曰蠻，雕題交趾，有不火食者矣。」鄭注曰：「雕文謂刻其肌，以丹青涅之。」孔疏曰：「題謂額也。」○文選西京賦曰：「浸石菌於重崖。」李善注曰：「菌，芝也。」○漢書外戚傳上：「武帝悼李夫人賦曰：釋輿馬於山椒兮。」顏注曰：「山椒，山陵也。」文選月賦曰：「菊散芳於山椒。」李善注曰：「山椒，山頂也。」○廣雅釋詁三曰：「切，近也。」○史記趙世家曰：「簡子乃告諸子曰：『吾藏寶符於常山上，先得者賞。』毋卹曰：『已得符矣。從常山上臨代，代可取也。』」○小爾雅廣言曰：「憑，依也。」○後漢書隗囂傳：「王元説囂曰：元請以一丸泥，爲大王東封函谷關。」○漢書景十三王傳中山靖王勝曰：「夫衆呴漂山，聚蟁成靁。」注曰：「言衆蚊飛聲，有若雷也。」王子安拜南郊頌序曰：「長蚊蚋之雷霆。」○左定四年：「申包胥如秦乞師，曰：吳爲封豕長蛇，以薦食上國。」○衝，一作「稽」。

臣遣中郎將令狐智通等，擁拔山超海之師，當其步陣；遣銀州刺史李大志等，驅躍景騰雲之騎，乘其馬軍。遣巂州都督府長史、行軍司馬梁待辟等，領勁卒三千，絕其飛走之路；遣臨源府果毅馬仁静等，勒精兵九百，斷其潛伏之軍；臣率行軍長史韓餘慶等，負霜戈而直進，指雲陣以長驅。庶令斬馘七擒，戰士挾雷公之怒；伏屍百里，蠻夷識天子之威。以上出師攻討。

前露布稱「副總管、兼安撫副使、定遠將軍、前左驍騎翊府中郎將令狐智通」。案：唐六典卷二十四：「左右翊府中郎將各一人，正四品下。」○史記項羽本紀：「項王自爲詩曰：力拔山兮氣蓋世。」孟子梁惠王上曰：「挾太山以超北海。」○前露布稱「副總管、兼安撫副使、朝議大夫、使持節守銀州刺史、上柱國、宜春縣開國男李大志」。案：元和志：「關内道銀州：下。」唐六典卷三十曰：「下州刺史，正四品下。」又案：唐銀州治儒林縣，今陝西米脂縣西北。○古今注卷中曰：「秦始皇有七名馬，三曰躡景。」文選赭白馬賦注引崔駰七依曰：「服飛兔之中乘，騁華騠之騄輪。蹠虛騰雲，乘風度津。」○前露布稱「行軍司馬、朝散大夫、守巂州都督府長史、上柱國梁待辟」。案舊唐書地理志，劍南道有巂州，中都督府。唐六典卷三十曰：「中都督府長史一人，正五品上。」新唐書百官志曰：「行軍司馬，掌弼戎政。居則習蒐狩，有役則申戰守之法。器械、糧糒、軍籍、賜予，皆專焉。」又案：巂州治越巂縣，今四川西昌縣治。○張平子西京賦曰：「上無逸飛，下無逸走。」○新唐書地理志隴右道渭州有府四，三曰臨源。唐六典卷二十五曰：「諸府折衝都尉一人，左右果毅都尉各一人。」○江文通慰勞雍州詔曰：「霜戈電發。」○南齊書孔稚珪傳：「上表曰：雲陣萬里。」○爾雅釋詁曰：「馘，獲也。」七擒，見上。○楚辭遠遊曰：「右雷公以爲衞。」論衡雷虛篇曰：「圖畫之工，圖雷之狀，纍纍如連鼓之形。又圖一人，若力士之容，謂之雷公，使之左手引連鼓，右手推椎，若擊之狀。」○魏策四：「秦王曰：天子之怒，伏屍百萬，流血千里。」

於是三略訓兵，五申誓衆。先登陷敵，無遺大樹之功；後拒亂行，必致曲梁之罰。楚人三户，蜀郡五丁，氣擁玄雲，精貫白日。喑嗚則乾坤摇蕩，呼吸則海岳沸騰。列旗幟以雲舒，似長虹之東指；横劍鋒而電轉，疑大火之西流。刃接兵交，洞胸達腋。自辰踰午，魚爛土崩。沸殘息於層峯，更切守陴之哭；積圓顱於重阜，殆成京觀之封。以上破敵。

隋書經籍志有黄石公三略三卷。陳曰：「北堂書鈔武功部引孫子兵法論云：『非文無以平治，非武無以治亂。善用兵者，有三略焉。上略伐智，中略伐義，下略伐勢。』今本孫子無之，是三略不始於黄石公矣。」○史記孫吴列傳曰：「約束既布，乃設鈇鉞，即三令五申之。」○後漢書馮異傳曰：「異爲人謙退不伐，每所止舍，諸將並坐論功，異常獨屏樹下，軍中號曰大樹將軍。」○左襄三年：「晉侯之弟揚干亂行於曲梁，魏絳戮其僕。」杜注曰：「行，陣次。」宣十五年注曰：「曲梁，今廣平曲梁縣也。」案：今河北永年縣。○史記項羽本紀：「范增説項梁曰：『楚南公曰：楚雖三户，亡秦必楚也。』」集解引臣瓚曰：「楚人怨秦，雖三户猶足以亡秦也。」漢書項羽傳注引蘇林曰：「但令有三户在，其怨深足以亡秦。」○藝文類聚山部上引蜀王本紀曰：「天爲蜀王生五丁力士，能移山。秦王獻美女與蜀王，蜀王遣五丁迎女，見一大蛇入山穴中，五丁并引蛇，山崩，秦五女皆上山化爲石。」○楚辭九歌大司命曰：「紛吾乘兮玄雲。」○潘元茂魏王九錫文曰：「精貫白日。」○史記淮陰侯傳：「信曰：項王喑噁叱咤，千人皆廢。」江文通尚書符曰：「喑嗚則左右激電。」○十六國春秋前秦録六：「朱肜曰：嘯叱則五嶽摧覆，呼吸則江海絕流。」案：海岳，一作「林壑」，非是。○詩「蝃蝀在東」，毛傳曰：「蝃蝀，虹也。」王文考魯靈光殿賦曰：「飛梁偃蹇以虹指。」○文選七命注引莊子曰：「此劍一用，如雷之震，雹之霍也。」案：今本説劍篇作「如雷霆之震也」。○詩豳風「七月流火」，毛傳曰：「火，大火也；流，下也。」孔疏曰：「於七月之中，有西流者，是火之星也。」○六韜龍韜曰：「兵不接刃而敵降。」左成九年曰：「兵交，使在其閒。」○司馬長卿子虛賦曰：「洞胸達腋，絶于心繫。」○公羊僖九年曰：「梁亡，魚爛而亡也。」史記主父偃傳：「徐樂上書曰：天下之患，在於土崩。」陳孔璋檄吴將校部曲文曰：「十萬之師，土崩魚爛。」○梁書袁昂傳：「昂致書曰：草土殘息，復罹今酷。」陳曰：「殘息猶殘喘也。」○左宣十二年曰：「守陴者皆哭。」杜注曰：「陴，城上俾倪。」説文曰：「陴，城上女牆俾倪也。」釋名釋宫室曰：「城上垣曰睥睨，言於其孔中睥睨非常也。亦曰『陴』，陴，裨也，言裨助城之高也。亦曰女牆，言其卑小，比之於城，若女子之於丈夫也。」○左宣十二年：「楚子曰：古者明王伐不敬，取其鯨鯢而封之，以爲大戮，於是乎有京觀，以懲淫慝。」杜注曰：「積尸封土其上，謂之京觀。」釋文曰：「觀，古亂反。」

惟賊帥夸千，未悟傾巢之兆，敢懷拒轍之心。獨率馬軍，憑川轉鬬。驚塵亂起，六合爲之寢光；殺氣相稽，四溟由是變色。副總管李大志，忠惟徇國，義則忘軀。臨危而貞節逾明，制敵而神機獨遠。丹誠自守，雖九死其如歸；白刃交前，豈三軍之可奪。投袂則妖徒霧廓，搴旗而凶黨冰摧。於是乘利追奔，因機深入。困獸猶鬬，如戰稟君之魂；窮鳥尚飛，似驚杜宇之魄。斬甲卒七十餘級，獲裝馬五千餘匹。僵屍蔽野，臨赤坂而非遥；流血灑途，視丹徼以何遠。以上破賊帥夸千。

周禮秋官硩蔟氏曰：「掌覆夭鳥之巢。」沈休文齊安陸昭王碑文曰：「傾巢舉落。」○莊子人間世：「蘧伯玉曰：『汝不知夫螳蜋乎？怒其臂以當車轍，不知其不勝任也。』」○梁書武帝紀：「中興二年詔曰：嚴城勁卒，憑川爲固。」○司馬子長報任少卿書曰：「轉鬬千里。」○吕氏春秋審分篇曰：「神通乎六合。」高注曰：「六合，四方上下也。」○趙景臻與嵇茂齊書曰：「白日寢光。」○禮記月令曰：「仲秋之月，殺氣浸盛。」説文曰：「稽，留止也。」○藝文類聚天部上引王凝之風賦曰：「越四溟而蓬勃。」莊子逍遥遊釋文曰：「北冥，本亦作『溟』，北海也。嵇康云：『取其溟漠無極也。』」○司馬子長報任少卿書曰：「常思奮不顧身，以徇國家之急。」○晉書忠義傳贊曰：「重義輕生，亡軀徇節。」○潘安仁馬汧督誄曰：「臨危奮節。」○陰符經曰：「神機鬼藏。」○晉書劉喬傳：「劉弘與喬箋曰：披露丹誠，不敢不盡。」○楚辭離騷曰：「雖九死其猶未悔。」曾子制言篇曰：「君子視死如歸。」○莊子秋水篇曰：「白刃交於前，視死若生者，烈士之勇也。」○論語子罕篇曰：「三軍可奪帥也，匹夫不可奪志也。」○左宣十四年曰：「楚子投袂而起。」○宋書武帝紀上曰：「義熙元年三月，天子至自江陵。詔曰：回戈疊揮，則荆漢霧廓。」○南齊書高帝紀上：「順帝策相國齊公曰：麾鉞一臨，凶黨冰泮。」○史記季布欒布傳贊曰：「季布身履軍搴旗者數矣。」漢書同，注引李奇曰：「搴，拔也。」○史記淮陰侯傳：「蒯通曰：楚人乘利席卷，威震天下。」○左宣十二年曰：「困獸猶鬬，況國相乎？」○後漢書南蠻傳曰：「巴郡、南郡蠻本有五姓，巴氏、樊氏、瞫氏、相氏、鄭氏，皆出於武落鍾離山。其山有赤黑二穴，巴氏之子生於赤穴，四姓之子皆生黑穴。未有君長，俱事鬼神，乃共擲劍於石穴，約能中者，奉以爲君。巴氏子務相乃獨中之，衆皆歎。又令各乘土船，約能浮者，當以爲君。餘姓悉沉，惟務相獨浮。因共立之，是爲廩君，四姓皆臣之。廩君死，魂魄世爲白虎。巴氏以虎飲人血，遂以人祠焉。」○荀子哀公篇：「顔回曰：鳥窮則啄。」韓詩外傳二、新序雜事五、家語顔回篇並同。淮南子齊俗篇曰：「諺曰：鳥窮則噣。」南齊書王融傳：「王奂上疏曰：雖窮鳥必啄，固等命於梁鷞；困獸斯驚，終並懸於廚鹿。」○文選蜀都賦曰：「鳥生杜宇之魄。」劉淵林注引蜀記曰：「昔有人姓杜名宇，王蜀，號曰望帝。宇死，俗説云化爲子規。子規，鳥名也。蜀人聞子規鳴，皆曰望帝也。」○史記淮南王安傳：「伍被曰：秦暴兵露師，常數十萬，僵尸千里，流血頃畝。」隋書楊素傳：「帝手詔勞素曰：僵屍蔽野，積甲若山。」○漢書西域傳曰：「又歷大頭痛、小頭痛之山，赤土、身熱之坂。」鮑明遠苦熱行曰：「赤坂横而阻。」○史記蔡澤傳：「澤説應侯曰：白起誅屠四十餘萬之衆，盡之於長平之下，流血成川，沸聲若雷。」○古今注卷上曰：「南方徼色赤，故稱丹徼，爲南方之極也。」

首領和舍等，並計窮力屈，面縛軍門。寬其萬死之誅，弘以再生之路。唯蒙儉脱身挺險，負命窮山。顧巢穴而靡依，延晷漏其何幾。況妖徒革面，徼外非復他人；部落離心，舟中皆爲敵國。瞻言梟首，指日爲期。凡在歸降，隨事招撫。與之更始，復其故業。首邱懷戀，疑臨故國之墟；安堵知歸，似入新豐之市。以上受降。

史記宋世家曰：「周武王伐紂，克殷。微子乃持其祭器，造於軍門，肉袒面縛。」漢書項籍傳顔注曰：「面謂背之不面向也，面縛亦謂反背而縛之。」説文曰：「面，顔前也。」段注曰：「引伸之爲相鄉之稱，又引伸之爲相背之稱。易：『窮則變，變則通也。』凡言面縛者，謂反背而縛之。」○左文十七年曰：「鋌而走險。」杜注曰：「鋌，疾走貌。」「挺」「鋌」字通。○史記夏本紀：「堯曰：鯀爲人負命毁族。」吴志陸瑁傳：「瑁上疏曰：淵之驕黠（公孫淵），恃遠負命。」華陽國志二牧志曰：「劉主至巴郡，巴郡嚴顔拊心歎曰：此所謂獨坐窮山，放虎自衛者也。」案：負命，一作「委命」。○隋書韓擒傳：「擒曰：臣直取金陵，據其府庫，傾其巢穴。」○文選魏都賦曰：「晷漏肅唱。」張孟陽注曰：「晷漏，漏刻也。」○易革上六曰：「小人革面。」○後漢書明帝紀曰：「永平十二年，益州徼外夷哀牢王相率内屬，於是置永昌郡，罷益州西部都尉。」○丘希範與陳伯之書曰：「部落攜離，酋豪猜貳。」○史記吴起傳曰：「武侯浮西河而下，中流顧而謂吴起曰：『美哉乎，山河之固！此魏國之寶也。』起對曰：『在德不在險。若君不修德，舟中之人，盡爲敵國也。』」○説文曰：「県，到首也。賈侍中説，此斷首到縣県字。」後人借「梟」字爲之。○爲期，一作「可期」。○周書韋孝寬傳曰：「隨機招撫，並即歸附。」○司馬長卿上林賦曰：「與天下更始。」○禮記檀弓上曰：「古之人有言曰：孤死正丘首，仁也。」鄭注曰：「正丘首，正首丘也。」○漢書高祖紀上：「高祖曰：吏民皆按堵如故。」注應劭曰：「按，按次第；堵，牆堵也。」顔曰：「言不遷動也。」蜀志諸葛亮傳曰：「百姓安堵，軍無私焉。」○知歸，一作「如歸」，一作「識家」。西京雜記上曰：「高祖乃作新豐，移諸故人實之。高祖既作新豐，并移舊社，衢巷棟宇，物色惟舊。士女老幼，相攜首路，各知其室，放犬羊雞鴨於通塗，亦競識其家。」

然後班師遯水，振旅禺山。建鴻業於武功，暢玄猷於文教。庶荒陬襲中邦之禮，邊疆息外户之虞。華封祝堯，兆皇基於千載；夷歌頌漢，美王澤於三章。

宜與夫天帝前星，廣賜秦公之册；坤元益地，遥開王母之圖。蓋亦有云，曾何足紀。以上班師。

書僞古文大禹謨曰：「班師振旅。」○遯水，見上「竹浮三節」注。水經温水注曰：「鬱水即夜郎豚水也。豚水東北流逕談藁縣，東逕牂牁郡且蘭縣，謂之牂牁水。水廣數里，縣臨江上。故且蘭侯國也，一名頭蘭，牂牁郡治也。元鼎五年，武帝伐南越，發夜郎精兵下牂牁江同會番禺是也。」陳曰：「豚水，後漢書作遯水，即牂牁江，出貴州都匀府獨山州（今縣）獨山司，逕三角屯（今三合縣），又逕都江城至古州城（今榕江縣），又逕下江城（今縣），至永從縣丙妹入粤西界，流粤東入海。」○禺同山，已見王子安浄惠寺碑注。吴都賦曰：「其荒陬譎詭。」劉淵林注曰：「陬，四隅，謂邊遠也。」○禮記禮運曰：「盜竊亂賊而不作，故外户而不閉。」孔疏曰：「扉從外闔也。」○華封祝堯，見盧昇之碑注。○後漢書西南夷傳曰：「永平中，益州刺史朱輔在州數歲，宣示漢德，威懷遠夷，自汶山以西，白狼、槃木、唐菆等百餘國，舉種奉貢。輔上疏曰：『白狼、唐菆等慕化歸義，作詩三章，繈負老幼，若歸慈母。遠夷之語，辭意難正，有犍爲郡掾田恭頗曉其言，臣輒令訊其風俗，譯其辭語。今遣從事史李陵與恭護送詣闕，并上其樂詩。』帝嘉之，事下史官，録其歌焉。」○漢書天文志曰：「心爲明堂大星，天王前後星子屬。」陳曰：「天帝前星，謂爲天之子也。」○張平子西京賦曰：「昔者大帝説秦繆公而覲之，饗以鈞天廣樂，帝有醉焉，乃爲金策，錫用此土，而翦諸鶉首。」史記趙世家曰：「趙簡子疾，五日不知人，醫扁鵲視之，曰：『在昔秦繆公嘗如此，七日而寤，寤之日，告公孫支與子輿曰：我之帝所甚樂。』」○易坤彖傳曰：「至哉坤元！」○藝文類聚帝王部一引雒書靈准聽曰：「舜受終，西王母授益地圖。」金樓子興王篇曰：「堯乃老，使舜攝行天子政，西王母使使來獻白環之玦、益地之圖、乘黄之駟。」

斯並玄謀廣運，廟略遐覃。一戎而荒景肅清，再鼓而邊隅底定。豈臣等提戈擐甲，克全百勝之功；杖節揚麾，能通九變之策。詣藁街而獻捷，大帝成規；聞杕杜之勞還，小臣何力。不勝慶快之至，謹遣行軍司馬、朝散大夫、守巂州都督府長史、上柱國梁待辟奉露布以聞，軍資器械，別簿録上。以上奉露布上聞。○宏麗雄駿，四傑本色。

張平子東京賦曰：「玄謀設而陰行。」案：謀，一本作「謨」。○晉書羊祜傳：「武帝詔曰：内經廟略。」○禮記中庸曰：「壹戎衣而有天下。」（尚書僞古文武成襲之）吴志周魴傳：「與曹休牋曰：魴遠在邊隅。」○吴語曰：「夜中乃令服兵擐甲。」韋注曰：「擐，貫也；甲，鎧也。」○史記魏世家：「外黄徐子謂太子曰：臣有百戰百勝之術。」○孫子九變篇曰：「凡用兵之法，將受命於君，合軍聚衆，圮地無舍，衢地合交，絶地無留，圍地則謀，死地則戰，途有所不由，軍有所不擊，城有所不攻，地有所不争，君命有所不受。故將通於九變之利者，知用兵矣。」○漢書陳湯傳：「湯與延壽上疏曰：斬郅支首，及名王以下，宜縣頭藁街，蠻夷邸閒。」注晉灼曰：「黄圖：在長安城門内。」顔曰：「藁街，街名，蠻夷邸在此街也。邸若今鴻臚客館也。」○詩序曰：「杕杜，勞還役也。」○左成二年：「晉師歸，郤伯見，公曰：『子之力也夫！』對曰：『君之訓也，二三子之力也，臣何力之有焉？』」漢書循吏傳曰：「龔遂爲渤海太守數年，上遣使者徵遂，議曹王生曰：『天子即問君何以治渤海，宜曰：皆聖主之德，非小臣之力也。』」○唐六典卷二曰：「從五品下曰朝散大夫。」餘見前。

崔安成

崔融，字安成，齊州全節人。擢八科高第，累補宮門丞、崇文館學士。中宗爲太子時，充侍讀，歷著作郎、鳳閣舍人，仕至國子司業。以與修武后實録，封清河縣子，撰武后哀册文，用思精苦，遂發病，卒，謚曰文。新舊唐書皆有傳。

嵩山啓母廟碑

元和郡縣志曰：「河南道河南府登封縣：嵩高山，在縣北八里，亦名方外山。又云東曰太室，西曰少室，嵩高總名，即中嶽也。山高二十里，周迴一百三十里。啓母祠，在縣東北七里。漢書『武帝祀中嶽，見夏啓母石』是也。應劭云：『啓生而母化爲石。』淮南子亦同。嵩山記：『陽翟婦人，今龕中鑿石像，漢安帝延光三年立。』」案：漢書武帝紀：「元封元年春正月，行幸緱氏，詔曰：朕用事華山，至于中嶽，見夏后啓母石。」顔注曰：「啓，夏后子也，其母塗山氏女也。禹治鴻水，通轘轅山，化爲熊，謂塗山氏曰：『欲餉，聞鼓聲乃來。』禹跳石，誤中鼓。塗山氏往，見禹方作熊，慙而去，至嵩高山下化爲石，方生啓。禹曰：『歸我子。』石破北方而啓生。事見淮南子。」葉封嵩陽石刻記曰：「開母廟石闕銘，闕在啓母石正南，漢安帝延光二年潁川守朱寵造。」據此則元和郡縣志「延光三年」，「三」蓋「二」字之誤，餘見後注。清統志曰：「河南河南府：嵩山，在登封縣北；啓母廟，在登封縣東北七里。」又案：金石録卷四目録曰：「唐啓母廟碑，崔融撰，沮渠智烈書，永淳二年正月。」又卷二十四跋尾曰：「按淮南子云：『禹治鴻水，通轘轅山，化爲熊。塗山氏見之，慙而去，至嵩高山下化爲石，方生啓。禹曰：「歸我子。」石破北方而啓生。』其說可謂怪矣。然漢武帝幸緱氏至中嶽，見夏后啓母石，列於詔書，則固已信之矣。其後郭璞注山海經，顏師古注漢書，皆具載其語。而融又文其事於碑，流俗安得不惑乎？」又案：舊唐書高宗本紀曰：「調露二年二月己未，幸嵩陽觀及啓母廟，並命立碑。（是年八月，改元永隆。）永淳二年春正月甲午朔，幸奉天宮，遣使祭嵩岳、少室、箕山、具茨等西王母、啓母、巢父、許由等祠。」（是年十二月，改元弘道。）新唐書崔融傳曰：「武后幸嵩高，見融銘啓母碣，歎美之。」

臣聞天地生成，其法自然之謂道；陰陽鼓舞，其功不測之謂神。然則物或類感，事因通變。乾棟傾而三光北馳，坤輿缺而百川東瀉。河淪越嶲，有郡邑之爲魚；水陷歷陽，有吏人之化鼈。訪遺縱於女峽，風雨蕭條；徵往事於姑泉，絃歌響亮。盈虛靡定，合散焉常。不知誰子，既老氏之多懵；忽然爲人，寧賈生之足辯。仰觀俯察，裁識幽明之故；原始反終，未窮死生之說。得於道而失於道，義有必然；出於機而入於機，理無或廢。知變化者，其知神之所爲乎！以上總論鬼神變化之道。

易序卦傳曰：「有天地，然後萬物生焉。」春秋繁露王道通三篇曰：「天覆萬物，既化而生之，有養而成之。」○老子曰：「有物混成，先天地生，吾不知其名，字之曰道。」又曰：「天法道，道法自然。」○易繫辭傳上曰：「一陰一陽之謂道。」又曰：「陰陽不測之謂神。」又曰：「鼓之舞之以盡神。」○劉子新論類感篇曰：「物以類相感，神以氣相化。」○易繫辭上曰：「通變之謂事。」○晉書元帝紀贊曰：「仰希乾棟。」淮南子原道篇高注曰：「三光，日月星也。」列子湯問篇曰：「故天傾西北，日月星辰就焉；地不滿東南，故百川水潦歸焉。」易説卦傳曰：「坤爲大輿。」○水經若水篇曰：「若水南過越巂邛都縣。」注曰：「邛都縣，漢武帝開邛筰置之。縣陷爲池，今因名爲邛池，南人謂之邛河。」搜神記卷二十曰：「邛都縣下有一老姥，每食，輒有小蛇，頭上載角，在牀閒，姥憐而飴之食。後稍長大，遂長丈餘，令有駿馬，蛇吸殺之，令遷怒殺姥，此後每夜輒聞若雷若風，四十許日。百姓相見，咸驚語：『汝頭那忽戴魚？』是夜，方四十里與城一時俱陷爲湖。」案：邛都，在今四川西昌縣東南。○淮南子俶真篇曰：「歷陽之都，一夕反而爲湖（御覽地部三十一引「反」作「化」），勇力聖知與罷怯不肖者同命。」高注曰：「歷陽，淮南國之縣名，今屬九江郡。昔有老嫗，常行仁義，有兩書生過之，謂曰：『此國當没爲湖。』謂嫗視東城門閫有血，便走上北山，勿顧也。自此嫗數往視門閫，閽者問之，嫗對如是。其暮，門吏故殺雞塗血門閫。明日，老嫗早往視門，見血，便走上北山，國没爲湖。與門吏言其事，適一宿耳。故曰『一夕反而爲湖也』。勇怯同命，無遺脱也。」（注依劉氏集證本。）意林二引許注曰：「歷陽，淮南縣也。有二人告歷陽母曰：『見城門有血，則走無顧。』此後門吏故污血於門限，母便上北山，縣果陷水中，母遂化作石也。」（依陶子珍定爲許注。）案：歷陽，今安徽和縣治。吏人，即吏民，唐避太宗諱。○水經洭水注曰：「洭水又東南流，嶠水注之，水出都嶠之溪，溪水下流，歷峽南出，是峽謂之貞女峽。峽西岸高巖名貞女山，山下際有石如人形，高七尺，狀如女子，故名貞女峽。古來相傳，有數女取螺於此，遇風雨晝晦，忽化爲石。斯誠巨異，難以聞信，但啓生石中，孿呱空桑，抑斯類矣。物之變化，寧以理求乎？」清統志曰：「廣東連州：貞女山，在州南。」（今改縣）○楚辭遠遊曰：「山蕭條而無禽兮。」○文選劉孝標重答劉秣陵書曰：「蓋山之泉，聞弦歌而赴節。」李善注引宣城記曰：「臨城縣南四十里蓋山，高百許丈，有舒姑泉。昔有舒氏女，與其父析薪，此泉處坐，牽挽不動。乃還告家，比還，唯見清泉湛然。女母曰：『吾女本好音樂。』乃弦歌，泉涌迴流，有朱鯉一雙。今作樂嬉戲，泉固涌出也。」又見搜神後記。清統志曰：「安徽池州府：舒溪，在石埭縣南，一名舒姑溪，文選注：舒姑泉即今舒溪。」○易豐彖傳曰：「天地盈虛，與時消息。」○謝靈運維摩經贊曰：「莫昵緣合時，當視分散日。」○老子曰：「吾不知誰之子，象帝之先。」河上公注曰：「老子言我不知道所從生，道自在天帝之前，此言道乃先天地生也。」「懵」與「懜」字同，說文曰：「懜，不明也。」○賈生鵩鳥賦曰：「忽然爲人兮，何足控摶；化爲異物兮，又何足患？」○易繫辭上曰：「仰以觀於天文，俯以察於地理，是故知幽明之故，原始反終，故知死生之說。」後漢書馬援傳注曰：「裁，僅也。」案：「才」之通借字。○老子曰：「同於道者，道亦樂得之；同於德者，德亦樂得之；同於失者，失亦樂得之。」又曰：「失道而後德。」○莊子至樂篇曰：「萬物皆出於機，皆入於機。」郭注曰：「此言一氣而萬形，有變化而無死生也。」○易繫辭上曰：「知變化之道者，其知神之所爲乎！」

臣謹案啓母廟者，蓋夏后啓之母也。漢避景帝諱，改「啓」之字曰「開」。厥後相傳，或爲開母。而顧野王輿地志、盧元明嵩高記，並不尋避諱之旨，以爲陽翟婦人，事不經見，諒無所取。以上證開母異文，并辨陽翟婦人之說。

漢書景帝紀顏注引荀悅曰：「諱『啓』之字曰『開』。」又武帝紀元封元年（詔見上）注曰：「景帝諱啓，今此詔云啓母，蓋史追書之，非當時文。」○漢延光二年開母廟石闕銘曰：「九山甄旅□□□文爰納江山辛癸之閒三□□入實勤斯民。」○陳書、南史顧野王傳並云：「撰輿地志三十卷。」隋書、舊唐書經籍志，新唐書藝文志並同。○太平御覽地部四引嵩高山記曰：「昔有婦女，姙身三十月生子，五歲便入嵩高學道，通神明，爲母立祠，號開母祠。」案：此即元和志所引陽翟婦人之事，特御覽所引有删節，故無陽翟字耳。又魏書、北史盧元明傳均不言撰嵩高山記，隋志亦未著録。

粤若玉斗璇璣，李母之居鄰北極；金臺石室，王母之宅在西山。氣爲母則羣物以萌，月爲母則容光必照，坤爲母則上下交泰，后爲母則邦家有成。故華胥履跡而雄氏孕，女登感神而炎運作，星流華渚而白帝生，月貫幽房而黑精降。明明有夏，穆穆塗山。予娶於度土之辰，女婚於台桑之地。搜奇帝紀，摭異歸藏。束生發蒙而有迷，韓子稱賢而不朽。漢臣之筆墨泉海，陳其令名；秦相之一字千金，敍其嘉應。士歌南國，徒聞候禹之詞；石破北方，終見生余之兆。則郭璞所謂陽城西啓母石，李肜所謂嵩山南啓母祠，隨巢之説有徵，鴻烈之言無爽者矣。以上歷舉古代聖母奇蹟，證啓母化石之説非誣。

史記天官書曰：「北斗七星。」索隱曰：「春秋運斗樞云：『斗，第一天樞，第二旋，第三璣，第四權，第五衡，第六開陽，第七摇光。』尚書『璇』作『璿』，馬融云：『璿，美玉也。』」雲笈七籤卷十八三洞經教部引老子中經曰：「璇璣者，北斗君也。」史記老子韓非列傳正義引玄妙内篇曰：「李母懷胎八十一載，逍遥李樹下，迺割左腋而生。」又曰：「玄妙玉女夢流星入口而有娠，七十二年而生老子。」又引上元經曰：「李母晝夜見五色珠，大如彈丸，自天下，因吞之，即有娠。」酉陽雜俎卷二曰：「老君母曰玄妙玉女，天降玄黃，氣如彈丸，入口而孕。凝神瓊胎宫，三千七百年。赤明開運，歲在甲子，誕於扶刀蓋天西那王國鬱寥山丹玄之阿。」○枕中書曰：「崑崙玄圃，金爲墉城，方四千里，城上安金臺五所，玉樓十二，西王母九光所治。」列仙傳上曰：「赤松子常止西王母石室中。」西山經曰：「嬴母之山，又西三百五十里曰玉山，是西王母之所居。西王母其狀如人，豹尾虎齒而善嘯，蓬髮戴勝，是司天之厲及五殘。」海内北經曰：「西王母梯几而戴勝杖，其南有三青鳥，爲西王母取食，在昆侖虚北。」大荒西經曰：「昆侖之丘，有人戴勝虎齒有豹尾，穴處，名曰西王母。」案此所言，西王母似介乎人神之閒。大戴禮少閒篇曰：「昔虞舜以天德嗣堯，西王母來獻其白琯。」西山經郭注引孔子三朝記「舜時西王母遣使獻玉環」，又引竹書「穆王五十七年，西王母來見，賓于昭宫」。則西王母又爲西方國名，與爾雅釋地以西王母與觚竹、北户、日下爲四荒正合，而即以國名爲其君名。故穆天子傳三曰：「乙丑，天子觴西王母於瑶池之上，西王母爲天子謡。」則文辭爾雅矣。漢武内傳言：「西王母著黄金褡襹，文采鮮明，頭上太華髻，戴太真晨纓之冠，履玄璚鳳文之舄，視之可三十許，修短得中，天姿掩藹，容顔絶世。」竟成美麗莊嚴之女仙矣。以視所謂「豹尾虎齒」「司天五殘」者，何其大不侔也？集仙録曰：「王母蓬髮戴華勝，虎齒善嘯者，此乃王母之使，金方白虎之神，非王母之真形也。」則亦知其不可通而强爲之詞耳。至神仙家言，或以爲太陰之元氣（七籤卷十八引老子中經），或稱爲西漢九光夫人（枕中書），或稱九靈太妙龜山金母（七籤卷一百一十四引墉城集仙録），或稱爲太虚九光龜臺金母元君（同上）；至於造作姓字，或曰姓自然字君思（老子中經），或曰姓侯氏（集仙録），或曰楊回一曰婉衿（酉陽雜俎二），益怪誕不可究詰矣。○莊子大宗師曰：「夫道有情有信，無爲無形，伏戲得之以襲氣母。」

釋文引司馬紹統曰：「氣母，元氣也。」漢書董仲舒傳：「仲舒對策曰：天者，羣物之祖也。」○禮記昏義曰：「天子之與后，猶日之與月，陰之與陽，相須而后成者也。天子脩男教，父道也；后脩女順，母道也。故曰天子之與后，猶父之與母也。」孟子盡心上曰：「日月有明，容光必照焉。」○易説卦傳曰：「坤爲母。」又泰彖傳曰：「上下交而其志同也。」○禮記昏義曰：「天子聽外治，后聽内職，教順成俗，外内和順，國家理治，此之謂盛德。」○太平御覽皇王部三引詩含神霧曰：「大跡出雷澤，華胥履之生宓犧。」宋均注曰：「雷澤，地名；華胥，伏犧母。」五行大義卷五論五帝曰：「大昊帝庖犧者，姓風也，母華胥，履大人跡而生於成紀，教民取犧牲以充庖廚，故曰庖犧，是謂羲皇。後世音謬，謂之伏犧，或曰宓羲，一號雄皇。」○御覽皇親部一引春秋元命苞曰：「女登生神農。」又引帝王世紀曰：「炎帝神農母曰任似，有蟜氏女，名女登，少典妃。遊華陽，有神龍首感之（「神」字據皇王部引增），生神農於常羊山。」○御覽皇王部四引河圖曰：「大星如虹，下流華渚，女節氣感，生白帝朱宣。」宋均注曰：「朱宣，少昊氏也。」又引帝王世紀曰：「少昊帝名摯，字青陽，姬姓也，母曰女節。黄帝時，有大星如虹，下流華渚，女節夢接意感生少昊，是爲玄囂。以金承土帝，圖讖所謂白帝朱宣者也，故稱少昊，號金天氏。」○御覽皇王部四引河圖曰：「瑤光之星，如蜺（皇親部一引作「虹」）貫月，正白，感女樞幽房之宫，生黑帝顓頊。」初學記帝王部引帝王世紀曰：「顓頊，黄帝之孫，昌意之子，姬姓也。母曰景僕，蜀山氏女，爲昌意正妃，謂之女樞。金天氏之末，瑤光之星，貫月如虹，感女樞幽房之宫，生顓頊於若水。」五行大義論五帝曰：「顓頊高陽氏以水承金，位在北方，主冬，故號顓頊。」又曰：「金王則白帝之子，水王則黑帝之子。」○詩大明曰：「明明在上。」書召誥曰：「相古先民有夏。」○爾雅釋詁曰：「穆穆，美也。」釋訓曰：「穆穆，敬也。」○書益稷：「禹曰：『予創若時，娶于塗山，辛壬癸甲。啓呱呱而泣，予弗子，惟荒度土功。』」僞孔傳曰：「塗山，國名。辛日娶妻，至于甲日，復往治水，不以私害公。啓，禹子也。禹治水，過門不入，聞啓泣聲，不暇子名之，以大治度水土之功故。」釋文曰：「度，徒洛反。」楚辭天問曰：「禹之力獻功，降省下土四方，焉得彼嵞山女，而通之於台桑？」王注曰：「言禹治水道，娶塗山氏之女，而通夫婦之道於台桑之地焉。」吴越春秋越王無余外傳曰：「禹因娶塗山，謂之女嬌，取辛壬癸甲。禹行十月，女嬌生子啓。」說文屾部曰：「嵞，會稽山也，一曰九江當塗也。民以辛壬癸甲之日娶嫁。虞書曰：予娶嵞山。」段注曰：「左傳『禹會諸侯於塗山』（哀七年），魯語『昔禹致羣神於會稽之山』。二傳所說，正是一事，故云嵞山即會稽山。『嵞』『塗』古今字。蓋大禹以前名嵞山，大禹以後則名會稽山，故許以今名釋古名也。一曰者，別一義，謂嵞山在九江當塗也。地理志九江郡當塗，應劭曰：『禹所娶塗山氏國也。』郡國志九江郡屬縣有當塗、有平阿，平阿有塗山。按平阿本當塗地，漢當塗即今安徽省鳳陽府懷遠縣，東南有塗山，非今在江南太平府治之當塗也。虞書咎繇謨文（僞古文分爲益稷）。」此證後說也。○御覽皇親部一引帝王世紀曰：「禹納塗山氏女，曰女媧，（路史後紀十三注引作女嬌，殆是。）合婚於台桑，有白狐九尾之瑞。至是爲攸女，故連山易曰『禹娶塗山之子，名曰攸女，生啓』是也。」案：隋書經籍志史部雜史有「帝王世紀十卷，皇甫謐撰」。○穆天子傳卷五曰：「丙辰，天子南遊于黄□室之丘，以觀夏后啓之所居。」郭注曰：「疑此言太室之丘嵩高山，啓母在此山化爲石，而子啓亦登仙，故其上有啓石也。皆見歸藏及淮南子。」海外西經郭注曰：「歸藏鄭母經曰：『夏后啓筮，御飛龍登于天，吉。明，啓亦仙也。』」案：隋書經籍志經部易有「歸藏十三卷，晉太尉參軍薛貞注」。（漢學齋、玉函山房皆有輯本，今所傳三墳書乃僞作，不足辨也。）○隋書經籍志經部小學有「發蒙記一卷，晉著作郎束皙撰」，又史部地理有「發蒙記一卷，束皙撰，載物産之異」。章逢之考證曰：「此疑重出，然注特言記物産之異，或名同而書殊也。」步瀛案：今兩書皆亡，無由相證。章氏舉類書所引諸條，似記物産之異，故入地理類中，所言啓母化石事，或亦在此類歟？○韓非子今無稱啓母之文，諸書所載逸文亦未見此語，未詳。韓詩外傳亦無稱啓母事。孟子萬章上曰：「啓賢，能敬承繼禹之道。」然非韓子，且但稱啓賢，非稱啓母也。○論衡亂龍篇曰：「劉子駿，漢朝智囊，筆墨淵海。」是稱劉歆。（隋志以列女傳頌義爲歆作。）劉孝標廣絶交論曰：「舒向金玉淵海。」則以「淵海」稱向矣。唐人避高祖諱，故改「淵」爲「泉」。列女傳母儀傳曰：「啓母者，塗山氏長女也，夏禹娶以爲妃。既生啓，辛壬癸甲，啓呱呱而泣。禹去而治水，塗山氏獨明教訓，而致其化焉。及啓長，化其德而從其教，卒致令名。」○史記呂不韋傳曰：「太子政立爲王，尊呂不韋爲相國。呂不韋乃使客人人著所聞，集論以爲八覽、六論、十二紀，二十餘萬言，號曰呂氏春秋。布咸陽市門，縣千金其上，延諸侯游士賓客，有能增損一字者，予千金。」案：此云嘉應，似指白狐呈祥事。藝文類聚祥瑞部下引呂氏春秋曰：「禹年三十未娶，行塗山，恐時暮失嗣，辭曰：『吾之娶必有應也。』乃有白狐九尾而造於禹，禹曰：『白者吾服也，九尾者其證也。』於是塗山人歌曰：『綏綏白狐，九尾龐龐。成于室家，（成于，當依御覽獸部二十一引吴越春秋作「成子」，北堂書鈔樂部二、御覽樂部九引並作「成家成室」，今本吴越春秋同，上文又有「我家嘉夷，來賓爲王」二句。）我都攸昌。』（書鈔、御覽樂部引「攸」並作「彼」，御覽獸部引吴越春秋同，今本作「我造彼昌」。）於是娶塗山女。」（書鈔、御覽樂部引「於是」並作「禹因」。）北堂書鈔樂部二、御覽樂部九皆引其文，書鈔后妃部一、御覽皇王部七則節引之，而路史後紀卷十三注所引閒有不同，疑以意改。（吴越春秋無余外傳亦載其事。）然今呂氏春秋無此文。○呂氏春秋音初篇曰：「禹行功，見塗山之女，禹未之遇而巡省南土。塗山氏之女乃命其妾候禹于塗山之陽，女乃作歌，歌曰：『候人兮猗。』實始作爲南音。」○玉海卷三十五藝文部引帝王世紀曰：「連山易曰：禹娶塗山之子名曰攸女，生余（御覽皇親部一引作「生啓」）。」餘見前。○中山經曰：「泰室之山，上多美石。」郭景純注曰：「即中嶽嵩高山也，今在陽城縣西。啓母化爲石而生啓，在此山。見淮南子。」案晉書地理志，陽城縣屬河南郡。元和志曰：「河南道河南府登封縣：本漢崈高縣，武帝元封元年置，以奉太室，後省入陽城，累代因之。高宗將有事於中嶽，分陽城、緱氏置嵩城縣。萬歲登封元年，則天因封嶽，改爲登封。」又曰：「告成縣：本漢陽城縣。」清統志曰：「河南府：陽城故城，在登封縣東南。」○隋書經籍志史部地理有「聖賢冢墓記一卷，李彤撰」。此文引李彤説，蓋出冢墓記。○藝文類聚地部引隨巢子曰：「禹産於崐石，啓生於石。」注王韶之云：「啓生而母化爲石。」御覽地部十六引同，惟「崐」作「硍」，注「而母」作「母即」。（書鈔帝王部一曰：「啓生硍石。」）案：漢書藝文志墨家有隨巢子六篇，原注曰：「墨翟弟子。」隋志作一卷。○中山經、穆天子傳郭注，漢書武帝紀顔注，元和志河南道，説啓母化石，皆云見淮南子。御覽地部十六引淮南子曰：「禹娶塗山，化爲石，在嵩山下。方生啓，曰『歸我子』，石破北方而生啓。」楚辭天問洪慶善補注亦引之。北堂書鈔后妃部一引淮南子「石破生啓」，今淮南無此文，惟墬形篇云：「江絶漢入海，左還北流，至于開母之北。」高注曰：「開母，山名，在東海中。」與此不合。脩務篇云「禹生於石」，王懷祖謂：「許慎本作『啓生於石』。書鈔、御覽及師古注所引，即許慎之注。」（讀書雜志九之十九）孫頤谷亦謂：「此事出許慎注，語涉怪誕，不似鴻烈本書。」（讀書脞録四）然淮南逸文見於類書者，不一而足，至怪誕之語，書中亦時有之。王氏、孫氏之説恐未確。而劉家立竟據王校以改本文，亦嫌武斷。又高誘淮南子敍曰：「淮南子名安，與蘇飛、李尚、左吴、田由、雷被、毛被、伍被、晉昌等八人，及諸儒大山、小山之徒，共著此書，號曰鴻烈。鴻，大也；烈，明也，以爲大明道之言也。」詩氓毛傳曰：「爽，差也。」

昔者鸞川之上，母變空桑；豚水之濱，男生破竹。美人之虹名螮蝀，仙婦之月作蟾蜍。精衛銜木而償冤，女尸化草而成媚。山崩蜀道，臺候婦而無歸；石立武昌，亭望夫而不及。論乎誕載，羣下莫尊於帝王；語乎遷易，凡百無聞於感致。美矣哉，不可得而稱也。以上類舉變化之事，以證啓母之神異。

呂氏春秋本味篇曰：「有侁氏女子采桑，得嬰兒於空桑之中，獻之其君。其君令烰人養之，察其所以然，曰：『其母居伊水之上，孕，夢有神告之曰：「臼出水而東走，毋顧。」明日視臼出水，東走十里，而顧，其邑盡爲水，身因化爲空桑。』故命之曰伊尹。」此伊尹生空桑之故也。列子天瑞篇曰：「伊尹生乎空桑。」張注引傳記略同。楚辭天問曰：「水濱之木，得彼小子。」王注亦同。水經伊水注曰：「伊水自熊耳東北逕鸞川亭北，世人謂伊水爲鸞水，故名斯川爲鸞川也。」○水經温水注曰：「鬱水，即夜郎豚水也。漢武帝時，有竹王興於豚水。」趙東潛釋曰：「按漢志，鬱林郡廣鬱縣鬱水，首受夜郎豚水，牂柯郡夜郎縣豚水東至廣鬱，然則鬱水非即豚水矣。范史西南夷傳作遯水，章懷注引前漢書地理志亦作遯水也。」案：「豚」「遯」字通。又見駱賓王露布「竹浮三節」注。○爾雅釋天曰：「螮蝀，虹也。」郭注曰：「俗名謂美人虹。」釋名釋天曰：「虹，又曰蝃蝀。」又曰：「美人陰陽不和，婚姻錯亂，淫風流行，男美於女，女美於男，恒相奔隨於人之時，則此氣盛，故以其盛時名之也。」異苑卷一曰：「古語有之曰：古者有夫妻荒年菜食而死，俱化成青絳，故俗呼美人虹。」○淮南子覽冥篇曰：「羿請不死之藥於西王母，姮娥竊以奔月。」高注曰：「姮娥，羿妻。羿請不死之藥於西王母，未及服之，姮娥盜食之，得仙，奔入月中爲月精。」續漢書天文志上劉注引張衡靈憲曰：「羿請無死之藥於西王母，姮娥竊之以奔月。將往，枚筮之於有黃。有黃筮之，曰：『吉。翩翩歸妹，獨將西行，逢天晦芒，毋驚毋恐，後其大昌。』姮娥遂託身於月，是爲蟾蠩。」初學記天部上引五經通義曰：「月中有兔與蟾蠩何？月，陰也，蟾蠩，陽也，而與兔並，明陰係於陽也。」御覽天部四引春秋元命包曰：「月之爲言闕也，兩設以蟾蠩與兔者，陰陽雙居，明陽之制陰，陰之倚陽。」爾雅釋魚曰：「鼁䵶，蟾諸。」郭注曰：「似蝦蟆，居陸地。」釋文「諸」作「蠩」。說文無「蟾蠩」字，䖵部、黽部並作「詹諸」，俗又作「蟾蜍」。○北山經曰：「發鳩之山有鳥焉，其狀如烏，文首白喙赤足，名曰精衛，其名自詨。是炎帝之少女，名曰女娃，女娃遊於東海，溺而不返，故爲精衛，常銜西山之木石，以堙於東海。」左太沖魏都賦曰：「㹮㹮精衛，銜木償怨。」○中山經曰：「姑媱之山，帝女死焉，其名曰女尸，化爲䔄草，其葉胥成，其華黃，其實如菟丘，服之媚於人。」案：全唐文「媚」作「殯」。○藝文類聚鱗介部上引蜀王本紀曰：「秦惠王欲伐蜀。知蜀王好色（「知」字據御覽鱗介部下引增），乃獻美女五人。蜀王遣五丁迎女，還至梓潼，見一大蛇，入山穴中。一丁引其尾，（一丁，元作「士」，依御覽鱗介部引改。）不能出，五丁共引蛇，山崩壓五丁，五丁踏蛇而大呼。」御覽妖異部四引曰：「五丁大呼，秦五女及送迎者上山化爲石。（據藝文類聚地部，「秦」字下刪「王」字，「上」字下增「山」字。）蜀王登臺，望之不來，因名五婦候臺。」○初學記地部上引劉義慶幽明録曰：「武昌北山上有望夫石，狀若人立。古傳云：昔有貞婦，其夫從役，遠赴國難，攜弱子餞送此山，立望夫而化爲立石，因以爲名焉。」御覽妖異部引列異傳同。○水經沔水注曰：「洋川者，漢戚夫人之所生處也。高祖得而寵之，目其地爲祥川，用表夫人誕載之休祥也。」（戴氏、趙氏皆改「誕載」爲「載誕」，非是。）○御覽皇王部一引春秋保乾圖曰：「天子至尊也，神精與天地通，血氣含五帝精，天愛之子也。」○賈生鵩鳥賦曰：「斡流而遷兮，或推而還。形氣轉續兮，變化而嬗。」○詩雨無正曰：「凡百君子。」後漢書光武帝紀：「中元元年詔曰：蓋以感致神祇，表彰德信。」○論語泰伯篇曰：「民無得而稱焉。」

大唐革去故，鼎取新。與運而生，繼天而作。握乾坤而造物，海內知春；闢混沌而爲家，域中無外。天皇膺歷數，順謳歌。金匱玉版，服皇王之能事；衢室廟堂，承祖宗之茂烈。垂衣裳而作元后，端拱北辰；負黼扆而朝諸侯，嚮明南面。周邦赫赫，其道洽於成康；漢室巍巍，其化鍾於文景。東漸西被，遠安邇肅。海三年而無波，雲連月而不散。天瑞降，地符昇。靈鳳五文，歲時來苑囿；神龍八卦，昏旦遊池沼。禮云乎哉，無取於周旋揖讓；樂之謂也，必在於移風易俗。司禄益富，家國於是乎有餘；司命益年，臣人於是乎不夭。明王三懼，未嘗遺戒慎之心；天子四鄰，莫能展弼諧之用。家安其業，但聽於鄰雞；人得其和，遂同於野鹿。表讖記，奏河圖，四十六事之著明，曷云尚也；登太山，禪梁甫，七十二封之可識，何以加乎。以上頌唐功德。

易雜卦傳曰：「革，去故也；鼎，取新也。」○李蕭遠運命論曰：「運之所隆，必生聖明之君。」○穀梁傳宣十五年曰：「繼天者君也。」班孟堅東都賦曰：「體元立制，繼天而作。」○東都賦曰：「握乾符，闡坤珍。」莊子大宗師曰：「彼方且與造物者爲人。」○班孟堅答賓戲曰：「函之如海，養之如春。」○李善注引朝錯新書曰：「臣聞帝王之道，包之如海，養之如春。」○莊子應帝王釋文引李曰：「渾沌，清濁未分也。」文選七啓李善注引春秋説題辭曰：「元清氣以爲天，渾沌無形體。」張平子西京賦曰：「掩四海而爲家。」○老子曰：

「域中有四大。」公羊僖二十四年曰：「王者無外。」○舊唐書高宗紀曰：「咸亨五年秋八月壬辰，皇帝稱天皇，皇后稱天后，改咸亨五年爲上元元年。」○論語堯曰篇曰：「堯曰：『咨，爾舜！天之曆數在爾躬。』」○孟子萬章上曰：「謳歌者，不謳歌堯之子而謳歌舜。」○漢書鼂錯傳：「錯對策曰：刻於玉版，藏於金匱。」案：或作「櫃」，俗字。○易繫辭上曰：「天下之能事畢矣。」○管子桓公問篇曰：「黄帝立明臺之議者（藝文類聚禮部上、初學記禮部上引「明臺」皆作「明堂」），上觀於賢也；堯有衢室之問者，下聽於人也。」禮記月令曰：「仲夏之月，天子居明堂太廟。」○華嚴經音義上引漢書音義曰：「茂，美盛也。」○易繫辭下曰：「黄帝、堯、舜垂衣裳而天下治。」書僞太誓上曰：「亶聰明，作元后。」○論語爲政篇曰：「爲政以德。譬如北辰，居其所，而衆星共之。」案：「共」「拱」字通。○禮記明堂位曰：「昔者周公朝諸侯于明堂之位，天子負斧依南面而立。」鄭注曰：「斧依，爲斧文屏風於户牖之閒。」釋文曰：「依，本又作『扆』，同於豈切。」爾雅釋宫曰：「牖户之閒謂之扆。」釋器曰：「斧謂之黼。」考工記曰：「畫繢之事，白與黑謂之黼。」○易説卦傳曰：「聖人南面而聽天下，嚮明而治。」○詩正月曰：「赫赫宗周。」史記周本紀曰：「成王崩，太子釗立，是爲康王，成康之際，天下安寧，刑錯四十餘年不用。」○班孟堅東都賦曰：「扇巍巍，顯翼翼，光漢京於諸夏，總八方而爲之極。」○漢書景帝紀贊曰：「漢興，掃除煩苛，與民休息，至於孝文，加之以恭儉，孝景遵業，五六十載之閒，至於移風易俗，黎民醇厚。周云成康，漢言文景，美矣。」○書禹貢曰：「東漸於海，西被于流沙，朔南暨聲教。」○南齊書樂志太廟高宗明皇帝神室歌辭曰：「遠無不懷，邇無不肅。」○韓詩外傳五曰：「成王之時，有越嘗氏重九譯而至，獻白雉於周公，周公曰：『吾何以見賜也？』譯曰：『吾受國之黄髮曰：「久矣，天之不迅風疾雨也，海不波溢也，三年於兹矣。意者中國殆有聖人，盍往朝之？」於是來也。』」案：文選東京賦李善注引越裳氏，王元長三月三日曲水詩序注引尚書大傳亦作越裳氏。「裳」「嘗」

字通。○十洲記曰：「征和三年，武帝幸安定，西胡月支國王遣使獻香四兩，又獻猛獸一頭，使者曰：『臣國去此三十萬里。國有常占，東風入律，百旬不休，青雲干呂，連月不散。當知中國時有好道之君，故搜奇蘊而貢神香，步天林而請猛獸，辛苦蹊路，於今已十三年矣。』」○文選王元長曲水詩序曰：「天瑞降，地符升。」李善注引詩緯曰：「天下和同，天瑞降，地符升。」○南山經曰：「丹穴之山有鳥焉，其狀如雞，五采而文，名曰鳳皇。」○韓詩外傳八曰：「黄帝即位，鳳止帝東園，集帝梧桐，食帝竹實，没身不去。」曹子建賀龍見表曰：「即將棲鳳于林囿。」又互見駱賓王露布注。○書顧命僞孔傳曰：「河圖八卦，伏羲氏王天下，龍馬出河，遂則其文以畫八卦。」○禮記禮運曰：「龜龍在宫沼。」司馬長卿封禪文曰：「集翠黄乘龍于沼。」○論語陽貨篇：「子曰：禮云禮云，玉帛云乎哉？」禮記仲尼燕居：「子曰：『師，爾以爲必鋪几筵，升降，酌獻酬酢，然後謂之禮乎？爾以爲必行綴兆，興羽籥，作鍾鼓，然後謂之樂乎？』」○禮記樂記曰：「樂也者，聖人之所樂也，而可以善民心，其感人深，其移風易俗（漢書禮樂志「俗」下有「易」字），故先王著其教焉。」○藝文類聚符命部引隨巢子曰：「昔三苗大亂，天命夏禹於玄宫。有大神，人面鳥身，降而福之。司禄益富而國家實，司命益年而民不夭，四方歸之，禹乃克三苗而神民不違。」開元占經石氏中官占引黄帝占曰：「文昌六星。第四星司命，主賞功進賢；第六星司禄，佐理寶。」○韓詩外傳七曰：「孔子曰：明王有三懼，一曰處尊位而恐不聞其過，二曰得志而恐驕，三曰聞天下之至道，而恐不能行。」又見説苑君道篇。○書益稷曰：「欽四鄰。」臯陶謨曰：「謨明弼諧。」（二篇本一篇，僞古文分爲二。）○老子曰：「小國寡民，使人復結繩而用之。甘其食，美其服，安其居，樂其俗。鄰國相望，雞犬之聲相聞，民至老死不相往來。」○莊子天地篇曰：「至德之世，不尚賢，不使能，上如標枝，民如野鹿。」郭注曰：「放而自得也。」○續漢書祭祀志上劉注引東觀書曰：「羣臣奏言：『登封告成，爲民報德，百王所同。陛下輒拒絶不許，臣下不敢頌功述德業。河雒讖書，赤漢九世，當巡封泰山，凡三十六事，傳奏左帷。陛下遂以仲月令辰，遵岱嶽之正禮，奉圖雒之明文，以和靈瑞，以爲兆民。』」又引曰：「上至泰山，有司復奏河雒圖記表章赤漢九世，尤著明者，前後凡三十六事。」此云四十六事，或侈言之邪，抑別有其事邪？俟再考。又梁書武帝本紀曰：「齊百官、豫章王元琳等八百一十九人，及梁臺侍中臣雲等一百一十七人，並上表勸進，高祖謙讓不受。是日太史令蔣道秀陳天文符讖六十四條，事並明著，羣臣重表固請，乃從之。」此云四十六事，數亦不合。○管子封禪篇曰：「桓公欲封禪，管仲曰：古者封泰山、禪梁父者，七十二家，而夷吾所記者，十有二焉。」又見史記封禪書。梁父，已見駱賓王請陪封禪表注。

且夫窮聖神，備道德，滋萌元氣，開闢太初，斯乃天皇氏之所以應乎天也。依土地，明神靈，駕六羽而上騰，度九州而下濟，斯乃人皇氏之所以順乎人也。造書契，教畋漁，合五緯而節四時，登九天而類萬物，斯乃犧皇氏之所以制人法也。務播殖，該變通，嘗藥以救兆人，聚貨而交天下，斯乃農皇氏之所以興人利也。振夔鼓，載龍旗，天則玄女授符，地則黃神降斗，斯乃軒轅氏之所以除人害也。均度量，正都邑，總秋令於金天，分瑞官於鳳紀，斯乃帝昊氏之所以爲人極也。潔祭祀，義鬼神，履時以象天，養財以任地，斯乃帝頊氏之所以爲人教也。秋乘馬，春乘龍，順三辰而天道平，建五正而人事理，斯乃帝辛氏之所以爲人政也。明如日，晦如陰，人無識其名，帝何力於我，斯乃帝堯氏之所以昭君德也。聞一善，舉八才，帝唱動而爛星雲，天歌發而蹌鳥獸，斯乃帝舜氏之所以彰后功也。夫三統者道之大，五行者生之宗，三皇法之而列，五帝則之而序。道以三興，德以五立。非天下之至聖，孰能兼於此乎？以上言唐之功德兼古帝王。

易繫辭下曰：「窮神知化。」孟子盡心下曰：「大而化之之謂聖，聖而不可知之之謂神。」○御覽天部一引河圖曰：「元氣無形，洶洶蒙蒙。」又引帝王世紀曰：「元氣始萌，謂之太初。」○藝文類聚帝王部一引顏峻（初學記帝王部、御覽皇王部三引並作項峻）始學篇曰：「天地立，有天皇十三頭，號曰天靈，治萬八千歲。」御覽皇王部三引徐整三五歷紀曰：「溟涬始牙，濛鴻滋萌，歲在攝提，元氣肇啓，有神靈人十三頭，號曰天皇。」○藝文類聚帝王部一引始學篇曰：「人皇九頭，兄弟各三百歲，依山川土地之勢，裁度爲九州，各居其一方，因是而區別。」御覽皇王部三引春秋命歷序曰：「人皇氏九頭，駕六羽，乘雲車，出谷口，分九州。」宋均注曰：「九頭，兄弟九人。」○易革象傳曰：「應乎天而順乎民。」○易繫辭下曰：「上古結繩而治，後世聖人易之以書契。」僞孔尚書序曰：「古者伏羲氏之王天下也，始畫八卦，造書契，以代結繩之政，由是文籍生焉。」○易繫辭下曰：「古者包犧氏之王天下也，作結繩而爲罔罟，以佃以漁。」○御覽皇王部三引春秋內事曰：「天地開闢，五緯各在其方，至伏犧乃合，故以爲元。」又曰：「伏犧氏始畫八卦，定天地之位，分陰陽之數，推列三光，建分八節，以文應氣，凡二十四，消息禍福，以制吉凶。」○楚辭九歌少司命曰：「登九天兮撫彗星。」易繫辭下曰：「包犧氏始畫八卦，以通神明之德，以類萬物之情。」○初學記帝王部引帝王世紀曰：「庖犧氏，風姓也，繼天而王，首德於木，爲百王先。帝出於震，未有所因，故位在東方。主春，象日之明，是稱太昊。取犧牲以充庖廚，故號庖犧氏，是爲犧皇。後世音謬，或謂之伏犧，或謂之密犧。」注：「一解云：虙，古『伏』字，後誤以『虙』爲『密』，故曰密犧。」文選劇秦美新曰：「上罔顯於羲皇。」李善注曰：「伏羲爲三皇，故曰羲皇。」○淮南子脩務篇曰：「古者，民茹草飲水，采樹木之實，食蠃蛖之肉，時多疾疹毒傷之害。於是神農乃始教民播種五穀，相土地之宜，燥溼肥墝高下，嘗百草之滋味，水泉之甘苦，令民知所避就。」御覽皇王部三引禮含文嘉曰：「神者信也，農者濃也。始作耒耜，教民耕種，其德濃厚若神，故爲神農也。」○易繫辭下曰：「神農氏没，黄帝、堯、舜氏作，通其變，使民不倦。」○御覽方術部二引帝王世紀曰：「炎帝神農氏嘗味草木，宜藥療疾，救夭傷人命，百姓日用而不知，著本草四卷。」搜神記一曰：「神農以赭鞭鞭百草，盡知其平毒寒温之性，臭味所主，以播百穀。」述異記下曰：「太原神金岡中有神農嘗藥之鼎存焉，成陽山中有神農鞭藥處，一名神農原藥草山，山上紫陽觀，世傳神農於此辨百藥。」○易繫辭下曰：「神農氏作，日中爲市，致天下之民，聚天下之貨，交易而退，各得其所。」○風俗通皇霸篇曰：「尚書大傳説遂人爲遂皇，伏羲爲戲皇，神農爲農皇。」○大荒東經曰：「東海中有流波山，入海七千里，其上有獸，狀如牛，蒼身而無角，一足，出入水則必風雨，其光如日月，其聲如雷，其名曰夔。黄帝得之，以其皮爲鼓，橛以雷獸之骨，聲聞五百里，以威天下。」又見初學記帝王部引帝王世紀。○御覽皇王部四引河圖挺佐輔曰：「黄帝祓齋七日，衣冠黄冕，駕黄龍之乘，戴交龍之旗，天老五聖皆從，以遊河洛之閒。」又兵部七十一引河圖曰：「風后曰：予告汝，帝王之五旗，東方法青龍曰旗。」○史記五帝本紀正義引龍魚河圖曰：「黄帝以仁義不能禁止蚩尤，乃仰天而歎，天遣玄女下授黄帝兵符（藝文帝王部一引作「兵信神符」），伏蚩尤。」雲笈七籤卷一百軒轅本紀曰：「天大霧，冥冥三日三夜。天降一婦人，人首鳥身，帝見稽首再拜而伏。婦人曰：『吾玄女也，有疑問之。』帝曰：『蚩尤暴人殘物，小子欲萬戰萬勝也。』玄女教帝三宮祕略五音權謀陰陽之術。玄女傳陰符經三百言，帝觀之十旬，討伏蚩尤。授帝靈寶五符真文及兵信符，帝服佩之，滅蚩尤。」○御覽皇王部四引河圖握拒曰：「黄帝名軒，北斗黄神之精，母地祇之女附寶，之郊野，大電繞斗樞星耀，感附寶，生軒，胸文曰黄帝子。」○史記五帝本紀曰：「黄帝者，少典之子，姓公孫，名曰軒轅。」索隱曰：「按皇甫謐云：黄帝生于壽丘，長於姬水，因以爲姓；居軒轅之丘，因以爲名，又以爲號。」漢書人表黄帝軒轅氏注張晏曰：「作軒轅之服，故謂之軒轅。」○左昭十七年曰：「郯子來朝，昭子問焉，曰：『少皞氏鳥名官，何故也？』郯子曰：『我高祖少皞摯之立也，鳳鳥適至，故紀於鳥，爲鳥師而鳥名。鳳鳥氏，歷正也。五雉，爲五工正，利器用、正度、夷民者也。』」○路史後紀七曰：「少昊青陽氏，正都邑。」案：羅氏此言，當有所本，然注不言出何書。○金天，已見上。又禮記月令曰：「孟秋之月，其帝少皞。」仲秋之月、季秋之月，並同。鄭注曰：「少皞，金天氏。」孔疏引帝王世紀曰：「少皞帝號曰金天氏。」左昭元年曰：「金天氏有裔子。」杜注曰：「金天氏，帝少皞。」御覽皇王部四引古史考曰：「窮桑氏，瀛姓也，以金德王，故號金天氏。或曰宗師太昊之道，故曰少昊。」○鳳紀，見上。又拾遺記一曰：「少昊號曰窮桑氏，亦曰桑丘氏，一號金天氏，亦曰金窮氏。時有五鳳隨方之色，集於帝庭，因曰鳳鳥氏。」○大戴禮五帝德篇：「孔子曰：『顓頊，黄帝之孫，昌意之子也，曰高陽。洪淵以有謀，疏通而知事，養財以任地，履時以象天，依鬼神以制義，治氣以教民，潔誠以祭祀。』」史記五帝本紀同。○五帝德篇：「宰我曰：『請問帝嚳。』孔子曰：『玄囂之孫，蟜極之子也。』曰：『高辛，春夏乘龍，秋冬乘馬。』」○魯語上：「展禽曰：帝嚳能序三辰以固民。」韋注曰：「三辰，日月星。能次序三辰以治歷明時，教民稼穡以安也。」禮記祭法曰：「帝嚳能序三辰以著衆。」○御覽皇王部五引帝王世紀曰：「帝嚳高辛氏三十登帝位，以人事紀官，故以句芒爲木正，祝融爲火正，蓐收爲金正，玄冥爲水正，后土爲土正，是爲五行之官，分職而治諸侯。」○路史後紀十一曰：「帝堯陶唐氏，仁如天，智如神，明如日，而晦如陰。」注曰：「仁以蒞之，智以周之，明以察之，晦以畜之。」然注亦不言出何書。○論語泰伯篇：「子曰：大哉堯之爲君也，蕩蕩乎民無能名焉。」○帝何力於我，已見盧昇之樂府雜詩序「擊壤堯年」句注。○孟子盡心上曰：「舜聞一善言，見一善行，若決江河，沛然莫之能禦也。」○左文十八年：「季文子使太史克對曰：『昔高陽氏有才子八人，天下之民謂之八愷。高辛氏有才子八人，天下之民謂之八元。此十六族也，世濟其美，不隕其名，以至於堯，堯不能舉，舜臣堯，舉八愷使主后土，舉八元使布五教於四方，是以堯崩，天下如一，同心戴舜，以爲天子。』」○御覽樂部一引尚書大傳曰：「舜爲賓客，禹爲主人，帝乃唱之曰：『卿雲爛兮，糺縵縵兮，日月光華，旦復旦兮。』八伯咸進稽首曰：『明明上天，爛然星辰，日月光華，弘於一人。』」○南齊書樂志：「太廟迎神，奏昭夏樂，歌辭曰：天歌折饗。」書益稷：「夔曰：笙鏞以閒，鳥獸蹌蹌。」釋文曰：「蹌，七羊反，舞貌。」○案班孟堅東都賦曰：「斯乃伏羲氏之所以基皇德也。」又曰：「斯乃軒轅氏之所以開帝功也。」又曰：「斯乃湯武之所以昭王業也。」此文格調仿之。○公羊隱三年何休注曰：「二月三月，皆有王者。二月，殷之正月也；三月，夏之正月也。王者存二王之後，使統其正朔，服其服色，行其禮樂，所以尊先聖，通三統。師法之義，恭讓之禮，於是可得而觀之。」白虎通三正篇曰：「正朔有三何？本天有三統，謂三微之月也。三微者何謂也？陽氣始施黃泉，萬物動微而未著也。十一月之時，陽氣始養根株黃泉之下，萬物皆赤，赤者盛陽之氣也，故周爲天正，色尚赤也。十二月之時，萬物始牙而白，白者陰氣，故殷爲地正，色尚白也。十三月之時，萬物始達，孚甲而出皆黑，人得加功，故夏爲人正，色尚黑。」又五行篇曰：「五行者何謂也？謂金木水火土也。言行者，欲言爲天行氣之義也。」五行大義論五帝曰：「易曰：『帝出於震（序卦「於」作「乎」）。』此蓋人帝之始，始於伏羲。五行之次，以木爲先，四時相易，以春爲首，故庖羲爲五帝之先也。」○風俗通皇霸篇曰：「三統者，天地人之始，道之大綱也。五行者，品物之宗也。道以三興，德以五成，故三皇五帝，三王五霸，至道不遠，三五復反，譬若循連環，順鼎耳，窮則反本，終則復始也。」○易繫辭上曰：「非天下之至神，其孰能與於此？」

而猶雖休勿休，損之又損。下明詔，發德音。尊天而重人，省方而巡狩。舉星畢，曳雲梢，召風伯以清塵，命山靈而護野。馳洛邑，騖襄城，天迴而地遊，雲合而霧沓。周穆王來游太室，先徵夏啓之居；漢武帝有事嵩丘，即訪姒開之石。以上臨觀啓母廟。

書呂刑曰：「雖休勿休。」○老子曰：「損之又損，以至於無爲。」○漢書董仲舒傳：「仲舒對曰：陛下發德音，下明詔。」○禮記禮運曰：「是以尊天而親地也。」周禮秋官小司寇鄭注曰：「小司寇於祀司民而獻民數於王，重民也。」○東都賦曰：「省方巡狩，躬覽萬國之有無。」○東京賦曰：「華蓋承辰，天畢前驅。」薛注曰：「畢，網也，象畢星也。」又上林賦曰：「載雲罕。」李善注引張揖曰：「罕，罼也（漢書司馬相如傳注引作「畢」），前有九流雲罼之車。」西京雜記下曰：「漢朝輿駕祠甘泉、汾陰，罼罕左右御馬三分。」晉書禮志下曰：「康帝建元元年，納皇后褚氏，五牛旌旗，旌頭罼罕並出。」案：是畢罕爲車，又爲旗矣。○漢書楊雄傳河東賦曰：「被雲梢。」顏注曰：「『梢』與『旓』同。旓者，旌旗之流。以雲爲旓也。」韓子十過篇曰：「昔者黃帝合鬼神于泰山之上，風伯進埽，雨師灑道。」東都賦曰：「山靈護野，屬御方神。雨師汎灑，風伯清塵。」李善注曰：「山靈，山神也。」風俗通曰：「雨師，畢星也；風伯，箕星也。」（祀典篇）○書序曰：「成王在豐，欲宅洛邑。」○襄城，見盧昇之黎君碑「七聖」句注。○文選張茂先勵志詩曰：「太儀斡運，天迴地游。」李善注引春秋元命包曰：「天左旋，地右動。」又引河圖曰：「地有四游，冬至地上行，北而西三萬里，夏至地下行，南而東三萬里，春秋二分其中矣。地常動不止，而人不知，譬如閉舟而行，不覺舟之運也。」○史記淮陰侯傳：「蒯通曰：天下之士，雲合霧集。」小爾雅廣言曰：「沓，合也。」○周穆、漢武事，並見上。

徒觀其丹青歲古，霜露年侵，聖情有睠，興言改葺。其山則古文之外方，其地則新邑之中土。銘壇邐迤，斜分玉女之臺；碑闕相望，近對石人之廟。金草生而五色，貝樹長而三花。紫雲合沓於溪澗，白霧氛氳於巖嶺。考之易林，信爲神明所伏；求之遁甲，固以威靈肅然。以上命加修葺。

漢書地理志潁川郡崈高縣原注曰：「武帝置，以奉太室山，是爲中岳，有太室、少室山廟，古文以崈高爲外方山也。」顏注曰：「崈，古『崇』字。」水經禹貢山水澤地所在篇曰：「外方山，崧高是也。」亦據古文說。○書召誥曰：「周公朝至于洛，則達觀于新邑營。」又曰：「王來紹上帝，自服于土中。」孔疏曰：「周禮大司徒云：『日至之影，尺有五寸，謂之地中。然則百物阜成，乃建王國焉。』馬融云：『王國，東都王城，今河南縣是也。』」○水經禹貢山水澤地所在篇引嵩高山記曰：「山有玉女臺，言漢武帝見之，因以名臺。」又見楊炯尋楊隱居詩序注。初學記地部上引雜道書曰：「自岳神廟東北二十里至一山，名曰東龍門，其東有三臺山，昔漢武東巡，過此山，見學仙女，帝觀之，遂以名焉；南有許由山，高大四絶；其北有潁水，堯聘許由，其處猶有壇墠。」吴季重答東阿王書曰：「夫登東嶽者，然後知衆山之邐迤也。」○文選古詩曰：「兩宫遥相望，雙闕百餘尺。」○初學記地部上引盧元明嵩高山記曰：「岳廟盡爲神像（御覽地部四「盡」作「畫」），有玉人高五寸，玉色甚光潤，（「玉」誤「五」，依御覽校。）制作亦佳，莫知早晚所造。蓋岳神之像，相傳謂明公，山中人悉云，屢常失之，或經旬乃見。」○證類本草六曰：「黄芝，一名金芝，生嵩山。」注引五芝經曰：「皆以五色，生於五嶽。」抱朴子僊藥篇曰：「石芝者，石象芝，生於海隅名山，及島嶼之涯，黄者如紫金。」○御覽地部四引嵩高山記曰：「漢有道士，從外國將貝多子來，於嵩岳西脚下種之，并立浮圖。今有四樹，與衆木有異，一年三花，花白色，其香甚佳。」○初學記地部上引嵩高山記曰：「嵩山最是栖神之靈藪，長松緑柏，生於嶺澗左右，東北出雲，有自然五穀，神芝仙藥。」謝玄暉遊敬亭山詩曰：「合沓與雲齊。」○初學記地部上引仙經曰：「嵩高山大嵓下，有佛圖奇妙，有一大金像在中，來語寺僧密公。密公時在嵩寺，寺在嵩山脚下，聞之欣然，即與人披林求索。時白霧昏迷，密公荒迷失路。」謝惠連雪賦曰：「氛氲蕭索。」○焦氏易林遯卦曰：「陽城太室，神明所在。」○威靈，蓋遁甲開山圖説嵩山之語，今其書久亡，漢壽堂輯本及通行之説郛本，皆甚略，無此語。

夫其命有司，乘務隙。因高背下，祭隱嶙之餘基；審日觀星，揆摧殘之落構。周官置臬，郢匠揮斤。異態神行，全模化造。紅葩奪日，飛累榭於山間；綺綴銜風，駕迴廊於木末。仙人在棟，神女臨窗。周施玳瑁之椽，徧覆琉璃之瓦。赤玉爲階甃，黃金作門闕。山如白岸，樹似青溪。羞蘊藻於前庭，藉生芻於後徑。蘭香夾水，居然洗沐之資；竹帚臨風，自隔囂塵之境。夢臺雲雨，宋玉對而先驚；楚壁山川，屈原書而幾倦。以上修葺落成。

禮記月令，仲春、季春、仲夏、孟秋、仲秋、季秋、孟冬，皆有命有司之文。案：唐六典卷七曰：「工部郎中、員外郎，掌經營興造之衆務。凡興建修築，材木工匠，則下少府將作以供其事。」又卷二十三曰：「將作監大匠之職，掌供邦國修建土木工匠之政令，丞掌判監事。凡內外繕造，百司供給，大事則聽制敕，小事則俟省符，以諮大匠而下於署監，以供其職。凡功有長短，役有輕重，（原注曰：「凡計功程者，四月、五月、六月、七月爲長功，二月、三月、八月、九月爲中功，十月、十一月、十二月、正月爲短功。」）凡營造修理，土木瓦石不出於所司者，總料其數，上於尚書省。」○宋書傳亮傳感物賦曰：「夜清務隙。」○文選張平子西京賦曰：「隱轔鬱律。」薛注曰：「山形容也。」李善注曰：「轔，伶軫切。」案：「轔」「嶙」同。○考工記：「匠人建國，水地以縣，置槷以縣，眂以景。爲規，識日出之景與日入之景。晝參諸日中之景，夜考之極星，以正朝夕。」鄭注曰：「槷，古文『臬』，假借字。於所平之地中央，樹八尺之臬，以縣正之，眂之以其景，將以正四方也。日出日入之景，其端則東西正也。又爲規以識之者，爲其難審也。自日出而畫其景端以至日入，既則爲規測景，兩端之內規之，規之交乃審也，度兩交之間，中屈之以指臬，則南北正。日中之景，最短者也。極星謂北辰。」○莊子徐無鬼篇曰：「郢人堊慢其鼻端若蠅翼，使匠石斲之，匠石運斤成風，聽而斲之，盡堊而鼻不傷。」○西京賦曰：「命般爾之功匠，盡變態乎其中。」東京賦曰：「飛閣神行。」○文選左太沖魏都賦曰：「授全模於梓匠。」○西京賦曰：「蔕倒茄於藻井，披紅葩之狎獵。」○楚辭招魂曰：「層臺累榭，臨高山些。網户朱綴，刻方連些。」王注曰：「朱，丹也；綴，緣也。」○司馬長卿上林賦曰：「高廊四注。」楚辭九歌湘夫人曰：「搴芙蓉兮木末。」○文選魯靈光殿賦曰：「神仙岳岳於棟閒，玉女闚窗而下視。」○西京雜記卷下曰：「韓嫣以玳瑁爲牀。」○十洲記曰：「方丈洲有金玉琉璃之宫。」○説文曰：「甃，井壁也。」案：此謂階砌。○史記封禪書曰：「三神山者，其傅在渤海中，其物禽獸盡白，而黄金銀爲宫闕。」○謝靈運歸途賦曰：「發青田之枉渚，逗白岸之空亭。」庾慎之侍宴詩曰：「徒嗟白岸遠，空想赤松遊。」太平寰宇記曰：「江南東道温州永嘉縣：白岸亭，在楠溪西南，去州八十七里，因岸沙白爲名；石室山，名山志云：楠溪入一百三十里有石室，高七丈，廣十三丈，深六十步，可坐千人，狀如龜背。」輿地紀勝曰：「兩浙東路温州：石室碑，在永嘉縣應符鄉大羅山之石室，上有石夫人及古石碑。」○異苑卷五曰：「青谿小姑廟，云是蔣侯第三妹。」輿地紀勝曰：「江南東路建康府：青溪姑，金陵覽古云：『在上元縣東六里。』輿地志云：『青溪岸側有神祠，謂之青溪小姑，南朝甚有靈驗，常見形於人。』」○左隱三年曰：「澗溪沼沚之毛，蘋蘩薀藻之菜，可薦於鬼神，可羞於王公。」○詩白駒曰：「生芻一束。」後漢書徐穉傳曰：「郭林宗有母憂，穉往弔之，置生芻一束於廬前而去。」○楚辭九歌雲中君曰：「浴蘭湯兮沐芳。」○左昭三年曰：「景公欲更晏子之宅，曰：子之宅近市，湫隘囂塵，不可以居。」太平廣記卷五十六引墉城集仙録曰：「雲華夫人，王母二十三女，名瑶姬，楚大夫宋玉以其事言於襄王，王築臺於高唐之館，作陽臺之宫以祀之。宋玉作神仙賦（「仙」當作「女」）以寓情，荒淫穢蕪，高真上仙，豈可誣而降之也？有祠在山下，世謂之大仙，隔岸神女之石，即所化也，復有石天尊、神女壇，側有竹，垂之若篲，有稿葉飛物著壇上者，竹則因風掃之，終瑩潔不爲所污。」○夢臺雲雨，已見楊炯彭城公夫人墓誌銘注及上注。○楚辭天問王叔師序曰：「屈原放逐，憂心愁悴，彷徨山澤，經歷陵陸，見楚有先王之廟及公卿祠堂，圖畫天地山川神靈，琦瑋僪佹，及古聖賢怪物行事，周流罷倦，休息其下，仰見圖畫，因書其壁，何而問之，以渫憤懣，舒瀉愁思。」

壽宮儋兮不擾，象設安兮逾肅。霜羅曳曳，雲錦披披。鴛鴦褥兮翡翠幬，白羽扇兮青絲履。垂玉鸞之佩，若往而若還；戴金雀之釵，不長而不短。其居處也，曖曖昧昧，陰閉陽開；其被服也，煌煌熒熒，霞駮雲蔚。鼎俎則麟胎鳳卵，烝蕙燃蕒；餌膳則木蜜金膏，玉漿瓊酒。以上像設及供張。

楚辭九歌雲中君曰：「蹇將儋兮壽宮。」王注曰：「儋，安也。」漢書郊祀志注引臣瓚曰：「壽宮，奉神之宮。」○楚辭招魂曰：「像設君室。」朱注曰：「設其形貌於室而祠之也。」○御覽道部十七引三元布經曰：「紫素元君衣飛霜羅裙。」又引太上素靈經曰：「太上神仙衣雲錦絳章丹裙。」○西京雜記卷上曰：「趙飛鷰爲皇后，其女弟在昭陽殿，遺飛鷰鴛鴦被、鴛鴦褥、孔雀扇、翠羽扇。」楚辭招魂曰：「翡翠珠被，爛齊光些。蒻阿拂壁，羅幬張些。」又曰：「翡帷翠帳，飾高堂些。」○古詩爲焦仲卿妻作曰：「足下青絲履。」○離騷曰：「鳴玉鸞之啾啾。」漢武內傳曰：「上元夫人曳六出火玉之佩。」○曹子建美女篇曰：「頭戴金爵釵。」○離騷曰：「時曖曖其將罷兮。」王注曰：「曖曖，昏昧貌。」○淮南原道篇曰：「與陰俱閉，與陽俱開。」楊子雲甘泉賦曰：「帥爾陰閉，霅然陽開。」○宋玉高唐賦曰：「煌煌熒熒，奪人目精。」○王文考魯靈光殿賦曰：「霞駮雲蔚，若陰若陽。」○神仙傳卷七曰：「麻姑擘脯而食之，曰麟脯。」海外西經曰：「軒轅之丘，在軒轅國北，其丘方，四蛇相繞，此諸夭之野，（郝蘭皋謂：『「此」字衍，「夭」乃「沃」之省文，郭注「夭音妖」，「妖」乃「沃」之譌。』）鸞鳥自歌，鳳鳥自舞，鳳皇卵民食之。」大荒西經曰：「沃之野，鳳鳥之卵是食。」楚辭九歌東皇太一曰：「蕙肴烝兮蘭藉。」文選東京賦李善注引田俅子曰：「堯爲天子，蓂莢生于庭。」○古今注下曰：「木蜜生南方，合體皆甜嫩，枝及葉皆可生噉，味如蜜。」穆天子傳卷一曰：「乃披圖視典，用觀天子之珤器，曰：天子之珤，玉果、璿珠、燭銀、黄金之膏。」郭注曰：「金膏亦猶玉膏，皆其精汋也。」搜神後記：「張華曰：此仙館大夫所飲者，玉漿也。」梁簡文七勵曰：「澄瓊漿之素色。」

當是時也，合五岳，訊九魁，選太陰，命玄闕。馮夷鳴鼓，女媧清歌。左蒼龍兮吹篪，右白虎兮緪瑟。金真拂座，玉女焚香。肅肅習習，天媛來風雨；雰雰霏霏，神姬下霜雪。孔雀飛而儀鳳舞，弄玉邀歡；輧車合而羅綺陳，智瓊陪宴。麻姑服道，變海水而來遊；織婦希風，填河津而下謁。洛妃綽約，江妃緜眇。玄女以明月爲珠，素女以積雲作髻。九天真母，八極夫人，畢集於兹矣。青霞衣兮翠雲裘，靈連蜷兮既留。車迴風兮馬飛電，視倏忽兮無見。以上神宮既成，仙靈會集。

楚辭九歎遠逝曰：「合五嶽與八靈兮，訊九魁與六神。」王注曰：「五嶽，五方之山也，東爲泰山，西爲華山，南爲衡山，北爲恒山，中央爲嵩山。訊，問也。九鬿謂北斗九星也，『鬿』一作『魁』。」洪補注曰：「北斗七星輔一星，在第六星旁，又招摇一星在杓端。」○淮南道應篇曰：「盧敖游乎北海，經乎太陰，入乎玄闕。」許注曰：「太陰，北方也；玄闕，北方之山也。」○曹子建洛神賦曰：「馮夷鳴鼓，女媧清歌。」案：楚辭遠遊曰：「令海若，舞馮夷。」王注曰：「馮夷，水仙人。」莊子大宗師篇曰：「馮夷得之，以游大川。」釋文引司馬云：「清泠傳曰：『馮夷，華陰潼鄉隄首人也，服八石，得水仙，是爲河伯。』一云：『八月庚子，浴於河而溺死。』一云：『渡河溺死。』」文選雪賦李善注引抱朴子釋鬼篇曰：「馮夷以八月上庚日渡河溺死，天帝署爲河伯。」皆以馮夷爲河伯。而酉陽雜俎諸皋記引河圖言姓呂名夷。莊子秋水篇釋文曰：「一云：姓呂名公子，馮夷是公子之妻。」蓋出龍魚河圖（見御覽神鬼部一引），益荒誕不可究詰矣。莊嶽委談卷上、日知録卷二十五皆據竹書「帝芬十六年，洛伯用與河伯馮夷鬭」「帝泄十六年，殷侯微以河伯之師伐有易」，謂河伯爲諸侯。胡以河爲國名，顧以爲國居河上，持論甚正。然古來神話類此者多矣，安能一一辨之也？至於馮夷，海内北經作冰夷，穆天子傳一作無夷，淮南原道篇許本作馮遲（從陶子珍説），其實一也。○大荒西經郭注曰：「女媧，古神女而帝者。」禮記明堂位曰：「女媧之笙簧。」鄭注引世本曰：「女媧作笙簧。」西京賦曰：「女娥坐而長歌，聲清暢而蜲蛇。」○西京賦曰：「白虎鼓瑟，蒼龍吹篪。」楚辭九歌東君曰：「緪瑟兮交鼓。」王注曰：「緪，急張絃也。」禮記曲禮上曰：「左青龍而右白虎。」○御覽道部二引玉清隱書曰：「玉名金格，當爲上真。」又引登真隱訣有金華真人。○神異經曰：「東荒山中有大石室，東王公居焉，恒與一玉女投壺。」○書洪範曰：「曰肅，時雨若。」詩谷風毛傳曰：「習習，和舒貌。」○中山經曰：「洞庭之山，帝之二女居之，是常遊於江淵，澧沅之風交瀟湘之淵，是在九江之閒，出入必以飄風暴雨。」郭注曰：「天帝之二女，而處江爲神，即列仙傳江妃二女也。」○詩信南山曰：「雨雪雰雰。」毛傳曰：「雰雰，雪貌。」采薇曰：「雨雪霏霏。」毛傳曰：「霏霏，甚也。」○淮南天文篇曰：「至秋三月，地氣下藏，青女乃出降霜雪。」高注曰：「青女，天神，青霄（初學記歲時部上玉燭寶典卷七並引作「青要」）玉女，主霜雪也。」○書益稷曰：「鳳皇來儀。」列仙傳上曰：「蕭史者，秦穆公時人也，善吹簫，能致孔雀白鶴於庭，穆公有女字弄玉好之，公遂以妻焉。日教弄玉作鳳鳴，居數年，吹似鳳聲，鳳皇來止其屋，公爲作鳳臺，夫婦止其上不下數年，一日皆隨鳳皇飛去。」○搜神記卷一曰：「魏濟北郡從事掾弦超，字義起。以嘉平中夜獨宿，夢有神女來從之，自稱天上玉女，東郡人，姓成公字智瓊，早失父母，天帝哀其孤苦，遣令下嫁從夫，如此三四夕。一旦，顯然來遊，駕輜軿車，從八婢，服羅綺之衣，姿顏容體，狀若飛仙，車上有壺榼，青白琉璃五具，飲啗奇異，饌具醴酒，與超共飲食。」○麻姑海水，見楊炯尋楊隱居詩序注。○織婦河津，即用織女渡河事，已見楊炯彭城公夫人墓誌注。續齊諧記曰：「成武丁謂其弟曰：『七月七日，織女當渡河。』弟問曰：『織女何事渡河？』答曰：『暫詣牽牛。』至今云織女嫁牽牛。」玉燭寶典卷七曰：「陳思王九詠曰：乘迴風兮浮漢渚，目牽牛兮眺織女，交際兮會有期。」注曰：「牽牛爲夫，織女爲婦，雖爲匹偶，歲一會也。」又曰：「織女、牽牛，二星名，處河之旁，七月七日得一會同也。」白帖卷二十九引淮南子曰：「烏鵲填河成橋渡織女。」今淮南無此文。爾雅釋天曰：「箕斗之閒，漢津也。」○楚辭天問曰：「妻彼雒嬪。」王注曰：「雒嬪，水神，謂宓妃也。」文選洛神賦序曰：「余朝京師，還濟洛川。古人有言，斯水之神，名曰宓妃。」李善注引漢書音義如淳曰：「宓妃，宓羲氏之女，溺死洛水爲神。」莊子逍遥遊曰：「淖約若處子。」釋文曰：「李云：『淖約，柔弱貌。』司馬云：『好貌。』」案：「淖」「綽」同。○列仙傳上曰：「江妃二女出遊於江漢之濱，逢鄭交甫。見而悦之，曰：『願請子之佩。』二女手解佩與交甫。交甫悦，受而懷之。去數十步，視佩，空懷無佩，顧二女，忽然不見。」文選江賦曰：「江妃含嚬而矊眇。」李善注曰：「矊眇，遠視貌，矊音緜。」案：「矊」「緜」字通。上林賦曰「微睇緜邈」，亦同。王懷祖以爲「好視貌」，胡枕泉文選箋證卷二以爲「微視貌」，義並通。○玄女，見上注。洛神賦曰：「綴明珠以耀軀。」○史記封禪書曰：「或曰：太帝使素女鼓五十弦瑟悲，帝禁不止，故破其瑟爲二十五弦。」三洞珠囊卷八引大有經上曰：「赤圭玉女，頭作頽雲髻也。」○御覽道部二引太上正法經曰：「九真者，九天之真氣凝而成也。」○大荒南經郭注引歸藏啓筮曰：「八極之既張。」御覽道部四引登真隱訣曰：「女真則稱元君夫人。」案：南極夫人，見墉城集仙録。○楚辭九歌東君曰：「青雲衣兮白霓裳。」御覽道部十七引八表經曰：「白素元君衣黄緑曜光雲文之裘。」○九歌雲中君曰：「靈連蜷兮既留。」王而農楚辭通釋曰：「連蜷，雲行回環貌。」○九歌少司命曰：「乘回風兮載雲旗。」又曰：「儵而來兮忽而逝。」洪校：「儵，一作『倏』。」補注引莊子疏曰：「儵爲有，忽爲無。」（應帝王篇）司馬長卿大人賦曰：「視眩眠而無見兮。」

昔者濟陰山下，降堯母之精靈；湘川水曲，留舜妃之響像。壝壇或在，徒聞介福之名；棟宇不修，誰辨安歌之處。豈知夫三仙福地，百姓尊祠，挾王者之都畿，當聖人之順動？犧牲玉帛，可以洽氣和神；幼婦外孫，可以披文相質。虔奉綸旨，式陳壯觀。雖周人作詩，自得后妃之美；而魏臣獻賦，終慙神女之工。敢作銘曰：以上撰文。

漢書地理志濟陰郡成陽縣元注曰：「有堯冢、靈臺。」水經瓠子河注曰：「今成陽城西二里有堯陵，陵南一里，有堯母慶都陵，於城爲西南，稱曰靈臺。鄉曰崇仁，邑號修義，皆立廟，四周列水，潭而不流。水澤通泉，泉不耗竭，至豐魚筍，不敢採捕。」○史記秦始皇本紀曰：「浮江至湘山祠，逢大風，幾不得渡。上問博士曰：『湘君何神？』博士對曰：『聞之，堯女，舜之妻，而葬此。』」水經湘水注曰：「湘水又北逕黄陵亭西，右合黄陵水口，其水上承大湖，湖水西流，逕二妃廟南，世謂之黄陵廟也。言大舜之陟方也，二妃從征，溺於湘江，神遊洞庭之淵，出入瀟湘之浦。瀟者，水清深也。湘中記曰：『湘川清照五六丈，下見底石如樗蒲矢，五色鮮明，白沙如霜雪，赤崖若朝霞，是納瀟湘之名矣。故民爲立祠於水側焉。荆州牧劉表刊石立碑，樹之於廟，以旌不朽之傳矣。』」楚辭遠游曰：「使湘靈鼓瑟兮。」○王文考魯靈光殿賦曰：「忽眇眇以響像。」儀禮聘禮曰：「爲壝壇。」鄭注曰：「壝土象壇也。」釋文曰：「壝，劉一垂反，一音以癸反。封土曰壇。」周禮鬯人注曰：「壝，謂委土爲壇墠，所以祭也。」○易晉六二曰：「受茲介福，於其王母。」詩小明曰：「介爾景福。」毛傳曰：「介、景，皆大也。」鄭箋曰：「介，助也。」○易繫辭下曰：「上棟下宇。」○九歌東皇太一曰：「疏緩節兮安歌。」王注曰：「徐歌相和以樂神也。」○三臺，見上注。杜光庭洞天福地嶽瀆名山記曰：「終南山内皆福地。」○周禮夏官職方氏曰：「方千里曰王畿。」餘見楊炯尋楊隱居詩序「下都」句注。○易豫彖傳曰：「聖人以順動，則刑罰清而民服。」○左莊十年：「公曰：犧牲玉帛，弗敢加也，必以信。」○隋書音樂志中：「北齊五郊迎氣樂辭曰：和氣洽，具物滋。」○幼婦外孫，見楊炯彭城公夫人墓誌銘「色絲」注。○陸士衡文賦曰：「碑披文以相質。」○禮記緇衣曰：「王言如絲，其出如綸。」○司馬長卿封禪文曰：「天下之壯觀。」○毛詩序曰：「關雎，后妃之德也。芣苢，后妃之美也。」○曹子建洛神賦序曰：「感宋玉對楚王神女之事，遂作斯賦。」

九州地險，五岳天中。蛟龍洞穴，日月仙宮。蓄洩雲霧，震蕩雷風。笙歌近接，鐘鼓遥通。 其一

書禹貢曰：「九州攸同。」左襄四年：「魏絳稱辛甲虞人之箴曰：芒芒禹迹，畫爲九州。」昭四年：「司馬侯曰：四嶽、三塗、陽城、太室，荆山、中南，九州之險也。」易坎彖傳曰：「地險山川丘陵也。」○爾雅釋山曰：

「泰山爲東嶽，華山爲西嶽，霍山爲南嶽，（郭璞曰：「在衡陽湘南縣南。今在廬江灊縣西，即天柱山，灊水所出。漢武帝以衡山遼曠，因讖緯皆以霍山爲南嶽，故移其神於此，今其土俗皆呼之爲南嶽，南嶽本自以兩山得名，非從近也[二]。」）恒山爲北嶽，嵩高爲中嶽。」白虎通巡狩篇曰：「中央爲嵩高者何？言其高大也。中央之嶽獨加『高』字者何？中央居四方之中而高，故曰嵩高山。」○搜神後記曰：「嵩高山北有大穴，晉初有一人墮入穴中，西行有天井，其中多蛟龍。」○藝文類聚山部上引仙經曰：「嵩高山東南大巖下，石孔

[二]今本爾雅郭注作「即天柱山，潛水所出」，邢疏釋曰：「案詩傳言四嶽之名，東嶽岱，南嶽衡。此及諸經傳多云，泰山爲東嶽，霍山爲南嶽者，皆山有二名也。風俗通云：『衡山，一名霍，言萬物霍然大也。』是解『衡』之與『霍』，一山而有二名也。爾雅云『江南衡』，漢書地理志云衡山在長沙湘南縣，張揖廣雅云天柱謂之霍山，地理志云天柱在廬江灊縣，則在江北矣。而云衡、霍一山二名者，本衡山一名霍山。漢武帝移嶽神於天柱，又名天柱亦爲霍，故漢以來衡、霍别耳。郭云：『霍山今在廬江灊縣西南，别名天柱山。漢武帝以衡山遼曠，移其神於此，今其土俗人皆呼之爲南嶽。南嶽本自以兩山爲名，非從近也。而學者多以霍山不得爲南嶽，又言從漢武帝始乃名之。如此言，爲武帝在爾雅前乎？斯不然矣。』竊以璞言爲然。何則？孫炎以『霍山』爲誤，當作『衡山』。案書傳虞夏傳及白虎通、風俗通、廣雅，并云霍山爲南嶽，豈諸文皆誤？明是衡山一名霍也。郭注『即天柱山，潛水所出』，此據作注時霍山爲言，此山本名天柱，漢武帝移江南霍山之祀於此，故又名霍山。其經之霍山，即『江南衡』是也，故『江南衡』郭注云『衡山，南嶽』也。」舉要蓋據邵二雲爾雅正義所訂補之郭注。另，王樹枏爾雅郭注佚存補訂備引禮記王制正義、周禮大司樂正義、春秋昭四年左氏傳正義、書堯典正義、詩嵩高正義、初學記卷五地部上、太平御覽卷三十九地部四、爾雅邢疏所引爾雅郭注，訂補爲：「霍山在衡陽湘南縣。今在廬江灊縣西南，潛水出焉，别名天柱山。漢武帝以衡山遼曠，因讖緯皆以霍山爲南嶽，故移其神於此，今其土俗人皆呼之爲南嶽，南嶽本自以兩山爲名，非從近來也。而學者多以霍山不得爲南嶽，又言從漢武帝始乃名之。即如此言，爲武帝在爾雅前乎？斯不然矣。」并案曰：「諸書所引係郭注原文，今本乃删改爲『即天柱山，潛水所出』八字，邢作疏時亦祇引舊文，蓋散佚久矣。」

方圓一丈，西方北入五六里有太室，高三十餘丈，周圍三百步，自然明燭相見，如日月無異，中有十六仙人，云月光童子常在天台時，亦往來此中，人非有道，不得望見。」○雲霧，並見上注。○易説卦傳曰：「雷風相薄。」○列仙傳一曰：「王子喬者，周靈王太子晉也。好吹笙作鳳皇鳴，遊伊洛之閒，道士浮丘公接以上嵩高山。」○傅休奕歌詞曰：「雷師鳴鐘鼓。」河南府志曰：「少室山時聞鐘聲。」

昔在媯帝，洪泉未塞。昏墊下人，汎濫中國。於鑠大禹，顯允天德。龍畫旁分，螺書偏刻。 其二

書堯典曰：「釐降二女於媯汭。」史記五帝本紀曰：「舜居媯汭。」漢書元后傳曰：「舜起媯汭，以媯爲姓。」水經河水注四曰：「河東郡南有歷山，媯、汭二水出焉。南曰媯水，北曰汭水。尚書所謂『釐降二女于媯汭也』，馬季長曰：『水所出曰汭。』然則『汭』似非水名。而今見有二水異源，同歸渾流，西注入于河。」○司馬長卿難蜀父老曰：「夏后氏慼之，乃堙洪塞源。」漢書司馬相如傳作「堙洪原」，顔注曰：「水本曰原。」案：此「洪泉」字，疑亦當作「原」。○書益稷：「禹曰：洪水滔天，浩浩懷山襄陵，下民昏墊。」僞孔傳曰：「言天下民昏昏墊溺，皆困水災。」○孟子滕文公上曰：「洪水橫流，氾濫於中國。」案：説文「氾」訓「濫」，「汎」訓「浮」，義異，俗恒通用。○詩酌曰：「於鑠王師。」毛傳曰：「鑠，美也。」釋文曰：「於音烏。」詩采芑「顯允方叔」，孔疏釋爲「明信之方叔」。易乾象傳曰：「天德不可爲首也。」○御覽皇王部七引黄帝玄女兵法曰：「禹乃決江口，鳴角會稽，龍神爲見，玉匱浮，禹乃開而視之，中有天下經十二卷，禹未及持之，其四卷飛上天，禹不能得也，其四卷復下陂池，禹不能拯也，禹得中四卷。」又引尚書中候：「伯禹曰：『臣觀河有白面長人魚身（參休徵部一引），出曰：「吾河精也。」授臣河圖。』」路史後紀十三注引遁甲開山圖曰：

「游龍門□神採玉簡授之，長尺二寸，禹執簡平定水土。」○螺，疑當作「蝌」。十洲記曰：「禹經諸五嶽，使工刻石，識其里數高下，其字科斗書。」

佩文北海，省土南方。還從碣石，更下台桑。予娶有禮，我都攸昌。八年不顧，四載維荒。 其三

路史後紀十三注引河圖曰：「禹治水功大，大帝以寶文大字賜禹佩，免北海溺水之難。」（古微書河圖挺佐輔作「渡北海，免弱水之難」。）○巡省南土，已見上注。又淮南精神篇曰：「禹南省方，濟于江，黃龍負舟。」○書禹貢曰：「夾右碣石入于海。」漢書地理志右北平郡驪成縣元注曰：「大揭石山在縣西南。」遼西郡絫縣元注曰：「有揭石水。」是揭石跨兩縣之境（「揭石」即「碣石」），故郭璞北山經注、酈道元濡水注皆臨渝（絫縣罷屬臨渝）、驪成兩縣合舉，酈注且以天橋柱當之，（河水注載碣石淪海之説，殆不足信。胡朏明據以爲實，非是。）並與漢志相合。（本楊守敬説。）惟其山所在，諸家聚訟，或謂在河北昌黎縣西南，或謂在西北，或謂即縣北之仙人臺，或謂在欒亭縣西南，或又分大小碣石，或又分左右碣石，又或別指山東無棣縣之馬谷山當之，甚有謂在遼海、在朝鮮者。要之此等考證，當更求之實驗，不能專據故書矣。聊誌於此，俟有志輿地者探驗焉。○「台桑」以下三句，並見上注。○孟子滕文公上曰：「禹八年於外，三過其門而不入。」○書益稷禹曰：「予乘四載。」又曰：「惟荒度土功。」僞孔傳曰：「所載者四，謂水乘舟，陸乘車，泥乘輴，山乘樏。」又曰：「大治度水土之功。」史記夏本紀曰：「陸行乘車，水行乘舟，泥行乘橇，山行乘檋。」河渠書曰：「陸行載車，水行載舟，泥行蹈毳，山行即橋。」徐廣曰：「橋，一作『檋』。」漢書溝洫志「即橋」作「則梮」。説文木部曰：「欙，山行所乘者。」引虞書曰「予乘四載」而説之曰：「水行乘舟，陸行乘車，山行

乘欙，澤行乘䡉。」益稷孔疏引尸子曰：「山行乘欙，泥行乘蕝。」河渠書集解引尸子亦作「山行乘樏」。又云：「行塗以楯，行險以樶，行沙以軌。」吕氏春秋愼勢篇曰：「水用舟，陸用車，塗用輴，沙用鳩，山用樏。」文子自然篇曰：「水用舟，沙用𨽿（乃鳥切），泥用輴，山用樏。」淮南齊俗篇許注曰：「水宜舟，陸地宜軍，沙地宜肆，泥地宜楯。」脩務篇高注曰：「山行用蔂，水行用舟，陸行用車，澤行用蕝。」又益稷疏引愼子曰：「爲毳者，患塗之泥也。」是愼子書亦謂泥行乘毳矣。觀以上諸説，水陸舟車無異外，而輴䡉楯橇毳蕝爲一物，檋輂梮橋欙樏蔂爲一物，至沙行鳩軌肆𨽿爲一物，則不在四載中矣。

宛委既登，轘轅佇鑿。家室誤往，熊羆方作。天道幽祕，生涯糾錯。其化則遷，其靈是託。　其四

吴越春秋越王無余外傳曰：「禹傷父功不成，愁然沈思。乃案黄帝中經歷，蓋聖人所記，曰：『在于九山東南天柱，號曰宛委，赤帝在闕。其巖之巔，承以文玉，覆以磐石，其書金簡，青玉爲字，編以白銀，皆瑑其文。』禹乃東巡，登衡嶽，血白馬以祭，不幸所求。禹乃登山，仰天而嘯，因夢見赤繡衣男子，自稱玄夷蒼水使者，聞帝使文命于斯，故來候之。東顧謂禹曰：『欲得我山神書者，齋於黄帝巖嶽之下，三月庚子，登山發石，金簡之書存矣。』禹退又齋，三月庚子，登宛委山，發金簡之書，案金簡玉字，得通水之理。」太平寰宇記曰：「江南東道越州會稽縣：石簣山，在縣東南十五里。賀循記：『山形似簣，在宛委山上。』開山圖曰：『禹開宛委山，得赤珪如日，碧珪如月，長尺有二寸。』」清統志曰：「浙江紹興府：宛委山，在會稽縣東南十五里（今併入紹興縣），會稽山東三里。」○「轘轅」以下，並見題注。案：秦策：「張儀曰：秦下兵三川，塞轘轅、緱氏之口。」元和郡縣志曰：「河南道河南府緱氏縣：轘轅山，在縣東南四十六里，道

路險隘，凡十二曲，將去復還，故曰轘轅。後漢河南尹何進所置八關，此其一也。」清統志曰：「河南府：轘轅山，在偃師縣東南，接鞏、登封二縣界。」○左昭十二年：「子產曰：天道遠，人道邇，非所及也，何以知之？」○莊子養生主篇曰：「吾生也有涯。」賈生鵩鳥賦曰：「糾錯相紛。」

虙妃之館，仙女之臺。物類通感，精魂去來。巫山廟立，漢水祠開。壇壝歲古，棟宇年摧。　其五

東京賦曰：「虙妃攸館，神用挺紀。」楚辭九歎愍命曰：「迎宓妃於伊雒。」王注曰：「宓妃神女，蓋伊雒水之精也。」餘見上注。○仙女臺，見上注。○馬季長長笛賦曰：「可以通感靈物。」○楚辭招魂曰：「魂兮歸來。」王注曰：「魂者，陽之精也。」○巫山廟，見上注及楊炯彭城公夫人墓誌銘注。清統志曰：「四川夔州府：神女廟，在巫山縣東。」○水經沔水注上曰：「漢水又東逕漢廟堆下，昔漢女所遊。側水爲釣臺，後人立廟于臺上，世人覩其頽基崇廣，因謂之漢廟堆（在今南鄭縣西南）。」

皇矣大唐，麗哉神聖。膺圖受籙，體元居正。赫赫高祖，天有成命。明明太宗，於兹爲盛。　其六

詩皇矣曰：「皇矣上帝。」毛傳曰：「皇，大也。」○東京賦曰：「高祖膺籙受圖。」○左氏春秋經隱元年杜注曰：「凡人君即位，欲其體元以居正，故不言一年一月也。」○詩大明曰：「明明在下，赫赫在上。」○詩周頌有昊天有成命。○論語泰伯篇曰：「唐虞之際，於斯爲盛。」

重光累洽，下武嗣文。負扆而化，垂衣以君。三靈肸蠁，六氣絪緼。魚鼈咸

若，雞犬相聞。 其七

書顧命曰：「昔君文王、武王，宣重光。」東都賦曰：「至于永平之際，重熙而累洽。」○毛詩序曰：「下武，繼文也。武王有聖德，復受天命，能昭先人之功焉。」其詩曰：「下武維周。」毛傳曰：「武，繼也。」鄭箋曰：「下猶後也，後人能繼先祖者，維有周家最大。」○負扆垂衣，並見上注。○文選甘泉賦曰：「逆釐三神。」李善注曰：「三神，天地人也。」又曰：「肹蠁豐融。」又上林賦曰：「肹蠁布寫。」李善注引説文曰：「肹，蠁布也。」案：今説文十部作「肹，蠁布也」，段若膺注據選注改曰：「按虫部『蠁，知聲蟲也』，肹蠁者，蓋如知聲之蟲一時雲集。春秋晉羊舌肹字叔向，『向』釋文許兩切，即『蠁』字，知『肹蠁』之語甚古。」胡枕泉文選箋證卷十謂字當作「響」，即振動之義，亦通。又典引曰：「答三靈之蕃祉。」李善注曰：「三靈，天地人也。」與甘泉賦「三神」正同。○左昭元年：「醫和曰：天有六氣，曰陰陽風雨晦明也。」莊子逍遥遊曰：「御六氣之辯。」釋文引李曰：「平旦爲朝霞，日中爲正陽，日入爲飛泉，夜半爲沆瀣，天玄地黄爲六氣。」易繫辭下曰：「天地絪緼。」釋文作「烟煴」，本又作「氤氲」。○書僞伊訓曰：「暨鳥獸魚鼈咸若。」○「雞犬」句，見上注。

重譯請命，殊鄰稟朔。化及中孚，風移大朴。天秩百禮，人和萬樂。汾水可遊，崑山何邈。 其八

文選應吉甫晉武帝華林園集詩曰：「越裳重譯。」李善注引尚書大傳曰：「成王之時，越裳重譯而來朝，曰：道路悠遠，山川阻深，恐使之不通，故重三譯而朝也。」鄭玄曰：「欲其轉相曉也。」○魏都賦曰：「思稟正朔。」○易中孚曰：「化及豚魚。」○大朴，見盧昇之黎君碑注。○書皋陶謨曰：「天秩有禮。」詩賓之初筵曰：

「以洽百禮。」○東都賦曰：「萬樂備，百禮暨。」○莊子逍遥遊曰：「堯往見四子，藐姑射之山，汾水之陽，窅然喪其天下焉。」○穆天子傳卷二曰：「辛酉，天子升於昆侖之丘，以觀黄帝之宫。」

隨巢舊説，夏啓遺居。盛德不泯，嘉聲在諸。周王轉蹕，漢帝迴輿。聿懷降鑒，其祀如初。其九

隨巢，見上注。○左昭八年：「史趙曰：臣聞盛德，必百世祀。」○蔡伯喈郭有道碑文曰：「聆嘉聲而響和。」○周王，謂穆王也，已見「遊太室」句注。○漢帝，謂武帝也，見上注。○詩大明曰：「聿懷多福。」又殷武曰：「天命降監。」東都賦曰：「上帝懷而降監。」

虞衡掌木，班倕葺宇。虹亘梅梁，龍盤桂柱。草積庭院，水周堂廡。石室置儔，軒宫爲輔。其十

周禮地官山虞：「掌山林之政令。」林衡：「掌巡林麓之政令。」左昭二十年：「晏子曰：山林之木，衡鹿守之。」○漢書楊雄傳甘泉賦曰：「般倕棄其剞劂兮。」顔注曰：「般，公輸般也；倕，共工也。」又敍傳答賓戲曰：「班輸摧巧於斧斤。」顔注曰：「班輸即魯公輸班也。一説，班，魯班也，與公般氏爲二人，皆有巧藝也。古樂府云：誰能爲此器，公輸與魯班。」案：班倕蓋皆古時巧工之通名。公輸般請以機封季康子母，見禮記檀弓下；爲楚造機欲攻宋，見宋策、墨子公輸篇、列子湯問篇、吕氏春秋愛類篇、御覽兵部五十八引尸子。宋策及吕覽高注云「公輸，魯般之號」，則與檀弓以公般爲氏者，恐非一人。孟子離婁上趙注云：「或以爲昭公之子。」海内經：「般作弓矢。」吴斗南謂故此稱魯般以别之，梁曜北亦謂取古人命名，以斯知「般」之

爲巧工通名也。淮南子齊俗篇許注、本經篇高注皆云：「倕，堯時巧工。」荀子解蔽篇楊注云：「舜之共工。」而玉篇以爲黄帝時巧人，切韻以爲神農時巧人，以斯知「倕」之爲巧工通名也。至其字「班」或作「斑」（郙閣頌），或作「般」，或作「盤」（墨子公輸），「倕」或作「垂」（書舜典、禮明堂位、漢書人表、墨子非儒），特各本不同耳。○輿地紀勝曰：「兩浙東路紹興府：禹廟，在會稽東南十二里。越絶書云：少康立祠於禹陵，得一木爲梁，即梅梁也。」（今越絶書無此文。御覽居處部十五引吴越春秋曰：「夏禹廟以梅木爲梁。」今吴越春秋亦無此文。）又曰：「梅梁禹廟，在會稽縣，梁時修廟，欠一梁，俄風雨至，湖中得一木，取爲梁，即梅梁也。夜忽大雷雨，梁輒失去，比歸，水草被其上，人以爲神，縻以大鐵繩，然猶時一失之。」西都賦曰：「抗應龍之虹梁。」○三輔黄圖四曰：「昆明池中有靈波殿，皆以桂爲殿柱，風來自香。」○楚辭九歌湘君曰：「水周兮堂下。」湘夫人曰：「建芳馨兮廡門。」洪補注引説文曰：「廡，堂下周屋也。」（今本説文廣部「周」下有「廡」字，蓋誤衍。文選魏都賦李善注，慧琳一切經音義卷三十二、卷四十二、卷八十七引，並云：「堂下周屋也。」）○初學記地部上引戴延之西征記曰：「嵩高山東謂太室，西謂少室，嵩其總名也。謂之室者，以其下各有石室焉。」○文選月賦曰：「楊采軒宫。」李善注引淮南子曰：「軒轅者，帝妃之舍（天文篇）。高誘曰：『軒轅，星名。』（今本失此注）」

珠簾洞卷，玉座含清。金翠玓瓅，羅縠輕明。儀形若動，侍衛疑生。依稀有物，惝怳無聲。其十一

漢武故事曰：「帝起神屋堂，以白珠爲廉。」○文選宋孝武宣貴妃誄曰：「金釭曖兮玉座寒。」李善注引易是類謀曰：「假威出，座玉牀。」○洛神賦曰：「戴金翠之首飾。」史記司馬相如傳上林賦曰：「明月珠子，玓瓅

江靡。」○晉書石崇傳曰：「崇盡出其婢妾數十人，皆蘊蘭麝，被羅縠。」○老子曰：「其中有物。」○潘安仁寡婦賦曰：「超惝怳兮慟懷。」

帝子湘川，天孫漢曲。翩緜縹眇，躊躇躑躅。神女弄珠，靈妃啓玉。倏來忽往，星繁電燭。　其十二

楚辭九歌湘夫人曰：「帝子降兮北渚。」王注曰：「帝子，謂堯女也。」餘見上注。○史記天官書曰：「織女，天女孫也。」餘見上注。○陸士龍寒蟬賦曰：「翩眇微妙。」木玄虛海賦曰：「羣仙縹眇。」○毛詩靜女曰：「搔首踟躕。」文選琴賦注引韓詩作「躊躇」，曰：「躊躇，猶躑躅也。」○文選南都賦曰：「游女弄珠於漢皋之曲。」李善注引韓詩外傳（「外」當作「內」）曰：「鄭交甫將南適楚，遵彼漢皋臺下，乃遇二女，佩兩珠，大如荆雞之卵。」文選郭景純遊仙詩曰：「靈妃顧我笑，粲然啓玉齒。」李善注曰：「靈妃，宓妃也。」○倏來，見上注。○張景陽七命曰：「萬燧星繁。」楊子雲甘泉賦曰：「流星旄以電燭兮。」

壯矣麗矣，神之聽之。聰明是屬，景福無欺。夫人立館，幼婦鐫辭。巍巍皇室，萬萬餘基。　其十三

宋玉神女賦曰：「盛矣麗矣，難測究矣。」○詩伐木曰：「神之聽之，終和且平。」小明曰：「神之聽之，介爾景福。」○左莊三十二年：「史嚚曰：神聰明正直而壹者也。」○夫人立館，蓋即楚襄王爲雲華夫人築臺高唐之館事，見上注。○幼婦，注見上。○文選劇秦美新曰：「令萬世常戴巍巍。」李善注曰：「巍巍，高大也。」○西都賦曰：「圖皇基於億載。」詩伐檀毛傳曰：「萬萬曰億。」

張文成

張鷟，字文成，深州陸澤人。調露初，登進士第，授岐王府參軍。凡八應舉皆甲科，再授長安尉，遷鴻臚寺丞。四參選判，策爲銓府最。員半千稱鷟文辭猶青銅錢，萬選萬中，時號鷟爲青錢學士。開元初，爲御史李全交所劾，貶嶺南。刑部尚書李日知訟斥太重，得内徙。終司門員外郎。新舊唐書皆見張薦傳。薦，鷟之孫也。

公主出降禮錢判

永安公主出降，有司奏禮錢，加長公主二十萬，造第宅費亦如之，羣下有疑。

案：此文成龍筋鳳髓判卷一，公主二條之一也。新唐書藝文志、郡齋讀書志、直齋書録解題、文獻通考經籍考别集類，皆載有龍筋鳳髓判十卷，清四庫書目著録劉氏注本四卷（學津本二卷無注），改入類書類。○舊唐書后妃傳上太宗文德順聖皇后長孫氏傳曰：「后所生長樂公主，太宗特所鍾愛，及將出降（下嫁長孫沖），勅所司資送倍於長公主。魏徵諫曰：『昔漢明帝時，將封皇子，帝曰：「朕子安得同於先帝子乎？」然謂長主者，良以尊於公主也，若令公主之禮有過長主，理恐不可。』太宗以其言退而告后，后歎曰：『嘗聞陛下重魏徵，殊未知其故。今聞其諫，實乃能以義制主之情，可謂正直社稷之臣矣。』因請遣中使齎帛五百匹，詣徵宅以賜之。」案：唐人書判，多影射古今事跡，發爲問題，此判即隱取長樂公主事，永安即長樂之庾詞也。又案：蔡伯喈獨斷上曰：「帝之女曰公主，帝之姊妹曰長公主。」○今龍筋鳳髓判，明劉敬虛（允鵬）注，清陳東爲（春）補正，雖未盡善，亦多可採，準前例不復標出。

金機札札，靈婺皎潔於雲閒；銀漢亭亭，少女倭遲於巽位。故瀟湘帝子，乘洞浦而揚波；巫峽仙妃，映高唐而散雨。以上言帝子之尊。

文選古詩曰：「迢迢牽牛星，皎皎河漢女。纖纖擢素手，札札弄機杼。」五臣注張銑曰：「札札，機杼聲。」○廣雅釋天曰：「嬃女謂之婺女。」左昭十年杜注曰：「婺女爲既嫁之女，織女爲處女。」謝靈運詠牛女詩曰：「雲漢有靈匹。」○白帖卷一天河第十九曰：「天河謂之天漢。」注曰：「銀漢、銀河、河漢、天津、絳河、明河。」文選西京賦薛注曰：「亭亭，高貌也。」長門賦李善注曰：「亭亭，遠貌。」○易説卦傳曰：「巽，東南也。」陸士衡擬古詩曰：「織女東南傾。」毛詩四牡曰：「周道倭遲。」傳曰：「倭遲，歷遠之貌。」劉曰：「少女，即星占處女也。」○中山經曰：「洞庭之山，帝之二女居之，是常遊于江淵，澧沅之風交瀟湘之淵，是在九江之閒，出入必以飄風暴雨。」楚辭九歌湘夫人曰：「帝子降兮北渚。」又曰：「望涔陽兮極浦。」謝玄暉新亭渚別范零陵詩曰：「洞庭張樂地，瀟湘帝子游。」○説文曰：「浦，水瀕也。」劉曰：「洞浦，洞庭之濱也。」○水經江水注二曰：「江水又東逕巫峽，杜宇所鑿以通江水也。江水歷峽東逕新崩灘。郭景純云：『丹山在丹陽，屬巴，丹山西即巫山者也。』天帝女居焉，宋玉所謂天帝之季女，名曰瑤姬，未行而亡，封于巫山之陽，精魂爲草，實爲靈芝。所謂『巫山之女，高唐之岨，旦爲行雲，暮爲行雨，朝朝暮暮，陽臺之下』。旦早視之，果如其言，故爲立廟，號朝雲焉。其閒首尾百六十里，謂之巫峽，蓋因山爲名也。」又互見楊炯彭城公夫人墓誌注。

公主穠華發彩，蕣葶延祥。六珈玉步之辰，百兩香飛之日。三公主婚，鵷鸞接羽。百枝燈燭，光沁水之田園；萬轉笙竽，雜平陽之歌舞。玲瓏玉佩，振霞錦於仙衣；熠燿花冠，點星珠於寶勝。飛鸞鏡匣，向滿月以開輪；仙鳳樓臺，映浮雲而寫蓋。弄珠分態，江姊爲之含嚬；飛箭成婚，天公爲之釁笑。以上公主出降禮之繁盛。

毛詩序曰：「何彼襛矣，美王姬也。雖則王姬，亦下嫁於諸侯，車服不繫其夫，下王后一等，猶執婦道，以成肅雝之德也。」其詩曰：「何彼襛矣，唐棣之華。」鄭箋曰：「興者，喻王姬顔色之美盛。」案：襛，俗誤作「穠」。○詩有女同車曰：「顔如舜華。」毛傳曰：「舜，木槿也。」説文草部引作「蕣」。吕氏春秋仲夏紀、淮南時則篇高注、孟子盡心上趙注引並同。詩常棣鄭箋曰：「承華者曰鄂。」案：「鄂」字亦作「葶」。○詩君子偕老曰：「副笄六珈。」毛傳曰：「副者，后夫人之首飾，編髮爲之。笄，衡笄也。珈，笄飾之最盛者，所以別尊卑。」鄭箋曰：「珈之言加也，副既笄而加飾，如今步摇上飾，古之制所有未聞。」孔疏曰：「以言六珈，必飾之有六，但所施不可知。」周禮天官追師賈疏曰：「詩有『副笄六珈』，謂以六物加於副上，未知用何物，故鄭云古之制所未聞是也。」○禮記玉藻曰：「行則鳴佩玉。」○詩鵲巢曰：「之子于歸，百兩御之。」毛傳曰：「百兩，百乘也。」○初學記歲時部下引張文恭七夕詩曰：「星橋百枝動，雲路七香飛。」○劉注引杜陽雜編卷下「公主下降，七寶步輦，四面綴香囊，貯避邪香」，乃同昌公主下嫁事，以在文成後，不得引，而改「自兩漢至皇唐公主出降之盛未之有也」爲「漢唐公主下降」，使人疑爲漢唐通制，則有意舞文矣。○漢書高帝紀下注引如淳曰：「公羊傳曰：『天子嫁女於諸侯，必使諸侯同姓者主之。』（莊元年）故謂之公主。」顔曰：「天子不親主婚，故謂之公主。」○司馬長卿子虛賦曰：「鵷鶵孔鸞。」○百枝，見上藝文類聚火部引孫惠百枝燈賦。○後漢書竇憲傳曰：「憲恃宫掖聲勢，遂以賤直請奪沁水公主園田。」注曰：「沁水公主，明帝女。」○左太沖詠史詩曰：「北里吹笙竽。」○漢書外戚傳曰：「孝武衛皇后字子夫，爲平陽主謳者。帝過平陽主，既飲，謳者進，帝獨説子夫，因奏子夫送入宫。」案：李子至（適）侍宴長寧公主東莊應制詩曰：「歌舞平陽第，園亭沁水林。」亦用此二事。○文選東都賦注引埤蒼曰：「玲瓏，玉聲也。」○拾遺記卷二曰：「因祇國人來獻，有雲崑錦，文似雲從山岳中出；有列堞錦，文似雲霞覆城雉樓堞。」御覽道部十七引三五順行經曰：「玉景真人衣玄雲錦衣。」○詩東山鄭箋曰：「熠燿其羽，羽鮮明也。」○西山經曰：「西王母蓬髮戴勝。」郭注曰：「勝，玉勝也。」○鸞鏡，已見王子安上武侍極啓注。○鳳臺，已見盧昇之樂府雜詩序及崔安成嵩山啓母廟碑注。○弄珠，見崔安成嵩山啓母廟碑注。又文選江賦曰：「感交甫之喪佩。」注引韓詩内傳曰：「鄭交甫遵彼漢皋臺下，遇二女，與言曰：『願請子之佩。』二女與交甫，交甫受而懷之，超然而去。十步循探之，即亡矣，迴顧二女，亦即亡矣。」○江姊，即江妃，亦見嵩山啓母廟碑注。○神異經曰：「東荒山中有大石室，東王公居焉，與一玉女投壺，每投千二百矯，設有入不出者，天爲之噫嘘，矯出而脱誤不接者，天爲之笑。」注曰：「言笑者，天口流火炤灼，今天上不雨而有電光，是天笑也。」

肅雝之制，蓋異常倫；築館之規，特優恒典。小不加大，必上下和平；卑不凌尊，則親疏順序。先帝女之儀注，舊有章程；長公主之禮容，豈容逾越？（以上公主出降資送）

不得逾長公主。○藻采鮮妍，風華掩映，萬選萬中之譽，非虛也。

詩何彼襛矣曰：「曷不肅雝，王姬之車。」毛傳曰：「肅，敬；雝，和。」鄭箋曰：「言其嫁時始乘車，則已敬和。」○江文通雜詩嵇中散言志曰：「高步超常倫。」○春秋莊元年曰：「築王姬之館於外。」○左隱三年：「石碏曰：賤妨貴，少陵長，遠間親，新間舊，小加大，淫破義，所謂六逆也。」○禮記大傳曰：「不以卑臨尊也。」○隋書經籍志儀注屬史部，新舊唐志亦有儀注類。○漢書高祖本紀曰：「張蒼定章程。」○文選閑居賦李善注引春秋考異郵曰：「飾禮容，成文法。」

宋延清

宋之問，一名少連，字延清，虢州弘農人（新唐書云汾州人）。高宗時，爲東臺詳正學士。武后時，召與楊炯分直習藝館，累轉尚方監丞，坐附張易之，左遷瀧州參軍。武三思用事，起復，累轉考功員外郎、修文館學士，下遷汴州長史，未行，改越州長史。睿宗即位，詔流欽州。先天中，賜死。舊唐書人文苑傳，新書入文藝傳。

早秋上陽宮侍宴序

舊唐書地理志曰：「河南道東都：宮城在都城之西北隅。上陽宮在宮城之西南隅，南臨洛水，西距穀水，東即宮城，北連禁苑，宮內正門正殿皆東向。上陽之西，隔穀水有西上陽宮，虹梁跨穀，行幸往來。皆高宗龍朔後置。」

臣聞神器至大，非聖無以光臨；寶位至尊，非神無以長守。我金輪聖神皇帝，垂妙覺，撫鴻勳。出軒宮而鎮紫微，卷翬衣而襲玄衮。釋罘祝網，萬族咸寧；革故維新，五刑不用。潤玉律而含元氣，轉金渾而調順晷。窮荒極遠，重譯左言之俗；負阻憑危，背德殊風之類。莫不厥角稽顙，執贄來庭。煙火通於萬方，車書混於千里。慶延八室，享配於明祇；辟水三雍，講論乎道義。麐鳳薦祉，龜龍奉圖。石銘顯瑞於郊畿，玉書告祥於宮掖。以日繼月，紛綸葳蕤。竹帛書之而未窮，夷夏歌之而不極。聖人之具品周矣，天子之能事畢矣。自千古以下，迄於梁隋，何功於人，比我全德。以上頌武后功德。

老子曰：「天下神器，不可爲也。」○易繫辭下曰：「聖人之大寶曰位。」○舊唐書則天皇后本紀曰：「長壽二年秋九月，上加金輪聖神皇帝號，大赦天下。」○淮南子天文篇曰：「軒轅者，后妃之舍也。」晉書天文志曰：「紫微，大帝之座，天子之常居也。」○周禮天官內司服曰：「掌后之褘衣。」鄭注曰：「雉名，伊雒而南，素質，五色皆備成章曰翬。褘衣，畫翬者。」春官司服曰：「王享先王則衮冕，祭羣小祀則玄冕。」○祝網，已見駱賓王露布注。張平子東京賦曰：「解罘放麟。」○易乾彖傳曰：「萬國咸寧。」○革故，見崔安成啓母廟碑注。詩文王曰：「周雖舊邦，其命維新。」○史記周本紀曰：「成康之際，天下安寧，刑錯四十餘年不用。」

○續漢書律曆志曰：「殿中候用玉律十二。」班孟堅東都賦曰：「降烟熅，調元氣。」○金渾，即渾天儀也。書舜典孔疏曰：「蔡邕天文志云：『言天體者有三家，一曰周髀，二曰宣夜，三曰渾天。宣夜絶無師説，周髀術數具在，考驗天象，多所違失，故史官不用。惟渾天近得其情，今史所用候臺銅儀，則其法也。』」舊唐書天文志曰：「貞觀初，直太史李淳風言：『靈臺候儀，是後魏遺範，法制踈略，難爲占步。』太宗因令淳風改造渾儀，鑄銅爲之，七年造成，太宗令置於凝暉閣，以用測候。」案：文苑英華作「輪金渾」，或作「渾金輪」，皆非是，今依全唐文。○文選王元長曲水詩序曰：「左言入侍。」李善注引尚書大傳曰：「成王時，越裳氏重九譯而獻白雉。」又引蜀王本紀曰：「椎髻左言。」○庾子山周五聲調曲曰：「殊風共軌。」○孟子盡心下曰：「若崩厥角稽首。」趙注曰：「百姓歸周，若崩厥角，頟角犀厥地。稽首拜命，亦以首至地也。」漢書諸侯王表序曰：「厥角䭫首。」注引應劭曰：「厥者，頓也；角者，頟角也；稽首，首至地也。」顔曰：「『䭫』與『稽』同。」文選羽獵賦李善注引應劭曰：「蹶，頓也。」案：「厥」「蹶」字通。又長楊賦曰：「皆稽顙樹頷。」○司馬長卿封禪文曰：「百蠻執贄。」詩常武曰：「徐方來庭。」○史記律書曰：「煙火萬里，可謂和樂者乎。」○禮記中庸曰：「今天下車同軌，書同文。」庾子山哀江南賦曰：「混一車書。」○班孟堅兩都賦白雉詩曰：「永延長兮膺天慶。」案：「延」字與下句「辟水」不對。考工記匠人曰：「周人明堂，度九尺之筵。」此「慶延」疑是「度筵」之誤。晉書賀循傳曰：「時宗廟始建，循議以爲既有八神，則不得不於七室之外，權安一位也。永熙元年，告世祖謚於太廟八室，此是苟有八神，不拘於七之舊例也。」舊唐書則天皇后紀曰：「垂拱四年春二月，毀乾元殿，就其地造明堂。載初元年九月丙戌，初立武氏七廟於神都，追尊神皇父太原王士彠爲孝明皇帝。」新唐書則天本紀曰：「追尊周文王曰始祖文皇帝，四十代祖平王少子武曰睿祖康皇帝，太原靖王曰嚴祖成皇帝，趙肅恭王曰肅祖章敬皇帝，魏義康王曰烈祖昭安皇帝，周安成王曰顯祖文穆皇帝，忠孝太皇曰太祖孝明高皇帝。十月，改唐太廟爲享德廟，以武氏七廟爲太廟。」○漢書景十三王傳曰：「河閒獻王德脩學好古。武帝時，獻王來朝，獻雅樂，對三雍宮。」注引應劭曰：「辟雍、明堂，靈臺也。雍，和也，言天地、君臣、人民皆和也。」東都賦曰：「盛三雍之上儀。」白虎通辟雍篇曰：「辟者，璧也，象圓璧以法天也；雍者，壅之以水，象教化流行也。」西都賦曰：「講論乎六藝。」○禮記禮運曰：「麟鳳龜龍，謂之四靈。」案：麟，本字當作「麐」。禮運孔疏引孝經援神契曰：「德至鳥獸，則鳳皇來，麒麟臻；德至深泉（當作「淵」，唐人避諱改），則河出龍圖，洛出龜書。」○舊唐書則天紀曰：「垂拱四年夏四月，魏王武承嗣僞造瑞石文，云：『聖母臨人，永昌帝業。』令雍州人唐同泰表稱獲之洛水，皇太后大悦，號其石爲『寶圖』。五月，皇太后加尊號曰聖母神皇。秋七月，大赦天下，改『寶圖』曰『天授聖圖』。」新唐書則天紀曰：「五月，得寶圖於洛水。六月，得瑞石於汜水。」太平御覽休徵部二引祥瑞圖曰：「張掖之柳谷有石，始見於建安，成形於黄初，文備於太和。其石狀象龜，嶷然盤峙，廣一丈六尺，長一丈七尺，周圍五丈餘，蒼質，麟鳳龍馬，炳煥成形，文字燦然。斯蓋大晉受終，聖德兼該之應也。」拾遺記曰：「孔子生之夕，有麟吐玉書於闕里。」○史記司馬相如傳封禪文曰：「紛綸葳蕤。」索隱引張揖曰：「亂貌。」○墨子兼愛下曰：「書於竹帛。」○禮記樂記鄭注曰：「極猶窮也。」○易繫辭上曰：「天下之能事畢矣。」

於是寧宴坐，展豫遊，順四時，乘六辨。先王洛食，上帝河都。樞機正於域中，雨露均於天下。徒觀其離宮别殿，彌複道而亘南端。高閣重甍，瞰崇墉而連北斗。滄洲曉氣，化爲宮闕之形；閶闔秋風，亂起金銀之樹。（以上敘東都上陽宮早秋。）

維摩詰所説經弟子品曰：「夫宴坐者，不於三界現身意，是爲宴坐。」○易豫彖傳曰：「豫順以動。」孟子梁惠王下，晏子引夏諺曰：「吾王不遊，吾何以休？吾王不豫，吾何以助？」○易乾文言傳曰：「夫大人者，與四時合其序。」○莊子逍遥遊篇曰：「乘六氣之辯。」案：「辯」「辨」皆「變」之通借字；六氣，見崔安成嵩山啓母廟碑注。○書洛誥：「周公曰：『我乃卜澗水東，瀍水西，惟洛食。我又卜瀍水東，亦惟洛食。』」詩黍離孔疏引鄭注曰：「觀召公所卜之處，皆可長久居民，使服田相食。」孫淵如（星衍）尚書今古文注疏卷十九曰：「鄭解經『惟洛食』之義，僞孔以爲龜兆食墨，非也。食墨不必盡吉。且周禮占人云：『凡卜，君占體，大夫占色，史占墨，卜人占坼。』此卜作洛，是王之事，宜占體，不宜占墨也。」○元和郡縣志曰：「河南府：顯慶二年置東都，則天改爲神都。」西山經曰：「崑崙之丘，是實爲帝之下都，河水出焉。」○公羊文十四年何注曰：「北斗，天之樞機；玉衡，七政所出。」老子曰：「域中有四大。」○史記周本紀曰：「成王使召公復營洛邑，周公復卜申視，卒營築，居九鼎焉。曰：此天下之中，四方入貢道里均。」○西都賦曰：「離宫别館，三十六所。」○西都賦曰：「彌明光而亘長樂。」東京賦曰：「啓南端之特闈。」薛敬文注曰：「端門，南方正門。」李善注曰：「洛陽宫舍記曰：洛陽有端門。」○何平叔景福殿賦曰：「高甍崔嵬。」○劉子駿甘泉宫賦曰：「居北辰之閎中。」○阮嗣宗爲鄭沖勸晉王牋曰：「臨滄洲而謝支伯。」梁書張充傳：「充與王儉書曰：濯足滄洲。」史記天官書曰：「海旁蜃氣象樓臺，廣野氣成宫闕。」○説文曰：「閶闔，天門也。」淮南天文篇曰：「涼風至，四十五日閶闔風至。」高注曰：「兑卦之氣也。」○西京雜記上曰：「上林苑有金葉梨，金枝李，又金明樹二十株，白銀樹十株，黄銀樹十株。」

降琱輿而式宴，簪紱凝嚴；披鏤檻而昇高，山河在目。參光有地，遊日月於天邊；睨遠無窮，見城池於掌上。四達分九重之路，積樹梢雲；雙莖當鐵鎖之橋，流珠耿漢。霞漿玉醴，與湛露而俱傾；鳳管龍絲，雜商飇而共奏。以上侍宴。

張平子思玄賦曰：「轙琱輿而樹葩兮。」詩鹿鳴曰：「嘉賓式燕以敖。」案：「燕」「宴」字通。○楊續安德山池宴集詩曰：「簪紱啓賓館。」○西京賦曰：「鏤檻文棍。」○莊子在宥篇：「廣成子曰：吾與日月參光。」○爾雅釋宮曰：「四達謂之衢。」楚辭九辯曰：「君之門以九重。」天問曰：「圜則九重。」○文選郭景純江賦李善注引孫氏瑞應圖曰：「梢雲瑞雲，若樹木梢梢然也。」義與此異，此當爲「捎」之借字。文選羽獵賦李善注引韋昭曰：「捎，拂也。」此言樹木之高拂雲耳。○西都賦曰：「抗仙掌以承露，擢雙立之金莖。」元和志曰：「河南府河南縣：天津橋，在縣北四里，隋煬帝造此橋以架洛水，用大纜維舟，皆以鐵鎖鈎連之。爾雅：『箕斗之閒，爲天漢之津。』（釋天）故取名焉。」○江文通別賦曰：「秋露如珠。」○洞冥記曰：「東方朔曰：王公飴之以丹霞之漿。」張平子思玄賦曰：「飲青岑之玉醴兮。」○詩湛露曰：「湛湛露斯。」序曰：「湛露，天子飲諸侯也。」毛傳曰：「湛湛，露茂盛貌。」○鮑明遠登廬山詩曰：「傾聽鳳管賓。」西京雜記下曰：「趙后有寶琴，皆以金玉隱起，爲龍螭鸞鳳之像。」○南齊書武帝本紀曰：「永明五年九月己丑，詔曰：九日出商飇館登高宴羣臣。」拾遺記曰：「師涓善造新曲，秋有商飇、白雲、落葉、吹蓬之曲。」（飇，今本作「風」，依太平廣記樂部一訂。）

聖皇乃望芝田，賦葛天，和者萬，唱者千。乃命小臣，編紀衆作，流汗拜首，而爲序云。以上作序。○蔣曰：「遒宕之氣，直逼子安而上之矣。」

文選洛神賦曰：「秣駟乎芝田。」李善注曰：「嵩高山記曰：『山上神芝。』十洲記曰：『鍾山仙家，耕田種芝草。』」○葛天，見李善上文選表注。司馬長卿上林賦曰：「奏陶唐（當依漢書司馬相如傳顔注及後漢書馬融傳章懷注作陰康）之舞，聽葛天氏之歌，千人唱，萬人和。」文心雕龍事類篇曰：「陳思王報孔璋書云：『葛天氏之樂，千人唱，萬人和，聽者因以蔑韶夏矣。』案葛天氏之歌，唱和三人而已，相如上林濫侈葛天，推三成萬，信賦妄書，致斯謬也。」紀曉嵐曰：「千人萬人，自指漢時之歌舞者，不過借陶唐、葛天點綴其事，非指上二事也。子建固誤，彦和亦未詳考也。」梁曜北曰：「千唱萬和，乃總承上文，非專屬葛天，謬在陳思，不在相如。」（史記志疑卷三十四）梁茝林説同。（文選旁證卷十）

李巨山

李嶠，字巨山，趙州贊皇人。弱冠擢進士第，調安定尉，舉制策甲科，遷長安，授監察御史，遷給事中。武后時，爲鸞臺侍郎平章事。中宗朝拜中書令，封趙國公。玄宗即位，貶爲滁州别駕，改廬州，卒。嶠初與王勃、楊盈川接，中與崔融、蘇味道齊名，晚諸人没，而爲文章宿老，一時學者取法焉。新舊唐書皆有傳。

神龍歷序

舊唐書曆志曰：「中宗時，南宫説造景龍曆。」案：即神龍曆。中宗紀曰：「神龍三年九月，改元爲景龍。」玉海卷十曰：「中宗反正，太史丞南宫説以麟德曆上元五星有入氣加減，非合璧連珠之正，以神龍元年歲次乙巳，故治乙巳元曆，推而上之，積四十一萬四千三百六十算，得十一月甲子朔夜半冬至，七曜起牽牛之初，其術有黄道而無赤道，推五星先步定合加伏日，以求定見，佗與淳風術同（李淳風麟德曆）。所異者，推平合加減差。既成而睿宗即位，罷之。」又原注曰：「神龍曆正因麟德曆法，李嶠爲序。」案：「歷」「曆」字同。

昔者龍負河圖，八卦列明時之象；龜呈洛字，九疇開叶紀之文。青巖啓而六甲飛，黄壤堙而五行缺。故知乾筴遠，坤符靈。祕法效用，常邀乎聖期；研幾測深，必貫於神道。皇軒於是乎合而不死，帝皞於是乎推而致福。自重黎並命，叔仲分官，理八節而調四時，部三元而齊七政。權衡度律，在虞夏而兼修；正朔陰陽，及殷周而備舉。以上歷法之由來。

易繫辭上曰：「河出圖，洛出書，聖人則之。」孔疏曰：「如鄭康成之義，則春秋緯云：『河以通乾出天苞，洛以流坤吐地符，河龍圖發，洛龜書感。河圖有九篇，洛書有六篇。』孔安國以爲河圖則八卦是也，洛書則九疇是也。」書顧命僞孔傳曰：「河圖，八卦。伏羲王天下，龍馬出河，遂則其文，以畫八卦，謂之河圖。」孔疏曰：「漢書五行志，劉歆以爲伏羲氏繼天而王，受河圖，則而畫之，八卦是也。王肅亦云：河圖，八卦也。」案：此皆僞孔所本。又洪範僞孔傳曰：「疇，類也。天與禹，洛出書，神龜負文而出，列於背，有數至於九，禹遂因而第之，以成九類。」孔疏曰：「漢書五行志，劉歆以爲禹治洪水，錫洛書，法而陳之，洪範是也。」易革象傳曰：「君子以治曆明時。」書洪範曰：「協用五紀。」「協」「叶」字通。又五紀，五曰曆數。○隋書經籍志諸子五行有「遯甲開山圖三卷，榮氏撰」。又有遯甲開山圖一卷，注云：「梁遯甲開山經圖一卷。」路史後紀一注引真原賦曰：「廣成子以靈飛六甲籙、八卦鎮方籙乃卜法[一]，授伏羲。」又引三墳云：「伏羲三十易草木而立，立二十二易草木而河圖出，又二十二易草木而造天書，後一易草木作甲歷，歲起甲寅。」○書洪範曰：「鯀陻洪水，汩陳其五行。」後漢書趙咨傳曰：「藉以黄壤。」（此猶言黄土，與禹貢「黄壤」專指雍州異。）○易繫辭上曰：「乾之策二百一十有六。」「筴」「策」字通。○坤符，見上。○易繫辭上曰：「夫易，聖人之所以極深而研幾也。」○史記五帝本紀曰：「黄帝者，名曰軒轅。」史記封禪書曰：「公孫卿有札書曰：『黄帝迎日推策，後率二十歲，復朔旦冬至。凡二十推，三百八十年。黄帝僊登於天。』」漢書律曆志上：「詔御史曰：蓋聞古者，黄帝合而不死。」注應劭曰：「言黄帝造歷得仙。」孟康曰：「合，作也。言黄帝作歷，歷終而復始，無窮已也，故曰不死。」臣瓚曰：「黄帝聖德與神靈合契，升龍登天，故曰合而不死。」○路史後紀一注引春秋内事曰：「自開闢後，五緯各居其方，至伏羲乃消息禍福，以制吉凶，始合之以爲元。」又引陳鳴歷書序曰：「伏羲推策作甲子。」○楚語下：「觀射父曰：『少皞之衰也，九黎亂德，民神雜糅，不可方物。顓頊受之，乃命南正重司天以屬神，命火正黎司地以屬民，使復舊常，無相侵瀆。其後三苗復九黎之德，堯復育重、黎之後，不忘舊者，使復典之，以至於夏殷。』」韋注曰：「堯繼高辛氏，平三苗之亂，紹育重、黎之後，使復典天地之官，羲氏、和氏是也。」○書堯典曰：「乃命羲、和，欽若昊天，歷象日月星辰，敬授人時。分命羲仲，宅嵎夷；申命羲叔，宅南交；分命和仲，宅西；申命和叔，宅朔方。」釋文引馬融曰：「羲氏掌天官，和氏掌地官，四子掌四時。」○漢書律曆志上曰：「人者，繼天順地，統八卦，調八風，理八政，正八節。」案：八節，謂春分、秋分、冬至、夏至、立春、立夏、立秋、立冬，見左僖五年孔

[一] 乃：廣博物志卷九引真源賦作「及」。

疏。○書堯典曰：「以閏月定四時。」○禮記王制孔疏曰：「按律曆志云：『十九歲爲一章，四章爲一部，二十部爲一統，三統爲一元。』則一元有四千五百六十歲。」太平御覽人事部七引春秋元命包曰：「舜重瞳子，是爲慈原，上應攝提，下應三元。」○書舜典曰：「在璿璣玉衡以齊七政。」僞孔傳曰：「七政，日月五星。」○舜典曰：「同律度量衡。」○尚書虞書孔疏曰：「馬融、鄭玄、王肅別録題皆曰虞夏書，以虞夏同科。」○漢書律曆志上曰：「堯授舜曰：『咨，爾舜！天之歷數在爾躬。』舜亦以命禹。至周武王訪箕子，言大法九章，而五紀明歷法。故自殷周皆創業改制，咸正歷紀，順其時氣，以應天道。」

既而王風板蕩，戰國縱横。瞽史忘三家之言，疇人失二官之業。履端闕而歸餘壞，攝提差而孟陬殄。廢時亂日，非直羲和湎淫；亡甲喪子，豈惟商辛暴虐。漢興草創，肇謀紀綱，而方士異詞，天官横議。張蒼從甲乙之術，未叶變通；鄧平用丁丑之元，旋聞疏闊。當塗圮隔，典午陵遲。戎狄升僭僞之壇，寓縣乏神祇之主。三辰九野，壓析景而分躔；二象七衡，孰當期而合度。建元高而不競，沿木火而無譏。興百代之闕文，復千齡之大統。匪我昌運，疇能離此。以上自周以來，歷代歷法之失。

詩譜曰：「平王徙居東都王城，於是王室之尊，與諸侯無異，其詩不能復雅，故貶之，謂之王國之變風。」詩序曰：「板，凡伯刺厲王也。」其詩曰：「上帝板板。」毛傳曰：「板板，反也。」詩序曰：「蕩，召穆公傷周室大壞也。厲王無道，天下蕩蕩然，無綱紀文章，故作是詩也。」其詩曰：「蕩蕩上帝。」鄭箋曰：「蕩蕩，法度廢壞之貌。」後漢書楊賜傳：「賜乃書對曰：不念板蕩之作。」〇劉子政戰國策敘曰：「蘇秦、張儀、公孫衍、陳軫、代、厲之屬，生從横短長之説，左右傾側。」〇周語上：「邵公曰：瞽史教誨。」韋注曰：「瞽，樂太師；史，太史也。掌陰陽、天時、禮法之書，以相教誨者。單襄公曰：吾非瞽史，焉知天道？」晉書天文志曰：「古言天者有三家，一曰蓋天，二曰宣夜，三曰渾天。」〇漢書律曆志上曰：「曆數之起上矣。傳述顓頊命南正重司天，火正黎司地。其後三苗亂德，二官咸廢，而閏餘乖次，孟陬殄滅，攝提失方。堯復育重、黎之後，使纂其業。三代既没，五伯之末，史官喪紀，疇人子弟分散，或在夷狄。」注引如淳曰：「家業世世相傳爲疇。」〇左文元年曰：「先王之正時也，履端於始，舉正於中，歸餘於終。」杜注曰：「步曆之始，以爲術之端首，朞之日三百六十有六日，日月之行，又有遲速，而必分爲十二月，舉中氣以正月，有餘日則歸之於終，積而爲閏，故言歸餘於終。」〇攝提、孟陬，見上。顔注引孟康曰：「正月爲孟陬，曆紀廢絶，閏餘乖錯，不與正歲相值，謂之殄滅也。攝提星名，隨斗杓所指，建十二月，若曆春正月當指辰，而乃指巳，是爲失方也。」又劉向傳：「向上奏曰：攝提失方，孟陬無紀。」〇書序曰：「羲、和湎淫，廢時亂日，胤往征之，作胤征。」僞孔傳曰：「羲氏、和氏，世掌天地四時之官，自唐、虞至三代，世職不絶。承太康之後，沈湎於酒，過差非度，廢天時，亂甲乙。」史記夏本紀曰：「帝中康時，羲、和湎淫，廢時亂日。」〇韓子説林上曰：「紂爲長夜之飲，懼以失日，問其左右，盡不知也。使人問箕子，箕子謂其徒曰：『爲天下主，而一國皆失日，天下其危矣；一國皆不知，而我獨知之，吾其危矣。』辭以醉而不知。」史記殷本紀曰：「帝辛，天下謂之紂。」〇漢書律曆志注曰：「方士，方術之士也。」〇史記天官書索隱曰：「案天文有五官，官者，星官也，星座有尊卑，若人之官曹列位，故曰天官。」〇漢書律曆志上曰：「漢興，方綱紀大基，庶事草創，襲秦正朔。以北平侯張蒼言，用顓頊曆，比於六曆，疏闊中最爲微近。然正朔服色，未覩其真，而朔晦月見，弦望滿虧，多非是。至武帝元封七年，大中大夫公孫卿、壺遂，太史令司馬遷等言：『曆紀壞廢，宜改正朔。』於是以七年爲元年，遂詔卿、遂、遷與侍郎尊、大典星射姓等，（顔曰：「姓射，名姓也。」）議造漢曆。迺以前曆上元泰初四千六百二十七歲，至於元封七年，復得閼逢攝提格之歲，中冬十一月甲子朔旦冬至，日月在建星，太歲在子，已得太初本星度新正。姓等奏不能爲算，願募治曆者，更造密度，各自增減，以造漢太初曆。迺選治曆鄧平及長樂司馬可、酒泉候宜君、（顔曰：「可者，司馬之名也；宜君，亦候之名也。」）侍郎尊，及與民閒治曆者，凡二十餘人，方士唐都、巴郡落下閎與焉。（顔曰：「姓唐名都，姓落下名閎。」）迺詔遷用鄧平所造八十一分律曆，罷廢尤疏遠者十七家，復使校曆律昏明。宦者淳于陵渠復覆太初曆晦朔弦望，皆最密，日月如合璧，五星如連珠。陵渠奏狀，遂用鄧平曆，以平爲太史丞。」蔡伯喈曆數議曰：「漢興承秦，曆用顓頊，元用乙卯，百有二歲。孝武皇帝始改正朔，曆用太初，元用丁丑。」（續漢書律曆志中引「漢興」二字作「是以」，蓋誤。今依宋書曆志上及御覽時序部一引正。）○魏志文帝紀裴注曰：「李雲上事云：『當塗高者，魏也。象魏者，兩觀闕是也。當道而高大者魏，魏當代漢。』」○蜀志譙周傳曰：「文立從洛陽歸蜀，過見周，周語次，因書板示立，曰：『典午忽兮，月酉没兮。』典午者，謂司馬也。」案：此文指晉，晉姓司馬也。○「戎狄」二句，指五胡亂華，東晉以後，偏安江左也。○史記秦始皇本紀：「之罘刻石曰：宇縣之內，承順聖意。」集解曰：「宇，宇宙；縣，赤縣。」説文：「宇，籀文作『寓』。」○詩卷阿曰：「百神爾主矣。」左桓二年：「三辰旂旗。」杜注曰：「三辰，日月星也。」呂氏春秋有始篇曰：「天有九野。中央曰鈞天，其星角、亢、氐；東方曰蒼天，其星房、心、尾；東北曰變天，其星箕、斗、牽牛；北方曰玄天，其星婺女、虛、危、營室；西北曰幽天，其星東壁、奎、婁；西方曰顥天，其星胃、昴、畢；西南曰朱天，其星觜巂、參、東井；南方曰炎天，其星輿鬼、柳、七星；東南曰陽天，其星張、翼、軫。」○壓，疑當作「厭」。謝玄暉和伏武昌登孫權故城詩曰：「三光厭分景。」呂氏春秋圜道篇高注曰：「躔，舍也。」○晉書王坦之傳：「坦之與殷康子書曰：『夫乾道確然示人易矣，坤道隤然示人簡矣。二象顯於萬物，兩德彰於羣生。』」太平御覽天部一引孝經援神契曰：「周天七衡六間，相去一萬九千八百三十三里三分里之一，合十一萬九千里，從內衡以至中衡，中衡以至外衡，各五萬九千五百里。」○易繫辭上曰：「乾之策二百一十有六，坤之策百四十有四，凡三百有六十，當期之日。」○元，北魏姓；高，北齊姓。○北周木德，隋火德。○楚辭天問王注曰：「離，遭也。」

國家草昧區夏，權輿品物。萬方同會，獄訟之往南河；五緯運謀，神靈之入東井。然玄珪受命，紫籙登樞。回玉斗而察璿璣，把珠囊而膺歷數。勤於水土，大禹之平滌山川；禮乎方圓，高辛之迎送日月。應天神龍皇帝，大横纂極，元良繼體。乃神乃聖，三王接袂而扶轂；允武允文，五伯連衡而擁篲。於是乎東明捧日，西掖占風。南震雄王之壥，北清驕子之落。粟同水火，人類胥庭。犴圄徒施，干戈不用。上庠講道而宣化，比屋畊田而鑿井。功成理定之業，協律登歌；疇德瑞聖之符，陳郊謁廟。萬官咸事，百度已康。猶且存省闕遺，徵求典故。以爲欽若歷象，哲后之恭天事神；敬授人時，明君之勸農闢土。自麟德創紀，四十餘年，雖斗憲未移，而渾儀漸變。蔡伯喈所謂術無恒是，洛下閎所謂歷後當差。昔太初肇規，便易高皇之制；元和新造，旋移孝武之法。因時通變，厥有前聞。爰命典司，更從刊正，以上中宗命修歷。

易屯彖傳曰：「天造草昧。」書康誥曰：「用肇造我區夏。」○爾雅釋詁曰：「權輿，始也。」易坤彖傳曰：「品物咸亨。」○孟子萬章上曰：「堯崩，三年之喪畢，舜避堯之子於南河之南。天下諸侯朝覲者，不之堯之子而之舜；訟獄者，不之堯之子而之舜。」文選陸士衡答賈長淵詩李善注引作「獄訟」，此文同，疑唐本有作「獄訟」者。○文選張平子西京賦曰：「自我高祖之始入也，五緯相汁，以旅於東井。」又曰：「天啓其心，人惎之謀。」李善注曰：「五緯，五星也。」漢書曰：「漢元年十月，五星聚於東井，沛公至灞上。」（高帝紀「灞」作「霸」。案：五星本以秦十月聚東井，乃夏七月，高帝以夏十月入秦，史家欲神其事，故傅會爲一耳。詳見魏書高允傳及緯略引崔浩攷古今歷。）○書禹貢曰：「禹錫玄圭，告厥成功。」○唐中宗授張錫工部尚書制曰：「紫樞佇俊。」舊唐書高祖紀曰：「大業十三年十一月，立代王侑爲天子，改元爲義寧。隋帝加高祖大丞相，進封唐王，總録萬機。二年五月，隋帝遜于舊邸，高祖即皇帝位于太極殿，改隋義寧二年爲唐武德元年。」○書舜典曰：「在璿璣玉衡。」僞孔傳曰：「在，察也。」史記天官書曰：「北斗七星，所謂璇璣玉衡以齊七政。」○開元占經五星占引尚書考靈曜曰：「天失日月，遺其珠囊。」○書禹貢曰：「九山刊旅，九川滌源。」○大戴禮五帝德曰：「高辛歷日月而迎送之。」又見史記五帝本紀。○舊唐書中宗紀曰：「嗣聖元年二月，皇太后廢帝爲廬陵王，其年五月，遷於均州，尋徙居房陵。聖曆元年，召還東都，立爲皇太子。神龍元年正月，鳳閣侍郎張柬之等迎皇太子監國。乙巳，則天傳位於皇太子。丙午，即皇帝位於通天宮。

十一月戊寅，加皇帝尊號曰應天。」○史記孝文本紀曰：「丞相陳平、太尉周勃使人迎代王，代王猶與未定，卜之龜卦，兆得大横，占曰：大横庚庚，余爲天王，夏啓以光。」○禮記文王世子曰：「語曰：『樂正司業，父師司成，一有元良，萬國以貞。』世子之謂也。」○書僞大禹謨曰：「乃聖乃神。」○楊子雲羽獵賦曰：「齊桓曾不足使扶轂。」○詩泮水曰：「允文允武。」○史記孟子荀卿列傳曰：「騶子如燕，昭王擁彗先驅。」案：「彗」「篲」字同。○後漢書東夷傳曰：「索離國王侍兒生男，名曰東明，東明之夫餘而王之焉。」魏志同。魏書高勾麗傳東明作朱蒙，朱蒙告水曰：「我是日子，河伯外孫。」魏志程昱傳注引魏書曰：「昱少時嘗夢上泰山，兩手捧日。」○水經河水注引應劭地理風俗記曰：「張掖，言張國臂掖以威羌狄。」此文「西掖」，或本此義。占風，見崔安成啓母廟碑注引十洲記。○史記南越傳曰：「南越王尉佗下令國中曰：吾聞兩雄不俱立。」○漢書匈奴傳曰：「胡者，天之驕子也。」○孟子盡心上曰：「聖人治天下，使有菽粟如水火。」○莊子胠篋篇曰：「大庭氏，赫胥氏。」釋文引司馬彪曰：「皆古帝王。」○詩小宛「宜岸宜獄」，釋文曰：「岸，韓詩作『犴』。鄉亭之繫曰犴，朝廷曰獄。」後漢書皇后紀曰：「家嬰縲絏於圄犴之下。」注曰：「囹圄，周獄名也；鄉亭之繫曰犴。」○樂記曰：「車甲衅而藏之府庫，而弗復用，倒載干戈，包之以虎皮。」○王制曰：「有虞氏養國老於上庠。」漢書董仲舒傳對策曰：「所以承流而宣化也。」○漢書王莽傳上曰：「唐虞之時，可比屋而封。」鑿井，已見盧昇之樂府詩集序注。○樂記曰：「王者功成作樂，治定制禮。」○班孟堅兩都賦序曰：「外興樂府協律之事。」又曰：「白麟、赤鴈、芝房、寶鼎之歌，薦於郊廟。」○文選西征賦李善注曰：「疇猶酬也。」○書僞旅獒曰：「百度惟貞。」○司馬長卿封禪文曰：「舜在假典，顧省闕遺。」○舊唐書高宗紀曰：「麟德二年五月辛卯，以秘閣郎中李淳風造歷成，名麟德歷頌之。」曆志曰：「高宗時，太史奏舊歷加時寖差，宜有改定，乃詔李淳風造麟德歷。初，隋末劉焯造皇極歷，其道不行，淳風約之爲法，時稱精密。」案：自高宗麟德二年乙丑，至中宗神龍元年乙巳，凡四十一年。○隋書律曆志曰：「乾維難測，斗憲易考。」○渾儀，見宋延清侍宴序「銅儀」注。○蔡伯喈歷數議曰：「歷數精微，去聖久遠，得失更迭，術無常是。」續漢書律曆志中引複「術」字，「是」字屬下「以」字讀，今依御覽時序部一引正之。宋書曆志上引作「歷數精微，術無常是」，節引亦不誤。○御覽時序部一引益部耆舊傳曰：「巴郡落下閎，漢武帝時改顓頊更作太初歷，曰：後八百歲，此曆差一日，當有聖人定之。」案：「落」「洛」字通。○續漢書律曆志上曰：「自太初元年，始用三統歷，施行百有餘年，歷稱後天，朔先於歷，朔或作晦，月或見朔。至元和二年，太初失天益遠，日月宿度相覺浸多。章帝知其謬錯，以問史官，雖知不合，而不能易，故召治歷編訢、李梵等綜校其狀。」蔡伯喈歷數議曰：「孝章皇帝改從四分，元用庚申。」

金紫光祿大夫、行祕書監、駙馬都尉、上柱國楊慎交，鍾鼎貴遊，山河寶氣。赤泉疏社，軒裳接於五公；朱輪贈言，翰墨連於七子。資玉環之舊德，擁金埒之新慶。簫吹鳳管，朝昇烏鵲之樓；漸閱龍章，暮下麒麟之閣。臨西山典籍之府，總東壁文章之事。九源百氏之説，盡入胸襟；六家三統之書，咸歸掌握。永言董率，實竚詳明。左散騎常侍、兼脩國史、上柱國、陳留縣開國公柳沖，望重簪纓，才高瑚璉。家風推其直道，帝範藉其謨明。吐白鳳而草玄言，垂紫貂而步黄閣。參司國典，時望允諧；副掌天書，朝寄斯在。鎮國大將軍、右驍衛將軍、知太史局事迦行志，中散大夫、守禮部侍郎、上騎都尉嚴善思，正議大夫、行太史令、上護軍傅志忠等，或禮閣兵鈐，以賢才而入用；或天門地理，緣道術而見知。皆學富偃韋，藝超甘石。窮神盡智之妙，闡落銅丸；測遠窮高之方，懸裁玉表。朝請大夫、行太史令瞿曇悉達，朝請郎、行司歷徐保文，承議郎、行司歷南宮説等，或善分天部，或工言算法。稽長短之效，無煩於驗讖披圖；察休咎之徵，非假於登臺上庫。凡此衆哲，各承朝委。悉達等則專司課務，據覈其真；志忠等則監共討論，用裨其闕。雖異體而各術，並同心而合契。以上修歷諸人。

舊唐書楊恭仁傳曰：「弘農華陰人。弟子思訓，尚安平公主，思訓孫睿交，本名璬，少襲爵觀國公，尚中宗女長寧公主，預誅張易之有功，神龍中爲祕書監。」新書作「眘交」，眘，古「慎」字。又新書諸公主傳曰：「中宗女長寧公主，韋庶人所生，下嫁楊慎交。」唐六典卷二曰：「凡敍階二十九，正三品曰金紫光禄大夫。」又卷十曰：「祕書省監一人，從三品。」又卷二曰：「凡勳十有二等，十二轉爲上柱國，比正二品。」通典職官十曰：「大唐駙馬都尉從五品，皆尚主者爲之。」○周禮地官師氏曰：「凡國之貴遊子弟學焉。」○史記吴起傳曰：「武侯浮西河而下曰：美哉乎山河之固，此魏國之寶也。」○史記項羽本紀曰：「封楊喜爲赤泉侯。」索隱曰：「南陽有丹水縣，疑赤泉後改。」案：丹水故城，在今河南淅川縣西。漢書高惠高后文功臣表有赤泉嚴侯楊喜。禮記祭法曰：「諸侯自爲立社曰侯社。」文選謝靈運述祖德詩注曰：「疏，開也。」後漢書楊震傳曰：「弘農華陰人也。八世祖喜，高祖時有功，封赤泉侯。高祖敞，昭帝時爲丞相，封安平侯。震延光二年爲太尉，五子。中子秉，延熹五年爲太尉。秉子賜，光和五年拜太尉。賜子彪，興平元年爲太尉。」五公，殆指敞、震、秉、賜、彪也。又震傳曰：「自震至彪，四世太尉，與袁氏俱爲東京名族云。」小學紺珠曰：「袁氏五公，袁安，安子敞，敞子湯，湯子逢，逢弟隗。」此云「接於五公」，言與袁氏五公相接耳。○漢書楊敞傳：「敞子惲報孫會宗書曰：惲家方隆盛時，乘朱輪者十人。」魏志王粲傳注引魏文帝典論曰：「今之文人，魯國孔融、廣陵陳琳、山陽王粲、北海徐幹、陳留阮瑀、汝南應瑒、東平劉楨，斯七子者，於學無所遺，於職無所假。」案：此後人所謂建安七子也。王粲傳曰：「弘農楊修等亦有文采，而不在此七人之例。」○搜神記卷二十曰：「漢時弘農楊寶，年九歲時，至華陰山北，見一黃雀爲鴟梟所搏，墜於樹下。寶取歸，置巾箱中，食以黃花，百餘日，毛羽成，朝去暮還。一夕三更，有黃衣童子向寶再拜，曰：『我西王母使者，使蓬萊不慎，爲鴟梟所搏，君仁愛見拯，實感盛德。』乃以白環四枚與寶，曰：『令君子孫潔白，位登三事，當如此環。』」○世説新語汰侈篇曰：「王濟好馬射，買地作埒，編錢匝地，時人號曰金溝。」注曰：「溝，一作『埒』。」晉書：「王濟尚常山公主。」○鳳簫，見崔安成啓母廟碑注。又江總持東飛伯勞歌曰：「南飛烏鵲北飛鴻，弄玉蘭香時會同。」○漸閲，「漸」字疑誤。禮記明堂位曰：「周，龍章。」○漢書蘇武傳曰：「甘露三年，單于始入朝，上思股肱之美，迺圖畫其人於麒麟閣。」○穆天子傳卷二曰：「癸巳，至于羣玉之山，先王之所謂策府。」郭注曰：「言往古帝王以爲藏書册之府，所謂藏之名山者也。」○晉書天文志上曰：「東壁二星主文章，圖書之祕府也。」○北史文苑傳序曰：「九源競逐，一致之理同歸。」然此「九源」疑「九流」之誤，已見盧昇之樂府雜詩序注。漢書敘傳曰：「總百氏，贊篇章。」○蔡伯喈歷數議曰：「案曆法，黃帝、顓頊、夏、殷、周、魯，凡六家，各自有元。」漢書律曆志上曰：「孝成世，劉向總六歷，列是非，作五紀論。向子歆究其微眇，作三統歷。」○舊唐書儒學傳曰：「柳沖，蒲州虞鄉人也。賜爵河東縣男。景龍中，累遷爲左散騎常侍、修國史。」不言封陳留縣公。唐六典卷八曰：「門下省左散騎常侍二人，從三品。」又卷二曰：「封爵凡有九等，五曰縣公，正二品。」○梁昭明太子錦帶書三月啓曰：「想簪纓於幾載。」○論語公冶長篇：「子貢問曰：『賜也何如？』子曰：『女器也。』曰：『何器也？』曰：『瑚璉也。』」○論語微子篇曰：「柳下惠爲士師，三黜，曰：直道而事人，焉往而不三黜？」○北史柳慶傳：「慶曰：竊聞君有不達者爲不明，臣有不争者爲不忠。」書皋陶謨曰：「謨明弼諧。」○西京雜記上曰：「楊雄著太玄經，夢吐白鳳凰，集玄之上，頃之而滅。」（「白」字依御覽羽族部二增。）○後漢書光武十王東平王蒼傳曰：「帝以蒼冒涉寒露，遣謁者賜貂裘。」梁元帝謝東宮賚貂蟬表曰：「東平紫貂之賜，非聞暖額。」晉書輿服志曰：「武冠，左右侍臣通服之。侍中、常侍則加金鐺，附蟬爲飾，插以貂毛，黄金爲竿。」漢舊儀卷上曰：「丞相廳事閤曰黄閤。」字亦作「閣」。○通典職官二十二、舊唐書職官志皆載輔國大將軍正二品，鎮軍大將軍從二品，皆武散官。不言「鎮國」，疑當作「鎮軍」。唐六典卷二十四曰：「左右驍衛將軍各二人，從三品。」又卷十曰：「祕書省太史局令二人，從五品下。貞觀元年，爲渾天監，不隸麟臺，又改爲渾儀監。長安二年復爲太史局，還隸麟臺。開元十四年隸祕書。」又卷二曰：「正四品上曰正議大夫，正五品上曰中散大夫。」又卷四曰：「禮部侍郎一人，正四品下。」又卷二曰：「十轉爲上護軍，比正三品；六轉爲上騎都尉，比正五品。」舊唐書方技傳曰：「嚴善思，同州朝邑人也。神龍初，遷給事中。」案：迦行志、傳志忠，新舊書皆無傳。○漢書藝文志陰陽家有宋司星子韋三篇，原注曰：「景公之史。」又曰：「數術者，皆明堂、羲和、史卜之職也。春秋時，晉有卜偃，宋有子韋。六國時，楚有甘公，魏有石申。」左傳閔元年杜注曰：「卜偃，晉掌卜大夫。」晉語一韋注曰：「郭偃，晉大夫卜偃也。」吕氏春秋制樂篇高注曰：「子韋，宋之太史，能占宿度者。」淮南道應篇許注曰：「子韋，司星者也。」史記天官書曰：「於宋子韋，在齊甘公，魏石申。」集解引徐廣曰：「或曰：甘公名德也，本是魯人。」正義引七録曰：「甘公，楚人，戰國時作天文星占八卷。石申，魏人，戰國時作天文八卷。」又張耳陳餘傳甘公集解引文穎曰：「善説星者甘氏也。」隋書經籍志諸子部天文有石氏星簿經讚一卷、星經一卷、甘氏四七法一卷，星經不言爲甘石作。晁氏郡齋讀書志有甘石星經一卷，蓋後人僞託。○易繫辭下曰：「窮神知化。」○後漢書張衡傳曰：「復造候風地動儀，以精銅鑄成，圓徑八尺，合蓋隆起，形似酒尊，中有都柱，傍行八道，施關發機，外有八龍，首銜銅丸，下有蟾蜍，張口承之。如有地動，尊則振龍，機發吐丸，而蟾蜍銜之，振聲激揚，伺者因此覺知。雖一龍發機，而七首不動，尋其方面，乃知震之所在。驗之以事，合契若神。」○隋書天文志上曰：「祖暅錯綜經注，以推地中，其法曰：『先驗昏旦，定刻漏，分辰次，乃立儀表於準平之地，名曰南表。漏刻上水，居日之中，更立一表於南表影末，名曰中表。夜依中表以望北極樞，而立北表，令參相直。三表皆以縣準定，乃觀三表直者，其立表之地，即當子午之正。』」○唐六典卷二曰：「從五品上曰朝請大夫，正六品下曰承議郎，正七品上曰朝請郎。」又卷十曰：「太史局司曆二人，從九品上。」開元占經卷首署曰「銀青光禄大夫太史監門下同三品臣瞿曇悉達等奉敕修撰」，其官與此不同。清四庫書目卷一百八曰：「考玉海『開元六年，詔瞿曇悉達譯九執曆』，則悉達之爲太史監，在開元初。」案：唐六典卷十曰：「開元二年，又改令爲監。十四年，又改爲局，復爲太史令。」則悉達爲太史監在開元二年後也。又案：瞿曇悉達、徐保文、南宮説，新舊書皆無傳。○左傳僖五年曰：「王正月辛亥朔，日南至，公既視朔，遂登觀臺以望。」昭十八年曰：「夏五月，宋、衛、陳、鄭皆火，梓慎登大庭氏之庫望之。」

於是精研六位，通考十端。立東西之定儀，採南北之遺事。會數於天九地十，起元於子二丑三。追日暮之行，按星分之度。以推四時之發生，以步三元之盈縮。然後分至啓閉，無愆於玉衡；弦望躔離，必應於銅史。纔窺幽室，已見飛灰；雜候清臺，仍看合璧。追論古法，師驗前章。八十一寸爲日分，徒言精密；六百八年爲歲紀，終非允當。歷祀之所紕繆，異端之所穿鑿，莫不裁之繩準，格以銓衡。究天道之精微，開日官之軌憲。容成再出，不能參黍累之功；壽王重生，無以議分毫之失。豈比夫時乖兩閏，始載鄒人之語；亥有二首，方聞絳老之年？以上新歷之精密。

易乾彖傳曰：「六位時成。」孔疏曰：「六爻之位，依時而成。」魏書律曆志上崔光上神龜歷表曰：「成六位，定七曜。」○春秋繁露官制象天篇曰：「天有十端，天爲一端，地爲一端，陰爲一端，陽爲一端，火爲一端，金爲一端，木爲一端，水爲一端，土爲一端，人爲一端。凡十端而畢，天之數也。」○漢書律曆志上曰：「乃定東西，立晷儀。」隋書天文志上曰：「又以春秋二分之日，旦始出東方半體，乃立表於中表之東，名曰東表。令東表與日及中表參相直。是日之夕，日入西方半體，又立表於中表之西，名曰西表。亦從中表西望西表及日，參相直。乃觀三表直者，即地南北之中也。」○隋書律曆志中曰：「宋氏元嘉，何承天造曆，迄于齊末，相仍用之。梁武初興，因循齊舊，天監中，方改行宋祖沖之甲子元曆。陳武受禪，亦無創改。後齊文宣，用宋景業曆。西魏入關，用李業興曆。逮於周武帝，乃有甄鸞造甲寅元曆，遂參用推步焉。」○易繫辭上曰：「天九地十。」○史記律書曰：「生鍾分：子一分，丑三分二。」漢書律曆志上曰：「太極元氣，函三爲一。極，中也；元，始也。行於十二辰，始動於子。參之於丑，得三。」此文「子二」疑是「子一」之誤。○史記五帝本紀索隱曰：「周天三百六十五度四分度之一，是天度數也。而日行遲，一歲一周天；月行疾，一月一周天。日一日行一度，月一日行十三度十九分度之七。至二十九日半强，月行天一帀，又逐及日而與會。一年十二會，是爲十二月。每月二十九日過半。年分出小月六，是每歲餘六日。又大歲三百六十六日，小歲三百六十五日，舉全數云六十六日。其實一歲唯餘十一日弱。未滿三歲，已成一月，則置閏。」○漢書律曆志上曰：「元封七年，詔造漢歷，以追二十八宿相距於四方，以定朔晦分至，躔離弦望。」注臣瓚曰：「離，歷也，日月之所歷也。」鄧展曰：「日月躔歷度次。」○左僖五年曰：「凡分至啓閉，必書雲物。」杜注曰：「分，春秋分也；至，冬夏至也；啓，立春、立夏；閉，立秋、立冬。」○文選新刻漏銘曰：「銅史司刻，金徒抱箭。」李注曰：「張衡漏水轉渾天儀制曰：蓋上又鑄金銅仙人，居左壺，爲胥徒居右壺，皆以左手抱箭，右手指刻，以别天時早晚。」○續漢書律曆志上曰：「候氣之法，爲室三重，户閉，塗釁必周，密布緹縵。室中以木爲案，每律各一，内庳外高，從其方位，加律其上，以葭莩灰抑其内端，案曆而候之。氣至者灰動。其爲氣所動者其灰散，人及風所動者其灰聚。殿中候，用玉律十二。惟二至乃候靈臺，用竹律六十。」○漢書律曆志上曰：「雜候上林、清臺，課諸歷疏密。」合璧，已見上。○漢書律曆志上曰：「落下閎運算轉歷，其法以律起歷，律容一龠，積八十一寸，則一日之分也。」○宋書曆志上：「何承天上歷表云：臣更建元嘉歷，以六百八爲一紀。」○左桓十七年曰：「天子有日官。」後漢張衡傳注曰：「日官，史官也。」○書舜典孔疏引世本曰：「容成造曆。」淮南脩務篇同，高注曰：「容成，黄帝臣，造作曆，知日月星辰之行度。」吕氏春秋勿躬篇曰：「容成作曆。」漢書藝文志陰陽家有容成子十四篇。○孫子算經曰：「稱之所起起於黍，十黍爲一絫。」○漢書律曆志上曰：「元鳳三年，太史令張壽王上書言：『曆者，天地之大紀，上帝所爲。傳黄帝調律曆，漢元年以來用之。今陰陽不調，宜更曆之過也。』詔下主曆使者鮮于妄人詰問，壽王不服。妄人請與治曆大司農中丞麻光等二十餘人，雜候日月晦朔弦望、八節二十四氣，鈞校諸曆用狀。奏可。詔與丞相、御史、大將軍、右將軍史各一人，雜候上林、清臺，課諸曆疏密。」○左襄二十七年曰：「十一月乙亥朔，日有食之。辰在申，司曆過也，再失閏矣。」杜注曰：「謂斗建指申。周十一月，今之九月，斗當建戌，而在申，故知再失閏也。」漢書律曆志下曰：「襄公二十七年，距辛亥百九歲。九月乙亥朔，是建申之月也。魯史書『十二月乙亥朔，日有食之』，傳曰『冬十一月』云云，言時實行以爲十一月也，不察其建，不考之於天也。」論語八佾篇：「或曰：孰謂鄹人之子知禮乎？」集解引孔安國曰：「鄹，孔子父叔梁紇所治邑也。」説文曰：「郰，魯下邑，孔子之鄉。」則本字作「郰」，此文作「鄹」，通借字。若酈道元泗水注合鄹與鄒爲一，則誤矣。朱豐芑説文通訓定聲需部曰：「在山東兖州府鄒縣西北之東鄒邨、西鄒集，孔子生於郰之闕里，長徙曲阜，仍號闕里。」○左襄三十年曰：「二月癸未，晉悼夫人食輿人之城杞者。絳縣人或年長矣，無子，而往與於食。有與疑年，使之年。曰：『臣生之歲，正月甲子朔，四百有四十五甲子矣，其季於今三之一也。』吏走問諸朝。師曠曰：『魯叔仲惠伯會郤成子於承匡之歲也，七十三年矣。』史趙曰：『亥有二首六身，下二如身，是其日數也。』士文伯曰：『然則二萬六千六百有六旬也。』」杜注曰：「所稱正月，謂夏正月也。三分六甲之一，得甲子、甲戌，盡癸未。會承匡在文十一年。亥字二畫在上，併三六爲身，如算之六。下亥上二畫，豎置身旁。」孔疏曰：「文十一年至此年，爲七十四年，而云七十三年。案文十一年正月甲子朔，爲夏之正月，是其年三月也。此年之二月癸未，是夏之十二月。計爲七十三年，猶尚年未終也。假作全年算之。」承受亶説文引經證例卷十九曰：「二首者，上二畫也，六身者，亥下𠂇，如積算馬之六也，下二如身則作𠂇，如籌算二千六百六十之數也。古積算法上爲六，丁亦爲六也。篆體與大篆稍異，然非正説也，乃一時傅會之言耳。」案：諸家釋此，皆多膠葛，唯承氏最明確，故取其説，而諸説皆不録。

序臨安寧，歲次强圉，皇帝撫天下之三載也。珍圖改御，寶歷初調。授以丹鳳之官，頒之玄鳥之署。候耕耘之節，非藉杏花；亶昏夕之期，詎須蓂葉。參幽明而制術，邁古今而垂範。玉儀既正，金鏡逾明。知聖祉之無疆，識懷生之永泰。元符允合，可以觀天地之心；能事畢甄，可以爲帝王之式。盛矣美矣，無得而稱。紀次勒成，名曰大唐神龍歷云爾。以上名神龍歷之故。○典麗精實，仍寓疏宕之氣，故自可珍。

爾雅釋天曰：「冬爲安寧。」御覽天部四引尸子同。爾雅邢疏引尸子仁意篇，「寧」作「静」。○釋天曰：「太歲在丁曰强圉。」淮南天文篇曰：「在丁曰强圉。」高注曰：「言萬物剛盛，故曰强圉也。」案：唐中宗神龍三年丁未，是年九月改元景龍。○左昭十七年：「郯子曰：少皞爲鳥師而鳥名，鳳鳥氏，歷正也，玄鳥氏，司分者也。」杜注曰：「鳳鳥知天時，故以名歷正之官。玄鳥，燕也，以春分來，秋分去。」○文選王元長永明九年策秀才文曰：「將使杏花菖葉，耕穫不愆。」李善注引氾勝之書曰：「杏始華榮，輒耕輕土、弱土。望杏花落，復耕之，輒藺之，此謂一耕而五穫。」○文選東京賦薛注曰：「蓂莢，瑞應之草，王者賢聖、太平和氣之所生。生於階下，始一日一莢，至月半生十五莢，十六日落一莢，至晦日而盡。小月則一莢厭而不落，王者以證知月之小大。堯時夾階生之。」李善注引田俅子曰：「堯爲天子，蓂莢生於庭，爲帝成曆。」爾雅釋詁曰：「亶，信也。」○御覽天部二引尚書考靈曜曰：「觀玉儀之旋昏明主時。」鄭注曰：「以玉爲渾儀，故曰玉儀也。」文選廣絶交論曰：「聖人握金鏡。」李善注引雒書曰：「秦失金鏡。」鄭玄曰：「金鏡，喻明道也。」○司馬長卿封禪文曰：「懷生之類，沾濡浸潤。」○文選長楊賦曰：「方將俟元符。」李善注引晉灼曰：「元符，大瑞也。」○易復彖傳曰：「復其見天地之心乎！」○易繫辭上曰：「天下之能事畢矣。」後漢書班固傳下注曰：「甄陶，謂造成也。」○論語泰伯篇曰：「民無得而稱焉。」

張道濟

張說，字道濟，一字說之。其先范陽人，徙河南之洛陽。武后策賢良方正，説對第一，后署乙等，授太子校書郎。中宗朝，歷工部、兵部侍郎，加弘文館學士。睿宗即位，遷中書侍郎。景雲二年，同中書門下平章事，轉尚書左丞，罷政事，既而拜中書令，封燕國公。開元九年，拜兵部尚書、同中書門下三品。明年，爲朔方節度大使。十七年，復爲右丞相，遷左丞相，授開府儀同三司。十八年，卒，謚文貞。新舊唐書皆有傳。

洛州張司馬集序

舊唐書地理志曰：「河南府：隋河南郡。武德四年置洛州總管府，其年十一月罷總管府，置陝東道大行臺。

九年，罷行臺，置洛州都督府。貞觀十八年廢都督府。顯慶二年置東都，官員準雍州。」職官志曰：「上州司馬一人，從五品下。」王聞修（志堅）曰：「張司馬，無可考，唐藝文志亦無此書名。」（法海）

夫言者志之所之，文者物之相雜。然則心不可蘊，故發揮以形容；辭不可陋，故錯綜以潤色。萬象鼓舞，入有名之地；五音繁雜，出無聲之境。非窮神體妙，其孰能與於此乎？以上總論。

毛詩關雎序曰：「詩者志之所之也，在心爲志，發言爲詩。」○易繫辭下曰：「物相雜，故曰文。」○易乾文言傳曰：「六爻發揮。」又繫辭上曰：「擬諸其形容。」○繫辭上曰：「參伍以變，錯綜其數。通其變，遂成天下之文；極其數，遂定天下之象。」論語憲問篇曰：「東里子產潤色之。」班孟堅兩都賦序曰：「潤色鴻業。」○易繫辭上曰：「鼓之舞之以盡神。」○老子曰：「有名萬物之母。」○楚辭九歌東皇太一曰：「五音紛兮繁會。」○禮記孔子閒居曰：「無聲之樂。」○易繫辭下曰：「窮神知化，德之盛也。」繫辭上曰：「非天下之至神，其孰能與於此？」案：集無「其」「於此」三字，今依全唐文。

洛州司馬張公，名希元，中山人也。族高辰象，氣壯河山。神作銅鉤，天開金印。孝友內植，禮樂外滋。勵行閨庭，鄉人謂之曾子；飛名都邑，諸儒號曰聖童。下帷覃思，穿牆嗜古。蓬山芸觀之書，羣玉懸金之記，魯宮藏篆，汲冢遺編，無不日覽萬言，暗識三篋。博學吞九流之要，處盈若虛；雄辯敵四海之鋒，退藏於密。以上家世及才學。

中山，見盧昇之樂府雜詩序注。○徐孝穆雜曲曰：「張星舊在天河上，從來張姓本連天。」元和姓纂曰：「黄帝第五子青陽生揮，爲弓正，觀弧星，始制弓矢，主祀弧星，因姓張氏。」（孫淵如據祕笈新書補。）○開元占經卷六十三南方七宿張宿引齊伯曰：「張者，生於江水之山爲天庫，一曰生於道澤之山爲周庫，又爲都官。」○搜神記卷九曰：「京兆長安有張氏，獨處一室，有鳩自外入，飛入懷，以手探之，則不知鳩之所在，而得一金鉤，遂寶之，自是子孫漸富，資財萬倍。蜀賈至長安，聞之，乃厚賂婢，婢竊鉤與賈，張氏既失鉤，漸漸衰耗，而蜀賈亦數罹窮厄，於是賫鉤以反張氏，張氏復昌。故關西稱張氏傳鉤云。」案：金鉤，藝文類聚鳥部下、御覽羽族部八引作「金帶鉤」，太平廣記徵應部三引法苑編珠作「銅鉤」（法苑珠林卷五十六引作「鉤」）。○搜神記卷九曰：「常山張顥爲梁州牧，天新雨後，有鳥如山鵲飛翔入市，忽然墜地，化爲圓石，顥椎破之，得一金印，文曰『忠孝侯印』，顥以上聞，藏之祕府，顥後官至太尉。」○詩六月曰：「張仲孝友。」毛傳曰：「張仲，賢臣也。」○後漢書張奮傳：「奮在家上疏曰：聖人所美，政道至要，本在禮樂，五經同歸，而禮樂之用尤急。」○後漢書張霸傳曰：「霸字伯饒，蜀郡成都人也。年數歲而知孝讓，雖出入飲食，自然合禮，鄉人號爲張曾子。」○後漢書張堪傳曰：「堪字君游，南陽宛人也。年十六，受業長安，志美行厲，諸儒號曰聖童。」○漢書董仲舒傳曰：「孝景時爲博士，下帷講論，蓋三年不窺園，其精如此。」○西京雜記上曰：「匡衡勤學而無燭，鄰舍有燭而不逮，衡乃穿壁引其光，以書映光而讀之。」案：穿牆，一作「穿牀」。北齊書魏收傳曰：「收折節讀書，夏月坐板牀，隨樹陰諷誦，積年，板牀爲之鋭減，而精力不輟。」○後漢書竇章傳曰：「學者稱東觀爲老氏藏室，道家蓬萊山，康（太僕鄭康）遂薦章入東觀爲校書郎。」香譜引魚豢典略曰：「芸香辟紙魚蠹，故藏書臺稱芸臺。」○羣玉，見李巨山神龍歷序「典籍之府」注；懸金，見崔安成啓母廟碑「一字千金」注。○漢書藝文志曰：「武帝末，魯共王壞孔子宅，欲以廣其宮，而得古文尚書及禮記、論語、孝經凡數十篇，皆古字也。」又景十三王傳曰：「魯恭王餘壞孔子舊宅，於其壁中得古文經傳。」○晉書束晳傳曰：「太康二年，汲郡人不準盜發魏襄王墓，或言安釐王冢，得竹書數十車。紀年十三篇，（隋書經籍志、春秋左傳後序孔疏皆作十二卷，與後總數相合。）易經二篇，易繇陰陽卦二篇，卦下易經一篇，公孫段二篇，國語三篇，名三篇，師春一篇，瑣語十一篇，梁丘藏一篇，繳書二篇，生封一篇，大曆二篇，穆天子傳五篇，圖詩一篇，又雜書十九篇。大凡七十五篇，七篇簡書折壞，不識名題。漆書皆科斗字。初發冢者，燒策照取寶物，及官收之，多燼簡斷札，文既殘缺，不復詮次。武帝以其書付祕書校綴次第，尋考指歸，而以今文寫之。晳在著作，得觀竹書，隨疑分釋，皆有義證。」○太平御覽道部十一引仙經曰：「韓衆服菖蒲十三年，日視書萬言，皆誦之。」○三篋，見李善上文選注表注。○九流，見盧子昇樂府雜詩序注。○論語泰伯篇：「曾子曰：實若虛。」○隋煬帝賜釋慧覺書曰：「義端雄辯。」○易繫辭上曰：「聖人以此洗心，退藏於密。」

漢王問策，知帝者之師；楚子聞名，實諸侯之選。故得雄飛白簡，鷹揚丹筆。卷襜帷於天郡，設鉤距於皇都。若乃抗埋輪之章，執驚馬之議，旌賢有遇德之教，疾惡存署背之文。繼軌前途，遇物成興。理關刑政，咸歸故事之臺；義涉箴規，盡入名臣之奏。以上仕績。

史記留侯世家曰：「父出一編書曰：『讀此則爲王者師矣。』旦日視其書，乃太公兵法也。」又：「留侯乃稱曰：

今以三寸舌爲帝者師。」○左昭五年曰：「楚子朝其大夫薳啓彊曰：張趯、張骼，皆諸侯之選也。」○後漢書趙典傳曰：「兄子謙，謙弟温。温初爲京兆郡丞，歎曰：大丈夫當雄飛，安能雌伏？」任彦昇奏彈曹景宗曰：「臣謹奉白簡以聞。」晉書傅玄傳曰：「每有奏劾，或值日暮，捧白簡，整簪帶，竦踊不寐，坐而待旦。於是貴游懾伏，臺閣生風。」○詩大明曰：「時維鷹揚。」○隋書儒林劉炫傳：「炫自爲贊曰：名不掛於白簡，事不染於丹筆。」初學記政理部引謝承後漢書曰：「盛吉爲廷尉，每至冬節，罪囚當斷，妻夜執燭，吉持丹筆，夫妻相對，垂泣決罪。」案：據此二句，則希元嘗爲侍御史矣。○襜帷，見王子安滕王閣餞别序注。馬季長廣成頌曰：「宅兹天邑，總風雨之會，交陰陽之和。」案：天郡，猶言天邑，謂洛州也。○漢書趙廣漢傳曰：「猶善爲鉤距以得事情。」注引晉灼曰：「鉤，致也；距，閉也。使對者無疑，若不問而自知，衆莫覺所由以閉，其術爲距也。」案：皇都，亦謂洛州。○埋輪，見盧昇之樂府雜詩序注。○史記張釋之傳曰：「拜釋之爲廷尉。頃之，上行出中渭橋，有一人從橋下走出，乘輿馬驚。於是使騎捕，屬之廷尉。廷尉奏當：『此人犯蹕，當罰金。』文帝怒曰：『此人親驚吾馬，吾馬賴柔和，令他馬固不敗傷我乎？而廷尉乃當之罰金！』釋之曰：『法者，天子所與天下公共也。今法如此，而更重之，是法不信於民也。』良久，上曰：『廷尉當是也。』」○後漢書鄭玄傳曰：「玄字康成，北海高密人也。國相孔融深敬於玄，告高密縣爲玄特立一鄉，曰：『昔齊置士鄉，越有君子軍，皆異賢之意也。今鄭君鄉宜曰鄭公鄉，可廣開門衢，令容高車，號爲通德門。』」○後漢書李燮傳曰：「擢遷河南尹。先是潁川甄邵諂梁冀，爲鄴令，有同歲生得罪於冀，亡奔邵，邵僞納而陰以告冀，冀即捕殺之。邵當遷爲郡守，會母亡，邵且埋尸於馬屋，先受封然後發喪。邵還至洛陽，燮行途遇之，使卒投車於溝中，笞捶亂下，大署帛於其背，曰：『諂貴賣友，貪官埋母。』乃具表其狀，邵遂廢錮終身。」○隋書經籍志史部有漢武帝故事二卷、晉故事四十三卷、晉建武故事一卷，又有漢名臣奏事三十卷、魏名臣奏事四十卷。案：此言關於政刑奏進等作，不必盡編入集中。

加以許與氣類，交游豪傑。仕遘夷險，身更否泰。昔嘗攝戎幽易，謫居邛嶲。亭皋漫漫，興去國之悲；旗鼓洶洶，助從軍之樂。時復江鸎遷樹，隴鴈出雲。夢上京之臺沼，想故山之風月。發言而宮商應，搖筆而綺繡飛。逸勢孤標，奇情新拔。靈仙變化，星漢昭回。感激精微，混韶武於金奏；天然壯麗，綷雲霞於玉樓。當代名流，翕然崇尚。以上身世所經，發爲著作。故文詞壯麗，爲世崇尚。

文選任彥昇王文憲集序曰：「弘長風流，許與氣類。」○御覽人事部四十四引陸機要覽：「諸葛亮曰：歷夷險而益固。」（交論）○潘安仁西征賦曰：「信人事之否泰。」○唐河北道幽州治薊縣，在今北平特別市西南；易州治易縣，今河北易縣治。○唐劍南道邛州治臨邛縣，今四川邛崍縣治；嶲州治越嶲縣，今四川西昌縣治。○司馬長卿上林賦曰：「亭皋千里。」離騷曰：「路漫漫其脩遠兮。」○丘希範與陳伯之書曰：「見故國之旗鼓。」○王仲宣從軍詩曰：「從軍有苦樂，但問所從誰。」○丘希範與陳伯之書曰：「暮春三月，江南草長，雜花生樹，羣鸎亂飛。」○江文通恨賦曰：「隴鴈少飛，岱雲寡色。」○班孟堅西都賦曰：「實用西遷，作我上都。」又幽通賦曰：「有羽儀於上京。」○謝靈運初發石首城詩曰：「故山日已遠。」○詩關雎序曰：「聲成文謂之音。」鄭箋曰：「聲謂宮商角徵羽也。聲成文者，宮商上下相應。」○劉孝儀歎別賦曰：「校小文於搖筆。」陸士衡文賦曰：「炳若縟繡。」○水經涑水注曰：「鹽道山，奇峰霞舉，孤標秀出。」○世說新語文學篇曰：「羊孚與仲堪道齊物，至四番後一通，殷咨嗟曰：『僕便無以相異。』歎爲新拔者久之。」○孫興公遊天台山賦曰：「靈仙之所窟宅。」○詩雲漢曰：「昭回于天。」○班孟堅東都賦曰：「韶武備。」周禮春官鍾師：「掌金奏。」鄭注曰：「金奏，擊金以爲奏樂之節，金謂鍾及鎛。」○文心雕龍原道篇曰：「雲霞雕色，有踰畫工之妙。」世説新語言語篇曰：「桓征西治江陵城甚麗，會賓僚出江津望之，顧長康時爲客，在坐，且曰：遥望層城，丹樓如霞。」十洲記曰：「崑崙有玉樓十二所。」文選景福殿賦李善注曰：「綷猶褋也。」○世説新語品藻篇曰：「孫興公、許玄度皆一時名流。」○史記太史公自序曰：「天下翕然。」晉書羊祜傳曰：「吴人翕然悦服。」

自大夫之頌成室，太史之賦京都。魏則十龍儒雅，晉則三陽藻綴。朝分南北，運迄周隋。文人才子，重世閒出。豈止枏榴體物，陳琳得以示人；鵾鷄寄辭，阮籍稱其王佐？故以開國籍，鱗次乎史傳之首；入文場，羽儀乎天下之半。公增繁榮葉，桂林之一枝；彌廣源流，荆江之九派。宗門多士，斯爲盛歟！以上宗門人才之盛。

禮記檀弓下曰：「晉獻文子成室，晉大夫發焉。張老曰：『美哉輪焉，美哉奂焉！歌於斯，哭於斯，聚國族於斯。』文子曰：『武也得歌於斯，哭於斯，聚國族於斯，是全要領以從先大夫於九京也。』（鄭注：「京，當爲『原』。」）北面再拜稽首。君子謂之善頌善禱。」○後漢書張衡傳曰：「衡擬班固兩都，作二京賦，因以諷諫，精思傅會，十年乃成。」○廣博物志卷十八引語林曰：「魏張魯有十子，時人語曰：張氏十龍，儒雅温恭。」○晉書張載傳曰：「載字孟陽，安平人也，性閑雅博學，有文章。協字景陽，少有儁才，與載齊名。

亢字季陽，才藻不逮二昆，亦有綴屬，又解音樂伎術。時人謂載、協、亢、陸機、雲曰『二陸三張』。」○吴志張紘傳曰：「紘字子綱，廣陵人。」注引吴書曰：「紘見柟榴枕，愛其文，爲作賦。陳琳在北見之，以示人，曰：此吾鄉里張子綱所作也。」○晉書張華傳曰：「華字茂先，范陽方城人也。初未知名，著鷦鷯賦以自寄。陳留阮籍見之，歎曰：『王佐之才也。』由是聲名始著。」○周禮秋官小行人曰：「各以其國之籍禮之。」魏書李彪傳：「彪上表曰：綜理國籍，以終前志。」○李伯仁辟雍賦曰：「攢羅鱗次。」○文心雕龍總術篇贊曰：「文場筆苑，有術有門。」○羽儀，見盧昇之樂府雜詩序注。左太沖吴都賦曰：「灌注乎天下之半。」○荀子賦篇楊注曰：「榮，華也。」○晉書郤詵傳曰：「累遷雍州刺史，武帝於東堂會送，問詵曰：『卿自以爲何如？』詵對曰：『臣舉賢良對策爲天下第一，猶桂林之一枝，崑山之片玉。』」○書禹貢曰：「荆及衡陽惟荆州，九江孔殷。」郭景純江賦曰：「流九派乎潯陽。」案：新唐書宰相世系表張氏有襄陽、洛陽、河東、始興、馮翊、吴郡、清河、河間、中山、魏郡、汲郡等房，故以荆江九派爲比。

且如承家舊德之基，賓王歷官之序。以上家世歷官及技能，皆不詳敘。○此以不敘敘之，意在包埽一切，宜用此法。玉琯銅渾之數，黄公玄女之符。落猿豷兕之巧，顧鵲迴鸞之妙。詳諸別傳，可略言焉。

易師上六曰：「開國承家。」訟六三曰：「食舊德。」班孟堅西都賦曰：「國藉十世之基，家承百年之業，士食舊德之名氏，農服先疇之畎畝。」○易觀六四曰：「觀國之光，利用賓於王。」○晉書律曆志上曰：「黄帝作律，以玉爲管，長尺六，孔爲十二月音。」案：「琯」同「管」，「銅渾」即「金渾」，見宋延清早秋侍上陽宮宴序注。○黄公，見楊炯梁公神道碑「黄石兵符」注；玄女，見崔安成啓母廟碑注。又隋書經籍志子部兵家有玄女戰經一卷、黄帝問玄女兵法四卷。○落猿，見楊盈川梁公神道碑「啼猿」注。詩吉日曰：「豷此大兕。」○御覽工藝部五引庾元威論書有金鵲書。晉書索靖傳：「靖爲草書狀曰：漂若鷩鸞。」庾慎之（肩吾）書品序曰：「波迴墮鏡之鸞，楷顧雕陵之鵲。」庾子山謝趙王示新詩啓曰：「玻璃彤管，鵲顧鸞迴。」○世說新語劉孝標注引有郭泰別傳、郗鑒別傳等。

某室邇蘭芬，族聯棣蕚。荷千里之嘉獎，接四友之良遊。謹撰令引，式題前集。七子賦詩，期取類於鄭志；一家垂範，庶齊衡於孔藂。來日新文，請俟君子。起儀鳳之後，迄景龍以前。凡若干卷，列之如目。以上作序。○燕公之文，以氣勢勝。此篇詞句秀麗，隸事精切，又兼徐庾之長。

大戴禮曾子疾病篇曰：「與君子遊，苾乎如入蘭芷之室，久而不聞，則與之化矣。」說苑雜言篇曰：「與善人居，如入蘭芷之室，久而不聞其香，則與之俱化矣。」又見家語六本篇。○詩常棣曰：「常棣之華，鄂不韡韡。」毛傳曰：「鄂猶鄂鄂然，言外發也。」鄭箋曰：「承華者曰鄂，不當作拊。拊，鄂足也。」晉書張載傳贊曰：「景陽棣蕚相輝。」案：「蕚」「鄂」字同。○詩綿孔疏引尚書大傳：「孔子曰：『文王得四臣，吾亦得四友。自吾得回也，門人加親，是非疏附與？自吾得賜也，遠方之士至，是非奔走與？自吾得師也，前有輝後有光，是非先後與？自吾得由也，惡言不至於門，是非禦侮與？』」○左襄二十七年曰：「鄭伯享趙孟于垂隴，子展、伯有、子西、子產、子大叔、二子石從。趙孟曰：『七子從君，以寵武也。請皆賦，以卒君貺，武亦以觀七子之志。』」○「藂」「叢」字同。隋書經籍志經部論語家有孔叢七卷，注曰：「陳勝博士孔鮒撰。」又曰：「其孔叢、家語，并孔氏所傳仲尼之旨。」宋咸孔叢子序曰：「孔叢子者，乃孔子八世孫鮒，字子魚，仕陳勝爲博士，以言不見用，託目疾而退，論集先君仲尼、子思、子上、子高、子順之言及己之事，凡二十一篇，爲六卷，名之曰孔叢子，蓋言有善而叢聚之也。至漢武朝，太常孔臧又以其所爲賦與書謂之連叢，上下篇爲一卷，附之于末。」朱子語類卷七十八曰：「尚書孔安國傳，此恐是魏晉間人所作，託安國爲名。今觀序文，亦不類漢文章，如孔叢子亦然，皆是那一時人所爲。」又卷百三十七曰：「孔叢子乃其所注之人僞作。讀其首幾章，皆法左傳句，已疑之；及讀其後序，乃謂渠好左傳，便可見。」郡齋讀書志入孔叢子於子部雜家類，直齋書録解題入儒家類，後人多從之。清四庫書目九十一曰：「家語出王肅依託，隋志既誤以爲真，則所云孔叢出孔氏所傳者，亦未爲確證，即如舜典『禋于六宗』，其説與僞孔傳、僞家語並同，是亦晚出之明證也。」○論語先進篇：「冉有曰：如其禮樂，以俟君子。」○儀鳳，唐高宗年號；景龍，中宗年號。自儀鳳元年至景龍四年，凡二十五年。

故開府儀同三司上柱國贈揚州刺史大都督梁國文貞公碑 奉敕撰

明皇雜録卷上曰：「姚元崇與張説同爲宰輔，頗疑阻，屢以其相侵，張銜之頗切。姚既病，誡諸子曰：『張丞相與我不叶，釁隙甚深。然其人少懷奢侈，尤好服玩，吾身殁之後，以吾嘗同寮，當來弔。汝其盛陳吾平生服玩寶帶重器，羅列於帳前，若不顧，汝速計家事，舉族無類矣；目此，吾屬無所虞，便當録其玩用，致於張公，仍以神道碑爲請。既獲其文，登時便寫進，仍先礱石以待之，便令鐫刻。張丞相見事遲於我，數日之後當悔，若卻徵碑文，以刊削爲辭，當引使視其鐫刻，仍告以聞上訖。』姚既殁，張果至，目其玩服三四，姚氏諸孤悉如教誡。不數日文成，敍述核詳，時爲極筆。後數日，張果使使取文本，以爲詞未周密，欲重爲刪改。姚氏諸子仍引使者示其碑，乃告以奏御。使者復命，悔恨拊膺，曰：『死姚崇猶能算生張説，吾今知才之不及也遠矣。』」王脩聞曰：「按姚崇以開元九年九月丁未卒于東都，時張説在并州。九月癸亥，説進兵部尚書、同中書門下三品，時帝在長安，説亦應至長安。明年二月，帝至東都，則崇已葬矣。未葬以前，説無由赴弔，既葬而弔，去崇死已半年。説在帝左右已三四月，不應久不修隙，至碑文既成而後悔之也。唐書、通鑑俱不取此，極有見。」案：王辯甚是，且張説之文集，此篇題下有「奉敕撰」三字，則明皇雜録傳聞之謬，尤爲明證。

敘曰：八柱承天，高明之位定；四時成歲，亭毒之功存。畫爲九州，禹也；堯享鴻名；播時百穀，棄也；舜稱至德。由此言之，知人則哲，非賢罔乂。致君堯舜，何代無人？有唐元宰曰梁文貞公者，位爲帝之四輔，才爲國之六翮，言爲代之軌物，行爲人之師表。蓋維嶽降神，應時間出者也。以上總敘。

楚辭天問曰：「八柱何當？」王注曰：「言天有八山爲柱，皆何當值？」洪補注曰：「神異經云：崑崙有銅柱焉，其高入天，所謂天柱也。」○易坤彖傳曰：「乃順承天。」○禮記中庸曰：「天地之道，高也明也。」○書堯典曰：「以閏月定四時成歲。」○老子曰：「故道生之，德畜之，長之，育之，亭之，毒之。」釋文曰：「亭，別也；毒，今作『育』。」案：河上公注本「亭」作「成」，「毒」作「熟」。陸希聲注曰：「權其成謂之亭，量其用謂之毒。」○左襄四年：「辛甲虞人之箴曰：芒芒禹迹，畫爲九州。」書序曰：「禹別九州。」○書舜典：「帝曰：棄，黎民阻飢，汝后稷，播時百穀。」○書皋陶謨曰：「知人則哲，能官人。」○書僞説命下曰：「惟后非賢不乂。」○應休璉與從弟君苗君胄書曰：「思致君於有虞。」李善注引孟子萬章上伊尹曰：「吾豈若使是君爲堯舜之君哉？」○王元長曲水詩序曰：「元宰比肩於尚父。」○書洛誥曰：「亂爲四輔。」禮記文王世子曰：「虞、夏、商、周有師保，有疑丞，設四輔及三公。」孔疏引尚書大傳曰：「天子必有四鄰，前曰疑，後曰丞，左曰輔，右曰弼。」○説苑尊賢篇：「趙簡子曰：『吾門左右客千人，吾尚可謂不好士乎？』舟人古乘對曰：『鴻鵠高飛遠翔，其所恃者六翮也。背上之毛，腹下之毳，無尺寸之數，去之滿把，飛不能爲之益卑，益之滿把，飛不能爲之益高，不知門下左右客千人者，存六翮之用乎？將盡毛毳也？』」又見韓詩外傳六。○左隱五年：「臧僖伯曰：君將納民於軌物者也。」○史記太史公自序曰：「國有賢相良將，民之師表也。」

○詩崧高曰：「維嶽降神。」

公諱崇，字元之，姚姓，有虞之後。遠自吴興，近徙於陜，今家洛陽焉。烈考長沙文獻公，樹勳王室，建旟嶲府。公紈綺而孤，克廣前業。激昂成學，榮問日流。武庫則矛戟森然，文房則禮樂盡在。以上先世及其學術。

舊唐書姚崇傳曰：「本名元崇，突厥叱利元崇構逆，則天不欲元崇與之同名，乃改爲元之，避開元尊號，又改名崇。」新書崇傳曰：「字元之，始名元崇，以與突厥叱刺同名，武后時以字行，至開元世，避帝號，更以今名。」○新書宰相世系表曰：「姚姓，虞舜生於姚墟，因以爲姓。陳胡公裔孫敬仲仕齊爲田氏，其後居魯，至田豐，王莽封爲代睦侯，以奉舜後。子恢避莽亂，過江居吴郡，改姓爲嬀，五世孫敷復改姓姚，居吴興武康。陜郡姚氏亦出武康。」崇祖父即系陜郡下。○胡皓嶲州都督贈幽州都督吏部尚書謚文獻姚府君碑銘曰：「公諱懿，字善意，其先吴興郡大姓，明考以宦歷陜圻，遂留家於硤石也。曾祖宣業，陳征東將軍（世系表陳作梁）、吴興郡公。祖安仁，隋青、汾二州刺史。父祥，隋懷州長史、檢校函谷關都尉。公都尉之季子，年十八，屬亂隋無象，羣盜生郊，授公本縣令。太宗濟河，聞公名，密遣相聞，公因間道入謁，高祖嘉歎者久之。太宗東伐王充，授鷹揚郎將、長沙縣男、水陸道總管。龍朔初，除公使持節巂州都督，以二年十二月一日終於官舍，春秋七十有三。景龍年，特旨追贈幽州都督，又制贈吏部尚書，謚曰文獻公。」案：舊傳云「父善懿」，新傳云「父懿，字善懿」，皆誤。（世系表不誤。）又案：唐河南道陝州硤石縣，今河南陝縣東南。○周禮春官司常曰：「鳥隼爲旟。」又曰：「州里建旟。」案：巂州，見上篇注。○漢書敍傳曰：「伯在於綺襦紈絝之閒，非其好也。」顔注曰：「紈，素也；綺，今細綾也。並貴戚子弟之服。」○晉書杜預傳曰：「朝野稱美，號曰杜武庫，言其無所不有也。」徐孝穆與王僧辯書曰：「霜戈電戟，無非武庫之兵。」○任彦昇與江穎革書曰：「文房之職，總卿昆季。」

弱冠補孝敬挽郎，又制舉高第，歷佐濮鄭，並有聲華。入爲司刑丞。天授之際，獄吏峻密，公持法無頗，全活者衆。進夏官員外郎、郎中、侍郎，朝廷曰能，遂掌軍國。遷鳳閣侍郎，監修國史，兼相王府長史。始則天人讓王，承置醴之顧；終以飛龍利見，延參乘之恩。自時厥後，恒當大任。凡三處兵部尚書，三入中書令，一爲禮部尚書、左庶子，又肅政大夫、總靈武軍兵馬，又司僕卿、知隴右監牧使、出典亳宋常越許申徐潞揚同十郡。景雲初，以藩邸舊僚，封梁國公，食賦百室。以上歷仕。

曲禮上曰：「人生二十曰弱冠。」○北堂書鈔設官部八引續漢書百官志曰：「轀車拂挽爲公卿子弟，六卿。十人挽兩邊。白素幘，委貌冠，都布衣也。」（今續漢志無此文。）可見挽郎之設，起於後漢。世説紕漏篇曰：「任育長年少時，甚有令名。武帝崩，選百二十挽郎，一時之秀，育長亦在其中。」書鈔又引晉要事曰：「咸康七年，尚書僕射諸葛恢奏：『恭皇后今當山陵，依舊公卿六品清官子弟爲挽郎，非古也。豈牽曳國士，爲之役夫？請悉罷之。』」此晉時挽郎也。南齊書高逸傳：「何求元嘉末爲宋文帝挽郎。」周書檀翥傳：「年十九，爲魏孝明帝挽郎。」此南北朝時挽郎也。唐代尚沿之耳。○新書崇傳曰：「授濮州司倉參軍。」案：唐河南道濮州治鄄城縣，今山東濮縣東。唐六典卷三十曰：「上州（濮即上州）司倉參軍事一人，從七品下。」又案：唐河南道鄭州治管城縣，今河南鄭縣治。○新唐書百官志曰：「龍朔二年，改刑部曰司刑。」○舊唐書則天紀曰：「載初元年九月九日壬午，革唐命，改國號爲周，改元爲天授。」通鑑唐紀二十曰：「時告密者往往得五品，朝士人人自危，相見莫敢交言，道路以目。或因入朝，密遭掩捕，每朝，輒與家人訣曰：未知復相見否。」○舊傳曰：「五遷夏官郎中。時契丹寇陷河北數州，兵機填委，元崇剖析若流，皆有條貫。則天甚奇之，超遷夏官侍郎。」新書百官志曰：「光宅元年，改兵部曰夏官。」唐六典卷五曰：「兵部尚書一人，正三品；侍郎二人，正四品。兵部尚書、侍郎之職，掌天下軍衛武官選授之政令。」又曰：「郎中二人，從五品上。一人掌考武官之勳祿品命，一人掌判簿以總軍戎差遣之名數。」又曰：「員外郎二人，從六品上。一人掌貢舉及諸雜請之事，一人掌選院，謂之南曹。」○舊書則天紀曰：「聖曆元年冬十月，夏官侍郎姚元崇同鳳閣鸞臺平章事。」新書百官志曰：「武后垂拱元年，改門下省曰鸞臺。光宅元年，改中書省曰鳳閣。」又曰：「唐世宰相，名尤不正。初唐因隋制，以三省之長，中書令（中書省之長）、侍中（門下省之長）、尚書令（尚書省之長），共議國事，此宰相職也。其後以太宗嘗爲尚書令，臣下避不敢居其職，由是僕射爲尚書省長官，與侍中、中書令號爲宰相。其品位既崇，不欲輕以授人，故常以他官居宰相職，而假以他名，或曰參議得失、參知政事之類，皆宰相職也。貞觀八年，僕射李靖以疾辭位，詔：『疾小瘳，三兩日一至中書門下平章事。』而平章事之名，蓋起於此。」○舊書則天紀曰：「大足元年三月，姚元崇爲鳳閣侍郎，依舊知政事。冬十月，改元爲長安。」唐六典卷九曰：「中書令二人，正三品，掌軍國之政令，蓋以佐天子而執大政者也。侍郎二人，正四品上，掌貳令之職，凡邦國之庶務，朝廷之大政，皆參議焉。」○新書則天紀曰：「聖曆二年正月（即十一月）壬戌，封皇嗣旦爲相王。」睿宗紀曰：「諱旦，高宗第八子也。武后廢中宗，立爲皇帝，其改國號周，以爲皇嗣。中宗自房州還，復爲皇太子。武后封皇嗣爲相王。」○舊傳曰：「長安四年，元之以母老，表請解職侍養，言甚哀切。則天難違其意，拜相王府長史，罷知政事，俾獲其養。」新傳曰：「遷鳳閣侍郎，俄兼相王府長史，以母老納政歸侍，乃詔以相王府長史侍疾。」宰相表曰：「元年十一月甲午，元崇加相王府長史。四年六月辛酉，元崇罷爲相王府長史，一事以上並同三品。」唐六典卷二十九曰：「親王府長史一人，從四品上，掌統理府僚紀綱職務。」○天人，見王子安滕王閣餞別序注。○莊子有讓王篇。○漢書楚元王傳曰：「元王敬禮申公等。穆生不耆酒，元王每置酒，常爲穆生設醴。」顏注曰：「醴，甘酒也，少麴多米，一宿而熟，不齊之。」○易乾九五曰：「飛龍在天，利見大人。」○史記孝文本紀曰：「代王乃命宋昌參乘，張武等六人乘傳詣長安。即天子位，皇帝即日夕入未央宮。乃夜拜宋昌爲衛將軍，鎮撫南北軍。」漢書文帝紀作「驂乘」，顏注曰：「乘車之法，尊者居左，御者居中，又有一人處車之右，以備傾側，是以戎事則稱車右，其餘則曰驂乘。驂者三也，蓋取三人爲名義耳。」○新傳曰：「睿宗立，拜兵部尚書、同中書門下三品，進中書令。玄宗在東宮，太平公主干政，宋王成器等分典閑廄禁兵。崇與宋璟建議，請主就東都，出諸王爲刺史，以一人心。帝以謂主，主怒，太子懼，上疏以崇等甚閒王室，請加罪，貶爲申州刺史。先天二年，玄宗講武新豐，密召崇，崇至，帝曰：『卿宜遂相朕。』崇知帝大度，鋭于治，乃先設事以堅帝意，即陽不謝，帝怪之。崇因跪奏十事曰：『垂拱以來，以峻法繩下，臣願政先仁恕，可乎？朝廷覆師青海，未有牽復之悔，臣願不倖邊功，可乎？比來壬佞，冒觸憲網，皆得以寵自解，臣願法行自近，可乎？后氏臨朝，喉舌之任，出奄人之口，臣願宦豎不與政，可乎？戚里貢獻，以自媚于上，公卿方鎮寖亦爲之，臣願租賦外一絕之，可乎？外戚貴主，更相用事，班序荒雜，臣願戚屬不任臺省，可乎？先朝褻狎大臣，虧君臣之嚴，臣願陛下接之以禮，可乎？燕欽融、韋月將以忠被罪，自是諍臣沮折，臣願羣臣皆得批逆鱗犯忌諱，可乎？武后造福先寺，上皇造金仙、玉真二觀，費鉅百萬，臣請絕道佛營造，可乎？漢以祿、莽、閻、梁亂天下，國家爲甚，臣願推此鑒戒爲萬代法，可乎？』帝曰：『朕能行之。』崇乃頓首謝。翌日，拜兵部尚書、同中書門下三品，遷紫微令。」宰相表曰：「景雲元年六月戊申，許州刺史姚元之爲兵部尚書、同中書門下三品；七月丙寅，元之兼中書令；十一月戊申，元之爲中書令兼兵部尚書。開元元年十月甲辰，同州刺史姚元之爲兵部尚書、同中書門下三品；十二月壬寅，元之兼紫微令。」百官志曰：「開元元年，改中書省爲紫微省，中書令爲紫微令。」○舊傳曰：「元之上言：『臣事相王，知兵馬不便。臣非惜死，恐不益相王。』則天深然其言，改爲春官尚書。」新書宰相表在長安四年八月辛酉。唐六典卷四曰：「禮部尚書一人，正三品，光宅元年爲春官尚書。禮部尚書、侍郎之職，掌天下禮儀、祠祭、燕饗、貢舉之政令。」○宰相表曰：「景雲元年七月丁巳，元之兼太子左庶子。」唐六典卷二十六曰：「太子左春坊左庶子二人，正四品上，掌侍從贊相禮儀，駁正啓奏，監省封題。」○宰相表曰：「長安四年九月壬子，元之兼攝右肅政臺御史大夫；十月辛酉，權檢校左臺大夫。」唐六典卷十三曰：「御史臺御史大夫一人，從三品。光宅元年改曰左肅政臺，專知在京百司，更置右肅政臺，專知按察諸州，加右臺大夫一人。御史大夫之職，掌邦國刑憲典章之政令，以肅正朝列。」○舊傳曰：「張易之請移京城大德僧十人，配定州私置，寺僧等苦訴，元之斷停，易之屢以爲言，元之終不納，由是爲易之所譖，改爲司僕卿，知政事如故，使充靈武道大總管。」宰相表曰：「長安四年八月庚辰，元崇爲司僕卿；九月壬子，元之爲靈武道行軍大總管；十月辛酉，元之爲靈武道安撫大使。」通典職官典十四曰：「行軍大總管，蓋有征伐則置於所征之道，以督軍事。」唐六典卷十七曰：「太僕寺卿一人，正三品，掌邦國廄牧車輿之政令，光宅元年改爲司僕寺。」○宰相表曰：「長安四年九月壬子，元之知羣牧使。」唐會要卷六十六曰：「儀鳳三年十月，太僕寺少卿李思文檢校隴右諸牧監使，自茲始有使號，其後蘇幹、夏侯亮、魏元忠、姚元之等，相次爲之。」○新傳曰：「武后遷上陽宮，中宗率百官起居，王公相慶，崇獨流涕。柬之等曰：『今豈涕泣時邪？恐公禍從此始。』崇曰：『違舊主而泣，人臣終節也。由此獲罪，甘心焉。』俄爲亳州刺史，歷宋、常、越、許四州。睿宗立，拜兵部尚書、同中書門下三品，貶爲申州刺史，移徐、潞二州，遷揚州長史，政條簡肅，人爲紀德于碑，徙同州刺史。」宰相表曰：「神龍元年二月甲寅，同中書門下三品元之罷爲亳州刺史。景雲二年二月甲申，元之貶申州刺史。」案：唐河南道亳州治譙縣，今安徽亳縣治；宋州治宋城縣，今河南商邱縣南；江南道常州治晉陵縣，今江蘇武進縣治；越州治會稽縣，在今浙江紹興縣東；河南道許州治長社縣，今河南許縣治；申州治義陽縣，在今河南信陽縣南；（唐河南道申州，乾元初改屬淮南道。）徐州治彭城縣，今江蘇銅山縣治；河東道潞州治上黨縣，今山西長治縣治；淮南道揚州治江都縣，今江蘇江都縣治；關內道同州治馮翊縣，今陝西大荔縣治。○舊傳曰：「神龍元年，張柬之、桓彥範等誅易之兄弟，會元之自軍還，遂預謀，以封功梁縣侯，賜實封二百户。先天二年（即開元元年），代郭元振爲兵部尚書、同中書門下三品，遷紫微令，進封梁國公，固辭實封，乃停其舊封，特賜新封一百户。」案：此與碑言景雲初封公不合，新傳亦然，當以碑爲是。

公性仁恕，行簡易。虛懷汎愛，而涇渭不雜；真率徑盡，而應變無窮。常推是心，以御於物。故所蒞必甿庶風偃，鷙很化從。言不厲而教成，政不威而事理。去思覩頌，來暮聞歌。既登邦政，卒乘輯睦；及在宗伯，神人允諧。今之中書，是爲理本。謀事兼於百揆，論道總於三台。公執國之鈞，金玉王度。大渾順序，休徵來臻。懋德格天，名遂身遜。拜開府儀同三司，崇其秩，逸其志也。以上總敘其政績。

詩邶谷風曰：「涇以渭濁。」毛傳曰：「涇渭相入而清濁異。」○論語子路篇曰：「草，上之風，必偃。」○漢書循吏傳曰：「王成、黃霸、朱邑、龔遂、鄭弘、召信臣等所居民富，所去見思。」○後漢書廉范傳曰：「范字叔度，京兆杜陵人。遷蜀郡太守，舊制禁民夜作，以防火災，而更相隱蔽，燒者日屬。范迺毁削先令，但嚴使儲水而已，百姓爲便，乃歌之曰：『廉叔度，來何暮？不禁火，民安作。平生無襦今五袴。』」○周禮夏官序官曰：「乃立夏官司馬，使帥其屬而掌邦政，以佐王平邦國。」○左僖十五年：「吕甥曰：羣臣輯睦，甲兵益多。」○周禮春官序官曰：「乃立春官宗伯，使帥其屬而掌邦禮，以佐王和邦國。」書舜典曰：「納于百揆，百揆時敘。」○周禮考工記曰：「坐而論道，謂之王公。」地官序官鄭注曰：「三公者內與王論道。」續漢書禮儀志上劉注引月令盧植注曰：「天子之三公，坐而論道。」晉書天文志上曰：「三台六星，兩兩而居，起文昌，列抵太微。一曰天柱，三公之位也。在人曰三公，在天曰三台。」○詩節南山曰：「秉國之均。」毛傳曰：「均，平也。」漢書律曆志上引作「鈞」。○左昭十二年：「子革述祈招之詩曰：思我王度，式如玉，式如金。」○續漢書天文志上劉注引蔡邕表志曰：「言天體者有三家，一曰周髀，二曰宣夜，三曰渾天。」案：

此大渾謂天，猶言大圜也。易林坤之姤曰：「陰陽順序。」○書洪範曰：「休徵。」僞孔傳曰：「敍美行之驗。」○書君奭曰：「成湯既受命，時則有若伊尹，格于皇天。」○舊傳曰：「頻面陳避相位，薦宋璟自代，俄授開府儀同三司，罷知政事。」宰相表曰：「開元四年閏十二月己亥，元之罷爲開府儀同三司。」通典職官典十六曰：「漢文帝元年，始用宋昌爲衞將軍，位亞三司。後漢章帝建初三年，始使車騎將軍馬防班同三司，同三司之名自此始也。殤帝延平九年，鄧騭爲車騎將軍儀同三司，儀同之名自此始也。魏黄權以車騎將軍開府儀同三司，開府之名自此始也。大唐以開府儀同三司爲文散官，開元以前舊例，開府、特進，雖不帶職事，皆給俸禄，得與朝會，班列依本品之次，皆崇官盛德、罷劇就閒者居之。」

初，太夫人在堂，公授職西掖，頗限扃禁，求侍晨昏，優詔既許，尋令還職。公固請以泣。制曰：「家有令弟，足慰母心。國有棟臣，安可暫闕？」其後剖符江表，敦諭起復。衰麻外壘，欒棘内毁。變禮中權，通識所貴。神龍之首，與聞興復。疇其井賦，累讓而停。夫以革故鼎新，大來小往，得喪而不形於色，進退而不失其正者，鮮矣。君子曰：「忠不忘親，仁也；哀不違事，義也；讓功辭邑，禮也；濟代全名，智也。仁以長人，義以和下，禮以安上，智以周身。宜其光輔四帝，軒冕三紀，池臺琴筑，優游暮齒，傳爵士於祚胤，保禄位於終始矣。」以上總敍其德操。

姚府君碑曰：「公初娶張氏、李氏，並早殂歿，後娶劉氏，累封彭城郡夫人，隋左常侍降之孫，唐襄州長史志逵之女，今紫微令崇、故宗正少卿元景之母也。」潘安仁閑居賦序曰：「太夫人在堂。」○初學記職官部上引漢官儀曰：「前世文士，以中書在右，因謂中書爲右曹，又稱西掖。」唐六典卷七曰：「興禮門內曰宣政殿，殿前東廊曰日華門，門東門下省，殿前西廊曰月華門，門西中書省。」案：元之爲鳳閣侍郎，故曰西掖。漢書成帝紀顔注曰：「掖門在兩旁，言如人臂掖也。」○新書宰相世系表載元素，宗正少卿，即崇弟也。（兄元景，潭州刺史。）○詩凱風曰：「有子七人，莫慰母心。」○魏志高柔傳：「柔上疏曰：今公輔之臣，皆國之棟梁。」○懿府君碑曰：「夫人以神龍三年正月八日，終於洛陽慈惠坊之私第。」案：元之起復一事，新舊傳皆不載。舊書張説傳曰：「景龍中，丁母憂去職，起復授黃門侍郎，累表固辭，言甚切至，優詔方許之。是時風教紊，多以起復爲榮，而説固節懇辭，竟終其喪制，大爲識者所稱。」新書説傳亦載之，然則説此舉勝崇多矣，文中詳敍起復事，不無微詞，豈略寓以直報怨之意乎？○儀禮喪服曰：「疏衰裳齊、牡麻絰、冠布纓、削杖、布帶、疏屨三年者。傳曰：父卒則爲母。」左傳僖三十二年曰：「子墨衰絰。」杜注曰：「晉文公未葬，故襄公稱子，以凶服從戎，故墨之。」○詩素冠曰：「庶見素冠兮，棘人欒欒兮。」序曰：「刺不能三年喪也。」毛傳曰：「棘，急也；欒欒，瘠貌。」禮記曲禮上曰：「居喪之禮，毁瘠不形。」○禮記喪服四制曰：「喪有四制，變而從宜，取之四時也。有恩有理，有節有權，取之人情也。恩者仁也，理者義也，節者禮也，權者知也。仁義禮知，人道具矣。」○舊書中宗紀曰：「嗣聖元年二月，皇太后廢帝爲廬陵王。五月，遷於均州，尋徙居房州。聖曆元年，召還東都，立爲皇太子。時張易之與弟昌宗潛圖逆亂，神龍元年正月，張柬之、崔玄暐、敬暉、桓彦範、袁恕己等定策，誅易之、昌宗，迎皇太子監國；乙巳，則天傳位於皇太子；丙午，即皇帝位於通天宮。」○文選西征賦李注曰：「疇猶酬也。」周禮地官小司徒鄭注曰：「方十里爲一成，積百井九百夫，其中六十四井五百七十六夫出田稅，三十六井三百二十四夫治洫。」文心雕龍指瑕篇曰：「周禮井賦，舊有疋馬。」○易雜卦傳曰：「革，去故也；鼎，取新也。」○易泰曰：「小往大來。」○魏書高允傳曰：「失不繫心，得不形色。」○易乾文言傳曰：「知進退存亡而不失其正者，其唯聖人乎！」○易乾文言傳曰：「君子體仁足以長人，利物足以和義。」○孝經曰：「安上治民，莫善於禮。」○杜元凱春秋序曰：「聖人包周身之防。」○左傳襄二十七年：「子木歸，以語王，王曰：尚矣哉，能歆神人，宜其光輔五君，以爲盟主也。」○四帝，謂則天、中宗、睿宗、玄宗。○楊子雲羽獵賦曰：「俄軒冕雜衣裳。」○書僞畢命曰：「既歷三紀。」僞孔傳曰：「十二年曰紀。」案：自武后永昌元年己丑稱皇帝，至玄宗開元九年，凡三十三年，此三紀蓋大略言之。○詩卷阿曰：「優游爾休矣。」○詩既醉曰：「永錫祚胤。」毛傳曰：「胤，嗣也。」鄭箋曰：「天又長予汝福祚，至於子孫。」

享年七十有一，開元九年九月寢疾，薨於東都之慈惠里。皇上悼焉，國人慕焉。撫牀輟春，曾未云比。制贈揚州大都督，謚曰文貞，禮也。十年二月，葬於萬安山之南原。在疾也，王人賜膳，御醫視藥；於薨也，中使弔臨，羽儀哀送。君臣之義，厚莫重焉。以上薨逝及葬。

徐星伯唐兩京城坊攷卷五，慈惠坊爲長夏門第二街第六坊，曰：「河南志引韋述記（兩京新記）曰：此坊半已北即雒水之横堤。」○後漢書桓榮傳曰：「榮疾篤，帝幸其家，撫榮賜以牀茵帷帳。」○史記商君傳：「趙良曰：五羖大夫死，春者不相杵。」集解引鄭玄曰：「相謂送杵聲，以聲音自勸也。」○唐六典卷三十曰：「大都督府都督一人，從二品。」○元和志曰：「河南道河南府潁陽縣：大石山，一名萬安山，在縣西北四十五里。」寰宇記曰：「河南府洛陽縣：大石山，一名萬安山，在縣西南（「西」當作「東」）四十五里。九州要記云：魏孝文帝測之，高二百丈。」清統志曰：「河南河南府：姚崇墓，在洛陽縣東南萬安山。」○公羊僖八年傳曰：「王人者何？微者也。曷爲序乎諸侯之上？先王命也。」○唐六典卷十一：「殿中省尚藥局奉御二人，直長四人，侍御醫四人，司醫四人，醫佐八人。奉御掌合和御藥及診候之事，直長爲之貳，侍御醫診候調和，司醫、醫佐掌分療衆疾。」○宋書袁粲傳曰：「中使相望。」賈山至言曰：「古之賢君於其臣也，死則往弔哭之，臨其大斂小斂。」案：此則遣中使爲之，不親往也。○羽儀，謂羽葆儀仗也。許敬宗尉遲恭碑曰：「給班劍四十人，及羽葆鼓吹。」又曰：「儀仗鼓吹，送至墓所。」與此可相證。

子异、弈，思綴遺美，以寘罔極。有詔掌文之官敍事，盛德之老銘功。將以寵宗臣，揚英烈。帝乃灑恩仙翰，鏤澤豐碑。日月照臨於佳城，煙雲變態於神道。寶其文字，別爲羣玉之山；禁其樵蘇，即表三司之墓。銘曰：以上奉敕作碑文。

舊傳曰：「崇長子彝，開元初光禄少卿；次子异，坊州刺史；少子弈，開元末爲禮部侍郎尚書右丞。彝男閎爲侍御史，玄孫合給事中。」新傳曰：「三子：彝、异、弈。」此碑不載彝名。案：崔善沖（沔）大唐朝議大夫光禄少卿虢縣開國子姚府君（彝）神道碑曰：「粤以開元四年歲次景辰（唐諱「丙」爲「景」）八月二十六日，遘疾終於東都慈惠里第。」則此時彝已卒，故不書。○説文曰：「寘，塞也。」詩蓼莪曰：「欲報之德，昊天罔極。」○漢書蕭何曹參傳贊曰：「爲一代之宗臣。」顔注曰：「言爲後世之所尊仰，故曰宗臣也。」○佳城、神道，並見楊炯梁公神道碑注。○羣玉之山，已見張司馬集序注。○文選任彥昇爲卞彬謝修卞忠貞墓啓曰：「樵蘇之刑，遠流於皇代。」李善注曰：「戰國策：『顏觸謂齊王曰：「秦攻齊，令曰：敢有去柳下季壟五十步樵采者，罪死不赦。」』（齊策四）」案：晉書卞壼傳曰：「改贈壼侍中、驃騎將軍、開府義同三司，謚曰忠貞。」

源深自虞，派別從吴。避地魯陝，居家洛都。神明遠契，嶽瀆冥符。翊聖斯偶，生賢不孤。

續漢書郡國志吴郡劉注曰：「順帝分會稽置。」案：後漢吴郡治吴縣，今江蘇吴縣治；晉吴興郡武康縣，今浙江武康縣治。○案世系表，居魯在居吴之先，此殆因行文之便耳。漢魯國魯縣，今山東曲阜縣治。蔡伯喈陳太丘碑曰：「稟嶽瀆之精。」

仁將勇濟，孝與忠俱。學刃攢植，文鋒迅驅。纔安卑位，即騁長途。惟實惟有，若虛若無。再三軍國，一二訏謨。戎柄尤重，王綸最樞。兼司任切，久政榮殊。黼藻彌焕，丹青靡渝。以寬容物，以鑒分區。外或形放，中恒禮拘。箴雖緘口，諍亦忘軀。但覩渾璞，誰詳瑾瑜。伊皋尺寸，管樂錙銖。名正身遂，言誠願乎。方辭漢禄，更辱齊租。既積而散，窮歡盡娱。

論語泰伯篇：「曾子曰：有若無，實若虛。」○詩抑曰：「訏謨定命，遠猶辰告。」毛傳曰：「訏，大；謨，謀；猶，道；辰，時也。」○史記袁盎傳：「盎曰：絳侯爲太尉，主兵柄。」禮記緇衣：「子曰：王言如絲，其出如綸；王言如綸，其出如綍。」○隋書藝文志序曰：「黼藻相輝。」法言學行篇曰：「吾未見好斧藻其德，若斧藻其楶者也。」李注曰：「斧藻，猶刻桷丹楹之飾。」與「黼藻」義小異。○漢書蘇武傳：「李陵曰：雖古竹帛所載，丹青所畫，何以過子卿？」楊子法言君子篇曰：「或問：『聖人之言，炳若丹青，有諸？』曰：『吁！是何言與？丹青初則炳，久則渝，渝乎哉！』」○說苑敬慎篇曰：「孔子之周，觀乎太廟，右陛之前，有金人焉，三緘其口，而銘其背曰：古之慎言人也。」又見家語觀周篇。○渾璞，見楊炯尋楊隱居詩序注。○史記屈原傳：「漁父曰：何故懷瑾握瑜而自令見放爲？」○楚辭九歎愍命曰：「伊臯之倫以充廬。」王注曰：「伊，伊尹；臯，臯陶也。」○楚辭卜居曰：「尺有所短，寸有所長。」○蜀志諸葛亮傳曰：「每自比於管仲、樂毅。」禮記儒行曰：「雖分國，如錙銖。」鄭注曰：「言君分國以禄之，視之輕如錙銖矣。八兩曰錙。」孔疏曰：「案算法十黍爲絫，十絫爲銖，二十四銖爲兩，八兩爲錙。」○史記留侯世家：「留侯曰：『今以三寸舌爲帝者師，封萬户，位列侯，此布衣之極，於良足矣。願弃人間事，欲從赤松子游耳。』」○說苑尊賢篇曰：「齊桓公使管仲治國，管仲對曰：『貧不能使富。』桓公賜之齊國市租一年。」○禮記曲禮上曰：「積而能散。」

川歸東極，日去西晡。上惻旒扆，旁悲路衢。藍田美玉，荔浦明珠。載廣休慶，爰弘典謨。豐碑乃立，盛業其鋪。帝念頻軫，仙毫特紆。鐫金刻石，鳳篆龍圖。七耀光動，三泉澤濡。銓能敍事，理鬱詞敷。求舊銘實，慙殫惡蕪。緬思雲霧，尚想江湖。有道之德，其何以踰；延陵之墓，空此嗚呼。存没終始，遐哉邈乎！不事鋪張馳驟，而氣象萬千，自是大手筆。

淮南子墬形篇曰：「江出岷山，東流至于東極。」○淮南子天文篇曰：「日至于悲谷，是謂餔時。」說文曰：「餔，日加申時食也。」字亦作「晡」。文選神女賦序曰：「晡夕之後。」李善注曰：「晡，日昳時也。」○禮記曲禮下釋文曰：「扆，狀如屏風，畫爲黼文。」○文選西都賦曰：「藍田美玉。」李善注引范子計然曰：「玉英出藍田。」○漢書地理志蒼梧郡有荔浦縣。水經灕水注曰：「瀨水又東南流入荔浦縣。」御覽珍寶部二引鄒子曰：「珠生於南海。」案：美玉、明珠喻崇子。○禮記檀弓下：「公肩假曰：公室視豐碑。」○楚辭九章哀郢王注曰：「軫，痛也。」○唐太宗帝京篇曰：「玉匣啓龍圖，金繩披鳳篆。」○後漢書劉陶傳：「陶上疏曰：上齊七曜。」春秋穀梁傳序曰：「七曜爲之盈縮。」楊疏曰：「日月五星，皆照於天下，故謂之七曜。」○史記秦始皇本紀曰：「穿治驪山，天下徒送詣七十餘萬人，穿三泉，下銅而致椁。」漢書賈山傳：「山上至言曰：死葬乎驪山，吏徒數十萬人，曠日十年，下徹三泉。」顔注曰：「三重之泉，言其深也。」○雲霧，喻高遠；江湖，喻深廣。○世說新語德行篇注引司馬彪續漢書曰：「郭泰，字林宗，太原介休人。及卒，蔡伯喈爲作碑，曰：吾爲人作銘，未嘗不有慙容，惟爲郭有道碑頌無愧耳。」○集古録跋尾卷七曰：「右古篆文曰『嗚呼有吴延陵季子之墓』，自前世相傳以爲孔子所書。據張從申記云：『舊石堙滅，開元中，玄宗命殷仲容搨本，遂傳於世。』（以上别本據真蹟。）然則開元之前，自有真本，至大曆中，蕭定又刊於石，則轉相傳摹，夫其真遠矣。按孔子平生未嘗至吴，以史記世家考之，其列聘諸侯，南不踰楚，推其歲月，蹤跡未嘗過吴，不得親銘季子之墓。又其字特大，非古簡牘所容。」廣川書跋卷三曰：「延陵季子墓字，世傳仲尼書，今入淳化官帖中，其字如書簡牘，不類豐碑石柱上所刻也，而書亦少異於籀文，疑當吴季子時，書文宜盡從籀學，不得有所異同。又夫子未嘗至吴，其書是非不可考也。」（嚴鐵橋全上古文觀吴季札之子葬題字作「於虖有吴延陵君子之葬」，謂孔子使子貢觀葬後題字，唐宋人不識篆文，釋「葬」爲「墓」。未知是否。）〇司馬長卿封禪文曰：「遐哉邈乎。」

蘇廷碩

蘇頲，字廷碩，京兆武功人。父瓌，封許國公，謚文貞。頲弱冠第進士，授烏程尉。累遷左臺監察御史，神龍中遷給事，加修文館學士，拜中書舍人。時瓌同中書門下三品，父子同掌樞密，時以爲榮。景雲中襲爵許國公。開元四年，遷紫微侍郎、同紫微黄門平章事。八年，罷爲禮部尚書、檢校益州大都督府長史。十三年，從駕東封泰山，俄知吏部選事。十五年，卒，謚文憲。新舊唐書皆有傳（附瓌傳後）。

太清觀鐘銘

唐會要卷五十曰：「昭成觀頒政坊，（案長安志卷十，頒政坊在朱雀街之第三街，即皇城西第一街，街西從北次南第三坊。）本楊士建宅，咸亨元年九月二十三日，皇后爲母度太平公主爲女冠，因置觀。初名太清觀，尋移於大業坊。（案長安志七，在朱雀街東第二街，北當皇城南面之安上門，街東從北起次南第七坊。）垂拱二年，遂改爲魏國觀。載初元年，改爲崇福觀。開元二十七年，爲昭成皇后追福，改爲昭成觀。」長安志卷七曰：「大業坊東南隅太平女真觀，儀鳳二年吐蕃入寇，求太平公主和親，不許，乃立此觀，公主出家爲女冠。初以頒政坊爲太平觀，尋徙於此，公主居之。其頒政坊觀改爲太清觀。」卷十曰：「頒政坊西北隅昭成觀，咸亨元年太平公主立爲太平觀，尋移于大業坊，改此觀爲太清觀，高宗御書飛白額。」

大矣哉鐘之爲用，軒轅氏和音樂之，夏后氏陳義聽之，此皇王所寶也。太微君上真撫之，紫虛君元方撫之，此仙聖所珍也。以上言鐘之用大。

呂氏春秋古樂篇曰：「黄帝又命伶倫與榮將鑄十二鐘，以和五音，以施英韶，以仲春之月，乙卯之日，日在奎，始奏之，命之曰咸池。」○淮南子氾論篇曰：「禹之時，以五音聽治，懸鐘鼓磬鐸置鞀，以待四方之士，爲號曰：教寡人以道者擊鼓，諭寡人以義者擊鐘，告寡人以事者振鐸，語寡人以憂者擊磬，有獄者摇鞀。」又見鬻子上禹政篇。○御覽道部二引玉清隱書曰：「太微天帝君，命太微上真勑使羣靈。」道部十九引洞景金元經曰：「玉帝命太微天帝君，坐萬靈於房軒，散華香於玉宇。」○御覽道部二十引南岳魏夫人内傳曰：「夫人姓魏，諱華存，字賢安，任城人，晉司徒魏舒女也。季冬月夜半，四真人來降于室，乃命北寒玉女宋聯涓彈九氣之璈，東華玉女燕景珠擊西盈之鐘，雲林玉女（太平廣記五十八引「雲」作「神」）賈屈庭吹鳳唳之簫，飛玄玉女鮮于靈金（廣記引作鮮于虛）拊九合玉節，乃别去。夫人守静日進，在世八十三年，以晉成帝咸和九年，用藏景之法，託形劍化，扶桑太帝君遣八元仙伯，五方天帝君授夫人玉札金文，位爲紫虛元君，領上真司命南岳夫人，比秩仙公。」

國家誕發玄系，丕承景業。與時偕行，惟道則祐。以太清觀金庭晃朗，玉京崇絕。七映嚴飾，四明洞開。戛雲璈，椎雷鼓，嘗有之矣。然而陶鑄三品，大造融於得一；範圍四名，大空合於吹萬。其鼂氏鴻鐘歟！以上言鐘爲道觀所需。

李太白化城寺大鐘銘序曰：「系玄元之英蕤。」案：唐爲老子裔，見盧昇之黎君碑注。○孟子滕文公下引書曰：「丕承哉，武王烈！」僞古文君牙襲之。易繫辭上曰：「盛德大業。」爾雅釋詁曰：「景，大也。」○易乾文言傳曰：「與時偕行。」○道德指歸論曰：「人之動作不順於道者，道不祐也。」○真誥卷十一曰：「越桐柏之金庭，句曲之金陵，養真之福境，成仙之靈墟也。」文選潘安仁秋興賦曰：「天晃郎以彌高兮。」李善注曰：「晃朗，明貌。」○玉京，見黎君碑注。○七籤卷一百一引洞真大洞真經曰：「上清高聖太上玉晨大道君，治蘂珠日闕館，七映紫房。」○七籤卷八釋三十九章經第十四章：「玉晨太上大道君曰：道君保形景於注化之內，回眄鏡於上清之上，解襟帶於玉映之室，乘八素入於四明之門。四明者，上清玉帝之南門也。」○御覽道部二引空洞靈章曰：「真人彈雲璈。」太平廣記卷五十八引南岳魏夫人傳曰：「王母擊節而歌三元，夫人彈雲璈而答歌。」○周禮地官鼓人曰：「以雷鼓鼓神祀。」鄭注曰：「雷鼓，八面鼓也。」後漢書光武帝紀上曰：「乃椎鼓數十通。」○書禹貢「揚州：厥貢惟金三品」，孔疏引鄭注曰：「銅三色也。」孫淵如疏曰：「三色者，蓋青白赤也。」○考工記曰：「鳧氏爲鍾，兩欒謂之銑。」鄭注曰：「銑，鍾口兩角。」記又曰：「銑閒謂之于，于上謂之鼓，鼓上謂之鉦，鉦上謂之舞。」注曰：「此四名者，鍾體也。」案：鍾，「鐘」之通借字。○釋名釋器曰：「鐘，空也，內空受氣多，故聲大也。」吹萬，見黎君碑注。○張平子西京賦曰：「洪鐘萬鈞。」案：「洪」「鴻」字通。

工以思專，神以響會。鑪用乃息，器或云聚。攫蹲獸而俯捧，儼旋蟲而上扶。號遠則傳，聲希以節。廣於已日，普集諸天。契九仙於福堂，起六幽於苦海。重以珍珠爲闕，琉璃作地。皓魄初滿，清霜始飛。近召香童，遥徵羽使。時環而載擊載考，律應而不舒不疾。西昇路接，韻閶闔之清風；北斗城連，含未央之夕漏。非與其至妙，孰臻於此乎？以上鐘鑄既成，極有益於道教。

考工記曰：「梓人爲筍虡，天下之大獸五。臝者羽者鱗者，以爲筍虡。」鄭注曰：「樂器所懸，橫曰筍，植曰虡。」又曰：「大聲而宏，則于鍾宜，若是者以爲鍾虡。」又曰：「凡攫閷援簭之類，必深其爪，出其目，作其鱗之而。」鄭注曰：「謂筍虡之獸也；之而，頰頌也。」○考工記曰：「鳧氏爲鍾，鍾縣謂之旋，旋蟲謂之幹。」鄭注曰：「旋屬鍾柄，所以縣之也。鄭司農云：『旋蟲者，旋以蟲爲飾也。』玄謂今時旋有蹲熊、盤龍、辟邪。」○陸士衡演連珠曰：「乘風載響，則音徽自遠。」○老子曰：「大音希聲。」○易革曰：「已日乃孚。」集解引干寶曰：「天命已至之日也。」案：此謂鐘已成之日耳。○梓潼本願真經曰：「爾時元始天尊在清微天宮黃金闕內，會諸天帝君與無極聖衆。」○九仙，見黎君碑注。魏書刑罰志：「帝曰：夫人幽苦則思善，故囹圄與福堂同居。」○文選班孟堅典引曰：「光被六幽。」蔡伯喈注曰：「六幽謂上下四方也。」後漢書班固傳章懷注曰：「六幽，六合幽遠之地。」楞嚴經卷四曰：「引諸沈冥出於苦海。」翻譯名義卷十九曰：「若打鐘時，一切惡道諸苦，並得停止。」李太白化城寺大鐘銘曰：「息劍輪於苦海。」○王元長法樂辭曰：「羽文珠闕。」○十洲記曰：「方丈洲有金玉琉璃之宮。」○參同契養性立命章曰：「陽神日魂，陰神月魄。」梁簡文帝相官寺碑文曰：「珠生月魄，鐘應秋霜。」案：已見王子安上武侍極啓。○度人妙經卷上（上陽子注本）：「密呪曰：无上玄元，太上道君，召出臣身中，三五功曹，左右官使者，侍香金童，傳言玉女，五帝直符直日香官，各三十二人，關啓所言。」○神仙傳八曰：「沈羲者，吳郡人。學道於蜀中，有三仙人，羽衣持節，以白玉簡、青玉介、丹玉字授羲。」○詩山有樞曰：「子有鍾鼓，弗鼓弗考。」毛傳曰：「考，擊也。」○考工記曰：「鳧氏爲鍾，鍾大而短，則其聲疾而短聞；鍾小而長，則其聲舒而遠聞。」○新唐書藝文志子部道家類神仙家有戴銑老子西升經義一卷、韋處玄集解老子西升經二卷。○閶闔，見宋延清上陽宮侍宴序注。○三輔黄圖卷一曰：「長安故城南爲南斗形，北爲北斗形，至今人呼漢京爲斗城是也。」○元和郡縣志曰：「關內道京兆府長安縣：漢未央宮，在縣西北十五里，並在長安故城中。」謝希逸宋明堂歌曰：「晨晷促，夕漏延。」

在昔圖旂常，勒彝鼎者，所以建功樹善，紀德昭事。未有萬人斯和，傾耳歸真，四魔是革，調心服道，徹於千界，揚我巨唐之聲；懸於億劫，齊我巨唐之算。安可不篆銘於銑者哉？其詞曰：以上作銘。

周禮夏官司勳曰：「凡有功者，銘書于王之大常。」春官司常曰：「日月爲常，交龍爲旂。」巾車注曰：「大常九旗之畫日月者。」○禮記祭統曰：「夫鼎有銘，銘者自名也，自名以稱揚其先祖之美，而明著之後世者也。故衞孔悝之鼎銘曰：勤大命施于烝彝鼎。」鄭注曰：「彝，尊也。」○左襄十九年曰：「季武子以所得於齊之兵作林鍾，而銘魯功焉。臧武仲謂季孫曰：『非禮也。夫銘，天子令德，諸侯言時計功，大夫稱伐。』」○司馬長卿上林賦曰：「千人唱，萬人和。」○班孟堅東都賦曰：「背僞而歸真。」○大道玉清經有威魔品。梁武帝答釋明徹勅曰：「方除四魔。」○銑，見上注。

碧落朱宮兮鬱其崇。金振玉叩兮殷而鴻。九牧是獻兮百神工。成之不日兮鏗乘風。聲無已兮福無窮。斂典麗爲肅括，易鋪排爲包掃，擺落一切，直趣深微，誠大手筆也。

碧落，見黎君碑注。○孟子萬章下曰：「金聲而玉振之也。」易豫釋文引馬融曰：「殷，盛也。」淮南原道篇高注曰：「鴻，大也。」○左宣三年：「王孫滿曰：昔夏之方有德也，遠方圖物，貢金九牧，鑄鼎象物。」○詩靈臺曰：「不日成之。」禮記樂記曰：「鐘聲鏗。」乘風，見上注。

王摩詰

王維，字摩詰，太原祁人。開元十九年擢進士第。（舊唐書作「九年」，今依唐才子傳。徐星伯唐登科記考曰：「舊書『九』上脱『十』字。」）天寶末，爲給事中。安禄山陷兩都，維爲賊所得，服藥陽瘖，賊平，責授太子中允，後仕至尚書右丞。舊唐書人文苑傳，新唐書入文藝傳。

送祕書晁監還日本詩序

新唐書東夷傳曰：「日本，在海中，島而居。長安元年，其王文武立，改元曰大寶。（黄公度日本國志國統志：「文武天皇諱珂瑠。」中東年表：「文武帝元年，當唐武后神功元年；改元大寶，當唐大足元年，即長安元年。」）遣朝臣真人粟田貢方物。朝臣真人者，猶唐尚書也。開元初，（中東年表：「元明帝和銅六年，當唐玄宗開元元年；元正帝靈龜元年，當開元三年；養老元年，當開元五年；聖武帝神龜元年，當開元十二年。」）粟田復朝，請從諸儒授經。其副朝臣仲滿，慕華不肯去，易姓名曰朝衡，歷左補闕，儀王友，多所該識，久乃還。天寶十二載，（中東年表：「聖武帝天平十四年，當天寶元年；孝謙帝天平勝寶五年，當天寶十二年。」）朝衡復入朝。上元中擢左散騎常侍、安南都護。」○唐六典卷十曰：「祕書省監一人，從三品。

祕書監之職，掌邦國經籍圖書之事。」案：新唐書不言朝衡爲祕書監，疑史闕漏。説文曰：「鼂，杜林以爲朝旦，非。」然楚辭九章哀郢王注曰：「鼂，古『朝』字。」是「朝」「鼂」字通，又作「晁」。趙松谷（殿成）王右丞集箋注曰：「晁，舊本作『朝』。」案：此篇亦多取趙注，依前例不悉標出。

舜覲羣后，有苗不服。禹會諸侯，防風後至。動干戚之舞，興斧鉞之誅，乃貢九牧之金，始頒五瑞之玉。以上言古代域外向化之難。

書舜典曰：「肆覲東后。」又曰：「羣后四朝。」韓子五蠹篇曰：「當舜之時，有苗不服，禹將伐之，舜曰：『不可，上德不厚而行武，非道也。』乃修教三年，執干戚舞，有苗乃服。」又互見駱賓王露布注。○魯語下：「仲尼曰：昔禹致羣神於會稽之山，防風氏後至，禹殺而戮之。」韋注曰：「羣神，謂主山川之君，爲羣神之主，故謂之神也。防風，汪芒氏君之名也，違命後至，故禹殺之，陳尸爲戮也。」○魯語上：「臧文仲曰：大刑用甲兵，其次用斧鉞。」○左宣三年：「王孫滿曰：昔夏之方有德也，遠方圖物，貢金九牧，鑄鼎象物，百物而爲之備，使民知神姦。」○書舜典曰：「輯五瑞，既月乃日，覲四岳羣牧，班瑞于羣后。」

我開元天地大寶聖文神武應道皇帝，大道之行，先天布化。乾元廣運，涵育無垠。若華爲東道之標，戴勝爲西門之候。豈甘心於邛杖，非徵貢於包茅。亦由呼韓來朝，舍於蒲萄之館；卑彌遣使，報以蛟龍之錦。犧牲玉帛，以將厚意；服食器用，不寶遠物。百神受職，五老告期。況乎戴髮含齒，得不稽顙屈膝？以上唐帝德被四方，異域來朝。

舊唐書玄宗紀曰：「天寶八載六月閏月丙寅，羣臣上皇帝尊號爲開元天地大寶聖文神武應道皇帝。」○禮記禮運曰：「大道之行也，三代之英。」○易乾文言傳曰：「先天而天弗違。」○易乾彖傳曰：「大哉乾元。」書僞大禹謨曰：「帝德廣運。」○宋書顧覬之傳：「覬之著定命論曰：夫聖人虛懷以涵育。」淮南子原道篇曰：「出於無垠之門。」○楚辭天問曰：「羲和之未揚，若華何光？」王注曰：「言日未出之時，若木何能有明赤之光華乎？」又離騷曰：「折若木以拂日兮。」案：古言「若木」有二。大荒北經曰：「洞野之山，上有赤樹，青葉赤華，名曰若木。」又海內經曰：「南海之內，黑水青水之閒，有木名若木。」淮南子墬形篇曰：「若木在建木西，末有十日，其華照下地。」此西極之若木也。説文曰：「叒，日初出東方湯谷，所登榑桑叒木也。」叒讀曰若，故亦作若木。此東極之若木也。趙注本誤作「苦垂」，且謂若華非東方之木，是特知其一未知其二耳。左僖三十年：「燭之武曰：若舍鄭以爲東道主。」文選江賦曰：「玉壘作東別之標。」李注曰：「標，表也。」○大荒西經曰：「崑崙之丘，有人，戴勝，虎齒，有豹尾，穴處，名曰西王母。」漢書楊雄傳解謿曰：「東南一尉，西北一候。」案：此文蓋以城門之候爲比。漢書百官公卿表曰：「城門校尉，掌京師城門屯兵，有司馬十二城門候。」顔注曰：「門各有候是也。」○史記大宛傳：「張騫曰：『臣在大夏時，見邛竹杖蜀布，問曰：「安得此？」大夏國人曰：「吾賈人往市之身毒，身毒在大夏東南可數千里。」』」○左僖四年曰：「齊侯以諸侯之師伐楚，楚子使言於師曰：『不虞君之涉吾地也，何故？』管仲對曰：『爾貢包茅不入，王祭不共，無以縮酒，寡人是徵。』」○「由」「猶」字通假。○漢書宣帝紀曰：「甘露三年春正月，行幸甘泉，匈奴呼韓邪單于稽侯狦來朝，贊謁稱藩臣而不名。」匈奴傳曰：「囊知牙斯立爲烏珠留若鞮單于。哀帝建平四年，單于上書願朝。元壽二年，單于來朝，上以太歲厭勝所在，舍之上林苑蒲陶宮。」案：古人往往兩事合用。趙注以此是烏珠留單于，非呼韓邪，蓋誤用，殆亦未知此例耳。○三國志魏志東夷傳曰：「倭國亂相攻伐歷年，乃共立一女子爲王，名曰卑彌呼。景初二年六月，倭女王遣大夫難升米等詣郡，求詣天子朝獻。其年十二月，詔書報女王曰：『制詔親魏倭王卑彌呼：我甚哀汝，今以絳地交龍錦五匹、絳地縐粟罽十張、蒨絳五十匹、紺青五十匹，答汝所獻貢直。』」案：日本國志國統志曰：「仲哀天皇親征熊襲，卒於軍，在位九年。皇后氣長足姬攝位，是爲神功皇后。后爲男妝，率師渡海征新羅，降之，高麗、百濟皆歸款，後遂遣使於魏。」又鄰交志曰：「神功皇后四十七年（當魏景初二年），遣大夫難升米等詣帶方郡，求詣天子朝獻。」○左襄八年：「子駟曰：犧牲玉帛，待於二竟。」○書僞旅獒曰：「不寶遠物，則遠人格。」○禮記禮運曰：「故禮行於郊，而百神受職焉。」○五老，見駱賓王求陪封禪表及姚州破賊露布注。○列子黃帝篇曰：「戴髮含齒，倚而食者謂之人。」○漢書楊雄傳長楊賦曰：「皆稽顙樹頷。」司馬相如傳喻巴蜀檄曰：「屈膝請和。」

海東國日本爲大，服聖人之訓，有君子之風。正朔本乎夏時，衣裳同乎漢制。歷歲方達，繼舊好於行人；滔天無涯，貢方物於天子。司儀加等，位在王侯之先；掌次改觀，不居蠻夷之邸。我無爾詐，爾無我虞。彼以好來，廢關弛禁。上敷文教，虛至實歸。故人民雜居，往來如市。以上敍日本之通中國。

左桓六年：「鬬伯比曰：漢東之國，隨爲大。」○海外東經曰：「君子國衣冠帶劍，其人好讓不爭。」淮南子墬形篇：「東方有君子之國。」高注曰：「東方木德仁，故有君子之國。」○日本國志天文志曰：「日本亦用夏正，自推古以前，統稱之爲太古歷。當時歷博士徵之百濟，第襲用漢歷而已，未嘗習學其術也。推古十年十月，百濟僧觀勒來獻歷本。十二年歲次甲子正月朔，始用新歷，是歲當隋仁壽四年。觀勒所獻，乃宋何承天之元嘉歷也。持統四年十一月，始行元嘉歷兼儀鳳歷，蓋兼用二歷之法，是歲爲唐嗣聖七年。儀鳳歷，唐所謂鱗德歷也。至文武元年，遂廢元嘉歷，專用儀鳳歷。孝謙天平寶字七年八月，又廢儀鳳歷，用大衍歷，是歲當唐廣德元年。大衍歷，僧一行開元中所作也。」○北史倭傳曰：「其服飾男子衣裙襦，其袖微小，履如屨形，漆其上，繫之脚，人庶多跣足，不得用金銀爲飾，故時衣横幅，結束相連而無縫，頭亦無冠，但垂髮於兩耳上。至隋，其王始製冠，（日本國志禮俗志曰：「至推古帝始定冠位，以冠色分等。」案年表，推古帝元年，當隋開皇十三年。）以錦綵爲之，以金銀爲飾，婦人束髮於後，亦衣裙襦，裳皆有襈。」（襈，元誤「撰」，依御覽四夷部三引改。釋名釋衣服曰：「襈，撰也，青絳爲之緣位。」）○左桓十八年曰：「來脩舊好。」周禮秋官大行人：「掌大賓之禮及大客之儀，以親諸侯。」○書堯典曰：「浩浩滔天。」微子曰：「若涉大水，其無津涯。」○書僞旅獒曰：「無有遠邇，畢獻方物。」○周禮秋官司儀：「掌九儀之賓客，擯相之禮，以詔儀容、辭令、揖讓之節。」○漢書宣帝紀：「甘露二年下詔曰：今匈奴單于稱北藩臣，朝正月，其以客禮待之，位在諸侯王上。」○周禮天官掌次曰：「諸侯朝覲會同，則張大次小次，孤卿有邦事，則張幕設案。」○漢書元帝紀曰：「建昭三年，甘延壽、陳湯攻郅支單于，斬其首，傳詣京師，縣蠻夷邸門。」顔注曰：「蠻夷邸，若今鴻臚客館。」三輔黄圖六曰：「蠻夷邸，在長安城内藁街。」○左宣十五年曰：「宋及楚平，華元爲質，盟曰：我無爾詐，爾無我虞。」○左昭二十年曰：「使有司寬政，毁關去禁。」○書禹貢曰：「三百里揆文教。」○莊子德充符篇曰：「虚而往，實而歸。」

晁司馬結髮游聖，負笈辭親。問禮於老聃，學詩於子夏。魯借車馬，孔丘遂適於宗周；鄭獻縞衣，季札始通於上國。名成太學，官至客卿。必齊之姜，不歸娶於高國；在楚猶晉，亦何獨於由余。遊宦三年，願以君羹遺母；不居一國，欲其晝錦還鄉。莊舄既顯而思歸，關羽報恩而終去。以上晁監來游及其將歸。

史記李將軍傳：「廣曰：且臣結髮而與匈奴戰。」索隱曰：「廣言自少時結髮而與匈奴戰。」謝玄暉遊後園賦曰：「乃游聖兮知方。」○後漢書李固傳注引謝承後漢書曰：「固負笈追師。」○史記孔子世家曰：「魯南宮敬叔言魯君曰：『請與孔子適周。』魯君予之一乘車兩馬，一豎子俱，適周問禮，蓋見老子云。」又家語觀周篇：「孔子謂南宮敬叔曰：『吾聞老聃之博古知今，通禮樂之原，明道德之歸，則吾師也。今將往矣。』對曰：『謹受命。』遂言於魯君曰：『今孔子將適周，君盍以乘資之？』公曰：『諾。』與孔子車一乘，馬二疋，豎子侍御，敬叔與俱至周，問禮於老聃。」○經典釋文敘例曰：「孔子既取周詩，上兼商頌，凡三百一十一篇，以授子夏，子夏遂作序焉。徐整云：『子夏授高行子，高行子授薛倉子，薛倉子授帛妙子，帛妙子授河閒人大毛公，毛公爲詩故訓傳於家，以授趙人小毛公。』一云：『子夏傳曾申，申傳魏人李克，克傳魯人孟仲子，孟仲子傳根牟子，根牟子傳趙人孫卿子，孫卿子傳魯人大毛公。』」○詩正月曰：「赫赫宗周。」○左襄二十九年曰：「吳公子札聘於鄭，見子產如舊相識，與之縞帶，子產獻紵衣焉。」又昭二十七年曰：「吳子使延州來季子聘於上國。」○詩衡門曰：「豈其娶妻，必齊之姜？」左定九年曰：「齊侯伐晉夷儀，敝無存之父將室之，辭，以與其弟，曰：此役也，不死，反，必娶於高、國。」○左昭三年曰：「鄭罕虎如晉，賀夫人，且告曰：『楚人日徵敝邑，以不朝立王之故。』宣子使叔向對曰：『君其往也，苟有寡君，在楚猶在晉也。』」○史記秦本紀曰：「戎王使由余於秦。由余，其先晉人也，亡入戎，能晉言。聞繆公賢，故使由余觀秦。」○

左隱元年曰：「潁考叔爲潁谷封人，有獻於公，公賜之食，食舍肉。公問之，對曰：小人有母，皆嘗小人之食矣，未嘗君之羹，請以遺之。」○漢書李陵傳曰：「賢者不獨居一國，范蠡徧遊天下，由余去戎入秦。」○漢書項籍傳曰：「富貴不歸故鄉，如衣錦夜行。」（史記項羽本紀「錦」作「繡」。）又朱買臣傳：「上拜買臣會稽太守，上謂買臣曰：富貴不歸故鄉，如衣繡夜行。」○史記張儀傳曰：「陳軫曰：『王聞夫越人莊舄乎？』王曰：『不聞。』曰：『越人莊舄仕楚執珪，有頃而病，楚王曰：「舄，故越之鄙細人也，今仕楚執珪，貴富矣，亦思越不？」中謝（索隱曰：「謂侍御之官也。」）對曰：「凡人之思，故在其病也。彼思越則越聲，不思越則楚聲。」使人往聽之，猶尚越聲也。』」○蜀志關羽傳曰：「先主使羽守下邳城，曹公東征，禽羽以歸，拜爲偏將軍，禮之甚厚。袁紹遣大將軍顏良攻東郡太守劉延於白馬，羽刺良斬其首，解白馬圍，曹公即表封羽爲漢壽亭侯。初，曹公察其心神無久留之意，謂張遼曰：『卿試以情問之。』既而遼以問羽，羽歎曰：『吾極知曹公待我厚，然吾受劉將軍厚恩，誓以共死，不可背之。吾終不留，吾要當立效以報曹公。』遼以羽言報曹公，曹公義之。及羽殺顏良，曹公知其必去，重加賞賜，羽盡封其所賜，拜書告辭，而奔先主於袁軍，左右欲追之，曹公曰：『彼各爲其主，勿追也。』」

於是稽首北闕，裹足東轅。篋命賜之衣，懷敬問之詔。金簡玉字，傳道經於絕域之人；方鼎彝樽，致分器於異姓之國。琅邪臺上，迴望龍門；碣石館前，夐然鳥逝。鯨魚噴浪，則萬里倒迴；鷁首乘雲，則八風却走。扶桑若薺，鬱島如萍。沃白日而簸三山，浮蒼天而吞九域。黃雀之風動地，黑蜃之氣成雲。

淼不知其所之，何相思之可寄？以上歸國情況。

稽首北闕，謂辭唐闕而去也。趙注本作「馳」，反以作「稽」爲非，則謬矣。又下句作「裹」者爲「裹」之誤，不待辨也。蓋古人行遠，則纏裹其足。呂氏春秋愛類篇、淮南子脩務篇皆言墨子裂裳裹足至於郢，文選李斯上秦始皇書「裹足不入秦」，五臣注劉良曰：「言雖裹足以欲游秦而不得入。」亦本古義。今人往往以裹足不入爲束縛其足不使入之義，失之矣。○史記高祖本紀曰：「八年，蕭丞相營作未央宮，立東闕、北闕。」○漢書李廣傳：「上報曰：將軍其率師東轅。」○漢書匈奴傳曰：「孝文後二年，使使遺匈奴書曰：皇帝敬問匈奴大單于無恙。」○吳越春秋越王無余外傳曰：「禹登宛委山，發金簡之書。」案：金簡玉字，得通水之理。又御覽道部十五引大有經曰：「大有經，金鏤玉字，以明其篇。」又見盧昇之黎法師碑注。○左昭七年曰：「晉侯賜子産莒之二方鼎。」杜注曰：「方鼎，莒所貢。」孔疏引服虔曰：「鼎三足則圓，四足則方。」周語中曰：「出其尊彝。」韋注曰：「尊、彝，皆受酒之器。」周禮春官序官「司尊彝」，鄭注曰：「彝亦尊也。」案：樽，「尊」之俗字。○左昭十二年：「楚子曰：四國皆有分，我獨無有。」書序曰：「武王既勝殷，邦諸侯，班宗彝，作分器。」書僞旅獒曰：「分寶玉于伯叔之國。」○海內北經曰：「琅琊臺在渤海間。」郭注曰：「今琅琊在海邊，有山嶕嶢特起，狀如高臺，此即琅琊臺也。」史記秦始皇本紀曰：「二十八年，徙黔首三萬户琅琊臺下。」正義引括地志曰：「密州諸城縣東南百七十里有琅邪臺，越王句踐觀臺也，臺西北十里有琅邪。」又曰：「琅邪山，在密州諸城縣東南百四十里。始皇立層臺於山上，謂之琅琊臺，孤立衆山之上。」清統志曰：「山東青州府：琅邪山，在諸城縣東南二百五十里。」○楚辭九章哀郢曰：「顧龍門而不見。」王注曰：「龍門，楚東門也。」案：此文泛稱，不必泥定楚城門，亦非指禹貢龍門也。碣石，已見崔安成啓母廟碑注。○文選木玄虛海賦曰：「望濤遠決，冏然鳥逝。」○古今注卷中曰：「鯨魚者，海魚也。大者長千里，小者數十丈，常以五六月就岸邊生子，至七八月導從其子還大海中，鼓浪成雷，噴沫成雨，水族驚畏，皆逃匿莫敢當者。」○淮南子本經篇曰：「龍舟鷁首，浮吹以娛。」高注曰：「鷁，大鳥也。畫其像著船頭，故曰鷁首。」○淮南子墬形篇曰：「何謂八風？東北曰炎風（高注曰「一曰融風」），東方曰條風（高曰「一曰明庶風」），東南曰景風（高曰「一曰清明風」），南方曰豈風（高曰「一曰愷風」），西南曰涼風，西方曰飂風，西北曰麗風（高曰「一曰閶闔風」），北方曰寒風（高曰「一曰廣莫風」）。」左傳隱五年孔疏引易緯通卦驗曰：「立春調風至，春分明庶風至，立夏清明風至，夏至景風至，立秋涼風至，秋分閶闔風至，立冬不周風至，冬至廣莫風至。」又與淮南子不同。○梁書東夷傳曰：「扶桑國者，齊永元元年，其國有沙門慧深來至荆州，説云扶桑在大漢國東二萬餘里，地在中國之東，其土多扶桑木，故以爲名。扶桑葉似桐，而初生如筍，國人食之，實如梨而赤，績其皮爲布，以爲衣，亦以爲錦。」顔氏家訓勉學篇曰：「羅浮山記云『望平地樹如薺』，故戴嵩詩云『長安樹如薺』（度關山詩），又鄴下有一人詠樹詩云『遥望長安薺』。」○海内東經曰：「都山在海中，一曰郁州。」郭注曰：「今在東海朐縣界，世傳此山自蒼梧從南徙來，上皆有南方物也。郁音鬱。」水經淮水注引作「郁山在海中」。太平寰宇記曰：「河南道海州東海縣：本秦末田横所保鬱洲，亦曰郁州。」又曰：「縣理城在鬱洲上。」引山海經及水經注證之。又曰：「蒼梧山，在縣東北二里，古老相傳此山在海中，後飛至此。」清統志曰：「江蘇海州（今改縣）：鬱林山，在州東北海中鬱洲，太平寰宇記謂之蒼梧山。」劉伯倫酒德頌曰：「如江漢之載浮萍。」○文選海賦曰：「蕩雲沃日。」三山，見王子安别洛下知己序注。○文選海賦曰：「浮天無岸。」又册魏公九錫文注引韓詩曰：「奄有九域。」（玄鳥毛詩作「九有」。）薛君章句曰：「九域，九州也。」○御覽天部九引周處風土記曰：「南中六月則有東南長風，風六月止，俗號黄雀長風。時海魚變爲黄雀，因爲名也。」○史記天官書曰：「海旁蜃氣象樓臺。」○文選江賦曰：「狀滔天以淼茫。」○文選古詩曰：「客從遠方來，遺我一書札。上言長相思，下言久離別。」

嘻！去帝鄉之故舊，謁本朝之君臣。詠七子之詩，佩兩國之印。恢我王度，諭彼藩臣。三寸猶在，樂毅辭燕而未老；十年在外，信陵歸魏而逾尊。子其行乎，余贈言者。以上贈別。○興會飆舉，情景交融。

此送晁監，故用左傳七子餞趙武事，已見張道濟張司馬文集序注。趙注以建安七子當之，恐非是。○史記蘇秦傳：「蘇秦喟然歎曰：使我有雒陽負郭田二頃，吾豈能佩六國相印乎？」○左昭十二年：「祈招之詩曰：思我王度，式如玉，式如金。」○史記留侯世家：「留侯曰：今以三寸舌爲帝者師。」張儀傳曰：「張儀謂其妻曰：『視吾舌尚在不？』其妻笑曰：『舌在也。』儀曰：『足矣。』」○史記樂毅傳曰：「燕昭王封樂毅於昌國，號爲昌國君。樂毅下齊七十餘城，唯獨莒、即墨未服。會燕昭王死，子立爲燕惠王。惠王自爲太子時，嘗不快於樂毅，及即位，田單聞之，乃縱反閒於燕，於是燕惠王乃使騎劫代將而召樂毅。樂毅畏誅，遂西降趙，趙封樂毅於觀津，號曰望諸君，尊寵樂毅，以警動於燕、齊。燕惠王後悔，又恐趙用樂毅而乘燕之弊以伐燕，乃使人讓樂毅，且謝之。樂毅報遺燕惠王書，於是燕王復以樂毅子閒爲昌國君，而樂毅往來復通燕。」○史記魏公子傳曰：「魏公子無忌者，魏昭王少子，而魏安釐王異母弟也。安釐王封公子爲信陵君。公子已却秦存趙，使將將其軍歸魏，公子留趙十年不歸。秦聞公子在趙，日夜出兵東伐魏，魏王患之，使使往請公子。公子歸救魏，魏王見公子，相與泣，而以上將軍印授公子。公子遂將，率五國之兵，破秦軍于河外，走蒙驁，遂乘勝逐秦軍至函谷關，抑秦兵，秦兵不敢出。當是時，公子威震天下。」○贈言，已見王子安滕王閣餞別序注。又史記孔子世家曰：「孔子適周問禮，見老子，辭去，而老子送之，曰：『吾聞富貴者送人以財，仁人送人以言。吾不能富貴，竊仁人之號，送子以言。』」

楊公南

楊炎，字公南，鳳翔天興人。河西節度使吕崇賁辟掌書記。副元帥李光弼奏爲判官，不應召。拜起居舍人，辭禄就養岐下。父喪，廬墓側，號泣不絶聲。服闋，起爲司勳員外郎，遷中書舍人，與常衮同時知制誥。自開元以來，言詔制之美者，時稱常楊焉。宰相元載重炎，擢吏部侍郎，載敗，坐貶道州司馬。德宗即位，拜門下侍郎、同中書門下平章事。以誅劉晏，帝意銜之，又與盧杞不協，罷爲左僕射，貶崖州司馬，未至，賜死。後詔復其官，謚肅愍。左丞孔戣駁之，更曰平厲。新舊唐書皆有傳。

大唐燕支山神寧濟公祠堂碑

元和郡縣志曰：「隴右道甘州删丹縣：本漢舊縣，屬張掖郡。焉支山，一名删丹山，故以名縣。山在縣南五十里，東西一百餘里，南北二十里。」明統志曰：「陝西行都指揮使司：焉支山，在山丹衞城東南一百二十里。唐哥舒翰建神祠於山麓，天寶間封山神爲寧濟公。」又曰：「寧濟公祠，在焉支山南麓，唐建。」清統志曰：「甘肅甘州府：寧濟公祠，在山丹縣東南焉支山麓。舊鎮志：唐天寶間，封焉支山神爲寧濟公，立祠祀之于此。」案：燕支山，即焉支山。

西北之巨鎮曰燕支，本匈奴王庭。昔漢武納渾邪，開右地，置武威、張掖，而山界二郡之閒，連峯委會，雲蔚黛起。積高之勢，四向千里[一]。陽崖有栝柏之材，備幹革；陰壑有堅剛之璞，化五兵。維人氣雄，其畜多馬。虜得之以制陰國，主天街，周以之興，秦以之霸，漢得之以斷右臂，卻南牧。西距於海，北瀦於河，自外而望上也。熊熊乎一氣。旁蔭朔鹵，前衡塞門，與積石來朝，崑崙相長。洎陟蒼蒼，隔峻極，則形變六合，空同大荒，青冥在混元之中，絕壁揭宇宙之外。舊史云：「封祀之山八，中國之外三。」自夏缺秩奠，漢攘疆土，時更百王，莫能配天。其意者將纘禹之業，以俟聖人乎！以上山之形勢。

周禮夏官職方氏鄭注曰：「鎮名山，安地德者也。」○史記驃騎將軍傳曰：「元狩二年春，以冠軍侯去病爲驃騎將軍，將萬騎出隴西。有功，天子曰：驃騎將軍率戎士轉戰六日，過焉支山千有餘里。」匈奴傳曰：「漢使驃騎將軍去病將萬騎出隴西，過焉支山千餘里，破得休屠王祭天金人。」集解引漢書音義曰：「匈奴祭天處，本在雲陽甘泉山下，秦奪其地，後徙之休屠王右地。」正義引括地志曰：「焉支山，一名刪丹山，在甘州刪丹縣東南五十里。西河故事云：『匈奴失祁連、焉支二山，乃歌曰：「亡我祁連山，使我六畜不蕃息；失我焉支山，使我婦女無顏色。」其愍惜如此。』」太平御覽服用部二十一引西河舊事作燕支山，太平寰宇記

[一]向：唐文粹作「向」，全唐文作「面」。

隴右道甘州删丹縣引西河舊事云：「焉支山東西百餘里，南北二十里，亦有松柏五木，其水草美茂，宜畜牧，與祁連山同云云。」御覽地部十五引涼州記同。○史記匈奴傳曰：「單于之庭直代、雲中。」索隱曰：「按謂匈奴所都處爲庭。樂彦云：單于無城郭，不知何以國之，穹廬前地若庭，故云庭。」傳又曰：「驃騎封於狼居胥山，禪姑衍，臨翰海而還。是後匈奴遠遁，而幕南無王庭。」元和郡縣志曰：「隴右道涼州：自六國至秦，戎狄及月氏居焉。後匈奴破月氏，使休屠王及渾邪王居其地。」○史記匈奴傳曰：「單于怒渾邪王、休屠王居西方，爲漢所殺虜數萬人，欲召誅之。渾邪王與休屠王恐，謀降漢。漢使驃騎將軍往迎之，渾邪王殺休屠王，並將其衆降漢。」元和志曰：「隴右道甘州：漢初爲匈奴右地。」○漢書武帝紀曰：「元狩二年秋，匈奴昆邪王殺休屠王，並將其衆，合四萬餘人來降，置五屬國以處之，以其地爲武威、酒泉郡。元鼎六年，分武威、酒泉地，置張掖、敦煌郡。」錢曉徵廿二史考異七曰：「敦煌爲酒泉所分，則張掖必武威所分。」步瀛案：水經禹貢山水澤地所在注曰：「武威縣，武威郡治。」舊唐書地理志曰：「甘州張掖，漢武開置張掖郡及觻得郡所治也。」清統志曰：「甘肅涼州府：武威故城，在鎮番縣北。甘州府：觻得故城，在張掖縣西北。」○全唐文「黛」作「岱」。○宋延清太平公主山池賦曰：「陽崖奪景，陰壑生風。」書禹貢曰：「杶榦栝柏。」爾雅釋木曰：「栝，柏葉松身。」釋名釋兵曰：「矢，其體曰榦，言挺榦也。」案：榦，文粹作「簳」，字同。蜀志彭羕傳注曰：「革猶兵也。」○秦策三：「應侯曰：鄭人謂玉未理者璞。」案：此以璞喻諸礦耳，非指璞玉也。五兵之説，極爲紛紜。先鄭以戈、殳、戟、酋矛、夷矛爲五兵（周禮夏官司兵注引），其説蓋本世本（路史後紀四注引）；後鄭以爲車之五兵，而以士之五兵爲弓矢、殳、矛、戈、戟，其説蓋本司馬法（周禮夏官司右注），樊文深七經義綱格論從之（御覽兵部七十引）。此外，以矛、戟、楯、弓、鼓爲五兵者，五經異義引公羊説也（周禮春官肆師疏引）；以矛、戟、鉞、楯、弓矢爲五兵者，范武子（甯，穀梁莊二十五年注）、麋南山也（信，見穀梁疏引）；以刀、劍、矛，戟、矢爲五兵者，高誘（呂覽季秋紀注，又淮南氾論篇注）、韋弘嗣也（齊語注）；以弓弩、戟、盾、刀劍、甲鎧爲五兵者，衛仲敬（漢舊儀卷下，北堂書鈔設官部三十一引作「弩、盾、刀、鉤、鎧」）、應仲遠也（續漢書百官志五注引漢官儀）；以矛、戟、弓、劍、戈爲五兵者，顔師古也（漢書吾丘壽王傳注）。又或謂分配五行者，太玄玄類是也；或謂分配五方者，徐仙民（穀梁疏引）、何子季（禮曾子問疏引禮記隱義）、顔師古（匡謬正俗卷三）是也；或謂分配四時及季夏者，淮南時則篇是也。此言堅剛之璞，則當爲金屬之礦所作者，特未知公南主何説耳。○史記匈奴傳曰：「其畜之所多則馬牛羊。」○漢書天文志曰：「自河山以南者中國，中國於四海內，則在東南爲陽，陽則日、歲星、熒惑、填星，占於街南，畢主之。其西北胡、貉、月氏旃裘引弓之民爲陰，陰則月、太白、辰星，占於街北，昴主之。」又見楊炯彭城公夫人墓誌注。○漢書地理志曰：「秦地西有金城、武威、張掖、酒泉、敦煌，於禹貢時跨雍、梁二州，詩風兼秦、豳兩國。昔后稷封斄，公劉處豳，太公徙郊，文王作酆，武王治鎬，其民有先王遺風。」左文三年曰：「秦穆公遂霸西戎。」班孟堅西都賦曰：「周以龍興，秦以虎視。」○漢書張騫傳：「騫曰：誠以此時厚賂烏孫，招以東居故地，則是斷匈奴右臂也。」○賈生過秦論曰：「胡人不敢南下而牧馬。」○水經河水注二曰：「湟水又東南逕卑禾羌海北，有鹽池。闞駰曰：縣西有卑禾羌海者也，世謂之青海，東去西平二百五十里。」清統志曰：「青海，在西寧府西五百餘里，一名西海，又名卑禾羌海，即古鮮水也。」○河水注二曰：「河水屈而東北流，逕析支之地，是爲河曲矣。東北歷敦煌、酒泉、張掖南。」案：黄河在張掖南，此文云「北瀦」，似但就大勢言之，不據燕支山方向而言也。又疑此所謂河者，殆指今張掖河而言。漢書地理志觻得縣原注曰：「羌谷水出羌中，東北至居延入海。」史記夏本紀正義引括地志曰：「合黎，一名羌谷水，一名鮮水，今名張掖河，南自吐谷渾界流入甘州張掖縣。」清統志曰：「甘州府：張掖河，在張掖縣西，即古羌谷水也。」與「北豬」似合。書禹貢釋文引馬融曰：「水所停止深者曰豬。」周禮稻人作「瀦」，字同。○西山經曰：「南望崑崙，其光熊熊，其氣魂魂。」郭注曰：「皆光氣炎盛相焜耀之貌。」唐文粹「熊熊」作「雄雄」。○説文曰：「鹵，西方鹹地也。」○文選赭白馬賦曰：「簡偉塞門。」李善注曰：「塞，紫塞也。有關故曰門。」蕪城賦曰：「北走紫塞雁門。」注曰：「崔豹古今注（卷上）曰：秦所築長城，土色皆紫，漢塞亦然，故稱紫塞。」○漢書地理志金城郡河關縣原注曰：「積石山，在西南羌中。」元和志曰：「隴右道河州枹罕縣：積石山，今名小積石山，在縣西北十里。」按河出積石山，在西南羌中，故今人目彼山爲大積石，此爲小積石。案清統志，積石山在蘭州府河州（今導河縣）西北，西寧府西寧縣東南，即小積石山也；大積石山即大雪山，在青海，即禹貢之積石山也。○漢書地理志金城郡臨羌縣原注曰：「有昆侖山祠，後人遂誤以爲崑崙山在縣境内。」十六國春秋前涼志曰：「酒泉太守馬岌上言：酒泉南山，即崑崙之體，周穆王見西王母樂而忘歸，即謂此山。」隋書地理志張掖郡福禄縣有崑崙山。史記秦本紀正義引括地志曰：「崑崙山，在肅州酒泉縣南八十里。」元和郡縣志同。清統志曰：「甘肅肅州：崑崙山，在州西南。」案：今改酒泉縣，然此乃别一崑崙，非河所出之崑崙也。清統志又曰：「青海枯爾坤山，在青海西境，譯言崑崙，在積石之西，河源所出。」然此文所指，當即酒泉之崑崙耳。○漢書王莽傳注曰：「洎，及也。」爾雅釋天曰：「蒼蒼，天也。」莊子逍遥遊曰：「天之蒼蒼，其正色耶？」○詩崧高曰：「峻極於天。」○六合，見駱賓王露布注。淮南子原道篇高注曰：「孟春與孟秋爲合，仲春與仲秋爲合，季春與季秋爲合，孟夏與孟冬爲合，仲夏與仲冬爲合，季夏與季冬爲合，故曰六合。一曰四方上下爲六合。」案：後説與吕氏春秋審分篇注同。此文六合，當以四方上下爲言。○文選吴都賦劉淵林注曰：「大荒謂海外也。」○文選王文憲集序曰：「弘以青冥之期。」李善注曰：「鍾會集言程盛曰：丹霄之鳳，青冥之龍。」許敬宗奉和行經破薛舉戰地應制詩曰：「混元分大象。」○史記封禪書曰：「天下名山八，而三在蠻夷，五在中國。」○書舜典曰：「望秩於山川。」禹貢曰：「奠高山大川。」案：全唐文「秩」作「壤」。○司馬長卿難蜀父老曰：「隨流而攘。」左僖四年杜注曰：「攘，除也。」案：謂開土地也。全唐文作「漢疆土宇」。○時更百王，文粹作「于時更而王者」，今依全唐文。○左傳莊二十二年曰：「山嶽則配天。」○詩閟宮曰：「纘禹之緒。」○禮記中庸曰：「百世以俟聖人而不惑。」

維唐百有十載，賁玄化之紀，息金革之虞。蠢蠢蒸蒸，萃于聖澤。於是左丹穴，右崆峒，古所未賓，咸頓首於路門之外。天子登神宮，勒金版，將復美於羣嶽，告成於旻蒼。議夫此山，天合氣以正秋方，地與神以主西國，俾虬螭者爲師爲旅，貔虎者爲妾爲臣，不在於巨靈乎！其封神爲寧濟公，錫之鞶帶，備厥禮物。詔邦牧太子少保哥舒公，卜吉日，築靈祠于高麓之陽。每歲盛秋，以笙鏞之器，錡釜之品，率封内以望之，索羣神以會之。亞旅師氏，旄頭弩牙，金鼓七校，車徒十萬，從饗于廟庭，大閱于山外。所以因天界以崇聖功，乘地險而恢遠略也。以上唐之封山。

自唐高祖武德元年至玄宗天寶十五載，凡一百一十年。○說文曰：「賁，飾也。」○爾雅釋詁曰：「蠢，動也；烝，進也。」蒸，「烝」之借字。全唐文「蠢蠢」作「茫蠢」，「蒸蒸」作「蒸然」。○爾雅釋地曰：「岠齊州以南戴日爲丹穴，北戴斗極爲空桐。」淮南氾論篇高注曰：「丹穴，南方當日下之地。」莊子在宥篇釋文引司馬彪曰：「空桐當北斗下山也。」皆與爾雅合。釋文又載一説曰：「空桐在梁國虞城東三十里。」未知何據。錢獻之釋地注以順天府薊州東北空桐山當之，恐亦未確。又史記五帝本紀曰：「黄帝西至于空桐。」漢書武帝紀：「元鼎五年踰隴登空同。」空桐、空同、崆峒並同。而隋書地理志臨洮郡臨洮縣、張掖郡福禄縣，皆云有崆峒山，一在今甘肅岷縣，一在今甘肅毛目縣。五帝本紀正義引括地志，前一説在福禄縣，後一説謂即雞頭山，在平高縣西。胡朏明禹貢錐指卷十謂平高當作平涼。清統志亦謂在平涼縣西，而以崆峒即雞頭。錢獻之謂即固原縣之六盤山。此外諸説又各不同。然五帝本紀空同、雞頭並言，似非一山也。○爾雅釋詁曰：「賓，服也。」周禮天官閽人先鄭注曰：「王有五門，外曰皋門，二曰雉門，三曰庫門，四曰應門，五曰路門。」後鄭謂雉門三門也。玉海卷一百五十九宫室引崔靈恩三禮義宗曰：「天子宫門有五，曰皋門、庫門、雉門、應門、路門。」從後鄭説也。○隋書音樂志獻雅曲曰：「神宫肅肅。」○周禮秋官職金曰：「旅于上帝，則共其金版。」通典禮典吉禮五：「開元元年，太常奏：伏准唐禮，祭五岳四瀆，祝版皆進署。」○復美，全唐文「美」作「義」。○白虎通封禪篇曰：「天下太平，功成封禪，以告太平也。」爾雅釋天曰：「春爲蒼天，秋爲旻天。」○文粹「議夫」作「議云」。○説文曰：「虯，龍子有角者，無角曰螭。」○書牧誓曰：「如虎如貔。」僞孔傳曰：「貔，執夷，虎屬也。」○巨靈，指燕支山靈而言。○易訟上九曰：「或錫之鞶帶。」○舊唐書哥舒翰傳曰：「哥舒翰，突騎施首領哥舒部落之裔也。蕃人多以部落稱姓，因以爲氏。天寶六載，充隴西節度副使，王忠嗣被劾，代爲隴右節度、支度、營田副大使，知節度事。十二載，進封梁國公，加河西節度使，尋封西平郡王。十三載，拜太子太保。」白虎通封公侯篇曰：「州伯，唐虞謂之牧。」新唐書百官志曰：「少師、少傅、少保各一人，從二品。」○周禮地官序官鄭注曰：「山足曰麓。」詩殷其靁毛傳曰：「山南曰陽。」○全唐文「築」下無「靈」字。○書益稷曰：「笙鏞以間。」○詩采蘋曰：「維錡及釜。」毛傳曰：「錡，釜屬，有足曰錡，無足曰釜。」○書舜典曰：「望于山川，徧于羣神。」禮記郊特牲曰：「合聚萬物而索饗之也。」鄭注曰：「謂求索也。饗者，祭其神也。」○書牧誓曰：「亞旅師氏。」僞孔傳曰：「亞，次；旅，衆也。衆大夫，其位次卿；師氏，大夫，官以兵守門者。」○後漢書光武紀下注引漢官儀曰：「舊選羽林郎爲旄頭，被髮先驅。」書僞太甲僞孔傳曰：「機，弩牙也。」漢書韓延壽傳曰：「令騎士居馬上，抱弩負籣。」○左傳僖二十三年：「子魚曰：金鼓以聲氣也。」漢書刑法志曰：「武帝平百粵，内增七校。」顏注曰：「百官表：『中壘、屯騎、步兵、越騎、長水、胡騎、射聲、虎賁，凡八校尉。』胡騎不常置，故此言七也。」○公羊傳桓六年曰：「大閲者何？簡車徒也。」○陶淵明九日詩曰：「杳然天界高。」○易坎彖曰：「地險山川丘陵也。」

觀夫叢巖懸抱，煙雨屑窣。宮庭晃其昏暮，林石古而幽陰，神以居之，可以禱安静矣。拊空桑，變鍾石，神其聽之，可以感和樂矣。大玉通帛，熊蹯桂漿，粲其傾筐，采章煌煌，神其歆之，可以祚有年矣。維石巖巖，日月不老，維靈是與，生此熊羆，神其薦之，可以奉吾君矣。於戲！陳信克享，正祠幽感，宜乎有祈而降，有祭而歆。龍也無風雨之愆，蛇也無氣祲之作，此神之職，又何羞焉？乃作頌曰：以上妥神及作頌。

屑，先結切；窣，蘇骨切。柳子厚懲咎賦曰：「暮屑窣以淫雨兮。」亦用「屑窣」字。○全唐文「昏」作「閑」。

○周禮春官大司樂曰：「空桑之琴瑟。」鄭注曰：「空桑，山名。」○漢書禮樂志郊祀歌曰：「殷殷鐘石羽籥鳴。」案：鍾，「鐘」之借字。○詩伐木曰：「神之聽之，終和且平。」○周禮春官肆師曰：「立大祀，用玉帛牲牷。」書顧命曰：「大玉在東序。」○左文元年：「請食熊蹯。」釋文曰：「蹯音煩。」楚辭九歌東君曰：「援北斗兮酌桂漿。」○詩卷耳曰：「不盈頃筐。」釋文曰：「頃音傾。」○有年，見駱賓王與博昌父老書注。○詩節南山曰：「維石巖巖。」○書牧誓曰：「尚桓桓，如熊如羆。」康王之誥曰：「則亦有熊羆之士。」○爾雅釋詁曰：「薦，進也。」○左襄二十七年曰：「其祝史陳信於鬼神無愧辭。」○淮南子説林篇曰：「人不見龍之飛舉而能高者，風雨奉之。」○左莊十四年曰：「初，內蛇與外蛇鬭於鄭南門中，內蛇死。六年而厲公入，公聞之問於申繻曰：『猶有妖乎？』對曰：『人之所忌，其氣燄以取之，妖由人興也。』」○書僞武成曰：「無作神羞。」○唐文粹「乃作」作「而作」。

揭靈山兮天地界。勢奔突兮風雲駭。峰蹲龍兮入天門。氣變蛇兮煙嵐昏。祐自天兮得終古。被華蟲兮駕朱虎。吴先生曰：「崖州之文，力追孟堅，其魄力近之矣。」

文選東京賦曰：「揭以熊耳。」薛注曰：「揭猶表也。」○左太沖吴都賦曰：「巨鼇贔屓，首冠靈山。」○嵇叔夜琴賦曰：「顛波奔突。」又曰：「風駭雲亂。」○御覽人事部十八又三十四並引春秋演孔圖曰：「孔子坐如蹲龍。」淮南原道篇曰：「淪天門。」高注曰：「淪，入也。」○易大有上九曰：「自天祐之。」楚辭九歌禮魂曰：「長無絕兮終古。」○書益稷（本皋陶謨）曰：「日、月、星辰，山、龍、華蟲。」僞孔傳曰：「華蟲，雉也，畫三辰，山、龍、華蟲於衣服旌旗。」楚辭九歌山鬼曰：「乘赤豹兮從文貍。」拾遺記三曰：「西王母乘翠鳳之輦，文虎文豹前列。」此「朱虎」猶言「赤豹」，「文貍」即「文虎」也，非謂舜臣朱虎。又唐人諱「虎」，豈原文爲「武」，而後人改正歟？

常袞

常袞，京兆人。天寶末舉進士第，由太子正字累授補闕起居郎。寶應二年選爲翰林學士、考功員外郎、知制誥。永泰元年，遷起居舍人，加集賢院學士。大曆元年，遷禮部侍郎。十二年，拜門下侍郎、同中書門下平章事。德宗即位，袞奏貶崔祐甫爲河南少尹，帝怒，使與祐甫換秩，再貶潮州刺史。建中元年，遷福建觀察使。四年，卒，贈左僕射。新舊唐書皆有傳。

貞懿皇后哀册文

舊唐書皇后傳上曰：「代宗貞懿皇后獨孤氏，以美麗入宮，嬖幸專房，故長秋虛位，諸姬罕所進御。后始册爲貴妃，生韓王迥、華陽公主。大曆十年五月，（「五」字誤，舊唐書載此文作「十月」，通鑑卷二百二十五亦作「十月」。）貴妃薨，追謚曰貞懿皇后，殯於内殿，累年不忍出宮。十三年十月，方葬，命宰臣常袞爲哀册。帝追思不已，每事欲極哀情，常袞當代才臣，詔爲哀詞，文旨悽惋，覽之者惻然。」新書后妃傳曰：「代宗貞懿皇后，失其何所人。」又曰：「袞極道悽婉，以中帝意。」

維大曆十年，歲在乙卯，十月辛酉朔，六日丙寅，貴妃獨孤氏薨。粵明日，追謚曰貞懿皇后，殯於内殿之西階。十三年十月癸酉，乃命門下侍郎、同平章事常衮，持節册命，以其月二十五日丁酉，遷座於莊陵，禮也。素紗列位，黼帟周庭。輅升玉綴，軒鞅珠纛。皇帝悼鸞掖以追懷，感麟趾而增慟。備百禮以殷遣，命六宮而哀送。宗祝薦告，司儀降收。爰詔侍臣，紀垂鴻休。其辭曰：

禮記檀弓上曰：「周人殯于西階之上。」○文選顔延之宋文元皇后哀策文曰：「將遷座于長陵，禮也。」○唐會要卷二十一曰：「大曆十三年七月，將葬貞懿皇后，命起陵寢于章敬寺後，常遊幸近地，左右莫敢言。于是右補闕姚南仲上疏，上感悟。」新書后妃傳曰：「始詔於都左治陵，欲朝夕望見之。補闕姚南仲諫而止，乃葬莊陵。」案：元和郡縣志曰：「關内道京兆府富平縣：代宗元陵，在縣西北四十里檀山。」（新唐書地理志云「二十五里」，長安志卷十九云「三十里」。）諸地理書皆不言貞懿莊陵所在，蓋祔葬泰陵，如德宗昭德王皇后徙靖陵也，特史文不具耳。○通典凶禮七啓殯朝廟引大唐元陵儀注曰：「啓日之晨，奉禮郎設御位於太極殿之東閒，當帷門，西向。諸王位在後，以南爲上。典儀設酅公、介公、皇親、諸親、文武九品以上及前資常參官、都督、刺史版位於太極殿東庭。又設蕃客，酋長位於承天門外之西，僧道位於承天門外之東，並以北爲上云。」特此爲皇帝啓殯設位之儀，未言皇后之儀，故録此以推見大略。後倣此。○周禮天官幕人：「掌帷幕幄帟綬之事。」先鄭注曰：「帟，平帳也。」後鄭注曰：「帟，王在幕若幄中，坐上承塵。幄帟皆以繒爲之。」禮記檀弓上注曰：「帟，幕之小者。」釋名釋牀帳曰：「小幕曰帟，張在人上，帟帟然也。」

書益稷孔疏曰：「考工記云：『白與黑謂之黼。』釋器云：『斧謂之黼。』孫炎云：『黼文如斧形，蓋半白半黑，似斧刃白而身黑。』」通典凶禮八薦車馬明器及飾棺引唐元陵儀注曰：「前二日，所司設文武羣官次於太極門外東西廊下。又設帳殿庭，帳内設吉幄，幄内設神座，南向。又設龍輴素幄於吉幄之右。」○書顧命曰：「大輅在賓階面，綴輅在阼階面。」僞孔傳曰：「大輅玉，綴輅金。」孔疏曰：「周禮：『巾車掌王之五輅。』玉輅、金輅、象輅、革輅、木輅，是爲五輅也。大輅，輅之最大，故知大輅玉輅也。綴輅，繫綴於下，必是玉輅之次，故爲金輅也。」案：此文「玉綴」，蓋言大輅以玉綴之，故與下「珠櫺」爲對，不必泥定金輅。通典凶禮八祖奠引大唐元陵儀注曰：「禮官一人朝服，贊尚輦奉御，以腰輿繖扇詣神座前，各以序立。内謁者，中官舁香出，内侍捧几置輿内，舉繖扇侍奉以出，中官帥其屬舁衣箱以從，遂詣玉輅。禮官於輅後立，贊登車。繖扇分蔽左右，内謁者帥香案進於輅前，内侍奉几登輅。其腰輿亦進居輅前。中官以衣箱授尚衣奉御，置玉輅及副車。内侍並乘馬從輅。於是侍中進龍輴南，跪，奏稱『請龍輅進發』。司徒帥挽士奉引次出。」○文選顔延之宋文元皇后哀策文曰：「眇泣素軒。」李善注曰：「素軒猶素車也。」案：「欞」與「櫺」同。說文曰：「櫺，楯間子也。」段注曰：「闌楯爲方格，又於其横直交處爲圜子，如綺文瓏玲，故曰櫺。左傳『車曰恖靈』，亦其意也。」步瀛案：左定九年「陽虎載葱靈」，孔疏引賈注曰：「葱靈，衣車也，有葱有靈。」即謂有窻有櫺也。「鈌」「缺」字同，「軒鈌珠櫺」蓋謂輼輬車也。通典凶禮八遣奠引大唐元陵儀注曰：「龍輴至承天門外，禮官贊止哭。侍中進龍輴前，跪奏稱『請升輼輬車』。司徒帥舁梓宫奉梓宫升輼輬車。」漢書霍光傳曰：「載光尸柩以輼輬車。」顔注曰：「輼輬，本安車也，可以臥息，後因載喪，飾以柳翣，故遂爲喪車耳。輼者密閉，輬者旁開窻牖，各别一乘，隨事爲名，後人既專以載喪，又去其一，總爲藩飾，而合二名呼之耳。」○王子安乾元殿頌曰：「齊玉鏡於鸞門。」漢書成帝紀曰：「闌入尚方掖門。」顔注曰：「掖門在兩傍，言如人臂掖也。」○詩序曰：「鱗之趾，關雎之應也。」案：舊書「趾」作「迹」，非。○詩載芟曰：「以洽百禮。」班孟堅東都賦曰：「百禮暨。」易豫釋文引馬融曰：「殷，盛也。」○禮記昏義曰：「古者天子后立六宮。」周禮天官内宰曰：「以陰禮教六宮。」○禮記禮運曰：「宗祝在廟。」孔疏曰：「宗，宗伯也；祝，大祝也。」唐六典卷四曰：「禮部尚書一人，周之春官卿也（大宗伯）；侍郎一人，周之春官小宗伯。禮部尚書、侍郎之職，掌天下儀禮、祠祭、燕饗、貢舉之政令。」又卷十四曰：「太常寺太祝三人，掌出納神主於太廟之九室，而奉享薦禘祫之儀。」○周禮春官有司儀。唐六典卷十八曰：「鴻臚寺司儀署司儀令一人，丞一人。司儀令掌凶禮之儀式及供喪葬之具。丞爲之貳。」書顧命曰：「太保降收。」僞孔傳曰：「太保下堂，則王亦可知，有司於此盡收徹。」○通典凶禮八遣奠引大唐元陵儀注曰：「太祝持版，西北向跪讀祝文。」又曰：「少府監設讀哀册褥於奠東。禮官引册案進，至褥東，西面，以册東向。禮官引中書令進，跪讀册訖，俛伏，興，退復位。舉册者以授祕書監，祕書監以授符寶郎。」

祚祉悠久，寵靈誕受。元魏戚藩，周隋帝后。五侯迭興，七貴居右。肇啓皇運，光膺文母。以上后之家世。

周書獨孤信傳曰：「魏之初有三十六部，其先伏留屯者，爲部落大人，與魏俱起。祖俟尼，和平中以良家子自雲中鎮武川，因家焉。父庫者，爲領民酋長，北州咸敬服之。信，美容儀，善騎射，孝武西遷，以信爲衛大將軍都督三荆州諸軍事、荆州刺史。孝閔帝踐阼，遷太保大宗伯，封衛國公。信長女周明敬后，第四女元貞皇后（唐高祖之母），第七女隋文獻后。周、隋及皇家（唐），三代皆爲外戚，自古以來，未之有也。」元和姓纂卷十曰：「獨孤，其先本姓劉氏，後魏代北三十六部有伏留屯爲部大人，居雲中，和平中以貴人子弟鎮武川，因家焉。伏留屯之後有俟尼，生庫者，後魏司空，生信。」○周書皇后傳曰：「明帝獨孤皇后，太保、衛國公信之女。帝之在藩也，納爲夫人。二年正月，立爲王后。四月崩，葬昭陵。武成初，追崇爲皇后。世宗崩，與后合葬。」隋書后妃傳曰：「文獻獨孤皇后，河南洛陽人，周大司馬、河内公信之女也。信見高祖有奇表，故以后妻焉。」○漢書元后傳曰：「河平二年，成帝悉封諸舅王譚爲平阿侯，商成都侯，立平陽侯，根曲陽侯，逢時高平侯。五人同日封，故世謂之五侯。」○文選西征賦曰：「窺七貴於漢庭。」李善注曰：「七姓，謂吕、霍、上官、趙、丁、傅、王是也。」○舊唐書高祖紀曰：「皇考諱昞，周安州總管大將軍，襲唐國公，謚曰仁。武德初，追尊元皇帝，廟號世祖，陵曰興寧。」唐會要卷一曰：「世祖元皇帝諱昞，武德元年六月二十二日追尊元皇帝，廟號世祖。」又卷三曰：「元皇帝皇后獨孤氏，謚元貞，武德元年六月二十二日追謚。」○詩雝曰：「亦右文母。」毛傳曰：「文母，太姒也。」

纘女是因，以綱大倫。生知陰教，育我蒸人。瑞雲呈彩，瑶星降神。聰明睿知，婉麗貞仁。以上后之才德。

詩大明曰：「纘女維莘。」毛傳曰：「纘，繼也；莘，大姒國也。」陳碩甫疏曰：「言能繼行大任之德者，其女有莘也。」（孔疏謂繼大任之女事，以「女」字上屬，恐非。）案：此言貞懿能繼元貞之行也。○禮記昏義曰：「天子理陽道，后治陰德；天子聽外治，后職内職。教順成俗，外内和順，國家治理，此之謂盛德。」○育我蒸人，猶言堪爲天下母也。毛詩烝民傳曰：「烝，衆也。」孟子告子上引作「蒸」，唐諱「民」爲「人」。○御覽皇親部一引春秋合誠圖曰：「堯母慶都，蓋大帝之女，生於斗維之野，常在三河之東南，慶都長大，常有黄雲覆蓋之。」○瑶星貫月感女樞，已見崔安成啓母廟碑注。○禮記中庸曰：「聰明睿知，足以有臨也。」

維昔天監，搜求才淑。龍德在田，葛覃于谷。周姜胥宇，漢后推轂。王業惟艱，嬪風已穆。以上后之被選。

詩大明曰：「天監在下。」○易乾九二曰：「見龍在田。」案：此言代宗爲廣平王時。○詩序曰：「葛覃，后妃之本也。后妃在父母家，則志在於女功之事，躬儉節用，服澣濯之衣，尊敬師傅，則可以歸安父母，化天下以婦道也。」其詩曰：「葛之覃兮，施于中谷。」毛傳曰：「覃，延也。葛所以爲絺綌，女功之事煩辱者。施，移也；中谷，谷中也。」○詩緜曰：「古公亶父，來朝走馬。率西水滸，至于岐下。爰及姜女，聿來胥宇。」毛傳曰：「古公，豳公；亶父，字；姜女，大姜也。胥，相；宇，居也。」孔疏曰：「亶父避狄之難，至於岐山之下，於是與其妃姜姓之女曰大姜者，自來相土地之可居者。言大王既得民心，又有賢妃之助，故能克成王業。」○史記馮唐傳：「唐曰：臣聞上古王者之遣將也，跪而推轂。」此對漢文帝之言。此文「漢后」，似應指皇后事。魏其武安傳曰：「推轂趙綰。」尤與此不合。此蓋言廣平王爲元帥，貞懿侍從軍中事。漢后事未詳，俟考。○詩序曰：「七月，陳王業也。周公遭變，故陳后稷先公風化之所由，致王業之艱難也。」

繼文傳聖，嗣徽克令。不曜其光，乃終有慶。祗奉園陵，肅恭靈命。越在哀煢，聿追孝敬。以上代宗即位及宅憂，后從之皆能盡禮。

舊唐書代宗紀曰：「代宗睿文孝武皇帝諱豫，肅宗長子，初名俶，年十五封廣平王。祿山之亂，京師陷賊，從肅宗蒐兵靈武，以上爲天下兵馬元帥，兩都恢復，二聖迴鑾。乾元二年四月，立爲皇太子，改名豫。寶應元年四月，肅宗大漸，張皇后引越王係於宮中，將圖廢立。乙丑，皇后矯詔召太子，中官李輔國、程元振素知之，乃勒兵於凌霄門，俟太子至，即衞從太子入飛龍廄以俟其變。是夕勒兵於三殿，收捕越王係及內官朱光輝、馬英俊等，禁錮之，幽皇后於別殿。丁卯，肅宗崩，元振等始迎上於九仙門，見羣臣，行監國之禮。己巳，即皇帝位於柩前。」○詩思齊曰：「太姒嗣徽音。」○易坤彖傳曰：「乃終有慶。」○新唐書后妃代宗貞懿皇后傳曰：「天寶中，帝爲廣平王時，貴妃楊氏外家貴冠戚里，祕書少監崔峋妻韓國夫人以其女女皇孫爲妃，妃生子偲，所謂召王者。妃倚母家頗驕媢，諸楊誅，禮寖薄。及薨，后以姝豔進，居常專夜，王即位，册貴妃，生韓王迥、華陽公主。」○後漢書光武帝紀下章懷注曰：「園謂塋域也，於中置寢。」續漢書祭祀志下曰：「古不墓祭，漢諸陵皆有園寢，承秦所爲也。說者以爲古宗廟前制廟，後制寢，以象人之居，前有朝後有寢也。月令有『先薦寢廟』，詩稱『寢廟奕奕』，言相通也。廟以藏主，以四時祭。寢有衣冠几杖，象生之具，以薦新物。秦始出寢起於墓側，漢因而弗改，故陵上稱寢殿，起居衣服象生人之具，古寢之意也。」○詩閔予小子曰：「嬛嬛在疚。」釋文曰：「嬛，崔本作『煢』。」○詩文王有聲曰：「通追來孝。」禮記禮器引「通」作「聿」。

文織絲組，朱綠玄黃。上供祭服，以祀明堂。法度有節，不待珩璜。篇訓之制，自盈縑緗。以上婦功及女學。

周禮天官典絲曰：「凡飾邦器者，受文織絲組焉。」鄭注曰：「謂茵席屏風之屬。」孫仲容正義曰：「謂掌飾器之有司來受絲物，此則官授之也。」○禮記祭義曰：「及良日，夫人繅，三盆手，遂布于三宮夫人、世婦之吉者，使繅。遂朱綠之，玄黃之，以爲黼黻文章。服既成，君服以祀先王先公，敬之至也。」○孟子滕文公下曰：「夫人蠶繅以供衣服，衣服不備，不敢以祭。」○通典卷一百十五載開元禮親桑曰：「皇后既至採桑位，尚功奉金鉤，自北陛升壇，進，典製奉筐從升。皇后受鉤採桑，典製奉筐受桑，皇后採桑三條，止。內外命婦一品各採五條，二品三品各採九條，止，典製等受鉤，與執筐者退復位。司賓各引內外命婦採桑者退復位。司賓引婕妤一人詣蠶室，尚功帥執鉤筐者以次從至蠶室。尚功以桑授蠶母，蠶母受桑，切之以授婕妤，婕妤食蠶，灑一簿訖，司賓引婕妤還本位。尚儀前奏『禮畢』。」○通典吉禮三曰：「大唐武德初迄於貞觀之末，竟未議立明堂。季秋大享，則於圜丘行事。永徽二年，奉太宗配祠明堂，有司遂以高祖配五天帝，太宗配五人帝，下詔造明堂，內出九室樣，羣儒紛競，各執異議，不定而止。乾封初，復議立明堂，左僕射于志寧等請爲九室，太常博士唐昕等請爲五室，高宗令於觀德殿依兩議張設，親與公卿觀議，上以五室爲便，不定又止。總章三年三月，具明堂規制，詔下之後，猶詳議未決，後竟不立。武后垂拱四年二月，毀東都之乾元殿造明堂。開元五年，行幸東都，將行大享之禮，以武太后所造明堂有乖典制，遂拆，依舊造乾元殿，季秋大享依舊於圜丘行事。」文獻通考郊祀考七曰：「代宗永泰二年，禮儀使杜鴻漸奏：『季秋大享明堂，祀昊天上帝，以肅宗配。』制：『可。』」○詩鄭風雞鳴曰：「雜佩以報之。」毛傳曰：「雜佩者，珩、璜、琚瑀、衝牙之類。」釋文曰：「珩者，衡佩上玉也；璜音黃，半璧曰璜，佩玉名。」大戴禮保傅篇曰：「上車以和鸞爲節，下車以佩玉爲度。上有雙衡，下有雙璜，衝牙玭珠以納其閒，琚瑀以雜之。進則揖之，退則揚之，然后玉鏘鳴也。」○漢書藝文志曰：「史籀篇者，周時史官教學童書也，與孔氏壁中古文異體；蒼頡七章者，秦丞相李斯所作也；爰歷六章者，車府令趙高所作也；博學七章者，太史令胡母敬所作也，文字多取史籀篇，而篆體復頗異，所謂秦篆者也。漢興，閭里書師合蒼頡、爰歷、博學三篇，斷六十字以爲一章，凡五十五章，并爲倉頡篇。武帝時，司馬相如作凡將篇，無復字。元帝時，黄門令史游作急就篇，成帝時，將作大匠李長作元尚篇，皆蒼頡中正字也。凡將則頗有出矣。至元始中，徵天下通小學者以百數，各令記字於庭中，楊雄取其有用者，以作訓纂篇，順續蒼頡，又易蒼頡中重復之字，凡八十九章。」○説文曰：「縑，并絲繒也。」新附「緗」字曰：「帛淺黄色。」案：此謂縑緗所製書帙也。

敍我邦族，風於天下。始於憂勤，協成王化。慈厚諸女，寵臨下嫁。登進賢才，勞謙日夜。以上內治。

詩黄鳥曰：「復我邦族。」○詩序曰：「關雎，后妃之德也。風之始也，所以風天下而正夫婦也。」○司馬長卿難蜀父老曰：「且夫王事未有不始於憂勤，而終於佚樂者也。」○詩序曰：「何彼襛矣，美王姬也。雖則王姬，亦下嫁於諸侯。」案：新唐書諸公主傳曰：「代宗十八女，如永清公主下嫁裴倣，齊國昭懿公主始封升平，下嫁郭曖。」在大曆十年以前者皆是。○詩序曰：「是以關雎樂得淑女，以配君子，愛在進賢，不淫其色，哀窈窕，思賢才，而無傷善之心焉，是關雎之義也。」

服繒示儉，脱簪申誡。訪問後言，讌遊夙退。內和羣娣，動有矜誨。外睦諸親，泣辭封拜。以上戒慎。

後漢書明德馬皇后紀曰：「常衣大練，裙不加緣。朔望，諸妃主朝請，望見后朝衣疏麤，反以爲綺縠，就視迺笑。后辭曰：『此繒特宜染色，故用之耳。』六宫莫不嘆息。」○列女傳賢明傳曰：「周宣姜后者，齊侯之女也。宣王嘗早臥晏起，姜后脱簪珥待罪于永巷，使其傅母通言於王曰：『妾不才，至使君王失禮而晏朝，敢請婢子之罪。』王曰：『寡人不德，實自生過，非夫人之罪也。』遂復姜后而勤於政事，早朝晏退，卒成中興之名。」○後漢書和熹鄧皇后紀曰：「入掖庭爲貴人，恭肅小心，動有法度。承事陰后，夙夜戰兢。若並時進見，則不敢正坐離立，行則僂身自卑。帝每有所問，常逡巡後對，不敢先。」○後漢書明德馬皇后紀曰：「帝幸濯龍中，並召諸才人，下邳王已下皆在側，請呼皇后。帝笑曰：是家志不好樂，雖來無歡，是以游娛之事希嘗從焉。」詩碩人曰：「大夫夙退。」○詩韓奕曰：「諸娣從之。」毛傳曰：「諸娣，衆妾也。」鄭箋曰：「媵者，必娣姪從之，獨言娣者，舉其貴者。」孔疏曰：「衆妾之名，有姪，有娣，有媵。媵又有姪娣，其名不盡爲娣。以衆妾之中，娣爲最貴，故舉娣以言衆妾。明諸言可以兼姪娣也。」○後漢書和熹鄧皇后紀曰：「帝每欲官爵鄧氏，后輒哀請謙讓，故兄騭終帝世不過虎賁中郎。」案：舊唐書后妃傳上曰：「貞懿皇后父穎，左威衛録事參軍，以后貴，贈工部尚書。大曆初，后寵遇無雙，以恩澤官其宗屬，叔太常少卿卓爲少府監，后兄良佐太子中允。」

闕翟有日，親蠶俟時。忽歸清漢，言復方祇。萬乘悼懷，羣臣慕思。玉衣追慶，金鈿同儀。嗚呼哀哉！以上薨逝及追號爲皇后。

周禮天官内司服曰：「掌王后之六服，褘衣、揄狄、闕狄、鞠衣、展衣、緣衣。」先鄭注曰：「褘衣，畫衣也；揄狄、闕狄，畫羽飾。」後鄭注曰：「『狄』當爲『翟』。翟，雉名，伊雒而南，素質五色皆備成章曰翬；江淮而南，青質五色皆備成章曰摇。王后之服，刻繒爲之形而采畫之，綴於衣以爲文章。褘衣畫翬者，揄翟畫摇者，闕翟刻而不畫，此三者皆祭服。從王祭先王則服褘衣，祭先公則服揄翟，祭羣小祀則服闕翟。」又曰：「推次其色，則闕狄赤，揄翟青，褘衣玄。」舊唐書輿服志曰：「武德令：『皇后服有褘衣、鞠衣、鈿釵禮衣三等。』褘衣，首飾花十二樹，并兩博鬢，其衣以深青織成爲之，文爲翬翟之形。素紗中單，黼領，羅縠褾、襈。蔽膝，大帶，以青衣，革帶，青韈，舄。白玉雙珮，玄組雙大綬。受册、助祭、朝會諸大事則服之。鞠衣，親蠶則服之。鈿釵禮衣，十二鈿，服通用雜色，制與上同，唯無雉及珮綬，宴見賓客則服之。」○親蠶，見上注。○文選古詩曰：「皎皎河漢女。」又曰：「河漢清且淺。」江總持賦得謁帝承明廬詩曰：「謁帝升清漢，何殊人紫虛。」○文選顏延年宋文元皇后哀册文曰：「圓精初鑠，方祇始凝。」李善注曰：「言天地始分也。」呂氏春秋曰：「天道圓，地道方。」（圜道篇）○孟子梁惠王上趙注曰：「萬乘謂天子也。」○漢書霍光傳曰：「賜衣五十篋，璧珠璣玉衣，梓宮、便房、黄腸題湊各一具。」顏注引漢儀注曰：「以玉爲襦，如鎧狀連綴之，以黄金爲縷，要以下玉爲札，長尺，廣二寸半爲甲，下至足，亦綴黄金縷。」魏志后妃傳文昭甄皇后注引魏書曰：「后每寢寐，家中髣髴見有人持玉衣覆其上者，常共怪之。」○徐孝穆玉臺新詠序曰：「反插金鈿。」馬縞中華古今注卷中曰：「隋煬帝宫人，插鈿頭釵子。」案：鈿釵，已見上注。

去昭陽兮窅然，乘雲駕兮何在。人代宛兮如舊，炎涼倏兮已改。翠葆森以成列，素旗儼而相待。言從玉兆之貞，永閟瑤華之彩。以上卜葬。

漢書外戚傳下曰：「孝成趙皇后弟絶幸，爲昭儀，居昭陽舍。」莊子逍遥遊曰：「窅然喪其天下焉。」釋文曰：「窅，徐烏了反，郭武駢反，李云『窅然猶悵然』。」○莊子天地篇曰：「乘彼白雲，至于帝鄉。」○人代即人世，唐避太宗諱故作「代」。○張平子西京賦曰：「垂翠葆，建羽旗。」○周禮春官太卜：「掌三𠧞之灋，一曰玉𠧞，二曰瓦𠧞，三曰原𠧞。」鄭注曰：「𠧞者，灼龜發於火，其形可占者，其象似玉瓦原之璺罅，是用名之焉。杜子春云：玉𠧞，帝顓頊之𠧞。」釋文曰：「𠧞，亦作『兆』。」通典凶禮七引大唐元陵儀注曰：「既定陵地，擇地使就其所卜筮之。」○楚辭九歌大司命曰：「折疏麻兮瑤華，將以遺兮離居。」

別長秋之西苑，過望春兮南登。招帝子於北渚，從母后於東陵。下土清兮動金翠，外無像兮中有憑。合簫挽以攢咽，結雲雨之淒凝。以上葬於莊陵，並祔以華陽公主。

三輔黃圖卷二曰：「長樂宮有長信、長秋殿。」（玉海卷一百三十六引作「長樂殿西有長信宮、長樂殿」。）又卷三曰：「后宮在西，秋之象也。秋主信，故宮殿皆以長信、長秋爲名。」水經渭水注二曰：「明渠又東逕漢高祖長樂宮，本秦之長樂宮也。殿西有長信、長秋諸殿。」漢書百官公卿表上曰：「將行，秦官，景帝中六年更名大長秋。」顏注曰：「秋者，收成之時，長者，恒久之義，故以爲皇后宮名。」後漢書明德馬皇后紀曰：「永平三年春，有司奏立長秋宮。」章懷注曰：「皇后所居宮也。長者，久也，秋者，萬物成孰之初也，故以名焉。請立皇后，不敢指言，故以宮稱之。」雍録卷九曰：「唐大內有三，西內苑也，東內苑也，禁苑也。西內苑在太極宮之北。」○新唐書地理志：「京兆府萬年縣：有南望春宮，臨滻水西岸。有北望春宮。」長安志卷十一曰：「萬年縣：唐望春宮，在縣東十里，臨滻水西岸，在大明宮之東。」雍録卷九曰：「南望春亭、北望春亭，在禁苑東南高原之上，舊記多云望春宮，其東正臨滻水也。」清統志曰：「陝西西安府：望春宮，在咸寧縣東。」案：今併入長安縣。○楚辭九歌湘夫人曰：「帝子降兮北渚。」舊唐書后妃傳上曰：「貞懿皇后生華陽公主。」大曆九年，公主薨，先葬於城東，地卑溼，至是徙葬，祔於莊陵之園。故哀詞云：「招帝子於北渚，從母后於東陵。」○文選宋元皇后哀策文曰：「倫昭儷昇，有物有憑。」李善注曰：「言天地未分之前，已明倫匹之義。又昇伉儷之道，皆有物象，有所憑依。」○史記絳侯周勃世家曰：「常爲人吹簫給喪事。」通典凶禮八曰：「大唐元陵之制，挽歌二部，各六十四人，八人爲列。」

吾君感於幽期，俯層亭而望思。慘嬪媛以延佇，極容衞以盡時。搖巾袂兮遠訣，隔軒檻兮羣悲。不復見兮迴御輦，傷如何兮軫睿慈。以上帝之哀悼。

漢書武五子戾太子傳曰：「上憐太子無辜，乃作思子宮，爲歸來望思之臺於湖，天下聞而悲之。」○庾子山周祀方澤歌曰：「丘陵容衞。」又和宇文內史入重陽閣詩曰：「南宮容衞疏。」又周大將軍趙公墓志銘曰：「容衞靈歸。」盧子行彭城王挽歌曰：「容衞儼未歸，空山照秋月。」王摩詰故西河郡杜太守挽歌曰：「容衞都人慘，山川駟馬嘶。」趙秋谷注謂容衞即是儀衞之義。○楚辭九章哀郢王注曰：「軫，痛也。」

下蘭皋兮背芷陽，旌悠悠兮野蒼蒼。帶白花兮掩淚，衣玄帉兮斷陽。當盛明兮共樂，忽幽處兮獨傷。去故廷兮日遠，即新宮兮夜長。繸無文繡之飾，器無珠貝之藏。蓋自我之立制，刑有國之大方。嗚呼哀哉！以上喪葬之合禮制。

楚辭離騷曰：「步余馬於蘭皋兮。」又招魂曰：「皋蘭被徑兮斯路漸。」史記秦本紀曰：「昭襄王四十年，悼太子歸葬芷陽。」正義引括地志曰：「芷陽，在雍州藍田縣西六里。」「四十二年，宣太后葬芷陽酈山」，正義曰：「在雍州新豐縣南十四里。」呂不韋傳曰：「孝文王后曰華陽太后，與孝文王會葬壽陵。夏太后子莊襄王葬芷陽，故夏太后別葬杜東，曰：東望吾子，西望吾夫，後百年，旁當有萬家邑。」索隱曰：「地理志云『京兆霸陵縣，故芷陽』，案在長安西也。」正義曰：「秦莊襄王陵，在雍州新豐縣南三十五里。」清統志曰：「霸陵故城，在咸寧縣東。」史記漢興以來將相名臣年表：「孝文九年，以芷陽鄉爲霸陵。」按舊唐書地理志「武德二年，分萬年縣置芷陽縣，七年廢」，其地亦在今縣東。史記，秦悼太子、昭襄、莊襄俱葬芷陽（秦始皇本紀「芷」一作「茝」），宣太后葬芷陽驪山。項羽紀：「沛公從驪山道芷陽，閒行歸霸上。」括地志：「芷陽，在藍田縣西六里。」長安圖：「自驪山以西，皆芷陽縣地。」蓋秦時芷陽地甚廣，不止霸上也。○詩車攻曰：「悠悠旆旌。」○晉書后妃傳下成恭杜皇后傳曰：「咸康七年三月，后崩，年二十一。先是三吳女子相與簪白花，望之如素柰，傳言天公織女死，爲之著服，至是而后崩。」○說文曰：「楚謂大巾曰帉。」廣雅釋器曰：「帉，幘也。」○蔡文姬胡笳十八拍曰：「空斷腸兮思愔愔。」○左太沖蜀都賦曰：「營新宮於爽塏。」案：此文新宮，指園陵言。○公羊隱元年曰：「貨財曰賻，衣被曰襚。」○禮記檀弓上曰：「葬者藏也。」漢書文帝紀贊曰：「先治霸陵，皆瓦器，不得以金銀銅錫爲飾。」○禮記禮運鄭注曰：「刑猶則也。」後漢書桓譚傳章懷注曰：「方猶法也。」案：此言制大法，爲有國者所則也。

見送往之空歸，歎終焉之如此。方士神兮是與非，甘泉畫兮疑復似。遺音在於玉瑱，陳迹留於金戺。獻萬壽兮無期，存二南之餘美。嗚呼哀哉！文自淒惋動人，然以視文選顏、謝等作，則骨力不逮遠矣。

文選陶淵明挽歌詩曰：「向來相送人，各已歸其家。」○漢書外戚傳上曰：「李夫人少而蚤卒，上憐閔焉，圖畫其形於甘泉宮。上思念李夫人不已，方士齊人少翁言能致其神，迺夜張燈燭，設帷帳，陳酒肉，而令上居他帳，遥望見好女如李夫人之貌，還幄坐而步，又不得就視。上愈益相思悲感，爲作詩曰：是邪非邪，立而望之，偏何姍姍其來遲？」○詩君子偕老曰：「玉之瑱也。」毛傳曰：「瑱，塞耳也。」○漢書外戚傳下曰：「昭陽舍切皆銅沓冒，黄金塗。」顏注曰：「切，門限也；沓，冒其頭也；塗，以金塗銅上也。」後漢書班固傳西都賦曰：「玄墀釦切。」文選作「砌」。學林卷四曰：「切者，户限也。銅沓冒者，以銅包之，而以黄金塗之，故班固賦云『釦切』者。按字書：『釦，金飾器也。』所謂黄金塗，乃以金飾之，而文選改『切』爲『砌』，非也。户限謂之切者，其限齊如刀之切物。」步瀛案：廣雅釋宮曰：「柣，戺，砌也。」王懷祖疏證曰：「爾雅『柣謂之閾』，孫炎注『門限也』，郭璞音切，說文『榍，限也』，『榍』與『切』古亦同聲。淮南氾論訓『枕户橉而卧』，是『橉』爲『切』也，字亦作『䦩』。説山訓『牛車絶䦩』，説林訓『不發户䦩』，高誘注並云『楚人謂門切爲䦩』。」朱蘭坡文選集釋卷一曰：「廣雅字雖作『砌』，而仍爲門限之訓。」○詩序曰：「然則關雎、麟趾之化，王者之風，故繫之周公。南，言化自北而南也。鵲巢、騶虞之德，諸侯之風也，先王之所以教，故繫之召公。周南、召南，正始之道，王化之基。」

令狐殼士

令狐楚，字殼士，自言德棻之裔。（德棻，宜州華原人，先世居敦煌，爲河西右族。）貞元七年進士第，李説、嚴綬、鄭儋相繼鎮太原，高其行義，皆辟爲從事，自掌書記至判官。憲宗時，累擢職方員外、知制誥。元和十四年，授中書侍郎、同中書門下平章事。穆宗即位，出爲宣歙觀察使。敬宗、文宗朝，歷宣武、天平、河東節度使，入爲吏部尚書，轉太常卿，進拜左僕射，封彭陽郡公，充山南道節度使，卒，謚曰文。新舊唐書皆有傳。

代李僕射謝子恩賜狀

舊唐書李説傳曰：「説，淮安王神通之裔也，以門蔭歷仕，累佐使幕。馬燧爲河陽三城太原節度，辟爲從事、太原少尹，出爲汾州刺史。節度使李自良復奏爲太原少尹。貞元十一年五月，自良病，凡六日而卒。匿喪，陽言病甚，數日發喪。先是都虞候張瑶久在軍，素得士心，嘗請假遷葬，自良未許。至是説與監軍王定遠謀，乃給瑶假，以大將毛朝陽代瑶，然後遣使告。下制以通王領河東節度大使，以説爲行軍司馬，充節度留後、北都副留守，尋拜河東節度使、檢校禮部尚書。説在鎮六年，十六年十月卒，贈左僕射。」新唐書宗室傳曰：「淮安靖王神通子孝節，孝節四世孫説，字巖甫。」又曰：「卒贈尚書右僕射。」又宗室世系表大鄭王房，河東節度使説，子太子舍人公敏。○唐六典卷八曰：「章表制度，自漢以後，多相因循，隋令有奏鈔奏彈等，唐因之，其駁議表狀等，至今常行。」是狀表自漢迄唐皆通行。然檢漢魏諸家之文，大抵言奏而不言狀。（嚴鐵橋輯全漢文二十七，有趙充國條上屯田便宜十二事狀，漢書充國傳並無「狀」字。）唐代則與表並用，而其體與表有别。表首皆云「臣某言」，而狀之前先標明所言之事件，故狀首用「右」字，（即指前所標之事件，然文集中多删去此項，故「右」字之義不顯矣。）而不用「臣某言」字。

右臣得進奏院狀報：前月二十九日，中使某至，奉宣進旨賜臣男公敏歲料羊酒麵等。

舊唐書代宗紀曰：「大曆十二年五月，諸道邸務在上都名曰留後，改爲進奏院。」

臣自領北藩，於今五稔。曾無明略，以奉大猷。孤直愚忠，未足報陛下萬分之一。自敘。

唐河東節度使治河中府，在上都東北，故曰北藩。○左僖二年：「卜偃曰：不可以五稔。」杜注曰：「稔，熟也。」案：謂五年。李説以貞元十一年爲節度使，五稔，則此狀上自十五年也。○詩巧言曰：「秩秩大猷。」

男公敏伏緣醫療，勒赴京都。尚未平除，爰逢歲節。豈意翩蜎微物，飛舞於東風；霾靡輕生，霑濡於春雨？降少牢而頒賜，迃中使以宣傳。麵起玉塵，酒含瓊液。鼷鼠飲河之腹，聞以滿盈；老牛舐犢之心，喜無終極。以上蒙賜羊酒麵等物。

詩泮水毛傳曰：「翩，飛也。」爾雅釋蟲曰：「蜎，蠉。」釋文引字林曰：「蜎，蟲貌也。」新語道基篇曰：「蜎飛蠕動之類。」淮南俶真篇曰：「蠉飛蝡動。」○梁武帝遊鍾山大愛敬寺詩曰：「當道蘭霾靡。」晉書石崇傳論曰：「春畦霾靡。」○儀禮少牢饋食禮疏引鄭目録曰：「羊豕曰少牢。」○「迃」「迂」同，此爲「紆」之借字。紆，屈也。○何仲言雪詩曰：「誰言非玉塵。」○郭景純蜜蜂賦曰：「吮瓊液於懸峰。」○莊子逍遥遊曰：「偃鼠飲河，不過滿腹。」釋文引李曰：「鼷，鼠也。」○後漢書楊彪傳曰：「子修爲曹操所殺。操見彪，問曰：『公何瘦之甚？』對曰：『愧無日磾先見之明，猶懷老牛舐犢之愛。』操爲之改容。」

深恩似海，宏覆如天。寧惟感激一門，實亦光明九族。何階報答，終日慙惶。空將許國之身，誓竭在邊之力。所守有限，不獲陳謝，無任感恩忭躍之至。以上陳謝。○隸事生動，猶得子山遺意。

班孟堅答賓戲曰：「涵之如海。」○史記五帝本紀曰：「帝堯者，其仁如天。」○詩葛藟孔疏引五經異義曰：「九族，今戴禮、尚書歐陽説云：『九族乃異姓有親屬者。父族四，五屬之內爲一族，父女昆弟適人者與其子爲一族，己女昆弟適人者與其子爲一族，己之子適人者與其子爲一族；母族三，母之父姓爲一族，母之母姓爲一族，母女昆弟適人者爲一族；妻族二，妻之父姓爲一族，妻之母姓爲一族。』古尚書説九族者，上從高祖下至玄孫，凡九，皆爲同姓。」司馬子長報任少卿書曰：「以爲宗族交遊光寵。」○晉書陸玩傳：「復自陳曰：誠以身許國，義忘曲讓。」○左昭十一年：「申無宇曰：五大不在邊。」

霸縣高步瀛學

馮拱之

馮宿，字拱之，婺州東陽人。貞元中登進士第，徐州節度張建封表掌書記，後召爲太常博士，再遷都官員外郎。元和十二年，從裴度征淮西，表爲彰義軍節度判官，淮西平，拜比部郎中。太和二年，拜河南尹，四年，入爲工部侍郎，六年，遷刑部、兵部，出爲劍南東川節度使。開平元年，卒，謚曰懿。新舊唐書皆有傳。

蘭谿縣靈隱寺東峰新亭記

輿地紀勝曰：「兩浙東路婺州：東峯亭記，馮宿文，在蘭溪團寺（疑有誤字）。」清統志曰：「浙江金華府：東峰亭，在蘭谿東，唐貞元中縣令洪少卿建，東陽馮宿記。」

東陽實會稽西部之郡，蘭谿實東陽西鄙之邑。歲在戊寅，天官署洪君少卿以爲之宰。君之始至，則用信待物，用勤集事。信故人阜，勤故公濟。未期月而其政成。後三年夏六月，余過其邑，洪君導余以邑之勝賞，於是乎有東峰亭之游。以上敍洪少卿政績及遊東峰亭。

元和郡縣志曰：「江南道婺州：秦屬會稽郡，今之州界分得會稽郡之烏傷、太末二縣之地。本會稽西部，常置都尉。孫皓始分會稽置東陽郡。隋平陳，置婺州，蓋取其地於天文爲婺女之分野。」太平寰宇記曰：「煬帝初，廢州爲東陽郡。唐武德四年，平李子通，置婺州。」舊唐書地理志曰：「天寶元年，改婺州爲東陽郡。乾元元年，復爲婺州。」又曰：「蘭溪縣：咸亨五年，（元和志「亨」作「通」，誤。）析金華縣西界置，以溪水爲名。」清統志曰：「浙江金華府：蘭谿故城，今蘭谿縣界。」案：「谿」「溪」字同。○唐德宗貞元十四年，戊寅。○唐六典（卷二）曰：「吏部尚書，周之天官卿也。」又曰：「吏部尚書、侍郎之職，掌天下官吏選授、勳封、考課之政令。」

背城之闉，半里而近，初屆佛刹，刹之上方而亭在焉。松門蓋空，石道如帶。足倦累息，然後造夫極焉。向之池隍館宇之多，旗亭闤闠之喧，途道往來之衆，簿書鞅掌之繁，顧步之餘，忽焉如失。但山風飀飀，嶺雲峩峩。飛軒憑虛，洞壑在下。向背殊狀，昏明易色。指遙青而點黛者問之，則曰某山某巖，某林某墅；指遠白而曳練者問之，則曰某洲某渚，某湫某塘。高深互呈，心目相競，飄若象外，意其幻成。以上亭中所見之景。

詩出其東門毛傳曰：「闉，曲城也。」○剎，見王子安浄惠寺碑注。○説文曰：「隍，城池也，有水曰池，無水曰隍矣。」○文選西京賦曰：「旗亭五重。」薛注曰：「旗亭，市樓也。」又曰：「通闤帶闠。」薛注曰：「闤，市營也；闠，中隔門也。」説文曰：「闠，市門也。」○漢書賈誼傳：「誼上疏陳政事曰：大臣特以簿書不報，期會之間，以爲大故。」詩北山曰：「或王事鞅掌。」毛傳曰：「鞅掌，失容也。」鄭箋曰：「鞅猶何也（疏舉「何」作「荷」），掌謂捧之也。負何捧持以趨走，言促遽也。」○颾，當作「飂」。説文曰：「高風也。」又作「飀」。文選左太沖吴都賦曰：「翼颸風之飀飀。」劉淵林注曰：「飀飀，風利貌。」（利，原作「初」，胡果泉考異謂當作「利」。）○洲，本字當作「州」。説文曰：「水中可居曰州。」爾雅釋水曰：「水中可居者曰洲，小洲曰陼。」説文引爾雅「陼」作「渚」。蓋説文本字，爾雅借字也。○説文曰：「湫，隘下也。一曰有湫水在周地。」春秋傳曰：「晏子之宅湫隘。」（左昭三年）安定朝那有湫淵。案：古「湫」之義止此，唐以來乃以爲水池之名。集韻曰：「北人呼水池爲湫。」○周語下：「太子晉曰：陂塘汙庳以鍾其美。」宋公序補音作「唐」，曰：「今俗本多加『土』於傍，説文無『塘』字。」○文選遊天台山賦曰：「散以象外之説。」李善注引荀粲别傳（别，原誤作「列」，今依胡氏考異校改。）曰：「粲答兄俁云：立象以盡意，此非通乎象外者也，象外之意，故蘊而不出矣。」

余既諧其私，爰究其本。先是邑微登攀游觀之所，洪君曾是挈俸錢二萬，經斯營斯，因地於山，因材於林，因工於子來，因時於農隙，又何易也？崇山濬谷，佳境勝概，綿亘伏匿，一朝發朗，又何能也？以上建亭之始末。

禮記祭義鄭注曰：「微猶少也。」○詩靈臺曰：「經之營之。」又曰：「庶民子來。」○左隱五年曰：「皆於農隙以講事也。」

君在建中、興元之閒，爲江南西道節度曹王所知。時方軍興，賊寇壓境，供億倉卒，賦平人和，王實賴之。故御史、鄭滑節度盧公羣與君嘗同寮，每號之曰：「精金百鍊，良驥千里。」誠矣。然則是境之理，玆亭之勝，於君之分，不爲難能。夫播芳塵而鼓餘波者，非文莫可。遂攬筆爲記，刊於石，而附諸地誌焉。以上敘洪之才，與起段相應，而以作記結之。○氣息淵雅。

韓退之曹成王碑曰：「王姓李氏，諱皋，字子蘭，謚曰成。其先王明，以太宗子國曹，絕，復封，傳五王至成王。」又曰：「李希烈反，遷御史大夫，授節帥江西以討希烈。」又曰：「天子西巡於梁，希烈北取汴、鄭，東略宋，圍陳，西取汝，薄東都。王坐南方北向，落其角距，賊死咋不能入尺寸，亡將卒十萬，盡輸其南州。」舊唐書德宗紀曰：「建中三年冬十月辛亥，以湖南觀察使嗣曹王皋爲洪州刺史、江西節度使。」又曰：「興元元年二月丁卯，車駕幸梁州。」李皋傳曰：「上至梁州，皋以上蒙塵于外，乃於西塞山上游大洲屯軍。駕還京師，又遣伊慎、王鍔將兵圍安州，城中出降。希烈又遣兵援隨州，伊慎擊於厲鄉，大破之。希烈懼，乃戢兵。」○左隱十一年曰：「不能共億。」杜注曰：「供，給；億，安也。」○舊唐書盧羣傳曰：「羣字載初，范陽人。李希烈叛，詔諸將討之，以羣爲監察御史、江西行營糧料使。興元元年，江西節度嗣曹王皋奏爲判官。貞元六年，拜羣天成軍節度、鄭滑觀察等使。」○詩板曰：「及爾同寮。」毛傳曰：「寮，官也。」案：「僚」之借字。○世説新語文學篇曰：「袁宏始作東征賦，都不道陶公，胡奴誘之狹室中，臨以白刃，曰：『先公勳業如是，君作東征賦云何相忽略？』宏窘蹙無計，便答：『我大道公，何以云無？』因誦曰：『精金百鍊，在割能斷。功則治人，職思靖亂。長沙之勳，爲史所讚。』」○文選吴季重答東阿王書曰：「猶絆良驥之足，而責以千里之任。」

吕和叔

吕温，字和叔，一字化光，河中人。貞元末登進士第，與韋執誼厚。因善王叔文，再遷爲左拾遺。二十年冬，以侍御史副工部侍郎張薦使吐蕃。明年，德宗崩，順宗即位，薦卒於青海，吐蕃以中國有喪，留温不遣。時叔文秉權，與游者皆貴顯，温在絶域常自悲歎。元和元年使還，而柳宗元等皆坐叔文貶，唯温以奉使免，進户部員外郎，累遷刑部郎中，貶均州刺史，再貶道州，久之，徙衡州，卒。新舊唐書皆有傳（附其父渭傳後）。

藥師如來繡像讚并序

藥師瑠璃光如來本願功德經曰：「佛告曼殊室利：『東方去此過十殑伽沙等佛土，有世界名浄瑠琉，佛號藥師瑠璃光如來。發十二小願，令諸有情，所求皆得。』」

藥師如來像者，余妻蘭陵蕭氏之所繡也。貞元二十年，余奉德宗皇帝之命，西使吐蕃。辭高堂而出萬死，介單車而馳不測。國故遽至，戎情猜閉。坎險一遇，星霜再周。以上使吐蕃。

蘭陵，蕭氏郡望也。南齊書高帝紀曰：「漢相國蕭何子侍中彪免官居東海蘭陵縣。晉元康元年，分東海爲蘭陵郡。中朝亂，淮陰令整過江居晉陵武進縣之東城里，寓居江左者，皆僑置本土，加以南名，於是爲南蘭陵。」○舊唐書呂溫傳曰：「貞元二十年冬，副工部侍郎張薦爲入吐蕃使，行至鳳翔，轉侍御史，賜緋袍牙笏。」○新唐書吐蕃傳曰：「吐蕃本西羌屬，蓋百有五十種，散處河湟、江岷閒，有發羌、唐旄等。居析支水西，祖曰鶻提勃悉野，健武多智，稍并諸羌，據其地。『蕃』『發』聲近，故其子孫曰吐蕃，而姓勃窣野，號君長曰『贊普』。貞元二十年，贊普死，遣工部侍郎張薦弔祠。」○司馬子長報任少卿書曰：「出萬死不顧一生之計。」○史記魏公子傳曰：「今單車來代之。」○易坎九二曰：「坎有險。」

夫人盥饋之餘，膏鉛不御。日亂蓬首，坐銷蕣華。異域無期，良時自晚。始怨冬釭之久，而紅芳已闌；方苦夏景之長，而碧樹將落。書委塵篋，跡淪苔階。漸昧音容，孰知存没？黷龜不告，因夢難徵。觸慮成端，沿情多緒。黄昏望絕，見偶語而生疑；清旭意新，聞疾行而誤喜。循環何極，刻舟靡尋。

浩隔理求，窅非計得。以上懷遠人。

禮記郊特牲曰：「厥明婦盥饋。」内則曰：「雞初鳴，咸盥漱，以適父母舅姑之所。」又曰：「問所欲而敬進之，饘、酏、酒、醴、芼、羹、菽、麥、蕡、稻、黍、粱、秫，唯所欲。」○急就篇曰：「芬薰脂粉膏澤筩。」顔師古注曰：「粉謂鉛粉及米粉，皆以傅面，取光潔也。膏澤者，雜聚取衆芬以膏煎之，乃用塗髮，使潤澤也。」○詩伯兮曰：「自伯之東，首如飛蓬。豈無膏沐，誰適爲容？」毛傳曰：「婦人夫不在，無容飾。」○詩有女同車曰：「顔如舜華。」毛傳曰：「舜，木槿也。」説文曰：「蕣，木堇，朝華莫落者。」引詩作「蕣」，今隸變作「蕣」，「舜」其借字耳。吕氏春秋仲夏紀、淮南時則篇高誘注、文選神女賦李善注、齊民要術十、御覽百卉部六引詩皆作「蕣」。○文選蘇子卿詩曰：「嬿婉及良時。」○江文通别賦曰：「冬釭凝兮夜何長。」○易蒙曰：「瀆則不告。」案：「黷」通借字。詩小旻曰：「我龜既厭，不我告猶。」○文選長門賦曰：「日黄昏而望絶兮。」○漢書張良傳曰：「往往數人偶語。」○郭景純江賦曰：「緡雰祲於清旭。」○燕策二：「蘇代約燕王曰：其言如循環。」○吕氏春秋察今篇曰：「楚人有涉江者，其劍自舟中墜於水，遽契其舟曰：『是吾劍之所從墜。』舟止，從其所契者入水求之。」案：契，一作「刻」。

如聞東方有金界極樂，藥師大雄，散琉璃之寶光，照河沙之國土。能度羣品，出諸幽厄。一念必應，萬感皆通。是用濬發慧根，妙求真相。斷鳴機躬織之素，染懿筐手績之絲。盡瘁莊嚴，彰施綵繡。纏苦心於香縷，注精意於針鋒。指下而露洗青蓮，思盡而雲開白日。然後練時潔室，華設珍供。夕炬傳照，晨爐續煙。齋獻至誠，泣敷懇願。以上繡佛供養。

妙法蓮華經從地湧出品曰：「善哉善哉，大雄世尊。」又授記品曰：「大雄猛世尊，諸釋之法王。」又序品曰：「如來放眉間白毫相光，照東方萬八千佛土。」又見寶塔品曰：「佛放白毫一光，即見東方五百萬億那由他恒河沙等國土諸佛。」○大乘義章四曰：「於法觀達，目之爲根。慧能生道，故名慧根。」○洛陽伽藍記一曰：「修梵寺有金剛，鳩鴿不入，鳥雀不棲。菩提達摩云：得其真相也。」○謝玄暉有所思曰：「望望下鳴機。」玉臺新詠古詩曰：「故人工織素。」○詩七月曰：「女執懿筐。」毛傳曰：「懿筐，深筐也。」又曰：「八月載績。」○法華經序品曰：「又見諸佛土，以衆寶莊嚴。」探玄記曰：「莊嚴有二義，一是具功德，二文飾義。」○書益稷曰：「以五采彰施於五色。」○法華經妙音菩薩品曰：「是菩薩目如廣大青蓮華葉。」○梁書處士傳曰：「陶弘景年十歲，得葛洪神仙傳，曰：仰青天，覩白日，不覺爲遠。」○漢書禮樂志郊祀歌曰：「練時日。」顏注曰：「練，選也。」

遂得慈舟密濟，覺路潛引。當道場發念之日，是荒裔來歸之辰。幽贊冥符，一何昭焯。乃知織迴文之錦，無補離憂；登望歸之臺，空爲廢日。與夫心諧妙理，手結勝因，進則有濟度之功，退不離清净爲本，從長擇善，豈同日而言哉？以上感應。

梁簡文帝石像銘曰：「乍動慈舟，時延寶乘。」○楞嚴經六曰：「無上覺路。」○大唐西域記八曰：「菩提樹垣正中，有金剛座，賢刦千佛坐之而入金剛定，證聖道所，亦曰道場。」○後漢書文苑傳杜篤論都賦曰：「展武平荒裔。」○易説卦傳曰：「幽贊于神明而生蓍。」晉書藝術傳序曰：「幽贊冥符，弼成人事。」○晉書列女傳曰：「竇滔妻蘇氏，始平人也，名蕙，字若蘭。滔，苻堅時爲秦州刺史，被徙流沙，蘇氏思之，織錦爲迴文旋圖詩以贈，宛轉回環以讀之，詞甚悽惋。」○楚辭九歌山鬼曰：「思公子兮徒離憂。」○李太白長干行曰：「豈上望夫臺？」蘇子瞻望夫臺詩自注曰：「在忠州南數十里。」清統志曰：「四川忠州：望夫臺，在州南十里。」（今改縣）○法華經方便品曰：「終不以小乘，濟度於衆生。」○法華經譬喻品曰：「演暢清浄法。」後漢紀卷十曰：「浮屠者，佛也。其教以脩善慈心爲主，專務清浄。」

余感其志效，爰用贊敍。雖在妻子，亦無愧詞。藏諸閨門，永以傳信。讚曰：以上作讚。

左傳襄二十七年曰：「其祝史陳信於鬼神無愧辭。」○禮記仲尼燕居曰：「以之閨門之内有禮。」○穀梁傳桓四年曰：「春秋之義，信以傳信，疑以傳疑。」

地萬里兮天一極。往無由兮來不得。解脱願兮慈悲力。五色繡兮黄金飾。澄氛昏兮圓相開。湛水月兮蓮花臺。慈眼睠兮獷心迴。死别離兮生歸來。海爲田兮劫爲灰。身念念兮無窮哉。鬆秀流利，宛轉關生，其寫情切至處，頗近子山。

文選古詩曰：「相去萬餘里，各在天一涯。」○大乘義章十八曰：「言解脱者，自體無累，名爲解脱。又免羈縛，亦曰解脱。」○智度論二十七曰：「大慈與一切衆生樂，大悲拔一切衆生苦。」○普賢觀經義疏下曰：「釋迦牟尼佛，名毘盧舍那，此即圓佛果成相也。」○智度論六曰：「解了諸法，如水中月。」案：世間有繪水月觀音相。○智度論八曰：「梵天王座蓮華上，是故諸佛隨世俗故，於寶華上結跏趺坐。」大日經疏十五曰：「如世人以蓮華爲吉祥清淨能悅可衆心，今祕藏中亦以大悲胎藏妙法蓮華爲祕密吉祥，一切加持法門之身坐此華臺也。」○慈眼指如來，獷心指吐蕃。○文選古詩曰：「與君生別離。」古詩爲焦仲卿妻作曰：「生人成死別。」蘇武詩曰：「生當復來歸。」○海爲田，已見楊烱尋楊隱居序注。○三輔黄圖四曰：「武帝元狩四年（漢書在三年），穿昆明池，得黑土，帝問東方朔，朔曰：『西域胡人知。』乃問胡人，胡人曰：『劫燒之餘灰也。』」搜神記十三曰：「漢武帝鑿昆明池極深，悉是灰墨，無復土，舉朝不解，以問東方朔，朔曰：『臣愚不足以知之，試問西域人。』帝以朔不知，難以核問。至後漢明帝時，西域道人入來洛陽時，有憶方朔言者，乃試以武帝時灰墨問之，道人云：『經云天地大劫將盡則劫燒，此劫燒之餘也。』乃知朔言有旨。」（御覽地部三十二引曹毗志怪同）

元微之

元稹，字微之，河南人。九歲工屬文，十五擢明經，判入等，補校書郎。元和元年，舉制科對策第一，拜左拾遺。屢上書言事，爲當道者所忌，出爲河南尉。丁母憂，服除，拜監察御史，貶江陵士曹參軍。元和末，召拜膳部員外郎。穆宗即位，擢祠部郎中、知制誥，俄遷中書舍人、翰林承旨學士。長慶二年二月，進同中書門下平章事。六月，罷爲同州刺史，徙浙東觀察使。三年，入爲尚書左丞。四年，拜武昌節度使，卒。新舊唐書皆有傳。

許劉總出家制

舊唐書穆宗紀曰：「長慶元年二月，幽州節度使劉總奏請去位落髮爲僧。三月，以幽州盧龍軍節度副大使知節度事、押奚契丹兩蕃經略等使、檢校司空、同中書門下平章事、楚國公劉總，可檢校司徒、兼侍中、天平軍節度使。劉總請以私第爲佛寺，乃遣中使賜寺額曰報恩。幽州奏劉總堅請爲僧，又賜以僧衣，賜號大覺。總是夜遁去。夏四月，易定奏劉總已爲僧，三月二十七日卒于當道界。」劉怦傳曰：「怦，幽州昌平人也。貞元元年，朝廷授怦幽州大都督府長史、幽州盧龍節度副大使知節度事，卒，子濟繼爲幽州節度使。總，濟之第二子也，性陰賊險譎。元和五年，濟奉詔討王承宗，使長子緄假爲副使領留務，總署行營都兵馬使。師久無功，總與判官張玘、孔目官成國寶及帳內小將爲謀，使詐自京至，曰：『朝廷以相公逗留不進，除副大使爲節度使矣。』濟驚惶憤怒，不知所爲，因殺主兵大將數十人，乃追緄，以張玘兄代知留務。濟渴索飲，總因置毒而進之。濟死，緄行至涿州，總矯以父命杖殺之。總遂領軍務。朝廷不知其事，因授以斧鉞，累遷至檢校司空。是時吴元濟尚存，王承宗方跋扈，憲宗暫務姑息，加總同中書門下平章事。及元濟就擒，李師道梟首，王承宗憂死，田弘正入鎮州，總既無黨援，每謀自安之計。初，總弑逆後，每見父兄爲祟，甚慘懼，乃於官署後置數百僧，令晝夜乞恩謝罪。晚年恐悸尤甚，故請落髮爲僧，冀以脱禍，乃以判官張皐爲留後。總以落髮，上表歸朝，穆宗授天平軍節度使。既聞落髮，乃賜紫，號大覺師。總行至易州界，暴卒。」新書藩鎮盧龍傳曰：「總上疏願朝請，且欲割所治爲三。以幽、涿、營爲一府，請張弘靖治之；瀛、莫爲一府，盧士玫治之；平、薊、嬀、檀爲一府，薛平治之。盡籍宿將薦諸朝。會穆宗沖逸，宰相崔植、杜元穎無遠謀，欲寵弘靖，重其權，故全付總地，唯分瀛、莫置觀察使。拜總檢校司徒、兼侍中、天平節度使。又賜浮屠服，號大覺，榜其第爲佛祠。」○唐六典卷九曰：「凡王言之制有七，二曰制書，行大賞罰，授大官爵，釐革舊政，赦宥降虜，則用之。」微之制誥自序曰：「元和十五年，余以祠部郎中知制誥。又明年，召入禁林，專掌內命。」白樂天元稹除中書舍人翰林學士賜紫金魚袋制曰：「朝散大夫、守尚書祠部郎中、知制誥、上柱國、賜緋魚袋元稹，去年拔自祠曹員外，試知制誥云云，可守中書舍人，充翰林學士，仍賜紫金魚袋。」正在長慶元年，而白樂天撰元公墓誌銘及新舊傳皆不載某月。案：此制在長慶元年二月，當是內制撰自翰林學士，知微之爲翰林學士當在二月以前矣。（錢曉徵潛研堂文集十二答問曰：「凡兩制官結銜云『翰林學士、知制誥』者，內制也；其但稱『知制誥』者，外制也。其云『翰林學士、中書舍人』者，以舍人爲寄祿官，仍內制也；其但稱『中書舍人』者，外制也。」其說極爲分明。）

門下：朕聞西方有金仙子，自著書云：「昔我於無量劫中，捨國城妻子，以求法要。」朕嘗聞其語，未見其人。以上自佛以後，棄富貴而出家者不可見。

文選傅季友爲宋公修張良廟教篇首有「綱紀」二字，李善注曰：「綱紀謂主簿也，教主簿宣之，故曰綱紀，猶今詔書稱門下也。」案：天子曰「制」，（獨斷上曰：「制書，帝者制度之命也。」）諸侯曰「教」（文選注引獨斷），二者不同。李氏以「制」況「教」，使人易曉耳，然亦以自門下省宣之，故曰門下也。唐六典卷八曰：「自晉始有門下省，歷宋、齊、梁、陳、後魏、北齊、隋、國初，皆曰門下省。龍朔二年，改爲東臺，咸亨元年復舊。光宅元年，改爲鸞臺，神龍元年復舊。開元元年，改爲黃門，五年復舊。」又曰：「侍中之職，掌出納帝命。」又有傳制八人。」○唐人多稱佛爲金仙，如宋延清奉和幸三會寺應制詩曰：「雙樹謁金仙。」張子壽與生公尋幽居處詩曰：「偶訪金仙道。」杜子美寫懷詩曰：「歸匪金仙術。」岑參登總持閣詩曰：「常願奉金仙。」皆是也。玉帝本行集經卷上云：「梵天一切金仙指佛言。」又曰：「修行三千二百劫，始證金仙。」則就道教言，殆不足據，而佛經實未見金仙之名。後漢書西域傳曰：「世傳明帝夢見金人長大，頂有光明，以問羣臣，或云西方有神名曰佛，其形長丈六尺而黄金色。」法華經安樂品曰：「諸佛身金色，百福相莊嚴。」「金」字之義蓋取此。吾友劉綜堯（培極）曰：「華嚴經卷十云：『如是妙嚴好，皆由大仙力。』密宗大日經卷三云：『住是真言行，必定當成佛。古佛天仙説，故應當憶念。』蓋佛有壽量無數之義，譯者遂以中國『仙』字當之。又大日經卷一云：『大日勝尊現，金色具暉曜。』又云：『莊嚴金色身。』蓋吾國因此遂將『金』字『仙』字併爲一名耳。」○佛説菩薩本行經卷上曰：「世尊往昔無數劫來，放捨身命頭目髓腦肌肉骨血國城妻子，施與一切，爲衆生故起大弘誓，當爲衆生作大光明，乃過去無央數劫時。閻浮提有大國王，名度闍那謝梨，告傍臣命請中有智慧者，爲吾説法云云。佛言爾時國王者，則我身是。」微之蓋綜此經之義而引之耳。○論語季氏篇曰：「吾聞其語矣，未見其人也。」

安知股肱之閒，目驗茲事？脱身羈網，誠樂所從。捨我縶維，能無永歎？遂其高尚，良用憮然。以上言大臣果有請出家者，然實不忍允其所請。

書益稷曰：「臣作朕股肱耳目。」○蕭雲英淨住子序曰：「語善則人天勝果，得之於目驗。」○佛本行經出家品曰：「塵勞之網，以自結縛。」魏書彭城王勰傳：「高祖手詔世宗曰：何容仍屈素業，長嬰世網？」○詩白駒曰：「縶之維之。」○詩常棣曰：「況也永歎。」○易蠱上九曰：「不事王侯，高尚其事。」○孟子滕文公上趙注曰：「憮然猶悵然也。」

具官劉總，五嶽孕靈，三台降瑞。位兼將相，代襲勳庸。視軒冕若浮雲，棄妻孥猶脱屣。屢陳章表，懇願捨家。勉諭再三，終焉不奪。朕又移之重鎮，寵以上公。莫顧中人之情，遂超開士之迹。以上總請出家，欲留不得。

人名上宜具舉其官，如劉總當書「檢校司徒、侍中、同中書門下平章事、楚國公、天平軍節度使」等官是也。草制者省書「具官」二字，署行時自當增入耳。其不書名但作「具官某」者，亦然。○詩崧高曰：「維嶽降神。」○三台，見張道濟姚文貞公神道碑注。○周禮夏官司勳曰：「王功曰勳，民功曰庸。」○莊子繕性篇曰：「古之所謂得志者，非軒冕之謂也。」論語述而篇：「子曰：不義而富且貴，於我如浮雲。」○漢書郊祀志上：「天子曰：誠得如黄帝，吾視去妻子如脱屣耳。」顔注曰：「屣，小履。脱屣者，言其便易無所顧也。」史記封禪書「妻子」作「妻孥」，「屣」作「躧」。○重鎮，指天平。舊唐書憲宗紀曰：「元和十四年二月，淄青都知兵馬使劉悟斬李師道請降，師道所管十二州平。三月，以馬總爲鄆濮曹等州觀察等使，薛平充平盧節度、淄青齊登萊等州觀察等使，王遂充沂海兗密等州都團練觀察等使，析李師道所據十二州爲三鎮也。」穆宗紀曰：「元和十五年秋七月，鄆曹濮等州節度賜號天平軍。」新書馬總傳曰：「長慶初，劉總上幽鎮地，詔總（劉）徙天平，而召總（馬）還。」○上公，謂司徒。唐六典卷一曰：「大尉、司徒、司空，三公論道之官也。自隋文帝罷三公府僚，皇朝因之，其或親王拜者，亦但存其名位耳。」書僞微子之命曰：「庸建爾于上公。」○慧琳一切經音義卷十玄應撰明度無極經音義曰：「開士謂以法開道士也，梵云扶薩。」又卷十六文殊師利佛土嚴淨經下卷音義曰：「開士，梵語菩薩者也，謂以法開道之士，故名開士也。」

於戲！張良卻粒，尚想高蹤；范蠡登舟，空瞻遺象。功留鼎鼐，誓著山河。

長存魚水之歡，勿忘香火之願。宜賜法號大覺，仍賜僧臘五十夏，主者施行。

以上許其出家，並賜法號、僧臘。○詞旨淵雅，隸事精當，制詔如此，殊不易得也。

詩烈文曰：「於乎！前王不忘。」禮記大學篇引作「於戲」。釋文曰：「於音烏；戲，好胡反。」匡謬正俗卷二曰：「烏呼，歎辭也，或嘉其美，或傷其悲，其語備在詩書，不可具載。文有古今之變，義無美惡之別，末代文字，輒爲體例。若哀誄祭文即爲『嗚呼』，其封拜册命即爲『於戲』，於讀如字，戲讀爲羲，謂嗚呼爲哀傷，於戲爲歎美，妄爲穿鑿，不究根本。且許氏説文解字、李登聲類並云『於』即古『烏』字耳。」步瀛案：説文「烏」，古文作「於」，段注曰：「古者短言於，長言烏呼，『於』『烏』一字也。按經、傳、漢書，『烏呼』無有作『嗚呼』者。唐石經誤爲『嗚』者，十之一耳。近今學者，無不加『口』作『嗚』，殊乖大雅。」朱豐芑説文通訓定聲豫部曰：「小爾雅廣訓『烏乎，吁嗟也』，書洪範『嗚呼』，漢書五行志作『烏嘑』，禮記大學『於戲』，詩雲漢『於乎』，漢書武帝紀『烏虖』，北海相景君碑『歍歔』，皆同。」○史記留侯世家曰：「留侯乃稱曰：『願棄人間事，欲從赤松子游耳。』乃學辟穀道引輕身。」孫興公遊天台山賦序曰：「非夫遺世玩道，絶粒茹芝者，烏能輕舉而宅之？」○越語下曰：「范蠡辭於王，遂乘輕舟以浮於五湖，莫知其所終極，王命金工以良金寫范蠡之狀而朝禮之。」韋注曰：「以善金鑄其形狀而自朝禮也。」○爾雅釋器曰：「鼎絶大謂之鼐。」○誓山河，見楊炯彭城公夫人墓誌注。○蜀志諸葛亮傳曰：「先主與亮，情好日密，關羽、張飛等不悦，先主解之曰：『孤之有孔明，猶魚之有水也，願諸君勿復言。』羽、飛乃止。」○舊唐書突厥傳上：「太宗令騎告突利曰：爾今將兵來，何無香火之情耶？」○智度論二十曰：「佛名爲覺，於一切無明睡眠中最初覺，故名爲覺。」法華文句一曰：「西竺言佛陀，此言覺者知者，對迷名知，對愚名覺。」○玄應一切經音義卷十四曰：「風俗通曰：『夏曰嘉平，殷曰清祀，周曰大蜡，漢曰臘（祀典篇今作「漢改爲臘」）。』諸經律中亦名歲，如新歲經等。爾雅注云『一終名歲』（釋天）。今比丘或言臘，或云夏，或言雨，亦爾，皆取一終之義。按天竺多雨，名雨安居，從五月十五日至八月十五日也。土火羅諸國至十二月安居，今言臘者，亦近是也。此方言夏安居，各就其事制名也。」

李義山

李商隱，字義山，懷州河内人。初爲令狐楚所知，楚工章奏，因授之。商隱開成二年擢進士第，會昌二年又試書判拔萃中選。王茂元鎮河陽，辟掌書記，以子妻之。茂元爲李德裕所厚，令狐楚與德裕相讐怨，故楚子綯薄義山背德，後綯爲相，義山陳情，撼終不解。義山歷入鄭亞、盧弘正幕，後柳仲郢節度劍南東川，辟爲判官、檢校工部員外郎，府罷，客滎陽，卒。舊唐書入文苑傳，新書入文藝傳。

爲張周封上楊相公啓

馮孟亭（浩）樊南文集注曰：「新書藝文志：『張周封華陽風俗録一卷，字子望，西川節度使李德裕從事，試協律郎。』按西陽雜俎屢稱工部員外郎張周封（卷一、卷八、卷十五、卷十九），又稱補闕張周封也（卷十七）。李衛公太和六年十二月由西川入朝，張久不在其幕矣。又據尚書故實云：『顧長康清夜遊園圖，本張惟素物，後入内，復流人間。惟素子周封，涇川從事，秩滿居京，有人將此求售，遽以絹數匹贖得。余初疑涇川即王茂元幕，然此圖尋被豪士以計取奉王涯，則在茂元之前矣。』舊書紀：『開成三年正月，户部尚書楊嗣復同中書門下平章事。』按嗣復至武宗立乃罷相，張於嗣復相後尚充邊幕，乃據昔日之口惠而重希其升進也。約當開成三、四年。」步瀛案：楊嗣復字繼之，於陵子，新舊書皆有傳。又案張孟劬玉谿生年譜會箋，定此啓上於開成四年。又案：顧亭林日知録卷二十四曰：「魏王粲從軍行『相公征關右，赫怒震天威』，羽獵賦『相公乃乘輕軒，駕四路』（見藝文類聚産業部、初學記武部），『相公』二字，似始見此。」步瀛案：魏武稱「相公」者，因以丞相封公也。（魏志武帝紀，建安十三年爲丞相，十八年策命爲魏公。）後世沿其稱，丞相非公者亦稱相公矣。（楊繼之封弘農伯，未封公。下篇李文饒會昌五年封衛國公，然李貽孫上書時，猶是贊皇伯耳。）○義山之文，多取馮孟亭注，而徐藝初（樹穀）、仲章（炯）兄弟箋注亦閒取之，其在補編者，則取錢楞仙（振倫）、篴仙（振常）兄弟箋注，仍依前例，不悉標出，諸家注引書皆不載篇名或卷數，今皆補之，以便參檢。

某啓：某聞不祥之金，大冶所惡；自衒之士，明時不容。斯實格言，足爲垂訓。然或顧逢伯樂，但伏鹽車；聽屬鍾期，不調緑綺。臯壤摇落，老大傷悲。同劉勝之寒蟬，效子綦之枯木。則亦跡歸棄世，行闕揚名。以上言既遇知己，不能不言。

莊子大宗師篇曰：「大冶鑄金，金踴躍曰『我且必爲鏌鋣』，大冶必以爲不祥之金。」○曹子建求通親親表曰：「自衒自媒者，士女之醜行也。」○魏志崔琰傳：「琰書諫曰：此周孔之格言。」文選閒居賦曰：「奉周任之格言。」李善注引論語考比讖：「賜問曰：格言成法，亦可以次序也。」○楚策四：「汗明曰：夫驥之齒至矣，服鹽車而上太行，中阪遷延，負轅不能上，伯樂遭之，下車攀而哭之，驥於是俛而噴，仰而鳴，彼見伯樂之知己也。」○呂氏春秋本味篇曰：「伯牙鼓琴，鍾子期聽之。方鼓而志在太山，鍾子期曰：『善哉乎，巍巍乎若泰山。』少選之閒，而志在流水，鍾子期又曰：『善哉乎鼓琴，湯湯乎若流水。』」文選張孟陽擬四愁詩曰：「佳人遺我緑綺琴。」李善注引傅玄琴賦序曰：「齊桓公有鳴琴曰號鍾，楚莊有鳴琴曰繞梁，中世司馬相如有緑綺，蔡邕有燋尾，皆名琴也。」○莊子知北游曰：「山林與，皋壤與，使我欣欣然而樂與！樂未畢也，哀又繼之。」謝玄暉辭隨王牋曰：「皋壤搖落，對之惆悵。」○文選樂府長歌行曰：「少壯不努力，老大徒傷悲。」○後漢書黨錮杜密傳：「密曰：劉勝位爲大夫，見禮上賓，而知善不薦，聞惡無言，隱情惜己，自同寒蟬。」○莊子齊物論曰：「南郭子綦隱机而坐，顏成子游曰：『何居乎？形固可使如槁木，而心固可使如死灰乎？』」

某價乏琳琅，譽輕鄉曲。鸁沾科第，薄涉藝文。錐不穎於囊中，水竟深於山上。淹留蓮幕，栖託戎麾。插羽佩鞬，從相公於隴右；束書載筆，隨校尉於河源。自北徂南，已秋復夏。心驚於急絃勁矢，目斷於高足要津。而又永念敝廬，空餘喬木。山中桂樹，遠媿於幽人；日暮柴車，莫追於傲吏。捋鬚理鬢，霜雪呈姿；弔影颸音，煙霞絕想。以上自述爲邊幕之情形。

書禹貢曰：「雍州：厥貢惟璆、琳、琅玕。」爾雅釋地曰：「西北之美者，有崑崙虛之璆、琳、琅玕焉。」○淮南子主術篇曰：「朝廷之所不舉，鄉曲之所不譽。」司馬子長報任少卿書曰：「僕少負不羈之才，長無鄉曲之譽。」○史記平原君傳：「平原君曰：『賢士之處世也，譬若錐之處囊中，其末立見。』毛遂曰：『臣乃今日請處囊中耳，使遂蚤得處囊中，乃穎脱而出，非特其末見而已。』」○易蹇彖傳曰：「蹇，難也。」象傳曰：「山上有水，蹇。」魏志鄧艾傳曰：「初，艾當伐蜀，夢坐山上而有流水，以問於殄虜護軍爰邵，邵曰：『按易卦「山上有水，蹇」，蹇繇曰「利西南，不利東北」，往必克蜀，殆不還乎？』艾憮然不樂。」○蓮幕，已見楊炯彭城公夫人墓誌銘「芙蓉之水」注。義山文屢用之，又自桂林奉使江陵途中感懷詩曰：「下客依蓮幕。」○晉書明帝紀曰：「推誠將相，以總戎麾。」○魏志武帝紀曰：「建安二十年，公西征張魯。」注曰：「是行也，侍中王粲作詩以美曰：相公征關右，赫怒震天威。」○漢書張騫傳曰：「騫以校尉從大將軍擊匈奴。又漢使窮河源，其山多玉石，采來，天子案古圖書，名河所出山曰崑崙云。」鮑明遠東武吟曰：「始隨張校尉，占募到河源。」○陸士衡長歌行曰：「年往迅勁矢，時來亮急絃。」○文選古詩曰：「何不策高足，先據要路津。」○左襄二十三年：「杞梁之妻曰：猶有先人之敝廬在。」○孟子梁惠王下曰：「所謂故國者，非謂有喬木之謂也。」○楚辭招隱士曰：「桂樹叢生兮山之幽。」○巾軍，見駱賓王與博昌父老書注。郭景純遊仙詩曰：「漆園有傲吏。」陶淵明歸去來辭曰：「倚南窗以寄傲。」馮曰：「此聯言無以爲家，不能高隱也。」○吴志朱桓傳曰：「桓捋孫權鬚。」晉書王恭傳曰：「自理鬚鬢，神無懼容。」○曹子建上責躬詩表曰：「形影相弔，五情愧赧。」

徒以相公遠敦世故，容在恩門。存趙氏之孤，受梁王之禮。竽將濫吹，石有參瓊。咳唾隨風，眄睞成飾。追維疇曩，曾是逢迎。蜀郡登文翁之堂，上國醉曹參之酒。吹噓盡力，撫愛形顏。雖以捧承，莫能銜戴。以上追敘舊誼。

史記趙世家曰：「屠岸賈攻趙氏，滅其族。趙朔妻有遺腹，生男，程嬰、公孫杵臼謀取他人嬰兒負之，衣以文葆，匿山中。嬰出，謬言趙氏孤處，遂殺杵臼與孤兒，趙氏真孤乃反在。」○漢書文三王梁孝王傳曰：「孝王招延四方豪桀，自山東遊士莫不至，齊人羊勝、公孫詭、鄒陽之屬。」○韓非子內儲説上曰：「齊宣王使人吹竽，必三百人。南郭處士請爲王吹竽，廪食與三百人等。宣王死，湣王立，好一一聽之，處士逃。」御覽樂部十九引之，又云：「一一聽之，乃知其濫吹也。」○詩著曰：「尚之以瓊華乎而。」毛傳曰：「瓊華，美石，士之服也。」鄭箋曰：「瓊華，石色似瓊也。」○莊子漁父篇曰：「孔子遊乎緇帷之林，有漁父者下船而來，孔子曰：幸聞咳唾之音。」夏侯孝若抵疑曰：「咳唾成珠玉。」李太白妾薄命曰：「咳唾落九天，隨風生珠玉。」○任彦昇到大司馬記室牋曰：「咳唾爲恩，眄睞成飾。」○盧子諒贈劉琨詩曰：「借曰如昨，忽爲疇曩。」○燕策三曰：「田光造燕太子，跪而逢迎，卻行爲道。」○文翁堂，已見盧昇之黎君碑注。○左成七年曰：「通吳於上國。」史記曹相國世家曰：「曹參爲漢相，日夜飲醇酒，卿大夫已下吏及賓客見參不事事，來者皆欲有言。參輒飲以醇酒閒之，欲有所言，復飲之，醉而後去。」○後漢書鄭太傳：「太曰：孔公緒（伷）清談高論，噓枯吹生。」○爾雅釋言郭注曰：「憮，愛撫也。」漢書張安世傳曰：「安世瘦懼，形於顔色。」

況許之高選，光彼宦情。以曲臺之任用猶輕，憲署之發揮方盛。仍期官牒，不越歲時。今則節邁白藏，候臨玄律。燕雖戀主，馬亦嘶風。郭伋還州，尚不欺於童子；文侯校獵，寧爽約於虞人。苟四時之信是乎，亦一諾之恩斯及。以上前許內授憲官，今望其踐言。

後漢書王暢傳曰：「是時政事多歸尚書。桓帝特詔三公，令高選庸能。」○晉書阮裕傳：「裕曰：吾少無宦情。」○漢書儒林傳曰：「后蒼説禮數萬言，號曰后氏曲臺記。」藝文志注曰：「行禮射於曲臺，后蒼爲記。曲臺，天子射宮也，西京無太學，於此行禮也。」唐六典十四曰：「太常寺協律郎二人，正八品，掌扣六律六吕。」馮曰：「協律郎屬太常寺，亦禮官之屬，故用曲臺。」○後漢書袁紹傳注引晉書曰：「漢官御史爲憲臺。」唐六典十三曰：「御史臺殿中侍御史六人，從七品下；監察御史十人，正八品上。」馮曰：「此謂許内授憲官。」○漢書匡衡傳：「楊興曰：但以無階朝廷，故隨牒在遠方。」顔注曰：「隨牒，謂隨選舉之恒牒。」後漢書李固傳曰：「固奏免百餘人，此等遂共作飛章，虚誣固罪曰：其列在官牒者，凡四十九人。」○爾雅釋天曰：「秋爲白藏，冬爲玄英。」○謝惠連雪賦曰：「玄律窮，嚴氣升。」○南史孝義張景仁傳附衞敬瑜妻傳曰：「所住户有燕巢，常雙飛來去，後忽孤飛，女感其偏栖，乃以縷繫脚爲誌，後歲此燕果復更來，猶帶前縷。女復爲詩曰：『昔年無偶去，今春猶獨歸。故人恩既重，不忍復雙飛。』」○文選古詩曰：「胡馬依北風。」李善注引韓詩外傳曰：「代馬依北風，飛鳥棲故巢，皆不忘本之謂也。」○後漢書郭伋傳曰：「伋在并州，始至行部，到西河美稷，有童兒數百，各騎竹馬，道次迎拜。及事訖，復送至郭外，問：『使君何日當還？』伋謂從事，計日當告之。既還，先期一日，伋爲違信於諸兒，遂止於野亭，須期乃入。」○韓非子外儲説左上曰：「魏文侯與虞人期獵，明日會天疾風，左右止文侯，不聽，曰：『不可以風疾之故而失信。』遂自驅車往，犯風而罷虞人。」按：魏策一作「是日飲酒樂，天雨」，與「疾風」異。○吕氏春秋貴信篇曰：「天地之大，四時之化，而不能以不信成物也。」○史記季布傳：「楚人諺曰：得黄金百斤，不如得季布一諾。」

況自元和已後，公侯冢嫡，卿士子孫，與之同時，歷然可數。莫不翔踰鳥道，泳出龍津。或並命南臺，或迭居青瑣。金朱照耀，軒蓋追隨。某雖忝伊人，亦惟華胄。比王謝之弟子，誠有重輕；在嵇吕之交朋，宿常連接。而獨分光鄰女，貸潤監河。野鶴天麟，絕比倫於朝右；髯參短簿，困擬議於軍前。竊聽重言，常興深嘆。以上言己之族閥，不遜於諸人，而同輩皆飛升朝貴，己獨沈淪幕僚。

馮曰：「鳥道猶雲路，如鴻漸鵬摶之類，非謂峻險。」晉書郤詵等傳贊曰：「鳥道曾飛，龍津派泳。」○藝文類聚鱗介部上引辛氏三秦記曰：「河津，一名龍門，大魚集龍門下數千，上者爲龍。」○通典職官六曰：「御史臺，梁及後魏、北齊或謂之南臺。」○漢書元后傳曰：「赤墀青瑣。」續漢書百官志三劉注曰：「漢舊儀：『黄門郎屬黄門令，日暮對青瑣門拜，名曰夕郎。』宫閣簿：『青瑣門在南宫。』衛瓘（當作「權」）注吴都賦曰：『青瑣，户邊青鏤也。一曰，天子門内有眉格再重，裹青畫曰瑣。』」○法言學行篇：「或曰：使我紆朱懷金，其樂不可量已。」○曹子建公讌詩曰：「飛蓋相追隨。」○晉書石季龍載記上曰：「鎮遠王擢表衣冠華胄，宜蒙優免。」南史何昌寓傳：「昌寓笑曰：遥遥華胄。」○馮曰：「王謝門才最盛，詳晉書、南史。」○晉書嵇康傳曰：「東平吕安服康高致，每一相思，輒千里命駕，康友而善之。」○向子期思舊賦序曰：「余與嵇康、吕安居止接近。」○史記甘茂傳：「茂曰：『貧人女與富人女會績，貧人女曰：我無以買燭，而子之燭光幸有餘，可分我餘光，無損子明，而得一斯便焉。』」○貸潤監河，見王子安滕王閣餞别序「涸轍」注。○野鶴，見盧昇之黎君碑注。陳書徐陵傳曰：「陵年數歲，寶誌手摩其頂曰：天上石麒麟也。」○晉書郗超傳曰：「桓温遷大司馬，超爲參軍，温傾意禮待，時王珣爲主簿，亦爲温所重。府中語曰：『髯參軍，短主簿，能令公喜，能令公怒。』超髯、王珣短故也。」○莊子寓言篇曰：「寓言十九，重言十七。」郭注曰：「寄之他人，則十言而九見信；世之所重，則十言而七見信。」

是以願馳蹇步，誓奉光塵。儻或廁錯薪之斯翹，詠歸荑於自牧。少窺上路，試睨重霄。擊水三千，暫隨鵬運；澄流十二，免使魚勞。猶能贊敍夔調，謳歌鎔範。庶無雅拜，以累於君公；不使繁聲，見憂於仲子。心懷台席，夢結邊城。寓尺牘而畏達空函，寫丹誠而慙非健筆。仰望恩顧，下情無任攀戀感激惶懼之至。以上言苟蒙擢拔，不至遺累薦主。○蔣心餘曰：「樊南手筆，氣燄雖短，熨貼自平，存爲初學程式，固不患於迷途也。」

沈休文讓五兵尚書表曰：「駑足蹇步，終取躓於鹽車。」○老子曰：「和其光，同其塵。」吳志陸遜傳：「遜與關羽書曰：延慕光塵，思稟良規。」○詩漢廣曰：「翹翹錯薪，言刈其楚。」案：此蓋兼用史記汲黯傳，黯謂漢武帝用人如積薪之意。○詩靜女曰：「自牧歸荑，洵美且異。」○「擊水」二句，見王子安滕王閣餞別序「扶搖」注。○徐注曰：「澄，當作『墱』。水經濁漳水注：『魏武王堨漳水迴流東注，號天井堰，里中作十二墱，墱相去三百步，令互相灌注，一源分爲十二流，皆懸水門。故左思之賦魏都，謂「墱流十二，同源異口」也。』詩汝墳箋：『魚勞則尾赤。』」案：澄流十二，徐注是也。馮氏謂：「其事本爲灌溉田野，與『魚勞』無涉，此處取升進之義，當用龍門事。徐所引似未然。」案：馮所疑未是，唐人合二事爲一用者甚多，即取「魚登龍門」事，亦可合「墱流十二」用之，不當疑其無涉也。其補注云：「文選劉淵林注：今鄴下有十二墱。」似亦以此說爲是矣。（魏都賦當云張孟陽注，今文選題劉淵林注者誤也。）又，「澄流」亦不必改。○王元長策秀才文曰：「且有後命，復茲鎔範。」○漢書何武傳曰：「武字君公。徙京兆尹，二歲，坐舉方正所舉者召見槃辟雅拜，有司以爲詭衆虛僞，武坐左遷楚內史。」周禮春官大祝：「辨九拜，七曰奇拜。」注曰：

「讀爲奇偶之奇，謂先屈一膝，今雅拜是也。」○後漢書宋弘傳曰：「弘字仲子，薦沛國桓譚，帝令鼓琴，好其繁聲，弘聞之不悦，悔於薦舉。」○漢書游俠傳曰：「陳遵性善書，與人尺牘，主皆臧去以爲榮。」晉書殷浩傳曰：「浩廢爲庶人，徙東陽。後桓温將以浩爲尚書令，遺書告之，浩欣然答書，慮有謬誤，開閉者數十，竟達空函，大忤温意，由是遂絕。」○晉書劉喬傳：「劉弘與喬牋曰：披露丹誠，不敢不盡。」徐孝穆讓五兵尚書表曰：「雖復陳琳健筆，未盡愚懷。」

爲李貽孫上李相公啓

馮曰：「按唐文粹（卷九十三）四門助教歐陽詹文集序，李貽孫作，玩其所自述，則貽孫於太和中曾爲福建團練副使，至大中六年爲福建觀察使。酉陽雜俎有云『夔州刺史李貽孫』（續集卷八），書史會要曰『李貽孫工書』（卷五），金石録有『會昌五年九月，李貽孫神女廟詩碑』（目録十），全蜀藝文志有『會昌五年，夔州刺史李貽孫都督府記』（卷三十四下），則上此啓後，即刺夔矣。」○舊唐書武宗紀曰：「開成五年九月，以淮南節度使、檢校尚書左僕射李德裕爲吏部尚書、同中書門下平章事，尋兼門下侍郎。」李德裕傳曰：「德裕字文饒，趙郡人。父吉甫，趙國忠公，元和初宰相。開成五年正月，武宗即位；五月，召德裕於淮南；九月，授門下侍郎、同平章事。」新唐書宰相表曰：「會昌二年正月，德裕爲司空；三年六月，爲司徒；四年八月，守太尉。」馮曰：「此啓是楊弁已誅、劉稹尚未平，會昌四年四五月所上，故尚稱司徒，且有『景風』『中吕』之語。」

月日，從姪某官某，謹齋沐裁誠，著於啓事，跪授僕者，上獻於司徒相國叔父閣下：某伏遠牆藩，亟踰年籥。抱徽音於故器，雖賞逐時遷；竊餘潤於奧雲，亦情由類至。中阿弭節，末路增懷。沈吟易失之時，悵望難邀之會。石崇著引，徒願思歸；殷浩裁書，其如慕義。以上總敘上啓之意。

蔡伯喈獨斷上曰：「與天子言，不敢指斥，故呼在陛下者而告之，因卑達尊之意也。上書亦如之。及羣臣庶士相與言殿下、閣下、足下、侍者、執事之屬，皆此類也。」酉陽雜俎卷一曰：「秦漢以來，二千石長史言閣下。」案：「閣」「閤」字通。○楊子雲甘泉賦曰：「電倏忽於牆藩。」○説文曰：「龠樂之竹管三孔，以和衆聲也。」案：作「籥」者，「龠」之通借字。爾雅釋樂曰：「大籥謂之産。」郭注曰：「籥如笛，三孔而短小。」馮曰：「籥又與律同義。漢書志（律曆志上）：『黄帝制十二筩，以聽鳳之鳴，比黄鐘之宫，而皆可以生之，是爲律本。』尚書（舜典）『聲依永，律和聲』，疏引之作『十二籥』也。年籥，猶云歲律，義取於此。」○史記周本紀曰：「太師疵、少師彊抱其樂器而犇周。」周禮春官典同：「掌六律六同之和。凡爲樂器，以十有二律爲之數度，以十有二聲爲之齊量。凡和樂亦如之。」鄭注曰：「和謂調其故器也。」○奥雲，未詳。馮曰：「王弼老子注：『奥猶暧也，可得庇蔭之辭。』奥雲、餘潤，義相似也。」○情由類至，馮曰：「謙言不入時宜，而同宗之情不敢忘也。類，是族類之類。」○顏延之秋胡詩曰：「弭節停中阿。」○鄒陽上書吴王曰：「秦倚曲臺之宫，懸衡天下。至其晚節末路，張耳、陳勝連從之兵，以叩函谷，咸陽遂危。」王子淵四子講德論曰：「囊從末路，望聽玉音。」○文選古詩十九首曰：「沈吟聊躑躅。」史記淮陰侯傳：「蒯通曰：時者難得而易失也。」○文選石季倫思歸引序曰：「困於人間煩黷，常思歸而永歎。尋覽樂篇，有思歸引。儻古人之情，有同於今，故制此曲。」晉書石崇傳（附父苞傳後）曰：「崇字季倫。」○殷浩空函事，已見前篇注。馮曰：「按殷浩空函，非此所用。浩傳又有致箋簡文，其自申述之事，然是陳讓，亦不相合，當有典未詳。」步瀛案：此即用殷浩投桓溫書事，因上書情急，故言其如慕義。前篇上楊相公啓云『寓尺牘而畏達空函』，即此意也。馮氏深求，反失之。○鄒陽於獄中上書自明曰：「王奢、樊於期去二國，死兩君者，行合於志，慕義無窮也。」史記吳太伯世家太史公曰：「慕義無窮。」

伏惟相公，丹青元化，冠蓋中州。羣生指南，命代先覺。語姬朝之舊族，莊武慚顏；敍漢代之名門，韋平掩耀。將鄰三紀，克佐五君。動著嘉猷，行留故事。陶冶於無形之外，優游於不宰之中。始者主上以代邸承基，瑯琊纘業。明發不寐，懷清廟之景靈；日晏忘餐，念蒼生之定命。爰徵元老，允在賓臣。五載於茲，六符斯炳。以上總稱李公之功德。

鹽鐵論相刺篇：「文學曰：公卿者，四海之表儀，神化之丹青也。」○班孟堅西都賦曰：「冠蓋如雲。」漢書司馬相如傳顏注曰：「中州，中國也。」○指南，見駱賓王和閨情詩啓注。○漢書楚元王傳贊曰：「傳曰：聖人不出，其閒必有命世者焉。」案：孟子公孫丑下曰：「其閒必有名世者。」文選三國名臣贊李善注引以證「命世」，又引廣雅曰：「命，名也。」（釋詁三）孟子萬章上：「伊尹曰：予天民之先覺者也。」○左隱四年曰：「鄭武公、莊公，爲平王卿士。」○漢書韋賢傳曰：「賢兼通禮、尚書，以詩教授，號稱鄒魯大儒。本始三年，代蔡義爲丞相，封扶陽侯。少子玄成，復以明經，歷位至丞相。」平當傳曰：「當以明經爲博士。哀帝即位，徵當爲光禄大夫，至丞相，賜爵關内侯。子晏以明經歷位大司徒，封防鄉侯。漢興，唯韋、平父子至宰相。」舊唐書李德裕傳曰：「初，德裕父吉甫年五十一出鎮淮南，五十四自淮南復相。今德裕鎮淮南復入相，一如父之年。」○三紀、五君，並見張道濟姚文貞公神道碑注。馮曰：「按舊書德裕傳，自元和中，累辟諸府從事，十四年入朝，真拜監察御史，至會昌，歷事憲、穆、敬、文、武五朝。」○禮記坊記引君陳曰：「爾有嘉謀嘉猷。」書僞君陳襲之。○史記魯世家曰：「咨於固實。」集解引徐廣曰：「固，一作『故』。」韋昭曰：「故實，故事之是者。」漢書蘇武傳曰：「明習故事。」後漢書鄭弘傳曰：「爲尚書令，前後所陳，補益王政者，皆著之南宫，以爲故事。」○淮南子要略曰：「陶冶萬物。」○不宰，見盧昇之黎君碑注。○漢書文帝紀曰：「孝文皇帝，高祖中子也，立爲代王。高后崩，諸吕謀爲亂，丞相陳平、太尉周勃、朱虚侯劉章等共誅之，遂使人迎代王。代王詣長安，入代邸，羣臣從至，上議，遂即天子位。」○晉書元帝紀曰：「元皇帝諱睿，宣帝曾孫，琅邪恭王之子也。年十五，嗣位瑯琊王。永嘉初，鎮建業。建武元年春二月，羣臣請爲晉王。大興元年春三月，愍帝崩問至，百寮上尊號，即皇帝位。」案：舊唐書武宗本紀曰：「諱炎，穆宗第五子，封潁王。開成五年正月，文宗崩，皇太弟於柩前即皇帝位。」○詩小宛曰：「明發不寐，有懷二人。」○詩序曰：「清廟，祀文王也。」晉書涼武昭王傳述志賦曰：「承景靈之冥符。」○書無逸曰：「文王自朝至于日中昃，不遑暇食。」○書益稷曰：「至于海隅蒼生。」左成十三年：「劉子曰：民受天地之中以生，所謂命也，是以有動作禮義威儀之則，以定命也。」○詩采芑曰：「方叔元老。」○後漢書陳元傳：「元上疏曰：臣聞師臣者帝，賓臣者王。」○五載，馮曰：「武宗即位之年至是五載。」○漢書東方朔傳：「朔曰：願陳泰階六符。」注引應劭曰：「黄帝六符經曰：『泰階者，天之三階也。上階爲天子，中階爲諸侯公卿大夫，下階爲士庶人。三階平則陰陽和，風雨時，天下大安，是爲太平。』」

頊單于故境，獯鬻遺疆，屢緣喪荒，亟致攜貳。夙沙自縛其主，冒頓忍射其親。遂去北邊，欲事南牧。既赫斯而貽怒，乃密勿以陳謀。管氏初來，屢發新柴之井；留侯每入，便聞借箸之籌。羣帥受成，中樞獨運。前軍露板，方事於羽馳；清禁壽觴，旋聞於月捷。仍其貴種，慕我華風。或辨姓寫誠，推諸右校；或釋兵伏義，列在周廬。潞子離狄而春秋書，徐夷朝周而大雅詠。其餘麢驚鳥散，風去雨還，亘絕幕以銷魂，委窮沙而喪膽。胡琴公主，已出於襜襤；毳幕天驕，行遺其種落。向若非薛公料敵，先陳三策；充國爲學，盡通四夷。則何以雪高廟稱臣之羞，全肅祖復京之好？此廟戰之功一也。以上策敗回鶻。

史記匈奴傳集解引漢書音義曰：「單于者，廣大之貌，言其象天單于然。」漢書文帝紀顏注曰：「單于，匈奴天子之號也。單音蟬。」○史記匈奴傳曰：「唐虞以上，有山戎、獫狁、葷粥。」集解引晉灼曰：「堯時曰葷粥，周曰獫狁，秦曰匈奴。」案：周本紀作薰育，漢書匈奴傳上作薰粥，孟子梁惠王下作獯鬻，焦里堂正義曰：「『薰』與『獯』通，『粥』『育』與『鬻』通也。」舊唐書迴紇傳曰：「其先匈奴之裔也，在後魏時號鐵勒部落，近謂之特勒，後稱迴紇焉。貞元十一年，改爲迴鶻，義取迴旋輕捷如鶻也。」○周禮天官小宰曰：「凶荒受其唅襚幣玉之事。」○後漢書公孫述傳：「荆邯説述曰：發閒使，招攜貳。」○呂氏春秋用民篇曰：「夙沙之民，自攻其主，而歸神農；密須之民，自縛其主，而與文王。」高注曰：「夙沙，大庭氏之末世也，其君無道，故攻之。」又見淮南子道應篇。○史記匈奴傳曰：「單于有太子名冒頓，冒頓從其父單于頭曼獵，以鳴鏑射頭曼，其左右亦皆隨鳴鏑而射，殺單于頭曼，冒頓自立爲單于。」索隱曰：「冒音墨，又如字。」○漢書武帝紀：「元朔六年詔曰：今中國一統，而北邊未安。」○賈生過秦論曰：「胡人不敢南下而牧馬。」○詩皇矣曰：「王赫斯怒。」○漢書劉向傳：「上封事諫曰：『詩曰：密勿從事，不敢告勞。』」顏注曰：「此小雅十月之交篇。密勿，猶黽勉從事也。」案：毛傳作「黽勉」。○管子中匡篇曰：「公與管仲父而將飲之，掘新井而柴焉。」尹注曰：「新井而又柴蓋之，欲以清潔，示敬之。」○漢書張良傳曰：「良從外來謁漢王，漢王方食，曰：『客有爲我計撓楚權者。』具以酈生計告良，曰：『於子房何如？』良曰：『誰爲陛下畫此計者？陛下事去矣，臣請借前箸以籌之。』」○史記天官書曰：「斗爲帝車，運於中央，臨制四鄉。」禮記曲禮上孔疏引春秋運斗樞曰：「北斗七星，第一天樞。」○漢書高帝紀下：「上曰：吾以羽檄召天下兵。」顏注曰：「檄者，以木簡爲書，長尺二寸，用徵召也。其有急事，則加以鳥羽插之，示速疾也。」魏武奏事云：「今邊有警，輒露檄插羽。」文心雕龍檄移篇曰：「檄者皦也，宣露於外，皦然明白也。插羽以示迅，露板以宣衆。」馮曰：「露布專是捷書，露版即露章，如魏志崔琰傳『琰露版答太祖』，晉書趙王倫傳『郎景師露版奏請手詔』。南史謝靈運傳『孟顗表其異志，露板上言』，此句取警急入告之義，下句乃指報捷。」又曰：「露布、露板究同，如後漢書李雲傳『憂國將危，露布上書，移副三府』，注：『露布，謂不封之也。』魏書傳永傳：『高祖每歎曰：上馬能擊賊，下馬作露布，惟傳脩期耳。』通鑑（齊紀七）載之作『露板』。」步瀛案：有謂露布爲露板者，馮氏後説所引是也；有謂不封之奏章爲露板者，馮氏前説所引是也。特此文露板即露布耳。○漢書兒寬傳曰：「從東封泰山還登明堂，寬上壽曰：『臣寬奉觴再拜，上千萬歲壽。』制曰：『敬舉君之觴。』」○詩采薇曰：「一月三捷。」○史記匈奴傳曰：「諸大臣皆世官。呼衍氏、蘭氏，其後有須卜氏，此三姓其貴種也。」○晉書劉曜載記論曰：「習以華風。」○左襄二十五年：「東郭偃曰：男女辨姓。」蜀志諸葛亮傳陳壽上諸葛亮集表曰：「亮深謂備（劉備）雄姿傑出，遂解帶寫誠，厚相結納。」○史記陳涉世家曰：「秦左右校。」索隱曰：「即左右校尉軍也。」漢書百官表上曰：「武帝置中壘、屯騎、步兵、越騎、長水、胡騎、射聲、虎賁，凡八校尉。」衛青傳顔注曰：「校者，營壘之稱，故謂軍之一部爲一校。」馮曰：「此謂右軍。諸衛皆有左右，合稱左右兩軍也。」○史記封禪書：「上議曰：古者先振兵釋旅。」又曰：「釋兵須如。」集解引徐廣曰：「古『釋』字作『澤』。」○史記秦始皇本紀曰：「周廬設卒甚謹。」文選西都賦曰：「周廬千列。」李善注引漢書音義張晏曰：「止宿曰廬。」後漢書班固傳章懷注曰：「謂宿衛之廬周於宫也。」○漢書景武昭宣元成功臣表序曰：「春秋列潞子之爵，許其慕夏也。」注引應劭曰：「潞子離狄内附，春秋嘉之，稱其爵，列諸盟會閒。」○功臣表序曰：「詩云：徐方既倈。」顔注曰：「大雅常武之詩曰：『王猷允塞，徐方既來。』言周之王道信能充實，則徐方淮夷並來朝也。倈，古『來』字。」漢書李陵傳：「陵曰：各鳥獸散，猶有得脱，歸報天子者。」沈休文宿東園詩曰：「驚麏去不息。」○鮑明遠舞鶴賦曰：「風去雨還，不可談悉。」○楊子雲羽獵賦曰：「蹶竦讋怖，魂亡魄失。」○後漢書吴漢等傳論曰：「戎羯喪其精膽。」○文選石季倫王明君詞序曰：「昔公主嫁烏孫，令琵琶馬上作樂，以慰其道路之思。」宋書樂志一曰：「傅玄琵琶賦曰：『漢遣烏孫公主嫁昆彌，念其行道思慕，故使工人裁箏、筑，爲馬上之樂。欲從方俗語，故名曰琵琶，取其易傳於外國也。』風俗通曰：『以手琵琶，因以爲名。』杜摯云：『長城之役，弦鼗而鼓之。』並未詳孰是。」馮曰：「傅休奕賦序：『柱十有二，配律吕也；四弦，法四時也。』通典引之而曰：『今清樂奏琵琶，俗謂之秦漢子。』又曰：『五弦琵琶稍小，蓋北國所出。』又曰：『舊彈琵琶，皆用木撥。貞觀中，始有手彈之法，今謂搊琵琶是也。』（樂典四）是琵琶、五絃分列爲二。馬氏通考於『搊琵琶』下曰：『唐時謂之秦漢子，趙璧之彈五弦即此。』（樂考十。案：以上馮引通考乃意改，非原文。）恐有混誤矣，胡琴古無此名。通考曰：『唐文宗朝，女伶鄭中丞善彈胡琴。』（同上）亦不細言其制度。此謂胡琴公主，正用烏孫公主事，以琵琶爲胡琴亦可，不必細剖耳。」○史記廉頗藺相如列傳曰：「李牧大破殺匈奴十餘萬騎，滅襜襤。」集解曰：「襜，都甘反；襤，路談反。」徐廣曰：「一作『臨』。」又引如淳曰：「胡名也，在代北。」又馮唐傳：「滅澹林。」集解引徐廣曰：「澹，一作『襜』。」索隱曰：「一本作『襜襤』。」是「襜襤」「襜臨」「澹林」並同。吴讓之通鑑地理今釋二謂在今張家口外。○文選答蘇武書曰：「韋韝毳幕，以禦風雨。」漢書匈奴傳上曰：「單于遺使與漢書云：胡者，天之驕子也。」馮曰：「種落，一作『湩落』，誤。按烏介以數百騎走，則其部落盡遺棄矣，必當作『種落』。」○舊唐書迴紇傳曰：「迴鶻自咸安公主歿後，屢請繼前好。至元和末，其請彌切，許之。憲宗崩，穆宗即位，踰年，封第十妹爲太和公主，出降迴紇。」新唐書回鶻傳曰：「穆宗立，回鶻固求婚，許之。俄而可汗死，使者臨册所嗣爲登囉羽録没密施句主毗伽崇德可汗，詔以太和公主下降。主，憲宗女也。敬宗即位之年，可汗死，其弟曷薩特勒立，遣使册爲愛登里囉汨没密施合毗伽昭禮可汗。太和六年，可汗爲其下所殺，從子胡特勒立。明年，册爲愛登里囉汨没密施合句禄毗伽彰信可汗。開成四年，其相掘羅勿作難，引沙陀共攻可汗，可汗自殺，國人立㕎馺特勒爲可汗。方歲飢，遂疫，又大雪，羊馬多死。渠長句録莫賀與黠戛斯合騎十萬攻殺可汗，焚其牙，諸部潰。於是可汗牙部十三姓奉烏介特勒爲可汗，南保錯子山。黠戛斯已破回鶻，得太和公主。又自以爲李陵後，與唐同宗，故遣使者達干奉主來歸。烏介怒，追擊達干殺之，劫主南渡磧，進攻天德城，振武節度使劉沔屯雲伽關拒却之。」舊書李德裕傳曰：「烏介突入朔州，大縱掠，卒無拒者。德裕曰：『今烏介所恃者公主，如令勇將出奇，奪得公主，虜自敗矣。』上即令德裕草制，以出奇形勢授劉沔，沔令大將石雄急擊可汗于殺胡山，敗之，迎公主還宮。」通鑑卷二百四十七唐紀曰：「會昌三年春正月，回鶻烏介可汗帥衆侵逼振武，沔遣麟州刺史石雄、都知兵馬使王逢帥沙陀、朱邪、赤心三部及契苾、拓跋三千騎，襲其牙帳，沔自以大軍繼之。雄至振武，登城望回鶻之衆寡，見氈車數十乘，從者皆衣朱碧，類華人，使諜問之，曰：『公主帳也。』雄使諜告之曰：『公主至此，家也，當求歸路。今將出兵擊可汗，請公主潛與侍從相保，駐車勿動。』雄乃鑿城爲十餘穴，引兵夜出，直攻可汗牙帳，至其帳下，虜乃覺之，可汗大驚，不知所爲，棄輜重走，雄追擊之。庚子，大破回鶻，走殺胡山，可汗被瘡，與數百騎遁去。雄迎太和公主以歸。烏介可汗走保黑車子族，其潰兵多詣幽州降。二月庚寅，太和公主至京師，改封安定大長公主，詔宰相帥百官迎謁於章敬寺前，公主詣光順門，去盛服，脱簪珥，謝回鶻負恩、和蕃無狀之罪，上遣中使慰諭，然後入宮。」○史記黥布傳曰：「布反書上聞，滕公言之上曰：『臣客故楚令尹薛公者，其人有籌筴之計，可問。』上迺召見問薛公，薛公對曰：『使布出於上計，山東非漢之有也；出於中計，勝敗之數未可知也；出於下計，陛下安枕而臥矣。』上曰：『是計將安出？』對曰：『出下計。』」○漢書趙充國傳曰：「充國爲人，沈勇有大略，少好將帥之節，而學兵法，通知四夷事。」○舊唐書突厥傳上曰：「始畢可汗咄者，啓民可汗子也。高祖起義太原，遣府司馬劉文静聘于始畢，引以爲援。始畢卒，立其弟俟利弗設，是爲處羅可汗，處羅卒，立弟咄苾，是爲頡利可汗。」新書突厥傳曰：「貞觀元年，頡利擁兵窺邊。明年，詔兵部尚書李靖擊馬邑，頡利走。於是詔并州都督李世勣出通漢道，李靖出定襄道，左武衛大將單柴紹出金河道，靈州大都督、任城王道宗出大同道，幽州都督衛孝節出恒安道，營州都督薛萬淑出暢武道，凡六總管，師十餘萬，皆受靖節度以討之。道宗戰靈州，俘人畜萬計，突利及郁射設、蔭奈特勒帥所部來奔，捷書日夜至。帝謂羣臣曰：『往國家初定，太上皇以百姓故，奉突厥，詭而臣之，朕嘗痛心病首，思一刷恥於天下。今天誘諸將，所向輒克，朕其遂有成功乎！』四年正月，靖進屯惡陽嶺，夜襲頡利，頡利驚，退牙磧口，走保鐵山，兵猶數萬，令執失思力來，陽爲哀言謝罪，請内屬。帝詔鴻臚卿唐儉、將軍安脩仁等持節慰撫。靖知儉在虜所，虜必安，乃襲擊之，盡獲其衆。頡利得千里馬，獨奔沙鉢羅，行軍副總管張寶相禽之。沙鉢羅設蘇尼失以衆降，其國遂亡。」○舊唐書肅宗紀曰：「至德二載九月，迴紇葉護太子率兵四千助國討賊。丁亥，元帥廣平王統朔方、安西、回紇、南蠻、大食之衆二十萬，東向討賊。癸卯，廣平王收西京。冬十月壬戌，廣平王入東京。癸亥，上自鳳翔還京。丁卯，入長安，乃封葉護爲忠義王，約每年送絹二萬匹。」○孫子始計篇曰：「夫未戰而廟算勝者，得算多也。」淮南子兵略篇曰：「廟戰者帝，神化者王。所謂廟戰者，法天道也；神化者，法四時也。」（文子自然篇襲之）又曰：「凡用兵者，必先自廟戰。」

惟彼參伐，實興皇家。天漢美名，方之尚陋；舂陵王氣，比此非多。而物衆藏姦，地寬長孽。敢起在行之衆，因興逐帥之謀。遂使起義堂邊，台臣夙駕；晉陽宮下，逆竪宵奔。翻勢將冀於連雞，勇鬬尚同於困獸。詎知長算，已出奇兵。金僕靈鉟，靡留於旬朔；篚輿貫木，已集於都街。此廟戰之功二也。以上勘定太原。

史記秦始皇本紀後載班孟堅論曰：「據狼、狐，蹈參、伐。」天官書曰：「參下有三星，兑曰罰，爲斬艾事。」正義曰：「罰，亦作『伐』。」晉書天文志曰：「參十星，一曰參伐。」左昭元年：「子産曰：遷實沈于大夏，主參，唐人是因，故參爲晉星。」○唐高祖太原起義，故曰「實興皇家」。○漢書蕭何傳曰：「項羽立沛公爲漢王，漢王怒，欲謀攻項羽。何曰：『周書曰：「天予不取，反受其咎。」語曰天漢，其稱甚美。』」○後漢書光武帝紀論曰：「望氣者蘇伯阿爲王莽使，至南陽，遥望見春陵郭，唶曰：氣佳哉，鬱鬱葱葱然。」○在行之衆，馮曰：「左傳（成二年）：『韓厥曰：屬當戎行。』又（襄十年）：『季武子曰：今寡君在行。』按楊弁率横水戍卒赴榆社，因以起亂，故謂行役之衆非僅行伍之謂，當從户庚切，或從户剛切，皆通。」○舊書武宗紀曰：「會昌四年春正月乙酉朔，楊弁逐太原節度使李石。」李石傳曰：「王師之討澤潞也，王逢軍於榆社，訴兵少，請益之，詔石以太原之卒赴榆社，石乃割横水戍卒一千五百人，令别將楊弁率之，以赴王逢。舊例，發軍人給二縑，石以支計不足，量減一匹，軍人聚怨，又將及歲除，促令上路，衆愈不悦。楊弁乘其釁謀亂，出言激動軍人，四年正月，軍亂逐石，朝廷乃以晉絳觀察使崔元式代還。」○舊唐書高祖本紀曰：「大業十三年，爲太原留守，郡丞王威、武牙將高君雅爲副。太宗與晉陽令劉文静首謀勸舉義兵，君雅恐高祖爲變，相與疑懼，請高祖祈雨於晉祠，將爲不利。晉陽鄉長劉世龍知之，以告高祖，高祖陰爲之備。五月甲子，高祖與威、君雅視事，太宗密嚴兵於外，遣開陽府司馬劉政會告威等謀反，即斬之以徇，遂起義兵。」玄宗紀曰：「開元十一年，上親制起義堂頌及書，刻石紀功于太原府之南街。」元和郡縣志曰：「河東道太原府晉陽縣：起義堂碑在乾陽門街，開元十一年玄宗幸太原所立，御製並書。」清統志曰：「山西太原府：起義堂，在太原縣東。」○舊唐書李石傳曰：「石字中玉，（新唐書宗室宰相傳曰：「神符五世孫。」）太和九年，遷户部侍郎、同平章事。會昌三年，加檢校司空、太原尹、北都留守、河東節度觀察等使，代劉沔。四年正月，軍亂，逐石。」馮曰：「李石先於太和九年爲相，故曰台臣。時石奔汾州。」○魏書地形志曰：「太原郡晉陽縣：武定初，齊獻武王始置晉陽宫。」元和志曰：「太原府晉陽縣：府城，故老傳晉并州刺史劉琨築。城中又有三城，其一曰大明城，即古晉陽城也，高齊後帝於此置大明宫，因名大明城。姚最序行記曰：『晉陽宮西南有小城，內有殿，號大明宮。』即此也。又一城南面因大明城，西面連倉城，北面因州城，東魏孝静帝於此置晉陽宮，隋文帝更名新城，煬帝更置晉陽宮。」清統志曰：「太原府：晉陽宮，在太原縣北。」○秦策一：「秦惠王謂寒泉子曰：諸侯不可一，猶連雞之不能俱止於棲，亦明矣。」馮曰：「通鑑（卷二百四十七）：『楊弁使其姪詣劉稹，約爲兄弟，稹大喜。』故曰『逆豎宵奔而冀連雞之勢』。」○左宣十二年：「士貞子曰：『城濮之役，晉師三日穀，文公猶有憂色，曰：「得臣猶在，憂未歇也。困獸猶鬬，況國相乎？」』」○左莊十一年曰：「乘丘之役，公以金僕姑射南宮長萬。」杜注曰：「金僕姑，矢名。」又昭十年曰：「公卜使王黑以靈姑鉟率吉，請斷三尺焉而用之。」杜注曰：「靈姑鉟，公旗也。」徐孝穆陳公九錫文曰：「裁舉靈鉟，亦抽金僕。」○史記張耳傳曰：「廷尉以貫高事辭上聞，上使泄公持節問之箯輿前。」集解引徐廣曰：「箯音鞭。」又引韋昭曰：「輿如今輿牀，舁以行。」漢書張耳傳顏注曰：「編竹木以爲輿，高時委困，故以處之也。」文選司馬子長報任少卿書曰：「衣赭衣，關三木。」李善曰：「三木，在項及手、足也。」案：關，「貫」之通借字。○後漢書馮緄傳：「詔策緄曰：郅支、夜郎、樓蘭之戎，頭懸都街。」○舊唐書武宗紀曰：「會昌四年二月辛酉，太原送楊弁與其同惡五十四人來獻，斬於狗脊嶺。」李德裕傳曰：「三年十二月，太原横水戍兵因移榆社，乃倒戈入太原城，逐節度使李石。武宗以賊稹未殄，又起太原之亂，心頗憂之。遣中使元貫往太原宣諭，元貫受楊弁賂，欲全之。四年正月，德裕奏曰：『楊弁微賊，決不可赦。』即時請降詔，令王逢起榆社軍，又令王元逵兵自土門入，會於太原。河東監軍吕義忠聞之，即日召榆社本道兵誅楊弁以聞。」馮曰：「楊弁之起亂在稹後，而其擒誅在稹前，故先敘。」

而潞寇不懲兩豎之兇，徒恃三軍之力。干我王略，據其父封。袁熙因累葉之資，衛朔拒大君之詔。人將自棄，鬼得而誅。蛙覺井窺[一]，蟻言樹大。招延輕險，曾微吳國之錢；藏匿罪亡，又乏江陵之粟。所謀者河朔遺事，所恃者巖險偷生。今則趙魏俱攻，燕齊併入。奉規於帷幄，遵命於指蹤。亞夫拒吳，驚東南而備西北；韓信擊魏，艤臨晉而渡夏陽。百道無飛走之虞，一縷見傾危之勢。計其反接，當不踰時。是則陳曲逆之六奇，翻成屑屑；葛武侯之八陣，更覺區區。此廟戰之功三也。以上征討澤潞。

舊唐書地理志曰：「昭義軍節度使治潞州，領潞、澤、邢、洺、磁五州。」案：唐潞州治上黨縣，在今山西長治縣治。○馮曰：「兩豎，謂吳元濟、李同捷，因父死承襲逆朝命而誅滅者。」案：新唐書憲宗紀曰：「元和九年閏八月，彰義軍節度使吳少陽卒，其子元濟自稱知軍事。十二年十月，克蔡州，十一月，吳元濟伏誅。」敬宗紀曰：「寶曆二年四月，橫海軍節度使李全略卒，其子同捷反。」文宗紀曰：「太和三年四月，滄景節度使李祐克德州，李同捷降。滄德宣慰使柏耆以同捷歸于京師，殺之于將陵。」○左成二年曰：「兄弟甥舅，侵敗王略，王命伐之。」○舊唐書武宗紀曰：「會昌三年四月，昭義節度使劉從諫卒，三軍以從諫姪稹爲兵馬留後，上表請授節鉞。尋遣使齎詔潞府，令稹護從諫之喪歸洛陽，稹拒朝旨。」新書藩鎮澤潞傳曰：「從諫從子稹，父從素，仕右驍衛將軍，從諫以爲嗣。」○後漢書袁紹傳曰：「紹累世台司，賓客所歸。」又

[一] 窺：馮注本作「窺」，徐注本作「寬」。

曰：「紹有三子，譚、熙、尚。後妻劉有寵，而偏愛尚，數稱於紹，紹乃以譚繼兄後，出爲青州刺史，以中子熙爲幽州刺史。」○春秋桓十六年：「十有一月，衛侯朔出奔齊。」公羊傳曰：「朔何以名？絕。曷爲絕之？得罪於天子也。」穀梁傳曰：「朔之名，惡也，天子召而不往也。」○左僖十一年曰：「天王使召武公、內史過賜晉侯命。受玉惰。過歸告王曰：『晉侯其無後乎？王賜之命，而惰于受瑞，先自棄也已。』」○莊子庚桑楚篇曰：「爲不善乎幽閒之中者，鬼得而誅之。」馮曰：「左傳（成十年）：『晉侯夢大厲，被髮及地，搏膺而踊曰：殺余孫不義，余得請于帝矣。』亦可借用以切晉地。」○後漢書馬援傳曰：「援留西州，隗囂甚敬重之。時公孫述稱帝於蜀，囂使援往觀之，歸謂囂曰：子陽井底蛙耳，而妄自尊大。」○馮曰：「符子（御覽蟲豸部四引）：『羣蟻相要乎海畔觀鼇云云，羣蟻曰：「鼇之冠山，何異我之戴粒也。逍遥封壤之巔，歸乎窟穴之下。此乃物我之適，自己而然，何用數百里勞形而觀之乎？」』此『蟻言樹大』之意也，當更有典，未詳。」○史記吴王濞傳曰：「吴有章郡（「章」上原有「豫」字，依漢書吴王濞傳注校改。）銅山，濞則招致天下亡命者盜鑄錢。」（盜，各本作「益」，今依王懷祖讀書雜志卷三之五校改。）○漢書武帝紀：「元鼎元年詔曰：方下巴蜀之粟，致之江陵。」○新書藩鎮澤潞傳曰：「諸將乃詣監軍崔士康邀説，請如河朔故事，士康懦不敢拒，乃至喪次，扶稹出見三軍。」○張平子西京賦曰：「巖險周固。」馮曰：「巖險，謂羊腸、天井。」○舊書李德裕傳曰：「澤潞節度使劉從諫卒，軍人以其姪稹擅總留後，三軍請降旄鉞，帝與宰臣議可否。德裕曰：『澤潞，國家內地，不同河朔，若不加討伐，何以號令四方？若因循授之，則藩鎮相效，自茲威令去矣。』帝曰：『卿算用兵必剋否？』對曰：『劉稹所恃者，河朔三鎮耳，但得魏、鎮不與稹同，破之必矣。請遣重臣一人，傳達聖旨，言澤潞命帥，不同三鎮，自艱難已來，列聖皆許三鎮嗣襲，已成故事。今國家欲加兵誅稹，禁軍不欲出山東，其山東三州，委鎮、魏出兵攻取。』上然之。乃命御史中丞李回使三鎮諭旨，賜魏、鎮詔書云：『卿勿爲子孫之謀，欲存輔車之勢。』何弘敬、王元逵承詔，聳然從命。初議出兵，朝官上疏相繼，請依從諫例，許之繼襲，而宰臣四人亦有以出師非便者。德裕奏曰：『如師出無功，臣請自當罪戾，請不累李紳、讓夷等。』及弘敬、元逵出兵，德裕又奏曰：『貞元、太和之閒，朝廷伐叛，詔諸道會兵，纔出界，便費度支供餉，遲留逗撓，以困國力，或密與賊商量，取一縣一柵以爲勝捷，所以師出無功。今請處分元逵、弘敬，只令收州，勿攻縣邑。』帝然之。及王宰、石雄進討，經年未拔澤潞，及弘敬、元逵收邢、洺、磁三州，積黨遂離，以至平殄，皆如其筭。」○漢書高帝紀下：「上曰：夫運籌帷幄之中，決勝千里之外，吾不如子房。」○史記蕭相國世家曰：「高祖以蕭何功最盛，封爲酇侯，所食邑多，功臣皆曰：『臣等身被堅執鋭，多者百餘戰，少者數十合，攻城略地，大小各有差，今蕭何未嘗有汗馬之勞，徒持文墨議論，不戰，顧反居臣等上，何也？』高帝曰：『諸君知獵乎？』曰：『知之。』『知獵狗乎？』曰：『知之。』高帝曰：『夫獵追殺獸兔者狗也，而發蹤指示獸處者人也。今諸君徒能得走獸耳，功狗也；至如蕭何，發蹤指示，功人也。』」漢書「蹤」作「縱」，顔注曰：「發縱，謂解而放之也。縱音子用反，而讀者乃爲『蹤蹟』之『蹤』，非也。」胡梅磵通鑑卷十一注引洪氏隸釋，漢碑以「縱」爲「蹤」，謂「漢人固多借用，顔注殆未然」。錢可廬（大昭）漢書辨疑卷十七曰：「説文無『蹤』字，『蹤蹟』字古作『縱』，小顔乃疑非『蹤蹟』之『蹤』，非也。」○史記絳侯世家曰：「吴、楚反，亞夫爲太尉，東擊吴、楚。堅壁不出，吴兵乏糧，飢，數欲挑戰，終不出。夜，軍中驚，内相攻擊擾亂，至於太尉帳下，太尉終臥不起，頃之，復定。後吴奔壁東南陬，太尉使備西北，已而其精兵果奔西北，不得入。吴兵既餓，乃引而去。」○史記淮陰侯傳曰：「信爲左丞相擊魏，魏王盛兵蒲坂，塞臨晉，信乃爲疑兵，陳船欲渡臨晉，而伏兵從夏陽以木罌缻渡軍襲安邑，魏王豹驚，引軍迎信，信遂虜豹。」項羽本紀曰：「烏江亭長檥船待。」集解引如淳曰：「南方人謂整船向岸曰檥。」案：

艤，「檥」之俗字。○晉書張重華傳（附張軌傳後）曰：「麻秋進攻枹罕，圍塹數重，雲梯雹車，地突百道，皆通於內。」左太沖吴都賦曰：「窮飛走之棲宿。」○漢書枚乘傳：「枚奏書諫吴王曰：夫以一縷之任，係千鈞之重，上縣無極之高，下垂不測之淵，雖甚愚之人，猶知哀其將絕也。」○史記陳丞相世家曰：「以節召樊噲，噲受詔，即反接載檻車。」漢書陳平傳顔注曰：「反縛兩手也。」○魏志鄧艾傳：「詔曰：兵不踰時，戰不終日。」通鑑卷二百四十八唐紀曰：「會昌四年八月辛卯，鎮、魏奏，邢、洺、磁三州降。宰相入賀，李德裕曰：『昭義根本，盡在山東，三州降，上黨不日有變矣。』上曰：『郭誼必梟劉稹以自贖。』德裕曰：『誠如聖料。』」○史記陳丞相世家曰：「更以陳平爲曲逆侯。」又曰：「凡六出奇計，輒益邑，凡六益封。奇計或頗祕，世莫得聞也。」○左昭五年：「女叔齊曰：屑屑焉習儀以亟。」○蜀志諸葛亮傳曰：「亮推演兵法，作八陣圖。」水經江水注一曰：「江水東逕諸葛亮圖壘南，石磧平曠，望兼川陸，有亮所造八陣圖，東跨故壘，皆累細石爲之。自壘西去，聚石八行，行閒相去二丈。今夏水漂蕩，歲月消損，高處可二三尺，下處磨滅殆盡。」太平寰宇記曰：「山南東道夔州奉節縣：八陣圖，在縣西南七里。盛弘之荆州記云：『壘西聚石爲八行，行八聚，聚閒相去二丈許，謂之八陣圖。因曰八陣既成，自今行師更不復敗。八陣及壘，皆圖兵勢行藏之權，自後深識者所不能了。桓温伐蜀經之，以爲常山蛇勢。此蓋意言之。』」○廣雅釋訓曰：「區區，小也。」○馮曰：「通鑑：『李德裕奏：「嚮日用兵，或陰與賊通，借一縣一栅據之，自以爲功，坐食轉輸。今令王元逵取邢州，何弘敬取洺州，王茂元取澤州，李彦佐、劉沔取潞州，毋得取縣。」上從之。彦佐發徐州，行甚緩，德裕請以天德防禦使石雄爲之副，俟至軍中，令代之。王元逵前鋒入邢州已逾月，何弘敬尚未出師，德裕請遣王宰將忠武全軍徑魏博，直抵磁州，以分賊勢，弘敬必懼，此攻心伐謀之術。從之。詔王宰選精兵自相、魏趨磁州。何弘敬恐軍中有變，蒼黄出師。王宰久不進軍，又奏請劉沔鎮河陽，令以義成精兵直抵萬善，處宰肘腋之下，王宰遂進攻澤州。官軍四合，捷書日至。』（以上卷二百四十七）『潞人聞三州降，大懼，郭誼、王協謀殺劉稹以自贖，遂斬之，收稹宗族，至襁褓中子皆殺之。』（以上卷二百四十八）按：必詳述其指畫之方，乃知亞夫數聯運古極精。」

孤寇行静，萬方率同。將盪海騰區，夷山拓宇。高待泥金之禮，雄專瘞玉之辭。煙閣傳形，革車就國。盡人臣之極分，焕今古之高名。承上澤潞事作一總束。

孤寇，指劉稹。漢書楊雄傳上顔注曰：「行，且也。」又郊祀志上注曰：「且，將也。」○詩閟宫曰：「至于海邦，淮夷來同。」○盪海，見駱賓王姚州露布注。又晉書文苑趙至傳與嵇蕃書曰：「蕩海夷嶽。」○泥金，見駱賓王爲齊州父老請陪封禪表注。○漢書武帝紀曰：「天漢三年三月，行幸泰山修封，還過祠常山，瘞玄玉。」○舊書太宗紀下曰：「貞觀十七年春正月，詔圖畫司徒趙國公無忌等勳臣二十四人於凌煙閣。」○禮記明堂位曰：「成王以周公有勳勞於天下，是以封周公於曲阜，地方七百里，革車千乘。」史記齊太公世家曰：「封師尚父於齊營丘，東就國。」○「盡人臣」二句，馮曰：「言德裕將削平海内，封岱勒成，而全功名於始終也。」

況又奉以嘉聲，諧兹國檢。鬬文賜糗，遠箴醉飽之徒；晏子朝衣，横厲輕肥之俗。以上美其儉德。

魏志高堂隆傳：「隆上疏切諫曰：聞之四夷，非嘉聲也。」○法言脩身篇曰：「天下有三檢，衆人用家檢，賢人用國檢，聖人用天下檢。」晉書庾峻傳：「上疏曰：出言合於國檢。」○鬬，原作「傳」，今依徐校改。楚語下：「鬬且語其弟曰：『昔鬬子文三舍令尹，無一日之積，恤民之故也。成王聞子文之朝不及夕也，於是平每朝設脯一束，糗一筐，以羞子文，至於今，令尹秩之。』」○禮記禮器曰：「晏平仲澣衣濯冠以朝。」論語雍也篇曰：「乘肥馬，衣輕裘。」

比周息慮，孤介歸仁。紹續勳家，扶持舊族。罔容私謝，皆事公言。景風至而慶賞先行，仲呂協而賢良必遂。豈直杜伯山之令子，大邑傳家；陶彭澤之孤孫，西曹受署？以上美其用賢。

左文十八年：「史克曰：帝鴻氏有不才子，醜類惡物，是與比周。」管子重令篇曰：「比周之人，將以此阿黨取與。」○漢書張安世傳（附父湯傳）曰：「嘗有所薦，其人來謝，安世大恨，以爲舉賢達能，豈有私謝邪？絕勿復爲通。」○史記孝文本紀：「宋昌曰：所言公，公言之。」○御覽天部九引易通卦驗曰：「夏至景風至，辯大將，封有功。」淮南子天文篇曰：「景風至，施爵祿，賞有功。」○禮記月令曰：「孟夏之月，律中中呂，命太尉，贊桀俊，遂賢良，舉長大，行爵出祿，必當其位。」○後漢書杜林傳曰：「林字伯山，建武二十二年代朱浮爲大司空。明年薨，帝親自臨喪送葬，除子喬爲郎。詔曰：『公侯子孫，必復其始。賢者之後，宜宰城邑。其以喬爲丹水長。』」○晉書隱逸陶潛傳曰：「爲彭澤令。」梁書太祖五王安成康王秀傳曰：「爲江州刺史，聞前刺史取徵士陶潛曾孫爲里司，秀歎曰：『陶潛之德，豈可不及後世？』即日辟爲西曹。」馮曰：「受署，言補吏職也。見漢書張敞傳、孫寶傳。」又曰：「此數語隱爲朋黨洗脫，然德裕實不專事朋黨，如舉用白敏中、柳仲郢之類可見。國史補云：『德裕爲相，清直無黨。』（卷中）」

重以心游書囿，思託文林。提枹於絕藝之場，班楊掃地；鞠旅於無前之敵，江鮑輿尸。故矯枉則黃治之賦興，游道則知止之篇作。辭窮體物，律變登高。文星留伏於筆閒，綵鳳翱翔於夢裏。此固談揚絶意，倣效何階。以上美其文章。

司馬長卿上林賦曰：「翱翔乎書圃。」○公孫乘月賦曰：「文林辨囿。」○史記田叔傳褚先生曰：「臣爲郎時，聞之田仁故與任安相善。有詔召見，田仁曰：提桴鼓立軍門，使士大夫樂死戰鬭，仁不及任安。」「桴」與「枹」同。○班楊句，徐曰：「班固、楊雄。」後漢書孔融傳：「魏文帝深好融文詞，嘆曰：楊班儔也。」漢書魏豹傳贊曰：「秦滅六國，而上古遺烈埽地盡矣。」○詩采芑曰：「陳師鞠旅。」魏志呂布張邈傳：「陳宮説邈曰：呂布善戰無前。」○江鮑句，徐曰：「江淹、鮑照。」易師六五曰：「弟子輿尸。」○漢書郊祀志下：「谷永説上曰：黃治變化。」注引晉灼曰：「黃者，鑄黃金也，道家言治丹砂令變化，可鑄作黃金也。」案：文饒黃治賦序曰：「蜀道有青城、峨眉山，皆隱淪所託。辛亥歲，有以鑄金術干余者。竊歎劉向累世懿德，爲漢儒宗，其所述作，根於聖道，猶愛信鴻寶，幾嬰時戮。況流俗之士，能無惑於此乎？因作賦以正之。」又有黃治論。○文饒自敍詩自注曰：「非尚子遍遊五嶽。」其詩曰：「五嶽徑雖深，遍遊心已蕩。苟能知止足，所遇皆清曠。七十難可期，一丘乃微尚。遥懷少室山，常恐非吾望。」○陸士衡文賦曰：「賦體物而瀏亮。」○漢書藝文志曰：「登高能賦，可以爲大夫。」○文星，見李巨山神龍歷序「東壁」注。晉書天文志二曰：「凡五星見伏、留行、逆順、遲速應歷度者，爲得其行。」○夢鳳，亦見神龍歷序注。又藝文類聚鳥部一引羅含傳曰：「含少時晝臥，忽夢一鳥，文色異常，飛來入口，含因驚起，心胸閒如吞物，意甚怪之。叔母謂曰：『鳥有文章，汝後必有文章，此吉祥也。』含於是才藻日新。」馮曰：「瑞鳥謂鳳。梁昭明十二月啓：吞羅含之彩鳳，辯囿日新。」○漢書楊惲傳（附父敞傳後）曰：「轉相倣效。」○舊書李德裕傳曰：「德裕雖位極台輔，而讀書不輟，吟詠終日。在長安私第別構起草院，院有精思亭，每朝廷用兵，詔令制置，而獨處亭中，凝然握管，左右侍者，無能預焉。有文集二十卷。」

若某徒預宗盟，早塵清鑒。而行藏遷貿，歧路差池。今將抽實吐誠，椎心敍款。緘猶未寫，詞已失煩。某爰自弱齡，實抱孤操。寒郊映雪，暑草搜螢。雖有謝於天姿，或無慚於力學。庾持奇字，信未皆通；敬禮小文，頗常留意。太和中，敢揚微抱，竊獻短章。方候明誅，忽蒙復命。荆州一紙，河東百金。叨延月旦之評，長積竹林之戀。竟以事將願背，蹇與身期。離索每多，交攀莫遂。武陵被病，洛表求醫。未及上言，先蒙受代。肩輿而至，杜門以居。蓬藿荒涼，風霜迅厲。今已稍痊美疢，獲託休辰。殷鈞體羸，尚能爲郡；馬卿疾罷，猶可言文。退無井臼之資，進乏交朋之助。是以徘徊軒幄，託附緘封。冀陳蔡之及門，庶江黄之列會。敢渝孤直，仰累清光。東浪驚年，西飆結欷。矢心佩賜，畢命銜輝。道阻且躋，書不盡意。金楹假蔭，望同相賀之禽；珠岸迴光，庶及不枯之草。明懸肝膽，唯所鑪錘。干冒尊嚴，伏用兢灼。

謹啓。以上自述所經，并屬望援引之意。○風發泉涌，藻采紛披。此等文直欲追媲孝穆。馮氏云此篇是以全力赴之者，尚未道及佳處。

左隱十一年：「公使羽父請於薛侯曰：周之宗盟，異姓爲後。」○魏志王粲等傳評曰：「劉廙以清鑒著。」○詩燕燕曰：「差池其羽。」○文選答蘇武書曰：「仰天椎心而泣血也。」○藝文類聚天部下曰：「孫康家貧，常映雪讀書。」初學記天部下、御覽天部十二皆引作宋齊語。○晉書車胤傳曰：「胤家貧不能得油，練囊盛數十螢火以照書。」○陳書庾持傳曰：「持好爲奇字。」案：英華「庾」作「廛」，非，辨證卷二已正之。○曹子建與楊德祖書曰：「昔丁敬禮嘗作小文，使僕潤飾之。」○太和，文宗年號。○顏延之五君詠劉參軍曰：「頌酒雖短章，深衷自此見。」○晉書劉弘傳曰：「爲鎮南將軍、都督荆州諸軍事，每有興廢，手書守相，丁寧款密，所以人皆感悦争赴之，咸曰：得劉公一紙書，賢於十部從事。」○史記季布傳曰：「季布爲河東守。」餘見上篇「一諾」注。○後漢書許劭傳曰：「劭字子將，汝南平輿人也。與從兄靖好共覈論鄉黨人物，每月輒更其品題，故汝南俗有月旦評焉。」○晉書嵇康傳曰：「所與神交者，惟阮籍、山濤，豫其流者向秀、劉伶、籍兄子咸、王戎，遂爲竹林之遊，世所謂竹林七賢也。」徐曰：「竹林七賢有阮咸，籍兄子也。貽孫以咸自比。」○禮記檀弓上：「子夏曰：吾離羣而索居。」○後漢書馬援傳曰：「建武二十四年，武威將軍劉尚擊武陵五溪蠻夷，深入軍没，援請行。明年三月，進營壺頭，賊乘高守隘，水疾船不得上，會暑甚，士卒多疫死，援亦中病，遂困，乃穿岸爲室以避炎氣。」○後漢書章帝八王清河孝王慶傳曰：「後上言外祖母王年老，遭憂病，下土無毉藥，願乞詣洛陽療疾，於是詔宋氏悉歸京師。」○晉書王獻之傳（附父羲之傳後）曰：「獻之嘗經吴郡，聞顧辟疆有名園，先不相識，乘平肩輿徑入。」○史記商君傳：「趙良曰：公子虔杜門不出，已八年矣。」○沈休文郊居賦曰：「入蓬藋之荒茫。」○庾子山小園賦曰：「聊以避風霜。」○左襄二十三年：「臧孫曰：美疢不如惡石。」○梁書殷鈞傳曰：「出爲明威將軍、臨川内史。鈞體羸多疾，閉閤臥治，而百姓化其德，劫盜皆奔出境。」○史記司馬相如傳曰：「相如善著書，常有消渴疾。」馮曰：「相如病免遊梁，其後乃奏上林賦。及使蜀還，又每稱病閒居，乃奏哀二世賦、大人賦，故曰『疾罷言文』。貽孫當於太和中爲官，而以病罷，今病痊，求其援引也。」○東觀漢記馮衍傳曰：「衍娶北地任氏女爲妻，忌不得畜媵妾，兒女常自操井臼。」○論語先進篇：「子曰：從我於陳、蔡者，皆不及門也。」○春秋僖公三年：「齊侯、宋公、江人、黄人會于陽穀。」○隋書房彥謙傳：「彥謙謂高熲曰：清介孤直，未必高名。」○「東浪」句，馮曰：「謂年華易逝。」○說文曰：「飆，扶搖風也。」馮曰：「此謂悲秋之感。」○詩蒹葭曰：「道阻且躋。」毛傳曰：「躋，升也。」○易繫辭上曰：「書不盡言，言不盡意。」○何平叔景福殿賦曰：「金楹齊列。」淮南子說林篇曰：「大廈成而燕雀來賀。」○大戴禮勸學篇曰：「玉居山而木潤，淵生珠而岸不枯。」荀子勸學篇、淮南說山篇、文子上德篇、史記龜策傳皆有此二語。○後漢書竇融傳：「融上書曰：故遣劉鈞口陳肝膽。」○莊子大宗師篇：「意而子曰：夫無莊之失其美，據梁之失其力，黄帝之亡其智，皆在鑪捶之閒耳。」釋文曰：「捶，本又作『錘』。」成玄英疏曰：「鑪，竈也；錘，鍛也。」

上尚書范陽公啓

舊唐書盧簡辭傳曰：「簡辭，范陽人。弟弘正，字子强，大中三年檢校户部尚書，出爲徐州刺史、武寧軍節度使。」文苑李商隱傳曰：「大中三年入朝，京兆尹盧弘正奏署掾曹。明年，令狐綯作相，商隱屢啓陳情，綯不之省，弘正鎮徐州，又從掌書記。」義山樊南乙集序曰：「十月，尚書范陽公以徐戎凶悍，節度闕判官，奏入幕。」馮孟亭玉谿生年譜曰：「按弘正表辟在十月，奏爲判官，非掌書記，本傳誤也。」張氏會箋曰：「舊書本傳云云，馮譜信之，因列徐辟於四月終，乙集敍明言十月，則固在三年也。且係奏爲判官，非掌書記。時初得侍御史，詠懷寄祕閣舊僚詩『柏臺成口號，芸閣暫肩隨』，薛逢重送徐州李從事商隱詩『蓮府望高秦御史』，可證。其後多稱李侍御矣，而二傳則渾書於王茂元鎮河陽，皆誤也。至屢啓陳情，自絢內召已然，而是年則篇什爲尤多，豈必待大中四年令狐作相時哉？」

某啓：仰蒙仁恩，俯賜手筆。將虛右席，以召下材。承命恐惶，不知所措。某幸承舊族，蚤預儒林。鄴下詞人，夙蒙推與；洛陽才子，濫被交遊。而時亨命屯，道泰身否。成名踰於一紀，旅宦過於十年。恩舊彫零，路歧悽愴。薦禰衡之表，空出人間；嘲楊子之書，僅盈天下。以上自述。

漢書王嘉傳：「嘉上疏曰：吏或居官數月而退，中材苟容求全，下材懷危內顧。」○魏志王粲傳曰：「始文帝爲五官將，及平原侯植，皆好文學，王粲與徐幹、陳琳、阮瑀、應瑒、劉楨並見友善。」餘見王子安滕王閣餞別序「鄴水」句注。○洛陽才子，見駱賓王和閨情詩啓。○馮曰：「按義山開成二年登進士第，四年爲校書郎，調弘農尉，至是則或踰一紀，或過十年。」○後漢書文苑禰衡傳：「孔融上疏薦之曰：使衡立朝，必有可觀，若衡等輩，不可多得。」○漢書楊雄傳曰：「雄方草太玄，泊如也。或謿雄以玄尚白，而雄解之，號曰解謿。」案：「嘲」與「謿」字同。又案：子雲之姓，俗作从手之「揚」，非也。（段若膺曰：「劉貢父漢書注云：『揚氏兩族，赤泉氏從木。子雲自序其受氏從手，而楊修書稱修家子雲，又似震族。』貢父所見雄自序，必是唐以後僞作。」王懷祖曰：「漢郎中鄭固碑云：『君之孟子，有楊烏之才。』烏即雄之子也，則雄姓之不從手明矣。」）各本皆沿俗作揚子，今正之。他倣此。又案：「僅」字有多、少兩義，（即一積極，一消極。）如杜子美泊岳陽城下詩曰：「山城僅百層。」韓退之張中丞傳後敍曰：「士卒僅萬人。」與李翺書曰：「家累僅三十口。」皆取多意。此文「僅」字義同，即俗用之「儘」字也。

去年遠從桂海，來返玉京。無文通半頃之田，乏元亮數閒之屋。隘傭蝸舍，危託燕巢。春畹將遊，則蕙蘭絕徑；秋庭欲埽，則霜露霑衣。免調天官，獲昇甸壤。歸惟卻埽，出則卑趨。仰燕路以長懷，望梁園而結慮。以上近來情事。

馮曰：「桂海謂桂州。江淹雜體詩：文軫薄桂海。」○玉京，見盧昇之黎君碑注，馮曰：「以玉京喻帝京，詩家習用。」○舊書文苑李商隱傳曰：「鄭亞廉察桂州，請爲觀察判官。大中初，亞貶循州，商隱隨亞在嶺表累載，三年，入朝。」此言其事也。○江文通與交友論隱書曰：「望在五畝之宅，半頃之田，鳥赴簷上，水匝階下，則請從此隱。」○陶淵明歸田園居詩曰：「方宅十餘畝，草堂八九閒，」晉書隱逸傳曰：「陶潛字淵明，或云淵明字元亮。」○古今注卷中曰：「蝸牛，陵螺也。野人結圓舍如蝸牛之殼，故曰蝸舍，亦曰蝸牛之舍也。」魏志管寧傳裴注引魏略「焦先作瓜牛廬，止其中」，謂「瓜」當作「蝸」。○左傳襄二十九年曰：「吳公子札自衛如晉，將宿于戚，聞鐘聲，曰：『異哉！夫子獲罪於君以在此，猶燕之巢於幕上。』」○離騷曰：「余既滋蘭之九畹兮，又樹蕙之百畝。」○霜露霑衣，見黎君碑注。○馮曰：「甸壤，謂京縣尉。京兆奏署掾曹，此京尹非盧弘正，弘正於三年五月出鎮矣。」○江文通恨賦曰：「敬通見抵，歸惟卻埽。」○孔文舉論盛孝章書曰：「嚮使郭隗倒懸而王不解，則士亦將高翔遠引，莫有北首燕路者矣。」○西京雜記上曰：「梁孝王好宮室苑囿之樂，築兔園。」又謝惠連雪賦曰：「梁王不悅，遊於兔園，乃置旨酒，命賓友，召鄒生，延枚叟。」

尚書道光士範，德冠民宗。愷悌之化既流，鎮静之功方懋。竊思上國投刺，東都及門。惟交抵掌之談，遂辱知心之契。載惟浮汎，頻涉光陰。豈期咫尺之書，終訪蓬蒿之宅。感義增氣，懷仁識歸。便當焚遊趙之簦，毀入秦之屩，束書投筆，仰副嘉招。謁謝未閒，下情無任感戀之至。謹啓。以上謝其見聘。○蔣曰：「稍有氣概，便自出羣。」

蔡伯喈陳太丘碑文曰：「謚曰文範先生，文爲德表，範爲士則，存誨没號，不亦宜乎？」○任彦昇王文憲集序曰：「既道在廊廟，則理擅民宗。」○班孟堅西都賦曰：「流大漢之愷悌。」案：舊書盧弘正傳曰：「大中初，轉户部侍郎，充鹽鐵轉運使。前是安邑、解縣兩池鹽法積弊，課入不充，弘正特立新法，課入加倍，至今賴之。」案：愷悌之化，似兼指此。○舊書弘正傳曰：「徐方軍士驕怠，有銀刀都，前後屢逐主帥。弘正在鎮朞年，皆去其首惡，諭之忠義，訖於受代，軍旅無譁。」馮曰：「此言其定亂後，綏和鎮静。」○唐以河南府爲東都，則上國蓋指長安。釋名釋書契曰：「書姓字於奏上曰畫刺，作再拜起居字，皆達其體使盡邊，徐引筆書之如畫者也。下官刺曰長刺，書中央一行。又曰爵里刺，書其官爵及郡縣鄉里也。」馮曰：「按此三者，至今用之也。『投刺』字見後漢書童恢傳。」○秦策一曰：「蘇秦見趙王説於華屋之下，抵掌而談。」高注曰：「抵，據也。」案：字當作「扺」。説文曰：「扺，側擊也。」○文選答蘇武書曰：「人之相知，貴相知心。」○趙策四：「范座遺信陵君書曰：趙王以咫尺之書來。」漢書韓信傳曰：「奉咫尺之書。」顔注曰：「八寸曰咫，言或長咫，或長尺，喻輕率也。」○文選江文通詣建平王書李善注引三輔決録曰：「張仲蔚，平陵人，隱身不仕，所居蓬蒿没人。」○袁彦伯三國名臣贊曰：「懦夫增氣。」○禮記禮器曰：「君子有禮，故物無不懷仁。」○史記虞卿傳曰：「虞卿躡蹻擔簦。」蹻，「屩」之借字。○秦策一曰：「蘇秦去秦而歸，羸縢履蹻。」鮑注本「羸」作「嬴」，吴氏正之曰：「一本作『羸』，是也。『羸』與『縲』『纍』字通用。」○潘安仁河陽縣詩曰：「弱冠忝嘉招。」馮曰：「按：爲判官，非書記，故曰『東書投筆』。而上文曰『右席』也，古稱僚幕中之重者爲右職。義山時在判官，故曰『右席』。」（新書言義山爲盧弘正掌書記，馮辨其誤。）

上河東公啓

舊唐書柳公綽傳曰：「公綽，京兆華原人也。子仲郢，字諭蒙，元和十三年進士擢第，大中年轉梓州刺史、劍南東川節度使。」馮曰：「仲郢辟商隱爲判官。河東，柳氏郡望也。仲郢後至咸通初封河東男。」案：馮撰玉谿生年譜，以柳仲郢爲東川使在大中六年七月。是年盧弘正卒於鎮，徐府罷，入朝，復以文章干令狐綯，乃補太學博士。會河南尹柳仲郢鎮東蜀，辟爲節度書記、檢校工部郎中。十月，改判上軍。會箋據四證堂碑定仲郢除東川在大中五年，謂：「馮撰年譜泥於盧弘正大中三年鎮徐及鎮徐四年之文，定爲大中六年，不知弘正出鎮年月已不足據也。」因以徐府罷，義山入朝，及入仲郢東川幕府，皆五年中事，可正馮氏之失。

商隱啓：兩日前，於張評事處伏覩手筆，兼評事傳指意，於樂籍中賜一人以備紉補。先述其事。

義山有爲同州張評事潛謝辟并聘錢啓二首，未知此文張評事即其人否。○徐曰：「樂籍，妓女之隸教坊者也，諸州皆有樂籍。」○禮記內則曰：「衣裳綻裂，紉箴請補綴。」

某悼傷已來，光陰未幾。梧桐半死，才有述哀；靈光獨存，且兼多病。眷言息胤，不暇提攜。或小於叔夜之男，或幼於伯喈之女。檢庾信荀娘之啓，常有酸辛；詠陶潛通子之詩，每嗟漂泊。以上自述妻亡子幼。

舊書文苑商隱傳曰：「王茂元鎮河陽，辟爲掌書記，茂元愛其才，以子妻之。」馮曰：「義山於大中五年喪妻王氏。」又年譜曰：「乙集序所云三年已來，喪失家道也。其亡在深秋，屬疾一章可證。」○枚叔七發曰：「龍門之桐，高百尺而無枝，其根半死半生。」○馮曰：「文選江淹雜體詩有潘黃門岳述哀，謂悼婦詩。」○王子山魯靈光殿賦序曰：「自西京未央、建章之殿，皆見隳壞，而靈光巋然獨存。」○晉書嵇康傳曰：「康字叔夜。」又：「男年八歲，未及成人。」○後漢書蔡邕傳曰：「邕字伯喈。」藝文類聚樂部四引蔡琰別傳曰：「琰字文姬，邕之女。少聰慧秀異，年六歲，邕鼓琴絃絕，琰曰：『第二絃。』邕故斷一絃，琰曰：『第四絃。』」○庾子山有謝趙王賚息荀娘絲布啓。案：周書庾信傳：「信子名立。」倪魯玉庾開府集注曰：「荀娘豈立小字耶？」○陶淵明責子詩曰：「通子年九齡，但覓梨與栗。」義山驕兒詩曰：「袞師我驕兒，美秀乃無匹。」又有楊本勝說於長安見小男阿袞詩。

所賴因依德宇，馳驟府庭。方思效命旌旄，不敢載懷鄉土。錦茵象榻，石館金臺，入則陪奉光塵，出則揣摩鉛鈍。兼之早歲，志在玄門；及到此都，更敦夙契。自安衰薄，微得端倪。至於南國妖姬，叢臺妙妓。雖有涉於篇什，實不接於風流。以上自述風懷久淡。

晉語四：「寺人勃鞮曰：今君之德宇，何不寬裕也？」○謝玄暉謝隨王牋曰：「榮立府庭，恩加顏色。」○潘安仁寡婦賦曰：「易錦茵以苫席。」齊策三曰：「孟嘗君出行國至楚，獻象牙牀。」○文選鮑明遠放歌行李善注引上谷郡圖經曰：「黃金臺，易水東南十八里，燕昭王置千金於臺上，以延天下之士。」○光塵，見上楊相公啓。○秦策一曰：「蘇秦得陰符之書，伏而讀之，簡練以爲揣摩。」班孟堅答賓戲曰：「搦朽磨鈍，鉛刀皆能一斷。」○迦才浄土論上曰：「浄土玄門。」○禰正平鸚鵡賦曰：「嗟禄命之衰薄。」○莊子大宗師篇曰：「不知端倪。」○曹子建雜詩曰：「南國有佳人。」又名都篇曰：「名都多妖女。」○文選張平子東京賦曰：「趙建叢臺於後。」薛注曰：「史記：趙武靈王起叢臺。」水經濁漳水注曰：「牛首水東經叢臺南，六國時趙王之臺也。」○漢書地理志曰：「趙地倡優女子，彈弦跕躧，游媚富貴，徧諸侯之後宮。」曹子建七啓曰：「才人妙妓，遺世絕俗。」後漢書梁冀傳曰：「發取妓女御者。」明北監刊本附劉攽曰：「案古無『妙女』，當作『妓』。」按此，則舊本作「妙女御者」，刊時改之耳，似可爲此「妙」字之據。

況張懿仙本自無雙，曾來獨立。既從上將，又託英僚。汲縣勒銘，方依崔瑗；漢庭曳履，猶憶鄭崇。寧復河裏飛星，雲間墮月。窺西家之宋玉，恨東舍之王昌。誠出恩私，非所宜稱。伏惟克從至願，賜寢前言。使國人盡保展禽，酒肆不疑阮籍。則恩優之理，何以加焉？干冒尊嚴，伏用惶灼。謹啓。以上辭賜妓事。○清新俊逸，工於言情。

張懿仙，蓋即所賜之妓姓名。○古詩爲焦仲卿妻作曰：「精妙世無雙。」○漢書外戚傳：「李延年歌曰：北方有佳人，絕世而獨立。」○後漢書崔瑗傳曰：「遷汲令，開稻田數百頃，百姓歌之。」北堂書鈔政術部九引崔氏傳（即崔氏家傳）曰：「瑗爲汲令，吏民立碑，頌德紀述。」○漢書鄭崇傳曰：「哀帝擢爲尚書僕射，數求見諫争，每見曳革履。上笑曰：我識鄭尚書履聲。」馮曰：「汲縣頂英僚，漢庭頂上將，皆以喻其所歡。」○河裏飛星，用織女渡河事，見楊炯彭城夫人墓誌銘、崔安成啓母廟碑注。○謝靈運東陽溪中贈答詩曰：「可憐誰家郎，緑流乘素舸。但問情若爲，月就雲中墮。」○宋玉登徒子好色賦曰：「臣東家之子，嫣然一笑，惑陽城，迷下蔡。然此女登牆窺臣三年，至今未許也。」○義山代應詩曰：「誰與王昌報消息。」馮注曰：「梁武帝河中之水歌『恨不早嫁東家王』，洪容齋隨筆『所云不早嫁東家王，莫詳其義』（案：此見三筆卷十一）。襄陽耆舊傳：『王昌，字公伯，爲東平相，散騎常侍，早卒，婦任城王曹子文女。』（御覽服章部六引）錢希言桐薪意其人身爲貴戚，出相東平，則姿儀儁美，爲世所共賞可知。按：王昌，唐人習用。崔顥云『十五嫁王昌』（王家少婦詩），上官儀云『東家復是憶王昌』（和太尉戲贈高陽公詩），必有事實，今無可考耳。再檢襄陽耆舊傳云：『昌弟式，字公儀，婦是尚書令桓階女，昌母有典教，二婦入門，皆令變服下車，不得踰侈。後階子嘉尚魏主，欲金縷衣見式，婦歸，嘉止之曰：其嫗嚴，不須持往，犯人家法。』（亦御覽服章部六引）則詩之王昌，必非用此，舊注引之謬也。又按：隋書誠節劉子翊傳：『昔長沙人王毖，漢末爲上計詣京師，既而吴、魏隔絕，毖於內國更娶，生子昌，毖死後，爲東平相，始知吴之母亡，便情繫居重，不攝職事。』當即東平相之王昌也，與所云昌母有典教二婦入門之事又不相合，總非唐人豔體所用之王昌矣。」○詩巷伯毛傳曰：「魯人有男子，獨處于室，鄰之釐婦（「釐」「嫠」字通）室壞，趨而託之，男子閉户而不納，婦人自牖與之言曰：『子何不若柳下惠然？嫗不逮門之女，國人不稱其亂。』」荀子大略篇曰：「柳下惠與後門者同衣，國人不稱其亂。」段若膺詩經小學曰：「此俗所謂坐懷不亂也。後門即不逮門、不及門，無宿處也。」禮記樂記注曰：「以體曰嫗。」○世説新語任誕篇曰：「阮公鄰家婦有美色，當爐沽酒，阮與王安豐常從婦飲，阮醉便眠其婦側，夫始殊疑之，伺察終無他意。」

祭全義縣伏波廟文

元和郡縣志曰：「嶺南道桂州全義縣：本漢始安縣之地，武德四年分置臨源縣，大曆三年改爲全義縣。」太平寰宇記曰：「桂州臨桂縣：伏波廟，在郭中府之東北二里，即馬伏波之祠，唐乾符二年敕封爲昭靈王。」案：興安縣（宋避太宗諱改全義爲興安，即今廣西興安縣治。）不載伏波廟。又案：此文乃義山大中元年在桂幕作。

年月日，觀察處置使兼御史中丞鄭某，謹遣全義縣令韋必復，以酒牢之奠，昭賽於漢伏波將軍、新息侯馬公。越城舊疆，漢將遺廟。一派湘水，萬重楚山。比潁川袁氏之臺，悲同異日；方汝水周公之渡，感極當時。（以上因祭伏波廟，而興弔古之感。）

舊唐書宣宗紀曰：「大中元年二月，以給事中鄭亞爲桂州刺史、御史中丞、桂管防禦等使。」鄭畋傳曰：「滎陽人也。父亞，字子佐。元和十五年，擢進士第。李德裕深知之，出鎮浙西，辟爲從事。會昌初，爲監察御史給事中。德裕罷相，授亞正議大夫，出爲桂州刺史、御史中丞、桂管都防禦經略使。」馮孟亭玉谿生年譜曰：「大中元年，鄭亞廉察桂州，請商隱爲掌書記。」（會箋曰：「案樊南甲集敍『大中元年被奏入嶺掌表記』，補編『爲滎陽公上荆南鄭相公狀云：李支使商隱雖非上介，曾受殊恩，抒其投迹之心，遂委行人之任』，新唐書百官志『觀察使、副使、支使、判官、掌書記、推官、巡官、衙推、隨軍、要籍、進奏官，各一人』，是義山以支使而兼掌書記。新舊書本傳皆言請公判官，非也。」）○後漢書馬援傳曰：「援字文淵，扶風茂陵人也。建安十七年，交阯女子徵側及女弟徵貳反，攻没其郡，九真、日南、合浦蠻夷皆應之，寇略嶺外六十餘城。於是璽書拜援伏波將軍，南擊交阯。援緣海而進，隨山刊道千餘里。十八年春，軍至浪泊上，與賊戰，破之，追徵側等數敗之。明年正月，斬徵側、徵貳，封援爲新息侯。」○元和郡縣志曰：「桂州全義縣：故越城，在縣西南五十里。漢高后時，遣周竈擊南越，趙佗據險爲城，竈不能踰嶺，即此也。」○元和郡縣志曰：「全義縣：湘水，出縣東南八十里陽朔山下，經零陵郡西十里，陽朔山即零陵山也。其初則觴爲之舟，至洞庭，日月若出入其中。」案：水經湘水篇曰：「出零陵始安縣陽海山。」注曰：「即陽朔山也。」清統志曰：「廣西桂林府：陽海山，在興安縣南九十里。」○水經潁水注曰：「潁又東南，汝水枝津注之，水上承汝水別瀆于奇洛城東三十里，世謂之大㶏水也。汝水別瀆又東逕公路臺北，臺臨水，方百步，袁術所築也。汝水別瀆又東逕西門城，即南利也。」清統志曰：「河南陳州府：南利城，在商水縣南。」○水經汝水注曰：「汝水又東，逕成安縣故城北。又東，爲周公渡，藉承休之徽號，而有周公之嘉稱也。汝水又東，黄水注之。水出梁山東，南逕周承休縣故城東，爲承休水。」漢書恩澤侯表曰：「武帝元鼎四年，封周子南君姬嘉，傳至初元五年，更封君延年爲周承休侯。」清統志曰：「河南汝州：承休故城，在州東。」案：今爲臨汝縣。

嗚呼！昔也投隙建功，因時立志。隗將軍坐談西伯，棄去無歸；梁伯孫自降王姬，雖來不起。以若畫之眉宇，開聚米之山川。扶風里中，詎守錢而爲虜；德陽殿下，寧相馬以推工。悵望關西，趨馳隴右。事嫂冠幘，誡姪書成。龍伯高之故人，出言有所；公孫述之刺客，相待何輕。以上總述伏波平生志事。

後漢書公孫述傳論曰：「不能因隙立功，以會時變。」竇融傳論曰：「拔起風塵之中，以投天隙，此微功趣勢之士也。」○後漢書馬援傳：「援嘗謂賓客曰：丈夫爲志，窮當益堅，老當益壯。」○馬援傳曰：「援避地涼州，因留西州，隗囂甚敬重之。建武四年，囂遣援奉書洛陽。援歸隴右，囂雅信援，故遂遣長子恂入質，援因將家屬隨恂歸洛陽。」隗囂傳曰：「囂字季孟，天水成紀人也。共推爲上將軍，遣諸將徇隴西、武都、金城、武威、張掖、酒泉、敦煌，皆下之。更始二年，遣使徵囂，遂至長安，更始以爲御史大夫。赤眉入關，三輔擾亂，囂亡歸天水，復招聚其衆，據故地，自稱西州上將軍。」論曰：「若囂命會符運，敵非天力，雖坐論西伯，豈多嗤乎？」○馬援傳曰：「援嘗有疾，梁松來候之，獨拜牀下，援不答。松去後，諸子問曰：『梁伯孫帝壻，貴重朝廷，大人奈何獨不爲禮？』援曰：『我乃松父友也，雖貴，何得失其序乎？』松由是恨之。援營壺頭，中病，（文已見爲李貽孫上李相公啓，此節引。）耿舒與兄好畤侯弇書，弇奏之，帝乃使虎賁中郎將梁松乘驛責問援，因代監軍。會援病卒，松遂因事陷之，帝大怒，追收援新息侯印綬。」梁松傳（附父統傳後。統，安定烏氏人。）曰：「松字伯孫，少爲郎，尚光武女舞陰長公主，再遷虎賁中郎將。」○馬援傳曰：「援爲人明須髮，眉目如畫。」注引東觀漢記曰：「援長七尺五寸，色理髮膚眉目容貌如畫。」○

馬援傳曰：「建武八年，帝西征囂至漆，諸將多以王師之重，不宜遠入險阻，計冘豫未決。會召援夜至，帝大喜，引入，具以羣議質之。援因説隗囂將帥有土崩之勢，兵進有必破之狀。又於帝前聚米爲山谷，指畫形勢，開示衆軍所從道徑往來，分析曲折，昭然可曉。帝曰：虜在吾目中矣。」○漢右扶風茂陵縣，在今陝西興平縣東北。○馬援傳曰：「轉游隴、漢閒，因處田牧，至有牛馬羊數千頭，穀數萬斛。既而歎曰：『凡殖貨財産，貴其能施賑也，否則守錢虜耳。』乃盡散以班昆弟故舊。」○後漢書鍾離意傳注引漢宮殿名曰：「北宮中有德陽殿。」藝文類聚居處部二引漢官典職曰：「德陽殿周旋容萬人，激洛水於殿下。」○馬援傳曰：「援好騎，善别名馬，於交阯得駱越銅鼓，乃鑄爲馬式，還上之。馬高三尺五寸，圍四尺四寸。有詔置於宣德殿下。」馮曰：「文以宣德爲德陽，英華辨證已疑之。（英筆辨證有公孫淵一條，無此，似誤記。）而徐曰：『藝文類聚引東觀漢記云「詔置馬德陽殿下」（獸部上），義山本此，不可謂誤也。』愚考援二十四年征五溪蠻，明年病卒，而鍾離意傳：『永平三年，大起北宮，意上疏諫，後出爲魯相。德陽殿成，百官大會，帝思意言，謂公卿曰：鍾離尚書若在，此殿不立。』然則置馬德陽，誠已有誤，義山又踵其誤耳。」○「悵望關西」二句，馮曰：「援家本關西，久留隴右，二句遡其來歸光武之先，非指建武十一年拜援隴西太守。」○馬援傳曰：「敬事寡嫂，不冠不入廬。」○馬援傳曰：「兄子嚴、敦並喜譏議，而通輕俠客，援在交阯，還書誡之。」○馬援傳誡兄子書曰：「龍伯高敦厚周慎，口無擇言，謙約節儉，廉公有威，吾愛之重之，願汝曹效之。」○馬援傳曰：「建武四年冬，囂使援奉書洛陽，引見於宣德殿。援曰：『臣與公孫述同縣，少相善，臣前至蜀，述陛戟而後進臣。臣今遠來，陛下何知非刺客奸人，而簡易若是？』」文苑英華「述」作「淵」，辨證卷二曰：「淵，集作『弘』，俱非，疑當作『述』。」案：全唐文及徐、馮二本皆改正。

鳶泊啓行，蠻溪請往。銅留鑄柱，革誓裹尸。男兒已立邊功，壯士猶羞病死。

灕湘之滸，祠宇依然。豈獨文宣之陵，不生刺草；更若武侯之壠，仍有深松。以上敍其征蠻病死，留有祠廟。

馬援傳曰：「援勞饗軍士，從客謂官屬曰：當吾在浪泊、西里閒，下潦上霧，毒氣重蒸，仰視飛鳶，跕跕墮水中。」○「蠻溪」句，見上注。水經沅水注曰：「辰水又右，會沅水，名之爲辰溪口。武陵有五溪，謂雄溪、樠溪、無溪（南史蠻傳作武溪）、西溪，辰溪其一焉。夾溪悉是蠻左所居，故謂此蠻爲五溪蠻也。」清統志曰：「湖南辰州府：酉水，在沅陵縣西北，一名酉溪；辰水，在辰溪縣西南，亦名辰溪；雄溪，在辰溪縣西。沅州府：無水，在郡城（今芷江縣）西南。」惟不載樠溪所在，當亦在舊郡沅辰閒也。○水經温水注曰：「昔馬文淵積石爲塘，達于象浦，建金標爲南極之界。俞益期牋曰：『馬文淵立兩銅柱於林邑岸北，有遺兵十餘家不返，居壽泠岸南而對銅柱，悉姓馬，自婚姻。交州以其流寓，號曰馬流。山川移易，銅柱今復在海中，正賴此民，以識故處也。』林邑記曰：『馬援樹兩銅柱於象林南界，與西屠國分，漢之南疆也。』」○馬援傳曰：「初，援軍還將至，故人多迎勞之。平陵人孟冀賀援，援謂之曰：『男兒要當死於邊野，以馬革裹尸還葬耳，何能臥牀上，在兒女子手中邪？』冀曰：『諒爲烈士，當如此矣。』」○水經灕水篇曰：「灕水亦出陽海山。」注曰：「灕水與湘水出一山而分源也。湘、灕之閒，陸路廣百餘步，謂之始安嶠，嶠即越城嶠也。」清統志曰：「廣西桂林府：灕江，源出興安縣陽海山，至漢潭與衆流匯，乃分湘、灕二流，南流爲灕水。」詩葛藟毛傳曰：「水厓曰滸。」○水經泗水注曰：「今泗水南有夫子冢墓，塋方一里，在魯城北六里泗水上。皇覽曰：『弟子各以四方奇木來植，故多諸異樹，不生棘木刺草。』今則無復遺條矣。」舊唐書禮儀志四曰：「開元二十七年，制曰：夫子既稱先聖，可追謚爲文宣王。」清統志曰：「山東兖州府：孔林，在曲阜縣北二里。」○蜀志諸葛亮傳曰：「亮遺命葬漢中定軍山，因山爲墳，冢足容棺。景耀六年，魏鎮西將軍鍾會征蜀至漢川，令軍士不得於亮墓所左右芻牧樵採。」水經沔水注一曰：「沔水又東逕沔陽縣故城南，其城南臨漢水，北帶通逵，南對定軍山。諸葛亮之死也，遺令葬於其山，因即地勢，不起墳壠，唯深松茂柏，攢蔚川阜，莫知墓塋所在。」清統志曰：「陝西漢中府：諸葛武侯墓，在沔縣南定軍山。」

向我來思，停車展敬。一樽有奠，五馬忘歸。及申望歲之祈，又辱有秋之澤。雲興柱礎，電繞牆藩。何煩玉女之投壺，方聞天笑；不待樵人之取箭，已見風迴。敢志黍稷之馨，用報京坻之賜。屬以時非行縣，不獲躬詣靈壇。詞託煙波，意傳天壤。既謝三時之澤，兼論千載之交。勿負至誠，以孤玄契。以上致祭。○考義按部，選辭就班，循循規矩之作，而情韻不匱，隱有寄託，尤爲難得。○祭文駢儷不用韻，六朝已有此體。

詩采薇曰：「今我來思。」漢廣毛傳曰：「思，辭也。」○胡元任苕溪漁隱叢話前集卷六曰：「遯齋閑覽云『世謂太守爲五馬』，龐幾先云：『古乘駟馬車，至漢時太守出則增一馬，事見漢官儀也。』學林新編云：『古陌上桑羅敷行曰：使君從南來，五馬立踟躕。』子美詩用『五馬』甚多，注詩者引陌上桑『五馬』以釋之，非也。案：陌上桑亦用『五馬』爲使君事者也，説者謂漢官儀『朝臣出使以四馬，太守加一馬爲五馬』。苕溪漁隱曰『五馬事當以遯齋、學林二説出漢官儀者爲是。』」楚辭九歌東君曰：「觀者憺兮忘歸。」○淮南子説林篇曰：「山雲蒸，柱礎潤。」○「電繞」句，見上篇注。○玉女投壺，見崔安成啓母廟碑注。○後漢書鄭弘傳注引孔靈符會稽記曰：「射的山南有白鶴山，此鶴爲仙人取箭。漢太尉鄭弘嘗采薪，得一遺箭，頃有人覓，弘還之。問何所欲，弘識其神人也，曰：『常患若耶溪載薪爲難，願旦南風、暮北風。』後果然。故若耶溪風至今猶然，呼爲鄭公風也。」馮曰：「風迴，兼用書金縢『天乃雨，返風，禾則盡起』。」○左僖六年引周書曰：「黍稷非馨，明德惟馨。」書僞君陳取之。○詩甫田曰：「曾孫之庾，如坻如京。」毛傳曰：「京，高丘也。」鄭箋曰：「庾，露積穀也；坻，水中之高地也。」○馮曰：「行縣，刺史巡行屬縣，如漢書雋不疑傳『爲京兆尹，行縣録囚』。亦曰行部，如後漢書光武帝紀『考察黜陟，如州牧行部事』。」○應休璉與岑文瑜書曰：「躬自暴露，拜起靈壇。」○曹子建洛神賦曰：「託微波而通辭。」○左桓六年：「季良曰：三時不害。」

道士胡君新井碣銘 并序

雲笈七籤卷一百二十一道教靈驗記曰：「胡尊師名宗，自稱曰欌（孚郭切），居梓州紫極宮，嘗沿江入峽，道中遇神人授真仙之道，辨博賅贍，文而多能，齋醮之事，未嘗不冥心滌慮以祈感通。梓之連帥，皆賢相重德，幕下盡皆時英碩才，如周相國、李義山，畢加敬致禮，其志亦泊如也。」輿地紀勝潼川路潼川府載碑記曰：「道士胡君新井碣銘，見李義山集。」

梓潼帥所治，城東北一里，有宫曰紫極宫，宫有道士，曰胡君宗一。東都佐漢，尚書即諫於探籌；南國仕梁，遊擊還聞於奉鏡。既還閏紫府，納陛丹臺，遂擺落家聲，而削除世系。今乃玄元之遐胄，玉皇之後昆。以上敘其先世及其歸依道教。

元和郡縣志曰：「劍南道梓州：今爲東川節度使理所。」舊唐書地理志曰：「劍南道梓州：隋新城郡，武德元年改爲梓州，天寶元年改爲梓潼郡，乾元元年復爲梓州。乾元後分蜀爲東西川，梓州恒爲東川節度使治所。」案：唐梓州治郪縣，在今四川三臺縣南。○舊書玄宗紀曰：「天寶二年三月，改西京玄元廟爲太清宮，東京爲太微宮，天下諸郡爲紫極宮。」○後漢書胡廣傳曰：「廣遷尚書僕射。順帝欲立皇后，而貴人有寵者四人，莫知所建，議欲探籌，以神定選。廣與尚書郭虔、史敞上疏諫，帝從之。」○錢曰：「梁書王珍國傳：『珍國爲遊擊將軍，遷寧朔將軍。義師起，東昏召珍國，以衆還京師，入頓建康城。義師至，使珍國出屯朱雀門，爲王茂先所敗，乃入城，仍密遣郄纂奉明鏡獻誠於高祖。』按：奉鏡事與胡無涉，惟梁書武帝紀云：『永元三年十月，東昏遣征虜將軍王珍國率軍胡獸牙等，列陳於航南大路，一時土崩，珍國斬東昏，送首義師。』文疑因此牽合。」○爾雅釋宮曰：「宮中之門謂之闈，其小者謂之閨。」十洲記曰：「青丘有紫府宮，天真仙女遊於此地。」○漢書王莽傳上曰：「朱户納陛。」注孟康曰：「納，内也，謂鑿殿基際爲陛，不使露也。」白帖卷二十六曰：「紫陽真人周季通入蒙山，遇羨門子，再拜乞長生訣，羨門子曰：名在丹臺玉室中，何憂不仙？」○陶淵明飲酒詩曰：「擺落悠悠談。」○魏志管寧傳注引傅子曰：「寧著氏姓歌，以原本世系。」○玄元，見盧昇之黎君碑注。○初學記道釋部引龜山元録經曰：「高上玉皇、上聖帝君、九天玉真，皆德空洞以爲宇，合二氣以爲名。」

青骨緑筋，玄邱白誌，洞士之鬚面，處子之肌膚。舌響瓊鐘，骨摇金鑠，霞烘帔薄，韡嫩冠皷。開天上之文房，應收筆硯；入人間之武庫，未見戈矛。其稟質之秀也如此。以上稟質。

黄庭内景經曰：「骨青筋赤髓如霜。」酉陽雜俎卷二曰：「白誌見腹，名在璚簡者；目有緑筋，名在金赤書者，皆上仙也。其次腹有玄邱，亦仙相。」○「處子」句，見盧昇之黎君碑注。○瓊鐘，見黎君碑。○浄住子曰：「若善莊嚴，不解衆生肢節，得佛鉤鎖骨相。」○御覽道部十七引太極金書曰：「元始天帝被九色羅帔丹絳之裙，珠繡霞帔。」又引雌一五老經曰：「太素三元君服紫氣浮雲帔。」○南齊書高逸明僧紹傳曰：「高祖遺僧紹竹根如意筍籜冠。」○梁書江革傳：「任昉與革書曰：此段雍府妙選英才，文房之職，總卿昆季。」○晉書陸機傳：「弟雲嘗與書曰：君苗見兄文，聊欲燒其筆硯。」○武庫，見王子安滕王閣餞別序注。世説新語賞譽篇上：「裴令公曰：見鍾士季，如觀武庫，但覩矛戟。」

青囊藥聖，緗扆方神。華陽之洞裏茯苓，湯谷之肆中甘草。神憂智藏，鬼謝秋夫。以刮雲長者爲凶，以鍼孟德者爲忍。郭太醫兩難之説，無乃疎乎；徐從事九轉之方，既聞命矣。其造微之術也又如此。以上醫術。

晉書郭璞傳曰：「有郭公者，精於卜筮，璞從之受業。公以青囊中書九卷與之，由是遂洞五行天文卜筮之術。」拾遺記二曰：「周昭王夢有人衣服並皆毛羽，因名羽人，夢中與語，問以上仙之術，羽人乃以指畫王心，應手即裂。王乃驚寤，因患心疾，即卻膳撤樂，移於旬日，忽見所夢者復來，語王曰：『先欲易王之心。』乃出方寸緑囊，中有續脈明丸，補血精散，以手摩王之臆，俄而即愈。王即請此藥，貯以玉缶，緘以金繩。」○錢曰：「扆，疑當作『袠』。北堂書鈔（藝文部十）華佗别傳云：佗以緑縑爲書袠，中有祕要之方。」○南史隱逸下陶弘景傳曰：「永明中，脱朝服挂神虎門，上表辭禄。詔許之，賜以束帛，勑所在月給茯苓五斤，白蜜五升，以供服餌。於是止于句容之句曲山，恒曰：『此山下是第八洞宫，名金壇華陽之山，周回一百五十里。昔漢有咸陽三茅君得道，來掌此山，故謂之茅山。』乃山中立館，自號華陽隱居。」○三洞珠囊卷三曰：「甘草丸方，出南嶽魏夫人傳。」御覽道部十三引上元寶經曰：「清虛王真人授南岳魏夫人穀仙甘草丸方。」黄庭内景經務成子注敍曰：「扶桑大帝君命暘谷神仙王傳魏夫人。」又互見黎君碑注。案：湯谷，即暘谷。書堯典「暘谷」，史記五帝本紀索隱謂「舊本作『湯谷』」，其引淮南子「日出湯谷」，今天文篇作「暘谷」，即其證也。○隋書藝術許智藏傳曰：「智藏，高陽人也。秦孝王俊有疾，上馳召之，後夜中夢其亡妃崔氏泣曰：『本來相迎，比聞許智藏將至，其人若到，當必相苦，爲之奈何？』明夜，俊又夢崔氏曰：『妾得計矣，當人靈府中以避之。』及智藏至，爲俊診脈曰：『疾已入心，即當發癇，不可救也。』果如言。」○南史徐文伯傳（附張劭傳後）曰：「徐熙子秋夫，仕至射陽令，嘗夜有鬼呻，聲甚悽愴，秋夫問何須，答言姓某，家在東陽，患腰痛死，雖爲鬼，痛猶難忍，請療之。秋夫曰：『云何厝法？』鬼請爲芻人，案孔穴鍼之。秋夫如言，爲灸四處，又鍼肩井三處，設祭埋之。明日見一人謝恩，忽然不見。當世服其通靈。」○蜀志關羽傳曰：「羽字雲長，嘗爲流矢所中，貫其左臂，後創雖愈，每至陰雨，骨常疼痛。醫曰：『矢鏃有毒，毒入于骨，當破臂作創，刮骨去毒，然後此患乃除耳。』羽便伸臂令醫劈之，時羽適請諸將，飲食相對，臂血流離，盈於盤器，而羽割炙引酒，言笑自若。」○後漢書方術下華佗傳曰：「曹操召佗，常在左右，操積苦頭風眩，佗鍼，隨手而差。」○後漢書方術下郭玉傳曰：「廣漢雒人也。和帝時爲太醫丞，多有效應，而醫療貴人，時或不愈。帝乃令貴人羸服變處，一鍼即差。詰問其狀，對曰：『夫貴者，處尊高以臨臣，臣懷怖懾以承之，其爲療也，有四難焉。自用意而不任臣，一難也；將身不謹，二難也；骨節不彊，不能使藥，三難也；好逸惡勞，四難也。』」錢曰：「兩，當作『四』。」○錢曰：「按隋書經籍志，所録徐氏方書甚多，撰者徐叔嚮、徐嗣伯、徐大山、徐文伯、徐悦、徐滔、徐奘諸人，此從事未知何指，抑別有人也。又有太極真人九轉還丹經一卷。」

膺是美禄，以資玄遊。歎楚俗之醉稀，怨中山之醒早。歷城伏日，會稽暮春。麴枕凌晨，蓮筩落晚。覆景升之伯雅，倒季倫之接䍦。比者解酲，多調琬涎。向來已渴，例用瓊漿。千鍾粗戒於初筵，百榼未成於荒宴。其寄情之遠也又如此。以上耽酒。

漢書食貨志下曰：「酒者，天下之美禄。」○莊子知北遊曰：「知北遊於玄水之上。」○搜神記卷十九曰：「狄希，中山人也，能造千日酒。時有州人姓劉名玄石，好飲酒，往求之，希飲之，曰：『只此一杯，可眠千日也。』石至家醉死，家人葬之。經三年，希曰：『玄石必應酒醒。』往石家，命其家人鑿塚破棺看之，塚上汗氣徹天，遂命發塚，方見開目張口，引聲而言曰：『快哉，醉我也！』」又見博物志五。○酉陽雜俎卷七曰：「歷城北有使君林。魏正始中，鄭公慤三伏之際，每率賓僚避暑於此，取大蓮葉置硯格上，盛酒二升，以簪刺葉，令與柄通，屈莖上輪菌，如象鼻，傳噏之，名爲碧筩杯。」○王逸少蘭亭集序曰：「永和九年，歲在癸丑，暮春之初，會于會稽山陰之蘭亭，修禊事也。」○劉伯倫酒德頌曰：「捧甖承槽，銜杯漱醪。奮髯箕踞，枕麴藉糟。」○後漢書劉表傳曰：「表字景升。」意林卷五引典論曰：「荆州牧劉表，跨有南土，子弟驕貴，以酒器名三爵：上者曰伯雅，受七勝，（御覽人事部一百三十八引「勝」作「升」，下同。周耕崖意林注曰：「『勝』『升』古字通用。」）中雅受六勝，季雅受五勝。」○晉書山簡傳（附父濤傳後）曰：「簡字季倫，永嘉三年鎮襄陽，唯酒是耽。諸習氏，荆土豪族，有佳園池，簡每出遊嬉，多之池上，置酒輒醉，名之曰高陽池。時有童兒歌曰：『山公出何許，往至高陽池。日夕倒載歸，酩酊無所知。時時能騎馬，倒著白接䍦。

舉鞭向葛彊，何如并州兒？』」廣韻五支曰：「接䍦，白帽。」○世説新語任誕篇曰：「劉伶病酒，渴甚，從婦求酒，婦捐酒毀器，涕泣諫曰：『君飲太過，非攝生之道，必宜斷之。』伶曰：『甚善，我不能自禁，唯當祝鬼神，自誓斷之耳。便可具酒肉。』婦曰：『敬聞命。』供酒肉於神前，請伶祝誓，伶跪而祝曰：『天生劉伶，以酒爲名。一飲一斛，五斗解酲。婦人之言，慎不可聽。』便引酒進肉，隗然已醉矣。」（劉孝標注曰：「見竹林七賢論。」）案：酲，原誤「醒」。○錢曰：「涎，疑當作『液』。拾遺記：『王母薦穆王琬液清觴。』（拾遺記卷三曰：「西王母薦清澄琬琰之膏以爲酒。」而無此文，蓋據類書引而誤。）○楚辭九思疾世曰：「吮玉液兮止渴。」○楚辭招魂曰：「華酌既陳，有瓊漿些。」○孔叢子儒服篇曰：「平原君與子高飲，强子高酒，曰：『昔有遺諺：「堯舜千鍾，孔子百觚。子路嗑嗑，尚飲十榼。」古之聖賢，無不能飲也。』」○詩序曰：「賓之初筵，衛武公刺時也。幽王荒廢，媟近小人，飲酒無度，天下化之。」○荒宴，見杜之松答王績書注。

不橫何筯，靡對朱杯。崑崙之禾，徒稱於商徼；桄榔之麫，浪出於丹區。朱鳥含津，蒼龍鍊氣。用庖書爲外典，以食疏爲空言。日色九芒，便同業鼎；露華五色，已當僖盤。其絶累之至也如此。以上導氣辟穀。

晉書何曾傳曰：「曾日食萬錢，猶曰無下箸處。」案：「筯」與「箸」同。○漢書朱博傳曰：「博爲人廉儉，不好酒色游宴，自微賤至富貴，食不重味，案上不過三桮。」○海内西經曰：「海内崑崙之墟，在西北帝之下都，上有木禾，長五尋，大五圍。」錢曰：「商徼，猶言西域。」○後漢書西南夷傳曰：「句町縣有桄榔木，可以爲麫。」南方草木狀卷中曰：「桄榔樹似栟櫚，皮中有屑如麫，多者至數斛，食之與常麫無異。」御覽木部九引博物志曰：「蜀中有樹名桄榔，皮裏出屑如麫，用作餅食之，謂之桄榔麫。」錢曰：「丹區，猶言南邦。」○黃庭內景經曰：「朱鳥吐縮白石源。」梁丘子注曰：「朱鳥舌象，白石齒象，吐縮導引津液，謂陰陽之氣，流通不絕，故曰源。」○雲笈七籤卷十四黃庭遁甲緣身經曰：「夫肝者，震之氣，水之精，其色青，其神如龍。」又卷四十三老子存思圖第十四曰：「凡行道時所存，清旦先思青雲之色，帀滿齋堂中，青龍師子備守前後。」○庖書，謂易也。易繫辭下曰：「庖犧氏始畫八卦。」孔疏引帝王世紀曰：「太皞取犧牲以充庖廚，故號庖犧氏。」蓮社高賢傳慧遠傳曰：「安師許令不廢外典。」案：釋家以儒書爲外典，道家亦然。○食疏，原誤「蔬」，今校改。南齊書虞悰傳曰：「悰善爲滋味，和齊皆有方法。豫章王嶷盛饌享賓，謂悰曰：『今日肴羞，寧有所遺？』悰曰：『恨無黃頷臛，何曾食疏所載也。』」○真誥卷九：「東卿司命曰：『先師王君，昔見授太上明堂玄真上經，清齋休糧，存日月在口中，晝存日，夜存月，令大如環。日赤色，有紫光九芒；月黃色，有白光十芒。存咽服光芒之液，常密行之，無數。』」○錢曰：「業，疑當作『莘』。史記殷本紀：『阿衡欲干湯而無由，乃爲有莘氏媵臣，負鼎以滋味說湯，致於王道。』」○洞冥記卷二曰：「東方朔遊吉雲之地，帝曰：『何爲吉雲？』朔曰：『其國俗以雲氣占吉凶。若樂事，則滿室雲起，五色照人，著於草樹，皆成五色露珠甚甘。』帝曰：『吉雲露可得乎？』東方朔走，至夕而返，得玄露青露，盛青琉璃，各受五合，跪以獻。帝遍賜羣臣，羣臣得嘗者，老者皆少，疾者皆愈。」○左僖二十四年曰：「晉公子重耳至曹，僖負羈乃饋盤飧寘璧焉。」

至於直置形骸，混齊歌笑。或久留白社，或暫詣丹麾。遲迴而稍至牆東，倏忽而還居竈北。由來箕踞，禰正平未曰狂生；所過糞除，王伯齊□稱道士。則固非一端可定，二教能拘。諒不測於仙階，亦難論其鄉品。以上言神化難測，力爲下文作勢。

江文通雜詩擬殷東陽（仲文）興矚曰：「直置忘所宰。」莊子大宗師篇曰：「修行無有而外其形骸。」○盧景宣（播）阮籍銘曰：「混齊榮辱。」阮嗣宗詠懷詩曰：「歌笑不終宴。」○晉書隱逸董京傳曰：「京至洛陽，被髮而行，逍遥吟詠，常宿白社中。」○梁昭明太子和武帝遊鍾山大愛敬寺詩曰：「谷虛流鳳管，野緑映丹摩。」○後漢書逸民逢萌傳曰：「萌與平原王君公相友善，君公儈牛自隱，時人爲之論曰：避世牆東王君公。」○後漢書獨行向栩傳曰：「栩性卓詭不倫，恒讀老子，狀如學道，常於竈北，坐板牀上，如是積久，板乃有膝踝足指之處。」○後漢書文苑禰衡傳曰：「衡字正平。曹操聞衡善擊鼓，召爲鼓史，衡爲漁陽參撾，聲節悲狀，顔色不怍。孔融退而數之，見操説衡狂疾，今求得自謝。衡乃坐大營門，以杖捶地大罵，吏白：外有狂生，坐於營門。」○王伯齊，「伯」字上有「彦」字。錢曰：『彦』字衍，『齊』字下脱一字。後漢書第五倫傳：『倫自以爲久宦不達，遂將家屬客河東，變姓名，自稱王伯齊，載鹽往來太原、上黨，所過輒爲糞除而去，陌上號爲道士。』」○梁書徐勉傳曰：「勉以孔、釋二教，殊途同歸，撰會林五十卷。」○李義府在巂州遥敍封禪詩曰：「仙階溢祕秬。」○世説新語尤悔篇曰：「温公初受劉司空使勸進，母崔氏固駐之，嶠絶裾而去。迄於崇貴，鄉品猶不過也。」

然而能持慈寶，不蠹玄樞。忽聞濟物之功，聊有寄言之路。尚書河東公作鎮之三載也，雨苗均惠，風草馳聲。郄元帥之詩書，那宜奪席；曹相國之黄老，未足争鞭。君忽唱曰，斯民也，凡帶城闉，畢趨宫井。且鑾沙易濫，賓壤多疎。不可家置銀牀，人開玉甃。其或踆烏未上，趙尊之户扇方扃；顧兔猶毚，曼倩之窗檽未啓。則詞人臥病，莫冀沾脣；窮子號冤，無容灑面。況北通上路，南際殊鄰。有渡漢之靈牛，有還燕之駿馬。少陽用事，抱瑩角以來思；畏景無陰，踠奔蹄而至止。苟虧上善，或致中乾。君乃於宮之西南，載考水經，仍窮井德。一八四八，鮑侍郎遽爾庋辭；九二九三，鄭司農藹然深義。以上建議浚井。

老子曰：「我有三寶，持而寶之。一曰慈，二曰儉，三曰不敢爲天下先。」○呂氏春秋盡數篇曰：「流水不腐，户樞不螻，動也。形氣亦然。」意林卷二引「螻」作「蠹」。○柳喻蒙爲東川節度使，在大中六年，已見上河東公啓注。○詩下泉曰：「芃芃黍苗，陰雨膏之。」○論語子路篇曰：「草，上之風，必偃。」○左僖二十七年曰：「晉作三軍，謀元帥。趙衰曰：『郤縠可。臣亟聞其言矣，説禮樂而敦詩書，君其試之。』」○後漢書儒林戴憑傳曰：「拜憑虎賁中郎將，以侍中兼領之。正旦朝賀，百僚畢會，帝令羣臣能説經者，更相詰難，義有不通，輒奪其席以益通者，憑遂重坐五十餘席。」○史記曹參世家曰：「參爲齊丞相，其治要用黄老術，故相齊九年，齊國安集，大稱賢相。二年，蕭何卒，參代何爲漢相國，舉事無所變更，一遵蕭何約束。」○晉書劉琨傳曰：「琨與范陽祖逖爲友，聞逖被用，與親故書曰：吾枕戈待旦，志梟逆虜，常恐祖生先吾著鞭。」○説文曰：「闉，城曲重門也。」（依段注本）○左太沖蜀都賦曰：「其閒則有金沙銀礫。」○楊子雲蜀都賦曰：「東有巴賨。」華陽國志巴志曰：「閬中有渝水，賨民多居水左右。」○宋書樂志四淮南王篇曰：「後園鑿井銀作牀，金缾素綆汲寒漿。」○江道載（逌）井賦曰：「穿重壤之十仞兮，搆玉甃之百節。」○淮南子精神篇曰：「日中有踆烏。」高注曰：「踆猶蹲也，謂三足烏。」○錢曰：「樂府神絃歌宿阿曲：『蘇林開天門，趙尊閉地户。』（樂府詩集卷四十七）按文選恨賦李善注引司馬彪續漢書曰：『趙壹閉門卻掃，非德不交。』又後漢書趙壹傳『不道屈尊門下』，注：『尊謂壹也，敬之故號尊。』未知神絃曲之趙尊即趙壹與，抑別一人也？」說文：「扇，扉也。」〇楚辭天問曰：「厥利維何，而顧菟在腹？」王注曰：「言月中有菟，何所貪利，居月之腹而顧望乎？」洪校：「菟，一作『兔』。」補注曰：「『菟』與『兔』同。」說文曰：「㲋，狡兔也。」〇漢書東方朔傳曰：「朔字曼倩。」漢武故事曰：「西王母降，東方朔於朱鳥牖中窺之。」說文曰：「櫺，楯閒子也。」〇「詞人」句，錢曰：「似用相如消渴事。」案：見上李相公啓注。〇「窮子」句，錢曰：「似用左傳茅經事。」案：見朱少連陳後主論注。〇張孟陽劍閣銘曰：「南通邛僰，北達褒斜。」上路，見上李相公啓「末路」注。楊子雲長楊賦曰：「遐方疏佐，殊鄰絕黨之域。」〇「渡漢」句，見崔安成啓母廟碑注。〇燕策一：「郭隗先生曰：『臣聞古之君人，有以千金求千里馬者，三年不能得。涓人言於君曰：「請求之。」君遣之三月，得千里馬，馬已死，買其骨五百金，反以報君。君大怒曰：「所求者生馬，安事死馬而捐五百金？」涓人對曰：「死馬且買之五百金，況生馬乎？天下必以王爲能市馬，馬今至矣。」於是不能期年，千里之馬至者三。』」〇漢書丙吉傳曰：「吉代魏相爲丞相，吉嘗出，逢清道羣鬬者，死傷橫道，吉過之不問。吉前行，逢人逐牛，牛喘吐舌，吉止駐，使騎吏問：『逐牛行幾里矣？』掾吏獨謂丞相前後失問，或以譏吉，吉曰：『民鬬相殺傷，長安令、京兆尹職所當禁，備逐捕，歲竟，丞相課其殿最，奏行賞罰而已，非所當於道路問也。方春少陽用事，未可大熱，恐牛近行用暑故喘，此時氣失節，恐有所傷害也。三公典調和陰陽，職所當憂，是以問之。』掾吏迺服，以吉知大體。」〇世說新語汰侈篇曰：「王君夫有牛，名八百里駮，常瑩其蹄角。」詩無羊曰：「爾牛來思。」〇莊子漁父篇曰：「人有畏影惡迹而去之走者，舉足愈數而迹愈多，走愈疾而影不離身。自以爲尚遲，疾走不休，絕力而死。不知處陰以休影，處静息迹，愚亦甚矣。」漢書枚乘傳奏書吴王同此，「影」作「景」。○文選班孟堅東都賦曰：「馬踠餘足。」李善注曰：「踠，屈也。」詩夜如何其曰：「君子至止。」○老子曰：「上善若水，水善利萬物而不争。」○左僖十五年：「慶鄭曰：外彊中乾。」○隋書經籍志史部地理有「水經三卷，郭璞注」（舊唐志作郭璞撰，新唐志作桑欽）；又「水經四十卷，酈善長注」。○易繫辭下曰：「井，德之地也。」○南史鮑照傳（附宗室臨川烈武王道規傳後）曰：「照字明遠，東海人。嘗謁義慶（道規薨，義慶襲封臨川王），奏詩，義慶奇之，賜帛二十匹，尋擢爲國侍郎。」案：鮑明遠井字謎詩曰：「二形一體，四支八頭。四八一八，飛泉仰流。」晉語五：「范文子曰：有秦客廋辭於朝。」韋注曰：「廋，隱也，謂以隱伏譎詭之言問於朝也。」○後漢書鄭玄傳曰：「公車徵爲大司農，以病自乞還家。」易井九二曰：「井谷射鮒。」文選左太沖吴都賦劉淵林注引鄭曰：「九二，坎爻也。坎爲水，下直巽九三，（選注「下」作「上」，「巽」作「魚」，「九三」作「生一」，皆誤。今依王伯厚、惠定宇及諸家輯鄭注校改。）艮爻也。艮爲山，山下有井，必因谷水，所生魚無大魚，但多鮒魚耳。」又井九三曰：「井渫不食，爲我心惻。」文選王仲宣登樓賦李善注引鄭曰：「謂已浚渫也，猶臣修正其身以事君也。」

將就厥志，必求所同。時則有若我同僚六君子者。竇將軍之府內，玄甲朱旗；王太尉之幕中，紅蓮淥水。偕崇虚室，並攝靈臺。陰功共矢於三千，久睠同期夫八百。倒夫筐篋，竭以杼機。君乃指此甘涼，畢其溝沼。煙移宋畚，雷動劉鍬。晉塊咸除，涇泥盡漉。靡踰浹日，遂洌寒泉。復博采貞珉，遐求怪琭。混沌之鑿，幾裂雲根。樸屬之車，爭馳風磴。武都引鏡，東海分橋。下壁立以呈堅，上觚棱而顯巧。方流與潔，靈沼分清。丹竈飛華，寧有代僵之李；赤簫遺響，終無半死之桐。隅落松門，藩籬檜殿。未飛劫燼，尚紐坤維。武夷重讌於曾孫，宣岳更歌夫阿母。亦永絶無禽之咎，終微射鮒之虞。以上幕中同僚相助，浚井成功。

後漢書班固傳（附父彪傳後）曰：「永元初，大將軍竇憲出征匈奴，以固爲中護軍，與參議。」竇憲傳（附曾祖融傳後）曰：「會南單于請兵北伐，乃拜憲車騎將軍，以執金吾耿秉爲副，與北單于戰於稽落山，大破之。憲、秉遂登燕然山，刻石勒功，紀漢威德，令班固作銘。」案：班孟堅燕然山銘曰：「玄甲耀日，朱旗絳天。」○南齊書王儉傳曰：「儉薨，追贈太尉。」餘見楊炯彭城公夫人墓誌「芙蓉之水」注。○莊子人閒世篇曰：「虛室生白，吉祥止止。」又淮南淑真篇高注曰：「虛室，心也。」○莊子庚桑楚篇曰：「不可内於靈臺。」郭注曰：「靈臺，心也。」○真誥卷五曰：「積功滿千，雖有過故得仙。」七籤卷八十九諸真語論：「天尊告聖行真士曰：有三千善，則爲聖真仙曹掾。」○老子曰：「有國之母，可以長久，是謂深根固柢，長生久視之道。」案：「眎」「視」字同。列子力命篇曰：「彭祖之智，不出堯舜之上，而壽八百。」○世說新語賢媛篇曰：「王右軍郗夫人謂二弟司空、中郎曰：王家見二謝，傾筐倒庋；見汝輩來，平平爾。」○詩大東曰：「杼軸其空。」案：杼，原誤「抒」，依錢校改。○左襄九年：「春，宋災，樂喜爲司城，使伯氏司里，陳畚挶。」杜注曰：「畚，簣籠。」○爾雅釋器曰：「鍬謂之鍤。」晉書劉伶傳曰：「伶常乘鹿車，攜一壺酒，使人荷鍤而隨之，謂曰：死便埋我。」○左僖二十三年曰：「晉公子重耳出於五鹿，乞食於野人，野人與之塊。」○漢書溝洫志曰：「大始二年，趙中大夫白公奏穿渠引涇水，名曰白渠，民得其饒，歌之曰：涇水一石，其泥數斗。」說文曰：「漉，浚也。」○周禮天官太宰之職曰：「挾日而斂之。」鄭注曰：「從甲至甲謂之挾日，凡十日。」

釋文曰：「『挾』字又作『浹』，同。」○易井九五曰：「井洌寒泉食。」釋文曰：「洌，潔也。」案：洌，原作『冽』，誤，今依易校改。○説文曰：「珉，石之美者。」○書禹貢曰：「鉛松怪石。」錢曰：「『瑑』字字書所無，疑『璞』字之誤。」○莊子應帝王篇曰：「南海之帝爲儵，北海之帝爲忽，中央之帝爲渾沌。儵與忽時相與遇於渾沌之地，渾沌待之甚善。儵與忽謀報渾沌之德，曰：『人皆有七竅以視聽食息，此獨無有，嘗試鑿之。』日鑿一竅，七日而渾沌死。」○陸士衡感時賦曰：「凝行雨於雲根。」○考工記曰：「察車自輪始。凡察車之道，欲其樸屬而微至。」鄭注曰：「樸屬，猶附著堅固貌也。」○鮑明遠過銅山掘黄精詩曰：「既類風門磴，復象天井壁。」○華陽國志蜀志曰：「武都有一丈夫化爲女子，美而豔，蓋山精也。蜀主納爲妃，不習水土，無幾物故。蜀王哀之，乃遣五丁之武都擔土，爲妃作冢，蓋地數畝，高七丈，上有石鏡，今武都北角武擔是也。」○述異記上曰：「秦始皇作石橋於海上，欲過海觀日出處。有神人驅石去，不速，神人鞭之，皆流血。」○張孟陽劍閣銘曰：「壁立千仞。」○班孟堅西都賦曰：「設璧門之鳳闕，上觚稜而棲金爵。」○顔延年贈王太常詩曰：「玉水記方流。」○詩靈臺曰：「王在靈沼。」○江文通别賦曰：「守丹竈而不顧。」抱朴子仙藥篇曰：「丹砂汁因泉漸入井，是以飲其水而得壽。」○宋書樂志三雞鳴古辭曰：「桃生露井上，李樹生桃旁。蟲來齧桃根，李樹代桃僵。」○御覽妖異部二引白澤圖曰：「故井之精名觀，狀如美女，好吹簫，以其名呼之，即去。」樂部十九引涼州記曰：「吕纂咸寧二年，有盜發張駿墓，得白玉罇、玉笛、紫玉簫。」○魏明帝猛虎行曰：「雙桐生空井。」案：半死，見尚書范陽公啓注。○説文曰：「隅，陬也。」後漢書循吏傳章懷注曰：「廣雅曰：落，居也。（釋詁二）」案：今人謂院曰落也。○太平寰宇記曰：「河南道亳州譙縣：太清宫，玄元舊宅，今有檜樹鹿跡存焉。」○劫燼，見吕和叔藥師如來繡像讚注。○文選張景陽雜詩曰：「大火流坤維。」李注引淮南子曰：「坤維在西南。」案：今淮南無此文。天文篇曰：「西南爲背陽之維。」高注曰：

「四角爲維也。」○史記封禪書曰：「祠武夷君用乾魚。」索隱曰：「顧氏案地理志云：建安有武夷山，溪有仙人葬處，即漢書所謂武夷君。」陸鴻漸武夷山記曰：「武夷君於八月十五日置幔亭，化紅橋，通山下村人。是日太極玉皇太姥、魏真人、武夷君三座，空中告呼村人爲曾孫，命男女分坐會酒肴，須臾樂作，乃命行酒，令彭令昭唱人閒可哀之曲。」案：義山武夷山詩曰：「只得流霞酒一杯，空中簫鼓幾時迴。武夷洞裏生毛竹，老盡曾孫更不來。」○文選顏延年赭白馬賦曰：「觀王母於崑墟，要帝臺於宣岳。」李善注曰：「山海經有宣山。」（中山經）漢武內傳曰：「阿母今以瓊笈妙韞，發紫臺之文，賜汝八會之書，五嶽真形至珍且貴矣。」○易井初六曰：「舊井无禽。」○射鮒，見上注。

君更以我輩數人，一時之彥，具惟方臬，盍議雕刊。疑余曾夢綵毫，或吞文石。屢迴隆顧，亟□斯文。八斗知慙，四科奚取？天長地久，同銜寫琰之規；古往今來，無復結茆之困。言之不足，乃作銘云：以上爲銘。

陸士龍與楊彥明書曰：「清才俊類，一時之彥。」○臬，原誤「臭」，今依錢校改。案：臬，已見啓母廟碑注。○南史江淹傳曰：「嘗宿於冶亭，夢一丈夫自稱郭璞，謂淹曰：『吾有筆在卿處多年，可以見還。』淹乃探懷中，得五色筆一以授之。爾後爲詩，絕無美句，時人謂之才盡。」○西京雜記卷上曰：「五鹿充宗受學于弘成子。成子少時，嘗有人過己，受以文石，大如燕卵，成子吞之，遂大明悟，爲天下通儒。成子後病，吐出此石，以授充宗，充宗又爲碩學也。」○義山可歎詩曰：「用盡陳王八斗才。」馮曰：「釋常談：『文章多謂之八斗之才。謝靈運嘗曰：天下才有一石，曹子建獨占八斗，我得一斗，天下共分一斗。』」按：所本未詳，或標南史，檢尋亦未見。○論語先進篇皇疏曰：「四科者，德行也，言語也，政事也，文學也。」後漢書鄭玄傳：「玄曰：仲尼之門，考以四科。」○老子曰：「天長地久。」○寫琰，原作「瀉炎」，誤，今依錢注校改，錢曰：「寫琰即勒石之意，唐玄宗孝經序『寫之琬琰，庶有補於將來』，可證也。」○淮南子齊俗篇曰：「往古來今謂之宙。」○結茆，即茅經也，見朱少連陳後主論注。○樂記曰：「言之不足，故長言之。」

光芒井絡，鬱勃天彭。於惟教父，誕此仙卿。聞□秦畤，見臘嘉平。黄寧虛位，緑字題名。其一

史記天官書曰：「填星其色黄，光芒。」井絡，見盧昇之黎君碑「任切會昌」句注。又文選蜀都賦曰：「遠則岷山之精，上爲井絡。」劉淵林注曰：「河圖括地象曰：『岷山之地，上爲井絡，帝以會昌，神以建福，上爲天井。』言岷山之地，上爲東井維絡；岷山之精，上爲天之井星也。」○華陽國志蜀志曰：「李冰爲蜀守，冰能知天文地理，謂汶山爲天彭門，乃至湔氐道，見兩山對如闕，因號天彭闕。」水經江水注曰：「益州記曰：『大江泉源，即今所聞，始發羊傳嶺下，緣崖散漫，小水百數，殆未濫觴矣。東南下百餘里，至自馬嶺而歷天彭闕，亦謂之爲天彭谷也。秦昭王以李冰爲蜀守，冰見湔氐道有天彭山，兩山相對，其形如闕，謂之天彭門，亦曰天彭闕。江水自此已上至微弱，所謂發源濫觴者也。江水自天彭闕東逕汶關而歷湔氐道北。』」案：華陽志「湔氐道」誤作「湔及縣」，水經注又誤作「氐道縣」，今依楊惺吾水經注疏要删校改。續漢書郡國志蜀郡湔氐道注引蜀王本紀曰：「縣前有兩石對如闕，謂之彭門。」與華陽國志、水經注並合。湔氐道在今四川松潘縣西北。文選蜀都賦曰：「遠出彭門之闕。」劉淵林注曰：「岷山，都安縣有兩山相對立，號曰彭門。」元和郡縣志曰：「劍南道彭川導江縣：灌口山，在縣西北二十六里；又灌口山西嶺有天彭闕，亦曰天彭門，兩石相對如闕，故名之。」清統志曰：「四川成都府：導江故城，在灌縣東；彭門山，在灌縣西北。」

朱蘭坡文選集釋卷六謂：「彭門之名，先由湔氏道，而導江之彭門，特後人因其名以名之耳。」○詩文王毛傳曰：「於，歎辭。」釋文曰：「於音烏。」老子曰：「彊梁者不得其死，吾將以爲教父。」○枕中書曰：「墨翟爲太極仙卿，治馬跡山。」案：卿，原誤「鄉」，今依錢校改。○史記封禪書曰：「秦襄公既侯，居西垂，自以爲主少皞之神，作西畤，祠白帝。其後文公作鄜畤，郊祭白帝焉。宣公作密畤於渭南，祭青帝。靈公作吳陽上畤祭黃帝，作下畤祭炎帝。獻公作畦畤櫟陽而祀白帝。」○太平廣記卷五引洞仙傳曰：「茅濛字初成，咸陽南關人也。即東卿司命君盈之高祖也。入華山，静齋絕塵，修道合藥，乘龍駕雲，白日昇天。先是其邑歌謡曰：『神僊得者茅初成，駕龍上昇入太清。時下玄洲戲赤城，繼世而往在我盈。帝若學之臘嘉平。』秦始皇聞之，因改臘爲嘉平。」○黃庭内景經曰：「何不食氣大和精，故能不死入黃寧。」梁丘子注曰：「黃寧，黃庭之道成也。」○御覽道部十五引金書玉字上經曰：「骨命已定於元閣，録字已有生名仙籍故也。」

徐瓠留犀，扁桑分水。虢蹷趙夢，齊痁秦痔。金繩續脈，玉管捐髓。蛇膽明眸，虎鬚牢齒。其二

南史徐文伯傳（附張劭傳後）曰：「文伯，濮陽太守熙曾孫也。熙好黃老，隱於秦望山，有道士過求飲，留一瓠甗與之，曰：『君子孫宜以道術救世。』熙開之，乃扁鵲鏡經一卷，因精心學之，遂名震海内。」○史記扁鵲傳曰：「扁鵲少時爲人舍長，舍客長桑君過，閒與語曰：『我有禁方，年老欲傳與公。』乃出其懷中藥予扁鵲：『飲是以上池之水，三十日當知物矣。』乃悉取其禁方書盡與扁鵲。扁鵲以其言飲藥三十日，視見垣一方人，以此視病，盡見五藏癥結，特以診脈爲名耳。」○史記扁鵲傳曰：「趙簡子疾，五日不知人。扁鵲入視病，出，董安于問扁鵲，扁鵲曰：『血脈治也，而何怪？昔秦穆公嘗如此，七日而寤。今主君之病與之

同，不出三日必閒，閒必有言也。』居二日半，簡子寤，語諸大夫曰：『我之帝所甚樂云云。』」又曰：「扁鵲過號，號太子死，扁鵲至號宮門下，曰：『臣能生之。』號君聞之大驚，出見扁鵲，扁鵲曰：『若太子病，所謂尸蹷者也。』乃使弟子子陽厲鍼砥石，以取外三陽五會，有閒，太子蘇。」○左昭二十年曰：「齊侯疥，遂痁，期而不瘳。」杜注曰：「痁，瘧疾。」釋文曰：「痁，失廉反。」莊子列御寇篇曰：「秦王有病，召醫，破癰潰痤者得車一乘，舐痔者得車五乘。」○拾遺記卷三曰：「浮提之國獻神通善書二人，乍老乍少，隱形則出影，聞聲則藏形。出肘閒金壺四寸，上有五龍之檢，封以青泥，壺中有黑汁，如淳漆，灑地及石，皆成篆隸科斗之字，記造化人倫之始，佐老子撰道德經垂十萬言。寫以玉牒，編以金繩，貯以玉函，晝夜精勤，形勞神倦，及金壺汁盡，二人刳心瀝血以代墨焉，遞鑽腦骨取髓代爲膏燭。及髓血皆竭，探懷中玉管，中有丹藥之屑，以塗其身，骨乃如故。老子曰：『更除其繁紊，存五千言。』及至經成工畢，二人亦不知所往。」○晉書孝友顔含傳曰：「含嫂樊氏因疾失明，含盡心奉養，醫人疏方，應須髯蛇膽，而尋求備至，無由得之。含嘗晝獨坐，忽有一青衣童子持一青囊授含，開視乃蛇膽也。」○酉陽雜俎卷十六曰：「仙人鄭思遠嘗騎虎，故人許隱齒痛求治，鄭曰：『唯得虎鬚，及熱插齒閒即愈。』鄭爲拔數莖與之，因知虎鬚治齒也。」

酕醄過市，酩酊經壚。潯陽傲令，富渚狂奴。三春竹葉，九日茱萸。延年裸袒，孟祖號呼。其三

廣韻六豪曰：「酕醄，醉也。」史記刺客傳曰：「荆軻嗜酒，日與狗屠及高漸離飲於燕市，酒酣以往，高漸離擊筑，荆軻和而歌於市中，相樂也，已而相泣，旁若無人者。」○酩酊，見上「季倫」句注。世説新語傷逝篇曰：「王濬沖（戎）爲尚書令，著公服，乘軺車，經黄公酒壚下過，顧謂後車客：『吾昔與嵇叔夜、阮嗣

宗共酣暢於此壚，竹林之遊，亦預其末。自嵇生夭、阮公亡以來，便爲時所羈紲，今日視此雖近，邈若山河。』」○宋書隱逸陶潛傳曰：「潛字淵明，尋陽柴桑人也，爲彭澤令。」餘見爲張周封上楊相公啓注。○後漢書逸民嚴光傳曰：「光少與光武同遊學，及光武即位，隱身不見。帝令以物色訪之，至，舍於北軍。司徒侯霸與光素舊，遣使奉書，光口授曰：『懷仁輔義天下悦，阿諛順旨要領絶。』霸得書，封奏之，帝笑曰：『狂奴故態也。』除爲諫議大夫，不屈，乃耕於富春山。後人名其釣處爲嚴陵瀨焉。」○文選張景陽七命曰：「乃有荆南烏程，豫北竹葉。」李善注曰：「蒼梧竹葉青，宜城九醖酒也。」○西京雜記上曰：「戚夫人侍兒賈佩蘭説在宮内時，九月九日佩茱萸，食蓬餌，飲菊華酒，令人長壽。」○南史顔延之傳曰：「延之字延年，琅邪臨沂人也。文帝嘗召延之，傳詔頻不見，常日但酒店裸袒挽歌，了不應對。」○晉書光逸傳曰：「逸字孟祖，樂安人也。胡母輔之與謝鯤、阮放、畢卓、羊曼、桓彝、阮孚散髮裸袒，閉室酣飲。逸將排户入，守者不聽，逸便於户下脱衣露頂，於狗竇中窺之而大叫。輔之驚曰：『他人決不能爾，必我孟祖也。』遽呼入，遂與飲。」

龜咽存元，熊經養秀。曠矣鼎鼐，悠哉籩豆。穢若食帶，鄙同探鷇。竹實雖繁，山梁不齅。其四

抱朴子雜應篇曰：「或問聰耳之道，曰：能龍導虎引，熊經龜咽，鷰飛蛇屈鳥伸，天俛地仰，令赤黃之景，不去洞房，猿據兔驚，千二百至，則聰不損也。」○莊子齊物論曰：「蝍且甘帶。」釋文曰：「蝍且，字或作『蛆』，廣雅云『蜈公也』（釋蟲「蜈」作「吴」）。帶，司馬云『小蛇也，蝍蛆好食其眼』。」○史記趙世家曰：「公子成、李兑圍主父宮，主父欲出不得，又不得食，探爵鷇而食之，三月餘而餓死沙丘。」集解引綦母遂

曰：「鷇，爵子也。」○詩卷阿鄭箋曰：「鳳皇之性，非梧桐不棲，非竹實不食。」○論語鄉黨篇曰：「山梁雌雉，時哉時哉！子路共之，三嗅而作。」集解曰：「言山梁雌雉得其時，而人不得其時，故歎之。子路以其時物，故共具之，非本意，不苟食，故三嗅而作起也。」案：嗅，「鼳」之或體字，玉篇引正作「鼳」。

爰嗟繘井，載隔搴林。拜異疎勒，穿殊漢陰。膏融土脈，乳瀵泉心。匠得鳧舃，工分鳳簪。 其五

易井曰：「汔至亦未繘井。」釋文曰：「繘，音橘，鄭云『綆也』，方言云『關西謂綆爲繘』，郭璞云『汲水索也』。」（卷五）○搴林，錢曰：「搴，疑當作『騫』。雲笈七籤：『月暉之圍，縱廣二千九百里，白銀琉璃水精映其內，城郭人民與日宮同，有七寶玉池，八騫之林生乎內。』（卷二十七引黃氣陽精三道順行經）」○後漢書耿恭傳（附耿弇傳後）：「恭爲戊己校尉，以疏勒城傍有澗水可固，乃引兵據之。匈奴遂於城下擁絕澗水，恭於城中穿井十五丈不得水，吏士渴乏，笮馬糞而飲之。恭仰歎曰：『聞昔貳師將軍拔佩刀刺山，飛泉涌出，今漢德神明，豈有窮哉？』乃整衣服向井再拜，有頃，水泉奔出。」清統志曰：「喀什噶爾，漢爲疏勒國。」○漢陰，見黎君碑注。○張平子東京賦曰：「農祥晨正，土膏脈起。」○説文曰：「瀵，水漫也。」○後漢書方術傳上王喬傳曰：「顯宗世，爲葉令，喬有神術，每月朔望，常自縣詣臺朝。帝怪其來數，而不見車騎，密令太史伺望之，言其臨至，輒有雙鳧從東南飛來。於是候鳧至，舉羅張之，但得一隻舃焉。乃詔上方診視，則四年中所賜尚書官屬履也。」○續漢書輿服志上曰：「太皇太后、皇太后簪上爲鳳皇。」案：此疑用泄井得金釵事，御覽服用部二十引梁陽濟泄井得金釵詩。

吾黨具采，藩條是贊。千尋建木，萬丈絕岸。華裾上榻，白珩素案。明月離

雲，鉤星在漢。 其六

錢曰：「采，疑當作『來』，見詩。」（頬弁曰：「兄弟具來。」）○隋書循吏公孫景茂傳：「詔曰：景茂宜升戎秩，兼進藩條。」○淮南子墬形篇曰：「建木在都廣，衆帝所自上下，日中無景，呼而無響，蓋天地之中也。」孫興公遊天台山賦曰：「建木滅景於千尋。」○郭景純江賦曰：「絶岸千丈。」○孔叢子儒服篇曰：「子高衣長裾，振褎袖，見平原君。」上榻，蓋用徐孺子下陳仲舉榻事，見王子安滕王閣餞別序注。○楚語下：「趙簡子問於王孫圉（一作「圄」）曰：楚之白珩猶在乎？」南史循吏郭祖深傳曰：「祖深常服故布襦，素木案，食不敢一肉。」○賈浪仙夕思詩曰：「天姥月離雲。」○文選何平叔景福殿賦曰：「烈若鉤星在漢。」李善注引廣雅曰：「辰星或謂之鉤星。」（釋天）案：離雲喻出山，在漢喻入幕。

燕齊賓客，楊許師資。養生著論，招隱裁詩。玄中領悟，塵外襟期。共防綆短，同盧瓶羸。 其七

史記封禪書曰：「宋毋忌、正伯僑、充尚、羡門子高最後皆燕人，爲方仙道，形解銷化，依於鬼神之事。騶衍以陰陽主運顯於諸侯，而燕齊海上之方士傳其術不能通。」○七籤卷一百六許邁真人傳曰：「許邁字叔玄，丹陽句容人也，第五弟謐小名穆，（真誥卷二十曰：「名謐，字思玄。」）官至護軍長史、散騎侍郎。」楊義真人傳曰：「楊義者，不知何許人也，仕晉簡文帝爲舍人。」卷一百七華陽隱居先生本起録曰：「始往茅山，便得楊許手書真跡，欣然感激。」又曰：「真誥七卷，此一誥並是晉興寧中衆真降授楊許手書遺迹，顧居士已撰，多有漏謬，更詮次敍注之爾。」老子曰：「善人者，不善人之師；不善人者，善人之資。」○晉書嵇康傳曰：「康嘗修養性服食之事，以爲神仙稟之自然，非積學所得至，於導養得理，則安期、彭祖之倫可及，乃

著養生論。」○左太沖有招隱詩。○莊子至樂篇曰：「綆短者不可汲深。」○易井曰：「羸其瓶。」釋文曰：「羸，蜀才作『累』，鄭讀曰『虆』。」

古有三巴，今分二蜀。縈紆九折，峥嶸七曲。玄鶴華表，仙人棊局。我刻斯銘，永暾朝旭。 其八

三巴，見楊炯梁公碑注。○二蜀，見上注。○班孟堅西都賦曰：「步甬道以縈紆。」九折，見王子安浄惠寺碑注。○漢書司馬相如傳下顔注曰：「峥嶸，深遠貌。」太平寰宇記劍南東道劍州梓潼縣引郡國志云：「張惡子昔至長安，見姚萇，謂曰：卻後九年，君當入蜀，若至梓潼七曲山，幸當見尋。」輿地紀勝：「利州路隆慶府：靈應廟，即梓潼廟，在梓潼縣北十八里七曲山。」清統志曰：「四川綿州：七曲山，在梓潼縣北。」○「玄鶴」句，見王子安别洛下知己序注。○述異記上曰：「信安郡石室山，晉時王質伐木至，見童子數人棊而歌，質因聽之。童子以一物與質如棗核，質含之，不覺饑餓。頃，童子謂曰：『何不去？』質起視，斧柯盡爛，既歸，無復時人。」○暾，原作「瞭」，誤，依錢校改。錢曰：「楚辭九歌（東君）『暾將出兮東方』注：『始出，其形暾暾盛大也。』」説文曰：「旭，旦日出皃。」

温飛卿

温庭筠，字飛卿，本名岐，太原人。數舉進士，以士行不檢，由是累年不第。徐商鎮襄陽，往依之，署爲巡官。咸通中失意歸，徐商知政事，欲白用，商罷，楊收疾之，貶爲方城尉，遷隋縣，卒。飛卿才思豔麗，

與李義山齊名，時稱温李。舊唐書入文苑傳，新書附温大雅傳。

上學士舍人啓二首

新唐書百官志曰：「唐制，文書詔令，中書舍人掌之。自太宗時，名儒學士時時召以草制，然猶未有名號。乾封以後，始號北門學士。玄宗初置翰林待詔，掌四方表疏批答、應和文章，既而又以中書務劇，文書多壅滯，乃選文學之士，號翰林供奉，與集賢學士分掌制詔書敕。開元二十六年，又改翰林學士，別置學士院，專掌內命。其後選用益重，至號爲內相。凡充其職者，無定員，自諸曹尚書，下至校書郎，皆得與選。」又曰：「中書省舍人六人，正五品上，掌侍進奏參議表章，凡詔旨制敕，璽書册命，皆起草進畫，既下則署行。又以一人知制誥。開元初，以它官掌詔敕策命，謂之兼知制誥。肅宗即位，又以他官知中書舍人事。」案：飛卿有上杜舍人啓，疑是杜審權。舊書審權傳云：「正拜中書舍人，十年（大中）權知禮部貢舉，十一年選士三十人，後多至達官。」新傳云：「宣宗時人爲翰林學士。」（附杜如晦傳）此云學士舍人，疑亦審權也。

其一

蓋聞七桂希聲，契冥符於淥水；兩欒孤響，接元韻於清霜。感達真知，誠參神妙。其有不待奔傾之狀，寧聞擊考之功。亦有芝砌流芳，蘭扃襲馥。已困雕陵之彈，猶驚衞國之弦。而暗達明心，潛申讜議。重言七十，俄變於榮枯；

曲禮三千，非由於造詣。始知時難自意，道不常艱。以上言人力推挽，始得進用。

起八句言自然之感應。七桂，當作「七柱」，以琴爲喻，琴七絃，故云「七柱」也。老子曰：「大音希聲。」淮南子俶真篇曰：「手會緑水之趨。」高注曰：「緑水，舞曲也，一曰古詩也。」嵇叔夜琴賦曰：「初涉淥水。」○兩欒，以鐘喻，見蘇廷碩太清觀鐘銘注。霜鐘，見王子安上武侍極啓注。○「奔傾」句指琴，琴賦曰：「狀若詭赴。」又曰：「奔遯相逼。」○「擊考」句指鐘，亦見太清觀鐘銘注。○「亦有」以下十二句，言亦有懷才不遇，賴知己汲引，而後得伸。○世説新語言語篇曰：「謝太傅問諸子姪：『子弟亦何預人事，而正欲其佳？』車騎答曰：『譬如芝蘭玉樹，欲使其生於階庭耳。』」○王子安上武侍極啓曰：「席寵芝扃。」○莊子山木篇曰：「莊周游乎雕陵之樊，覩一異鵲自南方來者，感周之顙而集於栗林，莊周蹇裳躩步，執彈而留之。」○衞，當作魏。楚策四曰：「更羸（當作「嬴」）謂魏王曰：『臣爲王引弓虚發而下鳥。』有閒，雁從東方來，更羸以虚發而下之。魏王曰：『然則射可至此乎？』更羸曰：『此孼也，故瘡未息，聞弦音引而高飛，故瘡隕也。』」○書益稷孔疏引聲類曰：「讜，善言也。」○莊子寓言篇曰：「重言十七。」此文「七十」蓋誤倒。○禮記中庸曰：「禮儀三百，威儀三千。」又曲禮上孔疏曰：「藝文志云：『帝王爲政，世有損益，至周曲爲之防，事爲之制，故曰：經禮三百，威儀三千。』是二禮互而相通，皆有曲稱也。」

某荀鐸摇車，邕琴入爨。委悴倌人之末，擢錢膳宰之前。不遇知音，信爲棄物。以上自序。

晉書荀勗傳曰：「勗於路逢趙賈人牛鐸，識其聲。及掌樂，音韻未調，乃曰：得趙人之牛鐸則諧矣。」○後漢書蔡邕傳曰：「吴人有燒桐以爨者，邕聞火烈之聲，知其良木，因請而裁爲琴，果有異音。」○詩定之方中曰：「命彼倌人。」毛傳曰：「倌人，主駕者。」○禮記文王世子曰：「命膳宰曰：末有原。」○文選古詩曰：「但恨知音希。」○後漢書文苑趙壹傳：「壹遺書勑子曰：士如棄物，豈有性情？」

伏以學士舍人陽葩騫秀，夏采含章。靜觀行止之規，已作陶鈞之業。遂使枯魚被澤，病驥追風。永辭平坂之勞，免作窮途之慟。恩如可報，雖九死而奚施；軀若堪捐，豈三思而後審。下情無任。以上謝其擢取。

晉書文苑庾闡傳：「闡弔賈誼文曰：陽葩熙冰。」○易坤六三曰：「含章可貞。」○漢書鄒陽傳上梁王書曰：「獨化於陶鈞之上。」注張晏曰：「陶人名模下轉圜者爲鈞。」○枯魚，見王子安滕王閣餞別序「涸轍」注。○病驥，見李義山爲張周封上楊相公啓注。追風，見楊炯梁公碑注。○窮途，見滕王閣餞別序注。○離騷曰：「雖九死其猶未悔。」○論語公冶長篇曰：「季文子三思而後行。」

其二

某步類壽陵，文慚渙水。登高能賦，本乏才華；獨立聞詩，空尊詣道。在蜀郡而惟希狗監，泝河流而未及龍門。常嘆美玉在山，但揚異彩；更恐崇蘭被逕，每隔殊榛。徒自沈埋，誰能攀擷？一旦雕於敏手，佩以幽襟，免使琳慙，寧貽蕙嘆。以上自序。

莊子秋水篇曰：「且子獨不聞夫壽陵餘子之學行於邯鄲與？未得國能，又失其故行矣，直匍匐而歸耳。」○文選陳孔璋爲曹洪與魏文帝書曰：「遊睢渙者，學藻繢之綵。」李善注引陳留記曰：「襄邑，渙水出其南，睢水經其北。傳云『睢渙之閒出文章』，故其黼黼絺繡，日月華蟲，以奉宗廟御服焉。」○「登高」句，已見李義山新井碣銘。又詩定之方中毛傳曰：「升高能賦，可以爲大夫。」韓詩外傳七：「孔子曰：君子登高必賦。」○論語季氏篇曰：「嘗獨立，鯉趨而過庭，曰：『學詩乎？』對曰：『未也。』曰：『不學詩，無以言。』鯉退而學詩。」○狗監，見王子安滕王閣餞別序「楊意」注。○龍門，見李義山上楊相公啓注。○荀子勸學篇曰：「玉在山而草木潤。」○楚辭招魂曰：「氾崇蘭些。」又曰：「皋蘭被徑兮斯路漸。」○司馬長卿上林賦曰：「騰殊榛。」○陸士衡歎逝賦曰：「嗟芝焚而蕙歎。」

潛虞末路，未有良期。今乃受薦神州，争雄墨客。空持硯席，莫識津塗。既而臨汝運租，先逢謝尚；丹陽傳教，取覓張憑。輝華居何準之前，名第在冉耕之列。俄生藻繡，便出泥沙。誰言獻輅車軨，先期畢命；猶懼吹竽樂府，未稱知音。倘更念毛輶，終思翼長。贖彼在途之厄，仍遺生芻；脱於嗚坂之勞，兼貽半菽。平生企望，終始依投。不任感恩干冒之至。以上既謝受知，終希援手。○飛卿之文，宛轉動宕不如義山，而句之堅卓過之，藻采穠麗亦足相埒。

史記孟荀列傳曰：「騶衍以爲儒者所謂中國者，於天下乃八十一分居其一分耳，中國名曰赤縣神州。」案：

此云「受薦神州」，似借喻京兆府送貢進士也。○漢書楊雄傳曰：「上長楊賦，聊因筆墨之成文章，故藉翰林以爲主人，子墨爲客卿以風。」○北史元暉傳曰：「周文禮之，命與諸子遊處，每同硯席。」○魏書尉元傳曰：「夏水雖盛，無津途可因。」○晉書文苑袁宏傳曰：「少孤貧，以運租自業。謝尚時鎮牛渚，秋夜乘月，與左右微服泛江，會宏在舫中諷詠，聲既清會，辭又藻拔，遂駐聽久之。遣問焉，答云是袁臨汝郎誦詩，即其詠史之作也。尚即迎升舟，與之譚論，申旦不寐，自此名譽日茂。」案：晉臨汝縣，今江西臨川縣西。○晉書張憑傳曰：「詣惔（劉惔），惔處之下坐。會王濛就惔清言，有所不通，憑於末座判之，言旨深遠，足暢彼我之懷，一坐皆驚。惔延之上坐，清言彌日，留宿至旦遣之。憑既還船，須臾，惔遣傳教覓張孝廉船，便召與同載，遂言之於簡文帝。」○晉書外戚何準傳曰：「兄充爲驃騎將軍，勸其令仕。準曰：『第五之名，何減驃騎？』準，兄弟中第五，故有此言。」○論語先進篇曰：「德行：顔淵、閔子騫、冉伯牛。」史記仲尼弟子傳曰：「冉耕，字伯牛。」案：據此文，則飛卿省試在第四名，恐禮部試不能及第，故更希其資助也。○班孟堅西都賦曰：「裛以藻繡。」○郭景純江賦曰：「或混淪於泥沙。」○輅，疑當作「路」。儀禮鄉飲酒禮注曰：「獻，進也。」○吹竽，見李義山上楊相公啓注。○班孟堅兩都賦序曰：「外興樂府協律之事。」餘見盧昇之樂府雜詩序注。○詩崧高曰：「德輶如毛。」又四牡毛傳曰：「輶，輕也。」○張景陽七命曰：「長冀臨雲。」○韓詩外傳八曰：「田子方出見老馬於道，以問御者曰：『此何馬也？』曰：『故公家畜也，罷而不爲用，故出放也。』田子方曰：『少盡其力，而老去其身，仁者不爲也。』束帛而贖之。窮士聞之，知所歸心矣。」詩白駒曰：「生芻一束。」○鳴坂，見上楊相公啓注。○漢書項籍傳曰：「今歲飢民貧，卒食半菽。」

司空表聖

司空圖，字表聖，河中虞鄉人。（舊唐書曰：「本臨淄人。」）咸通十年進士，召拜禮部員外郎，尋遷郎中。黃巢陷長安，僖宗出幸，圖從之不及，退還河中。僖宗次鳳翔，召圖知制誥，遷中書舍人。僖宗出幸寶雞，從之不及，復還河中。景福中，拜諫議大夫，不赴，後又以户部侍郎召，身謝闕下，數日即引去。昭宗在華，召拜兵部侍郎，以足疾辭，隱中條山王官谷。朱全忠簒唐，召爲禮部尚書，不起，聞哀帝被弑，不食，卒。舊書入文苑傳，新書入卓行傳。

擢英集述

新舊書藝文志皆不載擢英集，未知果成書否。表聖集此篇與疑經後述、絕麟集述、壽星集述、注愍征賦述又後述，似皆易「序」爲「述」者。然三賢贊、觀音贊皆有「并序」字，似又與避家諱而改「序」曰「引」者不同也。（劉夢得父名緒，蘇明允父名序，故集中「序」皆稱「引」。）

名利之機，古今相軋。混惟一致，弘則兩忘。或高視於掞天，或雄張於擊水。捨麟作鳳，孰降等夷；捐璧握珠，自能輝映。遇則以身行道，窮則見志於言。各擅英靈，寧甘頓挫。（以上言立言不朽，同於立功。）

易繫辭上曰：「一致而百慮。」〇莊子大宗師篇曰：「與其譽堯而非桀也，不如兩忘而化其道。」〇左太沖蜀都賦曰：「摛藻掞天庭。」○莊子逍遥遊篇曰：「鵬之徙於南冥也，水擊三千里。」案：掞天喻文章，擊水喻功績。○漢書張良傳曰：「今諸將皆陛下故等夷。」顔注曰：「夷，平也，言故時皆齊等。」○曹子建與楊德祖書曰：「人人自謂握靈蛇之珠。」○北史柳遐傳：「謝譽謂人曰：江漢英靈，見於此矣。」

自昭明妙選，振起斯文。榮雖著於方將，恨皆纏於既往。當西施之翫鏡，不賞蛾眉；豈伯樂之停車，空收駿骨。乃使盛時才子，翻銜泣玉之冤；異代沈魂，祇擲凌雲之譽。九原誰詫，千載徒懸。思格前規，用伸來者。以上言昭明文選不録同時人之文，此集改其舊例。

昭明文選，已見李善表注。○詩碩人曰：「螓首蛾眉。」○伯樂，見楊炯梁公神道碑注。○駿骨，見李義山上李相公啓注。任彦昇天監三年策秀才文曰：「傾心駿骨。」○韓非子和氏篇曰：「和乃抱其璞而哭於楚山之下，三日三夜，淚盡而繼之以血。」○凌雲，見王子安滕王閣餞别序注。○禮記檀弓下曰：「趙文子與叔譽觀乎九原，文子曰：死者如可作也，吾誰與歸？」○方言三曰：「格，正也。」○王儉褚淵碑曰：「無替前規。」○史記太史公自序曰：「故述往事，思來者。」

至若金屋照灼，紈綺追攀。裕之則管樂通期，峻之則彭韓絶倒。人人驥路，雲臺之此日豪華；處處鸞叢，仙館則當時寥落。各銘鍾鼎，競焕緹油。恥發譽於雕蟲，肯争英於墨客。世上之九霄梯級，縱阻争先；機中之五色煙霞，無妨倍價。知音嘿已，作者誰尤。思慰窮津，用徵逸藻。以上言顯達者不必以文傳，此集所録皆非顯達。

金犀，謂金魚、犀帶也。唐會要卷三十一曰：「景雲二年四月二十日敕文：魚袋著紫者金裝，著緋者銀袋。」舊唐書裴度傳曰：「賜之犀帶。」○漢書敘傳曰：「伯與王、許子弟爲羣，在於綺襦紈袴之閒，非其好也。」○蜀志諸葛亮傳曰：「每自比於管仲、樂毅。」○文選劉孝標辨命論曰：「視彭韓之豹變，謂鷙猛致人爵。」李善注曰：「彭，彭越；韓，韓信。」晉書衛玠傳曰：「王澄每聞衛玠言，輒歎息絶倒。」案：謂使韓、彭心服。○驥路，見楊炯梁公碑注。○後漢書朱祐等傳曰：「顯宗追感前世功臣，乃圖畫二十八將於南宮雲臺。」○晉書苻堅載記曰：「百姓歌之曰：下走朱輪，上有鸞栖。」○晉書許邁傳曰：「放絶世務，以求仙館。」案：此句喻不復隱居，故云「仙館寥落」。○墨子魯問篇曰：「以爲銘於鐘鼎。」○漢書循吏傳：「宣帝下詔，賜車蓋，特高一丈，别駕主簿車，緹油屏泥於軾前，以章有德。」○法言吾子篇曰：「或問：『吾子少而好賦？』曰：『然，童子彫蟲篆刻。』俄而曰：『壯夫不爲也。』」案：雕，「彫」之借字。○墨客，見温飛卿啓第二首注。○謝靈運登石門最高頂詩曰：「共登青雲梯。」○梁元帝鴛鴦賦曰：「文連新錦之機。」

想其黎黄洞奏，錦繡畢陳。涵經天緯地之源，胸襟萬象；驕唔月吟風之態，嵩華一毫。固當觸輿牢籠，忘情蔕芥。況牙絃入契，郢握稱珍。欣傳賞奏之徵，免茹投光之歎。固已翹心不朽，撫掌浮雲。操奇而角富驪泉，炫采而誇勍魚域。以上言不求榮顯，專心文章。

黎黄，猶玄黄。孟子滕文公下曰：「篚厥玄黄。」史記衛將軍傳索隱曰：「黎，黑也。」淮南原道篇高注曰：「洞，通也。」家語弟子行王注曰：「奏，薦也。」此猶言玄黄之帛並薦耳。○班孟堅西都賦曰：「若摛錦布繡。」

○詩皇矣毛傳曰：「經緯天地曰文。」○孫興公遊天台山賦曰：「渾萬象以冥觀。」○韓退之調張籍詩曰：「流落人間者，太山一豪芒。」案：「豪」「毫」字同。○淮南子本經篇曰：「牢籠天地。」○司馬長卿子虛賦曰：「吞若雲夢者八九於其胸中，曾不蔕芥。」○駱賓王上張司馬啓曰：「賞流水於牙弦。」餘見李義山爲張周封上楊相公啓注。○劉越石答盧諶書曰：「和氏之璧，焉得獨曜於郢握？」○劉越石答盧諶詩曰：「音以賞奏。」○鄒陽上梁王書曰：「臣聞明月之珠，夜光之璧，以暗投人於道，衆莫不按劍相眄者，何則？無因而至前也。」○左傳襄二十四年：「穆叔曰：大上有立德，其次有立功，其次有立言，雖久不廢，此之謂不朽。」○王逸少與謝萬書曰：「故以爲撫掌之資。」浮雲，見元微之許劉總出家制注。○漢書食貨志曰：「操其奇贏，日游都市。」顔注曰：「奇贏，謂有餘財而畜聚奇異之物也。一説，奇謂殘餘物也。音居宜反。」○莊子列御寇篇曰：「夫千金之珠，必在九重之淵，而驪龍頷下。」案：唐避高祖諱，以「泉」爲「淵」。○説文曰：「勍，彊也。」○搜神記卷十二曰：「南海之外有鮫人，水居如魚，不廢織績，其眼泣則能出珠。」

夫著言紀事，在演致於全篇；賦象緣情，或標工於偶句。雖豹文必備，方成隱霧之姿；而翠羽已零，猶稱凌波之玩。誠欲兼搜於筆海，亦當閒掇於蘭叢。人不陋今，才惟振滯。韻笙簧於騷雅，資粉澤於風流。事竊推公，蓋止交游之內；僭將罪我，益知褒采之難。題以擢英，庶能聳聽。有唐儀曹外吏司空圖。以上採録及命名。○詞意皆工，但有時漸啓俗調。

陸士衡文賦曰：「詩緣情而綺靡。」○列女傳賢明傳：「陶答子妻曰：『妾聞南山有玄豹，霧雨七日而不下食者，何也？欲以澤其毛而成文章也，故藏而遠害。』」○曹子建洛神賦曰：「或拾翠羽。」又曰：「凌波微步，羅襪生塵。」○筆海，見崔安成啓母廟碑注。○楚辭招魂曰：「光風轉蕙，氾崇蘭些。」○杜子美陳拾遺故宅詩曰：「有才繼騷雅。」○上官游韶請封禪表曰：「敷神化之粉澤。」○孟子滕文公下曰：「是故孔子曰：『知我者，其惟春秋乎？罪我者，其惟春秋乎？』」○謝玄暉辭隋王牋曰：「褒采一介。」案：此文疑當作「裒采」。○唐六典卷四曰：「禮部尚書，後魏稱儀曹尚書。魏、晉、宋、齊、梁、陳、後魏、北齊有儀曹郎。隋初，禮部曹置侍郎一人，煬帝除侍字，又改爲儀曹。皇朝因稱郎中，武德三年復爲禮部。」案：表聖嘗爲禮部員外郎、郎中，故署曰儀曹外吏，非因朱梁禮部尚書之辟也。

顧垂象

顧雲，字垂象，池州人。咸通十五年進士第，授校書郎。高駢鎮淮南，辟爲從事。畢師鐸之亂，退居霅川，杜門著書。大順中，與陸希聲、司空圖等分脩德、宣、懿三朝實録，書成，加虞部員外郎。乾寧初，卒。見唐詩紀事卷六十七及池州府志。

題致仕武賓客嵩山舊隱詩序

新唐書隱逸傳曰：「武攸緒，則天皇后兄惟良子也。授太子通事舍人，累遷揚州大都督長史、鴻臚少卿。后革命，封安平郡王，從封中岳，固辭官，願隱居。后疑其詐，許之，以觀其所爲。攸緒廬巖下如素遁者，后遣其兄攸宜敦諭，卒不起，后乃異之。盤桓龍門、少室閒，冬蔽茅椒，夏居石室，所賜金銀鐺鬲、野服皆不御。市田潁陽，使家奴雜作，自混於民。中宗初，以安車召，拜太子賓客，苦祈還山，詔可。安樂公主出降，又以璽書迎之，將至，帝勑有司即兩儀殿設位，行問道禮，詔見日，山陂葛巾，不名不拜。攸緒至，更冠帶，仗入，通事舍人贊就位，攸緒趨就常班再拜，帝愕然，禮不及行，朝廷歎息。賜予無所受，親貴來謁，道寒温外，默無所言。及還，中書、門下、學士、朝官五品以上，並祖城東。俄而諸韋誅，武氏連禍，唯攸緒不及。睿宗下詔慰諭，復召拜太子賓客，不就。開元十一年，卒。」舊書附外戚武承嗣傳。

賓客諱攸諸，則天皇后從姪也。天授中，封安平郡王，遷殿中監，出爲揚州大督府長史。聖曆中，棄官隱居嵩山，避榮寵也。以上先敘明其事。

唐六典卷二十六曰：「太子賓客四人，正三品，掌侍從規諫，贊相禮儀，而先後焉。凡皇太子有賓客宴會，則爲之上齒。」○新唐書外戚傳曰：「武士護娶相里氏，生子元慶、元爽。又娶楊氏，生三女。元女妻賀蘭氏，早寡；季女妻郭氏，不顯。（仲女即武后。）士護卒後，諸子事楊不盡禮，銜之。后立，封楊代國夫人，進爲榮國，后姊韓國夫人。於時元慶已官宗正少卿，元爽少府少監，兄子惟良衛尉少卿。楊諷后上疏出元慶等于外，由是元慶斥龍州，元爽濠州，惟良始州。元慶死，元爽流振州。乾封時，惟良及弟淄州刺史懷運與岳牧集泰山下，於是韓國有女在宮中，帝尤愛幸。后欲并殺之，即導帝幸其母所，惟良等上食，后置堇焉，賀蘭食之，暴死，后歸罪惟良等，誅之，諷有司改姓蝮氏，絕屬籍。元爽緣坐死，家屬投嶺外，后取賀蘭敏之爲士護後。榮國卒，敏之流雷州，道中自經死。乃還元爽之子承嗣奉士護後，宗屬悉原。承嗣諷后革命，追王先世，立宗廟。承嗣爲魏王，元慶子三思爲梁王，惟良子攸宜建安王，攸緒安平王。」○舊唐書則天皇后本紀曰：「載初元年九月九日，革唐命，改國號爲周，改元爲天授。」○唐六典卷二曰：「司封郎中、員外郎，掌邦之封爵。凡有九等，二曰郡王，從一品，食邑五千户。」○唐六典卷十一曰：「殿中省監一人，從三品，掌乘輿服御之政令，總尚食、尚藥、尚衣、尚乘、尚舍、尚輦六局之官屬，備其禮物而供其職事。」又卷三十曰：「大都督府長史一人，從三品。」○舊書則天紀曰：「聖曆二年二月戊子，幸嵩山。」

想其始來，捫危選勝，駕迴裁基。鈿走伊波，控隱士飲牛之渚；螺排緱嶠，對仙人駕鶴之峰。移紫府之全模，寫清都之勝槩。王桃植砌，董杏栽壇。帳合蘿高，牀平石古。飛流界練，貫幽響於風湍；曙景張屏，掛清光於露璺。時或春花發盡，秋雨晴初。虛籟調風，斜窗印月。吞露華兮，漱煙液而樂天和；吟酒賦兮，唱琴歌焉知帝力。以上武后時，隱居嵩山，賦詩自樂。○「吞露華」四句，俗調。

白樂天春來詩曰：「曲江碾草鈿車行。」伊波，謂伊水。元和郡縣志曰：「河南道河南府洛陽縣：伊水，在縣東南十八里。」飲牛，見盧昇之黎君碑注。○劉夢得望洞庭詩曰：「白銀盤裏一青螺。」元和志曰：「河南府緱氏縣：緱氏山，在縣東南二十九里，王子晉得仙處。」駕鶴，見王子安別洛下知己序「謝時人」句注。○紫府，見李義山新井碣銘注。○左太沖魏都賦曰：「授全模於梓匠。」○列子周穆王篇曰：「王實以爲清都紫微，鈞天廣樂，帝之所居。」○漢武帝内傳曰：「侍女以玉盤盛仙桃七顆，大如鴨卵，形圓青色，以呈王母，母以四顆與帝，三顆自食。桃味甘美，口有盈味，帝食輒收其核。王母問帝，帝曰：『欲種之。』母曰：『此桃三千年一生實，中夏地薄，種之不生。』帝乃止。」○神仙傳卷六曰：「董奉者，字君異，侯官人也。日爲人治病，亦不取錢，重病愈者，使栽杏五株，輕者一株，如比數年，計得十萬餘株，鬱然成林。」○水經廬江水注曰：「懸流飛瀑，望之連天，若曳飛練於霄中矣。」○唐玄宗趙法師精院詩曰：「風湍聞夜流。」○李太白廬山謠曰：「屏風九疊雲錦張。」○莊子齊物論篇：「子綦曰：『夫大塊噫氣，其名曰風，作則萬竅怒呺。』子游曰：『地籟則衆竅是已。』」○元微之鄂州寓館嚴澗宅詩曰：「月入斜窗曉寺鐘。」○莊子知北遊篇曰：「齧缺問道乎被衣，被衣曰：若正汝形，一汝視，天和將至。」○文選孔德璋北山移文曰：「琴歌欲斷。」○帝力，見盧昇之樂府雜詩序注。

及龍圖去呂，龜鼎還劉。中宗皇帝方欲訪道崑巖，鳴鑾茨岫。遥飛鶴版，親授蒲軒。扣蓬藋之荒扉，遠徵枚乘；婦皐夔之右席，强走嚴陵。莫不黄屋翹襟，高霞疊夢。由是輕鷗出浦，明月離雲。纔拜宸階，旋登甲觀。以公嘗棲洞府，不喜塵機。雖當掛佩垂紳，愈若投羅觸罟。及飛章上闕，雪涕辭天。帳祖席於青門，轄仙裝於紫陌。乃知飛霜匝野，冰厓留不死之蠶；烈日熒溟，珠岸有不枯之草。故能振清風於戚里，飛逸駕於雲逵。宜乎與禄産分鑣，夷齊結轍。比夫吞腥咽腐，懷禄偷安者，不亦優乎？以上中宗時，被召入朝，復歸嵩山，品格之高，非他外戚所能及。

龍圖，見駱賓王請陪封禪表、姚州露布，宋延清上陽宮侍宴序，李巨山神龍序等注。史記孝文本紀曰：「高后崩，諸呂呂産等欲爲亂，以危劉氏，大臣共誅之，使人迎代王。」○後漢書宦者傳曰：「魏武因之，遂遷軀鼎。」章懷注曰：「軀鼎，國之守器，以諭帝位也。」○莊子天地篇曰：「黄帝遊乎赤水之北，登乎崑崙之丘。」穆天子傳二曰：「辛酉，天子升于昆侖之丘，以觀黄帝之宫。」郭注曰：「黄帝巡遊四海，登昆侖山，起宫室於其上。見新語。」案：崑巖，即指崑崙山也。○班孟堅西都賦曰：「大路鳴鑾。」説文曰：「人君乘車四馬，四鑣八鑾鈴，象鸞鳥聲，和則敬也。」案：經傳多以「鸞」字爲之。茨岫，即具茨之山，見楊炯羣官尋楊隱居詩序注。○文選北山移文曰：「鶴書赴隴。」李善注曰：「蕭子良古今篆隸文體曰：鶴頭書與偃波書，俱詔板所用，在漢則謂之尺一簡，髣髴鵠頭，故有其稱。」王子安上絳州上官司馬書曰：「鶴板徵賢，累發非常之詔。」○漢書武帝紀曰：「建元元年，議立明堂，遣使者安車蒲輪，束帛加璧，徵魯申公。」顔注曰：「以蒲裹輪，取其安也。」後漢書逸民傳曰：「光武側席幽人，求之若不及，旌帛蒲車之所徵賁，相望於巖中矣。」○庾子山哀江南賦曰：「掩蓬藋之荒扉。」○漢書枚乘傳曰：「乘字叔，淮陰人也。武帝即位，乘年老，迺以安車蒲輪徵乘。」○説苑君道篇曰：「昔者虞舜左禹右皋陶，不下堂而天下治。」○嚴陵，已見李義山新井碣銘「狂奴」注。○漢書高帝紀曰：「紀信乃乘車黄屋左纛。」注李斐曰：「天子車以黄繒爲蓋裏。」○北山移文曰：「高霞孤映。」○「輕鷗」二句，喻其應召出山也。杜子美小寒食舟中詩曰：「片片輕鷗下急湍。」「明月」句，見新井碣銘。○文選王元長三月三日曲水詩序曰：「得一奉宸。」李善注曰：「尚書曰『惟辟奉天』（僞泰誓中），『宸』與『辰』同。」案：蓋取北辰天極之義，故關於皇帝者，多以宸稱之，如行幸曰宸遊，皇城曰宸垣等，皆是也。○「甲觀」句，指拜太子賓客也。漢書成帝紀曰：「元帝在太子宫，生甲觀畫堂。」注如淳曰：「甲觀，觀名。三輔黄圖云：太子宫有甲觀。」顔曰：「甲者，甲乙丙丁之次也。」○漢書疏廣傳曰：「廣爲太傅，兄子受爲少傅，父子俱移病，滿三月賜告，廣遂稱篤，上書乞骸骨，上以其年老，皆許之。公卿大夫故人邑子設祖道，供張東都門外。」注蘇林曰：「長安東郭門也。」案：三輔黄圖卷一曰：

「長安城東出南頭第一門曰霸城門，民見門色青，名曰青城門，或曰青門。」○漢書南粵傳曰：「王太后飭治行裝。」唐玄宗遊興殿詩曰：「離宮紫陌陲。」○拾遺記卷十曰：「員嶠山有冰蠶，長七寸，黑色，有角有鱗，以霜雪覆之，然後作繭，長一尺，其色五彩。」○珠岸，見李義山爲李貽孫上李相公啓注。○漢書萬石君傳曰：「高祖召其姊爲美人，徙其家長安中戚里。」顏注曰：「於上有姻戚者，則皆居之，故名其里爲戚里。」○雲逵，猶言雲路、雲衢。○史記呂后本紀曰：「呂后長兄周呂侯死事，子産爲交侯，次兄呂釋之爲建成侯，釋之卒，嗣子有罪，廢，立其弟祿爲胡陵侯。（集解徐廣曰：「釋之少子。」）六年十月，以呂産爲呂王。七年二月，呂王産徙爲梁王。秋，呂祿立爲趙王。八年七月，祿爲上將軍，軍北軍，産居南軍。」外戚世家曰：「高祖崩，祿、産等謀作亂，大臣征之，卒滅呂氏。」梁武帝答劉之遴詔曰：「源本分鑣，指歸殊致。」○史記伯夷列傳曰：「伯夷、叔齊，孤竹君之二子也。父欲立叔齊，及父卒，叔齊讓伯夷，伯夷曰『父命也』，遂逃去，叔齊亦不肯立而逃之。武王已平殷亂，天下宗周，而伯夷、叔齊恥之，義不食周粟，隱於首陽山。」陸士衡贈弟士雲詩曰：「遵途結轍。」○鮑明遠代昇天行曰：「何時與汝曹，啄腐共吞腥。」○楊子幼報孫會宗書曰：「懷祿貪勢，不能自退。」

今則八桂森指，五芝零落。立松崖而盡日，不見王孫；埽石壁以題詩，別招逋客。豈無來哲，能紹玄蹤？聊剖短章，用旌高烈。時睿文英武明德至仁廣孝皇帝御宇十二歲也，龍集辛卯，律中林鍾，十二日丙寅題。以上作序。○蔣心餘斥其漸開俗派，固也，然精警處實不可没。

文選孫興公遊天台山賦曰：「八桂森挺以凌霜，五芝含秀而晨敷。」李善注曰：「山海經曰：桂林八桂，在賁隅東。」（海内南經作番隅，郭注曰：「番隅，今番禺縣。」案：即今廣東番禺縣也。續漢書郡國志五劉注、水經浪水注引皆作賁隅，與遊天台山賦注同。而文選上林賦、張平子四愁詩注及初學記八引作番禺。郝蘭皋謂「蓋古有二本」，是也。）郭璞曰：「八樹成林，言其大也。賁隅音番禺。」神農本草經曰：「桂葉冬夏常青不枯。」又曰：「赤芝一名丹芝，黄芝一名金芝，白芝一名玉芝，黑芝一名玄芝，紫芝一名木芝。」馮衍顯志賦曰：「食五芝之茂英。」○楚辭招隱士曰：「王孫遊兮不歸，春草生兮萋萋。」○北山移文曰：「請迴俗士駕，爲君謝逋客。」○班孟堅幽通賦曰：「訴來哲以通情。」○遊天台山賦曰：「躡二老之玄蹤。」○舊唐書懿宗紀曰：「咸通三年春正月，左僕射、門下侍郎、平章事杜悰率百寮上徽號曰睿文明聖孝德皇帝。十二年春正月，宰相路巖率文武百寮上徽號曰睿文英武明德至仁大聖廣孝皇帝。」○懿宗咸通十二年，辛卯。龍集，猶言歲在也。論衡難歲篇曰：「太歲與青龍無異。」御覽時序部二引尚書考靈曜曰：「青龍，歲也。」左襄二十八年杜注曰：「龍，歲星也。」則龍之爲歲明矣。○禮記月令曰：「季夏之月，律中林鍾。」

韓致堯

韓偓，字致堯，（新唐書偓傳作「致光」，苕溪漁隱叢話前編作「致元」。唐詩紀事、唐才子傳皆作「致堯」，今從之。）京兆萬年人。龍紀元年，擢進士第，佐河中幕府，召拜左拾遺，累遷左諫議大夫，入翰林爲學士，遷中書舍人。從昭宗幸鳳翔，遷兵部侍郎、承旨。昭宗反正，勵精圖治，偓處置機密，與帝意合，欲相者三四，讓不敢當。以不附朱全忠，貶濮州司馬，再貶榮懿尉，徙鄧州司馬。天祐二年，復原官，偓不敢入朝，挈其族南依閩王審知，卒。新唐書有傳。

香匳集自序

新唐書藝文志集部别集類有韓偓詩一卷，又香匳集一卷。方虛谷（回）瀛奎律髓曰：「香匳之作，爲韓偓無疑也。或以爲和凝之作，嫁名於韓，劉濳夫誤信之。考諸同時，吴融集有依韻倡和者，何可掩哉？」震曼殊（鈞）香奩集發微序曰：「韓致堯，有唐之屈靈均也；香奩集，有唐之離騷、九歌也。自後人不善讀，而古人之命意晦；自後人不能尚論古人，而古人扶植綱常之詞，且變爲得罪名教之作矣，不亦重可惜哉？致堯官翰林承旨，見怒於朱温，被忌於柳燦，斥逐海嶠，使天子失股肱之痛。唐季名臣，未有或之先者。似此大節彪炳，即使其小作豔語，如廣平之賦梅花，亦何貶於致堯？迺夷考其辭，無一非忠君愛國之忱，纏綿於無窮者。然則靈均九歌所云『滿堂兮美人，忽獨與余兮目成』，信爲名教罪人乎？香奩之作，亦猶是也。即以其序所云『若有責其不經，亦望以功掩過』，夫果爲豔詩，亦何足言功？作者深心，於茲可會。」案：「奩」與「匳」同。

余溺於章句，信有年矣。誠知非士大夫所爲，不能忘情，天所賦也。自庚辰辛巳之際，迄己亥庚子之閒，所著歌詩，不啻千首。其閒以綺麗得意者，亦數百篇。往往在士大夫口，或樂官配入聲律。粉牆椒壁，斜行小字，竊詠者不可勝紀。大盜入關，緗帙都墜。遷徙流轉，不常厥居。求生草莽之中，豈復以吟詠爲意？或天涯逢舊識，或避地遇故人，醉詠之暇，時及拙唱。自爾鳩集，復得百篇。不忍棄捐，隨即編録。以上序鳩集舊作。

震曼殊曰：「序中所書甲子，大都迷謬其詞，未可信也。其謂庚辰辛巳迄己亥庚子之閒者，考其時在僖宗之代，（案：懿宗咸通元年庚辰，二年辛巳；僖宗乾符六年己亥，廣明元年庚子。）致堯乃居翰林也，而一卷香匳，全屬舊君故國之思，彼時安所用此？此未可信也。又所謂大盜入關者，似指黄巢矣，而云『遷徙不常厥居，求生草莽之中，豈復以吟詠爲意』，則益可疑。考巢賊亂後，致堯始貴，並無避地之舉。直至梁移唐祚，致堯始不常厥居，所謂『天涯逢故舊，避地遇故人』者，正此時也。然則大盜蓋指朱温，而避地則貶濮州、貶榮懿、徙鄧州、南依王審知，均是也。故無題詩序云：『丙寅年，在福建寓止。』可徵香匳一卷，編於晚年。梁氏既禪以後，故不得不迷謬其詞，以求自全云爾。」○世説新語言語篇：「張敷曰：當由忘情故不泣，不能忘情故泣。」○魏文帝善哉行曰：「綺麗難忘。」○漢書藝文志曰：「雅樂聲律，世在樂官。」○李泌舞春風詞曰：「粉牆畫壁宋家東。」梁元帝縣名詩曰：「椒壁雜風吹。」○梁昭明太子文選序曰：「飛文染翰，則卷盈乎緗帙。」五臣注吕向曰：「緗，淺黄色也；帙，書衣也。」○書盤庚上曰：「不常厥邑。」○左傳定四年：「申包胥曰：寡君越在草莽。」○爾雅釋詁曰：「鳩，聚也。」○此段全唐文無之。

遐思宫體，未敢稱庾信工文；卻誚玉臺，何必倩徐陵作序。粗得捧心之態，幸無折齒之慙。柳巷青樓，未嘗糠秕；金閨繡户，始預風流。咀五色之靈芝，香生九竅；咽三危之瑞露，春動七情。若有責其不經，亦望以功掩過。玉山樵人韓致堯序。以上序著作之意。○美人香草之思，不當以側豔目之。

梁書簡文帝紀曰：「雅好題詩，其序云：『余七歲有詩癖，長而不倦。』然傷於輕豔，當時號曰宮體。」又徐摛傳曰：「摛文體既別，春坊盡學之，宮體之號，自斯而起。」周書庾信傳曰：「父肩吾，爲梁太子中庶子，東海徐摛爲左衛率，摛子陵及信並爲抄撰學士，文並綺豔，故世號爲徐庾體。」○香匳集「敢」作「降」，一作「解」，「工」作「攻」，今依全唐文。○徐孝穆集有玉臺新詠序。隋書經籍志集部總集有玉臺新詠十卷，原注曰：「徐陵撰。」案：劉肅大唐新語卷三曰：「梁簡文爲太子，好作豔詩，境内化之，浸以成俗，謂之宮體。晚年改作，追之不及，乃令徐陵撰玉臺集以大其體。」○香匳集「倩」作「使」。○莊子天運篇曰：「西施病心而矉其里，其里之醜人見而美之，歸亦捧心而矉其里。」○晉書謝鯤傳曰：「鄰家女有美色，鯤嘗調之，女投梭折其兩齒，時人爲之語曰：任達不已，幼輿折齒。」○南齊書東昏侯紀曰：「世祖興光樓上施青漆，世謂之青樓。」晉書麴允傳曰：「西州爲之語曰：南開朱門，北望青樓。」曹子建美女篇曰：「青樓臨大路。」皆與此文「青樓」不同。翟晴江通俗編卷二十四曰：「後人例呼妓館爲青樓，則始於梁劉邈採桑行：『倡女不勝愁，結束下青樓。』太白樓船觀妓詩亦云：『對舞青樓妓，雙鬟白玉童也。』」○世説新語排調篇曰：「王文度、范榮期俱爲簡文所要，王在范後，王因謂曰：『簸之揚之，糠秕在前。』范曰：『洮之汰之，沙礫在後。』」○文選江文通別賦曰：「金閨之諸彦。」李善注曰：「金閨，金馬門也。」謝玄暉始出尚書省詩曰：「既通金閨籍。」注曰：「金閨，金門也。」案：此與「繡户」連文，則不必指爲金門矣。胡元範奉和太子納妃詩曰：「金閨未息火。」盧綸七夕詩曰：「何事金閨子，空傳得網絲。」袁暉正月閨情詩曰：「正月金閨裏，微風繡户閒。」正與此同。震曰：『麤得捧心之態』云云，均致堯自況語也。夫以香籢豔語連篇，而云『得捧心之態，無折齒之慙，金閨繡户，始足與此』，此豈論詩之優劣乎？直是自敘其身世耳。」○張平子西京賦曰：「濯靈芝之朱柯。」抱朴子僊藥篇曰：「石芝者，石象芝，生於海隅名山及島嶼之涯，有積石者，其狀如肉象，有頭尾四足，良似生物也。赤者如珊瑚，白者如截肪，黑者如澤漆，青者如翠羽，黃者如紫金，而皆光明洞徹如堅冰也。若得石象芝，擣之三萬六千杵，服方寸七日，至盡一斤，則得千歲，十斤則萬歲。」又曰：「五德芝狀如樓殿，莖方，其葉五色各具而不雜。」○周禮天官疾醫曰：「九竅之變。」鄭注曰：「陽竅七，陰竅二。」莊子齊物論曰：「百骸、九竅、六藏，賅而存焉。」○呂氏春秋本味篇曰：「水之美者，三危之露。」高注曰：「三危，西極山。」陸士衡琴賦曰：「葉泫三危之露。」○禮記禮運曰：「何謂人情？喜怒哀樂愛惡欲，七者弗學而能。」○香匳「春」作「美」。○史記孟荀列傳曰：「鄒衍其言閎大不經。」○漢書陳湯傳：「劉向上疏曰：君子以功覆過。」○「玉山」以下八字，全唐文無之，一作「玉樵山人」。唐詩紀事、唐才子傳皆作「玉山樵人」，則「玉山」是也。福建閩侯縣東有玉忱山，玉山之號，其在依王審知之後乎？又唐詩紀事曰：「偓字致堯。」今曰『致光』，誤矣。清四庫書目卷一百五十一曰：「劉向神仙傳稱：『偓佺，堯時仙人，堯從而問道。』則偓字致堯，於義爲合。『致光』『致元』，皆以字形相近誤也。」

韋端己

韋莊，字端己，京兆杜陵人。乾寧元年登進士第。李詢爲西川宣諭和協使，舉莊爲判官，後王建辟掌書記，尋擢起居舍人，建表留之，及建僭位，授莊吏部侍郎、同平章事。見郡齋讀書志卷十八、唐詩紀事卷六十八、唐才子傳卷十。

又玄集序

唐詩紀事卷六十八曰：「莊集詩人一百五十人，得詩三百章，爲又玄集。」案：讀書志莊浣花集五卷，宋史藝文志作十卷，而不及又玄集，蓋佚。

謝玄暉文集盈編，止誦澄江之句；曹子建詩名冠古，唯吟清夜之篇。是知美稼千箱，兩岐綦少；繁絃九變，大濩殊稀。入華林而珠樹非多，閱衆籟而紫簫唯一。所以擷芳林下，拾翠巖邊。沙之汰之，始辨辟寒之寶；載雕載琢，方成瑚璉之珍。故知頷下採珠，難求十斛；管中窺豹，但取一斑。以上言古人之文，不能盡美，選者當取其精華。

南齊書謝朓傳曰：「朓字玄暉，陳郡陽夏人也，文章清麗。」詩品中曰：「齊吏部謝朓，奇章秀句，往往警遒，足使叔源失步，明遠變色。」隋書經籍志曰：「齊吏部郎謝朓集十二卷。」案：謝玄暉晚登三山還望京邑詩曰：「餘霞散成綺，澄江静如練。」○魏志陳思王植傳曰：「植字子建，善屬文。」詩品上曰：「陳思王植骨氣奇高，詞彩華茂，情兼雅怨，體被文質，粲溢今古，卓爾不羣。故孔氏之門如用詩，則公幹升堂，思王入室。」曹子建公讌詩曰：「清夜遊西園，飛蓋相追隨。」○後漢書張堪傳曰：「堪爲漁陽守，民歌之曰：『桑無附枝，麥秀兩岐。張公爲政，樂不可支。』」○周禮春官大司樂曰：「若樂九變，則人鬼可得而禮矣。」又「舞大濩」，鄭注曰：「大濩，湯樂也。」○海外南經曰：「三珠樹在厭火北，生赤水上，其爲樹如柏，葉皆爲珠。」又海内西經曰：「開明北有珠樹、文玉樹、玗琪樹。」○紫簫，見李義山新井碣銘注。又杜牧之杜秋娘詩曰：「閑捻紫簫吹。」自注曰：「晉書：盜開涼州張駿冢，得紫玉簫。」○拾翠，見司空表聖擢英集序注。○沙汰，已見韓致堯香匳集自序「穅秕」注。○酉陽雜俎十六曰：「嗽金鳥出昆明國。魏明帝時，其國來獻此鳥，飼以真珠及龜腦，常吐金屑如粟，宮人争以鳥所吐金爲釵珥，謂之辟寒金，以鳥不畏寒也。」李義山碧城詩曰：「犀辟塵埃玉辟寒。」○論語公冶長篇曰：「瑚璉也。」禮記明堂位曰：「夏后氏之四連，殷之六瑚。」鄭注曰：「皆黍稷器。」釋文曰：「連，本又作『璉』。」○頷下珠，見擢英集序「驪泉」注。○喬知之緑珠篇曰：「明珠十斛買娉婷。」○晉書王獻之傳：「門生曰：此郎亦管中窺豹，時見一斑。」

自國朝大手名人以至今之作者，或百篇之内，時紀一章；或全集之中，微微數首。但掇其清詞麗句，録在西齋；莫窮其巨派洪瀾，任歸東海。總其記得者，才子一百五十人；誦得者，名詩三百首。長樂暇日，陋巷窮時，聊摭膝以書紳，匪攢心而就簡。以上選録。

舊唐書張説傳曰：「爲文俊逸，用思精密，朝廷大手筆，皆特承中旨撰述。」○新唐書藝文志史部目録類有吴氏西齋目録十卷，注曰吴競。○全唐詩話卷四曰：「長樂坊安樂寺紅樓，睿宗在藩時舞榭，東禪院亦曰木塔院。」長安志卷八曰：「朱雀門東第四街，即皇城之東第二街，街東從北第一長樂坊。」○論語衛靈公篇曰：「子張書諸紳。」

蓋詩中鼓吹，名下笙簧。擊晁氏之鐘，霜清日觀；淬雷公之劍，影動星津。

雲閒分合璧之光，海上運摩天之翅。奪造化而雲雷湧起，役鬼神而風雨奔馳。但思其食馬留肝，徒云染指；豈慮其烹魚去乙，或至傷鱗。自慙乎鼴腹易盈，非嗜其熊蹯獨美。然則律者既採，繁者是除。何知黑白之鶉，强識淄澠之水。左太沖十年三賦，未必無瑕；劉穆之一日百函，焉能盡麗。是知班張屈宋，亦有蕪辭；沈謝應劉，猶多累句。雖遺姸可惜，而備載斯難。亦由執斧伐山，止求嘉木；挈瓶赴海，但汲甘泉。等同於風月煙花，各是其櫨梨橘柚。以上自明約選之意。

鼓吹，見盧昇之樂府雜詩序注；笙簧，見黎君碑注。○鼂氏鐘，見蘇廷碩太清觀鐘銘注；日觀，見黎君碑注。○雷公劍，見王子安上武侍極啓注。○漢書律曆志上曰：「日月如合璧。」○白樂天代鶴詩曰：「誰念深籠中，七換摩天翮。」○後漢書張衡傳論曰：「制作侔造化。」○神仙傳卷四：「八公告淮南王曰：一人能召致蛟龍，使役鬼神。」○史記儒林傳：「景帝曰：食肉不食馬肝，不爲不知味。」○左宣四年曰：「子公染指於鼎，嘗之而出。」○禮記內則曰：「魚去乙。」鄭注曰：「乙，魚體中害人者名也。今東海鰫魚有骨名乙，在目旁，狀如篆乙，食之鯁人不可出。」案：爾雅釋魚曰：「魚腸謂之乙。」鄭注與雅義異。○皮襲美射魚詩曰：「傷鱗浮殷紅。」○鼴鼠，已見令狐殼士代李僕射謝狀「鼷鼠飲河」句注，廣雅釋獸作「鼹鼠」。○孟子告子上曰：「舍魚而取熊掌者也。」左文元年曰：「王請食熊蹯而死。」○御覽羽族部六引秦記曰：「苻殷食鶉炙，知黑白之處，人不信，既而試之，果然。」○呂氏春秋精喻篇：「孔子曰：淄澠之合者，易牙嘗而知之。」高注曰：「淄、澠，齊之兩水名也。易牙，齊桓公識味臣也，能別淄、澠之味也。」淮南子道應篇作「菑澠」。○文選左太沖三都賦李善注引臧榮緒晉書曰：「左思，字太沖，齊國人。少博覽文史，欲作三都賦，乃詣著作郎張載，訪岷邛之事，遂構思十稔，門庭藩溷，皆著紙筆，遇得一句即疏之。賦成，張華見而咨嗟，都邑豪貴競相傳寫。」○宋書劉穆之傳曰：「穆之字道和，東莒莞人，世居京口。穆與朱齡石並便尺牘，常於高祖坐，與齡石答書，自旦至中，穆之得百函，齡石得八十函，而穆之應對無廢也。」○莊子天運篇曰：「故譬三皇五帝之禮義法度，其猶柤梨橘柚邪？其味相反，而皆可於口。」釋文曰：「柤，側加反。」案：柤，「樝」之借字，說文曰：「樝，果似梨而酢。」

昔姚合所撰極玄集一卷，傳於當代，已盡精微。今更採其玄者，勒成又玄集三卷。記方流而目眩，閱麗水而神疲。魚兔難存，筌蹄是棄。所以金盤飲露，唯採沆瀣之精；花界食珍，但享醍醐之味。非獨資於短見，亦可貽於後昆。採實去華，俟諸來者。光化三年七月二日，前左補闕韋莊述。以上命名又玄之意。○發揮選政貴精之旨，頗見切當。

新唐書姚崇傳曰：「三子，彝、昇、弈，弈曾孫合，元和中進士及第，調武功尉，善詩，世號姚武功者，終祕書監。」藝文志總集類有姚合極玄集一卷。○文選顏延年贈王太常詩曰：「玉水記方流。」李善注引尸子曰：「凡水其方折者有玉，其圓折者有珠。」○韓子內儲說上曰：「荊南之地，麗水之中生金。」○魚兔、筌蹄，見楊炯彭城公夫人墓誌銘注。○漢書郊祀志上顏注引三輔故事曰：「建章宮承露盤高二十丈，大七圍，以銅爲之，上有仙人掌承露，和玉屑飲之。」○司馬長卿大人賦曰：「呼吸沆瀣兮餐朝霞。」楚辭遠遊王注引陵陽子明經曰：「冬飲沆瀣。沆瀣者，北方夜半氣也。」○說文新附字曰：「醍醐，酪之精者也。」○張思光與豫章王牋曰：「區區短見，深有恨然。」○書僞仲虺之誥曰：「垂裕後昆。」○光化，唐昭宗年號。

歐陽炯

炯，蜀人，歷官武德軍判官、翰林學士、中書舍人，善文章，尤工詩詞。見十國春秋卷五十六。

花間集序

直齋書録解題卷二十一曰：「花間集十卷，蜀歐陽炯作序稱『衛尉少卿字宏基者所集』，未詳何人。其詞曰：『温飛卿以下十八人，凡五百首，此近世倚聲填詞之祖也。』」清四庫書目卷一百九十九曰：「後蜀趙崇祚編。崇祚字宏基，事孟昶爲衛尉少卿，而不詳其里貫。十國春秋亦無傳。」案：蜀有趙崇韜，爲中書令廷隱之子，崇祚疑即其兄弟行也。詩餘體變自唐，而盛行於五代，自宋以後，體製益繁，選録益衆，而溯源星宿，當以此集爲最古。唐末名家詞曲，俱賴以僅存。

鏤玉雕瓊，擬化工而迥巧；裁花翦葉，奪春豔以争鮮。是以唱雲謠則金母詞清，挹霞醴則穆王心醉。名高白雪，聲聲而自合鸞歌；響遏青雲，字字而偏諧鳳律。楊柳大隄之句，樂府相傳；芙蓉曲渚之篇，豪家自製。莫不争高門下，三千玳瑁之簪；競富樽前，數十珊瑚之樹。則有綺筵公子、繡幌佳人，遞葉葉之花牋，文抽麗錦；舉纖纖之玉指，拍按香檀。不無清絕之辭，用助嬌嬈之態。自南朝之宫體，扇北里之倡風，何止言之不文，所謂秀而不實。以上歷代詞曲之變遷。

藝文類聚寶玉部引紀年曰：「桀伐珉山，珉山莊王女于桀二女，曰琬曰琰，斲其名于苕華之玉。」○賈生服鳥賦曰：「造化爲工。」○大業拾遺記曰：「煬帝築西苑，宫樹秋冬凋落，乃翦綵爲花葉綴於條。」○穆天子傳卷三曰：「天子觴西王母于瑶池之上，西王母爲天子謡曰：『白雲在天，山陎（郭注曰「陵」字）自出。道里悠遠，山川閒之。將子無死，尚能復來。』」○拾遺記卷三曰：「周穆王東巡大騎之谷，指春宵宫，集諸方士仙術之要。西王母乘翠鳳之輦而來，共玉帳高會，薦清澄琬琰之膏以爲酒。又進洞淵紅蕅，嵰州甜雪。」吴叔庠遊仙詩曰：「霞液朝可飲。」○宋玉對楚王問曰：「客有歌於郢中者，其爲陽春白雪，國中屬而和者，不過數十人。」○海外西經曰：「諸天之野，鸞鳥自歌，鳳鳥自舞。」○列子湯問篇曰：「秦青撫節悲歌，聲振林木，響遏行雲。」○吕氏春秋古樂篇曰：「伶倫聽鳳皇之鳴，以別十二律。」○樂府詩集四十八引古今樂録曰：「襄陽樂者，宋隨王誕之所作也。又有大堤曲，亦出於此。」李正己襄陽曲曰：「襄陽堤路長，草碧楊柳黄。」○樂府詩集五十引古今樂録曰：「採蓮曲：和雲採蓮渚，窈窕舞佳人。」梁簡文帝採蓮曲曰：「棹動芙蓉落。」梁元帝採蓮曲曰：「願襲芙蓉裳。」○史記春申君傳曰：「趙平原君使人于春申君，春申君舍之于上舍，趙使欲夸楚，爲瑇瑁簪，刀劍室以珠玉飾之，請命春申君客，春申客三千餘人，其上客皆躡珠履以見趙使，趙使大慙。」古樂府有所思曲曰：「雙珠瑇瑁簪。」正字通曰：「瑇，俗作『玳』。」○晉書石崇傳曰：「崇與貴戚王愷、羊琇之徒，以奢靡相尚，愷以粭澳釜，崇以蠟代薪，愷作紫絲布步幛四十里，崇作錦步障五十里以敵之。崇、愷争豪如此，武帝每助愷，嘗以珊瑚樹賜之，高三尺許，愷以示崇，崇便以鐵如意擊之，命左右悉取珊瑚樹，有高三四尺者六七株，條幹絶俗，光彩耀日。」○陳伯玉春夜別友人詩曰：「金尊對綺筵。」杜子美樂遊園歌曰：「公子華筵特地高。」○學齋佔畢卷三曰：「古妝鏡銘曰：綺窗繡幌，俱涵影中。」○宋子侯董嬌嬈詩曰：「葉葉自相當。」○鄴侯外傳曰：「夜夢見賜御製中和詩於金花箋上。」○詩葛屨曰：「摻摻女手。」毛傳曰：「摻摻，猶纖纖也。」古詩曰：「纖纖出素手。」○杜牧之宣州贈裴坦詩曰：「畫堂檀板秋拍碎。」○庾子山哀江南賦序曰：「不無危苦之辭。」陸士龍與平原書曰：「昔讀楚辭，意不大愛之，頃日視之，實自清絶滔滔。」○說文曰：「嬈，一曰『嫽』也。」韻會曰：「音饒，嬌嬈，妍媚貌。」○宫體，見韓致堯香匳集自序注。○史記殷本紀曰：「紂使師涓作新淫聲，北里之舞，靡靡之樂。」曹子建七啓曰：「揚北里之流聲。」○左襄二十五年：「仲尼曰：言之無文，行而不遠。」○論語子罕篇：「子曰：秀而不實者，有已夫。」

有唐已降，率土之濱，家家之香徑春風，寧尋越豔；處處之紅樓夜月，自鎖嫦娥。在明皇時，則有李太白應制清平樂調四道，近代温飛卿復有金荃集。邇來作者，無愧前人。以上言唐以來作家之盛。

詩北山曰：「率土之濱，莫非王臣。」○羅昭諫真娘墓詩曰：「還應伴西子，香逕夜深遊。」太平寰宇記曰：「江南道蘇州：香山，在吴縣西南五十里。吴地記云：吴王遣美人採香於此，山以爲名，故有採香徑。」王昌齡採蓮曲曰：「吴姬越豔楚王妃。」○李太白陌上贈美人詩曰：「美人一笑褰珠箔，遥指紅樓是妾家。」○嫦娥，見楊炯彭城公夫人墓誌銘。又學齋佔畢卷三曰：「余嘗觀漢志『黄帝使羲和占日，常儀占月』，（史記曆書索隱引世本及律曆志，然今漢書律曆志無之，見晉書律曆志中。）每疑所謂『常娥』即『常儀』字之誤。及讀周禮注云『「儀」「義」二字，古皆音俄』，（此二語亦出隸釋卷九司隸校尉魯峻碑跋語，然周禮地官大司徒鄭注曰：「故書『儀』或爲『義』，杜子春讀爲儀。」春官小宗伯注同。又肆師注曰：「故書『儀』爲『義』，鄭司農云：『義，讀爲儀。』」典命注同。然無「儀義二字古皆音俄」八字。吴才老韻補七歌「義」下曰：「周官注『儀』作『義』，古皆音俄。」疑洪景伯隸釋蓋因此而誤，學齋又承其失歟？）而洪丞相适引詩『實維我儀，協在彼中河』（鄘柏舟），『樂且有儀，協在彼中阿』（菁菁者莪），太玄亦以『各遵其儀』協『不偏不頗』（爭首），而漢碑凡『寥莪』皆作『寥儀』（以上並隸釋九）。然自信其說，諸人妄以『常儀』爲『常娥』明矣。」丹鉛總録卷十三曰：「月中嫦娥，其說始於淮南及張衡靈憲，其實因『常儀占月』而誤也。古者羲和占日，常儀占月，皆官名也，見于吕氏春秋（勿躬篇）。後訛爲『嫦娥』，以『儀』『娥』音同耳。」○李太白集有清平調詞三首，樂史李翰林外集序、太真外傳樂府詩集卷八十引松窗録，皆言白作清平調詞三章，碧雞漫志卷五謂：「明皇宣白進清平調，乃是令白於清調、平調製詞，不用側調。」○新唐書藝文志有温庭筠金荃集十卷。

今衛尉少卿字弘基，以拾翠洲邊，自得羽毛之異；織綃泉底，獨殊機杼之功。廣會衆賓，時延佳論。因集近來詩客曲子詞五百首，分爲十卷。以炯麤預知音，辱請命題，仍爲敍引。昔郢人有歌陽春者，號爲絶唱，乃命之爲花間集。

庶使西園英哲，用資羽蓋之歡；南國嬋娟，休唱蓮舟之引。廣政三年夏四月，大蜀歐陽炯敍。以上集詞及命名、作序。○生香活色，旖旎風流，但終不免律賦句調，去六朝、初唐遠矣。

唐六典卷十六曰：「衞尉寺卿一人，從三品，少卿二人，從四品上。衞尉卿之職，掌邦國器械文物之政令，總武庫、武器、守宮三署之官署，少卿爲之貳。」後蜀殆沿唐制而設官也。○拾翠，已見司空表聖序注。○文選吳都賦曰：「泉室潛織而卷綃，淵客慷慨而泣珠。」劉淵林注曰：「水居，鮫人水底居也。俗傳鮫人從水中出，曾寄人家，積日賣綃。綃者，竹孚俞也。鮫人臨去，從主人索器，泣而出珠滿，以與主人。」又見司空表聖擢英集序注。○樂記曰：「審聲以知音。」○西園、羽蓋，見韋端己又玄集序注。○曹子建雜詩曰：「南國有佳人。」文選吳都賦五臣注呂向曰：「嬋娟，美貌。」古詩曰：「江南可採蓮。」梁書羊侃傳曰：「侃有舞人張静婉，容色絕世，侃嘗自造採蓮、棹歌兩曲，有新致，樂府謂之張静婉採蓮曲。」○廣政，後蜀主孟昶年號。廣政三年，當石晉天福五年。

唐宋文學要乙編卷四　宋文二十四首

霸縣高步瀛學

徐鼎臣

徐鉉，字鼎臣，會稽人。（東都事略鉉傳云「揚州廣陵人」，宋史文苑傳同。行狀云：「其先東海剡人，自烈考以下，皆生於會稽。」墓誌云：「其先會稽人，自言生於揚州。」陸務觀南唐書徐鍇傳云「會稽人」。）仕吳爲校書郎，又仕南唐知制誥，遷中書舍人，歷兵部侍郎、翰林學士、御史大夫、吏部尚書。宋師圍金陵，江南主李煜遣鉉求緩兵。及至，雖不能緩兵，而入見辭歸，禮遇皆與常時同。及隨煜入朝，太祖責之聲甚厲，鉉對曰：「臣爲江南大臣，國亡辠當死，不當問其它。」太祖歎曰：「忠臣也。」命爲太子率更令。太宗時，直學士院，從征太原，師還加給事中，歷左散騎常侍，貶靜難行軍司馬，卒。宋史入文苑傳。

大宋左千牛衛上將軍追封吳王隴西公墓誌銘并序

新五代史南唐世家曰：「李煜，字重光，初名從嘉，景第六子也。建隆二年，立煜爲太子，景卒，煜嗣立于金陵。七年，召煜赴闕，煜稱疾不行。王師南征，煜遣徐鉉等奉表求緩師，不答。八年十二月，王師克金陵。九年，煜俘至京師，太祖赦之，封煜違命侯，拜左千牛衛將軍。」宋史南唐世家曰：「太宗即位，始去違命侯，加特進，封隴西郡公。太平興國三年七月，卒，年四十二。廢朝三日，贈太師，追封吴王。」又職官志有左右千牛衛上將軍、大將軍、將軍，曰：「諸衛上將軍、大將軍、將軍並爲環衛官，無定員。」又曰：「諸衛上將軍爲從三品，大將軍爲從四品，開國郡公爲正二品，王爲正一品。」○東軒筆録（卷一）曰：「太平興國中，吴王李煜薨，太宗詔侍臣撰吴王神道碑，時有與徐鉉争名而欲中傷之者，面奏曰：『知吴王事迹，莫若徐鉉爲詳。』太宗未悟，遂詔鉉撰碑。鉉遽請對而泣曰：『臣舊事李煜，陛下容臣存故主之義，乃敢奉詔。』太宗始悟讓者之意，許之。故鉉之爲碑，但推言歷數有盡，天命有歸而已。太宗覽讀稱歎。」

盛德百世，善繼者所以主其祀；聖人無外，善守者不能固其存。蓋運歷之所推，亦古今之一貫。其有享蕃錫之寵，保克終之美，殊恩飾壞，懿範流光，傳之金石，斯不誣矣。以上總敘。

左傳昭八年：「史趙曰：臣聞盛德必百世祀。」○公羊僖二十四年曰：「王者無外也。」○書僞仲虺之誥曰：「推亡固存。」○易晉曰：「晉，康侯用錫馬蕃庶。」○書僞太甲上曰：「克終允德。」○晉書禮樂志：「成帝咸康七年詔曰：重壤之下，豈宜崇飾？」○穀梁僖十五年曰：「德厚者流光。」○墨子兼愛下曰：「鏤於金石。」

王諱煜，字重光，隴西人也。昔庭堅贊九德，伯陽恢至道。皇天眷祐，錫祚於唐。祖文宗武，世有顯德。載祀三百，龜玉淪胥。宗子維城，蕃衍萬國。

江淮之地，獨奉長安。故我顯祖，用膺推戴。淳耀之烈，載光舊吳。二世承基，克廣其業。以上先世及南唐立國。

舊唐書高祖本紀曰：「姓李氏，諱淵，其先隴西狄道人。涼武昭王暠七代孫也。」陸氏南唐書烈祖本紀曰：「名昪，字正倫，徐州人，姓李氏。唐憲宗第八子建王恪之玄孫。」○新唐書宗室世系表曰：「李氏出自嬴姓。帝顓頊高陽氏生大業，大業生女華，女華生皋陶，字庭堅，爲堯大理，生益，益生恩成，歷虞、夏、商世爲大理，以官命族，爲理氏。至紂之時，理徵得罪而死，其妻陳國契和氏，與子利貞逃難於伊侯之墟，食木子得全，遂改理爲李氏。利貞生昌祖，爲陳大夫，家於苦縣，生彤德，彤德曾孫碩宗，周康王賜采邑於苦縣，五世孫乾，爲周上御史大夫，娶益壽氏女嬰敷生耳，字伯陽，一字聃，周平王時爲太史，其後曇入秦爲御史大夫，生四子，崇、辨、昭、璣，崇爲隴西房。」○書皋陶謨曰：「亦行有九德，寬而栗，柔而立，愿而恭，亂而敬，擾而毅，直而温，簡而廉，剛而塞，彊而義。」○史記老子傳曰：「著書上下篇，言道德之意，五千餘言。」莊子在宥篇曰：「至道之精，窈窈冥冥。」○書僞微子之命曰：「皇天眷佑，誕受厥命。」○詩既醉曰：「君子萬年，永錫祚胤。」○唐自高祖武德元年戊寅，至昭宣帝天祐四年丁卯，爲朱梁所篡，凡二百九十年，言三百，舉成數也。○論語季氏篇曰：「龜玉毁于櫝中。」詩抑曰：「無淪胥以亡。」○詩板曰：「宗子維城。」○詩椒聊曰：「蕃衍盈升。」○新五代史南唐世家曰：「李昪少孤，流寓濠泗閒，楊行密攻濠州，得之，奇其狀貌，養以爲子，而楊氏諸子不能容。行密以乞徐温，乃冒姓徐氏，名知誥。楊溥僭號，拜太尉、中書令。太和五年，封齊王。天祚三年，溥傳位於昪，國號齊，改元昪元。二年，復姓李氏，改名昪，改其國號曰唐。志在守吳舊地而已，然吳人亦賴以休息。七年，昪卒，謚曰光文肅武孝高皇帝，廟號烈祖。子景立，景初名景通，昪長子也。既立，又改名璟，保大十三年改名景，以避周廟諱。交泰元年，周師復取海、泰、揚州。世宗遂至大江，景表盡獻江北諸州，世宗許之。景下令去帝號，稱國主，奉周正朔。建隆二年，景卒，從嘉嗣，遣使入朝，願復景帝號，太祖許之，乃謚曰明德崇道文宣孝皇帝，廟號元宗。」○鄭語曰：「以淳燿敦大，天明地德。」案：宋文鑑「淳」作「焜」。

皇宋將啓，玄貺冥符。有周開先，太祖歷試。威德所及，寰宇將同。故我舊邦，祇畏天命，貶大號以稟朔，獻地圖而請吏。故得義動元后，風行域中。恩禮有加，綏懷不世。魯用天王之禮，自越常鈞；鄫存紀侯之國，曾何足貴。以上南唐貶號獻地，猶得自存。

廣雅釋言曰：「玄，天也。」宋書孝武帝紀贊曰：「庶藉天貺。」晉書隱逸郭瑀傳：「張天錫遺瑀書曰：心與至境冥符。」○宋史太祖本紀曰：「諱匡胤，姓趙氏，涿郡人也。世宗即位，典禁兵。三年春，從征淮南。南唐節度皇甫暉、姚鳳衆號十五萬，塞清流關，擊走之，追至城下，手刃暉中腦，并姚鳳禽之。四年春，從征壽春，下壽州。冬從征濠、泗，爲前鋒，攻泗州，下之，拔楚州，進破唐人於鑾江口，直抵南岸，焚其營柵，又破之於瓜步，淮南平。」○禮記孔子閒居曰：「有開必先。」○書序曰：「虞舜側微，堯聞之聰明，將使嗣位，歷試諸難，作舜典。」○張平子東京賦曰：「杖朱旗而建大號。」顔延年曲水詩序曰：「穹居之君，內首稟朔。」○史記司馬相如傳曰：「邛筰之君長，多欲願爲內臣妾，請吏，比南夷。」○禮記明堂位曰：「成王命魯公，世世祀周公以天子之禮樂，是以魯君孟春乘大路，載弧韣，旂十有二旒，日月之章，祀帝於郊，配以后稷，天子之禮也。」史記魯世家曰：「魯有天子禮樂者，以褒周公之德也。」○春秋莊三年秋：「紀季以酅入於齊。」公羊傳曰：「紀季者何？紀侯之弟也。何以不名？賢也。何賢乎紀季？服罪也。其服罪奈何？魯子曰：請後五廟以存姑姊妹。」何注曰：「紀與齊爲讎，不直，齊大紀小，季知必亡，故以酅首服，先祖有罪於齊，請爲五廟後，以酅共祭祀，存姑姊妹。稱字賢之者，以存先祖之功，則除出奔之罪，明其知權。」穀梁傳曰：「酅，紀之邑也，入于齊者，以酅事齊也。」

王以世嫡嗣服，以古道馭民。欽若彝倫，率循先志。奉蒸嘗，恭色養，必以孝；賓大臣，事耇老，必以禮；居處服御必以節；言動施舍必以時。至於荷全濟之恩，謹藩國之度，勤修九貢，府無虛月，祗奉百役，知無不爲。十五年間，天眷彌渥。以上煜嗣位後，盡事大之禮。

詩下武曰：「昭哉嗣服。」鄭箋曰：「服，事也。明哉武王之嗣，行祖考之事。」○周禮天官大宰之職曰：「六曰禮俗，以馭其民。」○書堯典曰：「欽若昊天。」洪範曰：「彝倫攸敘。」○魏書高祖紀：「承明元年詔曰：思隆先志。」○禮記祭統曰：「秋祭曰嘗，冬祭曰烝。」潘安仁閑居賦序曰：「尚何能違膝下色養，而屑屑從斗筲之役乎？」○禮記中庸曰：「敬大臣則不眩。」周語上：「樊穆仲曰：敬事耇老。」案：文鑑「耇」作「耆」，又「時」作「仁」。○周禮天官大宰之職曰：「以九貢致邦國之用。一曰祀貢，二曰嬪貢，三曰器貢，四曰幣貢，五曰材貢，六曰貨貢，七曰服貢，八曰斿貢，九曰物貢。」○顏延年曲水詩序曰：「踰沙軼漠之貢，府無虛月。」○左傳襄十四年：「戎子駒支曰：晉之百役，與我諸戎，相繼於時，以從執政。」僖九年：「荀息曰：「公家之利，知無不爲，忠也。」○宋史南唐世家曰：「煜每聞朝廷出師克捷，及嘉慶之事，必遣使犒師脩貢。其大慶，即更以買宴爲名，別奉珍玩爲獻。吉凶大禮，皆別脩貢助。乾德元年，煜上表乞呼名，詔不許。三年，獻銀二萬兩，金銀龍鳳茶酒器數百事。開寶四年，又以占城、闍婆、大食國所送禮物來上。又遣弟從謙奉珍寶器用金帛爲貢，且買宴，其數皆倍於前。是冬，以將郊祀，又遣弟從善來貢。會嶺南平，煜懼，上表遂改唐國主爲江南國主，唐國印爲江南國主印。又上表請所賜詔呼名，許之。煜又貶損制度，下書稱教，改中書、門下省爲左、右內使府，尚書省爲司會府，御史臺爲司憲府，翰林爲文館，樞密院爲光政院，降封諸王爲國公，官號多所改易。五年，長春節，別貢錢三十萬，遂以爲常。是歲，煜又貢米麥二十萬石，雖外示畏服，脩藩臣之禮，而內實繕甲募兵，潛爲戰備。太祖慮其難制，令從善諭旨於煜使來朝，煜但奉方物爲貢。」

然而果於自信，怠於周防。西鄰起釁，南箕搆禍。投杼致慈親之惑，乞火無里婦之辭。始勞因壘之師，終後塗山之會。太祖至仁之舉，大賚爲懷。録勤王之前效，恢焚謗之廣度。位以上將，爵爲通侯，待遇如初，寵錫斯厚。以上江南國滅。

杜元凱春秋左氏傳序曰：「聖人包周身之防。」○左僖十五年曰：「西鄰責言，不可償也。」案：東軒筆記作「東鄰遘禍，南箕扇疑」。東鄰謂錢俶也。樂善録亦作「東鄰」。陸氏南唐書後主紀曰：「王師進拔蕪湖及雄遠軍，吳越王亦大舉兵，遣將犯常、潤。國主貽之書曰：『今日無我，明日豈有君？一旦明天子易地賞功，王亦大梁一布衣耳。』吳越王表上其書。」○詩巷伯曰：「哆兮侈兮，成是南箕。」毛傳曰：「南箕，箕星也。」鄭箋曰：「箕星哆然，踵狹而舌廣。今讒人之因寺人之近嫌而成言其罪，猶因箕星之哆而侈大之。」○秦策二：「甘茂曰：『昔者曾子處費，費人有與曾子同名族者而殺人，人告曾子母曰「曾參殺人」，曾子之母曰「吾子不殺人」，織自若。有頃焉，人又曰「曾參殺人」，其母尚織自若也。頃之，一人又告之曰「曾參殺人」，其母懼，投杼踰牆而走。夫以曾子之賢與母之信也，而三人疑之，則慈母不能信。今臣之賢不及曾子，而王之信臣又未若曾子之母也，疑臣不適三人，臣恐王爲臣之投杼也。』」○漢書蒯通傳：「通曰：『臣之里婦與里之諸母相善也，里婦夜亡肉，姑以爲盜，怒而逐之。婦晨去，過所善諸母，語以事而謝之。里母曰：「女安行，我今令而家追女矣。」即束緼請火於亡肉家，曰：「昨暮夜犬得肉，爭鬬相殺，請火治之。」亡肉家遽追呼其婦。』」○左僖十九年：「子魚言於宋公曰：文王聞崇德亂而伐之，軍三旬而不降，退修教而復伐之，因壘而降。」○魯語下：「仲尼曰：丘聞之，昔禹致羣神於會稽之山，防風氏後至，禹殺而戮之。」韋注曰：「羣神，謂主山川之君，爲羣神之主，故謂之神也。防風，汪芒氏君之名也，違命後至，故禹殺之。陳尸爲戮也。」案：塗山，見崔安成啓母廟碑注。○論語堯曰篇曰：「周有大賚。」新五代史南唐世家曰：「太祖之出師南征也，煜遣其臣徐鉉朝于京師。鉉居江南，以名臣自負，其來也，欲以口舌馳説存其國。朝于庭，仰而言曰：『李煜無罪，陛下出師無名。』太祖徐召之升，使畢其説。鉉曰：『煜以小事大，如子事父，未有過失，奈何見伐？』其説累數百言。太祖曰：『爾謂父子者爲兩家，可乎？』鉉無以對而退。」東都事略李煜傳曰：「鉉等既還，煜復遣入奏，乞緩兵以全一邦之命。太祖怒，按劍謂鉉曰：『不須多言，江南亦有何罪？但天下一家，臥榻之旁，豈容他人鼾睡？』鉉皇恐而退。」○左僖二十五年：「狐偃言於晉侯曰：求諸侯，莫如勤王。」○後漢書光武帝紀上曰：「更始二年四月，進圍邯鄲，連戰破之。五月甲辰，拔其城，誅王郎。收文書，得吏人與郎交關謗毁者數千章，光武不省，會諸將軍燒之，曰令反側子自安。」○宋史南唐世家曰：「開寶八年冬，城陷，曹彬等駐兵於宮門，煜率其近臣迎拜於門，彬等上露布，以煜并其宰相湯悅等四十五人上獻，太祖御明德樓，以煜嘗奉正朔，詔有司勿宣露布，止令煜等白衣紗帽至樓下待罪，詔並釋之，賜冠帶器幣鞍馬有差。詔曰：『江南僞主李煜，承奕世之遺基，據偏方而竊號，實爲外臣，戾我恩德。比禪與皓，又非其倫。特升拱極之班，賜以列侯之號。式優待遇，盡捨尤違。可光禄大夫、檢校太傅、右千牛衛上將軍，仍封違命侯，召升殿撫問。』」案：馬令南唐書後主書作「左千牛衛上將軍」，新五代史作「左千牛衛將軍」，二者相同。宋史世家及太宗紀、續資治通鑑長編十七、東都事略太祖紀、李煜傳、陸氏南唐書後主紀皆作「右千牛衛上將軍」。○漢書高紀下「通侯諸將」注應劭曰：「舊曰徹侯，避武帝諱曰通侯。通亦徹也。通者，言其功德通於王室也。」張晏曰：「後改爲列侯。列者，見序列也。」

今上宣猷大麓，敷惠萬方。每侍論思，常存開釋。及飛天在運，麗澤推恩。擢進上公之封，仍加掌武之秩。侍從親禮，勉諭優容。方將度越等彝，登崇名數。嗚呼！閲川無捨，景命不融。太平興國三年秋七月八日遘疾，薨於京師里第，享年四十有二。皇上撫几興悼，投瓜軫悲。痛生之不逮，俾殁而加飾。特詔輟朝三日，贈太師，追封吳王，命中使蒞葬，凡喪祭所須，皆從官給。即其年冬十月日，葬於河南府某縣某鄉某里，禮也。以上太宗時加封及卒。

宋史太宗本紀曰：「諱炅，初名匡乂，改賜光義，即位之二年，改今諱。太祖即位，以帝領殿前都虞候、大内都部署，加同平章事，行開封尹，再加兼中書令，改東都留守，封晉王，序班宰相上。開寶九年冬十月癸丑，太祖崩，帝遂即皇帝位。」○書舜典曰：「納于大麓。」○班孟堅兩都賦序曰：「並朝夕論思，日月獻納。」○易乾九五曰：「飛龍在天。」案：文鑑「天」作「龍」。○易兑象傳曰：「麗澤兑，君子以朋友講習。」○史記留侯世家：「四人説建成侯曰：君何不急請吕后承閒爲上泣言，今諸將皆陛下故等夷？」集解徐廣曰：「夷猶儕也。」案：此以「彝」字爲之。○左莊十八年曰：「王命諸侯，名位不同，禮亦異數。」○論語子罕篇：「子在川上曰：逝者如斯夫，不舍晝夜。」釋文曰：「舍音捨。」陸士衡歎逝賦曰：「川閲水以成川，水滔滔而日度。世閲人而爲世，人冉冉而行暮。」○詩既醉曰：「景命有僕。」王仲寶褚淵碑文曰：「景命不永。」方言一曰：「融，長也。」○長編十九曰：「太平興國三年秋七月乙酉朔壬辰，贈太師、吴王李煜卒。」宋史太宗紀亦作「壬辰」，與墓誌言「八日」正合。陸氏南唐書云「七月辛卯殂」，是日七夕也，後主蓋以是日生，以宋史及長編證之，似誤。又馬氏南唐書曰：「太平興國三年，公病，命翰林醫官視疾，中使慰諭者數四，翌日薨。」蓋當日情事如此。而默記有賜牽機藥之説，似李煜不得其死者，小説家言不足信也。（王性之默記曰：「徐鉉歸朝，爲左散騎常侍，遷給事中。太宗一日問：『曾見李煜否？』鉉對以：『臣安敢私見之？』上曰：『卿第往，但言朕令卿往相見可矣。』鉉遂徑往其居，望門下馬，但一老卒守門，徐言：『願見太尉。』卒言：『有旨不得與人接，豈可見也？』鉉云：『我乃奉旨來見。』老卒往報，徐入立庭下，久之，老卒遂入取舊椅子相對。鉉遥望見，謂卒曰：『但正衙一椅足矣。』頃閒，李主紗帽道服而出，鉉方拜，而李主遽下堦引其手以上，鉉告辭賓主之禮，主曰：『今日豈有此禮？』徐引椅少偏乃敢坐。後主相持大哭，乃坐默不言，忽長吁歎曰：『當時悔殺了潘祐、李平。』鉉既去，乃有旨再對，詢後主何言，鉉不敢隱，遂有秦王賜牽機藥之事。牽機藥者，服之前卻數十回，頭足相就，如牽機狀也。又後主在賜第，因七夕命故妓作樂，聲聞於外，太宗聞之大怒。又傳『小樓昨夜又東風』及『一江春水向東流』之句，併坐之，遂被禍云。」）

行營雜録曰：「後主歸朝，每懷故國，且念嬪妾散落，鬱鬱不自聊。嘗作長短句：『簾外雨潺潺，春意將闌。羅衾不奈五更寒。夢裏不知身是客，一晌貪歡。獨自莫憑欄，無限關山。別時容易見時難。流水落花春去也，天上人間。』意思悽惋，不久下世。」所記似近情實。○集「里第」作「里之第」，今依文鑑。晉書劉毅傳曰：「太康六年卒，武帝撫几驚曰：『失吾名臣，不得生作三公。』即贈儀同三司。」○南史任昉傳曰：「出爲新安太守，卒於官。武帝聞問，方食西苑緑沈瓜，投之於盤，悲不自勝。即日舉哀，哭之甚慟，追贈太常，謚曰敬子。」○陸書曰：「葬洛陽北邙山。」周雪客（在浚）注曰：「湖廣總志：『李後主墓在通山縣（今屬湖北）。』且言：『李煜卒，以五十二棺同日出葬，爲疑冢。』此志之誤。」

夫人鄭國夫人周氏，勳舊之族，是生邦媛。肅雍之美，流詠國風。才實女師，言成閫則。子左千牛衛大將軍某，襟神俊茂，識度淹通。孝悌自表於天資，才略靡由於師訓。日出之學，未易可量。以上并敘其妻子。

宋史南唐世家曰：「煜妻周氏，封鄭國夫人。」又曰：「以其子神武右廂都指揮使仲寓爲左千牛衛大將軍。」陸書后妃諸王傳曰：「後主昭惠國后周氏，小字娥皇，司徒宗女，十九歲來歸。後主嗣位，立爲后，卒年二十九，葬懿陵。後主國后周氏，昭惠后妹也。昭惠卒未幾，後主居聖尊后喪，故中宮久虛。宋開寶元年，始議立后爲繼室，（馬書女憲傳曰：「后自昭惠殂，常在禁中，後主樂府詞有『衩襪步香階，手提金縷鞋』之類，多傳於外，至納后乃成禮而已。」）被寵過於昭惠。國亡，從後主北遷，封鄭國夫人。後主殂，后悲哀不自勝，亦卒。」（默記曰：「后歲時例隨命婦入宮朝謁，每入必留內數日，出對後主，輒涕泣罵詈，後主常婉轉避之。」案：此殆亦誣妄之説。）又曰：「仲寓字叔章，（唐餘紀曰：「昭惠后周氏所生。」）後主四年，封清源郡公，歸宋授右千牛衛大將軍。居後主喪，哀毀過制，太宗憐之，遣使勞問，終喪賜積珍坊第一區。久之上言族大家貧，求治郡，拜郢州刺史，在郡以寬閒爲治，士民安之。淳化五年八月卒，年三十七。子正言亦好學，早卒無嗣，後主之後遂絕。江南之民聞之，猶爲興悼云。」○詩君子偕老曰：「邦之媛也。」毛傳曰：「美女爲媛。」○肅雍，見張文成公主出降禮錢判。「雝」「雍」字同。又大雅思齊曰：「雝雝在宮，肅肅在廟。」毛傳曰：「雝雝，和也；肅肅，敬也。」○詩葛覃曰：「言告師氏。」毛傳曰：「師，女師也。古者女師教以婦德、婦言、婦容、婦工。」漢書外戚班倢伃傳曰：「誦詩及窈窕、德象、女師之篇。」顏注曰：「皆古箴戒之書。」○曲禮上曰：「内言不出於梱。」鄭注曰：「梱，門限也。」釋文曰：「本又作『閫』。」顏延年宋元后哀策文曰：「坤則順承。」○說苑建本篇：「師曠曰：臣聞之，少而好學，如日出之陽。」

惟王天骨秀異，神氣清粹。言動有則，容止可觀。精究六經，旁綜百氏。常以爲周孔之道，不可暫離。經國化民，發號施令，造次于是，終始不渝。酷好文辭，多所述作。一遊一豫，必頌宣尼；載笑載言，不忘經義。洞曉音律，精别雅鄭。窮先王制作之意，審風俗淳薄之原。爲文論之，以續樂記。所著文集三十卷，雜說百篇。味其文，知其道矣。至於弧矢之善，筆札之工，天縱多能，必造精絕。本以惻隱之性，乃好竺乾之教。草本不殺，禽魚咸遂。賞人之善，常若不及；掩人之過，唯恐其聞。以至法不勝姦，威不克愛，以厭兵之俗，當用武之世。孔明罕應變之略，不成近功；偃王躬仁義之行，終於亡國。道有所在，復何媿歟？嗚呼哀哉！二室南峙，三川東注。瞻上陽之宮闕，望北邙之雲樹。旁寂寂兮迴野，下冥冥兮長暮。寄不朽於金石，庶有傳於竹素。其銘曰：以上總述其材德及勒銘之意。

新五代史曰：「煜爲人仁孝，善屬文，工書畫，而豐額駢齒，一目重瞳子。」僧文瑩湘山野録卷中曰：「江南李後主煜性寬恕，威令不素著。神骨秀異，駢齒，一目有重瞳。篤信佛法，知國勢危削，自歎曰：『天下無周公、仲尼，君道不可行。』但著雜説百篇以見志。」釣磯立談曰：「後主天性喜學問，嘗命兩省丞郎給諫詞掖，集賢、勤政殿學士分夕於光政殿，賜之對坐，與相劇談，至夜分迺罷。」山谷題跋曰：「觀江南李主手改表章，筆力不減柳誠懸。」馬書曰：「後主少聰悟，喜讀書，工書畫，知音律。」澠水燕談録卷八曰：「南唐後主留心筆札，所用澄心堂紙、李廷珪墨、龍尾石硯，三物爲天下之冠。」陸書曰：「後主天資純孝，事元宗盡子道，居喪哀毀，杖而後起。嗣位初，屬保大軍興後，國勢削弱，帑庾空竭，專以愛民爲急，蠲賦息役，以裕民力。尊事中原，不憚卑屈，境内賴以少安者，十有五年。憲司章疏，有繩糾過訐，皆寢不下。論決死刑，多從末減，有司固争，乃得少正，猶垂涕而後許之。殂問至江南，父老有巷哭者。然酷好浮屠，崇塔廟，度僧尼，不可勝算。罷朝，輒造佛屋，易服膜拜，故頗廢政事。又置澄心堂於内苑，引能文士及徐元機、元榆、元樞兄弟居其間，中旨由之出，中書、密院乃同散地。兵興，降御札，移易將帥，大臣無知者。皇甫繼勳誅死後，夜出萬人斫營，招討使但署牒遣兵，竟不知何往，皆澄心堂直承宣命也。長圍既合，內外隔絕，城中人惶怖欲死。後主方幸淨居室，聽沙門德明、雲真、義倫、崇節講楞嚴圓覺經。用鄱陽隱士周惟簡爲文館詩易侍講學士，延入後苑，講易否卦，賜惟簡金紫。羣臣皆知亡國在旦暮，而張洎猶謂北師已老將遁。後主甘其言，益自安，命户部員外郎伍喬於圍城中放進士孫確等三十八人及第。其施爲大抵類此。故雖仁愛足感遺民，而卒不能保社稷云。」○文鑑「秀異」作「秀穎」。○禮記哀公問曰：「君子言不過辭，動不過則。」○左襄三十一年曰：「容止可觀。」○漢書敍傳曰：「緯六經，綴道綱，總百氏，贊篇章。」○中説王道篇曰：「卓哉周孔之道，其神之所爲乎！」○左隱十一年曰：「禮經國家。」孔疏曰：「經謂紀理之。」禮記學記曰：「君子如欲化民成俗，其必由學乎。」○書僞冏命曰：「發號施令，罔有不臧。」○論語里仁篇曰：「造次必於是。」○詩羔裘曰：「舍命不渝。」○孟子梁惠王下曰：「一遊一豫。」○文選左太沖詠史詩曰：「言論準宣尼。」○詩氓曰：「載笑載言。」○漢書張禹傳曰：「講論經義。」○論語陽貨篇曰：「惡鄭聲之亂雅樂也。」法言吾子篇曰：「中正則雅，多哇則鄭。」○宋史藝文志有後主集十卷、雜説二卷，與此卷數不合。○至於弧矢之善，「至」字依文鑑增。○易繫辭下曰：「弧矢之利，以威天下。」○漢書游俠樓護傳曰：「長安語曰：谷子雲筆札，樓君卿脣舌。」○論語子罕篇：「子貢曰：固天縱之將聖，又多能也。」○孟子公孫丑上曰：「惻隱之心，仁之端也。」○祖庭事苑曰：「竺乾即天竺國，或西天、西乾，皆譯師之義。」立甄正論曰：「合云乾竺。乾者天也，後人抄寫誤昇『竺』字於『乾』上，故云竺乾。」○鹽鐵論刑德篇曰：「法者所以督姦也。」○書僞胤征曰：「愛克厥威允罔功。」○蜀志諸葛亮傳評曰：「可謂識治之良才，管蕭之亞匹矣。然連年動衆，未能成功，蓋應變將略非其所長歟？」○韓子五蠹篇曰：「徐偃王處漢東，地方五百里，行仁義，割地而朝者，三十有六國。荆文王恐其害己也，舉兵伐徐，遂滅之，故偃王行仁義而亡其國。」淮南説山篇曰：「徐偃王以仁義亡國。」史記秦本紀曰：「周繆王西巡狩，樂而忘歸，徐偃王作亂，造父爲繆王御，長驅歸周，一日千里以救亂。」趙世家曰：「繆王日馳千里馬攻徐偃王，大破之。」後漢書東夷傳曰：「偃王處潢池東，地方五百里，行仁義，陸地而朝者，三十有六國。穆王後得驥騄之乘，乃使造父御以告楚，令伐徐，一日而至，於是楚文王大舉兵而滅之。偃王仁而無權，不忍鬬其人，故致於敗。」〇二室，謂太室、少室二山也，見啓母廟碑注。〇史記秦本紀集解引韋昭曰：「有河、洛、伊，故曰三川。」太平寰宇記曰：「河南府河南縣：洛水，在縣北四里；伊水，在縣東南十八里。洛陽縣：洛水，在縣西南三里。鞏縣：黄河，西自偃師縣流入。」清統志曰：「河南府：黄河，自陝州（今縣）流入，經澠池縣北，又東經新安、孟津、鞏縣北，入汜水縣界。洛水，自盧氏縣流入，東北經永寧縣（今洛寧縣）南，又東北經宜陽縣北，又東北經洛陽縣南，與澗、瀍二水合，又東逕偃師縣南合伊水。伊水，自盧氏縣熊耳山發源，流經嵩縣南，東北經伊陽縣界至洛陽縣南，又東北至偃師縣西南合洛水。」〇上陽宫，見宋延清早秋上陽宫侍宴序注。〇寰宇記曰：「河南縣：芒山，一作邙山，在縣北十里，都城所枕。洛陽縣：北邙山，在縣北二里。」清統志曰：「河南府：北邙山，在洛陽縣東北。」〇楚辭遠遊曰：「野寂漠其無人。」〇文選古詩曰：「下有陳死人，杳杳即長暮。」〇左襄二十四年：「范宣子曰：『古人有言曰：死而不朽。』」〇華陽國志後賢志序曰：「竹素宜闡。」

天鑒九德，錫我唐祚。綿綿瓜瓞，茫茫商土。裔孫有慶，舊物重覩。開國承家，疆吳跨楚。以上南唐開國。

九德，見上。〇詩緜曰：「緜緜瓜瓞。」〇詩玄鳥曰：「宅殷土芒芒。」案：「茫」「芒」字通。〇詩楚茨曰：「孝孫有慶。」左哀元年曰：「祀夏配天，不失舊物。」〇易師上六曰：「大君有命，開國承家。」〇新五代史楚世家曰：「馬殷子希萼臣於李景，景册封希萼爲楚王，希崇囚希萼於衡山，景遣邊鎬入楚，盡遷馬氏之族於金陵，封希尊楚王，居洪州，希崇領舒州節度使，居揚州。」

喪亂孔棘，我恤疇依。聖人既作，我知所歸。終日靡俟，先天不違。惟藩惟輔，永言固之。以上降爲藩屬。

詩采薇曰：「玁狁孔棘。」鄭箋曰：「孔，甚；棘，急也。」○書僞五子之歌曰：「予將疇依。」○易乾文言傳曰：「聖人作而萬物覩。」北史吐谷渾傳曰：「阿豺曰：『水尚知歸，吾雖塞表小國，而獨無所歸乎？』遣使通宋（劉宋）。」○易繫辭下曰：「君子見幾而作，不俟終日。」○易乾文言傳曰：「先天而天弗違。」○詩板曰：「价人維藩。」史記三王世家封策曰：「爲漢藩輔。」

道或汙隆，時有險易。蠅止于棘，虎游于市。明明大君，寬仁以濟。嘉爾前哲，釋茲後至。以上宋用兵滅江南。

禮記檀弓上：「子思曰：道隆則從而隆，道汙則從而汙。」○班孟堅兩都賦序曰：「道有夷隆，時有險易。」○詩青蠅曰：「營營青蠅，止于棘。讒人罔極，交亂四國。」○魏策二：「龐葱謂魏王曰：『今一人言市有虎，王信之乎？』王曰：『否。』『二人言市有虎，王信之乎？』王曰：『寡人疑之矣。』『三人言市有虎，王信之乎？』王曰：『寡人信之矣。』」○後至，見上注。

亦覯亦見，乃侯乃公。沐浴玄澤，徊翔景風。如松之茂，如山之崇。奈何不淑，運極化窮。以上受封及卒。

詩草蟲曰：「亦既見止，亦既覯止。」○詩白駒曰：「爾公爾侯。」○庾元規讓中書令表曰：「沐浴玄風。」○王子淵聖主得賢臣頌曰：「恩從祥風翔。」爾雅釋天曰：「四時和爲通正，謂之景風。」○詩天保曰：「如南山之壽，如松柏之茂。」

舊國疏封，新阡啓室。人諗之謀，卜云其吉。龍章驥德，蘭言玉質。邈爾何往，此焉終畢。以上營葬。

文選謝靈運述祖德詩李善注曰：「疏，開也。」杜子美秋日夔府詠懷詩曰：「幾處有新阡。」○張平子西京賦曰：「人惎之謀。」詩四牡鄭箋曰：「諗，告也。」文鑑作「惎」。○詩定之方中曰：「卜云其吉。」○晉書嵇康傳曰：「人以爲龍章鳳姿，天質自然。」論語憲問篇曰：「驥不稱其力，稱其德也。」○易繫辭上曰：「同心之言，其臭如蘭。」孫興公徐君墓頌曰：「玉質幽潛。」

儼青蓋兮裶裶，驅素虬兮遲遲。即隧路兮徒返，望君門兮永辭。庶九原之可作，與緱嶺兮相期。垂斯文于億載，將樂石兮無虧。以上既葬勒銘。○蔣心餘曰：「尚存古意。」

吴志三嗣主孫皓傳裴注引干寶晉紀曰：「皓使尚廣筮并天下，遇同人之頤，對曰：『吉。庚子歲，青蓋當入洛陽。』」○司馬長卿子虛賦曰：「衯衯裶裶。」○楊子雲甘泉賦曰：「駟蒼螭兮六素虬。」○左僖二十五年杜注曰：「闕地通路曰隧，王之葬禮也。」○楚辭九辯曰：「君之門以九重。」○禮記檀弓下：「趙文子與叔譽觀乎九原，文子曰：死者如可作也，吾誰與歸？」○緱嶺，見王子安洛下别知己序注。清統志曰：「河南府：緱氏山，在偃師縣南四十里。」○顔師古匡謬正俗卷八曰：「『秦始皇嶧山刻石文云「刻茲樂石」，欒石何也？』答曰：『許慎説文解字曰：「磬，欒石也。」欒石即磬也。禹貢稱徐州「嶧陽孤桐，泗濱浮磬」，言泗水之濱，有石可以爲磬。蓋秦之所刻，即是磬石，近泗濱，故謂之欒石爾。所以獨嶧山之文以稱之，他刻石文則無此語也。而近代文士遂總用碑碣之事，蓋失之矣。』」○楚辭九歌大司命曰：「願若今兮無虧。」

王元之

王禹偁，字元之，濟州鉅野人。太平興國八年，擢進士第，授武成主簿，徙知長洲縣。太宗聞其名，召試，擢右拾遺、直史館，拜左司諫、知制誥。未幾，判大理寺，坐論廬州妖尼誣告徐鉉事，貶商州團練副使，移解州。召拜左正言、直弘文館，出知單州，尋召爲禮部員外郎，再知制誥。至道元年，入翰林院爲學士，知審官院，又坐謗訕，出知滁州，徙揚州。真宗即位，召還，復知制誥，又坐實録直書，出知黄州，徙蘄州，卒。宋史有傳。

謝賜御草書詩表

玉海卷三十二載，淳化五年五月戊寅，賜近臣御飛白書各一軸；庚辰，初伏，上親書紅綾扇賜近臣各一。下載元之謝賜御書紅綾扇上草書趙嘏絶句詩表。案：是年五月壬子朔，則戊寅爲十七日，庚辰爲十九日，與此表言五日皆不合。又此表不言扇，則「扇」字亦衍。攷長編卷三十四：「淳化四年八月己卯，授右正言，命直昭文館。」卷三十六：「淳化五年五月丙辰，賜近臣御飛白書各一軸。」戊辰正合五日，然不言書紅綾，蓋未盡載耳。元之謝表，當在是時也。

臣某言：今月五日，伏蒙聖慈，賜臣紅綾上御草書趙嘏南亭絕句詩一首。絳綃半幅，霞舒舞鵠之紋；宸翰三行，雲遶迴鸞之勢。天恩曲被，凡目榮觀。佩服戰兢，神魂飛越。中謝。以上序賜紅綾御書趙嘏詩句。

唐趙嘏，字承祐，山陽人。其南亭詩曰：「孤亭影在亂花中，悵望無人此醉同。聽盡暮鐘猶獨坐，水邊襟袖起春風。」○張景源對恩賜綾錦出關判曰：「綾開翥鶴，映睢浦以成文。」案：「鵠」「鶴」字古書往往通用。○迴鸞，見張道濟張司馬集序注。○中謝，本當作「臣某惶懼惶懼頓首頓首」，蓋稿本以「中謝」二字代之。齊東野語卷十三曰：「今臣僚上表所稱『誠惶誠恐』（辭學指南作「惶懼惶懼」）及『誠歡誠喜』（指南作「懽汴懽忭」）『頓首頓首』者，謂之中謝、中賀。自唐以來，其體如此。蓋『臣某』以下亦略敍數語，便入此句，然後敷陳其詳。如柳子厚平淮西賀表『臣負罪積釁，違尚書牋表十有四年云云，懷印曳紱，有社有人』，語意未竟也，其下即云『臣誠惶誠恐』，蓋以此一句結上數語云爾。今人不察，或於首聯之後，湊用兩短句，言震惕之義，而復接以中謝之語，則遂成重複矣。前輩表章，如東坡、荆公，多不失此體。近時周益公爲相，謝復封表云：『華陽黑水，裂地而封；舊物青氈，從天而下。磨玷之勤未泯，執珪之寵彌加。臣誠惶誠恐。』或以爲疑，嘗以問公，公答之正如此。」

伏惟尊號皇帝陛下：書窮八法，學洞九流。英斷睿謨，運玄功而多暇；飛文染翰，縱草聖以爲娛。閑裁浙水之綾，爰寫渭南之句。宮中刀尺，翦雲霧於赤城；筆下風雷，走龍蛇於碧落。遍令中使，宣賜近臣。豈期瑣材，亦預宸眷。以上頌御書之妙，何期得預其賞。

宋太宗尊號，在淳化五年應稱法天崇道皇帝，此亦稿本從省耳。宋太宗紀曰：「太平興國三年八月甲戌，羣臣請上尊號曰應運統天聖明文武皇帝，許之。六年九月癸酉，羣臣三奉表上尊號曰應運統天睿文英武大明廣孝皇帝，許之。雍熙元年九月壬戌，羣臣表三上尊號曰應運統天睿文英武大聖至仁明德廣孝皇帝，不許。端拱二年十二月庚申，詔令四方所上表祇稱皇帝，羣臣請復尊號，不許。辛酉，上法天崇道文武皇帝，詔去『文武』二字，餘許之。淳化三年九月乙卯，羣臣上尊號法天崇道明聖仁孝文武皇帝，凡五表，終不許。」○許叔重說文解字敘曰：「秦書有八體，一曰大篆，二曰小篆，三曰刻符，四曰蟲書，五曰摹印，六曰署書，七曰殳書，八曰隸書。」鮑明遠飛白書勢銘曰：「超工八法。」○九流，見盧昇之樂府雜詩序注。○魏志劉劭傳注引草書序曰：「弘農張伯英者，臨池學書，池水盡黑，下筆必爲楷則，號匆匆不暇草，寸紙不見遺，至今世人尤寶之。韋仲將謂之草聖。」○舊唐書李德裕傳曰：「出德裕爲浙西觀察使，又詔進可幅盤條繚綾一千匹。德裕論曰：『玄鶴天馬，椈豹盤條，文彩珍奇。今所織千匹，費用至多。』」○新唐書藝文志集部有趙嘏渭南集三卷，又編年詩二卷，注曰：「字承祐，大中渭南尉。」○雲霧、赤城，見張文成公主出降判注。○李太白贈從孫詩曰：「落筆生綺繡，操刀振風雷。」又草書歌行曰：「時時只見龍蛇走。」碧落，見盧昇之黎君碑注。

捧持失次，傳翫增輝。忻千載之遭逢，極一時之榮遇。讀盡二十八字，列宿韜光；宣來三十六宮，天香尚在。豈止藏於篋笥，亦將傳付子孫。堪笑二王，非墨妙筆精之作；如逢伯禹，得金簡玉字之書。感恩空抆於涕洟，受賜更銘於肌骨。臣無任載天荷聖激切屏營之至。以上得賜及陳謝。〇典贍切當。

絕句詩七言四句，故共二十八字。周禮春官馮相氏曰：「二十有八星之位。」淮南子天文篇曰「二十八宿」，高注曰：「東方，角、亢、氐、房、心、尾、箕；北方，斗、牛、女、虛、危、室、壁；西方，奎、婁、胃、昴、畢、觜、參；南方，井、鬼、柳、星、張、翼、軫。」〇班孟堅西都賦曰：「離宮別館三十六所。」駱賓王帝京篇曰：「漢家離宮三十六。」〇庾子山浮圖詩曰：「天香下桂殿。」〇南史張融傳（附張邵傳後）曰：「融善草書，常白美其能。帝曰：『卿書殊有骨力，但恨無二王法。』答曰：『非恨臣無二王法，亦恨二王無臣法。』」小學紺珠卷七曰：「二王，王羲之逸少、子獻之子敬。」〇江文通別賦曰：「雖淵雲之墨妙，嚴樂之筆精。」〇書舜典曰：「伯禹作司空。」金簡玉字，見崔安成啓母廟碑注。〇文選王子淵洞簫賦曰：「擎涕抆淚。」李善注曰：「抆亦拭。」易萃上六曰：「齎咨涕洟。」釋文引鄭注曰：「自目曰涕，自鼻曰洟。」〇文選曹子建上責躬應詔詩表李善注引孝經鉤命訣曰：「削肌刻骨，挈挈勤思。」〇廣雅釋訓曰：「屏營，征伀也。」文選陸士衡謝平原內史表曰：「臣不勝屏營延仰。」案：依辭學指南謝表之式，此下尚有「謹奉表稱謝（賀表則作「稱賀」）以聞臣某惶懼惶懼頓首頓首謹言」等語。文集多不載者，以當日定式皆然，故刪去耳。後皆倣此。

楊大年

楊億，字大年，建州浦城人。雍熙初，年十一，太宗聞其名，召試詩賦，授祕書省正字。淳化中，命試翰林，賜進士第，遷光禄寺丞。真宗即位，超拜右正言，修太宗實録，書成，乞補外，知處州。召還，拜左司諫、知制誥。爲王欽若、陳彭等所讒，授太常少卿，分司西京，進祕書監、知汝州。天禧二年，遷工部侍郎。四年，復爲翰林學士，卒，謚曰文。宋史有傳。

駕幸河北起居表

宋史真宗紀曰：「咸平二年十一月乙未，詔幸河北。己酉，以李沆爲東京留守。十二月戊午，駐蹕澶州，冀州言敗契丹兵於城南。甲子，次大名，躬御鎧甲於中軍，契丹攻威虜軍，本軍擊敗之。三年春正月庚子，至自大名府。」王偁聞曰：「真宗以咸平二年十月幸澶州，是時億出守處州。」（法海）

臣某言：今月八日，得進奏院狀報，去年十二月三日，御札取五日車駕暫幸河北者。毳幕稽誅，鑾輿順動。羽衛方離於象魏，天威已震於龍荒。慰邊甿徯后之心，增壯士平戎之氣。臣某中謝。以上車駕幸河北。

宋史職官志曰：「門下省進奏院隸給事中，掌受詔敕，及三省樞密院宣劄，六曹寺監百司符牒，頒于諸路。」○毳幕，見李義山爲李貽孫上李相公啓注。○王元長勒功碑曰：「歷稔逋寇，累代稽誅。」○易豫彖傳曰：

「豫順以動。」○徐孝穆與裴之横書曰：「羽衛相鬱。」○周禮天官太宰曰：「乃縣治象之灋於象魏。」鄭司農曰：「象魏，闕也。」○書僞泰誓上曰：「肅將天威。」○漢書敘傳曰：「龍荒幕朔，莫不來庭。」顔注曰：「龍，匈奴祭天龍城。」○書僞仲虺之誥曰：「徯予后，后來其蘇。」

臣聞涿鹿之野，軒皇所以親征；單于之臺，漢帝因之耀武。用殲夷於兇醜，遂底定於邊陲。五材並陳，蓋去兵之未可；六龍時邁，固犯順以必誅。矧朔漠餘妖，腥膻雜類，敢因膠折之候，輒爲鳥舉之謀。固已命將出師，擒俘獻馘。雖達名王之帳，未焚老上之庭。是用親御戎車，躬行天討。勞軍細柳之壁，巡狩常山之陽。師人多寒，感恩而皆同挾纊；匈奴未滅，受命而孰不忘家。行當肅静塞垣，削平夷落。梟冒頓之首，收督亢之圖。使遼陽八州之民，專聞聲教；榆關千里之地，盡入提封。蛇豕之穴悉除，干戈之事永戢。然後登臨瀚海，刻石以銘功；陟降云亭，泥金而展禮。逮追八九之迹，永垂億萬之年。以上祝親征契丹之成功。

史記五帝本紀曰：「黄帝乃徵師諸侯，與蚩尤戰於涿鹿之野，遂禽殺蚩尤。」正義引括地志曰：「涿鹿故城，在嬀州東南五十里。」清統志曰：「直隸宣化府：涿鹿山，在保安州東南。」案：今爲察哈爾懷來縣。○漢書武帝紀曰：「元封元年，出長城，北登單于臺，至朔方，臨北河，勒兵十八萬騎，威震匈奴。遣使者告單于曰：單于能戰，天子自將待邊；不能，亟來臣服。」通典州郡典十雲中郡雲州雲中縣注曰：「單于臺，在今縣西北百餘里。」案：唐雲中縣，今山西大同縣治。○左襄二十七年：「子罕曰：天生五材，民並用之，廢一不可，誰能去兵？」○易乾彖傳曰：「時乘六龍以御天。」詩時邁曰：「時邁其邦。」○司馬長卿諭巴蜀檄曰：「夫不順者已誅。」○新五代史四夷附録曰：「契丹，自後魏以來，名見中國，或曰與庫莫奚同類而異種。其居曰梟羅箇没里，没里者河也，是謂黄水之南，黄龍之北，得鮮卑之故地，故又以爲鮮卑之遺種。」○漢書鼂錯傳：「錯復言：欲立威者，始於折膠。」蘇林曰：「秋氣至，膠可折，弓弩可用，匈奴常以爲候而出軍。」○史記韓長孺傳：「安國曰：匈奴遷徙鳥舉，難得而治也。」詩泮水曰：「在泮獻馘。」○杜子美後出塞詩曰：「虜其名王歸。」○班孟堅燕然山銘曰：「焚老上之龍庭。」史記匈奴傳曰：「冒頓死，子稽粥立，號曰老上單于。」○書皋陶謨曰：「天討有罪。」○漢書文帝紀曰：「後六年，周亞夫爲將軍，次細柳。」注如淳曰：「長安細柳倉在渭北。」又周亞夫傳（附父勃傳）：「以亞夫爲將軍，軍細柳以備胡，上自勞軍。」元和郡縣志曰：「關内道京兆府咸陽縣：細柳倉，在縣西南二十里，漢舊倉也，周亞夫軍次細柳，即此是也。」清統志曰：「陝西西安府咸陽縣：細柳倉，在縣西南。」○穆天子傳一曰：「天子至于鈃山之下。」郭注曰：「即鈃山，今在常山石邑縣。鈃音邢。」案：晉石邑縣在今河北獲鹿縣東南。○左宣十二年：「冬，楚子伐蕭，申公巫臣曰：『師人多寒。』王巡三軍，拊而勉之。三軍之士，皆如挾纊。」○史記驃騎將軍傳曰：「天子爲治第，令驃騎視之，對曰：匈奴未滅，何以家爲？」○冒頓，見李義山爲李貽孫啓。○史記刺客傳曰：「燕督亢之地圖。」集解引劉向别録曰：「督亢，膏腴之地。」正義曰：「督亢坡，在幽州范陽縣東南十里，今固安縣南有督亢陌，幽州南界。」○遼史地理志，東京遼陽府轄州府軍城八十七，不得云八州。案五代會要卷二十九曰：

「契丹，本鮮卑之種也，居遼澤之中，潢水之南。遼澤去榆關一千一百二十里，榆關去幽州七百一十四里。其地東南接海，東際遼河，西北包冷陘，北界松陘，山川東西三千里，地多松柳，澤饒蒲葦。其族本姓大賀氏，後分爲八部，一曰旦利皆部，二曰乙室活部，三曰實活部，四曰納尾部，五曰頻没部，六曰内會雞部，七曰集解部，八曰奚嗢部。管縣四十一。每部有刺史，每縣有令，酋長號契丹王。」案：此文遼陽八州疑據其先世渾言之耳。○通典州郡九：「平州盧龍縣有漢令支縣城。臨閭關，今名臨榆關，在縣城東一百八十里。」清統志曰：「直隸永平府：山海關，在臨渝縣東門，本古渝關地也。」遼史兵衛志曰：「其點兵多在幽州北千里鴛鴦泊，及行，並取居庸關、榆關等路。」○漢書刑法志曰：「一同百里，提封萬井。」李奇曰：「提，舉也，舉四封之内。」顔注曰：「李説是也。説者或以爲積土而封謂之提封，既改文字，又失義也。」案：文選西都賦注引韋昭曰：「積土爲封限也。」即小顔所駁，此文蓋用其義，殆非是。然顔從李奇説亦非是。廣雅釋訓曰：「堤封，都凡也。」王氏疏證曰：「堤封，亦大數之名，猶今人言通共也。」但此文提封解爲通共，則不詞矣。○左定四年：「申包胥曰：吴爲封豕長蛇，以荐食上國。」○詩時邁曰：「載戢干戈。」○史記匈奴傳曰：「驃騎將軍去病封狼居胥山，禪於姑衍，登臨翰海。」索隱引崔浩曰：「翰海，北海名，羣鳥之所解羽，故云『瀚海』。」通鑑地理今釋三曰：「瀚海，今蘇尼特旗北大戈壁，爲度漠大路。」○後漢書竇憲傳曰：「遂登燕然山，去塞三千餘里，刻石勒功，紀漢威德。」○史記封禪書曰：「管仲曰：『古者封泰山禪梁父者，七十二家，而夷吾所記者十有二焉。昔無懷氏封泰山禪云云，伏羲、神農、炎帝封泰山禪云云，黄帝封泰山禪亭亭。』」正義引括地志曰：「云云山在兗州博城縣西南三十里，亭亭山同。」又見崔安成啓母廟碑注。泥金，見駱賓王代齊州父老請陪封禪表注。○八九，謂古封禪者七十二家。

臣忝守方州，莫參法從。空勵請纓之志，慙無扈蹕之勞。唯聆三捷之音，遠同百獸之舞。以上奉表。○工整。

班孟堅典引曰：「卓犖乎方州。」晉書殷仲堪傳曰：「爲荆州刺史，每語子弟云：人見我任方州，謂我豁平昔時意，今吾處之不易。」○漢書楊雄傳曰：「每上幸甘泉，常法從。」顔注曰：「法從者，以言法當從耳，一曰從法駕也。」○漢書終軍傳曰：「軍自請願受長纓，必羈南越王而致之闕下。」○上官游韶過舊宅應制詩曰：「扈蹕頌王遊。」○詩采薇曰：「一月三捷。」○書益稷曰：「百獸率舞。」

歐陽永叔

歐陽脩，字永叔，廬陵人。天聖八年，舉進士，試南宮第一，擢甲科，試祕書省校書郎，充西京留守推官。入朝爲館閣校勘，坐范仲淹貶，貽書責高若訥，貶夷陵令。久之，復校勘，改集賢校理。慶曆三年，知諫院，拜右正言，知制誥。時杜衍、富弼、范仲淹等以黨議去朝，脩慨然上疏，於是敵黨益忌之，因其甥張氏獄誣以罪，雖得白，猶左遷知滁州。嘉祐五年，拜樞密副使。六年，參知政事，與韓琦同心輔政。神宗即位，力求退，罷爲觀文殿學士、刑部尚書，知亳州、青州，徙蔡州，連乞謝事，又以請止散青苗錢爲王安石所詆，故求歸愈切。熙寧四年，以太子少師致仕。五年，卒，贈太子太師，謚文忠。宋史有傳。

謝致仕表

四六集原注曰：「熙寧四年六月。」○歐陽文忠年譜曰：「熙寧四年辛亥，公在蔡，累章告老。六月甲子，以觀文殿學士、太子少師致仕。七月，歸潁。」

臣某言：今月十七日進奏院遞到勅告，伏蒙聖恩，除臣太子少師，依前觀文殿學士致仕者。愚誠懇至，曲軫於皇慈；寵命優殊，特加於常品。本期得謝，更此叨榮。臣某中謝。以上除太子太師，許其致仕。

進奏院，已見上篇。又宋史職官志一曰：「進奏院，熙寧四年詔：應朝廷擢用材能、賞功罰罪事可懲勸者，中書檢正、樞密院檢詳官月以事狀録付院，謄報天下。」○宋史職官志二曰：「國初，師、傅不常設，多以前宰執爲致仕官。若太子太師、太傅、太保，以待宰相官未至僕射者，及樞密使致仕，亦隨本官高下除授。太子少師、少傅、少保，以待前執政，惟少師非經顧命不除。」又志八曰：「太子少師爲從一品。」○職官志二曰：「學士之職，資望極峻，無吏守，無職掌，惟出入侍從，備顧問而已。」又曰：「觀文殿，本隋煬帝殿名。國初爲文明殿學士。慶曆七年，宋庠言文明殿學士稱呼正同真宗謚號，兼禁中無此殿額，其學士理自當罷，乞擇見今正朝或祕殿以名學士易之。乃詔改爲紫宸殿學士，以參知政事丁度爲之。時學士多以殿名爲官稱，丁遂稱曰丁紫宸。八年，御史何郯以爲『紫宸』不可爲官稱，於是改延恩殿爲觀文殿，即殿名置學士，仍以度爲之。自後非曾任執政者弗除。」又志八曰：「觀文殿學士爲正三品。」

伏念臣猥以庸近之材，早遘休明之運。不通之學，既泥古以難施；無用之文，復虛言而少實。是以三朝被遇，四紀服勞。蒙德重於丘山，論報亡於毫髮。

而年齡晚暮，疾病侹殘。輒希知止於前人，不待及期而後請。自陳悃愊，屢至瀆煩。既久歷於歲時，始曲蒙於開可。仍超加於異數，非止賜於殘骸。道愧師儒，乃忝春宮之峻秩；身居畎畝，而兼書殿之清名。至於頭垂兩鬢之霜毛，腰束九環之金帶，雖異負薪之里，何殊衣錦之歸。使閭巷咨嗟，共識聖君之念舊；搢紳感悦，皆希後福之有終。豈惟愚臣，獨受大賜？以上敍屢次陳乞，始得許可，而依前觀文殿學士，除太子少師，尤感君恩之厚。

三朝，謂仁宗、英宗、神宗。○四紀，自天聖八年庚午至熙寧四年辛亥，凡四十二年，故舉成數而言。○鮑明遠白頭吟曰：「毫髮一爲瑕，丘山不可勝。」已以「丘山」「毫髮」爲對。○荀子正論篇楊注曰：「侹，廢疾之人。」○老子曰：「知止不殆。」○漢書劉向傳：「下詔曰：發憤悃愊，信有憂國之心。」顏注曰：「悃愊，至誠也。」○史記項羽本紀：「范增曰：願賜骸骨歸卒伍。」○周禮地官大司徒曰：「四曰連師儒。」賈疏曰：「師儒，致仕賢者，使教鄉閭子弟。」○左隱三年杜注曰：「太子不敢居上位，故常處東宮。」孔疏曰：「四時東爲春，萬物生長在東，以此太子常處東宮也。」王子淵皇太子箴曰：「春宮養德。」○孟子萬章上曰：「處畎畝之中，由是以樂堯舜之道。」○杜牧之長安雜題詩曰：「將軍攜鏡泣霜毛。」○隋書李德林傳曰：「別賜九環金帶一腰。」○負薪之里，指故鄉也。歐公歸潁上，不歸廬陵，故曰「異負薪之里」。曲禮下曰：「問庶人之子，長，曰：能負薪矣。」史記滑稽傳曰：「孫叔敖死，其子窮困負薪。」○漢書項籍傳曰：「羽懷思東歸，曰：富貴不歸故鄉，如衣錦夜行。」○左昭四年曰：「王思舊勳。」○史記封禪書曰：「搢紳者不道。」集解引李奇曰：「搢，插也，插笏於紳；紳，大帶。」○後漢書左雄傳：「虞詡上疏曰：容容多後福。」

此蓋伏遇皇帝陛下，無私覆物，博愛推仁。以其夙幸遭逢，密契風雲之感會；曾經服御，不忘簪履之賤微。致此便蕃，萃於衰朽。雖伏櫪之馬，悲鳴難戀於君軒；而曳尾之龜，涵養未離於靈沼。餘生易畢，鴻造難酬。以上陳謝。○永叔四六，情韻俱佳，不尚藻麗，一出自然，遂開宋代之體。

禮記孔子閒居曰：「天無私覆。」○周語下韋注曰：「博愛於人爲仁。」韓退之原道曰：「博愛之謂仁。」○易乾文言傳曰：「雲從龍，風從虎。」後漢書朱祐等傳論曰：「咸能感會風雲，奮其智勇。」○韓詩外傳九曰：「孔子出遊少源之野，有婦人中澤而哭，其音甚哀。孔子使弟子問焉，婦人曰：『鄉者刈著薪亡吾著簪，吾是以哀也。』弟子曰：『刈著薪而亡著簪，有何悲焉？』婦人曰：『非傷亡簪也，蓋不忘舊也。』」賈子新書諭誠篇曰：「昔楚昭王與吳人戰，楚軍敗，昭王走而屨決，背而行失之，行三十步，復旋取屨。及至於隨，左右問曰：『王何曾惜一踦屨乎？』昭王曰：『楚國雖貧，豈愛一踦屨哉？惡與偕出弗與偕反也。』」文選謝玄暉拜中軍記室辭隨王牋曰：「如其簪履或存，衽席無改。」○左襄十一年引詩曰：「便蕃左右。」杜注曰：「便蕃，數也。」（毛詩采菽作「平平左右」，釋文引韓詩作「便便」。）○伏櫪，見楊炯梁公碑注。○莊子秋水篇曰：「莊子釣於濮水，楚王使大夫二人往先焉，曰：『願以竟內累矣。』莊子持竿不顧，曰：『吾聞楚有神龜，死已三千歲矣，王巾笥而藏之廟堂之上。此龜者，寧其死爲留骨而貴乎，寧其生而曳尾於塗中乎？』

二大夫曰：『寧生而曳尾塗中。』莊子曰：『往矣，吾將曳尾於塗中。』」○詩靈臺曰：「王在靈沼。」禮記禮運曰：「龜龍在宮沼。」○上官游韶爲朝臣賀梁州瑞石表曰：「臣等自省微生，幸霑鴻造。」

上隨州錢相公啓

四六集「錢相公」下旁注曰：「惟演。」又題下注曰：「明道二年。初惟演以使相判河南府，後落平章事，以崇信軍節度使歸本鎮。」案：宋史錢惟演傳曰：「惟演字希聖，吴越王俶之子也。拜樞密使，（據續通鑑長編，在乾興元年七月丙子。案：是年二月戊午，真宗崩。）宰相馮拯言惟演以妹妻劉美，乃太后姻家，不可與機政，請出之，乃罷爲鎮國軍節度觀察留後，即日改保大軍節度使、（宋史地理志：「鄜州：保大軍節度。」）知河陽（十一月丁卯）。踰年請入朝，加同中書門下平章事，判許州（天聖三年十一月乙丑）。未及行，冀復用，侍御史鞠詠奏劾之，惟演乃亟去。天聖七年，改武勝軍節度使。（地理志：「鄧州：武勝軍節度。」）明年來朝（八年四月辛亥），上言先墓在河南，願守宮鑰，即以判河南府。（八月丁未，徙判陳州。九年正月丁未，改判河南府。）再改泰寧軍節度使。（地理志：「襲慶府：泰寧軍節度。」）惟演雅意柄用，抑鬱不得志。及帝耕籍田，求侍祠，因留爲景靈宮使（明道元年三月壬申）。太后崩（三月甲午），詔還河南（四月癸丑）。惟演不自安，請以莊獻明肅太后、莊懿太后並配真宗廟室，以希帝意（五月丁卯）。御史中丞范諷劾惟演擅議宗廟，且與后家通婚姻，落平章事，爲崇信軍節度使，歸本鎮。（二年九月丙寅。案：以上年月日並據長編。）」地理志曰：「隨州：崇信軍節度。」案：宋隨州治隨縣，今湖北隨縣治。

此者及期被代，投版言歸。宿官早愧於迷方，書課塵能於自脫。以上自言西京推官官秩將滿而受代，而功績殊無可言。歐陽文忠年譜曰：「天聖八年庚午五月，授將仕郎，試祕書省校書郎，充西京留守推官。天聖九年辛未三月，公至西京。明道二年癸酉十二月，進階承奉郎。景祐元年甲戌三月，西京秩滿，歸襄城。」是去職尚在明年。然長編卷一百十四曰：「錢惟演以明道二年九月去西京，王曙繼之，曙尋拜樞密使。景祐元年正月，王曾始爲留守。」度其至時，脩已不在西京矣。故於明道二年十二月，即有受代言歸之語也。○周禮天官序官「司書」賈疏曰：「古有簡策以記事，若在君前，以笏記事，後代用簿。簿，今手版。」○迷方，見盧昇之黎君碑注。○留守推官掌文書，今將任滿去官，故脱於書課也。

徒以無庸之迹，曾希一眄之榮。當懷檄以云初，屬擁旄之方始。相公坐於雅俗，鎮以無爲。民豐四鬴之年，市息三丸之盜。行郊憩樹，絕無兩造之辭；託乘載賓，惟奉百金之宴。而況西河幕府，最盛於文章；南國蘭臺，莫非乎英俊。豈伊末迹，首玷初筵。至於憐嵇懶之無能，容禰狂而不辱。告休漳浦，許淹臥以彌旬；偶造習家，或忘歸而終日。但覺從軍之樂，豈知爲吏之勞。以上蒙留守相待之優。詩兔爰毛傳曰：「庸，用也。」○列子黃帝篇曰：「始得夫子一眄而已。」○後漢書陳寔傳曰：「寔爲郡西門長，尋轉功曹，時中常侍侯覽託太守高倫用吏，倫教署爲文學掾。寔知非其人，懷檄請見，言曰：此人不宜用。」

○文選任彥昇宣德皇后令曰：「及擁旄司州。」李善注引班孟堅涿邪山祝文曰：「杖節擁旄。」○後漢書郭太傳贊曰：「林宗雅俗無所失。」○老子曰：「我無爲而民自化。」○周禮地官廩人曰：「以歲之上下數邦用，以知足否，以詔穀用，以治年之凶豐。凡萬民之食食者，人四鬴，上也。」鄭注曰：「六斗四升曰鬴。」○漢書酷吏尹賞傳曰：「長安中姦猾浸多，閭里少年羣輩殺吏，受賕報讎，相與探丸爲彈，得赤丸者斫武吏，得黑者斫文吏，白者主治喪。賞一朝會長安吏，車數百兩，分行收捕，內虎穴中，覆以大石，數日皆相枕藉死。」○史記燕召公世家曰：「召伯巡行鄉邑，有棠樹，決獄政事其下。召公卒，而民人思召公之政，懷棠樹不敢伐，歌詠之，作甘棠之詩。」詩甘棠曰：「召伯所憩。」○書呂刑曰：「兩造具備，師聽五辭。」周禮秋官大司寇之職曰：「以兩造禁民訟。」鄭注曰：「造，至也。」○晉書謝安傳曰：「又於土山營墅，樓館林竹甚盛，每攜中外子姪往來游集，肴饌亦屢費百金。」○後漢書班彪傳曰：「避地河西，河西大將軍竇融以爲從事。及融徵還京師，光武問曰：『所上章奏，誰與參之？』融對曰：『皆從事班彪所爲。』」又子固傳：「奏記東平王蒼曰：竊見幕府新開，廣延羣俊。」○宋玉風賦曰：「楚襄王遊於蘭臺之宮，宋玉、景差侍。」案：年譜曰：「錢文僖公惟演爲留守，幕府多名士，與尹師魯、梅聖俞尤善，日爲古文歌詩，遂以文章名冠天下。」○陸士衡歎逝賦曰：「解心累於末迹。」○詩賓之初筵毛傳曰：「筵，席也。」○嵇叔夜與山巨源書曰：「性復疏懶，筋駑肉緩，頭面常一月十五日不洗，不大悶癢，不能沐也。每常小便，而忍不起，令胞中略轉乃起耳。又縱逸來久，情意傲散，簡與禮相背，懶與慢相成，而爲儕類見寬，不攻其過。」○禰狂，見李義山新井碣銘注。又後漢書文苑下禰衡傳：「操謂融曰：『禰衡豎子，孤殺之猶雀鼠耳。顧此人素有虛名，遠近將謂孤不能容之。今送與劉表，視當如何？』」○劉公幹贈五官中郎將詩曰：「余嬰沈錮疾，竄身清漳濱。」徐孝穆與李那書曰：「臥病清漳之濱。」○習家，見李義山新井碣銘「季倫」句注。案：文忠集卷首載四朝國史傳曰：「調西京推官，留守錢惟演器其材，不攖以吏事，脩以故益盡力於學。」○王仲宣從軍詩曰：「從軍有苦樂，但聞所從誰。」

芘德已深，遊藩未幾。既而持山國之瑞節，改戎乘而啓行。荆州遽失於所依，周南遂留於滯迹。稍以引去，無復並遊之人；巋然自存，時有思歸之歎。每臨風而結想，徒零涕以懷恩。以上述錢移崇信軍後，時切懷恩。

周禮地官掌節曰：「凡邦國之使節，山國用虎節。」案：説文曰：「卩，瑞信也。」「節」乃「卩」之通借字。○詩六月曰：「元戎十乘，以先啓行。」○魏志王粲傳曰：「以西京擾亂，乃之荆州依劉表。」○史記太史公自序曰：「是歲，天子始建漢家之封，而太史公留滯周南。」（此太史公乃遷父談也。）集解引徐廣曰：「古之周南，今之洛陽。」○史記平原君傳曰：「賓客門下舍人稍稍引去者過半。」○漢書枚乘傳曰：「乘久爲大國上賓，與英俊並游。」○文選王文考魯靈光殿賦序曰：「而靈光殿巋然獨存。」○王仲宣登樓賦曰：「昔尼父之在陳兮，有歸歟之歎音。」○楚辭九歌少司命曰：「臨風怳兮浩歌。」○詩小明曰：「涕零如雨。」

相公以彝鼎之勳，極公台之重。獨立不倚，羣言互興。中山之篋雖盈，南海之車終辯。繫辭有云：「崇高莫大乎富貴。」古人歎曰：「富貴必履於危機。」伏惟推盈虛消長之言，究動靜吉凶之理。秉珪璋之德，何卹瑕疵；挺松筠之心，不變霜雪。雖流路之謗，未免三年以居東；而在廷之臣，豈無一言之悟主。俟聞來復，以慶終亨。願無以理而自明，當要既久而復見。區區之志，實在於斯。徒有戀軒之心，未知報恩之所。以上歸本鎮後，望其早得原復。○言情運事皆佳，然已純爲宋調矣。

彝鼎，見蘇廷碩太清觀鐘銘注。○晉書天文志上曰：「三台六星，兩兩而居，起文昌，列抵大微。一曰天柱，三公之位也。在人爲三公，在天爲三台。」○禮記中庸曰：「中立而不倚。」○詩沔水曰：「讒言其興。」呂氏春秋樂成篇曰：「魏攻中山，樂羊將，已得中山，還反報文侯，有貴功之色，文侯知之，命主書曰：『羣臣賓客所獻書者，操以進之。』主書舉兩篋以進。令將軍視之，書盡難攻中山之事也。」○後漢書馬援傳曰：「初，援在交阯，常餌薏苡實，用能輕身省慾，以勝瘴氣。南方薏苡實大，援欲以爲種，軍還，載之一車。時人以爲南土珍怪，權貴皆望之。援時方有寵，故莫以聞。及卒後，有上書譖之者，以爲前所載還，皆明珠文犀。馬武與於陵侯侯昱等，皆以章言其狀，帝益怒。援妻孥惶懼，不敢以喪還舊塋，裁買城西數畝地槀葬而已。賓客故人莫敢弔會。嚴與援妻子草索相連，詣闕請罪，帝乃出松書以示之，方知所坐，上書訴冤，前後六上，辭甚哀切，然後得葬。」○崇高莫大乎富貴，見繫辭傳上。○晉書諸葛長民傳曰：「長民弟黎民輕狡好利，固勸之，長民猶豫未發，既而歎曰：貧賤常思富貴，富貴必履危機。」○易豐彖傳曰：「天地盈虛，與時消息。」泰彖傳曰：「君子道長，小人道消也。」否彖傳曰：「小人道長，君子道消也。」○易繫辭上曰：「動靜有常，剛柔斷矣。方以類聚，物以羣分，吉凶生矣。」○禮記聘義：「孔子曰：『君子比德於玉焉。瑕不揜瑜，瑜不揜瑕，忠也。珪璋特達，德也。』」左僖四年：「楚文王謂申侯曰：不女瑕疵也。」○禮記禮器曰：「如竹箭之有筠也，如松柏之有心也，故貫四時而不改柯易葉。」莊子讓王篇曰：「天寒既至，霜雪既降，吾是以知松柏之茂也。」○書金縢曰：「管叔及其羣弟乃流言於國，曰：『公將不利於孺子。』周公居東二年，則罪人斯得。」孔疏曰：「詩東山之篇，歌此事也。序云『東征』，知居東者，遂東往征也，雖征而不戰，故言『居東』也。東山詩曰『自我不見，于今三年』，又云『三年而歸』，此言二年者，詩言初去及來凡經三年，此直數居東之年，除其去年，故二年也。」案：此文三年，蓋即從孔疏之說。○漢書田千秋傳曰：「千秋特以一言寤意，旬月取宰相封侯，世未嘗有也。」司馬子長報任少卿書曰：「左右親近不爲一言。」漢書霍光金日磾傳贊曰：「金日磾以篤敬寤主。」○易復曰：「七日來復。」○司馬子長報任少卿書曰：「要之死，而後是非乃定。」

王介甫

王安石，字介甫，臨川人。擢進士上第，簽書淮南判官。舊制，秩滿，許獻文求試館職。安石獨否，再調知鄞縣，通判舒州，後知常州，移提點江東刑獄，入爲度支判官。安石慨然有矯世變俗之志，於是上萬言書。後安石當國，其所注措，大抵皆祖此書也。俄直集賢院、知制誥，糾察在京刑獄。以母憂去，終英宗世，召不赴。神宗在藩邸，聞其名，甫即位，命知江寧府，數月，召爲翰林學士兼侍講。熙寧二年二月，拜參知政事，設置三司條例司，而農田、水利、青苗、均輸、保甲、免役、市易、保馬、方田諸役，相繼並興，號爲新法。三年十二月，拜同中書門下平章事。七年，罷爲觀文殿大學士、知江寧府，自禮部侍郎超九轉爲吏部尚書。八年二月，復拜相。三經義成，加尚書左僕射、兼門下侍郎，屢謝病求去，罷爲鎮南軍節度使、同平章事、判江寧府。明年，改集禧觀使，封舒國公，屢乞還將相印。元豐三年，復拜左僕射、觀文殿大學士，換特進，改封荆。哲宗立，加司空。元祐元年，卒，贈太傅。紹聖中，謚曰文。宋史有傳。

賀致政趙少保啓

宋史趙抃傳曰：「抃字閱道，衢州西安人。拜資政殿學士、知杭州，改青州，以大學士復知成都，乞知越州，復徙杭，以太子少保致仕。」案：蘇子瞻趙清獻公神道碑曰：「公年未七十，告老於朝，不許，請之不已，元豐二年二月，加太子少保致仕，時年七十二矣。退居于衢，有溪石松竹之勝，東南高士多從之游。朝廷有事郊廟，再起公侍祠，不至。」續資治通鑑長編卷一百九十六曰：「元豐二年春正月己丑，資政殿大學士、右諫議大夫、知杭州趙抃爲太子少保致仕。」

竊審抗言辭寵，得謝歸榮。繇西省諫諍之官，序東宫師保之位。殿庭鳴玉，尚仍前日之班；里舍揮金，甫遂高年之樂。以上敘致政。

西省諫諍之官，指右諫議大夫也。宋史職官志一曰：「中書省右諫議大夫，與門下省同，但左屬門下，右屬中書。」通典職官三曰：「時謂門下省爲左省，中書省爲右省。」案：右省，一曰西省。晉書徐邈傳曰：「始補中書舍人，在西省。」○東宫，見上篇注。○楚語下：「趙簡子鳴玉以相。」韋注曰：「鳴玉，鳴其佩玉，以相禮也。」潘安仁西征賦曰：「飛翠緌，拖鳴玉，以出入禁門者衆矣。」○漢書疏廣傳曰：「廣上疏乞骸骨，許之，加賜黄金二十斤，太子贈以五十斤。廣既歸鄉里，日令家共具酒食，請族人故舊賓客相與娱樂。數問其家金餘尚有幾所，趣賣以共具。」

伏惟慶慰資政少保，懋昭賢業，寅亮聖時。伯夷之直惟清，仲山之明且哲。

所居之名赫赫，豈獨後思；爾瞻之節巖巖，方當上輔。遂從雅志，實激貪風；未即披承，徒深欽仰。以上頌其德望，以申賀意。○用古能化，荆公所長。

書僞仲虺之誥曰：「王懋昭大德。」○爾雅釋詁曰：「寅，敬也；亮，相導也。」班孟堅封燕然山銘序曰：「寅亮聖皇。」○書舜典：「帝曰：『咨，四岳，有能典朕三禮？』僉曰：『伯夷。』帝曰：『俞。咨，伯，汝作秩宗。夙夜惟寅，直哉惟清。』」○詩烝民曰：「肅肅王命，仲山甫將之。邦國若否，仲山甫明之。既明且哲，以保其身。」○漢書何武傳曰：「居官無赫赫之名，後常見思。」○詩小雅曰：「節彼南山，維石巖巖。赫赫師尹，民具爾瞻。」

英德殿上梁文

臨川集作景靈宮修蓋英宗皇帝神御殿上梁文，今依宋文鑑。○宋史禮志十二曰：「景靈宮，剏于大中祥符五年，聖祖臨降，爲宮以奉之。天聖元年，詔修宮之萬壽殿以奉真宗，署曰奉真。治平元年，又詔就宮之西園建殿以奉仁宗，署曰孝嚴。四年，建英德殿奉英宗神御。」又曰：「神御殿，古原廟也，以奉安先朝之御容。熙寧二年，奉安英宗御容于景靈宮，帝親行酌獻。」揮麈録卷一曰：「大中祥符中，建景靈宮天興殿，以奉聖祖，其後真宗之奉真，仁宗之孝嚴，英宗之英德，皆在其側也。元豐中，改英德曰治隆。」事實類苑卷十九曰：「學士之職，所草文辭，土木興建曰上梁文。」愛日齋叢鈔卷五曰：「上梁文，吴氏漫録考其所始，云：『後魏温子昇有閶闔門上梁祝文云：「惟王建國，配彼大微。大君有命，高門啓扉。良辰是簡，枚卜無違。雕梁乃駕，綺翼斯飛。八龍杳杳，九重巍巍。居辰納祜，就日垂衣。一人有慶，四海爰歸。」乃知上梁有祝文矣。第不若今時有詩語也。』」今能改齋漫録無此條。困學紀聞卷二十亦引温子昇文，以爲上梁文之始。○沈文起（欽韓）王荆公文注，詳於典章職秩，多可取，今悉録入。

兒郎偉！天都左界，帝室中經。誕惟僊聖之祠，夙有神靈之宅。翮開宏構，追奉睟容。方將廣舜孝於無窮，豈特尚漢儀之有舊。以上言景靈宮始奉聖祖，後建神御殿奉安御容。

樓大防（鑰）跋姜氏上梁文藁曰：「上梁文必言『兒郎偉』，舊不曉其義，或以爲『唯諾』之『唯』，或以爲『奇偉』之『偉』，皆所未安。在敕局時，見元豐中獲盜推賞，刑部例皆節元案，不改俗語。有陳棘云：『我部領你懣厮逐去深州。』邊吉云：『我隨你懣去。』懣本音悶，俗音門，猶言輩也。獨秦州李德一案云：『自家偉不如今夜去云。』余亞然笑曰：『得之矣。』所謂『兒郎偉』者，猶言『兒郎懣』，蓋呼而告之，此關中方言也。上梁有文尚矣，唐都長安循襲之。然嘗以語尤尚書延之、沈侍郎虞卿、汪司業季路諸公，皆博洽之士，皆以爲前所未聞，或有云用相兒郎之偉者，殆誤矣。」（攻媿集卷七十）愛日齋叢鈔卷五曰：「呂氏春秋曰：『今舉大木者[一]，前呼與謣，後以應之。』高誘注爲『舉重動力之歌聲也』（淫辭篇）。『與謣』注『或作「邪謣」』，淮南子曰『邪許』（道應篇）。豈『偉』亦古者舉木隱和之音？」案：困學紀聞則取攻媿之說。沈文起曰：「懣，今同作『們』，『兒郎』謂禁兵也。始于唐末方鎮，以衙內親兵將校爲義兒。馬端臨文獻通

[一] 曰今：原作「月令」。四庫全書本、守山閣叢書本愛日齋叢鈔及宛委山堂本說郛卷十七所收愛日齋叢鈔作「月令」，今據呂氏春秋、商務印書館涵芬樓鉛印明抄本說郛卷十七所收愛日齋叢鈔改。

考（兵四）：『後唐莊宗務姑息將士，每乘輿出，次近郊，禁兵衛卒必控馬首告曰：兒郎輩寒冷，望與振救。』『兒郎』之稱，亦涉于天子前矣。」○淮南子泰族篇曰：「登太山，履石封，以望八荒，視天都若蓋，江河若笠。」王摩詰韋氏逍遥谷讌集序曰：「天都近者，王官有之。」韓退之烏氏廟碑曰：「作廟天都，以致其孝。」則天都即謂帝京也。○史記周本紀曰：「粤詹伊雒，毋遠天室。」正義曰：「言審慎瞻伊雒二水之陽，無遠離此爲天室也。」○孫興公遊天台山賦序曰：「靈仙之所窟宅。」○文選魏都賦曰：「有晬其容。」孟子盡心上趙注曰：「晬，潤澤貌也。」宋史樂志十真宗奉聖祖玉清昭應宫御製樂章曰：「金像晬容。」又曰：「晬容金鑄。」○禮記中庸篇：「子曰：舜其大孝也與。」○隋書經籍志史部儀注篇有「漢舊儀四卷，衛敬仲撰」。

先皇帝道該五泰，德貫二儀。文摛雲漢之章，武布風霆之號。華夏歸仁而砥屬，蠻夷馳義以駿奔。清蹕甫傳，靈輿忽往。超然姑射，山無一物之疵；邈矣壽丘，臺有萬人之畏。已葬鼎湖之弓劍，將游高廟之衣冠。以上英宗功德，宜建原廟。

荀子賦篇曰：「請占之五泰。」楊注曰：「五泰，五帝也。」○易繫辭上曰：「易有太極，是生兩儀。」任彦昇到大司馬記室牋曰：「道冠二儀。」○詩棫樸曰：「倬彼雲漢，爲章于天。」○書僞伊訓曰：「布昭聖武。」禮記禮運曰：「風霆流形。」○論語顏淵篇曰：「天下歸仁焉。」史記五帝本紀曰：「帝顓頊日月所照，莫不砥屬。」集解引王肅曰：「砥，平也，四遠皆平而來服屬。」○漢書陳湯傳：「劉向上疏曰：鄉風馳義，稽首來賓。」詩清廟曰：「駿奔走在廟。」○姑射山，見盧照鄰黎君碑「如雪」句注。○海外西經曰：「軒轅之國，在此窮山之際，其不壽者八百歲。窮山在其北，不敢西射，畏軒轅之丘。」太平御覽皇王部一引帝王世紀曰：「黃帝母曰附寶，孕二十五月，生黃帝於壽丘。」○史記封禪書曰：「黃帝采首山銅，鑄鼎於荊山下，鼎既成，有龍垂胡髯下迎黃帝，黃帝上騎，羣臣後宮從上者七十餘人，龍乃上去，餘小臣不得上，乃悉持龍髯，龍髯拔墮，墮黃帝之弓，百姓仰望，黃帝既上天，乃抱其弓與胡髯號，故後世因名其處曰鼎湖，其弓曰烏號。」水經河水注三曰：「陽周縣故城南橋山，山有黃帝冢，帝崩，惟弓劍存焉，故世稱黃帝仙矣。」○史記叔孫通傳曰：「高寢衣冠，月出游高廟。」集解應劭曰：「月出高帝衣冠，備法駕，名曰游衣冠。」如淳曰：「三輔黃圖：高寢在高廟西，高祖衣冠藏在高寢，月出游於高廟。」

今皇帝孝奉神明，恩涵動植。纂禹之服，期成萬世之功；見堯於羹，未改三年之政。乃眷熏修之吉壤，載營館御之新宮。考協前彝，述追先志。孝嚴列峙，寢門可象於平居；廣拓旁開，輦路故存於陳迹。官師肅給，斤築隆施。揆吉日以庀徒，舉修梁而考室。敢申善頌，以相歡謠。以上建英德殿及作上梁文。

孝經曰：「孝悌之至，通於神明。」○薛元卿隋高祖頌曰：「仁霑動植。」○書僞仲虺之誥曰：「表正萬邦，纂禹舊服。」○後漢書李固傳曰：「昔堯殂之後，舜仰慕三年，坐則見堯於牆，食則覩堯於羹。」○論語學而篇曰：「三年無改於父之道，可謂孝矣。」○禮記文王世子曰：「至於寢門外。」○班孟堅西都賦曰：「輦路經營。」○左襄九年杜注曰：「庀，具也。」王簡栖頭陀寺碑文曰：「庀徒揆日。」○詩序曰：「斯干，宣王考室也。」○禮記檀弓下曰：「君子謂之善頌善禱。」○詩生民毛傳曰：「相，助也。」

兒郎偉！抛梁東，聖主迎陽坐禁中。明似九天昇曉日，恩如萬國轉春風。

梁簡文帝南郊頌曰：「配天道尊，迎陽義重。」

兒郎偉！抛梁西，瀚海兵銷太白低。王母玉環方自獻，大宛金馬不須齎。

瀚海，已見楊大年駕幸河北起居表注。○史記天官書曰：「察日行以處位太白，曰西方，秋，司兵。」御覽天部七引天官星占曰：「太白位在西方，大將之象也。」○宋書符瑞志上曰：「舜即帝位，西王母獻白環玉玦。」○史記大宛傳曰：「天子既好宛馬，聞之甘心，使壯士車令等持千金及金馬，以請宛王貳師城善馬。」

兒郎偉！抛梁南，丙地星高每歲占。千障滅烽開嶺徼，萬艘輸賮引江潭。

晉書天文志上曰：「老人一星在弧南，一曰南極，常以秋分之旦見于景（唐諱「丙」作「景」），春分之夕而没于丁，見則治平主壽昌，常以秋分候之南郊。」○史記酷吏傳正義曰：「障謂塞上要險之處，別築城置吏士守之，以扞寇盜也。」後漢書光武帝紀下章懷注曰：「邊方備警急，作高土臺，臺上作桔臯，桔臯頭有兜零，以薪草置其中，常低之，有寇即燃火舉之以相告，曰烽。」白樂天東南行曰：「嶺徼雲成棧。」○説文曰：「梭，船總名。」廣韻六豪曰：「亦作『艘』。」文選魏都賦張孟陽注曰：「賮，禮贄也。」李注引蒼頡篇曰：「賮，財貨也。」

兒郎偉！抛梁北，邊頭自此無鳴鏑。即看呼韓渭上朝，休誇竇憲燕然勒。

邊頭，集作「邊城」，今依文鑑。鳴鏑，見李義山爲李貽孫上李相公啓注。○漢書匈奴傳下曰：「呼韓邪單于款五原塞，願朝。甘露三年正月，朝天子於甘泉宮，漢寵以殊禮，位在諸侯王上，贊謁稱臣而不名。禮畢，使使者道單于先行，宿長平。上自甘泉宿池陽宮。上登長平，詔單于毋謁，其左右當户之羣臣皆得列觀，及諸蠻夷君長王侯數萬，咸迎於渭橋下，夾道陳。上登渭橋，咸稱萬歲。」○燕然，見李義山爲李貽孫書。

兒郎偉！抛梁上，彷彿神遊今可想。風馬雲車世世來，金輿玉斝年年享。

列子黄帝篇曰：「黄帝夢遊于華胥氏之國，蓋非舟車足力之所及，神遊而已。」○傅休奕吴楚歌曰：「雲爲車兮風爲馬。」柳子厚雷塘禱雨文曰：「風馬雲車，肅焉徘徊。」○庾慎之暮游山水應令詩曰：「入逕轉金輿。」劉孝標廣絕交論曰：「霑玉斝之餘瀝。」説文曰：「斝，玉爵也。」

兒郎偉！抛梁下，萬靈隤祉扶宗社。天垂嘉種已豐年，地産珍符方極化。

漢書楊雄傳河東賦曰：「發祥隤祉。」顏注曰：「隤，降也；祉，福也。」○詩生民曰：「誕降嘉種。」○司馬長卿封禪文曰：「珍符固不可辭。」

伏願上梁之後，聖躬樂豫，寶命靈長。松茂獻兩宫之壽，椒繁占六寢之祥。宗室蕃維之彦，朝廷表幹之良。家傳慶譽，代襲龍光。肩一心而顯相，保饋祀之無疆。皇帝萬歲！典雅是荆公四六之長。

詩天保曰：「如松柏之茂。」宋史神宗紀曰：「治平四年正月丁巳，英宗崩，帝即皇帝位。己未，尊皇太后曰太皇太后，皇后曰皇太后。」案：太皇太后乃光獻曹皇后也，皇太后乃宣仁高皇后也，兩宫當指此。○詩椒聊曰：「椒聊之實，蕃衍盈升。」案：「繁」「蕃」字通。周禮天官宫人「掌王之六寢之脩」，鄭注曰：「六寢者，路寢一，小寢五。」○王簡栖頭陀寺碑文曰：「乃詔西中郎將、郢州刺史、江夏王觀政藩維，樹風江漢。」案：蕃，「藩」之通借字。○吴志張昭傳注引典略曰：「如此其人，信一時之良幹。」○易豐六五曰：「來章有慶譽，吉。」○詩寥蕭曰：「爲龍爲光。」○書盤庚下曰：「永肩一心。」詩清廟曰：「肅雝顯相。」○

詩七月曰：「萬壽無疆。」

蘇子瞻

蘇軾，字子瞻，一字和仲，眉州眉山人。嘉祐二年進士第，又以對制策入三等，除大理評事，簽書鳳翔府判官，入判登聞鼓院，召試直史館。丁父憂，熙寧二年還朝，判官告院，權開封府推官，出判杭州，知密、徐、湖三州。嘗以詩託諷，御史李定等指爲訕謗，逮赴臺獄，謫黄州團練副使安置，築室於東坡，自號東坡居士，移汝州，乞居常州。哲宗立，復朝奉郎、知登州，召爲禮部郎中，遷起居舍人，尋除翰林學士兼侍讀，拜龍圖閣學士，出知杭州，召爲翰林承旨。數月，知潁州、揚州，復召爲兵部尚書兼侍讀，改禮部兼端明殿翰林、侍讀兩學士，出知定州。紹聖初，貶寧遠軍節度副使，惠州安置，又貶瓊州別駕，居昌化。徽宗立，移舒州團練副使，徙永州，更三赦，遂提舉玉局觀，復朝奉郎。建中靖國元年卒于常州。高宗時謚文忠。宋史有傳。

除吕公著特授守司空同平章軍國事加食邑實封餘如故制

宋史吕公著傳曰：「公著字晦叔。元祐元年，拜尚書右僕射兼中書侍郎，與司馬光同心輔政。三年四月，懇辭位，拜司空、同平章軍國事。宋興以來，宰相以三公平章重事者四人，而公著與父（夷簡）居其二。士豔其榮。」長編卷四百九曰：「元祐二年夏四月辛巳，金紫光禄大夫、守尚書右僕射、兼中書門下侍郎吕公著爲司空、同平章軍國事，仍一月三赴經筵，二日一朝，因至都堂議事。制詞，學士蘇軾所草也。」○經進東坡文集事略，宋郎晦之（曄）撰，蘇詩注家頗多，而蘇文惟此可供參考。

門下：仁莫大於求舊，智莫良於用衆。既得天下之大老，彼將安歸？以至國人皆曰賢，夫然後用。今朕一舉，仁智在焉。宜告治朝，以孚大號。以上總括大意。

書盤庚上：「遲任有言曰：人惟求舊。」論語先進篇：「仍舊貫。」邢疏引鄭注曰：「魯論『仍』爲『仁』。」臧在東（庸）曰：「言仁在舊貫，『仁』『仍』音相近也。」（鄭注輯本）○論語顏淵篇：「樊遲見子夏，曰：『鄉也吾見於夫子而問知，子曰「舉直錯諸枉，能使枉者直」，何謂也？』子夏曰：『富哉言乎！舜有天下，選於衆，舉皋陶，不仁者遠矣。』」○孟子離婁上曰：「伯夷、太公，二老者，天下之大老也，而歸之，是天下之父歸之也。天下之父歸之，其子焉往？」○孟子梁惠王下曰：「國人皆曰賢，然後察之，見賢焉，然後用之。」○葉少藴避暑録話卷上曰：「前輩作四六，不肯多用全經語，惡其近賦也。然意有適會，亦有不得避者，但不當强用之爾。子瞻作吕申公制云：『既得天下之大老，彼將安歸？乃至國人皆曰賢，夫然後用。』氣象雄傑，格律超然，固不可及。」○周禮天官大宰之職曰：「王眡治朝，則贊聽治。」鄭注曰：「治朝在路門外，羣臣治事之朝。」○易涣九五曰：「涣汗其大號。」王輔嗣注曰：「處尊履正，居巽之中，散汗大號，以盪險阨者也。」

金紫光禄大夫、守尚書右僕射、兼中書侍郎、上柱國、東平郡開國公、食邑七千一百户、食實封二千三百户吕公著，訏謨經遠，精識造微。非堯舜不談，昔聞其語；以社稷爲悅，今見其心。三年有成，百揆時敘。維乃烈考，相于昭陵。蓋清淨以寧民，亦勞謙而得士。凡我儀刑之老，多其賓客之餘。在武丁時，雖莫追於前烈；作召公考，固無易於象賢。以上嘉其功績，能繼父相業。

宋史職官志一曰：「尚書省左右僕射，掌佐天子議大政，貳令之職，與三省長官，皆爲宰相之任。中書省侍郎，掌貳令之職，參議大政。」職官志八曰：「金紫光祿大夫、開國郡公、上柱國，爲正二品。」○詩抑曰：「訏謨定命，遠猶辰告。」毛傳曰：「訏，大；謨，謀；猶，道；辰，時也。」○孟子公孫丑上：「孟子曰：我非堯舜之道，不敢以陳於王前。」○論語季氏篇曰：「吾聞其語矣。」○孟子盡心上曰：「有安社稷者，以安社稷爲悅者也。」○左襄二十五年曰：「子產始知然明，問爲政焉，子產喜，以語子大叔，且曰：他日吾見蔑之面而已，今吾見其心矣。」○論語子路篇：「子曰：苟有用我者，期月而已可也，三年有成。」○書舜典曰：「納于百揆，百揆時敘。」○「維乃烈考」二句，郎注曰：「烈考即申公夷簡，嘗相仁宗，仁宗山陵號永昭。」案：宋史仁宗紀曰：「天聖七年二月丙辰，以呂夷簡同中書門下平章事、集賢殿大學士。明道二年夏四月己未，呂夷簡罷；冬十月戊午，以呂夷簡同中書門下平章事、昭文館大學士。嘉祐八年三月辛未，帝崩於福寧殿，謚曰神文聖武明孝皇帝，廟號仁宗；十月甲午，葬永昭陵。」呂夷簡傳曰：「夷簡字坦夫，先世萊州人，祖龜祥，知壽州，子孫遂爲壽州人。薨，贈太師、中書令，謚文靖。」○史記曹相國世家曰：「蓋公爲言治道貴清靜而民自定。」○易謙九三曰：「勞謙，君子有終，吉。」○詩文王曰：「儀刑文王。」○史記張耳傳曰：「於是上賢張王諸客，客從張王入關，無不爲諸侯相、郡守。」○書君奭曰：「在武丁時，則有若甘盤。」○詩江漢曰：「虎拜稽首，對揚王休，作召公考：天子萬壽。」毛傳曰：「考，成也。」鄭箋曰：「作，爲也。虎既拜而答王策命之時，稱揚王之德美，君臣之言宜相成也。王命召虎用召祖命，故虎對王，亦爲召康公受王命之時對成王命之辭，謂如其所言也。如其所言者，『天子萬壽』以下是也。」○禮記郊特牲曰：「繼世以立諸侯，象賢也。」鄭注曰：「賢者子孫，恒能法其先父德行。」

而乃屢貢封章，力求退避。朕重失此三益之友，而閔勞以萬機之繁。是用遷平土之司，釋文昌之任，毋廢議論，時遊廟堂。以上許其罷尚書右僕射，而除司空、平章事。

論語季氏篇：「孔子曰：益者三友，友直，友諒，友多聞，益矣。」漢書劉向傳贊曰：「豈非直諒多聞，古之益友與？」○書皋陶謨曰：「一日二日萬幾。」○書舜典：「僉曰：『伯禹作司空。』帝曰：『俞。咨，禹，汝平水土，惟時懋哉！』」○晉書天文志上曰：「文昌六星，在北斗魁前，天之六府也，二曰次將，尚書正左右，三曰貴相，太常理文緒。」○管子形勢篇曰：「抱蜀不言，而廟堂既修。」困學紀聞卷二十曰：「『廟堂』二字，見漢徐樂傳云：『脩之廟堂之上，而銷未形之患。』梅福傳云：『廟堂之議，非草茅所當言也。』劉向九歎曰：『始結言於廟堂。』王逸注：『言人君爲政舉事，必告宗廟，議於明堂。』」原注曰：『皆謂人君，今以爲宰相，誤矣。』」閻百詩曰：「淮南主術訓『在鄉相人君，揄策於廟堂之上』，亦兼君相言之。」

於戲！大事雖資於房喬，非如晦莫能果斷。重德無逾於郭令，而裴度亦寄安危。罔俾斯人，專美唐世。可特授司空、同平章軍國事，加食邑七百户、食實封三百户，餘如故。仍一月三赴經筵，二日一入朝，因至都堂議軍國事。以上勉勗。○用經語如己出，而出以大方，非如南宋諸家，專以成語偶對見長矣，然實已開其風矣。

新唐書房杜傳曰：「房玄齡，字喬，（舊唐書房玄齡傳曰：「房喬字玄齡。」）齊州臨淄人。太宗即位，爲中書令，進尚書左僕射。杜如晦，字克明，京兆杜陵人。檢校侍中，攝吏部尚書，進位尚書右僕射，與玄齡共筦朝政。每議事帝所，玄齡必曰：『非如晦莫籌之。』及如晦至，率用玄齡策也。蓋如晦長於斷，而玄齡善謀，兩人相知，故能同心濟謀，以佐佑帝，當世語良相，必曰房杜云。」○新唐書郭子儀傳曰：「子儀字子儀，華州鄭人，封汾陽王。以身爲天下安危者二十年，校中書令考二十四。」裴度傳曰：「度字中立，河東聞喜人，晉國公。其威譽德業，比郭汾陽，而用不用常爲天下重輕。」○書僞説命下曰：「罔俾阿衡，專美有商。」○宋史職官志一曰：「太尉、司徒、司空爲三公。」又曰：「宋承唐制，以同平章事爲真相之仕。」

謝賜對衣金帶馬狀

趙德麟侯鯖録卷一曰：「東坡年十餘歲，在鄉里，見老蘇誦歐公謝宣召赴學士院仍謝對衣金帶並馬表，老蘇令坡擬之，其閒有云：『匪伊垂之，帶有餘；非敢後也，馬不進。』老蘇喜曰：『此子他日當自用之。』至元祐中，再召入院，作承旨，仍益之曰：『枯羸之質，匪伊垂之，帶有餘；斂退之心，非敢後也，馬不進。』」郎氏經進東坡文集事略引此駁之曰：「公自入翰院，與除承旨，凡兩被賜，至以龍學（龍圖閣學士之簡稱）、知潁州，復拜此賜，故後表中有『四年三錫』之語，今德麟謂之除承旨時者，誤也。」案：王宗稷東坡年譜從侯鯖録，載在元祐六年六月。王文誥蘇詩總案則載在八月，除龍圖閣學士、知潁州軍州事進上謝表後，與郎注正合。

右臣伏蒙聖慈，特賜臣對衣一襲，金腰帶一條，銀鞍轡馬一匹者。錫之上駟，敢忘致遠之勞；佩以良金，無復忘腰之適。執鞭請事，顧影知慚。以上敘明賜對衣金帶及馬。

漢書昭帝紀曰：「賜衣被一襲。」顏注曰：「一襲，一稱也，猶今言一副也。」○史記孫吴列傳：「孫臏謂田忌曰：今以君之下駟與彼上駟，取君上駟與彼中駟，取君中駟與彼下駟。」○易繫辭下曰：「服牛乘馬，引重致遠，以利天下。」○莊子達生篇曰：「忘足，履之適也；忘腰，帶之適也。」○論語述而篇：「子曰：雖執鞭之士，吾亦爲之。」○謝玄暉和王長史詩曰：「顧影慚騑服。」

恭惟皇帝陛下，禹儉中修，堯文外焕。長轡以御，率皆四牡之良；所寶惟賢，豈徒三品之貴。出捐車服，收輯事功。以上作頌揚語，與帶馬相關。

書僞大禹謨曰：「克儉于家。」○書堯典曰：「欽明文思安安。」○南齊書太祖紀：「太祖曰：若長轡緩御，則必遣子入質。」○詩四牡曰：「四牡騑騑。」○書僞旅獒曰：「所寶維賢。」○書禹貢曰：「厥貢惟金三品。」○書益稷曰：「車服以庸。」

而臣衰不待年，寵常過分。枯羸之質，匪伊垂之，而帶有餘；斂退之心，非敢後也，而馬不進。徒堅晚節，難報深恩。臣無任。以上陳謝，仍綰定帶馬。○運典極精切，又極活動，可悟推陳出新之法。

詩彼都人士曰：「匪伊垂之，帶則有餘。」○論語雍也篇曰：「孟之反奔而殿，策其馬，曰：非敢後也，馬不進也。」

秦少游

秦觀，字少游，一字太虛，揚州高郵人。舉進士不中，見蘇軾於徐州，爲黄樓賦。軾以爲有屈宋才，介其詩於王安石，亦謂清新如鮑謝。軾勉以應舉爲親養，始登第，調定海主簿、蔡州教授。元祐初，軾以賢良方正薦於朝，除祕書正字兼國史院編修官。紹聖初，坐黨籍，出判杭州，以增損實録，貶監處州酒稅，使者承風旨伺過失，削秩編管黄州，徙雷州。徽宗立，復宣德郎，放還，至藤州，卒。宋史人文苑傳。

賀吕相公啓

已見蘇子瞻吕公著制注。宋史哲宗本紀曰：「元祐元年夏四月壬寅，以吕公著爲尚書右僕射兼中書侍郎。」

伏審光膺宸命，顯正台司。凡在生成，舉同抃蹈。竊以媧皇補天之際，高宗夢帝之初。未就泥金，正資陶鑄；不調琴瑟，方賴更張。是謂大有爲之時，必得非常人之佐。以上言國家變政之時，亟需良相。

南齊書王僧虔傳曰：「會遷侍中、左光禄大夫、開府儀同三司，謂兄子儉曰：汝任重於朝，行當有八命之禮，我若復此授，則一門有二台司。」〇淮南覽冥篇曰：「女媧鍊五色石以補蒼天。」又見列子湯問篇。案：此喻宣仁也。宋史后妃傳上曰：「英宗宣仁聖烈高皇后，亳州蒙城人。哲宗嗣位，尊爲太皇太后，驛召司馬光、吕公著，未至，迎問今日設施所宜先，至，並命爲相，使同心輔政。一時知名士彙進於廷。凡熙寧以來政事弗便者，次第罷之。」○史記殷本紀曰：「武丁夜夢得聖人，名曰説，以夢所見視羣臣百吏，皆非也。於是迺使百工營求之野，得説於傅險中。是時説爲胥靡，築於傅險，見於武丁，武丁與之語，果聖人，舉以爲相，殷國大治。遂以傅險姓之，號曰傅説。帝武丁崩，子帝祖庚立，立其廟爲高宗。」書僞説命上曰：「王宅憂，亮陰三祀。既免喪，其惟弗言。羣臣咸諫于王，王庸作書以誥曰：夢帝賚予良弼，其代予言。」○泥金，見駱賓王爲齊州父老請陪封禪表注。○莊子逍遥遊曰：「猶將陶鑄堯舜者也。」○漢書董仲舒傳：「仲舒對策曰：竊譬之琴瑟不調，甚者必解而更張之，迺可鼓也。」○孟子公孫丑下曰：「故將大有爲之君，必有所不召之臣。」○漢書武紀：「元封五年詔曰：蓋有非常之功，必待非常之人。」

恭惟中書僕射相公，累朝元老，當世大儒。力足以扶持顛危，風足以興起貪懦。青天白日，奴隸亦知其明；璞玉渾金，鑒識莫名其器。既天資之篤實，加地胄以高華。四世五公，勳在王室；一門萬石，寵冠廷臣。宗族謂之小許公，夷狄以爲真漢相。果從人望，爰享天心。方司左轄之嚴，遽踐鸞臺之峻。獻可替否，而思矯激之過；解紛挫鋭，而有調和之能。必欲成仁之始終，非特潔身之去就。以上頌其德望及已著之勳業。

詩采芑曰：「方叔元老。」○荀子儒效篇曰：「大儒之效。」○論語季氏篇曰：「危而不持，顛而不扶，則將焉用彼相矣？」○孟子盡心下曰：「故聞伯夷之風者，頑夫廉，懦夫有立志，奮乎百世之上，百世之下，聞者莫不興起也。」○韓退之與崔羣書曰：「青天白日，奴隸亦知其光明。」○「璞玉渾金」二句，見楊炯羣官尋楊隱居序注。○史記商君傳太史公曰：「商君，天資刻薄人也。」韓退之與鄂州柳中丞書曰：「此由天資忠孝。」○顏氏家訓雜藝篇曰：「王褒地胄清華。」○蜀志先主傳：「先主曰：袁公路四世三公，海內所歸。」案：後漢書袁安傳：「安字邵公，汝南汝陽人也，章和元年爲司徒。子京、敞。敞，元初三年爲司空。京子湯，桓帝初爲司空。湯子成、逢、隗。成，靈帝時爲司空。隗，獻帝初爲太傅。」又袁術傳曰：「術字公路，司空逢之子也。大會羣下，因謂曰：吾家四世公輔。」○史記萬石君傳曰：「萬石君名奮，姓石氏，奮爲太子太傅。及景帝即位，以爲九卿，徙爲諸侯相。長子建，次子甲，次子乙，次子慶，皆以馴行孝謹，官皆至二千石。於是景帝曰：『君及四子皆二千石，人臣尊寵乃集其門。』號奮爲萬石君。」○小許公，即蘇廷碩頲也，事已見前。唐詩紀事卷十曰：「頲文章蓋代，及帝平內難，日夕制誥絡繹，無非頲之作，時稱小許公。」○漢書王商傳曰：「代匡衡爲丞相，天子甚尊任之，爲人多質，有威重，長八尺餘，身體鴻大，容貌甚過絕人。河平四年，單于來朝，引見白虎殿，丞相商坐未央廷中，單于前拜謁商，商起離席與言，單于仰視商貌，大畏之，遷延却退。天子聞而歎曰：此真漢相矣。」○後漢書盧植傳：「彭伯曰：盧尚書海內大儒，人之望也。」○書僞咸有一德曰：「克享天心。」○隋書元壽傳曰：「拜尚書左丞，曰：臣謬臂朝寄，忝居左轄省事。」杜子美上韋左丞丈詩曰：「左轄頻虛位，今年得舊儒。」宋史哲宗紀曰：「元豐八年秋七月戊戌，以資政殿大學士呂公著爲尚書左丞。」○舊唐書職官志二曰：「自晉始置門下省，南北朝皆因之。龍朔改爲東臺，光宅改爲鸞臺，神龍復。」案：長編卷三百六十八曰：「元祐元年閏二月壬辰，金紫光祿大夫、尚書左丞呂公著爲門下侍郎。」○左昭二十年：「晏子曰：君所謂可，而有否焉，臣獻其否，以成其可；君所謂否，而有可焉，臣獻其可，以去其否。」晉語九：「史黯曰：夫事君者，薦可而替否。」魏志高柔傳：「柔上疏曰：非大臣獻可替否之謂也。」○老子曰：「挫其鋭，解其紛。」○禮記表記：「子曰：仁之難成也久矣，惟君子能之。」○孟子萬章上曰：「歸潔其身而已矣。」

繇是端人坌集，異黨寖微。寬大之澤四覃，苛刻之風一變。名既得功而並立，位當與德而俱崇。明詔始班，吉士交慶。太公入國，固知天下之父歸；伊尹得君，益見聖人之任重。以上言朝廷命相得人。

漢書司馬相如傳下注引張揖曰：「坌，並也。」○漢書成帝紀顔注曰：「寖，漸也。」○爾雅釋言曰：「覃，延也。」○漢書成紀：「建始元年詔曰：凡事恕己，毋行苛刻。」○書立政曰：「繼自今立政，其勿以憸人，其惟吉士。」○天下之父，見上篇注。○孟子萬章上曰：「伊尹思天下之民，匹夫匹婦有不被堯舜之澤者，若己推而內之溝中，其自任以天下之重如此。」

某猥緣幸會，叨被題評。昔陪北海之樽，有同夢寐；今望平津之館，如隔雲天。但欣衆正之路開，始信太平之責塞。願稽故事，就封富民之侯；請與諸生，復上得賢之頌。以上致賀。○運古生新，而骨格要自凝重。

後漢書隗囂傳注曰：「猥猶濫也。」○後漢書孔融傳曰：「賓客日盈其門，常歎曰：坐上客常滿，尊中酒不空，吾無憂矣。」○漢書公孫弘傳曰：「元朔中爲丞相，封平津侯，於是起客館，開東閣，以延賢人。」○漢書劉向傳：「上封事曰：杜閉羣枉之門，廣開衆正之路。」○王子淵聖主得賢臣頌曰：「太平之責塞，優游之望得。」○史記太史公自序曰：「余所謂述故事，整齊其世傳。」○漢書食貨志上曰：「武帝末年，悔征伐之事，迺封丞相爲富民侯。」○史記叔孫通傳：「通曰：臣願徵魯諸生，與臣弟子共起朝儀。」○漢書王褒傳曰：「益州刺史奏褒有軼材，上迺徵褒，爲聖主得賢臣，頌其意。」

晁無咎

晁補之，字無咎，濟州鉅野人。十七歲從父官杭州倅，以所著七述謁通判蘇軾，軾亟稱之，遂知名，舉進士，試開封及禮部別院，皆第一。元祐初爲太學正，李清臣薦堪館閣，召試，除祕書省正字，遷校書郎，以祕閣校理通判揚州，召還，爲著作佐郎。紹聖初，出知齊州，降應天府通判，改亳州，又貶監處、信二州酒稅。徽宗立，復以著作召，既至，拜吏部員外郎、禮部郎中，黨論起，出知河中府，後主管鴻慶宮，還家號歸來子。大觀末，起知達州，改泗州，卒。宋史入文苑傳。

亳州謝到任表

宋史文苑晁補之傳曰：「章惇當國，出知齊州，坐修神宗實録失實，降通判應天府、亳州。」案：宋淮南東路亳州治譙縣，今安徽亳縣治。

臣補之言：臣昨知齊州，緣舊公坐，正月十日准敕降通判南京，礙親回避，九月三日准敕就差通判亳州。於當月二十五日到任上訖。咎悔難追，已更寒暑；嫌疑自列，敢憚道塗。再服寬恩，重增感涕。臣補之誠惶誠懼頓首頓首。以上敘貶秩及到任。

宋京東路齊州治歷城縣，今山東歷城縣治。○實録案起自紹聖元年。宋史哲宗紀曰：「紹聖元年十二月甲午，范祖禹、趙彦若、黄庭堅坐史事，責授散官，永、豐[二]、黔州安置。」黄子耕（罃）山谷先生年譜載於紹聖二年，馮星實（應榴）謂蓋十二月降旨，次年正月聞命（蘇詩合注卷三十九），是也。此云正月十日准敕，蓋同。○宋史職官志七曰：「通判，宋初懲五代藩鎮之弊，乾德初下湖南，始置諸州通判，建隆四年詔知府公事，並須長史、通判簽議連書，方許行下。時大郡置二員，餘置一員，不及萬户不置。凡兵民、錢穀、户口、賦役、獄訟聽斷之事，可否裁決，與守臣通簽書施行。」○宋南京應天府治宋城縣，今河南商丘縣治。

伏念臣粗知學問，本乏材能。仕豈爲貧，蹔居卑之亦分；家雖積善，傷餘慶之已微。嘗念居不可以求安，福孰先於無禍。故六年遷徙，甘常困於米鹽；而羣從凋零，祇自憐其形影。未敢當江湖飛集之數，何足掛朝廷論議之間。

[二] 豐：東都事略卷六〇趙彦若傳、宋通鑑長編紀事本末卷一〇一、宋史翼卷三作「澧」。

每欽宥過無大之仁，則思見危致命之義。未試以事，孰明此心？諒與釜之已多，誠挈瓶之何有。但知揣己，皆是踰涯。以上自陳。

孟子萬章下曰：「仕非爲貧也，而有時乎爲貧。爲貧者，辭尊居卑。」○易坤文言傳曰：「積善之家，必有餘慶。」案：晁補之傳曰「宗愨曾孫」，宗愨，仁宗時參知政事，宗愨父迥，仕至禮部尚書，以太子少保致仕，宋史皆有傳。○論語學而篇曰：「君子居無求安。」○淮南子詮言篇曰：「福莫大無禍。」○無咎齊州謝到任表曰：「丐廣陵之貳政，在元祐之五年，從簿書中，以著作召。」自元祐五年自此，正六年矣。史記酷吏傳曰：「減宣爲左內史，其治米鹽，事大小皆關其手。」○世説新語賢媛篇：「王凝之妻謝夫人曰：羣從兄弟，則有封、胡、遏、末。」○李令伯陳情表曰：「形影相弔。」○楊子雲解嘲曰：「譬若江湖之崖，渤澥之島，乘鴈集不爲之多，雙鳧飛不爲之少。」○漢書董仲舒傳曰：「朝廷如有大議，使使者就其家而問之。」○書僞大禹謨：「臯陶曰：宥過無大。」○論語子張篇曰：「士見危致命。」○論語雍也篇曰：「子華使於齊，冉子爲其母請粟，子曰：與之釜。」集解引馬融曰：「六斗四升曰釜。」○左昭七年：「謝息曰：『人有言曰：雖有挈瓶之知，守不假器。』」杜注曰：「挈瓶，汲者，喻小知。爲人守器，猶知不以借人。」○蕭茂挺蓮蘂散賦曰：「感知己於名公，降踰涯之厚恩。」

恭惟皇帝陛下，惟時憲天，常善救物。稽先朝之美意，與治古以同興。謂蕩蕩民無能名，佑啓我以正；故業業日致其孝，繼序思不忘。蓋欲得萬國之歡心，足以斂五福而敷錫。雖甚微鄙，不終棄捐。以上頌君德。

書僞説命中曰：「惟天聰明，惟聖時憲。」○論語泰伯篇曰：「大哉堯之爲君，蕩蕩乎民無能名焉。」○孟子滕文公下引書曰：「佑啓我後人，咸以正無缺。」僞冏命襲之，「無」作「罔」。○漢書董仲舒傳對策曰：「故堯兢兢日行其道，而舜業業日致其孝。」○詩閔予小子曰：「於乎皇王，繼序思不忘。」○孝經曰：「故得萬國之歡心，以事其先王。」○書洪範曰：「斂時五福，用敷錫厥庶民。」

重念臣頃迫養親，久從補外。昨由公坐得譴，止以佐官連書。亦既累年，實更三赦。事雖自致，情則無他。庶省循苟免於人非，或湔洗稍容於國是。犬馬能報，況服冠裾；樗櫟無堪，猶供燔燎。終自知其死所，不敢愛於身先。瞻望闕廷，臣無任感天荷聖激切屏營之至。以上自明其志。○宛轉懇摯，語能感人。

長編曰：「哲宗元祐元年十二月庚寅，太學正晁補之爲正字（卷三百九十二）。五年秋七月己巳，正字晁補之爲校書郎（卷四百四十五）。十二月戊申，校書郎晁補之通判揚州（卷四百五十三）。」○宋史哲宗紀曰：「元祐四年十一月辛巳，大饗明堂，赦天下。六年十一月癸巳，祀天地于圜丘，赦天下。八年八月戊辰，赦天下。」文云「更三赦」，蓋指此。○莊子天道篇曰：「故知天樂者，無天怨，無人非。」○説苑雜事二：「楚莊王問於孫叔敖曰：寡人未得所以爲國是也。」○史記三王世家：「大司馬去病上疏曰：臣竊不勝犬馬心。」○南史張充傳（附張裕傳後）：「充與王儉書曰：佇簪裙而竦歎。」○隋書李士謙傳：「客曰：『邢子才云：豈有松柏後身化爲樗櫟？』」○爾雅釋天曰：「祭天曰燔柴。」周禮秋官司烜氏曰：「共墳燭庭燎。」鄭注曰：「樹於門外曰大燭，於門内曰庭燎。」

汪彥章

汪藻，字彥章，饒州德興人。入太學，中進士第，累遷著作佐郎。與王黼不協，提點江州太平觀，投閑八年。欽宗立，召爲屯田員外郎，遷太常少卿、起居舍人。高宗即位，召試中書舍人，擢給事中，遷兵部侍郎兼侍講，拜翰林學士，除龍圖閣直學士，歷知湖、撫、徽、宣等州，忤秦檜，言者論，奪職，居永州，卒。宋史人文苑傳。

隆祐太后告天下手書

浮溪集「隆祐太后」作「皇太后」。○建炎以來繫年要録曰：「建炎元年（即靖康二年，五月庚寅朔始改元。）三月丁酉，金人册張邦昌爲皇帝。（卷三）夏四月癸亥，邦昌請元祐皇后入居延福宮。甲戌，元祐皇后告天下手書云云。先是御史胡舜陟上書：『請后降詔諸路，使知中國有主，康王即位有日，以破亂臣賊子之心。』吕好問言：『今日布告之書，當令明白易曉，不必須詞臣。』遂命太常少卿汪藻草書，御封付御史臺看詳，然後行下。（卷四）」三朝北盟會編卷九十三曰：「靖康二年四月十一日庚午，太后御内東門小殿，垂簾聽政，下手詔，播告天下。」宋史高宗紀曰：「甲戌，皇后手書告中外。」甲戌爲十五日，與繫年要録同，蓋據手書布告之日也。宋史后妃傳曰：「哲宗昭慈聖獻孟皇后，洺州人，眉州防禦使贈太尉元之孫女也。紹聖三年，詔廢后，出居瑶華宫，號華陽教主玉清妙静仙師，法名沖真。靖康初，瑶華宫火，徙居延寧宫。又火，出居相國寺前之私第。金人圍汴，欽宗與近臣議再復后，尊爲元祐太后，詔未下而京城陷，時六宫有位號者皆北遷，后以廢獨存。張邦昌僭位，尊后爲宋太后，迎居延福宮，受百官朝。胡舜陟、馬伸又言政事當取后旨，邦昌乃復上尊號元祐皇后，迎入禁中，垂簾聽政。后聞康王在濟，遣尚書左右丞馮澥，李回及兄子忠厚持書奉迎，尋降手書，播告天下。王至南京，后遣宗室士㒟及內侍邵成章奉圭寶乘輿服御迎王，即皇帝位，改元，后以是日撤簾，尊后爲元祐太后。尚書省言『元』字犯后祖名，請易以所居宮名，遂稱隆祐太后。」

比以敵國興師，都城失守。祲纏宮闕，既二帝之蒙塵；誣及宗祊，謂三靈之改卜。衆恐中原之無統，姑令舊弼以臨朝。雖義形于色，而以死爲辭；然事迫于危，而非權莫濟。內以拯黔首將亡之命，外以舒鄰國見逼之威。遂成九廟之安，坐免一城之酷。以上二帝北狩，金人立張邦昌。

宋史欽宗本紀曰：「靖康元年十一月乙酉，斡離不軍至城下。癸巳，黏罕軍至城下。壬子，金人攻通津、宣化門，范瓊以千人出戰，渡河冰裂，没者五百餘人，自是士氣益挫。丙辰，妖人郭京用六甲法，盡令守禦人下城，大啓宣化門出攻金人，兵大敗，京託言下城作法，引餘兵遁去，金兵登城，衆皆披靡，金人焚南薰諸門，京城陷。丁巳，命何栗及濟王栩使金軍。戊午，何栗入言金人邀上皇出郊，帝曰：『上皇驚憂而疾，必欲之出，朕當親往。』辛酉，帝如青城。十二月癸亥，帝至自青城。甲子，大索金帛。丙寅，遣陳過庭、劉韐使兩河割地。二年春正月，遣聶昌、耿南仲、陳過庭出割兩河地，民堅守不奉詔，凡累月，止得石州。庚子，金人索金銀急，何栗、李若水勸帝親至軍中，從之。二月丙寅，金人令推立異姓，孫傅方號慟，乞立趙氏不允。丁卯，金人要上皇如青城。辛未，金人偪上皇召皇后皇太子入青城。三月丁酉，金人立張邦昌爲楚帝。丁巳，金人脅上皇北行。夏四月庚申朔，金人以帝及皇后皇太子北歸。」○左傳昭十五年杜注曰：「祲，妖氣也。」○左傳僖二十四年：「臧文仲曰：天子蒙塵於外。」○周語中：「倉葛呼曰：今將大泯其宗祊。」韋注曰：「廟門謂之祊，宗猶宗廟也。」○文選高祖功臣頌曰「三靈改卜」，李善注引春秋元命苞曰：「造起天地，鑄演人君，通三靈之貺，交錯同端。」○舊弼，謂張邦昌也。宋史叛臣上張邦昌傳曰：「邦昌字子能，永靜軍東光人也。欽宗即位，拜少宰，俄進太宰兼門下侍郎，力主和議。時粘罕兵又來侵，上書者攻邦昌私敵，遂黜邦昌爲觀文殿大學士、中太一宫使。其冬，金人陷京師，帝再出郊，留青城。明年春，吴幵、莫儔自金營持文書來，令推異姓堪爲人主者從軍前備禮册命。留守孫傅等不奉命，表請立趙氏。金人怒，復遣幵、儔促之，劫傅等召百官雜議。衆莫敢出聲，相視久之，計無所出。適尚書員外郎宋齊愈至自外，衆問金人意所主，齊愈書「張邦昌」三字示之，遂定議以邦昌治國事。孫傅、張叔夜不署狀，金人執之置軍中。王時雍時爲留守，再集百官詣祕書省，至即閉省門，以兵環之，俾范瓊諭衆以立邦昌，衆意唯唯。有太學生難之，瓊恐沮衆，厲聲折之，遣歸學舍。時雍先署狀，以率百官。御史中丞秦檜不書，抗言請立趙氏宗室，且言邦昌當上皇時，專事讌游，黨附權姦。金人怒，執檜。幵、儔持狀赴軍前。邦昌入居尚書省，金人促勸進，邦昌始欲引決，或曰：『相公不前死城外，今欲塗炭一城耶？』適金人捧册寶至，邦昌北向拜舞受册，即僞位，僭號大楚，擬都金陵。遂升文德殿，設位御牀西受賀，遣閤門傳令勿拜，時雍率百官遽拜，邦昌但東面拱立。外統制官宣贊舍人吴革，恥屈節異姓，首率内親事官數百人，皆先殺其妻孥，焚所居，謀舉義金水門外。范瓊詐與合謀，令悉棄兵杖，乃從後襲殺百餘人，捕革併其子皆殺之，又擒斬十餘人。是日，風霾，日暈無光，百官慘沮，邦昌亦變色，唯時雍、幵、儔、瓊等欣然鼓舞，若以爲有佐命功云。」○公羊桓二年曰：「孔父正色而立於朝，則人莫敢過而致難於其君者，孔父可謂義形於色矣。」○公羊桓十一年曰：「莊公死已葬，祭仲將往省于留，塗出于宋，宋人執之，謂之曰：『爲我出忽而立突。』祭仲不從其言，則君必死，國必亡。從其言，則君可以生易死，國可以存易亡，少遼緩之。則突可故出，而忽可故反，是不可得則病，然後有鄭國。古人之有權者，祭仲之權是也。權者何？權者反於經然後有善者也。」○禮記祭義曰：「明命鬼神，以爲黔首則。」鄭注曰：「黔首謂民也。」孔疏曰：「史記云：秦命民爲黔首。（始皇本紀）」○宋史徽宗本紀曰：「崇寧三年冬十月己巳，立九廟，復翼祖、宣祖。」禮志十曰：「高宗紹興五年，吏部員外郎董棻言：『元祐之初，翼祖既祧，正合典禮。至於崇寧，適當蔡京用事，乃建言請立九廟，自我作古，其已祧翼祖、宣祖並即依舊，循沿至今。』」○聚珍板浮溪集案曰：「李心傳繫年要録及選宋人四六者，並删改『義形于色』二句，蓋因其回護張邦昌也。惟永樂大典全載，今仍之。」

乃以衰癃之質，起于閒廢之中。迎置宮闈，進加位號。舉欽聖已行之典，成靖康欲復之心。永言運數之屯，坐視邦家之覆。撫躬獨在，流涕何從？以上敍邦昌迎己聽政。

後漢書光武帝紀下注引蒼頡篇曰：「癃，病也。」○宋史張邦昌傳曰：「金師既還，邦昌降手書赦天下。呂好問謂邦昌曰：『人情歸公者，劫於金人之威耳。金人既去，能復有今日乎？康王居外久，衆所歸心，曷不推戴之？』又謂曰：『爲今計者，當迎元祐皇后，請康王早正大位，庶獲保全。』監察御史馬伸亦請奉迎康王。邦昌從之，乃册元祐皇后曰宋太后，入御延福宮，遣蔣師愈齎書於康王，自陳所以勉循金人推戴者，欲權宜一時，以紓國難也。敢有他乎？王詢師愈等，具知所由，乃報書邦昌。邦昌尋遣謝克家獻大宋受命寶，復降手書請元祐皇后垂簾聽政，以俟復辟。書既下，中外大悦。太后始御內東門小殿垂簾聽政，邦昌以太宰退處內東門資善堂，尋遣使奉乘輿服御物於東京。」○說文曰：「屯，難也。」

緬惟藝祖之開基，實自高穹之眷命。歷年二百，人不知兵；傳序九君，世無失德。雖舉族有北轅之釁，而敷天同左袒之心。乃眷賢王，越居近服。已徇羣情之請，俾膺神器之歸。繇康邸之舊藩，嗣我朝之大統。漢家之厄十世，宜光武之中興；獻公之子九人，惟重耳之尚在。茲爲天意，夫豈人謀？尚期中外之協心，共定安危之至計。庶臻小愒，同底丕平。用敷告於多方，其深明於吾意。以上言順人心，迎康王即位。○彥章此文，爲當時傳誦，實能感動人心。

書舜典曰：「歸格于藝祖。」僞孔傳曰：「歸告至文祖之廟。藝，文也。」案：宋人稱太祖爲藝祖。○爾雅釋天曰：「穹蒼，蒼天也。」郭注曰：「天形穹隆。」○舊唐書安祿山傳曰：「天下承平日久，人不知戰，聞其兵起，朝廷震驚。」案：宋自太祖、太宗、真、仁、英、神、哲、徽、欽，凡九君。自太祖建隆元年庚申，至欽宗靖康二年丁未，凡一百六十八年。言二百，舉成數耳。○杜子美奉先詠懷詩曰：「北轅就涇渭。」○「敷」「溥」「普」字並通。皋陶謨「翕受敷施」，史記夏本紀作「普施」。詩北山「溥天之下」，左昭七年，東周策，孟子萬章上篇，荀子君子篇，韓子說林上篇、忠孝篇，呂氏春秋慎人篇引皆作「普天」。○漢書高后紀曰：「太尉勃行令軍中曰：『爲呂氏右袒，爲劉氏左袒。』軍皆左袒，勃遂將北軍。」○宋史高宗本紀曰：「高宗皇帝諱構，字德基，徽宗第九子，封廣平郡王，進封康王。靖康元年，給事中王雲使金，雲歸言金人堅欲得地。十一月，詔帝使河北，至磁州，守臣宗澤請留磁。磁人以雲將挾帝入金，遂殺雲。時粘罕、斡離不已率兵渡河，相繼圍京師。帝還相州。閏月，欽宗遣閤門祗候秦仔持蠟詔至相，拜帝爲河北兵馬大元帥。十二月，帝帥兵次大名府。建炎元年（即靖康二年）二月，次濟州。三月，金人立張邦昌爲帝，稱大楚。夏四月，粘罕退師，欽宗北遷。癸亥，邦昌尊元祐皇后爲宋太后，遣人至濟州訪帝，又遣吏部尚書謝克家來迎。十二月，謝克家以大宋受命之寶至濟州，帝慟哭跪受命。戊辰，濟州父老請帝即位于濟。會宗澤來言：『南京乃藝祖興王之地，取四方中，漕運尤易。』遂決意趨應天。是夕，邦昌手書上延福宮太后尊號曰元祐皇后，入居禁中，以尚書左丞馮澥爲奉迎使，皇后又遣兄子衞尉少卿孟忠厚持手書遺帝，皇后垂簾聽政，邦昌權尚書左僕射，率在京百官上表勸進，不許。甲戌，皇后手書告中外，俾帝嗣統。」○近服，指南京應天府。○老子曰：「天下神器。」○書僞武成曰：「大統未集。」○漢書楊雄傳反騷曰：「漢十世之陽朔兮。」注晉灼曰：「十世，數高祖、吕后至成帝也。」敍傳幽通賦曰：「皇十紀而鴻漸兮。」注應劭曰：「十紀，漢十世也。」張晏曰：「成帝時，班況女爲倢伃，是十世指成帝，言王氏篡漢之禍，成於成帝時也。」後漢書光武帝紀曰：「世祖光武皇帝，高祖九世之孫也。」明帝紀：「永平二年詔曰：仰惟先帝，受命中興。」○左僖二十四年：「介之推曰：獻公之子九人，唯君在矣。」案：君謂晉文公重耳。○南史梁武帝紀論曰：「豈曰人謀，亦惟天命。」○書吕刑曰：「三后協心。」○詩民勞曰：「汔可小愒。」○書康王之誥曰：「昔君文武丕平富。」○書多方曰：「告爾四國多方。」

建炎三年十一月三日德音

宋史高宗紀曰：「建炎三年冬十月癸未，帝至杭州，復如浙東。壬辰，帝至越州。十一月丁未，詔降雜犯死罪，釋流以下囚。」建炎以來繫年要録曰：「建炎三年冬十月丙子朔壬辰，上至越州，入居州廨，百司分寓，晚朝謂宰執曰：『朕自建康至此，不無擾民，欲赦所經州縣，朕誠知數赦非良民之幸，但金人榜文要動摇民心，使歸怨國家，强使從彼，因赦諭以朕意，謂巡幸非出得已，事定當議蠲，令詞臣深知此意。』（卷二十八）十有一月乙巳朔丁未，以上至越州，德音釋諸路徒以下囚。（卷二十九）」三朝北盟會編卷一百三十四曰：「建炎三年十一月乙巳朔，車駕幸明州。三日丁未，德音。」舊校曰：「是詔汪藻撰。」○後世恩詔，唐宋謂之德音。詩皇矣曰：「貊其德音。」漢書董仲舒傳：「仲舒對册曰：陛下發德昔，下明詔。」「德音」之名，蓋取諸此。

禦敵者莫如自治，動民者當以至誠。朕自纘丕圖，即罹多故。昧綏懷之遠略，貽播越之深憂。雖眷我中原，漢祚必期於再復；而迫於强敵，商人幾至於五遷。兹緣仗衛之行，尤歷江山之阻。老弱扶攜於道路，飢疲蒙犯於風霜。徒從或苦繹騷，程頓不無煩費。所幸天人協相，川陸無虞。倣治古之時巡，即奧區而安處。以上言爲强虜所逼，屢致播遷。

杜牧之罪言曰：「上策莫如自治。」○後漢書章帝紀：「建初元年詔曰：各推精誠，專急人事。」○詩商頌譜孔疏引中候握河紀云：「堯曰：嗟朕無德，欽率不圖。」○鍾士季檄蜀文曰：「方國家多故，未遑修九伐之征也。」○舊唐書許紹傳：「高祖降勑書曰：綏懷士庶。」後漢書鮮卑傳：「蔡邕議曰：武帝情存遠略。」○左昭二十六年：「王子朝使告于諸侯曰：茲不穀震盪播越，竄在荆蠻。」○後漢書光武帝紀下：「建武十四年，大司空融等奏議曰：陛下德横天地，興復宗統。」○書序曰：「盤庚五遷，將治亳殷，民咨胥怨，作盤庚三篇。」盤庚上曰：「不常厥居，于今五邦。」僞孔傳曰：「湯遷亳，仲丁遷囂，河亶甲居相，祖乙居耿，我往居亳，凡五徙國都。」（五遷之説，諸家紛紜，俞曲園羣經平議五主此説，諸家姑不具列。）案：繫年要録曰：「建炎元年五月庚寅朔，兵馬大元帥康王即皇帝位於南京。（卷五）冬十月丁巳朔，上登舟幸淮甸；翌日，發南京；癸未，上至揚州，駐蹕州治。（卷十）建炎三年二月壬戌，上至杭州，以州治爲行宫。（卷十九）五月乙酉，上至江寧符，駐蹕神霄宫，以江寧府爲建康府。（卷二十三）秋七月辛卯，升杭州爲臨安府。（卷二十五）冬十月癸未，上至臨安府；庚寅，上御舟幸浙東；壬辰，上至越州。（卷二十八）」案：以上皆避金兵，故云「迫於强敵，商人幾至於五遷」也。○繫年要録卷二十七曰：「閏八月丁丑朔，定東巡之策。乙未，隆祐皇太后舟過落星寺，六宫及後宫舟飄覆者數十，惟太后舟無虞。」又曰：「庚子，從官已下先行，是夜大雨，上慮禁衛勞苦，自於禁中焚香禱天，詰朝雨霽。」○詩常武曰：「徐方繹騷。」毛傳曰：「繹，陳；騷，動也。」鄭箋曰：「繹，當作『驛』。」○文選齊安陸昭王碑文李善注曰：「頓猶舍也。」○班孟堅西都賦曰：「天人合應。」詩生民毛傳曰：「相，助也。」○詩序曰：「時邁，巡守告祭柴望也。」鄭箋曰：「武王既定天下，時出行其邦國，謂巡守也。」○張平子西京賦曰：「寔惟地之奥區神皐。」

言念連年之紛擾，坐令率土之流離。鄉閭遭焚劫之烖，財力困供輸之役。肆夙宵而軫慮，如冰炭之交懷。嗟汝何辜，由吾不德。故每畏天而警戒，誓專克己以焦勞。欲睦鄰休戰，則卑辭厚禮以請和；欲省費恤民，則貶食損衣而從儉。苟可坐銷于氛祲，殆將無愛于髮膚。以上憫百姓之苦，亟欲謀利民之事。

詩北山曰：「率土之濱，莫非王臣。」○詩緜毛傳曰：「肆，故今也。」陳碩甫疏曰：「凡肆者，皆承上啓下之詞，肆兼故、今兩義。」○楚辭七諫自悲曰：「冰炭不可以相並兮。」韓退之聽穎師彈琴詩曰：「無以冰炭置我腸。」○繫年要録曰：「建炎三年閏八月丁丑朔御筆：『朕嗣位累年，凡可以和戎息兵者，卑辭降禮，無所不至，而敵人猖獗，迫逐陵犯，未有休息之期云云。』（卷二十八）九月己巳御筆：『朕累下寬卹之詔，而迫於經費，未能悉如所懷。今聞東南和預買絹，其弊尤甚，可下江浙減四分之一，以寬民力，仍俵見錢違寘之法。』令尚書省榜諭。（卷二十八）」

然邊陲歲駭，而師徒不免于屢興；餽餉日滋，而征斂未遑于全復。惟八世祖宗之澤，豈汝能忘；顧一時社稷之憂，非予獲已。少俟寇攘之息，首圖蠲省之宜。以上言軍事方興，未能即言蠲省，事定即當首議。

禮記大學曰：「道盛德至善，民之不能忘也。」○孟子滕文公下曰：「予不得已也。」○詩蕩曰：「寇攘式內。」○廣雅釋詁三曰：「蠲，除也。」案：「捐」之通借字。

況昨來蒙蔽之俗成，致今日凌夷之禍亟。雖朕意日求于民瘼，而人情終壅于上聞。主威非特于萬鈞，堂下自遥于千里。既真僞有難憑之患，則遐邇銜無告之冤。已勅輔臣，相與虛懷而聽納；亦令在位，各須忘勢以咨詢。直言者勿遺危疑，忠告者靡拘微隱。所期爾衆，咸體朕懷。以上求民隱。

後漢書皇后紀上章懷注曰：「陵夷猶衰替。」○爾雅釋詁曰：「瘼，病也。」潛夫論班禄篇引詩曰：「求民之瘼。」今毛詩皇矣作「莫」。蔡伯喈和熹皇后謚議引亦作「瘼」，説者以爲皆魯詩。○漢書武帝紀：「元朔元年詔曰：是化不下究，而積行之君子雍於上聞也。」顔注曰：「雍讀曰壅。」案：本字當作「邕」，俗作「壅」，「擁」則通借字。○漢書賈山傳至言曰：「今人主之威，非特雷霆也，勢重非特萬鈞也。」○管子法法篇曰：「堂下遠於千里。」○孟子梁惠王上曰：「此四者，天下之窮民而無告者。」

尚慮四民興失職之嗟，百姓有奪時之怨。科需苛急，人心難俟于小康；犴獄繁滋，邦法有稽于末減。乃用迎長之節，特頒在宥之恩。以上下詔之意。

穀梁成元年曰：「古有四民，有士民，有商民，有農民，有工民。」○孟子梁惠王上曰：「百畝之田，勿奪其時。」○禮運曰：「是謂小康。」詩民勞曰：「汔可小康。」○詩小宛「宜岸宜獄」，釋文引韓詩「岸」作「犴」，曰：「鄉亭之繫曰犴，朝廷曰獄。」○左昭十四年：「仲尼曰：叔向，古之遺直也，三數叔魚之惡，不爲末減。」杜注曰：「末，薄也；減，輕也。」○禮記郊特牲曰：「郊之祭也，迎長日之至也。」鄭注以爲「建卯之月」，後儒多駁之。禮記集説卷六十五引石林葉氏曰：「以郊爲迎長日之至，下言郊之用辛，周之始郊日以至，正以別魯。鄭氏反之，强以建卯爲日至，甚矣其誣也。冬至之日，祭天於圜丘，此周之正禮不可易者也。」嚴陵方氏曰：「郊之祭在建子之月，而陽生於子，故曰迎長日之至也。至猶來也，與月令『仲夏日長至』異矣。」案：文言「迎至」，亦與葉、方義同。蓋宋以冬至祭圜丘，故有恩赦之事也。○莊子在宥篇曰：「聞在宥天下，不聞治天下也。」成玄英疏曰：「宥，寬也。」

於戲！王者宅中，夫豈甘心于遠狩；皇天助順，其將悔禍于交侵。惟我二三之臣，與夫億兆之衆，亟攘外侮，協濟中興。以上申明遠狩之不獲已，而望臣民同禦外侮，以圖中興。○剴切動人，宜其與隆祐手書並重於當時也。

張平子東京賦曰：「彼偏據而規小，豈如宅中而圖大？」○易繫辭上曰：「天之所助者順也。」○左隱十一年：「鄭伯曰：天其以禮悔禍于許。」○詩序曰：「小雅盡廢，則四夷交侵，中國微矣。」○詩常棣曰：「外禦其侮。」○詩序曰：「烝民，尹吉甫美宣王也，任賢使能，周室中興焉。」

孫仲益

孫覿，字仲益，晉陵人。崇寧元年舉進士，（見鴻慶集送方嘉謨判官序。直齋書録解題卷十八言大觀三年進士，豈崇寧未及第，至大觀始中雋歟？）政和四年詞科，累至侍御史。靖康初，爲中書舍人。建炎元年，充徽猷閣待制，知秀州，坐爲張邦昌權直學士院，責授副團練，歸州安置，旋召試中書舍人。二年，充顯謨閣待制，知平江府，又召赴行在，進給事中、御史中丞、吏部侍郎。三年，試户部尚書，以龍圖閣直學士知温州，又再知平江府，以言者論覿嘗建明王安石常平聚斂之法，奪職，提舉鴻慶宮。四年，復徽猷閣待制，又以范宗尹薦，復龍圖閣待制，知臨安府。紹興元年，呂頤浩、秦檜爲相，覿不爲二相所喜，引疾乞祠，乃命提舉江州太平觀。二年，除名，羈管象州。及二相免，始上書訴枉，乃得放還。既而檜復相，遂隱居太湖，二十餘年不敢出。及檜死，二十六年，上書自辨，乃復舊秩。又後十年，孝宗朝命編類蔡京、王黼等事實上之史官。乾道五年，卒，年八十九。案：仲益，宋史無傳，今據本集及周益公序，證以建炎繫年要録、三朝北盟會編、直齋書録解題，猶可得其事實，今揭其大略。而清四庫書目卷一百五十七載其事蹟，先後顛倒，極爲謬誤，（萬姓統譜所載尚不如此之謬誤。）不可據也。○仲益力主和議，詆李伯紀、陳少陽、岳鵬舉，而親万俟卨，爲世所惡。直齋書録解題謂其生平出處不足道；桯史卷五斥其李靖墓誌，媚及閹寺；賓退録卷十斥其韓忠武、万俟卨墓誌，顛倒是非；清四庫書目謂「立身一敗，詬辱千秋，清詞麗句，轉有求其摩滅而不得者」；吴孟舉（之振）宋詩鈔謂：「嘉靖間，常州欲刻鴻慶集，邑人徐向曰：『覿有罪名教，其集不當行世。』遂止。今不廢其詩者，以見有詩如此，而不得列於作者，欲立言者知所自重耳。」（鴻慶集鈔）今案：仲益之文，實不愧南宋一作家，君子不以人廢言可也。

西徐上梁文

仲益自嶺南放歸，即居西徐，其送智海上人詩曰：「若要詩翁淡生活，穿雲涉水到西徐。」

踐蛇茹蠱，脱身五嶺之陬；補劓息黥，歸老三家之市。桑麻接畛，雞犬交音。已免賈生問鵩之憂，遂諧韓公見蝎之喜。富陽故侯，炎海蟲蛇之侣，玉川蟣蝨之臣。屬開晏嬰齊履之言，遂解鍾儀楚冠之縶。蝸盤兩角，已同墮甑之觀；

貉共一丘，豈恨虛舟之觸。向空而書咄咄，擊缶而和烏烏。望故家以終焉，羡吾生之休矣。以上自象郡得歸。

韓退之憶昨行曰：「踐蛇茹蠱不擇死。」○後漢書吴祐傳：「祐曰：踰越五領。」章懷注曰：「領者，西自衡山之南，東至于海，一山之限耳，別標名則有五焉。裴氏廣川記云（「川」當作「州」）：『大庾、始安、臨賀、桂陽、揭陽，是爲五嶺。』鄧德明南康記曰：『大庾一也，桂陽甲騎二也，九真都龐（本或作「寵」，非。）三也，臨賀萌渚四也，始安越城五也。』裴氏之説，則爲審矣。」案：水經耒水注曰：「黄水出黄岑山，山則騎田之嶠，五嶺之第二嶺也。」鍾水注曰：「都山即部龍之嶠也，五嶺之第三嶺也。」與南康記甲騎、都龐不同。戴東原（震）校改「部龍」爲「都龐」。趙誠夫（一清）水經注釋曰：「考班志九真郡有都龐縣，應劭曰『龐音龍』，師古曰『音聾』。而桂陽之部龍乃嶺嶠之名，王象之輿地紀勝曰：『山之絶頂曰「都逢」，土人語訛曰「龐」也。』不知『都』『部』字相似，『龐』『龍』音相聯，而强以『都逢』爲土音『山之絶頂』之説，殆因嶺嶠而傅會耶？此與九真之都龐縣無涉，鄧記誤也，當以南平部龍爲是。」楊惺吾（守敬）水經注疏要删曰：「據南康記，五嶺由東而西，則第三嶺自當在桂陽、臨賀之閒，若九真之都龐已至極南，不得爲第三。按南平自有都龐，宋本寰宇記：『藍山，本漢南平也，有黄蘗山，今謂之都龐山，即是五嶺從東第三都龐嶺也。』而『部龍』之名無聞焉，然則作『都龐』是也。南康記『九真』二字，或淺人求都龐於南平不得，但見九真有都龐縣而增改之與？」案：楊氏説是。「嶺」與「領」同。今大庾嶺在江西大庾縣南，一也；黄岑山一名騎田嶺，在湖南郴縣南，二也；黄蘗山即都龐嶺，在湖南藍山縣北，三也；萌渚嶺在湖南江華縣西南，四也；越城嶺在廣西興安縣北，五也。宋廣南西路象州治陽壽縣，今廣西象縣治，在五嶺之南。說文曰：「陬，阪隅也。」○莊子大宗師篇：「意而子曰：庸詎知夫造物者之不息我黥而補我劓，使我乘成以隨先生耶？」○蘇子瞻雪浪石詩曰：「氣壓代北三家村。」○賈生鵩鳥賦曰：「請問于鵩：予去何之？」○韓退之送文暢師北遊詩曰：「昨來得京官，照壁喜見蝎。」○陳書孫瑒傳曰：「瑒字德璉，吴郡吴人也，封富陽縣侯。」案：此仲益以姓自比。史記蕭相國世家曰：「召平者，故秦東陵侯。」○韓退之别知賦曰：「侶蟲蛇於海陬。」○鴻慶集文津館本「玉川」句上有「嵩陰處士」四字，他本無。案：無者是。○盧仝月蝕詩曰：「玉川子又涕泗下，心禱再拜額搨砂土中，地上蟣蝨臣仝告訴帝天皇。」○左昭三年曰：「初，景公欲更晏子之宅，曰：『子之宅近市，湫隘囂塵，不可以居，請更諸爽塏者。』辭曰：『君之先臣容焉，臣不足以嗣之，於臣侈矣。且小人近市，朝夕得所求，小人之利也。敢煩里旅？』公笑曰：『子近市，識貴賤乎？』對曰：『既利之，敢不識乎？』公曰：『何貴？何賤？』於是景公繁於刑，有鬻踊者，故對曰：『踊貴屨賤。』景公爲是省於刑。」○左成九年曰：「晉侯觀于軍府，見鍾儀，問之曰：『南冠而縶者誰也？』有司對曰：『鄭人所獻楚囚也。』使税之，召而弔之，再拜稽首。」○莊子則陽篇曰：「有國於蝸之左角者曰觸氏，有國於右角者曰蠻氏，時相與争地而戰，伏尸數萬，逐北旬有五日而後反。」○後漢書郭太傳曰：「孟敏，字叔達，鉅鹿楊氏人也。客居太原，荷甑墮地，不顧而去。林宗見而問其意，對曰：甑已破矣，視之何益？」○漢書楊惲傳（附父敞傳後）：「惲曰：古與今如一丘之貉。」○莊子山木篇曰：「方舟而濟于河，有虚舟來觸，雖有惼心之人不怒。」○晉書殷浩傳曰：「浩雖被黜放，口無怨言，但終日書空，作『咄咄怪事』四字而已。」○漢書楊惲傳報孫會宗書曰：「仰天拊缶，而呼烏烏。」○杜子美寄岳州賈司馬巴州嚴八使君詩曰：「吾道卜終焉。」○陶淵明歸去來辭曰：「感吾生之行休。」

迺占吉日，爰舉修梁。鄰翁無争畔之嫌，山靈有築垣之助。地偏壤沃，井洌泉甘。豈徒戀三宿之桑，故將面九年之壁。老蟾駕月，上千巖紫翠之間；一鳥呼風，嘯萬木丹青之表。黄帽釣寒江之雪，青裘披大澤之雲。行隨烏鵲之朝，歸伴牛羊之夕。擁百結之褐，捫蝨自如；拄九節之筇，送鴻而去。里閭緩急，皆春秋同社之人；兄弟團欒，共風雨對牀之夜。盍申善頌，以佐歡謡？以上築室。

韓非子難一曰：「歷山之農者侵畔，舜往耕焉，朞年甽畝正。」○庚子山終南山義谷銘曰：「山靈景從。」傳燈録卷四曰：「慧忠禪師欲創法堂，初築基，有二神人定其四角，復潛資夜役，遂不日而成。」○井冽，見李義山新井碣銘注，或作「洌」，非。○後漢書襄楷傳：「上疏曰：浮屠不三宿桑下，不欲久生恩愛，精之至也。」○神僧傳卷四達摩傳曰：「初止嵩山少林寺，終日面壁而坐，九年遂逝焉。」○蘇子瞻留題延生觀後山上小堂詩曰：「應逐嫦娥駕老蟾。」○杜子美韋諷宅觀曹將軍畫馬詩曰：「龍媒去盡鳥呼風。」○誠齋詩話曰：「孫仲益作上梁文云『老蟾駕月』云云，周茂振曰：『既呼又嘯，易嘯爲響。』」步瀛案：上用「呼風」，與「嘯」字雖略複，尚無大害，易爲「響」字則滯矣，宜鴻慶集仍爲「嘯」字也。○杜子美有懷台州鄭十八司户詩曰：「黄帽映青袍，非供折腰具。」柳子厚江雪詩曰：「孤舟蓑笠翁，獨釣寒江雪。」○後漢書逸民嚴光傳曰：「帝思其賢，乃令以物色訪之，後齊國上言，有一男子披羊裘釣澤中，帝疑其光，乃備安車玄纁，遣使聘之，三反而後至。」○魏武帝短歌行曰：「烏鵲南飛。」○詩君子于役曰：「日之夕矣，羊牛下來。」○太平御覽服章部六引王隱晉書曰：「董威輦於市得殘許繒，輒結以爲衣，號曰百結衣。」○晉書載記十四王猛傳曰：「桓温入關，猛被褐而謁之，一面談當世之事，捫蝨而言，旁若無人。」○杜子美望嶽詩曰：「安得仙人九節杖？」高千里（駢）筇竹杖寄僧詩曰：「堅輕筇竹杖，一枝有九節。」○嵇叔夜送秀才入軍詩曰：「目送歸鴻，手揮五絃。」○禮記月令曰：「仲春之月，擇元日，命民社。」白虎通社稷篇引孝經援神契曰：「仲春祈穀，仲秋穫禾，報社祭稷。」獨斷上曰：「百姓已上則共一社，今之里社是也。」○蘇子瞻與子由別於鄭州詩曰：「夜雨何時聽蕭瑟。」自注曰：「嘗有夜雨對牀之言，故云爾。」王注曰：「韋蘇州與元常全真二生詩：那知風雨夜，復此對牀眠。」次公曰：「子由與先生在懷遠驛，常讀韋詩，至此句，惻然感之，乃相約早退，共爲閒居之樂。正在京師同侍老泉時近事，故今詩及之。其後子由與先生於彭城相會，作二小詩，其一曰：『逍遥堂後千尋木，長送中宵風雨聲。誤喜對牀尋舊約，不知漂泊在彭城。』至先生在東府雨中作示子由詩有曰：『對牀空悠悠，夜雨今蕭瑟。』蓋皆感歎追舊之言也。」王直方詩話又舉子由使虜，在神水館賦詩云：「夜雨從來對榻眠，茲行萬里隔胡天。」東坡在御史獄有云「他年夜雨獨傷神」，其同轉對有云「對牀貪聽連宵雨」，又云「對牀欲作連夜雨」，又云「對牀老兄弟，夜雨鳴竹屋」。見苕溪漁隱叢話前集卷三十八。案：仲益兄覿早没，弟峴同居，見醮謝青詞。

抛梁東！臥占寬閒五百弓。一榻清風殘酒裏，半窗花影日曈曈。

大唐西域記卷二曰：「分一拘盧舍爲五百弓，分一弓爲四肘，分一肘爲二十四指，分一指節爲七宿麥。」

抛梁南！彌勒年來共一龕。繞樹時聞烏擭擭，彎弓莫向虎眈眈。

褚登善與法師帖曰：「復聞久棄塵滓，與彌勒同龕，一食清齋，六時禪頌。」蘇子瞻自金山放船至焦山詩曰：「老僧下山驚客至，迎笑喜作巴人談。自言久客忘鄉井，只有彌勒爲同龕。」○漢書循吏黄霸傳曰：「吏出不敢舍郵亭，食於道旁，烏攫其肉。」顏注曰：「攫，搏持之也，攫音鑊。」蘇子瞻客徂經旬無肉詩曰：「使君不復憐烏攫。」○易頤六四曰：「虎視眈眈。」釋文曰：「眈，丁南反。」引馬融曰：「虎下視皃。」

抛梁西！落日投林急鳥棲。一抹殘紅猶未斂，半鉤新月挂簷低。

杜子美獨坐詩曰：「仰羨黄昏鳥，投林羽翮輕。」

抛梁北！一取單衣老無力。且令斗水百憂寬，莫遣家書萬金直。

杜子美春望詩曰：「家書抵萬金。」

抛梁上！萬壑煙雲集遐想。顛倒山公白接籬，光芒太一青藜杖。

白接籬，李義山新井碣銘注。○三輔黄圖卷六曰：「劉向於成帝之末，校書天禄閣，專精覃思。夜有老人，著黄衣，植青藜杖，叩閣而進，見向暗中獨坐誦書，老父乃吹杖端，煙然，因以見向，授五行洪範之文，恐詞説繁廣忘之，乃裂裳及紳以記其言，至曙而去，請問姓名，云：我是太乙之精，天帝聞卯金之子有博學者，下而觀焉。」又見拾遺記卷六。

抛梁下！去去從今事桑柘。好與鼃魚作主人，更伐豚羔燕同社。

趙閱道次毛維瞻溪菴詩曰：「鷗鷺後前如舊物，鼃魚游泳不疑人。」○蘇子瞻鹽官部役戲同事詩曰：「已釀白酒買豚羔。」

伏願上梁之後，千鉼解祟，三揖送窮。人面看年年歲歲之同，花枝見夜夜朝朝之好。以二百五十畝公田之入，盡歸酒姥之家；爲三萬六千日醉鄉之遊，獨占地僊之籍。

一序驚奇兀傲，爲鴻慶集壓卷之作。而當時得名，乃屬高麗王賜樂謝表，徒以彼循乎當時體格，確合榘矱耳。以視此文，何啻仙凡之別？

周希稷端午詩曰：「誰家解祟吐千餅。」○韓退之送窮文曰：「三揖窮鬼而告之曰：聞子行有日矣。」○全唐詩話卷一曰：「劉希夷嘗爲白頭翁詠云：『今年花落顔色改，明年花開復誰在？』既而自悔曰：『我此詩讖，與石崇「白首同所歸」何異？』乃更作一聯云：『年年歲歲花相似，歲歲年年人不同。』既而又歎曰：『此句復仍似向讖矣。』」○陳書後主紀曰：「其曲有玉樹後庭花、臨春樂等，其略曰：璧月夜夜滿，瓊樹朝朝新。」○漢書食貨志上曰：「六尺爲步，步百爲晦，晦百爲夫，夫三爲屋，屋三爲井，井方一里，是爲九夫，八家共之，各授私田百晦、公田十晦，是爲八百八十晦，餘二十晦以爲廬舍。民受田，上田夫百晦，中田夫二百晦，下田夫三百晦。」顔注曰：「晦，古『畝』字。」案：古言公田，無言二百五十畝者，而仲益捨田記亦言趙若拙買田二百五十畝，豈當日買田常取此數耶？抑仲益有田偶同此數耶？○列仙傳卷下曰：「呼子先者，漢中關下卜師也，老壽百餘歲，臨去，呼酒家老嫗曰：『急裝，當與嫗共應中陵王。』夜有仙人持二茅狗來至，呼子先，子先持一與酒家嫗，得而騎之，乃龍也。上華陰山，常於山上大呼，言子先、酒家母在此云。」施希聖（肩吾）春日錢塘雜興詩曰：「酒姥溪頭桑裊裊。」○李太白襄陽歌曰：「百年三萬六千日，一日須傾三百杯。」王無功醉鄉記曰：「阮嗣宗、陶淵明等十數人，並遊於醉鄉，沒身不返，死葬其壤，中國以爲酒仙云。今予將遊焉，故爲之記。」○御覽道部五引祕要經曰：「立三百善功，可得存爲地仙，居五岳洞府之中。」

洪景伯

洪适，字景伯，初名造，字温伯，亦字景温，饒州鄱陽人。父皓使金國，适年甫十三，能任家事。紹興十二年，中博學宏詞科，除敕令所删定官，改祕書省正字。甫數月，皓歸忤秦檜，出知饒州，适亦出爲台州通判，皓謫英州，适復論罷，往來嶺南，省侍者九年。檜死，皓還，道卒，适服闋，起知荆門軍。孝宗隆興二年，除太常少卿，兼權直學士院、禮部侍郎，除中書舍人。乾道元年，拜尚書右僕射、同中書門下平章事、兼樞密使。二年，以春久雨，引咎乞退，除觀文殿學士，提舉江州太平興國觀，尋起知紹興府、浙東安撫使。四年，以觀文殿學士提舉臨安府洞霄宫。淳熙十一年，卒，謚文惠。宋史附父皓傳。

湯思退罷尚書左僕射同中書門下平章事兼樞密使特授觀文殿大學士提領江州太平興國宫依前特進岐國公制

宋史孝宗紀曰：「隆興元年秋七月癸巳，以湯思退爲尚書右僕射、同中書門下平章事、兼樞密使。十二月丁丑，以湯思退爲尚書左僕射。二年十一月辛卯，湯思退罷。」湯思退傳曰：「思退字進之，處州人。紹興二十六年，除知樞密院事。明年，拜尚書右僕射。（繫年要録曰：「二十七年六月戊申，湯思退守尚書右僕射、同中書門下平章事。」）又二年，進左僕射。明年，侍御史陳俊卿論其『挾巧詐之心，濟傾邪之術，觀其所爲，多效秦檜』，遂罷，以觀文殿大學士奉祠。（繫年要録在三十年十二月乙巳朔。）隆興元年，符離師潰，召思退，復相。金帥紇石烈志寧遺書三省、樞密院，索海、泗、唐、鄧四郡，思退欲與和，奏以吏部侍郎王之望爲通問使、知閤門事龍大淵副之。二年，思退令之望、大淵驛疏兵少糧乏，樓櫓器械未備，人言委四萬衆以守泗州非計，上頗惑之，命思退作書許金四郡。既而金專事殺戮，上意中悔，命思退都江淮軍，辭不行，言者極論思退急和徹備之罪，遂罷相，尋責居永州。」

門下：冢宰佐王治國，意實注於安危；大臣以道事君，時具瞻於進退。睠惟雅望，久翊繁機。既殫上印之誠，宜厚秉鈞之禮。誕揚坦制，亶告羣工。以上揭明罷相下制之意。

周禮天官序官曰：「乃立天官冢宰。」鄭注曰：「冢宰，大宰也。」又大宰之職曰：「掌建邦之六典，以佐王治邦國。」○史記陸賈傳：「賈曰：天下安，注意相；天下危，注意將。」韓退之贈太師董公行狀曰：「子弟有私問者，公曰：宰相所職繫天下，天下安危，宰相之能與否可見，欲知宰相之能與否，如此視之其可。」○論語先進篇：「子曰：所謂大臣者，以道事君。」○詩節南山曰：「民具爾瞻。」魏志高堂隆傳：「上疏曰：公輔之臣，皆國之棟梁，民所具瞻。」禮記表記曰：「事君難進而易退。」○史記蔡澤傳曰：「應侯因謝病請歸相印。」漢書孔光傳曰：「策免光曰：君其上丞相、博山侯印綬。」○漢書律曆志上引詩曰：「秉國之鈞。」毛傳節南山作「均」，字通。○易履釋文引廣雅曰：「坦坦，明也。」此「坦制」猶云「明詔」。○書盤庚中曰：「誕告用亶。」釋文曰：「亶，丁但反，誠也。」

具官某，器宇清明，材猷超詣。樂堯舜之道，阿衡專美于有商；品淵騫之篇，揚雄度越於諸子。軒然俊域，籍甚要津。烜赫北門，儗絲綸于雅誥；從容右府，運帷幄之良籌。結慈陛之深知，應台階之上象。粤予纂紹，復俾贊襄。積熙載之忠規，罄安邊之潛慮。循名責實，所期公耳忘私；應變守文，常以今而視昔。以上稱其才德及相業。

晉書安平王孚傳論曰：「器宇高雅。」○新唐書高儉竇戚傳贊曰：「以才猷結天子。」○孟子萬章上曰：「伊尹耕於有莘之野，而樂堯舜之道焉。」餘見蘇子瞻呂公著特授守司空同平章事制。○法言序曰：「仲尼之後，訖于漢道，德行顏、閔，股肱蕭、曹，爰及名將，尊卑之條，稱述品藻，譔淵、騫。」漢書楊雄傳贊：「桓譚曰：若使遭遇時君，爲所稱善，則必度越諸子矣。」案：宋人以楊子雲之姓作「揚」字，辨已見前，以本集如此，姑因之。○韓退之岳陽樓別竇司直詩曰：「軒然大波起。」班孟堅西京賦曰：「英俊之域。」○史記陸賈傳曰：「陸生以此游漢廷公卿閒，名聲籍甚。」徐孝穆與李那書曰：「籍甚清徽。」文選古詩曰：「力登要路津。」○舊唐書文苑中元萬頃傳曰：「拜著作郎。時天后諷高宗廣召文詞之士，入禁中修撰，朝廷疑議及百司表疏，皆密令萬頃等參決，以分宰相之權，時人謂之北門學士。」繫年要録曰：「紹興十九年四月庚午，尚書司封員外郎湯思退試祕書少監（卷一百五十九）。二十一年四月乙巳，湯思退試起居舍人、權直學士院。」○禮記緇衣篇曰：「王言如絲，其出如綸；王言如綸，其出如綍。」○右府謂樞密院也。呂公著嘗知樞密院事，其定州謝上表曰：「尸榮右府，無裨廟算之奇。」正指知樞密院事也。宋事實類苑卷二十五曰：「唐以中官爲樞密使，與中尉謂之內貴。梁爲崇政殿使。後唐舊有帶相印者，分東西二院。晉廢。國初復置，與中書爲二府。」繫年要録曰：「紹興二十五年六月辛巳，尚書禮部侍郎兼權直學士院湯思退爲端明殿學士、簽書樞密院事、權參知政事。（卷一百六十八）二十六年五月甲辰，湯思退知樞密院事。（卷一百七十二）」○

漢書高紀下：「上曰：夫運籌帷幄之中，決勝千里之外，吾不如子房。」○後漢書郎顗傳：「拜章曰：三公上應台階。」章懷注引春秋元命苞曰：「魁下六星，兩兩相比，曰三台。」黄帝泰階六符經曰：「泰階者，天之三台也。」○書皋陶謨曰：「思曰贊贊襄哉。」○書舜典曰：「有能奮庸熙帝之載。」○漢書趙充國傳曰：「充國及長史董通年以爲選擇良吏，知其俗者，拊循和輯，此全師保勝安邊之册。」○鄧析子無厚篇曰：「循名責實，君之事也。」淮南子主術篇曰：「循名責實，使有司任而弗詔，責而弗教。」○漢書賈誼傳上疏陳政事曰：「主耳忘身，國耳忘家，公耳忘私。」○新唐書姚崇宋璟傳贊曰：「唐史臣稱崇善應變以成天下之務，璟善守文以持天下之正。」○王逸少蘭亭集序曰：「後之視今，亦猶今之視昔。」

方仰成之無閒，何引去之甚堅。選衆舉皋陶，任蓋尊於一相；事親若曾子，養已洎于千鍾。遂其嘗藥之懷，失我和羹之助。茲推渥典，用貢歸途。鼎祕殿之崇資，食珍臺之優禄，式篤股肱之義，以全體貌之恩。以上罷相奉祠。

書僞畢命曰：「予小子垂拱仰成。」○韓退之送温處士序曰：「愈縻于茲，不能引去。」○選衆舉皋陶，見蘇子瞻制注。○公羊隱五年曰：「一相處乎內。」○孟子離婁上曰：「事親若曾子者，可也。」○莊子寓言篇曰：「曾子再仕而心再化，曰：吾及親仕，三釜而心樂；後仕，三千鍾，不洎，吾心悲。」○曲禮下曰：「親有疾，飲藥，子先嘗之。」○書僞説命下曰：「若作和羹，爾惟鹽梅。」○易序卦傳曰：「賁者飾也。」王文考魯靈光殿賦曰：「乃立靈光之祕殿。」案：此即謂觀文殿。○楊子雲甘泉賦曰：「蓋天子穆然，珍臺閒館，琁題玉英，蜵蜎蠖濩之中。」案：此借比興國宫。○書益稷：「帝曰：臣作朕股肱耳目。」○漢書賈誼傳上疏陳政事曰：「夫嘗已在貴寵之位，天子改容而體貌之矣。」

於戲！明哲以保其身，靡失青氈之舊；喜慍不形於色，可娛緑野之游。無起遐心，斯能終譽。以上勉諭。○用古皆如己出，絕無牽綴之痕，故自可喜。

明哲保身，已見王介甫啓注。○晉書王獻之傳（附父羲之傳後）曰：「獻之夜臥齋中，而有偷人入其室，盜物都盡，獻之徐曰：『偷兒，青氈我家舊物，可特置之。』羣偷驚走。」○蔡伯喈陳留太守胡公碑曰：「喜慍不形於外。」世説新語德行篇：「王戎云：與嵇康居二十年，未嘗見其喜慍之色。」○舊唐書裴度傳曰：「度以年及縣輿，王綱版蕩，不復以出處爲意。東都立第於集賢里，築山穿池，竹木叢萃，有風亭水榭，梯橋架閣，島嶼迴環，極都城之勝槩。又於午橋創別墅，花木萬株，中起涼臺暑館，名曰緑野堂，引甘水貫其中，釃引脈分，映帶左右。度視事之隙，與詩人白居易、劉禹錫酣宴終日，高歌放言，以詩酒琴書自樂，當時名士皆從之遊。」○詩白駒曰：「無金玉爾音，而有遐心。」○詩振鷺曰：「庶幾夙夜，以永終譽。」

周子充

周必大，字子充，一字洪道，其先鄭州管城人。祖詵，宣和中倅盧陵，因家焉。紹興二十年第進士，又中博學宏詞科，教授建康府，召試館職，授正字，累至監察御史。孝宗踐阼，除起居郎、中書舍人、給事中，歷兵部侍郎兼太子詹事、禮部尚書兼翰林學士、知樞密院。淳熙十四年拜右丞相，十六年進左丞相。光宗受禪，轉少保，進封益國公。寧宗即位，以少傅致仕，卒，謚文忠。宋史有傳。

岳飛敍復元官制

周益公集掖垣類稾原注曰：「七月十三日聖旨：故岳飛起自行伍，不踰數年，位至將相，而能事上以忠，御衆有法，屢立功效，不自矜誇，餘烈遺風，至今不泯。去冬出戍，鄂渚之衆，師行不擾，動有紀律，道路之人，歸功於飛。飛雖坐事以殁，而太上皇念之不忘，今可仰承聖意，與追復原官，以禮改葬，訪求其後，特與録用。」繫年要録卷二百曰：「紹興三十有二年六月丙子，上行内禪之禮。秋七月戊申，詔追復岳飛元官，以禮改葬，訪求其後，特與録用。」宋史孝宗紀一亦作七月戊申，繫年七月壬寅朔，則戊申七日也。金陀續編卷十三載此詔，作十月十六日，殆以奉到之日計之耳。宋史岳飛傳曰：「飛字鵬舉，相州湯陰人。紹興十年，金人攻拱、亳，劉錡告急，令飛馳援，飛遣兵東援劉錡，西援鄒浩，自以其軍長驅以闚中原。授少保、河南北諸路招討使。郾城再捷，進軍朱仙鎮，距汴京四十五里，與兀朮對壘而陣。遣驍將以背嵬騎五百奮擊，大破之。兀朮遁還汴京，自燕以南，金號令不行。飛方指日渡河，而秦檜欲畫淮以北棄之，風臺臣請班師。一日奉十二金字牌，飛憤惋泣下，東向再拜，曰：『十年之力，廢於一旦。』飛班師既歸，所得州縣，旋復失之。飛力請解兵柄，不許。帝授飛兩鎮節，兀朮遺檜書曰：『必殺飛，始可和。』檜亦以飛不死，終梗和議，己必及禍，故力謀殺之。以諫議大夫万俟卨與飛有怨，風卨劾飛，又風中丞何鑄、侍御史羅汝楫交章彈論，飛累章請罷樞柄，還鎮節，充萬壽觀使奉朝請。檜志未伸也。又諭張俊，令劫王貴，誘王俊，誣告張憲謀還飛兵，檜遣使捕飛父子證張憲事，初命何鑄鞫之。飛裂裳以背示鑄，有『盡忠報國』四大字，深入膚理，既而閲實無左驗，鑄明其無辜。改命万俟卨，卨傅會其獄，歲暮獄不成，檜手書小紙付獄，即報飛死，時年三十九。雲棄市，籍家貲，徙家嶺南。檜死，議復飛官，万俟卨謂金方願和，一旦録故將，疑天下心，不可。及紹興末，金益猖獗，太學生程宏圖上書訟飛冤，詔飛家自便。中丞汪澈宣撫荆襄，故部曲合辭訟之，哭聲雷震。孝宗詔復飛官，以禮改葬，賜錢百萬，求其後悉官之，建廟於鄂，號忠烈。」

敕：仁皇在位，親明利用之勳；神祖御邦，首祭狄青之像。蓋念舊者不忘於拉拭，而勸功者當急於褒崇。朕祇稟睿謨，眷懷宿將。茲仰承於素志，肆盡洗於丹書。以上言宋之先代褒崇良輔，故承上皇之意，有此敕命。

宋史曹利用傳曰：「利用字用之，趙州寧晉人。拜樞密使、同中書門下平章事。初，章獻太后臨朝，中人與貴戚稍能軒輕爲禍福，而利用以勳舊自居，不恤也。凡內降恩，力持不予，左右多怨。內侍羅崇勳得罪，太后使利用召崇勳戒敕之，利用去崇勳冠幘，詬斥良久，崇勳恨之。會從子汭爲趙州兵馬監押，而州民趙德崇詣闕告汭不法事，奏上，崇勳請往按治，遂窮探其獄。汭坐被酒衣黃衣令人呼萬歲，杖死，利用謫知隨州，又貶崇信軍節度副使，房州安置，命內侍楊懷敏護送，行至襄陽驛，懷敏不肯前，以語逼之，利用素剛，遂投繯而絕，以暴卒聞。明道二年，追復節度兼侍中，後贈太傅，還諸子官，賜謚襄悼，命學士趙槩作神道碑，帝爲篆其額曰旌功之碑。」○宋史狄青傳曰：「青字漢臣，汾州西河人。拜樞密使。嘉祐中，罷爲同中書門下平章事，出判陳州，卒，謚武襄。熙寧元年，神宗考次近世將帥，以青起行伍，而名動夷夏，深沈有智略，能以畏慎保全終始，慨然思之，命取青畫像入禁中，御制祭文，遣使賫中牢祠其家。」○柳子厚賀雨表曰：「睿謨潛運。」案：此睿謨謂高宗。○魏策二曰：「魏惠王起境內衆，將太子申而攻齊，客曰：田盼，宿將也。」○文選任彥昇爲范尚書讓封侯表李善注引王隱晉書：「甄彬奏曰：不宜違人之素志。」

○左襄二十三年曰：「斐豹隸也，著於丹書。」杜注曰：「以丹書其罪。」孔疏曰：「近世魏律，緣坐配没爲工樂雜户者，皆用赤紙爲籍，其卷以鉛爲軸，此亦古人丹書之遺法。」

故前少保、武勝定國軍節度使、武昌郡開國公、食邑六千一百户、食實封二千六百户岳飛，拔自偏裨，驟當方面。智略不專於古法，沈雄殆得於天資。事上以忠，至無嫌於辰告；行師有律，幾不犯於秋毫。外摧孔熾之狂胡，内剪方張之劇盜。名之難掩，衆所共聞。會中原方議於櫜弓，而當路立成於投杼。坐急絳侯之繫，莫然内史之灰。以上言岳飛功大而冤死。

據金陀續編卷二：「紹興四年九月，檢校少保進封武昌郡開國公。六年三月，特授武勝定國軍節度使。十年六月，特授少保。」案：武勝軍，已見歐陽永叔上錢相公啓注。○漢書馮奉世傳曰：「韓昌爲偏裨。」晉書音義卷中曰：「裨，副將也。」宋史岳飛傳曰：「宣和四年，真定宣撫劉幹募敢戰士，飛應募。相有劇賊陶俊、賈進和，飛請百騎滅之。遣卒僞爲商人賊境，賊掠以充部伍，飛遣百人伏山下，自領數十騎逼賊壘，賊出戰，飛陽北，賊來追之，伏兵起，先所遣卒擒俊及進和以歸。康王至相，飛因劉浩見，命招賊吉倩，倩以衆三百八十人降，補承信郎。」○後漢書馮異傳：「異上書曰：受任方面，以立微功。」○漢書霍去病傳曰：「上嘗欲教之孫吴兵法，對曰：顧方略何如耳，不至學古兵法。」岳飛傳曰：「遷秉義郎，隸留守宗澤，戰開德、曹州皆有功，澤大奇之，曰：『爾勇智才藝，古良將不能過，然好野戰，非萬全計。』因授以陣圖，飛曰：『陣而後戰，兵法之常。運用之妙，存乎一心。』澤是其言。」○後漢書宗室四王傳贊曰：「齊武沈雄。」

周書李弼傳曰：「性沈雄有深識。」○岳飛傳曰：「帝手書『精忠岳飛』字，製旗以賜之。」○詩抑曰：「遠猶辰告。」○易師曰：「師出以律。」○史記淮陰侯傳：「信曰：大王之入武關，秋毫無所害。」岳飛傳曰：「卒有取民麻一縷以束芻者，立斬以徇。卒夜宿，民開門願納，無敢入者。軍號『凍死不拆屋，餓死不鹵掠』。」○詩六月曰：「玁狁孔熾。」案：摧狂胡，岳飛傳如復建康、戰郾城、捷朱仙鎮等皆是。○翦劇盜，案：岳飛傳如降曹成、敗李成、擒楊么等皆是。○詩時邁曰：「載櫜弓矢。」毛傳曰：「櫜，韜也。」鄭箋曰：「兵不復用。」孔疏曰：「櫜者弓衣，一名韜，故納弓於衣，謂之韜弓。」○投杼，見徐鼎臣吳王墓誌銘注。○史記絳侯世家曰：「絳侯周勃者，沛人也。有上書告勃欲反，下廷尉，廷尉下其事長安，逮捕勃治之。及繫急，薄昭爲言薄太后，太后亦以爲無反事。文帝朝，太后以冒絮提文帝曰：『絳侯綰皇帝璽，將兵於北軍，不以此時反，今居一小縣，顧欲反邪？』文帝既見絳侯獄辭，乃謝曰：『吏事方驗而出之。』」○史記韓長孺傳曰：「安國坐法抵罪，蒙獄吏田甲辱安國，安國曰：『死灰獨不復然乎？』田甲曰：『然即溺之。』居無何，梁內史缺，漢使使者拜安國爲梁內史。」

逮更化之云初，示褒忠之有漸。思其姓氏，既仍節制於岳陽；念爾子孫，又復孤惸於嶺表。欲盡還其寵數，乃下屬於眇躬。是用峻升孤棘之班，疊畀齋壇之組。近繼禮葬，少酬魏闕之心；故邑追封，更慰轅門之望。不徒發幽光於既往，庶幾鼓義氣於方來。以上復官改葬。

漢書董仲舒傳對策曰：「爲政而不行，甚者必變而更化之，乃可理也。」○岳飛傳曰：「檜惡岳州同飛姓，改爲純州，至是仍舊。」繫年要録曰：「紹興二十五年六月癸卯，詔改岳州爲純州，岳陽軍爲華容軍。先是左朝散郎姚岳獻言秦檜：『岳州以叛臣故地，又與其同姓。』事下本路諸司，於是直秘閣、知荆南府孫汝翼等言：『案水經，汨水西逕羅縣與純水合，羅淵即今巴陵郡是也。「純」之爲字，有純臣之義焉，足以洗叛臣之污。』故有是命。（卷一百六十八）三十有一年十二月癸卯，御史中丞汪澈言：『岳飛之叛，固自有公論，以姓名而易州名，尤悖於理，乞改岳州軍名額依舊。』從之。（卷一百九十五）」○繫年要録卷一百四十三曰：「紹興十一年十二月癸巳，岳飛賜死於大理寺，仍籍其貲，流家屬於嶺南，天下冤之。」案：類稾此制下有，岳飛妻李氏與復楚國夫人，男雲追復左武大夫、忠州防禦使，雷追復忠訓郎、閤門祇候，霽（金陀續編作「霖」）右承事郎與合入差遣，震、靄與補保義郎，雲妻鞏氏復恭人等告。金陀續編卷十三又有，雲男申、甫二人，雷男經、緯、綱、紀四人，並特與補承信郎，雲女大娘、雷女二娘、三娘，候出嫁日，夫各與補武進校尉劄。○周禮秋官朝士：「掌建邦外朝之灋，左九棘，孤卿大夫位焉。」鄭注曰：「樹棘以爲位者，取其赤心而外刺。」書僞周官曰：「少師、少傅、少保曰三孤。」○史記淮陰侯傳：「王曰：『以爲大將何？』曰：『王必欲拜之，擇良日，齋戒，設壇場，具禮，乃可耳。』」江文通爲蕭驃騎讓表曰：「兼金疊組。」案：此言復其兩節鎮。○吴震南宋相眼曰：「詔臨安府訪求岳將軍尸，其墳在錢塘門外，當時私號賈宜人墳。」○莊子讓王篇：「公子牟謂瞻子曰：身在江海之上，心居乎魏闕之下，奈何？」○穀梁昭八年曰：「置旃以爲轅門。」范注曰：「轅門，卬車以其轅表門。」案：慰轅門之望，謂其荆襄故部也。○韓退之答崔立之書曰：「發潛德之幽光。」

嗟夫！聞李牧之爲人，殆將撫髀；闞西平而未録，敢緩旌賢。如其有知，可以無憾。感歎作結。○此南宋快事，亦益公快文，讀之令人起舞。

史記馮唐傳曰：「上既聞李牧爲人，良説而搏髀曰：『嗟乎！吾獨不得廉頗、李牧時爲吾將，豈憂匈奴哉？』」○舊唐書李晟傳曰：「晟字良器，隴右臨洮人，封西平郡王。貞元五年九月，晟與侍中馬燧見於延英殿，詔曰：『昔我列祖，則亦有熊羆之士，不二心之臣，左右經綸，參翊締構，昭文德，恢武功，威不若，康不乂，用端命于上帝，付畀四方。宇宙既清，日月既貞，王業既成，太階既平，乃圖厥容，列于斯閣。今則李晟等保寧朕躬，咸宣力肆勤，光復宗社，訂之前烈，夫豈多謝？闕而未録，孰謂旌賢？有司宜敘年代先後，各圖其像於舊臣之次。』」○金陀續編此下有「可特追復少保、武勝定國軍節度使、武昌郡開國公、食邑六千一百户、食實封二千六百户，奉敕如右，牒到奉行」四十三字。蓋當日原制如此，編文集者不載耳。

楊廷秀

楊萬里，字廷秀，吉州吉水人。紹興二十四年進士第，爲永州零陵丞。張浚勉以正心誠意之學，遂自名其讀書之室曰誠齋。歷官國子太常博士，吏部右侍郎，將作少監，知漳州、常州，提舉廣東常平茶鹽，擢東宮侍讀，遷祕書少監。以高宗配饗事，上疏詆翰林學士洪邁，孝宗覽疏不悦，由是以直祕閣出知筠州。光宗即位，召爲祕書監，尋出爲江東轉運副使，總領淮西、江東軍馬錢糧。朝議行鐵錢，萬里不奉詔，改贛州，乞祠，自是不復出。當韓侂胄柄國，憂憤成疾，聞其用兵事，慟哭呼紙書曰：「姦臣專權，謀危社稷，吾頭顱如許，報國無路，惟有孤憤。」又書十四言別妻子，筆落而逝，謚文節。光宗嘗爲書「誠齋」二字，學者稱誠齋先生。宋史入儒林傳。

辭免贛州得祠進職謝表

宋史儒林楊萬里傳曰：「朝議欲行鐵錢於江南諸郡，萬里疏其不便，不奉詔，忤宰相意，改知贛州，不赴，乞祠，除祕閣修撰，提舉萬壽宮。」攻媿集卷三十五有直龍圖閣知贛州楊萬里祕閣修撰提舉隆興府玉隆萬壽宮制，誠齋集卷三十三亦載之，原注曰「紹熙四年三月二十三日」，則此表亦上於四年矣。又宋史地理志四曰：「江南西路贛州：本虔州南康郡昭信軍節度，大觀元年升爲望郡，建炎閒置管內安撫使，紹興十五年罷，復置江西兵馬鈐轄兼提舉南安軍南雄州兵甲司公事，二十二年改今名。」案：宋贛州治贛縣，今江西贛縣治；隆興府治南昌縣，今江西南昌縣治。

謝病摧頹，尚賦珍臺之饌；屬文論譔，復超延閣之班。上無棄人，下則微福。

臣中謝。以上得祠進職。

珍臺，見洪景伯制注。○唐六典卷十曰：「漢氏文籍，往往而出，並藏之書府，在外則有太常、太史、博士掌之，內則有延閣、廣內、石渠之藏。」晉書摯虞束晳傳論曰：「或攝官延閣，裁成言事之書。」宋史職官志三曰：「祕閣修撰，政和六年置，以待館閣之資深者。」○左僖四年「徼福」釋文曰：「徼，古堯反，要也。」

伏念臣老不事事，才非奇奇。三聖旁招，蚤墮鷺廷之數；初潛豫附，晚參鶴禁之僚。方衆賢依乘風雲之秋，乃微臣僵臥山林之日。把麾江海，此朝士之榮光；麗日崆峒，亦詩人之佳郡。刓席過家之寵，曾微待次之淹。夫何右臂之偏枯，虛辱左符之重寄。陳力就列，不能者止；投閒置散，乃分之宜。籲天以聞，伏地而俟。閔勞均佚，仁不遐遺；進律示褒，禮亦異數。以上自陳經歷。

史記曹相國世家曰：「卿大夫已下吏及賓客，見參不事事，皆欲有言。」○韓退之進學解曰：「不專一能，怪怪奇奇。」○三聖，謂高宗、孝宗、光宗也。書僞太甲上曰：「旁招俊彥。」○禽經曰：「寀寮雝雝，鴻儀鷺序。」注曰：「鷺，白鷺也。小不踰大，飛有次序，百官縉紳之象。」○易乾初九曰：「潛龍勿用。」○白帖卷十一引漢宮闕疏曰：「白鶴，太子所居，凡人不得輒入，故云鶴禁也。」唐六典卷二十八曰：「太子左右監門率府，垂拱中改爲鶴禁衞，神龍初復舊。」○新唐書李靖李勣傳贊曰：「遂能依乘風雲，勒功帝籍。」○江文通報袁叔明書曰：「僵臥深窟。」○杜牧之將赴吳興登樂遊原詩曰：「欲把一麾江海去，樂遊原上望昭陵。」夢溪筆談卷四曰：「今人守郡，謂之建麾，蓋用顏延年詩『一麾乃出守』，此誤也。延年謂『一麾』者，乃『指麾』之『麾』，非『旌麾』之『麾』也。延年阮始平詩云『屢薦不入官，一麾乃出守』，謂山濤薦咸爲吏部郎，三上，武帝不用，後爲荀勉（宋諱「勗」字）一擠，遂出始平，故有此句。延年被擯，以此自託耳。自杜牧登樂遊原詩始謬用『一麾』，自此遂爲故事。」案：顏延年五君詠見文選卷二十一，李善注曰：「麾，指麾也，言爲勗所指麾也。」沈說本此。張仲雅選學膠言卷十曰：「沈休文齊安陸王碑『建麾作牧』，在牧之前久矣，且牧之詩適有『一麾』二字，遂謂誤用顏詩耳，安知其不用『建麾』故事？不必『麾』字定出顏詩也。」○蘇子瞻鬱孤臺詩曰：「日麗崆峒曉。」王注引趙次公曰：「崆峒，在虔州西之極處。」輿地紀勝曰：「江南西路贛州：崆山，又名崆峒山，章、貢二水夾以北馳，直屬於州治，蓋州治地脈之母也。」清統志曰：「江西贛州府：崆峒山，在贛縣南六十里。」○後漢書韓稜傳曰：「遷南陽太守，特聽稜得過家上冢，鄉果以爲榮。」○荀子王制篇曰：「賢能不待次而舉。」○杜子美清明詩曰：「右臂偏枯耳半聾。」○漢書文帝紀曰：「二年九月，初與郡守爲銅虎符、竹使符。」顏注曰：「與郡守爲符者，謂各分其半，右留京師，左以與之。」宋史兵志十曰：「康定元年，頒銅符、木契、傳信牌。銅符上篆刻曰『某處發兵符』，下鑄虎豹爲飾，而中分之。右符五，左旁作虎豹頭四；左符五，右旁爲四竅，令可勘合。又以篆文相向側刻十干字爲號，一甲己，二乙庚，三丙辛，四丁壬，五戊癸。左符刻十干半字，右符止刻『甲己』等兩半字。右五符留京師，左符降總管、鈐轄、知州軍官高者掌之。」○論語季氏篇：「孔子曰：『周任有言曰：陳力就列，不能者止。』」集解引馬融曰：「言當陳其才力，度己所任，以就其位，不能，則當止也。」○韓退之進學解曰：「投閒置散，乃分之宜。」○書召誥曰：「以哀籲天。」釋文曰：「籲，呼也。」○漢書淮南厲王傳：「上書謝罪曰：追念辠過，恐懼伏地。」○詩東山序曰：「君子之於人，序其情而閔其勞。」晉書孝友庾袞傳曰：「均勞逸，通有無。」○易泰九二曰：「不遐遺。」○禮記王制曰：「加地進律。」○左莊十八年曰：「王命諸侯，名位不同，禮亦異數。」案：此借用。

茲蓋伏遇皇帝陛下，篤敍故舊，惠茲罷癃。軫少原之遺簪，是將厚俗；存子方之老馬，非取長塗。以上頌帝之德。

史記平原君傳：「躄者曰：臣不幸有罷癃之病。」○少原遺簪，已見歐陽永叔謝表。○韓詩外傳八曰：「昔者田子方出，見老馬於道，喟然有志焉，以問於御者曰：『此何馬也？』曰：『故公家畜也，罷而不爲用，故出放也。』田子方曰：『少盡其力，而老去其身，仁者不爲也。』束帛而贖之，窮士聞之，知所歸心矣。」又見淮南子人閒篇。杜子美江漢詩曰：「古來存老馬，不必取長途。」案：「塗」「途」字同。

而臣蕭然臥痾，行矣歸盡。燭青藜而談古，豈復與英俊游；立白茅而祝釐，尚能使聖人壽。以上陳謝。○其精切如玉合子底配玉合子蓋，竟是鬼斧神工。

陶淵明五柳先生傳曰：「環堵蕭然。」案：本又作「茶」，疑是「蕭」，蓋「蘮」之誤。莊子齊物論曰：「苶然疲役，而不知所歸。」文選謝靈運過始寧墅詩注引作「蘮」，司馬彪曰：「極貌也。」盧抱經莊子音義攷證曰：「苶，當作『茶』。『蘮』音義與此異。」○陶淵明歸去來辭曰：「聊乘化以歸盡。」○青藜，見孫仲益上梁文注。○與英俊游，見歐陽永叔上錢相公啓注。○史記封禪書曰：「天子又刻玉印曰『天道將軍』，使使衣羽衣，立白茅上，五利將軍亦衣羽衣，夜立白茅上受印。」漢書文帝紀：「十四年詔曰：祠官祝釐。」注如淳曰：「釐，福也。」顏曰：「釐，本字作『禧』，假借用耳，同音僖。」○莊子天地篇：「華封人曰：請祝聖人，使聖人壽。」

陸務觀

陸游，字務觀，越州山陰人。蔭補登仕郎，鎖廳薦送第一。秦檜孫塤適居其次，檜怒至罪主司。明年試禮部，主事復置游前列，檜顯黜之，由是爲所嫉。檜死，始赴福州寧德簿，以薦者除敕令所删定官。孝宗即位，遷樞密院編修官、兼編類聖政所檢討官，賜進士出身。以言龍大淵、曾覿招權事，出通判建康府，尋易隆興府。言者論其交結臺諫，鼓唱是非，免歸。久之，通判夔州。王炎宣撫川陝，辟爲幹辦公事。范成大帥蜀，游爲參議官，以文字交，不拘禮法，人譏其頹放，因自號放翁。後累遷江西常平提舉，召還與祠，起知嚴州，過闕陛辭，上諭曰：「嚴陵山水勝處，職事之暇，可以賦詠自適。」後除軍器少監，遷禮部郎中兼祕書監。嘉泰三年，升寶章閣待制，致仕。嘉定三年，卒。宋史有傳。（宋史陸游傳作「二年卒」，誤。今依錢曉徵陸放翁年譜訂。）

謝葛給事啓

宋史葛邲傳曰：「邲字楚輔，其先居丹陽，後徙吴興。累遷中書舍人，遷給事中。」案：此啓乃謝知嚴州也。陸放翁年譜曰：「淳熙九年壬寅，五十八歲，除朝奉大夫，主管成都玉局觀。十二年乙巳，六十一歲，以玉局將滿，陳乞再任。（原注曰：「南宋宫觀，京官以上一任二年，選人三年。」）十三年丙午，六十二歲，春，除朝請大夫、權知嚴州軍州事，七月三日到嚴州任。」

杜門訟六十年之非，久安散地；起家忝二千石之重，忽奉明恩。驚釁垢之漸除，扶衰殘而下拜。以上因知嚴州致謝。

莊子則陽篇曰：「蘧伯玉行年六十，而六十化。」淮南子原道篇曰：「蘧伯玉年五十，而知四十九年非。」○新唐書郭子儀傳曰：「議者謂子儀有社稷功，乃置散地非所宜。」○漢書百官公卿表曰：「郡守，秦官，掌治其郡，秩二千石。」○虞伯施（世南）出塞詩曰：「思酬明主恩。」

伏念某，學由病廢，仕以罪歸。冥心鵷鷺之行，投迹雞豚之社。海三山之縹緲，釣鼇已媿於初心；楚七澤之蒼茫，殪兕亦成於昨夢。但欲負耒慕許行之學，豈復叩角歌甯戚之詩。偶逢公朝使過之時，躐畀近郡承流之寄。所蒙過矣，自揆茫然。天際鬱葱，望九重之雲氣；道周蔽芾，掃四世之棠陰。得遂此行，孰爲之地？以上自述。

李巨山爲水潦陳情表曰：「願辭鵷鷺之行。」○韓退之南溪始泛詩曰：「願爲同社人，雞豚宴春秋。」○史記封禪書曰：「三神山，其傅在渤海中。」白樂天長恨歌曰：「山在虛無縹緲閒。」○列子湯問篇曰：「龍伯大人一釣而連六鼇，合負而歸。」李太白贈薛校書詩曰：「空鬱釣鼇心。」○司馬長卿子虛賦曰：「臣聞楚有七澤，嘗見其一，未覩其餘也。臣之所見，特其小小者耳，名曰雲夢。」○楚策一曰：「楚王遊於雲夢，有狂兕牂車，依輪而至，王親引弓而射，壹發而殪，王抽旃旄而抑兕首，仰天而笑曰：樂哉，今日之游也！」○孟子滕文公上曰：「陳良之徒陳相，與其弟辛，負耒耜而自楚之滕，陳相見許行而大悅，盡棄其學而學焉。」○楚辭離騷曰：「甯戚之謳歌兮，齊桓聞以該輔。」王注曰：「甯戚，衛人。該，備也。甯戚脩德不用，退而商賈，宿齊東門外，桓公夜出，甯戚方飯牛，叩角而商歌，桓公問之，知其賢，舉用爲客卿，備輔佐也。」案：又見九章惜往日及呂氏春秋舉難篇，淮南子主術篇、謬稱篇、道應篇、氾論篇，說苑尊賢篇、善說篇，新序雜事五。而呂氏春秋高誘注以爲歌碩鼠之詩，後漢書馬融傳注引說苑「甯戚飯牛於商衢，擊車輻而歌碩鼠」，今本善說篇作「顧見」，則「碩鼠」之誤也。管子小問篇曰：「桓公使管仲求甯戚，甯戚應之曰：『浩浩乎。』管仲不知，婢子曰：『詩有之：「浩浩者水，育育者魚。未有室家，而召我安居。」甯子其欲室乎？』」

列女傳辯通齊管妾婧傳曰：「甯戚擊牛角而商歌甚悲，桓公使管仲迎之，甯戚稱曰『浩浩乎白水』，管仲不知，其妾笑曰『古有白水之詩云云』。」則稱詩與商歌非一事。（庭立紀聞引蔡鐵耕説，以「浩浩白水」爲商歌，恐非。）而史記集解引應劭述其歌詞「南山矸，白石爛」云云，離騷洪補注引三齊記同。文選嘯賦李善注、藝文類聚樂部三又各引一章，與前並異。後世選古詩者，遂輯爲三章，疑出後人僞撰，與高誘所舉魏風碩鼠三章不合也。○後漢書獨行索盧放傳曰：「初署門下掾，更始時，使者督行郡國，太守有事當就斬，放前言曰：夫使功不如使過。」章懷注曰：「若秦穆赦孟明，而用之霸西戎。」○漢書董仲舒傳對册曰：「今之郡守、縣令，民之師帥，所使承流而宣化也。」○後漢書光武帝紀論曰：「望氣者蘇伯阿，遥望見春陵郭，唶曰：氣佳哉，鬱鬱葱葱然！」○李文饒南梁行曰：「九重鐘漏紫雲閒。」○詩唐風曰：「有杕之杜，生于道周。」毛傳曰：「周，曲也。」又杕杜傳曰：「杜，赤棠也。」召南曰：「蔽芾甘棠。」傳曰：「蔽芾，小貌；甘棠，杜也。」爾雅釋木曰：「杜，甘棠。」郭注曰：「今之杜梨。」又曰：「杜，赤棠，白者棠。」注曰：「棠色異，異其名。」郝蘭臯義疏曰：「上云杜，甘棠，此云赤棠。蓋杜實兼二名，今亦通名杜梨也。」陳碩甫毛詩甘棠傳疏曰：「説文云：『棠，牡曰棠，牝曰杜。』杜，甘棠也。小雅：『有杕之杜，有睆其實。』此即牝杜之義證。杜有實，棠則華而不實。説文亦是通杜於棠，而別棠於杜。牡牝之説，足以補雅、傳之未及，而與雅、傳並無不合。杕杜正義引義疏云：『赤棠與白棠同耳，但子有赤白美惡。子白色爲白棠，甘棠也，少酢滑美。赤棠子澀而酢無味，俗語云「澀如杜」是也。』依陸説，棠亦有子，白棠爲甘棠，赤棠澀如杜，則詩之杜其赤棠與，其白棠與？乃始與古説相混耳。」案：務觀合杜、甘棠爲一，蓋亦本雅訓，而不從元恪之説。○四世者，蓋謂其高祖贈太傅軫也。務觀先太傅遺像跋曰：「先太傅皇祐中以吏部郎中直昭文館，自會稽移守新定，期年，請老，得分司西京以歸。迨今百四十年，而某自奉祠玉局起爲是邦，實繼遺躅。於是知建德縣事蘇君林，以父老之請，築祠宇于兜率佛寺。淳熙十四年春正月丙辰，備車旗儀物，大合樂，奉遺像于祠。」（渭南集卷二十七）則四世棠陰，謂太傅莅官遺跡也。庾子山周柱國大將軍長孫儉神道碑曰：「高視棠陰。」

此蓋伏遇侍講給事，道本文王之正，學師孟氏之醇。騰茂實而蜚英聲，久隆上睠；息邪說而距詖行，遂擅儒宗。方與萬物而皆春，不忍一夫之獨泣。以上稱葛之德望及其惠施。

宋史葛邲傳不言加侍講，蓋史闕。○孟子滕文公下引書曰：「丕顯哉，文王謨！咸以正無缺。」○韓退之讀荀子曰：「孟氏醇乎醇者也。」○司馬長卿封禪文曰：「蜚英聲，騰茂實。」○孟子滕文公下曰：「我亦欲正人心，息邪說，距詖行。」○莊子德充符篇曰：「使日夜無郤，而與物爲春。」○漢書刑法志曰：「古人有言，滿堂而飲酒，有一人鄉隅而悲泣，則一堂皆爲之不樂。」

某偶階末契，遂借餘光。雖飯豆羹藜，不敢望功名於老大；然書紳銘座，尚思復玷缺之艱難。以上致謝及自勉。○雖用當時體格，而神氣駿邁，吐屬不凡。

陸士龍歎逝賦曰：「託末契於俊生。」○餘光，見李義山爲張周封上楊相公啓注。○王子淵聖主得賢臣頌曰：「羹藜含糗者，不足與論太牢之滋味。」○蘇子瞻和子由柳湖久涸忽有水詩曰：「飯豆羹藜思兩鵠。」○論語衛靈公篇曰：「子張書諸紳。」文選有崔子玉座右銘。

王才臣

王子俊，字才臣，吉州吉水人。爲周子充、楊廷秀所賞識，嘗引以草牋奏書記，黄疇若知成都，子俊入其幕，安丙爲四川制置大使，子俊爲其屬官，又嘗舉顧問科及著作科。觀其謝使長黄侍郎職狀曰「年開七帙，恩與一官」，知其得官在晚歲矣。宋史無傳，僅就格齋四六文所載，以宋史安丙、黄疇若傳推其大要而已。（朱竹垞曝書亭集卷五十八有格齋四六跋，亦不能考其事蹟，故清四庫提要卷一百五十九謂其始末未詳也。）

知成都謝到任表

格齋四六原注曰：「代竹坡黄疇若。」案：宋史黄疇若傳曰：「疇若字伯庸，隆興豐城人。權户部侍郎，進華文閣待制，知成都府。蜀自吴曦叛後，制置使移司興元，朝論有偏重之嫌。朝廷擇人，故輟疇若以往，三辭不允。避諱，改寶謨閣待制。詔：凡屬軍民利病，吏治臧否，並許諮訪以聞。」

掌邦教於邇聯，疇庸弗效；殿帥藩於遠服，聞命若驚。亟懷綬以遐征，已褰帷而涖止。具以朝廷寬大之意，告諸田里愁苦之民。中謝。（以上言由户部侍郎出知成都到任。）

書僞周官曰：「司徒掌邦教。」周禮地官小司徒之職曰：「五家爲比，五比爲聯。」唐六典卷三曰：「尚書户部侍郎，周之地官小司徒，中大夫也。」○書堯典：「帝曰：疇咨若時登庸。」○周禮夏官職方氏曰：「又其外方五百里曰藩服。」○老子曰：「寵辱若驚。」○漢書朱買臣傳曰：「拜爲太守，買臣衣故衣，懷其印綬，步歸郡邸。」○後漢書賈琮傳曰：「爲冀州刺史。舊典，傳車驂駕，赤帷裳，迎於州界。琮之部，升車言曰：『刺史當遠視廣聽，何有反垂帷裳以自掩塞乎？』迺命御者褰之。」

伏念臣一介妄庸，半生艱苦。饑寒不恤，姑爲推牒覓舉之謀；州縣徒勞，不作結綬登畿之夢。試邑偶逃於吏議，入京遂廁於朝行。歲月推延，馴至上當於言責；風波横潰，幾何不蹈於禍機。保全迄賴於皇慈，獻納晉升於禁路。奉雲陽之瑄玉，莫輸許國之忠；問杜曲之桑麻，漸起歸田之興。屬廟謨之經遠，移制幕以改絃。掖垣忽誤於出綸，井絡遂從而分閫。蕃錫有加於彝典，察廉旁暨於鄰封。仍疏次對之恩，增重十連之寄。寵逾深而莫報，責愈重而難勝。以上述已往經歷及此時任命。

書秦誓曰：「若有一介臣。」後漢書杜詩傳：「詩上疏曰：臣詩伏自維忖，本以史吏一介之才，遭陛下創制大業。」漢書高五王齊悼惠王傳：「灌嬰曰：人謂魏勃勇，妄庸人耳，何能爲乎？」○新唐書選舉志上曰：「舉選不繇館學者，謂之鄉貢，皆懷牒自列於州縣。」舊唐書楊綰傳：「綰上疏條奏貢舉之弊，曰：今之取人，令投牒自舉，非經國之體也。」韓退之答崔立之書曰：「見有舉進士者，人多貴之，僕誠樂之，就求其術，或出禮部所試賦詩策等以相示，僕以爲可無學而能，因詣州縣求舉。」宋史黄疇若傳曰：「淳熙五年，舉進士。」○「州縣」句，黄疇若傳曰：「授祁陽縣主簿，又調靈川令。」○顔延年秋胡詩曰：「結綬登王畿。」○

司馬子長報任少卿書曰：「因爲誣上，卒從吏議。」○韓退之和盧雲夫寄示送盤谷子詩曰：「十年蠢蠢隨朝行。」黄疇若傳曰：「遷太府寺主簿，又遷將作監丞，兼皇弟吴興郡王府教授，遷太府寺丞，又遷祕書丞、兼權禮部郎官、兼資善堂説書，遷著作郎。」○孟子公孫丑下曰：「有言責者，不得其言則去。」黄疇若傳曰：「拜監察御史。」○謝靈運魏太子詩曰：「天地中横潰。」○獨斷上曰：「天子所居曰禁中。禁中者，門户有禁，非侍御者不得入，故曰禁中。」黄疇若傳曰：「遷殿中侍御史兼侍講。」○史記封禪書曰：「公卿言皇帝始郊見太一、雲陽，有司奉瑄玉。」漢書郊祀志上注引孟康曰：「璧大六寸謂之瑄。」○杜子美曲江詩曰：「自斷此生休問天，杜陵自有桑麻田。」○宋書樂志四上邪篇曰：「琴瑟殊未調，改絃當更張。」○劉公幹贈徐幹詩曰：「隔此西掖垣。」綸，見洪景伯制注。○井絡，見李義山新井碣銘注。○易晉曰：「晉，康侯用錫馬蕃庶。」○漢書武帝紀：「元朔元年，有司議曰：不察廉，不勝任也。」○禮記王制曰：「十國以爲連，連有帥。」

陛下天拱一堂，子來萬宇。不泄邇，不忘遠，要皆如出於京畿；在知人，在安民，是以不輕於牧守。不責催科之巧，寧無悃愊之華。亶時肫愚，蒙此臨遺。以上稱頌。

風俗通卷一曰：「皇者天，天不言，四時行焉，百物生焉。三皇垂拱無爲，設言而民不違，道德玄泊，有似皇天，故稱曰皇。」○詩靈臺曰：「庶民子來。」○孟子離婁下曰：「武王不泄邇，不忘遠。」趙注曰：「泄，狎；邇，近也。不泄狎近賢，不遺忘遠善，近謂朝臣，遠謂諸侯。」○書皋陶謨曰：「在知人，在安民。」○新唐書卓行陽城傳曰：「當上考功第，城自署曰：撫字心勞，催科政拙，考下下。」○悃愊，見歐陽永叔表注。

顧惟四境，頗異平時。內而閭閻凋瘵之弊深，外則羌獠招懷之道闕。一龍蛇，一赤子，人謂斯何；爲保鄣，爲繭絲，策將安出？豈繄綿謭，所克堪任？臣惟當精白一心，展布四體，既庶矣加之富矣，願遵洙泗之言。欲安之非以勝之，或收渤海之效。以上陳治成都之見。○文有氣勢，非徒以屬對之工爲長，即以屬對論，亦有天造地設之妙。

爾雅釋詁曰：「瘵，病也。」木玄虛海賦曰：「爲凋爲瘵。」○左僖七年：「管敬仲言於齊侯曰：臣聞招攜以禮，懷遠以德。」黃疇若傳曰：「當徵積欠十餘萬，疇若亟命榜九邑盡蠲之；考官吏冗員，非敕命差注者悉罷之；爲民代輸六年布估錢，計二十萬二千四百緡；又別立庫儲二十五萬三千緡，期於異日接續代輸；又糴米十五萬石有奇，足廣惠倉之儲；又減他賦之重者，民力遂寬。初，沈黎蠻屢犯邊，疇若至，則鏤榜曉以禍福，青、彌兩羌遂乞降。」○韓退之鄆州谿堂詩序曰：「一以爲赤子，一以爲龍蛇。」孫良臣（汝聽）注曰：「以恩待之，故若赤子；以武威之，故若龍蛇。」（五百家注引）序又曰：「昔者人謂斯何，今者人謂斯何！」○晉語九曰：「趙簡子使尹鐸爲晉陽，請曰：以爲繭絲乎，抑爲保鄣乎？」韋注曰：「繭絲，賦稅；保鄣，蔽捍也。」史記黥布傳上曰：「是計將安出？」○左隱元年服虔注曰：「繄，發語聲。」（詩泂酌孔疏引）漢書嚴助傳注曰：「緜，弱也。」史記李斯傳：「胡亥曰：能薄而材譾。」集解引史記索隱曰：「譾，宰顯反。」案：「謭」與「譾」字同。○漢書賈山傳至言曰：「天下之士，莫不精白以承休德。」顏注曰：「厲精而爲潔白也。」○左定四年：「子魚辭曰：臣展四體，以率舊職。」○論語子路篇曰：「子適衛，冉有僕。子曰：『庶矣哉。』冉有曰：『既庶矣，又何加焉？』曰：『富之。』」○禮記檀弓上：「曾子曰：吾與汝事夫子於洙泗之閒。」水經泗水注曰：「洙、泗二水，交于魯城東北十七里，闕里背洙面泗，南北百二十步，東西六十步，四門各有石闥，北門去洙水百步。」○漢書循吏龔遂傳曰：「上以爲渤海太守，宣帝謂遂曰：『渤海廢亂，朕甚憂之，君欲何以息其盜賊，以稱朕意？』遂對曰：『海瀕遐遠，不霑聖化，其民困於饑寒，而吏不恤，故使陛下赤子盜弄陛下之兵於潢池中耳。今欲使臣勝之邪，將安之也？』上聞遂對，甚説，答曰：『選用賢良，固欲安之也。』」

李居厚

清四庫卷一百六十一曰：「李廷忠，字居厚，橘山其號也，於潛人。淳熙八年進士，歷無爲教官，旌德知縣，終於夔州通判。」又曰：「廷忠名位不顯，故集中啓劄爲多，大抵候問酬謝之作，而第十四卷内乃皆賀正賀至箋表，中有『乘軺護漕』等語，與廷忠仕履不合，必非其所自爲。」案：洪邁容齋四筆稱：「宋時所在州郡，相承以表奏書啓委教授，因而餉以錢酒。」則此必廷忠爲教官時，代州守及憲臣所作。特原本未及注明，遂不可辨耳。○孫禹見（雲翼）橘山四六注，清四庫書目譏其蕪雜，然亦可供參考。

謝王樞使薦舉啓

宋史孝宗紀曰：「淳熙五年三月己未，以王淮知樞密院事，十一月丁丑，以王淮爲樞密使。」王淮傳曰：「淮字季海，婺州金華人。」

三鱣地冷，幸依通德之門；一鶚天高，誤入翘材之閤。顧小器因人而後重，而洪鈞與物以何私。屈者見伸，喜而知懼。以上被薦。

後漢書楊震傳曰：「有冠雀銜三鱣魚，飛集講堂前，都講取魚進曰：『蛇鱣者，卿大夫服之象也；數三者，法三台也。先生自此升矣。』」章懷注曰：「冠音貫，即鸛雀也。鱣音善。韓子云『鱣似蛇』（説林下）。案續漢及謝承書，『鱣』字皆作『鱓』，然則『鱣』『鱓』古字通也。鱣（當作「鱓」）魚長者不過三尺，黄地黑文，故都講云『蛇鱓，卿大夫之服象也』。郭璞云『鱣魚長二三丈』（釋魚注），音知然反。安有鸛雀能勝二三丈乎？此爲鱣（當作「鱓」）明矣。」案：章懷之別甚析，其兩「鱣」字當作「鱓」者，蓋傳寫之誤。杜子美秋日夔府詠懷詩曰「求飽或三鱣」，則讀知然切。學林卷十、緗素雜記卷四皆以杜詩押平聲爲誤。能改齋漫録卷四又據楊震碑云「貽我三魚」，謂稱「鱣」稱「鱓」皆不得其真，然魚者統稱，鱓者實物，安得謂不得其真耶？要之，司馬及謝書作「鱓」者乃本字，范書作「鱣」者乃借字，後人因字既作「鱣」，遂并讀其音爲知然切者，久之或成方音。老杜因沿用之，此文蓋又承杜詩而讀爲平聲耳。○後漢書鄭玄傳曰：「玄字康成，北海高密人也。國相孔融深敬於玄，屣履造門，告高密縣爲玄特立一鄉曰鄭公鄉，廣開門衢，令容高車，號爲通德門。」○孔文舉薦禰衡表曰：「鷙鳥累鳥，不如一鶚。」○西京雜記下曰：「平津侯自以布衣爲丞相，乃開東閣，營客館，以招天下之士。其一曰欽賢館，以待大賢；次曰翘材館，以待大才；次曰接士館，以待國士。其有德任毗贊、佐理陰陽者，處欽賢之館；其才堪九列、將軍、二千石者，居翘材之館。」○後漢書馬援傳：「援曰：朱勃小器速成。」○賈生鵩鳥賦曰：「大鈞播物兮坱圠無垠。」杜子美上韋左相詩曰：「一氣轉洪鈞。」○易繫辭下曰：「尺蠖之屈，以求伸也。」○後漢書周燮黄憲等傳序曰：「太原閔仲叔應司徒侯霸之辟，曰：始蒙嘉命，且喜且懼。」

竊以一國之望，四海所歸。以尊崇鄉校爲先，以鑒拔人才爲急。後難居上，遠不閒親。此大臣公以持心，故寒士悦於知己。歷觀今昔之見遇，率由貴賤之兩忘。攜手以上者，叔向取其片言；徒步而過者，定國與之鈞禮。或小識坐閒之異，或大推跨下之奇。初不緣勢利以相求，又豈有媒介之爲助。茲事久廢，我公復興。閱人於閒暇之中，取士於廉退之域。自非瓌穎，曷稱品題？以上言王之舉人一本古道。

史記汲黯傳：「黯曰：陛下用羣臣，如積薪耳，後來者居上。」○左隱四年：「石碏曰：賤妨貴，少陵長，遠閒親，新閒舊，小加大，淫破義，所謂六逆也。」○史記刺客傳：「豫讓曰：士爲知己者死，女爲説己者容。」○莊子大宗師篇曰：「不如兩忘而化其道。」○左昭二十八年：「魏子曰：『昔叔向適鄭，鬷蔑惡，欲觀叔向，從使之收器者而往，立於堂下，一言而善，叔向將飲酒，聞之，曰：「必鬷明也。」下，執其手以上。』」○漢書于定國傳曰：「定國爲人謙恭，尤重經術，士雖卑賤，徒步往過，定國皆與鈞禮，恩敬甚備。」○晉書孟嘉傳曰：「嘉少知名。太尉庾亮領江州，褚裒時爲豫章太守，正旦朝亮，裒有器識，亮大會州府人士，嘉坐次甚遠。裒問亮：『聞江州有孟嘉，其人何在？』亮曰：『在坐，卿但自覓。』裒歷觀，指嘉謂亮曰：『此君小異，將無是乎？』亮欣然而笑。」○史記淮陰侯傳曰：「淮陰市中少年侮信者，衆辱之曰：『信能死，刺我；不能死，出我袴下。』蒲伏。」集解徐廣曰：「袴，一作『胯』。胯，股也，音同。漢書作『跨』，同耳。」傳又曰：「滕公奇其言，言於上。」○漢書張耳陳餘傳贊曰：「勢利之交，古人羞之。」○後漢書馬援傳：「援上疏曰：無公輔一言之薦，左右爲容之助。」○蜀志秦宓傳：「或謂宓曰：足下欲自比於巢、許、四皓，何故揚文藻見瓌穎乎？」○李太白上韓荆州書曰：「一經品題，便作佳士。」

如某者，懦質自持，寒根寡與。三已而三無愠，空驚憂廢之餘；四問而四不知，可笑庸虛之甚。身飄飄而負愧，時亹亹以過中。既不能飾固陋之心以取容，復未免折淒涼之腰而逐食。第薄言依藻芹之水，敢妄意登桃李之場。客有薦雄文，始置在十科之列；生迺與噲伍，猶未離七選之階。塞上之馬，屢得而屢亡；夢中之蝶，孰非而孰是。蓋薄命自爾不偶，豈化工於我獨慳？以上自述頻年不遇。

晉書王濬傳：「濬復表曰：臣孤根獨立，朝無黨援。」○論語公冶長篇：「子張問曰：令尹子文三仕爲令尹，無喜色；三已之，無愠色。」○莊子應帝王篇曰：「齧缺問乎王倪，四問而四不知。」○楚辭九辯曰：「時亹亹而過中兮，蹇淹留而無成。」王注曰：「亹亹，進貌。」文選五臣注吕延濟曰：「過中，謂漸衰暮也。」○鄒陽上書吴王曰：「飾固陋之心，則何王之門不可曳長裾乎？」○宋書隱逸陶潛傳：「潛歎曰：我不能爲五斗米折腰向鄉里小人。」杜子美官定後戲贈曰：「不作河西尉，淒涼爲折腰。」○詩泮水曰：「思樂泮水，言采其芹。」又曰：「言采其藻。」○黄山谷古詩上蘇子瞻曰：「江梅有佳實，託根桃李場。桃李修不言，朝露借恩光。」○漢書楊雄傳曰：「客有薦雄文似相如者。」○宋史哲宗紀曰：「元祐元年秋七月辛酉，設十科舉士法。」玉海卷百十六載元祐十科曰：「元祐元年七月六日辛酉，宰臣司馬光請設十科以舉士。一曰行義純固可爲師表科，二曰節操方正可備獻納科，三曰智勇過人可備將帥科，四曰公正聰明可備監司科，五曰經術精通可備講讀科，六曰學問該博可備顧問科，七曰文章典麗可備著述科，八曰善聽獄訟盡公得實科，九曰善治財賦公私俱便科，十曰練習法令能斷請讞科。紹聖元年閏四月癸酉（二日）罷。紹興二年十一月乙亥，復十科舉士之制。」○史記淮陰侯傳曰：「信常過樊將軍噲，噲拜跪送迎，言稱臣，曰：『大王乃肯臨臣。』信出門笑曰：『生乃與噲等爲伍。』」○宋史選舉志四曰：「其銓選之法，緊、上州司理、判司，下州、中下州録事參軍，中下縣、下縣令，緊、望縣主簿、學究，七選。」案：凡十選，此其第七。○淮南子人間篇曰：「近塞上之人有善術者，馬無故亡而入胡，人皆弔之，其父曰：『此何遽不爲福乎？』居數月，其馬將胡駿馬而歸，人皆賀之，其父曰：『此何遽不能爲禍乎？』家富良馬，其子好騎，墮而折其髀，人皆弔之，其父曰：『此何遽不爲福乎？』居一年，胡人大入塞，丁壯者引弦而戰，近塞之人死者十九，此獨以跛之故，父子相保。故福之爲禍，禍之爲福，化不可極，深不可測也。」○莊子齊物論曰：「昔者莊周夢爲胡蝶，栩栩然胡蝶也，自喻適志與？不知周也。俄然覺，則遽遽然周也，不知周之夢爲胡蝶與？胡蝶之夢爲周與？周與胡蝶，則必有分矣。此之謂物化。」○漢書霍去病傳曰：「諸宿將常留落不耦。」顔曰：「留謂遲留，落謂墜落，故不諧耦而無功也。」案：偶，「耦」之通借字，史記驃騎將軍傳作「遇」。

辱在喬木之邦，曲爲小草之地。陋阿買之不識字，亦許纏紅；憐廣文之久到官，僅能破白。出瀾翻之薦口，起陸沉之滯蹤。雖十夫不得以撓椎，信百金難比於重諾。以上被薦。

孟子梁惠王下曰：「所謂故國者，非有喬木之謂也。」○世説新語排調篇曰：「謝公始有東山之志，後嚴命屢臻，勢不獲已，始就桓公司馬。於時人有餉桓公藥草，中有遠志，公取以問謝：『此藥又名小草，何一物而有二稱？』謝未即答，時郝隆在坐，應聲答曰：『此甚易解，處則爲遠志，出則爲小草。』謝甚有愧色。」漢書灌夫傳曰：「獨不爲李將軍地乎？」○韓退之醉贈張祕書詩曰：「阿買不識字，頗知書八分。」五百家注引趙堯夫曰：「或問魯直翁：『阿買是退之何人？』答云：『退之姪。』必有所據而云。」黄魯直次韻子瞻詩曰：「誠堪壻阿巽，買紅纏酒缸。」任子淵注曰：「山谷在黔州與王瀘州帖云：『小子相今年十四，骨氣差厖厚。』以此帖觀之，在京師時，三四歲矣。阿巽蓋蘇邁伯達之女，東坡之孫。山谷雖有此言，其後契闊，竟不成婚，嫁范子功之孫淏。淏字箕叟。敷文學士蘇符仲虎，伯達之子也，其言云耳。」案：此牽二事用，前人有此法，而二事比喻，別有風趣。○杜子美戲簡鄭廣文詩曰：「廣文到官舍，繫馬堂階下。」新唐書文藝中鄭虔傳曰：「虔，鄭州滎陽人。玄宗愛其才，欲置左右，以不事事，更爲置廣文館，以虔爲博士。虔聞命，不知廣文曹司何在，訴宰相，宰相曰：『上增國學，置廣文館以居賢者，令後世言廣文博士自君始，不亦美乎？』虔乃就職。久之，雨壞廡舍，有司不復修完，寓治國子館，自是遂廢。」○燕翼詒謀録卷五曰：「元祐元年十二月，以改官員多，吏部侍郎孫覺請歲以百人爲額，從之。紹聖三年，吏部乞以每甲五人，引見不拘數，則是歲有三百餘員也。中興以來，改官人數絶少，歲不過數十人，雖令選人舉官，逐員放散，數亦不增。至紹熙初，號爲頓增，亦僅三十餘員。慶元以後，歲有溢額，蓋孤寒路絶，得舉官五員俱足，而不得者多不破白，勢使然也。」李申甫謝董侍郎舉狀曰：「心感恩於破白。」孫禹見箋引此，且申之曰：「破白，宋人語。」其説甚是。而注橘山此文云：「晉阮籍能爲青白眼，遇所憎則待以白眼，遇所喜則破白爲青。」檢晉書阮籍傳及世説新語簡傲篇注引晉百官名，皆無「破白爲青」句，疑未足據也。○韓退之記夢詩曰：「挈攜陬維口瀾翻。」又寄崔斯立詩曰：「幾欲犯顔出薦口。」○莊子則陽篇曰：「方且與世違，而心不屑與之俱，是陸沈者也。」郭注曰：「人中隱者，譬無水而沈也。」○漢書景十三王中山靖王勝傳：「勝對曰：朋黨執虎，十夫橈椎。」顔注曰：「橈，曲也，音女教反。」案：「撓」「橈」字通。○百金重諾，見李義山爲張周封上楊相公啓注。

茲蓋伏遇某官，棟梁王室，冠冕儒流。思天下之溺，天下之饑，志存康濟；蘊賢人之德，賢人之業，已益謙虛。方宸婘之至濃，乃巖瞻之久鬱。退安家食，坐軫國憂。謝傅之臥東山，將復爲蒼生而起；潞公之居洛水，豈徒從耆老之游。激揚頹風，訓奬下輩。要使羣木皆歸匠石之圃，百藥俱萃醫師之門。一朝膺宅揆之求，四顧免乏材之歎。遂令頑頓，亦預褒升。以上謝薦。

後漢書陳球傳曰：「球潛與司徒劉郃謀誅宦官，尚書劉納亦深勸於郃曰：公爲國棟梁。」○王仲寶褚淵碑文曰：「濯纓登朝，冠冕當世。」李善引庾冰疏曰：「臣因循家寵，冠冕當世。」○孟子離婁下曰：「禹思天下有溺者，由己溺之也；稷思天下有飢者，由己飢之也。」○易繫辭上曰：「可久則賢人之德，可大則賢人之業。」○説文曰：「眷，顧也。」史記樊噲傳曰：「呂須婘屬。」則借「婘」字爲「眷」，此文蓋倣之。○巖瞻，即取詩節南山之字，屢見前注。○易大畜曰：「不家食，吉。」孔疏曰：「不使賢人在家自食，如此乃吉也。」○曹子建雜詩曰：「甘心赴國憂。」○晉書謝安傳曰：「高崧戲之曰：『卿累違朝旨，高臥東山，諸人每相與言：安石不肯出，將如蒼生何，蒼生今亦將如卿何？』」又曰：「安薨時年六十六，贈太傅，謚曰文靖。」○宋史文彥博傳曰：「封潞國公。」又曰：「既歸洛，與富弼、司馬光等十三人，用白居易九老會故事，置酒賦詩相樂，序齒不序官，爲堂繪像其中，謂之洛陽耆英會，好事者莫不慕之。」○韓退之爲人求薦書曰：「以某在公之宇下非一日，而又辱居姻婭之後，是生于匠石之園，長于伯樂之廄者也。」又進學解曰：「大木爲杗，細木爲桷，構櫨侏儒，椳闑居楔，各得其宜，施以成室者，匠氏之工也。」又曰：「玉札丹砂，赤箭青芝，牛溲馬勃，敗鼓之皮，俱收並蓄，待用無遺者，醫師之良也。」○書舜典曰：「使宅百揆。」○司馬子長報任少卿書曰：「今朝廷雖乏人。」○漢書陳平傳：「平曰：士之頑頓耆利無恥者，亦多歸漢。」注如淳曰：「頑頓，謂無廉隅也。」顏曰：「頓讀曰鈍，耆讀曰嗜。」案：史記陳丞相世家「頓」作「鈍」，「頓」，借字。

某敢不躬佩斯言，力耕所學？從茲生理，有黃閣老之可憑；何以酬恩，惟丹石心之不改。以上自矢。○工細中時見新穎。清四庫書目評云：「好博務新，轉傷繁冗，然織組尚爲工穩，其佳處要不可掩。」良然。

禮運曰：「故人情者，聖王之田也，脩禮以耕之，陳義以種之，講學以耨之。」○杜子美將赴成都草堂寄嚴鄭公詩曰：「生理祇憑黃閣老。」漢舊儀卷上曰：「丞相聽事，閣曰黃閣。」○呂氏春秋誠廉篇曰：「石可破也，而不可奪堅；丹可磨也，而不可奪赤。」謝玄暉始出尚書省詩曰：「既秉丹石心，寧流素絲涕。」

魏華甫

魏了翁，字華甫，號鶴山，邛州蒲江人。慶元五年進士第。時方諱言道學，了翁策及之，授僉書劍南西川節度使判官公事。開禧元年召試學士，韓侂胄方謀開邊，一時憂駭無敢言者，了翁極論其不可，策出，衆大驚，改祕書省正字，知嘉定府。值吴曦之變，奉親歸里。侂胄誅，朝廷收召諸賢，了翁預焉。會史彌遠入相專權，了翁力辭召命，丁生父憂，解官，築室白鶴山下，士爭負笈從之。歷知漢州、眉州，累遷祕書監起居舍人。理宗即位，遷起居郎，以集英殿修撰知常德府，降三官，靖州居住，後復職，授潼川路安撫使，詔權禮部尚書兼吏部尚書，以端明殿學士同僉書樞密院事，督視京湖軍馬，旋命兼督視江淮軍馬，進封臨邛縣開國侯，召爲僉書樞密院事，以疾力辭不拜。嘉熙元年，知福州兼福建安撫使，卒，謚文靖。宋史入儒林傳。

潼川路安撫到任謝表

宋史理宗紀曰：「紹定五年八月己未，魏了翁以寶章閣待制、潼川安撫使知瀘州。」儒林魏了翁傳曰：「嘉定十七年，遷祕書監，尋以爲起居舍人，再辭而後就列。入奏，其言剴切，無所忌避，而時相始不樂矣。理宗即位，明年改元寶慶，權尚書工部侍郎，了翁以疾力辭，乃以集英殿修撰知常德府。越二日，諫議大夫朱端常遂劾了翁欺世盜名，朋邪謗國，詔降三官，靖州居住。紹定四年，復職，主管建寧府武夷山沖佑觀。五年，提舉江州太平興國宫，尋知遂寧府，辭不拜，進寶章閣待制、潼川路安撫使，知瀘州。」職官志七曰：「經略安撫司經略安撫使一人，以直祕閣以上充，掌一路兵民之事。舊制，安撫總一路兵政，以知州兼充，太中大夫以上或曾歷侍從乃得之，品卑者止稱主管某路安撫司公事。中興以後，職名稍高者，出守皆可兼使。」地理志五曰：「潼川府路：府二，潼川、遂寧；州九，果、資、普、昌、敍、瀘、合、榮、渠；軍三，長寧、懷安、廣安；監一，富順。」輿地紀勝卷一百五十四曰：「中興以來，四路各建帥府，分委邊防，而夔路黔轄猶兼於瀘南。張魏公浚宣撫川陝，奏請各專其任，而夔、梓始分，乃各陞本路安撫，惟瀘州止帶沿邊安撫，統隸不過三州。其後王之奇以檢詳建言，乞以瀘南爲潼川府路安撫使，俾得刺舉一道，自是權任益重。瀘州爲一路安撫自梁介始。」案：宋瀘州治瀘川縣，今四川瀘縣治。

王三錫命，誤新渥於松階；國十爲連，忝舊封於梓部。莫俞巽牘，敢後寅車。臣某惶懼惶懼頓首頓首。

師九二曰：「王三錫命。」○藝文類聚帝王部一引符子曰：「堯曰：余坐于華殿之上，森然而松生於棟。」羣書治要引帝王世紀曰：「墨子以爲堯舜堂高三尺，土階三等。」○十國爲連，見王才臣成都謝表注。○輿地紀勝曰：「潼川府路潼川府梓州：梓潼郡。秦爲蜀郡地，漢高帝分置廣漢郡，後漢因之，蜀先主定蜀，分廣漢置梓潼郡。國朝詔梓州升爲潼川府，以梓州路爲潼川府路，自中興以來，陞瀘南爲潼川府路安撫使，俾舉刺一道。」○易巽彖傳曰：「重巽以申命。」○詩六月曰：「元戎十乘。」毛傳曰：「夏后氏曰鉤車，先正也；殷曰寅車，先疾也；周曰元戎，先良也。」

伏念臣才不適時，學惟事道。際遇兩朝之久，踐揚三紀之間。爲詩遺王，名曰鴟鴞，本期救亂；取彼譖人，投畀豺虎，皇恤傷讒。尚憑高廟之神靈，敢賴天王之明聖。返湘纍之初服，釋楚縶之南冠。訖俾生還，誓言死報。以上述直言被謫，幸蒙復職。

隋煬帝遺江總書曰：「公等文儒自立，器用適時。」○孟子萬章下曰：「然則孔子之仕也，非事道與？曰：事道也。」○兩朝，謂寧宗、理宗。○書僞畢命曰：「既歷三紀。」○書金縢曰：「公乃爲詩以貽王，名之曰鴟鶚。」詩序曰：「鴟鴞，周公救亂也，成王未知周公之志，公乃爲詩以遺王，名之曰鴟鴞。」○詩序曰：「巷伯，刺幽王也，寺人傷於讒，故作是詩也。」其詩曰：「取彼譖人，投畀豺虎。」○韓退之拘幽操曰：「天王聖明。」○離騷曰：「退將復修吾初服。」漢書楊雄傳反騷曰：「欽弔楚之湘纍。」顔注引李奇曰：「屈原赴湘死，故曰湘纍也。」○楚纍，見孫仲益上梁文注。○杜子美述懷詩曰：「朝廷慜生還。」

矧又授鉞於赤甲白鹽之下，予麾於玉堂金壁之閒。猶未厭於宸心，復洊頒於閫寄。地連巴益，分四千石虎竹之符；江接牂渝，理十六載竈琴之夢。維時多故，歷變方新。民夷有侏儒擾雜之難齊，郡國有赤子龍蛇之未定。而民力張弓之莫弛，邊氛煽燎之方揚。豈惟鵜在梁之羞，抑亦蚉負山之懼。厥惟忝冒，實出會逢。以上命爲潼川安撫。

文選東京賦曰：「授鉞四七。」薛綜注曰：「授，與也；鉞，斧鉞也；四七，二十八將也。」杜子美夔州絕句曰：「赤甲白鹽俱刺天。」太平寰宇記：「山南東道（後爲夔州路）夔州奉節縣：赤甲城，公孫述築，不生樹木，土石悉赤，如人袒臂，故曰赤甲；白鹽山，在州城澗東。」清統志曰：「四川夔州府：赤甲山，在奉節縣東十五里；白鹽山，在奉節縣東十七里。」○顔延年五君詠曰：「一麾乃出守。」楊子雲解嘲曰：「歷金門上玉堂有日矣。」○史記馮唐傳曰：「臣聞上古王者之遺將也，跪而推轂，曰：閫以內者，寡人制之；閫以外者，將軍制之。」○漢書地理志，巴郡、蜀郡原注皆云「秦置」。巴郡治江州縣，今四川巴縣治；蜀郡治成都縣，今四川成都縣治。○漢書百官公卿表上曰：「武帝元封五年初置部刺史，掌奉教條察州，秩六百石。」

成帝綏和元年更名牧，秩二千石。郡守，秦官，秩二千石，景帝中二年更名太守。」案：華甫以安撫使知瀘州，兼牧守之任，故曰四千石也。文帝紀曰：「三年九月，初與郡守爲銅虎符、竹使符。」注應劭曰：「銅虎符第一至第五，國家當發兵，遣使者至郡合符，符合乃聽之。竹使符皆以竹箭五枚，長五寸，鐫刻篆書，第一至第五。」○水經温水注曰：「豚水東北流逕談稾縣，東逕牂柯郡且蘭縣，謂之牂柯郡水。」元和志曰：「劍南道渝州：古之巴國也。漢高帝爲漢王，王巴蜀，天下既定，乃分巴蜀置廣漢郡。武帝又置犍爲郡。劉璋爲益州牧，分巴郡自墊江以下爲永寧郡。先主又以固陵爲巴東郡。由是巴郡分而爲三，號曰三巴。梁武陵王蕭紀於巴郡置楚州。隋開皇九年改楚州爲渝州，因渝水爲名。」九域志曰：「夔州路渝州治巴縣。」輿地紀勝曰：「夔州路重慶府：唐爲渝州，皇朝平蜀，分川蜀四路，改隸夔州路，後更名恭州，中興以光宗皇帝潛藩，陞爲重慶府。」清统志曰：「貴州貴陽府：牂牁江，在定番州（今縣）南，一名都泥江，出州西北三十里亂山中，曰濛潭，經州南界，又南入廣西泗城府界。」○華甫以寧宗嘉定十年主管潼川路公事，至理宗紹定五年，正十六年。東都事略趙抃傳曰：「遷龍圖閣直學士，知成都府。神宗即位，召知諫院，及謝，神宗謂曰：聞卿匹馬入蜀，以一琴一龜自隨，爲政簡易，亦稱是邪？」○禮記樂記：「子夏曰：今夫新樂，姦聲以濫，溺而不止，及優侏儒，獶雜子女。」釋文曰：「儒音儒。」○赤子龍蛇，見王才臣表。○禮記雜記下：「子曰：『張而不弛，文武弗能也；弛而不張，文武弗爲也。一張一弛，文武之道也。』」鄭注曰：「張弛，以弓弩喻人也，弓弩久張之則絶其力，久弛之則失其體。」○詩正月曰：「燎之方揚，寧或滅之？」鄭箋曰：「火田爲燎。」○詩候人曰：「維鵜在梁，不濡其翼。彼其之子，不稱其服。」○莊子應帝王篇：「狂接輿曰：其於治天下也，猶涉海鑿河而使蚉負山也。」

茲蓋恭遇皇帝陛下，德歌九功，明見萬里。暢皇威於海岱，允矣東漸；紓廟算於岷嶓，睠焉西顧。謂南維之絕徼，實北定之良圖。念及微忠，復加隆委。以上頌德。

左文七年：「郤缺曰：九功之德，皆可歌也，謂之九歌。」○後漢書竇融傳曰：「璽書既至河西，咸驚以爲天子明見萬里之外。」○杜子美洗兵馬詩曰：「已喜皇威清海岱。」○書禹貢曰：「東漸于海。」○孫子計篇曰：「夫未戰而廟算勝者，得算多也。」書禹貢曰：「岷嶓既藝。」○詩皇矣曰：「乃眷西顧。」釋文曰：「眷，本又作『睠』。」大東曰「睠言顧之」，荀子宥坐篇引作「眷」焉。○淮南子天文篇曰：「西南爲背陽之維。」新唐書天文志曰：「江源自南紀之首，循梁州南徼，達華陽，而與地絡相會。」韓退之湘中酬張功曹詩曰：「休垂絕徼千行淚。」○宋書武帝紀：「司馬休之上表曰：太尉南剿盧循，北定廣固。」

臣敢不修其可願，欽乃攸司。銷帶牛佩犢之風，導之務本；堅使馬如羊之誓，廉以安邊。以上自勉。○警悚處可以發皇耳目。

書僞大禹謨曰：「敬修其可願。」○書僞周官曰：「欽乃攸司。」○漢書循吏龔遂傳曰：「遂至渤海，選用良吏尉，民有帶持刀劍者，使賣劍買牛，賣刀買犢，曰：何爲帶牛佩犢？」○後漢書張奐傳曰：「遷安定屬國都尉，羌豪帥感奐恩德，上馬二十匹，先零酋長又遺金鐻八枚，奐並受之，而召主簿於諸羌前，以酒酹地曰：『使馬如羊，不以入廄；使金如粟，不以入懷。』悉以金馬還之。」

李公甫

李劉，字公甫，號梅亭，撫州崇仁人。嘉定七年進士第，除寧鄉主簿，權善化丞。衛涇爲湖南安撫，辟權司户。蜀帥董居誼辟充成都撫幹，後歷守榮、眉二州，進總漕事，總蜀帥，知成都府守本路憲、四川都大茶馬等司，歷中書舍人、直學士院、吏部侍郎、寶章閣待制。理宗嘗書「梅亭」以賜之。見孫禹見（雲翼）梅亭先生小傳及宋史翼卷二十九文苑傳。○孫禹見梅亭四六標準箋釋，較橘山四六注爲勝，今多取之。

賀丞相明堂慶壽并册皇后禮成平淮寇奏捷啓

宋史理宗本紀一曰：「紹定三年十二月甲子詔：『逆賊李全反形日著，今乃肆爲不道，已勑江淮制臣率兵進討，有能擒斬全以降者，加以不次之賞。』丁卯，册命貴妃謝氏爲皇后。癸未，上壽明仁福慈睿皇太后尊號册寶。四年春正月戊子，皇太后七十有五，上詣慈明殿行慶壽禮，大赦，史彌遠以下進秩有差。壬寅，趙范、趙葵等誅李全於新塘，詔各進兩秩，餘推恩有差。」史彌遠傳曰：「彌遠，字同叔，浩之子也，拜右丞相兼樞密使。寧宗崩，擁立理宗。」

邦慶頻仍，王勳赫奕。事天明，事母孝，新周南正始之基；有文德，有武功，策召公平夷之績。一相主內，四夷具瞻。以上總敘。

爾雅釋詁曰：「仍，厚也。」郭注曰：「頻，仍。」○周禮春官司勳曰：「王功曰勳。」何平叔景福殿賦曰：「赫奕昭鑠。」○孝經曰：「明王事父孝，故事天明；事母孝，故事地察。」○毛詩序曰：「周南、召南，正始之道，王化之基。」○詩六月曰：「文武吉甫。」孔疏曰：「王師所以得勝者，以有文德武功之臣尹吉甫，其才略可爲萬國之法。」○毛詩序曰：「江漢，尹吉甫美宣王也，能興衰撥亂，命召公平淮夷。」○公羊傳隱五年曰：「一相處乎內。」

恭惟某官，氣塞乾坤，心貫日月。大鈞播物，風霆不顯其流形；直柄當權，水火共成於正味。无妄式遄於勿藥，有孚信利於涉川。理身理國，厥既兩全；治內治外，粲然兼舉。以上先渾稱史之德業。

大鈞，見李居厚啓「洪鈞」注。○禮記孔子閒居曰：「風霆流形，庶物露生。」○韓退之石鼎聯句曰：「直柄未當權。」○左傳昭二十年：「晏子曰：和如羹焉，水、火、醯、醢、鹽、梅，以烹魚肉，宰夫和之，齊之以味。」○易无妄九五曰：「无妄之疾，勿藥有喜。」○詩烝民曰：「式遄其歸。」理宗本紀曰：「紹定三年十二月詔：史彌遠敷奏精敏，氣體向安，未欲勞以朝謁，可十日一赴都堂治事。」○易中孚曰：「利涉大川。」○後漢書崔實傳實政論曰：「蓋爲國之法，有似理身，平則致養，疾則攻焉。」○毛詩序曰：「天保以上治內，采薇以下治外。」

肅雍顯相，而於穆清廟；涓選休成，而爰熙紫壇。太姒嗣徽音，正九重之寶册；王母受介福，奉萬歲之玉巵。以上慶壽及册后。

詩清廟曰：「於穆清廟，肅雍顯相。」○漢書禮樂志郊祀歌曰：「涓選休成，天地並況，惟予有慕，爰熙紫壇，思求厥路。」顏注曰：「熙，興也；紫壇，壇紫色也。」○詩思齊曰：「太姒嗣徽音。」○梁簡文帝菩提樹頌曰：「寶册葳蕤。」○易晉六二曰：「受茲介福，於其王母。」○漢書高紀曰：「上奉玉卮爲太上皇壽。」宋史后妃傳曰：「寧宗恭聖仁烈楊皇后，或云會稽人。嘉定十四年，帝養宗室子貴和立爲皇子，賜名竑，史彌遠爲丞相，既信任於后，遂專國政，竑不能平，彌遠欲立他宗室子昀爲皇子。十七年閏八月丁酉，帝大漸。彌遠夜召昀入宮，后拊其背曰：『汝今爲吾子矣。』遂矯詔廢竑爲濟王，立昀爲皇子。即帝位，尊皇后曰皇太后，同聽政。」又曰：「理宗謝皇后諱道清，天台人。」

豈謂孽臣之奸驕，敢負湛恩之汪濊？楚氛甚惡，動兵邦域之中；漢相有真，折衝尊俎之上。薄言討伐，亟遂殄殲。南方之强與，北方之强與，風移俗易；東夷之人也，西夷之人也，氣奪膽寒。風聲鶴唳，不但平淮；雪夜鵝鳴，更觀擒蔡。信君子不戰，戰必勝；知人臣無將，將則誅。以上平李全。

元次山大唐中興頌曰：「孽臣姦驕。」案：此孽臣指李全也。全，濰州北海人，便弓馬，能運鐵槍，人號李鐵槍。時金主還汴，賦斂益横，河北、山東遺民羣聚爲盜，全亦聚衆千人鈔掠山東，襲取金、青、莒州。嘉定十年歸于宋，宋以爲京東路總管，又進安撫使兼京東總管。寶慶二年，蒙古圍李全於青州，三年，全降蒙古。李全妻楊氏與其黨李福逐淮東制置使姚翀。宋改楚州爲淮安軍，張林等歸淮安，討李福，平之。李全自青州復入淮安，殺張林等。紹定三年，起復趙范、趙葵節制鎮江、滁州軍馬。李全寇揚州，范葵擊敗之，誅全，其亂始平。見宋史叛臣李全傳。○司馬長卿難蜀父老曰：「湛恩汪濊。」○左傳襄二十七年：

「伯夙謂趙孟曰：楚氛甚惡。」○論語季氏篇曰：「且在邦域之中矣。」又曰：「而謀動干戈於邦內。」○真漢相，見秦少游啓注。○齊策五：「蘇子説齊閔王曰：拔城於尊俎之閒，折衝席上者也。」○詩六月曰：「薄伐玁狁。」○書僞泰誓下曰：「殄殲乃讎。」○禮記中庸曰：「南方之强與？北方之强與？」漢書賈誼傳：「上疏曰：夫移風易俗，使天下回心而鄉道，類非俗吏之所爲也。」○孟子離婁下曰：「舜，東夷之人也；文王，西夷之人也。」案：此借用其語。○名臣言行録前集卷七（范仲淹）引名臣傳曰：「公與韓琦協謀，必欲收復靈、夏、横山之地，邊上謡曰：軍中有一韓，西賊聞之心骨寒；軍中有一范，西賊聞之驚破膽。」○晉書載記苻堅下曰：「堅爲流矢所中，單騎遁還於淮北，聞風聲鶴唳，皆謂晉師之至。」○新唐書李愬傳曰：「夜半至懸瓠城，雪甚，城旁有鵝鶩池，愬令擊之，以亂軍聲。」○孟子公孫丑下曰：「故君子有不戰，戰必勝矣。」○公羊傳昭元年曰：「君親無將，將則誅焉。」漢書叔孫通傳：「博士諸生三十餘人前曰：人臣無將，將則反，罪死無赦。」注臣瓚曰：「將，謂爲逆亂也。」顔曰：「將有其意。」

非能人百而己千，疇見兼三而施四。補成帝略，悉出廟謨。近使觀其知，煩使觀其能，曾不陳於聲色；無事用之禮，有事用之戰，悉顯奏於膚公。非無敵用儒者之真，孰自任以天下之重。黄河如帶山如礪，疇高蕭相之功；西平有子我有臣，請繼柳侯之雅。以上總頌其功業。

中庸曰：「人一能之，己百之；人十能之，己千之。」○孟子離婁上曰：「周公思兼三王以施四事。」○後漢書鄧禹傳贊曰：「明啓帝略。」○後漢書光武本紀贊曰：「明明廟謨。」○莊子列御寇篇曰：「故君遠使之而觀其忠，近使之而觀其敬，煩使之而觀其能。」○禮記聘義曰：「故勇敢强有力者，天下無事，則用之於禮義，天下有事，則用之於戰勝。」○詩六月曰：「以奏膚公。」毛傳曰：「奏，爲；膚，大；公，功也。」○法言寡見篇曰：「如用真儒，無敵于天下。」○孟子萬章上曰：「其自任以天下之重如此。」○漢書高惠高后文功臣表序曰：「封爵之誓曰：『使黄河如帶，泰山若厲。國以永存，爰及苗裔。』」○史記蕭相國世家曰：「高祖以蕭何功最盛，封爲酇侯。」○柳子厚平淮西雅曰：「皇曰咨愬，裕乃父功。」又曰：「西平有子，惟我有臣。」音辯曰：「李愬父李晟，事德宗平朱泚，封西平王。」案：史彌遠父浩，宋史浩傳曰：「字直翁，明州鄞縣人。除參知政事。隆興元年，拜尚書右僕射，出知紹興。淳熙五年，復爲右丞相，謚文惠。」故以西平父子爲比。然如彌遠之姦，實爲浩不肖子，而李全之亂，亦由彌遠養成，幸趙湘爲江淮制置使，能從趙范、趙葵出師平賊耳。此文歸功彌遠，亦諛詞也。

某久違光範，逖守夜郎。揆分雖一蟻之微，聞喜極六鼇之抃。燕雀賀廈，豈惟免風雨之憂；鴻雁賓秋，更乞遂江湖之樂。以上致賀。○運古入化，文亦極飛動之致。

韓退之上宰相書曰：「謹伏光範門下，再拜獻書相公閣下。」玉海卷二百七十宫室曰：「唐光範門在大明宫含元殿西。」○史記西南夷傳曰：「西南夷君長以什數，夜郎最大。」案：公甫榮州到任謝桂制置啓曰：「惟和義之斗絶，實夜郎之奎限。」則夜郎謂榮州也。宋潼川府路榮州：和義郡，治榮德縣，今四川榮縣治。○楚辭天問曰：「鼇戴山抃，何以安之？」列子湯問曰：「龍伯之國有大人，一釣而連六鼇。」○淮南子説林篇曰：「大廈成而燕雀來賀。」○法言吾子篇曰：「震風陵雨，然後知夏屋之爲帲幪也。」○禮記月令曰：「季秋之月，鴻雁來賓。」○韓退之與孟東野書曰：「江湖吾樂也。」

方巨山

方岳，字巨山，號秋崖，歙州祁門人。紹定五年試別省第一，殿試已首選，以語侵史彌遠，抑置第七，調南康軍及滁州教授，除淮東安撫司幹官，制置使趙葵深倚之，秩滿進官。先是史嵩之在鄂渚，主和議，北使王檝有割江之請，岳嘗代葵書稿責嵩之，嵩之怒，嗾言者論之，閒居四年。及嵩之去，乃以禮兵部架閣召。後知南康軍，以杖舟卒忤荆帥賈似道，改知邵武軍。後以劾大豪廖復之奏格不下，三上疏求去，改知饒州、知寧國，皆未上而罷。起知袁州。丁大全預政，以先求舉薦不得怒之，除爲吏部尚書左郎官，而囑沿江副使袁玠劾罷之。賈似道相，起知撫州，辭不赴，卒。見宋史翼卷十七列傳。

兩易邵武軍謝廟堂啓

宋史翼方岳傳曰：「知南康軍。郡故當左蠡之衝，置閘以便泊舟，湖廣總領所綱梢據閘邀民錢，非萬錢不得入，舟多覆溺。岳取綱梢榜之百，京湖閫賈似道怒，謂無體統，移文令岳具析，岳謂：『湖廣總領所豈可於江東郡尋體統？』大書判數百語，且曰：『豈不知天地閒有一方岳？』因還其文。似道益不堪，遂劾諸朝，朝不直似道，因兩易之，以岳知邵武軍，力乞祠，不許。」案：宋福建路邵武軍治邵武縣，今福建邵武縣治。宋史理宗紀曰：「淳祐十年三月庚寅，以賈似道爲端明殿學士、兩淮制置大使。」姦臣賈似道傳曰：「似道字師憲，台州人。其姊入宫，有寵於理宗。淳祐五年，爲沿江制置副使。一歲中再遷京湖制置使兼知江陵府。九年，加寶文閣學士、京湖安撫制置大使。十年，以端明殿學士移鎮兩淮。」則知巨山易知邵武，亦在淳祐十年也。又案：理宗紀：「淳祐九年閏二月甲辰，以鄭清之爲左丞相，趙葵爲右丞相。」則十年廟堂執政者，即此二人也。

同舟遇風，其敢視人之溺；鄰國爲壑，不虞按吏之遥。脱非覆幬以如天，誰與轉移而易地。某知自矣，請具陳之。以上先述其大意。

孫子九地篇曰：「夫吴人與越人相惡也，當其同舟濟而遇風，其相救也如左右手。」○孟子告子下曰：「今吾子以鄰國爲壑。」○禮記中庸篇曰：「辟如天地之無不持載，無不覆幬。」○孟子離婁下曰：「禹、稷、顔子，易地則皆然。」○中庸曰：「知風之自。」○杜子美上韋左丞丈詩曰：「賤子請具陳。」

伏念某窮且益堅，愚而自用。當汲黯之妄發，不能爲性命而忍須臾；雖李廣之數奇，未嘗以屈辱而遽摧沮。故知有是非，不知有利害。毋得罪煢獨，寧得罪高明。平生所爲，每坐如此。以上自述平日行事。

窮且益堅，見王子安滕王閣餞别序注。○中庸曰：「愚而好自用。」○史記汲黯傳上曰：「吾不聞汲黯之言，今又妄發矣。」○漢書賈山傳至言曰：「願少須臾無死。」○史記李將軍傳曰：「大將軍青亦陰受上誡，以爲廣（李廣）老數奇。」○列子黄帝篇曰：「七年之後，從心之所念，庚無是非；從口之所言，庚無利害。」○書洪範曰：「無虐煢獨而畏高明。」

會守廬山之荒壘，正臨匯澤之重湖。飛揚舳艫，惟餫舟之湊集；隳突闠闤，甚羣盜之歡呼。每挺刃以駭吾民，至殺人而尸諸市。可爲太息，莫敢孰何。豈圖雄霸之風，乃見清平之世？此而不戢，亂亦非難。痛繩治之，真是驅龍蛇而搏虎豹；稍懲艾矣，幸無舞鰍鱔而號狐狸。獨有湖廣之綱梢，敢據康廬之石闇。薄人於險，竟致漂淪。籲天何辜，有來赴愬。然則爲之長者，得不追而杖之？夫奚桀黠吏之單辭，已觸權貴人之盛怒？冠雖弊不以苴履，人謂斯何？水之激可使在山，慮不及此。其所謂之體統，實可駭於文移。縱自臥上床，使客臥下床，未除豪氣；然君處北海，寡人處南海，胡涉吾疆。驟騰劾奏之章，重費并包之度。以上述知南康軍，杖舟卒忤湖帥之始末。

輿地紀勝曰：「江南東路南康軍：星子縣，爲南康軍治，廬山去城北十五里。」清統志曰：「江西南康府：廬山，在星子縣西北二十里。」○書禹貢曰：「東匯澤爲彭蠡。」太平寰宇記曰：「江州德化縣：彭蠡湖，在縣東南，與都昌縣分界。南康軍都昌縣：左蠡山，在縣西八十里，臨彭蠡湖。」清統志曰：「南康府：彭蠡湖，在星子縣東南及都昌縣西一里，即鄱陽湖。」○漢書武帝紀曰：「元封五年冬，行南巡守，自尋陽浮江，舳艫千里。」注李斐曰：「舳，船後持柂處也；艫，船前頭刺櫂處也。」顔曰：「舳音軸，艫音盧。」○詩黍苗箋曰：「營謝轉餫之役。」釋文曰：「餫，本作『運』。」○文選陳孔璋爲袁紹檄豫州曰：「操又特置發丘中郎、摸金校尉，所過隳突，無骸不露。」又張平子西京賦曰：「通闤帶闠。」古今注卷上曰：「闤，市牆也；闠，市門也。」○柳子厚憎王孫文曰：「嘯呼羣萃。」○柳子厚讀毛穎傳後題曰：「若捕龍蛇，搏虎豹，急與之角，而力不敵暇。」○蘇子瞻祭歐陽文忠文曰：「譬深山大澤，龍亡而虎逝，則變怪雜出，舞鰌鱓而號狐狸。」案：「鰍」與「鰌」，「鱔」與「鱓」，同。○韓退之上留守鄭相公啓曰：「人有告人辱罵其妹與妻，爲其長者，得不追而問之乎？追而不至，爲其長者，得不怒而杖之乎？」○宋人於運送公家之物，多以「綱」名，如茶綱、鹽綱以至花石綱等是也。篙工曰梢子，綱梢即運送之舟卒也。此湖廣之綱梢，屬於湖廣總領所。建炎以來朝野雜記甲集卷十一曰：「總領財賦，古無其名。靖康末，高宗以大元帥駐軍濟州，命隨軍轉運使梁揚祖總領措置財用，然未以名官也。建炎末，張魏公用趙應祥總領四川財賦，始置所繫銜，總領之官自此始。其後大軍在江上，閒遣版曹或太府、司農卿、少，調其錢糧，皆暫以總領爲名。而四川改置都轉運司，故總領又廢。紹興十一年，諸將既罷兵，乃置三總領，以朝臣爲之，皆帶專一報發御前軍馬文字，蓋又使之與聞軍政，不獨職饋餉而已。凡鎮江諸軍錢糧，隸淮東總領，治鎮江；建康、池州諸軍錢糧，隸淮西總領，治建康；鄂州、荆南、江州諸軍錢糧，隸湖廣總領，治鄂州。」○左文十二年：「胥甲、趙穿當軍呼曰：不待期而薄人于險，無勇也。」○書僞泰誓中曰：「無辜籲天。」○孟子梁惠王下曰：「欲赴愬於王。」○史記貨殖傳曰：「桀黠奴人之所異也。」宋史食貨志曰：「凡一綱計其舟車役人之直，給付主綱吏顧募。」○韓退之柳子厚墓誌銘曰：「皇考諱鎮，以不能事權貴失御史，權貴人死，乃復拜侍御史。」○漢書賈誼傳上疏陳政事曰：「冠雖蔽不以苴履。」顔注曰：「苴者，履中之藉也，音子苴反。」○人謂斯何，已見王才臣表注。○孟子告子上曰：「今夫水，激而行之，可使在山。」○魏志陳登傳（附張邈傳後）曰：「登字元龍。許汜曰：陳元龍無主客之意，久不相與語，自上大牀臥，使客臥下牀。」○左僖四年：「楚子使與師言曰：君處北海，寡人處南海，唯是風馬牛不相及也，不虞君之涉吾地也，何故？」○司馬長卿難蜀父老曰：「馳騖乎兼容并包。」

此蓋伏遇某官，以皇極容受，以大明照臨。謂爾湖廣，謂我江東，暸然漢地理之志；紉此鄰邦，紉彼朝士，岌乎唐藩鎮之憂。於其不得已之中，示以聊復爾之意。蔽自密運，薄言對移。失一老兵，得一老兵，初無傷於毫髮；待以國士，報以國士，敢敬布其腹心。以上謝其調護之意。

書洪範曰：「五皇極。下協于極，不罹于罰，皇則受之。」僞孔傳曰：「凡民之行，雖不合于中，而不罹于咎惡，皆可進用，大法受之。」○禮記昏義曰：「大明生于東。」書僞泰誓下曰：「若日月之照臨。」○漢書有地理志。○新唐書有藩鎮傳。○世説新語任誕篇：「阮仲容曰：未能免俗，聊復爾耳。」○晉書謝奕傳（附謝安傳後）曰：「奕與桓温善，温辟爲安西司馬，猶推布衣好。奕每因酒，無復朝廷禮，常逼温飲，温走入南康主門避之。奕遂攜酒就聽事，引温一兵帥共飲，曰：『失一老兵，得一老兵，亦何所在？』温不之責。」○史記刺客傳：「豫讓曰：智伯國士遇我，我故國士報之。」○左宣十二年：「鄭伯曰：敢布腹心。」

尚念某，草茅之習固然，萍梗之蹤方定。若曰統臨之部，本無界限之分，恐郡國難，而朝廷處之亦難。既江東可則，福建奚其不可？畏首畏尾，吾身餘幾，誰云天地之寬；何蓑何笠，爾牧來思，孰與山林之密？敢因摧謝，併以懇祈。以上并及請退之意。○傲岸不凡，可見作者風骨。

說苑善説篇曰：「晉獻公之時，東郭氏有祖朝者，上書獻公曰：草茅臣東郭氏祖朝願請聞國家之計。」○歐陽詹許州途中詩曰：「隨萍逐梗見春光。」○左文十七年：「鄭子家與趙宣子書曰：『古人有言曰：畏首畏尾，身其餘幾？』」○岑參送張祕書赴江外詩曰：「九州天地寬。」○詩無羊曰：「爾牧來思，何蓑何笠。」釋文曰：「何，何可反。」○韓退之上宰相書曰：「唯恐入山之不深，入林之不密。」

文宋瑞

文天祥，初名雲孫，字天祥，後改名天祥，字宋瑞，一字履善，吉水人。寶祐四年舉進士，理宗親擢第一。後遷刑部郎官，守瑞州，改江西提刑，遷尚書左司郎官，累爲臺官論罷，後除軍器監，權直學士院，忤賈似道，使臺臣劾罷之，遂致仕。咸淳九年，起爲湖南提刑，十年，改知贛州。德祐初，元軍南犯，詔天下勤王。天祥捧詔涕泣，發郡中豪傑，并結溪峒山蠻，有衆萬人，盡出其家資爲軍費。元軍陷常州，伯顔進軍皋亭山，宋太皇太后遣使奉璽降。以天祥爲右丞相兼樞密使，如元軍，與伯顔抗論，伯顔怒，執之北。至鎮江逃歸，入真州，遂浮海入温州。益王昰立于福州，召天祥，至，拜右丞相，尋與陳宜中等議不合，乃以同都督諸路軍馬出江西，收兵入汀州，移漳州，後收兵出麗江浦。衛王昺立，加少保、信國公。元張弘範襲天祥于五坡嶺，執之，送元大都，不屈，囚之三年。元世祖至元十九年十二月，殺之。臨刑，從容南面再拜死。宋史有傳。

賀趙侍郎月山啓

信國集原注曰：「太平州赴召。」又集有與新知太平州趙月山書，原注曰：「名日起，集英殿修撰，川人。」案：文有「前行爲兵部」句，當是尚書兵部侍郎；又有「勒功浯溪」句，當是文山爲湖南提刑時也。又案：宋江南東路太平州治當塗縣，今安徽當塗縣治。

選表揚綸，歸中持橐。采石洲之明月，光照海山；通明殿之紅雲，影搖河漢。介圭覲只，會弁驢如。以上自太平州赴召。

漢書趙充國傳曰：「卬（卬，充國子）道：車騎將軍張安世始嘗不快上，上欲誅之，卬家將軍以爲安世本持橐簪筆，事孝武數十年，見謂忠謹，宜全度之。」注張晏曰：「橐，契囊也。近臣負橐簪筆，從備顧問，或有所紀也。」顏曰：「橐，所以盛書也。有底曰囊，無底曰橐。」○舊唐書文苑下李白傳曰：「崔宗之謫官金陵，與白詩酒唱和，嘗月夜乘舟，自采石達金陵，白衣宮錦袍，於舟中顧瞻笑傲，傍若無人。」輿地紀勝曰：「江南東路太平州：采石山，在當塗縣北二十餘里，牛渚北一里。江源記云：商旅於此取石，因名采石山，北臨江有磯曰采石。」明統志曰：「太平府：采石山，在府城北二十五里牛渚北。有磯曰采石，唐李白嘗乘月與崔宗之自采石至金陵，著宮錦袍坐舟中，即此。」○蘇子瞻上元侍飲詩曰：「侍臣鵠立通明殿，一朵紅雲捧玉皇。」王注引李淳曰：「翊聖保德傳云：『張守真朝玉皇大殿，覩其扁曰通明，不曉其旨，因焚香告曰：「通明之誼，竊所未喻，敢祈真教。」真君曰：「上帝上升金殿，殿之光明照於帝身，身之光明照於金殿，光明通徹，故爲通明殿。」』」趙次公曰：「翼聖傳載，玉帝坐處，常有紅雲擁之，雖真仙亦不得見其面也。」○

詩韓奕曰：「以其介圭，入覲于王。」○詩淇澳曰：「會弁如星。」鄭箋曰：「會謂弁之縫中飾之以玉，皪皪而處，狀似星也。」孟子盡心上曰：「驩虞如也。」

恭惟某官，玉粹金剛，冰懸雪跨。清廟、生民之作，膾炙諸公；干將、莫邪之鋒，指麾餘子。自榜天而行斗牛之渚，便拔地而起湖海之樓。出入兵間，月柝燈碁之耿耿；驅馳江上，參旂井鉞之堂堂。儒臣知兵，從古所少；天子謀帥，必在其中。方建纛而前，千軍遶帳而不動；及還笏而去，二童隨馬而有餘。以上述其才幹功績。

孫興公原憲贊曰：「冰清玉粹。」梁書張充傳：「與王儉書曰：金剛水柔。」○梁簡文帝梅花賦曰：「且冰懸而雹布。」○李義山韓碑詩曰：「塗改清廟生民詩。」○林降神（嵩）周朴詩集序曰：「一篇一詠，膾炙人口。」○吳越春秋闔閭內傳曰：「干將鑄作名劍二枚，干將者，吳人也，與歐冶子同師，俱能爲劍。二枚，一曰干將，二曰莫耶，莫耶，干將之妻也。干將曰：『昔吾師作冶，金鐵之類不銷，夫妻俱入冶爐中。』於是干將妻乃斷髮剪爪，投於爐中，使童女童男三百人，鼓橐裝炭，金鐵刀濡，遂以成劍。陽曰干將，陰曰莫耶，陽作龜文，陰作漫理。干將匿其陽，出其陰而獻之。」○後漢書文苑下禰衡傳：「衡曰：餘子碌碌，莫足數也。」○太平寰宇記曰：「江南西道太平州：牛渚山，在縣北三十五里，突出江中，謂爲牛渚圻，古津渡處也。輿地志云：牛渚山昔有人潛行，云此處通洞庭，傍達無底，見金牛狀異，乃驚怪而出。」案：此云「斗牛之渚」，兼用乘槎至天河見一丈夫牽牛渚次飲之事，已見盧昇之黎君碑注。爾雅釋天曰：「星紀，斗、牽牛也。」故并言之耳。○魏志陳登傳曰：「許汜與劉備共論天下人。汜曰：『陳元龍湖海之士，豪氣不除云云。』（已見方巨山啓注）備曰：『君有國士之名，今天下大亂，帝主失所，望君憂國忘家，有救世之意，而君求田問舍，言無可采，是元龍所諱也，何緣當與君語？如小人，欲臥百尺樓上，臥君於地，何但上下牀之間邪？』」○後漢書光武帝紀下曰：「初帝在兵閒久，厭武事。」○韓退之晚秋郾城夜會聯句曰：「燈明夜觀棊，月暗秋城柝。」○史記天官書曰：「參爲白虎，其西有句曲九星，三處羅，一曰天旗。」正義曰：「參旗九星在天西，天旗也。」又曰：「東井爲水事，其西曲星曰鉞。」正義曰：「東井八星，鉞一星。」○新唐書唐休璟傳曰：「休璟似儒者號知名。」○左僖二十七年曰：「晉作三軍，謀元帥。」○史記項羽本紀曰：「傅左纛。」集解李斐曰：「纛，毛羽幢也，在乘輿車衡左方上柱之。」蔡邕曰：「以犛牛尾爲之，如斗，或在騑頭，或在衡上也。」○遶帳不動，見李義山爲李貽孫上李相公啓注。○新唐書褚遂良傳曰：「遂良因致笏殿階，叩頭流血，曰：還陛下此笏，丐歸田里。」○蘇子瞻司馬温公神道碑曰：「公來自西，一馬二童。」

悠悠四顧於山河，落落一麾於江海。嘯吟水石，酹謫仙捉月之魂；上下風檣，訪舍人麾軍之迹。慨然有神州陸沉之歎，發而爲中流擊楫之歌。屬傳風景於峴山，忽駭波濤於天塹。長江爲備不數處，可共險於萬人；朝廷養兵三十年，當成功於儒者。以上知太平州之功。

史記吴起傳曰：「魏武侯浮西河而下，顧而謂吴起曰：美哉，山河之固！」又見魏策一、説苑貴德篇。○一麾江海，見楊廷秀表注。○輿地紀勝曰：「太平州：捉月亭，在當塗縣，取李白醉中捉月故事。」明統志曰：

「太平府：捉月亭，在采石山，世傳李白過采石，酒狂水中捉月，後人因以名亭。」宋梅堯臣詩：「采石月下逢謫仙，夜被錦袍坐釣船。醉中愛月江底懸，以手弄月身翻然。」○杜牧之李賀集序曰：「風檣陣馬，不足爲其勇也。」○建炎以來繫年要録卷一百九十四曰：「紹興三十一年十一月丙子，中書舍人、督視江淮軍馬府參謀軍事虞允文，督舟師拒金主亮於東采石，卻之。允文未至采石十餘里，聞鼓聲振野，從者皆勸允文還建康，曰：『事勢至此，皆爲他人壞之，且督府直委公犒師耳，非委督戰也，奈何代人任責？』允文不聽，策馬至采石，趨水濱，望江北敵營，不見其後，王權餘兵才萬八千人，馬數百而已。諸將已爲遁計，允文召其統制張振、王琪、時俊、戴皋、盛新等與語，問之曰：『敵萬一得濟，汝輩走亦何之？今前控大江，地利在我，孰若死中求生？且朝廷養汝輩三十年，顧不能一戰報國？』衆曰：『豈不欲戰？誰主張者？』允文曰：『李顯忠。』衆皆曰：『得人矣。』允文曰：『今顯忠未至，而敵以來日過江，我當身先進死，與諸軍努力決一戰。且朝廷出内帑金帛九百萬緡，給節度、承宣、觀察使告身皆在此，有功即發帑賞之，書告授之。』衆皆曰：『今既有所主，請爲舍人一戰。』允文即與俊等謀，整步騎陳於江岸，而以海鰍及戰船載兵駐中流擊之，布陣始畢，風色作。金主亮自執小紅旗，麾舟自楊林口尾尾相銜而出，敵始謂采石無兵，且諸將盡伏山崦，未之覺也。一見大驚，欲退不可，敵舟將及岸，官兵小卻。允文往來行閒，顧見時俊，撫其背曰：『汝膽略聞四方，今可作氣否？若立陣後，則兒女子耳。』俊回顧曰：『舍人在此。』即手揮雙長刀，出陣待敵，風色忽止，官軍以海鰍船衝敵舟，舟分爲二，官軍呼曰『王師勝矣』，遂併擊金人。金人所用舟，底闊如箱，極不穩，且不諳江道，皆不能動，其能施弓箭者，每舟十數人而已，遂盡死於江中。敵既敗去，允文即具捷以聞。」○世說新語輕詆篇曰：「桓公入洛，過淮泗，踐北境，諸僚屬登平乘樓，跳矚中原，慨然曰：遂使神州陸沈，百年邱墟，王夷甫諸人不得不任其責。」○晉書祖逖傳曰：「逖渡江，中流擊楫而誓曰：

祖逖不能清中原而復濟者，有如大江。」○輿地紀勝曰：「淮南西路和州：大峴山，在含山縣西北十三里；小峴山，又名昭關，在含山縣北二十里。兩山峙立，廬、濠往來之衝，其口可守禦。隆興壬午，張魏公因山築城，置水櫃遏虜。」清統志曰：「安徽和州：斗峴山，在州（今改縣）西三十里，舊置關於此山之西麓，曰小斗峴。」○南史孔範傳曰：「隋師將濟江，羣官請爲備防，範奏曰：長江天塹，古來限隔南北，虜軍豈能飛度？」○吴志三少主孫皓傳注引干寶晉紀曰：「吴陟奉使如魏，晉文王饗之，問：『吴之戍備幾何？』對曰：『自西陵以至江都，五千七百里。』又問曰：『道里甚遠，難爲堅固。』對曰：『疆界雖遠，而其險要必争之地，不過數四，猶人雖有八尺之軀，靡不受患，其護風寒，亦數處耳。』」○漢書朱買臣傳曰：「買臣言：故東越王居保泉山，一人守險，千人不得上。」陳孔璋爲曹洪與魏文帝書曰：「漢中地形險固，一人揮戟，萬人不得進。」○繫年要録曰：「允文至鎮江，謁招討使劉錡問疾，錡執允文手曰：『疾何必問？朝廷養兵三十年，我輩一技不施，今日大功乃出於一儒者，我輩愧死矣。』」

乃疇庸於東掖，仍趣貳於西曹。太乙靈旗，出陪豹尾；鈎陳玉檻，進逼鼇頭。青天白日，鳳凰之聲名；高山深林，龍虎之氣勢。前行爲兵部，小紓帷幄之謀；大本在中書，亟正鈞樞之拜。以上赴召後拜官。

東掖，即左掖。文獻通考職官五曰：「宋制，中書省在左掖門外。」○容齋續筆卷十一曰：「唐因隋制，尚書置六曹，吏部、兵部分掌銓選。文屬吏部，武屬兵部。兩部各列三銓，曰尚書銓，尚書主之；曰東銓，曰西銓，侍郎二人主之。吏居左，兵居右，是爲前行。故兵部班級在户、刑、禮之上。」據此，則西曹即指兵部，侍郎爲尚書之貳，故曰貳於西曹也。○史記封禪書曰：「亳人奏祠太一方，曰：天神貴者太一。」又曰：

「作甘泉，爲臺室，畫天、地、太一諸鬼神，而致祭具以致天神。」又曰：「爲伐南越，告禱太一。以牡荊畫幡日月北斗登龍，以象太一三星，爲太一鋒，命曰靈旗。」○漢書楊雄傳曰：「是時，趙昭儀方大幸，每上甘泉，常法從，在屬車豹尾中。」注服虔曰：「大駕屬車八十一乘，最後一乘縣豹尾。」三輔黃圖卷六曰：「天子出，車駕次第謂之鹵簿。有大駕，有法駕，有小駕。大駕屬車八十一乘，備千乘萬騎出長安，祠天於甘泉備之，百官有其儀注，名曰甘泉鹵簿。」容齋續筆卷十一曰：「元豐官制行，一切更改，凡選事，無論文武，悉以付吏部。蘇東坡當元祐中拜兵部，謝表云：『恭惟先帝復六卿之名，本欲後人識三代之舊。古今殊制，閒劇異宜。且武選隸于天官，兵政總于樞輔。故司馬之職，獨省文書。』蓋紀其實也。今本曹所掌，惟諸州廂軍名籍，及每大禮，則書寫蕃官加恩告。雖有所轄司局，如金吾街仗司、騏驥車輅象院、法物庫、儀鸞司，不過每季郎官一往耳。」文獻通考職官六曰：「宋兵部但掌三駕儀仗，鹵簿字圖云云。」正可與此文相證也。○文選班孟堅西都賦曰：「周以鉤陳之位，衛以嚴更之署。總禮官之甲科，羣百郡之廉孝。」李善注曰：「服虔甘泉賦注曰：紫宮外營，句陳星也。（漢書楊雄傳注亦引之。）然王者亦法之。」案：此謂郎官宿衛，非指衛卒，此文疑比學士，特月山是否兼學士，無文可稽耳。○隣幾雜志曰：「劉子儀侍郎三入翰林，意望兩府，頗不懌。詩云：蟠桃三竊成何事，上盡鼇頭迹轉孤。」○韓退之與崔羣書曰：「鳳皇芝草，賢愚皆以爲美瑞；青天白日，奴隸亦知其清明。」○韓退之殿中少監馬君墓誌曰：「當是時見君於北亭，猶高山深林，鉅谷龍虎，變化不測，傑魁人也。」○兵部前行，已見上注。○帷幄，見李義山爲李貽孫上李相公啓注。○石林燕語卷三曰：「自兩漢以來，謂中書爲政本，蓋中書省出令，而門下省覆之，王命之重，莫大於此。故唐以後同中書門下平章事爲宰相者，此也。」○韓退之示兒詩曰：「凡此座中人，十九持鈞樞。」案：言其將拜參政也。

某濫巾劇部，望履修門。班漢從於甘泉宮，喜稱知己；勒唐功于浯溪石，已戒有司。以上進賀。○氣象崢嶸，字句新穎，沿用俗式，自鑄雅詞，南宋四六得此，可爲後勁。

文選孔稚圭北山移文曰：「濫巾北岳。」案：李善注謂巾爲隱者之飾，此止摘用其字，以爲仕宦者之飾也。李昭永興提刑謝到任啓曰：「素稱劇部。」○楚辭招魂曰：「魂兮歸來，入修門些。」王注曰：「修門，郢城門也。」○漢書楊雄傳曰：「從上甘泉。」三輔黄圖卷三曰：「甘泉宮，一曰雲陽宮。」案：下云「喜稱知己」，蓋宋瑞權知學士院時，趙月山爲集英修撰，嘗同僚也。○歐陽永叔集古録跋尾卷七曰：「大唐中興頌，元結撰，顔真卿書，書字尤奇偉，而文辭古雅，碑在永州，摩崖石而刻之。」黄魯直書摩崖碑後曰：「春風吹船著浯溪，扶藜上讀中興碑。」清統志曰：「湖南永州府：浯溪，在祁陽縣西南五里；摩崖碑，在祁陽縣南浯溪北崖石上，鐫唐元結所撰大唐中興頌。」

整理後記

一

高步瀛，字閬仙，清直隸順天府霸州人，生於同治十二年十月三日。高氏向爲霸州右族。閬仙九歲而孤，從母張太夫人僑寓安州新安鎮，毗鄰外家。外家聘任邱縣鄭州鎮黄心權秉鈞課訓子弟，從而受書。稟賦强健，勵志横經，聰明深智。初應童子試，冠其曹。光緒二十年，中甲午順天府鄉試舉人。月赴保定蓮池書院應課，時主講席者桐城吴摯甫汝綸，舊學淹貫而不鄙夷新知。同學者傅沅叔增湘、尚節之秉和等。學益進，通貫經史，穿穴故訓，爲文則兼善駢散。既而主講定興書院。二十八年，任教直隸高等學堂、保定優級師範學堂。二十九年，赴日本留學，習師範於東京宏文學院。三十年，歸國，嚴範孫修署爲直隸順天府查學。三十一年冬，嚴範孫任學部侍郎，次年調高閬仙充學部編譯圖書局編纂，後補學部主事。民國元年，任教育部僉事，八月，遷社會教育司司長，魯迅其下屬。十年，受聘講學北京高等師範學校，重蒞教席。十六年，辭社會教育司司長，專任國立北京師範大學教授，兼任北京女子師範大學教授。任教北師大，總其前後，講授史記、杜詩、駢文、辭賦、唐宋詩、歷代散文等。十七年末，東北易幟。十九年，應王晉卿樹枏、吴北江闓生、吴向之廷燮之邀，就瀋陽萃升書院，講「三禮」「兩漢六朝文」。二十年，九一八事變次日，退歸北平，仍執教國立北平師範大學。同事有吴檢齋承仕、沈兼士、錢玄同、楊遇夫樹達、黎劭西錦熙、陳援菴垣、余季豫嘉錫等。二十六年春，勉允課暇兩週一往保定蓮池講學院，講授「史記舉要」「文章流別」。同任講席者吴北江、尚節之等。七七盧溝橋事變，即謝絶賓客，杜門不出。老病相侵，資用告匱。二十八年夏，沈兼士、余季豫、陳援菴挽其任教輔仁大學及中國大學，以兩校獨未受僞命，講「三禮」等。民國二十九年十一月十日，夏曆十月十一日，卒，享年六十八。妻任邱邊氏宜蓉，生二女，淑芳、立芳。側室王氏，生女芷芳。弟子孫子書楷第、王有三重民、程金造等。

主要著述有歷代文舉要、古文辭類纂箋、文選李注義疏、唐宋詩舉要等，遺稿存中華書局，未整理刊行之作尚多。

二

唐宋文舉要分甲乙編，甲編古文八卷，乙編駢文四卷。古文，唐五卷百篇二十五家，宋三卷七十八篇十四家；駢文，唐三卷四十六篇二十八家，宋一卷二十四篇二十家。選文以八家爲主，上溯淵源，旁及餘裔；兼采駢文，并存梗概。八家之中，尤重韓、柳、歐、王，柳子厚二十一篇，歐陽永叔二十三篇，王介甫二十四篇；韓退之獨佔兩卷四十四篇，爲宗主。所謂「學唐宋文者，宗八家則可，謂八家外唐宋更無文焉則不可」。今據舉要，述唐宋文之大略。

唐初文體，承徐庾餘風，王楊盧駱當時體。崔李繼武四傑，燕許漸崇漢魏。陳伯玉始變雅正，文章復古。安史亂離，李遐叔、元次山、獨孤至之、陸敬輿等發思古之情，懷撥亂之旨。貞元、元和，韓退之崛起，爲一代文宗。以先秦、盛漢爲師，約六經之旨成文，刊落陳言，形大聲宏，古文法度森嚴而立。柳子厚、李習之、皇甫持正等和之。立意以濟翰藻，期文與道俱，而駢散實歧爲二。

韓柳出，駢文益衰，然作者未嘗絶。晚唐李義山，宋初楊王猶襲其聲律之體。柳穆志欲變古，首唱而力弗逮。歐陽永叔學韓公，自成一家，豐腴平易，雄視一代。蘇子瞻、曾子固、王介甫起而和之，宋文日趨於古。荆公力追韓軌，本六藝之旨，戛戛獨造，鼓鑄羣情，奇倔樸奥，成一家言。靖康之變，彦章草詔，曲當情事，慷慨淒憤。宋室南渡，文氣不及東京。朱子義理淵深，説理精粹；文山節烈俊偉，翰藻後勁。

三

高閬仙以爲，文章不出説理、敍事、言情三大端。舉要選文，論、議、序、制、疏、書，説理也；行狀、墓銘、碑、記，敍事也；箴、頌、祭文，言情也。碑誌尤多，四十餘篇，蓋退之、永叔、介甫俱擅長於此，其文施於金石，嚴重簡奧。

文章所述多關涉治道興衰，如十漸不克終疏，貞觀至治之美，魏玄成恐太宗漸不克終；大唐中興頌，元次山頌肅宗削平安史之亂；藩鎮割據，唐憲奮武，韓退之撰平淮西碑，冀天覆地載，悉主悉臣；劉去華對賢良方正直言極諫策，據春秋大義，指陳閹宦之禍；荊公變法，大抵祖上仁宗皇帝言事書；靖康恥，汪彦章隆祐太后告天下手書，宋室南渡矣。閬仙於此多引證史傳，知人論世，原委瞭然。舉要箋釋，先分其章，再依句采故訓以釋字、典。名物制度之聚訟紛紜者，旁徵博引，排比論列，以求其是；經學則各依家法，分判衆説。

閬仙之箋釋，以詁經之法，其有云：「今學者有二大事。一者綴輯之勤，就諸家已成之書從而輯補，如長沙王氏兩漢書補注及水經注之類；二者箋注之精，如王逸之於楚辭、李善之於文選，則空前絕後，應視比經子，須詳爲疏解，俾成專學。前者大省日力，後者宜力爲倡率。」

四

民國二十三年，北平直隸書局刊行唐宋文舉要，每卷末有「姪耀宗校字」字，上海古籍出版社版舉要即據此整理。今仍以直隸書局本爲底本，參酌其所附勘誤表及上海古籍版之校改，訛、衍、缺、倒，影響文意而無版本依據者，徑改；訛誤或異文淵源有自者，出注説明；箋釋徵引文字，與原書不同而不影響文意者，姑仍其舊。

余重新董理此書，戰兢從事，力求有所精進，忽焉三載。無奈學殖淺陋，書生意氣，魯魚亥豕、金根伏獵，蓋亦難免。匡我之未逮，是所望於諸君。己亥年孟夏閩侯陳廷燁識於韶之舞書齋。